2WD

BAUDELAIRE

Œuvres complètes

II

TEXTE ÉTABLI, PRÉSENTÉ
ET ANNOTÉ PAR CLAUDE PICHOIS

GALLIMARD

Ce volume est dédié à
Jean Ziegler
en souvenir de Jacques Crépet.

Cl. P.

AVANT-PROPOS

Depuis plus d'un siècle les lecteurs de Baudelaire sont généralement habitués à trouver ses principales études critiques réparties en deux volumes, Curiosités esthétiques *et* L'Art romantique. *Ces deux volumes constituèrent en 1868-1869 les tomes II et III des Œuvres complètes de Charles Baudelaire publiées, par les soins de Charles Asselineau et Théodore de Banville, aux éditions Michel Lévy frères*[1].

Nous avons démembré ces deux recueils. Trois raisons justifiaient ce démembrement qui, au reste, avait déjà été opéré dans l'édition chronologique des Œuvres complètes *parues en 1955 au Club du Meilleur Livre et dans les précédentes éditions de la Bibliothèque de la Pléiade.*

Curiosités esthétiques *et* L'Art romantique, *bien que dans ce second volume Asselineau et Banville eussent inséré les fragments encore inédits de* L'Art philosophique, *étaient incomplets des textes que recueillirent les éditions successives des* Œuvres posthumes. *À conserver les groupements de l'édition Michel Lévy, on serait donc obligé de constituer un reliquat, qui donnerait une impression d'incohérence. Division pour division, il est préférable de répartir — comme nous le faisons — les matières sous les trois rubriques qui désignent les trois principales orientations de la critique de Baudelaire : critique littéraire, critique d'art, critique musicale, en disposant*

---

1. *Curiosités esthétiques* porte la date de 1868; le volume est enregistré à la *Bibliographie de la France* le 19 décembre 1868. *L'Art romantique* porte aussi la date de 1868, mais n'a été enregistré que le 20 février 1869. La chronologie (t. I des présentes *Œuvres complètes*, p. LV-LVI) reproduit la table des matières contenues dans ces deux volumes.

*les textes, à l'intérieur de chacune de ces sections, selon leur
date de composition présumée ou de publication, si la publication
suit immédiatement ou presque la composition.*

Dans l'édition Michel Lévy, Curiosités esthétiques
compte 430 pages, L'Art romantique, 440 pages. Or, si
Curiosités esthétiques est entièrement composé d'études sur
l'art, L'Art romantique contient d'abord des études sur l'art,
puis un essai, Morale du joujou, ensuite le grand essai sur
Wagner, enfin la critique littéraire. L'Art romantique est
donc un volume composite, et le total des pages, qui rend égaux
les deux tomes, résulte d'un calcul qui, prenant appui sur un
plan établi par Baudelaire, finit par n'en plus tenir compte.

Il s'en faut d'ailleurs que l'intention de Baudelaire ait
été définitivement arrêtée lorsqu'il mourut. L'historique de
la publication des œuvres critiques s'étend sur une dizaine
d'années.

Le premier contrat qui, le 30 décembre 1856, lie Baudelaire
aux éditeurs Poulet-Malassis et De Broise mentionne que
Les Fleurs du mal seront livrées le 20 janvier suivant et
Bric-à-brac esthétique à la fin de février. Mais ce titre est
dépréciatif. Baudelaire en change bientôt. Dès le 9 mars 1857,
il a adopté Curiosités esthétiques, qui, à tout prendre, n'est
guère meilleur si l'on pense à l'abus fait, ces années-là, dans
les titres, du mot Curiosités, ou au sens moderne qu'il a pris.
Bric-à-brac ou Curiosités, c'est tout un[1]. Ces titres avaient du
moins l'avantage de permettre le groupement de matières
diverses. Le 18 mars 1857, Baudelaire pense y inclure son
étude sur l'opium qui n'est pas encore écrite et qui deviendra
l'une des deux parties des Paradis artificiels. Le titre, on le
voit, ne recouvrait pas seulement des écrits sur l'art. Un
projet de sommaire nous a été conservé[2], qui date sans doute
de la fin de 1857, peut-être du début de l'automne ; il rend

---

1. Autres titres dans des lettres à Poulet-Malassis (9 et 11 décembre 1856) : *Miroir de l'art, Cabinet esthétique.*
2. Ce sommaire a été retrouvé en copie dans les papiers d'Eugène Crépet par son fils, Jacques Crépet ; il a été publié par celui-ci dans le *Mercure de France* du 15 avril 1938 et recueilli dans les *Œuvres posthumes*, Conard, t. II, 1952, p. 138. Il a récemment passé en vente (hôtel Drouot, 23-24 avril 1975, *Collection de Madame D.*, n° 78, joint à un exemplaire du *Salon de 1845* ; fac-similé dans le catalogue).

*bien compte des hésitations de Baudelaire et de l'élasticité du
cadre :*

Dédicace à Champfleury.
Salon de [18]45.
Salon de [18]46.
Le Musée du Bazar Bonne-Nouvelle.
Méthode de critique (1855).
Ingres en 1855.
Delacroix en 1855.
De l'essence du rire.
Quelques caricaturistes français et étrangers.
Morale du joujou.
L'École païenne.
L'École vertueuse[1].
Le hachish et la volonté.
　×　Alfred Rethel, Janmot et Chevanard, ou l'idée dans
　　　l'Art.
　×　L'Intime et le féerique (Angleterre).
　×　Musées perdus et musées à créer,
lettre esthétique à S.M. Napoléon III[2].

　Du Salon de 1845 *aux* Caricaturistes, *voilà déjà le plan
des* Curiosités esthétiques *de 1868 : il n'y manque que le*
Salon de 1859. *Mais la présence de deux articles littéraires
et celle du* Hachish[3] *retirent à ce plan son unité. En avril 1859,
Baudelaire décide de décharger « les malheureuses* Curiosités »
*des études sur l'opium et le hachish. Le volume se trouvera
ainsi composé « généralement d'articles ayant trait aux beaux-
arts » : il sera complété par le* Salon de 1859, *que Baudelaire*

---

　1. *Les Drames et les romans honnêtes.*
　2. La *Dédicace à Champfleury* n'a pas été écrite ou n'a pas été
retrouvée. L'étude sur Rethel (*L'Art philosophique*), *L'Intime et le
féerique* (titre qui désigne sans doute le projet d'article annoncé à la
fin de la première partie du compte rendu des beaux-arts à l'Exposition universelle de 1855, p. 582), l'étude sur les musées perdus et
à créer (voir p. 352, n. 2) ne sont pas encore écrits (et ne seront pas
terminés ou même ne seront pas réalisés). Ainsi s'expliqueraient
les croix. La *Lettre esthétique* à l'empereur peut être la forme qu'aurait revêtue l'article sur les musées (voir la virgule qui suit « créer »)
ou bien une conclusion qui inviterait le souverain à s'occuper plus
activement des arts, alors que l'Empire s'est affirmé et affermi.
　3. La première étude sur ce sujet, *Du vin et du hachish* (1851);
voir t. I, p. 377 et 388 sq.

dit achever, et par deux chapitres sur les Peintres espagnols
(= Musées perdus) *et* L'Art philosophique. *Baudelaire
écarte alors l'idée de deux volumes qui se vendraient mal. Mais
cette idée est acceptée en août. En novembre, il y a répartition
entre deux volumes, chacun étant consacré à une spécialité :*
Curiosités esthétiques, Notices littéraires, *celles-ci devenant
ensuite* Opinions littéraires, *titre qui figure au contrat du
1ᵉʳ janvier 1860 en même temps que* Curiosités esthétiques.
*Ce dernier titre, jugé mauvais en mars 1861, apparaît pour
la dernière fois le 13 septembre 1862*[1].

   *La débâcle de Poulet-Malassis annule provisoirement tous
ces projets. Baudelaire pense maintenant à deux volumes
intitulés* Réflexions sur quelques-uns de mes contemporains. *Michel Lévy les publierait-il ? Ou Lacroix et
Verboeckhoven, les éditeurs de Hugo ? Un des motifs qui
envoient Baudelaire à Bruxelles est la vente de ses œuvres
complètes à ces éditeurs. Mais en Belgique, c'est la déconvenue.
Il se retourne vers la France et dresse pour Julien Lemer,
le 3 février 1865, un plan de ses œuvres à vendre*[2]. *Dans
le tome* Beaux-Arts *des* Réflexions *figurerait toute la matière
que recueilleront les* Curiosités esthétiques *de 1868, moins
le* Salon de 1845, *plus* Morale du joujou, Peintures
murales *de Delacroix, l'article nécrologique sur celui-ci,* Le
Peintre de la vie moderne *et* L'Art philosophique,
cinq textes qui prendront place dans L'Art romantique.
Dans le tome Littérature *figureraient les deux préfaces aux*
Histoires *et aux* Nouvelles Histoires extraordinaires, *une
partie seulement des articles de critique littéraire, l'essai sur
Wagner et deux titres d'articles qui sont restés à l'état de
projet :* Les Dandies de la littérature depuis Chateaubriand
et Histoire des Fleurs du mal. *La note pour Hippolyte
Garnier, du 6 février 1866*[3], *opère la même bipartition,
mais les titres ont été légèrement modifiés :* Quelques-uns de
mes contemporains. I. Artistes; II. Poètes[4].

---

1. Voir pour ce rapide historique l'index de la *Correspondance*
(sigle : *CPl*) à *Curiosités esthétiques*.
2. *CPl*, II, 444-445.
3. *CPl*, II, 591.
4. Deux autres plans, chacun en deux parties (Littérature,

Asselineau et Banville ont avec Michel Lévy partiellement respecté ce plan. Cependant, l'éditeur les a obligés à admettre que la répartition était, quant au nombre de pages, trop inégale : Morale du joujou, *les deux articles sur Delacroix, l'essai sur* Guys *et* L'Art philosophique *ont pris place dans* L'Art romantique, *titre que Baudelaire n'emploie jamais, mais qui est à peu près justifié par l'œuvre qui ouvre ce volume* : L'Œuvre et la vie d'Eugène Delacroix.

Le titre Réflexions sur quelques-uns de mes contemporains *ne s'applique plus dans* L'Art romantique *qu'aux dix notices écrites pour l'anthologie d'Eugène Crépet,* Les Poètes français.

★

Pour chaque étude nous indiquons au début des notes le texte choisi et le motif de notre choix. Il est souvent fort difficile de se décider pour une publication faite du vivant de Baudelaire ou pour la reproduction du texte dans les deux volumes parus posthumes et il arrive que ni l'une ni l'autre ne donnent vraiment satisfaction. Ce sont cas particuliers auxquels il faut apporter des solutions particulières[1].

CLAUDE PICHOIS.

Beaux-Arts), sont conservés à la Bibliothèque littéraire Jacques Doucet (cotes : 9020 et 9029). Ils sont postérieurs à la fin de 1863 et, à quelques variantes près, non significatives, ils recoupent ceux que montre la *Correspondance* en 1865 et 1866. Enfin, un plan intitulé « Quelques-uns de mes contemporains » a surgi en 1977 (vente Drouot Rive-Gauche, 19 décembre, Me Buffetaud, P. Berès expert, no 6). Il est composé de deux parties sans titre : à gauche, les arts; à droite, la littérature et Wagner. *Le Salon de 1845* est absent. En revanche, « la peinture didactique » est présente. À droite, figurent « La famille des Dandies » et « Joseph Delorme jugé par l'auteur des *Fleurs du Mal* ». Au bas de la colonne de droite, quatre mentions qui constituent peut-être quatre sections de la partie littérature et musique : « Edgar Poe / les poètes / Richard Wagner / les dandies. »

1. Lorsque le texte adopté est celui de *Curiosités esthétiques* ou de *L'Art romantique,* le code typographique de la présente collection n'a pas permis qu'on suivît celui des éditions Michel Lévy. Une convention a donc été substituée à une autre. Dans les éditions Lévy, on trouve notamment séve, les finales en -ège au lieu d'-ège, non-seulement, très-étendu, petillant, pepin, poëme, poëte, rhythme, Shakspeare.

CRITIQUE LITTÉRAIRE

LES CONTES NORMANDS
ET HISTORIETTES BAGUENAUDIÈRES

PAR JEAN DE FALAISE*

Les amateurs curieux de la vraie littérature liront ces deux modestes petits volumes avec le plus vif intérêt. L'auteur est un de ces hommes, trop rares aujourd'hui, qui se sont de bonne heure familiarisés avec toutes les ruses du style. — Les locutions particulières dont le premier de ces volumes abonde, ces phrases bizarres, souvent patoisées de façons de dire hardies et pittoresques, sont une grâce nouvelle et un peu hasardée, mais dont l'auteur a usé avec une merveilleuse habileté.

Ce qui fait le mérite particulier des *Contes normands,* c'est une naïveté d'impressions toute fraîche, un amour sincère de la nature et un épicuréisme d'honnête homme. Pendant que tous les auteurs s'attachent aujourd'hui à se faire un tempérament et une âme d'emprunt, Jean de Falaise a donné la sienne, la sienne vraie, la sienne pour de bon, et il a fait tout doucement un ouvrage original.

Doué d'une excentricité aussi bénigne et aussi amusante, l'auteur a tort de dépenser tant de peine à pasticher des *lettres de Mme de Scudéry.* En revanche, M. de Balzac contient peu de tableaux de mœurs aussi vivants que : *Un souvenir de jeunesse d'un juré du Calvados,* et Hoffmann pourrait, sans honte, revendiquer *Le Diable aux Iles.* Et tout ceci n'est pas trop dire. Oyez et jugez.

---

* Se vend chez Labitte[1], passage des Panoramas, et chez tous les marchands de nouveautés.

[PARODIE DE *SAPHO*]

FRAGMENTS LITTÉRAIRES

Avant que *Le Constitutionnel* n'imprime la fameuse tragédie de *Sapho* dans sa *Bibliothèque choisie,* nous livrons à l'avidité de nos lecteurs quelques fragments de cette œuvre remarquable, où rayonnent l'éclat et la vigueur de l'école moderne, unies aux grâces coquettes et charmantes de Marivaux et de Crébillon fils.

Voici quelques vers détachés d'une scène d'amour entre Phaon et la célèbre Lesbienne.

> Oui, Phaon, je vous aime ; et, lorsque je vous vois,
> Je pers [sic¹] le sentiment et la force et la voix.
> Je souffre tout le jour le mal de votre absence,
> Mal qui n'égale pas l'heur de votre présence ;
> Si bien que vous trouvant, quand vous venez le soir,
> La cause de ma joie et de mon désespoir,
> Mon âme les compense, et sous les lauriers roses
> Étouffe l'ellébore et les soucis moroses.

Maintenant Phaon, le timide pasteur, s'épouvante de cette passion qu'il est pourtant tout prêt à partager.

> Cette belle a, parmi les genêts près d'éclore,
> Respiré les ardeurs de notre tiède aurore.
> En chatouillant l'orgueil d'un berger tel que moi,
> Son amour n'est pas sans me donner de l'effroi.

À part la réserve *[sic²]* peut-être trop romantique de ce dernier alexandrin, on ne peut méconnaître une grande fermeté de touche et une sobriété de formes qui rappellent heureusement la facture de *Lucrèce³.* Mais, continue Phaon,

> Comme de ses chansons chaudement amoureuses
> Émane un fort parfum de riches tubéreuses,
> Je redoute — moi dont le cœur est neuf encor,
> De ne la pouvoir suivre en son sublime essor ;
> Je baisse pavillon, — pauvre âme adolescente,
> Au feu de cette amour terrible et menaçante.

Maintenant, c'est au tour de Sapho d'exprimer en traits éloquents ses doutes et ses alarmes ;

> Pour aimer les bergers, faut-il être bergère ?
> Pour avoir respiré la perfide atmosphère
> De tes tristes cités, corruptrice Lesbos,
> Faut-il donc renoncer aux faveurs d'Antéros[1] ?
> Et suis-je désormais une conquête indigne
> De ce jeune berger, doux et blanc comme un cygne ?

L'auteur nous pardonnera sans doute ces courtes citations, qui ne peuvent nuire à l'intérêt qu'inspirera son œuvre, et qui sont assez piquantes pour attirer vers elle l'attention et la faveur publiques.

COMMENT ON PAIE SES DETTES
QUAND ON A DU GÉNIE

L'anecdote suivante m'a été contée avec prières de n'en parler à personne; c'est pour cela que je veux la raconter à[a] tout le monde.

... Il était triste, à en juger par ses sourcils froncés, sa large bouche moins distendue et moins lippue qu'à l'ordinaire, et la manière entrecoupée de brusques pauses dont il arpentait le double passage de l'Opéra. Il était triste.

C'était bien lui, la plus forte tête commerciale et littéraire du dix-neuvième siècle; lui, le cerveau poétique tapissé de chiffres comme le cabinet d'un financier; c'était bien lui, l'homme aux faillites mythologiques, aux entreprises hyperboliques et fantasmagoriques dont il oublie toujours d'allumer la lanterne; le grand pourchasseur de rêves, sans cesse à la *recherche de l'absolu ;* lui, le personnage le plus curieux, le plus cocasse, le plus intéressant et le plus vaniteux des personnages de *La Comédie humaine,* lui, cet original aussi insupportable dans la vie que délicieux dans ses écrits, ce gros enfant bouffi de génie et de vanité, qui a tant de qualités et tant de travers que l'on hésite à retrancher les uns de peur de perdre les autres, et de gâter ainsi cette incorrigible et fatale monstruosité !

Qu'avait-il donc à être si noir, le grand homme ! pour marcher ainsi, le menton sur la bedaine, et contraindre son front plissé à se faire *Peau de chagrin ?*

Rêvait-il ananas à quatre sous, pont suspendu en fil de liane, villa sans escalier avec des boudoirs tendus en mousseline ? Quelque princesse, approchant de la quarantaine, lui avait-elle jeté une de ces œillades profondes que la beauté doit au génie[1] ? ou son cerveau, gros de quelque machine industrielle, était-il tenaillé par[a] toutes les *Souffrances d'un inventeur*[1] ?

Non, hélas ! non; la tristesse du grand homme était une tristesse vulgaire, terre à terre, ignoble, honteuse et ridicule; il se trouvait dans ce cas mortifiant que nous connaissons tous, où chaque minute qui s'envole emporte sur ses ailes une chance de salut; où, l'œil fixé sur l'horloge, le génie de l'invention sent la nécessité de doubler, tripler, décupler ses forces dans la proportion du temps qui diminue, et de la vitesse approchante de l'heure fatale[2]. L'illustre auteur de la *Théorie de la lettre de change*[3] avait le lendemain un billet de douze cents francs à payer, et la soirée était fort avancée.

En ces sortes de cas, il arrive parfois que, pressé, accablé, pétri, écrasé sous le piston de la nécessité, l'esprit s'élance subitement hors de sa prison par un jet inattendu et victorieux.

C'est ce qui arriva probablement au grand romancier. Car un sourire succéda sur sa bouche à la contraction qui en affligeait les lignes orgueilleuses; son œil se redressa, et notre homme, calme et rassis, s'achemina vers la rue Richelieu d'un pas sublime et cadencé.

Il monta dans une maison où un commerçant riche et prospérant alors se délassait[b] des travaux de la journée au coin du feu et du thé; il fut reçu avec tous les honneurs dus à son nom, et au bout de quelques minutes exposa en ces mots l'objet de sa visite :

« Voulez-vous avoir après-demain, dans *Le Siècle* et les *Débats*[4], deux grands articles *Variétés* sur *Les Français peints par eux-mêmes,* deux grands articles de moi et signés de mon nom ? Il me faut quinze cents francs. C'est pour vous une affaire d'or. »

Il paraît que l'éditeur, différent en cela de ses confrères, trouva le raisonnement raisonnable, car le marché fut conclu immédiatement. Celui-ci, se ravisant, insista pour que les quinze cents francs fussent livrés sur l'apparition du premier article; puis il retourna paisiblement vers le passage de l'Opéra.

Au bout de quelques minutes, il avisa un petit jeune homme[5] à la physionomie hargneuse et spirituelle, qui lui avait fait naguère une ébouriffante préface pour la *Grandeur et décadence de César Birotteau,* et qui était déjà connu dans le journalisme pour sa verve bouffonne et quasi impie; le piétisme ne lui avait pas encore rogné les griffes, et les feuilles bigotes ouvert leurs bienheureux éteignoirs.

« Édouard, voulez-vous avoir demain 150 francs ? — Fichtre. — Eh bien ! venez prendre du café. »

Le jeune homme but une tasse de café, dont sa petite organisation méridionale fut tout d'abord enfiévrée.

« Édouard, il me faut demain matin trois grandes colonnes *Variétés* sur *Les Français peints par eux-mêmes*; le matin, entendez-vousª, et de grand matin; car l'article entier doit être recopié de ma main et signé de mon nom; cela eſt fort important. »

Le grand homme prononça ces mots avec cette emphase admirable, et ce ton superbe, dont il dit parfois à un ami qu'il ne peut pas recevoir : « Mille pardons, mon cher, de vous laisser à la porte; je suis en tête à tête avec une princesse, dont l'honneur eſt à ma disposition, et vous comprenez... »

Édouard lui donna une poignée de main, comme à un bienfaiteur, et courut à la besogne.

Le grand romancier commanda son second article rue de Navarin[1].

Le premier article parut le surlendemain dans *Le Siècle*[2]. Chose bizarre, il n'était signé ni du petit homme ni du grand homme, mais d'un troisième nom bien connu dans la Bohème d'alors pour ses amours de matous et d'Opéra-Comique[3].

Le second ami était, et eſt encore, gros, paresseux et lymphatique; de plus, il n'a pas d'idées[4], et ne sait qu'enfiler et perler des mots en manièreᵇ de colliers d'Osages[5], et, comme il eſt beaucoup plus long de tasser troisᶜ grandes colonnes de mots que de faire un volume d'idées, son article ne parut que quelques jours plus tard. Il ne fut point inséré dans les *Débats,* mais dans *La Presse*[6].

Le billet de 1 200 francs était payé; chacun était parfaitement satisfait, excepté l'éditeur, qui l'était presque. Et c'eſt ainsi qu'on paie ses dettes... quand on a du génie.

Si quelque malin s'avisait de prendre ceci pour une *blague* de petit journal et un attentat à la gloire du plus grand homme de notre siècle, il se tromperait honteusement; j'ai voulu montrer que le grand poète savait dénouer une lettre de change aussi facilement que le roman le plus myſtérieux et le plus intrigué[7].

PROMÉTHÉE DÉLIVRÉ

PAR L. DE SENNEVILLE*

Ceci est de la poésie philosophique. — Qu'est-ce que
la poésie philosophique ? — Qu'est-ce que M. Edgar
Quinet ? — Un philosophe ? — Euh ! euh ! — Un poète ?
— Oh ! oh !

Cependant, M. Edgar Quinet est un homme d'un vrai
mérite. — Eh ! mais, M. de Senneville aussi ! — Expli-
quez-vous.

Je suis prêt. Quand un peintre se dit : — Je vais faire
une peinture crânement poétique ! Ah ! la poésie ! !...
— il fait une peinture froide, où l'intention de l'œuvre
brille aux dépens de l'œuvre : — le *Rêve du bonheur,* ou
Faust et Marguerite. — Et cependant, MM. Papety et
Ary Scheffer[1] ne sont pas des gens dénués de valeur;
— mais !... c'est que la poésie d'un tableau doit être faite
par le spectateur.

— Comme la philosophie d'un poème par le lecteur.
— Vous y êtes, c'est cela même.

— La poésie n'est donc pas une chose philosophique ?
— Pauvre lecteur, comme vous prenez le mors aux dents,
quand on vous met sur une pente !

La poésie est essentiellement philosophique; mais
comme elle est avant tout *fatale,* elle doit être involontairement philosophique.

— Ainsi, la poésie philosophique est un genre faux ?
— Oui[2]. — Alors, pourquoi parler de M. Senneville ?

— Parce que c'est un homme de quelque mérite. —
Nous parlerons de son livre, comme d'une tragédie où
il y aurait quelques bons mots.

Du reste, il a bien choisi, — c'est-à-dire la donnée
la plus ample et *la plus infinie,* la circonférence la plus

* Au comptoir des Imprimeurs-Unis.

capace, le sujet le plus large parmi tous les sujets *protestants, — Prométhée délivré !* — l'humanité révoltée contre
les fantômes ! l'inventeur proscrit ! la raison et la liberté
criant : justice ! — Le poète croit qu'elles obtiendront
justice, — comme vous allez voir :

La scène se passe sur le Caucase, aux dernières heures
de la nuit. Prométhée enchaîné chante, sous le vautour,
son éternelle plainte, et convoque l'humanité souffrante
au rayonnement de la prochaine liberté. — Le chœur —
l'humanité — raconte à Prométhée son histoire douloureuse : — d'abord l'adoration barbare des premiers âges,
les oracles de Delphes, les fausses consolations des Sages,
l'opium et le laudanum d'Épicure, les vastes orgies de
la décadence, et finalement la rédemption par le sang
de l'agneau.

> Mais le symbole tutélaire
> Dans le ciel, qu'à peine il éclaire,
> Jette en mourant ses derniers feux.

Prométhée continue à *protester* et à promettre la nouvelle vie; Harmonia, *des muses la plus belle,* vient le consoler, et fait paraître devant lui *l'esprit du ciel, l'esprit de
la vie, l'esprit de la terre* et *l'esprit des météores,* qui parlent
à Prométhée, dans un style assez vague, des mystères et
des secrets de la nature. Prométhée déclare qu'il est le
roi de la terre et du ciel.

> Les dieux sont morts, car la foudre est à moi.

Ce qui veut dire que Franklin a détrôné Jupiter[1].
Io, c'est-à-dire Madeleine ou Marie, c'est-à-dire
l'amour, vient à son tour philosopher avec Prométhée;
celui-ci lui explique pourquoi son amour et sa prière
n'étaient qu'épicuréisme pur, œuvres stériles et avares :

> Pendant que tes genoux s'usaient dans la prière,
> Tu n'as pas vu les maux des enfants de la terre !
> Le monde allait mourir pendant que tu priais.

Tout à coup, le vautour est percé d'une flèche mystérieuse. Hercule apparaît, et la raison humaine est délivrée
par la force, — appel à l'insurrection et aux *passions mau-*

vaises ! — Harmonia ordonne aux anciens révélateurs : Manou[1], Zoroastre, Homère et Jésus-Christ, de venir rendre hommage au nouveau dieu de l'Univers ; chacun expose sa doctrine, et Hercule et Prométhée se chargent tour à tour de leur démontrer que les dieux, quels qu'ils soient, raisonnent moins bien que l'homme, ou l'humanité en langue socialiste ; si bien que Jésus-Christ lui-même, rentrant dans la *nuit incréée,* il ne reste plus à la nouvelle humanité que de chanter les louanges du nouveau régime, basé uniquement sur la science et la force.

Total : l'Athéisme.

C'est fort bien, et nous ne demanderions pas mieux que d'y souscrire, si cela était gai, aimable, séduisant et nourrissant.

Mais nullement ; M. de Senneville a esquivé le culte de la Nature, cette grande religion de Diderot et d'Holbach, cet unique ornement de l'athéisme[2].

C'est pourquoi nous concluons ainsi : À quoi bon la poésie philosophique, puisqu'elle ne vaut ni un article de l'*Encyclopédie,* ni une chanson de Désaugiers[3] ?

Un mot encore : — le poète philosophique a besoin de Jupiter, au commencement de son poème, Jupiter représentant une certaine somme d'idées ; à la fin, Jupiter est aboli. — Le poète ne croyait donc pas à Jupiter !

Or, la grande poésie est essentiellement *bête,* elle *croit,* et c'est ce qui fait sa gloire et sa force.

Ne confondez jamais les fantômes de la raison avec les fantômes de l'imagination ; ceux-là sont des équations, et ceux-ci des êtres et des souvenirs.

Le premier Faust est magnifique, et le second mauvais[4]. — La forme de M. de Senneville est encore vague et flottante ; il ignore les rimes puissamment colorées, ces lanternes qui éclairent la route de l'idée[5] ; il ignore aussi les effets qu'on peut tirer d'un certain nombre de mots, diversement combinés. — M. de Senneville est néanmoins un homme de talent, que la conviction de la raison et l'orgueil moderne ont soulevé assez haut en de certains endroits de son *discours,* mais qui a subi fatalement les inconvénients du genre adopté. — Quelques nobles et grands vers prouvent que, si M. de Senneville avait voulu développer le côté panthéistique et naturaliste de la question, il eût obtenu de beaux effets, où son talent aurait brillé d'un éclat plus facile.

LE SIÈCLE

ÉPÎTRE À CHATEAUBRIAND,
PAR BATHILD BOUNIOL*

M. Bouniol adresse à M. de Chateaubriand un hommage de jeune homme; il met sous la protection de cet illustre nom une satire véhémente et, sinon puérile, du moins inutile, du régime actuel.

Oui, Monsieur, les temps sont mauvais et corrompus; mais la bonne philosophie en profite sournoisement pour courir sus à l'occasion, et ne perd pas son temps aux anathèmes.

Du reste, il serait de mauvais ton d'être plus sévère que M. Bouniol n'est modeste; il a pris pour épigraphe : *Je tâche !* et il fait déjà fort bien les vers.

---

* Chez Sagnier et Bray, 64, rue des Saints-Pères.

CONSEILS
AUX JEUNES LITTÉRATEURS

Les préceptes qu'on va lire sont le fruit de l'expérience ; l'expérience implique une certaine somme de bévues ; chacun les ayant commises, — toutes ou peu s'en faut, — j'espère que mon expérience sera vérifiée par celle de chacun.

Lesdits préceptes n'ont donc pas d'autre prétention que celle des *vade mecum,* d'autre utilité que celle de *la civilité puérile et honnête.* — Utilité énorme ! Supposez le code de la civilité écrit par une Warens au cœur intelligent et bon, l'art de s'habiller utilement enseigné par une mère ! — Ainsi apporterai-je dans ces préceptes dédiés aux jeunes littérateurs une tendresse toute fraternelle.

DU BONHEUR ET DU GUIGNON
DANS LES DÉBUTS

Les jeunes écrivains qui, parlant d'un jeune confrère avec un accent mêlé d'envie, disent : « C'est un beau début, il a eu un fier bonheur ! » ne réfléchissent pas que tout début a toujours été précédé et qu'il est l'effet de vingt autres débuts qu'ils n'ont pas connus.

Je ne sais pas si, en fait de réputations, le coup de tonnerre a jamais eu lieu ; je crois plutôt qu'un succès est, dans une proportion arithmétique ou géométrique, suivant la force de l'écrivain, le résultat des succès antérieurs, souvent invisibles à l'œil nu. Il y a lente agrégation de succès moléculaires ; mais de générations miraculeuses et spontanées, jamais.

Ceux qui disent : J'ai du guignon, sont ceux qui n'ont pas encore eu assez de succès et qui l'ignorent.

Je fais la part des mille circonſtances qui enveloppent la volonté humaine, et qui ont elles-mêmes leurs causes légitimes; elles sont une circonférence dans laquelle eſt enfermée la volonté; mais cette circonférence eſt mouvante, vivante, tournoyante, et change tous les jours, toutes les minutes, toutes les secondes son cercle et son centre. Ainsi, entraînées par elle, toutes les volontés humaines qui y sont cloîtrées varient à chaque inſtant leur jeu réciproque, et c'eſt ce qui conſtitue la liberté.

Liberté et fatalité sont deux contraires; vues de près et de loin, c'eſt une seule volonté[1].

C'eſt pourquoi il n'y a pas de guignon[2]. Si vous avez du guignon, c'eſt qu'il vous manque quelque chose : ce quelque chose, connaissez-le, et étudiez le jeu des volontés voisines pour déplacer plus facilement la circonférence.

Un exemple entre mille. Plusieurs de ceux que j'aime et que j'eſtime s'emportent contre les popularités actuelles, — Eugène Sue[a], Paul Féval[3], — des logogriphes en aĉtion[4]; mais le talent de ces gens, pour frivole qu'il soit, n'en exiſte pas moins, et la colère de mes amis n'exiſte pas, ou plutôt elle *exiſte en moins,* — car elle eſt du temps perdu, la chose du monde la moins précieuse. La queſtion n'eſt pas de savoir si la littérature du cœur ou de la forme eſt supérieure à celle en vogue. Cela eſt trop vrai, pour moi du moins. Mais cela ne sera qu'à moitié juſte, tant que vous n'aurez pas dans le genre que vous voulez inſtaller autant de talent qu'Eugène Sue dans le sien. Allumez autant d'intérêt avec des moyens nouveaux; possédez une force égale et supérieure dans un sens contraire; doublez, triplez, quadruplez la dose jusqu'à une égale concentration, et vous n'aurez plus le droit de médire du *bourgeois,* car le *bourgeois* sera avec vous[5]. Jusque-là, *væ viĉtis !* car rien n'eſt vrai que la force, qui eſt la juſtice suprême.

DES SALAIRES

Quelque belle que soit une maison, elle eſt avant tout, — avant que sa beauté soit démontrée, — tant de mètres de haut sur tant de large. — De même la littérature, qui est la matière la plus inappréciable, — est avant tout un remplissage de colonnes; et l'architecte littéraire, dont le nom seul n'est pas une chance de bénéfice, doit vendre à tous prix.

Il y a des jeunes gens qui disent : « Puisque cela ne vaut que si peu, pourquoi se donner tant de mal ? » Ils auraient pu livrer *de la meilleure ouvrage ;* et dans ce cas, ils n'eussent été volés que par la nécessité actuelle, par la loi de la nature; ils se sont volés eux-mêmes; — mal payés, ils eussent pu y trouver de l'honneur; mal payés, ils se sont déshonorés.

Je résume tout ce que je pourrais écrire sur cette matière, en cette maxime suprême que je livre à la méditation de tous les philosophes, de tous les historiens, et de tous les hommes d'affaires : Ce n'est que par les beaux sentiments qu'on parvient à la fortune !

Ceux qui disent : « Pourquoi *se fouler la rate* pour si peu ? » sont ceux qui plus tard, — une fois arrivés aux honneurs, — veulent[a] vendre leurs livres 200 francs le feuilleton[1], et qui, rejetés, reviennent[b] le lendemain les offrir à 100 francs de perte.

L'homme raisonnable est celui qui dit : « Je crois que cela vaut tant, parce que j'ai du génie; mais s'il faut faire quelques concessions, je les ferai, pour avoir l'honneur d'être des vôtres. »

DES SYMPATHIES ET DES ANTIPATHIES

En amour, comme en littérature, les sympathies sont involontaires; néanmoins elles ont besoin d'être vérifiées et la raison y a sa part ultérieure.

Les vraies sympathies sont excellentes, car elles sont : deux en un — les fausses sont détestables, car elles ne font qu'un, moins l'indifférence primitive, qui vaut mieux que la haine, suite nécessaire de la duperie et du désillusionnement.

C'est pourquoi j'admets et j'admire la camaraderie, en tant qu'elle est fondée sur des rapports essentiels de raison et de tempérament. Elle est une des saintes manifestations de la nature, une des nombreuses applications de ce proverbe sacré : l'union fait la force.

La même loi de franchise et de naïveté doit régir les antipathies. Il y a cependant des gens qui se fabriquent des haines comme des admirations, à l'étourdie. Cela est fort imprudent; c'est se faire un ennemi, — sans bénéfice et sans profit. Un coup qui ne porte pas n'en blesse pas moins au cœur le rival à qui il était destiné, sans compter qu'il peut à gauche ou à droite blesser l'un des témoins du combat.

Un jour, pendant une leçon d'escrime, un créancier vint me troubler; je le poursuivis dans l'escalier à coups de fleuret. Quand je revins, le maître d'armes, un géant pacifique qui m'aurait jeté par terre en soufflant sur moi, me dit : « Comme vous prodiguez votre antipathie ! un poète ! un philosophe ! ah fi ! » — J'avais perdu le temps de faire deux assauts, j'étais essoufflé, honteux, et méprisé par un homme de plus, — le créancier, à qui je n'avais pas fait grand mal.

En effet, la haine est une liqueur précieuse[1], un poison plus cher que celui des Borgia[a], — car il est fait avec notre sang, notre santé, notre sommeil, et les deux tiers de notre amour ! Il faut en être avare !

DE L'ÉREINTAGE

L'éreintage[2] ne doit être pratiqué que contre les suppôts de l'erreur. Si vous êtes fort, c'est vous perdre que de vous attaquer à un homme fort; fussiez-vous dissidents en quelques points, il sera toujours des vôtres en certaines occasions.

Il y a deux méthodes d'éreintage : par la ligne courbe, et par la ligne droite qui est le plus court chemin.

On trouvera suffisamment d'exemples de la ligne courbe dans les feuilletons de J. Janin[3]. La ligne courbe amuse la galerie, mais ne l'instruit pas.

La ligne droite est maintenant pratiquée avec succès par quelques journalistes anglais; à Paris, elle est tombée en désuétude; M. Granier de Cassagnac[4] lui-même me semble l'avoir trop oubliée. Elle consiste à dire : « M. X... est un malhonnête homme, et de plus un imbécile; c'est ce que je vais prouver », — et de le prouver ! primo — secundo — tertio, — etc... Je recommande cette méthode

à tous ceux qui ont la foi de la raison, et le poing solide.

Un éreintage manqué est un accident déplorable; c'est une flèche qui se retourne, ou au moins vous dépouille la main en partant, une balle dont le ricochet peut vous tuer.

DES MÉTHODES DE COMPOSITION

Aujourd'hui, il faut produire beaucoup; — il faut donc aller vite; — il faut donc se hâter lentement; il faut donc que tous les coups portent, et que pas une touche ne soit inutile.

Pour écrire vite, il faut avoir beaucoup pensé, — avoir trimballé un sujet avec soi, à la promenade, au bain, au restaurant, et presque chez sa maîtresse.

E. Delacroix me disait un jour[1] : « L'art est une chose si idéale et si fugitive, que les outils ne sont jamais assez propres, ni les moyens assez expéditifs. » Il en est de même de la littérature; — je ne suis donc pas partisan de la rature; elle trouble le miroir de la pensée.

Quelques-uns, et des plus distingués, et des plus consciencieux, — Édouard Ourliac[2], par exemple, — commencent par charger beaucoup de papier; ils appellent cela couvrir leur toile. — Cette opération confuse a pour but de ne rien perdre. Puis, à chaque fois qu'ils recopient, ils élaguent et ébranchent. Le résultat fût-il excellent, c'est abuser de son temps et de son talent. Couvrir une toile n'est pas la charger de couleurs, c'est ébaucher en frottis, c'est disposer des masses en tons légers et transparents. — La toile doit être couverte — en esprit — au moment où l'écrivain prend la plume pour écrire le titre.

On dit que Balzac charge sa copie et ses épreuves d'une manière fantastique et désordonnée. Un roman passe dès lors par une série de genèses, où se disperse non seulement l'unité de la phrase, mais aussi de l'œuvre. C'est sans doute cette mauvaise méthode qui donne souvent au style ce je ne sais quoi de diffus, de bousculé et de brouillon, — le seul défaut de ce grand historien.

DU TRAVAIL JOURNALIER
ET DE L'INSPIRATION

L'orgie n'est plus la sœur de l'inspiration : nous avons cassé cette parenté adultère. L'énervation rapide et la faiblesse de quelques belles natures témoignent assez contre cet odieux préjugé.

Une nourriture très substantielle, mais régulière, est la seule chose nécessaire aux écrivains féconds. L'inspiration est décidément la sœur du travail journalier[1]. Ces deux contraires ne s'excluent pas plus que tous les contraires qui constituent la nature. L'inspiration obéit, comme la faim, comme la digestion, comme le sommeil. Il y a sans doute dans l'esprit une espèce de mécanique céleste, dont il ne faut pas être honteux, mais tirer le parti le plus glorieux, comme les médecins de la mécanique du corps. Si l'on veut vivre dans une contemplatoin opiniâtre de l'œuvre de demain, le travail journalier servira l'inspiration, — comme une écriture lisible sert à éclairer la pensée, et comme la pensée calme et puissante sert à écrire lisiblement; car le temps des mauvaises écritures est passé.

DE LA POÉSIE

Quant à ceux qui se livrent ou se sont livrés avec succès à la poésie, je leur conseille de ne jamais l'abandonner. La poésie est un des arts qui rapportent le plus; mais c'est une espèce de placement dont on ne touche que tard les intérêts, — en revanche très gros.

Je défie les envieux de me citer de bons vers qui aient ruiné un éditeur.

Au point de vue moral, la poésie établit une telle démarcation entre les esprits du premier ordre et ceux du second, que le public le plus bourgeois n'échappe pas à cette influence despotique. Je connais des gens qui ne lisent les feuilletons, — souvent médiocres, — de[a] Théophile Gautier, que parce qu'il a fait *La Comédie de la Mort ;* sans doute ils ne sentent pas toutes les grâces de cette œuvre, mais ils savent qu'il est poète.

Quoi d'étonnant, d'ailleurs, puisque tout homme bien portant peut se passer de manger pendant deux jours, — de poésie, jamais ?

L'art qui satisfait le besoin le plus impérieux sera toujours le plus honoré.

DES CRÉANCIERS

Il vous souvient sans doute d'une comédie intitulée : *Désordre et Génie*[1]. Que le désordre ait parfois accompagné le génie, cela prouve simplement que le génie est terriblement fort ; malheureusement, ce titre exprimait pour beaucoup de jeunes gens, non pas un accident, mais une nécessité.

Je doute fort que Gœthe eût des[a] créanciers ; Hoffmann lui-même[2], le désordonné Hoffmann, pris par des nécessités plus fréquentes, aspirait sans cesse à en sortir, et du reste il est mort au moment où une vie plus large permettait à son génie un essor plus radieux.

N'ayez jamais de créanciers ; faites, si vous voulez, semblant d'en avoir, c'est tout ce que je puis vous passer.

DES MAÎTRESSES

Si je veux observer la loi des contrastes, qui gouverne l'ordre moral et l'ordre physique, je suis obligé de ranger dans la classe des femmes dangereuses aux gens de lettres, la *femme honnête,* le bas-bleu et l'actrice ; — *la femme honnête,* parce qu'elle appartient nécessairement à deux hommes, et qu'elle est une médiocre pâture pour l'âme despotique d'un poète ; — le bas-bleu, parce que c'est un homme manqué ; — l'actrice, parce qu'elle est frottée de littérature et qu'elle parle argot. — Bref, parce que ce n'est pas une femme dans toute l'acception du mot, — le public lui étant une chose plus précieuse que l'amour.

Vous figurez-vous un poète amoureux de sa femme

et contraint de lui voir jouer un travesti ? Il me semble qu'il doit mettre[a] le feu au théâtre.

Vous figurez-vous celui-ci obligé d'écrire un rôle pour sa femme qui n'a pas de talent ?

Et cet autre suant à rendre par des épigrammes au public de l'avant-scène les douleurs que ce public lui a faites dans l'être le plus cher, — cet être que les Orientaux enfermaient sous triples clés, avant qu'ils ne vinssent étudier le droit à Paris ? C'est parce que tous les vrais littérateurs ont horreur de la littérature à de certains moments, que je n'admets pour eux, — âmes libres et fières, esprits fatigués, qui ont toujours besoin de se reposer leur septième jour, — que deux classes de femmes possibles : les filles ou les femmes bêtes[1], — l'amour ou le pot-au-feu. — Frères, est-il besoin d'en expliquer les raisons ?

LES CONTES DE CHAMPFLEURY

CHIEN-CAILLOU, PAUVRE TROMPETTE,
FEU MIETTE*

Un jour parut un tout petit volume, tout humble, tout simple, au total, une chose importante, *Chien-Caillou*[1], l'histoire simplement, nettement, crûment racontée, ou plutôt enregistrée, d'un pauvre graveur[2], très original, mais tellement dénué de richesses qu'il vivait avec des carottes, entre un lapin et une fille publique : et il faisait des chefs-d'œuvre. Voilà ce que Champfleury osa pour ses débuts : Se contenter de la nature et avoir en elle une confiance illimitée.

La même livraison contenait d'autres histoires remarquables, entre autres : *M. le maire de Classy-les-Bois,* au sujet de laquelle histoire, je prierai le lecteur de remarquer que Champfleury connaît très bien la province, cet inépuisable trésor d'éléments littéraires, ainsi que l'a triomphalement démontré notre grand H. de Balzac[3], et aussi dans son petit coin où il faudra que le public l'aille chercher, un autre esprit tout modeste et tout retiré, l'auteur des *Contes normands* et des *Historiettes baguenaudières,* Jean de Falaise (Philippe de Chennevières[4]), un brave esprit tout voué au travail et à la religion de la nature, comme Champfleury, et comme lui élevé à côté des journaux, loin des effroyables dysenteries de MM. Dumas, Féval[5] et consorts.

Puis *Carnaval,* ou quelques notes précieuses sur cette curiosité ambulante, cette douleur attifée de rubans et de bariolages dont rient les imbéciles, mais que les Parisiens respectent.

La seconde livraison contenait : *Pauvre Trompette*[6], ou histoire[a] lamentable d'une vieille ivrognesse très égoïste,

---

* 3 volumes, format anglais, chez Martinon, rue du Coq-Saint-Honoré.

qui ruine son gendre et sa fille pour gorger son affreux petit chien de curaçao et d'anisette. Le gendre exaspéré empoisonne le chien avec l'objet de ses convoitises, et la marâtre accroche aux vitres de sa boutique un écriteau qui voue son gendre au mépris et à la haine publics*a*. — Histoire vraie comme les précédentes. — Or, ce serait une erreur grave que de croire que toutes ces historiettes ont pour accomplissement final la gaieté et le divertissement. On ne saurait imaginer ce que Champfleury sait mettre ou plutôt sait voir là-dessous de douleur et de mélancolie vraies.

Le jour où il a fait *M. Prudhomme au Salon,* il était jaloux d'Henri Monnier[1]. Qui peut le plus, peut le moins, nous savons cela ; aussi ce morceau est-il d'un fini très précieux et très amusant. Mais véritablement l'auteur est mieux né, et il a mieux à faire.

Grandeur et décadence d'une serinette. — Il y a là-dedans une création d'enfant, un enfant musical, garçon ou petite fille, on ne sait pas trop, tout à fait délicieuse. Cette nouvelle démontre bien la parenté antique de l'auteur avec quelques écrivains allemands et anglais, esprits mélancoliques comme lui, doublés d'une ironie involontaire et persistante. Il faut remarquer en plus, ainsi que je l'ai déjà dit plus haut, une excellente description de la méchanceté et de la sottise provinciales.

Une religion au cinquième. — C'est l'histoire, la description de la pot-bouille d'une religion moderne, la peinture au naturel de quelques-uns de ces misérables, comme nous en avons tous connu, qui croient qu'on fait une doctrine comme on fait un enfant, sur une paillasse, le *Compère Mathieu*[2] à la main, et que ce n'est pas plus difficile que ça.

Le dernier volume[3] est dédié à Balzac. Il est impossible de placer des œuvres plus sensées, plus simples, plus naturelles, sous un plus auguste patronage. Cette dédicace est excellente, excellente pour le style, excellente pour les idées. Balzac est en effet un romancier et un savant, un inventeur et un observateur[4] ; un naturaliste qui connaît également la loi de génération des idées et des êtres visibles. C'est un grand homme dans toute la force du terme ; c'est un créateur de méthode et le seul dont la méthode vaille la peine d'être étudiée.

Et ceci n'est pas à mon avis propre un des moindres

pronostics favorables pour l'avenir littéraire de Champfleury.

Ce dernier volume contient *Feu Miette,* histoire, véridique, comme toujours, d'un charlatan célèbre du quai des Augustins. — Le *Fuenzès,* une belle idée, un tableau fatal et qui porte malheur à ceux qui l'achètent !

Simple Histoire d'un rentier, d'un lampiste et d'une horloge — précieux morceau, constatation de manies engendrées forcément dans la vie stagnante et solitaire de la province. Il est difficile de mieux peindre et de mieux dessiner les automates ambulants, chez qui le cerveau, lui aussi, devient lampe et horloge.

Van Schaendel, père et fils : Peintres-naturalistes enragés qui vous nourrissez de carottes pour mieux les dessiner, et vous habilleriez de plumes pour mieux peindre un perroquet, lisez et relisez ces hautes leçons empreintes d'une ironie allemande énorme[1].

Jusqu'à présent je n'ai rien dit du style. On le devine facilement. Il est large, soudain, brusque, poétique, comme la nature. Pas de grosses bouffissures, pas de littérarisme outré. L'auteur, de même qu'il s'applique à bien voir les êtres et leurs physionomies toujours étranges pour qui sait bien voir, s'applique aussi à bien retenir le cri de leur animalité, et il en résulte une sorte de méthode d'autant plus frappante qu'elle est pour ainsi dire insaisissable. J'explique peut-être mal ma pensée, mais tous ceux qui ont éprouvé le besoin de se créer une esthétique à leur usage me comprendront.

La seule chose que je reprocherais volontiers à l'auteur est de ne pas connaître peut-être ses richesses, d'être pas suffisamment rabâcheur, de trop se fier à ses lecteurs, de ne pas tirer de conclusions, de ne pas épuiser un sujet, tous reproches qui se réduisent à un seul, et qui dérivent du même principe. Mais peut-être aussi ai-je tort; il ne faut forcer la destinée de personne; de larges ébauches sont plus belles que des tableaux confusionnés, et il a peut-être choisi la meilleure méthode qui est la simple, la courte et l'ancienne.

Le quatrième volume qui paraîtra prochainement est au moins égal aux précédents[2].

Enfin pour conclure, ces nouvelles sont essentiellement amusantes et appartiennent à un ordre de littérature très relevé.

[JULES JANIN
ET *LE GÂTEAU DES ROIS*]

Pour donner immédiatement au lecteur non initié dans *les dessous* de la littérature, non instruit dans les préliminaires des réputations, une idée première de l'importance littéraire réelle de ces petits livres gros d'esprit, de poésie et d'observations, qu'il sache que le premier d'entre eux, *Chien-Caillou, Fantaisies d'hiver,* fut publié en même temps qu'un petit livre d'un homme très célèbre, qui avait eu, en même temps que Champfleury, l'idée de ces publications trimestrielles[1]. Or, parmi les gens dont l'intelligence journellement appliquée à fabriquer des livres est plus difficile qu'aucune autre, le livre de Champfleury *absorba* celui de l'homme célèbre. Tous ceux dont je parle connurent *Le Gâteau des Rois ;* ils le connurent parce que leur métier est de tout connaître. *Le Gâteau des Rois,* espèce de *Christmas,* ou livre de Noël, était surtout une prétention clairement affirmée de tirer de la langue tous les effets qu'un instrumentiste transcendant tire de son instrument — jouer des variations infinies sur le dictionnaire ! Déplacement de forces ! erreur d'esprit faible ! Dans cet étrange livre, les idées se succédaient à la hâte, filaient avec la rapidité du son, s'appuyant au hasard sur des rapports[a] infiniment ténus. Elles s'associaient entre elles par un fil excessivement frêle, selon une méthode de penser exactement analogue à celle des gens qu'on enferme pour cause d'aliénation mentale; vaste courant d'idées involontaires, course au clocher, abnégation de la volonté. Ce singulier tour de force fut exécuté par l'homme que vous savez, dont l'unique et spéciale faculté est de n'être pas maître de lui, l'homme aux rencontres et *aux bonheurs*[2].

Sans doute, il y avait là du talent; mais quel abus !

mais quelle débauche ! Et d'ailleurs quelle fatigue et quelle [doul]eur[1] ! Sans doute il faut montrer quelque respect ou du moins quelque compassion reconnaissante pour ce trémoussement infatigable d'une ancienne danseuse[a]; mais hélas ! moyens usés, procédés affaiblis ! câlineries fatigantes ! Les idées de notre homme[b] sont de vieilles folles qui ont trop dansé, trop montré et trop levé la jambe. *Sustulerunt sæpius pedes*[2]. Où est le cœur ? où est l'âme, où est la raison dans cette[c]

PIERRE DUPONT [I]

Je viens de relire attentivement les *Chants et Chansons*
de Pierre Dupont, et je reste convaincu que le succès
de ce nouveau poète est un événement grave, non pas
tant à cause de sa valeur propre, qui cependant est très
grande, qu'à cause des sentiments publics dont cette
poésie est le symptôme, et dont Pierre Dupont s'est fait
l'écho.

Pour mieux expliquer cette pensée, je prie le lecteur
de considérer rapidement et largement le développement
de la poésie dans les temps qui ont précédé. Certainement il y aurait injustice à nier les services qu'a rendus
l'école dite romantique. Elle nous rappela à la vérité de
l'image, elle détruisit les poncifs académiques, et même
au point de vue supérieur de la linguistique, elle ne
mérite pas les dédains dont l'ont iniquement couverte
certains pédants impuissants. Mais, par son principe
même, l'insurrection romantique était condamnée à une
vie courte. La puérile utopie de l'école de l'*art pour l'art,*
en excluant la morale, et souvent même la passion, était
nécessairement stérile. Elle se mettait en flagrante contra-
vention avec le génie de l'humanité. Au nom des principes supérieurs qui constituent la vie universelle, nous
avons le droit de la déclarer coupable d'hétérodoxie.
Sans doute, des littérateurs très ingénieux, des antiquaires
très érudits, des versificateurs qui, il faut l'avouer, élevèrent la prosodie presque à la hauteur d'une création,
furent mêlés à ce mouvement, et tirèrent, des moyens
qu'ils avaient mis en commun, des effets très surprenants. Quelques-uns d'entre eux consentirent même à
profiter du milieu politique. Navarin attira leurs yeux
vers l'Orient, et le philhellénisme engendra un livre

éclatant comme un mouchoir ou un châle de l'Inde.
Toutes les superstitions catholiques ou orientales furent
chantées dans des rythmes savants et singuliers. Mais
combien nous devons, à ces accents purement matériels,
faits pour éblouir la vue tremblante des enfants ou pour
caresser leur oreille paresseuse, préférer la plainte de
cette individualité maladive, qui, du fond d'un cercueil
fictif, s'évertuait à intéresser une société troublée à ses
mélancolies irrémédiables[1]. Quelque égoïste qu'il soit, le
poète me cause moins de colère quand il dit : Moi, je
pense... moi, je sens..., que le musicien ou le barbouilleur infatigable qui a fait un pacte satanique avec son
instrument. La coquinerie naïve de l'un se fait pardonner; l'impudence académique de l'autre me révolte.

Mais plus encore que celui-là, je préfère le poète qui
se met en communication permanente avec les hommes
de son temps, et échange avec eux des pensées et des
sentiments traduits dans un noble langage suffisamment
correct. Le poète, placé sur un des points de la circonférence de l'humanité, renvoie sur la même ligne en
vibrations plus mélodieuses la pensée humaine qui lui
fut transmise; tout poète véritable doit être une incarnation, et, pour compléter d'une manière définitive ma
pensée par un exemple récent, malgré tous ces travaux
littéraires, malgré tous ces efforts accomplis hors de la
loi de vérité, malgré tout ce dilettantisme, ce *voluptuo-
sisme* armé de mille instruments et de mille ruses, quand
un poète, maladroit quelquefois, mais presque toujours
grand, vint dans un langage enflammé proclamer la
sainteté de l'insurrection de 1830 et chanter les misères
de l'Angleterre et de l'Irlande[2], malgré ses rimes insuffisantes, malgré ses pléonasmes, malgré ses périodes non
finies, la question fut vidée, et l'art fut désormais inséparable de la morale et de l'utilité[3].

La destinée de Pierre Dupont fut analogue.

Rappelons-nous les dernières années de la monarchie.
Qu'il serait curieux de raconter dans un livre impartial
les sentiments, les doctrines, la vie extérieure, la vie
intime, les modes et les mœurs de la jeunesse sous le
règne de Louis-Philippe ! L'esprit seul était surexcité,
le cœur n'avait aucune part dans le mouvement, et la
fameuse parole : *enrichissez-vous*[4], légitime et vraie en
tant qu'elle implique la moralité, la niait par ce seul fait

qu'elle[a] ne l'affirmait pas. La richesse peut être une garantie de savoir et de moralité, à la condition qu'elle soit
bien acquise; mais quand la richesse est montrée comme
le seul but final de tous les efforts de l'individu, l'enthousiasme, la charité, la philosophie, et tout ce qui fait le
patrimoine commun dans un système éclectique et propriétariste[1], disparaît. L'histoire de la jeunesse, sous le
règne de Louis-Philippe, est une histoire de lieux de
débauche et de restaurants. Avec moins d'impudence,
avec moins de prodigalités, avec plus de réserve, les
filles entretenues obtinrent, sous le règne de Louis-Philippe, une gloire et une importance égales à celles qu'elles
eurent sous l'Empire. De temps en temps retentissait
dans l'air un grand vacarme de discours semblables à
ceux du Portique, et les échos de la Maison-d'Or[a] se
mêlaient aux paradoxes innocents du palais législatif.

Cependant quelques chants purs et frais commençaient
à circuler dans des concerts et dans des sociétés particulières. C'était comme un rappel à l'ordre et une invitation de la nature; et les esprits les plus corrompus les
accueillaient comme un rafraîchissement, comme une
oasis. Quelques pastorales *(Les Paysans)* venaient de
paraître, et déjà les pianos bourgeois les répétaient avec
une joie étourdie.

Ici commence, d'une manière positive et décidée, la
vie parisienne de Pierre Dupont; mais il est utile de
remonter plus haut, non seulement pour satisfaire une
curiosité publique légitime, mais aussi pour montrer
quelle admirable logique existe dans la genèse des faits
matériels et des phénomènes moraux. Le public aime à
se rendre compte de l'éducation des esprits auxquels il
accorde sa confiance; on dirait qu'il est poussé en ceci
par un sentiment indomptable d'égalité. « Tu as touché
notre cœur ! Il faut nous démontrer que tu n'es qu'un
homme, et que les mêmes éléments de perfectionnement
existent pour nous tous. » Au philosophe, au savant, au
poète, à l'artiste, à tout ce qui est grand, à quiconque le
remue et le transforme, le public fait la même requête.
L'immense appétit que nous avons pour les biographies
naît d'un sentiment profond de l'égalité.

L'enfance et la jeunesse de Pierre Dupont ressemblent
à l'enfance et à la jeunesse de tous les hommes destinés
à devenir célèbres. Elle est très simple, et elle explique

l'âge suivant. Les sensations fraîches de la famille, l'amour, la contrainte, l'esprit de révolte, s'y mêlent en quantités suffisantes pour créer un poète. Le reste est de l'acquis. Pierre Dupont naît le 23 avril 1821[1], à Lyon, la grande ville du travail et des merveilles industrielles. Une famille d'artisans, le travail, l'ordre, le spectacle de la richesse journalière créée, tout cela portera ses fruits. Il perd sa mère à l'âge de quatre ans; un vieux parrain, un prêtre, l'accueille chez lui, et commence une éducation qui devait se continuer au petit séminaire de Largentière. Au sortir de la maison religieuse, Dupont devient apprenti canut; mais bientôt on le jette dans une maison de banque, un grand étouffoir. Les grandes feuilles de papier à lignes rouges, les hideux cartons verts des notaires et des avoués, pleins de dissensions, de haines, de querelles de familles, souvent de crimes inconnus, la régularité cruelle, implacable d'une maison de commerce, toutes ces choses sont bien faites pour achever la création d'un poète[2]. Il est bon que chacun de nous, une fois dans sa vie, ait éprouvé la pression d'une odieuse tyrannie; il apprend à la haïr. Combien de philosophes a engendrés le séminaire[3] ! Combien de natures révoltées ont pris vie auprès d'un cruel et ponctuel militaire de l'Empire[4] ! Fécondante discipline, combien nous te devons de chants de liberté ! La pauvre et généreuse nature, un beau matin, fait son explosion, le charme satanique est rompu, et il n'en reste que ce qu'il faut, un souvenir de douleur, un levain pour la pâte.

Il y avait à Provins un grand-père chez qui Pierre Dupont allait quelquefois; là il fit connaissance de M. Pierre Lebrun de l'Académie[5], et peu de temps après, ayant tiré au sort, il fut obligé de rejoindre un régiment de chasseurs. Par grand bonheur, le livre *Les Deux Anges*[6] était fait. M. Pierre Lebrun imagina de faire souscrire beaucoup de personnes à l'impression du livre; les bénéfices furent consacrés à payer un remplaçant. Ainsi Pierre Dupont commença sa vie, pour ainsi dire publique, par se racheter de l'esclavage par la poésie. Ce sera pour lui un grand honneur et une grande consolation d'avoir, jeune, forcé la Muse à jouer un rôle utile, immédiat, dans sa vie.

Ce même livre, incomplet, souvent incorrect, d'une

allure indécise, contient cependant, ainsi que cela arrive
généralement, le germe d'un talent futur qu'une intelligence élevée pouvait, à coup sûr, pronostiquer. Le
volume obtint un prix à l'Académie, et Pierre Dupont
eut dès lors une petite place en qualité d'aide aux travaux
du Dictionnaire. Je crois volontiers que ces fonctions,
quelque minimes qu'elles fussent en apparence, servirent
à augmenter et perfectionner en lui le goût de la belle
langue. Contraint d'entendre souvent les discussions
orageuses de la rhétorique et de la grammaire antique
aux prises avec la moderne, les querelles vives et spirituelles de M. Cousin avec M. Victor Hugo, son esprit
dut se fortifier à cette gymnastique, et il apprit ainsi à
connaître l'immense valeur du mot propre. Ceci paraîtra
peut-être puéril à beaucoup de gens, mais ceux-là ne se
sont pas rendu compte du travail successif qui se fait
dans l'esprit des écrivains, et de la série des circonstances
nécessaires pour créer un poète.

Pierre Dupont se conduisit définitivement avec l'Académie comme il avait fait avec la maison de banque. Il
voulut être libre, et il fit bien. Le poète doit vivre par
lui-même; il doit, comme disait Honoré de Balzac, offrir
une surface commerciale. Il faut que son outil le nour-
risse. Les rapports de Pierre Dupont et de M. Lebrun
furent toujours purs et nobles, et, comme l'a dit Sainte-
Beuve[1], si Dupont voulut être tout à fait libre et indépendant, il n'en resta pas moins reconnaissant du passé.

Le recueil *Les Paysans, chants rustiques*[2], parut donc :
une édition proprette, illustrée d'assez jolies lithographies, et qui pouvait se présenter avec hardiesse dans les
salons et prendre décemment sa place sur les pianos de
la bourgeoisie. Tout le monde sut gré au poète d'avoir
enfin introduit un peu de vérité et de nature dans ces
chants destinés à charmer les soirées. Ce n'était plus cette
nourriture indigeste de crèmes et de sucreries dont les
familles illettrées bourrent imprudemment la mémoire
de leurs demoiselles. C'était un mélange véridique d'une
mélancolie naïve avec une joie turbulente et innocente,
et par-ci par-là les accents robustes de la virilité laborieuse.

Cependant Dupont, s'avançant dans sa voie naturelle,
avait composé un chant d'une allure plus décidée et bien
mieux fait pour émouvoir le cœur des habitants d'une

grande ville. Je me rappelle encore la première confidence qu'il m'en fit, avec une naïveté charmante et comme encore indécis dans sa résolution. Quand j'entendis cet admirable cri de douleur et de mélancolie (*Le Chant des ouvriers,* 1846), je fus ébloui et attendri. Il y avait tant d'années que nous attendions un peu de poésie forte et vraie ! Il est impossible, à quelque parti qu'on appartienne, de quelques préjugés qu'on ait été nourri, de ne pas être touché du spectacle de cette multitude maladive respirant la poussière des ateliers, avalant du coton, s'imprégnant de céruse, de mercure et de tous les poisons nécessaires à la création des chefs-d'œuvre, dormant dans la vermine, au fond des quartiers où les vertus les plus humbles et les plus grandes nichent à côté des vices les plus endurcis et des vomissements du bagne; de cette multitude soupirante et languissante à qui *la terre doit ses merveilles*[1] *;* qui sent *un sang vermeil et impétueux couler dans ses veines,* qui jette un long regard chargé de tristesse sur le soleil et l'ombre des grands parcs, et qui, pour suffisante consolation et réconfort[a], répète à tue-tête son refrain sauveur : *Aimons-nous*[2] *!...*

Dès lors, la destinée de Dupont était faite : il n'avait plus qu'à marcher dans la voie découverte. Raconter les joies, les douleurs et les dangers de chaque métier, et éclairer tous ces aspects particuliers et tous ces horizons divers de la souffrance et du travail humain par une philosophie consolatrice, tel était le devoir qui lui incombait, et qu'il accomplit patiemment. Il viendra un temps où les accents de cette *Marseillaise*[b] du travail circuleront comme un mot d'ordre maçonnique, et où l'exilé, l'abandonné, le voyageur perdu, soit sous le ciel dévorant des tropiques, soit dans les déserts de neige, quand il entendra cette forte mélodie parfumer l'air de sa senteur originelle,

> Nous dont la lampe le matin
> Au clairon du coq se rallume,
> Nous tous qu'un salaire incertain
> Ramène avant l'aube à l'enclume...

pourra dire : je n'ai plus rien à craindre, je suis en France !

La Révolution de Février activa cette floraison impatiente et augmenta les vibrations de la corde populaire; tous les malheurs et toutes les espérances de la Révolution firent écho dans la poésie de Pierre Dupont. Cependant la muse pastorale ne perdit pas ses droits, et à mesure qu'on avance dans son œuvre, on voit toujours, on entend toujours, comme au sein des chaînes tourmentées de montagnes orageuses, à côté de la route banale et agitée, bruire doucement et reluire la fraîche source primitive qui filtre des hautes neiges :

> Entendez-vous au creux du val
> Ce long murmure qui serpente ?
> Est-ce une flûte de cristal ?
> Non, c'est la voix de l'eau qui chante[1].

L'œuvre du poète se divise naturellement en trois parties, les pastorales, les chants politiques et socialistes, et quelques chants symboliques qui sont comme la philosophie de l'œuvre. Cette partie est peut-être la plus personnelle, c'est le développement d'une philosophie un peu ténébreuse, une espèce de mysticité amoureuse. L'optimisme de Dupont, sa confiance illimitée dans la bonté native de l'homme, son amour fanatique de la nature, font la plus grande partie de son talent. Il existe une comédie espagnole[2] où une jeune fille demande en écoutant le tapage ardent des oiseaux dans les arbres : Quelle est cette voix, et que chante-t-elle ? Et les oiseaux répètent en chœur : l'amour, l'amour ! Feuilles des arbres, vent du ciel, que dites-vous, que commandez-vous ? Et le chœur de répondre : l'amour, l'amour ! Le chœur des ruisseaux dit la même chose. La série est longue, et le refrain est toujours le même. Cette[a] voix mystérieuse chante d'une manière permanente le remède universel dans l'œuvre de Dupont. La beauté mélancolique de la nature a laissé dans son âme une telle empreinte, que s'il veut composer un chant funèbre sur l'abominable guerre civile, les premières images et les premiers vers qui lui viennent à l'esprit sont :

> La France est pâle comme un lys,
> Le front ceint de grises verveines[3].

Sans doute, plusieurs personnes regretteront de ne pas trouver dans ces chants politiques et guerriers tout le bruit et tout l'éclat de la guerre, tous les transports de l'enthousiasme et de la haine, les cris enragés du clairon,

le sifflement du fifre pareil à la folle espérance de la jeunesse qui court à la conquête du monde, le grondement
infatigable du canon, les gémissements des blessés, et
tout le fracas de la victoire, si cher à une nation militaire
comme la nôtre. Mais qu'on y réfléchisse bien, ce qui
chez un autre serait défaut chez Dupont devient qualité.
En effet, comment pourrait-il se contredire ? De temps
à autre, un grand accent d'indignation s'élève de sa
bouche, mais on voit qu'il pardonnera vite, au moindre
signe de repentir, au premier rayon du soleil[a] ! Une seule
fois, Dupont a constaté, peut-être à son insu, l'utilité de
l'esprit de destruction; cet aveu lui a échappé, mais voyez
dans quels termes :

> Le glaive brisera le glaive,
> Et du combat naîtra l'amour[1] !

En définitive, quand on relit attentivement ces chants
politiques, on leur trouve une saveur particulière. Ils se
tiennent bien, et ils sont unis entre eux par un lien commun, qui est l'amour de l'humanité.

Cette dernière ligne me suscite une réflexion qui éclaire
d'un grand jour le succès légitime, mais étonnant, de
notre poète. Il y a des époques où les moyens d'exécution dans tous les arts sont assez nombreux, assez per-
fectionnés et assez peu coûteux pour que chacun puisse
se les approprier en quantité à peu près égale. Il y a des
temps où tous les peintres savent plus ou moins rapidement et habilement couvrir une toile; de même les
poètes. Pourquoi le nom de celui-ci est-il dans toutes
les bouches, et le nom de celui-là rampe-t-il encore téné-
breusement dans des casiers de librairie, ou dort-il
manuscrit dans des cartons de journaux ? En un mot,
quel est le grand secret de Dupont, et d'où vient cette
sympathie qui l'enveloppe ? Ce grand secret, je vais vous
le dire, il est bien simple : il n'est ni dans l'acquis ni
dans l'ingéniosité, ni dans l'habileté du faire, ni dans la
plus ou moins grande quantité de procédés que l'artiste
a puisés dans le fonds commun du savoir humain; il est
dans l'amour de la vertu et de l'humanité, et dans ce
je ne sais quoi qui s'exhale incessamment de sa poésie,
que j'appellerais volontiers le goût infini de la République.

Il y a encore autre chose; oui, il y a autre chose.

C'est la joie !

C'est un fait singulier que cette joie qui respire et
domine dans les œuvres de quelques écrivains célèbres,
ainsi que l'a judicieusement noté Champfleury à propos
d'Honoré de Balzac[1]. Quelque grandes que soient les
douleurs qui les surprennent, quelque affligeants que
soient les spectacles humains, leur bon tempérament
reprend le dessus, et peut-être quelque chose de mieux,
qui est un grand esprit de sagesse. On dirait qu'ils portent
en eux-mêmes leur consolation. En effet, la nature est si
belle, et l'homme est si grand, qu'il est difficile, en se
mettant à un point de vue supérieur, de concevoir le
sens du mot : irréparable[2]. Quand un poète vient affirmer
des choses aussi bonnes et aussi consolantes, aurez-vous
le courage de regimber ?

Disparaissez donc, ombres fallacieuses de René,
d'Obermann et de Werther; fuyez dans les brouillards
du vide, monstrueuses créations de la paresse et de la
solitude; comme les pourceaux dans le lac de Généza-
reth, allez vous replonger dans les forêts enchantées
d'où vous tirèrent les fées ennemies, moutons attaqués
du vertigo romantique. Le génie de l'action ne vous
laisse plus de place parmi nous[3].

Quand je parcours l'œuvre de Dupont, je sens toujours revenir dans ma mémoire, sans doute à cause de
quelque secrète affinité, ce sublime mouvement de Proudhon, plein de tendresse et d'enthousiasme : il entend
fredonner la chanson lyonnaise,

> Allons, du courage,
> Braves ouvriers !
> Du cœur à l'ouvrage !
> Soyons les premiers.

et il s'écrie :

« Allez donc au travail en chantant, race prédestinée, votre refrain est plus beau que celui de Rouget de
Lisle*. »

Ce sera l'éternel honneur de Pierre Dupont d'avoir
le premier enfoncé la porte. La hache à la main, il a
coupé les chaînes du pont-levis de la forteresse; maintenant la poésie populaire peut passer.

---

* *Avertissement aux propriétaires*[4].

De grandes imprécations, des soupirs profonds d'espérance, des cris d'encouragement infini commencent à soulever les poitrines. Tout cela deviendra livre, poésie et chant, en dépit de toutes les résistances.

C'est une grande destinée que celle de la poésie ! Joyeuse ou lamentable, elle porte toujours en soi le divin caractère utopique. Elle contredit sans cesse le fait, à peine de ne plus être. Dans le cachot, elle se fait révolte ; à la fenêtre de l'hôpital, elle est ardente espérance de guérison ; dans la mansarde déchirée et malpropre, elle se pare comme une fée du luxe et de l'élégance ; non seulement elle constate, mais elle répare. Partout elle se fait négation de l'iniquité.

Va donc à l'avenir en chantant, poète providentiel, tes chants sont le décalque lumineux des espérances et des convictions populaires !

L'édition à laquelle cette notice est annexée contient, avec chaque chanson, la musique[1], qui est presque toujours du poète lui-même, mélodies simples et d'un caractère libre et franc, mais qui demandent un certain art pour bien être exécutées. Il était véritablement utile, pour donner une idée juste de ce talent, de fournir la texte musical, beaucoup de poésies étant admirablement complétées par le chant. Ainsi que beaucoup de personnes, j'ai souvent entendu Pierre Dupont chanter lui-même ses œuvres, et comme elles, je pense que nul ne les a mieux chantées. J'ai entendu de belles voix essayer ces accents rustiques ou patriotiques, et cependant je n'éprouvais qu'un malaise irritant. Comme ce livre de chansons ira chez tous ceux qui aiment la poésie, et qui aussi pour la consolation de la famille, pour la célébration de l'hospitalité, pour l'allégement des soirées d'hiver, veulent les exécuter eux-mêmes, je leur ferai part d'une réflexion qui m'est venue en cherchant la cause du déplaisir que m'ont causé beaucoup de chanteurs. Il ne suffit pas d'avoir la voix juste ou belle, il est beaucoup plus important d'avoir du sentiment. La plupart des chants de Dupont, qu'ils soient une situation de l'esprit ou un récit, sont des drames lyriques, dont les descriptions font les décors et le fond. Il vous faut donc, pour

bien représenter l'œuvre, *entrer dans la peau* de l'être
créé[1], vous pénétrer profondément des sentiments qu'il
exprime, et les si bien sentir, qu'il vous semble que ce
soit votre œuvre propre. Il faut s'assimiler une œuvre
pour la bien exprimer ; voilà sans doute une de ces vérités
banales et répétées mille fois, qu'il faut répéter encore.
Si vous méprisez mon avis, cherchez un autre secret.

[PENSÉE D'ALBUM]

À mesure que l'homme avance dans la vie, et qu'il voit les choses de plus haut, ce que le monde est convenu d'appeler la beauté perd bien de son importance, et aussi la volupté, et bien d'autres balivernes. Aux yeux désabusés et désormais clairvoyants toutes les saisons ont leur valeur, et l'hiver n'est pas la plus mauvaise ni la moins féerique. Dès lors la beauté ne sera plus que *la promesse du bonheur*[1], c'est Stendhal, je crois, qui a dit cela. La beauté sera la forme qui garantit le plus de bonté, de fidélité au serment, de loyauté dans l'exécution du contrat, de finesse dans l'intelligence des rapports. La laideur sera cruauté, avarice, sottise, mensonge. La plupart des jeunes gens ignorent ces choses, et ils ne les apprennent qu'à leurs dépens[2]. Quelques-uns d'entre nous les savent aujourd'hui; mais on ne sait que pour soi seul. Quels moyens pouvais-je[a] efficacement employer pour persuader à un jeune étourdi que l'irrésistible sympathie que j'éprouve pour les vieilles femmes, ces êtres qui ont beaucoup souffert par leurs amants, leurs maris, leurs enfants, et aussi par leurs propres fautes, n'est mêlée d'aucun appétit sexuel[3] ?

. . . .

Si l'idée de la Vertu et de l'Amour universel n'est pas mêlée à tous nos plaisirs, tous nos plaisirs deviendront tortures et remords.

26 août 1851.

LES DRAMES
ET LES ROMANS HONNÊTES

Depuis quelque temps, une grande fureur d'honnêteté s'est emparée du théâtre et aussi du roman[1]. Les débordements puérils de l'école dite romantique ont soulevé une réaction que l'on peut accuser d'une coupable maladresse, malgré les pures intentions dont elle paraît animée. Certes, c'est une grande chose que la vertu, et aucun écrivain, jusqu'à présent, à moins d'être fou, ne s'est avisé de soutenir que les créations de l'art devaient contrecarrer les grandes lois morales. La question est donc de savoir si les écrivains dits vertueux s'y prennent bien pour faire aimer et respecter la vertu, si la vertu est satisfaite de la manière dont elle est servie.

Deux exemples me sautent déjà à la mémoire. L'un des plus orgueilleux soutiens de l'honnêteté bourgeoise, l'un des chevaliers du *bon sens,* M. Émile Augier, a fait une pièce, *La Ciguë,* où l'on voit un jeune homme tapageur, viveur et buveur, un parfait épicurien, s'éprendre à la fin des yeux purs d'une jeune fille. On a vu de grands débauchés jeter tout d'un coup tout leur luxe par la fenêtre et chercher dans l'ascétisme et le dénuement d'amères voluptés inconnues. Cela serait beau, quoique assez commun. Mais cela dépasserait les forces vertueuses du public de M. Augier. Je crois qu'il a voulu prouver qu'à la fin il faut toujours *se ranger,* et que la vertu est bien heureuse d'accepter les restes de la débauche[2].

Écoutons Gabrielle, la vertueuse Gabrielle, supputer avec son vertueux mari combien il leur faut de temps de vertueuse avarice, en supposant les intérêts ajoutés au capital et portant intérêt, pour jouir de dix ou vingt mille livres de rente. Cinq ans, dix ans, peu importe, je

ne me rappelle pas *les chiffres du poète*. Alors, disent les
deux honnêtes époux :

NOUS POURRONS NOUS DONNER LE LUXE D'UN GARÇON[1] !

Par les cornes de tous les diables de l'impureté ! par
l'âme de Tibère et du marquis de Sade ! que feront-ils
donc pendant tout ce temps-là ? Faut-il salir ma plume
avec les noms de tous les vices auxquels ils seront obligés
de s'adonner pour accomplir leur vertueux programme ?
Ou bien le poète espère-t-il persuader à ce gros public
de petites gens que les deux époux vivront dans une
chasteté parfaite ? Voudrait-il par hasard les induire à
prendre des leçons des Chinois économes et de M. Mal-
thus ?

Non, il est impossible d'écrire *consciencieusement* un vers
gros de pareilles turpitudes. Seulement, M. Augier s'est
trompé, et son erreur contient sa punition. Il a parlé
le langage du comptoir, le langage des gens du monde,
croyant parler celui de la vertu. On me dit que parmi les
écrivains de cette école il y a des morceaux heureux, de
bons vers et même de la verve. Parbleu ! où donc serait
l'excuse de l'engouement s'il n'y avait là aucune valeur ?

Mais la réaction l'emporte, la réaction bête et furieuse.
L'éclatante préface de *Mademoiselle de Maupin* insultait la
sotte hypocrisie bourgeoise, et l'impertinente béatitude
de l'école du *bon sens* se venge des violences romantiques. Hélas, oui ! il y a là une vengeance. *Kean ou Désordre
et Génie*[2] semblait vouloir persuader qu'il y a toujours
un rapport nécessaire entre ces deux termes, et Gabrielle,
pour se venger, traite son époux de poète !

Ô poète ! je t'aime.

Un notaire ! La voyez-vous, cette *honnête* bourgeoise,
roucoulant amoureusement sur l'épaule de son homme et
lui faisant des yeux alanguis comme dans les romans
qu'elle a lus ! Voyez-vous tous les notaires de la salle
acclamant l'auteur qui traite avec eux de pair à compagnon, et qui les venge de tous ces gredins qui ont des
dettes et qui croient que le métier de poète consiste à
exprimer les mouvements lyriques de l'âme dans un
rythme réglé par la tradition[3] ! Telle est la clef de beaucoup de succès.

On avait commencé par dire : *la poésie du cœur !* Ainsi la langue française périclite, et les mauvaises passions littéraires en détruisent l'exactitude.

Il est bon de remarquer en passant le parallélisme de la sottise, et que les mêmes excentricités de langage se retrouvent dans les écoles extrêmes. Ainsi il y a une cohue de poètes abrutis par la volupté païenne, et qui emploient sans cesse les mots de *saint, sainte, extase, prière, etc.,* pour qualifier des choses et des êtres qui n'ont rien de saint ni d'extatique, bien au contraire, poussant ainsi l'adoration de la femme jusqu'à l'impiété la plus dégoûtante. L'un d'eux, dans un accès d'érotisme *saint,* a été jusqu'à s'écrier : *ô ma belle catholique*[1] ! Autant salir d'excréments un autel. Tout cela est d'autant plus ridicule, que généralement les maîtresses des poètes sont d'assez vilaines gaupes[2], dont les moins mauvaises sont celles qui font la soupe et ne payent pas un autre amant.

À côté de l'école du *bon sens* et de ses types de bourgeois corrects et vaniteux, a grandi et pullulé tout un peuple malsain de grisettes sentimentales, qui, elles aussi, mêlent Dieu à leurs affaires, de Lisettes[3] qui se font tout pardonner par *la gaieté française,* de filles publiques qui ont gardé je ne sais où une pureté angélique, etc. Autre genre d'hypocrisie.

On pourrait appeler maintenant l'*école du bon sens,* l'*école de la vengeance**. Qu'est-ce qui a fait le succès de *Jérôme Paturot*[8], cette odieuse descente de Courtille, où les poètes et les savants sont criblés de boue et de farine par de prosaïques polissons ? Le paisible Pierre Leroux, dont les nombreux ouvrages sont comme un dictionnaire des croyances humaines, a écrit des pages sublimes et touchantes que l'auteur de *Jérôme Paturot* n'a peut-être pas lues. Proudhon est un écrivain que l'Europe nous

* Voici l'origine de l'appellation : *École du bon sens*. Il y a quelques années, dans les bureaux du *Corsaire-Satan*, à propos du succès d'une pièce de ladite école, un des rédacteurs[4] s'écria dans un accès d'indignation littéraire : En vérité, il y a des gens qui croient que c'est avec du bon sens qu'on fait une comédie ! Il voulait dire : Ce n'est pas seulement avec du bon sens, etc. Le rédacteur en chef[5], qui était un homme plein de naïveté, trouva la chose si monstrueusement comique qu'il voulut qu'il l'imprimât. A partir de ce moment *Le Corsaire-Satan* et bientôt d'autres journaux se servirent de ce terme comme d'une injure, et les jeunes gens de ladite école le ramassèrent comme un drapeau, ainsi qu'avaient fait les sans-culottes.

enviera toujours. Victor Hugo a bien fait quelques belles strophes, et je ne vois pas que le savant M. Viollet-le-Duc soit un architecte ridicule[1]. La vengeance ! la vengeance ! Il faut que le petit public se soulage. Ces ouvrages-là sont des caresses serviles adressées à des passions d'esclaves en colère.

Il y a des mots, grands et terribles, qui traversent incessamment la polémique littéraire : l'art, le beau, l'utile, la morale. Il se fait une grande mêlée; et, par manque de sagesse philosophique, chacun prend pour soi la moitié du drapeau, affirmant que l'autre n'a aucune valeur. Certainement, ce n'est pas dans un article aussi court que j'afficherai des prétentions philosophiques, et je ne veux pas fatiguer les gens par des tentatives de démonstrations esthétiques absolues. Je vais au plus pressé, et je parle le langage des bonnes gens. Il est douloureux de noter que nous trouvons des erreurs semblables dans deux écoles opposées : l'école bourgeoise et l'école socialiste. Moralisons ! moralisons ! s'écrient toutes les deux avec une fièvre de missionnaires. Naturellement l'une prêche la morale bourgeoise et l'autre la morale socialiste. Dès lors l'art n'est plus qu'une question de propagande.

L'art est-il utile ? Oui. Pourquoi ? Parce qu'il est l'art. Y a-t-il un art pernicieux ? Oui. C'est celui qui dérange les conditions de la vie. Le vice est séduisant, il faut le peindre séduisant; mais il traîne avec lui des maladies et des douleurs morales singulières; il faut les décrire. Étudiez toutes les plaies comme un médecin qui fait son service dans un hôpital, et l'école du bon sens, l'école exclusivement morale, ne trouvera plus où mordre. Le crime est-il toujours châtié, la vertu gratifiée ? Non; mais cependant, si votre roman, si votre drame est bien fait, il ne prendra envie à personne de violer les lois de la nature. La première condition nécessaire pour faire un art sain est la croyance à l'unité intégrale. Je défie qu'on me trouve un seul ouvrage d'imagination qui réunisse toutes les conditions du beau et qui soit un ouvrage pernicieux[2].

Un jeune écrivain[3] qui a écrit de bonnes choses, mais qui fut emporté ce jour-là par le sophisme socialistique, se plaçant à un point de vue borné, attaque Balzac dans *La Semaine*, à l'endroit de la moralité. Balzac, que les

amères récriminations des hypocrites faisaient beaucoup
souffrir, et qui attribuait une grande importance à cette
question, saisit l'occasion de se disculper aux yeux de
vingt mille lecteurs. Je ne veux pas refaire ses deux
articles; ils sont merveilleux par la clarté et la bonne
foi. Il traita la question à fond. Il commença par refaire
avec une bonhomie naïve et comique le compte de ses
personnages vertueux et de ses personnages criminels.
L'avantage restait encore à la vertu, malgré la perversité
de la société, *que je n'ai pas faite,* disait-il. Puis il montra
qu'il est peu de grands coquins dont la vilaine âme n'ait
un envers consolant. Après avoir énuméré tous les châtiments qui suivent incessamment les violateurs de la loi
morale et les enveloppent déjà comme un enfer terrestre,
il adresse aux cœurs défaillants et faciles à fasciner cette
apostrophe qui ne manque ni de sinistre ni de comique :
« Malheur à vous, messieurs, si le sort des Lousteau et
des Lucien vous inspire de l'envie ! »

En effet, il faut peindre les vices tels qu'ils sont, ou
ne pas les voir. Et si le lecteur ne porte pas en lui un
guide philosophique et religieux qui l'accompagne dans
la lecture du livre, tant pis pour lui.

J'ai un ami qui m'a plusieurs années tympanisé les
oreilles de Berquin[1]. Voilà un écrivain. Berquin ! un
auteur charmant, bon, consolant, faisant le bien, un
grand écrivain ! Ayant eu, enfant, le bonheur ou le malheur de ne lire que de gros livres d'homme, je ne le
connaissais pas. Un jour que j'avais le cerveau embar-
bouillé de ce problème à la mode : la morale dans l'art,
la providence des écrivains me mit sous la main un
volume de Berquin. Tout d'abord je vis que les enfants
y parlaient comme de grandes personnes, comme des
livres, et qu'ils moralisaient leurs parents. Voilà un art
faux, me dis-je. Mais voilà qu'en poursuivant je m'aperçus que la sagesse y était incessamment abreuvée de
sucreries, la méchanceté invariablement ridiculisée par
le châtiment. Si vous êtes sage, vous[a] aurez du *nanan,*
telle est la base de cette morale. La vertu est la condition
SINE QUA NON du succès. C'est à douter si Berquin était
chrétien. Voilà, pour le coup, me dis-je, un art pernicieux. Car l'élève de Berquin, entrant dans le monde, fera
bien vite la réciproque : le succès est la condition SINE
QUA NON de la vertu. D'ailleurs, l'étiquette du crime

heureux le trompera, et, les préceptes du maître aidant, il ira s'installer à l'auberge du vice, croyant loger à l'enseigne de la morale.

Eh bien ! Berquin, M. de Montyon, M. Émile Augier et tant d'autres personnes honorables, c'est tout un. Ils assassinent la vertu, comme M. Léon Faucher vient de blesser à mort la littérature avec son décret satanique en faveur des pièces honnêtes[1].

Les prix portent malheur. Prix académiques, prix de vertu, décorations, toutes ces inventions du diable encouragent l'hypocrisie et glacent les élans spontanés d'un cœur libre. Quand je vois un homme demander la croix, il me semble que je l'entends dire au souverain : J'ai fait mon devoir, c'est vrai ; mais si vous ne le dites pas à tout le monde, je jure de ne pas recommencer.

Qui empêche deux coquins de s'associer pour gagner le prix Montyon ? L'un simulera la misère, l'autre la charité. Il y a dans un prix officiel quelque chose qui blesse l'homme et l'humanité, et offusque la pudeur de la vertu. Pour mon compte, je ne voudrais pas faire mon ami d'un homme qui aurait eu un prix de vertu : je craindrais de trouver en lui un tyran implacable.

Quant aux écrivains, leur prix est dans l'estime de leurs égaux et dans la caisse des libraires.

De quoi diable se mêle M. le ministre ? Veut-il créer l'hypocrisie pour avoir le plaisir de la récompenser ? Maintenant le boulevard va devenir un prêche perpétuel. Quand un auteur aura quelques termes de loyer à payer, il fera une pièce honnête ; s'il a beaucoup de dettes, une pièce angélique. Belle institution !

Je reviendrai plus tard sur cette question, et je parlerai des tentatives qu'ont faites pour rajeunir le théâtre deux grands esprits français, Balzac et Diderot[2].

L'ÉCOLE PAÏENNE

Il s'est passé dans l'année qui vient de s'écouler un fait considérable. Je ne dis pas qu'il soit le plus important, mais il est l'un des plus importants, ou plutôt l'un des plus symptomatiques.

Dans un banquet commémoratif de la révolution de Février, un toast a été porté au dieu Pan, oui, au dieu Pan, par un de ces jeunes gens qu'on peut qualifier d'instruits et d'intelligents.

« Mais, lui disais-je, qu'est-ce que le dieu Pan a de commun avec la révolution ?

— Comment donc ? répondait-il; mais c'est le dieu Pan qui fait la révolution. Il est la révolution.

— D'ailleurs, n'est-il pas mort depuis longtemps ? Je croyais qu'on avait entendu planer une grande voix au-dessus de la Méditerranée, et que cette voix mystérieuse, qui roulait depuis les colonnes d'Hercule jusqu'aux rivages asiatiques, avait dit au vieux monde : LE DIEU PAN EST MORT[1] !

— C'est un bruit qu'on fait courir. Ce sont de mauvaises langues; mais il n'en est rien. Non, le dieu Pan n'est pas mort ! le dieu Pan vit encore, reprit-il en levant les yeux au ciel avec un attendrissement fort bizarre... Il va revenir. »

Il parlait du dieu Pan comme du prisonnier de Sainte-Hélène.

« Eh quoi, lui dis-je, seriez-vous donc païen ?

— Mais oui, sans doute; ignorez-vous donc que le Paganisme bien compris, bien entendu, peut seul sauver le monde ? Il faut revenir aux vraies doctrines, obscurcies *un instant* par l'infâme Galiléen[a]. D'ailleurs, Junon m'a jeté un regard favorable, un regard qui m'a pénétré jusqu'à l'âme. J'étais triste et mélancolique au milieu de la foule, regardant le cortège et implorant avec des yeux amoureux cette belle divinité, quand un de ses regards, bienveillant et profond, est venu me relever et m'encourager.

— Junon vous a jeté un de ses regards de vache, *Bôôpis Êrê*[1]. Le malheureux est peut-être fou.

— Mais ne voyez-vous pas, dit une troisième personne, qu'il s'agit de la cérémonie du bœuf gras. Il regardait toutes ces femmes roses avec des yeux *païens*, et Ernestine, qui est engagée à l'Hippodrome[2] et qui jouait le rôle de Junon, lui a fait un œil plein de souvenirs, un véritable œil *de vache*.

— Ernestine tant que vous voudrez, dit le païen mécontent. Vous cherchez à me désillusionner. Mais l'effet moral n'en a pas moins été produit, et je regarde ce coup d'œil comme un bon présage. »

Il me semble que cet excès de paganisme est le fait d'un homme qui a trop lu et mal lu Henri Heine et sa littérature pourrie de sentimentalisme matérialiste.

Et puisque j'ai prononcé le nom de ce coupable célèbre, autant vous raconter tout de suite un trait de lui qui me met hors de moi chaque fois que j'y pense. Henri Heine raconte dans un de ses livres[3] que, se promenant au milieu de montagnes sauvages, au bord de précipices terribles, au sein d'un chaos de glaces et de neiges, il fait la rencontre d'un de ces religieux qui, accompagnés d'un chien, vont à la découverte des voyageurs perdus et agonisants. Quelques instants auparavant, l'auteur venait de se livrer aux élans solitaires de sa haine voltairienne contre les calotins. Il regarde quelque temps l'homme-humanité qui poursuit sa sainte besogne ; un combat se livre dans son âme orgueilleuse, et enfin, après une douloureuse hésitation, il se résigne et prend une belle résolution : *Eh bien, non ! je n'écrirai pas contre cet homme !*

Quelle générosité ! Les pieds dans de bonnes pantoufles, au coin d'un bon feu, entouré des adulations d'une société voluptueuse, monsieur l'homme célèbre fait le serment de ne pas diffamer un pauvre diable de religieux qui ignorera toujours son nom et ses blasphèmes, et le sauvera lui-même, le cas échéant !

Non, jamais Voltaire n'eût écrit une pareille turpitude.

Voltaire avait trop de *goût* ; d'ailleurs, il était encore homme d'action, et il aimait les hommes[a1].

Revenons à l'Olympe. Depuis quelque temps, j'ai tout l'Olympe à mes trousses, et j'en souffre beaucoup ; je reçois des dieux sur la tête comme on reçoit des cheminées. Il me semble que je fais un mauvais rêve, que je roule à travers le vide et qu'une foule d'idoles de bois, de fer, d'or et d'argent, tombent avec moi, me poursuivent dans ma chute, me cognent et me brisent la tête et les reins.

Impossible de faire un pas, de prononcer un mot, sans buter contre un fait païen.

Exprimez-vous[b] la crainte, la tristesse de voir l'espèce humaine s'amoindrir, la santé publique dégénérer par une mauvaise hygiène, il y aura à côté de vous un poète pour répondre : « Comment voulez-vous que les femmes fassent de beaux enfants dans un pays où elles adorent un vilain pendu ! » — Le joli *fanatisme !*

La ville est sens dessus dessous. Les boutiques se ferment. Les femmes font à la hâte leurs provisions, les rues se dépavent, tous les cœurs sont serrés par l'angoisse d'un grand événement. Le pavé sera prochainement inondé de sang. — Vous rencontrez un animal plein de béatitude ; il a sous le bras des bouquins étranges et hiéroglyphiques. — Et vous, lui dites-vous, quel parti prenez-vous ? — Mon cher, répond-il d'une voix douce, je viens de découvrir de nouveaux renseignements très curieux sur le mariage d'Isis et d'Osiris. — Que le diable vous emporte ! Qu'Isis et Osiris fassent beaucoup d'enfants et qu'ils nous f...... la paix !

Cette folie, innocente en apparence, va souvent très loin. Il y a quelques années, Daumier fit un ouvrage remarquable, l'*Histoire ancienne,* qui était pour ainsi dire la meilleure paraphrase du mot célèbre : *Qui nous délivrera des Grecs et des Romains*[2] ? Daumier s'est abattu brutalement sur l'antiquité et la mythologie, et a craché dessus. Et le bouillant Achille, et le prudent Ulysse, et la sage Pénélope, et Télémaque, ce grand dadais, et la belle Hélène, qui perdit Troie, et la brûlante Sapho, cette patronne des hystériques, et tous enfin nous apparurent dans une laideur bouffonne qui rappelait ces vieilles carcasses d'acteurs classiques qui prennent une prise de tabac dans les coulisses. Eh bien ! j'ai vu un écrivain de talent pleurer devant ces estampes, devant ce *blasphème* amusant et utile. Il était indigné, il appelait cela une impiété. Le malheureux avait encore besoin d'une religion.

Bien des gens ont encouragé de leur argent et de leurs applaudissements cette déplorable manie, qui tend à faire de l'homme un être inerte et de l'écrivain un mangeur d'opium.

Au point de vue purement littéraire, ce n'est pas autre chose qu'un pastiche inutile et dégoûtant. S'est-on assez moqué des rapins *naïfs* qui s'évertuaient à copier le *Cimabue* ; des écrivains à dague, à pourpoint et à lame de Tolède[1] ? Et vous, malheureux néo-païens, que faites-vous, si ce n'est la même besogne ? Pastiche ! pastiche ! Vous avez sans doute perdu votre âme quelque part, dans quelque mauvais endroit, pour que vous couriez ainsi à travers le passé comme des corps vides pour en ramasser une de rencontre dans les détritus anciens ? Qu'attendez-vous du ciel ou de la sottise du public ? Une fortune suffisante pour élever dans vos mansardes des autels à Priape et à Bacchus ? Les plus logiques d'entre vous seront les plus cyniques. Ils en élèveront au dieu Crepitus.

Est-ce le dieu Crepitus qui vous fera de la tisane le lendemain de vos stupides cérémonies ? Est-ce Vénus Aphrodite ou Vénus Mercenaire qui soulagera les maux qu'elle vous aura causés ? Toutes ces statues de marbre seront-elles des femmes dévouées au jour de l'agonie, au jour du remords, au jour de l'impuissance ? Buvez-vous des bouillons d'ambroisie ? mangez-vous des côtelettes de Paros ? Combien prête-t-on sur une lyre au Mont-de-Piété ?

Congédier la passion et la raison, c'est tuer la littérature. Renier les efforts de la société précédente, chrétienne et philosophique, c'est se suicider, c'est refuser la force et les moyens de perfectionnement. S'environner exclusivement des séductions de l'art physique, c'est créer de grandes chances de perdition. Pendant longtemps, bien longtemps, vous ne pourrez voir, aimer, sentir que le beau, rien que le beau. Je prends le mot dans un sens restreint. Le monde ne vous apparaîtra que sous sa forme matérielle. Les ressorts qui le font se mouvoir resteront longtemps cachés[a].

Puissent la religion et la philosophie venir un jour,
comme forcées par le cri d'un désespéré ! Telle sera toujours la destinée des insensés qui ne voient dans la nature
que des rythmes et des formes. Encore la philosophie
ne leur apparaîtra-t-elle d'abord que comme un jeu intéressant, une gymnastique agréable, une escrime dans le
vide. Mais combien ils seront châtiés ! Tout enfant dont
l'esprit poétique sera surexcité, dont le spectacle excitant
de mœurs actives et laborieuses ne frappera pas incessamment les yeux, qui entendra sans cesse parler de
gloire et de volupté, dont les sens seront journellement
caressés, irrités, effrayés, allumés et satisfaits par des
objets d'art, deviendra le plus malheureux des hommes
et rendra les autres malheureux. À douze ans il retrous-
sera les jupes de sa nourrice, et si la puissance dans le
crime ou dans l'art ne l'élève pas au-dessus des fortunes
vulgaires, à trente ans il crèvera à l'hôpital. Son âme, sans
cesse irritée et inassouvie, s'en va à travers le monde, le
monde occupé et laborieux ; elle s'en va, dis-je, comme
une prostituée, criant : Plastique ! plastique ! La plastique,
cet affreux mot me donne la chair de poule, la plastique
l'a empoisonné, et cependant il ne peut vivre que par
ce poison. Il a banni la raison de son cœur, et, par un
juste châtiment, la raison refuse de rentrer en lui. Tout
ce qui peut lui arriver de plus heureux, c'est que la nature
le frappe d'un effrayant rappel à l'ordre. En effet, telle
est la loi de la vie, que, qui refuse les jouissances pures
de l'activité honnête, ne peut sentir que les jouissances
terribles du vice. Le péché contient son enfer, et la nature
dit de temps en temps à la douleur et à la misère : Allez
vaincre ces rebelles[a1] !

L'utile, le vrai, le bon, le vraiment aimable, toutes ces
choses lui seront inconnues. Infatué de son rêve fatigant,
il voudra en infatuer et en fatiguer les autres. Il ne pensera pas à sa mère, à sa nourrice ; il déchirera ses amis,
ou ne les aimera *que pour leur forme ;* sa femme, s'il en a
une, il la méprisera et l'avilira.

Le goût immodéré de la forme pousse à des désordres
monstrueux et inconnus. Absorbées par la passion féroce
du beau, du drôle, du joli, du pittoresque, car il y a des
degrés, les notions du juste et du vrai disparaissent. La
passion frénétique de l'art est un chancre qui dévore le
reste ; et, comme l'absence nette du juste et du vrai dans

l'art équivaut à l'absence d'art, l'homme entier s'évanouit; la spécialisation excessive d'une faculté aboutit
au néant[1]. Je comprends les fureurs des iconoclastes et
des musulmans contre[a] les images. J'admets tous les
remords de saint Augustin sur le trop grand plaisir des
yeux[2]. Le danger est si grand que j'excuse la suppression
de l'objet. La folie de l'art est égale à l'abus de l'esprit.
La création d'une de ces deux suprématies engendre la
sottise, la dureté du cœur et une immensité d'orgueil
et d'égoïsme. Je me rappelle avoir entendu dire à un
artiste farceur qui avait reçu une pièce de monnaie fausse :
Je la garde pour un pauvre. Le misérable prenait un
infernal plaisir à voler le pauvre[b] et à jouir en même
temps des bénéfices d'une réputation de charité. J'ai
entendu dire à un autre : Pourquoi donc les pauvres ne
mettent-ils pas des gants pour mendier ? Ils feraient fortune. Et à un autre : Ne donnez pas à celui-là : il est mal
drapé; ses guenilles[c] ne lui vont pas bien.

Qu'on ne prenne pas ces choses pour des puérilités.
Ce que la bouche s'accoutume à dire, le cœur s'accoutume à le croire.

Je connais un bon nombre d'hommes de bonne foi
qui sont, comme moi, las, attristés, navrés et brisés par
cette comédie dangereuse.

Il faut que la littérature aille retremper ses forces dans
une atmosphère meilleure. Le temps n'est pas loin où
l'on comprendra que toute littérature qui se refuse à
marcher fraternellement entre la science et la philosophie
est une littérature homicide et suicide[3].

LE HIBOU PHILOSOPHE

Que le titre soit placé haut. Que le papier ait l'air bien rempli.

Que tous les caractères employés, genres, sous-genres, espèces, soient de la même famille. Unité typographique. Que les annonces soient serrées, bien alignées et d'un caractère uniforme.

Que le format soit moins carré que celui de la *Semaine théâtrale*.

Je ne suis pas très partisan de l'habitude d'imprimer certains articles avec un caractère plus fin que les autres.

Je n'ai pas d'idée arrêtée sur la convenance de diviser la page en trois colonnes au lieu de la diviser en deux.

Articles à faire : Appréciation générale des ouvrages de *Th. Gautier*, de *Sainte-Beuve*. Appréciation de la Direction et des Tendances de la *Revue des Deux Mondes*. *Balzac*, auteur dramatique[1]. *La Vie des coulisses*. *L'Esprit d'atelier*. *Gustave Planche*[2]. Éreintage radical. Nullité et cruauté de l'impuissance, style d'imbécile et de magistrat. *Jules Janin*[3] : éreintage absolu. Ni savoir, ni style, ni bons sentiments. *Alexandre Dumas* à confier à *Monselet*. Nature de farceur. Relever tous les démentis donnés par lui à l'histoire et à la nature. Style de *boniment*. — *Eugène Sue*, talent bête et contrefait. *P. Féval*, idiot[a4].

Ouvrages desquels on peut faire une appréciation : Le dernier volume des *Causeries du Lundi*[5]. Poésies d'*Houssaye et de Brizeux*[6]. *Lettres et Mélanges* de *Joseph de Maistre*[7]. *Le Mariage de Victorine*[8]. LA RELIGIEUSE DE TOULOUSE[9] : À TUER. La traduction d'*Emerson*[10].

Liste des libraires avec lesquels il faut nous mettre en relation : *Furne, Houssiaux*[11], *Blanchard (Hetzel), Lecou*[12], *Michel Lévy, Giraud et Dagneau*[b13], *Amyot, Charpentier, Bau-*

dry, Didier, Sandré, Hachette, Garnier, Gaume, Cadot, Souverain, Potter, etc....

Faire des comptes rendus des faits *artistiques.* Examinera si l'absence de cautionnement et la tyrannie actuelle nous permet de discuterb, à propos de *l'art et de la librairie,* les actes de l'administration.

Examiner si l'absence de cautionnement ne nous interdit pas de rendre compte des ouvrages d'Histoire et de Religion. Éviter toutes tendances, allusions visiblement *socialistiques,* et visiblement *courtisanesques.*

Nous surveiller et nous conseiller les uns les autres avec une entière franchise.

Dresser à nous cinq la liste des personnes importantes, hommes de lettres, directeurs de revues et de journaux amis pouvant faire de la propagande, cabinets de lecture, cercles, restaurants et cafés, libraires auxquels il faudra envoyer *Le Hibou philosophe.*

Dresser chacun la liste de chacun de nos amis que nous pouvons sommer de s'abonner[1].

Faire les articles sur q[uel]ques auteurs anciens, ceux qui, ayant devancé leur siècle, peuvent donner des leçons pour la régénération de la littérature actuelle, ex. : *Mercier*[2], *Bernardin de Saint-Pierre*[3], etc....

Fairec un article sur *Florian* (Monselet)[4];
        —   sur *Sedaine* (Monselet ou Champfleury[5]);
        —   sur *Ourliac* (Champfleury[6]).

Faire à NOUS CINQ un grand article *(la Vente aux enchères des vieux mots*[7]*),* de *l'École pompeuse classique,* de *l'École classique galante,* de *l'École romantique naissante,* de *l'École satanique,* de *l'École lame de Tolède*[8], de *l'École olympienne* (V. Hugo), de *l'École plastique* (T. Gautier), de *l'École païenne* (Banville[9]), de *l'École poitrinaire,* de *l'École du bon sens*[10], de *l'École mélancolico-farceuse* (Alf[red] de Mussetc[11]).

Quant aux *nouvelles* que nous donnerons, qu'elles appartiennent à la littérature dite *fantastique,* ou qu'elles soient des études de mœurs[12], des scènes de la vie réelle, autant que possible en style dégagé, vrai et plein de sincérité.

Rédiger une circulaire pour les journaux de Province.

Voir ce qu'il y a à faire pour la propagande à l'Étranger.

Examiner la question de savoir s'il est convenable que
Le Hibou philosophe rende compte des livres ou des articles
que nous publierons ailleurs.

Combien faut-il dépenser en affiches ?

Faire un état très exact des frais fixes et proportionnels.

S'il vient de l'argent, en faire deux parts, une pour
augmenter la publicité, l'autre pour augmenter le salaire
de la Rédaction.

Faut-il rédiger un acte de société entre nous ?

Je vous engage à écrire aussi vos idées.

TITRES
POUR UN RECUEIL MENSUEL

Quand même !
L'Oasis.
Paucis.
L'Hermitage.
La Chartreuse.
Le Dernier Asyle des Muses.
La République des Lettres.
La Réaction.
La Citerne du Désert.

Aux Précieuses.
Le Recueil de ces Messieurs.
Les Hermites volontaires.
La Thébaïde.
Les Incroyables.
Les Ouvriers de la dernière heure.
Les Bien Informés.
Les Lunes parisiennes.

DE QUELQUES PRÉJUGÉS
CONTEMPORAINS

Qu'est-ce*a* qu'un préjugé.
Une mode de penser.
De M. de Béranger — poète et patriote.
De la Patrie au dix-neuvième siècle*b*.
De M. de Lamartine — auteur religieux.
De la Religion au dix-neuvième siècle.
De la Religion aimable — M. Lacordaire.
De M. Victor Hugo — Romantique et Penseur.
De Dieu au dix-neuvième siècle.
De quelques idées fausses de la Renaissance romantique.
Des filles publiques et de la Philanthropie.
    (Des réhabilitations en général[1].)
De Jean-Jacques — auteur sentimental et infâme*c*[2].
Des fausses Aurores[3].
Épilogue ou Consolations.

[COMPTE RENDU
DE L'*HISTOIRE DE NEUILLY*
DE L'ABBÉ BELLANGER]

Depuis ces dernières années, il s'est manifesté un excellent mouvement historique qu'on pourrait appeler mouvement provincial[1]. C'est avec de petits livres d'histoire sincèrement et soigneusement rédigés, comme l'*Histoire de Neuilly et de ses châteaux par l'abbé Bellanger,* que se font les livres généraux. Si toutes les localités de *France* suivaient cet exemple, l'histoire générale ne serait plus qu'une question de mise en ordre, ou du moins, entre les mains d'un grand esprit, la besogne serait considérablement abrégée. — M. l'abbé Bellanger, dont la commune de Neuilly déplore actuellement la perte, prend l'histoire de cette localité depuis l'époque romaine jusqu'aux terribles journées de Février où le Château fut le théâtre et la proie des plus ignobles passions, l'orgie et la destruction. Neuilly fut, comme le dit le modeste historien, choisi par la providence ou la fatalité, quatre fois en soixante ans, comme théâtre de grands faits nationaux et décisifs[2]. — Toute la série des personnes illustres qui ont fondé, embelli, habité, illustré Neuilly et ses châteaux passe sous les yeux du lecteur. Dans cette esquisse rapide, tous les personnages, même ceux trop séduisants pour la plume sévère d'un prêtre[3], défilent dans leur vraie attitude. Depuis sainte Isabelle, fondatrice du monastère de Longchamp[a], depuis la charmante reine Margot, d'érudite et romanesque mémoire, depuis Pascal et sa foudroyante conversion, jusqu'à l'*Encyclopédie,* dont l'idée germa au château même de Neuilly, jusqu'à Parmentier, l'ensemenceur de la plaine des Sablons, jusqu'à la princesse Pauline, au général Wellington, jusqu'au

drame de la route de la Révolte, tous les faits qui ont
illustré cette héroïque commune sont passés en revue
avec une rapidité, une netteté, une honnêteté littéraire
des plus remarquables. — Cet excellent petit livre se vend
à la *Librairie nouvelle, boulevard des Italiens*[1], et chez Dentu,
au Palais-Royal.

PUISQUE RÉALISME IL Y A

Champfleury a voulu faire une farce au genre humain.
— Avouez, enfant pervers, que vous jouissez de la confusion générale[1], et même de la fatigue que me cause cet article.

Histoire de la création du mot[2].

Première visite à Courbet. (Dans le temps, Champfleury accordait aux arts une importance démesurée. Il[a] a changé.)

Ce qu'était alors Courbet.

Analyse *du Courbet* et de ses œuvres.

Champfleury l'a intoxiqué. — Il rêvait un mot, un drapeau, une *blague,* un mot d'ordre, ou de passe, pour enfoncer le mot de ralliement : *Romantisme.* Il croyait qu'il faut toujours un de ces mots à l'influence magique, et dont le sens peut n'être pas bien déterminé.

Imposant *ce[b] qu'il croit* son procédé (car il est myope quant à sa propre nature) à tous les esprits, il a lâché son pétard, son remue-ménage.

Quant à Courbet, il est devenu le *Machiavel* maladroit de ce *Borgia,* dans le sens historique de *Michelet[3].* —

Courbet a théorisé[4] sur une farce innocente avec une grandeur de conviction compromettante.

Assiettes à coq.

Gravures au clou[5].

Sujets familiers, villageois de Courbet et de Bonvin[6].

Le traducteur de Hebel[7].

Pierre Dupont[8].

Dessous[c] confusion dans l'esprit public.

Le canard lancé, il a fallu y croire.

Lui, le musicien du sentiment, tourner dans les carrefours la manivelle de son orgue.

Promener une exhibition peu solide qu'il fallait toujours étayer par de mauvais étançons philosophiques.

Là, est le Châtiment.

Champfleury porte avec lui son réalisme.

Prométhée a son vautour.

(Non pas pour avoir dérobé le feu du ciel, mais pour avoir supposé le[a] feu où il n'est pas, et l'avoir voulu faire croire.)

Dans l'affaire Courbet, Préault[1] qui un jour peut-être... Colère et soubresauts alors beaux à voir.

Mme Sand.   Castille. (Champfleury en a eu peur[2].) Mais la badauderie est si grande.

Dès lors, Réalisme, — villageois, grossier, et même rustre, malhonnête.

Champfleury, le poète *(les deux cabarets d'Auteuil, la lettre à la Colombine, le bouquet du pauvre[3])* a un fond de farceur. Puisse-t-il le garder longtemps, puisqu'il en tire des jouissances, et peut-être cela fait-il partie de son talent. — Regard à la *Dickens,* la table de nuit de l'amour. Si les choses se tiennent devant lui dans une allure quelque peu fantastique, c'est à cause de la contraction de son œil un peu myope. — Comme il étudie minutieusement, il croit saisir une *réalité* extérieure. Dès lors, *réalisme,* — il veut imposer ce qu'il croit son procédé.

Cependant, *if at all,* si Réalisme a un sens — Discussion sérieuse.

Tout bon poète fut toujours *réaliste.*

Équation entre l'impression et l'expression.

Sincérité.

Prendre Banville pour exemple.

Les mauvais poètes sont ceux qui

Poncifs[b].

Ponsard[4].

D'ailleurs, en somme, Champfleury était excusable; exaspéré par la sottise, le poncif, et le bon sens, il cherchait un signe de ralliement pour les amateurs de la vérité.

Mais tout cela a mal tourné. D'ailleurs tout créateur de parti se trouve par nécessité naturelle[c] en mauvaise compagnie.

Les erreurs, les méprises les plus drôles ont eu lieu. Moi-même, on m'a dit qu'on m'avait fait l'honneur[5]..... bien que je me sois toujours appliqué à le démériter.

Je serais d'ailleurs, j'en avertis le parti, — un triste cadeau. Je manque totalement de conviction[1], d'obéissance et de bêtise.   Pour *nous,* blague. — Champfleury, hiérophante. Mais la foule.

La Poésie est ce qu'il y a de plus réel, c'est ce qui n'est complètement vrai que dans *un autre monde*[2].

— Ce monde-ci, — dictionnaire hiéroglyphique[3].

De tout cela, il ne restera rien qu'une grande fatigue pour le sorcier, le Daubenton[4] tourmenté par son automate, l'infortuné Champfleury, victime de son *cant,* de sa pose diplomatique, — et un bon nombre de dupes, dont les erreurs rapides et multipliées n'intéressent pas plus l'histoire littéraire que la foule n'intéresse la postérité.

(Analyse de la nature, du talent de Courbet, et de la morale[a]*.)*
Courbet sauvant le monde[5]*.*

PHILIBERT ROUVIÈRE

Voilà une vie agitée et tordue, comme ces arbres, — le grenadier, par exemple, — noueux, perplexes dans leur croissance, qui donnent des fruits compliqués et savoureux, et dont les orgueilleuses et rouges floraisons ont l'air de raconter l'hiſtoire d'une sève longtemps comprimée. Il y a des gens par milliers qui, en littérature, adorent le style *coulant*[1], l'art qui s'épanche à l'abandon, presque à l'étourdie, sans méthode, mais sans fureurs et sans cascades. D'autres, — et généralement ce sont des littérateurs — ne lisent avec plaisir que ce qui demande à être relu. Ils jouissent presque des douleurs de l'auteur. Car ces ouvrages médités, laborieux, tourmentés, contiennent la saveur toujours vive de la volonté qui les enfanta. Ils contiennent la grâce littéraire suprême, qui eſt l'énergie. Il en eſt de même de Rouvière; il a cette grâce suprême, décisive, — l'énergie, l'intensité dans le geſte, dans la parole et dans le regard.

Philibert Rouvière a eu, comme je le faisais pressentir, une exiſtence laborieuse et pleine de cahots. Il eſt né à Nîmes, en 1809. Ses parents, négociants aisés, lui firent faire toutes ses études. On deſtinait le jeune homme au notariat. Ainsi il eut, dès le principe, cet ineſtimable avantage d'une éducation libérale. Plus ou moins complète, cette éducation marque, pour ainsi dire, les gens; et beaucoup d'hommes, et des plus forts, qui en ont été privés, ont toujours senti en eux une espèce de lacune que les études de la maturité étaient impuissantes à combler. Pendant sa première jeunesse, son goût pour le théâtre s'était manifeſté avec une ardeur si vivace, que sa mère, qui avait les préjugés d'une piété sévère, lui prédit avec désespoir qu'il monterait sur les planches.

Cependant ce n'était pas dans les pompes condamnables
du théâtre que Rouvière devait d'abord abîmer sa jeunesse. Il débuta par la peinture. Il se trouvait jeune,
privé de ses parents, à la tête d'une petite fortune, et il
profita de sa liberté pour entrer à l'atelier de Gros, en
1827. En 1830, il exposa un tableau dont le sujet était
emprunté au spectacle émouvant de la révolution de
Juillet; cet ouvrage était, je crois, intitulé *La Barricade,*
et des artistes, élèves de Gros, m'en ont parlé honorablement. Rouvière a plus d'une fois depuis lors, dans
les loisirs forcés que lui faisait sa vie aventureuse de
comédien, utilisé son talent de peintre. Il a disséminé çà
et là quelques bons portraits.

Mais la peinture n'avait fait qu'une diversion. Le goût
diabolique du théâtre prit impérativement le dessus, et
en 1837 il pria Joanny[1] de l'entendre. Le vieux comédien
le poussa vivement dans sa nouvelle voie, et Rouvière
débuta au Théâtre-Français. Il fut quelque temps au
Conservatoire; — on n'est pas déshonoré pour une
pareille naïveté, et il nous est permis[a] de sourire de ces
amusantes indécisions d'un génie qui ne se connaîtra
que plus tard. — Au Conservatoire, Rouvière devint si
mauvais qu'il eut peur. Les professeurs-orthopédistes-
jurés, chargés d'enseigner la diction et la gesticulation
traditionnelle, s'étonnaient de voir leur enseignement
engendrer l'absurde. Torturé[b] par l'école, Rouvière perdait toute sa grâce native, et n'acquérait aucune des *grâces*
pédagogiques. Heureusement il fuit à temps cette maison
dont l'atmosphère n'était pas faite pour ses poumons;
il prit quelques leçons de Michelot[2] (mais qu'est-ce que
des leçons ? des axiomes, des préceptes d'hygiène, des
vérités impudentes; le reste, *le reste,* c'est-à-dire tout, ne
se démontre pas), et entra enfin à l'Odéon, en 1839,
sous la direction de MM. d'Épagny et Lireux. Là[c3], il
joua Antiochus dans *Rodogune, Le Roi Lear*[4], le *Macbeth*
de Ducis. *Le Médecin de son honneur*[5] fut l'occasion d'une
création heureuse, singulière, et qui fit date dans la carrière de l'artiste. — Il marqua dans *Le Duc d'Albe*[6] et
dans *Le Vieux Consul*[7] ; et dans le Tirésias de l'*Antigone*
traduite[8] il montra une intelligence parfaite de ces types
grandioses qui nous viennent de l'antiquité, de ces types
synthétiques qui sont comme un défi à nos poétiques
modernes contradictoires. Déjà, dans *Le Médecin de son*

honneur, il avait manifesté cette énergie soudaine, éruptive, qui caractérise une littérature tout à fait opposée, et il a pu dès lors concevoir sa pleine destinée; il a pu comprendre quelle intime connexion existait entre lui et la littérature romantique; car, sans manquer de respect à nos impitoyables classiques, je crois qu'un grand comédien comme Rouvière peut désirer d'autres langues à traduire, d'autres passions à mimer. Il portera ailleurs ses passions d'interprète, il s'enivrera d'une autre atmosphère, il rêvera, il désirera plus d'animalité et plus de spiritualité; il attendra, s'il le faut. Douloureuse solidarité! lacunes qui ne se correspondent pas! Tantôt le poète cherche son comédien, comme le peintre son graveur; tantôt le comédien soupire après son poète.

M. Bocage[1], homme économe et prudent, homme *égalitaire* d'ailleurs, se garda bien de rengager Rouvière; et ici commence l'abominable épopée du comédien errant. Rouvière courait et vagabondait; — la province et l'étranger, exaspérantes consolations pour celui qui rêve toujours de ses juges naturels, et qui attend comme des envoyés les types vivifiants des poètes!

Rouvière revint à Paris et joua sur le théâtre de Saint-Germain le *Hamlet* de MM. Dumas et Meurice. Dumas avait communiqué le manuscrit à Rouvière, et celui-ci s'était tellement passionné pour le rôle, qu'il proposa de monter l'ouvrage à Saint-Germain avec la petite troupe qui s'y trouvait. Ce fut un beau succès auquel assista toute la presse, et l'enthousiasme qu'il excita est constaté par un feuilleton de Jules Janin, de la fin de septembre 1846[2]. Il appartenait dès lors à la troupe du Théâtre-Historique[3]; tout le monde se rappelle avec quel éclat il joua le Charles IX dans *La Reine Margot.* On crut voir le vrai Charles IX; c'était une parfaite résurrection. Malgré la manière décisive dont il joua le terrible rôle de Hamlet au même théâtre, il ne fut pas rengagé, et ce fut seulement dix-huit mois plus tard qu'il créa avec beaucoup d'originalité le Fritz du *Comte Hermann*[4]. Ces succès répétés, mais à des intervalles souvent lointains, ne faisaient cependant pas à l'artiste une position solide et durable; on eût dit que ses qualités lui nuisaient et que sa manière originale faisait de lui un homme embarrassant. À la Porte-Saint-Martin, où une malheureuse faillite l'empêcha d'accomplir un engagement de trois ans, il créa Masaniello dans *Salvator Rosa*[1]. Dans ces derniers temps, Rouvière a reparu avec un éclat incomparable à la Gaîté, où il a joué le rôle de Mordaunt[2], et à l'Odéon, où *Hamlet* a été repris et où il a soulevé un enthousiasme sans pareil. Jamais peut-être il ne l'avait si bien joué; enfin, sur le même théâtre, il vient de créer Favilla[3], où il a développé des qualités d'un ordre inaccoutumé, auxquelles on était loin de s'attendre, mais qu'avaient pu deviner ceux qui avaient fait de lui une étude particulière.

Maintenant que la position de Rouvière est faite, position excellente, basée à la fois sur des succès populaires et sur l'estime qu'il a inspirée aux littérateurs les plus difficiles (ce qui a été écrit de meilleur sur lui, c'est les feuilletons de Théophile Gautier dans *La Presse* et dans *Le Moniteur,* et la nouvelle de Champfleury : *Le Comédien Trianon*), il est bon et permis de parler de lui librement. Rouvière avait[a] autrefois de grands défauts, défauts qui naissaient peut-être de l'abondance même de son énergie; aujourd'hui ces défauts ont disparu. Rouvière n'était pas toujours maître de lui; maintenant c'est un artiste plein de certitude. Ce qui caractérise plus particulièrement son talent, c'est une solennité subjuguante. Une grandeur poétique l'enveloppe. Sitôt qu'il est entré en scène, l'œil du spectateur s'attache à lui et ne veut plus le quitter. Sa diction mordante, accentuée, poussée par une emphase nécessaire ou brisée par une trivialité inévitable, enchaîne irrésistiblement l'attention. — On peut dire de lui, comme de la Clairon, qui était une toute petite femme, qu'il grandit à la scène; et c'est la preuve d'un grand talent. — Il a des pétulances terribles, des aspirations lancées à toute volée, des ardeurs concentrées qui font rêver à tout ce qu'on raconte de Kean et de Lekain. Et bien que l'intensité du jeu et la projection redoutable de la volonté tiennent la plus grande part dans cette séduction, tout ce miracle s'accomplit sans effort. Il a, comme certaines substances chimiques, cette saveur qu'on appelle *sui generis.* De pareils artistes, si rares et si précieux, peuvent être quelquefois singuliers; il leur est impossible d'être *mauvais,* c'est-à-dire qu'ils ne sauraient jamais déplaire.

Quelque prodigieux que Rouvière se soit montré dans l'indécis et contradictoire Hamlet, tour de force qui fera date dans l'histoire du théâtre, je l'ai toujours trouvé plus à son aise, plus *vrai* dans les personnages absolument tragiques; le théâtre d'action, voilà son domaine. Dans Mordaunt, on peut dire qu'il illuminait véritablement tout le drame. Tout le reste pivotait autour de lui; il avait l'air de la Vengeance expliquant l'Histoire. Quand Mordaunt rapporte à Cromwell sa cargaison de prisonniers voués à la mort, et qu'à la paternelle sollicitude de celui-ci, qui lui recommande de se reposer avant de se charger d'une nouvelle mission, Rouvière répondait, en arrachant la lettre de la main du protecteur avec une légèreté sans pareille : *Je ne suis jamais fatigué, monsieur !* ces mots si simples traversaient l'âme comme une épée, et les applaudissements du public, qui est dans la confidence de Mordaunt et qui connaît la raison de son zèle, expiraient dans le frisson. Peut-être était-il encore plus singulièrement tragique, quand, son oncle lui débitant la longue kyrielle des crimes de sa mère, il l'interrompait à chaque instant par un cri d'amour filial tout assoiffé de sang : *Monsieur, c'était ma mère !* Il fallait dire cela cinq ou six fois ! et à chaque fois c'était neuf et c'était beau.

On[a] était curieux de voir comment Rouvière exprimerait l'amour et la tendresse dans *Maître Favilla*. Il a été charmant. L'interprète des vengeances, le terrible Hamlet, est devenu le plus délicat, le plus affectueux des époux; il a orné l'amour conjugal d'une fleur de chevalerie exquise. Sa voix solennelle et distinguée vibrait comme celle d'un homme dont l'âme est ailleurs que dans les choses de ce monde; on eût dit qu'il planait dans un azur spirituel. Il y eut unanimité dans l'éloge. Seul, M. Janin[1], qui avait si bien loué le comédien il y a quelques années, voulut le rendre solidaire de la mauvaise humeur que lui causait la pièce. Où est le grand mal ? Si M. Janin tombait trop souvent dans la vérité, il la pourrait compromettre[b].

Insisterai-je sur cette qualité exquise du goût qui préside à l'arrangement des costumes de Rouvière, sur cet art avec lequel il se grime, non pas en miniaturiste et en fat, mais en véritable comédien dans lequel il y a toujours un peintre ? Ses costumes voltigent et entourent harmonieusement sa personnalité. C'est bien là une touche précieuse, un trait caractéristique qui marque l'artiste pour lequel il n'y a pas de petites choses.

Je lis dans un singulier philosophe[1] quelques lignes qui me font rêver à l'art des grands acteurs :

« Quand je veux savoir jusqu'à quel point quelqu'un est circonspect ou stupide, jusqu'à quel point il est bon ou méchant, ou quelles sont actuellement ses pensées, je compose mon visage d'après le sien, aussi exactement que possible, et j'attends alors pour savoir quels pensers ou quels sentiments naîtront dans mon esprit ou dans mon cœur, comme pour s'appareiller et correspondre avec ma physionomie. »

Et quand le grand acteur, nourri de son rôle, habillé, grimé, se trouve en face de son miroir, horrible ou charmant, séduisant ou répulsif, et qu'il y contemple cette nouvelle personnalité qui doit devenir la sienne pendant quelques heures, il tire de cette analyse un nouveau parachèvement, une espèce de magnétisme de récurrence. Alors l'opération magique est terminée, le miracle de l'objectivité est accompli, et l'artiste peut prononcer son *Eurêka*. Type d'amour ou d'horreur, il peut entrer en scène. — Tel est Rouvière.

[NOTES
SUR *LES LIAISONS DANGEREUSES*]

[I]

BIOGRAPHIE

BIOGRAPHIE MICHAUD[1]

Pierre-Ambroise-François Choderlos de Laclos né à Amiens en 1741.

À 19 ans, sous-lieutenant dans le corps royal du génie.

Capitaine [en] 1778, il construit un fort à l'île d'Aix.

Appréciation ridicule des *Liaisons dangereuses* par la *Biographie Michaud,* signée Beaulieu, édition 1819.

En 1789, secrétaire du duc d'Orléans. Voyage en Angleterre avec Philippe d'Orléans.

En 91, pétition provoquant la réunion du Champ de Mars.

Rentrée au service en 92, comme maréchal de camp.

Nommé gouverneur des Indes françaises, où il ne va pas.

À la chute de Philippe, enfermé à Picpus.

(Plans de réforme, expériences sur les projectiles.)

Arrêté de nouveau, relâché le 9 Thermidor.

Nommé secrétaire général de l'administration des hypothèques.

Il revient à ses expériences militaires et rentre au service, général de brigade d'artillerie. Campagnes du Rhin et d'Italie, mort à Tarente, 5 octobre 1803.

Homme vertueux, « bon fils, bon père, excellent époux ».

Poésies fugitives.

Lettre à l'Académie française en 1786, à l'occasion du prix proposé pour l'éloge de Vauban (1 440 millions[1]).

FRANCE LITTÉRAIRE DE QUÉRARD, 1828[2]

La première édition des *Liaisons dangereuses* est de 1782.

Causes secrètes de la Révolution du 9 au 10 thermidor par Vilate, ex-juré au tribunal révolutionnaire.

Paris, 1795.

Continuation des *Causes secrètes*, 1795.

LOUANDRE ET BOURQUELOT

Il faut, disent-ils, ajouter à ses ouvrages *Le Vicomte de Barjac*.

Erreur, selon Quérard, qui rend cet ouvrage au marquis de Luchet.

HATIN[3]

31 octobre an II de la Liberté, Laclos est autorisé à publier la correspondance de la Société des Amis de la Constitution séante aux Jacobins.

Journal des Amis de la Constitution.

En 1791, Laclos quitte le journal, qui reste aux Feuillants.

[II]

NOTES

Ce livre, s'il brûle, ne peut brûler qu'à la manière de la glace.

Livre d'histoire.

Avertissement de l'éditeur et préface de l'auteur (sentiments feints et dissimulés).

— Lettres de mon père (badinages[1]).

La Révolution a été faite par des voluptueux.

Nerciat[2] (utilité de ses livres).

Au moment où la Révolution française éclata, la noblesse française était une race physiquement diminuée (de Maistre[3]).

Les livres libertins commentent donc et expliquent la Révolution.

Ne disons pas : *Autres mœurs que les nôtres*, disons : *Mœurs plus en honneur qu'aujourd'hui.*

Est-ce que la morale s'est relevée ? Non, c'est que l'énergie du mal a baissé. — Et la niaiserie a pris la place de l'esprit.

La fouterie et la gloire de la fouterie étaient-elles plus immorales que cette manière moderne *d'adorer* et de mêler le saint au profane[4] ?

On se donnait alors beaucoup de mal pour ce qu'on avouait être une bagatelle, et on ne se damnait pas plus qu'aujourd'hui.

Mais on se damnait moins bêtement.

On ne se pipait pas.

George Sand

Ordure et jérémiades.

En réalité, le satanisme a gagné. Satan s'est fait ingénu. Le mal se connaissant était moins affreux et plus près de la guérison que le mal s'ignorant. G. Sand inférieure à de Sade[5].

Ma sympathie pour le livre.	Livre de moraliste aussi haut que les plus élevés, aussi profond que les plus profonds.
Ma mauvaise réputation.	
Ma visite à Billault[a6].	
Tous les livres sont immoraux[7].	

À propos d'une phrase de Valmont (à retrouver) :

Le temps des Byron venait.

Car Byron était *préparé,* comme Michel-Ange.

Le grand homme n'est jamais aérolithe.

Chateaubriand devait bientôt crier à un monde qui n'avait pas le droit de s'étonner :

« Je fus toujours vertueux sans plaisir. J'eusse été criminel sans remords[1]. »

Caractère sinistre et satanique.

Le satanisme badin.

Comment on faisait l'amour sous l'ancien régime.

Plus gaîment, il est vrai.

Ce n'était pas *l'extase,* comme aujourd'hui, c'était *le délire.*

C'était toujours le mensonge, mais on n'adorait pas son semblable. On *le trompait,* mais on *se trompait* moins soi-même.

Les mensonges étaient d'ailleurs assez bien soutenus quelquefois pour induire la comédie en tragédie.

Ici, comme dans la vie, la palme de la perversité reste à [la[a]] femme.

(Saufeia[b]). Fœmina simplex dans sa petite maison[2].

Manœuvres de l'Amour.

Belleroche. Machines à plaisir[3].

Car Valmont est surtout un vaniteux. Il est d'ailleurs généreux, toutes les fois qu'il ne s'agit pas de femmes et de sa gloire.

Le dénouement.

La petite vérole (grand châtiment).

La Ruine.

Caractère général sinistre.

La détestable humanité se fait un enfer préparatoire.

L'amour de la guerre et la guerre de l'amour.

La gloire. L'amour de la gloire. Valmont et la Merteuil en parlent sans cesse, la Merteuil moins.

L'amour du combat. La tactique, les règles, les méthodes. La gloire de la victoire.

La stratégie pour gagner un prix très frivole.

Beaucoup de sensualité. Très peu d'amour, excepté chez Mme de Tourvel.

Puissance de l'analyse racinienne.

Gradation.

Transition.

Progression.

Talent rare aujourd'hui, excepté chez Stendhal, Sainte-Beuve et Balzac[1].

Livre essentiellement français.

Livre de sociabilité, terrible, mais sous le badin et le convenable.

Livre de sociabilité.

LIAISONS DANGEREUSES[2].

« Cette défaveur (qui s'attache aux émigrés et à leurs entreprises) surprendra peu les hommes qui pensent que la Révolution française a pour cause principale la dégradation morale de la noblesse.

« M. de Saint-Pierre observe quelque part, dans ses *Études sur la Nature*, que si l'on compare la figure des nobles français à celle de leurs ancêtres, dont la peinture et la sculpture nous ont transmis les traits, on voit à l'évidence que ces races ont dégénéré. »

Considérations sur la France, p. 197, de l'édition sous la rubrique de Londres, 1797, in-8.

[III]

INTRIGUE ET CARACTÈRES

INTRIGUE

Comment vient la brouille entre Valmont et la Merteuil.

Pourquoi elle devait venir.

La Merteuil a tué la Tourvel.

Elle n'a plus rien à vouloir de Valmont.

Valmont est dupe. Il dit à sa mort qu'il regrette la Tourvel, et de l'avoir sacrifiée. Il ne l'a sacrifiée qu'à son Dieu, à sa vanité, à sa gloire, et la Merteuil le lui dit même crûment, après avoir obtenu ce sacrifice.

C'est la brouille de ces deux scélérats qui amène les dénouements.

Les critiques faites sur le dénouement relatif à la Merteuil.

CARACTÈRES

À propos de Mme de Rosemonde, retrouver le portrait des vieilles femmes, bonnes et tendres, fait par la Merteuil[1].

Cécile, type parfait de la détestable jeune fille, niaise et sensuelle.

Son portrait, par la Merteuil, qui excelle aux portraits. (Elle ferait bien, même celui de la Tourvel, si elle n'en était pas horriblement jalouse, comme d'une supériorité.) Lettre XXXVIII.

La jeune fille. La niaise, stupide et sensuelle. Tout près de l'ordre originelle[a2].

La Merteuil. Tartuffe femelle, tartuffe de mœurs, tartuffe du XVIIIe siècle.

Toujours supérieure à Valmont, et elle le prouve.

Son portrait par elle-même. Lettre LXXXI. Elle a d'ailleurs du bon sens et de l'esprit.

Valmont, ou la recherche du pouvoir par le Dandysme. Don Juan et la feinte de la dévotion.

La présidente. (Seule, appartenant à la bourgeoisie. Observation importante.) Type simple, grandiose, attendrissant. Admirable création. Une femme naturelle[3]. Une Ève touchante. La Merteuil, une Ève satanique.

D'Anceny[4], fatigant d'abord par la niaiserie, devient intéressant. Homme d'honneur, poète et beau diseur.

Mme de Rosemonde. Vieux pastel, *charmant* portrait à barbes[5] et à tabatière.

Ce que la Merteuil dit des vieilles femmes.

[IV]

CITATIONS POUR SERVIR AUX CARACTÈRES

Que me proposez-vous ? de séduire une jeune fille qui n'a rien vu, ne connaît rien... Vingt autres y peuvent réussir comme moi. Il n'en est pas ainsi de l'entreprise qui m'occupe : son succès m'assure autant de gloire que de plaisir. L'amour qui prépare ma couronne, hésite lui-même entre le myrte et le laurier...

> Lettre IV. — Valmont à Mme de Merteuil.

J'ai bien besoin d'avoir cette femme pour me sauver du ridicule d'en être amoureux... J'ai, dans ce moment, un sentiment de reconnaissance pour les femmes faciles, qui me ramène[1] naturellement à vos pieds.

> Lettre IV. — Valmont à Mme de Merteuil.

Conquérir est notre destin : il faut le suivre.

> Lettre IV. — Valmont à Mme de Merteuil.

(Note ; car c'est aussi le destin de Mme de Merteuil. Rivalité de gloire.)

Me voilà donc, depuis quatre jours, livré à *une passion forte*[a].

> Lettre IV. — Valmont à la Merteuil.

Rapprocher ce passage d'une note de Sainte-Beuve sur le goût de la passion dans l'École romantique[2].

Depuis sa plus grande jeunesse, jamais il n'a fait un pas ou dit une parole sans avoir un projet, et jamais il n'eut [un projet qui ne fût malhonnête ou criminel[b]]. Aussi, si Valmont était entraîné par des passions fougueuses ; [si, comme mille autres, il était séduit par les erreurs de son âge, en blâmant sa conduite, je plaindrais sa personne, et j'attendrais, en silence, le temps où un retour heureux lui rendrait l'estime des gens honnêtes]. Mais Valmont n'est pas cela... etc.

> Lettre IX. — Mme de Volanges
> à la Présidente de Tourvel.

Cet entier abandon de soi-même, ce délire de la volupté, où le plaisir *s'épure par son excès*[c], ces biens de l'amour ne sont pas connus d'elle... Votre présidente croira avoir tout fait pour vous en vous traitant comme son mari, et, dans le tête-à-tête conjugal le plus tendre, on est toujours *deux*[3].

> Lettre V. — La Merteuil à Valmont.

(Source de la sensualité mystique et des sottises amoureuses du XIXᵉ siècle.)

J'aurai cette femme. Je l'enlèverai au mari *qui la profane*[a]
(G. Sand[1]). J'oserai la ravir au Dieu[b] même qu'elle adore (Valmont
Satan, rival de Dieu). Quel délice d'être tour à tour l'objet et le
vainqueur de ses remords ! Loin de moi l'idée de détruire les
préjugés qui l'assiègent ! Ils ajouteront à mon bonheur et à ma
gloire. Qu'elle croie à la vertu, mais qu'elle me la sacrifie... Qu'alors,
j'y consens, elle me dise : « Je t'adore ! »

> Lettre VI. — Valmont à la Merteuil.

Après ces préparatifs, pendant que Victoire s'occupe des autres
détails, je lis un chapitre du *Sopha*, une *lettre d'Héloïse*, et deux *contes*
de La Fontaine, pour recorder les différents tons que je voulais
prendre.

> Lettre X. — La Merteuil à Valmont.

Je suis indigné, je l'avoue, quand je songe que cet homme, sans
raisonner, sans *se donner la moindre peine*, en *suivant tout bêtement l'instinct
de son cœur*[c], trouve une félicité à laquelle je ne puis atteindre. Oh !
je la troublerai !

> Lettre XV. — Valmont à la Merteuil.

J'avouerai ma faiblesse. Mes yeux se sont mouillés de larmes...
J'ai été étonné du plaisir qu'on éprouve en faisant le bien...

> Lettre XXI. — Valmont à la Merteuil.

Don Juan devenant Tartuffe, et charitable par intérêt.
Cet aveu prouve à la fois l'hypocrisie de Valmont, sa
haine de la vertu et, en même temps, un reste de sensibilité, par quoi il est inférieur à la Merteuil, chez qui tout
ce qui est humain[d] est calciné.

J'oubliais de vous dire que pour mettre tout à profit, j'ai demandé
à ces bonnes gens de prier Dieu[e] pour le succès de mes projets.

> Lettre XXI. [Valmont à la Merteuil.]

Impudence et raffinement d'impiété.

Elle est vraiment délicieuse... Cela n'a ni caractère ni principes.
Jugez combien [sa société sera douce et facile]... Sans esprit et sans
finesse [, elle a pourtant une certaine fausseté naturelle ...] En
vérité, je suis [presque jalouse de celui à qui ce plaisir est réservé.]

> Lettre XXXVIII. — La Merteuil à Valmont.

Excellent portrait de la Cécile.

Il est si sot encore qu'il n'en a pas seulement obtenu un baiser.

Ce garçon-là fait pourtant de fort jolis vers ! Mon Dieu ! que ces gens d'esprit sont bêtes !

> Lettre XXXVIII. [La Merteuil à Valmont.]

Commencement du portrait de Danceny, qui attirera lui-même la Merteuil.

Je regrette de n'avoir pas le talent des filous... Mais nos parents ne songent à rien.

> Suite de la Lettre XL. — Valmont à la Merteuil.

Elle veut que je sois *son ami*[a]. (La malheureuse victime en est déjà là) ...

Et puis-je me venger moins d'une femme hautaine qui semble rougir d'avouer qu'elle adore ?

> Lettre LXX. — Valmont à la Merteuil.

À propos de la Vicomtesse :

Le parti le plus difficile ou le plus gai est toujours celui que je prends ; et je ne me reproche pas une bonne action, pourvu qu'elle m'exerce ou m'amuse.

> Lettre LXXI. — Valmont à la Merteuil.

(Portrait de la Merteuil par elle-même.)

Que vos craintes me causent de pitié ! Combien elles me prouvent ma supériorité sur vous !... Être orgueilleux et faible, il te sied bien de vouloir calculer mes moyens et juger de mes ressources !

(La femme qui veut toujours faire l'homme, signe de grande dépravation.)

. . . .

Imprudentes, qui dans leur amant actuel ne savent pas voir leur ennemi futur...

Je dis : mes principes... Je les ai créés, et je puis dire que je suis mon ouvrage.

Ressentais-je quelque chagrin... J'ai porté le zèle jusqu'à me causer des douleurs volontaires, pour chercher pendant ce temps l'expression du plaisir. Je *me suis travaillée*[b] avec le même soin pour réprimer les symptômes d'une joie inattendue.

Je n'avais pas quinze ans, je possédais déjà les talents auxquels la plus grande partie de nos politiques doivent leur réputation, et [je ne me trouvais encore qu'aux premiers éléments de la science que je voulais acquérir].

Ma tête seule fermentait. Je ne désirais pas de jouir, *je voulais* SAVOIR[a]. (George Sand et autres.)

> Lettre LXXXI. — La Merteuil à Valmont.

Encore une touche au portrait de la petite Volanges par la Merteuil :

Tandis que nous nous occuperions à former cette petite fille pour l'intrigue [nous n'en ferions qu'une femme facile]. Ces sortes de femmes ne sont absolument que des machines à plaisir.

> Lettre CVI. — La Merteuil à Valmont.

Cet enfant est réellement séduisant. Ce contraste de la candeur naïve avec le langage de l'effronterie, ne laisse pas de faire de l'effet ; et je ne sais pourquoi, il n'y a plus que les choses bizarres qui me plaisent.

> Lettre CX. — Valmont à la Merteuil.

Valmont se glorifie et chante son futur triomphe :

Je la montrerai, dis-je, oubliant ses devoirs... Je ferai plus, je la quitterai... Voyez mon ouvrage, et cherchez-en dans le siècle un second exemple !

> Lettre CXV. — Valmont à la Merteuil.

Citation *Importante.*

La note et l'annonce de la fin.
Champfleury.
Lui écrire[1].

MADAME BOVARY

PAR GUSTAVE FLAUBERT

I

En matière de critique, la situation de l'écrivain qui vient après tout le monde, de l'écrivain retardataire, comporte des avantages que n'avait pas l'écrivain prophète, celui qui annonce le succès, qui le commande, pour ainsi dire, avec l'autorité de l'audace et du dévouement.

M. Gustave Flaubert n'a plus besoin du dévouement, s'il est vrai qu'il en eut jamais besoin. Des artistes nombreux[a], et quelques-uns des plus fins et des plus accrédités, ont illustré et enguirlandé son excellent livre. Il ne reste donc plus à la critique qu'à indiquer quelques points de vue oubliés, et qu'à insister un peu plus vivement sur des traits et des lumières qui n'ont pas été, selon moi, suffisamment vantés et commentés. D'ailleurs, cette position de l'écrivain en retard, distancé par l'opinion, a, comme j'essayais de l'insinuer, un charme paradoxal. Plus libre, parce qu'il est seul comme un traînard, il a l'air de celui qui résume les débats, et, contraint d'éviter les véhémences de l'accusation et de la défense, il a ordre de se frayer une voie nouvelle, sans autre excitation que celle de l'amour du Beau et de la Justice.

II

Puisque j'ai prononcé ce mot splendide et terrible, la Justice, qu'il me soit permis, — comme aussi bien cela m'est agréable, — de remercier la magistrature française

de l'éclatant exemple d'impartialité et de bon goût qu'elle
a donné dans cette circonstance. Sollicitée par un zèle
aveugle et trop véhément pour la morale[a], par un esprit
qui se trompait de terrain, — placée en face d'un roman,
œuvre d'un écrivain inconnu la veille, — un roman, et
quel roman ! le plus impartial, le plus loyal, — un champ,
banal comme tous les champs, flagellé, trempé, comme
la nature elle-même, par tous les vents et tous les orages,
— la magistrature, dis-je, s'est montrée loyale et impartiale comme le livre qui était poussé devant elle en
holocauste. Et mieux encore, disons, s'il est permis de
conjecturer d'après les considérations qui accompagnè-
rent le jugement, que si les magistrats avaient découvert quelque chose de vraiment reprochable dans le livre,
ils l'auraient néanmoins amnistié, en faveur et en reconnaissance de la BEAUTÉ dont il est revêtu. Ce souci
remarquable de la Beauté, en des hommes dont les
facultés ne sont mises en réquisition que pour le Juste et
le Vrai, est un symptôme des plus touchants, comparé
avec les convoitises ardentes de cette société qui a définitivement abjuré tout amour spirituel, et qui, négligeant
ses anciennes entrailles, n'a plus cure que de ses viscères.
En somme, on peut dire que cet arrêt, par sa haute tendance poétique, fut définitif; que gain de cause a été
donné à la Muse, et que tous les écrivains, tous ceux du
moins dignes de ce nom, ont été acquittés dans la personne de M. Gustave Flaubert[1].

Ne disons donc pas, comme tant d'autres l'affirment
avec une légère et inconsciente mauvaise humeur, que
le livre a dû son immense faveur au procès et à l'acquittement. Le livre, non tourmenté, aurait obtenu la même
curiosité, il aurait créé le même étonnement, la même
agitation. D'ailleurs les approbations de tous les lettrés
lui appartenaient depuis longtemps. Déjà sous sa première forme, dans la *Revue de Paris,* où des coupures
imprudentes en avaient détruit l'harmonie[2], il avait excité
un ardent intérêt. La situation de Gustave Flaubert,
brusquement illustre, était à la fois excellente et mauvaise;
et de cette situation équivoque, dont son loyal et merveilleux talent a su triompher, je vais donner, tant bien
que mal, les raisons diverses.

III

Excellente ; — car depuis la disparition de Balzac,
ce prodigieux météore qui couvrira notre pays d'un
nuage de gloire, comme un orient bizarre et exceptionnel,
comme une aurore polaire inondant le désert glacé de ses
lumières féeriques, — toute curiosité, relativement au
roman, s'était apaisée et endormie. D'étonnantes tentatives avaient été faites, il faut l'avouer. Depuis longtemps
déjà, M. de Custine, célèbre, dans un monde de plus en
plus raréfié, par *Aloys, Le Monde comme il est* et *Ethel*, —
M. de Custine, le créateur de la jeune fille laide, ce type
tant jalousé par Balzac (voir le vrai *Mercadet*[1]), avait livré
au public *Romuald ou la Vocation,* œuvre d'une maladresse
sublime, où des pages inimitables font à la fois condamner
et absoudre des langueurs et des gaucheries. Mais M. de
Custine est un sous-genre du génie, un génie dont le
dandysme monte jusqu'à l'idéal de la négligence. Cette
bonne foi de gentilhomme, cette ardeur romanesque,
cette raillerie loyale, cette absolue et nonchalante personnalité, ne sont pas accessibles aux sens du grand troupeau, et ce précieux écrivain avait contre lui toute la
mauvaise fortune que méritait son talent[2].

M. d'Aurevilly avait violemment attiré les yeux par
Une vieille maîtresse et par *L'Ensorcelée*[3]. Ce culte de la
vérité, exprimé avec une effroyable ardeur, ne pouvait
que déplaire à la foule. D'Aurevilly, vrai catholique, évoquant la passion pour la vaincre, chantant, pleurant et
criant au milieu de l'orage, planté comme Ajax sur un
rocher de désolation[4], et ayant toujours l'air de dire à son
rival, — homme, foudre, dieu ou matière — : « Enlève-
moi, ou je t'enlève ! » ne pouvait pas non plus mordre
sur une espèce assoupie dont les yeux sont fermés aux
miracles de l'exception.

Champfleury, avec un esprit enfantin et charmant,
s'était joué très heureusement dans le pittoresque, avait
braqué un binocle poétique (plus poétique qu'il ne le
croit lui-même) sur les accidents et les hasards burlesques
ou touchants de la famille ou de la rue[5] ; mais, par originalité ou par faiblesse de vue, volontairement ou fatale-

ment, il négligeait le lieu commun, le lieu de rencontre de la foule, le rendez-vous public de l'éloquence[1].

Plus récemment encore, M. Charles Barbara, âme rigoureuse et logique, âpre à la curée intellectuelle, a fait quelques efforts incontestablement distingués; il a cherché (tentation toujours irrésistible) à décrire, à élucider des situations de l'âme exceptionnelles, et à déduire les conséquences directes des positions fausses. Si je ne dis pas ici toute la sympathie que m'inspire l'auteur d'*Héloïse* et de *L'Assassinat du Pont-Rouge*, c'est parce qu'il n'entre qu'occasionnellement dans mon thème, à l'état de note historique[2].

Paul Féval, placé de l'autre côté de la sphère, esprit amoureux d'aventures, admirablement doué pour le grotesque et le terrible, a emboîté le pas, comme un héros tardif, derrière Frédéric Soulié et Eugène Sue. Mais les facultés si riches de l'auteur des *Mystères de Londres* et du *Bossu,* non plus que celles de tant d'esprits hors ligne, n'ont pas pu accomplir le léger et soudain miracle de cette pauvre petite provinciale adultère, dont toute l'histoire, sans imbroglio, se compose de tristesses, de dégoûts, de soupirs et de quelques pâmoisons fébriles arrachés à une vie barrée par le suicide[3].

Que ces écrivains, les uns tournés à la Dickens, les autres moulés à la Byron ou à la Bulwer[4], trop bien doués peut-être, trop méprisants, n'aient pas su, comme un simple Paul de Kock[5], forcer le seuil branlant de la Popularité, la seule des impudiques qui demande à être violée[6], ce n'est pas moi qui leur en ferai un crime, — non plus d'ailleurs qu'un éloge; de même je ne sais aucun gré à M. Gustave Flaubert d'avoir obtenu du premier coup ce que d'autres cherchent toute leur vie. Tout au plus y verrai-je un symptôme surérogatoire de puissance, et chercherai-je à définir les raisons qui ont fait mouvoir l'esprit de l'auteur dans un sens plutôt que dans un autre.

Mais j'ai dit aussi que cette situation du nouveau venu était mauvaise; hélas ! pour une raison lugubrement simple. Depuis plusieurs années, la part d'intérêt que le public accorde aux choses spirituelles était singulièrement diminuée; son budget d'enthousiasme allait se rétrécissant toujours. Les dernières années de Louis-Philippe avaient vu les dernières explosions d'un esprit encore excitable par les jeux de l'imagination; mais le nouveau romancier se trouvait en face d'une société absolument usée, — pire qu'usée, — abrutie et goulue, n'ayant horreur que de la fiction, et d'amour que pour la possession.

Dans des conditions semblables, un esprit bien nourri, enthousiaste du beau, mais façonné à une forte escrime, jugeant à la fois le bon et le mauvais des circonstances, a dû se dire : « Quel est le moyen le plus sûr de remuer toutes ces vieilles âmes ? Elles ignorent en réalité ce qu'elles aimeraient; elles n'ont un dégoût positif que du grand; la passion naïve, ardente, l'abandon poétique les fait rougir et les blesse. — Soyons donc vulgaire dans le choix du sujet, puisque le choix d'un sujet trop grand est une impertinence pour le lecteur du XIXᵉ siècle. Et aussi prenons bien garde à nous abandonner et à parler pour notre propre compte. Nous serons de glace en racontant des passions et des aventures où le commun du monde met ses chaleurs; nous serons, comme dit l'école, objectif et impersonnel.

« Et aussi, comme nos oreilles ont été harassées dans ces derniers temps par les bavardages d'école puérils, comme nous avons entendu parler d'un certain procédé littéraire appelé *réalisme,* — injure dégoûtante jetée à la face de tous les analystes[1], mot vague et élastique qui signifie pour le vulgaire, non pas une méthode nouvelle de création, mais une description minutieuse des accessoires, — nous profiterons de la confusion des esprits et de l'ignorance universelle. Nous étendrons un style nerveux, pittoresque, subtil, exact, sur un canevas banal. Nous enfermerons les sentiments les plus chauds et les plus bouillants dans l'aventure la plus triviale. Les paroles les plus solennelles, les plus décisives, s'échapperont des bouches les plus sottes.

« Quel est le terrain de sottise, le milieu le plus stupide, le plus productif en absurdités, le plus abondant en imbéciles intolérants ?

« La province.

« Quels y sont les acteurs les plus insupportables ?

« Les petites gens qui s'agitent dans de petites fonctions dont l'exercice fausse leurs idées.

« Quelle est la donnée la plus usée, la plus prostituée, l'orgue de Barbarie le plus éreinté ?

« L'Adultère.

« Je n'ai pas besoin, s'est dit le poète, que mon *héroïne*

soit une héroïne. Pourvu qu'elle soit suffisamment jolie, qu'elle ait des nerfs, de l'ambition, une aspiration irréfrénable vers un monde supérieur, elle sera intéressante. Le tour de force, d'ailleurs, sera plus noble, et notre pécheresse aura au moins ce mérite, — comparativement fort rare, — de se distinguer des fastueuses bavardes de l'époque qui nous a précédés.

« Je n'ai pas besoin de me préoccuper du style, de l'arrangement pittoresque, de la description des milieux; je possède toutes ces qualités à une puissance surabondante; je marcherai appuyé sur l'analyse et la logique, et je prouverai ainsi que tous les sujets sont indifféremment bons ou mauvais, selon la manière dont ils sont traités, et que les plus vulgaires peuvent devenir les meilleurs. »

Dès lors, *Madame Bovary* — une gageure, une vraie gageure, un pari, comme toutes les œuvres d'art — était créée.

Il ne restait plus à l'auteur, pour accomplir le tour de force dans son entier, que de se dépouiller (autant que possible) de son sexe et de se faire femme. Il en est résulté une merveille; c'est que, malgré tout son zèle de comédien, il n'a pas pu ne pas infuser un sang viril dans les veines de sa créature, et que madame Bovary, pour ce qu'il y a en elle de plus énergique et de plus ambitieux, et aussi de plus rêveur, madame Bovary est restée un homme. Comme la Pallas armée, sortie du cerveau de Zeus, ce bizarre androgyne a gardé toutes les séductions d'une âme virile dans un charmant corps féminin.

IV

Plusieurs critiques avaient dit : cette œuvre, vraiment belle par la minutie et la vivacité des descriptions, ne contient pas un seul personnage qui représente la morale, qui parle la conscience de l'auteur. Où est-il, le personnage proverbial et légendaire, chargé d'expliquer la fable et de diriger l'intelligence du lecteur ? En d'autres termes, où est le réquisitoire ?

Absurdité ! Éternelle et incorrigible confusion des fonctions et des genres ! — Une véritable œuvre d'art n'a pas besoin de réquisitoire. La logique de l'œuvre suffit à toutes les postulations de la morale, et c'est au lecteur à tirer les conclusions de la conclusion.

Quant au personnage intime, profond, de la fable, incontestablement c'est la femme adultère; elle seule, la victime déshonorée, possède toutes les grâces du héros. — Je disais tout à l'heure qu'elle était presque mâle, et que l'auteur l'avait ornée (inconsciencieusement peut-être) de toutes les qualités viriles.

Qu'on examine attentivement :

1º L'imagination, faculté suprême et tyrannique, substituée au cœur, ou à ce qu'on appelle le cœur, d'où le raisonnement est d'ordinaire exclu, et qui domine généralement dans la femme comme dans l'animal[1];

2º Énergie soudaine d'action, rapidité de décision, fusion mystique du raisonnement et de la passion, qui caractérise les hommes créés pour agir;

3º Goût immodéré de la séduction, de la domination et même de tous les moyens vulgaires de séduction, descendant jusqu'au charlatanisme du costume, des parfums et de la pommade, — le tout se résumant en deux mots : dandysme, amour exclusif de la domination.

Et pourtant madame Bovary se donne; emportée par les sophismes de son imagination, elle se donne magnifiquement, généreusement, d'une manière toute masculine, à des drôles qui ne sont pas ses égaux, exactement comme les poètes se livrent à des drôlesses[2].

Une nouvelle preuve de la qualité toute virile qui nourrit son sang artériel, c'est qu'en somme cette infortunée a moins souci des défectuosités extérieures visibles, des provincialismes aveuglants de son mari, que de cette absence totale de génie, de cette infériorité spirituelle bien constatée par la stupide opération du pied bot.

Et à ce sujet, relisez les pages qui contiennent cet épisode, si injustement traité de parasitique, tandis qu'il sert à mettre en vive lumière tout le caractère de la personne. — Une colère noire, depuis longtemps concentrée, éclate dans toute l'épouse Bovary; les portes claquent; le mari stupéfié, qui n'a su donner à sa romanesque femme aucune jouissance spirituelle, est relégué dans sa chambre; il est en pénitence, le coupable ignorant ! et madame Bovary, la désespérée, s'écrie, comme une petite lady Macbeth accouplée à un capitaine insuffisant : « Ah ! que ne suis-je *au moins* la femme d'un de ces vieux savants chauves et voûtés, dont les yeux abrités de lunettes vertes sont toujours braqués sur les archives de la science ! je pourrais fièrement me balancer à son bras ; je serais au moins la compagne d'un roi spirituel ; mais la compagne de chaîne de cet imbécile qui ne sait pas redresser le pied d'un infirme ! oh ! »

Cette femme, en réalité, est très sublime dans son espèce, dans son petit milieu et en face de son petit horizon ;

4° Même dans son éducation de couvent, je trouve la preuve du tempérament équivoque de madame Bovary. Les bonnes sœurs ont remarqué dans cette jeune fille une aptitude étonnante à la vie, à profiter de la vie, à en conjecturer les jouissances ; — voilà l'homme d'action !

Cependant la jeune fille s'enivrait délicieusement de la couleur des vitraux, des teintes orientales que les longues fenêtres ouvragées jetaient sur son paroissien de pensionnaire ; elle se gorgeait de la musique solennelle des vêpres, et, par un paradoxe dont tout l'honneur appartient aux nerfs, elle substituait dans son âme au Dieu véritable le Dieu de sa fantaisie, le Dieu de l'avenir et du hasard, un Dieu de vignette, avec éperons et moustaches ; — voilà le poète hystérique !

L'hystérie ! Pourquoi ce mystère physiologique ne ferait-il pas le fond et le tuf d'une œuvre littéraire, ce mystère que l'Académie de médecine n'a pas encore résolu, et qui, s'exprimant dans les femmes par la sensation d'une boule ascendante et asphyxiante (je ne parle que du symptôme principal), se traduit chez les hommes nerveux par toutes les impuissances et aussi par l'aptitude à tous les excès[1] ?

V

En somme, cette femme est vraiment grande, elle est surtout pitoyable, et malgré la dureté systématique de l'auteur, qui a fait tous ses efforts pour être absent de son œuvre et pour jouer la fonction d'un montreur de marionnettes, toutes les femmes *intellectuelles* lui sauront gré d'avoir élevé la femelle à une si haute puissance, si loin de l'animal pur et si près de l'homme idéal, et de

l'avoir fait participer à ce double caractère de calcul et de
rêverie qui constitue l'être parfait.

On dit que madame Bovary est ridicule. En effet, la
voilà, tantôt prenant pour un héros de Walter Scott
une espèce de monsieur, — dirai-je même un gentilhomme campagnard ? — vêtu de gilets de chasse et de
toilettes contrastées ! et maintenant, la voici amoureuse
d'un petit clerc de notaire (qui ne sait même pas commettre une action dangereuse pour sa maîtresse), et
finalement la pauvre épuisée, la bizarre Pasiphaé, relé-
guée dans l'étroite enceinte d'un village, poursuit l'idéal
à travers les bastringues et les estaminets de la préfecture :
— qu'importe ? disons-le, avouons-le, c'est un César à
Carpentras ; elle poursuit l'Idéal !

Je ne dirai certainement pas comme le Lycanthrope[1]
d'insurrectionnelle mémoire, ce révolté qui a abdiqué :
« En face de toutes les platitudes et de toutes les sottises
du temps présent, ne nous reste-t-il pas le papier à
cigarettes et l'adultère[2] ? » mais j'affirmerai qu'après tout,
tout compte fait, même avec des balances de précision,
notre monde est bien dur pour avoir été engendré par le
Christ, qu'il n'a guère qualité pour jeter la pierre à
l'adultère ; et que quelques minotaurisés[3] de plus ou de
moins n'accéléreront pas la vitesse rotatoire des sphères
et n'avanceront pas d'une seconde la destruction finale
des univers. — Il est temps qu'un terme soit mis à
l'hypocrisie de plus en plus contagieuse, et qu'il soit
réputé ridicule pour des hommes et des femmes, pervertis
jusqu'à la trivialité, de crier : haro ! sur un malheureux
auteur qui a daigné, avec une chasteté de rhéteur, jeter
un voile de gloire sur des aventures de tables de nuit,
toujours répugnantes et grotesques, quand la Poésie
ne les caresse pas de sa clarté de veilleuse opaline.

Si je m'abandonnais sur cette pente analytique, je
n'en finirais jamais avec *Madame Bovary ;* ce livre, essentiellement suggestif, pourrait souffler un volume d'observations. Je me bornerai, pour le moment, à remarquer
que plusieurs des épisodes les plus importants ont été
primitivement négligés ou vitupérés par les critiques.
Exemples : l'épisode de l'opération manquée du pied
bot, et celui, si remarquable, si plein de désolation, si
véritablement *moderne,* où la future adultère, — car elle
n'est encore qu'au commencement du plan incliné, la

malheureuse ! — va demander secours à l'Église, à la divine Mère, à celle qui n'a pas d'excuses pour n'être pas toujours prête, à cette Pharmacie où nul n'a le droit de sommeiller ! Le bon curé Bournisien, uniquement préoccupé des polissons du catéchisme qui font de la gymnastique à travers les stalles et les chaises de l'église, répond avec candeur : « Puisque vous êtes malade, madame, et puisque M. Bovary est médecin, *pourquoi n'allez-vous pas trouver votre mari ?* »

Quelle est la femme qui, devant cette insuffisance du curé, n'irait pas, folle amnistiée, plonger sa tête dans les eaux tourbillonnantes de l'adultère, — et quel est celui de nous qui, dans un âge plus naïf et dans des circonstances troublées, n'a pas fait forcément connaissance avec le prêtre incompétent[1] ?

VI

J'avais primitivement le projet, ayant deux livres du même auteur sous la main (*Madame Bovary* et *La Tentation de saint Antoine,* dont les fragments n'ont pas encore été rassemblés par la librairie[2]), d'installer une sorte de parallèle entre les deux. Je voulais établir des équations et des correspondances. Il m'eût été facile de retrouver sous le tissu minutieux de *Madame Bovary,* les hautes facultés d'*ironie* et de *lyrisme* qui illuminent à outrance *La Tentation de saint Antoine.* Ici le poëte ne s'était pas déguisé, et sa *Bovary,* tentée par tous les démons de l'illusion, de l'hérésie, par toutes les lubricités de la matière environnante, — son *saint Antoine* enfin, harassé par toutes les folies qui nous circonviennent, aurait apologisé[3] mieux que sa toute petite fiction bourgeoise. — Dans cet ouvrage, dont malheureusement l'auteur ne nous a livré que des fragments, il y a des morceaux éblouissants ; je ne parle pas seulement du festin prodigieux de Nabuchodonosor, de la merveilleuse apparition de cette petite folle de reine de Saba, miniature dansant sur la rétine d'un ascète, de la charlatanesque et emphatique mise en scène d'Apollonius de Tyane suivi de son cornac, ou plutôt de son entreteneur, le millionnaire imbécile qu'il entraîne à travers le monde ; — je voudrais surtout attirer l'attention du lecteur sur cette faculté souffrante, souterraine et révoltée, qui traverse toute l'œuvre, ce filon ténébreux qui illumine, — ce que les Anglais appellent le *subcurrent,* — et qui sert de guide à travers ce capharnaüm pandémoniaque de la solitude.

Il m'eût été facile de montrer, comme je l'ai déjà dit, que M. Gustave Flaubert a volontairement voilé dans *Madame Bovary* les hautes facultés lyriques et ironiques manifestées sans réserve dans *La Tentation,* et que cette dernière œuvre, chambre secrète de son esprit, reste évidemment la plus intéressante pour les poètes et les philosophes.

Peut-être aurai-je un autre jour le plaisir d'accomplir cette besogne[1].

LA DOUBLE VIE

PAR CHARLES ASSELINEAU

Onze petites nouvelles se présentent sous ce titre général : *La Double Vie*. Le sens du titre se dévoile heureusement après la lecture de quelques-uns des morceaux qui composent cet élégant et éloquent volume. Il y a un chapitre de Buffon qui est intitulé : *Homo duplex*[1], dont je ne me rappelle plus au juste le contenu, mais dont le titre bref, mystérieux, gros de pensées, m'a toujours précipité dans la rêverie, et qui maintenant encore, au moment où je veux vous donner une idée de l'esprit qui anime l'ouvrage de M. Asselineau, se présente brusquement à ma mémoire, et la provoque, et la confronte comme une idée fixe. Qui parmi nous n'est pas un *homo duplex* ? Je veux parler de ceux dont l'esprit a été dès l'enfance *touched with pensiveness*[2] ; toujours double, action et intention, rêve et réalité[3]; toujours l'un nuisant à l'autre, l'un usurpant la part de l'autre. Ceux-ci font de lointains voyages au coin d'un foyer dont ils méconnaissent la douceur; et ceux-là, ingrats envers les aventures dont la Providence leur fait don, caressent le rêve d'une vie casanière, enfermée dans un espace de quelques mètres. L'intention laissée en route, le rêve oublié dans une auberge, le projet barré par l'obstacle, le malheur et l'infirmité jaillissant du succès comme les plantes vénéneuses d'une terre grasse et négligée, le regret mêlé d'ironie, le regard jeté en arrière comme celui d'un vagabond qui se recueille un instant, l'incessant mécanisme de la vie terrestre, taquinant et déchirant à chaque minute l'étoffe de la vie idéale : tels sont les principaux éléments de ce livre exquis qui, par son abandon, son négligé de bonne compagnie et sa sincérité suggestive, participe du monologue et de la lettre intime confiée à la boîte pour les contrées lointaines.

La plupart des morceaux qui en composent le total sont des échantillons du malheur humain mis en regard des bonheurs de la rêverie.

Ainsi *Le Cabaret des Sabliers,* où deux jeunes gens vont régulièrement à quelques lieues de la ville pour se consoler des chagrins et des soucis qui la leur rendent intolérable, oubliant sur le paysage horizontal des rivières la vie tumultueuse des rues et l'angoisse confinée dans un domicile dévasté; ainsi *L'Auberge :* un voyageur, un lettré, inspirant à son hôtesse une sympathie assez vive pour que celle-ci lui offre sa fille en mariage, et puis retournant brusquement vers le cercle où l'enferme sa fatalité. Le voyageur lettré a poussé d'abord, à cette offre généreuse et naïve, un éclat de rire inhumain, qui certes aurait scandalisé le bon Jean-Paul[1], toujours si angélique quoique si moqueur. Mais je présume bien que, remis dans sa route ou dans sa routine, le voyageur pensif et philosophe aura cuvé son mauvais rire et se sera dit, avec un peu de remords, un peu de regret et le soupir indolent du scepticisme, toujours tempéré d'un léger sourire : « Après tout, la brave aubergiste avait peut-être raison; les éléments du bonheur humain sont moins nombreux et plus simples que ne l'enseignent le monde et sa doctrine perverse. » — Ainsi *Les Promesses de Timothée,* abominable lutte du prometteur et de la dupe; le prometteur, ce voleur d'une espèce particulière, y est fort convenablement flétri, je vous jure, et je sais beaucoup de gré à M. Asselineau de nous montrer à la fin sa dupe sauvée et réconciliée à la vie par un homme de mauvaise réputation. Il en est souvent ainsi, et le *Deus ex machina* des dénouements heureux est, plus souvent qu'on ne veut le reconnaître, un de ceux que le monde appelle des mauvais sujets, ou même des chenapans. *Mon cousin Don Quixote* est un morceau des plus remarquables et bien fait pour mettre en lumière les deux grandes qualités de l'auteur, qui sont le sentiment du beau moral et l'ironie qui naît du spectacle de l'injustice et de la sottise. Ce *cousin,* dont la tête bouillonne de projets d'éducation, de bonheur universel, dont le sang toujours jeune est allumé par un enthousiasme dévorant pour les Hellènes, ce despote de l'héroïsme qui veut mouler et moule sa famille à son image, est plus qu'intéressant; il est touchant; il enlève l'âme en lui faisant honte de sa lâcheté journalière. L'absence de niveau entre ce nouveau Don Quichotte et l'âme du siècle produit un effet certain de comique attendrissant, quoique, à vrai dire, le rire provoqué par une infirmité sublime soit presque la condamnation du rieur[1], et le Sancho universel, dont le maniaque magnanime est entouré, n'excite pas moins de mépris que le Sancho du roman. — Plus d'une vieille femme lira avec sourire, et peut-être avec larmes, *Le Roman d'une dévote,* un amour de quinze ans, sans confidente, sans confidence, sans action, et toujours ignoré de celui qui en est l'objet, un pur monologue mental.

Le Mensonge représente sous une forme à la fois subtile et naturelle la préoccupation générale du livre, qui pourrait s'appeler : *De l'art d'échapper à la vie journalière.* Les seigneurs turcs commandent quelquefois à nos peintres des décors représentant des appartements ornés de meubles somptueux, et s'ouvrant sur des horizons fictifs. On expédie ainsi à ces singuliers rêveurs un magnifique salon sur toile, roulé comme un tableau ou une carte géographique. Ainsi fait le héros de *Mensonge* et c'est un héros bien moins rare qu'on le pourrait croire. Un mensonge perpétuel orne et habille sa vie. Il en résulte bien dans la pratique de la vie quotidienne quelques[a] cahots et quelques accidents; mais il faut bien payer son bonheur. Un jour cependant, malgré tous les inconvénients de son délire volontaire et systématique, le bonheur, le vrai bonheur, s'offre à lui, voulant être accepté et ne se faisant pas prier; cependant il faudrait, pour le mériter, satisfaire à une toute petite condition, c'est-à-dire avouer un mensonge. Démolir une fiction, se démentir, détruire un échafaudage idéal, même au prix d'un bonheur positif, c'est là un sacrifice impossible pour notre rêveur ! Il restera pauvre et seul, mais fidèle à lui-même, et s'obstinera à tirer de son cerveau toute la décoration de sa vie.

Un grand talent dans M. Asselineau, c'est de bien comprendre et de bien rendre la légitimité de l'absurde et de l'invraisemblable. Il saisit et il décalque, quelquefois avec une fidélité rigoureuse, les étranges raisonnements du rêve[2]. Dans des passages de cette nature, sa façon sans façon, procès-verbal cru et net, atteint un grand effet poétique. Je citerai pour exemple quelques lignes tirées d'une petite nouvelle tout à fait singulière, *La Jambe.*

« Ce qu'il y a de surprenant dans la vie du rêve, ce

n'est pas tant de se trouver transporté dans des régions fantastiques, où sont confondus tous les usages, contredites toutes les idées reçues; où souvent même (ce qui est plus effrayant encore) l'impossible se mêle au réel. Ce qui me frappe encore bien davantage, c'est l'assentiment donné à ces contradictions, la facilité avec laquelle les plus monstrueux paralogismes sont acceptés comme choses toutes naturelles, de façon à faire croire à des facultés ou à des notions d'un ordre particulier, et étrangères à notre monde.

« Je rêve un jour que j'assiste dans la grande allée des Tuileries, au milieu d'une foule compacte, à l'exécution d'un général. Un silence respectueux et solennel règne dans l'assistance.

« Le général est apporté dans une malle. Il en sort bientôt, en grand uniforme, tête nue, et psalmodiant à voix basse un chant funèbre.

« Tout à coup un cheval de guerre, sellé et caparaçonné, est aperçu caracolant sur la terrasse à droite, du côté de la place Louis XV.

« Un gendarme s'approche du condamné et lui remet respectueusement un fusil tout armé : le général ajuste, tire, et le cheval tombe.

« Et la foule s'écoule, et moi-même je me retire, intérieurement bien convaincu que *c'était l'usage, lorsqu'un général était condamné à mort, que si son cheval venait à paraître sur le lieu de l'exécution et qu'il le tuât, le général était sauvé.* »

Hoffmann n'eût pas mieux défini, dans sa manière courante, la situation anormale d'un esprit.

Les deux morceaux principaux, *La Seconde Vie* et *L'Enfer du musicien,* sont fidèles à la pensée mère du volume. Croire que *vouloir, c'est pouvoir,* prendre au pied de la lettre l'hyperbole du proverbe, entraîne un rêveur, de déception en déception, jusqu'au suicide. Par une grâce spéciale d'outre-tombe, toutes les facultés, si ardemment enviées et voulues, lui sont accordées d'un seul coup, et, armé de tout le génie octroyé dans cette seconde naissance, il retourne sur la terre. Une seule douleur, un seul obstacle, n'avaient pas été prévus, qui lui rendent bientôt l'existence impossible et le contraignent à chercher de nouveau son refuge dans la mort : c'est tous les inconvénients, toutes les incommodités, tous les malentendus, résultant de la disproportion créée désormais entre lui et le monde terrestre. L'équilibre et l'équation sont détruits, et, comme un Ovide trop savant pour son ancienne patrie, il peut dire :

Barbarus hic ego sum, quia non intelligor illis[1].

L'Enfer du musicien représente ce cas d'hallucination formidable où se trouverait un compositeur condamné à entendre simultanément toutes ses compositions exécutées, bien ou mal, sur tous les pianos du globe. Il fuit de ville en ville, poursuivant toujours le sommeil comme une terre promise, jusqu'à ce que, fou de désespoir, il passe dans l'autre hémisphère, où la nuit, occupant la place du jour, lui donne enfin quelque répit. Dans cette terre lointaine il a d'ailleurs trouvé l'amour, qui, comme une médecine énergique, remet chaque faculté à son rang, et pacifie tous ses organes troublés. « Le péché d'orgueil a été racheté par l'amour. »

L'analyse d'un livre est toujours une armature sans chair. Cependant, à un lecteur intelligent, cette analyse peut suffire pour lui faire deviner l'esprit de recherche qui anime le travail de M. Asselineau. On a souvent répété : *Le style, c'est l'homme ;* mais ne pourrait-on pas dire avec une égale justesse : *Le choix des sujets, c'est l'homme ?* De la chair du livre, je puis dire qu'elle est bonne, douce, élastique au toucher ; mais l'âme intérieure est surtout ce qui mérite d'être étudié. Ce charmant petit livre, personnel, excessivement personnel, est comme un monologue d'hiver, murmuré par l'auteur, les pieds sur les chenets. Il a tous les charmes du monologue, l'air de confidence, la sincérité de la confidence, et jusqu'à cette négligence féminine qui fait partie de la sincérité. Affirmerez-vous que vous aimez toujours, que vous adorez sans répit ces livres dont la pensée, tendue à outrance, fait craindre à tout moment au lecteur qu'elle ne se rompe, et le remplit, pour ainsi dire, d'une trépidation nerveuse ? Celui-ci veut être lu comme il a été fait, en robe de chambre et les pieds sur les chenets. Heureux l'auteur qui ne craint pas de se montrer en négligé ! Et malgré l'humiliation éternelle que l'homme éprouve à se sentir confessé, heureux le lecteur pensif, l'*homo duplex,* qui, sachant reconnaître dans l'auteur son miroir, ne craint pas de s'écrier : *Thou art the man*[2] ! Voilà mon confesseur !

[PRÉFACE DE *LA DOUBLE VIE* ANNOTÉE PAR BAUDELAIRE]

[Dédicace à Édouard Gardet]

Mon cher ami ce petit livre ne pouvait être dédié qu'à vous. Non pas qu'il vaille mieux qu'un autre, au contraire, mais parce que pour vous du moins il aura [...] l'intérêt du souvenir [...].

Qu'il soit le témoignage...

Juillet 1858

Charles A.

Car, au contraire, il vaut moins qu'un autre, — voilà le sous-entendu. Et vous croyez que c'est français ? Incidente, parenthèse, ellipse tout à la fois.

Singulière signature. Signez C. A. Ou tout votre nom[1].

J'ai corrigé passablement de fautes d'impression.

Pendant assez longtemps je m'étais fait une fête de mettre une préface en tête de ce volume.

Non pour en démontrer l'excellence ; je sais tout ce qui lui manque ; mais parce que, dans ce temps de Revues et de Journaux, et par le féodalisme régnant des Rédacteurs en chef et des Directeurs-gérants, l'occasion est devenue assez rare de dire nettement et complètement sa pensée pour qu'on n'hésite pas devant le ridicule qu'il peut y avoir à écrire ce mot pompeux de Préface en tête d'un livre d'aussi peu d'importance que celui-ci.

[*L'auteur ne se promet pas, de la réimpression de ses nouvelles, beaucoup de gloire, mais il voit dans sa préface l'occasion d'exprimer librement quelques vérités.*]

Certes, si jamais il y eut une généra-

Y avoir, livre d'importance ! et généralement toute la phrase, affreusement embourbée.

tion littéraire privilégiée, ç'a été la génération de 1830. Applaudissements des femmes, amitié des princes, elle a eu tout ; mais surtout, et c'est ce que je lui envie plus que tout le reste, elle n'a pas eu[1] la Revue ni le Journal : elle a eu le Livre : et le livre, c'est la liberté. *[Éloge du libraire qui laisse à l'auteur la responsabilité de sa pensée.]*

Vous lui enviez tout ce qu'elle a eu, et surtout ce qu'elle n'a pas eu. Elle *a eu tout,* mais *surtout* elle *n'a pas eu...*

Pardon ! elle a eu la Revue.

Le rédacteur en chef, un éditeur aussi pourtant, et qui n'est pas toujours beaucoup plus lettré que le premier, est beaucoup moins modeste ou beaucoup moins accommodant. [...] il veut que vous pensiez comme lui, pas plus que lui et pas autrement. *[Il ne voit que l'esprit, les intérêts, le public, les doctrines, le succès de son organe... Encore s'il avait des principes ou des idées nettes, un programme... Mais...]* Son esthétique, comme sa morale, est un composé compliqué[2] et dédalien d'une foule de petites nuances qu'il vous faut deviner ou connaître par lambeaux et à vos dépens [...].

beaucoup
beaucoup   beaucoup

Composé, compliqué. La composition *implique* la *complication.*

Vous voilà accueilli ; votre article est sur le marbre[3]. Vous vous croyez en règle pour n'avoir contrevenu ni aux lois ni aux bonnes mœurs ; pour n'avoir violé ni le bon sens ni la grammaire [...]. Non [...]. Au bout d'une heure de consultation, le rédacteur en chef vous apparaît tel qu'un Pontchartrain compliqué d'un Vaugelas et d'une femme à vapeurs [...] c'est un despote doublé d'un lettré, un Richelieu, auteur d'une *Mirame,* qui dispute[4] avec vous avec une compagnie d'arbalétriers dans son antichambre. *[Chicanes que le rédacteur en chef cherche à ses auteurs : ceci devait être résumé, et cela développé ; le dénouement est trop brusque ; etc.]* — Et puis êtes-vous bien sûr que telle expression est française ? l'avez-vous rencontrée dans les classiques ? — Je l'ai lue dans Bossuet. — Oh ! Bossuet ! C'est un orateur, Bossuet, et l'on sait ce qu'ils se permettent ! — Je l'ai vue dans

Laissez donc cette vieille locution du *marbre.*

Discute-t-il *avec* la compagnie d'arbalétriers ou *avec* vous ?

Corneille. — Oh ! Corneille !... la correction de Corneille ! [...].

Êtes-vous poète ? On vous fera
observer que le cinquième vers de
la troisième strophe est un peu dur [...] :
on vous demandera — dans votre
intérêt ! — la suppression de certains
mots un peu risqués, [...] ; on vous
priera de remanier tel passage — *inégal*
[...]. J'ai entendu dans un bureau d'imprimerie le dialogue suivant entre le
directeur d'un recueil des plus accrédités
[...] et un poète célèbre : — Ne trouvez-
vous pas, monsieur, que ce vers est un
peu faible ? — Oui, monsieur, répondait
le poète en se mordant la lèvre ; et le
vers suivant aussi est faible, mais ils
sont là pour amener celui d'après, qui
n'est pas faible du tout. — Je ne dis pas
non, monsieur ; mais il vaudrait bien
mieux qu'ils fussent tous les trois d'égale
force. — Non, monsieur, répondait le
poète, en colère cette fois, car alors
où serait la gradation ? C'est un art,
monsieur, un art que j'ai mis vingt
ans à apprendre [...][1] — Ô poète,
sois inspiré, sois savant du nombre
et de la rime [...], aies[2] de l'imagination, aies de l'esprit [...], voilà où
il en faudra venir, voilà par quelle
école il te faudra finalement passer ! [...]

J'aimerais mieux
savant *dans* le... et
dans la... Est-ce que
l'impératif nécessite l'*s*
dans le verbe avoir ?

Enfin, vous êtes critique ? Oh ! alors
c'est bien pis ! [car] le critique qui vit
sur l'actualité [...] ne peut reprendre son
manuscrit que pour le détruire. Il faut
qu'il paraisse à son heure, en son lieu,
ou qu'il se tue[3]. *[Tribulations du critique.
A-t-il eu assez égard aux principes,
aux amitiés, aux réserves traditionnelles
de la Revue ?]*

Est-ce le critique
qui doit *paraître* ou se
tuer, ou le manuscrit ?

— Vous avez eu le malheur de louer
M. X... ; mais on sait que vous êtes son
ami, vous êtes suspect, l'éloge ne passera
pas ! En vain protestez-vous [...] que
votre amitié pour M. X... est bien plutôt
une sympathie d'idées, qu'une sympathie de personnes [...] n'est pas plus
connue du public [...] que la haine

sympathie d'idées !

de l'épicier du coin, pour l'épicier d'en face. — Vous êtes suspect ! l'éloge ne passera pas ! [...]

Ne croyez pas que j'exagère ; j'abrège ridiculement[2]. J'ai des amis (hélas !) pleins de talent et que la nécessité [...] rive à cette dure besogne de plaire sans cesse à ces shahabahams. Je connais leurs souffrances sans cesse renaissantes ; et rien que de leurs confidences je pourrais remplir tout un volume. Oui, sans cesse renaissantes ; car c'est là le plus beau : peut-être croiriez-vous à quelque initiation, à quelque épreuve maçonnique laquelle une fois subie, l'écrivain désormais constaté[3] rentre dans le libre exercice de sa pensée ? point du tout. Aujourd'hui comme hier, demain comme aujourd'hui [...], il subira dans toute leur rigueur, pour un mot, pour une virgule, les exactions et le martyre [...] à moins que lié et relié, exténué par la discussion ou pris par la famine, il se résigne à ne plus faire[4] que remplir des programmes et exécuter des plans...

[Où le rédacteur en chef, le directeur prend-il tant d'assurance ?] Il faut se croire pire que Pic de la Mirandole[5].

[Écoutons-le justifier sa tyrannie :]

« Il est vrai, dit-il, je ne suis ni romancier, ni poète, ni critique, ni historien, ni savant [...] mais j'ai fait les meilleurs romanciers, les meilleurs poètes [...] C'est à moi que Y a apporté ses premiers vers et je lui en ai supprimé la moitié : il est vrai qu'il a eu plus tard l'insolence de les rétablir... dans le volume, [...] vous connaissez Z (un imbécile généralement) et son dernier roman [...] ? Eh bien ! il l'a refait quatre fois POUR MOI [...]. » Ainsi venez à MOI ! [...] je vous formerai, je vous ferai ! Confiez-moi vos vers et votre prose : je vous en jetterai par terre la bonne moitié et [d'abord] cela vous fera peut-être quelque effet. Mais [...] vous vous y habituerez et en moins de quel-

contre[1]

— pourquoi *ridiculement ?*

— pourquoi *hélas ?*

Qu'est-ce qui est si beau ?

Où est le verbe auquel *laquelle* sert de sujet ?

lié et relié, désagréable.

[ne plus faire que remplir] désagréable.

mieux

[dit-il], que [je ne suis]

Prenez une autre lettre que l'*Y*.

[généralement] presque toujours[6].

[ferai] italiques[7].
jeterai
jetterai ?

ques années vous serez tout étonné de
vous trouver si souple et si parfait [...]
et vous aurez l'honneur d'être un des
écrivains accrédités de la *Revue du Zodia-*
que[1] !... »

[Ce sont les Revues et les feuilletons
qui perdent les littérateurs d'aujourd'hui.
Nous ne savons ni où nous allons, ni d'où
nous venons... les écoles d'aujourd'hui
s'appellent la Revue jaune, la Revue rose,
la Revue verte, la Revue saumon. Les
maîtres d'école sans brevets ont pris la
place des chefs d'école... Ce n'est pas la faute
du public ni des auteurs, plus nombreux
que jamais.]

Il y aurait de quoi dépasser la liste
de don Juan, si l'on voulait citer tous
les noms qui, dans le roman, dans la
nouvelle, dans la poésie [...] s'efforcent
journellement de percer la croûte de
l'indifférence publique. Mais que demander à des auteurs lassés par l'érudition
[...] qui dans leurs œuvres même ont
peine à se reconnaître ? Malheur à celui
qui n'a pas soigneusement conservé son
manuscrit primitif ! Après quelques
années, il ne retrouvera plus dans son
ouvrage ni sa pensée, ni la forme de sa
pensée. Et c'est ce qui m'arrive aujour-
d'hui à moi-même en relisant ces malheureux contes que je consens à trouver
détestables, mais qui peut-être ne seraient que mauvais si le pouce du grand
sacrificateur n'y avait passé !

[L'auteur ne veut pas faire un mani-
feste, car...] il ne manquerait pas d'esprits charitables pour dire [...] que
j'attache à ma faible personne assez
d'importance pour l'envelopper dans
un mouvement quelconque.

[D'ailleurs il n'y a plus même de
coteries.]

Certes nous avons eu tort de nous
tant moquer des *cénacles* et des *drapeaux*
tenus d'une main ferme[2]. Les associations
d'esprits prouvent au moins que c'est
sur le terrain de l'esprit qu'est la guerre
[...].

Qu'est-ce que Don
Juan et les amourettes
viennent faire ici ?
bizarre comparaison.

enlever le *plus* et le *ni*.

il est *détestable* de dire
cela, au moins de le
dire si fort.

envelopper sa per-
sonne dans un mou-
vement !

[Michelet les préconisait : il disait aux jeunes gens de vivre avec leurs semblables, et si c'eſt aux lettres qu'ils se donnaient, d'en tirer leur vie tout entière, leurs plaisirs comme leurs labeurs.] Telle était sa réponse aux jeunes désespérés d'alors, qui se plaignèrent[1] de ne savoir où se prendre [...]

De telles agrégations sont impossibles aujourd'hui sans doute; et cela pour plusieurs raisons. J'ai dit la principale, le déplacement du lien transporté de l'ordre des idées dans le milieu des intérêts étrangers.

[Une autre raison : « l'adultère de la littérature avec les idées d'un autre ordre. » On s'eſt moqué de la doctrine de L'Art pour l'Art. C'eſt elle qui avait tout sauvé. Un poète qui a une plus haute idée de son art a aussi des pensées plus élevées. L'antagonisme de la forme et de la pensée en poésie, invention des cerveaux épais et des paresseux.]

Soyons juſtes : avant 1830 [...] les esprits du public d'alors étaient à l'état d'eſtomacs fatigués d'avoir trop longtemps digéré les mêmes drogues. Au théâtre toujours les mêmes formules [...] une poésie liquide[2], énervée, n'atteignant jamais à la rigueur de la prose [...]

[L'œuvre du Romantisme. Il a remonté aux saines traditions, rénové la langue, réveillé la curiosité, transporté le lecteur dans tous les pays du monde. Surtout l'école romantique a aimé l'art pour lui-même.]

Elle n'a jamais cru que le roman fût fait pour sauver la société ni qu'une pièce de théâtre pût prétendre d'autres récompenses que les bravos. [...]

Aujourd'hui, vue à distance, la littérature romantique apparaît comme un sommet splendide couronné d'une végétation touffue; en deçà, une vallée, un trou et au fond de ce trou l'*école du bon sens* et le *Réalisme*, son puîné: la conspiration bourgeoise, la littérature pamphlet de morale, la littérature utile [...].

Il faut que la bourgeoisie[3] perde cette

Notes marginales :

[plaignèrent]/i ne savoir où se

Je n'aime pas un lien déplacé transporté d'un ordre dans un milieu d'intérêts.

Des esprits à l'état d'eſtomacs, cela veut dire que les esprits sont devenus des eſtomacs... Fatigués d'avoir trop longtemps mal digéré. — Remarquez bien que le mot *liquidus* ne peut être qu'un éloge appliqué à la poésie.

sommet splendide couronné.

Qu'importe que la

illusion que la réaction littéraire de 1840 a été faite pour la défense du bon sens. Ceux même qui l'inaugurèrent avaient trop d'esprit pour ne pas comprendre qu'une école du Bon Sens n'est pas raisonnable et plus possible en littérature que par exemple une école de solidité en architecture; il faut que l'écrivain ait du bon sens comme il faut que les monuments soient solides; mais un monument qui n'aurait pour lui que la solidité pourrait être indifféremment une grange, ou même une guérite.

Le mot d'école du Bon Sens fut un euphémisme fort spirituellement trouvé pour déguiser à la bourgeoisie sa propre platitude et sa propre barbarie.

[*L'école romantique s'était flattée d'avoir converti la bourgeoisie à sa doctrine. En réalité, elle avait bien rallié l'élite.*]

Mais le reste, la masse du public, le *numerus,* le bourgeois en un mot ne l'avait accepté que comme une mode [...] tyrannique. Par soumission [...] il s'était résigné à l'imitation des grands génies étrangers et aux accents mystiques de la *poésie de la mort ;* mais au fond tout cela le troublait et lui faisait peur.

[*Et il se sentait visé :*]

C'était lui, ce mari aveugle et ridicule que le même jeune homme amer et ravagé opprimait chaque jour sur la scène aux applaudissements des galeries: c'était lui l'épouse faible et sans vertu, infidèle à l'époux, traître à l'amant qui la traînait[2], échevelée, jusqu'à la rampe, [...] lui, l'épicier, le garde national [...].

À la fin l'épicier devenu [...] pair de France [...] se fâcha.

C'est cette indisposition du bas public... si j'ose m'exprimer ainsi ! que les parrains de l'école du bon sens résolurent d'exploiter à leur profit. Ils tâtèrent le pouls à ce brave M. Prud-homme; ils diagnostiquèrent un à un ses griefs et, par une transmutation

Bourgeoisie garde ou perde une illusion ?

En passant, voici l'histoire du mot. Je causais avec Saint-Alme d'un ouvrage de ce genre, et je dis : faut-il être bête pour croire qu'on fait une comédie avec du bon sens ! Saint-Alme se tordit de joie. Il trouva ma folie si grande qu'il fit de notre conversation une nouvelle à la main. Par Viard, Champfleury, etc., qui adoptèrent le mot, le mot est resté[1].

Je n'aime pas ce *numerus.* Je crois même que *numerus* veut dire un nombre déterminé, et vous voulez exprimer l'idée d'une foule, nombre indéterminé.

C'est vraiment bien désagréable *: c'était lui, l'épouse.* J'aimerais mieux : c'était son épouse, celle-là qui...

Pourquoi ces points de suspension ?

hardie, ils en firent autant de fleurs dont ils lui tressèrent des couronnes : — Il ne voulait plus d'Antony le bâtard, donc il était généreux [...] *[ni]* de Chatterton le suicide, donc il était vaillant; *[ni]* de Lucrèce Borgia, l'adultère, donc il était vertueux; *[ni]* de Joseph Delorme le poitrinaire, donc il était fort ! On lui cria, comme les Esprits de Swedenborg : Oh ! qu'ils sont sages ! Oh ! qu'ils sont sages ! On lui servit en nœuds ou guirlandes, en confitures les joies du foyer et les douceurs de la propriété champêtre[1]. La plaisanterie fut poussée si loin, qu'un jeune dramaturge [...] osa décerner en plein Théâtre-Français l'épithète de poète à un avocat économe qui attend pour avoir des enfants que la dot soit placée chez le notaire[2].

> Comme aux esprits de Swedenborg : Oh ! qu'il est sage !
>
> [ou] en/
> La phrase suivante, les joies du foyer servies en nœuds, guirlandes et confitures, inintelligible.

À ce coup, M. Prudhomme [...] battit des mains et porta l'École du bon sens à l'Académie.

L'insurrection romantique avait été faite au nom de l'art: la réaction de 1840 se fit au nom du succès. Ce fut la revanche du Bourgeois sur le Rapin; dés lors, il ne pouvait plus être question d'art.

Et voilà pourquoi l'école du bon sens, même vêtue de toute sa gloire comme Salomon, se hasarda jamais à faire ni préface ni manifeste : il eût été trop dangereux de laisser passer le bout de l'oreille.

> [comme Salomon] ne [se hasarda] à [jamais faire] une [préface] ou un [manifeste].

[À l'heure présente, le vrai public se réveille ; il redemande ce qu'il lui a toujours fallu : de l'art, des idées, des vers...] Le brouillard du marais bourgeois est tombé, et sur le sommet de la montagne, c'est toujours *La Comédie humaine, Les Orientales, Stello, Volupté, La Comédie de la mort.*

Sur le versant de la vallée, celui vers lequel nous marchons, qui y aura-t-il[3] ? Que je le sache, ou non, je ne le dirai pas. Dieu m'a fait ce bonheur de me donner des amis illustres qui le sont ou qui le seront[4]; je ne veux pas char-

> [Asselineau :] peut-on dire le *versant* d'une *vallée ?* — [Réponse de Baudelaire :] Non. qui y
>
> des amis illustres qui *le* sont. Sont quoi ?

ger leur avenir du poids de mon infériorité.

Quoi qu'il en soit [...] on sait maintenant par une expérience de trente ans qu'une littérature qui veut vivre doit être avant tout, exclusivement, — littéraire; que toute littérature qui prend son idéal en dehors de l'art, qui se fait la servante, soit de la politique, soit d'une doctrine quelconque, philosophique, religieuse ou morale, est une littérature périssable et suicide.

L'école du bon sens qui certes ni par ses œuvres, ni par sa durée, n'a acquis une grande importance littéraire, a au moins cette importance comme fait démonstratif[1] qu'on aura vu une littérature périr, pour s'être inquiétée d'être vertueuse avant que de s'occuper d'être une littérature. [...] elle s'appuyait sur les deux sentiments les plus antipoétiques et les moins élevés de la nature humaine, l'hypocrisie et la peur. Dès lors ni les encouragements ministériels, ni les prix de vertu, ni cet engouement qui suit les réactions, rien n'y a fait, elle est tombée[2]. Elle est tombée, parce qu'au lieu de prouver cette vertu en faisant *bien*, elle a cru qu'en faisant *le bien*, elle prouverait son génie. Faire le bien est le domaine de la morale; bien faire est la mission de l'artiste.

[Les jeunes écrivains qui, dans ces dernières années, ont essayé de rendre la liberté de l'art solidaire de l'idée du progrès dans l'économie sociale n'ont pas été et ne pouvaient être plus heureux. Ils n'ont satisfait ni les poètes ni les économistes. Les arts n'ont plus à propager des idées.]

Du jour où les hommes eurent trouvé un moyen direct et expéditif de se communiquer leurs pensées, les arts ont été dépossédés de toute mission d'enseignement, soit religieuse, soit philosophique. Le livre étant inventé, il sera toujours plus facile et plus tôt fait de lire un petit volume tel que le catéchisme ou le *Discours sur l'histoire universelle,*

modestie ignoble.

phrase mal faite.

n'a pu les sauver.

de Bossuet, que de déchiffrer les sculptures d'un portail ou d'analyser les
trente cartons de Chenavart. Dès ce
jour-là, il y eut divorce entre l'art et la
philosophie dogmatique. Ou, pour mieux
dire, l'art fut émancipé. C'est la conséquence capitale de l'imprimerie d'avoir
remis tout en place et d'avoir si bien
limité le domaine de chaque art qu'il
ne puisse plus en sortir et envahir celui
de l'art voisin qu'à la condition de se
suicider[2]. [...]

    Ne demandons pas au roman d'être
un pamphlet, ni à la poésie lyrique d'être
un article de journal.

    [On ne prétend pas que l'artiste s'isole
des passions et des intérêts moraux de son
temps. Son âme aussi bien se traduira
toujours dans son œuvre :]

    Est-ce qu'on n'a pas depuis long-
temps déduit les doctrines politiques,
religieuses et sociales de Balzac qui,
cependant, n'a jamais prétendu faire autre
chose que des romans ? Est-ce que
tout lecteur intelligent ne sait pas à quoi
s'en tenir, non seulement sur l'esthétique, mais sur les idées morales de
M. Théophile Gautier, le plus désintéressé comme le plus grand des poètes
contemporains ?

    [Mais ce qu'il faut proscrire, comme
mauvais, faux, pervers, c'est l'intention
préméditée de faire servir l'art à exprimer
des idées qui ne sont point de son domaine.
Y céder est d'ailleurs dangereux, car]
l'art a ses entraînements qui parfois
font pencher la pensée de l'enseignant.
N'avons-nous pas vu M. Veuillot, le
grand ennemi de l'esthétique, essayer
dans un accès de logique « s'il ne serait
pas possible de composer un roman avec
des personnages, des sentiments et un
langage chrétiens » ? Il n'a réussi qu'à
faire un bréviaire de séduction que je
conseille aux pères de famille de ne point
laisser traîner sous les yeux de leurs filles ;
car ce qu'elles en retireraient de plus
clair, c'est la doctrine de la *Femme libre*[3].

[Chenavart] d/[1]

L'école romantique a pratiqué ces idées : elle n'a jamais eu souci que de faire les vers le mieux possible, et de réaliser en toute liberté et en toute franchise des conceptions purement littéraires.

Sa génération actuelle[1] paraît y retourner.

la ou *sa* ?

C'est de bon augure.

Et après tout, [...] il ne me semble pas qu'une génération qui a déjà donné, dans la poésie, Théodore de Banville, Charles Baudelaire, Leconte de l'Isle *[sic]*, Philoxène Boyer; qui dans le roman, dans la critique et dans l'érudition a produit des esprits brillants, subtils, des talents sérieux; qui nous a donné les charmants contes de M. Hippolyte Babou, les élégants récits de M. Jules de La Madelène, les fortes et franches études de Gustave Flaubert et même les beaux romans de ce cruel Barbey d'Aurevilly, qui gaspille dans des journaux sans critique un talent de premier ordre; il ne semble pas, dis-je, qu'une telle génération soit destituée d'avenir littéraire, ni indigne d'intérêt[2].

Quand la borne est franchie, il n'est plus de [limite,

a dit M. Ponsard dans un vers qui, comme toutes les bonnes vérités, mérite de passer proverbe.

Inutile et commun, transition grossière, uniquement pour le plaisir de citer un vers stupide.

J'ai dépassé la borne évidemment...
Je rentrerai sur mon terrain...

Ce serait vraiment me faire injure que de supposer qu'en traitant ces hautes questions, j'ai pensé aux Nouvelles qui suivent.

Trop d'alinéas.

Mes pauvres nouvelles !

[L'auteur termine sa préface en demandant à être excusé de leur insignifiance.]

26 juillet 1858.

THÉOPHILE GAUTIER [I]

> Quoique nous n'ayons donné à boire
> à aucune vieille, nous sommes dans la
> position de la jeune fille de Perrault;
> nous ne pouvons ouvrir la bouche sans
> qu'il en tombe aussitôt des pièces d'or,
> des diamants, des rubis et des perles;
> nous voudrions bien de temps en temps
> vomir un crapaud, une couleuvre et une
> souris rouge, ne fût-ce que pour varier;
> mais cela n'est pas en notre pouvoir.
>
> THÉOPHILE GAUTIER,
> *Caprices et Zigzags*[1].

I

Je ne connais pas de sentiment plus embarrassant
que l'admiration. Par la difficulté de s'exprimer convenablement, elle ressemble à l'amour. Où trouver des
expressions assez fortement colorées, ou nuancées d'une
manière assez délicate, pour répondre aux nécessités d'un
sentiment exquis ? *Le respect humain est un fléau dans tous
les ordres de choses*, dit un livre de philosophie qui se
trouve par hasard sous mes yeux; mais qu'on ne croie
pas que l'ignoble respect humain soit l'origine de mon
embarras : cette perplexité n'a d'autre source que la
crainte de ne pas parler de mon sujet d'une manière
suffisamment noble.

Il y a des biographies faciles à écrire; celles, par
exemple, des hommes dont la vie fourmille d'événements
et d'aventures; là, nous n'aurions qu'à enregistrer et à

classer des faits avec leurs dates ; — mais ici, rien de
cette variété matérielle qui réduit la tâche de l'écrivain à
celle d'un compilateur. Rien qu'une immensité spirituelle ! La biographie d'un homme dont les aventures les
plus dramatiques se jouent silencieusement sous la coupole de son cerveau, est un travail littéraire d'un ordre
tout différent. Tel astre est né avec telles fonctions, et
tel homme aussi. Chacun accomplit magnifiquement et
humblement son rôle[a] de prédestiné. Qui pourrait concevoir une biographie du soleil ? C'est une histoire qui,
depuis que l'astre a donné signe de vie, est[b] pleine de
monotonie, de lumière et de grandeur.

Puisque je n'ai, en somme, qu'à écrire l'histoire d'une
idée fixe[1], laquelle je saurai d'ailleurs définir et analyser,
il importerait bien peu, à la rigueur, que j'apprisse ou
que je n'apprisse pas à mes lecteurs que Théophile Gautier est né à Tarbes, en 1811. Depuis de longues années
j'ai le bonheur d'être son ami, et j'ignore complètement
s'il a dès l'enfance révélé ses futurs talents par des succès
de collège, par ces couronnes puériles que souvent ne
savent pas conquérir les *enfants sublimes,* et[c] qu'en tout
cas ils sont obligés de partager avec une foule de hideux
niais, marqués par la fatalité. De ces petitesses, je[d] ne sais
absolument rien. Théophile Gautier lui-même n'en sait
plus rien peut-être, et[e] si par hasard il s'en souvient, je
suis bien sûr qu'il ne lui serait pas agréable de voir
remuer ce fatras de lycéen. Il n'y a pas d'homme qui
pousse plus loin que lui la pudeur majestueuse du vrai
homme de lettres, et qui ait plus horreur d'étaler tout ce
qui n'est pas fait, préparé et mûri pour le public, pour
l'édification des âmes amoureuses du Beau. N'attendez
jamais de lui des *mémoires,* non plus que des *confidences,*
non plus que des *souvenirs*[2], ni rien de ce qui n'est pas la
sublime fonction.

Il est une considération qui augmente la joie que
j'éprouve à rendre compte d'une *idée fixe,* c'est de parler
enfin, et tout à mon aise, d'un homme *inconnu*. Tous ceux
qui ont médité sur les méprises de l'histoire ou sur ses
justices tardives, comprendront ce que signifie le mot
inconnu, appliqué à Théophile Gautier. Il remplit, depuis
bien des années, Paris et la province du[f] bruit de ses
feuilletons, c'est vrai ; il est incontestable que maint lecteur[g], curieux de toutes les choses littéraires, attend

impatiemment son jugement sur les ouvrages dramatiques de la dernière semaine[1]; encore plus incontestable
que ses comptes rendus des *Salons,* si calmes, si pleins de
candeur et de majesté, sont des oracles pour tous les
exilés qui ne peuvent juger et sentir par leurs propres
yeux. Pour tous ces publics divers, Théophile Gautier[a]
est un critique incomparable et indispensable; et cependant il reste un homme *inconnu.* Je veux expliquer ma
pensée.

Je vous suppose *interné* dans[b] un salon *bourgeois* et
prenant le café, après dîner, avec le *maître* de maison,
la *dame* de la maison et ses *demoiselles.* Détestable et risible
argot auquel la plume devrait se soustraire, comme
l'écrivain[c] s'abstenir de ces énervantes fréquentations !
Bientôt on causera musique, peinture peut-être, mais
littérature infailliblement. Théophile Gautier à son tour
sera mis sur le tapis; mais, après les couronnes banales
qui lui seront décernées (« qu'il a d'esprit ! qu'il est amusant ! qu'il écrit bien, et que son *style est coulant !* » —
le prix de *style coulant*[2] est donné indistinctement[d] à tous
les écrivains connus, l'eau claire étant probablement le
symbole le plus clair de beauté pour les gens qui ne font
pas profession de méditer), si vous vous avisez de faire
remarquer que l'on omet son mérite principal, son
incontestable et plus éblouissant mérite, enfin qu'on
oublie de dire qu'il est un grand poète, vous verrez un
vif étonnement se peindre sur tous les visages[e]. « Sans
aucun doute, il a le style très poétique », dira le plus
subtil de la bande, ignorant qu'il s'agit[f] de rythmes et
de rimes. Tout ce monde-là a lu le feuilleton du lundi,
mais personne, depuis tant d'années, n'a trouvé d'argent
ni de loisir pour *Albertus, La Comédie de la Mort* et
Espagna[g][3]. Cela est bien dur à avouer pour un Français, et
si je ne parlais pas d'un écrivain placé assez haut pour
assister tranquillement à toutes les injustices, j'aurais, je
crois, préféré cacher cette infirmité de notre public. Mais
cela est ainsi. Les éditions se sont cependant multipliées,
facilement écoulées. Où sont-elles allées ? dans quelles
armoires se sont enfouis ces admirables échantillons de
la plus pure Beauté française ? Je l'ignore; sans doute
dans quelque région mystérieuse située bien loin du
faubourg Saint-Germain ou de la Chaussée-d'Antin,
pour parler comme la géographie de MM. les *Chroni-*

queurs. Je[a] sais bien qu'il n'est pas un homme de lettres, pas un artiste un peu rêveur, dont la mémoire ne soit meublée et parée de ces merveilles; mais les gens du monde, ceux-là mêmes qui se sont enivrés ou ont feint de s'enivrer avec les *Méditations* et les *Harmonies,* ignorent ce nouveau trésor de jouissance et de beauté.

J'ai dit que c'était là un aveu bien cuisant pour un cœur français; mais il ne suffit pas de constater un fait, il faut tâcher de l'expliquer. Il est vrai que Lamartine et Victor Hugo ont joui plus longtemps d'un public plus curieux des jeux de la Muse que celui qui allait s'engourdissant déjà à l'époque où Théophile Gautier devenait définitivement[b] un homme célèbre. Depuis lors, ce public a diminué graduellement la part légitime de temps consacrée aux plaisirs de l'esprit. Mais ce ne serait là qu'une explication insuffisante; car, pour laisser de côté le poète qui fait le sujet de cette étude, je m'aperçois que le public n'a glané avec soin dans les œuvres des poètes[c] que les parties qui étaient *illustrées* (ou souillées) par une espèce de vignette politique, un condiment approprié à la nature de ses passions actuelles. Il a su l'*Ode à la Colonne,* l'*Ode à l'Arc de Triomphe*[1]*,* mais il ignore les parties mystérieuses, ombreuses, les plus charmantes de Victor Hugo. Il a souvent récité les *ïambes* d'Auguste Barbier sur les Journées de Juillet, mais il n'a pas, avec le poète, versé son *pianto* sur l'Italie désolée, et il ne l'a pas suivi dans son voyage chez le *Lazare* du Nord[2].

Or, le condiment que Théophile Gautier jette dans ses œuvres, qui, pour les amateurs de l'art, est du choix le plus exquis et du sel le plus ardent, n'a que peu ou point d'action sur le palais de la foule. Pour devenir tout à fait populaire, ne faut-il pas consentir à mériter de l'être, c'est-à-dire ne faut-il pas, par un petit côté secret, un presque rien qui fait tache, se montrer un peu populacier[3]? En littérature comme en morale, il y a danger, autant que gloire, à être délicat. L'aristocratie nous isole.

J'avouerai franchement que je ne suis pas de ceux qui voient là un mal bien regrettable, et que j'ai peut-être poussé trop loin la mauvaise humeur contre de pauvres *philistins.* Récriminer, faire de l'opposition, et même[a] réclamer la justice, n'est-ce pas *s'emphilistiner* quelque peu? On oublie à chaque instant qu'injurier une foule,

c'est s'encanailler soi-même. Placés très haut, toute
fatalité nous apparaît comme justice. Saluons donc, au
contraire, avec tout le respect et l'enthousiasme qu'elle
mérite, cette aristocratie qui fait solitude autour d'elle.
Nous voyons d'ailleurs que telle faculté est plus ou
moins estimée selon le siècle, et qu'il y a dans le cours des
âges place pour de splendides revanches. On peut tout
attendre de la bizarrerie humaine, même l'équité, bien
qu'il soit vrai de dire que l'injustice lui est infiniment
plus naturelle. Un écrivain politique ne disait-il pas
l'autre jour que Théophile Gautier est une *réputation
surfaite*[1] !

II

Ma première entrevue avec cet écrivain, — que l'univers nous enviera, comme il nous envie Chateaubriand,
Victor Hugo et Balzac, — est actuellement devant ma
mémoire. Je m'étais présenté chez lui pour lui offrir un
petit volume de vers de la part de deux amis absents[2].
Je le trouvai, non pas aussi prestant[3] qu'aujourd'hui, mais
déjà majestueux, à l'aise et gracieux dans des vêtements
flottants. Ce qui me frappa d'abord[a] dans son accueil, ce
fut l'absence totale de cette sécheresse, si pardonnable
d'ailleurs, chez tous les hommes accoutumés par position
à craindre les visiteurs. Pour caractériser cet abord, je me
servirais volontiers du mot bonhomie, s'il n'était pas
bien trivial; il ne pourrait servir dans ce cas qu'assaisonné
et relevé, selon la recette racinienne, d'un bel adjectif
tel que *asiatique* ou *oriental,* pour rendre un genre d'humeur tout à la fois simple, digne et moelleuse. Quant à la
conversation (chose solennelle qu'une première conversation avec un homme illustre qui vous dépasse encore
plus par le talent que par l'âge !), elle s'est également
bien moulée dans le fond de mon esprit. Quand il me vit
un volume de poésies à la main, sa noble figure s'illu-
mina d'un joli sourire; il tendit le bras avec une sorte
d'avidité enfantine; car c'est chose curieuse combien
cet homme, qui sait tout exprimer et qui a plus que
tout autre le droit d'être blasé, a la curiosité facile et
darde vivement son regard[b] sur le *non-moi*. Après avoir
rapidement feuilleté le volume, il me fit remarquer que

les poètes en question se permettaient trop souvent des
sonnets *libertins*[1], c'est-à-dire non orthodoxes et s'affran-
chissant volontiers de la règle de la quadruple rime.
Il me demanda ensuite, avec un œil curieusement méfiant,
et comme pour m'éprouver, si j'aimais à lire des dictionnaires. Il me dit cela d'ailleurs comme il dit toute chose,
fort tranquillement, et du ton qu'un autre aurait pris
pour s'informer si je préférais la lecture des voyages à
celle des romans. Par bonheur, j'avais été pris très
jeune de lexicomanie[a], et je vis que ma réponse me
gagnait de l'estime. Ce fut justement à propos des dictionnaires qu'il ajouta « *que l'écrivain qui ne savait pas tout
dire,* celui qu'une idée si étrange, si subtile qu'on la
supposât, si imprévue, tombant comme une pierre de
la lune, *prenait au dépourvu et sans matériel pour lui donner
corps, n'était pas un écrivain* ». Nous causâmes ensuite de
l'hygiène[2], des ménagements que l'homme de lettres doit
à son corps et de sa sobriété obligée. Bien que pour
illustrer la matière il ait tiré, je crois, quelques comparaisons de la vie des danseuses et des chevaux de course,
la méthode dont il traita son thème (de la sobriété,
comme preuve du respect dû à l'art et aux facultés poétiques) me fit penser à ce que disent les livres de piété
sur la nécessité de respecter notre corps comme temple
de Dieu. Nous nous entretînmes également de la grande
fatuité du siècle et de la folie du progrès. J'ai retrouvé
dans des livres qu'il a publiés depuis lors quelques-unes[b]
des formules qui servaient à résumer ses opinions; par
exemple, celle-ci : « Il est trois choses qu'un civilisé ne
saura jamais créer : un vase, une arme, un harnais. » Il va
sans dire qu'il s'agit ici de beauté et non d'utilité. — Je
lui parlai vivement de la puissance étonnante qu'il
avait montrée dans le bouffon et le grotesque; mais à ce
compliment il répliqua avec candeur qu'au fond il avait
en horreur l'esprit et le rire, ce rire qui déforme la
créature de Dieu[3] ! « Il est permis d'avoir quelquefois de
l'*esprit,* comme au sage de faire une ribote, pour prouver
aux sots qu'il pourrait être leur égal; mais cela n'est pas
nécessaire. » — Ceux que[c] cette opinion proférée par
lui pourrait étonner n'ont pas remarqué que, comme son
esprit est un miroir cosmopolite de beauté, où conséquemment le Moyen Âge et la Renaissance se sont
très légitimement et très magnifiquement reflétés, il

s'est de très bonne heure appliqué à fréquenter les Grecs et la Beauté antique, au point de dérouter ceux de ses admirateurs qui ne possédaient pas la véritable clef de sa chambre spirituelle. On peut, pour cet objet, consulter *Mademoiselle de Maupin*[1], où la beauté grecque fut vigoureusement défendue en pleine exubérance romantique.

Tout cela fut dit avec netteté et décision, mais sans dictature, sans pédanterie, avec beaucoup de finesse, mais sans trop de quintessence. En écoutant cette éloquence de conversation, si loin du siècle et de son violent charabia, je ne pouvais m'empêcher de rêver à la lucidité antique, à je ne sais quel écho socratique, familièrement apporté sur l'aile d'un vent oriental. Je me retirai conquis par tant de noblesse et de douceur, subjugué par cette force spirituelle, à qui la force physique sert, pour ainsi dire, de symbole, comme pour *illustrer* encore la vraie doctrine et[a] la confirmer par un nouvel argument.

Depuis cette petite fête de ma jeunesse, que d'années au plumage varié ont agité leurs ailes et pris leur vol vers le ciel avide ! Cependant, à cette heure même, je n'y puis penser sans une certaine émotion. C'est là mon excellente excuse auprès de ceux qui ont pu me trouver bien osé et un peu *parvenu* de parler sans façon, au début de ce travail, de mon intimité avec un homme célèbre. Mais qu'on sache que si quelques-uns d'entre nous ont pris leurs aises avec Gautier, c'est parce qu'en le permettant il semblait le désirer. Il se complaît innocemment dans une affectueuse et familière paternité. C'est encore un trait de ressemblance avec ces braves gens illustres de l'antiquité, qui aimaient la société des jeunes, et qui promenaient avec eux leur solide conversation sous de riches verdures, au bord des fleuves, ou sous des architectures nobles et simples comme leur âme.

Ce portrait, esquissé d'une façon familière, aurait besoin du concours du graveur. Heureusement Théophile Gautier[b2] a rempli dans différents recueils des fonctions généralement relatives aux arts et au théâtre, qui ont fait de lui un des personnages de Paris les plus publiquement répandus. Presque tout le monde connaît ses cheveux longs et souples, son port noble et lent et son regard plein d'une rêverie féline.

III

Tout écrivain français, ardent pour la gloire de son pays, ne peut pas, sans fierté et sans regrets, reporter ses regards vers cette époque de crise féconde où la littérature romantique s'épanouissait avec tant de vigueur. Chateaubriand, toujours plein de force, mais comme couché à l'horizon, semblait un Athos qui contemple nonchalamment le mouvement de la plaine; Victor Hugo, Sainte-Beuve, Alfred de Vigny, avaient rajeuni, plus encore, avaient ressuscité la poésie française, morte depuis Corneille. Car André Chénier, avec sa molle antiquité à la Louis XVI, n'était pas un symptôme de rénovation assez vigoureuse[1], et[a] Alfred de Musset, féminin et sans doctrine, aurait pu exister dans tous les temps et n'eût jamais été qu'un paresseux à effusions gracieuses[b2]. Alexandre Dumas produisait coup sur coup ses drames fougueux, où l'éruption volcanique était ménagée avec la dextérité d'un habile irrigateur[3]. Quelle ardeur chez l'homme de lettres de ce temps, et quelle curiosité, quelle chaleur dans le public ! *Ô splendeurs éclipsées, ô soleil descendu derrière l'horizon*[4] ! — Une seconde phase se produisit dans le mouvement littéraire moderne, qui nous donna Balzac, c'est-à-dire le vrai Balzac, Auguste Barbier et Théophile Gautier. Car nous devons remarquer que, bien que celui-ci n'ait été un littérateur décidément en vue qu'après la publication de *Mademoiselle de Maupin*, son premier recueil de poésies, bravement lancé en pleine révolution, date de 1830. Ce ne fut, je crois, qu'en 1832 qu'*Albertus* fut rejoint à ces poésies[5]. Quelque vive et riche qu'eût été jusqu'alors la nouvelle sève littéraire, il faut avouer qu'un élément lui avait fait défaut, ou du moins ne s'y laissait observer que rarement, comme par exemple dans *Notre-Dame de Paris*, Victor Hugo faisant positivement exception par le nombre et l'ampleur de ses facultés; je veux parler du rire et du sentiment du grotesque. *Les Jeune-France* prouvèrent bientôt que l'école se complétait. Quelque léger que cet ouvrage puisse paraître à plusieurs, il renferme de grands mérites. Outre la *beauté du diable*, c'est-à-dire la grâce charmante et l'audace de la jeunesse, il contient le rire, et le meilleur rire. Évidemment, à une époque pleine de duperies, un auteur s'installait en pleine ironie et prouvait qu'il n'était pas dupe. Un vigoureux bon sens le sauvait des pastiches et des religions à la mode[1]. Avec[a] une nuance de plus, *Une larme du Diable* continuait ce filon de riche jovialité. *Mademoiselle de Maupin* servit à définir encore mieux sa position. Beaucoup de gens ont longtemps parlé de cet ouvrage comme répondant à de puériles passions, comme enchantant plutôt par le sujet que par la forme savante qui le distingue. Il faut[b] vraiment que de certaines personnes regorgent de passion pour la pouvoir ainsi mettre partout. C'est la muscade qui leur sert à assaisonner tout ce qu'elles mangent. Par[c] son style prodigieux, par sa beauté correcte et recherchée, pure et fleurie, ce livre était un véritable événement. C'est ainsi que le considérait Balzac, qui dès lors voulut connaître l'auteur. Avoir non seulement un style[d], mais encore un style particulier, était l'une des plus grandes ambitions, sinon la plus grande, de l'auteur de *La Peau de chagrin* et de *La Recherche de l'absolu*. Malgré les lourdeurs et les enchevêtrements de sa phrase, il a toujours été un connaisseur des plus fins et des plus difficiles. Avec *Mademoiselle de Maupin* apparaissait dans la littérature le Dilettantisme qui, par son caractère exquis et superlatif, est toujours la meilleure preuve des facultés indispensables en art. Ce roman, ce conte, ce tableau, cette rêverie continuée avec l'obstination d'un peintre, cette espèce d'hymne à la Beauté, avait surtout ce grand résultat d'établir définitivement la condition génératrice des œuvres d'art, c'est-à-dire l'amour exclusif du Beau, l'*Idée fixe*.

Les choses que j'ai à dire sur ce sujet (et je les dirai très brièvement) ont été très connues en d'autres temps. Et puis elles ont été obscurcies, définitivement oubliées. Des hérésies étranges se sont glissées dans la critique littéraire. Je ne sais quelle lourde nuée, venue de Genève, de Boston ou de l'enfer, a intercepté les beaux rayons du soleil de l'esthétique. La fameuse doctrine de l'indissolubilité du Beau, du Vrai et du Bien[2] est une invention de la philosophaillerie moderne (étrange contagion, qui fait qu'en définissant la folie on en parle le jargon !). Les différents objets de la recherche spirituelle réclament des facultés qui leur sont éternellement appropriées ;

quelquefois tel objet n'en réclame qu'une, quelquefois toutes ensemble, ce qui ne peut être que fort rare, et encore jamais à une dose ou à un degré égal. Encore faut-il remarquer que plus un objet réclame de facultés, moins il est noble et pur, plus il est complexe, plus il contient de bâtardise. Le *Vrai* sert de base et de but aux sciences; il invoque surtout l'intellect pur. La pureté de style sera ici la bienvenue, mais la *beauté* de style peut y être considérée comme un élément de luxe. Le *Bien* est la base et le but des recherches morales. Le *Beau* est l'unique ambition, le but exclusif du Goût. Bien que le Vrai soit le but de l'histoire, il y a une Muse de l'histoire, pour exprimer que quelques-unes des qualités nécessaires à l'historien relèvent de la Muse. Le Roman est un de ces genres complexes où une part plus ou moins grande peut être faite tantôt au Vrai, tantôt au Beau. La part du Beau dans *Mademoiselle de Maupin* était excessive. L'auteur avait le droit de la faire telle. La visée de ce roman n'était pas d'exprimer les mœurs, non plus que les passions d'une époque, mais une passion unique, d'une nature toute spéciale, universelle et éternelle, sous l'impulsion de laquelle le livre entier court, pour ainsi dire, dans le même lit que la Poésie, mais sans toutefois se confondre absolument avec elle, privé qu'il est du double élément du rythme et de la rime. Ce but, cette visée, cette ambition, c'était de rendre, dans un style approprié, non pas la fureur de l'amour, mais la *beauté* de l'amour et la *beauté* des objets dignes d'amour, en un mot l'enthousiasme (bien différent de la passion) créé par la beauté. C'est vraiment, pour un esprit non entraîné par la mode de l'erreur, un sujet d'étonnement énorme que la confusion totale des genres et des facultés. Comme les différents métiers réclament différents outils, les différents objets de recherche spirituelle exigent leurs facultés correspondantes. — Il est permis quelquefois, je présume, de se citer soi-même, surtout pour éviter de se paraphraser. Je répéterai donc[1] :

« ... Il est une autre hérésie... une erreur qui a la vie plus dure, je veux parler de l'*hérésie de l'enseignement*, laquelle comprend comme corollaires inévitables, les hérésies de la *passion,* de la *vérité* et de la *morale*. Une foule de gens se figurent que le but de la poésie est un enseignement quelconque, qu'elle doit tantôt fortifier la conscience, tantôt perfectionner les mœurs, tantôt enfin démontrer quoi que ce soit d'utile... La Poésie, pour peu qu'on veuille descendre en soi-même, interroger son âme, rappeler ses souvenirs d'enthousiasme, n'a pas d'autre but qu'Elle-même; elle ne peut pas en avoir d'autre, et aucun poème ne sera si grand, si noble, si véritablement digne du nom de poème, que celui qui aura été écrit uniquement pour le plaisir d'écrire un poème.

« Je ne veux pas dire que la poésie n'ennoblisse[a] pas les mœurs, — qu'on me comprenne bien, — que son résultat final ne soit pas d'élever l'homme au-dessus du niveau des intérêts vulgaires; ce serait évidemment une absurdité. Je dis que si le poète a poursuivi un but moral, il a diminué sa force poétique; et il n'est pas imprudent de parier que son œuvre sera mauvaise. La poésie ne peut pas, sous peine de mort ou de déchéance, s'assimiler à la science ou à la morale; elle n'a pas la Vérité pour objet, elle n'a qu'Elle-même. Les modes de démonstration de vérités sont autres et sont ailleurs. La Vérité n'a rien à faire avec les chansons. Tout ce qui fait le charme, la grâce, l'irrésistible d'une chanson, enlèverait à la Vérité son autorité et son pouvoir. Froide, calme, impassible, l'humeur démonstrative repousse les diamants et les fleurs de la Muse; elle est donc absolument l'inverse de l'humeur poétique.

« L'Intellect pur vise à la Vérité, le Goût nous montre la Beauté, et le Sens Moral nous enseigne le Devoir. Il est vrai que le sens du milieu a d'intimes connexions avec les deux extrêmes, et il n'est séparé du Sens Moral que par une si légère différence, qu'Aristote n'a pas hésité à ranger parmi les vertus quelques-unes de ses délicates opérations. Aussi ce qui exaspère surtout l'homme de goût dans le spectacle du vice, c'est sa difformité, sa disproportion. Le vice porte atteinte au juste et au vrai, révolte l'intellect et la conscience; mais comme outrage à l'harmonie, comme dissonance, il blessera plus particulièrement de certains esprits[b] poétiques; et je ne crois pas qu'il soit scandalisant de considérer toute infraction à la morale, au beau moral, comme une espèce de faute contre le rythme et la prosodie universels.

« C'est cet admirable, cet immortel instinct du Beau qui nous fait considérer la Terre et ses spectacles comme un aperçu, comme une *correspondance* du Ciel. La soif insatiable de tout ce qui est au-delà, et que révèle la vie, est la preuve la plus vivante de notre immortalité. C'est à la fois par la poésie et *à travers* la poésie, par et *à travers* la musique, que l'âme entrevoit les splendeurs situées derrière le tombeau; et quand un poème exquis amène les larmes au bord des yeux, ces larmes ne sont pas la preuve d'un excès de jouissance, elles sont bien plutôt le témoignage d'une mélancolie irritée, d'une postulation des nerfs, d'une nature exilée dans l'imparfait et qui voudrait s'emparer immédiatement, sur cette terre même, d'un paradis révélé.

« Ainsi le principe de la poésie est, strictement et simplement, l'aspiration humaine vers une Beauté supérieure, et la manifestation de ce principe est dans un enthousiasme, un enlèvement de l'âme; enthousiasme tout à fait indépendant de la passion, qui est l'ivresse du cœur*, et de la vérité, qui est la pâture de la raison. Car la passion est chose *naturelle,* trop naturelle même, pour ne pas introduire un ton blessant, discordant, dans le domaine de la Beauté pure; trop familière et trop violente pour ne pas scandaliser les purs Désirs, les gracieuses Mélancolies et les nobles Désespoirs qui habitent les régions surnaturelles de la Poésie. »

Et ailleurs[1] je disais : « Dans un pays où l'idée d'utilité, la plus hostile du monde à l'idée de beauté, prime et domine toutes choses, le parfait critique sera le plus *honorable,* c'est-à-dire celui dont les tendances et les désirs se rapprocheront le plus des tendances et des désirs de son public, — celui qui, confondant les facultés et les genres de production, assignera à tous un but unique, — celui qui cherchera dans un livre de poésie les moyens de perfectionner la conscience. »

Depuis quelques années, en effet, une grande fureur d'honnêteté s'est emparée du théâtre, de la poésie, du roman et de la critique[2]. Je laisse de côté la question de

---

* L'imitation de la passion, avec la recherche du Vrai et un peu celle du Beau (non pas du Bien), constitue l'amalgame dramatique; mais aussi c'est la passion qui recule le drame à un rang secondaire dans la hiérarchie du Beau. Si j'ai négligé la question de la noblesse plus ou moins grande des facultés, ç'a été pour n'être pas entraîné trop loin; mais la supposition qu'elles sont toutes égales ne nuit en rien à la théorie générale que j'essaie d'esquisser.

savoir quels bénéfices l'hypocrisie peut trouver dans
cette confusion de fonctions, quelles consolations en
peut tirer l'impuissance littéraire. Je me contente de
noter et d'analyser l'erreur, la supposant désintéressée.
Pendant l'époque désordonnée du romantisme, l'époque
d'ardente effusion, on faisait souvent usage de cette
formule : *La poésie du cœur !* On donnait ainsi plein droit
à la passion; on lui attribuait une sorte d'infaillibilité.
Combien de contresens et de sophismes peut imposer
à la langue française une erreur d'esthétique ! Le cœur
contient la passion, le cœur contient le dévouement, le
crime; l'Imagination seule contient la poésie. Mais
aujourd'hui l'erreur a pris un autre cours et de plus
grandes proportions. Par exemple une femme, dans un
moment de reconnaissance enthousiaste, dit à son mari,
avocat :

> Ô poète ! je t'aime !

Empiétement du sentiment sur le domaine de la raison !
Vrai raisonnement de femme qui ne sait pas approprier
les mots à leur usage ! Or cela veut dire : « Tu es un
honnête homme et un bon époux; *donc* tu es poète, et
bien plus poète que tous ceux qui se servent du mètre
et de la rime pour exprimer des idées de beauté. J'affirmerai même, — continue bravement cette précieuse à
l'inverse, — que tout honnête homme qui sait plaire
à sa femme est un poète sublime. Bien plus, je déclare,
dans mon infaillibilité bourgeoise, que quiconque fait
admirablement bien les vers est beaucoup moins poète
que tout honnête homme épris de son ménage; car le
talent de composer des vers parfaits nuit évidemment
aux facultés de l'époux, *qui sont la base de toute poésie !* »
    Mais que l'académicien[1] qui a commis cette erreur,
si flatteuse pour[a] les avocats, se console. Il est en nombreuse et illustre compagnie; car le vent du siècle est à
la folie; le baromètre de la raison moderne marque
tempête. N'avons-nous pas vu récemment un écrivain
illustre et des plus accrédités[2] placer, aux applaudissements unanimes, toute poésie, non pas dans la Beauté,
mais dans l'amour ! dans l'amour vulgaire, domestique
et garde-malade ! et s'écrier dans sa haine de toute
beauté : *Un bon tailleur vaut mieux que trois sculpteurs classiques*[3] ! et affirmer que si Raymond Lulle est devenu

théologien, c'est que Dieu l'a puni d'avoir reculé devant le cancer qui dévorait le sein d'une dame, objet de ses galanteries ! S'il l'eût véritablement aimée, ajoute-t-il, combien cette infirmité l'eût embellie à ses yeux ! — Aussi est-il devenu *théologien !* Ma foi ! c'est bien fait. — Le même auteur conseille au mari-providence de fouetter sa femme, quand elle vient, *suppliante,* réclamer le *soulagement de l'expiation*[1]. Et quel châtiment nous permettra-t-il d'infliger à un vieillard sans majesté, fébrile et féminin, jouant à la poupée, tournant des madrigaux en l'honneur de la maladie, et se vautrant avec délices dans le linge sale de l'humanité ? Pour moi[a], je n'en connais qu'un : c'est un supplice qui marque profondément et pour l'éternité; car, comme le dit la chanson de nos pères, ces pères vigoureux qui savaient rire dans toutes les circonstances, même les plus définitives[b] :

> Le *ridicule*[c] est plus tranchant
> Que le fer de la guillotine[2].

Je sors de ce chemin de traverse où m'entraîne l'indignation, et je reviens au thème important. La sensibilité de cœur n'est pas absolument favorable au travail poétique. Une extrême sensibilité de cœur peut même nuire en ce cas. La sensibilité de l'imagination est d'une autre nature; elle sait choisir, juger, comparer, fuir ceci, rechercher cela, rapidement, spontanément. C'est de cette sensibilité, qui s'appelle généralement le *Goût,* que nous tirons la puissance d'éviter le *mal* et de chercher le *bien* en matière poétique. Quant à l'honnêteté de cœur, une politesse vulgaire nous commande de supposer que tous les hommes, *même les poètes,* la possèdent. Que[a] le poète croie ou ne croie pas qu'il soit nécessaire de donner à ses travaux le fondement d'une vie pure et correcte, cela ne relève que de son confesseur ou des tribunaux; en quoi sa condition est absolument semblable à celle de tous ses concitoyens.

On voit que, dans les termes où j'ai posé la question, si nous limitons le sens du mot *écrivain* aux travaux qui ressortent de l'imagination, Théophile Gautier est l'écrivain par excellence; parce qu'il est l'esclave de son devoir, parce qu'il obéit sans cesse aux nécessités de sa fonction, parce que le goût du Beau est pour lui un

fatum, parce qu'il a fait de son devoir une *idée fixe.* Avec
son lumineux bon sens (je parle du bon sens du génie,
et non pas du bon sens des petites gens), il a retrouvé
tout de suite la grande voie. Chaque écrivain est plus ou
moins marqué par sa faculté principale. Chateaubriand
a chanté la gloire douloureuse de la mélancolie et de
l'ennui. Victor Hugo, grand, terrible, immense comme
une création mythique, cyclopéen, pour ainsi dire,
représente les forces de la nature[a] et leur lutte harmonieuse. Balzac, grand, terrible, complexe aussi, figure
le monstre d'une civilisation, et toutes ses luttes, ses
ambitions et ses fureurs. Gautier, c'est l'amour exclusif
du Beau, avec toutes ses subdivisions, exprimé dans le
langage le mieux approprié. Et remarquez que presque
tous les écrivains importants, dans chaque siècle, ceux
que nous appellerons des chefs d'emploi ou des capitaines, ont au-dessous d'eux des analogues, sinon des
semblables, propres à les remplacer. Ainsi, quand une
civilisation meurt, il suffit qu'un poème d'un genre
particulier soit retrouvé pour donner l'idée des analogues disparus et permettre à l'esprit critique de rétablir sans lacune la chaîne de génération[1]. Or, par son
amour du Beau, amour immense, fécond, sans cesse
rajeuni (mettez, par exemple[b], en parallèle les derniers
feuilletons sur Pétersbourg et la Néva[2] avec *Italia* ou
Tra los montes), Théophile Gautier est un écrivain d'un
mérite à la fois *nouveau* et unique. De celui-ci, on peut
dire qu'il est, jusqu'à présent, sans *doublure.*

Pour parler dignement de l'outil qui sert si bien cette
passion du Beau, je veux dire de son style, il me faudrait
jouir de ressources pareilles, de cette connaissance de la
langue qui n'est jamais en défaut, et de ce magnifique
dictionnaire dont les feuillets, remués par un souffle
divin, s'ouvrent tout juste pour laisser jaillir le mot
propre, le mot unique, enfin de ce sentiment de l'ordre
qui met chaque trait et chaque touche à sa place naturelle
et n'omet aucune nuance. Si l'on réfléchit qu'à cette
merveilleuse faculté Gautier unit une immense intelligence innée de la *correspondance* et du symbolisme universels, ce répertoire de toute métaphore, on comprendra qu'il puisse sans cesse, sans fatigue comme sans
faute, définir l'attitude mystérieuse que les objets de
la création tiennent devant le regard de l'homme. Il y a

dans le mot, dans le *verbe,* quelque chose de *sacré* qui
nous défend d'en faire un jeu de hasard. Manier savamment une langue, c'est pratiquer une espèce de sorcellerie évocatoire[1]. C'est alors que la couleur parle, comme
une voix profonde et vibrante; que les monuments se
dressent et font saillie sur l'espace profond; que les
animaux et les plantes, représentants du laid et du mal[2],
articulent leur grimace non équivoque; que le parfum
provoque la pensée et le souvenir correspondants; que
la passion murmure ou rugit son langage éternellement
semblable. Il y a dans le style de Théophile Gautier une
justesse qui ravit, qui étonne, et qui fait songer à ces
miracles produits dans le jeu par une profonde science
mathématique. Je me rappelle que, très jeune, quand[a] je
goûtai pour la première fois aux œuvres de notre poète,
la sensation de la touche posée juste, du coup porté
droit, me faisait tressaillir, et que l'admiration engendrait
en moi une sorte de convulsion nerveuse. Peu à peu je
m'accoutumai à la perfection, et je m'abandonnai au
mouvement de ce beau style onduleux et brillanté,
comme un homme monté sur un cheval sûr qui lui permet la rêverie, ou sur un navire assez solide pour défier
les temps non prévus par la boussole, et qui peut
contempler à loisir les magnifiques décors sans erreur
que construit la nature dans ses heures de génie. C'est
grâce à ces facultés innées, si précieusement cultivées, que
Gautier a pu souvent (nous l'avons tous vu) s'asseoir à
une table banale, dans un bureau de journal, et improviser, critique ou roman, quelque chose qui avait le caractère d'un fini irréprochable, et qui le lendemain provoquait chez les lecteurs autant de plaisir qu'avaient créé
d'étonnement chez les compositeurs de l'imprimerie
la rapidité de l'exécution et la beauté de l'écriture. Cette
prestesse à résoudre tout problème de style et de composition ne fait-elle pas rêver à la sévère maxime qu'il
avait une fois laissée tomber devant moi dans la conversation, et dont il s'est fait sans doute un constant devoir :
« Tout homme qu'une idée, si subtile et si imprévue
qu'on la suppose, prend en défaut, n'est pas un écrivain[3].
L'inexprimable n'existe pas. »

IV

Ce souci permanent, involontaire à force d'être naturel, de la beauté et du pittoresque devait pousser l'auteur
vers un genre de roman approprié à son tempérament.
Le roman et la nouvelle ont un privilège de souplesse
merveilleux. Ils s'adaptent à toutes les natures, enveloppent tous les sujets, et poursuivent à leur guise différents buts. Tantôt c'est la recherche de la passion, tantôt
la recherche du vrai; tel roman parle à la foule, tel
autre à des initiés; celui-ci retrace la vie des époques
disparues, et celui-là des drames silencieux qui se jouent
dans un seul cerveau. Le roman, qui tient une place si
importante à côté du poème et de l'histoire, est un
genre bâtard dont le domaine est vraiment sans limites.
Comme beaucoup d'autres bâtards, c'est un enfant
gâté de la fortune à qui tout réussit. Il ne subit d'autres
inconvénients et ne connaît d'autres dangers que son
infinie liberté. La nouvelle, plus resserrée, plus condensée, jouit des bénéfices éternels de la contrainte : son
effet est plus intense; et comme le temps consacré à la
lecture d'une nouvelle est bien moindre que celui nécessaire à la digestion d'un roman, rien ne se perd de la
totalité de l'effet[1].
    L'esprit de Théophile Gautier, poétique, pittoresque,
méditatif, devait aimer cette forme, la caresser, et l'habiller des différents costumes qui sont le plus à sa guise.
Aussi a-t-il pleinement réussi dans les divers genres de
nouvelle auxquels il s'est appliqué. Dans le grotesque
et le bouffon, il est très puissant. C'est bien la gaieté
solitaire d'un rêveur qui de temps à autre ouvre l'écluse
à une effusion de jovialité comprimée, et[a] garde toujours
cette grâce *sui generis,* qui veut surtout plaire à soi-
même[b]. Mais là où il s'est le plus élevé, où il a montré le
talent le plus sûr et le plus grave, c'est dans la nouvelle
que j'appellerai la *nouvelle*[c] poétique. On peut dire que
parmi les innombrables formes de roman et de nouvelle qui[d] ont occupé ou diverti l'esprit humain, la plus
favorisée a été[e] le roman de mœurs; c'est celle qui
convient le mieux à la foule. Comme Paris aime surtout
à entendre parler de Paris, la foule se complaît dans les

miroirs où elle se voit. Mais quand le roman de mœurs
n'est pas relevé par le haut goût naturel de l'auteur, il
risque fort d'être plat, et même, comme en matière d'art
l'utilité peut se mesurer au degré de noblesse, tout à fait
inutile. Si Balzac a fait de ce genre roturier une chose
admirable, toujours curieuse et souvent sublime, c'est
parce qu'il y a jeté tout son être. J'ai mainte fois été
étonné que la grande gloire de Balzac fût de passer pour
un observateur ; il m'avait toujours semblé que son
principal mérite était d'être visionnaire, et visionnaire
passionné[1]. Tous ses personnages sont doués de l'ardeur
vitale dont il était animé lui-même. Toutes ses fictions
sont aussi profondément colorées que les rêves. Depuis
le sommet de l'aristocratie jusqu'aux bas-fonds de la
plèbe, tous les acteurs de sa *Comédie* sont plus âpres à la
vie, plus actifs et rusés dans la lutte, plus patients dans
le malheur, plus goulus dans la jouissance, plus angéliques dans le dévouement, que la comédie du vrai
monde ne nous les montre. Bref, chacun, chez Balzac,
même les portières, a du génie. Toutes les âmes sont
des armes chargées de volonté jusqu'à la gueule. C'est
bien Balzac lui-même. Et comme tous les êtres du monde
extérieur s'offraient à l'œil de son esprit avec un relief
puissant et une grimace saisissante, il a fait se convulser
ses figures ; il a noirci leurs ombres et illuminé leurs
lumières. Son goût prodigieux du détail, qui tient à une
ambition immodérée de tout voir, de tout faire voir,
de tout deviner, de tout faire deviner, l'obligeait d'ailleurs à marquer avec plus de force les lignes principales,
pour sauver la perspective de l'ensemble. Il me fait
quelquefois penser à ces aquafortistes qui ne sont
jamais contents de la morsure, et qui transforment en
ravines les écorchures principales de la planche. De[a]
cette étonnante disposition naturelle sont résultées des
merveilles. Mais cette disposition se définit généralement : les défauts de Balzac. Pour mieux parler, c'est
justement là ses qualités. Mais qui peut[b] se vanter d'être
aussi heureusement doué, et de pouvoir appliquer une
méthode qui lui permette de revêtir, à coup sûr, de
lumière et de pourpre la pure trivialité ? Qui peut faire
cela ? Or, qui ne fait pas cela, pour dire la vérité, ne
fait pas grand-chose.

La muse de Théophile Gautier habite un monde plus

éthéré. Elle s'inquiète peu, — trop peu, pensent quelques-uns, — de la manière dont M. Coquelet, M. Pipelet[1], ou M. Tout-le-monde emploie sa journée, et si madame Coquelet préfère les galanteries de l'huissier, son voisin, aux bonbons du droguiste, qui a été dans son temps un des plus enjoués danseurs de Tivoli[2]. Ces mystères ne la tourmentent pas. Elle se complaît sur des hauteurs moins fréquentées que la rue des Lombards[3] : elle aime les paysages terribles, rébarbatifs, ou ceux qui exhalent un charme monotone; les rives bleues de l'Ionie ou les sables aveuglants du désert. Elle habite volontiers des appartements somptueusement ornés où circule la vapeur d'un parfum choisi. Ses personnages sont les dieux, les anges, le prêtre, le roi, l'amant, le riche, le pauvre, etc... Elle aime à ressusciter les villes défuntes, et à faire redire[a] aux morts rajeunis leurs passions interrompues. Elle emprunte au poème, non pas le mètre et la rime, mais la pompe ou l'énergie concise de son langage. Se débarrassant ainsi du tracas ordinaire des réalités présentes, elle poursuit plus librement son rêve de Beauté; mais aussi elle risquerait fort, si elle n'était pas si souple et si obéissante, et fille d'un maître qui sait douer de vie tout ce qu'il veut regarder, de n'être pas assez *visible et tangible*. Enfin, pour laisser de côté la métaphore, la nouvelle du genre poétique gagne immensément en dignité; elle a un ton plus noble, plus général; mais elle est sujette à un grand danger, c'est de perdre beaucoup du côté de la réalité, ou magie de la vraisemblance[b]. Et cependant, qui ne se rappelle le festin du Pharaon, et la danse des esclaves, et le retour de l'armée triomphante, dans *Le Roman de la Momie*[4] ? L'imagination du lecteur se sent transportée dans le vrai; elle respire le vrai; elle s'enivre d'une seconde réalité créée par la sorcellerie de la Muse[c]. Je n'ai pas choisi l'exemple; j'ai pris celui qui s'est offert le premier à ma mémoire; j'en aurais pu citer vingt.

Quand on feuillette[d] les œuvres d'un maître puissant, toujours sûr de sa volonté et de sa main, il est difficile de choisir, tous les morceaux s'offrant à l'œil et à la mémoire avec un égal caractère de précision et de fini. Cependant, je recommanderais volontiers, non seulement comme échantillon de l'art de bien dire, mais aussi de délicatesse mystérieuse (car le clavier du sentiment est chez notre

poète beaucoup plus étendu qu'on ne le croit généralement), l'histoire si connue du *Roi Candaule*. Certes, il
était difficile de choisir un thème plus usé, un drame à
dénoûment plus universellement prévu; mais les vrais
écrivains aiment ces difficultés. Tout le mérite (abstraction faite de la langue) gît donc dans l'interprétation.
S'il est un sentiment vulgaire, usé, à la portée de toutes
les femmes, certes, c'est la pudeur. Mais ici la pudeur a
un caractère superlatif qui la fait ressembler à une religion; c'est le culte de la femme pour elle-même; c'est
une pudeur archaïque, asiatique, participant de l'énormité du monde ancien, une véritable fleur de serre,
harem ou gynécée. L'œil profane ne la souille pas moins
que la bouche ou la main. Contemplation, c'est possession. Candaule a montré à son ami Gygès les beautés
secrètes de l'épouse; donc Candaule est coupable, il
mourra. Gygès est désormais le seul époux possible
pour une reine si jalouse d'elle-même. Mais Candaule
n'a-t-il pas une excuse puissante ? n'est-il pas victime
d'un sentiment aussi impérieux que bizarre, victime de
l'impossibilité pour l'homme nerveux et artiste de porter,
sans confident, le poids d'un immense bonheur ? Certainement, cette interprétation de l'histoire, cette analyse
des sentiments qui ont engendré les faits, est bien supérieure à la fable de Platon, qui fait simplement de Gygès
un berger, possesseur d'un talisman à l'aide duquel il
lui devient facile de séduire l'épouse de son roi.

Ainsi va, dans son allure variée, cette muse bizarre,
aux toilettes multiples, muse cosmopolite douée de la
souplesse d'Alcibiade; quelquefois le front serré de la
mitre orientale, l'air grand et sacré, les bandelettes au
vent; d'autres fois, se pavanant comme une reine de
Saba en goguette[1], son petit parasol de cuivre à la main,
sur l'éléphant de porcelaine qui décore les cheminées du
siècle galant. Mais ce qu'elle aime surtout, c'est, debout
sur les rivages parfumés de la mer Intérieure, nous
raconter avec sa parole d'or « cette gloire qui fut la
Grèce et cette grandeur qui fut Rome »; et alors elle
est bien « la vraie Psyché qui revient de la vraie Terre
Sainte[2] ! »

Ce goût inné de la forme et de la perfection dans la
forme devait nécessairement faire de Théophile Gautier
un auteur critique tout à fait à part. Nul n'a mieux su

que lui exprimer le bonheur que donne à l'imagination
la vue d'un bel objet d'art, fût-il le plus désolé et le plus
terrible qu'on puisse supposer. C'est un des privilèges
prodigieux de l'Art que l'horrible, artistement exprimé,
devienne beauté, et que la *douleur* rythmée et cadencée
remplisse l'esprit d'une *joie* calme. Comme critique,
Théophile Gautier a connu, aimé, expliqué, dans ses
Salons et dans ses admirables récits de voyages, le beau
asiatique, le beau grec, le beau romain, le beau espagnol,
le beau flamand, le beau hollandais et le beau anglais.
Lorsque les œuvres de tous les artistes de l'Europe se
rassemblèrent solennellement à l'avenue Montaigne[1],
comme en une espèce de concile esthétique, qui donc
parla le premier et qui parla le mieux de cette école
anglaise[a], que les plus instruits parmi le public ne pouvaient guère juger que d'après quelques souvenirs de
Reynolds et de Lawrence ? Qui saisit tout de suite les
mérites variés, essentiellement neufs, de Leslie[2], — des
deux Hunt, l'un le naturaliste, l'autre le chef du préraphaélitisme[b], — de Maclise, l'audacieux compositeur,
fougueux et sûr de lui-même, — de Millais, ce poète
minutieux, — de J. Chalon, le peintre des fêtes d'après-
midi dans les parcs, galant comme Watteau, rêveur
comme Claude, — de Grant[c], cet héritier de Reynolds,
— de Hook, le peintre aux *rêves vénitiens,* — de Landseer[3],
dont les bêtes ont des yeux pleins de pensée,— de cet
étrange[d] Paton qui fait rêver à Fuseli et qui brode avec
une patience d'un autre âge des conceptions panthéistiques, — de Cattermole, cet aquarelliste peintre d'histoire, — et de cet autre dont le nom m'échappe (Cockerell ou Kendall[4] ?), un architecte songeur qui bâtit sur le
papier des villes dont les ponts ont des éléphants pour
piliers et laissent passer entre leurs jambes, toutes voiles
dehors, des trois-mâts gigantesques ? Qui sut immédiatement britanniser son génie ? Qui trouva des mots
propres à peindre ces fraîcheurs enchanteresses et ces
profondeurs fuyantes de l'aquarelle anglaise ? Partout
où il y a un produit artistique à décrire et à expliquer,
Gautier est présent et toujours prêt.

Je suis convaincu que c'est grâce à ses feuilletons
innombrables et à ses excellents récits de voyages, que
tous les jeunes gens (ceux qui avaient le goût inné du
beau) ont acquis l'éducation complémentaire qui leur

manquait. Théophile Gautier leur a donné l'amour de
la peinture, comme Victor Hugo leur avait conseillé le
goût de l'archéologie[a1]. Ce travail permanent, continué
avec tant de patience, était plus dur et plus méritant
qu'il ne semble tout d'abord; car souvenons-nous que
la France, le public français, veux-je dire (si nous en
exceptons quelques artistes et quelques écrivains), n'est[b]
pas artiste, naturellement artiste; ce public-là est philosophe, moraliste, ingénieur, amateur de récits et d'anecdotes, tout ce qu'on voudra, mais jamais spontanément
artiste. Il sent ou plutôt il juge successivement, analytiquement. D'autres peuples, plus favorisés, sentent tout
de suite, tout à la fois, synthétiquement.

Où il ne faut voir que le beau, notre public ne cherche
que le vrai. Quand il faut être peintre, le Français se
fait homme de lettres. Un jour je vis au Salon[c] de l'exposition annuelle deux soldats en contemplation perplexe
devant un intérieur de cuisine[2] : « Mais où donc est
Napoléon ? » disait l'un (le livret s'était trompé de
numéro, et la cuisine était marquée du chiffre appartenant légitimement à une bataille célèbre). « Imbécile !
dit l'autre, ne vois-tu pas qu'on prépare la soupe pour
son retour ? » Et ils s'en allèrent contents du peintre et
contents d'eux-même. Telle est la France. Je racontais
cette anecdote à un général qui y trouva un motif pour
admirer la prodigieuse intelligence du soldat français[3]. Il
aurait dû dire : la prodigieuse intelligence de tous les
Français en matière de peinture ! Ces soldats eux-mêmes,
hommes de lettres !

V

Hélas ! la France n'est guère poète non plus. Nous
avons, tous tant que nous sommes, même les moins
chauvins, su défendre la France à table d'hôte, sur des
rivages lointains; mais ici, chez nous, en famille, sachons
dire la vérité : la France n'est pas poète, elle éprouve
même, pour tout dire, une horreur congéniale de[d] la
poésie[4]. Parmi les écrivains qui se servent du vers, ceux
qu'elle préférera toujours sont les plus prosaïques. Je
crois vraiment, — pardonnez-moi, vrais amants de la
Muse ! — que j'ai manqué de courage au commence-

ment de cette étude, en disant que, pour la France, le
Beau n'était facilement digestible que relevé par le
condiment politique. C'était le contraire qu'il fallait
dire : quelque politique que soit le condiment, le Beau
amène l'indigestion, ou plutôt l'estomac français le
refuse immédiatement. Cela vient non seulement, je
crois, de ce que la France a été providentiellement créée
pour la recherche du Vrai préférablement à celle du
Beau, mais aussi de ce que le caractère utopique, communiste, alchimique, de tous ses cerveaux, ne lui permet
qu'une passion exclusive, celle des formules sociales.
Ici, chacun veut ressembler à tout le monde, mais à
condition que tout le monde lui ressemble. De cette
tyrannie contradictoire résulte une lutte qui ne s'applique
qu'aux formes sociales, enfin un niveau, une similarité
générale. De là, la ruine et l'oppression de tout caractère
original. Aussi ce n'est pas seulement dans l'ordre littéraire que les vrais poètes apparaissent comme des
êtres fabuleux et étrangers; mais on peut dire que dans
tous les genres d'invention le grand homme ici est un
monstre. Tout au contraire, dans d'autres pays, l'originalité se produit touffue, abondante, comme le gazon
sauvage. Là les mœurs le lui permettent.

Aimons donc nos poètes secrètement et en cachette.
À l'étranger, nous aurons le droit de nous en vanter.
Nos voisins disent : Shakespeare et Gœthe ! nous pouvons leur répondre : Victor Hugo et Théophile Gautier !
On trouvera peut-être surprenant que sur le genre qui
fait le principal honneur de celui-ci, son principal titre
à la gloire, je m'étende moins que je n'ai fait sur d'autres.
Je ne puis certainement pas faire ici un cours complet de
poétique et de prosodie. S'il existe dans notre langue des
termes assez nombreux, assez subtils, pour expliquer une
certaine poésie, saurais-je les trouver ? Il en est[a] des vers
comme de quelques belles femmes en qui se sont fondues l'originalité et la correction; on ne les définit pas,
on les *aime*. Théophile Gautier a continué *d'un côté* la
grande école de la mélancolie, créée par Chateaubriand.
Sa mélancolie est même d'un caractère plus positif,
plus charnel, et confinant quelquefois à la tristesse
antique. Il y a des poèmes, dans *La Comédie de la Mort* et
parmi ceux inspirés par le séjour en Espagne, où se
révèlent le vertige et l'horreur du néant. Relisez, par

exemple, les morceaux sur Zurbaran et Valdès-Léal ; l'admirable paraphrase de la sentence inscrite sur le cadran de l'horloge d'Urrugne : _Vulnerant omnes, ultima necat_[1] ; enfin la prodigieuse symphonie qui s'appelle _Ténèbres_[2]. Je dis symphonie, parce que ce poème me fait quelquefois penser à Beethoven. Il arrive même à ce poète, accusé de sensualité, de tomber en plein, tant sa mélancolie devient intense, dans la terreur catholique. _D'un autre côté,_ il a introduit dans la poésie un élément nouveau, que j'appellerai la consolation par les arts, par tous les objets pittoresques qui réjouissent les yeux et amusent l'esprit. Dans ce sens, il a vraiment innové ; il a fait dire au vers français plus qu'il n'avait dit jusqu'à présent ; il a su l'agrémenter de mille détails faisant lumière et saillie et ne nuisant pas à la coupe de l'ensemble ou à la silhouette générale. Sa poésie, à la fois majestueuse et précieuse, marche magnifiquement, comme les personnes de cour en grande toilette. C'est, du reste, le caractère de la vraie poésie d'avoir le flot régulier, comme les grands fleuves qui s'approchent de la mer, leur mort et leur infini[a], et d'éviter la précipitation et la saccade. La poésie lyrique s'élance, mais toujours d'un mouvement élastique et ondulé. Tout ce qui est brusque et cassé lui déplaît, et elle le renvoie au drame ou au roman de mœurs. Le poète, dont nous aimons si passionnément le talent, connaît à fond ces grandes questions, et il l'a parfaitement prouvé en introduisant systématiquement et continuellement la majesté de l'alexandrin dans le vers octosyllabique _(Émaux et Camées_[3]_)._ Là surtout apparaît tout le résultat qu'on peut obtenir par la fusion du double élément, peinture et musique, par la carrure de la mélodie, et par la pourpre régulière et symétrique d'une rime plus qu'exacte.

Rappellerai-je encore cette série de petits poèmes de quelques strophes, qui sont des intermèdes galants ou rêveurs et qui ressemblent, les uns à des sculptures, les autres à des fleurs, d'autres à des bijoux, mais tous revêtus d'une couleur plus fine ou plus brillante que les couleurs de la Chine et de l'Inde, et tous d'une coupe plus pure et plus décidée que des objets de marbre ou de cristal ? Quiconque aime la poésie les sait par cœur.

VI

J'ai essayé (ai-je vraiment réussi ?) d'exprimer l'admiration que m'inspirent les œuvres de Théophile Gautier, et de déduire les raisons qui légitiment cette admiration. Quelques-uns, même parmi les écrivains, peuvent ne pas partager mon opinion. Tout le monde prochainement l'adoptera. Devant le public, il n'est aujourd'hui qu'un ravissant esprit; devant la postérité, il sera un des maîtres écrivains, non seulement de la France, mais aussi de l'Europe. Par sa raillerie, sa gausserie, sa ferme décision de n'être jamais dupe, il est un peu Français; mais s'il était tout à fait Français, il ne serait pas poète.

Dirai-je quelques mots de ses mœurs, si pures et si affables, de sa serviabilité, de sa franchise quand il peut prendre ses franchises, quand il n'est pas en face du *philistin ennemi,* de sa ponctualité d'horloge dans l'accomplissement de tous ses devoirs ? À quoi bon ? Tous les écrivains ont pu, en mainte occasion, apprécier ces nobles qualités.

On reproche quelquefois à son esprit une lacune à l'endroit de la religion et de la politique. Je pourrais, si l'envie m'en prenait, écrire un nouvel article qui réfuterait victorieusement cette injuste erreur. Je sais, et cela me suffit, que les gens d'esprit me comprendront si je leur dis que le besoin d'ordre dont sa belle intelligence est imprégnée suffit pour le préserver de toute erreur en matière de politique et de religions[a], et qu'il possède, plus qu'aucun autre, le sentiment d'universelle hiérarchie écrite du haut en bas de la nature, à tous les degrés de l'infini. D'autres ont quelquefois parlé de sa froideur apparente, de son manque d'*humanité*. Il y a encore dans cette critique légèreté, irréflexion. Tout amoureux de l'humanité ne manque jamais, en de certaines matières qui prêtent à la déclamation philanthropique, de citer la fameuse parole[1] :

Homo sum ; nihil humani a me alienum puto.

Un poète aurait le droit de répondre : « Je me suis imposé de si hauts devoirs, que *quidquid humani a me alienum puto.* Ma fonction est extra-humaine ! » Mais sans abuser de sa prérogative, celui-ci pourrait simplement répliquer (moi qui connais son cœur si doux et si compatissant, je sais qu'il en a le droit) : « Vous me croyez froid, et vous ne voyez pas que je m'impose un calme artificiel que veulent sans cesse troubler votre laideur et votre barbarie, ô hommes de prose et de crime ! Ce que vous appelez indifférence n'est que la résignation du désespoir ; celui-là ne peut s'attendrir que bien rarement qui considère les méchants et les sots comme des incurables. C'est donc pour éviter le spectacle désolant de votre démence et de votre cruauté que mes regards restent obstinément tournés vers la Muse immaculée. »

C'est sans doute ce même désespoir de persuader ou de corriger qui que ce soit, qui fait qu'en ces dernières années nous avons vu quelquefois Gautier faiblir, en apparence, et accorder par-ci par là quelques paroles laudatives à monseigneur Progrès et à très puissante dame Industrie[1]. En de pareilles occasions il ne faut pas trop vite le prendre au mot, et c'est bien le cas d'affirmer que *le mépris rend quelquefois l'âme trop bonne*[2]. Car alors il garde pour lui sa pensée vraie, témoignant simplement par une légère concession (appréciable de ceux qui savent y voir clair dans le crépuscule) qu'il veut vivre en paix avec tout le monde, même avec l'Industrie et le Progrès, ces despotiques ennemis de toute poésie.

J'ai entendu plusieurs personnes exprimer le regret que Gautier n'ait jamais rempli de fonctions officielles. Il est certain qu'en beaucoup de choses, particulièrement dans l'ordre des beaux-arts, il aurait pu rendre à la France d'éminents services. Mais, tout pesé, cela vaut mieux ainsi. Si étendu que soit le génie d'un homme, si grande que soit sa bonne volonté, la fonction officielle le diminue toujours un peu ; tantôt sa liberté s'en ressent, et tantôt même sa clairvoyance. Pour mon compte, j'aime mieux voir l'auteur de *La Comédie de la Mort*, d'*Une nuit de Cléopâtre*, de *La Morte amoureuse*, de *Tra los montes*, d'*Italia*, de *Caprices et zigzags* et de tant de chefs-d'œuvre, rester ce qu'il a été jusqu'à présent : l'égal des plus grands dans le passé, un modèle pour ceux qui viendront, un diamant de plus en plus rare dans une époque ivre d'ignorance et de matière, c'est-à-dire UN PARFAIT HOMME DE LETTRES.

RÉFLEXIONS SUR QUELQUES-UNS
DE MES CONTEMPORAINS

I

VICTOR HUGO

I

Depuis bien des années déjà Victor Hugo n'est plus
parmi nous. Je me souviens d'un temps où sa figure
était une des plus rencontrées parmi la foule; et bien
des fois je me suis demandé, en le voyant si souvent
apparaître dans la turbulence des fêtes ou dans le silence
des lieux solitaires, comment il pouvait concilier les
nécessités de son travail assidu avec ce goût sublime,
mais dangereux, des promenades et des rêveries. Cette
apparente contradiction est évidemment le résultat d'une
existence bien réglée et d'une forte constitution spirituelle qui lui permet de travailler en marchant, ou plutôt
de ne pouvoir marcher qu'en travaillant. Sans cesse, en
tous lieux, sous la lumière du soleil, dans les flots de la
foule, dans les sanctuaires de l'art, le long des bibliothèques poudreuses exposées au vent[1], Victor Hugo,
pensif et calme, avait l'air de dire à la nature extérieure[a] :
« Entre bien dans mes yeux pour que je me souvienne
de toi. »

À l'époque dont je parle, époque où il exerçait une
vraie dictature dans les choses littéraires, je le rencontrai
quelquefois dans la compagnie d'Édouard Ourliac, par
qui je connus aussi Pétrus Borel et Gérard de Nerval[2]. Il
m'apparut comme un homme très doux, très puissant,

toujours maître de lui-même, et appuyé sur une sagesse
abrégée, faite de quelques axiomes irréfutables[1]. Depuis
longtemps déjà il avait montré, non pas seulement dans
ses livres, mais aussi dans la parure de son existence personnelle, un grand goût pour les monuments du passé,
pour les meubles pittoresques, les porcelaines, les gravures, et pour tout le mystérieux et brillant décor de
la vie ancienne. Le critique dont l'œil négligerait ce
détail, ne serait pas un vrai critique; car non seulement
ce goût du beau et même du bizarre, exprimé par[a] la
plastique, confirme le caractère littéraire de Victor Hugo;
non seulement il confirmait sa doctrine littéraire révolutionnaire, ou plutôt rénovatrice, mais encore il apparaissait[b] comme complément indispensable d'un caractère poétique universel. Que Pascal, enflammé par l'ascétisme, s'obstine désormais à vivre entre quatre murs nus
avec des chaises de paille; qu'un curé de Saint-Roch (je
ne me rappelle plus lequel[2]) envoie, au grand scandale
des prélats amoureux du *comfort*[3], tout son mobilier à
l'hôtel des ventes, c'est bien, c'est beau et grand. Mais si
je vois un homme de lettres, non opprimé par la misère,
négliger ce qui fait la joie des yeux et l'amusement de
l'imagination, je suis tenté de croire que c'est un homme
de lettres fort incomplet, pour ne pas dire pis.

Quand aujourd'hui nous parcourons les poésies
récentes de Victor Hugo, nous voyons que tel il était,
tel il est resté : un promeneur pensif, un homme solitaire
mais enthousiaste de la vie, un esprit rêveur et inter-
rogateur. Mais ce n'est plus dans les environs boisés et
fleuris de la grande ville, sur les quais accidentés de la
Seine, dans les promenades fourmillantes[e] d'enfants,
qu'il fait errer ses pieds et ses yeux. Comme Démo-
sthène[d], il converse avec les flots et le vent; autrefois, il
rôdait solitaire dans des lieux bouillonnant[e] de vie
humaine; aujourd'hui, il marche dans des solitudes peu-
plées par sa pensée. Ainsi est-il peut-être encore plus
grand et plus singulier. Les couleurs de ses rêveries se
sont teintées en solennité, et sa voix s'est approfondie en
rivalisant avec celle de l'Océan[4]. Mais là-bas comme ici,
toujours il nous apparaît comme la statue de la Méditation qui marche.

II

Dans les temps, déjà si lointains, dont je parlais, temps heureux où les littérateurs étaient, les uns pour les autres, une société que les survivants regrettent et dont ils ne trouveront plus l'analogue, Victor Hugo représentait celui vers qui chacun se tourne pour demander le mot d'ordre. Jamais royauté ne fut plus légitime, plus naturelle, plus acclamée par la reconnaissance, plus confirmée par l'impuissance de la rébellion. Quand on se figure ce qu'était la poésie française avant qu'il apparût, et quel rajeunissement elle a subi depuis qu'il est venu ; quand on imagine ce peu qu'elle eût été s'il n'était pas venu ; combien de sentiments mystérieux et profonds, qui ont été exprimés, seraient restés muets ; combien d'intelligences il a accouchées, combien d'hommes qui ont rayonné par lui seraient restés obscurs, il est impossible de ne pas le considérer comme un de ces esprits rares et providentiels qui opèrent, dans l'ordre littéraire, le salut de tous, comme d'autres dans l'ordre moral et d'autres dans l'ordre politique[a1]. Le mouvement créé par Victor Hugo se continue encore sous nos yeux. Qu'il ait été puissamment secondé, personne ne le nie ; mais si aujourd'hui des hommes mûrs, des jeunes gens, des femmes du monde ont le sentiment de la bonne poésie, de la poésie profondément rythmée et vivement colorée, si le goût public s'est haussé vers des jouissances qu'il avait oubliées, c'est à Victor Hugo qu'on le doit. C'est encore son instigation puissante qui, par la main des architectes[b] érudits et enthousiastes, répare nos cathédrales et consolide nos vieux souvenirs de pierre[2]. Il ne coûtera à personne d'avouer tout cela, excepté à ceux pour qui la justice n'est pas une volupté.

Je ne puis parler ici de ses facultés poétiques que d'une manière abrégée. Sans doute, en plusieurs points, je ne ferai que résumer beaucoup d'excellentes choses qui ont été dites ; peut-être aurai-je le bonheur de les accentuer plus vivement.

Victor Hugo était, dès le principe, l'homme le mieux doué, le plus visiblement élu pour exprimer par la poésie ce que j'appellerai le *mystère de la vie*. La nature qui pose

devant nous, de quelque côté que nous nous tournions,
et qui nous enveloppe comme un mystère, se présente
sous plusieurs états simultanés dont chacun, selon qu'il
est plus intelligible, plus sensible pour nous, se reflète
plus vivement dans nos cœurs : forme[a], attitude et
mouvement, lumière et couleur, son et harmonie. La
musique des vers de Victor Hugo s'adapte aux profondes harmonies de la nature; sculpteur, il découpe
dans ses strophes la forme inoubliable des choses;
peintre, il les illumine de leur couleur propre. Et,
comme si elles venaient directement de la nature, les trois
impressions pénètrent simultanément le cerveau du
lecteur. De cette triple impression résulte la _morale des
choses_. Aucun artiste n'est plus universel que lui, plus
apte à se mettre en contact avec les forces de la vie universelle, plus disposé à prendre sans cesse un bain de
nature. Non seulement il exprime nettement, il traduit
littéralement la lettre nette et claire; mais il exprime,
avec l'_obscurité indispensable,_ ce qui est obscur et confusément révélé. Ses œuvres abondent en traits extraordinaires de ce genre, que nous pourrions appeler des tours
de force et nous ne savions pas qu'ils lui sont essentiellement naturels. Le vers de Victor Hugo sait traduire pour
l'âme humaine non seulement les plaisirs les plus directs
qu'elle tire de la nature visible, mais encore les sensations les plus fugitives, les plus compliquées, les plus
morales (je dis exprès sensations morales) qui nous sont
transmises par l'être visible, par la nature inanimée,
ou dite inanimée; non seulement, la figure d'un être
extérieur à l'homme, végétal ou minéral, mais aussi sa
physionomie, son regard, sa tristesse, sa douceur, sa joie
éclatante, sa haine répulsive, son enchantement ou son
horreur; enfin, en d'autres termes, tout ce qu'il y a d'humain dans n'importe quoi, et aussi tout ce qu'il y a de
divin, de sacré ou de diabolique.

Ceux qui ne sont pas poètes ne comprennent pas
ces choses[1]. Fourier est venu un jour, trop pompeusement, nous révéler les mystères de l'_analogie_. Je ne nie
pas la valeur de quelques-unes de ses minutieuses
découvertes, bien que je croie que son cerveau était
trop épris d'exactitude matérielle pour ne pas commettre
d'erreurs et pour atteindre d'emblée la certitude morale
de l'intuition. Il aurait pu tout aussi précieusement

nous révéler tous les excellents poètes dans lesquels l'humanité lisante fait son éducation aussi bien que dans la contemplation de la nature. D'ailleurs Swedenborg, qui possédait une âme bien plus grande, nous avait déjà enseigné que *le ciel est un très grand homme*[1] ; que tout, forme, mouvement, nombre, couleur, parfum, dans le *spirituel* comme dans le *naturel,* est significatif, réciproque, converse, *correspondant.* Lavater, limitant au visage de l'homme la démonstration de l'universelle vérité, nous avait traduit le sens spirituel du contour, de la forme, de la dimension[2]. Si nous étendons la démonstration (non seulement nous en avons le droit, mais il nous serait infiniment difficile de faire autrement), nous arrivons à cette vérité que tout est hiéroglyphique, et nous savons que les symboles ne sont obscurs que d'une manière relative, c'est-à-dire selon la pureté, la bonne volonté ou la clairvoyance native des âmes. Or qu'est-ce qu'un poète (je prends le mot dans son acception la plus large), si ce n'est un traducteur, un déchiffreur ? Chez les excellents poètes, il n'y a pas de métaphore, de comparaison ou d'épithète qui ne soit d'une adaptation mathématiquement exacte dans la circonstance actuelle, parce que ces comparaisons, ces métaphores et ces épithètes sont puisées dans l'inépuisable fonds de l'*universelle analogie,* et qu'elles ne peuvent être puisées ailleurs. Maintenant, je demanderai si l'on trouvera, en cherchant minutieusement, non pas dans notre histoire seulement, mais dans l'histoire de tous les peuples, beaucoup de poètes qui soient, comme Victor Hugo, un si magnifique répertoire d'analogies humaines et divines. Je vois dans la Bible[3] un prophète à qui Dieu ordonne de manger un livre. J'ignore dans quel monde Victor Hugo a mangé préalablement le dictionnaire de la langue qu'il était appelé à parler; mais je vois que le lexique français, en sortant de sa bouche, est devenu un monde, un univers coloré, mélodieux et mouvant. Par suite de quelles circonstances historiques, fatalités philosophiques, conjonctions sidérales, cet homme est-il né parmi nous, je n'en sais rien, et je ne crois pas qu'il soit de mon devoir de l'examiner ici. Peut-être est-ce simplement parce que l'Allemagne avait eu Gœthe, et l'Angleterre Shakespeare et Byron, que Victor Hugo était légitimement dû à la France[4]. Je vois,

par l'histoire des peuples, que chacun à son tour est
appelé à conquérir le monde; peut-être en est-il de la
domination poétique comme du règne de l'épée.

De cette faculté d'absorption de la vie extérieure,
unique par son ampleur, et de cette autre faculté puissante de méditation est résulté, dans Victor Hugo, un
caractère poétique très particulier, interrogatif, mystérieux et, comme la nature, immense et minutieux, calme
et agité. Voltaire ne voyait de mystère en rien, ou qu'en
bien peu de choses[1]. Mais Victor Hugo ne tranche pas le
nœud gordien des choses avec la pétulance militaire de
Voltaire; ses sens subtils lui révèlent des abîmes; il
voit le mystère partout. Et, de fait, où n'est-il pas ? De
là dérive ce sentiment d'effroi qui pénètre plusieurs de
ses plus beaux poèmes; de là ces turbulences, ces accu-
mulations, ces écroulements de vers, ces masses d'images
orageuses, emportées avec la vitesse d'un chaos qui
fuit; de là ces répétitions fréquentes de mots, tous destinés à exprimer des ténèbres captivantes ou l'énigmatique physionomie du mystère.

III

Ainsi Victor Hugo possède non seulement la grandeur,
mais l'universalité. Que son répertoire est varié ! et,
quoique toujours *un* et compact, comme il est multiforme ! Je ne sais si parmi les amateurs de peintures
beaucoup me ressemblent, mais je ne puis me défendre
d'une vive mauvaise humeur lorsque j'entends parler
d'un paysagiste (si parfait qu'il soit), d'un peintre
d'animaux ou d'un peintre de fleurs, avec la même
emphase qu'on mettrait à louer un peintre universel
(c'est-à-dire un vrai peintre), tel que Rubens[2], Véronèse,
Vélasquez ou Delacroix. Il me paraît en effet que celui
qui ne sait pas tout peindre ne peut pas être appelé
peintre. Les hommes illustres que je viens de citer
expriment parfaitement tout ce qu'exprime chacun des
spécialistes, et, de plus, ils possèdent une imagination
et une faculté créatrice qui parle vivement à l'esprit
de tous les hommes. Sitôt que vous voulez me donner
l'idée d'un parfait artiste, mon esprit ne s'arrête pas à la

perfection dans un genre de sujets, mais il conçoit immédiatement la nécessité de la perfection dans tous les genres. Il en est de même dans la littérature en général et dans la poésie en particulier. Celui qui n'est pas capable de tout peindre, les palais et les masures, les sentiments de tendresse et ceux de cruauté, les affections limitées de la famille et la charité universelle, la grâce du végétal et les miracles de l'architecture, tout ce qu'il y a de plus doux et tout ce qui existe de plus horrible, le sens intime et la beauté extérieure de chaque religion, la physionomie morale et physique de chaque nation, tout enfin, depuis le visible jusqu'à l'invisible, depuis le ciel jusqu'à l'enfer, celui-là, dis-je, n'est vraiment pas poète dans l'immense étendue du mot et selon le cœur de Dieu[1]. Vous dites de l'un : c'est un poète d'*intérieurs,* ou de famille; de l'autre, c'est un poète de l'amour, et de l'autre, c'est un poète de la gloire. Mais de quel droit limitez-vous ainsi la portée des talents de chacun ? Voulez-vous affirmer que celui qui a chanté la gloire était, *par cela même,* inapte à célébrer l'amour ? Vous infirmez ainsi le sens universel du mot *poésie.* Si vous ne voulez pas simplement faire entendre que des circonstances, qui ne viennent pas du poète, l'ont, *jusqu'à présent,* confiné dans une spécialité, je croirai toujours que vous parlez d'un pauvre poète, d'un poète incomplet, si habile qu'il soit dans *son* genre.

Ah ! avec Victor Hugo nous n'avons pas à tracer ces distinctions, car c'est un génie sans frontières. Ici nous sommes éblouis, enchantés et enveloppés comme par la vie elle-même. La transparence de l'atmosphère, la coupole du ciel, la figure de l'arbre, le regard de l'animal, la silhouette de la maison sont peints en ses livres par le pinceau du paysagiste consommé. En tout il met la palpitation de la vie. S'il peint la mer, aucune *marine* n'égalera les siennes. Les navires qui en rayent la surface ou qui en traversent les bouillonnements auront, plus que tous ceux de tout autre peintre, cette physionomie de lutteurs passionnés, ce caractère de volonté et d'animalité qui se dégage si mystérieusement d'un appareil géométrique et mécanique de bois, de fer, de cordes et de toile; animal monstrueux créé par l'homme, auquel le vent et le flot ajoutent la beauté d'une démarche[2].

Quant à l'amour, à la guerre, aux joies de la famille, aux

tristesses du pauvre, aux magnificences nationales, à tout ce qui est plus particulièrement l'homme, et qui forme le domaine du peintre de genre et du peintre d'histoire, qu'avons-nous vu de plus riche et de plus concret que les poésies lyriques de Victor Hugo ? Ce serait sans doute ici le cas, si l'espace le permettait, d'analyser l'atmosphère morale qui plane et circule dans ses poèmes, laquelle participe très sensiblement du tempérament propre de l'auteur. Elle me paraît porter un caractère très manifeste d'amour égal pour ce qui est très fort comme pour ce qui est très faible, et l'attraction exercée sur le poète par ces deux extrêmes tire sa raison d'une origine unique[a], qui est la force même, la vigueur originelle dont il est doué. La force l'enchante et l'enivre ; il va vers elle comme vers une parente : attraction fraternelle. Ainsi est-il emporté irrésistiblement vers tout symbole de l'infini, la mer, le ciel ; vers tous les représentants anciens de la force, géants homériques ou bibliques, paladins, chevaliers ; vers les bêtes énormes et redoutables. Il caresse en se jouant ce qui ferait peur à des mains débiles ; il se meut dans l'immense, sans vertige. En revanche, mais par une tendance différente dont la source[b] est pourtant la même, le poète se montre toujours l'ami attendri de tout ce qui est faible, solitaire, contristé ; de tout ce qui est orphelin : attraction paternelle[1]. Le fort qui devine[c] un frère dans tout ce qui est fort[d], voit ses enfants dans tout ce qui a besoin d'être protégé ou consolé. C'est de la force même et de la certitude qu'elle donne à celui qui la possède que dérive l'esprit de justice et de charité. Ainsi se produisent sans cesse, dans les poèmes de Victor Hugo, ces accents d'amour pour les femmes tombées, pour les pauvres gens broyés dans les engrenages de nos sociétés, pour les animaux martyrs de notre gloutonnerie et de notre despotisme. Peu de personnes ont remarqué le charme et l'enchantement que la bonté ajoute à la force et qui se fait voir si fréquemment dans les œuvres de notre poète. Un sourire et une larme dans le visage d'un colosse, c'est une originalité presque divine. Même dans ces petits poèmes consacrés à l'amour sensuel, dans ces strophes d'une mélancolie si voluptueuse et si mélodieuse, on entend, comme l'accompagnement permanent d'un orchestre, la voix profonde de la charité.

Sous l'amant, on sent un père et un protecteur. Il ne s'agit pas ici de cette morale prêcheuse qui, par son air de pédanterie, par son ton didactique, peut gâter les plus beaux morceaux de poésie[1], mais d'une morale inspirée qui se glisse, invisible, dans la matière poétique, comme les fluides impondérables dans toute la machine du monde. La morale n'entre pas dans cet art à titre de but; elle s'y mêle et s'y confond comme dans la vie elle-même. Le poète est moraliste sans le vouloir, par abondance et plénitude de nature.

IV

L'excessif, l'immense, sont le domaine naturel de Victor Hugo; il s'y meut comme dans son atmosphère natale. Le génie qu'il a de tout temps déployé dans la peinture de *toute la monstruosité* qui enveloppe l'homme est vraiment prodigieux. Mais c'est surtout dans ces dernières années qu'il a subi l'influence métaphysique qui s'exhale de toutes ces choses, curiosité d'un Œdipe obsédé par d'innombrables Sphinx. Cependant qui ne se souvient de *La Pente de la rêverie*[2], déjà si vieille de date ? Une grande partie de ses œuvres récentes semble le développement aussi régulier qu'énorme de la faculté qui a présidé à la génération de ce poème enivrant. On dirait que dès lors l'interrogation s'est dressée avec plus de fréquence devant le poète rêveur, et qu'à ses yeux tous les côtés de la nature se sont incessamment hérissés de problèmes. Comment le père *un* a-t-il pu engendrer la dualité[3] et s'est-il enfin métamorphosé en une population innombrable de nombres ? Mystère ! La totalité infinie des nombres doit-elle ou peut-elle se concentrer de nouveau dans l'unité originelle ? Mystère ! La contemplation suggestive du ciel occupe une place immense et dominante dans les derniers ouvrages du poète. Quel que soit le sujet traité, le ciel le domine et le surplombe comme une coupole immuable d'où plane le mystère avec la lumière, où le mystère scintille, où le mystère invite la rêverie curieuse, d'où le mystère repousse la pensée découragée. Ah ! malgré Newton et malgré Laplace, la certitude astronomique n'est pas, aujourd'hui

même, si grande que la rêverie ne puisse se loger dans
les vastes lacunes non encore explorées par la science
moderne. Très légitimement, le poète laisse errer sa
pensée dans un dédale enivrant de conjectures. Il n'est
pas un problème agité ou attaqué, dans n'importe quel
temps ou par quelle philosophie, qui ne soit venu
réclamer fatalement sa place dans les œuvres du poète.
Le monde des astres et le monde des âmes sont-ils finis
ou infinis ? L'éclosion des êtres est-elle permanente
dans l'immensité comme dans la petitesse ? Ce que nous
sommes tentés de prendre pour la multiplication infinie
des êtres ne serait-il qu'un mouvement de circulation
ramenant ces mêmes êtres à la vie vers des époques et
dans des conditions marquées par une loi suprême et
omnicompréhensive ? La matière et le mouvement ne
seraient-ils que la respiration et l'aspiration d'un Dieu
qui, tour à tour, profère des mondes à la vie et les
rappelle dans son sein ? Tout ce qui est multiple devien-
dra-t-il un, et de nouveaux univers, jaillissant de la
pensée de Celui dont l'unique bonheur et l'unique fonction sont de produire sans cesse, viendront-ils un jour
remplacer notre univers et tous ceux que nous voyons
suspendus autour de nous ? Et la conjecture sur l'appropriation morale, sur la destination de tous ces mondes,
nos voisins inconnus, ne prend-elle pas aussi naturellement sa place dans les immenses domaines de la poésie ?
Germinations, éclosions, floraisons, éruptions successives, simultanées, lentes ou soudaines, progressives ou
complètes, d'astres, d'étoiles, de soleils, de constella-
tions, êtes-vous simplement les formes de la vie de Dieu,
ou des habitations préparées par sa bonté ou sa justice
à des âmes qu'il veut éduquer et rapprocher progressivement de lui-même ? Mondes éternellement étudiés, à
jamais inconnus peut-être, oh ! dites, avez-vous des des-
tinations de paradis, d'enfers, de purgatoires, de cachots,
de villas, de palais, etc. ?... Que des systèmes et des
groupes nouveaux, affectant des formes inattendues,
adoptant des combinaisons imprévues, subissant des
lois non enregistrées, imitant tous les caprices providentiels d'une géométrie trop vaste et trop compliquée
pour le compas humain, puissent jaillir des limbes de
l'avenir, qu'y aurait-il, dans cette pensée, de si *exorbi-
tant,* de si monstrueux, et qui sortît des limites légitimes

de la conjecture poétique ? Je m'attache à ce mot *conjecture,* qui sert à définir, passablement, le caractère extra-scientifique de toute poésie. Entre les mains d'un autre poète que Victor Hugo, de pareils thèmes et de pareils sujets auraient pu trop facilement adopter la forme didactique, qui est la plus grande ennemie de la véritable poésie. Raconter en vers les lois *connues,* selon lesquelles se meut un monde moral ou sidéral, c'est décrire ce qui est découvert et ce qui tombe tout entier sous le télescope ou le compas de la science, c'est se réduire aux devoirs de la science et empiéter sur ses fonctions, et c'est embarrasser son langage traditionnel de l'ornement superflu, et dangereux ici, de la rime; mais s'abandonner à toutes les rêveries suggérées par le spectacle infini de la vie sur la terre et dans les cieux, est le droit légitime du premier venu, conséquemment du poète, à qui il est accordé alors de traduire, dans un langage magnifique, autre que la prose et la musique, les conjectures éternelles de la curieuse humanité[1].

En décrivant ce qui est, le poète se dégrade et descend au rang de professeur; en racontant le possible[2], il reste fidèle à sa fonction; il est une âme collective qui interroge, qui pleure, qui espère, et qui devine quelquefois.

v

Une nouvelle preuve du même goût infaillible se manifeste dans le dernier ouvrage dont Victor Hugo nous ait octroyé la jouissance, je veux dire *La Légende des siècles*[3]. Excepté à l'aurore de la vie des nations, où la poésie est à la fois l'expression de leur âme et le répertoire de leurs connaissances, l'histoire mise en vers est une dérogation aux lois qui gouvernent les deux genres, l'histoire et la poésie; c'est un outrage aux deux Muses. Dans les périodes extrêmement cultivées il se fait, dans le monde spirituel, une division du travail qui fortifie et perfectionne chaque partie; et celui qui alors tente de créer le poème épique, tel que le comprenaient les nations plus jeunes, risque de diminuer l'effet magique de la poésie, ne fût-ce que par la longueur insupportable de l'œuvre, et en même temps d'enlever à l'histoire une

partie de la sagesse et de la sévérité qu'exigent d'elle
les nations âgées. Il n'en résulte la plupart du temps
qu'un fastidieux ridicule. Malgré tous les honorables
efforts d'un philosophe français[1], qui a cru qu'on pouvait subitement, sans une grâce ancienne et sans longues
études, mettre le vers au service d'une thèse poétique,
Napoléon est encore aujourd'hui trop historique pour
être fait légende. Il n'est pas plus permis que possible
à l'homme, même à l'homme de génie, de reculer ainsi
les siècles artificiellement. Une pareille idée ne pouvait
tomber que dans l'esprit d'un philosophe, d'un professeur, c'est-à-dire d'un homme absent de la vie. Quand
Victor Hugo, dans ses premières poésies, essaye de nous
montrer Napoléon comme un personnage[a] légendaire,
il est encore un Parisien qui parle, un contemporain ému
et rêveur; il évoque la légende *possible* de l'avenir; il ne
la réduit pas d'autorité à l'état de passé.

Or, pour en revenir à *La Légende des siècles,* Victor
Hugo a créé le seul poème épique qui pût être créé par
un homme de son temps pour des lecteurs de son temps.
D'abord les poèmes qui constituent l'ouvrage sont
généralement courts, et même la brièveté de quelques-
uns n'est pas moins extraordinaire que leur énergie.
Ceci est déjà une considération importante, qui témoigne
d'une connaissance absolue de tout le possible de la
poésie moderne[2]. Ensuite, voulant créer le poème
épique moderne, c'est-à-dire le poème tirant son origine
ou plutôt son prétexte de l'histoire, il s'est bien gardé
d'emprunter à l'histoire autre chose que ce qu'elle peut
légitimement et fructueusement prêter à la poésie : je
veux dire la légende, le mythe, la fable, qui sont comme
des concentrations de vie nationale, comme des réser-
voirs profonds où dorment le sang et les larmes des
peuples. Enfin il n'a pas chanté plus particulièrement
telle ou telle nation, la passion de tel ou tel siècle; il est
monté tout de suite à une de ces hauteurs philosophiques
d'où le poète peut considérer toutes les évolutions de
l'humanité avec un regard également curieux, courroucé ou attendri. Avec quelle majesté il a fait défiler les
siècles devant nous, comme des fantômes qui sortiraient
d'un mur; avec quelle autorité il les a fait se mouvoir,
chacun doué de son parfait costume, de son vrai visage,
de sa sincère allure, nous l'avons tous vu. Avec quel art

sublime et subtil, avec quelle familiarité terrible ce prestidigitateur a fait parler et gesticuler les Siècles, il ne me
serait pas impossible de l'expliquer; mais ce que je tiens
surtout à faire observer, c'est que cet art ne pouvait se
mouvoir à l'aise que dans le milieu légendaire, et que
c'est (abstraction faite du talent du magicien) le choix
du terrain qui facilitait les évolutions du spectacle.

Du fond de son exil, vers lequel nos regards et nos
oreilles sont tendus, le poète chéri et vénéré nous
annonce de nouveaux poèmes[1]. Dans ces derniers temps
il nous a prouvé que, pour vraiment limité qu'il soit, le
domaine de la poésie n'en est pas moins, par le droit du
génie, presque illimité. Dans quel ordre de choses,
par quels nouveaux moyens renouvellera-t-il sa preuve ?
Est-ce à la bouffonnerie, par exemple (je tire au hasard),
à la gaieté immortelle, à la joie, au surnaturel, au féerique et au merveilleux, doués par lui de ce caractère
immense, superlatif, dont il sait douer toutes choses,
qu'il voudra désormais emprunter des enchantements
inconnus ? Il n'est pas permis à la critique de le dire;
mais ce qu'elle peut affirmer sans crainte de faillir, parce
qu'elle en a déjà vu les preuves successives, c'est qu'il
est un de ces mortels si rares, plus rares encore dans
l'ordre littéraire que dans tout autre, qui tirent une
nouvelle force des années et qui vont, par un miracle
incessamment répété, se rajeunissant et se renforçant
jusqu'au tombeau.

II

AUGUSTE BARBIER

Si je disais que le but d'Auguste Barbier a été la
recherche du beau, sa recherche exclusive et primordiale, je crois qu'il se fâcherait, et visiblement il en aurait
le droit. Quelque magnifiques que soient ses vers, le
vers en lui-même n'a pas été son amour principal. Il
s'était évidemment assigné un but qu'il croit d'une
nature beaucoup plus noble et plus haute. Je n'ai ni

assez d'autorité ni assez d'éloquence pour le détromper ;
mais je profiterai de l'occasion qui s'offre pour traiter
une fois de plus cette fastidieuse question de l'alliance du
Bien avec le Beau, qui n'est devenue obscure et douteuse
que par l'affaiblissement des esprits.

Je suis d'autant plus à l'aise que, d'un côté, la gloire
de ce poète est faite et que la postérité ne l'oubliera pas,
et que, de l'autre, j'ai moi-même pour ses talents une
admiration immense et de vieille date. Il a fait des vers
superbes ; il est naturellement éloquent ; son âme a
des bondissements qui enlèvent le lecteur. Sa langue,
vigoureuse et pittoresque, a presque le charme du latin.
Elle jette des lueurs sublimes. Ses premières compositions sont restées dans toutes les mémoires. Sa gloire
est des plus méritées. Tout cela est incontestable.

Mais l'origine de cette gloire n'est pas *pure ;* car elle
est née de *l'occasion.* La poésie se suffit à elle-même.
Elle est éternelle et ne doit jamais avoir besoin d'un
secours extérieur. Or une partie de la gloire d'Auguste Barbier lui vient des circonstances au milieu
desquelles il jeta ses premières poésies. Ce qui les fait
admirables, c'est le mouvement lyrique qui les anime, et
non pas, comme il le croit sans doute, les pensées honnêtes qu'elles sont chargées d'exprimer. *Facit indignatio
versum,* nous dit un poète antique[1], qui, si grand qu'il
soit, était intéressé à le dire ; cela est vrai ; mais il est bien
certain aussi que le vers fait par simple amour du vers a,
pour être beau, quelques chances de plus que le vers
fait par *indignation.* Le monde est plein de gens très
indignés qui cependant ne feront jamais de beaux vers.
Ainsi, nous constatons dès le commencement que, si
Auguste Barbier a été grand poète, c'est parce qu'il
possédait les facultés ou une partie des facultés qui
font le grand poète, et non parce qu'il exprimait la
pensée indignée des honnêtes gens.

Il y a en effet dans l'erreur publique une confusion
très facile à débrouiller. Tel poème est beau et honnête ;
mais il n'est pas beau *parce qu'*il est honnête. Tel autre,
beau et déshonnête ; mais sa beauté ne lui vient pas de
son immoralité, ou plutôt, pour parler nettement, ce
qui est beau n'est pas plus honnête que déshonnête. Il
arrive le plus souvent, je le sais, que la poésie vraiment
belle emporte les âmes vers un monde céleste ; la beauté

eſt une qualité si forte qu'elle ne peut qu'ennoblir les âmes ; mais cette beauté eſt une chose tout à fait inconditionnelle, et il y a beaucoup à parier que si vous voulez, vous poète, vous imposer à l'avance un but moral, vous diminuerez considérablement votre puissance poétique.

Il en eſt de la condition de moralité imposée aux œuvres d'art comme de cette autre condition non moins ridicule que quelques-uns veulent leur faire subir, à savoir d'exprimer des pensées ou des *idées* tirées d'un monde étranger à l'art, des *idées* scientifiques, des *idées* politiques, etc... Tel eſt le point de départ des esprits faux, ou du moins des esprits qui, n'étant pas absolument poétiques, veulent raisonner poésie. L'idée, disent-ils, eſt la chose la plus importante (ils devraient dire : l'idée et la forme sont deux êtres en un) ; naturellement, fatalement, ils se disent[a] bientôt : Puisque l'idée eſt la chose importante par excellence, la forme, moins importante, peut être négligée sans danger. Le[b] résultat eſt l'anéantissement de la poésie.

Or, chez Auguſte Barbier, naturellement poète, et grand poète, le souci perpétuel et exclusif d'exprimer des pensées honnêtes ou utiles a amené peu à peu un léger mépris de la correction, du poli et du fini, qui suffirait à lui seul pour conſtituer une décadence.

Dans *La Tentation* (son premier poème, supprimé dans les éditions poſtérieures de ses *Iambes*), il avait montré tout de suite une grandeur, une majeſté d'allure[c], qui eſt sa vraie diſtinction, et qui ne l'a jamais abandonné, même dans les moments où il s'eſt montré le plus infidèle à l'idée poétique pure. Cette grandeur naturelle, cette éloquence lyrique, se manifeſtèrent d'une manière éclatante dans toutes les poésies *adaptées* à la révolution de 1830 et aux troubles spirituels ou sociaux qui la suivirent. Mais ces poésies, je le répète, étaient *adaptées* à des circonſtances, et, si belles qu'elles soient, elles sont marquées du misérable caraftère de la circonſtance et de la mode. *Mon vers, rude et grossier, eſt honnête homme au fond*[1], s'écrie le poète ; mais était-ce bien comme poète qu'il ramassait dans la conversation bourgeoise les lieux communs de morale niaise ? Ou était-ce comme honnête homme qu'il voulait rappeler sur notre scène la *Melpomène à la blanche tunique*[2] (qu'eſt-ce que Melpomène a à faire avec l'honnêteté ?) et en expulser les drames de

Victor Hugo et d'Alexandre Dumas ? J'ai remarqué
(je[a] le dis sans rire) que les personnes trop amoureuses
d'utilité et de morale négligent volontiers la grammaire,
absolument comme les personnes passionnées[b1]. C'est
une chose douloureuse de voir un poëte aussi bien doué
supprimer les articles et les adjectifs possessifs, quand
ces monosyllabes ou ces dissyllabes le gênent, et employer
un mot dans un sens contraire à l'usage parce que ce mot
a le nombre de syllabes qui lui convient[2]. Je ne crois pas,
en pareil cas[c], à l'impuissance ; j'accuse plutôt l'indolence naturelle des inspirés. Dans ses chants sur la
décadence de l'Italie et sur les misères de l'Angleterre
et de l'Irlande *(Il Pianto* et *Lazare*[a] *)*, il y a, comme toujours, je le répète, des accents sublimes ; mais la même
affectation d'utilité et de morale vient gâter les plus
nobles impressions. Si je ne craignais pas de calomnier
un homme si digne de respect à tous égards, je dirais
que cela ressemble un peu à une grimace. Se figure-t-on
une *Muse* qui *grimace ?* Et puis ici se présente un nouveau
défaut, une nouvelle affectation, non pas celle[a] de la
rime négligée ou de la suppression des articles : je veux
parler d'une certaine solennité plate ou d'une certaine
platitude solennelle qui nous était jadis donnée pour une
majestueuse et pénétrante simplicité. Il y a des modes en
littérature comme en peinture, comme dans le vêtement ; il fut un temps où dans la poésie, dans la peinture,
le *naïf* était l'objet d'une grande recherche, une espèce
nouvelle de préciosité. La platitude devenait une gloire,
et je me souviens qu'Édouard Ourliac[4] me citait en riant,
comme modèle du genre, ce vers de sa composition :

> Les cloches du couvent de Sainte-Madeleine
> . . . .

On en trouvera beaucoup de semblables dans les poésies de Brizeux[5], et je ne serais pas étonné que l'amitié
d'Antony Deschamps[6] et de Brizeux ait servi à incliner Auguste Barbier vers cette grimace dantesque.

À travers tout[e] son œuvre nous retrouvons les mêmes
défauts et les mêmes qualités. Tout a l'air soudain,
spontané ; le trait vigoureux, à la manière latine, jaillit
sans cesse à travers les défaillances et les maladresses.
Je n'ai pas besoin, je présume, de faire observer que
Pot-de-vin, Érostrate, Chants civils et religieux[7]*,* sont des

œuvres dont chacune a un but moral. Je saute par-dessus un petit volume d'*Odelettes* qui n'est qu'un affligeant effort vers la grâce antique, et j'arrive à *Rimes héroïques*[1]. Ici, pour tout dire, apparaît et éclate toute la folie du siècle dans son inconsciente nudité. Sous prétexte de faire des sonnets en l'honneur des grands hommes, le poète a chanté le paratonnerre et la machine à tisser. On devine jusqu'à quel prodigieux ridicule cette confusion d'idées et de fonctions pourrait nous entraîner. Un de mes amis a travaillé à un poème anonyme sur l'invention d'un dentiste[2]; aussi bien les vers auraient pu être bons et l'auteur plein de conviction. Cependant qui oserait dire que, même en ce cas, c'eût été de la poésie ? J'avoue que, quand je vois de pareilles dilapidations de rythmes et de rimes, j'éprouve une tristesse d'autant plus grande que le poète est plus grand; et je crois, à en juger par de nombreux symptômes, qu'on pourrait aujourd'hui, sans faire rire personne, affirmer la plus monstrueuse, la plus ridicule et la plus insoutenable des erreurs, à savoir que *le but de la poésie est de répandre les lumières parmi le peuple, et, à l'aide de la rime et du nombre, de fixer plus facilement les découvertes scientifiques dans la mémoire des hommes.*

Si le lecteur m'a suivi attentivement, il ne sera pas étonné que je résume ainsi cet article, où j'ai mis encore plus de douleur que de raillerie : *Auguste Barbier est un grand poète, et justement il passera toujours pour tel. Mais il a été un grand poète malgré lui, pour ainsi dire ; il a essayé de gâter par une idée fausse de la poésie de superbes facultés poétiques ; très heureusement ces facultés étaient assez fortes pour résister même au poète qui les voulait diminuer*[a].

III

MARCELINE DESBORDES-VALMORE

Plus d'une fois un de vos amis, comme vous lui faisiez confidence d'un de vos goûts ou d'une de vos passions, ne vous a-t-il pas dit : « Voilà qui est singulier !

car cela est en complet désaccord avec toutes vos autres passions et avec votre doctrine »? Et vous répondiez : « C'est possible, mais c'est ainsi. J'aime cela; je l'aime, probablement à cause même de la violente contradiction qu'y trouve tout mon être. »

Tel est mon cas vis-à-vis de Mme Desbordes-Valmore. Si le cri, si le soupir naturel d'une âme d'élite, si l'ambition désespérée du cœur, si les facultés soudaines, irréfléchies, si tout ce qui est gratuit et vient de Dieu, suffisent à faire le grand poète, Marceline Valmore[a] est et sera toujours un grand poète. Il est vrai que si vous prenez le temps de remarquer tout ce qui lui manque de ce qui peut s'acquérir par le travail, sa grandeur se trouvera singulièrement diminuée; mais au moment même où vous vous sentirez le plus impatienté et désolé par la négligence, par le cahot, par le trouble, que vous prenez, vous, homme réfléchi et toujours responsable, pour un parti pris de paresse, une beauté soudaine, inattendue, non égalable, se dresse, et vous voilà enlevé irrésistiblement au fond du ciel poétique. Jamais aucun poète ne fut plus naturel; aucun ne fut jamais moins artificiel. Personne n'a pu imiter ce charme, parce qu'il est tout original et[b] natif.

Si jamais homme désira pour sa femme ou sa fille les dons et les honneurs de la Muse, il n'a pu les désirer d'une autre nature que ceux qui furent accordés à Mme Valmore. Parmi le personnel assez nombreux des femmes qui se sont de nos jours jetées dans le travail littéraire, il en est bien peu dont les ouvrages n'aient été, sinon une désolation pour leur famille, pour leur amant même (car les hommes les moins pudiques aiment la pudeur dans l'objet aimé), au moins entachés d'un de ces ridicules masculins qui prennent dans la femme les proportions d'une monstruosité. Nous avons connu la femme-auteur philanthrope, la prêtresse systématique de l'amour, la poétesse républicaine, la poétesse de l'avenir, fouriériste ou saint-simonienne[1]; et nos yeux, amoureux du beau, n'ont jamais pu s'accoutumer à toutes ces laideurs compassées, à toutes ces scélératesses impies (il y a même des poétesses de l'impiété[2]), à tous ces sacrilèges pastiches de l'esprit mâle.

Mme Desbordes-Valmore fut femme, fut toujours

femme et ne fut absolument que femme; mais elle fut à
un degré extraordinaire l'expression poétique de toutes
les beautés naturelles de la femme. Qu'elle chante les
langueurs du désir dans la jeune fille, la désolation
morne d'une Ariane abandonnée ou les chauds enthousiasmes de la charité maternelle, son chant garde toujours l'accent délicieux de la femme; pas d'emprunt,
pas d'ornement factice, rien que l'*éternel féminin,* comme
dit le poète allemand[1]. C'est donc dans sa sincérité même
que Mme Valmore a trouvé sa récompense, c'est-à-dire
une gloire que nous croyons aussi solide que celle des
artistes parfaits. Cette torche qu'elle agite à nos yeux
pour éclairer les mystérieux bocages du sentiment, ou
qu'elle pose, pour le raviver, sur notre plus intime
souvenir, amoureux ou filial, cette torche, elle l'a allumée au plus profond de son propre cœur. Victor Hugo
a exprimé magnifiquement, comme tout ce qu'il exprime,
les beautés et les enchantements de la vie de famille;
mais seulement dans les poésies de l'ardente Marceline
vous trouverez cette chaleur de couvée maternelle,
dont quelques-uns, parmi les fils de la femme, moins
ingrats que les autres, ont gardé le délicieux souvenir[2].
Si je ne craignais pas qu'une comparaison trop animale
fût prise pour un manque de respect envers cette adorable femme, je dirais que je trouve en elle la grâce,
l'inquiétude, la souplesse et la violence de la femelle,
chatte ou lionne, amoureuse de ses petits.

On a dit[3] que Mme Valmore, dont les premières
poésies datent déjà de fort loin (1818), avait été de
notre temps rapidement oubliée. Oubliée par qui, je
vous prie ? Par ceux-là qui, ne sentant rien, ne peuvent
se souvenir de rien. Elle a les grandes et vigoureuses
qualités qui s'imposent à la mémoire, les trouées profondes faites à l'improviste dans le cœur, les explosions
magiques de la passion. Aucun auteur ne cueille plus
facilement la formule unique du sentiment, le sublime
qui s'ignore. Comme les soins les plus simples et les
plus faciles sont un obstacle invincible à cette plume
fougueuse et inconsciente, en revanche ce qui est pour
toute autre l'objet d'une laborieuse recherche vient
naturellement s'offrir à elle; c'est une perpétuelle trouvaille. Elle trace des merveilles avec l'insouciance qui
préside aux billets destinés à la boîte aux lettres. Âme

charitable et passionnée, comme elle se définit bien,
mais toujours involontairement, dans ce vers :

> Tant que l'on peut donner, on ne peut pas mourir[1] !

Âme trop sensible, sur qui les aspérités de la vie laissaient une empreinte ineffaçable, à elle surtout, désireuse
du Léthé, il était permis de s'écrier :

> Mais si de la mémoire on ne doit pas guérir,
> À quoi sert, ô mon âme, à quoi sert de mourir[2] ?

Certes, personne n'eut plus qu'elle le droit d'écrire en
tête d'un récent volume :

> Prisonnière en ce livre une âme est renfermée[3] !

Au moment où la mort est venue pour la retirer de ce
monde où elle savait si bien souffrir, et la porter vers le
ciel dont elle désirait si ardemment les paisibles joies,
Mme Desbordes-Valmore, prêtresse infatigable de la
Muse, et qui ne savait pas se taire, parce qu'elle était
toujours pleine de cris et de chants qui voulaient
s'épancher, préparait encore un volume, dont les
épreuves venaient une à une s'étaler sur le lit de douleur
qu'elle ne quittait plus depuis deux ans. Ceux qui
l'aidaient pieusement dans cette préparation de ses
adieux[4] m'ont dit que nous y trouverions tout l'éclat
d'une vitalité qui ne se sentait jamais si bien vivre que
dans la douleur. Hélas ! ce livre sera une couronne posthume à ajouter à toutes celles, déjà si brillantes, dont
doit être parée une de nos tombes les plus fleuries[a].

Je me suis toujours plu à chercher dans la nature
extérieure et visible des exemples et des métaphores qui
me servissent à caractériser les jouissances et les impressions d'un ordre spirituel[5]. Je rêve à ce que me faisait
éprouver la poésie de Mme Valmore quand je la par-
courus avec ces yeux de l'adolescence qui sont, chez les
hommes nerveux, à la fois si ardents et si clairvoyants.
Cette poésie m'apparaît comme un jardin ; mais ce
n'est pas la solennité grandiose de Versailles ; ce n'est
pas non plus le pittoresque vaste et théâtral[b] de la
savante Italie, qui connaît si bien l'art d'*édifier des
jardins (œdificat hortos[6])* ; pas même, non, pas même *la
Vallée des Flûtes* ou *le Ténare* de notre vieux Jean-Paul[7].

C'est un simple jardin anglais, romantique et romanesque[1]. Des massifs de fleurs y représentent les abondantes expressions du sentiment. Des étangs, limpides et immobiles, qui réfléchissent toutes choses s'appuyant à l'envers sur la voûte renversée des cieux, figurent la profonde résignation toute parsemée de souvenirs. Rien ne manque à ce charmant jardin d'un autre âge, ni quelques ruines gothiques se cachant dans un lieu agreste, ni le mausolée inconnu qui, au détour d'une allée, surprend notre âme et lui recommande de[a] penser à l'éternité. Des allées sinueuses et ombragées aboutissent à des horizons subits. Ainsi la pensée du poète, après avoir suivi de capricieux méandres, débouche sur les vastes perspectives du passé ou de l'avenir; mais ces ciels sont trop vastes pour être généralement purs, et la température du climat trop chaude pour n'y pas amasser des orages. Le promeneur, en contemplant ces étendues voilées de deuil, sent monter à ses yeux les pleurs de l'hystérie, *hysterical tears*[2]. Les fleurs se penchent vaincues, et les oiseaux ne parlent qu'à voix basse. Après un éclair précurseur, un coup de tonnerre a retenti : c'est l'explosion lyrique; enfin un déluge inévitable de larmes rend à toutes ces choses, prostrées, souffrantes et découragées, la fraîcheur et la solidité d'une nouvelle jeunesse !

IV

THÉOPHILE GAUTIER [II]

Le cri du sentiment est toujours absurde; mais il est sublime, parce qu'il est absurde. *Quia absurdum*[3] !

> Que faut-il au républicain ?
> Du cœur, du fer, un peu de pain !
> Du cœur pour se venger*,
> Du fer pour l'étranger,
> Et du pain pour ses frères !

* Variante : *Pour le danger*. — *Pour se venger* est plus dans le ton de ce chant, que Gœthe aurait pu appeler, plus justement que *La Marseillaise*, l'hymne de la canaille.

Voilà ce que dit *La Carmagnole* ; voilà le cri absurde et sublime.

Désirez-vous, dans un autre ordre de sentiments, l'analogue exact ? Ouvrez Théophile Gautier : l'amante courageuse et ivre de son amour veut enlever l'amant, lâche, indécis, qui résiste et objecte que le désert est sans ombrage et sans eau, et la fuite pleine de dangers. Sur quel ton répond-elle ? Sur le ton absolu du sentiment :

> Mes cils te feront de l'ombre !
> Ensemble nous dormirons
> Sous mes cheveux, tente sombre.
> Fuyons ! Fuyons !

> Sous le bonheur mon cœur ploie !
> Si l'eau manque aux stations,
> Bois les larmes de ma joie !
> Fuyons ! Fuyons[1] !

Il serait facile de trouver dans le même poète d'autres exemples de la même qualité :

> J'ai demandé la vie à l'amour qui la donne !
> Mais vainement. . . . .[2]

s'écrie don Juan, que le poète, dans le pays des âmes, prie de lui expliquer l'énigme de la vie.

Or j'ai voulu tout d'abord prouver que Théophile Gautier possédait, tout aussi bien que s'il n'était pas un parfait artiste, cette fameuse qualité que les badauds de la critique s'obstinent à lui refuser : le sentiment. Que de fois il a exprimé, et avec quelle magie de langage ! ce qu'il y a de plus délicat dans la tendresse et dans la mélancolie ! Peu de personnes ont daigné étudier ces fleurs merveilleuses, je ne sais trop pourquoi, et je n'y vois pas d'autre motif que la répugnance native des Français pour la perfection. Parmi les innombrables préjugés dont la France est si fière, notons cette idée qui court les rues, et qui naturellement est écrite en tête des préceptes de la critique vulgaire, à savoir qu'un ouvrage *trop bien* écrit *doit* manquer de sentiment. Le sentiment, par sa nature populaire et familière, attire exclusivement la foule, que ses précepteurs habituels éloignent autant que possible des ouvrages bien écrits. Aussi bien avouons

tout de suite que Théophile Gautier, feuilletoniste
très accrédité, est mal connu comme romancier, mal
apprécié comme conteur de voyages et presque *inconnu*[a1]
comme poète, surtout si l'on veut mettre en balance la
mince popularité de ses poésies avec leurs brillants et
immenses mérites.

Victor Hugo, dans une de ses odes[2], nous représente
Paris à l'état de ville morte, et dans ce rêve lugubre et
plein de grandeur, dans cet amas de ruines douteuses
lavées par une eau *qui se brisait à tous les ponts sonores,
rendue* maintenant *aux joncs murmurants et penchés,* il aperçoit encore trois monuments d'une nature plus solide,
plus indestructible, qui suffisent à raconter notre histoire.
Figurez-vous, je vous prie, la langue française à l'état
de langue morte. Dans les écoles des nations nouvelles, on enseigne la langue d'un peuple qui fut grand,
du peuple français. Dans quels auteurs supposez-vous
que les professeurs, les linguistes d'alors, puiseront la
connaissance des principes et des grâces de la langue
française ? Sera-ce, je vous prie, dans les capharnaüms
du sentiment ou de ce que vous appelez le sentiment ?
Mais ces productions, qui sont vos préférées, seront,
grâce à leur incorrection, les moins intelligibles et les
moins traduisibles ; car il n'y a rien qui soit plus obscur
que l'erreur et le désordre. Si dans ces époques, situées
moins loin peut-être que ne l'imagine l'orgueil moderne,
les poésies de Théophile Gautier sont retrouvées par
quelque savant amoureux de beauté, je devine, je comprends, je vois sa joie. Voilà donc la vraie langue
française[b] ! la langue des grands esprits et des esprits
raffinés ! Avec quel délice son œil se promènera dans
tous ces poèmes si purs et si précieusement ornés !
Comme toutes les ressources de notre belle langue,
incomplètement connues, seront devinées et appréciées !
Et que de gloire pour le traducteur intelligent qui
voudra lutter contre ce grand poète, immortalité embau-
mée dans des décombres plus soigneux que la mémoire
de ses contemporains ! Vivant, il avait souffert de l'ingratitude des siens ; il a attendu longtemps ; mais enfin
le voilà récompensé. Des commentateurs clairvoyants
établissent le lien littéraire qui nous unit au XVIe siècle[3].
L'histoire des générations s'illumine. Victor Hugo est
enseigné et paraphrasé dans les universités ; mais aucun

lettré n'ignore que l'étude de ses resplendissantes
poésies doit être complétée par l'étude des poésies de
Gautier. Quelques-uns observent même[a] que pendant
que le majestueux poète était entraîné par des enthousiasmes quelquefois peu propices à son art, le poète
précieux, plus fidèle, plus concentré, n'en est jamais
sorti. D'autres s'aperçoivent qu'il a[b] même ajouté des
forces à la poésie française, qu'il en a agrandi le répertoire et augmenté le dictionnaire, sans jamais manquer
aux règles les plus sévères de la langue que sa naissance
lui commandait de parler[c].

Heureux homme ! homme digne d'envie ! il n'a aimé
que le Beau ; il n'a cherché que le Beau[d] ; et quand un
objet grotesque ou hideux s'est offert à ses yeux, il a
su encore en extraire une mystérieuse et symbolique
beauté ! Homme doué d'une faculté unique, puissante
comme la Fatalité[e], il a exprimé, sans fatigue, sans effort,
toutes les attitudes, tous les regards, toutes les couleurs
qu'adopte la nature, ainsi que le sens intime contenu
dans tous les objets qui s'offrent à la contemplation de
l'œil humain.

Sa gloire est double et une en même temps. Pour lui
l'idée et l'expression ne sont pas deux choses contradictoires qu'on ne peut accorder que par un grand effort
ou par de lâches concessions. À lui seul peut-être il
appartient de dire sans emphase : *Il n'y a pas d'idées
inexprimables*[1] ! Si, pour arracher à l'avenir la justice
due à Théophile Gautier, j'ai supposé la France disparue, c'est parce que je sais que l'esprit humain, quand
il consent à sortir du présent, conçoit mieux l'idée de
justice. Tel le voyageur, en s'élevant, comprend mieux
la topographie du pays qui l'environne. Je ne veux pas
crier, comme les prophètes cruels : Ces temps sont
proches ! Je n'appelle aucun désastre, même pour donner
la gloire à mes amis. J'ai construit une fable pour faciliter
la démonstration aux esprits faibles ou aveugles. Car
parmi les vivants clairvoyants, qui ne comprend qu'on
citera un jour Théophile Gautier, comme on cite
La Bruyère, Buffon, Chateaubriand[2], c'est-à-dire[f] comme
un des maîtres les plus sûrs et les plus rares en matière
de langue et de style ?

V

PÉTRUS BOREL

Il y a des noms qui deviennent proverbes et adjectifs. Quand un petit journal[1] veut, en 1859, exprimer tout le dégoût et le mépris que lui inspire une poésie ou un roman d'un caractère sombre et outré, il lance le mot : *Pétrus Borel !* et tout est dit. Le jugement est prononcé, l'auteur est foudroyé.

Pétrus Borel, ou Champavert le Lycanthrope, auteur de *Rhapsodies*[a], de *Contes immoraux* et de *Madame Putiphar*[2], fut une des étoiles du sombre ciel romantique. Étoile oubliée ou éteinte, qui s'en souvient aujourd'hui, et qui la connaît assez pour prendre le droit d'en parler si délibérément ? « *Moi* », dirai-je volontiers, comme *Médée*[3], « *moi, dis-je, et c'est assez !* » Édouard Ourliac[4], son camarade, riait de lui sans se gêner; mais[b] Ourliac était un petit Voltaire de hameau, à qui tout excès répugnait, surtout l'excès de l'amour de l'art. Théophile Gautier, seul, dont le large esprit se réjouit dans l'universalité des choses, et qui, le voulût-il fermement, ne pourrait pas négliger quoi que ce soit d'intéressant, de subtil ou de pittoresque, souriait avec plaisir aux bizarres élucubrations du Lycanthrope[5].

Lycanthrope bien nommé ! Homme-loup ou loup-garou, quelle fée ou quel démon le jeta dans les forêts lugubres de la mélancolie ? Quel méchant esprit se pencha sur son berceau et lui dit : *Je te défends de plaire*[6] ? Il y a dans le monde spirituel quelque chose de mystérieux qui s'appelle le *Guignon*[7], et nul de nous n'a le droit de discuter avec la Fatalité. C'est la déesse qui s'explique le moins, et qui possède, plus que tous les papes et les lamas[c], le privilège de l'infaillibilité. Je me suis demandé bien souvent comment et pourquoi un homme tel que Pétrus Borel[d], qui avait montré un talent véritablement épique dans plusieurs scènes de sa *Madame Putiphar* (particulièrement dans les scènes du début, où est

peinte l'ivrognerie sauvage et septentrionale du père de
l'héroïne; dans celle où le cheval favori rapporte à la
mère, jadis violée, mais toujours[a] pleine de la haine de
son déshonneur, le cadavre de son bien-aimé fils, du
pauvre Vengeance, le courageux adolescent tombé[b] au
premier choc, et qu'elle avait si soigneusement éduqué
pour la vengeance; enfin, dans la peinture des hideurs
et des tortures du cachot, qui monte jusqu'à la vigueur de
Maturin[1]); je me suis demandé, dis-je, comment le poète
qui a produit l'étrange poème, d'une sonorité si éclatante et d'une couleur presque primitive à force d'intensité, qui sert de préface à *Madame Putiphar,* avait pu[c]
aussi en maint endroit montrer tant de maladresse,
buter[d] dans tant de heurts et de cahots, tomber au fond
de tant de *guignons.* Je n'ai pas d'explication positive à
donner; je ne puis indiquer que des symptômes, symptômes d'une nature morbide, amoureuse de la contradiction pour la contradiction, et toujours prête à remonter tous les courants, sans en calculer la force, non plus
que sa force propre. Tous les hommes, ou presque tous,
penchent leur écriture vers la droite; Pétrus Borel
couchait absolument la sienne à gauche, si bien que
tous les caractères, d'une physionomie fort soignée
d'ailleurs, ressemblaient à des files de fantassins renversés par la mitraille. De plus, il avait le[e] travail si douloureux, que la moindre lettre, la plus banale, une invitation,
un envoi d'argent, lui coûtait deux ou trois heures d'une
méditation excédante, sans compter les ratures et les
repentirs. Enfin, la bizarre orthographe qui se pavane
dans *Madame Putiphar,* comme un soigneux outrage
fait aux habitudes de l'œil public, est un trait qui complète cette physionomie grimaçante. Ce n'est certes pas
une orthographe mondaine dans le sens des cuisinières
de Voltaire et du sieur Erdan[f3], mais, au contraire, une
orthographe plus que pittoresque et profitant de toute
occasion pour rappeler fastueusement l'étymologie. Je
ne peux me figurer, sans une sympathique douleur,
toutes les fatigantes batailles que, pour réaliser son rêve
typographique, l'auteur a dû livrer aux compositeurs
chargés d'imprimer son manuscrit. Ainsi, non seulement il aimait à violer les habitudes morales du lecteur,
mais encore à contrarier et à taquiner son œil par l'expression graphique.

Plus d'une personne se demandera sans doute pourquoi nous faisons une place dans notre galerie à un esprit que nous jugeons nous-même[a] si incomplet[1]. C'est non seulement parce que cet esprit si lourd, si criard, si incomplet qu'il soit, a parfois envoyé vers le ciel une note éclatante et juste, mais aussi parce que dans l'histoire de notre siècle il a joué un rôle non sans importance. Sa spécialité fut la *Lycanthropie*. Sans Pétrus Borel, il y aurait une lacune dans le Romantisme. Dans la première phase de notre révolution littéraire, l'imagination poétique se tourna surtout vers le passé; elle adopta souvent le ton mélodieux et attendri des regrets. Plus tard, la mélancolie prit un accent plus décidé, plus sauvage et plus terrestre. Un républicanisme misanthropique fit alliance avec la nouvelle école, et Pétrus Borel fut l'expression la plus outrecuidante et la plus paradoxale de l'esprit des *Bousingots* ou du *Bousingo*[2] ; car l'hésitation est toujours permise dans la manière d'orthographier ces mots qui sont les produits de la mode et de la circonstance. Cet esprit à la fois littéraire et républicain, à l'inverse de la passion démocratique et bourgeoise qui nous a plus tard si cruellement opprimés, était agité à la fois par une haine aristocratique sans limites, sans restrictions[b], sans pitié, contre les rois et contre la bourgeoisie, et d'une sympathie générale pour tout ce qui en art représentait l'excès dans la couleur et dans la forme, pour tout ce qui était à la fois intense, pessimiste et byronien; dilettantisme d'une nature singulière, et que peuvent seules expliquer les haïssables circonstances où était enfermée une jeunesse ennuyée et turbulente. Si la Restauration s'était régulièrement développée dans la gloire, le Romantisme ne se serait pas séparé de la royauté; et cette secte nouvelle, qui professait un égal mépris pour l'opposition politique modérée, pour la peinture de Delaroche ou la poésie de Delavigne[3], et pour le roi qui présidait au développement du *juste-milieu,* n'aurait[c] pas trouvé de raisons d'exister.

Pour moi, j'avoue sincèrement, quand même j'y sentirais un ridicule, que j'ai toujours eu quelque sympathie pour ce malheureux écrivain dont le génie manqué, plein d'ambition et de maladresse, n'a su produire que des ébauches minutieuses, des éclairs orageux, des figures dont quelque chose de trop bizarre, dans l'accoutre-

ment ou dans la voix, altère la native grandeur. Il a,
en somme, une couleur à lui, une saveur *sui generis* ;
n'eût-il que le charme de la volonté, c'est déjà beaucoup !
mais il aimait férocement les lettres, et aujourd'hui
nous sommes encombrés de jolis et souples écrivains
tout prêts à vendre la Muse pour le champ du potier[1].

Comme nous achevions, l'an passé[2], d'écrire ces notes,
trop sévères peut-être, nous avons appris que le poète
venait de mourir en Algérie, où il s'était retiré, loin des
affaires littéraires, découragé ou méprisant, avant d'avoir
livré au public un *Tabarin* annoncé depuis longtemps[a3].

VI

HÉGÉSIPPE MOREAU

La même raison qui fait une destinée malheureuse
en fait une heureuse. Gérard de Nerval tirera du vagabondage, qui fut si longtemps sa grande jouissance, une
mélancolie à qui le suicide apparaîtra finalement comme
seul terme et seule guérison possibles. Edgar Poe, qui
était un grand génie, se couchera dans le ruisseau, vaincu
par l'ivresse. De longs hurlements, d'implacables malé-
dictions, suivront ces deux morts. Chacun voudra se
dispenser de la pitié et répétera le jugement précipité
de l'égoïsme : pourquoi plaindre ceux qui méritent
de souffrir ? D'ailleurs le siècle considère volontiers
le malheureux comme un impertinent. Mais si ce malheureux unit l'esprit à la misère, s'il est, comme Gérard,
doué d'une intelligence brillante, active, lumineuse,
prompte à s'instruire; s'il est, comme Poe, un vaste génie,
profond comme le ciel et comme l'enfer, oh ! alors,
l'impertinence du malheur devient intolérable. Ne dirait-
on pas que le génie est un reproche et une insulte pour
la foule ! Mais s'il n'y a dans le malheureux ni[b] génie
ni savoir, si l'on ne peut trouver en lui rien de supérieur,
rien d'impertinent, rien qui empêche la foule de se mettre
de niveau avec lui et de le traiter conséquemment de

pair à compagnon, dans ce cas-là constatons que le malheur et même le vice peuvent devenir une immense source de gloire.

Gérard a fait des livres nombreux, voyages ou nouvelles, tous marqués par le goût. Poe a produit au moins soixante-douze nouvelles, dont une aussi longue qu'un roman[1]; des poèmes exquis d'un style prodigieusement original et parfaitement correct, au moins huit cents pages de mélanges critiques, et enfin un livre de haute philosophie[2]. Tous les deux, Poe et Gérard, étaient, en somme, malgré le vice de leur conduite, d'excellents hommes de lettres, dans l'acception la plus large et la plus délicate du mot, se courbant humblement sous la loi inévitable, travaillant, il est vrai, à leurs heures, à leur guise, selon une méthode plus ou moins mystérieuse, mais actifs, industrieux, utilisant leurs rêveries ou leurs méditations; bref, exerçant allégrement leur profession.

Hégésippe Moreau, qui, comme eux, fut un Arabe nomade dans un monde civilisé, est presque le contraire d'un homme de lettres. Son bagage n'est pas lourd, mais la légèreté même de ce bagage lui a permis d'arriver plus vite à la gloire. Quelques chansons, quelques poèmes d'un goût moitié classique, moitié romantique, n'épouvantent pas les mémoires paresseuses. Enfin, pour lui tout a tourné à bien; jamais fortune spirituelle ne fut plus heureuse. Sa misère lui a été comptée pour du travail[a], le désordre de sa vie pour génie incompris[3]. Il s'est promené, et il a chanté quand l'envie de chanter l'a pris. Nous connaissons ces théories, fautrices de paresse, qui, basées uniquement sur des métaphores, permettent au poète de se considérer comme un oiseau bavard, léger, irresponsable, insaisissable, et transportant son domicile d'une branche à l'autre. Hégésippe Moreau fut un enfant gâté qui ne méritait pas de l'être. Mais il faut expliquer cette merveilleuse fortune, et avant de parler des facultés séduisantes qui ont permis de croire un instant qu'il deviendrait un véritable poète, je tiens à montrer le fragile, mais immense échafaudage de sa trop grande popularité.

De cet échafaudage, chaque fainéant et chaque vagabond est un poteau. De cette conspiration, tout mauvais sujet sans talent est naturellement complice. S'il s'agissait d'un véritable grand homme, son génie servirait à

diminuer la pitié pour ses malheurs, tandis que maint
homme médiocre peut prétendre, sans trop de ridicule,
à s'élever aussi haut qu'Hégésippe Moreau, et, s'il est
malheureux, se trouve naturellement intéressé à prouver,
par l'exemple de celui-ci, que tous les malheureux sont
poètes. Avais-je tort de dire que l'échafaudage est
immense ? Il est planté dans le plein cœur de la médiocrité; il est bâti avec la vanité du malheur : matériaux
inépuisables !

J'ai dit vanité du malheur. Il fut un temps où parmi les
poètes il était de mode de se plaindre, non plus de douleurs mystérieuses, vagues, difficiles à définir, espèce
de maladie congéniale de la poésie, mais de belles et
bonnes souffrances bien déterminées, de la pauvreté,
par exemple; on disait orgueilleusement : J'ai faim et
j'ai froid ! Il y avait de l'honneur à mettre ces saletés-là
en vers. Aucune pudeur n'avertissait le rimeur que, mensonge pour mensonge, il ferait meilleur pour lui de se
présenter au public comme un homme enivré d'une
richesse asiatique et vivant dans un monde de luxe et
de beauté. Hégésippe donna dans ce grand travers antipoétique. Il parla de lui-même beaucoup, et pleura beaucoup sur lui-même[a]. Il singea plus d'une fois les attitudes
fatales des Antony et des Didier[1], mais il y joignit ce
qu'il croyait une grâce de plus, le regard courroucé et
grognon du démocrate[2]. Lui, gâté par la nature, il faut
bien l'avouer, mais qui travaillait fort peu à perfectionner ses dons, il se jeta tout d'abord dans la foule de ceux
qui s'écrient sans cesse : Ô marâtre nature ! et qui
reprochent à la société de leur avoir *volé leur part*. Il
se fit de lui-même un certain personnage idéal, damné,
mais innocent, voué dès sa naissance à des souffrances
imméritées.

> Un ogre, ayant flairé la chair qui vient de naître,
> M'emporta, *vagissant*, dans *sa robe de prêtre*,
> Et je grandis, *captif*, parmi ces écoliers,
> *Noirs frelons* que Montrouge essaime par milliers[3].

Faut-il que cet *ogre* (un ecclésiastique) soit vraiment
dénaturé pour emporter ainsi le petit Hégésippe *vagissant*
dans *sa robe de prêtre*, dans sa puante et répulsive robe de
prêtre (soutane) ! Cruel voleur d'enfants ! Le mot *ogre*
implique un goût déterminé pour la chair crue; pourquoi,

d'ailleurs, aurait-il *flairé la chair ?* et cependant nous voyons par le vers suivant que le jeune Hégésippe n'a pas été mangé, puisque au contraire il grandit (*captif,* il est vrai) comme cinq cents autres condisciples que l'ogre n'a pas mangés non plus, et à qui il enseignait le latin[a], ce qui permettra au martyr Hégésippe d'écrire sa langue un peu moins mal que tous ceux qui n'ont pas eu le malheur d'être enlevés par *un ogre.* Vous avez sans doute reconnu la tragique *robe de prêtre,* vieille défroque volée dans le vestiaire de Claude Frollo[1] et de Lamennais. C'est là la touche romantique comme la sentait Hégésippe Moreau; voici maintenant la note démocratique : *Noirs frelons !* Sentez-vous bien toute la profondeur de ce mot ? Frelon fait antithèse à abeille, insecte plus intéressant parce qu'il est de naissance laborieux et utile, comme le jeune Hégésippe, pauvre petite abeille enfermée chez les frelons. Vous voyez qu'en fait de sentiments démocratiques il n'est guère plus délicat qu'en fait d'expressions romantiques, et qu'il entend la chose à la manière des maçons qui traitent les curés de fainéants et de propres à rien.

Ces quatre malheureux vers résument très clairement la[b] note morale dans les poésies d'Hégésippe Moreau. Un poncif romantique, collé, non pas amalgamé, à un poncif dramatique. Tout en lui n'est que poncifs réunis et voiturés ensemble. Tout cela ne fait pas une société, c'est-à-dire un tout, mais quelque chose comme une cargaison d'omnibus. Victor Hugo, Alfred de Musset, Barbier et Barthélemy[2] lui fournissent tour à tour leur contingent. Il emprunte à Boileau sa forme symétrique, sèche, dure, mais éclatante. Il nous ramène l'antique périphrase de Delille, vieille prétentieuse inutile, qui se pavane fort singulièrement au milieu des images dévergondées et crues de l'école de 1830. De temps en temps il s'égaye et s'enivre classiquement, selon la méthode usitée au Caveau, ou bien découpe les sentiments lyriques en couplets, à la manière de Béranger[3] et de Désaugiers; il réussit presque aussi bien qu'eux l'ode à compartiments. Voyez, par exemple, *Les Deux Amours*[4]. Un homme se livre à l'amour banal, la mémoire encore pleine d'un amour idéal. Ce n'est pas le sentiment, le sujet, que je blâme; bien que fort commun il est d'une nature profonde et[c] poétique. Mais il est traité d'une manière

anti-humaine. Les*a* deux amours alternent, comme des
bergers de Virgile, avec une symétrie mathématique désolante. C'est là le grand malheur de Moreau. Quelque sujet
et quelque genre qu'il traite, il est élève de quelqu'un[1].
À une forme empruntée il n'ajoute d'original que le
mauvais ton, si toutefois une chose aussi universelle
que le mauvais ton peut être dite originale. Quoique
toujours écolier, il est pédant, et même, dans les sentiments qui sont le mieux faits pour échapper à la pédanterie, il apporte je ne sais quelles habitudes de Sorbonne
et de quartier Latin. Ce n'est pas la volupté de l'épicurien,
c'est plutôt la sensualité claustrale, échauffée, du cuistre,
sensualité de prison et de dortoir. Ses badinages amoureux ont la grossièreté d'un collégien en vacances. *Lieux
communs de morale lubrique*[2], rogatons du dernier siècle
qu'il réchauffe et qu'il débite avec la naïveté scélérate
d'un enfant ou d'un gamin*b*.

Un enfant ! c'est bien le mot, et c'est de ce mot et de
tout le sens qu'il implique que je tirerai tout ce que j'ai à
dire d'élogieux sur son compte. Aucuns trouveront sans
doute, même en supposant qu'ils pensent comme moi,
que je suis allé bien loin dans le blâme, que j'en ai outré
l'expression. Après tout, c'est possible; et quand cela
serait, je n'y verrais pas grand mal et ne me trouverais
pas si coupable. Action, réaction, faveur, cruauté, se
rendent alternativement nécessaires. Il faut bien rétablir
l'équilibre. C'est la loi, et la loi est bien faite. Que l'on
songe bien qu'il s'agit ici d'un homme dont on a voulu
faire le prince des poètes dans le pays qui a donné naissance à Ronsard, à Victor Hugo, à Théophile Gautier,
et que récemment on annonçait à grand bruit une souscription pour lui élever un monument, comme s'il était
question d'un de ces hommes prodigieux dont la tombe
négligée fait tache sur l'histoire d'un peuple. Avons-nous affaire à une de ces volontés aux prises avec l'adversité, telles que Soulié[3] et Balzac, à un homme chargé de
grands devoirs, les acceptant humblement et se débattant
sans trêve contre le monstre grossissant de l'usure ?
Moreau n'aimait pas la douleur; il ne la reconnaissait
pas comme un bienfait et il n'en devinait pas l'aristocratique beauté[4] ! D'ailleurs il n'a pas connu ces enfers-là.
Pour qu'on puisse exiger de nous tant de pitié, tant de
tendresse, il faudrait que le personnage fût lui-même

tendre et compatissant. A-t-il connu les tortures d'un
cœur inassouvi, les douloureuses pâmoisons d'une âme
aimante et méconnue ? Non. Il appartenait à la classe
de ces voyageurs qui se contentent à peu de frais, et à qui
suffisent le pain, le vin, le fromage *et la première venue*[1].

Mais il fut *un enfant,* toujours effronté, souvent gracieux, quelquefois charmant. Il a la souplesse et l'im-
prévu de l'enfance. Il y a dans la jeunesse littéraire,
comme dans la jeunesse physique, une certaine beauté
du diable qui fait pardonner bien des imperfections.
Ici nous trouvons pis que[a] des imperfections, mais aussi
nous sommes quelquefois charmés par mieux que la
beauté du diable. Malgré cet amas de pastiches auxquels,
enfant et écolier comme il le fut toujours, Moreau
ne put pas se soustraire, nous trouvons quelquefois
l'accent de vérité jaillissant, l'accent soudain, natif,
qu'on ne peut confondre avec aucun autre accent. Il possède véritablement la grâce, le don gratuit ; lui, si sottement impie, lui, le perroquet si niais des badauds de la
démocratie, il aurait dû mille fois rendre grâces pour
cette grâce à laquelle il doit tout, sa célébrité et le pardon
de tous ses vices littéraires.

Quand nous découvrons dans ce paquet d'emprunts,
dans ce fouillis de plagiats vagues et involontaires, dans
cette pétarade d'esprit bureaucratique ou scolaire, une
de ces merveilles inattendues dont nous parlions tout
à l'heure, nous éprouvons quelque chose qui ressemble
à un immense regret. Il est certain que l'écrivain qui a
trouvé dans une de ses bonnes heures[b] *La Voulzie* et la
chanson de *La Ferme et la Fermière*[2], pouvait légitimement aspirer à de meilleures destinées. Puisque Moreau a
pu, sans étude, sans travail, malgré de mauvaises fréquentations, sans aucun souci de rappeler à volonté les heures
favorisées[3], être quelquefois si franchement, si simplement, si gracieusement original, combien ne l'eût-il
pas été davantage et plus souvent s'il avait accepté la
règle, la loi du travail, s'il avait mûri, morigéné et aiguil-
lonné son propre talent ! Il serait devenu, tout porte à le
croire, un remarquable homme de lettres. Mais il est vrai
qu'il ne serait pas l'idole des fainéants et le dieu des
cabarets. C'est sans doute une *gloire* que rien ne saurait
compenser, pas même la vraie gloire.

VII

THÉODORE DE BANVILLE

Théodore de Banville fut célèbre tout jeune. *Les Cariatides* datent de 1841[1]. Je me souviens qu'on feuilletait avec étonnement ce volume où tant de richesses, un peu confuses, un peu mêlées, se trouvent amoncelées. On se répétait l'âge de l'auteur, et peu de personnes consentaient à admettre une si étonnante précocité. Paris n'était pas alors ce qu'il est aujourd'hui, un tohubohu, un capharnaüm, une Babel peuplée d'imbéciles et d'inutiles, peu délicats sur les manières de[a] tuer le temps, et absolument rebelles aux jouissances littéraires. Dans ce temps-là le *tout Paris* se composait de cette élite d'hommes chargés de façonner l'opinion des autres, et qui, quand un poète vient à naître, en sont toujours avertis les premiers. Ceux-là saluèrent naturellement l'auteur des *Cariatides* comme un homme qui avait une longue carrière à fournir. Théodore de Banville apparaissait comme un de ces esprits marqués, pour qui la poésie est la langue la plus facile à parler, et dont la pensée se coule d'elle-même dans un rythme.

Celles de ses qualités qui se montraient le plus vivement à l'œil étaient l'abondance et l'éclat; mais les nombreuses et involontaires imitations, la variété même du ton, selon que le jeune poète subissait l'influence de tel ou de tel de ses prédécesseurs, ne servirent pas peu à détourner l'esprit du lecteur de la faculté principale de l'auteur, de celle qui devait plus tard être sa grande originalité, sa gloire, sa marque de fabrique, je veux parler de la certitude dans l'expression lyrique. Je ne nie pas, remarquez-le bien, que *Les Cariatides* contiennent quelques-uns de ces admirables morceaux que le poète pourrait être fier de signer même aujourd'hui; je veux seulement noter que l'ensemble de l'œuvre, avec son éclat et sa variété, ne révélait pas d'emblée la nature

particulière de l'auteur, soit que cette nature ne fût pas
encore assez *faite,* soit que le poète fût encore placé sous
le charme fascinateur de tous les poètes de la grande
époque.

Mais dans *Les Stalactites* (1843-1845)[1], la pensée apparaît plus claire et plus définie; l'objet de la recherche se
fait mieux deviner. La couleur, moins prodiguée, brille
cependant d'une lumière plus vive, et le contour de
chaque objet découpe une silhouette plus arrêtée. *Les
Stalactites* forment, dans le grandissement du poète,
une phase particulière où l'on dirait qu'il a voulu réagir
contre sa primitive faculté d'expansion, trop prodigue,
trop indisciplinée. Plusieurs des meilleurs morceaux
qui composent ce volume sont très courts et affectent
les élégances contenues de la poterie antique. Toutefois ce n'est que plus tard, après s'être joué dans mille
difficultés, dans mille gymnastiques que les vrais amoureux de la Muse peuvent seuls apprécier à leur juste
valeur, que le poète, réunissant dans un accord parfait
l'exubérance de sa nature primitive et l'expérience de
sa maturité, produira, l'une servant l'autre, des poèmes
d'une habileté consommée et d'un charme *sui generis,*
tels que *La Malédiction de Vénus, L'Ange mélancolique*[2], et
surtout certaines stances sublimes qui ne portent pas
de titre, mais qu'on trouvera dans le sixième livre de
ses poésies complètes, stances dignes de Ronsard par
leur audace, leur élasticité et leur ampleur, et dont le
début même est plein de grandiloquence et annonce des
bondissements surhumains d'orgueil et de joie :

> Vous en qui je salue une nouvelle aurore,
>   Vous tous qui m'aimerez,
> Jeunes hommes des temps qui ne sont pas encore,
>   Ô bataillons sacrés !

Mais quel est ce charme mystérieux dont le poète
s'est reconnu lui-même possesseur et qu'il a augmenté
jusqu'à en faire une qualité permanente ? Si nous ne
pouvons le définir exactement, peut-être trouverons-
nous quelques mots pour le décrire, peut-être saurons-
nous découvrir d'où il tire en partie son origine.

J'ai dit, je ne sais plus où[3] : « La poésie de Banville
représente les belles heures de la vie, c'est-à-dire les
heures où l'on se sent heureux de penser et de vivre. »

Je lis dans un critique[1] : « Pour deviner l'âme d'un poète, ou du moins sa principale préoccupation, cherchons dans ses œuvres quel est le mot ou quels sont les mots qui s'y représentent avec le plus de fréquence. Le mot traduira l'obsession. »

Si, quand j'ai dit : « Le talent de Banville représente les belles heures de la vie », mes sensations ne m'ont pas trompé (ce qui, d'ailleurs, sera tout à l'heure vérifié), et si je trouve dans ses œuvres un mot qui, par sa fréquente répétition, semble dénoncer un penchant naturel et un dessein déterminé, j'aurai le droit de conclure que ce mot peut servir à caractériser, mieux que tout autre, la nature de son talent, en même temps que les sensations contenues *dans les heures de la vie où l'on se sent le mieux vivre*.

Ce mot, c'est le mot *lyre,* qui comporte évidemment pour l'auteur un sens prodigieusement compréhensif. La *lyre* exprime en effet cet état presque surnaturel, cette intensité de vie où l'âme *chante,* où elle est *contrainte de chanter,* comme l'arbre, l'oiseau et la mer. Par un raisonnement, qui a peut-être le tort de rappeler les méthodes mathématiques, j'arrive donc à conclure que, la poésie de Banville suggérant d'abord l'idée des *belles heures,* puis présentant assidûment aux yeux le mot *lyre,* et la *Lyre* étant expressément chargée de traduire les *belles heures,* l'ardente vitalité spirituelle, l'homme hyperbolique, en un mot, le talent de Banville est essentiellement, décidément et volontairement lyrique.

Il y a, en effet, une manière lyrique de sentir. Les hommes les plus disgraciés de la nature, ceux à qui la fortune donne le moins de loisir, ont connu quelquefois ces sortes d'impressions, si riches que l'âme en est comme illuminée, si vives qu'elle en est comme soulevée. Tout l'être intérieur, dans ces merveilleux instants, s'élance en l'air par trop de légèreté et de dilatation, comme pour atteindre une région plus haute.

Il existe donc aussi nécessairement une manière lyrique de parler, et un monde lyrique, une atmosphère lyrique, des paysages, des hommes, des femmes, des animaux qui tous participent du caractère affectionné par la Lyre.

Tout d'abord constatons que l'hyperbole et l'apostrophe sont des formes de langage qui lui sont non seulement des plus agréables, mais aussi des plus nécessaires, puisque ces formes dérivent naturellement d'un état exagéré de la vitalité[1]. Ensuite, nous observons que tout mode lyrique de notre âme nous contraint à considérer les choses non pas sous leur aspect particulier, exceptionnel, mais dans les traits principaux, généraux, universels. La lyre fuit volontiers tous les détails dont le roman se régale. L'âme lyrique fait des enjambées vastes comme des synthèses; l'esprit du romancier se délecte dans l'analyse. C'est cette considération qui sert à nous expliquer quelle commodité et quelle beauté le poète trouve dans les mythologies et dans les allégories. La mythologie est un dictionnaire d'hiéroglyphes vivants, hiéroglyphes connus de tout le monde. Ici, le paysage est revêtu, comme les figures, d'une magie hyperbolique; il devient *décor*. La femme est non seulement un être d'une beauté suprême, comparable à celle d'Ève ou de Vénus; non seulement, pour exprimer la pureté de ses yeux, le poète empruntera des comparaisons à tous les objets limpides, éclatants, transparents, à tous les meilleurs réflecteurs[a] et à toutes les plus belles cristallisations de la nature (notons en passant la prédilection de Banville, dans ce cas, pour les pierres précieuses), mais encore faudra-t-il doter la femme d'un genre de beauté tel que l'esprit ne peut le concevoir que comme existant dans un monde supérieur. Or, je me souviens qu'en trois ou quatre endroits de ses poésies notre poète, voulant orner des femmes d'une beauté non comparable et non égalable, dit qu'elles ont des *têtes d'enfants*. C'est[b] là une espèce de trait de génie particulièrement lyrique, c'est-à-dire amoureux du surhumain. Il est évident que cette expression contient implicitement cette pensée, que le plus beau des visages humains est celui dont l'usage de la vie, passion, colère, péché, angoisse, souci, n'a jamais terni la clarté ni ridé la surface. Tout poète lyrique, en vertu de sa nature, opère fatalement un retour vers l'Éden perdu. Tout, hommes, paysages, palais, dans le monde lyrique, est pour ainsi dire *apothéosé*. Or, par suite de l'infaillible logique de la nature, le mot *apothéose* est un de ceux qui se présentent irrésistiblement sous la plume du poète quand il a à décrire (et croyez qu'il n'y prend pas un mince plaisir) un mélange de gloire et de lumière. Et, si le poète lyrique trouve occasion de parler de lui-même, il ne se peindra pas penché sur une table, barbouillant une page blanche d'horribles petits signes noirs, se battant contre la phrase rebelle ou luttant contre l'inintelligence du correcteur d'épreuves, non plus que dans une chambre pauvre, triste ou en désordre; non plus que, s'il veut apparaître comme mort, il ne se montrera pourrissant sous le linge, dans une caisse de bois. Ce serait mentir. Horreur ! Ce serait contredire la vraie *réalité,* c'est-à-dire sa propre nature. Le poète mort ne trouve pas de trop bons serviteurs dans les nymphes, les houris et les anges. Il ne peut se reposer que dans de verdoyants Élysées, ou dans des palais plus beaux et plus profonds que les architectures de vapeur bâties par les soleils couchants.

> Mais moi, *vêtu de pourpre, en d'éternelles fêtes,*
> Dont je prendrai ma part,
> Je boirai le nectar au séjour des poètes,
> À côté de Ronsard.
>
> Là dans ces lieux, *où tout a des splendeurs divines,*
> Ondes, lumière, accords,
> Nos yeux s'enivreront de formes féminines
> *Plus belles que des corps ;*
>
> Et tous les deux, parmi des spectacles *féeriques*
> Qui dureront toujours,
> Nous nous raconterons nos batailles *lyriques*
> Et nos belles amours[1].

J'aime cela; je trouve dans cet amour du luxe poussé au-delà du tombeau un signe confirmatif de grandeur. Je suis touché des merveilles et des magnificences que le poète décrète en faveur de quiconque touche la lyre. Je suis heureux de voir poser ainsi, sans ambages, sans modestie, sans ménagements, l'absolue divinisation du poète, et je jugerais même poète de mauvais goût celui-là qui, dans cette circonstance, ne serait pas de mon avis. Mais j'avoue que pour oser cette *Déclaration des droits* du poète, il faut être absolument lyrique, et peu de gens ont le *droit* de l'oser.

Mais enfin, direz-vous, si lyrique que soit le poète, peut-il donc ne jamais descendre des régions éthéréennes, ne jamais sentir le courant de la vie ambiante, ne jamais voir le spectacle de la vie, la grotesquerie perpétuelle de la bête humaine, la nauséabonde niaiserie de la femme, etc. ?... Mais si vraiment ! le poète sait descendre dans la vie; mais croyez que s'il y consent, ce n'est pas sans but, et qu'il saura tirer profit de son voyage. De la laideur et de la sottise il fera naître un nouveau genre d'enchantements. Mais ici encore sa bouffonnerie conservera quelque chose[a] d'hyperbolique; l'excès en détruira l'amertume, et la satire, par un miracle résultant de la nature même du poète, se déchargera de toute sa haine dans une explosion de gaieté, innocente à force d'être carnavalesque.

Même dans la poésie idéale, la Muse peut, sans déroger, frayer avec les vivants. Elle saura ramasser partout une nouvelle parure. Un oripeau moderne peut ajouter une grâce exquise, un mordant nouveau (un piquant, comme on disait autrefois) à sa beauté de déesse. Phèdre en paniers a ravi les esprits les plus délicats de l'Europe; à plus forte raison, Vénus, qui est immortelle, peut bien, quand elle veut visiter Paris, faire descendre son char dans les bosquets du Luxembourg. D'où tirez-vous le soupçon que cet *anachronisme* est une infraction aux règles que le poète s'est imposées, à ce que nous pouvons appeler ses *convictions* lyriques ? Car peut-on commettre un anachronisme dans l'éternel ?

Pour dire tout ce que nous croyons la vérité, Théodore de Banville doit être considéré comme un original de l'espèce la plus élevée. En effet, si l'on jette un coup d'œil général sur la poésie contemporaine et sur ses meilleurs représentants, il est facile de voir qu'elle est arrivée à un état mixte, d'une nature très complexe; le génie plastique, le sens philosophique, l'enthousiasme lyrique, l'esprit humoristique, s'y combinent et s'y mêlent suivant des dosages infiniment variés. La poésie moderne tient à la fois de la peinture, de la musique, de la statuaire, de l'art arabesque, de la philosophie railleuse, de l'esprit analytique[1], et, si heureusement, si habilement agencée qu'elle soit, elle se présente avec les signes visibles d'une subtilité empruntée à divers arts. Aucuns y pourraient voir peut-être des symptômes de dépravation. Mais c'est là une question que je ne veux pas élucider en ce lieu. Banville seul, je l'ai déjà dit, est purement, naturellement et volontairement lyrique. Il est retourné aux moyens anciens d'expression poétique, les trouvant sans doute tout à fait suffisants et parfaitement adaptés à son but.

Mais ce que je dis du choix des moyens s'applique avec non moins de justesse au choix des sujets, au thème considéré en lui-même. Jusque vers un point assez avancé des temps modernes, l'art, poésie et musique surtout, n'a eu pour but que d'enchanter l'esprit en lui présentant des tableaux de béatitude, faisant contraste avec l'horrible vie de contention et de lutte dans laquelle nous sommes plongés.

Beethoven a commencé à remuer les mondes de mélancolie et de désespoir incurable amassés comme des nuages dans le ciel intérieur de l'homme. Maturin dans le roman, Byron dans la poésie, Poe dans la poésie et dans le roman analytique, l'un malgré sa prolixité et son verbiage, si détestablement imités par Alfred de Musset[1]; l'autre, malgré son irritante concision, ont admirablement exprimé la partie blasphématoire de la passion; ils ont projeté des rayons splendides, éblouissants, sur le Lucifer latent qui est installé dans tout cœur humain. Je veux dire que l'art moderne a une tendance essentiellement démoniaque. Et il semble que cette part infernale de l'homme, que l'homme prend plaisir à s'expliquer à lui-même, augmente journellement, comme si le Diable s'amusait à la grossir par des procédés artificiels, à l'instar des engraisseurs, empâtant patiemment le genre humain dans ses basses-cours pour se préparer une nourriture plus succulente.

Mais Théodore de Banville refuse de se pencher sur ces marécages de sang, sur ces abîmes de boue. Comme l'art antique, il n'exprime que ce qui est beau, joyeux, noble, grand, rythmique. Aussi, dans ses œuvres, vous n'entendrez pas les dissonances, les discordances des musiques du sabbat, non plus que les glapissements de l'ironie, cette vengeance du vaincu. Dans ses vers, tout a un air de fête et d'innocence, même la volupté. Sa poésie n'est pas seulement un regret, une nostalgie, elle est même un retour très volontaire vers l'état paradisiaque. À ce point de vue, nous pouvons donc le considérer comme un original de la nature la plus courageuse. En pleine atmosphère satanique ou romantique, au milieu d'un concert d'imprécations, il a l'audace de chanter la

bonté des dieux et d'être un parfait *classique*. Je veux
que ce mot soit entendu ici dans le sens le plus noble,
dans le sens vraiment historique.

VIII

PIERRE DUPONT [II]

Après 1848 Pierre Dupont[a] a été une grande gloire.
Les amateurs de la littérature sévère et soignée trouvèrent
peut-être que cette gloire était trop grande. Mais aujour-
d'hui ils sont trop bien vengés, car voici maintenant
que Pierre Dupont est négligé plus qu'il ne convient.

En 1843, 44 et 45, une[b] immense, interminable nuée,
qui ne venait pas d'Égypte, s'abattit sur Paris. Cette
nuée vomit les néo-classiques[1], qui certes valaient bien
plusieurs[c] légions de sauterelles. Le public était tellement las de Victor Hugo, de[d] ses infatigables facultés, de
ses indestructibles beautés, tellement irrité de l'entendre
toujours appeler *le juste*[2], qu'il avait depuis quelque
temps décidé, dans son âme collective, d'accepter pour
idole le premier soliveau qui lui tomberait sur la tête[3].
C'est toujours une belle histoire à raconter que la conspiration de toutes les sottises en faveur d'une médiocrité;
mais, en vérité, il y a des cas où, si véridique qu'on soit,
il faut renoncer à être cru.

Cette nouvelle[e] infatuation des Français pour la sottise
classique menaçait de durer longtemps; heureusement
des symptômes vigoureux de résistance se faisaient voir
de temps à autre. Déjà Théodore de Banville avait, mais
vainement, produit *Les Cariatides ;* toutes[f] les beautés
qui y sont contenues étaient de la nature de celles que
le public devait momentanément repousser, puisqu'elles
étaient l'écho mélodieux de la puissante voix qu'on
voulait étouffer.

Pierre Dupont[g] nous apporta alors son petit secours; et
ce secours si modeste fut d'un effet immense. J'en appelle
à tous ceux de nos amis, qui, dès ce temps, s'étaient voués

à l'étude des lettres et se sentaient[a] affligés par l'hérésie renouvelée; et je crois qu'ils avoueront comme moi que Pierre Dupont fut une distraction excellente. Il fut une véritable digue qui servit à détourner le torrent, en attendant qu'il tarît et s'épuisât de lui-même.

Notre poète jusque-là était resté indécis, non pas dans ses sympathies, mais dans sa manière d'écrire. Il avait publié quelques poèmes d'un goût sage, modéré, sentant les bonnes études, mais d'un style bâtard et qui n'avait pas de visées beaucoup plus hautes que celui de Casimir Delavigne. Tout d'un coup, il fut frappé d'une illumination : il se souvint de ses émotions d'enfance, de la poésie latente de l'enfance, jadis si souvent provoquée par ce que nous pouvons appeler la poésie anonyme, la chanson, non pas celle du soi-disant homme de lettres, courbé sur un bureau officiel et utilisant ses loisirs de bureaucrate[1], mais la chanson du premier venu, du laboureur, du maçon, du roulier, du matelot. L'album des *Paysans*[b] était écrit dans un style net et décidé, frais, pittoresque, cru, et la phrase était enlevée, comme un cavalier par son cheval, par des airs d'un goût naïf, faciles à retenir et composés par le poète lui-même. On se souvient de ce succès. Il fut très grand, il fut universel. Les hommes de lettres (je parle des vrais) y trouvèrent leur pâture. Le monde ne fut pas insensible à cette grâce rustique. Mais[c] le grand secours que la Muse en tira fut de ramener l'esprit du public[d] vers la vraie poésie, qui est, à ce qu'il paraît, plus incommode et plus difficile à aimer que la routine et les vieilles modes. La bucolique était retrouvée; comme la fausse bucolique de Florian, elle avait ses grâces, mais elle possédait surtout un accent pénétrant, profond, tiré du sujet lui-même et tournant vite à la mélancolie. La grâce y était naturelle, et non plaquée par le procédé artificiel dont usaient au XVIIIe siècle les peintres et les littérateurs. Quelques crudités même servaient à rendre plus visibles les délicatesses des rudes personnages dont ces poésies racontaient la joie ou la douleur. Qu'un paysan avoue sans honte que la mort de sa femme l'affligeait moins que la mort de ses bœufs[2], je n'en suis pas plus choqué que de voir les saltimbanques dépenser plus de soins paternels, câlins, charitables, pour leurs chevaux que pour leurs enfants. Sous l'horrible idiotisme du métier il y a la

poésie du métier; Pierre Dupont a su la trouver, et
souvent il l'a exprimée d'une manière éclatante.

En 1846 ou 47 (je crois plutôt que c'est en 46), Pierre
Dupont, dans une de nos longues flâneries (heureuses
flâneries d'un temps où nous n'écrivions pas encore,
l'œil fixé sur une pendule, délices d'une jeunesse prodigue, ô mon cher Pierre, vous en souvenez-vous ?), me
parla d'un petit poème qu'il venait de composer et sur la
valeur duquel son esprit était très indécis. Il me chanta,
de cette voix si charmante qu'il possédait alors, le magnifique *Chant des Ouvriers*. Il était vraiment très incertain,
ne sachant trop que penser de son œuvre; il ne m'en
voudra pas de publier ce détail, assez comique d'ailleurs.
Le fait est que c'était pour lui une veine nouvelle; je
dis *pour lui,* parce qu'un esprit plus exercé que n'était le
sien à suivre ses propres évolutions, aurait pu deviner,
d'après l'album *Les Paysans*[a], qu'il serait bientôt entraîné
à chanter les douleurs et les jouissances de tous les
pauvres.

Si rhéteur qu'il faille être, si rhéteur que je sois et si
fier que je sois de l'être, pourquoi rougirais-je d'avouer
que je fus profondément ému ?

> Mal vêtus, logés dans des trous,
> Sous les combles, dans les décombres,
> Nous vivons avec des hiboux[b]
> Et les larrons amis des ombres.
> Cependant notre sang vermeil
> Coule impétueux dans nos veines ;
> Nous nous plairions au grand soleil
> Et sous les rameaux verts des chênes !

Je sais que les ouvrages de Pierre Dupont ne sont pas
d'un goût fini et parfait; mais il a l'instinct, sinon le
sentiment raisonné de la beauté parfaite. En voici bien
un exemple : quoi de plus commun, de plus trivial que le
regard de la pauvreté jeté sur la richesse, sa voisine ? mais
ici le sentiment se complique d'orgueil poétique, de
volupté entrevue dont on se sent digne; c'est un véritable
trait de génie. Quel long soupir ! quelle aspiration !
Nous aussi, nous comprenons la beauté des palais et des parcs !
Nous aussi, nous devinons l'art d'être heureux !

Ce chant était-il un de ces atomes volatils qui flottent
dans l'air et dont l'agglomération devient orage, tem-

pête, événement ? Était-ce un de ces symptômes précurseurs tels que les hommes clairvoyants les virent alors en assez grand nombre dans l'atmosphère intellectuelle de la France ? Je ne sais; toujours est-il que peu de temps, très peu de temps après, cet hymne retentissant s'adaptait admirablement à une révolution générale dans la politique et dans les applications de la politique. Il devenait, presque immédiatement, le cri de ralliement des classes déshéritées.

Le mouvement de cette révolution a emporté jour à jour l'esprit du poète. Tous les événements ont fait écho dans ses vers. Mais je dois faire observer que si l'instrument de Pierre Dupont est d'une nature plus noble que celui de Béranger, ce n'est cependant pas un de ces clairons guerriers comme les nations en veulent entendre dans la minute qui précède les grandes batailles. Il ne ressemble pas à

> ... Ces trompes, ces cymbales,
> Qui soûlent de leurs sons le plus morne soldat,
> Et le jettent, joyeux, sous la grêle des balles,
> Lui versant dans le cœur la rage du combat*.

Pierre Dupont est une âme tendre portée à l'utopie, et en cela même vraiment bucolique. Tout en lui tourne à l'amour, et la guerre, comme il la conçoit, n'est qu'une manière de préparer l'universelle réconciliation :

> Le glaive brisera le glaive,
> Et du combat naîtra l'amour !

L'amour est plus fort que la guerre, dit-il encore dans le *Chant des Ouvriers.*

Il y a dans son esprit une certaine force qui implique toujours la bonté; et[a] sa nature, peu propre à se résigner aux lois éternelles de la destruction, ne veut accepter que les idées consolantes où elle peut trouver des éléments qui lui soient analogues. L'instinct (un instinct fort noble que le sien !) domine en lui la faculté du raisonnement. Le maniement des abstractions lui répugne, et il partage avec les femmes ce singulier privilège que toutes ses qualités poétiques comme ses défauts lui viennent du sentiment.

* Pétrus Borel. Préface en vers de *Madame Putiphar*[1].

C'est à cette grâce, à cette tendresse féminine, que Pierre Dupont est redevable de ses premiers chants[a]. Par grand bonheur, l'activité révolutionnaire, qui emportait à cette époque presque tous les esprits, n'avait pas absolument détourné le sien de sa voix *naturelle*. Personne n'a dit, en termes plus doux et plus pénétrants, les petites joies et les grandes douleurs des petites gens. Le recueil de ses chansons représente tout un petit monde où l'homme fait entendre plus de soupirs que de cris de gaieté, et où la nature, dont notre poète sent admirablement l'immortelle fraîcheur, semble avoir mission de consoler, d'apaiser, de dorloter le pauvre et l'abandonné.

Tout ce qui appartient à la classe des sentiments doux et tendres est exprimé par lui avec un accent rajeuni, renouvelé par la sincérité du sentiment. Mais au sentiment de la tendresse, de la charité universelle, il ajoute un genre d'esprit contemplatif qui jusque-là était resté étranger à la chanson française. La contemplation de l'immortelle beauté des choses se mêle sans cesse, dans ses petits poèmes, au chagrin causé par la sottise et la pauvreté de l'homme. Il possède, sans s'en douter, un certain *turn of pensiveness*[1], qui le rapproche des meilleurs poètes didactiques anglais. La galanterie elle-même (car il y a de la galanterie, et même d'une espèce raffinée, dans ce chantre des rusticités) porte dans ses vers un caractère pensif et attendri. Dans mainte composition il a montré, par des accents plutôt soudains que savamment modulés, combien il était sensible à la grâce éternelle qui coule des lèvres et du regard de la femme :

> La nature a filé sa grâce
> Du plus beau fil de[b] ses fuseaux[2] !

Et ailleurs, négligeant révolutions et guerres sociales, le poète chante, avec un accent délicat et voluptueux :

> Avant que tes beaux yeux soient clos
> Par le sommeil jaloux, ma belle,
> Descendons jusqu'au bord des flots
> Et détachons notre nacelle.
> L'air tiède, la molle clarté
> De ces étoiles qui se baignent,
> Le bruit des rames qui se plaignent,
> Tout respire la volupté.

Ô mon amante !
Ô mon désir !
Sachons cueillir
L'heure charmante !

De parfums comme de lueurs
La nacelle amoureuse est pleine ;
On dirait un bouquet de fleurs
Qui s'effeuille dans ton haleine ;
Tes yeux, par la lune pâlis,
Semblent emplis de violettes[a] ;
Tes lèvres sont des cassolettes !
Ton corps embaume comme un lis !

Vois-tu l'axe de l'univers,
L'étoile polaire immuable ?
Autour, les astres dans les airs
Tourbillonnent comme du sable.
Quel calme ! que les cieux sont grands,
Et quel harmonieux murmure !
Ma main dedans ta chevelure
A senti des frissons errants !

Lettres plus nombreuses encor[b]
Que tout l'alphabet[c] de la Chine,
Ô grands hiéroglyphes d'or,
Je vous déchiffre et vous devine !
La nuit, plus belle que le jour,
Écrit dans sa langue immortelle
Le mot que notre bouche épelle,
Le nom infini de l'Amour !
    Ô mon amante !
    Ô mon désir !
    Sachons cueillir
    L'heure charmante[1] !

Grâce à une opération d'esprit toute particulière aux amoureux quand ils sont poètes, ou aux poètes quand ils sont amoureux, la femme s'embellit de toutes les grâces du paysage, et le paysage profite occasionnellement des grâces que la femme aimée verse à son insu sur le ciel, sur la terre et sur les flots. C'est encore un de ces traits fréquents qui caractérisent la manière de Pierre Dupont, quand il se jette avec confiance dans les milieux qui lui sont favorables et quand il s'abandonne, sans préoccupation des choses qu'il ne peut pas dire vraiment *siennes,* au libre développement de sa nature.

J'aurais voulu m'étendre plus longuement sur les qualités de Pierre Dupont, qui, malgré un penchant trop vif vers les catégories et les divisions didactiques, — lesquelles ne sont souvent, en poésie, qu'un signe de paresse, le développement lyrique naturel devant[a] contenir tout l'élément didactique et descriptif suffisant, malgré de nombreuses négligences de langage et un *lâché* dans la forme vraiment inconcevables, est et restera un de nos plus précieux poètes. J'ai entendu dire à beaucoup de personnes, fort compétentes d'ailleurs, que le fini, le précieux, la perfection enfin, les rebutaient et les empêchaient d'avoir, pour ainsi dire, *confiance* dans le poëte. Cette opinion (singulière pour moi) est[b] fort propre à incliner l'esprit à la résignation relativement aux incompatibilités correspondantes dans l'esprit des poètes et dans le tempérament des lecteurs. Aussi bien jouissons de nos poètes, à la condition toutefois qu'ils possèdent les qualités les plus nobles, les qualités indispensables, et prenons-les tels que Dieu[c] les a faits et nous les donne, puisqu'on nous affirme que telle qualité ne s'augmente que par le sacrifice plus ou moins complet de telle autre.

Je suis contraint d'abréger[1]. Pour achever[d] en quelques mots, Pierre Dupont appartient[e] à cette aristocratie naturelle des esprits qui doivent infiniment plus à la nature qu'à l'art, et qui, comme deux autres grands poètes, Auguste Barbier et Mme Desbordes-Valmore, ne trouvent que par la spontanéité de leur âme l'expression, le chant, le cri, destinés à se graver éternellement dans toutes les mémoires.

IX

LECONTE DE LISLE

Je me suis souvent demandé, sans pouvoir me répondre, pourquoi les créoles n'apportaient, en général, dans les travaux littéraires, aucune originalité, aucune force de conception ou d'expression[1]. On dirait des âmes de femmes, faites uniquement pour contempler et pour jouir. La fragilité même, la gracilité de leurs formes physiques, leurs yeux de velours qui regardent sans examiner, l'étroitesse singulière de leurs fronts, emphatiquement hauts, tout ce qu'il y a souvent en eux de charmant les dénonce comme des ennemis du travail et de la pensée. De la langueur, de la gentillesse, une faculté naturelle d'imitation qu'ils partagent d'ailleurs avec les nègres, et qui donne presque toujours à un poète créole, quelle que soit sa distinction, un certain air provincial, voilà ce que nous avons pu observer généralement dans les meilleurs d'entre eux.

M. Leconte de Lisle est la première et l'unique exception que j'aie rencontrée. En supposant qu'on en puisse trouver d'autres, il restera, à coup sûr, la plus étonnante et la plus vigoureuse. Si des descriptions, trop bien faites, trop enivrantes pour n'avoir pas été moulées sur des souvenirs d'enfance, ne révélaient pas de temps en temps à l'œil du critique l'origine du poète, il serait impossible de découvrir qu'il a reçu le jour dans une de ces îles volcaniques et parfumées, où l'âme humaine, mollement bercée par toutes les voluptés de l'atmosphère, désapprend chaque jour l'exercice de la pensée. Sa personnalité physique même est un démenti donné à l'idée habituelle que l'esprit se fait d'un créole. Un front puissant, une tête ample et large, des yeux clairs et froids, fournissent tout d'abord l'image de la force. Au-dessous de ces traits dominants, les premiers qui se laissent apercevoir, badine une bouche souriante animée d'une incessante ironie. Enfin, pour compléter le démenti au spirituel comme au physique, sa conversation, solide et sérieuse, est toujours, à chaque instant, assaisonnée par cette raillerie qui confirme la force. Ainsi non seulement il est érudit, non seulement il a médité, non seulement il a cet œil poétique qui sait extraire le caractère poétique de toutes choses, mais encore il a de l'esprit, qualité rare chez les poètes ; de l'esprit dans le sens populaire et dans le sens le plus élevé du mot. Si cette faculté de raillerie et de bouffonnerie n'apparaît pas (distinctement, veux-je dire) dans ses ouvrages poétiques, c'est parce qu'elle veut se cacher, parce qu'elle a compris que c'était son devoir de se cacher. Leconte de Lisle étant un

vrai poète, sérieux et méditatif, a horreur de la confusion des genres, et il sait que l'art n'obtient ses effets
les plus puissants que par des sacrifices proportionnés
à la rareté de son but.

Je cherche à définir la place que tient dans notre siècle
ce poète tranquille et vigoureux, l'un de nos plus chers
et de nos plus précieux. Le caractère distinctif de sa
poésie est un sentiment d'aristocratie intellectuelle, qui
suffirait, à lui seul, pour expliquer l'impopularité de
l'auteur, si, d'un autre côté, nous ne savions pas que
l'impopularité, en France, s'attache à tout ce qui tend
vers n'importe quel genre de perfection[1]. Par son goût
inné pour la philosophie et par sa faculté de description
pittoresque, il s'élève bien au-dessus de ces mélancoliques de salon, de ces fabricants d'albums et de keepsakes où tout, philosophie et poésie, est ajusté au sentiment des demoiselles. Autant vaudrait mettre les fadeurs
d'Ary Scheffer ou les banales images de nos missels
en parallèle avec les robustes figures de Cornelius[2].
Le seul poète auquel on pourrait, sans absurdité, comparer Leconte de Lisle, est Théophile Gautier. Ces deux
esprits se plaisent également dans le voyage; ces deux
imaginations sont naturellement cosmopolites. Tous
deux ils aiment à changer d'atmosphère et à habiller[a]
leur pensée des modes variables que le temps éparpille
dans l'éternité. Mais Théophile Gautier donne au détail
un relief plus vif et une couleur plus allumée, tandis que
Leconte de Lisle s'attache surtout à l'armature philosophique. Tous deux ils aiment l'Orient et le désert; tous
deux ils admirent le repos comme un principe de beauté.
Tous deux ils inondent leur poésie d'une lumière passionnée, plus pétillante chez Théophile Gautier, plus
reposée chez Leconte de Lisle. Tous deux sont également indifférents à toutes les piperies humaines et
savent, sans effort, n'être jamais dupes. Il y a encore un
autre homme, mais dans un ordre différent, que l'on
peut nommer à côté de Leconte de Lisle, c'est Ernest
Renan[3]. Malgré la diversité qui les sépare, tous les esprits
clairvoyants sentiront cette comparaison. Dans le poète
comme dans le philosophe, je trouve cette ardente, mais
impartiale curiosité des religions et ce même esprit
d'amour universel, non pour[b] l'humanité prise en elle-
même, mais pour les différentes formes dont l'homme a,

suivant les âges et les climats, revêtu la beauté et la
vérité. Chez l'un non plus que chez l'autre, jamais
d'absurde impiété. Peindre en beaux vers, d'une nature
lumineuse et tranquille, les manières diverses suivant
lesquelles l'homme a, jusqu'à présent, adoré Dieu et
cherché le beau, tel a été, autant qu'on en peut juger
par son recueil le plus complet, le but que Leconte de
Lisle a assigné à sa poésie.

Son premier pèlerinage fut pour la Grèce[1]; et tout
d'abord ses poèmes, écho de la beauté classique, furent
remarqués par les connaisseurs. Plus tard il montra une
série d'imitations latines[2], dont, pour ma part, je fais
infiniment plus de cas. Mais pour être tout à fait juste,
je dois avouer que peut-être bien le goût du sujet emporte
ici mon jugement, et que ma prédilection naturelle pour
Rome m'empêche de sentir tout ce que je devrais goûter
dans la lecture de ses poésies grecques.

Peu à peu, son humeur voyageuse l'entraîna vers des
mondes de beauté plus mystérieux. La part qu'il a faite
aux religions asiatiques est énorme, et c'est là qu'il a
versé à flots majestueux son dégoût naturel pour les
choses transitoires, pour le badinage de la vie, et son
amour infini pour l'immuable, pour l'éternel, pour le
divin Néant. D'autres fois, avec une soudaineté de caprice
apparent, il émigrait vers les neiges de la Scandinavie et
nous racontait les divinités boréales, culbutées et dissi-
pées comme des brumes par le rayonnant enfant de la
Judée[3]. Mais quelles que soient la majesté d'allures et la
solidité de raison que Leconte de Lisle a développées dans
ces sujets si divers, ce que je préfère parmi ses œuvres, c'est
un certain filon tout nouveau qui est bien à lui et qui
n'est qu'à lui. Les pièces de cette classe sont rares, et
c'est peut-être parce que ce genre était son genre le plus
naturel, qu'il l'a plus négligé. Je veux parler des poèmes,
où, sans préoccupation de la religion et des formes successives de la pensée humaine, le poète a décrit la beauté,
telle qu'elle posait pour son œil original et individuel;
les forces imposantes, écrasantes de la nature; la majesté
de l'animal dans sa course ou dans son repos; la grâce
de la femme dans les climats favorisés du soleil, enfin la
divine sérénité du désert ou la redoutable magnificence
de l'Océan. Là, Leconte de Lisle est un maître[a] et un
grand maître. Là, la poésie triomphante n'a plus d'autre

but qu'elle-même. Les vrais amateurs savent que je veux
parler de pièces telles que *Les Hurleurs, Les Éléphants, Le
Sommeil du condor,* etc., telles surtout que *Le Manchy*[1], qui
est un chef-d'œuvre hors ligne, une véritable évocation,
où brillent, avec toutes leurs grâces mystérieuses, la
beauté et la magie tropicales, dont aucune beauté méridionale, grecque, italienne ou espagnole, ne peut donner
l'analogue.

J'ai peu de choses à ajouter. Leconte de Lisle possède
le gouvernement de son idée; mais ce ne serait presque
rien s'il ne possédait aussi le maniement de son outil. Sa
langue est toujours noble, décidée, forte, sans notes
criardes, sans fausses pudeurs; son vocabulaire, très
étendu; ses accouplements de mots sont toujours distingués et cadrent nettement[a] avec la nature de son
esprit. Il joue du rythme avec ampleur et certitude,
et son instrument a le ton doux[b] mais large et profond
de l'alto. Ses rimes, exactes[c] sans trop de coquetterie,
remplissent la condition de beauté voulue et répondent
régulièrement à cet amour contradictoire et mystérieux
de l'esprit humain pour la surprise et la symétrie.

Quant à cette impopularité dont je parlais au commencement, je crois être l'écho de la pensée du poète lui-
même en affirmant qu'elle ne lui cause aucune tristesse,
et que le contraire n'ajouterait rien à son contentement.
Il lui suffit d'être populaire parmi ceux qui sont dignes
eux-mêmes de lui plaire. Il appartient d'ailleurs à cette
famille d'esprits qui ont pour tout ce qui n'est pas
supérieur un mépris si tranquille qu'il ne daigne même
pas s'exprimer.

X

GUSTAVE LE VAVASSEUR

Il y a bien des années que je n'ai vu Gustave Le Vavasseur, mais ma pensée se porte toujours[a] avec jouissance
vers l'époque où je le fréquentais assidûment. Je me
souviens que, plus d'une fois, en pénétrant chez lui, le

matin, je le surpris[a] presque nu, se tenant dangereusement en équilibre sur un échafaudage de chaises. Il
essayait de répéter les tours que nous avions vu accomplir
la veille par des gens dont c'est la profession. Le poète
m'avoua qu'il se sentait jaloux de tous les exploits de
force et d'adresse, et qu'il avait quelquefois connu le
bonheur de se prouver à lui-même qu'il n'était pas
incapable *d'en faire autant*[b][1]. Mais, après cet aveu, croyez
bien que je ne trouvai pas du tout que le poète en fût
ridicule ou diminué; je[c] l'aurais plutôt loué pour sa franchise et pour sa fidélité à sa propre nature; d'ailleurs,
je me souvins que beaucoup d'hommes, d'une nature
aussi rare et élevée que la sienne, avaient[d] éprouvé des
jalousies semblables à l'égard du torero, du comédien
et de tous ceux qui, faisant de leur personne une glorieuse
pâture publique, soulèvent l'enthousiasme du cirque et
du théâtre.

Gustave Le Vavasseur a toujours aimé passionnément
les tours de force. Une difficulté a pour lui toutes les
séductions d'une nymphe. L'obstacle le ravit; la pointe
et le jeu de mots l'enivrent; il n'y a pas de musique
qui lui soit plus agréable que celle de la rime triplée,
quadruplée, multipliée. Il est *naïvement compliqué*. Je n'ai
jamais vu d'homme si pompeusement et si franchement[e] Normand. Aussi Pierre Corneille, Brébeuf[2], Cyrano,
lui inspirent plus de respect et de tendresse qu'à tout
autre qui serait moins amateur[f] du subtil, du contourné,
de la pointe faisant résumé et éclatant comme une fleur
pyrotechnique. Qu'on se figure, unies à ce goût candidement bizarre[g], une rare distinction de cœur et d'esprit[h] et une instruction aussi solide qu'étendue, on pourra
peut-être attraper la ressemblance de ce poète qui a passé
parmi nous, et qui, depuis longtemps réfugié[3] dans son
pays, apporte sans aucun doute dans ses nouvelles et
graves fonctions le même zèle ardent et minutieux[i] qu'il
mettait jadis à élaborer ses brillantes strophes, d'une
sonorité et d'un reflet si métalliques. *Vire et les Virois*[4]
sont un petit chef-d'œuvre et le plus parfait échantillon
de cet esprit précieux, rappelant les ruses compliquées
de l'escrime, mais n'excluant pas, comme aucuns le pourraient croire, on le voit, la rêverie[j] et le balancement
de la mélodie. Car, il faut le répéter, Le Vavasseur[k] est
une intelligence très étendue, et, n'oublions pas ceci,

un[a] des plus délicats et des plus exercés causeurs que nous
ayons connus, dans un temps et un pays où la causerie
peut être comparée aux arts disparus[1]. Toute[b] bondissante
qu'elle eſt, sa conversation n'eſt[c] pas moins solide,
nourrissante, suggeſtive, et la souplesse de son esprit,
dont il peut être aussi fier que de celle de son corps, lui
permet de tout comprendre, de tout apprécier, de tout
sentir, même ce qui a l'air, à première vue, le plus[d] éloigné
de sa nature.

LES MARTYRS RIDICULES

PAR LÉON CLADEL

Un de mes amis, qui est en même temps mon éditeur[1], me pria de lire ce livre, affirmant que j'y trouverais plaisir. Je n'y consentis qu'avec une excessive répugnance; car on m'avait dit que l'auteur était un jeune homme, et la Jeunesse, dans le temps présent, m'inspire, par ses défauts nouveaux, une défiance déjà bien suffisamment légitimée par ceux qui la distinguèrent en tout temps[2]. J'éprouve, au contact de la Jeunesse, la même sensation de malaise qu'à la rencontre d'un camarade de collège oublié, devenu boursier, et que les vingt ou trente années intermédiaires n'empêchent pas de me tutoyer ou de me frapper sur le ventre. Bref, je me sens en mauvaise compagnie.

Cependant l'ami en question avait deviné juste; quelque chose lui avait plu, qui devait m'exciter moi-même; ce n'était certes pas la première fois que je me trompais; mais je crois bien que ce fut la première où j'éprouvai tant de plaisir à m'être trompé.

Il y a dans la *gentry* parisienne quatre jeunesses distinctes. L'une, riche, bête, oisive, n'adorant pas d'autres divinités que la paillardise et la goinfrerie, ces muses du vieillard sans honneur : celle-là ne nous concerne en rien. L'autre, bête, sans autre souci que l'argent, troisième divinité du vieillard : celle-ci, destinée à faire fortune, ne nous intéresse pas davantage. Passons encore. Il y a une troisième espèce de jeunes gens qui *aspirent à faire le bonheur du peuple,* et qui ont étudié[a] la théologie et la politique dans le journal *Le Siècle*[3] ; c'est généralement de petits avocats, qui réussiront, comme tant d'autres, à se grimer pour la tribune, à singer le Robespierre et à *déclamer,* eux aussi, des choses *graves,* mais

avec moins de pureté que lui, sans aucun doute[1] ; car la
grammaire sera bientôt une chose aussi oubliée que la
raison, et, au train dont nous marchons vers les ténèbres,
il y a lieu d'espérer qu'en l'an 1900 nous serons plongés
dans le noir absolu.

Le règne de Louis-Philippe, vers sa fin, fournissait
déjà de nombreux échantillons de lourde jeunesse épi-
curienne et de jeunesse agioteuse. La troisième catégorie,
la bande des politiques, est née[a] de l'espérance de voir
se renouveler les *miracles* de Février.

Quant à la quatrième, bien que je l'aie vue naître,
j'ignore comment elle est née. D'elle-même, sans doute,
spontanément, comme les infiniment petits dans une
carafe d'eau putride, la grande carafe française[2]. C'est la
jeunesse littéraire, la jeunesse *réaliste,* se livrant, au sortir
de l'enfance, à l'art *réalistique*[3] (à des choses nouvelles
il faut des mots nouveaux !). Ce qui la caractérise nettement, c'est une haine décidée, native, des musées et des
bibliothèques. Cependant, elle a ses classiques, particulièrement Henri Murger et Alfred de Musset. Elle
ignore avec quelle amère gausserie Murger parlait de la
Bohème[4] ; et quant à *l'autre,* ce n'est pas dans ses nobles
attitudes qu'elle s'appliquera à l'imiter, mais dans ses
crises de fatuité, dans ses fanfaronnades de paresse, à
l'heure où, avec des dandinements de commis voyageur,
un cigare au bec, il s'échappe d'un dîner à l'ambassade
pour aller à la maison de jeu, ou au salon de conversation[5]. De son absolue confiance dans le génie et l'inspiration, elle tire le droit de ne se soumettre à aucune
gymnastique. Elle ignore que le génie (si toutefois on
peut appeler ainsi le germe indéfinissable du grand
homme) doit, comme le saltimbanque apprenti, risquer
de se rompre mille fois les os en secret avant de danser
devant le public; que l'inspiration, en un mot, n'est que
la récompense[b] de l'exercice quotidien. Elle a de mauvaises mœurs, de sottes amours, autant de fatuité que
de paresse, et elle découpe sa vie sur le patron de certains romans, comme les filles entretenues s'appliquaient,
il y a vingt ans, à ressembler aux images de Gavarni,
qui, lui, n'a peut-être jamais[c] mis les pieds dans un bas-
tringue. Ainsi l'homme d'esprit moule le peuple, et le
visionnaire[6] crée la réalité. J'ai connu quelques malheureux qu'avait grisés Ferragus XXIII[7], et qui projetaient

sérieusement de former une coalition secrète pour se
partager, comme une horde se partage un empire
conquis, toutes*ᵃ* les fonctions et les richesses de la société
moderne.

C'est cette lamentable petite caste que M. Léon Cladel
a voulu peindre; avec quelle rancuneuse énergie, le
lecteur le verra. Le titre m'avait vivement intrigué par sa
construction antithétique, et peu à peu, en m'enfonçant
dans les mœurs du livre, j'en appréciai la vive signification. Je vis défiler les *martyrs* de la sottise, de la fatuité,
de la débauche, de la paresse juchée sur l'espérance, des
amourettes prétentieuses, de la sagesse égoïstique, etc.*ᵇ*;
tous *ridicules,* mais véritablement *martyrs ;* car ils souffrent
pour l'amour de leurs vices et s'y sacrifient avec une
extraordinaire bonne foi. Je compris alors pourquoi il
m'avait été prédit que l'ouvrage me séduirait; je ren-
contrais un des ces livres satiriques, un de ces livres
pince-sans-rire, dont*ᶜ* le comique se fait d'autant mieux
comprendre qu'il est toujours accompagné de l'emphase
inséparable des passions.

Toute cette mauvaise société, avec ses habitudes viles,
ses mœurs aventureuses, ses inguérissables illusions, a
déjà été peinte par le pinceau si vif de Murger; mais le
même sujet, mis au concours, peut fournir plusieurs
tableaux également remarquables à des titres divers.
Murger badine en racontant des choses souvent tristes.
M. Cladel, à qui la drôlerie, non plus que la tristesse,
ne manque pas, raconte avec une solennité *artistique*
des faits déplorablement comiques[1]. Murger glisse et
fuit rapidement devant des tableaux dont la contemplation persistante chagrinerait trop son tendre esprit.
M. Cladel insiste avec fureur; il ne veut pas omettre un
détail, ni oublier une confidence; il ouvre la plaie pour
la mieux montrer, la referme, en pince les lèvres livides,
et en fait jaillir un sang jaune et pâle[2]. Il manie le péché
en curieux, le tourne, le retourne, examine complaisamment les circonstances, et déploie dans l'analyse du mal
la consciencieuse ardeur*ᵈ* d'un casuiste. Alpinien, le
principal *martyr,* ne se ménage pas; aussi prompt à
caresser ses vices qu'à les maudire, il offre, dans sa perpétuelle oscillation, l'instructif spectacle de l'incurable
maladie voilée sous le repentir périodique. C'est un auto-
confesseur qui s'absout, et se glorifie des pénitences

qu'il s'inflige, en attendant qu'il gagne, par de nouvelles sottises, l'honneur et le droit de se condamner de nouveau. J'espère que quelques-uns du siècle sauront s'y reconnaître avec plaisir.

La disproportion du ton avec le sujet, disproportion qui n'est sensible que pour le sage désintéressé, est un moyen de comique dont la puissance saute à l'œil; je suis même étonné qu'il ne soit pas employé plus souvent par les peintres de mœurs et les écrivains satiriques, surtout dans les matières concernant l'Amour, véritable magasin de comique peu exploité[1]. Si grand que soit un être, et si nul qu'il soit relativement à l'infini, le pathos et l'emphase lui sont permis et nécessaires; l'Humanité est comme une colonie de ces éphémères de l'Hypanis[a2], dont on a écrit de si jolies fables, et les fourmis elles-mêmes, pour leurs affaires politiques, peuvent emboucher la trompette de Corneille, proportionnée à leur bouche. Quant aux insectes amoureux, je ne crois pas que les figures de rhétorique dont ils se servent pour gémir leurs passions[b] soient mesquines; toutes les mansardes entendent tous les soirs des tirades tragiques dont la Comédie-Française ne pourra jamais bénéficier. La pénétration psychique de M. Cladel est très grande, c'est là sa forte qualité; son art, minutieux et brutal, turbulent et enfiévré, se restreindra plus tard, sans nul doute, dans une forme plus sévère et plus froide, qui mettra ses qualités morales en plus vive lumière, plus à nu. Il y a des cas où, par suite de cette exubérance, on ne peut plus discerner la qualité du défaut, ce qui serait excellent si l'amalgame était complet; mais malheureusement, en même temps que sa clairvoyance s'exerce avec volupté, sa sensibilité, furieuse d'avoir été refoulée, fait une subite et indiscrète explosion. Ainsi, dans un des meilleurs passages du livre, il nous montre un brave homme, un officier plein d'honneur et d'esprit, mais vieux avant l'âge, et livré par d'affaiblissants chagrins et par la fausse hygiène de l'ivrognerie[c] aux gouailleries d'une bande d'estaminet. Le lecteur est instruit de l'ancienne grandeur morale de Pipabs, et ce même lecteur souffrira lui-même du martyre de cet ancien brave, minaudant, gambadant, rampant, déclamant, marivaudant, pour obtenir de ces jeunes bourreaux... quoi? l'aumône d'un dernier verre d'absinthe. Tout à coup l'indignation de l'auteur se projette d'une manière stentorienne, par la bouche d'un des personnages, qui fait justice immédiate de ces divertissements de rapins[a]. Le discours est très éloquent et très enlevant; malheureusement la note personnelle de l'auteur, sa simplicité révoltée, n'est pas assez voilée. Le poète, sous son masque, se laisse encore voir. Le suprême de l'art eût consisté à rester glacial et fermé, et à laisser au lecteur tout le mérite de l'indignation. L'effet d'horreur en eût été augmenté. Que la morale officielle trouve ici son profit, c'est incontestable; mais l'art y perd, et avec lui l'art vrai, la vraie morale : la suffisante, ne perd jamais rien[b].

Les personnages de M. Cladel ne reculent devant aucun aveu ; ils s'étalent avec une instructive nudité. Les femmes, une à qui sa douceur animale, sa nullité peut-être, donne, aux yeux de son amant ensorcelé, un faux air de sphinx; une autre, modiste prétentieuse, qui a fouaillé son imagination avec toutes les orties de George Sand[1], se font des révérences d'un autre monde et se traitent de *madame !* gros comme le bras. Deux amants tuent leur soirée aux Variétés et assistent à *La Vie de bohème ;* s'en retournant vers leur taudis, ils se querelleront dans le style de la pièce; mieux encore, chacun, oubliant sa propre personnalité, ou plutôt la confondant avec le personnage qui lui plaît davantage, se laissera interpeller sous le nom du personnage en question; et ni l'un ni l'autre ne s'apercevra du travestissement. Voilà Murger (pauvre ombre !) transformé en truchement, en dictionnaire de langue *bohème,* en *Parfait secrétaire des amants* de l'an *de grâce* 1861. Je ne crois pas qu'après une pareille citation on puisse me contester la puissance sinistrement caricaturale de M. Cladel. Un exemple encore : Alpinien, le *martyr* en premier de cette cohorte de *martyrs ridicules* (il faut toujours en revenir au titre), s'avise un jour, pour se distraire des chagrins intolérables que lui ont faits ses mauvaises mœurs, sa fainéantise et sa rêverie vagabonde, d'entreprendre le plus étrange pèlerinage dont il puisse être fait mention dans les folles religions inventées par les solitaires oisifs et impuissants. L'amour, c'est-à-dire le libertinage, la débauche élevée à l'état de contre-religion, ne lui ayant pas payé les récompenses espérées, Alpinien court la gloire, et errant dans les cimetières, il implore les images des grands hommes défunts;

il baise leurs bustes, les suppliant de lui livrer leur
secret, le grand secret : « Comment faire pour devenir
aussi grand que vous ? » Les statues, si elles étaient
bonnes conseillères, pourraient répondre : « Il faut rester
chez toi, méditer et barbouiller beaucoup de papier ! »
Mais ce moyen si simple n'est pas à la portée d'un rêveur
hystérique. La superstition lui paraît plus naturelle. En
vérité, cette invention si tristement gaie fait penser au
nouveau calendrier des saints de l'école *positiviste*[1].

La superstition ! ai-je dit. Elle joue un grand rôle dans
la tragédie solitaire et interne du pauvre Alpinien, et
ce n'est pas sans un délicieux et douloureux attendrissement qu'on voit par instant son esprit harassé, — où[a] la
superstition la plus puérile, symbolisant obscurément,
comme dans le cerveau des nations, l'universelle vérité,
s'amalgame avec les sentiments religieux les plus purs,
— se retourner vers les salutaires impressions de l'enfance, vers la Vierge Marie, vers le chant fortifiant
des cloches, vers le crépuscule consolant de l'Église,
vers la famille, vers sa mère; — la mère, ce giron toujours ouvert pour les *fruits secs,* les prodigues et les ambitieux maladroits[2] ! On peut espérer qu'à partir de ce
moment Alpinien est à moitié sauvé; il ne lui manque
plus que de devenir un homme d'action, un homme de
devoir, au jour le jour.

Beaucoup de gens croient que la satire est faite avec
des larmes, des larmes étincelantes et cristallisées. En
ce cas, bénies soient les larmes qui fournissent l'occasion
du rire, si délicieux et si rare, et dont l'éclat démontre
d'ailleurs la parfaite santé de l'auteur !

Quant à la moralité du livre, elle en jaillit naturellement comme la chaleur de certains mélanges chimiques.
Il est permis de soûler les ilotes pour guérir de l'ivrognerie les gentilshommes.

Et quant au succès, question sur laquelle on ne peut
rien présager, je dirai simplement que je le désire, parce
qu'il serait possible que l'auteur en reçût une excitation
nouvelle, mais que ce succès, si facile d'ailleurs à confondre avec une vogue momentanée, ne diminuerait
en rien tout le bien que le livre me fait conjecturer de
l'âme et du talent qui l'ont produit de concert.

UNE RÉFORME A L'ACADÉMIE

Le grand article de M. Sainte-Beuve sur *les prochaines élections de l'Académie* a été un véritable événement. Il eût été fort intéressant pour un profane, un nouveau *Diable boiteux,* d'assister[a] à la séance académique du jeudi qui a suivi la publication de ce curieux manifeste[1]. M. Sainte-Beuve attire sur lui toutes les rancunes de ce parti politique, doctrinaire[b], orléaniste, aujourd'hui religieux par esprit d'opposition, disons simplement : hypocrite, qui veut remplir l'Institut de ses créatures préférées et transformer le sanctuaire des muses en un parlement de mécontents; « les hommes d'État sans ouvrage », comme les appelle dédaigneusement un autre académicien qui, bien qu'il soit d'assez bonne naissance, est, littérairement parlant, le fils de ses œuvres[2]. La puissance des intrigants date de loin; car Charles Nodier, il y a déjà longtemps, s'adressant à celui auquel nous faisons allusion, le suppliait de se présenter et de prêter à ses amis l'autorité de son nom pour déjouer la conspiration du parti doctrinaire, « de ces politiques qui viennent honteusement *voler* un fauteuil *dû* à quelque pauvre homme de lettres ».

M. Sainte-Beuve, qui, dans tout son courageux[c] article, ne cache pas trop la mauvaise humeur d'un vieil homme de lettres contre les princes, les grands seigneurs et les politiquailleurs, ne lâche cependant qu'à la fin l'écluse à toute sa bile concentrée : « Être menacé de ne plus sortir d'une même nuance et bientôt d'*une même famille*[d], être destiné, si l'on vit encore vingt ans, à voir se vérifier ce mot de M. Dupin[4] : " Dans vingt ans, vous aurez encore à l'Académie un discours doctrinaire "; et cela quand tout change et marche autour de nous; — je n'y tiens plus, et *je ne suis pas le seul ;* plus d'un de mes confrères est comme moi ; *c'est étouffant, à la longue ! c'est suffocant !* »

« Et voilà pourquoi j'ai dit à tout le monde bien des choses que j'aurais mieux aimé pouvoir développer à l'intérieur devant quelques-uns. J'ai fait mon rapport au Public. »

Et ailleurs : « *Quelqu'un* qui s'amuse à compter sur ses doigts ces sortes de choses, a remarqué que si M. Dufaure avait consenti à la douce violence qu'on voulait lui faire, il eût été le dix-septième ministre de Louis-Philippe dans l'Institut, et le neuvième dans l'Académie française[1]. »

Tout l'article est un chef-d'œuvre plein de bonne humeur, de gaieté, de sagesse, de bon sens et d'ironie. Ceux qui ont l'honneur de connaître intimement l'auteur de *Joseph Delorme* et de *Volupté* savent apprécier en lui une faculté dont le public n'a pas la jouissance, nous voulons dire une conversation dont l'éloquence capricieuse, ardente, subtile, mais toujours raisonnable, n'a pas d'analogue, même chez les plus renommés causeurs. Eh bien ! toute cette éloquence familière est contenue ici. Rien n'y manque, ni l'appréciation[a] ironique des fausses célébrités, ni l'accent profond, convaincu, d'un écrivain qui voudrait relever l'honneur de la compagnie à laquelle il appartient. Tout y est, même l'*utopie*. M. Sainte-Beuve, pour chasser des élections le *vague,* si naturellement *cher aux grands seigneurs,* désire que l'Académie française, assimilée aux autres Académies, soit divisée en sections, correspondant aux divers mérites littéraires : langue, théâtre, poésie, histoire, éloquence, roman (« ce genre si moderne, si varié, auquel l'Académie a jusqu'ici accordé si peu de place »), etc. Ainsi, dit-il, il sera possible de discuter, de vérifier les titres et de faire comprendre au public la légitimité d'un choix.

Hélas ! dans la très raisonnable utopie de M. Sainte-Beuve, il y a une vaste lacune, c'est la fameuse section du *vague,* et il est fort à craindre que ce volontaire oubli rende à tout jamais la réforme impraticable.

Le poète-journaliste nous donne, chemin faisant, dans son appréciation des mérites de quelques candidats, les détails les plus plaisants. Nous apprenons, par exemple, que M. Cuvillier-Fleury, un critique « ingénieux à la sueur de son front, qui veut tout voir, même la littérature, par la lucarne de l'orléanisme, et qu'il ne faut

jamais défier de faire une gaucherie, car il en fait même
sans en être prié », ne manque jamais de dire en parlant
de ses titres : « Le meilleur de mes ouvrages est en Angleterre[1]. » Pouah ! quelle odeur d'antichambre et de pédagogie ! Voulant louer M. Thiers, il l'a appelé un jour
« un Marco-Saint-Hilaire[2] éloquent ». Admirable pavé
d'ours ! « Il compte bien avoir pour lui, en se présentant, ses collaborateurs du *Journal des Débats* qui sont
membres de l'Académie, et plusieurs autres amis politiques. Les *Débats,* l'Angleterre et la France, c'est beaucoup. Il a des chances. »

M. Sainte-Beuve ne se montre favorable ou indulgent
que pour les hommes de lettres. Ainsi, il rend, en passant,
justice à Léon Gozlan[3]. « Il est de ceux qui gagneraient
le plus à une discussion et à une conversation sur les
titres; *il n'est pas assez connu de l'Académie.* » L'auteur
invite M. Alexandre Dumas fils à se présenter. On
devine que cette nouvelle candidature déchargerait sa
conscience d'un grand embarras. Même invitation est
adressée à M. Jules Favre[4], pour la succession Lacordaire.
Il faut bien, pour peu qu'on soit de bonne foi, à quelque
parti qu'on appartienne, confesser que M. Jules Favre est
le grand orateur du temps, et que ses discours sont *les
seuls qui se fassent lire avec plaisir.* — M. Charles Baudelaire,
dont plus d'un académicien a eu à épeler le nom barbare
et inconnu, est plutôt chatouillé qu'égratigné : « M. Baudelaire a trouvé moyen de se bâtir, à l'extrémité d'une
langue de terre réputée inhabitable, et par-delà les
confins du monde romantique connu, un kiosque
bizarre, fort orné, fort tourmenté, mais coquet et mystérieux[5]... Ce singulier kiosque, fait en marqueterie, d'une
originalité concertée et composite, qui depuis quelque
temps attire les regards, à la pointe extrême du Kamschatka[6] romantique, j'appelle cela la *Folie Baudelaire.*
L'auteur est content d'avoir fait quelque chose d'impossible. » On dirait que M. Sainte-Beuve a voulu venger
M. Baudelaire des gens qui le peignent sous[a] les traits
d'un loup-garou mal famé et mal peigné; car un peu plus
loin il le présente, paternellement et familièrement,
comme « un gentil garçon, fin de langage et tout à fait
classique de formes »[7].

L'odyssée de l'infortuné M. de Carné[8], éternel candidat,
qui « erre maintenant comme une ombre aux confins des

deux élections », est un morceau de haute et succulente ironie.

Mais où la bouffonnerie éclate dans toute sa magistrale ampleur, c'est à propos de la plus bouffonne et abracadabrante candidature qui fût jamais inventée, de mémoire d'Académie. « Le soleil est levé, retirez-vous, étoiles[1] ! »

Quel est donc ce candidat dont la rayonnante renommée fait pâlir toutes les autres, comme le visage de Chloé, avant même qu'elle se débarbouille, efface les splendeurs de l'aurore[2] ? Ah ! il faut bien vous le dire, car vous ne le devineriez jamais : M. le prince de Broglie, fils de M. le duc de Broglie, académicien[3]. Le général Philippe de Ségur a pu s'asseoir à côté de son père le vieux comte de Ségur ; mais le général était nourri de Tacite et avait écrit l'*Histoire de la Grande Armée,* qui est un superbe livre. Quant à M. le prince, c'est un porphyrogénète, purement et simplement. « *Lui aussi, il s'est donné la peine de naître*... Il aura jugé, dans sa conscience scrupuleuse, qu'il se devait à un éloge public du père Lacordaire, et il se dévoue. »

Quelqu'un qui a connu, il y a vingt-deux ou vingt-trois ans, ce petit bonhomme de décadence, nous affirme qu'aux écoles il avait acquis une telle vélocité de plume qu'il pouvait suivre la parole et représenter à son professeur sa leçon intégrale, stricte, avec toutes les répétitions et négligences inséparables. Si le professeur avait lâché étourdiment quelque faute, il la retrouvait soigneusement reproduite dans le manuscrit du petit prince. Quelle obéissance ! et quelle habileté !

Et depuis lors, qu'a-t-il fait, ce candidat ? Toujours la même chose. Homme, il répète la leçon de ses professeurs actuels. C'est un parfait perroquet que ne saurait imiter Vaucanson lui-même[a4].

L'article de M. Sainte-Beuve devait donner l'éveil à la presse. En effet, deux nouveaux articles sur le même sujet viennent de paraître, l'un de M. Nefftzer, l'autre de M. Texier[5]. La conclusion de ce dernier est que tous les littérateurs de quelque mérite doivent oublier l'Académie et la laisser mourir dans l'oubli. *Finis Poloniae*[6]. Mais les hommes tels que MM. Mérimée, Sainte-Beuve, de Vigny[b], qui voudraient relever l'honneur de la compagnie à laquelle ils appartiennent, ne peuvent encourager une résolution[c] aussi désespérée.

L'ESPRIT ET LE STYLE
DE M. VILLEMAIN

Ventosa isthæc et enormis loquacitas.

Des mots, des mots, des mots !

La littérature mène à tout, pourvu qu'on la quitte à temps.

(Paroles de traître[1].)

DÉBUT

J'aspire à la douleur. — J'ai voulu lire Villemain. — Deux sortes d'écrivains, les dévoués et les traîtres. — Portrait du vrai critique. — Métaphysique. — Imagination.

Villemain n'écrivant que sur des thèmes connus et possédés de tout le monde, nous n'avons pas à rendre compte de ce qu'il appelle ses œuvres. Prenons simplement les thèmes qui nous sont plus familiers et plus chers, et voyons s'il les a rajeunis, sinon par l'esprit philosophique, au moins par la nouveauté d'expressions pittoresques.

CONCLUSION

Villemain, auteur aussi inconnu que consacré. Chaque écrivain représente quelque chose plus particulièrement : Chateaubriand ceci, Balzac cela, Byron cela, Hugo cela ; — Villemain représente l'inutilité affairée et hargneuse comme celle de Thersite[2]. Sa phrase est bourrée d'inutilités ; il ignore l'art d'écrire une phrase, comme l'art de construire un livre. Obscurité résultant de la diffusion et de la profusion.

S'il était modeste,... — mais puisqu'il fait le méchant...

Anecdotes à citer.

HABITUDES D'ESPRIT

« On les a parodiés depuis » (les mouvements populaires). — (Page 477, *Tribune*[1].)

La Révolution de 1830 fut donc bonne, celle de Février mauvaise (!).

Citer le mot de Sainte-Beuve, profond dans son scepticisme. Il dit, avec une légèreté digne de la chose en parlant de 1848 : « ... »

Ce qui implique que toutes les révolutions se valent et ne servent qu'à montrer l'opiniâtre légèreté de l'humanité[2].

Chez Villemain, allusions perpétuelles d'un homme d'État sans ouvrage.

C'est sans doute depuis qu'il ne peut plus être ministre qu'il est devenu si fervent chrétien[3].

Il veut toujours montrer qu'il est bien instruit de toute l'histoire de toutes les familles. Ragots, cancans, habitudes emphatiques de laquais parlant de ses anciens maîtres et les trahissant quelquefois. La vile habitude d'écouter aux portes.

Il parle quelque part avec attendrissement des « opulentes fonctions ».

Goût de servilité jusque dans l'usage immodéré des capitales : « L'État, le Ministre, etc., etc. »

Toute la famille d'un grand fonctionnaire est sainte, et jamais la femme, le fils, le gendre ne sont cités sans quelque apposition favorable, servant à la fois à témoigner du culte de l'auteur et à arrondir la phrase.

Véritables habitudes d'un maître de pension qui craint d'offenser les parents.

Contraste, plus apparent que réel, entre l'attitude hautaine de Villemain dans la vie et son attitude d'historien, qui est celle d'un chef de bureau devant une Excellence.

Citateur automate qui a appris pour le plaisir de citer, mais ne comprend pas ce qu'il récite.

Raison *profonde* de la haine de Villemain contre Chateaubriand, le grand seigneur assez grand pour être cynique. (Articles du petit de Broglie[1].) La haine d'un homme *médiocre* est toujours une haine *immense*.

PINDARE

(Essais sur le génie de Pindare et sur le génie lyrique[2].)
Encore les tiroirs, les armoires, les cartons, les distributions de prix, l'herbier, les collections d'un écolier qui ramasse des coquilles d'huîtres pour faire le naturaliste. Rien, absolument rien, pour *la poésie lyrique anonyme,* et cela dans un Essai sur la poésie lyrique !

Il a pensé à Longfellow, mais il a omis Byron, Barbier et Tennyson, sans doute parce qu'un professeur lui inspire toujours plus de tendresse qu'un poète[3].

Pindare, dictionnaire, compendium, non de l'esprit lyrique, mais des auteurs lyriques connus de lui, Villemain.

VILLEMAIN HISTORIEN

Narbonne[4], *Chateaubriand,* prétextes pour raconter l'histoire du temps, c'est-à-dire pour satisfaire ses rancunes. Petite méthode, en somme; méthode d'impuissant cherchant une originalité.

Les discours à la Tite-Live[5]. Napoléon au Kremlin devient aussi bavard et prétentieux que Villemain.

Villemain se console de ne pas avoir fait de tragédies. Habitudes de tragédie. Discours interminables à la place d'une conversation. Dialogues en tirades, et puis toujours des *confidents*. Lui-même confident de Decazes et de Narbonne, comme Narbonne de Napoléon.

(Voir la fameuse anecdote de trente pages sur la terrasse de Saint-Germain[6]. L'anecdote du général Foy à la Sorbonne et chez Villemain. Bonnes phrases à extraire. Villemain lui montre *ses versions*.)

ANALYSE RAPIDE DE L'ŒUVRE DE VILLEMAIN

Cours de littérature[1]. — Banal compendium digne d'un professeur de rhétorique. Les merveilleuses parenthèses du sténographe : « Applaudissements. Émotion. Applaudissements réitérés. Rires dans l'auditoire. » — Sa manière de juger Joseph de Maistre et Xavier de Maistre. Le professeur servile, au lieu de rendre justice philosophique à Joseph de Maistre[2], fait sa cour à l'insipide jeunesse du quartier Latin. (Cependant la parole l'obligeait alors à un style presque simple.)

Lascaris. Cromwell[3]. — Nous serons généreux, nous ne ferons que citer et passer.

Souvenirs contemporains. Les Cent-Jours. Monsieur de Narbonne. — Villemain a une manie vile : c'est de s'appliquer à faire voir qu'il a connu des gens importants.

Que dirons-nous du *Choix d'études*[4] ? Fastidieuses distributions de prix et rapports en style de préfecture sur les concours de l'Académie française.

Voir ce que vaut son *Lucain*[5].

La Tribune française[6], c'est, dans une insupportable phraséologie, le compte rendu des *Mémoires d'outre-tombe,* assaisonné d'un commentaire de haine et de médiocrité.

SA HAINE CONTRE CHATEAUBRIAND

C'est bien la jugeote d'un pédagogue, incapable d'apprécier le grand gentilhomme des décadences, qui veut retourner à la vie sauvage.

À propos des débuts de Chateaubriand au régiment, il lui reproche son goût de la parure. Il lui reproche l'inceste comme source du génie[7]. Eh ! que m'importe à moi la source, si je jouis du génie !

Il lui reproche plus tard la mort de sa sœur Lucile. Il lui reproche partout son manque de sensibilité. Un Chateaubriand n'a pas la même forme de sensibilité qu'un Villemain. Quelle peut être la sensibilité du Secrétaire perpétuel ?

(Retrouver la fameuse apostrophe à propos de la mort de Mme de Beaumont[1].)

Le sédentaire maître d'école trouve singulier que le voyageur se soit habillé en sauvage et en coureur des bois. Il lui reproche son duel de célébrité avec Napoléon. Eh bien ! n'était-ce pas là aussi une des passions de Balzac ? Napoléon est un substantif qui signifie domination, et, règne pour règne, quelques-uns peuvent préférer celui de Chateaubriand à celui de Napoléon.

(Revoir le passage sur le rajeunissement littéraire[2]. Grande digression à effet, qui ne contient rien de neuf et ne se rattache à rien de ce qui précède ni à rien de ce qui suit.

Comme échantillon de détestable narration, véritable amphigouri, revoir *La Mort du duc de Berry*.

Revoir la fameuse citation relative à la cuistrerie[3], qui lui inspire tant d'humeur.)

RELATIVEMENT À SON TON EN PARLANT DE CHATEAUBRIAND

Les Villemain ne comprendront jamais que les Chateaubriand ont droit à des immunités et à des indulgences auxquelles tous les Villemain de l'humanité ne pourront jamais aspirer.

Villemain critique surtout Chateaubriand pour ses étourderies et son *mauvais esprit* de conduite, critique digne d'un pied-plat qui ne cherche dans les lettres que le moyen de parvenir. (Voir l'épigraphe[4].)

Esprit d'employé et de bureaucrate, morale de domestique.

Pour taper sur le ventre d'un colosse, il faut pouvoir s'y hausser.

Villemain, mandragore difforme s'ébréchant les dents sur un tombeau[5].

Toujours criard, affairé sans pensées, toujours mécontent, toujours délateur, il a mérité le surnom de *Thersite de la littérature*.

Les *Mémoires d'outre-tombe* et *La Tribune française* lus ensemble et compulsés page à page forment une harmonie à la fois grandiose et drolatique. Sous la voix de

Chateaubriand, pareille à la voix des grandes eaux, on entend l'éternel grognement en sourdine du cuistre envieux et impuissant.

Le propre des sots est d'être incapables d'admiration et de n'avoir pas de déférence pour le mérite, surtout quand il est pauvre. *(Anecdote du numéro 30.)*

Villemain est si parfaitement incapable d'admiration que lui, qui est à mille pieds au-dessous de La Harpe, appelle M. Joubert *le plus ingénieux des amateurs plutôt que véritable artiste.*

Si l'on veut une autre preuve de la justesse d'esprit de Villemain et de sa conscience dans l'examen des livres, je raconterai *l'anecdote de l'arbre thibétain*[1].

HABITUDES DE STYLE ET MÉTHODE DE PENSÉE

Villemain obscur, pourquoi ? Parce qu'il ne pense pas.

Horreur congéniale de la clarté, dont le signe visible est son amour du style allusionnel[2].

La phrase de Villemain, comme celle de tous les bavards qui ne pensent pas (ou des bavards intéressés à dissimuler leur pensée, avoués, boursiers, hommes d'affaires, mondains), commence par une chose, continue par plusieurs autres, et finit par une qui n'a pas plus de rapport avec les précédentes que celles-ci entre elles. D'où ténèbres. Loi du désordre.

Sa phrase est faite par agrégation[a], comme une ville résultant des siècles, et toute phrase doit être en soi un monument bien coordonné, l'ensemble de tous ces monuments formant la ville qui est le Livre.

(Chercher des échantillons au crayon rouge dans les cinq volumes qui me restent.)

Phraséologie toujours vague; les mots tombent, tombent de cette plume pluvieuse, comme la salive des lèvres d'un gâteux bavard; phraséologie bourbeuse, clapoteuse, sans issue, sans lumière, marécage obscur où le lecteur impatienté se noie.

Style de fonctionnaire, formules de préfet, amphigouri de maire, rondeur de maître de pension.

Toute son œuvre, distribution de prix.

Division du monde spirituel et des talents spirituels en catégories qui ne peuvent être qu'arbitraires, puisqu'il n'a pas d'esprit philosophique.

ÉCHANTILLONS DE STYLE ACADÉMIQUE ET INCORRECT

À propos des Chénier : « J'en jure par le cœur de leur mère[1]. »

Dans *La Tribune française,*

Page 158 : « Dans les jardins de l'Alhambra »; *page 154 :* « L'ambassadeur lui remit[2]... »

Décidément, c'est un Delille en prose. Il aime la forme[a] habillée comme les vieillards.

(Dans le récit de la mort du duc de Berry, retrouver la phrase impayable sur les deux filles naturelles du duc[3].)

Les deux disgraciés de l'Empire s'étaient communiqué une protestation plus vive dans le cœur de la femme qui, plus faible, se sentait plus opprimée[4].

À propos de Lucien, ne trouvant pas dans les épreuves du *Génie du christianisme* ce qu'il y cherchait, le chapitre des *Rois athées*[5], Villemain dit : « *Le reste le souciait peu...* »

« *Les landes préludant aux savanes*[6]... » Sans doute à propos de René, qui n'est pas encore voyageur.

« *Les molles voluptés d'un climat enchanteur*[7]. »

« *J'enfonçais dans les sillons de ma jeune mémoire*[8]... »

« Dans ma mémoire de tout jeune homme, malléable et colorée, comme une lame de daguerréotype sous les rayons du jour... » *(Les Cent-Jours*[9].)

(Si la mémoire est malléable, la lame ne l'est pas, et la lame ne peut être colorée qu'après l'action des rayons.)

« La circonspection prudente... » (Bel adjectif, — et bien d'autres exemples. Pourquoi pas la prudence circonspecte ?)

« Au milieu des salons d'un élégant hôtel du faubourg Saint-Honoré... »

« La Bédoyère, le jeune et infortuné colonel... » (Style du théâtre de Madame[10].)

« *Un des plus hommes de bien* de l'Empire, le comte Mollien... » (Jolie préciosité. *Homme de bien* est-il substantif ou adjectif ?)

« L'arrivée de Napoléon au galop d'une rapide
calèche... » (Style automatique, style Vaucanson[1].)

Exemple de légèreté académique. — Page 304 du *Cours
de littérature française*[2] (1830). — À propos du XVe siècle,
il dit : « ... avec la naïveté*a* de ce temps... », et page 307,
il dit : « Souvenons-nous des habitudes du moyen âge,
temps de corruption bien plus que d'innocence... »

Exemple de style académique consistant à dire difficilement les choses simples et faciles à dire : « Beaumarchais... préludant *(quel amour de préludes !)* par le *malin
éclat* du scandale privé à la toute-puissance des grands
scandales politiques... Beaumarchais, l'auteur *du* Figaro[3],
et en même temps, par une des singularités de sa vie,
reçu dans la *confiance familière* et l'*intimité musicale des
pieuses* filles de Louis XV... » *(Monsieur de Narbonne.)*

(Pieuses a pour but de montrer que Villemain sait
l'histoire; le reste de la phrase veut dire qu'avant d'être
célèbre par des comédies et par ses mémoires, Beaumarchais donnait aux filles du Roi des leçons de clavecin.)

À travers tout cela, une pluie germanique de capitales
digne d'un petit fonctionnaire d'un grand-duché.

Bon style académique encore : « Quelquefois aussi,
sous la *garde savante* de M. de Humboldt *(ce qui veut dire
sans doute que M. de Humboldt était un garde du corps très
savant)*, elle (Mme de Duras) s'avançait, *royalisme à part
(son royalisme ne s'avançait donc pas avec elle)*, jusqu'à l'Observatoire, pour écouter la brillante parole et les belles
expositions astronomiques de M. Arago... » *(M. de
Feletz[4].)*

(Cette phrase prouve qu'il y a une astronomie républicaine vers laquelle ne s'avançait pas le royalisme de
Mme de Duras.)

ÉCHANTILLONS DE STYLE ALLUSIONNEL

« Souvent, dix années plus tard, à une époque heureuse de Paix et de Liberté politiques *(capitales très cons-
titutionnelles)*, dans cet hôtel du faubourg Saint-Honoré,
élégante demeure, aujourd'hui disparue en juste expiation
d'un funeste souvenir domestique, j'ai entendu le
général Sébastiani... » *(Monsieur de Narbonne.)*

(Jolie allusion à un assassinat commis par un Pair de France libertin sur sa fastidieuse épouse[1], pour parler le charabia Villemain.)

« Les peintures d'un éloquent témoin n'avaient pas encore popularisé ce grand souvenir[2]. » *(Ney en Russie, à propos de son procès.)* Pourquoi ne pas dire tout simplement : « Le livre de M. de Ségur[3] n'avait pas encore paru » ?

« La royale Orpheline de 93[4]... » Cela veut dire la duchesse d'Angoulême.

« Une plume fine et délicate... » Devinez. C'est M. le duc de Noailles; on nous en instruit dans une note, ce qui d'ailleurs était nécessaire.

« Une illustre compagnie[5]... » En note, avec renvoi : « L'Académie française. »

Et, s'il parle de lui-même, croyez qu'il en parlera en style allusionnel; il ne peut pas moins faire que de se jeter un peu d'amphigouri dans le visage. *(Voir la phrase par laquelle il se désigne dans l'affaire Decazes[6].)* — *(Voir la phrase sur Victor Hugo, à propos de Jersey[7]*, écrite dans ce style académique allusionnel dont toute la finesse consiste à fournir au lecteur le plaisir de deviner ce qui est évident.)

SUPPLÉMENT À LA CONCLUSION

Il est comique involontairement et solennel en même temps, comme les animaux : singes, chiens et perroquets. Il participe des trois.

Villemain, chrétien depuis qu'il ne peut plus être ministre, ne s'élèvera jamais jusqu'à la charité (Amour, Admiration).

La lecture de Villemain, Sahara[a] d'ennui, avec des oasis d'horreur[8] qui sont les explosions de son odieux caractère !

Villemain, ministre de l'Instruction publique, a bien su prouver son horreur pour les lettres et les littérateurs.

Extrait de la *Biographie pittoresque des Quarante*, par le portier de la Maison[9] :

Quel est ce loup-garou, à la chevelure en désordre, à la démarche incertaine, au vêtement négligé[10] ? C'est le dernier des nôtres par

ordre alphabétique, mais non pas par rang de mérite, c'est M. VILLE-
MAIN. Son *Histoire de Cromwell* donnait plus que des espérances.
Son roman de *Lascaris* ne les a pas réalisées. Il y a deux hommes
dans notre professeur, l'écrivain et le pensionnaire du Gouvernement. Quand le premier dit : *marchons,* le second lui crie : *arrêtons-
nous ;* quand le premier enfante une pensée généreuse, le second se
laisse affilier à la confrérie des bonnes lettres[1]. Où cette funeste
condescendance s'arrêtera-t-elle ? Il y a si près du Collège de France
à Montrouge[2] ! Il est si difficile de se passer de place, lorsque, depuis
longtemps, on en remplit une... et puis M. l'Abbé, Mme la marquise, son excellence, les truffes, le champagne, les décorations,
les réceptions, les dévotions, les affiliations... Et voilà ce que c'est.

Hélas ! voilà tout ce que c'est.

VIEILLE ÉPIGRAMME

Quelle est la main la plus vile
De Martainville[3] ou de Villemain ?
Quelle est la plus vile main
De Villemain ou de Martainville ?

CITATIONS

À propos de Lucain[4].

... Son génie, qu'une mort funeste devait arrêter si vite, n'eut
que le temps de montrer de la grandeur, sans naturel et sans vérité :
car le goût de la simplicité appartient rarement à la jeunesse, et dans
les arts, le naturel est presque toujours le fruit de l'étude et de la
maturité.

Plusieurs conjurés furent arrêtés et mis à la torture : ils révélèrent
leurs complices. Seule la courtisane Épicharis fut invincible à la
douleur, montrant ce que, dans la faiblesse de son sexe et dans la
honte de sa vie, un sentiment généreux, l'horreur du crime, pouvait
donner de force et de dignité morale.

... Le titre de sa gloire, l'essai et tout ensemble le trophée de son
génie, c'est *La Pharsale,* ouvrage que des beautés supérieures ont
protégé contre d'énormes défauts. Stace, qui, nous l'avons dit, a
célébré la muse jeune et brillante de Lucain et sa mort prématurée,
n'hésite point à placer *La Pharsale* au-dessus des *Métamorphoses*
d'Ovide, et presque à côté de Virgile. Quintilien, juge plus éclairé,
reconnaît dans Lucain un génie hardi, élevé, et l'admet au rang des

orateurs plutôt que des poètes : distinction que lui inspiraient le
nombre et l'éclat des discours semés dans le récit de Lucain, et où
sont exagérés trop souvent les défauts même attachés à sa manière...

Les écrivains français l'ont jugé diversement. Corneille l'a aimé
jusqu'à l'enthousiasme. Boileau l'approuvait peu, et lui imputait à
la fois ses propres défauts et ceux de Brébeuf, son emphatique
interprète[1].

En dépit des hyperboles et des raisonnements de Marmontel, *La
Pharsale* ne saurait être mise au rang des belles productions de la
muse épique. Le jugement des siècles est sans appel.

Rapports académiques[2].

Ce qu'il y a d'amusant (mot bizarre à propos de Villemain) dans les rapports académiques, c'est l'étonnante
conformité du style baveux, melliflu, avec les noms des
concurrents récompensés et le choix des sujets. On y
trouve *L'Algérie ou la civilisation conquérante, La Colonie
de Mettray, La Découverte de la vapeur,* sujets lyriques proposés par l'Académie et d'une nature essentiellement
excitante.

On y trouve aussi des phrases de cette nature : « Ce
livre est une bonne œuvre pour les âmes », à propos d'un
roman composé par un ministre protestant. Pouah !

On rencontre, parmi les couronnés[3], le nom de ce
pauvre M. Caro[4], qui ne prendra jamais, je l'espère, pour
épigraphe de ses compositions académiques ce mot de
saint Jean : *« Et verbum caro factum est »,* car lui et le verbe
me semblent passablement brouillés.

On se heurte à des phrases comme celle-ci, qui représente bien une des maladies de M. Villemain, laquelle
consiste à accoupler des mots qui jurent; quand il ne fait
pas de pléonasmes, il commet des désaccords : « Cette
profusion de gloire (celle de l'industrie et des arts) n'est
jamais applicable dans le domaine sévère et difficile des
lettres. »

CITATIONS

Que, devant cette force du nombre et de l'enthousiasme, un Roi
opiniâtre et faible, un Ministère coupable et troublé n'aient su ni
agir, ni céder à temps; qu'un Maréchal, malheureux à la guerre et

dans la politique, funeste par ses défections et ses services, n'ait pu
rien sauver du désastre, même avec une Garde si dévouée et si brave,
mais de bonne heure affaiblie par l'abandon d'un régiment de ligne ;
ce sont là des spectacles instructifs pour tous[1]. On les a parodiés
depuis. Une émeute non repoussée, une marée montante de cette
tourbe d'une grande ville a tout renversé devant elle, comme l'avait
fait, dix-huit ans auparavant, le mouvement d'un peuple blessé
dans ses droits. Mais, le premier exemple avait offert un caractère
particulier, qui en fit la grandeur. C'était un sentiment d'honneur
public soulevé contre la trahison du Pouvoir. (*Tribune moderne,*
p. 477.)

Bien des années après, il a peint encore ce printemps de la Bretagne sauvage et fleurie, avec une grâce qu'on ne peut ni oublier, ni
contrefaire. Nul doute que dès lors, aux instincts énergiques de
naissance, à la liberté et à la rudesse des premiers ans, aux émotions
sévères et tendres de la famille, aux sombres sourcils du père, aux
éclairs de tendresse de la mère, aux sourires de la plus jeune sœur, ne
vinssent se mêler, chez cet enfant, les vives images de la nature, le
frémissement des bois, après celui des flots, et l'horizon désert et
diapré de mille couleurs de ces landes bretonnes préludant aux
savanes de l'Amérique[2]. (*Tribune moderne,* p. 9.)

Mais, faut-il attribuer à ces études, un peu rompues et capricieuses,
l'avantage dont triomphe quelque part l'illustre écrivain, pour
s'élever au-dessus même de sa gloire la plus chère et se séparer
entièrement de ceux qu'il efface ? « Tout cela, joint à mon genre
d'éducation, dit-il, à une vie de soldat et de voyageur, fait que je
n'ai pas senti mon pédant, que je n'ai jamais eu l'air hébété ou suffisant, la gaucherie, les habitudes crasseuses des hommes de lettres
d'autrefois, encore moins la morgue, l'assurance, l'envie et la vanité
fanfaronne des nouveaux auteurs[3]. »

C'est beaucoup se ménager, en maltraitant tout le monde. (*Tribune moderne,* p. 11.)

Un chapitre des *Mémoires,* non moins expressif et non moins vrai
que bien des pages du roman de *René,* a gravé pour l'avenir cet
intérieur de famille un peu semblable aux voûtes souterraines du
vieux château sombre et glacial où fermentait, à son insu, l'âme du
poète, dans la solitude et l'inaction, entre une mère distraite de la
tendresse par la piété, fatiguée d'un joug conjugal, que cette piété
n'allégeait pas, une sœur trop tendre ou trop aimée[4], mais dont la
destinée semblait toujours être de ne trouver ni le bonheur dans le
monde, ni la paix dans la retraite, et enfin ce père, dont la sévérité,
la hauteur tyrannique et le froid silence s'accroissaient avec les
années. (*Tribune moderne,* p. 14.)

Lui-rmême, dans ses *Mémoires,* a peint de quelques traits, avec
une bièveté *rapide* et *digne[a],* ce que ce tableau domestique offrait de
plus touchant et de plus délicat. Sa réserve, cette fois, était comme

une expiation de ce que son talent d'artiste avait voulu laisser trop entrevoir, dans la création originale de *René*. Ce ne fut pas seulement la malignité des contemporains, ce fut l'orgueil du peintre qui permit cette profane allusion. Sous la fatalité de ce nom de *René*, que l'auteur se donne comme à son héros, et en souvenir de cet éclat de regard, de ce feu de génie, que la sœur, trop émue, admirait dans son frère, une indiscrète rumeur a longtemps redit que le premier *chef-d'œuvre littéraire* de M. de Chateaubriand avait été la confidence d'un funeste et premier amour.

L'admiration pour le génie, le respect de la morale aiment à lire un autre récit tout irréprochable des premiers sentiments du jeune poète. (*Tribune moderne*, p. 15.)

Vingt-cinq ans plus tard, toujours très philosophe, il[1] fut préposé en chef à l'inquisition impériale sur les livres ; on sait, avec quelle minutieuse et rude tyrannie ! (*Tribune moderne*, p. 24.)

Viens de bonne heure, tu feras le mien[2].

Mêlé d'ailleurs à des *hommes de lettres, ou de parti* qui prisaient peu les *Vœux d'un solitaire* et la philanthropie candide de l'auteur, M. de Chateaubriand étudia plus Bernardin de Saint-Pierre qu'il ne l'a loué ; et peut-être, dans sa lutte avec ce rare modèle, devait-il, par là même, ne pas échapper au danger d'exagérer ce qu'on imite et de trop prodiguer les couleurs qu'on emprunte. (*Tribune moderne*, p. 37.)

J'allais d'arbre en arbre, a-t-il raconté, me disant : « Ici, plus de chemins, plus de villes, plus de monarchies, plus de rois, plus d'hommes; et, pour essayer si j'étais rétabli dans mes droits originels, je me livrais à des actes de volonté, qui faisaient enrager mon guide, lequel, dans son âme, me croyait fou. » Je ne sais ; mais je crains que dans ce sentiment si vif des droits originels et dans ces actes de volonté sans nom, il n'y eût surtout une réminiscence des rêveries antisociales de Rousseau et de quelques pages d'*Émile*. Le grand écrivain n'était encore que copiste. (*Tribune moderne*, p. 53.)

Il touche d'abord à l'île de Guernesey, puis à Jersey, dans cet ancien refuge où devait, de nos jours, s'arrêter un autre proscrit[3], d'un rare et puissant esprit poétique, qu'il employa trop peut-être à évoquer dans ses vers le prestige oppresseur, sous lequel il fut accablé. (*Tribune moderne*, p. 62.)

Ce fut après un an des agitations de Paris, sous la *Constituante*, que, vers janvier 1791, M. de Chateaubriand, sa résolution bien prise et quelques ressources d'argent recueillies, entreprit son lointain voyage. Une telle pensée ainsi persistante était sans doute un signe de puissance de volonté dans le jeune homme, dont elle développa le génie ; mais, peut-être trouvera-t-on plus d'orgueil que de vérité dans le souvenir que lui-même avait gardé de ce premier effort et dans l'interprétation qu'il lui donnait, quarante ans plus tard : « J'étais alors, dit-il dans ses *Mémoires,* en se reportant à 1791, ainsi que Bonaparte, un mince sous-lieutenant tout à fait inconnu. Nous partions l'un et l'autre de l'obscurité, à la même époque, moi, pour chercher ma renommée dans la solitude, lui, sa gloire, parmi les hommes. »

Ce contraste est-il vrai ? Ce parallèle n'est-il pas bien ambitieux ? Dans la solitude, vous cherchiez, vous aussi, la gloire parmi les hommes. Seulement, quel que soit l'éclat du talent littéraire, cet antagonisme de deux noms dans un siècle, ce duel de célébrité, affiché plus d'une fois, étonnera quelque peu l'avenir. Tite-Live ne se mettait pas en concurrence avec les grands capitaines de son *Histoire*[1]. (*Tribune moderne,* p. 37.)

Nous le disons avec regret, bien que M. de Fontanes ait été le premier ami et peut-être le seul ami du grand écrivain, plus jeune que lui de quinze années, il nous semble qu'il n'a pas obtenu en retour un souvenir assez affectueux, ni même assez juste. « M. de Fontanes, dit M. de Chateaubriand, a été, avec Chénier, le dernier écrivain de l'école classique de la branche aînée. » Et aussitôt après : « Si quelque chose pouvait être antipathique à M. de Fontanes, c'était ma manière d'écrire. En moi commençait, avec l'école dite romantique, une révolution dans la littérature française. Toutefois, mon ami, au lieu de se révolter contre ma barbarie, se passionna pour elle. Il comprenait une langue qu'il ne parlait pas. »

De quel Chénier s'occupe ici M. de Chateaubriand ? Ce n'est pas sans doute de Joseph Chénier. Le choix serait peu fondé; la forme classique de Joseph Chénier, sa poésie, sa langue, n'ont pas la pureté sévère et la grâce élégante de M. de Fontanes : et, par là même, le goût de Chénier était implacable, non seulement pour les défauts, mais pour les beautés de l'auteur d'*Atala.* Que s'il s'agit, au contraire, d'André Chénier, une des admirations de jeunesse qu'avait gardées M. de Fontanes, bien que lui-même fût un imitateur plus timide de l'antiquité, nous n'hésitons pas à dire que l'auteur de la *Chartreuse,* du *Jour des Morts,* des vers sur *L'Eucharistie,* offre quelques traits en commun avec l'originalité plus neuve et plus hardie de l'élégie sur *Le Jeune Malade,* et des stances à mademoiselle de Coigny[2]. Mais alors, il ne fallait pas s'étonner que *de ce* fonds même d'imagination et d'harmonie, M. de Fontanes fût bien disposé en faveur de cette prose brillante et colorée, qu'André Chénier aussi aurait couronnée de louanges et de fleurs, sans y reconnaître pourtant la pureté de ses anciens Hellènes.

M. de Chateaubriand se vante ici, à tort, de sa barbarie, et, à tort aussi, remercie son ami de s'être passionné pour elle. Personne, et nos souvenirs en sont témoins, n'avait plus vive impatience que M. de Fontanes de certaines affectations barbares ou non qui déparent *Atala* et *René,* mais les beautés le ravissaient; et c'est ainsi qu'il faut aimer et qu'il faut juger. (*Tribune moderne,* p. 73.)

Mais... quand M. de Fontanes, causeur aussi vif, aussi aventureux qu'il était pur écrivain, quand M. de Fontanes, l'imagination pleine de Virgile et de Milton, et adorant Bossuet, comme on adore un grand poète, errait avec son ami plus jeune dans les bois voisins de la Tamise, *dînait solitairement* dans quelque auberge de *Chelsea* et *qu'ils revenaient* tous deux, avec de longues causeries, à leur modeſte demeure... (*Tribune moderne*, p. 74.)

Ainsi Fontanes mangeait seul.

Ce qu'il [Lucien] dut chercher dans les épreuves, c'était le chapitre sur les rois athées, compris dans l'édition commencée à Londres, et dont rien ne se retrouve, dans celle de Paris ; c'était tout ce qui pouvait, de loin ou de près, servir ou contrarier la politique consulaire, en France et en Europe. Le reſte le souciait peu[1]... (*Tribune moderne*, p. 92.)

Un docte prélat...

En note : le cardinal Fesch.
J'ignore s'il était docte, mais ceci eſt un nouvel exemple de l'amour de la périphrase[2].

Il avait vu, non sans une émotion de gloire, les honneurs funèbres d'Alfieri et le corps du grand poète exposé dans son cercueil[3].

Qu'eſt-ce qu'une émotion de gloire ?

Il avait visité récemment, à Coppet, Mme de Staël, dont l'exil *commençait déjà, pour s'aggraver plus tard.* Les deux disgraciés de l'Empire s'étaient communiqué une proteſtation plus vive dans le cœur de la femme, qui plus faible se sentait plus opprimée[4]. Pour lui, il blâmait presque Mme de Staël de souffrir si amèrement le malheur d'une opulente retraite, sans autre peine que la privation de ce mouvement des salons de Paris, dont, pour sa part, il se passait volontiers. (*Tribune moderne*, p. 145.)

Derrière ce premier cercle, autour du mourant, s'approchait un autre rang de spectateurs silencieux et troublés, et, dans le nombre, immobile sur sa jambe de bois, pendant toute cette nuit, le miniſtre de la Guerre, le brave Latour-Maubourg, cet invalide des batailles de Leipsick, noblement mêlé à des braves de la Vendée. (*Tribune moderne*, p. 258.)

Il [Charles X] avait accueilli et béni, au pied de son lit de mort, deux jeunes filles nées, en Angleterre, d'une de ces liaisons de plaisir qui avaient occupé son exil[5]. (*Tribune moderne*, p. 259.)

Je ne puis oublier cette lugubre matinée du 14 février 1820, le bruit sinistre qui m'en vint, avec le réveil, mon triste empressement à voir le ministre[1], dont j'étais, dans un poste assez considérable, un des moindres auxiliaires. (*Tribune moderne*, p. 260.)

... ce sujet [la vie de Rancé] n'a pas été rempli, malgré les conditions même de génie, de satiété mélancolique, d'âge et de solitude, qui semblaient le mieux y répondre. On peut réserver seulement quelques pages charmantes, *qu'une spirituelle et sévère critique a justement louées.* (*Tribune moderne*, p. 546.)

Impossible de deviner. Nouvel exemple de périphrase.

La même main, cependant, continuait alors, ou corrigeait les *Mémoires d'outre-tombe*, et y jetait quelques-uns de ces tons excessifs et faux qu'on voudrait en retrancher. (*Tribune moderne*, p. 549.)

Une perte inattendue lui enlevait alors Mme de Chateaubriand. (*Tribune moderne*, p. 552.)

Le cercueil fut porté par quelques marins à l'extrémité du *grand Bey*...

Il prend une île pour un Turc.

... Un nom cher à la science et aux lettres, M. Ampère, érudit voyageur, poète par le cœur et la pensée, proféra de nobles paroles sur l'homme illustre dont il était l'élève et l'ami[2].

Un nom qui profère des paroles.

Une voix digne et pure *[en note : M. de Noailles]* a prononcé son éloge, au nom de la société polie *[ce qui ne veut pas dire la société lettrée],* dans une Compagnie savante[3].

Sans doute l'Académie française.

Un maître éloquent de la jeunesse...

En note : M. Saint-Marc Girardin[4].

[Heredia[5]] vit la cataracte du Niagara, cette pyramide vivante du désert, alors entourée de bois immenses. (*Essais sur le génie de Pindare*, p. 580.)

Il revint à Mexico, fut d'abord avocat, puis élevé aux honneurs de la magistrature. Marié et devenu père de famille, l'orageuse instabilité de l'Orient américain l'épouvanta d'autant plus... (*Essais sur le génie de Pindare*, p. 585.)

LES CENT-JOURS

Le but de l'ouvrage *Les Cent-Jours* est, comme tous les autres ouvrages de M. Villemain, d'abord de montrer qu'il a connu des gens importants, de leur faire prononcer de longs discours à la Tite-Live[1], prenant toujours le dialogue pour une série de dissertations académiques, et enfin l'éternelle glorification du régime parlementaire.

Par exemple, le discours du maréchal Ney à la Chambre des Pairs, à propos duquel M. Villemain nous avertit que *Le Moniteur* n'en donne qu'un compte rendu tronqué et altéré, très long discours, ma foi ! Le jeune Villemain l'avait-il sténographié, ou l'avait-il si bien enfoncé dans les sillons de sa jeune mémoire[2] qu'il l'ait conservé jusqu'en 1855 ?

> On sortit des tribunes, pendant la remise de la séance. Je courus au jardin du Luxembourg dans le coin le plus reculé, méditer avec moi-même ce que je venais d'entendre ; et le cœur tout ému, j'enfonçais dans les sillons de ma jeune mémoire ces paroles de deuil héroïque et de colère injuste peut-être, que j'avais senties amères comme la mort. (Journée du 22 juin 1815. *Les Cent-Jours,* p. 315.)

À propos du discours de Manuel à la Chambre des représentants, discours inspiré par Fouché, dont *il habitait familièrement l'Hôtel,* au lieu de dire : Sa voix insinuante, M. Villemain dit : *L'insinuation de sa voix.* (P. 386.)

Destitution de Chateaubriand.

Ce que Villemain appelle une anecdote littéraire ; à ce sujet, nous allons voir comment il raconte une anecdote. L'anecdote a quinze pages. Mme de Duras croit à l'union durable de Villèle et de Chateaubriand[3].

> À Saint-Germain, dans une maison élégante, sur le niveau de cette terrasse, *qui découvre* un si riant paysage, le salon d'une femme respectée de tous, et l'amie célèbre de Mme de Staël et d'un homme de génie parvenu au pouvoir, avait, le premier samedi de juin, réuni plusieurs hommes politiques, comme on disait alors [*et comme on dit encore*], des ambassadeurs et des savants, M. Pozzo di Borgo, tou-

jours en crédit près d'Alexandre, Capo d'Istria disgracié, mais près de se relever avec la Grèce renaissante, lord Stuart, diplomate habile, le moins officiel des hommes dans son libre langage, la prude et délicate lady Stuart, en contraste avec lui, quelques autres Anglais, un ministre de Toscane passionné pour les arts, l'illustre Humboldt, l'homme des études profondes autant que des *nouvelles passagères [il y a donc des nouvelles durables]*, le plus français de ces étrangers, aimant la liberté autant que la science : c'étaient aussi le comte de La Garde, ambassadeur de France en Espagne, avant la guerre, Abel de Rémusat, l'orientaliste ingénieux et sceptique, un autre lettré moins connu *[ce doit être le modeste Villemain]*, et la jeune Delphine Gay avec sa mère.

Lorsque, après la conversation du dîner encore mêlée de quelques anecdotes des deux Chambres, on vint, à la hauteur de la terrasse, s'asseoir devant le *vert tapis des cimes* de la forêt et respirer la *fraîche tiédeur* d'une belle soirée de juin, toute la politique tomba ; et il n'y eut plus d'empressement que pour prier Mlle Delphine Gay de dire quelques-uns de ses vers. Mais, la belle jeune fille, souriant et s'excusant de n'avoir rien achevé de nouveau, récita seulement, avec la délicieuse mélodie de sa voix, cette stance d'un Secrétaire d'ambassade *[manière académique de dire Lamartine]*, bien jeune et bien grand poète, dit-elle :

> Repose-toi, mon âme, en ce dernier asile,
> Ainsi qu'un voyageur qui, le cœur plein d'espoir,
> S'assied, avant d'entrer, aux portes de la ville,
> Et respire un moment l'air embaumé du soir[1].

Lord Stuart prend la parole et dit que ce repos ne charme pas longtemps les poètes qui ont une fois touché aux affaires ; il espère bien que le ministère durera et restera compact.

On devine une certaine sympathie du sieur Villemain pour lord Stuart, ce qui s'expliquera peut-être si l'on se reporte au dire de Chateaubriand qui prétend que ce lord Stuart était toujours crotté et débraillé et ne payait pas les filles.

Et puis Mme de Duras prend la parole, comme dans Tite-Live ; elle veut congédier la politique et demande à Capo d'Istria « s'il n'a pas reconnu dans les *Martyrs* et dans l'*Itinéraire* le ciel de sa patrie, l'âme de l'antiquité, et, à la fois, les horizons et la poésie de la Grèce ».

Et Capo d'Istria prend la parole, comme dans Tite-Live, et exprime cette vérité que Chateaubriand n'est pas Homère, que la jeunesse ne recommence pas plus pour un homme que pour le monde, mais que, cependant, pour n'être pas poète épique, il ne manque pas de gran-

deur; que le peintre de Dioclétien, de Galérius et du
monde romain avait paru prophétique et vrai; quand ces
peintures du passé éclatèrent aux yeux, « on reconnaissait de loin, dans une page des *Martyrs,* le portrait et la
condamnation de celui qu'il fallait abattre ».

Je n'ai pas besoin de dire que l'expression : *comme
Tite-Live* est simplement pour caractériser une manie
de M. Villemain et que chacun des personnages mis en
scène parle comme Villemain en Sorbonne.

Une voix grave, « aussi grave que celle du comte
Capo d'Istria était douce et persuasive », établit un parallèle entre les *Martyrs* et *Télémaque,* et donne la supériorité
à ce dernier; cela fait deux pages de discours.

Un quatrième orateur dit que « le *Télémaque* est un bon
livre de morale, malgré quelques descriptions trop vives
pour l'imagination de la jeunesse... Le *Télémaque* est une
gracieuse réminiscence des poètes anciens, une corbeille
de fleurs cueillies partout. Mais quel intérêt aura pour
l'avenir cette mythologie profane, spiritualiste d'intention, sans être changée de forme, de telle façon que le
livre n'est ni païen, ni chrétien ? »

Et Capo d'Istria reprend la parole pour dire que « Fénelon fut le premier qui, dans le XVIIe siècle, forma le
vœu de voir la Grèce délivrée de ses oppresseurs et
rendue aux beaux-arts, à la philosophie, à la liberté, qui
la réclament pour leur patrie ». Chateaubriand excelle
à décrire le monde barbare..., mais Capo d'Istria préfère
Antiope à *Velléda.*

Total, une page.

Cette réserve d'un esprit si délicat enhardit un cinquième orateur. Celui-là aussi admire le *Télémaque,* mais
les *Martyrs* portent la marque d'un siècle de décadence
(toujours la décadence !). Pièce de rapport encadrée; indus-
trieuse mosaïque..., dépouillant indifféremment Homère,
Virgile, Stace et quelques chroniqueurs barbares. Et
puis les anachronismes : saint Augustin, né dix-sept ans
après la mort de Constantin, figurant près de lui comme
son compagnon de plaisir, — comparaison d'Eudore
avec Énée, de Cymodocée avec Pauline... — L'horrible
n'est pas le pathétique (le cou d'ivoire de la fille d'Homère
brisé par la gueule sanglante du tigre[1]), et patata et
patata.

Le premier orateur (Delphine Gay) reprend la parole;

elle croit entendre les blasphèmes d'Hoffman[1] : « Laissez, je vous prie, vos chicanes érudites. À quoi sert le goût de l'antiquité s'il empêche de sentir tant de belles choses imitées d'elle ? » Aussi bien elle est la seule personne qui parle avec quelque bon sens; le malheur est que, jalouse du dernier orateur qui avait parlé pendant deux pages et demie, elle s'élance dans *les martyres de nos jours, dans les échafauds de nos familles et dans la vertu de nos frères et de nos pères immolés en place publique pour leur Dieu et pour leur Roi.* Total, trois pages.

Le cercle se rompit, on s'avança de quelques pas sur la terrasse entre l'horizon de Paris et les ombres projetées des vieux créneaux du château de Saint-Germain.

Petite digression sur le dernier des Stuarts. Enfin, *une voix* prie Mlle Delphine de dire « ce que vient de lui inspirer le tableau d'Horace Vernet ».

La jeune fille, dont la grâce naïve et fière égalait le talent, ne répondit qu'en commençant de sa voix harmonieuse ce chant de *la Druidesse*, dédié au grand peintre qui achevait un tableau de *Vélléda*... Debout, quelques mèches de ses blonds cheveux éparses à la brise légère de cette nuit d'été, la jeune Muse, comme elle se nommait alors elle-même, doublait par sa personne l'illusion de son chant, et semblait se confondre avec le souvenir qu'elle célébrait.

Suivent des stances dans le style des pendules de la Restauration, finissant par :

Et les siècles futurs sauront que j'étais belle !

Le prestige les a tous éblouis et les éloges sont prodigués à cet heureux talent.

Villemain rentre fort tard à Paris avec un savant illustre (probablement Humboldt), « dont la parole diversifie encore le mouvement de la terrasse de Saint-Germain ». Il s'endort, à trois heures du matin, la tête remplie de poésies homériques, de ferveurs chrétiennes, de révolutions dynastiques et de catastrophes géologiques.

Le lendemain, il relit les lettres de saint Jérôme, un traité théologique de Milton et projette d'aller rêver hors de Paris « aux ressemblances d'imagination, de

tristesse et de colère entre ces âmes véhémentes et poétiques séparées par tant de siècles », quand il fait la
rencontre de M. Frisell qui lui apprend la destitution
de Chateaubriand. Suit la destitution notifiée par M. de
Villèle, telle qu'elle est rapportée dans les _Mémoires
d'outre-tombe,_ ce qui fait trois pages de plus, total seize
pages.

Autant qu'on peut le deviner, l'anecdote consiste en
ceci : pendant qu'on préparait au château la destitution
de Chateaubriand, plusieurs personnes de ses amis cau-
saient littérature et politique sur la terrasse de Saint-
Germain. Tout le reste n'est que rhétorique intempestive.

La mort du duc de Berry[1].

La mort du duc de Berry est encore un modèle étrange
de narration, véritable exercice de collège, composition
d'enfant qui veut gagner le prix, style de concours.
Villemain y prend surtout la défense de M. Decazes,
_dont il était dans un poste assez considérable un des moindres
auxiliaires_[2]. Il était, je crois bien, _le jeune homme_ (si nous
pouvons nous fier _aux sillons de sa jeune mémoire_[3]) qui
travaillait à l'exposé des motifs de l'interminable loi
électorale. Le sentiment qui pousse Villemain à défendre
Decazes paraîtrait plus louable s'il n'était exprimé avec
un enthousiasme de domestique.

(Revoir mes notes précédentes à ce _sujet._)

LA DIGRESSION
SUR LES RAJEUNISSEMENTS LITTÉRAIRES

Le chapitre 3 de _La Tribune moderne_ s'ouvre par onze
pages de digression sur les _diverses époques_ et les _renouvelle-
ments des lettres._ Voilà, certes, un beau thème philosophique, de quoi exciter la curiosité. J'y fus pris, comme
un crédule, mais la boutique ne répond pas à l'enseigne
et Villemain n'est pas un philosophe. Il n'est pas même
un vrai rhéteur, comme il se vante de l'être. Il commence
par déclarer que « la puissance des lieux sur l'imagination
du poète n'est pas douteuse ».

Voir, dit-il, Homère et Hérodote.

« La Grèce, des Thermopyles à Marathon, les vertes collines du Péloponnèse et les vallées de la Thessalie, l'île de Crète et l'île de Lemnos (énumération interminable), quel théâtre multiple et pittoresque ! »

Donc les Grecs ont eu du génie parce qu'ils possédaient de beaux paysages.

Accepté. Pensée trop claire.

La poésie romaine reproduit les paysages latins.

« L'empire, devenu barbare, d'un côté, et oriental de l'autre, eut sous les yeux une diversité sans fin de climats, de races, de mœurs, etc., etc. »

Inde : « Le chaos des imaginations et les descriptions surchargées de couleurs. »

Belle conclusion. Il avait sans doute trop de paysages pour rester classique.

Les chrétiens étudient maintenant l'homme intérieur; cependant « le spectacle de la Création resplendit dans leurs âmes et dans leurs paroles ».

« Christianisme grec revêtu des feux d'une brûlante nature, du Nil jusqu'à l'Oronte, de Jérusalem jusqu'à Cyrène. »

Dante, le premier génie de poète qui se leva sur le moyen âge (est-ce bien sûr ?), fut un admirable peintre de la nature.

Tasse chante « les exploits et les erreurs des hommes ». La nature, pour Tasse, Arioste, comme pour La Fontaine, devient un accessoire.

Camoëns, Ercilla témoignent « de ce que la nature agrandie peut offrir à la pensée de l'homme, et l'esprit de découverte ajouter à l'esprit d'inspiration ».

Corneille, Racine, Milton, Voltaire, trêve de lassitude à l'action de la nature[1].

Cependant, petite digression forcée sur Shakespeare, qui a jeté le décor dans le drame; le fait est que Shakespeare est embarrassant dans cette genèse artificielle de l'art.

Retour à la nature. Ce retour s'exprime par la prose : Buffon, Rousseau, Bernardin de Saint-Pierre. Delille, talent mondain et factice. Accepté. Quelques paroles fort dures contre le pauvre Delille. M. Villemain n'a pas le droit de le traiter ainsi.

Caractère oriental de Byron, « *le sceptique* voyageur ».

Et puis, tout d'un coup, Villemain nous dit :

... un rare et brillant génie allait paraître, se frayer sa route dans l'ébranlement du monde, amasser des trésors d'imagination dans les ruines d'une société mourante, exagérer tout ce qu'il devait bientôt combattre, et, par l'excès même de l'imagination, revenir de l'erreur à la vérité et des rêves d'un idéal à venir au culte du passé.

Et voilà ce qui explique pourquoi votre fille est muette, c'est-à-dire pourquoi, si Chateaubriand n'était pas allé en Amérique, il n'eût pas été Chateaubriand.

[PAUL DE MOLÈNES]

M. Paul de Molènes, un de nos plus charmants et délicats romanciers, vient de mourir d'une chute de cheval, dans un manège. M. Paul de Molènes était entré dans l'armée après le licenciement de la garde mobile; il était de ceux que ne pouvaient même pas rebuter la perte de son grade et la dure condition de simple soldat, tant était vif et irrésistible en lui le goût de la vie militaire, goût qui datait de son enfance, et qui profita, pour se satisfaire, d'une révolution imprévue[1]. Certes voilà un vigoureux trait d'originalité chez un littérateur. Qu'un ancien militaire devienne littérateur dans l'oisiveté d'une vieillesse songeuse, cela n'a rien d'absolument surprenant; mais qu'un jeune écrivain, ayant déjà savouré l'excitation des succès, se jette dans un corps révolutionnaire par pur amour de l'épée et de la guerre, voilà quelque chose qui est plus vif, plus singulier, et, disons-le, plus suggestif.

Jamais auteur ne se dévoila plus candidement dans ses ouvrages que M. de Molènes. Il a eu le grand mérite, dans un temps où la philosophie se met uniquement au service de l'égoïsme, de décrire, souvent même de démontrer l'utilité, la beauté, la moralité de la guerre. « *La guerre pour la guerre !* » eût-il dit volontiers[2], comme d'autres disent : « *L'art pour l'art !* » convaincu qu'il était que toutes les vertus se retrouvent dans la discipline, dans le sacrifice et dans le goût divin de la mort[3] !

M. de Molènes appartenait, dans l'ordre de la littérature, à la classe des raffinés et des dandys[4]; il en avait toutes les grandeurs natives, et quant aux légers travers, aux tics amusants que cette grandeur implique souvent, il les portait légèrement et avec plus de franchise qu'aucun autre. Tout en lui, même le défaut, devenait grâce et ornement.

Certainement il n'avait pas une réputation égale à son mérite. L'*Histoire de la garde mobile*, l'*Étude sur le colonel Latour du Pin*, les *Commentaires d'un soldat sur le siège de Sébastopol*[1], sont des morceaux dignes de vivre dans la mémoire des poètes. Mais on lui rendra justice plus tard; car il faut que toute justice se fasse.

Celui qui avait échappé heureusement à tous les dangers de la Crimée et de la Lombardie, et qui est mort victime d'une brute stupide et indocile, dans l'enceinte banale d'un manège, avait été promu récemment au grade de chef d'escadron. Peu de temps auparavant il avait épousé une femme charmante[2], près de laquelle il se sentait si heureux, que lorsqu'on lui demandait où il allait habiter, en quelle garnison il allait être confiné, il répondait, faisant allusion aux présentes voluptés de son âme : « En quel lieu de la terre je suis ou je vais, je ne saurais vous le dire, puisque je suis en paradis ! »

L'auteur qui écrit ces lignes a longtemps connu M. de Molènes; il l'a beaucoup aimé autant qu'admiré, et il se flatte d'avoir su lui inspirer quelque affection. Il serait heureux que ce témoignage de sympathie et d'admiration pût distraire pendant quelques secondes les yeux de sa malheureuse veuve.

Nous rassemblons ici les titres de ses principaux ouvrages :

Mémoires d'un gentilhomme du siècle dernier. (Primitivement : *Mémoires du baron de Valpéri*[3].)

La Folie de l'épée[4] (titre caractéristique).

Histoires sentimentales et militaires[5] (titre représentant bien le double tempérament de l'auteur, aussi amoureux de la vie qu'insouciant de la mort).

Histoires intimes[6].

Commentaires d'un soldat (Sébastopol et la guerre d'Italie).

Chroniques contemporaines[7].

Caractères et récits du temps.

Aventures du temps passé[8].

L'Enfant et l'Amant[9].

LES MISÉRABLES

PAR VICTOR HUGO

I

Il y a quelques mois, j'écrivais, à propos du grand
poète, le plus vigoureux et le plus populaire de la France,
les lignes suivantes[1], qui devaient trouver, en un espace
de temps très bref, une application plus évidente encore
que *Les Contemplations* et *La Légende des siècles* :

« Ce serait, sans doute, ici le cas, si l'espace le permettait, d'analyser l'atmosphère morale qui plane et circule
dans ses poèmes, laquelle participe très sensiblement du
tempérament propre de l'auteur. Elle me paraît porter
un caractère très manifeste d'amour égal pour ce qui est
très fort comme pour ce qui est très faible, et l'attraction
exercée sur le poète par ces deux extrêmes dérive d'une
source unique[a], qui est la force même, la vigueur originelle dont il est doué. La force l'enchante et l'enivre ;
il va vers elle comme vers une parente : attraction fraternelle. Ainsi est-il irrésistiblement emporté vers tout
symbole de l'infini, la mer, le ciel ; vers tous les représentants anciens de la force, géants homériques ou
bibliques, paladins, chevaliers ; vers les bêtes énormes
et redoutables. Il caresse en se jouant ce qui ferait peur
à des mains débiles ; il se meut dans l'immense, sans vertige. En revanche, mais par une tendance différente dont
l'origine[b] est pourtant la même, le poète se montre toujours l'*ami attendri de tout ce qui est faible, solitaire, contristé ;
de tout ce qui est orphelin : attraction paternelle*. Le fort devine
un frère[c] dans tout ce qui est fort, *mais*[d] voit ses enfants
dans tout ce qui a besoin d'être protégé ou consolé. C'est de la
force même, et de la certitude qu'elle donne à celui qui la

possède, que dérive l'*esprit de justice et de charité*. Ainsi
se produisent sans cesse dans les poèmes de Victor Hugo
*ces accents d'amour pour les femmes tombées, pour les pauvres
gens broyés dans les engrenages de nos sociétés,* pour les animaux martyrs de notre gloutonnerie et de notre despotisme. Peu de personnes ont remarqué le charme et l'enchantement que la bonté ajoute à la force, et qui se fait
voir si fréquemment dans les œuvres de notre poète.
Un sourire et une larme dans le visage d'un colosse,
c'est une originalité presque divine. Même dans ces petits
poèmes consacrés à l'amour sensuel, dans ces strophes
d'une mélancolie si voluptueuse et si mélodieuse, on
entend, *comme l'accompagnement permanent d'un orchestre ,
la voix profonde de la charité*. Sous l'amant on sent un père
et un protecteur. Il ne s'agit pas ici de cette morale
prêcheuse qui, par son air de pédanterie, par son ton
didactique, peut gâter les plus beaux morceaux de poésie;
mais d'une morale inspirée qui se glisse, invisible, dans
la matière poétique, comme les fluides impondérables
dans toute la machine du monde. La morale n'entre pas
dans cet art *à titre de but*. Elle s'y mêle et s'y confond
comme dans la vie elle-même. Le poète est moraliste sans
le vouloir, *par abondance et plénitude de nature*. »

Il y a ici une seule ligne qu'il faut changer; car dans *Les
Misérables* la morale entre directement *à titre de but*[1], ainsi
qu'il ressort d'ailleurs de l'aveu même du poète, placé,
en manière de préface, à la tête du livre :

« Tant qu'il existera, par le fait des lois et des mœurs,
une damnation sociale créant artificiellement, en pleine
civilisation, des enfers et compliquant d'une fatalité
humaine la destinée qui est divine... tant qu'il y aura
sur la terre ignorance et misère, des livres de la nature
de celui-ci pourront ne pas être inutiles. »

« Tant que... ! » Hélas ! autant dire TOUJOURS ! Mais ce
n'est pas ici le lieu d'analyser de telles questions. Nous
voulons simplement rendre justice au merveilleux talent
avec lequel le poète s'empare de l'attention publique et
la courbe, comme la tête récalcitrante d'un écolier paresseux, vers les gouffres prodigieux de la misère sociale.

II

Le poète, dans son exubérante jeunesse, peut prendre surtout plaisir à chanter les pompes de la vie ; car tout ce que la vie contient de splendide et de riche attire particulièrement le regard de la jeunesse. L'âge mûr, au contraire, se tourne avec inquiétude et curiosité vers les problèmes et les mystères. Il y a quelque chose de si absolument étrange dans cette tache noire que fait la pauvreté sur le soleil de la richesse, ou, si l'on veut, dans cette tache splendide de la richesse sur les immenses ténèbres de la misère, qu'il faudrait qu'un poète, qu'un philosophe, qu'un littérateur fût bien parfaitement monstrueux pour ne pas s'en trouver parfois ému et intrigué jusqu'à l'angoisse. Certainement ce littérateur-là n'existe pas ; il ne peut pas exister. Donc tout ce qui divise celui-ci d'avec celui-là, l'unique divergence c'est de savoir si l'œuvre d'art doit n'avoir d'autre but que *l'art,* si l'art ne doit exprimer d'adoration que pour *lui-même,* ou si un but, plus noble ou moins noble, inférieur ou supérieur, peut lui être imposé.

C'est surtout, dis-je, dans leur pleine maturité, que les poètes sentent leur cerveau s'éprendre de certains problèmes d'une nature sinistre et obscure, gouffres bizarres qui les attirent. Cependant on se tromperait fort si l'on rangeait Victor Hugo dans la classe des créateurs qui ont attendu si longtemps pour plonger un regard inquisiteur dans toutes ces questions intéressant au plus haut point la conscience universelle. Dès le principe, disons-le, dès les débuts de son éclatante vie littéraire, nous trouvons en lui cette préoccupation des faibles, des proscrits et des maudits. L'idée de justice s'est trahie, de bonne heure, dans ses œuvres, par le goût de la réhabilitation. *Oh ! n'insultez jamais une femme qui tombe ! Un bal à l'hôtel de ville*[1], *Marion de Lorme, Ruy Blas, Le Roi s'amuse,* sont des poèmes qui témoignent suffisamment de cette tendance déjà ancienne, nous dirons presque de cette obsession*[2].

III

Est-il bien nécessaire de faire l'analyse matérielle des *Misérables,* ou plutôt de la première partie des *Misérables ?* L'ouvrage est actuellement dans toutes les mains, et chacun en connaît la fable et la contexture. Il me paraît plus important d'observer la méthode dont l'auteur s'est servi pour mettre en lumière les vérités dont il s'est fait le serviteur.

Ce livre est un livre de charité[1], c'est-à-dire un livre fait pour exciter, pour provoquer l'esprit de charité; c'est un livre interrogant, posant des cas de complexité sociale, d'une nature terrible et navrante, disant à la conscience du lecteur : « Eh bien ? Qu'en pensez-vous ? Que concluez-vous ? »

Quant à la forme littéraire du livre, poème d'ailleurs plutôt que roman, nous en trouvons un symptôme précurseur dans la préface de *Marie Tudor,* ce qui nous fournit une nouvelle preuve de la fixité des idées morales et littéraires chez l'illustre auteur :

« ..... L'écueil du vrai, c'est le petit; l'écueil du grand, c'est le faux..... Admirable toute-puissance du poëte ! Il fait des choses plus hautes que nous, qui vivent comme nous. Hamlet, par exemple, est aussi vrai qu'aucun de nous, et plus grand. Hamlet est colossal, et pourtant réel. C'est que Hamlet, ce n'est pas vous, ce n'est pas moi, c'est nous tous. Hamlet, ce n'est pas un homme, c'est l'Homme.

« Dégager perpétuellement le grand à travers le vrai, le vrai à travers le grand, tel est donc, selon l'auteur de ce drame, le but du poëte au théâtre. Et ces deux mots, *grand* et *vrai,* renferment tout. La vérité contient la moralité, le grand contient le beau. »

Il est bien évident que l'auteur a voulu, dans *Les Misérables,* créer des abstractions vivantes, des figures idéales dont chacune, représentant un des types principaux nécessaires au développement de sa thèse, fût élevée jusqu'à une hauteur épique. C'est un roman construit en manière de poème, et où chaque personnage n'est *exception* que par la manière hyperbolique dont il représente une *généralité.* La manière dont Victor Hugo a conçu et

bâti ce roman, et dont il a jeté dans une indéfinissable
fusion, pour en faire un nouveau métal corinthien, les
riches éléments consacrés généralement à des œuvres spéciales (le sens lyrique, le sens épique, le sens philosophique), confirme une fois de plus la fatalité qui l'entraîna, plus jeune, à transformer l'ancienne ode et l'ancienne tragédie, jusqu'au point, c'est-à-dire jusqu'aux
poèmes et aux drames que nous connaissons.

Donc Mgr Bienvenu, c'est la charité hyperbolique,
c'est la foi perpétuelle dans le sacrifice de soi-même,
c'est la confiance absolue dans la Charité prise comme
le plus parfait moyen d'enseignement. Il y a dans la
peinture de ce type des notes et des touches d'une
délicatesse admirable. On voit que l'auteur s'est complu
dans le parachèvement de ce modèle angélique. Mgr Bienvenu donne tout, n'a rien à lui, et ne connaît pas d'autre
plaisir que de se sacrifier lui-même, toujours, sans repos,
sans regret, aux pauvres, aux faibles et même aux coupables. Courbé humblement devant le dogme, mais ne
s'exerçant pas à le pénétrer, il s'est voué spécialement
à la pratique de l'Évangile. « Plutôt gallican qu'ultra-
montain », d'ailleurs homme de beau monde, et doué
comme Socrate de la puissance de l'ironie et du bon mot.
J'ai entendu raconter que, sous un des règnes précédents,
un certain curé de Saint-Roch[1], très prodigue de son
bien pour les pauvres, et pris un matin au dépourvu
par des demandes nouvelles, avait subitement envoyé
à l'hôtel des ventes tout son mobilier, ses tableaux et
son argenterie. Ce trait est juste dans le caractère de
Mgr Bienvenu. Mais on ajoute, pour continuer l'histoire
du curé de Saint-Roch, que le bruit de cette action,
toute simple selon le cœur de l'homme de Dieu, mais
trop belle selon la morale du monde, se répandit, alla
jusqu'au roi, et que finalement ce curé compromettant
fut mandé à l'archevêché pour y être doucement grondé ;
car ce genre d'héroïsme pouvait être considéré comme
un blâme indirect de tous les curés trop faibles pour
se hausser jusque-là.

Valjean, c'est la brute naïve, innocente ; c'est le prolétaire ignorant, coupable d'une faute que nous absou-
drions tous sans aucun doute (le vol d'un pain), mais qui,
punie légalement, le jette dans l'école du Mal, c'est-à-dire
au Bagne. Là, son esprit se forme et s'affine dans les

lourdes méditations de l'esclavage. Finalement il en
sort subtil, redoutable et dangereux. Il a payé l'hospitalité de l'évêque par un vol nouveau; mais celui-ci le
sauve par un beau mensonge, convaincu que le Pardon
et la Charité sont les seules lumières qui puissent dissiper toutes les ténèbres. En effet, l'illumination de cette
conscience se fait, mais pas assez vite pour que la bête
routinière, qui est encore dans l'homme, ne l'entraîne
dans une nouvelle rechute. Valjean (maintenant M. Madeleine) est devenu honnête, riche et puissant. Il a enrichi,
civilisé presque, une commune, pauvre avant lui, dont il
est maire. Il s'est fait un admirable manteau de respectabilité; il est couvert et cuirassé de bonnes œuvres. Mais
un jour sinistre arrive où il apprend qu'un faux Valjean,
un sosie inepte, abject, va être condamné à sa place.
Que faire ? Est-il bien certain que la loi intérieure, la
Conscience, lui ordonne de démolir lui-même, en se
dénonçant, tout ce pénible et glorieux échafaudage de
sa vie nouvelle ? « La lumière que tout homme en naissant apporte en ce monde » est-elle suffisante pour éclairer ces ténèbres complexes ? M. Madeleine sort vainqueur, mais après quelles épouvantables luttes ! de cette
mer d'angoisses, et redevient Valjean par amour du Vrai
et du Juste. Le chapitre où est retracé, minutieusement,
lentement, analytiquement, avec ses hésitations, ses
restrictions, ses paradoxes, ses fausses consolations, ses
tricheries désespérées, cette dispute de l'homme contre
lui-même *(Tempête sous un crâne),* contient des pages
qui peuvent enorgueillir à jamais non seulement la
littérature française, mais même la littérature de l'Humanité pensante. Il est glorieux pour l'Homme Rationnel
que ces pages aient été écrites ! Il faudrait chercher beaucoup, et longtemps, et très longtemps, pour trouver
dans un autre livre des pages égales à celles-ci, où est exposée, d'une manière si tragique, toute l'épouvantable
Casuistique inscrite, dès le Commencement, dans le
cœur de l'Homme Universel.

Il y a dans cette galerie de douleurs et de drames
funestes une figure horrible, répugnante, c'est le gendarme, le garde-chiourme, la justice stricte, inexorable,
la justice qui ne sait pas commenter, la loi non interprétée, l'intelligence sauvage (peut-on appeler cela
une intelligence ?) qui n'a jamais compris les circon-

stances atténuantes, en un mot la Lettre sans l'Esprit ;
c'est l'abominable Javert. J'ai entendu quelques personnes, sensées d'ailleurs, qui, à propos de ce Javert,
disaient : « Après tout, c'est un honnête homme ; et il
a sa grandeur propre. » C'est bien le cas de dire comme
De Maistre : « Je ne sais pas ce que c'est qu'un honnête
homme[1] ! » Pour moi, je le confesse, au risque de passer
pour coupable (« ceux qui tremblent se sentent coupables », disait ce fou de Robespierre[2]), Javert m'apparaît comme un monstre incorrigible, affamé de justice
comme la bête féroce l'est de chair sanglante, bref,
comme l'Ennemi absolu[3].

Et puis je voudrais ici suggérer une petite critique. Si
énormes, si décidées de galbe et de geste que soient les
figures idéales d'un poème, nous devons supposer que,
comme les figures réelles de la vie, elles ont pris commencement. Je sais que l'homme peut apporter plus que de la
ferveur dans toutes les professions. Il devient chien de
chasse et chien de combat dans toutes les fonctions. C'est
là certainement une beauté, tirant son origine de la
passion. On peut donc être agent de police *avec enthousiasme ;* mais entre-t-on dans la police *par enthousiasme ?*
et n'est-ce pas là, au contraire, une de ces professions
où l'on ne peut entrer que sous la pression de certaines
circonstances et pour des raisons tout à fait étrangères
au fanatisme ?

Il n'est pas nécessaire, je présume, de raconter et
d'expliquer toutes les beautés tendres, navrantes, que
Victor Hugo a répandues sur le personnage de Fantine,
la grisette déchue, la femme moderne, placée entre la
fatalité du travail improductif et la fatalité de la prostitution légale. Nous savons de vieille date s'il est habile
à exprimer le cri de la passion dans l'abîme, les gémissements et les pleurs furieux de la lionne mère privée de
ses petits ! Ici, par une liaison toute naturelle, nous
sommes amené à reconnaître une fois de plus avec quelle
sûreté et aussi quelle légèreté de main ce peintre robuste,
ce créateur de colosses, colore les joues de l'enfance,
en allume les yeux, en décrit le geste pétulant et naïf.
On dirait Michel-Ange se complaisant à rivaliser avec
Lawrence ou Velasquez.

IV

Les Misérables sont donc un livre de charité, un étour-
dissant rappel à l'ordre d'une société trop amoureuse
d'elle-même et trop peu soucieuse de l'immortelle loi
de fraternité; un plaidoyer pour les *misérables* (ceux qui
souffrent de la misère et que la misère *déshonore*[1]), proféré
par la bouche la plus éloquente de ce temps. Malgré tout
ce qu'il peut y avoir de tricherie volontaire ou d'inconsciente partialité dans la manière dont, aux yeux de la
stricte philosophie, les termes du problème sont posés,
nous pensons, exactement comme l'auteur, que *des livres
de cette nature ne sont jamais inutiles.*

Victor Hugo est pour l'Homme, et cependant il n'est
pas contre Dieu. Il a confiance en Dieu, et pourtant il
n'est pas contre l'Homme.

Il repousse le délire de l'Athéisme en révolte, et cependant il n'approuve pas les gloutonneries sanguinaires
des Molochs et des Teutatès.

Il croit que l'Homme est né bon, et cependant, même
devant ses désastres permanents, il n'accuse pas la
férocité et la malice de Dieu.

Je crois que pour ceux même qui trouvent dans la
doctrine orthodoxe, dans la pure théorie catholique,
une explication, sinon complète, du moins plus compréhensive de tous les mystères inquiétants de la vie,
le nouveau livre de Victor Hugo doit être le *Bienvenu*
(comme l'évêque dont il raconte la victorieuse charité);
le livre à applaudir, le livre à remercier. N'est-il pas
utile que de temps à autre le poète, le philosophe,
prennent un peu le Bonheur égoïste aux cheveux, et lui
disent, en lui secouant le mufle dans le sang et l'ordure :
« Vois ton œuvre et bois ton œuvre » ?

Hélas! du Péché Originel, même après tant de progrès
depuis si longtemps promis, il restera toujours bien assez
de traces pour en constater l'immémoriale réalité[2] !

ANNIVERSAIRE
DE LA NAISSANCE DE SHAKESPEARE

À M. LE RÉDACTEUR EN CHEF DU « FIGARO »

Monsieur,

Il m'est arrivé plus d'une fois de lire le *Figaro* et de me sentir scandalisé par le sans-gêne de rapin qui forme, malheureusement, une partie du talent de vos collaborateurs[1]. Pour tout dire, ce genre de littérature frondeuse qu'on appelle le « petit journal » n'a rien de bien divertissant pour moi et choque presque toujours mes instincts de justice et de pudeur. Cependant, toutes les fois qu'une grosse bêtise, une monstrueuse hypocrisie, une de celles que notre siècle produit avec une inépuisable abondance, se dresse devant moi, tout de suite je comprends l'utilité du « petit journal ». Ainsi, vous le voyez, je me donne presque tort, d'assez bonne grâce.

C'est pourquoi j'ai cru convenable de vous dénoncer une de ces énormités, une de ces cocasseries, avant qu'elle fasse sa définitive explosion.

Le 23 avril est la date où la Finlande elle-même doit, dit-on, célébrer le trois centième anniversaire de la naissance de Shakespeare. J'ignore si la Finlande a quelque intérêt mystérieux à célébrer un poète qui n'est pas né chez elle, si elle a le désir de porter, à propos du poète-comédien anglais, quelque toast malicieux. Je comprends, à la rigueur, que les littérateurs de l'Europe entière veuillent s'associer dans un commun élan d'admiration pour un poète que sa grandeur (comme celle de plusieurs autres grands poètes) rend cosmopolite; cependant nous pourrions noter en passant que, s'il est raisonnable de célébrer les poètes de tous les pays, il serait encore plus juste que chacun célébrât d'abord les siens. Chaque religion a ses saints, et je constate avec peine que jusqu'à présent on ne s'est guère inquiété ici de fêter l'anniversaire de la naissance de Chateaubriand ou de Balzac. Leur gloire, me dira-t-on, est encore trop jeune. Mais celle de Rabelais ?

Ainsi voilà une chose acceptée. Nous supposons que, mus par une reconnaissance spontanée, tous les littérateurs de l'Europe veulent honorer la mémoire de Shakespeare avec une parfaite candeur.

Mais les littérateurs parisiens sont-ils poussés par un sentiment aussi désintéressé, ou plutôt n'obéissent-ils pas, à leur insu, à une très petite coterie qui poursuit, elle, un but personnel et particulier, très distinct de la gloire de Shakespeare ?

J'ai été, à ce sujet, le confident de quelques plaisanteries et de quelques plaintes dont je veux vous faire part.

Une réunion a eu lieu quelque part, peu importe où. M. Guizot devait faire partie du comité. On voulait sans doute honorer en lui le signataire d'une pauvre traduction de Shakespeare[1]. Le nom de M. Villemain a été inscrit également. Autrefois il a parlé, tant bien que mal, du théâtre anglais[2]. C'est un prétexte suffisant, quoique cette mandragore sans âme, à vrai dire, soit destinée à faire une drôle de figure devant la statue du poète le plus passionné du monde.

J'ignore si le nom de Philarète Chasles, qui a tant contribué à populariser chez nous la littérature anglaise, a été inscrit ; j'en doute fort, et j'ai de bonnes raisons pour cela[3]. Ici, à Versailles[4], à quelques pas de moi, habite un vieux poète qui a marqué, non sans honneur, dans le mouvement littéraire romantique ; je veux parler de M. Émile Deschamps, traducteur de *Roméo et Juliette*[5]. Eh bien ! monsieur, croiriez-vous que ce nom n'a pas passé sans quelques objections ? Si je vous priais de deviner pourquoi, vous ne le devineriez jamais. M. Émile Deschamps a été pendant longtemps un des principaux employés du ministère des Finances. Il est vrai qu'il a, depuis longtemps aussi, donné sa démission. Mais, en fait de justice, messieurs les factotums de la littérature démocratique n'y regardent pas de si près, et

cette cohue de petits jeunes gens est si occupée de
faire ses affaires, qu'elle apprend quelquefois avec étonnement que tel vieux bonhomme, à qui elle doit beaucoup, n'est pas encore mort. Vous ne serez pas étonné
d'apprendre que M. Théophile Gautier a failli être exclu,
comme *mouchard*. (Mouchard est un terme qui signifie
un auteur qui écrit des articles sur le théâtre et la peinture dans la feuille officielle de l'État[1]). Je ne suis pas du
tout étonné, ni vous sans doute, que le nom de M. Philoxène Boyer ait soulevé maintes récriminations.
M. Boyer est un bel esprit, un très bel esprit, dans le
meilleur sens. C'est une imagination souple et grande,
un écrivain fort érudit, qui a, dans le temps, commenté
les ouvrages de Shakespeare dans des improvisations
brillantes[2]. Tout cela est vrai, incontestable; mais hélas !
le malheureux a donné quelquefois des signes d'un
lyrisme monarchique un peu vif. En cela il était sincère,
sans doute; mais qu'importe ! ces odes malencontreuses,
aux yeux de ces messieurs, annulent tout son mérite en
tant que shakespearianiste. Relativement à Auguste Barbier, traducteur de *Julius Caesar*[3], et à Berlioz, auteur d'un
Roméo et Juliette, je ne sais rien. M. Charles Baudelaire,
dont le goût pour la littérature saxonne est bien connu,
avait été oublié[4]. Eugène Delacroix est bien heureux
d'être mort. On lui aurait, sans aucun doute, fermé au
nez les portes du festin, lui, traducteur à sa manière,
de *Hamlet,* mais aussi le membre corrompu du Conseil
municipal; lui, l'aristocratique génie, qui poussait la
lâcheté jusqu'à être poli, même envers ses ennemis.
En revanche, nous verrons le démocrate Biéville[5]
porter un toast, *avec restrictions,* à l'immortalité de l'auteur
de *Macbeth,* et le délicieux Legouvé, et le Saint-Marc
Girardin, ce hideux courtisan de la jeunesse médiocre,
et l'autre Girardin, l'inventeur de la boussole escargotique et de la souscription à un sou par tête pour
l'abolition de la guerre[6] !

Mais le comble du grotesque, le *nec plus ultra* du ridicule, le symptôme irréfutable de l'hypocrisie de la manifestation, est la nomination de M. Jules Favre comme
membre du comité. Jules Favre et Shakespeare ! Saisissez-vous bien cette énormité ? Sans doute M. Jules Favre
est un esprit assez cultivé pour comprendre les beautés
de Shakespeare, et, à ce titre, il peut venir; mais, s'il a

pour deux liards de sens commun, et s'il tient à ne pas
compromettre le vieux poète, il n'a qu'à refuser l'honneur absurde qui lui est conféré. Jules Favre dans un
comité shakespearien ! Cela est plus grotesque qu'un
Dufaure[1] à l'Académie !

Mais, en vérité, MM. les organisateurs de la *petite*
fête ont bien autre chose à faire que de glorifier la poésie.
Deux poètes, qui étaient présents à la première réunion
dont je vous parlais tout à l'heure, faisaient observer
tantôt qu'on oubliait celui-ci ou celui-là, tantôt qu'il
faudrait faire ceci ou cela; et leurs observations étaient
faites uniquement dans le sens littéraire; mais, à chaque
fois, l'un des petits humanitaires leur répondait : « Vous
ne comprenez pas *de quoi il s'agit.* »

Aucun ridicule ne manquera à cette solennité. Il faudra aussi tout naturellement fêter Shakespeare au théâtre.
Quand il s'agit d'une représentation en l'honneur de
Racine, on joue, après l'ode de circonstance, *Les Plaideurs*
et *Britannicus ;* si c'est Corneille qu'on célèbre, ce sera
Le Menteur et *Le Cid ;* si c'est Molière, *Pourceaugnac* et *Le
Misanthrope.* Or, le directeur d'un grand théâtre[2], homme
de douceur et de modération, courtisan impartial de la
chèvre et du chou, disait récemment au poète chargé de
composer quelque chose en l'honneur du tragique
anglais : « Tâchez de glisser là-dedans l'éloge des classiques français, et puis ensuite, pour mieux honorer
Shakespeare, nous jouerons *Il ne faut jurer de rien !* » C'est
un petit proverbe d'Alfred de Musset.

Parlons un peu du vrai but de ce grand jubilé. Vous
savez, monsieur, qu'en 1848 il se fit une alliance adultère
entre l'école littéraire de 1830 et la démocratie, une
alliance monstrueuse et bizarre. Olympio renia la fameuse
doctrine de *l'art pour l'art*[3], et depuis lors, lui, sa famille
et ses disciples, n'ont cessé de prêcher le peuple, de
parler pour le peuple, et de se montrer en toutes occasions les amis et les patrons assidus du peuple. « Tendre
et profond amour du peuple ! » Dès lors, tout ce qu'ils
peuvent aimer en littérature a pris la couleur révolutionnaire et philanthropique. Shakespeare est socialiste.
Il ne s'en est jamais douté, mais il n'importe. Une espèce
de critique paradoxale a déjà essayé de travestir le
monarchiste Balzac, l'homme du trône et de l'autel,
en homme de subversion et de démolition. Nous sommes

familiarisés avec ce genre de supercherie. Or, monsieur, vous savez que nous sommes dans un temps de partage, et qu'il existe une classe d'hommes dont le gosier est obstrué de toasts, de discours et de cris non utilisés, dont, très naturellement, ils cherchent le placement. J'ai connu des gens qui surveillaient attentivement la mortalité, surtout parmi les célébrités, et couraient activement chez les familles et dans les cimetières pour faire l'éloge des défunts qu'ils n'avaient jamais connus. Je vous signale M. Victor Cousin comme le prince du genre[1].

Tout banquet, toute fête sont une belle occasion pour donner satisfaction à ce verbiage français; les orateurs sont le fonds qui manque le moins; et la petite coterie caudataire de ce poète (en qui Dieu, par un esprit de mystification impénétrable, a amalgamé la sottise avec le génie), a jugé que le moment était opportun pour utiliser cette indomptable manie au profit des buts suivants, auxquels la naissance de Shakespeare ne servira que de prétexte :

1º Préparer et chauffer le succès du livre de V. Hugo sur Shakespeare, livre qui comme tous ses livres, plein de beautés et de bêtises, va peut-être encore désoler ses plus sincères admirateurs;

2º Porter un toast au Danemark[a2]. La question est palpitante, et on doit bien cela à Hamlet, qui est le prince du Danemark le plus connu. Cela sera d'ailleurs mieux en situation que le toast à la Pologne qui a été lancé, m'a-t-on dit, dans un banquet offert à M. Daumier.

Ensuite, et selon les occurrences et le *crescendo* particulier de la bêtise chez les foules rassemblées dans un seul lieu, porter des toasts à Jean Valjean, à l'abolition de la peine de mort, à l'abolition de la misère, à la *Fraternité universelle,* à la diffusion des lumières, au *vrai* Jésus-Christ, *législateur des chrétiens,* comme on disait jadis, à M. Renan[3], à M. Havin[4], etc..., enfin à toutes les stupidités propres à ce XIXe siècle, où nous avons le fatigant bonheur de vivre, et où chacun est, à ce qu'il paraît, privé du droit naturel de *choisir ses frères.*

Monsieur, j'ai oublié de vous dire que les femmes étaient exclues de la fête. De belles épaules, de beaux bras, de beaux visages et de brillantes toilettes auraient pu nuire à l'austérité démocratique d'une telle solennité.

Cependant, je crois qu'on pourrait inviter quelques comédiennes, quand ce ne serait que pour leur donner l'idée de jouer un peu Shakespeare et de rivaliser avec les Smithson et les Faucit[1].

Conservez ma signature, si bon vous semble; supprimez-la, si vous jugez qu'elle n'a pas assez de valeur[2].

Veuillez agréer, Monsieur, l'assurance de mes sentiments bien distingués.

***

[LETTRE À JULES JANIN]

[I]

À Monsieur Jules Janin

À propos du feuilleton (signé Éraste)
sur Henri Heine et la jeunesse des poètes.

Lui *aussi,* lui-*même*[1], « Il savait comment on chante et comment on pleure; il connaissait *le sourire mouillé de larmes,* etc..... ».

Comme c'est extraordinaire, n'est-ce pas, qu'un homme soit un homme ?

Catilina écrit au sénateur Quintus Cecilius, avant de prendre les armes : « Je te lègue ma chère femme Orestilla et ma chère fille... »

Mérimée (*Mérimée lui-même* ! ! !) ajoute : « on éprouve quelque plaisir et quelque étonnement à voir des sentiments humains dans un pareil monstre[2]. »

Comme c'est extraordinaire, qu'un homme soit un homme !

Quant à toutes les citations de petites polissonneries françaises comparées à la poésie d'Henri Heine, de Byron et de Shakespeare, cela fait l'effet d'une serinette ou d'une épinette comparée à un puissant orchestre. Il n'est pas un seul des fragments d'Henri Heine que vous citez qui ne soit infiniment supérieur à toutes les bergerades ou berquinades que vous admirez. — Ainsi, l'auteur de *L'Âne mort et la femme guillotinée*[3] ne veut plus entendre l'ironie[a]; il ne veut pas qu'on parle de la Mort, de la douleur, de la brièveté des sentiments humains.

« Écartez de moi les images funèbres ; loin de moi, tous ces ricanements ! Laissez-moi traduire Horace, et le savourer à ma guise, Horace, un vrai amateur des flonflons, un brave *littératisant,* dont la lecture ne fait pas mal aux nerfs, comme font toutes ces discordantes lyres[a] modernes. »

Pour finir, je serais curieux de savoir si vous êtes bien sûr *que Béranger*[1] *soit un*[b] *poète.* (Je croyais qu'on n'osait plus parler de cet homme.)

— Si vous êtes bien sûr que *les belles funérailles* soient une preuve du génie ou de l'honnêteté du défunt (moi, je crois le contraire, c'est-à-dire qu'il n'y a guère que les coquins et les sots qui obtiennent de belles funérailles)[2].

— Si vous êtes bien sûr que Delphine Gay soit un[c] poète.

— Si vous croyez que le langoureux de Musset soit un *bon* poète.

— Je serais aussi curieux de savoir ce que fait le nom du grotesque Viennet[3], à côté du nom de De Banville.

— Et à côté d'Auguste Barbier, Hégésippe Moreau, *un ignoble pion* enflammé de sale luxure et de prêtrophobie belge[4].

Enfin pourquoi vous orthographiez[d] : *Lecomte Delille,* le nom de M. Leconte de Lisle, le confondant ainsi avec le méprisable auteur des *Jardins*[5].

Cher Monsieur, si je voulais pleinement soulager la colère que vous avez mise en moi, je vous écrirais cinquante pages au moins, et je vous prouverais que, contrairement à votre[e] thèse, notre pauvre France n'a que fort peu de poètes, et qu'elle n'en a pas un seul à opposer à Henri Heine. — Mais vous n'aimez pas la vérité ; vous n'aimez pas les proportions ; vous n'aimez pas la justice ; vous n'aimez pas les combinaisons ; vous n'aimez pas le rythme, ni le mètre, ni la rime ; tout cela exige[f] qu'on prenne trop de soins pour l'obtenir. Il est si doux de s'endormir sur l'oreiller de *l'opinion toute faite* !

Savez-vous bien, monsieur, que vous parlez de Byron trop légèrement ? Il avait votre qualité et votre défaut ; — une grande abondance, un grand flot, une grande loquacité, — mais[g] aussi, ce qui fait les poètes : une diabolique personnalité. En vérité, vous me donnez envie de le défendre.

Monsieur, j'ai reçu souvent des lettres injurieuses

d'inconnus, quelquefois anonymes, des gens qui avaient sans doute du temps à perdre. J'avais du temps à perdre ce soir; j'ai voulu imiter, à votre égard, les donneurs de conseils qui m'ont souvent assailli. Je suis un peu de vos amis; quelquefois même je vous ai admiré[1]; je connais à fond la sottise française; et pourtant, quand je vois un littérateur français (faisant autorité dans *le monde*) lâcher des légèretés, je suis encore pris de rages qui font tout pardonner[a], même la lettre anonyme[2].

Je vous promets qu'à la prochaine visite que j'aurai le plaisir de vous faire, je vous ferai mon *mea culpa,* non pas de mes opinions, mais de ma conduite.

[II]

Monsieur, je fais ma pâture de vos feuilletons, — dans *L'Indépendance,* laquelle vous manque un peu de respect quelquefois et vous montre quelque ingratitude. Les présentations à la Buloz[3]. Auguste Barbier à la *Revue de Paris.* Le Désaveu. *L'Indépendance* a des convictions austères qui ne lui permettent pas de s'apitoyer sur les malheurs des Reines. Donc, je vous lis; car je suis un peu de vos amis, si[b] toutefois vous croyez comme moi que l'admiration engendre une sorte d'amitié.

Mais le feuilleton d'hier soir m'a mis en grande rage. Je veux vous expliquer le pourquoi.

Henri Heine était donc un homme ! bizarre. Catilina était donc un homme[4]. Un monstre pourtant, puisqu'il conspirait pour les pauvres[c]. Henri Heine était méchant, — oui, comme les hommes sensibles, irrités de vivre avec la canaille; par *Canaille* j'entends les gens qui ne se connaissent pas en poésie (le *Genus irritabile vatum*).

Examinons[d] donc ce cœur d'Henri Heine jeune.

Les fragments que vous citez sont charmants, mais je vois bien ce qui vous choque, c'est la tristesse, c'est l'ironie. Si J. J.[5] était empereur, il décréterait qu'il est défendu de pleurer, ou de se pendre sous son règne, ou même de rire d'une certaine façon. *Quand Auguste avait bu*[6], etc. *Vous êtes un homme heureux.* Je[e] vous plains, monsieur, d'être si facilement heureux. Faut-il qu'un

homme soit tombé bas pour se croire heureux ! Peut-
être est-ce une explosion sardonique, et souriez-vous
pour cacher[a] le renard qui vous ronge. En ce cas, c'est
bien. Si[b] ma langue pouvait prononcer une telle phrase,
elle en resterait paralysée.

Vous n'aimez pas la discrépance[1], la dissonance[c].
Arrière les indiscrets qui troublent la somnolence de
votre bonheur. Vivent les ariettes de Florian. Arrière
les plaintes puissantes du chevalier Tannhäuser, *aspirant
à la douleur*. Vous aimez les musiques qu'on peut entendre
sans les écouter et les tragédies qu'on peut commencer
par le milieu.

Arrière tous ces poètes qui ont leurs poches pleines de
poignards, de fiel, de fioles de laudanum[2]. Cet homme est
triste, il me scandalise. — Il n'a donc pas de Margot, il
n'en a donc jamais eu. Vive Horace buvant son lait de
poule, son falerne, veux-je dire, et pinçant, en honnête
homme, les charmes[d] de sa Lisette, en brave littératisant[3],
sans diablerie et sans fureur, sans œstus[4] !

À propos de belles funérailles, vous citez, je crois,
celles de Béranger. Il n'y avait rien de bien beau, je
crois. Un préfet de Police a dit qu'il l'avait escamoté : il
n'y a eu de beau que Mme Colet[e] bousculant les sergents de ville. Et Pierre Leroux seul trouva le mot du
jour : Je lui avais toujours prédit qu'il raterait son
enterrement[5].

Béranger ? On[f] a dit quelques vérités sur ce grivois.
Il y en aurait encore long à dire. Passons.

De Musset. Faculté poétique ; mais peu joyeux.
Contradiction dans votre thèse. Mauvais poète d'ailleurs. On le trouve maintenant chez les filles entre les
chiens de verre filé, le chansonnier du Caveau[6] et les

porcelaines gagnées aux loteries d'Asnières. Croque-mort langoureux.

Sainte-Beuve[a]. Oh ! celui-là, je vous arrête. Pouvez-vous expliquer ce genre de beauté ? Werther carabin[1]. Donc contradiction dans votre thèse.

Banville et Viennet. Grande catastrophe. Viennet, parfait honnête homme. Héroïsme à[b] détruire la poésie ; mais la Rime ! ! ! et même la Raison ! ! ! — Je sais que vous n'agissez jamais par intérêt[2]... Donc, qui a pu vous pousser —

Delphine Gay ! — Leconte de Lisle. Le trouvez-vous bien rigolo, bien à vos souhaits, la main sur la conscience ? — Et Gauthier [*sic*] ? Et Valmore ? et moi ? — Mon truc[3].

Je[c] présente la paraphrase du *genus irritabile vatum* pour la défense non seulement d'Henri Heine, mais aussi de tous les poètes. Ces pauvres diables (qui sont la couronne de l'humanité) sont insultés par tout le monde. Quand ils ont soif et qu'ils demandent un verre d'eau, il y a des Trimalcions qui les traitent d'ivrognes. Trimalcion[4] s'essuie les doigts aux cheveux de ses esclaves ; mais si un poète montrait la prétention d'avoir quelques bourgeois dans son écurie, il y aurait bien des personnes qui s'en scandaliseraient[5].

Vous dites : Voilà de ces belles choses que je ne comprendrai jamais... Les néocritiques...

Quittez donc ce ton vieillot, qui ne vous servira de rien, pas même auprès du sieur Villemain.

Jules Janin ne veut plus d'images chagrinantes. Et la mort de Charlot ?

Et le baiser dans la lunette[a] de la guillotine ?

Et le Bosphore, si enchanteur du haut d'un pal ?

Et la Bourbe, et les Capucins ? Et les chancres fumant sous le fer rouge[1] ?

Quand le diable devient vieux[b], il se fait......... berger. Allez paître vos blancs moutons.

À bas[c] les suicides. À bas les méchants farceurs. On ne pourrait jamais dire sous votre règne : Gérard de Nerval s'est pendu, Janino Imperatore. Vous auriez même des agents, des inspecteurs faisant rentrer chez eux les gens qui n'auraient pas sur leurs lèvres la grimace du bonheur.

Catilina[d], un homme d'esprit sans aucun doute, puisqu'il avait des amis dans le parti contraire au sien, ce qui n'est inintelligible que pour un Belge.

Toujours Horace et Margoton. Vous vous garderiez bien de choisir Juvénal, Lucain, ou Pétrone. Celui-là [*sic*] avec ses terrifiantes impuretés, ses bouffonneries attristantes. (Vous prendriez volontiers parti pour Trimalcion, *puisqu'il est heureux,* avouez-le.) Celui-ci[2] [*sic*] avec ses regrets de Brutus et de Pompée, ses morts ressuscités, ses sorcières thessaliennes, qui font danser la Lune sur l'herbe des plaines désolées, et cet autre avec ses éclats de rire pleins de fureur[e]. Car vous n'avez pas manqué d'observer que Juvénal[f] se fâche toujours au profit du pauvre et de l'opprimé. Ah ! le vilain sale !
— Vive Horace, et tous ceux pour qui Babet est pleine de complaisances !

Trimalcion est bête, *mais il est heureux*. Il est vaniteux jusqu'à faire crever de rire ses serviteurs, mais *il est heureux*. Il est abject et immonde ; mais *heureux*. Il étale un

gros luxe et feint de se connaître en délicatesses; il est
ridicule, mais il est *heureux*. Ah! pardonnons[a] aux *heureux*.
Le *bonheur* est une belle et universelle *excuse*, n'est-ce pas ?

☆

Ah ! vous êtes heureux, monsieur. Quoi ! — Si vous[b]
disiez : je suis vertueux, je comprendrais que cela
sous-entend : je souffre moins qu'un autre. Mais non;
vous êtes *heureux*. Facile à contenter, alors ? Je vous
plains, et j'estime ma mauvaise humeur plus distinguée
que votre béatitude. — J'irai jusque-là que je vous
demanderai si les spectacles de la terre vous suffisent.
Quoi ! jamais vous n'avez eu envie de *vous en aller,* rien
que pour changer de spectacle[1]. J'ai de très sérieuses
raisons pour plaindre celui qui n'aime pas la Mort.

Byron[c], Tennyson, Poe et Cie.
Ciel mélancolique de la poésie moderne. Étoiles de
première grandeur.

Pourquoi les choses ont-elles changé ? Grave question
que je n'ai pas le temps de vous expliquer ici. Mais vous
n'avez même pas songé à vous la poser. Elles ont changé
parce qu'elles devaient changer. Votre ami le sieur Villemain vous chuchote à l'oreille le mot : Décadence[2].
C'est un mot bien commode à l'usage des pédagogues
ignorants. Mot vague derrière lequel s'abritent[d] notre
paresse et votre incuriosité de la loi.

Pourquoi donc toujours la joie ? Pour vous divertir
peut-être. Pourquoi la tristesse n'aurait-elle pas sa
beauté ? Et l'horreur aussi ? Et tout ? Et n'importe
quoi ?

☆

Je vous vois venir. Je sais où vous tendez. Vous
oseriez peut-être affirmer qu'on ne doit pas mettre
des têtes de mort dans les soupières, et qu'un petit
cadavre de nouveau-né ferait un fichu[3]. (Cette plaisanterie a été faite cependant; mais hélas ! c'était le bon
temps !) — Il y aurait beaucoup à dire cependant là-
dessus. — Vous me blessez dans mes plus chères convictions. Toute la question, en ces matières, c'est la sauce,
c'est-à-dire le génie.

Pourquoi le poète ne serait-il pas un broyeur de poisons aussi bien qu'un confiseur, un éleveur de serpents pour miracles et spectacles[1], un psylle[a] amoureux de ses reptiles, et jouissant des caresses glacées de leurs anneaux en même temps que des terreurs de la foule ?

Deux parties également ridicules dans votre feuilleton. Méconnaissance[b] de la poésie de Heine, et de la poésie en général. Thèse absurde sur la jeunesse des poètes. Ni vieux, ni jeune, il est. Il est ce qu'il veut. Vierge, il chante la débauche, sobre, l'ivrognerie[2].

(Votre dégoûtant amour de la joie me fait penser à M. Véron, réclamant[c] une littérature *affectueuse*[3]. Votre goût de l'honnêteté n'est encore que du sybaritisme. M. Véron disait cela fort innocemment. *Le Juif errant* l'avait sans doute contristé. Lui aussi, il aspirait aux émotions douces et non troublantes[d].)

À propos de la Jeunesse des poètes.
    Livres vécus, poèmes vécus.
        Consultez là-dessus M. Villemain. Malgré son amour incorrigible des solécismes, je doute qu'il avale celui-là.

Byron[e], loquacité, redondance. Quelques-unes de vos qualités, monsieur. Mais en revanche, ces sublimes défauts qui font le grand poète. La mélancolie, toujours inséparable du sentiment du beau[4], et une personnalité ardente, diabolique. Un esprit salamandrin[5].

Byron. Tennyson. E. Poe. Lermontoff. Leopardi. Espronceda[f][6]. — Mais ils n'ont pas chanté Margot. — Eh ! quoi ! je n'ai pas cité un Français. La France est pauvre.
    Poésie[g] française. Veine tarie sous Louis XIV. Repa-

raît avec Chénier (Marie-Joseph), car l'autre est un ébéniste de Marie-Antoinette[1].

Enfin rajeunissement et explosion sous Charles X.

Vos flonflons français. Épinette et orchestre. Poésie
à fleur de peau. Le Cupidon de Thomas Hood[2].

Votre paquet de poètes accouplés comme bassets
et lévriers, comme fouines et girafes[a].

Analysons-les, un à un.

Et Théophile Gautier ? Et moi ?

Lecomte Delille. Vos étourderies. *Jean Pharond.* Pharamond. *Jean Beaudlair*[3]. N'écrivez pas *Gauthier,* si vous
voulez réparer votre oubli, et n'imitez pas ses éditeurs
qui le connaissent si peu qu'ils estropient son nom. La
versification d'une pièce en prose. Et vous y étiez. Le
tic de Villefranche.

Tic congénital.

Fonction naturelle.

    Villefranche

    et Argenteuil.

Gascogne.

Franche-Comté.

Normandie.

Belgique[4].

Vous êtes un homme heureux. Voilà qui suffit pour
vous consoler de toutes erreurs. Vous n'entendez rien
à l'architecture des mots, à la plastique de la langue, à la
peinture, à la musique, ni à[b] la poésie. Consolez-vous,
Balzac et Chateaubriand[c] n'ont jamais pu faire de vers
passables. Il est vrai qu'ils savaient reconnaître les bons.

Début. Ma rage. Pierre dans mon jardin, ou plutôt
dans notre jardin.

Dans[d] l'article *Janin.*

Janin loue Cicéron, petite farce de journaliste. C'est peut-être une caresse au sieur Villemain.

Cicéron, philippiste. Sale type de parvenu.

C'est notre César, à nous. (De Sacy.)

Janin avait sans doute une raison pour citer Viennet parmi les poètes. De même il a sans doute une excellente raison pour louer Cicéron. Cicéron n'est pas de l'Académie, cependant on peut dire qu'il en est, par Villemain et la bande orléaniste[1].

LE COMÉDIEN ROUVIÈRE

J'ai connu longtemps Rouvière... — *Philibert* Rouvière ne m'a jamais donné de notes détaillées sur sa naissance, son éducation, etc... C'est moi qui ai écrit, dans un recueil illustré sur les principaux comédiens de Paris, l'article le concernant. Mais dans cet article, on ne trouvera autre chose qu'une appréciation raisonnée de son talent, talent bizarre jusqu'à l'excès, fait de raisonnement et d'exagération nerveuse, ce dernier élément l'emportant généralement.

Principaux rôles de Rouvière : *Mordaunt,* dans *Les Mousquetaires,* type de haine concentrée, serviteur de Cromwell, ne poursuivant à travers les guerres civiles que la satisfaction de ses vengeances personnelles et légitimes.

Dans ce rôle, Rouvière faisait peur et horreur. Il était tout *en fer.*

Charles IX, dans une autre pièce d'Alexandre Dumas. Tout le monde a été émerveillé de cette *ressuscitation.* Du reste, Rouvière ayant été *peintre,* ces tours de force lui étaient plus faciles qu'à un autre.

L'abbé *Faria,* dans *Monte-Cristo*[1]. Rouvière n'a joué le rôle qu'une fois. — *Hostein*[2], *le directeur, et Alexandre Dumas n'ont* JAMAIS BIEN COMPRIS la manière de jouer de Rouvière.

Hamlet (par Meurice et Dumas.) Grand succès de Rouvière. — Mais joué en Hamlet méridional; Hamlet furibond, nerveux et pétulant. Gœthe, qui prétend[3] que Hamlet était blond et lourd, n'aurait pas été content.

Méphistophélès, dans le détestable *Faust, refait* par Dennery[4]. Rouvière a été mauvais. Il avait beaucoup d'esprit, et cherchait des finesses qui tranchaient baroquement sur sa nature méridionale.

Maître Favilla, de George Sand. Extraordinaire succès ! Rouvière, qui n'avait jamais *joué* que des natures
amères, féroces, ironiques, atroces, a joué admirablement
un rôle paternel, doux, aimable, idyllique. Cela tient,
selon moi, à un côté peu connu de sa nature : amour
de l'utopie, des idylles révolutionnaires; — culte de
Jean-Jacques, Florian et Berquin.

Le rôle du *Médecin,* dans *Le Comte Hermann*[1]*, d'Alexandre Dumas.* — Dumas a été obligé de confesser que
Rouvière avait des instants sublimes.

Othello, — dans l'*Othello* d'Alfred de Vigny[2]. — Rouvière a très bien su exprimer la politesse raffinée, emphatique, non inséparable de la rage d'un cocu oriental.

Et bien d'autres rôles dont je ne me souviens pas
actuellement.

Physiquement, Rouvière était un petit moricaud nerveux, ayant gardé jusqu'à la fin l'accent du Midi, et
montrant dans la conversation des finesses inattendues...
— pas cabotin et fuyant les cabotins. — Cependant,
très épris d'aventures, il avait suivi des saltimbanques
pour étudier leurs mœurs. — Très homme du monde,
quoique comédien, très éloquent.

Moralement, — élève de Jean-Jacques Rousseau. Je
me souviens d'une querelle bizarre qu'il me fit un jour
qu'il me trouva arrêté devant une boutique de bijoutier.

« Une cabane, disait-il, un foyer, une chaise, et une
planche pour y mettre mon divin Jean-Jacques, cela me
suffit. — Aimer le luxe, c'est d'un malhonnête homme. »

Peintre, il était élève de Gros.

Il y a quelques mois, Rouvière étant tombé malade,
et étant très pauvre, des amis imaginèrent de faire une
vente de ses tableaux; elle n'eut aucun succès.

Comme peintre, il était, à quelques égards, ce qu'il
était comme comédien. — Bizarre, ingénieux et incomplet.

Je me souviens cependant d'un charmant tableau
représentant *Hamlet contraignant sa mère à contempler le
portrait du roi défunt.* — Peinture ultra-romantique,
achetée, m'a-t-on dit, par M. de Goncourt[3].

M. Théophile Silvestre[4] a de jolis dessins de Rouvière.
Pendant longtemps, M. Luquet (associé de Cadart[5]) a

offert, comme étant de Géricault, un tableau *(Les Girondins en prison)* que j'ai reconnu tout de suite pour un
Rouvière... grande composition, sauvage et maladroite,
enfantine même, mais d'un grand feu.

Comme comédien, Rouvière était très admiré d'Eugène Delacroix.

M. Champfleury a fait de lui une curieuse étude sous
forme de nouvelle : *Le Comédien Trianon*.

[NOTE SUR]
LES TRAVAILLEURS DE LA MER

Les copeaux du rabot[1].
Gilliatt[2] (Juliette, Julliot, Giliard, Galaad).
Les Îles de la Manche. Tiédeur. Fleurissement. Superstitions. Le Roi des Aux Criniers[3].
Québec. Canada, Français baroque et archaïque. Patois composite.
Simplicité de la fable.
La vieille langue de Mer.
Idylle, petit poème.
Mots suggestifs dans le portrait de Déruchette.
Le vent. Le météore[4]. Le naufrage.
La grotte enchantée. Le poulpe.
Le Clergé anglican.
L'amour fécond en sottises et en grandeurs.
Le suicide de Gilliatt.
Glorification de la Volonté.
La joie de Lethierry (Dramaturgie[5]).
Le Dénouement fait de la peine (critique flatteuse)[6].

[MARGINALIA]

[SUR UN EXEMPLAIRE
DE « LA CAUSE DU BEAU GUILLAUME[1] »]

Louis Leforgeur est en mâle ce que Henriette Gérard est en femelle. Amour particulier de l'auteur pour les êtres faibles et violents.

L'article, venant trop tard, pourra servir de préface à une deuxième édition.

[SUR UN EXEMPLAIRE DE « DOMINIQUE[2] »]

Me souvenir de quelques mots à prendre dans le type[a] du Dandy.

D'ailleurs, caractère manqué[3].

Pas de drame. Toujours la même délicatesse dans la peinture du décor.

[SUR UN EXEMPLAIRE
DE POÉSIES DE SAINTE-BEUVE[4]]

Livre de psychologie et livre d'histoire (annales).

Sonnet à Mad. G.	225	
vers 12e	195	
Tu te révoltes	192	
Dans ce cabriolet	193	psychologie
En revenant du convoi	227	mystique,

La voilà   199   éparse.
                                             Remords
                                             Surveillance[1]
Explication des *Fl. du Mal*[2]   231
                                      232
                                      235
          22 et 23   237
Le suffrage de Villemain (!)   Le Décor
Le joueur d'orgue   242   Paysage
                                             Rues
                                             Mobilier
                                             Métaphores très
                                             subtiles. Habitudes
                                             de demi-jour et de
                                             l'à-peu-près[3].

[ÉTUDES SUR POE]

[PRÉSENTATION
DE *RÉVÉLATION MAGNÉTIQUE*]

On a beaucoup parlé dans ces derniers temps d'Edgar Poe[1]. Le fait est qu'il le mérite. Avec un volume de nouvelles, cette réputation a traversé les mers. Il a étonné, surtout étonné, plutôt qu'ému ou enthousiasmé. Il en est généralement de même de tous les romanciers qui ne marchent qu'appuyés sur une méthode créée par eux-mêmes, et qui est la conséquence même de leur tempérament. Je ne crois pas qu'il soit possible de trouver un romancier fort qui n'ait pas opéré la création de sa méthode, ou plutôt dont la sensibilité primitive ne se soit pas réfléchie et transformée en un art certain. Aussi les romanciers forts sont-ils tous plus ou moins philosophes : Diderot, Laclos, Hoffmann, Gœthe, Jean Paul, Maturin, Honoré de Balzac, Edgar Poe[2]. Remarquez que j'en prends de toutes les couleurs et des plus contrastées. Cela est vrai de tous, même de Diderot, le plus hasardeux et le plus aventureux, qui s'appliqua, pour ainsi dire, à noter et à régler l'improvisation ; qui accepta d'abord, et puis de parti pris utilisa sa nature enthousiaste, sanguine et tapageuse[3]. Voyez Sterne[4], le phénomène est bien autrement évident, et aussi bien autrement méritant. Cet homme a fait sa méthode. Tous ces gens, avec une volonté et une bonne foi infatigable, décalquent la nature, la pure nature. — Laquelle ? — La leur. Aussi sont-ils généralement bien plus étonnants et originaux que les simples imaginatifs qui sont tout à fait indoués d'esprit

philosophique, et qui entassent et alignent les événements
sans les classer, et sans en expliquer le sens mystérieux.
J'ai dit qu'ils étaient étonnants. Je dis plus : c'est qu'ils
visent généralement à l'étonnant. Dans les œuvres de
plusieurs d'entre eux, on voit la préoccupation d'un perpétuel surnaturalisme. Cela tient, comme je l'ai dit, à cet
esprit primitif de *chercherie*, qu'on me pardonne le barbarisme, à cet esprit inquisitorial, esprit de juge d'instruction, qui a peut-être ses racines dans les plus lointaines
impressions de l'enfance. D'autres, naturalistes enragés,
examinent l'âme à la loupe, comme les médecins le corps,
et tuent leurs yeux à trouver le ressort. D'autres, d'un
genre mixte, cherchent à fondre ces deux systèmes dans
une mystérieuse unité. Unité de l'animal, unité de fluide,
unité de la matière première, toutes ces théories récentes
sont quelquefois tombées par un accident singulier dans
la tête des poètes, en même temps que dans les têtes
savantes. Ainsi, pour en finir, il vient toujours un moment où les romanciers de l'espèce de ceux dont je parlais deviennent pour ainsi dire jaloux des philosophes,
et ils donnent alors, eux aussi, leur système de constitution naturelle, quelquefois même avec une certaine
immodestie qui a son charme et sa naïveté. On connaît
Séraphîtus, Louis Lambert, et une foule de passages
d'autres livres, où Balzac, ce grand esprit dévoré du légitime orgueil encyclopédique, a essayé de fondre en un
système unitaire et définitif différentes idées tirées de
Swedenborg, Mesmer, Marat, Gœthe et Geoffroy Saint-
Hilaire. L'idée de l'unité a aussi poursuivi Edgar Poe,
et il n'a point dépensé moins d'efforts que Balzac dans
ce rêve caressé. Il est certain que ces esprits spécialement
littéraires font, quand ils s'y mettent, de singulières che-
vauchées à travers la philosophie. Ils font des trouées
soudaines, et ont de brusques échappées par des chemins
qui sont bien à eux.

Pour me résumer, je dirai donc que les trois caractères
des romanciers *curieux* sont : 1º une méthode *privée* ;
2º l'*étonnant* ; 3º la manie philosophique, trois caractères
qui constituent d'ailleurs leur supériorité. Le morceau
d'Edgar Poe qu'on va lire est d'un raisonnement excessivement ténu parfois, d'autres fois obscur et de temps
en temps singulièrement audacieux. Il faut en prendre
son parti, et digérer la chose telle qu'elle est. Il faut sur-

tout bien s'attacher à suivre le texte littéral. Certaines choses seraient devenues bien autrement obscures, si j'avais voulu paraphraser mon auteur, au lieu de me tenir servilement attaché à la lettre. J'ai préféré faire du français pénible et parfois baroque, et donner dans toute sa vérité la technie philosophique d'Edgar Poe.

Il va sans dire que *La Liberté de penser* ne se déclare nullement complice des idées du romancier américain, et qu'elle a cru simplement plaire à ses lecteurs en leur offrant cette haute curiosité scientifique[1].

EDGAR ALLAN POE
SA VIE ET SES OUVRAGES

I

Il y a des destinées fatales; il existe dans la littérature de chaque pays des hommes qui portent le mot *guignon* écrit en caractères mystérieux dans les plis sinueux de leurs fronts[2]. Il y a quelque temps, on amenait devant les tribunaux un malheureux qui avait sur le front un tatouage singulier : *pas de chance*[3]. Il portait ainsi partout avec lui l'étiquette de sa vie, comme un livre son titre, et l'interrogatoire prouva que son existence s'était conformée à son écriteau. Dans l'histoire littéraire, il y a des fortunes analogues. On dirait que l'Ange aveugle de l'expiation s'est emparé de certains hommes, et les fouette à tour de bras pour l'édification des autres[4]. Cependant, vous parcourez attentivement leur vie, et vous leur trouvez des talents, des vertus, de la grâce. La société les frappe d'un anathème spécial, et arguë contre eux des vices de caractère que sa persécution leur a donnés. Que ne fit pas Hoffmann pour désarmer la destinée ? Que n'entreprit pas Balzac pour conjurer la fortune ? Hoffmann fut obligé de se faire brûler l'épine dorsale au moment tant désiré où il commençait à être à l'abri du besoin, où les libraires se disputaient ses contes, où il

possédait enfin cette chère bibliothèque tant rêvée[1]. Balzac
avait trois rêves : une grande édition bien ordonnée de
ses œuvres, l'acquittement de ses dettes, et un mariage
depuis longtemps choyé et caressé au fond de son esprit ;
grâce à des travaux dont la somme effraye l'imagination
des plus ambitieux et des plus laborieux, l'édition se fait,
les dettes se payent, le mariage s'accomplit. Balzac est
heureux sans doute. Mais la destinée malicieuse, qui lui
avait permis de mettre un pied dans sa terre promise,
l'en arracha violemment tout d'abord. Balzac eut une
agonie horrible et digne de ses forces.

Y a-t-il donc une Providence diabolique qui prépare
le malheur dès le berceau ? Tel homme, dont le talent
sombre et désolé vous fait peur, a été jeté avec *préméditation* dans un milieu qui lui était hostile. Une âme tendre
et délicate, un Vauvenargues, pousse lentement ses
feuilles maladives dans l'atmosphère grossière d'une garnison. Un esprit amoureux d'air et épris de la libre
nature[2], se débat longtemps derrière les parois étouffantes
d'un séminaire. Ce talent bouffon[3], ironique et ultra-gro-
tesque, dont le rire ressemble quelquefois à un hoquet
ou à un sanglot, a été encagé dans de vastes bureaux à
cartons verts, avec des hommes à lunettes d'or. Y a-t-il
donc des âmes vouées à l'autel, *sacrées,* pour ainsi dire,
et qui doivent marcher à la mort et à la gloire à travers
un sacrifice permanent d'elles-mêmes ? Le cauchemar des
Ténèbres[4] enveloppera-t-il toujours ces âmes d'élite ? En
vain elles se défendent, elles prennent toutes leurs précautions, elles perfectionnent la prudence. Bouchons
toutes les issues, fermons la porte à double tour, calfeu-
trons les fenêtres. Oh ! nous avons oublié le trou de la
serrure ; le Diable est déjà entré.

> Leur chien même les mord et leur donne la rage.
> Un ami jurera qu'ils ont trahi le roi.

Alfred de Vigny a écrit un livre[5] pour démontrer que
la place du poète n'est ni dans une république, ni dans
une monarchie absolue, ni dans une monarchie constitutionnelle ; et personne ne lui a répondu.

C'est une bien lamentable tragédie que la vie d'Edgar
Poe, et qui eut un dénouement dont l'horrible est augmenté par le trivial. Les divers documents que je viens

de lire ont créé en moi cette persuasion que les États-Unis furent pour Poe une vaste cage, un grand établissement de comptabilité, et qu'il fit toute sa vie de sinistres efforts pour échapper à l'influence de cette atmosphère antipathique. Dans l'une de ces biographies il est dit que, si M. Poe avait voulu régulariser son génie et appliquer ses facultés créatrices d'une manière plus appropriée au sol américain, il aurait pu être un auteur à argent, *a making-money author*[1] ; qu'après tout, les temps ne sont pas si durs pour l'homme de talent, qu'il trouve toujours de quoi vivre, pourvu qu'il ait de l'ordre et de l'économie, et qu'il use avec modération des biens matériels. Ailleurs, un critique[2] affirme sans vergogne que, quelque beau que soit le génie de M. Poe, il eût mieux valu pour lui n'avoir que du talent, parce que le talent s'escompte plus facilement que le génie. Dans une note que nous verrons tout à l'heure, et qui fut écrite par un de ses amis, il est avoué qu'il était difficile d'employer M. Poe dans une revue, et qu'on était obligé de le payer moins que d'autres, parce qu'il écrivait dans un style trop au-dessus du vulgaire[3]. Tout cela me rappelle l'odieux proverbe paternel : *make money, my son, honestly, if you can,* BUT MAKE MONEY[4]. *Quelle odeur de magasin !* comme disait J. de Maistre[5], à propos de Locke.

Si vous causez avec un Américain, et si vous lui parlez de M. Poe, il vous avouera son génie; volontiers même, peut-être en sera-t-il fier, mais il finira par vous dire avec un ton supérieur : mais moi, je suis un homme positif; puis, avec un petit air sardonique, il vous parlera de ces grands esprits qui ne savent rien conserver; il vous parlera de la vie débraillée de M. Poe, de son haleine alcoolisée, qui aurait pris feu à la flamme d'une chandelle, de ses habitudes errantes; il vous dira que c'était un être *erratique,* une planète *désorbitée,* qu'il roulait sans cesse de New York à Philadelphie, de Boston à Baltimore, de Baltimore à Richmond. Et si, le cœur déjà ému à cette annonce d'une existence calamiteuse, vous lui faites observer que la Démocratie a bien ses inconvénients, que malgré son masque bienveillant de liberté, elle ne permet peut-être pas toujours l'expansion des individualités, qu'il est souvent bien difficile de penser et d'écrire dans un pays où il y a vingt, trente millions de souverains, que d'ailleurs *vous avez entendu dire* qu'aux États-

Unis il existait une tyrannie bien plus cruelle et plus inexorable que celle d'un monarque, qui est celle de l'opinion, — alors, oh ! alors, vous verrez ses yeux s'écarquiller et jeter des éclairs, la bave du patriotisme blessé lui monter aux lèvres, et l'Amérique, par sa bouche, lancera des injures à la métaphysique et à l'Europe, sa vieille mère. L'Américain est un être positif, vain de sa force industrielle, et un peu jaloux de l'ancien continent. Quant à avoir pitié d'un poète que la douleur et l'isolement pouvaient rendre fou, il n'en a pas le temps. Il est si fier de sa jeune grandeur, il a une foi si naïve dans la toute-puissance de l'industrie, il est tellement convaincu qu'elle finira par manger le Diable, qu'il a une certaine pitié pour toutes ces rêvasseries. En avant, dit-il, en avant, et négligeons nos morts. Il passerait volontiers sur les âmes solitaires et libres, et les foulerait aux pieds avec autant d'insouciance que ses immenses lignes de fer les forêts abattues, et ses bateaux monstres les débris d'un bateau incendié la veille. Il est si pressé d'arriver. Le temps et l'argent, tout est là[1].

Quelque temps avant que Balzac descendît dans le gouffre final en poussant les nobles plaintes d'un héros qui a encore de grandes choses à faire, Edgar Poe, qui a plus d'un rapport avec lui, tombait frappé d'une mort affreuse. La France a perdu un de ses plus grands génies, et l'Amérique un romancier, un critique, un philosophe qui n'était guère fait pour elle. Beaucoup de personnes ignorent ici la mort d'Edgar Poe, beaucoup d'autres ont cru que c'était un jeune gentleman riche, écrivant peu, produisant ses bizarres et terribles créations dans les loisirs les plus riants, et ne connaissant la vie littéraire que par de rares et éclatants succès[2]. La réalité fut le contraire.

La famille de M. Poe était une des plus respectables de Baltimore[3]. Son grand-père était *quarter master general** dans la révolution, et La Fayette l'avait en haute estime et amitié. La dernière fois qu'il vint visiter ce pays, il pria sa veuve d'agréer les témoignages solennels de sa reconnaissance pour les services que lui avaient rendus son mari. Son arrière-grand-père avait épousé une fille[4] de l'amiral anglais Mac Bride, et par lui la famille Poe était alliée aux plus illustres maisons d'Angleterre. Le

---

* Mélange des fonctions de chef d'état-major et d'intendant.

père d'Edgar reçut une éducation honorable. S'étant violemment épris d'une jeune et belle actrice, il s'enfuit avec elle et l'épousa. Pour mêler plus intimement sa destinée à la sienne, il voulut aussi monter sur le théâtre. Mais ils n'avaient ni l'un ni l'autre le génie du métier, et ils vivaient d'une manière fort triste et fort précaire. Encore la jeune dame s'en tirait par sa beauté, et le public charmé supportait son jeu médiocre. Dans une de leurs tournées, ils vinrent à Richmond, et c'est là que tous deux moururent, à quelques semaines de distance l'un de l'autre, tous deux de la même cause : la faim, le dénuement, la misère.

Ils abandonnaient ainsi au hasard, sans pain, sans abri, sans ami, un pauvre petit malheureux que, d'ailleurs, la nature avait doué d'une manière charmante. Un riche négociant de cette place, M. Allan, fut ému de pitié. Il s'enthousiasma de ce joli garçon, et, comme il n'avait pas d'enfants, il l'adopta. Edgar Poe fut ainsi élevé dans une belle aisance, et reçut une éducation complète. En 1816, il accompagna ses parents adoptifs dans un voyage qu'ils firent en Angleterre, en Écosse et en Irlande. Avant de retourner dans leur pays, ils le laissèrent chez le docteur Brandsby[1], qui tenait une importante maison d'éducation à Stoke-Newington, près de Londres, où il passa cinq ans.

Tous ceux qui ont réfléchi sur leur propre vie, qui ont souvent porté leurs regards en arrière pour comparer leur passé avec leur présent, tous ceux qui ont pris l'habitude de psychologiser[2] facilement sur eux-mêmes, savent quelle part immense l'adolescence tient dans le génie définitif d'un homme. C'est alors que les objets enfoncent profondément leurs empreintes dans l'esprit tendre et facile ; c'est alors que les couleurs sont voyantes, et que les sons parlent une langue mystérieuse[3]. Le caractère, le génie, le style d'un homme est formé par les circonstances en apparence vulgaires de sa première jeunesse. Si tous les hommes qui ont occupé la scène du monde avaient noté leurs impressions d'enfance, quel excellent dictionnaire psychologique nous posséderions ! Les couleurs, la tournure d'esprit d'Edgar Poe tranchent violemment sur le fond de la littérature américaine. Ses compatriotes le trouvent à peine Américain, et cependant il n'est pas Anglais. C'est donc une bonne fortune que de ramasser, dans un de ses contes, un conte peu connu, _William Wilson_[1], un singulier récit de sa vie à cette école de Stoke-Newington. Tous les contes d'Edgar Poe sont pour ainsi dire biographiques. On trouve l'homme dans l'œuvre. Les personnages et les incidents sont le cadre et la draperie de ses souvenirs.

« Mes plus matineuses impressions de la vie de collège sont liées à une vaste et extravagante maison du style d'Élisabeth, dans un village brumeux d'Angleterre, où était un grand nombre d'arbres gigantesques et noueux, et où toutes les maisons étaient excessivement anciennes. En vérité, cette vénérable vieille ville avait un aspect fantasmagorique qui enveloppait et caressait l'esprit comme un rêve. En ce moment même, je sens en imagination le frisson rafraîchissant de ses avenues profondément ombrées ; je respire l'émanation de ses mille taillis, et je tressaille encore, avec une indéfinissable volupté, à la note profonde et sourde de la cloche, déchirant à chaque heure, de son rugissement soudain et solennel, la quiétude de l'atmosphère brunissante dans laquelle s'allongeait le clocher gothique, enseveli et endormi.

« Je trouve peut-être autant de plaisir qu'il m'est donné d'en éprouver maintenant à m'appesantir sur ces minutieux souvenirs de collège. Plongé dans la misère comme je le suis, misère, hélas ! trop réelle, on me pardonnera de chercher un soulagement bien léger et bien court, dans ces minces et fugitifs détails. D'ailleurs, quelque trivials et mesquins qu'ils soient en eux-mêmes, ils prennent dans mon imagination une importance toute particulière, à cause de leur intime connexion avec les lieux et l'époque où je retrouve maintenant les premiers avertissements ambigus de la Destinée, qui depuis lors m'a si profondément enveloppé de son ombre. Laissez-moi donc me souvenir.

« La maison, je l'ai dit, était vieille et irrégulière. Les terrains étaient vastes, et un haut et solide mur de briques, revêtu d'une couche de mortier et de verre pilé, en faisait le circuit. Le rempart de prison formait la limite de notre domaine. Nos regards ne pouvaient aller au-delà que trois fois par semaine ; une fois chaque samedi, dans l'après-midi, quand, sous la conduite de deux surveillants, il nous était accordé de faire de courtes promenades en commun à travers les campagnes voisines ; et deux fois le dimanche, quand, avec le cérémonial formel des troupes à la parade, nous allions assister aux offices du soir et du matin à l'unique église du village. Le principal de notre école était pasteur de cette église. Avec quel profond sentiment d'admiration et de perplexité je le contemplais du banc où nous étions assis, dans le fond de la nef, quand il montait en chaire d'un pas solennel et lent ! Ce personnage vénérable, avec sa contenance douce et composée, avec sa robe si bien lustrée et si cléricalement ondoyante, avec sa perruque si minutieusement poudrée, si rigide et si vaste, pouvait-il être le même homme qui, tout à l'heure, avec un visage aigre et dans des vêtements graisseux, exécutait, férule en main, les lois draconiennes de l'école ? Ô gigantesque paradoxe, dont la monstruosité exclut toute solution !

« Dans un angle du mur massif rechignait une porte massive ; elle était marquetée de clous, garnie de verrous, et surmontée d'un buisson de ferrailles. Quels sentiments profonds de crainte elle inspirait ! Elle n'était jamais ouverte que pour les trois sorties et rentrées périodiques déjà mentionnées ; chaque craquement de ses gonds puissants exhalait le mystère, et un monde de méditations solennelles et mélancoliques.

« Le vaste enclos était d'une forme irrégulière et divisé en plusieurs parties, dont trois ou quatre des plus larges constituaient le *jardin* de récréation ; il était aplani et recouvert d'un cailloutis propre et dur. Je me rappelle bien qu'il ne contenait ni arbres, ni bancs, ni quoi que ce soit d'analogue ; il était situé derrière la maison. Devant la façade s'étendait un petit parterre semé de buis et d'autres arbustes ; mais nous ne traversions cette oasis sacrée que dans de bien rares occasions, telles que la première arrivée à l'école ou le départ définitif ; ou peut-être quand un ami, un parent nous ayant fait appeler, nous prenions joyeusement notre route vers le logis, à la Noël ou aux vacances de la Saint-Jean.

« Mais la maison ! quelle jolie vieille bâtisse cela faisait ! Pour moi, c'était comme un vrai palais d'illusions. Il n'y avait réellement pas de fin à ses détours et à ses incompréhensibles subdivisions. Il était difficile, à un moment donné, de dire avec certitude lequel de ses deux étages s'appuyait sur l'autre. D'une chambre à la chambre voisine, on était toujours sûr de trouver trois ou quatre marches à monter ou à descendre. Puis les corridors latéraux étaient innombrables, inconcevables, tournaient et retournaient si souvent sur eux-mêmes que nos idées les plus exactes, relativement à l'ensemble du bâtiment, n'étaient pas très différentes de celles à l'aide desquelles nous essayons d'opérer sur l'infini. Durant les cinq ans de ma résidence, je n'ai jamais été capable de déterminer avec précision dans quelle localité lointaine était situé le petit dortoir qui m'était assigné en commun avec dix-huit ou vingt autres écoliers*.

« La salle d'études était la plus vaste de toute la maison, et, je ne pouvais m'empêcher de le penser, du monde entier. Elle était très longue, très étroite et sinistrement basse, avec des fenêtres en ogive et un plafond en chêne. Dans un angle éloigné et inspirant la terreur était une cellule carrée de huit ou dix pieds représentant le sanctuaire, où se tenait plusieurs heures durant notre principal, le révérend docteur Brandsby. C'était une solide construction, avec une porte massive que nous n'aurions jamais osé ouvrir en l'absence du maître; nous aurions tous préféré mourir *de la peine forte et dure*. À d'autres angles étaient deux autres loges analogues, objets d'une vénération beaucoup moins grande, il est vrai, mais toutefois d'une frayeur assez considérable. L'une était la chaire du maître des études classiques; l'autre, du maître d'anglais et de mathématiques. Répandus à travers la salle et se croisant dans une irrégularité sans fin, étaient d'innombrables bancs et des pupitres, noirs, anciens et usés par le temps, désespérément écrasés sous des livres bien étrillés et si bien agrémentés de lettres initiales, de noms entiers, de figures grotesques et d'autres chefs-d'œuvre du couteau, qu'ils avaient entièrement perdu la forme qui constituait leur pauvre individualité dans les anciens jours. À une extrémité de la salle, un énorme baquet avec de l'eau, et à l'autre, une horloge d'une dimension stupéfiante.

« Enfermé dans les murs massifs de cette vénérable académie, je passai, sans trop d'ennui et de dégoût, les années du troisième lustre de ma vie. Le cerveau fécond

---

* Hallucination habituelle des yeux de l'enfance, qui agrandissent et compliquent les objets[1].

de l'enfance n'exige pas d'incidents du monde extérieur pour s'occuper ou s'amuser, et la monotonie sinistre en apparence de l'école était remplie d'excitations plus intenses que ma jeunesse hâtive n'en tira jamais de la luxure, ou que celles que ma pleine maturité a demandées au crime. Encore faut-il croire que mon premier développement mental eut quelque chose de peu commun, et même quelque chose de tout à fait extra-commun. En général, les événements de la première existence laissent rarement sur l'humanité arrivée à l'âge mûr une impression bien définie. Tout est ombre grise, tremblotant et irrégulier souvenir, fouillis confus de plaisirs et de peines fantasmagoriques. Chez moi, il n'en fut point ainsi. Il faut que j'aie senti dans mon enfance avec l'énergie d'un homme ce que je trouve maintenant estampillé sur ma mémoire en lignes aussi vivantes, aussi profondes et aussi durables que les exergues des médailles carthaginoises.

« Encore, comme faits (j'entends le mot faits dans le sens restreint des gens du monde), quelle pauvre moisson pour le souvenir ! Le réveil du matin, le soir, l'ordre du coucher; les leçons à apprendre, les récitations, les demi-congés périodiques et les promenades, la cour de récréation avec ses querelles, ses passe-temps, ses intrigues, tout cela, par une magie psychique depuis longtemps oubliée, était destiné à envelopper un débordement de sensations, un monde riche d'incidents, un univers d'émotions variées et d'excitations les plus passionnées et les plus fiévreuses. *Oh ! le beau temps, que ce siècle de fer*[1] ! » (Cette phrase est en français*.)

Que dites-vous de ce morceau ? Le caractère de ce singulier homme ne se révèle-t-il pas déjà un peu ? Pour moi, je sens s'exhaler de ce tableau de collège un parfum noir. J'y sens circuler le frisson des sombres années de la claustration. Les heures de cachot, le malaise de l'enfance chétive et abandonnée, la terreur du maître, notre ennemi, la haine des camarades tyranniques, la solitude du cœur, toutes ces tortures du jeune âge, Edgar Poe ne les a pas éprouvées[2]. Tant de sujets de mélancolie ne l'ont pas vaincu. Jeune, il aime la solitude, ou plutôt il

---

* Les ouvrages de Poe sont chargés de phrases françaises.

ne se sent pas seul; il aime ses passions. *Le cerveau fécond
de l'enfance* rend tout agréable, illumine tout. On voit
déjà que l'exercice de la volonté et l'orgueil solitaire
joueront un grand rôle dans sa vie. Eh quoi ! ne dirait-on
pas qu'il aime un peu la douleur, qu'il pressent la future
compagne inséparable de sa vie, et qu'il l'appelle avec
une âpreté lubrique, comme un jeune gladiateur[1] ? Le
pauvre enfant n'a ni père ni mère, mais il est heureux;
il se glorifie d'être marqué profondément *comme une
médaille carthaginoise*[2].

Edgar Poe revint de la maison du docteur Brandsby
à Richmond en 1822, et continua ses études sous la direction des meilleurs maîtres. Il était dès lors un jeune
homme très remarquable par son agilité physique, ses
tours de souplesse, et aux séductions d'une beauté singulière il joignait une puissance de mémoire poétique
merveilleuse, avec la faculté précoce d'improviser des
contes. En 1825, il entra à l'Université de Virginie[3], qui
était alors un des établissements où régnait la plus grande
dissipation. M. Edgar Poe se distingua parmi tous ses
condisciples par une ardeur encore plus vive pour le
plaisir. Il était déjà un élève très recommandable et faisait d'incroyables progrès dans les mathématiques; il
avait une aptitude singulière pour la physique et les
sciences naturelles, ce qui est bon à noter en passant,
car, dans plusieurs de ses ouvrages, on retrouve une
grande préoccupation scientifique; mais en même temps
déjà, il buvait, jouait et faisait tant de fredaines que,
finalement, il fut expulsé. Sur le refus de M. Allan de
payer quelques dettes de jeu, il fit un coup de tête, rompit avec lui et prit son vol vers la Grèce. C'était le temps
de Botzaris et de la révolution des Hellènes. Arrivé à
Saint-Pétersbourg, sa bourse et son enthousiasme étaient
un peu épuisés; il se fit une méchante querelle avec les
autorités russes, dont on ignore le motif. La chose alla
si loin, qu'on affirme qu'Edgar Poe fut au moment
d'ajouter l'expérience des brutalités sibériennes à la connaissance précoce qu'il avait des hommes et des choses*.
Enfin, il se trouva fort heureux d'accepter l'intervention

---

* La vie d'Edgar Poe, ses aventures en Russie et sa correspondance, ont été longtemps annoncées par les journaux américains et
n'ont jamais paru[4].

et le secours du consul américain, Henry Middleton, pour retourner chez lui. En 1829, il entra à l'école militaire de West Point. Dans l'intervalle, M. Allan, dont la première femme était morte, avait épousé une dame plus jeune que lui d'un grand nombre d'années. Il avait alors soixante-cinq ans. On dit que M. Poe se conduisit malhonnêtement avec la dame, et qu'il ridiculisa ce mariage. Le vieux gentleman lui écrivit une lettre fort dure, à laquelle celui-ci répondit par une lettre encore plus amère. La blessure était inguérissable, et peu de temps après, M. Allan mourait, sans laisser un sou à son fils adoptif.

Ici je trouve, dans des notes biographiques, des paroles très mystérieuses, des allusions très obscures et très bizarres sur la conduite de notre futur écrivain. Très hypocritement, et tout en jurant qu'il ne veut absolument rien dire, qu'il y a des choses qu'il faut toujours cacher, (pourquoi ?), que dans de certains cas énormes le silence doit primer l'histoire, le biographe[1] jette sur M. Poe une défaveur très grave. Le coup est d'autant plus dangereux qu'il reste suspendu dans les ténèbres. Que diable veut-il dire ? Veut-il insinuer que Poe chercha à séduire la femme de son père adoptif ? Il est réellement impossible de le deviner. Mais je crois avoir déjà suffisamment mis le lecteur en défiance contre les biographes américains. Ils sont trop bons démocrates pour ne pas haïr leurs grands hommes, et la malveillance qui poursuit Poe après la conclusion lamentable de sa triste existence, rappelle la haine britannique qui persécuta Byron.

M. Poe quitta West Point sans prendre ses grades, et commença sa désastreuse bataille de la vie. En 1831, il publia un petit volume de poésies qui fut favorablement accueilli par les revues, mais que l'on n'acheta pas[2]. C'est l'éternelle histoire du premier livre. M. Lowell[3], un critique américain, dit qu'il y a dans une de ces pièces, adressée *à Hélène, un parfum d'ambroisie,* et qu'elle ne déparerait pas l'Anthologie grecque. Il est question dans cette pièce des barques de Nicée, de naïades, de la gloire et de la beauté grecques, et de la lampe de Psyché. Remarquons en passant le faible américain, littérature trop jeune, pour le pastiche. Il est vrai que, par son rythme harmonieux et ses rimes sonores, cinq vers, deux masculines et trois féminines, elle rappelle les heureuses

tentatives du romantisme français. Mais on voit qu'Edgar
Poe était encore bien loin de son excentrique et fulgurante destinée littéraire.

Cependant le malheureux écrivait pour les journaux,
compilait et traduisait pour des libraires, faisait de brillants articles et des contes pour les revues. Les éditeurs
les inséraient volontiers, mais ils payaient si mal le pauvre
jeune homme qu'il tomba dans une misère affreuse. Il
descendit même si bas qu'il put entendre un instant *crier
les gonds des portes de la mort*[1]. Un jour, un journal de
Baltimore proposa deux prix pour le meilleur poème et
le meilleur conte en prose. Un comité de littérateurs,
dont faisait partie M. John Kennedy, fut chargé de juger
les productions. Toutefois, ils ne s'occupaient guère de
les lire; la sanction de leurs noms était tout ce que leur
demandait l'éditeur. Tout en causant de choses et d'autres, l'un d'eux fut attiré par un manuscrit qui se distin-
guait par la beauté, la propreté et la netteté de ses caractères. À la fin de sa vie, Edgar Poe possédait encore une
écriture incomparablement belle. (Je trouve cette remarque bien américaine.) M. Kennedy lut une page seul[2],
et ayant été frappé par le style, il lut la composition à
haute voix. Le comité vota le prix par acclamation au
premier des génies qui sût écrire lisiblement. L'enveloppe
secrète fut brisée, et livra le nom alors inconnu de Poe.

L'éditeur parla du jeune auteur à M. Kennedy dans
des termes qui lui donnèrent l'envie de le connaître. La
fortune cruelle avait donné à M. Poe la physionomie
classique du poète à jeun. Elle l'avait aussi bien grimé[3]
que possible pour l'emploi. M. Kennedy raconte qu'il
trouva un jeune homme que les privations avaient aminci
comme un squelette, vêtu d'une redingote dont on voyait
la grosse trame, et qui était, suivant une tactique bien
connue, boutonnée jusqu'au menton, de culottes en guenilles, de bottes déchirées sous lesquelles il n'y avait évidemment pas de bas, et avec tout cela un air fier, de
grandes manières, et des yeux éclatants d'intelligence.
Kennedy lui parla comme un ami, et le mit à son aise.
Poe lui ouvrit son cœur, lui raconta toute son histoire,
son ambition et ses grands projets. Kennedy alla au plus
pressé, le conduisit dans un magasin d'habits, chez un
fripier, aurait dit Lesage, et lui donna des vêtements
convenables; puis il lui fit faire des connaissances.

C'est à cette époque qu'un M. Thomas White, qui achetait la propriété du *Messager littéraire du Sud,* choisit M. Poe pour le diriger et lui donna 2 500 francs par an. Immédiatement celui-ci épousa une jeune fille qui n'avait pas un sol. (Cette phrase n'est pas de moi; je prie le lecteur de remarquer le petit ton de dédain qu'il y a dans cet *immédiatement,* le malheureux se croyait donc riche, et dans ce laconisme, cette sécheresse avec laquelle est annoncé un événement important; mais aussi, une jeune fille sans le sol ! *a girl without a cent*[1] !) On dit qu'alors l'intempérance prenait déjà une certaine part dans sa vie, mais le fait est qu'il trouva le temps d'écrire un très grand nombre d'articles et de beaux morceaux de critique pour *Le Messager.* Après l'avoir dirigé un an et demi, il se retira à Philadelphie, et rédigea le *Gentleman's magazine.* Ce recueil périodique se fondit un jour dans le *Graham's magazine,* et Poe continua à écrire pour celui-ci. En 1840, il publia *The Tales of the grotesque and arabesque.* En 1844, nous le trouvons à New York dirigeant le *Broadway-Journal.* En 1845, parut la petite édition, bien connue, de Wiley et Putnam qui renferme une partie poétique et une série de contes[2]. C'est de cette édition que les traducteurs français ont tiré presque tous les échantillons du talent d'Edgar Poe qui ont paru dans les journaux de Paris. Jusqu'en 1847, il publie successivement différents ouvrages dont nous parlerons tout à l'heure. Ici, nous apprenons que sa femme meurt dans un état de dénuement profond dans une ville appelée Fordham, près de New York. Il se fait une souscription, parmi les littérateurs de New York, pour soulager Edgar Poe. Peu de temps après, les journaux parlent de nouveau de lui comme d'un homme aux portes de la mort. Mais, cette fois, c'est chose plus grave, il a le *delirium tremens.* Une note cruelle, insérée dans un journal de cette époque, accuse son mépris envers tous ceux qui se disaient ses amis, et son dégoût général du monde. Cependant il gagnait de l'argent, et ses travaux littéraires pouvaient à peu près sustenter sa vie; mais j'ai trouvé, dans quelques aveux des biographes, la preuve qu'il eut de dégoûtantes difficultés à surmonter. Il paraît que durant les deux dernières années où on le vit de temps à autre à Richmond, il scandalisa fort les gens par ses habitudes d'ivrognerie. À entendre les récriminations sempiter-

nelles à ce sujet, on dirait que tous les écrivains des
États-Unis sont des modèles de sobriété. Mais, à sa dernière visite, qui dura près de deux mois, on le vit tout
d'un coup propre, élégant, correct, avec des manières
charmantes, et beau comme le génie. Il est évident que
je manque de renseignements, et que les notes que j'ai
sous les yeux ne sont pas suffisamment intelligentes pour
rendre compte de ces singulières transformations. Peut-
être en trouverons-nous l'explication dans une admirable
protection maternelle[1] qui enveloppait le sombre écrivain, et combattait avec des armes angéliques le mauvais
démon né de son sang et de ses douleurs antécédentes.

À cette dernière visite à Richmond, il fit *deux lectures
publiques*. Il faut dire un mot de ces lectures, qui jouent un
grand rôle dans la vie littéraire aux États-Unis. Aucune
loi ne s'oppose à ce qu'un écrivain, un philosophe, un
poète, quiconque sait parler, annonce une lecture, une
dissertation publique sur un objet littéraire ou philosophique. Il fait la location d'une salle. Chacun paye une
rétribution pour le plaisir d'entendre émettre des idées
et phraser des phrases telles quelles. Le public vient ou
ne vient pas. Dans ce dernier cas, c'est une spéculation
manquée, comme toute autre spéculation commerciale
aventureuse. Seulement, quand la *lecture* doit être faite
par un écrivain célèbre, il y a affluence, et c'est une espèce
de solennité littéraire. On voit que ce sont les chaires
du Collège de France mises à la disposition de tout le
monde. Cela fait penser à Andrieux, à La Harpe, à
Baour-Lormian, et rappelle cette espèce de restauration
littéraire qui se fit après l'apaisement de la révolution
française dans les Lycées, les Athénées et les Casinos.

Edgar Poe choisit pour sujet de son discours un thème
qui est toujours intéressant, et qui a été fortement débattu
chez nous[2]. Il annonça qu'il parlerait du *principe de la
poésie*[3]. Il y a, depuis longtemps déjà, aux États-Unis, un
mouvement utilitaire qui veut entraîner la poésie comme
le reste. Il y a là des poètes humanitaires, des poètes du
suffrage universel, des poètes abolitionnistes des lois sur
les céréales, et des poètes qui veulent faire bâtir des *work-
houses*. Je jure que je ne fais aucune allusion à des gens
de ce pays-ci. Ce n'est pas ma faute si les mêmes disputes
et les mêmes théories agitent différentes nations. Dans
ses lectures, Poe leur déclara la guerre. Il ne soutenait

pas, comme certains sectaires fanatiques insensés de
Gœthe et autres poètes marmoréens et anti-humains, que
toute chose belle est essentiellement inutile; mais il se
proposait surtout pour objet la réfutation de ce qu'il
appelait spirituellement *la grande hérésie poétique des temps
modernes.* Cette hérésie, c'est l'idée d'utilité directe. On
voit qu'à un certain point de vue, Edgar Poe donnait
raison au mouvement romantique français. Il disait :
« Notre esprit possède des facultés élémentaires dont le
but est différent. Les unes s'appliquent à satisfaire la
rationalité, les autres perçoivent les couleurs et les formes, les autres remplissent un but de construction. La
logique, la peinture, la mécanique sont les produits de
ces facultés. Et comme nous avons des nerfs pour aspirer
les bonnes odeurs, des nerfs pour sentir les belles couleurs, et pour nous délecter au contact des corps polis,
nous avons une faculté élémentaire pour percevoir le
beau; elle a son but à elle et ses moyens à elle. La poésie
est le produit de cette faculté; elle s'adresse au sens du
beau et non à un autre. *C'est lui faire injure que de la soumettre au critérium des autres facultés,* et elle ne s'applique
jamais à d'autres matières qu'à celles qui sont nécessairement la pâture de l'organe intellectuel auquel elle doit
sa naissance. Que la poésie soit subséquemment et conséquemment utile, cela est hors de doute, mais ce n'est pas
son but; cela vient *par-dessus le marché.* Personne ne
s'étonne qu'une halle, un embarcadère ou toute autre
construction industrielle, satisfasse aux conditions du
beau, bien que ce ne fût pas là le but principal et l'ambition première de l'ingénieur ou de l'architecte. » Poe
illustra sa thèse par différents morceaux de critique appliqués aux poètes, ses compatriotes, et par des récitations
de poètes anglais. On lui demanda la lecture de son
Corbeau. C'est un poème dont les critiques américains
font grand cas. Ils en parlent comme d'une très remarquable pièce de versification, un rythme vaste et compliqué, un savant entrelacement de rimes chatouillant
leur orgueil national un peu jaloux des tours de force
européens. Mais il paraît que l'auditoire fut désappointé
par la déclamation de son auteur, qui ne savait pas faire
briller son œuvre. Une diction pure, mais une voix
sourde, une mélopée monotone, une assez grande insouciance des effets musicaux que sa plume savante avait

pour ainsi dire indiqués, satisfirent médiocrement ceux qui s'étaient promis comme une fête de comparer le lecteur avec l'auteur. Je ne m'en étonne pas du tout. J'ai remarqué souvent que des poètes admirables étaient d'exécrables comédiens[1]. Cela arrive souvent aux esprits sérieux et concentrés. Les écrivains profonds ne sont pas orateurs, et c'est bien heureux.

Un très vaste auditoire encombrait la salle. Tous ceux qui n'avaient pas vu Edgar Poe depuis les jours de son obscurité accouraient en foule pour contempler leur compatriote devenu illustre. Cette belle réception inonda son pauvre cœur de joie. Il s'enfla d'un orgueil bien légitime et bien excusable. Il se montrait tellement enchanté qu'il parlait de s'établir définitivement à Richmond. Le bruit courut qu'il allait se remarier. Tous les yeux se tournaient vers une dame veuve[2], aussi riche que belle, qui était une ancienne passion de Poe, et que l'on soupçonne être le modèle original de sa *Lénore*[3]. Cependant il fallait qu'il allât quelque temps à New York pour publier une nouvelle édition de ses *Contes*. De plus, le mari d'une dame fort riche[4] de cette ville l'appelait pour mettre en ordre les poésies de sa femme, écrire des notes, une préface, etc.

Poe quitta donc Richmond; mais lorsqu'il se mit en route, il se plaignit de frissons et de faiblesses. Se sentant toujours assez mal en arrivant à Baltimore, il prit une petite quantité d'alcool pour se remonter. C'était la première fois que cet alcool maudit effleurait ses lèvres depuis plusieurs mois; mais cela suffit pour réveiller le Diable qui dormait en lui. Une journée de débauche amena une nouvelle attaque du *delirium tremens,* sa vieille connaissance. Le matin, les hommes de police le ramassèrent par terre, dans un état de stupeur. Comme il était sans argent, sans amis et sans domicile, ils le portèrent à l'hôpital, et c'est dans un de ses lits que mourut l'auteur du *Chat noir* et d'*Eureka,* le 7 octobre 1849, à l'âge de trente-sept ans[5].

Edgar Poe ne laissait aucun parent, excepté une sœur qui demeure à Richmond. Sa femme était morte quelque temps avant lui, et ils n'avaient pas d'enfants. C'était une demoiselle Clemm, et elle était un peu cousine de son mari. Sa mère était profondément attachée à Poe. Elle l'accompagna à travers toutes ses misères, et elle fut effroyablement frappée par sa fin prématurée. Le lien qui

unissait leurs âmes ne fut point relâché par la mort de
la fille. Un si grand dévouement, une affection si noble,
si inébranlable, fait le plus grand honneur à Edgar Poe.
Certes, celui qui a su inspirer une si immense amitié
avait des vertus, et sa personne spirituelle devait être
bien séduisante.

M. Willis a publié une petite notice sur Poe; j'en tire
le morceau suivant[1] :

« La première connaissance que nous eûmes de la
retraite de M. Poe dans cette ville nous vint d'un appel
qui nous fut fait par une dame qui se présenta à nous
comme la mère de sa femme. Elle était à la recherche
d'un emploi pour lui. Elle motiva sa conduite en nous
expliquant qu'il était malade, que sa fille était tout à fait
infirme, et que leur situation était telle, qu'elle avait cru
devoir prendre sur elle-même de faire cette démarche.
La contenance de cette dame, que son dévouement, que
le complet abandon de sa vie chétive à une tendresse
pleine de chagrins rendait belle et sainte, la voix douce
et triste avec laquelle elle pressait son plaidoyer, ses manières d'un autre âge, mais habituellement et involontairement grandes et distinguées, l'éloge et l'appréciation
qu'elle faisait des droits et des talents de son fils, tout
nous révéla la présence d'un de ces Anges qui se font
femmes dans les adversités humaines. C'était une rude
destinée que celle qu'elle surveillait et protégeait. M. Poe
écrivait avec une fastidieuse difficulté *et dans un style trop
au-dessus du niveau intellectuel commun pour qu'on pût le payer
cher*. Il était toujours plongé dans des embarras d'argent,
et souvent, avec sa femme malade, manquant des premières nécessités de la vie. Chaque hiver, pendant des
années, le spectacle le plus touchant que nous ayons vu
dans cette ville a été cet infatigable serviteur du génie,
pauvrement et insuffisamment vêtu, et allant de journal
en journal avec un poème à vendre ou un article sur un
sujet littéraire; quelquefois expliquant seulement d'une
voix entrecoupée qu'il était malade, et demandant
pour lui, ne disant pas autre chose que cela : *il est malade*,
quelles que fussent les raisons qu'il avait de ne rien écrire,
et jamais, à travers ses larmes et ses récits de détresse,
ne permettant à ses lèvres de lâcher une syllabe qui pût
être interprétée comme un doute, une accusation, ou un

amoindrissement de confiance dans le génie et les bonnes intentions de son fils. Elle ne l'abandonna pas après la mort de sa fille. Elle continua son ministère d'ange, vivant avec lui, prenant soin de lui, le surveillant, le protégeant, et quand il était emporté au-dehors par les tentations, à travers son chagrin et la solitude de ses sentiments refoulés, et son abnégation se réveillant dans l'abandon, les privations et les souffrances, elle *demandait* encore pour lui. Si le dévouement de la femme né avec un premier amour, et entretenu par la passion humaine, glorifie et consacre son objet, comme cela est généralement reconnu et avoué, que ne dit pas en faveur de celui qui l'inspira un dévouement comme celui-ci, pur, désintéressé, et saint comme la garde d'un esprit.

« Nous avons sous les yeux une lettre, écrite par cette dame, mistriss[1] Clemm, le matin où elle apprit la mort de l'objet de cet amour infatigable. Ce serait la meilleure requête que nous pourrions faire pour elle, mais nous n'en copierons que quelques mots, — cette lettre est sacrée comme sa solitude, — pour garantir l'exactitude du tableau que nous venons de tracer, et pour ajouter de la force à l'appel que nous désirons faire en sa faveur :

« " J'ai appris ce matin la mort de mon bien-aimé Eddie*...... Pouvez-vous me transmettre quelques détails, quelques circonstances ?.......... Oh ! n'abandonnez pas votre pauvre amie dans cette amère affliction..........

« " Dites à M*** de venir ; j'ai à m'acquitter d'une commission envers lui de la part de mon pauvre Eddie..... Je n'ai pas besoin de vous prier d'annoncer sa mort et *de bien parler de lui*. Je sais que vous le ferez. *Mais dites bien quel affectueux fils il était pour moi,* sa pauvre mère désolée !....... " »

Comme cette pauvre femme se préoccupe de la réputation de son fils ! Que c'est beau ! que c'est grand ! Admirable créature, autant ce qui est libre domine ce qui est fatal, autant l'esprit est au-dessus de la chair, autant ton affection plane sur toutes les affections humaines. Puissent nos larmes traverser l'Océan, les larmes de tous ceux qui, comme ton pauvre Eddie, sont malheureux, inquiets, et que la misère et la douleur ont souvent traînés à la débauche, puissent-elles aller rejoindre ton

---

* Transformation familière d'Edgar.

cœur ! Puissent ces lignes, empreintes de la plus sincère et de la plus respectueuse admiration, plaire à tes yeux maternels ! Ton image quasi divine voltigera incessamment au-dessus du martyrologe de la littérature[1] !

La mort de M. Poe causa en Amérique une réelle émotion. De différentes parties de l'Union s'élevèrent de réels témoignages de douleur. La mort fait quelquefois pardonner bien des choses. Nous sommes heureux de mentionner une lettre de M. Longfellow[2], qui lui fait d'autant plus d'honneur qu'Edgar Poe l'avait fort maltraité : « Quelle mélancolique fin que celle de M. Poe, un homme si richement doué de génie ! Je ne l'ai jamais connu personnellement, mais j'ai toujours eu une haute estime pour sa puissance de prosateur et de poète. Sa prose est remarquablement vigoureuse, directe, *et néanmoins abondante*, et son vers exhale un charme particulier de mélodie, une atmosphère de vraie poésie qui est tout à fait envahissante. L'âpreté de sa critique, je ne l'ai jamais attribuée qu'à l'irritabilité d'une nature ultra-sensible, exaspérée par toute manifestation du faux. »

Il est plaisant, avec son *abondance,* le prolixe auteur d'*Évangéline*[3]. Prend-il donc Edgar Poe pour un miroir[4] ?

II

C'est un plaisir très grand et très utile que de comparer les traits d'un grand homme avec ses œuvres[5]. Les biographies, les notes sur les mœurs, les habitudes, le physique des artistes et des écrivains ont toujours excité une curiosité bien légitime. Qui n'a cherché quelquefois l'acuité du style et la netteté des idées d'Érasme dans le coupant de son profil, la chaleur et le tapage de leurs œuvres dans la tête de Diderot et dans celle de Mercier, où un peu de fanfaronnade se mêle à la bonhomie, l'ironie opiniâtre dans le sourire persistant de Voltaire, sa grimace de combat, la puissance de commandement et de prophétie dans l'œil jeté à l'horizon, et la solide figure de Joseph de Maistre, aigle et bœuf tout à la fois ? Qui ne s'est ingénié à déchiffrer *La Comédie humaine* dans le front et le visage puissants et compliqués de Balzac[6] ?

M. Edgar Poe était d'une taille un peu au-dessous de la moyenne, mais toute sa personne solidement bâtie; ses pieds et ses mains petits. Avant que sa constitution fût attaquée, il était capable de merveilleux traits de force. On dirait que la Nature, et je crois qu'on l'a souvent remarqué, fait à ceux dont elle veut tirer de grandes choses la vie très dure. Avec des apparences quelquefois chétives, ils sont taillés en athlètes, ils sont bons pour le plaisir comme pour la souffrance. Balzac, en assistant aux répétitions des *Ressources de Quinola*[1], les dirigeant et jouant lui-même tous les rôles, corrigeait des épreuves de ses livres; il soupait avec les acteurs, et quand tout le monde fatigué allait au sommeil, il retournait légèrement au travail. Chacun sait qu'il a fait de grands excès d'insomnie et de sobriété. Edgar Poe, dans sa jeunesse, s'était fort distingué à tous les exercices d'adresse et de force; cela rentrait un peu dans son talent : calculs et problèmes. Un jour, il paria qu'il partirait d'un des quais de Richmond, qu'il remonterait à la nage jusqu'à sept milles dans la rivière James, et qu'il reviendrait à pied dans le même jour. Et il le fit. C'était une journée brûlante d'été, et il ne s'en porta pas plus mal. Contenance, gestes, démarche, airs de tête, tout le désignait, quand il était dans ses bons jours, comme un homme de haute distinction. Il était *marqué* par la Nature, comme ces gens qui, dans un cercle, au café, dans la rue, *tirent* l'œil de l'observateur et le préoccupent. Si jamais le mot : étrange, dont on a tant abusé dans les descriptions modernes, s'est bien appliqué à quelque chose, c'est certainement au genre de beauté de M. Poe. Ses traits n'étaient pas grands, mais assez réguliers, le teint brun clair, la physionomie triste et distraite, et quoiqu'elle ne portât le caractère ni de la colère, ni de l'insolence, elle avait quelque chose de pénible. Ses yeux, singulièrement beaux, semblaient être au premier aspect d'un gris sombre, mais, à un meilleur examen, ils apparaissaient glacés d'une légère teinte violette indéfinissable. Quant au front, il était superbe, non qu'il rappelât les proportions ridicules qu'inventent les mauvais artistes, quand, pour flatter le génie, ils le transforment en hydrocéphale, mais on eût dit qu'une force intérieure débordante poussait en avant les organes de la réflexion et de la construction. Les parties auxquelles les craniologistes attribuent le sens du

pittoresque n'étaient cependant pas absentes, mais elles
semblaient dérangées, opprimées, coudoyées par la tyrannie hautaine et usurpatrice de la comparaison, de la construction et de la causalité. Sur ce front trônait aussi, dans
un orgueil calme, le sens de l'idéalité et du beau absolu,
le sens esthétique par excellence. Malgré toutes ces qualités, cette tête n'offrait pas un ensemble agréable et harmonieux. Vue de face, elle frappait et commandait l'attention par l'expression dominatrice et inquisitoriale du
front, mais le profil dévoilait certaines absences; il y
avait une immense masse de cervelle devant et derrière,
et une quantité médiocre au milieu; enfin, une énorme
puissance animale et intellectuelle, et un manque à l'endroit de la vénérabilité et des qualités affectives[1]. Les
échos désespérés de la mélancolie, qui traversent les
ouvrages de Poe, ont un accent pénétrant, il est vrai,
mais il faut dire aussi que c'est une mélancolie bien solitaire et peu sympathique au commun des hommes. Je ne
puis m'empêcher de rire en pensant aux quelques lignes
qu'un écrivain fort estimé aux États-Unis, et dont j'ai
oublié le nom[2], a écrites sur Poe, quelque temps après
sa mort. Je cite de mémoire, mais je réponds du sens :
« Je viens de relire les ouvrages du regrettable[3] Poe.
Quel poète admirable ! quel conteur surprenant ! quel
esprit prodigieux et surnaturel ! C'était bien la tête forte
de notre pays ! Eh bien ! je donnerais ses soixante-dix
contes[4] mystiques, analytiques et grotesques, tous si brillants et pleins d'idées, pour un bon petit livre du foyer,
un livre de famille, qu'il aurait pu écrire avec ce style
merveilleusement pur qui lui donnait une si grande supériorité sur nous. Combien M. Poe serait plus grand ! »
Demander un livre de famille à Edgar Poe ! Il est donc
vrai que la sottise humaine sera la même sous tous les
climats, et que le critique voudra toujours attacher de
lourds légumes à des arbustes de délectation.

Poe avait les cheveux noirs, traversés de quelques fils
blancs, une grosse moustache hérissée, et qu'il oubliait
de mettre en ordre et de lisser proprement. Il s'habillait
avec bon goût, mais un peu négligemment, comme un
gentleman qui a bien autre chose à faire. Ses manières
étaient excellentes, très polies et pleines de certitude.
Mais sa conversation mérite une mention particulière.
La première fois que je questionnai un Américain là-

dessus, il me répondit en riant beaucoup : « Oh ! oh !
il avait une conversation *qui n'était pas du tout consécu-
tive*[1] ! » Après quelques explications, je compris que
M. Poe faisait de vastes enjambées dans le monde des
idées, comme un mathématicien qui démontrerait devant
des élèves déjà très forts, et qu'il monologuait beaucoup.
De fait, c'était une conversation essentiellement nourrissante. Il n'était pas *beau parleur,* et d'ailleurs sa parole,
comme ses écrits, avait horreur de la convention ; mais
un vaste savoir, la connaissance de plusieurs langues, de
fortes études, des idées ramassées dans plusieurs pays
faisaient de cette parole un excellent enseignement. Enfin,
c'était un homme à fréquenter pour les gens qui mesurent
leur amitié d'après le gain spirituel qu'ils peuvent retirer
d'une fréquentation. Mais il paraît que Poe était fort peu
difficile sur le choix de son auditoire. Que ses auditeurs
fussent capables de comprendre ses abstractions ténues,
ou d'admirer les glorieuses conceptions qui coupaient
incessamment de leurs lueurs le ciel sombre de son cerveau, il ne s'en inquiétait guère. Il s'asseyait dans une
taverne, à côté d'un sordide polisson, et lui développait
gravement les grandes lignes de son terrible livre *Eureka,*
avec un sang-froid implacable, comme s'il eût dicté à un
secrétaire, ou disputé avec Képler, Bacon ou Swedenborg[2]. C'est là un trait particulier de son caractère. Jamais
homme ne s'affranchit plus complètement des règles de
la société, s'inquiéta moins des passants, et pourquoi,
certains jours, on le recevait dans les cafés de bas étage
et pourquoi on lui refusait l'entrée des endroits où boivent *les honnêtes gens.* Jamais aucune société n'a absous
ces choses-là, encore moins une société anglaise ou américaine. Poe avait déjà son génie à se faire pardonner ; il
avait fait dans *Le Messager* une chasse terrible à la médiocrité ; sa critique avait été disciplinaire et dure, comme
celle d'un homme supérieur et solitaire qui ne s'intéresse
qu'aux idées. Il vint un moment où il prit toutes les
choses humaines en dégoût, et où la métaphysique seule
lui était de quelque chose. Poe, ébloui par son esprit
son pays jeune et informe, choquant par ses mœurs des
hommes qui se croyaient ses égaux, devenait fatalement
l'un des plus malheureux écrivains. Les rancunes s'ameu-
tèrent, la solitude se fit autour de lui. À Paris, en Allemagne, il eût trouvé des amis qui l'auraient facilement

compris et soulagé[1]; en Amérique, il fallait qu'il arra-
chât son pain. Ainsi s'expliquent parfaitement l'ivrognerie et le changement perpétuel de résidence[2]. Il traversait la vie comme un Sahara[a], et changeait de place
comme un Arabe.

Mais il y a encore d'autres raisons : les douleurs profondes du ménage, par exemple. Nous avons vu que sa
jeunesse précoce avait été tout d'un coup jetée dans les
hasards de la vie. Poe fut presque toujours seul; de plus,
l'effroyable contention de son cerveau et l'âpreté de son
travail devaient lui faire trouver une volupté d'oubli dans
le vin et les liqueurs. Il tirait un soulagement de ce qui
fait une fatigue pour les autres. Enfin, rancunes littéraires, vertiges de l'infini, douleurs de ménage, insultes
de la misère, Poe fuyait tout dans le noir de l'ivresse,
comme dans le noir de la tombe; car il ne buvait pas en
gourmand, mais en barbare; à peine l'alcool avait-il touché ses lèvres qu'il allait se planter au comptoir, et il
buvait coup sur coup jusqu'à ce que son bon Ange fût
noyé[3], et ses facultés anéanties. Il est un fait prodigieux,
mais qui est attesté par toutes les personnes qui l'ont
connu, c'est que ni la pureté, le fini de son style, ni la
netteté de sa pensée, ni son ardeur au travail et à des
recherches difficiles ne furent altérés par sa terrible habitude. La confection de la plupart de ses bons morceaux
a précédé ou suivi une de ses crises. Après l'apparition
d'*Eureka,* il s'adonna à la boisson avec fureur. À New
York, le matin même où la Revue Whig[4] publiait *Le
Corbeau,* pendant que le nom de Poe était dans toutes
les bouches, et que tout le monde se disputait son poème,
il traversait Broadway* en battant les maisons et en trébuchant.

L'ivrognerie littéraire est un des phénomènes les plus
communs et les plus lamentables de la vie moderne; mais
peut-être y a-t-il bien des circonstances atténuantes. Du
temps de Saint-Amant, de Chapelle et de Colletet, la littérature se soûlait aussi, mais joyeusement, en compagnie
de nobles et de grands qui étaient fort lettrés, et qui ne
craignaient pas le *cabaret*. Certaines dames ou demoiselles
elles-mêmes ne rougissaient pas d'aimer un peu le vin,

---

* Boulevard de New York. C'est justement là qu'est la boutique
d'un des libraires de Poe.

comme le prouve l'aventure de celle que sa servante trouva en compagnie de Chapelle, tous deux pleurant à chaudes larmes après souper sur ce pauvre Pindare, mort par la faute des médecins ignorants[1]. Au XVIIIe siècle, la tradition continue, mais s'altère un peu. L'école de Rétif boit, mais c'est déjà une école de parias, un monde souterrain. Mercier, très vieux, est rencontré rue du Coq-Honoré[2] ; Napoléon est monté sur le XVIIIe siècle, Mercier est un peu ivre, et il dit *qu'il ne vit plus que par curiosité**[3]. Aujourd'hui, l'ivrognerie littéraire a pris un caractère sombre et sinistre. Il n'y a plus de classe spécialement lettrée qui se fasse honneur de frayer avec les hommes de lettres. Leurs travaux absorbants et les haines d'école les empêchent de se réunir entre eux. Quant aux femmes, leur éducation informe, leur incompétence politique et littéraire empêchent beaucoup d'auteurs de voir en elles autre chose que des ustensiles de ménage ou des objets de luxe. Le dîner absorbé et l'animal satisfait, le poète entre dans la vaste solitude de sa pensée ; quelquefois il est très fatigué par le métier[4]. Que devenir alors ? Puis, son esprit s'accoutume à l'idée de sa force invincible, et il ne peut plus résister à l'espérance de retrouver dans la boisson les visions calmes ou effrayantes qui sont déjà ses vieilles connaissances[5]. C'est sans doute à la même transformation de mœurs, qui a fait du monde lettré une classe à part, qu'il faut attribuer l'immense consommation de tabac que fait la nouvelle littérature.

III

Je vais m'appliquer à donner une idée du caractère général qui domine les œuvres d'Edgar Poe[6]. Quant à faire une analyse de toutes, à moins d'écrire un volume, ce serait chose impossible, car ce singulier homme, malgré sa vie déréglée et diabolique, a beaucoup produit. Poe se présente sous trois aspects : critique, poète et romancier ; encore dans le romancier y a-t-il un philosophe[7].

---

* Victor Hugo connaissait-il ce mot ?

Quand il fut appelé à la direction du *Messager littéraire
du Sud,* il fut stipulé qu'il recevrait 2 500 francs par an.
En échange de ces très médiocres appointements, il
devait se charger de la lecture et du choix des morceaux
destinés à composer le numéro du mois, et de la rédaction de la partie dite *editorial,* c'est-à-dire de l'analyse de
tous les ouvrages parus et de l'appréciation de tous les
faits littéraires. En outre, il donnait souvent, très souvent, une nouvelle ou un morceau de poésie. Il fit ce
métier pendant deux ans à peu près. Grâce à son active
direction et à l'originalité de sa critique, le *Messager
littéraire* attira bientôt tous les yeux. J'ai là, devant moi,
la collection des numéros de ces deux années[1] : la partie
editorial est considérable; les articles sont très longs. Souvent, dans le même numéro, on trouve un compte rendu
d'un roman, d'un livre de poésie, d'un livre de médecine, de physique ou d'histoire. Tous sont faits avec le
plus grand soin, et dénotent chez leur auteur une connaissance de différentes littératures et une aptitude scientifique qui rappelle les écrivains français du XVIIIe siècle.
Il paraît que pendant ses précédentes misères, Edgar Poe
avait mis son temps à profit et remué bien des idées.
Il y a là une collection remarquable d'appréciations critiques des principaux auteurs anglais et américains, souvent des Mémoires français[2]. D'où partait une idée, quelle
était son origine, son but, à quelle école elle appartenait,
quelle était la méthode de l'auteur, salutaire ou dangereuse, tout cela était nettement, clairement et rapidement
expliqué. Si Poe attira fortement les yeux sur lui, il se
fit aussi beaucoup d'ennemis. Profondément pénétré de
ses convictions, il fit une guerre infatigable aux faux raisonnements, aux pastiches niais, aux solécismes, aux barbarismes et à tous les délits littéraires qui se commettent
journellement dans les journaux et les livres. De ce côté-
là, on n'avait rien à lui reprocher, il prêchait d'exemple;
son style est pur, adéquat à ses idées, et en rend l'empreinte exacte. Poe est toujours correct. C'est un fait très
remarquable qu'un homme d'une imagination aussi vagabonde et aussi ambitieuse soit en même temps si amoureux des règles, et capable de studieuses analyses et de
patientes recherches. On eût dit une antithèse faite chair.
Sa gloire de critique nuisit beaucoup à sa fortune littéraire. Beaucoup de gens voulurent se venger. Il n'est

sorte de reproches qu'on ne lui ait plus tard jetés à la
figure, à mesure que son œuvre grossissait. Tout le
monde connaît cette longue kyrielle banale : immoralité,
manque de tendresse, absence de conclusions, extrava-
gance, littérature inutile. Jamais la critique française
n'a pardonné à Balzac *le Grand homme de province à
Paris*[1].

Comme poète, Edgar Poe est un homme à part. Il
représente presque à lui seul le mouvement romantique
de l'autre côté de l'Océan. Il est le premier Américain
qui, à proprement parler, ait fait de son style un outil.
Sa poésie, profonde et plaintive, est néanmoins ouvragée,
pure, correcte et brillante comme un bijou de cristal. On
voit que malgré leurs étonnantes qualités, qui les ont fait
adorer des âmes tendres et molles, MM. Alfred de Musset
et Alphonse de Lamartine[2] n'eussent pas été de ses amis,
s'il avait vécu parmi nous. Ils n'ont pas assez de volonté
et ne sont pas assez maîtres d'eux-mêmes. Edgar Poe
aimait les rythmes compliqués, et, quelque compliqués
qu'ils fussent, il y enfermait une harmonie profonde.
Il y a un petit poème de lui, intitulé *Les Cloches*[3], qui
est une véritable curiosité littéraire; traduisible, cela ne
l'est pas. *Le Corbeau* eut un vaste succès. De l'aveu de
MM. Longfellow et Emerson, c'est une merveille[4]. Le
sujet en est mince, c'est une pure œuvre d'art. Dans une
nuit de tempête et de pluie, un étudiant entend tapoter
à sa fenêtre d'abord, puis à sa porte; il ouvre, croyant
à une visite. C'est un malheureux corbeau perdu qui a
été attiré par la lumière de la lampe. Ce corbeau appri-
voisé a appris à parler chez un autre maître, et le premier
mot qui tombe par hasard du bec du sinistre oiseau frappe
juste un des compartiments de l'âme de l'étudiant, et en
fait jaillir une série de tristes pensées endormies : *une
femme morte, mille aspirations trompées, mille désirs déçus,
une existence brisée,* un fleuve de souvenirs qui se répand
dans la nuit froide et désolée. Le ton est grave et quasi
surnaturel, comme les pensées de l'insomnie; les vers
tombent un à un, comme des larmes monotones. Dans
Le Pays des songes, the Dreamland[5], il a essayé de peindre
la succession des rêves et des images fantastiques qui
assiègent l'âme quand l'œil du corps est fermé. D'autres
morceaux tels qu'*Ulalume, Annabel Lee*[6], jouissent d'une
égale célébrité. Mais le bagage poétique d'Edgar Poe est

mince. Sa poésie, condensée et laborieuse, lui coûtait sans doute beaucoup de peine, et il avait trop souvent besoin d'argent pour se livrer à cette voluptueuse et infructueuse douleur.

Comme nouvelliste et romancier, Edgar Poe est unique dans son genre, ainsi que Maturin, Balzac, Hoffmann[1], chacun dans le sien. Les différents morceaux qu'il a éparpillés dans les Revues ont été réunis en deux faisceaux, l'un, *Tales of the grotesque and arabesque,* l'autre, *Edgar A. Poe's tales,* édition de Wiley et Putnam. Cela fait un total de soixante-douze morceaux à peu près[2]. Il y a là-dedans des bouffonneries violentes, du grotesque pur, des aspirations effrénées vers l'infini, et une grande préoccupation du magnétisme[3]. La petite édition des contes a eu un grand succès à Paris comme en Amérique, parce qu'elle contient des choses très dramatiques, mais d'un dramatique tout particulier.

Je voudrais pouvoir caractériser d'une manière très brève et très sûre la littérature de Poe, car c'est une littérature toute nouvelle. Ce qui lui imprime un caractère essentiel et la distingue entre toutes, c'est, qu'on me pardonne ces mots singuliers, le conjecturisme et le probabilisme. On peut vérifier mon assertion sur quelques-uns de ses sujets.

Le Scarabée d'or : analyse des moyens successifs à employer pour deviner un cryptogramme, à l'aide duquel on peut découvrir un trésor enfoui. Je ne puis m'empêcher de penser avec douleur que l'infortuné E. Poe a dû plus d'une fois rêver aux moyens de découvrir des trésors. Que l'explication de cette méthode, qui fait la curieuse et littéraire spécialité de certains secrétaires de police, est logique et lucide ! Que la description du trésor est belle, et comme on en reçoit une bonne sensation de chaleur et d'éblouissement ! Car on le trouve, le trésor ! *ce n'était point un rêve*[4], comme il arrive généralement dans tous ces romans, où l'auteur vous réveille brutalement après avoir excité votre esprit par des espérances apéritives ; cette fois, c'est un trésor *vrai,* et le déchiffreur l'a bien gagné. En voici le compte exact : en monnaie, quatre cent cinquante mille dollars, pas un atome d'argent, tout en or, et d'une date très ancienne ; les pièces très grandes et très pesantes, inscriptions illisibles ; cent dix diamants, dix-huit rubis, trois cent dix émeraudes, vingt et un saphirs et une opale; deux cents bagues et boucles d'oreilles massives, une trentaine de chaînes, quatre-vingt-trois crucifix, cinq encensoirs, un énorme bol à punch en or avec feuilles de vigne et bacchantes, deux poignées d'épée, cent quatre-vingt-dix-sept montres ornées de pierreries. Le contenu du coffre est d'abord évalué à un million et demi de dollars, mais la vente des bijoux porte le total au-delà. La description de ce trésor donne des vertiges de grandeur et des ambitions de bienfaisance. Il y avait, certes, dans le coffre enfoui par le pirate Kidd, de quoi soulager bien des désespoirs inconnus.

Le Maelstrom : ne pourrait-on pas descendre dans un gouffre dont on n'a pas encore trouvé le fond, en étudiant d'une manière nouvelle les lois de la pesanteur ?

L'Assassinat de la rue Morgue pourrait en remontrer à des juges d'instruction. Un assassinat a été commis. Comment ? par qui ? Il y a dans cette affaire des faits inexplicables et contradictoires. La police jette sa langue aux chiens. Un jeune homme se présente qui va refaire l'instruction par amour de l'art.

Par une concentration extrême de sa pensée, et par l'analyse successive de tous les phénomènes de son entendement, il est parvenu à surprendre la loi de la génération des idées. Entre une parole et une autre, entre deux idées tout à fait étrangères en apparence, il peut rétablir toute la série intermédiaire, et combler aux yeux éblouis la lacune des idées non exprimées et presque inconscientes. Il a étudié profondément tous les possibles et tous les enchaînements probables des faits. Il remonte d'induction en induction, et arrive à démontrer péremptoirement que c'est un singe qui a fait le crime.

La Révélation magnétique : le point de départ de l'auteur a évidemment été celui-ci : ne pourrait-on pas, à l'aide de la force inconnue dite fluide magnétique, découvrir la loi qui régit les mondes ultérieurs ? Le début est plein de grandeur et de solennité. Le médecin a endormi son malade seulement pour le soulager. « Que pensez-vous de votre mal ? — J'en mourrai. — Cela vous cause-t-il du chagrin ? — Non. » Le malade se plaint qu'on l'interroge mal. « Dirigez-moi, dit le médecin. Commencez par le commencement. — Qu'est-ce que le commencement ?

— *(À voix très basse.)* C'est DIEU. — Dieu est-il esprit ?
— Non. — Est-il donc matière ? — Non[1]. » Suit une
très vaste théorie de la matière, des gradations de la
matière et de la hiérarchie des êtres. J'ai publié ce morceau dans un des numéros de *La Liberté de penser*, en
1848.

Ailleurs, voici le récit d'une âme qui vivait sur une
planète disparue[2]. Le point de départ a été : peut-on, par
voie d'induction et d'analyse, deviner quels seraient les
phénomènes physiques et moraux chez les habitants d'un
monde dont s'approcherait une comète homicide ?

D'autres fois, nous trouvons du fantastique pur, moulé
sur nature, et sans explication, à la manière d'Hoffmann :
L'Homme des foules se plonge sans cesse au sein de la
foule ; il nage avec délices dans l'océan humain. Quand
descend le crépuscule plein d'ombres et de lumières tremblantes, il fuit les quartiers pacifiés, et recherche avec
ardeur ceux où grouille vivement la matière humaine.
À mesure que le cercle de la lumière et de la vie se rétré-
cit, il en cherche le centre avec inquiétude ; comme les
hommes du déluge, il se cramponne désespérément aux
derniers points culminants de l'agitation publique. Et
voilà tout. Est-ce un criminel qui a horreur de la solitude ? Est-ce un imbécile qui ne peut pas se supporter
lui-même ?

Quel est l'auteur parisien un peu lettré qui n'a pas lu
Le Chat noir ? Là, nous trouvons des qualités d'un ordre
différent. Comme ce terrible poème du crime commence
d'une manière douce et innocente ! « Ma femme et moi
nous fûmes unis par une grande communauté de goûts,
et par notre bienveillance pour les animaux ; nos parents
nous avaient légué cette passion. Aussi notre maison ressemblait à une ménagerie ; nous avions chez nous des
bêtes de toute espèce[3]. » Leurs affaires se dérangent. Au
lieu d'agir, l'homme s'enferme dans la rêverie noire de
la taverne. Le beau chat noir, l'aimable Pluton, qui se
montrait jadis si prévenant quand le maître rentrait, a
pour lui moins d'égards et de caresses ; on dirait même
qu'il le fuit et qu'il flaire les dangers de l'eau-de-vie et
du genièvre. L'homme est offensé. Sa tristesse, son humeur taciturne et solitaire augmentent avec l'habitude
du poison. Que la vie sombre de la taverne, que les
heures silencieuses de l'ivresse morne sont bien décrites !

Et pourtant c'est rapide et bref. Le reproche muet du chat l'irrite de plus en plus. Un soir, pour je ne sais quel motif, il saisit la bête, tire son canif et lui extirpe un œil. L'animal borgne et sanglant le fuira désormais, et sa haine s'en accroîtra. Enfin, il le pend et l'étrangle. Ce passage mérite d'être cité[1] :

« Cependant le chat guérit lentement. L'orbite de l'œil perdu présentait, il est vrai, un spectacle effrayant; toutefois il ne paraissait plus souffrir. Il parcourait la maison comme à l'ordinaire, mais, ainsi que cela devait être, il se sauvait dans une terreur extrême à mon approche. Il me restait assez de cœur pour que je m'affligeasse d'abord de cette aversion évidente d'une créature qui m'avait tant aimé. Ce sentiment céda bientôt à l'irritation; et puis vint, pour me conduire à une chute finale et irrévocable, l'esprit de PERVERSITÉ. De cette force la philosophie ne tient aucun compte. Cependant, aussi fermement que je crois à l'existence de mon âme, je crois que la perversité est une des impulsions primitives du cœur humain, l'une des facultés ou sentiments primaires, indivisibles, qui constituent le caractère de l'homme. — Qui n'a pas cent fois commis une action folle ou vile, par la seule raison qu'il savait devoir s'en abstenir ? N'avons-nous pas une inclination perpétuelle, en dépit de notre jugement, à violer ce qui est _la loi,_ seulement parce que nous savons que c'est la loi ? Cet esprit de perversité, dis-je, causa ma dernière chute. Ce fut ce désir insondable que l'âme éprouve de s'affliger elle-même, — de violenter sa propre nature, — de faire mal pour le seul amour du mal, — qui me poussa à continuer, et enfin à consommer la torture que j'avais infligée à cette innocente bête. Un matin, de sang-froid, j'attachai une corde à son cou[2], et je le pendis à une branche d'arbre. — Je le pendis en versant d'abondantes larmes et le cœur plein du remords le plus amer; — je le pendis, _parce que_ je savais qu'il m'avait aimé et _parce que_ je sentais qu'il ne m'avait donné aucun sujet de colère; — je le pendis, _parce que_ je savais qu'en faisant ainsi je commettais un crime, un péché mortel qui mettait en péril mon âme immortelle, au point de la placer, si une telle chose était possible, hors de la sphère de la miséricorde infinie du Dieu très miséricordieux et très terrible. »

Un incendie achève de ruiner les deux époux, qui se
réfugient dans un pauvre quartier. L'homme boit toujours. Sa maladie fait d'effroyables progrès, *« car quelle
maladie est comparable à l'alcool ? »* Un soir, il aperçoit sur
un des tonneaux du cabaret un fort beau chat noir, exactement semblable au sien. L'animal se laisse approcher
et lui rend ses caresses. Il l'emporte pour consoler sa
femme. Le lendemain on découvre que le chat est borgne,
et du même œil. Cette fois-ci, c'est l'amitié de l'animal
qui l'exaspérera lentement; sa fatigante obséquiosité lui
fait l'effet d'une vengeance, d'une ironie, d'un remords
incarné dans une bête mystérieuse. Il est évident que la
tête du malheureux est troublée. Un soir, comme il des-
cendait à la cave avec sa femme pour une besogne de
ménage, le fidèle chat qui les accompagne s'embarrasse
dans ses jambes en le frôlant. Furieux, il veut s'élancer
sur lui; sa femme se jette au-devant; il l'étend d'un coup
de hache. Comment fait-on disparaître un cadavre, telle
est sa première pensée. La femme est mise dans le mur,
convenablement recrépi et bouché avec du mortier sali
habilement. Le chat a fui. « Il a compris ma colère, et a
jugé qu'il était prudent de s'esquiver[1]. » Notre homme
dort du sommeil des justes, et le matin, au soleil levant,
sa joie et son allégement sont immenses de ne pas sentir
son réveil assassiné par les caresses odieuses de la bête.
Cependant, la justice a fait plusieurs perquisitions chez
lui, et les magistrats découragés vont se retirer, quand
tout d'un coup : « Vous oubliez la cave, messieurs »,
dit-il. On visite la cave, et comme ils remontent les marches sans avoir trouvé aucun indice accusateur, « voilà
que, pris d'une idée diabolique et d'une exaltation d'orgueil inouï, je m'écriai : Beau mur ! belle construction,
en vérité ! on ne fait plus de caves pareilles ! Et ce disant,
je frappai le mur de ma canne à l'endroit même où était
cachée la victime. » Un cri profond, lointain, plaintif se
fait entendre; l'homme s'évanouit; la justice s'arrête,
abat le mur, le cadavre tombe en avant, et un chat
effrayant, moitié poil, moitié plâtre, s'élance avec son
œil unique, sanglant et fou.

Ce ne sont pas seulement les probabilités et les possi-
bilités qui ont fortement allumé l'ardente curiosité de
Poe, mais aussi les maladies de l'esprit. *Bérénice* est un
admirable échantillon dans ce genre[2]; quelque invraisem-

blable et outrée que ma sèche analyse la fasse paraître, je puis affirmer au lecteur que rien n'est plus logique et possible que cette affreuse histoire. Egœus et Bérénice sont cousins ; Egœus, pâle, acharné à la théosophie, chétif et abusant des forces de son esprit pour l'intelligence des choses abstruses ; Bérénice, folle et joueuse, toujours en plein air, dans les bois et le jardin, admirablement belle, d'une beauté lumineuse et charnelle. Bérénice est attaquée d'une maladie mystérieuse et horrible désignée quelque part sous le nom assez bizarre de *distorsion de personnalité*. On dirait qu'il est question d'hystérie. Elle subit aussi quelques attaques d'épilepsie, fréquemment suivies de léthargie, tout à fait semblables à la mort, et dont le réveil est généralement brusque et soudain. Cette admirable beauté s'en va, pour ainsi dire, en dissolution. Quant à Egœus, sa maladie, pour parler, dit-il, le langage du vulgaire, est encore plus bizarre. Elle consiste dans une exagération de la puissance méditative, une irritation morbide des facultés *attentives*. « Perdre de longues heures les yeux attachés à une phrase vulgaire, rester absorbé une grande journée d'été dans la contemplation d'une ombre sur le parquet, m'oublier une nuit entière à surveiller la flamme droite d'une lampe ou les braises du foyer, répéter indéfiniment un mot vulgaire jusqu'à ce que le son cessât d'apporter à mon esprit une idée distincte, perdre tout sentiment de l'existence physique dans une immobilité obstinée, telles étaient quelques-unes des aberrations dans lesquelles m'avait jeté une condition intellectuelle qui, si elle n'est pas sans exemple, appelle certainement l'étude et l'analyse. » Et il prend bien soin de nous faire remarquer que ce n'est pas là l'exagération de la rêverie commune à tous les hommes ; car le rêveur prend un objet intéressant pour point de départ, il roule de déduction en déduction, et après une longue journée de rêverie, la cause première est tout à fait envolée, l'*incitamentum*[1] a disparu. Dans le cas d'Egœus, c'est le contraire. L'objet est invariablement puéril ; mais, à travers le milieu d'une contemplation violente, il prend une importance de réfraction. Peu de déductions, point de méditations agréables ; et à la fin, la cause première, bien loin d'être hors de vue, a conquis un intérêt surnaturel, elle a pris une grosseur anormale qui est le caractère distinctif de cette maladie.

Egœus va épouser sa cousine. Au temps de son incomparable beauté, il ne lui a jamais adressé un seul mot d'amour; mais il éprouve pour elle une grande amitié et une grande pitié. D'ailleurs, n'a-t-elle pas l'immense attrait d'un problème ? Et, comme il l'avoue, *dans l'étrange anomalie de son existence, les sentiments ne lui sont jamais venus du cœur, et les passions lui sont toujours venues de l'esprit*[1]. Un soir, dans la bibliothèque, Bérénice se trouve devant lui. Soit qu'il ait l'esprit troublé, soit par l'effet du crépuscule, il la voit plus grande que de coutume. Il contemple longtemps sans dire un mot ce fantôme aminci qui, dans une douloureuse coquetterie de femme enlaidie, essaye un sourire, un sourire qui veut dire : Je suis bien changée, n'est-ce pas ? Et alors elle montre entre ses pauvres lèvres tortillées toutes ses dents. « Plût à Dieu que je ne les eusse jamais vues, ou que, les ayant vues, je fusse mort ! »

Voilà les dents installées dans la tête de l'homme. Deux jours et une nuit, il reste cloué à la même place, avec des dents flottantes autour de lui. Les dents sont daguerréotypées dans son cerveau, longues, étroites, comme des dents de cheval mort; pas une tache, pas une crénelure, pas une pointe ne lui a échappé. Il frissonne d'horreur quand il s'aperçoit qu'il en est venu à leur attribuer une faculté de sentiment et une puissance d'expression morale indépendante même des lèvres : « On disait de Mlle Sallé[2] *que tous ses pas étaient des sentiments,* et de Bérénice, je croyais plus sérieusement que toutes ses dents étaient des idées. »

Vers la fin du second jour, Bérénice est morte; Egœus n'ose pas refuser d'entrer dans la chambre funèbre et de dire un dernier adieu à la dépouille de sa cousine. La bière a été déposée sur le lit. Les lourdes courtines du lit qu'il soulève retombent sur ses épaules et l'enferment dans la plus étroite communion avec la défunte. Chose singulière, un bandeau qui entourait les joues s'est dénoué. Les dents reluisent implacablement blanches et longues. Il s'arrache du lit avec énergie, et se sauve épouvanté.

Depuis lors, les ténèbres se sont amoncelées dans son esprit, et le récit devient trouble et confus. Il se retrouve dans la bibliothèque à une table, avec une lampe, un livre ouvert devant lui, et ses yeux tressaillent en tombant sur

cette phrase : *Dicebant mihi sodales, si sepulchrum amicœ
visitarem, curas meas aliquantulum fore levatas*[1]. À côté, une
boîte d'ébène. Pourquoi cette boîte d'ébène ? N'est-ce
pas celle du médecin de la famille ? Un domestique entre
pâle et troublé; il parle bas et mal. Cependant il est question dans ses phrases entrecoupées de violation de sépulture, de grands cris qu'on aurait entendus, d'un cadavre
encore chaud et palpitant qu'on aurait trouvé au bord
de sa fosse tout sanglant et tout mutilé. Il montre à
Egœus ses vêtements; ils sont terreux et sanglants. Il le
prend par la main : elle porte des empreintes singulières,
des déchirures d'ongles. Il dirige son attention sur un
outil qui repose contre le mur. C'est une bêche. Avec
un cri effroyable Egœus saute sur la boîte; mais dans sa
faiblesse et son agitation il la laisse tomber, et la boîte,
en s'ouvrant, donne passage à des instruments de chirurgie dentaire qui s'éparpillent sur le parquet avec un
affreux bruit de ferraille mêlés aux objets maudits de
son hallucination. Le malheureux, dans une absence de
conscience, est allé arracher son idée fixe de la mâchoire
de sa cousine, ensevelie par erreur pendant une de ses
crises.

Généralement, Edgar Poe supprime les accessoires,
ou du moins ne leur donne qu'une valeur très minime.
Grâce à cette sobriété cruelle, l'idée génératrice se fait
mieux voir et le sujet se découpe ardemment sur ces
fonds nus. Quant à sa méthode de narration, elle est
simple. Il abuse du *je* avec une cynique monotonie. On
dirait qu'il est tellement sûr d'intéresser, qu'il s'inquiète
peu de varier ses moyens. Ses contes sont presque toujours des récits ou des manuscrits du principal personnage. Quant à l'ardeur avec laquelle il travaille souvent
dans l'horrible, j'ai remarqué chez plusieurs hommes
qu'elle était souvent le résultat d'une très grande énergie
vitale inoccupée, quelquefois d'une opiniâtre chasteté,
et aussi d'une profonde sensibilité refoulée. La volupté
surnaturelle que l'homme peut éprouver à voir couler
son propre sang, les mouvements brusques et inutiles,
les grands cris jetés en l'air presque involontairement
sont des phénomènes analogues. La douleur est un soulagement à la douleur, l'action délasse du repos.

Un autre caractère particulier de sa littérature est qu'elle
est tout à fait anti-féminine. Je m'explique. Les femmes

écrivent, écrivent avec une rapidité débordante ; leur
cœur bavarde à la rame. Elles ne connaissent généralement ni l'art, ni la mesure, ni la logique ; leur style traîne
et ondoie comme leurs vêtements. Un très grand et très
justement illustre écrivain, George Sand elle-même[1], n'a
pas tout à fait, malgré sa supériorité, échappé à cette loi
du tempérament ; elle jette ses chefs-d'œuvre à la poste
comme des lettres. Ne dit-on pas qu'elle écrit ses livres
sur du papier à lettres ?

Dans les livres d'Edgar Poe, le style est serré, *conca-
téné ;* la mauvaise volonté du lecteur ou sa paresse ne
pourront pas passer à travers les mailles de ce réseau
tressé par la logique. Toutes les idées, comme des flèches
obéissantes, volent au même but.

J'ai traversé une longue enfilade de contes sans trouver une histoire d'amour. Je n'y ai pensé qu'à la fin, tant
cet homme est enivrant. Sans vouloir préconiser d'une
manière absolue ce système ascétique d'une âme ambitieuse, je pense qu'une littérature sévère serait chez nous
une protestation utile contre l'envahissante *fatuité* des
femmes, de plus en plus surexcitée par la dégoûtante
idolâtrie des hommes ; et je suis très indulgent pour Voltaire, trouvant bon, dans sa préface de *La Mort de César,*
tragédie sans femme, sous de feintes excuses de son impertinence, de bien faire remarquer son glorieux tour
de force[2].

Dans Edgar Poe, point de pleurnicheries énervantes ;
mais partout, mais sans cesse l'infatigable ardeur vers
l'idéal. Comme Balzac qui mourut peut-être triste de ne
pas être un pur savant[3], il a des rages de science. Il a
écrit un *Manuel du conchyliologiste* que j'ai oublié de mentionner[4]. Il a, comme les conquérants et les philosophes,
une entraînante aspiration vers l'unité[5] ; il assimile les
choses morales aux choses physiques. On dirait qu'il
cherche à appliquer à la littérature les procédés de la
philosophie, et à la philosophie la méthode de l'algèbre.
Dans cette incessante ascension vers l'infini, on perd un
peu l'haleine. L'air est raréfié dans cette littérature comme
dans un laboratoire. On y contemple sans cesse la glorification de la volonté s'appliquant à l'induction et à
l'analyse. Il semble que Poe veuille arracher la parole
aux prophètes, et s'attribuer le monopole de l'explication
rationnelle. Aussi, les paysages qui servent quelquefois

de fond à ses fictions fébriles sont-ils pâles comme des
fantômes. Poe, qui ne partageait guère les passions des
autres hommes, dessine des arbres et des nuages qui ressemblent à des rêves de nuages et d'arbres, ou plutôt,
qui ressemblent à ses étranges personnages, agités comme
eux d'un frisson surnaturel et galvanique.

Une fois, cependant, il s'est appliqué à faire un livre
purement humain. *La Narration d'Arthur Gordon Pym*[1],
qui n'a pas eu un grand succès, est une histoire de navi-
gateurs qui, après de rudes avaries, ont été pris par les
calmes dans les mers du Sud. Le génie de l'auteur se
réjouit dans ces terribles scènes et dans les étonnantes
peintures de peuplades et d'îles qui ne sont point marquées sur les cartes. L'exécution de ce livre est excessivement[2] simple et minutieuse. D'ailleurs, il est présenté
comme un livre de bord. Le navire est devenu ingouver-
nable ; les vivres et l'eau buvable sont épuisés ; les marins
sont réduits au cannibalisme. Cependant, un brick est
signalé. « Nous n'aperçûmes personne à son bord jusqu'à
ce qu'il fût arrivé à un quart de mille de nous. Alors nous
vîmes trois hommes qu'à leur costume nous prîmes pour
des Hollandais. Deux d'entre eux étaient couchés sur de
vieilles voiles près du gaillard d'avant, et le troisième,
qui paraissait nous regarder avec curiosité, était à l'avant,
à tribord, près du beaupré. Ce dernier était un homme
grand et vigoureux, avec la peau très noire. Il semblait,
par ses gestes, nous encourager à prendre patience, nous
faisant des signes qui nous semblaient pleins de joie,
mais qui ne laissaient pas que d'être bizarres, et souriant
immuablement, comme pour déployer une rangée de dents
blanches très brillantes. Le navire approchant davantage,
nous vîmes son bonnet de laine rouge tomber de sa tête
dans l'eau ; mais il n'y prit pas garde, continuant toujours
ses sourires et ses gestes baroques. Je rapporte toutes
ces choses et ces circonstances minutieusement, et je les
rapporte, cela doit être compris, précisément comme elles
nous apparurent.

« Le brick venait à nous lentement, et mettait maintenant le cap droit sur nous, et, — je ne puis parler de
sang-froid de cette aventure, — nos cœurs sautaient follement au-dedans de nous, et nous répandions toutes
nos âmes en cris d'allégresse et en actions de grâces à
Dieu pour la complète, glorieuse et inespérée délivrance

que nous avions si palpablement sous la main. Tout à
coup et tout à la fois, de l'étrange navire, — nous étions
maintenant sous le vent à lui, — nous arrivèrent, portées
sur l'océan, une odeur, une puanteur telles, qu'il n'y a
pas dans le monde de mots pour les exprimer : infer-
nales, suffocantes[a], intolérables, inconcevables. J'ouvris
la bouche pour respirer, et me tournant vers mes camarades, je m'aperçus qu'ils étaient plus pâles que du marbre. Mais nous n'avions pas le temps de nous questionner
ou de raisonner, le brick était à cinquante pieds de nous,
et il semblait dans l'intention de nous accoster par notre
arrière, afin que nous pussions l'aborder sans l'obliger
à mettre son canot à la mer. Nous nous précipitâmes au-
devant, quand, tout à coup, une forte embardée le jeta
de cinq ou six points hors du cap qu'il tenait, et comme
il passait à notre arrière à une distance d'environ vingt
pieds, nous vîmes son pont en plein. Oublierais-je jamais
la triple horreur de ce spectacle ? Vingt-cinq ou trente
corps humains, parmi lesquels quelques femmes, gisaient
disséminés çà et là entre la dunette et la cuisine, dans le
dernier et le plus dégoûtant état de putréfaction ! Nous
vîmes clairement qu'il n'y avait pas une âme vivante sur
ce bateau maudit ! Cependant, nous ne pouvions pas
nous empêcher d'implorer ces morts pour notre salut !
Oui, dans l'agonie du moment, nous avons longtemps
et fortement prié ces silencieuses et dégoûtantes images
de s'arrêter pour nous, de ne pas nous abandonner à un
sort semblable au leur, et de vouloir bien nous recevoir
dans leur gracieuse compagnie ! La terreur et le désespoir
nous faisaient extravaguer, l'angoisse et le découragement nous avaient rendus totalement fous.

« À nos premiers hurlements de terreur, quelque chose
répondit qui venait du côté du beaupré du navire étranger, et qui ressemblait de si près au cri d'un gosier
humain, que l'oreille la plus délicate eût été surprise et
trompée. À ce moment, une autre embardée soudaine
ramena le gaillard d'avant sous nos yeux, et nous pûmes
comprendre l'origine de ce bruit. Nous vîmes la grande
forme robuste toujours appuyée sur le plat-bord et
remuant toujours la tête de çà de là, mais tournée maintenant de manière que nous ne pouvions lui voir la face.
Ses bras étaient étendus sur la lisse du bastingage, et ses
mains tombaient en dehors. Ses genoux étaient placés

sur une grosse amarre, largement ouverts et allant du talon du beaupré à l'un des bossoirs. À l'un de ses côtés, où un morceau de la chemise avait été arraché et laissait voir le nu, se tenait une énorme mouette, se gorgeant activement de l'horrible viande, son bec et ses serres profondément enfoncés, et son blanc plumage tout éclaboussé de sang. Comme le brick tournait et allait nous passer sous le vent, l'oiseau, avec une apparente difficulté retira sa tête rouge, et après nous avoir regardés un moment comme s'il était stupéfié, se détacha paresseusement du corps sur lequel il festinait[1], puis il prit directement son vol au-dessus de notre pont, et plana quelque temps avec un morceau de la substance coagulée et quasi vivante dans son bec. À la fin, l'horrible morceau tomba, en l'éclaboussant, juste aux pieds de Parker. Dieu veuille me pardonner, mais alors, dans le premier moment, une pensée traversa mon esprit, une pensée que je n'écrirai pas, et je me sentis faisant un pas machinal vers le morceau sanglant. Je levai les yeux, et mes regards rencontrèrent ceux d'Auguste qui étaient pleins d'une intensité et d'une énergie de désir telles que cela me rendit immédiatement à moi-même. Je m'élançai vivement, et avec un profond frisson, je jetai l'horrible chose à la mer.

« Le cadavre d'où le morceau avait été arraché, reposant ainsi sur l'amarre, était aisément ébranlé par les efforts de l'oiseau carnassier, et c'étaient d'abord ces secousses qui nous avaient induits à croire à un être vivant. Quand l'oiseau le débarrassa de son poids, il chancela, tourna et tomba à moitié, et nous montra tout à fait sa figure. Non, jamais il n'y eut d'objet aussi terrible ! Les yeux n'y étaient plus, et toutes les chairs de la bouche rongées, les dents étaient entièrement à nu. Tel était donc ce sourire qui avait encouragé notre espérance ! Tel était…, mais je m'arrête. Le brick, comme je l'ai dit, passa à notre arrière, et continua sa route en tombant sous le vent. Avec lui et son terrible équipage s'évanouirent lentement toutes nos heureuses visions de joie et de délivrance. »

Eureka était sans doute le livre chéri et longtemps rêvé d'Edgar Poe. Je ne puis pas en rendre compte ici d'une manière précise[2]. C'est un livre qui demande un article particulier. Quiconque a lu la *Révélation magnétique,* con-

naît les tendances métaphysiques de notre auteur. *Eureka*
prétend développer le procédé, et démontrer la loi suivant laquelle l'univers a revêtu sa forme actuelle visible,
et trouvé sa présente organisation, et aussi comment
cette même loi, qui fut l'origine de la création, sera le
moyen de sa destruction et de l'absorption définitive du
monde. On comprendra facilement pourquoi je ne veux
pas m'engager à la légère dans la discussion d'une si
ambitieuse tentative. Je craindrais de m'égarer et de
calomnier un auteur pour lequel j'ai le plus profond
respect. On a déjà accusé Edgar Poe d'être un panthéiste,
et quoique je sois forcé d'avouer que les apparences indui-
sent à le croire tel, je puis affirmer que, comme bien
d'autres grands hommes épris de la logique, il se contredit quelquefois fortement, ce qui fait son éloge[1]; ainsi,
son panthéisme est fort contrarié par ses idées sur la
hiérarchie des êtres, et beaucoup de passages qui affirment évidemment la permanence des personnalités.

Edgar Poe était très fier de ce livre, qui n'eut pas, ce
qui est tout naturel, le succès de ses contes. Il faut le lire
avec précaution et faire la vérification de ses étranges
idées par la juxtaposition[a] des systèmes analogues et
contraires.

IV[2]

J'avais un ami qui était aussi un métaphysicien à sa
manière, enragé et absolu, avec des airs de Saint-Just[3].
Il me disait souvent, en prenant un exemple dans le
monde, et en me regardant moi-même de travers : « Tout
mystique[4] a un vice caché. » Et je continuais sa pensée
en moi-même : donc, il faut le détruire. Mais je riais,
parce que je ne le comprenais pas. Un jour, comme je
causais avec un libraire bien connu et bien achalandé,
dont la spécialité est de servir les passions de toute la
bande mystique et des courtisans obscurs des sciences
occultes, et comme je lui demandais des renseignements
sur ses clients, il me dit : « Rappelez-vous que tout
mystique a un vice caché, souvent très matériel; celui-ci
l'ivrognerie, celui-là la goinfrerie, un autre la paillardise;
l'un sera très avare, l'autre très cruel, etc. »

Mon Dieu ! me dis-je, quelle est donc cette loi fatale[5]

qui nous enchaîne, nous domine, et se venge de la violation de son insupportable despotisme par la dégradation
et l'amoindrissement de notre être moral ? Les illuminés[1]
ont été les plus grands des hommes. Pourquoi faut-il
qu'ils soient châtiés de leur grandeur ? Leur ambition
n'était-elle pas la plus noble ? L'homme sera-t-il éternellement si limité qu'une de ses facultés ne puisse s'agrandir qu'au détriment des autres ? Si vouloir à tout prix
connaître la vérité eſt un grand crime, ou au moins peut
conduire à de grandes fautes, si la niaiserie et l'insouciance sont une vertu et une garantie d'équilibre, je crois
que nous devons être très indulgents pour ces illuſtres
coupables, car, enfants du xviiie et du xixe siècle, ce
même vice nous eſt à tous imputable.

Je le dis sans honte, parce que je sens que cela part
d'un profond sentiment de pitié et de tendresse, Edgar
Poe, ivrogne, pauvre, persécuté, paria, me plaît plus que
calme et *vertueux,* un Gœthe ou un W. Scott. Je dirais
volontiers de lui et d'une classe particulière d'hommes,
ce que le catéchisme dit de notre Dieu : « Il a beaucoup
souffert pour nous. »

On pourrait écrire sur son tombeau : « Vous tous qui
avez ardemment cherché à découvrir les lois de votre
être, qui avez aspiré à l'infini, et dont les sentiments
refoulés ont dû chercher un affreux soulagement dans le
vin de la débauche, priez pour lui. Maintenant, son être
corporel purifié nage au milieu des êtres dont il entre-
voyait l'exiſtence, priez pour lui qui voit et qui sait, il
intercédera pour vous[2]. »

[PRÉSENTATION DE *BÉRÉNICE*]

Le morceau que nous donnons à nos lecteurs eſt tiré
des œuvres d'Edgar Allan Poe. Il date des premiers temps
de sa vie littéraire. Edgar Poe, qu'on pourrait appeler la
tête forte des États-Unis[3], est mort en 1849, à l'âge de
trente-sept ans[4]. Il eſt mort pour ainsi dire dans le ruisseau ; un matin, les agents de police l'ont ramassé et l'ont

porté à l'hôpital de Baltimore; il a quitté la vie, comme Hoffmann et Balzac et tant d'autres, au moment où il commençait à avoir raison de sa redoutable destinée[1]. Pour être tout à fait juste, il faut rejeter la responsabilité d'une partie de ses vices, et notamment de son ivrognerie, sur la sévère société dans laquelle la Providence l'avait enfermé.

Toutes les fois que M. Poe fut heureux ou à peu près tranquille, il fut le plus aimable et le plus séduisant des hommes. Cet excentrique et orageux écrivain n'eut d'autre réelle consolation dans sa vie que le dévouement angélique de la mère de sa femme, mistriss[2] Clemm, à qui tous les cœurs solitaires rendront un hommage légitime.

Edgar Poe n'est pas spécialement un poète et un romancier; il est poète, romancier et philosophe. Il porte le double caractère de l'illuminé et du savant. Qu'il ait fait quelques œuvres mauvaises et hâtives, cela n'a rien d'étonnant, et sa terrible vie l'explique; mais ce qui fera son éternel éloge, c'est la préoccupation de tous les sujets réellement importants, et *seuls* dignes de l'attention d'un homme *spirituel :* probabilités, maladies de l'esprit, sciences conjecturales, espérances et calculs sur la vie ultérieure, analyse des excentriques et des parias de la vie sublunaire, bouffonneries directement symboliques. Ajoutez à cette ambition éternelle et active de sa pensée, une rare érudition, une impartialité *étonnante et antithétique* relativement à sa nature *subjective,* une puissance extraordinaire de déduction et d'analyse, et la *roideur* habituelle de sa littérature, — il ne paraîtra pas surprenant que nous l'ayons appelé *la tête forte* de son pays. C'est l'idée opiniâtre d'utilité, ou plutôt une curiosité enragée, qui distingue M. Poe de tous les romantiques du continent, ou, si vous l'aimez mieux, de tous les sectaires de l'école dite romantique.

Jusqu'à présent, M. Poe n'était connu ici que par *Le Scarabée d'or, Le Chat noir* et *L'Assassinat de la rue Morgue,* traduits dans un excellent système de traduction positive par Mme Isabelle Meunier[3], et *La Révélation mesmérienne*[4], traduite dans *La Liberté de penser,* par M. Charles Baudelaire, qui vient de publier dans les deux derniers volumes de la *Revue de Paris* une appréciation très nette de la vie et du caractère général des œuvres de l'infortuné

Poe, et à qui nous devons la communication de ce morceau.

Les principaux ouvrages de M. Poe sont : *The Tales of the Grotesque and Arabesque,* qu'on pourrait traduire par *Grotesques et Arabesques,* un volume de contes chez Wiley et Putnam, à New York; un volume de poésies *The Literati*[a1], *Eureka, Arthur Gordon Pym,* et une quantité considérable de critiques très aiguës sur les écrivains anglais et américains.

[PRÉSENTATION DE *PHILOSOPHIE D'AMEUBLEMENT*]

Quel est celui d'entre nous qui, dans de longues heures de loisirs[b], n'a pas pris un délicieux plaisir à se construire un appartement modèle, un domicile idéal, un *rêvoir ?* Chacun suivant son tempérament a mêlé la soie avec l'or, le bois avec le métal, atténué la lumière du soleil, ou augmenté l'éclat artificiel des lampes, inventé même des formes nouvelles de meubles, ou entassé les formes[c] anciennes[2].

L'article que nous offrons à nos lecteurs est d'un grand écrivain américain, inconnu en France, et un peu méconnu aux États-Unis. Edgar Poe[d3] a vécu[e] douloureusement, et il est mort plus tristement encore. Plusieurs de ses compatriotes n'en parlent qu'avec[f] une certaine amertume, aussi bien le jeune colosse américain a l'épiderme fort sensible, et même dans les matières moins importantes[g], il supporte difficilement la plaisanterie. Fenimore Cooper l'a bien senti. De cruels axiomes tels que : *Les Yankies vont seuls à*[h] *rebours ; — nous avons noyé dans l'ostentation toutes les notions du goût ; — le coût d'un article d'ameublement est devenu chez nous le seul criterium de son mérite ; — la corruption du goût est une opération parallèle à la multiplication du dollar*[i] *; —* et les plaisanteries violentes sur[j] la frénésie des glaces, du verre taillé, et du gaz dans les appartements aristocratiques américains, —

sont certainement d'un avalement difficile pour le gosier susceptible d'une[a] jeune nation *parvenue*[b].

Impartial ou non, cet article nous a paru une bonne curiosité, et il divertira nos lecteurs. Quant aux idées personnelles d'Edgar Poe en matière d'ameublement[c], qui nous paraissent d'ailleurs assez judicieuses, ils en feront ce qu'ils voudront[d].

[DÉDICACE
DES *HISTOIRES EXTRAORDINAIRES*]

À madame Maria Clemm,
À Milford, Connecticut (États-Unis).

Il y a bien longtemps, Madame, que je désirais réjouir vos yeux maternels par cette traduction d'un des plus grands poètes de ce siècle[1]; mais la vie littéraire est pleine de cahots et d'empêchements, et je crains que l'Allemagne ne me devance dans l'accomplissement de ce pieux hommage dû à la mémoire d'un écrivain qui, comme les Hoffmann, les Jean-Paul, les Balzac[2], est moins de son pays que cosmopolite. Deux ans avant la catastrophe qui brisa horriblement une existence si pleine et si ardente, je m'efforçais déjà de faire connaître Edgar Poe aux littérateurs de mon pays. Mais alors l'orage permanent de sa vie était pour moi chose inconnue; j'ignorais que ces éblouissantes végétations étaient le produit d'une terre volcanisée, et quand aujourd'hui je compare l'idée fausse que je m'étais faite de sa vie avec ce qu'elle fut réellement, — l'Edgar Poe que mon imagination avait créé, — riche, heureux, — un jeune gentleman de génie vaquant quelquefois à la littérature au milieu des mille occupations d'une vie élégante, — avec le vrai Edgar, — le pauvre Eddie, celui que vous avez aimé et secouru, celui que je ferai connaître à la France, — cette ironique antithèse me remplit d'un insurmontable attendrissement. Plusieurs années ont passé, et son fantôme m'a toujours obsédé. Aujourd'hui, ce n'est pas seulement le plaisir de montrer ses beaux ouvrages qui me possède, mais aussi celui d'écrire au-dessus le nom de la femme qui lui fut toujours si bonne et si douce. Comme votre tendresse pansait ses blessures, il embaumera votre nom avec gloire[a].

Vous lirez le travail que j'ai composé sur sa vie et sur ses œuvres[1]; vous me direz si j'ai bien compris son caractère, ses douleurs et la nature toute spéciale de son esprit, si je me suis trompé, vous me corrigerez. Si la passion[b] m'a fait errer, vous me redresserez. De votre part, Madame, tout sera reçu avec respect et reconnaissance, même le blâme délicat que peut susciter en vous la sévérité que j'ai déployée à l'égard de vos compatriotes, sans doute pour soulager un peu la haine qu'inspirent à mon âme libre les Républiques marchandes et les Sociétés physiocratiques[c].

Je devais cet hommage public à une mère dont la grandeur et la bonté honorent le Monde des Lettres autant que les merveilleuses créations de son fils. Je serais mille fois heureux, si un rayon égaré de cette charité qui fut le soleil de sa vie pouvait, à travers les mers qui nous séparent, s'élancer sur moi, chétif et obscur, et[d] me réconforter de sa chaleur magnétique.

Adieu, Madame; parmi les différents saluts et les formules de complimentation qui peuvent conclure une missive[e] d'une *âme* à une *âme,* je n'en connais qu'une adéquate aux[f] sentiments que m'inspire votre personne : *Goodness, godness*[g²] !

[NOTE POSTLIMINAIRE
À *L'AVENTURE SANS PAREILLE*
D'UN CERTAIN HANS PFAALL]

L'*Aventure sans pareille d'un certain Hans Pfaall* a été imprimée pour la première fois dans le *Southern Literary Messenger,* le premier recueil littéraire que Poe a dirigé, à Richmond. Il avait alors vingt-trois ans[h3]. Dans l'édition posthume de ses œuvres[1], — qui, soit dit en passant, est loin d'être complète, — se trouve à la suite de *Hans Pfaall* une fort singulière note dont je veux faire l'analyse, et qui montrera aux lecteurs que cette publication a intéressés un des enfantillages[a] de ce grand génie.

Poe passe en revue différents ouvrages qui ont tous le même objet, — un ouvrage dans la lune, — une description de la lune, etc... — des ouvrages-canards[2], ou, — comme ils disent, ces Américains qui aiment tant à être dupés[b], — des *hoaxes*. Poe se donne la peine de démontrer combien tous ces ouvrages sont inférieurs au sien, parce qu'ils manquent du caractère le plus important, je dirai tout à l'heure lequel.

Il commence par citer le *Moon Story* ou *Moon-Hoax* de M. Locke, qui n'est pas autre chose, je présume, que ces malheureux *Animaux[c] dans la lune*[3], qui, il y a vingt ans à peu près, ont[d] fait aussi leur bruit sur notre continent déjà trop américain. Il commence d'abord par établir que son *jeu d'esprit* a été publié dans le *Southern Literary Messenger* trois semaines avant que M. Locke ne publiât[e] son *canard* dans le *New York Sun*. Quelques feuilles ont accolé et publié simultanément les deux ouvrages, et Poe s'offense, à bon droit, de cette parenté imposée.

Pour que le public ait pu *gober* le *Moon-Hoax* de M. Locke, il faut que son ignorance astronomique dépasse la vraisemblance.

La[f] puissance du télescope de M. Locke ne peut pas rapprocher la lune, située à 240 000 milles de la terre, suffisamment pour y voir des animaux, des fleurs, pour y distinguer la forme et la couleur des yeux des petits oiseaux, comme fait Herschel[g], le héros du *canard* de M. Locke. Enfin, les verres de son télescope ont été fabriqués chez MM. Hartley et Grant; or, dit Poe d'une manière triomphale, ces[h] messieurs avaient cessé toute opération commerciale plusieurs années avant la publication du *hoax*.

À propos d'une espèce de rideau de poils qui ombrage les yeux d'un bison lunaire, Herschel (Locke) prétend que c'est une prévoyance de la nature pour protéger les yeux de l'animal contre les violentes alternatives de lumière et de ténèbres auxquelles sont soumis les habitants du côté de la lune qui regarde notre planète. Mais

ces alternatives n'existent pas ; ces habitants, s'il y en a,
ne peuvent pas connaître les ténèbres. En l'absence du
soleil, ils sont éclairés par la terre.

Sa topographie lunaire *met*, pour ainsi dire, *le cœur à
droite*. Elle contredit toutes les cartes, et se contredit elle-
même. L'auteur ignore que sur une carte lunaire l'orient
doit être à gauche.

Illusionné par les vagues appellations telles que *Mare
Nubium, Mare Tranquillitatis, Mare Fecunditatis,* que les
anciens astronomes ont données aux taches de la lune,
M. Locke entre dans des détails sur les mers et les masses
liquides de la lune. Or, c'est un point d'astronomie constaté qu'il n'y en a pas.

La description des ailes de son *homme chauve-souris* est
un plagiat des *insulaires volants* de Peter Wilkins[a].
M. Locke dit quelque part : « Quelle prodigieuse influence
notre globe treize fois plus gros a-t-il dû exercer sur le
satellite, quand celui-ci n'était qu'un embryon dans les
entrailles du temps, le sujet passif d'une affinité chimique ! » C'est fort sublime ; mais un astronome n'aurait
pas dit cela, et surtout ne l'aurait pas écrit à un journal
scientifique d'Édimbourg. Car un astronome sait que la
terre, — dans le sens voulu par la phrase, — n'est pas
treize fois, mais bien quarante-neuf fois plus grosse que
la lune.

Mais voici une remarque qui caractérise bien l'esprit
analytique de Poe. Comment, dit-il, Herschel voit des
animaux distinctement, les décrit minutieusement, formes
et couleurs ! C'est là le fait d'un *faux* observateur ! Il ne
sait pas son rôle de fabricant de *hoaxes*. Car, quelle est
la chose qui doit immédiatement, avant tout, saisir, frapper la vue d'un observateur *vrai,* dans le cas où il verrait
des animaux dans la lune, — bien que cette chose, il eût
pu la prévoir : — « Ils marchent les pieds en haut et la
tête en bas, comme les mouches au plafond ! » — En
effet, voilà le[b] cri de la nature.

Les imaginations relatives aux végétaux et aux animaux ne sont nullement basées sur l'analogie ; — les
ailes de l'*homme chauve-souris* ne peuvent pas le soutenir
dans une atmosphère aussi rare que celle de la lune ; —
la transfusion d'une lumière artificielle à travers l'objectif
est un pur amphigouri ; — s'il ne s'agissait que d'avoir
des télescopes assez forts pour voir ce qui se passe dans

un corps céleste, l'homme aurait réussi, mais il faut que ce corps soit éclairé suffisamment, et plus il est éloigné, plus la lumière est diffuse, etc.

Voici la conclusion de Poe qui n'est pas peu curieuse pour les gens qui aiment à scruter le cabinet de travail d'un homme de génie, — les papiers carrés de Jean-Paul embrochés dans du fil[1], — les *épreuves* arachnéennes de Balzac[2], — les manchettes de Buffon, etc.

« Dans ces différents opuscules, le but est toujours satirique; le thème — une description des mœurs lunaires mises en parallèle avec les nôtres. Mais dans aucun je ne vois l'effort pour rendre plausibles les détails du voyage en lui-même. Tous les auteurs semblent absolument ignorants en matière d'astronomie. Dans *Hans Pfaall,* le dessein est original, en tant qu'il représente un effort vers la vraisemblance *(verisimilitude),* dans l'application des principes scientifiques (autant que le permettrait la nature fantasque du sujet[a]) à la traversée effective de la terre à la lune. »

Je permets au lecteur de sourire, — moi-même j'ai souri plus d'une fois en surprenant les *dadas* de mon auteur. Les petitesses de toute grandeur[b] ne seront-elles pas toujours, pour un esprit impartial, un spectacle touchant ? Il est réellement singulier de voir un cerveau, tantôt si profondément germanique et tantôt si sérieusement oriental, trahir à de certains moments l'américanisme dont il est saturé.

Mais, à le bien prendre, l'admiration restera la plus forte. Qui donc, je le demande, qui donc d'entre nous, — je parle des plus robustes, — aurait osé, à vingt-trois ans[c], à l'âge où l'on apprend à *lire,* — se diriger vers la lune, équipé de notions astronomiques et physiques suffisantes, et enfourcher imperturbablement le *dada* ou plutôt l'hippogriffe ombrageux de la *verisimilitude* ?

EDGAR POE, SA VIE ET SES ŒUVRES

..... Quelque maître malheureux à qui
l'inexorable[a] Fatalité a donné une chasse
acharnée, toujours plus acharnée, jusqu'à ce
que ses chants n'aient plus qu'un unique
refrain, jusqu'à ce que les chants funèbres de
son Espérance aient adopté ce mélancolique
refrain : Jamais ! Jamais plus !

EDGAR POE. — *Le Corbeau*[1].

Sur son trône d'airain le Destin qui s'en raille
Imbibe leur éponge avec du fiel amer,
Et la Nécessité les tord dans sa tenaille.

THÉOPHILE GAUTIER. — *Ténèbres*[2].

I

Dans ces derniers temps, un malheureux fut amené
devant nos tribunaux, dont le front était illustré d'un
rare et singulier tatouage : *Pas de chance*[3] ! Il portait ainsi
au-dessus de ses yeux l'étiquette de sa vie, comme un
livre son titre, et l'interrogatoire prouva que ce bizarre
écriteau était cruellement véridique. Il y a dans l'histoire
littéraire des destinées analogues, de vraies damnations,
— des hommes qui portent le mot *guignon* écrit en caractères mystérieux dans les plis sinueux de leur front.
L'Ange aveugle de l'expiation s'est emparé d'eux et les
fouette à tour de bras pour l'édification des autres. En
vain leur vie montre-t-elle des talents, des vertus, de la
grâce; la Société a pour eux un anathème spécial, et
accuse en eux les infirmités que sa persécution leur a
données. — Que ne fit pas Hoffmann pour désarmer la
destinée, et que n'entreprit pas Balzac pour conjurer la
fortune ? — Existe-t-il donc une Providence diabolique
qui prépare le malheur dès le berceau, — qui jette avec
préméditation des natures spirituelles et angéliques dans
des milieux hostiles, comme des martyrs dans les cirques ?
Y a-t-il donc des âmes *sacrées,* vouées à l'autel, condamnées à marcher à la mort et à la gloire à travers leurs

propres ruines ? Le cauchemar des *Ténèbres* assiégera-t-il
éternellement ces âmes de choix ? — Vainement elles se
débattent, vainement elles se forment au monde, à ses
prévoyances, à ses ruses; elles perfectionneront la prudence, boucheront toutes les issues, matelasseront les
fenêtres contre les projectiles du hasard; mais le Diable
entrera par une serrure; une perfection sera le défaut de
leur cuirasse, et une qualité superlative le germe de leur
damnation.

> L'aigle, pour le briser, du haut du firmament
> Sur leur front découvert lâchera la tortue,
> Car *ils* doivent périr inévitablement[1].

Leur destinée est écrite dans toute leur constitution,
elle brille d'un éclat sinistre dans leurs regards et dans
leurs gestes, elle circule dans leurs artères avec chacun
de leurs globules sanguins.

Un écrivain célèbre[2] de notre temps a écrit un livre
pour démontrer que le poète ne pouvait trouver une
bonne place ni dans une société démocratique ni dans
une aristocratique, pas plus dans une république que dans
une monarchie absolue ou tempérée. Qui donc a su lui
répondre péremptoirement ? J'apporte aujourd'hui une
nouvelle légende à l'appui de sa thèse, j'ajoute un saint
nouveau au martyrologe : j'ai à écrire l'histoire d'un de
ces illustres malheureux, trop riche de poésie et de passion, qui est venu, après tant d'autres, faire en ce bas
monde le rude apprentissage du génie chez les âmes
inférieures.

Lamentable tragédie que la vie d'Edgar Poe ! Sa mort,
dénouement horrible dont l'horreur est accrue par la trivialité ! — De tous les documents que j'ai lus est résultée
pour moi la conviction que les États-Unis ne furent pour
Poe qu'une vaste prison qu'il parcourait avec l'agitation
fiévreuse d'un être fait pour respirer dans un monde plus
amoral, — qu'une grande barbarie éclairée au gaz, — et
que sa vie intérieure, spirituelle, de poète ou même
d'ivrogne, n'était qu'un effort perpétuel pour échapper
à l'influence de cette atmosphère antipathique. Impitoyable dictature que celle de l'opinion dans les sociétés
démocratiques; n'implorez d'elle ni charité, ni indulgence, ni élasticité quelconque dans l'application de ses

lois aux cas multiples et complexes de la vie morale. On
dirait que de l'amour impie de la liberté est née une
tyrannie nouvelle, la tyrannie des bêtes, ou zoocratie,
qui par son insensibilité féroce ressemble à l'idole de
Jaggernaut. — Un biographe nous dira gravement, —
il est bien intentionné, le brave homme, — que Poe, s'il
avait voulu régulariser son génie et appliquer ses facultés
créatrices d'une manière plus appropriée au sol américain, aurait pu devenir un auteur à argent, *a money making
author[a]* ; — un autre, — un naïf cynique, celui-là, —
que, quelque beau que soit le génie de Poe, il eût mieux
valu pour lui n'avoir que du talent, le talent s'escomptant
toujours plus facilement que le génie. Un autre, qui a
dirigé des journaux et des revues, un ami du poète,
avoue qu'il était difficile de l'employer et qu'on était
obligé de le payer moins que d'autres, parce qu'il écrivait dans un style trop au-dessus du vulgaire. *Quelle odeur
de magasin !* comme disait Joseph de Maistre.

Quelques-uns ont osé davantage, et, unissant l'inintelligence la plus lourde de son génie à la férocité de l'hypocrisie bourgeoise, l'ont insulté à l'envi; et, après sa soudaine disparition, ils ont rudement morigéné ce cadavre,
— particulièrement M. Rufus Griswold[1], qui, pour rappeler ici l'expression vengeresse de M. George Graham,
a commis alors une immortelle infamie. Poe, éprouvant
peut-être le sinistre pressentiment d'une fin subite, avait
désigné MM. Griswold et Willis pour mettre ses œuvres
en ordre, écrire sa vie, et restaurer sa mémoire. Ce péda-
gogue-vampire a diffamé longuement son ami dans un
énorme article, plat et haineux, juste en tête de l'édition
posthume de ses œuvres. — Il n'existe donc pas en Amérique d'ordonnance qui interdise aux chiens l'entrée des
cimetières[2] ? — Quant à M. Willis, il a prouvé, au contraire, que la bienveillance et la décence marchaient toujours avec le véritable esprit, et que la charité envers
nos confrères, qui est un devoir moral, était aussi un
des commandements du goût.

Causez de Poe avec un Américain, il avouera peut-être
son génie, peut-être même s'en montrera-t-il fier; mais,
avec un ton sardonique supérieur où se sent son homme
positif, il vous parlera de la vie débraillée du poète, de
son haleine alcoolisée qui aurait pris feu à la flamme
d'une chandelle, de ses habitudes vagabondes; il vous

dira que c'était un être erratique et hérétoclite, une planète désorbitée, qu'il roulait[a] sans cesse de Baltimore à
New York, de New York à Philadelphie, de Philadelphie à Boston, de Boston à Baltimore, de Baltimore à
Richmond. Et si, le cœur ému par ces préludes d'une
histoire navrante, vous donnez à entendre que l'individu
n'est peut-être pas seul coupable et qu'il doit être difficile de penser et d'écrire commodément dans un pays
où il y a des millions de souverains, un pays sans capitale à proprement parler, et sans aristocratie, — alors
vous verrez ses yeux s'agrandir et jeter des éclairs, la
bave du patriotisme souffrant lui monter aux lèvres, et
l'Amérique, par sa bouche, lancer des injures à l'Europe,
sa vieille mère, et à la philosophie des anciens jours.

Je répète que pour moi la persuasion s'est faite
qu'Edgar Poe et sa patrie n'étaient pas de niveau. Les
États-Unis sont un pays gigantesque et enfant, naturellement jaloux du vieux continent. Fier de son développement matériel, anormal et presque monstrueux, ce
nouveau venu dans l'histoire a une foi naïve dans la
toute-puissance de l'industrie; il est convaincu, comme
quelques malheureux parmi nous, qu'elle finira par manger le Diable. Le temps et l'argent ont là-bas une valeur
si grande ! L'activité matérielle, exagérée jusqu'aux proportions d'une manie nationale, laisse dans les esprits
bien peu de place pour les choses qui ne sont pas de la
terre. Poe, qui était de bonne souche, et qui d'ailleurs
professait que le grand malheur de son pays était de
n'avoir pas d'aristocratie de race, attendu, disait-il, que
chez un peuple sans aristocratie le culte du Beau ne peut
que se corrompre, s'amoindrir et disparaître, — qui
accusait chez ses concitoyens, jusque dans leur luxe emphatique et coûteux, tous les symptômes du mauvais
goût caractéristique des parvenus, — qui considérait le
Progrès, la grande idée moderne, comme une extase de
gobe-mouches, et qui appelait les *perfectionnements* de
l'habitacle humain des cicatrices et des abominations rec-
tangulaires, — Poe était là-bas un cerveau singulièrement
solitaire. Il ne croyait qu'à l'immuable, à l'éternel, au
self-same, et il jouissait — cruel privilège dans une société
amoureuse d'elle-même, — de ce grand bon sens à la
Machiavel qui marche devant le sage, comme une colonne
lumineuse, à travers le désert de l'histoire. — Qu'eût-il

pensé, qu'eût-il écrit, l'infortuné, s'il avait entendu la théologienne du sentiment supprimer l'Enfer par amitié pour le genre humain[1], le philosophe du chiffre[2] proposer un système d'assurances, une souscription à un sou par tête pour la suppression de la guerre, — et l'abolition de la peine de mort et de l'orthographe, ces deux folies corrélatives ! — et tant d'autres malades qui écrivent, *l'oreille inclinée au vent*[3], des fantaisies giratoires aussi flatueuses que l'élément qui les leur dicte ? — Si vous ajoutez à cette vision impeccable du vrai, véritable infirmité dans de certaines circonstances, une délicatesse exquise de sens qu'une note fausse torturait, une finesse de goût que tout, excepté l'exacte proportion, révoltait, un amour insatiable du Beau, qui avait pris la puissance d'une passion morbide, vous ne vous étonnerez pas que pour un pareil homme la vie soit devenue un enfer, et qu'il ait mal fini ; vous admirerez qu'il ait pu *durer* aussi longtemps.

II

La famille de Poe était une des plus respectables de Baltimore[4]. Son grand-père maternel[5] avait servi comme *quarter-master-general* dans la guerre de l'Indépendance, et La Fayette l'avait en haute estime et amitié. Celui-ci, lors de son dernier voyage aux États-Unis, voulut voir la veuve du général et lui témoigner sa gratitude pour les services que lui avait rendus son mari. Le bisaïeul avait épousé une fille de l'amiral anglais Mac Bride, qui était allié avec les plus nobles maisons d'Angleterre. David Poe, père d'Edgar et fils du général, s'éprit violemment d'une actrice anglaise, Élisabeth Arnold, célèbre par sa beauté ; il s'enfuit avec elle et l'épousa. Pour mêler plus intimement sa destinée avec la sienne, il se fit comédien et parut avec sa femme sur différents théâtres, dans les principales villes de l'Union. Les deux époux moururent à Richmond, presque en même temps, laissant dans l'abandon et le dénûment le plus complet trois enfants en bas âge, dont Edgar.

Edgar Poe était né à Baltimore, en 1813[6]. — C'est d'après son propre dire que je donne cette date, car il a réclamé contre l'affirmation de Griswold qui place sa

naissance en 1811. — Si jamais l'esprit de roman, pour
me servir d'une expression de notre poète, a présidé à
une naissance, — esprit sinistre et orageux ! — certes
il présida à la sienne. Poe fut véritablement l'enfant de
la passion et de l'aventure. Un riche négociant de la ville,
M. Allan, s'éprit de ce joli malheureux que la nature
avait doté d'une manière charmante, et, comme il n'avait
pas d'enfants, il l'adopta. Celui-ci s'appela donc désormais Edgar Allan Poe. Il fut ainsi élevé dans une belle
aisance et dans l'espérance légitime d'une de ces fortunes
qui donnent au caractère une superbe certitude. Ses
parents adoptifs l'emmenèrent dans un voyage qu'ils
firent en Angleterre, en Écosse et en Irlande, et, avant
de retourner dans leur pays, ils le laissèrent chez le docteur Bransby[a], qui tenait une importante maison d'éducation à Stoke-Newington, près de Londres. — Poe a
lui-même, dans *William Wilson,* décrit cette étrange maison bâtie dans le vieux style d'Élisabeth, et les impressions de sa vie d'écolier[1].

Il revint à Richmond en 1822, et continua ses études
en Amérique, sous la direction des meilleurs maîtres de
l'endroit. A l'Université de Charlottesville, où il entra
en 1825, il se distingua non seulement par une intelligence quasi miraculeuse, mais aussi par une abondance
presque sinistre de passions, — une précocité vraiment
américaine, — qui, finalement, fut la cause de son expulsion. Il est bon de noter en passant que Poe avait déjà,
à Charlottesville, manifesté une aptitude des plus remarquables pour les sciences physiques et mathématiques.
Plus tard il en fera un usage fréquent dans ses étranges
contes, et en tirera des moyens très inattendus. Mais j'ai
des raisons de croire que ce n'est pas à cet ordre de
compositions qu'il attachait le plus d'importance, et que,
— peut-être même à cause de cette précoce aptitude, —
il n'était pas loin de les considérer comme de *faciles* jon-
gleries, comparativement aux ouvrages de pure imagination. Quelques malheureuses dettes de jeu amenèrent
une brouille momentanée entre lui et son père adoptif,
et Edgar, — fait des plus curieux, et qui prouve, quoi
qu'on ait dit, une dose de chevalerie assez forte dans
son impressionnable cerveau, — conçut le projet de se
mêler à la guerre des Hellènes et d'aller combattre les
Turcs. Il partit donc pour la Grèce. — Que devint-il en

Orient, qu'y fit-il, — étudia-t-il les rivages classiques de
la Méditerranée, — pourquoi le retrouvons-nous à Saint-
Pétersbourg, sans passeport, — compromis, et dans
quelle sorte d'affaire, — obligé d'en appeler au ministre
américain, Henry Middleton, pour échapper à la péna-
lité russe et retourner chez lui ? — On l'ignore; il y a
là une lacune que lui seul aurait pu combler. La vie
d'Edgar Poe, sa jeunesse, ses aventures en Russie et sa
correspondance ont été longtemps annoncées par les
journaux américains et n'ont jamais paru.

Revenu en Amérique, en 1829, il manifesta le désir
d'entrer à l'école militaire de West Point; il y fut admis
en effet, et là comme ailleurs il donna les signes d'une
intelligence admirablement douée, mais indisciplinable,
et au bout de quelques mois il fut rayé. — En même
temps se passait dans sa famille adoptive un événement
qui devait avoir les conséquences les plus graves sur
toute sa vie. Mme Allan, pour laquelle il semble avoir
éprouvé une affection réellement filiale, mourait, et
M. Allan épousait une femme toute jeune. Une querelle
domestique prend ici place, — une histoire bizarre et
ténébreuse que je ne peux pas raconter, parce qu'elle
n'est clairement expliquée par aucun biographe[1]. Il n'y a
donc pas lieu de s'étonner qu'il se soit définitivement
séparé de M. Allan, et que celui-ci, qui eut des enfants
de son second mariage, l'ait complètement frustré de sa
succession.

Peu de temps après avoir quitté Richmond, Poe publia
un petit volume de poésies; c'était en vérité une aurore
éclatante. Pour qui sait sentir la poésie anglaise, il y a là
déjà l'accent extraterrestre, le calme dans la mélancolie,
la solennité délicieuse, l'expérience précoce, — j'allais,
je crois, dire *expérience innée,* — qui caractérisent les
grands poètes.

La misère le fit quelque temps soldat, et il est présumable qu'il se servit des lourds loisirs de la vie de garnison pour préparer les matériaux de ses futures compositions, — compositions étranges qui semblent avoir été
créées pour nous démontrer que l'étrangeté est une des
parties intégrantes du beau[2]. Rentré dans la vie littéraire,
le seul élément où puissent respirer certains êtres déclassés, Poe se mourait dans une misère extrême, quand un
hasard heureux le releva. Le propriétaire d'une revue

venait de fonder deux prix, l'un pour le meilleur conte,
l'autre pour le meilleur poème. Une écriture singulièrement belle attira les yeux de M. Kennedy, qui présidait
le comité, et lui donna l'envie d'examiner lui-même les
manuscrits. Il se trouva que Poe avait gagné les deux
prix; mais un seul lui fut donné. Le président de la
commission fut curieux de voir l'inconnu. L'éditeur du
journal lui amena un jeune homme d'une beauté frappante, en guenilles, boutonné jusqu'au menton, et qui
avait l'air d'un gentilhomme aussi fier qu'affamé. Kennedy se conduisit bien. Il fit faire à Poe la connaissance
d'un M. Thomas White, qui fondait à Richmond le
Southern Literary Messenger. M. White était un homme
d'audace, mais sans aucun talent littéraire; il lui fallait
un aide. Poe se trouva donc tout jeune, — à vingt-deux
ans, — directeur d'une revue dont la destinée reposait
tout entière sur lui. Cette prospérité, il la créa. Le *Southern
Literary Messenger* a reconnu depuis lors que c'était à cet
excentrique maudit, à cet ivrogne incorrigible qu'il devait
sa clientèle et sa fructueuse notoriété. C'est dans ce *magasin*[a] que parut pour la première fois l'*Aventure sans pareille
d'un certain Hans Pfaall,* et plusieurs autres contes que
nos lecteurs verront défiler sous leurs yeux. Pendant près
de deux ans, Edgar Poe, avec une ardeur merveilleuse,
étonna son public par une série de compositions d'un
genre nouveau et par des articles critiques dont la vivacité, la netteté, la sévérité raisonnées étaient bien faites
pour attirer les yeux. Ces articles portaient sur des livres
de tout genre, et la forte éducation que le jeune homme
s'était faite ne le servit pas médiocrement. Il est bon
qu'on sache que cette besogne considérable se faisait pour
cinq cents dollars, c'est-à-dire deux mille sept cents francs
par an. — *Immédiatement,* — dit Griswold, ce qui veut
dire : il se croyait donc assez riche, l'imbécile ! — il épousa
une jeune fille, belle, charmante, d'une nature aimable et
héroïque, mais *ne possédant pas un sou,* — ajoute le même
Griswold avec une nuance de dédain[1]. C'était une demoiselle Virginia Clemm, sa cousine.

Malgré les services rendus à son journal, M. White
se brouilla avec Poe au bout de deux ans, à peu près.
La raison de cette séparation se trouve évidemment dans
les accès d'hypocondrie et les crises d'ivrognerie du
poète, — accidents caractéristiques qui assombrissaient

son ciel spirituel, comme ces nuages lugubres qui donnent soudainement au plus romantique paysage un air de mélancolie en apparence irréparable. — Dès lors, nous verrons l'infortuné déplacer sa tente, comme un homme du désert, et transporter ses légers pénates dans les principales villes de l'Union. Partout, il dirigera des revues ou y collaborera d'une manière éclatante. Il répandra avec une éblouissante rapidité des articles critiques, philosophiques, et des contes pleins de magie qui paraissent réunis sous le titre de *Tales of the Grotesque and the Arabesque,* — titre remarquable et intentionnel, car les ornements grotesques et arabesques repoussent la figure humaine, et l'on verra qu'à beaucoup d'égards la littérature de Poe est extra ou suprahumaine. Nous apprendrons par des notes blessantes et scandaleuses insérées dans les journaux que M. Poe et sa femme se trouvent dangereusement malades à Fordham et dans une absolue misère. Peu de temps après la mort de Mme Poe, le poète subit les premières attaques du *delirium tremens.* Une note nouvelle paraît soudainement dans un journal, — celle-là, plus que cruelle, — qui accuse son mépris et son dégoût du monde, et lui fait un de ces procès de tendance, véritables réquisitoires de l'opinion, contre lesquels il eut toujours à se défendre, — une des luttes les plus stérilement fatigantes que je connaisse.

Sans doute il gagnait de l'argent, et ses travaux littéraires pouvaient à peu près le faire vivre. Mais j'ai les preuves qu'il avait sans cesse de dégoûtantes difficultés à surmonter. Il rêva, comme tant d'autres écrivains, une *Revue* à lui, il voulut être *chez lui,* et le fait est qu'il avait suffisamment souffert pour désirer ardemment cet abri définitif pour sa pensée. Pour arriver à ce résultat, pour se procurer une somme d'argent suffisante, il eut recours aux *lectures.* On sait ce que sont ces lectures, — une espèce de spéculation, le Collège de France mis à la disposition de tous les littérateurs, l'auteur ne publiant sa *lecture* qu'après qu'il en a tiré toutes les recettes qu'elle peut rendre. Poe avait déjà donné à New York une *lecture* d'*Eureka,* son poème cosmogonique, qui avait même soulevé de grosses discussions. Il imagina cette fois de donner des *lectures* dans son pays, dans la Virginie. Il comptait, comme il l'écrivait à Willis, faire une tournée dans l'Ouest et le Sud, et il espérait le concours de ses

amis littéraires et de ses anciennes connaissances de collège et de West Point. Il visita donc les principales villes
de la Virginie, et Richmond revit celui qu'on y avait
connu si jeune, si pauvre, si délabré. Tous ceux qui
n'avaient pas vu Poe depuis les jours de son obscurité
accoururent en foule pour contempler leur illustre compatriote. Il apparut, beau, élégant, correct comme le
génie. Je crois même que depuis quelque temps il avait
poussé la condescendance jusqu'à se faire admettre dans
une société de tempérance. Il choisit un thème aussi large
qu'élevé : *le Principe de la Poésie,* et il le développa avec
cette lucidité qui est un de ses privilèges. Il croyait, en
vrai poète qu'il était, que le but de la poésie est de même
nature que son principe, et qu'elle ne doit pas avoir en
vue autre chose qu'elle-même.

Le bel accueil qu'on lui fit inonda son pauvre cœur
d'orgueil et de joie; il se montrait tellement enchanté,
qu'il parlait de s'établir définitivement à Richmond et
de finir sa vie dans les lieux que son enfance lui avait
rendus chers. Cependant il avait affaire à New York, et
il partit, le 4 octobre, se plaignant de frissons et de faiblesses. Se sentant toujours assez mal en arrivant à Baltimore, le 6, au soir, il fit porter ses bagages à l'embarcadère d'où il devait se diriger sur Philadelphie, et entra
dans une taverne pour y prendre un excitant quelconque.
Là, malheureusement, il rencontra de vieilles connaissances et s'attarda. Le lendemain matin[a], dans les pâles
ténèbres du petit jour, un cadavre fut trouvé sur la voie,
— est-ce ainsi qu'il faut dire ? — non, un corps vivant
encore, mais que la Mort avait déjà marqué de sa royale
estampille. Sur ce corps, dont on ignorait le nom, on ne
trouva ni papiers ni argent, et on le porta dans un hôpital. C'est là que Poe mourut, le soir même du dimanche
7 octobre 1849, à l'âge de trente-sept ans[1], vaincu par le
delirium tremens, ce terrible visiteur qui avait déjà hanté
son cerveau une ou deux fois. Ainsi disparut de ce
monde un des plus grands héros littéraires, l'homme de
génie qui avait écrit dans *Le Chat Noir* ces mots fati-
diques : *Quelle maladie est comparable à l'Alcool !*

Cette mort est presque un suicide, — un suicide préparé depuis longtemps. Du moins, elle en causa le scandale. La clameur fut grande, et la *vertu* donna carrière à
son *cant* emphatique, librement et voluptueusement. Les

oraisons funèbres les plus indulgentes ne purent pas ne pas donner place à l'inévitable morale bourgeoise qui n'eut garde de manquer une si admirable occasion. M. Griswold diffama; M. Willis, sincèrement affligé, fut mieux que convenable. — Hélas ! celui qui avait franchi les hauteurs les plus ardues de l'esthétique et plongé dans les abîmes les moins explorés de l'intellect humain, celui qui, à travers une vie qui ressemble à une tempête sans accalmie, avait trouvé des moyens nouveaux, des procédés inconnus pour étonner l'imagination, pour séduire les esprits assoiffés de Beau, venait de mourir en quelques heures dans un lit d'hôpital, — quelle destinée ! Et tant de grandeur et tant de malheur, pour soulever un tourbillon de phraséologie bourgeoise, pour devenir la pâture et le thème des journalistes vertueux !

Ut declamatio fias[1] !

Ces spectacles ne sont pas nouveaux; il est rare qu'une sépulture fraîche et illustre ne soit pas un rendez-vous de scandales. D'ailleurs, la Société n'aime pas ces enragés malheureux, et, soit qu'ils troublent ses fêtes, soit qu'elle les considère naïvement comme des remords, elle a incontestablement raison. Qui ne se rappelle les déclamations parisiennes lors de la mort de Balzac, qui cependant mourut correctement ? — Et plus récemment encore, — il y a aujourd'hui, 26 janvier, juste un an, — quand un écrivain d'une honnêteté admirable, d'une haute intelligence, et *qui fut toujours lucide,* alla discrètement, sans déranger personne, — si discrètement que sa discrétion ressemblait à du mépris, — délier son âme dans la rue la plus noire qu'il pût trouver[2], — quelles dégoûtantes homélies ! quel assassinat raffiné ! Un journaliste célèbre[3], à qui Jésus n'enseignera jamais les manières généreuses, trouva l'aventure assez joviale pour la célébrer en un gros calembour. — Parmi l'énumération nombreuse des *droits de l'homme* que la sagesse du XIXᵉ siècle recommence si souvent et si complaisamment, deux assez importants ont été oubliés, qui sont le droit de se contredire[4] et le droit de *s'en aller*[5]. Mais la *Société* regarde celui qui s'en va comme un insolent; elle châtierait volontiers certaines dépouilles funèbres, comme ce malheureux soldat, atteint de vampirisme, que la vue d'un cadavre exaspérait jusqu'à la fureur. — Et cependant, on peut dire que, sous la pression de certaines circonstances, après un sérieux examen de certaines incompatibilités, avec de fermes croyances à de certains dogmes et métempsycoses, — on peut dire, sans emphase et sans jeu de mots, que le suicide est parfois l'action la plus raisonnable de la vie[1]. — Et ainsi se forme une compagnie de fantômes déjà nombreuse, qui nous hante familièrement, et dont chaque membre vient nous vanter son repos actuel et nous verser ses persuasions.

Avouons toutefois que la lugubre fin de l'auteur d'*Eureka* suscita quelques consolantes exceptions, sans quoi il faudrait désespérer, et la place ne serait plus tenable. M. Willis, comme je l'ai dit, parla honnêtement, et même avec émotion, des bons rapports qu'il avait toujours eus avec Poe. MM. John Neal et George Graham rappelèrent M. Griswold à la pudeur. M. Longfellow, — et celui-ci est d'autant plus méritant que Poe l'avait cruellement maltraité, — sut louer d'une manière digne d'un poète sa haute puissance comme poète et comme prosateur[2]. Un inconnu[3] écrivit que l'Amérique littéraire avait perdu sa plus forte tête.

Mais le cœur brisé, le cœur déchiré, le cœur percé des sept glaives fut celui de Mme Clemm. Edgar était à la fois son fils et sa fille. Rude destinée, dit Willis, à qui j'emprunte ces détails[4], presque mot pour mot, rude destinée que celle qu'elle surveillait et protégeait. Car Edgar Poe était un homme embarrassant; outre qu'il écrivait avec une fastidieuse difficulté et *dans un style trop au-dessus du niveau intellectuel commun pour qu'on pût le payer cher*[5], il était toujours plongé dans des embarras d'argent, et souvent lui et sa femme malade manquaient des choses les plus nécessaires à la vie. Un jour Willis vit entrer dans son bureau une femme, vieille, douce, grave. C'était Mme Clemm. Elle *cherchait de l'ouvrage* pour son cher Edgar. Le biographe dit qu'il fut singulièrement frappé, non pas seulement de l'éloge parfait, de l'appréciation exacte qu'elle faisait des talents de son fils, mais aussi de tout son être extérieur, — de sa voix douce et triste, de ses manières un peu surannées, mais belles et grandes. Et pendant plusieurs années, ajoute-t-il, nous avons vu cet infatigable serviteur du génie, pauvrement et insuffisamment vêtu, allant de journal en journal pour vendre

tantôt un poème, tantôt un article, disant quelquefois
qu'*il* était malade, — unique explication, unique raison,
invariable excuse qu'elle donnait quand son fils se trouvait frappé momentanément d'une de ces stérilités que
connaissent les écrivains nerveux[1], — et ne permettant
jamais à ses lèvres de lâcher une syllabe qui pût être
interprétée comme un doute, comme un amoindrissement de confiance dans le génie et la volonté de son
bien-aimé. Quand sa fille mourut, elle s'attacha au survi-
vant de la désastreuse bataille avec une ardeur maternelle
renforcée, elle vécut avec lui, prit soin de lui, le surveillant, le défendant contre la vie et contre lui-même. Certes,
— conclut Willis avec une haute et impartiale raison, —
si le dévouement de la femme, né avec un premier amour
et entretenu par la passion humaine, glorifie et consacre
son objet, que ne dit pas en faveur de celui qui l'inspira
un dévouement comme celui-ci, pur, désintéressé et saint
comme une sentinelle divine ? Les détracteurs de Poe
auraient dû en effet remarquer qu'il est des séductions
si puissantes qu'elles ne peuvent être que des vertus.

On devine combien terrible fut la nouvelle pour la
malheureuse femme. Elle écrivit à Willis une lettre dont
voici quelques lignes :

« J'ai appris ce matin la mort de mon bien-aimé
Eddie..... Pouvez-vous me transmettre quelques détails,
quelques circonstances ?..... Oh ! n'abandonnez pas votre
pauvre amie dans cette amère affliction..... Dites à M.....
de venir me voir ; j'ai à m'acquitter envers lui d'une
commission de la part de mon pauvre Eddie..... Je
n'ai pas besoin de vous prier d'annoncer sa mort, et de
parler bien de lui. Je sais que vous le ferez. *Mais dites
bien quel fils affectueux il était pour moi,* sa pauvre mère
désolée..... »

Cette femme m'apparaît grande et plus qu'antique.
Frappée d'un coup irréparable, elle ne pense qu'à la réputation de celui qui était tout pour elle, et il ne suffit pas,
pour la contenter, qu'on dise qu'il était un génie, il faut
qu'on sache qu'il était un homme de devoir et d'affection.
Il est évident que cette mère, — flambeau et foyer allumé
par un rayon du plus haut ciel, — a été donnée en
exemple à nos races trop peu soigneuses du dévouement,
de l'héroïsme, et de tout ce qui est plus que le devoir[2].
N'était-ce pas justice d'inscrire au-dessus des ouvrages

du poète le nom de celle qui fut le soleil moral de sa
vie ? Il embaumera dans sa gloire le nom de la femme
dont la tendresse savait panser ses plaies, et[a1] dont l'image
voltigera incessamment au-dessus du martyrologe de la
littérature.

III

La vie de Poe, ses mœurs, ses manières, son être physique, tout ce qui constitue l'ensemble de son personnage, nous apparaissent comme quelque chose de ténébreux et de brillant à la fois[2]. Sa personne était singulière, séduisante et, comme ses ouvrages, marquée d'un
indéfinissable cachet de mélancolie. Du reste, il était
remarquablement bien doué de toutes façons. Jeune, il
avait montré une rare aptitude pour tous les exercices
physiques, et bien qu'il fût petit, avec des pieds et des
mains de femme, tout son être portant d'ailleurs ce caractère de délicatesse féminine, il était plus que robuste et
capable de merveilleux traits de force. Il a, dans sa jeunesse, gagné un pari de nageur qui dépasse la mesure
ordinaire du possible. On dirait que la Nature fait à ceux
dont elle veut tirer de grandes choses un tempérament
énergique, comme elle donne une puissante vitalité aux
arbres qui sont chargés de symboliser le deuil et la douleur. Ces hommes-là, avec des apparences quelquefois
chétives, sont taillés en athlètes, bons pour l'orgie et
pour le travail, prompts aux excès et capables d'étonnantes sobriétés.

Il est quelques points relatifs à Edgar Poe, sur lesquels
il y a un accord unanime, par exemple sa haute distinction
naturelle, son éloquence et sa beauté, dont, à ce qu'on
dit, il tirait un peu vanité. Ses manières, mélange singulier de hauteur avec une douceur exquise, étaient pleines
de certitude. Physionomie, démarche, gestes, airs de tête,
tout le désignait, surtout dans ses bons jours, comme
une créature d'élection. Tout son être respirait une solennité pénétrante. Il était réellement marqué par la nature,
comme ces figures de passants qui tirent l'œil de l'observateur et préoccupent sa mémoire. Le pédant et aigre
Griswold lui-même avoue que, lorsqu'il alla rendre visite
à Poe, et qu'il le trouva pâle et malade encore de la mort

et de la maladie de sa femme, il fut frappé outre mesure, non seulement de la perfection de ses manières, mais encore de la physionomie aristocratique, de l'atmosphère parfumée de son appartement, d'ailleurs assez modestement meublé. Griswold ignore que le poète a plus que tous les hommes ce merveilleux privilège attribué à la femme parisienne et à l'espagnole, de savoir se parer avec un rien, et que Poe, amoureux du beau en toutes choses, aurait trouvé l'art de transformer une chaumière en un palais d'une espèce nouvelle. N'a-t-il pas écrit, avec l'esprit le plus original et le plus curieux, des projets de mobiliers, des plans de maisons de campagne, de jardins et de réformes de paysages ?

Il existe une lettre charmante de Mme Frances Osgood, qui fut une des amies de Poe, et qui nous donne sur ses mœurs, sur sa personne et sur sa vie de ménage, les plus curieux détails. Cette femme, qui était elle-même un littérateur distingué, nie courageusement tous les vices et toutes les fautes reprochés au poète. « Avec les hommes, — dit-elle à Griswold, — peut-être était-il tel que vous le dépeigniez, et comme homme vous pouvez avoir raison. Mais je pose en fait qu'avec les femmes il était tout autre, et que jamais femme n'a pu connaître M. Poe sans éprouver pour lui un profond intérêt. Il ne m'a jamais apparu que comme un modèle d'élégance, de distinction et de générosité.....

« La première fois que nous nous vîmes, ce fut à *Astor-House*[1]. Willis m'avait fait passer à table d'hôte *Le Corbeau,* sur lequel l'auteur, me dit-il, désirait connaître mon opinion. La musique mystérieuse et surnaturelle de ce poème étrange me pénétra si intimement que, lorsque j'appris que Poe désirait m'être présenté, j'éprouvai un sentiment singulier et qui ressemblait à de l'effroi. Il parut avec sa belle et orgueilleuse tête, ses yeux sombres qui dardaient une lumière d'élection, une lumière de sentiment et de pensée, avec ses manières qui étaient un mélange intraduisible de hauteur et de suavité, — il me salua, calme, grave, presque froid ; mais sous cette froideur vibrait une sympathie si marquée que je ne pus m'empêcher d'en être profondément impressionnée. À partir de ce moment jusqu'à sa mort, nous fûmes amis...., et je sais que dans ses dernières paroles, j'ai eu ma part de souvenir, et qu'il m'a donné, avant que sa raison ne

fût culbutée de son trône de souveraine, une preuve
suprême de sa fidélité en amitié.

« C'était surtout dans son intérieur, à la fois simple et
poétique, que le caractère d'Edgar Poe apparaissait pour
moi dans sa plus belle lumière. Folâtre, affectueux, spirituel, tantôt docile et tantôt méchant comme un enfant
gâté, il avait toujours pour sa jeune, douce et adorée
femme, et pour tous ceux qui venaient, même au milieu
de ses plus fatigantes besognes littéraires, un mot aimable,
un sourire bienveillant, des attentions gracieuses et cour-
toises. Il passait d'interminables heures à son pupitre,
sous le portrait de sa *Lenore,* l'aimée et la morte, toujours assidu, toujours résigné et fixant avec son admirable écriture les brillantes fantaisies qui traversaient son
étonnant cerveau incessamment en éveil. — Je me rappelle l'avoir vu un matin plus joyeux et plus allègre que
de coutume. Virginia, sa douce femme, m'avait priée
d'aller les voir et il m'était impossible de résister à ses
sollicitations..... Je le trouvai travaillant à la série d'articles
qu'il a publiés sous le titre : *The Literati of New York.*
"Voyez, — me dit-il, en déployant avec un rire de
triomphe plusieurs petits rouleaux de papier (il écrivait
sur des bandes étroites, sans doute pour conformer sa
copie à la *justification* des journaux), — je vais vous montrer par la différence des longueurs les divers degrés
d'estime que j'ai pour chaque membre de votre gent
littéraire. Dans chacun de ces papiers, l'un de vous est
peloté et proprement discuté. — Venez ici, Virginia, et
aidez-moi ! " Et ils les déroulèrent tous un à un. À la
fin, il y en avait un qui semblait interminable. Virginia,
tout en riant, reculait jusqu'à un coin de la chambre le
tenant[a] par un bout, et son mari vers un autre coin avec
l'autre bout. " Et quel est l'heureux, — dis-je, — que
vous avez jugé digne de cette incommensurable douceur ? — L'entendez-vous ! — s'écria-t-il, — comme si
son vaniteux petit cœur ne lui avait pas déjà dit que c'est
elle-même ! "

« Quand je fus obligée de voyager pour ma santé,
j'entretins une correspondance régulière avec Poe, obéissant en cela aux vives sollicitations de sa femme, qui
croyait que je pouvais obtenir sur lui une influence et
un ascendant salutaires..... Quant à l'amour et à la confiance qui existaient entre sa femme et lui, et qui étaient

pour moi un spectacle délicieux, je n'en saurais parler avec trop de conviction, avec trop de chaleur. Je néglige quelques petits épisodes poétiques dans lesquels le jeta son tempérament romanesque. Je pense qu'elle était la seule femme qu'il ait toujours véritablement aimée..... »

Dans les Nouvelles de Poe, il n'y a jamais d'amour. Du moins *Ligeia, Eleonora,* ne sont pas, à proprement parler, des histoires d'amour, l'idée principale sur laquelle pivote l'œuvre étant tout autre. Peut-être croyait-il que la prose n'est pas une langue à la hauteur de ce bizarre et presque intraduisible sentiment; car ses poésies, en revanche, en sont fortement saturées. La divine passion y apparaît magnifique, étoilée, et toujours voilée d'une irrémédiable[a] mélancolie. Dans ses articles, il parle quelquefois de l'amour, et même comme d'une chose dont le nom fait frémir la plume. Dans *The Domain of Arnheim*[1], il affirmera que les quatre conditions élémentaires du bonheur sont : la vie en plein air, l'*amour d'une femme,* le détachement de toute ambition et la création d'un Beau nouveau. — Ce qui corrobore l'idée de Mme Frances Osgood relativement au respect chevaleresque de Poe pour les femmes, c'est que, malgré son prodigieux talent pour le grotesque et l'horrible, il n'y a pas dans tout son œuvre[b] un seul passage qui ait trait à la lubricité ou même aux jouissances sensuelles. Ses portraits de femmes sont, pour ainsi dire, auréolés; ils brillent au sein d'une vapeur surnaturelle et sont peints à la manière emphatique d'un adorateur. — Quant aux *petits épisodes romanesques*[2], y a-t-il lieu de s'étonner qu'un être aussi nerveux, dont la soif du Beau était peut-être le trait principal, ait parfois, avec une ardeur passionnée, cultivé la galanterie, cette fleur volcanique et musquée pour qui le cerveau bouillonnant des poètes est un terrain de prédilection[3] ?

De sa beauté personnelle singulière dont parlent plusieurs biographes, l'esprit peut, je crois, se faire une idée approximative en appelant à son secours toutes les notions vagues, mais cependant caractéristiques, contenues dans le mot : romantique, mot qui sert généralement à rendre les genres de beauté consistant surtout dans l'expression. Poe avait un front vaste, dominateur, où certaines protubérances trahissaient les facultés débordantes qu'elles sont chargées de représenter, — construction,

comparaison, causalité, — et où trônait dans un orgueil
calme le sens de l'idéalité, le sens esthétique par excellence[1]. Cependant, malgré ces dons, ou même à cause
de ces privilèges exorbitants, cette tête, vue de profil,
n'offrait peut-être pas un aspect agréable. Comme dans
toutes les choses excessives par un sens, un déficit pouvait résulter de l'abondance, une pauvreté de l'usurpation. Il avait de grands yeux à la fois sombres et pleins
de lumière, d'une couleur indécise et ténébreuse, poussée
au violet, le nez noble et solide, la bouche fine et triste,
quoique légèrement souriante, le teint brun clair, la face
généralement pâle, la physionomie un peu distraite et
imperceptiblement grimée par une mélancolie habituelle.

Sa conversation était des plus remarquables et essentiellement nourrissante. Il n'était pas ce qu'on appelle
un beau parleur, — une chose horrible, — et d'ailleurs
sa parole comme sa plume avait horreur du convenu;
mais un vaste savoir, une linguistique puissante, de fortes
études, des impressions ramassées dans plusieurs pays
faisaient de cette parole un enseignement. Son éloquence,
essentiellement poétique, pleine de méthode, et se mouvant toutefois hors de toute méthode connue, un arsenal
d'images tirées d'un monde peu fréquenté par la foule
des esprits, un art prodigieux à déduire d'une proposition évidente et absolument acceptable des aperçus
secrets et nouveaux, à ouvrir d'étonnantes perspectives,
et, en un mot, l'art de ravir, de faire penser, de faire
rêver, d'arracher les âmes des bourbes de la routine, telles
étaient les éblouissantes facultés dont beaucoup de gens
ont gardé le souvenir. Mais il arrivait parfois, — on le
dit du moins, — que le poète, se complaisant dans un
caprice destructeur, rappelait brusquement ses amis à la
terre par un cynisme affligeant et démolissait brutalement
son œuvre de spiritualité. C'est d'ailleurs une chose à
noter, qu'il était fort peu difficile dans le choix de ses
auditeurs, et je crois que le lecteur trouvera sans peine
dans l'histoire d'autres intelligences grandes et originales,
pour qui toute compagnie était bonne[2]. Certains esprits,
solitaires au milieu de la foule, et qui se repaissent dans
le monologue, n'ont que faire de la délicatesse en matière
de public. C'est, en somme, une espèce de fraternité
basée sur le mépris.

De cette ivrognerie, — célébrée et reprochée avec

une insistance qui pourrait donner à croire que tous les écrivains des États-Unis, excepté Poe, sont des anges de sobriété, — il faut cependant en parler. Plusieurs versions sont plausibles, et aucune n'exclut les autres. Avant tout, je suis obligé de remarquer que Willis et Mme Osgood affirment qu'une quantité fort minime de vin ou de liqueur suffisait pour perturber complètement son organisation. Il est d'ailleurs facile de supposer qu'un homme aussi réellement solitaire, aussi profondément malheureux, et qui a pu souvent envisager tout le système social comme un paradoxe et une imposture, un homme qui, harcelé par une destinée sans pitié, répétait souvent que la société n'est qu'une cohue de misérables (c'est Griswold qui rapporte cela, aussi scandalisé qu'un homme qui peut penser la même chose, mais qui ne la dira jamais), — il est naturel, dis-je, de supposer que ce poète jeté tout enfant dans les hasards de la vie libre, le cerveau cerclé par un travail âpre et continu, ait cherché parfois une volupté d'oubli dans les bouteilles. Rancunes littéraires, vertiges de l'infini, douleurs de ménage, insultes de la misère, Poe fuyait tout dans le noir de l'ivresse comme dans une tombe préparatoire. Mais quelque[a] bonne que paraisse cette explication, je ne la trouve pas suffisamment large, et je m'en défie à cause de sa déplorable simplicité.

J'apprends qu'il ne buvait pas en gourmand, mais en barbare, avec une activité et une économie de temps tout à fait américaines, comme accomplissant une fonction homicide, comme ayant en lui *quelque chose* à[b] tuer, *a worm that would not die*[1]. On raconte d'ailleurs[2] qu'un jour, au moment de se remarier (les bans étaient publiés, et, comme on le félicitait sur une union qui mettait dans ses mains les plus hautes conditions de bonheur et de bien-être, il avait dit : « Il est possible que vous ayez vu des bans, mais notez bien ceci : je ne me marierai pas »), il alla, épouvantablement ivre, scandaliser le voisinage de celle qui devait être sa femme, ayant ainsi recours à son vice pour se débarrasser d'un parjure envers la pauvre morte dont l'image vivait toujours en lui et qu'il avait admirablement chantée dans son *Annabel Lee*. Je considère donc, dans un grand nombre de cas, le fait infiniment précieux de préméditation comme acquis et constaté.

Je lis d'autre part dans un long article du *Southern*

Literary Messenger[1], — cette même revue dont il avait commencé la fortune, — que jamais la pureté, le fini de son style, jamais la netteté de sa pensée, jamais son ardeur au travail ne furent altérés par cette terrible habitude; que la confection de la plupart de ses excellents morceaux a précédé ou suivi une de ses crises; qu'après la publication d'*Eureka* il sacrifia déplorablement à son penchant, et qu'à New York, le matin même où paraissait *Le Corbeau,* pendant que le nom du poète était dans toutes les bouches, il traversait Broadway en trébuchant outrageusement. Remarquez que les mots : *précédé ou suivi,* impliquent que l'ivresse pouvait servir d'excitant aussi bien que de repos.

Or, il est incontestable que — semblables à ces impressions fugitives et frappantes, d'autant plus frappantes dans leurs retours qu'elles sont plus fugitives, qui suivent quelquefois un symptôme extérieur, une espèce d'avertissement comme un son de cloche, une note musicale, ou un parfum oublié, et qui sont elles-mêmes suivies d'un événement semblable à un événement déjà connu et qui occupait la même place dans une chaîne antérieurement révélée, — semblables à ces singuliers rêves périodiques qui fréquentent nos sommeils, — il existe dans l'ivresse non seulement des enchaînements de rêves, mais des séries de raisonnements, qui ont besoin, pour se reproduire, du milieu qui leur a donné naissance. Si le lecteur m'a suivi sans répugnance, il a déjà deviné ma conclusion : je crois que dans beaucoup de cas, non pas certainement dans tous, l'ivrognerie de Poe était un moyen mnémonique, une méthode de travail, méthode énergique et mortelle, mais appropriée à sa nature passionnée. Le poète avait appris à boire, comme un littérateur soigneux s'exerce à faire des cahiers de notes. Il ne pouvait résister au désir de retrouver les visions merveilleuses ou effrayantes, les conceptions subtiles qu'il avait rencontrées dans une tempête précédente; c'étaient de vieilles connaissances qui l'attiraient impérativement, et, pour renouer avec elles, il prenait le chemin le plus dangereux, mais le plus direct. Une partie de ce qui fait aujourd'hui notre jouissance est ce qui l'a tué[2].

IV

Des ouvrages de ce singulier génie, j'ai peu de chose
à dire ; le public fera voir ce qu'il en pense. Il me serait
difficile, peut-être, mais non pas impossible de débrouiller
sa méthode, d'expliquer son procédé, surtout dans la
partie de ses œuvres dont le principal effet gît dans une
analyse bien ménagée. Je pourrais introduire le lecteur
dans les mystères de sa fabrication, m'étendre longuement sur cette portion de génie américain qui le fait se
réjouir d'une difficulté vaincue, d'une énigme expliquée,
d'un tour de force réussi, — qui le pousse à se jouer avec
une volupté enfantine et presque perverse dans le monde
des probabilités et des conjectures, et à créer des *canards*
auxquels son art subtil a donné une vie vraisemblable[1].
Personne ne niera que Poe ne soit un jongleur merveilleux, et je sais qu'il donnait surtout son estime à une
autre partie de ses œuvres. J'ai quelques remarques plus
importantes à faire, d'ailleurs très brèves.

Ce n'est pas par ses miracles matériels, qui pourtant
ont fait sa renommée, qu'il lui sera donné de conquérir
l'admiration des gens qui pensent, c'est par son amour
du beau, par sa connaissance des conditions harmoniques
de la beauté, par sa poésie profonde et plaintive, ouvragée
néanmoins, transparente et correcte comme un bijou de
cristal, — par son admirable style, pur et bizarre, — serré
comme les mailles d'une armure, — complaisant et minutieux, — et dont la plus légère intention sert à pousser
doucement le lecteur vers un but voulu, — et enfin surtout par ce génie tout spécial, par ce tempérament unique
qui lui a permis de peindre et d'expliquer, d'une manière
impeccable, saisissante, terrible, l'*exception dans l'ordre moral*. — Diderot, pour prendre un exemple entre cent, est
un auteur sanguin[2] ; Poe est l'écrivain des nerfs, et même de
quelque chose de plus, — et le meilleur que je connaisse.

Chez lui, toute entrée en matière est attirante sans violence, comme un tourbillon. Sa solennité surprend et tient
l'esprit en éveil. On sent tout d'abord qu'il s'agit de quelque chose de grave. Et lentement, peu à peu, se déroule une
histoire dont tout l'intérêt repose sur une imperceptible
déviation de l'intellect, et sur une hypothèse audacieuse,
sur un dosage imprudent de la Nature dans l'amalgame

des facultés. Le lecteur, lié par le vertige, est contraint de suivre l'auteur dans ses entraînantes déductions.

Aucun homme, je le répète, n'a raconté avec plus de magie les *exceptions* de la vie humaine et de la nature; — les ardeurs de curiosité de la convalescence; — les fins de saisons chargées de splendeurs énervantes, les temps chauds, humides et brumeux, où le vent du sud amollit et détend les nerfs comme les cordes d'un instrument, où les yeux se remplissent de larmes qui ne viennent pas du cœur; — l'hallucination, laissant d'abord place au doute, bientôt convaincue et raisonneuse comme un livre; — l'absurde s'installant dans l'intelligence et la gouvernant avec une épouvantable logique; — l'hystérie usurpant la place de la volonté, la contradiction établie entre les nerfs et l'esprit, et l'homme désaccordé au point d'exprimer la douleur par le rire. Il analyse ce qu'il y a de plus fugitif, il soupèse l'impondérable et décrit, avec cette manière minutieuse et scientifique dont les effets sont terribles, tout cet imaginaire qui flotte autour de l'homme nerveux et le conduit à mal.

L'ardeur même avec laquelle il se jette dans le grotesque pour l'amour du grotesque et dans l'horrible pour l'amour de l'horrible me sert à vérifier la sincérité de son œuvre et l'accord de l'homme avec le poète. — J'ai déjà remarqué que chez plusieurs hommes cette ardeur était souvent le résultat d'une vaste énergie vitale inoccupée, quelquefois d'une opiniâtre chasteté et aussi d'une profonde sensibilité refoulée. La volupté surnaturelle que l'homme peut éprouver à voir couler son propre sang[1], les mouvements soudains, violents, inutiles, les grands cris jetés en l'air, sans que l'esprit ait commandé au gosier, sont des phénomènes à ranger dans le même ordre.

Au sein de cette littérature où l'air est raréfié, l'esprit peut éprouver cette vague angoisse, cette peur prompte aux larmes et ce malaise du cœur qui habitent les lieux immenses et singuliers. Mais l'admiration est la plus forte, et d'ailleurs l'art est si grand ! Les fonds et les accessoires y sont appropriés aux sentiments des personnages. Solitude de la nature ou agitation des villes, tout y est décrit nerveusement et fantastiquement. Comme notre Eugène Delacroix, qui a élevé son art à la hauteur de la grande poésie, Edgar Poe aime à agiter ses figures sur des fonds violâtres et verdâtres où se révèlent la phos-

phorescence de la pourriture et la senteur de l'orage. La
nature dite inanimée participe de la nature des êtres
vivants, et, comme eux, frissonne d'un frisson surnaturel et galvanique. L'espace est approfondi par l'opium[1];
l'opium y donne un sens magique à toutes les teintes, et
fait vibrer tous les bruits avec une plus significative sonorité. Quelquefois des échappées magnifiques, gorgées de
lumière et de couleur, s'ouvrent soudainement dans ses
paysages, et l'on voit apparaître au fond de leurs horizons des villes orientales et des architectures[2], vaporisées
par la distance, où le soleil jette des pluies d'or.

Les personnages de Poe, ou plutôt le personnage de
Poe, l'homme aux facultés suraiguës, l'homme aux nerfs
relâchés, l'homme dont la volonté ardente et patiente
jette un défi aux difficultés, celui dont le regard est tendu
avec la roideur d'une épée sur des objets qui grandissent à
mesure qu'il les regarde, — c'est Poe lui-même. — Et ses
femmes, toutes lumineuses et malades, mourant de maux
bizarres, et parlant avec une voix qui ressemble à une
musique, c'est encore lui; ou du moins, par leurs aspirations étranges, par leur savoir, par leur mélancolie inguérissable, elles participent fortement de la nature de leur
créateur. Quant à sa femme idéale, à sa Titanide[3], elle se
révèle sous différents portraits éparpillés dans ses poésies
trop peu nombreuses, portraits, ou plutôt manières de
sentir la beauté, que le tempérament de l'auteur rapproche
et confond dans une unité vague mais sensible, et où vit
plus délicatement peut-être qu'ailleurs cet amour insatiable du Beau, qui est son grand titre, c'est-à-dire le
résumé de ses titres à l'affection et au respect des poètes[a].

Nous rassemblons sous le titre : *Histoires extraordinaires*, divers contes choisis dans l'œuvre général de Poe.
Cet œuvre[b] se compose d'un nombre considérable de
Nouvelles, d'une quantité non moins forte d'articles critiques et d'articles divers, d'un poème philosophique
(*Eureka*), de poésies et d'un roman purement humain
(*La Relation d'Arthur Gordon Pym*[c]). Si je trouve encore,
comme je l'espère, l'occasion de parler de ce poète, je
donnerai l'analyse de ses opinions philosophiques et littéraires, ainsi que généralement des œuvres dont la traduction complète aurait peu de chances de succès auprès
d'un public qui préfère de beaucoup l'amusement et
l'émotion à la plus importante vérité philosophique.

NOTES NOUVELLES SUR EDGAR POE

I

Littérature de décadence[1] *!* — Paroles vides que nous entendons souvent tomber, avec la sonorité d'un bâillement emphatique, de la bouche de ces sphinx sans énigme qui veillent devant les portes saintes de l'Esthétique classique. À chaque fois que l'irréfutable oracle retentit, on peut affirmer qu'il s'agit d'un ouvrage plus amusant que l'*Iliade*. Il est évidemment question d'un poème ou d'un roman dont toutes les parties sont habilement disposées pour la surprise, dont le style est magnifiquement orné, où toutes les ressources du langage et de la prosodie sont utilisées par une main impeccable. Lorsque j'entends ronfler l'anathème, — qui, pour le dire en passant, tombe généralement sur quelque poète préféré, — je suis toujours saisi de l'envie de répondre : Me prenez-vous pour un barbare comme vous, et me croyez-vous capable de me divertir aussi tristement que vous faites ? Des comparaisons grotesques s'agitent alors dans mon cerveau; il me semble que deux femmes me sont présentées : l'une, matrone rustique, répugnante de santé et de vertu, sans allure et sans regard, bref, *ne devant rien qu'à la simple nature*[2] *;* l'autre, une de ces beautés qui dominent et oppriment le souvenir, unissant à son charme profond et originel toute l'éloquence de la toilette, maîtresse de sa démarche, consciente et reine d'elle-même, — une voix parlant comme un instrument bien accordé, et des regards chargés de pensée et n'en laissant couler que ce qu'ils veulent. Mon choix ne saurait être douteux, et cependant il y a des sphinx pédagogiques qui me reprocheraient[a] de manquer à l'honneur classique. — Mais, pour laisser de côté les paraboles, je crois qu'il m'est permis de demander à ces hommes sages s'ils comprennent bien toute la vanité, toute l'inutilité de leur sagesse. Le mot *littérature de déca-*

dence implique qu'il y a une échelle de littératures, une
vagissante, une puérile, une adolescente, etc. Ce terme,
veux-je dire, suppose quelque chose de fatal et de providentiel, comme un décret inéluctable; et il est tout à
fait injuste de nous reprocher d'accomplir la loi mystérieuse. Tout ce que je puis comprendre dans la parole
académique, c'est qu'il est honteux d'obéir à cette loi
avec plaisir, et que nous sommes coupables de nous
réjouir dans notre destinée. — Ce soleil qui, il y a quelques heures, écrasait toutes choses de sa lumière droite
et blanche, va bientôt inonder l'horizon occidental de
couleurs variées. Dans les jeux de ce soleil agonisant[a],
certains esprits poétiques trouveront des délices nouvelles : ils y découvriront des colonnades éblouissantes,
des cascades de métal fondu, des paradis de feu, une
splendeur triste, la volupté du regret, toutes les magies
du rêve, tous les souvenirs de l'opium[1]. Et le coucher
du soleil leur apparaîtra en effet comme la merveilleuse
allégorie d'une âme chargée de vie, qui descend derrière
l'horizon avec une magnifique provision de pensées et
de rêves[2].

Mais ce à quoi les professeurs jurés[b3] n'ont pas pensé,
c'est que, dans le mouvement de la vie, telle complication, telle combinaison peut se présenter, tout à fait
inattendue pour leur sagesse d'écoliers. Et alors leur
langue insuffisante se trouve en défaut, comme dans le
cas, — phénomène qui se multipliera peut-être avec des
variantes, — où une nation commence par la décadence[c],
et débute par où les autres finissent.

Que parmi les immenses colonies du[d] siècle présent
des littératures nouvelles se fassent, il s'y produira très
certainement des accidents spirituels d'une nature déroutante pour l'esprit de l'école. Jeune et vieille à la fois,
l'Amérique bavarde et radote avec une volubilité étonnante. Qui pourrait compter ses poètes ? Ils sont innombrables. Ses *bas-bleus*[e] ? Ils encombrent les revues. Ses
critiques ? Croyez qu'elle possède des pédants qui valent
bien les nôtres pour rappeler sans cesse l'artiste à la
beauté antique, pour questionner un poète ou un romancier sur la moralité de son but et la qualité de ses intentions. Il y a là-bas comme ici, mais plus encore qu'ici,
des littérateurs qui ne savent pas l'orthographe; une activité puérile, inutile; des compilateurs à foison, des res-

sasseurs, des plagiaires de plagiats et des critiques de
critiques. Dans ce bouillonnement de médiocrités, dans
ce monde épris des perfectionnements matériels, — scandale d'un nouveau genre qui fait comprendre la grandeur
des peuples fainéants, — dans cette société avide d'étonnements, amoureuse de la vie, mais surtout d'une vie
pleine d'excitations, un homme a paru qui a été grand,
non seulement par sa subtilité métaphysique, par la
beauté sinistre ou ravissante de ses conceptions, par la
rigueur de son analyse, mais grand aussi et non moins
grand comme *caricature*. — Il faut que je m'explique avec
quelque soin; car récemment un critique imprudent[1] se
servait, pour dénigrer Edgar Poe et pour infirmer la sincérité de mon admiration, du mot *jongleur* que j'avais
moi-même appliqué au noble poète[a] presque comme un
éloge.

Du sein d'un monde goulu, affamé de matérialités,
Poe s'est élancé dans les rêves. Étouffé qu'il était par
l'atmosphère américaine, il a écrit en tête d'*Eureka* :
« J'offre ce livre à ceux qui ont mis leur foi dans les
rêves comme dans les seules réalités ! » Il fut donc une
admirable protestation; il la fut et il la fit à sa manière,
in his own way. L'auteur qui, dans le *Colloque entre Monos
et Una*[2], lâche à torrents son mépris et son dégoût sur
la démocratie, le progrès et la *civilisation,* cet auteur est
le même qui, pour enlever la crédulité, pour ravir la
badauderie des siens, a le plus énergiquement posé la
souveraineté humaine et le plus ingénieusement fabriqué
les *canards* les plus flatteurs pour l'orgueil de *l'homme
moderne*. Pris sous ce jour, Poe m'apparaît comme un
Ilote qui veut faire rougir son maître. Enfin, pour affirmer ma pensée d'une manière encore plus nette, Poe fut
toujours grand, non seulement dans ses conceptions
nobles, mais encore comme farceur[3].

II

Car il ne fut jamais dupe[b] ! — Je ne crois pas que le
Virginien qui a tranquillement écrit, en plein débordement démocratique : « Le peuple n'a rien à faire avec
les lois, si ce n'est de leur obéir », ait jamais été une

victime de la sagesse moderne, — et : « Le nez d'une
populace, c'est son imagination; c'est par ce nez qu'on
pourra toujours facilement la conduire », — et cent
autres passages, où la raillerie pleut, drue comme mitraille, mais cependant nonchalante et hautaine. — Les
Swédenborgiens le félicitent de sa *Révélation magnétique*,
semblables à ces[a] naïfs Illuminés qui jadis surveillaient
dans l'auteur du *Diable amoureux* un révélateur de leurs
mystères[1]; ils le remercient pour les grandes vérités qu'il
vient de proclamer, — car[b] ils ont découvert (ô vérifi-
cateurs de ce qui ne peut pas être vérifié !) que tout ce
qu'il a énoncé est absolument vrai; — bien que d'abord,
avouent ces braves gens, ils aient eu le soupçon que ce
pouvait bien être une simple fiction[a]. Poe répond que,
pour son compte, il n'en a jamais douté. — Faut-il encore
citer ce petit passage qui me saute aux yeux, tout en
feuilletant pour la centième fois ses amusants *Marginalia*[a], qui sont comme la chambre secrète de son esprit :
« L'énorme multiplication des livres dans toutes les
branches de connaissances[c] est l'un des plus grands fléaux
de cet âge ! Car elle est un des plus sérieux obstacles à
l'acquisition de toute connaissance positive. » Aristocrate de nature plus encore que de naissance, le Virginien, l'homme du Sud, le Byron égaré dans un mauvais
monde, a toujours gardé son impassibilité philosophique[d], et, soit qu'il définisse le nez de la populace, soit
qu'il raille les fabricateurs de religions, soit qu'il bafoue
les bibliothèques, il reste ce que fut et ce que sera toujours le vrai poète, — une vérité habillée d'une manière
bizarre, un paradoxe apparent, qui ne veut pas être cou-
doyé par la foule, et qui court à l'extrême orient quand[e]
le feu d'artifice se tire au couchant.

Mais voici plus important que tout : nous noterons
que cet auteur, produit d'un siècle infatué de lui-même,
enfant d'une nation plus infatuée d'elle-même qu'aucune
autre, a vu clairement, a imperturbablement affirmé la
méchanceté naturelle de l'Homme. Il y a dans l'homme,
dit-il, une force mystérieuse dont la philosophie moderne
ne veut pas tenir compte; et cependant, sans cette force
innommée, sans ce penchant primordial, une foule d'actions humaines resteront[f] inexpliquées, inexplicables.
Ces actions n'ont d'attrait que *parce que* elles sont mauvaises, dangereuses; elles possèdent l'attirance du gouffre.

Cette force primitive, irrésistible, est[a] la Perversité naturelle, qui fait que l'homme est sans cesse et à la fois
homicide et suicide, assassin et bourreau[1]; — car, ajoute-
t-il, avec une subtilité remarquablement satanique, l'impossibilité de trouver un motif raisonnable suffisant pour
certaines actions mauvaises et périlleuses, pourrait[b] nous
conduire à les considérer comme le résultat des suggestions du Diable[2], si l'expérience et l'histoire ne nous ensei-
gnaient pas que Dieu en tire souvent l'établissement de
l'ordre et le châtiment des coquins; — *après s'être servi
des mêmes coquins comme de complices*[3] ! tel est le mot qui
se glisse, je l'avoue, dans mon esprit comme un sous-
entendu aussi perfide qu'inévitable. Mais je ne veux, pour
le présent, tenir compte que de la grande vérité oubliée,
— la perversité primordiale de l'homme, — et ce n'est
pas sans une certaine satisfaction que je vois quelques
épaves de l'antique sagesse nous revenir d'un pays d'où
on ne les attendait pas. Il est agréable que quelques
explosions de vieille vérité sautent ainsi au visage de tous
ces complimenteurs de l'humanité, de tous ces dorloteurs
et endormeurs qui répètent sur toutes les variations possibles de ton : « Je suis né bon, et vous aussi, et nous
tous, nous sommes nés bons ! » oubliant, non ! feignant
d'oublier, ces égalitaires à contresens, que nous sommes
tous nés marquis pour[c] le mal !

De quel mensonge pouvait-il être dupe, celui qui parfois, — douloureuse nécessité des milieux, — les ajustait
si bien ? Quel mépris pour la philosophaillerie, dans ses
bons jours, dans les jours où il était, pour ainsi dire,
illuminé ! Ce poète de qui plusieurs fictions semblent
faites à plaisir pour confirmer la prétendue omnipotence
de l'homme, a voulu quelquefois se purger lui-même.
Le jour où il écrivait : « Toute certitude est dans les
rêves »[5], il refoulait son propre américanisme dans la
région des choses inférieures; d'autres fois, rentrant dans
la vraie voie des poètes, obéissant sans doute à l'inéluctable vérité qui nous hante comme un démon, il poussait les ardents soupirs de *l'ange tombé qui se souvient des
Cieux*[6] ; il envoyait ses regrets vers l'Âge d'or et l'Éden
perdu; il pleurait toute cette magnificence de la Nature,
se recroquevillant devant la chaude haleine des fourneaux[7]*;* enfin,
il jetait ces admirables pages : *Colloque entre Monos et Una,*
qui eussent charmé et troublé l'impeccable De Maistre.

C'est lui qui a dit, à propos du socialisme, à l'époque
où celui-ci n'avait pas encore un nom, où ce nom du
moins n'était pas tout à fait vulgarisé : « Le monde est
infesté actuellement par une nouvelle secte de philosophes, qui ne se sont pas encore reconnus comme formant
une secte, et qui conséquemment n'ont pas adopté de
nom. Ce sont les *croyants à toute vieillerie* (comme qui
dirait : prédicateurs en vieux). Le Grand Prêtre dans
l'Est est Charles Fourier, — dans l'Ouest, Horace Greely[1];
et grands prêtres ils sont à bon escient. Le seul lien commun parmi la secte est la Crédulité; — appelons cela
Démence, et n'en parlons plus. Demandez à l'un d'eux
pourquoi il croit ceci ou cela; et, s'il est consciencieux
(les ignorants le sont généralement), il vous fera une
réponse analogue à celle que fit Talleyrand[a], quand on
lui demanda pourquoi il croyait à la Bible. " J'y crois,
dit-il, d'abord parce que je suis évêque d'Autun, et en
second lieu *parce que je n'y entends absolument rien.* " Ce
que ces philosophes-là appellent *argument* est une manière
à eux *de nier ce qui est et d'expliquer ce qui n'est pas.* »
    Le progrès, cette grande hérésie de la décrépitude, ne
pouvait pas non plus lui échapper. Le lecteur verra, en
différents passages, de quels termes il se servait pour la
caractériser. On dirait vraiment, à voir l'ardeur qu'il y
dépense, qu'il avait à s'en venger comme d'un embarras
public, comme d'un fléau de la rue. Combien eût-il ri,
de ce rire méprisant du poète qui ne grossit jamais la
grappe des badauds, s'il était tombé, comme cela m'est
arrivé récemment, sur cette phrase mirifique qui fait
rêver aux bouffonnes et volontaires absurdités des pail-
lasses, et que j'ai trouvée se pavanant perfidement dans
un journal plus que grave : *Le progrès incessant de la science
a permis tout récemment de retrouver le secret perdu et si longtemps cherché de....* (feu grégeois, trempe du cuivre, n'importe quoi disparu), *dont les applications les plus réussies
remontent à une époque* barbare *et très ancienne*[a] ! ! ! — Voilà
une phrase qui peut s'appeler une véritable trouvaille,
une éclatante découverte, même dans un siècle de *progrès
incessants*[b] ; mais je crois que la momie Allamistakeo[a]
n'aurait pas manqué de demander, avec le ton doux et
discret de la supériorité, si c'était aussi grâce au progrès
incessant, — à la loi fatale, irrésistible, du progrès, — que
ce fameux secret avait été perdu. — Aussi bien, pour

laisser là le ton de la farce, en un sujet qui contient autant de larmes que de rire, n'est-ce pas[a] une chose véritablement stupéfiante de voir une nation, plusieurs nations, toute l'humanité bientôt, dire à ses sages, à ses sorciers[b] : Je vous aimerai et je vous ferai grands, si vous me persuadez que nous progressons sans le vouloir, inévitablement, — en dormant; débarrassez-nous[c] de la responsabilité, voilez pour nous l'humiliation des comparaisons, sophistiquez l'histoire, et vous pourrez vous appeler les sages des sages ? — N'est-ce pas un sujet d'étonnement que cette idée si simple n'éclate pas dans tous les cerveaux : que le Progrès (en tant que progrès il y ait) perfectionne la douleur à proportion qu'il raffine la volupté, et que, si l'épiderme des peuples va[d] se délicatisant, ils ne poursuivent évidemment qu'une *Italiam fugientem*[1], une conquête à chaque minute perdue, un progrès toujours négateur de lui-même ?

Mais ces illusions, intéressées d'ailleurs, tirent leur origine d'un fond de perversité et de mensonge, — météores des marécages, — qui poussent au dédain les âmes amoureuses du feu éternel, comme Edgar Poe, et exaspèrent les intelligences obscures, comme Jean-Jacques, à qui une sensibilité blessée et prompte à la révolte tient lieu de philosophie. Que celui-ci eût raison contre l'*Animal dépravé*[2], cela est incontestable; mais l'animal dépravé a le droit de lui reprocher d'invoquer la simple nature. La nature ne fait que des monstres[a], et toute la question est de s'entendre sur le mot *sauvages*. Nul philosophe n'osera proposer pour modèles ces malheureuses hordes pourries, victimes des éléments, pâture des bêtes, aussi[e] incapables de fabriquer des armes que de concevoir l'idée d'un pouvoir spirituel et suprême. Mais si l'on veut comparer l'homme moderne, l'homme civilisé, avec l'homme sauvage, ou plutôt une nation dite civilisée avec une nation dite sauvage, c'est-à-dire privée de toutes les ingénieuses inventions qui dispensent l'individu d'héroïsme, qui ne voit que tout l'honneur est pour le sauvage ? Par sa nature, par nécessité même, il est encyclopédique, tandis que l'homme civilisé se trouve confiné dans les régions infiniment petites de la spécialité. L'homme civilisé invente la philosophie du progrès pour se consoler de son abdication et de sa déchéance; cependant que l'homme sauvage, époux redouté et respecté, guerrier contraint à la bravoure personnelle, poète aux heures mélancoliques où le soleil déclinant invite à chanter le passé et les ancêtres, rase de plus près la lisière de l'idéal. Quelle lacune oserons-nous lui reprocher ? Il a le prêtre, il a le sorcier et le médecin. Que dis-je ? il a le dandy, suprême incarnation de l'idée du beau transportée dans la vie matérielle, celui qui dicte la forme et règle les manières. Ses vêtements, ses parures, ses armes, son calumet témoignent d'une faculté inventive qui nous a depuis longtemps désertés. Comparerons-nous nos yeux paresseux et nos oreilles assourdies à ces yeux qui percent la brume, à ces oreilles *qui entendraient l'herbe qui pousse*[1] ? Et la sauvagesse, à l'âme simple et enfantine, animal obéissant et câlin, se donnant tout entier et sachant qu'il n'est que la moitié d'une destinée, la déclarerons-nous inférieure à la dame américaine dont M. Bellegarigue[2] (rédacteur du *Moniteur de l'Épicerie !*) a cru faire l'éloge en disant qu'elle était l'idéal de la femme entretenue ? Cette même femme dont les mœurs trop positives ont inspiré à Edgar Poe, — lui si galant, si respectueux de la beauté, — les tristes lignes suivantes[3] : « Ces immenses bourses, semblables au concombre géant, qui sont à la mode parmi nos belles, n'ont pas, comme on le croit, une origine parisienne ; elles sont parfaitement indigènes. Pourquoi une pareille mode à Paris, où une femme ne serre dans sa bourse que son argent ? Mais la bourse d'une Américaine ! Il faut que cette bourse soit assez vaste pour qu'elle y puisse enfermer tout son argent, — plus toute son âme ! » — Quant à la religion, je ne parlerai pas de Vitzilipoutzli[a] aussi légèrement que l'a fait Alfred de Musset[4] ; j'avoue sans honte que je préfère de beaucoup le culte de Teutatès[5] à celui de Mammon ; et le prêtre qui offre au cruel extorqueur d'hosties humaines des victimes qui meurent *honorablement,* des victimes qui *veulent* mourir[6], me paraît un être tout à fait doux et humain, comparé au financier qui n'immole les populations qu'à son intérêt propre. De loin en loin, ces choses sont encore entrevues, et j'ai trouvé une fois dans un article de M. Barbey d'Aurevilly une exclamation de tristesse philosophique qui résume tout ce que je voudrais dire à ce sujet : « Peuples civilisés qui jetez sans cesse la pierre aux sauvages, bientôt vous ne mériterez même plus d'être idolâtres[7] ! »

Un pareil milieu, — je l'ai déjà dit, je ne puis résister au désir de le répéter, — n'est guère fait pour les poètes. Ce qu'un esprit français, supposez le plus démocratique, entend*a* par un État, ne*b* trouverait pas de place dans un esprit américain. Pour toute intelligence du vieux monde*c*, un État politique a un centre de mouvement qui est son cerveau et son soleil, des souvenirs anciens et glorieux, de longues annales poétiques et militaires, une aristocratie, à qui la pauvreté, fille des révolutions, ne peut qu'ajouter un lustre paradoxal; mais *Cela*ᵈ ! cette cohue de vendeurs et d'acheteurs, ce sans-nom, ce monstre sans tête, ce déporté derrière l'Océan, État*e* ! — je le veux bien, si un vaste cabaret, où le consommateur afflue et traite d'affaires sur des tables souillées, au tintamarre des vilains propos, peut être assimilé à un *salon,* à ce que nous appelions jadis un salon, république de l'esprit présidée*f* par la beauté !

Il sera toujours difficile d'exercer, noblement et fructueusement à la fois, l'état d'homme de lettres sans s'exposer à la diffamation, à la calomnie des impuissants, à l'envie des riches, — cette envie qui est leur châtiment ! — aux vengeances de la médiocrité bourgeoise. Mais ce qui est difficile dans une monarchie tempérée ou*g* dans une république régulière, devient presque impraticable dans une espèce de capharnaüm, où chacun, sergent de ville de l'opinion, fait*h* la police au profit de ses vices — ou de ses vertus, c'est tout un, — où un poète, un romancier d'un pays à esclaves est un écrivain détestable aux yeux d'un critique abolitionniste, — où l'on ne sait quel est le plus grand scandale, — le débraillé du cynisme ou l'imperturbabilité de l'hypocrisie biblique. Brûler des nègres enchaînés, coupables d'avoir senti leur joue noire fourmiller du rouge de l'honneur, jouer du revolver dans un parterre de théâtre, établir la polygamie dans les paradis*i* de l'Ouest, que les Sauvages (ce terme a l'air d'une injustice) n'avaient pas encore souillés de ces honteuses utopies, afficher sur les murs, sans doute pour consacrer le principe de la liberté illimitée, la *guérison des maladies de neuf mois,* tels sont quelques-uns des traits saillants, quelques-unes des illustrations morales du noble pays de Franklin[1], l'inventeur de la morale de comptoir, le héros*j* d'un siècle voué à la matière. Il est bon d'appeler sans cesse le regard sur ces merveilles de

brutalité^a, en un temps où l'américanomanie est devenue
presque une passion de bon ton, à ce point qu'un archevêque a pu nous promettre sans rire que la Providence
nous appellerait bientôt à jouir^b de cet idéal transatlan-
tique[1].

III

Un semblable milieu social engendre nécessairement
des erreurs littéraires correspondantes. C'est contre ces
erreurs^c que Poe a réagi aussi souvent qu'il a pu et de
toute sa force. Nous ne devons donc pas nous étonner
que les écrivains américains, tout en reconnaissant sa
puissance singulière comme poète et comme conteur,
aient toujours voulu infirmer sa valeur comme critique.
Dans un pays où l'idée d'utilité, la plus hostile du monde
à l'idée de beauté, prime et domine toute chose, le parfait critique sera le plus *honorable*, c'est-à-dire celui dont
les tendances et les désirs se rapprocheront le plus des
tendances et des désirs de son public, — celui qui, confondant les facultés et les genres de production, assignera
à toutes un^d but unique, — celui qui cherchera dans un
livre de poésie les moyens de perfectionner la conscience^e.
Naturellement, il deviendra d'autant moins soucieux des
beautés réelles, positives, de la poésie; il sera d'autant
moins choqué des imperfections et même des fautes dans
l'exécution. Edgar Poe, au contraire, divisant le monde
de l'esprit en *Intellect pur, Goût* et *Sens moral,* appliquait
la critique suivant que l'objet de son analyse appartenait
à l'une de ces trois divisions[2]. Il était avant tout sensible
à la perfection du plan et à la correction de l'exécution;
démontant les œuvres littéraires comme des pièces mécaniques défectueuses (pour le but qu'elles voulaient atteindre), notant soigneusement les vices de fabrication; et
quand il passait au détail de l'œuvre, à son expression
plastique, au style en un mot, épluchant, sans omission,
les fautes de prosodie, les erreurs grammaticales et
toute cette masse de scories, qui, chez les écrivains non
artistes, souillent les meilleures intentions et déforment
les conceptions les plus nobles.

Pour lui, l'Imagination est la reine des facultés[3]; mais
par ce mot il entend quelque chose de plus grand que

ce qui est entendu par le commun des lecteurs. L'Imagination n'est pas la fantaisie; elle n'est pas non plus la sensibilité, bien qu'il soit difficile de concevoir un homme imaginatif qui ne serait pas sensible. L'Imagination est une faculté quasi divine qui perçoit tout d'abord, en dehors des méthodes philosophiques, les rapports intimes et secrets des choses, les correspondances et les analogies. Les honneurs et les fonctions qu'il confère à cette faculté lui donnent une valeur telle (du moins quand on a bien compris la pensée de l'auteur), qu'un savant sans imagination n'apparaît plus que comme un faux savant, ou tout au moins comme un savant incomplet.

Parmi les domaines littéraires où l'imagination peut obtenir les plus curieux résultats, peut récolter les trésors, non pas les plus riches, les plus précieux (ceux-là appartiennent à la poésie), mais les plus nombreux et les plus variés, il en est un que Poe affectionne particulièrement, c'est la *Nouvelle*. Elle a sur le roman à vastes proportions cet immense avantage que sa brièveté ajoute à l'intensité de l'effet[1]. Cette lecture, qui peut être accomplie tout d'une haleine, laisse dans l'esprit un souvenir bien plus puissant qu'une lecture brisée, interrompue souvent par le tracas des affaires et le soin des intérêts mondains. L'unité d'impression, la *totalité* d'effet est[a] un avantage immense qui peut donner à ce genre de composition une supériorité tout à fait particulière, à ce point qu'une nouvelle trop courte (c'est sans doute un défaut) vaut encore mieux qu'une nouvelle trop longue. L'artiste, s'il est habile, n'accommodera pas ses pensées aux incidents, mais, ayant conçu délibérément[b], à loisir, un effet à produire, inventera les incidents, combinera les événements les plus propres à amener l'effet voulu. Si la première phrase n'est pas écrite en vue de préparer cette impression finale, l'œuvre est manquée dès le début. Dans la composition tout entière il ne doit pas se glisser un seul mot qui ne soit une intention, qui ne tende, directement ou indirectement, à parfaire le dessein prémédité[c].

Il est un point par lequel la nouvelle a une supériorité, même[d] sur le poème. Le rythme est nécessaire au développement de l'idée de beauté, qui est le but le plus grand et le plus noble du poème. Or, les artifices du rythme sont un obstacle insurmontable à ce développement mi-

nutieux de pensées et d'expressions qui a pour objet la
vérité. Car la vérité peut être souvent le but de la nouvelle, et le raisonnement, le meilleur outil pour la construction d'une nouvelle parfaite. C'est pourquoi ce genre
de composition qui n'est pas situé[a] à une aussi grande
élévation que la poésie pure, peut fournir des produits
plus variés et plus facilement appréciables pour le commun des lecteurs. De plus, l'auteur d'une nouvelle a à sa
disposition une multitude de tons, de nuances[b] de langage, le ton raisonneur, le sarcastique, l'humoristique,
que répudie la poésie, et qui sont comme des dissonances[c], des outrages à l'idée de beauté pure. Et c'est
aussi ce qui fait que l'auteur qui poursuit dans une nouvelle un simple but de beauté ne travaille qu'à son grand
désavantage, privé qu'il est de l'instrument le plus utile,
le rythme. Je sais que dans toutes les littératures des
efforts ont été faits, souvent heureux, pour créer des
contes purement poétiques ; Edgar Poe lui-même en a
fait de très beaux. Mais ce sont des luttes et des efforts
qui ne servent qu'à démontrer la force des vrais moyens
adaptés aux buts correspondants, et je ne serais pas[d]
éloigné de croire que chez quelques auteurs, les plus
grands qu'on puisse choisir, ces tentations héroïques[e]
vinssent d'un désespoir.

IV

« *Genus irritabile vatum*[1] ! Que les poètes (nous servant
du mot dans son acception la plus large et comme comprenant tous les artistes) soient une race irritable, cela
est bien entendu ; mais le *pourquoi* ne me semble pas aussi
généralement compris. Un artiste n'est un artiste que
grâce à son sens exquis du Beau, — sens qui lui procure
des jouissances enivrantes, mais qui en même temps
implique, enferme un sens également exquis de toute
difformité et de toute disproportion. Ainsi un tort, une
injustice faite à un poète qui est vraiment un poète,
l'exaspère à un degré qui apparaît, à un jugement ordinaire, en complète *disproportion* avec l'injustice commise.
Les poètes voient l'injustice, *jamais* là où elle n'existe pas,
mais fort souvent là où des yeux non poétiques n'en

voient pas du tout. Ainsi la fameuse irritabilité poétique n'a pas de rapport avec le *tempérament,* compris dans le sens vulgaire, mais avec une clairvoyance plus qu'ordinaire relative au faux et à l'injuſte. Cette clairvoyance n'eſt pas autre chose qu'un corollaire de la vive perception du vrai, de la juſtice, de la proportion, en un mot du Beau. Mais il y a une chose bien claire, c'eſt que l'homme qui n'eſt pas (au jugement du commun) *irritabilis,* n'eſt pas poète du tout[1]. »

Ainsi parle le poète lui-même, préparant une excellente et irréfutable apologie pour tous ceux de sa race[a]. Cette sensibilité, Poe la portait dans les affaires littéraires, et l'extrême importance qu'il attachait aux choses de la poésie l'induisait[b] souvent en un ton où, au jugement des faibles, la supériorité se faisait trop sentir. J'ai déjà remarqué, je crois, que plusieurs des préjugés qu'il avait à combattre, des idées fausses, des jugements vulgaires qui circulaient autour de lui, ont depuis longtemps infecté la presse française. Il ne sera donc pas inutile de rendre compte sommairement de quelques-unes de ses plus importantes opinions relatives à[c] la composition poétique. Le parallélisme de l'erreur en rendra l'application tout à fait facile[d].

Mais, avant toutes choses, je[e] dois dire que la part étant faite au poète naturel, à l'innéité, Poe en faisait une à la science, au travail et à l'analyse, qui paraîtra exorbitante aux orgueilleux non érudits. Non seulement il a dépensé des efforts considérables pour soumettre à sa volonté le démon fugitif des minutes heureuses, pour rappeler à son gré ces sensations exquises, ces appétitions spirituelles, ces états de santé poétique, si rares et si précieux qu'on pourrait vraiment les considérer comme des grâces extérieures à l'homme et comme des visitations[2]; mais aussi il a soumis l'inspiration à la méthode, à l'analyse la plus sévère. Le choix des moyens ! il y revient sans cesse, il insiſte avec une éloquence savante sur l'appropriation du moyen à l'effet, sur l'usage de la rime, sur le perfectionnement du refrain, sur l'adaptation du rythme au sentiment. Il affirmait que celui qui ne sait pas saisir l'intangible n'eſt pas poète; que celui-là seul eſt poète, qui eſt le maître de sa mémoire, le souverain des mots, le regiſtre de ses propres sentiments toujours[f] prêt à se laisser feuilleter. Tout pour le dénoûment !

répète-t-il souvent. Un sonnet lui-même a besoin d'un plan, et la construction, l'armature pour ainsi dire, est la plus importante garantie de la vie mystérieuse des œuvres de l'esprit.

Je recours naturellement à l'article intitulé : *The Poetic Principle,* et j'y trouve, dès le commencement, une vigoureuse protestation contre ce qu'on pourrait appeler, en matière de poésie, l'hérésie de la longueur ou de la dimension, — la valeur absurde attribuée aux gros poèmes. « Un long poème n'existe pas; ce qu'on entend par un long poème est une parfaite contradiction de termes[1]. » En effet, un poème ne mérite son titre qu'autant qu'il excite, qu'il enlève l'âme, et la valeur positive d'un poème est en raison de cette excitation, de cet *enlèvement* de l'âme. Mais, par nécessité psychologique, toutes[a] les excitations sont fugitives et transitoires. Cet état singulier, dans lequel l'âme du lecteur a été, pour ainsi dire, tirée de force, ne durera certainement pas autant que la lecture de tel poème qui dépasse la ténacité d'enthousiasme dont la nature humaine est capable.

Voilà évidemment le poème épique condamné. Car un ouvrage de cette dimension ne peut être considéré comme poétique qu'en tant qu'on sacrifie la condition vitale de toute œuvre d'art, l'Unité; — je ne veux pas parler de l'unité dans la conception, mais de l'unité dans l'impression, de la *totalité* de l'effet, comme je l'ai déjà dit quand j'ai eu à comparer le roman avec la nouvelle. Le poème épique nous apparaît donc, esthétiquement parlant, comme un paradoxe. Il est possible que les anciens âges aient produit des séries de poèmes lyriques, reliées postérieurement par les compilateurs en poèmes épiques; mais toute *intention épique* résulte évidemment d'un sens imparfait de l'art. Le temps de ces anomalies artistiques est passé, et il est même fort douteux qu'un long poème ait jamais pu être vraiment populaire dans toute la force du terme.

Il faut ajouter qu'un poème trop court, celui qui ne fournit pas un *pabulum*[2] suffisant à l'excitation créée, celui qui n'est pas égal à l'appétit naturel du lecteur, est aussi très défectueux. Quelque brillant et intense que soit l'effet, il n'est pas durable; la mémoire ne le retient pas; c'est comme un cachet qui, posé trop légèrement et trop à la hâte, n'a pas eu le temps d'imposer son image à la cire.

Mais[1] il est une autre hérésie, qui, grâce à l'hypocrisie,
à la lourdeur et à la bassesse des esprits, est bien plus
redoutable et a des chances de durée plus grandes, — une
erreur qui a la vie plus dure, — je veux parler de l'hérésie
de *l'enseignement,* laquelle comprend comme corollaires
inévitables l'hérésie de la *passion,* de la *vérité* et de la
morale. Une foule de gens se figurent que le but de la
poésie est un enseignement quelconque, qu'elle doit tantôt fortifier la conscience, tantôt perfectionner les mœurs,
tantôt enfin *démontrer* quoi que ce soit d'utile. Edgar Poe
prétend que les Américains ont spécialement patronné
cette idée hétérodoxe; hélas ! il n'est pas besoin d'aller
jusqu'à Boston pour rencontrer l'hérésie en question.
Ici même, elle nous assiège, et tous les jours elle bat en
brèche la véritable poésie. La poésie, pour peu qu'on
veuille descendre en soi-même, interroger son âme, rappeler ses souvenirs d'enthousiasme, n'a pas d'autre but
qu'elle-même; elle ne peut pas en avoir d'autre, et aucun
poème ne sera si grand, si noble, si véritablement[a] digne
du nom de poème, que celui qui aura été écrit uniquement pour le plaisir d'écrire un poème.

J'e ne veux pas dire que la poésie n'ennoblisse pas les
mœurs, — qu'on me comprenne bien, — que son résultat
final ne soit pas d'élever l'homme au-dessus du niveau
des intérêts vulgaires; ce serait évidemment une absurdité. Je dis que si le poète a poursuivi un but moral, il a
diminué sa force poétique; et il n'est pas imprudent de
parier que son œuvre sera mauvaise. La poésie ne peut
pas, sous peine de mort ou de défaillance, s'assimiler à
la science ou à la morale[2]; elle n'a pas la Vérité pour
objet, elle n'a qu'Elle-même. Les modes de démonstration de vérité sont autres et sont ailleurs. La Vérité n'a
rien à faire avec les chansons. Tout ce qui fait le charme,
la grâce, l'irrésistible d'une chanson enlèverait à la Vérité
son autorité et son pouvoir. Froide, calme, impassible,
l'humeur démonstrative repousse les diamants et les fleurs
de la muse; elle est donc absolument l'inverse de l'humeur poétique.

L'Intellect pur vise à la Vérité, le Goût nous montre
la Beauté, et le Sens moral nous enseigne le Devoir. Il
est vrai que le sens du milieu a d'intimes connexions[b]
avec les deux extrêmes, et il n'est séparé du Sens moral
que par une si légère différence qu'Aristote[c] n'a pas

hésité à ranger parmi les vertus quelques-unes de ses
délicates opérations. Aussi, ce qui exaspère surtout
l'homme de goût dans le spectacle du vice, c'est sa difformité, sa disproportion. Le vice porte atteinte au juste et
au vrai, révolte l'intellect et la conscience; mais, comme
outrage à l'harmonie, comme dissonance*a*, il blessera
plus particulièrement certains esprits poétiques; et je ne
crois pas qu'il soit scandalisant de considérer toute infraction à la morale, au beau moral, comme une espèce de
faute contre le rythme et la prosodie universels.

C'est cet admirable, cet immortel instinct du Beau qui
nous fait considérer la terre et ses spectacles comme un
aperçu, comme une correspondance du Ciel. La soif
insatiable de tout ce qui est au delà, et que révèle*b* la vie,
est la preuve la plus vivante de notre immortalité. C'est
à la fois par la poésie et *à travers* la poésie, par et *à travers* la musique que l'âme entrevoit les splendeurs situées
derrière le tombeau; et quand un poème exquis amène
les larmes au bord des yeux, ces larmes ne sont pas la
preuve d'un excès de jouissance, elles sont bien plutôt
le témoignage d'une mélancolie irritée, d'une postulation
des nerfs, d'une nature exilée dans l'imparfait et qui voudrait s'emparer immédiatement, sur*c* cette terre même,
d'un paradis révélé.

Ainsi le principe de la poésie est, strictement et simplement, l'aspiration humaine vers une beauté supérieure,
et la manifestation de ce principe est dans un enthousiasme, une excitation de l'âme, — enthousiasme tout à
fait indépendant de la passion qui est l'ivresse du cœur,
et de la vérité qui est la pâture de la raison. Car la passion est *naturelle,* trop naturelle pour*d* ne pas introduire
un ton blessant, discordant, dans le domaine de la beauté
pure, trop familière et trop violente pour ne pas scandaliser les purs Désirs, les gracieuses Mélancolies et les
nobles Désespoirs[1] qui habitent les régions surnaturelles
de la poésie.

Cette extraordinaire élévation, cette exquise délicatesse, cet accent d'immortalité qu'Edgar Poe exige de
la Muse, loin de le rendre moins attentif aux pratiques
d'exécution, l'ont poussé à aiguiser sans cesse son génie
de praticien. Bien des gens, de ceux surtout qui ont lu
le singulier poème intitulé *Le Corbeau,* seraient scandalisés si j'analysais l'article où notre poète a ingénument

en apparence, mais avec une légère impertinence que je ne puis blâmer, minutieusement expliqué le mode de construction qu'il a employé, l'adaptation du rythme, le choix d'un refrain, — le[a] plus bref possible et le plus susceptible d'applications variées, et en même temps le plus représentatif de mélancolie et de désespoir, orné d'une rime la plus sonore de toutes (*nevermore,* jamais plus), — le choix d'un oiseau capable d'imiter la voix humaine, mais d'un oiseau, — le corbeau, — marqué dans l'imagination populaire d'un caractère funeste et fatal, — le choix du ton le plus poétique de tous, le ton mélancolique, — du sentiment le plus poétique, l'amour pour une morte, etc. — « Et je ne placerai pas, dit-il, le héros de mon poème dans un milieu pauvre, parce que la pauvreté est triviale et contraire à l'idée de Beauté. Sa mélancolie aura pour gîte une chambre magnifiquement et poétiquement meublée[1]. » Le lecteur surprendra dans plusieurs des nouvelles de Poe des symptômes curieux de ce goût immodéré pour les belles formes, surtout pour[b] les belles formes singulières, pour les milieux ornés et les somptuosités orientales[2].

J'ai dit que cet article me paraissait entaché d'une légère impertinence. Les partisans de l'inspiration quand même ne manqueraient pas d'y trouver un blasphème et une profanation; mais je crois que c'est pour eux que l'article a été spécialement écrit. Autant certains écrivains affectent l'abandon, visant au chef-d'œuvre les yeux fermés, pleins de confiance dans le désordre, et attendant que les caractères jetés au plafond retombent en poème sur le parquet, autant Edgar Poe, — l'un des hommes les plus inspirés que je connaisse, — a mis d'affectation à cacher la spontanéité, à simuler le sang-froid et la délibération. « Je crois pouvoir me vanter — dit-il avec un orgueil amusant et que je ne trouve pas de mauvais goût, — qu'aucun point de ma composition n'a été abandonné au hasard, et que l'œuvre entière a marché pas à pas vers son but avec la précision et la logique rigoureuse d'un problème mathématique[3]. » Il n'y a, dis-je, que les amateurs de hasard, les fatalistes de l'inspiration et les fanatiques du *vers blanc* qui puissent trouver bizarres ces *minuties.* Il n'y a pas de minuties en matière d'art.

À propos de vers blancs, j'ajouterai que Poe attachait une importance extrême à la rime, et que dans l'analyse

qu'il a faite du plaisir mathématique et musical que
l'esprit tire de la rime il a apporté autant de soin, autant
de subtilité que dans tous les sujets se rapportant au
métier poétique. De même qu'il avait démontré que le
refrain est susceptible d'applications infiniment variées,
il a aussi cherché à rajeunir, à redoubler le plaisir de la
rime en y ajoutant cet élément inattendu, l'*étrangeté,* qui
est comme le condiment indispensable de toute beauté[1].
Il fait souvent un usage heureux des répétitions du même
vers ou de plusieurs vers[2], retours obstinés de phrases[a]
qui simulent les obsessions de la mélancolie ou de l'idée
fixe, — du refrain pur et simple, mais amené en situation
de plusieurs manières différentes, — du refrain-variante
qui[b] joue l'indolence et la distraction, — des rimes
redoublées et triplées[c], et aussi d'un genre de rime qui
introduit dans la poésie moderne, mais avec plus de précision et d'intention, les surprises du vers léonin.

Il est évident que la valeur de tous ces moyens ne peut
être vérifiée que par l'application; et une traduction de
poésies aussi voulues, aussi concentrées, peut être un
rêve caressant, mais ne peut être qu'un rêve[3]. Poe a fait
peu de poésies; il a quelquefois exprimé le regret de ne
pouvoir se livrer, non pas plus souvent mais exclusivement, à ce genre de travail qu'il considérait comme le
plus noble. Mais sa poésie est toujours d'un puissant
effet. Ce n'est pas l'effusion ardente de Byron, ce n'est
pas la mélancolie molle, harmonieuse, distinguée de Tennyson, pour lequel il avait d'ailleurs, soit dit en passant,
une admiration quasi fraternelle. C'est quelque chose de
profond et de miroitant comme le rêve, de mystérieux[a]
et de parfait comme le cristal. Je[e] n'ai pas besoin, je
présume, d'ajouter que les critiques américains ont souvent dénigré cette poésie; tout récemment je trouvais
dans un dictionnaire de biographies américaines[4] un
article où elle était décrétée d'étrangeté, où on avouait
qu'il était à craindre que cette muse à la toilette savante
ne fît école dans le glorieux pays de la morale utile, et
où enfin on regrettait que Poe n'eût pas appliqué ses
talents à l'expression des vérités morales au lieu de les
dépenser à la recherche d'un idéal bizarre et de prodiguer dans ses vers une volupté mystérieuse, il est vrai,
mais sensuelle.

Nous connaissons cette loyale escrime. Les reproches

que les mauvais critiques font aux bons poètes sont les mêmes dans tous les pays. En lisant cet article, il me semblait lire la traduction d'un de ces nombreux réquisitoires dressés par les critiques parisiens contre ceux[a] de nos poètes qui sont le plus[b] amoureux de perfection. Nos préférés sont[c] faciles à deviner, et toute âme éprise de poésie pure[1] me comprendra quand je dirai que, parmi notre race antipoétique, Victor Hugo serait moins admiré s'il était parfait, et qu'il n'a pu se faire pardonner tout son génie lyrique qu'en introduisant de force et brutalement dans sa poésie ce qu'Edgar Poe considérait comme l'hérésie moderne capitale, — *l'enseignement*[d2].

[MARGINALIA

Articles de Veuillot et de Barbey d'Aurevilly,
Le Réveil, 15 mai 1858.]

TEXTE DU « RÉVEIL »

NOTES
AUTOGRAPHES
DE BAUDELAIRE

LA POÉSIE

à l'heure qu'il est

[par Veuillot]

[...] Où en sommes-nous de ces belles espérances ? Nous avons aujourd'hui des poètes qui n'étaient pas nés à l'époque de la floraison romantique. Sont-ce des poètes ? On ne le sait guère. Ils font des vers ; plusieurs les font adroitement, dans les préceptes plus ou moins rectifiés de l'école ; le public n'en a adopté aucun ; aucun même n'a eu la consolation de faire un peu de tapage. La hardiesse leur a-t-elle manqué ? Non. Ils ont eu tous les genres de hardiesse, et très largement, y compris la hardiesse classique ; du moins ils ont voulu et ils ont cru l'avoir. *Tandis que les uns s'aventuraient jusqu'à inquiéter des oreilles caressées par Béranger*[1], d'autres, plus téméraires, de vrais novateurs, se sont piqués de ressusciter la description, le récit, presque la césure. Les plus heureux y ont gagné, les uns *la police correctionnelle*, les autres l'Académie, mais l'attention publique point, ou si peu que c'en est triste. Aimez-vous mieux les « Fleurs du mal » ? Aimez-vous mieux « Agnès de Méranie »[2] ?

La belle époque du romantisme nous donna ses « *Fleurs du mal* ». C'étaient les

ce Veuillot me donne envie de tâter encore de la *police correctionnelle* en lui caressant les SIENNES autrement qu'avec mes vers.

TEXTE DU « RÉVEIL »

« Contes *d'Espagne et d'Italie* ». Hélas !
quelle différence ! Dans le même moment
existait un poète classique, dont on
précipitait le déclin : il faisait des tragédies en cinq actes qui se nommaient :
le « Paria », « Marino Faliero »,
« Louis XI », et des comédies, aussi en
cinq actes et en vers, qui étaient : les
« Comédiens », l' « École des Vieil-
lards¹ ». À ces œuvres, maintenant dédai-
gnées, comparez la « Charlotte Corday »,
la « Bourse », et même la triomphante
« Lucrèce »² du classique d'aujourd'hui.
La décadence est signalée. On baisse
effroyablement.

[. . . . .]

LE ROI DES BOHÈMES

ou

EDGAR POE

[...] À coup sûr, jamais les doctrines, ou
plutôt l'absence de doctrines que nous
combattons : l'égoïsme sensuel, orgueilleux et profond, *l'immoralité par le fait,
quand elle n'est pas dans la peinture et dans
l'indécence du détail*, le mépris réfléchi de
tout enseignement, [...].

Où³ ?

[...] *Pour mieux montrer l'abjection de la
bohème littéraire,* nous choisirons son plus
beau cadavre. [...]

Il était donc né poète, Edgar Poe : tels
qu'ils sont, *violemment manqués,* [...].

[...] et Poe, ce Byron bohème, vécut seul
toute sa vie et mourut comme il avait
vécu, — *ivre* et seul ! *L'ivrognerie* de ce
malheureux était devenue le vice de sa
solitude. *Quoique marié (son biographe ne*

mais D'Aurevilly
est un ivrogne.

Sévère pour le vice
qu'on n'a pas³ !

TEXTE DU « RÉVEIL »

nous dit pas à quel autel) quoique marié à une femme qu'il aima, prétend-on, — *mais nous savons trop comment aiment les poètes !* — la famille ne créa point autour de lui d'atmosphère préservatrice. [...]

quel autel !
mais à l'autel !

Au milieu des intérêts haletants de ce pays de la matière, Poe, ce Robinson de la poésie, perdu, naufragé dans ce vaste désert d'hommes, rêvait éveillé, tout en délibérant sur la dose d'opium à prendre pour avoir au moins de vrais rêves, d'honnêtes mensonges, une supportable *irréalité;* [...]. Évidemment s'il *avait été un autre homme,* il aurait pu combler avec des affections fortes ou des *vertus domestiques,* cette solitude qui a fait pis que de dévorer son génie, car elle l'a dépravé. Seulement, pour cela, il lui eût fallu le bénéfice et le soutien d'une éducation morale quelconque, et l'on se demande, avec pitié, ce que fut la sienne, à lui, *le fils d'une actrice et de l'aventure*[b], dans une société qui a trouvé, un matin, les Mormons au fond de ses mœurs !

Qu'est-ce que c'est que ça ?

mais puisq[ue] c'était celui-là[a]

On se le demande, sans pouvoir y répondre. *Le biographe* d'Edgar Poe *ne le dit pas* et *peut-être* NE S'EN SOUCIE GUÈRE; [...].

mais
Poe n'était
pas un
enfant
naturel !

[...] — La curiosité de l'incertain qui veut savoir et qui rôde toujours sur la limite de deux mondes, le naturel et le surnaturel, s'éloignant de l'un pour frapper incessamment à la porte de l'autre qu'elle n'ouvrira jamais, car elle n'en a pas la vraie clef, et la *peur, terreur blême* de ce surnaturel qui attire, et qui effraye autant qu'il attire; car, depuis Pascal peut-être, il n'y eut jamais de génie plus épouvanté, plus livré aux *affres de l'effroi* et à ses mortelles agonies, que le génie panique d'Edgar Poe !

!

!c

TEXTE DU « RÉVEIL »

[...] Sans aucun doute, dans ce jeu bizarre où l'auteur devient de bonne foi, et, comme l'acteur, se fascine soi-même, il y a (et la critique doit l'y voir) un naturel de poète dramatique qui, tiré de toutes ces données, sujets habituels des contes d'Edgar Poe : le somnambulisme, le magnétisme, la métempsycose, — le déplacement et la transposition de la vie, — aurait pu être formidable. Mais il y a aussi, — il faut bien le dire, — le Perrault. Il est caché au fond du grand poète, et parce qu'il y est, faute de sujets moraux et grands, faute d'idées, faute de grandes croyances, faute d'imposantes certitudes, on peut dire hardiment que c'est le Bohème qui l'y a mis !

? ? ?*a*

Ainsi, en plein cœur de son propre talent, pour le diminuer et le piquer de sa tache, voilà que nous rencontrons le bohème, c'est-à-dire l'homme qui vit intellectuellement au hasard de sa pensée, de sa sensation ou de son rêve, comme il a vécu socialement dans cette cohue d'individualités solitaires, qui ressemble à un *pénitentiaire* immense, le *pénitentiaire*[b] du travail et de l'égoïsme américain ! Edgar Poe, le fils de l'*aventure* [...]

*pénitentiaire
est un adjectif*

[...] *il pille les idées de son temps, et ce qu'il en flibuste ne méritait guère d'être flibusté.* [...]

[...] *Il établit le tour du cadran de l'analyse sur le pivot de son mouvement interne.* [...]

?*c*

Car il est Américain, quoi qu'il fasse, cet homme qui détestait l'Amérique, et que l'Amérique, mère de ses vices et de sa misère, a poussé au *suicide contre elle.* [...] Il y aurait quelque chose de plus à faire que ses contes, ce serait sa propre analyse, *mais pour cela, il faudrait son genre de talent...* Quand on résume [...].

*Je ne me suiciderai
jamais contre
D'Aurevilly*

Jocrisse[d] !

TEXTE DU « RÉVEIL »

Ce spleenitique colossal, en comparaison de qui Lord Byron, ce beau lymphatique, ne nous apparaît plus que
comme une vaporeuse petite maîtresse ;
ce *spleenitique colossal*, malgré l'infiltra-
tion morbide de son regard d'aliéné [...].

il y tient[a] !

Cruelle et lamentable histoire ! le
traducteur qui l'a racontée dans la passion
ou la pitié qu'il a pour son poète, a fait
de l'histoire et de cette mort d'Edgar Poe
une accusation terrible, une imprécation
contre l'Amérique tout entière ! C'est la
vieille thèse, la thèse individuelle, et il
faut bien le dire, puisque c'est la même
chose, la *thèse bohème* contre les sociétés.
Nous eussions *de M. Baudelaire, d'une
tête qui a parfois la froide lucidité de Poe*,
attendu une thèse plus virile.

Il pouvait être *le frère de charité*, l'ense-
velisseur des restes d'un homme de génie,
sans les jeter à la tête de tout un pays
qui, en définitive, ne l'a point volontairement assassiné. [...]

À nos yeux, à nous qui ne croyons pas
que l'Art soit le but principal de la vie
et que l'esthétique doive un jour gouverner le monde, *ce n'est pas là une si grande
perte qu'un homme de génie ;* mais nul n'est
dispensé d'être *une créature morale et
bienfaisante*, un homme du devoir social ;
c'est là une perte qu'on ne rachète pas ! [...]

ah ! bah !
Et vous[b] ?

LA GENÈSE D'UN POÈME

La poétique est faite, nous disait-on, et modelée d'après les poèmes. Voici un poète qui prétend que son poème a été composé d'après sa poétique. Il avait certes un grand génie et plus d'inspiration que qui que ce soit, si par inspiration on entend l'énergie, l'enthousiasme intellectuel, et la faculté de tenir ses facultés en éveil. Mais il aimait aussi le travail plus qu'aucun autre; il répétait volontiers, lui, un original achevé, que l'originalité est chose d'apprentissage, ce qui ne veut pas dire une chose qui peut être transmise par l'enseignement. Le hasard et l'incompréhensible étaient ses deux grands ennemis. S'est-il fait, par une vanité étrange et amusante, beaucoup moins inspiré qu'il ne l'était naturellement ? A-t-il diminué la faculté gratuite qui était en lui pour faire la part plus belle à la volonté ? Je serais assez porté à le croire; quoique cependant il faille ne pas oublier[a] que son génie, si ardent et si agile qu'il fût, était passionnément épris d'analyse, de combinaisons et de calculs[b]. Un de ses axiomes favoris était encore celui-ci : « Tout, dans un poème comme dans un roman, dans un sonnet comme dans une nouvelle, doit concourir au dénouement[1]. Un bon auteur a déjà sa dernière ligne en vue quand il écrit la première. » Grâce à cette admirable méthode, le compositeur peut commencer son œuvre par la fin, et travailler, quand il lui plaît, à n'importe quelle partie. Les amateurs du *délire* seront peut-être révoltés par ces *cyniques* maximes; mais chacun en peut prendre ce qu'il voudra. Il sera toujours utile de leur montrer quels bénéfices l'art

peut tirer de la délibération, et de faire voir aux gens
du monde quel labeur exige cet objet de luxe qu'on
nomme Poésie.

Après tout, un peu de charlatanerie eſt toujours permis au génie, et même ne lui messied pas. C'eſt, comme
le fard sur les pommettes d'une femme naturellement
belle, un assaisonnement nouveau pour l'esprit.

Poème singulier entre tous. Il roule sur un mot myſtérieux et profond, terrible comme l'infini, que des milliers
de bouches crispées ont répété depuis le commencement
des âges, et que par une triviale habitude de désespoir
plus d'un rêveur a écrit sur le coin de sa table pour
essayer sa plume : *Jamais plus !* De cette idée, l'immensité, fécondée par la deſtruction, eſt remplie du haut
en bas, et l'Humanité, non abrutie, accepte volontiers
l'Enfer, pour échapper au désespoir irrémédiable contenu
dans cette parole[a].

Dans le moulage de la prose appliqué à la poésie, il
y a nécessairement une affreuse imperfection; mais le
mal serait encore plus grand dans une singerie rimée.
Le lecteur comprendra qu'il m'eſt impossible de lui donner une idée exacte de la sonorité profonde et lugubre,
de la puissante monotonie de ces vers, dont les rimes
larges et triplées sonnent comme un glas de mélancolie.
C'eſt bien là le poème de l'insomnie du désespoir; rien
n'y manque : ni la fièvre des idées, ni la violence des
couleurs, ni le raisonnement maladif, ni la terreur radoteuse, ni même cette[b] gaieté bizarre de la douleur qui
la rend plus terrible. Écoutez chanter dans votre mémoire
les ſtrophes les plus plaintives de Lamartine, les rythmes
les plus magnifiques et les plus compliqués de Victor
Hugo; mêlez-y le souvenir des tercets les plus subtils et
les plus compréhensifs de Théophile Gautier, — de
Ténèbres[1], par exemple, ce chapelet de redoutables concetti
sur la mort et le néant, où la rime triplée s'adapte si bien
à la mélancolie obsédante, — et vous obtiendrez peut-
être une idée approximative des talents de Poe en tant
que versificateur; je dis : en tant que versificateur, car
il eſt superflu, je pense, de parler de son imagination.

Mais[c] j'entends le lecteur qui murmure comme Alceſte:
« Nous verrons bien[2] ! » — Voici donc le poème*[3] :

---

* Tout ce préambule eſt écrit par le traducteur. — C. B.[a]

[*Note*]

Maintenant[1], voyons la coulisse, l'atelier, le laboratoire, le mécanisme intérieur, selon qu'il vous plaira de qualifier la *Méthode de composition**.

---

* Ces trois lignes sont une interpolation du traducteur. — C. B.[a]

[EUREKA]

NOTE DU TRADUCTEUR

Les dernières pages du livre indiquent au lecteur le sens qu'il doit attribuer au mot *Vie éternelle,* qui est employé dans les dernières lignes de la préface[1].

Le mot est pris dans un sens panthéistique, et non pas dans le sens religieux qu'il comporte généralement. La *Vie éternelle* signifie donc ici : *la série indéterminée des existences de Dieu, soit à l'état de concentration, soit à l'état de dissémination.*

AVIS DU TRADUCTEUR

Aux sincères appréciateurs des talents d'Edgar Poe je dirai que je considère ma tâche comme finie, bien que j'eusse pris plaisir, pour leur plaire, à l'augmenter encore. Les deux séries des *Histoires extraordinaires* et des *Nouvelles Histoires extraordinaires* et les *Aventures d'Arthur Gordon Pym* suffisent pour présenter Edgar Poe[a] sous ses divers aspects en tant que conteur visionnaire tantôt terrible, tantôt gracieux, alternativement railleur et tendre, toujours philosophe et analyste, amateur de la magie de l'absolue vraisemblance, amateur de la bouffonnerie la plus désintéressée. *Eureka* leur a montré l'ambitieux et subtil dialecticien. Si ma tâche pouvait être continuée avec fruit dans un pays tel que la France, il me resterait à montrer Edgar Poe poète et Edgar Poe critique littéraire. Tout vrai amateur de poésie reconnaîtra que le premier de ces devoirs est presque impossible à remplir, et que ma très humble et très dévouée faculté de traducteur ne me permet pas de suppléer aux voluptés absentes du rythme et de la rime. À ceux qui savent beaucoup deviner, les fragments de poésie insérés dans les Nouvelles, tels que *Le Ver vainqueur* dans *Ligeia*, *Le Palais hanté* dans *La Chute de la maison Usher* et le poème si mystérieusement éloquent du *Corbeau*, suffiront pour leur faire entrevoir toutes les merveilles du pur poète[1].

Quant au second genre de talent, la critique, il est facile de comprendre que ce que je pourrais appeler les *Causeries du Lundi* d'Edgar Poe[2] auraient peu de chance de plaire à ces Parisiens légers, peu soucieux des querelles littéraires qui divisent un peuple jeune encore, et qui font, en littérature comme en politique, le Nord ennemi du Sud[3].

Pour conclure, je dirai aux Français amis inconnus d'Edgar Poe[a] que je suis fier et heureux d'avoir introduit dans leur mémoire un genre de beauté nouveau; et aussi bien, pourquoi n'avouerais-je pas que ce qui a soutenu ma volonté, c'était le plaisir de leur présenter un homme qui me ressemblait un peu, par quelques points, c'est-à-dire une partie de moi-même ?

Un temps viendra prochainement, je suis autorisé à le croire, où MM. les éditeurs de l'édition populaire française des œuvres d'Edgar Poe[1] sentiront la glorieuse nécessité de les produire sous une forme matérielle plus solide, plus digne des bibliothèques d'amateurs, et dans une édition où les fragments qui les composent seront classés[b] plus analogiquement et d'une manière définitive.

CRITIQUE D'ART

SALON DE 1845

I

QUELQUES MOTS D'INTRODUCTION

Nous pouvons dire au moins avec autant de justesse qu'un écrivain bien connu à propos de ses petits livres : ce que nous disons, les journaux n'oseraient l'imprimer[1]. Nous serons donc bien cruels et bien insolents ? non pas, au contraire, impartiaux. Nous n'avons pas d'amis, c'est un grand point, et pas d'ennemis. — Depuis M. G. Planche[2], un paysan du Danube dont l'éloquence impérative et savante s'est tue au grand regret des sains esprits, la critique des journaux, tantôt niaise, tantôt furieuse, jamais indépendante, a, par ses mensonges et ses camaraderies effrontées, dégoûté le bourgeois de ces utiles guide-ânes qu'on nomme comptes rendus de Salons*.

Et tout d'abord, à propos de cette impertinente appellation, le *bourgeois*[4], nous déclarons que nous ne partageons nullement les préjugés de nos grands confrères *artistiques*[5] qui se sont évertués depuis plusieurs années à jeter l'anathème sur cet être inoffensif qui ne demanderait pas mieux que d'aimer la bonne peinture, si ces messieurs savaient la lui faire comprendre, et si les artistes la lui montraient plus souvent.

---

* Citons une belle et honorable exception, M. Delécluze[3], dont nous ne partageons pas toujours les opinions, mais qui a toujours su sauvegarder ses franchises, et qui sans fanfares ni emphase a eu souvent le mérite de dénicher les talents jeunes et inconnus.

Ce mot, qui sent l'argot d'atelier d'une lieue, devrait être supprimé du dictionnaire de la critique.

Il n'y a plus de bourgeois, depuis que le bourgeois — ce qui prouve sa bonne volonté à devenir artistique, à l'égard des feuilletonistes — se sert lui-même de cette injure.

En second lieu le bourgeois — puisque bourgeois il y a — est fort respectable; car il faut plaire à ceux aux frais de qui l'on veut vivre.

Et enfin, il y a tant de bourgeois parmi les artistes, qu'il vaut mieux, en somme, supprimer un mot qui ne caractérise aucun vice particulier de caste, puisqu'il peut s'appliquer également aux uns, qui ne demandent pas mieux que de ne plus le mériter, et aux autres, qui ne se sont jamais doutés qu'ils en étaient dignes.

C'est avec le même mépris de toute opposition et de toutes criailleries systématiques*a*, opposition et criailleries devenues banales et communes*, c'est avec le même esprit d'ordre, le même amour du bon sens, que nous repoussons loin de cette petite brochure toute discussion, et sur les jurys en général, et sur le jury de peinture en particulier, et sur la réforme du jury devenue, dit-on, nécessaire, et sur le *mode et la fréquence* des expositions, etc... D'abord il faut un jury, ceci est clair — et quant au retour annuel des expositions, que nous devons à l'esprit éclairé et libéralement paternel d'un roi à qui le public et les artistes doivent la jouissance de six musées (la galerie des Dessins, le supplément de la galerie Française[1], le musée Espagnol, le musée Standish[2], le musée de Versailles[3], le musée de Marine*b*[4]), un esprit juste verra toujours qu'un grand artiste n'y peut que gagner, vu sa fécondité naturelle, et qu'un médiocre n'y peut trouver que le châtiment mérité.

Nous parlerons de tout ce qui attire les yeux de la foule et des artistes; — la conscience de notre métier nous y oblige. — Tout ce qui plaît a une raison de plaire, et mépriser les attroupements de ceux qui s'égarent n'est pas le moyen de les ramener où ils devraient être.

Notre méthode de discours consistera simplement à diviser

---

* Les réclamations sont peut-être justes, mais elles sont criailleries, parce qu'elles sont devenues systématiques.

notre travail en tableaux d'histoire et portraits — tableaux de genre et paysages — sculpture — gravures et
dessins, et à ranger les artistes suivant l'ordre et le grade
que leur a assignés l'estime publique.

8 mai 1845.

II

TABLEAUX D'HISTOIRE

DELACROIX

M. Delacroix est décidément le peintre le plus original
des temps anciens et des temps modernes[1]. Cela est ainsi,
qu'y faire ? Aucun des amis de M. Delacroix, et des plus
enthousiastes, n'a osé le dire simplement, crûment, impudemment, comme nous. Grâce à la justice tardive des
heures qui amortissent les rancunes, les étonnements et
les mauvais vouloirs, et emportent lentement chaque obstacle dans la tombe, nous ne sommes plus au temps où le
nom de M. Delacroix était un motif à signe[a] de croix pour
les *arriéristes,* et un symbole de ralliement pour toutes les
oppositions, intelligentes ou non; ces *beaux temps* sont
passés. M. Delacroix restera toujours un peu contesté,
juste autant qu'il faut pour ajouter quelques éclairs à son
auréole. Et tant mieux ! Il a le droit d'être toujours jeune,
car il ne nous a pas trompés, lui, il ne nous a pas menti
comme quelques idoles ingrates que nous avons portées
dans nos panthéons. M. Delacroix n'est pas encore de
l'Académie[2], mais il en fait partie moralement; dès longtemps il a tout dit, dit tout ce qu'il faut pour être le premier — c'est convenu; — il ne lui reste plus — prodigieux tour de force d'un génie sans cesse en quête du neuf
— qu'à progresser dans la voie du bien — où il a toujours
marché.

M. Delacroix a envoyé cette année quatre tableaux¹ :

1º LA MADELEINE DANS LE DÉSERT

C'est une tête de femme renversée dans un cadre très étroit. À droite dans le haut, un petit bout de ciel ou de rocher — quelque chose de bleu ; — les yeux de la Madeleine sont fermés, la bouche est molle et languissante, les cheveux épars. Nul, à moins de la voir, ne peut imaginer ce que l'artiste a mis de poésie intime, mystérieuse et romantique dans cette simple tête. Elle est peinte presque par hachures comme beaucoup de peintures de M. Delacroix ; les tons, loin d'être éclatants ou intenses, sont très doux et très modérés ; l'aspect est presque gris, mais d'une harmonie parfaite. Ce tableau nous démontre une vérité soupçonnée depuis longtemps et plus claire encore dans un autre tableau dont nous parlerons tout à l'heure ; c'est que M. Delacroix est plus fort que jamais, et dans une voie de progrès sans cesse renaissante, c'est-à-dire qu'il est plus que jamais harmoniste.

2º DERNIÈRES PAROLES DE MARC-AURÈLE²

Marc-Aurèle lègue son fils aux stoïciens. — Il est à moitié nu et mourant, et présente le jeune Commode, jeune, rose, mou et voluptueux et qui a l'air de s'ennuyer, à ses sévères amis groupés autour de lui dans des attitudes désolées.

Tableau splendide, magnifique, sublime, incompris. — Un critique connu a fait au peintre un grand éloge d'avoir placé Commode, c'est-à-dire l'avenir, dans la lumière ; les stoïciens, c'est-à-dire le passé, dans l'ombre ; — que d'esprit ! Excepté deux figures dans la demi-teinte, tous les personnages ont leur portion de lumière. Cela nous rappelle l'admiration d'un littérateur républicain³ qui félicitait sincèrement le grand Rubens d'avoir, dans un de ses tableaux officiels de la galerie Médicis, débraillé l'une des bottes et le bas de Henri IV, trait de satire indépendante, coup de griffe libéral contre la débauche royale. Rubens sans-culotte ! ô critique ! ô critiques !...

Nous sommes ici en plein Delacroix, c'est-à-dire que nous avons devant les yeux l'un des spécimens les plus complets de ce que peut le génie dans la peinture.

Cette couleur est d'une science incomparable, il n'y a pas une seule faute, — et, néanmoins, ce ne sont que tours de force — tours de force invisibles à l'œil inattentif, car l'harmonie est sourde et profonde; la couleur, loin de perdre son originalité cruelle dans cette science nouvelle et plus complète, est toujours sanguinaire et terrible. — Cette pondération du vert et du rouge plaît à notre âme. M. Delacroix a même introduit dans ce tableau, à ce que nous croyons du moins, quelques tons dont il n'avait pas encore l'usage habituel. — Ils se font bien valoir les uns les autres. — Le fond est aussi sérieux qu'il le fallait pour un pareil sujet.

Enfin, disons-le, car personne ne le dit, ce tableau est parfaitement bien dessiné, parfaitement bien modelé. — Le public se fait-il bien une idée de la difficulté qu'il y a à modeler avec de la couleur ? La difficulté est double, — modeler avec un seul ton, c'est modeler avec une estompe, la difficulté est simple; — modeler avec de la couleur, c'est dans un travail subit, spontané, compliqué, trouver d'abord la logique des ombres et de la lumière, ensuite la justesse et l'harmonie du ton; autrement dit, c'est, si l'ombre est verte et une lumière rouge, trouver du premier coup une harmonie de vert et de rouge, l'un obscur, l'autre lumineux, qui rendent l'effet d'un objet monochrome et *tournant*[1].

Ce tableau est parfaitement bien dessiné. Faut-il, à propos de cet énorme paradoxe, de ce blasphème impudent, répéter, réexpliquer ce que M. Gautier s'est donné la peine d'expliquer dans un de ses feuilletons de l'année dernière[2], à propos de M. Couture — car M. Th. Gautier, quand les œuvres vont bien à son tempérament et à son éducation littéraires, commente bien ce qu'il sent juste — à savoir qu'il y a deux genres de dessins, le dessin des coloristes et le dessin des dessinateurs ? Les procédés sont inverses; mais on peut bien dessiner avec une couleur effrénée, comme on peut trouver des masses de couleur harmonieuses, tout en restant dessinateur exclusif.

Donc, quand nous disons que ce tableau est bien dessiné, nous ne voulons pas faire entendre qu'il est dessiné comme un Raphaël; nous voulons dire qu'il est dessiné

d'une manière impromptue et spirituelle; que ce genre de dessin, qui a quelque analogie avec celui de tous les grands coloristes, de Rubens par exemple, rend bien, rend parfaitement le mouvement, la physionomie, le caractère insaisissable et tremblant de la nature, que le dessin de Raphaël ne rend jamais. — Nous ne connaissons, à Paris, que deux hommes qui dessinent aussi bien que M. Delacroix, l'un d'une manière analogue, l'autre dans une méthode contraire. — L'un est M. Daumier, le caricaturiste[1]; l'autre, M. Ingres, le grand peintre, l'adorateur rusé de Raphaël[2]. — Voilà certes qui doit stupéfier les amis et les ennemis, les séides et les antagonistes; mais avec une attention lente et studieuse, chacun verra que ces trois *dessins* différents ont ceci de commun, qu'ils rendent parfaitement et complètement le côté de la nature qu'ils veulent rendre, et qu'ils disent juste ce qu'ils veulent dire. — Daumier dessine peut-être mieux que Delacroix, si l'on veut préférer les qualités saines, bien portantes, aux facultés étranges et étonnantes d'un grand génie malade de génie; M. Ingres, si amoureux du détail, dessine peut-être mieux que tous les deux, si l'on préfère les finesses laborieuses à l'harmonie de l'ensemble, et le caractère du morceau au caractère de la composition, mais[3] . . . . . .
. . . .
. . . .
. . . .
. . . .

aimons-les tous les trois.

3° UNE SIBYLLE QUI MONTRE LE RAMEAU D'OR

C'est encore d'une belle et originale couleur. — La tête rappelle un peu l'indécision charmante des dessins sur Hamlet[4]. — Comme modelé et comme pâte, c'est incomparable; l'épaule nue vaut un Corrège.

4º LE SULTAN DU MAROC^a ENTOURÉ DE SA GARDE ET DE SES OFFICIERS[1]

Voilà le tableau dont nous voulions parler tout à l'heure quand nous affirmions que M. Delacroix avait progressé dans la science de l'harmonie. — En effet, déploya-t-on jamais en aucun temps une plus grande coquetterie musicale ? Véronèse fut-il jamais plus féerique ? Fit-on jamais chanter sur une toile de plus capricieuses mélodies ? un plus prodigieux accord de tons nouveaux, inconnus, délicats, charmants ? Nous en appelons à la bonne foi de quiconque connaît son vieux Louvre ; — qu'on cite un tableau de grand coloriste, où la couleur ait autant d'esprit que dans celui de M. Delacroix. — Nous savons que nous serons compris d'un petit nombre, mais cela nous suffit. — Ce tableau est si harmonieux, malgré la splendeur des tons, qu'il en est gris — gris comme la nature — gris comme l'atmosphère de l'été, quand le soleil étend comme un crépuscule de poussière tremblante sur chaque objet. — Aussi ne l'aperçoit-on pas du premier coup ; — ses voisins l'assomment. — La composition est excellente ; — elle a quelque chose d'inattendu parce qu'elle est vraie et naturelle. . . .
. . . .
. . . .

P. S. On dit qu'il y a des éloges qui compromettent, et que mieux vaut un sage ennemi…, etc. Nous ne croyons pas, nous, qu'on puisse compromettre le génie en l'expliquant.

HORACE VERNET

Cette peinture africaine[2] est plus froide qu'une belle journée d'hiver. — Tout y est d'une blancheur et d'une clarté désespérantes. L'unité, nulle ; mais une foule de petites anecdotes intéressantes — un vaste panorama de cabaret ; — en général, ces sortes de décorations sont divisées en manière de compartiments ou d'actes, par un

arbre, une grande montagne, une caverne, etc. M. Horace
Vernet a suivi la même méthode ; grâce à cette méthode
de feuilletoniste, la mémoire du spectateur retrouve ses
jalons, à savoir : un grand chameau, des biches, une
tente, etc... — vraiment c'est une douleur que de voir un
homme d'esprit patauger dans l'horrible. — M. Horace
Vernet n'a donc jamais vu les Rubens, les Véronèse, les
Tintoret, les Jouvenet[1], morbleu !...

WILLIAM HAUSSOULLIER

Que M. William Haussoullier ne soit point surpris,
d'abord, de l'éloge violent que nous allons faire de son
tableau[2], car ce n'est qu'après l'avoir consciencieusement
et minutieusement analysé que nous en avons pris la résolution ; en second lieu, de l'accueil brutal et malhonnête
que lui fait un public français, et des éclats de rire qui
passent devant lui. Nous avons vu plus d'un critique,
important dans la presse, lui jeter en passant son petit
mot pour rire — que l'auteur n'y prenne pas garde. — Il
est beau d'avoir un succès à la *Saint-Symphorien*[3].

Il y a deux manières de devenir célèbre : par agrégation
de succès annuels, et par coup de tonnerre. Certes le dernier moyen est le plus original. Que l'auteur songe aux
clameurs qui accueillirent le *Dante et Virgile*[4], et qu'il per-
sévère dans sa propre voie ; bien des railleries malheureuses tomberont encore sur cette œuvre, mais elle restera
dans la mémoire de quiconque a de l'œil et du sentiment ;
puisse son succès aller toujours croissant, car[a] il doit y
avoir succès.

Après les tableaux merveilleux de M. Delacroix, celui-
ci est véritablement le morceau capital de l'Exposition ;
disons mieux, il est, dans un certain sens toutefois, le
tableau unique du Salon de 1845 ; car M. Delacroix est
depuis longtemps un génie illustre, une gloire acceptée et
accordée ; il a donné cette année quatre tableaux ; M. William Haussoullier hier était inconnu, et il n'en a envoyé
qu'un.

Nous ne pouvons nous refuser le plaisir d'en donner
d'abord une description, tant cela nous paraît gai et déli-

cieux à faire. — C'est la *Fontaine de Jouvence ;* — sur le premier plan trois groupes; — à gauche, deux jeunes gens, ou plutôt deux rajeunis, les yeux dans les yeux, causent de fort près, et ont l'air de faire l'amour allemand[1]. — Au milieu, une femme vue de dos, à moitié nue, bien blanche, avec des cheveux bruns crespelés[2], jase aussi en souriant avec son partenaire; elle a l'air plus sensuel, et tient encore un miroir où elle vient de se regarder — enfin, dans le coin à droite, un homme vigoureux et élégant — une tête ravissante, le front un peu bas, les lèvres un peu fortes — pose en souriant son verre sur le gazon pendant que sa compagne verse quelque élixir merveilleux dans le verre d'un long et mince jeune homme debout devant elle.

Derrière eux, sur le second plan, un autre groupe étendu tout de son long sur l'herbe : — ils s'embrassent. — Sur le milieu du second, une femme nue et debout, tord ses cheveux d'où dégouttent les derniers pleurs de l'eau salutaire et fécondante; une autre, nue et à moitié couchée, semble comme une chrysalide, encore enveloppée dans la dernière vapeur de sa métamorphose. — Ces deux femmes, d'une forme délicate, sont vaporeusement, outrageusement blanches; elles commencent pour ainsi dire à reparaître. Celle qui est debout a l'avantage de séparer et de diviser symétriquement le tableau. Cette statue, presque vivante, est d'un excellent effet, et sert, par son contraste, les tons violents du premier plan, qui en acquièrent[a] encore plus de vigueur. La fontaine, que quelques critiques trouveront sans doute un peu *Séraphin*[3], cette fontaine fabuleuse nous plaît; elle se partage en deux nappes, et se découpe, se fend en franges vacillantes et minces comme l'air. — Dans un sentier tortueux qui conduit l'œil jusqu'au fond du tableau, arrivent, courbés et barbus, d'heureux sexagénaires. — Le fond de droite est occupé par des bosquets où se font des ballets et des réjouissances.

Le sentiment de ce tableau est exquis; dans cette composition l'on aime et l'on boit, — aspect voluptueux — mais l'on boit et l'on aime d'une manière très sérieuse, presque mélancolique. Ce ne sont pas des jeunesses fougueuses et remuantes, mais de secondes jeunesses qui connaissent le prix de la vie et qui en jouissent avec tranquillité.

Cette peinture a, selon nous, une qualité très importante, dans un musée surtout — elle est très voyante. — Il n'y a pas moyen de ne pas la voir. La couleur est d'une crudité terrible, impitoyable, téméraire même, si l'auteur était un homme moins fort; mais... elle est *distinguée,* mérite si couru par MM. de l'école d'Ingres. — Il y a des alliances de tons heureuses; il se peut que l'auteur devienne plus tard un franc coloriste. — Autre qualité énorme et qui fait les hommes, les vrais hommes, cette peinture a la foi — elle a la foi de sa beauté, — c'est de la peinture absolue, convaincue, qui crie : je veux, je veux être belle, et belle comme je l'entends, et je sais que je ne manquerai pas de gens à qui plaire.

Le dessin, on le devine, est aussi d'une grande volonté et d'une grande finesse; les têtes ont un joli caractère. — Les attitudes sont toutes bien trouvées. — L'élégance et la *distinction* sont partout le signe particulier de ce tableau.

Cette œuvre aura-t-elle un succès prompt ? Nous l'ignorons. — Un public a toujours, il est vrai, une conscience et une bonne volonté qui le précipitent vers le vrai; mais il faut le mettre sur une pente et lui imprimer l'élan, et notre plume est encore plus ignorée que le talent de M. Haussoullier.

Si l'on pouvait, à différentes époques et à diverses reprises, faire une exhibition[1] de la même œuvre, nous pourrions garantir la justice du public envers cet artiste.

Du reste, sa peinture est assez osée pour bien porter les affronts, et elle promet un homme qui sait assumer la responsabilité de ses œuvres; il n'a donc qu'à faire un nouveau tableau.

Oserons-nous, après avoir si franchement déployé nos sympathies (mais notre vilain devoir nous oblige à penser à tout), oserons-nous dire que le nom de Jean Bellin[2] et de quelques Vénitiens des premiers temps nous a traversé la mémoire, après notre douce contemplation ? M. Haussoullier serait-il de ces hommes qui en savent trop long sur leur art ? C'est là un fléau bien dangereux, et qui comprime dans leur naïveté bien d'excellents mouvements. Qu'il se défie de son érudition, qu'il se défie même de son goût — mais c'est là un illustre défaut, — et ce tableau contient assez d'originalité pour promettre un heureux avenir.

DECAMPS

Approchons vite — car les Decamps allument la curiosité d'avance — on se promet toujours d'être surpris — on s'attend à du nouveau — M. Decamps nous a ménagé cette année une surprise qui dépasse toutes celles qu'il a travaillées si longtemps avec tant d'amour, voire *Les Crochets* et *Les Cimbres*[1] ; M. Decamps a fait du Raphaël et du Poussin. — Eh ! mon Dieu ! — oui.

Hâtons-nous de dire, pour corriger ce que cette phrase a d'exagéré, que[a] jamais imitation ne fut mieux dissimulée ni plus savante — il est bien permis, il est louable d'imiter ainsi.

Franchement — malgré tout le plaisir qu'on a à lire dans les œuvres d'un artiste les diverses transformations de son art et les préoccupations successives de son esprit, nous regrettons un peu l'ancien Decamps.

Il a, avec un esprit de choix qui lui est particulier, entre tous les sujets bibliques, mis la main sur celui qui allait le mieux à la nature de son talent ; c'est l'histoire étrange, baroque, épique, fantastique, mythologique de Samson, l'homme aux travaux impossibles, qui dérangeait les maisons d'un coup d'épaule — de cet antique cousin d'Hercule et du baron de Munchhausen. — Le premier de ces dessins — l'apparition de l'ange dans un grand paysage — a le tort de rappeler des choses que l'on connaît trop — ce ciel cru, ces quartiers de roches, ces horizons graniteux sont sus dès longtemps par toute la jeune école — et quoiqu'il soit vrai de dire que c'est M. Decamps qui les lui a enseignés, nous souffrons devant un Decamps de penser à M. Guignet[2].

Plusieurs de ces compositions ont, comme nous l'avons dit, une tournure très italienne — et ce mélange de l'esprit des vieilles et grandes écoles avec l'esprit de M. Decamps, intelligence très flamande à certains égards, a produit un résultat des plus curieux. — Par exemple, on trouvera à côté de figures qui affectent, heureusement du reste, une allure de grands tableaux, une idée de fenêtre ouverte par où le soleil vient éclairer le parquet de manière à réjouir le Flamand le plus *étudieur*. — Dans le dessin qui représente l'ébranlement du Temple, dessin composé comme un grand et magnifique tableau, — gestes, attitudes d'histoire — on reconnaît le génie de Decamps tout pur dans cette ombre volante de l'homme qui enjambe plusieurs marches, et qui reste éternellement suspendu en l'air. — Combien d'autres n'auraient pas songé à ce détail, ou du moins l'auraient rendu d'une autre manière ! mais M. Decamps aime prendre la nature sur le fait, par son côté fantastique et réel à la fois — dans son aspect le plus subit et le plus inattendu.

Le plus beau de tous est sans contredit le dernier — le Samson aux grosses épaules, le Samson invincible est condamné à tourner une meule — sa chevelure, ou plutôt sa crinière n'est plus — ses yeux sont crevés — le héros est courbé au labeur comme un animal de trait — la ruse et la trahison ont dompté cette force terrible qui aurait pu déranger les lois de la nature. — À la bonne heure — voilà du Decamps, du vrai et du meilleur — nous retrouvons donc enfin cette ironie, ce fantastique, j'allais presque dire ce comique que nous regrettions tant à l'aspect des premiers. — Samson tire la machine comme un cheval ; il marche pesamment et voûté avec une naïveté grossière — une naïveté de lion dépossédé, la tristesse résignée et presque l'abrutissement du roi des forêts, à qui l'on ferait traîner une charrette de vidanges ou du mou pour les chats.

Un surveillant, un geôlier, sans doute, dans une attitude attentive et faisant silhouette sur un mur, dans l'ombre, au premier plan — le regarde faire. — Quoi de plus complet que ces deux figures et cette meule ? Quoi de plus intéressant ? Il n'était même pas besoin de mettre ces curieux derrière les barreaux d'une ouverture — la chose était déjà belle et assez belle.

M. Decamps a donc fait une magnifique illustration et de grandioses vignettes à ce poème étrange de Samson — et cette série de dessins où l'on pourrait peut-être blâmer quelques murs et quelques objets trop bien faits, et le mélange minutieux et rusé de la peinture et du crayon — est, à cause même des intentions nouvelles qui y brillent, une des plus belles surprises que nous ait faites cet artiste prodigieux, qui, sans doute, nous en prépare d'autres.

ROBERT FLEURY[a]

M. Robert Fleury reste toujours semblable et égal à lui-même, c'est-à-dire un très bon et très curieux peintre. — Sans avoir précisément un mérite éclatant, et, pour ainsi dire, un genre de génie involontaire comme les premiers maîtres, il possède tout ce que donnent la volonté et le bon goût. La volonté fait une grande partie de sa réputation comme de celle de M. Delaroche. — Il faut que la volonté soit une faculté bien belle et toujours bien fructueuse, pour qu'elle suffise à donner un cachet, un style quelquefois violent à des œuvres méritoires, mais d'un ordre secondaire, comme celles de M. Robert Fleury. — C'est à cette volonté tenace, infatigable et toujours en haleine, que les tableaux de cet artiste doivent leur charme presque sanguinaire. — Le spectateur jouit de l'effort et l'œil boit la sueur. — C'est là surtout, répétons-le, le caractère principal et glorieux de cette peinture, qui, en somme, n'est ni du dessin, quoique M. Robert Fleury dessine très spirituellement, ni de la couleur, quoiqu'il colore vigoureusement; cela n'est ni l'un ni l'autre, parce que cela n'est pas exclusif. — La couleur est chaude, mais la manière est pénible; le dessin habile, mais non pas original.

Son *Marino Faliero* rappelle imprudemment un magnifique tableau qui fait partie de nos plus chers souvenirs. — Nous voulons parler du *Marino Faliero* de M. Delacroix[1]. — La composition était analogue; mais combien plus de liberté, de franchise et d'abondance !...

Dans l'*Auto-da-fé,* nous avons remarqué avec plaisir quelques souvenirs de Rubens, habilement transformés. — Les deux condamnés qui brûlent, et le vieillard qui s'avance les mains jointes. — C'est encore là, cette année, le tableau le plus original de M. Robert Fleury. — La composition en est excellente, toutes les intentions louables, presque tous les morceaux sont bien réussis. — Et c'est là surtout que brille cette faculté de volonté cruelle et patiente, dont nous parlions tout à l'heure. — Une seule chose est choquante, c'est la femme demi-nue vue de face au premier plan; elle est froide à force d'efforts dramatiques. — De ce tableau, nous ne saurions trop louer l'exécution de certains morceaux. — Ainsi certaines parties nues des hommes qui se contorsionnent dans les flammes sont de petits chefs-d'œuvre. — Mais nous ferons remarquer que ce n'est que par l'emploi successif et patient de plusieurs moyens secondaires que l'artiste s'efforce d'obtenir l'effet grand et large du tableau d'histoire.

Son étude de *Femme nue* est une chose commune et qui a trompé son talent.

L'Atelier de Rembrandt est un pastiche très curieux, mais il faut prendre garde à ce genre d'exercice. On risque parfois d'y perdre ce qu'on a.

Au total, M. Robert Fleury est toujours et sera longtemps un artiste éminent, distingué, chercheur, à qui il ne manque qu'un millimètre ou qu'un milligramme de n'importe quoi pour être un beau génie.

GRANET

a exposé *Un chapitre de l'ordre du Temple*. Il est généralement reconnu que M. Granet est un maladroit plein de sentiment, et l'on se dit devant ses tableaux : « Quelle simplicité de moyens et pourtant quel effet ! » Qu'y a-t-il donc là de si contradictoire ? Cela prouve tout simplement que c'est un artiste fort adroit et qui déploie une science très apprise dans sa spécialité de vieilleries gothiques ou religieuses, un talent très roué et très décoratif.

ACHILLE DEVÉRIA

Voilà un beau nom, voilà[a] un noble et vrai artiste à notre sens.

Les critiques et les journalistes se sont donné le mot pour entonner un charitable *De profundis* sur le défunt talent de M. Eugène Devéria, et chaque fois qu'il prend

à cette vieille gloire romantique la fantaisie de se montrer au jour, ils l'ensevelissent dévotement dans la
Naissance de Henri IV, et brûlent quelques cierges en
l'honneur de cette ruine[1]. C'est bien, cela prouve que ces
messieurs aiment le beau consciencieusement; cela fait
honneur à leur cœur. Mais d'où vient que nul ne songe
à jeter quelques fleurs sincères et à tresser quelques
loyaux articles en faveur de M. Achille Devéria ? Quelle
ingratitude ! Pendant de longues années, M. Achille
Devéria a puisé, pour notre plaisir, dans son inépuisable
fécondité, de ravissantes vignettes, de charmants petits
tableaux d'intérieur, de gracieuses scènes de la vie élégante, comme nul keepsake, malgré les prétentions des
réputations nouvelles, n'en a depuis édité. Il savait
colorer la pierre lithographique; tous ses dessins étaient
pleins de charmes, distingués, et respiraient je ne sais
quelle rêverie amène. Toutes ses femmes coquettes et
doucement sensuelles étaient les idéalisations de celles
que l'on avait vues et désirées le soir dans les concerts,
aux Bouffes, à l'Opéra ou dans les grands salons. Ces
lithographies, que les marchands achètent trois sols et
qu'ils vendent un franc, sont les représentants fidèles
de cette vie élégante et parfumée de la Restauration, sur
laquelle plane comme un ange protecteur le romantique
et blond fantôme de la duchesse de Berry.

Quelle ingratitude ! Aujourd'hui l'on n'en parle plus,
et tous nos ânes routiniers et antipoétiques se sont
amoureusement tournés vers les âneries et les niaiseries
vertueuses de M. Jules David[2], vers les paradoxes
pédants de M. Vidal.

Nous ne dirons pas que M. Achille Devéria a fait un
excellent tableau — mais il a fait un tableau — *Sainte Anne
instruisant la Vierge,* — qui vaut surtout par des qualités
d'élégance et de composition habile, — c'est plutôt, il
est vrai, un coloriage qu'une peinture, et par ces temps
de *critique picturale, d'art catholique* et *de crâne facture,* une
pareille œuvre doit nécessairement avoir l'air naïf et
dépaysé. — Si les ouvrages d'un homme célèbre, qui
a fait votre joie, vous paraissent aujourd'hui naïfs et
dépaysés, enterrez-le donc au moins avec un certain
bruit d'orchestre, égoïstes populaces !

BOULANGER

a donné une *Sainte Famille,* détestable ;
Les Bergers de Virgile, médiocres ;
Des *Baigneuses,* un peu meilleures que des Duval-Lecamus et des Maurin, et un *Portrait d'homme* qui est d'une bonne pâte.

Voilà les dernières ruines de l'ancien romantisme — voilà ce que c'est que de venir dans un temps où il est reçu de croire que l'inspiration suffit et remplace le reste ; — voilà l'abîme où mène la course désordonnée de Mazeppa. — C'est M. Victor Hugo qui a perdu M. Boulanger — après en avoir perdu tant d'autres — c'est le poète qui a fait tomber le peintre dans la fosse[1]. Et pourtant M. Boulanger peint convenablement (voyez ses portraits) ; mais où diable a-t-il pris son brevet de peintre d'histoire et d'artiste inspiré ? est-ce dans les préfaces ou les odes de son illustre ami ?

BOISSARD

Il est à regretter que M. Boissard, qui possède les qualités d'un bon peintre, n'ait pas pu faire voir cette année un tableau allégorique représentant la Musique, la Peinture et la Poésie[2]. Le jury, trop fatigué sans doute ce jour-là de sa rude tâche, n'a pas jugé convenable de l'admettre. M. Boissard a toujours surnagé au-dessus des eaux troubles de la mauvaise époque dont nous parlions à propos de M. Boulanger, et s'est sauvé du danger, grâce aux qualités sérieuses et pour ainsi dire naïves de sa peinture. — Son *Christ en croix* est d'une pâte solide et d'une bonne couleur.

SCHNETZ

Hélas ! que faire de ces gros tableaux italiens ? —
nous sommes en 1845 — nous craignons fort que
Schnetz en fasse[a] encore de semblables en 1855[1].

CHASSÉRIAU

LE KALIFE DE CONSTANTINE SUIVI DE SON ESCORTE

Ce tableau[2] séduit tout d'abord par sa composition. —
Cette défilade de chevaux et ces grands cavaliers ont
quelque chose qui rappelle l'audace naïve des grands
maîtres. — Mais pour qui a suivi avec soin les études
de M. Chassériau, il est évident que bien des révolutions
s'agitent encore dans ce jeune esprit, et que la lutte n'est
pas finie.

La position qu'il veut se créer entre Ingres, dont il est
élève, et Delacroix qu'il cherche à détrousser, a quelque
chose d'équivoque pour tout le monde et d'embarrassant pour lui-même. Que M. Chassériau *trouve son bien*
dans Delacroix, c'est tout simple; mais que, malgré tout
son talent et l'expérience précoce qu'il a acquise, il le
laisse si bien voir, là est le mal. Ainsi, il y a dans ce tableau
des contradictions. — En certains endroits c'est déjà de
la couleur, en d'autres ce n'est encore que coloriage — et
néanmoins l'aspect en est agréable, et la composition,
nous nous plaisons à le répéter, excellente.

Déjà, dans les illustrations d'Othello, tout le monde
avait remarqué la préoccupation d'imiter Delacroix[3]. —
Mais, avec des goûts aussi distingués et un esprit aussi
actif que celui de M. Chassériau, il y a tout lieu d'espérer
qu'il deviendra un peintre, et un peintre éminent.

DEBON

BATAILLE D'HASTINGS

Encore un pseudo-Delacroix ; — mais que de talent !
quelle énergie ! C'eſt une vraie bataille. — Nous voyons
dans cette œuvre toutes sortes d'excellentes choses ; —
une belle couleur, la recherche sincère de la vérité, et la
facilité hardie de composition qui fait les peintres
d'hiſtoire.

VICTOR ROBERT

Voilà un tableau qui a eu du guignon ; — il a été suffisamment *blagué* par les savants du feuilleton, et nous
croyons qu'il eſt temps de redresser les torts. — Aussi
quelle singulière idée que de montrer à ces messieurs
*la religion, la philosophie, les sciences et les arts éclairant
l'Europe*[1], et de représenter chaque peuple de l'Europe
par une figure qui occupe dans le tableau sa place géographique !
Comment faire goûter à ces articliers[2] quelque chose
d'audacieux, et leur faire comprendre que l'allégorie
eſt un des plus beaux genres de l'art ?

Cette énorme composition eſt d'une bonne couleur,
par morceaux, du moins ; nous y trouvons même la
recherche de tons nouveaux ; de quelques-unes de ces
belles femmes qui figurent les diverses nations, les attitudes sont élégantes et originales.

Il eſt malheureux que l'idée baroque d'assigner à
chaque peuple sa place géographique ait nui à l'ensemble
de la composition, au charme des groupes, et ait éparpillé les figures comme un tableau de Claude Lorrain,
dont les bonshommes s'en vont à la débandade.

M. Victor Robert eſt-il un artiſte consommé ou un
génie étourdi ? Il y a du pour et du contre, des bévues de
jeune homme et de savantes intentions. — En somme,
c'eſt là un des tableaux les plus curieux et les plus dignes
d'attention du Salon de 1845.

BRUNE

a exposé *Le Christ descendu de la croix*. Bonne couleur, dessin suffisant. — M. Brune a été jadis plus original. — Qui ne se rappelle *L'Apocalypse* et *L'Envie*[1] ? — Du reste il a toujours eu à son service un talent de facture ferme et solide, en même temps que très facile, qui lui donne dans l'école moderne une place honorable et presque égale à celle de Guerchin et des Carrache, dans les commencements de la décadence italienne.

GLAIZE

M. Glaize[a] a un talent — c'est celui de bien peindre les femmes. — C'est la Madeleine et les femmes qui l'entourent qui sauvent son tableau de la *Conversion de Madeleine* — et c'est la molle et vraiment féminine tournure de Galathée qui donne à son tableau de *Galathée et Acis* un charme un peu original. — Tableaux qui visent à la couleur, et malheureusement n'arrivent qu'au coloriage de cafés, ou tout au plus d'opéra, et dont l'un a été imprudemment placé auprès du *Marc-Aurèle* de Delacroix.

LÉPAULLE

Nous avons vu de M. Lépaulle une femme tenant un vase de fleurs dans ses bras[2]; — c'est très joli, c'est très bien peint, et même — qualité plus grave — c'est naïf. — Cet homme réussit toujours ses tableaux quand il ne s'agit que de bien peindre et qu'il a un joli modèle; — c'est dire qu'il manque de goût et d'esprit. — Par exemple, dans le *Martyre de saint Sébastien*, que fait cette grosse figure de vieille avec son urne, qui occupe le bas du tableau et lui donne un faux air d'ex-voto de village ?

Et pourtant c'est une peinture dont le *faire* a tout l'a-
plomb des grands maîtres. — Le torse de saint Sébastien, parfaitement bien peint, gagnera encore à vieillir.

MOUCHY[1]

MARTYRE DE SAINTE CATHERINE D'ALEXANDRIE

M. Mouchy doit aimer Ribera et tous les vaillants
factureurs[2]; n'est-ce pas faire de lui un grand éloge ? Du
reste son tableau est bien composé. — Nous avons sou-
venance d'avoir vu dans une église de Paris — Saint-
Gervais ou Saint-Eustache[3] — une composition signée
Mouchy, qui représente des moines. — L'aspect en est très
brun, trop peut-être, et d'une couleur moins variée que
le tableau de cette année, mais elle a les mêmes qualités
sérieuses de peinture.

APPERT[4]

L'Assomption de la Vierge a des qualités analogues —
bonne peinture — mais la couleur, quoique vraie couleur, est un peu commune. — Il nous semble que nous
connaissons un tableau du Poussin, situé dans la même
galerie, non loin de la même place, et à peu près de la
même dimension, avec lequel celui-ci a quelque ressemblance.

BIGAND

LES DERNIERS INSTANTS DE NÉRON[5]

Eh quoi ! c'est là un tableau de M. Bigand ! Nous
l'avons bien longtemps cherché. — M. Bigand le coloriste a fait un tableau tout brun — qui a l'air d'un conci-
liabule de gros sauvages.

PLANET

est un des rares élèves de Delacroix qui brillent par quelques-unes des qualités du maître.

Rien n'est doux, dans la vilaine besogne d'un compte rendu, comme de rencontrer un vraiment bon tableau[1], un tableau original, illustré déjà par quelques huées et quelques moqueries.

Et, en effet, ce tableau a été bafoué[2] ; — nous concevons la haine des architectes, des maçons, des sculpteurs et des mouleurs, contre tout ce qui ressemble à de la peinture ; mais comment se fait-il que des artistes ne voient pas tout ce qu'il y a dans ce tableau, et d'originalité dans la composition, et de simplicité même dans la couleur ?

Il y a là je ne sais quel aspect de peinture espagnole et galante, qui nous a séduit tout d'abord. M. Planet a fait ce que font tous les coloristes de premier ordre, à savoir, de la couleur avec un petit nombre de tons — du rouge, du blanc, du brun, et c'est délicat et caressant pour les yeux. La sainte Thérèse, telle que le peintre l'a représentée, s'affaissant, tombant, palpitant, à l'attente du dard dont l'amour divin va la percer, est une des plus heureuses trouvailles de la peinture moderne. — Les mains sont charmantes. — L'attitude, naturelle pourtant, est aussi poétique que possible. — Ce tableau respire une volupté excessive, et montre dans l'auteur un homme capable de très bien comprendre un sujet — *car sainte Thérèse était brûlante d'un si grand amour de Dieu, que la violence de ce feu lui faisait jeter des cris... Et cette douleur n'était pas corporelle, mais spirituelle, quoique le corps ne laissât pas d'y avoir beaucoup de part*[3].

Parlerons-nous du petit Cupidon mystique suspendu en l'air, et qui va la percer de son javelot ? — Non. — À quoi bon ? M. Planet a évidemment assez de talent pour faire une autre fois un tableau complet.

DUGASSEAU[1]

JÉSUS-CHRIST ENTOURÉ DES PRINCIPAUX FONDATEURS
DU CHRISTIANISME

Peinture sérieuse, mais pédante — ressemble à un Lehmann[2] très solide.

Sa *Sapho* faisant le saut de Leucade est une jolie composition.

GLEYRE

Il avait volé le cœur du public sentimental avec le tableau du *Soir*[3]. — Tant qu'il ne s'agissait que de peindre des femmes solfiant de la musique romantique dans un bateau, ça allait; — de même qu'un pauvre opéra triomphe de sa musique à l'aide des objets décolletés ou plutôt déculottés et agréables à voir; — mais cette année, M. Gleyre, voulant peindre des apôtres[4], — des apôtres, M. Gleyre ! — n'a pas pu triompher de sa propre peinture.

PILLIARD

est évidemment un artiste érudit; il vise à imiter les anciens maîtres et leurs sérieuses allures — ses tableaux de chaque année se valent — c'est toujours le même mérite, froid, consciencieux et tenace[5].

AUGUSTE HESSE

L'ÉVANOUISSEMENT DE LA VIERGE[1]

Voilà un tableau évidemment choquant par la couleur — c'est d'une couleur dure, malheureuse et amère — mais ce tableau plaît, à mesure qu'on s'y attache, par des qualités d'un autre genre. — Il a d'abord un mérite singulier — c'est de ne rappeler, en aucune manière, les motifs convenus de la peinture actuelle, et les poncifs[a] qui traînent dans tous les jeunes ateliers; — au contraire, il ressemble au *Passé ;* trop peut-être. — M. Auguste Hesse connaît évidemment tous les grands morceaux de la peinture italienne, et a vu une quantité innombrable de dessins et de gravures. — La composition est du reste belle et habile, et a quelques-unes des qualités traditionnelles des grandes écoles — la dignité, la pompe, et une harmonie ondoyante de lignes.

JOSEPH FAY[2]

M. Joseph Fay n'a envoyé que des dessins, comme M. Decamps — c'est pour cela que nous le classons dans les peintres d'histoire; il ne s'agit pas ici de la matière avec laquelle on fait, mais de la manière dont on fait.

M. Joseph Fay a envoyé six dessins représentant la vie des anciens Germains; — ce sont les cartons d'une frise exécutée à fresque à la grande salle des réunions du conseil municipal de l'hôtel de ville d'Ebersfeld, en Prusse.

Et, en effet, cela nous paraissait bien un peu allemand, et, les regardant curieusement, et avec le plaisir qu'on a à voir toute œuvre de bonne foi, nous songions à toutes ces célébrités modernes d'outre-Rhin qu'éditent les marchands du boulevard des Italiens.

Ces dessins, dont les uns représentent la grande lutte entre Arminius et l'invasion romaine, d'autres, les jeux sérieux et toujours militaires de la Paix, ont un noble air de famille avec les bonnes compositions de Pierre de Cornélius[a1]. — Le dessin est curieux, savant, et visant un peu au néo-Michel-Angelisme. — Tous les mouvements sont heureusement trouvés — et accusent un esprit sincèrement amateur de la forme, si ce n'est amoureux. — Ces dessins nous ont attiré parce qu'ils sont beaux, nous plaisent parce qu'ils sont beaux; — mais au total, devant un si beau déploiement des forces de l'esprit, nous regrettons toujours, et nous réclamons à grands cris l'originalité. Nous voudrions voir déployer ce même talent au profit d'idées plus modernes, — disons mieux, au profit d'une nouvelle manière de voir et d'entendre les arts — nous ne voulons pas parler ici du choix des sujets; en ceci les artistes ne sont pas toujours libres, — mais de la manière de les comprendre et de les dessiner.

En deux mots — à quoi bon tant d'érudition, quand on a du talent ?

JOLLIVET[2]

Le _Massacre des Innocents,_ de M. Jollivet, dénote un esprit sérieux et appliqué. — Son tableau est, il est vrai, d'un aspect froid et laiteux. — Le dessin n'est pas très original; mais ses femmes sont d'une belle forme, grasse, résistante et solide.

LAVIRON[3]

JÉSUS CHEZ MARTHE ET MARIE

Tableau sérieux plein d'inexpériences pratiques. — Voilà ce que c'est que de trop s'y connaître, — de trop penser et de ne pas assez peindre.

MATOUT

a donné trois sujets antiques, où l'on devine un esprit sincèrement épris de la forme, et qui repousse les tentations de la couleur pour ne pas obscurcir les intentions de sa pensée et de son dessin.

De ces trois tableaux c'est le plus grand qui nous plaît le plus, à cause de la beauté intelligente des lignes, de leur harmonie sérieuse, et surtout à cause du parti pris de la manière, parti pris qu'on ne retrouve pas dans *Daphnis et Naïs*[1].

Que M. Matout songe à M. Haussoullier, et qu'il voie tout ce que l'on gagne ici-bas, en art, en littérature, en politique, à être radical et absolu, et à ne jamais faire de concessions.

Bref, il nous semble que M. Matout connaît trop bien son affaire, et qu'il a trop *ça* dans la main — *Indè* une impression moins forte.

D'une œuvre laborieusement faite il reste toujours[a] quelque chose.

JANMOT

Nous n'avons pu trouver qu'une seule figure de M. Janmot, c'est une femme assise avec des fleurs sur les genoux[2]. — Cette simple figure, sérieuse et mélancolique, et dont le dessin fin et la couleur un peu crue rappellent les anciens maîtres allemands, ce gracieux Albert Dürer, nous avait donné une excessive curiosité de trouver le reste. Mais nous n'avons pu y réussir. C'est certainement là une belle peinture. — Outre que le modèle est très beau et très bien choisi, et très bien ajusté, il y a, dans la couleur même et l'alliance de ces tons verts, roses et rouges, un peu douloureux à l'œil, une certaine mysticité qui s'accorde avec le reste. — Il y a harmonie naturelle entre cette couleur et ce dessin.

Il nous suffit, pour compléter l'idée qu'on doit se

faire du talent de M. Janmot, de lire dans le livret le
sujet d'un autre tableau :

Assomption de la Vierge — partie supérieure : — la
sainte Vierge est entourée d'anges dont les deux principaux représentent la *Chasteté* et l'*Harmonie*. Partie inférieure : *Réhabilitation de la femme ; un ange brise ses chaînes*[1].

ÉTEX

Ô sculpteur, qui fîtes quelquefois de bonnes statues,
vous ignorez donc qu'il y a une grande différence entre
dessiner sur une toile et modeler avec de la terre, — et que
la couleur est une science mélodieuse dont la triture du
marbre n'enseigne pas les secrets[2] ? — Nous compren-
drions plutôt qu'un musicien voulût singer Delacroix,
— mais un sculpteur, jamais ! — *Ô grand tailleur de pierre*[3] !
pourquoi voulez-vous jouer du violon ?

III

PORTRAITS

LÉON COGNIET[a]

Un très beau portrait de femme, dans le Salon carré[4].
M. Léon Cogniet est un artiste d'un rang très élevé
dans les régions moyennes du goût et de l'esprit. — S'il
ne se hausse pas jusqu'au génie, il a un de ces talents
complets dans leur modération qui défient la critique.
M. Cogniet ignore les caprices hardis de la fantaisie
et le parti pris des absolutistes. Fondre, mêler, réunir tout
en choisissant, a toujours été son rôle et son but ; il l'a
parfaitement bien atteint. Tout dans cet excellent portrait, les chairs, les ajustements, le fond, est traité avec
le même bonheur.

DUBUFE

M. Dubufe est depuis plusieurs années la victime de tous les feuilletonistes *artistiques*[1]. Si M. Dubufe est bien loin de sir Thomas Lawrence, au moins n'est-ce pas sans une certaine justice qu'il a hérité de sa gracieuse popularité. — Nous trouvons, quant à nous, que le *Bourgeois* a bien raison de chérir l'homme qui lui a créé de si jolies femmes, presque toujours bien ajustées.

M. Dubufe a un fils qui n'a pas voulu marcher sur les traces de son père, et qui s'est fourvoyé dans la peinture sérieuse.

Mlle EUGÉNIE GAUTIER

Beau coloris, — dessin ferme et élégant. — Cette femme a l'intelligence des maîtres ; — elle a du Van Dyck ; — elle peint comme un homme. — Tous ceux qui se connaissent en peinture se rappellent le modèle de deux bras nus dans un portrait exposé au dernier Salon[2]. La peinture de Mlle Eugénie Gautier n'a aucun rapport avec la peinture de femme, qui, en général, nous fait songer aux préceptes du bonhomme Chrysale[a].

BELLOC

M. Belloc a envoyé plusieurs portraits. — Celui de M. Michelet nous a frappé par son excellente couleur[3]. — M. Belloc, qui n'est pas assez connu, est un des hommes d'aujourd'hui les plus savants dans leur art. — Il a fait des élèves remarquables, — Mlle Eugénie Gautier, par exemple, à ce que nous croyons[4]. — L'an passé, nous avons vu de lui, aux galeries du boulevard Bonne-Nouvelle[5], une tête d'enfant qui nous a rappelé les meilleurs morceaux de Lawrence.

TISSIER

est vraiment coloriste, mais n'est peut-être que cela; —
c'est pourquoi son portrait de femme, qui est d'une couleur distinguée et dans une gamme de ton très grise,
est supérieur à son tableau de religion.

RIESENER

est avec M. Planet un des hommes qui font honneur à
M. Delacroix. — Le portrait du docteur H. de Saint-A.....
est d'une franche couleur et d'une franche facture.

DUPONT[1]

Nous avons rencontré un pauvre petit portrait de
demoiselle avec un petit chien, qui se cache si bien qu'il
est fort difficile à trouver; mais il est d'une grâce exquise.
— C'est une peinture d'une grande innocence, — apparente, du moins, mais très bien composée, — et d'un
très joli aspect; — un peu anglais.

HAFFNER

Encore un nouveau nom, pour nous, du moins[2].
M. Haffner a, dans la petite galerie, à une très mauvaise
place, un portrait de femme du plus bel effet. Il est difficile à trouver, et vraiment c'est dommage. Ce portrait
dénote un coloriste de première force. Ce n'est point de
la couleur éclatante, pompeuse ni commune, mais
excessivement distinguée, et d'une harmonie remar-

quable. La chose est exécutée dans une gamme de ton
très grise. L'effet est très savamment combiné, doux et
frappant à la fois. La tête, romantique et doucement
pâle, se détache sur un fond gris, encore plus pâle autour
d'elle, et qui, se rembrunissant vers les coins, a l'air de
lui servir d'auréole. — M. Haffner a, de plus, fait un
paysage d'une couleur très hardie — un chariot avec un
homme et des chevaux, faisant presque silhouette sur
la clarté équivoque d'un crépuscule. — Encore un
chercheur consciencieux... que c'est rare[1] !...

PÉRIGNON

a envoyé neuf portraits, dont six de femmes[2]. — Les
têtes de M. Pérignon sont dures et lisses comme des
objets inanimés. — Un vrai musée de Curtius[3].

HORACE VERNET

M. Horace Vernet, comme portraitiste, est inférieur
à M. Horace Vernet, peintre héroïque. Sa couleur surpasse en crudité la couleur de M. Court.

HIPPOLYTE FLANDRIN

M. Flandrin n'a-t-il pas fait autrefois un gracieux
portrait de femme appuyée sur le devant d'une loge,
avec un bouquet de violettes au sein[4] ? Mais il a échoué
dans le portrait de M. Chaix d'Est-Ange[5]. Ce n'est qu'un
semblant de peinture sérieuse; ce n'est pas là le caractère
si connu de cette figure fine, mordante, ironique. —
C'est lourd et terne.

Nous venons de trouver, ce qui nous a fait le plus vif
plaisir, un portrait de femme de M. Flandrin, une simple

tête qui nous a rappelé ses bons ouvrages. L'aspect en est
un peu trop doux et a le tort de ne pas appeler les yeux
comme le portrait de la princesse Belg...[1], de M. Lehmann. Comme ce morceau est petit, M. Flandrin l'a
parfaitement réussi. Le modelé en est beau, et cette
peinture a le mérite, rare chez ces messieurs, de paraître
faite tout d'une haleine et du premier coup.

RICHARDOT[2]

a peint une jeune dame vêtue d'une robe noire et verte,
— coiffée avec une afféterie de keepsake. — Elle a un
certain air de famille avec les saintes de Zurbaran[3], et se
promène gravement derrière un grand mur d'un assez
bon effet. C'est bon — il y a là-dedans du courage, de
l'esprit, de la jeunesse.

VERDIER

a fait un portrait de Mlle Garrique, dans *Le Barbier de
Séville*[4]. Cela est d'une meilleure facture que le portrait
précédent, mais manque de délicatesse.

HENRI SCHEFFER

Nous n'osons pas supposer, pour l'honneur de
M. Henri Scheffer, que le portrait de Sa Majesté ait été
fait d'après nature. — Il y a dans l'histoire contemporaine peu de têtes aussi accentuées que celle de Louis-
Philippe[5]. — La fatigue et le travail y ont imprimé de
belles rides, que l'artiste ne connaît pas. — Nous regrettons qu'il n'y ait pas en France un seul portrait du Roi.
— Un seul homme est digne de cette œuvre : c'est
M. Ingres.

Tous les portraits de Henri Scheffer sont faits avec la même probité, minutieuse et aveugle; la même conscience, patiente et monotone.

LEIENDECKER

En passant devant le portrait de Mlle Brohan[1] nous avons regretté de ne pas voir au Salon un autre portrait, — qui aurait donné au public une idée plus juste de cette charmante actrice, — par M. Ravergie, à qui le portrait de Mme Guyon avait fait une place importante parmi les portraitistes[2].

DIAZ

M. Diaz fait d'habitude de petits tableaux dont la couleur magique surpasse les fantaisies du kaléidoscope. — Cette année, il a envoyé de petits portraits en pied[3]. Un portrait est fait, non seulement de couleur, mais de lignes et de modelé. — *C'est l'erreur d'un peintre de genre qui prendra sa revanche.*

IV

TABLEAUX DE GENRE

BARON

a donné *Les Oies du frère Philippe*[a], un conte de La Fontaine.

C'est un prétexte à jolies femmes, à ombrages, et à tons variés quand même.

C'est d'un aspect fort attirant, mais c'est le rococo du romantisme. — Il y a là-dedans du Couture, un peu du faire de Célestin Nanteuil, beacoup de tons de Roqueplan[1] et de C. Boulanger[2]. — Réfléchir devant ce tableau combien une peinture excessivement savante et brillante de couleur peut rester froide quand elle manque d'un tempérament particulier.

ISABEY

UN INTÉRIEUR D'ALCHIMISTE

Il y a toujours là-dedans des crocodiles, des oiseaux empaillés, de gros livres de maroquin, du feu dans des fourneaux, et un vieux en robe de chambre, — c'est-à-dire une grande quantité de tons divers. C'est ce qui explique la prédilection de certains coloristes pour un sujet si commun.

M. Isabey est un vrai coloriste — toujours brillant, — souvent délicat. Ç'a été un des hommes les plus justement heureux du mouvement rénovateur[3].

LÉCURIEUX[4]

SALOMON DE CAUS À BICÊTRE[5]

Nous sommes à un théâtre du boulevard[a] qui s'est mis en frais de littérature; on vient de lever le rideau, tous les acteurs regardent le public.

Un seigneur, avec Marion Delorme onduleusement appuyée à son bras, *n'écoute pas* la complainte du Salomon qui gesticule comme un forcené dans le fond.

La mise en scène est bonne; tous les fous sont pittoresques, aimables, et savent parfaitement leur rôle.

Nous ne comprenons pas l'effroi de Marion Delorme à l'aspect de ces aimables fous.

Ce tableau a un aspect uniforme de café au lait. La

couleur en est roussâtre comme un vilain temps plein de poussière.

Le dessin, — dessin de vignette et d'illustration. À quoi bon faire de la peinture dite sérieuse, quand on n'est pas coloriste et qu'on n'est pas dessinateur ?

Mme CÉLESTE PENSOTTI

Le tableau de Mme Céleste Pensotti s'appelle *Rêverie du soir*[1]. Ce tableau, un peu maniéré comme son titre, mais joli comme le nom de l'auteur, est d'un sentiment fort distingué. — Ce sont deux jeunes femmes, l'une appuyée sur l'épaule de l'autre, qui regardent à travers une fenêtre ouverte. — Le vert et le rose, ou plutôt le verdâtre et le rosâtre y sont doucement combinés. Cette jolie composition, malgré ou peut-être à cause de son afféterie naïve d'album romantique, ne nous déplaît pas; — cela a une qualité trop oubliée aujourd'hui. C'est élégant, — cela sent bon.

TASSAERT

Un petit tableau de religion presque galante. — La Vierge allaite l'enfant Jésus — sous une couronne de fleurs et de petits amours. L'année passée nous avions déjà remarqué M. Tassaert[2]. Il y a là une bonne couleur, modérément gaie, unie à beaucoup de goût.

LELEUX FRÈRES

Tous leurs tableaux sont très bien faits, très bien peints, et très monotones comme manière et choix de sujets.

LE POITTEVIN[a]

Sujets à la Henri Berthoud[1] (voyez le livret). — Tableaux de genre, vrais tableaux de genre trop bien peints. Du reste, tout le monde aujourd'hui peint trop bien.

GUILLEMIN

M. Guillemin, qui a certainement du mérite dans l'exécution, dépense trop de talent à soutenir une mauvaise cause; — la cause de l'*esprit en peinture*. — J'entends par là envoyer à l'imprimeur du livret des légendes pour le public du dimanche[2].

MÜLLER[b]

M. Müller croit-il plaire au public du samedi en choisissant ses sujets dans Shakespeare et Victor Hugo[3] ? — De gros amours *Empire* sous prétexte de sylphes. — Il ne suffit donc pas d'être coloriste pour avoir du goût. — Sa *Fanny* est mieux.

DUVAL-LECAMUS[c] PÈRE

« ... Sait d'une voix légère
Passer du grave au doux, du plaisant au sévère[4]. »

DUVAL-LECAMUS JULES

a été imprudent d'aborder un sujet traité déjà par M. Roqueplan[5].

GIGOUX

M. Gigoux nous a procuré le plaisir de relire dans le livret le récit de la *Mort de Manon Lescaut*[1]. Le tableau est mauvais; pas de style; mauvaise composition, mauvaise couleur. Il manque de caractère, il manque de son sujet. Quel est ce Des Grieux ? je ne le connais pas.

Je ne reconnais pas non plus là M. Gigoux, que la faveur publique faisait, il y a quelques années, marcher de pair avec les plus sérieux novateurs.

M. Gigoux, l'auteur du *Comte de Cominges*, de *François Ier assistant Léonard de Vinci à ses derniers moments,* M. Gigoux du *Gil Blas*[2], M. Gigoux est une réputation que chacun a joyeusement soulevée sur ses épaules. Serait-il donc aujourd'hui embarrassé de sa réputation de peintre ?

RUDOLPHE[3] LEHMANN

Ses Italiennes de cette année nous font regretter celles de l'année passée[a].

DE LA FOULHOUZE

a peint un parc plein de belles dames et d'élégants messieurs, au temps jadis. C'est certainement fort joli, fort élégant, et d'une très bonne couleur. Le paysage est bien composé. Le tout rappelle beaucoup Diaz; mais c'est peut-être plus solide[4].

PÉRÈSE[a]

La Saison des roses. — C'est un sujet analogue, — une peinture galante et d'un aspect agréable, qui malheureusement fait songer à Wattier, comme Wattier fait songer à Watteau.

DE DREUX

est un peintre de la vie élégante, *high life.* — Sa *Châtelaine* est jolie; mais les Anglais font mieux dans le genre paradoxal[1]. — Ses scènes d'animaux sont bien peintes; mais les Anglais sont plus spirituels dans ce genre animal et intime.

Mme CALAMATTA

a peint une *Femme nue à sa toilette*[2], vue de face, la tête de profil — fond de décoration romaine. L'attitude est belle et bien choisie. En somme, cela est bien fait. Mme Calamatta a fait des progrès. Cela ne manque pas de style, ou plutôt d'une certaine prétention au style.

PAPETY

promettait beaucoup, dit-on. Son retour d'Italie fut précédé par des éloges imprudents. Dans une toile énorme, où se voyaient trop clairement les habitudes récentes de l'Académie de peinture, M. Papety avait néanmoins trouvé des poses heureuses et quelques motifs de composition; et malgré sa couleur d'éventail, il y avait tout lieu d'espérer pour l'auteur un avenir sérieux[1]. Depuis lors, il est resté dans la classe secondaire des hommes qui peignent bien et ont des cartons pleins de motifs tout prêts. La couleur de ses deux tableaux *(Memphis. — Un assaut[2])* est commune. Du reste, ils sont d'un aspect tout différent[a], ce qui induit à croire que M. Papety n'a pas encore trouvé sa manière.

ADRIEN GUIGNET

M. Adrien Guignet a certainement du talent; il sait composer et arranger. Mais pourquoi donc ce doute perpétuel ? Tantôt Decamps, tantôt Salvator. Cette année, on dirait qu'il a colorié sur papyrus des motifs de sculpture égyptienne ou d'anciennes mosaïques *(Les Pharaons)*[3]. Cependant Salvator et Decamps, s'ils faisaient Psammenit ou Pharaon, les feraient à la Salvator et à la Decamps. Pourquoi donc M. Guignet... ?

MEISSONIER

Trois tableaux : *Soldats jouant aux dés — Jeune homme feuilletant un carton — Deux buveurs jouant aux cartes.*

Autre temps, autres mœurs; autres modes, autres écoles. M. Meissonier nous fait songer malgré nous à M. Martin Drolling[4]. Il y a dans toutes les réputations, même les plus méritées, une foule de petits secrets. — Quand on demandait au célèbre M. X*** ce qu'il avait vu au Salon, il disait n'avoir vu qu'un Meissonier, pour éviter de parler du célèbre M. Y***, qui en disait autant de son côté. Il est donc bon de servir de massue à des rivaux.

En somme, M. Meissonier exécute admirablement ses petites figures. C'est un Flamand moins la fantaisie, le charme, la couleur et la naïveté — et la pipe !

JACQUAND

fabrique toujours du Delaroche, vingtième qualité.

ROEHN

Peinture *aimable* (argot de marchand de tableaux)[1].

RÉMOND

Jeune école de dix-huit cent vingt[2].

HENRI SCHEFFER

Auprès de *Madame Roland allant au supplice*, la *Charlotte Corday*[3] est une œuvre pleine de témérité. (Voir aux portraits.)

HORNUNG

« *Le plus têtu des trois n'est pas celui qu'on pense*[4]. »

BARD

Voir le précédent.

GEFFROY[1]

Voir le précédent.

V

PAYSAGES

COROT

À la tête de l'école moderne du paysage, se place M. Corot. — Si M. Théodore Rousseau voulait exposer, la suprématie serait douteuse, M. Théodore Rousseau unissant à une naïveté, à une originalité au moins égales, un plus grand charme et une plus grande sûreté d'exécution. — En effet, ce sont la naïveté et l'originalité qui constituent le mérite de M. Corot. — Évidemment cet artiste aime sincèrement la nature, et sait la regarder avec autant d'intelligence que d'amour. — Les qualités par lesquelles il brille sont tellement fortes, — parce qu'elles sont des qualités d'âme et de fond — que l'influence de M. Corot est actuellement visible dans presque toutes les œuvres des jeunes paysagistes — surtout de quelques-uns qui avaient déjà le bon esprit de l'imiter et de tirer parti de sa manière avant qu'il fût célèbre et sa réputation ne dépassant pas encore le monde des artistes. M. Corot, du fond de sa modestie, a agi sur une foule d'esprits. — Les uns se sont appliqués à choisir dans la nature les motifs, les sites, les couleurs qu'il affectionne, à choyer les mêmes sujets; d'autres ont essayé même de pasticher sa gaucherie. — Or, à propos de cette prétendue gaucherie de M. Corot, il nous semble qu'il y a ici un petit préjugé à relever. — Tous les demi-savants, après avoir consciencieusement admiré un tableau de

Corot, et lui avoir loyalement payé leur tribut d'éloges,
trouvent que cela pèche par l'exécution, et s'accordent
en ceci, que définitivement M. Corot ne sait pas peindre.
— Braves gens ! qui ignorent d'abord qu'une œuvre
de génie — ou si l'on veut — une œuvre d'âme — où
tout est bien vu, bien observé, bien compris, bien imaginé — est toujours très bien exécutée, quand elle l'est
suffisamment — Ensuite — qu'il y a une grande différence entre un morceau *fait* et un morceau *fini* — qu'en
général ce qui est *fait*[a] n'est pas *fini,* et qu'une chose très
finie peut n'être pas *faite* du tout — que la valeur d'une
touche spirituelle, importante et bien placée est énorme...
etc... etc... d'où il suit que M. Corot peint comme les
grands maîtres. — Nous n'en voulons d'autre exemple
que son tableau de l'année dernière[1] — dont l'impression était encore plus tendre et mélancolique que d'habitude. — Cette verte campagne où était assise une femme
jouant du violon — cette nappe de soleil au second plan,
éclairant le gazon et le colorant d'une manière différente
que le premier, était certainement une audace et une
audace très réussie. — M. Corot est tout aussi fort cette
année que les précédentes ; — mais l'œil du public a été
tellement accoutumé aux morceaux luisants, propres et
industrieusement *astiqués,* qu'on lui fait toujours le même
reproche.

Ce qui prouve encore la puissance de M. Corot, ne
fût-ce que dans le métier, c'est qu'il sait être coloriste
avec une gamme de tons peu variée — et qu'il est toujours harmoniste même avec des tons assez crus et assez
vifs. — Il compose toujours parfaitement bien. — Ainsi
dans *Homère et les Bergers,* rien n'est inutile, rien n'est à
retrancher ; pas même les deux petites figures qui s'en
vont causant dans le sentier. — Les trois petits bergers
avec leur chien sont ravissants, comme ces bouts d'excellents bas-reliefs qu'on retrouve dans certains piédes-
taux des statues antiques[2]. — Homère ressemble peut-être
trop à Bélisaire[3]. — Un autre tableau plein de charme[b] est
Daphnis et Chloé — et dont la composition a comme
toutes les bonnes compositions — c'est une remarque
que nous avons souvent faite — le mérite de l'inattendu.

FRANÇAIS

est aussi un paysagiste de premier mérite — d'un mérite analogue à Corot, et que nous appellerions volontiers *l'amour de la nature* — mais c'est déjà moins naïf, plus rusé — cela sent beaucoup plus son peintre — aussi est-ce plus facile à comprendre. — *Le Soir* est d'une belle couleur.

PAUL HUET

Un vieux château sur des rochers. — Est-ce que par hasard M. Paul Huet voudrait modifier sa manière ? — Elle était pourtant excellente.

HAFFNER

Prodigieusement original — surtout par la couleur. C'est la première fois que nous voyons des tableaux de M. Haffner — nous ignorons donc s'il est paysagiste ou portraitiste de son état — d'autant plus qu'il est excellent dans les deux genres.

TROYON

fait toujours de beaux et de verdoyants paysages, les fait en coloriste et même en observateur, mais fatigue toujours les yeux par l'aplomb imperturbable de sa manière et le papillotage de ses touches. — On n'aime pas voir un homme si sûr de lui-même.

CURZON

a peint un site très original appelé *Les Houblons*. — C'est tout simplement un horizon auquel les[a] feuilles et les branchages des premiers plans servent de cadre. — Du reste, M. Curzon a fait aussi un très beau dessin dont nous aurons tout à l'heure occasion de parler.

FLERS

> Je vais revoir ma Normandie,
> C'est le pays[1]...

Voilà ce qu'ont chanté longtemps toutes les toiles de M. Flers. — Qu'on ne prenne pas ceci pour une moquerie. — C'est qu'en effet tous ces paysages étaient poétiques, et donnaient l'envie de connaître ces éternelles et grasses verdures qu'ils exprimaient si bien — mais cette année l'application ne serait pas juste, car nous ne croyons pas que M. Flers, soit dans ses dessins, soit dans ses tableaux, ait placé une seule Normandie. — M. Flers est toujours resté un artiste éminent.

WICKENBERG[b]

peint toujours très bien ses *Effets d'hiver*[2] ; mais nous croyons que les bons Flamands dont il semble préoccupé ont une manière plus large.

CALAME et DIDAY

Pendant longtemps on a cru que c'était le même artiste atteint de *dualisme chronique ;* mais depuis l'on s'est aperçu qu'il affectionnait le nom de Calame les jours qu'il peignait bien[1]...

DAUZATS

Toujours de l'Orient et de l'Algérie — c'est toujours d'une ferme exécution[a2] !

FRÈRE

(Voyez le précédent[3].)

CHACATON

en revanche a quitté l'Orient; mais il y a perdu.

LOUBON

fait toujours des paysages d'une couleur assez fine : ses *Bergers des Landes* sont une heureuse composition[4].

GARNEREY

Toujours des beffrois et des cathédrales très adroitement peints[1].

JOYANT

Un *Palais des papes d'Avignon,* et encore *Une vue de Venise.* — Rien n'est embarrassant comme de rendre compte d'œuvres que chaque année ramène avec leurs mêmes désespérantes perfections.

BORGET

Toujours des vues indiennes ou chinoises[2]. — Sans doute c'est très bien fait; mais ce sont trop des articles de voyages ou de mœurs; — il y a des gens qui regrettent ce qu'ils n'ont jamais vu, le boulevard du Temple ou les galeries de Bois[3] ! — Les tableaux de M. Borget nous font regretter cette Chine où le vent lui-même, dit H. Heine[4], prend un son comique en passant par les clochettes, — et où la nature et l'homme ne peuvent pas se regarder sans rire.

PAUL FLANDRIN

Qu'on éteigne les reflets dans une tête pour mieux faire voir le modelé, cela se comprend, surtout quand on s'appelle Ingres. — Mais quel est donc l'extravagant et le fanatique qui s'est avisé le premier d'*ingriser* la campagne ?

BLANCHARD[1]

Ceci est autre chose, — c'est plus sérieux, ou moins *sérieux,* comme on voudra. — C'est un compromis assez adroit entre les purs coloristes et les exagérations précédentes.

LAPIERRE et LAVIEILLE

sont deux bons et sérieux élèves de M. Corot. — M. Lapierre[2] a fait aussi un tableau de *Daphnis et Chloé,* qui a bien son mérite.

BRASCASSAT

Certainement, l'on parle trop de M. Brascassat, qui, homme d'esprit et de talent comme il l'est, ne doit pas ignorer que dans la galerie des Flamands il y a beaucoup de tableaux du même genre, tout aussi *faits* que les siens, et plus largement peints, — et d'une meilleure couleur[3]. — L'on parle trop aussi de

SAINT-JEAN

qui est de l'école de Lyon, le bagne de la peinture[4], — l'endroit du monde connu où l'on travaille le mieux les infiniment petits. — Nous préférons les fleurs et les fruits de Rubens, et les trouvons plus naturels. — Du reste, le tableau de M. Saint-Jean est d'un fort vilain aspect, — c'est monotonement jaune. — Au total, quelque bien faits qu'ils soient, les tableaux de M. Saint-

Jean sont des tableaux de salle à manger, — mais non des peintures de cabinet et de galerie; de vrais tableaux de salle à manger.

KIÖRBÖE[a]

Des tableaux de chasse, — à la bonne heure ! Voilà qui est beau, voilà qui est de la peinture et de la vraie peinture; c'est large, — c'est vrai, — et la couleur en est belle. — Ces tableaux ont une grande tournure commune aux anciens tableaux de chasse ou de nature morte que faisaient les grands peintres, — et ils sont tous habilement composés.

PHILIPPE ROUSSEAU

LE RAT DE VILLE ET LE RAT DES CHAMPS

est un tableau très coquet et d'un aspect charmant. — Tous les tons sont à la fois d'une grande fraîcheur et d'une grande richesse. — C'est réellement faire des natures mortes, librement, en paysagiste, en peintre de genre, en homme d'esprit, et non pas en ouvrier, comme MM. de Lyon. — Les petits rats sont fort jolis.

BÉRANGER

Les petits tableaux de M. Béranger sont charmants — comme des Meissonier[1].

ARONDEL[1]

Un grand entassement de gibier de toute espèce. — Ce tableau, mal composé, et dont la composition a l'air bousculé, comme si elle visait à la quantité, a néanmoins une qualité très rare par le temps qui court — il est peint avec une grande naïveté — sans aucune prétention d'école[a] ni aucun pédantisme d'atelier. — D'où il suit qu'il y a des parties fort bien peintes. — Certaines autres sont malheureusement d'une couleur brune et rousse, qui donne au tableau je ne sais quel aspect obscur — mais tous les tons clairs ou riches sont bien réussis. — Ce qui nous a donc frappé dans ce tableau est la maladresse mêlée à l'habileté — des inexpériences comme d'un homme qui n'aurait pas peint depuis longtemps, et de l'aplomb comme d'un homme qui aurait beaucoup peint.

CHAZAL

a peint le *Yucca gloriosa,* fleuri en 1844 dans le parc de Neuilly[2]. Il serait bon que tous les gens qui se cramponnent à la vérité microscopique et se croient des peintres, vissent ce petit tableau, et qu'on leur insufflât dans l'oreille avec un cornet les petites réflexions que voici : ce tableau est très bien, non parce que tout y est et que l'on peut compter les feuilles, mais parce qu'il rend en même temps le caractère général de la nature — parce qu'il exprime bien l'aspect vert cru d'un parc au bord de la Seine et de notre soleil froid; bref, parce qu'il est fait avec une profonde naïveté — tandis que vous autres, vous êtes trop... artistes. — *(Sic[3].)*

VI

DESSINS — GRAVURES

BRILLOUIN

M. Brillouin a envoyé cinq dessins au crayon noir qui
ressemblent un peu à ceux de M. de Lemud[a1]; mais
ceux-ci sont plus fermes et ont peut-être plus de caractère. — En général, ils sont bien composés. — *Le Tintoret donnant une leçon de dessin à sa fille,* est certainement
une très bonne chose. — Ce qui distingue surtout ces
dessins est leur noble tournure, leur sérieux et le choix
des têtes.

CURZON

Une sérénade dans un bateau, — est une des choses les
plus distinguées du Salon. — L'arrangement de toutes ces
figures est très heureusement conçu; le vieillard au
bout de la barque, étendu au milieu de ses guirlandes,
est une très jolie idée. — Les compositions de M. Brillouin et celle de M. Curzon ont quelque analogie; elles
ont surtout ceci de commun, qu'elles sont bien dessinées
— et dessinées avec esprit.

DE RUDDER

Nous croyons que M. de Rudder a eu le premier l'heureuse idée des dessins sérieux et *serrés ;* des cartons,
comme on disait autrefois. — Il faut lui en savoir gré. —

Mais quoique ses dessins soient toujours estimables et gravement conçus, combien néanmoins ils nous paraissent inférieurs à ce qu'ils veulent être ! Que l'on compare, par exemple, *Le Berger et l'Enfant* aux dessins nouveaux dont nous venons de parler[1].

MARÉCHAL[2]

La Grappe est sans doute un beau pastel, et d'une bonne couleur; mais nous reprocherons à tous ces messieurs de l'école de Metz[3] de n'arriver en général qu'à un *sérieux* de convention et qu'à la singerie de la *maestria,* — ceci soit dit sans vouloir le moins du monde diminuer l'honneur de leurs efforts. — Il en est de même de

TOURNEUX

dont, malgré tout son talent et tout son goût, l'exécution n'est jamais à la hauteur de l'intention[4].

POLLET

a fait deux fort bonnes aquarelles, d'après le Titien, où brille réellement l'intelligence du modèle[5].

CHABAL

Des fleurs à la gouache, — consciencieusement étudiées et d'un aspect agréable[6].

ALPHONSE MASSON

Les portraits de M. Masson[1] sont bien dessinés. — Ils doivent être très ressemblants; car le dessin de l'artiste indique une volonté ferme et laborieuse; mais aussi il est un peu dur et sec, et ressemble peu au dessin d'un peintre.

ANTONIN MOINE

Toutes ces *fantaisies* ne peuvent être que celles d'un sculpteur. — Voilà pourtant où le romantisme a conduit quelques-uns[2] !

VIDAL

C'est l'an passé, à ce que nous croyons, qu'a commencé le préjugé des dessins Vidal[3]. — Il serait bon d'en finir tout de suite. — On veut à toute force nous présenter M. Vidal comme un dessinateur sérieux. — Ce sont des dessins *très finis*, mais non *faits*; néanmoins cela, il faut l'avouer, est plus élégant que les Maurin et les Jules David[5]. — Qu'on nous pardonne d'insister si fort à ce sujet; — mais nous connaissons un critique qui, à propos de M. Vidal, s'est avisé de parler de Watteau.

Mme DE MIRBEL

est ce qu'elle a toujours été; — ses portraits sont parfaitement bien exécutés, et Mme de Mirbel a le grand mérite d'avoir apporté la première, dans le genre si ingrat de la miniature, les intentions viriles de la peinture sérieuse.

HENRIQUEL DUPONT

nous a procuré le plaisir de contempler une seconde fois le magnifique portrait de M. Bertin, par M. Ingres, le seul homme en France qui fasse vraiment des portraits. — Celui-ci est sans contredit le plus beau qu'il ait fait, sans en excepter le Cherubini. — Peut-être la fière tournure et la majesté du modèle a-t-elle doublé l'audace de M. Ingres, l'homme audacieux par excellence. — Quant à la gravure, quelque consciencieuse qu'elle soit, nous craignons qu'elle ne rende pas tout le parti pris de la peinture. — Nous n'oserions pas affirmer, mais nous craignons que le graveur n'ait omis certain petit détail dans le nez ou dans les yeux.

JACQUE

M. Jacque est une réputation nouvelle qui ira toujours grandissant, espérons-le. — Son *eau-forte* est très hardie, et son sujet très bien conçu. — Tout ce que fait M. Jacque sur le cuivre est plein d'une liberté et d'une franchise qui rappelle les vieux maîtres. On sait d'ailleurs qu'il s'est chargé d'une reproduction remarquable des eaux-fortes de Rembrandt.

VII

SCULPTURES

BARTOLINI[1]

Nous avons le droit de nous défier à Paris des réputations étrangères. — Nos voisins nous ont si souvent pipé notre estime crédule avec des chefs-d'œuvre qu'ils ne montraient jamais, ou qui, s'ils consentaient enfin à les faire voir, étaient un objet de confusion pour eux et pour nous, que nous nous tenons toujours en garde contre de nouveaux pièges. Ce n'est donc qu'avec une excessive défiance que nous nous sommes approchés de la[a] *Nymphe au scorpion*[2] — Mais cette fois il nous a été réellement impossible de refuser notre admiration à l'artiste étranger. — Certes nos sculpteurs sont plus adroits, et cette préoccupation excessive du métier absorbe aujourd'hui nos sculpteurs comme nos peintres; — or, c'est justement à cause des qualités un peu mises en oubli chez les nôtres, à savoir : le goût, la noblesse, la grâce — que nous regardons l'œuvre de M. Bartolini comme le morceau capital du salon de sculpture. — Nous savons que quelques-uns des *sculptiers*[3] dont nous allons parler sont très aptes à relever les quelques défauts d'exécution de ce marbre, un peu trop de mollesse, une absence de fermeté; bref, certaines parties veules et des bras un peu grêles; — mais aucun d'eux n'a su trouver un aussi joli motif; aucun d'eux n'a ce grand goût et cette pureté d'intentions, cette chasteté de lignes qui n'exclut pas du tout l'originalité. — Les jambes sont charmantes; la tête est d'un caractère mutin et gracieux; il est probable que c'est tout simplement un modèle bien choisi*. — Moins l'ouvrier se laisse voir

---

* Nous sommes d'autant plus fier de notre avis que nous le savons partagé par un des grands peintres de l'école moderne[4].

dans une œuvre et plus l'intention en est pure et claire, plus nous sommes charmés.

DAVID

Ce n'est pas là, par exemple, le cas de M. David, dont les ouvrages nous font toujours penser à Ribera. — Et encore, il y a ceci de faux dans notre comparaison, que Ribera n'est homme de métier que par-dessus le marché — qu'il est en outre plein de fougue, d'originalité, de colère et d'ironie.

Certainement il est difficile de mieux modeler et de mieux faire le morceau que M. David. Cet enfant qui se pend à une grappe, et qui était déjà connu par quelques charmants vers de Sainte-Beuve[1], est une chose curieuse à examiner; c'est de la chair, il est vrai; mais c'est bête comme la nature, et c'est pourtant une vérité incontestée que le but de la sculpture n'est pas de rivaliser avec des moulages. — Ceci conclu, admirons la beauté du travail tout à notre aise.

BOSIO

au contraire se rapproche de Bartolini par les hautes qualités qui séparent le grand goût d'avec le goût du trop vrai. — Sa *Jeune Indienne* est certainement une jolie chose — mais cela manque un peu d'originalité[2]. — Il est fâcheux que M. Bosio ne nous montre pas à chaque fois des morceaux aussi complets que celui qui est au Musée du Luxembourg[3], et que son magnifique buste de la reine.

PRADIER

On dirait que M. Pradier a voulu sortir de lui-même et s'élever, d'un seul coup, vers les régions hautes. Nous ne

savons comment louer sa statue[1] — elle est incomparablement habile — elle est jolie sous tous les aspects —
on pourrait sans doute en retrouver quelques parties
au musée des Antiques; car c'est un mélange prodigieux
de dissimulations. — L'ancien Pradier vit encore sous
cette peau nouvelle, pour donner un charme exquis à
cette figure; — c'est là certainement un noble tour de
force; mais la nymphe de M. Bartolini, avec ses imperfections, nous paraît plus originale.

FEUCHÈRE

Encore un habile — mais quoi ! n'ira-t-on jamais
plus loin ?

Ce jeune artiste a déjà eu de beaux salons — sa statue
est évidemment destinée à un succès; outre que son sujet
est heureux, car les pucelles ont en général un public,
comme tout ce qui touche aux affections publiques, cette
Jeanne d'Arc que nous avions déjà vue en plâtre gagne
beaucoup à des proportions plus grandes[2]. Les draperies
tombent bien, et non pas comme tombent en général les
draperies des sculpteurs[a] — les bras et les pieds sont
d'un très beau travail — la tête est peut-être un peu
commune.

DAUMAS

M. Daumas est, dit-on, un chercheur. — En effet,
il y a des intentions d'énergie et d'élégance dans son
Génie maritime[3] ; mais c'est bien grêle.

ÉTEX[4]

M. Étex n'a jamais rien pu faire de complet. Sa conception est souvent heureuse — il y a chez lui une certaine

fécondité de pensée qui se fait jour assez vite et qui nous plaît; mais des morceaux assez considérables déparent toujours son œuvre. Ainsi, vu par-derrière, son groupe d'Héro et Léandre[a] a l'air lourd et les lignes ne se détachent pas harmonieusement. Les épaules et le dos de la femme ne sont pas dignes de ses hanches et de ses jambes.

GARRAUD

avait fait autrefois une assez belle bacchante dont on a gardé le souvenir — c'était de la chair — son groupe de la *Première famille humaine* contient certainement des morceaux d'une exécution très remarquable; mais l'ensemble en est désagréable et rustique, surtout par-devant[1]. — La tête d'Adam, quoiqu'elle ressemble à celle du Jupiter olympien, est affreuse. — Le petit Caïn est le mieux réussi.

DE BAY[b]

est un peintre qui a fait un groupe charmant, le *Berceau primitif*[2]. — Ève tient ses deux enfants sur un genou et leur fait une espèce de panier avec ses deux bras. — La femme est belle, les enfants jolis — c'est surtout la composition de ceci qui nous plaît; car il est malheureux que M. De Bay n'ait pu mettre au service d'une idée aussi originale qu'une exécution qui ne l'est pas assez.

CUMBERWORTH

LA LESBIE DE CATULLE PLEURANT SUR LE MOINEAU[3]

C'est de la belle et bonne sculpture. — De belles lignes, de belles draperies, — c'est un peu trop de l'antique, dont

SIMART[1]

s'est néanmoins encore plus abreuvé, ainsi que

FORCEVILLE-DUVETTE

qui a évidemment du talent, mais qui s'est trop souvenu de la *Polymnie*[2].

MILLET

a fait une jolie bacchante — d'un bon mouvement; mais n'est-ce pas un peu trop connu, et n'avons-nous pas vu ce motif-là bien souvent[3] ?

DANTAN[4]

a fait quelques bons bustes, nobles, et évidemment ressemblants, ainsi que

CLÉSINGER

qui a mis beaucoup de distinction et d'élégance dans les portraits du duc de Nemours et de Mme Marie de M...

CAMAGNI

A fait un buste romantique de Cordelia, dont le type est assez original pour être un portrait[1]. . . . .
. . . .
. . . .
. . . .

Nous ne croyons pas avoir fait d'omissions graves. — Le Salon, en somme, ressemble à tous les salons précédents, sauf l'arrivée soudaine, inattendue, éclatante de M. William Haussoullier — et quelques très belles choses des Delacroix et des Decamps. Du reste, constatons que tout le monde peint de mieux en mieux, ce qui nous paraît désolant; — mais d'invention, d'idées, de tempérament, pas davantage qu'avant. — Au vent qui soufflera demain nul ne tend l'oreille; et pourtant l'héroïsme *de la vie moderne* nous entoure et nous presse. — Nos sentiments vrais nous étouffent assez pour que nous les connaissions. — Ce ne sont ni les sujets ni les couleurs qui manquent aux épopées. Celui-là sera le *peintre,* le vrai peintre, qui saura arracher à la vie actuelle son côté épique, et nous faire voir et comprendre, avec de la couleur ou du dessin, combien nous sommes grands et poétiques dans nos cravates et nos bottes vernies. — Puissent les vrais chercheurs nous donner l'année prochaine cette joie singulière de célébrer l'avènement du *neuf*[2] !

LE MUSÉE CLASSIQUE
DU BAZAR BONNE-NOUVELLE

Tous les mille ans, il paraît une spirituelle idée. Estimons-nous donc heureux d'avoir eu l'année 1846 dans le lot de notre existence; car l'année 1846 a donné aux sincères enthousiastes des beaux-arts la jouissance de dix tableaux de David et onze de Ingres[a]. Nos expositions annuelles, turbulentes, criardes, violentes, bousculées, ne peuvent pas donner une idée de celle-ci, calme, douce et sérieuse comme un cabinet de travail. Sans compter les deux illustres que nous venons de nommer, vous pourrez encore y apprécier de nobles ouvrages de Guérin et de Girodet, ces maîtres hautains et délicats, ces fiers continuateurs de David, le fier Cimabué du genre dit classique, et de ravissants morceaux de Prud'hon, ce frère en romantisme d'André Chénier[1].

Avant d'exposer à nos lecteurs un catalogue et une appréciation des principaux de ces ouvrages, constatons un fait assez curieux qui pourra leur fournir matière à de tristes réflexions. Cette exposition est faite au profit de la caisse de secours de la société des artistes, c'est-à-dire en faveur d'une certaine classe de pauvres, les plus nobles et les plus méritants, puisqu'ils travaillent au plaisir le plus noble de la société. Les pauvres — les autres — sont venus immédiatement prélever leurs droits. En vain leur a-t-on offert un traité à forfait; nos rusés *malingreux*[2], en gens qui connaissent les affaires, présumant que celle-ci était excellente, ont préféré les droits proportionnels. Ne serait-il pas temps de se garder un peu de cette rage d'humanité maladroite, qui nous fait tous les jours, pauvres aussi que nous sommes, les victimes des pauvres ? Sans doute la charité est une belle chose; mais ne pourrait-elle pas opérer ses bienfaits, sans autoriser ces *razzias*[1] redoutables dans la bourse des travailleurs ?

— Un jour, un musicien qui crevait de faim organise un modeste concert ; les pauvres de s'abattre sur le concert ; l'affaire étant douteuse, traité à forfait, deux cents francs ; les pauvres s'envolent, les ailes chargées de butin ; le concert fait cinquante francs, et le violoniste affamé implore une place de *sabouleux*[2] surnuméraire à la cour des Miracles ? — Nous[a] rapportons des faits ; lecteur, à vous les réflexions.

La classique exposition n'a d'abord obtenu qu'un succès de fou rire parmi nos jeunes artistes. La plupart de ces messieurs présomptueux, — nous ne voulons pas les nommer, — qui représentent assez bien dans l'art les adeptes de la fausse école romantique en poésie, — nous ne voulons pas non plus les nommer, — ne peuvent rien comprendre à ces sévères leçons de la peinture révolutionnaire, cette peinture qui se prive volontairement du charme et du ragoût malsains, et qui vit surtout par la pensée et par l'âme, — amère et despotique comme la révolution dont elle est née. Pour s'élever si haut, nos rapins sont gens trop habiles, et savent trop bien peindre. La couleur les a aveuglés, et ils ne peuvent plus voir et suivre en arrière l'austère filiation du romantisme, cette expression de la société moderne[3]. Laissons donc rire et baguenauder à l'aise ces jeunes vieillards, et occupons-nous de nos maîtres.

Parmi les dix ouvrages de David, les principaux sont *Marat, La Mort de Socrate, Bonaparte au mont Saint-Bernard, Télémaque et Eucharis*[4].

Le *divin* Marat, un bras pendant hors de la baignoire et retenant mollement sa dernière plume, la poitrine percée de la blessure *sacrilège,* vient de rendre le dernier soupir. Sur le pupitre vert placé devant lui sa main tient encore la lettre perfide : « Citoyen, il suffit que je sois bien malheureuse pour avoir droit à votre bienveillance.» L'eau de la baignoire est rougie de sang, le papier est sanglant ; à terre gît un grand couteau de cuisine trempé de sang ; sur un misérable support de planches qui composait le mobilier de travail de l'infatigable journaliste, on lit : « À Marat, David. » Tous ces détails sont historiques et réels, comme un roman de Balzac ; le drame est là, vivant dans toute sa lamentable horreur, et par un tour

de force étrange qui fait de cette peinture le chef-d'œuvre
de David et une des grandes curiosités de l'art moderne,
elle n'a rien de trivial ni d'ignoble. Ce qu'il y a de plus
étonnant dans ce poème inaccoutumé, c'est qu'il est peint
avec une rapidité extrême, et quand on songe à la beauté
du dessin, il y a là de quoi[a] confondre l'esprit. Ceci est le
pain des forts et le triomphe du spiritualisme; cruel
comme la nature, ce tableau a tout le parfum de l'idéal.
Quelle était donc cette laideur que la sainte Mort a si vite
effacée du bout de son aile ? Marat peut désormais défier
l'Apollon, la Mort vient de le baiser de ses lèvres amoureuses, et il repose dans le calme de sa métamorphose.
Il y a dans cette œuvre quelque chose de tendre et de
poignant à la fois; dans l'air froid de cette chambre, sur
ces murs froids, autour de cette froide et funèbre baignoire, une âme voltige. Nous permettrez-vous, politiques de tous les partis, et vous-mêmes, farouches
libéraux de 1845, de nous attendrir devant le chef-
d'œuvre de David ? Cette peinture était un don à la
patrie éplorée, et nos larmes ne sont pas dangereuses.

Ce tableau avait pour pendant à la Convention la
Mort de Le Peletier de Saint-Fargeau[b]. Quant à celui-là, il a
disparu d'une manière mystérieuse; la famille du conventionnel l'a, dit-on, payé 40 000 francs aux héritiers de
David; nous n'en disons pas davantage, de peur de
calomnier des gens qu'il faut croire innocents*.

La Mort de Socrate est une admirable composition que
tout le monde connaît, mais dont l'aspect a quelque chose
de commun qui fait songer à M. Duval-Lecamus (père).
Que l'ombre de David nous pardonne !

Le *Bonaparte au mont Saint-Bernard* est peut-être, — avec
celui de Gros, dans la *Bataille d'Eylau*[2], — le seul Bonaparte poétique et grandiose que possède la France.

Télémaque et Eucharis a été fait en Belgique, pendant
l'exil du grand maître. C'est un charmant tableau qui
a l'air, comme *Hélène et Pâris*[3], de vouloir jalouser les
peintures délicates et rêveuses de Guérin.

Des deux personnages, c'est Télémaque qui est le plus

---

* Ce tableau était peut-être encore plus étonnant que le *Marat*.
Le Peletier de Saint-Fargeau était étendu tout de son long sur un
matelas. Au-dessus, une épée mystérieuse, descendant du plafond,
menaçait perpendiculairement sa tête. Sur l'épée, on lisait : « Pâris,
garde du corps[1]. »

séduisant. Il est présumable que l'artiste s'est servi pour le dessiner d'un modèle féminin.

Guérin est représenté par deux esquisses, dont l'une, *La Mort de Priam*[1], est une chose superbe. On y retrouve toutes les qualités dramatiques et quasi fantasmagoriques de l'auteur de *Thésée et Hippolyte*.

Il est certain que Guérin s'est toujours beaucoup préoccupé du mélodrame.

Cette esquisse est faite d'après les vers de Virgile[2]. On y voit la Cassandre, les mains liées, et arrachée du temple de Minerve, et le cruel Pyrrhus traînant par les cheveux la vieillesse tremblante de Priam et l'égorgeant au pied des autels. — Pourquoi a-t-on si bien caché cette esquisse ? M. Cogniet, l'un des ordonnateurs de cette fête, en veut-il donc à son vénérable maître ?

Hippocrate refusant les présents d'Artaxerce, de Girodet, est revenu de l'École de médecine[3] faire admirer sa superbe ordonnance, son fini excellent et ses détails spirituels. Il y a dans ce tableau, chose curieuse, des qualités particulières et une multiplicité d'intentions qui rappellent, dans un autre système d'exécution, les très bonnes toiles de M. Robert-Fleury[4]. Nous eussions aimé voir à l'exposition Bonne-Nouvelle quelques compositions de Girodet, qui eussent bien exprimé le côté essentiellement poétique de son talent. (Voir l'*Endymion* et l'*Atala*.) Girodet a traduit Anacréon[5], et son pinceau a toujours trempé aux sources les plus littéraires.

Le baron Gérard fut dans les arts ce qu'il était dans son salon, l'amphitryon qui veut plaire à tout le monde, et c'est cet éclectisme courtisanesque qui l'a perdu. David, Guérin et Girodet sont restés, débris inébranlables et invulnérables de cette grande école, et Gérard n'a laissé que la réputation d'un homme aimable et très spirituel. Du reste, c'est lui qui a annoncé la venue d'Eugène Delacroix et qui a dit : « Un peintre nous est né ! C'est un homme qui court sur les toits. »

Gros et Géricault, sans posséder la finesse, la délicatesse, la raison souveraine ou l'âpreté sévère de leurs devanciers, furent de généreux tempéraments[6]. Il y a là une esquisse de Gros, *Le Roi Lear et ses filles*[7], qui est d'un aspect fort saisissant et fort étrange; c'est d'une belle imagination[a].

Voici venir l'aimable Prud'hon, que quelques-uns

osent déjà préférer à Corrège; Prud'hon, cet étonnant
mélange, Prud'hon, ce poète et ce peintre, qui, devant
les David, rêvait la couleur ! ! Ce dessin gras, invisible
et sournois, qui serpente sous la couleur, est, surtout
si l'on considère l'époque, un légitime sujet d'étonnement. — De longtemps, les artistes n'auront pas l'âme
assez bien trempée pour attaquer les jouissances amères
de David et de Girodet. Les délicieuses flatteries de
Prud'hon seront donc une préparation. Nous avons surtout remarqué un petit tableau, *Vénus et Adonis*[1], qui
fera sans doute réfléchir M. Diaz[2].

M. Ingres étale fièrement dans un salon spécial[3] onze
tableaux, c'est-à-dire sa vie entière, ou du moins des
échantillons de chaque époque, — bref, toute la Genèse
de son génie. M. Ingres refuse depuis longtemps d'exposer au Salon, et il a, selon nous, raison. Son admirable
talent est toujours plus ou moins culbuté au milieu de
ces cohues, où le public, étourdi et fatigué, subit la loi
de celui qui crie le plus haut. Il faut que M. Delacroix
ait un courage surhumain pour affronter annuellement
tant d'éclaboussures. Quant à M. Ingres, doué d'une
patience non moins grande, sinon d'une audace aussi
généreuse, il attendait l'occasion sous sa tente. L'occasion
est venue et il en a superbement usé. — La place nous
manque, et peut-être la langue, pour louer dignement
la *Stratonice,* qui eût étonné Poussin, la *grande Odalisque*
dont Raphaël eût été tourmenté, la *petite Odalisque*[4] cette
délicieuse et bizarre fantaisie qui n'a point de précédents
dans l'art ancien, et les portraits de M. Bertin, de M. Molé et de Mme d'Haussonville[5] — de vrais portraits,
c'est-à-dire la reconstruction idéale des individus; seulement[a] nous croyons utile de redresser quelques préjugés
singuliers qui ont cours sur le compte de M. Ingres
parmi un certain monde, dont l'oreille a plus de mémoire
que les yeux. Il est entendu et reconnu que la peinture de
M. Ingres est grise. — Ouvrez l'œil, nation nigaude, et
dites si vous vîtes jamais de la peinture plus éclatante
et plus voyante, et même une plus grande recherche de
tons[6] ? Dans la seconde Odalisque, cette recherche est
excessive, et, malgré leur multiplicité, ils sont tous
doués d'une distinction particulière. — Il est entendu
aussi que M. Ingres est un grand dessinateur maladroit
qui ignore la perspective aérienne, et que sa peinture

est plate comme une mosaïque chinoise ; à quoi nous n'avons rien à dire, si ce n'est de comparer la *Stratonice*, où une complication énorme de tons et d'effets lumineux n'empêche pas l'harmonie, avec la *Thamar*[1], où M. H. Vernet a résolu un problème incroyable : faire la peinture à la fois la plus criarde et la plus obscure, la plus embrouillée ! Nous n'avons jamais rien vu de si en désordre. Une des choses, selon nous, qui distingue surtout le talent de M. Ingres, est l'amour de la femme. Son libertinage est sérieux et plein de conviction. M. Ingres n'est jamais si heureux ni si puissant que lorsque son génie se trouve aux prises avec les appas d'une jeune beauté. Les muscles, les plis de la chair, les ombres des fossettes, les ondulations montueuses de la peau, rien n'y manque. Si l'île de Cythère commandait un tableau à M. Ingres, à coup sûr il ne serait pas folâtre et riant comme celui de Watteau, mais robuste et nourrissant comme l'amour antique[2]*.

Nous avons revu avec plaisir les trois petits tableaux de M. Delaroche, *Richelieu, Mazarin* et l'*Assassinat du duc de Guise*[4]. Ce sont des œuvres charmantes dans les régions moyennes du talent et du bon goût. Pourquoi donc M. Delaroche a-t-il la maladie des grands tableaux ? Hélas ! c'en est toujours des petits ; — une goutte d'essence dans un tonneau.

M. Cogniet a pris la meilleure place de la salle ; il y a mis son *Tintoret*[5]. — M. Ary Scheffer est un homme d'un talent éminent, ou plutôt une heureuse imagination, mais qui a trop varié sa manière pour en avoir une bonne ; c'est un poète sentimental qui salit des toiles.

Nous n'avons rien vu de M. Delacroix, et nous croyons que c'est une raison de plus pour en parler. — Nous, cœur d'honnête homme, nous croyions naïvement que si MM. les commissaires n'avaient pas associé le chef de l'école actuelle à cette fête artistique, c'est que ne comprenant pas la parenté mystérieuse qui l'unit à l'école révolutionnaire dont il sort, ils voulaient surtout

* Il y a dans le dessin de M. Ingres des recherches d'un goût particulier, des finesses extrêmes, dues peut-être à des moyens singuliers. Par exemple, nous ne serions pas étonné qu'il se fût servi d'une négresse pour accuser plus vigoureusement dans l'*Odalisque* certains développements et certaines sveltesses[3].

de l'unité et un aspect uniforme dans leur œuvre; et
nous jugions cela, sinon louable, du moins excusable.
Mais point. — Il n'y a pas de Delacroix, parce que
M. Delacroix n'est pas un peintre, mais un journaliste;
c'est du moins ce qui a été répondu à un de nos amis,
qui s'était chargé de leur demander une petite explication à ce sujet. Nous ne voulons pas nommer l'auteur
de ce bon mot, soutenu et appuyé par une foule de quolibets indécents, que ces messieurs se sont permis à
l'endroit de notre grand peintre. — Il y a là-dedans plus
à pleurer qu'à rire. — M. Cogniet, qui a si bien dissimulé son illustre maître, a-t-il donc craint de soutenir
son illustre condisciple[1] ? M. Dubufe[2] se serait mieux
conduit. Sans doute ces messieurs seraient fort respectables à cause de leur faiblesse, s'ils n'étaient en même
temps méchants et envieux.

Nous avons entendu maintes fois[a] de jeunes artistes se
plaindre du bourgeois, et le représenter comme l'ennemi
de toute chose grande et belle. — Il y a là une idée fausse
qu'il est une fois de plus temps de relever. Il est une chose mille fois plus
dangereuse que le bourgeois, c'est l'artiste-bourgeois,
qui a été créé pour s'interposer entre le public et le génie;
il les cache l'un à l'autre. Le bourgeois qui a peu de
notions scientifiques va où le pousse la grande voix de
l'artiste-bourgeois. — Si on supprimait celui-ci, l'épicier
porterait E. Delacroix en triomphe. L'épicier est une
grande chose, un homme céleste qu'il faut respecter, *homo
bonæ voluntatis !* Ne le raillez point de vouloir sortir de
sa sphère[b], et aspirer, l'excellente créature, aux régions
hautes. Il veut être ému, il veut sentir, connaître, rêver
comme il aime; il veut être complet; il vous demande
tous les jours son morceau d'art et de poésie, et vous le
volez. Il mange du Cogniet, et cela prouve que sa bonne
volonté est grande comme l'infini. Servez-lui un chef-
d'œuvre, il le digérera et ne s'en portera que mieux[3] !

SALON DE 1846

AUX BOURGEOIS[1]

Vous êtes la majorité, — nombre et intelligence; — donc vous êtes la force, — qui est la justice.

Les uns savants, les autres propriétaires; — un jour radieux viendra où les savants seront propriétaires, et les propriétaires savants. Alors votre puissance sera complète, et nul ne protestera contre elle.

En attendant cette harmonie suprême, il est juste que ceux qui ne sont que propriétaires aspirent à devenir savants; car la science est une jouissance non moins grande que la propriété.

Vous possédez le gouvernement de la cité, et cela est juste, car vous êtes la force. Mais il faut que vous soyez aptes à sentir la beauté; car comme aucun d'entre vous ne peut aujourd'hui se passer de puissance, nul n'a le droit de se passer de poésie.

Vous pouvez vivre trois jours sans pain; — sans poésie, jamais[2]; et ceux d'entre vous qui disent le contraire se trompent : ils ne se connaissent pas.

Les aristocrates de la pensée, les distributeurs de l'éloge et du blâme, les accapareurs des choses spirituelles, vous ont dit que vous n'aviez pas le droit de sentir et de jouir : — ce sont des pharisiens.

Car vous possédez le gouvernement d'une cité où est le public de l'univers, et il faut que vous soyez dignes de cette tâche.

Jouir est une science, et l'exercice des cinq sens veut une initiation particulière, qui ne se fait que par la bonne volonté et le besoin.

Or vous avez besoin d'art.

L'art est un bien infiniment précieux, un breuvage

rafraîchissant et réchauffant, qui rétablit l'estomac et l'esprit dans l'équilibre naturel de l'idéal.

Vous en concevez l'utilité, ô bourgeois, — législateurs, ou commerçants, — quand la septième ou la huitième heure sonnée incline votre tête fatiguée vers les braises du foyer et les oreillards du fauteuil.

Un désir plus brûlant, une rêverie plus active, vous délasseraient alors de l'action quotidienne.

Mais les accapareurs ont voulu vous éloigner des pommes de la science, parce que la science est leur comptoir et leur boutique, dont ils sont infiniment jaloux. S'ils vous avaient nié la puissance de fabriquer des œuvres d'art ou de comprendre les procédés d'après lesquels on les fabrique, ils eussent affirmé une vérité dont vous ne vous seriez pas offensés, parce que les affaires publiques et le commerce absorbent les trois quarts de votre journée. Quant aux loisirs, ils doivent donc être employés à la jouissance et à la volupté.

Mais les accapareurs vous ont défendu de jouir, parce que vous n'avez pas l'intelligence de la technique des arts, comme des lois et des affaires[a].

Cependant il est juste, si les deux tiers de votre temps sont remplis par la science, que le troisième soit occupé par le sentiment, et c'est par le sentiment seul que vous devez comprendre l'art; — et c'est ainsi que l'équilibre des forces de votre âme sera constitué.

La vérité, pour être multiple, n'est pas double; et comme vous avez dans votre politique élargi les droits et les bienfaits, vous avez établi dans les arts une plus grande et plus abondante communion.

Bourgeois, vous avez — roi, législateur ou négociant, — institué des collections, des musées, des galeries. Quelques-unes de celles qui n'étaient ouvertes il y a seize ans qu'aux accapareurs ont élargi leurs portes pour la multitude.

Vous vous êtes associés, vous avez formé des compagnies et fait des emprunts pour réaliser l'idée de l'avenir avec toutes ses formes diverses, formes politique, industrielle et artistique. Vous n'avez jamais en aucune noble entreprise laissé l'initiative à la minorité protestante et souffrante, qui est d'ailleurs l'ennemie naturelle de l'art.

Car se laisser devancer en art et en politique, c'est se suicider, et une majorité ne peut pas se suicider.

Ce que vous avez fait pour la France, vous l'avez fait pour d'autres pays. Le musée espagnol[1] est venu augmenter le volume des idées générales que vous devez posséder sur l'art ; car vous savez parfaitement que, comme un musée national est une communion dont la douce influence attendrit les cœurs et assouplit les volontés, de même un musée étranger est une communion internationale, où deux peuples, s'observant et s'étudiant plus à l'aise, se pénètrent mutuellement, et fraternisent sans discussion.

Vous êtes les amis naturels des arts, parce que vous êtes, les uns riches, les autres savants.

Quand vous avez donné à la société votre science, votre industrie, votre travail, votre argent, vous réclamez votre payement en jouissances du corps, de la raison et de l'imagination. Si vous récupérez la quantité de jouissances nécessaire pour rétablir l'équilibre de toutes les parties de votre être, vous êtes heureux, repus et bienveillants, comme la société sera repue, heureuse et bienveillante, quand elle aura trouvé son équilibre général et absolu.

C'est donc à vous, bourgeois, que ce livre est naturellement dédié ; car tout livre qui ne s'adresse pas à la majorité, — nombre et intelligence, — est un sot livre.

1er mai 1846.

I

À QUOI BON LA CRITIQUE ?

À quoi bon ? — Vaste et terrible point d'interrogation, qui saisit la critique au collet dès le premier pas qu'elle veut faire dans son premier chapitre.

L'artiste reproche tout d'abord à la critique de ne pouvoir rien enseigner au bourgeois, qui ne veut ni peindre ni rimer, — ni à l'art, puisque c'est de ses entrailles que la critique est sortie.

Et pourtant que d'artistes de ce temps-ci doivent à elle seule leur pauvre renommée ! C'est peut-être là le vrai reproche à lui faire.

Vous avez vu un Gavarni[1] représentant un peintre courbé sur sa toile; derrière lui un monsieur, grave, sec, roide et cravaté de blanc, tenant à la main son dernier feuilleton. « Si l'art est noble, la critique est sainte. » — « Qui dit cela ? » — « La critique ! » Si l'artiste joue si facilement le beau rôle, c'est que le critique est sans doute un critique comme il y en a tant.

En fait de moyens et procédés — des ouvrages eux-mêmes*, le public et l'artiste n'ont rien à apprendre ici. Ces choses-là s'apprennent à l'atelier, et le public ne s'inquiète que du résultat.

Je crois sincèrement que la meilleure critique est celle qui est amusante et poétique; non pas celle-ci, froide et algébrique, qui, sous prétexte de tout expliquer, n'a ni haine ni amour, et se dépouille volontairement de toute espèce de tempérament; mais, — un beau tableau étant la nature réfléchie par un artiste, — celle qui sera ce tableau réfléchi par un esprit intelligent et sensible. Ainsi le meilleur compte rendu d'un tableau pourra être un sonnet ou une élégie.

Mais ce genre de critique est destiné aux recueils de poésie et aux lecteurs poétiques. Quant à la critique proprement dite, j'espère que les philosophes comprendront ce que je vais dire : pour être juste, c'est-à-dire pour avoir sa raison d'être, la critique doit être partiale, passionnée, politique, c'est-à-dire faite à un point de vue exclusif, mais au point de vue qui ouvre le plus d'horizons[2].

Exalter la ligne au détriment de la couleur, ou la couleur aux dépens de la ligne, sans doute c'est un point de vue; mais ce n'est ni très large ni très juste, et cela accuse une grande ignorance des destinées particulières.

Vous ignorez à quelle dose la nature a mêlé dans chaque esprit le goût de la ligne et le goût de la couleur, et par quels mystérieux procédés elle opère cette fusion, dont le résultat est un tableau.

---

* Je sais bien que la critique actuelle a d'autres prétentions; c'est ainsi qu'elle recommandera toujours le dessin aux coloristes et la couleur aux dessinateurs. C'est d'un goût très raisonnable et très sublime !

Ainsi un point de vue plus large sera l'individualisme bien entendu : commander à l'artiste la naïveté et l'expression sincère de son tempérament, aidée par tous les moyens que lui fournit son métier*. Qui n'a pas de tempérament n'est pas digne de faire des tableaux, et, — comme nous sommes las des imitateurs, et surtout des éclectiques, — doit entrer comme ouvrier au service d'un peintre à tempérament. C'est ce que je démontrerai dans un des derniers chapitres[2].

Désormais muni d'un criterium certain, criterium tiré de la nature, le critique doit accomplir son devoir avec passion ; car pour être critique on n'en est pas moins homme, et la passion rapproche les tempéraments analogues et soulève la raison à des hauteurs nouvelles.

Stendhal a dit quelque part[3] : « La peinture n'est que de la morale construite ! » — Que vous entendiez ce mot de morale dans un sens plus ou moins libéral, on en peut dire autant de tous les arts. Comme ils sont toujours le beau exprimé par le sentiment, la passion et la rêverie de chacun, c'est-à-dire la variété dans l'unité, ou les faces diverses de l'absolu, — la critique touche à chaque instant à la métaphysique.

Chaque siècle, chaque peuple ayant possédé l'expression de sa beauté et de sa morale, — si l'on veut entendre par romantisme l'expression la plus récente et la plus moderne de la beauté, — le grand artiste sera donc, — pour le critique raisonnable et passionné, — celui qui unira à la condition demandée ci-dessus, la naïveté, — le plus de romantisme possible.

---

* À propos de l'individualisme bien entendu, voir dans le *Salon de 1845* l'article sur William Haussoullier[1]. Malgré tous les reproches qui m'ont été faits à ce sujet, je persiste dans mon sentiment ; mais il faut comprendre l'article.

II

QU'EST-CE QUE LE ROMANTISME?

Peu de gens aujourd'hui voudront donner à ce mot un sens réel et positif; oseront-ils cependant affirmer qu'une génération consent à livrer une bataille de plusieurs années pour un drapeau qui n'est pas un symbole ?

Qu'on se rappelle les troubles de ces derniers temps[1], et l'on verra que, s'il est resté peu de romantiques, c'est que peu d'entre eux ont trouvé le romantisme; mais tous l'ont cherché sincèrement et loyalement.

Quelques-uns ne se sont appliqués qu'au choix des sujets; ils n'avaient pas le tempérament de leurs sujets. — D'autres, croyant encore à une société catholique, ont cherché à refléter le catholicisme dans leurs œuvres. — S'appeler romantique et regarder systématiquement le passé, c'est se contredire. — Ceux-ci, au nom du romantisme, ont blasphémé les Grecs et les Romains : or on peut faire des Romains et des Grecs romantiques, quand on l'est soi-même. — La vérité dans l'art et la couleur locale en ont égaré beaucoup d'autres. Le réalisme avait existé longtemps avant cette grande bataille, et d'ailleurs, composer une tragédie ou un tableau pour M. Raoul Rochette[2], c'est s'exposer à recevoir un démenti du premier venu, s'il est plus savant que M. Raoul Rochette.

Le romantisme n'est précisément ni dans le choix des sujets ni dans la vérité exacte, mais dans la manière de sentir.

Ils l'ont cherché en dehors, et c'est en dedans qu'il était seulement possible de le trouver.

Pour moi, le romantisme est l'expression la plus récente, la plus actuelle du beau.

Il y a autant de beautés qu'il y a de manières habituelles de chercher le bonheur*.

---

* Stendhal[3].

La philosophie du progrès explique ceci clairement; ainsi, comme il y a eu autant d'idéals qu'il y a eu pour les peuples de façons de comprendre la morale, l'amour, la religion, etc., le romantisme ne consistera pas dans une exécution parfaite, mais dans une conception analogue à la morale du siècle.

C'est parce que quelques-uns l'ont placé dans la perfection du métier, que nous avons eu le rococo du romantisme, le plus insupportable de tous sans contredit.

Il faut donc, avant tout, connaître les aspects de la nature et les situations de l'homme, que[a] les artistes du passé ont dédaignés ou n'ont pas connus.

Qui dit romantisme dit art moderne, — c'est-à-dire intimité, spiritualité, couleur, aspiration vers l'infini[1], exprimées par tous les moyens que contiennent les arts.

Il suit de là qu'il y a une contradiction évidente entre le romantisme et les œuvres de ses principaux sectaires.

Que la couleur joue un rôle très important dans l'art moderne, quoi d'étonnant ? Le romantisme est fils du Nord, et le Nord est coloriste; les rêves et les féeries sont enfants de la brume. L'Angleterre, cette patrie des coloristes exaspérés, la Flandre, la moitié de la France, sont plongées dans les brouillards; Venise elle-même trempe dans les lagunes. Quant aux peintres espagnols, ils sont plutôt contrastés que coloristes.

En revanche le Midi[2] est naturaliste, car la nature y est si belle et si claire, que l'homme, n'ayant rien à désirer, ne trouve rien de plus beau à inventer que ce qu'il voit : ici, l'art en plein air, et quelques centaines de lieues plus haut, les rêves profonds de l'atelier et les regards de la fantaisie noyés dans les horizons gris.

Le Midi est brutal et positif comme un sculpteur dans ses compositions les plus délicates; le Nord souffrant et inquiet se console avec l'imagination, et s'il fait de la sculpture, elle sera plus souvent pittoresque que classique.

Raphaël, quelque pur qu'il soit, n'est qu'un esprit matériel sans cesse à la recherche du solide; mais cette canaille de Rembrandt est un puissant idéaliste qui fait rêver et deviner au-delà. L'un compose des créatures à l'état neuf et virginal, — Adam et Ève; — mais l'autre secoue des haillons devant nos yeux et nous raconte les souffrances humaines.

Cependant Rembrandt n'est pas un pur coloriste,

mais un harmoniste; combien l'effet sera donc nouveau
et le romantisme adorable, si un puissant coloriste nous
rend nos sentiments et nos rêves les plus chers avec une
couleur appropriée aux sujets !

Avant de passer à l'examen de l'homme qui est jusqu'à
présent le plus digne représentant du romantisme, je veux
écrire sur la couleur une série de réflexions qui ne seront
pas inutiles pour l'intelligence complète de ce petit livre.

III

DE LA COULEUR[1]

Supposons un bel espace de nature où tout verdoie,
rougeoie, poudroie et chatoie en pleine liberté, où toutes
choses, diversement colorées suivant leur constitution
moléculaire, changées de seconde en seconde par le
déplacement de l'ombre et de la lumière, et agitées par le
travail intérieur du calorique[2], se trouvent en perpétuelle
vibration, laquelle fait trembler les lignes et complète la
loi du mouvement éternel et universel. — Une immensité, bleue quelquefois et verte souvent, s'étend jusqu'aux
confins du ciel : c'est la mer. Les arbres sont verts, les
gazons verts, les mousses vertes; le vert serpente dans
les troncs, les tiges non mûres sont vertes; le vert est le
fond de la nature, parce que le vert se marie facilement
à tous les autres tons*. Ce qui me frappe d'abord, c'est
que partout, — coquelicots dans les gazons, pavots, perroquets, etc., — le rouge chante la gloire du vert; le
noir, — quand il y en a, — zéro solitaire et insignifiant,
intercède le secours du bleu ou du rouge. Le bleu, c'est-
à-dire le ciel, est coupé de légers flocons blancs ou de
masses grises qui trempent heureusement sa morne

---

* Excepté à ses générateurs, le jaune et le bleu; cependant je ne
parle ici que des tons purs. Car cette règle n'est pas applicable aux
coloristes transcendants qui connaissent à fond la science du contrepoint.

crudité, — et, comme la vapeur de la saison, — hiver ou
été, — baigne, adoucit, ou engloutit les contours, la
nature ressemble à un toton qui, mû par une vitesse
accélérée, nous apparaît gris, bien qu'il résume en lui
toutes les couleurs.

La sève monte et, mélange de principes, elle s'épanouit
en *tons mélangés ;* les arbres, les rochers, les granits se
mirent dans les eaux et y déposent leurs *reflets ;* tous les
objets transparents accrochent au passage lumières et couleurs voisines et lointaines. À mesure que l'astre du jour
se dérange, les tons changent de valeur, mais, respectant
toujours leurs sympathies et leurs haines naturelles,
continuent à vivre en harmonie par des concessions
réciproques. Les ombres se déplacent lentement, et font
fuir devant elles ou éteignent les tons à mesure que la
lumière, déplacée elle-même, en veut faire résonner de
nouveaux. Ceux-ci se renvoient leurs reflets, et, modifiant
leurs qualités en les *glaçant* de qualités transparentes et
empruntées, multiplient à l'infini leurs mariages mélodieux et les rendent plus faciles. Quand le grand foyer
descend dans les eaux, de rouges fanfares s'élancent de
tous côtés ; une sanglante harmonie éclate à l'horizon,
et le vert s'empourpre richement. Mais bientôt de vastes
ombres bleues chassent en cadence devant elles la foule
des tons orangés et rose tendre qui sont comme l'écho
lointain et affaibli de la lumière. Cette grande symphonie
du jour, qui est l'éternelle variation de la symphonie
d'hier, cette succession de mélodies, où la variété sort
toujours de l'infini, cet hymne compliqué s'appelle la
couleur.

On trouve dans la couleur l'harmonie, la mélodie et
le contrepoint.

Si l'on veut examiner le détail dans le détail, sur un
objet de médiocre dimension, — par exemple, la main
d'une femme un peu sanguine, un peu maigre et d'une
peau très fine, on verra qu'il y a harmonie parfaite entre
le vert des fortes veines qui la sillonnent et les tons san-
guinolents qui marquent les jointures ; les ongles roses
tranchent sur la première phalange qui possède quelques
tons gris et bruns. Quant à la paume, les lignes de vie,
plus roses et plus vineuses[a], sont séparées les unes des
autres par le système des veines vertes ou bleues qui les
traversent. L'étude du même objet, faite avec une loupe,

fournira dans n'importe quel espace, si petit qu'il soit,
une harmonie parfaite de tons gris, bleus, bruns, verts,
orangés et blancs réchauffés par un peu de jaune; —
harmonie qui, combinée avec les ombres, produit le
modelé des coloristes, essentiellement différent du
modelé des dessinateurs, dont les difficultés se réduisent
à peu près à copier un plâtre.

La couleur est donc l'accord de deux tons. Le ton
chaud et le ton froid, dans l'opposition desquels consiste
toute la théorie, ne peuvent se définir d'une manière
absolue : ils n'existent que relativement.

La loupe, c'est l'œil du coloriste.

Je ne veux pas en conclure qu'un coloriste doit procéder par l'étude minutieuse des tons confondus dans
un espace très limité. Car en admettant que chaque molé-
cule soit douée d'un ton particulier, il faudrait que la matière fût divisible à l'infini; et d'ailleurs, l'art n'étant
qu'une abstraction et un sacrifice du détail à l'ensemble, il
est important de s'occuper surtout des masses. Mais je
voulais prouver que, si le cas était possible, les tons, quelque nombreux qu'ils fussent, mais logiquement juxtaposés, se fondraient naturellement par la loi qui les régit.

Les affinités chimiques sont la raison pour laquelle la
nature ne peut pas commettre de fautes dans l'arrangement de ces tons[a]; car, pour elle, forme et couleur
sont un.

Le vrai coloriste ne peut pas en commettre non
plus; et tout lui est permis, parce qu'il connaît de naissance la gamme des tons, la force du ton, les résultats
des mélanges, et toute la science du contrepoint, et
qu'il peut ainsi faire une harmonie de vingt rouges
différents.

Cela est si vrai que, si un propriétaire anticoloriste
s'avisait de repeindre sa campagne d'une manière absurde
et dans un système de couleurs charivariques, le vernis
épais et transparent de l'atmosphère et l'œil savant de
Véronèse redresseraient le tout et produiraient sur une
toile un ensemble satisfaisant, conventionnel sans doute,
mais logique.

Cela explique comment un coloriste peut être paradoxal dans sa manière d'exprimer la couleur, et comment
l'étude de la nature conduit souvent à un résultat tout
différent de la nature.

L'air joue un si grand rôle dans la théorie de la couleur, que, si un paysagiste peignait les feuilles des arbres telles qu'il les voit, il obtiendrait un ton faux; attendu qu'il y a un espace d'air bien moindre entre le spectateur et le tableau qu'entre le spectateur et la nature.

Les mensonges sont continuellement nécessaires, même pour arriver au trompe-l'œil.

L'harmonie est la base de la théorie de la couleur.

La mélodie est l'unité dans la couleur, ou la couleur générale.

La mélodie veut une conclusion; c'est un ensemble où tous les effets concourent à un effet général.

Ainsi la mélodie laisse dans l'esprit un souvenir profond.

La plupart de nos jeunes coloristes manquent de mélodie.

La bonne manière de savoir si un tableau est mélodieux est de le regarder d'assez loin pour n'en comprendre ni le sujet ni les lignes. S'il est mélodieux, il a déjà un sens, et il a déjà pris sa place dans le répertoire des souvenirs.

Le style et le sentiment dans la couleur viennent du choix, et le choix vient du tempérament.

Il y a des tons gais et folâtres, folâtres et tristes, riches et gais, riches et tristes, de communs et d'originaux.

Ainsi la couleur de Véronèse est calme et gaie. La couleur de Delacroix est souvent plaintive, et la couleur de M. Catlin[1] souvent terrible.

J'ai eu longtemps devant ma fenêtre un cabaret mi-parti de vert et de rouge crus, qui étaient pour mes yeux une douleur délicieuse.

J'ignore si quelque analogiste a établi solidement une gamme complète des couleurs et des sentiments, mais je me rappelle un passage d'Hoffmann qui exprime parfaitement mon idée, et qui plaira à tous ceux qui aiment sincèrement la nature : « Ce n'est pas seulement en rêve, et dans le léger délire qui précède le sommeil, c'est encore éveillé, lorsque j'entends de la musique, que je trouve une analogie et une réunion intime entre les couleurs, les sons et les parfums. Il me semble que toutes ces choses ont été engendrées par un même rayon de lumière, et qu'elles doivent se réunir dans un merveilleux concert. L'odeur des soucis bruns et rouges produit surtout un effet magique sur ma personne. Elle me fait tomber dans une profonde rêverie, et j'entends alors comme dans le lointain les sons graves et profonds du hautbois*. »

On demande souvent si le même homme peut être à la fois grand coloriste et grand dessinateur.

Oui et non; car il y a différentes sortes de dessins.

La qualité d'un pur dessinateur consiste surtout dans la finesse, et cette finesse exclut la touche : or il y a des touches heureuses, et le coloriste chargé d'exprimer la nature par la couleur perdrait souvent plus à supprimer des touches heureuses qu'à rechercher une plus grande austérité de dessin.

La couleur n'exclut certainement pas le grand dessin, celui de Véronèse, par exemple, qui procède surtout par l'ensemble et les masses; mais bien le dessin du détail, le contour du petit morceau, où la touche mangera toujours la ligne.

L'amour de l'air, le choix des sujets à mouvement, veulent l'usage des lignes flottantes et noyées.

Les dessinateurs exclusifs agissent selon un procédé inverse et pourtant analogue. Attentifs à suivre et à surprendre la ligne dans ses ondulations les plus secrètes, ils n'ont pas le temps de voir l'air et la lumière, c'est-à-dire leurs effets, et s'efforcent même de ne pas les voir, pour ne pas nuire au principe de leur école.

On peut donc être à la fois coloriste et dessinateur, mais dans un certain sens. De même qu'un dessinateur peut être coloriste par les grandes masses, de même un coloriste peut être dessinateur par une logique complète de l'ensemble des lignes; mais l'une de ces qualités absorbe toujours le détail de l'autre.

Les coloristes dessinent comme la nature; leurs figures sont naturellement délimitées par la lutte harmonieuse des masses colorées.

Les purs dessinateurs sont des philosophes et des abstracteurs de quintessence.

Les coloristes sont des poètes épiques.

---

* *Kreisleriana*[1]

IV

EUGÈNE DELACROIX

Le romantisme et la couleur me conduisent droit à EUGÈNE DELACROIX. J'ignore s'il est fier de sa qualité de romantique; mais sa place est ici, parce que la majorité du public l'a depuis longtemps, et même dès sa première œuvre, constitué le chef de l'école *moderne*.

En entrant dans cette partie, mon cœur est plein d'une joie sereine, et je choisis à dessein mes plumes les plus neuves, tant je veux être clair et limpide, et tant je me sens aise d'aborder mon sujet le plus cher et le plus sympathique. Il faut, pour faire bien comprendre les conclusions de ce chapitre, que je remonte un peu haut dans l'histoire de ce temps-ci, et que je remette sous les yeux du public quelques pièces du procès déjà citées par les critiques et les historiens précédents, mais nécessaires pour l'ensemble de la démonstration. Du reste, ce n'est pas sans un vif plaisir que les purs enthousiastes d'Eugène Delacroix reliront un article du *Constitutionnel* de 1822, tiré du Salon de M. Thiers, journaliste[1].

« Aucun tableau ne révèle mieux, à mon avis, l'avenir d'un grand peintre que celui de M. Delacroix, représentant *Le Dante et Virgile aux enfers*. C'est là surtout qu'on peut remarquer ce jet de talent, cet élan de la supériorité naissante qui ranime les espérances un peu découragées par le mérite trop modéré de tout le reste.

« Le Dante et Virgile, conduits par Caron, traversent le fleuve infernal et fendent avec peine la foule qui se presse autour de la barque pour y pénétrer. Le Dante, supposé vivant, a l'horrible teint[a] des lieux; Virgile, couronné d'un sombre laurier, a les couleurs de la mort. Les malheureux, condamnés éternellement à désirer la rive[b] opposée, s'attachent à la barque : l'un la saisit en vain, et, renversé par son mouvement trop rapide, est replongé dans les eaux; un autre l'embrasse et repousse avec les pieds ceux qui veulent aborder comme lui;

deux autres serrent avec les dents le bois qui leur échappe. Il y a là l'égoïsme de la détresse, le désespoir de l'enfer[a]. Dans le sujet[b] si voisin de l'exagération, on trouve cependant une sévérité de goût, une convenance locale, et en quelque sorte, qui relève le dessin, auquel des juges sévères, *mais peu avisés ici[c],* pourraient reprocher de manquer de noblesse. Le pinceau est large et ferme, la couleur simple et vigoureuse, quoique un peu crue.

« L'auteur a, outre cette imagination poétique qui est commune au peintre comme à l'écrivain, cette imagination de l'art, qu'on pourrait appeler en quelque sorte l'imagination[d] du dessin, et qui est tout autre que la précédente. Il jette ses figures, les groupe et les plie[e] à volonté avec la hardiesse de Michel-Ange et la fécondité de Rubens. Je ne sais quel souvenir des grands artistes me saisit à l'aspect de ce tableau; je retrouve[f] cette puissance sauvage, ardente, mais naturelle, qui cède sans effort à son propre entraînement.

. . . .[g1]

« Je ne crois pas m'y tromper, M. Delacroix a reçu le génie; qu'il avance avec assurance[h], qu'il se livre aux immenses travaux, condition indispensable du talent; et ce qui doit lui donner plus de confiance encore, c'est que l'opinion que j'exprime ici sur son compte est celle de l'un des grands maîtres de l'école[i2]. »

A. T...RS.

Ces lignes enthousiastes sont véritablement stupéfiantes autant par leur précocité que par leur hardiesse. Si le rédacteur en chef du journal avait, comme il est présumable, des prétentions à se connaître en peinture, le jeune Thiers dut lui paraître un peu fou.

Pour se bien faire une idée du trouble profond que le tableau de *Dante et Virgile* dut jeter dans les esprits d'alors, de l'étonnement, de l'abasourdissement, de la colère, du hourra, des injures, de l'enthousiasme et des éclats de rire insolents qui entourèrent ce beau tableau, vrai signal d'une révolution, il faut se rappeler que dans l'atelier de M. Guérin, homme d'un grand mérite, mais despote et exclusif comme son maître David, il n'y avait qu'un petit nombre de parias qui se préoccupaient des vieux maîtres à l'écart et osaient timidement conspirer à l'ombre de Raphaël et de Michel-Ange. Il n'eſt pas[a] encore queſtion de Rubens.

M. Guérin, rude et sévère envers son jeune élève, ne regarda le tableau qu'à cause du bruit qui se faiſait autour.

Géricault, qui revenait d'Italie, et avait, dit-on, devant les grandes fresques romaines et florentines, abdiqué plusieurs de ses qualités presque originales, complimenta si fort le nouveau peintre, encore timide, que celui-ci en était presque confus.

Ce fut devant cette peinture, ou quelque temps après, devant *Les Peſtiférés de Scio*[*][1], que Gérard lui-même, qui, à ce qu'il semble, était plus homme d'esprit que peintre, s'écria : « Un peintre vient de nous être révélé, mais c'eſt un homme qui court sur les toits[2] ! » — Pour courir sur les toits, il faut avoir le pied solide et l'œil illuminé par la lumière intérieure.

Gloire et juſtice soient rendues à MM. Thiers et Gérard !

Depuis le tableau de *Dante et Virgile* jusqu'aux peintures de la chambre des pairs et des députés, l'espace eſt grand sans doute ; mais la biographie d'Eugène Delacroix eſt peu accidentée. Pour un pareil homme, doué d'un tel courage et d'une telle passion, les luttes les plus intéressantes sont celles qu'il a à soutenir contre lui-même ; les horizons n'ont pas besoin d'être grands pour que les batailles soient importantes ; les révolutions et les événements les plus curieux se passent sous le ciel du crâne, dans le laboratoire étroit et myſtérieux du cerveau.

L'homme étant donc bien dûment révélé et se révélant de plus en plus (tableau allégorique de *La Grèce,* le *Sardanapale, La Liberté*[3]*,* etc.), la contagion du nouvel évangile empirant de jour en jour, le dédain académique se vit contraint lui-même de s'inquiéter de ce nouveau génie. M. Soſthène de La Rochefoucauld, alors direċteur des beaux-arts, fit un beau jour mander E. Delacroix, et lui dit, après maint compliment, qu'il était affligeant qu'un homme d'une si riche imagination et d'un si beau talent, auquel le gouvernement voulait du bien, ne

---

* Je mets *peſtiférés* au lieu de *massacre,* pour expliquer aux critiques étourdis les tons des chairs si souvent reprochés.

voulût pas mettre un peu d'eau dans son vin; il lui
demanda définitivement s'il ne lui serait pas possible de
modifier sa manière. Eugène Delacroix, prodigieusement
étonné de cette condition bizarre et de ces conseils
ministériels, répondit avec une colère presque comique
qu'apparemment s'il peignait ainsi, c'est qu'il le fallait
et qu'il ne pouvait pas peindre autrement. Il tomba dans
une disgrâce complète, et fut pendant sept ans sevré
de toute espèce de travaux. Il fallut attendre 1830.
M. Thiers avait fait dans *Le Globe* un nouvel et très
pompeux article[1].

Un voyage à Maroc[2] laissa dans son esprit, à ce qu'il
semble, une impression profonde; là il put à loisir étudier l'homme et la femme dans l'indépendance et l'originalité native de leurs mouvements, et comprendre la
beauté antique par l'aspect d'une race pure de toute
mésalliance et ornée de sa santé et du libre développement de ses muscles[3]. C'est probablement de cette époque
que datent la composition des *Femmes d'Alger*[4] et une
foule d'esquisses.

Jusqu'à présent on a été injuste envers Eugène Delacroix. La critique a été pour lui amère et ignorante; sauf
quelques nobles exceptions, la louange elle-même a dû
souvent lui paraître choquante. En général, et pour la
plupart des gens, nommer Eugène Delacroix, c'est jeter
dans leur esprit je ne sais quelles idées vagues de fougue
mal dirigée, de turbulence, d'inspiration aventurière,
de désordre même; et pour ces messieurs qui font la
majorité du public, le hasard, honnête et complaisant
serviteur du génie, joue un grand rôle dans ses plus
heureuses compositions. Dans la malheureuse époque de
révolution dont je parlais tout à l'heure, et dont j'ai
enregistré les nombreuses méprises, on a souvent
comparé Eugène Delacroix à Victor Hugo. On avait le
poète romantique, il fallait le peintre. Cette nécessité de
trouver à tout prix des pendants et des analogues dans
les différents arts amène souvent d'étranges bévues, et
celle-ci prouve encore combien l'on s'entendait peu.
À coup sûr la comparaison dut paraître pénible à Eugène Delacroix, peut-être à tous deux; car si ma définition
du romantisme[6] (intimité, spiritualité, etc.) place Delacroix à la tête du romantisme, elle en exclut naturellement M. Victor Hugo. Le parallèle est resté dans le

domaine banal des idées convenues, et ces deux préjugés
encombrent encore beaucoup de têtes faibles. Il faut en
finir une fois pour toutes avec ces niaiseries de rhétoricien. Je prie tous ceux qui ont éprouvé le besoin de créer
à leur propre usage une certaine esthétique, et de déduire
les causes des résultats, de comparer attentivement les
produits de ces deux artistes[1].

M. Victor Hugo, dont je ne veux certainement pas
diminuer la noblesse et la majesté, est un ouvrier beaucoup plus adroit qu'inventif, un travailleur bien plus
correct que créateur. Delacroix est quelquefois maladroit,
mais essentiellement créateur. M. Victor Hugo laisse
voir dans tous ses tableaux, lyriques et dramatiques, un
système d'alignement et de contrastes uniformes. L'excentricité elle-même prend chez lui des formes symétri-
ques. Il possède à fond et emploie froidement tous les
tons de la rime, toutes les ressources de l'antithèse, toutes
les tricheries de l'apposition. C'est un compositeur de
décadence ou de transition, qui se sert de ses outils avec
une dextérité véritablement admirable et curieuse.
M. Hugo était naturellement académicien avant que de
naître, et si nous étions encore au temps des merveilles
fabuleuses, je croirais volontiers que les lions verts de
l'Institut, quand il passait devant le sanctuaire courroucé,
lui ont souvent murmuré d'une voix prophétique : « Tu
seras de l'Académie ! »

Pour Delacroix, la justice est plus tardive. Ses œuvres,
au contraire, sont des poèmes, et de grands poèmes
naïvement conçus*, exécutés avec l'insolence accoutumée du génie. — Dans ceux du premier, il n'y a rien à
deviner; car il prend tant de plaisir à montrer son adresse,
qu'il n'omet pas un brin d'herbe ni un reflet de réverbère.
— Le second ouvre dans les siens de profondes avenues
à l'imagination la plus voyageuse. — Le premier jouit
d'une certaine tranquillité, disons mieux, d'un certain
égoïsme de spectateur, qui fait planer sur toute sa poésie
je ne sais quelle froideur et quelle modération, — que
la passion tenace et bilieuse du second, aux prises avec
les patiences du métier, ne lui permet pas toujours de

---

* Il faut entendre par la naïveté du génie la science du métier
combinée avec le *gnôti séauton,* mais la science modeste laissant le
beau rôle au tempérament.

garder. — L'un commence par le détail, l'autre par l'intelligence intime du sujet; d'où il arrive que celui-ci n'en
prend que la peau, et que l'autre en arrache les entrailles.
Trop matériel, trop attentif aux superficies de la nature,
M. Victor Hugo est devenu un peintre en poésie;
Delacroix, toujours respectueux de son idéal, est souvent, à son insu, un poète en peinture.

Quant au second préjugé, le préjugé du hasard, il n'a
pas plus de valeur que le premier. — Rien n'est plus
impertinent ni plus bête que de parler à un grand artiste,
érudit et penseur comme Delacroix, des obligations qu'il
peut avoir au dieu du hasard. Cela fait tout simplement
hausser les épaules de pitié. Il n'y a pas de hasard dans
l'art, non plus qu'en mécanique. Une chose heureusement trouvée est la simple conséquence d'un bon raisonnement, dont on a quelquefois sauté les déductions
intermédiaires, comme une faute est la conséquence d'un
faux principe. Un tableau est une machine dont tous les
systèmes sont intelligibles pour un œil exercé; où tout
a sa raison d'être, si le tableau est bon; où un ton est
toujours destiné à en faire valoir un autre; où une faute
occasionnelle de dessin est quelquefois nécessaire pour
ne pas sacrifier quelque chose de plus important.

Cette intervention du hasard dans les affaires de peinture de Delacroix est d'autant plus invraisemblable qu'il
est un des rares hommes qui restent originaux après
avoir puisé à toutes les vraies sources, et dont l'individualité indomptable a passé alternativement sous le
joug secoué de tous les grands maîtres. — Plus d'un
serait assez étonné de voir une étude de lui d'après
Raphaël, chef-d'œuvre patient et laborieux d'imitation,
et peu de personnes se souviennent aujourd'hui des
lithographies qu'il a faites d'après des médailles et des
pierres gravées.

Voici quelques lignes de M. Henri Heine[1] qui expliquent assez bien la méthode de Delacroix, méthode qui
est, comme chez tous les hommes vigoureusement
constitués, le résultat de son tempérament : « En fait
d'art, je suis surnaturaliste[2]. Je crois que l'artiste ne peut
trouver dans la nature tous ses types, mais que les plus
remarquables lui sont révélés dans son âme, comme la
symbolique innée d'idées innées, et au même instant.
Un moderne professeur d'esthétique, qui a écrit des

Recherches sur l'Italie[1], a voulu remettre en honneur le vieux principe de l'*imitation de la nature,* et soutenir que l'artiste plastique devait trouver dans la nature tous ses types. Ce professeur, en étalant ainsi son principe suprême des arts plastiques, avait seulement oublié un de ces arts, l'un des plus primitifs, je veux dire l'architecture, dont on a essayé de retrouver après coup les types dans les feuillages des forêts, dans les grottes des rochers : ces types n'étaient point dans la nature extérieure, mais bien dans l'âme humaine. »

Delacroix part donc de ce principe, qu'un tableau doit avant tout reproduire la pensée intime de l'artiste, qui domine le modèle, comme le créateur la création; et de ce principe il en sort un second qui semble le contredire à première vue, — à savoir, qu'il faut être très soigneux des moyens matériels d'exécution. — Il professe une estime fanatique pour la propreté des outils et la préparation des éléments de l'œuvre. — En effet, la peinture étant un art d'un raisonnement profond et qui demande la concurrence immédiate d'une foule de qualités, il est important que la main rencontre, quand elle se met à la besogne, le moins d'obstacles possible, et accomplisse avec une rapidité servile les ordres divins du cerveau : autrement l'idéal s'envole.

Aussi lente, sérieuse, consciencieuse est la conception du grand artiste, aussi preste est son exécution. C'est du reste une qualité qu'il partage avec celui dont l'opinion publique a fait son antipode, M. Ingres. L'accouchement n'est point l'enfantement, et ces grands seigneurs de la peinture, doués d'une paresse apparente, déploient une agilité merveilleuse à couvrir une toile. Le *Saint Symphorien*[2] a été refait entièrement plusieurs fois, et dans le principe il contenait beaucoup moins de figures.

Pour E. Delacroix, la nature est un vaste dictionnaire[3] dont il roule et consulte les feuillets avec un œil sûr et profond; et cette peinture, qui procède surtout du souvenir, parle surtout au souvenir. L'effet produit sur l'âme du spectateur est analogue aux moyens de l'artiste. Un tableau de Delacroix, *Dante et Virgile,* par exemple, laisse toujours une impression profonde, dont l'intensité s'accroît par la distance. Sacrifiant sans cesse le détail à l'ensemble, et craignant d'affaiblir la vitalité de sa pensée par la fatigue d'une exécution plus nette et plus calligraphique, il jouit pleinement d'une originalité insaisissable, qui est l'intimité du sujet.

L'exercice d'une dominante n'a légitimement lieu qu'au détriment du reste. Un goût excessif nécessite les sacrifices, et les chefs-d'œuvre ne sont jamais que des extraits divers de la nature. C'est pourquoi il faut subir les conséquences d'une grande passion, quelle qu'elle soit, accepter la fatalité d'un talent, et ne pas marchander avec le génie. C'est à quoi n'ont pas songé les gens qui ont tant raillé le dessin de Delacroix; en particulier les sculpteurs, gens partiaux et borgnes plus qu'il n'est permis, et dont le jugement vaut tout au plus la moitié d'un jugement d'architecte. — La sculpture, à qui la couleur est impossible et le mouvement difficile, n'a rien à démêler avec un artiste que préoccupent surtout le mouvement, la couleur et l'atmosphère. Ces trois éléments demandent nécessairement un contour un peu indécis, des lignes légères et flottantes, et l'audace de la touche. — Delacroix est le seul aujourd'hui dont l'originalité n'ait pas été envahie par le système des lignes droites; ses personnages sont toujours agités, et ses draperies voltigeantes. Au point de vue de Delacroix, la ligne n'est pas; car, si ténue qu'elle soit, un géomètre taquin peut toujours la supposer assez épaisse pour en contenir mille autres; et pour les coloristes, qui veulent imiter les palpitations éternelles de la nature, les lignes ne sont jamais, comme dans l'arc-en-ciel, que la fusion intime de deux couleurs.

D'ailleurs il y a plusieurs dessins, comme plusieurs couleurs : — exacts ou bêtes, physionomiques et imaginés.

Le premier est négatif, incorrect à force de réalité, naturel, mais saugrenu; le second est un dessin naturaliste, mais idéalisé, dessin d'un génie qui sait choisir, arranger, corriger, deviner, gourmander la nature; enfin le troisième, qui est le plus noble et le plus étrange, peut négliger la nature; il en représente une autre, analogue à l'esprit et au tempérament de l'auteur.

Le dessin physionomique appartient généralement aux passionnés, comme M. Ingres; le dessin de création est le privilège du génie*.

---

* C'est ce que M. Thiers appelait l'imagination du dessin.

La grande qualité du dessin des artistes suprêmes est la vérité du mouvement, et Delacroix ne viole jamais cette loi naturelle.

Passons à l'examen de qualités plus générales encore. — Un des caractères principaux du grand peintre est l'universalité. — Ainsi le poète épique, Homère ou Dante, sait faire également bien une idylle, un récit, un discours, une description, une ode, etc.

De même, Rubens, s'il peint des fruits, peindra des fruits plus beaux qu'un spécialiste quelconque.

E. Delacroix est universel; il a fait des tableaux de genre pleins d'intimité, des tableaux d'histoire pleins de grandeur. Lui seul, peut-être, dans notre siècle incrédule, a conçu des tableaux de religion qui n'étaient ni vides et froids comme des œuvres de concours, ni pédants, mystiques ou néo-chrétiens, comme ceux de tous ces philosophes de l'art qui font de la religion une science d'archaïsme, et croient nécessaire de posséder avant tout la symbolique et les traditions primitives pour remuer et faire chanter la corde religieuse.

Cela se comprend facilement, si l'on veut considérer que Delacroix est, comme tous les grands maîtres, un mélange admirable de science, — c'est-à-dire un peintre complet, — et de naïveté, c'est-à-dire un homme complet. Allez voir à Saint-Louis au Marais cette *Pietà*[1], où la majestueuse reine des douleurs tient sur ses genoux le corps de son enfant mort, les deux bras étendus horizontalement dans un accès de désespoir, une attaque de nerfs maternelle. L'un des deux personnages qui soutient et modère sa douleur est éploré comme les figures les plus lamentables de l'*Hamlet*[2], avec laquelle œuvre celle-ci a du reste plus d'un rapport. — Des deux saintes femmes, la première rampe convulsivement à terre, encore revêtue des bijoux et des insignes du luxe[a]; l'autre, blonde et dorée, s'affaisse plus mollement sous le poids énorme de son désespoir.

Le groupe est échelonné et disposé tout entier sur un fond d'un vert sombre et uniforme, qui ressemble autant à des amas de rochers qu'à une mer bouleversée par l'orage. Ce fond est d'une simplicité fantastique, et E. Delacroix a sans doute, comme Michel-Ange, supprimé l'accessoire pour ne pas nuire à la clarté de son idée. Ce chef-d'œuvre laisse dans l'esprit un sillon pro-

fond de mélancolie. — Ce n'était pas, du reste, la première fois qu'il attaquait les sujets religieux. Le *Christ
aux Oliviers,* le *Saint Sébastien*[1], avaient déjà témoigné de
la gravité et de la sincérité profonde dont il sait les
empreindre.

Mais pour expliquer ce que j'affirmais tout à l'heure,
— que Delacroix seul sait faire de la religion, — je ferai
remarquer à l'observateur que, si ses tableaux les plus
intéressants sont presque toujours ceux dont il choisit
les sujets, c'est-à-dire ceux de fantaisie, — néanmoins
la tristesse sérieuse de son talent convient parfaitement
à notre religion, religion profondément triste, religion
de la douleur universelle, et qui, à cause de sa catholicité
même, laisse une pleine liberté à l'individu et ne demande
pas mieux que d'être célébrée dans le langage de chacun,
— s'il connaît la douleur et s'il est peintre.

Je me rappelle qu'un de mes amis[2], garçon de mérite
d'ailleurs, coloriste déjà en vogue, — un de ces jeunes
hommes précoces qui donnent des espérances toute leur
vie, et beaucoup plus académique qu'il ne le croit lui-
même, — appelait cette peinture : peinture de cannibale !

À coup sûr, ce n'est point dans les curiosités d'une
palette encombrée, ni dans le dictionnaire des règles,
que notre jeune ami saura trouver cette sanglante et
farouche désolation, à peine compensée par le vert
sombre de l'espérance !

Cet hymne terrible à la douleur faisait sur sa classique
imagination l'effet des vins redoutables de l'Anjou, de
l'Auvergne ou du Rhin, sur un estomac accoutumé aux
pâles violettes du Médoc[3].

Ainsi, universalité de sentiment, — et maintenant
universalité de science !

Depuis longtemps les peintres avaient, pour ainsi
dire, désappris le genre *dit* de décoration. L'hémicycle
des Beaux-Arts[4] est une œuvre puérile et maladroite,
où les intentions se contredisent, et qui ressemble à une
collection de portraits historiques. Le *Plafond d'Homère*[5]
est un beau tableau qui plafonne mal. La plupart des
chapelles exécutées dans ces derniers temps, et distribuées aux élèves de M. Ingres, sont faites dans le système des Italiens primitifs, c'est-à-dire qu'elles veulent
arriver à l'unité par la suppression des effets lumineux
et par un vaste système de coloriages mitigés. Ce sys-

tème, plus raisonnable sans doute, esquive les difficultés. Sous Louis XIV, Louis XV et Louis XVI, les peintres firent des décorations à grand fracas, mais qui manquaient d'unité dans la couleur et dans la composition.

E. Delacroix eut des décorations à faire, et il résolut le grand problème. Il trouva l'unité dans l'aspect sans nuire à son métier de coloriste.

La Chambre des députés[1] est là qui témoigne de ce singulier tour de force. La lumière, économiquement dispensée, circule à travers toutes ces figures, sans intriguer l'œil d'une manière tyrannique.

Le plafond circulaire de la bibliothèque du Luxembourg[2] est une œuvre plus étonnante encore, où le peintre est arrivé, — non seulement à un effet encore plus doux et plus uni, sans rien supprimer des qualités de couleur et de lumière, qui sont le propre de tous ses tableaux, — mais encore s'est révélé sous un aspect tout nouveau : Delacroix paysagiste !

Au lieu de peindre Apollon et les Muses, décoration invariable des bibliothèques, E. Delacroix a cédé à son goût irrésistible pour Dante, que Shakespeare seul balance peut-être dans son esprit, et il a choisi le passage où Dante et Virgile rencontrent dans un lieu mystérieux les principaux poètes de l'antiquité :

« Nous ne laissions pas d'aller, tandis qu'il parlait ; mais nous traversions toujours la forêt, épaisse forêt d'esprits, veux-je dire. Nous n'étions pas bien éloignés de l'entrée de l'abîme, quand je vis un feu qui perçait un hémisphère de ténèbres. Quelques pas nous en séparaient encore, mais je pouvais déjà entrevoir que des esprits glorieux habitaient ce séjour.

« " Ô toi, qui honores toute science et tout art, quels sont ces esprits auxquels on fait tant d'honneur qu'on les sépare du sort des autres ?"

« Il me répondit : " Leur belle renommée, qui retentit là-haut dans votre monde, trouve grâce dans le ciel, qui les distingue des autres. "

« Cependant une voix se fit entendre : " Honorez le sublime poète ; son ombre, qui était partie, nous revient. "

« La voix se tut, et je vis venir à nous quatre grandes ombres ; leur aspect n'était ni triste ni joyeux.

« Le bon maître me dit : " Regarde celui qui marche,

une épée à la main, en avant des trois autres, comme un roi : c'est Homère, poète souverain; l'autre qui le suit est Horace le satirique; Ovide est le troisième, et le dernier est Lucain. Comme chacun d'eux partage avec moi le nom qu'a fait retentir la voix unanime, ils me font honneur et ils font bien ! ''

« Ainsi je vis se réunir la belle école de ce maître du chant sublime, qui plane sur les autres comme l'aigle. Dès qu'ils eurent devisé ensemble quelque peu, ils se tournèrent vers moi avec un geste de salut, ce qui fit sourire mon guide. Et ils me firent encore plus d'honneur, car ils me reçurent dans leur troupe, de sorte que je fus le sixième parmi tant de génies*. . . . . »

Je ne ferai pas à E. Delacroix l'injure d'un éloge exagéré pour avoir si bien vaincu la concavité de sa toile et y avoir placé des figures droites. Son talent est au-dessus de ces choses-là. Je m'attache surtout à l'esprit de cette peinture. Il est impossible d'exprimer avec de la prose tout le calme bienheureux qu'elle respire, et la profonde harmonie qui nage dans cette atmosphère. Cela fait penser aux pages les plus verdoyantes du *Télémaque,* et rend tous les souvenirs que l'esprit a emportés des récits élyséens. Le paysage, qui néanmoins n'est qu'un accessoire, est, au point de vue où je me plaçais tout à l'heure, — l'universalité des grands maîtres, — une chose des plus importantes. Ce paysage circulaire, qui embrasse un espace énorme, est peint avec l'aplomb d'un peintre d'histoire, et la finesse et l'amour d'un paysagiste. Des bouquets de lauriers, des ombrages considérables le coupent harmonieusement; des nappes de soleil doux et uniforme dorment sur les gazons; des montagnes bleues ou ceintes de bois font un horizon à souhait *pour le plaisir des yeux*[2]. Quant au ciel, il est bleu et blanc, chose étonnante chez Delacroix; les nuages, délayés et tirés en sens divers comme une gaze qui se déchire, sont d'une grande légèreté; et cette voûte d'azur, profonde et lumineuse, fuit à une prodigieuse

---

* *L'Enfer,* de Dante, chant IV, traduction de Pier Angelo Fiorentino[a1].

hauteur. Les aquarelles de Bonington^u sont moins transparentes.

Ce chef-d'œuvre, qui, selon moi, est supérieur aux meilleurs Véronèse, a besoin, pour être bien compris, d'une grande quiétude d'esprit et d'un jour très doux. Malheureusement, le jour éclatant qui se précipitera par la grande fenêtre de la façade, sitôt qu'elle sera délivrée des toiles et des échafauds, rendra ce travail plus difficile.

Cette année-ci, les tableaux de Delacroix sont *L'Enlèvement de Rébecca*, tiré d'*Ivanhoé*, les *Adieux de Roméo et de Juliette, Marguerite à l'église*, et *Un lion*, à l'aquarelle.

Ce qu'il y a d'admirable dans *L'Enlèvement de Rébecca*, c'est une parfaite ordonnance de tons, tons intenses, pressés, serrés et logiques, d'où résulte un aspect saisissant. Dans presque tous les peintres qui ne sont pas coloristes, on remarque toujours des vides, c'est-à-dire de grands trous produits par des tons qui ne sont pas de niveau, pour ainsi dire; la peinture de Delacroix est comme la nature, elle a horreur du vide.

Roméo et Juliette, — sur le balcon, — dans les froides clartés du matin, se tiennent religieusement embrassés par le milieu du corps. Dans cette étreinte violente de l'adieu, Juliette, les mains posées sur les épaules de son amant, rejette la tête en arrière, comme pour respirer, ou par un mouvement d'orgueil et de passion joyeuse. Cette attitude insolite, — car presque tous les peintres collent les bouches des amoureux l'une contre l'autre, — est néanmoins fort naturelle ; — ce mouvement vigoureux de la nuque est particulier aux chiens et aux chats heureux d'être caressés. — Les vapeurs violacées du crépuscule enveloppent cette scène et le paysage romantique qui la complète.

Le succès général qu'obtient ce tableau et la curiosité qu'il inspire prouvent bien ce que j'ai déjà dit ailleurs, — que Delacroix est populaire, quoi qu'en disent les peintres, et qu'il suffira de ne pas éloigner le public de ses œuvres, pour qu'il le soit autant que les peintres inférieurs.

Marguerite à l'église appartient à cette classe déjà nombreuse de charmants tableaux de genre, par lesquels Delacroix semble vouloir expliquer au public ses lithographies si amèrement critiquées.

Ce lion peint à l'aquarelle a pour moi un grand mérite,

outre la beauté du dessin et de l'attitude : c'est qu'il est
fait avec une grande bonhomie. L'aquarelle est réduite
à son rôle modeste, et ne veut pas se faire aussi grosse
que l'huile.

Il me reste, pour compléter cette analyse, à noter une
dernière qualité chez Delacroix, la plus remarquable de
toutes, et qui fait de lui le vrai peintre du XIXe siècle :
c'est cette mélancolie singulière et opiniâtre qui s'exhale
de toutes ses œuvres, et qui s'exprime et par le choix
des sujets, et par l'expression des figures, et par le geste,
et par le style de la couleur. Delacroix affectionne Dante
et Shakespeare, deux autres grands peintres de la douleur
humaine; il les connaît à fond, et il sait les traduire
librement. En contemplant la série de ses tableaux, on
dirait qu'on assiste à la célébration de quelque mystère
douloureux : *Dante et Virgile, Le Massacre de Scio*[1], le *Sardanapale, Le Christ aux Oliviers*, le *Saint Sébastien*, la *Médée*[2],
Les Naufragés[3], et l'*Hamlet* si raillé et si peu compris[4].
Dans plusieurs on trouve, par je ne sais quel constant hasard, une figure plus désolée, plus affaissée que les autres,
en qui se résument toutes les douleurs environnantes;
ainsi la femme agenouillée, à la chevelure pendante, sur
le premier plan des *Croisés à Constantinople*[5] ; la vieille,
si morne et si ridée, dans *Le Massacre de Scio*. Cette mélancolie respire jusque dans les *Femmes d'Alger,* son tableau
le plus coquet et le plus fleuri. Ce petit poème d'intérieur,
plein de repos et de silence, encombré de riches étoffes
et de brimborions de toilette, exhale je ne sais quel haut
parfum de mauvais lieu qui nous guide assez vite vers
les limbes insondés de la tristesse[6]. En général, il ne peint
pas de jolies femmes, au point de vue des gens du monde
toutefois. Presque toutes sont malades, et resplendissent
d'une certaine beauté intérieure. Il n'exprime point la
force par la grosseur des muscles, mais par la tension des
nerfs. C'est non seulement la douleur qu'il sait le mieux
exprimer, mais surtout, — prodigieux mystère de sa
peinture, — la douleur morale ! Cette haute et sérieuse
mélancolie brille d'un éclat morne, même dans sa couleur, large, simple, abondante en masses harmoniques,
comme celle de tous les grands coloristes, mais plaintive
et profonde comme une mélodie de Weber[7].

Chacun des anciens maîtres a son royaume, son apanage, — qu'il est souvent contraint de partager avec

des rivaux illustres. Raphaël a la forme, Rubens et Véronèse la couleur, Rubens et Michel-Ange l'imagination du dessin. Une portion de l'empire restait, où Rembrandt seul avait fait quelques excursions, — le drame, — le drame naturel et vivant, le drame terrible et mélancolique, exprimé souvent par la couleur, mais toujours par le geste.

En fait de gestes sublimes, Delacroix n'a de rivaux qu'en dehors de son art. Je ne connais guère que Frédérick Lemaître et Macready[1].

C'est à cause de cette qualité toute moderne et toute nouvelle que Delacroix est la dernière expression du progrès dans l'art. Héritier de la grande tradition, c'est-à-dire de l'ampleur, de la noblesse et de la pompe dans la composition, et digne successeur des vieux maîtres, il a de plus qu'eux la maîtrise de la douleur, la passion, le geste ! C'est vraiment là ce qui fait l'importance de sa grandeur. — En effet, supposez que le bagage d'un des vieux illustres se perde, il aura presque toujours son analogue qui pourra l'expliquer et le faire deviner à la pensée de l'historien. Ôtez Delacroix, la grande chaîne de l'histoire est rompue et s'écoule à terre.

Dans un article qui a plutôt l'air d'une prophétie que d'une critique, à quoi bon relever des fautes de détail et des taches microscopiques ? L'ensemble est si beau, que je n'en ai pas le courage. D'ailleurs la chose est si facile, et tant d'autres l'ont faite ! — N'est-il pas plus nouveau de voir les gens par leur beau côté ? Les défauts de M. Delacroix sont parfois si visibles qu'ils sautent à l'œil le moins exercé. On peut ouvrir au hasard la première feuille venue, où pendant longtemps l'on s'est obstiné, à l'inverse de mon système, à ne pas voir les qualités radieuses qui constituent son originalité. On sait que les grands génies ne se trompent jamais à demi, et qu'ils ont le privilège de l'énormité dans tous les sens.

★

Parmi les élèves de Delacroix, quelques-uns se sont heureusement approprié ce qui peut se prendre de son talent, c'est-à-dire quelques parties de sa méthode, et se sont déjà fait une certaine réputation. Cependant leur couleur a, en général, ce défaut qu'elle ne vise guère

qu'au pittoresque et à l'effet ; l'idéal n'est point leur domaine, bien qu'ils se passent volontiers de la nature, sans
en avoir acquis le droit par les études courageuses du
maître.

On a remarqué cette année l'absence de M. PLANET[1],
dont la *Sainte Thérèse* avait au dernier Salon attiré les
yeux des connaisseurs, — et de M. RIESENER[2], qui a souvent fait des tableaux d'une large couleur, et dont on
peut voir avec plaisir quelques bons plafonds à la Chambre des pairs, malgré le voisinage terrible de Delacroix.

M. LÉGER CHÉRELLE a envoyé *Le Martyre de sainte
Irène*[3]. Le tableau est composé d'une seule figure et d'une
pique qui est d'un effet assez désagréable. Du reste, la
couleur et le modelé du torse sont généralement bons.
Mais il me semble que M. Léger Chérelle a déjà montré
au public ce tableau avec de légères variantes.

Ce qu'il y a d'assez singulier dans *La Mort de Cléopâtre,*
par M. LASSALLE-BORDES[a4], c'est qu'on n'y trouve pas une
préoccupation unique de la couleur, et c'est peut-être
un mérite. Les tons sont, pour ainsi dire, équivoques,
et cette amertume n'est pas dénuée de charmes.

Cléopâtre expire sur son trône, et l'envoyé d'Octave
se penche pour la contempler. Une de ses servantes
vient de mourir à ses pieds. La composition ne manque
pas de majesté, et la peinture est accomplie avec une
bonhomie assez audacieuse ; la tête de Cléopâtre est belle,
et l'ajustement vert et rose de la négresse tranche heureusement avec la couleur de sa peau. Il y a certainement
dans cette grande toile menée à bonne fin, sans souci
aucun d'imitation, quelque chose qui plaît et attire le
flâneur désintéressé.

V

DES SUJETS AMOUREUX
ET DE M. TASSAERT

Vous est-il arrivé, comme à moi, de tomber dans de grandes mélancolies, après avoir passé de longues heures à feuilleter des estampes libertines ? Vous êtes-vous demandé la raison du charme qu'on trouve parfois à fouiller ces annales de la luxure, enfouies dans les bibliothèques ou perdues dans les cartons des marchands, et parfois aussi de la mauvaise humeur qu'elles vous donnent[1] ? Plaisir et douleur mêlés, amertume dont la lèvre a toujours soif ! — Le plaisir est de voir représenté sous toutes ses formes le sentiment le plus important de la nature, — et la colère, de le trouver souvent si mal imité ou si sottement calomnié. Soit dans les interminables soirées d'hiver au coin du feu, soit dans les lourds loisirs de la canicule, au coin des boutiques de vitrier, la vue de ces dessins m'a mis sur des pentes de rêverie immenses, à peu près comme un livre obscène nous précipite vers les océans mystiques du bleu. Bien des fois je me suis pris à désirer, devant ces innombrables échantillons du sentiment de chacun, que le poète, le curieux, le philosophe, pussent se donner la jouissance d'un musée de l'amour, où tout aurait sa place, depuis la tendresse inappliquée de sainte Thérèse[2] jusqu'aux débauches sérieuses des siècles ennuyés. Sans doute la distance est immense qui sépare *Le Départ pour l'île de Cythère*[3] des misérables coloriages suspendus dans les chambres des filles, au-dessus d'un pot fêlé et d'une console branlante; mais dans un sujet aussi important rien n'est à négliger. Et puis le génie sanctifie toutes choses, et si ces sujets étaient traités avec le soin et le recueillement nécessaires, ils ne seraient point souillés par cette obscénité révoltante, qui est plutôt une fanfaronnade qu'une vérité.

Que le moraliste ne s'effraye pas trop; je saurai garder

les justes mesures, et mon rêve d'ailleurs se bornait à désirer ce poème immense de l'amour crayonné par les mains les plus pures, par Ingres, par Watteau, par Rubens, par Delacroix ! Les folâtres et élégantes princesses de Watteau, à côté des Vénus sérieuses et reposées de M. Ingres; les splendides blancheurs de Rubens et de Jordaens, et les mornes beautés de Delacroix, telles qu'on peut se les figurer : de grandes femmes pâles, noyées dans le satin*[1] !

Ainsi pour rassurer complètement la chasteté effarouchée du lecteur, je dirai que je rangerais dans les sujets amoureux, non seulement tous les tableaux qui traitent spécialement de l'amour, mais encore tout tableau qui respire l'amour, fût-ce un portrait**.

Dans cette immense exposition, je me figure la beauté et l'amour de tous les climats exprimés par les premiers artistes; depuis les folles, évaporées et merveilleuses créatures que nous a laissées Watteau fils[3] dans ses gravures de mode, jusqu'à ces Vénus de Rembrandt qui se font faire les ongles, comme de simples mortelles, et peigner avec un gros peigne de buis.

Les sujets de cette nature chose si importante, qu'il n'est point d'artiste, petit ou grand, qui ne s'y soit appliqué, secrètement ou publiquement, depuis Jules Romain jusqu'à Devéria et Gavarni.

Leur grand défaut, en général, est de manquer de naïveté et de sincérité. Je me rappelle pourtant une lithographie[4] qui exprime, — sans trop de délicatesse malheureusement, — une des grandes vérités de l'amour libertin. Un jeune homme déguisé en femme et sa maîtresse habillée en homme sont assis à côté l'un de l'autre, sur un *sopha*, — le sopha que vous savez, le sopha de l'hôtel garni et du cabinet particulier. La jeune femme veut relever les jupes de son amant***. — Cette page

---

* On m'a dit que Delacroix avait fait autrefois pour son *Sardanapale* une foule d'études merveilleuses de femmes, dans les attitudes les plus voluptueuses.

** Deux tableaux essentiellement amoureux, et admirables du reste, composés dans ce temps-ci, sont la *grande Odalisque* et la *petite Odalisque* de M. Ingres[2].

*** Sedebant in fornicibus pueri puellaeve sub titulis et lychnis, illi femineo compti mundo sub stola, hae parum comptae sub puerorum veste, ore ad puerilem formam composito. Alter venibat sexus sub altero sexu. *Corruperat omnis caro viam suam.* — Meursius[5].

luxurieuse serait, dans le musée idéal dont je parlais, compensée par bien d'autres où l'amour n'apparaîtrait que sous sa forme la plus délicate.

Ces réflexions me sont revenues à propos de deux tableaux de M. Tassaert, *Érigone* et *Le Marchand d'esclaves*[1].

M. Tassaert, dont j'ai eu le tort grave de ne pas assez parler l'an passé[2], est un peintre du plus grand mérite, et dont le talent s'appliquerait le plus heureusement aux sujets amoureux.

Érigone est à moitié couchée sur un tertre ombragé de vignes, — dans une pose provocante, une jambe presque repliée, l'autre tendue et le corps chassé en avant; le dessin est fin, les lignes onduleuses et combinées d'une manière savante. Je reprocherai cependant à M. Tassaert, qui est coloriste, d'avoir peint ce torse avec un ton trop uniforme.

L'autre tableau représente un marché de femmes qui attendent des acheteurs. Ce sont de vraies femmes, des femmes civilisées[3], aux pieds rougis par la chaussure, un peu communes, un peu trop roses, qu'un Turc bête et sensuel va acheter pour des beautés superfines. Celle qui est vue de dos, et dont les fesses sont enveloppées dans une gaze transparente, a encore sur la tête un bonnet de modiste, un bonnet acheté rue Vivienne ou au Temple. La pauvre fille a sans doute été enlevée par les pirates.

La couleur de ce tableau est extrêmement remarquable par la finesse et par la transparence des tons. On dirait que M. Tassaert s'est préoccupé de la manière de Delacroix; néanmoins il a su garder une couleur originale.

C'est un artiste éminent que les flâneurs seuls apprécient et que le public ne connaît pas assez; son talent a toujours été grandissant, et quand on songe d'où il est parti et où il est arrivé, il y a lieu d'attendre de lui de ravissantes compositions.

VI

DE QUELQUES COLORISTES

Il y a au Salon deux curiosités assez importantes ; ce sont les portraits de *Petit Loup* et de *Graisse du dos de buffle,* peints par M. CATLIN, le cornac des sauvages. Quand M. Catlin vint à Paris, avec ses Ioways et son musée[1], le bruit se répandit que c'était un brave homme qui ne savait ni peindre ni dessiner, et que s'il avait fait quelques ébauches passables, c'était grâce à son courage et à sa patience. Était-ce ruse innocente de M. Catlin ou bêtise des journalistes ? — Il est aujourd'hui avéré que M. Catlin sait fort bien peindre et fort bien dessiner. Ces deux portraits suffiraient pour me le prouver, si ma mémoire ne me rappelait beaucoup d'autres morceaux également beaux. Ses ciels surtout m'avaient frappé à cause de leur transparence et de leur légèreté.

M. Catlin a supérieurement rendu le caractère fier et libre, et l'expression noble de ces braves gens ; la construction de leur tête est parfaitement bien comprise. Par leurs belles attitudes et l'aisance de leurs mouvements, ces sauvages font comprendre la sculpture antique. Quant à la couleur, elle a quelque chose de mystérieux qui me plaît plus que je ne saurais dire. Le rouge, la couleur du sang, la couleur de la vie, abondait tellement dans ce sombre musée, que c'était une ivresse ; quant aux paysages, — montagnes boisées, savanes immenses, rivières désertes, — ils étaient monotonement, éternellement verts ; le rouge, cette couleur si obscure, si épaisse, plus difficile à pénétrer que les yeux d'un serpent, — le vert, cette couleur calme et gaie et souriante de la nature, je les retrouve chantant leur antithèse mélodique jusque sur le visage de ces deux héros. — Ce qu'il y a de certain, c'est que tous leurs tatouages et coloriages étaient faits selon les gammes naturelles et harmoniques.

Je crois que ce qui a induit en erreur le public et les journalistes à l'endroit de M. Catlin, c'est qu'il ne fait pas de peinture *crâne,* à laquelle tous nos jeunes gens les ont si bien accoutumés, que c'est maintenant la peinture *classique.*

L'an passé j'ai déjà protesté contre le *De profundis* unanime, contre la conspiration des ingrats, à propos de MM. Devéria[1]. Cette année-ci m'a donné raison. Bien des réputations précoces qui leur ont été substituées ne valent pas encore la leur. M. ACHILLE DEVÉRIA surtout s'est fait remarquer au Salon de 1846 par un tableau, *Le Repos de la sainte famille*[2], qui non seulement conserve toute la grâce particulière à ces charmants et fraternels génies, mais encore rappelle les sérieuses qualités des anciennes écoles; — des écoles secondaires peut-être, qui ne l'emportent précisément ni par le dessin ni par la couleur, mais que l'ordonnance et la belle tradition placent néanmoins bien au-dessus des dévergondages propres aux époques de transition. Dans la grande bataille romantique, MM. DEVÉRIA firent partie du bataillon sacré des coloristes; leur place était donc marquée ici. — Le tableau de M. Achille Devéria, dont la composition est excellente, frappe en outre l'esprit par un aspect doux et harmonieux.

M. BOISSARD, dont les débuts furent brillants aussi et pleins de promesses, est un de ces esprits excellents nourris des anciens maîtres; sa *Madeleine au désert* est une peinture d'une bonne et saine couleur, — sauf les tons des chairs un peu tristes. La pose est heureusement trouvée.

Dans cet interminable Salon, où plus que jamais les différences sont effacées, où chacun dessine et peint un peu, mais pas assez pour mériter même d'être classé, — c'est une grande joie de rencontrer un franc et vrai peintre, comme M. DEBON. Peut-être son *Concert dans l'atelier* est-il un tableau un peu trop *artistique,* Valentin, Jordaens et quelques autres y faisant leur partie; mais au moins c'est de la belle et bien portante peinture, et qui indique dans l'auteur un homme parfaitement sûr de lui-même[3].

M. DUVEAU[4] a fait *Le Lendemain d'une tempête.* J'ignore s'il peut devenir un franc coloriste, mais quelques parties de son tableau le font espérer. — Au premier aspect, l'on cherche dans sa mémoire quelle scène historique il peut représenter. En effet, il n'y a guère que les Anglais

qui osent donner de si vastes proportions au tableau
de genre. — Du reste, il est bien ordonné, et paraît généralement bien dessiné. — Le ton un peu trop uniforme,
qui choque d'abord l'œil, est sans doute un effet de la
nature, dont toutes les parties paraissent singulièrement
crues, après qu'elles ont été lavées par les pluies.

La Charité de M. LAEMLEIN[1] est une charmante femme
qui tient par la main, et porte suspendus à son sein, des
marmots de tous les climats, blancs, jaunes, noirs, etc...
Certainement, M. Laemlein a le sentiment de la bonne
couleur ; mais il y a dans ce tableau un grand défaut, c'est
que le petit Chinois est si joli, et sa robe d'un effet si
agréable, qu'il occupe presque uniquement l'œil du
spectateur. Ce petit mandarin trotte toujours dans la
mémoire, et fera oublier le reste à beaucoup de gens.

M. DECAMPS est un de ceux qui, depuis de nombreuses
années, ont occupé despotiquement la curiosité du
public, et rien n'était plus légitime.

Cet artiste, doué d'une merveilleuse faculté d'analyse, arrivait souvent, par une heureuse concurrence de
petits moyens, à des résultats d'un effet puissant. — S'il
esquivait trop le détail de la ligne, et se contentait souvent du mouvement ou du contour général, si parfois
ce dessin frisait le chic, — le goût minutieux de la
nature, étudiée surtout dans ses effets lumineux, l'avait
toujours sauvé et maintenu dans une région supérieure.

Si M. Decamps n'était pas précisément un dessinateur,
dans le sens du mot généralement accepté, néanmoins
il l'était à sa manière et d'une façon particulière. Personne n'a vu de grandes figures dessinées par lui ; mais
certainement le dessin, c'est-à-dire la tournure de ses
petits bonshommes, était accusé et trouvé avec une hardiesse et un bonheur remarquables. Le caractère et les
habitudes de leurs corps étaient toujours visibles ; car
M. Decamps sait faire comprendre un personnage avec
quelques lignes. Ses croquis étaient amusants et profondément plaisants. C'était un dessin d'homme d'esprit,
presque de caricaturiste ; car il possédait je ne sais quelle
bonne humeur ou fantaisie moqueuse, qui s'attaquait
parfaitement aux ironies de la nature : aussi ses personnages étaient-ils toujours posés, drapés ou habillés selon
la vérité et les convenances et coutumes éternelles de
leur individu. Seulement il y avait dans ce dessin une

certaine immobilité, mais qui n'était pas déplaisante et
complétait son orientalisme. Il prenait d'habitude ses
modèles au repos, et quand ils couraient, ils ressemblaient
souvent à des ombres suspendues ou à des silhouettes
arrêtées subitement dans leur course ; ils couraient comme
dans un bas-relief. — Mais la couleur était son beau côté,
sa grande et unique affaire. Sans doute M. Delacroix
est un grand coloriste, mais non pas enragé. Il a bien
d'autres préoccupations, et la dimension de ses toiles
le veut ; pour M. Decamps, la couleur était la grande
chose, c'était pour ainsi dire sa pensée favorite. Sa couleur splendide et rayonnante avait de plus un style très
particulier. Elle était, pour me servir de mots empruntés
à l'ordre moral, sanguinaire et mordante. Les mets les
plus appétissants, les drôleries cuisinées avec le plus
de réflexion, les produits culinaires le plus âprement
assaisonnés avaient moins de ragoût et de montant[1],
exhalaient moins de volupté sauvage pour le nez et le
palais d'un gourmand, que les tableaux de M. Decamps
pour un amateur de peinture. L'étrangeté de leur aspect
vous arrêtait, vous enchaînait et vous inspirait une
invincible curiosité. Cela tenait peut-être aux procédés
singuliers et minutieux dont use souvent l'artiste, qui
élucubre, dit-on, sa peinture avec la volonté infatigable
d'un alchimiste. L'impression qu'elle produisait alors
sur l'âme du spectateur était si soudaine et si nouvelle,
qu'il était difficile de se figurer de qui elle est fille, quel
avait été le parrain de ce singulier artiste, et de quel
atelier était sorti ce talent solitaire et original. — Certes,
dans cent ans, les historiens auront du mal à découvrir
le maître de M. Decamps[2]. — Tantôt il relevait des
anciens maîtres les plus hardiment colorés de l'École
flamande ; mais il avait plus de style qu'eux et il groupait
ses figures avec plus d'harmonie ; tantôt la pompe et
la trivialité de Rembrandt le préoccupaient vivement ;
d'autres fois on retrouvait dans ses ciels un souvenir
amoureux des ciels du Lorrain. Car M. Decamps était
paysagiste aussi, et paysagiste du plus grand mérite : ses
paysages et ses figures ne faisaient qu'un et se servaient
réciproquement. Les uns n'avaient pas plus d'importance que les autres, et rien chez lui n'était accessoire ;
tant chaque partie de la toile était travaillée avec curiosité, tant chaque détail destiné à concourir à l'effet de

l'ensemble ! — Rien n'était inutile, ni le rat qui traversait un bassin à la nage dans je ne sais quel tableau turc, plein de paresse et de fatalisme, ni les oiseaux de proie qui planaient dans le fond de ce chef-d'œuvre intitulé : *Le Supplice des crochets*[1].

Le soleil et la lumière jouaient alors un grand rôle dans la peinture de M. Decamps. Nul n'étudiait avec autant de soin les effets de l'atmosphère. Les jeux les plus bizarres et les plus invraisemblables de l'ombre et de la lumière lui plaisaient avant tout. Dans un tableau de M. Decamps, le soleil brûlait véritablement les murs blancs et les sables crayeux; tous les objets colorés avaient une transparence vive et animée. Les[a] eaux étaient d'une profondeur inouïe; les grandes ombres qui coupent les pans des maisons et dorment étirées sur le sol ou sur l'eau avaient une indolence et un farniente d'ombres indéfinissables. Au milieu de cette nature saisissante, s'agitaient ou rêvaient de petites gens, tout un petit monde avec sa vérité native et comique.

Les tableaux de M. Decamps étaient donc pleins de poésie, et souvent de rêverie; mais là où d'autres, comme Delacroix, arriveraient par un grand dessin, un choix de modèle original ou une large et facile couleur, M. Decamps arrivait par l'intimité du détail. Le seul reproche, en effet, qu'on lui pouvait faire, était de trop s'occuper de l'exécution matérielle des objets; ses maisons étaient en vrai plâtre, en vrai bois, ses murs en vrai mortier de chaux[2]; et devant ces chefs-d'œuvre l'esprit était souvent attristé par l'idée douloureuse du temps et de la peine consacrés à les faire. Combien n'eussent-ils pas été plus beaux, exécutés avec plus de bonhomie !

L'an passé, quand M. Decamps, armé d'un crayon[3], voulut lutter avec Raphaël et Poussin, — les flâneurs enthousiastes de la plaine et de la montagne, ceux-là qui ont un cœur grand comme le monde, mais qui ne veulent pas pendre les citrouilles aux branches des chênes, et qui adoraient tous M. Decamps comme un des produits les plus curieux de la création, se dirent entre eux : « Si Raphaël empêche Decamps de dormir, adieu nos Decamps! Qui les fera désormais? — Hélas! MM. Gui-gnet et Chacaton[4]. »

Et cependant M. Decamps a reparu cette année avec des choses turques, des paysages, des tableaux de genre et un *Effet de pluie*[1] ; mais il a fallu les chercher : ils ne sautaient plus aux yeux.

M. Decamps, qui sait si bien faire le soleil, n'a pas su faire la pluie ; puis il a fait nager des canards dans de la pierre, etc. *L'École turque*[2], néanmoins, ressemble à ses bons tableaux ; ce sont bien là ces beaux enfants que nous connaissons, et cette atmosphère lumineuse et poussiéreuse d'une chambre où le soleil veut entrer tout entier.

Il me paraît si facile de nous consoler avec les magnifiques Decamps qui ornent les galeries, que je ne veux pas analyser les défauts de ceux-ci. Ce serait une besogne puérile, que tout le monde fera du reste très bien.

Parmi les tableaux de M. PENGUILLY-L'HARIDON, qui sont tous d'une bonne facture, — petits tableaux largement peints, et néanmoins avec finesse, — un surtout se fait voir et attire les yeux : *Pierrot présente à l'assemblée ses compagnons Arlequin et Polichinelle.*

Pierrot, un œil ouvert et l'autre fermé, avec cet air matois qui est de tradition, montre au public Arlequin qui s'avance en faisant les ronds de bras obligés, une jambe crânement posée en avant. Polichinelle le suit, — tête un peu avinée, œil plein de fatuité, pauvres petites jambes dans de grands sabots. Une figure ridicule, grand nez, grandes lunettes, grandes moustaches en croc, apparaît entre deux rideaux. — Tout cela est d'une jolie couleur, fine et simple, et ces trois personnages se détachent parfaitement sur un fond gris. Ce qu'il y a de saisissant dans ce tableau vient moins encore de l'aspect que de la composition, qui est d'une simplicité excessive. — Le Polichinelle, qui est essentiellement comique, rappelle celui du *Charivari* anglais[3], qui pose l'index sur le bout de son nez, pour exprimer combien il en est fier ou combien il en est gêné. Je reprocherai à M. Penguilly de n'avoir pas pris le type de Deburau, qui est le vrai pierrot actuel, le pierrot de l'histoire moderne, et qui doit avoir sa place dans tous les tableaux de parade[4].

Voici maintenant une autre fantaisie beaucoup moins habile et moins savante, et qui est d'autant plus belle qu'elle est peut-être involontaire : *La Rixe des mendiants,* par M. MANZONI. Je n'ai jamais rien vu d'aussi poétiquement brutal, même dans les orgies les plus flamandes. — Voici en six points les différentes impressions du passant devant ce tableau : 1° vive curiosité ; 2° quelle horreur !

3º c'est mal peint, mais c'est une composition singulière et qui ne manque pas de charme; 4º ce n'est pas aussi mal peint qu'on le croirait d'abord; 5º revoyons donc ce tableau; 6º souvenir durable.

Il y a là-dedans une férocité et une brutalité de manière assez bien appropriées au sujet, et qui rappellent les violentes ébauches de Goya[1]. — Ce sont bien du reste les faces les plus patibulaires qui se puissent voir; c'est un mélange singulier de chapeaux défoncés, de jambes de bois, de verres cassés, de buveurs vaincus; la luxure, la férocité et l'ivrognerie agitant leurs haillons.

La beauté rougeaude qui allume les désirs de ces messieurs est d'une *bonne touche,* et bien faite pour plaire aux connaisseurs. J'ai rarement vu quelque chose d'aussi comique que ce malheureux collé au mur, et que son voisin a victorieusement cloué avec une fourche.

Quant au second tableau, *L'Assassinat nocturne*[2], il est d'un aspect moins étrange. La couleur en est terne et vulgaire, et le fantastique ne gît que dans la manière dont la scène est représentée. Un mendiant tient un couteau levé sur un malheureux qu'on fouille et qui se meurt de peur. Ces demi-masques blancs, qui consistent en des nez gigantesques, sont fort drôles, et donnent à cette scène d'épouvante un cachet des plus singuliers.

M. VILLA-AMIL a peint la *Salle du trône* à Madrid[3]. On dirait au premier abord que c'est fait avec une grande bonhomie; mais en regardant plus attentivement, on reconnaît une grande habileté dans l'ordonnance et la couleur générale de cette peinture décorative. C'est d'un ton moins fin peut-être, mais d'une couleur plus ferme que les tableaux du même genre qu'affectionne M. ROBERTS[4]. Il y a cependant ce défaut que le plafond a moins l'air d'un plafond que d'un ciel véritable.

MM. WATTIER et PÉRÈSE[a5] traitent d'habitude des sujets presque semblables, de belles dames en costumes anciens dans des parcs, sous de vieux ombrages; mais M. Pérèse a cela pour lui qu'il peint avec beaucoup plus de bonhomie, et que son nom ne lui commande pas la singerie de Watteau. Malgré la finesse étudiée des figures de M. Wattier, M. Pérèse lui est supérieur par l'invention. Il y a du reste entre leurs compositions la même différence qu'entre la galanterie sucrée du temps de Louis XV et la galanterie loyale du siècle de Louis XIII.

L'école Couture, — puisqu'il faut l'appeler par son nom, — a beaucoup trop donné cette année.

M. Diaz de la Peña[1], qui est en petit l'expression hyperbolique de cette petite école, part de ce principe qu'une palette est un tableau. Quant à l'harmonie générale, M. Diaz pense qu'on la rencontre toujours. Pour le dessin, — le dessin du mouvement, le dessin des coloristes, — il n'en est pas question; les membres de toutes ces petites figures se tiennent à peu près comme des paquets de chiffons ou comme des bras et des jambes dispersés par l'explosion d'une locomotive. — Je préfère le kaléidoscope, parce qu'il ne fait pas *Les Délaissées* ou *Le Jardin des Amours;* il fournit des dessins de châle ou de tapis, et son rôle est modeste. — M. Diaz est coloriste, il est vrai; mais élargissez le cadre d'un pied, et les forces lui manquent, parce qu'il ne connaît pas la nécessité d'une couleur générale. C'est pourquoi ses tableaux ne laissent pas de souvenir.

Chacun a son rôle, dites-vous. La grande peinture n'est point faite pour tout le monde. Un beau dîner contient des pièces de résistance et des hors-d'œuvre. Oserez-vous être ingrat envers les saucissons d'Arles, les piments, les anchois, l'aïoli, etc.[2] ? — Hors-d'œuvre appétissants, dites-vous ? — Non pas, mais bonbons et sucreries écœurantes. — Qui voudrait se nourrir de dessert ? C'est à peine si on l'effleure, quand on est content de son dîner.

M. Célestin Nanteuil sait poser une touche, mais ne sait pas établir les proportions et l'harmonie d'un tableau[3].

M. Verdier[4] peint raisonnablement, mais je le crois foncièrement ennemi de la pensée.

M. Müller[a], l'homme aux *Sylphes*[5], le grand amateur des sujets poétiques, — des sujets ruisselants de poésie, — a fait un tableau qui s'appelle *Primavera*. Les gens qui ne savent pas l'italien croiront que cela veut dire *Dé améron*[6].

La couleur de M. Faustin Besson perd beaucoup à n'être plus troublée et miroitée par les vitres de la boutique Deforge[7].

Quant à M. Fontaine[8], c'est évidemment un homme sérieux; il nous a fait M. de Béranger entouré de marmots des deux sexes, et initiant la jeunesse aux mystères de la peinture Couture.

Grands mystères, ma foi ! — Une lumière rose ou
couleur de pêche et une ombre verte, c'est là que gît
toute la difficulté. — Ce qu'il y a de terrible dans cette
peinture, c'est qu'elle se fait voir; on l'aperçoit de très
loin.

De tous ces messieurs, le plus malheureux sans doute
est M. Couture[1], qui joue en tout ceci le rôle intéressant
d'une victime. — Un imitateur est un indiscret qui vend
une surprise.

Dans les différentes spécialités des sujets bas-bretons,
catalans, suisses, normands, etc., MM. Armand et
Adolphe Leleux sont dépassés par M. Guillemin,
qui est inférieur à M. Hédouin[2], qui lui-même le cède
à M. Haffner.

J'ai entendu plusieurs fois faire à MM. Leleux ce
singulier reproche[3], que, Suisses, Espagnols ou Bretons,
tous leurs personnages avaient l'air breton.

M. Hédouin est certainement un peintre de mérite,
qui possède une touche ferme et qui entend la couleur;
il parviendra sans doute à se constituer une originalité
particulière.

Quant à M. Haffner, je lui en veux d'avoir fait une fois
un portrait dans une manière romantique et superbe[4],
et de n'en avoir point fait d'autres; je croyais que c'était
un grand artiste plein de poésie et surtout d'invention,
un portraitiste de premier ordre, qui lâchait quelques
rapinades à ses heures perdues; mais il paraît que ce n'est
qu'un peintre.

VII

DE L'IDÉAL ET DU MODÈLE

La couleur étant la chose la plus naturelle et la plus
visible, le parti des coloristes est le plus nombreux et le
plus important. L'analyse, qui facilite les moyens d'exécution, a dédoublé la nature en couleur et ligne, et avant
de procéder à l'examen des hommes qui composent le

second parti, je crois utile d'expliquer ici quelques-uns des principes qui les dirigent, parfois même à leur insu.

Le titre de ce chapitre est une contradiction, ou plutôt un accord de contraires; car le dessin du grand dessinateur doit résumer l'idéal et le modèle.

La couleur est composée de masses colorées qui sont faites d'une infinité de tons, dont l'harmonie fait l'unité : ainsi la ligne, qui a ses masses et ses généralités, se subdivise en une foule de lignes particulières, dont chacune est un caractère du modèle.

La circonférence, idéal de la ligne courbe, est comparable à une figure analogue composée d'une infinité de lignes droites, qui doit se confondre avec elle, les angles intérieurs s'obtusant[1] de plus en plus.

Mais comme il n'y a pas de circonférence parfaite, l'idéal absolu est une bêtise. Le goût exclusif du simple conduit l'artiste nigaud à l'imitation du même type. Les poètes, les artistes et toute la race humaine seraient bien malheureux, si l'idéal, cette absurdité, cette impossibilité, était trouvé. Qu'est-ce que chacun ferait désormais de son pauvre *moi,* — de sa ligne brisée ?

J'ai déjà remarqué que le souvenir était le grand criterium de l'art; l'art est une mnémotechnie du beau : or, l'imitation exacte gâte le souvenir. Il y a de ces misérables peintres, pour qui la moindre verrue est une bonne fortune; non seulement ils n'ont garde de l'oublier, mais il est nécessaire qu'ils la fassent quatre fois plus grosse : aussi font-ils le désespoir des amants, et un peuple qui fait faire le portrait de son roi est un amant.

Trop particulariser ou trop généraliser empêchent également le souvenir; à l'Apollon du Belvédère et au Gladiateur je préfère l'Antinoüs, car l'Antinoüs est l'idéal du charmant Antinoüs.

Quoique le principe universel soit un, la nature ne donne rien d'absolu, ni même de complet*; je ne vois que des individus. Tout animal, dans une espèce semblable, diffère en quelque chose de son voisin, et parmi les milliers de fruits que peut donner un même arbre,

---

* Rien d'absolu : — ainsi, l'idéal du compas est la pire des sottises; — ni de complet : — ainsi il faut tout compléter, et retrouver chaque idéal.

il est impossible d'en trouver deux identiques, car ils
seraient le même; et la dualité, qui est la contradiction de
l'unité, en est aussi la conséquence*. C'est surtout dans
la race humaine que l'infini de la variété se manifeste
d'une manière effrayante. Sans compter les grands types
que la nature a distribués sous les différents climats, je
vois chaque jour passer sous ma fenêtre un certain
nombre de Kalmouks, d'Osages, d'Indiens, de Chinois
et de Grecs antiques, tous plus ou moins parisianisés.
Chaque individu est une harmonie; car il vous est maintes
fois arrivé de vous retourner à un son de voix connu,
et d'être frappé d'étonnement devant une créature
inconnue, souvenir vivant d'une autre créature douée de
gestes et d'une voix analogues. Cela est si vrai que Lavater a dressé une nomenclature des nez et des bouches
qui jurent de _figurer_ ensemble[2], et constaté plusieurs
erreurs de ce genre dans les anciens artistes, qui ont
revêtu quelquefois des personnages religieux ou historiques de formes contraires à leur caractère. Que Lavater
se soit trompé dans le détail, c'est possible; mais il avait
l'idée du principe. Telle main veut tel pied; chaque
épiderme engendre son poil[3]. Chaque individu a donc
son idéal.

Je n'affirme pas qu'il y ait autant d'idéals primitifs que
d'individus, car un moule donne plusieurs épreuves;
mais il y a dans l'âme du peintre autant d'idéals que d'individus, parce qu'un portrait est un modèle compliqué
d'un artiste.

Ainsi l'idéal n'est pas cette chose vague, ce rêve ennuyeux et impalpable qui nage au plafond des académies;
un idéal, c'est l'individu redressé par l'individu, reconstruit et rendu par le pinceau ou le ciseau à l'éclatante
vérité de son harmonie native.

La première qualité d'un dessinateur est donc l'étude
lente et sincère de son modèle. Il faut non seulement
que l'artiste ait une intuition profonde du caractère du
modèle, mais encore qu'il le généralise quelque peu,
qu'il exagère volontairement quelques détails, pour
augmenter la physionomie et rendre son expression
plus claire.

---

* Je dis la contradiction, et non pas le contraire; car la contradiction est une invention humaine[1].

Il est curieux de remarquer que, guidé par ce principe, — que le sublime doit fuir les détails, — l'art pour se perfectionner revient vers son enfance. — Les premiers artistes aussi n'exprimaient pas les détails. Toute la différence, c'est qu'en faisant tout d'une venue les bras et les jambes de leurs figures, ce n'étaient pas eux qui fuyaient les détails, mais les détails qui les fuyaient; car pour choisir il faut posséder[1].

Le dessin est une lutte entre la nature et l'artiste, où l'artiste triomphera d'autant plus facilement qu'il comprendra mieux les intentions de la nature. Il ne s'agit pas pour lui de copier, mais d'interpréter dans une langue plus simple et plus lumineuse.

L'introduction du portrait, c'est-à-dire du modèle idéalisé, dans les sujets d'histoire, de religion, ou de fantaisie, nécessite d'abord un choix exquis du modèle, et peut certainement rajeunir et revivifier[a] la peinture moderne, trop encline, comme tous nos arts, à se contenter de l'imitation des anciens.

Tout ce que je pourrais dire de plus sur les idéals me paraît inclus dans un chapitre de Stendhal, dont le titre est aussi clair qu'insolent :

« COMMENT L'EMPORTER SUR RAPHAËL[2] ? »

« Dans les scènes touchantes produites par les passions, le grand peintre des temps modernes, si jamais il paraît, donnera à chacune de ses personnes *la*[b] *beauté idéale tirée du tempérament*[c] fait pour sentir le plus vivement l'effet de cette passion.

« Werther ne sera pas indifféremment sanguin ou mélancolique; Lovelace, flegmatique ou bilieux. Le bon curé Primerose[3], l'aimable Cassio n'auront pas le tempérament bilieux; mais le juif Shylock, mais le sombre Iago, mais lady Macbeth, mais Richard III; l'aimable et pure Imogène sera un peu flegmatique.

« D'après ses premières observations, l'artiste a fait l'Apollon du Belvédère. Mais se réduira-t-il à donner froidement des copies de l'Apollon toutes les fois qu'il voudra présenter un dieu jeune et beau ? Non, il mettra un rapport entre l'action et le genre de beauté. Apollon,

délivrant la terre du serpent Python, sera plus fort;
Apollon, cherchant à plaire à Daphné, aura des traits
plus délicats*. »

VIII

DE QUELQUES DESSINATEURS

Dans le chapitre précédent, je n'ai point parlé du
dessin imaginatif ou de création, parce qu'il est en général le privilège des coloristes. Michel-Ange, qui est à un
certain point de vue l'inventeur de l'idéal chez[a] les
modernes, seul a possédé au suprême degré l'imagination du dessin sans être coloriste. Les purs dessinateurs
sont des naturalistes doués d'un sens excellent; mais ils
dessinent par raison, tandis que les coloristes, les grands
coloristes, dessinent par tempérament, presque à leur
insu. Leur méthode est analogue à la nature : ils dessinent
parce qu'ils colorent, et les purs dessinateurs, s'ils voulaient être logiques et fidèles à leur profession de foi,
se contenteraient du crayon noir. Néanmoins ils s'appliquent à la couleur avec une ardeur inconcevable, et ne
s'aperçoivent point de leurs contradictions. Ils commencent par délimiter les formes d'une manière cruelle et
absolue, et veulent ensuite remplir ces espaces. Cette
méthode double contrarie sans cesse leurs efforts, et
donne à toutes leurs productions je ne sais quoi d'amer,
de pénible et de contentieux. Elles sont un procès
éternel, une dualité fatigante. Un dessinateur est un
coloriste manqué.

Cela est si vrai, que M. INGRES, le représentant le plus
illustre de l'école naturaliste dans le dessin, est toujours
au pourchas de la couleur. Admirable et malheureuse
opiniâtreté ! C'est l'éternelle histoire des gens qui vendraient la réputation qu'ils méritent pour celle qu'ils

---

* *Histoire de la peinture en Italie,* chap. CI. Cela s'imprimait en
1817 !

ne peuvent obtenir. M. Ingres adore la couleur, comme
une marchande de modes. C'est peine et plaisir à la fois
que de contempler les efforts qu'il fait pour choisir et
accoupler ses tons. Le résultat, non pas toujours discordant, mais amer et violent, plaît souvent aux poètes
corrompus; encore quand leur esprit fatigué s'est longtemps réjoui dans ces luttes dangereuses, il veut absolument se reposer sur un Velasquez ou un Lawrence.

Si M. Ingres occupe après E. Delacroix la place la
plus importante, c'est à cause de ce dessin tout particulier, dont j'analysais tout à l'heure les mystères, et qui
résume le mieux jusqu'à présent l'idéal et le modèle.
M. Ingres dessine admirablement bien, et il dessine vite.
Dans ses croquis il fait naturellement de l'idéal; son
dessin, souvent peu chargé, ne contient pas beaucoup
de traits; mais chacun rend un contour important. Voyez
à côté les dessins de tous ces ouvriers en peinture, —
souvent ses élèves; — ils rendent d'abord les minuties,
et c'est pour cela qu'ils enchantent le vulgaire, dont
l'œil dans tous les genres ne s'ouvre que pour ce qui est
petit[1].

Dans un certain sens, M. Ingres dessine mieux que
Raphaël, le roi populaire des dessinateurs. Raphaël a
décoré des murs immenses; mais il n'eût pas fait si bien
que lui le portrait de votre mère, de votre ami, de votre
maîtresse. L'audace de celui-ci est toute particulière, et
combinée avec une telle ruse, qu'il ne recule devant
aucune laideur et aucune bizarrerie : il a fait la redingote
de M. Molé; il a fait le carrick de Cherubini; il a mis dans
le plafond d'Homère[2], — œuvre qui vise à l'idéal plus
qu'aucune autre, — un aveugle, un borgne, un manchot
et un bossu. La nature le récompense largement de cette
adoration païenne. Il pourrait faire de Mayeux[3] une chose
sublime.

La belle Muse de Cherubini est encore un portrait.
Il est juste de dire que si M. Ingres, privé de l'imagination du dessin, ne sait pas faire de tableaux, au moins
dans de grandes proportions, ses portraits sont presque
des tableaux, c'est-à-dire des poèmes intimes.

Talent avare, cruel, coléreux et souffrant, mélange
singulier de qualités contraires, toutes mises au profit de
la nature, et dont l'étrangeté n'est pas un des moindres
charmes; — flamand dans l'exécution, individualiste

et naturaliste dans le dessin, antique par ses sympathies et idéaliste par raison.

Accorder tant de contraires n'est pas une mince besogne : aussi n'est-ce pas sans raison qu'il a choisi pour étaler les mystères religieux de son dessin un jour artificiel et qui sert à rendre sa pensée plus claire, — semblable à ce crépuscule où la nature mal éveillée nous apparaît blafarde et crue, où la campagne se révèle sous un aspect fantastique et saisissant.

Un fait assez particulier et que je crois inobservé dans le talent de M. Ingres, c'est qu'il s'applique plus volontiers aux femmes; il les fait telles qu'il les voit, car on dirait qu'il les aime trop pour les vouloir changer; il s'attache à leurs moindres beautés avec une âpreté de chirurgien; il suit les plus légères ondulations de leurs lignes avec une servilité d'amoureux. L'*Angélique*[1], les deux *Odalisques*[2], le portrait de Mme d'Haussonville[3], sont des œuvres d'une volupté profonde. Mais toutes ces choses ne nous apparaissent que dans un jour presque effrayant; car ce n'est ni l'atmosphère dorée qui baigne les champs de l'idéal, ni la lumière tranquille et mesurée des régions sublunaires.

Les œuvres de M. Ingres, qui sont le résultat d'une attention excessive, veulent une attention égale pour être comprises. Filles de la douleur, elles engendrent la douleur. Cela tient, comme je l'ai expliqué plus haut, à ce que sa méthode n'est pas une et simple, mais bien plutôt l'emploi de méthodes successives.

Autour de M. Ingres, dont l'enseignement a je ne sais quelle austérité fanatisante, se sont groupés quelques hommes dont les plus connus sont MM. FLANDRIN, LEHMANN et AMAURY-DUVAL[4].

Mais quelle distance immense du maître aux élèves ! M. Ingres est encore seul de son école. Sa méthode est le résultat de sa nature, et, quelque bizarre et obstinée qu'elle soit, elle est franche et pour ainsi dire involontaire. Amoureux passionné de l'antique et de son modèle, respectueux serviteur de la nature, il fait des portraits qui rivalisent avec les meilleures sculptures romaines. Ces messieurs ont traduit en système, froidement, de parti pris, pédantesquement, la partie déplaisante et impopulaire de son génie; car ce qui les distingue avant tout, c'est la pédanterie. Ce qu'ils ont vu et étudié dans le

maître, c'est la curiosité et l'érudition. De là, ces
recherches de maigreur, de pâleur et toutes ces conventions ridicules, adoptées sans examen et sans bonne foi.
Ils sont allés dans le passé, loin, bien loin, copier avec
une puérilité servile de déplorables erreurs, et se sont
volontairement privés de tous les moyens d'exécution
et de succès que leur avait préparés l'expérience des
siècles. On se rappelle encore *La Fille de Jephté pleurant
sa virginité*[a1] ; — ces longueurs excessives de mains et de
pieds, ces ovales de têtes exagérés, ces afféteries ridicules,
— conventions et habitudes du pinceau qui ressemblent
passablement à du chic, sont des défauts singuliers chez
un adorateur fervent de la forme. Depuis le portrait de
la princesse Belgiojoso[2], M. Lehmann ne fait plus que des
yeux trop grands, où la prunelle nage comme une huître
dans une soupière. — Cette année, il[3] a envoyé des portraits et des tableaux. Les tableaux sont *Les Océanides,
Hamlet* et *Ophélie. Les Océanides* sont une espèce de Flax-
man[4], dont l'aspect est si laid, qu'il ôte l'envie d'examiner
le dessin. Dans les portraits d'*Hamlet* et d'*Ophélie,* il y a
une prétention visible à la couleur, — le grand *dada* de
l'école ! Cette malheureuse imitation de la couleur
m'attriste et me désole comme un Véronèse ou un
Rubens copiés par un habitant de la lune. Quant à leur
tournure et à leur esprit, ces deux figures me rappellent
l'emphase des acteurs de l'ancien Bobino, du temps
qu'on y jouait des mélodrames[5]. Sans doute la main
d'Hamlet est belle ; mais une main bien exécutée ne fait
pas un dessinateur, et c'est vraiment trop abuser du
morceau, même pour un ingriste.

Je crois que Mme CALAMATTA est aussi du parti des
ennemis du soleil ; mais elle compose parfois ses tableaux
assez heureusement, et ils ont un peu de cet air magistral
que les femmes, même les plus littéraires et les plus
artistes, empruntent aux hommes moins facilement que
leurs ridicules.

M. JANMOT a fait une *Station, — Le Christ portant sa
croix,* — dont la composition a du caractère et du sérieux,
mais dont la couleur, non plus mystérieuse ou plutôt mystique, comme dans ses dernières œuvres, rappelle malheureusement la couleur de toutes les *stations* possibles.
On devine trop, en regardant ce tableau cru et luisant,
que M. Janmot est de Lyon. En effet, c'est bien là la

peinture qui convient à cette ville de comptoirs, ville bigote et méticuleuse, où tout, jusqu'à la religion, doit avoir la netteté calligraphique d'un registre[1].

L'esprit du public a déjà associé souvent les noms de M. Curzon et de M. Brillouin : seulement, leurs débuts promettaient plus d'originalité. Cette année, M. Brillouin, — *À quoi rêvent les jeunes filles,* — a été différent de lui-même, et M. Curzon s'est contenté de faire des Brillouin. Leur façon rappelle l'école de Metz[2], école littéraire, mystique et allemande. M. Curzon, qui fait souvent de beaux paysages d'une généreuse couleur, pourrait exprimer Hoffmann d'une manière moins érudite, — moins convenue. Bien qu'il soit évidemment un homme d'esprit, — le choix de ses sujets suffit pour le prouver, — on sent que le souffle hoffmannesque n'a[a] point passé par là. L'ancienne façon des artistes allemands ne ressemble nullement à la façon de ce grand poète, dont les compositions ont un caractère bien plus moderne et bien plus romantique. C'est en vain que l'artiste, pour obvier à ce défaut capital, a choisi parmi les contes le moins fantastique de tous, *Maître Martin et ses apprentis,* dont Hoffmann lui-même disait : « C'est le plus médiocre de mes ouvrages; il n'y a ni terrible ni grotesque, qui sont les deux choses par où je vaux le plus ! » Et malgré cela, jusque dans *Maître Martin,* les lignes sont plus flottantes et l'atmosphère plus chargée d'esprits que ne les a faites M. Curzon[3].

À proprement parler, la place de M. Vidal n'est point ici, car ce n'est pas un vrai dessinateur. Cependant elle n'est pas trop mal choisie, car il a quelques-uns des travers et des ridicules de MM. les ingristes, c'est-à-dire le fanatisme du petit et du joli, et l'enthousiasme du beau papier et des toiles fines. Ce n'est point là l'ordre qui règne et circule autour d'un esprit fort et vigoureux, ni la propreté suffisante d'un homme de bon sens; c'est la folie de la propreté.

Le préjugé Vidal[4] a commencé, je crois, il y a trois ou quatre ans. À cette époque toutefois ses dessins étaient moins pédants et moins maniérés qu'aujourd'hui.

Je lisais ce matin un feuilleton de M. Théophile Gautier[5], où il fait à M. Vidal un grand éloge de savoir rendre la beauté moderne. — Je ne sais pourquoi M. Théophile Gautier a endossé cette année le carrick et la pèle-

rine de l'*homme bienfaisant* ; car il a loué tout le monde[1], et
il n'est si malheureux barbouilleur dont il n'ait catalogué
les tableaux. Est-ce que par hasard l'heure de l'Académie,
heure solennelle et soporifique, aurait sonné pour lui,
qu'il est déjà si bon homme ? et la prospérité littéraire
a-t-elle de si funestes conséquences qu'elle contraigne le
public à nous rappeler à l'ordre et à nous remettre sous
les yeux nos anciens certificats de romantisme ? La nature
a doué M. Gautier d'un esprit excellent, large et poétique.
Tout le monde sait quelle sauvage admiration il a toujours témoignée pour les œuvres franches et abondantes.
Quel breuvage MM. les peintres ont-ils versé cette année
dans son vin, ou quelle lorgnette a-t-il choisie pour aller
à sa tâche ?

M. Vidal connaît la beauté moderne[2] ! Allons donc !
Grâce à la nature, nos femmes n'ont pas tant d'esprit
et ne sont pas si précieuses; mais elles sont bien autrement romantiques. — Regardez la nature, monsieur;
ce n'est pas avec de l'esprit et des crayons minutieusement appointés[a3] qu'on fait de la peinture; car quelques-
uns vous rangent, je ne sais trop pourquoi, dans la noble
famille des peintres. Vous avez beau appeler vos femmes
Fatinitza, Stella, Vanessa, Saison des roses[4], — un tas de
noms de pommades ! — tout cela ne fait pas des femmes
poétiques. Une fois vous avez voulu faire *L'Amour de
soi-même,* — une grande et belle idée, une idée souverainement féminine, — vous n'avez pas su rendre cette
âpreté gourmande et ce magnifique égoïsme. Vous
n'avez été que puéril et obscur[5].

Du reste, toutes ces afféteries passeront comme des
onguents rancis. Il suffit d'un rayon de soleil pour en
développer toute la puanteur. J'aime mieux laisser le
temps faire son affaire que de perdre le mien à vous
expliquer toutes les mesquineries de ce pauvre genre.

IX

DU PORTRAIT

Il y a deux manières de comprendre le portrait, — l'histoire et le roman.

L'une est de rendre fidèlement, sévèrement, minutieusement, le contour et le modelé du modèle, ce qui n'exclut pas l'idéalisation, qui consistera pour les naturalistes éclairés à choisir l'attitude la plus caractéristique, celle qui exprime le mieux les habitudes de l'esprit; en outre, de savoir donner à chaque détail important une exagération raisonnable, de mettre en lumière tout ce qui est naturellement saillant, accentué et principal, et de négliger ou de fondre dans l'ensemble tout ce qui est insignifiant, ou qui est l'effet[a] d'une dégradation accidentelle.

Les chefs de l'école historique sont David et Ingres; les meilleurs exemples sont les portraits de David qu'on a pu voir à l'exposition Bonne-Nouvelle[1], et ceux de M. Ingres, comme M. Bertin et Cherubini.

La seconde méthode, celle particulière aux coloristes, est de faire du portrait un tableau, un poème avec ses accessoires, plein d'espace et de rêverie. Ici l'art est plus difficile, parce qu'il est plus ambitieux. Il faut savoir baigner une tête dans les molles vapeurs d'une chaude atmosphère, ou la faire sortir des profondeurs d'un crépuscule. Ici, l'imagination a une plus grande part, et cependant, comme il arrive souvent que le roman est plus vrai que l'histoire, il arrive aussi qu'un modèle est plus clairement exprimé par le[b] pinceau abondant et facile d'un coloriste que par le crayon d'un dessinateur.

Les chefs de l'école romantique sont Rembrandt, Reynolds, Lawrence. Les exemples connus sont *La Dame au chapeau de paille* et le jeune *Lambton*[2].

En général, MM. FLANDRIN, AMAURY-DUVAL et LEHMANN ont cette excellente qualité, que leur modelé est

vrai et fin. Le morceau y est bien conçu, exécuté facilement et tout d'une haleine; mais leurs portraits sont
souvent entachés d'une afféterie prétentieuse et maladroite. Leur goût immodéré pour la distinction leur
joue à chaque instant de mauvais tours. On sait avec
quelle admirable bonhomie ils recherchent les tons
distingués, c'est-à-dire des tons qui, s'ils étaient intenses,
hurleraient comme le diable et l'eau bénite, comme
le marbre et le vinaigre; mais comme ils sont excessivement pâlis et pris à une dose homéopathique, l'effet en
est plutôt surprenant que douloureux : c'est là le grand
triomphe !

La *distinction* dans le dessin consiste à partager les
préjugés de certaines mijaurées, frottées de littératures
malsaines, qui ont en horreur les petits yeux, les grands
pieds, les grandes mains, les petits fronts et les joues
allumées par la joie et la santé, — toutes choses qui
peuvent être fort belles.

Cette pédanterie dans la couleur et le dessin nuit toujours aux œuvres de ces messieurs, quelque recommande-
dables qu'elles soient d'ailleurs. Ainsi, devant le portrait
bleu de M. Amaury-Duval[1] et bien d'autres portraits de
femmes ingristes ou ingrisées, j'ai senti passer dans mon
esprit, amenées par je ne sais quelle association d'idées,
ces sages paroles du chien Berganza[2], qui fuyait les bas-
bleus aussi ardemment que ces messieurs les recherchent :
« Corinne ne t'a-t-elle jamais paru insupportable ? . . . .
À l'idée de la voir s'approcher de moi, animée d'une
vie véritable, je me sentais comme oppressé par une
sensation pénible, et incapable de conserver auprès
d'elle ma sérénité et ma liberté d'esprit.
. . . . .Quelque beaux que pussent être
son bras ou sa main, jamais je n'aurais pu supporter
ses caresses sans une certaine répugnance, un certain
frémissement intérieur qui m'ôte ordinairement l'appétit. — Je ne parle ici qu'en ma qualité de chien ! »

J'ai éprouvé la même sensation que le spirituel Berganza devant presque tous les portraits de femmes,
anciens ou présents, de MM. Flandrin, Lehmann et
Amaury-Duval, malgré les belles mains, réellement bien
peintes, qu'ils savent leur faire, et la galanterie de certains détails. Dulcinée de Toboso elle-même, en passant
par l'atelier de ces messieurs, en sortirait diaphane et

bégueule comme une élégie, et amaigrie par le thé et le beurre esthétiques.

Ce n'est pourtant pas ainsi, — il faut le répéter sans cesse, — que M. Ingres comprend les choses, le grand maître !

Dans le portrait compris suivant la seconde méthode, MM. Dubufe père, Winterhalter[1], Lépaulle et Mme Frédérique O'Connell[a], avec un goût plus sincère de la nature et une couleur plus sérieuse, auraient pu acquérir une gloire légitime.

M. Dubufe aura longtemps encore le privilège des portraits élégants; son goût naturel et quasi poétique sert à cacher ses innombrables défauts.

Il est à remarquer que les gens qui crient tant haro sur le *bourgeois,* à propos de M. Dubufe, sont les mêmes qui se sont laissé charmer par les têtes de bois de M. Pérignon. Qu'on aurait pardonné de choses à M. Delaroche, si l'on avait pu prévoir la fabrique Pérignon !

M. Winterhalter est réellement en décadence. — M. Lépaulle est toujours le même, un excellent peintre parfois, toujours dénué de goût et de bon sens. — Des yeux et des bouches charmantes, des bras réussis, — avec des toilettes à faire fuir les honnêtes gens !

Mme O'Connell sait peindre librement et vivement; mais[b] sa couleur manque de consistance. C'est le malheureux défaut de la peinture anglaise[2], transparente à l'excès, et toujours douée d'une trop grande fluidité.

Un excellent exemple du genre de portraits dont je voulais tout à l'heure caractériser l'esprit est ce portrait de femme, par M. Haffner, — noyé dans le gris et resplendissant de mystère, — qui, au Salon dernier, avait fait concevoir de si hautes espérances à tous les connaisseurs. Mais M. Haffner n'était pas encore un peintre de genre, cherchant à réunir et à fondre Diaz, Decamps et Troyon.

On dirait que Mme E. Gautier cherche à amollir un peu sa manière. Elle a tort.

MM. Tissier et J. Guignet ont conservé leur touche et leur couleur sûres et solides. En général, leurs portraits ont cela d'excellent qu'ils plaisent surtout par l'aspect, qui est la première impression et la plus importante.

M. Victor Robert, l'auteur d'une immense allégorie

de l'Europe[1], est certainement un bon peintre, doué d'une main ferme; mais l'artiste qui fait le portrait d'un homme célèbre ne doit pas se contenter d'une pâte heureuse et superficielle; car il fait aussi le portrait d'un esprit. M. Granier de Cassagnac est beaucoup plus laid, ou, si l'on veut, beaucoup plus beau. D'abord le nez est plus large, et la bouche, mobile et irritable, est d'une malice et d'une finesse que le peintre a oubliées. M. Granier de Cassagnac a l'air plus petit et plus athlétique, — jusque dans le front. Cette pose est plutôt emphatique que respirant la force véritable, qui est son caractère. Ce n'est point là cette tournure martiale et provocante avec laquelle il aborde la vie et toutes ses questions. Il suffit de l'avoir vu fulminer à la hâte ses colères, avec des soubresauts de plume et de chaise, ou simplement de les avoir lues, pour comprendre qu'il n'est pas là tout entier. *Le Globe,* qui fuit dans la demi-teinte, est un enfantillage, — ou bien il fallait qu'il fût en pleine lumière[2] !

J'ai toujours eu l'idée que M. L. Boulanger eût fait un excellent graveur; c'est un ouvrier naïf et dénué d'invention qui gagne beaucoup à travailler sur autrui. Ses tableaux romantiques sont mauvais, ses portraits sont bons, — clairs, solides, facilement et simplement peints; et, chose singulière, ils ont souvent l'aspect des bonnes gravures faites d'après les portraits de Van Dyck. Ils ont ces ombres denses et ces lumières blanches des eaux-fortes vigoureuses. Chaque fois que M. L. Boulanger a voulu s'élever plus haut, il a fait du pathos. Je crois que c'est une intelligence honnête, calme et ferme, que les louanges exagérés des poètes[3] ont seules pu égarer.

Que dirai-je de M. L. Cogniet, cet aimable éclectique, ce peintre de tant de bonne volonté et d'une intelligence si inquiète que, pour bien rendre le portrait de M. Granet[4], il a imaginé d'employer la couleur propre aux tableaux de M. Granet, — laquelle est généralement noire, comme chacun sait depuis longtemps.

Mme de Mirbel est le seul artiste qui sache se tirer d'affaire dans ce difficile problème du goût et de la vérité. C'est à cause de cette sincérité particulière, et aussi de leur aspect séduisant, que ses miniatures ont toute l'importance de la peinture.

X

DU CHIC ET DU PONCIF

Le *chic,* mot affreux et bizarre et de moderne fabrique,
dont j'ignore même l'orthographe*, mais que je suis
obligé d'employer, parce qu'il est consacré par les
artistes pour exprimer une monstruosité moderne,
signifie : absence de modèle et de nature. Le *chic* est l'abus
de la mémoire; encore le *chic* est-il plutôt une mémoire
de la main qu'une mémoire du cerveau; car il est des
artistes doués d'une mémoire profonde des caractères et
des formes, — Delacroix ou Daumier, — et qui n'ont
rien à démêler avec le *chic.*

Le *chic* peut se comparer au travail de ces maîtres
d'écriture, doués d'une belle main et d'une bonne
plume taillée pour l'anglaise ou la coulée, et qui savent
tracer hardiment, les yeux fermés, en manière de paraphe, une tête de Christ ou le chapeau de l'empereur.

La signification du mot *poncif* a beaucoup d'analogie
avec celle du mot *chic.* Néanmoins, il s'applique plus
particulièrement aux expressions de tête et aux attitudes.

Il y a des colères *poncif,* des étonnements *poncif,* par
exemple l'étonnement exprimé par un bras horizontal
avec le pouce écarquillé.

Il y a dans la vie et dans la nature des choses et des
êtres *poncif,* c'est-à-dire qui sont le résumé des idées
vulgaires et banales qu'on se fait de ces choses et de ces
êtres : aussi les grands artistes en ont horreur.

Tout ce qui est conventionnel et traditionnel relève
du *chic* et du *poncif.*

Quand un chanteur met la main sur son cœur, cela veut
dire d'ordinaire : je l'aimerai toujours ! — Serre-t-il les
poings en regardant le souffleur ou les planches, cela
signifie : il mourra, le traître ! — Voilà le *poncif.*

---

* H. de Balzac a écrit quelque part : *le chique*[1].

XI

DE M. HORACE VERNET

Tels sont les principes sévères qui conduisent dans la recherche du beau cet artiste éminemment national, dont les compositions décorent la chaumière du pauvre villageois et la mansarde du joyeux étudiant, le salon des maisons de tolérance les plus misérables et les palais de nos rois. Je sais bien que cet homme est un Français, et qu'un Français en France est une chose sainte et sacrée, — et même à l'étranger, à ce qu'on dit; mais c'est pour cela même que je le hais.

Dans le sens le plus généralement adopté, Français veut dire vaudevilliste, et vaudevilliste un homme à qui Michel-Ange donne le vertige et que Delacroix remplit d'une stupeur bestiale, comme le tonnerre certains animaux. Tout ce qui est abîme, soit en haut, soit en bas, le fait fuir prudemment. Le sublime lui fait toujours l'effet d'une émeute, et il n'aborde même son Molière qu'en tremblant et parce qu'on lui a persuadé que c'était un auteur gai.

Aussi tous les honnêtes gens de France, excepté M. Horace Vernet, haïssent le Français. Ce ne sont pas des idées qu'il faut à ce peuple remuant, mais des faits, des récits historiques, des couplets et *Le Moniteur*[1] ! Voilà tout : jamais d'abstractions. Il a fait de grandes choses, mais il n'y pensait pas. On les lui a fait faire.

M. Horace Vernet est un militaire qui fait de la peinture. — Je hais cet art improvisé au roulement du tambour, ces toiles badigeonnées au galop, cette peinture fabriquée à coups de pistolet, comme je hais l'armée, la force armée, et tout ce qui traîne des armes bruyantes dans un lieu pacifique[2]. Cette immense popularité, qui ne durera d'ailleurs pas plus longtemps que la guerre, et qui diminuera à mesure que les peuples se feront d'autres joies, — cette popularité, dis-je, cette *vox populi, vox Dei,* est pour moi une oppression.

Je hais cet homme parce que ses tableaux ne sont point de la peinture, mais une masturbation agile et fréquente, une irritation de l'épiderme français ; — comme je hais tel autre grand homme dont l'austère hypocrisie a rêvé le consulat et qui n'a récompensé le peuple de son amour que par de mauvais vers, — des vers qui ne sont pas de la poésie, des vers bistournés et mal construits, pleins de barbarismes et de solécismes, mais aussi de civisme et de patriotisme[1].

Je le hais parce qu'il est né *coiffé**, et que l'art est pour lui chose claire et facile. — Mais il vous raconte votre gloire, et c'est la grande affaire. — Eh ! qu'importe au voyageur[a] enthousiaste, à l'esprit cosmopolite qui préfère le beau[b] à la gloire ?

Pour définir M. Horace Vernet d'une manière claire, il est l'antithèse absolue de l'artiste ; il substitue le *chic* au dessin, le charivari à la couleur et les épisodes à l'unité ; il fait des Meissonier grands comme le monde.

Du reste, pour remplir sa mission officielle, M. Horace Vernet est doué de deux qualités éminentes, l'une en moins, l'autre en plus : nulle passion et une mémoire d'almanach** ! Qui sait mieux que lui combien il y a de boutons dans chaque uniforme, quelle tournure prend une guêtre ou une chaussure avachie par des étapes nombreuses ; à quel endroit des buffleteries le cuivre des armes dépose son ton vert-de-gris ? Aussi, quel immense public et quelle joie ! Autant de publics qu'il faut de métiers différents pour fabriquer des habits, des shakos, des sabres, des fusils et des canons ! Et toutes ces corporations réunies devant un Horace Vernet par l'amour commun de la gloire ! Quel spectacle !

---

* Expression de M. Marc Fournier[2], qui peut s'appliquer à presque tous les romanciers et les historiens en vogue, qui ne sont guère que des feuilletonistes, comme M. Horace Vernet.
** La véritable mémoire, considérée sous un point de vue philosophique, ne consiste, je pense, que dans une imagination très vive facile à émouvoir, et par conséquent susceptible d'évoquer à l'appui de chaque sensation les scènes du passé, en les douant, comme par enchantement, de la vie et du caractère propres à chacune d'elles ; du moins j'ai entendu soutenir cette thèse par l'un de mes anciens maîtres, qui avait une mémoire prodigieuse, quoiqu'il ne pût retenir une date, ni un nom propre. — Le maître avait raison, et il en est sans doute autrement des paroles et des discours qui ont pénétré profondément dans l'âme et dont on a pu saisir le sens intime et mystérieux, que de mots appris par cœur. — HOFFMANN[3].

Comme je reprochais un jour à quelques Allemands leur goût pour Scribe et Horace Vernet, ils me répondirent : « Nous admirons profondément Horace Vernet comme le représentant le plus complet de son siècle. » — À la bonne heure !

On dit qu'un jour M. Horace Vernet alla voir Pierre de Cornélius[1], et qu'il l'accabla de compliments. Mais il attendit longtemps la réciprocité; car Pierre de Cornélius ne le félicita qu'une seule fois pendant toute l'entrevue, — sur la quantité de champagne qu'il pouvait absorber sans en être incommodé. — Vraie ou fausse, l'histoire a toute la vraisemblance poétique.

Qu'on dise encore que les Allemands sont un peuple naïf !

Bien des gens, partisans de la ligne courbe en matière d'éreintage[2], et qui n'aiment pas mieux que moi M. Horace Vernet, me reprocheront d'être maladroit. Cependant il n'est pas imprudent d'être brutal et d'aller droit au fait, quand à chaque phrase le *je* couvre un *nous, nous* immense, *nous* silencieux et invisible, — *nous,* toute une génération nouvelle, ennemie de la guerre et des sottises nationales; une génération pleine de santé, parce qu'elle est jeune, et qui pousse déjà à la queue, coudoie et fait ses trous, — sérieuse, railleuse et menaçante* !

★

Deux autres faiseurs de vignettes et grands adorateurs du *chic* sont MM. GRANET et ALFRED DEDREUX; mais ils appliquent leur faculté d'improvisateur à des genres bien différents : M. Granet à la religion, M. Dedreux à la vie fashionable. L'un fait le moine, l'autre le cheval; mais l'un est noir, l'autre clair et brillant. M. Alfred Dedreux a cela pour lui qu'il sait peindre, et que ses peintures ont l'aspect vif et frais des décorations de théâtre. Il faut supposer qu'il s'occupe davantage de la nature dans les sujets qui font sa spécialité; car ses études de chiens courants sont plus réelles et plus solides.

* Ainsi l'on peut chanter devant toutes les toiles de M. Horace Vernet :

Vous n'avez qu'un temps à vivre,
Amis, passez-le gaiement[3].

Gaieté essentiellement française.

Quant à ses *Chasses,* elles ont cela de comique que les chiens y jouent le grand rôle et pourraient manger chacun quatre chevaux[1]. Ils rappellent les célèbres moutons dans *Les Vendeurs du Temple,* de Jouvenet[2], qui absorbent Jésus-Christ.

XII

DE L'ÉCLECTISME ET DU DOUTE[a]

Nous sommes, comme on le voit, dans l'hôpital de la peinture. Nous touchons aux plaies et aux maladies; et celle-ci n'est pas une des moins étranges et des moins contagieuses.

Dans le siècle présent comme dans les anciens, aujourd'hui comme autrefois, les hommes forts et bien portants se partagent, chacun suivant son goût et son tempérament, les divers territoires de l'art, et s'y exercent en pleine liberté suivant la loi fatale du travail attrayant. Les uns vendangent facilement et à pleines mains dans les vignes dorées et automnales de la couleur; les autres labourent avec patience et creusent péniblement le sillon profond du dessin. Chacun de ces hommes a compris que sa royauté était un sacrifice, et qu'à cette condition seule il pouvait régner avec sécurité jusqu'aux frontières qui la limitent. Chacun d'eux a une enseigne à sa couronne; et les mots écrits sur l'enseigne sont lisibles pour tout le monde. Nul d'entre eux ne doute[b] de sa royauté, et c'est dans cette imperturbable conviction qu'est leur gloire et leur sérénité.

M. Horace Vernet lui-même, cet odieux représentant du *chic,* a le mérite de n'être pas un douteur. C'est un homme d'une humeur heureuse et folâtre, qui habite un pays artificiel dont les acteurs et les coulisses sont faits du même carton; mais il règne en maître dans son royaume de parade et[c] de divertissements.

Le doute, qui est aujourd'hui dans le monde moral la

cause principale de toutes les affections morbides, et dont les ravages sont plus grands que jamais, dépend de causes majeures que j'analyserai dans l'avant-dernier chapitre, intitulé : *Des écoles et des ouvriers*. Le doute a engendré l'éclectisme, car les douteurs avaient la bonne volonté du salut.

L'éclectisme[1], aux différentes époques, s'est toujours cru plus grand que les doctrines anciennes, parce qu'arrivé le dernier il pouvait parcourir les horizons les plus reculés. Mais cette impartialité prouve l'impuissance des éclectiques. Des gens qui se donnent si largement le temps de la réflexion ne sont pas des hommes complets; il leur manque une passion.

Les éclectiques n'ont pas songé que l'attention humaine est d'autant plus intense qu'elle est bornée et qu'elle limite elle-même son champ d'observations. Qui trop embrasse mal étreint.

C'est surtout dans les arts que l'éclectisme a eu les conséquences les plus visibles et les plus palpables, parce que l'art, pour être profond, veut une idéalisation perpétuelle qui ne s'obtient qu'en vertu du sacrifice, — sacrifice involontaire.

Quelque habile que soit un éclectique, c'est un homme faible; car c'est un homme sans amour. Il n'a donc pas d'idéal, il n'a pas de parti pris; — ni étoile ni boussole.

Il mêle quatre procédés différents qui ne produisent qu'un effet noir, une négation.

Un éclectique est un navire qui voudrait marcher avec quatre vents.

Une œuvre faite à un point de vue exclusif, quelque grands que soient ses défauts, a toujours un grand charme pour les tempéraments analogues à celui de l'artiste.

L'œuvre d'un éclectique ne laisse pas de souvenir.

Un éclectique ignore que la première affaire d'un artiste est de substituer l'homme à la nature et de protester contre elle. Cette protestation ne se fait pas de parti pris, froidement, comme un code ou une rhétorique; elle est emportée et naïve, comme le vice, comme la passion, comme l'appétit. Un éclectique n'est donc pas un homme.

Le doute a conduit certains artistes à implorer le secours de tous les autres arts. Les essais de moyens contradictoires, l'empiétement d'un art sur un autre, l'importation de la poésie, de l'esprit et du sentiment dans la peinture, toutes ces misères modernes sont des vices particuliers aux éclectiques.

XIII

DE M. ARY SCHEFFER
ET DES SINGES DU SENTIMENT

Un exemple désastreux de cette méthode, si l'on peut appeler ainsi l'absence de méthode, est M. ARY SCHEFFER.

Après avoir imité Delacroix, après avoir singé les coloristes, les dessinateurs français et l'école néo-chrétienne d'Overbeck*a*, M. Ary Scheffer s'est aperçu, — un peu tard sans doute, — qu'il n'était pas né peintre. Dès lors il fallut recourir à d'autres moyens; et il demanda aide et protection à la poésie.

Faute ridicule pour deux raisons : d'abord la poésie n'est pas le but immédiat du peintre; quand elle se trouve mêlée à la peinture, l'œuvre n'en vaut que mieux, mais elle ne peut pas en déguiser les faiblesses. Chercher la poésie de parti pris dans la conception d'un tableau est le plus sûr moyen de ne pas la trouver. Elle doit venir à l'insu de l'artiste. Elle est le résultat de la peinture elle-même; car elle gît dans l'âme du spectateur, et le génie consiste à l'y réveiller. La peinture n'est intéressante que par la couleur et par la forme; elle ne ressemble à la poésie qu'autant que celle-ci éveille dans le lecteur des idées de peinture.

En second lieu, et ceci est une conséquence de ces dernières lignes, il est à remarquer que les grands artistes, que leur instinct conduit toujours bien, n'ont pris dans les poètes que des sujets très colorés et très visibles. Ainsi ils préfèrent Shakespeare à Arioste.

Or, pour choisir un exemple éclatant de la sottise de M. Ary Scheffer, examinons le sujet du tableau intitulé *Saint Augustin et sainte Monique*[1]. Un brave peintre espagnol eût naïvement, avec la double piété de l'art et de la religion, peint de son mieux l'idée générale qu'il se faisait de saint Augustin et de sainte Monique. Mais il ne s'agit pas de cela; il faut surtout exprimer le passage suivant, — avec des pinceaux et de la couleur : — « Nous cherchions entre nous quelle sera cette vie éternelle *que l'œil n'a pas vue, que l'oreille n'a pas entendue, et où n'atteint pas le cœur de l'homme*[1] » C'est le comble de l'absurdité. Il me semble voir un danseur exécutant un pas de mathématiques !

Autrefois le public était bienveillant pour M. Ary Scheffer; il retrouvait devant ces tableaux *poétiques* les plus chers souvenirs des grands poètes, et cela lui suffisait. La vogue passagère de M. Ary Scheffer fut un hommage à la mémoire de Gœthe[2]. Mais les artistes, même ceux qui n'ont qu'une originalité médiocre, ont montré depuis longtemps au public de la vraie peinture, exécutée avec une main sûre et d'après les règles les plus simples de l'art : aussi s'est-il dégoûté peu à peu de la peinture invisible, et il est aujourd'hui, à l'endroit de M. Ary Scheffer, cruel et ingrat, comme tous les publics. Ma foi ! il fait bien.

Du reste, cette peinture est si malheureuse, si triste, si indécise et si sale, que beaucoup de gens ont pris les tableaux de M. Ary Scheffer pour ceux de M. HENRY SCHEFFER, un autre Girondin[3] de l'art. Pour moi, ils me font l'effet de tableaux de M. Delaroche, lavés par les grandes pluies.

Une méthode simple pour connaître la portée d'un artiste est d'examiner son public. E. Delacroix a pour lui les peintres et les poètes; M. Decamps, les peintres; M. Horace Vernet, les garnisons, et M. Ary Scheffer, les femmes esthétiques[4] qui se vengent de leurs flueurs blanches en faisant de la musique religieuse*.

*

Les singes du sentiment sont, en général, de mauvais artistes. S'il en était autrement, ils feraient autre chose que du sentiment.

---

* Je recommande à ceux que mes pieuses colères ont dû parfois scandaliser la lecture des *Salons* de Diderot. Entre autres exemples de charité bien entendue, ils y verront que ce grand philosophe, à propos d'un peintre qu'on lui avait recommandé, parce qu'il avait du monde à nourrir, dit qu'il faut abolir les tableaux ou la famille[5].

Les plus forts d'entre eux sont ceux qui ne comprennent que le joli.

Comme le sentiment est une chose infiniment variable et multiple, comme la mode, il y a des singes de sentiment de différents ordres.

Le singe du sentiment compte surtout sur le livret. Il est à remarquer que le titre du tableau n'en dit jamais le sujet, surtout chez ceux qui, par un agréable mélange d'horreurs, mêlent le sentiment à l'esprit. On pourra ainsi, en élargissant la méthode, arriver au rébus sentimental[1].

Par exemple, vous trouvez dans le livret : *Pauvre fileuse*[2] ! Eh bien, il se peut que le tableau représente un ver à soie femelle ou une chenille écrasée par un enfant. Cet âge est sans pitié.

Aujourd'hui et demain[3]. — Qu'est-ce que cela ? Peut-être le drapeau blanc et le drapeau tricolore; peut-être aussi un député triomphant, et le même dégommé. Non, — c'est une jeune vierge promue à la dignité de lorette, jouant avec les bijoux et les roses, et maintenant, flétrie et creusée, subissant sur la paille les conséquences de sa légèreté.

L'Indiscret[4]. — Cherchez, je vous prie. — Cela représente un monsieur surprenant un album libertin dans les mains de deux jeunes filles rougissantes.

Celui-ci rentre dans la classe des tableaux de sentiment Louis XV, qui se sont, je crois, glissés au Salon à la suite de *La Permission de dix heures*[5]. C'est, comme on le voit, un tout autre ordre de sentiments : ceux-ci sont moins mystiques.

En général, les tableaux de sentiment sont tirés des dernières poésies d'un bas-bleu quelconque, genre mélancolique et voilé; ou bien ils sont une traduction picturale des criailleries du pauvre contre le riche, genre protestant; ou bien empruntés à la sagesse des nations, genre spirituel; quelquefois aux œuvres de M. Bouilly[6], ou de Bernardin de Saint-Pierre, genre moraliste.

Voici encore quelques exemples de tableaux de sentiment : *L'Amour à la campagne,* bonheur, calme, repos, et *L'Amour à la ville*[7], cris, désordre, chaises et livres renversés : c'est une métaphysique à la portée des simples.

La Vie d'une jeune fille en quatre compartiments[8]. — Avis à celles qui ont du penchant à la maternité.

L'Aumône d'une vierge folle[9]. — Elle donne un sou gagné

à la sueur de son front à l'éternel Savoyard[1] qui monte la
garde à la porte de Félix[2]. Au-dedans, les riches du jour
se gorgent de friandises. — Celui-là nous vient évidemment de la littérature *Marion de Lorme*[a3], qui consiste à
prêcher les vertus des assassins et des filles publiques.

Que les Français ont d'esprit et qu'ils se donnent de
mal pour se tromper ! Livres[b], tableaux, romances, rien
n'est inutile, aucun moyen n'est négligé par ce peuple
charmant, quand il s'agit pour lui de *se monter un coup*.

XIV

DE QUELQUES DOUTEURS

Le doute revêt une foule de formes; c'est un Protée
qui souvent s'ignore lui-même. Ainsi les douteurs varient
à l'infini, et je suis obligé de mettre en paquet plusieurs
individus qui n'ont de commun que l'absence d'une
individualité bien constituée.

Il y en a de sérieux et pleins d'une grande bonne
volonté; ceux-là, plaignons-les.

Ainsi M. Papety[4], que quelques-uns, ses amis surtout,
avaient pris pour un coloriste lors de son retour de Rome,
a fait un tableau d'un aspect affreusement désagréable,
— *Solon dictant ses lois ;* — et qui rappelle, — peut-être
parce qu'il est placé trop haut pour qu'on en puisse
étudier les détails, — la queue ridicule de l'école impériale.

Voilà deux ans de suite que M. Papety donne, dans le
même Salon, des tableaux d'un aspect tout différent.

M. Glaize compromet ses débuts par des œuvres d'un
style commun et d'une composition embrouillée. Toutes
les fois qu'il lui faut faire autre chose qu'une étude de
femme, il se perd. M. Glaize croit qu'on devient coloriste par le choix exclusif de certains tons. Les commis
étalagistes et les habilleurs de théâtre ont aussi le goût
des tons riches; mais cela ne fait pas le goût de l'harmonie.

Dans *Le Sang de Vénus*[1], la Vénus est jolie, délicate et dans un bon mouvement; mais la nymphe accroupie en face d'elle est d'un *poncif* affreux.

On peut faire à M. Matout les mêmes reproches à l'endroit de la couleur. De plus, un artiste qui s'est présenté autrefois[2] comme dessinateur, et dont l'esprit s'appliquait surtout à l'harmonie combinée des lignes, doit éviter de donner à une figure des mouvements de cou et de bras improbables. Si la nature le veut, l'artiste idéaliste, qui veut être fidèle à ses principes, n'y doit pas consentir.

M. Chenavard est un artiste éminemment savant et piocheur, dont on a remarqué, il y a quelques années, *Le Martyre de saint Polycarpe*[3], fait en collaboration avec M. Comairas[4]. Ce tableau dénotait une science réelle de composition, et une connaissance approfondie de tous les maîtres italiens. Cette année, M. Chenavard a encore fait preuve de goût dans le choix de son sujet et d'habileté dans son dessin[5]; mais quand on lutte contre Michel-Ange[6], ne serait-il pas convenable de l'emporter au moins par la couleur ?

M. A. Guignet porte toujours deux hommes dans son cerveau, Salvator et M. Decamps. M. Salvator Guignet peint avec de la sépia. M. Guignet Decamps est une entité diminuée par la dualité. — *Les Condottières après un pillage* sont faits dans la première manière; *Xerxès* se rapproche de la seconde. — Du reste, ce tableau est assez bien composé, n'était le goût de l'érudition et de la curiosité, qui intrigue et amuse le spectateur et le détourne de la pensée principale; c'était aussi le défaut des *Pharaons*[7].

MM. Brune et Gigoux sont déjà de vieilles réputations. Même dans son bon temps, M. Gigoux n'a guère fait que de vastes vignettes. Après de nombreux échecs, il nous a montré enfin un tableau qui, s'il n'est pas très original, a du moins une assez belle tournure. *Le Mariage de la sainte Vierge* semble être l'œuvre d'un de ces maîtres nombreux de la décadence florentine, que la couleur aurait subitement préoccupé.

M. Brune rappelle les Carrache et les peintres éclectiques de la seconde époque[8] : manière solide, mais d'âme peu ou point; — nulle grande faute, mais nulle grande qualité.

S'il est des douteurs qui inspirent de l'intérêt, il en est de grotesques que le public revoit tous les ans avec cette joie méchante, particulière aux flâneurs ennuyés à qui la laideur excessive procure quelques instants de distraction.

M. BARD, l'homme aux folies froides, semble décidément succomber sous le fardeau qu'il s'était imposé. Il revient de temps à autre à sa manière naturelle, qui est celle de tout le monde. On m'a dit que l'auteur de *La Barque de Caron* était élève de M. Horace Vernet[1].

M. BIARD est un homme universel. Cela semblerait indiquer qu'il ne doute pas le moins du monde, et que nul plus que lui n'est sûr de son fait; mais remarquez bien que parmi cet effroyable bagage, — tableaux d'histoire, tableaux de voyages, tableaux de sentiment, tableaux spirituels, — il est un genre négligé. M. Biard a reculé devant le tableau de religion. Il n'est pas encore assez convaincu de son mérite.

XV

DU PAYSAGE

Dans le paysage, comme dans le portrait et le tableau d'histoire, on peut établir des classifications basées sur les méthodes différentes : ainsi il y a des paysagistes coloristes, des paysagistes dessinateurs et des imaginatifs; des naturalistes idéalisant à leur insu, et des sectaires du *poncif,* qui s'adonnent à un genre particulier et étrange, qui s'appelle le Paysage *historique.*

Lors de la révolution romantique, les paysagistes, à l'exemple des plus célèbres Flamands, s'adonnèrent exclusivement à l'étude de la nature; ce fut ce qui les sauva et donna un éclat particulier à l'école du paysage moderne. Leur talent consista surtout dans une adoration éternelle de l'œuvre visible, sous tous ses aspects et dans tous ses détails.

D'autres, plus philosophes et plus raisonneurs, s'occu-

pèrent surtout du style, c'est-à-dire de l'harmonie des
lignes principales, de l'architecture de la nature.

Quant au paysage de fantaisie, qui est l'expression
de la rêverie humaine, l'égoïsme humain substitué à la
nature, il fut peu cultivé. Ce genre singulier, dont Rembrandt, Rubens, Watteau, et quelques livres d'étrennes
anglais[1] offrent les meilleurs exemples, et qui est en petit
l'analogue des belles décorations de l'Opéra, représente
le besoin naturel du merveilleux. C'est l'imagination
du dessin importée dans le paysage : jardins fabuleux,
horizons immenses, cours d'eau plus limpides qu'il n'est
naturel, et coulant en dépit des lois de la topographie,
rochers gigantesques construits dans des proportions
idéales, brumes flottantes comme un rêve. Le paysage
de fantaisie a eu chez nous peu d'enthousiastes, soit
qu'il fût un fruit peu français, soit que l'école eût avant
tout besoin de se retremper dans les sources purement
naturelles.

Quant au paysage historique, dont je veux dire
quelques mots en manière d'office pour les morts, il
n'est ni la libre fantaisie, ni l'admirable servilisme des
naturalistes : c'est la morale appliquée à la nature.

Quelle contradiction et quelle monstruosité ! La nature
n'a d'autre morale que le fait, parce qu'elle est la morale
elle-même ; et néanmoins il s'agit de la reconstruire et
de l'ordonner d'après des règles plus saines et plus pures,
règles qui ne se trouvent pas dans le pur enthousiasme
de l'idéal, mais dans des codes bizarres que les adeptes
ne montrent à personne.

Ainsi la tragédie, — ce genre oublié des hommes,
et dont on ne retrouve quelques échantillons qu'à la
Comédie-Française, le théâtre le plus désert de l'univers[2],
— la tragédie consiste à découper certains patrons éternels, qui sont l'amour, la haine, l'amour filial, l'ambition, etc., et, suspendus à des fils, à les[a] faire marcher,
saluer, s'asseoir et parler d'après une étiquette mystérieuse et sacrée. Jamais, même à grand renfort de coins et
de maillets, vous ne ferez entrer dans la cervelle d'un
poète tragique l'idée de l'infinie variété, et même en le
frappant ou en le tuant, vous ne lui persuaderez pas qu'il
faut différentes morales. Avez-vous jamais vu boire et
manger des personnes tragiques ? Il est évident que ces
gens-là se sont fait la morale à l'endroit des besoins

naturels et qu'ils ont créé leur tempérament, au lieu que la plupart des hommes subissent le leur. J'ai entendu dire à un poète ordinaire de la Comédie-Française que les romans de Balzac lui serraient le cœur et lui inspiraient du dégoût; que, pour son compte, il ne concevait pas que des amoureux vécussent d'autre chose que du parfum des fleurs et des pleurs de l'aurore. Il serait temps, ce me semble, que le gouvernement s'en mêlât; car si les hommes de lettres, qui ont chacun leur rêve et leur labeur, et pour qui le dimanche n'existe pas, échappent naturellement à la tragédie, il est un certain nombre de gens à qui l'on a persuadé que la Comédie-Française était le sanctuaire de l'art, et dont l'admirable bonne volonté est filoutée un jour sur sept. Est-il raisonnable de permettre à quelques citoyens de s'abrutir et de contracter des idées fausses ? Mais il paraît que la tragédie et le paysage historique sont plus forts que les Dieux.

Vous comprenez maintenant ce que c'est qu'un bon paysage tragique. C'est un arrangement de patrons d'arbres, de fontaines, de tombeaux et d'urnes cinéraires. Les chiens sont taillés sur un certain patron de chien historique; un berger historique ne peut pas, sous peine du déshonneur, s'en permettre d'autres. Tout arbre immoral qui s'est permis de pousser tout seul et à sa manière est nécessairement abattu; toute mare à crapauds ou à têtards est impitoyablement enterrée. Les paysagistes historiques qui ont des remords par suite de quelques peccadilles naturelles, se figurent l'enfer sous l'aspect d'un vrai paysage, d'un ciel pur et d'une nature libre et riche : par exemple une savane ou une forêt vierge.

MM. PAUL FLANDRIN, DESGOFFE[a1], CHEVANDIER[2] et TEYTAUD[3] sont les hommes qui se sont imposé la gloire de lutter contre le goût d'une nation[4].

J'ignore quelle est l'origine du paysage historique. À coup sûr, ce n'est pas dans Poussin qu'il a pris naissance; car auprès de ces messieurs, c'est un esprit perverti et débauché.

MM. ALIGNY[5], COROT et CABAT se préoccupent beaucoup du style. Mais ce qui, chez M. Aligny, est un parti pris violent et philosophique, est chez M. Corot une habitude naïve et une tournure d'esprit naturel. Il n'a

malheureusement donné cette année qu'un seul paysage :
ce sont des vaches qui viennent boire à une mare dans la
forêt de Fontainebleau¹. M. Corot est plutôt un harmoniste qu'un coloriste ; et ses compositions, toujours
dénuées de pédanterie, ont un aspect séduisant par la
simplicité même de la couleur. Presque toutes ses œuvres
ont le don particulier de l'unité, qui est un des besoins de
la mémoire.

M. Aligny a fait à l'eau-forte de très belles vues de
Corinthe et d'Athènes ; elles expriment parfaitement
bien l'idée préconçue de ces choses. Du reste, ces harmonieux poèmes de pierre allaient très bien au talent
sérieux et idéaliste de M. Aligny, ainsi que la méthode
employée pour les traduire.

M. Cabat a complètement abandonné la voie dans
laquelle il s'était fait une si grande réputation. Sans être
complice des fanfaronnades particulières à certains
paysagistes naturalistes, il était autrefois bien plus brillant et bien plus naïf. Il a véritablement tort de ne plus
se fier à la nature, comme jadis. C'est un homme d'un
trop grand talent pour que toutes ses compositions
n'aient pas un caractère spécial ; mais ce jansénisme
de nouvelle date, cette diminution de moyens, cette
privation volontaire, ne peuvent pas ajouter à sa
gloire.

En général, l'influence ingriste ne peut pas produire
de résultats satisfaisants dans le paysage. La ligne et
le style ne remplacent pas la lumière, l'ombre, les reflets
et l'atmosphère colorante, — toutes choses qui jouent
un trop grand rôle dans la poésie de la nature pour
qu'elle se soumette à cette méthode.

Les partisans contraires, les naturalistes et les coloristes, sont bien plus populaires et ont jeté bien plus
d'éclat. Une couleur riche et abondante, des ciels transparents et lumineux, une sincérité particulière qui leur
fait accepter tout ce que donne la nature, sont leurs
principales qualités : seulement, quelques-uns d'entre
eux, comme M. Troyon, se réjouissent trop dans les
jeux et les voltiges de leur pinceau. Ces moyens, sus
d'avance, appris à grand-peine et monotonement triomphants, intéressent le spectateur quelquefois plus que
le paysage lui-même. Il arrive même, en ces cas-là,
qu'un élève inattendu, comme M. Charles Le Roux,

pousse encore plus loin la sécurité et l'audace; car il n'est qu'une chose inimitable, qui est la bonhomie.

M. Coignard a fait un grand paysage d'une assez belle tournure, et qui a fort attiré les yeux du public; — au premier plan, des vaches nombreuses, et dans le fond, la lisière d'une forêt[1]. Les vaches sont belles et bien peintes, l'ensemble du tableau a un bon aspect; mais je ne crois pas que ces arbres soient assez vigoureux pour supporter un pareil ciel. Cela fait supposer que si on enlevait les vaches, le paysage deviendrait fort laid.

M. Français est un des paysagistes les plus distingués. Il sait étudier la nature et y mêler un parfum romantique de bon aloi. Son *Étude de Saint-Cloud* est une chose charmante et pleine de goût, sauf les puces de M. Meissonier[a] qui sont une faute de goût[2]. Elles attirent trop l'attention et elles amusent les nigauds. Du reste elles sont faites avec la perfection particulière que cet artiste met dans toutes ces petites choses*.

M. Flers n'a malheureusement envoyé que des pastels. Le public et lui y perdent également[4].

M. Héroult est de ceux que préoccupent surtout la lumière et l'atmosphère. Il sait fort bien exprimer les ciels clairs et souriants et les brumes flottantes, traversées par un rayon de soleil. Il connaît toute cette poésie particulière aux pays du Nord. Mais sa couleur, un peu molle et fluide, sent les habitudes de l'aquarelle, et, s'il a su éviter les crâneries des autres paysagistes, il ne possède pas toujours une fermeté de touche suffisante[5].

MM. Joyant, Chacaton, Lottier et Borget vont, en général, chercher leurs sujets dans les pays lointains, et leurs tableaux ont le charme des lectures de voyages.

Je ne désapprouve pas les spécialités; mais je ne voudrais pourtant pas qu'on en abusât autant que M. Joyant,

---

* J'ai enfin trouvé un homme qui a su exprimer son admiration pour les Meissonier de la façon la plus judicieuse, et avec un enthousiasme qui ressemble tout à fait au mien. C'est M. Hippolyte Babou[3]. Je pense comme lui qu'il faudrait les pendre tous dans les frises du Gymnase. — « *Geneviève* ou *la Jalousie paternelle* est un ravissant petit Meissonier que M. Scribe a accroché dans les frises du Gymnase. » — *Courrier français,* feuilleton du 6 avril. — Cela m'a paru tellement sublime, que j'ai présumé que MM. Scribe, Meissonier et Babou ne pouvaient que gagner également à cette citation.

qui n'est jamais sorti de la place Saint-Marc et n'a jamais franchi le Lido. Si la spécialité de M. Joyant attire les yeux plus qu'une autre, c'est sans doute à cause de la perfection monotone qu'il y met, et qui est toujours due aux mêmes moyens. Il me semble que M. Joyant n'a jamais pu faire de progrès.

M. Borget a franchi les frontières de la Chine, et nous a montré des paysages mexicains, péruviens et indiens. Sans être un peintre de premier ordre, il a une couleur brillante et facile. Ses tons sont frais et purs. Avec moins d'art, en se préoccupant moins des paysagistes et en peignant plus en voyageur, M. Borget obtiendrait peut-être des résultats plus intéressants.

M. Chacaton, qui s'est voué exclusivement à l'Orient, est depuis longtemps un peintre des plus habiles; ses tableaux sont gais et souriants. Malheureusement on dirait presque toujours des Decamps et des Marilhat[1] diminués et pâlis.

M. Lottier, au lieu de chercher le gris et la brume des climats chauds, aime à en accuser la crudité et le papillotage ardent. Ces panoramas inondés de soleil sont d'une vérité merveilleusement cruelle. On les dirait faits avec le daguerréotype de la couleur[2].

Il est un homme qui, plus que tous ceux-là, et même que les plus célèbres absents, remplit, à mon sens, les conditions du beau dans le paysage, un homme peu connu de la foule, et que d'anciens échecs et de sourdes tracasseries ont éloigné du Salon[3]. Il serait temps, ce me semble, que M. ROUSSEAU, — on a déjà deviné que c'était de lui que je voulais parler, — se présentât de nouveau devant le public, que d'autres paysagistes ont habitué peu à peu à des aspects nouveaux.

Il est aussi difficile de faire comprendre avec des mots le talent de M. Rousseau que celui de Delacroix, avec lequel il a, du reste, quelques rapports. M. Rousseau est un paysagiste du Nord. Sa peinture respire une grande mélancolie. Il aime les natures bleuâtres, les crépuscules, les couchers de soleil singuliers et trempés d'eau, les gros ombrages où circulent les brises, les grands jeux d'ombres et de lumière. Sa couleur est magnifique, mais non pas éclatante. Ses ciels sont incomparables pour leur mollesse floconneuse. Qu'on se rappelle quelques paysages de Rubens et de Rembrandt, qu'on y mêle quelques souvenirs de peinture anglaise, et qu'on suppose, dominant et réglant tout cela, un amour profond et sérieux de la nature, on pourra peut-être se faire une idée de la magie de ses tableaux. Il y mêle beaucoup de son âme, comme Delacroix; c'est un naturaliste entraîné sans cesse vers l'idéal.

*

M. GUDIN[1] compromet de plus en plus sa réputation. À mesure que le public voit de la bonne peinture, il se détache des artistes les plus populaires, s'ils ne peuvent plus lui donner la même quantité de plaisir. M. Gudin rentre pour moi dans la classe des gens qui bouchent leurs plaies avec une chair artificielle, des mauvais chanteurs dont on dit qu'ils sont de grands acteurs, et des peintres poétiques.

M. JULES NOËL[2] a fait une fort belle marine, d'une belle et claire couleur, rayonnante et gaie. Une grande felouque, aux couleurs et aux formes singulières, se repose dans un grand port, où circule et nage toute la lumière de l'Orient. — Peut-être un peu trop de coloriage et pas assez d'unité. — Mais M. Jules Noël a certainement trop de talent pour n'en pas avoir davantage, et il est sans doute de ceux qui s'imposent le progrès journalier. — Du reste, le succès qu'obtient cette toile prouve que, dans tous les genres, le public aujourd'hui est prêt à faire un aimable accueil à tous les noms nouveaux.

*

M. KIORBOË est un de ces anciens et fastueux peintres qui savaient si bien décorer ces nobles salles à manger, qu'on se figure pleines de chasseurs affamés et glorieux. La peinture de M. Kiorboë est joyeuse et puissante, sa couleur facile et harmonieuse. — Le drame du *Piège à loup*[3] ne se comprend pas assez facilement, peut-être parce que le piège n'est pas tout à fait dans la lumière. Le derrière du chien qui recule en aboyant n'est pas assez vigoureusement peint.

M. SAINT-JEAN, qui fait, dit-on, les délices et la gloire

de la ville de Lyon, n'obtiendra jamais qu'un médiocre succès dans un pays de peintres[1]. Cette minutie excessive est d'une pédanterie insupportable. — Toutes les fois qu'on vous parlera de la naïveté d'un peintre de Lyon, n'y croyez pas. — Depuis longtemps la couleur générale des tableaux de M. Saint-Jean est jaune et pisseuse. On dirait que M. Saint-Jean n'a jamais vu de fruits véritables, et qu'il ne s'en soucie pas, parce qu'il les fait très bien à la mécanique : non seulement les fruits de la nature ont un autre aspect, mais encore ils sont moins finis et moins travaillés que ceux-là.

Il n'en est pas de même de M. ARONDEL[2], dont le mérite principal est une bonhomie réelle. Aussi sa peinture contient-elle quelques défauts évidents; mais les parties heureuses sont tout à fait bien réussies; quelques autres sont trop noires, et l'on dirait que l'auteur ne se rend pas compte en peignant de tous les accidents nécessaires du Salon, de la peinture environnante, de l'éloignement du spectateur, et de la modification dans l'effet réciproque des tons causée par la distance. En outre, il ne suffit pas de bien peindre. Tous ces Flamands si célèbres savaient disposer le gibier et le tourmenter longtemps comme on tourmente un modèle; il fallait trouver des lignes heureuses et des harmonies de tons riches et claires.

M. P. ROUSSEAU, dont chacun a souvent remarqué les tableaux pleins de couleur et d'éclat, est dans un progrès sérieux. C'était un excellent peintre, il est vrai; mais maintenant il regarde la nature avec plus d'attention, et il s'applique à rendre les physionomies. J'ai vu dernièrement, chez Durand-Ruel, des canards de M. Rousseau qui étaient d'une beauté merveilleuse, et qui avaient bien les mœurs et les gestes des canards.

XVI

POURQUOI
LA SCULPTURE EST ENNUYEUSE

L'origine de la sculpture se perd dans la nuit des temps ; c'est donc un art de Caraïbes[1].

En effet, nous voyons tous les peuples tailler fort adroitement des fétiches longtemps avant d'aborder la peinture, qui est un art de raisonnement profond, et dont la jouissance même demande une initiation particulière.

La sculpture se rapproche bien plus de la nature, et c'est pourquoi nos paysans eux-mêmes, que réjouit la vue d'un morceau de bois ou de pierre industrieusement tourné, restent stupides à l'aspect de la plus belle peinture. Il y a là un mystère singulier qui ne se touche pas avec les doigts.

La sculpture a plusieurs inconvénients qui sont la conséquence nécessaire de ses moyens. Brutale et positive comme la nature, elle est en même temps vague et insaisissable, parce qu'elle[a] montre trop de faces à la fois. C'est en vain que le sculpteur s'efforce de se mettre à un point de vue unique ; le spectateur, qui tourne autour de la figure, peut choisir cent points de vue différents, excepté le bon, et il arrive souvent, ce qui est humiliant pour l'artiste, qu'un hasard de lumière, un effet de lampe, découvrent une beauté qui n'est pas celle à laquelle il avait songé. Un tableau n'est que ce qu'il veut ; il n'y a pas moyen de le regarder autrement que dans son jour. La peinture n'a qu'un point de vue ; elle est exclusive et despotique : aussi l'expression du peintre est-elle bien plus forte.

C'est pourquoi il est aussi difficile de se connaître en sculpture que d'en faire de mauvaise. J'ai entendu dire au sculpteur PRÉAULT[2] : « Je me connais en Michel-Ange, en Jean Goujon, en Germain Pilon ; mais en sculpture je ne m'y connais pas. » — Il est évident qu'il voulait parler de la sculpture des *sculptiers,* autrement dite des[a] Caraïbes.

Sortie de l'époque sauvage, la sculpture, dans son plus magnifique développement, n'est autre chose qu'un art complémentaire. Il ne s'agit plus de tailler industrieusement des figures portatives, mais de s'associer humblement à la peinture et à l'architecture, et de servir leurs intentions. Les cathédrales montent vers le ciel, et comblent les mille profondeurs de leurs abîmes avec des sculptures qui ne font qu'une chair et qu'un corps avec le monument; — sculptures peintes, — notez bien ceci, — et dont les couleurs pures et simples, mais disposées dans une gamme particulière, s'harmonisent avec le reste et complètent l'effet poétique de la grande œuvre. Versailles abrite son peuple de statues sous des ombrages qui leur servent de fond, ou sous des bosquets d'eaux vives qui déversent sur elles les mille diamants de la lumière. À toutes les grandes époques, la sculpture est un complément; au commencement et à la fin, c'est un art isolé.

Sitôt que la sculpture consent à être vue de près, il n'est pas de minuties et de puérilités que n'ose le sculpteur, et qui dépassent victorieusement tous les calumets et les fétiches. Quand elle est devenue un art de salon ou de chambre à coucher, on voit apparaître les Caraïbes de la dentelle, comme M. GAYRARD[1], et les Caraïbes de la ride, du poil et de la verrue, comme M. DAVID[2].

Puis les Caraïbes du chenet, de la pendule, de l'écritoire, etc., comme M. CUMBERWORTH, dont la *Marie*[3] est une femme *à tout faire,* au Louvre et chez Susse[4], statue ou candélabre; — comme M. FEUCHÈRE, qui possède le don d'une universalité désespérante : figures colossales, porte-allumettes, motifs d'orfèvrerie, bustes et bas-reliefs, il est capable de tout. — Le buste qu'il a fait cette année d'après un comédien fort connu[5] n'est pas plus ressemblant que celui de l'an passé; ce ne sont jamais que des à-peu-près. Celui-là ressemblait à Jésus-Christ, et celui-ci, sec et mesquin, ne rend pas du tout la physionomie originale, anguleuse, moqueuse et flottante du modèle. — Du reste, il ne faut pas croire que ces gens-là manquent de science. Ils sont érudits comme des vaudevillistes et des académiciens; ils mettent à contribution toutes les époques et tous les genres; ils ont approfondi toutes les écoles. Ils transformeraient volontiers les tombeaux de Saint-Denis en boîtes à cigares ou à cachemires, et tous les bronzes florentins en pièces de deux sous. Pour avoir de plus amples renseignements sur les principes de cette école folâtre et papillonnante, il faudrait s'adresser à M. KLAGMANN, qui est, je crois, le maître de cet immense atelier[1].

Ce qui prouve bien l'état pitoyable de la sculpture, c'est que M. PRADIER en est le roi. Au moins celui-ci sait faire de la chair, et il a des délicatesses particulières de ciseau ; mais il ne possède ni l'imagination nécessaire aux grandes compositions, ni l'imagination du dessin. C'est un talent froid et académique. Il a passé sa vie à engraisser quelques torses antiques, et à ajuster sur leurs cous des coiffures de filles entretenues. *La Poésie légère*[2] paraît d'autant plus froide qu'elle est plus maniérée ; l'exécution n'en est pas aussi grasse que dans les anciennes œuvres de M. Pradier, et, vue de dos, l'aspect en est affreux. Il a de plus fait deux figures de bronze, — *Anacréon* et la *Sagesse,* — qui sont des imitations impudentes de l'antique[3], et qui prouvent bien que sans cette noble béquille M. Pradier chancellerait à chaque pas.

Le buste est un genre qui demande moins d'imagination et des facultés moins hautes que la grande sculpture, mais non moins délicates. C'est un art plus intime et plus resserré dont les succès sont moins publics. Il faut, comme dans le portrait fait à la manière des naturalistes, parfaitement bien comprendre le caractère principal du modèle et en exprimer la poésie ; car il est peu de modèles complètement dénués de poésie. Presque tous les bustes de M. DANTAN[4] sont faits selon les meilleures doctrines. Ils ont tous un cachet particulier, et le détail n'en exclut pas une exécution large et facile.

Le défaut principal de M. LENGLET, au contraire, est une certaine timidité, puérilité, sincérité excessive dans le travail, qui donne à son œuvre une apparence de sécheresse ; mais, en revanche, il est impossible de donner un caractère plus vrai et plus authentique à une figure humaine. Ce petit buste, ramassé, sérieux et froncé, a le magnifique caractère des bonnes œuvres romaines, qui est l'idéalisation trouvée dans la nature elle-même. Je remarque, en outre, dans le buste de M. Lenglet un autre signe particulier aux figures antiques, qui est une attention profonde[5].

XVII

DES ÉCOLES ET DES OUVRIERS

Avez-vous éprouvé, vous tous que la curiosité du flâneur a souvent fourrés dans une émeute, la même joie que moi à voir un gardien du sommeil public, — sergent de ville ou municipal, la véritable armée, — crosser un républicain[1] ? Et comme moi, vous avez dit dans votre cœur : « Crosse, crosse un peu plus fort, crosse encore, municipal de mon cœur; car en ce crossement suprême, je t'adore, et te juge semblable à Jupiter, le grand justicier. L'homme que tu crosses est un ennemi des roses et des parfums, un fanatique des ustensiles; c'est un ennemi de Watteau, un ennemi de Raphaël, un ennemi acharné du luxe, des beaux-arts et des belles-lettres, iconoclaste juré, bourreau de Vénus et d'Apollon ! Il ne veut plus travailler, humble et anonyme ouvrier, aux roses et aux parfums publics; il veut être libre, l'ignorant, et il est incapable de fonder un atelier de fleurs et de parfumeries nouvelles. Crosse religieusement les omoplates de l'anarchiste* ! »

Ainsi, les philosophes et les critiques doivent-ils impitoyablement crosser les singes *artistiques*, ouvriers émancipés, qui haïssent la force et la souveraineté du génie.

Comparez l'époque présente aux époques passées; au sortir du salon ou d'une église nouvellement décorée, allez reposer vos yeux dans un musée ancien, et analysez les différences.

Dans l'un, turbulence, tohu-bohu de styles et de couleurs, cacophonie de tons, trivialités énormes, prosaïsme de gestes et d'attitudes, noblesse de convention, *poncifs[a]* de toutes sortes, et tout cela visible et clair, non seulement

---

* J'entends souvent les gens se plaindre du théâtre moderne; il manque d'originalité, dit-on, parce qu'il n'y a plus de types. Et le républicain ! qu'en faites-vous donc ? N'est-ce pas une chose nécessaire à toute comédie qui veut être gaie, et n'est-ce pas là un personnage passé à l'état de marquis ?

dans les tableaux juxtaposés, mais encore dans le même tableau : bref, — absence complète d'unité, dont le résultat est une fatigue effroyable pour l'esprit et pour les yeux.

Dans l'autre, ce respect qui fait ôter leurs chapeaux aux enfants, et vous saisit l'âme, comme la poussière des tombes et des caveaux saisit la gorge, est l'effet, non point du vernis jaune et de la crasse des temps, mais de l'unité, de l'unité profonde. Car une grande peinture vénitienne jure moins à côté d'un Jules Romain, que quelques-uns de nos tableaux, non pas des plus mauvais, à côté les uns des autres.

Cette magnificence de costumes, cette noblesse de mouvements, noblesse souvent maniérée, mais grande et hautaine, cette absence des petits moyens et des procédés contradictoires, sont des qualités toutes impliquées dans ce mot : la grande tradition.

Là des écoles, et ici des ouvriers émancipés.

Il y avait encore des écoles sous Louis XV, il y en avait une sous l'Empire, — une école, c'est-à-dire une foi, c'est-à-dire l'impossibilité du doute. Il y avait des élèves unis par des principes communs, obéissant à la règle d'un chef puissant, et l'aidant dans tous ses travaux.

Le doute, ou l'absence de foi et de naïveté, est un vice particulier à ce siècle, car personne n'obéit; et la naïveté, qui est la domination du tempérament dans la manière, est un privilège divin dont presque tous sont privés.

Peu d'hommes ont le droit de régner, car peu d'hommes ont une grande passion.

Et comme aujourd'hui chacun veut régner, personne ne sait se gouverner.

Un maître, aujourd'hui que chacun est abandonné à soi-même, a beaucoup d'élèves inconnus dont il n'est pas responsable, et sa domination, sourde et involontaire, s'étend bien au-delà de son atelier, jusqu'en des régions où sa pensée ne peut être comprise.

Ceux qui sont plus près de la parole et du verbe magistral gardent la pureté de la doctrine, et font, par obéissance et par tradition, ce que le maître fait par la fatalité de son organisation.

Mais, en dehors de ce cercle de famille, il est une vaste population de médiocrités, singes de races diverses et croisées, nation flottante de métis qui passent chaque jour d'un pays dans un autre, emportent de chacun les usages qui leur conviennent, et cherchent à se faire un caractère par un système d'emprunts contradictoires.

Il y a des gens qui voleront un morceau dans un tableau de Rembrandt, le mêleront à une œuvre composée dans un sens différent sans le modifier, sans le digérer et sans trouver la colle pour le coller.

Il y en a qui changent en un jour du blanc au noir : hier, coloristes de *chic*, coloristes sans amour ni originalité; demain, imitateurs sacrilèges de M. Ingres, sans y trouver plus de goût ni de foi.

Tel qui rentre aujourd'hui dans la classe des singes, même des plus habiles, n'est et ne sera jamais qu'un peintre médiocre; autrefois, il eût fait un excellent ouvrier. Il est donc perdu pour lui et pour tous.

C'est pourquoi il eût mieux valu dans l'intérêt de leur salut, et même de leur bonheur, que les tièdes eussent été soumis à la férule d'une foi vigoureuse; car les forts sont rares, et il faut être aujourd'hui Delacroix ou Ingres pour surnager et paraître dans le chaos d'une liberté épuisante et stérile[1].

Les singes sont les républicains de l'art, et l'état actuel de la peinture est le résultat d'une liberté anarchique qui glorifie l'individu, quelque faible qu'il soit, au détriment des associations, c'est-à-dire des écoles.

Dans les écoles, qui ne sont autre chose que la force d'invention organisée, les individus vraiment dignes de ce nom absorbent les faibles; et c'est justice, car une large production n'est qu'une pensée à mille bras.

Cette glorification de l'individu a nécessité la division infinie du territoire de l'art. La liberté absolue et divergente de chacun, la division des efforts et le fractionnement de la volonté humaine ont amené cette faiblesse, ce doute et cette pauvreté d'invention; quelques excentriques, sublimes et souffrants, compensent mal ce désordre fourmillant de médiocrités. L'individualité, — cette petite propriété, — a mangé l'originalité collective; et, comme il a été démontré dans un chapitre fameux d'un roman romantique[2], que le livre a tué le monument, on peut dire que pour le présent c'est le peintre qui a tué la peinture[3].

XVIII

DE L'HÉROÏSME DE LA VIE MODERNE

Beaucoup de gens attribueront la décadence de la peinture à la décadence des mœurs*. Ce préjugé d'atelier, qui a circulé dans le public, est une mauvaise excuse des artistes. Car ils étaient intéressés à représenter sans cesse le passé; la tâche est plus facile, et la paresse y trouvait son compte.

Il est vrai que la grande tradition s'est perdue, et que la nouvelle n'est pas faite.

Qu'était-ce que cette grande tradition, si ce n'est l'idéalisation ordinaire et accoutumée de la vie ancienne; vie robuste et guerrière, état de défensive de chaque individu qui lui donnait l'habitude des mouvements sérieux, des attitudes majestueuses ou violentes. Ajoutez à cela la pompe publique qui se réfléchissait dans la vie privée. La vie ancienne *représentait* beaucoup; elle était faite surtout pour le plaisir des yeux, et ce paganisme journalier a merveilleusement servi les arts.

Avant de rechercher quel peut être le côté épique de la vie moderne, et de prouver par des exemples que notre époque n'est pas moins féconde que les anciennes en motifs sublimes, on peut affirmer que puisque tous les siècles et tous les peuples ont eu leur beauté, nous avons inévitablement la nôtre. Cela est dans l'ordre.

Toutes les beautés contiennent, comme tous les phénomènes possibles, quelque chose d'éternel et quelque chose de transitoire, — d'absolu et de particulier[1]. La beauté absolue et éternelle n'existe pas, ou plutôt elle n'est qu'une abstraction écrémée à la surface générale des beautés diverses. L'élément particulier de chaque beauté vient des passions, et comme nous avons nos passions particulières, nous avons notre beauté.

* Il ne faut pas confondre cette décadence avec la précédente : l'une concerne le public et ses sentiments, et l'autre ne regarde que les ateliers.

Excepté Hercule au mont Œta, Caton d'Utique et Cléopâtre, dont les suicides ne sont pas des suicides *modernes**, quels suicides voyez-vous dans les tableaux anciens ? Dans toutes les existences païennes, vouées à l'appétit, vous ne trouverez pas le suicide de Jean-Jacques[1], ou même le suicide étrange et merveilleux de Raphaël de Valentin[a].

Quant à l'habit, la pelure du héros moderne, — bien que le temps soit passé où les rapins s'habillaient en mamamouchis et fumaient dans des canardières[2], — les ateliers et le monde sont encore pleins de gens qui voudraient poétiser Antony[3] avec un manteau grec ou un vêtement mi-parti.

Et cependant, n'a-t-il pas sa beauté et son charme indigène, cet habit tant victimé[4] ? N'est-il pas l'habit nécessaire de notre époque, souffrante et portant jusque sur ses épaules noires et maigres le symbole d'un deuil perpétuel[5] ? Remarquez bien que l'habit noir et la redingote ont non seulement leur beauté politique, qui est l'expression de l'égalité universelle, mais encore leur beauté poétique, qui est l'expression de l'âme publique ; — une immense défilade de croque-morts, croque-morts politiques, croque-morts amoureux, croque-morts bourgeois. Nous célébrons tous quelque enterrement.

Une livrée uniforme de désolation témoigne de l'égalité ; et quant aux excentriques que les couleurs tranchées et violentes dénonçaient facilement aux yeux, ils se contentent aujourd'hui des nuances dans le dessin, dans la coupe, plus encore que dans la couleur. Ces plis grimaçants, et jouant comme des serpents autour d'une chair mortifiée, n'ont-ils pas leur grâce mystérieuse ?

M. Eugène Lami et M. Gavarni, qui ne sont pourtant pas des génies supérieurs, l'ont bien compris : — celui-ci, le poète du dandysme officiel ; celui-là, le poète du dandysme hasardeux et d'occasion[6] ! En relisant le livre *du Dandysme,* par M. Jules Barbey d'Aurevilly[7], le lecteur verra clairement que le dandysme est une chose moderne et qui tient à des causes tout à fait nouvelles.

---

* Celui-ci se tue parce que les brûlures de sa robe deviennent intolérables ; celui-là parce qu'il ne peut plus rien faire pour la liberté, et cette reine voluptueuse parce qu'elle perd son trône et son amant ; mais aucun ne se détruit pour changer de peau en vue de la métempsycose.

Que le peuple des coloristes ne se révolte pas trop; car, pour être plus difficile, la tâche n'en est que plus glorieuse. Les grands coloristes savent faire de la couleur avec un habit noir, une cravate blanche et un fond gris.

Pour rentrer dans la question principale et essentielle, qui est de savoir si nous possédons une beauté particulière, inhérente à des passions nouvelles, je remarque que la plupart des artistes qui ont abordé les sujets modernes se sont contentés des sujets publics et officiels, de nos victoires et de notre héroïsme politique. Encore les font-ils en rechignant, et parce qu'ils sont commandés par le gouvernement qui les paye. Cependant il y a des sujets privés, qui sont bien autrement héroïques.

Le spectacle de la vie élégante et des milliers d'existences flottantes qui circulent dans les souterrains d'une grande ville, — criminels et filles entretenues, — la *Gazette des tribunaux*[1] et le *Moniteur* nous prouvent que nous n'avons qu'à ouvrir les yeux pour connaître notre héroïsme.

Un ministre, harcelé par la curiosité impertinente de l'opposition, a-t-il, avec cette hautaine et souveraine éloquence qui lui est propre, témoigné, — une fois pour toutes, — de son mépris et de son dégoût pour toutes les oppositions ignorantes et tracassières, — vous entendez le soir, sur le boulevard des Italiens, circuler autour de vous ces paroles : « Étais-tu à la Chambre aujourd'hui ? as-tu vu le ministre ? N... de D... ! qu'il était beau ! je n'ai jamais rien vu de si fier ! »

Il y a donc une beauté et un héroïsme moderne[a] !

Et plus loin : « C'est K. — ou F. — qui est chargé de faire une médaille à ce sujet; mais il ne saura pas la faire; il ne peut pas comprendre ces choses-là ! »

Il y a donc des artistes plus ou moins propres à comprendre la beauté moderne.

Ou bien : « Le sublime B.....[2] ! Les pirates de Byron sont moins grands et moins dédaigneux. Croirais-tu qu'il a bousculé l'abbé Montès[3], et qu'il a couru sus à la guillotine en s'écriant : « Laissez-moi tout mon courage ! »

Cette phrase fait allusion à la funèbre fanfaronnade d'un criminel, d'un grand protestant, bien portant, bien organisé, et dont la féroce vaillance n'a pas baissé la tête devant la suprême machine !

Toutes ces paroles, qui échappent à votre langue,

témoignent que vous croyez à une beauté nouvelle et
particulière, qui n'est celle, ni d'Achille, ni d'Agamem-
non.

La vie parisienne est féconde en sujets poétiques et
merveilleux. Le merveilleux nous enveloppe et nous
abreuve comme l'atmosphère; mais nous ne le voyons
pas.

Le *nu*, cette chose si chère aux artistes, cet élément
nécessaire de succès, est aussi fréquent et aussi nécessaire que dans la vie ancienne : — au lit, au bain, à l'amphithéâtre. Les moyens et les motifs de la peinture sont
également abondants et variés; mais il y a un élément
nouveau, qui est la beauté moderne[1].

Car les héros de l'*Iliade* ne vont qu'à votre cheville,
ô Vautrin, ô Rastignac, ô Birotteau, — et vous, ô Fontanarès[2], qui n'avez pas osé raconter au public vos douleurs sous le frac funèbre et convulsionné que nous
endossons tous; — et vous, ô Honoré de Balzac, vous
le plus héroïque, le plus singulier, le plus romantique et
le plus poétique parmi tous les personnages que vous
avez tirés de votre sein !

1846

LE
SALON CARICATURAL

CRITIQUE EN VERS ET CONTRE TOUS

ILLUSTRÉE

DE SOIXANTE CARICATURES DESSINÉES SUR BOIS

Première Année

PARIS

CHARPENTIER, LIBRAIRE

PALAIS-ROYAL, GALERIE D'ORLÉANS, 7

[La reproduction fac-similée de l'édition originale qui tra-
duit assez bien les bois de Raimon Pelez rend difficilement
lisibles les légendes. Celles-ci ont donc été transcrites typo-
graphiquement dans les notes (p. 1326 sq.).]

LE PROLOGUE.

C'est moi, messieurs, qui suis le terrible Prologue [1],
Cicérone effroyable, et taillé comme un ogre ;
Je porte à chaque main, grimaçants et tordus,
Des trousseaux gémissants de peintres suspendus.
A voir mes dents en scie et mes mâchoires larges,
Vous diriez que je dois, dans mes cruelles charges,
M'abreuver de leur sang, Polyphème nouveau,

[1] Prononcez prologre!

Et repaître ma faim du suc de leur cerveau.

Ma moustache et mon œil sont ceux d'un ogre! En somme,

Pour comprendre combien au fond je suis bon homme,

Il suffit de jeter un coup d'œil attentif

Sur l'aspect malheureux de mon pourpoint chétif.

Mon habit est connu dans les foires publiques;

Toutes mes armes sont des armes pacifiques,

Des plumes, des pinceaux, une palette; aussi

Je suis, messieurs, de ceux que le sort sans merci

Force de provoquer un éternel délire,

Et de faire aux passants partager leur fou rire.

J'ai l'orgueil, tant je suis innocent et naïf,

D'amuser ceux-là même à qui mon crayon vif

Infligea le tourment de la caricature;

Je veux que les pendards, pendus à ma ceinture,

Dénués de tout fiel comme de tout rancœur,

En rires éclatants désopilent leur cœur.

Oui, messieurs, suivez-moi sans nulle défiance,

Car je sais le moyen d'élargir votre panse,

Et crois que je ferai, je le dis entre nous,

Rire pour mille francs plutôt que pour vingt sous.

LE

SALON CARICATURAL

DE 1846.

L'ÉDITEUR REMERCIANT L'ACHETEUR.

Ce monsieur décoré vient d'acheter mon livre!
C'est un homme estimable ou bien son crâne ment.
Je suis son serviteur! pour le prix d'une livre
   Il va s'amuser crânement.

UN DESSOUS DE PORTE.

Complice du jury, ce superbe dauphin
Gambadait autrefois chez le sieur Séraphin.
Un rapin chevelu, formé chez monsieur Suisse,
Dit qu'on l'a fait venir d'Amiens pour être suisse.

LA PRESSE.

Sous l'aspect virginal de ce marmot d'un an,
La critique à grands cris demande du nanan.

LE PUBLIC DE TOUS LES JOURS.

Ce jeune abonné de l'*Époque*
Trouve le salon fort baroque,
Ricane et souffle comme un phoque,
Et se fait ce petit colloque :
« Je crois qu'Arnoux bat la breloque! »

UN MEMBRE DU JURY.

Ce juré n'est pas mort, comme on pourrait le croire.
Malgré son faux palais fait en or mêlé,
Malgré son œil de verre et son orteil gelé,
Malgré son nez d'argent et sa fausse mâchoire,
Il juge encore en corps la peinture d'histoire,
Grâce au rouage à vis caché par Vaucanson
Dans son gilet de laine et dans son caleçon.

FOUCHTRA, PICTOR!

Granet fait au salon le beau temps et la pluie.
    Le jury donna son appui
    A ce tableau couleur de suie.
    Charbonnier est maître chez lui.

LES EXPOSANTS.

Plaignez ceux qui vont voir ces tab'eaux dép'aisants.
Il s'exposent en outre à voir les exosants.

LES EXPOSES.

Ces gens que vous voyez s'avancer en escadres,
Ce sont les exposés avec tous leurs plumets.
　　Ils viennent de quitter leurs cadres.
　　Puissent-ils n'y rentrer jamais !

LE PUBLIC DES JOURS RESERVÉS.

A Paris ces gens-là vivent gras et choyés ;
Pour leur laideur à Sparte on les eût tous noyés.

AU CHAT BOTTÉ.

Voulez-vous de Granet acquérir le talent !
Un peu de cirage et de blanc,
Et vous ferez très-ressemblant.

UNE ILLUSTRE EPÉE.

Digne des époques anciennes,
Ce héros criblé de douleurs
A défendu les trois couleurs.
Nous ne défendrons pas 'es siennes.

SEPARATION DE CORPS.

Je ne puis m'attendrir aux pleurs de Roméo,
   Sur son amante qui se vautre ;
Car ils ressemblent tant dans cet imbroglio
   A des singes de Bornéo,
Que chacun devrait être heureux de quitter l'autre.

PORTRAIT DE M. G.
(Ressemblance peu garantie.

De monsieur Grassouillet naguère
On vantait les membres dodus ;
Mais, hélas ! tout passe sur terre :
Aussi l'an prochain, je l'espère,
Mons Grassouillet ne sera plus.

PORTRAIT DE M. DE L.

Ce serin qui va jusqu'à l'ut [1],
Est-ce un ténor à son début,
Ou bien un jeune substitut ?
— C'est un membre de l'Institut
Qui donne le la sur son luth.

[1] Prononcez *utte, debutte, substitutte et luthe.*

PORTRAIT DE M. DE C.

Celui qui verra ce front en verrue,
Ces naseaux véreux et cet œil vairon,
Se dira : Pourquoi lâcher dans la rue
Ce vieux sanglier né dans l'Aveyron,
Qui va devant lui flairant la chair crue'
Sans souffrir ainsi qu'il y badaudât,
On devrait manger sa chair incongrue
De verrat dodu chez Véro-Dodat.

CORPS ROYAL D'ÉTAT—MAJOR.

(Musique des hirondelles.)

F. DAVID.

Ta niche qui me garde,
Auprès de mon bocal,
Le soir monte la garde
Bravement, comme un garde
National. (*ter.*)

PORTRAIT D'UN PROFESSEUR.

Cet horrible baudet, dessiné non sans chic,
Jouit du noble privilége
De brouter, après l'heure où finit son collége,
Les chardons de *l'Esprit Public*.

UN MONSEIGNEUR.

Admirez ce pasteur au milieu de sa cour,
Et le flot de satin qui sur ses jambes court
Comme un paon orgueilleux qui court dans une cour.
Hélas ! ce grand prélat, — car tout bonheur est court,
— Mourut de désespoir d'être un homme de Court.

SYMPTÔMES DE VENGEANCE.

PEINTURE OFFICIELLE.

C'est d'un Italien la mine meurtrière.
Il voudrait se venger; tremblons et filons doux :
Il peut nous assommer d'un seul coup, vertu choux !
    Avec ses pattes de derrière.

Admirez le début d'une brosse en bas âge !
Il n'avait pas cinq ans qu'au sortir de sevrage
Le jeune Raimon fils, épris de l'art nouveau,
Fit ce chef-d'œuvre épique, imité de *Nouveau*.

PEINTURE AQUATIQUE.

Ils ont l'air chagriné, dans cette nuit de Naple,
Comme s'ils entendaient le baryton Canaple.

GUDIN.

Les pingoins de Gudin étaient des galiotes ;
Mais le petit Gudin en a fait des cocottes.

PORTRAIT DE M. LE COMTE DE M.

Cet homme décoré, dont la cervelle est plate,
N'est pas un singe vert : c'est un grand diplomate.

ANNONCE—OMNIBUS.

Mademoiselle Ida,
12, — place Bréda.

MADAME LA COMTESSE DE L.

(Vieux appas, vieux galons !

Ce vieux morceau de parchemin,
Qui n'a plus rien de la nature,
Est bien l'exacte portraiture
Du noble faubourg Saint-Germain.

PIÈCES DE TOILE.

(Prise de la Smala.)

Pour produire par an mille pieds de chefs-d'œuvre,
Que faut-il? de l'aplomb et cinquante manœuvres.

TRIOMPHE DE LA MAISON CAZAL.

(Prise de la Smala.)

A l'ombre d'un riflard que le sommeil est doux!
Tous les Français sont morts: la victoire est à nous!

UN PROPAGATEUR DU VACCIN.

Ce gros monsieur grêlé pose comme Narcisse,
Et chacun de ses doigts a l'air d'une saucisse.

CHEVEUX ET FAVORIS.

Ce n'est pas un brigand pervers 1,
Ce n'est pas non plus monsieur Herz.

FORÊT VIERGE.

En peignant ces bouleaux pareils à des asperges,
L'auteur pour le fouetter nous a donné des verges

LA NOTE DE BILBOQUET.

L'amour et la science, autour de nous tout change ;
Tout change, et Chenavard succède à Michel-Ange :
Et depuis quarante ans tout en France a changé,
Excepté le dessin de monsieur Bellangé.

1 Prononcez *pervertz*.

PAUVRE FAMILLE !

La pauvre famille en prières
Pousse un triste miaulement.
A les voir, on ne sait vraiment
Si leurs devants sont des derrières !

UN PARFAIT GENTILHOMME.

Ceci n'est pas un pantin ;
C'est un gentilhomme en chambre,
Fort au pistolet, et membre
Du jockey-club de Pantin.

ENTREVUE D'HENRI VIII ET DE FRANÇOIS 1ᵉʳ.

L'ATELIER DE DECAMPS.

Ces princes sont ventrus comme Lepeintre jeune ;
On dirait, tant leur mine est exempte de jeûne,
Tant ils ont l'air repu des bourgeois d'Amsterdam,
Deux éléphants venus du pays de Siam.

Des briques, des caill'oux, du plâtre, une truel'e,
Une hache, une demoise le,
Un marteau, des pavés, une pince, des clous,
Pour peindre l'Orient te's furent les joujoux
De ce peintre à l'âme cruelle !

PROFIL PERDU.

RETOUR DU BERGER.

En vain les chenavards s'acharnent sur Decamps ;
Il aura toujours, quoi qu'on fasse,
Un mérite de plus que tous nos fabricants :
Ses tableaux se voient mieux de profil que de face.

Dans ce pays sauvage et sous ce ciel à franges,
Sans doute les esprits le soir dansent en rond.
Tandis que Delacroix fait des femmes oranges,
Faut-il donc que ton pâtre, ô Decamps ! soit si trone.

UNE FEMME FORTE.

(Madame la baronne de K.)

Un peintre trop épris de la célèbre George
Peignit ce chrysocale et cet effet de gorge.

BUREAU DES CANNES.

(Mademoiselle S. de L.)

Un canard fit ici le portrait de sa cane.
Cela coûte cinq francs : c'est le prix d'une canne.

LE REPOS DE LA SAINTE FAMILLE.

Pour le pauvre Dévéria,
Qu'un sort fatal avaria
Et que Gannal pétrifia,
Alleluia !

(Au désert enflammé, tête bêche et pieds nus,
Ils dorment dans les feux des sables inconnus.
On n'y rencontre, hélas ! ni savon ni cuvettes ;
Où laveront-ils leurs chaussettes !
SAADI. *Orientales.*)

PROJET D'UN MUSÉE.

Ce palais et ces murs, d'ordonnance suspecte,
Ont hélas ! beaucoup moins d'aplomb que l'architecte.

LE MARDI-GRAS SUR LE BOULEVARD.

Pareil aux songes creux d'un phalanstérien,
Ce fouillis de chapeaux, de bonnets et de casques,
De titis et de bergamasques,
Tout ce déguisement de mannequins fantasques
Est si bien déguisé que nous n'y voyons rien.

FI! DIAZ.

Le grand Diaz de la Pégna
Chez le soleil se renseigna ;
Puis il lui prit un grand rayon
Qui maintenant sert de crayon,
Au grand Diaz de la Pegna.

CHASSE A COURRE SOUS LOUIS XV.

BALLADE

Au fond du bois
Le ciel flamboie,
La meute aboie ;
Piqueurs, hautbois,
Cerf aux abo's,
Tout est en bois !

Ces juments rose-pâle, à peine dégrossies,
Sont d'Alfred (dit de Dreux), et non pas d'un rapin.
Pour la forme, ce sont des chiffons de vessies ;
Ce sont pour la couleur des joujoux de sapin !

Au fond du bois
Le ciel flamboie, etc.

UGERT. *Odes t ballades.)*

PINTURA MORESCA.

Ce cadre est en cheveux. Celui qui les peigna,
Un coloriste adroit, Diaz de la Peña,
Est Espagnol, j'en crois son accent circonflexe ;
Mais quant à son tableau, j'en ignore le sexe.

SAINT AUGUSTIN ET SAINTE MONIQUE.

Ces saints, qui regardaient les cieux calmes et doux,
Ont laissé retomber leurs têtes engourdies,
Sans doute dans les airs quelque démon jaloux
Leur récitait des tragédies.

LES SAINTES FEMMES.

(Tableau-feuilleton.)

Ary Scheffer, cet artiste modeste,
N'expose ci-dessus que le quart d'un tableau.
Nous avons, achetant à grands frais tout le reste,
Reconstruit son Christ au tombeau ;
Mais, voyez la chance funeste !
De ces pauvres estropiés
Nous n'avons jamais pu nous procurer les pieds.

UN TABLEAU MAL ECLAIRE.

Sur cette toile en deuil, qu'on eut soin de vernir.
Ma chère Anne, ma sœur, ne vois-tu rien venir !

INVISIBLE A L'ŒIL NU.

OSTÉOLOGIE.

Nous avons entendu maint polisson nier
La présence au Salon du fin Meissonnier.
Il suffit, pour percer l'ombre qui l'enveloppe,
    De recourir au microscope.

En voyant s'écorner ces tessons attristants,
Le public dit en chœur : Dans cet amphithéâtre
Quel bonheur qu'on ait fait ce grand bonhomme en plâtre !
Sans cette circonstance il eut duré longtemps !

LA GALERIE D'APOLLON UN JOUR DE FOULE.

Cherchez dans ce désert un remède à vos maux :
    On y rencontre des chameaux.

UN PEINTRE TRÈS-FORT.

Ce peintre n'a pas pu convaincre de sa force
Certain critique sourd, hurlant avec les loups ;
La tête la première, il l'entre dans un torse
Du barbouilleur voisin dont il était jaloux,
Et fait, par ce moyen, d'une pierre deux coups.

LA GARDE MEURT !

Cambronne à l'ennemi poussa de telles bottes,
Qu'il ne reste de lui qu'un tricorne et des bottes.

VIVE LA LITHOGRAPHIE !

Alois, inventeur élégiaque et morne
De la lithographie et des boutons en corne.

TROIS COUPS POUR UN SOU !

C'est un petit bon Dieu de plâtre,
Dont la tête porte un emplâtre.

MONSIEUR Q.

(L'auteur consciencieux de cette bonne boule
Tient citrouilles, panais, carottes et ciboule.)

BOIS DONT ON FAIT LES VIERGES.

Pour nommer ceci bûche il suffit qu'on le voie ;
Cent comme celle-là font une demi-voie.

MONUMENT EXPIATOIRE.

A deux canards assassinés
Ces marbres blancs sont destinés.
Une nuit, aveuglé par les dieux implacables,
Et par un billet de cinq cents,
Un sacrificateur pour des perdreaux coupables
Égorgea ces deux innocents.
Un ancien bas-relief, trouvé dans une armoire,
De ce forfait affreux nous garde la mémoire.

LA POÉSIE LÉGÈRE.

Cette lyre en Ruolz et ce marteau de porte
P'èsent de tout leur poids sur ce manteau léger,
Je ne veux pas de mal à celle qui le porte,
Mais je lui dirais zut s'il fallait m'en charger.

ÉPILOGUE.

A l'an prochain, messieurs !

                    Je clos mon catalogue.

Vous m'avez déjà vu sous forme de prologue ;

J'apparais maintenant en épilogue, et si

J'ai dans tous mes desseins pleinement réussi,

Souffrez que je vous quitte et que je me transporte

Vers le public nouveau qui se presse à la porte,

Et qui, se méfiant d'un livret erroné,

Va me choisir encor pour son cicérone.

Dieu veuille qu'en un an je me perfectionne !

J'ai tenu mes serments ; je n'ai mangé personne.

Or, ne me traitez pas de tigre ou de pourceau

EPILOGUE

Si j'ai par maladresse emporté le morceau,
Je me suis efforcé d'avoir, en quelques pages,
Plus d'esprit, de talent, plus de verve et d'images
Qu'il n'en faut pour toucher le plus rogue lecteur.
Adieu donc! pardonnez les fautes de l'auteur.

DE L'ESSENCE DU RIRE

ET GÉNÉRALEMENT

DU COMIQUE
DANS LES ARTS PLASTIQUES

I

Je ne veux pas écrire un traité de la caricature; je veux simplement faire part au lecteur de quelques réflexions qui me sont venues souvent au sujet de ce genre singulier. Ces réflexions étaient devenues pour moi une espèce d'obsession; j'ai voulu me soulager. J'ai fait, du reste, tous mes efforts pour y mettre un certain ordre et en rendre ainsi la digestion plus facile. Ceci est donc purement un article de philosophe et d'artiste. Sans doute une histoire générale de la caricature dans ses rapports avec tous les faits politiques et religieux, graves ou frivoles, relatifs à l'esprit national ou à la mode, qui ont agité l'humanité, est une œuvre glorieuse et importante. Le travail est encore à faire, car les essais publiés jusqu'à présent ne sont guère que matériaux[a]; mais j'ai pensé qu'il fallait diviser le travail[1]. Il est clair qu'un ouvrage sur la caricature, ainsi compris, est une histoire de faits, une immense galerie anecdotique. Dans la caricature, bien plus que dans les autres branches de l'art, il existe deux sortes d'œuvres précieuses et recommandables à des titres différents et presque contraires. Celles-ci ne valent que par le fait qu'elles représentent. Elles ont droit sans doute à l'attention de l'historien, de l'archéologue et même du philosophe; elles doivent prendre leur rang dans les archives nationales, dans les registres biographiques de la pensée humaine. Comme les feuilles volantes du journalisme, elles disparaissent emportées par le souffle incessant qui en amène de nouvelles; mais les autres, et ce sont celles dont je veux

spécialement m'occuper, contiennent un élément mystérieux, durable, éternel, qui les recommande à l'attention
des artistes. Chose curieuse et vraiment digne d'attention
que l'introduction de cet élément insaisissable du beau
jusque dans les œuvres destinées à représenter à l'homme
sa propre laideur morale et physique ! Et, chose non
moins mystérieuse, ce spectacle[a] lamentable excite en
lui une hilarité immortelle et incorrigible. Voilà donc
le véritable sujet de cet article.

Un scrupule me prend. Faut-il répondre par une
démonstration en règle à une espèce de question préalable que voudraient sans doute malicieusement soulever
certains professeurs jurés de sérieux, charlatans de la
gravité, cadavres pédantesques sortis des froids hypogées
de l'Institut, et revenus sur la terre des vivants, comme
certains fantômes avares, pour arracher quelques sous
à de complaisants ministères ? D'abord, diraient-ils, la
caricature est-elle un genre ? Non, répondraient leurs
compères, la caricature n'est pas un genre. J'ai entendu
résonner à mes oreilles de pareilles hérésies dans des
dîners d'académiciens. Ces braves gens laissaient passer
à côté d'eux la comédie de Robert Macaire[1] sans y apercevoir de grands symptômes moraux et littéraires. Contemporains de Rabelais[2], ils l'eussent traité de vil et de grossier bouffon. En vérité, faut-il donc démontrer que rien
de ce qui sort de l'homme n'est frivole aux yeux du philosophe ? À coup sûr ce sera, moins que tout autre, cet
élément profond et mystérieux qu'aucune philosophie
n'a jusqu'ici analysé à fond.

Nous allons donc nous occuper de l'essence du rire
et des éléments constitutifs de la caricature. Plus tard,
nous examinerons peut-être quelques-unes des œuvres
les plus remarquables produites en ce genre.

II

Le Sage ne rit qu'en tremblant. De quelles lèvres pleines
d'autorité, de quelle plume parfaitement orthodoxe est
tombée cette étrange et saisissante maxime[3] ? Nous vient-
elle du roi philosophe de la Judée ? Faut-il l'attribuer à
Joseph de Maistre, ce soldat animé de l'Esprit-Saint ?

J'ai un vague souvenir de l'avoir lue dans un de ses livres, mais donnée comme citation, sans doute. Cette sévérité de pensée et de style va bien à la sainteté majestueuse de Bossuet; mais la tournure elliptique de la pensée et la finesse quintessenciée me porteraient plutôt à en attribuer l'honneur à Bourdaloue, l'impitoyable psychologue chrétien. Cette singulière maxime me revient sans cesse à l'esprit depuis que j'ai conçu le projet de cet article, et j'ai voulu m'en débarrasser tout d'abord.

Analysons, en effet, cette curieuse proposition :

Le Sage, c'est-à-dire celui qui est animé de l'esprit du Seigneur, celui qui possède la pratique du formulaire divin, ne rit, ne s'abandonne au rire qu'en tremblant. Le Sage tremble d'avoir ri; le Sage craint le rire, comme il craint les spectacles mondains, la concupiscence. Il s'arrête au bord du rire comme au bord de la tentation. Il y a donc, suivant le Sage, une certaine contradiction secrète entre son caractère de sage et le caractère primordial du rire. En effet, pour n'effleurer qu'en passant des souvenirs plus que solennels, je ferai remarquer, — ce qui corrobore parfaitement le caractère officiellement chrétien de cette maxime, — que le Sage par excellence, le Verbe Incarné, n'a jamais ri[1]. Aux yeux de Celui qui sait tout et qui peut tout, le comique n'est pas. Et pourtant le Verbe Incarné a connu la colère, il a même connu les pleurs.

Ainsi, notons bien ceci : en premier lieu, voici un auteur, — un chrétien, sans doute, — qui considère comme certain que le Sage y regarde de bien près avant de se permettre de rire, comme[a] s'il devait lui en rester je ne sais quel malaise et quelle inquiétude, et, en second lieu, le comique disparaît au point de vue de la science et de la puissance absolues. Or, en inversant les deux propositions, il en résulterait que le rire est généralement l'apanage des fous, et qu'il implique toujours plus ou moins d'ignorance et de faiblesse. Je ne veux point m'embarquer aventureusement sur une mer théologique, pour laquelle je ne serais sans doute pas muni de boussole ni de voiles suffisantes; je me contente d'indiquer au lecteur et de lui montrer du doigt ces singuliers horizons.

Il est certain, si l'on veut se mettre au point de vue de l'esprit orthodoxe, que le rire humain est intimement lié à l'accident d'une chute ancienne, d'une dégradation physique et morale. Le rire et la douleur s'expriment par les organes où résident le commandement et la science du bien ou du mal : les yeux et la bouche. Dans le paradis terrestre (qu'on le suppose passé ou à venir, souvenir ou prophétie, comme les théologiens ou comme les socialistes), dans le paradis terrestre, c'est-à-dire dans le milieu où il semblait à l'homme que toutes les choses créées étaient bonnes, la joie n'était pas dans le rire. Aucune peine ne l'affligeant, son visage était simple et uni, et le rire qui agite maintenant les nations ne déformait point les traits de sa face. Le rire et les larmes ne peuvent pas se faire voir dans le paradis de délices. Ils sont également les enfants de la peine, et ils sont venus parce que le corps de l'homme énervé manquait de force pour les contraindre*[1]. Au point de vue de mon philosophe chrétien, le rire de ses lèvres est signe d'une aussi grande misère que les larmes de ses yeux. L'Être qui voulut multiplier son image n'a point mis dans la bouche de l'homme les dents du lion, mais l'homme mord avec le rire; ni dans ses yeux[a] toute la ruse fascinatrice du serpent, mais il séduit avec les larmes. Et remarquez que c'est aussi avec les larmes que l'homme lave les peines de l'homme, que c'est avec le rire qu'il adoucit quelquefois son cœur et l'attire; car les phénomènes engendrés par la chute deviendront les moyens du rachat.

Qu'on me permette une supposition poétique qui me servira à vérifier la justesse de ces assertions, que beaucoup de personnes trouveront sans doute entachées de l'*a priori* du mysticisme. Essayons, puisque le comique est un élément damnable et d'origine diabolique, de mettre en face une âme absolument primitive et sortant, pour ainsi dire, des mains de la nature. Prenons pour exemple la grande et typique figure de Virginie, qui symbolise parfaitement la pureté et la naïveté absolues[2]. Virginie arrive à Paris encore toute trempée des brumes de la mer et dorée par le soleil des tropiques, les yeux pleins des grandes images primitives des vagues, des montagnes et des forêts. Elle tombe ici en pleine civilisation turbulente, débordante et méphitique, elle,

* Philippe de Chennevières.

tout imprégnée des pures et riches senteurs de l'Inde ; elle se rattache à l'humanité par la famille et par l'amour, par sa mère et par son amant, son Paul, angélique comme elle, et dont le sexe ne se distingue pour ainsi dire pas du sien dans les ardeurs inassouvies d'un amour qui s'ignore. Dieu, elle l'a connu dans l'église des Pample-mousses, une petite église toute modeste et toute ché-tive[1], et dans l'immensité de l'indescriptible azur tropical, et dans la musique immortelle des forêts et des torrents. Certes, Virginie est une grande intelligence ; mais peu d'images et peu de souvenirs lui suffisent, comme au Sage peu de livres. Or, un jour, Virginie rencontre par hasard, innocemment, au Palais-Royal[2], aux carreaux d'un vitrier, sur une table, dans un lieu public, une caricature ! une caricature bien appétissante pour nous, grosse de fiel et de rancune, comme sait les faire une civilisation perspicace et ennuyée. Supposons quelque bonne farce de boxeurs, quelque énormité britannique, pleine de sang caillé et assaisonnée de quelques mons-trueux *goddam* ; ou, si cela sourit davantage à votre ima-gination curieuse, supposons devant l'œil de notre vir-ginale Virginie quelque charmante et agaçante impureté, un Gavarni de ce temps-là, et des meilleurs, quelque satire insultante contre des folies royales, quelque diatribe plastique contre le Parc-aux-Cerfs, ou les pré-cédents fangeux d'une grande favorite, ou les escapades nocturnes de la proverbiale Autrichienne[3]. La[a] caricature est double : le dessin et l'idée : le dessin violent, l'idée mordante et voilée ; complication d'éléments pénibles pour un esprit naïf, accoutumé à comprendre d'intui-tion des choses simples comme lui. Virginie a vu ; main-tenant elle regarde. Pourquoi ? Elle regarde l'inconnu. Du reste, elle ne comprend guère ni ce que cela veut dire ni à quoi cela sert. Et pourtant, voyez-vous ce reploiement d'ailes subit, ce frémissement d'une âme qui se voile et veut se retirer ? L'ange a senti que le scandale était là. Et, en vérité, je vous le dis, qu'elle ait compris ou qu'elle n'ait pas compris, il lui restera de cette impression je ne sais quel malaise, quelque chose qui ressemble à la peur. Sans doute, que Virginie reste à Paris et que la science lui vienne, le rire lui viendra ; nous verrons pourquoi. Mais, pour le moment, nous, analyste et critique, qui n'oserions certes pas affirmer que

notre intelligence eſt supérieure à celle de Virginie,
conſtatons la crainte et la souffrance de l'ange immaculé
devant la caricature.

III

Ce qui suffirait pour démontrer que le comique eſt un
des plus clairs signes sataniques de l'homme et un des
nombreux pépins contenus dans la pomme symbolique,
eſt l'accord unanime des physiologiſtes du rire sur la raison première de ce monſtrueux phénomène. Du reſte,
leur découverte n'eſt pas très profonde et ne va guère
loin. Le rire, disent-ils, vient de la supériorité. Je ne serais
pas étonné que devant cette découverte le physiologiſte
se fût mis à rire en pensant à sa propre supériorité.
Aussi, il fallait dire : Le rire vient de l'idée de sa propre
supériorité. Idée satanique s'il en fut jamais ! Orgueil et
aberration ! Or, il eſt notoire que tous les fous des hôpitaux ont l'idée de leur propre supériorité développée
outre mesure. Je ne connais guère de fous d'humilité.
Remarquez que le rire eſt une des expressions les plus
fréquentes et les plus nombreuses de la folie. Et voyez
comme tout s'accorde : quand Virginie, déchue, aura
baissé d'un degré en pureté, elle commencera à avoir
l'idée de sa propre supériorité, elle sera plus savante au
point de vue du monde, et elle rira.

J'ai dit qu'il y avait symptôme de faiblesse dans le
rire; et, en effet, quel signe plus marquant de débilité
qu'une convulsion nerveuse, un spasme involontaire
comparable à l'éternuement, et causé par la vue du malheur d'autrui ? Ce malheur eſt presque toujours une faiblesse d'esprit. Eſt-il un phénomène plus déplorable que
la faiblesse se réjouissant de la faiblesse ? Mais il y a pis.
Ce malheur eſt quelquefois d'une espèce très inférieure,
une infirmité dans l'ordre physique. Pour prendre un des
exemples les plus vulgaires de la vie, qu'y a-t-il de si
réjouissant dans le speċtacle d'un homme qui tombe sur
la glace ou sur le pavé, qui trébuche au bout d'un trottoir, pour que la face de son frère en Jésus-Chriſt se
contraċte d'une façon désordonnée, pour que les muscles
de son visage se mettent à jouer subitement comme une

horloge à midi ou un joujou à ressorts ? Ce pauvre diable s'est au moins défiguré, peut-être s'est-il fracturé un membre essentiel. Cependant, le rire est parti, irrésistible et subit. Il est certain que si l'on veut creuser cette situation, on trouvera au fond de la pensée du rieur un certain orgueil inconscient[a]. C'est là le point de départ : *moi,* je ne tombe pas ; *moi,* je marche droit ; *moi,* mon pied est ferme et assuré. Ce n'est pas *moi* qui commettrais la sottise de ne pas voir un trottoir interrompu ou un pavé qui barre le chemin.

L'école romantique, ou, pour mieux dire, une des subdivisions de l'école romantique, l'école satanique[1], a bien compris cette loi primordiale du rire ; ou du moins, si tous ne l'ont pas comprise, tous, même dans leurs plus grossières extravagances et exagérations, l'ont sentie et appliquée juste. Tous les mécréants de mélodrame, maudits, damnés, fatalement marqués d'un rictus qui court jusqu'aux oreilles, sont dans l'orthodoxie pure du rire. Du reste, ils sont presque tous des petits-fils légitimes ou illégitimes du célèbre voyageur Melmoth, la grande création satanique du révérend Maturin[2]. Quoi de plus grand, quoi de plus puissant relativement à la pauvre humanité que ce pâle et ennuyé Melmoth ? Et pourtant, il y a en lui un côté faible, abject, antidivin et antilumineux. Aussi comme il rit, comme il rit, se comparant sans cesse aux chenilles humaines, lui si fort, si intelligent, lui pour qui une partie des lois conditionnelles de l'humanité, physiques et intellectuelles, n'existent plus ! Et ce rire est l'explosion perpétuelle de sa colère et de sa souffrance. Il est, qu'on me comprenne bien, la résultante nécessaire de sa double nature contradictoire, qui est infiniment grande relativement à l'homme, infiniment vile et basse relativement au Vrai et au Juste absolus. Melmoth est une contradiction vivante. Il est sorti des conditions fondamentales de la vie ; ses organes ne supportent plus sa pensée. C'est pourquoi ce rire glace et tord les entrailles. C'est un rire qui ne dort jamais[b], comme une maladie qui va toujours son chemin et exécute un ordre providentiel. Et ainsi le[c] rire de Melmoth, qui est l'expression la plus haute de l'orgueil, accomplit perpétuellement sa fonction, en déchirant et en brûlant les lèvres du rieur irrémissible[3].

IV

Maintenant, résumons un peu, et établissons plus visiblement les propositions principales, qui sont comme une espèce de théorie du rire. Le rire est satanique, il est donc profondément humain. Il est dans l'homme la conséquence de l'idée de sa propre supériorité; et, en effet, comme le rire est essentiellement humain, il est essentiellement contradictoire, c'est-à-dire qu'il est à la fois signe d'une grandeur infinie et d'une misère infinie, misère infinie relativement à l'Être absolu dont il possède la conception, grandeur infinie relativement aux animaux. C'est du choc perpétuel de ces deux infinis que se dégage le rire. Le comique, la puissance du rire est dans le rieur et nullement dans l'objet du rire. Ce n'est point l'homme qui tombe qui rit de sa propre chute, à moins qu'il ne soit un philosophe, un homme qui ait acquis, par habitude, la force de se dédoubler rapidement et d'assister comme spectateur désintéressé aux phénomènes de son *moi*. Mais le cas est rare. Les animaux les plus comiques sont les plus sérieux; ainsi les singes et les perroquets. D'ailleurs, supposez l'homme ôté de la création, il n'y aura plus de comique, car les animaux ne se croient pas supérieurs aux végétaux, ni les végétaux aux minéraux. Signe de supériorité relativement aux bêtes, et je comprends sous cette dénomination les parias nombreux de l'intelligence, le rire est signe d'infériorité relativement aux sages, qui par l'innocence contemplative de leur esprit se rapprochent de l'enfance. Comparant, ainsi que nous en avons le droit, l'humanité à l'homme, nous voyons que les nations primitives, ainsi que Virginie, ne conçoivent pas la caricature et n'ont pas de comédies (les livres sacrés, à quelques nations qu'ils[a] appartiennent, ne rient jamais), et que, s'avançant peu à peu vers les pics nébuleux de l'intelligence, ou se penchant sur les fournaises ténébreuses de la métaphysique, les nations se mettent à rire diaboliquement du rire de Melmoth; et, enfin, que si dans ces mêmes nations ultra-civilisées, une intelligence, poussée par une ambition supérieure, veut franchir les limites de l'orgueil mondain et s'élancer hardiment vers la poésie pure[a], dans cette poésie, limpide et profonde comme la nature, le rire fera défaut comme dans l'âme du Sage.

Comme le comique est signe de supériorité ou de croyance à sa propre supériorité, il est naturel de croire qu'avant qu'elles aient atteint la purification absolue promise par certains prophètes mystiques, les nations verront s'augmenter en elles les motifs de comique à mesure que s'accroîtra leur supériorité. Mais aussi le comique change de nature. Ainsi l'élément angélique et l'élément diabolique fonctionnent parallèlement. L'humanité s'élève, et elle gagne pour le mal et l'intelligence du mal une force proportionnelle à celle qu'elle a gagnée pour le bien. C'est pourquoi je ne trouve pas étonnant que nous, enfants d'une loi meilleure que les lois religieuses antiques, nous, disciples favorisés de Jésus, nous possédions plus d'éléments comiques que la païenne antiquité. Cela même est une condition de notre force intellectuelle générale. Permis aux contradicteurs jurés de citer la classique historiette du philosophe qui mourut de rire en voyant un âne qui mangeait des figues[b1], et même les comédies d'Aristophane et celles de Plaute. Je répondrai qu'outre que ces époques sont essentiellement civilisées, et que la croyance s'était déjà bien retirée, ce comique n'est pas tout à fait le nôtre. Il a même quelque chose de sauvage, et nous ne pouvons guère nous l'approprier que par un effort d'esprit à reculons, dont le résultat s'appelle pastiche. Quant aux figures grotesques que nous a laissées l'antiquité, les masques, les figurines de bronze, les Hercules tout en muscles, les petits Priapes à la langue recourbée en l'air, aux oreilles pointues, tout en cervelet et en phallus, — quant à ces phallus prodigieux sur lesquels les blanches filles de Romulus montent innocemment à cheval, ces monstrueux appareils de la génération armés de sonnettes et d'ailes, je crois[c] que toutes ces choses sont pleines de sérieux. Vénus, Pan, Hercule, n'étaient pas des personnages risibles. On en a ri après la venue de Jésus, Platon et Sénèque aidant. Je crois que l'antiquité était pleine de respect pour les tambours-majors et les faiseurs de tours de force en tout genre, et que tous les fétiches extravagants que je citais ne sont que des signes d'adoration, ou tout au plus des symboles de force, et nullement des émanations de l'esprit intentionnellement comiques. Les idoles indiennes et chinoises ignorent qu'elles sont ridicules ; c'est en nous, chrétiens, qu'est le comique[1].

V

Il ne faut pas croire que nous soyons débarrassés de toute difficulté. L'esprit le moins accoutumé à ces subtilités esthétiques saurait bien vite m'opposer cette objection insidieuse : Le rire est divers. On ne se réjouit pas toujours d'un malheur, d'une faiblesse, d'une infériorité. Bien des spectacles qui excitent en nous le rire sont fort innocents, et non seulement les amusements de l'enfance, mais encore bien des choses qui servent au divertissement des artistes, n'ont rien à démêler avec l'esprit de Satan.

Il y a bien là quelque apparence de vérité. Mais il faut d'abord bien distinguer la joie d'avec le rire. La joie existe par elle-même, mais elle a des manifestations diverses. Quelquefois elle est presque invisible ; d'autres fois, elle s'exprime par les pleurs. Le rire n'est qu'une expression, un symptôme, un diagnostic. Symptôme de quoi ? Voilà la question. La joie est *une*. Le rire est l'expression d'un sentiment double, ou contradictoire ; et c'est pour cela qu'il y a convulsion. Aussi le rire des enfants, qu'on voudrait en vain m'objecter, est-il tout à fait différent, même comme expression physique, comme forme, du rire de l'homme qui assiste à une comédie, regarde une caricature, ou du rire terrible de Melmoth ; de Melmoth, l'être déclassé, l'individu situé entre les dernières limites de la patrie humaine et les frontières de la vie supérieure ; de Melmoth se croyant toujours près de se débarrasser de son pacte infernal, espérant sans cesse troquer ce pouvoir surhumain, qui fait son malheur, contre la conscience pure d'un ignorant qui lui fait envie. — Le rire des enfants est comme un épanouissement de fleur. C'est la joie de recevoir, la joie de respirer, la joie de s'ouvrir, la joie de contempler, de vivre, de grandir. C'est une joie de plante. Aussi, généralement, est-ce plutôt le sourire, quelque chose d'analogue au balancement de queue des chiens ou au ronron des chats. Et pourtant, remarquez bien que si le rire des enfants diffère encore des expressions du contentement animal, c'est que ce rire n'est pas tout à fait exempt d'ambition, ainsi qu'il convient à des bouts d'hommes, c'est-à-dire à des Satans en herbe.

Il y a un cas où la question est plus compliquée. C'est le rire de l'homme, mais rire vrai, rire violent, à l'aspect d'objets qui ne sont pas un signe de faiblesse ou de malheur chez ses semblables. Il est facile de deviner que je veux parler du rire causé par le grotesque. Les créations fabuleuses, les êtres dont la raison, la légitimation ne peut pas être tirée du code du sens commun, excitent souvent en nous une hilarité folle, excessive, et qui se traduit en des déchirements et des pâmoisons interminables. Il est évident qu'il faut distinguer, et qu'il y a là un degré de plus. Le comique est, au point de vue artistique, une imitation; le grotesque, une création. Le comique est une imitation mêlée d'une certaine faculté créatrice, c'est-à-dire d'une idéalité artistique. Or, l'orgueil humain, qui prend toujours le dessus, et qui est la cause naturelle du rire dans le cas du comique, devient aussi cause naturelle du rire dans le cas du grotesque[a], qui est une création mêlée d'une certaine faculté imitatrice d'éléments préexistants dans la nature. Je veux dire que dans ce cas-là le rire est l'expression de l'idée de supériorité, non plus de l'homme sur l'homme, mais de l'homme sur la nature. Il ne faut pas trouver cette idée trop subtile; ce ne serait pas une raison suffisante pour la repousser. Il s'agit de trouver une autre explication plausible. Si celle-ci paraît tirée de loin et quelque peu difficile à admettre, c'est que le rire causé par le grotesque a en soi quelque chose de profond, d'axiomatique et de primitif qui se rapproche beaucoup plus de la vie innocente et de la joie absolue que le rire causé par le comique de mœurs. Il y a entre ces deux rires, abstraction faite de la question d'utilité, la même différence qu'entre l'école littéraire intéressée et l'école de l'art pour l'art. Ainsi le grotesque domine le comique d'une hauteur proportionnelle.

J'appellerai désormais le grotesque comique absolu, comme antithèse au comique ordinaire, que j'appellerai comique significatif. Le comique significatif est un langage plus clair, plus facile à comprendre pour le vulgaire, et surtout plus facile à analyser, son élément étant visiblement double : l'art et l'idée morale; mais le comique absolu, se rapprochant beaucoup plus de la nature, se présente sous une espèce *une,* et qui veut être saisie par intuition. Il n'y a qu'une vérification du grotesque, c'est le rire, et le rire subit; en face du comique significatif, il n'est pas défendu de rire après coup; cela n'argüe pas contre sa valeur; c'est une question de rapidité d'analyse.

J'ai dit : comique absolu; il faut toutefois prendre garde. Au point de vue de l'absolu définitif, il n'y a plus que la joie. Le comique ne peut être absolu que relativement à l'humanité déchue, et c'est ainsi que je l'entends[1].

VI

L'essence très relevée du comique absolu en fait l'apanage des artistes supérieurs qui ont en eux la réceptibilité suffisante de toute idée absolue. Ainsi l'homme qui a jusqu'à présent le mieux senti ces idées, et qui en a mis en œuvre une partie dans des travaux de pure esthétique et aussi de création, est Théodore Hoffmann. Il a toujours bien distingué le comique ordinaire du comique qu'il appelle *comique innocent.* Il a cherché souvent à résoudre en œuvres artistiques les théories savantes qu'il avait émises didactiquement, ou jetées sous la forme de conversations inspirées et de dialogues critiques; et c'est dans ces mêmes œuvres que je puiserai tout à l'heure les exemples les plus éclatants, quand j'en viendrai à donner une série d'applications des principes ci-dessus énoncés et à coller un échantillon sous chaque titre de catégorie.

D'ailleurs, nous trouvons dans le comique absolu et le comique significatif des genres, des sous-genres et des familles. La division peut avoir lieu sur différentes bases. On peut la construire d'abord d'après une loi philosophique pure, ainsi que j'ai commencé à le faire, puis d'après la loi artistique de création. La première est créée par la séparation primitive du comique absolu d'avec le comique significatif; la seconde est basée sur le genre de facultés spéciales de chaque artiste. Et, enfin, on peut aussi établir une classification de comiques suivant les climats et les diverses aptitudes nationales. Il faut remarquer que chaque terme de chaque classification peut se compléter et se nuancer par l'adjonction d'un terme d'une autre, comme la loi grammaticale nous enseigne à modifier le substantif par l'adjectif. Ainsi, tel artiste allemand ou anglais est plus ou moins propre au comique absolu, et en même temps il est plus ou moins idéalisateur. Je vais essayer de donner des exemples choisis de comique absolu et significatif, et de caractériser brièvement l'esprit comique propre à quelques nations principalement artistes, avant d'arriver à la partie où je veux discuter et analyser plus longuement le talent des hommes qui en ont fait leur étude et leur existence.

En exagérant et poussant aux dernières limites les conséquences du comique significatif, on obtient le comique féroce, de même que l'expression synonymique du comique innocent, avec un degré de plus, est le comique absolu.

En France, pays de pensée et de démonstration claires, où l'art vise naturellement et directement à l'utilité, le comique est généralement significatif. Molière fut dans ce genre la meilleure expression française; mais comme le fond de notre caractère est un éloignement de toute chose extrême, comme un des diagnostics particuliers de toute passion française, de toute science, de tout art français est de fuir l'excessif, l'absolu et le profond, il y a conséquemment ici peu de comique féroce; de même notre grotesque s'élève rarement à l'absolu.

Rabelais, qui est le grand maître français en grotesque, garde au milieu de ses plus énormes fantaisies quelque chose d'utile et de raisonnable. Il est directement symbolique. Son comique a presque toujours la transparence d'un apologue. Dans la caricature française, dans l'expression plastique du comique, nous retrouverons cet esprit dominant. Il faut l'avouer, la prodigieuse bonne humeur poétique nécessaire au vrai grotesque se trouve rarement chez nous à une dose égale et continue. De loin en loin, on voit réapparaître le filon; mais il n'est pas essentiellement national. Il faut mentionner dans ce genre quelques intermèdes de Molière, malheureusement trop peu lus et trop peu joués, entre autres ceux du *Malade imaginaire* et du *Bourgeois gentilhomme,* et les figures carnavalesques de Callot. Quant au comique des *Contes* de Voltaire, essentiellement français, il tire toujours sa raison d'être de l'idée de supériorité; il est tout à fait significatif.

La rêveuse Germanie nous donnera d'excellents échantillons de comique absolu. Là tout est grave, profond, excessif. Pour trouver du comique féroce et très féroce, il faut passer la Manche et visiter les royaumes brumeux du spleen. La joyeuse, bruyante et oublieuse Italie abonde en comique innocent. C'est en pleine Italie, au cœur du carnaval méridional, au milieu du turbulent Corso, que Théodore Hoffmann a judicieusement placé le drame excentrique de *La Princesse Brambilla*. Les Espagnols sont très bien doués en fait de comique. Ils arrivent vite au cruel, et leurs fantaisies les plus grotesques contiennent souvent quelque chose de sombre.

Je garderai longtemps le souvenir de la première pantomime anglaise que j'aie vu jouer[a]. C'était au théâtre des Variétés, il y a quelques années[1]. Peu de gens s'en souviendront sans doute, car bien peu ont paru goûter ce genre de divertissement, et ces pauvres mimes anglais reçurent chez nous un triste accueil. Le public français n'aime guère être dépaysé. Il n'a pas le goût très cosmopolite, et les déplacements d'horizon lui troublent la vue. Pour mon compte, je fus excessivement frappé de cette manière de comprendre le comique. On disait, et c'étaient les indulgents, pour expliquer l'insuccès, que c'étaient des artistes vulgaires et médiocres, des doublures; mais ce n'était pas là la question. Ils étaient Anglais, c'est là l'important.

Il m'a semblé que le signe distinctif de ce genre de comique était la violence. Je vais en donner la preuve par quelques échantillons de mes souvenirs.

D'abord, le Pierrot[2] n'était pas ce personnage pâle comme la lune, mystérieux comme le silence, souple et muet comme le serpent, droit et long comme une potence, cet homme artificiel, mû par des ressorts singuliers, auquel nous avait accoutumés le regrettable Deburau[b3]. Le Pierrot anglais arrivait comme la tempête, tombait comme un ballot, et quand il riait, son rire faisait trembler la salle; ce rire ressemblait à un joyeux tonnerre. C'était un homme court et gros, ayant augmenté sa prestance par un costume chargé de rubans, qui faisaient autour de sa jubilante personne l'office des plumes et du duvet autour des oiseaux, ou de la fourrure autour des angoras. Par-dessus la farine de son visage, il avait collé crûment, sans gradation, sans transition, deux énormes plaques de rouge pur. La bouche était agrandie par une prolongation simulée des lèvres au moyen de deux bandes de carmin, de sorte que, quand il riait, la gueule avait l'air de courir jusqu'aux oreilles.

Quant au moral, le fond était le même que celui du Pierrot que tout le monde connaît : insouciance et neutralité, et partant accomplissement de toutes les fantaisies gourmandes et rapaces, au détriment, tantôt de Harlequin[1], tantôt de Cassandre ou de Léandre. Seulement, là où Deburau eût trempé le bout du doigt pour le lécher, il y plongeait les deux poings et les deux pieds.

Et toutes choses s'exprimaient ainsi dans cette singulière pièce, avec emportement; c'était le vertige de l'hyperbole.

Pierrot passe devant une femme qui lave le carreau de sa porte : après lui avoir dévalisé les poches, il veut faire passer dans les siennes l'éponge, le balai, le baquet et l'eau elle-même. — Quant à la manière dont il essayait de lui exprimer son amour, chacun peut se le figurer par les souvenirs qu'il a gardés de la contemplation des mœurs phanérogamiques des singes, dans la célèbre cage du Jardin des Plantes. Il faut ajouter que le rôle de la femme était rempli par un homme très long et très maigre, dont la pudeur violée jetait les hauts cris. C'était vraiment une ivresse de rire, quelque chose de terrible et d'irrésistible.

Pour je ne sais quel méfait, Pierrot devait être finalement guillotiné. Pourquoi la guillotine au lieu de la pendaison, en pays anglais ?... Je l'ignore; sans doute pour amener ce qu'on va voir. L'instrument funèbre était donc là dressé sur des planches françaises, fort étonnées de cette romantique nouveauté. Après avoir lutté et beuglé comme un bœuf qui flaire l'abattoir[a], Pierrot subissait enfin son destin. La tête se détachait du cou, une grosse tête blanche et rouge, et roulait avec bruit devant le trou du souffleur, montrant le disque saignant du cou, la vertèbre scindée, et tous les détails d'une viande de boucherie récemment taillée pour l'étalage. Mais voilà que, subitement, le torse raccourci, mû par la monomanie irrésistible du vol, se dressait, escamotait victorieusement sa propre tête comme un jambon ou une bouteille de vin, et, bien plus avisé que le grand saint Denis, la fourrait dans sa poche !

Avec une plume tout cela est pâle et glacé. Comment la plume pourrait-elle rivaliser avec la pantomime ? La pantomime est l'épuration de la comédie ; c'en est la quintessence ; c'est l'élément comique pur, dégagé et concentré. Aussi, avec le talent spécial des acteurs anglais pour l'hyperbole, toutes ces monstrueuses farces prenaient-elles une réalité singulièrement saisissante.

Une des choses les plus remarquables comme comique absolu, et, pour ainsi dire, comme métaphysique du comique absolu, était certainement le début de cette belle pièce, un prologue plein d'une haute esthétique. Les principaux personnages de la pièce, Pierrot, Cassandre, Harlequin, Colombine, Léandre, sont devant le public, bien doux et bien tranquilles. Ils sont à peu près raisonnables et ne diffèrent pas beaucoup des braves gens qui sont dans la salle. Le souffle merveilleux qui va les faire se mouvoir extraordinairement n'a pas encore soufflé sur leurs cervelles. Quelques jovialités de Pierrot ne peuvent donner qu'une pâle idée de ce qu'il fera tout à l'heure. La rivalité de Harlequin et de Léandre vient de se déclarer. Une fée s'intéresse à Harlequin : c'est l'éternelle protectrice des mortels amoureux et pauvres. Elle lui promet sa protection, et, pour lui en donner une preuve immédiate, elle promène avec un geste mystérieux et plein d'autorité sa baguette dans les airs.

Aussitôt le vertige est entré, le vertige circule dans l'air ; on respire le vertige ; c'est le vertige qui remplit les poumons et renouvelle le sang dans le ventricule.

Qu'est-ce que ce vertige ? C'est le comique absolu ; il s'est emparé de chaque être. Léandre, Pierrot, Cassandre, font des gestes extraordinaires, qui démontrent clairement qu'ils se sentent introduits de force dans une existence nouvelle. Ils n'en ont pas l'air fâché. Ils s'exercent aux grands désastres et à la destinée tumultueuse qui les attend, comme quelqu'un qui crache dans ses mains et les frotte l'une contre l'autre avant de faire une action d'éclat. Ils font le moulinet avec leurs bras, ils ressemblent à des moulins à vent tourmentés par la tempête. C'est sans doute pour assouplir leurs jointures, ils en auront besoin. Tout cela s'opère avec de gros éclats de rire, pleins d'un vaste contentement[a] ; puis ils sautent les uns par-dessus les autres, et leur agilité et leur aptitude étant bien dûment constatées, suit un éblouissant

bouquet de coups de pied, de coups de poing et de soufflets qui font le tapage et la lumière d'une artillerie; mais
tout cela est sans rancune. Tous leurs gestes, tous leurs
cris, toutes leurs mines disent : La fée l'a voulu, la destinée
nous précipite, je ne m'en afflige pas; allons ! courons !
élançons-nous ! Et ils s'élancent à travers l'œuvre fantastique, qui, à proprement parler, ne commence que là,
c'est-à-dire sur la frontière du merveilleux.

Harlequin[a] et Colombine, à la faveur de ce délire, se
sont enfuis en dansant, et d'un pied léger ils vont courir
les aventures.

Encore un exemple : celui-là est tiré d'un auteur singulier, esprit très général, quoi qu'on en dise, et qui unit
à la raillerie significative française la gaieté folle, mous-
seuse et légère des pays du soleil, en même temps que le
profond comique germanique. Je veux encore parler
d'Hoffmann.

Dans[b] le conte intitulé : *Daucus Carota, Le Roi des Carottes,* et par quelques traducteurs *La Fiancée du roi,* quand
la grande troupe des Carottes arrive dans la cour de la
ferme où demeure la fiancée, rien n'est plus beau à voir.
Tous ces petits personnages d'un rouge écarlate comme
un régiment anglais, avec un vaste plumet vert sur la tête
comme les chasseurs de carrosse, exécutent des cabrioles
et des voltiges merveilleuses sur de petits chevaux. Tout
cela se meut avec une agilité surprenante. Ils sont d'autant plus adroits et il leur est d'autant plus facile de retomber sur la tête, qu'elle[c] est plus grosse et plus lourde que
le reste du corps, comme les soldats en moelle de sureau
qui ont un peu de plomb dans leur shako.

La malheureuse jeune fille, entichée de rêves de grandeur, est fascinée par ce déploiement de forces militaires.
Mais qu'une armée à la parade est différente d'une armée
dans ses casernes, fourbissant ses armes, astiquant son
fourniment, ou, pis encore, ronflant ignoblement sur
ses lits de camp puants et sales ! Voilà le revers de la
médaille; car tout ceci n'était que sortilège, appareil de
séduction. Son père, homme prudent et bien instruit dans
la sorcellerie, veut lui montrer l'envers de toutes ces
splendeurs[d]. Ainsi, à l'heure où les légumes dorment d'un
sommeil brutal, ne soupçonnant pas qu'ils peuvent être
surpris par l'œil d'un espion, le père entrouvre une des
tentes de cette magnifique armée; et alors la pauvre

rêveuse voit cette masse de soldats rouges et verts dans leur épouvantable déshabillé, nageant et dormant dans la fange terreuse d'où elle est sortie. Toute cette splendeur militaire en bonnet de nuit n'est plus qu'un marécage infect.

Je pourrais tirer de l'admirable Hoffmann bien d'autres exemples de comique absolu. Si l'on veut bien comprendre mon idée, il faut lire avec soin *Daucus Carota, Peregrinus Tyss, Le Pot d'or,* et surtout, avant tout, *La Princesse Brambilla,* qui est comme un catéchisme de haute esthétique.

Ce qui distingue très particulièrement Hoffmann est le mélange involontaire, et quelquefois très volontaire, d'une certaine dose de comique significatif avec le comique le plus absolu. Ses conceptions comiques les plus supra-naturelles, les plus fugitives, et qui ressemblent souvent à des visions de l'ivresse, ont un sens moral très visible : c'est à croire qu'on a affaire à un physiologiste ou à un médecin de fous des plus profonds, et qui s'amuserait à revêtir cette profonde science de formes poétiques, comme un savant qui parlerait par apologues et paraboles.

Prenez, si vous voulez, pour exemple, le personnage de Giglio Fava, le comédien atteint de dualisme chronique, dans *La Princesse Brambilla.* Ce personnage *un* change de temps en temps de personnalité, et, sous le nom de Giglio Fava, il se déclare l'ennemi du prince assyrien Cornelio Chiapperi; et quand il est prince assyrien, il déverse le plus profond et le plus royal mépris sur son rival auprès de la princesse, sur un misérable histrion qui s'appelle, à ce qu'on dit, Giglio Fava.

Il faut ajouter qu'un des signes très particuliers du comique absolu est de s'ignorer lui-même. Cela est visible, non seulement dans certains animaux du comique desquels la gravité fait partie essentielle, comme les singes, et dans certaines caricatures sculpturales antiques dont j'ai déjà parlé, mais encore dans les monstruosités chinoises qui nous réjouissent si fort, et qui ont beaucoup moins d'intentions comiques qu'on le croit[a] généralement. Une idole chinoise, quoiqu'elle soit un objet de vénération, ne diffère guère d'un poussah ou d'un magot de cheminée.

Ainsi, pour en finir avec toutes ces subtilités et toutes

ces définitions, et pour conclure, je ferai remarquer une dernière fois qu'on retrouve l'idée dominante de supériorité dans le comique absolu comme dans le comique significatif, ainsi que je l'ai, trop longuement peut-être, expliqué; — que, pour qu'il y ait comique, c'est-à-dire émanation, explosion, dégagement de comique, il faut qu'il y ait deux êtres en présence; — que c'est spécialement dans le rieur, dans le spectateur, que gît le comique; — que cependant, relativement à cette loi d'ignorance, il faut faire une exception pour les hommes qui ont fait métier de développer en eux le sentiment du comique et de le tirer d'eux-mêmes pour le divertissement de leurs semblables, lequel phénomène rentre dans la classe de tous les phénomènes artistiques qui dénotent dans l'être humain l'existence[a] d'une dualité permanente, la puissance d'être à la fois soi et un autre.

Et pour en revenir à mes primitives définitions et m'exprimer plus clairement, je dis que quand Hoffmann engendre le comique absolu, il est bien vrai qu'il le sait; mais il sait aussi que l'essence de ce comique est de paraître s'ignorer lui-même et de développer chez le spectateur, ou plutôt chez le lecteur, la joie de sa propre supériorité et la joie de la supériorité de l'homme sur la nature. Les artistes créent le comique; ayant étudié et rassemblé les éléments du comique, ils savent que tel être est comique, et qu'il ne l'est qu'à la condition d'ignorer sa nature; de même que, par une loi inverse, l'artiste n'est artiste qu'à la condition d'être double et de n'ignorer aucun phénomène de sa double nature[1].

QUELQUES CARICATURISTES
FRANÇAIS

CARLE VERNET - PIGAL - CHARLET
DAUMIER - MONNIER - GRANDVILLE - GAVARNI
TRIMOLET - TRAVIÈS - JACQUE

Un homme étonnant fut ce Carle Vernet[1]. Son œuvre
est un monde, une petite *Comédie humaine ;* car les images
triviales, les croquis de la foule et de la rue, les caricatures, sont même souvent le miroir le plus fidèle de la vie.
Souvent même les caricatures, comme les gravures de
modes, deviennent plus caricaturales à mesure qu'elles
sont plus démodées. Ainsi le roide[a], le dégingandé des
figures de ce temps-là nous surprend et nous blesse étrangement; cependant tout ce monde est beaucoup moins
volontairement étrange qu'on ne le croit d'ordinaire.
Telle[b] était la mode, tel était l'être humain : les hommes
ressemblaient aux peintures; le monde s'était moulé dans
l'art. Chacun était roide, droit, et avec son frac étriqué,
ses bottes à revers et ses cheveux pleurant sur[c] le front,
chaque citoyen avait l'air d'une *académie*[2] qui aurait passé
chez le fripier. Ce n'est pas seulement pour avoir gardé
profondément l'empreinte sculpturale et la prétention au
style de cette époque, ce n'est pas seulement, dis-je, au
point de vue historique que les caricatures de Carle Vernet ont une grande valeur, elles ont aussi un prix artistique certain. Les poses, les gestes ont un accent véridique; les têtes et les physionomies sont d'un style que
beaucoup d'entre nous peuvent vérifier en pensant aux
gens qui fréquentaient le salon paternel aux années de
notre enfance. Ses caricatures de modes sont superbes.
Chacun se rappelle cette grande planche qui représente

une maison de jeu. Autour d'une vaste table ovale sont réunis des joueurs de différents caractères et de différents âges. Il n'y a manque pas les filles indispensables, avides et épiant les chances, courtisanes éternelles des joueurs en veine. Il y a là des joies et des désespoirs violents ; de jeunes joueurs fougueux et brûlant la chance ; des joueurs froids, sérieux et tenaces ; des vieillards qui ont perdu leurs rares cheveux au vent furieux des anciens équinoxes[1]. Sans doute, cette composition, comme tout ce qui sort de Carle Vernet et de l'école, manque de liberté ; mais, en revanche, elle a beaucoup de sérieux, une dureté qui plaît, une sécheresse de manière qui convient assez bien au sujet, le jeu étant une passion à la fois violente et contenue.

Un de ceux qui, plus tard, marquèrent le plus, fut Pigal[2]. Les premières œuvres de Pigal remontent assez haut, et Carle Vernet vécut très longtemps. Mais l'on peut dire souvent que deux contemporains représentent deux époques distinctes, fussent-ils même assez rapprochés par l'âge. Cet amusant et doux caricaturiste n'envoie-t-il pas encore à nos expositions annuelles de petits tableaux d'un comique innocent que M. Biard[3] doit trouver bien faible ? C'est le caractère et non l'âge qui décide. Ainsi Pigal est-il tout autre chose que Carle Vernet. Sa manière sert de transition entre la caricature telle que la concevait celui-ci et la caricature plus moderne de Charlet, par exemple, dont j'aurai à parler tout à l'heure. Charlet, qui est de la même époque que Pigal, est l'objet d'une observation analogue : le mot moderne s'applique à la manière et non au temps. Les scènes populaires de Pigal sont bonnes. Ce n'est pas que l'originalité en soit très vive, ni même le dessin très comique. Pigal est un comique modéré, mais le sentiment de ses compositions est bon et juste. Ce sont des vérités vulgaires, mais des vérités. La plupart de ses tableaux ont été pris sur nature. Il s'est servi d'un procédé simple et modeste : il a regardé, il a écouté, puis il a raconté. Généralement il y a une grande bonhomie et une certaine innocence dans toutes ses compositions : presque toujours des hommes du peuple, des dictons populaires, des ivrognes, des scènes de ménage, et particulièrement une prédilection involontaire pour les types vieux. Aussi, ressemblant en cela à beaucoup d'autres caricaturistes, Pigal ne sait pas très bien*a* exprimer la jeunesse; il arrive souvent que ses jeunes gens*b* ont l'air grimé[1]. Le dessin, généralement facile, est plus riche et plus *bonhomme* que celui de Carle Vernet. Presque tout le mérite de Pigal se résume donc dans une habitude d'observation sûre, une bonne mémoire et une certitude suffisante d'exécution; peu ou pas d'imagination, mais du bon sens. Ce n'est ni l'emportement carnavalesque de la gaieté italienne, ni l'âpreté forcenée des Anglais. Pigal est un caricaturiste essentiellement raisonnable.

Je suis assez embarrassé pour exprimer d'une manière convenable mon opinion sur Charlet. C'est une grande réputation, une réputation essentiellement française, une des gloires de la France. Il a réjoui, amusé, attendri aussi, dit-on, toute une génération d'hommes vivant encore. J'ai connu des gens qui s'indignaient de bonne foi de ne pas voir Charlet à l'Institut. C'était pour eux un scandale aussi grand que l'absence de Molière à l'Académie. Je sais que c'est jouer un assez vilain rôle que de venir déclarer aux gens qu'ils ont eu tort de s'amuser ou de s'attendrir d'une certaine façon; il est bien douloureux d'avoir maille à partir avec le suffrage universel. Cependant il faut avoir le courage de dire que Charlet n'appartient pas à la classe des hommes éternels et des génies cosmopolites. Ce n'est pas un caricaturiste citoyen de l'univers; et, si l'on me répond qu'un caricaturiste ne peut jamais être cela, je dirai qu'il peut l'être plus ou moins. C'est un artiste de circonstance et un patriote exclusif, deux empêchements au génie. Il a cela de commun avec un autre homme célèbre, que je ne veux pas nommer parce que les temps ne sont pas encore mûrs*, qu'il a tiré sa gloire exclusivement de la France et surtout de l'aristocratie du soldat. Je dis que cela est mauvais et dénote un petit esprit. Comme l'autre grand homme, il a beaucoup insulté les calotins : cela est mauvais, dis-je, mauvais symptôme; ces gens-là sont inintelligibles au-delà du détroit, au-delà du Rhin et des Pyrénées. Tout à l'heure nous parlerons de l'artiste, c'est-à-dire du talent, de l'exécution, du dessin, du style : nous viderons la question. À présent je ne parle que de l'esprit.

---

* Ce fragment est tiré d'un livre resté inachevé et commencé il y a plusieurs années[2]. M. de Béranger vivait encore[3].

Charlet a toujours fait sa cour au peuple. Ce n'est pas un homme libre, c'est un esclave : ne cherchez pas en lui un artiste désintéressé. Un dessin de Charlet est rarement une vérité ; c'est presque toujours une câlinerie adressée à la caste préférée. Il n'y a de beau, de bon, de noble, d'aimable, de spirituel, que le soldat. Les quelques milliards d'animalcules qui broutent cette planète n'ont été créés par Dieu et doués d'organes et de sens, que pour contempler le soldat et les dessins de Charlet dans toute leur gloire. Charlet affirme que le tourlourou et le grenadier sont la cause finale de la création. À coup sûr, ce ne sont pas là des caricatures, mais des dithyrambes et des panégyriques, tant cet homme prenait singulièrement son métier à rebours. Les grossières naïvetés que Charlet prête à ses conscrits sont tournées avec une certaine gentillesse qui leur fait honneur et les rend intéressants. Cela sent les vaudevilles où les paysans font les *pataqu'est-ce*[a] les plus touchants et les plus spirituels. Ce sont des cœurs d'ange avec l'esprit d'une académie, sauf les liaisons. Montrer le paysan tel qu'il est, c'est une fantaisie inutile de Balzac[1] ; peindre rigoureusement les abominations du cœur de l'homme, cela est bon pour Hogarth, esprit taquin et hypocondriaque ; montrer au naturel les vices du soldat, ah ! quelle cruauté ! cela pourrait le décourager. C'est ainsi que le célèbre Charlet entend la caricature.

Relativement au *calotin,* c'est le même sentiment qui dirige notre partial artiste. Il ne s'agit pas de peindre, de dessiner d'une manière originale les laideurs morales de la sacristie ; il faut plaire au soldat-laboureur : le soldat-laboureur mangeait du jésuite. Dans les arts, *il ne s'agit que de plaire,* comme disent les bourgeois.

Goya, lui aussi, s'est attaqué à la gent monastique. Je présume qu'il n'aimait pas les moines, car il les a faits bien laids ; mais qu'ils sont beaux dans leur laideur et triomphants dans leur crasse et leur crapule monacales ! Ici l'art domine, l'art purificateur comme le feu ; là, la servilité qui corrompt l'art. Comparez maintenant l'artiste avec le courtisan : ici de superbes dessins, là un prêche voltairien.

On a beaucoup parlé des gamins de Charlet, ces chers petits anges qui feront de si jolis soldats, qui aiment tant les vieux militaires, et qui jouent à la guerre avec des sabres de bois. Toujours ronds et frais comme des pommes d'api, le cœur sur la main, l'œil clair et souriant à la nature[1]. Mais les *enfants terribles,* mais le *pâle voyou* du grand poète[2], *à la voix rauque, au teint jaune comme un vieux sou,* Charlet a le cœur trop pur pour voir ces choses-là.

Il avait quelquefois, il faut l'avouer, de bonnes intentions. — Dans une forêt, des brigands et leurs femmes mangent et se reposent auprès d'un chêne, où un pendu, déjà long et maigre, prend le frais de haut et respire la rosée, le nez incliné vers la terre et les pointes des pieds correctement alignées comme celles d'un danseur. Un des brigands dit en le montrant du doigt : *Voilà peut-être comme nous serons dimanche*[3] !

Hélas ! il nous fournit peu de croquis de cette espèce. Encore si l'idée est bonne, le dessin[a] est insuffisant ; les têtes n'ont pas un caractère bien écrit. Cela pourrait être beaucoup plus beau, et, à coup sûr, ne vaut pas les vers de Villon soupant avec ses camarades sous le gibet, dans la plaine ténébreuse[4].

Le dessin de Charlet n'est guère que du chic, toujours des ronds et des ovales. Les sentiments, il les prenait tout faits dans les vaudevilles. C'est un homme très artificiel qui s'est mis à imiter les idées du temps. Il a décalqué l'opinion, il a découpé son intelligence sur la mode. Le public était vraiment son *patron.*

Il avait cependant fait une fois une assez bonne chose. C'est une galerie de costumes de la jeune et de la vieille garde[5], qu'il ne faut pas confondre avec une œuvre analogue publiée dans ces derniers temps, et qui, je crois, est même une œuvre posthume. Les personnages ont un caractère réel. Ils doivent être très ressemblants. L'allure, le geste, les airs de tête sont excellents. Alors Charlet était jeune, il ne se croyait pas un grand homme, et sa popularité ne le dispensait pas encore de dessiner ses figures correctement et de les poser d'aplomb. Il a toujours été se négligeant de plus en plus, et il a fini par faire et recommencer sans cesse un vulgaire crayonnage que ne voudrait pas avouer le plus jeune des rapins, s'il avait un peu d'orgueil. Il est bon de faire remarquer que l'œuvre dont je parle est d'un genre simple et sérieux, et qu'elle ne demande aucune des qualités qu'on a attribuées plus tard gratuitement à un artiste aussi incomplet dans le comique. Si j'avais suivi ma pensée droite, ayant à m'occuper des caricaturistes, je n'aurais pas introduit

Charlet dans le catalogue, non plus que Pinelli ; mais on m'aurait accusé de commettre des oublis graves.

En résumé : fabricant de niaiseries nationales, commerçant patenté de proverbes politiques, idole qui n'a pas, en somme, la vie plus dure que toute autre idole, il connaîtra prochainement la force de l'oubli, et il ira, avec le *grand* peintre et le *grand* poète[1], ses cousins germains en ignorance et en sottise, dormir dans le panier de l'indifférence, comme ce papier inutilement profané qui n'est plus bon qu'à faire du papier neuf[2].

Je veux parler maintenant de l'un des hommes les plus importants, je ne dirai pas seulement de la caricature, mais encore de l'art moderne, d'un homme qui, tous les matins, divertit la population parisienne, qui, chaque jour, satisfait aux besoins de la gaieté publique et lui donne sa pâture. Le bourgeois, l'homme d'affaires, le gamin, la femme, rient et passent souvent, les ingrats ! sans regarder le nom. Jusqu'à présent les artistes seuls ont compris tout ce qu'il y a de sérieux là-dedans, et que c'est vraiment matière à une étude. On devine qu'il s'agit de Daumier[3].

Les commencements d'Honoré Daumier ne furent pas très éclatants ; il dessina, parce qu'il avait besoin de dessiner, vocation inéluctable. Il mit d'abord quelques croquis dans un petit journal créé par William Duckett[4] ; puis Achille Ricourt[5], qui faisait alors le commerce des estampes, lui en acheta quelques autres. La révolution de 1830 causa, comme toutes les révolutions, une fièvre caricaturale. Ce fut vraiment pour les caricaturistes une belle époque. Dans cette guerre acharnée contre le gouvernement, et particulièrement contre le roi, on était tout cœur, tout feu. C'est véritablement une œuvre curieuse à contempler aujourd'hui que cette vaste série de bouffonneries historiques qu'on appelait la *Caricature,* grandes archives comiques, où tous les artistes de quelque valeur apportèrent leur contingent. C'est un tohu-bohu, un capharnaüm, une prodigieuse comédie satanique, tantôt bouffonne, tantôt sanglante, où défilent, affublées de costumes variés et grotesques, toutes les honorabilités politiques. Parmi tous ces grands hommes de la monarchie naissante, que de noms déjà oubliés ! Cette fantastique épopée est dominée, couronnée par la pyramidale et olympienne *Poire* de processive mémoire[6]. On se

rappelle que Philipon[1], qui avait à chaque instant maille
à partir avec la justice royale, voulant une fois prouver au
tribunal que rien n'était plus innocent que cette irritante
et malencontreuse poire, dessina à l'audience même une
série de croquis dont le premier représentait exactement
la figure royale, et dont chacun, s'éloignant de plus en
plus du type primitif, se rapprochait davantage du
terme fatal : la poire. « Voyez, disait-il, quel rapport
trouvez-vous entre ce dernier croquis et le premier[2] ? »
On a fait des expériences analogues sur la tête de Jésus
et sur celle de l'Apollon, et je crois qu'on est parvenu à
ramener l'une des deux à la ressemblance d'un crapaud.
Cela ne prouvait absolument rien. Le symbole avait
été trouvé par une analogie complaisante. Le symbole
dès lors suffisait. Avec cette espèce d'argot plastique,
on était le maître de dire et de faire comprendre au peuple
tout ce qu'on voulait. Ce fut donc autour de cette poire
tyrannique et maudite que se rassembla la grande bande
des hurleurs patriotes. Le fait est qu'on y mettait un
acharnement et un ensemble merveilleux, et avec quelque
opiniâtreté que ripostât la justice, c'est aujourd'hui un
sujet d'énorme étonnement, quand on feuillette ces
bouffonnes archives, qu'une guerre si furieuse ait pu se
continuer pendant des années.

Tout à l'heure, je crois, j'ai dit : bouffonnerie sanglante.
En effet, ces dessins sont souvent pleins de sang et de
fureur. Massacres[3], emprisonnements, arrestations, perquisitions, procès, assommades de la police, tous ces
épisodes des premiers temps du gouvernement de 1830
reparaissent à chaque instant; qu'on en juge :

La Liberté, jeune et belle, assoupie dans un dangereux
sommeil, coiffée de son bonnet phrygien, ne pense guère
au danger qui la menace. _Un homme_ s'avance vers elle
avec précaution, plein d'un mauvais dessein. Il a l'enco-
lure épaisse des hommes de la halle ou des gros propriétaires. Sa tête piriforme est surmontée d'un toupet très
proéminent et flanquée de larges favoris. Le monstre
est vu de dos, et le plaisir de deviner son nom n'ajoutait
pas peu de prix à l'estampe. Il s'avance vers la jeune
personne. Il s'apprête à la violer.

— _Avez-vous fait vos prières ce soir, Madame ?_ — C'est
Othello-Philippe qui étouffe l'innocente Liberté, malgré ses cris et sa résistance[4].

Le long d'une maison plus que suspecte passe une toute jeune fille, coiffée de son petit bonnet phrygien; elle le porte avec l'innocente coquetterie d'une grisette démocrate. MM. un tel et un tel (visages connus, — des ministres, à coup sûr, des plus honorables) font ici un singulier métier. Ils circonviennent la pauvre enfant, lui disent à l'oreille des câlineries ou des saletés, et la poussent doucement vers l'étroit corridor. Derrière une porte, l'*Homme* se devine. Son profil est perdu, mais c'est bien lui ! Voilà le toupet et les favoris. Il attend, il est impatient[1] !

Voici la Liberté traînée devant une cour prévôtale ou tout autre tribunal gothique : grande galerie de portraits actuels avec costumes anciens[2].

Voici la Liberté amenée dans la chambre des tourmenteurs. On va lui broyer ses chevilles délicates, on va lui ballonner le ventre avec des torrents d'eau, ou accomplir sur elle toute autre abomination. Ces athlètes aux bras nus, aux formes robustes, affamés de tortures, sont faciles à reconnaître. C'est M. un tel, M. un tel et M. un tel, — les bêtes noires de l'opinion*[3].

Dans tous ces dessins, dont la plupart sont faits avec un sérieux et une conscience remarquables, le roi joue toujours un rôle d'ogre, d'assassin, de Gargantua inassouvi[4], pis encore quelquefois. Depuis la révolution de février, je n'ai vu qu'une seule caricature dont la férocité me rappelât le temps des grandes fureurs politiques ; car tous les plaidoyers politiques étalés aux carreaux, lors de la grande élection présidentielle, n'offraient que des choses pâles au prix des produits de l'époque dont je viens de parler. C'était peu après les malheureux massacres de Rouen. — Sur le premier plan, un cadavre, troué de balles, couché sur une civière ; derrière lui tous les gros bonnets de la ville, en uniforme, bien frisés, bien sanglés, bien attifés, les moustaches en croc et gonflés d'orgueil ; il doit y avoir là-dedans des dandys bourgeois qui vont monter leur garde ou réprimer l'émeute avec un bouquet de violettes à la boutonnière de leur tunique ; enfin, un idéal de *garde bourgeoise,* comme disait le plus célèbre de nos démagogues[5]. À genoux devant la civière,

---

* Je n'ai plus les pièces sous les yeux, il se pourrait que l'une de ces dernières fût de Traviès.

enveloppé dans sa robe de juge, la bouche ouverte et
montrant comme un requin la double rangée de ses dents
taillées en scie, F. C.[1] promène lentement sa griffe sur
la chair du cadavre qu'il égratigne avec délices. — Ah !
le Normand ! dit-il, il fait le mort pour ne pas répondre
à la Justice !

C'était avec cette même fureur que *La Caricature* faisait
la guerre au gouvernement. Daumier joua un rôle
important dans cette escarmouche permanente. On avait
inventé un moyen de subvenir aux amendes dont *Le Charivari* était accablé; c'était de publier dans *La Caricature*
des dessins supplémentaires dont la vente était affectée
au payement des amendes. À propos du lamentable
massacre de la rue Transnonain[2], Daumier se montra
vraiment grand artiste; le dessin est devenu assez rare,
car il fut saisi et détruit. Ce n'est pas précisément de la
caricature, c'est de l'histoire, de la triviale et terrible
réalité. — Dans une chambre pauvre et triste, la chambre
traditionnelle du prolétaire, aux meubles banals et indispensables, le corps d'un ouvrier nu, en chemise et en
bonnet de coton, gît sur le dos, tout de son long, les
jambes et les bras écartés. Il y a eu sans doute dans la
chambre une grande lutte et un grand tapage, car les
chaises sont renversées, ainsi que la table de nuit et le
pot de chambre. Sous le poids de son cadavre, le père
écrase entre son dos et le carreau le cadavre de son petit
enfant. Dans cette mansarde froide il n'y a rien que le
silence et la mort.

Ce fut aussi à cette époque que Daumier entreprit
une galerie satirique de portraits de personnages politiques. Il y en eut deux, l'une en pied, l'autre en buste.
Celle-ci, je crois, est postérieure[3] et ne contenait que des
pairs de France. L'artiste y révéla une intelligence merveilleuse du portrait; tout en chargeant et en exagérant
les traits originaux, il est si sincèrement resté dans la
nature, que ces morceaux peuvent servir de modèle à
tous les portraitistes. Toutes les pauvretés de l'esprit,
tous les ridicules, toutes les manies de l'intelligence,
tous les vices du cœur se lisent et se font voir clairement
sur ces visages animalisés; et en même temps, tout est
dessiné et accentué largement. Daumier fut à la fois
souple comme un artiste et exact comme Lavater. Du
reste, celles de ses œuvres datées de ce temps-là diffèrent

beaucoup de ce qu'il fait aujourd'hui. Ce n'est pas la même facilité d'improvisation, le lâché et la légèreté de crayon qu'il a acquis plus tard. C'est quelquefois un peu lourd, rarement cependant, mais toujours très fini, très consciencieux et très sévère.

Je me rappelle encore un fort beau dessin qui appartient à la même classe : *La Liberté de la presse*. Au milieu de ses instruments émancipateurs, de son matériel d'imprimerie, un ouvrier typographe, coiffé sur l'oreille du sacramentel bonnet de papier, les manches de chemise retroussées, carrément campé, établi solidement sur ses grands pieds, ferme les deux poings et fronce les sourcils. Tout cet homme est musclé et charpenté comme les figures des grands maîtres. Dans le fond, l'éternel *Philippe* et ses sergents de ville. Ils n'osent pas venir s'y frotter[1].

Mais notre grand artiste a fait des choses bien diverses. Je vais décrire quelques-unes des planches les plus frappantes, empruntées à des genres différents. J'analyserai ensuite la valeur philosophique et artistique de ce singulier homme, et à la fin, avant de me séparer de lui, je donnerai la liste des différentes séries et catégories de son œuvre ou du moins je ferai pour le mieux, car actuellement son œuvre est un labyrinthe, une forêt d'une abondance inextricable.

Le Dernier Bain, caricature sérieuse et lamentable[2]. — Sur le parapet d'un quai, debout et déjà penché, faisant un angle aigu avec la base d'où il se détache comme une statue qui perd son équilibre, un homme se laisse tomber roide[a] dans la rivière. Il faut qu'il soit bien décidé; ses bras sont tranquillement croisés; un fort gros pavé est attaché à son cou avec une corde. Il a bien juré de n'en pas réchapper. Ce n'est pas un suicide de poète qui veut être repêché et faire parler de lui. C'est la redingote chétive et grimaçante qu'il faut voir, sous laquelle tous les os font saillie ! Et la cravate maladive et tortillée comme un serpent, et la pomme d'Adam, osseuse et pointue ! Décidément, on n'a pas le courage d'en vouloir à ce pauvre diable d'aller fuir son eau le spectacle de la civilisation. Dans le fond, de l'autre côté de la rivière, un bourgeois contemplatif, au ventre rondelet, se livre aux délices innocentes de la pêche.

Figurez-vous un coin très retiré d'une barrière inconnue et peu passante, accablée d'un soleil de plomb. Un homme d'une tournure assez funèbre, un croque-mort ou un médecin, trinque et boit chopine sous un bosquet sans feuilles, un treillis de lattes poussiéreuses, en tête à tête[a] avec un hideux squelette. À côté est posé le sablier et la faux. Je ne me rappelle pas le titre de cette planche. Ces deux vaniteux personnages font sans doute un pari homicide ou une savante dissertation sur la mortalité[1].

Daumier a éparpillé son talent en mille endroits différents. Chargé d'illustrer une assez mauvaise publication médico-poétique, la *Némésis médicale*[2], il fit des dessins merveilleux. L'un d'eux, qui a trait au choléra, représente une place publique inondée, criblée de lumière et de chaleur. Le ciel parisien, fidèle à son habitude ironique dans les grands fléaux et les grands remue-ménage politiques, le ciel est splendide; il est blanc, incandescent d'ardeur. Les ombres sont noires et nettes. Un cadavre est posé en travers d'une porte. Une femme rentre précipitamment en se bouchant le nez et la bouche. La place est déserte et brûlante, plus désolée qu'une place populeuse dont l'émeute a fait une solitude. Dans le fond, se profilent tristement deux ou trois petits corbillards attelés de haridelles comiques, et au milieu de ce forum de la désolation, un pauvre chien désorienté, sans but et sans pensée, maigre jusqu'aux os, flaire le pavé desséché, la queue serrée entre les jambes[b].

Voici maintenant le bagne. Un monsieur très docte, habit noir et cravate blanche, un philanthrope, un redresseur de torts, est assis extatiquement entre deux forçats d'une figure épouvantable, stupides comme des crétins, féroces comme des bouledogues, usés comme des loques. L'un d'eux lui raconte qu'il a assassiné son père, violé sa sœur, ou fait toute autre action d'éclat. — Ah ! mon ami, quelle riche organisation vous possédiez ! s'écrie le savant extasié[3].

Ces échantillons suffisent pour montrer combien sérieuse est souvent la pensée de Daumier, et comme il attaque vivement son sujet. Feuilletez son œuvre, et vous verrez défiler devant vos yeux, dans sa réalité fantastique et saisissante, tout ce qu'une grande ville contient de vivantes monstruosités. Tout ce qu'elle renferme de trésors effrayants, grotesques, sinistres et bouffons, Daumier le connaît. Le cadavre vivant et affamé, le cadavre gras et repu, les misères ridicules du ménage, toutes les sottises, tous les orgueils, tous les enthousiasmes, tous les désespoirs du bourgeois, rien n'y manque. Nul comme celui-là n'a connu et aimé (à la manière des artistes) le bourgeois, ce dernier vestige du Moyen Âge, cette ruine gothique qui a la vie si dure, ce type à la fois si banal et si excentrique. Daumier a vécu intimement avec lui, il l'a épié le jour et la nuit, il a appris les mystères de son alcôve, il s'est lié avec sa femme et ses enfants, il sait la forme de son nez et la construction de sa tête, il sait quel esprit fait vivre la maison du haut en bas.

Faire une analyse complète de l'œuvre de Daumier serait chose impossible; je vais donner les titres de ses principales séries, sans trop d'appréciations ni de commentaires. Il y a dans toutes des fragments merveilleux.

Robert Macaire, Mœurs conjugales, Types parisiens, Profils et silhouettes, Les Baigneurs, Les Baigneuses, Les Canotiers parisiens, Les Bas-bleus, Pastorales, Histoire ancienne, Les Bons Bourgeois, Les Gens de Justice, La Journée de M. Coquelet, Les Philanthropes du jour, Actualités, Tout ce qu'on voudra, Les Représentants représentés. Ajoutez à cela les deux galeries de portraits dont j'ai parlé*.

J'ai deux remarques importantes à faire à propos de deux de ces séries, *Robert Macaire* et l'*Histoire ancienne.* — *Robert Macaire* fut l'inauguration décisive de la caricature de mœurs[2]. La grande guerre politique s'était un peu calmée. L'opiniâtreté des poursuites, l'attitude du gouvernement qui s'était affermi, et une certaine lassitude naturelle à l'esprit humain avaient jeté beaucoup d'eau sur tout ce feu. Il fallait trouver du nouveau. Le pamphlet fit place à la comédie. La *Satire Ménippée* céda le terrain à Molière, et la grande épopée de Robert Macaire, racontée par Daumier d'une manière *flambante,* succéda aux colères révolutionnaires et aux dessins allusionnels. La caricature, dès lors, prit une allure nouvelle, elle ne fut plus spécialement politique. Elle fut la satire générale des citoyens. Elle entra dans le domaine du roman.

L'*Histoire ancienne*[3] me paraît une chose importante,

---

* Une production incessante et régulière a rendu cette liste plus qu'incomplète. Une fois j'ai voulu, avec Daumier, faire le catalogue complet de son œuvre. À nous deux, nous n'avons pu y réussir[1].

parce que c'est pour ainsi dire la meilleure paraphrase du vers célèbre : *Qui nous délivrera des Grecs et des Romains ?* Daumier s'est abattu brutalement sur l'antiquité, sur la fausse antiquité, — car nul ne sent mieux que lui les grandeurs anciennes, — il a craché dessus; et le bouillant Achille, et le prudent Ulysse, et la sage Pénélope, et Télémaque, ce grand dadais, et la belle Hélène qui perdit Troie, et tous enfin nous apparaissent dans une laideur bouffonne qui rappelle ces vieilles carcasses d'acteurs tragiques prenant une prise de tabac dans les coulisses. Ce fut un blasphème très amusant, et qui eut son utilité. Je me rappelle qu'un poète lyrique et païen de mes amis en était fort indigné. Il appelait cela une impiété et parlait de la belle Hélène comme d'autres parlent de la Vierge Marie. Mais ceux-là qui n'ont pas un grand respect pour l'Olympe et pour la tragédie furent naturellement portés à s'en réjouir.

Pour conclure, Daumier a poussé son art très loin, il en a fait un art sérieux; c'est un *grand* caricaturiste. Pour l'apprécier dignement, il faut l'analyser au point de vue de l'artiste et au point de vue moral. — Comme artiste, ce qui distingue Daumier, c'est la certitude. Il dessine comme les grands maîtres[1]. Son dessin est abondant, facile, c'est une improvisation suivie; et pourtant ce n'est jamais du *chic*. Il a une mémoire merveilleuse et quasi divine qui lui tient lieu de modèle. Toutes ses figures sont bien d'aplomb, toujours dans un mouvement vrai. Il a un talent d'observation tellement sûr qu'on ne trouve pas chez lui une seule tête qui jure avec le corps qui la supporte. Tel[a] nez, tel front, tel œil, tel pied, telle main[2]. C'est la logique du savant transportée dans un art léger, fugace, qui a contre lui la mobilité même de la vie.

Quant au moral, Daumier a quelques rapports avec Molière. Comme lui, il va droit au but. L'idée se dégage d'emblée. On regarde, on a compris. Les légendes qu'on écrit au bas de ses dessins ne servent pas à grand-chose, car ils pourraient généralement s'en passer. Son comique est, pour ainsi dire, involontaire. L'artiste ne cherche pas, on dirait plutôt que l'idée lui échappe. Sa caricature est formidable d'ampleur, mais sans rancune et sans fiel[3]. Il y a dans toute son œuvre un fonds d'honnêteté et de bonhomie. Il a, remarquez bien ce trait, souvent refusé de traiter certains motifs satiriques très beaux et très

violents, parce que cela, disait-il, dépassait les limites
du comique et pouvait blesser la conscience du genre
humain. Aussi quand il est navrant ou terrible, c'est
presque sans l'avoir voulu. Il a dépeint ce qu'il a vu, et
le résultat s'est produit. Comme il aime très passionnément et très naturellement la nature, il s'élèverait difficilement au comique absolu[1]. Il évite même avec soin
tout ce qui ne serait pas pour un public français l'objet
d'une perception claire et immédiate.

Encore un mot. Ce qui complète le caractère remarquable de Daumier, et en fait un artiste spécial appartenant à l'illustre famille des maîtres, c'est que son dessin
est naturellement coloré. Ses lithographies et ses dessins
sur bois éveillent des idées de couleur. Son crayon
contient autre chose que du noir bon à délimiter des
contours. Il fait deviner la couleur comme la pensée;
or c'est le signe d'un art supérieur, et que tous les artistes
intelligents ont clairement vu dans ses ouvrages[2].

Henri Monnier a fait beaucoup de bruit il y a quelques
années; il a eu un grand succès dans le monde bourgeois
et dans le monde des ateliers, deux espèces de villages.
Deux raisons à cela. La première est qu'il remplissait
trois fonctions à la fois, comme Jules César : comédien,
écrivain, caricaturiste. La seconde est qu'il a un talent
essentiellement bourgeois. Comédien, il était exact et
froid; écrivain, vétilleux; artiste, il avait trouvé le moyen
de faire du chic d'après nature.

Il est juste la contrepartie de l'homme dont nous
venons de parler. Au lieu de saisir entièrement et d'emblée tout l'ensemble d'une figure ou d'un sujet, Henri
Monnier procédait par un lent et successif examen des
détails. Il n'a jamais connu le grand art. Ainsi Monsieur Prudhomme, ce type monstrueusement vrai,
Monsieur Prudhomme n'a pas été conçu en grand.
Henri Monnier l'a étudié, le Prudhomme vivant, réel; il
l'a étudié jour à jour, pendant un très long espace de
temps. Combien de tasses de café a dû avaler Henri Monnier, combien de parties de dominos, pour arriver à ce
prodigieux résultat, je l'ignore. Après l'avoir étudié, il
l'a traduit; je me trompe, il l'a décalqué. À première
vue, le produit apparaît comme extraordinaire; mais
quand tout Monsieur Prudhomme a été dit, Henri Monnier n'avait plus rien à dire. Plusieurs de ses *Scènes popu-*

laires sont certainement agréables; autrement il faudrait
nier le charme cruel et surprenant du daguerréotype;
mais Monnier ne sait rien créer, rien idéaliser, rien arranger. Pour en revenir à ses dessins, qui sont ici l'objet
important, ils sont généralement froids et durs, et, chose
singulière ! il reste une chose vague dans la pensée, malgré la précision pointue du crayon. Monnier a une
faculté étrange, mais il n'en a qu'une. C'est la froideur,
la limpidité du miroir, d'un miroir qui ne pense pas et
qui se contente de réfléchir les passants[1].

Quant à Grandville, c'est tout autre chose. Grandville est un esprit maladivement littéraire, toujours en
quête de moyens bâtards pour faire entrer sa pensée dans
le domaine des arts plastiques; aussi l'avons-nous vu
souvent user du vieux procédé qui consiste à attacher aux
bouches de ses personnages des banderoles parlantes.
Un philosophe ou un médecin aurait à faire une bien belle
étude psychologique et physiologique sur Grandville.
Il a passé sa vie à chercher des idées, les trouvant quelquefois. Mais comme il était artiste par métier et homme
de lettres par la tête, il n'a jamais pu les bien exprimer.
Il a touché naturellement à plusieurs grandes questions,
et il a fini par tomber dans le vide, n'étant tout à fait ni
philosophe ni artiste. Grandville a roulé pendant une
grande partie de son existence sur l'idée générale de
l'Analogie. C'est même par là qu'il a commencé : *Méta-*
morphoses du jour[2]. Mais il ne savait pas en tirer des conséquences justes; il cahotait comme une locomotive dérail-
lée. Cet homme, avec un courage surhumain, a passé
sa vie à refaire la création. Il la prenait dans ses mains,
la tordait, la rarrangeait, l'expliquait, la commentait;
et la nature se transformait en apocalypse. Il a mis le
monde sens dessus dessous. Au fait, n'a-t-il pas composé
un livre d'images qui s'appelle *Le Monde à l'envers*[3] ? Il y a
des gens superficiels que Grandville divertit; quant à moi,
il m'effraye. Car c'est à l'artiste malheureusement que
je m'intéresse et non à ses dessins. Quand j'entre dans
l'œuvre de Grandville, j'éprouve un certain malaise,
comme dans un appartement où le désordre serait systématiquement organisé, où des corniches saugrenues
s'appuieraient sur le plancher, où les tableaux se présen-
teraient déformés par des procédés d'opticien, où les
objets se blesseraient obliquement par les angles, où

les meubles se tiendraient les pieds en l'air, et où les tiroirs s'enfonceraient au lieu de sortir.

Sans doute Grandville a fait de belles et bonnes choses, ses habitudes têtues et minutieuses le servant beaucoup; mais il n'avait pas de souplesse, et aussi n'a-t-il jamais su[a] dessiner une femme. Or c'est par le côté fou de son talent que Grandville est important. Avant de mourir, il appliquait sa volonté, toujours opiniâtre, à noter sous une forme plastique la succession des rêves et des cauchemars, avec la précision d'un sténographe qui écrit le discours d'un orateur. L'artiste-Grandville voulait, oui, il voulait que le crayon expliquât la loi d'association des idées. Grandville est très comique; mais il est souvent un comique sans le savoir.

Voici maintenant un artiste, bizarre dans sa grâce, mais bien autrement important. Gavarni commença cependant par[b] faire des dessins de machines, puis des dessins de modes, et il me semble qu'il lui en est resté longtemps un stigmate; cependant il est juste de dire que Gavarni a toujours été en progrès. Il n'est pas tout à fait un caricaturiste, ni même uniquement un artiste, il est aussi un littérateur. Il effleure, il fait deviner. Le caractère particulier de son comique est une grande finesse d'observation, qui va quelquefois jusqu'à la ténuité. Il connaît, comme Marivaux, toute la puissance de la réticence, qui est à la fois une amorce et une flatterie à l'intelligence du public. Il fait lui-même les légendes de ses dessins, et quelquefois très entortillées. Beaucoup de gens préfèrent Gavarni à Daumier, et cela n'a rien d'étonnant. Comme Gavarni est moins artiste, il est plus facile à comprendre pour eux. Daumier est un génie franc et direct. Ôtez-lui la légende, le dessin reste une belle et claire chose. Il n'en est pas ainsi de Gavarni; celui-ci est double : il y a le dessin, plus la légende[1]. En second lieu, Gavarni n'est pas essentiellement satirique; il flatte souvent au lieu de mordre; il ne blâme pas, il encourage. Comme tous les hommes de lettres, homme de lettres lui-même, il est légèrement teinté de corruption. Grâce à l'hypocrisie charmante de sa pensée et à la puissante tactique des demi-mots, il ose tout. D'autres fois, quand sa pensée cynique se dévoile franchement, elle endosse un vêtement gracieux, elle caresse les préjugés et fait du monde son complice[c]. Que de raisons de popularité ! Un échantillon entre mille : vous rappelez-vous cette grande et belle fille qui regarde avec une moue dédaigneuse un jeune homme joignant devant elle les mains dans une attitude suppliante ? « Un petit baiser, ma bonne dame charitable, pour l'amour de Dieu ! s'il vous plaît. — Repassez ce soir, on a déjà donné à votre père ce matin[1]. » On dirait vraiment que la dame est un portrait. Ces coquins-là sont si jolis que la jeunesse aura fatalement envie de les imiter. Remarquez, en outre, que le plus beau est dans la légende, le dessin étant impuissant à dire tant de choses.

Gavarni a créé la Lorette. Elle existait un peu avant lui, mais il l'a complétée. Je crois même que c'est lui qui a inventé le mot[2]. La Lorette, on l'a déjà dit, n'est pas la fille entretenue, cette chose de l'Empire, condamnée à vivre en tête à tête funèbre avec le cadavre métallique dont elle vivait, général ou banquier. La Lorette est une personne libre. Elle va et elle vient. Elle tient maison ouverte. Elle n'a pas de maître; elle fréquente les artistes et les journalistes. Elle fait ce qu'elle peut pour avoir de l'esprit. J'ai dit que Gavarni l'avait complétée; et, en effet, entraîné par son imagination littéraire, il invente au moins autant qu'il voit, et, pour cette raison, il a beaucoup agi sur les mœurs. Paul de Kock[3] a créé la Grisette, et Gavarni la Lorette; et quelques-unes de ces filles se sont perfectionnées en se l'assimilant, comme la jeunesse du quartier Latin avait subi l'influence de ses *étudiants,* comme beaucoup de gens s'efforcent de ressembler aux gravures de mode.

Tel qu'il est, Gavarni est un artiste plus qu'intéressant, dont il restera beaucoup. Il faudra feuilleter ces œuvres-là pour comprendre l'histoire des dernières années de la monarchie. La république a un peu effacé Gavarni; loi cruelle, mais naturelle. Il était né avec l'apaisement, il s'éclipse avec la tempête. — La véritable gloire et la vraie mission de Gavarni et de Daumier ont été de compléter Balzac, qui d'ailleurs le savait bien, et les estimait comme des auxiliaires et des commentateurs[4].

Les principales créations de Gavarni sont : *La Boîte aux lettres, Les Étudiants, Les Lorettes, Les Actrices, Les Coulisses, Les Enfants terribles, Hommes et femmes de plume,* et une immense série de sujets détachés.

Il me reste à parler de Trimolet, de Traviès et de

Jacque. — Trimolet fut une destinée mélancolique; on ne se douterait guère, à voir la bouffonnerie gracieuse et enfantine qui souffle à travers ses compositions, que tant de douleurs graves et de chagrins cuisants aient assailli sa pauvre vie[1]. Il a gravé lui-même à l'eau-forte, pour la collection des *Chansons populaires de la France*[2] et pour les almanachs comiques d'Aubert[3], de fort beaux dessins, ou plutôt des croquis, où règne la plus folle et la plus innocente gaieté. Trimolet dessinait librement sur la planche, sans dessin préparatoire, des compositions très compliquées, procédé dont il résulte que, il faut l'avouer, un peu de fouillis. Évidemment l'artiste avait été très frappé par les œuvres de Cruikshank[4]; mais, malgré tout, il garde son originalité; c'est un humoriste qui mérite une place à part; il y a là une saveur *sui generis,* un goût fin qui se distingue de tous autres pour les gens qui ont le palais fin.

Un jour, Trimolet fit un tableau[5]; c'était bien conçu et c'était une grande pensée : dans une nuit sombre et mouillée, un de ces vieux hommes qui ont l'air d'une ruine ambulante et d'un paquet de guenilles vivantes s'est étendu au pied d'un mur décrépi. Il lève ses yeux reconnaissants vers le ciel sans étoiles, et s'écrie : « Je vous bénis, mon Dieu, qui m'avez donné ce mur pour m'abriter et cette natte pour me couvrir ! » Comme tous les déshérités harcelés par la douleur, ce brave homme n'est pas difficile, et il fait volontiers crédit du reste au Tout-Puissant. Quoi qu'en dise la race des optimistes qui, selon Désaugiers[6], se laissent quelquefois choir après boire, au risque d'écraser *un pauvre homme qui n'a pas dîné,* il y a des génies qui ont passé de ces nuits-là ! Trimolet est mort; il est mort au moment où l'aurore éclaircissait son horizon, et où la fortune plus clémente avait envie de lui sourire. Son talent grandissait, sa machine intellectuelle était bonne et fonctionnait activement; mais sa machine physique était gravement avariée et endommagée par des tempêtes anciennes.

Traviès[7], lui aussi, fut une fortune malencontreuse. Selon moi, c'est un artiste éminent et qui ne fut pas dans son temps délicatement apprécié. Il a beaucoup produit, mais il manque de certitude. Il veut être plaisant, et il ne l'est pas, à coup sûr. D'autres fois, il trouve une belle chose et il l'ignore. Il s'amende, il se corrige sans cesse;

il se tourne, il se retourne et poursuit un idéal intangible. Il est le prince du guignon. Sa muse est une nymphe de faubourg, pâlotte et mélancolique. À travers toutes ses tergiversations, on suit partout un filon souterrain aux couleurs et au caractère assez notables. Traviès a un profond sentiment des joies et des douleurs du peuple; il connaît la canaille à fond, et nous pouvons dire qu'il l'a aimée avec une tendre charité. C'est la raison pour laquelle ses *Scènes bachiques*[1] resteront une œuvre remarquable; ses chiffonniers d'ailleurs sont généralement très ressemblants, et toutes ces guenilles ont l'ampleur et la noblesse presque insaisissable du style tout fait, tel que l'offre la nature dans ses caprices[2]. Il ne faut pas oublier que Traviès est le créateur de *Mayeux*[3], ce type excentrique et vrai qui a tant amusé Paris. Mayeux est à lui comme *Robert Macaire* est à Daumier, comme *M. Prudhomme* est à Monnier. — En ce temps déjà lointain, il y avait à Paris une espèce de bouffon physionomane, nommé Léclaire[4], qui courait les guinguettes, les caveaux et les petits théâtres. Il faisait des *têtes d'expression,* et entre deux bougies il illuminait successivement sa figure de toutes les passions. C'était le cahier des *Caractères des passions de M. Lebrun, peintre du roi*[5]. Cet homme, accident bouffon plus commun qu'on ne le suppose dans les castes excentriques, était très mélancolique et possédé de la rage de l'amitié. En dehors de ses études et de ses représentations grotesques, il passait son temps à chercher un ami, et quand il avait bu, ses yeux pleuvaient[a] abondamment les larmes de la solitude. Cet infortuné possédait une telle puissance objective et une si grande aptitude à se grimer, qu'il imitait à s'y méprendre la bosse, le front plissé d'un bossu, ses grandes pattes simiesques et son parler criard et baveux. Traviès le vit; on était encore en plein dans la grande ardeur patriotique de Juillet; une idée lumineuse s'abattit dans son cerveau; Mayeux fut créé, et pendant longtemps le turbulent Mayeux parla, cria, pérora, gesticula dans la mémoire du peuple parisien. Depuis lors on[b] a reconnu que Mayeux existait, et l'on a cru que Traviès l'avait connu et copié. Il en a été ainsi de plusieurs autres créations populaires.

Depuis quelque temps Traviès a disparu de la scène, on ne sait trop pourquoi, car il y a aujourd'hui, comme toujours, de solides entreprises d'albums et de journaux comiques. C'est un malheur réel, car il est très observateur, et, malgré ses hésitations et ses défaillances, son talent a quelque chose de sérieux et de tendre qui le rend singulièrement attachant.

Il est bon d'avertir les collectionneurs que, dans les caricatures relatives à Mayeux, les femmes qui, comme on sait, ont joué un grand rôle dans l'épopée de ce Ragotin[1] galant et patriotique, ne sont pas de Traviès : elles sont de Philipon[a], qui avait l'idée excessivement *comique* et qui dessinait les femmes d'une manière séduisante, de sorte qu'il se réservait le plaisir de faire les femmes dans les *Mayeux* de Traviès, et qu'ainsi chaque dessin se trouvait doublé d'un style qui ne *doublait* vraiment pas l'intention comique.

Jacque, l'excellent artiste, à l'intelligence multiple, a été aussi occasionnellement un recommandable caricaturiste. En dehors de ses peintures et de ses gravures à l'eauforte, où il s'est montré toujours grave et poétique, il a fait de fort bons dessins grotesques, où l'idée d'ordinaire se projette bien et d'emblée. Voir *Militairiana* et *Malades et Médecins*[2]. Il dessine richement et spirituellement, et sa caricature a, comme tout ce qu'il fait, le mordant et la soudaineté du poète observateur[3].

QUELQUES CARICATURISTES
ÉTRANGERS

HOGARTH - CRUIKSHANK -
GOYA - PINELLI - BRUEGHEL

I

Un nom tout à fait populaire, non seulement chez les
artistes, mais aussi chez les gens du monde, un artiste
des plus éminents en matière de comique, et qui remplit la mémoire comme un proverbe, est Hogarth[1].
J'ai souvent entendu dire de Hogarth : « C'est l'enterrement du comique. » Je le veux bien; le mot peut être
pris pour spirituel, mais je désire qu'il soit entendu
comme éloge; je tire de cette formule malveillante le
symptôme, le diagnostic[a] d'un mérite tout particulier. En
effet, qu'on y fasse attention, le talent de Hogarth
comporte en soi quelque chose de froid, d'astringent, de
funèbre. Cela serre le cœur. Brutal et violent, mais toujours préoccupé du sens moral de ses compositions,
moraliste avant tout, il les charge, comme notre Grandville[2], de détails allégoriques et allusionnels, dont la fonction, selon lui, est de compléter et d'élucider sa pensée.
Pour le spectateur, j'allais, je crois, dire pour le lecteur,
il arrive quelquefois, au rebours de son désir, qu'elles
retardent l'intelligence et l'embrouillent.

D'ailleurs Hogarth a, comme tous les artistes très
chercheurs, des manières et des morceaux assez variés.
Son procédé n'est pas toujours aussi dur, aussi écrit,
aussi tatillon. Par exemple, que l'on compare les planches
du *Mariage à la mode* avec celles qui représentent *Les Dan-*

gers et les suites de l'incontinence, Le Palais du Gin, Le Sup-
plice du Musicien, Le Poète dans son ménage[1]*,* on reconnaîtra
dans ces dernières beaucoup plus d'aisance et d'abandon.
Une des plus curieuses eſt certainement celle qui nous
montre un cadavre aplati, roide et allongé sur la table de
dissection. Sur une poulie ou toute autre mécanique
scellée au plafond se dévident les inteſtins du mort débauché. Ce mort eſt horrible, et rien ne peut faire un
contraſte plus singulier avec ce cadavre, cadavérique
entre tous, que les hautes, longues, maigres ou rotondes
figures, grotesquement graves, de tous ces docteurs bri-
tanniques, chargées de monſtrueuses perruques à rouleaux. Dans un coin, un chien plonge goulûment son
museau dans un seau et y pille quelques débris humains[2].
Hogarth, l'enterrement du comique ! j'aimerais mieux
dire que c'eſt le comique dans l'enterrement. Ce chien
anthropophage m'a toujours fait rêver au cochon historique qui se soûlait impudemment du sang[a] de l'infortuné Fualdès, pendant qu'un orgue de Barbarie exécutait, pour ainsi dire, le service funèbre de l'agonisant[3].

J'affirmais tout à l'heure que le bon mot d'atelier devait
être pris comme un éloge. En effet, je retrouve bien dans
Hogarth ce je ne sais quoi de siniſtre, de violent et de
résolu, qui respire dans presque toutes les œuvres du
pays du spleen. Dans *Le Palais du Gin,* à côté des mésaventures innombrables et des accidents grotesques dont eſt
semée la vie et la route des ivrognes, on trouve des cas
terribles qui sont peu comiques à notre point de vue français : presque toujours des cas de mort violente. Je ne
veux pas faire ici une analyse détaillée des œuvres de
Hogarth; de nombreuses appréciations ont déjà été
faites du singulier et minutieux moraliſte, et je veux me
borner à conſtater le caractère général qui domine les
œuvres de chaque artiſte important.

Il serait injuſte, en parlant de l'Angleterre, de ne pas
mentionner Seymour[4], dont tout le monde a vu les admirables charges sur la pêche et la chasse, double épopée de
maniaques. C'eſt à lui que primitivement fut empruntée[5]
cette merveilleuse allégorie de l'araignée qui a filé sa
toile entre la ligne et le bras de ce pêcheur que l'impatience ne fait jamais trembler[b].

Dans Seymour, comme dans les autres Anglais, violence et amour de l'excessif; manière simple, archibru-

tale et directe, de poser le sujet. En matière de caricature, les Anglais sont des ultra. — *Oh ! the deep, deep sea !* s'écrie dans une béate contemplation, tranquillement assis sur le banc d'un canot, un gros Londonien, à un quart de lieue du port. Je crois même qu'on aperçoit encore quelques toitures dans le fond. L'extase de cet imbécile est extrême; aussi il ne voit pas les deux grosses jambes de sa chère épouse, qui dépassent l'eau et se tiennent droites, les pointes en l'air. Il paraît que cette grasse personne s'est laissée choir, la tête la première, dans le liquide élément dont l'aspect enthousiasme cet épais cerveau. De cette malheureuse créature les jambes sont tout ce qu'on voit. Tout à l'heure ce puissant amant de la nature cherchera flegmatiquement sa femme et ne la trouvera plus[1].

Le mérite spécial de George Cruikshank (je fais abstraction de tous ses autres mérites, finesse d'expression, intelligence du fantastique, etc.) est une abondance inépuisable dans le grotesque. Cette verve est inconcevable, et elle serait réputée impossible, si les preuves n'étaient pas là, sous forme d'une œuvre immense, collection innombrable de vignettes, longue série d'albums comiques, enfin d'une telle quantité de personnages, de situations, de physionomies, de tableaux grotesques, que la mémoire de l'observateur s'y perd; le grotesque coule incessamment et inévitablement de la pointe de Cruikshank, comme les rimes riches de la plume des poètes naturels. Le[a] grotesque est son habitude.

Si l'on pouvait analyser sûrement une chose aussi fugitive et impalpable que le sentiment en art, ce je ne sais quoi qui distingue toujours un artiste d'un autre, quelque intime que soit en apparence leur parenté, je dirais que ce qui constitue surtout le grotesque de Cruikshank, c'est la violence extravagante du geste et du mouvement, et l'explosion dans l'expression. Tous ses petits personnages miment avec fureur et turbulence comme des acteurs de pantomime. Le seul défaut qu'on puisse lui reprocher est d'être souvent plus homme d'esprit, plus crayonneur qu'artiste, enfin de ne pas toujours dessiner[b] d'une manière assez consciencieuse. On dirait que, dans le plaisir qu'il éprouve à s'abandonner à sa prodigieuse verve, l'auteur oublie de douer ses personnages d'une vitalité suffisante. Il dessine un peu trop comme les

hommes de lettres qui s'amusent à barbouiller des croquis[a]. Ces prestigieuses petites créatures ne sont pas toujours nées viables. Tout ce monde minuscule se culbute,
s'agite et se mêle avec une pétulance indicible, sans trop
s'inquiéter si tous ses membres sont bien à leur place
naturelle. Ce ne sont trop souvent que des hypothèses
humaines qui se démènent comme elles peuvent. Enfin,
tel qu'il est, Cruikshank est un artiste doué de riches
facultés comiques, et qui restera dans toutes les collections[1]. Mais que dire de ces plagiaires français modernes[2],
impertinents jusqu'à prendre non seulement des sujets et
des canevas, mais même la manière et le style ? Heureusement la naïveté ne se vole pas. Ils ont réussi à être de
glace dans leur enfantillage affecté, et ils dessinent d'une
façon encore plus insuffisante[b].

II

En Espagne, un homme singulier a ouvert dans le
comique de nouveaux horizons.

À propos de Goya[3], je dois d'abord renvoyer mes lecteurs à l'excellent article que Théophile Gautier a écrit
sur lui dans *Le Cabinet de l'Amateur,* et qui fut depuis
reproduit dans un volume de mélanges. Théophile Gautier[c4] est parfaitement doué pour comprendre de semblables natures. D'ailleurs, relativement aux procédés de
Goya, — aqua-tinte et eau-forte mêlées, avec retouches
à la pointe sèche, — l'article en question contient tout ce
qu'il faut. Je veux seulement ajouter quelques mots sur
l'élément très rare que Goya a introduit dans le comique :
je veux parler du fantastique. Goya n'est précisément
rien de spécial, de particulier, ni comique absolu, ni
comique purement significatif, à la manière française.
Sans doute il plonge souvent dans le comique féroce et
s'élève jusqu'au comique absolu; mais l'aspect général
sous lequel il voit les choses est surtout fantastique, ou
plutôt le regard qu'il jette sur les choses est un traducteur
naturellement fantastique. *Los Caprichos* sont une œuvre
merveilleuse, non seulement par l'originalité des conceptions, mais encore par l'exécution. J'imagine devant *Les
Caprices* un homme, un curieux, un amateur, n'ayant

aucune notion des faits historiques auxquels plusieurs de ces planches font allusion, un simple esprit d'artiste qui ne sache ce que c'est ni que Godoï, ni le roi Charles, ni la reine; il éprouvera toutefois au fond de son cerveau une commotion vive, à cause de la manière originale, de la plénitude et de la certitude des moyens de l'artiste, et aussi de cette atmosphère fantastique qui baigne tous ses sujets. Du reste, il y a dans les œuvres issues des profondes individualités quelque chose qui ressemble à ces rêves périodiques ou chroniques[a] qui assiègent régulièrement notre sommeil. C'est là ce qui marque le véritable artiste, toujours durable et vivace même dans ces œuvres fugitives, pour ainsi dire suspendues aux événements, qu'on appelle *caricatures ;* c'est là, dis-je, ce qui distingue les caricaturistes historiques d'avec les caricaturistes artistiques, le comique fugitif d'avec le comique éternel.

Goya est toujours un grand artiste, souvent effrayant. Il unit à la gaieté, à la jovialité, à la satire espagnole du bon temps de Cervantes, un esprit beaucoup plus moderne, ou du moins qui a été beaucoup plus cherché dans les temps modernes, l'amour de l'insaisissable, le sentiment des contrastes violents, des épouvantements de la nature et des physionomies humaines étrangement animalisées par les circonstances. C'est chose curieuse à remarquer que cet esprit qui vient après le grand mouvement satirique et démolisseur du XVIIIᵉ siècle, et auquel Voltaire aurait su gré, pour l'idée seulement (car le pauvre grand homme ne s'y connaissait guère quant au reste[1]), de toutes ces caricatures monacales, — moines bâillants, moines goinfrants, têtes carrées d'assassins se préparant à matines, têtes rusées, hypocrites, fines et méchantes comme des profils d'oiseaux de proie; — il est curieux, dis-je, que ce haïsseur de moines ait tant rêvé[b] sorcières, sabbat, diableries, enfants qu'on fait cuire à la broche, que sais-je ? toutes les débauches du rêve, toutes les hyperboles de l'hallucination, et puis toutes ces blanches[c] et sveltes Espagnoles que de vieilles sempiternelles lavent et préparent soit pour le sabbat, soit pour la prostitution du soir, sabbat de la civilisation[2] ! La lumière et les ténèbres se jouent à travers toutes ces grotesques horreurs. Quelle singulière jovialité ! Je me rappelle surtout deux planches extraordinaires : — l'une représente un paysage fantastique, un mélange de nuées et de rochers. Est-ce un coin de Sierra inconnue et infréquentée ? un échantillon du chaos ? Là, au sein de ce théâtre abominable, a lieu une bataille acharnée entre deux sorcières suspendues au milieu des airs. L'une est à cheval sur l'autre ; elle la rosse, elle la dompte. Ces deux monstres roulent à travers l'air ténébreux. Toute la hideur, toutes les saletés morales, tous les vices que l'esprit humain peut concevoir sont écrits sur ces deux faces, qui, suivant une habitude fréquente et un procédé inexplicable de l'artiste, tiennent le milieu entre l'homme et la bête[1].

L'autre planche[2] représente un être, un malheureux, une monade solitaire et désespérée, qui veut à toute force sortir de son tombeau. Des démons[a] malfaisants, une myriade de vilains gnomes lilliputiens pèsent de tous leurs efforts réunis sur le couvercle de la tombe entrebâillée. Ces gardiens vigilants de la mort se sont coalisés contre l'âme récalcitrante qui se consume dans une lutte impossible. Ce cauchemar s'agite dans l'horreur du vague et de l'indéfini.

À la fin de sa carrière, les yeux de Goya étaient affaiblis au point qu'il fallait, dit-on, lui tailler ses crayons. Pourtant il a, même à cette époque, fait de grandes lithographies[b] très importantes, entre autres des courses de taureaux pleines de foule et de fourmillement[3], planches admirables, vastes tableaux en miniature, — preuves nouvelles à l'appui de cette loi singulière qui préside à la destinée des grands artistes, et qui veut que, la vie se gouvernant à l'inverse de l'intelligence, ils gagnent d'un côté ce qu'ils perdent de l'autre, et qu'ils aillent ainsi, suivant une jeunesse progressive, se renforçant, se ragaillardissant, et croissant en audace jusqu'au bord de la tombe.

Au premier plan d'une de ces images, où règnent un tumulte et un tohu-bohu admirables, un taureau furieux, un de ces rancuniers qui s'acharnent sur les morts, a déculotté la partie postérieure d'un des combattants. Celui-ci, qui n'est que blessé, se traîne lourdement sur les genoux. La formidable bête a soulevé avec ses cornes la chemise lacérée et mis à l'air les deux fesses du malheureux, et elle abaisse de nouveau son mufle menaçant ; mais cette indécence dans le carnage n'émeut guère l'assemblée[c].

Le grand mérite de Goya consiste à créer le mons-

trueux vraisemblable. Ses monstres sont nés viables,
harmoniques. Nul n'a osé plus que lui dans le sens de
l'absurde possible. Toutes[a] ces contorsions, ces faces
bestiales, ces grimaces diaboliques sont pénétrées d'*humanité*. Même[b] au point de vue particulier de l'histoire
naturelle, il serait difficile de les condamner, tant il y a
analogie et harmonie dans toutes les parties de leur être;
en un mot, la ligne de suture, le point de jonction entre
le réel et le fantastique est impossible à saisir; c'est une
frontière vague que l'analyste le plus subtil ne saurait pas
tracer, tant l'art est à la fois transcendant et naturel*.

III

Le climat de l'Italie[a], pour méridional qu'il soit, n'est
pas celui de l'Espagne, et la fermentation du comique n'y
donne pas les mêmes résultats. Le pédantisme italien (je
me sers de ce terme à défaut d'un terme absent) a trouvé
son expression dans les caricatures de Léonard de Vinci
et dans les scènes de mœurs de Pinelli. Tous les artistes
connaissent les caricatures de Léonard de Vinci[a], véritables portraits. Hideuses et froides, ces caricatures
ne manquent pas de cruauté, mais elles manquent de
comique; pas d'expansion, pas d'abandon; le grand artiste
ne s'amusait pas en les dessinant, il les a faites en savant,
en géomètre, en professeur d'histoire naturelle. Il n'a eu
garde d'omettre la moindre verrue, le plus petit poil.
Peut-être, en somme, n'avait-il pas la prétention de faire
des caricatures. Il a cherché autour de lui des types de
laideur excentriques, et il les a copiés.

Cependant, tel n'est pas, en général, le caractère italien.
La plaisanterie en est basse, mais elle est franche. Les
tableaux de Bassan qui représentent le carnaval de Venise[a]
nous en donnent une juste idée. Cette gaieté regorge de
saucissons, de jambons et de macaroni. Une fois par an,
le comique italien fait explosion au Corso et il y atteint
les limites de la fureur. Tout le monde a de l'esprit,

* Nous possédions, il y a quelques années, plusieurs précieuses
peintures de Goya, reléguées malheureusement dans des coins
obscurs[c] de la galerie; elles ont disparu avec le Musée espagnol[1].

chacun devient artiste comique; Marseille et Bordeaux pourraient peut-être nous donner des échantillons de ces tempéraments[1]. — Il faut voir, dans *La Princesse Brambilla*, comme Hoffmann a bien compris le caractère italien[2], et comme les artistes allemands qui boivent au café Greco[3] en parlent délicatement. Les[a] artistes italiens sont plutôt bouffons que comiques. Ils manquent de profondeur, mais ils subissent tous la franche ivresse de la gaieté nationale. Matérialiste, comme est généralement le Midi, leur plaisanterie sent toujours la cuisine et le[b] mauvais lieu. Au total, c'est un artiste français, c'est Callot[4], qui, par la concentration d'esprit et la fermeté de volonté propres à notre pays, a donné à ce genre de comique sa plus belle expression. C'est un Français qui est resté le meilleur bouffon italien.

J'ai parlé tout à l'heure de Pinelli, du classique Pinelli[5], qui est maintenant une gloire bien diminuée. Nous ne dirons pas de lui qu'il est précisément un caricaturiste; c'est plutôt[c] un *croqueur* de scènes pittoresques. Je ne le mentionne que parce que ma jeunesse a été fatiguée de l'entendre louer comme le type du *caricaturiste noble*. En vérité, le comique n'entre là-dedans que pour une quantité infinitésimale. Dans toutes les études de cet artiste nous[d] trouvons une préoccupation constante de la ligne et des compositions antiques, une aspiration systématique au style.

Mais Pinelli, — ce qui sans doute n'a pas peu contribué à sa réputation, — eut une existence beaucoup plus romantique que son talent. Son originalité se manifesta bien plus dans son caractère que dans ses ouvrages; car il fut un des types les plus complets de l'*artiste*, tel que se le figurent les bons bourgeois, c'est-à-dire du désordre classique, de l'inspiration s'exprimant par l'inconduite et les habitudes violentes[6]. Pinelli possédait tout le charlatanisme de certains artistes : ses[e] deux énormes chiens qui le suivaient partout comme des confidents et des camarades, son gros bâton noueux, ses cheveux en cadenette qui coulaient le long de ses joues, le[f] cabaret, la mauvaise compagnie, le parti pris de détruire fastueusement les œuvres dont on ne lui offrait pas un prix satisfaisant, tout cela faisait partie de sa réputation. Le ménage de Pinelli n'était guère mieux ordonné que la conduite du chef de la maison. Quelquefois, en rentrant chez lui,

il trouvait sa femme et sa fille se prenant aux cheveux,
les yeux hors de la tête, dans toute l'excitation et la furie
italiennes. Pinelli trouvait cela superbe : « Arrêtez ! leur
criait-il, — ne bougez pas, restez ainsi ! » Et le drame se
métamorphosait en un dessin. On voit que Pinelli était
de la race des artistes qui se promènent à travers la nature
matérielle pour qu'elle vienne en aide à la paresse de
leur esprit, toujours prêts *à saisir leurs pinceaux*. Il se rapproche ainsi par un côté du malheureux Léopold Robert[a1]
qui prétendait, lui aussi, trouver dans la nature, et seulement dans la nature, de ces sujets tout faits, qui, pour des
artistes plus imaginatifs, n'ont qu'une valeur de notes[b].
Encore ces sujets, même les plus nationalement comiques
et pittoresques, sont-ils toujours par Pinelli, comme par
Léopold Robert, passés au crible, au tamis implacable
du goût.

Pinelli a-t-il été calomnié ? Je l'ignore, mais telle est sa
légende. Or tout cela me paraît signe[c] de faiblesse. Je
voudrais que l'on créât un néologisme, que l'on fabri-
quât un mot destiné à flétrir ce genre de poncif, le poncif
dans l'allure et la conduite, qui s'introduit[d] dans la vie
des artistes comme dans leurs œuvres. D'ailleurs, je remarque que le contraire se présente fréquemment dans
l'histoire, et que les artistes les plus inventifs, les plus
étonnants, les plus excentriques dans leurs conceptions,
sont souvent des hommes dont la vie est calme et minutieusement rangée. Plusieurs d'entre ceux-là ont eu les
vertus de ménage très développées. N'avez-vous pas
remarqué souvent que rien ne ressemble plus[e] au parfait
bourgeois que l'artiste de génie concentré[2] ?

IV

Les Flamands et les Hollandais ont, dès le principe,
fait de très belles choses, d'un caractère vraiment spécial
et indigène. Tout le monde connaît les anciennes et
singulières productions de Brueghel le Drôle, qu'il ne
faut pas confondre, ainsi que l'ont fait plusieurs écrivains, avec Brueghel d'Enfer[a]. Qu'il y ait là-dedans une
certaine systématisation, un parti pris d'excentricité, une
méthode dans le bizarre, cela n'est pas douteux. Mais il

est bien certain aussi que cet étrange talent a une origine plus haute qu'une espèce de gageure artistique. Dans les tableaux fantastiques de Brueghel le Drôle se montre toute la puissance de l'hallucination. Quel artiste pourrait composer des œuvres aussi monstrueusement paradoxales, s'il n'y était poussé dès le principe par quelque force inconnue ? En art, c'est une chose qui n'est pas assez remarquée, la part laissée à la volonté de l'homme est bien moins grande qu'on ne le croit. Il y a dans l'idéal baroque[1] que Brueghel paraît avoir poursuivi, beaucoup de rapports avec celui de Grandville[2], surtout si l'on veut bien examiner les tendances que l'artiste français a manifestées dans les dernières années de sa vie : visions d'un cerveau malade, hallucinations de la fièvre, changements à vue du rêve, associations bizarres d'idées, combinaisons de formes fortuites et hétéroclites.

Les œuvres de Brueghel le Drôle peuvent se diviser en deux classes : l'une contient des allégories politiques presque indéchiffrables aujourd'hui; c'est dans cette série qu'on trouve des maisons dont les fenêtres sont des yeux, des moulins dont les ailes sont des bras, et mille compositions effrayantes où la nature est incessamment transformée en logogriphe. Encore, bien souvent, est-il impossible[a] de démêler si ce genre de composition appartient à la classe des dessins politiques et allégoriques, ou à la seconde classe, qui est évidemment la plus curieuse. Celle-ci, que notre siècle, pour qui rien n'est difficile à expliquer, grâce à son double caractère d'incrédulité et d'ignorance, qualifierait simplement de fantaisies et de caprices, contient, ce me semble, une[b] espèce de *mystère*. Les derniers travaux de quelques médecins, qui ont enfin entrevu la nécessité d'expliquer une foule de faits historiques et miraculeux autrement que par les moyens commodes de l'école voltairienne[c], laquelle ne voyait partout que l'habileté dans l'imposture, n'ont pas encore débrouillé tous les arcanes psychiques. Or, je défie qu'on explique le capharnaüm diabolique et drolatique de Brueghel le Drôle autrement que par une espèce de grâce spéciale et satanique[3]. Au mot grâce spéciale substituez, si vous voulez, le mot folie, ou hallucination; mais le mystère restera presque aussi noir[4]. La[d] collection de toutes ces pièces répand une contagion; les cocasseries de Brueghel le Drôle donnent le vertige. Comment une intelli-

gence humaine a-t-elle pu contenir tant de diableries et
de merveilles, engendrer et décrire tant[a] d'effrayantes
absurdités ? Je ne puis le comprendre ni en déterminer
positivement la raison; mais souvent nous trouvons
dans l'histoire, et même dans plus d'une partie moderne
de l'histoire, la preuve de l'immense puissance des conta-
gions, de l'empoisonnement par l'atmosphère morale, et
je ne puis m'empêcher de remarquer (mais sans affectation, sans pédantisme, sans visée positive, comme de
prouver que Brueghel a pu voir le diable en personne)
que cette prodigieuse floraison de monstruosités coïn-
cide de la manière la plus singulière avec la fameuse et
historique *épidémie des sorciers*[1].

EXPOSITION UNIVERSELLE
— 1855 —
BEAUX-ARTS

I

MÉTHODE DE CRITIQUE.
DE L'IDÉE MODERNE DU PROGRÈS
APPLIQUÉE AUX BEAUX-ARTS.
DÉPLACEMENT DE LA VITALITÉ

Il est peu d'occupations aussi intéressantes, aussi atta-
chantes, aussi pleines de surprises et de révélations
pour un critique, pour un rêveur dont l'esprit est tourné
à la généralisation aussi bien qu'à l'étude des détails, et,
pour mieux dire encore, à l'idée d'ordre et de hiérarchie
universelle, que la comparaison des nations et de leurs
produits respectifs[1]. Quand je dis hiérarchie, je ne veux
pas affirmer la suprématie de telle nation sur telle autre.
Quoiqu'il y ait dans la nature des plantes plus ou moins
saintes, des formes plus ou moins spirituelles, des animaux plus ou moins sacrés[2], et qu'il soit légitime de
conclure, d'après les instigations de l'immense analogie
universelle, que certaines nations — vastes animaux dont
l'organisme est adéquat à leur milieu, — aient été
préparées et éduquées par la Providence pour un but
déterminé, but plus ou moins élevé, plus ou moins rapproché du ciel, — je ne veux pas faire ici autre chose
qu'affirmer leur *égale* utilité aux yeux de CELUI qui est
indéfinissable, et le miraculeux secours qu'elles se prêtent
dans l'harmonie de l'univers[3].

Un[a] lecteur, quelque peu familiarisé par la solitude

(bien mieux que par les livres) à ces vastes contemplations, peut déjà deviner où j'en veux venir; — et, pour trancher court aux ambages et aux hésitations du style par une question presque équivalente à une formule, — je le demande à tout homme de bonne foi, pourvu qu'il ait un peu pensé et un peu voyagé, — que ferait, que dirait un Winckelmann[1] moderne (nous en sommes pleins, la nation en regorge, les paresseux en raffolent), que dirait-il en face d'un produit chinois, produit étrange, bizarre, contourné dans sa forme, intense par sa couleur, et quelquefois délicat jusqu'à l'évanouissement[2] ? Cependant c'est[a] un échantillon de la beauté universelle[3]; mais il faut, pour qu'il soit compris, que la critique, le spectateur opère en lui-même une transformation qui tient du mystère, et que, par un phénomène de la volonté agissant sur l'imagination, il apprenne de lui-même à participer au milieu qui a donné naissance à cette floraison insolite. Peu d'hommes ont, — au complet, — cette grâce divine du cosmopolitisme; mais tous peuvent l'acquérir à des degrés divers. Les mieux doués à cet égard sont ces voyageurs solitaires qui ont vécu pendant des années au fond des bois, au milieu des vertigineuses prairies, sans autre compagnon que leur fusil, contemplant, disséquant, écrivant. Aucun voile scolaire, aucun paradoxe universitaire, aucune utopie pédagogique, ne se sont interposés entre eux et la complexe vérité. Ils savent l'admirable, l'immortel, l'inévitable rapport entre la forme et la fonction. Ils ne critiquent pas, ceux-là : ils contemplent, ils étudient.

Si, au lieu d'un pédagogue, je prends un homme du monde[4], un intelligent, et si je le transporte dans une contrée lointaine, je suis sûr que, si les étonnements du débarquement sont grands, si l'accoutumance est plus ou moins longue, plus ou moins laborieuse, la sympathie sera tôt ou tard si vive, si pénétrante, qu'elle créera en lui un monde nouveau d'idées, monde qui fera partie intégrante de lui-même, et qui l'accompagnera, sous la forme de souvenirs, jusqu'à la mort. Ces formes de bâtiments, qui contrariaient d'abord son œil académique (tout peuple est académique en jugeant les autres, tout peuple est barbare quand il est jugé), ces végétaux inquiétants pour sa mémoire chargée des souvenirs natals, ces femmes et ces hommes dont les muscles ne vibrent pas suivant l'allure classique de son pays, dont la démarche n'est pas cadencée selon le rythme accoutumé, dont le regard n'est pas projeté avec le même magnétisme, ces odeurs qui ne sont plus celles du boudoir maternel, ces fleurs mystérieuses dont la couleur profonde entre dans l'œil despotiquement, pendant que leur forme taquine le regard, ces fruits dont le goût trompe et déplace les sens, et révèle au palais des idées qui appartiennent à l'odorat, tout ce monde d'harmonies nouvelles entrera lentement en lui, le pénétrera patiemment, comme la vapeur d'une étuve aromatisée; toute cette vitalité inconnue sera ajoutée à sa vitalité propre; quelques milliers d'idées et de sensations enrichiront son dictionnaire de mortel, et même il est possible que, dépassant la mesure et transformant la justice en révolte, il fasse comme le Sicambre converti, qu'il brûle ce qu'il avait adoré, et qu'il adore ce qu'il avait brûlé[1].

Que dirait, qu'écrirait, — je le répète, — en face[a] de phénomènes insolites, un de ces *modernes professeurs-jurés* d'esthétique[2], comme les appelle Henri Heine, ce charmant esprit, qui serait un génie s'il se tournait plus souvent vers le divin ? L'insensé doctrinaire du Beau[b] déraisonnerait, sans doute; enfermé dans l'aveuglante forteresse de son système, il blasphémerait la vie et la nature, et son fanatisme grec, italien ou parisien, lui persuaderait de défendre à ce peuple insolent de jouir, de rêver ou de penser par d'autres procédés que les siens propres; — science barbouillée d'encre, goût bâtard, plus barbares que les barbares[c], qui a oublié la couleur du ciel, la forme du végétal, le mouvement et l'odeur de l'animalité, et dont les doigts crispés, paralysés par la plume, ne peuvent plus courir avec agilité sur l'immense clavier des *correspondances* !

J'ai essayé plus d'une fois, comme tous mes amis, de m'enfermer dans un système pour y prêcher à mon aise. Mais un système est une espèce de damnation qui nous pousse à une abjuration perpétuelle; il en faut toujours inventer un autre, et cette fatigue est un cruel châtiment. Et toujours mon système était beau, vaste, spacieux, commode, propre et lisse surtout; du moins il me paraissait tel. Et toujours un produit spontané, inattendu, de la vitalité universelle venait donner un démenti à ma science enfantine et vieillotte, fille déplorable de l'utopie. J'avais beau déplacer ou étendre le criterium, il était toujours en retard sur l'homme universel, et courait sans cesse après le beau multiforme et versicolore, qui se meut dans les spirales infinies de la vie. Condamné sans cesse à l'humiliation d'une conversion nouvelle, j'ai pris un grand parti. Pour échapper à l'horreur de ces apostasies philosophiques, je me suis orgueilleusement résigné à la modestie : je me suis contenté de sentir; je suis revenu chercher un asile dans l'impeccable naïveté. J'en demande humblement pardon aux esprits académiques de tout genre qui habitent les différents ateliers de notre fabrique artistique. C'est là que ma conscience philosophique a trouvé le repos; et, au moins, je puis affirmer, autant qu'un homme peut répondre de ses vertus, que mon esprit jouit maintenant d'une plus abondante impartialité.

Tout le monde conçoit sans peine que, si les hommes chargés d'exprimer le beau se conformaient aux règles des professeurs-jurés, le beau lui-même disparaîtrait de la terre, puisque tous les types, toutes les idées, toutes les sensations se confondraient dans une vaste unité[1], monotone et impersonnelle, immense comme l'ennui et le néant. La variété, condition *sine qua non* de la vie, serait effacée de la vie. Tant il est vrai qu'il y a dans les productions multiples de l'art quelque chose de toujours nouveau qui échappera éternellement à la règle et aux analyses de l'école ! L'étonnement, qui est une des grandes jouissances causées par l'art et la littérature, tient à cette variété même des types et des sensations. — Le *professeur-juré,* espèce de tyran-mandarin, me fait toujours l'effet d'un impie qui se substitue à Dieu.

J'irai encore plus loin, n'en déplaise aux sophistes trop fiers qui ont pris leur science dans les livres, et, quelque délicate et difficile à exprimer que soit mon idée, je ne désespère pas d'y réussir. *Le beau est toujours bizarre*[2]. Je ne veux pas dire qu'il soit volontairement, froidement bizarre, car dans ce cas il serait un monstre sorti des rails de la vie. Je dis qu'il contient toujours un peu de bizarrerie, de bizarrerie naïve, non voulue, inconsciente, et que c'est cette bizarrerie qui le fait être particulièrement le Beau[a]. C'est son immatriculation, sa caractéristique. Renversez la proposition, et tâchez de concevoir un *beau banal* ! Or, comment cette bizarrerie, nécessaire, incompressible, variée à l'infini, dépendante des milieux, des climats, des mœurs, de la race, de la religion et du tempérament de l'artiste, pourra-t-elle jamais être gouvernée, amendée, redressée, par les règles utopiques conçues dans un petit temple scientifique quelconque de la planète, sans danger de mort pour l'art lui-même ? Cette dose de bizarrerie qui constitue et définit l'individualité, sans laquelle il n'y a pas de beau, joue dans l'art (que l'exactitude de cette comparaison en fasse pardonner la trivialité) le rôle du goût ou de l'assaisonnement dans les mets, les mets ne différant les uns des autres, abstraction faite de leur utilité ou de la quantité de substance nutritive qu'ils contiennent, que par l'*idée* qu'ils révèlent à la langue.

Je m'appliquerai donc, dans la glorieuse analyse de cette belle Exposition, si variée dans ses éléments, si inquiétante par sa variété, si déroutante pour la pédagogie[1], à me dégager de toute espèce de pédanterie. Assez d'autres parleront le jargon de l'atelier et se feront valoir au détriment des artistes. L'érudition me paraît dans beaucoup de cas puérile et peu démonstrative de sa nature. Il me serait trop facile de disserter subtilement sur la composition symétrique ou équilibrée, sur la pondération des tons, sur le ton chaud et le ton froid, etc... Ô vanité ! je préfère parler au nom du sentiment, de la morale et du plaisir. J'espère que quelques personnes, savantes sans pédantisme, trouveront mon *ignorance* de bon goût.

On raconte que Balzac (qui n'écouterait avec respect toutes les anecdotes, si petites qu'elles soient, qui se rapportent à ce grand génie ?), se trouvant un jour en face d'un beau tableau, un tableau d'hiver, tout mélancolique et chargé de frimas, clairsemé de cabanes et de paysans chétifs, — après avoir contemplé une maisonnette d'où montait une maigre fumée, s'écria : « Que c'est beau ! Mais que font-ils dans cette cabane ? à quoi pensent-ils, quels sont leurs chagrins ? les récoltes ont-elles été bonnes ? *ils ont sans doute des échéances à payer ?* »

Rira qui voudra de M. de Balzac. J'ignore quel est le peintre qui a eu l'honneur de faire vibrer, conjecturer et s'inquiéter l'âme du grand romancier, mais je pense qu'il nous a donné ainsi, avec son adorable naïveté, une excellente leçon de critique. Il m'arrivera souvent d'apprécier un tableau uniquement par la somme d'idées ou de rêveries qu'il apportera dans mon esprit.

La peinture est une évocation, une opération magique[1] (si nous pouvions consulter là-dessus l'âme des enfants !), et quand le personnage évoqué, quand l'idée ressuscitée, se sont dressés et nous ont regardés face à face, nous n'avons pas le droit, — du moins ce serait le comble de la puérilité, — de discuter les formules évocatoires du sorcier. Je ne connais pas de problème plus confondant pour le pédantisme et le philosophisme, que de savoir en vertu de quelle loi les artistes les plus opposés par leur méthode évoquent les mêmes idées et agitent en nous des sentiments analogues.

Il est encore une erreur fort à la mode, de laquelle je veux me garder comme de l'enfer[a]. — Je veux parler de l'idée du progrès[2]. Ce[b] fanal obscur, invention du philosophisme actuel, breveté sans garantie de la Nature ou de la Divinité, cette lanterne moderne jette des ténèbres sur tous les objets de la connaissance; la liberté s'évanouit, le châtiment disparaît. Qui veut y voir clair dans l'histoire doit avant tout éteindre ce fanal perfide. Cette idée grotesque, qui a fleuri sur le terrain pourri de la fatuité moderne, a déchargé chacun de son devoir, délivré toute âme de sa responsabilité, dégagé la volonté de tous les liens que lui imposait l'amour du beau : et les races amoindries, si cette navrante folie dure longtemps, s'endormiront sur l'oreiller de la fatalité dans le sommeil radoteur de la décrépitude. Cette infatuation est le diagnostic d'une décadence déjà trop visible.

Demandez à tout bon Français qui lit tous les jours *son* journal dans son estaminet, ce qu'il entend par progrès, il répondra que c'est la vapeur, l'électricité et l'éclairage au gaz, miracles inconnus aux Romains, et que ces découvertes témoignent pleinement de notre supériorité sur les anciens; tant il s'est fait de ténèbres dans ce malheureux cerveau et tant les choses de l'ordre matériel et de l'ordre spirituel s'y sont si bizarrement confondues ! Le pauvre homme est tellement américanisé par ses philosophes zoocrates et industriels, qu'il a perdu la notion des différences qui caractérisent les phénomènes du monde physique et du monde moral, du naturel et du surnaturel.

Si une nation entend aujourd'hui la question morale dans un sens plus délicat qu'on ne l'entendait dans le siècle précédent, il y a progrès; cela est clair. Si un artiste produit cette année une œuvre qui témoigne de plus de savoir ou de force imaginative qu'il n'en a montré l'année dernière, il est certain qu'il a progressé. Si les denrées sont aujourd'hui de meilleure qualité et à meilleur marché qu'elles n'étaient hier, c'est dans l'ordre matériel un progrès incontestable. Mais où est, je vous prie, la garantie du progrès pour le lendemain ? Car les disciples des philosophes de la vapeur et des allumettes chimiques l'entendent ainsi : le progrès ne leur apparaît que sous la forme d'une série indéfinie. Où est cette garantie ? Elle n'existe, dis-je, que dans votre crédulité et votre fatuité.

Je laisse de côté la question de savoir si, délicatisant l'humanité en proportion des jouissances nouvelles qu'il lui apporte, le progrès indéfini ne serait pas sa plus ingénieuse et sa plus cruelle torture ; si, procédant par une opiniâtre négation de lui-même, il ne serait pas un mode de suicide incessamment renouvelé, et si, enfermé dans le cercle de feu de la logique divine, il ne ressemblerait pas au scorpion qui se perce lui-même avec sa terrible queue, cet éternel *desideratum* qui fait son éternel désespoir ?

Transportée[a] dans l'ordre de l'imagination, l'idée du progrès (il y a eu des audacieux et des enragés de logique qui ont tenté de la faire) se dresse avec une absurdité gigantesque, une grotesquerie qui monte jusqu'à l'épouvantable. La thèse n'est plus soutenable. Les faits sont trop palpables, trop connus. Ils se raillent du sophisme et l'affrontent avec imperturbabilité. Dans l'ordre poétique et artistique, tout révélateur a rarement un précurseur. Toute floraison est spontanée, individuelle. Signorelli était-il vraiment le générateur de Michel-Ange ? Est-ce que Pérugin contenait Raphaël ? L'artiste ne relève que de lui-même. Il ne promet aux siècles à venir que ses propres œuvres. Il ne cautionne que lui-même. Il meurt sans enfants. Il a été *son roi, son prêtre et son Dieu.* C'est dans de tels phénomènes que la célèbre et orageuse formule de Pierre Leroux trouve sa véritable application[b].

Il en est de même des nations qui cultivent les arts de l'imagination avec joie et succès. La prospérité actuelle n'est garantie que pour un temps, hélas ! bien court. L'aurore fut jadis à l'orient, la lumière a marché vers le sud, et maintenant elle jaillit de l'occident. La France, il est vrai, par sa situation centrale dans le monde civilisé, semble être appelée à recueillir toutes les notions et toutes les poésies environnantes, et à les rendre aux autres peuples merveilleusement ouvrées et façonnées[1]. Mais il ne faut jamais oublier que les nations, vastes êtres collectifs, sont soumises aux mêmes lois que les individus. Comme l'enfance, elles vagissent, balbutient, grossissent, grandissent. Comme la jeunesse et la maturité, elles produisent des œuvres sages et hardies. Comme la vieillesse, elles s'endorment sur une richesse acquise. Souvent il arrive que c'est le principe même qui a fait leur force et leur développement qui amène leur décadence[2], surtout quand ce principe, vivifié jadis par une ardeur conquérante, est devenu pour la majorité une espèce de routine. Alors, comme je le faisais entrevoir tout à l'heure, la vitalité se déplace, elle va visiter d'autres territoires et d'autres races; et il ne faut pas croire que les nouveaux venus héritent intégralement des anciens, et qu'ils reçoivent d'eux une doctrine toute faite. Il arrive souvent (cela est arrivé au Moyen Âge) que, tout étant perdu, tout est à refaire.

Celui qui visiterait l'Exposition universelle avec l'idée préconçue de trouver en Italie les enfants de Vinci, de Raphaël et de Michel-Ange, en Allemagne l'esprit d'Albert Dürer, en Espagne l'âme de Zurbaran et de Velasquez, se préparerait un inutile étonnement. Je n'ai ni le temps, ni la science suffisante peut-être, pour rechercher quelles sont les lois qui déplacent la vitalité artistique, et pourquoi Dieu dépouille les nations quelquefois pour un temps, quelquefois pour toujours; je me contente de constater un fait très fréquent dans l'histoire. Nous vivons dans un siècle où il faut répéter certaines banalités, dans un siècle orgueilleux qui se croit au-dessus des mésaventures de la Grèce et de Rome[a].

★

L'Exposition des peintres anglais est très belle, très singulièrement belle, et digne d'une longue et patiente étude. Je voulais commencer par la glorification de nos voisins, de ce peuple si admirablement riche en poètes et en romanciers, du peuple de[b] Shakespeare, de Crabbe[3] et de Byron, de Maturin et de Godwin[4]; des concitoyens de Reynolds, de Hogarth et de Gainsborough. Mais je veux les étudier encore; mon excuse est excellente; c'est par une politesse extrême que je renvoie cette besogne si agréable. Je retarde pour mieux faire[5].

Je commence donc par une tâche plus facile : je vais
étudier rapidement les principaux maîtres de l'école française, et analyser les éléments de progrès ou les ferments
de ruine qu'elle contient en elle.

II

INGRES

Cette Exposition française est à la fois si vaste et généralement composée de morceaux si connus, déjà suffisamment déflorés par la curiosité parisienne, que la
critique doit chercher plutôt à pénétrer intimement le
tempérament de chaque artiste et les mobiles qui le font
agir qu'à analyser, à raconter chaque œuvre minutieusement.

Quand David, cet astre froid, et Guérin et Girodet[1], ses
satellites historiques, espèces d'abstracteurs de quintessence dans leur genre, se levèrent sur l'horizon de l'art,
il se fit une grande révolution. Sans analyser ici le but
qu'ils poursuivirent, sans en vérifier la légitimité, sans
examiner s'ils ne l'ont pas outrepassé, constatons
simplement qu'ils avaient un but, un grand but de réaction contre de trop vives et de trop aimables frivolités
que je ne veux pas non plus apprécier ni caractériser ; —
que ce but ils le visèrent avec persévérance, et qu'ils
marchèrent à la lumière de leur soleil artificiel avec une
franchise, une décision et un ensemble dignes de véritables hommes de parti. Quand l'âpre idée s'adoucit et
se fit caressante sous le pinceau de Gros, elle était déjà
perdue.

Je me rappelle fort distinctement le respect prodigieux
qui environnait au temps de notre enfance toutes ces
figures, fantastiques sans le vouloir, tous ces spectres
académiques ; et moi-même je ne pouvais contempler
sans une espèce de terreur religieuse tous ces grands
flandrins hétéroclites, tous ces *beaux hommes* minces et
solennels, toutes ces femmes bégueulement chastes,

classiquement voluptueuses, les uns sauvant leur pudeur sous des sabres antiques, les autres derrière des draperies pédantesquement transparentes. Tout ce monde, véritablement hors nature, s'agitait, ou plutôt posait sous une lumière verdâtre, traduction bizarre du vrai soleil. Mais ces maîtres, trop célébrés jadis, trop méprisés aujourd'hui, eurent le grand mérite, si l'on ne veut pas trop se préoccuper de leurs procédés et de leurs systèmes bizarres, de ramener le caractère français vers le goût de l'héroïsme. Cette contemplation perpétuelle de l'histoire grecque et romaine ne pouvait, après tout, qu'avoir une influence stoïcienne salutaire; mais ils ne furent pas toujours aussi Grecs et Romains qu'ils voulurent le paraître. David, il est vrai, ne cessa jamais d'être l'héroïque, l'inflexible David, le révélateur despote. Quant à Guérin et Girodet, il ne serait pas difficile de découvrir en eux, d'ailleurs très préoccupés, comme le prophète, de l'esprit de mélodrame, quelques légers grains corrupteurs, quelques sinistres et amusants symptômes du futur Romantisme. Ne vous semble-t-il pas que cette Didon[1], avec sa toilette si précieuse et si théâtrale, langoureusement étalée au soleil couchant, comme une créole aux nerfs détendus, a plus de parenté avec les premières visions de Chateaubriand qu'avec les conceptions de Virgile, et que son œil humide, noyé dans les vapeurs du keepsake, annonce presque certaines Parisiennes de Balzac ? L'*Atala* de Girodet[2] est, quoi qu'en pensent certains farceurs qui seront tout à l'heure bien vieux, un drame de beaucoup supérieur à une foule de fadaises modernes innommables.

Mais aujourd'hui nous sommes en face d'un homme d'une immense, d'une incontestable renommée, et dont l'œuvre est bien autrement difficile à comprendre et à expliquer. J'ai osé tout à l'heure, à propos de ces malheureux peintres illustres, prononcer irrespectueusement le mot : *hétéroclites*. On ne peut donc pas trouver mauvais que, pour expliquer la sensation de certains tempéraments artistiques mis en contact avec les œuvres de M. Ingres, je dise qu'ils se sentent en face d'un *hétéroclitisme* bien plus mystérieux et complexe que celui des maîtres de l'école républicaine et impériale, où cependant il a pris son point de départ.

Avant d'entrer plus décidément en matière, je tiens à

constater une impression première sentie par beaucoup
de personnes, et qu'elles se rappelleront inévitablement,
sitôt qu'elles seront entrées[a] dans le sanctuaire attribué
aux œuvres de M. Ingres. Cette impression, difficile à
caractériser, qui tient, dans des proportions inconnues, du
malaise, de l'ennui et de la peur, fait penser vaguement,
involontairement, aux défaillances causées par l'air
raréfié, par l'atmosphère d'un laboratoire de chimie,
ou par la conscience d'un milieu fantasmatique, je dirai
plutôt d'un milieu qui imite le fantasmatique; d'une
population automatique et qui troublerait nos sens par
sa trop visible et palpable extranéité. Ce n'est plus là ce
respect enfantin dont je parlais tout à l'heure, qui nous
saisit devant les *Sabines,* devant le *Marat* dans sa baignoire, devant *Le Déluge,* devant le mélodramatique *Brutus*[1]. C'est une sensation puissante, il est vrai, — pourquoi
nier la puissance de M. Ingres ? — mais d'un ordre inférieur, d'un ordre quasi maladif. C'est presque une sensation négative, si cela pouvait se dire. En effet, il faut
l'avouer tout de suite, le célèbre peintre, révolutionnaire
à sa manière, a des mérites, des charmes même tellement
incontestables et dont j'analyserai tout à l'heure la source,
qu'il serait puéril de ne pas constater ici une lacune, une
privation, un amoindrissement dans le jeu des facultés
spirituelles. L'imagination qui soutenait ces grands
maîtres, dévoyés dans leur gymnastique académique,
l'imagination, cette reine des facultés[2], a disparu.

Plus d'imagination, partant plus de mouvement. Je ne
pousserai pas l'irrévérence et la mauvaise volonté jusqu'à dire que c'est chez M. Ingres une résignation; je
devine assez son caractère pour croire plutôt que c'est
de sa part une immolation héroïque, un sacrifice sur
l'autel des facultés qu'il considère sincèrement comme
plus grandioses et plus importantes.

C'est en quoi il se rapproche, quelque énorme que
paraisse ce paradoxe, d'un jeune peintre dont les débuts
remarquables se sont produits récemment avec l'allure
d'une insurrection. M. Courbet[3], lui aussi, est un puissant
ouvrier, une sauvage et patiente volonté; et les résultats
qu'il a obtenus, résultats qui ont déjà pour quelques
esprits plus de charme que ceux du grand maître de la
tradition raphaélesque, à cause sans doute de leur solidité positive et de leur amoureux cynisme[4], ont, comme

ces derniers, ceci de singulier qu'ils manifestent un esprit
de sectaire, un massacreur de facultés. La politique, la
littérature produisent, elles aussi, de ces vigoureux
tempéraments, de ces protestants, de ces anti-surna-
turalistes, dont la seule légitimation est un esprit de
réaction quelquefois salutaire. La providence qui préside aux affaires de la peinture leur donne pour complices
tous ceux que l'idée adverse prédominante avait lassés
ou opprimés. Mais la différence est que le sacrifice
héroïque que M. Ingres fait en l'honneur de la tradition et de l'idée du beau raphaélesque, M. Courbet
l'accomplit au profit de la nature extérieure, positive,
immédiate. Dans leur guerre à l'imagination, ils obéissent
à des mobiles différents ; et deux fanatismes inverses
les conduisent à la même immolation.

Maintenant, pour reprendre le cours régulier de notre
analyse, quel est le but de M. Ingres ? Ce n'est pas, à
coup sûr, la traduction des sentiments, des passions,
des variantes de ces passions et de ces sentiments ; ce
n'est pas non plus la représentation de grandes scènes
historiques (malgré ses beautés italiennes, trop italiennes,
le tableau du *Saint Symphorien*[1], italianisé jusqu'à l'empile-
ment des figures, ne révèle certainement pas la sublimité
d'une victime chrétienne, ni la bestialité féroce et indifférente à la fois des païens conservateurs). Que cherche
donc, que rêve donc M. Ingres ? Qu'est-il venu dire en
ce monde ? Quel appendice nouveau apporte-t-il à
l'évangile de la peinture ?

Je croirais volontiers que son idéal est une espèce
d'idéal fait moitié de santé, moitié de calme, presque
d'indifférence, quelque chose d'analogue à l'idéal antique,
auquel il a ajouté les curiosités et les minuties de l'art
moderne. C'est cet accouplement qui donne souvent
à ses œuvres leur charme bizarre. Épris ainsi d'un idéal
qui mêle dans un adultère agaçant la solidité calme de
Raphaël avec les recherches de la petite-maîtresse,
M. Ingres devait surtout réussir dans les portraits ; et
c'est en effet dans ce genre qu'il a trouvé ses plus grands,
ses plus légitimes succès. Mais il n'est point un de ces
peintres à l'heure, un de ces fabricants banals de portraits
auxquels un homme vulgaire peut aller, la bourse à la
main, demander la reproduction de sa malséante personne. M. Ingres choisit ses modèles, et il choisit, il faut

le reconnaître, avec un tact merveilleux, les modèles
les plus propres à faire valoir son genre de talent. Les
belles femmes, les natures riches, les santés calmes et
florissantes, voilà son triomphe et sa joie !

Ici cependant se présente une question discutée
cent fois, et sur laquelle il est toujours bon de revenir.
Quelle est la qualité du dessin de M. Ingres ? Est-il d'une
qualité supérieure ? Est-il absolument intelligent ? Je
serai compris de tous les gens qui ont comparé entre elles
les manières de dessiner des principaux maîtres en disant
que le dessin de M. Ingres est le dessin d'un homme à
système. Il croit que la nature doit être corrigée, amendée ; que la tricherie heureuse, agréable, faite en vue du
plaisir des yeux, est non seulement un droit, mais un
devoir. On avait dit jusqu'ici que la nature devait être
interprétée, traduite dans son ensemble et avec toute sa
logique ; mais dans les œuvres du maître en question
il y a souvent dol, ruse, violence, quelquefois tricherie et
croc-en-jambe. Voici une armée de doigts trop uniform-
ément allongés en fuseaux et dont les extrémités
étroites oppriment les ongles, que Lavater[1], à l'inspection
de cette poitrine large, de cet avant-bras musculeux, de
cet ensemble un peu viril, aurait jugés devoir être carrés,
symptôme d'un esprit porté aux occupations masculines,
à la symétrie et aux ordonnances de l'art. Voici des
figures délicates et des épaules simplement élégantes
associées à des bras trop robustes, trop pleins d'une
succulence raphaélique. Mais Raphaël aimait les gros
bras, il fallait avant tout obéir et plaire au maître. Ici
nous trouverons un nombril qui s'égare vers les côtes, là
un sein qui pointe trop vers l'aisselle ; ici, — chose moins
excusable (car généralement ces différentes tricheries ont
une excuse plus ou moins plausible et toujours facilement devinable dans le goût immodéré du *style*), — ici,
dis-je, nous sommes tout à fait déconcertés par une
jambe sans nom, toute maigre, sans muscles, sans
formes, et sans pli au jarret *(Jupiter et Antiope[2]).*

Remarquons aussi qu'emporté par cette préoccupation
presque maladive du style, le peintre supprime souvent le
modelé ou l'amoindrit jusqu'à l'invisible, espérant ainsi
donner plus de valeur au contour, si bien que ses figures
ont l'air de patrons d'une forme très correcte, gonflés
d'une matière molle et non vivante, étrangère à l'orga-

nisme humain. Il arrive quelquefois que l'œil tombe sur
des morceaux charmants, irréprochablement vivants ;
mais cette méchante pensée traverse alors l'esprit, que
ce n'est pas M. Ingres qui a cherché la nature, mais la
nature qui a violé le peintre, et que cette haute et puissante dame l'a dompté par son ascendant irrésistible.

D'après tout ce qui précède, on comprendra facilement que M. Ingres peut être considéré comme un
homme doué de hautes qualités, un amateur éloquent de
la beauté, mais dénué de ce tempérament énergique qui
fait la fatalité du génie. Ses préoccupations dominantes
sont le goût de l'antique et le respect de l'école. Il a, en
somme, l'admiration assez facile, le caractère assez
éclectique, comme tous les hommes qui manquent de
fatalité. Aussi le voyons-nous errer d'archaïsme en
archaïsme ; Titien *(Pie VII tenant chapelle¹)*, les émailleurs
de la Renaissance *(Vénus Anadyomène²)*, Poussin et
Carrache *(Vénus et Antiope³)*, Raphaël *(Saint Symphorien)*, les primitifs Allemands (tous les petits tableaux
du genre imagier et anecdotique), les curiosités et le
bariolage persan et chinois (la petite *Odalisque⁴*), se disputent ses préférences. L'amour et l'influence de l'antiquité se sentent partout ; mais M. Ingres me paraît
souvent être à l'antiquité ce que le bon ton, dans ses
caprices transitoires, est aux bonnes manières naturelles
qui viennent de la dignité et de la charité de l'individu.

C'est surtout dans l'*Apothéose de l'Empereur Napoléon Iᵉʳ,* tableau venu de l'Hôtel de Ville, que M. Ingres
a laissé voir son goût pour les Étrusques. Cependant les
Étrusques, grands simplificateurs, n'ont pas poussé la
simplification jusqu'à ne pas atteler les chevaux aux chariots. Ces chevaux surnaturels (en quoi sont-ils, ces chevaux qui semblent d'une matière polie, solide, comme
le cheval de bois qui prit la ville de Troie ?) possèdent-
ils donc la force de l'aimant pour entraîner le char derrière eux sans traits et sans harnais ? De l'empereur Napoléon j'aurais bien envie de dire que je n'ai point retrouvé
en lui cette beauté épique et destinale dont le dotent généralement ses contemporains et ses historiens ; qu'il m'est
pénible de ne pas voir conserver le caractère extérieur et
légendaire des grands hommes, et que le peuple, d'accord avec moi en ceci, ne conçoit guère son héros de
prédilection que dans les costumes officiels des cérémo-

nies ou sous cette historique capote gris de fer, qui, n'en déplaise aux amateurs forcenés du style, ne déparerait nullement une apothéose moderne[1].

Mais on pourrait faire à cette œuvre un reproche plus grave. Le caractère principal d'une apothéose doit être le sentiment surnaturel, la puissance d'ascension vers les régions supérieures, un entraînement, un vol irrésistible vers le ciel, but de toutes les aspirations humaines et habitacle classique de tous les grands hommes. Or, cette apothéose ou plutôt cet attelage tombe, tombe avec une vitesse proportionnée à sa pesanteur. Les chevaux entraînent le char vers la terre. Le tout, comme un ballon sans gaz, qui aurait gardé tout son lest, va inévitablement se briser sur la surface de la planète.

Quant à la *Jeanne d'Arc*[2] qui se dénonce par une pédanterie outrée de moyens, je n'ose en parler. Quelque peu de sympathie que j'aie montré pour M. Ingres au gré de ses fanatiques, je préfère croire que le talent le plus élevé conserve toujours des droits à l'erreur. Ici, comme dans l'*Apothéose,* absence totale de sentiment et de surnaturalisme. Où donc est-elle, cette noble pucelle, qui, selon la promesse de ce bon M. Delécluze[3], devait se venger et nous venger des polissonneries de Voltaire ? Pour me résumer, je crois qu'abstraction faite de son érudition, de son goût intolérant et presque libertin de la beauté, la faculté qui a fait de M. Ingres ce qu'il est, le puissant, l'indiscutable, l'incontrôlable dominateur, c'est la volonté, ou plutôt un immense abus de la volonté. En somme, ce qu'il est, il le fut dès le principe. Grâce à cette énergie qui est en lui, il restera tel jusqu'à la fin. Comme il n'a pas progressé, il ne vieillira pas. Ses admirateurs trop passionnés seront toujours ce qu'ils furent, amoureux jusqu'à l'aveuglement; et rien ne sera changé en France, pas même la manie de prendre à un grand artiste des qualités bizarres qui ne peuvent être qu'à lui, et d'imiter l'inimitable.

Mille circonstances, heureuses d'ailleurs, ont concouru à la solidification de cette puissante renommée. Aux gens du monde M. Ingres s'imposait par un emphatique amour de l'antiquité et de la tradition. Aux excentriques, aux blasés, à mille esprits délicats toujours en quête de nouveautés, même de nouveautés amères, il plaisait par la bizarrerie. Mais ce qui fut bon, ou tout au moins sédui-

sant, en lui eut un effet déplorable dans la foule des imitateurs; c'est ce que j'aurai plus d'une fois l'occasion
de démontrer[1].

III

EUGÈNE DELACROIX

MM. Eugène Delacroix et Ingres se partagent la
faveur et la haine publiques. Depuis[a] longtemps l'opinion a fait un cercle autour d'eux comme autour de
deux lutteurs. Sans donner notre acquiescement à cet
amour commun et puéril de l'antithèse, il nous faut
commencer par l'examen de ces deux maîtres français,
puisque autour d'eux, au-dessous d'eux, se sont groupées
et échelonnées presque toutes les individualités qui
composent notre personnel artistique.

En face des trente-cinq tableaux de M. Delacroix, la
première idée qui s'empare du spectateur est l'idée d'une
vie bien remplie, d'un amour opiniâtre, incessant de
l'art. Quel est le meilleur tableau ? on ne saurait le trouver; le plus intéressant ? on hésite. On croit découvrir
par-ci par-là des échantillons de progrès; mais si de
certains tableaux plus récents témoignent que certaines
importantes qualités ont été poussées à outrance, l'esprit
impartial perçoit avec confusion que dès ses premières
productions, dès sa jeunesse (*Dante et Virgile aux enfers*
est de 1822), M. Delacroix fut grand. Quelquefois il a
été plus délicat, quelquefois plus singulier, quelquefois
plus peintre, mais toujours il a été grand.

Devant[b] une destinée si noblement, si heureusement
remplie, une destinée bénie par la nature et menée à
bonne fin par la plus admirable volonté, je sens flotter
incessamment dans mon esprit les vers du grand poète :

> Il naît sous le soleil de nobles créatures
> Unissant ici-bas tout ce qu'on peut rêver :
> Corps de fer, cœurs de flamme; admirables natures !

Dieu semble les produire afin de se prouver ;
Il prend pour les pétrir une argile plus douce,
Et souvent passe un siècle à les parachever.

Il met, comme un sculpteur, l'empreinte de son pouce
Sur leurs fronts rayonnants de la gloire des cieux,
Et l'ardente auréole en gerbes d'or y pousse.

Ces hommes-là s'en vont, calmes et radieux,
Sans quitter un instant leur pose solennelle,
Avec l'œil immobile et le maintien des dieux.

. . . .

Ne leur donnez qu'un jour, ou donnez-leur cent ans,
L'orage ou le repos, la palette ou le glaive :
Ils mèneront à bout leurs desseins éclatants.

Leur existence étrange est le réel du rêve !
Ils exécuteront votre plan idéal,
Comme un maître savant le croquis d'un élève.

Vos désirs inconnus sous l'arceau triomphal,
Dont votre esprit en songe arrondissait la voûte,
Passent assis en croupe au dos de leur cheval.

. . . .

De ceux-là chaque peuple en compte cinq ou six,
Cinq ou six tout au plus, dans les siècles prospères,
Types toujours vivants dont on fait des récits.

Théophile Gautier appelle cela une *Compensation*[1].
M. Delacroix ne pouvait-il pas, à lui seul, combler les
vides d'un siècle ?

Jamais[a] artiste ne fut plus attaqué, plus ridiculisé, plus
entravé. Mais que nous font les hésitations des gouvernements (je parle d'autrefois), les criailleries de quelques
salons bourgeois, les dissertations haineuses de quelques
académies d'estaminet et le pédantisme des joueurs de
dominos[2] ? La[b] preuve est faite, la question est à jamais
vidée, le résultat est là, visible, immense, flamboyant.

M. Delacroix a traité tous les genres ; son imagination
et son savoir se sont promenés dans toutes les parties
du domaine pittoresque. Il[c] a fait (avec quel amour, avec
quelle délicatesse !) de charmants petits tableaux, pleins
d'intimité et de profondeur[3] ; il a *illustré* les murailles de

nos palais, il a rempli nos musées de vastes compositions.

Cette année, il a profité très légitimement de l'occasion de montrer une partie assez considérable du travail de sa vie, et de nous faire, pour ainsi dire, reviser les pièces du procès. Cette collection a été choisie avec beaucoup de tact, de manière à nous fournir des échantillons concluants et variés de son esprit et de son talent.

Voici *Dante et Virgile,* ce tableau d'un jeune homme, qui fut une révolution, et dont on a longtemps attribué faussement une figure à Géricault (le torse de l'homme renversé). Parmi les grands tableaux, il est permis d'hésiter entre *La Justice de Trajan*[1] et la *Prise de Constantinople par les Croisés*[2]. *La Justice de Trajan* est un tableau si prodigieusement lumineux, si aéré, si rempli de tumulte et de pompe ! L'empereur est si beau, la foule, tortillée autour des colonnes ou circulant avec le cortège, si tumultueuse, la veuve éplorée, si dramatique ! Ce tableau est celui qui fut *illustré* jadis par les petites plaisanteries de M. Karr, l'homme au bon sens de travers, sur[a] le cheval rose[3]; comme s'il n'existait pas des chevaux légèrement rosés, et comme si, en tout cas, le peintre n'avait pas le droit d'en faire.

Mais le tableau des *Croisés* est si profondément pénétrant, abstraction faite du sujet, par son harmonie orageuse et lugubre ! Quel ciel et quelle mer ! Tout y est tumultueux et tranquille, comme la suite d'un grand événement. La ville, échelonnée derrière les *Croisés* qui viennent de la traverser, s'allonge avec une prestigieuse vérité. Et toujours ces drapeaux miroitants, ondoyants, faisant se dérouler et claquer leurs plis lumineux dans l'atmosphère transparente ! Toujours la foule agissante, inquiète, le tumulte des armes, la pompe des vêtements, la vérité emphatique du geste dans les grandes circonstances de la vie ! Ces deux tableaux sont d'une beauté essentiellement shakespearienne. Car nul, après Shakespeare, n'excelle comme Delacroix à fondre dans une unité mystérieuse le drame et la rêverie.

Le public retrouvera tous ces tableaux d'orageuse mémoire qui furent des insurrections, des luttes et des triomphes : le *Doge Marino Faliero*[4] (Salon de 1827. — Il est curieux de remarquer que *Justinien composant ses lois*[5] et *Le Christ au jardin des Oliviers*[6] sont de la même année), l'*Évêque de Liège*[1], cette admirable traduction de Walter Scott, pleine de foule, d'agitation et de lumière, les *Massacres de Scio, Le Prisonnier de Chillon, Le Tasse en prison, La Noce juive*, les *Convulsionnaires de Tanger*[2], etc., etc. Mais comment définir cet ordre de tableaux charmants, tels que *Hamlet*[3], dans la scène du crâne, et les *Adieux de Roméo et Juliette*[4], si profondément pénétrants et attachants, que l'œil qui a trempé son regard dans leurs petits mondes mélancoliques ne peut plus les fuir, que l'esprit ne peut plus les éviter ?

Et le tableau quitté *nous* tourmente et *nous* suit[5].

Ce n'est pas là le *Hamlet* tel que nous l'a fait voir Rouvière[6], tout récemment encore et avec tant d'éclat, âcre, malheureux et violent, poussant l'inquiétude jusqu'à la turbulence. C'est bien la bizarrerie romantique du grand tragédien; mais Delacroix, plus fidèle peut-être, nous a montré un *Hamlet* tout délicat et pâlot, aux mains blanches et féminines, une nature exquise, mais molle, légèrement indécise, avec un œil presque atone.

Voici la fameuse tête de la *Madeleine* renversée[7], au sourire bizarre et mystérieux, et si surnaturellement belle qu'on ne sait si elle est auréolée par la mort, ou embellie par les pâmoisons de l'amour divin.

À propos des *Adieux de Roméo et Juliette*, j'ai une remarque à faire que je crois fort importante. J'ai tant entendu plaisanter de la laideur des femmes de Delacroix, sans pouvoir comprendre ce genre de plaisanterie[a], que je saisis l'occasion pour protester contre ce préjugé. M. Victor Hugo le partageait, à ce qu'on m'a dit. Il déplorait, — c'était dans les beaux temps du Romantisme, — que celui à qui l'opinion publique faisait une gloire parallèle à la sienne commît de si monstrueuses erreurs à l'endroit de la beauté[8]. Il lui est arrivé d'appeler les femmes de Delacroix des grenouilles. Mais M. Victor Hugo est un grand poète sculptural qui a l'œil fermé à la spiritualité.

Je suis fâché que le *Sardanapale* n'ait pas reparu cette année[9]. On y aurait vu de très belles femmes, claires, lumineuses, roses, autant qu'il m'en souvient du moins. Sardanapale lui-même était beau comme une femme. Généralement les femmes de Delacroix peuvent se diviser en deux classes : les unes, faciles à comprendre, souvent mythologiques, sont nécessairement belles (la Nymphe couchée et vue de dos, dans le plafond de la galerie d'Apollon). Elles sont riches, très fortes, plantureuses, abondantes, et jouissent d'une transparence de chair merveilleuse et de chevelures admirables.

Quant aux autres, quelquefois des femmes historiques[a] (la *Cléopâtre*[1] regardant l'aspic), plus souvent des femmes de caprice, de tableaux de genre, tantôt des Marguerite, tantôt des Ophélia, des Desdémone, des Sainte Vierge même, des Madeleine, je les appellerais volontiers des femmes d'intimité. On dirait qu'elles portent dans les yeux un secret douloureux[2], impossible à enfouir dans les profondeurs de la dissimulation. Leur pâleur est comme une révélation des batailles intérieures. Qu'elles se distinguent par le charme du crime ou par l'odeur de la sainteté, que leurs gestes soient alanguis ou violents, ces femmes malades du cœur ou de l'esprit ont dans les yeux le plombé de la fièvre ou la nitescence anormale et bizarre de leur mal, dans le regard, l'intensité du surnaturalisme[3].

Mais toujours, et quand même, ce sont des femmes *distinguées,* essentiellement *distinguées ;* et enfin, pour tout dire en un seul mot, M. Delacroix me paraît être l'artiste le mieux doué pour exprimer la femme moderne, surtout la femme moderne dans sa manifestation héroïque, dans le sens infernal ou divin. Ces femmes ont même la beauté physique moderne, l'air de rêverie, mais la gorge abondante, avec une poitrine un peu étroite, le bassin ample, et des bras et des jambes charmants.

Les tableaux nouveaux et inconnus du public sont *Les Deux Foscari,* la *Famille arabe,* la *Chasse aux lions,* une *Tête de vieille femme*[4] (un portrait par M. Delacroix est une rareté). Ces différentes peintures servent à constater la prodigieuse certitude à laquelle le maître est arrivé. La *Chasse aux lions* est une véritable explosion de couleur (que ce mot soit pris dans le bon sens). Jamais couleurs plus belles, plus intenses[b], ne pénétrèrent jusqu'à l'âme par le canal des yeux.

Par le premier et rapide coup d'œil jeté sur l'ensemble de ces tableaux, et par leur examen minutieux et attentif, sont constatées plusieurs vérités irréfutables. D'abord il faut remarquer, et c'est très important, que, vu à une

distance trop grande pour analyser ou même comprendre
le sujet, un tableau de Delacroix a déjà produit sur l'âme
une impression riche, heureuse ou mélancolique. On
dirait que cette peinture, comme les sorciers et les magné-
tiseurs, projette sa pensée à distance. Ce singulier phénomène tient à la puissance du coloriste, à l'accord parfait
des tons, et à l'harmonie (préétablie dans le cerveau du
peintre) entre la couleur et le sujet. Il semble que cette
couleur, qu'on me pardonne ces subterfuges de langage
pour exprimer des idées fort délicates, pense par elle-
même, indépendamment des objets qu'elle habille. Puis
ces admirables accords de sa couleur font souvent rêver
d'harmonie et de mélodie, et l'impression qu'on emporte
de ses tableaux est souvent quasi musicale. Un poète[1]
a essayé d'exprimer ces sensations subtiles dans des vers
dont la sincérité peut faire passer la bizarrerie :

> Delacroix, lac de sang, hanté des mauvais anges,
> Ombragé par un bois de sapins toujours vert,
> Où, sous un ciel chagrin, des fanfares étranges
> Passent comme un soupir étouffé de Weber[a].

   Lac de sang : le rouge; — *hanté des mauvais anges* : surnaturalisme; — *un bois toujours vert* : le vert, complémentaire du rouge; — *un ciel chagrin* : les fonds tumultueux
et orageux de ses tableaux; — *les fanfares et Weber* : idées
de musique romantique que réveillent les harmonies de
sa couleur[2].
   Du dessin[b] de Delacroix, si absurdement, si niaisement
critiqué, que faut-il dire, si ce n'est qu'il est des vérités
élémentaires complètement méconnues; qu'un bon dessin n'est pas une ligne dure, cruelle, despotique, immobile, enfermant une figure comme une camisole de force;
que le dessin doit être comme la nature, vivant et agité;
que la simplification dans le dessin est une monstruosité,
comme la tragédie dans le monde dramatique; que la
nature[e] nous présente une série infinie de lignes courbes,
fuyantes, brisées, suivant une loi de génération impeccable, où le parallélisme est toujours indécis et sinueux,
où les concavités et les convexités se correspondent et
se poursuivent; que M. Delacroix satisfait admirablement à toutes ces conditions et que, quand même son
dessin laisserait percer quelquefois des défaillances ou

des outrances, il a au moins cet immense mérite d'être
une protestation perpétuelle et efficace contre la barbare
invasion de la ligne droite, cette ligne tragique et systématique, dont actuellement les ravages sont déjà immenses dans la peinture et dans la sculpture ?

Une autre qualité, très grande, très vaste, du talent
de M. Delacroix, et qui fait de lui le peintre aimé des
poètes, c'est qu'il est essentiellement littéraire. Non
seulement sa peinture a parcouru, toujours avec succès,
le champ des hautes littératures, non seulement elle a
traduit, elle a fréquenté Arioste, Byron, Dante, Walter Scott, Shakespeare, mais elle sait révéler des idées
d'un ordre plus élevé, plus fines, plus profondes que la
plupart des peintures modernes. Et remarquez bien que
ce n'est jamais par la grimace, par la minutie, par la
tricherie de moyens, que M. Delacroix arrive à ce prodigieux résultat; mais par l'ensemble, par l'accord profond, complet, entre sa couleur, son sujet, son dessin,
et par la dramatique gesticulation de ses figures.

Edgar Poe dit, je ne sais plus où[1], que le résultat de
l'opium pour les sens est de revêtir la nature entière
d'un intérêt surnaturel qui donne à chaque objet un sens
plus profond, plus volontaire, plus despotique. Sans
avoir recours à l'opium, qui n'a connu ces admirables
heures, véritables fêtes du cerveau, où les sens plus attentifs perçoivent des sensations plus retentissantes, où le
ciel d'un azur plus transparent s'enfonce comme un
abîme plus infini, où les sons tintent musicalement, où les
couleurs parlent, où les parfums racontent des mondes
d'idées ? Eh bien, la peinture de Delacroix me paraît la
traduction de ces beaux jours de l'esprit. Elle est revêtue
d'intensité et sa splendeur est privilégiée. Comme la
nature perçue par des nerfs ultra-sensibles, elle révèle le
surnaturalisme.

Que sera M. Delacroix pour la postérité[a] ? Que dira de
lui cette redresseuse de torts ? Il est déjà facile, au point
de sa carrière où il est parvenu, de l'affirmer sans trouver
trop de contradicteurs. Elle dira, comme nous, qu'il fut
un accord unique des facultés les plus étonnantes; qu'il
eut comme Rembrandt le sens de l'intimité et la magie
profonde, l'esprit de combinaison et de décoration
comme Rubens et Lebrun, la couleur féerique comme
Véronèse, etc.; mais qu'il eut aussi une qualité *sui generis,*

indéfinissable et définissant la partie mélancolique et ardente du siècle, quelque chose de tout à fait nouveau, qui a fait de lui un artiste unique, sans générateur, sans précédent, probablement sans successeur, un anneau si précieux qu'il n'en est point de rechange, et qu'en le supprimant, si une pareille chose était possible, on supprimerait un monde d'idées et de sensations, on ferait une lacune trop grande dans la chaîne historique.

L'ART PHILOSOPHIQUE

Qu'est-ce que l'art pur suivant la conception moderne ? C'est créer une magie suggestive contenant à la fois l'objet et le sujet, le monde extérieur à l'artiste et l'artiste lui-même[1].

Qu'est-ce que l'art philosophique suivant la conception de Chenavard et de l'école allemande ? C'est un art plastique qui a la prétention de remplacer le livre, c'est-à-dire de rivaliser avec l'imprimerie pour enseigner l'histoire, la morale et la philosophie.

Il y a en effet des époques de l'histoire où l'art plastique est destiné à peindre les archives historiques d'un peuple et ses croyances religieuses.

Mais, depuis plusieurs siècles, il s'est fait dans l'histoire de l'art comme une séparation de plus en plus marquée des pouvoirs, il y a des sujets qui appartiennent à la peinture, d'autres à la musique, d'autres à la littérature.

Est-ce par une fatalité des décadences[2] qu'aujourd'hui chaque art manifeste l'envie d'empiéter sur l'art voisin, et que les peintres introduisent des gammes musicales dans la peinture, les sculpteurs, de la couleur dans la sculpture, les littérateurs, des moyens plastiques dans la littérature, et d'autres artistes, ceux dont nous avons à nous occuper aujourd'hui, une sorte de philosophie encyclopédique dans l'art plastique lui-même ?

Toute bonne sculpture, toute bonne peinture, toute bonne musique, suggère les sentiments et les rêveries qu'elle veut suggérer.

Mais le raisonnement, la déduction, appartiennent au livre.

Ainsi l'art philosophique est un retour vers l'imagerie nécessaire à l'enfance des peuples, et s'il était rigoureusement fidèle à lui-même, il s'astreindrait à juxtaposer autant d'images successives qu'il en est contenu dans une phrase quelconque qu'il voudrait exprimer.

Encore avons-nous le droit de douter que la phrase hiéroglyphique fût plus claire que la phrase typographiée.

Nous étudierons donc l'art philosophique comme une monstruosité où se sont montrés de beaux talents.

Remarquons encore que l'art philosophique suppose une absurdité pour légitimer sa raison d'existence, à savoir l'intelligence du peuple relativement aux beaux-arts.

Plus l'art voudra être philosophiquement clair, plus il se dégradera et remontera vers l'hiéroglyphe enfantin; plus au contraire l'art se détachera de l'enseignement et plus il montera vers la beauté pure et désintéressée.

L'Allemagne, comme on le sait et comme il serait facile de le deviner si on ne le savait pas, est le pays qui a le plus donné dans l'erreur de l'art philosophique.

Nous laisserons de côté des sujets bien connus, et par exemple, Overbeck n'étudiant la beauté dans le passé que pour mieux enseigner la religion; Cornelius[a] et Kaulbach, pour enseigner l'histoire et la philosophie (encore remarquerons-nous que Kaulbach ayant à traiter un sujet purement pittoresque, la *Maison des fous*[1], n'a pas pu s'empêcher de le traiter par catégories et, pour ainsi dire, d'une manière aristotélique, tant est indestructible l'antinomie de l'esprit poétique pur et de l'esprit didactique).

Nous nous occuperons aujourd'hui, comme premier échantillon de l'art philosophique, d'un artiste allemand beaucoup moins connu, mais qui, selon nous, était infiniment mieux doué au point de vue de l'art pur, je veux parler de M. Alfred Rethel[b2], mort fou, il y a peu de temps[3], après avoir illustré une chapelle sur les bords du Rhin[4], et qui n'est connu à Paris que par huit estampes gravées sur bois dont les deux dernières ont paru à l'Exposition universelle[5].

Le premier de ses poèmes (nous sommes obligé de nous servir de cette expression en parlant d'une école qui assimile l'art plastique à la pensée écrite), le premier de ses poèmes date de 1848 et est intitulé *La Danse des morts en 1848*.

C'est un poème réactionnaire dont le sujet est l'usur-

pation de tous les pouvoirs et la séduction opérée sur
le peuple par la déesse fatale de la mort.

(Description minutieuse de chacune des six planches
qui composent le poème et la traduction exacte des
légendes en vers qui les accompagnent. — Analyse du
mérite artistique de M. Alfred Rethel, ce qu'il y a d'original en lui (génie de l'allégorie épique à la manière
allemande), ce qu'il y a de postiche en lui (imitations
des différents maîtres du passé, d'Albert Dürer, d'Holbein, et même de maîtres plus modernes) — de la valeur
morale du poème, caractère satanique et byronien[1], caractère de désolation.) Ce que je trouve de vraiment original dans le poème, c'est qu'il se produisit dans un
instant où presque toute l'humanité européenne s'était
engouée avec bonne foi des sottises de la révolution.

Deux planches se faisant antithèse[2]. La première :
Première invasion du choléra à Paris, au bal de l'Opéra. Les
masques roides, étendus par terre, caractère hideux d'une
pierrette dont les pointes sont en l'air et le masque
dénoué; les musiciens qui se sauvent avec leurs instruments; allégorie du fléau impassible sur son banc; caractère généralement macabre de la composition. La seconde,
une espèce de *bonne mort* faisant contraste; un homme
vertueux et paisible est surpris par la Mort dans son
sommeil; il est situé dans un lieu haut, un lieu sans doute
où il a vécu de longues années; c'est une chambre dans
un clocher d'où l'on aperçoit les champs et un vaste
horizon, un lieu fait pour pacifier l'esprit; le vieux bonhomme est endormi dans un fauteuil grossier, la Mort
joue un air enchanteur sur le violon. Un grand soleil
coupé en deux par la ligne de l'horizon, darde en haut ses
rayons géométriques. — *C'est la fin d'un beau jour.*

Un petit oiseau s'est perché sur le bord de la fenêtre et
regarde dans la chambre; vient-il écouter le violon de la
Mort, ou est-ce une allégorie de l'âme prête à s'envoler ?

Il faut, dans la traduction des œuvres d'art philosophiques, apporter une grande minutie et une grande
attention; là les lieux, le décor, les meubles, les ustensiles
(voir Hogarth[3]), tout est allégorie, allusion, hiéroglyphes,
rébus.

M. Michelet a tenté d'interpréter minutieusement la
Melancholia d'Albert Dürer[4]; son interprétation est suspecte, relativement à la seringue, particulièrement.

D'ailleurs, même à l'esprit d'un artiste philosophe, les accessoires s'offrent, non pas avec un caractère littéral et précis, mais avec un caractère poétique, vague et confus, et souvent c'est le traducteur qui invente *les intentions*.

★

L'art philosophique n'est pas aussi étranger à la nature française qu'on le croirait. La France aime le mythe, la morale, le rébus; ou, pour mieux dire, pays de raisonnement, elle aime l'effort de l'esprit[1].

C'est surtout l'école romantique qui a réagi contre ces tendances raisonnables et qui a fait prévaloir la gloire de l'art pur; et de certaines tendances, particulièrement celles de M. Chenavard, réhabilitation de l'art hiéroglyphique, sont une réaction contre l'école de l'art pour l'art.

Y a-t-il des climats philosophiques comme il y a des climats amoureux? Venise a pratiqué l'amour de l'art pour l'art; Lyon est une ville philosophique. Il y a une philosophie lyonnaise, une école de poésie lyonnaise[2], une école de peinture lyonnaise, et enfin une école de peinture philosophique lyonnaise.

Ville singulière, bigote et marchande, catholique et protestante, pleine de brumes et de charbons, les idées s'y débrouillent difficilement. Tout ce qui vient de Lyon est minutieux, lentement élaboré et craintif; l'abbé Noirot[a3], Laprade, Soulary, Chenavard, Janmot. On dirait que les cerveaux y sont enchifrenés[b]. Même dans Soulary je trouve cet esprit de catégorie qui brille surtout dans les travaux de Chenavard et qui se manifeste aussi dans les chansons de Pierre Dupont[4].

Le cerveau de Chenavard ressemble à la ville de Lyon; il est brumeux, fuligineux, hérissé de pointes, comme la ville de clochers et de fourneaux[5]. Dans ce cerveau les choses ne se mirent pas clairement, elles ne se réfléchissent qu'à travers un milieu de vapeurs.

Chenavard n'est pas peintre; il méprise ce que nous entendons par peinture. Il serait injuste de lui appliquer la fable de La Fontaine (ils sont trop verts pour des goujats[6]); car je crois que, quand bien même Chenavard pourrait peindre avec autant de dextérité que qui que ce soit, il n'en mépriserait pas moins le ragoût et l'agrément de l'art.

Disons tout de suite que Chenavard a une énorme supériorité sur tous les artistes : s'il n'est pas assez animal, ils sont beaucoup trop peu spirituels.

Chenavard sait lire et raisonner, et il est devenu ainsi l'ami de tous les gens qui aiment le raisonnement; il est remarquablement instruit et possède la pratique de la méditation.

L'amour des bibliothèques s'est manifesté en lui dès sa jeunesse; accoutumé tout jeune à associer une idée à chaque forme plastique, il n'a jamais fouillé des cartons de gravures ou contemplé des musées de tableaux que comme des répertoires de la pensée humaine générale. Curieux de religions et doué d'un esprit encyclopédique, il devait naturellement aboutir à la conception impartiale d'un système syncrétique.

Quoique lourd et difficile à manœuvrer, son esprit a des séductions dont il sait tirer grand profit, et s'il a longtemps attendu avant de jouer un rôle, croyez bien que ses ambitions, malgré son apparente bonhomie, n'ont jamais été petites.

(Premiers tableaux de Chenavard : — *M. de Dreux-Brézé et Mirabeau.* — *La Convention votant la mort de Louis XVI*[1]. Chenavard a bien choisi son moment pour exhiber son système de philosophie historique, exprimé par le crayon.)

Divisons ici notre travail en deux parties, dans l'une nous analyserons le mérite intrinsèque de l'artiste doué d'une habileté étonnante de composition et bien plus grande qu'on ne le soupçonnerait, si l'on prenait trop au sérieux le dédain qu'il professe pour les ressources de son art — habileté à dessiner les femmes; — dans l'autre nous examinerons le mérite que j'appelle extrinsèque, c'est-à-dire le système philosophique.

Nous avons dit qu'il avait bien choisi son moment, c'est-à-dire le lendemain d'une révolution.

(M. Ledru-Rollin[2] — trouble général des esprits, et vive préoccupation publique relativement à la philosophie de l'histoire.)

L'humanité est analogue à l'homme.

Elle a ses âges et ses plaisirs, ses travaux, ses conceptions analogues à ses âges.

(Analyse du calendrier emblématique[1] de Chenavard.
— Que tel art appartient à tel âge de l'humanité comme
telle passion à tel âge de l'homme.

L'âge de l'homme se divise en *enfance,* laquelle correspond dans l'humanité à la période historique depuis
Adam jusqu'à Babel; en *virilité,* laquelle correspond à
la période depuis Babel jusqu'à Jésus-Christ, lequel
sera considéré comme le zénith de la vie humaine; en
âge moyen, qui correspond depuis Jésus-Christ jusqu'à
Napoléon; et enfin en *vieillesse,* qui correspond à la période dans laquelle nous entrerons prochainement et dont
le commencement est marqué par la suprématie de l'Amérique et de l'industrie.

L'âge total de l'humanité sera de huit mille quatre
cents ans.

De quelques opinions particulières de Chenavard[2].
De la supériorité absolue de Périclès.

Bassesse du paysage, — signe de décadence.

La suprématie simultanée de la musique et de l'industrie, — signe de décadence.

Analyse au point de vue de l'art pur de quelques-uns
de ses cartons exposés en 1855[3].)

Ce qui sert à parachever le caractère utopique et de
décadence de Chenavard lui-même, c'est qu'il voulait
embrigader sous sa direction les artistes comme des ouvriers pour exécuter en grand ses cartons et les colorier
d'une manière barbare.

Chenavard est un grand esprit de décadence et il
restera comme signe monstrueux du temps.

*

M. Janmot, lui aussi, est de Lyon.

C'est un esprit religieux et élégiaque, il a dû être marqué jeune par la bigoterie lyonnaise.

Les poèmes de Rethel sont bien charpentés comme
poèmes.

Le Calendrier historique de Chenavard est une fantaisie d'une symétrie irréfutable, mais l'*Histoire d'une âme*[4]
est trouble et confuse.

La religiosité qui y est empreinte avait donné à cette
série de compositions une grande valeur pour le journalisme clérical, alors qu'elles furent exposées au pas-

sage du Saumon[1]; plus tard nous les avons revues à
l'Exposition universelle, où elles furent l'objet d'un
auguste dédain[2].

Une explication en vers a été faite par l'artiste, qui
n'a servi qu'à mieux montrer l'indécision de sa conception et qu'à mieux embarrasser l'esprit des spectateurs
philosophes auxquels elle s'adressait.

Tout ce que j'ai compris, c'est que ces tableaux représentaient les états successifs de l'âme à différents âges;
cependant, comme il y avait toujours deux êtres en
scène, un garçon et une fille, mon esprit s'est fatigué à
chercher si la pensée intime du poème n'était pas l'histoire parallèle de deux jeunes âmes ou l'histoire du double
élément mâle et femelle d'une même âme.

Tous ces reproches mis de côté, qui prouvent simplement que M. Janmot n'est pas un cerveau philosophiquement solide, il faut reconnaître qu'au point de vue de
l'art pur il y avait dans la composition de ces scènes,
et même dans la couleur amère dont elles étaient revêtues, un charme infini et difficile à décrire, quelque chose
des douceurs de la solitude, de la sacristie, de l'église et
du cloître; une mysticité inconsciente et enfantine. J'ai
senti quelque chose d'analogue devant quelques tableaux de Lesueur et quelques toiles espagnoles.

(Analyse de quelques-uns des sujets, particulièrement
la *Mauvaise Instruction,* le *Cauchemar,* où brillait une remarquable entente du fantastique. Une espèce de *promenade
mystique* des deux jeunes gens sur la montagne[3], etc., etc.).

★

Tout esprit profondément sensible et bien doué pour
les arts (il ne faut pas confondre la sensibilité de l'imagination avec celle du cœur) sentira comme moi que
tout art doit se suffire à lui-même et en même temps
rester dans les limites providentielles; cependant l'homme
garde ce privilège de pouvoir toujours développer de
grands talents dans un genre faux ou en violant la constitution naturelle de l'art.

Quoique je considère les artistes philosophes comme
des hérétiques, je suis arrivé à admirer souvent leurs
efforts par un effet de ma raison propre.

Ce qui me paraît surtout constater leur caractère

d'hérétique, c'est leur inconséquence; car ils dessinent très bien, très spirituellement, et s'ils étaient logiques dans leur mise en œuvre de l'art assimilé à tout moyen d'enseignement, ils devraient courageusement remonter vers toutes les innombrables et barbares conventions de l'art hiératique.

[NOTES DIVERSES
SUR *L'ART PHILOSOPHIQUE*]

[1]

Peinture didactique.

Note sur l'utopie de Chenavard.

Deux hommes dans Chenavard, *l'utopiste* et *l'artiste.*
Il veut être loué pour ses utopies, et il est quelquefois
artiste *malgré* ses utopies.

La peinture est née dans le Temple. Elle dérive de
la Sainteté. Le Temple moderne, la Sainteté moderne,
c'est la Révolution. Donc *faisons le Temple de la Révolution,* et la peinture de la Révolution. C'est-à-dire que le
Panthéon moderne contiendra *l'histoire de l'humanité.*

Pan doit tuer Dieu. Pan, c'est le peuple.

Esthétique chimérique, c'est-à-dire *a posteriori,* individuelle, artificielle, substituée à l'esthétique involontaire, spontanée, fatale, vitale, du peuple.

Ainsi Wagner *refait* la Tragédie grecque qui fut créée
spontanément par la Grèce[1].

La Révolution n'est pas une religion, puisqu'elle n'a
ni prophètes, ni saints, ni miracles, et qu'elle a pour but
de nier tout cela.

Il y a quelque chose de bon dans la thèse de Chenavard, c'est simplement le mépris de la babiole et la conviction que la grande peinture s'appuie sur les grandes
idées.

Grande naïveté d'ailleurs, comme chez tous les utopistes. Il suppose chez tous les hommes un égal amour
de la *Justice* (sainteté) et une égale humilité. Honnête
homme, excellent homme !

———

Orgueilleux solitaire, étranger à la vie. —

[II]

Chenavard est une caricature de la Sagesse antique dessinée par la Fantaisie moderne[1].

Les peintres qui pensent[2].

Rhétorique[a] de la mer.

Fausse rhétorique.
Vraie rhétorique.

Le vertige senti dans les grandes villes[b] est analogue au vertige éprouvé au sein de la nature. — Délices du chaos et de l'immensité. — Sensations d'un homme sensible en visitant une grande ville inconnue.[3]

L'Homme au scorpion.

Supplice par la prestidigitation.

Le Paradoxe de l'aumône[4].

[III]

LYONNAIS[5]

Artistes :	*Littérateurs :*
Chenavard.	Laprade.
Janmot.	Ballanche (pour la fumée).
Révoil.	A. Pommier.
Bonnefond[c].	Soulary.
Orsel.	Blanc Saint-Bonnet.
Perin[d].	Noirot.
Compte-Calix.	Pierre Dupont.
Flandrin.	De Gérando.
Saint-Jean.	J.-B. Say.
Jacquand.	Terrasson.
Boissieu.	

Bureaucrates, professeurs d'écriture, Amédée Pommier délire artificiel et boutiquier. *Ah ! pourquoi suis-je né dans un siècle de prose !* Catalogue de produits. Carte de restaurant. Magister. Didactisme en poésie et en peinture.

Anecdote de *l'orgie* (Laprade à Paris).

SALON DE 1859

I

L'ARTISTE MODERNE

Mon cher M****[1], quand vous m'avez fait l'honneur de me demander l'analyse du *Salon,* vous m'avez dit : « Soyez bref; ne faites pas un catalogue, mais un aperçu général, quelque chose comme le récit d'une rapide promenade philosophique à travers les peintures. » Eh bien, vous serez servi à souhait; non pas parce que votre programme s'accorde (et il s'accorde en effet) avec ma manière de concevoir ce genre d'article si ennuyeux qu'on appelle le *Salon ;* non pas que cette méthode soit plus facile que l'autre, la brièveté réclamant toujours plus d'efforts que la prolixité; mais simplement parce que, surtout dans le cas présent, il n'y en a pas d'autre possible. Certes, mon embarras eût été plus grave si je m'étais trouvé perdu dans une forêt d'originalités, si le tempérament français moderne, soudainement modifié, purifié et rajeuni, avait donné des fleurs si vigoureuses et d'un parfum si varié qu'elles eussent créé des étonnements irrépressibles, provoqué des éloges abondants, une admiration bavarde, et nécessité dans la langue critique des catégories nouvelles. Mais rien de tout cela, heureusement (pour moi). Nulle explosion[a]; pas de génies inconnus. Les pensées suggérées par l'aspect de ce Salon sont d'un ordre si simple, si ancien, si classique, que peu de pages me suffiront sans doute pour les développer. Ne vous étonnez donc pas que la banalité dans le peintre ait engendré le *lieu commun* dans l'écrivain. D'ailleurs, vous n'y perdrez rien ; car existe-t-il (je me plais à constater que vous êtes en cela de mon avis) quelque chose de plus charmant, de plus fertile et d'une nature plus positivement *excitante* que le lieu commun ?

Avant de commencer, permettez-moi d'exprimer un regret, qui ne sera, je le crois, que rarement exprimé. On nous avait annoncé que nous aurions des hôtes à recevoir, non pas précisément des hôtes inconnus ; car l'exposition de l'avenue Montaigne[1] a déjà fait connaître au public parisien quelques-uns de ces charmants artistes qu'il avait trop longtemps ignorés. Je m'étais donc fait une fête de renouer connaissance avec Leslie[2], ce riche, naïf et noble *humourist*[3], expression des plus accentuées de l'esprit britannique ; avec les deux Hunt[4], l'un naturaliste opiniâtre, l'autre ardent et volontaire créateur du pré-raphaélisme ; avec Maclise[5], l'audacieux compositeur, aussi fougueux que sûr de lui-même ; avec Millais[6], ce poète si minutieux ; avec J. Chalon[7], ce Claude mêlé de Watteau, historien des belles fêtes d'après-midi dans les grands parcs italiens ; avec Grant[8], cet héritier naturel de Reynolds ; avec Hook, qui sait inonder d'une lumière magique ses *Rêves vénitiens*[9] ; avec cet étrange Paton[10], qui ramène l'esprit vers Fuseli[11] et brode avec une patience d'un autre âge de gracieux chaos panthéistiques ; avec Cattermole, l'aquarelliste *peintre d'histoire*[12], et avec cet autre, si étonnant, dont le nom m'échappe[13], un architecte songeur, qui bâtit sur le papier des villes dont les ponts ont des éléphants pour piliers, et laissent passer entre leurs nombreuses jambes de colosses, toutes voiles dehors, des trois-mâts gigantesques ! On avait même préparé le logement pour ces amis de l'imagination et de la couleur singulière, pour ces favoris de la muse bizarre ; mais, hélas ! pour des raisons que j'ignore, et dont l'exposé ne peut pas, je crois, prendre place dans votre journal, mon espérance a été déçue. Ainsi, ardeurs tragiques, gesticulations à la Kean et à la Macready[14], intimes gentillesses du *home*, splendeurs orientales réfléchies dans le poétique miroir de l'esprit anglais, verdures écossaises, fraîcheurs enchanteresses, profondeurs fuyantes des aquarelles grandes comme des décors, quoique si petites, nous ne vous contemplerons pas, cette fois du moins. Représentants enthousiastes de l'imagination et des facultés les plus précieuses de l'âme, fûtes-vous donc si mal reçus la première fois, et nous jugez-vous indignes de vous comprendre ?

Ainsi, mon cher M***, nous nous en tiendrons à la France, forcément ; et croyez que j'éprouverais une immense jouissance à prendre le ton lyrique pour parler des artistes de mon pays ; mais malheureusement, dans un esprit critique tant soit peu exercé, le patriotisme ne joue pas un rôle absolument tyrannique, et nous avons à faire quelques aveux humiliants. La première fois que je mis les pieds au Salon, je fis, dans l'escalier même, la rencontre d'un de nos critiques les plus subtils et les plus estimés, et, à la première question, à la question naturelle que je devais lui adresser, il répondit : « Plat, médiocre ; j'ai rarement vu un *Salon* aussi maussade. » Il avait à la fois tort et raison. Une exposition qui possède de nombreux ouvrages de Delacroix, de Penguilly, de Fromentin, ne peut pas être maussade ; mais, par un examen général, je vis qu'il était dans le vrai. Que dans tous les temps, la médiocrité ait dominé, cela est indubitable ; mais qu'elle règne plus que jamais, qu'elle devienne absolument triomphante et encombrante, c'est ce qui est aussi vrai qu'affligeant. Après avoir quelque temps promené mes yeux sur tant de platitudes menées à bonne fin, tant de niaiseries soigneusement léchées, tant de bêtises ou de faussetés habilement construites[1], je fus naturellement conduit par le cours de mes réflexions à considérer l'artiste dans le passé, et à le mettre en regard avec l'artiste dans le présent ; et puis le terrible, l'éternel pourquoi se dressa, comme d'habitude, inévitablement au bout de ces décourageantes réflexions. On dirait que la petitesse, la puérilité, l'incuriosité, le calme plat de la fatuité ont succédé à l'ardeur, à la noblesse et à la turbulente ambition, aussi bien dans les beaux-arts que dans la littérature ; et que rien, pour le moment, ne nous donne lieu d'espérer des floraisons spirituelles aussi abondantes que celles de la Restauration. Et je ne suis pas le seul qu'oppriment ces amères réflexions, croyez-le bien ; et je vous le prouverai tout à l'heure. Je me disais donc : Jadis, qu'était l'artiste (Lebrun ou David, par exemple) ? Lebrun, érudition, imagination, connaissance du passé, amour du grand. David, ce colosse injurié par des mirmidons, n'était-il pas aussi l'amour du passé, l'amour du grand uni à l'érudition ? Et aujourd'hui, qu'est-il, l'artiste ce frère antique du poète ? Pour bien répondre à cette question, mon cher M***, il ne faut pas craindre d'être trop dur. Un scandaleux favoritisme appelle quelquefois une réaction équivalente. L'artiste, aujourd'hui et depuis de nombreuses années, est, malgré son absence de mérite, un simple *enfant gâté*. Que d'honneurs, que d'argent prodigués à des hommes sans âme et sans instruction ! Certes, je ne suis pas partisan de l'introduction dans un art de moyens qui lui sont étrangers; cependant, pour citer un exemple, je ne puis pas m'empêcher d'éprouver de la sympathie pour un artiste tel que Chenavard, toujours aimable, aimable comme les livres, et gracieux jusque dans ses lourdeurs. Au moins avec celui-là (qu'il soit la cible des plaisanteries du rapin, que m'importe ?) je suis sûr de pouvoir causer de Virgile ou de Platon. Préault a un don charmant, c'est un goût instinctif qui le jette sur le beau comme l'animal chasseur sur sa proie naturelle. Daumier est doué d'un bon sens lumineux qui colore toute sa conversation. Ricard, malgré le papillotage et le bondissement de son discours, laisse voir à chaque instant qu'il sait beaucoup et qu'il a beaucoup comparé. Il est inutile, je pense, de parler de la conversation d'Eugène Delacroix, qui est un mélange admirable de solidité philosophique, de légèreté spirituelle et d'enthousiasme brûlant. Et après ceux-là, je ne me rappelle plus personne qui soit digne de converser avec un philosophe ou un poète. En dehors, vous ne trouverez guère que l'*enfant gâté*. Je vous en supplie, je vous en conjure, dites-moi dans quel salon, dans quel cabaret, dans quelle réunion mondaine ou intime vous avez entendu un mot spirituel prononcé par l'*enfant gâté,* un mot profond, brillant, concentré, qui fasse penser ou rêver, un mot suggestif enfin ! Si un tel mot a été lancé, ce n'a peut-être pas été par un politique ou un philosophe, mais bien par quelque homme de profession bizarre, un chasseur, un marin, un empailleur; par un artiste, un *enfant gâté,* jamais.

L'*enfant gâté* a hérité du privilège, légitime alors, de ses devanciers. L'enthousiasme qui a salué David, Guérin, Girodet, Gros, Delacroix, Bonington, illumine encore d'une lumière charitable sa chétive personne; et, pendant que de bons poètes, de vigoureux historiens gagnent laborieusement leur vie, le financier abêti paye magnifiquement les indécentes petites sottises de l'*enfant gâté*. Remarquez bien que, si cette faveur s'appliquait à des hommes méritants, je ne me plaindrais pas. Je ne suis pas de ceux qui envient à une chanteuse ou à une danseuse, parvenue au sommet de son art, une fortune acquise par un labeur et un danger quotidiens[a]. Je craindrais de tomber dans le vice de feu Girardin, de sophistique mémoire, qui reprochait un jour à Théophile Gautier de faire payer son imagination beaucoup plus cher que les services d'un sous-préfet. C'était, si vous vous en souvenez bien, dans ces jours néfastes où le public épouvanté l'entendit parler latin[b]; *pecudesque locutæ*[1] ! Non, je ne suis pas injuste à ce point; mais il est bon de hausser la voix et de crier haro sur la bêtise contemporaine, quand, à la même époque où un ravissant tableau de Delacroix trouvait difficilement acheteur à mille francs, les figures imperceptibles de Meissonier se faisaient payer dix et vingt fois plus. Mais ces *beaux* temps sont passés; nous sommes tombés plus bas, et M. Meissonier, qui, malgré tous ses mérites, eut le malheur d'introduire et de populariser le goût du petit, est un véritable géant auprès des faiseurs de babioles actuelles.

Discrédit de l'imagination, mépris du grand, amour (non, ce mot est trop beau), pratique exclusive du métier, telles sont, je crois, quant à l'artiste, les raisons principales de son abaissement. Plus on possède d'imagination, mieux il faut posséder le métier pour accompagner celle-ci dans ses aventures et surmonter les difficultés qu'elle recherche avidement. Et mieux on possède son métier, moins il faut s'en prévaloir et le montrer, pour laisser l'imagination briller de tout son éclat. Voilà ce que dit la sagesse; et la sagesse dit encore : Celui qui ne possède que de l'habileté est une bête, et l'imagination qui veut s'en passer est une folle. Mais si simples que soient ces choses, elles sont au-dessus ou au-dessous de l'artiste moderne. Une fille de concierge se dit : « J'irai au Conservatoire, je débuterai à la Comédie-Française, et je réciterai les vers de Corneille jusqu'à ce que j'obtienne les droits de ceux qui les ont récités très longtemps. » Et elle le fait comme elle l'a dit. Elle est très classiquement monotone et très classiquement ennuyeuse et ignorante; mais elle a réussi à ce qui était très facile, c'est-à-dire à obtenir par sa patience les privilèges de sociétaire. Et *l'enfant gâté,* le peintre moderne se dit : « Qu'est-ce que l'imagination ? Un danger et une fatigue. Qu'est-ce que la lecture et la contemplation du passé ? Du temps perdu. Je serai classique, non pas comme Bertin[1] (car le classique change de place et de nom), mais comme... Troyon, par exemple. » Et il le fait comme il l'a dit. Il peint, il peint; et il bouche son âme, et il peint encore, jusqu'à ce qu'il ressemble enfin à l'artiste à la mode, et que par sa bêtise et son habileté il mérite le suffrage et l'argent du public. L'imitateur de l'imitateur trouve ses imitateurs, et chacun poursuit ainsi son rêve de grandeur, bouchant de mieux en mieux son âme, et surtout ne *lisant rien,* pas même *Le Parfait Cuisinier,* qui pourtant aurait pu lui ouvrir une carrière moins lucrative, mais plus glorieuse. Quand il possède bien l'art des sauces, des patines, des glacis, des frottis, des jus, des ragoûts (je parle peinture), *l'enfant gâté* prend de fières attitudes, et se répète avec plus de conviction que jamais que tout le reste est inutile.

Il y avait un paysan allemand qui vint trouver un peintre et qui lui dit : « Monsieur le peintre, je veux que vous fassiez *mon portrait.* Vous me représenterez assis à l'entrée principale de ma ferme, dans le grand fauteuil qui me vient de mon père. À côté de moi, vous peindrez ma femme avec sa quenouille; derrière nous, allant et venant, mes filles qui préparent notre souper de famille. Par la grande avenue à gauche débouchent ceux de mes fils qui reviennent des champs, après avoir ramené les bœufs à l'étable; d'autres, avec mes petits-fils, font rentrer les charrettes remplies de foin. Pendant que je contemple ce spectacle, n'oubliez pas, je vous prie, les bouffées de ma pipe qui sont nuancées par le soleil couchant. Je veux aussi *qu'on entende* les sons de l'Angelus qui sonne au clocher voisin. C'est là que nous nous sommes tous mariés, les pères et les fils. Il est important que vous peigniez *l'air de satisfaction* dont je jouis à cet instant de la journée, en contemplant à la fois *ma famille et ma richesse augmentée du labeur d'une journée*[2] ! »

Vive ce paysan ! Sans s'en douter, il comprenait la peinture. L'amour de sa profession avait élevé son *imagination.* Quel est celui de nos artistes à la mode qui serait digne d'exécuter ce portrait, et dont l'imagination peut se dire au niveau de celle-là[a] ?

II

LE PUBLIC MODERNE ET LA PHOTOGRAPHIE

Mon cher M***, si j'avais le temps de vous égayer, j'y réussirais facilement en feuilletant le catalogue et en faisant un extrait de tous les titres ridicules et de tous les sujets cocasses qui ont l'ambition d'attirer les yeux. C'est là l'esprit français. Chercher à étonner par des moyens d'étonnement étrangers à l'art en question est la grande ressource des gens qui ne sont pas *naturellement* peintres. Quelquefois même, mais toujours en France, ce vice entre dans des hommes qui ne sont pas dénués de talent et qui le déshonorent ainsi par un mélange adultère. Je pourrais faire défiler sous vos yeux le titre comique à la manière des vaudevillistes, le titre sentimental auquel il ne manque que le point d'exclamation, le titre-calembour, le titre profond et philosophique, le titre trompeur, ou titre à piège, dans le genre de *Brutus, lâche César*[1] ! « Ô race incrédule et dépravée ! dit Notre-Seigneur, jusques à quand serai-je avec vous ? jusques à quand souffrirai-je[2] ? » Cette race, en effet, artistes et public, a si peu foi dans[a] la peinture, qu'elle cherche sans cesse à la déguiser et à l'envelopper comme une médecine désagréable dans des capsules de sucre; et quel sucre, grand Dieu ! Je vous signalerai deux titres de tableaux que d'ailleurs je n'ai pas vus : *Amour et Gibelotte*[3] ! Comme la curiosité se trouve tout de suite en *appétit,* n'est-ce pas ? Je cherche à combiner intimement ces deux idées, l'idée de l'amour et l'idée d'un lapin dépouillé et arrangé en ragoût. Je ne puis vraiment pas supposer que l'imagination du peintre soit allée jusqu'à adapter un carquois, des ailes et un bandeau sur le cadavre d'un animal domestique; l'allégorie serait vraiment trop obscure. Je crois plutôt que le titre a été composé suivant la recette de *Misanthropie et Repentir*[4]. Le vrai titre serait donc : *Personnes amoureuses mangeant une gibelotte.* Maintenant, sont-ils jeunes ou vieux, un ouvrier et une grisette, ou bien un invalide et une vaga-

bonde sous une tonnelle poudreuse ? Il faudrait avoir
vu le tableau. — *Monarchique, catholique et soldat*[1] ! Celui-ci
est dans le genre noble, le genre *paladin, Itinéraire de
Paris à Jérusalem* (Chateaubriand, pardon ! les choses les
plus nobles peuvent devenir des moyens de caricature, et
les paroles politiques d'un chef d'empire des pétards
de rapin). Ce tableau ne peut représenter qu'un personnage qui fait trois choses *à la fois,* se bat, communie et
assiste au petit lever de Louis XIV. Peut-être est-ce un
guerrier tatoué de fleurs de lys et d'images de dévotion.
Mais à quoi bon s'égarer ? Disons simplement que c'est
un moyen, perfide et stérile, d'étonnement. Ce qu'il y a
de plus déplorable, c'est que le tableau, si singulier que
cela puisse paraître, est peut-être bon. *Amour et Gibelotte*
aussi. N'ai-je pas remarqué un excellent petit groupe de
sculpture dont malheureusement je n'avais pas noté le
numéro, et quand j'ai voulu connaître le sujet, j'ai, à
quatre reprises et infructueusement, relu le catalogue.
Enfin vous m'avez charitablement instruit que cela
s'appelait *Toujours et Jamais*[2]. Je me suis senti sincèrement affligé de voir qu'un homme d'un vrai talent
cultivât inutilement le rébus.

Je vous demande pardon de m'être diverti quelques
instants à la manière des petits journaux. Mais, quelque
frivole que vous paraisse la matière, vous y trouverez
cependant, en l'examinant bien, un symptôme déplorable. Pour me résumer d'une manière paradoxale, je
vous demanderai, à vous et à ceux de mes amis qui sont
plus instruits que moi dans l'histoire de l'art, si le goût
du bête, le goût du spirituel (qui est la même chose) ont
existé de tout temps, si *Appartement à louer*[3] et autres
conceptions alambiquées ont paru dans tous les âges
pour soulever le même enthousiasme, si la Venise de
Véronèse et de Bassan a été affligée par ces logogriphes,
si les yeux de Jules Romain, de Michel-Ange, de Ban-
dinelli, ont été effarés par de semblables monstruosités;
je demande, en un mot, si M. Biard est éternel et omni-
présent, comme Dieu. Je ne le crois pas, et je considère
ces horreurs comme une grâce spéciale attribuée à la race
française. Que ses artistes lui en inoculent le goût, cela
est vrai; qu'elle exige d'eux qu'ils satisfassent à ce besoin,
cela est non moins vrai; car si l'artiste abêtit le public,
celui-ci le lui rend bien. Ils sont deux termes corrélatifs

qui agissent l'un sur l'autre avec une égale puissance.
Aussi admirons avec quelle rapidité nous nous enfonçons
dans la voie du progrès (j'entends par progrès la domination progressive de la matière[a1]), et quelle diffusion
merveilleuse se fait tous les jours de l'habileté commune,
de celle qui peut s'acquérir par la patience.

Chez nous le peintre naturel, comme le poète naturel,
est presque un monstre. Le goût exclusif du Vrai (si
noble quand il est limité à ses véritables applications)
opprime ici et étouffe le goût du Beau. Où il faudrait
ne voir que le Beau (je suppose une belle peinture, et
l'on peut aisément deviner celle que je me figure), notre
public ne cherche que le Vrai. Il n'est pas artiste, naturellement artiste; philosophe peut-être, moraliste, ingénieur,
amateur d'anecdotes instructives, tout ce qu'on voudra,
mais jamais spontanément artiste. Il sent ou plutôt il
juge successivement, analytiquement. D'autres peuples,
plus favorisés, sentent tout de suite, tout à la fois, synthétiquement.

Je parlais tout à l'heure des artistes qui cherchent à
étonner le public. Le désir d'étonner et d'être étonné
est très légitime. *It is a happiness to wonder,* « c'est un bonheur d'être étonné »; mais aussi, *it is a happiness to dream,*
« c'est un bonheur de rêver »[2]. Toute la question, si vous
exigez que je vous confère le titre d'artiste ou d'amateur
des beaux-arts, est donc de savoir par quels procédés
vous voulez créer ou sentir l'étonnement. Parce que
le Beau est *toujours* étonnant[3], il serait absurde de supposer que ce qui est étonnant est *toujours* beau. Or notre
public, qui est singulièrement impuissant à sentir le
bonheur de la rêverie ou de l'admiration (signe des
petites âmes), veut être étonné par des moyens étrangers
à l'art, et ses artistes obéissants se conforment à son goût;
ils veulent le frapper, le surprendre, le stupéfier par des
stratagèmes indignes, parce qu'ils le savent incapable
de s'extasier devant la tactique naturelle de l'art véritable.

Dans ces jours déplorables, une industrie nouvelle se
produisit, qui ne contribua pas peu à confirmer la sottise
dans sa foi et à ruiner ce qui pouvait rester de divin dans
l'esprit français. Cette foule idolâtre postulait un idéal
digne d'elle et approprié à sa nature, cela est bien entendu.
En matière de peinture et de statuaire, le *Credo* actuel des
gens du monde, surtout en France (et je ne crois pas que

qui que ce soit ose affirmer le contraire), est celui-ci : « Je crois à la nature et je ne crois qu'à la nature (il y a de bonnes raisons pour cela[1]). Je crois que l'art est et ne peut être que la reproduction exacte de la nature (une secte timide et dissidente veut que les objets de nature répugnante soient écartés, ainsi un pot de chambre ou un squelette). Ainsi l'industrie qui nous donnerait un résultat identique à la nature serait l'art absolu. » Un Dieu vengeur a exaucé les vœux de cette multitude. Daguerre fut son messie. Et alors elle se dit : « Puisque la photographie nous donne toutes les garanties désirables d'exactitude (ils croient cela, les insensés !), l'art, c'est la photographie. » À partir de ce moment, la société immonde se rua, comme un seul Narcisse, pour contempler sa triviale image sur le métal. Une folie, un fanatisme extraordinaire s'empara de tous ces nouveaux adorateurs du soleil. D'étranges abominations se produisirent. En associant et en groupant des drôles et des drôlesses, attifés comme les bouchers et les blanchisseuses dans le carnaval, en priant ces *héros* de vouloir bien continuer, pour le temps nécessaire à l'opération, leur grimace de circonstance, on se flatta de rendre les scènes, tragiques ou gracieuses, de l'histoire ancienne. Quelque écrivain démocrate a dû voir là le moyen, à bon marché, de répandre dans le peuple le dégoût de[a] l'histoire et de la peinture, commettant ainsi un double sacrilège et insultant à la fois la divine peinture et l'art sublime du comédien. Peu de temps après, des milliers d'yeux avides se penchaient sur les trous du stéréoscope comme sur les lucarnes de l'infini. L'amour de l'obscénité, qui est aussi vivace dans le cœur naturel de l'homme que l'amour de soi-même, ne laissa pas échapper une si belle occasion de se satisfaire. Et qu'on ne dise pas que les enfants qui reviennent de l'école prenaient seuls plaisir à ces sottises ; elles furent l'engouement du monde. J'ai entendu une belle dame, une dame du beau monde, non pas du mien, répondre à ceux qui lui cachaient discrètement de pareilles images, se chargeant ainsi d'avoir de la pudeur pour elle : « Donnez toujours ; il n'y a rien de trop fort pour moi. » Je jure que j'ai entendu cela ; mais qui me croira ? « Vous voyez bien que ce sont de grandes dames ! » dit Alexandre Dumas. « Il y en a de plus grandes encore ! » dit Cazotte[2].

Comme l'industrie photographique était le refuge de tous les peintres manqués, trop mal doués ou trop paresseux pour achever leurs études, cet universel engouement portait non seulement le caractère de l'aveuglement et de l'imbécillité, mais avait aussi la couleur d'une vengeance. Qu'une si stupide conspiration, dans laquelle on trouve, comme dans toutes les autres, les méchants et les dupes, puisse réussir d'une manière absolue, je ne le crois pas, ou du moins je ne veux pas le croire; mais je suis convaincu que les progrès mal appliqués de la photographie ont beaucoup contribué, comme d'ailleurs tous les progrès purement matériels, à l'appauvrissement du génie artistique français, déjà si rare. La Fatuité moderne aura beau rugir, éructer tous les borborygmes de sa ronde personnalité, vomir tous les sophismes indigestes dont une philosophie récente l'a bourrée à gueule-que-veux-tu[1], cela tombe sous le sens que l'industrie, faisant irruption dans l'art, en devient la plus mortelle ennemie, et que la confusion des fonctions empêche qu'aucune soit bien remplie. La poésie et le progrès sont deux ambitieux qui se haïssent d'une haine instinctive, et, quand ils se rencontrent dans le même chemin, il faut que l'un des deux serve l'autre. S'il est permis à la photographie de suppléer l'art dans quelques-unes de ses fonctions, elle l'aura bientôt supplanté ou corrompu tout à fait, grâce à l'alliance naturelle qu'elle trouvera dans la sottise de la multitude. Il faut donc qu'elle rentre dans son véritable devoir, qui est d'être la servante des sciences et des arts, mais la très humble servante, comme l'imprimerie et la sténographie, qui n'ont ni créé ni suppléé la littérature. Qu'elle enrichisse rapidement l'album du voyageur et rende à ses yeux la précision qui manquerait à sa mémoire[2], qu'elle orne la bibliothèque du naturaliste, exagère les animaux microscopiques, fortifie même de quelques renseignements les hypothèses de l'astronome; qu'elle soit enfin le secrétaire et le garde-note de quiconque a besoin dans sa profession d'une absolue exactitude matérielle, jusque-là rien de mieux[3]. Qu'elle sauve de l'oubli les ruines pendantes, les livres, les estampes et les manuscrits que le temps dévore, les choses précieuses dont la forme va disparaître et qui demandent une place dans les archives de notre mémoire, elle sera remerciée et applaudie. Mais s'il lui est permis d'empiéter sur le domaine de l'impalpable et de l'imaginaire, sur tout ce qui ne vaut que parce que l'homme y ajoute de son âme, alors malheur à nous !

Je sais bien que plusieurs me diront : « La maladie que vous venez d'expliquer est celle des imbéciles. Quel homme, digne du nom d'artiste, et quel amateur véritable a jamais confondu l'art avec l'industrie ? » Je le sais, et cependant je leur demanderai à mon tour s'ils croient à la contagion du bien et du mal, à l'action des foules sur les individus et à l'obéissance involontaire, forcée, de l'individu à la foule. Que l'artiste agisse sur le public, et que le public réagisse sur l'artiste, c'est une loi incontestable et irrésistible ; d'ailleurs les faits, terribles témoins, sont faciles à étudier ; on peut constater le désastre. De jour en jour l'art diminue le respect de lui-même, se prosterne devant la réalité extérieure, et le peintre devient de plus en plus enclin à peindre, non pas ce qu'il rêve, mais ce qu'il voit. Cependant *c'est un bonheur de rêver,* et c'était une gloire d'exprimer ce qu'on rêvait ; mais, que dis-je ! connaît-il encore ce bonheur ?

L'observateur de bonne foi affirmera-t-il que l'invasion de la photographie et la grande folie industrielle sont tout à fait étrangères à ce résultat déplorable ? Est-il permis de supposer qu'un peuple dont les yeux s'accoutument à considérer les résultats d'une science matérielle comme les produits du beau n'a pas singulièrement, au bout d'un certain temps, diminué la faculté de juger et de sentir, ce qu'il y a de plus éthéré et de plus immatériel[1] ?

III

LA REINE DES FACULTÉS

Dans ces derniers temps nous avons entendu dire de mille manières différentes : « Copiez la nature ; ne copiez que la nature. Il n'y a pas de plus grande jouissance ni de plus beau triomphe qu'une copie excellente de la nature. » Et cette doctrine, ennemie de l'art, prétendait être appliquée non seulement à la peinture, mais à tous les arts, même au roman, même à la poésie. À ces doctrinaires si satisfaits de la nature un homme imaginatif aurait certainement eu le droit de répondre : « Je trouve inutile et fastidieux de représenter ce qui est, parce que rien de ce qui est ne me satisfait. La nature est laide, et je préfère les monstres de ma fantaisie à la trivialité positive. » Cependant il eût été plus philosophique de demander aux doctrinaires en question, d'abord s'ils sont bien certains de l'existence de la nature extérieure, ou, si cette question eût paru trop bien faite pour réjouir leur causticité, s'ils sont bien sûrs de connaître *toute la nature,* tout ce qui est contenu dans la nature. Un oui eût été le plus fanfaronne et la plus extravagante des réponses. Autant que j'ai pu comprendre ces singulières et avilissantes divagations, la doctrine voulait dire, je lui fais l'honneur de croire qu'elle voulait dire : L'artiste, le vrai artiste, le vrai poète, ne doit peindre que selon qu'il voit et qu'il sent. Il doit être *réellement* fidèle à sa propre nature. Il doit éviter comme la mort d'emprunter les yeux et les sentiments d'un autre homme, si grand qu'il soit; car alors les productions qu'il nous donnerait seraient, relativement à lui, des mensonges, et non des *réalités.* Or, si les pédants dont je parle (il y a de la pédanterie même dans la bassesse), et qui ont des représentants partout, cette théorie flattant également l'impuissance et la paresse, ne voulaient pas que la chose fût entendue ainsi, croyons simplement qu'ils voulaient dire : « Nous n'avons pas d'imagination, et nous décrétons que personne n'en aura. »

Mystérieuse faculté que cette reine des facultés[1] ! Elle touche à toutes les autres; elle les excite, elle les envoie au combat. Elle leur ressemble quelquefois au point de se confondre avec elles, et cependant elle est toujours bien elle-même, et les hommes qu'elle n'agite pas sont facilement reconnaissables à je ne sais quelle malédiction qui dessèche leurs productions comme le figuier de l'Évangile.

Elle est l'analyse, elle est la synthèse; et cependant des hommes habiles dans l'analyse et suffisamment aptes à faire un résumé peuvent être privés d'imagination. Elle est cela, et elle n'est pas tout à fait cela. Elle est la sensibilité, et pourtant il y a des personnes très sensibles, trop sensibles peut-être, qui en sont privées. C'est l'imagination qui a enseigné à l'homme le sens moral de la couleur, du contour, du son et du parfum. Elle a créé, au commencement du monde, l'analogie et la métaphore. Elle décompose toute la création, et, avec les matériaux amassés et disposés suivant des règles dont on ne peut trouver l'origine que dans le plus profond de l'âme, elle crée un monde nouveau, elle produit la sensation du neuf. Comme elle a créé le monde (on peut bien dire cela, je crois, même dans un sens religieux), il est juste qu'elle le gouverne. Que dit-on d'un guerrier sans imagination ? Qu'il peut faire un excellent soldat, mais que, s'il commande des armées, il ne fera pas de conquêtes. Le cas peut se comparer à celui d'un poète ou d'un romancier qui enlèverait à l'imagination le commandement des facultés pour le donner, par exemple, à la connaissance de la langue ou à l'observation des faits. Que dit-on d'un diplomate sans imagination ? Qu'il peut très bien connaître l'histoire des traités et des alliances dans le passé, mais qu'il ne devinera pas les traités et les alliances contenus dans l'avenir. D'un savant sans imagination ? Qu'il a appris tout ce qui, ayant été enseigné, pouvait être appris, mais qu'il ne trouvera pas les lois non encore devinées. L'imagination est la reine du vrai, et le *possible* est une des provinces du vrai. Elle est positivement apparentée avec l'infini.

Sans elle, toutes les facultés, si solides ou si aiguisées qu'elles soient, sont comme si elles n'étaient pas, tandis que la faiblesse de quelques facultés secondaires, excitées par une imagination vigoureuse, est un malheur secondaire. Aucune ne peut se passer d'elle, et elle peut suppléer quelques-unes. Souvent ce que celles-ci cherchent et ne trouvent qu'après les essais successifs de plusieurs méthodes non adaptées à la nature des choses, fièrement et simplement elle le devine. Enfin elle joue un rôle puissant même dans la morale; car, permettez-moi d'aller jusque-là, qu'est-ce que la vertu sans imagination ? Autant dire la vertu sans la pitié, la vertu sans le ciel; quelque chose de dur, de cruel, de stérilisant, qui, dans certains pays, est devenu la bigoterie, et dans certains autres le protestantisme[1].

Malgré tous les magnifiques privilèges que j'attribue à

l'imagination, je ne ferai pas à vos lecteurs l'injure de
leur expliquer que mieux elle est secourue et plus elle est
puissante, et que ce qu'il y a de plus fort dans les batailles
avec l'idéal, c'est une belle imagination disposant d'un
immense magasin d'observations. Cependant, pour revenir à ce que je disais tout à l'heure relativement à cette
permission de suppléer que doit l'imagination à son origine divine, je veux vous citer un exemple, un tout petit
exemple, dont vous ne ferez pas mépris, je l'espère.
Croyez-vous que l'auteur d'*Antony,* du *Comte Hermann,*
de *Monte-Cristo,* soit un savant ? Non, n'est-ce pas ?
Croyez-vous qu'il soit versé dans la pratique des arts,
qu'il en ait fait une étude patiente ? Pas davantage. Cela
serait même, je crois, antipathique à sa nature. Eh bien,
il est un exemple qui prouve que l'imagination, quoique
non servie par la pratique et la connaissance des termes
techniques, ne peut pas proférer de sottises hérétiques en
une matière qui est, pour la plus grande partie, de son
ressort. Récemment je me trouvais dans un wagon[1], et
je rêvais à l'article que j'écris présentement ; je rêvais surtout à ce singulier renversement des choses qui a permis,
dans un siècle, il est vrai, où, pour le châtiment de
l'homme, tout lui a été permis, de mépriser la plus honorable et la plus utile des facultés morales, quand je vis,
traînant sur un coussin voisin, un numéro égaré de *L'Indépendance belge.* Alexandre Dumas s'était chargé d'y faire
le compte rendu des ouvrages du Salon[2]. La circonstance
me commandait la curiosité. Vous pouvez deviner quelle
fut ma joie quand je vis mes rêveries pleinement vérifiées
par un exemple que me fournissait le hasard. Que cet
homme, qui a l'air de représenter la vitalité universelle[3],
louât magnifiquement une époque qui fut pleine de vie,
que le créateur du drame romantique chantât, sur un
ton qui ne manquait pas de grandeur, je vous assure, le
temps heureux où, à côté de la nouvelle école littéraire,
florissait la nouvelle école de peinture : Delacroix, les
Devéria, Boulanger, Poterlet[4], Bonington, etc., le beau
sujet d'étonnement ! direz-vous. C'est bien là son affaire !
Laudator temporis acti ! Mais qu'il louât spirituellement
Delacroix, qu'il expliquât nettement le genre de folie de
ses adversaires, et qu'il allât plus loin même, jusqu'à
montrer en quoi péchaient les plus forts parmi les
peintres de plus récente célébrité ; que lui, Alexandre

Dumas, si abandonné, si coulant, montrât si bien, par exemple, que Troyon n'a pas de génie et ce qui lui manque même pour simuler le génie, dites-moi, mon cher ami, trouvez-vous cela aussi simple ? Tout cela, sans doute, était écrit avec ce *lâché* dramatique dont il a pris l'habitude en causant avec son innombrable auditoire ; mais cependant que de grâce et de soudaineté dans l'expression du vrai ! Vous avez fait déjà ma conclusion : Si Alexandre Dumas, qui n'est pas un savant, ne possédait pas heureusement une riche imagination, il n'aurait dit que des sottises ; il a dit des choses sensées et les a bien dites, parce que... (il faut bien achever) parce que l'imagination, grâce à sa nature suppléante, contient l'esprit critique.

Il reste, cependant, à mes contradicteurs une ressource, c'est d'affirmer qu'Alexandre Dumas n'est pas l'auteur de son *Salon*[1]. Mais cette insulte est si vieille et cette ressource si banale, qu'il faut l'abandonner aux amateurs de friperie, aux faiseurs de *courriers* et de *chroniques*. S'ils ne l'ont pas déjà ramassée, ils la ramasseront.

Nous allons entrer plus intimement dans l'examen des fonctions de cette faculté *cardinale* (sa richesse ne rappelle-t-elle pas des idées de pourpre ?). Je vous raconterai simplement ce que j'ai appris de la bouche d'un maître homme[2], et, de même qu'à cette époque je vérifiais, avec la joie d'un homme qui s'instruit, ses préceptes si simples sur toutes les peintures qui tombaient sous mon regard, nous pourrons les appliquer successivement, comme une pierre de touche, sur quelques-uns de nos peintres.

IV

LE GOUVERNEMENT DE L'IMAGINATION

Hier soir, après vous avoir envoyé les dernières pages de ma lettre, où j'avais écrit, mais non sans une certaine timidité : *Comme l'imagination a créé le monde, elle le gouverne*, je feuilletais *La Face nocturne de la Nature*[3] et je tombai sur ces lignes, que je cite uniquement parce qu'elles sont la paraphrase justificative de la ligne qui m'inquiétait : « *By imagination, I do not simply mean to convey the common notion implied by that much abused word, which is only fancy, but the constructive imagination, which is a much higher function, and which, in as much as man is made in the likeness of God, bears a distant relation to that sublime power by which the Creator projects, creates, and upholds his universe.* » — « Par imagination, je ne veux pas seulement exprimer l'idée commune impliquée dans ce mot dont on fait si grand abus, laquelle est simplement *fantaisie,* mais bien l'imagination *créatrice,* qui est une fonction beaucoup plus élevée, et qui, en tant que l'homme est fait à la ressemblance de Dieu, garde un rapport éloigné avec cette puissance sublime par laquelle le Créateur conçoit, crée et entretient son univers. » Je ne suis pas du tout honteux, mais au contraire très heureux de m'être rencontré avec cette excellente Mme Crowe, de qui j'ai toujours admiré et envié la faculté de croire, aussi développée en elle que chez d'autres la défiance.

Je disais que j'avais entendu, il y a longtemps déjà, un homme vraiment savant et profond dans son art[1] exprimer sur ce sujet les idées les plus vastes et cependant les plus simples. Quand je le vis pour la première fois, je n'avais pas d'autre expérience que celle que donne un amour excessif ni d'autre raisonnement que l'instinct. Il est vrai que cet amour et cet instinct étaient passablement vifs ; car, très jeunes, mes yeux remplis d'images peintes ou gravées n'avaient jamais pu se rassasier, et je crois que les mondes pourraient finir, *impavidum ferient*[2], avant que je devienne iconoclaste[3]. Évidemment il voulut être plein d'indulgence et de complaisance ; car nous causâmes tout d'abord de lieux communs, c'est-à-dire des questions les plus vastes et les plus profondes. Ainsi, de la nature, par exemple. « La nature n'est qu'un dictionnaire »[4], répétait-il fréquemment. Pour bien comprendre l'étendue du sens impliqué dans cette phrase, il faut se figurer les usages nombreux et ordinaires du dictionnaire. On y cherche le sens des mots, la génération des mots, l'étymologie des mots ; enfin on en extrait tous les éléments qui composent une phrase et un récit ; mais personne n'a jamais considéré le dictionnaire comme une composition dans le sens poétique du mot. Les peintres

qui obéissent à l'imagination cherchent dans leur dictionnaire les éléments qui s'accordent à[a] leur conception;
encore, en les ajustant avec un certain art, leur donnent-
ils une physionomie toute nouvelle. Ceux qui n'ont pas
d'imagination copient le dictionnaire. Il en résulte un
très grand vice, le vice de la banalité, qui est plus particulièrement propre à ceux d'entre les peintres que leur
spécialité rapproche davantage de la nature extérieure,
par exemple les paysagistes, qui généralement considèrent comme un triomphe de ne pas montrer leur personnalité. À force de contempler, ils oublient de sentir
et de penser.

Pour ce grand peintre, toutes les parties de l'art, dont
l'un prend celle-ci et l'autre celle-là pour la principale,
n'étaient, ne sont, veux-je dire, que les très humbles
servantes d'une faculté unique et supérieure.

Si une exécution très nette est nécessaire, c'est pour
que le langage du rêve soit très nettement traduit; qu'elle
soit très rapide, c'est pour que rien ne se perde de l'impression extraordinaire qui accompagnait la conception;
que l'attention de l'artiste se porte même sur la propreté
matérielle des outils, cela se conçoit sans peine, toutes les
précautions devant être prises pour rendre l'exécution
agile et décisive.

Dans une pareille méthode, qui est essentiellement
logique, tous les personnages, leur disposition relative,
le paysage ou l'intérieur qui leur sert de fond ou d'horizon, leurs vêtements, tout enfin doit servir à illuminer
l'idée génératrice et porter encore sa couleur originelle,
sa livrée, pour ainsi dire. Comme un rêve est placé dans
une atmosphère qui[b] lui est propre, de même une conception, devenue composition, a besoin de se mouvoir dans
un milieu coloré qui lui soit particulier. Il y a évidemment un ton particulier attribué à une partie quelconque
du tableau qui devient clef et qui gouverne les autres.
Tout le monde sait que le jaune, l'orangé, le rouge, inspirent et représentent des idées de joie, de richesse, de
gloire et d'amour; mais il y a des milliers d'atmosphères
jaunes ou rouges, et toutes les autres couleurs seront
affectées logiquement et dans une quantité proportionnelle par l'atmosphère dominante. L'art du coloriste tient
évidemment par de certains côtés[c] aux mathématiques
et à la musique[1]. Cependant ses opérations les plus déli-

cates se font par un sentiment auquel un long exercice
a donné une sûreté inqualifiable. On voit que cette grande
loi d'harmonie générale condamne bien des papillotages
et bien des crudités, même chez les peintres les plus
illuſtres. Il y a des tableaux de Rubens qui non seulement
font penser à un feu d'artifice coloré, mais même à plusieurs feux d'artifice tirés sur le même emplacement.
Plus un tableau eſt grand, plus la touche doit être large,
cela va sans dire; mais il eſt bon que les touches ne soient
pas matériellement fondues; elles se fondent naturellement à une diſtance voulue par la loi sympathique qui
les a associées. La couleur obtient ainsi plus d'énergie et
de fraîcheur.

Un bon tableau, fidèle et égal au rêve qui l'a enfanté,
doit être produit comme un monde. De même que la création, telle que nous la voyons, eſt le résultat de plusieurs
créations dont les précédentes sont toujours complétées par la suivante; ainsi un tableau conduit harmoniquement consiſte en une série de tableaux superposés,
chaque nouvelle couche donnant au rêve plus de réalité
et le faisant monter d'un degré vers la perfeċtion. Tout
au contraire, je me rappelle avoir vu dans les ateliers de
Paul Delaroche et d'Horace Vernet de vaſtes tableaux,
non pas ébauchés, mais commencés, c'eſt-à-dire absolument finis dans de certaines parties, pendant que certaines autres n'étaient encore indiquées que par un
contour noir ou blanc. On pourrait comparer ce genre
d'ouvrage à un travail purement manuel qui doit couvrir une certaine quantité d'espace en un temps déterminé,
ou à une longue route divisée en un grand nombre
d'étapes. Quand une étape eſt faite, elle n'eſt plus à faire,
et quand toute la route eſt parcourue, l'artiſte eſt délivré
de son tableau.

Tous ces préceptes sont évidemment modifiés plus ou
moins par le tempérament varié des artiſtes. Cependant
je suis convaincu que c'eſt là la méthode la plus sûre
pour les imaginations riches. Conséquemment, de trop
grands écarts faits hors de la méthode en queſtion
témoignent d'une importance anormale et injuſte donnée à quelque partie secondaire de l'art.

Je ne crains pas qu'on dise qu'il y a absurdité à supposer une même éducation appliquée à une foule d'individus différents. Car il eſt évident que les rhétoriques et

les prosodies ne sont pas des tyrannies inventées arbitrairement, mais une collection de règles réclamées par l'organisation même de l'être spirituel. Et jamais les prosodies et les rhétoriques n'ont empêché l'originalité de se produire distinctement. Le contraire, à savoir qu'elles ont aidé l'éclosion de l'originalité, serait infiniment plus vrai[1].

Pour être bref, je suis obligé d'omettre une foule de corollaires résultant de la formule principale, où est, pour ainsi dire, contenu tout le formulaire de la véritable esthétique, et qui peut être exprimée ainsi : Tout l'univers visible n'est qu'un magasin d'images et de signes auxquels l'imagination donnera une place et une valeur relative; c'est une espèce de pâture que l'imagination doit digérer et transformer. Toutes les facultés de l'âme humaine doivent être subordonnées à l'imagination, qui les met en réquisition toutes à la fois. De même que bien connaître le dictionnaire n'implique pas nécessairement la connaissance de l'art de la composition, et que l'art de la composition lui-même n'implique pas l'imagination universelle, ainsi un bon peintre peut n'être pas un grand peintre. Mais un grand peintre est forcément un bon peintre, parce que l'imagination universelle renferme l'intelligence de tous les moyens et le désir de les acquérir.

Il est évident que, d'après les notions que je viens d'élucider tant bien que mal (il y aurait encore tant de choses à dire, particulièrement sur les parties concordantes de tous les arts et les ressemblances dans leurs méthodes !), l'immense classe des artistes, c'est-à-dire des hommes qui se sont voués à l'expression de l'art, peut se diviser en deux camps bien distincts : celui-ci, qui s'appelle lui-même *réaliste,* mot à double entente et dont le sens n'est pas bien déterminé, et que nous appellerons, pour mieux caractériser son erreur[2], un *positiviste,* dit : « Je veux représenter les choses telles qu'elles sont, ou bien qu'elles seraient[a], en supposant que je n'existe pas. » L'univers sans l'homme. Et celui-là, l'imaginatif, dit : « Je veux illuminer les choses avec mon esprit et en projeter le reflet sur les autres esprits. » Bien que ces deux méthodes absolument contraires puissent agrandir ou amoindrir tous les sujets, depuis la scène religieuse jusqu'au plus modeste paysage, toutefois l'homme d'imagination a dû généralement se produire dans la peinture religieuse et dans la fantaisie, tandis que la peinture dite de genre et le paysage devaient offrir en apparence de vastes ressources aux esprits paresseux et difficilement excitables.

Outre les imaginatifs et les soi-disant réalistes, il y a encore une classe d'hommes, timides et obéissants, qui mettent tout leur orgueil à obéir à un code de fausse dignité. Pendant que ceux-ci croient représenter la nature et que ceux-là veulent peindre leur âme, d'autres se conforment à des règles de pure convention, tout à fait arbitraires, non tirées de l'âme humaine, et simplement imposées par la routine d'un atelier célèbre. Dans cette classe très nombreuse, mais si peu intéressante, sont compris les faux amateurs de l'antique, les faux amateurs du style, et en un mot tous les hommes qui par leur impuissance[a] ont élevé le poncif aux honneurs du style.

V

RELIGION, HISTOIRE, FANTAISIE

À chaque nouvelle exposition, les critiques remarquent que les peintures religieuses font de plus en plus défaut. Je ne sais s'ils ont raison quant au nombre; mais certainement ils ne se trompent pas quant à la qualité. Plus d'un écrivain religieux, naturellement enclin, comme les écrivains démocrates, à suspendre le beau à la croyance, n'a pas manqué d'attribuer à l'absence de foi cette difficulté d'exprimer les choses de la foi. Erreur qui pourrait être philosophiquement démontrée, si les faits ne nous prouvaient pas suffisamment le contraire, et si l'histoire de la peinture ne nous offrait pas des artistes impies et athées produisant d'excellentes œuvres religieuses. Disons donc simplement que la religion étant la plus haute *fiction* de l'esprit humain (je parle exprès comme parlerait un athée professeur de beaux-arts, et rien n'en doit être conclu contre ma foi), elle réclame de ceux qui se vouent à l'expression de ses actes et de ses sentiments l'imagina-

tion la plus vigoureuse et les efforts les plus tendus. Ainsi
le personnage de Polyeucte exige du poète et du comédien une ascension spirituelle et un enthousiasme beaucoup plus vif que tel personnage vulgaire épris d'une
vulgaire créature de la terre, ou même qu'un héros purement politique. La seule concession qu'on puisse raisonnablement faire aux partisans de la théorie qui considère
la foi comme l'unique source d'inspiration religieuse, est
que le poète, le comédien et l'artiste, au moment où ils
exécutent l'ouvrage en question, croient à la réalité de ce
qu'ils représentent, échauffés qu'ils sont par la nécessité.
Ainsi l'art est le seul domaine spirituel où l'homme
puisse dire : « Je croirai si je veux, et si je ne veux pas,
je ne croirai pas. » La cruelle et humiliante maxime : *Spi-
ritus flat ubi vult,* perd ses droits en matière d'art.

J'ignore si MM. Legros et Amand Gautier possèdent
la foi comme l'entend l'Église, mais très certainement ils
ont eu, en composant chacun un excellent ouvrage de
piété, la foi suffisante pour l'objet en vue[1]. Ils ont prouvé
que, même au XIXᵉ siècle, l'artiste peut produire un bon
tableau de religion, pourvu que son imagination soit
apte à s'élever jusque-là. Bien que les peintures plus importantes d'Eugène Delacroix nous attirent et nous
réclament, j'ai trouvé bon, mon cher M***, de citer
tout d'abord deux noms inconnus ou peu connus. La
fleur oubliée ou ignorée ajoute à son parfum naturel le
parfum paradoxal de son obscurité[2], et sa valeur positive
est augmentée par la joie de l'avoir découverte. J'ai peut-
être tort d'ignorer entièrement M. Legros, mais j'avouerai que je n'avais encore vu aucune production signée de
son nom. La première fois que j'aperçus son tableau,
j'étais avec notre ami commun, M. C...[3], dont j'attirai les
yeux sur cette production si humble et si pénétrante. Il
n'en pouvait pas nier les singuliers mérites; mais cet
aspect *villageois,* tout ce petit monde vêtu de velours, de
coton, d'indienne et de cotonnade que l'*Angelus* rassemble le soir sous la voûte de l'église de nos grandes
villes, avec ses sabots et ses parapluies, tout voûté par le
travail, tout ridé par l'âge, tout parcheminé par la brû-
lure du chagrin, troublait un peu ses yeux, amoureux,
comme ceux d'un bon connaisseur, des beautés élégantes
et mondaines. Il obéissait évidemment à cette humeur
française qui craint surtout d'être dupe, et qu'a si cruelle-

ment raillée l'écrivain français[1] qui en était le plus singulièrement obsédé. Cependant l'esprit du vrai critique,
comme l'esprit du vrai poète, doit être ouvert à toutes
les beautés ; avec la même facilité il jouit de la grandeur
éblouissante de César triomphant et de la grandeur du
pauvre habitant des faubourgs incliné sous le regard de
son Dieu. Comme les voilà bien *revenues* et retrouvées les
sensations de rafraîchissement qui habitent les voûtes de
l'église catholique, et l'humilité qui jouit d'elle-même, et
la confiance du pauvre dans le Dieu juste, et l'espérance
du secours, si ce n'est l'oubli des infortunes présentes !
Ce qui prouve que M. Legros est un esprit vigoureux,
c'est que l'accoutrement vulgaire de son sujet ne nuit pas
du tout à la grandeur morale du même sujet, mais qu'au
contraire la trivialité est ici comme un assaisonnement
dans la charité et la tendresse. Par une association mystérieuse que les esprits délicats comprendront, l'enfant
grotesquement habillé qui tortille avec gaucherie sa
casquette dans le temple de Dieu, m'a fait penser à l'âne
de Sterne et à ses macarons[2]. Que l'âne soit comique en
mangeant un gâteau, cela ne diminue rien de la sensation
d'attendrissement qu'on éprouve en voyant le misérable
esclave de la ferme cueillir quelques douceurs dans la
main d'un philosophe. Ainsi l'enfant du pauvre, tout
embarrassé de sa contenance, goûte, en tremblant, aux
confitures célestes. J'oubliais de dire que l'exécution de
cette œuvre pieuse est d'une remarquable solidité ; la couleur un peu triste et la minutie des détails s'harmonisent
avec le caractère éternellement *précieux* de la dévotion.
M. C... me fit remarquer que les fonds ne fuyaient pas
assez loin et que les personnages semblaient un peu plaqués sur la décoration qui les entoure. Mais ce défaut, je
l'avoue, en me rappelant l'ardente naïveté des vieux
tableaux, fut pour moi comme un charme de plus. Dans
une œuvre moins intime et moins pénétrante, il n'eût pas
été tolérable.

   M. Amand Gautier est l'auteur d'un ouvrage qui avait
déjà, il y a quelques années, frappé les yeux de la critique,
ouvrage remarquable à bien des égards, refusé, je crois,
par le jury, mais qu'on put étudier aux vitres d'un des
principaux marchands du boulevard : je veux parler d'une
cour d'un *Hôpital de folles ;* sujet qu'il avait traité, non
pas selon la méthode philosophique et germanique, celle

de Kaulbach[1], par exemple, qui fait penser aux catégories d'Aristote, mais avec le sentiment dramatique français, uni à une observation fidèle et intelligente. Les amis de l'auteur disent que *tout* dans l'ouvrage était minutieusement exact : têtes, gestes, physionomies, et copié d'après la nature. Je ne le crois pas, d'abord parce que j'ai surpris dans l'arrangement du tableau des symptômes du contraire, et ensuite parce que ce qui est positivement et universellement exact n'est jamais admirable. Cette année-ci, M. Amand Gautier a exposé un unique ouvrage qui porte simplement pour titre les *Sœurs de charité*. Il faut une véritable puissance pour dégager la poésie sensible contenue dans ces longs vêtements uniformes, dans ces coiffures rigides et dans ces attitudes modestes et sérieuses comme la vie des personnes de religion. Tout dans le tableau de M. Gautier concourt au développement de la pensée principale : ces longs murs blancs, ces arbres correctement alignés, cette façade simple jusqu'à la pauvreté, les attitudes droites et sans coquetterie féminine, tout ce sexe réduit à la discipline comme le soldat, et dont le visage brille tristement des pâleurs rosées de la virginité consacrée, donnent la sensation de l'éternel, de l'invariable, du devoir agréable dans sa monotonie. J'ai éprouvé, en étudiant cette toile peinte avec une touche large et simple comme le sujet, ce je ne sais quoi que jettent dans l'âme certains Lesueur et les meilleurs Philippe de Champagne, ceux qui expriment les habitudes monastiques. Si, parmi les personnes qui me lisent, quelques-unes voulaient chercher ces tableaux, je crois bon de les avertir qu'elles les trouveront au bout de la galerie, dans la partie gauche du bâtiment, au fond d'un vaste salon carré où l'on a interné une multitude de toiles innommables, soi-disant religieuses pour la plupart. L'aspect de ce salon est si froid, que les promeneurs y sont plus rares, comme dans un coin de jardin que le soleil ne visite pas. C'est dans ce capharnaüm de faux *ex-voto*, dans cette immense voie lactée de plâtreuses sottises, qu'ont été reléguées ces deux modestes toiles.

L'imagination de Delacroix ! Celle-là n'a jamais craint d'escalader les hauteurs difficiles de la religion ; le ciel lui appartient, comme l'enfer, comme la guerre, comme l'Olympe, comme la volupté. Voilà bien le type du peintre-poète ! Il est bien un des rares élus, et l'étendue de son esprit comprend la religion dans son domaine. Son imagination, ardente comme les chapelles ardentes, brille de toutes les flammes et de toutes les pourpres. Tout ce qu'il y a de douleur dans la *passion* le passionne; tout ce qu'il y a de splendeur dans l'Église l'illumine. Il verse tour à tour sur ses toiles inspirées le sang, la lumière et les ténèbres. Je crois qu'il ajouterait volontiers, comme surcroît, son faste naturel aux majestés de l'Évangile. J'ai vu une petite *Annonciation*[1], de Delacroix, où l'ange visitant Marie n'était pas seul, mais conduit en cérémonie par deux autres anges, et l'effet de cette cour céleste était puissant et charmant. Un de ses tableaux de jeunesse, le *Christ aux Oliviers*[2] (« Seigneur, détournez de moi ce calice », à Saint-Paul, rue Saint-Antoine), ruisselle de tendresse féminine et d'onction poétique. La douleur et la pompe, qui éclatent si haut dans la religion, font toujours écho dans son esprit.

Eh bien, mon cher ami, cet homme extraordinaire qui a lutté avec Scott, Byron, Gœthe, Shakespeare, Arioste, Tasse, Dante et l'Évangile, qui a illuminé l'histoire des rayons de sa palette et versé sa fantaisie à flots dans nos yeux éblouis, cet homme, avancé dans le nombre de ses jours, mais marqué d'une opiniâtre jeunesse, qui depuis l'adolescence a consacré tout son temps à exercer sa main, sa mémoire et ses yeux pour préparer des armes plus sûres à son imagination, ce génie a trouvé récemment un professeur pour lui enseigner son art, dans un jeune *chroniqueur* dont le sacerdoce s'était jusque-là borné à rendre compte de la robe de madame une telle au dernier bal de l'Hôtel de Ville. Ah ! les chevaux *roses,* ah ! les paysans *lilas,* ah ! les fumées *rouges* (quelle audace, une fumée rouge !), ont été traités d'une *verte* façon[3]. L'œuvre de Delacroix a été mis en poudre et jeté aux quatre vents du ciel. Ce genre d'articles, parlé d'ailleurs dans tous les salons bourgeois, commence invariablement par ces mots : « Je dois dire que je n'ai pas la prétention d'être un connaisseur, les mystères de la peinture me sont lettre close, *mais cependant,* etc... » (en ce cas, pourquoi en parler ?) et finit généralement par une phrase pleine d'aigreur qui équivaut à un regard d'envie jeté sur les bienheureux qui comprennent l'incompréhensible.

Qu'importe, me direz-vous, qu'importe la sottise si le génie triomphe ? Mais, mon cher, il n'est pas superflu de mesurer la force de résistance à laquelle se heurte le génie, et toute l'importance de ce jeune chroniqueur se réduit, mais c'est bien suffisant, à représenter l'esprit moyen de la bourgeoisie. Songez donc que cette comédie se joue contre Delacroix depuis 1822, et que depuis cette époque, toujours exact au rendez-vous, notre peintre nous a donné à chaque exposition plusieurs tableaux parmi lesquels il y avait au moins un chef-d'œuvre, montrant infatigablement, pour me servir de l'expression polie et indulgente de M. Thiers, « cet élan de la supériorité qui ranime les espérances un peu découragées *par le mérite trop modéré de tout le reste* »[1]. Et il ajoutait plus loin : « Je ne sais quel souvenir des grands artistes me *saisit* à l'aspect de ce tableau *(Dante et Virgile)*. Je retrouve cette puissance sauvage, ardente, mais naturelle, qui cède sans effort à son propre entraînement... Je ne crois pas m'y tromper, M. Delacroix *a reçu le génie ;* qu'il avance avec assurance, qu'il se livre aux *immenses* travaux, condition *indispensable* du talent... » Je ne sais pas combien de fois dans sa vie M. Thiers a été prophète, mais il le fut ce jour-là. Delacroix s'est livré aux *immenses travaux,* et il n'a pas désarmé l'opinion. À voir cet épanchement majestueux, intarissable, de peinture, il serait facile de deviner l'homme à qui j'entendais dire un soir : « Comme tous ceux de mon âge, j'ai connu plusieurs passions ; mais ce n'est que dans le travail que je me suis senti parfaitement heureux. » Pascal dit que les toges, la pourpre et les panaches ont été très heureusement inventés pour imposer au vulgaire, pour marquer d'une étiquette ce qui est vraiment respectable ; et cependant les distinctions officielles dont Delacroix a été l'objet n'ont pas fait taire l'ignorance. Mais à bien regarder la chose, pour les gens qui, comme moi, veulent que les affaires d'art ne se traitent qu'entre aristocrates et qui croient que c'est la rareté des élus qui fait le paradis, tout est ainsi pour le mieux. Homme privilégié ! la Providence lui garde des ennemis en réserve. Homme heureux parmi les heureux ! non seulement son talent triomphe des obstacles, mais il en fait naître de nouveaux pour en triompher encore ! Il est aussi grand que les anciens, dans un siècle et dans un pays où les anciens n'auraient pas pu vivre. Car, lorsque j'entends porter jusqu'aux étoiles des hommes comme Raphaël et Véronèse, avec une intention visible de diminuer le mérite qui s'est produit après eux, tout en accordant mon enthousiasme à ces grandes ombres qui n'en ont pas besoin, je me demande si un mérite, qui est *au moins* l'égal du leur (admettons un instant, par pure complaisance, qu'il lui soit inférieur), n'est pas infiniment plus *méritant,* puisqu'il s'est victorieusement développé dans une atmosphère et un terroir hostiles ? Les nobles artistes de la Renaissance eussent été bien coupables de n'être pas grands, féconds et sublimes, encouragés et excités qu'ils étaient par une compagnie illustre de seigneurs et de prélats, que dis-je ? par la multitude elle-même qui était artiste en ces âges d'or ! Mais l'artiste moderne qui s'est élevé très haut *malgré* son siècle, qu'en dirons-nous, si ce n'est de certaines choses que ce siècle n'acceptera pas, et qu'il faut laisser dire aux âges futurs ?

Pour revenir aux peintures religieuses, dites-moi si vous vîtes jamais mieux exprimée la solennité nécessaire de la *Mise au tombeau.* Croyez-vous sincèrement que Titien eût inventé cela ? Il eût conçu, il a conçu la chose autrement; mais je préfère cette manière-ci. Le décor, c'est le caveau lui-même, emblème de la vie souterraine que doit mener longtemps la religion nouvelle ! Au dehors, l'air et la lumière qui glisse en[a] rampant dans la spirale. La *Mère* va s'évanouir, elle se soutient à peine ! Remarquons en passant qu'Eugène Delacroix, au lieu de faire de la très sainte Mère une femmelette d'album, lui donne toujours un geste et une ampleur tragiques qui conviennent parfaitement à cette reine des mères. Il est impossible qu'un amateur un peu poète ne sente pas son imagination frappée, non pas d'une impression historique, mais d'une impression poétique, religieuse, universelle, en contemplant ces quelques hommes qui descendent soigneusement le cadavre de leur Dieu au fond d'une crypte, dans ce sépulcre que le monde adorera, « le seul, dit superbement René, qui n'aura rien à rendre à la fin des siècles ! »

Le *Saint Sébastien* est une merveille non pas seulement comme peinture, c'est aussi un délice de tristesse. *La Montée au Calvaire* est une composition compliquée, ardente et savante. « *Elle devait,* nous dit l'artiste qui connaît son monde, *être exécutée dans de grandes proportions* à Saint-Sulpice, dans la chapelle des fonts baptismaux, dont la destination a été changée. » Bien qu'il eût pris toutes ses précautions, disant clairement au public : « Je veux vous montrer le projet, en petit, d'un très grand travail qui m'avait été confié », les critiques n'ont pas manqué, comme à l'ordinaire, pour lui reprocher de ne savoir peindre que des esquisses[1] !

Le voilà couché sur des verdures sauvages, avec une mollesse et une tristesse féminines, le poète illustre qui enseigna l'*art d'aimer*[2]. Ses grands amis de Rome sauront-ils vaincre la rancune impériale ? Retrouvera-t-il un jour les somptueuses voluptés de la prodigieuse cité ? Non, de ces pays sans gloire s'épanchera vainement le long et mélancolique fleuve des *Tristes ;* ici il vivra, ici il mourra. « Un jour, ayant passé l'Ister vers son embouchure et étant un peu écarté de la troupe des chasseurs, je me trouvai à la vue des flots du Pont-Euxin. Je découvris un tombeau de pierre, sur lequel croissait un laurier. J'arrachai les herbes qui couvraient quelques lettres latines, et bientôt je parvins à lire ce premier vers des élégies d'un poète infortuné :

" Mon livre, vous irez à Rome, et vous irez à Rome sans moi[3]. "

« Je ne saurais vous peindre ce que j'éprouvai en retrouvant au fond de ce désert le tombeau d'Ovide. Quelles tristes réflexions ne fis-je point sur les peines de l'exil, qui étaient aussi les miennes, et sur l'inutilité des talents pour le bonheur ! Rome, qui jouit aujourd'hui des tableaux du plus ingénieux de ses poètes, Rome a vu couler vingt ans, d'un œil sec, les larmes d'Ovide. Ah ! moins ingrats que les peuples d'Ausonie, les sauvages habitants des bords de l'Ister se souviennent encore de l'Orphée qui parut dans leurs forêts ! Ils viennent danser autour de ses cendres; ils ont même retenu quelque chose de son langage : tant leur est douce la mémoire de ce Romain qui s'accusait d'être le barbare, parce qu'il n'était pas entendu du Sarmate[4] ! »

Ce n'est pas sans motif que j'ai cité, à propos d'Ovide, ces réflexions d'Eudore. Le ton mélancolique du poète des *Martyrs* s'adapte à ce tableau, et la tristesse languissante du prisonnier chrétien s'y réfléchit heureusement. Il y a là l'ampleur de touche et de sentiments qui caractérisait la plume qui a écrit *Les Natchez ;* et je reconnais, dans la sauvage idylle d'Eugène Delacroix, une *histoire parfaitement belle* parce qu'il y a mis la *fleur du désert, la*

*grâce de la cabane et une simplicité à conter la douleur que je ne
me flatte pas d'avoir conservées*[1]. Certes je n'essayerai pas de
traduire avec ma plume la volupté si triste qui s'exhale
de ce verdoyant *exil*. Le catalogue[2], parlant ici la langue
si nette et si brève des notices de Delacroix, nous dit simplement, et cela vaut mieux : « Les uns l'examinent avec
curiosité, les autres lui font accueil à leur manière, et lui
offrent des fruits sauvages et du lait de jument. » Si
triste qu'il soit, le poète des élégances n'est pas insensible
à cette grâce barbare, au charme de cette hospitalité rustique. Tout ce qu'il y a dans Ovide de délicatesse et de
fertilité a passé dans la peinture de Delacroix ; et, comme
l'exil a donné au brillant poète la tristesse qui lui manquait, la mélancolie a revêtu de son vernis enchanteur le
plantureux paysage du peintre. Il m'est impossible de
dire : Tel tableau de Delacroix est le meilleur de ses tableaux ; car c'est toujours le vin du même tonneau, capiteux, exquis, *sui generis ;* mais on peut dire qu'*Ovide chez
les Scythes* est une de ces étonnantes œuvres comme Delacroix seul sait les concevoir et les peindre. L'artiste qui
a produit cela peut se dire un homme heureux, et heureux
aussi se dira celui qui pourra tous les jours en rassasier
son regard. L'esprit s'y enfonce avec une lente et gourmande volupté, comme dans le ciel, dans l'horizon de la
mer, dans des yeux pleins de pensée, dans une tendance
féconde[a] et grosse de rêverie. Je suis convaincu que ce
tableau a un charme tout particulier pour les esprits délicats ; je jurerais presque qu'il a dû plaire plus que d'autres,
peut-être, aux tempéraments nerveux et poétiques, à
M. Fromentin, par exemple, dont j'aurai le plaisir de
vous entretenir tout à l'heure.

Je tourmente mon esprit pour en arracher quelque
formule qui exprime bien la *spécialité*[3] d'Eugène Delacroix. Excellent dessinateur, prodigieux coloriste, compositeur ardent et fécond, tout cela est évident, tout cela a
été dit. Mais d'où vient qu'il produit la sensation de nouveauté ? Que nous donne-t-il de plus que le passé ? Aussi
grand que les grands, aussi habile que les habiles, pourquoi nous plaît-il davantage ? On pourrait dire que, doué
d'une plus riche imagination, il exprime surtout l'intime
du cerveau, l'aspect étonnant des choses, tant son
ouvrage garde fidèlement la marque et l'humeur de sa
conception. C'est l'infini dans le fini[4]. C'est le rêve ! et je

n'entends pas par ce mot les capharnaüms de la nuit, mais la vision produite par une intense méditation, ou, dans les cerveaux moins fertiles, par un excitant artificiel. En un mot, Eugène Delacroix peint surtout l'*âme* dans ses belles heures[1]. Ah ! mon cher ami, cet homme me donne quelquefois l'envie de durer autant qu'un patriarche, ou, malgré tout ce qu'il faudrait de courage à un mort pour consentir à revivre (« Rendez-moi aux enfers ! » disait l'infortuné ressuscité par la sorcière thessalienne[2]), d'être ranimé à temps pour assister aux enchantements et aux louanges qu'il excitera dans l'âge futur. Mais à quoi bon ? Et quand ce vœu puéril serait exaucé, de voir une prophétie réalisée, quel bénéfice en tirerai-je[a], si ce n'est la honte de reconnaître que j'étais une âme faible et possédée du besoin de voir approuver ses convictions[b3] ?

L'esprit français épigrammatique, combiné avec un élément de pédanterie, destiné à relever d'un peu de sérieux sa légèreté naturelle, devait engendrer une école que Théophile Gautier, dans sa bénignité, appelle poliment l'école néo-grecque, et que je nommerai, si vous le voulez bien, l'école des *pointus*[4]. Ici l'érudition a pour but de déguiser l'absence d'imagination. La plupart du temps, il ne s'agit dès lors que de transporter la vie commune et vulgaire dans un cadre grec ou romain. Dezobry[c] et Barthélemy[5] seront ici d'un grand secours, et des pastiches des fresques d'Herculanum, avec leurs teintes pâles obtenues par des frottis impalpables, permettront au peintre d'esquiver toutes les difficultés d'une peinture riche et solide. Ainsi d'un côté le bric-à-brac (élément sérieux), de l'autre la transposition des vulgarités de la vie dans le régime antique (élément de surprise et de succès), suppléeront désormais à toutes les conditions requises pour la bonne peinture. Nous verrons donc des moutards antiques jouer à la balle antique et au cerceau antique, avec d'antiques poupées et d'antiques joujoux; des bambins idylliques jouer à la madame et au monsieur *(Ma sœur n'y est pas*[6]*) ;* des amours enfourchant des bêtes aquatiques *(Décoration pour une salle de bains*[7]*)* et des *Marchandes d'amour* à foison[8], qui offriront leur marchandise suspendue par les ailes, comme un lapin par les oreilles, et qu'on devrait renvoyer à la place de la Morgue, qui est le lieu où se fait un abondant commerce d'oiseaux plus naturels. L'Amour, l'inévitable Amour, l'immortel Cupidon des confiseurs, joue dans cette école un rôle dominateur et universel[1]. Il est le président de cette république galante et minaudière. C'est un poisson qui s'accommode à toutes les sauces. Ne sommes-nous pas cependant bien las de voir la couleur et le marbre prodigués en faveur de ce vieux polisson, ailé comme un insecte, ou comme un canard, que Thomas Hood[2] nous montre accroupi, et, comme un impotent, écrasant de sa molle obésité le nuage qui lui sert de coussin ? De sa main gauche il tient en manière de sabre son arc appuyé contre sa cuisse ; de la droite il exécute avec sa flèche le commandement : Portez armes ! sa chevelure est frisée dru comme une perruque de cocher ; ses joues rebondissantes oppriment ses narines et ses yeux ; sa chair, ou plutôt sa viande, capitonnée, tubuleuse et soufflée, comme les graisses suspendues aux crochets des bouchers, est sans doute distendue par les soupirs de l'idylle universelle ; à son dos montagneux sont accrochées deux ailes de papillon.

« Est-ce bien là l'incube qui oppresse le sein des belles ?..... Ce personnage est-il le partenaire disproportionné pour lequel soupire Pastorella, dans la plus étroite des couchettes virginales ? La platonique Amanda (qui est tout âme), fait-elle donc, quand elle disserte sur l'Amour, allusion à cet être trop palpable, qui est tout corps ? Et Bélinda croit-elle, en vérité, que ce Sagittaire ultra-substantiel puisse être embusqué dans son dangereux œil bleu ?

« La légende raconte qu'une fille de Provence s'amouracha de la statue d'Apollon et en mourut. Mais demoiselle passionnée délira-t-elle jamais et se dessécha-t-elle devant le piédestal de cette monstrueuse figure ? ou plutôt ne serait-ce pas un emblème indécent qui servirait à expliquer la timidité et la résistance proverbiale des filles à l'approche de l'Amour ?

« Je crois facilement qu'il lui faut *tout un cœur* pour lui tout seul ; car il doit le bourrer jusqu'à la réplétion. Je crois à sa *confiance ;* car il a l'air sédentaire et peu propre à la marche. Qu'il soit prompt à *fondre,* cela tient à sa graisse, et s'il brûle avec *flamme,* il en est de même de

tous les corps gras. Il a des *langueurs* comme tous les
corps d'un pareil tonnage, et il est naturel qu'un si gros
soufflet *soupire*.

« Je ne nie pas qu'il *s'agenouille* aux pieds des dames,
puisque c'est la posture des éléphants ; qu'il *jure* que cet
hommage sera *éternel ;* certes il serait malaisé de concevoir qu'il en fût autrement. Qu'il *meure,* je n'en fais
aucun doute, avec une pareille corpulence et un cou si
court ! S'il est *aveugle,* c'est l'enflure de sa joue de cochon
qui lui bouche la vue. Mais qu'il loge dans l'œil bleu de
Bélinda, ah ! je me sens hérétique, je ne le croirai jamais ;
car elle n'a jamais eu une étable* dans l'œil ! »

Cela est doux à lire, n'est-ce pas ? et cela nous venge un
peu de ce gros poupard troué de fossettes qui représente l'idée populaire de l'Amour. Pour moi, si j'étais
invité à représenter l'Amour, il me semble que je le pein-
drais sous la forme d'un cheval enragé qui dévore son
maître, ou bien d'un démon aux yeux cernés par la débauche et l'insomnie, traînant, comme un spectre ou
un galérien, des chaînes bruyantes à ses chevilles, et
secouant d'une main une fiole de poison, de l'autre le
poignard sanglant du crime[2].

L'école en question, dont le principal caractère (à mes
yeux) est un perpétuel agacement, touche à la fois au
proverbe, au rébus et au vieux-neuf. Comme rébus, elle
est, jusqu'à présent, restée inférieure à *L'Amour fait passer
le Temps* et *Le Temps fait passer l'Amour*[3], qui ont le mérite d'un rébus sans pudeur, exact et irréprochable. Par sa
manie d'habiller à l'antique la vie triviale moderne, elle
commet sans cesse ce que j'appellerais volontiers une
caricature à l'inverse. Je crois lui rendre un grand service en lui indiquant, si elle veut devenir plus agaçante
encore, le petit livre de M. Édouard Fournier[4] comme
une source inépuisable de sujets. Revêtir des costumes
du passé toute l'histoire, toutes les professions et toutes
les industries modernes, voilà, je pense, pour la peinture,
un infaillible et infini moyen d'étonnement. L'honorable
érudit y prendra lui-même quelque plaisir.

Il est impossible de méconnaître chez M. Gérome[5] de
nobles qualités, dont les premières sont la recherche du

---

* Une étable contient *plusieurs* cochons, et, de plus, il y a calembour ; on peut deviner quel est le sens du mot *sty* au figuré[1].

nouveau et le goût des grands sujets; mais son originalité (si toutefois il y a originalité) est souvent d'une nature laborieuse et à peine visible. Froidement il réchauffe les sujets par de petits ingrédients et par des expédients puérils. L'idée d'un combat de coqs[1] appelle naturellement le souvenir de Manille ou de l'Angleterre. M. Gérome essayera de surprendre notre curiosité en transportant ce jeu dans une espèce de pastorale antique. Malgré de grands et nobles efforts, *Le Siècle d'Auguste*[2], par exemple, — qui est encore une preuve de cette tendance française de M. Gérome à chercher le succès ailleurs que dans la seule peinture, — il n'a été jusqu'à présent, et ne sera, ou du moins cela est fort à craindre, que le premier des esprits pointus. Que ces jeux romains soient exactement représentés[3], que la couleur locale soit scrupuleusement observée, je n'en veux point douter; je n'élèverai pas à ce sujet le moindre soupçon (cependant, puisque voici le rétiaire, où est le mirmillon?); mais baser un succès sur de pareils éléments, n'est-ce pas jouer un jeu, sinon déloyal, au moins dangereux, et susciter une résistance méfiante chez beaucoup de gens qui s'en iront hochant la tête et se demandant s'il est bien certain que les choses se passassent absolument ainsi? En supposant même qu'une pareille critique soit injuste (car on reconnaît généralement chez M. Gérome un esprit curieux du passé et avide d'instruction), elle est la punition méritée d'un artiste qui substitue l'amusement d'une page érudite aux jouissances de la pure peinture. La facture de M. Gérome, il faut bien le dire, n'a jamais été forte ni originale. Indécise, au contraire, et faiblement caractérisée, elle a toujours oscillé entre Ingres et Delaroche. J'ai d'ailleurs à faire un reproche plus vif au tableau en question. Même pour montrer l'endurcissement dans le crime et dans la débauche, même pour nous faire soupçonner les bassesses secrètes de la goinfrerie, il n'est pas nécessaire de faire alliance avec la caricature, et je crois que l'habitude du commandement, surtout quand il s'agit de commander au monde, donne, à défaut de vertus, une certaine noblesse d'attitude dont s'éloigne beaucoup trop ce soi-disant César[4], ce boucher, ce marchand de vins obèse, qui tout au plus pourrait, comme le suggère sa pose satisfaite et provocante, aspirer au rôle de directeur du journal des *Ventrus* et des satisfaits[5].

Le Roi Candaule[1] est encore un piège et une distraction. Beaucoup de gens s'extasient devant le mobilier et la décoration du lit royal; voilà donc une chambre à coucher asiatique! quel triomphe! Mais est-il bien vrai que la terrible reine, si jalouse d'elle-même, qui se sentait autant souillée par le regard que par la main, ressemblât à cette plate marionnette? Il y a, d'ailleurs, un grand danger dans un tel sujet, situé à égale distance du tragique et du comique. Si l'anecdote asiatique n'est pas traitée d'une manière asiatique, funeste, sanglante, elle suscitera toujours le comique; elle appellera invariablement dans l'esprit les polissonneries de Baudouin[2] et des Biard du XVIIIe siècle, où une porte entrebâillée permet à deux yeux écarquillés de surveiller le jeu d'une seringue entre les appas exagérés d'une marquise.

Jules César! quelle splendeur de soleil couché le nom de cet homme jette dans l'imagination! Si jamais homme sur la terre a ressemblé à la Divinité, ce fut César. Puissant et séduisant! brave, savant et généreux! Toutes les forces, toutes les gloires et toutes les élégances! Celui dont la grandeur dépassait toujours la victoire, et qui a grandi jusque dans la mort; celui dont la poitrine, traversée par le couteau, ne donnait passage qu'au cri de l'amour paternel, et qui trouvait la blessure du fer moins cruelle que la blessure de l'ingratitude! Certainement, cette fois, l'imagination de M. Gérome a été enlevée; elle subissait une crise heureuse quand elle a conçu son César *seul*, étendu devant son trône culbuté, et ce cadavre de Romain qui fut pontife, guerrier, orateur, historien et maître du monde, remplissant une salle immense et déserte. On a critiqué cette manière de montrer le sujet; on ne saurait trop la louer. L'effet en est vraiment grand. Ce terrible résumé suffit. Nous savons tous assez l'histoire romaine pour nous figurer tout ce qui est sous-entendu, le désordre qui a précédé et le tumulte qui a suivi. Nous devinons Rome derrière cette muraille, et nous entendons les cris de ce peuple stupide et délivré, à la fois ingrat envers la victime et envers l'assassin : « Faisons Brutus César ! » Reste à expliquer, relativement à la peinture elle-même, quelque chose d'inexplicable. César ne peut pas être un maugrabin; il avait la peau très blanche; il n'est pas puéril, d'ailleurs, de rappeler que le dictateur avait autant de soin de sa personne qu'un dandy raffiné. Pourquoi donc cette couleur terreuse dont la face et le bras sont revêtus ? J'ai entendu alléguer le ton cadavéreux dont la mort frappe les visages. Depuis combien de temps, en ce cas, faut-il supposer que le vivant est devenu cadavre ? Les promoteurs d'une pareille excuse doivent regretter la putréfaction. D'autres se contentent de faire remarquer que le bras et la tête sont enveloppés par l'ombre. Mais cette excuse impliquerait que M. Gérome est incapable de représenter une chair blanche dans une pénombre, et cela n'est pas croyable. J'abandonne donc forcément la recherche de ce mystère. Telle qu'elle est, et avec tous ses défauts, cette toile est la meilleure et incontestablement la plus frappante qu'il nous ait montrée depuis long-temps.

Les victoires françaises engendrent sans cesse un grand nombre de peintures militaires. J'ignore ce que vous pensez, mon cher M***, de la peinture militaire consi-dérée comme métier et spécialité. Pour moi, je ne crois pas que le patriotisme commande le goût du faux ou de l'insignifiant. Ce genre de peinture, si l'on y veut bien réfléchir, exige la fausseté ou la nullité. Une bataille *vraie* n'est pas un tableau ; car, pour être intelligible et consé-quemment intéressante comme *bataille,* elle ne peut être représentée que par des lignes blanches, bleues ou noires, simulant les bataillons en ligne. Le terrain devient, dans une composition de ce genre comme dans la réalité, plus important que les hommes. Mais, dans de pareilles conditions, il n'y a plus de tableau, ou du moins il n'y a qu'un tableau de tactique et de topographie. M. Ho-race Vernet crut une fois, plusieurs fois même, résoudre la difficulté par une série d'épisodes accumulés et juxta-posés. Dès lors, le tableau, privé d'unité, ressemble à ces mauvais drames où une surcharge d'incidents para-sites empêche d'apercevoir l'idée mère, la conception génératrice. Donc, en dehors du tableau fait pour les tacticiens et les topographes, que nous devons exclure de l'art pur, un tableau militaire n'est intelligible et inté-ressant qu'à la condition d'être *un simple épisode de la vie militaire.* Ainsi l'a très bien compris M. Pils[1], par exemple, dont nous avons souvent admiré les spiri-tuelles et solides compositions ; ainsi, autrefois, Charlet et Raffet[1]. Mais même dans le simple épisode, dans la simple représentation d'une mêlée d'hommes sur un petit espace déterminé, que de faussetés, que d'exagérations et quelle monotonie l'œil du spectateur a souvent à souffrir ! J'avoue que ce qui m'afflige le plus en ces sortes de spectacles, ce n'est pas cette abondance de blessures, cette prodigalité hideuse de membres écharpés, mais bien l'immobilité dans la violence et l'épouvantable et froide grimace d'une fureur stationnaire. Que de justes critiques ne pourrait-on pas faire encore ! D'abord ces longues bandes de troupes monochromes, telles que les habillent les gouvernements modernes, supportent difficilement le pittoresque, et les artistes, à leurs heures belliqueuses, cherchent plutôt dans le passé, comme l'a fait M. Penguilly dans le *Combat des Trente*[2], un prétexte plausible pour développer une belle variété d'armes et de costumes. Il y a ensuite dans le cœur de l'homme un certain amour de la victoire exagéré jusqu'au mensonge, qui donne souvent à ces toiles un faux air de plaidoiries. Cela n'est pas peu propre à refroidir, dans un esprit raisonnable, un enthousiasme d'ailleurs tout prêt à éclore. Alexandre Dumas, pour avoir à ce sujet rappelé récemment la fable : *Ah ! si les lions savaient peindre*[3] ! s'est attiré une verte remontrance d'un de ses confrères[4]. Il est juste de dire que le moment n'était pas très bien choisi[5], et qu'il aurait dû ajouter que tous les peuples étalent naïvement le même défaut sur leurs théâtres et dans leurs musées. Voyez, mon cher, jusqu'à quelle folie une passion exclusive et étrangère aux arts peut entraîner un écrivain patriote : je feuilletais un jour un recueil célèbre représentant les victoires françaises accompagnées d'un texte[6]. Une de ces estampes figurait la conclusion d'un traité de paix. Les personnages français, bottés, éperonnés, hautains, insultaient presque du regard des diplomates humbles et embarrassés; et le texte louait l'artiste d'avoir su exprimer chez les uns la vigueur morale par l'énergie des muscles, et chez les autres la lâcheté et la faiblesse par une rondeur de formes toute féminine ! Mais laissons de côté ces puérilités, dont l'analyse trop longue est un hors-d'œuvre, et n'en tirons que cette morale, à savoir, qu'on peut manquer de pudeur même dans l'expression des sentiments les plus nobles et les plus magnifiques.

Il y a un tableau militaire que nous devons louer, et avec tout notre zèle; mais ce n'est point une bataille; au contraire, c'est presque une pastorale. Vous avez déjà deviné que je veux parler du tableau de M. Tabar. Le livret dit simplement : *Guerre de Crimée, Fourrageurs*[1]. Que de verdure, et quelle belle verdure, doucement ondulée suivant le mouvement des collines ! L'âme respire ici un parfum compliqué; c'est la fraîcheur végétale, c'est la beauté tranquille d'une nature qui fait rêver plutôt que penser, et en même temps c'est la contemplation de cette vie ardente, aventureuse, où chaque journée appelle un labeur différent. C'est une idylle traversée par la guerre. Les gerbes sont empilées; la moisson nécessaire est faite et l'ouvrage est sans doute fini, car le clairon jette au milieu des airs un rappel retentissant. Les soldats reviennent par bandes, montant et descendant les ondulations du terrain avec une désinvolture nonchalante et régulière. Il est difficile de tirer un meilleur parti d'un sujet aussi simple; tout y est poétique, la nature et l'homme; tout y est vrai et pittoresque, jusqu'à la ficelle ou à la bretelle unique qui soutient çà et là le pantalon rouge. L'uniforme égaye ici, avec l'ardeur du coquelicot ou du pavot, un vaste océan de verdure. Le sujet, d'ailleurs, est d'une nature suggestive; et, bien que la scène se passe en Crimée, avant d'avoir ouvert le catalogue, ma pensée, devant cette armée de moissonneurs, se porta d'abord vers nos troupes d'Afrique, que l'imagination se figure toujours si prêtes à tout, si industrieuses, si véritablement *romaines*[2].

Ne vous étonnez pas de voir un désordre apparent succéder pendant quelques pages à la méthodique allure de mon compte rendu. J'ai dans le triple titre de ce chapitre adopté le mot *fantaisie* non sans quelque raison. *Peinture de genre* implique un certain prosaïsme, et *peinture romanesque,* qui remplissait un peu mieux mon idée, exclut l'idée du fantastique. C'est dans ce genre surtout qu'il faut choisir avec sévérité; car la fantaisie est d'autant plus dangereuse qu'elle est plus facile et plus ouverte; dangereuse comme la poésie en prose, comme le roman, elle ressemble à l'amour qu'inspire une prostituée et qui tombe bien vite dans la puérilité ou dans la bassesse; dangereuse comme toute liberté absolue. Mais la fantaisie est vaste comme l'univers multiplié par tous les êtres pensants qui l'habitent. Elle est la première chose venue interprétée par le premier venu; et, si celui-là n'a pas l'âme qui jette une lumière magique et surnaturelle sur l'obscurité naturelle des choses, elle est une inutilité horrible, elle est la première venue souillée par le premier venu. Ici donc, plus d'analogie, sinon de hasard; mais au contraire trouble et contraste, un champ bariolé par l'absence d'une culture régulière.

En passant, nous pouvons jeter un regard d'admiration et presque de regret sur les charmantes productions de quelques hommes qui, dans l'époque de noble renaissance dont j'ai parlé au début de ce travail, représentaient le joli, le précieux, le délicieux, Eugène Lami[1] qui, à travers ses paradoxaux petits personnages, nous fait voir un monde et un goût disparus, et Wattier, ce savant qui a tant aimé Watteau. Cette époque était si belle et si féconde, que les artistes en ce temps-là n'oubliaient aucun besoin de l'esprit. Pendant qu'Eugène Delacroix et Devéria créaient le grand et le pittoresque, d'autres, spirituels et nobles dans la petitesse, peintres du boudoir et de la beauté légère, augmentaient incessamment l'album actuel de l'élégance idéale. Cette renaissance était grande en tout, dans l'héroïque et dans la vignette. Dans de plus fortes proportions aujourd'hui, M. Chaplin[2], excellent peintre d'ailleurs, continue quelquefois, mais avec un peu de lourdeur, ce culte du joli; cela sent moins le monde et un peu plus l'atelier. M. Nanteuil est un des plus nobles, des plus assidus producteurs qui honorent la seconde phase de cette époque. Il a mis un doigt d'eau dans son vin; mais il peint et il compose toujours avec énergie et imagination. Il y a une fatalité dans les enfants de cette école victorieuse. Le romantisme est une grâce, céleste ou infernale, à qui nous devons des stigmates éternels. Je ne puis jamais contempler la collection des ténébreuses et blanches vignettes dont Nanteuil illustrait[a] les ouvrages des auteurs, ses amis, sans sentir comme un petit vent frais qui fait se hérisser le souvenir. Et M. Baron, n'est-ce pas là aussi un homme curieusement doué, et, sans exagérer son mérite et sa mesure, n'est-il pas délicieux de voir tant de facultés employées dans de capricieux et modestes ouvrages ? Il compose admirablement, groupe avec esprit, colore avec ardeur, et jette une flamme amusante dans tous ses

drames ; drames, car il a la composition dramatique et
quelque chose qui ressemble au génie de l'opéra. Si
j'oubliais de le remercier, je serais bien ingrat ; je lui dois
une sensation délicieuse. Quand, au sortir d'un taudis,
sale et mal éclairé, un homme se trouve tout d'un coup
transporté dans un appartement propre, orné de meubles
ingénieux et revêtu de couleurs caressantes, il sent son
esprit s'illuminer et ses fibres s'apprêter aux choses du
bonheur. Tel le plaisir physique que m'a causé l'*Hôtellerie
de Saint-Luc*. Je venais de considérer avec tristesse tout
un chaos, plâtreux et terreux, d'horreur et de vulgarité,
et, quand je m'approchai de cette riche et lumineuse peinture, je sentis mes entrailles crier : Enfin, nous voici dans
la belle société ! Comme elles sont fraîches, ces eaux qui
amènent par troupes[a] ces convives distingués sous ce
portique ruisselant de lierre et de roses ! Comme elles
sont splendides, toutes ces femmes avec leurs compagnons, ces maîtres peintres qui se connaissent en beauté,
s'engouffrant dans ce repaire de la joie pour célébrer leur
patron ! Cette composition, si riche, si gaie, et en même
temps si noble et si élégante d'attitude[b], est un des meilleurs rêves de bonheur parmi ceux que la peinture a
jusqu'à présent essayé d'exprimer.

Par ses dimensions, l'*Ève* de M. Clésinger[1] fait une
antithèse naturelle avec toutes les charmantes et mi-
gnonnes créatures dont nous venons de parler. Avant
l'ouverture du Salon, j'avais entendu beaucoup jaser de
cette *Ève* prodigieuse, et, quand j'ai pu la voir, j'étais si
prévenu contre elle, que j'ai trouvé tout d'abord qu'on
en avait beaucoup trop ri. Réaction toute naturelle, mais
qui était, de plus, favorisée par mon amour incorrigible
du *grand*. Car il faut, mon cher, que je vous fasse un aveu
qui vous fera peut-être sourire : dans la nature et dans
l'art, je préfère, en supposant l'égalité de mérite, les
choses *grandes* à toutes les autres, les grands animaux,
les grands paysages, les grands navires, les grands
hommes, les grandes femmes[2], les grandes églises, et,
transformant, comme tant d'autres, mes goûts en principes, je crois que la dimension n'est pas une considération sans importance aux yeux de la Muse. D'ailleurs,
pour revenir à l'*Ève* de M. Clésinger, cette figure possède
d'autres mérites : un mouvement heureux, l'élégance
tourmentée du goût florentin, un modelé soigné, sur-

tout dans les parties inférieures du corps, les genoux, les cuisses et le ventre, tel enfin qu'on devait l'attendre d'un sculpteur, un fort bon ouvrage qui méritait mieux que ce qui en a été dit.

Vous rappelez-vous les débuts de M. Hébert[1], des débuts heureux et presque tapageurs ? Son second tableau[2] attira surtout les yeux ; c'était, si je ne me trompe, le portrait d'une femme onduleuse et plus qu'opaline, presque douée de transparence, et se tordant, maniérée, mais exquise, dans une atmosphère d'enchantement. Certainement le succès était mérité, et M. Hébert s'annonçait de manière à être toujours le bienvenu, comme un homme plein de distinction. Malheureusement ce qui fit sa juste notoriété fera peut-être un jour sa décadence. Cette *distinction* se limite trop volontiers aux charmes de la morbidesse et aux langueurs monotones de l'album et du keepsake. Il est incontestable qu'il peint fort bien, mais non pas avec assez d'autorité et d'énergie pour cacher une faiblesse de conception. Je cherche à creuser sous tout ce que je vois d'aimable en lui, et j'y trouve je ne sais quelle ambition mondaine, le parti pris de plaire par des moyens acceptés d'avance par le public, et enfin un certain défaut, horriblement difficile à définir, que j'appellerai, faute de mieux, le défaut de tous les *littératisants*. Je désire qu'un artiste soit lettré, mais je souffre quand je le vois cherchant à capter l'imagination par des ressources situées aux extrêmes limites, sinon même au-delà de son art.

M. Baudry[3], bien que sa peinture ne soit pas toujours suffisamment solide, est plus naturellement artiste. Dans ses ouvrages on devine les bonnes et amoureuses études italiennes, et cette figure de petite fille, qui s'appelle, je crois, *Guillemette,* a eu l'honneur de faire penser plus d'un critique aux spirituels et vivants portraits de Velasquez. Mais enfin il est à craindre que M. Baudry ne reste qu'un homme distingué. Sa *Madeleine pénitente* est bien un peu frivole et lestement peinte, et, somme toute, à ses toiles de cette année je préfère son ambitieux, son compliqué et courageux tableau de la *Vestale*[4].

M. Diaz est un exemple curieux d'une fortune facile obtenue par une faculté unique. Les temps ne sont pas encore loin de nous où il était un engouement. La gaieté de sa couleur, plutôt scintillante que riche, rappelait les heureux bariolages des étoffes orientales. Les yeux s'y amusaient si sincèrement, qu'ils oubliaient volontiers d'y chercher le contour et le modelé. Après avoir usé en vrai prodigue de cette faculté unique dont la nature l'avait prodigalement doué, M. Diaz a senti s'éveiller en lui une ambition plus difficile. Ces premières velléités s'exprimèrent par des tableaux d'une dimension plus grande que ceux où nous avions généralement pris tant de plaisir. Ambition qui fut sa perte. Tout le monde a remarqué l'époque où son esprit fut travaillé de jalousie à l'endroit de Corrège et de Prud'hon. Mais on eût dit que son œil, accoutumé à noter le scintillement d'un petit monde, ne voyait plus de couleurs vives dans un grand espace. Son coloris pétillant tournait au plâtre et à la craie; ou peut-être, ambitieux désormais de modeler avec soin, oubliait-il volontairement les qualités qui jusque-là avaient fait sa gloire. Il est difficile de déterminer les causes qui ont si rapidement diminué la vive personnalité de M. Diaz; mais il est permis de supposer que ces louables désirs[a] lui sont venus trop tard. Il y a de certaines réformes impossibles à un certain âge, et rien n'est plus dangereux, dans la pratique des arts, que de renvoyer toujours au lendemain les études[b] indispensables. Pendant de longues années on se fie à un instinct généralement heureux, et quand on veut enfin corriger une éducation de hasard et acquérir les principes négligés jusqu'alors, il n'est plus temps. Le cerveau a pris des habitudes incorrigibles, et la main, réfractaire et troublée, ne sait pas plus exprimer ce qu'elle exprimait si bien autrefois que les nouveautés dont maintenant on la charge[1]. Il est vraiment bien désagréable de dire de pareilles choses à propos d'un homme d'une aussi notoire valeur que M. Diaz. Mais je ne suis qu'un écho; tout haut ou tout bas, avec malice ou avec tristesse, chacun a déjà prononcé ce que j'écris aujourd'hui.

Tel n'est pas M. Bida : on dirait, au contraire, qu'il a stoïquement répudié la couleur et toutes ses pompes pour donner plus de valeur et de lumière aux caractères que son crayon se charge d'exprimer. Et il les exprime avec une intensité et une profondeur remarquables. Quelquefois une teinte légère et transparente appliquée dans une partie lumineuse, rehausse agréablement le dessin sans en rompre la sévère unité. Ce qui marque

surtout les ouvrages de M. Bida, c'est l'intime expression
des figures. Il est impossible de les attribuer indifféremment à telle ou telle race, ou de supposer que ces personnages sont d'une religion qui n'est pas la leur. À défaut des explications du livret *(Prédication maronite dans
le Liban, Corps de garde d'Arnautes au Caire*[1]*)*, tout esprit
exercé devinerait aisément les différences.

M. Chifflart est un grand prix de Rome, et, miracle !
il a une originalité. Le séjour dans la ville éternelle n'a
pas éteint les forces de son esprit; ce qui, après tout, ne
prouve qu'une chose, c'est que ceux-là seuls y meurent
qui sont trop faibles pour y vivre, et que l'école s'hu-
milie que ceux qui sont voués à l'humilité. Tout le
monde, avec raison, reproche aux deux dessins de
M. Chifflart *(Faust au combat, Faust au sabbat)* trop de
noirceur et de ténèbres, surtout pour des dessins aussi
compliqués. Mais le style en est vraiment beau et grandiose. Quel rêve chaotique ! Méphisto et son ami Faust,
invincibles et invulnérables, traversent au galop, l'épée
haute, tout l'orage de la guerre. Ici la Marguerite, longue,
sinistre, inoubliable, est suspendue et se détache comme
un remords sur le disque de la lune, immense et pâle.
Je sais le plus grand gré à M. Chifflart d'avoir traité ces
poétiques sujets héroïquement et dramatiquement, et
d'avoir rejeté bien loin toutes les fadaises de la mélancolie
apprise. Le bon Ary Scheffer[2], qui refaisait sans cesse
un Christ semblable à son Faust et un Faust semblable
à son Christ, tous deux semblables à un pianiste prêt à
épancher sur les touches d'ivoire ses tristesses incom-
prises, aurait eu besoin de voir ces deux vigoureux dessins pour comprendre qu'il n'est permis de traduire les
poètes que quand on sent en soi une énergie égale à la
leur. Je ne crois pas que le solide crayon qui a dessiné
ce sabbat et cette tuerie s'abandonne jamais à la niaise
mélancolie des demoiselles.

Parmi les jeunes célébrités, l'une des plus solidement
établie[a] est celle de M. Fromentin[3]. Il n'est précisément ni
un paysagiste ni un peintre de genre. Ces deux terrains
sont trop restreints pour contenir sa large et souple
fantaisie. Si je disais de lui qu'il est un conteur de voyages,
je ne dirais pas assez; car il y a beaucoup de voyageurs
sans poésie et sans âme, et son âme est une des plus poétiques et des plus précieuses que je connaisse. Sa peinture

proprement dite, sage, puissante, bien gouvernée, procède évidemment d'Eugène Delacroix. Chez lui aussi on
retrouve cette savante et naturelle intelligence de la couleur, si rare parmi nous. Mais la lumière et la chaleur, qui
jettent dans quelques cerveaux une espèce de folie tropi-
cale, les agitent d'une fureur inapaisable et les poussent
à des danses inconnues, ne versent dans son âme qu'une
contemplation douce et reposée. C'est l'extase plutôt que
le fanatisme. Il est présumable que je suis moi-même
atteint quelque peu d'une nostalgie qui m'entraîne vers
le soleil; car de ces toiles lumineuses s'élève pour moi
une vapeur enivrante, qui se condense bientôt en désirs et
en regrets. Je me surprends à envier le sort de ces hommes
étendus sous ces ombres bleues, et dont les yeux, qui ne
sont ni éveillés ni endormis, n'expriment, si toutefois
ils expriment quelque chose, que l'amour du repos et le
sentiment du bonheur qu'inspire une immense lumière[1].
L'esprit de M. Fromentin tient un peu de la femme, juste
autant qu'il faut pour ajouter une grâce à la force. Mais
une faculté qui n'est certes pas féminine, et qu'il possède
à un degré éminent, est de saisir les parcelles du beau
égarées sur la terre, de suivre le beau à la piste partout
où il a pu se glisser à travers les trivialités de la nature
déchue. Aussi il n'est pas difficile de comprendre de quel
amour il aime les noblesses de la vie patriarcale, et avec
quel intérêt il contemple ces hommes en qui subsiste
encore quelque chose de l'antique héroïsme. Ce n'est pas
seulement des étoffes éclatantes et des armes curieusement ouvragées que ses yeux sont épris, mais surtout
de cette gravité et de ce dandysme patricien qui caractérisent les chefs des tribus puissantes. Tels nous apparurent, il y a quatorze ans à peu près, ces sauvages du
Nord-Amérique, conduits par le peintre Catlin[2], qui,
même dans leur état de déchéance, nous faisaient rêver
à l'art de Phidias et aux grandeurs homériques. Mais à
quoi bon m'étendre sur ce sujet ? Pourquoi expliquer ce
que M. Fromentin a si bien expliqué lui-même dans ses
deux charmants livres : *Un été dans le Sahara* et le *Sahel*[3] ?
Tout le monde sait que M. Fromentin raconte ses voyages
d'une manière double, et qu'il les écrit aussi bien qu'il
les peint, avec un style qui n'est pas celui d'un autre.
Les peintres anciens aimaient aussi à avoir le pied dans
deux domaines et à se servir de deux outils pour expri-

mer leur pensée. M. Fromentin a réussi comme écrivain et comme artiste, et ses œuvres écrites ou peintes sont si charmantes, que s'il était permis d'abattre et de couper l'une des tiges pour donner à l'autre plus de solidité, plus de *robur*[1], il serait vraiment bien difficile de choisir. Car pour gagner peut-être, il faudrait se résigner à perdre beaucoup.

On se souvient d'avoir vu, à l'Exposition de 1855, d'excellents petits tableaux, d'une couleur riche et intense, mais d'un fini précieux, où dans les costumes et les figures se reflétait un curieux amour du passé; ces charmantes toiles étaient signées du nom de Liès[2]. Non loin d'eux, des tableaux exquis, non moins précieusement travaillés, marqués des mêmes qualités et de la même passion rétrospective, portaient le nom de Leys[3]. Presque le même peintre, presque le même nom. Cette lettre déplacée ressemble à un de ces jeux intelligents du hasard, qui a quelquefois l'esprit pointu comme un homme. L'un est élève de l'autre; on dit qu'une vive amitié les unit. Mais MM. Leys et Liès sont-ils donc élevés à la dignité de Dioscures? Faut-il, pour jouir de l'un, que nous soyons privés de l'autre? M. Liès s'est présenté, cette année, sans son Pollux; M. Leys nous refera-t-il visite sans Castor? Cette comparaison est d'autant plus légitime, que M. Leys a été, je crois, le maître de son ami, et que c'est aussi Pollux qui voulut céder à son frère la moitié de son immortalité. *Les Maux de la guerre!* quel titre! Le prisonnier vaincu, lanciné par le brutal vainqueur qui le suit, les paquets de butin en désordre, les filles insultées, tout un monde ensanglanté, malheureux et abattu, le reître puissant, roux et velu, la gouge[4] qui, je crois, n'est pas là, mais qui pouvait y être, cette *fille peinte* du Moyen Âge, qui suivait les soldats avec l'autorisation du prince et de l'Église, comme la courtisane du Canada accompagnait les guerriers au manteau de castor, les charrettes qui cahotent durement les faibles, les petits et les infirmes, tout cela devait nécessairement produire un tableau saisissant, vraiment poétique. L'esprit se porte tout d'abord vers Callot[5]; mais je crois n'avoir rien vu, dans la longue série de ses œuvres, qui soit plus dramatiquement composé. J'ai cependant deux reproches à faire à M. Liès: la lumière est trop généralement répandue, ou plutôt éparpillée; la couleur,

monotonement claire, papillote. En second lieu, la première impression que l'œil reçoit fatalement en tombant
sur ce tableau eſt l'impression désagréable, inquiétante
d'un treillage. M. Liès a cerclé de noir, non seulement
le contour général de ses figures, mais encore toutes les
parties de leur accoutrement, si bien que chacun des
personnages apparaît comme un morceau de vitrail monté
sur une armature de plomb. Notez que cette apparence
contrariante eſt encore renforcée par la clarté générale
des tons.

M. Penguilly eſt aussi un amoureux du passé. Esprit
ingénieux, curieux, laborieux. Ajoutez, si vous voulez,
toutes les épithètes les plus honorables et les plus gracieuses qui peuvent s'appliquer à la poésie de second
ordre, à ce qui n'eſt pas absolument le grand, nu et
simple. Il a la minutie, la patience ardente et la propreté
d'un bibliomane. Ses ouvrages sont travaillés comme
les armes et les meubles des temps anciens. Sa peinture
a le poli du métal et le tranchant du rasoir. Pour son
imagination, je ne dirai pas qu'elle eſt positivement
grande, mais elle eſt singulièrement active, impressionnable et curieuse. J'ai été ravi par cette _Petite Danse
macabre,_ qui ressemble à une bande d'ivrognes attardés,
qui va moitié se traînant et moitié dansant et qu'entraîne
son capitaine décharné. Examinez, je vous prie, toutes
les petites grisailles qui servent de cadre et de commentaire à la composition principale. Il n'y en a pas une qui
ne soit un excellent petit tableau. Les artiſtes modernes
négligent beaucoup trop ces magnifiques allégories du
Moyen Âge, où l'immortel grotesque s'enlaçait en folâ-
trant, comme il fait encore, à l'immortel horrible. Peut-
être nos nerfs trop délicats ne peuvent-ils plus supporter
un symbole trop clairement redoutable. Peut-être aussi,
mais c'eſt bien douteux, eſt-ce la charité qui nous
conseille d'éviter tout ce qui peut affliger nos semblables.
Dans les derniers jours de l'an passé, un éditeur de la rue
Royale mit en vente un paroissien d'un ſtyle très recherché, et les annonces publiées par les journaux nous
inſtruisirent que toutes les vignettes qui encadraient
le texte avaient été copiées sur d'anciens ouvrages de
la même époque, de manière à donner à l'ensemble une
précieuse unité de ſtyle, mais qu'une exception unique
avait été faite relativement aux figures macabres, qu'on

avait soigneusement évité de reproduire, disait la note rédigée sans doute par l'éditeur, *comme n'étant plus du goût de ce siècle,* si éclairé, aurait-il dû ajouter, pour se conformer tout à fait au goût dudit siècle.

Le mauvais goût du siècle en cela me fait peur[1].

Il y a un brave journal où chacun sait tout et parle de tout, où chaque rédacteur, universel et encyclopédique comme les citoyens de la vieille Rome, peut enseigner tour à tour politique, religion, économie, beaux-arts, philosophie, littérature. Dans ce vaste monument de la niaiserie, penché vers l'avenir comme la tour de Pise, et où s'élabore le bonheur du genre humain, il y a un très honnête homme qui ne veut pas qu'on admire M. Penguilly. Mais la raison, mon cher M***, la raison ? — Parce qu'il y a dans son œuvre une *monotonie fatigante.* — Ce mot n'a sans doute pas trait à l'imagination de M. Penguilly, qui est excessivement pittoresque et variée. Ce penseur a voulu dire qu'il n'aimait pas un peintre qui traitait tous les sujets avec le même style. Parbleu ! c'est le *sien !* Vous voulez donc qu'il en change ?

Je ne veux pas quitter cet aimable artiste, dont tous les tableaux, cette année, sont également intéressants, sans vous faire remarquer plus particulièrement les *Petites Mouettes :* l'azur intense du ciel et de l'eau, deux quartiers de roche qui font une porte ouverte sur l'infini (vous savez que l'infini paraît plus profond quand il est plus resserré[2]), une nuée, une multitude, une avalanche, une *plaie*[3] d'oiseaux blancs, et la solitude ! Considérez cela, mon cher ami, et dites-moi ensuite si vous croyez que M. Penguilly soit dénué d'esprit poétique.

Avant de terminer ce chapitre j'attirerai aussi vos yeux sur le tableau de M. Leighton, le seul artiste anglais, je présume, qui ait été exact au rendez-vous[4] : *Le comte Pâris se rend à la maison des Capulets pour chercher sa fiancée Juliette, et la trouve inanimée*[5]. Peinture riche et minutieuse, avec des tons violents et un fini précieux, ouvrage plein d'opiniâtreté, mais dramatique, emphatique même ; car nos amis d'outre-Manche ne représentent pas les sujets tirés du théâtre comme des scènes *vraies,* mais comme des scènes *jouées* avec l'exagération nécessaire, et ce défaut, si c'en est un, prête à ces ouvrages je ne sais quelle beauté étrange et paradoxale.

Enfin, si vous avez le temps de retourner au Salon, n'oubliez pas d'examiner les peintures sur émail de M. Marc Baud[1]. Cet artiste, dans un genre ingrat et mal apprécié, déploie des qualités surprenantes, celles d'un vrai peintre. Pour tout dire, en un mot, il peint grassement là où tant d'autres étalent platement des couleurs pauvres; il sait *faire grand* dans le petit[2].

VI

LE PORTRAIT

Je ne crois pas que les oiseaux du ciel se chargent jamais de pourvoir aux frais de ma table, ni qu'un lion me fasse l'honneur de me servir de fossoyeur et de croque-mort; cependant, dans la Thébaïde que mon cerveau s'est faite, semblable aux solitaires agenouillés qui ergotaient contre cette incorrigible tête de mort encore farcie de toutes les mauvaises raisons de la chair périssable et mortelle, je dispute parfois avec des monstres grotesques, des hantises du plein jour, des spectres de la rue, du salon, de l'omnibus. En face de moi, je vois l'Âme de la Bourgeoisie, et croyez bien que si je ne craignais pas de maculer à jamais la tenture de ma cellule, je lui jetterais volontiers, et avec une vigueur qu'elle ne soupçonne pas, mon écritoire à la face. Voilà ce qu'elle me dit aujourd'hui, cette vilaine Âme, qui n'est pas une hallucination : « En vérité, les poètes sont de singuliers fous de prétendre que l'imagination soit nécessaire dans toutes les fonctions de l'art. Qu'est-il besoin d'imagination, par exemple, pour faire un portrait ? Pour peindre mon âme, mon âme si visible, si claire, si notoire ? Je pose, et en réalité c'est moi, le modèle, qui consens à faire le gros de la besogne. Je suis le véritable fournisseur de l'artiste. Je suis, à moi tout seul, toute la matière. » Mais je lui réponds : « *Caput mortuum*[3], tais-toi ! Brute hyperboréenne des anciens jours, éternel Esquimau porte-lunettes, ou plutôt porte-écailles[1], que toutes les visions de Damas, tous les tonnerres et les éclairs ne sauraient éclairer ! plus la matière est, en apparence, positive et solide, et plus la besogne de l'imagination est subtile et laborieuse. Un portrait ! Quoi de plus simple et de plus compliqué, de plus évident et de plus profond ? Si La Bruyère[2] eût été privé d'imagination, aurait-il pu composer ses *Caractères,* dont cependant la matière, si évidente, s'offrait si complaisamment à lui ? Et si restreint qu'on suppose un sujet historique quelconque, quel historien peut se flatter de le peindre et de l'*illuminer* sans imagination ? »

Le portrait, ce genre en apparence si modeste, nécessite une immense intelligence. Il faut sans doute que l'obéissance de l'artiste y soit grande, mais sa divination doit être égale. Quand je vois un bon portrait, je devine tous les efforts de l'artiste, qui a dû voir d'abord ce qui se faisait voir, mais aussi deviner ce qui se cachait. Je le comparais tout à l'heure à l'historien, je pourrais aussi le comparer au comédien, qui par devoir adopte tous les caractères et tous les costumes. Rien, si l'on veut bien examiner la chose, n'est indifférent dans un portrait. Le geste, la grimace, le vêtement, le décor même, tout doit servir à représenter un *caractère.* De grands peintres, et d'excellents peintres, David, quand il n'était qu'un artiste du XVIIIe siècle et après qu'il fut devenu un chef d'école, Holbein, dans tous ses portraits, ont visé à exprimer avec sobriété mais avec intensité le caractère qu'ils se chargeaient de peindre. D'autres ont cherché à faire davantage ou à faire autrement. Reynolds et Gérard ont ajouté l'élément romanesque, toujours en accord avec le naturel du personnage; ainsi un ciel orageux et tourmenté, des fonds légers et aériens, un mobilier poétique, une attitude alanguie, une démarche aventureuse, etc... C'est là un procédé dangereux, mais non pas condamnable, qui malheureusement réclame du génie. Enfin, quel que soit le moyen le plus visiblement employé par l'artiste, que cet artiste soit Holbein, David, Vélasquez ou Lawrence, un bon portrait m'apparaît toujours comme une biographie dramatisée, ou plutôt comme le drame naturel inhérent à tout homme. D'autres ont voulu restreindre les moyens. Était-ce par impuissance de les employer tous ? était-ce dans l'espérance d'obtenir une plus grande intensité d'expression ? Je ne sais ; ou plutôt je serais incliné à croire qu'en ceci, comme en bien d'autres choses humaines, les deux raisons sont également acceptables. Ici, mon cher ami, je suis obligé, je le crains fort, de toucher à une de vos admirations. Je veux parler de l'école d'Ingres en général, et en particulier de sa méthode appliquée au portrait. Tous les élèves n'ont pas strictement et humblement suivi les préceptes du maître[1]. Tandis que M. Amaury-Duval outrait courageusement l'ascétisme de l'école, M. Lehmann[2] essayait quelquefois de faire pardonner la genèse de ses tableaux par quelques mixtures adultères. En somme on peut dire que l'enseignement a été despotique, et qu'il a laissé dans la peinture française une trace douloureuse. Un homme plein d'entêtement, doué de quelques facultés précieuses, mais décidé à nier l'utilité de celles qu'il ne possède pas, s'est attribué cette gloire extraordinaire, exceptionnelle, d'éteindre le soleil. Quant à quelques tisons fumeux, encore égarés dans l'espace, les disciples de l'homme se sont chargés de piétiner dessus. Exprimée par ces simplificateurs, la nature a paru plus intelligible ; cela est incontestable ; mais combien elle est devenue moins belle et moins excitante, cela est évident. Je suis obligé de confesser que j'ai vu quelques portraits peints par MM. Flandrin et Amaury-Duval, qui, sous l'apparence fallacieuse de peinture, offraient d'admirables échantillons de modelé. J'avouerai même que le caractère visible de ces portraits, moins tout ce qui est relatif à la couleur et à la lumière, était vigoureusement et soigneusement exprimé, d'une manière pénétrante. Mais je demande s'il y a loyauté à abréger les difficultés d'un art par la suppression de quelques-unes de ses parties. Je trouve que M. Chenavard est plus courageux et plus franc[3]. Il a simplement répudié la couleur comme une pompe dangereuse, comme un élément passionnel et damnable, et s'est fié au simple crayon pour exprimer toute la valeur de l'idée. M. Chenavard est incapable de nier tout le bénéfice que la paresse tire du procédé qui consiste à exprimer la forme d'un objet sans la lumière diversement colorée qui s'attache à chacune de ses molécules ; seulement il prétend que ce sacrifice est glorieux et utile, et que la forme et l'idée y gagnent également. Mais les élèves de M. Ingres ont très inutilement conservé un semblant de couleur. Ils croient ou feignent de croire qu'ils font de la peinture.

Voici un autre reproche, un éloge peut-être aux yeux de quelques-uns, qui les atteint plus vivement : leurs portraits ne sont pas vraiment ressemblants. Parce que je réclame sans cesse l'application de l'imagination, l'introduction de la poésie dans toutes les fonctions de l'art, personne ne supposera que je désire, dans le portrait surtout, une altération consciencieuse du modèle. Holbein connaît Érasme[1]; il l'a si bien connu et si bien étudié qu'il le crée de nouveau et qu'il l'évoque, visible, immortel, superlatif. M. Ingres trouve un modèle grand, pittoresque, séduisant. « Voilà sans doute, se dit-il, un curieux caractère; beauté ou grandeur, j'exprimerai cela soigneusement; je n'en omettrai rien, mais *j'y ajouterai quelque chose qui est indispensable :* le style. » Et nous savons ce qu'il entend par le style; ce n'est pas la qualité naturellement poétique du sujet qu'il en faut extraire pour la rendre plus visible. C'est une poésie étrangère, empruntée généralement au passé. J'aurais le droit de conclure que si M. Ingres ajoute quelque chose à son modèle, c'est par impuissance de le faire à la fois grand et vrai. De quel droit ajouter ? N'empruntez à la tradition que l'art de peindre et non pas les moyens de sophistiquer. Cette dame parisienne, ravissant échantillon des grâces évaporées d'un salon français, il la dotera malgré elle d'une certaine lourdeur, d'une bonhomie romaine. Raphaël l'exige. Ces bras sont d'un galbe très pur et d'un contour bien séduisant, sans aucun doute; mais, un peu graciles, il leur manque, pour arriver au style *préconçu,* une certaine dose d'embonpoint et de suc matronal. M. Ingres est victime d'une obsession qui le contraint sans cesse à déplacer, à transposer et à altérer le beau. Ainsi font tous ses élèves, dont chacun, en se mettant à l'ouvrage, se prépare toujours, selon son goût dominant, à *déformer* son modèle. Trouvez-vous que ce défaut soit léger et ce reproche immérité ?

Parmi les artistes qui se contentent du pittoresque naturel de l'original se font surtout remarquer M. Bonvin, qui donne à ses portraits une vigoureuse et surprenante vitalité, et M. Heim, dont quelques esprits superficiels se sont autrefois moqués, et qui cette année encore, comme en 1855, nous a révélé, dans une procession de croquis, une merveilleuse intelligence de la grimace humaine[1]. On n'entendra pas, je présume, le mot dans un sens désagréable. Je veux parler de la grimace naturelle et professionnelle qui appartient à chacun.

M. Chaplin[2] et M. Besson savent faire des portraits. Le premier ne nous a rien montré en ce genre cette année; mais les amateurs qui suivent attentivement les expositions et qui savent à quelle œuvres antécédentes de cet artiste je fais allusion, en ont comme moi éprouvé du regret. Le second, qui est un fort bon peintre, a de plus toutes les qualités littéraires et tout l'esprit nécessaire pour représenter *dignement* des comédiennes[3]. Plus d'une fois, en considérant les portraits vivants et lumineux de M. Besson, je me suis pris à songer à toute la grâce et à toute l'application que les artistes du XVIIIe siècle mettaient dans les images qu'ils nous ont léguées de leurs *étoiles*[4] préférées.

À différentes époques, divers portraitistes ont obtenu la vogue, les uns par leurs qualités et d'autres par leurs défauts. Le public, qui aime passionnément sa propre image, n'aime pas à demi l'artiste auquel il donne plus volontiers commission de la représenter. Parmi tous ceux qui ont su arracher cette faveur, celui qui m'a paru la mériter le mieux, parce qu'il est toujours resté un franc et véritable artiste, est M. Ricard. On a vu quelquefois dans sa peinture un manque de solidité; on lui a reproché, avec exagération, son goût pour Van Dyck, Rembrandt et Titien, sa grâce quelquefois anglaise, quelquefois italienne. Il y a là tant soit peu d'injustice. Car l'imitation est le vertige des esprits souples et brillants, et souvent même une preuve de supériorité. À des instincts de peintre tout à fait remarquables M. Ricard unit une connaissance très vaste de l'histoire de son art, un esprit critique plein de finesse, et il n'y a pas un seul ouvrage de lui où toutes ces qualités ne se fassent deviner[5]. Autrefois il faisait peut-être ses modèles trop jolis; encore dois-je dire que dans les portraits dont je parle le défaut en question a pu être *exigé* par le modèle; mais la partie virile et noble de son esprit a bien vite prévalu. Il a vraiment une intelligence toujours apte à peindre l'*âme* qui pose devant lui. Ainsi le portrait de cette vieille dame, où l'âge n'est pas lâchement dissimulé, révèle

tout de suite un caractère reposé, une douceur et une
charité qui appellent la confiance. La simplicité de regard
et d'attitude s'accorde heureusement avec cette couleur
chaude et mollement dorée qui me semble faite pour
traduire les douces pensées du soir. Voulez-vous reconnaître l'énergie dans la jeunesse, la grâce dans la santé,
la candeur dans une physionomie frémissante de vie,
considérez le portrait de Mlle L. J. Voilà certes un vrai
et grand portrait. Il est certain qu'un beau modèle, s'il
ne donne pas du talent, ajoute du moins un charme au
talent. Mais combien peu de peintres pourraient rendre,
par une exécution mieux appropriée, la solidité d'une
nature opulente et pure, et le ciel si profond de cet œil
avec sa large étoile de velours ! Le contour du visage,
les ondulations de ce large front adolescent casqué de
lourds cheveux, la richesse des lèvres, le grain de cette
peau éclatante, tout y est soigneusement exprimé, et
surtout ce qui est le plus charmant et le plus difficile à
peindre, je ne sais quoi de malicieux qui est toujours
mêlé à l'innocence, et cet air noblement extatique et
curieux qui, dans l'espèce humaine comme chez les
animaux, donne aux jeunes physionomies une si mystérieuse gentillesse. Le nombre des portraits produits par
M. Ricard est actuellement très considérable; mais celui-
ci est un bon parmi les bons, et l'activité de ce remarquable esprit, toujours en éveil et en recherche, nous en
promet bien d'autres.

D'une manière sommaire, mais suffisante, je crois
avoir expliqué pourquoi le portrait, le vrai portrait, ce
genre si modeste en apparence, est en fait si difficile
à produire. Il est donc naturel que j'aie peu d'échantillons à citer. Bien d'autres artistes, Mme O'Connell par
exemple, savent peindre une tête humaine; mais je
serais obligé, à propos de telle qualité ou de tel défaut,
de tomber dans des rabâchages, et nous sommes convenus, au commencement, que je me contenterais, autant
que possible, d'expliquer, à propos de chaque genre, ce
qui peut être considéré comme l'idéal.

VII

LE PAYSAGE

Si tel assemblage d'arbres, de montagnes, d'eaux et de maisons, que nous appelons un paysage, est beau, ce n'est pas par lui-même, mais par moi, par ma grâce propre, par l'idée ou le sentiment que j'y attache. C'est dire suffisamment, je pense, que tout paysagiste qui ne sait pas traduire un sentiment par un assemblage de matière végétale ou minérale n'est pas un artiste. Je sais bien que l'imagination humaine peut, par un effort singulier, concevoir un instant la nature sans l'homme, et toute la masse suggestive éparpillée dans l'espace, sans un contemplateur pour en extraire la comparaison, la métaphore et l'allégorie. Il est certain que tout cet ordre et toute cette harmonie n'en gardent pas moins la qualité inspiratrice qui y est providentiellement déposée; mais, dans ce cas, faute d'une intelligence qu'elle pût inspirer, cette qualité serait comme si elle n'était pas. Les artistes qui veulent exprimer la nature, moins les sentiments qu'elle inspire, se soumettent à une opération bizarre qui consiste à tuer en eux l'homme pensant et sentant, et malheureusement, croyez que, pour la plupart, cette opération n'a rien de bizarre ni de douloureux. Telle est l'école qui, aujourd'hui et depuis longtemps, a prévalu. J'avouerai, avec tout le monde, que l'école moderne des paysagistes est singulièrement forte et habile; mais dans ce triomphe et cette prédominance d'un genre inférieur, dans ce culte niais de la nature, non épurée, non expliquée par l'imagination, je vois un signe évident d'abaissement général. Nous saisirons sans doute quelques différences d'habileté pratique entre tel et tel[a] paysagiste; mais ces différences sont bien petites. Élèves de maîtres divers, ils peignent tous fort bien, et presque tous oublient qu'un site naturel n'a de valeur que le sentiment actuel que l'artiste y sait mettre. La plupart tombent dans le défaut que je signalais au commencement de cette étude[1] : ils prennent le dictionnaire de l'art pour l'art lui-même; ils copient un mot du dictionnaire, croyant copier un poème. Or un poème ne se copie jamais : il veut être composé. Ainsi ils ouvrent une fenêtre, et tout l'espace compris dans le carré de la fenêtre, arbres, ciel et maison, prend pour eux la valeur d'un poème tout fait. Quelques-uns vont plus loin encore. À leurs yeux, une étude est un tableau. M. Français nous montre un arbre, un arbre antique, énorme, il est vrai, et il nous dit : voilà un paysage. La supériorité de pratique que montrent MM. Anastasi, Leroux, Breton, Belly, Chintreuil[2], etc., ne sert qu'à rendre plus désolante et visible la lacune universelle. Je sais que M. Daubigny veut et sait faire davantage. Ses paysages ont une grâce et une fraîcheur qui fascinent tout d'abord. Ils transmettent tout de suite à l'âme du spectateur le sentiment originel dont ils sont pénétrés. Mais on dirait que cette qualité n'est obtenue par M. Daubigny qu'aux dépens du fini et de la perfection dans le détail. Mainte peinture de lui, spirituelle d'ailleurs et charmante, manque de solidité. Elle a la grâce, mais aussi la mollesse et l'inconsistance d'une improvisation. Avant tout, cependant, il faut rendre à M. Daubigny cette justice que ses œuvres sont généralement poétiques, et je les préfère avec leurs défauts à[a] beaucoup d'autres plus parfaites, mais privées de la qualité qui le distingue.

M. Millet[3] cherche particulièrement le style; il ne s'en cache pas, il en fait montre et gloire. Mais une partie du ridicule que j'attribuais aux élèves de M. Ingres s'attache à lui. Le style lui porte malheur. Ses paysans sont des pédants qui ont d'eux-mêmes une trop haute opinion. Ils étalent une manière d'abrutissement sombre et fatal qui me donne l'envie de les haïr. Qu'ils moissonnent, qu'ils sèment, qu'ils fassent paître des vaches, qu'ils tondent des animaux, ils ont toujours l'air de dire : « Pauvres déshérités de ce monde, c'est pourtant nous qui le fécondons ! Nous accomplissons une mission, nous exerçons un sacerdoce[4] ! » Au lieu d'extraire simplement la poésie naturelle de son sujet, M. Millet veut à tout prix y ajouter quelque chose. Dans leur monotone laideur, tous ces petits parias ont une prétention philosophique, mélancolique et raphaélesque. Ce malheur, dans la peinture de M. Millet, gâte toutes les belles qualités qui attirent tout d'abord le regard vers lui.

M. Troyon[1] est le plus bel exemple de l'habileté sans âme. Aussi quelle popularité ! Chez un public sans âme, il la méritait. Tout jeune, M. Troyon a peint avec la même certitude, la même habileté, la même insensibilité. Il y a de longues années, il nous étonnait déjà par l'aplomb de sa fabrication, par la *rondeur* de son jeu, comme on dit au théâtre, par son mérite infaillible, modéré et continu. C'est une âme, je le veux bien, mais trop à la portée de toutes les âmes. L'usurpation de ces talents de second ordre ne peut pas avoir lieu sans créer des injustices. Quand un autre animal que le lion se fait la part du lion, il y a infailliblement de modestes créatures dont la modeste part se trouve beaucoup trop diminuée. Je veux dire que dans les talents de second ordre cultivant avec succès un genre inférieur, il y en a plusieurs qui valent bien M. Troyon, et qui peuvent trouver singulier de ne pas obtenir tout ce qui leur est dû, quand celui-ci prend beaucoup plus que ce qui lui appartient. Je me garderai bien de citer ces noms ; la victime se sentirait peut-être aussi offensée que l'usurpateur.

Les deux hommes que l'opinion publique a toujours marqués comme les plus importants dans la spécialité du paysage sont MM. Rousseau et Corot. Avec de pareils artistes, il faut être plein de réserve et de respect. M. Rousseau a le travail compliqué, plein de ruses et de repentirs. Peu d'hommes ont plus sincèrement aimé la lumière et l'ont mieux rendue. Mais la silhouette générale des formes est souvent difficile[a] à saisir. La vapeur lumineuse, pétillante et ballottée, trouble la carcasse des êtres. M. Rousseau m'a toujours ébloui ; mais il m'a quelquefois fatigué. Et puis il tombe dans le fameux défaut moderne, qui naît d'un amour aveugle de la nature, de rien que la nature ; il prend une simple étude pour une composition. Un marécage miroitant, fourmillant d'herbes humides et marqueté de plaques lumineuses, un tronc d'arbre rugueux, une chaumière à la toiture fleurie, un petit bout de nature enfin, deviennent à ses yeux amoureux un tableau suffisant et parfait. Tout le charme qu'il sait mettre dans ce lambeau arraché à la planète ne suffit pas toujours pour faire oublier l'absence de construction.

Si M. Rousseau, souvent incomplet, mais sans cesse

inquiet et palpitant, a l'air d'un homme qui, tourmenté de plusieurs diables, ne sait auquel entendre, M. Corot, qui est son antithèse absolue, n'a pas assez souvent le diable au corps. Si défectueuse et même injuste que soit cette expression, je la choisis comme rendant approximativement la raison qui empêche ce savant artiste d'éblouir et d'étonner. Il étonne lentement, je le veux bien, il enchante peu à peu; mais il faut savoir pénétrer dans sa science, car, chez lui, il n'y a pas de papillotage, mais partout une infaillible rigueur d'harmonie. De plus, il est un des rares, le seul peut-être, qui ait gardé un profond sentiment de la construction, qui observe la valeur proportionnelle de chaque détail dans l'ensemble, et, s'il est permis de comparer la composition d'un paysage à la structure humaine, qui sache toujours où placer les ossements et quelle dimension il leur faut donner. On sent, on devine que M. Corot dessine abréviativement et largement, ce qui est la seule méthode pour amasser avec célérité une grande quantité de matériaux précieux. Si un seul homme avait pu retenir l'école française moderne dans son amour impertinent et fastidieux du détail, certes c'était lui. Nous avons entendu reprocher à cet éminent artiste sa couleur un peu trop douce et sa lumière presque crépusculaire. On dirait que pour lui toute la lumière qui inonde le monde est partout baissée d'un ou de plusieurs tons. Son regard, fin et judicieux, comprend plutôt tout ce qui confirme l'harmonie que ce qui accuse le contraste. Mais, en supposant qu'il n'y ait pas trop d'injustice dans ce reproche, il faut remarquer que nos expositions de peinture ne sont pas propices à l'effet des bons tableaux, surtout de ceux qui sont conçus et exécutés avec sagesse et modération. Un son de voix clair, mais modeste et harmonieux, se perd dans une réunion de cris étourdissants ou ronflants, et les Véronèse les plus lumineux paraîtraient souvent gris et pâles s'ils étaient entourés de certaines peintures modernes plus criardes que des foulards de village.

Il ne faut pas oublier, parmi les mérites de M. Corot, son excellent enseignement, solide, lumineux, méthodique. Des nombreux élèves qu'il a formés, soutenus ou retenus loin des entraînements de l'époque, M. Lavieille est celui que j'ai le plus agréablement remarqué. Il y a de lui un paysage fort simple[1] : une chaumière sur une lisière de bois, avec une route qui s'y enfonce. La blancheur de la neige fait un contraste agréable avec l'incendie du soir qui s'éteint lentement derrière les innombrables mâtures de la forêt sans feuilles. Depuis quelques années, les paysagistes ont plus fréquemment appliqué leur esprit aux beautés pittoresques de la saison triste. Mais personne, je crois, ne les sent mieux que M. Lavieille. Quelques-uns des effets qu'il a souvent rendus me semblent des extraits du bonheur de l'hiver. Dans la tristesse de ce paysage, qui porte la livrée obscurément blanche et rose des beaux jours d'hiver à leur déclin, il y a une volupté élégiaque irrésistible que connaissent tous les amateurs de promenades solitaires.

Permettez-moi, mon cher, de revenir encore à ma manie, je veux dire aux regrets que j'éprouve de voir la part de l'imagination dans le paysage de plus en plus réduite. Çà et là, de loin en loin, apparaît la trace d'une protestation, un talent libre et grand qui n'est plus dans le goût du siècle. M. Paul Huet, par exemple, *un vieux de la vieille,* celui-là ! (je puis appliquer aux débris d'une grandeur militante comme le *Romantisme,* déjà si lointaine, cette expression familière et grandiose); M. Paul Huet, reste fidèle aux goûts de sa jeunesse. Les huit peintures, maritimes ou rustiques, qui doivent servir à la décoration d'un salon, sont de véritables poèmes pleins de légèreté, de richesse et de fraîcheur. Il me paraît superflu de détailler les talents d'un artiste aussi élevé et qui a autant produit[a]; mais ce qui me paraît en lui de plus louable et de plus remarquable[b], c'est que pendant que le goût de la minutie va gagnant tous les esprits de proche en proche, lui, constant dans son caractère et sa méthode, il donne à toutes ses compositions un caractère amoureusement poétique.

Cependant il m'est venu cette année un peu de consolation, par deux artistes de qui je ne l'aurais pas attendue. M. Jadin[3], qui jusqu'ici avait trop modestement, cela est évident maintenant, limité sa gloire au chenil et à l'écurie, a envoyé une splendide vue de Rome prise de l'*Arco di Parma.* Il y a là, d'abord les qualités habituelles de M. Jadin, l'énergie et la solidité, mais de plus une impression poétique parfaitement bien saisie et rendue. C'est l'impression glorieuse et mélancolique du soir descendant

sur la cité sainte, un soir solennel, traversé de bandes
pourprées, pompeux et ardent comme la religion romaine. M. Clésinger, à qui la sculpture ne suffit plus,
ressemble à ces enfants d'un sang turbulent et d'une
ardeur capricante, qui veulent escalader toutes les hauteurs pour y inscrire leur nom. Ses deux paysages, *Isola
Farnese* et *Castel Fusana,* sont d'un aspect pénétrant, d'une
native et sévère mélancolie. Les eaux y sont plus lourdes
et plus solennelles qu'ailleurs, la solitude plus silencieuse,
les arbres eux-mêmes plus monumentaux. On a souvent
ri de l'emphase de M. Clésinger; mais ce n'est pas par la
petitesse qu'il prêtera jamais à rire. Vice pour vice, je
pense comme lui que l'excès en tout vaut mieux que la
mesquinerie.

Oui, l'imagination fait le paysage[a1]. Je comprends
qu'un esprit appliqué à prendre des notes ne puisse pas
s'abandonner aux prodigieuses rêveries contenues dans
les spectacles de la nature présente; mais pourquoi l'imagination fuit-elle l'atelier du paysagiste? Peut-être les
artistes qui cultivent ce genre se défient-ils beaucoup trop
de leur mémoire et adoptent-ils une méthode de copie
immédiate, qui s'accommode parfaitement à la paresse[b]
de leur esprit. S'ils avaient vu comme j'ai vu récemment,
chez M. Boudin[2] qui, soit dit en passant, a exposé un
fort bon et fort sage tableau (le *Pardon de sainte Anne
Palud*), plusieurs centaines d'études au pastel improvisées
en face de la mer et du ciel, ils comprendraient ce qu'ils
n'ont pas l'air de comprendre, c'est-à-dire la différence
qui sépare une étude d'un tableau. Mais M. Boudin, qui
pourrait s'enorgueillir de son dévouement à son art,
montre très modestement sa curieuse collection. Il sait
bien qu'il faut que tout cela devienne tableau par le
moyen de l'impression poétique rappelée à volonté[3]; et
il n'a pas la prétention de donner ses notes pour des
tableaux. Plus tard, sans aucun doute, il nous étalera
dans des peintures achevées les prodigieuses magies de
l'air et de l'eau. Ces études[c] si rapidement et si fidèlement
croquées d'après ce qu'il y a de plus inconstant, de plus
insaisissable dans sa forme et dans sa couleur, d'après
des vagues et des nuages, portent toujours, écrits en
marge, la date, l'heure et le vent; ainsi, par exemple :
8 octobre, midi, vent de nord-ouest. Si vous avez eu quelquefois le loisir de faire connaissance avec ces beautés

météorologiques, vous pourriez vérifier par mémoire[a]
l'exactitude des observations de M. Boudin. La légende
cachée avec la main, vous devineriez la saison, l'heure et
le vent. Je n'exagère rien. J'ai vu. À la fin tous ces nuages
aux formes fantastiques et lumineuses, ces ténèbres chao-
tiques, ces immensités vertes et roses, suspendues et
ajoutées les unes aux autres, ces fournaises béantes, ces
firmaments de satin noir ou violet, fripé, roulé ou
déchiré, ces horizons en deuil ou ruisselants de métal
fondu, toutes ces profondeurs, toutes ces splendeurs,
me montèrent au cerveau comme une boisson capiteuse
ou comme l'éloquence de l'opium[1]. Chose assez curieuse,
il ne m'arriva pas une seule fois, devant ces magies
liquides ou aériennes, de me plaindre de l'absence de
l'homme. Mais je me garde bien de tirer de la plénitude
de ma jouissance un conseil pour qui que ce soit, non
plus que pour M. Boudin. Le conseil serait trop dangereux. Qu'il se rappelle que l'homme, comme dit Robespierre, qui avait soigneusement fait ses *humanités,* ne voit
jamais l'homme sans plaisir[2] ; et, s'il veut gagner un peu
de popularité, qu'il se garde bien de croire que le public
soit arrivé à un égal enthousiasme pour la solitude.

Ce[a] n'est pas seulement les peintures de marine qui font
défaut, un genre pourtant si poétique ! (je ne prends pas
pour marines des drames militaires qui se jouent sur
l'eau), mais aussi un genre que j'appellerais volontiers le
paysage des grandes villes, c'est-à-dire la collection des
grandeurs et des beautés qui résultent d'une puissante
agglomération d'hommes et de monuments, le charme
profond et compliqué d'une capitale âgée et vieillie dans
les gloires et les tribulations de la vie.

Il[b] y a quelques années, un homme puissant et singulier, un officier de marine, dit-on[4], avait commencé une
série d'études à l'eau-forte d'après les points de vue les
plus pittoresques de Paris[5]. Par l'âpreté, la finesse et la
certitude de son dessin, M. Méryon rappelait les vieux et
excellents aquafortistes. J'ai rarement vu représentée
avec plus de poésie la solennité naturelle d'une ville
immense. Les majestés de la pierre accumulée, les clochers *montrant du doigt le ciel*[6], les obélisques[c] de l'industrie
vomissant contre le firmament leurs coalitions de fumée,
les prodigieux échafaudages des monuments en réparation, appliquant sur le corps solide de l'architecture leur

architecture à jour d'une beauté si paradoxale, le ciel tumultueux, chargé de colère et de rancune, la profondeur des perspectives augmentée par*a* la pensée de tous les drames qui y sont contenus, aucun des éléments complexes dont se compose le douloureux et glorieux décor de*b* la civilisation n'était oublié. Si Victor Hugo a vu ces excellentes estampes, il a dû être content; il a retrouvé, dignement représentée, sa

> Morne Isis, couverte d'un voile !
> Araignée à l'immense toile,
> Où se prennent les nations !
> Fontaine d'urnes obsédée !
> Mamelle sans cesse inondée,
> Où, pour se nourrir de l'idée,
> Viennent les générations !
>
> . . . .
>
> Ville qu'un orage enveloppe[1] !

Mais un démon cruel a touché le cerveau de M. Méryon; un délire mystérieux a brouillé ces facultés qui semblaient aussi solides que brillantes. Sa gloire naissante et ses travaux ont été soudainement interrompus. Et depuis lors nous attendons toujours avec anxiété des nouvelles consolantes de ce singulier officier, qui était devenu en*c* un jour un puissant artiste, et qui avait dit adieu aux solennelles aventures de l'Océan pour peindre la noire majesté de la plus inquiétante des capitales[2].

Je regrette encore, et j'obéis peut-être à mon insu aux accoutumances de ma jeunesse, le paysage romantique, et même le paysage romanesque qui existait déjà au XVIIIe siècle. Nos paysagistes sont des animaux beaucoup trop herbivores. Ils ne se nourrissent pas volontiers des ruines, et, sauf un petit nombre d'hommes tels que Fromentin, le ciel et le désert les épouvantent. Je regrette ces grands lacs qui représentent l'immobilité dans le désespoir*d*, les immenses montagnes, escaliers de la planète vers le ciel, d'où tout ce qui paraissait grand paraît petit, les châteaux forts (oui, mon cynisme ira jusque-là), les abbayes crénelées qui se mirent dans les mornes étangs, les*e* ponts gigantesques, les constructions ninivites, habitées par le vertige, et enfin tout ce qu'il faudrait inventer, si tout cela n'existait pas*f* !

Je dois confesser en passant que, bien qu'il ne soit pas

doué d'une originalité de manière bien décidée, M. Hildebrandt, par son énorme exposition d'aquarelles, m'a
causé un vif plaisir[1]. En parcourant ces amusants albums
de voyage, il me semble toujours que je *revois,* que je
reconnais ce que je n'ai jamais vu. Grâce à lui, mon imagination fouettée s'est promenée à travers trente-huit paysages romantiques, depuis les remparts sonores de la
Scandinavie jusqu'aux pays lumineux des ibis et des
cigognes, depuis le Fiord de Séraphîtus[2] jusqu'au pic de
Ténériffe[3]. La lune et le soleil ont tour à tour illuminé ces
décors, l'un versant sa tapageuse lumière, l'autre ses
patients enchantements.

Vous voyez, mon cher ami, que je ne puis jamais considérer le choix du sujet comme indifférent, et que, malgré
l'amour nécessaire qui doit féconder le plus humble
morceau, je crois que le sujet fait pour l'artiste une partie
du génie, et pour moi, barbare malgré tout, une partie du
plaisir. En[a] somme, je n'ai trouvé parmi les paysagistes
que des talents sages ou petits, avec une très grande
paresse d'imagination. Je n'ai pas vu chez eux, chez tous,
du moins, le charme naturel, si simplement exprimé, des
savanes et des prairies de Catlin (je parie qu'ils ne savent
même pas ce que c'est que Catlin[4]), non plus que la beauté
surnaturelle des paysages de Delacroix, non plus que la
magnifique imagination qui coule dans les dessins de
Victor Hugo, comme le mystère dans le ciel. Je parle de
ses dessins à l'encre de Chine, car il est trop évident qu'en
poésie notre poète est le roi des paysagistes[b5].

Je désire être ramené vers les dioramas dont la magie
brutale et énorme sait m'imposer une utile illusion. Je
préfère contempler quelques décors de théâtre, où je
trouve artistement exprimés et tragiquement concentrés
mes rêves les plus chers[6]. Ces choses, parce qu'elles sont
fausses, sont infiniment plus près du vrai; tandis que la
plupart de nos paysagistes sont des menteurs, justement
parce qu'ils ont négligé de mentir.

VIII

SCULPTURE

Au fond d'une bibliothèque antique, dans le demi-jour propice qui caresse et suggère les longues pensées, Harpocrate, debout et solennel, un doigt posé sur sa bouche, vous commande le silence, et, comme un péda-gogue pythagoricien, vous dit : Chut ! avec un geste plein d'autorité. Apollon et les Muses, fantômes impérieux, dont les formes divines éclatent dans la pénombre, sur-veillent vos pensées, assistent à vos travaux, et vous encouragent au sublime.

Au détour d'un bosquet, abritée sous de lourds om-brages, l'éternelle Mélancolie mire son visage auguste dans les eaux d'un bassin, immobiles comme elle. Et le rêveur qui passe, attristé et charmé, contemplant cette grande figure aux membres robustes, mais alanguis par une peine secrète, dit : Voilà ma sœur !

Avant de vous jeter dans le confessionnal, au fond de cette petite chapelle ébranlée par le trot des omnibus, vous êtes arrêté par[a] un fantôme décharné et magnifique, qui soulève discrètement l'énorme couvercle de son sépulcre pour vous supplier, créature passagère, de pen-ser à l'éternité[1] ! Et au coin de cette allée fleurie qui mène à la sépulture de ceux qui vous sont encore chers, la[b] figure prodigieuse du Deuil, prostrée, échevelée, noyée dans le ruisseau de ses larmes, écrasant de sa lourde déso-lation les restes poudreux d'un homme illustre, vous enseigne que richesse, gloire, patrie même, sont de pures frivolités, devant ce je ne sais quoi que personne n'a nommé ni défini[2], que l'homme n'exprime que par des adverbes mystérieux, tels que : peut-être, jamais, tou-jours ! et qui contient, quelques-uns l'espèrent, la béati-tude infinie, tant désirée, ou l'angoisse sans trêve dont la raison moderne repousse l'image avec le geste convul-sif de l'agonie.

L'esprit charmé par la musique des eaux jaillissantes,

plus douce que la voix des nourrices, vous tombez dans un boudoir de verdure, où Vénus et Hébé, déesses badines qui présidèrent quelquefois à votre vie, étalent sous des alcôves de feuillage les rondeurs de leurs membres charmants qui ont puisé dans la fournaise le rose éclat de la vie. Mais ce n'est guère que dans les jardins du temps passé que vous trouverez ces délicieuses surprises ; car des trois matières excellentes qui s'offrent à l'imagination pour remplir le rêve sculptural, bronze, terre cuite et marbre, la dernière seule, dans notre âge, jouit fort injustement, selon nous, d'une popularité presque exclusive.

Vous traversez une grande ville vieillie dans la civilisation, une de celles qui contiennent les archives les plus importantes de la vie universelle, et vos yeux sont tirés en haut, *sursum, ad sidera*[1] *;* car sur les places publiques, aux angles des carrefours, des personnages immobiles, plus grands que ceux qui passent à leurs pieds, vous racontent dans un langage muet les pompeuses légendes de la gloire, de la guerre, de la science et du martyre. Les uns montrent le ciel, où ils ont sans cesse aspiré ; les autres désignent le sol d'où ils se sont élancés. Ils agitent ou contemplent ce qui fut la passion de leur vie et qui en est devenu l'emblème : un outil, une épée, un livre, une torche, *vitaï lampada*[2] ! Fussiez-vous le plus insouciant des hommes, le plus malheureux ou le plus vil, mendiant ou banquier, le fantôme de pierre s'empare de vous pendant quelques minutes, et vous commande, au nom du passé, de penser aux choses qui ne sont pas de la terre.

Tel est le rôle divin de la sculpture[3].

Qui peut douter qu'une puissante imagination ne soit nécessaire pour remplir un si magnifique programme ? Singulier art qui s'enfonce dans les ténèbres du temps, et qui déjà, dans les âges primitifs, produisait des œuvres dont s'étonne l'esprit civilisé ! Art, où ce qui doit être compté comme qualité en peinture peut devenir vice ou défaut, où la perfection est d'autant plus nécessaire que le moyen, plus complet en apparence, mais plus barbare et plus enfantin, donne toujours, même aux plus médiocres œuvres, un semblant de fini et de perfection. Devant un objet tiré de la nature et représenté par la sculpture, c'est-à-dire rond, fuyant, autour duquel[a] on

peut tourner librement, et, comme l'objet naturel lui-
même, environné d'atmosphère, le paysan, le sauvage,
l'homme primitif, n'éprouvent aucune indécision; tandis
qu'une peinture, par ses prétentions immenses, par sa
nature paradoxale et abstractive, les inquiète et les
trouble. Il nous faut remarquer ici que le bas-relief est
déjà un mensonge, c'est-à-dire un pas fait vers un art[a]
plus civilisé, s'éloignant d'autant de l'idée pure de sculpture. On se souvient que Catlin faillit être mêlé à une
querelle fort dangereuse entre des chefs sauvages, ceux-ci
plaisantant celui-là dont il avait peint le portrait de profil,
et lui reprochant de s'être laissé voler la[b] moitié de son
visage[1]. Le singe, quelquefois surpris par une magique
peinture de nature, tourne derrière l'image pour en
trouver l'envers. Il résulte des conditions barbares dans
lesquelles la sculpture est enfermée, qu'elle réclame, en
même temps qu'une exécution très parfaite, une spirituali-
lité très élevée. Autrement elle ne produira que l'objet
étonnant dont peuvent s'ébahir le singe et le sauvage. Il
en résulte aussi que l'œil de l'amateur lui-même, quelquefois fatigué par la monotone blancheur de toutes ces
grandes poupées, exactes dans toutes leurs proportions
de longueur et d'épaisseur, abdique son autorité. Le
médiocre ne lui semble pas toujours méprisable, et, à
moins qu'une statue ne soit outrageusement détestable,
il peut la prendre pour bonne; mais une sublime pour
mauvaise, jamais ! Ici, plus qu'en toute autre matière,
le beau s'imprime dans la mémoire d'une manière indélé-
bile. Quelle force prodigieuse l'Égypte, la Grèce, Michel-
Ange, Coustou[2] et quelques autres ont mise dans ces
fantômes immobiles ! Quel regard dans ces yeux sans
prunelle ! De même que la poésie[c] lyrique ennoblit tout,
même la passion, la sculpture, la vraie, solennise tout,
même le mouvement; elle donne à tout ce qui est humain
quelque chose d'éternel et qui participe de la dureté de la
matière employée. La colère devient calme, la tendresse
sévère, le rêve ondoyant et brillanté de la peinture se
transforme en méditation solide et obstinée. Mais si l'on
veut songer combien de perfections il faut réunir pour
obtenir cet austère enchantement, on ne s'étonnera pas de
la fatigue et du découragement qui s'emparent souvent
de notre esprit en parcourant les galeries des sculptures
modernes, où le but divin est presque toujours méconnu,

et le joli, le minutieux, complaisamment substitués au grand.

Nous avons le goût de facile composition, et notre dilettantisme peut s'accommoder tour à tour de toutes les grandeurs et de toutes les coquetteries. Nous savons aimer l'art mystérieux et sacerdotal de l'Égypte et de Ninive, l'art de la Grèce, charmant et raisonnable à la fois, l'art de Michel-Ange, précis comme une science, prodigieux comme le rêve, l'habileté du XVIIIe siècle, qui est la fougue dans la vérité; mais dans ces différents modes de la sculpture, il y a la puissance d'expression et la richesse de sentiment, résultat inévitable d'une imagination profonde qui chez nous maintenant fait trop souvent défaut. On ne trouvera donc pas surprenant que je sois bref dans l'examen des œuvres de cette année. Rien n'est plus doux que d'admirer, rien n'est plus désagréable que de critiquer. La grande faculté, la principale, ne brille que comme les images des patriotes romains, par son absence. C'est donc ici le cas de remercier M. Franceschi pour son *Andromède*[1]. Cette figure, généralement remarquée, a suscité quelques critiques selon nous trop faciles. Elle a cet immense mérite d'être poétique, excitante et noble. On a dit que c'était un plagiat, et que M. Franceschi avait simplement mis debout une figure couchée de Michel-Ange. Cela n'est pas vrai. La langueur de ces formes menues quoique grandes, l'élégance paradoxale de ces membres est bien le fait d'un auteur moderne. Mais quand même il aurait emprunté son inspiration au passé, j'y verrais un motif d'éloge plutôt que de critique; il[a] n'est pas donné à tout le monde d'imiter ce qui est grand, et quand ces imitations sont le fait d'un jeune homme, qui a naturellement un grand espace de vie ouvert devant lui, c'est bien plutôt pour la critique une raison d'espérance que de défiance.

Quel diable d'homme que M. Clésinger! Tout ce qu'on peut dire de plus beau sur son compte, c'est qu'à voir cette facile production d'œuvres si diverses, on devine une intelligence ou plutôt un tempérament toujours en éveil, un homme qui a l'amour de la sculpture dans le ventre. Vous admirez un morceau merveilleusement réussi; mais tel autre morceau dépare complètement la statue. Voilà une figure d'un jet élancé et enthousiasmant; mais voici des draperies qui, voulant paraître légères, sont tubulées et tortillées comme du macaroni. M. Clésinger attrape quelquefois le mouvement, il n'obtient jamais l'élégance complète. La beauté de style et de caractère qu'on a tant louée dans ses bustes de dames romaines n'est pas décidée ni parfaite[a]. On dirait que souvent, dans[b] son ardeur précipitée du travail, il oublie les muscles et néglige le mouvement si précieux du modelé. Je ne veux pas parler de ses malheureuses *Saphos*[1], je sais que maintes fois il a fait beaucoup mieux; mais même dans ses statues les mieux réussies, un œil exercé est affligé par cette méthode abréviative qui donne aux membres et au visage humain ce fini et ce poli banal de la cire coulée dans un moule. Si Canova fut quelquefois charmant, ce ne fut certes pas grâce à ce défaut. Tout le monde a loué fort justement son *Taureau romain* ; c'est vraiment un fort bel ouvrage; mais, si j'étais M. Clésinger, je n'aimerais pas être loué si magnifiquement pour avoir fait l'image d'une bête, si noble et superbe qu'elle fût. Un sculpteur tel que lui doit avoir d'autres ambitions et caresser d'autres images que celles des taureaux.

Il y a un *Saint Sébastien* d'un élève de Rude, M. Just Becquet[2], qui est une patiente et vigoureuse sculpture. Elle fait à la fois penser à la peinture de Ribera[c] et à l'âpre statuaire espagnole[3]. Mais si l'enseignement de M. Rude, qui eut une si grande action sur l'école de notre temps, a profité à quelques-uns, à ceux sans doute qui savaient commenter cet enseignement par leur esprit naturel, il a précipité les autres, trop dociles, dans les plus étonnantes erreurs. Voyez, par exemple, cette *Gaule*[4] ! La première forme que la Gaule revêt dans votre esprit est celle d'une personne de grande allure, libre, puissante, de forme robuste et dégagée, la fille bien découplée des forêts, la femme sauvage et guerrière, dont la voix était écoutée dans les conseils de la patrie. Or, dans la malheureuse figure dont je parle, tout ce qui constitue la force et la beauté est absent. Poitrine, hanches, cuisses, jambes, tout ce qui doit faire relief est creux. J'ai vu sur les tables de dissection de ces cadavres ravagés par la maladie et par une misère continue de quarante ans. L'auteur a-t-il voulu représenter l'affaiblissement, l'épuisement d'une femme qui n'a pas connu d'autre nourriture que le gland des chênes, et a-t-il pris l'antique et forte Gaule pour la femelle décrépite d'un Papou ? Cherchons une explication moins ambitieuse, et croyons simplement qu'ayant entendu répéter fréquemment qu'il fallait copier fidèlement le modèle, et n'étant pas doué de la clairvoyance nécessaire pour en choisir un beau, il a copié le plus laid de tous avec une parfaite dévotion. Cette statue a trouvé des éloges, sans doute pour son œil de Velléda d'album lancé à l'horizon. Cela ne m'étonne pas.

Voulez-vous contempler encore une fois, mais sous une autre forme, le contraire de la sculpture ? Regardez ces deux petits mondes dramatiques inventés par M. Butté et qui représentent, je crois, la _Tour de Babel_ et le _Déluge_[1]. Mais le sujet importe peu, d'ailleurs, quand par sa nature ou par la manière dont il est traité, l'essence même de l'art se trouve détruite. Ce monde lilliputien, ces processions en miniature, ces petites foules serpentant dans des quartiers de roche, font penser à la fois aux plans en relief du musée de marine[2], aux pendules-tableaux à musique et aux paysages avec forteresse, pont-levis et garde montante, qui se font voir chez les pâtissiers et les marchands de joujoux. Il m'est extrêmement désagréable d'écrire de pareilles choses, surtout quand il s'agit d'œuvres où d'ailleurs on trouve de l'imagination et de l'ingéniosité, et si j'en parle, c'est parce qu'elles servent à constater, importantes en cela seulement, l'un des plus grands vices de l'esprit, qui est la désobéissance opiniâtre aux règles constitutives de l'art. Quelles sont les qualités, si belles qu'on les suppose, qui pourraient contre-balancer une si défectueuse énormité ? Quel cerveau bien portant peut concevoir sans horreur une peinture en relief, une sculpture agitée par la mécanique, une ode sans rimes, un roman versifié, etc. ? Quand le but naturel d'un art est méconnu, il est naturel d'appeler à son secours tous les moyens étrangers à cet art. Et à propos de M. Butté, qui a voulu représenter dans de petites proportions de vastes scènes exigeant une quantité innombrable de personnages, nous pouvons remarquer que les anciens reléguaient toujours ces tentatives dans le bas-relief, et que, parmi les modernes, de très grands et très habiles sculpteurs ne les ont jamais osées sans détriment et sans danger. Les deux conditions essentielles, l'unité d'impression et la totalité d'effet, se trouvent douloureusement offensées, et, si grand que soit le talent du _metteur en scène,_ l'esprit inquiet se demande s'il n'a pas déjà senti une impression analogue chez Curtius[1]. Les vastes et magnifiques groupes qui ornent les jardins de Versailles ne sont pas une réfutation complète de mon opinion; car, outre qu'ils ne sont pas toujours également réussis, et que quelques-uns, par leur caractère de débandade, surtout parmi ceux où presque toutes les figures sont verticales, ne serviraient au contraire qu'à confirmer ladite opinion, je ferai de plus remarquer que c'est là une sculpture toute spéciale où les défauts, quelquefois très voulus, disparaissent sous un feu d'artifice liquide, sous une pluie lumineuse; enfin c'est un art complété par l'hydraulique, un art inférieur en somme. Cependant les plus parfaits parmi ces groupes ne sont tels que parce qu'ils se rapprochent davantage de la vraie sculpture et que, par leurs attitudes penchées et leurs entrelacements, les figures créent cette arabesque générale de la composition, immobile et fixe dans la peinture, mobile et variable dans la sculpture comme dans les pays de montagnes.

Nous avons déjà, mon cher M***, parlé des *esprits pointus,* et nous avons reconnu que parmi ces esprits pointus, tous plus ou moins entachés de désobéissance à l'idée de l'art pur, il y en avait cependant un ou deux intéressants. Dans la sculpture, nous retrouvons les mêmes malheurs. Certes M. Frémiet est un bon sculpteur[2]; il est habile, audacieux, subtil, cherchant l'effet étonnant, le trouvant quelquefois; mais, c'est là son malheur, le cherchant souvent à côté de la voie naturelle. L'*Orang-outang entraînant une femme au fond des bois* (ouvrage refusé, que naturellement je n'ai pas vu), est bien l'idée d'un esprit pointu. Pourquoi pas un crocodile, un tigre, ou toute autre bête susceptible de manger une femme ? Non pas ! songez bien qu'il ne s'agit pas de manger, mais de violer. Or le singe seul, le singe gigantesque, à la fois plus et moins qu'un homme, a manifesté quelquefois un appétit humain pour la femme. Voilà donc le moyen d'étonnement trouvé ! « *Il* l'entraîne; saura-t-*elle* résister ? » telle est la question que se fera tout le public féminin. Un sentiment bizarre, compliqué, fait en partie de terreur et en partie de curiosité priapique, enlèvera le succès. Cependant, comme M. Frémiet est un excellent ouvrier, l'animal et la femme seront également bien imités et modelés. En vérité, de tels sujets ne sont pas dignes d'un talent aussi mûr, et le jury s'est bien conduit en repoussant ce vilain drame.

Si M. Frémiet me dit que je n'ai pas le droit de scruter les intentions et de parler de ce que je n'ai pas vu, je me rabattrai humblement sur son *Cheval de saltimbanque*. Pris en lui-même, le petit cheval est charmant; son épaisse crinière, son mufle carré, son air spirituel, sa croupe avalée, ses petites jambes solides et grêles à la fois, tout le désigne comme un de ces humbles animaux qui ont de la race. Ce hibou, perché sur son dos, m'inquiète (car je suppose que je n'ai pas lu le livret[1]), et je me demande pourquoi l'oiseau de Minerve est posé sur la création de Neptune ? Mais j'aperçois les marionnettes accrochées à la selle : L'idée de sagesse représentée par le hibou m'entraîne à croire que les marionnettes figurent les frivolités du monde. Reste à expliquer l'utilité du cheval, qui, dans le langage apocalyptique, peut fort bien symboliser l'intelligence, la volonté, la vie. Enfin, j'ai positivement et patiemment découvert que l'ouvrage de M. Frémiet représente l'intelligence humaine portant partout avec elle l'idée de la sagesse et le goût de la folie. Voilà bien l'immortelle antithèse philosophique, la contradiction essentiellement humaine sur laquelle pivote depuis le commencement des âges toute philosophie et toute littérature, depuis les règnes tumultueux d'Ormuz et d'Ahrimane jusqu'au révérend Maturin, depuis Manès jusqu'à Shakespeare !..... Mais un voisin que j'irrite veut bien m'avertir que je cherche midi à quatorze heures, et que cela représente simplement le cheval d'un saltimbanque..... Ce hibou solennel, ces marionnettes mystérieuses n'ajoutaient donc aucun sens nouveau à l'idée *cheval ?* En tant que simple cheval, en quoi augmentent-elles son mérite ? Il fallait évidemment intituler cet ouvrage : *Cheval de saltimbanque, en l'absence du saltimbanque, qui est allé tirer les cartes et boire un coup dans un cabaret supposé du voisinage !* Voilà le vrai titre !

MM. Carrier, Oliva et Prouha sont plus modestes que M. Frémiet et moi; ils se contentent d'étonner par la souplesse et l'habileté de leur art. Tous les trois, avec des facultés plus ou moins tendues, ont une visible sympathie pour la sculpture vivante du XVIIIe et du XVIIe siècle. Ils ont aimé et étudié Caffieri, Puget, Coustou, Houdon, Pigalle, Francin[2]. Depuis longtemps les vrais amateurs ont admiré les bustes de M. Oliva, vigoureusement modelés, où la vie respire, où le regard

même étincelle. Celui qui représente le *Général Bizot* est
un des bustes les plus *militaires* que j'aie vus. *M. de Mercey*
est un chef-d'œuvre de finesse[1]. Tout le monde a remarqué récemment dans la cour du Louvre une charmante
figure de M. Prouha[2] qui rappelait les grâces nobles et
mignardes de la Renaissance. M. Carrier peut se féliciter
et se dire content de lui[3]. Comme les maîtres qu'il affectionne, il possède l'énergie et l'esprit. Un peu trop de
décolleté et de débraillé dans le costume contraste peut-
être malheureusement avec le fini vigoureux et patient
des visages. Je ne trouve pas que ce soit un défaut de
chiffonner une chemise ou une cravate et de tourmenter
agréablement les revers d'un habit, je parle seulement
d'un manque d'accord relativement à l'idée d'ensemble;
et encore avouerai-je volontiers que je crains d'attribuer
trop d'importance à cette observation, et les bustes de
M. Carrier m'ont causé un assez vif plaisir pour me faire
oublier cette petite impression toute fugitive.

Vous vous rappelez, mon cher, que nous avons déjà
parlé de *Jamais et Toujours*[4]; je n'ai pas encore pu trouver
l'explication de ce titre logogriphique. Peut-être est-ce
un coup de désespoir, ou un caprice sans motif, comme
Rouge et Noir[5]. Peut-être M. Hébert a-t-il cédé à ce goût
de MM. Commerson et Paul de Kock[6], qui les pousse à
voir une pensée dans le choc fortuit de toute antithèse.
Quoi qu'il en soit, il a fait une charmante sculpture
de chambre, dira-t-on[a] (quoiqu'il soit douteux que le
bourgeois et la bourgeoise en veuillent décorer leur
boudoir), espèce de vignette en sculpture, mais qui
cependant pourrait peut-être, exécutée dans de plus
grandes proportions, faire une excellente décoration
funèbre dans un cimetière ou dans une chapelle. La jeune
fille, d'une forme riche et souple, est enlevée et balancée
avec une légèreté harmonieuse; et son corps, convulsé
dans une extase ou dans une agonie, reçoit avec résignation le baiser de l'immense squelette. On croit généralement, peut-être parce que l'antiquité ne le connaissait pas
ou le connaissait peu, que le squelette doit être exclu du
domaine de la sculpture. C'est une grande erreur. Nous
le voyons apparaître au Moyen Âge, se comportant et
s'étalant avec toute la maladresse cynique et toute la
superbe de l'idée sans art. Mais, depuis lors jusqu'au
XVIIIe siècle, climat historique de l'amour et des roses,

nous voyons le squelette fleurir avec bonheur dans tous les sujets où il lui est permis de s'introduire. Le sculpteur comprit bien vite tout ce qu'il y a de beauté mystérieuse et abstraite dans cette maigre carcasse, à qui la chair sert d'habit, et qui est comme le plan du poème humain. Et cette grâce, caressante, mordante, presque scientifique, se dresse à[a] son tour, claire et purifiée des souillures de l'humus, parmi les grâces innombrables que l'Art avait déjà extraites de l'ignorante Nature. Le squelette de M. Hébert n'est pas, à proprement parler, un squelette. Je ne crois pas cependant que l'artiste ait voulu esquiver, comme on dit, la difficulté. Si ce puissant personnage porte ici le caractère vague des fantômes, des larves et des lamies, s'il est encore, en de certaines parties, revêtu d'une peau parcheminée qui se colle aux jointures comme les membranes d'un palmipède, s'il[b] s'enveloppe et se drape à moitié d'un immense suaire soulevé çà et là par les saillies des articulations, c'est que sans doute l'auteur voulait surtout exprimer l'idée vaste et flottante du néant. Il a réussi, et son fantôme est *plein de vide*.

L'agréable occurrence de ce sujet macabre m'a fait regretter que M. Christophe n'ait pas exposé deux morceaux de sa composition, l'un d'une nature tout à fait analogue, l'autre plus gracieusement allégorique. Ce dernier[1] représente une femme nue, d'une grande et vigoureuse tournure florentine (car M. Christophe n'est pas de ces artistes faibles, en qui l'enseignement positif et minutieux de Rude a détruit l'imagination), et qui, vue en face, présente au spectateur un visage souriant et mignard, un visage de théâtre. Une légère draperie, habilement tortillée, sert de suture entre cette jolie tête de convention et la robuste poitrine sur laquelle elle a l'air de s'appuyer. Mais, en faisant un pas de plus à gauche ou à droite, vous découvrez le secret de l'allégorie, la morale de la fable, je veux dire la véritable tête révulsée, se pâmant dans les larmes et l'agonie. Ce qui avait d'abord enchanté vos yeux, c'était un masque, c'était le masque universel, votre masque, mon masque, joli éventail dont une main habile se sert pour voiler aux yeux du monde la douleur ou le remords. Dans cet ouvrage, tout est charmant et robuste. Le caractère vigoureux du corps fait un contraste pittoresque avec l'expression mystique d'une idée toute mondaine, et la surprise n'y joue pas un rôle plus important qu'il n'est permis. Si jamais l'auteur consent à jeter cette conception dans le commerce, sous la forme d'un bronze de petite dimension, je puis, sans imprudence, lui prédire un immense succès.

Quant à l'autre idée, si charmante qu'elle soit, ma foi, je n'en répondrais pas ; d'autant moins que, pour être pleinement exprimée, elle a besoin de deux matières, l'une claire et terne pour exprimer le squelette, l'autre sombre et brillante pour rendre le vêtement, ce qui augmenterait naturellement l'horreur de l'idée et son impopularité. Hélas !

Les charmes de l'horreur n'enivrent que les forts[1] !

Figurez-vous un grand squelette féminin tout prêt à partir pour une fête. Avec sa face aplatie de négresse, son sourire sans lèvre et sans gencive, et son regard qui n'est qu'un trou plein d'ombre, l'horrible chose qui fut une belle femme a l'air de chercher vaguement dans l'espace l'heure délicieuse du rendez-vous ou l'heure solennelle du sabbat inscrite au cadran invisible des siècles. Son buste, disséqué par le temps, s'élance coquettement de son corsage, comme de son cornet un bouquet desséché, et toute cette pensée funèbre se dresse sur le piédestal d'une fastueuse crinoline. Qu'il me soit permis, pour abréger, de citer un lambeau rimé dans lequel j'ai essayé non pas d'*illustrer,* mais d'expliquer le plaisir subtil contenu dans cette figurine, à peu près comme un lecteur soigneux barbouille de crayon les marges de son livre :

Fière, autant qu'un vivant, de sa noble stature,
Avec son gros bouquet, son mouchoir et ses gants
Elle a la nonchalance et la désinvolture
D'une coquette maigre aux airs extravagants.

Vit-on jamais au bal une taille plus mince ?
Sa robe, exagérée en sa royale ampleur,
S'écroule abondamment sur un pied sec que pince
Un soulier pomponné joli comme une fleur.

La ruche qui se joue au bord des clavicules,
Comme un ruisseau lascif qui se frotte au rocher,
Défend pudiquement des lazzi ridicules
Les funèbres appas qu'elle tient à cacher.

Ses yeux profonds sont faits de vide et de ténèbres,
Et son crâne, de fleurs artistement coiffé,
Oscille mollement sur ses frêles vertèbres.
Ô charme du néant follement attifé !

Aucuns t'appelleront une caricature,
Qui ne comprennent pas, amants ivres de chair,
L'élégance sans nom de l'humaine armature !
Tu réponds, grand squelette, à mon goût le plus cher !

Viens-tu troubler, avec ta puissante grimace,
La fête de la vie . . . . ?

Je crois, mon cher, que nous pouvons nous arrêter ici ;
je citerais de nouveaux échantillons que je n'y pourrais
trouver que de nouvelles preuves superflues à l'appui
de l'idée principale qui a gouverné mon travail depuis
le commencement, à savoir que les talents les plus ingénieux et les plus patients ne sauraient suppléer le goût du
grand et la sainte fureur de l'imagination. On s'est amusé,
depuis quelques années, à critiquer, plus qu'il n'est permis, un de nos amis les plus chers ; eh bien ! je suis de
ceux qui confessent, et sans rougir, que, quelle que soit
l'habileté développée annuellement par nos sculpteurs,
je ne retrouve pas dans leurs œuvres (depuis la disparition
de David[1]) le plaisir immatériel que m'ont donné si souvent les rêves tumultueux, même incomplets, d'Auguste
Préault[2].

IX

ENVOI

Enfin, il m'est permis de proférer l'irrésistible *ouf* ! que
lâche avec tant de bonheur tout simple mortel, non privé
de sa rate et condamné à une course forcée, quand il peut
se jeter dans l'oasis de repos tant espérée depuis longtemps. Dès le commencement, je l'avouerai volontiers,
les caractères béatifiques qui composent le mot FIN apparaissaient à mon cerveau, revêtus de leur peau noire,

comme de petits baladins éthiopiens qui exécuteraient
la plus aimable des danses de *caractère*. MM. les artiſtes,
je parle des vrais artiſtes, de ceux-là qui pensent comme
moi que tout ce qui n'eſt pas la perfection devrait se
cacher, et que tout ce qui n'eſt pas sublime eſt inutile et
coupable, de ceux-là qui savent qu'il y a une épouvantable profondeur dans la première idée venue, et que,
parmi les manières innombrables de l'exprimer, il n'y en
a tout au plus que deux ou trois d'excellentes (je suis
moins sévère que La Bruyère[1]); ces artiſtes-là, dis-je, toujours mécontents et non rassasiés, comme des âmes
enfermées, ne prendront pas de travers certains badinages
et certaines humeurs quinteuses dont ils souffrent aussi
souvent que le critique. Eux aussi, ils savent que rien
n'eſt plus fatigant que d'expliquer ce que tout le monde
devrait savoir. Si l'ennui et le mépris peuvent être considérés comme des passions, pour eux aussi le mépris et
l'ennui ont été les passions les plus difficilement rejeta-
bles, les plus fatales, les plus sous la main. Je m'impose à
moi-même les dures conditions que je voudrais voir chac-
cun s'imposer; je me dis sans cesse : *à quoi bon ?* et je me
demande, en supposant que j'aie exposé quelques bonnes
raisons : à qui et à quoi peuvent-elles servir ? Parmi les
nombreuses omissions que j'ai commises, il y en a de
volontaires; j'ai fait exprès de négliger une foule de
talents évidents, trop reconnus pour être loués, pas assez
singuliers, en bien ou en mal, pour servir de thème à la
critique. Je m'étais imposé de chercher l'Imagination à
travers le Salon, et, l'ayant rarement trouvée, je n'ai dû
parler que d'un petit nombre d'hommes. Quant aux omissions ou erreurs involontaires que j'ai pu commettre, la
Peinture me les pardonnera, comme à un homme qui, à
défaut de connaissances étendues, a l'amour de la Peinture jusque dans les nerfs. D'ailleurs, ceux qui peuvent
avoir quelque raison de se plaindre trouveront des ven-
geurs ou des consolateurs bien nombreux, sans compter
celui de nos amis que vous chargerez de l'analyse de la
prochaine exposition, et à qui vous donnerez les mêmes
libertés que vous avez bien voulu m'accorder. Je souhaite de tout mon cœur qu'il rencontre plus de motifs
d'étonnement ou d'éblouissement que je n'en ai consciencieusement trouvé. Les nobles et excellents artiſtes que
j'invoquais tout à l'heure diront comme moi : en résumé,

beaucoup de pratique et d'habileté, mais très peu de
génie ! C'est ce que tout le monde dit. Hélas ! je suis d'accord avec tout le monde. Vous voyez, mon cher M***,
qu'il était bien inutile d'expliquer ce que chacun d'eux
pense comme nous. Ma seule consolation est d'avoir
peut-être su plaire, dans l'étalage de ces lieux communs,
à deux ou trois personnes qui me devinent quand je
pense à elles, et au nombre desquelles je vous prie de
vouloir bien vous compter.

Votre très dévoué collaborateur et ami[a].

LE PEINTRE DE LA VIE MODERNE

I

LE BEAU, LA MODE ET LE BONHEUR¹

Il y a dans le monde, et même dans le monde des artistes, des gens qui vont au musée du Louvre, passent rapidement, et sans leur accorder un regard, devant une foule de tableaux très intéressants quoique de *second ordre,* et se plantent rêveurs devant un Titien ou un Raphaël, un de ceux que la gravure a le plus popularisés; puis sortent satisfaits, plus d'un se disant : « Je connais mon musée. » Il existe aussi des gens qui, ayant lu jadis Bossuet et Racine, croient posséder l'histoire de la littérature.

Par bonheur se présentent de temps en temps des redresseurs de torts, des critiques, des amateurs, des curieux qui affirment que tout n'est pas dans Raphaël, que tout n'est pas dans Racine, que les *poetae minores* ont du bon, du solide et du délicieux; et, enfin, que pour tant aimer la beauté générale, qui est exprimée par les poètes et les artistes classiques, on n'en a pas moins tort de négliger la beauté particulière, la beauté de circonstance et le trait de mœurs.

Je dois dire que le monde, depuis plusieurs années, s'est un peu corrigé. Le prix que les amateurs attachent aujourd'hui aux gentillesses gravées et coloriées du dernier siècle prouve qu'une réaction a eu lieu dans le sens où le public en avait besoin; Debucourt, les Saint-Aubin² et bien d'autres, sont entrés dans le dictionnaire des artistes dignes d'être étudiés. Mais ceux-là représentent le passé; or, c'est à la peinture des mœurs du présent que je veux m'attacher aujourd'hui. Le passé est intéressant non seulement par la beauté qu'ont su en extraire les artistes pour qui il était le présent, mais aussi comme passé, pour sa valeur historique. Il en est de même du présent. Le plaisir que nous retirons de la représentation du présent tient non seulement à la beauté dont il peut être revêtu, mais aussi à sa qualité essentielle de présent.

J'ai sous les yeux une série de gravures de modes commençant avec la Révolution et finissant à peu près au Consulat[1]. Ces costumes, qui font rire bien des gens irréfléchis, de ces gens graves sans vraie gravité, présentent un charme d'une nature double, artistique et historique. Ils sont très souvent beaux et spirituellement dessinés; mais ce qui m'importe au moins autant, et ce que je suis heureux de retrouver dans tous ou presque tous, c'est la morale et l'esthétique du temps. L'idée que l'homme se fait du beau s'imprime dans tout son ajustement, chiffonne ou raidit son[a] habit, arrondit ou aligne son geste, et même pénètre subtilement, à la longue, les traits de son visage. L'homme finit par ressembler à ce qu'il voudrait être. Ces gravures peuvent être traduites en beau et en laid; en laid, elles deviennent des caricatures; en beau, des statues antiques.

Les femmes qui étaient revêtues de ces costumes ressemblaient plus ou moins aux unes ou aux autres, selon le degré de poésie ou de vulgarité dont elles étaient marquées. La matière vivante rendait ondoyant ce qui nous semble trop rigide. L'imagination du spectateur peut encore aujourd'hui faire marcher et frémir cette *tunique* et ce *schall*[2]. Un de ces jours, peut-être, un drame[3] paraîtra sur un théâtre quelconque, où nous verrons la résurrection de ces costumes sous lesquels nos pères se trouvaient tout aussi enchanteurs que nous-mêmes dans nos pauvres vêtements (lesquels ont aussi leur grâce, il est vrai, mais d'une nature plutôt morale et spirituelle[4]), et s'ils sont portés et animés par des comédiennes et des comédiens intelligents, nous nous étonnerons d'en avoir pu rire si étourdiment. Le passé, tout en gardant le piquant du fantôme, reprendra la lumière et le mouvement de la vie, et se fera présent.

Si un homme impartial feuilletait une à une *toutes* les modes françaises depuis l'origine de la France jusqu'au jour présent, il n'y trouverait rien de choquant ni même de surprenant. Les transitions y seraient aussi abondamment ménagées que dans l'échelle du monde animal. Point de lacune, donc, point de surprise. Et s'il ajoutait à la vignette qui représente chaque époque la pensée philosophique dont celle-ci était le plus occupée ou agitée, pensée dont la vignette suggère inévitablement le souvenir, il verrait quelle profonde harmonie régit tous les membres de l'histoire, et que, même dans les siècles qui nous paraissent les plus monstrueux et les plus fous, l'immortel appétit du beau a toujours trouvé sa satisfaction.

C'est ici une belle occasion, en vérité, pour établir une théorie rationnelle et historique du beau, en opposition avec la théorie du beau unique et absolu; pour montrer que le beau est toujours, inévitablement, d'une composition double, bien que l'impression qu'il produit soit une; car la difficulté de discerner les éléments variables du beau dans l'unité de l'impression n'infirme en rien la nécessité de la variété dans sa composition. Le beau est fait d'un élément éternel, invariable, dont la quantité est excessivement difficile à déterminer, et d'un élément relatif, circonstanciel, qui sera, si l'on veut, tour à tour ou tout ensemble, l'époque, la mode, la morale, la passion. Sans ce second élément, qui est comme l'enveloppe amusante, titillante, apéritive, du divin gâteau, le premier élément serait indigestible, inappréciable, non adapté et non approprié à la nature humaine. Je défie qu'on découvre un échantillon quelconque de beauté qui ne contienne pas ces deux éléments[1].

Je choisis, si l'on veut, les deux échelons extrêmes de l'histoire. Dans l'art hiératique, la dualité se fait voir au premier coup d'œil; la partie de beauté éternelle ne se manifeste qu'avec la permission et sous la règle de la religion à laquelle appartient l'artiste. Dans l'œuvre la plus frivole d'un artiste raffiné appartenant à une de ces époques que nous qualifions trop vaniteusement de civilisées, la dualité se montre également; la portion éternelle de beauté sera en même temps voilée et exprimée, sinon par la mode, au moins par le tempérament particulier de l'auteur. La dualité de l'art est une conséquence

fatale de la dualité de l'homme[1]. Considérez, si cela vous
plaît, la partie éternellement subsistante comme l'âme de
l'art, et l'élément variable comme son corps. C'est pourquoi Stendhal, esprit impertinent, taquin, répugnant
même, mais dont les impertinences provoquent utilement
la méditation, s'est rapproché de la vérité plus que beaucoup d'autres, en disant que *le Beau n'est que la promesse du
bonheur*[2]. Sans doute cette définition dépasse le but; elle
soumet beaucoup trop le beau à l'idéal infiniment variable
du bonheur; elle dépouille trop lestement le beau de son
caractère aristocratique; mais elle a le grand mérite de
s'éloigner décidément de l'erreur des académiciens.

J'ai plus d'une fois déjà expliqué ces choses; ces lignes
en disent assez pour ceux qui aiment ces jeux de la pensée abstraite; mais je sais que les lecteurs français, pour la
plupart, ne s'y complaisent guère, et j'ai hâte moi-même
d'entrer dans la partie positive et réelle de mon sujet.

II

LE CROQUIS DE MŒURS

Pour le croquis de mœurs, la représentation de la vie
bourgeoise et les spectacles de la mode, le moyen le plus
expéditif et le moins coûteux est évidemment le meilleur.
Plus l'artiste y mettra de beauté, plus l'œuvre sera précieuse; mais il y a dans la vie triviale, dans la métamorphose journalière des choses extérieures, un mouvement
rapide qui commande à l'artiste une égale vélocité d'exécution. Les gravures à plusieurs teintes du XVIIIᵉ siècle
ont obtenu de nouveau les faveurs de la mode, comme
je le disais tout à l'heure; le pastel, l'eau-forte, l'aquatinte
ont fourni tour à tour leurs contingents à cet immense
dictionnaire de la vie moderne disséminé dans les
bibliothèques, dans les cartons des amateurs et derrière
les vitres des plus vulgaires boutiques. Dès que la
lithographie parut[3], elle se montra tout de suite très apte
à cette énorme tâche, si frivole en apparence. Nous avons

dans ce genre de véritables monuments. On a justement appelé les œuvres de Gavarni et de Daumier des compléments de *La Comédie humaine*[1]. Balzac lui-même, j'en suis très convaincu, n'eût pas été éloigné d'adopter cette idée, laquelle est d'autant plus juste que le génie de l'artiste peintre de mœurs est un génie d'une nature mixte, c'est-à-dire où il entre une bonne partie d'esprit littéraire. Observateur, flâneur, philosophe, appelez-le comme vous voudrez ; mais vous serez certainement amené, pour caractériser cet artiste, à le gratifier d'une épithète que vous ne sauriez appliquer au peintre des choses éternelles, ou du moins plus durables, des choses héroïques ou religieuses. Quelquefois il est poète ; plus souvent il se rapproche du romancier ou du moraliste ; il est le peintre de la circonstance et de tout ce qu'elle suggère d'éternel. Chaque pays, pour son plaisir et pour sa gloire, a possédé quelques-uns de ces hommes-là. Dans notre époque actuelle, à Daumier et à Gavarni, les premiers noms qui se présentent à la mémoire, on peut ajouter Devéria[2], Maurin, Numa[3], historiens des grâces interlopes de la Restauration, Wattier, Tassaert, Eugène Lami, celui-là presque Anglais à force d'amour pour les élégances aristocratiques[4], et même Trimolet et Traviès[5], ces chroniqueurs de la pauvreté et de la petite vie.

III

L'ARTISTE,
HOMME DU MONDE,
HOMME DES FOULES ET ENFANT

Je veux entretenir aujourd'hui le public d'un homme singulier, originalité si puissante et si décidée, qu'elle se suffit à elle-même et ne recherche même pas l'approbation. Aucun de ses dessins n'est signé, si l'on appelle signature ces quelques lettres, faciles à contrefaire, qui figurent un nom, et que tant d'autres apposent fastueusement au bas de leurs plus insouciants croquis. Mais tous ses ouvrages sont signées de son âme éclatante, et les amateurs qui les ont vus et appréciés les reconnaîtront facilement à la description que j'en veux faire. Grand amoureux de la foule et de l'incognito, M. C. G. pousse l'originalité jusqu'à la modestie. M. Thackeray, qui, comme on sait, est très curieux des choses d'art, et qui dessine lui-même les *illustrations* de ses romans, parla un jour de M. G. dans un petit journal de Londres[1]. Celui-ci s'en fâcha comme d'un outrage à sa pudeur. Récemment encore, quand il apprit que je me proposais de faire une appréciation de son esprit et de son talent, il me supplia, d'une manière très impérieuse, de supprimer son nom et de ne parler de ses ouvrages que comme des ouvrages d'un anonyme. J'obéirai humblement à ce bizarre désir[2]. Nous feindrons de croire, le lecteur et moi, que M. G. n'existe pas, et nous nous occuperons de ses dessins et de ses aquarelles, pour lesquels il professe un dédain de patricien, comme feraient des savants qui auraient à juger de précieux documents historiques, fournis par le hasard, et dont l'auteur doit rester éternellement inconnu. Et même, pour rassurer complètement ma conscience, on supposera que tout ce que j'ai à dire de sa nature, si curieusement et si mystérieusement éclatante, est plus ou moins justement suggéré par les œuvres en question; pure hypothèse poétique, conjecture, travail d'imagination.

M. G. est vieux[3]. Jean-Jacques commença, dit-on, à écrire à quarante-deux ans. Ce fut peut-être vers cet âge que M. G., obsédé par toutes les images qui remplissaient son cerveau, eut l'audace de jeter sur une feuille blanche de l'encre et des couleurs. Pour dire la vérité, il dessinait comme un barbare, comme un enfant, se fâchant contre la maladresse de ses doigts et la désobéissance de son outil. J'ai vu un grand nombre de ces barbouillages primitifs, et j'avoue que la plupart des gens qui s'y connaissent ou prétendent s'y connaître auraient pu, sans déshonneur, ne pas deviner le génie latent qui habitait dans ces ténébreuses ébauches. Aujourd'hui, M. G., qui a trouvé, à lui tout seul, toutes les petites ruses du métier, et qui a fait, sans conseils, sa propre éducation, est devenu un puissant maître à sa manière, et n'a gardé de sa première ingénuité que ce qu'il en faut pour ajouter à ses riches facultés un assaisonnement inattendu. Quand il rencontre un de ces essais de son *jeune âge,* il le déchire ou le brûle avec une honte des plus amusantes[a1].

Pendant dix ans, j'ai désiré faire la connaissance de M. G., qui est, par nature, très voyageur et très cosmopolite. Je savais qu'il avait été longtemps attaché à un journal anglais illustré[2], et qu'on y avait publié des gravures d'après ses croquis de voyage (Espagne, Turquie, Crimée). J'ai vu depuis lors une masse considérable de ces dessins improvisés sur les lieux mêmes, et j'ai pu *lire* ainsi un compte rendu minutieux et journalier de la campagne de Crimée, bien préférable à tout autre. Le même journal avait aussi publié, toujours sans signature, de nombreuses compositions du même auteur, d'après les ballets et les opéras nouveaux. Lorsque enfin je le trouvai, je vis tout d'abord que je n'avais pas affaire précisément à un *artiste,* mais plutôt à un *homme du monde.* Entendez ici, je vous prie, le mot *artiste* dans un sens très restreint, et le mot *homme du monde* dans un sens très étendu. *Homme du monde,* c'est-à-dire homme du monde entier, homme qui comprend le monde et les raisons mystérieuses et légitimes de tous ses usages; *artiste,* c'est-à-dire spécialiste, homme attaché à sa palette comme le serf à la glèbe. M. G. n'aime pas être appelé artiste. N'at-il pas un peu raison ? Il s'intéresse au monde entier; il veut savoir, comprendre, apprécier tout ce qui se passe à la surface de notre sphéroïde. L'artiste vit très peu, ou même pas du tout, dans le monde moral et politique. Celui qui habite dans le quartier Bréda ignore ce qui se passe dans le faubourg Saint-Germain. Sauf deux ou trois exceptions qu'il est inutile de nommer, la plupart des artistes sont, il faut bien le dire, des brutes très adroites, de purs manœuvres, des intelligences de village, des cervelles de hameau. Leur conversation, forcément bornée à un cercle très étroit, devient très vite insupportable à l'*homme du monde,* au citoyen spirituel de l'univers.

Ainsi, pour entrer dans la compréhension de M. G., prenez note tout de suite de ceci : c'est que la *curiosité* peut être considérée comme le point de départ de son génie.

Vous souvenez-vous d'un tableau (en vérité, c'est un tableau !) écrit par la plus puissante plume de cette époque, et qui a pour titre *L'Homme des foules*[3] ? Derrière la vitre d'un café, un convalescent, contemplant la foule avec jouissance, se mêle, par la pensée, à toutes les pensées qui s'agitent autour de lui. Revenu récemment des ombres de la mort, il aspire avec délices tous les germes et tous les effluves de la vie ; comme il a été sur le point de tout oublier, il se souvient et veut avec ardeur se souvenir de tout. Finalement, il se précipite à travers cette foule à la recherche d'un inconnu dont la physionomie entrevue l'a, en un clin d'œil, fasciné. La curiosité est devenue une passion fatale, irrésistible !

Supposez un artiste qui serait toujours, spirituellement, à l'état du convalescent, et vous aurez la clef du caractère de M. G.

Or, la convalescence est comme un retour vers l'enfance. Le convalescent jouit au plus haut degré, comme l'enfant, de la faculté de s'intéresser vivement aux choses, même les plus triviales en apparence. Remontons, s'il se peut, par un effort rétrospectif de l'imagination, vers nos plus jeunes, nos plus matinales impressions, et nous reconnaîtrons qu'elles avaient une singulière parenté avec les impressions, si vivement colorées, que nous reçûmes plus tard à la suite d'une maladie physique, pourvu que cette maladie ait laissé pures et intactes nos facultés spirituelles. L'enfant voit tout en *nouveauté* ; il est toujours *ivre*. Rien ne ressemble plus à ce qu'on appelle l'inspiration, que la joie avec laquelle l'enfant absorbe la forme et la couleur. J'oserai pousser plus loin ; j'affirme que l'inspiration a quelque rapport avec la *congestion,* et que toute pensée sublime est accompagnée d'une secousse nerveuse, plus ou moins forte, qui retentit jusque dans le cervelet. L'homme de génie a les nerfs solides ; l'enfant les a faibles. Chez l'un, la raison a pris une place considérable ; chez l'autre, la sensibilité occupe presque tout l'être. Mais le génie n'est que l'*enfance retrouvée* à volonté, l'enfance douée maintenant, pour s'exprimer, d'organes virils et de l'esprit analytique qui lui permet d'ordonner la somme de matériaux involontairement amassée. C'est à cette curiosité profonde et joyeuse qu'il faut attribuer l'œil fixe et animalement extatique des enfants devant le *nouveau,* quel qu'il soit, visage ou paysage, lumière, dorure, couleurs, étoffes chatoyantes, enchantement de la beauté embellie par la toilette. Un de mes amis me disait un jour qu'étant fort petit, il assistait à la toilette de son père, et qu'alors il contemplait, avec une stupeur mêlée de délices, les muscles des bras, les dégradations de couleurs de la peau nuancée de rose et de jaune, et le réseau bleuâtre des veines. Le tableau de la vie extérieure le pénétrait déjà de respect et s'emparait de son cerveau. Déjà la forme l'obsédait et le possédait. La prédestination montrait précocement le bout de son nez. La *damnation* était faite. Ai-je besoin de dire que cet enfant est aujourd'hui un peintre célèbre[1] ?

Je vous priais tout à l'heure de considérer M. G. comme un éternel convalescent; pour compléter votre conception, prenez-le aussi pour un homme-enfant, pour un homme possédant à chaque minute le génie de l'enfance, c'est-à-dire un génie pour lequel aucun aspect de la vie n'est *émoussé*.

Je vous ai dit que je répugnais à l'appeler un pur artiste, et qu'il se défendait lui-même de ce titre avec une modestie nuancée de pudeur aristocratique. Je le nommerais volontiers un *dandy,* et j'aurais pour cela quelques bonnes raisons; car le mot *dandy* implique une quintessence de caractère et une intelligence subtile de tout le mécanisme moral de ce monde; mais, d'un autre côté, le dandy aspire à l'insensibilité, et c'est par là que M. G., qui est dominé, lui, par une passion insatiable, celle de voir et de sentir, se détache violemment du dandysme. *Amabam amare,* disait saint Augustin. « J'aime passionnément la passion », dirait volontiers M. G. Le dandy est blasé, ou il feint de l'être, par politique et raison de caste. M. G. a horreur des gens blasés. Il possède l'art si difficile (les esprits raffinés me comprendront) d'être *sincère sans ridicule*. Je le décorerais bien du nom de philosophe, auquel il a droit à plus d'un titre, si son amour excessif des choses visibles, tangibles, condensées à l'état plastique, ne lui inspirait une certaine répugnance de celles qui forment le royaume impalpable du métaphysicien. Réduisons-le donc à la condition de pur moraliste pittoresque, comme La Bruyère.

La foule est son domaine, comme l'air est celui de l'oiseau, comme l'eau celui du poisson. Sa passion et sa profession, c'est d'*épouser la foule*. Pour le parfait flâneur, pour l'observateur passionné, c'est une immense jouissance que d'élire domicile dans le nombre, dans l'ondoyant, dans le mouvement, dans le fugitif et l'infini[2].

Être hors de chez soi, et pourtant se sentir partout chez soi; voir le monde, être au centre du monde et rester caché au monde, tels sont quelques-uns des moindres plaisirs de ces esprits indépendants, passionnés, impartiaux, que la langue ne peut que maladroitement définir. L'observateur est un *prince* qui jouit partout de son incognito. L'amateur de la vie fait du monde sa famille, comme l'amateur du beau sexe compose sa famille de toutes les beautés trouvées, trouvables et introuvables; comme l'amateur de tableaux vit dans une société enchantée de rêves peints sur toile. Ainsi l'amoureux de la vie universelle entre dans la foule comme dans un immense réservoir d'électricité. On peut aussi le comparer, lui, à un miroir aussi immense que cette foule; à un kaléidoscope doué de conscience, qui, à chacun de ses mouvements, représente la vie multiple et la grâce mouvante de tous les éléments de la vie. C'est un *moi* insatiable du *non-moi,* qui, à chaque instant, le rend et l'exprime en images plus vivantes que la vie elle-même, toujours instable et fugitive. « Tout homme, disait un jour M. G. dans une de ces conversations qu'il illumine d'un regard intense et d'un geste évocateur, tout homme qui n'est pas accablé par un de ces chagrins d'une nature trop positive pour ne pas absorber toutes les facultés, et *qui s'ennuie au sein de la multitude,* est un sot ! un sot ! et je le méprise ! »

Quand M. G., à son réveil, ouvre les yeux et qu'il voit le soleil tapageur donnant l'assaut aux carreaux des fenêtres, il se dit avec remords, avec regrets : « Quel ordre impérieux ! quelle fanfare de lumière ! Depuis plusieurs heures déjà, de la lumière partout ! de la lumière perdue par mon sommeil ! Que de choses *éclairées* j'aurais pu voir et que je n'ai pas vues ! » Et il part ! et il regarde couler le fleuve de la vitalité, si majestueux et si brillant. Il admire l'éternelle beauté et l'étonnante harmonie de la vie dans les capitales, harmonie si providentiellement maintenue dans le tumulte de la liberté humaine. Il contemple les paysages de la grande ville, paysages de pierre caressés par la brume ou frappés par les soufflets du soleil[1]. Il jouit des beaux équipages, des fiers chevaux, de la propreté éclatante des grooms, de la dextérité des valets, de la démarche des femmes onduleuses, des beaux enfants, heureux de vivre et d'être bien habillés; en un

mot, de la vie universelle. Si une mode, une coupe de
vêtement a été légèrement transformée, si les nœuds de
rubans, les boucles ont été détrônés par les cocardes, si
le bavolet s'est élargi et si le chignon est descendu d'un
cran sur la nuque, si la ceinture a été exhaussée et la jupe
amplifiée, croyez qu'à une distance énorme *son œil d'aigle*
l'a déjà deviné. Un régiment passe, qui va peut-être au
bout du monde, jetant dans l'air des boulevards ses fanfares entraînantes et légères comme l'espérance[1]; et voilà
que l'œil de M. G. a déjà vu, inspecté, analysé les armes,
l'allure et la physionomie de cette troupe. Harnache-
ments, scintillements, musique, regards décidés, moustaches lourdes et sérieuses, tout cela entre pêle-mêle en
lui; et dans quelques minutes, le poème qui en résulte
sera virtuellement composé. Et voilà que son âme vit
avec l'âme de ce régiment qui marche comme un seul
animal, fière image de la joie dans l'obéissance !

Mais le soir est venu. C'est l'heure bizarre et douteuse
où les rideaux du ciel se ferment, où les cités s'allument[2].
Le gaz fait tache sur la pourpre du couchant. Honnêtes ou
déshonnêtes, raisonnables ou fous, les hommes se disent :
« Enfin la journée est finie ! » Les sages et les mauvais
sujets pensent au plaisir, et chacun court dans l'endroit
de son choix boire la coupe de l'oubli. M. G. restera le
dernier partout où peut resplendir la lumière, retentir la
poésie, fourmiller la vie, vibrer la musique; partout où
une passion peut *poser* pour son œil, partout où l'homme
naturel et l'homme de convention se montrent dans une
beauté bizarre, partout où le soleil éclaire les joies rapides
de l'*animal dépravé*[3] ! « Voilà, certes, une journée bien
employée », se dit certain lecteur que nous avons tous
connu[4], « chacun de nous a bien assez de génie pour la
remplir de la même façon. » Non ! peu d'hommes sont
doués de la faculté de voir; il y en a moins encore qui
possèdent la puissance d'exprimer. Maintenant, à l'heure
où les autres dorment, celui-ci est penché sur sa table,
dardant sur une feuille de papier le même regard qu'il
attachait tout à l'heure sur les choses, s'escrimant avec
son crayon, sa plume, son pinceau, faisant jaillir l'eau du
verre au plafond, essuyant sa plume sur sa chemise, pressé,
violent, actif, comme s'il craignait que les images ne lui
échappent, querelleur quoique seul, et se bousculant lui-
même. Et les choses renaissent sur le papier, naturelles

et plus que naturelles, belles et plus que belles, singulières et douées d'une vie enthousiaste comme l'âme de
l'auteur. La fantasmagorie a été extraite de la nature.
Tous les matériaux dont la mémoire s'est encombrée se
classent, se rangent, s'harmonisent et subissent cette idéalisation forcée qui est le résultat d'une perception *enfantine,* c'est-à-dire d'une perception aiguë, magique à force
d'ingénuité !

IV

LA MODERNITÉ

Ainsi il va, il court, il cherche. Que cherche-t-il ?
À coup sûr, cet homme, tel que je l'ai dépeint, ce solitaire
doué d'une imagination active, toujours voyageant à
travers *le grand désert d'hommes,* a un but plus élevé que
celui d'un pur flâneur, un but plus général, autre que le
plaisir fugitif de la circonstance. Il cherche ce quelque
chose qu'on nous permettra d'appeler la *modernité*[1] ; car
il ne se présente pas de meilleur mot pour exprimer l'idée
en question. Il s'agit, pour lui, de dégager de la mode ce
qu'elle peut contenir de poétique dans l'historique, de
tirer l'éternel du transitoire. Si nous jetons un coup d'œil
sur nos expositions de tableaux modernes, nous sommes
frappés de la tendance générale des artistes à habiller tous
les sujets de costumes anciens. Presque tous se servent
des modes et des meubles de la Renaissance, comme
David se servait des modes et des meubles romains. Il y
a cependant cette différence, que David, ayant choisi des
sujets particulièrement grecs ou romains, ne pouvait pas
faire autrement que de les habiller à l'antique, tandis que
les peintres actuels, choisissant des sujets d'une nature
générale applicable à toutes les époques, s'obstinent à les
affubler des costumes du Moyen Âge, de la Renaissance
ou de l'Orient. C'est évidemment le signe d'une grande
paresse ; car il est beaucoup plus commode de déclarer

que tout est absolument laid dans l'habit d'une époque, que de s'appliquer à en extraire la beauté mystérieuse qui y peut être contenue, si minime ou si légère qu'elle soit. La modernité, c'est le transitoire, le fugitif, le contingent, la moitié de l'art, dont l'autre moitié est l'éternel et l'immuable. Il y a eu une modernité pour chaque peintre ancien; la plupart des beaux portraits qui nous restent des temps antérieurs sont revêtus des costumes de leur époque. Ils sont parfaitement harmonieux, parce que le costume, la coiffure et même le geste, le regard et le sourire (chaque époque a son port, son regard et son sourire) forment un tout d'une complète vitalité. Cet élément transitoire, fugitif, dont les métamorphoses sont si fréquentes, vous n'avez pas le droit de le mépriser ou de vous en passer. En le supprimant, vous tombez forcément dans le vide d'une beauté abstraite et indéfinissable, comme celle de l'unique femme avant le premier péché. Si au costume de l'époque, qui s'impose nécessairement, vous en substituez un autre, vous faites un contresens qui ne peut avoir d'excuse que dans le cas d'une mascarade voulue par la mode. Ainsi, les déesses, les nymphes et les sultanes du XVIIIe siècle sont des portraits *moralement* ressemblants.

Il est sans doute excellent d'étudier les anciens maîtres pour apprendre à peindre, mais cela ne peut être qu'un exercice superflu si votre but est de comprendre le caractère de la beauté présente. Les draperies de Rubens ou de Véronèse ne vous enseigneront pas à faire de la *moire antique,* du *satin à la reine,* ou toute autre étoffe de nos fabriques, soulevée, balancée par la crinoline ou les jupons de mousseline empesée. Le tissu et le grain ne sont pas les mêmes que dans les étoffes de l'ancienne Venise ou dans celles portées à la cour de Catherine[1]. Ajoutons aussi que la coupe de la jupe et du corsage est absolument différente, que les plis sont disposés dans un système nouveau, et enfin que le geste et le port de la femme actuelle donnent à sa robe une vie et une physionomie qui ne sont pas celles de la femme ancienne. En un mot, pour que toute *modernité* soit digne de devenir antiquité, il faut que la beauté mystérieuse que la vie humaine y met involontairement en ait été extraite. C'est à cette tâche que s'applique particulièrement M. G.

J'ai dit que chaque époque avait son port, son regard

et son geste. C'est surtout dans une vaste galerie de portraits (celle de Versailles, par exemple) que cette proposition devient facile à vérifier. Mais elle peut s'étendre plus
loin encore. Dans l'unité qui s'appelle nation, les professions, les castes, les siècles introduisent la variété, non
seulement dans les gestes et les manières, mais aussi dans
la forme positive du visage. Tel nez, telle bouche, tel
front remplissent l'intervalle d'une durée que je ne prétends pas déterminer ici, mais qui certainement peut être
soumise à un calcul. De telles considérations ne sont pas
assez familières aux portraitistes; et le grand défaut de
M. Ingres, en particulier, est de vouloir imposer à chaque
type qui pose sous son œil un perfectionnement plus
ou moins complet, emprunté*a* au répertoire des idées
classiques[1].

En pareille matière*b*, il serait facile et même légitime
de raisonner *a priori*. La corrélation perpétuelle de ce
qu'on appelle *l'âme* avec ce qu'on appelle *le corps* explique
très bien comment tout ce qui est matériel ou effluve du
spirituel représente et représentera toujours le spirituel
d'où il dérive. Si un peintre patient et minutieux, mais
d'une imagination médiocre, ayant à peindre une courtisane du temps présent, *s'inspire* (c'est le mot consacré)
d'une courtisane de Titien ou de Raphaël, il est infiniment probable qu'il fera une œuvre fausse, ambiguë et
obscure. L'étude d'un chef-d'œuvre de ce temps et de ce
genre ne lui enseignera ni l'attitude, ni le regard, ni la
grimace, ni l'aspect vital d'une de ces créatures que le
dictionnaire de la mode a successivement classées sous
les titres grossiers ou badins d'*impures,* de *filles entretenues,*
de *lorettes* et de *biches.*

La même critique s'applique rigoureusement à l'étude
du militaire, du dandy, de l'animal même, chien ou cheval, et de tout ce qui compose la vie extérieure d'un siècle.
Malheur à celui qui étudie dans l'antique autre chose que
l'art pur, la logique, la méthode générale ! Pour s'y trop
plonger, il perd la mémoire du présent; il abdique la
valeur et les privilèges fournis par la circonstance; car
presque toute notre originalité vient de l'estampille que
le *temps* imprime à nos sensations. Le lecteur comprend
d'avance que je pourrais vérifier facilement mes assertions sur de nombreux objets autres que la femme. Que
diriez-vous, par exemple, d'un peintre de marines (je

pousse l'hypothèse à l'extrême) qui, ayant à reproduire la *beauté* sobre et élégante du navire moderne, fatiguerait ses yeux à étudier les formes surchargées, contournées, l'arrière monumental du navire ancien et les voilures compliquées du XVIe siècle ? Et que penseriezvous d'un artiste que vous auriez chargé de faire le portrait d'un pur-sang, célèbre dans les solennités du turf, s'il allait confiner ses contemplations dans les musées, s'il se contentait d'observer le cheval dans les galeries du passé, dans Van Dyck, Bourguignon ou Van der Meulen ?

M. G., dirigé par la nature, tyrannisé par la circonstance, a suivi une voie toute différente. Il a commencé par contempler la vie, et ne s'est ingénié que tard à apprendre les moyens d'exprimer la vie. Il en est résulté une originalité saisissante, dans laquelle ce qui peut rester de barbare et d'ingénu apparaît comme une preuve nouvelle d'obéissance à l'impression, comme une flatterie à la vérité. Pour la plupart d'entre nous, surtout pour les gens d'affaires, aux yeux de qui la nature n'existe pas, si ce n'est dans ses rapports d'utilité avec leurs affaires, le fantastique réel de la vie est singulièrement émoussé. M. G. l'absorbe sans cesse; il en a la mémoire et les yeux pleins[1].

V

L'ART MNÉMONIQUE

Ce mot *barbarie,* qui est venu peut-être trop souvent sous ma plume, pourrait induire quelques personnes à croire qu'il s'agit ici de quelques dessins[a] informes que l'imagination seule du spectateur sait transformer en choses parfaites. Ce serait mal me comprendre. Je veux parler d'une barbarie inévitable, synthétique, enfantine, qui reste souvent visible dans un art parfait (mexicaine, égyptienne ou ninivite), et qui dérive du besoin de voir les choses grandement, de les considérer surtout dans l'effet de leur ensemble. Il n'est pas superflu d'observer ici que beaucoup de gens ont accusé de barbarie tous les peintres dont le regard eſt synthétique et abréviateur, par exemple M. Corot, qui s'applique tout d'abord à tracer les lignes principales d'un paysage, son ossature et sa physionomie. Ainsi, M. G., traduiſant fidèlement ses propres impressions, marque avec une énergie inſtinctive les points culminants ou lumineux d'un objet (ils peuvent être culminants ou lumineux au point de vue dramatique), ou ses principales caractériſtiques, quelquefois même avec une exagération utile pour la mémoire humaine; et l'imagination du ſpectateur, subissant à son tour cette mnémonique si despotique, voit avec netteté l'impression produite par les choses sur l'esprit de M. G. Le ſpectateur eſt ici le traducteur d'une traduction toujours claire et enivrante.

Il eſt une condition qui ajoute beaucoup à la force vitale de cette traduction *légendaire* de la vie extérieure. Je veux parler de la méthode de dessiner de M. G. Il dessine de mémoire, et non d'après le modèle, sauf dans les cas (la guerre de Crimée, par exemple) où il y a nécessité urgente de prendre des notes immédiates, précipitées, et d'arrêter les lignes principales d'un sujet. En fait, tous les bons et vrais dessinateurs dessinent d'après l'image écrite dans leur cerveau, et non d'après la nature. Si l'on nous objecte les admirables croquis de Raphaël, de Watteau et de beaucoup d'autres, nous dirons que ce sont là des notes très minutieuses, il eſt vrai, mais de pures notes. Quand un véritable artiſte en eſt venu à l'exécution définitive de son œuvre, le modèle lui serait plutôt un *embarras* qu'un secours. Il arrive même que des hommes tels que Daumier et M. G., accoutumés dès longtemps à exercer leur mémoire et à la remplir d'images, trouvent devant le modèle et la multiplicité de détails qu'il comporte leur faculté principale troublée et comme paralysée.

Il s'établit alors un duel entre la volonté de tout voir, de ne rien oublier, et la faculté de la mémoire qui a pris l'habitude d'absorber vivement la couleur générale et la silhouette, l'arabesque du contour. Un artiſte ayant le sentiment parfait de la forme, mais accoutumé à exercer surtout sa mémoire et son imagination, se trouve alors comme assailli par une émeute de détails, qui tous demandent juſtice avec la furie d'une foule amoureuse d'égalité absolue. Toute justice se trouve forcément violée; toute harmonie détruite, sacrifiée; mainte trivialité devient énorme; mainte petitesse, usurpatrice. Plus l'artiste se penche avec impartialité vers le détail, plus l'anarchie augmente. Qu'il soit myope ou presbyte, toute hiérarchie et toute subordination disparaissent. C'est un accident qui se présente souvent dans les œuvres d'un de nos peintres les plus en vogue, dont les défauts d'ailleurs sont si bien appropriés aux défauts de la foule, qu'ils ont singulièrement servi sa popularité. La même analogie se fait deviner dans la pratique de l'art du comédien, art si mystérieux, si profond, tombé aujourd'hui dans la confusion des décadences. M. Frédérick Lemaître compose un rôle avec l'ampleur et la largeur du génie. Si étoilé que soit son jeu de détails lumineux, il reste toujours synthétique et sculptural. M. Bouffé[1] compose les siens avec une minutie de myope et de bureaucrate. En lui tout éclate, mais rien ne se fait voir, rien ne veut être gardé par la mémoire.

Ainsi, dans l'exécution de M. G. se montrent deux choses : l'une, une contention de mémoire résurrectionniste, évocatrice, une mémoire qui dit à chaque chose : « Lazare, lève-toi ! »; l'autre, un feu, une ivresse de crayon, de pinceau, ressemblant presque à une fureur. C'est la peur de n'aller pas assez vite, de laisser échapper le fantôme avant que la synthèse n'en soit extraite et saisie; c'est cette terrible peur qui possède tous les grands artistes et qui leur fait désirer si ardemment de s'approprier tous les moyens d'expression, pour que jamais les ordres de l'esprit ne soient altérés par les hésitations de la main; pour que finalement l'exécution, l'exécution idéale, devienne aussi inconsciente, aussi *coulante* que l'est la digestion pour le cerveau de l'homme bien portant qui a dîné. M. G. commence par de légères indications au crayon, qui ne marquent guère que la place que les objets doivent tenir dans l'espace. Les plans principaux sont indiqués ensuite par des teintes au lavis, des masses vaguement, légèrement colorées d'abord, mais reprises plus tard et chargées successivement de couleurs plus intenses. Au dernier moment, le contour des objets est définitivement cerné par de l'encre. À moins de les avoir vus, on ne se douterait pas des effets surprenants qu'il peut obtenir par cette méthode si simple et presque élémentaire. Elle a cet incomparable avantage, qu'à n'importe quel point de son progrès, chaque dessin a l'air suffisamment fini; vous nommerez cela une ébauche si vous voulez, mais ébauche parfaite. Toutes les valeurs y sont en pleine harmonie, et s'il les veut pousser plus loin, elles marcheront toujours de front vers le perfectionnement désiré. Il prépare ainsi vingt dessins à la fois avec une pétulance et une joie charmantes, amusantes même pour lui; les croquis s'empilent et se superposent par dizaines, par centaines, par milliers. De temps à autre il les parcourt, les feuillette, les examine, et puis il en choisit quelques-uns dont il augmente plus ou moins l'intensité, dont il charge les ombres et allume progressivement les lumières.

Il attache une immense importance aux fonds, qui, vigoureux ou légers, sont toujours d'une qualité et d'une nature appropriées aux figures. La gamme des tons et l'harmonie générale sont strictement observées, avec un génie qui dérive plutôt de l'instinct que de l'étude. Car M. G. possède naturellement ce talent mystérieux du coloriste, véritable don que l'étude peut accroître, mais qu'elle est, par elle-même, je crois, impuissante à créer. Pour tout dire en un mot, notre singulier artiste exprime à la fois le geste et l'attitude solennelle ou grotesque des êtres et leur explosion lumineuse dans l'espace.

VI

LES ANNALES DE LA GUERRE

La Bulgarie, la Turquie, la Crimée, l'Espagne ont été de grandes fêtes pour les yeux de M. G., ou plutôt de l'artiste imaginaire que nous sommes convenus d'appeler M. G.; car je me souviens de temps en temps que je me suis promis, pour mieux rassurer sa modestie, de supposer qu'il n'existait pas. J'ai compulsé ces archives de la guerre d'Orient (champs de bataille jonchés de débris funèbres, charrois de matériaux, embarquements de

bestiaux et de chevaux), tableaux vivants et surprenants,
décalqués sur la vie elle-même, éléments d'un pittoresque
précieux que beaucoup de peintres en renom, placés dans
les mêmes circonstances, auraient étourdiment négligés;
cependant, de ceux-là, j'excepterai volontiers M. Horace
Vernet, véritable gazetier plutôt que peintre essentiel[1],
avec lequel M. G., artiste plus délicat, a des rapports
visibles, si on veut ne le considérer que comme archiviste
de la vie. Je puis affirmer que nul journal, nul récit écrit,
nul livre, n'exprime aussi bien, dans tous ses détails douloureux et dans sa sinistre ampleur, cette grande épopée
de la guerre de Crimée. L'œil se promène tour à tour
aux bords du Danube, aux rives du Bosphore, au cap
Kerson, dans la plaine de Balaklava, dans les champs
d'Inkermann, dans les campements anglais, français,
turcs et piémontais, dans les rues de Constantinople,
dans les hôpitaux et dans toutes les solennités religieuses
et militaires.

Une des compositions qui se sont le mieux gravées
dans mon esprit est la *Consécration d'un terrain funèbre
à Scutari par l'évêque de Gibraltar*[2]. Le caractère pittoresque
de la scène, qui consiste dans le contraste de la nature
orientale environnante avec les attitudes et les uniformes
occidentaux des assistants, est rendu d'une manière
saisissante, suggestive et grosse de rêveries. Les soldats
et les officiers ont ces airs ineffaçables de *gentlemen,*
résolus et discrets, qu'ils portent au bout du monde,
jusque dans les garnisons de la colonie du Cap et les
établissements de l'Inde : les prêtres anglais font vaguement songer à des huissiers ou à des agents de change qui
seraient revêtus de toques et de rabats.

Ici nous sommes à Schumla, chez Omer-Pacha[3] : hospitalité turque, pipes et café; tous les visiteurs sont rangés
sur des divans, ajustant à leurs lèvres des pipes, longues
comme des sarbacanes, dont le foyer repose à leurs
pieds. Voici les *Kurdes à Scutari*[4], troupes étranges dont
l'aspect fait rêver à une invasion de hordes barbares;
voici les bachi-bouzoucks, non moins singuliers avec
leurs officiers européens, hongrois ou polonais, dont la
physionomie de dandies tranche bizarrement sur le
caractère baroquement oriental de leurs soldats.

Je rencontre un dessin magnifique où se dresse un seul
personnage, gros, robuste, l'air à la fois pensif, insou-

ciant et audacieux; de grandes bottes lui montent au-delà des genoux; son habit militaire est caché par un lourd et vaste paletot strictement boutonné; à travers la fumée de son cigare, il regarde l'horizon sinistre et brumeux; l'un de ses bras blessé est appuyé sur une cravate en sautoir. Au bas, je lis ces mots griffonnés au crayon : *Canrobert on the battle field of Inkermann. Taken on the spot.*

Quel est ce cavalier, aux moustaches blanches, d'une physionomie si vivement dessinée, qui, la tête relevée, a l'air de humer la terrible poésie d'un champ de bataille, pendant que son cheval, flairant la terre, cherche son chemin entre les cadavres amoncelés, pieds en l'air, faces crispées, dans des attitudes étranges ? Au bas du dessin, dans un coin, se font lire ces mots : *Myself at Inkermann.*

J'aperçois M. Baraguay-d'Hilliers, avec le Séraskier, passant en revue l'artillerie à Béchichtash[a]. J'ai rarement vu un portrait militaire plus ressemblant, buriné d'une main plus hardie et plus spirituelle.

Un nom, sinistrement illustre depuis les désastres de Syrie[1], s'offre à ma vue : *Achmet-Pacha, général en chef à Kalafat, debout devant sa hutte avec son état-major, se fait présenter deux officiers européens*[2]. Malgré l'ampleur de sa bedaine turque, Achmet-Pacha a, dans l'attitude et le visage, le grand air aristocratique qui appartient généralement aux races dominatrices.

La bataille de Balaklava se présente plusieurs fois dans ce curieux recueil, et sous différents aspects[3]. Parmi les plus frappants, voici l'historique charge de cavalerie chantée par la trompette héroïque d'Alfred Tennyson, poète de la reine[4] : une foule de cavaliers roulent avec une vitesse prodigieuse jusqu'à l'horizon entre les lourds nuages de l'artillerie. Au fond, le paysage est barré par une ligne de collines verdoyantes.

De temps en temps, des tableaux religieux reposent l'œil attristé par tous ces chaos de poudre et ces turbulences meurtrières. Au milieu de soldats anglais de différentes armes, parmi lesquels éclate le pittoresque uniforme des Écossais enjuponnés, un prêtre anglican lit l'office du dimanche; trois tambours, dont le premier est supporté par les deux autres, lui servent de pupitre[5].

En vérité, il est difficile à la simple plume de traduire ce poème fait de mille croquis, si vaste et si compliqué, et d'exprimer l'ivresse qui se dégage de tout ce pittoresque, douloureux souvent, mais jamais larmoyant, amassé sur quelques centaines de pages, dont les maculatures et les déchirures disent, à leur manière, le trouble et le tumulte au milieu desquels l'artiste y déposait ses souvenirs de la journée. Vers le soir, le courrier emportait vers Londres les notes et les dessins de M. G., et souvent celui-ci confiait ainsi à la poste plus de dix croquis improvisés sur papier pelure, que les graveurs et les abonnés du journal attendaient impatiemment.

Tantôt apparaissent des ambulances où l'atmosphère elle-même semble malade, triste et lourde; chaque lit y contient une douleur; tantôt c'est l'hôpital de Péra, où je vois, causant avec deux sœurs de charité, longues, pâles et droites comme des figures de Lesueur, un visiteur au costume négligé, désigné par cette bizarre légende: *My humble self*[1]. Maintenant, sur des sentiers âpres et sinueux, jonchés de quelques débris d'un combat déjà ancien, cheminent lentement des animaux, mulets, ânes ou chevaux, qui portent sur leurs flancs, dans deux grossiers fauteuils, des blessés livides et inertes. Sur de vastes neiges, des chameaux au poitrail majestueux, la tête haute, conduits par des Tartares, traînent des provisions ou des munitions de toute sorte : c'est tout un monde guerrier, vivant, affairé et silencieux; c'est des campements, des bazars où s'étalent des échantillons de toutes les fournitures, espèces de villes barbares improvisées pour la circonstance. À travers ces baraques, sur ces routes pierreuses ou neigeuses, dans ces défilés, circulent des uniformes de plusieurs nations, plus ou moins endommagés par la guerre ou altérés par l'adjonction de grosses pelisses et de lourdes chaussures.

Il est malheureux que cet album, disséminé maintenant en plusieurs lieux, et dont les pages précieuses ont été retenues par les graveurs chargés de les traduire ou par les rédacteurs de l'*Illustrated London News,* n'ait pas passé sous les yeux de l'Empereur. J'imagine qu'il aurait complaisamment, et non sans attendrissement, examiné les faits et gestes de ses soldats, tous exprimés minutieusement, au jour le jour, depuis les actions les plus éclatantes jusqu'aux occupations les plus triviales de la vie, par cette main de soldat artiste, si ferme et si intelligente.

VII

POMPES ET SOLENNITÉS

La Turquie a fourni aussi à notre cher G. d'admirables motifs de compositions : les fêtes du Baïram[1], splendeurs profondes et ruisselantes, au fond desquelles apparaît, comme un soleil pâle, l'ennui permanent du sultan défunt; rangés à la gauche du souverain, tous les officiers de l'ordre civil; à sa droite, tous ceux de l'ordre militaire, dont le premier est Saïd-Pacha, sultan d'Égypte, alors présent à Constantinople; des cortèges et des pompes solennelles défilant vers la petite mosquée voisine du palais[2], et, parmi ces foules, des fonctionnaires turcs, véritables caricatures de décadence[a], écrasant leurs magnifiques chevaux sous le poids d'une obésité fantastique; les lourdes voitures massives, espèces de carrosses à la Louis XIV, dorés et agrémentés par le caprice oriental, d'où jaillissent quelquefois des regards curieusement féminins, dans le strict intervalle que laissent aux yeux les bandes de mousseline collées sur le visage[3]; les danses frénétiques des baladins du *troisième sexe* (jamais l'expression bouffonne de Balzac[4] ne fut plus applicable que dans le cas présent, car, sous la palpitation de ces lueurs tremblantes, sous l'agitation de ces amples vêtements, sous cet ardent maquillage des joues, des yeux et des sourcils, dans ces gestes hystériques et convulsifs, dans ces longues chevelures flottant sur les reins, il vous serait difficile, pour ne pas dire impossible, de deviner la virilité); enfin, les femmes galantes (si toutefois l'on peut prononcer le mot de galanterie à propos de l'Orient), généralement composées de Hongroises, de Valaques, de Juives, de Polonaises, de Grecques et d'Arméniennes; car, sous un gouvernement despotique, ce sont les races opprimées, et, parmi elles, celles surtout qui ont le plus à souffrir, qui fournissent le plus de sujets à la prostitution. De ces femmes, les unes ont conservé le costume national, les vestes brodées, à manches courtes, l'écharpe tombante, les vastes pantalons, les babouches retroussées, les mousselines rayées ou lamées et tout le clinquant du pays natal; les autres, et ce sont les plus nombreuses, ont adopté le signe principal de la civilisation, qui, pour une femme, est invariablement la crinoline, en gardant toutefois, dans un coin de leur ajustement, un léger souvenir caractéristique de l'Orient, si bien qu'elles ont l'air de Parisiennes qui auraient voulu se déguiser[1].

M. G. excelle à peindre le faste des scènes officielles, les pompes et les solennités nationales, non pas froidement, didactiquement, comme les peintres qui ne voient dans ces ouvrages que des corvées lucratives, mais avec toute l'ardeur d'un homme épris d'espace, de perspective, de lumière faisant nappe ou explosion, et s'accrochant en gouttes ou en étincelles aux aspérités des uniformes et des toilettes de cour. *La fête commémorative de l'indépendance dans la cathédrale d'Athènes*[2] fournit un curieux exemple de ce talent. Tous ces petits personnages, dont chacun est si bien à sa place, rendent plus profond l'espace qui les contient. La cathédrale est immense et décorée de tentures solennelles. Le roi Othon et la reine, debout sur une estrade, sont revêtus du costume traditionnel, qu'ils portent avec une aisance merveilleuse, comme pour témoigner de la sincérité de leur adoption et du patriotisme hellénique le plus raffiné. La taille du roi est sanglée comme celle du plus coquet palikare, et sa jupe s'évase avec toute l'exagération du dandysme national. En face d'eux s'avance le patriarche, vieillard aux épaules voûtées, à la grande barbe blanche, dont les petits yeux sont protégés par des lunettes vertes, et portant dans tout son être les signes d'un flegme oriental consommé. Tous les personnages qui peuplent cette composition sont des portraits, et l'un des plus curieux, par la bizarrerie de sa physionomie aussi peu hellénique que possible, est celui d'une dame allemande, placée à côté de la reine et attachée à son service.

Dans les collections de M. G., on rencontre souvent l'Empereur des Français, dont il a su réduire la figure, sans nuire à la ressemblance, à un croquis infaillible, et qu'il exécute avec la certitude d'un paraphe. Tantôt l'Empereur passe des revues, lancé au galop de son cheval et accompagné d'officiers dont les traits sont facilement reconnaissables[1], ou de princes étrangers, européens, asiatiques ou africains, à qui il fait, pour ainsi dire, les honneurs de Paris. Quelquefois il est immobile sur un cheval dont les pieds sont aussi assurés que les quatre pieds d'une table, ayant à sa gauche l'Impératrice en costume d'amazone, et, à sa droite, le petit Prince impérial, chargé d'un bonnet à poils et se tenant militairement sur un petit cheval hérissé comme les poneys que les artistes anglais lancent volontiers dans leurs paysages; quelquefois disparaissant au milieu d'un tourbillon de lumière et de poussière dans les allées du bois de Boulogne; d'autres fois se promenant lentement à travers les acclamations du faubourg Saint-Antoine. Une surtout de ces aquarelles m'a ébloui par son caractère magique. Sur le bord d'une loge d'une richesse lourde et princière, l'Impératrice apparaît dans une attitude tranquille et reposée; l'Empereur se penche légèrement comme pour mieux voir le théâtre; au-dessous, deux cent-gardes, debout, dans une immobilité militaire et presque hiératique, reçoivent sur leur brillant uniforme les éclaboussures de la rampe. Derrière la bande de feu, dans l'atmosphère idéale de la scène, les comédiens chantent, déclament, gesticulent harmonieusement; de l'autre côté s'étend un abîme de lumière vague, un espace circulaire encombré de figures humaines à tous les étages : c'est le lustre et le public[2].

Les mouvements populaires, les clubs et les solennités de 1848 avaient également fourni à M. G. une série de compositions pittoresques dont la plupart ont été gravées par l'*Illustrated London News*[a]. Il y a quelques années, après un séjour en Espagne, très fructueux pour son génie, il composa aussi un album de même nature, dont je n'ai vu que les lambeaux. L'insouciance avec laquelle il donne ou prête ses dessins l'expose souvent à des pertes irréparables.

VIII

LE MILITAIRE

Pour définir une fois de plus le genre de sujets préférés par l'artiste, nous dirons que c'est *la pompe de la vie,* telle qu'elle s'offre dans les capitales du monde civilisé, la pompe de la vie militaire, de la vie élégante, de la vie galante. Notre observateur est toujours exact à son poste, partout où coulent les désirs profonds et impétueux, les Orénoques du cœur humain, la guerre, l'amour, le jeu; partout où s'agitent les fêtes et les fictions qui représentent ces grands éléments de bonheur et d'infortune. Mais il montre une prédilection très marquée pour le militaire, pour le soldat, et je crois que cette affection dérive non seulement des vertus et des qualités qui passent forcément de l'âme du guerrier dans son attitude et sur son visage, mais aussi de la parure voyante dont sa profession le revêt. M. Paul de Molènes[1] a écrit quelques pages aussi charmantes que sensées, sur la coquetterie militaire et sur le sens moral de ces costumes étincelants dont tous les gouvernements se plaisent à habiller leurs troupes. M. G. signerait volontiers ces lignes-là.

Nous avons parlé déjà de l'idiotisme[2] de beauté particulier à chaque époque, et nous avons observé que chaque siècle avait, pour ainsi dire, sa grâce personnelle. La même remarque peut s'appliquer aux professions; chacune tire sa beauté extérieure des lois morales auxquelles elle est soumise. Dans les unes, cette beauté sera marquée d'énergie, et, dans les autres, elle portera les signes visibles de l'oisiveté. C'est comme l'emblème du caractère, c'est l'estampille de la fatalité. Le militaire, pris en général, a sa beauté, comme le dandy et la femme galante ont la leur, d'un goût essentiellement différent. On trouvera naturel que je néglige les professions où un exercice exclusif et violent déforme les muscles et marque le visage de servitude. Accoutumé aux surprises, le militaire est difficilement étonné. Le signe particulier de la beauté sera donc, ici, une insouciance martiale, un mélange singulier de placidité et d'audace; c'est une beauté qui dérive de la nécessité d'être prêt à mourir à chaque minute. Mais le visage du militaire idéal devra être marqué d'une grande simplicité; car, vivant en commun comme les moines et les écoliers, accoutumés à se décharger des soucis journaliers de la vie sur une paternité abstraite, les soldats sont, en beaucoup de choses, aussi simples que les enfants; et, comme les enfants, le devoir étant accompli, ils sont faciles à amuser et portés aux divertissements violents. Je ne crois pas exagérer en affirmant que toutes ces considérations morales jaillissent naturellement des croquis et des aquarelles de M. G. Aucun type militaire n'y manque, et tous sont saisis avec une espèce de joie enthousiaste : le vieil officier d'infanterie, sérieux et triste, affligeant son cheval de son obésité; le joli officier d'état-major, pincé dans sa taille, se dandinant des épaules, se penchant sans timidité sur le fauteuil des dames, et qui, vu de dos, fait penser aux insectes les plus sveltes et les plus élégants; le zouave et le tirailleur, qui portent dans leur allure un caractère excessif d'audace et d'indépendance, et comme un sentiment plus vif de responsabilité personnelle; la désinvolture agile et gaie de la cavalerie légère; la physionomie vaguement professorale et académique des corps spéciaux, comme l'artillerie et le génie, souvent confirmée par l'appareil peu guerrier des lunettes : aucun de ces modèles, aucune de ces nuances ne sont négligés, et tous sont résumés, définis avec le même amour et le même esprit[1].

J'ai actuellement sous les yeux une de ces compositions d'une physionomie générale vraiment héroïque, qui représente une tête de colonne d'infanterie; peut-être ces hommes reviennent-ils d'Italie et font-ils une halte sur les boulevards devant l'enthousiasme de la multitude[2]; peut-être viennent-ils d'accomplir une longue étape sur les routes de la Lombardie; je ne sais. Ce qui est visible, pleinement intelligible, c'est le caractère ferme, audacieux, même dans sa tranquillité, de tous ces visages hâlés par le soleil, la pluie et le vent.

Voilà bien l'uniformité d'expression créée par l'obéissance et les douleurs supportées en commun, l'air résigné du courage éprouvé par les longues fatigues. Les pan-

talons retroussés et emprisonnés dans les guêtres, les
capotes flétries par la poussière, vaguement décolorées,
tout l'équipement enfin a pris lui-même l'indestructible
physionomie des êtres qui reviennent de loin et qui ont
couru d'étranges aventures. On dirait que tous ces
hommes sont plus solidement appuyés sur leurs reins,
plus carrément installés sur leurs pieds, plus d'aplomb
que ne peuvent l'être les autres hommes. Si Charlet,
qui fut toujours à la recherche de ce genre de beauté et
qui l'a si souvent trouvé, avait vu ce dessin, il en eût été
singulièrement frappé[1].

IX

LE DANDY[2]

L'homme riche, oisif, et qui, même blasé, n'a pas
d'autre occupation que de courir à la piste du bonheur[3];
l'homme élevé dans le luxe et accoutumé dès sa jeunesse
à l'obéissance des autres hommes, celui enfin qui n'a
pas d'autre profession que l'élégance, jouira toujours,
dans tous les temps, d'une physionomie distincte, tout à
fait à part. Le dandysme est une institution vague,
aussi bizarre que le duel; très ancienne, puisque César,
Catilina[4], Alcibiade nous en fournissent des types éclatants; très générale, puisque Chateaubriand l'a trouvée
dans les forêts et au bord des lacs du Nouveau-Monde[5].
Le dandysme, qui est une institution en dehors des lois,
a des lois rigoureuses auxquelles sont strictement soumis
tous ses sujets, quelles que soient d'ailleurs la fougue et
l'indépendance de leur caractère.

Les[a] romanciers anglais ont, plus que les autres, cultivé le roman de *high life*, et les Français qui, comme
M. de Custine[6], ont voulu spécialement écrire des romans
d'amour, ont d'abord pris soin, et très judicieusement,
de doter leurs personnages de fortunes assez vastes
pour payer sans hésitation toutes leurs fantaisies; ensuite
ils les ont dispensés de toute profession. Ces êtres n'ont

pas d'autre état que de cultiver l'idée du beau dans leur
personne, de satisfaire leurs passions, de sentir et de
penser. Ils possèdent ainsi, à leur gré et dans une vaste
mesure, le temps et l'argent, sans lesquels la fantaisie,
réduite à l'état de rêverie passagère, ne peut guère se
traduire en action. Il est malheureusement bien vrai que,
sans le loisir et l'argent, l'amour ne peut être qu'une
orgie de roturier ou l'accomplissement d'un devoir
conjugal. Au lieu du caprice brûlant ou rêveur, il devient
une répugnante *utilité*.

Si je parle de l'amour à propos du dandysme, c'est que
l'amour est l'occupation naturelle des oisifs. Mais le
dandy ne vise pas à l'amour comme but spécial. Si j'ai
parlé d'argent, c'est parce que l'argent est indispensable
aux gens qui se font un culte de leurs passions; mais le
dandy n'aspire pas à l'argent comme à une chose essentielle; un crédit indéfini pourrait lui suffire; il abandonne cette grossière passion aux mortels vulgaires.
Le dandysme n'est même pas, comme beaucoup de
personnes peu réfléchies paraissent le croire, un goût
immodéré de la toilette et de l'élégance matérielle. Ces
choses ne sont pour le parfait dandy qu'un symbole de la
supériorité aristocratique de son esprit. Aussi, à ses yeux,
épris avant tout de *distinction,* la perfection de la toilette
consiste-t-elle dans la simplicité absolue, qui est, en effet,
la meilleure manière de se distinguer. Qu'est-ce donc que
cette passion qui, devenue doctrine, a fait des adeptes
dominateurs, cette institution non écrite qui a formé
une caste si hautaine ? C'est avant tout le besoin ardent
de se faire une originalité, contenu dans les limites
extérieures des convenances. C'est une espèce de culte
de soi-même, qui peut survivre à la recherche du bonheur à trouver dans autrui, dans la femme, par exemple;
qui peut survivre même à tout ce qu'on appelle les
illusions. C'est le plaisir d'étonner et la satisfaction
orgueilleuse de ne jamais être étonné. Un dandy peut
être un homme blasé, peut être un homme souffrant;
mais, dans ce dernier cas, il sourira comme le Lacédé-
monien sous la morsure du renard.

On voit que, par de certains côtés[a], le dandysme
confine au spiritualisme et au stoïcisme. Mais un dandy
ne peut jamais être un homme vulgaire. S'il commettait
un crime, il ne serait pas déchu peut-être; mais si ce

crime naissait d'une source triviale, le déshonneur serait
irréparable. Que le lecteur ne se scandalise pas de cette
gravité dans le frivole, et qu'il se souvienne qu'il y a une
grandeur dans toutes les folies, une force dans tous les
excès. Étrange spiritualisme ! Pour ceux qui en sont à la
fois les prêtres et les victimes, toutes les conditions
matérielles compliquées auxquelles ils se soumettent,
depuis la toilette irréprochable à toute heure du jour et
de la nuit jusqu'aux tours les plus périlleux du sport[a],
ne sont qu'une gymnastique propre à fortifier la volonté
et à discipliner l'âme. En vérité, je n'avais pas tout à
fait tort de considérer le dandysme comme une espèce de
religion. La règle monastique la plus rigoureuse, l'ordre
irrésistible du *Vieux de la Montagne*[1]*,* qui commandait
le suicide à ses disciples enivrés, n'étaient pas plus despotiques ni plus obéis que cette doctrine de l'élégance et de
l'originalité, qui impose, elle aussi, à ses ambitieux et
humbles sectaires, hommes souvent pleins de fougue,
de passion, de courage, d'énergie contenue, la terrible
formule : *Perinde ac cadaver*[2] !

Que ces hommes se fassent nommer raffinés, incroyables, beaux, lions ou dandys[b], tous sont issus d'une
même origine; tous participent du même caractère d'opposition et de révolte; tous sont des représentants de
ce qu'il y a de meilleur dans l'orgueil humain, de ce
besoin, trop rare chez ceux d'aujourd'hui, de combattre
et de détruire la trivialité. De là naît, chez les dandys,
cette attitude hautaine de caste provocante, même dans
sa froideur. Le dandysme apparaît surtout aux époques
transitoires où la démocratie n'est pas encore toute-
puissante, où l'aristocratie n'est que partiellement chan-
celante et avilie. Dans le trouble de ces époques quelques
hommes déclassés, dégoûtés, désœuvrés, mais tous
riches de force native, peuvent concevoir le projet de
fonder une espèce nouvelle d'aristocratie, d'autant plus
difficile à rompre qu'elle sera basée sur les facultés les
plus précieuses, les plus indestructibles, et sur les dons
célestes que le travail et l'argent ne peuvent conférer.
Le dandysme est le dernier éclat d'héroïsme dans les
décadences; et le type du dandy retrouvé par le voyageur
dans l'Amérique du Nord[3] n'infirme en aucune façon
cette idée : car rien n'empêche de supposer que les tribus
que nous nommons *sauvages* soient les débris de grandes

civilisations disparues. Le dandysme est un soleil couchant; comme l'astre qui décline, il est superbe, sans
chaleur et plein de mélancolie. Mais, hélas ! la marée
montante de la démocratie, qui envahit tout et qui nivelle
tout, noie jour à jour ces derniers représentants de l'orgueil humain et verse des flots d'oubli sur les traces de
ces prodigieux myrmidons. Les dandys se font chez
nous de plus en plus rares, tandis que chez nos voisins,
en Angleterre, l'état social et la constitution (la vraie
constitution, celle qui s'exprime par les mœurs) laisseront longtemps encore une place aux héritiers de Sheridan, de Brummel et de Byron, si toutefois il s'en présente qui en soient dignes.

Ce qui a pu paraître au lecteur une digression n'en est
pas une, en vérité. Les considérations et les rêveries
morales qui surgissent des dessins d'un artiste sont,
dans beaucoup de cas, la meilleure traduction que le
critique en puisse faire; les suggestions font partie d'une
idée mère, et, en les montrant successivement, on peut
la faire deviner. Ai-je besoin de dire que M. G., quand il
crayonne un de ses dandys sur le papier, lui donne toujours son caractère historique, légendaire même, oserais-
je dire, s'il n'était pas question du temps présent et de
choses considérées généralement comme folâtres ? C'est
bien là cette légèreté d'allures, cette certitude de manières, cette simplicité dans l'air de domination, cette
façon de porter un habit et de diriger un cheval, ces attitudes toujours calmes mais révélant la force, qui nous
font penser, quand notre regard découvre un de ces êtres
privilégiés en qui le joli et le redoutable se confondent
si mystérieusement : « Voilà peut-être un homme riche,
mais plus certainement un Hercule sans emploi. »

Le caractère de beauté du dandy consiste surtout dans
l'air froid qui vient de l'inébranlable résolution de ne
pas être ému; on dirait un feu latent qui se fait deviner,
qui pourrait mais qui ne veut pas rayonner. C'est ce
qui est, dans ces images, parfaitement exprimé.

X

LA FEMME

L'être qui est, pour la plupart des hommes, la source des plus vives, et même, disons-le à la honte des voluptés philosophiques, des plus durables jouissances; l'être vers qui ou au profit de qui tendent tous leurs efforts; cet être terrible et incommunicable comme Dieu[1] (avec cette différence que l'infini ne se communique pas parce qu'il aveuglerait et écraserait le fini, tandis que l'être dont nous parlons n'est peut-être incompréhensible que parce qu'il n'a rien à communiquer); cet être en qui Joseph de Maistre voyait *un bel animal* dont les grâces égayaient et rendaient plus facile le jeu sérieux de la politique[2]; pour qui et par qui se font et défont les fortunes; pour qui, mais surtout *par qui* les artistes et les poètes composent leurs plus délicats bijoux; de qui dérivent les plaisirs les plus énervants et les douleurs les plus fécondantes, la femme, en un mot, n'est pas seulement pour l'artiste en général, et pour M. G. en particulier, la femelle de l'homme. C'est plutôt une divinité, un astre, qui préside à toutes les conceptions du cerveau mâle; c'est un miroitement de toutes les grâces de la nature condensées dans un seul être; c'est l'objet de l'admiration et de la curiosité la plus vive que le tableau de la vie puisse offrir au contemplateur. C'est une espèce d'idole, stupide peut-être, mais éblouissante, enchanteresse, qui tient les destinées et les volontés suspendues à ses regards. Ce n'est pas, dis-je, un animal dont les membres, correctement assemblés, fournissent un parfait exemple d'harmonie; ce n'est même pas le type de beauté pure, tel que peut le rêver le sculpteur dans ses plus sévères méditations; non, ce ne serait pas encore suffisant pour en expliquer le mystérieux et complexe enchantement. Nous n'avons que faire ici de Winckelmann[a] et de Raphaël; et je suis bien sûr que M. G., malgré toute l'étendue de son intelligence (cela soit dit

sans lui faire injure), négligerait un morceau de la statuaire antique, s'il lui fallait perdre ainsi l'occasion de
savourer un portrait de Reynolds ou de Lawrence. Tout
ce qui orne la femme, tout ce qui sert à illustrer sa beauté,
fait partie d'elle-même; et les artistes qui se sont particulièrement appliqués à l'étude de cet être énigmatique
raffolent autant de tout le *mundus muliebris*[1] que de la
femme elle-même. La femme est sans doute une lumière,
un regard, une invitation au bonheur, une parole quelquefois; mais elle est surtout une harmonie générale,
non seulement dans son allure et le mouvement de ses
membres, mais aussi dans les mousselines, les gazes,
les vastes et chatoyantes nuées d'étoffes dont elle s'enveloppe, et qui sont comme les attributs et le piédestal de
sa divinité; dans le métal et le minéral qui serpentent
autour de ses bras et de son cou, qui ajoutent leurs
étincelles au feu de ses regards, ou qui jasent doucement
à ses oreilles[2]. Quel poète oserait, dans la peinture du
plaisir causé par l'apparition d'une beauté, séparer la
femme de son costume ? Quel est l'homme qui, dans la
rue, au théâtre, au bois, n'a pas joui, de la manière la plus
désintéressée, d'une toilette savamment composée, et
n'en a pas emporté une image inséparable de la beauté
de celle à qui elle appartenait, faisant ainsi des deux,
de la femme et de la robe, une totalité indivisible ? C'est ici
le lieu, ce me semble, de revenir sur certaines questions
relatives à la mode et à la parure, que je n'ai fait qu'effleurer au commencement de cette étude, et de venger l'art
de la toilette des ineptes calomnies dont l'accablent
certains amants très équivoques de la nature[3].

XI

ÉLOGE DU MAQUILLAGE

Il est une chanson, tellement triviale et inepte qu'on
ne peut guère la citer dans un travail qui a quelques prétentions au sérieux, mais qui traduit fort bien, en style

de vaudevilliste, l'esthétique des gens qui ne pensent pas. *La nature embellit la beauté*[1] ! Il est présumable que le *poète*, s'il avait pu parler en français, aurait dit : *La simplicité embellit la beauté* ! ce qui équivaut à cette *vérité*, d'un genre tout à fait inattendu : Le *rien* embellit ce qui est.

La plupart des erreurs relatives au beau naissent de la fausse conception du XVIIIe siècle relative à la morale. La nature fut prise dans ce temps-là comme base, source et type de tout bien et de tout beau possibles. La négation du péché originel ne fut pas pour peu de chose dans l'aveuglement général de cette époque[2]. Si toutefois nous consentons à en référer simplement au fait visible, à l'expérience de tous les âges et à la *Gazette des tribunaux*[3], nous verrons que la nature n'enseigne rien, ou presque rien, c'est-à-dire qu'elle *contraint* l'homme à dormir, à boire, à manger, et à se garantir, tant bien que mal, contre les hostilités de l'atmosphère. C'est elle aussi qui pousse l'homme à tuer son semblable, à le manger, à le séquestrer, à le torturer; car, sitôt que nous sortons de l'ordre des nécessités et des besoins pour entrer dans celui du luxe et des plaisirs, nous voyons que la nature ne peut conseiller que le crime. C'est cette infaillible nature qui a créé le parricide et l'anthropophagie, et mille autres abominations que la pudeur et la délicatesse nous empêchent de nommer. C'est la philosophie (je parle de la bonne), c'est la religion qui nous ordonne de nourrir des parents pauvres et infirmes. La nature (qui n'est pas autre chose que la voix de notre intérêt) nous commande de les assommer. Passez en revue, analysez tout ce qui est naturel, toutes les actions et les désirs du pur homme naturel, vous ne trouverez rien que d'affreux. Tout ce qui est beau et noble est le résultat de la raison et du calcul. Le crime, dont l'animal humain a puisé le goût dans le ventre de sa mère, est originellement naturel. La vertu, au contraire, est *artificielle*, surnaturelle, puisqu'il a fallu, dans tous les temps et chez toutes les nations, des dieux et des prophètes pour l'enseigner à l'humanité animalisée, et que l'homme, *seul*, eût été impuissant à la découvrir. Le mal se fait sans effort, *naturellement*, par fatalité; le bien est toujours le produit d'un art. Tout ce que je dis de la nature comme mauvaise conseillère en matière de morale, et de la raison comme véritable rédemptrice et réformatrice, peut être transporté dans l'ordre du beau. Je suis ainsi conduit à regarder la parure comme un des signes de la noblesse primitive de l'âme humaine. Les races que notre civilisation, confuse et pervertie, traite volontiers de sauvages, avec un orgueil et une fatuité tout à fait risibles, comprennent, aussi bien que l'enfant, la haute spiritualité de la toilette. Le sauvage et le baby témoignent, par leur aspiration naïve vers le brillant, vers les plumages bariolés, les étoffes chatoyantes, vers la majesté superlative des formes artificielles, de leur dégoût pour le réel, et prouvent ainsi, à leur insu, l'immatérialité de leur âme. Malheur à celui qui, comme Louis XV (qui fut non le produit d'une vraie civilisation, mais d'une récurrence de barbarie), pousse la dépravation jusqu'à ne plus goûter que la *simple nature** !

La mode doit donc être considérée comme un symptôme du goût de l'idéal surnageant dans le cerveau humain au-dessus de tout ce que la vie naturelle y accumule de grossier, de terrestre et d'immonde, comme une déformation sublime de la nature, ou plutôt comme un essai permanent et successif de réformation de la nature. Aussi a-t-on sensément fait observer (sans en découvrir la raison) que toutes les modes sont charmantes, c'est-à-dire relativement charmantes, chacune étant un effort nouveau, plus ou moins heureux, vers le beau, une approximation quelconque d'un idéal dont le désir titille sans cesse l'esprit humain non satisfait. Mais les modes ne doivent pas être, si l'on veut bien les goûter, considérées comme choses mortes; autant vaudrait admirer les défroques suspendues, lâches et inertes comme la peau de saint Barthélemy[1], dans l'armoire d'un fripier. Il faut se les figurer vitalisées, vivifiées par les belles femmes qui les portèrent. Seulement ainsi on en comprendra le sens et l'esprit. Si donc l'aphorisme : *Toutes les modes sont charmantes,* vous choque comme trop absolu, dites, et vous serez sûr de ne pas vous tromper : Toutes furent légitimement charmantes.

La femme est bien dans son droit, et même elle accom-

---

* On sait que Mme Dubarry, quand elle voulait éviter de recevoir le roi, avait soin de mettre du rouge. C'était un signe suffisant. Elle fermait ainsi sa porte. C'était en s'embellissant qu'elle faisait fuir ce royal disciple de la nature.

plit une espèce de devoir en s'appliquant à paraître magique et surnaturelle; il faut qu'elle étonne, qu'elle charme; idole, elle doit se dorer pour être adorée[1]. Elle doit donc emprunter à tous les arts les moyens de s'élever au-dessus de la nature pour mieux subjuguer les cœurs et frapper les esprits. Il importe fort peu que la ruse et l'artifice soient connus de tous, si le succès en est certain et l'effet toujours irrésistible. C'est dans ces considérations que l'artiste philosophe trouvera facilement la légitimation de toutes les pratiques employées dans tous les temps par les femmes pour consolider et diviniser, pour ainsi dire, leur fragile beauté. L'énumération en serait innombrable; mais, pour nous restreindre à ce que notre temps appelle vulgairement *maquillage,* qui ne voit que l'usage de la poudre de riz, si niaisement anathématisé par les philosophes candides, a pour but et pour résultat de faire disparaître du teint toutes les taches que la nature y a outrageusement semées, et de créer une unité abstraite dans le grain et la couleur de la peau, laquelle unité, comme celle produite par le maillot, rapproche immédiatement l'être humain de la statue, c'est-à-dire d'un être divin et supérieur ? Quant au noir artificiel qui cerne l'œil et au rouge qui marque la partie supérieure de la joue, bien que l'usage en soit tiré du même principe, du besoin de surpasser la nature, le résultat est fait pour satisfaire à un besoin tout opposé. Le rouge et le noir représentent la vie, une vie surnaturelle et excessive; ce cadre noir rend le regard plus profond et plus singulier, donne à l'œil une apparence plus décidée de fenêtre ouverte sur l'infini; le rouge, qui enflamme la pommette, augmente encore la clarté de la prunelle et ajoute à un beau visage féminin la passion mystérieuse de la prêtresse.

Ainsi, si je suis bien compris, la peinture du visage ne doit pas être employée dans le but vulgaire, inavouable, d'imiter la belle nature[a] et de rivaliser avec la jeunesse. On a d'ailleurs observé que l'artifice n'embellissait pas la laideur et ne pouvait servir que la beauté. Qui oserait assigner à l'art la fonction stérile d'imiter la nature ? Le maquillage n'a pas à se cacher, à éviter de se laisser deviner; il peut, au contraire, s'étaler, sinon avec affectation, au moins avec une espèce de candeur.

Je permets volontiers à ceux-là que leur lourde gravité empêche de chercher le beau jusque dans ses plus minutieuses manifestations, de rire de mes réflexions et d'en accuser la puérile solennité; leur jugement austère n'a rien qui me touche; je me contenterai d'en appeler auprès des véritables artistes, ainsi que des femmes qui ont reçu en naissant une étincelle de ce feu sacré dont elles voudraient s'illuminer tout entières[1].

XII

LES FEMMES ET LES FILLES

Ainsi M. G., s'étant imposé la tâche de chercher et d'expliquer la beauté dans la *modernité,* représente volontiers des femmes très parées et embellies par toutes les pompes artificielles, à quelque ordre de la société qu'elles appartiennent. D'ailleurs, dans la collection de ses œuvres comme dans le fourmillement de la vie humaine, les différences de caste et de race, sous quelque appareil de luxe que les sujets se présentent, sautent immédiatement à l'œil du spectateur.

Tantôt, frappées par la clarté diffuse d'une salle de spectacle, recevant et renvoyant la lumière avec leurs yeux, avec leurs bijoux, avec leurs épaules, apparaissent, resplendissantes comme des portraits dans la loge qui leur sert de cadre, des jeunes filles du meilleur monde. Les unes, graves et sérieuses, les autres, blondes et évaporées. Les unes étalent avec une insouciance aristocratique une gorge précoce, les autres montrent avec candeur une poitrine garçonnière. Elles ont l'éventail aux dents, l'œil vague ou fixe; elles sont théâtrales et solennelles comme le drame ou l'opéra qu'elles font semblant d'écouter.

Tantôt, nous voyons se promener nonchalamment dans les allées des jardins publics, d'élégantes familles, les femmes se traînant avec un air tranquille au bras de leurs maris, dont l'air solide et satisfait révèle une fortune faite et le contentement de soi-même[2]. Ici l'apparence cossue remplace la distinction sublime. De petites filles maigrelettes, avec d'amples jupons, et ressemblant par leurs gestes et leur tournure à de petites femmes, sautent à la corde, jouent au cerceau ou se rendent des visites en plein air, répétant ainsi la comédie donnée à domicile par leurs parents[1].

Émergeant d'un monde inférieur, fières d'apparaître enfin au soleil de la rampe, des filles de petits théâtres, minces, fragiles, adolescentes encore, secouent sur leurs formes virginales et maladives des travestissements absurdes, qui ne sont d'aucun temps et qui font leur joie.

À la porte d'un café[2], s'appuyant aux vitres illuminées par-devant et par-derrière, s'étale un de ces imbéciles, dont l'élégance est faite par son tailleur et la tête par son coiffeur. À côté de lui, les pieds soutenus par l'indispensable tabouret, est assise sa maîtresse, grande drôlesse à qui il ne manque presque rien (ce presque rien, c'est presque tout, c'est la distinction) pour ressembler à une grande dame. Comme son joli compagnon, elle a tout l'orifice de sa petite bouche occupé par un cigare disproportionné. Ces deux êtres ne pensent pas. Est-il bien sûr même qu'ils regardent ? à moins que, Narcisses de l'imbécillité, ils ne contemplent la foule comme un fleuve qui leur rend leur image. En réalité, ils existent bien plutôt pour le plaisir de l'observateur que pour leur plaisir propre.

Voici, maintenant, ouvrant leurs galeries pleines de lumière et de mouvement, ces Valentinos, ces Casinos, ces Prados (autrefois des Tivolis, des Idalies, des Folies, des Paphos[3]), ces capharnaüms où l'exubérance de la jeunesse fainéante se donne carrière. Des femmes qui ont exagéré la mode jusqu'à en altérer la grâce et en détruire l'intention, balayent fastueusement les parquets avec la queue de leurs robes et la pointe de leurs châles ; elles vont, elles viennent, passent et repassent, ouvrant un œil étonné comme celui des animaux, ayant l'air de ne rien voir, mais examinant tout.

Sur un fond d'une lumière infernale ou sur un fond d'aurore boréale, rouge, orangé, sulfureux, rose (le rose révélant une idée d'extase dans la frivolité), quelquefois violet (couleur affectionnée des chanoinesses[4], braise qui s'éteint derrière un rideau d'azur), sur ces fonds magiques, imitant diversement les feux de Bengale, s'enlève l'image

variée de la beauté interlope. Ici majestueuse, là légère,
tantôt svelte, grêle même, tantôt cyclopéenne; tantôt
petite et pétillante, tantôt lourde et monumentale. Elle
a inventé une élégance provocante[a] et barbare, ou bien
elle vise, avec plus ou moins de bonheur, à la simplicité
usitée dans un meilleur monde. Elle s'avance, glisse,
danse, roule avec son poids de jupons brodés qui lui
sert à la fois de piédestal et de balancier; elle darde son
regard sous son chapeau, comme un portrait dans son
cadre. Elle représente bien la sauvagerie dans la civilisation. Elle a sa beauté qui lui vient du Mal, toujours
dénuée de spiritualité, mais quelquefois teintée d'une
fatigue qui joue la mélancolie. Elle porte le regard à l'horizon, comme la bête de proie[1]; même égarement, même
distraction indolente, et aussi, parfois, même fixité d'attention. Type de bohème errant sur les confins d'une
société régulière, la trivialité de sa vie, qui est une vie de
ruse et de combat, se fait fatalement jour à travers son
enveloppe d'apparat[2]. On peut lui appliquer justement ces
paroles du maître inimitable, de La Bruyère : « Il y a dans
quelques femmes une grandeur artificielle attachée au
mouvement des yeux, à un air de tête, aux façons de marcher, et qui ne va pas plus loin[3]. »

Les considérations relatives à la courtisane peuvent,
jusqu'à un certain point, s'appliquer à la comédienne; car,
elle aussi, elle est une créature d'apparat, un objet de plaisir public. Mais ici la conquête, la proie, est d'une nature
plus noble, plus spirituelle. Il s'agit d'obtenir la faveur
générale, non pas seulement par la pure beauté physique,
mais aussi par des talents de l'ordre le plus rare. Si par
un côté la comédienne touche à la courtisane, par l'autre
elle confine au poète. N'oublions pas qu'en dehors de la
beauté naturelle, et même de l'artificielle, il y a dans tous
les êtres un idiotisme de métier, une caractéristique qui
peut se traduire physiquement en laideur, mais aussi en
une sorte de beauté professionnelle.

Dans cette galerie immense de la vie de Londres et de
la vie de Paris[4], nous rencontrons les différents types de la
femme errante, de la femme révoltée à tous les étages :
d'abord la femme galante, dans sa première fleur, visant
aux airs patriciens, fière à la fois de sa jeunesse et de son
luxe, où elle met tout son génie et toute son âme, retrous-
sant délicatement avec deux doigts un large pan du satin,

de la soie ou du velours qui flotte autour d'elle, et posant en avant son pied pointu dont la chaussure trop ornée suffirait à la dénoncer, à défaut de l'emphase un peu vive de toute sa toilette; en suivant l'échelle, nous descendons jusqu'à ces esclaves qui sont confinées dans ces bouges, souvent décorés comme des cafés; malheureuses placées sous la plus avare tutelle, et qui ne possèdent rien en propre, pas même l'excentrique parure qui sert de condiment à leur beauté.

Parmi celles-là, les unes, exemples d'une fatuité innocente et monstrueuse, portent dans leurs têtes et dans leurs regards, audacieusement levés, le bonheur évident d'exister (en vérité pourquoi ?). Parfois elles trouvent, sans les chercher, des poses d'une audace et d'une noblesse qui enchanteraient le statuaire le plus délicat, si le statuaire moderne avait le courage et l'esprit de ramasser la noblesse partout, même dans la fange; d'autres fois elles se montrent prostrées dans des attitudes désespérées d'ennui, dans des indolences d'estaminet, d'un cynisme masculin, fumant des cigarettes pour tuer le temps, avec la résignation du fatalisme oriental; étalées, vautrées sur des canapés, la jupe arrondie par-derrière et par-devant en un double éventail, ou accrochées en équilibre sur des tabourets et des chaises; lourdes, mornes, stupides, extravagantes, avec des yeux vernis par l'eau-de-vie et des fronts bombés par l'entêtement. Nous sommes descendus jusqu'au dernier degré de la spirale, jusqu'à la *fœmina simplex* du satirique latin[1]. Tantôt nous voyons se dessiner, sur le fond d'une atmosphère où l'alcool et le tabac ont mêlé leurs vapeurs, la maigreur enflammée de la phtisie ou les rondeurs de l'adiposité, cette hideuse santé de la fainéantise. Dans un chaos brumeux et doré, non soupçonné par les chastetés indigentes, s'agitent et se convulsent des nymphes macabres et des poupées vivantes dont l'œil enfantin laisse échapper une clarté sinistre; cependant que derrière un comptoir chargé de bouteilles de liqueurs se prélasse une grosse mégère dont la tête, serrée dans un sale foulard qui dessine sur le mur l'ombre de ses pointes sataniques, fait penser que tout ce qui est voué au Mal est condamné à porter des cornes.

En vérité, ce n'est pas plus pour complaire au lecteur que pour le scandaliser que j'ai étalé devant ses yeux de

pareilles images; dans l'un ou l'autre cas, c'eût été lui
manquer de respect. Ce qui les rend précieuses et les
consacre, c'est les innombrables pensées qu'elles font
naître, généralement sévères et noires. Mais si, par hasard, quelqu'un malavisé[a] cherchait dans ces compositions de M. G., disséminées un peu partout, l'occasion de
satisfaire une malsaine curiosité, je le préviens charitablement qu'il n'y trouvera rien de ce qui peut exciter une
imagination malade. Il ne rencontrera rien que le vice
inévitable, c'est-à-dire le regard du démon embusqué
dans les ténèbres, ou l'épaule de Messaline[1] miroitant sous
le gaz; rien que l'art pur, c'est-à-dire la beauté particulière
du mal, le beau dans l'horrible. Et même, pour le redire
en passant, la sensation générale qui émane de tout ce
capharnaüm contient plus de tristesse que de drôlerie.
Ce qui fait la beauté particulière de ces images, c'est leur
fécondité morale. Elles sont grosses de suggestions, mais
de suggestions cruelles, âpres, que ma plume, bien qu'accoutumée à lutter contre les représentations plastiques,
n'a peut-être traduites qu'insuffisamment.

XIII

LES VOITURES

Ainsi se continuent, coupées par d'innombrables
embranchements, ces longues galeries du *high life* et
du *low life*. Émigrons pour quelques instants vers un
monde, sinon pur, au moins plus raffiné; respirons des
parfums, non pas plus salutaires peut-être, mais plus
délicats. J'ai déjà dit que le pinceau de M. G., comme
celui d'Eugène Lami[2], était merveilleusement propre à
représenter les pompes du dandysme et l'élégance de la
lionnerie. Les attitudes du riche lui sont familières; il
sait, d'un trait de plume léger, avec une certitude qui n'est
jamais en défaut, représenter la certitude de regard, de
geste et de pose qui, chez les êtres privilégiés, est le résultat de la monotonie dans le bonheur. Dans cette série

particulière de dessins se reproduisent sous mille aspects les incidents du sport, des courses, des chasses, des promenades dans les bois, les *ladies* orgueilleuses, les frêles *misses,* conduisant d'une main sûre des coursiers d'une pureté de galbe admirable, coquets, brillants, capricieux eux-mêmes comme des femmes. Car M. G. connaît non seulement le cheval général, mais s'applique aussi heureusement à exprimer la beauté personnelle des chevaux. Tantôt ce sont des haltes et, pour ainsi dire, des campements de voitures nombreuses, d'où, hissés sur les coussins, sur les sièges, sur les impériales, des jeunes gens sveltes et des femmes accoutrées des costumes excentriques autorisés par la saison assistent à quelque solennité du turf qui file dans le lointain; tantôt un cavalier galope gracieusement à côté d'une calèche découverte, et son cheval a l'air, par ses courbettes, de saluer à sa manière. La voiture emporte au grand trot, dans une allée zébrée d'ombre et de lumière, les beautés couchées comme dans une nacelle, indolentes, écoutant vaguement les galanteries qui tombent dans leur oreille et se livrant avec paresse au vent de la promenade[1].

La fourrure ou la mousseline leur monte jusqu'au menton et déborde comme une vague par-dessus la portière. Les domestiques sont roides et perpendiculaires, inertes et se ressemblant tous; c'est toujours l'effigie monotone et sans relief de la servilité, ponctuelle, disciplinée; leur caractéristique est de n'en point avoir. Au fond, le bois verdoie ou roussit, poudroie ou s'assombrit, suivant l'heure et la saison. Ses retraites se remplissent de brumes automnales, d'ombres bleues, de rayons jaunes, d'effulgences[2] rosées, ou de minces éclairs qui hachent l'obscurité comme des coups de sabre.

Si les innombrables aquarelles relatives à la guerre d'Orient ne nous avaient pas montré la puissance de M. G. comme paysagiste, celles-ci suffiraient à coup sûr. Mais ici, il ne s'agit plus des terrains déchirés de Crimée, ni des rives théâtrales du Bosphore; nous retrouvons ces paysages familiers et intimes qui font la parure circulaire d'une grande ville, et où la lumière jette des effets qu'un artiste vraiment romantique ne peut pas dédaigner.

Un autre mérite qu'il n'est pas inutile d'observer en ce lieu, c'est la connaissance remarquable du harnais et de la carrosserie. M. G. dessine et peint une voiture, et toutes les espèces de voitures, avec le même soin et la même aisance qu'un peintre de marines consommé tous les genres de navires. Toute sa carrosserie eſt parfaitement orthodoxe; chaque partie eſt à sa place et rien n'eſt à reprendre. Dans quelque attitude qu'elle soit jetée, avec quelque allure qu'elle soit lancée, une voiture, comme un vaisseau, emprunte au mouvement une grâce myſtérieuse et complexe très difficile à ſténographier. Le plaisir que l'œil de l'artiſte en reçoit eſt tiré, ce semble, de la série de figures géométriques que cet objet, déjà si compliqué, navire ou carrosse, engendre successivement et rapidement dans l'espace[1].

Nous pouvons parier à coup sûr que, dans peu d'années, les dessins de M. G. deviendront des archives précieuses de la vie civilisée. Ses œuvres seront recherchées par les curieux autant que celles des Debucourt, des Moreau, des Saint-Aubin, des Carle Vernet, des Lami, des Devéria, des Gavarni[2], et de tous ces artiſtes exquis qui, pour n'avoir peint que le familier et le joli, n'en sont pas moins, à leur manière, de sérieux hiſtoriens. Plusieurs d'entre eux ont même trop sacrifié au joli, et introduit quelquefois dans leurs compositions un *ſtyle* classique étranger au sujet; plusieurs ont arrondi volontairement des angles, aplani les rudesses de la vie, amorti ces fulgurants éclats. Moins adroit qu'eux, M. G. garde un mérite profond qui eſt bien à lui : il a rempli volontairement une fonction que d'autres artiſtes dédaignent et qu'il appartenait surtout à un homme du monde de remplir. Il a cherché partout la beauté passagère, fugace, de la vie présente, le caraſtère de ce que le leſteur nous a permis d'appeler la *modernité*. Souvent bizarre, violent, excessif, mais toujours poétique, il a su concentrer dans ses dessins la saveur amère ou capiteuse du vin de la Vie.

[NOTES SUR LE XVIIIᵉ SIÈCLE]

UN SALON EN 1730

Panneaux de soie sur les murs.
Glace surmontée de sirènes.
Fauteuils lourds à pieds tordus[1].
(*L'Hiver* de Lancret, gravé par J.-P. Lebas[2].)

CHAMBRE À COUCHER

Une délassante = sopha, devant la toilette.
La toilette est une table surmontée d'une glace parée de dentelles et de mousselines, encombrée de fioles, de pots, de tresses et de rubans[3]. — Brochures çà et là[4].
(Voy. *Mercure de France,* 1722.)
Cartel en forme de lyre, — paravent.
Coffre aux robes.
(*La Toilette,* peinte par Baudouin, gravée par Ponce.
Le Lever, gravé par Massard[5].)

COSTUME DES SUIVANTES

Petit papillon de dentelles posé sur le haut de la tête. — Fichu des Indes glissant entre les deux seins. — Bras nus sortant des dentelles. — Jupe à falbalas retroussée. — Grand tablier de linge à bavette sur la poitrine.
(V. Freudeberg pour le *Monument du costume physique et moral du XVIIIᵉ siècle.* — *La femme de chambre,* par Cochin, *la jolie femme de chambre,* publié chez Aveline[6].)

DÉCOUPAGE

On découpait surtout des estampes coloriées, puis on les collait sur des cartons, on les vernissait et on en faisait des meubles et des tentures, des espèces de tapisseries, des paravents, des écrans.

(*Lettres* de Mlle Aïssé[1].)

BALS

Grosses bougies de cire.

Dominos larges, avec des manches à gros nœuds. — Masques très lourds d'où pendent deux rubans noirs, avec des laizes [?] blanches.

(*Les Préparatifs du bal* par de Troy, gravé par Beauvarlet.) Usage des tabatières, v. les femmes[2].

LE ROUGE DE VISAGE

Très haut en couleur, très exagéré le jour de la Présentation à la Cour.

Voir les portraits de Nattier où il est éclatant et *Correspondance inédite* de Mme du Deffand.

(M. Lévy, 1859[3].)

Esprit général des modes sous la Régence[4].
Fêtes données par Mme de Tencin au Régent.
Allégories mythologiques. — Les couleurs que les femmes portent sont celles des Éléments, l'Eau, l'Air, la Terre, le Feu.
Nymphes, Dianes.
(*Figures françaises de modes,* dessinées par Octavien, Paris, 1725.)
Les Iris et les Philis de Troy ont un costume du matin garni de boutonnières en diamants — un bonnet de dentelles à barbes retroussées en triangle. Nœuds du ruban du corset en échelle[5].

LE PANIER

Importé en France par deux dames anglaises.
En 1714 s'exagère de plus en plus.
(Cabinet des Estampes, Histoire de France, vol. 53.)
Voyez *Marché aux paniers*, 1719.
Satyre sur les Cerceaux, Thiboust, 1727[6].

GALONS

Sous le système de Law, avec de l'or d'un seul côté qu'on appela *galon du système*.

Après le procès du P. Girard, 1731, *Rubans* à la Cadière[1].

COIFFURES ET VÊTEMENTS

Le Glorieux et *Le Philosophe marié* de Lancret, gravé par Dupuis.

Le corsage s'ouvre sur un corps garni d'une échelle de rubans. Au côté un « fagot de fleurs ». — Manchettes de dentelles à trois rangs. — Gants jusqu'au coude. — Étoffe de brocart très chamarrée. — Dans le « grand habit à la Française », la robe décolletée et basquée faisait paraître le corps de la femme isolé et comme au centre d'une vaste draperie représentée par la jupe. — La robe s'ouvrait en triangle sur une robe de dessous. — La femme était coiffée à « la physionomie élevée » avec quatre boucles détachées et le *confident* abattu sur l'oreille gauche. — Perles aux oreilles et un bandeau de perles sur les cheveux[2].

COSTUME DE MAISON POUR FEMMES

Bonnet rond, à rubans roses. — Sous son manteau de lit de la plus fine étoffe on aperçoit son corset garni sur le devant et sur toutes les coutures d'une dentelle frisée, mêlée çà et là de touffes de « soucis d'hanneton ».

La Fontange se retrouve partout, enrubanne tous les vêtements. Canne d'ébène à pomme d'ivoire[3].

COIFFURES

Basses à partir de 1714.

Les femmes frisées en grosses boucles à l'imitation des hommes. On jette sur les rouleaux une plume, un diamant, un petit bonnet à barbes pendantes[4].

COSTUME DU COIFFEUR

Veste rouge, culotte noire, bas de soie gris[5].

COSTUMES[1]

Hommes. — Habit long à taille longue.

Le gilet presque aussi long que l'habit descend jusqu'à moitié de la cuisse.

V. au Cabinet des Estampes.

1° dans l'œuvre de Watteau : *Watteau et Julienne*[2].

2° Lancret : *L'Adolescence.*

V. *id. Le Glorieux* dans l'œuvre de Lancret.

Très important.

Le Philosophe marié, du même[3].

V. *id.* dans la Collection de l'Histoire de France-Régence : *Ballet donné à Louis XV par le duc de Bourbon à Chantilly.*

Costumes militaires suisses pour le 3ᵉ acte. Voyez *Uniformes militaires* de Montigny, petit volume in-12.

Femmes. — Robe du matin.

Voyez *Les Deux Cousines*[4] et *L'Île enchantée* dans Watteau.

CHEVALIER DE MALTE

Doit porter, après sa profession,

Sur le côté gauche du manteau la *croix de toile blanche* à 8 pointes, qui est le véritable habit de l'ordre (la croix d'or n'étant qu'un ornement extérieur). — Lorsqu'ils vont à la guerre, ils portent une casaque rouge ornée par-devant et par-derrière d'une croix pleine.

Le manteau qui se donne à la profession, est à bec, de couleur noire, s'attache au cou avec un cordon de soie blanche et noire. Ce manteau a deux manches, longues d'environ une aune, larges par-devant d'un demi-pied environ, et se terminant en pointes.

Autrefois elles se rejetaient sur les épaules et se nouaient ensemble sur les reins.

(*Histoire générale des ordres religieux,*
de l'abbé Bonanni[5].)

PEINTURES MURALES
D'EUGÈNE DELACROIX
À SAINT-SULPICE

Le sujet de la peinture qui couvre la face gauche de la chapelle décorée par M. Delacroix est contenu dans ces versets de la Genèse :

« Après avoir fait passer tout ce qui était à lui,

« Il demeura seul en ce lieu-là. Et il parut en même temps un homme qui lutta contre lui jusqu'au matin.

« Cet homme, voyant qu'il ne pouvait le surmonter, lui toucha le nerf de la cuisse, qui se sécha aussitôt;

« Et il lui dit : Laissez-moi aller; car l'aurore commence déjà à paraître. Jacob lui répondit : Je ne vous laisserai point aller que vous ne m'ayez béni.

« Cet homme lui demanda : Comment vous appelez-vous ? Il lui répondit : Je m'appelle Jacob.

« Et le même ajouta : On ne vous nommera plus à l'avenir Jacob, mais Israël : car, si vous avez été fort contre Dieu, combien le serez-vous davantage contre les hommes ?

« Jacob lui fit ensuite cette demande : Dites-moi, je vous prie, comment vous vous appelez ? Il lui répondit : Pourquoi me demandez-vous mon nom ? Et il le bénit en ce même lieu.

« Jacob donna le nom de Phanuel à ce lieu-là en disant : J'ai vu Dieu face à face et mon âme a été sauvée.

« Aussitôt qu'il eut passé ce lieu qu'il venait de nommer Phanuel, il vit le soleil qui se levait; mais il se trouva boiteux d'une jambe.

« C'est pour cette raison que, jusqu'aujourd'hui, les enfants d'Israël ne mangent point du nerf des bêtes, se souvenant de celui qui fut touché en la cuisse de Jacob, et qui demeura sans mouvement[1]. »

De cette bizarre légende, que beaucoup de gens interprêtent allégoriquement, et[a] que ceux de la Kabbale[1] et de la Nouvelle Jérusalem[2] traduisent sans doute dans des sens différents, Delacroix, s'attachant au sens matériel, comme il devait faire, a tiré tout le parti qu'un peintre de son tempérament en pouvait tirer. La scène est au gué de Jaboc[b]; les lueurs riantes et dorées du matin traversent la plus riche et la plus robuste végétation qui se puisse imaginer, une végétation qu'on pourrait appeler patriarcale. À gauche, un ruisseau limpide s'échappe en cascades; à droite, dans le fond, s'éloignent les derniers rangs de la caravane qui conduit vers Ésaü les riches présents de Jacob : « deux cents chèvres, vingt boucs, deux cents brebis et vingt béliers, trente femelles de chameaux avec leurs petits, quarante vaches, vingt taureaux, vingt ânesses et vingt ânons. » Au premier plan, gisent, sur le terrain, les vêtements et les armes dont Jacob s'est débarrassé pour lutter corps à corps avec l'*homme* mystérieux envoyé par le Seigneur. L'homme naturel et l'homme surnaturel luttent chacun selon sa nature, Jacob incliné en avant comme un bélier et bandant toute sa musculature, l'ange se prêtant complaisamment au combat, calme, doux, comme un être qui peut vaincre sans effort des muscles et ne permettant pas à la colère d'altérer la forme divine de ses membres.

Le plafond est occupé par une peinture de forme circulaire représentant Lucifer terrassé sous les pieds de l'archange Michel. C'est là un de ces sujets légendaires qu'on trouve répercutés dans plusieurs religions et qui occupent une place même dans la mémoire des enfants, bien qu'il soit difficile d'en suivre les traces positives dans les saintes Écritures. Je ne me souviens, pour le présent, que d'un verset d'Isaïe, qui toutefois n'attribue pas clairement au nom *Lucifer*[c] le sens légendaire; d'un verset de saint Jude, où il est simplement question d'une contestation que l'archange Michel eut avec le Diable touchant le corps de Moïse, et enfin de l'unique et célèbre verset 7 du chapitre XII de l'Apocalypse. Quoi qu'il en soit, la légende est indestructiblement établie; elle a fourni à Milton l'une de ses plus épiques descriptions; elle s'étale dans tous les musées, célébrée par les plus illustres pinceaux. Ici, elle se présente avec une magnificence des plus dramatiques; mais la lumière frisante, dégorgée par la fenêtre qui occupe la partie haute du mur extérieur, impose au spectateur un effort pénible pour en jouir convenablement.

Le mur de droite présente la célèbre histoire d'Héliodore chassé du Temple par les Anges, alors qu'il vint pour forcer la trésorerie. Tout le peuple était en prières ; les femmes se lamentaient ; chacun croyait que tout était perdu et que le trésor sacré allait être violé par le ministre de Séleucus.

« L'esprit de Dieu tout-puissant se fit voir alors par des marques bien sensibles, en sorte que tous ceux qui avaient osé obéir à Héliodore, étant renversés par une vertu divine, furent tout d'un coup frappés d'une frayeur qui les mit tout hors d'eux-mêmes.

« Car ils virent paraître un cheval, sur lequel était monté un homme terrible, habillé magnifiquement, et qui, fondant avec impétuosité sur Héliodore, le frappa en lui donnant plusieurs coups de pied de devant ; et celui qui était monté dessus semblait avoir des armes d'or.

« Deux autres jeunes hommes parurent en même temps, pleins de force et de beauté, brillants de gloire et richement vêtus, qui, se tenant aux deux côtés d'Héliodore, le fouettaient chacun de son côté, et le frappaient sans relâche[1]. »

Dans un temple magnifique, d'architecture polychrome, sur les premières marches de l'escalier conduisant à la trésorerie, Héliodore est renversé sous un cheval qui le maintient de son sabot divin pour le livrer plus commodément aux verges des deux Anges ; ceux-ci le fouettent avec vigueur, mais aussi avec l'opiniâtre tranquillité qui convient à des êtres investis d'une puissance céleste. Le cavalier, qui est vraiment d'une beauté angélique, garde dans son attitude toute la solennité et tout le calme des Cieux. Du haut de la rampe, à un étage supérieur, plusieurs personnages contemplent avec horreur et ravissement le travail des divins bourreaux[2].

[EXPOSITION MARTINET]

Le temps n'est pas éloigné où on déclarait impossibles les expositions permanentes de peinture. M. Martinet[1] a démontré que cet impossible était chose facile. Tous les jours l'exposition du boulevard des Italiens reçoit des visiteurs, artistes, littérateurs, gens du monde, dont le nombre va s'accroissant. Il est maintenant permis de prédire à cet établissement une sérieuse prospérité. Mais une des conditions indispensables de cette faveur publique était évidemment un choix très sévère des objets à exposer. Cette condition a été accomplie rigoureusement, et c'est à cette rigueur que le public doit le plaisir de promener ses yeux sur une série d'œuvres dont pas une seule, à quelque école qu'elle appartienne, ne peut être classée dans l'ordre du mauvais ou même du médiocre. Le comité qui préside au choix des tableaux a prouvé qu'on pouvait aimer tous les genres et ne prendre de chacun que la meilleure part; unir l'impartialité la plus large à la sévérité la plus minutieuse. Bonne leçon pour les jurys de nos grandes expositions qui ont toujours trouvé le moyen d'être à la fois scandaleusement indulgents et inutilement injustes.

★

Un excellent petit journal[2] est annexé à l'Exposition, qui rend compte du mouvement régulier des tableaux entrants et sortants, comme ces feuilles maritimes qui instruisent les intéressés de tout le mouvement quotidien d'un port de mer[3].

Dans cette gazette, où quelquefois des articles traitant de matières générales se rencontrent à côté des articles de circonstance, nous avons remarqué de curieuses pages signées de M. Saint-François[1], qui est aussi l'auteur de quelques dessins saisissants au crayon noir. M. Saint-François a un style embrouillé et compliqué comme celui d'un homme qui change son outil habituel contre un qui lui est moins familier; mais il a des idées, de vraies idées. Chose rare chez un artiste, il sait penser.

*

M. Legros, toujours épris des voluptés âpres de la religion, a fourni deux magnifiques tableaux, l'un, qu'on a pu admirer à l'Exposition dernière, aux Champs-Élysées (les Femmes agenouillées devant une croix dans un paysage concentré et lumineux[2]); l'autre, une production plus récente, représentant des moines d'âges différents, prosternés devant un livre saint dont ils s'appliquent humblement à interpréter certains passages[3]. Ces deux tableaux, dont le dernier fait penser aux plus solides compositions espagnoles[4], sont tout voisins d'une célèbre toile de Delacroix, et cependant, là-même, dans ce lieu dangereux, ils vivent de leur vie propre. C'est tout dire.

*

Nous avons également observé une *Inondation,* de M. Eugène Lavieille, qui témoigne, chez cet artiste, d'un progrès assidu, même après ses excellents paysages d'hiver. M. Lavieille a accompli une tâche fort difficile et qui effrayerait même un poète; il a su exprimer le charme infini, inconscient, et l'immortelle gaîté de la nature dans ses jeux les plus horribles[5]. Sous ce ciel plombé et gonflé d'eau comme un ventre de noyé[6], une lumière bizarre se joue avec délices, et les maisons, les fermes, les villas, enfoncées dans le lac jusqu'à moitié, ont l'air de se regarder complaisamment dans le miroir immobile qui les environne.

*

Mais la grande fête dont il faut, après M. Delacroix toutefois, remercier M. Martinet, c'est le *Sardanapale.* Bien des fois, mes rêves se sont remplis des formes

magnifiques qui s'agitent dans ce vaste tableau, merveilleux lui-même comme un rêve[1]. Le _Sardanapale_ revu,
c'est la jeunesse retrouvée. À quelle distance en arrière
nous rejette la contemplation de cette toile ! Époque
merveilleuse où régnaient en commun des artistes tels
que Devéria, Gros, Delacroix, Boulanger, Bonington,
etc., la grande école romantique, le beau, le joli, le
charmant, le sublime[2] !

Une figure peinte donna-t-elle jamais une idée plus
vaste du despote asiatique que ce Sardanapale à la barbe
noire et tressée, qui meurt sur son bûcher, drapé dans
ses mousselines, avec une attitude de femme ? Et tout
ce harem de beautés si éclatantes, qui pourrait le peindre
aujourd'hui avec ce feu, avec cette fraîcheur, avec cet
enthousiasme poétique ? Et tout ce luxe _sardanapalesque_
qui scintille dans l'ameublement, dans le vêtement,
dans les harnais, dans la vaisselle et la bijouterie, qui ?
qui ?

L'EAU-FORTE EST À LA MODE

[PREMIÈRE VERSION
DE « PEINTRES ET AQUAFORTISTES »]

Décidément, l'eau-forte devient à la mode. Certes nous n'espérons pas que ce genre obtienne autant de faveur qu'il en a obtenu à Londres il y a quelques années, quand un club fut fondé pour la glorification de l'eau-forte et quand les femmes du monde elles-mêmes faisaient vanité de dessiner avec la pointe sur le vernis. En vérité, ce serait trop d'engouement.

Tout récemment, un jeune artiste américain, M. Whistler, exposait à la galerie Martinet une série d'eaux-fortes, subtiles, éveillées comme l'improvisation et l'inspiration, représentant les bords de la Tamise; merveilleux fouillis d'agrès, de vergues, de cordages; chaos de brumes, de fourneaux et de fumées tirebouchonnées; poésie profonde et compliquée d'une vaste capitale.

Il y a peu de temps, deux fois de suite, à peu de jours de distance, la collection de M. Méryon se vendait en vente publique trois fois le prix de sa valeur primitive.

Il y a évidemment dans ces faits un symptôme de valeur croissante. Mais nous ne voudrions pas affirmer toutefois que l'eau-forte soit destinée prochainement à une totale popularité. C'est un genre trop personnel, et conséquemment trop aristocratique, pour enchanter d'autres personnes que les hommes de lettres et les artistes, gens très amoureux de toute personnalité vive. Non seulement l'eau-forte est faite pour glorifier l'individualité de l'artiste, mais il est même impossible à l'artiste de ne pas inscrire sur la planche son individualité la plus intime. Aussi peut-on affirmer que, depuis la découverte de ce genre de gravure, il y a eu autant de manières de le cultiver qu'il y a eu d'artistes *aquafortistes*. Il n'en est pas de même du burin, ou du moins la proportion dans l'expression de la personnalité est-elle infiniment moindre.

On connaît les audacieuses et vastes eaux-fortes de M. Legros : cérémonies de l'Église, processions, offices nocturnes, grandeurs sacerdotales, austérités du cloître, etc., etc.

M. Bonvin, il y a peu de temps, mettait en vente, chez M. Cadart (l'éditeur des œuvres de Bracquemond, de Flameng, de Chifflart), un cahier d'eaux-fortes, laborieuses, fermes et minutieuses comme sa peinture.

C'est chez le même éditeur que M. Jongkind[a], le charmant et candide peintre hollandais, a déposé quelques planches auxquelles il a confié le secret de ses rêveries, singulières abréviations de sa peinture, croquis que sauront lire tous les amateurs habitués à déchiffrer l'âme d'un peintre dans ses plus rapides gribouillages (*gribouillage* est le terme dont [se[b]] servait, un peu légèrement, le brave Diderot pour caractériser les eaux-fortes de Rembrandt).

MM. André Jeanron, Ribot[1], Manet viennent de faire aussi quelques essais d'eau-forte, auxquels M. Cadart a donné l'hospitalité de sa devanture de la rue Richelieu.

Enfin nous apprenons que M. John-Lewis Brown veut aussi *entrer en danse*. M. Brown, notre compatriote malgré son origine anglaise, en qui tous les connaisseurs devinent déjà un successeur, plus audacieux et plus fin, d'Alfred de Dreux, et peut-être un rival d'Eugène Lami, saura évidemment jeter dans les ténèbres de la planche toutes les lumières et toutes les élégances de sa peinture anglo-française.

Parmi les différentes expressions de l'art plastique, l'eau-forte est celle qui se rapproche le plus de l'expression littéraire et qui est le mieux faite pour trahir l'homme spontané. Donc, vive l'eau-forte !

PEINTRES ET AQUAFORTISTES

Depuis l'époque climatérique où les arts et la littérature ont fait en France une explosion simultanée, le sens du beau, du fort et même du pittoresque a toujours été diminuant et se dégradant. Toute la gloire de l'École française, pendant plusieurs années, a paru se concentrer dans un seul homme (ce n'est certes pas de M. Ingres que je veux parler) dont la fécondité et l'énergie, si grandes qu'elles soient, ne suffisaient pas à nous consoler de la pauvreté du reste[1]. Il y a peu de temps encore, on peut s'en souvenir, régnaient sans contestation la peinture proprette, le joli, le niais, l'entortillé, et aussi les prétentieuses rapinades, qui, pour représenter un excès contraire, n'en sont pas moins odieuses pour l'œil d'un vrai amateur. Cette pauvreté d'idées, ce tatillonnage dans l'expression, et enfin tous les ridicules connus de la peinture française, suffisent à expliquer l'immense succès des tableaux de Courbet dès leur première apparition. Cette réaction, faite avec les turbulences fanfaronnes de toute réaction, était positivement nécessaire. Il faut rendre à Courbet cette justice, qu'il n'a pas peu contribué à rétablir le goût de la simplicité et de la franchise, et l'amour désintéressé, absolu, de la peinture.

Plus récemment encore, deux autres artistes, jeunes encore, se sont manifestés avec une vigueur peu commune.

Je veux parler de M. Legros et de M. Manet. On se souvient des vigoureuses productions de M. Legros, *L'Angélus* (1859), qui exprimait si bien la dévotion triste et résignée des paroisses pauvres; *L'Ex-voto,* qu'on a admiré dans un Salon plus récent et dans la galerie Martinet[2], et dont M. de Balleroy[3] a fait l'acquisition; un tableau de moines agenouillés devant un livre saint comme s'ils en discutaient humblement et pieusement l'interpré-

tation, une assemblée de professeurs, vêtus de leur costume officiel, se livrant à une discussion scientifique, et
qu'on peut admirer maintenant chez M. Ricord[1].

M. Manet est l'auteur du *Guitariste*[2], qui a produit une
vive sensation au Salon dernier. On verra au prochain
Salon plusieurs tableaux de lui empreints de la saveur
espagnole la plus forte, et qui donnent à croire que le
génie espagnol s'est réfugié en France. MM. Manet et
Legros unissent à un goût décidé pour la réalité, la réalité moderne, — ce qui est déjà un bon symptôme, —
cette imagination vive et ample, sensible, audacieuse,
sans laquelle, il faut bien le dire, toutes les meilleures
facultés ne sont que des serviteurs sans maîtres, des
agents sans gouvernement.

Il était naturel que, dans ce mouvement actif de rénovation, une part fût faite à la gravure. Dans quel discrédit et dans quelle indifférence est tombé ce noble art de
la gravure, hélas ! on ne le voit que trop bien. Autrefois,
quand était annoncée une planche reproduisant un tableau célèbre, les amateurs venaient s'inscrire à l'avance
pour obtenir les premières épreuves. Ce n'est qu'en feuilletant les œuvres du passé que nous pouvons comprendre les splendeurs du burin. Mais il était un genre
plus mort encore que le burin; je veux parler de l'eau-
forte. Pour dire vrai, ce genre, si subtil et si superbe,
si naïf et si profond, si gai et si sévère, qui peut réunir
paradoxalement les qualités les plus diverses, et qui
exprime si bien le caractère personnel de l'artiste, n'a
jamais joui d'une bien grande popularité parmi le vulgaire. Sauf les estampes de Rembrandt, qui s'imposent
avec une autorité classique même aux ignorants, et
qui sont chose indiscutable, qui se soucie réellement
de l'eau-forte ? qui connaît, excepté les collectionneurs,
les différentes formes de perfection dans ce genre que
nous ont laissées les âges précédents ? Le XVIIIe siècle
abonde en charmantes eaux-fortes; on les trouve pour
dix sous[a] dans des cartons poudreux, où souvent elles
attendent bien longtemps une main familière. Existe-t-il
aujourd'hui, même parmi les artistes, beaucoup de personnes qui connaissent les si spirituelles, si légères et
si mordantes planches dont Trimolet, de mélancolique
mémoire, dotait, il y a quelques années, les almanachs
comiques d'Aubert[3] ?

On dirait cependant qu'il va se faire un retour vers l'eau-forte, ou, du moins, des efforts se font voir qui nous permettent de l'espérer. Les jeunes artistes dont je parlais tout à l'heure, ceux-là et plusieurs autres, se sont groupés autour d'un éditeur actif, M. Cadart, et ont appelé à leur tour leurs confrères, pour fonder une publication régulière d'eaux-fortes originales, — dont la première livraison, d'ailleurs, a déjà paru.

Il était naturel que ces artistes se tournassent surtout vers un genre et une méthode d'expression qui sont, dans leur pleine réussite, la traduction la plus nette possible du caractère de l'artiste, — une méthode expéditive, d'ailleurs, et peu coûteuse; chose importante dans un temps où chacun considère le bon marché comme la qualité dominante, et ne voudrait pas payer à leur prix les lentes opérations du burin. Seulement, il y a un danger dans lequel tombera plus d'un; je veux dire : le lâché, l'incorrection, l'indécision, l'exécution insuffisante. C'est si commode de promener une aiguille sur cette planche noire qui reproduira trop fidèlement toutes les arabesques de la fantaisie, toutes les hachures du caprice ! Plusieurs même, je le devine, tireront vanité de leur audace (est-ce bien le mot ?), comme les gens débraillés qui croient faire preuve d'indépendance. Que des hommes d'un talent mûr et profond (M. Legros, M. Manet, M. Jongkind[a], par exemple), fassent au public confidence de leurs esquisses et de leurs croquis gravés, c'est fort bien, ils en ont le droit. Mais la foule des imitateurs peut devenir trop nombreuse, et il faut craindre d'exciter les dédains, légitimes alors, du public pour un genre si charmant, qui a déjà le tort d'être loin de sa portée. En somme, il ne faut pas oublier que l'eau-forte est un art profond et dangereux, plein de traîtrises, et qui dévoile les défauts d'un esprit aussi clairement que ses qualités. Et, comme tout grand art, très compliqué sous sa simplicité apparente, il a besoin d'un long dévouement pour être mené à perfection.

Nous désirons croire que, grâce aux efforts d'artistes aussi intelligents que MM. Seymour-Haden, Manet, Legros, Bracquemond, Jongkind, Méryon, Millet, Daubigny, Saint-Marcel, Jacquemart, et d'autres dont je n'ai pas la liste sous les yeux, l'eau-forte retrouvera sa vitalité ancienne; mais n'espérons pas, quoi qu'on en dise, qu'elle obtienne autant de faveur qu'à Londres, aux beaux temps de l'*Etching-Club*[1]*,* quand les ladies elles-mêmes faisaient vanité de promener une pointe inexpérimentée sur le vernis. Engouement britannique, fureur passagère, qui serait plutôt de mauvais augure.

Tout récemment, un jeune artiste américain, M. Whistler, exposait à la galerie Martinet une série d'eaux-fortes, subtiles, éveillées comme l'improvisation et l'inspiration, représentant les bords de la Tamise; merveilleux fouillis d'agrès, de vergues, de cordages; chaos de brumes, de fourneaux et de fumées tirebouchonnées; poésie profonde et compliquée d'une vaste capitale.

On connaît les audacieuses et vastes eaux-fortes de M. Legros, qu'il vient de rassembler en un album : cérémonies de l'Église, magnifiques comme des rêves ou plutôt comme la réalité; processions, offices nocturnes, grandeurs sacerdotales, austérités du cloître; et ces quelques pages où Edgar Poe se trouve traduit avec une âpre et simple majesté[2].

C'est chez M. Cadart que M. Bonvin mettait récemment en vente un cahier d'eaux-fortes, laborieuses, fermes et minutieuses comme sa peinture.

Chez le même éditeur, M. Jongkind, le charmant et candide peintre hollandais, a déposé quelques planches auxquelles il a confié le secret de ses souvenirs et de ses rêveries, calmes comme les berges des grands fleuves et les horizons de sa noble patrie, — singulières abréviations de sa peinture, croquis que sauront lire tous les amateurs habitués à déchiffrer l'âme d'un artiste dans ses plus rapides *gribouillages*. Gribouillages est le terme dont se servait un peu légèrement le brave Diderot pour caractériser les eaux-fortes de Rembrandt[3], légèreté digne d'un moraliste qui veut disserter d'une chose tout autre que la morale.

M. Méryon, le vrai type de l'aquafortiste achevé, ne pouvait manquer[a] à l'appel. Il donnera prochainement des œuvres nouvelles. M. Cadart possède encore quelques-unes des anciennes[4]. Elles se font rares; car, dans une crise de mauvaise humeur, bien légitime d'ailleurs, M. Méryon a récemment détruit les planches de son album *Paris*. Et tout de suite, à peu de distance[b], deux fois de suite, la collection Méryon se vendait en vente publique quatre et cinq fois plus cher que sa valeur primitive.

Par l'âpreté, la finesse et la certitude de son dessin, M. Méryon rappelle ce qu'il y a de meilleur dans les anciens aquafortistes. Nous avons rarement vu, représentée avec plus de poésie, la solennité naturelle d'une grande capitale. Les majestés de la pierre accumulée, les *clochers montrant du doigt le ciel,* les obélisques de l'industrie vomissant contre le firmament leurs coalitions de fumées, les prodigieux échafaudages des monuments en réparation, appliquant sur le corps solide de l'architecture leur architecture à jour d'une beauté arachnéenne et paradoxale, le ciel brumeux, chargé de colère et de rancune, la profondeur des perspectives augmentée par la pensée des drames qui y sont contenus, aucun des éléments complexes dont se compose le douloureux et glorieux décor de la civilisation n'y est oublié[1].

Nous avons vu aussi chez le même éditeur la fameuse perspective de San Francisco, que M. Méryon peut, à bon droit, appeler son dessin de maîtrise. M. Niel[2], propriétaire de la planche, ferait vraiment acte de charité en en faisant tirer de temps en temps quelques épreuves. Le placement en est sûr.

Je reconnais bien dans tous ces faits un symptôme heureux. Mais je ne voudrais pas affirmer toutefois que l'eau-forte soit destinée prochainement à une totale popularité. Pensons-y : un peu d'impopularité, c'est consécration. C'est vraiment un genre trop *personnel,* et conséquemment trop *aristocratique,* pour enchanter d'autres personnes que celles qui sont naturellement artistes, très amoureuses dès lors de toute personnalité vive. Non seulement l'eau-forte sert à glorifier l'individualité de l'artiste, mais il serait même difficile à l'artiste de ne pas décrire sur la planche sa personnalité la plus intime. Aussi peut-on affirmer que, depuis la découverte de ce genre de gravure, il y a eu autant de manières de le cultiver qu'il y a eu d'aquafortistes. Il n'en est pas de même du burin, ou du moins la proportion dans l'expression de la personnalité est-elle infiniment moindre.

Somme toute, nous serions enchanté d'être mauvais prophète, et un grand public mordrait au même fruit que nous que cela ne nous en dégoûterait pas. Nous souhaitons à ces messieurs et à leur publication un bon et solide avenir.

L'ŒUVRE ET LA VIE
D'EUGÈNE DELACROIX

AU RÉDACTEUR DE « L'OPINION NATIONALE »

Monsieur,

Je voudrais, une fois encore, une fois suprême, rendre hommage au génie d'Eugène Delacroix, et je vous prie de vouloir bien accueillir dans votre journal ces quelques pages où j'essaierai d'enfermer, aussi brièvement que possible, l'histoire de son talent, la raison de sa supériorité, qui n'est pas encore, selon moi, suffisamment reconnue, et enfin quelques anecdotes et quelques observations sur sa vie et son caractère.

J'ai eu le bonheur d'être lié très jeune (dès 1845, autant que je peux me souvenir[1]) avec l'illustre défunt, et dans cette liaison, d'où le respect de ma part et l'indulgence de la sienne n'excluaient pas la confiance et la familiarité réciproques, j'ai pu à loisir puiser les notions les plus exactes, non seulement sur sa méthode, mais aussi sur les qualités les plus intimes de sa grande âme.

Vous n'attendez pas, monsieur, que je fasse ici une analyse détaillée des œuvres de Delacroix. Outre que chacun de nous l'a faite, selon ses forces et au fur et à mesure que le grand peintre montrait au public les travaux successifs de sa pensée, le compte en est si long, qu'en accordant seulement quelques lignes à chacun de ses principaux ouvrages, une pareille analyse remplirait presque un volume. Qu'il nous suffise d'en exposer ici un vif résumé.

Ses peintures monumentales s'étalent dans le *Salon du Roi* à la Chambre des députés, à la bibliothèque de la Chambre des députés, à la bibliothèque du palais du Luxembourg, à la galerie d'Apollon au Louvre, et au

Salon de la Paix à l'Hôtel de Ville[1]. Ces décorations comprennent une masse énorme de sujets allégoriques, religieux et historiques, appartenant tous au domaine le plus noble de l'intelligence. Quant à ses tableaux dits de chevalet, ses esquisses, ses grisailles, ses aquarelles, etc., le compte monte à un chiffre approximatif de deux cent trente-six.

Les grands sujets exposés à divers *Salons* sont au nombre de soixante-dix-sept. Je tire ces notes du catalogue que M. Théophile Silvestre a placé à la suite de son excellente notice sur Eugène Delacroix, dans son livre intitulé : *Histoire des peintres vivants*[2].

J'ai essayé plus d'une fois, moi-même, de dresser cet énorme catalogue; mais ma patience a été brisée par cette incroyable fécondité, et, de guerre lasse, j'y ai renoncé[3]. Si M. Théophile Silvestre s'est trompé, il n'a pu se tromper qu'en moins.

Je crois, monsieur, que l'important ici est simplement de chercher la qualité caractéristique du génie de Delacroix et d'essayer de la définir; de chercher en quoi il diffère de ses plus illustres devanciers, tout en les égalant; de montrer enfin, autant que la parole écrite le permet, l'art magique grâce auquel il a pu traduire la *parole* par des images plastiques plus vives et plus approximantes[4] que[a] celles d'aucun créateur de même profession, — en un mot, de quelle *spécialité*[5] la Providence avait chargé Eugène Delacroix dans le développement historique de la Peinture.

I

Qu'est-ce que Delacroix ? Quels furent son rôle et son devoir en ce monde, telle est la première question à examiner. Je serai bref et j'aspire à des conclusions immédiates. La Flandre a Rubens; l'Italie a Raphaël et Véronèse; la France a Lebrun, David et Delacroix[6].

Un esprit superficiel pourra être choqué, au premier aspect, par l'accouplement de ces noms, qui représentent des qualités et des méthodes si différentes. Mais un œil spirituel plus attentif verra tout de suite qu'il y a entre tous une parenté commune, une espèce de fraternité ou de cousinage dérivant de leur amour du grand, du national, de l'immense et de l'universel, amour qui s'est toujours exprimé dans la peinture dite décorative ou dans les grandes *machines*.

Beaucoup d'autres, sans doute, ont fait de grandes *machines,* mais ceux-là que j'ai nommés les ont faites de la manière la plus propre à laisser une trace éternelle dans la mémoire humaine. Quel est le plus grand de ces grands hommes si divers ? Chacun peut décider la chose à son gré, suivant que son tempérament le pousse à préférer l'abondance prolifique, rayonnante, joviale presque, de Rubens, la douce majesté et l'ordre eurythmique de Raphaël, la couleur paradisiaque et comme d'après-midi de Véronèse, la sévérité austère et tendue de David, ou la faconde dramatique et quasi littéraire de Lebrun.

Aucun de ces hommes ne peut être remplacé; visant tous à un but semblable, ils ont employé des moyens différents tirés de leur nature personnelle. Delacroix, le dernier venu, a exprimé avec une véhémence et une ferveur admirables, ce que les autres n'avaient traduit que d'une manière forcément incomplète[a]. Au détriment de quelque autre chose peut-être, comme eux-mêmes avaient fait d'ailleurs ? C'est possible; mais ce n'est pas la question à examiner[1].

Bien d'autres que moi ont pris soin de s'appesantir sur les conséquences fatales d'un génie essentiellement personnel; et il serait bien possible aussi, après tout, que les plus belles expressions du génie, ailleurs que dans le ciel pur, c'est-à-dire sur cette pauvre terre, où la perfection elle-même est imparfaite, ne pussent être obtenues qu'au prix d'un inévitable sacrifice.

Mais enfin, monsieur, direz-vous sans doute, quel est donc ce je ne sais quoi de mystérieux que Delacroix, pour la gloire de notre siècle, a mieux traduit qu'aucun autre ? C'est l'invisible, c'est[b] l'impalpable, c'est le rêve, c'est les nerfs, c'est l'*âme ;* et il a fait cela, — observez-le bien, — monsieur, sans autres moyens que le contour et la couleur; il l'a fait mieux que pas un; il l'a fait avec la perfection d'un peintre consommé, avec la rigueur d'un littérateur subtil, avec l'éloquence d'un musicien passionné. C'est, du reste, un des diagnostics de l'état spirituel de notre siècle que les arts aspirent, sinon à suppléer l'un l'autre, du moins à se prêter réciproquement des forces nouvelles.

Delacroix est le plus *suggestif* de tous les peintres, celui dont les œuvres, choisies même parmi les secondaires et les inférieures, font le plus penser, et rappellent à la mémoire le plus de sentiments et de pensées poétiques déjà connus, mais qu'on croyait enfouis pour toujours dans la nuit du passé.

L'œuvre de Delacroix m'apparaît quelquefois comme une espèce de mnémotechnie[1] de la grandeur et de la passion native de l'homme universel. Ce mérite très particulier et tout nouveau de M. Delacroix, qui lui a permis d'exprimer, simplement avec le contour, le geste de l'homme, si violent qu'il soit, et avec la couleur ce qu'on pourrait appeler l'atmosphère du drame humain, ou l'état de l'âme du créateur, — ce mérite tout original a toujours rallié autour de lui les sympathies des poètes; et[a] si, d'une pure manifestation matérielle il était permis de tirer une vérification philosophique, je vous prierais d'observer, monsieur, que, parmi la foule accourue pour lui rendre les suprêmes honneurs, on pouvait compter beaucoup plus de littérateurs que de peintres. Pour dire la vérité crue, ces derniers ne l'ont jamais parfaitement compris.

II

Et en cela, quoi de bien étonnant, après tout ? Ne savons-nous pas que la saison des Michel-Ange, des Raphaël, des Léonard de Vinci, disons même des Reynolds, est depuis longtemps passée, et que le niveau intellectuel général des artistes a singulièrement baissé ? Il serait sans doute injuste de chercher parmi les artistes du jour des philosophes, des poètes et des savants; mais il serait légitime d'exiger d'eux qu'ils s'intéressassent, un peu plus qu'ils ne font, à la religion, à la poésie et à la science.

Hors de leurs ateliers que savent-ils ? qu'aiment-ils ? qu'expriment-ils ? Or, Eugène Delacroix était, en même temps qu'un peintre épris de son métier, un homme d'éducation générale, au contraire des autres artistes modernes qui, pour la plupart, ne sont guère que d'illustres ou d'obscurs rapins, de tristes spécialistes, vieux ou jeunes; de purs ouvriers, les uns sachant fabriquer des figures académiques, les autres des fruits, les autres des bestiaux.

Eugène Delacroix aimait tout, savait tout peindre, et savait goûter tous les genres de talents. C'était l'esprit le plus ouvert à toutes les notions et à toutes les impressions, le jouisseur le plus éclectique et le plus impartial.

Grand liseur, cela va sans dire. La lecture des poètes laissait en lui des images grandioses et rapidement définies, des tableaux tout faits, pour ainsi dire. Quelque différent qu'il soit de son maître Guérin par la méthode et la couleur, il a hérité de la grande école républicaine et impériale l'amour des poètes et je ne sais quel esprit endiablé de rivalité avec la parole écrite. David, Guérin et Girodet[1] enflammaient leur esprit au contact d'Homère, de Virgile, de Racine et d'Ossian. Delacroix fut le traducteur émouvant de Shakespeare, de Dante, de Byron et d'Arioste. Ressemblance importante et différence légère.

Mais entrons un peu plus avant, je vous prie, dans ce qu'on pourrait appeler l'enseignement du maître, enseignement qui, pour moi, résulte non seulement de la contemplation successive de toutes ses œuvres et de la contemplation simultanée de quelques-unes, comme vous avez pu en jouir à l'Exposition universelle de 1855[2], mais aussi de maintes conversations que j'ai eues avec lui[3].

III

Delacroix était passionnément amoureux de la passion, et froidement déterminé à chercher les moyens d'exprimer la passion de la manière la plus visible. Dans ce double caractère, nous trouvons, disons-le en passant, les deux signes qui marquent les plus solides génies, génies extrêmes qui ne sont guère faits pour plaire aux âmes timorées, faciles à satisfaire, et qui trouvent une nourriture suffisante dans les œuvres lâches, molles, imparfaites. Une passion immense, doublée d'une volonté formidable, tel était l'homme.

Or, il disait sans cesse :

« Puisque je considère l'impression transmise à l'artiste

par la nature comme la chose la plus importante à traduire,
n'est-il pas nécessaire que celui-ci soit armé à l'avance
de tous les moyens de traduction les plus rapides ? »

Il est évident qu'à ses yeux l'imagination était le don le
plus précieux, la faculté la plus importante, mais que cette
faculté restait impuissante et stérile, si elle n'avait pas à
son service une habileté rapide, qui pût suivre la grande
faculté despotique dans ses caprices impatients. Il n'avait
pas besoin, certes, d'activer le feu de son imagination,
toujours incandescente; mais il trouvait toujours la journée trop courte pour étudier les moyens d'expression.

C'est à cette préoccupation incessante qu'il faut attribuer ses recherches perpétuelles relatives à la couleur,
à la qualité des couleurs, sa curiosité des choses de
chimie[a] et ses conversations avec les fabricants de couleurs. Par là il se rapproche de Léonard de Vinci, qui,
lui aussi, fut envahi par les mêmes obsessions.

Jamais Eugène Delacroix, malgré son admiration pour
les phénomènes ardents de la vie, ne sera confondu
parmi cette tourbe d'artistes et de littérateurs vulgaires
dont l'intelligence myope s'abrite derrière le mot vague
et obscur de *réalisme*. La première fois que je vis M. Delacroix, en 1845, je crois (comme les années s'écoulent,
rapides et voraces !), nous causâmes beaucoup de lieux
communs, c'est-à-dire des questions les plus vastes et
cependant les plus simples : ainsi, de la nature, par
exemple. Ici, monsieur, je vous demanderai la permission
de me citer moi-même, car une paraphrase ne vaudrait
pas les mots que j'ai écrits autrefois, presque sous la
dictée du maître :

« La nature n'est qu'un dictionnaire, répétait-il fréquemment[1]. Pour bien comprendre l'étendue du sens
impliqué dans cette phrase, il faut se figurer les usages
ordinaires et nombreux du dictionnaire. On y cherche le
sens des mots, la génération des mots, l'étymologie des
mots; enfin on en extrait tous les éléments qui composent
une phrase ou un récit; mais personne n'a jamais considéré le dictionnaire comme une *composition,* dans le sens
poétique du mot. Les peintres qui obéissent à l'imagination cherchent dans leur dictionnaire les éléments qui
s'accommodent à leur conception; encore, en les ajustant
avec un certain art, leur donnent-ils une physionomie
toute nouvelle. Ceux qui n'ont pas d'imagination copient

le dictionnaire. Il en résulte un très grand vice, le vice de la banalité, qui est plus particulièrement propre à ceux d'entre les peintres que leur spécialité rapproche davantage de la nature dite inanimée, par exemple les paysagistes, qui considèrent généralement comme un triomphe de ne pas montrer leur personnalité. À force de contempler et de copier, ils oublient de sentir et de penser.

« Pour ce grand peintre, toutes les parties de l'art, dont l'un prend celle-ci, et l'autre celle-là pour la principale, n'étaient, ne sont, veux-je dire, que les très humbles servantes d'une faculté unique et supérieure. Si une exécution très nette est nécessaire, c'est pour que le rêve soit très nettement traduit; qu'elle soit très rapide, c'est pour que rien ne se perde de l'impression extraordinaire qui accompagnait la conception; que l'attention de l'artiste se porte même sur la propreté matérielle[a] des outils, cela se conçoit sans peine, toutes les précautions devant être prises pour rendre l'exécution agile et décisive. »

Pour le dire en passant, je n'ai jamais vu de palette aussi minutieusement et aussi délicatement préparée que celle de Delacroix. Cela ressemblait à un bouquet de fleurs, savamment assorties.

« Dans une pareille méthode[1], qui est essentiellement logique, tous les personnages, leur disposition relative, le paysage ou l'intérieur qui leur sert de fond ou d'horizon, leurs vêtements, tout enfin doit servir à illuminer l'idée générale et porter sa couleur originelle, sa livrée, pour ainsi dire. Comme un rêve est placé dans une atmosphère colorée qui lui est propre, de même une conception, devenue composition, a besoin de se mouvoir dans un milieu coloré qui lui soit particulier. Il y a évidemment un ton particulier attribué à une partie quelconque du tableau qui devient clef et qui gouverne les autres. Tout le monde sait que le jaune, l'orangé, le rouge, inspirent et représentent des idées de joie, de richesse, de gloire et d'amour; mais il y a des milliers d'atmosphères jaunes ou rouges, et toutes les autres couleurs seront affectées logiquement dans une quantité proportionnelle par l'atmosphère dominante. L'art du coloriste tient évidemment par certains côtés[b] aux mathématiques et à la musique.

« Cependant ses opérations les plus délicates se font par un sentiment auquel un long exercice a donné une sûreté inqualifiable. On voit que cette grande loi d'harmonie générale condamne bien des papillotages et bien des crudités, même chez les peintres les plus illustres. Il y a des tableaux de Rubens qui non seulement font penser à un feu d'artifice coloré, mais même à plusieurs feux d'artifice tirés sur le même emplacement. Plus un tableau est grand, plus la touche doit être large, cela va sans dire; mais il est bon que les touches ne soient pas matériellement fondues; elles se fondent naturellement à une distance voulue par la loi sympathique qui les a associées. La couleur obtient ainsi plus d'énergie et de fraîcheur.

« Un bon tableau, fidèle et égal au rêve qui l'a enfanté, doit être produit comme un monde. De même que la création, telle que nous la voyons, est le résultat de plusieurs créations dont les précédentes sont toujours complétées par la suivante, ainsi un tableau, conduit harmoniquement, consiste en une série de tableaux superposés, chaque nouvelle couche donnant au rêve plus de réalité et le faisant monter d'un degré vers la perfection. Tout au contraire, je me rappelle avoir vu dans les ateliers de Paul Delaroche et d'Horace Vernet de vastes tableaux, non pas ébauchés, mais commencés, c'est-à-dire absolument finis dans de certaines parties, pendant que certaines autres n'étaient encore indiquées que par un contour noir ou blanc. On pourrait comparer ce genre d'ouvrage à un travail purement manuel qui doit couvrir une certaine quantité d'espace en un temps déterminé, ou à une longue route divisée en un grand nombre d'étapes. Quand une étape est faite, elle n'est plus à faire; et quand toute la route est parcourue, l'artiste est délivré de son tableau.

« Tous ces préceptes sont évidemment modifiés plus ou moins par le tempérament varié des artistes. Cependant je suis convaincu que c'est là la méthode la plus sûre pour les imaginations riches. Conséquemment, de trop grands écarts faits hors la méthode en question témoignent d'une importance anormale et injuste donnée à quelque partie secondaire de l'art.

« Je ne crains pas qu'on dise qu'il y a absurdité à supposer une même méthode appliquée par une foule d'individus différents. Car il est évident que les rhétoriques et les prosodies ne sont pas des tyrannies inventées arbitrairement, mais une collection de règles réclamées par l'orga-

nisation même de l'être spirituel ; et jamais les prosodies
et les rhétoriques n'ont empêché l'originalité de se produire distinctement. Le contraire, à savoir qu'elles ont
aidé l'éclosion de l'originalité, serait infiniment plus vrai.

« Pour être bref, je suis obligé d'omettre une foule de
corollaires résultant de la formule principale, où est, pour
ainsi dire, contenu tout le formulaire de la véritable
esthétique, et qui peut être exprimée ainsi : Tout l'univers
visible n'est qu'un magasin d'images et de signes auxquels
l'imagination donnera une place et une valeur relative ;
c'est une espèce de pâture que l'imagination doit digérer
et transformer. Toutes les facultés de l'âme humaine
doivent être subordonnées à l'imagination qui les met en
réquisition toutes à la fois. De même que bien connaître
le dictionnaire n'implique pas nécessairement la connaissance de l'art de la composition, et que l'art de la composition lui-même n'implique pas l'imagination universelle,
ainsi un *bon* peintre peut n'être pas *grand* peintre. Mais
un^a grand peintre est forcément un bon peintre, parce que
l'imagination universelle renferme l'intelligence de tous
les moyens et le désir de les acquérir.

« Il est évident que, d'après les notions que je viens
d'élucider tant bien que mal (il y aurait encore tant de
choses à dire, particulièrement sur les parties concordantes de tous les arts et les ressemblances dans leurs
méthodes !), l'immense classe des artistes, c'est-à-dire des
hommes qui sont voués à l'expression du beau, peut se
diviser en deux camps bien distincts. Celui-ci qui s'appelle
lui-même *réaliste,* mot à double entente et dont le sens
n'est pas bien déterminé, et que nous appellerons, pour
mieux caractériser son erreur, un *positiviste,* dit : « Je veux
représenter les choses telles qu'elles sont, ou telles qu'elle
seraient, en supposant que je n'existe pas. » L'univers
sans l'homme. Et celui-là, l'imaginatif, dit : « Je veux
illuminer les choses avec mon esprit et en projeter le reflet
sur les autres esprits. » Bien que ces deux méthodes absolument contraires puissent agrandir ou amoindrir tous les
sujets, depuis la scène religieuse jusqu'au plus modeste
paysage, toutefois l'homme d'imagination a dû généralement se produire dans la peinture religieuse et dans la
fantaisie, tandis que la peinture dite de genre et le paysage devaient offrir en apparence de vastes ressources aux
esprits paresseux et difficilement excitables . . . . . .

« L'imagination de Delacroix ! Celle-là n'a jamais craint d'escalader les hauteurs difficiles de la religion; le ciel lui appartient, comme l'enfer, comme la guerre, comme l'Olympe, comme la volupté. Voilà bien le type du peintre-poète ! Il est bien un des rares élus, et l'étendue de son esprit comprend la religion dans son domaine. Son imagination, ardente comme les chapelles ardentes, brille de toutes les flammes et de toutes les pourpres. Tout ce qu'il y a de douleur dans la passion le passionne; tout ce qu'il y a de splendeur dans l'Église l'illumine. Il verse tour à tour sur ses toiles inspirées le sang, la lumière et les ténèbres. Je crois qu'il ajouterait volontiers, comme surcroît, son faste naturel aux majestés de l'Évangile.

« J'ai vu une petite *Annonciation,* de Delacroix, où l'ange visitant Marie n'était pas seul, mais conduit en cérémonie par deux autres anges, et l'effet de cette cour céleste était puissant et charmant. Un de ses tableaux de jeunesse, le *Christ aux Oliviers* (« Seigneur, détournez de moi ce calice »), ruisselle de tendresse féminine et d'onction poétique. La douleur et la pompe, qui éclatent si haut dans la religion, font toujours écho dans son esprit. »

Et plus récemment encore, à propos de cette chapelle des Saints-Anges, à Saint-Sulpice *(Héliodore chassé du Temple* et *La Lutte de Jacob avec l'Ange),* son dernier grand travail, si niaisement critiqué, je disais[1] :

« Jamais, même dans la *Clémence de Trajan*[a2], même dans l'*Entrée des Croisés à Constantinople,* Delacroix n'a étalé un coloris plus splendidement et plus savamment surnaturel; jamais un dessin plus *volontairement* épique. Je sais bien que quelques personnes, des maçons sans doute, des architectes peut-être, ont, à propos de cette dernière œuvre, prononcé le mot *décadence*. C'est ici le lieu de rappeler que les grands maîtres, poètes ou peintres, Hugo ou Delacroix, sont toujours en avance de plusieurs années sur leurs timides admirateurs.

« Le[b] public est, relativement au génie, une horloge qui retarde. Qui, parmi les gens clairvoyants, ne comprend que le premier tableau du maître contenait tous les autres en germe ? Mais qu'il perfectionne sans cesse ses dons naturels, qu'il les aiguise avec soin, qu'il en tire des effets nouveaux, qu'il pousse lui-même sa nature à outrance, cela est inévitable, fatal et louable. Ce qui est justement la marque principale du génie de Delacroix, c'est qu'il ne connaît pas la décadence; il ne montre que le progrès. Seulement ses qualités primitives étaient si véhémentes et si riches, et elles ont si vigoureusement frappé les esprits, même les plus vulgaires, que le progrès journalier est pour eux insensible; les raisonneurs seuls le perçoivent clairement.

« Je parlais tout à l'heure des propos de quelques *maçons*. Je veux caractériser par ce mot cette classe d'esprits grossiers et matériels (le nombre en est infiniment grand), qui n'apprécient les objets que par le contour, ou, pis encore, par leurs trois dimensions : largeur, longueur et profondeur, exactement comme les sauvages et les paysans. J'ai souvent entendu des personnes de cette espèce établir une hiérarchie des qualités, absolument inintelligible pour moi; affirmer, par exemple, que la faculté qui permet à celui-ci de créer un contour exact, ou à celui-là un contour d'une beauté surnaturelle, est supérieure à la faculté qui sait assembler des couleurs d'une*a* manière enchanteresse. Selon ces gens-là, la couleur ne rêve pas, ne pense pas, ne parle pas. Il paraîtrait que, quand je contemple les œuvres d'un de ces hommes appelés spécialement coloristes, je me livre à un plaisir qui n'est pas d'une nature noble; volontiers m'appelleraient-ils matérialiste, réservant pour eux-mêmes l'aristocratique épithète de spiritualistes.

« Ces esprits superficiels ne songent pas que les deux facultés ne peuvent jamais être tout à fait séparées, et qu'elles sont toutes deux le résultat d'un germe primitif soigneusement cultivé. La nature extérieure ne fournit à l'artiste qu'une occasion sans cesse renaissante de cultiver ce germe; elle n'est qu'un amas incohérent de matériaux que l'artiste est invité à associer et à mettre en ordre, un *incitamentum,* un réveil pour les facultés sommeillantes. Pour parler exactement, il n'y a dans la nature ni ligne ni couleur. C'est l'homme qui crée la ligne et la couleur. Ce sont deux abstractions qui tirent leur égale noblesse d'une même origine.

« Un dessinateur-né*b* (je le suppose enfant) observe dans la nature immobile ou mouvante de certaines sinuosités, d'où il tire une certaine volupté, et qu'il s'amuse à fixer par des lignes sur le papier, exagérant ou diminuant à plaisir leurs inflexions; il apprend ainsi à créer le galbe, l'élégance, le caractère dans le dessin. Supposons un enfant destiné à perfectionner la partie de l'art qui s'appelle couleur : c'est du choc ou de l'accord heureux de deux tons et du plaisir qui en résulte pour lui, qu'il tirera la science infinie des combinaisons de tons. La nature a été, dans les deux cas, une pure excitation.

« La ligne et la couleur font penser et rêver toutes les deux; les plaisirs qui en dérivent sont d'une nature différente, mais parfaitement égale et absolument indépendante du sujet du tableau.

« Un[a] tableau de Delacroix, placé à une trop grande distance pour que vous puissiez juger de l'agrément des contours ou de la qualité plus ou moins dramatique du sujet, vous pénètre déjà d'une volupté surnaturelle. Il vous semble qu'une atmosphère magique a marché vers vous et vous enveloppe. Sombre, délicieuse pourtant, lumineuse[1], mais tranquille, cette impression, qui prend pour toujours sa place dans votre mémoire, prouve le vrai, le parfait coloriste. Et l'analyse du sujet, quand vous vous approchez, n'enlèvera rien et n'ajoutera rien à ce plaisir primitif, dont la source est ailleurs et loin de toute pensée concrète[b].

« Je puis inverser l'exemple. Une figure bien dessinée vous pénètre d'un plaisir tout à fait étranger au sujet. Voluptueuse ou terrible, cette figure ne doit son charme qu'à l'arabesque qu'elle découpe dans l'espace. Les membres d'un martyr qu'on écorche, le corps d'une nymphe pâmée, s'ils sont savamment dessinés, comportent un genre de plaisir dans les éléments duquel le sujet n'entre pour rien; si pour vous il en est autrement, je serai forcé de croire que vous êtes un bourreau ou un libertin.

« Mais, hélas ! à quoi bon, à quoi bon toujours répéter ces inutiles vérités ? »

Mais peut-être, monsieur, vos lecteurs priseront-ils beaucoup moins toute cette rhétorique[c] que les détails que je suis impatient moi-même de leur donner sur la personne et sur les mœurs de notre regrettable grand peintre[2].

IV

C'est surtout dans les écrits d'Eugène Delacroix qu'apparaît cette dualité de nature dont j'ai parlé. Beaucoup de gens, vous le savez, monsieur, s'étonnaient de la sagesse

de ses opinions écrites et de la modération de son style;
les uns regrettant, les autres approuvant. *Les Variations
du beau,* les études sur *Poussin, Prud'hon, Charlet*[1], et les
autres morceaux publiés soit dans *L'Artiste,* dont le propriétaire était alors M. Ricourt, soit dans la *Revue des Deux
Mondes,* ne font que confirmer ce caractère double des
grands artistes, qui les pousse, comme critiques, à louer et
à analyser plus voluptueusement les qualités dont ils ont
le plus besoin, en tant que créateurs, et qui font antithèse
à celles qu'ils possèdent surabondamment. Si Eugène
Delacroix avait loué, préconisé ce que nous admirons
surtout en lui, la violence, la soudaineté dans le geste,
la turbulence de la composition, la magie de la couleur,
en vérité, c'eût été le cas de s'étonner. Pourquoi chercher
ce qu'on possède en quantité presque superflue, et comment ne pas vanter ce qui nous semble plus rare et plus
difficile à acquérir ? Nous verrons toujours, monsieur, le
même phénomène se produire chez les créateurs de génie,
peintres ou littérateurs, toutes les fois qu'ils appliqueront
leurs facultés à la critique. À l'époque de la grande lutte
des deux écoles, la classique et la romantique, les esprits
simples s'ébahissaient d'entendre Eugène Delacroix vanter sans cesse Racine, La Fontaine et Boileau. Je connais
un poète[2], d'une nature toujours orageuse et vibrante,
qu'un vers de Malherbe, symétrique et carré de mélodie,
jette dans de longues extases.

D'ailleurs, si sages, si sensés et si nets de tour et d'intention que nous apparaissent les fragments littéraires du
grand peintre, il serait absurde de croire qu'ils furent écrits
facilement et avec la certitude d'allure de son pinceau.
Autant il était sûr d'*écrire* ce qu'il pensait sur une toile,
autant il était préoccupé de ne pouvoir *peindre* sa pensée
sur le papier. « La plume, — disait-il souvent, — n'est pas
mon *outil ;* je sens que je pense juste, mais le besoin de
l'ordre, auquel je suis contraint d'obéir, m'effraye. Croiriez-vous que la nécessité d'écrire une page me donne la
migraine ? » C'est par cette gêne, résultat du manque
d'habitude, que peuvent être expliquées certaines locutions un peu usées, un peu *poncif, empire* même, qui échappent trop souvent à cette plume naturellement distinguée.

Ce qui marque le plus visiblement le style de Delacroix,
c'est la concision et une espèce d'intensité sans ostentation, résultat habituel de la concentration de toutes les

forces spirituelles vers un point donné. « *The hero is he who is immovably centred* », dit le moraliste d'outre-mer Emerson[1], qui, bien qu'il passe pour le chef de l'ennuyeuse école bostonienne, n'en a pas moins une certaine pointe à la Sénèque, propre à aiguillonner la méditation. *« Le héros est celui-là qui est immuablement concentré. »* — La maxime que le chef du *Transcendantalisme* américain applique à la conduite de la vie et au domaine des affaires peut également s'appliquer au domaine de la poésie et de l'art. On pourrait dire aussi bien : « Le héros littéraire, c'est-à-dire le véritable écrivain, est celui qui est immuablement concentré. » Il ne vous paraîtra donc pas surprenant, monsieur, que Delacroix eût une sympathie très prononcée pour les écrivains concis et concentrés, ceux dont la prose peu chargée d'ornements a l'air d'imiter les mouvements rapides de la pensée, et dont la phrase ressemble à un geste, Montesquieu[2], par exemple. Je puis vous fournir un curieux exemple de cette brièveté féconde et poétique. Vous avez comme moi, sans doute, lu ces jours derniers, dans *La Presse,* une très curieuse et très belle étude de M. Paul de Saint-Victor sur le plafond de la galerie d'Apollon[3]. Les diverses conceptions du déluge, la manière dont les légendes relatives au déluge doivent être interprétées, le sens moral des épisodes et des actions qui composent l'ensemble de ce merveilleux tableau, rien n'est oublié ; et le tableau lui-même est minutieusement décrit avec ce style charmant, aussi spirituel que coloré, dont l'auteur nous a montré tant d'exemples. Cependant le tout ne laissera dans la mémoire qu'un spectre diffus, quelque chose comme la très vague lumière d'une amplification. Comparez ce vaste morceau aux quelques lignes suivantes, bien plus énergiques, selon moi, et bien plus aptes à *faire tableau,* en supposant même que le tableau qu'elles résument n'existe pas. Je copie simplement le programme distribué par M. Delacroix à ses amis, quand il les invita à visiter l'œuvre en question[4] :

APOLLON VAINQUEUR DU SERPENT PYTHON

« Le dieu, monté sur son char, a déjà lancé une partie de ses traits ; Diane sa sœur, volant à sa suite, lui présente son carquois. Déjà percé par les flèches du dieu de la chaleur et de la vie, le monstre sanglant se tord en exhalant dans une vapeur enflammée les restes de sa vie et de sa rage impuissante. Les eaux du déluge commencent à tarir, et déposent sur les sommets des montagnes ou entraînent avec elles les cadavres des hommes et des animaux. Les dieux se sont indignés de voir la terre abandonnée à des monstres difformes, produits impurs du limon. Ils se sont armés comme Apollon : Minerve, Mercure s'élancent pour les exterminer en attendant que la Sagesse éternelle repeuple la solitude de l'univers. Hercule les écrase de sa massue ; Vulcain, le dieu du feu, chasse devant lui la nuit et les vapeurs impures, tandis que Borée et les Zéphyrs sèchent les eaux de leur souffle et achèvent de dissiper les nuages. Les nymphes des fleuves et des rivières ont retrouvé leur lit de roseaux et leur urne encore souillée par la fange et par les débris. Des divinités plus timides contemplent à l'écart ce combat des dieux et des éléments. Cependant du haut des cieux la Victoire descend pour couronner Apollon vainqueur, et Iris, la messagère des dieux, déploie dans les airs son écharpe, symbole du triomphe de la lumière sur les ténèbres et sur la révolte des eaux. »

Je sais que le lecteur sera obligé de deviner beaucoup, de collaborer, pour ainsi dire, avec le rédacteur de la note ; mais croyez-vous réellement, monsieur, que l'admiration pour le peintre me rende visionnaire en ce cas, et que je me trompe absolument en prétendant découvrir ici la trace des habitudes aristocratiques prises dans les bonnes lectures, et de cette rectitude de pensée qui a permis à des hommes du monde, à des militaires, à des aventuriers, ou même à de simples courtisans, d'écrire, quelquefois à la diable, de fort beaux livres que nous autres, gens du métier, nous sommes contraints d'admirer ?

V

Eugène Delacroix était un curieux mélange de scepticisme, de politesse, de dandysme, de volonté ardente, de ruse, de despotisme, et enfin d'une espèce de bonté particulière et de tendresse modérée qui accompagne toujours le génie. Son père[1] appartenait à cette race d'hommes forts dont nous avons connu les derniers dans notre enfance; les uns fervents apôtres de Jean-Jacques, les autres disciples déterminés de Voltaire, qui ont tous collaboré, avec une égale obstination, à la Révolution française, et dont les survivants, jacobins ou cordeliers, se sont ralliés avec une parfaite bonne foi (c'est important à noter) aux intentions de Bonaparte.

Eugène Delacroix a toujours gardé les traces de cette origine révolutionnaire. On peut dire de lui, comme de Stendhal, qu'il avait grande frayeur d'être dupe. Sceptique et aristocrate, il ne connaissait la passion et le surnaturel que par sa fréquentation forcée avec le rêve. Haïsseur des multitudes, il ne les considérait guère que comme des briseuses d'images, et les violences commises en 1848 sur quelques-uns de ses ouvrages[1] n'étaient pas faites pour le convertir au sentimentalisme politique de nos temps. Il y avait même en lui quelque chose, comme style, manières et opinions, de Victor Jacquemont[2]. Je sais que la comparaison est quelque peu injurieuse; aussi je désire qu'elle ne soit entendue qu'avec une extrême modération. Il y a dans Jacquemont du bel esprit bourgeois révolté et une gouaillerie aussi encline à mystifier les ministres de Brahma que ceux de Jésus-Christ. Delacroix, averti par le goût toujours inhérent au génie, ne pouvait jamais tomber dans ces vilenies. Ma comparaison n'a donc trait qu'à l'esprit de prudence et à la sobriété dont ils sont tous deux marqués. De même, les signes héréditaires que le XVIIIᵉ siècle avait laissés sur sa nature avaient l'air empruntés surtout à cette classe aussi éloignée des utopistes que des furibonds, à la classe des sceptiques polis, les vainqueurs et les survivants, qui, généralement, relevaient plus de Voltaire que de Jean-Jacques. Aussi, au premier coup d'œil, Eugène Delacroix apparaissait simplement comme un homme *éclairé*, dans le sens honorable du mot, comme un parfait *gentleman* sans préjugés et sans passions. Ce n'était que par une fréquentation plus assidue qu'on pouvait pénétrer sous le vernis et deviner les parties abstruses de son âme. Un homme à qui on pourrait plus légitimement le comparer pour la tenue extérieure et pour les manières serait M. Mérimée[3]. C'était la même froideur apparente, légèrement affectée, le même manteau de glace recouvrant une pudique sensibilité et une ardente passion

pour le bien et pour le beau; c'était, sous la même hypocrisie d'égoïsme, le même dévouement aux amis secrets
et aux idées de prédilection.

Il y avait dans Eugène Delacroix beaucoup du *sauvage ;*
c'était là la plus précieuse partie de son âme, la partie
vouée tout entière à la peinture de ses rêves et au culte
de son art. Il y avait en lui beaucoup de l'homme du
monde; cette partie-là était destinée à voiler la première
et à la faire pardonner. Ç'a été, je crois, une des grandes
préoccupations de sa vie de dissimuler les colères de son
cœur et de n'avoir pas l'air d'un homme de génie. Son
esprit de domination, esprit bien légitime, fatal d'ailleurs,
avait presque entièrement disparu sous mille gentillesses.
On eût dit un cratère de volcan artistement caché par
des bouquets de fleurs.

Un autre trait de ressemblance avec Stendhal était sa
propension aux formules simples, aux maximes brèves,
pour la bonne conduite de la vie[1]. Comme tous les gens
d'autant plus épris de méthode que leur tempérament
ardent et sensible semble les en détourner davantage,
Delacroix aimait façonner[a] de ces petits catéchismes de
morale pratique que les étourdis et les fainéants qui ne
pratiquent rien attribueraient dédaigneusement à M. de
la Palisse, mais que le génie ne méprise pas, parce qu'il
est apparenté avec la simplicité; maximes saines, fortes,
simples et dures, qui servent de cuirasse et de bouclier
à celui que la fatalité de son génie jette dans une bataille
perpétuelle.

Ai-je besoin de vous dire que le même esprit de
sagesse ferme et méprisante inspirait les opinions
d'E. Delacroix[b] en matière politique ? Il croyait que rien
ne change, bien que tout ait l'air de changer, et que certaines époques climatériques, dans l'histoire des peuples,
ramènent invariablement des phénomènes analogues.
En somme, sa pensée, en ces sortes de choses, approximait beaucoup, surtout par ses côtés de froide et désolante résignation, la pensée d'un historien dont je fais
pour ma part un cas tout particulier, et que vous-même,
monsieur, si parfaitement rompu à ces thèses[2], et qui
savez estimer le talent, même quand il vous contredit,
vous avez été, j'en suis sûr, contraint d'admirer plus
d'une fois. Je veux parler de M. Ferrari, le subtil et savant
auteur de l'*Histoire de la raison d'État*[3]. Aussi, le causeur

qui, devant M. Delacroix, s'abandonnait aux enthousiasmes enfantins de l'utopie, avait bientôt à subir l'effet
de son rire amer, imprégné d'une pitié sarcastique, et si,
imprudemment, on lançait devant lui la grande chimère
des temps modernes, le ballon-monstre de la perfectibilité et du progrès indéfinis[1], volontiers il vous demandait :
« Où sont donc vos Phidias ? où sont vos Raphaël ?»

Croyez bien cependant que ce dur bon sens n'enlevait
aucune grâce à M. Delacroix. Cette verve d'incrédulité
et ce refus d'être dupe assaisonnaient, comme un sel
byronien, sa conversation si poétique et si colorée. Il
tirait aussi de lui-même, bien plus qu'il ne les empruntait à sa longue fréquentation du monde, — de lui-même,
c'est-à-dire de son génie et de la conscience de son génie,
une certitude, une aisance de manières merveilleuse[a],
avec une politesse qui admettait, comme un prisme,
toutes les nuances, depuis la bonhomie la plus cordiale
jusqu'à l'impertinence la plus irréprochable. Il possédait
bien vingt manières différentes de prononcer *« mon cher
monsieur »*, qui représentaient, pour une oreille exercée,
une curieuse gamme de sentiments[2]. Car enfin, il faut bien
que je le dise, puisque je trouve en ceci un nouveau
motif d'éloge, E. Delacroix, quoiqu'il fût un homme de
génie, ou parce qu'il était un homme de génie complet,
participait beaucoup du dandy. Lui-même avouait que
dans sa jeunesse il s'était livré avec plaisir aux vanités les
plus matérielles du dandysme et racontait en riant, mais
non sans une certaine gloriole, qu'il avait, avec le concours
de son ami Bonington[b], fortement travaillé à introduire
parmi la jeunesse élégante le goût des coupes anglaises
dans la chaussure et dans le vêtement. Ce détail, je présume, ne vous paraîtra pas inutile ; car il n'y a pas de souvenir superflu quand on a à peindre la nature de certains hommes.

Je vous ai dit que c'était surtout la partie naturelle de
l'âme de Delacroix qui, malgré le voile amortissant d'une
civilisation raffinée, frappait l'observateur attentif. Tout
en lui était énergie, mais énergie dérivant des nerfs et de
la volonté ; car, physiquement, il était frêle et délicat. Le
tigre, attentif à sa proie, a moins de lumière dans les yeux
et de frémissements impatients dans les muscles que n'en
laissait voir notre grand peintre, quand toute son âme
était dardée sur une idée ou voulait s'emparer d'un rêve.

Le caractère physique même de sa physionomie, son teint de Péruvien ou de Malais, ses yeux grands et noirs, mais rapetissés par les clignotements de l'attention, et qui semblaient déguster la lumière, ses cheveux abondants et lustrés, son front entêté, ses lèvres serrées, auxquelles une tension perpétuelle de volonté communiquait une expression cruelle, toute sa personne enfin suggérait l'idée d'une origine exotique. Il m'est arrivé plus d'une fois, en le regardant, de rêver des anciens souverains du Mexique, de ce Moctézuma[a1] dont la main habile aux sacrifices pouvait immoler en un seul jour trois mille créatures humaines sur l'autel pyramidal du Soleil, ou bien de quelqu'un de ces princes hindous qui, dans les splendeurs des plus glorieuses fêtes, portent au fond de leurs yeux une sorte d'avidité insatisfaite et une nostalgie inexplicable, quelque chose comme le souvenir et le regret de choses non connues. Observez, je vous prie, que la couleur générale des tableaux de Delacroix participe aussi de la couleur propre aux paysages et aux intérieurs orientaux, et qu'elle produit une impression analogue à celle ressentie dans ces pays intertropicaux, où une immense diffusion de lumière crée pour un œil sensible, malgré l'intensité des tons locaux, un résultat général quasi crépusculaire. La moralité de ses œuvres, si toutefois il est permis de parler de la morale en peinture, porte aussi un caractère molochiste visible. Tout, dans son œuvre, n'est que désolation, massacres, incendies; tout porte témoignage contre l'éternelle et incorrigible barbarie de l'homme. Les villes incendiées et fumantes, les victimes égorgées, les femmes violées, les enfants eux-mêmes jetés sous les pieds des chevaux ou sous le poignard des mères délirantes; tout cet œuvre, dis-je, ressemble à un hymne terrible composé en l'honneur de la fatalité et de l'irrémédiable douleur. Il a pu quelquefois, car il ne manquait certes pas de tendresse, consacrer son pinceau à l'expression de sentiments tendres et voluptueux; mais là encore l'inguérissable amertume était répandue à forte dose, et l'insouciance et la joie (qui sont les compagnes ordinaires de la volupté naïve) en étaient absentes. Une seule fois, je crois, il a fait une tentative dans le drôle et le bouffon, et comme s'il avait deviné que cela était au-delà ou au-dessous[b] de sa nature[2], il n'y est plus revenu[3].

VI

Je connais plusieurs personnes qui ont le droit de dire : « *Odi profanum vulgus* »[1] ; mais laquelle peut ajouter victorieusement : « *et arceo* » ? La poignée de main trop fréquente avilit le caractère. Si jamais homme eut une *tour d'ivoire*[2] bien défendue par les barreaux et les serrures, ce fut Eugène Delacroix. Qui a plus aimé sa *tour d'ivoire*, c'est-à-dire le secret ? Il l'eût, je crois, volontiers armée de canons et transportée dans une forêt ou sur un roc inaccessible. Qui a plus aimé le *home*, sanctuaire et tanière ? Comme d'autres cherchent le secret pour la débauche, il cherche le secret pour l'inspiration, et il s'y livrait à de véritables ribotes de travail. *« The one prudence in life is concentration ; the one evil is dissipation »*, dit le philosophe américain que nous avons déjà cité[3].

M. Delacroix aurait pu écrire cette maxime ; mais, certes, il l'a austèrement pratiquée. Il était trop *homme du monde* pour ne pas mépriser le monde ; et les efforts qu'il y dépensait pour n'être pas trop visiblement *lui-même* le poussaient naturellement à préférer notre société. *Notre* ne veut pas seulement impliquer l'humble auteur qui écrit ces lignes, mais aussi quelques autres, jeunes ou vieux, journalistes, poètes, musiciens, auprès desquels il pouvait librement se détendre et s'abandonner.

Dans sa délicieuse étude sur Chopin[4], Liszt met Delacroix au nombre des plus assidus visiteurs du musicien-poète, et dit qu'il aimait à tomber en profonde rêverie aux sons de cette musique légère et passionnée qui ressemble à un brillant oiseau voltigeant sur les horreurs d'un gouffre.

C'est ainsi que, grâce à la sincérité de notre admiration, nous pûmes, quoique très jeune alors, pénétrer dans cet atelier si bien gardé, où régnait, en dépit de notre rigide climat, une température équatoriale, et où l'œil était tout d'abord frappé par une solennité sobre et par l'austérité particulière de la vieille école. Tels, dans notre enfance, nous avions vu les ateliers des anciens rivaux de David[5], héros touchants depuis longtemps disparus. On sentait bien que cette retraite ne pouvait pas être habitée par un esprit frivole, titillé par mille caprices incohérents.

Là, pas de panoplies rouillées, pas de kriss malais, pas

de vieilles ferrailles gothiques, pas de bijouterie, pas de friperie, pas de bric-à-brac, rien de ce qui accuse dans le propriétaire le goût de l'amusette et le vagabondage rhapsodique d'une rêverie enfantine. Un merveilleux portrait par Jordaens, qu'il avait déniché je ne sais où, quelques études et quelques copies faites par le maître lui-même, suffisaient à la décoration de ce vaste atelier, dont une lumière adoucie et apaisée éclairait le recueillement.

On verra probablement ces copies à la vente des dessins et des tableaux de Delacroix qui est, m'a-t-on dit, fixée au mois de janvier prochain[1]. Il avait deux manières très distinctes de copier. L'une, libre et large, faite moitié de fidélité, moitié de trahison, et où il mettait beaucoup de lui-même. De cette méthode résultait un composé bâtard et charmant, jetant l'esprit dans une incertitude agréable. C'est sous cet aspect paradoxal que m'apparut une grande copie des *Miracles de saint Benoît,* de Rubens. Dans l'autre manière, Delacroix se faisait l'esclave[a] le plus obéissant et le plus humble de son modèle, et il arrivait à une exactitude d'imitation dont peuvent douter ceux qui n'ont pas vu ces miracles. Telles, par exemple, sont celles faites d'après deux têtes de Raphaël qui sont au Louvre, et où l'expression, le style et la manière sont imités avec une si parfaite naïveté, qu'on pourrait prendre alternativement et réciproquement les originaux pour les traductions.

Après un déjeuner plus léger que celui d'un Arabe, et sa palette minutieusement composée avec le soin d'une bouquetière ou d'un étalagiste d'étoffes, Delacroix cherchait à aborder l'idée interrompue; mais avant de se lancer dans son travail orageux, il éprouvait souvent de ces langueurs, de ces peurs, de ces énervements qui font penser à la pythonisse fuyant le dieu, ou qui rappellent Jean-Jacques Rousseau baguenaudant, paperassant et remuant ses livres pendant une heure avant d'attaquer le papier avec la plume[2]. Mais une fois la fascination de l'artiste opérée, il ne s'arrêtait plus que vaincu par la fatigue physique.

Un jour, comme nous causions de cette question toujours si intéressante pour les artistes et les écrivains, à savoir, de l'hygiène du travail et de la conduite de la vie[3], il me dit :

« Autrefois, dans ma jeunesse, je ne pouvais me mettre au travail que quand j'avais la promesse d'un plaisir pour

le soir, musique, bal, ou n'importe quel autre divertissement. Mais aujourd'hui, je ne suis plus semblable aux
écoliers, je puis travailler sans cesse et sans aucun espoir
de récompense. Et puis, — ajoutait-il, — si vous saviez
comme un travail assidu rend indulgent et peu difficile en
matière de plaisirs ! L'homme qui a bien rempli sa journée[1] sera disposé à trouver suffisamment d'esprit au
commissionnaire du coin et à jouer aux cartes avec lui. »

Ce propos me faisait penser à Machiavel[2] jouant aux
dés avec les paysans. Or, un jour, un dimanche, j'ai
aperçu Delacroix au Louvre, en compagnie de sa vieille
servante[3], celle qui l'a si dévotement soigné et servi pendant trente ans, et lui, l'élégant, le raffiné, l'érudit, ne
dédaignait pas de montrer et d'expliquer les mystères de
la sculpture assyrienne à cette excellente femme, qui
l'écoutait d'ailleurs avec une naïve application. Le souvenir de Machiavel et de notre ancienne conversation
rentra immédiatement dans mon esprit.

La vérité est que, dans les dernières années de sa vie,
tout ce qu'on appelle plaisir en avait disparu, un seul,
âpre, exigeant, terrible, les ayant tous remplacés, le travail, qui alors n'était plus seulement une passion, mais
aurait pu s'appeler une fureur.

Delacroix, après avoir consacré les heures de la journée
à peindre, soit dans son atelier, soit sur les échafaudages
où l'appelaient ses grands travaux décoratifs, trouvait
encore des forces dans son amour de l'art, et il aurait jugé
cette journée mal remplie si les heures du soir n'avaient
pas été employées au coin du feu, à la clarté de la lampe,
à dessiner, à couvrir le papier de rêves, de projets, de
figures entrevues dans les hasards de la vie, quelquefois
à copier des dessins d'autres artistes dont le tempérament
était le plus éloigné du sien ; car il avait la passion des
notes, des croquis, et il s'y livrait en quelque lieu qu'il
fût. Pendant un assez long temps, il eut pour habitude
de dessiner chez les amis auprès desquels il allait passer
ses soirées. C'est ainsi que M. Villot[4] possède une
quantité considérable d'excellents dessins de cette
plume féconde.

Il disait une fois à un jeune homme de ma connaissance : « Si vous n'êtes pas assez habile pour faire le croquis d'un homme qui se jette par la fenêtre, pendant le
temps qu'il met à tomber du quatrième étage sur le sol,

vous ne pourrez jamais produire de grandes machines. »
Je retrouve dans cette énorme hyperbole la préoccupation de toute sa vie, qui était, comme on le sait, d'exécuter assez vite et avec assez de certitude pour ne rien
laisser s'évaporer de l'intensité de l'action ou de l'idée.

Delacroix était, comme beaucoup d'autres ont pu
l'observer, un homme de conversation. Mais le plaisant
est qu'il avait peur de la conversation comme d'une débauche, d'une dissipation où il risquait de perdre ses forces. Il commençait par vous dire, quand vous entriez chez
lui :

« Nous ne causerons pas ce matin, n'est-ce pas ? ou
que très peu, très peu. »

Et puis il bavardait pendant trois heures. Sa causerie
était brillante, subtile, mais pleine de faits, de souvenirs
et d'anecdotes ; en somme, une parole nourrissante.

Quand il était excité par la contradiction, il se repliait
momentanément, et au lieu de se jeter sur son adversaire de front, ce qui a le danger d'introduire les brutalités de la tribune dans les escarmouches de salon, il
jouait pendant quelque temps avec son adversaire, puis
revenait à l'attaque avec des arguments ou des faits impré-
vus. C'était bien la conversation d'un homme amoureux
de luttes, mais esclave de la courtoisie, retorse, fléchis-
sante à dessein, pleine de fuites et d'attaques soudaines.

Dans l'intimité de l'atelier, il s'abandonnait volontiers
jusqu'à livrer son opinion sur les peintres ses contemporains, et c'est dans ces occasions-là que nous eûmes
souvent à admirer cette indulgence du génie qui dérive
peut-être d'une sorte particulière de naïveté ou de facilité à la jouissance.

Il avait des faiblesses étonnantes pour Decamps,
aujourd'hui bien tombé, mais qui, sans doute, régnait
encore dans son esprit par la puissance du souvenir[1]. De
même pour Charlet. Il m'a fait venir une fois chez lui,
exprès pour me *tancer,* d'une façon véhémente, à propos
d'un article irrespectueux que j'avais commis à l'endroit
de cet enfant gâté du chauvinisme[2]. En vain essayai-je
de lui expliquer que ce n'était pas le Charlet des premiers
temps que je blâmais, mais le Charlet de la décadence ;
non pas le noble historien des grognards, mais le bel esprit de l'estaminet. Je n'ai jamais pu me faire pardonner.

Il admirait Ingres en de certaines parties, et certes il lui

fallait une grande force critique[a] pour admirer par raison
ce qu'il devait repousser par tempérament. Il a même copié soigneusement des photographies faites d'après
quelques-uns de ces minutieux portraits à la mine de
plomb, où se fait le mieux apprécier le dur et pénétrant
talent de M. Ingres, d'autant plus agile qu'il est plus
à l'étroit.

La détestable couleur d'Horace Vernet ne l'empêchait
pas de sentir la virtualité personnelle qui anime la plupart
de ses tableaux, et il trouvait des expressions étonnantes
pour louer ce pétillement et cette infatigable ardeur. Son
admiration pour Meissonier allait un peu trop loin. Il
s'était approprié, presque par violence, les dessins qui
avaient servi à préparer la composition de *La Barricade*[1],
le meilleur tableau de M. Meissonier, dont le talent, d'ailleurs, s'exprime bien plus énergiquement par le simple
crayon que par le pinceau. De celui-ci il disait souvent,
comme rêvant avec inquiétude de l'avenir : « Après tout,
de nous tous, c'est lui qui est le plus sûr de vivre ! » N'est-
il pas curieux de voir l'auteur de si grandes choses jalouser presque celui qui n'excelle que dans les petites ?

Le seul homme dont le nom eût puissance pour arracher quelques gros mots à cette bouche aristocratique
était Paul Delaroche. Dans les œuvres de celui-là il ne
trouvait sans doute aucune excuse, et il gardait indélé-
bile le souvenir des souffrances que lui avait causées cette
peinture sale et amère, faite avec de l'encre comme a dit,
je crois, Théophile Gautier, dans une crise d'indépendance[2].

Mais[b] celui qu'il choisissait plus volontiers pour s'ex-
patrier dans d'immenses causeries était l'homme qui lui
ressemblait le moins par le talent comme par les idées,
son véritable antipode, un homme à qui on n'a pas encore
rendu toute la justice qui lui est due, et dont le cerveau,
quoique embrumé comme le ciel charbonné de sa ville
natale[3], contient une foule d'admirables choses. J'ai
nommé M. Paul Chenavard.

Les théories abstruses du peintre philosophe lyonnais
faisaient sourire Delacroix, et le pédagogue abstracteur
considérait les voluptés de la pure peinture comme
choses frivoles, sinon coupables. Mais si éloignés qu'ils
fussent l'un de l'autre, et à cause même de cet éloignement, ils aimaient à se rapprocher, et comme deux navires

attachés par les grappins d'abordage, ils ne pouvaient plus se quitter. Tous deux, d'ailleurs, étant fort lettrés et doués d'un remarquable esprit de sociabilité, ils se rencontraient sur le terrain commun de l'érudition. On sait qu'en général ce n'est pas la qualité par laquelle brillent les artistes.

Chenavard était donc pour Delacroix une rare ressource. C'était vraiment plaisir de les voir s'agiter dans une lutte innocente, la parole de l'un marchant pesamment comme un éléphant en grand appareil de guerre, la parole de l'autre vibrant comme un fleuret, également aiguë et flexible. Dans les dernières heures de sa vie, notre grand peintre témoigna le désir de serrer la main de son amical contradicteur. Mais celui-ci était alors loin de Paris[1].

VII

Les femmes sentimentales et précieuses seront peut-être choquées d'apprendre que, semblable à Michel-Ange (souvenez-vous [de] la[a] fin d'un de ses sonnets : « Sculpture ! divine Sculpture, tu es ma seule amante[2] ! »), Delacroix avait fait de la Peinture son unique muse, son unique maîtresse, sa seule et suffisante volupté.

Sans doute il avait beaucoup aimé la femme aux heures agitées de sa jeunesse. Qui n'a pas trop sacrifié à cette idole redoutable ? Et qui ne sait que ce sont justement ceux qui l'ont le mieux servie qui s'en plaignent le plus ? Mais longtemps déjà avant sa fin, il avait exclu la femme de sa vie. Musulman, il ne l'eût peut-être pas chassée de sa mosquée, mais il se fût étonné de l'y voir entrer, ne comprenant pas bien quelle sorte de conversation elle peut tenir avec Allah[3].

En cette question, comme en beaucoup d'autres, l'idée orientale prenait en lui vivement et despotiquement le dessus. Il considérait la femme comme un objet d'art, délicieux et propre à exciter l'esprit, mais un objet d'art désobéissant et troublant, si on lui livre le seuil du cœur, et dévorant gloutonnement le temps et les forces[4].

Je me souviens qu'une fois, dans un lieu public, comme je lui montrais le visage d'une femme d'une originale

beauté et d'un caractère mélancolique, il voulut bien
en goûter la beauté, mais me dit, avec son petit rire,
pour répondre au reste : « Comment voulez-vous qu'une
femme puisse être mélancolique ? » insinuant sans doute
par là que, pour connaître le sentiment de la mélancolie,
il manque à la femme une *certaine chose*[a] essentielle.

C'est là, malheureusement, une théorie bien injurieuse, et je ne voudrais pas préconiser des opinions
diffamatoires sur un sexe qui a si souvent montré d'ardentes vertus. Mais on m'accordera bien que c'est une
théorie de prudence ; que le talent ne saurait trop s'armer
de prudence dans un monde plein d'embûches, et que
l'homme de génie possède le privilège de certaines
doctrines (pourvu qu'elles ne troublent pas l'ordre)
qui nous scandaliseraient justement chez le pur citoyen
ou le simple père de famille.

Je dois ajouter, au risque de jeter une ombre sur sa
mémoire, au jugement des âmes élégiaques, qu'il ne
montrait pas non plus de tendres faiblesses pour l'enfance[1]. L'enfance n'apparaissait à son esprit que les mains
barbouillées de confitures (ce qui salit la toile et le papier),
ou battant le tambour (ce qui trouble la méditation), ou
incendiaire et animalement dangereuse comme le singe.

« Je me souviens fort bien, — disait-il parfois, — que
quand j'étais enfant, *j'étais un monstre*. La connaissance
du devoir ne s'acquiert que très lentement, et ce n'est
que par la douleur, le châtiment, et par l'exercice progressif de la raison que l'homme diminue peu à peu sa
méchanceté naturelle. »

Ainsi, par le simple bon sens, il faisait un retour vers
l'idée catholique. Car on peut dire que l'enfant, en général, est, relativement à l'homme, en général, beaucoup
plus rapproché du péché originel.

VIII

On eût dit que Delacroix avait réservé toute sa sensibilité, qui était virile et profonde, pour l'austère sentiment de l'amitié. Il y a des gens qui s'éprennent facilement du premier venu ; d'autres réservent l'usage de la

faculté divine pour les grandes occasions. L'homme célèbre, dont je vous entretiens avec tant de plaisir, s'il n'aimait pas qu'on le dérangeât pour de petites choses, savait devenir serviable, courageux, ardent, s'il s'agissait des importantes[a]. Ceux qui l'ont bien connu ont pu apprécier, en maintes occasions, sa fidélité, son exactitude et sa solidité tout anglaises dans les rapports sociaux. S'il était exigeant pour les autres, il n'était pas moins sévère pour lui-même.

Ce n'est qu'avec tristesse et mauvaise humeur que je veux dire quelques mots de certaines accusations portées contre Eugène Delacroix. J'ai entendu des gens le taxer d'égoïsme et même d'avarice[1]. Observez, monsieur, que ce reproche est toujours adressé par l'innombrable classe des âmes banales à celles qui s'appliquent à placer leur générosité aussi bien que leur amitié.

Delacroix était fort économe; c'était pour lui le seul moyen d'être, à l'occasion, fort généreux; je pourrais le prouver par quelques exemples, mais je craindrais de le faire sans y avoir été autorisé par lui, non plus que par ceux qui ont eu à se louer de lui.

Observez aussi que pendant de nombreuses années ses peintures se sont vendues fort mal, et que ses travaux de décoration absorbaient presque la totalité de son salaire, quand il n'y mettait pas de sa bourse. Il a prouvé un grand nombre de fois son mépris de l'argent, quand des artistes pauvres laissaient voir le désir de posséder quelqu'une de ses œuvres. Alors, semblable aux médecins d'un esprit libéral et généreux, qui tantôt font payer leurs soins et tantôt les donnent, il donnait ses tableaux ou les cédait à n'importe quel prix.

Enfin, monsieur, notons bien que l'homme supérieur est obligé, plus que tout autre, de veiller à sa défense personnelle. On peut dire que toute la société est en guerre contre lui. Nous avons pu vérifier le cas plus d'une fois. Sa politesse, on l'appelle froideur; son ironie, si mitigée qu'elle soit, méchanceté; son économie, avarice. Mais si, au contraire, le malheureux se montre imprévoyant, bien loin de le plaindre, la société dira : « C'est bien fait; sa pénurie est la punition de sa prodigalité. »

Je puis affirmer que Delacroix, en matière d'argent et d'économie, partageait complètement l'opinion de Stendhal, opinion qui concilie la grandeur et la prudence.

« L'homme d'esprit, disait ce dernier, doit s'appliquer à acquérir ce qui lui est strictement nécessaire pour ne dépendre de personne (du temps de Stendhal, c'était 6 000 francs de revenu[1]); mais si, cette sûreté obtenue, il perd son temps à augmenter sa fortune, c'est un misérable. »

Recherche du nécessaire, et mépris du superflu, c'est une conduite d'homme sage et de stoïcien.

Une des grandes préoccupations de notre peintre dans ses dernières années, était le jugement de la postérité et la solidité incertaine de ses œuvres. Tantôt son imagination si sensible s'enflammait à l'idée d'une gloire immortelle, tantôt il parlait amèrement de la fragilité des toiles et des couleurs. D'autres fois il citait avec envie les anciens maîtres, qui ont eu presque tous le bonheur d'être traduits par des graveurs habiles, dont la pointe ou le burin a su s'adapter à la nature de leur talent, et il regrettait ardemment de n'avoir pas trouvé son traducteur. Cette friabilité de l'œuvre peinte, comparée avec la solidité de l'œuvre imprimée, était un de ses thèmes habituels de conversation.

Quand cet homme si frêle et si opiniâtre, si nerveux et si vaillant, cet homme unique dans l'histoire de l'art européen, l'artiste maladif et frileux, qui rêvait sans cesse de couvrir des murailles de ses grandioses conceptions, a été emporté par une de ces fluxions de poitrine dont il avait, ce semble, le convulsif pressentiment, nous avons tous senti quelque chose d'analogue à cette dépression d'âme, à cette sensation de solitude croissante que nous avaient fait déjà connaître la mort de Chateaubriand et celle de Balzac, sensation renouvelée tout récemment par la disparition d'Alfred de Vigny. Il y a dans un grand deuil national un affaissement de vitalité générale, un obscurcissement de l'intellect qui ressemble à une éclipse solaire, imitation momentanée de la fin du monde.

Je crois cependant que cette impression affecte surtout ces hautains solitaires qui ne peuvent se faire une famille que par les relations intellectuelles. Quant aux autres citoyens, pour la plupart, ils n'apprennent que peu à peu à connaître tout ce qu'a perdu la patrie en perdant le grand homme, et quel vide il fait en la quittant. Encore faut-il les avertir.

Je vous remercie de tout mon cœur, monsieur, d'avoir
bien voulu me laisser dire librement tout ce que me suggérait le souvenir d'un des rares génies de notre malheureux siècle, — si pauvre et si riche à la fois, tantôt
trop exigeant, tantôt trop indulgent, et trop souvent
injuste.

VENTE DE LA COLLECTION
DE M. EUGÈNE PIOT

Il m'a toujours été difficile de comprendre que les collectionneurs pussent se séparer de leurs collections autrement que par la mort. Je ne parle pas, bien entendu, de ces spéculateurs-amateurs dont le goût ostentatoire recouvre simplement la passion du lucre. Je parle de ceux qui, lentement, passionnément, ont amassé des objets d'art bien appropriés à leur nature personnelle. À chacun de ceux-là, sa collection doit apparaître comme une famille et une famille de son choix. Mais il y a malheureusement en ce monde d'autres nécessités que la mort, presque aussi exigeantes qu'elle, et qui seules peuvent expliquer la tragédie de la séparation et des adieux éternels. Cependant il faut ajouter que qui a bien vu, bien regardé, bien analysé pendant plusieurs années les objets de beauté ou de curiosité, en conserve dans sa mémoire une espèce d'image consolatrice.

C'est samedi 23 avril, et dimanche 24[1], qu'a lieu l'exposition de la collection de M. Eugène Piot, fondateur du journal *Le Cabinet de l'amateur.* Les collections très bien faites, portant un caractère de sérieux et de sincérité, sont rares. Celle-ci, bien connue de tous les vrais amateurs, est le résultat de l'écrémage, le résidu suprême de plusieurs collections formées déjà par M. Piot lui-même. J'ai rarement vu un choix de bronzes aussi intéressant au double point de vue de l'art et de l'histoire. Bronzes italiens de la Renaissance ; sculptures en terre cuite ; terres émaillées ; Michel-Ange, Donatello, Jean de Bologne, Luca della Robbia ; faïences de différentes fabriques, toutes de premier ordre, particulièrement les hispano-arabes ; vases orientaux de bronze, ciselés, gravés et repoussés ; tapis et étoffes de style asiatique ; quelques tableaux, parmi lesquels une tête de sainte Élisabeth, par Raphaël, peinte sur toile à la détrempe; deux délicieux portraits par Rosalba[1]; un dessin de Michel-Ange, et de curieux dessins de M. Meissonier[a], d'après les plus précieuses armures du Musée d'artillerie; miniatures vénitiennes, miniatures de manuscrits; marbres antiques, marbres grecs, marbres de la Renaissance, poterie et verrerie antiques; enfin, trois cent soixante médailles de la Renaissance, de différents pays, formant tout un dictionnaire historique en bronze; tel est, à peu près, le sommaire de ce merveilleux catalogue; telles étaient les richesses analysées ou plutôt empilées modestement, comme les trésors de feu Sauvageot[2], dans quatre ou cinq mansardes, et qui vont être livrées dans deux jours à l'avidité de[b] ceux qui ont la noble passion de l'antiquité. Mais ce qu'il y a certainement de plus beau et de plus curieux dans cette collection, c'est les trois bronzes de Michel-Ange. M. Piot, dans la notice consacrée à ces bronzes, a, avec une discrétion plus que rare chez les amateurs, évité de se prononcer d'une manière absolument affirmative, voulant probablement laisser aux connaisseurs le mérite d'y reconnaître la visible et incontestable griffe du maître. Et parmi ces trois bronzes, également beaux, celui qui laisse le souvenir le plus vif est le masque de Michel-Ange lui-même, où est si profondément exprimée la tristesse de ce glorieux génie.

SUR EUGÈNE DELACROIX

SON ŒUVRE, SES IDÉES, SES MŒURS

Messieurs, il y a longtemps que j'aspirais à venir parmi vous et à faire votre connaissance. Je sentais instinctivement que je serais bien reçu. Pardonnez-moi cette fatuité. Vous l'avez presque encouragée à votre insu.

Il y a quelques jours, un de mes amis, un de vos compatriotes, me disait : *c'est singulier ! Vous avez l'air heureux ! Serait-ce donc de n'être plus à Paris ?*

En effet, Messieurs, je subissais déjà cette sensation de bien-être dont m'ont parlé quelques-uns des Français qui sont venus causer avec vous. Je fais allusion à[a] cette santé intellectuelle, à cette espèce de béatitude, nourrie par une atmosphère de liberté et de bonhomie, à laquelle nous autres Français, nous sommes peu accoutumés, ceux-là surtout, tels que moi, que la France n'a jamais traités en enfants gâtés.

Je viens, aujourd'hui, vous parler d'Eugène Delacroix. La patrie de Rubens, une des terres classiques de la peinture, accueillera, ce me semble, avec plaisir, le résultat de quelques méditations sur le Rubens français ; le grand maître d'Anvers peut, *sans déroger*, tendre une main fraternelle à notre étonnant Delacroix[1].

Il y a quelques mois, quand M. Delacroix mourut, ce fut pour[b] chacun une catastrophe inopinée ; aucun de ses plus vieux amis n'avait été averti que sa santé était en grand danger depuis trois ou quatre mois. Eugène Delacroix a voulu ne scandaliser personne par le spectacle répugnant d'une agonie. Si une comparaison triviale m'est permise à propos de ce grand homme, je dirai qu'il est mort à la manière des chats ou des bêtes sauvages qui cherchent une tanière secrète pour abriter les dernières convulsions de leur vie[a].

Vous savez, Messieurs, qu'un coup subit, une balle, un coup de feu, un coup de poignard, une cheminée qui tombe, une chute de cheval, ne cause pas tout d'abord au blessé une grande douleur. La stupéfaction ne laisse pas de place à la douleur. Mais quelques minutes après, la victime comprend toute la gravité de sa blessure. Ainsi, Messieurs, quand j'appris la mort de M. Delacroix, je restai stupide; et deux heures[b] après seulement, je me sentis envahi par une désolation que je n'essaierai pas de vous peindre, et qui peut se résumer ainsi : _Je ne le verrai plus jamais, jamais, jamais, celui que j'ai tant aimé, celui qui a daigné m'aimer et qui m'a tant appris._ Alors, je courus vers la maison du grand défunt, et je restai deux heures à parler de lui avec la vieille Jenny, une de ces servantes des anciens âges, qui se font une noblesse personnelle[c] par leur adoration pour d'illustres maîtres[1]. Pendant deux heures, nous sommes restés, causant et pleurant, devant cette boîte funèbre, éclairée de petites bougies, et sur laquelle reposait un misérable crucifix de cuivre. Car je n'ai pas eu le bonheur d'arriver à temps pour contempler, une dernière fois, le visage du grand peintre-poète. Laissons ces détails; il y a beaucoup de choses que je ne pourrais pas révéler sans une explosion de haine[d] et de colère.

Vous avez entendu parler, Messieurs, de la vente des tableaux et des dessins d'Eug[ène] Delacroix, vous savez que le succès a dépassé toutes les prévisions[2]. De vulgaires études d'atelier, auxquelles le maître n'attachait aucune importance, ont été vendues vingt fois plus cher qu'il ne vendait, lui vivant, ses meilleures œuvres, les plus délicieusement finies. M. Alfred Stevens[3] me disait, au milieu des scandales de cette vente funèbre : _Si Eugène Delacroix peut, d'un lieu extranaturel, assister à cette réhabilitation de son génie, il doit être consolé de quarante ans d'injustice_[e].

Vous savez, Messieurs, qu'en 1848, les républicains qu'on appelait républicains de la veille furent passablement scandalisés et dépassés par le zèle des républicains du lendemain, ceux-là[f] d'autant plus enragés qu'ils craignaient[g] de n'avoir pas l'air assez sincères.

Alors, je répondis à M. Alfred Stevens : _il est possible_

que l'ombre de Delacroix soit, pendant quelques minutes, cha-
touillée dans son orgueil[a] trop longtemps privé de compliments;
mais je ne vois dans toute cette furie de bourgeois[b] entichés de la
mode qu'un nouveau motif pour le grand homme mort[c] de
s'obstiner[d] dans son mépris de la nature humaine.

Quelques jours[e] après, j'ai composé ceci[1], moins pour
vous faire approuver mes idées que pour amuser ma
douleur.

CRITIQUE MUSICALE

RICHARD WAGNER
ET *TANNHÄUSER* À PARIS

I

Remontons, s'il vous plaît, à treize mois en arrière[1], au commencement de la question, et qu'il me soit permis, dans cette appréciation, de parler souvent en mon nom personnel. Ce *Je,* accusé justement d'impertinence dans beaucoup de cas, implique cependant une grande modestie; il enferme l'écrivain dans les limites les plus strictes de la sincérité. En réduisant sa tâche, il la rend plus facile. Enfin, il n'est pas nécessaire d'être un probabiliste bien consommé pour acquérir la certitude que cette sincérité trouvera des amis parmi les lecteurs impartiaux; il y a évidemment quelques chances pour que le critique ingénu, en ne racontant que ses propres impressions, raconte aussi celles de quelques partisans inconnus.

Donc, il y a treize mois, ce fut une grande rumeur dans Paris. Un compositeur allemand, qui avait vécu longtemps chez nous, à notre insu, pauvre, inconnu, par de misérables besognes, mais que, depuis quinze ans déjà, le public allemand célébrait comme un homme de génie, revenait dans la ville, jadis témoin de ses jeunes misères[2], soumettre ses œuvres à notre jugement. Paris avait jusque-là peu entendu parler de Wagner; on savait vaguement qu'au-delà du Rhin s'agitait la question d'une réforme dans le drame lyrique, et que Liszt avait adopté avec ardeur les opinions du réformateur. M. Fétis avait lancé contre lui une espèce de réquisitoire, et les personnes curieuses de feuilleter les numéros de la *Revue et Gazette musicale de Paris*[3] pourront vérifier une fois de plus que les écrivains qui se vantent de professer les opinions les plus sages, les plus classiques, ne se piquent guère de

sagesse ni de mesure, ni même de vulgaire politesse, dans
la critique des opinions qui leur sont contraires. Les
articles de M. Fétis ne sont guère qu'une diatribe affli-
geante; mais l'exaspération du vieux dilettantiste[1] servait seulement à prouver l'importance des œuvres qu'il
vouait à l'anathème et au ridicule. D'ailleurs, depuis
treize mois, pendant lesquels la curiosité publique ne
s'est pas ralentie, Richard Wagner a essuyé bien d'autres
injures. Il y a quelques années, au retour d'un voyage en
Allemagne, Théophile Gautier, très ému par une représentation de _Tannhäuser,_ avait cependant, dans le _Moni-
teur_[2], traduit ses impressions avec cette certitude plastique
qui donne un charme irrésistible à tous ses écrits. Mais
ces documents divers, tombant à de lointains intervalles,
avaient glissé sur l'esprit de la foule.

Aussitôt que les affiches annoncèrent que Richard
Wagner ferait entendre dans la salle des Italiens des fragments de ses compositions, un fait amusant se produisit,
que nous avons déjà vu, et qui prouve le besoin instinctif,
précipité, des Français, de prendre sur toute chose leur
parti avant d'avoir délibéré ou examiné. Les uns annoncèrent des merveilles, et les autres se mirent à dénigrer
à outrance des œuvres qu'ils n'avaient pas encore entendues. Encore aujourd'hui dure cette situation[a] bouffonne,
et l'on peut dire que jamais sujet inconnu ne fut tant discuté. Bref, les concerts de Wagner s'annonçaient comme
une véritable bataille de doctrines, comme une de ces
solennelles crises de l'art, une de ces mêlées où critiques,
artistes et public ont coutume de jeter confusément toutes
leurs passions; crises heureuses qui dénotent la santé et
la richesse dans la vie intellectuelle d'une nation, et que
nous avions, pour ainsi dire, désapprises depuis les grands
jours de Victor Hugo. J'emprunte les lignes suivantes
au feuilleton de M. Berlioz (9 février 1860[3]) : « Le foyer
du Théâtre-Italien était curieux à observer le soir du premier concert. C'étaient des fureurs, des cris, des discussions qui semblaient toujours sur le point de dégénérer
en voies de fait. » Sans la présence du souverain, le même
scandale aurait pu se produire, il y a quelques jours, à
l'Opéra[4], surtout avec un public _plus vrai._ Je me souviens
d'avoir vu, à la fin d'une des répétitions générales, un
des critiques parisiens accrédités, planté prétentieusement
devant le bureau du contrôle, faisant face à la foule au

point d'en gêner l'issue, et s'exerçant à rire comme un maniaque, comme un de ces infortunés qui, dans les maisons de santé, sont appelés des *agités*. Ce pauvre homme, croyant son visage connu de toute la foule, avait l'air de dire : « Voyez comme je ris, moi, le célèbre S...[1] ! Ainsi ayez soin de conformer votre jugement au mien. » Dans le feuilleton auquel je faisais tout à l'heure allusion, M. Berlioz, qui montra cependant beaucoup moins de chaleur qu'on aurait pu en attendre de sa part, ajoutait : « Ce qui se débite alors de non-sens, d'absurdités et même de mensonges est vraiment prodigieux, et prouve avec évidence que, chez nous au moins, lorsqu'il s'agit d'apprécier une musique différente de celle qui court les rues, la passion, le parti-pris prennent seuls la parole et empêchent le bon sens et le bon goût de parler. »

Wagner avait été audacieux : le programme de son concert ne comprenait ni solos d'instruments, ni chansons, ni aucune des exhibitions si chères à un public amoureux des virtuoses et de leurs tours de force. Rien que des morceaux d'ensemble, chœurs ou symphonies. La lutte fut violente, il est vrai; mais le public, étant abandonné à lui-même, prit feu à quelques-uns de ces irrésistibles morceaux dont la pensée était pour lui plus nettement exprimée, et la musique de Wagner triompha par sa propre force. L'ouverture de *Tannhäuser,* la marche pompeuse du deuxième acte, l'ouverture de *Lohengrin* particulièrement, la *musique de noces* et l'*épithalame* furent magnifiquement acclamés. Beaucoup de choses restaient obscures sans doute, mais les esprits impartiaux se disaient : « Puisque ces compositions sont faites pour la scène, il faut attendre; les choses non suffisamment définies seront expliquées par la plastique. » En attendant, il restait avéré que, comme symphoniste, comme artiste traduisant par les mille combinaisons du son les tumultes de l'âme humaine, Richard Wagner était à la hauteur de ce qu'il y a de plus élevé, aussi grand, certes, que les plus grands.

J'ai souvent entendu dire que la musique ne pouvait pas se vanter de traduire quoi que ce soit avec certitude, comme fait la parole ou la peinture. Cela est vrai dans une certaine proportion, mais n'est pas tout à fait vrai. Elle traduit à sa manière, et par les moyens qui lui sont propres. Dans la musique, comme dans la peinture et même dans la parole écrite, qui est cependant le plus positif des arts, il y a toujours une lacune complétée par l'imagination de l'auditeur.

Ce sont sans doute ces considérations qui ont poussé Wagner à considérer l'art dramatique, c'est-à-dire la réunion, la *coïncidence* de plusieurs arts, comme l'art par excellence, le plus synthétique et le plus parfait. Or, si nous écartons un instant le secours de la plastique, du décor, de l'incorporation des types rêvés dans des comédiens vivants et même de la parole chantée, il reste encore incontestable que plus la musique est éloquente, plus la suggestion est rapide et juste, et plus il y a de chances pour que les hommes sensibles conçoivent des idées en rapport avec celles qui inspiraient l'artiste. Je prends tout de suite un exemple, la fameuse ouverture de *Lohengrin,* dont M. Berlioz a écrit un magnifique éloge en style technique; mais je veux me contenter ici d'en vérifier la valeur par les suggestions qu'elle procure.

Je lis dans le programme distribué à cette époque au Théâtre-Italien[1] : « Dès les premières mesures, l'âme du pieux solitaire qui attend le vase sacré *plonge dans les espaces infinis.* Il voit se former peu à peu une apparition étrange qui prend un corps, une figure. Cette apparition se précise davantage, et *la troupe miraculeuse des anges,* portant au milieu d'eux la coupe sacrée, passe devant lui. Le saint cortège approche; le cœur de l'élu de Dieu s'exalte peu à peu; il s'élargit, il se dilate; d'ineffables aspirations s'éveillent en lui; *il cède à une béatitude croissante,* en se trouvant toujours rapproché de *la lumineuse apparition,* et quand enfin le Saint-Graal lui-même apparaît au milieu du cortège sacré, *il s'abîme dans une adoration extatique, comme si le monde entier eût soudainement disparu.*

« Cependant le Saint-Graal répand ses bénédictions sur le saint en prière et le consacre son chevalier. Puis *les flammes brûlantes adoucissent progressivement leur éclat ;* dans sa sainte allégresse, la troupe des anges, souriant à la terre qu'elle abandonne, regagne les célestes hauteurs. Elle a laissé le Saint-Graal à la garde des hommes purs, *dans le cœur desquels la divine liqueur s'est répandue,* et l'auguste troupe s'évanouit *dans les profondeurs de l'espace,* de la même manière qu'elle en était sortie. »

Le lecteur comprendra tout à l'heure pourquoi je souligne ces passages. Je prends maintenant le livre de Liszt[2] et je l'ouvre à la page où l'imagination de l'illustre pianiste (qui est un artiste et un philosophe) traduit à sa manière le même morceau :

« Cette introduction renferme et révèle *l'élément mystique,* toujours présent et toujours caché dans la pièce... Pour nous apprendre l'inénarrable puissance de ce secret, Wagner nous montre d'abord *la beauté ineffable du sanctuaire,* habité par un Dieu qui venge les opprimés et ne demande qu'*amour et foi* à ses fidèles. Il nous initie au Saint-Graal; il fait miroiter à nos yeux le temple de bois incorruptible, aux murs odorants, aux portes d'*or,* aux solives d'*asbeste,* aux colonnes d'*opale,* aux parois de *cymophane*[1], dont les splendides portiques ne sont approchés que de ceux qui ont le cœur élevé et les mains pures. Il ne nous le fait point apercevoir dans son imposante et réelle structure, mais, comme ménageant nos faibles sens, il nous le montre d'abord reflété dans *quelque onde azurée* ou reproduit *par quelque nuage irisé.*

« C'est au commencement une *large nappe dormante* de mélodie, *un éther vaporeux qui s'étend,* pour que le tableau sacré s'y dessine à nos yeux profanes; effet exclusivement confié aux violons, divisés en huit pupitres différents, qui, après plusieurs mesures de sons harmoniques, continuent dans les plus hautes notes de leurs registres. Le motif est ensuite repris par les instruments à vent les plus doux; les cors et les bassons, en s'y joignant, préparent l'entrée des trompettes et des trombones, qui répètent la mélodie pour la quatrième fois, *avec un éclat éblouissant de coloris,* comme si dans cet instant unique l'édifice saint *avait brillé* devant *nos regards aveuglés, dans toute sa magnificence lumineuse et radiante.* Mais *le vif étincellement,* amené par degrés à *cette intensité de rayonnement solaire,* s'éteint avec rapidité, comme une *lueur céleste.* La *transparente vapeur* des nuées se referme, la vision disparaît peu à peu dans le même encens *diapré* au milieu duquel elle est apparue, et le morceau se termine par les premières six mesures, devenues *plus éthérées encore.* Son caractère d'*idéale mysticité* est surtout rendu sensible par le *pianissimo* toujours conservé dans l'orchestre, et qu'interrompt à peine le court moment où les *cuivres* font *resplendir* les merveilleuses lignes du seul motif de cette introduction. Telle est l'image qui, à l'audition de ce sublime *adagio,* se présente d'abord à nos sens émus. »

M'est-il permis à moi-même de raconter, de rendre avec des paroles la traduction inévitable que[a] mon imagination fit du même morceau, lorsque je l'entendis pour la première fois, les yeux fermés, et que je me sentis pour ainsi dire enlevé de terre ? Je n'oserais certes pas parler avec complaisance de mes *rêveries*, s'il n'était pas utile de les joindre ici aux *rêveries* précédentes. Le lecteur sait quel but nous poursuivons : démontrer que la véritable musique suggère des idées analogues dans des cerveaux différents. D'ailleurs, il ne serait pas ridicule ici de raisonner *a priori*, sans analyse et sans comparaisons ; car ce qui serait vraiment surprenant, c'est que le son *ne pût pas* suggérer la couleur, que les couleurs *ne pussent pas* donner l'idée d'une mélodie, et que le son et la couleur fussent impropres à traduire des idées ; les choses s'étant toujours exprimées par une analogie réciproque, depuis le jour où Dieu a proféré le monde comme une complexe et indivisible totalité.

> La nature est un temple où de vivants piliers
> Laissent parfois sortir de confuses paroles ;
> L'homme y passe à travers des forêts de symboles
> Qui l'observent avec des regards familiers.
>
> Comme de longs échos qui de loin se confondent
> Dans une ténébreuse et profonde unité,
> Vaste comme la nuit et comme la clarté,
> Les parfums, les couleurs et les sons se répondent[1].

Je poursuis donc. Je me souviens que, dès les premières mesures, je subis une de ces impressions heureuses que presque tous les hommes imaginatifs ont connues, par le rêve, dans le sommeil. Je me sentis délivré *des liens de la pesanteur,* et je retrouvai par le souvenir l'extraordinaire *volupté* qui circule dans *les lieux hauts* (notons en passant que je ne connaissais pas le programme cité tout à l'heure). Ensuite je me peignis involontairement l'état délicieux d'un homme en proie à une grande rêverie dans une solitude absolue, mais une solitude avec *un immense horizon* et une *large lumière diffuse ; l'immensité* sans autre décor qu'elle-même. Bientôt j'éprouvai la sensation d'une *clarté* plus vive, *d'une intensité de lumière* croissant avec une telle rapidité, que les nuances fournies par le dictionnaire ne suffiraient pas à exprimer *ce surcroît toujours renaissant d'ardeur et de blancheur.* Alors je conçus pleinement l'idée d'une âme se mouvant dans un milieu lumineux, d'une extase *faite de volupté et de connaissance,* et planant au-dessus et bien loin du monde naturel[1].

De ces trois traductions, vous pourriez noter facilement les différences. Wagner indique *une troupe d'anges qui apportent un[a] vase sacré* ; Liszt voit *un monument miraculeusement beau,* qui se reflète dans un mirage vaporeux. Ma rêverie est beaucoup moins illustrée d'objets matériels : elle est plus vague et plus abstraite. Mais l'important est ici de s'attacher aux ressemblances. Peu nombreuses, elles constitueraient encore une preuve suffisante; mais, par bonheur, elles sont nombreuses et saisissantes jusqu'au superflu. Dans les trois traductions nous trouvons la sensation de la *béatitude spirituelle et physique* ; de *l'isolement* ; de la contemplation de *quelque chose infiniment grand et infiniment beau* ; d'*une lumière intense* qui réjouit *les yeux et l'âme jusqu'à la pâmoison* ; et enfin la sensation de *l'espace étendu jusqu'aux dernières limites concevables.*

Aucun musicien n'excelle, comme Wagner, à *peindre* l'espace et la profondeur, matériels et spirituels. C'est une remarque que plusieurs esprits, et des meilleurs, n'ont pu s'empêcher de faire en plusieurs occasions. Il possède l'art de traduire, par des gradations subtiles, tout ce qu'il y a d'excessif, d'immense, d'ambitieux, dans l'homme spirituel et naturel[2]. Il semble parfois, en écoutant cette musique ardente et despotique, qu'on retrouve peintes sur le fond des ténèbres[3], déchiré par la rêverie, les vertigineuses conceptions de l'opium[4].

À partir de ce moment, c'est-à-dire du premier concert, je fus possédé du désir d'entrer plus avant dans l'intelligence de ces œuvres singulières. J'avais subi (du moins cela m'apparaissait ainsi) une opération spirituelle, une révélation. Ma volupté avait été si forte et si terrible, que je ne pouvais m'empêcher d'y vouloir retourner sans cesse. Dans ce que j'avais éprouvé, il entrait sans doute beaucoup de ce que Weber et Beethoven m'avaient déjà fait connaître[5], mais aussi quelque chose de nouveau que j'étais impuissant à définir, et cette impuissance me causait une colère et une curiosité mêlées d'un bizarre délice. Pendant plusieurs jours, pendant longtemps, je me dis : « Où pourrai-je bien entendre ce soir de la musique de

Wagner ? » Ceux de mes amis qui possédaient un piano furent plus d'une fois mes martyrs. Bientôt, comme il en eſt de toute nouveauté, des morceaux symphoniques de Wagner retentirent dans les casinos ouverts tous les soirs à une foule amoureuse de voluptés triviales[1]. La majeſté fulgurante de cette musique tombait là comme le tonnerre dans un mauvais lieu. Le bruit s'en répandit vite, et nous eûmes souvent le speĉtacle comique d'hommes graves et délicats subissant le contaĉt des cohues malsaines, pour jouir, en attendant mieux, de la marche solennelle des *Invités au Wartburg* ou des majestueuses noces de *Lohengrin*.

Cependant, des répétitions fréquentes des mêmes phrases mélodiques, dans des morceaux tirés du même opéra, impliquaient des intentions myſtérieuses et une méthode qui m'étaient inconnues. Je résolus de m'informer du pourquoi, et de transformer ma volupté en connaissance avant qu'une représentation scénique vînt me fournir une élucidation parfaite. J'interrogeai les amis et les ennemis. Je mâchai l'indigeſte et abominable pamphlet de M. Fétis[2]. Je lus le livre de Liszt, et enfin je me procurai, à défaut de *L'Art et la Révolution* et de *L'Œuvre d'art de l'avenir,* ouvrages non traduits, celui intitulé : *Opéra et Drame,* traduit en anglais[3].

II

Les plaisanteries françaises allaient toujours leur train, et le journalisme vulgaire opérait sans trêve ses gamineries professionnelles. Comme Wagner n'avait jamais cessé de répéter que la musique (dramatique) devait *parler* le sentiment, s'adapter au sentiment avec la même exaĉtitude que la parole, mais évidemment d'une autre manière, c'eſt-à-dire exprimer la partie indéfinie du sentiment que la parole, trop positive, ne peut pas rendre (en quoi il ne disait rien qui ne fût accepté par tous les esprits sensés), une foule de gens, persuadés par les plaisants du feuilleton, s'imaginèrent que le maître attribuait à la musique la puissance d'exprimer la forme positive des choses, c'eſt-à-dire qu'il intervertissait les rôles et les fonĉtions. Il serait aussi inutile qu'ennuyeux de dénom-

brer tous les quolibets fondés sur cette fausseté, qui
venant, tantôt de la malveillance, tantôt de l'ignorance,
avaient pour résultat d'égarer à l'avance l'opinion du
public. Mais, à Paris plus qu'ailleurs, il est impossible
d'arrêter une plume qui se croit amusante. La curiosité
générale étant attirée vers Wagner, engendra des articles
et des brochures qui nous initièrent à sa vie, à ses longs
efforts et à tous ses tourments. Parmi ces documents fort
connus aujourd'hui, je ne veux extraire que ceux qui me
paraissent plus propres à éclairer et à définir la nature et
le caractère du maître. Celui qui a écrit que *l'homme qui
n'a pas été, dès son berceau, doté par une fée de l'esprit de mécontentement de tout ce qui existe, n'arrivera jamais à la découverte du nouveau*[1], devait indubitablement trouver dans les
conflits de la vie plus de douleurs que tout autre. C'est
de cette facilité à souffrir, commune à tous les artistes et
d'autant plus grande que leur instinct du juste et du beau
est plus prononcé, que je tire l'explication des opinions
révolutionnaires de Wagner. Aigri par tant de mécomptes, déçu par tant de rêves, il dut, à un certain
moment, par suite d'une erreur excusable dans un esprit
sensible et nerveux à l'excès, établir une complicité idéale
entre la mauvaise musique et les mauvais gouvernements. Possédé du désir suprême de voir l'idéal dans
l'art dominer définitivement la routine, il a pu (c'est une
illusion essentiellement humaine) espérer que des révolutions dans l'ordre politique favoriseraient la cause de
la révolution dans l'art. Le succès de Wagner lui-même
a donné tort à ses prévisions et à ses espérances; car il a
fallu en France l'ordre d'un *despote* pour[a] faire exécuter
l'œuvre d'un révolutionnaire. Ainsi nous avons déjà vu
à Paris l'évolution romantique favorisée par la monarchie, pendant que les libéraux et les républicains restaient
opiniâtrement attachés aux routines de la littérature dite
classique[2].

Je vois, par les notes que lui-même il a fournies sur
sa jeunesse, que, tout enfant, il vivait au sein du théâtre,
fréquentait les coulisses et composait des comédies[3]. La
musique de Weber et, plus tard, celle de Beethoven, agi-
rent sur son esprit avec une force irrésistible, et bientôt,
les années et les études s'accumulant, il lui fut impossible
de ne pas penser d'une manière double, poétiquement et
musicalement, de ne pas entrevoir toute idée sous deux

formes simultanées, l'un des deux arts commençant sa
fonction là où s'arrêtent les limites de l'autre. L'instinct
dramatique, qui occupait une si grande place dans ses
facultés, devait le pousser à se révolter contre toutes les
frivolités, les platitudes et les absurdités des pièces faites
pour la musique. Ainsi la Providence, qui préside aux
révolutions de l'art, mûrissait dans un jeune cerveau allemand le problème qui avait tant agité le XVIIIᵉ siècle.
Quiconque a lu avec attention la *Lettre sur la musique*,
qui sert de préface à *Quatre poèmes d'opéra traduits en
prose française*, ne peut conserver à cet égard aucun
doute. Les noms de Gluck et de Méhul y sont cités souvent avec une sympathie passionnée. N'en déplaise à
M. Fétis, qui veut absolument établir pour l'éternité la
prédominance de la musique dans le drame lyrique, l'opinion d'esprits tels que Gluck, Diderot, Voltaire et Gœthe
n'est pas à dédaigner. Si ces deux derniers ont démenti
plus tard leurs théories de prédilection, ce n'a été chez
eux qu'un acte de découragement et de désespoir[1]. En
feuilletant la *Lettre sur la musique,* je sentais revivre dans
mon esprit, comme par un phénomène d'écho mnémonique, différents passages de Diderot qui affirment que
la vraie musique dramatique ne peut pas être autre chose
que le cri ou le soupir de la passion noté et rythmé[2]. Les
mêmes problèmes scientifiques, poétiques, artistiques, se
reproduisent sans cesse à travers les âges, et Wagner ne
se donne pas pour un inventeur, mais simplement pour
le confirmateur d'une ancienne idée qui sera sans doute,
plus d'une fois encore, alternativement vaincue et victorieuse. Toutes ces questions sont en vérité extrêmement
simples, et il n'est pas peu surprenant de voir se révolter
contre les théories de *la musique de l'avenir*[3] (pour me servir d'une locution aussi inexacte qu'accréditée) ceux-là
mêmes que nous avons entendus si souvent se plaindre
des tortures infligées à tout esprit raisonnable par la routine du livret ordinaire d'opéra.

Dans cette même *Lettre sur la musique,* où l'auteur
donne une analyse très brève et très limpide de ses trois
anciens ouvrages, *L'Art et la Révolution, L'Œuvre d'art de
l'avenir* et *Opéra et Drame,* nous trouvons une préoccupation très vive du théâtre grec, tout à fait naturelle, inévitable même chez un dramaturge musicien qui devait
chercher dans le passé la légitimation de son dégoût du

présent et des conseils secourables pour l'établissement des conditions nouvelles du drame lyrique. Dans sa lettre à Berlioz[1], il disait déjà, il y a plus d'un an : « Je me demandai quelles devaient être les conditions de l'art pour qu'il pût inspirer au public un inviolable respect, et, afin de ne point m'aventurer trop dans l'examen de cette question, je fus chercher mon point de départ dans la Grèce ancienne. J'y rencontrai tout d'abord l'œuvre artistique par excellence, le *drame,* dans lequel l'idée, quelque profonde qu'elle soit, peut se manifester avec le plus de clarté et de la manière la plus universellement intelligible. Nous nous étonnons à bon droit aujourd'hui que trente mille Grecs aient pu suivre avec un intérêt soutenu la représentation des tragédies d'Eschyle; mais si nous recherchons le moyen par lequel on obtenait de pareils résultats, nous trouvons que c'est par l'alliance de tous les arts concourant ensemble au même but, c'est-à-dire à la production de l'œuvre artistique la plus parfaite et la seule vraie. Ceci me conduisit à étudier les rapports des diverses branches de l'art entre elles, et, après avoir saisi la relation qui existe entre la *plastique* et la *mimique,* j'examinai celle qui se trouve entre la musique et la poésie : de cet examen jaillirent soudain des clartés qui dissipèrent complètement l'obscurité qui m'avait jusqu'alors inquiété.

« Je reconnus, en effet, que précisément là où l'un de ces arts atteignait à des limites infranchissables commençait aussitôt, avec la plus rigoureuse exactitude, la sphère d'action de l'autre; que, conséquemment, par l'union intime de ces deux arts, on exprimerait avec la clarté la plus satisfaisante ce que ne pouvait exprimer chacun d'eux isolément; que, par contraire, toute tentative de rendre avec les moyens de l'un d'eux ce qui ne saurait être rendu que par les deux ensemble, devait fatalement conduire à l'obscurité, à la confusion d'abord, et ensuite à la dégénérescence et à la corruption de chaque art en particulier. »

Et dans la préface de son dernier livre, il revient en ces termes sur le même sujet : « J'avais trouvé dans quelques rares créations d'artistes une base réelle où asseoir mon idéal dramatique et musical; maintenant l'histoire m'offrait à son tour le modèle et le type des relations idéales du théâtre et de la vie publique telles que je les concevais. Je le trouvais, ce modèle, dans le théâtre

de l'ancienne Athènes : là, le théâtre n'ouvrait son
enceinte qu'à de certaines solennités où s'accomplissait
une fête religieuse qu'accompagnaient les jouissances de
l'art. Les hommes les plus distingués de l'État prenaient
à ces solennités une part directe comme poètes ou directeurs; ils paraissaient comme les prêtres aux yeux de la
population assemblée de la cité et du pays, et cette population était remplie d'une si haute attente de la sublimité
des œuvres qui allaient être représentées devant elle, que
les poèmes les plus profonds, ceux d'un Eschyle et d'un
Sophocle, pouvaient être proposés au peuple et assurés
d'être parfaitement entendus. »

Ce goût absolu, despotique, d'un idéal dramatique, où
tout, depuis une déclamation notée et soulignée par la
musique avec tant de soin qu'il est impossible au chanteur de s'en écarter en aucune syllabe, véritable arabesque de sons dessinée par la passion, jusqu'aux soins
les plus minutieux relatifs aux décors et à la mise en
scène, où tous les détails, dis-je, doivent sans cesse concourir à une totalité d'effet, a fait la destinée de Wagner.
C'était en lui comme une postulation perpétuelle. Depuis
le jour où il s'est dégagé des vieilles routines du livret
et où il a courageusement renié son *Rienzi,* opéra de
jeunesse qui avait été honoré d'un grand succès, il a
marché, sans dévier d'une ligne, vers cet impérieux idéal.
C'est donc sans étonnement que j'ai trouvé dans ceux
de ses ouvrages qui sont traduits, particulièrement dans
Tannhäuser, Lohengrin et *Le Vaisseau fantôme,* une méthode
de construction excellente, un esprit d'ordre et de division qui rappelle l'architecture des tragédies antiques.
Mais les phénomènes et les idées qui se produisent pério-
diquement à travers les âges empruntent toujours à
chaque résurrection le caractère complémentaire de la
variante et de la circonstance. La radieuse Vénus antique,
l'Aphrodite née de la blanche écume, n'a pas impuné-
ment traversé les horrifiques ténèbres du Moyen Âge. Elle
n'habite plus l'Olympe ni les rives d'un archipel parfumé.
Elle est retirée au fond d'une caverne magnifique, il est
vrai, mais illuminée par des feux qui ne sont pas ceux du
bienveillant Phœbus. En descendant sous terre, Vénus
s'est rapprochée de l'enfer, et elle va sans doute, à de
certaines solennités abominables, rendre régulièrement
hommage à l'Archidémon, prince de la chair et seigneur

du péché. De même, les poèmes de Wagner, bien qu'ils révèlent un goût sincère et une parfaite intelligence de la beauté classique, participent aussi, dans une forte dose, de l'esprit romantique. S'ils font rêver à la majesté de Sophocle et d'Eschyle, ils contraignent en même temps l'esprit à se souvenir des *Mystères* de l'époque la plus plastiquement catholique. Ils ressemblent à ces grandes visions que le Moyen Âge étalait[1] sur les murs de ses églises ou tissait dans ses magnifiques tapisseries. Ils ont un aspect général décidément légendaire : le *Tannhäuser,* légende ; le *Lohengrin,* légende ; légende, *Le Vaisseau fantôme.* Et ce n'est pas seulement une propension naturelle à tout esprit poétique qui a conduit Wagner vers cette apparente spécialité ; c'est un parti pris formel puisé dans l'étude des conditions les plus favorables du drame lyrique.

Lui-même, il a pris soin d'élucider la question dans ses livres. Tous les sujets, en effet, ne sont pas également propres à fournir un vaste drame doué d'un caractère d'universalité. Il y aurait évidemment un immense danger à traduire en fresque le délicieux et le plus parfait tableau de genre. C'est surtout dans le cœur universel de l'homme et dans l'histoire de ce cœur que le poète dramatique trouvera des tableaux universellement intelligibles. Pour construire en pleine liberté le drame idéal, il sera prudent d'éliminer toutes les difficultés qui pourraient naître de détails techniques, politiques ou même trop positivement historiques. Je laisse la parole au maître lui-même : « Le seul tableau de la vie humaine qui soit appelé poétique est celui où les motifs qui n'ont de sens que pour l'intelligence abstraite font place aux mobiles purement humains qui gouvernent le cœur. Cette tendance (celle relative à l'invention du sujet poétique) est la loi souveraine qui préside à la forme et à la représentation poétique[2]... L'arrangement rythmique et l'ornement (presque musical) de la rime sont pour le poète des moyens d'assurer au vers, à la phrase, une puissance qui captive comme par un charme et gouverne à son gré le sentiment. Essentielle au poète, cette tendance le conduit jusqu'à la limite de son art, limite que touche immédiatement la musique, et, par conséquent, l'œuvre la plus complète du poète devrait être celle qui, dans son dernier achèvement, serait une parfaite musique.

« De là, je me voyais nécessairement amené à désigner

le *mythe* comme matière idéale du poète. Le mythe est le
poème primitif et anonyme du peuple, et nous le retrou-
vons¹ à toutes les époques repris, remanié sans cesse à
nouveau par les grands poètes des périodes cultivées.
Dans le mythe, en effet, les relations humaines dépouillent
presque complètement leur forme conventionnelle et
intelligible seulement à la raison abstraite; elles montrent
ce que la vie a de vraiment humain, d'éternellement
compréhensible, et le montrent sous cette forme concrète,
exclusive de toute imitation, laquelle donne à tous les
vrais mythes leur caractère individuel que vous recon-
naissez au premier coup d'œil. »

Et ailleurs², reprenant le même thème, il dit : « Je quit-
tai une fois pour toutes le terrain de l'histoire et m'établis
sur celui de la légende... Tout le détail nécessaire pour
décrire et représenter le fait historique et ses accidents,
tout le détail qu'exige, pour être parfaitement comprise,
une époque spéciale et reculée de l'histoire, et que les
auteurs contemporains de drames et de romans historiques déduisent, par cette raison, d'une manière si cir-
constanciée, je pouvais le laisser de côté... La légende, à
quelque époque et à quelque nation qu'elle appartienne,
a l'avantage de comprendre exclusivement ce que cette
époque et cette nation ont de purement humain, et de
le présenter sous une forme originale très saillante, et
dès lors intelligible au premier coup d'œil. Une ballade,
un refrain populaire, suffisent pour vous représenter en
un instant ce caractère sous les traits les plus arrêtés et
les plus frappants... Le caractère de la scène et le ton de
la légende contribuent ensemble à jeter l'esprit dans cet
état de *rêve*³ qui le porte bientôt jusqu'à la pleine *clairvoyance,* et l'esprit découvre alors un nouvel enchaîne-
ment des phénomènes du monde, que ses yeux ne pouvaient apercevoir dans l'état de veille ordinaire... »

Comment Wagner ne comprendrait-il pas admirablement le caractère sacré, divin du mythe, lui qui est à la
fois poète et critique ? J'ai entendu beaucoup de personnes tirer de l'étendue même de ses facultés et de sa
haute intelligence critique une raison de défiance relativement à son génie musical, et je crois que l'occasion est
ici propice pour réfuter une erreur très commune, dont
la principale racine est peut-être le plus laid des sentiments humains, l'envie. « Un homme qui raisonne tant

de son art ne peut pas produire naturellement de belles œuvres », disent quelques-uns qui dépouillent ainsi le génie de sa rationalité, et lui assignent une fonction purement instinctive et pour ainsi dire végétale. D'autres veulent considérer Wagner comme un théoricien qui n'aurait produit des opéras que pour vérifier *a posteriori* la valeur de ses propres théories. Non seulement ceci est parfaitement faux, puisque le maître a commencé tout jeune, comme on le sait[1], par produire des essais poétiques et musicaux d'une nature variée, et qu'il n'est arrivé que progressivement à se faire un idéal de drame lyrique[a], mais c'est même une chose absolument impossible. Ce serait un événement tout nouveau dans l'histoire des arts qu'un critique se faisant poète, un renversement de toutes les lois psychiques, une monstruosité ; au contraire, tous les grands poètes deviennent naturellement, fatalement, critiques[2]. Je plains les poètes que guide le seul instinct ; je les crois incomplets. Dans la vie spirituelle des premiers, une crise se fait infailliblement, où ils veulent raisonner leur art, découvrir les lois obscures en vertu desquelles ils ont produit, et tirer de cette étude une série de préceptes dont le but divin est l'infaillibilité dans la production poétique[3]. Il serait prodigieux qu'un critique devînt poète, et il est impossible qu'un poète ne contienne pas un critique. Le lecteur ne sera donc pas étonné que je considère le poète comme le meilleur de tous les critiques. Les gens qui reprochent au musicien Wagner d'avoir écrit des livres sur la philosophie de son art et qui en tirent le soupçon que sa musique n'est pas un produit naturel, spontané, devraient nier également que Vinci, Hogarth, Reynolds, aient pu faire de bonnes peintures, simplement parce qu'ils ont déduit et analysé les principes de leur art. Qui parle mieux de la peinture que notre grand Delacroix ? Diderot, Gœthe, Shakespeare, autant de producteurs, autant d'admirables critiques. La poésie a existé, s'est affirmée la première, et elle a engendré l'étude des règles. Telle est l'histoire incontestée du travail humain. Or, comme chacun est le diminutif de tout le monde, comme l'histoire d'un cerveau individuel représente en petit l'histoire du cerveau universel[4], il serait juste et naturel de supposer (à défaut des preuves qui existent) que l'élaboration des pensées de Wagner a été analogue au travail de l'humanité.

III

Tannhäuser représente la lutte des deux principes qui
ont choisi le cœur humain pour principal champ de
bataille, c'est-à-dire de la chair avec l'esprit, de l'enfer
avec le ciel, de Satan avec Dieu[1]. Et cette dualité est
représentée tout de suite, par l'ouverture, avec une incomparable habileté. Que n'a-t-on pas déjà écrit[a] sur ce morceau ? Cependant il est présumable qu'il fournira encore
matière à bien des thèses et des commentaires éloquents ;
car c'est le propre des œuvres vraiment artistiques d'être
une source inépuisable de suggestions. L'ouverture, dis-
je, résume donc la pensée du drame par deux chants, le
chant religieux et le chant voluptueux, qui, pour me servir de l'expression de Liszt[2], « sont ici posés comme deux
termes, et qui, dans le finale, trouvent leur équation ». Le
Chant des pèlerins apparaît le premier, avec l'autorité de
la loi suprême, comme marquant tout de suite le véritable
sens de la vie, le but de l'universel pèlerinage, c'est-à-
dire Dieu. Mais comme le sens intime de Dieu est bientôt
noyé dans toute conscience par les concupiscences de la
chair, le chant représentatif de la sainteté est peu à peu
submergé par les soupirs de la volupté. La vraie, la terrible, l'universelle Vénus se dresse déjà dans toutes les
imaginations. Et que celui qui n'a pas encore entendu la
merveilleuse ouverture de *Tannhäuser* ne se figure pas ici
un chant d'amoureux vulgaires, essayant de tuer le temps
sous les tonnelles, les accents d'une troupe enivrée jetant
à Dieu son défi dans la langue d'Horace. Il s'agit d'autre
chose, à la fois plus vrai et plus sinistre. Langueurs,
délices mêlées de fièvre et coupées d'angoisses, retours
incessants vers une volupté qui promet d'éteindre, mais
n'éteint jamais la soif ; palpitations furieuses du cœur et
des sens, ordres impérieux de la chair, tout le dictionnaire des onomatopées de l'amour se fait entendre ici.
Enfin le thème religieux reprend peu à peu son empire,
lentement, par gradations, et absorbe l'autre dans une
victoire paisible, glorieuse comme celle de l'être irrésistible sur l'être maladif et désordonné, de saint Michel
sur Lucifer.

Au commencement de cette étude, j'ai noté la puissance avec laquelle Wagner, dans l'ouverture de *Lohengrin,* avait exprimé les ardeurs de la mysticité, les appétitions de l'esprit vers le Dieu incommunicable. Dans l'ouverture de *Tannhäuser,* dans la lutte des deux principes contraires, il ne s'est pas montré moins subtil ni moins puissant. Où donc le maître a-t-il puisé ce chant furieux de la chair, cette connaissance absolue de la partie diabolique de l'homme ? Dès les premières mesures, les nerfs vivent à l'unisson[a] de la mélodie; toute chair qui se souvient se met à trembler. Tout cerveau bien conformé porte en lui deux infinis, le ciel et l'enfer, et dans toute image de l'un de ces infinis il reconnaît subitement la moitié de lui-même. Aux titillations sataniques d'un vague amour succèdent bientôt des entraînements, des éblouissements, des cris de victoire, des gémissements de gratitude, et puis des hurlements de férocité, des reproches de victimes et des hosanna impies de sacrificateurs, comme si la barbarie devait toujours prendre sa place dans le drame de l'amour, et la jouissance charnelle conduire, par une logique satanique inéluctable, aux délices du crime. Quand le thème religieux, faisant invasion à travers le mal déchaîné, vient peu à peu rétablir l'ordre et reprendre l'ascendant, quand il se dresse de nouveau, avec toute sa solide beauté, au-dessus de ce chaos de voluptés agonisantes, toute l'âme éprouve comme un rafraîchissement, une béatitude de rédemption; sentiment ineffable qui se reproduira au commencement du deuxième tableau, quand Tannhäuser, échappé de la grotte de Vénus, se retrouvera dans la vie véritable, entre le son religieux des cloches natales, la chanson naïve du pâtre, l'hymne des pèlerins et la croix plantée sur la route, emblème de toutes ces croix qu'il faut traîner sur toutes les routes. Dans ce dernier cas, il y a une puissance de contraste qui agit irrésistiblement sur l'esprit et qui fait penser à la manière large et aisée de Shakespeare. Tout à l'heure nous étions dans les profondeurs de la terre (Vénus, comme nous l'avons dit, habite auprès de l'enfer), respirant une atmosphère parfumée, mais étouffante, éclairée par une lumière rose qui ne venait pas du soleil; nous étions semblables au chevalier Tannhäuser lui-même, qui, saturé de délices énervantes, *aspire à la douleur !* cri sublime que tous les critiques jurés[1] admireraient dans Corneille, mais qu'aucun ne voudra peut-être voir dans Wagner. Enfin nous sommes replacés sur la terre ; nous en aspirons l'air frais, nous en acceptons les joies avec reconnaissance, les douleurs avec humilité. La pauvre humanité est rendue à sa patrie.

Tout à l'heure, en essayant de décrire la partie voluptueuse de l'ouverture, je priais le lecteur de détourner sa pensée des hymnes vulgaires de l'amour, tels que les peut concevoir un galant en belle humeur ; en effet, il n'y a ici rien de trivial ; c'est plutôt le débordement d'une nature énergique, qui verse dans le mal toutes les forces dues à la culture du bien ; c'est l'amour effréné, immense, chaotique, élevé jusqu'à la hauteur d'une contre-religion, d'une religion satanique. Ainsi, le compositeur, dans la traduction musicale, a échappé à cette vulgarité qui accompagne trop souvent la peinture du sentiment le plus *populaire,* — j'allais dire populacier, — et pour cela il lui a suffi de peindre l'excès dans le désir et dans l'énergie, l'ambition indomptable, immodérée, d'une âme sensible qui s'est trompée de voie. De même dans la représentation plastique de l'idée, il s'est dégagé heureusement de la fastidieuse foule des victimes, des Elvires innombrables. L'idée pure, incarnée dans l'unique Vénus, parle bien plus haut et avec bien plus d'éloquence. Nous ne voyons pas ici un libertin ordinaire, *voltigeant de belle en belle,* mais l'homme général, universel, vivant morganatiquement avec l'idéal absolu de la volupté, avec la reine de toutes les diablesses, de toutes les faunesses et de toutes les satyresses[1], reléguées sous terre depuis la mort du grand Pan, c'est-à-dire avec l'indestructible et irrésistible Vénus.

Une main mieux exercée que la mienne dans l'analyse des ouvrages lyriques présentera, ici même, au lecteur, un compte rendu technique et complet de cet étrange et méconnu *Tannhäuser** ; je dois donc me borner à des vues générales qui, pour rapides qu'elles soient, n'en sont pas moins utiles. D'ailleurs, n'est-il pas plus commode, pour certains esprits, de juger de la beauté d'un paysage en se plaçant sur une hauteur, qu'en parcourant successivement tous les sentiers qui le sillonnent ?

---

* La première partie de cette étude a paru à la *Revue européenne,* où M. Perrin, ancien directeur de l'Opéra-Comique, dont les sympathies pour Wagner sont bien connues, est chargé de la critique musicale[a2].

Je tiens seulement à faire observer, à la grande louange de Wagner, que, malgré l'importance très juste qu'il donne au poème dramatique, l'ouverture de *Tannhäuser,* comme celle de *Lohengrin,* est parfaitement intelligible, même à celui qui ne connaîtrait pas le livret; et ensuite, que cette ouverture contient non seulement l'idée mère, la dualité psychique constituant le drame, mais encore les formules principales, nettement accentuées, destinées à peindre les sentiments généraux exprimés dans la suite de l'œuvre, ainsi que le démontrent les retours forcés de la mélodie diaboliquement voluptueuse et du motif religieux ou *Chant des pèlerins,* toutes les fois que l'action le demande. Quant à la grande marche du second acte, elle a conquis depuis longtemps le suffrage des esprits les plus rebelles, et l'on peut lui appliquer le même éloge qu'aux deux ouvertures dont j'ai parlé, à savoir d'exprimer de la manière la plus visible, la plus colorée, la plus représentative, ce qu'elle veut exprimer. Qui donc, en entendant ces accents si riches et si fiers, ce rythme pompeux élégamment cadencé[a], ces fanfares royales, pourrait se figurer autre chose qu'une pompe féodale, une défilade d'hommes héroïques, dans des vêtements éclatants, tous de haute stature, tous de grande volonté et de foi naïve, aussi magnifiques dans leurs plaisirs que terribles dans leurs guerres ?

Que dirons-nous du récit de Tannhäuser, de son voyage à Rome, où la beauté littéraire est si admirablement complétée et soutenue par la mélopée, que les deux éléments ne font plus qu'un inséparable tout ? On craignait la longueur de ce morceau, et cependant le récit contient, comme on l'a vu, une puissance dramatique invincible. La tristesse, l'accablement du pécheur pendant son rude voyage, son allégresse en voyant le suprême pontife qui délie les péchés, son désespoir quand celui-ci lui montre le caractère irréparable de son crime, et enfin le sentiment presque ineffable, tant il est terrible, de la joie dans la damnation; tout est dit, exprimé, traduit, par la parole et la musique, d'une manière si positive, qu'il est presque impossible de concevoir une autre manière de le dire. On comprend bien alors qu'un pareil malheur ne puisse être réparé que par un miracle, et on excuse l'infortuné chevalier de chercher encore le sentier mystérieux qui conduit à la grotte, pour retrouver au

moins les grâces de l'enfer auprès de sa diabolique
épouse.

Le drame de *Lohengrin* porte, comme celui de *Tannhäuser,* le caractère sacré, mystérieux et pourtant universellement intelligible de la légende. Une jeune princesse,
accusée d'un crime abominable, du meurtre de son frère,
ne possède aucun moyen de prouver son innocence. Sa
cause sera jugée par le jugement de Dieu. Aucun chevalier présent ne descend pour elle sur le terrain ; mais
elle a confiance dans une vision singulière ; un guerrier
inconnu eſt venu la visiter en rêve. C'eſt ce chevalier-là
qui prendra sa défense. En effet, au moment suprême et
comme chacun la juge coupable, une nacelle approche
du rivage, tirée par un cygne attelé d'une chaîne d'or.
Lohengrin, chevalier du Saint-Graal, protecteur des innocents, défenseur des faibles, a entendu l'invocation du
fond de la retraite merveilleuse où eſt précieusement
conservée cette coupe divine, deux fois consacrée par
la sainte Cène et par le sang de Notre-Seigneur, que
Joseph d'Arimathie y recueillit tout ruisselant de sa plaie.
Lohengrin, fils de Parcival, descend de la nacelle, revêtu
d'une armure d'argent, le casque en tête, le bouclier sur
l'épaule, une petite trompe d'or au côté, appuyé sur son
épée. « Si je remporte pour toi la viċtoire, dit Lohengrin
à Elsa, veux-tu que je sois ton époux ?... Elsa, si tu veux
que je m'appelle ton époux..., il faut que tu me fasses une
promesse : jamais tu ne m'interrogeras, jamais tu ne cher-
cheras à savoir ni de quelles contrées j'arrive, ni quel eſt
mon nom et ma nature. » Et Elsa : « Jamais, seigneur, tu
n'entendras de moi cette queſtion. » Et, comme Lohengrin répète solennellement la formule de la promesse,
Elsa répond : « Mon bouclier, mon ange, mon sauveur !
toi qui crois fermement à mon innocence, pourrait-il y
avoir un doute plus criminel que de n'avoir pas foi en
toi ? Comme tu me défends dans ma détresse, de même
je garderai fidèlement la loi que tu m'imposes. » Et
Lohengrin, la serrant dans ses bras, s'écrie : « Elsa, je
t'aime ! » Il y a là une beauté de dialogue comme il s'en
trouve fréquemment dans les drames de Wagner, toute
trempée de magie primitive, toute grandie par le sentiment idéal, et dont la solennité ne diminue en rien la
grâce naturelle[1].

L'innocence d'Elsa eſt proclamée par la viċtoire de

Lohengrin; la magicienne Ortrude et Frédéric, deux
méchants intéressés à la condamnation d'Elsa, parvien-
nent à exciter en elle la curiosité féminine, à flétrir sa
joie par le doute, et l'obsèdent maintenant jusqu'à ce
qu'elle viole son serment et exige de son époux l'aveu de
son origine. Le doute a tué la foi et la foi disparue emporte
avec elle le bonheur. Lohengrin punit par la mort Frédéric d'un guet-apens que celui-ci lui a tendu, et devant
le roi, les guerriers et le peuple assemblés, déclare enfin
sa véritable origine : « ... Quiconque est choisi pour servir
le Graal est aussitôt revêtu d'une puissance surnaturelle ;
même celui qui est envoyé par lui dans une terre lointaine, chargé de la mission de défendre le droit de la
vertu, n'est pas dépouillé de sa force sacrée autant que
reste inconnue sa qualité de chevalier du Graal ; mais telle
est la nature de cette vertu du Saint-Graal, que, dévoilée,
elle fuit aussitôt les regards profanes ; c'est pourquoi vous
ne devez concevoir nul doute sur son chevalier ; s'il est
reconnu par vous, il lui faut vous quitter sur-le-champ.
Écoutez maintenant comment il récompense la question
interdite ! Je vous ai été envoyé par le Graal ; mon père,
Parcival, porte sa couronne ; moi, son chevalier, j'ai
nom Lohengrin[1]. » Le cygne reparaît sur la rive pour
remmener le chevalier vers sa miraculeuse patrie. La
magicienne, dans l'infatuation de sa haine, dévoile que
le cygne n'est autre que le frère d'Elsa, emprisonné par
elle dans un enchantement. Lohengrin monte dans la
nacelle après avoir adressé au Saint-Graal une fervente
prière. Une colombe prend la place du cygne, et Gode-
froi, duc de Brabant, reparaît. Le chevalier est retourné
vers le mont Salvat. Elsa qui a douté, Elsa qui a voulu
savoir, examiner, contrôler, Elsa a perdu son bonheur.
L'idéal s'est envolé.

Le lecteur a sans doute remarqué dans cette légende
une frappante analogie avec le mythe de la Psyché antique, qui, elle aussi, fut victime de la démoniaque curiosité, et, ne voulant pas respecter l'incognito de son divin
époux, perdit, en pénétrant le mystère, toute sa félicité.
Elsa prête l'oreille à Ortrude, comme Ève au serpent.
L'Ève éternelle tombe dans l'éternel piège. Les nations
et les races se transmettent-elles des fables, comme les
hommes se lèguent des héritages, des patrimoines ou des
secrets scientifiques ? On serait tenté de le croire, tant

est frappante l'analogie morale qui marque les mythes et les légendes éclos dans différentes contrées. Mais cette explication est trop simple pour séduire longtemps un esprit philosophique. L'allégorie créée par le peuple ne peut pas être comparée à ces semences qu'un cultivateur communique fraternellement à un autre qui les veut acclimater dans son pays. Rien de ce qui est éternel et universel n'a besoin d'être acclimaté. Cette analogie morale dont je parlais est comme l'estampille divine de toutes les fables populaires. Ce sera bien, si l'on veut, le signe d'une origine unique, la preuve d'une parenté irréfragable, mais à la condition que l'on ne cherche cette origine que dans le principe absolu et l'origine commune de tous les êtres. Tel mythe peut être considéré comme frère d'un autre, de la même façon que le nègre est dit le frère du blanc. Je ne nie pas, en de certains cas, la fraternité ni la filiation; je crois seulement que dans beaucoup d'autres l'esprit pourrait être induit en erreur par la ressemblance des surfaces ou même par l'analogie morale et, que, pour reprendre notre métaphore végétale, le mythe est un arbre qui croît partout, en tout climat, sous tout soleil, spontanément et sans boutures. Les religions et les poésies des quatre parties du monde nous fournissent sur ce sujet[a] des preuves surabondantes. Comme le péché est partout, la rédemption est partout, le mythe partout. Rien de plus cosmopolite que l'Éternel[b]. Qu'on veuille bien me pardonner cette digression qui s'est ouverte devant moi avec une attraction irrésistible[1]. Je reviens à l'auteur de *Lohengrin*.

On dirait que Wagner aime d'un amour de prédilection les pompes féodales, les assemblées homériques où gît une accumulation de force vitale, les foules enthousiasmées, réservoir d'électricité humaine[2], d'où le style héroïque jaillit avec une impétuosité naturelle. La musique de noces et l'épithalame de *Lohengrin* font un digne pendant à l'introduction des invités au Wartburg dans *Tannhäuser,* plus majestueux encore peut-être et plus véhément. Cependant le maître, toujours plein de goût et attentif aux nuances, n'a pas représenté ici la turbulence qu'en pareil cas manifesterait une foule roturière. Même à l'apogée de son plus violent tumulte, la musique n'exprime qu'un délire de gens accoutumés aux règles de l'étiquette; c'est une cour qui s'amuse, et son ivresse la plus vive garde encore le rythme de la décence. La joie clapoteuse de la foule alterne avec l'épithalame, doux, tendre et solennel; la tourmente de l'allégresse publique contraste à plusieurs reprises avec l'hymne discret et attendri qui célèbre l'union d'Elsa et de Lohengrin.

J'ai déjà parlé de certaines phrases mélodiques dont le retour assidu, dans différents morceaux tirés de la même œuvre, avait vivement intrigué mon oreille, lors du premier concert offert par Wagner dans la salle des Italiens. Nous avons observé que[a] dans *Tannhäuser* la récurrence des deux thèmes principaux, le motif religieux et le chant de volupté, servait à réveiller l'attention du public et à le replacer dans un état analogue à la situation actuelle. Dans *Lohengrin,* ce système mnémonique est appliqué beaucoup plus minutieusement. Chaque personnage est, pour ainsi dire, blasonné par la mélodie qui représente son caractère moral et le rôle qu'il est appelé à jouer dans la fable. Ici je laisse humblement la parole à Liszt, dont, par occasion, je recommande le livre *(Lohengrin et Tannhäuser)* à tous les amateurs de l'art profond et raffiné, et qui sait, malgré cette langue un peu bizarre qu'il affecte[1], espèce d'idiome composé d'extraits de plusieurs langues, traduire avec un charme infini toute la rhétorique du maître :

« Le spectateur, préparé et résigné à ne chercher *aucun de ces morceaux détachés qui, engrenés l'un après l'autre sur le fil de quelque intrigue, composent la substance de nos opéras habituels,* pourra trouver un singulier intérêt à suivre durant trois actes[2] la combinaison profondément réfléchie, étonnamment habile et poétiquement intelligente, avec laquelle Wagner, *au moyen de plusieurs phrases principales,* a serré *un nœud mélodique* qui constitue tout son drame. Les replis que font ces phrases, en se liant et s'entrelaçant autour des paroles du poème, sont d'un effet émouvant au dernier point. Mais si, après en avoir été frappé et impressionné à la représentation, on veut encore se rendre mieux compte de ce qui a si vivement affecté, et étudier la partition de cette œuvre d'un genre si neuf, on reste étonné de toutes les intentions et nuances qu'elle renferme et qu'on ne saurait immédiatement saisir. Quels sont les drames et les épopées[3] de grands poètes qu'il ne faille pas longtemps étudier pour se rendre maître de toute leur signification ?

« Wagner, par un procédé qu'il applique d'une manière tout à fait imprévue, réussit à étendre l'empire et les prétentions de la musique. Peu content du pouvoir[1] qu'elle exerce sur les cœurs en y réveillant toute la gamme des sentiments humains, il lui rend possible d'inciter nos idées, de s'adresser à notre pensée, de faire appel à notre réflexion, et la dote d'un sens moral et intellectuel... Il dessine mélodiquement le caractère[2] de ses personnages et de leurs passions principales, et ces mélodies se font jour, *dans le chant ou dans l'accompagnement,* chaque fois que les passions et les sentiments qu'elles expriment sont mis en jeu. Cette persistance systématique est jointe à un art de distribution qui offrirait, par la finesse des aperçus psychologiques, poétiques et philosophiques dont il fait preuve, un intérêt de haute curiosité à ceux aussi pour qui les croches et doubles croches sont lettres mortes et purs hiéroglyphes. Wagner, forçant notre méditation et notre mémoire à un si constant exercice, arrache, par cela seul, l'action de la musique au domaine des vagues attendrissements et ajoute à ses charmes[a] quelques-uns des plaisirs de l'esprit. Par cette méthode qui complique les faciles jouissances procurées par *une série de chants rarement apparentés entre eux,* il demande une singulière attention du public; mais en même temps il prépare de plus parfaites émotions à ceux qui savent les goûter. Ses mélodies sont en quelque sorte *des personnifications d'idées ;* leur retour annonce celui des sentiments que les paroles qu'on prononce n'indiquent point explicitement; c'est à elles que Wagner confie de nous révéler tous les secrets des cœurs. Il est des phrases, celle, par exemple, de la première scène du second acte, qui traversent l'opéra comme un serpent venimeux, s'enroulant autour des victimes et fuyant devant leurs saints défenseurs; il en est, comme celle de l'introduction, qui ne reviennent que rarement, avec les suprêmes et divines révélations. Les situations ou les personnages de quelque importance sont tous musicalement exprimés par une mélodie qui en devient le constant symbole. Or, comme ces mélodies sont d'une rare beauté, nous dirons à ceux qui, dans l'examen d'une partition, se bornent à juger des rapports de croches et doubles croches entre elles, que même si la musique de cet opéra devait être privée de son beau texte, elle serait encore une production de premier ordre. »

En effet, sans poésie, la musique de Wagner serait encore une œuvre poétique, étant douée de toutes les qualités qui constituent une poésie bien faite; explicative par elle-même, tant toutes choses y sont bien unies, conjointes, réciproquement adaptées, et, s'il est permis de faire un barbarisme pour exprimer le superlatif d'une qualité, prudemment *concaténées.*

Le Vaisseau fantôme, ou *Le Hollandais volant,* est l'histoire si populaire de ce Juif errant de l'Océan, pour qui cependant une condition de rédemption a été obtenue par un ange secourable : *Si le capitaine qui mettra pied à terre tous les sept ans y rencontre[a] une femme fidèle, il sera sauvé*[1]. L'infortuné, repoussé par la tempête à chaque fois qu'il voulait doubler un cap dangereux, s'était écrié une fois : « Je passerai cette infranchissable barrière, dussé-je lutter toute l'éternité[2] ! » Et l'éternité avait accepté le défi de l'audacieux navigateur. Depuis lors, le fatal navire s'était montré çà et là, dans différentes plages, courant[b] sus à la tempête avec le désespoir d'un guerrier qui cherche la mort; mais toujours la tempête l'épargnait, et le pirate lui-même se sauvait devant lui en faisant le signe de la croix. Les premières paroles du Hollandais, après que son vaisseau est arrivé au mouillage, sont sinistres et solennelles : « Le terme est passé; il s'est encore écoulé sept années ! La mer me jette à terre avec dégoût... Ah ! orgueilleux Océan ! dans peu de jours il te faudra me porter encore !... Nulle part une tombe ! nulle part la mort ! telle est ma terrible sentence de damnation... Jour du jugement, jour suprême, quand luiras-tu dans ma nuit ?... » À côté du terrible vaisseau un navire norvégien[c] a jeté l'ancre; les deux capitaines lient connaissance, et le Hollandais demande au Norvégien « de lui accorder pour quelques jours l'abri de sa maison... de lui donner une nouvelle patrie[3] ». Il lui offre des richesses énormes dont celui-ci s'éblouit, et enfin lui dit brusquement : « As-tu une fille ?... Qu'elle soit ma femme ! Jamais je n'atteindrai ma patrie. À quoi me sert donc d'amasser[d] des richesses ? Laisse-toi convaincre, consens à cette alliance et prends tous mes trésors. » — « J'ai une fille, belle, pleine de fidélité, de tendresse, de dévouement pour moi. » — « Qu'elle conserve toujours à son père cette tendresse filiale, qu'elle lui soit fidèle; elle sera aussi fidèle à son époux. » — « Tu me donnes des joyaux, des

perles inestimables ; mais le joyau le plus précieux, c'est
une femme fidèle. » — « C'est toi qui me le donnes ?...
Verrai-je ta fille dès aujourd'hui ? »

Dans la chambre du Norvégien, plusieurs jeunes filles
s'entretiennent du *Hollandais volant,* et Senta, possédée
d'une idée fixe, les yeux toujours tendus vers un portrait
mystérieux, chante la ballade qui retrace la damnation du
navigateur : « Avez-vous rencontré en mer le navire à
la voile rouge de sang, au mât noir ? À bord, l'homme
pâle, le maître du vaisseau, veille sans relâche. Il vole[1] et
fuit, sans terme, sans relâche, sans repos. Un jour pourtant l'homme peut rencontrer la délivrance, s'il trouve
sur terre une femme qui lui soit fidèle jusque dans la
mort... Priez le ciel que bientôt une femme lui garde sa
foi ! — Par un vent contraire, dans une tempête furieuse,
il voulut autrefois doubler un cap ; il blasphéma dans sa
folle audace : Je n'y renoncerais pas de l'éternité ! Satan
l'a entendu, il l'a pris au mot ! Et[2] maintenant son arrêt
est d'errer à travers la mer, sans relâche, sans repos !...
Mais pour que l'infortuné puisse rencontrer encore la
délivrance sur terre, un ange de Dieu lui annonce d'où
peut lui venir le salut. Ah ! puisses-tu le trouver, pâle
navigateur ! Priez le ciel que bientôt une femme lui garde
cette foi ! — Tous les sept ans, il jette l'ancre, et, pour
chercher une femme, il descend à terre. Il a courtisé tous
les sept ans, et jamais encore il n'a trouvé une femme
fidèle... Les voiles au vent ! levez l'ancre ! Faux amour,
faux serments ! Alerte ! en mer ! sans relâche, sans
repos[3] ! » Et tout d'un coup, sortant d'un abîme de
rêverie, Senta inspirée s'écrie : « Que je sois celle qui te
délivrera par sa fidélité ! Puisse l'ange de Dieu me montrer à toi ! C'est par moi que tu obtiendras ton salut[4] ! »
L'esprit de la jeune fille est attiré magnétiquement par
le malheur ; son vrai fiancé, c'est le capitaine damné que
l'amour seul peut racheter.

Enfin le Hollandais paraît, présenté par le père de
Senta ; il est bien l'homme du portrait, la figure légendaire suspendue au mur. Quand le Hollandais, semblable
au terrible Melmoth[5] qu'attendrit la destinée d'Immalée,
sa victime, veut la détourner du dévouement trop périlleux, quand le damné plein de pitié repousse l'instrument
du salut, quand, remontant en toute hâte sur son navire,
il la veut laisser au bonheur de la famille et de l'amour

vulgaire, celle-ci résiste et s'obstine à le suivre : « Je te connais bien ! je connais ta destinée ! Je te connaissais lorsque je t'ai vu pour la première fois ! » Et lui, espérant l'épouvanter : « Interroge les mers de toutes les zones, interroge le navigateur qui a sillonné l'Océan dans tous les sens ; il connaît ce vaisseau, l'effroi des hommes pieux : on me nomme le *Hollandais volant* ! » Elle répond, poursuivant de son dévouement et de ses cris le navire qui s'éloigne : « Gloire à ton ange libérateur ! gloire à sa loi ! Regarde et vois si je te suis fidèle jusqu'à la mort[1] ! » Et elle se précipite à la mer. Le navire s'engloutit. Deux formes aériennes s'élèvent au-dessus des flots : c'est le Hollandais et Senta transfigurés.

Aimer le malheureux pour son malheur est une idée trop grande pour tomber ailleurs que dans un cœur ingénu, et c'est certainement une très belle pensée que d'avoir suspendu le rachat d'un maudit à l'imagination passionnée d'une jeune fille. Tout le drame est traité d'une main sûre, avec une manière directe ; chaque situation, abordée franchement ; et le type de Senta porte en lui une grandeur surnaturelle et romanesque qui enchante et fait peur. La simplicité extrême du poème augmente l'intensité de l'effet. Chaque chose est à sa place, tout est bien ordonné et de juste dimension. L'ouverture, que nous avons entendue au concert du Théâtre-Italien, est lugubre et profonde comme l'Océan, le vent et les ténèbres.

Je suis contraint de resserrer les bornes de cette étude, et je crois que j'en ai dit assez (aujourd'hui du moins) pour faire comprendre à un lecteur non prévenu les tendances et la forme dramatique de Wagner. Outre *Rienzi*, *Le Hollandais volant*, *Tannhäuser* et *Lohengrin*, il a composé *Tristan et Isolde*, et quatre autres opéras formant une tétralogie, dont le sujet est tiré des *Nibelungen*[a2], sans compter ses nombreuses œuvres critiques. Tels sont les travaux de cet homme dont la personne et les ambitions idéales ont défrayé si longtemps la badauderie parisienne et dont la plaisanterie facile a fait journellement sa proie pendant plus d'un an.

IV

On peut toujours faire momentanément abstraction de la partie systématique que tout grand artiste volontaire introduit fatalement dans toutes ses œuvres; il reste, dans ce cas, à chercher et à vérifier par quelle qualité propre, personnelle, il se distingue des autres. Un artiste, un homme vraiment digne de ce grand nom, doit posséder quelque chose d'essentiellement *sui generis,* par la grâce de quoi il est *lui* et non un autre. À ce point de vue, les artistes peuvent être comparés à des saveurs variées, et le répertoire des métaphores humaines n'est peut-être pas assez vaste pour fournir la définition approximative de tous les artistes connus et de tous les artistes *possibles.* Nous avons déjà, je crois, noté deux hommes dans Richard Wagner, l'homme d'ordre et l'homme passionné. C'est de l'homme passionné, de l'homme de sentiment qu'il est ici question. Dans le moindre de ses morceaux il inscrit si ardemment sa personnalité, que cette recherche de sa qualité principale ne sera pas très difficile à faire. Dès le principe, une considération m'avait vivement frappé : c'est que dans la partie voluptueuse et orgiaque de l'ouverture de *Tannhäuser,* l'artiste avait mis autant de force, développé autant d'énergie que dans la peinture de la mysticité qui caractérise l'ouverture de *Lohengrin.* Même ambition dans l'une que dans l'autre, même escalade titanique et aussi mêmes raffinements et même subtilité. Ce qui me paraît donc avant tout marquer d'une manière inoubliable la musique de ce maître, c'est l'intensité nerveuse, la violence dans la passion et dans la volonté. Cette musique-là exprime avec la voix la plus suave ou la plus stridente tout ce qu'il y a de plus caché dans le cœur de l'homme. Une ambition idéale préside, il est vrai, à toutes ses compositions; mais si, par le choix de ses sujets et sa méthode dramatique, Wagner se rapproche de l'antiquité, par l'énergie passionnée de son expression il est actuellement le représentant le plus vrai de la nature moderne. Et toute la science, tous les efforts, toutes les combinaisons de ce riche esprit ne sont, à vrai dire, que les serviteurs très humbles et très zélés de cette irrésistible passion. Il en résulte, dans quelque sujet qu'il traite, une solennité d'accent superlative. Par cette passion il ajoute à chaque chose je ne sais quoi de surhumain; par cette passion il comprend tout et fait tout comprendre. Tout ce qu'impliquent les mots : *volonté, désir, concentration, intensité nerveuse, explosion,* se sent et se fait deviner dans ses œuvres. Je ne crois pas me faire illusion ni tromper personne en affirmant que je vois là les principales caractéristiques du phénomène que nous appelons *génie ;* ou du moins, que dans l'analyse de tout ce que nous avons jusqu'ici légitimement appelé *génie,* on retrouve lesdites caractéristiques. En matière d'art, j'avoue que je ne hais pas l'outrance; la modération ne m'a jamais semblé le signe d'une nature artistique vigoureuse. J'aime ces excès de santé, ces débordements de volonté qui s'inscrivent dans les œuvres comme le bitume enflammé dans le sol d'un volcan, et qui, dans la vie ordinaire, marquent souvent la phase, pleine de délices, succédant à une grande crise morale ou physique.

Quant à la réforme que le maître veut introduire dans l'application de la musique au drame, qu'en arrivera-t-il ? Là-dessus, il est impossible de rien prophétiser de précis. D'une manière vague et générale, on peut dire, avec le Psalmiste, que, tôt ou tard, ceux qui ont été abaissés seront élevés, que ceux qui ont été élevés seront humiliés, mais rien de plus que ce qui est également applicable au train connu de toutes les affaires humaines. Nous avons vu bien des choses déclarées jadis absurdes, qui sont devenues plus tard des modèles adoptés par la foule. Tout le public actuel se souvient de l'énergique résistance où se heurtèrent, dans le commencement, les drames de Victor Hugo et les peintures d'Eugène Delacroix. D'ailleurs nous avons déjà fait observer que la querelle qui divise maintenant le public était une querelle oubliée et soudainement ravivée, et que Wagner lui-même avait trouvé dans le passé les premiers éléments de *la base pour asseoir son idéal.* Ce qui est bien certain, c'est que sa doctrine est faite pour rallier tous les gens d'esprit fatigués depuis longtemps des erreurs de l'Opéra, et il n'est pas étonnant que les hommes de lettres, en particulier, se soient montrés sympathiques pour un musicien qui se fait gloire d'être poète et dramaturge. De même les écrivains du XVIIIe siècle avaient acclamé les ouvrages de Gluck, et je ne puis m'empêcher de voir que les per-

sonnes qui manifestent le plus de répulsion pour les
ouvrages de Wagner montrent aussi une antipathie décidée à l'égard de son précurseur.

Enfin le succès ou l'insuccès de *Tannhäuser* ne peut
absolument rien prouver, ni même déterminer une quantité quelconque de chances favorables ou défavorables
dans l'avenir. *Tannhäuser,* en supposant qu'il fût un
ouvrage détestable, aurait pu *monter aux nues.* En le supposant parfait, il pourrait révolter. La question, dans le
fait, la question de la réformation de l'opéra n'est pas
vidée, et la bataille continuera; apaisée, elle recommen-
cera. J'entendais dire récemment que si Wagner obtenait
par son drame un éclatant succès, ce serait un accident
purement individuel, et que sa méthode n'aurait aucune
influence ultérieure sur les destinées et les transformations du drame lyrique. Je me crois autorisé, par l'étude
du passé, c'est-à-dire de l'éternel, à préjuger l'absolu
contraire, à savoir qu'un échec complet ne détruit en
aucune façon la possibilité de tentatives nouvelles dans
le même sens, et que dans un avenir très rapproché on
pourrait bien voir non pas seulement des auteurs nouveaux, mais même des hommes anciennement accrédités,
profiter, dans une mesure quelconque, des idées émises
par Wagner, et passer heureusement à travers la brèche
ouverte par lui. Dans quelle histoire a-t-on jamais lu que
les grandes causes se perdaient en une seule partie[1] ?

18 mars 1861.

ENCORE QUELQUES MOTS

« L'épreuve est faite ! La *musique de l'avenir* est enterrée ! » s'écrient avec joie tous les siffleurs et cabaleurs.
« L'épreuve est faite ! » répètent tous les niais du feuilleton. Et tous les badauds leur répondent en chœur, et
très innocemment : « L'épreuve est faite ! »

En effet, une épreuve a été faite, qui se renouvellera
encore bien des milliers de fois avant la fin du monde;
c'est que, d'abord, toute œuvre grande et sérieuse ne

peut pas se loger dans la mémoire humaine ni prendre sa place dans l'histoire sans de vives contestations; ensuite, que dix personnes opiniâtres peuvent, à l'aide de sifflets aigus, dérouter des comédiens, vaincre la bienveillance du public, et pénétrer même de leurs protestations discordantes la voix immense d'un orchestre, cette voix fût-elle égale en puissance à celle de l'Océan. Enfin, un inconvénient des plus intéressants a été vérifié, c'est qu'un système de location qui permet de s'abonner à l'année crée une sorte d'aristocratie, laquelle peut, à un moment donné, pour un motif ou un intérêt quelconque, exclure le vaste public de toute participation au jugement d'une œuvre. Qu'on adopte dans d'autres théâtres, à la Comédie-Française, par exemple, ce même système de location, et nous verrons bientôt, là aussi, se produire les mêmes dangers et les mêmes scandales. Une société restreinte pourra enlever au public immense de Paris le droit d'apprécier un ouvrage dont le jugement appartient à tous.

Les gens qui se croient débarrassés de Wagner se sont réjouis beaucoup trop vite; nous pouvons le leur affirmer. Je les engage vivement à célébrer moins haut un triomphe qui n'est pas des plus honorables d'ailleurs, et même à se munir de[a] résignation pour l'avenir. En vérité, ils ne comprennent guère le jeu de bascule des affaires humaines, le flux et le reflux des passions. Ils ignorent aussi de quelle patience et de quelle opiniâtreté la Providence a toujours doué ceux qu'elle investit d'une fonction. Aujourd'hui la réaction est commencée; elle a pris naissance le jour même où la malveillance, la sottise, la routine et l'envie coalisées ont essayé d'enterrer l'ouvrage. L'immensité de l'injustice a engendré mille sympathies, qui maintenant se montrent de tous côtés.

★

Aux personnes éloignées de Paris, que fascine et intimide cet amas monstrueux d'hommes et de pierres, l'aventure inattendue du drame de *Tannhäuser* doit apparaître comme une énigme. Il serait facile de l'expliquer par la coïncidence malheureuse de plusieurs causes, dont quelques-unes sont étrangères à l'art. Avouons tout de suite la raison principale, dominante : l'opéra de Wagner *est un ouvrage sérieux,* demandant une attention soutenue;

on conçoit tout ce que cette condition implique de chances défavorables dans un pays où l'ancienne tragédie réussissait surtout par les facilités qu'elle offrait à la distraction. En Italie, on prend des sorbets et l'on fait des cancans dans les intervalles du drame où la mode ne commande pas les applaudissements; en France, on joue aux cartes. « Vous êtes un impertinent, vous qui voulez me contraindre à prêter à votre œuvre une attention continue, s'écrie l'abonné récalcitrant, je veux que vous me fournissiez un plaisir digestif plutôt qu'une occasion d'exercer mon intelligence. » À cette cause principale, il faut en ajouter d'autres qui sont aujourd'hui connues de tout le monde, à Paris du moins. L'ordre impérial, qui fait tant d'honneur au prince[1], et dont on peut le remercier sincèrement, je crois, sans être accusé de courtisanerie, a ameuté contre l'artiste beaucoup d'envieux et beaucoup de ces badauds qui croient toujours faire acte d'indépendance en aboyant à l'unisson. Le décret qui venait de rendre quelques libertés au journal et à la parole[2] ouvrait carrière à une turbulence naturelle, longtemps comprimée, qui s'est jetée, comme un animal fou, sur le premier passant venu. Ce passant, c'était le *Tannhäuser,* autorisé par le chef de l'État et protégé ouvertement par la femme d'un ambassadeur étranger[3]. Quelle admirable occasion ! Toute une salle française s'est amusée pendant plusieurs heures de la douleur de cette femme, et, chose moins connue, Mme Wagner elle-même a été insultée pendant une des représentations. Prodigieux triomphe !

Une mise en scène plus qu'insuffisante, faite par un ancien vaudevilliste[4] (vous figurez-vous *Les Burgraves* mis en scène par M. Clairville[5] ?); une exécution molle et incorrecte de la part de l'orchestre[6]; un ténor allemand, sur qui on fondait les principales espérances, et qui se met à chanter faux avec une assiduité déplorable; une Vénus endormie, habillée d'un paquet de chiffons blancs, et qui n'avait pas plus l'air de descendre de l'Olympe que d'être née de l'imagination chatoyante d'un artiste du Moyen Âge; toutes les places livrées, pour deux représentations, à une foule de personnes hostiles ou, du moins, indifférentes à toute aspiration idéale, toutes ces choses doivent être également prises en considération. Seuls (et l'occasion naturelle s'offre ici de les remercier),

Mlle Sax et Morelli ont fait tête à l'orage. Il ne serait pas convenable de ne louer que leur talent; il faut aussi vanter leur bravoure. Ils ont résisté à la déroute; ils sont restés, sans broncher un instant, fidèles au compositeur. Morelli, avec l'admirable souplesse italienne, s'est conformé humblement au style et au goût de l'auteur, et les personnes qui ont eu souvent le loisir de l'étudier disent que cette docilité lui a profité, et qu'il n'a jamais paru dans un aussi beau jour que sous le personnage de Wolfram. Mais que dirons-nous de M. Niemann, de ses faiblesses, de ses pâmoisons, de ses mauvaises humeurs d'enfant gâté, de nous qui avons assisté à des tempêtes théâtrales où des hommes tels que Frédérick[1] et Rouvière, et Bignon lui-même[2], quoique moins autorisé par la célébrité, bravaient ouvertement l'erreur du public, jouaient avec d'autant plus de zèle qu'il se montrait plus injuste, et faisaient constamment cause commune avec l'auteur ? — Enfin, la question du ballet, élevée à la hauteur d'une question vitale et agitée pendant plusieurs mois, n'a pas peu contribué à l'émeute[3]. « Un opéra sans ballet ! qu'est-ce que cela ? » disait la routine. « Qu'est-ce que cela ? » disaient les entreteneurs de filles. « Prenez garde ! » disait lui-même à l'auteur le ministre alarmé. On a fait manœuvrer sur la scène, en manière de consolation, des régiments prussiens en jupes courtes, avec les gestes mécaniques d'une école militaire; et une partie du public disait, voyant toutes ces jambes et illusionné par une mauvaise mise en scène : « Voilà un mauvais ballet et une musique qui n'est pas faite pour la danse. » Le bon sens répondait : « Ce n'est pas un ballet; mais ce devrait être une bacchanale, une orgie, comme l'indique la musique, et comme ont su quelquefois en représenter la Porte-Saint-Martin, l'Ambigu, l'Odéon, et même des théâtres inférieurs, mais comme n'en peut pas figurer l'Opéra, qui ne sait rien faire du tout. » Ainsi, ce n'est pas une raison littéraire, mais simplement l'inhabileté des machinistes, qui a nécessité la suppression de tout un tableau (la nouvelle apparition de Vénus).

Que les hommes qui peuvent se donner le luxe d'une maîtresse parmi les danseuses de l'Opéra désirent qu'on mette le plus souvent possible en lumière les talents et les beautés de leur emplette, c'est là certes un sentiment presque paternel[4] que tout le monde comprend et excuse facilement; mais que ces mêmes hommes, sans se soucier de la curiosité publique et des plaisirs d'autrui, rendent impossible l'exécution d'un ouvrage qui leur déplaît parce qu'il ne satisfait pas aux exigences de leur protectorat, voilà ce qui est intolérable. Gardez votre harem et conservez-en religieusement les traditions; mais faites-nous donner un théâtre où ceux qui ne pensent pas comme vous pourront trouver d'autres plaisirs mieux accommodés à leur goût. Ainsi nous serons débarrassés de vous et vous de nous, et chacun sera content.

*

On espérait arracher à ces enragés leur victime en la présentant au public un dimanche, c'est-à-dire un jour où les abonnés et le Jockey-Club abandonnent volontiers la salle à une foule qui profite de la place libre et du loisir. Mais ils avaient fait ce raisonnement assez juste : « Si nous permettons que le succès ait lieu aujourd'hui, l'administration en tirera un prétexte suffisant pour nous imposer l'ouvrage pendant trente jours. » Et ils sont revenus à la charge, armés de toutes pièces, c'est-à-dire des instruments homicides confectionnés à l'avance. Le public, le public entier, a lutté pendant deux actes, et dans sa bienveillance, doublée par l'indignation, il applaudissait non seulement les beautés irrésistibles, mais même les passages qui l'étonnaient et le déroutaient, soit qu'ils fussent obscurcis par une exécution trouble, soit qu'ils eussent besoin, pour être appréciés, d'un impossible recueillement. Mais ces tempêtes de colère ou d'enthousiasme amenaient immédiatement une réaction non moins violente et beaucoup moins fatigante pour les opposants. Alors ce même public, espérant que l'émeute lui saurait gré de sa mansuétude, se taisait, voulant avant toute chose connaître et juger. Mais les *quelques* sifflets ont *courageusement* persisté, *sans motif et sans interruption ;* l'admirable récit du voyage à Rome n'a pas été entendu (chanté même ? je n'en sais rien) et tout le troisième acte a été submergé dans le tumulte.

Dans la presse, aucune résistance, aucune protestation, excepté celle de M. Franck Marie, dans *La Patrie.* M. Berlioz a évité de dire son avis[1]; courage négatif. Remercions-le de n'avoir pas ajouté à l'injure universelle. Et puis alors, un immense tourbillon d'imitation a entraîné toutes les plumes, a fait délirer toutes les langues, semblable à ce singulier esprit qui fait dans les foules des miracles alternatifs de bravoure et de couardise; le courage collectif et la lâcheté collective; l'enthousiasme français et la panique gauloise[1].

Le *Tannhäuser* n'avait même pas été entendu.

★

Aussi, de tous côtés, abondent maintenant les plaintes; chacun voudrait voir l'ouvrage de Wagner, et chacun crie à la tyrannie. Mais l'administration a baissé la tête devant quelques conspirateurs, et on rend l'argent déjà déposé pour les représentations suivantes. Ainsi, spectacle inouï, s'il en peut exister toutefois de plus scandaleux que celui auquel nous avons assisté, nous voyons aujourd'hui une direction vaincue, qui, malgré les encouragements du public, renonce à continuer des représentations des plus fructueuses.

Il paraît d'ailleurs que l'accident se propage, et que le public n'est plus considéré comme le juge suprême en fait de représentations scéniques. Au moment même où j'écris ces lignes, j'apprends qu'un beau drame[2], admirablement construit et écrit dans un excellent style, va disparaître, au bout de quelques jours, d'une autre scène où il s'était produit avec éclat et malgré les efforts d'une certaine caste impuissante qui s'appelait jadis la classe lettrée, et qui est aujourd'hui inférieure en esprit et en délicatesse à un public de port de mer. En vérité, l'auteur est bien fou qui a pu croire que ces gens prendraient feu pour une chose aussi impalpable, aussi gazéiforme que l'*honneur*. Tout au plus sont-ils bons à l'*enterrer*.

Quelles sont les raisons mystérieuses de cette expulsion ? Le succès gênerait-il les opérations futures du directeur ? D'inintelligibles considérations officielles auraient-elles forcé sa bonne volonté, violenté ses intérêts ? Ou bien faut-il supposer quelque chose de monstrueux, c'est-à-dire qu'un directeur peut feindre, pour se faire valoir, de désirer de bons drames, et, ayant enfin atteint son but, retourne bien vite à son véritable goût, qui est celui des imbéciles, évidemment le plus productif ? Ce qui est encore plus inexplicable, c'est la faiblesse des critiques (dont quelques-uns sont poètes), qui caressent leur principal ennemi, et qui, si parfois, dans un accès de bravoure passagère, ils blâment son mercantilisme, n'en persistent pas moins, en une foule de cas, à encourager son commerce par toutes les complaisances.

*

Pendant tout ce tumulte et devant les déplorables facéties du feuilleton, dont je rougissais, comme un homme délicat d'une saleté commise devant lui, une idée cruelle m'obsédait. Je me souviens que, malgré que j'aie toujours soigneusement étouffé dans mon cœur ce patriotisme exagéré dont les fumées peuvent obscurcir le cerveau, il m'est arrivé, sur des plages lointaines, à des tables d'hôte composées des éléments humains les plus divers, de souffrir horriblement quand j'entendais des voix (équitables ou injustes, qu'importe ?) ridiculiser la France. Tout le sentiment filial, philosophiquement comprimé, faisait alors explosion. Quand un déplorable académicien[1] s'est avisé d'introduire, il y a quelques années, dans son discours de réception, une appréciation du génie de Shakespeare, qu'il appelait familièrement le vieux *Williams,* ou le bon *Williams,* — appréciation digne en vérité d'un concierge de la Comédie-Française, — j'ai senti en frissonnant le dommage que ce pédant sans orthographe allait faire à mon pays. En effet, pendant plusieurs jours, tous les journaux anglais se sont amusés de nous, et de la manière la plus navrante. Les littérateurs français, à les entendre, ne savaient pas même l'orthographe du nom de Shakespeare[2]; ils ne comprenaient rien à son génie, et la France abêtie ne connaissait que deux auteurs, Ponsard et Alexandre Dumas fils, *les poètes favoris du nouvel Empire,* ajoutait l'*Illustrated London News*[3]. Notez que la haine politique combinait son élément avec le patriotisme littéraire outragé.

Or, pendant les scandales soulevés par l'ouvrage de Wagner, je me disais : « Qu'est-ce que l'Europe va penser de nous, et en Allemagne que dira-t-on de Paris ? Voilà une poignée de tapageurs qui nous déshonorent collectivement ! » Mais non, cela ne sera pas. Je crois, je sais, je jure que parmi les littérateurs, les artistes et même parmi les gens du monde, il y a encore bon nombre de personnes bien élevées, douées de justice, et dont l'esprit est toujours libéralement ouvert aux nouveautés qui leur sont offertes. L'Allemagne aurait tort de croire que Paris n'est peuplé que de polissons qui se mouchent avec les doigts, à cette fin de les essuyer sur le dos d'un grand homme qui passe. Une pareille supposition ne serait pas d'une totale impartialité. De tous les côtés, comme je l'ai dit, la réaction s'éveille; des témoignages de sympathie des plus inattendus sont venus encourager l'auteur à persister dans sa destinée. Si les choses continuent ainsi, il est présumable que beaucoup de regrets pourront être prochainement consolés, et que *Tannhäuser* reparaîtra, mais dans un lieu où les abonnés de l'Opéra ne seront pas intéressés à le poursuivre.

★

Enfin l'idée est lancée, la trouée est faite, c'est l'important. Plus d'un compositeur français voudra profiter des idées salutaires émises par Wagner. Si peu de temps que l'ouvrage ait paru devant le public, l'ordre de l'Empereur, auquel nous devons de l'avoir entendu, a apporté un grand secours à l'esprit français, esprit logique, amoureux d'ordre, qui reprendra facilement la suite de ses évolutions. Sous la République et le premier Empire, la musique s'était élevée à une hauteur qui en fit, à défaut de la littérature découragée, une des gloires de ces temps. Le chef du second Empire n'a-t-il été que curieux d'entendre l'œuvre d'un homme dont on parlait chez nos voisins, ou une pensée plus patriotique et plus compréhensive l'excitait-elle? En tout cas, sa simple curiosité nous aura été profitable à tous.

8 avril 1861[1].

SUR LA BELGIQUE

[PAUVRE BELGIQUE !]

Argument du livre sur la Belgique

Choix de titres[1] :

[F[t] 352 r°]

La vraie Belgique. La Belgique toute nue. La Belgique déshabillée. Une capitale pour rire, une capitale de singes.

?

I. PRÉLIMINAIRES

Qu'il faut, quoi que dise Danton, toujours « emporter sa patrie à la semelle de ses souliers ».

La France a l'air bien barbare, vue de près. Mais allez en Belgique, et vous deviendrez moins sévère pour votre pays.

Comme Joubert remerciait Dieu de l'avoir fait homme et non femme[2], vous le remercierez de vous avoir fait, non pas Belge, mais Français.

Grand mérite à faire un livre sur la Belgique. Il s'agit d'être amusant en parlant de l'ennui, instructif en parlant du rien.

À faire un croquis de la Belgique, il y a, par compensation, cet avantage qu'on fait, en même temps, une caricature des sottises françaises.

Conspiration de la flatterie européenne contre la Belgique. La Belgique, amoureuse de compliments, les prend toujours au sérieux.

Comme on chantait chez nous, il y a vingt ans, la liberté, la gloire et le bonheur des États-Unis d'Amérique ! Sottise analogue à propos de la Belgique.

Pourquoi les Français qui ont habité la Belgique ne disent pas la vérité sur ce pays. Parce que, en leur qualité de Français, ils ne peuvent pas avouer qu'ils ont été dupes.

Vers de Voltaire sur la Belgique[a].

TITRES [F^t 3]

La grotesque Belgique
La vraie Belgique
La Belgique toute nue
La Belgique déshabillée

Une capitale pour rire
Une grotesque Capitale
La Capitale des Singes
Une capitale de Singes.

DÉBUT [F^t 4]

Danton. La Carpe et le Lapin. *L'Amérique et la Belgique.* Je voudrais avoir les facultés de... tant d'écrivains dont je fus toujours jaloux. Un certain style, non pas le style de Hugo auteur belge[1]. Tel est mon *Lambert.* Livre fait à la Diable.

Faire un livre amusant sur un thème ennuyeux. — (Les Cabotins[2].)

La corde lâche et le lac asphaltite.

Un petit poème sur Amina Boschetti[3].

Un pauvre qui voit des objets de luxe, un homme triste qui respire son enfance dans les odeurs de l'Église, ainsi je fus devant Amina. Les bras et les jambes d'Amina. Le préjugé des sylphides maigres. Le tour de force gai. La gentille commère — Gnerri[4]. Le Gin. Le talent dans le Désert. On dit qu'Amina se désole. Elle sourit chez un peuple qui ne sait pas sourire. Elle voltige chez un peuple, où chaque femme pourrait avec une seule des[5] pattes éléphantines écraser un millier d'œufs.

DÉBUT [F^t 5]

La France est sans doute un pays bien barbare. La Belgique aussi.

La Civilisation s'est peut-être réfugiée chez quelque petite tribu non encore découverte.

Prenons garde à la dangereuse faculté de généralisation des Parisiens.

Nous avons peut-être dit trop de mal de la France.
Il faut toujours emporter sa patrie à la semelle de ses souliers. C'est un désinfectant.

On craint ici de devenir bête. Atmosphère de sommeil. Lenteur universelle. (Le Coureur du chemin de fer en est le symbole[1].)

Le produit de la Carpe et du Lapin.
Les Français aiment mieux tromper qu'avouer qu'ils l'ont été. Vanité française.

BRUXELLES [F* 6]
    DÉBUT

Avis, inutile pour les avisés.

La fin d'un écrit satirique[a], c'est d'abattre deux oiseaux avec une seule pierre. À faire un croquis de la Belgique, il y a, par surcroît, cet avantage qu'on fait une caricature de la France.

DÉBUT [F* 7]

La France vue à distance.
Les livres infâmes.
(Études parisiennes par un non-diplomate[2].)

DÉBUT [F* 8]

Dirons-nous que le monde est devenu pour moi inhabitable — ?

CONSPIRATION DES FLATTEURS CONTRE LA BELGIQUE [F* 9]

[Coupure d'un journal belge : elle reproduit quelques fragments d'un article paru dans la *Revue britannique* sous le titre : *L'Industrie belge et ses progrès* et se félicite que la Belgique soit proposée en exemple à toute l'Europe.]

DÉBUT   [F^t 10]

Faire un travail amusant sur un sujet ingrat.
La Belgique et les États-Unis, enfants gâtés des
gazettes.

Épigraphe.   [F^t 11]
                Cooper[1].

                                                        [F^t 12]

Mon cœur mis à nu,
Notes sur la *Belgique*
   (non classées) Spleen de Paris.
Stances à Defré[2],
Guide[3].

BELGIQUE   [F^t 20]
   DÉBUT

                    Pour la triste ville où je suis,
                    C'est le séjour de l'ignorance,
                    De la pesanteur, des ennuis,
                    De la stupide indifférence,
                    Un vieux pays d'obédience,
                    Privé d'esprit, rempli de foi.

                        VOLTAIRE, à Bruxelles, 1722[4].

Les trois derniers mots sont de trop.

DÉBUT   [F^t 21]

Les remerciements de Joubert.
Dois-je remercier Dieu de m'avoir fait Français et
non Belge ?

II. BRUXELLES. *Physionomie de la Rue.* [F^t 352 r° et v^o]

Premières impressions. On dit que chaque ville, chaque pays
a son odeur. Paris, dit-on, sent ou sentait le chou aigre. Le Cap
sent le mouton[5]. Il y a des îles tropicales qui sentent la rose,
le musc ou l'huile de coco. La Russie sent le cuir. Lyon sent

le charbon. L'Orient, en, général, sent le musc et la charogne. Bruxelles sent le savon noir. Les chambres d'hôtel sentent le savon noir. Les lits sentent le savon noir. Les serviettes sentent le savon noir. Les trottoirs sentent le savon noir. Lavage des façades et des trottoirs, même quand il pleut à flots. Manie nationale, universelle.

Fadeur générale de la vie. Cigares, légumes, fleurs, fruits, cuisine, yeux, cheveux, tout est fade, tout est triste, insipide, endormi. La physionomie humaine, vague, sombre, endormie. Horrible peur, de la part du Français, de cette contagion soporeuse.

Les chiens seuls sont vivants ; ils sont les nègres de la Belgique.

Bruxelles, beaucoup plus bruyant que Paris ; le pourquoi. Le pavé, irrégulier ; la fragilité et la sonorité des maisons ; l'étroitesse des rues ; l'accent sauvage et immodéré du peuple ; la maladresse universelle : le sifflement national *(ce que c'est), et les aboiements des chiens.*

Peu de trottoirs, ou trottoirs interrompus (conséquence de la liberté individuelle, poussée à l'extrême). Affreux pavé. Pas de vie dans la rue. — Beaucoup de balcons, personne aux balcons. Les espions, signe d'ennui, de curiosité et d'inhospitalité.

Tristesse d'une ville sans fleuve.

Pas d'étalages aux boutiques. La flânerie, si chère aux peuples doués d'imagination, impossible à Bruxelles. Rien à voir, et des chemins impossibles.

Innombrables lorgnons. Le pourquoi. Remarque d'un opticien. Étonnante abondance de bossus.

Le visage belge ou plutôt bruxellois, obscur, informe, blafard ou vineux, bizarre construction des mâchoires, stupidité menaçante.

La démarche des Belges, folle et lourde. Ils marchent en regardant derrière eux, et se cognent sans cesse[a].

CARACTÈRES GÉNÉRAUX. Bruxelles.   [F^t 23]

Les odeurs des villes. Paris, dit-on, sent le chou aigre. Le Cap sent le mouton. L'Orient sent le musc et la charogne. Francfort... ?

Bruxelles sent le savon noir.

Le linge. Insomnie causée par le savon noir.

Peu de parfums.

Peu de ragoût.

Fadeur universelle dans les cigares*ᵃ*, les légumes, les fleurs (printemps arriéré, pluvieux, chaleur lourde et molle de l'été), les yeux, les cheveux, le regard.

Les animaux semblent tristes et endormis.

La physionomie humaine est lourde, empâtée.

Têtes de gros lapins jaunes, cils jaunes.

Air de moutons qui rêvent.

Prononciation lourde, empâtée, les syllabes ne sortent pas de la gorge.

Le piment devient ici concombre.

Un chapitre sur les chiens, en qui semble réfugiée la vitalité absente ailleurs.

Les chiens attelés. (Mot de Dubois[1].)

BRUXELLES. Physionomie de la Rue.   [Fᵗ 24]

Lavage des trottoirs, même quand il pleut à verse. Manie nationale. J'ai vu des petites filles frotter avec un petit chiffon un petit bout de trottoir pendant des heures entières.

Signe d'imitation et marque particulièrement d'une race peu difficile sur le choix de ses amusements.

BRUXELLES   [Fᵗ 334 « non classé »]
MŒURS

Propreté belge.

Esprit d'imitation chez les petites filles.

Petites filles frottant, toute la journée, un petit bout de trottoir avec un petit chiffon. Futures ménagères.

                                        [Fᵗ 251, fragment]

[. . . . .[2]]

BRUXELLES

La fadeur de la vie.

BRUXELLES [F^t 25, fragment]
CARACTÈRES GÉNÉRAUX
MŒURS Chiens. Nègres de
la Belgique[1].

Tristesse des animaux. Les chiens ne sont pas plus caressés que les femmes. Il est impossible de les faire jouer et de les rendre folâtres. Ils sont alors étonnés comme une prostituée à qui on dit : Mademoiselle.

Mais quelle ardeur au travail !

J'ai [vu^a] un gros et puissant homme se coucher dans sa charrette et se faire traîner par son chien en montant une montée.

C'est bien la dictature du sauvage dans les pays sauvages où le mâle ne fait rien.

[. . . . .[2]]

BRUXELLES [F^t 26]

Premières sensations.

Bruxelles, ville plus bruyante que Paris. — Pourquoi ?

1) *pavé* exécrable, faisant sauter les roues des chariots.

2) *maladresse, brutalité, gaucherie* du peuple, engendrant une foule d'accidents.

(À propos de cette maladresse populaire, ne pas oublier la manière dont marchent les Belges, — en regardant d'un autre côté. — Circuits nombreux d'un homme civilisé pour éviter le choc d'un Belge. — Un Belge ne marche pas, il dégringole.)

3) Sifflement universel.

4) Caractère criard, braillard, sottisier. Hurlements de la bête belge.

Paris, infiniment plus grand et plus occupé, ne donne qu'un bourdonnement vaste et vague, velouté, pour ainsi dire.

BRUXELLES [F^t qui n'appartient pas au ms. de Chantilly]

Premières impressions
causées par le visage
humain et la démarche.

Eussé-je jamais cru qu'on pût être à la fois lourd et étourdi ? Les Belges prouvent les lois de la pesanteur par leur démarche. Un objet se précipite d'autant plus vite qu'il est plus lourd. Ils sont d'ailleurs incertains comme des êtres inanimés.

―――――

Stupidité menaçante des visages. Cette bêtise universelle inquiète comme un danger indéfini et permanent.

Rues de [F𝑡 27]
BRUXELLES

Pourquoi Bruxelles est si bruyant,
— Sonorité particulière du pavé.
— Fragilité et vibration des maisons.
— Maladresse des hommes de peine et des cochers.
— Les éclats de voix de la brutalité flamande[a].
— Les aboiements des chiens.
— Le sifflement universel.

PENSIONNATS

Les Belges, qu'ils s'amusent ou qu'ils pensent, ressemblent toujours à un pensionnat — hommes, femmes, garçons, petites filles. —
Les femmes même ne pissent qu'en bande. Elles vont en pisserie, comme dit Béroalde[1].
Mon combat contre une bande de dames bruxelloises en ribote.

BRUXELLES [F𝑡 28]

Aspect général des rues.
Pas de trottoirs, ou si peu.
Affreux pavé.
Pas de ruisseaux.

Manière dont les habitants se cognent et portent leurs cannes.

MŒURS. BRUXELLES [F^t 29]

Le tic du rire sans motif, surtout chez les femmes.

Le sourire est presque impossible. Les muscles de leurs visages ne sont pas assez souples pour se prêter à ce mouvement doux.

CARACTÈRES GÉNÉRAUX

Pas de vie dans la Rue.

Beaucoup de balcons, personne au balcon.

Petits jardins au fond de la maison.

Chacun chez soi. Portes fermées.

Pas de toilettes dans les rues.

Pas d'étalages aux boutiques.

Ce qui vous manque, c'est le fleuve, non remplacé par les canaux.

— Une ville sans fleuve.

Et puis les montées perpétuelles empêchent la flânerie.

BRUXELLES [F^t 30]

CARACTÈRES GÉNÉRAUX EXTÉRIEURS

MŒURS

Beaucoup de balcons, personne au balcon. Rien à voir dans la rue.

Chacun chez soi ! (petit jardinet intérieur).

Les plaintes d'un Italien.

Pas d'étalages de boutiques.

La flânerie devant les boutiques, cette jouissance, cette instruction, chose impossible ! —

Chacun chez soi !

BRUXELLES [F^t 31]

CARACTÈRES GÉNÉRAUX

Beaucoup de balcons. Mais personne au balcon.

Un peuple qui vit chez soi.

D'ailleurs, que pourrait-il regarder dans la rue ?

Traits caractéristiques de la Rue et de la population.
Le lorgnon, avec cordon, suspendu au nez.
Multitude d'yeux vitrés, même parmi les officiers.
Un opticien me dit que la plupart des lorgnons qu'il
vend sont de pures vitres. Ainsi ce lorgnon national n'est
pas autre chose qu'un effort malheureux vers l'élégance
et un nouveau signe de l'esprit de singerie et de conformité[1].

CARACTÈRES GÉNÉRAUX

Aspect généralement confortable.
Propreté des rideaux et des stores.
Fleurs en très grande quantité.
Chambres d'aspect modérément riche.
Au fond un jardinet étouffé.
Ressemblance étonnante entre tous les appartements.
Vu de près, le luxe est non seulement monotone, mais
camelote[a].

TRAITS GÉNÉRAUX

Les Belges sont un peuple siffleur, comme les sots
oiseaux. Ce qu'ils sifflent, ce n'est pas des airs.
Vigoureuse projection du sifflement. Mes oreilles
déchirées.
C'est une habitude d'enfance incurable.
Affreuse laideur des enfants. Pouilleux, crasseux,
morveux, ignobles.
Laideur et saleté. Même propres, ils seraient encore
hideux.

Peuple siffleur et qui rit sans motif, aux éclats. Signe de
crétinisme.

Tous les Belges, sans exception, ont le crâne vide.

Bruxelles.
Caractères généraux. [F^t 35]

Le visage belge, ou plutôt bruxellois.
Chaos.
Informe, difforme, rêche, lourd, dur, non fini, taillé au couteau.
Dentition angulaire.
Bouche non faite pour le sourire.
Le rire existe, il est vrai, mais inepte, énorme, *à propos de bottes.*
Visage obscur sans regard, comme celui d'un cyclope, d'un cyclope, non pas borgne, mais aveugle.
Citer les vers de Pétrus Borel[1]. Absence de regard, chose terrible.
Épaisseur monstrueuse de la langue, chez plusieurs, ce qui engendre une prononciation pâteuse et sifflante.

BELGIQUE [F^t 36]
   BRUXELLES
   Physionomie
   générale.

Singulier aspect des bouches dans la rue et partout.
Pas de lèvres de volupté.
Pas de lèvres de commandement.
Pas de lèvres d'ironie.
Pas de lèvres d'éloquence.
Latrines béantes d'imbécillité.

Cloaques béants.
Bouches informes.
Visages inachevés.

CARACTÈRES PHYSIONOMIQUES GÉNÉRAUX [F^t 37]
   BRUXELLES

Tous les visages belges ont quelque chose de sombre, de farouche ou de défiant, les uns, visages de sacristains, les autres de sauvages.
Stupidité menaçante.

Le mot de Maturin[a].

La démarche, à la fois précipitée, inconsidérée, et indécise, occupant naturellement beaucoup de place.

Abondance de bossus.

BRUXELLES   [F[t] 307]
DÉBUT

Il est certain que le point de vue le plus lugubre n'offre rien d'aussi glaçant que l'aspect de figures humaines, sur lesquelles nous cherchons vainement à découvrir une expression qui réponde à ce que nous sentons.

                                                   MATURIN[1].

BRUXELLES   [F[t] 38]

Physionomie physique.
Bruxelles est le pays des bossus, le domaine du Rachitis. Pourquoi ?
Est-ce l'eau, est-ce la bière, est-ce l'insalubrité de la ville et des logements ?
En somme, c'est bien la même race qu'autrefois. De même que le pisseur et le vomisseur et les Kermesses des Ostades et des Téniers expriment encore exactement la joie et le badinage flamand, de même nous retrouverons dans la vie actuelle les types ankylosés des peintres primitifs du Nord.

PHYSIONOMIE DES   [F[t] 14]
  BELGES

L'œil effaré, gros, stupide, fixe. Malhonnêteté apparente, tient simplement à la lenteur de la vision.

Belges qui marchent en se retournant, et qui enfin tombent par terre.

Constructions des mâchoires,
épaisseur de la langue.

Sifflement,
prononciation lente et pâteuse.

BRUXELLES   [F^t 15]
Impressions générales.
Physionomie humaine.

L'œil belge, gros, énorme, braqué, insolent (pour
les étrangers).

Œil innocent de gens qui ne peuvent pas tout voir en
un clin d'œil.

Un personnage de Cyrano dit à un autre : vous êtes
si gros qu'on ne pourrait pas vous battre tout entier en
un jour[1].

N'importe quoi est si vaste pour un œil belge qu'il
faut qu'il y mette le temps pour le regarder.

L'œil belge a l'insolence innocente du microscope.

BRUXELLES. TRAITS GÉNÉRAUX   [F^t 39]

[En marge :]   La laideur ne peut comprendre la beauté.

Rapprochons ce fait de la laideur générale de ce peuple
de cet autre fait : sa haine générale de la Beauté[2]. Exemples : les rires de la Rue et des assemblées devant la
vraie beauté, — l'inaptitude radicale des artistes belges à
comprendre Raphaël.
Un jeune écrivain[3] a eu récemment une conception
ingénieuse, mais non absolument juste. Le monde va
finir. L'humanité est décrépite. Un Barnum de l'avenir
montre aux hommes dégradés de son temps une belle
femme des anciens âges artificiellement conservée. « Eh !
quoi ! disent-ils, l'humanité a pu être aussi belle que
cela ? » Je dis que cela n'est pas vrai. L'homme dégradé
s'admirerait et appellerait[a] la beauté laideur. Voyez les
déplorables Belges.

BRUXELLES   [F^t 40]
   CARACTÈRES GÉNÉRAUX
   MŒURS

Les Belges ne savent pas marcher. Ils remplissent toute une rue, avec leurs pieds et leurs bras. N'ayant aucune souplesse, ils ne savent pas se garer, s'effacer; ils heurtent l'obstacle, lourdement.

Froideur de regard, sournois, défiant.

Expression à la fois féroce et timide. L'œil vague, et, même vous regardant en face, toujours indécis. Race défiante[a] parce qu'elle se croit encore plus faible qu'elle n'est.

FEMMES

La femme n'existe pas. Le teint sale des flueurs blanches. Et puis, comme elle n'est pas accoutumée aux caresses, elle ne sait pas plaire. Elle ne s'y applique jamais.

Il y a des femelles et des mâles. Il n'y a pas de galanterie. — Pas de toilette.

Pauvre Belgique.   [F^t 41]
   Bruxelles.

Habitudes de la Rue.

La démarche du Belge folle et lourde.

Les Belges marchent en regardant derrière eux. On dirait qu'une niaise curiosité tire leur tête en arrière pendant qu'un mouvement automatique les pousse en avant. — Un Belge peut faire trente ou quarante pas, la tête retournée, mais infailliblement vient un moment où il se cogne à quelqu'un ou à quelque chose. J'ai fait bien des circuits pour éviter des Belges qui marchaient.

Dans une foule le Belge presse de toutes ses forces son voisin de devant avec ses deux poings. L'unique ressource, c'est de se retourner brusquement, en lui donnant, comme par mégarde, un vigoureux coup de coude dans l'estomac.

MŒURS [Ft 42]
  BRUXELLES

Maladresse belge. Les Belges ne savent pas marcher. *La place que tient un Belge* dans LA RUE. C'est pire que les ouvriers français tant chantés par Pierre Dupont[1].
Maladresse des cochers belges.
(Il y a plusieurs pentes très raides dans Bruxelles.)
Ils ne savent pas indiquer le chemin.

III. BRUXELLES. *La vie, tabac,*   [Fts 352 v⁰ et 353 r⁰]
    cuisine, vins.

La question du Tabac. Inconvénients de la liberté.
La question de la Cuisine. Pas de viandes rôties. Tout est cuit à l'étuvée. Tout est accommodé au beurre rance (par économie ou par goût). Légumes exécrables (soit naturellement, soit par le beurre). Jamais de ragoûts. (Les cuisiniers belges croient qu'une cuisine très assaisonnée est une cuisine pleine de sel.)
La suppression du dessert et de l'entremets est un fait signalétique. Pas de fruits (ceux de Tournai — d'ailleurs sont-ils bons ? — sont exportés en Angleterre). Il faut donc en faire venir de France ou d'Algérie.
Enfin, le pain est exécrable, humide, mou, brûlé.
À côté du fameux mensonge de la liberté belge *et de la* propreté belge, *mettons* le mensonge de la vie à bon marché *en Belgique.*
Tout est quatre fois *plus cher qu'à Paris, où il n'y a de cher que le loyer.*
Ici, tout est cher, excepté le loyer.
Vous pouvez, si vous en avez la force, vivre à la belge. Peinture du régime et de l'hygiène belges.
— *La question des vins.* — *Le vin, objet de curiosité et de bric-à-brac. Merveilleuses caves, très riches,* toutes semblables. *Vins chers et capiteux. Les Belges* montrent *leurs vins. Ils ne les boivent pas par goût, mais par vanité, et pour faire acte de* conformité, *pour ressembler aux* Français.
— *La Belgique, paradis des commis voyageurs en vins.*
*Boissons du peuple. Le faro et le genièvre*ᵃ.

BRUXELLES   [Ft 44]

De la question du Tabac.

PAUVRE BELGIQUE   [Ft 45]

Un grand article sur *la question de la cuisine*.
    Fadeur.
    Le pain.
    Le beurre rance.
    Les légumes eux-mêmes. Pois, asperges, les pommes
       de terre !
    Les œufs au beurre noir.

    Absence de fruits.
    Absence de hors-d'œuvre.

    Pas de ragoûts.
    Le Belge n'est pas plus gourmand qu'un Papou.
    Sa cuisine est dégoûtante et élémentaire.
    Mais le marchand de comestibles... ?

    La question du vin !

BRUXELLES   [Ft 46]
   TRAITS GÉNÉRAUX
   CUISINE

    Les omelettes de M. Nadar[1].

MŒURS   [Ft 123, fragment]
BRUXELLES

[. . . . .[2]]

Cuisine belge. Absente dans les Restaurants, — ou
plutôt, pas de Restaurants. Mauvais pain, pour les gourmands. — Moyen de se consoler. Lire un livre de cuisine. — Pas de maîtresse; lisez un livre d'amour.
    Au total, j'ai tort. Il y a une cuisine flamande; mais
c'est dans les familles qu'il faut la chercher.
    Pas de viandes rôties.

BRUXELLES [F^t 47]

La question des vins et du vin.

Les Belges aiment-ils le vin ? Oui, comme objet de bric-à-brac.

S'ils pouvaient le montrer sans le faire boire et sans en boire, ils seraient fort satisfaits.

Ils le boivent, par vanité, pour faire croire qu'ils l'aiment.

Toujours des vins vieux.

Le paysan normand et le cidre.

BRUXELLES [F^t 48]

La question des vins.

Le vin en public; en famille, la bière. Ils boivent du vin *par vanité,* pour avoir l'air français, mais ils ne l'aiment pas.

Toujours la singerie, la contrefaçon.

La question du pain.
La question des légumes.
La question du beurre.
Les marchands de comestibles.

Conseils aux Français.

BRUXELLES [F^t 49]
CARACTÈRES GÉNÉRAUX
MŒURS

Économie universelle.

Histoire du monsieur qui ne veut pas payer les pickles chez Horton[1].

Le faro, 2 sous 3 centimes.

Amour frénétique des centimes.

Les chaises sans barreaux.

L'habitude de servir les boissons à la mesure, comme si le cabaretier était chargé de surveiller la fantaisie du consommateur.

Effroyable ivrognerie du peuple. Ivrognerie à bas prix. Le faro et le genièvre.

Caves bourgeoises, merveilleusement riches. Les vins y vieillissent.

Article Cuisine.   [Ft 50]
  Boisson des Bruxellois.

Le faro est tiré de la grande latrine, la Senne; c'est une boisson extraite des excréments de la ville soumis à l'appareil diviseur. Ainsi, depuis des siècles, la ville boit son urine.

IV. MŒURS. LES FEMMES ET   [Ft 353 rº et vº]
    L'AMOUR

Pas de femmes, pas d'amour.
  Pourquoi ?
  Pas de galanterie chez l'homme, pas de pudeur chez la femme. La pudeur, objet prohibé, ou dont on ne sent pas le besoin. Portrait général de la Flamande, ou du moins de la Brabançonne. (La Wallonne, mise de côté, provisoirement.)
  Type général de physionomie, analogue à celui du mouton et du bélier. — Le sourire, impossible, à cause de la récalcitrance des muscles et de la structure des dents et des mâchoires.
  Le teint, en général, blafard, quelquefois vineux. Les cheveux, jaunes. Les jambes, les gorges, énormes, pleines de suif. Les pieds, horreur ! ! !
  En général, une précocité d'embonpoint monstrueux, un gonflement marécageux, conséquence de l'humidité de l'atmosphère et de la goinfrerie des femmes.
  La puanteur des femmes. Anecdotes.
  Obscénité des dames belges. Anecdotes de latrines et de coins de rue.
  Quant à l'amour, en référer aux ordures des anciens peintres flamands. Amours de sexagénaires. Ce peuple n'a pas changé, et les peintres flamands sont encore vrais.

  Ici, il y a des femelles. Il n'y a pas de femmes.

— *Prostitution belge, haute et basse prostitution. Contre-façons de biches françaises. Prostitution française à Bruxelles.*
— *Extraits du règlement sur la prostitution*[a1].

BRUXELLES　　　　　　　　　　　　　　　　　　　[F^t 52]

La femme générale.
Un nez de polichinelle,
un front de bélier[b],
des paupières en pelure d'oignon[c].
Des yeux incolores et sans regard,
une bouche monstrueusement petite, ou simplement
une absence de bouche (ni parole, ni baiser !),
une mâchoire inférieure rentrée,
des pieds plats, avec des jambes d'éléphant (des poutres
sur des planches).
Un teint lilas,
et avec tout cela la fatuité
et le rengorgement d'un pigeon.

BRUXELLES　　　　　　　　　　　　　　　　　　　[F^t 53]

Les femmes dans la rue.
Leurs pieds,
Leurs mollets,
Leur puanteur.
Si vous leur cédez le trottoir, comme accoutumées
qu'elles sont à le céder aux hommes, elles sont descendues
du trottoir en même temps que vous, elles vous heurtent
et vous remercient de votre bonne intention en vous
traitant de malappris.
Description de quelques femmes belges. — Le nez,
les yeux, la gorge. Les Rubens en suif[2].

Bruxelles.
　Femmes.　　　　　　　　　　[F^t 330 « non classé »]

Poules, pimbêches, pies-grièches.

BRUXELLES   [Fᵗ 54]
   CARACTÈRES GÉNÉRAUX
   MŒURS

Les Belges marchent d'une manière à la fois furibonde
et indécise, comme les voitures conduites par leurs détestables cochers.

FEMMES

Les femmes marchent les pieds en dedans.
Gros pieds plats.
Gros bras, grosses gorges
et gros mollets des femmes.

Une force marécageuse.

MŒURS   [Fᵗ 55]
   BRUXELLES
   LES FEMMES

Un Remède d'amour, expression Louis XIII.
Ici, aucun mérite pour l'homme à être chaste.
Priape deviendrait triste.
Les deux sexes font bande à part.
Chez l'homme, pas de galanterie.
Chez la femme, pas de coquetterie, pas de résistance,
pas de pudeur.
Chez l'homme, pas de gloire, pas de conquête, pas de
mérite.
Toutes blondes, fades, avec des yeux de mouton bleus
ou gris, à fleur de tête.
Une Cafrine serait ici un Ange.
Planturosité et précocité de la jeune fille, précocité
adipeuse.
Légumes élevés dans un terrain marécageux.
Les femmes ne savent pas marcher. — Pas de toilette,
pour le public.
Quelques Françaises — entretenues, mais fort tristes.
— Prendre quelques notes bizarres dans le règlement
sur la prostitution.

Pauvre Belgique.   [Fᵗ 56]
   Femmes.

   Il y a ici des femelles, il n'y a pas de femmes. Pas de galanterie. Pas de coquetterie. Pas de pudeur !
   La pudeur eſt un article de Paris qui n'entre pas, soit qu'il soit prohibé, soit que personne n'en sente le besoin.

BRUXELLES   [Fᵗ 57]
   FEMMES
   AMOUR

   L'amour brille par son absence.
   Ce qu'on appelle amour ici eſt une pure gymnaſtique animale que je n'ai pas à vous décrire.

   Les amants vomisseurs.

   La jeune marchande de papier remplissait toute la boutique de puanteur. (La vieille Anglaise prise de *Délirium tremens*.)
   La jeune fille rit aux éclats à l'homme qui lui demande son chemin, ou lui répond : *Gott for dam* [sic] !...

BRUXELLES   [Fᵗ 58]
   Traits généraux.

   Pas de galanterie, pas de pudeur.
   La femme belge.
   Pisseries et chieries des dames belges.
   La mère belge, sur ses latrines (porte ouverte), joue avec son enfant et sourit aux voisins.
   Amour prodigieux des excréments qu'on retrouve dans les anciens tableaux. C'était bien leur patrie que peignaient ces peintres-là.
   Dans une petite rue, six dames belges pissant, barrent le passage, les unes debout, les autres accroupies, toutes en grande toilette.
   La propreté des femmes belges. Difficile de ne pas sentir même dans la rue la puanteur d'une dame belge, ainsi que celle de sa fille (Montagne-de-la-Cour).

Mœurs. [F^t 59]

Je n'ai jamais pu faire comprendre à un Belge que la galanterie entrait pour une grande part dans l'éducation qu'une mère française donne à son fils.

Les Belges croient que la galanterie veut dire bestialité !

Dimanche 27 nov.
   Indépendance belge[a1].

Sophocle et Virgile.
   Le sieur Duruy[2].

V. MŒURS *(suite)* [F^t 353 v°]

Grossièreté belge (même parmi les officiers).
Aménités de confrères, dans les journaux.
Ton de la critique et du journalisme belges.
Vanité belge blessée.
Vanité belge au Mexique.
Bassesse et domesticité.
Moralité belge. Monstruosité dans le crime.
Orphelins et vieillards en adjudication.
(Le parti flamand. Victor Joly[3]*. Ses accusations légitimes contre l'esprit de singerie, — à placer ailleurs, peut-être*[a]*.)*

POLITESSE [F^t 61]
   BRUXELLOISE

[Annotation de Baudelaire sur une coupure de journal relative à l'absence de politesse dans les classes inférieures :]

Se fait remarquer aussi chez toutes les classes.

PATRIOTISME BELGE [F^t 62]
   Espiègle, mai 1865.

[Coupure de journal, avec passages soulignés à l'encre et au crayon rouge :]

Théâtre de la Monnaie.

Le Captif, opéra-comique en un acte de M. Cormon, musique de M. Édouard Lassen.

Une grande foule se pressait Lundi à la première représentation du nouvel opéra. Succès complet et succès très mérité, voilà ce que nous enregistrons *avec d'autant plus de plaisir que M. Édouard Lassen est belge. M. Cormon n'est pour rien dans le succès, croyez-le, car jamais vous ne vîtes plus insignifiant livret, et c'est miracle que M. Lassen y ait trouvé matière à une aussi charmante partition.*

M. Cormon nous raconte en français telle quelle [sic] *et en vers clopinants un épisode de la vie aventureuse de Miguel Cervantes.*

[F⁺ 63]

GROSSIÈRETÉ UNIVERSELLE DANS TOUTES LES CLASSES

Exploit de cinq officiers. Gazette belge, 3 nov. 1865.

[Coupure de journal relatant une agression dont le directeur du *Nouvelliste de Gand,* M. Verhulst, a été l'objet, de la part de cinq officiers du 7ᵉ régiment de ligne, à la suite d'un article que ceux-ci jugeaient diffamatoire.]

Gazette belge, 5 novembre 1865.   [F⁺ 64]

[Coupure de journal donnant de mauvaises nouvelles arrivées la veille du Mexique et annonçant la démission des officiers belges qui servent dans le corps expéditionnaire. Note de Baudelaire en marge :]

Les officiers donnant leur démission, *il est clair* que Maximilien n'a plus qu'à s'en aller. C'est de la logique belge.

Expédition du Mexique. Vanité belge.   [F⁺ 65]

Gazette belge, 5 nov. 1865.

[Coupure de journal, où un correspondant motive la désaffection des officiers belges servant au Mexique.]

CONFORMITÉ   [F⁺ 66]
   BASSESSE
   DOMESTICITÉ

Sancho, 21 août [18] 64.

[Coupure de journal :]

Serait-il habile, pour mériter les suffrages et l'appui de quelques nationalistes, [...] de gouverner désormais *contre* les catholiques et de ne réserver les faveurs gouvernementales qu'à ceux qui pourront montrer une pancarte de franc-maçon ou de solidaire ? *Allons-nous revenir à ces beaux jours du gouvernement hollandais, où les pétitionnaires mettaient en marge de leurs requêtes : « Le postulant a l'honneur d'appartenir à la religion réformée »* ?

[En marge :]

Preuve que ce peuple a toujours eu un caractère de domestique, un caractère porté à la *conformité*.

Sentiments [Fᵗ 67]
    de famille,
        pas d'âme.

Gazette belge, 23 sept[embre] 1865.

[Article relatant qu'un « individu » de Tournai a vendu deux de ses enfants, quatre et huit ans, à un saltimbanque.]

Sentiments de [Fᵗ 68]
    famille.

Moralité.
(Ardennes)
Écho de Bruxelles, 5 août 1864.

Chronique judiciaire.

La Cour d'assises des Ardennes vient de juger une affaire d'inceste et d'infanticide qui dénote chez les coupables une cruauté inouïe :

Jean-Baptiste Périn et sa sœur étaient accusés d'avoir donné la mort à un enfant nouveau-né. Après l'avoir étranglé, ils l'auraient fait bouillir, puis en auraient donné la chair à un porc, et jeté les os au feu. Cette affaire a eu un grand retentissement dans le département des Ardennes; aussi un public nombreux se pressait-il dans l'auditoire.

Après un résumé de M. le Président, le jury se retire dans la chambre de ses délibérations vers midi et demi. Il en sort trois quarts d'heure après avec un verdict d'acquittement en faveur de Léonie, et de culpabilité contre Périn, mais avec circonstances atténuantes. La Cour condamne Périn aux travaux forcés à perpétuité.

BRUXELLES [Ft 69]
  Morale.

Criminalité et immoralité de la Belgique.
Ici un crime est plus féroce, plus stupide qu'ailleurs.
Viol d'un enfant de quatorze mois.
Prodigieuse immoralité des curés. Les curés sont recrutés parmi la hideuse race des paysans.

Chien mangé vivant pour 20 francs.

BELGIQUE [Ft 70]
  MŒURS
  CRIMES
  IVROGNERIE

Caractère particulièrement sauvage et bestial de l'ivresse belge.
Un père est ivre. Il châtre son fils.
Observez dans ce crime non seulement la férocité, mais le mode du crime.

Un Belge ne peut badiner ou frapper que sur les organes sexuels. Véritable obsession.

Grossièreté. [Ft 71]
  Bestialité belge.

L'homme qui s'enrichit dans les foires en mangeant des chiens vivants.
Public de femmes et d'enfants.

Immoralité belge. [Ft 72]
  *Les orphelins et les vieillards
  en adjudication.*

[Coupure du SANCHO, *Journal du Dimanche, Revue des Hommes et des Choses*, nº du 14 mai 1865. Un papillon l'accompagne, où on lit :]

Parti dit Flamand.
Patriotisme de Joly.

Accusations très légitimes
contre l'esprit de
SINGERIE BELGE[a]

[Dans cet article, Joly s'élève contre l'imitation de la France, seul canon de l'élégance belge (mœurs, langue, littérature). Imiter la France, n'est-ce pas l'inviter à faire officiellement de la Belgique une de ses provinces ?]

ORPHELINS EN ADJUDICATION
Immoralité belge[b].

[Même feuillet, autre coupure du même journal à la même date ; elle a trait à « une nouvelle forme de la traite des blancs », l'adjudication de l'entretien des orphelins et des vieillards tombés à la charge des communes.]

. . . .

[Autre paragraphe relatif au même sujet, en marge duquel on lit :]

Merveille qui ne peut avoir lieu que chez un peuple sans âme.

Férocité, stupidité, avarice, bestialité réunies.

VI. MŒURS *(suite)*   [F^t 354 r°]

Le Cerveau belge.
La Conversation belge.

Il est aussi difficile de définir le caractère belge que de classer le Belge dans l'échelle des êtres.

Il est singe, *mais il est* mollusque.

Une prodigieuse étourderie, une étonnante lourdeur. Il est facile de l'opprimer, comme l'histoire le constate ; il est presque impossible de l'écraser.

Ne sortons pas pour le juger, de certaines idées : Singerie, Contrefaçon, Conformité, Impuissance haineuse, — et nous pourrons classer tous les faits sous ces différents titres.

Leurs vices sont des contrefaçons.

Le gandin belge.

Le patriote belge.

Le massacreur belge.

Le libre penseur belge dont la principale caractéristique est de croire que vous ne croyez pas ce que vous dites, puisqu'il ne le comprend pas. Contrefaçon de l'impiété française. L'obscénité belge, contrefaçon de la gaudriole française.

Présomption et fatuité. — Familiarité. — Portrait d'un Wallon fruit-sec.

Horreur générale et absolue de l'esprit. Mésaventures de M. de Valbezen[1], consul français à Anvers.

Horreur du rire. — Éclats de rire sans motifs. — On conte une histoire touchante ; le Belge éclate de rire, pour faire croire qu'il a compris. — Les Belges sont des ruminants qui ne digèrent rien.

Et cependant, qui le croirait ? La Belgique a son Carpentras, *sa* Béotie, *dont Bruxelles plaisante. C'est Poperinghe.*

Il peut donc y avoir des gens plus bêtes que tous ceux que j'ai vus[a].

BRUXELLES　　　　　　　　　　　　　　　　　　[Ft 74]
Mœurs.
Morale.

Le caractère belge n'est pas très défini. Il flotte depuis le mollusque jusqu'au[b] singe[2].

BRUXELLES　　　　　　　　　　　　　　　　　　[Ft 75]
Caractères moraux.

Il est difficile d'assigner une place au Belge dans l'échelle des êtres. Cependant on peut affirmer qu'il doit être classé entre le singe et le mollusque. Il y a de la place.

BRUXELLES　　　　　　　　　　　　　　　　　　[Ft 76]
TRAITS GÉNÉRAUX

Le Belge sait manger sa soupe tout seul, avec une cuiller. Il sait même se servir de fourchettes et de couteaux, quoique sa gaucherie témoigne qu'il aimerait mieux déchirer sa proie avec ses dents et ses sales griffes.

Spleen de Paris.　　　　　　　　　　　　　[Ft 17, fragment]
Singulière conversation.
N'offensons pas les mânes.
Le chapelet[3].

Civilisation belge.

Le Belge eſt fort civilisé.

Il porte pantalon, paletot, parapluie, comme les autres hommes. Il se soûle et fout comme les gens d'outre-Quiévrain. Il fait semblant d'avoir la vérole pour ressembler au Français. Il [saitª] se servir d'une fourchette. Il eſt menteur, féroce, il eſt rusé, il eſt fort civilisé.

[. . . . . .¹]

IGNORANCE,   [Fᵗ 77]
   VANITÉ
   ET CRAPULE BELGES

J'ai vu à Bruxelles des choses extraordinaires.

Des architeċtes qui ignorent l'hiſtoire de l'architeċture.

Des peintres qui n'ont jamais regardé une gravure d'après Raphaël, et qui peignent un tableau d'après une photographie.

Des femmes qui vous injurient si vous leur offrez un bouquet.

Des dames qui laissent, pendant qu'elles y *officient,* la porte des latrines ouverte.

Des gandins *contrefaits* qui ont violé toutes les femmes.

Des libres penseurs qui ont peur des revenants.

Des patriotes qui veulent massacrer tous les Français (ceux-là portent le bras droit en écharpe pour faire croire qu'ils se sont battus).

Et enfin (ceci eſt le gros de la nation), une foule de gens qui vous disent quand vous leur dites : Dieu... vous ne croyez pas ce que vous dites. — Sous-entendez : puisque je ne comprends pas.

[Ajouté en marge :]   Et des officiers qui se mettent à cinq pour assommer un journaliſte dans son bureau².

BRUXELLES   [Fᵗ qui n'appartient au ms. de Chantilly]
   MŒURS GÉNÉRALES
   DANDYSME

Singes en tout.

Petit croquis du gandin belge. Il dit orgueilleusement :

Je me la casse, — ou bien : Messieurs, *vous me la faites à l'oseille.* — Si près de lui se trouve une femme qui sente bon, ne reconnaissant pas l'odeur de la famille*ᵃ*, il s'écriera : *Ça schlingue rudement ici !* Alors il étouffe de joie; il se prend pour un Parisien et regarde avec dédain le duc de Brabant, qui fume bourgeoisement des cigares à deux sols.

BRUXELLES [Fᵗ 78]
    CARACTÈRES GÉNÉRAUX
    CONVERSATION

Étonnante présomption belge, dans tous les ordres. — Un tel a fait cela, — un livre, un tableau, une action d'éclat; — j'en pourrais faire autant (c'est évident (!)), donc je suis son égal.

Belgique. [Fᵗ 13]

Impuissance de*ᵇ* conversation. — Je n'aime pas les Belges. — Pourquoi ? — Parce qu'ils ne savent pas le français. — Monsieur, dit le Belge, il y a les Hottentots. — Monsieur, les Hottentots sont très loin et vous êtes tout près, d'ailleurs on m'a fait entendre pour tout dire que depuis longtemps les Hottentots sont... damnés. — Comment ? pour ne pas savoir le français ? — Oui, Monsieur.

BRUXELLES [Fᵗ 340 « non classé »]
    CARACTÈRES GÉNÉRAUX
    CONVERSATION

Idées bizarres des Belges sur la tyrannie impériale. (Les bottes de l'Empereur pleines de mercure[1].)
Ils se *croient* libres parce qu'ils ont une constitution libérale.
Ils ne savent pas l'être.
La Constitution (papier) et les mœurs (la vie).

BRUXELLES [Ft 79]
CARACTÈRES GÉNÉRAUX
MŒURS

Lorsqu'un Belge s'adresse à dix personnes, il prend toujours un auditeur à partie, et tourne à la rigueur le dos au reste de la compagnie à laquelle il s'adresse.

Un Belge ne cède jamais le pas à une femme sur le trottoir.
Je n'ai encore vu qu'une seule fois dans un théâtre un homme chercher à attirer par son attitude et sa mise l'attention publique.
Quoiqu'il eût vêtements et pardessus de couleur claire, avec des bagues sur des gants améthyste, il passait inaperçu[a].
Du reste, les Belges ont toujours l'air mal habillé, quoiqu'ils s'appliquent beaucoup à l'être bien. Tout leur va mal.
La nature la plus brillante s'éteindrait ici dans l'indifférence universelle. Impossibilité d'une existence vaniteuse.
Ici, à propos d'art comme dans les petites villes, on ne peut pas dire : *Bis repetita placent.*

BRUXELLES [Ft 80]
TRAITS GÉNÉRAUX

Du mépris des Belges pour les hommes célèbres.
Leur familiarité avec l'homme célèbre.
Ils lui tapent tout de suite le ventre et le tutoient comme si, enfants, ils avaient roulé ensemble dans la poussière et les ordures des Marolles[1].
Chacun est convaincu qu'il en ferait bien autant *puisqu'il est homme. Homo sum, nihil humani a me alienum puto.* Nouvelle traduction.

BRUXELLES. MŒURS [Ft 81]

Vantardise universelle, relativement aux femmes, à l'argent, aux duels, etc...

Nécessité pour chaque homme de se vanter lui-même dans un pays où personne ne sait rendre justice à personne.

Du reste, personne ne trompe personne, puisque chacun sait que son voisin est aussi menteur que lui. Tout au plus croit-il la moitié de ce qui est affirmé !

Ici, malheur à la modestie. Elle ne peut être ni comprise ni récompensée. Si un homme de mérite dit : J'ai fait bien peu de chose, — on en conclut naturellement qu'il n'a rien fait.

BRUXELLES   [F^t 82]
  MŒURS
  TRAITS GÉNÉRAUX

Avec tant de lourdeur, aucune fixité. Une pesanteur énorme avec une étonnante versatilité.

Vélocité proportionnelle à la pesanteur. C'est toujours le troupeau de moutons, à droite, à gauche, au nord, au sud, se précipitant en bloc.

Je n'ai jamais vu un Belge osant tenir tête, non pas à mille personnes, mais à dix, et disant : « Vous vous trompez, — ou, vous êtes injustes ». Ces gens-là ne pensent qu'en bloc.

Aussi, il n'y a rien ici qui soit plus à la mode, ni mieux vu, ni plus honorable que le coup de pied de l'âne. Le *Vae victis* n'a jamais trouvé de si grands enthousiastes. C'est pourquoi, ce peuple ayant toujours été conquis, j'ai le droit de lui dire avec joie : *« vae victis »*.

WALLON   [F^t 83]

Un petit portrait du
Wallon fruit-sec.

Turbulent,
indiscret,
insolent,
conquérant le monde,
et refaisant^a les plans de campagne de Napoléon.
Agité,

vous disant : vous ne pensez pas ce que vous dites.

C'est surtout le Wallon qui est la caricature du Français, et non pas le Flamand.

Souvent bancal, pied bot, ou bossu.

Les Wallons, pépinière d'avocats.

BRUXELLES   [F^t 84]
   TRAITS GÉNÉRAUX

Horreur de l'esprit.

Histoire de M. Valbezen^a homme frivole à Anvers.

BRUXELLES   [F^t 85]
   TRAITS GÉNÉRAUX

Les Belges ont horreur du rire motivé; ils ne rient jamais quand il faut. Mais ils *éclatent* de rire sans motif.

« Il fait beau temps, savez-vous ? »

Et ils éclatent de rire.

BRUXELLES   [F^t 331 « non classé »]
   CERVEAU BELGE

Le néant belge.

Vous contez une histoire touchante ou sublime *(qu'il mourût !* etc...)

Tous les Belges éclatent de rire, parce qu'ils croient qu'il faut rire.

Vous contez une histoire drôle; ils vous regardent avec de gros yeux, d'un air affligé.

Vous vous foutez d'eux, ils se sentent flattés, et croient à des compliments.

Vous leur faites un compliment, ils croient que vous vous foutez d'eux.

Le Bon mot   [F^t 16]
  en Belgique.

Ici le bon mot (par exemple : *encore un Français qui est venu découvrir la Belgique*), le bon mot, généralement

emprunté à un vaudevilliste français, a la vie très dure.
Cent mille personnes peuvent s'en servir dix fois par
jour sans l'user. Tel le grain de musc qui garde son parfum sans rien perdre de son poids. Telle la cerise à
l'eau-de-vie suspendue au plafond par une ficelle et qui
léchée` par une multitude d'enfants reste longtemps
intacte. Il y a cependant cette différence qu'un enfant
plus malin l'avale quelquefois, tandis que des milliers
de Belges n'attrapent jamais un bon mot tout entier.
Ou plutôt ils l'avalent, sans le digérer, le vomissent, le
repassent et le ravalent sans dégoût, et le revomissent
avec une égale indifférence. Heureux peuple ! peuple
économe et modéré dans ses plaisirs ! Heureux peuple
dont la constitution organique est telle qu'il ne peut
jamais se permettre une ribote[a] d'esprit !

*Le Patriotisme
    belge* blessé.
L'amour-propre
    belge.
Bel échantillon
de badinage
et surtout
de bonne foi belges

[F[t] qui n'appartient pas au
ms. de Chantilly[1]]

par un littéra-
teur amateur
    et avocat

[Feuilleton de *L'Étoile belge* du 13 août] 1865[2]

CAUSERIE

Le *Figaro* de Paris a, depuis quelques semaines, découvert
derechef la Belgique et s'est empressé de publier ses impressions
de voyage. Comme de coutume, elle n'a point trouvé grâce devant
lui. Il nous manque, pour lui plaire, bien des qualités.

— Ne vous gênez pas, M. Babou (Hippolyte)[3].

C'est le nom du Christophe Colomb de la gazette parisienne.

— Vous prenez un soin inutile de vous excuser. Parlez librement d'un pays libre. Ce doit vous être un baume, à vous Français du second Empire. Les Belges comprennent que vous vous émancipiez parmi eux, même à leurs dépens. Vous êtes si fort en tutelle là-bas ! Vous les accusez de ralentissement ? En effet, vous en avez le droit, vous qui marchez, vous qui courez si fièrement dans la voie du progrès, — à reculons. Venez donc nous conter nos défauts et nos péchés. Vous les contez si drôlement. Souffrez seulement que nous vous rappelions le renard qui a la queue coupée. Vos avis sont fort bons, vous dirons-nous avec le fabuliste :

Mais tournez-vous, de grâce, et l'on vous répondra.

L'autre soir, au *Globe,* un monsieur pérorait, pérorait, pérorait. Encore une chose que *nos Améric Vespuce font bien en terre étrangère, car chez eux, chacun sait ça, c'est l'empire du silence.*

L'orateur s'escrimait *des pieds et des mains* pour prouver que De Maistre est plus grand que Voltaire. C'est de bonne guerre, de Français à Savoyard, depuis l'annexion de Nice et de Chambéry.

On eût cru une conférence. Personne n'interrompait l'homme à paradoxes : il est mal d'éveiller en sursaut les somnambules.

Quelqu'un dit : « C'est le commis voyageur du *Figaro.*

— Non, dit un autre, c'est M. Baudelaire. »

Baudelaire ou Babou, Babou ou Baudelaire, *que l'un vienne devant et l'autre par-derrière,* qu'ils fassent la paire à deux ou un même Figaro sous des noms différents, peu importe.

Celui-ci chanta *Les Fleurs du mal* avec trop d'amour. *La police correctionnelle saccagea son parterre.*

Celui-là adressa au public « comme un défi » des *Lettres satiriques et critiques.* Sont-elles arrivées à destination ?

Tous deux eurent un éditeur en qui aussi la justice trouva à reprendre. Le climat de la patrie lui parut si malin qu'il respire aujourd'hui l'air plus pur d'Ixelles[1]. C'est « Ma Belgique » du *Figaro* qui l'apprend aux Belges surpris de tant d'honneur.

Soyons bon prince, M. Hippolyte, ne nous en veuillez pas. Nous avons du bon. Votre ami, M. Poulet-Malassis, — un drôle de nom — vous l'aura dit.

Quant à sa bonne picarde, gasconne ou auvergnate[2], qui se moque, dites-vous, de notre accent, eh bien ! priez-la de nous enseigner le sien, *nous aurons de l'agrément.*

À tout prendre, ce M. Babou, qui jure que l'esprit se ramollit en Belgique, parle de science personnelle sans doute. Il se sera observé et il le confesse ingénument. Sachons-lui-en gré, au lieu de lui jeter la pierre. Il prétend qu'une solution de continuité se produit dans l'intelligence des Français, dès qu'ils franchissent nos frontières. À qui la faute ? Et au pis aller, ce serait leur affaire, non la nôtre. Que les compatriotes de M. Babou, fixés en Belgique, lui répondent.

Il daigne nous donner une fiche de consolation toutefois. *On naît peintre en Belgique,* dit-il.

L'aveu a son prix. Il signifie que le peuple belge est artiste, qu'il a conservé, à travers les vicissitudes de la fortune, un coin idéal, *un côté divin du génie de l'humanité.* C'est là un glorieux témoin de ses forces vitales et de sa perfectibilité.

On nous concède donc que les Belges naissent peintres. C'est un don.

BRUXELLES   [F^t 86]
   CARACTÈRES GÉNÉRAUX

À propos des peintres animaliers,
ou des yeux de moutons qui rêvent,
ou de l'horreur de l'esprit.
Les Belges sont des *Ruminants* qui ne digèrent rien.

BRUXELLES   [F^t 87]
   CARACTÈRES GÉNÉRAUX

Pour Bruxelles, Poperinghe est une Béotie.
Comprenez-vous les comparatifs
dans l'absolu et le superlatif[1] ?

VII. MŒURS DE BRUXELLES   [F^t 354 v°]

Esprit de petite ville. Jalousies. Calomnies. Diffamations. Curiosité des affaires d'autrui. Jouissance du malheur d'autrui.

Résultats de l'oisiveté et de l'incapacité[a].

BRUXELLES   [F^t 89]
   CARACTÈRES GÉNÉRAUX
   MŒURS

ESPRIT DE PETITE VILLE

Défiance belge. Cancans belges. Diffamation belge.
On m'a traité de mouchard.

Mouchard veut dire homme qui ne pense pas comme nous.

Synonyme au XVIII⁰ siècle : pédéraste.

CURIOSITÉ DE PETITE VILLE

Si le goût des allégories revenait dans la littérature, le poète ne saurait mieux placer qu'à Bruxelles *le Temple de la Calomnie*.

Un Belge se penche à votre oreille : « Ne fréquentez pas celui-ci. C'est un infâme. » Et cet autre à son tour : « Ne fréquentez pas celui-là. C'est un scélérat. » — Et ainsi, tous, les uns des autres.

Mais ils ne craignent pas les mauvaises fréquentations, car ils se voient, se tolèrent, et se fréquentent mutuellement quoique toute la nation ne soit composée que de scélérats — à les en croire.

Quand je me suis senti calomnier, j'ai⁰ voulu mettre un terme à cette passion nationale, en ce qui me concernait et, pauvre niais que je suis ! je me suis servi de l'ironie.

À tous ceux qui me demandaient pourquoi je restais si longtemps en Belgique (car ils n'aiment pas que les étrangers restent trop longtemps) je répondais *confidentiellement* que j'étais mouchard.

Et on me croyait !

À d'autres que je m'étais exilé de France parce que j'y avais commis des délits d'une nature inexprimable, mais que, j'espérais bien que grâce à l'épouvantable corruption du régime français, je serais bientôt amnistié.

Et on me croyait !

Exaspéré, j'ai déclaré maintenant que j'étais non seulement meurtrier, mais pédéraste. Cette révélation a amené un résultat tout à fait inattendu. Les musiciens belges en ont conclu que M. Richard Wagner était pédéraste.

Car il ne peut pas entrer sous un crâne belge qu'un homme loue un autre homme d'une manière désintéressée.

BRUXELLES   [F^t 91]
  CARACTÈRES MORAUX

ESPRIT DE PETITE VILLE

L'oisiveté des Belges les rend très amoureux de nouvelles, de cancans, de médisances, etc...

Une curiosité de village les pousse aux embarcadères
pour voir qui arrive.

Peu de gens se réjouissent autant qu'eux du malheur
qui arrive à autrui.

(La pensée d'Emerson sur les amis au lit d'un malade[1].)

BRUXELLES   [F^t 92]
  TRAITS GÉNÉRAUX

ESPRIT DE PETITE VILLE

Les Belges sont très défiants. Personne au balcon. Vous
sonnez, on entrebâille une porte, on vous regarde comme
un représentant du peuple qui vient réclamer le reliquat
arriéré d'un subside.

J'ai passé pour mouchard.

J'ai ajouté que j'étais Jésuite et pédéraste. Et on m'a
cru, tant ce peuple est bête !

Bruxelles.   [F^t 93]
  Mœurs.
  Indiscrétion.
  Curiosité.

ESPRIT DE PETITE VILLE

Un esprit, voisin de l'esprit cancanier et calomnia-
teur, pousse les Belges à écouter aux portes, à faire des
trous aux portes.

Arthur[2] et la concierge.

CARACTÈRES GÉNÉRAUX
MŒURS

ESPRIT DE PETITE VILLE

Conversation.   Horreur de l'Esprit.
Le rire sans motif.
Les Cancans.
La diffamation continue.
On annonce toujours le déshonneur ou la ruine d'un voisin.

Quand le voisin est ruiné, fût-il le plus honnête homme du monde, tout le monde le fuit, dans la crainte de s'entendre demander un service.

La pauvreté, grand déshonneur.

Petite ville
petits esprits
petits sentiments.

CARACTÈRES GÉNÉRAUX
MŒURS.   CONVERSATION

CURIOSITÉ BELGE. ESPRIT DE PETITE VILLE

Si vous restez ici quelque temps, tout le monde vous dit : Monsieur est expatrié, sans doute ?

Tant il leur est difficile de comprendre qu'on puisse rester ici *par agrément,* et vivre volontairement avec eux.

J'ai toujours envie de répondre : oui, Monsieur, parce que j'ai assassiné mon père, et que je l'ai mangé, sans^a le faire bouillir.

Mais on me croirait.

Le Belge est comme le Russe, il craint d'être étudié. Il veut cacher ses plaies.

VIII. MŒURS DE BRUXELLES   [F^t 354 v°]

Esprit d'obéissance et de CONFORMITÉ.
Esprit d'association.
Innombrables sociétés (restes des corporations).
Dans l'individu, paresse de penser.
En s'associant, les individus se dispensent de penser indivi-
duellement.
La société des Joyeux.
Un Belge ne se croirait pas heureux s'il ne voyait pas d'autres
gens heureux par les mêmes procédés. Donc, il ne peut pas être
heureux par lui-même^a.

BRUXELLES   [F^t 97]

Rapprochez ceci du Néant Belge dans la conversation,
le rire imbécile, etc...

ESPRIT D'OBÉISSANCE ET DE CONFORMITÉ

— Si vous croyiez avoir trouvé le bonheur, n'éprou-
veriez-vous pas le besoin de partager la recette ?
— Non.
— Moi, si — je ne croirais pas que je suis heureux si
je ne voyais pas d'autres hommes vivre de la même
manière que moi. *Je fais ainsi la preuve de mon bonheur.*

Tels étaient les discours d'un Belge[1] qui, sans provocation de ma part, s'est attaché à moi pendant quatre
heures pour me raconter qu'il était très riche, qu'il avait
beaucoup de curiosités, qu'il était marié, qu'il avait
voyagé, qu'il avait eu souvent le mal de mer, qu'il avait
fui Paris à cause du choléra, qu'il possédait à Paris
une fabrique dont tous les contremaîtres étaient décorés — et
tout cela parce que, espérant me débarrasser^b de lui,
je lui avais dit qu'il n'y avait de bonheur pour moi que
dans la solitude.

BELGIQUE [F^t 98]
 MŒURS DE LA RUE

Les Belges ne pensent qu'en bande (francs-maçons, libres penseurs, sociétés de toute espèce) et ne s'amusent qu'en bande (sociétés d'amusement, sociétés pour l'élève des pinsons) (petites filles se donnant toutes le bras ; — de même les petits garçons, de même les hommes, de même les femmes).

Ils et elles ne pissent qu'en bande.

Bandes de femmes par qui j'ai été attaqué, et que je n'ai pu mettre en fuite qu'avec mon cigare.

BRUXELLES [F^t 99]
 TRAITS GÉNÉRAUX

Amour des Belges pour les sociétés, les demi-sociétés, les quarts de sociétés... Division infinie.

Mesure disciplinaire de s'amuser, de pleurer, de se réjouir, de prier. — Tout se fait à la prussienne. En somme cela accuse l'incapacité de l'individu à pleurer, à prier et à s'amuser tout seul.

Vieux débris des sottises féodales : serments, lignages, corporations, jurandes, nations, métiers.

Van der Noot[1] règne encore.

(Curieux malentendu entre les deux révolutions, la Brabançonne et la Française.)

BRUXELLES [F^t 100]
 MŒURS

Il n'y a pas de peuple plus fait pour la conformité que le peuple belge.

Ici on pense en bande, on s'amuse en bande, on rit en bande. Les Belges forment des sociétés pour trouver une opinion. Aussi n'y a-t-il pas de gens qui éprouvent plus d'étonnement ou de mépris pour ceux dont l'opinion n'est pas conforme à la leur. Ensuite il est impossible à un Belge de croire qu'un homme croit ce que lui, ne croit pas. Donc, tout dissident est de mauvaise foi.

Je connais peu les catholiques belges. Je les crois tout aussi bêtes, tout aussi mauvais, et surtout aussi paresseux que les Belges athées.

— preuve de l'esprit d'obéissance et de la paresse des Belges.

— « Qu'allez-vous à l'Église, puisque vous n'avez pas de livre de messe ? »

BRUXELLES [F^t 101]
   CARACTÈRES GÉNÉRAUX
   MŒURS

Amour des sociétés.

Amour des corporations (Débris du Moyen Âge).

Les Francs-maçons.

On pense en commun. C'est-à-dire qu'on ne pense pas.

Inde, brûlant amour des grades, des présidences, des décorations, du militarisme (garde civique).

Pour le plus petit succès, tous les grades dans tous les ordres, toutes les distinctions vous viennent à la fois.

Un petit échec et vous n'êtes plus rien. Vous perdez tout; vous dégringolez de toutes les échelles.

BRUXELLES [F^t 333 « non classé »]
   MŒURS

Esprit de conformité, même dans la joie.

Association de 40 hommes joyeux pour inventer des poissons d'avril.

L'élève des pinsons.

Société pour crever les yeux des pinsons[1].

Le duc de Brabant président d'une académie pinsonnière.

Barbarie des jeux de l'enfance.

Des oiseaux attachés par la patte à un bâton.

IX. MŒURS DE BRUXELLES   [F^t 354 v°]

Les Espions.
La cordialité belge.
Incomplaisance.
Encore la grossièreté belge. Le sel gaulois des Belges.
Le pisseur et le vomisseur, *statues nationales que je trouve symboliques.* — *Plaisanteries excrémentielles*[a]

MŒURS   [F^t 103]
    BRUXELLES

La Cordialité belge s'exprime clairement par l'*Espion*, qui dit clairement que l'habitant s'ennuie, et qu'il n'est pas disposé à ouvrir à tous ceux qui frappent.

Elle s'exprime par l'absence de lampes pour allumer les cigares. On ne peut allumer son cigare que dans le lieu où on l'achète.

— par la mauvaise humeur des gens à qui on demande son chemin. (Dieu me damne ! voulez-vous bien me foutre la paix ?)

Quelques-uns consentiront peut-être à vous dire votre chemin ; mais ils sont si maladroits que vous n'y comprendrez rien.

« Monsieur, tu vas aller là-bas, et puis tu prendras alors par l'avenue, et puis tu tourneras vers... » nommant quelquefois les localités que vous auriez besoin de connaître pour les comprendre.

« À droite... à gauche », langue inconnue.

BRUXELLES   [F^t 104]
    CARACTÈRES GÉNÉRAUX
    MŒURS

Chacun chez soi. Personne au balcon. L'espion. Le petit carré de jardin.

Grandes fortunes. Grande économie.

Notes de Malassis. — Le roi brosse son chapeau ; la pluie va venir par-dessus la poussière. Plusieurs millions d'hommes brossent leurs chapeaux et époussettent leurs épaules.

Culte des Belges pour leurs chapeaux.

Les Belges aiment leurs chapeaux comme le paysan de P. Dupont aime ses bœufs.

Les allumettes sont des objets également précieux. Il faut les aménager.

Les chaises sans bâtons transversaux.

Le mot de Dubois[1] sur les chiens. (N'amène pas ton chien, il serait humilié de voir ses pareils traîner des voitures. — Au moins, Monsieur, on ne les musèle pas ici.) Beau chapitre à faire sur ces vigoureux chiens, sur leur zèle et sur leur orgueil. On dirait qu'ils veulent humilier les chevaux.

MŒURS. BRUXELLES [F^t 105]

« Grattez un Russe civilisé, disait Bonaparte, vous trouverez un Tartare. »

Cela est vrai, même pour les plus charmants Russes que j'ai connus.

Grattez un prince belge, vous trouverez un rustre.

MŒURS [F^t 106]
BRUXELLES

Grossièreté dans les mœurs de la rue.

— On ne cède pas le trottoir à une femme.

— Un ouvrier français est un aristocrate auprès d'un prince de ce pays.

Grossièreté de la plaisanterie.

Le *sel gaulois* des Belges. Mon horreur du fameux *sel gaulois*[2].

La merde française et la merde belge, deux formes de la même espèce de plaisanterie.

L'homme qui pisse. Le vomisseur[3].

Cette grossièreté se reproduit dans l'amour. Même dans l'amour paternel. Les culs nuds de Jordaens. Cela est dans la vie flamande.

Cela se reproduit dans la vie politique.

Exemples à tirer des journaux.

Cela se reproduit dans le clergé. Le clergé est sottisier et provocant[a].

X. MŒURS DE BRUXELLES

Lenteur et paresse des Belges ; dans l'homme du monde, dans les employés et dans les ouvriers.

Torpeur et complications des Administrations.

La Poste, le Télégraphe, l'Entrepôt.

Anecdotes administratives[b].

BRUXELLES
TRAITS GÉNÉRAUX

Lenteur belge

La paresse des Belges.

Ils se lèvent tard.

Les commerçants eux-mêmes ne connaissent pas le travail.

Un changeur me prend pour un mendiant.

BRUXELLES
Lourdeur.
LENTEURS ADMINISTRATIVES.
Délibérations interminables
    en toute chose.

LENTEUR BELGE

Un ouvrier puisatier tombe dans un éboulement.

Proclamations. Recherche d'ouvriers. Appels.

Plusieurs jours s'écoulent. Le repos du dimanche est observé, malgré les apologues de Jésus-Christ.

Enfin on retrouve le cadavre. Alors on cherche à prouver que l'homme enseveli a dû mourir asphyxié dès le commencement.

BRUXELLES [F^t 110]
   CARACTÈRES GÉNÉRAUX

La loi postale.
Le Télégraphe.

BRUXELLES [F^t 111]
   CARACTÈRES GÉNÉRAUX
   MŒURS

Pour faire pendant à la pudeur de l'*Espiègle* (nos femmes et nos sœurs),
la pudeur du Télégraphe[1].

Charpentier[2]	100	Hôtel	100
Ma mère	200	Jousset	600
Villemessant	200	Jeanne	50
	Moi 50		

ADMINISTRATIONS BELGES [F^t 325 « non classé »]

Postes.
Télégraphe.
Entrepôt — Douanes.

Mes aventures avec la POSTE à propos des épreuves.
Pas de loi pour les objets qui ne sont pas une correspondance (manuscrits).
M. Hoschtei[3]...
L'administration Van Gend[4] (à propos de manuscrits).
LE TÉLÉGRAPHE ne dépose pas les dépêches. Mes aventures avec le Télégraphe.

LA DOUANE
Grossièreté et stupidité des employés.

13 bureaux, 20 signatures de moi, 20 signatures de l'administration. Le Contrôleur des Douanes. Le Directeur des Douanes. Son portrait. Le ministre de l'Intérieur. Le ministre des Finances.

« La vraie raison pour laquelle j'ai fait venir ma montre en Belgique ? » — Aucunes tribulations anciennes égales à celle-là.

HYGIÈNE[1]   [F^t 338 « non classé »]

Être un *grand homme* pour soi-même.

BELGIQUE

Administration des postes. Vols.

(Épreuves — pétition au Sénat) (Malassis).

Télégraphe.

Vol. Histoire de ma dépêche.

(Maison fermée.)

(Il vous embrasse.)

Les institutions dérivent des mœurs.

Pas de loi pour les épreuves.

Un peuple qui n'écrit pas, et n'a pas de pensées à communiquer.

Dépêches non déposées.

Un peuple qui n'a rien d'important ni de pressé à dire, ne croit pas que les autres peuples aient quoi que ce soit de pressé à transmettre.

Comme l'homme fait Dieu à son image, la peuplade belge se figure les autres peuples semblables à elle.

XI. MŒURS DE BRUXELLES   [F^t 355 r°]

Moralité belge. Les Marchands. Glorification du succès. L'Argent. — *Histoire d'un peintre qui aurait voulu livrer Jefferson Davis pour gagner la prime.*

Défiance universelle et réciproque, signe d'immoralité générale. À aucune action, même à une belle, un Belge ne suppose un bon motif.

Improbité commerciale (anecdotes).

Le Belge est toujours porté a se réjouir du malheur d'autrui. D'ailleurs cela fait un motif de conversation, et il s'ennuie tant !

Passion générale de la Calomnie. J'en ai été victime plusieurs fois.

Avarice générale. Grandes fortunes. Pas de charité. On

dirait qu'il y a conspiration pour maintenir le peuple dans la misère et l'abrutissement.

Tout le monde est commerçant, même les riches. Tout le monde est brocanteur.

Haine de la beauté, pour faire pendant à la haine de l'esprit.

N'être pas conforme, c'est le grand crime[a].

Pauvre Belgique.   [Ft 113]
   Traits généraux.

MORALITÉ BELGE

Ici, il n'y a pas de voleurs de profession. Mais cette lacune est largement compensée par l'improbité universelle.

Ainsi dans les états où la prostitution légale n'existe pas, toutes les femmes sont vénales.

Pauvre Belgique.   [Ft qui n'appartient pas au ms. de Chantilly]
   Traits généraux.
   Morale belge.

MORALITÉ BELGE

Verwée[1] voudrait bien gagner les 500 000 fr. en livrant Jefferson Davis[2]. Babou scandalisé. « Dame ! PUISQUE c'est un scélérat ? » — Babou riposte : « Si vous livrez aujourd'hui un scélérat pour une somme quelconque, demain vous livrerez un honnête homme. »

J. Leys, honteux de son compatriote, tâche d'arranger les choses.

« Vous le livreriez par patriotisme; et puis vous vous feriez commander un tableau pour le musée de Washington. »

(En tant qu'il y ait un musée dans le repaire des Yankees.)

« Non pas, — dit Verwée, qui s'entête naïvement dans l'infamie, — je prendrais d'abord les 500 000 fr., — et puis je consentirais peut-être[b] à faire un tableau pour le Musée. »

Moralité belge.

BRUXELLES　　　　　　　　　　　　　　　　　　[F^t 114]
　　CARACTÈRES GÉNÉRAUX
　　MŒURS

Dans un pays où chacun est défiant, il est évident que tout le monde est voleur.

BRUXELLES　　　　　　　　　　　　　　　　　　[F^t 115]
　　MŒURS

Appliquer aux Belges le passage d'Emerson relatif à l'opinion des Yankees sur *Cobden* et *Kossuth*[1].
(The Conduct of Life.)
Ainsi, à propos de Liszt...
Jamais un Belge ne suppose le bon motif.
Il s'obstinera à en découvrir un mauvais, parce qu'il ne peut en avoir, lui, qu'un mauvais.

BRUXELLES　　　　　　　　　　　　　　[F^t 332 « non classé »]
　　MŒURS

Prévoyance dans les familles, le père a deux fils.
L'un sera libéral　　　　　　　　branche aînée.
L'autre clérical　　　　　　　　　branche cadette.
Et ainsi l'avenir de la famille est appuyé[a] sur les deux chances de l'avenir. Donc elle ne peut pas perdre.
Dans les deux cas possibles elle est nantie.

BRUXELLES　　　　　　　　　　　　　　　　　　[F^t 116]
　　MŒURS

Improbité générale.
Gare aux Juifs !
Gare surtout aux Russes allemands !
Ce que c'est que le Russe allemand.
Quelques beaux exemples d'improbité belge.
Ces gens d'ailleurs se volent très bien entre eux, et le vainqueur en est plus estimé.

BRUXELLES [F^t 335 « non classé »]
    MŒURS

Improbité universelle.

Moyens de friponnerie des marchands, très restreints; peuple sans imagination.

Ajouter le chiffre d'un à-compte au chiffre total d'une note.

(Dame ! Monsieur, nous ne voulons pas disputer contre vous.)

Deux jours après qu'une note a été acquittée, ils la présentent à nouveau. — J'ai payé. — Non, puisque voici votre facture. (Ils espèrent qu'en votre qualité de Français, vous avez égaré la facture acquittée; mais vous la retrouvez.) Alors :

— Dame ! Monsieur, nous ne voulons pas disputer contre vous.

C'est la réponse conforme.

Le propriétaire de Malassis.

BRUXELLES [F^t 117]
Caractéristiques morales.

Le Belge vous est incommunicable, comme la femme[1], parce qu'il n'a rien à vous communiquer, et vous lui êtes incommunicable, à cause de son impénétrabilité. — Rien de mystérieux, de profond et de bref comme le Néant !

Sa haine de l'étranger.

Comme il hait et méprise le Français !

Être oisif et envieux, il a un besoin perpétuel de calomnie.

N'ayez crainte de l'affliger en disant la vérité sur lui-même. Quand il sait lire, il ne lit pas.

Nul être n'est plus porté à se réjouir du malheur d'autrui.

Barbarie et grossièreté *universelles,* sans exception, avec vive affectation de manières civilisées. *Manières ! ! !*

BRUXELLES   [Ft 118]
    MŒURS

Atmosphère hostile.
Le regard et le visage de l'ennemi, partout, partout.
La calomnie, le vol, etc...
Cependant, dans les premiers jours, curiosité bestiale,
semblable[a] à celle des canards qui viennent en troupe au
moindre bruit du rivage.
Le préjugé de l'hospitalité belge.
Conseils aux Français qui désirent souffrir le moins
possible.

BRUXELLES   [Ft 119]
    CARACTÈRES GÉNÉRAUX

Avarice belge. Le dixième du revenu est dépensé. Le
reste capitalisé.
Les dessins de Delacroix[1].

Pauvre Belgique.   [Ft 120, fragment[2]]

Race antipathique. — Haine de la Beauté. — Pudeur
belge. — Dandysme belge.
En Belgique on sent partout l'ennemi. Tyrannie de la
face humaine, plus dure qu'ailleurs. L'œil étonné, hébété,
de l'homme, de la femme et de l'enfant.
    — Oh ! ce monsieur, comme il a l'air bête !
    — Effet que produirait une belle femme à Bruxelles.
Analyse de la haine ou de l'hilarité que cause la Beauté.
La Beauté est rare. Histoire de Mme Muller[3]. — Canaille
française. — Ici tout le monde canaille.
    — De la pudeur des femmes belges. Les pisseuses de
la rue du Singe. Histoire de latrines, portes ouvertes. —
Les petites filles.
[. . . . .]

XII. MŒURS DE BRUXELLES   [Ft 355 r°]

Le préjugé de la propreté belge. *En quoi elle consiste.* —
Choses propres et choses sales en Belgique. Métiers fructueux :

les blanchisseurs-plafonneurs. Mauvais métiers : Maisons de Bains.

Quartiers pauvres. Mœurs populaires. Nudité. Ivrognerie. Mendicité[a].

BRUXELLES [F[t] 122]
  CARACTÈRES GÉNÉRAUX

Parmi les choses sales :
La Senne,
qui ne pourrait pas, tant ses eaux sont opaques, réfléchir un seul rayon du soleil le plus ardent.
Assainissement de la Senne.
Un seul moyen, c'est de la détourner, et de l'empêcher de passer par Bruxelles, où elle sert de vidange aux latrines.

BRUXELLES [F[t] 123, fragment]
  MŒURS

PROPRETÉ BELGE. Grande impression de blancheur. Agréable d'abord. Et puis désagréable. Couleurs étranges : rose et vert clairs.
Choses propres: parquets, rideaux, poêles, façades, lieux d'aisance.
Choses sales : le corps humain et l'âme humaine. (Quant aux parfums, l'éternel savon noir.)
Les plafonneurs-blanchisseurs — industrie énorme. Peut-être le peinturelage [*sic*] des bâtiments est-il nécessaire dans ce climat. On arrose quand il pleut.
[. . . . .[1]]

BRUXELLES [F[t] 124]
  TRAITS GÉNÉRAUX

LAIDEUR ET MISÈRE

De la prostitution

La misère, qui dans tous les pays, attendrit si facilement le cœur du philosophe, ne peut ici que lui inspirer le plus irrésistible dégoût, tant la face du pauvre est originellement marquée[a] de vice et de bassesse incurable !

L'enfance, jolie presque partout, est ici hideuse, teigneuse, galeuse, crasseuse, merdeuse.

Il faut voir les quartiers pauvres, et voir les enfants nus se rouler dans les excréments. Cependant je ne crois pas qu'ils les mangent.

La vieille femme elle-même, l'être sans sexe, qui a ce grand mérite, partout ailleurs, d'attendrir l'esprit sans émouvoir les sens, garde ici sur son visage toute la laideur[b] et toute la sottise dont la jeune a été marquée dans le ventre maternel. Elle n'inspire donc ni politesse ni respect ni tendresse.

XIII. DIVERTISSEMENTS BELGES   [F[t] 355 v°]

Caractère sinistre et glacé.
Silence lugubre.
Toujours l'esprit de Conformité. *On ne s'amuse qu'en bande.*
Le Vaux Hall.
Le Casino.
Le Théâtre Lyrique.
Le Théâtre de la Monnaie.
Les Vaudevilles français.
Mozart au Théâtre du Cirque.
La troupe de Julius Langenbach (aucun succès parce qu'elle avait du talent).
Comment j'ai fait applaudir par une salle entière un vieux danseur ridicule.
Les vaudevilles français.

Bals populaires.
Les jeux de balle.
Le tir a l'arc.

Le Carnaval à Bruxelles. Jamais on n'offre à boire à sa danseuse. Chacun saute sur place et en silence.
Barbarie des jeux des Enfants[c].

BRUXELLES   [F^t 126]
   TRAITS GÉNÉRAUX

Multitude de fêtes.
Tout est prétexte à fête.
Kermesse de Rues.
Arcs de triomphe pour tous les vainqueurs.

L'Office de publicité[1] et les latrines.

BRUXELLES   [F^t 127]
   MŒURS, PLAISIRS

Le Belge, dans un concert, accompagne la mélodie
avec le pied ou la canne, pour faire croire qu'il la
comprend.

BRUXELLES   [F^t 128]
   CARACTÈRES GÉNÉRAUX
   MŒURS

On écoute avec attention la musique sérieuse,
avec inquiétude les gaudrioles.
Pour faire comprendre qu'on sent la mesure, on bat
le parquet avec sa canne.
Chaque concert a une partie française; on a peur, il
est vrai, d'être Français, mais on a peur de ne pas le
paraître.

BRUXELLES   [F^t 129]
   LIEUX DE DIVERTISSEMENTS

Il n'y en a pas.
Un bal à *la Louve*[2].
Danse majestueuse, mais dansée par des ours. Espèce
de *pavane,* dont un chorégraphe pourrait faire une chose
charmante. Quelques danses d'origine ancienne. (Les
Belges n'offrent pas de rafraîchissements[a] à leurs
danseuses.)
Vaux Hall et Jardin Zoologique.
Les pots plus que pourris.

Le public glacial.

Il n'applaudit guère[a], dans la crainte peut-être de se tromper.

Théâtre de la Monnaie. Salle vide, froideur des artistes, de l'orchestre et du public.

Théâtre Lyrique. (On ferait bien de mettre à la porte, comme à la porte des églises : *Les chiens hors du Temple !*)

La Reine Crinoline[1], une nouveauté pour moi qui suis un *Épiménide*.

BRUXELLES	[F^t 130]
PLAISIRS POPULAIRES	Espace plus étroit pour
BALS MASQUÉS	le *troupeau obéissant*.
	On pourrait se faire en-
	terrer *plus gaiement*.

Silence de mort.

La musique elle-même est *silencieuse*.

On danse funèbrement.

Un bal masqué ressemble à un enterrement de libre penseur.

Les femmes ne peuvent pas danser, parce qu'elles ont le fémur et le col du fémur noué. Les jambes des femmes sont des bâtons adaptés dans des planches.

Les hommes ! oh ! caricature de la France !

Les costumes. — Dominos en percale. — Paquets de calicot. Crapule plus crapuleuse qu'aucune crapule connue. Hideuse animalité. — Ah ! que c'est hideux, les singes barbares !

Supporter deux mille types de Laideur absolue !

CONCERTS	[F^t 131]
ORCHESTRES	

Sonorité amère du cuivre allemand[2].

MŒURS   [F^t 132]
    BRUXELLES

Barbarie des divertissements des enfants.

Les oiseaux attachés par une patte à une ficelle, nouée autour d'un bâton.

Un ami à moi, coupe la ficelle, et se fait un mauvais parti.

La Rue aux pinsons, à Namur, tous les yeux crevés[1].

XIV. ENSEIGNEMENT   [F^t 355 v°]

Universités de l'État, ou de la Commune. Universités libres, Athénées.

Pas de latin, pas de grec. Études professionnelles. Haine de la poésie. Éducation pour faire des ingénieurs ou des banquiers.

Pas de métaphysique.

Le positivisme en Belgique. M. Hannon et M. Altmeyer[2], celui que Proudhon appelait : cette vieille chouette ! *son portrait, son style.*

Haine générale de la littérature[a].

BRUXELLES   [F^t 134]
    ESPRIT BELGE

Pas de latin. Pas de grec. Les études professionnelles. Faire des banquiers. Haine de la poésie. Un latiniste ferait un mauvais homme d'affaires.

Le sieur Duruy veut faire de la France une Belgique[3].

Les études latines. Autant que possible, pas de poètes, ou très peu de poètes. — Pas de métaphysique. Pas de classe de philosophie.

Le positivisme en Belgique.

Altmeyer et Hannon.

Haine de la Belgique contre toute littérature, et surtout contre La Bruyère[b4].

XV. LA LANGUE FRANÇAISE   [F^t 356 r°]
EN BELGIQUE

— *Style des rares livres qu'on écrit ici.*
— *Quelques échantillons du vocabulaire belge.*
On ne sait pas le français, personne *ne le sait, mais tout le monde* affecte *de ne pas savoir le flamand. C'est de bon goût. La preuve qu'ils le savent très bien, c'est qu'ils* engueulent *leurs* domestiques *en flamand*^{a}.

BRUXELLES   [F^t 136]
   CARACTÈRES GÉNÉRAUX
   POLITIQUE

Je maintiens Essetançonner^1.
(Verhaegen^{b2}, fondateur d'une université *Libre*.)

BRUXELLES   [F^t 137]
   CARACTÈRES GÉNÉRAUX
   MŒURS

Devant les Kaulbach d'après *Werther*^{3}
Deux Belges. L'un dit à l'autre : C'est de la mythologie, ça ?

Tout ce qu'ils ne comprennent pas, c'est de la mythologie.
Il y en a beaucoup.

PETITES COCASSERIES   [F^t 138]

Style belge.
M. Reyer^4 approche d'avoir terminé.

COCASSERIES   [F^t 139]

Deux Anglais me prennent pour M. Wiertz^5.

Le perroquet peint de la *Montagne-aux-herbes-potagères*[1].

Milady, si tu fais un geste, tu...

BRUXELLES [Ft 140]
COCASSERIES

Dans la rue *Nuit et Jour,* à l'occasion d'une kermesse de quartier, une lanterne :
— Madame, dit Athos, si tu *fait* un geste, je te *fait* sauter la cervelle.
Monsieur, tu vas aller tout droit...

COCASSERIES [Ft 141]

Correspondances cocasses[a] de l'*Office de publicité.* Demander à Arthur[2].
Échantillons de style belge, à trouver dans le catalogue de parfumerie.

Pro refrigerio animae suae[3].

Traduction de M. Wauters[4].
Bizarre latin des inscriptions.

Jardin de zoologie, d'horticulture et d'*agrément.*

La tombe de David (où ?).
Puisqu'on est venu chercher les restes d'un obscur Cavaignac, on aurait bien pu penser à David, qui fut illustre et exilé aussi[5].

Petites cocasseries   [Ft qui n'appartient pas
belges.   au ms. de Chantilly]

Liste de souscription pour les victimes de la Catastrophe de Dour[6].
Un protestant *contre* l'Encyclique, — 10 francs, — lequel suppose probablement qu'il est nécessaire de haïr le pape pour être charitable, et que le mot *un* est un substantif[b].

BRUXELLES [F^t 142]
SANTÉ, MALADIES

L'ophtalmie, que les Belges nomment généralement hopitalmie.

BRUXELLES [F^t 143]
STYLE BELGE

Le Grelot dit, en parlant de Napoléon III : « On le dit très malade. Peu nous importe. Il mourra *de ce qu'il doit mourrir* [*sic*] » — pour de ce qui doit le tuer.

D'ailleurs quand on dit ici que l'Empereur se porte bien, on passe pour mouchard. Il est d'usage, chez *les gens* de *bonne compagnie,* de dire qu'il est très malade.

Conformité belge.
Obéissance belge.
Moutonnerie belge.
Les amis de Proudhon lors de l'émeute, figure de rhétorique[a].

BRUXELLES [F^t 144]
MŒURS

Le sieur Altmeyer[b]. « Ça, j'admire. »
Prêtrophobie.
Jurons. *Libre penseur ;* c'est tout dire.
La fille d'Altmeyer : « J'ai collé Proudhon. »
Mad. de Staël et le professeur allemand[1].
SUES eum non cognoverunt[2].

BRUXELLES [F^ts 145-146]

Locutions belges.

Maladies *confidentielles.*

Mon âme a beaucoup travaillé sur ce mot belge.

Confidentielles me paraît absurde; car bien qu'il soit vrai que ces maladies ne se communiquent que dans le secret et le privé, il est bien certain que, chez les Français du moins, on n'annonce pas à l'avance, même quand on la sait, soi-même, la *confidence* en question à l'être à qui on *désire* la communiquer.

Joie et triomphe ! *Eureka !* Cette locution dérive probablement du caractère excessivement prude, bégueule et délicat de ce subtil peuple belge ! — Ainsi je suppose que dans le grand monde de Bruxelles, une jeune fille ne dit pas :

Ce jeune homme m'a foutu la vérole,

— et qu'un jeune homme ne dit pas, en parlant d'une fille bien élevée :

Elle m'a poivré !

Ils préfèrent dire, l'une : — *Ce jeune homme m'a fait une confidence bien cruelle !* ou bien : *Ce jeune homme m'a fait une confidence si horrible, que les cheveux m'en sont tombés !*

Et l'autre : *Elle m'a fait une confidence dont je me souviendrai longtemps !* ou bien : *Je lui ai fait ma confidence ! sa postérité s'en souviendra jusqu'à la troisième génération !*

Ô bons pharmaciens belges ! J'aime passionnément votre dictionnaire, et l'euphémisme domine, dans vos réclames[a] !

BRUXELLES   [F^t 147]
   MŒURS

Locutions belges.

Chercher un petit livre à l'usage des Belges, contenant les

| Ne dites pas... | mais dites... |

Ça ne me goûte pas.
Goûtez-vous ça ?
Savez-vous ?
S'ous plaît ? (plus abrégé que le vaudevillisme)
Pour une fois.
Poser un acte (histoire du fossoyeur).
Maladies confidentielles.
La divagation des chiens.
(Hydrophobie (rage).)
Hopitalmie.
Savoir, pour pouvoir :
Quand partez-vous ? — Je ne sais pas partir. — Pourquoi ? — Je n'ai pas d'argent.

Je n'ai pas su dormir.
Je ne sais plus manger.

[Fᵗ 148]
Locutions belges.

Le ministère vient de poser un acte qui...

Ce ministère, depuis qu'il dure, n'a pas encore posé
un seul acte.
Un fossoyeur a *déterré* une bière, *fracturé* la bière, *violé*
le cadavre (autant qu'on peut violer un être inerte) et
volé les bijoux enterrés avec le mort. — L'avocat du fossoyeur : « Je prétends démontrer que mon client n'a
posé aucun des actes qu'on lui reproche. »

Ah ! Victor Joly a bien raison de leur conseiller de
laisser le français et de rapprendre le flamand. Mais le
malheur est que V. Joly est obligé d'écrire cela en
français.

Locutions belges.   [Fᵗ 149]

Lettre d'un solliciteur interrogé sur ses opinions.

[Coupure de journal, où l'on retrouve l'expression fautive :
« Je n'avais posé aucun acte... »]

Locutions belges.   [Fᵗ 150]

[Coupure de journal.]

Passons donc carrément à autre chose, au langage qui court
les rues.
Pour Dieu, ne dites donc plus :
À la Zoologie...
Oui, sûr...
Quelle jolie calvacade !...
Si j'aurais su ça !...
Ça est une fois drôle !
Si vous pourreriez ou si vous pouvreriez...
Sur ma chambre...
Venez-vous avec ?...

Je l'ai parlé...
Je m'en rappelle...
Je l'ai répondu...
Dans toute l'acceptation du mot...
Oui, savez-vous...
Etc., etc...
Parlez le *flamand* ou le *français,* mais gardez-vous, nous vous en
prions, de parler *ces deux langues ensemble.*
Oh ! si vous saviez combien ce langage défigure une jolie bouche,
et quel coup d'assommoir on reçoit, lorsqu'on entend dire :
Voilà une belle *potographie* pour une belle photographie, ou un
œuf d'autriche pour un œuf d'autruche.
Dites au moins :
Au Jardin Zoologique...
Oui, sûrement... (si vous y tenez, car oui *suffit).*
Quelle jolie cavalcade !...
Si j'avais su cela !
Si vous pouviez...
Dans ma chambre...
Venez-vous ?... (ou) Venez-vous avec moi ?...
Je lui ai parlé...
Je me le rappelle...
Je lui ai répondu...
Dans toute l'acception du mot...
Oui...

[Ft 120, fragment[1]]

[. . . . .]
— Les Belges font semblant de ne pas savoir le
flamand; mais la preuve qu'ils le savent, c'est qu'ils
engueulent leurs domestiques en flamand.

XVI. JOURNALISTES
ET LITTÉRATEURS

[Ft 356 r⁰]

En général, ici, le littérateur (?) exerce un autre métier.
Employé, le plus souvent.
Du reste, pas de littérature, française, du moins. Un ou deux
chansonniers, singes dégoûtants des polissonneries de Béranger[2].
Un romancier, imitateur des copistes des singes de Champ-
fleury[3]. Des savants, des annalistes ou chroniqueurs, — c'est-à-
dire des gens qui ramassent et d'autres qui achètent à vil prix
un tas de papiers (comptes[a] de frais pour bâtiments et autres
choses, entrées de princes, comptes rendus des séances des conseils

*communaux, copies d'archives) et puis revendent tout cela en
bloc comme un livre d'histoire.*

À proprement parler, tout le monde ici est annaliste *(à
Anvers, tout le monde est marchand de tableaux ; à Bruxelles,
il y a aussi de riches collectionneurs qui sont brocanteurs de
curiosités*[a]*).*

*Le ton du Journalisme. Nombreux exemples. Correspon-
dances ridicules de* L'Office de publicité. — L'Indépendance
belge. — L'Écho du parlement. — L'Étoile Belge. —
Le Journal de Bruxelles. — Le Bien public. — Le Sancho. — Le Grelot. — L'Espiègle. — *Etc., etc.*

Patriotisme littéraire. Une affiche de spectacle.

LITTÉRATURE BELGE　　　　　　　　　[F[t] 328 « non classé »]

Ce que c'est que le métier d'annaliste en Belgique. —
Commerce des annales.

Tout le monde, en Belgique, est commerçant. Les uns
vendent des liasses d'annales, les autres des tableaux.

BRUXELLES　　　　　　　　　　　　　　[F[t] 152]
　　CARACTÈRES GÉNÉRAUX
　　MŒURS

Pas de journalisme.
On ne croit pas le journaliste.
Quel journalisme !
On peut imprimer ici que Dieu est un filou, mais si
on imprimait que la Belgique n'est pas parfaite, on serait
lapidé !
Les pudeurs de *L'Espiègle,* relativement aux filles.
Ici on peut tricher dans le négoce. Mais donnez le bras
à votre maîtresse, vous êtes déshonoré !
À propos de pudeur, le procès de M. Keym[1].

BRUXELLES　　　　　　　　　　　　　　[F[t] 153]
　　POLITIQUE
　　RELIGION

Toute la Belgique est livrée à l'infâme *Siècle,* qui n'est
que ridicule en France, mais qui, chez des peuples barbares, comme celui-ci, est un journal infâme.

Grossièreté flamande. [F^t 154]
   Aménité de confrère.

[Coupure de journal.]

Le journal « La Paix » souhaite en ces termes la bienvenue au nouveau journal « Le Catholique ».

« On nous demande ce que nous pensons de la fondation de plusieurs journaux catholiques qui vont faire appel à la confiance ou à la curiosité du public. Pourquoi hésiterions-nous à répondre ? Il ne nous eſt pas démontré que ces journaux fussent nécessaires. Tant de coqs sur un même fumier auront de la peine à y vivre, si une nourriture extraordinaire ne leur eſt pas procurée. Mais c'eſt leur affaire, non la nôtre. »

Fumier ! le mot eſt dur pour les clients des feuilles cléricales. Si jamais nous avions osé le dire, comme on nous aurait malmenés ! [...]

Oh ! les queſtions de boutique !

Indépendance belge, 20 janvier 1865. [F^t 155]

[Coupure.]

Nouvelles de France.

(Correspondance particulière de *L'Indépendance.*)

L'événement qui, bien que prévu, a le plus généralement occupé le public aujourd'hui, a été la mort de M. Proudhon. L'individualité de cet écrivain eſt trop connue pour qu'il y ait lieu de la préciser ici ; il a été longtemps l'épouvantail des classes bourgeoises et des esprits conservateurs, *et cette célébrité lui avait valu, après 1848, de figurer dans un vaudeville ariſtophanesque intitulé :* La Propriété c'eſt le vol. *L'aĉteur Delannoy reproduisait de façon exaĉte les traits connus du terrible socialiſte ; mais un couplet très courtois adoucissait, à la fin de la pièce, l'amertume des traits dirigés contre lui. On sait que* M. Proudhon avait changé tout à fait d'idées dans ces dernières années et qu'il s'était rencontré plus d'une fois avec les feuilles légitimiſtes ou cléricales sur un terrain commun, notamment pour combattre l'unité italienne. Mais si bizarres qu'aient pu paraître les revirements de l'esprit de M. Proudhon, on n'eſt pas plus en droit de refuser la bonne foi à ses évolutions politiques que le talent à l'écrivain. M. Proudhon meurt comme il a vécu, pauvre ; *et lui, qui semblait vouloir aspirer à dissoudre la société, a paru tenir, jusqu'au dernier moment, à conserver les consolations de la famille.* Ses obsèques auront lieu demain.

[En marge :]

Tact remarquable des écrivains français correspondants de l'*Indépendance* à propos de la mort de Proudhon.

Peut-être l'article est-il d'un vaudevilliste qui se fait à lui-même une réclame.

Il aimait sa famille, ce monstre ! Comme Catilina, ce qui a tant étonné M. Mérimée[1].

L'Espiègle, 12ᵉ année, nᵒ 8.   [Fᵗ 156]

[Coupure.]

Histoire touchante.

Un auteur timbrait 2 000 exemplaires d'un ouvrage. Malheureusement il s'absenta pour déjeuner et laissa son timbre.

À quelque temps de là, la maison *** faisait ses comptes. Un associé honnête voit qu'on a tiré 3 500 exemplaires. Il s'indigne, jette les livres sur le nez de la raison sociale, qui a le poil et la voix d'une fouine, lui poche un œil, et déclare se retirer de la société.

Que dites-vous d'une maison qui a 1 500 feuilles toutes prêtes à tirer, pendant un déjeuner ? Si l'auteur n'était revenu qu'après dîner, combien en aurait-on tirées [*sic*] ?

Où croyez-vous que cela se soit passé ? Dans la forêt de Bondy ? Qu'importe ! Après de pareils coups, on est bien digne de s'enrichir avec *les misérables*[2].

[Notes marginales.]

Accusations possibles en Belgique.

(On colporte bien dans les rues, grâce à la *Liberté belge,* des écriteaux annonçant que M. X... est cocu.)

Aucunes réclamations, aucune vengeance, aucun procès.

Quelle idée devons-nous nous faire de l'accusateur, et de l'accusé qui supporte l'accusation ?

PAUVRE BELGIQUE   [Fᵗ 157]
   JOURNALISME

« Le Grand Duc héritier de Russie est mort à Nice[3]. On dit que l'Empereur aimait beaucoup son fils. Il est permis de douter de l'amour paternel de certains Sires. » (*Espiègle,* Semaine politique.)

Je suppose que le trait d'esprit pivote sur le mot : *Sire.*
Bel échantillon d'esprit belge démocratique.

(Parcourir tous les numéros de journaux que j'ai entre les mains, et faire l'extrait des articles pour lesquels je les ai gardés.)

BRUXELLES [Ft 158]
Mœurs littéraires.

Voir le n° du 25 décembre, [18]64, de *L'Espiègle.*
(Chantage. — Rapprochement avec les inscriptions amoureuses dans les latrines belges, et avec les correspondances amoureuses de *L'Office de publicité*[1].)

CONCLUSION

POUR BRUXELLES... Bref, Bruxelles est ce que nous appelons un *Trou,* mais non pas un trou inoffensif.
Un Trou plein de mauvaises langues. Un chapeau neuf[2].

BELGIQUE [Ft 159]
MŒURS

Correspondances de *L'Office de publicité.*

[Copie autographe :]

Crèche de Saint Josse Ten Noode.

« Un désir qui fait la joie de deux cœurs s'est réalisé : à l'accomplissement de ce vœu, si ardemment attendu, la promesse a été faite au Ciel de donner *cinq francs aux petits anges* de la crèche.
Recevez, Monsieur Bertram, cette *simple offrande,* et faites, s'il vous plaît, prier *vos blonds chérubins* pour la félicité de deux âmes qui ont juré devant *Dieu* (le Dieu des Belges[3] ?) de se garder un amour et une fidélité à toute épreuve.

S. M. »

L'idylle chez les Brutes.
Gessner chez les Brutes.

L'idéalisme chez les Brutes.

(Chercher beaucoup d'échantillons de correspondance dans *L'Office*.)

BRUXELLES. MŒURS   [F^ts 160-161]
   JOURNALISME BELGE

   L'Espiègle.

[Copie autographe :]

          La voix du Ministère.

   Un représentant de la Gauche, célèbre par ses bons mots, prévoit déjà le moment où il formera à lui seul la majorité du ministère. C'est, en effet, à prévoir, dans l'état de déperdition et de f...tade où se trouve la gauche. Alors le Lapalisse en question dira avec fierté : « C'est moi qui suis la voix de la majorité; saluez ! » Et pour ne pas perdre sa voix, il s'en ira à Arlon; il se mettra au lit, comme une femme en couches; on tiendra une voiture en permanence à sa porte, pour les cas graves, on le fera rire, on l'amusera de toutes les manières, pour le tenir en bon état. Le petit H lui chatouillera le fondement, le sieur Defré lui psalmodiera les vêpres, de son air contrit, et l'heureux fidèle du Ministère s'écriera : « Je veux que le fondement m'escape, si on peut jouir davantage ! »

BRUXELLES   [F^t 162]
   JOURNALISME BELGE

   Un homme vigoureux. Un barbare d'ailleurs. — M. Victor Joly, qui accepte, sans y croire, les épîtres *à deux temps* de Victor Hugo[1].

   V. Joly, semblable aux vrais amoureux, méprise ce qu'il aime, et aime ce qu'il méprise. V. Joly est un patriote. Rare mérite dans un pays *où* il n'y a pas de patrie.

      ! ! !

Un Belge s'avance,
Non pas en cadence,
Mais avec toute la
    lourdeur congénitale.

BEAUX-ARTS ET ÉCHANTILLONS [F^t 163]
DE LA DÉLICATESSE DE LA CRITIQUE BELGE

Sancho, 25 sept[embre 18]64.

[Coupure :]

Quant à MM. Corot, Delacroix et Diaz, nous croyons que leurs tableaux étaient destinés à quelque exposition de la Nouvelle-Galles du Sud ou de Tombouctou, et que c'est par erreur qu'ils sont arrivés à Bruxelles¹. Ces Messieurs ont vu dans la lune peut-être, ou ailleurs, une nature qui n'a rien de commun avec celle que nous voyons tous les jours : arbres, ciels, animaux ne sont pas de notre monde; nous nous abstiendrons donc de juger ces œuvres qui, après tout, ne sont peut-être qu'un piège tendu à notre naïve crédulité flamande.

Est-ce que la commission de l'exposition est bien certaine que le tableau de Courbet, représentant deux Gougnottes² — les initiés comprendront ce mot, inventé pour les besoins de la chose, dans quelque lupanar de bas étage — était destiné à une exposition publique ? À une maison publique, à la bonne heure !

BRUXELLES [F^t 164]

Théâtre, plaisirs, mœurs.

[Affiche de spectacle copiée par Baudelaire qui a écrit en marge :]

Toujours grand soin de prévenir le public quand l'auteur est belge, *rara avis.*

[Le théâtre du Cirque annonce sa réouverture : une troupe française représentera *L'Homme au Masque noir* « par M. Alexandre DANDOÉ (jeune auteur belge) ».]

AVIS. — La Direction est certaine que *tout Bruxelles* viendra voir et entendre l'œuvre de ce jeune fondeur de métaux; que chacun apportera son tribut d'encouragement à ce hardi *auteur bruxellois* qui jette à la censure publique ses premières lignes par un drame émouvant, dont les scènes énergiques, le texte chaleureux laisseront dans l'opinion de ses *compatriotes* une *profonde satisfaction* et un *juste orgueil ! ! !*

LITTÉRATURE BELGE [Ft 347 « non classé »]

[En marge :]

Plaisanteries belges sur les Français (les Belges *posent* pour le Bonheur).

Fureur des Belges contre M. d'Hormoys.
Le *misérable* a été reçu par Léopold II.

[Coupure de *L'Étoile belge,* 24 décembre 1865 : M. Havin, du *Siècle,* avait, en apprenant la mort de Léopold Ier, envoyé à Bruxelles « un de ses rédacteurs pour rendre compte de tous les détails de la révolution qui ne pouvait manquer d'éclater avant l'avènement de Léopold II ». Le journaliste français aurait, à son arrivée, sauté dans un fiacre en ordonnant au cocher de le conduire aux barricades. En réalité, Oscar Commettant, du *Siècle,* est bien venu à Bruxelles, mais c'était pour rendre compte des funérailles du roi défunt. Quant à M. d'Hormoys, il prétend avoir été reçu par Léopold II qui lui aurait fait espérer une décoration en remerciement de ses articles sur la Belgique. Espérance dont on ne peut que s'égayer. Depuis 1830, un seul journaliste belge a été décoré !]

XVII. IMPIÉTÉ BELGE. *Un fameux* [Ft 356 v°]
chapitre, celui-là ! ainsi que le suivant.

Insultes contre le pape. — Propagande d'impiété. — Récit de la mort de l'archevêque de Paris (1848). — Représentation du Jésuite, de Pixérécourt, au Théâtre Lyrique. *— Le Jé-suite-marionnette. — Une procession. — Souscription royale pour les enterrements. — Contre une institutrice catholique. — À propos de la loi sur les Cimetières. — Enterrements civils. — Cadavres disputés ou volés. — Un enterrement de* Solidaire. *— Enterrement civil d'une femme. — Analyse des règlements de la* Libre *pensée. — Formule testamentaire. — Un pari de mangeurs de Bon Dieu[a] !*

Grossièreté [Ft 166]
et impiété
belges.

Le seul gaulois de la Belgique.
Toujours les excréments.

Les chiens, pisseurs, vomisseurs.
LE PARI DES MANGEURS D'HOSTIE.

L'ESPIÈGLE, janvier 1865. *Nouvelles à la main :*   [Ft 167]

[Coupures extraites d'un article où le pape est insulté. En marge :]

Le ton badin et ESPIÈGLE vis-à-vis du pape.

La grande plaisanterie belge, la plus raffinée, à l'égard du pape est de l'appeler *pio nono*. Et dire le nom du pape en italien, c'est pour le troupeau des singes belges le moyen infaillible de le rendre ridicule.

LE GRELOT, 1er janvier [18]65 :   [Ft 168]

[Coupures.]

. . . .

l'auguste et doux vieillard, Pie neuf, passé, suivant l'expression d'un orateur toujours écouté à « L'Ancienne Carpe », à l'état de vieille pie.

. . . .

Quos vult perdere Jupiter dementat, *et Pio déménage.*

Sociétés impies.   [Ft 169]

L'Espiègle (février 1865) se félicite de la rapidité du *progrès belge.*

L'ESPIÈGLE   [Ft 170]
12e *année.* No 8.

(Récit, par *L'Espiègle,* de la mort de l'archevêque de Paris.)

[Coupure encadrée d'un trait au crayon rouge par Baudelaire qui a, de plus, écrit en marge du mot « bahut » :]

(veut dire pension).

[Le dimanche suivant il n'y eut pas de messe au *bahut*. Mgr Affre « essayait de prouver aux insurgés qu'il vaut mieux, chrétiennement parlant, mourir de faim avec résignation que de mourir d'un coup de fusil ». Lorsque la mort approche lentement, elle peut permettre à la foi, le corps s'affaiblissant, de faire son œuvre. « La *morale* du siècle était ainsi sagement résumée » : les prêtres aidaient les soldats dans leur rôle infâme. « Et l'on entendait le général hurler au peuple souverain : viens donc que je te tue, pendant que le prêtre lui disait béatement : *rends-toi et reprends tes fers, car si tu meurs dans la rue, ta dépouille, comme celle des chiens, ne me rapportera rien.* »]

[En marge :]

Échantillon de style belge, de délicatesse belge, d'élévation belge*a*, etc... Prêtrophobie.

Prêtrophobie.   [Ft 171]

Le Jésuite.

L'Entracte, 18 août 1864.

[Coupure de journal qui rend compte de la représentation du drame *Le Jésuite,* joué devant une salle comble : l'acteur qui incarnait le jésuite Judacin a obtenu un grand succès; mais, bien entendu, les applaudissements allaient à son interprétation, non aux « infâmes machinations d'un homme dont la vue seule révolte tous les sentiments généreux ».]

Jésuitophobie. *La Paix,* 31 juillet 1864.   [Ft 172]

[Coupure de journal : quand le public enfantin se lasse du spec-
tacle qu'on lui présente, le montreur de marionnettes fait intervenir le « grand diable noir ». Ainsi dans la « comédie doctrinaire » : quand la foule délaisse le théâtre, les directeurs abandonnent le vieux répertoire et « brandissent d'une main terrible, le mannequin-jésuite, cet affreux avale-tout *qui captera tous les héritages libéraux...* ». En mourant, De Ryckère a exhérédé sa famille, ce dont les doctrinaires accusent les jésuites. La solution sage, conclut le rédacteur, serait de renverser les ministres doctrinaires; que les tribunaux fassent rendre gorge aux « capteurs » !]

IMPIÉTÉ BELGE   [Fts 173-174]

Le Grelot.
Charivari belge.

Tirage 282 397.
Jeudi 15 sept[embre] 1864.

Une Procession.

Je ne sais pas si c'est par esprit de justice, je ne sais pas si j'ai le caractère mal fait, si j'ai un hanneton dans le plafond, *mais je ne puis jamais regarder une procession sans rire et prendre l'humanité en pitié.* Rien ne me semble plus grotesque ni plus cynique à la fois.

On nous dit, ce monsieur habillé d'or et d'argent, qu'abrite un dais chargé d'or et porté par quatre ou huit hommes, *tous au plus laids, au plus décatis, au plus raccornis [sic¹],* cet homme dans cet ostensoir d'or porte le vrai, le seul Dieu. Il sue, le porteur, il est fatigué, il se dépite si un sombre nuage obscurcit le ciel, si une voiture traverse le cortège ou si un insouciant garde son chapeau sur la tête, et cependant il tient le maître suprême en ses mains et *il est impuissant à dissiper le nuage, à arrêter la voiture, à forcer l'insouciant à se découvrir.*

À quoi sert donc de se loger dans une hostie si on ne se fait pas respecter plus que cela ? À quoi sert-il d'être Dieu, si on ne peut même pas empêcher celui qui vous porte, *d'avoir de vous plein le dos ?*

Et si l'on est Dieu, pourquoi se faire entourer de tant d'affreux crétins ? Car, regardez une procession, examiner chacune des têtes des porte-cierges : il n'en est pas une seule qui n'excite la pitié, le dégoût, le mépris ou la défiance. La plus honnête est celle qui n'est que sournoise.

Et voilà le cortège du vrai Dieu, du maître du monde : des crétins plus laids que le péché. Mais pardon, il en est d'autres : les musiciens. Des pompiers, ou la musique militaire d'une légion quelconque de la garde civique.

Écoutez-les :

Dieu s'avance au son d'un pas redoublé ; les fervents écoutent et entendent la suave harmonie, qui chante les louanges du Seigneur, sur l'air :

> En jouant du mirlitir,
> En jouant du mirliton.

L'harmonie a cessé, elle est remplacée par la caisse roulante, destinée à entretenir la ferveur dans les âmes. Des chants nasillards lui succèdent et perpétuent ce mystère non expliqué : tous ceux qui chantent l'hymne divin, le chantent du nez. On croit qu'ils ne le chantent pas du cœur. Mais le cortège a pris une allure nouvelle, on le dirait saisi d'un saint transport :

C'est l'harmonie qui recommence son concert à l'intention de plaire au Seigneur :

> Vive la Polka,
> J'aime cette dans'là.
> Vive la Polka,
> La Mazurka, etc.

Et tout le monde se trémousse et les jeunes vierges qui portent les attributs de toute sorte, attributs divins et célestes, rêvent plus à la polka de la 3e légion, qu'aux chants des légions d'anges du Paradis. Celui qui porte Dieu ne sourcille pas ; il regarde, compte et note ceux qui se prosternent et sa poitrine se gonfle d'orgueil en raison du nombre des agenouillés. Il gouaille mentalement l'autorité militaire qui lui envoie ses soldats, l'autorité civile qui lui envoie ses pompiers, et la 3e légion de la garde civique qui lui prête ses musiciens. Lui seul est dans le vrai : il raille et recueille les bénéfices du scandale qu'il promène par les rues.

Nous savons qu'on va crier à l'impiété : mais quel est donc le plus impie des deux, de celui qui crie à l'insulte quand il voit le ridicule dont on entoure le vrai Dieu, puisque vrai Dieu il y a, ou de celui qui fait jouer des contredanses, des polkas et des rondes grotesques, pour donner plus d'éclat au cortège de la divinité enfermée dans un peu de farine mouillée à l'eau tiède et séchée au four, et faire arriver ainsi l'argent des croyants dans l'escarcelle du presbytère.

S'il y a un Dieu vrai, quand il passe, nous voulons qu'il se manifeste dans toute sa gloire et que la musique de la 3e légion ne le précède pas ; si celui qu'on promène n'est pas le vrai, nous demandons que ceux qui le promènent fassent cesser ce scandale, par ordre de l'autorité.

LE LIBRE EXAMEN, 11 déc[embre] 1864.　　　[Fts 175-176]

[En marge :]

Journal rationaliste. Se vend chez F. Claassen, 2, rue Cantersteen.

Les libres penseurs furieux à cause de 1.000 fr. donnés par le roi à l'Association de Sainte Barbe.

[Coupure où ce don est relaté avec les commentaires que l'on peut deviner.]

Libre examen, 1er juin [18]64.　　　[Ft 177]

En marge de cette coupure :]

Lettre d'un abonné contre une institutrice catholique.

Toujours l'affirmation que rien ne vaut que *la vie naturelle.*

[L'abonné félicite le rédacteur d'avoir dénoncé « au mépris public les théories développées » dans l'ouvrage de Mlle Van Biervliet. Mais cette critique est encore trop modérée.

Et de citer un article d'un journal de Bruxelles : « *Les théories de Mlle Van Biervliet font penser aux filles de Lesbos et on se demande comment de pareilles appréhensions peuvent naître dans l'esprit d'une femme qui élève des jeunes filles ; à moins d'être privé de tout sens moral et n'avoir qu'un missel à la place du cœur, on n'écrit pas de pareilles choses.* »

Est-il prudent que le Gouvernement conserve sa protection à l'établissement dirigé par cette demoiselle ? Non, répond l'auteur de la lettre qui revient à la charge.

« *Quand une femme ose écrire qu'une jeune fille qui n'a plus le chapelet entre les mains* " *est une jeune fille perdue* " *et que si elle n'a pas des idées ultra-catholiques c'est qu'elle est déjà fanée par le* souffle des désirs; *quand une femme écrit ces choses et tant d'autres, oubliant ce qu'elle doit à son sexe, la galanterie doit disparaître, elle serait même déplacée.* »]

SANCHO, 25 sept[embre 18]64.   [F^t 178]

Simples questions
à propos de la loi sur les cimetières.

Pourquoi donc ces vaillants libres penseurs, ces intrépides solidaires qui raillent et gouaillent si vertement les rites et les cérémonies des catholiques, tiennent-ils *à déshonneur* d'être enterrés dans le coin du cimetière que la parole du prêtre n'a pas consacré ?

Pour être conséquents et logiques, ne devraient-ils pas, au contraire, tenir à honneur d'être enfouis dans la seule partie du cimetière qui n'ait pas été *déshonorée par les momeries des prêtres catholiques ?*

Pourquoi donc les libres penseurs et ces grands philosophes qui ont découvert : *que la paix de l'âme se puise dans la négation de Dieu* — une des maximes pratiquées par défunt Latour — pourquoi donc respectent-ils les cimetières des protestants et des juifs et tiennent-ils à aller faire leurs ordures sur le paillasson des catholiques, auxquels ils accordent l'agréable préférence des embêtements d'outre-tombe ?

Nous avons posé ces questions à quelques libres penseurs qui n'en sont pas à insulter Dieu au bord d'une tombe, et tous sont restés muets comme des représentants gantois.

[En marge :]

Article important.

[F^t 179]

[Brochure de six pages : *La Libre Pensée, Association* pour l'Organisation des enterrements civils, fondée à Bruxelles, le 19 janvier 1863, donnant les statuts de cette Association.]

[F^t 180]

Formule testamentaire d'une écriture étrangère.

[...] je charge expressément Monsieur   d'exécuter et de
faire exécuter ma volonté nonobstant toute opposition qui ne résulterait pas d'un écrit de ma main, postérieur au présent.

En foi de quoi, agissant spontanément et librement*, j'ai formulé
en triple [...] afin qu'un exemplaire m'en reste [...] le troisième
reposant aux archives de la Société [...]

[F^t 181]

[Circulaire, copiée d'une main étrangère, émanant de l'Assemblée
générale de la Libre Pensée et relative à la formule testamentaire.]

Solidaires.   [F^t 185]
    Sépultures.
    Impiété belge.

[Coupure d'un journal dont la date seule est indiquée :]

5 juin 1864.

Enterrement civil du Solidaire Van Peene. De l'article nous
détachons seulement le discours qu'un autre Solidaire prononça sur
sa tombe.]

« Frères,

« Chaque fois que nous accomplissons le triste devoir de rendre
un dernier hommage à la mort héroïque d'un des nôtres et que nous
rendons à la terre, notre mère commune, la dépouille d'un républicain, d'un libre penseur, d'un homme vrai ; chaque fois alors, de
cette fosse où s'ensevelissent les souvenirs de tant de grandeurs et
de tant de misères, s'élève un cri de suprême insurrection, un cri de
victoire et de révolte intellectuelle contre Dieu, contre le ciel et la
terre, contre l'iniquité, l'injustice et le règne de la force. L'Église en
tremble jusque dans ses bases et les âmes se sentent remuées. La
Révolution ne se laisse point ensevelir ; immortelle, elle s'échappe
de la tombe où on croirait l'engloutir avec le mort, et l'idée du
martyr va désormais s'incarner en nous, nous vivifier, et son dernier
souffle nous embraser du feu sacré de la vérité.

« Le voilà donc, le lutteur, étendu et triomphant ! Sa tâche est
accomplie. À l'appel de nos cœurs, il ne répondra plus que par le
souvenir de ses nombreuses souffrances et de sa fermeté, car Van

    * Un Belge !

Peene était de forte trempe, de principes immuables, passionné pour la propagande et rebelle à toute idée religieuse.

« Cette vaillance, nous l'avons vu la maintenir en face des plus pénibles manifestations sacerdotales [...] Il vit succomber un à un la plupart des malades, ses frères de chambrée, en parfaits catholiques ; mais lui, tout en partageant leurs peines, a su dominer par sa vigueur morale ce spectacle désolant de faiblesses et de corruption, répudier le prêtre, mourir en homme libre et prouver enfin que la paix de l'âme se puise dans la négation de Dieu !

« Salut, Van Peene, salut ! »

Libre examen, 10 juin 1864. [F^t 183]

[Coupure relative à l'enterrement civil de Van Peene, dont il vient d'être question ; d'où cette exclamation de Baudelaire, dans la marge :]

Nous connaissons déjà le Van Peene.

[Suit le compte rendu d'un autre enterrement civil qui provoque ces exclamations de Baudelaire :]

!!
Encore un !
Quel triomphe !

SOLIDAIRES [F^t 184]
SÉPULTURES.

Cadavres disputés.
(Le cadavre de Patrocle.)

Tribune du peuple, 10 nov[embre] 1865.

[Coupure. Le journal proteste contre les attaques auxquelles les solidaires sont en butte de la part des feuilles bien-pensantes et dénonce les manœuvres du parti prêtre : « ... à Rome, c'est le jeune juif Mortara qu'on enlève furtivement à ses parents ; à Bruxelles, c'est le libre penseur Paz qu'on ravit secrètement aux derniers devoirs que veulent lui rendre ses amis. *Ô prêtres odieux et rapaces, vous êtes les mêmes partout !* » Tout récemment, les cagots ont voulu s'emparer du baron de Terhove, pour le plus grand bien de son âme, « c'est-à-dire de leurs intérêts terrestres ». [...] « Mais [...] les oints du Seigneur firent fiasco, [...] leur tartufferie fut mise au jour. Les solidaires avertis [...] en donnèrent [...] connaissance à leur ami, qui confondit *la cléricanaille limbourgeoise* en adressant la protestation

suivante aux journaux [...] : ... ne suis-je pas *un libre penseur,* un
ennemi juré de toute infamie, jonglerie, escobarderie, en un mot *de
tous les mensonges dont s'affublent* de vertueux catholiques ? »]

[F^t 327 « non classé »]

   À propos des libres penseurs.
  Les libres penseurs avec *leurs libres* penseuses...
   Prêtres avec *leurs prêtresses.*

(Morellet)[1]

ENTERREMENT CIVIL   [F^t 186]
   D'UNE FEMME

   Libre examen, 1er juin [18]64.

  [Coupure où est relaté l'enterrement civil de Mme Deleener, « *la
femme intelligente et ferme qui avait repoussé le prêtre jusqu'à la dernière
heure, malgré toutes les nombreuses et importunes démarches de la gent
cléricale* ». — Le journaliste termine son article en établissant comme
suit le palmarès des enterrements civils féminins :]

  « *Mme Deleener est la première femme enterrée par les soins de la* Libre
pensée; *cependant il y a eu déjà des exemples d'enterrements civils de
femmes à Bruxelles* [...]

  « *En 1856, une honnête ouvrière repoussait énergiquement l'intervention
du prêtre et mourait en libre penseur.*

  « *En 1857, la femme d'un proscrit français mourait* [...] *en refusant
l'assistance du clergé.*

  « *En 1859, décédait la veuve Thibeaut ; le R.P. Delcourt, de l'ordre des
Jésuites, fut envoyé pour la convertir, mais les raisonnements du disciple
de Loyola échouèrent devant la logique et l'inébranlable fermeté de cette
femme.*

  « *Le 4 février 1862 et le 8 du même mois eurent lieu deux enterrements
civils de dames. L'une veuve d'un libre penseur, l'autre d'un proscrit
français.*

  « *Les enterrements civils de femmes sont moins rares qu'on a l'habitude
de le croire dans le public ; ils sont généralement peu connus, les femmes par
la position modeste qu'elles occupent dans la société, disparaissent souvent
sans que leur mort fasse autre chose que produire un grand vide au sein de
leur famille.* »

XVIII. IMPIÉTÉ
ET PRÊTROPHOBIE   [F^{ts} 356 v° et 357 r°]

  Encore la libre pensée ! *Encore les* Solidaires *et les* Affranchis ! *Encore une formule testamentaire, pour dérober le*

cadavre à l'église. Un article de M. Sauvestre, de L'Opinion nationale *sur la libre pensée.* — *Encore les cadavres volés.* — *Funérailles d'un abbé mort en* libre penseur. — *Jésuito-phobie.* — *Ce que c'est que* Notre brave De Buck[1]*, ancien forçat, persécuté par les Jésuites.* — *Une assemblée de la Libre pensée, à mon hôtel, au* Grand Miroir. — *Propos philosophiques belges.* — *Encore un enterrement de Solidaire sur l'air :* « Ah ! zut ! alors ! si Nadar est malade[2] ! »

Le parti clérical et le parti libéral. Également bêtes. — *Le célèbre Boniface, ou Defré[3] (Paul-Louis Courier belge), a peur des revenants, déterre les cadavres des enfants morts sans sacrement pour les remettre en terre sainte, croit qu'il mourra tragiquement comme Courier et se fait accompagner le soir pour n'être pas assassiné par les Jésuites.* — *Ma première entrevue avec cet imbécile. Il était ivre.* — *Il a interrompu le piano, en revenant du Jardin où il était allé vomir, pour faire un discours en faveur du* Progrès*, et contre Rubens, en tant que peintre catholique.*

— *Les Abolisseurs de la peine de Mort,* — *très intéressés sans doute dans la question, en Belgique, comme en France[4].*
— *L'impiété belge est une contrefaçon de l'impiété française, mais élevée à la puissance cubique.*
— *Le coin des chiens ou des réprouvés.*
— *Bigoterie belge.*
— *Laideur, crapule, méchanceté et bêtise du clergé fla-mand.* — *Voir la lithographie de* L'Enterrement *par Rops.*
— *Les dévots belges font penser aux chrétiens anthropophages de l'Amérique du Sud.*
— *Le seul programme religieux qui puisse s'imposer aux libres penseurs de Belgique est le programme de M. de Caston, prestidigitateur français.*
— *Curieuse opinion d'un Compagnon de Dumouriez sur les partis en Belgique :* « Il n'y a que deux partis, les ivrognes et les catholiques. » — *Ce pays n'a pas changé[a5].*

BRUXELLES [F[t] 188]
  CARACTÈRES GÉNÉRAUX

   La Belgique est plus remplie que tout autre pays de gens qui croient que J[ésus-]C[hrist] était *un grand homme,* que la *Nature* n'enseigne rien que de bon, que la *morale universelle* a précédé les dogmes dans toutes

les religions, que *l'homme peut tout* et que la vapeur, le
chemin de fer et l'éclairage au gaz prouvent l'*éternel*
progrès de l'humanité[1].

Tous ces vieux rogatons d'une philosophie[a] d'exportation sont avalés ici comme sublimes friandises[b]. En
somme, ce que la Belgique, toujours simiesque, imite
avec le plus de bonheur et de *naturel,* c'est la sottise
française.

(La pierre memphite[2]
à propos du progrès.)

[F^t 189]

[Coupure : article de Charles Sauvestre, annoncé dans l'Argument, rapportant la mort d'un certain Jardin, mort sans avoir reçu
les sacrements. Suivent quelques commentaires sur les différences
entre les Solidaires, et les Libres Penseurs. Ces sociétés ne se créent
que pour résister aux envahissements du clergé.]

BRUXELLES [F^t 191]
     PRÊTROPHOBIE.
     Délicatesse de style belge.
     Chacal sauvage et prêtre catholique.

« Il est dans la Zoologie deux individus sur lesquels le cadavre
exerce une singulière influence. C'est le chacal et le prêtre catholique.
Sitôt que la mort a étendu, ou va étendre son voile sur une créature
humaine, vous les voyez tous deux obéir à leur instinct, humer le
vent, saisir la piste et courir au mort avec une sûreté effrayante en se
disant : Il y a là quelque chose à faire. »

Le Grelot, 16 février 1865.

Plus loin *Le Grelot* accuse le prêtre de voler les cadavres.
Observez bien que le libre penseur, lui aussi, n'a pas
d'autre idée que de voler des cadavres. Le prêtre et le
libre penseur tirent chacun à lui, les cadavres, de manière
à les écarteler.

C'est *Le Grelot* qui dit toujours familièrement *Pio nono.*
Pio nono déménage; ce qui veut dire : le pape est en
démence.

[Circulaire copiée de la main de Baudelaire[1].]   [F^t 192]

LA LIBRE PENSÉE ASSOCIATION POUR
L'ÉMANCIPATION DES CONSCIENCES
                   PAR L'INSTRUCTION
                                ET
L'ORGANISATION DES ENTERREMENS
                   CIVILS.
                   N° 37.

Bruxelles, 15 novembre 1864.

                   M

La Commission directrice vous invite à assister aux funérailles
de Monsieur

l'abbé Louis-Joseph Dupont,
ancien desservant du diocèse de Tournai,

mort en libre penseur à Bruxelles, cette nuit, après une longue
maladie, à l'âge de 63 ans.

[. . . .]

POLITIQUE   [F^t 193]
     PRÊTROPHOBIE

Un récit très bref de l'affaire de *notre brave* De Buck.
Chansons et caricatures contre les Jésuites.

[Autre circulaire de *la Libre Pensée*.]   [F^t 182]

Bruxelles, le 24 novembre 1864.

                   M

La Commission Directrice vous invite à vouloir assister à l'assemblée générale qui aura lieu lundi prochain, 18 courant, à 8 heures du
soir, en la salle de l'*Hôtel du Grand Miroir*[2], rue de la Montagne, 28.

ORDRE DU JOUR :

1° Communications diverses ;
2° Présentations ;
3° Discussion de la proposition soumise à notre examen par le
Sous-Comité de Malines, demandant la séparation complète et

radicale de l'Église et de l'État, et, comme mesures d'application immédiate :

a. Que l'étudiant en théologie ne soient *[sic]* plus exempté de la milice;

b. *Que les honneurs militaires ne soient plus rendus aux cérémonies des cultes;*

c. *Que le décret qui oblige les autorités communales à assister aux processions soit définitivement abrogé ;*

d. *Que les cérémonies extérieures des cultes soient interdites ;*

e. *Que les enterrements se fassent partout par les soins de la commune:*

f. *Que les offrandes en nature ne puissent plus être vendues publiquement au profit des églises ;*

g. *Que les revenus des biens de cure soient remis à la commune ;*

h. *Qu'il ne soit plus permis aux religieux et religieuses étrangers de se fixer dans le pays ;*

i. *Qu'il soit défendu aux ordres religieux d'exercer la mendicité ;*

j. Que le traitement accordé, *dit-on,* à l'archevêque de Tyr, soit supprimé comme contraire à la loi.

Comptant sur votre empressement à nous apporter le concours de vos lumières dans cette importante discussion, nous vous prions d'agréer l'assurance de notre parfaite considération.

Le Secrétaire,	Le Président,
Paul ITHIER.	Henri BERGÉ.

POLITIQUE   [Ft 194]

PRÊTROPHOBIE

Une assemblée de la *Libre Pensée* à mon hôtel.

Différents discours.

Un fanatique se plaint que les *Libres penseurs* soient encore assez faibles pour permettre à la contagion de pénétrer dans le logis.

Il ne suffit pas d'être *libre penseur* pour soi, votre femme ne doit pas aller à la messe ni à confesse.

Télémaque, Calypso, Jésus-Christ, etc., etc., etc., etc... et autres mythologies. Tout est dans la morale et dans le sentiment.

L'air trop chaud qui me fait ôter mes habits, vôala Dieu ! L'air trop froid qui me les fait remettre, vôala Dieu !

On a donné un terrain aux Ursulines. Elles vont empoisonner nos enfants.

Funérailles civiles d'Armellini, — « suivait la multitude des Libres penseurs »[1].

Heureux peuple qui en possède une multitude !

Nous autres, nous n'en avons qu'un par siècle.

MŒURS. PRÊTROPHOBIE   [F[t] 195]

On nous a volé un cadavre, savez-vous ?
Voulait-il donc le manger ?

Le plaisir de voir un homme politique très ridicule.
Il eût été français, que cela m'eût fait le même plaisir.

M. Defré, un radical. *L'Art utile*. Rubens aurait dû
soutenir de son pinceau le protestantisme.

En somme, le socialisme français, devenu hideux.
C'est l'éléphant, imitant le fandango ou la danse des
œufs.

Fouriérisme.

Hélas ! il était ivre, un Représentant !

Persécuteur de M. J. Proudhon[2], dans un pays de
liberté.

POLITIQUE   [F[t] 196]
PRÊTROPHOBIE

Le parti clérical et le parti révolutionnaire.

Tous les deux ont des torts réciproques.

Mais quelle violence !

Ce que sont les Révolutionnaires. Exemple, Defré.

Ils croient à toutes les sottises lancées par les libéraux
français.

(Abolition de la peine de mort. Victor Hugo domine
comme Courbet[3]. On me dit qu'à Paris 30 000 péti-
tionnent pour l'abolition de la peine de mort. 30 000 personnes qui la méritent. Vous tremblez, donc vous êtes
déjà coupables. Du moins, vous êtes intéressés dans la
question. L'amour excessif de la vie est une descente
vers l'animalité.) Chez nous l'athéisme est poli. Ici,
il est violent, sottisier, emphatique.

La sottise belge est une énorme contrefaçon de la
sottise française, c'est la sottise française élevée au cube.

[Ft 196 *bis* s. t.]

Trois Sociétés, dont le but est de persuader, et même de contraindre les citoyens à mourir comme des chiens. Ce que c'est que le coin des chiens. Le plus plaisant est que ces « *futurs chiens* » veulent être enterrés avec les chrétiens.

La *libre pensée* (penseye) pour les classes élevées, c'est-à-dire les brutes riches, a un journal : *Le Libre Examen, journal rationaliste*[a], dont voici des citations...

... Vous voyez ce que c'est qu'un rationaliste.

Les deux autres Sociétés (pour la roture) sont les *Affranchis* et les *Solidaires*. Enterrements en musique. Musique de cuivre. Trombones.

Enterrement civil passant place de la Monnaie.

Cadavres à la porte des estaminets.

Cadavres chipés[b]. (On nous a voleye une cadâvre !) voulaient-ils donc le manger !

Danger de s'associer à n'importe quelle bande. Abdication de l'individu.

POLITIQUE   [Ft 197]
   PRÊTROPHOBIE

Et ils reviennent ivres, soufflant dans leurs trombones : *Ah ! zut ! alors si ta sœur est malade !* passent exprès devant une église, font un circuit pour affliger un presbytère, très fiers d'avoir jeté un *solidaire* dans le Néant. *Ceux qui ne croient pas à l'immortalité de leur être se rendent justice,* — disait Robespierre[1].

Citation du Règlement et des formules de testament des libres penseurs.

On dit que Pelletan[2] fait partie de la chose.

Quelques discours prononcés sur des tombes de *solidaires* et de *libres penseurs*.

DIGNITÉ   [Ft 198]
   DU CLERGÉ BELGE

Le prêche contre l'ivrognerie par un Rédemptoriste ivre[3].

Péripéties successives.

POLITIQUE [Ft 199]
  PRÊTROPHOBIE

La question des Cimetières*a* et des enterrements.

Brutalités du clergé. Le coin des chiens, des réprouvés. Le cadavre jeté par-dessus le mur.

Du reste, *L'Enterrement* (par Rops) (histoire du prêtre faisant des reproches à Cadart[1]) démontre la grossièreté du clergé belge. Ce clergé est grossier parce qu'il est belge, et non pas parce qu'il est romain.

Je suis choqué moi-même de ceci :

Il est défendu de visiter les églises à toute heure; il est défendu de s'y promener; il est défendu d'y prier à d'autres heures qu'à celles des offices.

Après tout, pourquoi le clergé ne serait-il pas égal en grossièreté au reste de la nation. Comme les prostituées qui n'ont pas plus l'idée de la galanterie, que certains prêtres celle de la religion.

BRUXELLES [Ft 200]
  TRAITS GÉNÉRAUX

Les Belges me font penser aux tribus chrétiennes anthropophages*b* de l'Amérique du Sud. On trouve chez elles, suspendus aux arbres, des emblèmes chrétiens dont le sens leur est inconnu.

À quel échelon de l'espèce humaine ou de l'espèce simiesque placer un Belge ?

L'idée chrétienne (le Dieu invisible, créateur, omniscient, conscient, omniprévoyant) ne peut pas entrer dans un cerveau belge.

Il n'y a ici que des athées ou des superstitieux.

[Ft 201]

[Prospectus pour une soirée de prestidigitation donnée le 24 novembre 1864 par Alfred de Caston. Le programme est précédé par une déclaration de Caston dans laquelle Baudelaire a souligné des expressions qu'il a violemment annotés en marge :]

C'est dans ce pays, *protégé par vos chères libertés**, que j'ai donné mes premières séances et tracé *mes premiers croquis historiques***. Nous nous connaissons depuis douze ans, vous savez que je suis doué de *la mémoire de l'esprit,* veuillez croire que je possède trop *celle du cœur**** pour ne pas avoir gardé *le souvenir* du bienveillant accueil que vous me fîtes quand je vins, *étranger*****, inconnu, frapper à votre porte au commencement de *ma carrière artistique.*

Le programme que je vous soumets aujourd'hui *résume ce que je sais* et *ce que je pense******, j'ai l'orgueil de croire qu'il sera digne de vous et de votre dévoué serviteur.

[À propos d'une des parties du programme, *Le Dernier Marchand de miracles,* Baudelaire a écrit :]

En je ne sais plus quelle année, M. Robert Houdin[1] s'est vanté d'avoir reçu mission du gouvernement français pour détruire chez les Arabes de l'Algérie la superstition et la croyance aux miracles. C'est digne d'un gouvernement *moderne,* — si c'est *vrai.*

[Enfin, le prospectus est annoté en haut et en bas de la manière suivante :]

Ce programme répond exactement aux besoins religieux de la stupide Belgique.

La Belgique avait deux Religions, l'Athéisme et les Tables tournantes. Troisième religion : CASTON.

BELGIQUE [F¹ 18]
MŒURS POLITIQUES

« Il n'y a ici, à proprement parler, que deux grands partis : Les catholiques et les ivrognes. »

(Brochure révolutionnaire française dont le titre ne me revient pas[2].)

---

    * Flatteur comme Nadar !
   ** Tacite !
  *** délicieux jeu de mots.
 **** humilité de Caston !
***** Ce que *pense* Caston !

BRUXELLES [F^t 202]
   MŒURS POLITIQUES

Le Congrès de Malines[1].
Trop d'encensoirs. Trop de compliments. Le vice flamand, l'amour des grades, l'amour de la parlerie se retrouve chez les catholiques.

Hermann.
Dupanloup.
Félix.
De Kerchove[a].
Janmot.
Van Schendel[b].

Les Belges font des Commissions pour avoir des grades, comme ils font des arcs de triomphe pour avoir des fêtes.

XIX. POLITIQUE [F^t 357 r°]

Mœurs électorales. Vénalité. On connaît le coût d'une élection dans chaque localité. Scandales électoraux.
Politesse parlementaire. (Très nombreux échantillons.)
Éloquence belge.
Grotesque discussion sur les précautions électorales.
Le Meeting républicain. Contrefaçon du Jacobinisme.
La Belgique, toujours en retard, à l'horloge des siècles[c].

BRUXELLES [F^t 204]
   MŒURS POLITIQUES

(Rien de plus ridicule que de chercher la vérité dans le nombre.)
Le suffrage universel et les tables tournantes. C'est l'homme cherchant la *vérité* dans l'homme (!!!)
Le vote n'est donc que le moyen de créer *une police.* C'est une mécanique, en désespoir de cause, *un désidératum.*

BRUXELLES [F^t 205]

MŒURS POLITIQUES

Les Élections.
Les Troupeaux d'électeurs.
Les meetings (Lacroix[1]. Scènes pittoresques diverses).
Les beaux *langagiers*.
Les caricatures.
Le prix d'une élection !

Un souvenir de toutes les chansons et de toutes les caricatures contre les Jésuites.

BRUXELLES [F^t 206]

MŒURS POLITIQUES

M. Vleminckx[2], allez vous laver ! Cinq centimes.
Électeurs, ayez pitié des pauvres aveugles.

(Copier l'affiche.)

J'ai dit ! Tous.

La caricature contre les libéraux.
La caricature contre les cléricaux.
L'une à côté de l'autre.

————

On a consenti, d'après une correspondance de Charleroi, à ne pas insulter M. Dechamps.

————

Peuple magnanime !

Un cadavre de peuple. Un cadavre bavard, créé par la diplomatie.

————

Les Français ont-ils assez fait l'éloge de l'Amérique et de la Belgique. Je parie qu'en ce moment même, à propos des élections.....

BRUXELLES [F^t 207]

POLITIQUE

Preuve de l'épouvantable corruption belge en matière d'élections.

« Voici, d'après les documents parlementaires, le texte du projet de loi destiné à réprimer les fraudes en matière électorale. »

Suit le projet de loi.

37 articles ! ! ! !

pour prévenir TOUS LES CAS *de* SAUVAGERIE *quelconque !*
trois colonnes pleines de *L'Indépendance belge.*

D'ailleurs, c'est une chose avérée en Belgique que telle élection, en telle localité, coûte tant. Le prix est connu, pour toutes les localités (procès pour dépenses électorales).

BRUXELLES   [Ft 208]
MŒURS POLITIQUES

M. Vleminckx, allez vous laver !
Cinq centimes.
Esprit belge, délicat, fin, poli, subtil, ingénieux.

Mœurs électorales.   [Ft 209]

Écho de Bruxelles, 5 août 1864.

[Coupure indiquant qu'un « cercle catholique de bas étage », a organisé, à Gand, « des bandes de courtiers électoraux », armés de bâtons.]

Élections.   [Ft 210]
Suffrage restreint.
Suffrage universel.

La Paix, 31 juillet 1864.

M. Coomans.

[Coupure ayant trait à l'intervention gouvernementale, surtout dangereuse sous le régime du suffrage restreint. Le suffrage universel la rend moins redoutable : on ne saurait corrompre des milliers de citoyens.]

[Ft 211]

Vœu d'aller voir si la petite vieille est au bord du canal.

PAUVRE BELGIQUE

À propos de la vie à bon marché, la seule chose à bon marché est un fauteuil à la Chambre. Une élection ici n'est pas trop chère. Il y a des députés qui n'ont pas payé la leur plus de 30 000 fr. C'est bon marché comparativement à l'Angleterre et aux États-Unis. Cela prouve qu'une conscience belge n'est pas chère, et que le palais belge n'est pas délicat.

Le mot de M. Coomans[1].

(De *la matière* ÉLECTORALE).

J'ai perdu le tableau du prix des Élections, établi suivant les localités.

Sancho, 21 août [18]64. [F^t 212]

[Coupure relative à des scandales électoraux.]

BELGIQUE [F^t 213]
Mœurs politiques.

Voir la discussion sur la réforme électorale dans le *Journal de Liège* (couloirs, cloisons).

[Copie autographe.]

Vendredi 28 juillet 1865.
Écho du Parlement.

M. Tesch (ministre) :
L'électeur n'a de comptes à rendre à personne... L'électeur exerce un droit de souveraineté... c'est un droit qu'il exerce et non une fonction qu'il remplit.

M. Coomans (opposition) :
C'est la féodalité des électeurs.

M. Tesch :
Ce sont là des mots, vous en faites souvent.

M. de Borchgrave (ministériel) :
Je n'ai pas entendu mais si j'avais entendu, je répondrais, va ! (Hilarité.)

(À propos des dépenses électorales, des indemnités électorales, Divers, transports... etc.)

POLITESSE PARLEMENTAIRE [F^t 214]
  L'Espiègle, janvier 1865.

[Coupure qui établit un bilan de la précédente année législative : accusations de corruption, vénalité constatée, épithètes malsonnantes, injures, loi d'expédient qui a permis à un parti n'ayant plus qu'une voix de majorité de recruter des partisans... Un sénateur a accusé le ministre des Finances d'avoir corrompu deux de ses collègues et le ministre, M. Frère, « est entré dans un furieuse colère ».]

Aménités parlementaires. [F^{ts} 215-216]
  QUESTIONS D'ANVERS

Indépendance belge, 27 novembre 1864.

[Coupure : article relatant une séance houleuse à la Chambre des Représentants, au sujet d'Anvers.]

Aménités parlementaires. [F^t 217]
  Étoile belge, 3 juin 1864.

[Coupure : autre article relatant une séance non moins houleuse à la Chambre des Représentants, au sujet d'une pièce prétendue falsifiée.]

Aménités parlementaires. [F^t 218]
  Étoile belge, 3 juin 1864.

[Coupure.]

  M. Hymans, doctrinaire . . . .
. . . .
. . . . Après ce discours s'est levé un orateur jeune, ardent, fougueux, débordant d'indignation, un orateur qui est l'espoir du vieux parti romain, qui a porté à Rome une partie du denier de Saint-Pierre et qui en est revenu comblé des marques particulières de la bienveillance du Saint-Père.
  M. Soenens : *Ce n'est pas vrai !*
  M. le Président : *Le mot n'est pas parlementaire.*
  M. Soenens : *C'est un fait personnel.*
  M. le Président : *Vous répondrez.*

M. Hymans : Je fais votre éloge, le fait n'est que très flatteur pour vous. Dans tous les cas, M. Soenens a été choisi par l'évêque de Bruges pour remplacer ici M. Devaux...

M. Dumortier : On insulte une partie de l'assemblée !

Le Président : J'ai laissé dire hier par M. Soenens le mot de *bouffonnerie*. Je veux qu'une grande latitude soit laissée à cette discussion. Mais je ferai respecter le règlement.

M. Hymans : M. Soenens, désigné par l'évêque de Bruges pour remplacer M. Devaux, a reçu une brillante ovation au Congrès de Malines.

M. Coomans : Est-ce pour cela que le ministère a retiré sa démission ? *(Rires.)*

M. Hymans : Non, mais c'est pour cela qu'il l'a donnée. On a agité le pays depuis trois mois pour nous fournir *le joli échantillon d'éloquence parlementaire que nous avons entendu hier.* (Rires.)

M. de Theux : *Jamais je n'ai vu les discussions descendre à un pareil degré.*

M. Allard : *Il fallait dire cela hier, quand on a appelé M. Bara bouffon.*

M. Van Overloop : *Cela ne se passerait pas sous la présidence de M. de Morny au Corps législatif de France.*

M. le Président : *Est-ce à moi que s'adresse M. Van Overloop ?*

M. Van Overloop : *Non, M. le Président, c'est à l'assemblée.*

M. Hymans : *M. de Theux n'a pas la police de la salle.*

M. de Theux : *J'ai mon opinion.*

M. Hymans : *Il aurait fallu l'exprimer tout à l'heure quand M. Soenens m'a interrompu d'une façon plus qu'inconvenante.*

Grotesque discussion   [Fts 219-222]
     sur les précautions électorales.
     Journal de Liège, 24 juillet 1865.

[Coupures. Nous en détachons le paragraphe suivant, encadré par Baudelaire d'un trait au crayon rouge ; il rapporte une intervention à la Chambre des Représentants.]

M. Coomans : *Je me place au point de vue de la dignité du corps électoral ; car je ne crois pas qu'il y ait une question de parti derrière ce couloir* [qui servira d'isoloir] ; *vous passerez sous le joug comme nous.*

Il est important de savoir combien de temps l'électeur pourra rester dans le couloir ; car si un électeur peu lettré est obligé d'écrire un bulletin derrière la cloison, il aura besoin de plusieurs minutes. Comment le président s'y prendra-t-il pour obliger l'électeur à hâter ses pas ? Voyez-vous tout le corps électoral attendre la sortie de cet électeur ? et s'il se fait attendre longtemps, que de commentaires ! (Hilarité prolongée.) *Je désire que l'honorable rapporteur s'explique sur ce point.*

Il y a des électeurs qui sont hydropiques, aveugles, paralytiques, des élec-

teurs qui ne peuvent marcher seuls. À qui permettrez-vous de l'accompa-
gner [sic] *? Et si vous permettez un compagnon, que de fraudes ! Vous*
faites marcher beaucoup de monde ; mais jusqu'ici vous n'avez pas fait
marcher seuls des aveugles ou des paralytiques. Je désire savoir comment
vous opérerez ce miracle.

La balustrade m'offusque moins que le couloir. Cependant il me semble
qu'on cherche à isoler le bureau autant que l'électeur et à le soustraire à
l'attention des curieux.

Supprimons tout cet attirail d'opéra-comique et laissons les électeurs
circuler librement dans la salle. Donnez-leur au moins cette liberté-là,
puisque vous leur en enlevez tant d'autres.

Précautions électorales. [Ft 220]
   Journal de Liège, 24 juillet 1865.

[Coupure. Compte rendu d'une séance de la Chambre au cours de
laquelle ont été prises deux résolutions qui contribueront à soustraire les électeurs au contrôle que prétend exercer le clergé, surtout
dans les campagnes flamandes.]

Précautions électorales. [Ft 221]
   LES MARIONNETTES DU JOUR[1], 1er août 1865.

[Coupure entourée d'un trait au crayon rouge.]

M. J. JOURET PARMI LES SAGES : Et c'est ce que fit bientôt voir
M. J. Jouret, représentant de Soignies :
« Messieurs, a-t-il dit, je ne sais pas ce que peut faire au fond de la
question *de jeter* le ridicule sur une disposition (celle du couloir),
qui, qu'on la trouve bonne ou mauvaise, est proposée dans le but le
plus louable et *qui* sera d'une utilité évidente. »
Cette prose fashionable a détruit le monument si laborieusement
édifié par M. Orts ; il est vrai que M. Jouret ajoutait :
« L'électeur ne manquera pas de se présenter à l'élection, après
avoir caché son billet *en un endroit où personne n'ira le chercher (! ! !)*
— et où il saura bien le trouver, lorsqu'il sera derrière ce couloir protecteur, si bien inventé selon moi. »
Soit ! mais au nom de la pudeur, que l'on écarte les jeunes filles
et les adolescents de ce vestiaire étrange, car je me représente
d'avance les scènes les moins édifiantes auxquelles il servira de
théâtre.

[*La*] *Rive gauche*[2], dimanche 5 nov[embre] 1865. [Ft 223]

[Coupure. Compte rendu par « Angelo » d'un « Meeting républicain » qui a réuni, pour quelques heures, aux « démocrates socialistes

bruxellois » les étudiants français revenant du Congrès de Liège et allant « se replacer sous le joug odieux qui pèse sur la malheureuse France ».]

Le citoyen Tridon, étudiant français :

Citoyens, la Gazette de Liège a été logique, la lutte est en ce moment entre l'Homme et Dieu, entre l'avenir et le passé [...]
Où est la réaction ? Elle est à Rome, dans le palais des Papes, là est son centre d'action, là nous devons l'attaquer et la détruire. Le catholicisme est le plus grand adversaire de la Révolution [...]
Je le répète, le catholicisme a été le dogme du monde, c'est à la Révolution qu'il appartient de l'anéantir. Mais la Révolution ne peut s'accomplir que par la force, et cette force, elle est en nous. Nous vaincrons.
Citoyens, j'ai parlé à bâtons rompus, mais vous le savez, dans mon malheureux pays, on ne parle pas...

Le citoyen Pellering :

Je suis ouvrier, c'est au nom des ouvriers que je demande la parole. *C'est par l'alliance, par la fraternité des étudiants et des ouvriers, que la Révolution sera sauvée.* Je m'adresse particulièrement aux étudiants...

Le citoyen Casse, étudiant français :

Citoyens, on vous l'a dit, en France, on parle bas ; ici, je suis tout étonné de parler haut, et je parle sans crainte, le cœur est éloquent...
Soyons nettement, carrément, hardiment révolutionnaires, ou bien retournons à Rome et baisons la mule du Pape.

Le citoyen Sibrac, étudiant français :

Je n'ai pas pris la parole à Liège, l'intolérance de la minorité réactionnaire de l'Assemblée m'en a empêché. Ici, dans cette assemblée cordiale et fraternelle, qui a du cœur peut s'exprimer librement.
Je n'ai que deux mots à dire.
Je vois ici des femmes, je les remercie d'être venues. Il faut qu'avec nous elles sachent pourquoi nous luttons, il faut qu'elles comprennent nos aspirations. Elles ne doivent pas rester en dehors du mouvement Révolutionnaire, il faut qu'elles nous suivent de leurs efforts dans la rénovation sociale.
Elles ne nous feront pas défaut, j'en suis sûr. C'est Ève qui a jeté le premier cri de révolte contre Dieu.

Le citoyen Brismée :

Citoyens, vous le savez, aujourd'hui les bourgeois sont des assassins et des voleurs. Assassins ! oui, je le dis, le riche qui profite du pauvre, qui perçoit la plus grande masse de son travail, est un assassin...

Le citoyen Lafargue[1], étudiant français :

Je serai bref : si nous sommes vraiment, *nous autres étudiants, l'avant-garde du progrès, c'est que nous avons la science.* Aussi j'ai demandé à Liège de l'enseignement pour le peuple...

Les hommes sont solidaires, ils doivent s'unir dans le grand principe de la mutualité et repousser toute idée extra-humaine qui n'a de fondement nulle part. *Guerre à Dieu ! le progrès est là.*

Le citoyen César de Paepe :

Vous avez vu qu'il y a en Belgique des positivistes, des athées, des Révolutionnaires : tous veulent la réforme sociale.

Les économistes comme Bastiat en France, comme Molinari en Belgique, proclament la gloire des travailleurs, ils profitent en attendant des fruits de leur travail. Ils ne laissent guère au travailleur que de quoi l'entretenir misérablement dans sa vie laborieuse. Nous voulons maintenant la part du lion.

Le citoyen Rey, étudiant français :

La liberté régnera bientôt, les esclaves deviendront les maîtres, il y a place pour tout le monde au grand soleil de la Révolution.

Le citoyen Losson, étudiant français :

Qu'avons-nous à attendre plus longtemps la Révolution ? *Nous avons la force, nous sommes le peuple.* C'est sur le champ de bataille qu'il faut nous donner rendez-vous. Je n'ai qu'un mot à dire : *Aux armes !*

Le citoyen Jacquelard, étudiant français :

La *Gazette de Liège* m'a appelé cynique; je vais vous donner, le moins cyniquement possible, un conseil pratique. La misère du peuple est un obstacle à l'instruction gratuite, on vous l'a dit; voici le moyen d'en sortir, car il ne suffit pas de montrer le peuple opprimé par la bourgeoisie, il faut la vaincre. *Or, il est un congrès que nous hâtons de tous nos efforts, et qui sera d'une autre nature que celui de Liège. Il se tiendra dans la rue celui-là, et des fusils concluront.*

Citoyens, pour instruire le peuple, il est inutile de lui parler de Taines [sic], *Comte ou Littré. Il sent sa misère et veut y échapper. C'est assez !*

Le citoyen Pellerin *[sic²] :*

Il est vrai, citoyens, que le travail doit appartenir exclusivement au producteur, mais n'oublions pas qu'une partie doit être à la collectivité.

Les hommes sont frères, le travail doit soutenir les invalides comme les valides. On a parlé de guillotine, nous ne voulons que renverser les obstacles. *Si cent mille têtes font obstacle, qu'elles tombent, oui ; mais nous n'avons que de l'amour pour la collectivité humaine...*

Le citoyen Moyson :

Quelquefois les Flamands passent pour rétrogrades, à l'étranger. On vous l'a dit, notre petite collectivité est faible. Pourtant, nous ne l'oublions pas, nous sommes les fils de ces communes qui ont fondé la souveraineté populaire.

Avec notre franchise flamande, je vous dis que la Révolution est une et s'affirme comme elle peut. Serrons-nous la main.

Le citoyen Brismée :

Il faut finir, l'heure s'avance et demain nous devons travailler. *Quand j'ai parlé de guillotine, j'ai vu quelques yeux se fixer sur moi. Je sais qu'il y a ici des mouchards, pour parler net.* Que nous importe ? Ces gens-là ne peuvent soutenir le regard d'un homme de cœur sans baisser les yeux.

Il ne doit pas y avoir ici d'équivoque : je dis qu'il faut se défier des républicains du lendemain ; non seulement s'en défier, mais les forcer à rentrer dans leurs maisons, l'oreille basse ; s'ils en sortent réactionnaires, il faut les fusiller, *comme fit au 2 décembre l'illustre empereur des Français ; rien de plus.*

Aucun orateur ne demandant plus la parole, le citoyen président Fontaine se lève :

Nous avons assisté à une fête fraternelle. Je ne veux remercier personne, chacun a pour soi la conscience du devoir rempli...

STYLE PARLEMENTAIRE   [F‡ 341 « non classé »]

Gazette belge, 30 nov[embre 18]65.

M. Delaet.

[Coupures. M. Delaet a notamment déclaré :]

Placé devant ce parti, vous n'auriez pas la ressource que vous avez aujourd'hui *de faire la culbute.* Vous reniez ceux qui prêchent la guillotine : ce n'en sont pas moins vos principes.

Vous dites aux uns : « Je résisterai aux cléricaux » ; aux autres : « Ce sont vos excès qui ont fait naître ces exaltés qui demandent la guillotine ». *Voilà votre tour de bascule.*

Mais un jour viendra où l'on vous prendra *pour ce que vous êtes* et où votre règne cessera.

STYLE PARLEMENTAIRE   [F^t 342 « non classé »]

Gazette belge, 29 nov[embre 18]65.

[Coupure entourée d'un trait rouge. M. Delaet attaque la nomination de M. Bara aux fonctions de ministre de la Justice.]

L'honorable M. Bara est venu au pouvoir pour ressusciter les
luttes clérico-libérales.
Il n'y avait jusqu'ici que deux partis; aujourd'hui nous en connaissons un troisième, c'est le parti constitutionnel.
Puisque vous avez fait des comparaisons, permettez-moi d'en
faire une ! M. Bara, c'est le frère *Davenport*[1] que vous avez chargé
d'évoquer le spectre noir.
Je signale de l'agitation et je risque, en ce faisant, d'être impliqué
dans le crime flétri de M. Dechamps. Et malgré cela, nous venons
vous dire : Prenez garde ! L'Europe se sent mal assise... *(Hilarité.)*
Riez et criez, pourvu que vous n'empêchiez pas les sténographes
de m'entendre, c'est tout ce que je demande.

STYLE PARLEMENTAIRE   [F^t 343 « non classé »]

Gazette belge, 29 nov[embre 18]65.

[Coupure entourée d'un trait rouge.]

M. Bara.

. . . .

Il faut aimer le paradoxe pour venir prétendre que la loi sur les
bourses n'est pas une loi. Cette loi a été régulièrement votée et
promulguée.
M. Coomans : Je n'ai pas dit que ce n'était pas une loi; mais j'ai
dit : Ce n'est pas une véritable loi.
M. Bara, ministre de la Justice : M. Coomans distingue donc, il y a
des lois qui ne sont pas de véritables lois et d'autres qui le sont.
M. Coomans, du reste, n'est pas un jurisconsulte.
M. Coomans : Je le suis depuis plus longtemps que vous; je
suis avocat depuis 31 ans.
M. Bara, ministre de la Justice : J'avais cru, à vous entendre, que
vous n'aviez aucune notion de droit.

XX. POLITIQUE   [F^t 357 v°]

Il n'y a pas de peuple belge, proprement dit. Il y a des races flamandes et wallonnes, et il y a des villes ennemies. Voyez Anvers. La Belgique, Arlequin diplomatique.

Histoire baroque de la Révolution brabançonne, faite contre un Roi philosophique, et se trouvant en face de la Révolution française, révolution philosophique.

Un Roi constitutionnel est un automate en hôtel garni. — *La Belgique est la victime du cens électoral. Pourquoi personne ne veut ici du suffrage universel. La constitution n'est qu'un chiffon. Les constitutions sont du* papier. *Les mœurs sont* tout. — *La liberté belge est un mot. Elle est sur le papier ; mais elle n'existe pas,* parce que personne n'en a besoin.

Situation comique de la Chambre à un certain moment. Les deux partis égaux, moins une voix. — Magnifique spectacle *des élections, comme disent les journaux français.*

Peinture d'une assemblée électorale. — *Parleries politiques. Éloquence politique. Emphase. Disproportion entre la parole et l'objet^a.*

BRUXELLES   [F^t 225]
    POLITIQUE

Il n'y a pas de peuple belge. Ainsi, quand je dis *le peuple belge,* c'est une formule abréviative^b, cela veut dire : les différentes races qui composent la population de Belgique.

BRUXELLES   [F^t 226]
    TRAITS GÉNÉRAUX

Homonculité de la Belgique.

Cet *Homonculus,* résultant d'une opération alchimique de la diplomatie, se croit un homme.

La fatuité des infiniment petits.

La tyrannie des faibles.
Les femmes.
Les enfants.

Les chiens.
La Belgique.

BRUXELLES [F^t 227]

   MŒURS POLITIQUES

` Anvers veut être libre. Gand veut être libre. Tout le monde veut être libre. Et tout bourgmestre veut être Roi.

   Autant de partis que de villes.

   Autant de Kermesses que de Rues. Car il y a des Kermesses de Rues.

Question d'Anvers. [F^t 228]

   Fortifications.

   La Paix, 31 juillet 1864.

   [Coupure entourée d'un trait au crayon rouge.]

   Nous voyons se déployer déjà quelques-unes des conséquences de la folie des fortifications anversoises. On vide un grand cimetière contrairement aux lois de l'hygiène et de la décence, au risque de réveiller le choléra qui y sommeille, et l'on froisse ainsi jusqu'à la cruauté, une population déjà trop éprouvée. On s'attire un procès de sept millions avec une Compagnie très influente, on augmente les corvées des miliciens, on va soulever devant les tribunaux la grave question de savoir si un général a le droit de transformer des soldats en terrassiers forcés, on creuse le gouffre du déficit, on autorise les suppositions les plus fâcheuses quant aux suites financières de la loi du 8 septembre 1859, en un mot on crée des difficultés énormes pour l'avenir, et tout cela afin d'empêcher à perpétuité la législature d'opérer des économies sur le budget de la guerre !

   Le vaste embastillement d'Anvers a été décrété dans l'unique dessein de rendre à jamais nécessaire une armée belge de 100 000 hommes, de même que le fonds communal a été créé pour maintenir les taxes sur les lettres, les bières et les sucres.

BRUXELLES [F^t 229]

   POLITIQUE

   La Révolution brabançonne et la Révolution française en Belgique.

La Révolution brabançonne ennemie de la Révolution française.

Malentendu.

Joseph II était plus près de nous.
Un utopiste au moins !
La question subsiste encore.
La Révolution brabançonne, c'est les cléricaux.
Les meetings, c'est la Révolution française arriérée.
Ingratitude des Belges pour la République française et l'Empire.

BRUXELLES [Ft 230]
Politique.

Un Roi constitutionnel est un automate en hôtel garni.

BRUXELLES [Ft 231]
POLITIQUE

La Belgique est le tréteau du cens électoral. Que serait devenue la France, en abaissant le cens ? Abrutissement constitutionnel.
Le cens est à 30 fr.
Le suffrage universel la mettrait à la merci des prêtres. C'est pourquoi *les libéraux* n'en veulent pas.
Toujours la grande question de la Constitution (lettre morte) et des mœurs (constitution vivante).
En France, tyrannie dans la loi, tempérée par la douceur et la liberté des mœurs.

BRUXELLES [Ft 232]
MŒURS POLITIQUES

En France, la liberté est limitée par la peur des gouvernements.
— En Belgique, elle est supprimée par la bêtise nationale.
— Peut-on être libre, et à quoi peut servir de décréter la liberté dans un pays où personne ne la comprend, où personne n'en veut, où personne n'en a besoin ?

La liberté est un objet de luxe, comme la vertu. Quand le Belge est repu, que lui faut-il de plus ? *à Mexico, il y aura du gigot*[1].

Cocasseries.   [F^t 233]

[Coupure de journal : réclame de l'imprimeur-libraire Josse Sacré informant les candidats qu'il peut fournir des circulaires pour les élections à des prix défiant toute concurrence. Baudelaire a souligné :]

On imprime pour toutes les opinions.

Belle garantie de liberté ! Il paraît qu'on n'imprime pas *toujours* pour toutes les opinions.

POLITIQUE   [F^t 234]

Situation comique actuelle de la Chambre.
Deux partis, presque égaux.
La majorité a une voix en plus[2].
On a racolé[a] les malades.
Un de ces malades meurt.
Grand discours sur la tombe du défunt. (Emphase funèbre des protestants.)
Il ne reste plus qu'une ressource au parti privé de sa voix représentant la majorité, c'est de *jeter un sort* sur un membre du parti adverse.
Jamais de coups de fusil.
Ah ! s'il s'agissait du renchérissement de la bière, ce serait peut-être bien différent.
Mais ce peuple ne se bat pas pour les idées. Il ne les aime pas.

BRUXELLES   [F^t 235]
    CARACTÈRES GÉNÉRAUX
    POLITIQUE

Emphase. Métaphores militaires[3].
Disproportion entre la parole et l'objet.

BRUXELLES [F‍t 236]
POLITIQUE

L'Union Commerciale ne veut faire élire que des commerçants.

L'électeur de la Rue Haute.

Les décrotteurs (Paris).

Les professions représentées.

BRUXELLES [F‍t 237]
POLITIQUE
ASSEMBLÉES ÉLECTORALES

Meeting libre. Portrait de Bochart. Le chapeau sur la tête. Il allume les lampes. — Personne n'ose prendre la parole. — Abolition de *tout.*

La marine Royale.

Meeting libéral. Tous les orateurs : *J'ai dit.* — Un coup de poing sur le ventre.

Beau langagier et habile homme.

Emphase immense; pour *rien ;* — la brèche, le Drapeau, — coups de poing, écume, bave; — l'assemblée applaudit tout, — surtout le dernier.

(En quoi la sottise de ce peuple ressemble à la sottise de tous les peuples.)

Discussions sur la candidature *Lacroix.* — Portrait de Lacroix.

Parleries politiques. [F‍t 238]

Congrès de Liège[1].

Des *étudiants* se rassemblant pour réformer l'*enseignement.*

À quand le congrès des petits garçons ?

À quand le congrès des fœtus ?

CONGRÈS [F‍t 239]
ET PARLERIES
MŒURS POLITIQUES

Toast à Ève[2].

Toast à Caïn.

XXI. L'ANNEXION [F^{ts} 357 v° et 358 r°]

L'annexion est un thème de conversation belge[1]. C'est le pre-
mier mot que j'aie entendu ici, il y a deux ans. À force d'en
parler, ils ont contraint nos perroquets du journalisme français
à répéter le mot. — Une grande partie de la Belgique la désire.
Mais c'est une mauvaise raison. Il faudrait d'abord que la
France y consentît. La Belgique est un enfant déguenillé et
morveux qui saute au cou d'un beau monsieur, et qui lui dit :
« Adoptez-moi, soyez mon père ! » — il faut que le monsieur
y consente.

Je suis contre l'annexion. Il y a déjà bien assez de sots en
France, sans compter tous nos anciens annexés, Bordelais, Alsa-
ciens, ou autres.

Mais je ne serais pas ennemi d'une invasion et d'une razzia,
à la manière antique, à la manière d'Attila. Tout ce qui est beau
pourrait être porté au Louvre. Tout cela nous appartient plus
légitimement qu'à la Belgique, puisqu'elle n'y comprend plus
rien. — Et puis, les dames belges feraient connaissance avec
les Turcos, qui ne sont pas difficiles.

La Belgique est un bâton merdeux ; c'est là surtout ce qui
crée son inviolabilité. Ne touchez pas à la Belgique !

De la tyrannie des faibles. Les femmes et les animaux. C'est
ce qui constitue la tyrannie de la Belgique dans l'opinion euro-
péenne.

La Belgique est gardée par un équilibre de rivalités, oui ;
mais si les rivaux s'entendaient entre eux ! Dans ce cas-là,
qu'arriverait-il ?

(Le reste, à renvoyer à l'épilogue, avec les conjectures sur
l'avenir et les conseils aux Français[a].)

Annexion. [F^t 320]

Gazette belge, 23 septembre 1865.

[Coupure citant un article de *L'Escaut :*]

« Il faudra une satisfaction à la France le jour où Napoléon se
verra dans l'impossibilité de se maintenir au Mexique ; la Prusse et
l'Angleterre sont dès aujourd'hui résolues à abandonner la Belgique : la première à condition *qu'on lui laisse les provinces Rhénanes,*

*la seconde qu'on fasse d'Anvers un port franc et qu'on démolisse ses forti-
fications,* afin que cette place ne puisse être, aux mains de la France,
un pistolet chargé sur le cœur de sa rivale.

« Ce qu'il y a de réellement drôle dans toutes ces combinaisons,
c'est que le gouvernement impérial, comme le dit la France, *n'a pas
même l'intention " de procéder par la force ".* Non, il nous croit mûrs,
grâce aux lâches complaisances de nos *ministres actuels qui ne sont plus
depuis longtemps que des préfets de l'Empire,* et de nos Chambres qui
sont devenues *des bureaux où l'on enregistre les décrets des Tuileries.* »

Que de jolies choses on ignorerait cependant, si *L'Escaut* n'entretenait pas un correspondant à Bruxelles ! *Et comme le pays est bien
gardé autour du capitole anversois !*

Annexion.

[Autre coupure.]

*La mauvaise action que M. Dechamps a commise en faisant planer,
lui patriote, le doute sur la durée de notre indépendance nationale, oblige tout
organe de la presse belge, réellement dévoué à la cause de l'autonomie et des
libertés du pays, à rechercher avec une filiale sollicitude les effets qu'a pu
produire ce quasi-appel à l'étranger.*

Déjà, nous avons constaté que l'éveil donné par cet ancien
ministre du Roi aux ambitieuses convoitises du dehors, n'avait rencontré aucun écho par-delà les frontières.

BRUXELLES   [Ft 316]
   POLITIQUE

INVASION
ANNEXION

La Belgique ne veut pas être envahie, mais elle veut
qu'on désire l'envahir.

C'est une lourdaude qui veut inspirer des désirs.

Pour dire le vrai, la partie wallonne en serait-elle
fâchée ?

POLITIQUE   [Ft 315]
   À propos de l'invasion.

INVASION

Un pays si souvent conquis, et qui a pu, malgré l'in-
trusion si fréquente des étrangers, obstinément garder ses

mœurs, devrait ne pas tant affecter de frayeur. Ce petit peuple est plus fort qu'il n'en a l'air.

PAUVRE BELGIQUE [Ft 318]
  HISTOIRE

RAZZIA

Les Flamands ont tout supporté du duc d'Albe, qui n'avait que dix mille Espagnols, et ne se sont révoltés que lors de l'impôt du vingtième.

Avis à n'importe quelle armée européenne. *Jamais d'annexion.* Mais toujours la Razzia.

Il faut commencer par là. La Razzia des monuments, des peintures, des objets d'art de toute sorte.

Razzia des richesses.

On peut déménager tout ce qui est beau. Chaque nation a le droit de dire : *Cela m'appartient, puisque les Belges n'en jouissent pas.*

BRUXELLES [Ft 319]
  CARACTÈRES GÉNÉRAUX
  MŒURS

Annexion.

Peur de l'annexion, mais désir que la France la désire.

Mais on les insulterait fort en leur disant qu'il n'y a aucun danger pour eux et que la France ne veut pas d'eux.

Le nez du Marguillier[1] —

Tout ce que je dis des ridicules Flamands ne peut pas s'appliquer aux Wallons.

A PROPOS [Ft 241]
DE L'ANNEXION

L'annexion, jamais !
Il y a déjà bien assez de sots en France.

CONTRE [F^t 242]
    L'ANNEXION

Il y a déjà bien assez de sots en France.

BRUXELLES [F^t 321 r° et v°]
    POLITIQUE

ANNEXION
RAZZIA

L'annexion ! toujours l'annexion ! on n'entend parler que de cela ici.

Car l'Empereur règne ici, il est le principal pouvoir, comme l'a démontré le *Kladderadatsch* (chercher le passage)[1].

(Trois pouvoirs, la Chambre, *L'Indépendance belge* et l'Empereur des Français.) Gouvernement constitutionnel, triade de pouvoirs.

L'opinion de Verwée[2]. La Belgique oublie d'abord que *l'annexion est moralement faite,* ensuite qu'il faudrait *le consentement de la France.* — Arrêtez donc le premier venu dans la rue et dites-lui : *Soyez mon père adoptif,* surtout si vous êtes un enfant crasseux et morveux. L'anguille qui veut être écorchée, mais qui crie avant qu'on l'écorche. Le nez du Marguillier.

J'entends ainsi l'annexion : *nous emparer du sol, des bâtiments et des richesses, et déporter tous les habitants.* — Impossible de les employer comme esclaves. Ils sont trop bêtes.

Méchanceté des petits pays (Belgique, Suisse), *méchanceté des faibles,* des roquets et des bossus.

Après tout, telles circonstances peuvent se présenter qui partagent en deux l'arlequin diplomatique, moitié pour la Hollande, moitié pour la France.

Mon opinion sur les Wallons.

Il n'y a dans le monde *qu'une seule personne qui rêve annexion, c'est la Belgique.* Il est vrai que le *célèbre* Wiertz[3] l'entendait autrement.

Que les Hyperboréens retournent au nord[4] !

PATRIOTISME
MENTEUR

Patriotisme belge.

Un seul patriote, Victor Joly, dans un pays où il n'y a pas de patrie.

Son portrait.

On met la Belgique aux enchères. Y a-t-il marchand à tel prix ?

La Hollande ne dit mot. La France non plus. La Belgique est invendable.

C'est un bâton merdeux.

L'invasion et l'annexion sont les rêves d'une vieille bégueule coquette. Elle croit toujours qu'on pense à elle. Pour que la Belgique fût annexée, il faudrait que la France y consentît.

L'Annexion. [Ft 243]

La Belgique est gardée par un équilibre de rivalités. Mais si les rivaux s'entendaient !

XXII. L'ARMÉE [Ft 358 r⁰ et v⁰]

Est plus considérable, comparativement, que les autres armées européennes ; mais ne fait jamais la guerre. Singulier emploi du budget !

Cette armée, entrant en campagne, serait peu propre à la marche, à cause de la conformation du pied belge. Mais il y a des hommes nombreux qui se formeraient bien vite.

Tous ces soldats imberbes (l'enrôlement est pour un temps très court) ont des visages d'enfants.

Dans cette armée, un officier ne peut guère[a] *espérer d'avancement que par la mort naturelle ou par le suicide de l'officier supérieur.*

Grande tristesse chez beaucoup de jeunes officiers, qui ont d'ailleurs de l'instruction et feraient d'excellents militaires, à l'occasion.

Exercices de Rhétorique à l'école militaire, rapports de batailles imaginaires, — tristes consolations dans l'inaction, pour des esprits éduqués pour la guerre.

Plus de politesse dans l'armée que dans le reste de la nation. À cela, rien de surprenant. Partout l'épée anoblit, ennoblit et civilise[a].

POLITIQUE   [F^t 245]

L'*Armée.*

Voudrait bien être une armée.

Un énorme budget pour une armée qui ne se bat pas.

Tous les soldats ont l'air d'enfants. Je pense, en les voyant, à Castelfidardo et au bataillon franco-belge[1].

Le suicide, moyen d'avancement, — pour les héritiers du suicidé.

BELGIQUE   [F^t 246]
ARMÉE

Dans l'armée belge, on n'avance guère que par le suicide.

Exercices de Rhétorique militaire.

Rapports de batailles imaginaires.

XXIII. LE ROI LÉOPOLD Ier.   [F^{ts} 358 v° et 359 r°]
SON PORTRAIT. ANECDOTES. SA MORT. LE DEUIL.

Léopold Ier, misérable petit principicule allemand, a su faire, comme on dit, son petit bonhomme de chemin. *Il n'est pas parti en fiacre pour l'exil. Venu en sabots, il est mort, riche de plus de* cent millions, *au milieu d'une apothéose européenne. Ces jours derniers, on l'a déclaré* immortel. *(Ridicule panégyrique. Léopold et Vapereau.)*

Type de médiocrité, mais de ruse et de persévérance paysanesque, ce cadet des Saxe-Cobourg a joué tout le monde, a fait son magot, *et a volé, à la fin, les louanges qu'on ne donne qu'aux héros.*

Opinion de Napoléon Ier sur lui.

Son avarice, sa rapacité. — *Ses idées stupides de prince allemand sur l'étiquette. Ses rapports avec sa famille.* — *Ses pensions. La pension qu'il recevait de Napoléon III.*

Anecdote sur le jardinier.

Ses idées sur les parcs et les jardins qui l'ont fait prendre pour un amant de la simple nature, *mais qui dérivaient simplement de son avarice.*

On falsifie les journaux pour que le Roi ne lise rien d'alarmant sur sa maladie.

Ce que dit derrière moi un matin le ministre de l'Intérieur. Ridicule répugnance du Roi à mourir. — *Son incrédulité à ce sujet.* — *Il chasse les médecins.* — *Il vole sa maîtresse.*

Invasion de la duchesse de Brabant et de ses enfants. Elle lui fourre de force un crucifix sur la bouche, et lui demande s'il n'a à se repentir de rien.

Traits de conformité entre la mort du Roi et toutes les morts belges. — *Ses trois chapelains se disputent son cadavre.* — M. Becker *l'emporte* comme parlant mieux le français (!).

— *Commence la grande comédie du Deuil.* — *Banderoles^a noires, panégyriques, apothéoses,* — *boissonneries, pisseries, vomissements de toute la population.* — *Tous les Belges sont* [dans^b] *la rue, le nez en l'air, serrés et silencieux comme au bal masqué.* — *Ils s'amusent ainsi.* — *Jamais* Bruxelles, *en réalité, n'avait vu pareille* fête. — *C'était* son premier roi *qui venait de mourir.* — *Le nouveau Roi fait son entrée sur l'air du* Roi barbu qui s'avance (positif). — *Personne ne rit.* — *Il y a des Belges qui chantent :* Soyons soldats, *belle riposte à ces misérables* fransquillons *annexeurs^c.*

LE ROI   [F^t 248]
   DES BELGES

Type de médiocrité, mais de persévérance. Il a su faire son petit bonhomme de chemin.

Ce cadet des Saxe-Cobourg est « *venu en sabots* » et est mort dans un palais avec une fortune de 100 millions. — C'est le vrai type de la bassesse faite pour le succès.

Enfin le grand Juge de Paix Européen *a dévissé son* billard.

« *Officier sans valeur* », répondait Napoléon à une demande de Léopold implorant de devenir son aide de camp.

Littérature belge   [Fᵗ 348 « non classé »]
    à plat ventre.

   L'Indépendance belge, 11 déc. 1865.

[Article de tête, 9 colonnes, de Victor Considérant; c'est, en effet,
un panégyrique de Léopold Iᵉʳ, mais sans flagorneries excessives[1].]

BRUXELLES   [Fᵗ 249]
    Le Roi.

    Ses économies.
    Son avarice.
    Sa rapacité. La rente de Napoléon III.
    Pourquoi il passe pour un élève de Courbet[2].
    Ses idées de principicule allemand. Vieille sottise alle-
mande d'un autre âge.
    Ses rapports avec ses fils.
    Le Jardinier.
    Les sentiments du *peuple* à l'endroit du Roi.

Dureté   [Fᵗ 250]
    et bêtise
    du Roi.

    Anecdote relative au Jardinier[3].

    Les idées du Roi sur l'étiquette sont des idées de prin-
cipicule allemand.

    Ses rapports avec ses fils[4].

PORTRAIT DE LÉOPOLD Iᵉʳ.   [Fᵗ 344 « non classé »]

    La Publicité belge, 24 déc. [18]65.

[Coupure qui donne un portrait de Léopold jugé « assez ressemblant » par le rédacteur : « Il put feindre la royauté facile, débon-
naire, bourgeoise : au fond nul ne porta plus loin la raideur aristocratique, et ses ministres ne furent jamais ses familiers au palais »,
même lorsqu'il leur donnait ce titre en public. Le geste et l'attitude

étaient officiels, l'affabilité de commande. Officielle aussi la politesse, mais vraiment royale. « Un tact extrême, une prudence consommée, et des sentiments impénétrables. » Une volonté inflexible : « Il dut croire jusqu'au dernier moment qu'un roi ne mourait que lorsqu'il le voulait bien [...] Son corps était mort déjà à demi que sa volonté le soutenait encore. »]

BRUXELLES   [F[t] 251, fragment[1]]
POLITIQUE

Le Roi Léopold et ses enfants reçoivent une indemnité de l'Empereur Napoléon III pour leur part disparue dans la fortune saisie des princes d'Orléans[2]. (M'informer de la vérité du fait.)

Ces d'Orléans sont-ils assez infâmes et adorateurs de Moloch ?

[. . . .]

LE ROI DES   [F[t] 252]
BELGES

« *Cédant aux nécessités de la politique* », dit Considerant quand il s'agit de caractériser une bassesse de Léopold ; — dans la biographie tracée en style académique de province par Considerant, tout, en Léopold, devient signe de génie. Tel le sieur Vapereau, faisant la biographie du sieur Vapereau, note tous ses déménagements comme des actions d'éclat[3].

À propos du   [F[t] 253]
ROI

Comment et pourquoi on expurgeait les journaux pour le Roi moribond.

Combien est sot un homme qui trouve qu'il y a de l'humiliation à mourir ! — qui est offensé de mourir, — et qui traite d'insolents les médecins sincères.

BRUXELLES [Ft 254]
LE ROI

Répugnance du Roi à mourir.

Comment il traite ses médecins.

Grand signe d'imbécillité dans cette récalcitrance contre la mort et dans cet amour de la vie.

À quand donc fixerait-il sa mort, si cela lui était permis ?

Toujours brutal, il fait jeter à la porte un médecin qui l'avertit que son cas est grave.

À PROPOS DE [Ft 255]
LA MORT DU
ROI

Le Roi prétendant qu'il n'était pas malade, on a eu soin de faire pour lui des éditions spéciales des journaux, où loin de parler de son agonie, on ne parlait que de son rétablissement, de façon que lui seul pût ignorer qu'il allait mourir.

Le Deuil. Magasins*a* fermés, théâtres fermés, banderoles*b* noires. Un deuil, prétexte à fêtes. Tout le peuple boit, les rues sont inondées d'urine. Deuil à jet continu.

Que ferait le peuple de Paris s'il restait oisif huit jours ?

LA MORT DU ROI [Ft 256]

J'entends derrière moi Rue de Louvain le Ministre de l'Intérieur, trois jours avant la mort (à propos des prières) :

« Ce sont des hommages rendus à la *Rô-aillauté ;* mais le *Rôa* mort, il ne reste plus que le protestant, — et ce sera un grand embarras. »

Explication : Les trois chapelains, luthérien, calviniste et anglican, tirent chacun à soi, le cadavre du Roi.

Ainsi la mort du Roi a un trait de *conformité* avec toutes les morts belges.

Toujours le cadavre de Patrocle, toujours M. Wiertz[1].

Autre question : Sera-t-il enterré à Laeken ou en Angleterre ? Ce dernier cas ne serait pas le signe d'un bon patriote.

Mort du Roi. [F^t 346 « non classé »]
    L'Économie.

Office de publicité.
    du Tournaisis.

24 déc. [18]65.

———

[Coupure. Récit de la mort du roi, à qui la duchesse de Brabant,
prenant un crucifix, aurait extorqué l'assurance d'un repentir
général.]

À propos du Roi. [F^t 257]

Les trois chapelains.
Les Belges transforment tout en fête, même la mort
du Roi.
Les eſtaminets sont pleins.
Le peuple reſte huit jours sans rien faire.
Qu'arriverait-il chez nous si le peuple reſtait huit jours
oisif ?
Il ferait le mal, avec ardeur.
Et quelle jouissance à tirer des coups de canon pen-
dant huit jours !
Les Belges se croient alors de vrais artilleurs.
L'avarice du Roi.
100 millions d'héritage. Résultat de la plus assidue
avarice.
Son traitement comme époux de la princesse Char-
lotte, — payé jusqu'à sa mort.
Ses économies sur l'entretien des châteaux (Courbet)[1].
Sa conduite vis-à-vis de Madame Meyer et *M. Meyer*[2].

À PROPOS [F^t 258]
    DE LA MORT DU
    ROI

Manière dont s'exprime le deuil belge. — Ivrognerie,
pisseries, vomissements. —

Foule de badauds silencieux. — Tous les nez en l'air.

Le nouveau Roi est intronisé sur l'air du *Roi barbu qui s'avance*[1]. Personne n'en est étonné.

Le mot de Neyt[2] sur la mort de Léopold Ier : *Quelle chance pour les cabarets !*

Un portrait de Léopold Ier. Les cent millions. L'orgueil du principicule allemand. Madame Meyer.
Vapereau et Considérant.

Entrée du   [F[t] 345 « non classé »]
NOUVEAU ROI

La Publicité belge, 24 décembre [18]65.

[Coupure].

Quand le roi Léopold II a fait son entrée solennelle dans sa capitale, le chaleureux enthousiasme qu'ont témoigné les Belges a été partagé par les étrangers. Ceux qui voyaient le jeune monarque pour la première fois, se sentaient gagnés aussitôt par sa bonne mine et son air affable. Léopold II est, en effet, un beau cavalier; ses traits vigoureusement accentués, ses fortes, mais soyeuses moustaches, ses longs favoris à l'américaine, donnent à sa physionomie un caractère mâle et doux à la fois.

Depuis plusieurs jours plongée dans le deuil, la population, quand il lui a été permis de renaître à la joie, a passé subitement d'un extrême à l'autre. C'était à qui trouverait le moyen le plus ingénieux d'exprimer sa gaieté patriotique.

Aussi le chef des musiciens qui précédaient le cortège royal, se disant que les marches funèbres des jours précédents avaient suffisamment assombri les esprits, et qu'il convenait maintenant de faire entendre les accents de la plus folle allégresse, inscrivit-il le nom d'Offenbach dans le programme de la fête.

Quand Lépold II, entouré des grands dignitaires, se dirigea vers le palais où l'attendait la couronne, la musique militaire se mit à jouer l'air fameux de *La Belle Hélène* :

> *Le roi barbu qui s'avance,*
> *Bu qui s'avance,*
> *Bu qui s'avance...*

Nous garantissons l'authenticité de l'anecdote.

Le lendemain, un des ministres en parlait au journaliste de qui nous tenons le fait. « Il est heureux, lui disait-il, que cela se soit passé dans un pays aussi bon enfant que la Belgique; si pareille chose arrivait chez un de nos voisins, le roi serait ridicule pendant un mois. »

XXIV. BEAUX-ARTS

[F^t 359 r° et v^o]

En Belgique, pas d'Art ; l'Art s'est retiré du pays.

Pas d'artistes, excepté Rops.

La composition, chose inconnue. Philosophie de ces brutes, philosophie à la Courbet.

Ne peindre que ce qu'on voit (Donc vous ne peindrez pas ce que je ne vois pas). Spécialistes. — Un peintre pour le soleil, un pour la lune, un pour les meubles, un pour les étoffes, un pour les fleurs, — et subdivisions de spécialités, à l'infini, comme dans l'industrie. — La collaboration devient chose nécessaire.

Goût national de l'ignoble. Les anciens peintres sont donc des historiens véridiques de l'esprit flamand. — Ici, l'emphase n'exclut pas la bêtise, — ce qui explique le fameux Rubens, goujat habillé de satin.

De quelques peintres modernes, tous pasticheurs, tous, des doublures de talents français. — Les goûts des amateurs. — M. Prosper Crabbe[1]. — La bassesse du célèbre M. Van Praet, ministre de la maison du Roi[2]. — Mon unique entrevue avec lui. — Comment on fait une collection. — Les Belges mesurent la valeur des artistes aux prix de leurs tableaux. — Quelques pages sur cet infâme puffiste qu'on nomme Wiertz, passion des touristes anglais. — Analyse du Musée de Bruxelles — Contrairement à l'opinion reçue, les Rubens bien inférieurs à ceux de Paris[a].

Sculpture, néant.

Pauvre Belgique.

[F^t 260]

De la peinture flamande.

La peinture flamande ne brille que par des qualités distinctes des qualités intellectuelles.

Pas d'esprit, mais quelquefois une riche couleur, et presque toujours une étonnante habileté de main. Pas de composition, ou composition ridicule. Sujets ignobles, pisseurs, chieurs et vomisseurs. Plaisanteries dégoûtantes et monotones qui sont tout l'esprit de la race. Types de laideur affreuse. Ces pauvres gens ont mis beaucoup de talent à copier leur difformité[a].

Dans cette race, Rubens représente *l'emphase, laquelle n'exclut[b] pas la bêtise.* Rubens est un goujat habillé de satin.

Beaux-Arts   [F[t] qui n'appartient pas au ms. de Chantilly[1]]

Le plus fort, dit-on, des peintres belges, celui que ces buveurs de faro et ces mangeurs de pommes de terre comparent volontiers à Michel-Ange, M. Alfred Stevens[c], peint d'ordinaire une petite femme (c'est sa tulipe, à lui) toujours la même, écrivant une lettre, recevant une lettre, cachant une lettre, recevant un bouquet, cachant un bouquet, bref, toutes les jolies balivernes que Devéria vendait 200 sols, sans plus grande prétention. — Le grand malheur de ce peintre minutieux, c'est que la lettre, le bouquet, la chaise, la bague, la guipure, etc..... deviennent, tour à tour, l'objet important, l'objet qui crève les yeux. — En somme, c'est un peintre *parfaitement* flamand, en tant qu'il y ait de la perfection dans le *néant,* ou dans l'*imitation de la nature,* ce qui est la même chose.

Tapisserie
Bijouterie

BRUXELLES   [F[t] 261]
PEINTURE MODERNE

Amour de la spécialité.
Il y a un artiste pour peindre les pivoines.
Un artiste est blâmé de vouloir tout peindre.
Comment, dit-on, peut-il savoir quelque chose puisqu'il ne s'appesantit sur rien ?
Car ici, il faut être pesant pour passer pour grave.

PEINTURE BELGE MODERNE   [F[t] 262]

L'art s'est retiré du pays.
Grossièreté dans l'art.

Peinture minutieuse de tout ce qui n'a pas vie.

Peinture des bestiaux.

Philosophie des peintres belges, philosophie de notre ami Courbet, l'empoisonneur intéressé (Ne peindre que ce qu'on voit ! Donc *vous* ne peindrez que ce que *je* vois).

Verboeckhoven[1] (Calligraphie. Un mot remarquable sur les *Nombres*) (Carle et Horace Vernet).

Portaels (de l'instruction; pas d'art naturel). Je crois qu'il le sait.

Van der Hecht[2].

Dubois[3]. (Sentiment inné. Ne sait rien du dessin.)

Rops[4]. (À propos de Namur. À étudier beaucoup.)

Marie Collart (très curieux)[5].

Joseph Stevens.

Alfred Stevens (prodigieux *parfum* de peinture. Timide, — peint POUR les *amateurs*).

Willems[6].

Wiertz. La composition est donc chose inconnue.

Leys[7].

Keyser (!) Le plaisir que j'ai eu à revoir des gra-

Gallait[8] (!) vures de Carrache.

PEINTURE   [F^t 263]

Il y a des peintres littérateurs, trop littérateurs. Mais il y a des peintres cochons (voir toutes les impuretés flamandes, qui, si bien peintes qu'elles soient, choquent le goût).

En France, on me trouve trop peintre.

Ici, on me trouve trop littérateur.

Tout ce qui dépasse la portée d'esprit de ces peintres, ils le traitent d'art littéraire.

BEAUX-ARTS   [F^t 264]

La manière dont les Belges discutent la valeur des tableaux. Le chiffre, toujours le chiffre. Cela dure trois heures. Quand pendant trois heures, ils ont cité des prix de vente, ils croient qu'ils ont disserté peinture.

Et puis, il faut cacher les tableaux, pour leur donner de la valeur. L'œil use les tableaux.

Tout le monde ici est marchand de tableaux.

À Anvers, quiconque n'est bon à rien fait de la peinture.

Toujours de la petite peinture.

Mépris de la grande.

BEAUX-ARTS   [Ft 329 « non classé »]
  BRUXELLES

Amateurs de tableaux.

Valent et sont des marchands de tableaux.

Un ministre[1], dont je visite la galerie, me dit, comme je vantais David : *« Il me semble que Davidi* [sic] *est en hausse ? »*

Je lui réponds : « Jamais David n'a été en baisse chez les gens d'esprit. »

                                                    [Ft 17, fragment[2]]

[. . . . .]

L'Amateur des Beaux-Arts en Belgique.

Il m'écoute fort bien, muet, automatique,
Solennel; puis[a] soudain, d'un air diplomatique,
Sortant d'un de ces longs sommeils si surprenants,
Que tout Belge partage avec les ruminants,
Avec le clignement d'un marchand de la Beauce,
Me dit : « Je crois, *d'ailleurs,* que David est en hausse ! »

BRUXELLES   [Ft 265]
  BEAUX-ARTS

MM. les Belges ignorent le grand art, la peinture décorative.

En fait de grand art (lequel a pu exister autrefois dans les églises jésuitiques) il n'y a guère ici que de la peinture *Municipale* (toujours le Municipe, la Commune), c'est-à-dire, en somme, de la peinture anecdotique dans de grandes proportions.

L'exposition, place du Trône[1].
Chenavard[2].
Courbet[3].
Steinle[4].
Janmot[5].
Kaulbach[6].
Grande frise.
Blücher[7].
Le Roi[8].

[Ft 267]

[Coupure : un écrivain témoigne de l' « émotion profonde » que lui a causée la mort de Wiertz. Cette coupure est collée au dos d'un faire-part, ft 268, de la mort du peintre Wiertz, décédé le 18 juin 1865.]

Wiertz partage la sottise avec Doré et Victor Hugo.

Les fous sont trop bêtes (Bignon[9].)

Peinture *indépendante*.

Wiertz[10]. Charlatan. Idiot, voleur.
Croit qu'il a une destinée à accomplir.
Wiertz le peintre philosophe littérateur. Billevesées modernes. Le Christ des humanitaires. Peinture philosophique.
Sottise analogue à celle de Victor Hugo à la fin des *Contemplations*[11].
Abolition de la peine de mort.
Puissance infinie de l'homme[12].
Les foules de cuivre[13].
Les inscriptions sur les murs. Grandes injures contre

les critiques français et la France. Des sentences de Wiertz partout. M. Gagne[1]. Des utopies. Bruxelles capitale du monde. Paris province[2]. Le mot de Bignon sur la bêtise des fous.

Les livres de Wiertz. Plagiats. Il ne sait pas dessiner, et sa bêtise est aussi grande que ses colosses.

En somme, ce charlatan a su faire ses affaires. Mais qu'est-ce que Bruxelles fera de tout cela après sa mort[3] ?

Les Trompe-l'œil[4].

Le Soufflet[5].

Napoléon en Enfer[6].

Le Lion de Waterloo[7].

Wiertz et V. Hugo veulent sauver l'humanité.

MUSÉES. *Musée de Bruxelles*[8]. [F^ts 272 et 273]

Grossièreté de Vanthulden[9]. Retroussement des septuagénaires. Saletés flamandes (toujours *le pisseur et le vomisseur*). Ainsi ce que je prenais autrefois pour des caprices d'imagination de quelques artistes est une vraie traduction de mœurs. (Amoureux qui s'embrassent en vomissant.)

Van de Plaas et *Pierre Meert*[10].

Tableaux tout aussi mal étiquetés qu'en France.

Moineries de *Philippe de Champagne*.

Un canal de *Canaletto*.

Tintoret (la Madeleine parfumant les pieds de Jésus).

Paul Véronèse. Esquisse. Abrégé de *La Cène* du Louvre[11].

Véronèse. La présentation.

Véronèse. Une pluie de couronnes[12] (rappelant le plafond de *Véronèse* du Grand Salon).

Guardi, étiqueté *Canaletto*[13].

Un beau portrait de *Titien*.

Un *Albane* agréable, le premier que je voie[14].

Preti, viol, bataille, œil crevé[15].

Tintoret. Naufrage au fond d'un palais[16] (voir le Catalogue).

Metzu. Cuyp. Maas. Téniers. Palamèdes[17].

Beau *Van der Neer*[18]. *Ryckaert*[19] (fait penser à Le Nain).

Superbe *Meert. Janssens*. Superbe *Jordaens*[20].

Rembrandt[1] (froid). *Ruysdael*[2] (triste).

Curieuse esquisse de *Rubens*[3], très blanche.

Superbe *Rubens*. Les fesses de la Vénus, étonnée mais flattée de l'audace du satyre qui les baise[4].

Peter Neefs. Église gothique, déjà ornée de statues et d'autels jésuitiques[5].

David Téniers
David Téniers (très beaux).

Backhuysen[6] (banal).

Portrait de femme, honnête femme à la Maintenon, par *Bol*[7].

Jean Steen, deux tableaux[8], dont un très beau.

Sottise et crapule flamande.

MUSÉE DE BRUXELLES   [F[t] 274]

Van Dyck, Coiffeur pour Dames[9].

Silène[10], superbe tableau, étiqueté *Van Dyck,* à rendre à *Jordaens*.

Jordaens. Le Satyre et le Paysan.

(Jordaens est plus personnel et plus candide que Rubens. De la fatuité de Rubens. Les gens fastueusement heureux me sont insupportables) (fadeur du bonheur et du rose continus).

Isabel Clara Eug. hisp. belg. et burg. prin.

Albertus archid. austriæ belg. et burg. prin.[11]

Portraits décoratifs un peu plus grands que nature. Superbes Rubens, *curieux* Rubens.

Emmanuel Biset.

Ehrenberg-Emelraet[12] (voir le Catalogue).

Hubert Goltzius[13].

Smeyers[14] (compositeur. Chose rare ici).

Siberechts[15] (fait penser à Le Nain).   [F[t] 275]

Jordaens un exorcisme.

Jordaens un triomphe.

À propos des grands Rubens du fond :

   Je connaissais parfaitement Rubens avant de venir ici.

   Rubens, décadence. Rubens, antireligieux.

   Rubens, fade. Rubens, fontaine de banalité.

Merveilleuse richesse du Musée en fait de *primitifs*.
Sturbant (?)[1]
Roger de Bruges[2]. Charles le Téméraire.
Holbein[3] (Le petit Chien).
Les fameux volets de *Van Eyck*[4]. (Superbes, mais crapuleusement flamands.)
Brueghel de Velours
Brueghel le Vieux   ? (voir Arthur[5])
Brueghel le Drôle
(Massacre des innocents[6]. Une ville en hiver. Entrée des soldats. Sol blanc. Silhouettes persanes.)
Mabuse[7]. Les parfums de la Madeleine.
Van Orley[8]. — *Van Eyck*[9].

Heureusement pour moi, on ne voyait pas les modernes.

[F^{ts} 359 v° et 360 r°]

XXV. ARCHITECTURE[10], ÉGLISES, CULTE.

Architecture civile moderne. Camelote[a]. *Fragilité de smaisons. Pas d'harmonie. Incongruités architecturales. — Bons matériaux. — La pierre bleue. — Pastiches du passé. — Dans les monuments, contrefaçons de la France. — Pour les Églises, contrefaçons du passé.*

Le passé. — Le Gothique. — Le 17ᵉ siècle.

— Description de la Grand-Place de Bruxelles (très soignée.)

— Dans la Belgique, toujours en retard, les styles s'attardent et durent plus longtemps.

— Éloge du style du 17ᵉ siècle, style méconnu, et dont il y a en Belgique des échantillons magnifiques.

— Renaissance en Belgique. — Transition. — Style Jésuite. — Styles du 17ᵉ siècle. — Style Rubens.

— L'Église du Béguinage à Bruxelles, Saint-Pierre à Malines, Église des Jésuites à Anvers, Saint-Loup à Namur, etc., etc...

— (La Réaction de V. Hugo en faveur du Gothique nuit beaucoup à notre intelligence de l'architecture. Nous nous y sommes trop attardés. — Philosophie de l'histoire de l'architecture, selon moi. — Analogies avec les coraux, les madrépores, la formation des continents, et finalement avec la vie univer-

selle. — *Jamais de lacunes.* — État permanent de transition.
— *On peut dire que le Rococo est la dernière floraison du Gothique¹.*)

— *Coebergher, Faijdherbe et Franquaert².*

— *Opinion de Victor Joly sur Coebergher, dérivant toujours de Victor Hugo.*

— *Richesse générale des Églises.* — *Un peu boutiques de curiosités, un peu camelote.*

Description de ce genre de richesse.

Quelques églises soit gothiques, soit du 17ᵉ siècle.

Statues coloriées. Confessionnaux, très décorés ; — *confessionnaux au Béguinage, à Malines, à Anvers, à Namur, etc...*

— *Les Chaires de Vérité.* — *Très variées.* — *La vraie sculpture flamande est en bois et éclate surtout dans les églises.*

— *Sculpture non sculpturale, non monumentale ; sculpture joujou et bijou, sculpture de patience.* — *Du reste, cet art est mort comme les autres, même à Malines, où il a si bien fleuri.*

— *Description de quelques processions. Traces du passé, subsistant encore dans les mœurs religieuses.* — *Grand luxe. Étonnante naïveté dans la dramatisation des idées religieuses.*

(Observer, en passant, l'innombrable quantité des fêtes belges. C'est toujours fête. — *Grand signe de fainéantise populaire.)*

— *La dévotion belge, stupide.* — *Superstition. Le Dieu chrétien n'est pas à la portée du cerveau belge.*

— *Le Clergé, lourd, grossier, cynique, lubrique, rapace. En un mot, il est belge. C'est lui qui a fait la révolution de 1831, et il croit que toute la vie belge lui appartient.*

— *Revenons un peu aux Jésuites et au style jésuitique. Style de génie. Caractère ambigu et complexe de ce style.* — *(Coquet et terrible.)* — *Grandes ouvertures, grandes baies, grande lumière* — *mélange de figures, de styles, d'ornements et de symboles.* — *Quelques exemples.* — *J'ai vu des pattes de tigre servant d'enroulements.* — *En général, églises pauvres à l'extérieur, excepté sur la façadeᵃ.*

BRUXELLES   [Fᵗ 277]
    ARCHITECTURE

Un pot et un cavalier sur un toit³ sont les preuves les plus voyantes du goût extravagant en architecture. Un cheval sur un toit ! un pot de fleurs sur un fronton !

Cela se rapporte à ce que j'appelle le style *joujou.*

Clochers moscovites[1]. Sur un clocher byzantin, une cloche ou plutôt une sonnette de salle à manger, — ce qui me donne envie de la détacher pour sonner mes domestiques, — des géants.

Les belles maisons de la *grand-place* rappellent ces curieux meubles appelés *Cabinets*[2]. Style joujou.

Du reste de beaux meubles sont toujours de petits monuments.

BRUXELLES [F[t] 278]
   ARCHITECTURE. SCULPTURE

Des pots sur les toits.
(Destination des pots.)
Une statue équestre sur un toit. Voilà un homme qui galope[a] sur les toits.
En général, inintelligence de la sculpture excepté de la sculpture joujou, la sculpture d'ornemaniste, où ils sont très forts.

ARCHITECTURE [F[t] 279]

En général, même dans les constructions modernes, ingénieuse et coquette. Absence de proportions classiques.
La pierre bleue.

La Grande place.
Avant le bombardement de Villeroi[3], même maintenant, prodigieux décor. Coquette et solennelle. — La statue équestre. Les emblèmes, les bustes, les styles variés, les ors, les frontons, la maison attribuée à Rubens, les cariatides, l'arrière d'un navire, l'Hôtel de Ville, la maison du Roi, un monde de paradoxes d'architecture. Victor Hugo (voir Dubois et Wauters[4]).
Le quai aux barques.

[F[ts] 280-281]

[Notes, d'une écriture inconnue, extraites de l'*Histoire de l'Architecture en Belgique* de A.-G.-B. Schayes. Elles ont trait aux maisons de la Grand-Place de Bruxelles.]

Bruxelles. Architecture et   [F^t 282]
   littérateurs arriérés.

Coebergher et Victor Joly.

« Si je tenais ce Coebergher ! » dit Joly, — « un misérable qui a corrompu le style religieux ! »

L'existence de Coebergher, architecte de l'église du
Béguinage, des Augustins et des Brigittines[1], m'a été
révélée par le *Magasin pittoresque*[2]. Vainement j'avais
demandé à plusieurs Belges le nom de l'architecte.

V. Joly en est resté à *Notre-Dame de Paris*. — « Il ne
peut pas prier, — dit-il, — dans une église jésuitique. »
— Il lui faut du gothique.

Il y a des paresseux qui trouvent dans la couleur des
rideaux de leur chambre une raison pour ne jamais
travailler[3].

BRUXELLES   [F^t 283]
  ET BELGIQUE. ARCHITECTURE.

Aspect général des églises.

Richesse quelquefois réelle, quelquefois camelote.

De même que les maisons de la Grand-Place ont l'air
de meubles curieux, de même les églises ont souvent
l'air de boutiques de curiosités.

Mais cela n'est pas déplaisant. Honneurs enfantins
rendus au Seigneur.

ÉGLISES. BRUXELLES   [F^t 186 *bis*]

Églises fermées.

Que devient l'argent perçu sur les touristes ?

La Religion Catholique en Belgique ressemble à la fois
à la superstition napolitaine et à la cuistrerie protestante.

Une procession. Enfin ! Banderoles sur une corde,
traversant la rue. Mot de Delacroix sur les drapeaux[4]. Les
processions en France supprimées par égard pour
quelques assassins et quelques hérétiques. Vous souvenez-vous de l'encens, des pluies de roses, etc... ?

Bannières byzantines, si lourdes que quelques-unes étaient portées à plat.

Dévots bourgeois. Types aussi bêtes que ceux des révolutionnaires.

BRUXELLES   [Ft 284]
   CARACTÈRES GÉNÉRAUX
   CULTE

Une 2e procession[1], à propos du miracle des hosties poignardées[2].

Grandes statues coloriées.

Crucifix coloriés.

Beauté de la sculpture coloriée.

L'éternel crucifié au-dessus de la foule. — Buissons de roses artificielles.

Mon attendrissement.

Heureusement, je ne voyais pas les visages de ceux qui portaient ces magnifiques images.

ÉGLISES. BRUXELLES   [Ft 285]

Sainte-Gudule.

Magnifiques vitraux.

Belles couleurs intenses, telles que celles dont une âme profonde revêt tous les objets de la vie.

Sainte-Catherine. Parfum exotique. Ex-voto[a]. Vierges peintes, fardées et parées. Odeur déterminée de cire et d'encens.

Toujours les chaires énormes et théâtrales. La mise en scène en bois. Belle industrie, qui donne envie de commander un mobilier à Malines ou à Louvain.

Toujours les églises fermées, passée l'heure des offices. Il faut donc prier *à l'heure,* à la *prussienne.*

Impôt sur les touristes.

Quand vous entrez à la fin de l'office, on vous montre du geste le tableau où on lit :..........[3]

BRUXELLES   [F^t 286]
    CULTE

    Les Religions Belges.
    Athéisme.
    Allan Kardec[1].
    Une religion qui satisfait le cœur et l'esprit.

    Les gens qui ne trouvent jamais leur religion assez
belle pour eux.

ARCHITECTURE. STYLE JÉSUITE   [F^t 287]

    Un brave libraire[2] qui imprime des livres contre les
prêtres et les religieuses, et qui probablement s'instruit
dans les livres qu'il imprime, m'affirme qu'il n'y a pas
de style jésuite, dans un pays que les Jésuites ont couvert
de leurs monuments.

          [F^t qui n'appartient pas au ms. de Chantilly. Fragment]
[. . . .]

    Lire un livre sur l'architecture des Jésuites, et un
livre sur le rôle politique et éducateur des Jésuites en
Flandre. —
    Guides pour Malines, Bruxelles, Namur, Liège, Gand[3].

ÉGLISES. BRUXELLES   [F^{ts} 288 et, numéroté par erreur, 292
                                                    lire 289]
    Tâcher de définir le style jésuite.
    Style composite.
    Barbarie coquette.
    Les échecs.
    Charmant mauvais goût.
    Chapelle de Versailles.
    Collège de Lyon[4].
    Le boudoir de la Religion.
    Gloires immenses.
    Deuil en marbre
    (noir et blanc).

Colonnes Salomoniques.

Statues (rococo) suspendues aux chapiteaux des colonnes, même des colonnes gothiques.

Ex-voto (grand navire).

Une église faite de styles variés est un dictionnaire historique. C'est le gâchis naturel de l'histoire.

Madones coloriées, parées et habillées.

Pierres tumulaires. Sculptures funèbres appendues aux colonnes (J.-B. Rousseau)[1].

Chaires extraordinaires, rococo, confessionnaux dramatiques. En général, un style de sculpture domestique, et dans les chaires un style joujou.

Les chaires sont un monde d'emblèmes, un tohu-bohu pompeux de symboles religieux, sculpté par un habile ciseau de Malines ou de Louvain.

Des palmiers, des bœufs, des aigles, des griffons[2]; le Péché, la Mort, des anges joufflus, les instruments de la passion, Adam et Ève, le Crucifix, des feuillages, des rochers, des rideaux, etc..., etc...

En général, un crucifix gigantesque colorié, suspendu à la voûte devant le chœur de la grande nef (?).

(J'adore la sculpture coloriée.)

C'est ce qu'un photographe de mes amis appelle J[ésus-]C[hrist] faisant le trapèze.

ÉGLISES. BRUXELLES　　　　　　　　　　　　　　[F^t 290]

Églises jésuitiques. Style jésuite flamboyant. Rococo de la Religion, vieilles impressions de livres à estampes. Les miracles du Diacre Pâris[3] (Jansénisme, prenons garde).

L'église du Béguinage. Délicieuse impression de blancheur. Les églises jésuitiques, très aérées, très éclairées.

Celle-là a toute la beauté neigeuse d'une jeune communiante.

Pots à feu, lucarnes, bustes dans des niches, têtes ailées, statues perchées sur les chapiteaux.

Charmants confessionnaux.

Coquetterie religieuse.

Le culte de Marie, très beau dans toutes les églises

ÉGLISES. BRUXELLES   [F^t numéroté par erreur 289, lire 291]
Église de *la Chapelle*.

Un crucifix peint, et au-dessous, *Nuestra Señora de la Soledad*[1] (Notre-Dame de la Solitude).
Costume de béguine. Grand deuil, grands voiles, noir et blanc, robe d'étamine noire.
Grande comme nature.
Diadème d'or incrusté de verroteries.
Auréole d'or à rayons.
Lourd chapelet, sentant son couvent.
Le visage est peint.
Terrible couleur, terrible style espagnols.
(De Quincey, les Notre-Dame[2].)
Un squelette blanc se penchant hors d'une tombe de marbre noir suspendue au mur[3]. ·
(Plus étonnant que celui de Saint-Nicolas du Chardonnet[4].)

XXVI. LE PAYSAGE AUX ENVIRONS DE BRUXELLES.   [F^t 360 r°]

Gras, plantureux, humide, comme la femme flamande, — sombre comme l'homme flamand. — Verdure très noire. — Climat humide, froid, chaud et humide, quatre saisons en un jour. — La vie animale peu abondante. Pas d'insectes, pas d'oiseaux. L'animal lui-même fuit ces contrées maudites[a].

BRUXELLES   [F^t 293]
   CARACTÈRES GÉNÉRAUX DE
   LA CAMPAGNE AUX ENVIRONS

Aspect gras, riche et sombre des environs de Bruxelles. Verdure tardive, mais profonde. Buée humide. Nature analogue à celle des habitants.
Merveilleuse culture. Tout est cultivé. Activité du laboureur. On[b] cultive des pans inclinés à la bêche et à la pioche.
Cependant dans ces campagnes si riches, des enfants ignobles, sales, jaunis, vous entourent en troupe, et

mendient obstinément avec une psalmodie exaspérante. Ce ne sont pas des enfants de pauvres. — Les parents, riches fermiers quelquefois, interviennent quelquefois de cette façon : *Oh ! les petits gourmands, c'est pour avoir un gâteau.*

Et ce peuple se prétend libre !

Il faut payer un droit à chaque barrière, c'est-à-dire toutes les... Débris féodal. Les barrières sont affermées.

Bruxelles. [Fᵗ 326 « non classé »]

Le paysage.

Nature du terrain aux environs de Bruxelles, boueux ou sablonneux, empêchant toute promenade.

État d'abandon et de négligence de tous les parcs.

BRUXELLES [Fᵗ 294]
CARACTÈRES GÉNÉRAUX

La beauté du Quai des Barques, et de l'Allée verte.

Les lentilles et l'herbe aux canards. Singulière invasion, subite. — Un tapis vert, qui donne envie de marcher dessus, mais qui enlève la beauté de la moire des eaux.

[Fᵗ 25, fragment[1]]

[. . . .]

ENVIRONS DE BRUXELLES

Les bois peu peuplés.
Très peu d'oiseaux chanteurs.

XXVII. PROMENADE À MALINES [Fᵗ 360 v°]

Malines est une bonne petite béguine encapuchonnée. — Musique mécanique dans l'air. — La Marseillaise en carillon. — Tous les jours ressemblent à Dimanche. — Foule dans les Églises. Herbe dans les rues. Vieux relent espagnol. Le

Béguinage. Plusieurs Églises. — Saint-Rombaut. Notre-Dame. Saint-Pierre. — Peintures de deux frères Jésuites sur les Missions. Confessionnal continu. *Merveilleux symbole de la Chaire, promettant aux Jésuites la domination du monde, — unique sculpture sculpturale que j'aie vue. — Odeur de cire et d'encens. — Rubens et Van Dyck. — Jardin Botanique. Ruisseau rapide et clair. — Bon vin de Moselle à l'hôtel de la Levrette. — Ce que c'est qu'une* Société particulière[a1].

MALINES   [F[ts] 296-297]

Jardin botanique.

Impression générale de repos, de fête, de dévotion.

Musique mécanique dans l'air. Elle représente la[b] joie d'un peuple automate, qui ne sait se divertir qu'avec discipline. Les carillons dispensent l'individu de chercher une expression de sa joie. — À Malines, chaque jour a l'air d'un dimanche.

Un vieux relent espagnol.

Saint-Rombaud (Raimbault, Rombauld[2]) gothique.

Église Saint-Pierre.

Histoire de saint François Xavier peinte par deux frères[3], peintres et Jésuites, et répercutée symboliquement sur la façade.

L'un des deux prépare ses tableaux en rouge.

Style théâtral à la Restout. Caractère des églises jésuites. Lumière et blancheur.

Ces églises-là semblent toujours communier.

Tout Saint-Pierre est entouré de confessionnaux pompeux, qui se tiennent sans interruption, et font une large ceinture de symboles sculptés des plus ingénieux, des plus riches et des plus bizarres.

L'église jésuitique est résumée dans la Chaire. Le globe du monde. Les quatre parties du monde. Louis de Gonzague, Stanislas Kostka, François Xavier, saint François Régis.

Les vieilles femmes et les béguines. Dévotion automatique. Peut-être le vrai bonheur. Odeur prononcée de cire et d'encens, absente de Paris. Émanation qu'on ne retrouve que dans les villages. Halles des Drapiers. Louis XVI flamand.

MALINES   [F[t] 298]

Malines est traversée par un ruisseau rapide et vert.
Mais Malines, l'endormie, n'est pas une nymphe; c'est
une béguine dont le regard contenu ose à peine se risquer
hors[a] des ténèbres du capuchon.

C'est une petite vieille, non pas affligée[b], non pas
tragique, mais cependant suffisamment mystérieuse pour
l'œil de l'étranger, non familiarisé avec les[c] solennelles
minuties de la vie dévote.

(Tableaux religieux, — *dévots, mais non croyants,* —
selon Michel-Ange).

. . . .

Airs profanes adaptés aux carillons. À travers les airs
qui se croisaient et s'enchevêtraient il m'a semblé saisir
quelques notes de *La Marseillaise*. L'hymne de la Canaille,
en s'élançant des clochers, perdait un peu de son âpreté.
Haché menu par les marteaux, ce n'était plus[a] le grand
hurlement traditionnel, mais il semblait gagner une
grâce enfantine. On eût dit que la Révolution apprenait
à bégayer la langue du Ciel. Le Ciel, clair et bleu, recevait, sans fâcherie, cet hommage de la terre confondu
avec les autres.

MALINES   [F[t] qui n'appartient pas au ms. de Chantilly]

Après avoir visité tant d'autels, de chapelles et de
confessionnaux, voyageur sensuel, allez à l'hôtel de la
Levrette[1], non pas pour y dîner, grands Dieux ! (car on
ne dîne pas en Belgique, à moins qu'on ne puisse, sans
terreur, affronter cette interminable *procession* de *bœufs*
bouillis, de *moutons* rôtis, ou soi-disant, de *veaux,* de
beefsteaks, de *têtes de veaux,* et de côtelettes pour entremets, et de *jambons* avec salades pour dessert) — mais
pour y boire un certain vin de la Moselle, ferme, fin, sec,
frais et clair, qui m'a laissé un vague souvenir de miel
et de musc. Il n'y manquait que de l'encens[e].

XXVIII. PROMENADE À ANVERS [Ft 360 v°]

Rencontre de l'archevêque de Malines. — *Pays plat, verdure noire.* — *Fortifications nouvelles (!) et anciennes, avec jardins à l'anglaise. Enfin, voilà donc une ville qui a un air de capitale !* — *La place de Meir. La maison de Rubens. La maison du Roi.* — *Renaissance flamande. L'Hôtel de Ville.* — *L'Église des Jésuites, chef-d'œuvre.* — *Encore le style jésuitique (salmigondis, jeu d'échecs, chandeliers, boudoir mystique et terrible, deuil en marbre, confessionnaux théâtraux, théâtre et boudoir, gloires et transparents, anges et amours, apothéoses et béatifications).* — *Ce que je pense des fameux Rubens, des Églises fermées et des sacristains.* — *Calvaires et madones.* — *Style moderne pompeux de certaines maisons.* — *Majesté d'Anvers. Beauté d'un grand fleuve. D'où il faut voir Anvers.* — *Les bassins de Napoléon Ier.* — *M. Leys.* — *La maison Plantin.* — *Le Rydeck, bals et prostitution. Le Rydeck est une blague. C'est à peu près un long bordel de banlieue parisienne.*

Mœurs anversoises, atrocement grossières. Air funèbre des garçons de restaurant^a. — *Politique anversoise (sera déjà traitée dans le chapitre des mœurs politiques).*

PREMIÈRE VISITE À ANVERS [F 8 299-301]

Départ de Bruxelles : quelle joie ! M. Neyt.

L'archevêque de Malines. Pays plat. La verdure noire. (Hurlements d'un employé.) Nouvelles et anciennes fortifications d'Anvers. Jardins Anglais sur les fortifications. La place de Meir. La maison de Rubens. — La maison du Roi.

Styles anciens. Renaissance flamande. Style Rubens. Style jésuite.

Renaissance flamande : Hôtel de Ville d'Anvers. (Coquetterie, somptuosité, marbre rose, ors.)

Style jésuite : Église des Jésuites d'Anvers.

Église du Béguinage à Bruxelles.

Style très composite. Salmigondis de styles. Les échecs. — Chandeliers en or. — Deuil en marbre — noir et blanc. Confessionnaux théâtraux. Il y a du théâtre et du boudoir dans la décoration jésuitique. Industrie de la sculpture en bois, de Malines ou de Louvain.

Luxe catholique dans le sens le plus sacriſtie et boudoir.

Coquetteries de la Religion.

Les Calvaires et les Madones.

Style moderne coquet dans l'architeƈture des maisons. Granit bleu. Mélange de renaissance et de rococo modéré.

Style de la ville du Cap.

Hôtel de ville (marbre rose et or).

À Anvers, on respire, enfin !

Majeſté et largeur de l'Escaut.

Les grands Bassins. Canaux ou bassins pour le cabotage.

Musique de foire à côté des navires. Heureux hasard.

Église Saint-Paul. Extérieur gothique. Intérieur jésuitique. Confessionnaux pompeux, théâtraux. Chapelles latérales en marbres de couleurs. Chapelle du Collège de Lyon. (Ridicule Calvaire. Ici la sculpture dramatique arrive au comique sauvage, au comique involontaire.)

(L'Église du Béguinage à Bruxelles.)

Toilette de communiante.

Notre-Dame d'Anvers. La pompe de Quentin Metzys[1]. James Tissot[2]. Rapacité des sacriſtains. Tableaux de Rubens reſtaurés et retenus dans la sacriſtie pour en tirer le plus grand lucre possible. 1 fr. (par personne). Si un curé français osait...

La Cuisine à Anvers.

Canal aux harengs, ou le fameux Riedyck[3]. Proſtitution.

Magnifique aspeƈt de capitale. Mœurs plus grossières qu'à Bruxelles, plus flamandes.

XXIX. PROMENADE À NAMUR　　　[Fᵗ 361 rᵒ]

On va peu à Namur. Ville négligée par les voyageurs, naturellement puisque les Guide-ânes[a] *n'en parlent pas. — Ville de Vauban, de Boileau, de van der Meulen[b], de Bossuet, de Fénelon, de Jouvenet, de Rigaud, de Reſtout, etc... Souvenirs du* Lutrin. — Saint-Loup, *le chef-d'œuvre des chefs-d'œuvre[c] des Jésuites. Impression générale. Quelques détails. Jésuites architeƈtes, Jésuites peintres, Jésuites sculpteurs, Jésuites ornemaniſtes. —* Les Récollets. — *Saint-Aubin, un petit*

Saint-Pierre de Rome, *en briques et en pierre bleue, à l'extérieur, blanc à l'intérieur, et à portail convexe.* — *Nicolaï,
faux Rubens.* — *La Rue des pinsons aveugles. (Le duc de
Brabant, actuellement Léopold II, président d'une académie
pinsonnière.)*

— *Bizarreries de la prostitution namuroise.*

— *Population wallonne.* — *Plus de politesse.*

— *Portraits de Félicien Rops*[1] *et de son beau-père*[2], *magistrat sévère, et cependant jovial, grand chasseur, et grand citateur. Il a fait un livre sur la chasse et m'a cité des ver*s
d'Horace, des vers des Fleurs du mal *et des phrases de
D'Aurevilly.* — *M'a paru charmant.* — *Le seul Belge connaissant le latin et sachant causer en français.*

— *Je vais à Luxembourg, sans le savoir.*

— *Le paysage, noir.* La Meuse, *escarpée et brumeuse.*

— *Le vin de Namur*[a].

Voyage à Namur.   [F[ts] 302, 302 *bis*, 303]

DE BRUXELLES À NAMUR. — Toujours la *verdure noire*[3].
Pays plantureux[b].

Namur. — Ville de Boileau et de Van der Meulen.
L'impression *Boileau et Van der Meulen* a subsisté en moi
tout le temps de mon séjour. Et puis, après que j'eus
visité les monuments, l'impression *Lutrin*[4]. À Namur,
tous les monuments datent de Louis XIV ou au plus
tard de Louis XV.

Toujours le style jésuitique (non pas Rubens cette
fois, ni renaissance flamande). Trois églises importantes,
les Récollets, Saint-Aubin, Saint-Loup[5]. Une bonne fois,
caractériser la beauté de ce style (fin du gothique). Un
art particulier, art composite. En chercher les origines
(De Brosses[c6]).

Saint-Aubin. Panthéon, Saint-Pierre de Rome, *briques.*
Noter la convexité du portail et du fronton[d].
Magnifiques grilles. Solennité particulière du 18e siècle.

Est-ce à *Saint-Aubin* ou aux *Récollets* que j'ai admiré
les *Nicolaï* ? Qu'est-ce que Nicolaï ? Tableaux de Nicolaï,
gravés avec la signature Rubens. *Nicolaï Jésuite*[7]. Continue à travailler.

Saint-Loup. Merveille sinistre et galante. *Saint-Loup*

diffère de tout ce que j'ai vu des Jésuites. L'intérieur
d'un catafalque brodé de *noir,* de *rose,* et d'*argent.* Confessionnaux, tous d'un style varié, fin, subtil, baroque, une
antiquité nouvelle. L'église du *Béguinage* à Bruxelles est
une communiante. *Saint-Loup* est un terrible et délicieux
catafalque.

Majesté générale de toutes ces églises jésuitiques,
inondées de lumière, à grandes fenêtres, Boudoirs de la
Religion, que repousse *Victor Joly* qui prétend ne pouvoir prier que sous des arceaux gothiques[1], — *homme
qui prie fort peu.*

Description technique (autant que possible) de Saint-
Loup.

Les pinsons, aveugles. Sociétés pinsonnières[2]. Barbarie.

Prostitution.

Le nom en vedette de la fille à succès.

Quelquefois imprimé sur la lanterne,
    dans les quartiers pauvres, écrit à la craie.

— Un beau chapitre sur Rops.

— Population wallonne. — Qu'est-ce que le Wallon ?
Je me trompe de chemin de fer. — Gaieté, drôlerie,
goguenardise, bienveillance[3].

XXX. PROMENADE À LIÈGE   [F^t 361 r°]

*Le palais des Princes-Évêques. — Caves. — Ivrognerie.
Grandes prétentions à l'esprit français.*

XXXI. PROMENADE À GAND   [F^t 361 v°]

*Saint-Bavon. Quelques belles choses. Mausolées. — Popu-
lation sauvage. — Vieille ville de manants en révolte, fait un
peu bande à part, et prend de petits airs de Capitale. Triste
ville.*

XXXII. PROMENADE À BRUGES   [F^t 361 v°]

*Ville fantôme, ville momie, à peu près conservée. Cela sent
la mort, le Moyen Âge, Venise, en noir, les spectres routiniers*

et les tombeaux[1]. — *Grand Béguinage ; carillons. Quelques monuments. Une œuvre attribuée à Michel-Ange*[2]. *Cependant, Bruges s'en va, elle aussi*[a].

XXXIII. ÉPILOGUE [F[t] 361 v°]

L'avenir. Conseils aux Français.

La Belgique est ce que serait peut-être devenue la France, si elle était restée sous la main de la Bourgeoisie. La Belgique est sans vie, mais non sans corruption. — Coupé en tronçons, partagé, envahi, vaincu, rossé, pillé, le Belge végète encore, pure merveille de mollusque. — Noli me tangere, *une belle devise pour elle. — Qui donc voudrait toucher au bâton merdeux*[a] ? — La Belgique est un monstre. Qui voudrait l'adopter ? — Cependant elle a en elle plusieurs éléments de dissolution. L'Arlequin diplomatique peut être disloqué d'un moment à l'autre. — Une partie peut s'en aller à la Prusse, la partie flamande à la Hollande, et les provinces wallonnes à la France. — Grand malheur pour nous. — Portrait du Wallon. — Races ingouvernables, non pas par trop de vitalité mais à cause de l'absence totale d'idées et de sentiments. C'est le néant. (Citation de Maturin*[a] *et du Compagnon de Dumouriez.) — Intérêts commerciaux en jeu, dont je ne veux pas m'occuper. — Anvers voudrait être* ville libre. *— La question de l'annexion, encore une fois. — Petites villes (Bruxelles, Genève) villes méchantes. Petits peuples, peuples méchants.*

Petits conseils aux Français condamnés à vivre en Belgique, pour qu'ils ne soient ni trop volés, ni trop insultés, ni trop empoisonnés[b].

FIN [DE L'ARGUMENT]

PAUVRE BELGIQUE [F[t] 308]

Au critique chagrin, à l'observateur importun, la Belgique, somnolente et abrutie, répondrait volontiers : « Je suis heureuse; ne me réveillez pas ! »

BELGIQUE   [F¹ 309]
TRAITS GÉNÉRAUX

Le Belge a été coupé en tronçons; il vit encore. C'est
un ver qu'on a oublié d'écraser.

Il est complètement bête, mais il est résistant comme
les mollusques.

Un hyperboréen, un gnome sans paupière, sans prunelle et sans front, et qui sonne le creux, comme un
tombeau vidé, quand une arme le frappe[1].

Pauvre Belgique.   [F¹ 310]

La Belgique est un cas qui confirme la théorie de la
Tyrannie des faibles.
Personne n'oserait toucher à la Belgique.
Noli me tangere, une belle devise pour elle.
Elle est sacrée.

BELGIQUE   [F¹ 311]
CARACTÈRES GÉNÉRAUX

Ayant beaucoup cherché la raison d'existence des
Belges, j'ai imaginé qu'ils étaient peut-être d'anciennes
âmes enfermées, pour d'horribles vices, dans les hideux
corps qui sont leur image.
Un Belge est un enfer vivant sur la terre.

Pauvre Belgique.   [F¹ 312]

Il m'est venu quelquefois à l'esprit que la Belgique
était peut-être un des enfers gradués, disséminés dans
la création, et que les Belges étaient, comme le pense
Kircher[2] de certains animaux, d'anciens esprits criminels
et abjects, enfermés dans des corps difformes.
On devient Belge pour avoir péché.
Un Belge est son enfer à lui-même.

BELGIQUE   [F^t 19]
    MŒURS POLITIQUES[a]

[Copie autographe.]

La 5ᵉ classe (la masse), qui ne fait usage que de bière, d'eau-de-vie, de seigle, et de l'amusement solitaire de la pipe, a les oscillations morales fort lentes. De là ce caractère passif et cette haute opinion dans les prêtres, qu'elle semble exclusivement charger du soin de penser pour elle. Cela m'a paru si vrai qu'après une stricte analyse, je n'ai aperçu en lui (ce peuple) que deux puissants moteurs de ses actions. Ces moteurs sont l'écu et l'hostie. Il est doux et soumis; mais électrisé au nom du ciel, ou brusqué dans sa métamorphose politique, sans y être amené par lui-même, sa fureur et son énergie connue peuvent se porter à un tel degré d'intensité qu'il deviendrait taureau.

P. Gadolle[b1].

La fortune assurée par l'amalgame de la Belgique avec la France, idée très à l'ordre du jour.
Chez Guffroy. 1794. (?)

BRUXELLES   [F^t 313]

Destinée de la Belgique
    peut-être dans *l'Épilogue.*

Annexion ?
Démembrement ?
Rien de plus facile. La Belgique y est toute prête. Elle y donnerait les mains.
Rien de plus facile que de conquérir la Belgique. Rien de plus difficile que de l'apprivoiser.
Et puis, qu'en faire ? à quoi bon réduire en esclavage des gens qui ne savent pas faire cuire des œufs ?

Politique.   [F^t 314]

ÉPILOGUE
INVASION

La Belgique est ce que serait devenue la France sous le régime continué de Louis-Philippe, — un bel exemple d'abrutissement constitutionnel.

Orgueil souffrant des Béotiens.
Peuples grenouilles voulant faire les bœufs.

Il y a des villes (Bruxelles, Genève) semblables à des
prudes qui croient exciter la convoitise.
Cette question de l'invasion se reproduit sans cesse
dans la conversation.
Mais personne ne veut de vous, que Diable !

Pauvre Belgique.   [F[t] qui n'appartient pas au ms. de Chantilly[1]]

ÉPILOGUE

Aujourd'hui Lundi, 28 août 1865, par une soirée
chaude et humide, j'ai erré à travers les méandres d'une
Kermesse de rues, et dans les rues du *Coin du Diable,* du
Rempart des Moines, de *Notre-Dame du Sommeil,* des *Six
Jetons,* et de plusieurs autres, j'ai surpris suspendus en
l'air, avec une joie vive, de fréquents symptômes de
choléra. L'ai-je assez invoqué, ce monstre adoré ? Ai-je
étudié assez attentivement les signes précurseurs de sa
venue ? Comme il se fait attendre, l'horrible bien-aimé,
cet Attila impartial, ce fléau divin qui ne choisit pas ses
victimes ? Ai-je assez supplié le Seigneur Mon Dieu de
l'attirer au plus vite sur les bords puants de la *Senne ?*
Et comme je jouirai enfin en contemplant la grimace de
l'agonie de ce hideux peuple embrassé par les replis de
son Styx-contrefaçon, de [son[a]] *ruisseau-Briarée* qui char-
rie encore plus d'excréments que l'atmosphère au-dessus
ne nourrit de mouches ! — Je jouirai, dis-je, des terreurs
et des tortures de la race aux cheveux jaunes, nankin[b]
au teint lilas !
Une jolie observation : après de nombreux écussons
dédiés à l'*union,* à l'*amitié,* à la *fidélité,* à la *constitution,* à
la Vierge Marie, j'en ai trouvé un dédié : *à la Police.*
Est-ce la *policy* anglaise ?
Peuple inepte, dans ses joies et dans ses vœux !

[. . . . .]

PAUVRE BELGIQUE [Ft 322]
ÉPILOGUE

Conseils aux Français.
Nourriture.
Habillement.
Ne voir personne.
Défiance.
Aucune familiarité.
Etc., etc.

FEUILLETS NON CLASSÉS[1] [Ft 323]

Le paysage. Les parcs.
Les libres penseurs (le mot de Morellet).
Littérature (Les annalistes et les collectionneurs).
Beaux-Arts (Le mot de Van Praet).
Femmes.
Cerveau belge (Le néant belge).
Mœurs (Conformité. Prévoyance des familles. Les
    deux frères ennemis).
Mœurs (Conformité. *Les joyeux.* Les pinsons. Le duc
    de Brabant, président).
Mœurs (conformité et propreté des petites filles).
Mœurs (improbité des marchands. Le propriétaire de
    Malassis).
Mœurs (l'hospitalité belge).
Bruxelles (les exilés et les émigrés).
    Enseigneurs.
Hors-d'œuvre (Booth, Lincoln, Corday,
    Le chirurgien. Gendrin).
Bruxelles (idées bizarres des Belges sur
    la servitude française).
Cocasseries (Kertbeny).
Administrations. Télégraphe. Poste. Entrepôt.

COCASSERIES [Ft 304]

M. Kertbeny[2]. Les portefaix et les ciceroni à l'affût
des étrangers.

« Monsieur, je savions cinquante-deux langues. » Il n'en sait donc que cinquante et une.

Échantillon de son style (une carte).

Ses idées sur la musique bohémienne et sur Liszt[a]. — La langue française est la plus neuve des langues.

Son invitation à Couty de la Pommerais[1]. — L'allemand est un patois flamand. — Les Français sont des mages[?] et des Dieux.

Poe est français comme M. de Noé[2].

Peinture de Leys[3] phénomène acoustique. Peinture de Delacroix, caricature et expérimentale, phénomène acoustique. Mal de mer, phénomène acoustique.

À la vue du Cimetière, Estaminet[4]
pour Monselet un jour que je contemplais un enterrement de *solidaire,* et une bière[b] à la porte d'un cabaret.

[F[t] 324 « non classé »[5]]

Les Espions.		La grossièreté.
Les églises fermées.		Le sel gaulois[6].
Argent.		La merde.
Le Béguinage[c].		
Les solidaires.		(Drapeaux.)
L'armée.	KERTBENY	Delacroix.
Les bals.		Les chaires.
Le théâtre.		Les confe[ssionnaux].
Les Jésuites.		Les chiens.

Mystification froide.

Arenberg[d].	*Van Praet.*
Anvers.	*Goethals.*
Bruges.	
Rops.	*Coûteaux*[7].

[Au verso, de l'écriture de Kertbeny :]

J'ai l'honneur d'attenter à vous jusqu'au midi, et j'étais bien heureux de pouvoir reçu aujourd'hui votre aimable visite, parce qu'il est arriver un de mes compatriotes, chez nous le plus célèbre de notre peintre.

Agréez, Monsieur, l'assurance de ma plus grande distinction cordiale.

[Annotation de Baudelaire :]

> *Celui qui sait 52 langues.*
> *Il n'en sait évidemment que 51.*

BRUXELLES [Ft 336 « non classé »]
MŒURS

Un petit chapitre sur *l'hospitalité belge.*
Location belge.
Comment s'est fait ce préjugé dans l'esprit des Belges
— et des Français.
Les exilés politiques.

Aventures venues à ma connaissance.

BRUXELLES [Ft 337 « non classé »]
L'hospitalité belge.

On en a tant parlé que les Belges eux-mêmes y croient.
L'hospitalité belge consiste à empoigner les Français pauvres, affamés, et à les transporter immédiatement en Angleterre,
ou bien à *garrotter* les journalistes, à les insulter vigoureusement, et à les jeter sur une frontière quelconque; puis ils demandent leur salaire à l'Empereur qui ne leur a rien demandé.
Mais si on apprend qu'un Français a de l'argent, on le garde précieusement, *pour le manger*. Ensuite, quand il est ruiné, on le jette brusquement à la prison pour dettes, où se passent de nouveaux phénomènes d'exploitation (le lit, la table, les chaises, etc...)
Ainsi l'hospitalité belge (mot qui s'applique à tous les voyageurs) est de l'économie politique, ou du cannibalisme.

Pauvre Belgique.   [F^t 339 « non classé »]
   Hors-d'œuvre.

   Nadar.
   Déconfiture de Janin[1].
   La préface de J. César[2].
   Affaire Lincoln.

   Les gens qui traitent Booth[3] de scélérat sont les mêmes qui adorent la Corday.
   Lincoln est-il un coquin châtié ?
   Le gouvernement de Dieu est très compliqué. Le méchant n'est pas nécessaire et divin; mais aussitôt qu'il existe, Dieu se sert de lui pour punir le méchant.
   Toujours les moutons de Panurge. Les journalistes adorateurs de l'Amérique et de la Belgique. — Le testament de Booth. Booth est un brave. Je suis heureux qu'il soit mort de la mort des braves. — Le chirurgien. — Gendrin[4].

BRUXELLES   [Note détachée[5]]
passim[6].

   Entremêler les considérations sur les mœurs des Belges d'entremets français.
   Nadar. Janin. Le réalisme
   (Guiard[7]*);*
   La peine de Mort, Les chiens.
   Les exilés volontaires ;
   La Vie de César (Dialogue de Lucien[8]*).*
   Pour ceux-ci particulièrement quelque chose de très soigné. Leur révoltante familiarité.
   Pères Loriquet de la Démocratie[9].
   Les Coblentz[10].
   Vérités de Télémaque.
   Vieilles bêtes, vieux Lapalisse.
   Propres à rien[a], fruits secs.
   Élèves de Béranger[b].
   Philosophie de maîtres de pension et de préparateurs au baccalauréat.
   Je n'ai jamais si bien compris qu'en la voyant la sottise absolue des convictions.

Ajoutons que quand on leur parle révolution *pour de bon*, on les épouvante. *Vieilles Rosières.* Moi, quand je consens à être républicain, *je fais le mal, le sachant.*

Oui ! *Vive la Révolution !*

toujours ! quand même !

Mais moi, je ne suis pas dupe ! je n'ai jamais été dupe ! Je dis *Vive la Révolution !* comme je dirais : *Vive la Destruction ! Vive l'Expiation ! Vive le Châtiment ! Vive la Mort !*

Non seulement, je serais heureux d'être victime, mais je ne haïrais pas d'être bourreau, — pour sentir la Révolution de deux manières !

Nous avons tous l'esprit républicain dans les veines, comme la vérole dans les os. Nous sommes Démocratisés et Syphilisés.

Petites Bouffonneries   [F^t 349 « non classé »]
(À disséminer, chacune à sa place[1].)

Documents non classés.   [F^t 350]

Charabia de Kertbeny (peut-être dans le Début)[2].
Charabia de St-Hubert (français wallon).
Règlement sur la prostitution (les femmes et l'amour).
Le monument d'Ambiorix (l'art).
Une brochure de Boniface (politique, élections).
Biographie de M. Kaekebeck (élections).
Une affiche diffamatoire (élections).
L'organe des statues équestres (journalisme farceur).
Programme officiel des fêtes (divertissements).
Lettre de Proudhon sur l'Amérique.
Programme de Veuillot[3].
L'Encyclique et le Syllabus.

[COLLECTIONS]

COLLECTIONS MODERNES

Collection Goethals (?)
Collection Crabbe
Collection Van Praet.

De la peinture française, toujours de la peinture française! Je n'avais que faire des gens que je connais trop bien.

Sauf Leys, Madou (Charlet — Johannot), Willems et les deux Stevens[1], tout le reste : peintures françaises.

En somme les artistes français modernes doivent une belle chandelle à celui qui a formé ces collections.

Ce qu'est Arthur Stevens, — frère aîné des deux peintres[2]. —

Caractère onduleux, à la française, féminin. Instruction attrapée plutôt dans la vie que dans les livres. Peu de passions, mais *la passion de la passion.* Dégustation de la vie sous toutes ses formes. En somme, un *dilettante.* — En peinture, esprit *cosmopolite.* — Rapprocher ce caractère du type de *gentleman-amateur,* tel que le conçoit Guys, peintre de la modernité.

Arthur me lit un catalogue de vente, avec *prix exagérés,* il conclut en disant : *Tout cela sert l'art et les artistes !* — J'éclate de rire.

L'intermédiaire; le cicerone; le traducteur; le commentateur. (?)

— Je suis riche et j'aime la peinture. Je vais chez l'artiste, et je dis : « Combien ? »

Mais les amateurs ne s'y connaissent pas. Ils ne choisiront pas eux-mêmes. — Donc, l'intermédiaire sert de commentateur; à peu près comme le publiciste, qui, en politique, mâche l'opinion pour l'abonné.

(Tout cela, légèrement, à la façon d'About[3], mais avec plus de sérieux.)

Portrait de l'amateur, en général. Pas d'âme.

Beaucoup de vanité. (Je possède ! *donc* je comprends ! ! !)

Bizarreries de M. A. Stevens.

Candeur.

Les femmes et les enfants[1].

Amour de l'illusion.

(Ce qui peut être comparé à mon amour des femmes peintes[2].)

(En général, les deux collections en question, Crabbe et Van Praet, ont le défaut, de donner une idée trop haute des peintres dont elles contiennent des spécimens. Pourquoi ?)

CATALOGUE DE LA COLLECTION
DE M. CRABBE

Diaz. Papillotages de lumière tracassée à travers des ombrages énormes[3].

Dupré. Mirages magiques du soir[4].

Leys[5]. Manière archaïque.
première manière, plus naïve.

Rosa Bonheur[6]. Le meilleur que j'aie vu, une bonhomie qui tient lieu de distinction.

Decamps. — Un des meilleurs. Grand ciel mamelonné, profondeur d'espace.

— Paysage énorme en petite dimension. L'âne de Balaan. A précédé les Doré[7].

— Trois soldats ayant coopéré à la Passion. Terribles bandits à la Salvator[8]. La couronne d'épines et le sceptre de roseau expliquent la profession de ces malandrins.

Madou[9]. Charlet flamand.

Cabat. Très beau, très rare, très ombragé, très herbu, *prodigieusement fini,* un peu dur, donne la plus haute idée de Cabat, aujourd'hui un peu oublié.

Ricard. Un faux Rembrandt. Très réussi.

Paul Delaroche. Donne une idée meilleure de Delaroche*a* que l'idée habituelle. Étude simple et senti-mentale.

Meissonier*b* — Un petit fumeur méditatif. Vrai Meis-sonier sans grandes prétentions. Excellent spécimen.

Troyon. 1860. Excellents spécimens. Un chien se dresse contre un tertre avec une souplesse nerveuse et regarde à l'horizon.

— Vaches. Grand horizon. Un fleuve. Un pont.

— Bœuf dans un sentier[1].

Robert-Fleury. Deux scènes historiques. Toujours le meilleur spécimen. Belle entente du Théâtre.

Jules Breton. Deux.

Alfred Stevens[2]. Une jeune fille examinant les plis de sa robe devant une psyché.

Une jeune fille, type de virginité et de spiritualité, ôte ses gants pour se mettre au piano.

Un peu sec, un peu vitreux.

Très spirituel, plus précieux que tout Stevens.

Une jeune femme regardant un bouquet sur une console.

On n'a pas assez loué chez Stevens l'harmonie distin-guée et bizarre des tons.

Joseph Stevens. Misérable logis de saltimbanques. Tableau suggestif. Chiens habillés. Le saltimbanque est sorti et a coiffé un de ses chiens d'un bonnet de hou-zard pour le contraindre à rester immobile devant le miroton qui chauffe sur le poêle. Trop d'esprit[3].

Jacque. Plus fini que tous les Jacque. Une basse-cour à regarder à la loupe.

Knyff[4]. Effet de soleil gazé. Éblouissement, blan-cheur. Un peu lâché. À la Daubigny.

*Verboeckhoven*c[5]. Étonnant, vitreux, désolant à rendre envieux Meissonier, Landseer[6], H. Vernet. Ton à la Demarne*d*[7].

Koekkoek[8]. Fer-blanc, zinc, tableau dit d'amateur. Encore est-ce un des meilleurs spécimens.

Verwée[9]. Solide.

Corot[10]. Deux. Dans l'un, transparence, demi-deuil délicat, crépuscule de l'âme.

Th. Rousseau. Merveilleux, agatisé. Trop d'amour pour le détail, pas assez pour les architectures de la nature.

Millet. La bête de somme de La Bruyère*e*, sa tête courbée vers la terre[11].

Bonington[a1]. Intérieur de chapelle. Un merveilleux Diorama, grand comme la main.

Willems[b]. Deux[2]. — Préciosité flamande. La lettre, Le lavage des mains.

Gustave de Jongh[3]. Une jeune fille en toilette de bal, lisant de la musique.

Eugène Delacroix. Chasse au tigre[4]. Delacroix alchimiste de la Couleur. Miraculeux, profond, mystérieux, sensuel, terrible; couleur éclatante et obscure, harmonie pénétrante. Le geste de l'homme, et le geste de la bête. La grimace de la bête, les reniflements de l'animalité.

Vert, lilas, vert sombre, lilas tendre, vermillon, rouge sombre, bouquet sinistre.

AMŒNITATES BELGICÆ

VENUS BELGA

(Montagne de la Cour)

Ces mollets sur ces pieds montés,
Qui vont sous ces cottes peu blanches,
Ressemblent à des troncs plantés
    Dans des planches.

Les seins des moindres femmelettes,
Ici, pèsent plusieurs quintaux,
Et leurs membres sont des poteaux
Qui donnent le goût des squelettes.

Il ne me suffit pas qu'un sein soit gros et doux;
Il le faut un peu ferme, ou je tourne casaque.
Car, sacré nom de Dieu ! je ne suis pas Cosaque
Pour me soûler avec du suif et du saindoux.

LA PROPRETÉ DES DEMOISELLES BELGES

Elle puait comme une fleur moisie[a].
Moi, je lui dis (mais avec courtoisie) :
« Vous devriez prendre un bain régulier
Pour dissiper ce parfum de bélier. »

Que me répond cette jeune hébétée[1] ?
« Je ne suis pas, moi, de vous dégoûtée ! »
— Ici pourtant on lave le trottoir
Et le parquet avec du savon noir !

LA PROPRETÉ BELGE

« *Bains.* » — J'entre et je demande un bain. Alors le
                                                    [maître
Me regarde avec l'œil d'un bœuf qui vient de paître,
Et me dit : « Ça n'est pas possible, ça, sais-tu[2],
Monsieur ! » — Et puis, d'un air plus abattu :
« Nous avons au grenier porté nos trois baignoires. »

J'ai lu, je m'en souviens, dans les vieilles histoires
Que le Romain mettait son vin au grenier; mais,
Si barbare qu'il fût, ses baignoires, jamais !
Aussi, je m'écriai : « Quelle idée, ô mon Dieu ! »

Mais l'ingénu : « Monsieur, c'est qu'on venait si peu ! »

L'AMATEUR DES BEAUX-ARTS EN BELGIQUE

Un ministre[3], qu'on dit le Mecenas flamand,
Me promenait un jour dans son appartement,
Interrogeant mes yeux devant chaque peinture,
Parlant un peu de *l'art,* beaucoup de la *nature,*
Vantant le *paysage,* expliquant le *sujet,*
Et surtout me marquant *le prix* de chaque objet.
— Mais voilà qu'arrivé devant un portrait d'Ingres,
(Pédant dont j'aime peu les facultés malingres)
Je fus pris tout à coup d'une sainte fureur
De célébrer David, le grand peintre empereur !

— Lui, se tourne vers son fournisseur ordinaire,
Qui se tenait debout comme un factionnaire,
Ou comme un chambellan qui savoure avec foi
Les sottises tombant des lèvres de son roi,
Et lui dit, avec l'œil d'un marchand de la Beauce :
« Je crois, mon cher, je crois que David est en hausse ![a] »

UNE EAU SALUTAIRE

Joseph Delorme[1] a découvert
Un ruisseau si clair et si vert
Qu'il donne aux malheureux l'envie
D'y terminer leur triste vie.
— Je sais un moyen de guérir
De cette passion malsaine
Ceux qui veulent ainsi périr :
Menez-les aux bords de la Senne.

« Voyez — dit ce Belge badin
Qui n'est certes pas un ondin —
La *contrefaçon* de la Seine. »
— « Oui — lui dis-je — une Seine obscène ! »

Car cette Senne, à proprement
Parler, où de tout mur et de tout fondement*
L'indescriptible tombe en foule,
Ce n'est guère[b] qu'un excrément[2]
Qui coule.

LES BELGES ET LA LUNE

On n'a jamais connu de race si baroque
Que ces Belges. Devant le joli, le charmant,

* Les bords de la Senne, dans Bruxelles, sont occupés par des
maisons qui trempent leurs fondations dans le liquide.

Ils roulent de gros yeux et grognent sourdement.
Tout ce qui réjouit nos cœurs mortels les choque.

Dites un mot plaisant, et leur œil devient gris
Et terne comme l'œil d'un poisson qu'on fait frire;
Une histoire touchante; ils éclatent de rire,
Pour faire voir qu'ils ont parfaitement compris.

Comme l'esprit, ils ont en horreur les lumières;
Parfois sous la clarté calme du firmament*a*,
J'en ai vu, qui rongés d'un bizarre tourment,

Dans l'horreur de la fange et du vomissement,
Et gorgés jusqu'aux dents de genièvre et de bières,
Aboyaient à la Lune, assis sur leurs derrières.

ÉPIGRAPHE
POUR L'ATELIER DE M. ROPS,
FABRICANT DE CERCUEILS,
À BRUXELLES

Je rêvais, contemplant ces bières,
De palissandre ou d'acajou,
Qu'un habile ébéniste orne de cent manières :
« Quel écrin ! et pour quel bijou !
Les morts, ici, sont sans vergognes !
Un jour, des cadavres flamands
Souilleront ces cercueils charmants.
Faire de tels étuis pour de telles charognes ! »

LA NYMPHE DE LA SENNE

« Je voudrais bien — me dit un ami singulier[1],
Dont souvent la pensée alterne avec la mienne, —
      Voir la Naïade de la Senne;

Elle doit ressembler à quelque charbonnier
     Dont la face est toute souillée. »

     — « Mon ami, vous êtes bien bon.
     Non, non ! Ce n'est pas de charbon
     Que cette nymphe est barbouillée ! »

OPINION DE M. HETZEL SUR LE FARO

« Buvez-vous du faro ? » — dis-je à monsieur Hetzel;
Je vis un peu d'horreur sur sa mine barbue.
— « Non, jamais ! le faro (je dis cela sans fiel !)
     C'est de la bière deux fois bue. »

Hetzel parlait ainsi, dans un Café flamand,
Par prudence sans doute, énigmatiquement;
Je compris que c'était une manière fine
De me dire : « Faro, synonyme d'urine ! »

     « Observez bien que le faro
     Se fait avec de l'eau de Senne. »
— « Je comprends d'où lui vient sa saveur citoyenne.
Après tout, c'est selon ce qu'on entend par eau ! »

UN NOM DE BON AUGURE

Sur la porte je lus : « *Lise Van Swieten*[a1] ».
(C'était dans un quartier qui n'est pas un Éden)
— Heureux l'époux, heureux l'amant qui la possède,
Cette Ève qui contient en elle son remède !
     Cet homme enviable a trouvé,
     Ce que nul n'a jamais rêvé,
Depuis le pôle nord jusqu'au pôle antarctique :
     Une épouse prophylactique !

LE RÊVE BELGE

La Belgique se croit toute pleine d'appas;
Elle dort. Voyageur, ne*ᵃ* la réveillez pas.

L'INVIOLABILITÉ DE LA BELGIQUE

« Qu'on ne me touche pas ! Je suis inviolable ! »
Dit la Belgique. — C'est, hélas ! incontestable.
Y toucher ? Ce serait, en effet, hasardeux*ᵇ*,
   Puisqu'elle est un bâton merdeux.

ÉPITAPHE POUR LÉOPOLD Iᵉʳ

 Ci-gît un roi constitutionnel,
(Ce qui veut dire : Automate*ᶜ* en hôtel
    Garni),
  Qui se croyait sempiternel.
  Heureusement, c'est bien fini !

ÉPITAPHE POUR LA BELGIQUE

  On me demande une épitaphe
  Pour la Belgique morte. En vain

Je creuse, et je rue et je piaffe;
Je ne trouve qu'un mot : « Enfin ! »

L'ESPRIT CONFORME

[I]

Cet imbécile de Tournai[1]
Me dit : « J'ai l'esprit mieux tourné
Que vous, Monsieur. Ma jouissance
Dérive de l'obéissance;

J'ai mis toute ma volupté
Dans l'esprit de Conformité;
Mon cœur craint toute façon neuve
En fait de plaisir ou d'ennui,
Et veut que le bonheur d'autrui
Toujours au sien serve de preuve. »

Ce que dit l'homme de Tournai,
(Dont vous devinez bien, je pense,
Que j'ai retouché l'éloquence)
N'était pas aussi bien tourné.

L'ESPRIT CONFORME

[II]

Les Belges poussent, ma parole !
    L'imitation à l'excès,
Et s'ils attrapent la vérole,
C'est pour ressembler aux Français.

LES PANÉGYRIQUES DU ROI

Tout le monde, ici, parle un français ridicule :
On proclame immortel ce vieux principicule.
   Je veux bien qu'immortalité
    Soit le synonyme
    De longévité,
   La différence eſt si minime !

Bruxelles, ces jours-ci, déclarait (c'eſt grotesque !)
Léopold immortel. — Au fait, il le fut presque.

LE MOT DE CUVIER

« En quel genre, en quel coin de l'animalité
Classerons-nous le Belge ? » Une Société
Scientifique avait posé ce dur problème.
Alors le grand Cuvier se leva, tremblant, blême,
Et pour toutes raisons criant : « Je jette aux chiens
Ma langue ! Car, messieurs les Académiciens,
L'espace eſt un peu grand depuis les singes jusques
    Jusques aux mollusques[a] ! »

AU CONCERT, À BRUXELLES

On venait de jouer de ces airs ravissants
Qui font rêver l'esprit et transporter les sens;
Mais un peu lâchement; hélas ! à la flamande.

« Tiens ! l'on n'applaudit pas ici ? » fis-je. — Un voisin,
Amoureux, comme moi de musique allemande,
Me dit : « Vous êtes neuf dans ce pays malsain,
    Monsieur ? Sans ça, vous sauriez qu'en musique,
    Comme en peinture et comme en politique,
    Le Belge croit qu'on le veut attraper,
    — Et puis qu'il craint surtout de se tromper. »

UNE BÉOTIE BELGE

    La Belgique a sa Béotie !
    C'est une légende, une scie,
    Un proverbe ! — Un comparatif
    Dans un état superlatif !
Bruxelles, ô mon Dieu ! méprise Poperinghe !
Un vendeur de trois-six blaguant un mannezingue !
Un clysoir, ô terreur ! raillant une seringue !
Bruxelles n'a pas droit de railler Poperinghe !
    Comprend-on le comparatif
    (C'est une épouvantable scie !)
    A côté du superlatif ?
    La Belgique a sa Béotie !

LA CIVILISATION BELGE

    Le Belge est très civilisé;
    Il est voleur, il est rusé;
    Il est parfois syphilisé;
    Il est donc très civilisé.
    Il ne déchire pas sa proie
    Avec ses ongles; met sa joie
    À montrer qu'il sait employer
    À table fourchette et cuiller;

Il néglige de s'essuyer,
Mais porte paletot, culottes,
Chapeau, chemise même et bottes ;
Fait de dégoûtantes ribotes[a] ;
Dégueule aussi bien que l'Anglais ;
Met sur le trottoir des engrais ;
Rit du Ciel et croit au progrès
Tout comme un journaliste d'Outre-
Quiévrain* ; — de plus, il peut foutre
Debout comme un singe avisé.

Il est donc très civilisé.

LA MORT DE LÉOPOLD Ier

[1]

Le grand juge de paix d'Europe**
A donc dévissé son billard !
(Je vous expliquerai ce trope***).
Ce Roi n'était pas un fuyard
Comme notre Louis-Philippe.
Il pensait, l'obstiné vieillard,
Qu'il n'était jamais assez tard
Pour *casser* son ignoble *pipe****.

---

* *Les gens d'outre-Quiévrain*, c'est sous ce nom qu'en Belgique on désigne communément les Français.
** Surnom donné à Léopold par la niaiserie politique française. Rengaine.
*** Ce vers est adressé aux Belges. Voir la note de M. Proudhon sur l'ignorance des Belges relativement aux figures de Rhétorique[b1].
**** Autre figure empruntée à l'argot parisien.

LA MORT DE LÉOPOLD Ier

[11]

Léopold voulait sur la Mort
Gagner sa première victoire.
Il n'a pas été le plus fort;
Mais dans l'impartiale histoire
Sa résistance méritoire
Lui vaudra ce nom fulgurant :
« Le cadavre récalcitrant. »

[POÉSIES DE CIRCONSTANCE]

[VERS LAISSÉS CHEZ UN AMI ABSENT]

5 heures, à l'Hermitage[1].

Mon cher, je suis venu chez vous
Pour entendre une langue humaine;
Comme un, qui, parmi les Papous,
Chercherait son ancienne Athêne.

Puisque chez les Topinambous
Dieu me fait faire quarantaine,
Aux sots je préfère les fous
— Dont je suis, chose, hélas ! certaine.

Offrez à Mam'selle Fanny
(Qui ne répondra pas : Nenny,
Le salut n'étant pas d'un âne),

L'hommage d'un bon écrivain,
— Ainsi qu'à l'ami Lécrivain
Et qu'à Mam'selle Jeanne[2].

SONNET POUR S'EXCUSER
DE NE PAS ACCOMPAGNER UN AMI À NAMUR

Puisque vous allez vers la ville
Qui, bien qu'un fort mur l'encastrât,
Défraya la verve servile
Du fameux poète castrat[1] ;

Puisque vous allez en vacances
Goûter un plaisir recherché,
Usez toutes vos éloquences,
Mon bien cher Coco-Malperché,

(Comme je le ferais moi-même)
À dire là-bas combien j'aime
Ce tant folâtre monsieur Rops,

Qui n'est pas un grand prix de Rome,
Mais dont le talent est haut comme
La pyramide de Chéops !

[SUSCRIPTION RIMÉE[2]]

Monsieur Auguste Malassis
    Rue de Mercélis
Numéro trente-cinq bis
Dans le faubourg d'Ixelles,
    Bruxelles.
(Recommandée à l'Arioste
    De la poste,
C'est-à-dire à quelque facteur
    Versificateur.)

[FRAGMENTS DIVERS]

L'art, c'est-à-dire la recherche du beau, la perfection du vrai, dans sa personne, dans sa femme et ses enfants*a*, dans ses idées, ses discours, ses actions, ses produits; telle est la dernière évolution du travailleur, la phase destinée à fermer glorieusement le Cercle de la Nature. L'Esthétique*b*, et au-dessus de l'Esthétique la morale, voilà la clé de voûte de l'Édifice économique.

P. J. PROUDHON.

Il aperçoit entre la lune et lui un grand Chat noir, posé sur le bout de ses pattes, faisant le gros dos et miaulant avec une voix semblable au bruit d'un moulin à eau. Bientôt il le vit s'enfler jusqu'au ciel et se tournant sur sa jambe gauche de derrière, l'animal pirouetta jusqu'à ce qu'il tomba par terre, d'où il se releva jusqu'à ce qu'il tomba par terre, d'où il se releva dans la forme d'un saumon, avec une cravate autour de son cou et une paire de bottes à revers.......

CHARLES BAUDELAIRE[1].

ŒUVRES EN COLLABORATION
JOURNALISME LITTÉRAIRE
ET POLITIQUE

LES MYSTÈRES GALANTS
DES THÉÂTRES DE PARIS

(ACTRICES GALANTES[a])

AVANT-SCÈNE

Avant de lever le rideau qui cache vos amours dorés, deux mots, s'il vous plaît.

Croyez-vous bonnement que nous allons dire de vous tout ce que nous savons ? croyez-vous que nous allons redire ici tout ce que vous dites dans vos foyers ? Mais nous n'oserions répéter la millième partie des propos obscènes qui font les délices des foyers de vos théâtres. Nous n'oserions comme vous, Mesdames, conter des anecdotes grivoises, triviales et décolletées jusqu'à la cheville ; nous n'allons pas non plus dessiller les yeux de vos Turcarets mystifiés, et leur dire quels sont les Arthurs[1] que vous leur préférez.

Nous allons cependant, d'après vous, Mesdames, faire un bien mauvais livre, car déjà l'une de vous[2] a traîné son titre devant les tribunaux, et cela, avant que les compositeurs d'imprimerie aient déchiffré la copie des auteurs. Que sera-ce donc le jour de l'apparition !

Pauvre petit livre, tu seras donc bien méchant ! tu déchireras donc à belles dents bien des robes de soie, bien de beaux seins, bien de belles épaules, bien des...[3] j'allais dire des cœurs. Cela n'arrivera jamais, et pour cause ; tu déchireras, ô pauvre livre, bien des jeunes filles soi-disant innocentes, entretenues et persécutées. On dit que tu calomnieras et que tu fouleras aux pieds toutes convenances. Tu seras donc un livre infâme, un de ces livres que des mains clandestines viennent déposer dans les boudoirs ténébreux. Tu n'auras donc place que sur les planches des bibliothèques secrètes que le grand-père cache à son petit-fils, et que celui-ci n'ouvre qu'après décès !

Oh ! tu ne le soupçonnais pas ? mais tu as déjà fait beaucoup de bruit. Tu as déjà une célébrité à laquelle tu étais bien loin de t'attendre. Grand merci aux tribunaux.

Il y a un vieux proverbe, qui dit : *Personne n'a paroles morales, comme qui a vie débauchée.* Depuis quelque temps, nous en reconnaissons la vérité à toute heure. Chacun veut garder sa réputation intacte, quoique faisant, au vu et au su de tout le monde, tout ce qu'il est nécessaire pour la perdre à tout jamais. On agit au milieu de la rue, et on ne veut pas que les passants vous voient.

Il est question de publier un livre ayant pour titre : *Les Actrices galantes ;* une jeune tragédienne[1] s'insurge. Les Actrices galantes, dit-elle ? Mais c'est de moi dont on veut parler ! c'est moi qu'on veut calomnier ! On veut pénétrer au sein de mon foyer domestique, pour aller ensuite clamer en tous lieux les secrets qu'on y aura surpris. On veut s'immiscer malgré moi dans ma vie privée. Ah ! dans quel temps vivons-nous ! Il n'y a plus rien de sacré ! La vie privée n'est plus une chose sainte ! Malheur ! malheur ! malheur à celui qui a eu l'intention de lancer ce livre, il paiera pour les insolents qui l'ont osé écrire.

Et la voilà usant du papier timbré, assignant M. Legallois, éditeur, et les gérants du *Constitutionnel* et du *Courrier français,* parce que l'un avait eu l'audace de faire annoncer ce livre dans les journaux de ces messieurs.

Et des magistrats, des hommes graves, sont appelés à prononcer si, en pareil cas, l'intention vaut le fait. On astreint des hommes d'âge à venir écouter, pendant deux grandes heures, les condoléances d'une ci-devant bohémienne, véritablement ingrate à l'endroit de l'éditeur des *Actrices célèbres.* Ce malheureux jeune homme, innocemment compromis par notre entreprise, et absorbé par une sérieuse publication, fatigué, découragé, mais non effrayé par les clameurs qui le poursuivent, nous a prié de porter ailleurs notre petit livre, lequel faisait un agréable et satirique pendant à l'élogieux trophée qu'il dressait à ces dames dans ses *Actrices célèbres ;* l'équité de sa cause, mise en doute par la malveillance savante du *Siècle* et de la *Gazette de France,* a été vérifiée par les tribunaux. La nôtre sera jugée par le bon sens public.

Voici une lettre fort agréable, qu'un homme d'esprit lui a adressée à ce sujet.

Monsieur,

Je n'ai pas besoin de vous donner les moyens à employer pour gagner votre cause. Votre avocat les connaît mieux que moi. Cependant je vous résumerai en deux mots notre conversation d'hier.

1° On ne peut juger que sur un fait établi, et votre publication n'est encore qu'à l'état de projet.

2° Les termes de votre annonce ne sont nullement compromettants pour vous. Le mot GALANT *signifie (d'après la dernière édition du Dictionnaire de l'Académie) : qui a de la probité, civil, sociable, qui a des procédés nobles;* GALANTERIE, *agrément, politesse dans l'esprit et les manières[2].*

J'ai bien l'honneur de vous saluer.

E. B.

Et maintenant la cause de ce gentilhomme jugée, la nôtre gagnée d'avance, flamberge au vent[1], trempons la plume dans l'écritoire, et sus commençons.

COULISSES

Du temps que les actrices avaient du talent, dans ce bon vieux temps si calomnié et pourtant si regretté, dans le temps où l'on portait épée et où l'on savait s'en servir, où la police correctionnelle et les procès en diffamation n'étaient pas encore inventés, à l'époque où l'on suivait et où l'on respectait les convenances, parce qu'on les connaissait et qu'on savait où la vie privée avait le droit de commencer et où elle devait finir. À cette époque, disons-nous, il y avait de nobles catins[2] qui payaient tailleurs, brodeuses et tapissiers et surtout les pauvres de la paroisse, avec les revenus d'une débauche presque sainte. On connaît Mlle Mézerai[3], qui, chaque fois qu'on lui réclamait une dette ou un bienfait, présentait deux énormes vases qui reposaient sur sa cheminée où allait s'engloutir tout ce bienfaisant Pactole qui afflue chez une jolie femme.

Hélas ! dans le malheureux temps de MM. Buloz[4] et compagnie, il en est bien autrement. Aujourd'hui lésinerie, vertu, cupidité, mariage, avarice, *libidinosité* sordide, sont choses qui vont de pair, comme une affreuse alliance de péchés vraiment capitaux. Depuis longtemps, il n'y a plus de boudoirs ni de marquis oisifs et généreux. Le vice a ses endroits où il va s'écouler à ses heures, où la puissance est cotée à tant la minute. Le commerce et la vertu ont tout envahi même l'amour, affreux amalgame de mots qui ont d'abord l'air de hurler, mais qui s'accordent très bien dans le cœur de Mlle *Sylvanie*[5] et dans l'esprit judaïque de nos prosaïques contemporains. Que nous parlez-vous des Rohan, des Soubise, des Guémené et des Richelieu ? N'avez-vous pas aujourd'hui MM. Hiéronyme Pichon, lord Arundell[6] et pas mal d'amateurs de rosses plus ou moins arabes, qui lésinent sur leur débauche, et grappillent sur le revenu du rat qu'ils paient, on ne fait aujourd'hui que de la débauche *pot-au-feu*[7] !

Oh ! aimable Mézerai, que sont devenus tes deux pots de porcelaine ? Celles qui t'ont succédé font, à leur mari, des enfants qu'il ne fait pas, et paient les mois de nourrice avec l'argent des meurt-de-faim qui leur font des rôles. Certes, la mairie connaît les noms de baptême de ces demoiselles, mais ils ne sont pas inscrits sur les registres du paradis, où Magdelaine, Mézerai, Marie l'Égyptienne et Clairon chantent les louanges du Seigneur qui pardonne tout à ceux qui ont beaucoup aimé.

Notre projet est, ami lecteur, de médire le plus possible de ces dames et demoiselles (médire n'est pas calomnier). De quel droit, direz-vous ? Vous surtout, fils de pair de France ou héritier présomptif de quelque confiseur, qui payez, avec l'argent de votre papa, quelques-uns de ces savants baisers qu'ont parfumés, il y a dix ans, nos pommes de terre frites et notre eau-de-vie. De quel droit, direz-vous, percer les murailles de la vie privée ? Et d'abord, mon ami, entendons-nous bien sur le sens de ces mots : Vie privée.

Pour quelques femmes, la vie privée est l'asile inviolable, où elles nourrissent leurs enfants, ceux qu'ont faits leurs maris. Celles-là ne nous regardent pas.

Pour d'autres, c'était un boudoir bien clos de rideaux et de tapisseries, où, quand portes et fenêtres étaient bien fermées, le lecteur, le curieux et le feuilletoniste n'avaient rien à voir.

Mais, hélas ! pour la plupart de celles dont nous parlerons, la vie privée, ô honte ! *o tempora ! o mores !* c'est le trottoir, tout au plus la coulisse. À force de se marier et d'être plus ou moins bâtards de faux grands seigneurs, ces demoiselles ne voudraient pas qu'on ne vît et qu'on n'écrivît les défauts de leur genou et de leur cheville, que les quinquets de la rampe n'éclairent que trop bien, leur grossesse publique mal déguisée par l'ampleur de leurs robes ; si c'est là de la vie privée, il est certain que M. Théophile Gautier peut se promener *en sauvage* sur le boulevard en réclamant la discrétion de tous les passants[1].

Au profit de qui la liberté fut-elle inventée depuis quelques années ? de Mlle Sylvanie ou de nous ? Qu'elle soit aussi bêtement infâme qu'elle le voudra, j'y consens, mais puis-je échapper aux indiscrétions de son portier ? de ses nombreux amants ? puis-je défendre aux minces cloisons du café Anglais, de laisser transpirer les blasphèmes et les obscénités que profèrent toutes ces jolies bouches avinées ? Suis-je libre de fuir les cancans de la mère de ma maîtresse ? Comment puis-je échapper à la feuille publique qui nous raconte les *engueulages* de Mlle Florence et de Mlle de Bongars[2], laquelle réclame cinq cents francs prêtés à sa douce camarade, laquelle prétend que les cinq cents francs ont été remis à son amie Esther par lord...., lequel a peut-être *floué* sa protégée, comme tout lord constitutionnel a le droit de le faire, comme Esther en avait effarouché un autre.

Puis-je empêcher mon ami M....., juge de paix de mon quartier, de me raconter au coin du feu, comme quoi, le matin, ont été assignés à comparaître par-devant lui Mlle...., actrice des Variétés, M..., bijoutier, et un Arthur quelconque, réclamant chacun un écrin qui n'avait pas été payé.

Puis-je n'être pas, quand mon métier m'y appelle, au foyer du Théâtre-Français, où l'on me glisse à l'oreille qu'un jeune marin de haute naissance[3] a surpassé Hercule dans le plus classique de ses travaux. La jeune Melpomène elle-même s'en est vantée, plus que d'un sonnet que Corneille ou Racine lui aurait adressé. Du reſte, cela fait honneur au jeune marin, nous ne l'envions pas, mais nous l'eſtimons, quand cela ne serait que pour la vigueur dont il a fait preuve en cette circonſtance.

Et vous appelez cela de la vie privée ? allons donc !

Celles qui vous ont devancées, Mesdames, qu'on nommait Duthé, Clairon, Sainval, Sophie Arnould, Adrienne Lecouvreur[1], aspiraient moins que vous à la vie privée; elles savaient qu'elles n'y pouvaient plus prétendre. Elles se contentaient d'avoir beaucoup de talent et beaucoup d'esprit. Aucune n'a eu l'idée de dénoncer au procureur du roi, près le Châtelet, le spirituel gazetier Bachaumont, qui les illuſtrait en propagandant leurs gaillardises. Elles l'eussent volontiers remercié, ce que vous ne ferez pas, Madame, à l'apparition de notre petit livre. Leur cœur était, il eſt vrai, exposé au public, au grand jour de la rampe, mais il appartenait à qui avait assez d'esprit ou de rouerie pour le voler.

Elles recevaient, à leur petit lever, d'illuſtres poètes, qui apportaient de beaux sonnets à leurs beaux yeux. Oseriez-vous nous dire, Mesdames, les noms des malotrus que vous recevez à votre petit coucher ? Malgré que vous ayez beaucoup d'enfants, que vous mettiez énormément à la caisse d'épargne, vous n'avez pas encore le port assez imposant pour jouer le rôle de la déesse de la Raison.

Notre brochure s'appellera *Les Aĉtrices galantes*. Eh bien ! vous ne nous rendez pas grâces ! filles de rentiers, tout au plus bonnes à filer de la laine dans les drames de la nouvelle école[2]; nous sommes vraiment bien bons de vous dire *galantes*. Si vous êtes véritablement filles galantes et bien élevées, vous nous apporterez chacune votre écot d'aventures grivoises, de quolibets gaillards, d'anecdotes musquées, de dentelles chiffonnées, de linge taché, et vous nous remercierez de vous avoir illuſtrées un peu malgré vous. *Prosit mihi vos dixisse puellas*[3].

LE CHAPITRE DES EXPLICATIONS

Tout sujet se divise naturellement, quelque riche qu'il soit, et le nôtre ne l'eſt pas peu. Nous pourrions classer nos héroïnes de la manière qu'il suit :

La sociétaire;

L'aĉtrice flottante;

L'aĉtrice lorette[4], qui joue le moins possible;

La débutante ruinée, qui guigne un proteĉteur à l'avant-scène;

Le rat qui trotte et qui gruge, et que plus poliment nous aurions appelé *souris* ;

L'actrice déjà chargée de chevrons, qui sait le fort et le faible du métier;

La donzelle inexpériente [*sic*] qui veut l'apprendre;

La tragédienne qui désire entortiller un millionnaire dans les pans de sa robe classique;

Et l'ingénue de cinquante ans qui, découragée par ses défaites, veut apprendre aux musiciens de l'orchestre à seriner des motifs d'amour conjugal.

Mais toutes nos héroïnes ayant été tour à tour chacun de ces caractères et de ces types, suivant les chances de l'amour et l'éclat éphémère de leur voix ou de leurs yeux, nous préférons traiter notre sujet au hasard, suivant l'aimable désordre qui a présidé à leur vie.

Nous avions oublié un type, devenu aujourd'hui trop commun; cet oubli était excusable, vu la mélancolie et la banalité de la chose; nous voulons dire l'actrice mariée. Mais la conscience de notre sujet nous l'impose, nous ne reculerons pas devant l'horreur qu'il nous inspire.

Comme nous voyons peu de différence entre le vice et le vice, qu'il coûte cher ou peu, nous n'en ferons pas de distinction ou de fausse aristocratie; nous rendrons honneur à chacun et à chacune, et nous parlerons de Bobino comme de la Comédie-Française, de l'Opéra et des Funambules. Néanmoins, l'étiquette à laquelle les rois obéissaient[1] et à laquelle ces *impures* n'obéissent plus, nous impose de vous parler d'abord de Célimène, d'Araminte, d'Agnès, de Marton[2], etc.

[. . . .[a]]

CÉLIMÈNE II

Parlons maintenant de l'aimable Célimène II[3] qui a succédé à l'autre comme avril succède à mars. Sans autre cause que l'impossibilité de trouver une vraie Célimène. — Aimable par antiphrase. — On appelle *aimable,* digne d'être aimé. Célimène est tout ce qu'il y a de moins aimable. La vraie Célimène, celle de Molière, aimait être aimée; celle-ci aime beaucoup d'autres choses. Une femme aimable est une femme qui sait dissimuler, au profit d'un amour honnête et passionné, les vilains côtés de la femme; nous voulons dire les bas sales, les émanations de la robe de nuit et tout ce qui fait la vie secrète de tout être femelle comme mâle qui marche ou rampe sur la terre. La femme aimable est la femme qui sait poser, jaser, causer, s'idéaliser et se mélodramatiser[4]; or, Célimène est surtout, et avant tout, la femme de la prose. On peut aisément se figurer un dialogue fort plaisant[5] entre un écolier qui dépenserait l'argent de ses menus plaisirs les jours de sortie, pour s'exalter l'esprit devant les sourires et les grâces empruntés de cette dame, et un monsieur plus vieux et plus avancé dans la vie, qui l'aurait connue très intimement.

LE COLLÉGIEN : Oh ! l'adorable personne ! comme un homme vraiment amoureux se damnerait[a] volontiers pour une aussi aimable personne !

LE MONSIEUR : Pauvre enfant, gardez-vous d'approcher de ces déesses ; celles qui se lavent les mains et les bras ont le cœur obscène et l'esprit malfaisant.

LE COLLÉGIEN : Cela est-il possible ; la beauté doit receler la bonté, la nature ne peut mentir.

LE MONSIEUR : La nature de Célimène ment.

LE COLLÉGIEN : Les beaux sourires ! quelle angélique coquetterie !

LE MONSIEUR : Il est heureux que vous vous contentiez de rêver de cette belle, car si vous approchiez votre rêve de la distance qui sépare un drap de lit d'un autre, vous le trouveriez peut-être trop gras et trop bien nourri pour ces rêves, parlant trop bien chiffre, recette, voire cuisine, pour un fantôme, et vous seriez sans doute obligé d'avouer que votre illusion sent un peu trop la viande[1].

LE COLLÉGIEN : Quoi ! Monsieur, cette déité, à laquelle je dois tant de barbarismes, de solécismes et de pensums ; cette poésie vivante et animée n'est aimable que derrière la rampe, et les calculs sordides de la vie souillent la pensée de cette rose créature.

LE MONSIEUR : Hélas ! oui ! jeune homme, n'approchez pas votre rêve si vous n'êtes pas son intendant, ou au moins marmiton en chef de Sa Majesté ; ne frappez à la porte secrète de sa ruelle si vous n'avez pas les poches pleines de *boudjous*[2] et de listes civiles, vous risqueriez fort de trouver votre rêve attablé devant quelque souper de charcutier, bavant de jus de viande sur vos madrigaux, et la lèvre ornée d'une côtelette en guise de moustaches, quand Célimène se lève et déserte le lit souple et profond où elle a dormi d'un sommeil brutal ; elle a mangé pour se reposer d'avoir dormi, quand elle a donné à son rôle le temps nécessaire pour faire quelques vers faux et être à peu près médiocre ; elle mange pour se reposer de n'avoir pas étudié ; pour se reposer d'avoir été en voiture à la Comédie et d'avoir minaudé devant l'auteur enfiévré par l'inquiétude du succès, elle mange. Elle mange dans les entractes, elle mange dans sa loge, elle mange dans la coulisse ; elle aime les rôles où l'on mange sur le théâtre ; si vous demandez à Célimène qui elle aime le mieux de Napoléon III ou de Monte civet[3], elle vous répondra volontiers, comme le moutard de notre spirituel Daumier[4] : « J'aime mieux la viande. » Maintenant, jeune collégien, faites des sonnets et des rondeaux redoublés, mais si vous réussissez à conquérir votre illusion, craignez pour votre première nuit de noces les indigestions et les coliques.

Célimène II n'est pas une comédienne.

Qu'est-ce qu'une comédienne ? ce qu'est un écrivain : quelque chose de remuant, d'ambulant, de vif, d'aimable, de spirituel, fait pour amuser ce gros monstre ennuyé qu'on nomme public; quelqu'un qui vit de son métier, mais qui surtout l'aime et le pratique avec ardeur. Qu'est-ce qu'une comédienne ? c'est Clairon, c'est Duchesnois, c'est la vieille Célimène, à qui celle-ci a succédé, c'est Maxime même[1]; la jeune Célimène n'est pas une comédienne, c'est une rentière, une portière, une bordeuse[a], une caisse d'épargne, une loterie où tous les lots sont pour la loterie; c'est une vaste poularde qui en plume d'autres.

Qu'est-ce que Molière ? Bon Dieu ! qu'est-ce que Marivaux ? qu'est-ce que la poésie[2] ? Il s'agit de bien vivre et d'envoyer paître Molière et Marivaux. La loi proscrit le vice, mais non pas le vice. Le vice qui fait des économies. Horrible chose, lecteur, et bien faite pour dégoûter les honnêtes gens, même les honnêtes gens faciles.

Cette malheureuse n'a pas de talent; vous figurez-vous un diamant royal, le Régent, par exemple, enchâssé dans du maillechort ou dans des drôleries de confiseur ? Vous avez l'emblème de la poésie sortant par la bouche de Célimène II. Elle minaude, elle glapit, elle ne sourit pas, elle ne déclame pas; au moins est-elle belle ? Ma foi, il se peut qu'elle l'ait été; mais le marivaudage de ces coins de lèvres, mais cette voix étouffée par la marchande de corsets, mais ce corps coupé en deux, mais ce front étroit, mais ces yeux à fleur de tête, mais ces grands bras ballants, mais[b] cette voix *tremblée* et cet absurde roucoulement n'ont jamais été le physique d'une noble comédienne.

La mauvaise camarade qu'elle est, elle a voulu voler le cœur de Napoléon III à la virginale Hère-Mignonne[3].

Cette malheureuse, sur les planches de l'antique Comédie, nous a toujours fait l'effet d'une portière de la *chaussée d'Antin,* enveloppée d'un cachemire d'emprunt, qui s'essaierait à marcher, avec ses pieds gras et pendants de fille trop entretenue, sur les tapis des salons, et grimacer le bon ton devant la psyché, en l'absence de la maîtresse de la maison.

Il court sur son compte une aventure scandaleuse, dont notre plume trop chaste ne sait comment rendre compte. Il faudrait être prude comme Mlle de Maupin[4], ou n'importe quelle héroïne de Crébillon le fils, pour oser un pareil récit.

Bref, on dit qu'un lord fort riche, voulant conquérir les bonnes grâces de Célimène, après avoir longtemps cherché dans son cerveau britannique, parmi les objets les plus précieux, ce qu'on pourrait offrir à une aussi précieuse personne, imagina une originalité, fantaisie vraiment britannique, qui fut, dit-on, fort bien accueillie. Quelle était donc la chose en question, le trésor mirobolant, le don merveilleux ? Je vous le donnerais à deviner en mille, que vous ne le pourriez pas. C'était un chien, un petit chien, tout petit, tout mignon, un *boll dog*[c], un chien bichonné, musqué, peigné, frisé, qu'on met entre ses genoux, et qu'une lady millionnaire caresse d'une main délicate dans ses heures de loisir, un King-Charles de la plus pure espèce[5].

Ce précieux animal a coûté, dit la très scandaleuse chronique, dix mille francs. Pourquoi a-t-il coûté dix mille francs ? Je me le suis longtemps demandé comme vous ; on me l'a dit, mais je n'oserai jamais vous le redire. Il paraît, au surplus, que cette bête de bonne compagnie avait été élevée avec un très grand soin.

Voici une anecdote très véridique, qui vous représentera mieux que toute autre le naturel de Célimène.

Quand ce malheureux petit livre, trop bénin et trop galant, fut annoncé, notre morveuse, qui sentait le besoin d'être mouchée par quelqu'un, fut prise d'une grande frayeur. Elle alla se jeter aux pieds d'un aimable et spirituel écrivain qui avait fait un rôle pour elle dans une fort belle pièce, et lui dit : Je suis une fille bien malheureuse, bien innocente, bien persécutée ; jamais je ne pourrai supporter un pareil affront, si je ne me jette dans vos bras ; j'attends tout de votre influence et de votre amitié. Empêchez que la chose ne paraisse nettement, je serai tellement déchirée et rebutée que je ne saurai jamais jouer votre rôle[1].

Et voici le malheureux auteur livré au despotisme de Célimène, qui court implorer, tourmenter, supplier, menacer l'éditeur. Il va sans dire que l'auteur n'obtint rien du tout, mais le livre pour être différé n'a pas été perdu. La seconde partie de ce recueil[2] contiendra quelques piquantes indiscrétions sur Célimène II, nous n'oublierons pas surtout de faire connaître l'origine des robes consternées[a] que porte notre héroïne qui, artiste du premier théâtre de France, ose cependant acheter la défroque des Lorettes chez une fripière, *rue du Pain du Temple, n° 7.* On nous assure que la marchande veut mettre sur son enseigne : *Fournisseuse brevetée de Mlle....* Célimène II[3].

HISTOIRE D'HÈRE-MIGNONNE[4]

Aimez-vous comme moi les estaminets où l'on chante, où l'on pince, où l'on racle des instruments enroués qui n'en peuvent mais ? Les tavernes obscures de fumée, où les buveurs chuchotent des paroles obscènes à l'oreille, déjà savante, des chanteuses de douze ans. Triste et philosophique spectacle ! Ces pauvres petites, déjà plus ou moins *grincheuses,* revendeuses de foulards, de crayons et de parfums d'Arabie, qui piaulaient alors : *À ce soir, à ce soir, dans ma chambrette en cachette ;* aujourd'hui : *Gastilbelza, l'Homme à la carabine*[5] inspirent à l'observateur clairvoyant une sombre et poignante pitié. Quoi de plus triste que la vue de ces créatures étiolées par la misère, déflorées avant d'être fleuries, émoussées avant d'être aiguisées, et que le vice a pour toujours dégarnies de passions.

Dans l'une de ces tabagies, vous avez sans doute connu la petite Hère-Mignonne Mardochée, au front proéminent, aux yeux déjà creusés et cernés par la sombre tragédie qui se joue, tous les soirs, autour du pot-au-feu d'un père avare. Tous les jours, elle descen-

dait au plus vite de l'*hôtel des Trois-Balances,* vis-à-vis de la Morgue,
sa guitare sous le bras, sa sébile de fer-blanc dans sa poche. Il n'est
pas de pavé qui n'ait connu la plante de ses pieds, pas de vitres
d'estaminet que sa voix n'ait fait grincer. Son aînée fredonnait des
flonflons à un petit théâtre de faubourg et, quand elle venait
quêter[a1] un souper au logis paternel, le père Mardochée lui répondait en blasphémant :

« Comment une grande fille comme toi ne sait-elle pas encore
gagner sa vie toute seule ? Te faudra-t-il toujours gruger ta malheureuse famille et tes petites sœurs ? »

Chaque soir, la mère Mardochée se précipitait sur les poches de
la petite Hère-Mignonne, et le premier du mois, le père Mardochée
allongeait sa griffe sur les quelques francs que la caisse du théâtre
devait à sa fille[2].

La petite ne portait pas de bas, attendu qu'on peut y cacher
quelques sous. L'aînée, l'hiver, ne portait pas de caleçon, vu que
cela prolonge la virginité, au dire de M. Paul de Kock[3]. On voit
que ces bons parents étaient gens de précaution.

Les étudiants, qui forment le public ordinaire du petit théâtre
où l'aînée essayait l'éclat de cette voix qu'elle ne soupçonnait pas
encore, et qui depuis doit faire sa fortune future au grand opéra,
étaient alors les protecteurs naturels de ces deux jeunes filles. Les
hôtels meublés du quartier Saint-Jacques ont souvent reçu la visite
des deux sœurs; elles y venaient, montaient les escaliers, souvent
sans y connaître personne. Et là, en frappant à plusieurs portes,
elles étaient certaines d'y trouver le lit et le souper qu'on leur refusait à la maison paternelle. Cette existence était dure sans doute;
mais elle avait ses moments de plaisir.

Quelquefois, il se rencontrait un joyeux garçon, à l'escarcelle
fraîchement remplie par quelques-unes de ces flibusteries si drôles,
que messieurs les étudiants savent si bien inventer pour desserrer
les cordons de la bourse paternelle. Alors, c'était chaque jour fête
nouvelle, et les maigres caresses des deux pauvres abandonnées
étaient largement rétribuées de pommes de terre frites et de vin
bleu. Il y a même une chronique du quartier qui raconte que la
jeune Hère-Mignonne a usé, en guise de vaisselle plate, tout un
de ces énormes volumes que publia la Chambre des pairs, lors du
procès Fieschi. La friturière, à qui elle achetait son frugal déjeuner,
est encore là pour certifier le fait.

D'autres fois, c'était un naïf jeune homme tout fraîchement
débarqué de sa province; celui-là, connaissant moins la vie, ayant
les émotions plus tendres, on savait le plumer de façon à le guérir
à tout jamais de ses fantaisies de fille de théâtre et de cigale. On a
vu le père et la mère Mardochée venir s'adjoindre à leurs filles, et
les aider à plumer vigoureusement le malheureux pigeonneau que
ses tendres roucoulements leur livraient.

Un jour, qu'un de ces messieurs, étudiant de première année,
recevait chez lui les tendres sœurs, des circonstances le forcèrent à

s'éloigner. Quand il revint, les deux tourterelles étaient dénichées ; mais elles avaient eu soin de prouver leur séjour dans la chambre, en emportant une petite somme de quinze francs et un parapluie. Mais le monde est si méchant. D'ailleurs, dans les hôtels du quartier Latin, il vient tant de gens ; et le père Mardochée, il est vrai, fut rencontré, quelques jours après, avec un riflard, meuble qui lui avait été jusqu'alors complètement inconnu. On nous assure qu'il allait le rendre,... mais il manqua de mémoire.

Sur ces entrefaites, Hère-Mignonne fit son entrée dans l'art dramatique. Elle débuta sans succès sur une scène secondaire. Déjà elle avait essayé ses forces sur toutes ces planches disjointes, devant toutes ces rampes fumeuses, sur tous les tréteaux boiteux qu'on nomme théâtres d'amateurs et de la grande banlieue. Elle y avait joué, tour à tour, *Hermione* et *Dorine, Aménaïde*[1] ; toutes les ingénues et les jeunes premières des comédies bourgeoises de M. Scribe.

N'ayant eu aucun succès sur la scène secondaire où son père l'avait forcée à monter, elle ne put s'y faire engager, et fut obligée de recommencer sa vie errante, de village en village. Mais bientôt, n'ayant pu captiver le public des boulevards, elle osa aspirer à la première scène du monde. En cela elle imita beaucoup d'auteurs modernes, qui, sifflés sur les petits théâtres, tendent toujours vers la Comédie-Française, espérant que les gens qui les ont jugés n'ont pas eu assez d'intelligence pour les pouvoir comprendre. Les gens incompris sont la maladie du siècle.

Elle débuta par le rôle d'Hermione ; personne n'y fit attention. Un de ces hommes d'infiniment d'esprit[2], qui dépensent en une soirée plus d'idées qu'il n'en faut pour faire la réputation de dix écrivains, contraignit le feuilletoniste[3] d'un grand journal à l'inventer. Elle fut prônée, flattée et casée par le spirituel écrivain, qui vit dans elle la descendante en ligne directe de toutes les grandes comédiennes.

Tout le monde se souvient de la rapacité du père et des prétentions exorbitantes qu'il afficha, aussitôt que cette chère enfant se fut créé une position au théâtre. Les comédiens en furent effrayés, et la presse entière s'indigna de la rapacité toute judaïque de l'auteur des jours de la jeune Hère-Mignonne.

Mais raconter comment elle abandonna bientôt ses premiers et seuls protecteurs, l'homme d'esprit et le feuilletoniste, n'est pas de la galanterie et n'entre pas dans notre cadre. Les grands talents sont les compagnons ordinairement des cœurs droits et reconnaissants ; mais, en ceci comme en tout, ce sont les exceptions qui font les règles.

Pendant une année entière, un ancien dictateur, du nom de Verrès[4], ne manqua jamais une des représentations d'Hère-Mignonne, il était toujours auprès d'elle, quand elle sortait de la scène, il était toujours le premier à lui adresser les compliments, et ses compliments étaient toujours les plus flatteurs. Quand une pluie de fleurs venait tomber aux pieds de l'idole, son bouquet était toujours le plus beau, le mieux choisi. Il savait deviner ses moindres désirs. C'est même lui, qui dans un accès de générosité, inventa la fameuse voix de la sœur aînée, dont la famille était fort embarrassée, ne pouvant plus décemment faire monter sur des tréteaux la sœur de Melpomène.

Il fit naître dans tous les cœurs l'espérance de voir bientôt cette fille qui avait parfumé les nuits de tant de jeunes espoirs de la France, éclipser par sa réputation la gloire des Falcon et des Dorus. Il procura des maîtres de chant et de musique, augmenta sa maison de dépenses de la fournée tragique, eut, chaque jour, à sa table, la vorace nichée de petits frères et de petites sœurs, qui venaient là oublier les arrière-goûts de la gargote paternelle, en absorbant les excellents dîners de la cuisine du nouveau Mécène[1].

On dit qu'il n'est pas plus sûr moyen de captiver les gens que de les prendre par l'estomac; et le dictateur est homme d'esprit. Puis ceux à qui il avait affaire n'étaient pas des plus difficiles. Ils n'avaient jamais été gâtés ni par la succulence, ni par l'abondance des mets; ils étaient gloutons, mais peu gourmands. Heureusement, malgré tout cela, on voulut faire la coquette avec lui, on croyait avoir encore affaire à un des jeunes étudiants; mais ledit Verrès n'était rien moins que naïf et timide; il voulait bien payer, mais il voulait aussi savoir ce que valait la chose qu'il payait.

Il faut que le lecteur sache qu'avec les succès avaient disparu tous les souvenirs de la jeunesse errante. Il y eut, à l'époque où le dictateur postulait la place d'amant de la muse, des paris engagés sur la probabilité de sa virginité; car, chose incroyable, la virginité était revenue. Le succès fait d'incroyables miracles. On avait oublié cette biographie écrite dans le souvenir de tant de comédiens ambulants, d'étudiants, et pis encore.

Tout à coup la jeune Hère-Mignonne étant partie pour un voyage, le dictateur, resté à Paris, fit jouer la presse et crier ses mille voix : on inventa dans ce temps-là tous les puffs les plus mirobolants, les plus incroyables, les plus énormes que les imaginations les plus riches en [ce[a]] genre de choses puissent forger.

On se souvient encore dans le journalisme de la fameuse lettre du vicomte d'A...[2], de ridicule mémoire, et surtout des charmants articles de M. Jules Janin, à propos de ladite lettre[3]. Qui ne sait aujourd'hui que l'histoire du fameux bracelet de la reine d'Angleterre, avec la non moins fameuse devise[4] qui mettait sur les mêmes tréteaux la reine tragique et la reine constitutionnelle, étaient pures inventions; et l'opinion a été unanime sur l'inconvenance de pareilles balivernes. La tragédienne a été reçue fort bien en pays étranger, mais il n'y a eu aucunes de ces fêtes, aucuns de ces triomphes qu'on raconta si pompeusement alors. C'était le dictateur qui présidait à la confection de ces réclames, qu'il n'avait d'ailleurs pas la gloire d'avoir trouvées, car les journaux américains avaient déjà tout dit, à propos du voyage d'une célèbre danseuse[5] dans leur pays.

Tant qu'un amant est près de sa belle, il ne pense point, mais aussitôt qu'il s'en éloigne, la réflexion vient lui montrer les fautes qu'il a commises, et surtout le ridicule de sa conduite; c'est ce qui arriva : Verrès vit qu'on s'était joué de lui comme d'un écolier. Ses amis se moquèrent à qui mieux mieux du soupirant platonique. Ceux qui avaient jalousé son bonheur, saisirent avec empressement l'occasion qui se présentait si belle pour eux; les rieurs étaient contre Verrès. Pour tout homme d'esprit, c'est là une faute qu'il ne se pardonne pas. Aussi Verrès voulut-il les ressaisir, au moment où il devait les perdre à tout jamais.

Il partit, et la... personne ne doit plus se douter de ce qui s'est passé.... dans un fameux souper[a] qui fut offert à tous ses amis et aux rois de la presse par le dictateur. Là, au milieu de gais propos, des lettres furent lues; il est impossible à la presse la plus décolletée de jamais imprimer ces tendres épîtres amoureuses.

C'est à ce fameux souper que tous ceux qui s'étaient escrimés à soutenir la virginité surent qu'ils avaient perdu les paris qu'ils avaient engagés. Après une pareille *indiscrétion,* on comprend qu'aucune liaison n'était plus possible; aussi ces amours furent-ils rompus.

Il n'est, dit un vieux proverbe, que le premier pas qui coûte, et par malheur encore, il se fait sans qu'on y pense. Aussi serait-il trop long de nombrer tous les successeurs de Verrès, qui est le Pharamond de cette nouvelle dynastie[1]; mais avant Pharamond, combien y a-t-il de rois Francs dont l'histoire n'a pas conservé les noms ?

Nous ne citerons que pour mémoire le règne d'un certain prince maritime[2], dont la vigueur, au dire de la donzelle, fait l'admiration de tous les connaisseurs; mais un mariage exotique vint mettre fin à ces amours. Je crois qu'il sera longtemps regretté; il a dû laisser des souvenirs, car je ne sache pas qu'il soit facile de trouver beaucoup d'hommes qui l'égalent, ou même qui en approchent.

Après un dictateur et un prince, elle ne pouvait décemment s'abaisser jusqu'à un simple mortel, aussi, que fit-elle ? La place étant vacante, elle choisit, pour y reposer auprès d'elle, un empereur ! Un homme avait bouleversé le monde, il avait laissé dans tous les chemins l'empreinte de ses pas; il avait joué tous les rôles de conquérants, et avait dépassé de beaucoup ses modèles. Elle le rêva, et ne pouvant espérer rencontrer le grand empereur, vu que personne ne doute plus de sa mort depuis le retour de ses cendres en France, elle se rejeta sur le jeune empereur, et maintenant la voilà entre les bras de Napoléon III[3].

Napoléon III ! ! ! Qu'est-ce, me direz-vous ? c'est celui qui, depuis dix ans..... Mais demandez à Marton[4], vous savez ? celle qui jadis fut l'ennemie jurée d'Hère-Mignonne; mais, depuis qu'elle a subjugué maître Napoléon III, elle est devenue l'amie intime de son heureuse rivale... Comment ? Pourquoi ?

Je n'en sais rien.

Mais Marton a été nommée, ou s'est faite maîtresse de cérémo-

nies d'Hère-Mignonne; c'eſt elle qui reçoit et admet les jeunes gens
bien naïfs qui aspirent aux entrées du salon de la jeune Romaine;
c'eſt elle qui examine les cravates, qui regarde si elles sont assez
bien mises, si les chaussures sont assez vernies pour y avoir leurs
entrées.

Car Hère-Mignonne, de même que Mmes de Rohan, Guémené
de l'ancien régime, ou Belgiojoso[a], Massa, de ce siècle, a ses jours
réservés. Là, se réunissent d'abord tous les journaliſtes, ses flatteurs; puis les jeunes lions employés aux diverses adminiſtrations,
ses admirateurs. Une tenue décente eſt de rigueur. On n'y eſt admis
qu'en grand habit noir. L'étiquette y eſt plus sévère qu'au faubourg
Saint-Germain. Le talent et la naissance n'y sont point représentés,
mais l'argent, le dieu du siècle, y a ses entrées. Une impératrice
ne pouvait faire moins; entre sommités sociales on se doit des
égards.

Marton n'a pas plus de fiel qu'un moineau, suivant le dicton
populaire. Elle s'eſt aſtreinte à faire le *ménage* de son heureuse rivale.
Eſt-ce par hasard dans l'espoir de voir toujours le cruel qui l'a si
perfidement abandonnée. Les femmes ont des caprices si bizarres.
Et puis...

C'eſt Napoléon III qui s'eſt laissé jouer d'une façon si cocasse,
il y a peu de temps. C'eſt lui qui eſt le héros de la désopilante
hiſtoire de la guitare. C'eſt lui qui aide son ex-protégée Marton,
lorsque Hère-Mignonne daigne ouvrir ses salons à sa bureaucratique compagnie.

Marton, cette éternelle ingénue que vous connaissez, qui joue
les rôles d'Agnès depuis près de trente ans, a trouvé près d'Ériphile[b]
un rôle lui convenant à merveille : celui de maman. Elle guide la
jeune fille de ses conseils; et, avec cet air de grisette timide, craignant la colère de l'amant à qui elle a fait des traits, elle reçoit la
brillante société qui encombre les salons de sa jeune amie[1].

Mais l'hiſtoire de la guitare ? Ah ! la voilà. Nous laissons à
M. Almire Gandonnière[2] le soin de la RACONTER.

HISTOIRE D'UNE GUITARE
CHRONIQUE DE 1843

En ce temps-là il y avait une jeune tragédienne, pleine de talent
mais vide de cœur, et un certain comte, plein de cœur mais vide
de talent; il y avait aussi, dans ce temps-là, une guitare à moitié
brisée, suspendue à un clou d'antichambre du faubourg Saint-
Honoré.

Pauvre guitare ! elle avait soulevé peut-être bien des orages
d'amour; elle avait peut-être chanté la gloire aux banquets de
Périclès, et le plaisir à ceux d'Anacréon. Les vins de Chio et de
Falerne avaient ruisselé sous ses suaves harmonies, et les muses

d'Horace ou de Tibulle l'avaient agitée de leurs doigts enchantés. Pauvre guitare ! Qui sait, en effet, si Délie ou Sapho ne s'étaient pas penchées sur elle, et si, avec ses chanterelles amoureuses, Aspasie n'avait pas attendri le cœur d'Alcibiade. N'était-ce pas la lyre d'Orphée qui endormit le chien à triple gueule, ou celle d'Amphion qui bâtit les murailles de Thèbes, ou la harpe de David, ou celle d'Ossian, ou le théorbe dont se servaient les comédiens antiques pour accompagner les trilogies d'Eschyle, ou le merveilleux cynare avec lequel les rhapsodes de la Grèce disaient les chants du vieil Homère, ou encore le mystérieux Nébel qui rassemblait les péris de l'Asie ?

Pauvre guitare ! elle était plus moderne sans doute. Les Burgraves dégénérés ne l'avaient-ils pas souillée en chantant : *Aimons, qu'importe ; qu'importe, aimons*[1] ? Qui sait, mon Dieu ! les Abencérages et les Hidalgos d'Espagne l'avaient peut-être traînée de balcon en balcon pour appeler la señora, ou ce pouvait être encore la mandoline de Masaniello[a2]. Que sais-je, moi ! cette malheureuse guitare ne portait ni date, ni nom d'inventeur, et paraissait bien vieille.

Ce que je sais, c'est que ce vénérable instrument rendait encore parfois des sons vagues, étranges, comme ceux d'une harpe éolienne, quand le vent d'automne venait la balancer par les croisées ouvertes[3]. Mais, si je ne puis vous dire le commencement de son histoire, je vous dirai la fin, car elle vient d'être jetée au feu par un vandale. Voici comme :

Dans un salon du faubourg Saint-Honoré, le jour tragédique que vous connaissez tous, Mlle *** venait de déclamer le songe d'Athalie[4] et avait avisé par la porte entrouverte cette guitare fabuleuse.

Après les mille bravos et compliments d'usage, bravos et compliments beaucoup trop ampoulés, la vierge d'Israël aborde la maîtresse de la maison et lui marchande aussitôt le vieil instrument. « Mais il est à vous, belle Hermione, je vous le fais porter demain. — Non, je l'achète et l'emporte ce soir. — Mais c'est un objet indigne de vous; je vous offre la mienne. — Non, c'est celle-ci que je demande; combien ? — Assurément Phèdre fait ici de la comédie. — Non, ce marché est très sérieux. — Eh bien ! prenez la guitare et donnez, si vous le voulez, 20 francs à ma femme de chambre. » Le marché conclu, Phèdre monta en voiture et rentra chez elle.

À son arrivée dans sa chambre à coucher, mystérieux sanctuaire de Melpomène et de Cupidon, la jeune mélomane suspendit le luth antique auprès de sa couche, cette nuit-là solitaire.

Le lendemain, au lever de la blanche aurore, un brillant cavalier, auteur d'une très mauvaise comédie[5], M. Napoléon III, se glissa furtivement dans le boudoir de la maigre déesse, qu'il trouva dormant la bouche ouverte. Un baiser la réveilla. Pauvre déesse !

« Ah ! c'est toi, cher ? Tiens, je rêvais de notre amour, viens donc. — Où donc as-tu pris cette guitare, ma chérie ? je me suis heurté le front contre elle; maudite guitare !

— Oses-tu blasphémer ? ceci est l'instrument de ma fortune; sans cette pauvre guitare, je n'aurais jamais eu la joie de te connaître.

— Que dis-tu, adorée, cette patraque serait à toi ?

— Eh oui ! ce sabot m'appartient, c'est avec lui que j'ai marché à la gloire; c'est avec lui que tout enfant je parcourais les cafés et les guinguettes de Lyon. Que de fois, mon bon ange, cette guitare plaintive n'a-t-elle pas attendri le cœur du troupier français, et combien de modestes aumônes n'a-t-elle pas fait jeter dans ma pauvre sébile. Tiens, cher, je pleure en y pensant; bonne guitare ! Oh ! j'étais bien chétive encore lorsqu'elle a vibré sous ma main pour la première fois ! et puis, n'est-ce pas avec elle que, de ville en ville, mendiante, éplorée, je suis venue à ce Paris où je t'ai possédé, cher, bien cher ! Oh ! tiens, donne-moi ma guitare, que j'essaie encore de ces airs que j'aimais tant ! » La jeune tragédienne, enivrée de ses souvenirs, se leva sur son séant, préluda à une fantaisie charmante qui fit bondir d'admiration et d'amour l'heureux Napoléon III.

« Oh ! que tu es belle ! oh ! que tu es inspirée ! oh ! que je voudrais posséder cette précieuse guitare !

— C'est elle encore, reprit l'artiste, qui fut le gagne-pain de toute ma famille, à qui je rapportais le produit de ma journée, quand j'avais chanté sur les places et sur les boulevards. »

Ici la tragédienne pleura d'attendrissement, et le comte huma avec délices une de ses larmes d'or.

« Oh ! amie, cette guitare, donne-la-moi; au nom de notre éternel amour, donne-la-moi.

— Jamais ! je ne puis m'en séparer; ce serait oublier mon passé; non, ami, n'insiste pas.

— Je t'en supplie à genoux.

— Non, non, cela me ferait trop de peine.

— Oh ! vois-tu bien, chère, je la ferais enchâsser dans l'or et dans la soie. Ce serait pour moi un talisman qui porterait la joie dans ma maison; de grâce, ma divine, accorde-moi cette suprême, cette inappréciable faveur.

— Comme tu deviens pressant.

— Que veux-tu en retour ? de l'or à flot, une parure de reine ? dis.

— Tu me connais peu, ami.

— Que veux-tu donc en retour ? dis, oh ! dis vite !

— Hier, le duc de C. m'offrait cette gracieuse parure de chez Renaudin pour avoir cette guitare, mais...

— La veux-tu ? je te l'apporte ce soir.

— 50 000 francs, y penses-tu ?

— Qu'importe ?

— Pour une malheureuse guitare ?

— Qu'importe. Est-ce dit ?

— Ah ! je suis confuse !

— C'est dit.

— Il faut tout te céder, méchant; embrasse-moi. »

Il y avait une difficulté, c'est que le comte Napoléon III, tout élégant qu'il fût, n'avait pas dans sa poche un seul maravédis. Cependant, en homme habile et brisé à de pareilles vétilles, il trouva un naïf usurier qui, sur certaines garanties, lui avança les 50 000 francs.

Le soir Hermione eut sa parure, et l'heureux Napoléon III sa mauvaise guitare, qu'il fit aussitôt enchâsser dans l'or et dans la soie, comme une relique de saint Janvier; et à tous ceux qui venaient le voir, il montrait ce luth vermoulu qui, disait-il, valait plus qu'une couronne.

Par une fatalité affreuse, il advint que l'ancienne propriétaire de l'instrument monta un jour chez le comte, qui n'eut rien de plus pressé que de lui faire admirer sa châsse bien-aimée.

« Mais vous n'y pensez pas, comte, vous avez ma guitare.

— Vous voulez rire, Madame.

— Nullement, c'est bien là cette vieille guitare que j'ai donnée l'autre soir à... »

Alors, une explication sérieuse désillusionna ce trop crédule comte, qui jura, tout pâle de fureur, qu'on ne l'y prendrait plus. Le lendemain, la juive adorée répondit par des éclats de rire aux doléances de son piteux amant; mais pourtant elle eut pitié de lui; car, pour un billet de 500 francs seulement, elle tira du grenier la vraie guitare, celle qui avait frémi à ses douleurs de jeune fille, et la remit à son fanatique, chez qui on peut la voir splendidement enchâssée. Pauvre sot ! âme de juive !

ALMIRE GANDONNIÈRE.
Rue Richelieu[1].

[. . . .]

PONSARD[2]

Je suppose que vous êtes allé, il y a quelque temps, avant que l'échauffourée classique de *Lucrèce* fût déjà figée et la tempête calmée, voir quelques amis, quelque peu distants de notre affreux Paris, de bons et braves amis, mais passablement crédules et panurgiens, aussi peu coulissiers que possible; des gens qui ignorent, parce qu'ils n'ont jamais vu, et qui hument avec une naïve et curieuse avidité les nouvelles déjà vieilles que nous leur imprimons dans la capitale. Vous arriviez crotté, fatigué, rompu, honteux de votre sale costume de pèlerin. Avant de vous avoir offert un lit, des habits, un verre de vin, on vous demandait tout d'abord : Comment se porte l'illustre M. Ponsard ? Et, pendant que vous

prodiguiez à vos amis les caresses les plus tendres en échange d'un
lit et d'un verre de vin qu'on ne vous offrait cependant pas, c'était
toujours M. Ponsard par-ci, M. Ponsard par-là, et la demoiselle de
la maison, rouge madone aux cheveux virginalement collés sur les
tempes, grillait de savoir, n'osant pas le demander, si M. Ponsard
était joli garçon; et vous, impatienté : M. Ponsard est surtout un
homme comme un autre qui aime fort manger quand il a faim, et
même quand il n'a pas faim. — Mais cela n'est pas répondre;
dites-nous donc ce que c'est que M. Ponsard et sa tragédie qu'on
dit plus belle que pas une de Corneille[1], et ce qui... et ce que... et...

Contraint de satisfaire aux exigences de la famille, il fallut dire
alors, au risque de n'être pas compris : M. Ponsard est un excellent
jeune homme, natif de Vienne, en Dauphiné. Il est grand, fort,
bien portant; les épaules carrées et voûtées à la charrue, propres
à labourer le sol aride de la tragédie[2]; le front ni bas, ni haut, l'air
ni spirituel, ni bête, l'œil petit et clignotant d'un usurier qui semble
attendre et surveiller le succès, les mâchoires surtout très fortes
et vigoureusement endentées.

« La *Lucrèce* de Ricourt fut jouée sur le théâtre de l'Odéon,
le........ 1843[3].
— Mais nous vous parlons de la *Lucrèce* de M. Ponsard et non
de M. Ricourt[4]. Qu'est-ce que cela ? »

M. Ricourt est un homme infiniment spirituel, qui sait par cœur
toutes les vieilles comédies, et qui prend plaisir à jouer de bons
tours à cet excellent public parisien.

Un critique, que tout le monde connaît, a fait dans un de ses
feuilletons un portrait exact de cet homme charmant, qui a dépensé
pour servir beaucoup de gens qui ne s'en vantent pas, et inventer
différents génies, plus de choses et plus d'esprit qu'on n'en met
d'habitude à faire une fortune. Qui ne le connaît pas ? Il vous a
sans doute dit comment Talma comprenait et jouait le rôle d'Auguste; combien Lafont était beau dans Achille; pourquoi l'un et
l'autre avaient juste les qualités qui manquaient à chacun. Il vous
parle de Baptiste, de Fleury[5] et de beaucoup d'autres. Que ne sait-il
pas ? tragédies et comédies classiques, il les connaît également, il a
serré la main au Misanthrope, causé avec Philinte[a], d'autant plus
qu'il tient de l'un et de l'autre. Tout le monde le vénère et l'aime,
il respecte ses gaietés; le *bon enfant qu'il est*, il a oublié de s'inventer
lui-même.

Or, le romantique auteur de l'article sur l'*Arbogaste*[6] se promenait mélancoliquement à l'entour du Théâtre-Français, et filait un
mauvais coton en rêvant à Mme Lucrèce, quand Ricourt ayant
avisé la tête de l'homme et la tournure de la pièce; Ricourt, qui
aime jouer des tours aux Parisiens et même aux Dauphinois, lui
dit : « Jeune homme, vous ignorez qui vous êtes, et combien vous
valez pour moi, au moment où je vous parle. Je ne veux pas qu'on
oublie ce que peut Ricourt. La chose est bonne et d'autant meilleure qu'elle arrive juste à l'heure, comme M. de Lamartine après

M. de Parny[a]; les mélancolies d'Elvire après les *globes d'Éléonore*; les pantalons collants après les pantalons à la cosaque. — Tenez-moi bien par le pan de ma redingote et ne me lâchez pas. Vous serez grand, c'est moi qui vous le dis; car moi, je suis Ricourt, le grand Ricourt, l'ami des artistes, Rrrrricourt pour tout dire. — Et vite, fouette, cocher, à l'Odéon. — Mon ami, je tremble de tous mes membres, disait le jeune avocat. — N'aie pas peur, mon enfant, criait le prophète, ils sont encore plus bêtes à Paris qu'en Dauphiné, et l'ami J. J.[1] n'est pas si mauvais diable qu'on le croit. »

Et voilà Ricourt chez Janin, le catéchisant de son mieux et le *lorsempionant*[2] *en style artistique* à l'endroit de cette noble production qui devait ramener sur les planches les belles soirées de l'antique tragédie; et l'Aristarque agonisant sous le poids de cette lecture, de s'écrier volontiers : « Mais, mon cher, de mon temps (*temps d'Hernani*), les Pradons étaient des soleils en comparaison de cela »; et Ricourt de lui dire comme *ultima ratio* : « Mais, l'ami Janin, nous avons bien inventé cette petite Rachel, pourquoi n'inventerions-nous pas Lucrèce. — Au fait, pourquoi pas », dit cet excellent Janin, déjà fatigué de la chose, en vrai critique qu'il est, comme si elle avait vingt ans de succès.

« Et d'un, dit Ricourt. Il faut empoigner Jay. — Jay empoignera Jouy[3]. Les amis des amis sont les amis. On dit que ces messieurs sont amis de Racine, et Racine est certainement des nôtres. » — Ricourt aimait son protégé, mais il s'en amusait. — Son air peureux et sa voix craintive le divertissaient beaucoup. — Ce garçon-là, disait-il, a toujours l'air de chercher la clef du cabinet.

Il faut vous dire, mes chers amis, qu'à Paris nous avons une exécrable et envieuse habitude qui consiste surtout à déprécier le mérite studieux, le succès acheté à force de labeurs. Sitôt qu'un homme a de quoi chausser de temps en temps de bottes neuves, payer quelques claqueurs, nourrir quelques maîtresses, et élever ses enfants, on cherche immédiatement autour de soi quelque jeune nigaud pour lui improviser une grandeur rivale; et chacun de se dire : Je suis las de l'entendre appeler tous les jours le grand poète, l'illustre poète, le noble poète[4]. Cette tactique n'est pas mauvaise et ne manque pas de charmes pour les amateurs de mystifications; mais il arrive souvent que la bêtise publique dépasse les espérances de l'inventeur, et qu'après avoir fabriqué un préjugé, une *vox populi, vox Dei*, il est obligé, le premier, de subir sa plaisanterie, et d'adorer, chapeau bas, l'argile qu'il a pétrie.

Figurez-vous qu'un jour, dans un pays qui ressemblerait beaucoup à notre bonne France, et naturellement divisé en factions, comme tout pays constitutionnel doit l'être, on se dégoûtât tout de bon du Roi devenu despote, et gouvernant le dos de ses sujets avec des éperons et une cravache par trop romantique. — Les jeunes et les vieux, les gens d'autrefois et ceux de demain s'assem-

blent secrètement dans un grand cabaret, une vaste tabagie, repaire
de conciliabules et de conspirations, plus bruyant et plus bavard
que le café Tabourey[1]. Les légitimistes boivent avec les républicains, et avalent fraternellement du gros vin comme d'excellents
et sincères complices. Ils ont l'air, les bonnes gens qu'ils sont, de
s'entendre parfaitement sur tous les points ; ils ne s'entendent véritablement que sur un seul : à bas le despote, c'est la grande affaire.
— C'est un homme brave, laborieux, qui s'enferme beaucoup dans
son cabinet, et fabrique journellement d'excellentes petites chartes,
et de ravissantes rhétoriques à l'usage de ses sujets, il est très affable
et nous donne à tous des poignées de mains. Qu'importe, à bas
le despote, et trinquons.

Cette banalité politique, mes chers amis, fut notre histoire. Nous
avons offert une prise de tabac à M. Jay ; nous avons fait à M. Jouy
l'honneur de causer avec lui de Racine et de Corneille. Ces messieurs, dont la vue est affaiblie par un grand âge, n'ont pas aperçu
le grand et gros bibi de Ricourt qui leur faisait avaler son grand
homme.

Or, l'enfant croissait et grandissait à vue d'œil ; l'innocent traducteur de Manfred[2] avait moins de coliques et cherchait moins
souvent la clef du cabinet.

L'illustre poète, le grand poète Olympio eut beau dire avec
beaucoup de flegme, après avoir ouï la pièce : « Il est bon que les
jeunes gens s'exercent à faire ces sortes d'études », une foule de
carrosses plus ou moins armoriés n'en vinrent pas moins encom-
brer les alentours de l'Odéon. Où peut s'arrêter une populace en
démence ?

M. *Lireux*[3] riait sous cape ; Ricourt admirait avec stupéfaction
l'incendie qu'il avait allumé. L'émeute alla si loin qu'un soir, un
jeune critique que nous connaissions à peine, amant de la muse
antique et qui se compose de Delacroix et l'impuissant V. Hugo,
en parlant beaucoup trop de Phidias et de Sophocle, nous sauta
au col, en s'écriant : « *Hein ! ! mon ami !* — Oui, fis-je modérément,
mais il y a des taches. — Il faut qu'il y en ait », répondit-il victorieusement.

Et un autre plus candide et qui fait profession d'aimer la vertu :
Voilà, certes, une soirée mémorable pour tous les honnêtes gens
en *Europe*.

Ces soirées-là ne sont plus mémorables, à force d'être fréquentes
en France. Certes, nous connaissons de vaillants et laborieux succès
qui n'ont pas été fabriqués, et qui sont beaux à voir, du parterre
comme de la rampe ; mais un homme du monde qui a pourtant de
l'esprit, nous disait un jour que dans toutes les réputations il y
avait un *secret*. Le succès de Ponsard est composé de quelques petits
secrets dont le plus gros s'appelle Victor Hugo.

En ce temps-là, il arriva un vilain cas à notre jeune stagiaire.
Vous connaissez sans doute de réputation et de fable cet excellent
M. Viennet, qui avait poussé à la roue avec toute l'honnêteté et

toute la candeur imaginables. Un malin critique s'avisa de déterrer quelques articles d'une revue dauphinoise, où le timide protégé traitait une tragédie du pair de France assez cavalièrement, et la rembarrait d'une façon ultra-romantique. L'avocat viennois, qui a bien pour les choses rudement odorantes, comme un gros succès, le flair d'un paysan, mais non pas le nez fin d'un Parisien, s'avisa de se justifier ainsi au malin critique : « Ah ! Monsieur, ce que vous avez fait là est vraiment une bien mauvaise action, vous voulez m'aliéner le cœur de M. Viennet. — D'ailleurs l'article en question n'est pas signé. — M. Magnin : Si, Monsieur. — Ponsard, plaidant la circonstance atténuante : Alors, il est signé en initiales. — — M. Magnin : Alors il est signé. »

Puis à M. Viennet, si mal récompensé de son zèle classique, il écrivit une lettre larmoyante et mélancolique d'écolier qui a mérité le fouet, chef-d'œuvre de prose provinciale, dans laquelle il implorait son pardon, alléguant qu'à l'époque où il s'était permis de ne pas trouver *Arbogaste* un chef-d'œuvre, il écrivait, avec quelques misérables de son espèce, dans une misérable revue sans abonnés, composée pour des misérables. Ce qui a dû paraître du dernier galant, et du dernier patriotique aux collaborateurs dauphinois.

Ce malheureux-là ne saura jamais se camper fièrement sur un piédestal, ni faire une gracieuse courbette.

Les coliques étaient presque passées, on était presque grand homme, et comme les grands hommes ont souvent de grands ridicules et de petits travers, il fallut les singer. Voltaire, Chateaubriand et Victor Hugo ont écrit plus de petits billets dans la capitale et en Europe que la petite maîtresse la plus assiégée. Ponsard se mit à distribuer des autographes assez bizarres; son sonnet à Mme Dorval[1], où le solécisme latin se pavanait à chaque vers, nous fit beaucoup rire. S'il avoua à Mme Dorval qu'*elle lui montrait trois fois la nature dans l'art,* par compensation, il déclara à Mlle Nathalie, du Gymnase, qu'elle était une grande tragédienne[2], etc. Ricourt admirait de plus en plus.

Une foule de belles dames, très gentilles, vinrent *savourer le songe de Lucrèce,* s'enivrèrent *de ce dard,* et ne daignèrent pas rougir devant cette anatomie qui eût effrayé cet excellent et naïf Pétrus Borel[3] que vous ne connaissez sans doute pas, mes chers amis. De jeunes diplomates, très cravatés, et quelques pairs de France vinrent étudier les profondeurs politiques de Valère et de Brute, nigaud de mélodrame, qui dit ses secrets à tout le monde. Bref, il est peu de gens qui n'aient voulu dormir un peu devant ce drame hideusement romantique, et affreusement immoral.

Car, il ne faut pas s'y méprendre, vous surtout, mes bons amis, qui vous nourrissez de doctrines et de bibliothèques classiques, dans le fond de votre province. Ce jeune contre-révolutionnaire est beaucoup plus romantique que vous ne le pensez. Il aime assez les curiosités étrusques, les gâteaux de farine, et les défroques de

Caligula; s'il cultive le songe classique, il ne dédaigne pas les sorciers qui viennent de loin et autres *guanumasiers*[1].

Un jour, Janin assistait à une répétition de *Don Juan,* de M. Delavigne; il le trouva fort beau et fit à l'auteur les compliments les plus emportés. Voici comme il se comportait deux jours après, dans son feuilleton : Certes, la comédie de M. Delavigne a du bon; *il y a du Marivaux, il y a du Beaumarchais, il y a du Molière, il y a du Victor Hugo* ! ! ! Pauvre M. Delavigne ! le grave académicien, qui avait si naïvement avalé les encouragements du feuilletoniste.

Et certes, dans le genre Jay, Jouy, Baour-Lormian[2], V. Hugo, Racine, etc., etc., et compagnie, agréablement tempéré par une sage timidité, M. Delavigne avait déployé une vigueur et un tout autre esprit que le poète d'hier.

De même qu'en pilant dans un mortier du Dorat avec du Victor Hugo, vous obtenez *Arsène Houssaye*[3] ; de même, en saupoudrant Tite-Live d'*André Chénier*, et Racine de Catulle, vous faites un *gâteau de farine* fort indigeste, qu'on nomme Ponsard, fait grand homme par hasard, comme Sganarelle, médecin malgré lui.

La biographie de M. Ponsard s'arrête jusqu'ici à la fin du cinquième acte de *Lucrèce ;* nous ignorons quelles seront plus tard ses opinions politiques, quand il viendra, la croix à la boutonnière, représenter à la Chambre les intérêts de son endroit; sans doute elles seront encore des poncifs et des postiches.

Pauvre enfant ! qu'on a trop tôt enivré; lui qui avait tant de coliques quand il ne mangeait que du miel, quelles crampes d'estomac, quand il faudra boire le vinaigre ! — Et en ce monde, avant ou après, il y en a toujours à boire.

Ricourt se console de sa triste invention en cherchant à en inventer une autre.

C'est depuis cette malheureuse aventure que toutes les mères de famille qui veulent du bien à leurs enfants, toutes les femmes de comptoirs qui rêvent une célébrité à leur progéniture, leur disent : Pourquoi ne fais-tu donc pas quelque chose comme Ponsard ?

Ricourt reçoit de temps à autre des lettres ainsi conçues :

> *Mosieu Rikoure*[4],
>
> *Che fous enfoi un petit trachedit queue jé fé. C'est* Remmus et Romullus, *et che fous seré pien opliché te fer pour moi ce queue fous affre fé bour mosieu* Bonsar *; che fous seré bien opliché tout a fès.*
>
> *Et che vous salut.*
>
> HORATIUS SERGEON,
> Rue te la Santé, n° 10.

— Maintenant, donnez-moi à boire, laissez-moi m'aller coucher, et prêtez-moi un volume de Corneille[5].

Dernièrement on parlait du roman d'*Amaury* devant M. A. Du-

mas. « C'eſt bien mauvais, s'écria le Chriſtophe Colomb de la
Méditerranée ; qui donc a fait cela ?

— Parbleu, je crois que c'eſt vous puisque votre nom eſt au bas.

— Ah ! c'eſt bien ; j'en ferai des reproches à Maquet. »

C'eſt naïf.

[. . . . ^a]

CONTREPARTIE
DES ACTRICES GALANTES

MADEMOISELLE ADÈLE ALLENBACH^{b1}

Ce n'eſt pas la première fois que ce nom eſt imprimé en tête
d'un article. En 1839, un abbé, qui, depuis, eſt devenu célèbre, avait
déchiré sa soutane pour les beaux yeux d'Adèle, et depuis cette
époque, les ouvrages de l'écrivain gardent un parfum de cet amour.
Aujourd'hui, Adèle, reine par la beauté, va le devenir encore (nous
l'espérons du moins) par la grâce, l'esprit et le talent. Après avoir
fait quelques courtes apparitions sur les théâtres du *Panthéon* et de
Comte, elle va paraître aux *Folies-Dramatiques*[2].

À la veille de ses débuts, nous croyons être agréables à nos lecteurs, en reproduisant ici l'article suivant, extrait des *Belles Femmes
de Paris*[3], et dû à la plume de l'auteur de *L'Assomption de la Femme*
et de *La Mère de Dieu*[4].

Autant les belles vierges de l'école allemande diffèrent de la
Vénus antique, autant la grâce blonde et rêveuse de notre jeune
étrangère diffère de la beauté de Mlle George et de Mme Ida
Dumas[5].

À voir ses yeux bleus comme le ciel qu'ils semblent toujours
chercher et réfléchir, son front pur, où passe cependant une ombre
de mélancolie comme une ride sur un lac, la candeur presque
enfantine de ses traits et de son maintien, on croirait que la poésie
myſtique eſt parvenue à incarner son idéal, et que Mlle Allenbach
eſt l'ange des douces rêveries et des saintes amours*.

Mais l'illusion devient complète, et l'intérêt qu'elle inspire se
change en admiration et en sympathie, lorsque, admis dans le chaſte
gynécée, où elle se cache avec sa mère, on apprend quelques-uns
des secrets de sa vie.

En 1830, lorsque le feu des barricades faisait éclater l'insurrection

---

* En 1843, Mlle Allenbach, étant dame de comptoir au café Véron,
fut appelée par les habitués *Fleur de Marie*. Elle eſt, en effet, la
parfaite et poétique réalisation du rêve d'Eugène Sue.

des trois jours, une femme pâle et tremblante, passait à travers les balles en pressant sur son cœur une petite fille aux cheveux longs et bouclés : c'était la femme d'un officier suisse, et l'enfant, pour les jours duquel elle tremblait plus que pour les siens, devait être notre douce et charmante Adèle.

Le pays de son père, qui la réunit à sa famille, fut pour elle comme un exil. Sa mère, fervente catholique, s'enfuit bientôt en France avec sa fille, dont la religion lui semblait menacée; et pendant quelque temps, elles supportèrent à Paris les rigueurs d'une laborieuse pauvreté, rendue héroïque par le sentiment qui en était cause.

La providence a sans doute béni Mlle Adèle : car elle est grande et belle maintenant, et jouit de la position que méritaient ses vertus et ses malheurs.

Voici une romance qui lui a été adressée, il y a déjà quelques années, et que nous l'avons entendue répéter elle-même quelques fois :

À ADÈLE

Enfant chérie, ô mon aimable Adèle,
Ange du ciel sur ma route envoyé,
Comme un parfum d'une rose nouvelle
J'ai près de toi respiré l'amitié,
Que tous les jours elle croisse embellie,
La jeune fleur, la rose que j'aimais !
Tu grandiras, tous les jours plus jolie,
Mais nos amours ne vieilliront jamais.

Dans cette vie, oh ! puissent, mon Adèle,
Tes pas légers ne trouver que des fleurs !
Mais souviens-toi de ton ami fidèle,
Si tes beaux yeux répandaient quelques pleurs!
Et, si parfois la douleur nous rassemble,
Au sein de Dieu nous chercherons la paix ;
Entre ses bras nous pleurerons ensemble...
Et nos amours ne vieilliront jamais.

Quand tu souris, il semble qu'un génie
D'un doigt folâtre efface mes douleurs,
Et dans mon âme une tendre harmonie
Mêle à ta voix des concerts enchanteurs.
En souriant, tu m'as nommé ton père :
Que ce doux nom soit le mien désormais !
D'autres, un jour, t'appelleront leur mère;
Mais nos amours ne vieilliront jamais !

Sais-tu pourquoi mes yeux sont pleins de larmes
Quand de tes yeux je contemple l'azur?
C'est qu'il est doux de rêver sans alarmes
A la candeur d'un amour chaste et pur.

Le temps qui meurt doit-il jamais renaître,
Et mon bonheur prévoit-il des regrets ?
Tu grandiras... nous vieillirons peut-être ;
Mais nos amours ne vieilliront jamais*.

« Nous n'oserions plus maintenant adresser des vers à Mlle Adèle Allenbach ; nous craindrions que, malgré nous, ils ne fussent trop tendres, ou que la rime ne se contentât trop difficilement du mot *amitié*, le seul mot que sa mère et sa vertu permettent jusqu'à présent de prononcer devant ses beaux yeux et ses vingt ans. »

Nous n'avons rien à ajouter, quant à présent, à cette jolie biographie ; l'avenir seul peut y ajouter quelques pages. Espérons qu'elles seront glorieuses et brillantes.

L'ABBÉ CONSTANT

ET UN PEU L'ABBÉ OLIVIER, ÉVÊQUE D'ÉVREUX

Il y avait une fois, messieurs et dames, un gros petit abbé qui avait, disait-il, beaucoup de génie, peu de dévotion, disaient ses confrères, et assez d'orgueil, à ce que prétendent tous ceux qui l'ont connu... Mais à propos, l'avez-vous connu ? Savez-vous ce que c'est que l'abbé Constant ? Est-il vivant ou mort ? communiste ou guizotin ? catholique ou panthéiste ? Est-il à vendre, ou vendu ou ne peut-il pas se vendre ? Est-il toujours vierge et pour cause, ou s'est-il fait décidément le don Juan de la calotte ? Est-ce un ogre, est-ce un saint, est-ce un diable, est-ce un ange ? ou ne serait-ce pas par hasard, rien du tout ? Questions difficiles, épineuses, et dont la solution peut encore se faire attendre, bien que le besoin s'en fasse généralement sentir.

L'abbé Constant a débuté dans les lettres par un petit livre d'une dévotion quelque peu trop romanesque et mondaine, intitulé *Le Rosier de mai*. Le clergé y trouva trop d'imagination amoureuse et le livre fit à huis clos et sourdement quelque bruit... dans la sacristie. L'auteur fut exilé chez les moines bénédictins de Solesmes, et personne ne s'occupait plus de lui lorsqu'il apparut tout à coup parmi les républicains du quartier Saint-Antoine et lâcha un pamphlet fulminant, intitulé *La Bible de la liberté*[1].

Le public ne peut entrer dans les chagrins personnels de tout le

---

*. Nous avons reproduit cette romance, parce que dans ce petit chef-d'œuvre on reconnaît la manière de l'auteur. Béranger a, cette fois, un véritable rival ou plutôt M. l'abbé Constant a fait un pendant à la jolie chanson *Vous vieillirez, oh ma belle maîtresse !* Quoi qu'il en soit, nous sommes trop discrets pour vous dire que la romance et la biographie sont du même auteur. (Renvoi au chapitre suivant.)

monde, et si, parce que l'on se trouve dans une fausse position dont on est, après tout, plus ou moins l'artisan, on avait le droit de devenir furieux et de tomber à bras raccourci sur les passants, il vaudrait mieux vivre à Charenton où du moins on enchaîne les fous. *La Bible de la liberté* était une œuvre de folie, et l'on mit l'auteur en prison pour huit mois. Sans doute on eut égard à l'état maladif de sa tête et à sa moralité personnelle; car les doctrines sauvages de son livre méritaient une peine bien plus sévère.

Il y prêchait la résistance à main armée contre tout ce qu'il appelle des oppressions, c'est-à-dire aux enfants contre leurs parents et leurs maîtres, aux femmes contre leurs maris, à tous contre la société. On y trouvait cette maxime féroce : le suicide est lâche parce que l'homme assez malheureux pour désespérer de la vie ferait mieux de s'en venger sur les autres et de débarrasser la société au moins d'un de ses oppresseurs avant que de mourir. Après avoir exhorté les pauvres à dépouiller les riches, saisi tout à coup comme d'un vertige digne d'un Caligula ou d'un Néron au petit pied, il s'écriait : Mais ceux qui dépouilleront les riches deviendront riches à leur tour, et trouveront leur châtiment dans leur victoire… Voleurs contre voleurs, assassins contre assassins, ruez-vous, égorgez-vous, entre-déchirez-vous !… Si cet homme méritait la prison, c'était au moins les galères, et s'il ne les méritait pas, il lui fallait une maison de santé.

Notre opinion consciencieuse, à nous qui connaissons ce pauvre abbé, c'est qu'il écrivait en colère, et qu'il jouait avec des paroles criminelles dont il ne sentait pas lui-même toute la portée, comme un enfant joue avec des couteaux. Élevé dans les séminaires, exalté à l'ombre du cloître, repoussé par le monde comme un paria, et persécuté par les prêtres comme un mondain, il devint *rageur*, qu'on nous passe cette expression; il eut le tort d'écrire ses boutades et le malheur de trouver un éditeur qui les imprima et s'en mordit trop tard les pouces. L'éditeur Legallois était jeune autant que l'auteur était fou.

Du reste, l'abbé s'apaisa et écrivit *L'Assomption de la Femme.* Encore des rêveries creuses, mais plus douces. On trouve dans ce singulier petit écrit une poésie d'enfant et des rêves de jeunes filles; l'auteur y laisse voir aussi la mobilité de sa tête songeuse, en faisant éclater le plus grand dégoût pour les mêmes républicains qui la veille étaient ses amis. Il y a là le germe d'un talent, la preuve d'un jugement bizarre, pour ne pas dire plus, et les fumées d'un célibat monté au cerveau. La mère n'en permettra pas la lecture à sa fille. Telle n'est pas *La Mère de Dieu*[a].

On assure que dans la prison l'abbé fut mal accueilli de ses compagnons de captivité, qui se vengèrent assez peu noblement de la trop franche et trop rude abjuration de leur conduite et de leur amitié faite par l'abbé dans son *Assomption*. Les hommes sont si méchants, quand ils sont libres, qu'on doit peu s'étonner s'ils s'entre-mordent sous les verrous.

Le plus mirobolant de l'histoire c'est que l'abbé, ayant reconnu ses erreurs et voyant clairement que les hommes d'opposition n'étaient pas ses frères, s'en alla mourir chrétiennement à Choisy-le-Roi, au sortir de sa captivité, si l'on en croit les journaux catholiques, qui, comme on sait, n'ont jamais menti ; puis ressuscita avant même le troisième jour sous la forme d'un missionnaire ensoutané, entricorné, et prêchant dans les campagnes, comme précurseur de... devinez quel Messie ? Je vous le donne en mille — l'abbé Constant, l'auteur de *La Bible de la liberté,* l'amoureux écrivain de *L'Assomption de la Femme,* le nouvel Abailard, si l'on en croit le malicieux enthousiasme de ses peu nombreux amis, le mort édifiant de Choisy-le-Roi précédait et accompagnait dans ses visites pastorales Mgr Olivier, évêque d'Évreux.

Du reste, il faut le dire, ses prédications étaient simples, douces et vraiment chrétiennes ; souvent des larmes lui applaudirent ; lui qui avait dit aux hommes : Déchirez-vous les uns les autres, il sentait sans doute le besoin de se rétracter, et du fond de ses entrailles, avec une voix pleine d'émotion et de regrets, il exhortait le pauvre peuple à se consoler de ses peines par une grande générosité de miséricorde et d'amour, en attendant qu'il s'affranchisse par son travail et ses vertus. Un de nos amis, qui a entendu le missionnaire d'Évreux, nous a dit avec conviction : Décidément cet homme n'est ni un méchant, ni un hypocrite. Ce que je ne conçois pas, c'est qu'on le fasse prêcher si tôt dans la chaire chrétienne, au sortir de Sainte-Pélagie. Nous sommes heureux de n'être plus à l'époque des bûchers ; mais il y a de l'excès quelquefois même dans l'indulgence ; l'Église reconnaîtrait-elle ses torts envers l'abbé, et a-t-elle voulu faire devant lui amende honorable ? Le fait serait unique dans l'histoire et mériterait de faire époque dans les annales de l'Église.

D'ailleurs, si l'on en croit les bruits qui nous viennent d'Évreux et les alarmes du chapitre, l'abbé n'aurait abjuré que sa colère et les violences de sa prétendue Bible ; il serait toujours aussi hétérodoxe qu'hétéroclite, et il menacerait encore l'Église de plusieurs livres de sa façon ; on parle surtout d'un poème en prose, à la manière de l'Apocalypse et du Dante, qui doit donner le dernier mot de la pensée et du talent de l'abbé. Il est question aussi d'un recueil de poésies mystiques, mais peu catholiques, qui seraient prochainement éditées par un dieu Chéneau quelconque[1]. L'abbé tourne assez facilement un vers, comme on peut le voir par quelques chiffons trouvés dans sa cheminée, et entre autres par cette tirade qui servait de début à un poème sur l'enfer, que l'abbé, converti, aurait livré aux flammes :

. . . .
Quand Jéhova, sous la force éternelle,
De la nature eut élargi le sein,
Il fut surpris par l'archange rebelle
Qui méditait un amoureux larcin :

Pendant six jours, à sa femme embrasée,
Dieu prodigua la céleste rosée ;
Mais le septième, il s'endormit enfin,
Les reins brisés, sans haleine et sans force :
Le diable alors, plus dispos et plus fin,
A la nature offrit sa vive amorce ;
La pauvre mère avait les flancs très chauds,
Elle mordit à la fatale pomme,
Et le bon Dieu fut traité comme un homme,
Malgré sa foudre et ses brûlants réchauds.

A son réveil, on sait le tintamarre...
Sous son courroux le paradis trembla.
D'un coup de pied reçu dans la bagarre,
Pendant neuf jours Satan dégringola.
Mais du bon Dieu la femme était enceinte,
De son époux d'abord, puis du galant ;
Elle enfanta d'abord la cité sainte,
Où des esprits niche le chœur volant ;
Ce premier fruit fut la pure semence
De Jéhova. Notre monde à son tour
Vint à son terme, et c'est la médisance
Qui l'attribue au diabolique amour.
Mais dans son ventre enflé par la luxure
Et par l'hymen du diable et du bon Dieu,
Après sa couche on dit que la nature
Sentait encor grossir un germe en feu :
Du beau Satan c'était la graine pure ;
A son époux elle cacha son mal ;
Mais un beau soir, comme aux jeunes étoiles,
Pour s'amuser le ciel donnait un bal,
Au firmament elle emprunta ses voiles,
Puis se glissa, sans lumière et sans bruit,
Pour guide ayant la négresse la Nuit,
Hors du palais de son vieux Sganarelle.
Il était tard, la douleur maternelle
La prit bientôt sur le chemin du temps,
Et la pauvrette accoucha dans les champs ;
Mais elle avait eu des peurs si terribles,
Quand son mari tempêtait dans les cieux,
Qu'elle mêla quelques monstres horribles
Aux tendres fruits de l'archange amoureux.
Car à la fois, en se tordant la bouche
Comme un enfant qui crache un fruit amer,
Elle enfanta, dans sa dernière couche,
L'amour, la mort, le plaisir et l'enfer.

Si la grande épopée de l'abbé Constant est sur ce ton, ses lecteurs seront édifiés sans doute, mais que dira M. Olivier ? Que pensera le vieux chapitre ? Peut-être alors l'abbé s'en tirera-t-il par un tour de force, et publiera-t-il, pour se faire tout pardonner par les amis de la cour, une épître à Louis-Philippe dont nous avons quelques fragments, et une autre à M. Guizot, où il se trouve des passages remarquables, comme vous allez en juger[1] :

Après tant de choses disparates, j'en reviens à mon premier dire, et je me demande ce que se demanderont tous ceux qui n'auront rien de mieux à faire que de s'en occuper : qu'est-ce donc que l'abbé Constant ? Si je le demande au clergé, le clergé me soutiendra qu'il n'existe pas; si je le demande aux républicains, ils se mettront en colère et me répondront des injures; si je le demande à Mme Flora Tristan, elle se mettra à rire et me parlera d'autre chose; ma foi, je prendrai le parti, si jamais je passe par Évreux, d'aller le visiter lui-même, et s'il n'est pas trop bourru ce jour-là, je l'aborderai le plus honnêtement possible et je lui dirai : Monsieur, auriez-vous la complaisance de me dire ce que c'est que l'abbé Constant[1] ?

[. . . .]

LE TINTAMARRE

CAUSERIES

[I]

[Du 20 au 26 septembre 1846.]

Peu s'en est fallu que je ne datasse de Hombourg ou de Baden-Baden les quelques lignes consacrées aux causeries : mais au moment d'accomplir ce puff à la Sterne[1], ma plume, qui n'a qu'à vous parler de choses et de faits accomplis en deçà du mur d'enceinte, s'est sentie prise de remords, et c'est en toute humilité que je confesse qu'en fait d'établissements d'eaux, je ne connais que les eaux filtrées de l'île Saint-Louis.

La mort de M. de Jouy laisse un fauteuil vacant à l'Académie française. L'auteur de tant d'ermites vient de s'éteindre dans son ermitage de Saint-Germain. La littérature de l'Empire perd dans la personne de M. de Jouy l'un de ses derniers représentants.

L'opinion publique présente MM. Dumas (le père), Balzac, Méry, Alfred de Musset, Léon Gozlan. — Il est probable que le docte corps choisira M. Hippolyte Lucas, le vrai Lucas[2].

Qui n'a pas lu ce feuilleton, ce fameux feuilleton qui s'épanouissait la semaine dernière dans les caves du ci-devant de la rue Montmartre[3], *Les Spectacles d'été*, signés d'un nom avantageusement connu dans les lettres ?

M. Fiorentino[4] a cru devoir tracer le portrait de Brididi le danseur par excellence du bal Mabille.

« Place à Mogador, à Angèle, à Frisette[5], place à Brididi, le maître des maîtres ! »

Ainsi parlait M. Fiorentino.

Encore un astre qui se lève à l'horizon de la polka ! Encore une âme qui, un jour, ira rejoindre l'âme de Chicard[6] dans les limbes de la halle aux cuirs !

Savez-vous bien, M. Fiorentino, que vous avez étrangement abusé de votre droit d'homme de lettres ? Quoi ! vous prenez un beau jeune homme (style Gigi[7]), vous le placez sur un piédestal et vous dites aux quelques abonnés de la manufacture de Pape[1] : voilà l'Idole, prosternez-vous !

C'est pousser un peu loin la manie du fétichisme.

Jadis on élevait un arc de triomphe au général qui venait de gagner une bataille ; aujourd'hui, dans le siècle des *affaires,* on érige des *colonnes* à un danseur du bal Mabille.

Triste retour des choses d'ici-bas !

Et ce bon Brididi, je le plains bien sincèrement. Il ne visait pas à la réputation qu'on lui a faite, lui qui voyait dans la polka un délassement chorégraphique, et non un brevet d'immortalité.

Pauvre Brididi et plus pauvre journal !

[Sans signature.]

[II]

[Du 18 au 24 octobre 1846.]

Vous avez vu sur le boulevard et chez tous les marchands de musique les portraits — pendants — de la divine Mogador et de la charmante Frisette. Ces deux demoiselles vont donc orner décidément le pupitre de tous les pianos des mères de famille. Qu'on ne s'étonne pas trop de ce bizarre alliage ; aujourd'hui, filles et femmes honnêtes ne jurent pas trop ensemble[2], et depuis que M. Esquiros[3], — demander des renseignements à *L'Artiste*[4], — et le vertueux M. Hennequin[5], de *La Démocratie pacifique,* ont pris sous leur patronage le peuple fourmillant des *Vierges folles,* le public s'est accoutumé à ces étranges accouplements d'idées. — D'ailleurs la *Céleste* Mogador a tout à fait l'air d'une mère de famille. Rien n'y manque, pas même la patte d'oie, tant l'artiste est honnête homme lui-même et véridique. — Quant à Frisette, elle a l'air plus *lancé,* plus impertinent, elle est plus dans l'esprit de son rôle ; mais l'artiste, sans doute le même, éminemment consciencieux, n'a pas pu réussir à rendre le vice aimable.

Il est arrivé cette semaine, dans *La Semaine,* un événement énorme[6]. M. Hippolyte Castille, *l'un des rédacteurs de cette estimable feuille et l'un de nos plus féconds romanciers,* s'était avisé de faire des portraits de confrères avec une grande impartialité sans doute, mais vus de haut. — Le premier *exécuté* fut M. de Balzac.

Celui-ci qui, pour être homme de génie, ne manque pas d'esprit, vit dans cette affaire une nouvelle occasion de donner au public des explications sur *La Comédie humaine,* et il l'a fait avec un esprit superbe, une dialectique souveraine, et cependant à la portée des simples de *La Semaine*[7].

L'article éminemment cocasse du jeune Hippolyte, l'est véritablement trop pour trouver la moindre citation dans *Le Tintamarre* lui-même, et la réponse de notre grand écrivain trop sérieuse et trop étendue pour pouvoir être morcelée. Nous recommandons cependant à nos lecteurs ces deux articles comme une distraction des plus nobles et des plus amusantes. Qu'il leur suffise de savoir qu'entre autres idées baroques, le jeune Castille avait eu celle d'accuser d'immoralité le roi des romanciers. « Dans ce livre, dit-il, le vice est trop aimable. Qui ne s'amourachera outre mesure de tous ces délicieux gredins : Lousteau, Lucien de Rubempré, etc. ? »

M. de Balzac répond : Le vice est généralement triomphant, mais il est finalement moins fort que la vertu. Si un jeune homme, en lisant *La Comédie humaine*, s'amourache des Lousteau et des Lucien de Rubempré, il est JUGÉ ! ! !

JUGÉ ! ! ! ! !

Cependant le jeune Hippolyte est très innocent.

Le journal *La Semaine* en veut donc bien cruellement à l'un de ses rédacteurs, pour insérer de pareilles réponses ?

Lisez le reste, — coups de griffes polis et allongés, du reste, coups de pattes petits, lourds et poilus, et fourrés ; — patte-d'ours, — je vous garantis un divertissement solide.

M. Hippolyte Castille est auteur des *Oiseaux de proie*[1] ; c'est un roman philosophique en quatre volumes.

JOSEPH D'ESTIENNE.

[III]

[Du 25 au 31 octobre 1846.]

L'hiver est décidément arrivé ; les paletots surgissent et Mabille a fermé ses portes. C'est au bal Valentino et au Prado d'hiver[2] qu'il faut se transporter si l'on veut se régaler de chorégraphie voluptueuse, comme disait *L'Époque*[3], ce grand et beau journal mort si malheureusement à la fleur de l'âge, mais qui va, dit-on, renaître *consolidé*. Ce qui prouve en effet que tout espoir n'est pas perdu, et que, nouveau Phénix, *L'Époque* va renaître des cendres de ses actionnaires, c'est qu'hier nous avons rencontré trois de ses porteurs, privés de guêtres, il est vrai, mais chargés de sacoches pleines. Qu'y avait-il dans ces sacoches ? voilà la question ! Étaient-ce des quadruples d'Espagne, des billets de banque, des coquilles de noix ou des gros sous ? c'est ce qu'il ne nous a pas été possible de vérifier, nous penchons pour les coquilles de noix.

Cependant des gens sagaces nous font observer que peut-être

ces porteurs portaient à M. de Balzac le prix de son dernier roman, s'élevant à plusieurs millions de roubles. M. de Balzac ne compte que par roubles. Ce qui confirme cette supposition, c'est que le grand romancier vient d'assister comme témoin au mariage de Mlle Anna de Hanska, cette jeune comtesse polonaise à qui le roman de *Pierrette* est dédié. Or, si *L'Époque* n'avait réglé son compte, comment M. de Balzac se serait-il procuré un habit noir[1] ?

L'habit noir est devenu, dans la civilisation française, une question très grave. En effet, ne voyons-nous pas tous les jours de vulgaires limonadiers refuser de la bière aux gens qu'ils ne jugent pas suffisamment vêtus ? Et, chose triste à dire, si M. de Balzac n'a pas son habit noir, il risque fort de se voir refuser une demi-tasse au café Douix. M. de Balzac ne travaille pas sans café, donc M. de Balzac ne peut pas travailler s'il n'a pas d'habit noir. C'est mathématique.

À propos de littérature, on nous communique une nouvelle accablante. La publication du *Gentilhomme campagnard*[2] s'est terminée aujourd'hui dans le *Journal des Débats*, et M. Bertin aurait décidé qu'à l'avenir le *Journal des Débats* ne publierait plus de romans-feuilletons. L'ingrat ! Sous prétexte que *Les Drames inconnus* ont fait four, que *La Quittance de minuit*[3] a fait et fera four, il oublie les éclatants succès des *Mystères de Paris* et du *Comte [de] Monte-Cristo* ! Il est vrai que, vu le prix de la littérature au marché, ce succès-là coûte cher. On prête à M. Bertin ce mot imité de Pyrrhus : « Encore un succès comme ceux-là, et je suis ruiné ! »

La nouvelle doit émouvoir les grands feuilletonistes. Mais, bah ! ils sont tous en Espagne, où ils ont fait encore moins d'effet que leur absence n'en produit à Paris. Je n'ai encore rencontré personne qui s'inquiétât de la santé de M. Amédée Achard[4], ni de celle de M. Maquet[5], ni des tauromachies de M. Gautier[6], ni des nègres doublés de satin de M. Alexandre Dumas père[7].

Les romanciers sont en Espagne, que nous importe ? Il se passe tous les jours sous nos yeux des drames bien autrement intéressants.

Ne voilà-t-il pas un brave homme épris de sa femme morte, au point d'aller voler son cadavre dans le cimetière communal ? Cet excès d'amour conjugal constitue certainement une anomalie grave. Et voilà qu'on accuse ce brave homme de violation de sépulture. Les journaux disent à ce propos que M. le Procureur du Roi est descendu dans le cimetière. On a pris, je ne sais pourquoi, l'habitude de dire que la justice est descendue ou qu'elle a fait une descente. Il me semble qu'il est temps qu'on la fasse remonter.

Dans ce but, nous lui signalons une annonce, ou plutôt une affiche placardée tous les jours sur le quatrième mur des baraques Duveyrier[7]. On y lit que le chemin de fer du Nord conduit en trente-six heures à Hombourg[8], petite ville de bains minéraux, où un spéculateur a établi des cafés, des restaurants, des cabinets de lecture, et une salle où l'on joue le *trente et quarante* et la *roulette*,

À CINQUANTE POUR CENT MEILLEUR MARCHÉ QUE SUR LES BORDS
DU RHIN. — Il y a sans doute des cabinets particuliers. L'annonce
a tort de ne pas le dire.

JOSEPH D'ESTIENNE.

[IV]

[Du 1er au 6 novembre 1846.]

La littérature française vient de revenir d'Espagne où elle a
accompli un four infiniment plus éclatant que celui de la fameuse
réunion Adolphe Dumas[1].

M. Théophile Gautier est revenu sombre comme le Dante et
très contrarié de *s'en être allé avec Gavet*[2]. Le célèbre feuilletoniste
ne rapporte de Madrid qu'un feuilleton sur les courses de taureaux[3],
feuilleton que se disputent déjà *La Presse* et la *Revue des Deux
Mondes* et qui en définitive ne paraîtra peut-être nulle part.

M. Amédée Achard est encore à Madrid, on ne sait pas trop ce
qu'il y peut faire, puisque ses lettres espagnoles sont terminées.
Il n'est pas impossible qu'il attende pour revenir que *L'Époque*
soit consolidée[4].

Le plus heureux de tous ces messieurs est sans contredit
M. Alexandre Dumas, qui, pareil au soleil, a absorbé dans ses
rayons l'éclat des planètes secondaires; seul, il a été invité aux
fêtes royales; la société des gens de lettres de Madrid lui a offert
un banquet, et un Pommier[5] espagnol lui a demandé sa pratique.
L'illustre auteur des *Mousquetaires* a profité de cette bienveillance
pour *laver* un petit ours au directeur du *Heraldo,* qui s'est engagé
à lui payer cinquante mille réaux et à lui fournir un Maquet andalou,
proche parent du Cid. On dit que Dumas se propose de le décorer
de l'ordre de *Monte-Cristo*.

Eh bien ! maintenant que toutes ces brebis feuilletonnières sont
rentrées au bercail, Paris ne change pas d'aspect. Les cloches n'ont
pas sonné pour leur départ; le canon des Invalides ne tonne pas
pour leur retour. On ne lisait pas *L'Époque* quand Amédée Achard
y faisait l'éloge d'Alexandre Dumas; lira-t-on plus *La Presse* quand
Dumas ou Gautier y feront l'éloge d'Achard ?

D'ailleurs, la France a bien autre chose à faire. D'irréparables
malheurs l'ont frappée. Les eaux de la Loire et de l'Allier couvrent
ses plus fertiles départements. Il est bon de reconnaître publiquement que tout le monde a fait son devoir. Des souscriptions s'ouvrent partout et sont immédiatement remplies; les théâtres de Paris
ont tous organisé des représentations. Avant-hier, c'était le Cirque;

aujourd'hui, c'est le Vaudeville, les Délassements, les Funambules; demain ce sera le Théâtre-Français et l'Opéra.

Le célèbre Bocage a profité de l'occasion pour faire relâche vendredi. Ce grand citoyen a bien prouvé par cette manifestation qu'il s'associait à la douleur publique[1].

Pendant ce temps, la roulette et le trente et quarante continuent à s'afficher dans les journaux Duveyrier; et nos lois qui savent si bien atteindre la moindre auberge des Batignolles où l'on joue deux sous après le dîner, semblent impuissantes pour arrêter le scandale des annonces de Hombourg.

Il est dur cependant d'être obligé de se faire procureur du roi. Nous allons soulever contre nous beaucoup d'honnêtes joueurs. — Qu'est-ce que ça vous fait qu'on se ruine? diront-ils. Laissez donc ces vertueuses annonces. On est bien aise de savoir qu'en quarante heures le chemin de fer du Nord vous transporte à Hombourg, endroit divin, paradis du hasard, où le jeu revient à cinquante pour cent meilleur marché que sur les bords du Rhin. Vous voyez bien que c'est une économie. Et puis, ces annonces-là rapportent beaucoup d'argent à la Société Duveyrier. Si vous retirez à cette excellente entreprise toutes les annonces immorales et quelques-unes de ses réclames inexprimables, vous la tuez, c'est clair!

La belle affaire!

Pourtant, une réflexion nous vient: si la boutique Duveyrier fermait, *La Presse* mourrait aussi, et nous ne pourrions pas lire dans son numéro d'aujourd'hui dimanche le splendide feuilleton de M. Marc Fournier[2].

Car Mme de Girardin renonce au Courrier de Paris, à sa trompe et à ses bottes. Le vicomte de Launay[3] ne fera plus siffler la cravache du sport, il renonce à la gloire du dandysme, gloire éphémère! Il jette au loin les débris de son cigare; il se fait mère de famille.

M. Marc Fournier lui succède. Marc Fournier, esprit sec, amer, froidement railleur, froidement enthousiaste et de peu d'haleine, a renoncé tout de suite à l'ancienne forme, qui implique une certaine conception, une véritable abondance et une grande sûreté de main. Il intitule son feuilleton: *Historiettes et mémoires*[4], ce qui lui donne la facilité de le composer d'anecdotes de dix, quinze, vingt, trente ou cinquante lignes, empilées l'une sur l'autre, jusqu'à ce que le feuilleton soit plein, et qu'il y ait le compte.

Comme on voit, les procédés littéraires se simplifient de jour en jour.

En somme, Paris est triste et nébuleux; et c'est une médiocre joie pour lui que d'avoir enfin le portrait lithographié de Mlle Rose Pompon[5] à côté de ceux de Frisette et de Mogador. Nous nous en référons à ce mot d'un homme d'esprit: À quoi bon acheter le portrait cinquante sous?

Comme note biographique, utile à la postérité, nous consignons ici que le véritable nom de Rose Pompon est Elvire Bonzé. Comme disait Alcide Tousez[1] dans je ne sais quelle farce, voilà un nom à coucher à la porte.

Mais nous ne conseillons pas à Elvire de se conformer scrupuleusement à cet aphorisme, qui pourrait la mener trop loin.

JOSEPH D'ESTIENNE.

[V]

[Du 22 au 28 novembre 1846.]

Il paraîtrait que M. Ponsard[2] n'est pas mort, ni *Agnès de Méranie*, ni M. Bocage non plus. Ces trois messieurs[3] se portent bien et se porteraient mieux sans une certaine dame italienne, tragique de profession, qui, sous le nom de Louise Bettoni Araldi[4], réclame en justice le rôle d'Agnès de Méranie, qu'elle considère comme sa propriété particulière et inaliénable.

Nous, qui avons vu jouer Mme Araldi au Théâtre-Français, il y a à peu près deux ans, nous concevons parfaitement la timidité de M. Ponsard à l'endroit de Mlle Araldi : Agnès meurt au cinquième acte en s'écriant :

... O ma pauvre famille !
O mon petit garçon ! O ma petite fille !

Pour dire convenablement des alexandrins de cette saveur, il ne faut rien moins que le talent consommé et la vieille expérience de Mme Dorval. On ne peut pas confier ces vers-là à la première tragédienne venue.

D'un autre côté, s'il faut aborder la question de principe, avouons que les prétentions de Mlle Araldi auraient des conséquences étranges, si un rôle peut devenir la propriété d'une actrice, celle-ci doit avoir le droit de le vendre, de le louer et de le sous-louer. Si elle meurt, le rôle devient le patrimoine de son héritier; et la question n'a plus de solution possible si cet héritier est un garçon ou bien s'il n'a que l'âge du jeune Citrouillard[5].

Nous craignons bien que le tribunal ne soit de notre avis et qu'il n'accorde à Mlle Araldi le droit de jouer Agnès de Méranie... en province.

Musard, le grand Musard va nous être rendu; les bals de l'Opéra commencent le 12 décembre. La recette du premier bal sera portée tout entière sur la liste de souscription des inondés de la Loire. On ne sait pas assez combien il y a de générosité dans une contredanse, de charité dans une polka et de dévouement dans une tulipe orageuse[6] !

Aujourd'hui dimanche, messieurs les membres de la société des gens de lettres se réunissent en assemblée générale, à la mairie du deuxième arrondissement. Il s'agit de discuter une proposition ainsi conçue :

« Article premier : Les membres du Comité seront renouvelés par tiers.

« Art. 2 : Les membres sortants pourront être réélus. »

Ce qui revient à ce syllogisme fallacieux :

« Pour faire un sortilège, prenez une poule blanche.

« Si elle est noire, ça ne fait rien. »

L'auteur de cette proposition ingénue n'est ni M. de La Palice, ni Cadet-Rousselle, ni Gribouille, c'est M. Étienne Esnault.

M. Alexandre Dumas est toujours en Espagne; malheureusement, il n'a pas cru devoir garder par-devers lui le jeune Achard, qui achardise dans *L'Époque,* de manière à faire regretter MM. Monselet, Baudrillart, Dumolet-Bacon, Margueries, et autres Forqueray du journal monstre[1].

Quant à ce pauvre Dumas, il lui arrive une chose fort bizarre : la garde nationale de Saint-Germain-en-Laye l'a nommé capitaine. Tout le monde a été surpris. On a vu là-dedans une question d'influence. On a parlé d'une bannière portant cette devise :

Au comte de Monte-Cristo les bisets[2] reconnaissants.

M. Dumas ne montait pas sa garde, les condamnations par défaut s'accumulaient sur sa tête; il avait déjà pour quarante-huit jours de prison. Ses ruses déjouaient la gendarmerie la plus espiègle; il était invisible, insaisissable. Le sergent-major de Saint-Germain vit bien qu'il n'y avait rien à faire et que Dumas se couperait plutôt la main droite de Maquet que d'aller parader devant son théâtre, sur la place de son château[3].

Dans cette extrémité, on nomma Dumas capitaine de cette garde dont il n'avait pas voulu faire partie; maintenant il est lié par la reconnaissance, et tout fait croire qu'il portera dignement la double épaulette; peut-être en cédera-t-il une à Auguste Maquet.

Cette façon de réduire à résipiscence les citoyens récalcitrants nous rappelle une anecdote où se peint tout entier Étienne Béquet, le défunt journaliste, l'un des prédécesseurs de Jules Janin au feuilleton des *Débats.*

Un député influent lui avait recommandé un certain petit jeune homme venu du fond du Calvados avec une malle pleine de vaudevilles et un portemanteau chargé de mélodrames. Ce jeune malheureux, entièrement crétin, sonnait tous les matins à huit heures chez Béquet et lui lisait de six à quatorze actes de sa prose.

Béquet médita longtemps de le mettre à la porte. Mais craignant de se fâcher avec le député qui lui avait recommandé ce petit cauchemar, il se ravisa, et le fit nommer sous préfet.

En ce temps-là, on avait encore de l'esprit, même au *Journal des Débats.*

JOSEPH D'ESTIENNE.

[VI]

[Du 3 au 9 janvier 1847.]

Causeries, disons-nous, quel titre dérisoire ! De quoi pourrions-nous causer, bon Dieu ! quand autour de nous se sont groupées tant de choses ; quand nous avons entendu les hurlements des pierrots, les râles des réveillonneurs ; quand les sax[1] de l'Opéra grincent encore dans notre tête, et que les cris des boutiquiers à cinq sous et des marchands d'oranges nous poursuivent jusque dans notre sommeil !

On cause au coin de son feu, les deux pieds sur ses chenets. On raconte à la fin d'un dîner, entre un verre de xérès et une gracieuse interprétation de Mme ***, dont le mari discute chaleureusement, à l'autre bout de la table, la question cracovienne[2] ; mais cette semaine, semaine infernale ; au milieu d'un cataclysme de grands et de petits événements, on ne dîne pas, on dévore, on n'écoute pas, on ne parle pas, on court, et l'on est accosté dans la rue par un monsieur de Quimper-Corentin qui vous demande l'heure qu'il est et à qui l'on répond : Chez Susse, place de la Bourse, au premier ; et l'on rachète cette bêtise en disant, un peu plus loin, à une dame de Brive-la-Gaillarde, qui vous demande l'adresse du célèbre marchand de fantaisies bouffonnes à l'usage des enfants : Je vais comme l'Hôtel de Ville, il est quatre heures et demie !

*** Les diverses machines inventées pour faire débourser pas mal d'argent au profit des victimes de l'inondation continuent de fonctionner avec des résultats assez mignons. Ces contributions philanthropiquement forcées ont éclairci l'intérieur d'un grand nombre de bourses qui auraient mieux aimé se vider en faveur d'étrennes galantes au jour de l'an. — Même quelques réveillons ont manqué à cause de ces déboursés maudits. — Un homme de quelque esprit — que M. Hippolyte Lucas ne trouve ici aucune personnalité — a eu l'idée de donner un bal au bénéfice des victimes, victimes des victimes de l'inondation. Au nombre des souscripteurs on compte, au moment où nous écrivons ces lignes, l'apôtre Jean Journet, Mlle Mélanie Waldor[3], qui espère valser un peu, et notre garçon de bureau.

*** Il y a quelques jours, les ouvriers occupés à l'achèvement du théâtre Montpensier (lisez *Historique*[4] et mettez-vous à rire) ont

trouvé entre deux planches un jeune voyou de la plus belle espèce.
Cette fraction de l'avenir de notre patrie (style Blago-Saint-Hilaire[1])
tenait entre ses jambes un sac de provisions telles que galette,
pommes crues, pommes de terre frites, etc... À cette question :
« Que fais-tu là ? » formulée par M. Séchan[2], le voyou répondit :
« Monsieur, j'attends l'ouverture du théâtre; je me suis caché
comme cela pour être sûr d'avoir une place, ne me dénoncez pas,
et si vous repassez par ici, apportez-moi de la galette du Gymnase[3]. »
M. Séchan, à ce discours parti du cœur, a senti des larmes mouiller
ses yeux. « Enfant, s'est-il écrié, tu m'émeus, tu me touches, tu
me passionnes, je vais envoyer à Alexandre Dumas le bulletin de
ta belle conduite. Je connais son âme; il te fera certainement une
place dans sa loge le jour de l'ouverture, et une pension de douze
cents francs sur sa cassette particulière. En attendant, je vais
t'envoyer de la galette. » On peut croire que si *La Reine Margot*[4]
ne réussit pas, c'est que le voyou sera mort avant l'inauguration.

*** Voici un fait qui semblerait être un pastiche des nouvelles
à la main d'un spirituel confrère[5], mais qui a au moins le mérite
de l'exactitude.

Vous avez peut-être remarqué au sommet d'une maison de la
rue Laffitte un drapeau jaune assez ostensible, visible seulement à
certains moments de la journée. Peut-être avez-vous cru à quelque
comédie dans laquelle un mari quelconque jouait le rôle de Sganarelle. Il n'en est rien; voici le vrai :
M. de L*** a autant de créanciers que Mme de F***, la dame
de charité, a d'amants, c'est devenu innombrable !... Domestique,
tigre et portier ont renoncé à repousser la foule; chaque matin,
elle envahit la demeure de M. de L***. Mais avant son arrivée
le dandy déguerpit et va s'établir au café Anglais. De là, il voit
le drapeau jaune flotter sur la maison qu'il habite (si peu !), grâce
au soin d'un domestique resté fidèle; et, tant qu'il voit le drapeau,
il ne rentre pas. Quand les créanciers vident l'appartement, le drapeau disparaît, et M. de L*** revient adorer ses dieux domestiques.
— Hélas ! voici quinze jours et quinze nuits que le jaune étendard
reste debout... Plaignez le lion !

*** L'année 1846 a fini comme l'année 1847 commence, en dan-
sant. On a polké, redowé[6] et le reste, au bal des Variétés, le 31
décembre; on a redowé, contredansé, polké à l'Opéra le 2 janvier.
Hyacinthe[7], déguisé en garde-malade et portant en guise de sceptre un petit balai jaune, s'est montré beaucoup plus comique
qu'il n'a pas *[sic]* coutume de l'être dans l'exercice de sa profession.
M. Mabille fait du bal des Variétés quelque chose de très luxueux
et de très aristocratique; mais, au nom des merveilles qu'il a déjà
réalisées, nous lui soumettons une petite critique : il a fait froid
au foyer pendant une partie de la nuit. Selon M. Julien Deschamps[8]

(non du Gymnase), cela tient au voisinage de la salle aux rafraîchissements. Il s'est donné beaucoup de bâtons de sucre de pommes
(prix quinze francs !). Ces dames ont eu leurs étrennes.

JOSEPH D'ESTIENNE.

[VII]

[Du 7 au 13 mars 1847].

*** L'histoire du faux Martin Guénot[1] et *La Femme à deux
maris* de M. de Pixérécourt[2] viennent de trouver un pendant en
plein XIXe siècle. Le général de Vaudoncourt, proscrit en 1815 et
mort civilement, a cru pouvoir contracter à l'étranger un second
mariage, du vivant de sa première femme.

Or, ce n'est pas le cœur ni la personne de M. de Vaudoncourt
que les deux femmes se disputaient (le général est mort); c'est sa
dotation. Et c'est là qu'on voit clairement que l'affaire se passe
en 1846.

Le Conseil d'État, fort embarrassé entre ces deux veuves également éplorées, s'est déclaré incompétent. De délai en délai, l'une
des deux suivra son mari dans un monde meilleur, et la question
sera définitivement tranchée.

*** Battez tambours ! sonnez clairons ! Illuminez votre casque
à mèche, ô braves abonnés du *Constitutionnel !* Martin l'enfant
trouvé[3] a terminé sa carrière.

C'est aujourd'hui, non pas hier ni demain, que le fameux roman
du grand Eugène Sue passe de vie à trépas. Martin, l'enfant trouvé,
a retrouvé son père, le papa Duriveau. Ils socialisent et phalanste-
risent sérieusement comme de petits Jean Journet, et vivent heureux dans la meilleure des Solognes possibles.

Il n'en est pas moins vrai que le grand, le divin Martin, cet enfant
trouvé qui coûte dix mille francs le volume, a procuré à M. Véron
une perte nette de huit cent quarante abonnés; mais comme *Le
Constitutionnel* et tous les journaux Duveyrier perdent quatre francs
par tête de bétail abonnable, ces huit cent quarante abonnés réfrac-
taires représentent un bénéfice de trois mille et quelques cents francs.
Et M. Véron ose se plaindre !

*** On comptait voir au Louvre, cette année, le grand tableau
de M. Couture annoncé depuis longtemps sous le titre de *La Décadence romaine*[4]. Il paraît que certains détails ont effarouché la pudeur
du jury et que le tableau a été écarté comme immoral. Nous ne

savons pas trop si ce bruit n'est pas un canard ; dans tous les cas, faisons notre profession de foi : il n'y a d'immoral que la mauvaise peinture[1] ; et à ce point de vue, messieurs les académiciens sont des gens bien dépravés.

*** Pour le coup, voici du nouveau. La Bavière est en ébullition ; le Conseil des ministres a donné sa démission en masse, non sans protester contre l'instigatrice de tous ces troubles, Mlle Lolla Montès. Le parti catholique a adressé ses remontrances au roi Louis, et semble le menacer d'une révolution s'il n'abjure ses erreurs. Nous ne chargeons pas le tableau : les choses en sont là, et c'est le *Journal des Débats* qui nous l'apprend dans son numéro de vendredi dernier. Ce qu'il y a de réellement incroyable dans cette affaire, c'est l'attitude du *Journal des Débats,* lequel semble prendre fait et cause pour l'ex-épouse de M. Dujarrier, et contre le parti national, qu'il qualifie d'ultra-catholique et même d'un peu jésuite.

Le roi Louis fait tête à l'orage ; il se soucie de ses ministres comme nous de M. Bocage, et il vient de conférer à Mlle Lolla Montès les privilèges de l'indigénat bavarois. Nous ne doutons pas que si Mlle Lolla fût restée à Paris, le préfet de police ne lui eût promptement décerné des lettres de petite naturalité.

*** Le dieu Ponsard est plus malheureux qu'une petite pierre. À peine est-il sorti des antres infernaux de l'Odéon que ses concitoyens se cotisent pour lui acheter un terrain à perpétuité, absolument comme à M. Pierre Fibochard, bon père, bon époux, etc. Et comme si ce n'était pas assez pour tuer ce poète tragique, voici que *Le Constitutionnel* publie *Agnès de Méranie* en feuilleton !

Malheureux Ponsard ! malheureuse Agnès !

P.-S. — M. Ponsard vient d'acheter un fonds de mercerie[2].

*** On sait (ou on ne sait pas) qu'il y a à la mairie du deuxième arrondissement une exposition de tableaux au bénéfice des indigents. Parmi ces tableaux figure un Raphaël plus ou moins authentique. Or, ce matin, les journaux publient ces quelques lignes :

« M. Ingres, visitant hier l'exposition de la rue Chauchat, a reconnu la *Vierge de Loreto* qu'il avait admirée à Rome en 1813 ; s'il se présente des incrédules, a-t-il dit, envoyez-les-moi, je leur dirai mon opinion. »

Le garçon de bureau du *Tintamarre,* qui a des convictions en peinture, est allé voir M. Ingres pour connaître son opinion.

« Mon ami, lui a répondu l'illustre peintre, mon opinion est que ce tableau n'est pas de Raphaël. »

L'opinion du *Tintamarre* est que l'entrefilet des journaux vertueux est une simple réclame.

JOSEPH D'ESTIENNE

[VIII]

[Du 21 au 27 mars 1847.]

*** Nous jouissons depuis le commencement de la semaine de cette sorte d'été qui remplace à Paris le printemps véritable, encombré de neige et de boue[1]. Encore quinze jours de cette température asiatique, et les paletots disparaîtront; on verra poindre les petits habits de cheval à carreaux noirs et bleus, et Mabille ouvrira les portes de son palais de l'Allée des Veuves. On peut dire palais, maintenant que les aimables drôlesses que *tout Paris* a la bonté de trouver ravissantes sont exposées à devenir reines de la main gauche. Le sort de Lolla Montès tente bien des ambitions.

Paris galant menace d'émigrer. Rigolette se propose d'aller à la recherche du grand-duché de Gérolstein[2]; Clotilde Bacchanal a jeté son dévolu sur l'hospodar de Moldavie; Frisette, séduite par les récits de l'ambassadeur Lagrené[3], va tenter fortune dans le pays du fleuve Jaune, du grand Yo et du grand Yu; quant à Gobelotte et au menu fretin des danseuses, elles iront toutes en Arabie, pays des patriarches et des animaux les plus sobres de la création.

*** L'avènement de M. Ancelot[4] au feuilleton du *Commerce* a produit sensation... dans l'esprit de ce littérateur. Pour être feuilletoniste, il se croit quelque chose. Cette fierté sied bien aux grands esprits. Dans sa dernière tartine, M. Ancelot fait preuve d'une modestie touchante : il cite une cinquantaine de vers de lui, composés jadis pour l'ouverture du théâtre du Havre. Le brave académicien croit sans doute qu'on ne les avait pas lus.

*** Jeudi dernier on a enterré M. Martin (du Nord), ministre de la Justice et des Cultes et garde des sceaux. Un régiment de ligne, une batterie d'artillerie, un escadron de hussards composaient le cortège. Vers cinq heures du soir, les promeneurs du boulevard des Italiens ont été assez étonnés, au moment où les troupes revenaient du cimetière, d'entendre leur musique exécuter un quadrille de Musard et la valse de la *Sirène*[5]. Il paraît que l'enterrement les avait mis en gaieté.

*** M. Dumas continue dans *La Presse* la publication de ses impressions d'Afrique. Elles se bornent jusqu'ici aux détails d'un voyage de Paris à Bordeaux. Toujours brillant, spirituel et pittoresque, le célèbre écrivain devient de plus en plus outrecuidant et personnel. Les paillettes de la Pailleterie[6] lui donnent dans l'œil et lui troublent la vue ; il fait sur sa famille, sur lui, sur son fils, sur ses amis les plus étranges confidences : son fils cherche toujours à lui soustraire son escarcelle ; M. Desbarolles[1] n'a que deux dents, mais elles sont jaunes ; etc., etc.

M. Dumas oublie qu'on s'avilit quelquefois en devenant trop amusant.

*** Les somnambules sont à l'ordre du jour, elles brillent dans les annonces blago-Duveyrier[2] et dans les salons plus ou moins dorés de la Chaussée d'Antin. En général, il est de ces établissements équivoques où des jeunes filles tombent en extase dans des poses excessivement plastiques, où des cabinets particuliers sont réservés aux personnes qui désirent étudier le magnétisme loin des yeux des profanes qui nous paraissent tomber sous la juridiction du préfet de police plutôt que sous la griffe du *Tintamarre*. Cependant la mine est féconde en détails curieux et en charlatanisme comique, nous y reviendrons en détail.

*** MM. les Gens de Lettres, comprenant à la fin le besoin d'asseoir leur institution sur des bases durables et de lui donner tout le développement dont elle est susceptible, ont pris une grande résolution, et lundi 15 mars, ils se sont réunis chez Deffieux[3] pour manger du veau. Disons tout de suite que ce veau est une hyperbole poétique : on n'a rien mangé du tout. La plupart des membres n'ont pu dévorer que leurs regrets et boire que leurs larmes. M. Henri Murger a mangé une patte d'écrevisse, et M. S. Henri Berthoud[4] en a été réduit à dévorer quelques feuilletons de son cru qu'il avait par hasard sur lui. Inutile d'ajouter que le malheureux écrivain a été pris de coliques atroces. La *Patrie* est en danger.

JOSEPH D'ESTIENNE.

[IX]

[Du 28 mars au 3 avril 1847.]

*** Le feuilleton de *La Presse* devient purement biographique, depuis le retour de M. Alexandre Dumas. Les moindres incidents de la vie accidentée de Desbarolles, les plus fines saillies d'Alexandre (lisez Dumas fils), les cigarettes d'Achard et les mollets de Louis Boulanger[5], tout s'y trouve.

Les aventures de Gil Blas, de Guzman d'Alfarache compliquées des hauts faits d'Amadis et de Roland furieux pâlissent devant les impressions hispano-africaines de M. de la Pailleterie.

Qu'on en juge :

Un matin, Alexandre Dumas passait dans une rue de Madrid. Que voit-il ? Un dogue, un véritable molosse qui faisait mine de dévorer un pauvre roquet d'épagneul, tandis qu'une vieille dame, de l'apparence la plus respectable, pleurait à chaudes larmes, et dans son désespoir, arrachait les mèches de son tour de tête.

Vaillant comme Achille, et prompt comme la foudre, Dumas s'élance, prend le molosse par la peau du col, et, nouvel Hercule, l'étouffe dans ses bras. Puis rajustant sa manchette et secouant son jabot, il ramène l'épagneul à sa maîtresse éplorée.

La vieille dame était marquise, et très riche. Elle offrit son cœur et sa main à l'illustre rejeton des la Pailleterie.

« Hélas ! s'écria celui-ci en terminant le récit de cette aventure héroïque; que n'ai-je accepté cette offre ! Aujourd'hui, je serais veuf et millionnaire ! »

Cette exclamation témoigne d'une certaine délicatesse de sentiments. Nous voudrions surtout savoir ce que pense d'un tel regret Mme Ida Ferrier, épouse légitime de M. le marquis Dumas de la Pailleterie[1].

*** Une discussion curieuse s'élève entre M. Paulin Paris, conservateur des manuscrits à la Bibliothèque royale, et M. Paul Lacroix, plus ou moins connu sous le nom de bibliophile Jacob[2].

M. Lacroix a trouvé un manuscrit du cinquième livre de *Pantagruel*, et prétend y reconnaître l'écriture même de Rabelais; M. Paulin Paris rit comme un bossu de cette prétendue découverte, et affirme que le bibliophile Jacob se laisse un peu trop influencer par sa qualité de directeur de *L'Alliance des arts*.

Nous sommes bien désintéressés dans la question, et nous allons donner notre avis impartial :

Il se pourrait, malgré la dénégation de M. Paulin Paris, que le manuscrit fût en effet de Rabelais; car il est dans les mœurs de MM. les bibliothécaires de nier tous les trésors qu'ils n'ont pas su découvrir.

En second lieu, il est peu probable que la découverte soit authentique, attendu que le *savant* bibliophile Jacob ignore le premier mot de la science des manuscrits, et qu'on ferait vingt volumes in-folio rien qu'en relevant les erreurs qu'il a mises en circulation depuis vingt ans.

*** *L'Union monarchique,* qui a remplacé à la fois *La Quotidienne, La France,* et *L'Écho français,* annonce qu'elle publiera des romans et nouvelles de MM. Karr, Balzac, Méry, Gozlan et Sandeau; mais elle ajoute que les articles de haute littérature seront rédigés par M. Alfred Nettement.

Ceci est très flatteur pour les écrivains distingués qui accordent leur collaboration à *L'Union monarchique.* Nous savons bien que

M. Nettement est un grand écrivain, mais il ne faudrait pas le dire si haut de peur d'humilier les autres... les mauvais.

*** Les compagnies des chemins de fer de Rouen, du Havre, de Saint-Germain et de Versailles font construire d'immenses gares à charpente de fer qui couvrent toute la largeur de la voie à l'embarcadère, et permettent de partir et de débarquer à couvert. Cette sollicitude éclairée ne trouvera que des approbateurs. Mais, au fond, n'est-ce pas une plaisanterie presque cruelle de la part d'administrateurs qui conservent obstinément l'institution meurtrière des wagons découverts ?

Avec la moitié des sommes que coûtent les gares nouvelles, on eût couvert tous les anciens wagons.

Un peu moins de luxe, messieurs, et un peu plus d'humanité !

*** Jamais le jury de peinture n'avait plus que cette année soulevé de légitimes réclamations. Deux peintres justement célèbres, Decamps et Meissonier[1], se sont abstenus d'exposer, pour ne pas encourir les mauvais procédés de MM. les académiciens.

Ces messieurs ont imaginé cette année une vexation nouvelle particulièrement dirigée contre les sculpteurs. Ils ont refusé, sans exception, toute œuvre susceptible d'être reproduite et mise dans le commerce. En conséquence, ils ont exclu tous les bronzes de Mène, l'un des meilleurs artistes de ce temps-ci; ils ont refusé le buste du duc de Montpensier, commandé par le duc lui-même à un sculpteur déjà connu, M. Vilain.

Mais ce dernier fait a produit une grande sensation. Il n'y a guère eu au fond de ce refus autre chose qu'une jalousie de concurrents; et cette fois, les plaintes des artistes ont été portées en haut lieu par M. le duc de Montpensier. Justice sera-t-elle faite enfin ?

*** Il y a deux jours, un monsieur bien vêtu comparaissait devant la cour d'assises sous la prévention de vol de couverts d'argent.

« Ce n'est pas votre premier méfait, lui dit le président, vous n'avez pas d'excuse ?

— Mille pardons ! dit le voleur; je n'avais rien *pris* depuis la veille ! »

JOSEPH D'ESTIENNE.

LE SALUT PUBLIC

1er NUMÉRO

[27 février 1848.]

VIVE LA RÉPUBLIQUE !

AU PEUPLE

On disait au Peuple : défie-toi.

Aujourd'hui il faut dire au Peuple : aie confiance dans le gouvernement[1].

Peuple ! Tu es là, toujours présent, et ton gouvernement ne peut pas commettre de faute. Surveille-le, mais enveloppe-le de ton amour. Ton gouvernement est ton fils.

On dit au Peuple : gare les conspirateurs, les modérés, les rétrogrades ! Sans doute il faut veiller, les temps sont chargés de nuages, quoique l'aurore ait été resplendissante. Mais que le Peuple sache bien ceci, que le meilleur remède aux conspirations de tout genre est LA FOI ABSOLUE dans la République, et que toute intention hostile est inévitablement étouffée dans une atmosphère d'amour universel.

AUX CHEFS DU GOUVERNEMENT PROVISOIRE[2]

Honneur à vous qui avez pris l'initiative et l'embarras des premiers jours.

Le peuple a confiance en vous. Ayez confiance en lui !

La confiance réciproque sauvera tout. Honte à qui n'est pas bon républicain ! Il n'est pas de ce siècle ! Honte à qui se défie. Il est donc faible !

Soyez grands, soyez forts dans le gouvernement, et ne doutez jamais de l'intelligence du peuple qui vous suit.

Il aime ceux qui l'aiment. Ne craignez donc rien.

Ne faites jamais un pas en arrière. Marchez plutôt comme le vent. Nous savons maintenant que les heures sont des années.

Honneur donc à vous qui avez pris sur vos épaules le rude poids des premières journées ! Vous tenez l'Europe entre vos mains. Nous savons que vous serez dignes de votre tâche. Car une commune expérience qui nous a été léguée par nos pères, nous enseigne que HORS DE L'ASSEMBLÉE NATIONALE, IL N'Y A POINT DE SALUT !

Et enfin, ce grand remède une fois appliqué par vos soins sur nos longues souffrances, déposant votre haute magistrature, vous emporterez le souvenir d'une grande action et la pieuse reconnaissance de tous, qui est l'unique *décoration* et l'unique récompense digne des grands citoyens.

LES ÉTOILES FILENT, ET LES RÉPUTATIONS AUSSI

Deux hommes sont bien bas à cette heure, les sieurs Thiers et Odilon Barrot[1].

Le premier a toujours été un singe plein de malice, riant, criant, gesticulant, sautant, ne croyant à rien, écrivant sur tout.

Ne croyant pas à la Révolution, il a écrit la Révolution.

Ne croyant pas à l'Empire, il a écrit l'Empire.

Savez-vous ce qu'il aimait ?

Les singes. Il leur a fait bâtir un palais[2].

Le second était son compère, un homme sérieux, une contrefaçon de tribun ; il avait toute la gravité d'un montreur d'ours, le sieur Barrot ; toute sa vie il l'a passée à montrer un singe. Pendant dix ans la France a cru à un grand orateur, au sieur Barrot.

Il est vrai qu'il entrait à l'ex-Chambre des députés avec une provision de mots plein ses poches.

Dans la poche droite il mettait : *Mon pays, mon patriotisme.* Dans la poche gauche, *honneur* et *vertu*. (Sa famille touchait *cent trente mille francs* de places.)

*

La Garde nationale est ivre de joie ; elle accueille partout avec enthousiasme les cris de : Vive la République ! C'est un fait accompli ; il n'y a plus que des républicains en France.

LE 24 FÉVRIER

Le 24 février est le plus grand jour de l'humanité ! C'est du 24 février que les générations futures dateront l'avènement définitif, irrévocable, du droit de la souveraineté populaire. Après trois mille ans d'esclavage, le droit vient enfin de faire son entrée dans le monde, et la rage des tyrans ne prévaudra pas contre lui. Peuple français, sois fier de toi-même; tu es le rédempteur de l'humanité.

Ayez à vos ordres quatre-vingt mille baïonnettes et des caissons par milliers, et des canons mèche allumée, si vous avez contre vous le droit et la volonté du Peuple, vous êtes un gouvernement perdu, et je ne vous donne pas vingt-quatre heures pour décamper. Voilà ce que le 24 février vient d'enseigner au monde. Désormais toute nation qui demeurera esclave, c'est qu'elle ne sera pas digne d'être libre : avis aux Peuples opprimés !

LES PRESSES MÉCANIQUES

Quelques frères égarés ont brisé des presses mécaniques. Vous cassez les outils de la Révolution. Avec la liberté de la presse, il y aurait vingt fois plus de presses mécaniques qu'il n'y aurait peut-être pas encore assez de bras pour les faire fonctionner.

Toute mécanique est sacrée comme un objet d'art.

L'intelligence nous a été donnée pour nous sauver.

Toute mécanique ou tout produit de l'intelligence ne fait du mal qu'administré par un gouvernement infâme.

Les autres ouvriers ont protesté, entre autres les rédacteurs du journal L'Atelier[1]. Nous attendions cela d'eux.

LA REINE D'ESPAGNE A LA COLIQUE[2]

On dit même qu'à cette heure elle ne l'a plus.

Si quelques soupçons disaient juste, ce ne serait qu'une preuve nouvelle que le crime lui-même sert les bonnes causes.

Allons, Espagne ! vite à l'œuvre !

TROIS MOTS SUR TROIS GOUVERNEMENTS

Depuis soixante ans, la France allait en fait de gouvernements de mal en pis. Napoléon lui avait donné un despotisme oint de suie de poudre, mais scintillant de gloire; la France lui pardonna. La Restauration lui avait ramené le privilège et les coups de cravache des gentilshommes; mais elle était franche d'allures et sans hypocrisie; quelques domestiques fidèles la suivirent sur la terre d'exil. L'infâme gouvernement qui vient de tomber voulut tenter sur la nation l'astuce, l'hypocrisie, la cupidité et toutes les basses passions; un croc-en-jambe du Peuple a suffi pour le jeter dans la boue.

UN MOT DE L'EX-ROI

Quand ça commençait à chauffer, l'ex-roi riait en sournois et disait en se frottant les mains : « Moi aussi j'aurai ma journée des dupes ! » Quand on démolissait Charles X, il chassait gaiement à Saint-Cloud. Toujours le même esprit de vertige et d'erreur ! Sont-ils si décrépits, ces pauvres rois, que l'aveuglement soit chez eux maladie héréditaire ?

LA RÉPUBLIQUE FRANÇAISE ET L'EUROPE

Les traités de 1815 viennent pour la seconde fois depuis dix-sept ans d'être lacérés par l'épée du Peuple français. Proclamons haut, bien haut, ces trois grands principes de politique républicaine.

Plus de conquêtes ! Les conquêtes sont un attentat contre les droits des peuples, et tôt ou tard les nations soumises réagissent contre leurs conquérants.

La République française s'assimilera dans la limite de ses frontières naturelles les provinces qui se donneront à elle LIBREMENT ET SPONTANÉMENT. En dehors de ses frontières naturelles, qui sont le Rhin et les Alpes, elle renonce solennellement à posséder jamais un pouce de terrain.

La France prend sous sa protection tous les peuples opprimés par un gouvernement tyrannique, étranger ou indigène, mais elle ne tirera son épée que pour défendre les principes et les institutions révolutionnaires.

Au-dedans, la devise de la République française est : Tout par le peuple ! Tout pour le peuple !

Au-dehors : Tout par les peuples ! Tout pour les peuples !

BON SENS DU PEUPLE

Il y a des hommes qui sont pleins de phrases toutes faites, de mots convenus et d'épithètes creuses comme leur tête. — Le sieur Odilon Barrot, par exemple.

Quand on leur parle de 89, ces gens vous disent, c'est Voltaire qui a fait la Révolution; ou bien c'est Rousseau qui a fait la Révolution; ou bien c'est Beaumarchais qui a fait la Révolution.

Imbéciles ! Niais ! Doubles sots !

Michelet l'a dit : « La Révolution de 89 a été faite par le peuple. » Là, Michelet avait raison.

Le peuple n'aime pas les gens d'esprit ! Et il donnerait tous les Voltaire et les Beaumarchais du monde pour une vieille culotte.

Ce qui le prouve, aux Tuileries rien n'a été saccagé comme sculpture et peinture que l'image de l'ex-roi et celle de Bugeaud ; un seul buste a été jeté par les fenêtres !... Le buste de Voltaire[1] !

RESPECT AUX ARTS ET À L'INDUSTRIE

Un brave citoyen s'est porté hier à Meudon pour avertir le commandant de la garde nationale Amanton de protéger les objets d'art contre les envahissements de la garde qui devait, dit-on, se porter sur le château de l'ex-roi. Le gouvernement provisoire a dû délivrer une sauvegarde.

Ne cessons pas de le répéter ; respect aux objets d'art et d'industrie, et à tous les produits de l'intelligence !

LA BEAUTÉ DU PEUPLE

Depuis trois jours la population de Paris est admirable de beauté physique. Les veilles et la fatigue affaissent les corps ; mais le sentiment des droits reconquis les redresse et fait porter haut toutes les têtes. Les physionomies sont illuminées d'enthousiasme et de fierté républicaine. Ils voulaient, les infâmes, faire la bourgeoisie à leur image, — tout estomac et tout ventre, — pendant que le Peuple geignait la faim. Peuple et bourgeoisie ont secoué du corps de la France ! cette vermine de corruption et d'immoralité ! Qui veut voir des hommes beaux, des hommes de six pieds, qu'il vienne en France ! Un homme libre, quel qu'il soit, est plus beau que le marbre, et il n'y a pas de nain qui ne vaille un géant quand il porte le front haut et qu'il a le sentiment de ses droits de citoyen dans le cœur.

« LE CONSTITUTIONNEL » EST SCANDALISÉ !

Le Constitutionnel se résigne ; c'est bien de sa part ; c'est généreux. *Le Constitutionnel* promet d'être bon citoyen.

Odilon Barrot, la grosse poupée de carton, et Thiers, ce singe de foire, pardonnent au Peuple de n'avoir pas voulu se laisser voler. Que pense le Peuple de leur pardon ?

LES ARTISTES RÉPUBLICAINS

Les peintres se sont bravement jetés dans la Révolution; ils ont combattu dans les rangs du Peuple.

À l'Hôtel-de-Ville des artistes portaient sur leurs chapeaux, écrit en lettres de sang, le titre d'ARTISTES RÉPUBLICAINS; deux d'entre eux sont montés sur une table et ont harangué le Peuple.

On parlait d'une manifestation qui devait se produire au Louvre contre l'Académie de peinture qui, depuis dix-huit ans, a bu tant de larmes, a tué tant de jeunes talents par la faim et la misère. Mais les sots vieillards, architectes, musiciens, arpenteurs et géomètres sont à bas aujourd'hui.

Ne leur donnons pas le coup de pied de l'âne[1].

RÉOUVERTURE DES THÉÂTRES

Les théâtres rouvrent.

Nous avons assez des tragédies; il ne faut pas croire que des vers de douze pieds constituent le patriotisme; ce qui convenait à la première révolution ne nous suffit plus.

Les intelligences ont grandi. Plus de tragédies, plus d'histoire romaine. Ne sommes-nous pas plus grands aujourd'hui que *Brutus,* etc.[2]?

BONNES NOUVELLES !

L'ex-roi et sa famille voguent vers l'Angleterre. Ils y sont sans doute arrivés. Que le Peuple n'ait pas peur, l'Angleterre n'osera rien pour *le dernier des Bourbons.*

— Pour de bon, les rois s'en vont ! Léopold est en fuite. La Belgique s'est proclamée française.

— On voulait intimider le citoyen Rothschild et le faire fuir : comme si le Peuple souverain volait des écus. Il ne prend que ses droits. Rothschild a répondu : « J'ai confiance dans le nouveau Gouvernement et je reste. » Bravo !

— Une Assemblée nationale sera convoquée aussitôt que le Gouvernement provisoire aura réglé les mesures d'ordre et de police nécessaires POUR LE VOTE DE TOUS LES CITOYENS.

— La République française est proclamée à Dijon[3].

— Honneur à Pie IX ! Voici de grandes paroles qu'il a prononcées récemment : « Ce sont les édifices anciens qui ont besoin de fondements nouveaux. »

— Hier, deux prêtres enjambaient une barricade; des hommes du Peuple les insultent; un plus grand nombre les défend. Cette haute raison du Peuple est merveilleuse.

— Plus beau encore. On trouve dans la chapelle des Tuileries un remarquable Christ en bois. Quelqu'un s'écrie : « C'est notre maître ! chapeau bas ! » Tout le monde se découvre et on porte le Christ en triomphe à Saint-Roch[1].

Décidément la Révolution de 1848 sera plus grande que celle de 1789; d'ailleurs elle commence où l'autre a fini.

VIVE LA RÉPUBLIQUE !

Les rédacteurs : CHAMPFLEURY,
BAUDELAIRE et TOUBIN.

Imp. Ed. Bautruche, r. de la Harpe, 90.

2ᵉ NUMÉRO

[1ᵉʳ mars 1848 ?]

VIVE LA RÉPUBLIQUE !

Les rédacteurs-propriétaires du Salut public, CHAMPFLEURY, BAU-
DELAIRE *et* TOUBIN, *ont retardé à dessein l'envoi du journal à leurs abonnés, afin de faire graver une vignette qui servira à distinguer leur feuille d'une autre qui s'est emparée du même titre*[2].

LES CHÂTIMENTS DE DIEU[3]

L'ex-roi se promène.

Il va de peuple en peuple, de ville en ville.

Il passe la mer; — au-delà de la mer, le peuple bouillonne, la République fermente sourdement.

Plus loin, plus loin, au-delà de l'Océan, la République !

Il rabat sur l'Espagne, — la République circule dans l'air, et enivre les poumons, comme un parfum.

Où reposer cette tête maudite ?

À Rome ?... Le Saint-Père ne bénit plus les tyrans.

Tout au plus pourrait-il lui donner l'absolution. Mais l'ex-roi s'en moque. Il ne croit ni à Dieu, ni à Diable.

Un verre de Johannisberg pour rafraîchir le gosier altéré du Juif errant de la Royauté !... Metternich n'a pas le temps. Il a bien assez d'affaires sur les bras; il faut intercepter toutes les lettres, tous les journaux, toutes les dépêches. Et d'ailleurs, entre despotes, il y a peu de fraternité. Qu'est-ce qu'un despote sans couronne ?

L'ex-roi va toujours de peuple en peuple, de ville en ville.

Toujours et toujours, vive la République ! vive la Liberté ! des hymnes ! des cris ! des pleurs de joie !

Il court de toutes ses forces pour arriver à temps quelque part avant la République, pour y reposer sa tête, c'est là son rêve. Car la terre entière n'est plus pour lui qu'un cauchemar qui l'enveloppe. Mais à peine touche-t-il aux barrières, que les cloches se mettent gaiement en branle, et sonnent la République à ses oreilles éperdues.

La tête de Louis-Philippe attire la République comme les paratonnerres servent à décharger le Ciel.

Il marchera longtemps encore, c'est là son châtiment. Il faut qu'il visite le monde, le monde républicain, qui n'a pas le temps de penser à lui.

AUX PRÊTRES !

Au dernier siècle, la royauté et l'Église dormaient fraternellement dans la même fange, quand la révolution fondit sur elles et les mit en lambeaux.

« Inconvénient des mauvaises compagnies, se dit l'Église ; on ne m'y reprendra plus. »

L'Église a eu raison. Les rois, quoi qu'ils fassent, sont toujours rois, et le meilleur ne vaut pas mieux que ses ministres.

Prêtres, n'hésitez pas : jetez-vous hardiment dans les bras du peuple. Vous vous régénérerez à son contact ; il vous respecte ; il vous aimera. Jésus-Christ, votre maître, est aussi le nôtre ; il était avec nous aux barricades, et c'est par lui, par lui seul que nous avons vaincu. Jésus-Christ est le fondateur de toutes les républiques modernes ; quiconque en doute n'a pas lu l'Évangile. Prêtres, ralliez-vous hardiment à nous ; Affre et Lacordaire vous en ont donné l'exemple. Nous avons le même Dieu : pourquoi deux autels ?

CE PAUVRE METTERNICH !

La France est République.

La Suisse est République, vraie République depuis quatre mois.

L'Angleterre, l'Espagne et la Belgique sont à la veille d'être Républiques[1].

L'Autriche, monstre à trois têtes, disparaîtra de la carte. La République Allemande prendra sa tête allemande; la République Italienne prendra sa tête italienne, la République Polonaise — une bonne celle-là ! — prendra sa tête slave. Qui de trois ôte trois, reste ce pauvre M. Metternich, qui ne mourra pas dans son lit.

Il y a donc une justice divine !

DES MŒURS OU TOUT EST PERDU !

Des mœurs, des mœurs, il nous faut des mœurs ! Régénérer les institutions, très bien, mais régénérons aussi les mœurs, sans lesquelles il n'y a pas d'institutions. Le nom de Républicain est beau et glorieux, mais plus il est glorieux, plus il est difficile à porter. Effaçons donc de nos cœurs tous les instincts avilissants, toutes les passions abjectes que l'impur gouvernement de Louis-Philippe a cherché à y faire germer. La vertu est le principe vivifiant, la force conservatrice des républiques.

La Convention avait mis la vertu à l'ordre du jour.

« L'AMI DU PEUPLE » DE 1848

Le citoyen Raspail, médecin comme Marat, et comme lui médecin malheureux et plein de disputes, fait comme lui *L'Ami du Peuple*. Les deux premiers numéros sentent le Marat d'une lieue. Même défiance, même talent, même ferveur ! — Mais est-il bien temps ? Ces défiances accusées déjà si nettement ont leur danger. Toutes les nominations seront révisées, et il ne faut pas semer la peur.

Le citoyen Raspail, comme son illustre chef de file, est un parfait honnête homme, et il a le droit d'être très sévère; nous adjurons seulement le citoyen Raspail de ne pas encore user de son droit.

De grâce, de grâce, ne préjugeons rien contre le gouvernement. Surveillons-le sévèrement et que les millions d'yeux de la Nation soient nuit et jour braqués sur lui; mais ne troublons pas son action par des défiances prématurées. S'il ne va pas droit, haro ! s'il va droit, bravo ! dans un cas comme dans l'autre, ne le jugeons que sur ses actes, il y va du salut public. Les accusations de tendances, laissons-les à l'immoral gouvernement que nous venons de jeter à bas; elles sont indignes de Républicains. Des hommes de 93, ne prenons que leur foi ardente à la République et leur admirable dévouement à la patrie; surtout ne recommençons ni Marat, ni Chabot, ni aucun de ces infatigables flaireurs de mauvaises intentions. C'est ainsi seulement que nous préserverons notre jeune République des mille périls qui menacent son berceau[1].

LE JOURNAL CONSERVATEUR DE LA RÉPUBLIQUE

Il faut rendre justice à qui de droit, maintenant que nous avons le temps.

Le citoyen Girardin se conduit admirablement. Au milieu du trouble, du désordre qui envahissent momentanément toutes choses publiques et particulières, le journal du citoyen Girardin[1] est mieux fait que jamais. Cette habileté connue, cette aptitude rapide et universelle, cette énergie excessive, tout cela tourne au profit de la République.

Tous les jours les questions importantes et actuelles sont mâchées dans *La Presse*.

Le citoyen Girardin prend pour devise : UNE IDÉE PAR JOUR[2] !

Son journal, jusqu'à présent, dit ce que tout le monde pense.

Lundi le citoyen Girardin a été le premier au rendez-vous sur la tombe d'Armand Carrel[3].

LA CURÉE[4]

Indignation ! Nous venons des ministères, de l'Hôtel-de-Ville et de la préfecture de police : les corridors sont remplis de mendiants de place. On les reconnaît à la bassesse de leurs figures empreintes de servilisme.

Non, ce ne sont pas là des Républicains; un Républicain s'attache à mériter les emplois et ne s'inquiète pas de les obtenir. Les pavés de nos rues sont encore rouges du sang de nos pères morts pour la liberté; laissons, laissons au moins à leurs ombres généreuses un instant d'illusion sur nos vertus. Encore si ces insatiables dévoreurs de la République avaient combattu avec nous pour son triomphe; mais celui qui gravit si lestement l'escalier d'un ministre, celui-là, soyez-en sûrs, n'était pas aux barricades.

Patience ! nous vous arracherons le masque, hommes infâmes; vous ne jouirez pas longtemps du prix de vos bassesses.

LA PREMIÈRE ET LA DERNIÈRE

En 89, l'éducation morale du peuple était nulle ou à peu près. — Aujourd'hui le peuple connaît et pratique ses devoirs à faire honte à bien des ex-nobles et à bien des bourgeois.

En 89, la noblesse et le clergé combattirent avec fureur la révolution. — Aujourd'hui, jusqu'à fait contraire, il n'y a que des républicains en France.

En 89, une fraction de la nation émigra et prit les armes contre la République. — Aujourd'hui personne n'émigre, pas même le sieur Thiers, dont la République se passerait cependant bien volontiers.

En 89, la société était rationaliste et matérialiste. — Aujourd'hui elle est foncièrement spiritualiste et chrétienne.

Voilà pourquoi 93 fut sanglant. — Voilà pourquoi 1848 sera moral, humain et miséricordieux[1].

*

Il y avait en Allemagne un duché de quatre sous, grand comme la main, qui s'appelait le duché de Cobourg-Gotha. C'était pour ainsi dire un haras royal, une écurie de *beaux* hommes, tous taillés en tambours-majors qui étaient destinés aux princesses de l'Europe[2].

Maintenant qu'il n'y a plus de princesses, à quoi vont s'occuper ces hommes entiers ?

SIFFLONS SUR LE RESTE

Sous l'ex-roi, il y avait une *pairie,* c'est-à-dire des vieillards impotents pleins de serments, et de rhumatismes.

Il n'y a plus de pairie : sifflons sur le reste !

Sous l'ex-roi, il y avait des soldats barbares, ivres de sang, les *municipaux* dont la joie était de *descendre* un homme du peuple.

Il n'y a plus de municipaux : sifflons sur le reste !

Sous l'ex-roi, il y avait un *cens électoral ;* moyennant 500 francs un imbécile avait le droit de parler à la Chambre; moyennant 200 francs un bourgeois avait le droit de se faire représenter par un imbécile.

Il n'y a plus de cens : sifflons sur le reste !

Sous l'ex-roi, il y avait un *timbre*[3] *;* une petite gravure large comme un sou qui empêchait les citoyens intelligents d'éclairer leurs frères.

Il n'y a plus de timbre : sifflons sur le reste !

Sous l'ex-roi, il y avait un *impôt sur le sel* qui empêchait la fertilisation des terres, qui enrayait les socs de charrues.

Il n'y a plus d'impôt sur le sel : sifflons sur le reste !

Sous l'ex-roi, il y avait des tas de *foutriquets,* une légion de *ventrus*[4], des armées de *bornes ;* tous puisaient à pleines mains dans le coffre des fonds secrets et s'enrichissaient aux dépens du peuple.

Il n'y a plus de foutriquets, il n'y a plus de ventrus, il n'y a plus de bornes que celles des rues.

Sifflons sur le reste !

*

— L'Odéon représenta quelque temps avant la Révolution *Le Dernier Figaro*, du sieur Lesguillon. Cet auteur de bas étage fit une pièce contre-révolutionnaire ; sous l'ex-roi il en avait le droit ; d'ailleurs la censure n'eût pas permis de montrer les hommes de 89 à 93 sous leur vrai jour. Mais aujourd'hui il est question de remonter cette misérable pièce avec des replâtrages républicains.

Les Écoles qui ont sifflé et resifflé le Figaro révolutionnaire ne doivent pas davantage laisser revenir Figaro avec ses bandages, ses compresses, ses béquilles républicaines.

Le peuple saurait bien se conduire si le citoyen Alexandre Dumas tentait de *républicaniser* son immorale pièce des *Girondins*[1].

— Le sieur Châtel a fait four[2]. Personne ne veut entendre parler de son *Église française*. Voyez-vous, du reste, le lendemain de la prise des Tuileries, le religionnaire idiot qui croit qu'on a le temps de penser à ses messes en mauvais français !

Le peuple a lui-même déchiré toutes les proclamations et placards de ce nigaud de primat des Gaules.

— Quelqu'un court dans le quartier Latin pour récolter des signatures au bas d'une pétition à cette fin de garder le sieur Orfila à la Faculté[3].

Ce vendeur de perlimpinpin, ce chanteur bouffon se sent donc des titu é ; il est donc coupable.

En toute manière de ce genre, prenons garde à l'indulgence !

— A bientôt la reprise, au Théâtre de la République, du *Roi s'amuse*, une des grandes œuvres du citoyen Victor Hugo[4]. Il faut que le théâtre de la Porte-Saint-Martin reprenne au plus vite et *L'Auberge des Adrets*, et *Robert Macaire*[5], et surtout cette belle pièce de *Vautrin* de notre grand romancier, le citoyen Balzac[6].

On parle de jouer *Pinto*[7]. A quoi bon s'ennuyer pendant trois heures pour entendre crier : *à bas Philippe* ! Allusion très significative sous l'ex-roi, mais sans portée aujourd'hui.

— Que les citoyens ne croient pas aux dames Hermance Lesguillon, aux sieurs Barthélemy, Jean Journet[8] et autres qui chantent la République en vers exécrables.

L'Empereur Néron avait la louable habitude de faire rassembler dans un cirque tous les mauvais poètes et de les faire fouetter cruellement[9].

Les rédacteurs : CHAMPFLEURY, BAUDELAIRE et TOUBIN.

Imp. Ed Bautruche, r. de la Harpe, 90.

LA TRIBUNE NATIONALE

ORGANE DES INTÉRÊTS DE TOUS LES CITOYENS

[Avril 1848.]

AVIS

La Tribune nationale paraîtra régulièrement à partir du 15 avril.

Il sera tiré chaque matin une première édition pour les abonnés, une seconde à midi pour la vente; l'édition de midi contiendra, outre les articles politiques, les actes officiels du gouvernement, la Revue des journaux, les faits du jour et le Programme des spectacles.

Une troisième édition donnera en outre la Bourse du jour.

Travailleurs,

La Tribune nationale vient prendre dans la presse la place indiquée par vos propres sentiments : donner pour base à cette liberté, à cette égalité, à cette fraternité que nous avons inscrites sur le drapeau de la nouvelle République, l'ordre matériel et moral en tout et partout.

Rédigé pour vous, ce journal poursuivra hautement la réalisation de vos prétentions légitimes, le triomphe de cette moralité, de cet honneur qui doivent toujours présider à la distribution du travail, à la répartition des profits.

Nous convierons ensemble le pays entier à l'union qui fait la force; nous rejetterons dans un passé absolu l'antagonisme et les réactions qu'on essaierait de ressusciter.

Nous ne sommes point hommes de partis, nous ne consentirons jamais à leur servir d'instruments; nous avons proclamé la République, et nous la maintiendrons.

Ses chefs ont eu notre appui; mais à ce prix qu'ils nous rendraient la patrie non pas impuissante et dévorée par l'anarchie, mais forte de tout le bien qu'ils auront dû répandre, de l'ordre qu'ils auront dû conserver.

La liberté a pu surgir du sein des orages[1] : elle ne saurait y vivre.

Que deviendraient l'égalité et la fraternité que nous proclamons, là où les désordres, en transformant la place publique en une arène ensanglantée, prépareraient fatalement le despotisme d'un seul au nom de tous, ou le despotisme du nombre au nom de la force brutale ?

Certes, la séparation entre les principes démocratiques et les désordres qui les ont affligés à leur berceau doit être accomplie pour nous désormais. Cependant, en face des prétentions légitimes que le présent doit réaliser, des justes espoirs que l'avenir fait naître, ne méconnaissons pas l'expérience d'un passé qui nous touche.

Que tout le monde sache bien que nous détestons profondément tout ce qui pourrait renouveler des temps de colère et de sang. Qu'on ne croie pas que nous ayons voulu faire la place de quelques proconsuls de hasard[1].

Nous prétendons donner au monde une plus haute leçon; nous prétendons élever chaque citoyen à la dignité morale et au bien-être par l'instruction et le travail.

C'est par les voies de la paix et de la confiance publique, c'est par l'union intime des efforts de tous pour la prospérité de chacun, que nous réaliserons cette grande et glorieuse conquête.

Nous n'y voulons pas d'autres armes; c'est à celles-là seules que nous demanderons le progrès mesuré, mais ferme, où nous appellent les nouvelles destinées que la civilisation prépare à tous les peuples.

Reportons nos regards dans le passé; souvenons-nous que tout ce que nous venons de conquérir : la liberté, l'égalité, la fraternité, étaient aussi les conquêtes de notre première révolution, et n'oublions pas que la France ne les eût jamais vu remettre en question si, dès le premier jour, elle eût su les asseoir sur les bases du développement intellectuel, si elle eût élevé l'existence matérielle au niveau du bien-être.

Ce qu'on n'a pas fait alors, c'est notre ambition, ce sera notre gloire de l'accomplir aujourd'hui.

Si nous avons renversé un trône, ce n'est sans doute pas pour inaugurer la dictature des discours impuissants. Ce n'est pas non plus pour nous contenter des chimères de théories impossibles.

Les phrases sonores ont fait leur temps; le moment d'agir est venu. Voyez ce frémissement qui, à notre voix, s'est emparé de l'Europe entière ! Voyez ce mouvement qui renouvelle partout, autour de nous, les vieilles sociétés ! Ne nous y trompons pas; ce n'est pas la nouvelle forme de notre gouvernement qui a séduit les peuples, ce sont les principes mêmes qu'a proclamés notre jeune République, ce sont les solutions qu'elle a promises qui précipitent le monde dans nos voies civilisatrices.

À l'œuvre donc et montrons-nous dignes de la noble mission que nous nous sommes donnée. Intronisons la seule politique qui puisse clore les révolutions et guider l'humanité tout entière vers ses hautes destinées intellectuelles. Fondons la grande politique de la vie à bon marché et du bien-être.

Point d'illusions : notre œuvre est immense et elle sera rude. Les quarante-cinq jours qui viennent de s'écouler ne sont pas pour nous la rendre plus facile, mais l'impéritie de quelques hommes n'est pas non plus pour arrêter ce mouvement qui nous porte irrésistiblement vers l'amélioration de notre condition sociale.

Nous ne voulons pas laisser reculer le présent dans le passé.

La République n'aurait rien fait pour nous, qui ne répondrait que par une révolution politique à la rénovation sociale qui est notre droit et notre légitime exigence.

Que le Gouvernement nous entende donc ! Le peuple n'a pas besoin qu'on le flatte, il veut qu'on le serve. Au lieu de ces mesures insuffisantes pour l'État, ruineuses pour chacun, qui ont déjà usé son règne de quarante-cinq jours, pourquoi le Gouvernement n'a-t-il pas songé un instant à satisfaire nos véritables intérêts, à fonder le succès de l'amélioration matérielle qu'il a promise, qu'il doit donner ? Pourquoi, en nous demandant notre dernier écu, en nous imposant les plus extrêmes privations, n'avoir pris aucune des mesures qui seules pouvaient raviver la fortune publique ? Pourquoi n'avoir pas rendu à l'agriculture, par la conversion de la dette hypothécaire, cette vie qui s'est retirée d'elle depuis si longtemps ? Le développement agricole n'est-il pas la base obligée de tout bien-être ? L'accroissement des ressources que l'on eût créées au cultivateur n'eût-il pas, en augmentant ses bénéfices, élevé la production, et fait, du même coup, le bas prix des denrées alimentaires et aussi celui des matières premières d'où relève l'existence même de la manufacture ?

Il fallait organiser la production; il ne fallait pas désorganiser la consommation.

Au lieu de ces Ateliers nationaux que le Gouvernement provisoire a rêvés et qu'ont rêvés avant lui tous les despotismes, pour engloutir les libertés individuelles, pourquoi ne s'être pas borné à n'intervenir que par la création du crédit; à rappeler les capitaux effrayés; à donner à l'agriculture et à l'industrie leurs banques spéciales ? Nous nous serions associés alors, nous, travailleurs, et par notre association nous aurions bien su ramener dans nos mains tous les profits légitimes de notre industrie et de notre travail.

Hommes du gouvernement, voilà ce que nous attendions de vous; cependant, qu'avez-vous fait ?

Puisque vous vouliez maintenir le crédit, affermir la confiance, — et le pays vous prêtait un concours unanime; — puisque la monarchie vous avait légué des finances embarrassées, — et vous le disiez, — qu'aviez-vous donc à faire autre chose que de porter la hache sur tous les abus, que de décréter toutes les économies qui sont l'essence même de la forme républicaine ?

Mais, en vérité, c'étaient là des moyens trop vulgaires, et votre génie a bien d'autres ressources. Vous accusiez la prodigalité, vous lui avez répondu par une prodigalité plus grande.

Vous pouviez réduire l'armée, vous l'avez augmentée.

Vous pouviez supprimer immédiatement tous les rouages ruineux de notre administration civile et judiciaire, vous les avez partout maintenus, et vos parents, vos créatures, y étalent à l'envi l'impertinence et la morgue qui vous révoltaient sous la monarchie.

Hier encore, quand toutes les ressources de la richesse publique périssent sous vos coups, quand votre incapacité éclate aux yeux les plus prévenus en votre faveur, quand il est évident pour tous que l'administration des plus petits intérêts serait trop lourde pour vos forces, vous mettiez sous le séquestre les chemins de fer, vous attentiez à une propriété sacrée.

Dites-nous donc, maintenant, ce que sont devenues les promesses que vous nous aviez faites ? Vous nous demandiez deux jours pour les réaliser : ces deux jours sont bien loin de nous.

Au lieu de cet abaissement des droits qui pèsent si lourdement sur la nourriture de tous; au lieu de ce premier acompte de la vie à bon marché, est-ce donc la banqueroute que vous nous réserviez ? Et ne la voyez-vous pas se dresser inexorable, hideuse, et prête à vous engloutir sous la fortune croulante de l'État ?

Pour nous, travailleurs, notre conduite est tracée. Nous n'avons rien à attendre des dépositaires actuels du pouvoir; l'heure de l'opposition est venue; serrons nos rangs. Des deux partis qui nous convient, l'un place dans l'application de ses théories purement politiques tout l'avenir de la patrie. Il croit avoir tout fait, parce qu'il a proclamé la République. La forme le rassasie. L'autre ne prend pas la forme pour but; il veut que la fraternité et l'égalité ne restent pas des formules vainement écrites; sa prétention est d'asseoir leur introduction dans les mœurs sociales sur l'émancipation matérielle, de fonder la jeune République sur le bien-être étendu à tous les membres de la grande famille française.

Entre ces deux partis, notre choix est fait; nous sommes pour les réformateurs qui comprennent nos besoins, qui ont partagé nos épreuves, contre ces politiques qui méconnaissent depuis deux mois tous nos instincts, tous nos intérêts, et qui ne parlent même pas notre langue.

REVUE DES JOURNAUX[1]

La Tribune nationale publiera tous les jours, comme nous l'avons dit plus haut, une *Revue des journaux*. Cette revue comprendra l'analyse exacte de la polémique de toutes les feuilles politiques de Paris. Un résumé des discussions de la presse doit être complet, pour être intéressant. Si, dans ce résumé, nous ne mentionnons pas, dès aujourd'hui, tous les organes de la publicité parisienne, c'est que, pour le spécimen d'une publication, il s'agit plutôt d'indiquer un plan que de le réaliser.

Nos lecteurs remarqueront d'ailleurs que, dans ce tableau des luttes de l'opinion, nous aurons toujours soin de présenter chaque athlète dans le groupe où il doit figurer.

*

[27 mai 1848[1]]

UNE RÉACTION
DÉNONCÉE PAR *LE BIEN PUBLIC*

La réaction, voilà ce qui excite les colères et enfle la voix du journal de M. de *Lamartine*. Aurait-on découvert quelque intrigue monarchique ? *Le National* aurait-il ramené le prince de Joinville à Paris, ou le comte de Chambord serait-il réellement à Bordeaux ? Non, *Le Bien public* ne soupçonne rien de tout cela, et même il veut bien ne voir en France que de bons et loyaux républicains.

Mais en vérité il s'agit d'une réaction bien autrement importante !

La popularité de M. de Lamartine se meurt.

On attaque M. de Lamartine qui agit, qui décrète, qui mène les affaires du pays; on discute ses actes, on ne lui tient pas compte de ses espérances, on s'ingénie à nombrer[2] les grains de poussière sur les pieds de cet homme d'État illustre qui nous a fait par deux mois de veilles cette situation, cette destinée si grandes et si prospères, dont la France jouit et qui devrait lui inspirer tant d'orgueil.

Que M. de Lamartine et ses amis aient commis des fautes, *Le Bien public* ne le nie pas; mais aussi de quelles vraies et impérissables victoires, de quelles grandes et belles journées, n'ont-ils pas doté l'histoire de notre dernière révolution !

Savez-vous cependant qui sont les ennemis de M. de Lamartine ? Ce sont les rêveurs qui cherchent une république idéale, platonique, indéfinie, inconnue, invisible, intangible, envieux de l'inflexibilité politique et des idées positives qu'il a développées au pouvoir.

C'est en ces termes que M. de Lamartine se fait juger lui-même et se plaint de l'ingratitude de notre temps. Dans une circonstance qui n'appartient pas à un passé bien éloigné, l'illustre poète relevait cette pensée de *Tacite* et disait que, dans les temps de révolution, le plus difficile pour un homme de bien n'était pas tant de faire son devoir que de le connaître et de rester à la hauteur du rôle qui lui était fait dans l'État. C'est sa propre histoire écrite par Tacite que M. de Lamartine reproduisait sans s'en douter, et c'est avec un profond sentiment de regret et de sincère affliction que nous voyons nous-même cet homme, sur l'avenir duquel la France s'était plu à fonder d'autres espérances, s'engager dans une voie où il fait depuis quelque temps un si rapide et si étrange chemin. Riche de toute la gloire que peut rêver le poète, écouté avec avidité par la foule pour cet admirable langage qui jette sur tous ses discours comme un reflet des ailes dorées de la muse des *Méditations,* M. de Lamartine, dans les circonstances qui viennent de se produire, pouvait être encore appelé à personnifier en lui les plus honorables, les plus généreux sentiments de ce pays. La France l'espérait, nous l'espérions avec elle.

Est-ce notre faute, à nous, s'il n'a rien de la pensée de l'homme d'État, de la netteté de vues, de la précision dans le jugement, qui font des hommes pratiques, par-delà cette parole qui captive et qui entraîne ; et parce que nous ne voulons pas suivre M. de Lamartine dans cette nouvelle étape qu'il fait vers le Jacobinisme usé de nos mauvais jours, faudra-t-il donc qu'il vienne nous accuser par son organe intime dans la presse, de vouloir semer la défiance et la colère, de vouloir abattre les auréoles dont il voit toujours sa tête illuminée, et surtout qu'il accuse nos yeux de ne pouvoir supporter tant d'éclat au front du nouveau pouvoir.

Mais, écoutez *Le Bien public,* et voilà ce qui est peut-être échappé à la plume de M. de Lamartine lui-même — (c'est aux réactionnaires qu'il parle) : « Eh quoi ! s'écrie-t-il, que feriez-vous de plus, si vous étiez hostiles à la République, et si vous vouliez repasser de l'autre côté du 24 février ? »

Ainsi, la République est donc tout entière dans le Gouvernement provisoire dont M. de Lamartine a fait partie, et il n'y a pas de bon républicain qui ne doive approuver tous les actes de ce Gouvernement.

Séparons une fois pour toutes le Gouvernement provisoire et ses actes, de la révolution du 24 février et de ses conséquences immédiates.

Le crédit public ruiné, toute autorité détruite, toutes les passions surexcitées, toutes les misères aggravées, les ambitions, les cupidités bouillonnantes de ses amis servies et non rassasiées, la justice mise au service de la politique, l'arbitraire effaçant le droit commun, l'imprévoyance régnant, l'inconséquence gouvernant, le dépôt du pouvoir érigé en dictature, tels ont été les actes du Gouvernement provisoire ; la confiance, l'union, la fraternité, proclamées sur les barricades, tels ont été les faits de la Révolution.

Que M. de Lamartine garde donc pour lui-même et fasse un signet à cette page de l'histoire des trois mois qu'il a passés au pouvoir, mais qu'il laisse à la Révolution ce qui lui appartient, les grands principes qu'elle a imposés, les institutions, les réformes qu'elle exige encore et que M. de Lamartine ne lui a pas données.

Ce qu'on peut bénir, ce qu'on peut glorifier, ce qu'on peut invoquer dans la Révolution appartient à la Révolution elle-même, et à elle seule.

Certes, ce n'est pas nous qui affligerons M. de Lamartine de ces dédains dont il se promet de sourire; mais, en vérité, il y a quelque chose d'étrange dans cet orgueil d'un homme d'État qui n'a rien produit, qui a pu gémir comme un poète éloquent sur les maux du peuple sans semer une pensée qui leur vienne en aide, et qui s'imagine que l'attaquer c'est repasser de l'autre côté du 24 février, et de la République retourner à la monarchie.

*

[31 mai 1848.]

PARIS, 31 MAI

Les élections du 4 juin auront une signification profonde[1]. Le suffrage universel a fonctionné il y a un mois, mais l'étreinte arbitraire du Gouvernement provisoire avait pesé sur lui.

Aujourd'hui, en face de l'Assemblée souveraine constituée, il n'est plus permis à la morgue proconsulaire d'altérer la vérité de la situation.

On a vu à l'œuvre le Gouvernement provisoire; on peut apprécier cette amnistie trop généreuse par laquelle l'Assemblée nationale a consenti à couvrir ses actes; on peut apprécier l'esprit et les tendances de l'Assemblée elle-même.

Il appartient au pays de dessiner à cette heure le sens de cette forme républicaine que nous avons tous voulue, que nous avons tous acceptée.

Le National[2], qui s'est érigé en grand électeur de la France nouvelle, vient nous présenter ses candidats, au nom de la république démocratique.

Il ne faut pas qu'on s'y trompe; qu'entend *Le National* par ses candidats démocratiques ? Serait-ce, par hasard, la continuation et l'accroissement de sa *dynastie* ?

Trouverait-il qu'il n'y a à la Constituante ni assez de Duclerc, ni assez de Thomas, ni assez de Recurt, ni assez de Marrast[3] ?

Comment ! trois mois et demi après l'organisation impuissante de la majorité satisfaite ! trois mois enfin après le 24 février qui a fait de tout cela table rase ! Comment ! après tout cela, vous n'avez pas assez, M. Marrast, de la mairie de Paris, de la direction des Ateliers nationaux, du commandement de la garde nationale, de trois dictateurs sur cinq, de six ministres sur onze, du chiffre innombrable des places du proconsulat départemental, de la dignité de sonneur de cloches à Saint-Eustache pour votre domestique; cour de cassation, cour des comptes, toute la magistrature amovible et inamovible, tout cela a passé sous le crible de votre insatiable coterie.

Vous avez une majorité à la Chambre qui a élu M. Buchez[1] et qui, en vacillant de droite à gauche et de gauche à droite, parvient à se tenir sur ses propres jambes; vous êtes le président du club réuni des Pyramides et du club présidé par M. Dupont (de l'Eure)[2].

Et vous voulez encore ajouter à cela les 39 fois 25 francs par jour pour vos intimes et pour ceux qui vous promettent leurs voix?

C'est là le système tout entier de M. Guizot! et vous êtes le *doctrinaire* de la République. Tout le monde vous a reconnu à vos allures et à vos actes.

Nous vous connaissons, et la France républicaine vous jugera, comme la France constitutionnelle a jugé M. Guizot.

Ô vous êtes bien là, vous et les vôtres; vous êtes bien les *ultra-conservateurs* de la République!

Mais que voulez-vous donc conserver de cette république qui n'existe encore que de nom? Tout est encore à faire.

Louis-Philippe a gâché des millions, vous gâchez des milliards!

Quelles sont les choses? quelles sont les formes que vous avez changées?

Tout est à faire, et vous, vous êtes conservateurs! Oui, vous êtes conservateurs par tempérament et par principe; conservateurs acharnés... de vos places!

Eh bien! entre ces politiques que la forme rassasie et les réformateurs qui veulent profondément élever le sort de toutes les classes de la société à la hauteur des services qu'elles sont capables de rendre, nous ne l'avons déjà dit, notre choix est fait!

Entre ces proconsuls de hasard et les hommes qui veulent donner à notre révolution toute sa signification sociale, nous n'hésiterons jamais.

Nous repousserons les fous dirigés par des idées fixes, les prétentieux utopistes qui ne savent pas soutenir le choc d'une contradiction, ou ceux enfin dont la conscience ne veut pas plier sous le jugement du bon sens public et de l'expérience. Mais nous voulons des réformes, car il ne s'agit plus aujourd'hui de résister; il faut marcher en avant sous peine de voir tout crouler.

Que les électeurs cherchent autour d'eux, et qu'ils reconnaissent leurs vrais amis.

Les événements des trois derniers mois ont été assez graves pour mettre en saillie les caractères et les idées.

La Tribune nationale leur offre son actif concours.

Au bout de cet échange d'idées entre les électeurs et la presse indépendante, libre des partis pris, nous trouverons la véritable sauvegarde de la République.

La Révolution de 89 a trouvé dans le sein de la nation une foule d'hommes éminents qui ont illustré la France et l'humanité.

Mais vous, rendez-vous donc justice; convenez que vous n'avez que la présomption du pouvoir, et puisque vous ne faites que de petites choses, soyez modestes !

*

[4 juin 1848.]

LES DOCTRINAIRES DE LA RÉPUBLIQUE

Ce n'est pas nous qui avons prononcé le mot de réaction. Nous ne croyons pas à la réaction contre la République, mais, en vérité, si les doctrinaires de la démocratie voulaient y faire croire, que feraient-ils autre chose que ce qu'ils font ? Partout les abus de la monarchie, maintenus ou consacrés, se recrutent effrontément de tous ceux inhérents à la forme actuelle elle-même.

L'opposition du dernier règne demandait chaque jour qu'on entourât le trône d'institutions républicaines.

Cette opposition est au pouvoir aujourd'hui, et la voilà qui veut entourer la République de toutes les garanties, de tous les abus que défendait pied à pied la monarchie. Qu'est-ce à dire ? Aurait-on pris à tâche d'amener les peuples à mépriser tout pouvoir, à maudire toute autorité ? Eh quoi ! après une Révolution faite au nom de réformes dont vous étiez les plus ardents promoteurs, le pays vous aura confié la puissance publique, et vous oserez repousser impudemment ces réformes où vous l'avez convié pendant dix-sept années !

Vous oserez lui avouer que vous lui avez menti pendant dix-sept ans, et que toutes vos grandes colères, tous les gros mots que vous répandiez chaque jour à cent mille exemplaires sur la France attentive, n'étaient qu'une indigne comédie.

Mais M. Guizot, que vous attaquiez, M. Guizot lui-même convenait qu'il fallait étendre le cercle des incompatibilités.

Rendez-nous donc ces grandes fureurs, ces diatribes virulentes par lesquelles vous accueilliez cet ajournement d'un an qu'il vous demandait; ou bien convenez tout de suite que cette guerre que vous faisiez n'était qu'une guerre de places, une guerre du bien public à votre profit.

Comment ! cette proposition des incompatibilités dont souriait votre patriotisme, tant elle vous semblait bénigne, cette proposition vous effraie aujourd'hui et vous la repoussez comme radicale.

Comment ! le cumul des fonctions de représentants et de toutes les fonctions publiques, que vous dénonciez chaque jour comme un élément d'infâme corruption, est donc devenu tout à coup la chose la plus simple et la plus morale, et pour cela il a suffi que vous occupassiez toutes les avenues du pouvoir par vos amis ou par vous-mêmes.

Comment ! cette désorganisation administrative et judiciaire, dont vous accusiez les députés fonctionnaires, par l'obligation d'abandonner leur poste pendant les sessions, tout cela était vrai sous la monarchie, tout cela est faux sous la République, et le seul fait de votre présence au pouvoir a concilié cette double exigence des devoirs du magistrat et des devoirs du député.

En vérité, la République que vous nous faites est une panacée dont nous ne soupçonnions pas toute la puissance, et, pour peu que cela continue, il faut croire que nous sommes réservés à bien d'autres surprises, à bien d'autres étonnements.

Mais, où voulez-vous en venir en déchirant ainsi le voile qui couvrait votre opposition sous le dernier règne ?

Pensez-vous que le pays vous suive dans ces étapes que vous faites vers l'organisation de tous les abus que vous combattiez ?

Pensez-vous lui faire aimer aujourd'hui ce que vous lui avez appris à détester de tous temps ?

Étrange erreur que la vôtre, et d'ailleurs, par quels talents élevés, par quels services rendus avez-vous signalé votre passage à une dictature qui a duré trois mois ? Avez-vous au moins cette éloquence qui subjugue une assemblée et tient tout un peuple attentif et obéissant à des théories qui l'éblouissent, si elles ne le servent pas ?

Non, vous n'avez rien de tout cela; vous n'êtes ni orateurs ni hommes d'État, vous n'êtes que des faiseurs, et vous n'êtes pas même la monnaie des doctrinaires de la monarchie !

PHYSIONOMIE DE LA CHAMBRE

Toutes les tribunes de l'Assemblée nationale étaient envahies aujourd'hui par les curieux qu'avait amenés la discussion sur le rapport de la commission relatif à la mise en accusation de M. Louis Blanc[1].

Beaucoup d'orateurs ont pris la parole. MM. Mathieu (de la Drôme), Laurent (de l'Ardèche)[2], sont venus combattre les conclusions du rapport. M. Marrast est venu déclarer que M. Louis Blanc n'était pas le 15 mai à l'Hôtel de Ville[3].

M. Favre[4] a seul parlé en faveur de son rapport. Pendant un instant, des scènes tumultueuses se sont produites dans l'Assemblée, et ont appelé MM. Langlais et Danjoie[1] à la tribune. La Chambre est intervenue par l'ordre du jour.

M. Louis Blanc a prononcé quelques mots pour démentir de nouveau toute participation dans les événements du 15 mai.

L'Assemblée, après deux épreuves douteuses, votant au scrutin de division, a repoussé sa mise en accusation par 369 voix contre 337.

L'avenir de la République le veut, il faut que la lumière se fasse sur les événements du 15 mai, et comme les élections sont pour la France, la lumière se fera.

Déjà la commission du pouvoir exécutif est venue plaider sa cause devant le peuple; mais ce pouvoir qui, pendant quinze jours, avait gardé le silence le plus absolu, ne pouvait-il donc attendre encore quinze jours que les juges eussent prononcé dans une affaire où il est partie ? Non; en parlant, le pouvoir, non seulement, a commis une maladresse, mais, bien plus, il a manqué de dignité.

À son tour, M. Caussidière[2], forcé jusque dans ses derniers retranchements par le *factum* du pouvoir exécutif, est venu jeter dans la balance de l'opinion le poids de sa parole. M. Caussidière qui, suivant son expression, faisait de l'ordre avec le désordre, avance et prouve que lorsque, dans les circonstances difficiles où il s'est trouvé, il a voulu marcher en avant, il s'est toujours trouvé un pouvoir supérieur qui l'a cloué à la même place. Il paraît que si Blanqui n'avait pas depuis longtemps été arrêté, c'est que ce pouvoir supérieur ne le voulait pas; que si Sobrier[3] a eu des armes et une garde, c'est que ce même pouvoir supérieur le voulait. Enfin, lorsque le même pouvoir vient dire que lui, Caussidière, avait donné l'assurance « que la manifestation avait à sa tête des hommes dont il pouvait répondre comme de lui-même », eh bien ! il donne aux signataires du rapport le démenti le plus formel. Ce démenti sera-t-il relevé ?

Puis voici venir M. Louis Blanc, qui se qualifie le PREMIER OUVRIER DE FRANCE, qui proteste de toutes ses forces contre les accusations dont il est l'objet. M. Louis Blanc est-il coupable, est-il innocent ? Lui seul le sait. Dans tous les cas, et puisqu'on avait laissé quinze jours M. Blanc sur son siège de représentant, on eût bien fait de l'abandonner au tribunal de l'opinion publique; au moins, est-ce l'opinion de l'Assemblée qui a refusé d'accorder au Procureur de la République l'autorisation d'exercer ses poursuites contre lui.

Enfin, M. Lamartine, que l'impopularité commence à étreindre dans ses bras de glace, se débat contre sa destinée qu'on eût voulu lui faire si belle, mais que son mauvais génie a voulu anéantir.

M. Lamartine s'est cru un instant un grand homme politique, le peuple l'a cru avec lui, mais, le premier moment de l'enthousiasme passé, lorsque le dernier écho de ses magnifiques paroles s'est tu, alors le peuple a réfléchi, le peuple a dépouillé l'homme, et sous les poétiques pensées du grand écrivain, il n'a pas trouvé une idée d'avenir.

Il a vu M. Lamartine, devenu puissant, aimer le pouvoir pour lui-même, et détester l'opposition pour elle-même; car, a-t-il dit, en parlant de M. Ledru-Rollin[1] : « Toute force délaissée est une rancune, toute rancune est une opposition et toute opposition est un danger. » M. Lamartine, qui proclame l'opposition comme un danger, ignore donc que c'est l'opposition seule qui signale le danger, et que sans opposition, ce sera le hasard et le caprice seuls qui gouverneront la République.

*

[5 juin 1848.]

RÉTABLISSEMENT DE L'ORDRE

Dans une de ses dernières proclamations le gouvernement disait : Il n'y a point de travail possible, sans ordre !

Un pareil gouvernement prêcher l'ordre ! le gouvernement des Marrast, des Flocon et des Pagnerre[2] nous prêchant l'ordre du fond de leurs palais du Luxembourg, de Saint-Cloud et de Versailles, il y aurait là la plus ridicule, la plus réjouissante, la plus ébouriffante des comédies, si malheureusement dans le présent il n'y avait pas des larmes et dans l'avenir du sang !

Le gouvernement prêche l'ordre ! Mais qu'est-il donc lui-même si ce n'est le désordre vivant, le plus affreux désordre, le désordre matériel, intellectuel et moral personnifié ? L'absence de toute initiative, de toute conception dominatrice, de toute pensée haute et vigoureuse, qu'est-ce, sinon le désordre ?

Le gaspillage des finances, la dilapidation de la fortune publique, un déficit nouveau de 867 millions ajouté au déficit antérieur de 600 millions. La folle augmentation des dépenses, la folle diminution des recettes, l'épuisement de toutes les ressources du pays, la ruine du commerce, du travail et du crédit; qu'est-ce encore, sinon le désordre ?

Cet envahissement sans pudeur, cette curée sans vergogne, ce cumul déhonté de tous les emplois, de toutes les dignités, de tous les honneurs, de toutes les fonctions publiques; qu'est-ce toujours, sinon le plus coupable désordre ?

Et ces pilotes, qui au milieu de la tempête, éperdus, troublés, abandonnent à lui-même le gouvernail au lieu de le tenir d'une main ferme.

Et ces généraux d'armée qui, au milieu du tumulte des batailles, perdent la tête en attendant les ordres de leurs soldats au lieu de leur en donner. Qu'est-ce, sinon l'incapacité la plus méprisable, le désordre le plus dangereux ?

Qu'est-ce que ces hommes qui garantissent du travail aux ouvriers, sans connaître les moyens de réussir ?

Qu'est-ce que ces hommes qui font à la nation les plus belles promesses, qui bercent le peuple des plus belles espérances, et qui, dans l'impuissance de réaliser leur programme, lorsque la nation s'inquiète et s'agite, lorsque le peuple murmure et gronde, se sentent pris de vertige, balbutient des ordres de guerre, s'entourent de l'appareil des armes et mettent toute leur confiance dans l'appui des canons et des baïonnettes ?

Qu'est-ce que ces hommes élevés sur le pavois populaire qui, au lendemain d'une révolution, oublient la toute-puissance des idées, nient la souveraineté et la majesté du droit pour faire appel à la force brutale ?

Qu'est-ce que ces hommes sortis des barricades, dont toute la légitimité consiste dans les barricades, et qui, au lendemain des barricades, parlent de museler le peuple vainqueur, de bâillonner la presse, d'escamoter tous les droits que l'homme tient de Dieu ! de confisquer toutes les libertés qui sont l'apanage de la royauté de l'homme sur la terre ?

Tout cela, est-ce de l'ordre ? Non, mille fois non, ce n'est pas de l'ordre. Tout cela est un appel aux armes, c'est une provocation à la guerre civile, c'est une épouvantable guerre d'extermination dont l'histoire aura jamais à enregistrer le sanglant souvenir !

Encore une fois, ce n'est pas là de l'ordre !

L'ordre, c'est la justice, l'ordre c'est le bonheur, l'ordre c'est le règne de la raison et de la probité !

L'ordre c'est l'union entre tous les citoyens, et vous ne savez que jeter la discorde et la haine dans toutes les classes de la société.

L'ordre ce n'est pas l'appareil de la guerre, c'est le spectacle de la paix ! ce n'est pas la guerre civile préparant ses torches pour les promener par toute la France, c'est la civilisation enfantant ses merveilles, c'est le travail prodiguant à l'envi à tous les citoyens, à tous les enfants de la même patrie, ses richesses et ses trésors.

Nous ne reconnaissons donc pas d'autre ordre que le travail.

Permis à un gouvernement inepte, à un gouvernement inconséquent, à un gouvernement d'incapables, à un gouvernement illégitime puisqu'il n'est pas la réunion des hautes intelligences de la France, de proclamer cette maxime vide de sens : Sans ordre, pas de travail.

Nous disons donc, avec toute la France : Sans travail, point d'ordre.

La maxime du gouvernement est la plus sanglante satire d'un pouvoir faite par lui-même.

Ou la ruine du travail a une cause purement politique telle que la chute de l'ancien gouvernement, et alors évidemment l'avènement des grands hommes d'État qui nous gouvernent, l'exaltation des Marrast et des Flocon, des Pagnerre et des Duclerc, l'élévation de tous ces grands hommes du *National* et de *La Réforme*[1] devait rassurer tous les esprits, faire cesser la crise industrielle, ramener a confiance, faire renaître le crédit et refleurir le travail.

Ou la ruine du travail tient à des causes plus profondes, telles que des vices organiques et des conditions matériellement impossibles, et alors ces hommes qui promènent leur incapacité dans les salons de l'Hôtel de Ville et du Luxembourg, ou qui installent leur fastueuse nullité sous les lambris dorés de Saint-Cloud et de Versailles, dans les palais du grand roi, ces hommes, disons-nous, sont coupables des souffrances qu'ils imposent au peuple, des maux épouvantables qu'ils préparent à la France.

Ce n'est pas l'ordre qui manque pour le rétablissement du travail, c'est le travail au contraire qui manque pour le rétablissement de l'ordre.

Rétablissez le travail, l'ordre tel que vous l'entendez, l'ordre des troupeaux enfermés dans leurs étables sera aussitôt rétabli. Quant à l'ordre véritable, à l'ordre du bon sens et de la justice, à cet ordre qui n'est autre chose que le règne de la raison et de la probité, c'est au mépris public à le rétablir.

Une page dans les annales du ridicule et du mépris, telle est la part que vous fera l'histoire, telle est l'auréole qui entourera vos noms dans la postérité !

*

[6 juin 1848.]

DES MOYENS PROPOSÉS
POUR L'AMÉLIORATION DU SORT
DES TRAVAILLEURS

Deux questions sont à résoudre qui contiennent l'avenir même de notre société. La question du travail et celle de notre organisation financière, toutes deux étroitement liées entre elles. Beaucoup de projets ont été émis, de nombreux systèmes se sont produits ; nous n'aborderons ici que ceux qui n'ont pas été jugés sans retour par le bon sens public, comme l'est, par exemple, le système de Louis Blanc.

On a dit depuis longtemps que les beaux esprits se rencontrent. *Le National,* organe des doctrinaires de la République, se rencontre

le même jour et sur le même terrain avec le *Journal des Débats,*
organe des doctrinaires de la monarchie.

Après huit ou dix lettres interminables, pleines de répétitions
et de raisonnements appuyés sur des considérants très pratiques,
mais qui roulent continuellement dans un même cercle restreint
et borné, M. Michel Chevalier[1] vient de conclure enfin, en assurant
qu'il n'y a rien d'autre à faire pour le bien-être du peuple que
d'établir une plus équitable répartition des bénéfices industriels
entre le maître et l'ouvrier, entre le capital et le travail.

Il passe sous silence les débats existants entre le principe du droit
de propriété, et le droit du travail, proclamé par le Gouvernement
provisoire; enfin il avoue ne comprendre rien de mieux, et rien
de plus radical, que la situation présente des classes dans les républiques américaines.

Le National, organe d'une coterie menacée par le danger qui
s'aggrave des retards de la solution des idées socialistes, traite la
question du travail dans le même sens. Il conclut de même que
les *Débats ;* mais il s'avance davantage; pressé par la situation, il
décide *ad hoc* la solution de la difficulté en proposant un projet qui
sera probablement déposé bientôt sur les bureaux de la Chambre.

Le National ne fait que reprendre plus ou moins exactement les
idées de M. Olinde Rodrigues[2], que tout le monde a pu juger
d'après ses nombreuses affiches plus ou moins grandes.

Tout le produit du travail des associés entrerait dans une caisse
commune et serait distribué ainsi qu'il suit :

« 1° Une part serait prélevée par chaque associé à titre de salaire
quotidien, car ce n'est pas tout que d'être associé, il faut vivre, et
l'on ne serait pas longtemps associé si l'on ne vivait pas. Seulement on fixerait ce salaire au taux le plus bas possible. Il assurerait
à l'ouvrier le strict nécessaire.

« 2° Une autre part servirait à former un fonds de roulement
et de réserve qui ne pourrait être partagé qu'à la dissolution de
la société.

« 3° Avec une autre, on constituerait un fonds commun destiné
aux secours ou pensions à accorder aux associés malades, infirmes, etc., et à former une caisse d'assurance mutuelle qui lierait
entre eux tous les établissements analogues.

« 4° La quatrième, enfin, serait répartie entre les associés en
proportion de leur habileté, de leur assiduité, de leurs services;
enfin, après chaque inventaire, le dividende de chacun serait porté
à son compte personnel et libre. »

Comme nous voyons, le projet est court, trop court malheureusement.

Il faudrait que *Le National* et M. Olinde Rodrigues nous expli-
quassent comment ils entendent la possibilité des répartitions des
bénéfices, et d'autres questions qui se rattachent à ce système; par
exemple : Les ouvriers associés ou admis à une pareille entreprise
deviennent-ils inféodés à cette propriété, peuvent-ils être ou non

expulsés ? Ceux qui le seront, dans quelle proportion et de quelle manière pourront-ils toucher le surplus de leur salaire qui vient de la répartition des bénéfices après la réalisation de l'affaire ? Où s'arrête le cercle des ayants droit aux partages des bénéfices nets ?

Dans les grandes administrations, sont-ce seulement les buralistes et les ouvriers armés de pioches, de pelles et des instruments qui ont droit à ce partage ? Repoussera-t-on les conditions plus infimes de l'administration, et les industriels qui concourent à la prospérité de l'exploitation ? Dans des associations moins considérables, repoussera-t-on du partage la domesticité ?

Le partage des bénéfices entre le capital et le travail étant admis après le prélèvement du salaire, admettra-t-on aussi le partage des pertes ?

Pour le capitaliste, le numéraire est un outil et une propriété comme le sont pour l'ouvrier la force et l'intelligence. Si nous admettons donc l'égalité des droits pour le travail comme pour la propriété, lorsque le capitaliste perd son capital, que perdra l'ouvrier ?

Le partage des bénéfices est un puissant moyen d'encourager le travailleur, nous en convenons; mais lorsque cet avantage cessera d'être facultatif, lorsqu'il deviendra un droit, autant vaudra pour l'ouvrier travailler ici ou là-bas, travailler plus ou moins bien. En changeant d'atelier, le fainéant ne peut-il pas espérer trouver un atelier où le partage des bénéfices sera plus profitable pour lui que dans ceux qu'il a quittés après les avoir compromis par son mauvais travail ?

Nous convenons que ce système peut avoir néanmoins des résultats très heureux; mais il ne peut être envisagé comme un spécifique universel, comme le dernier mot d'une amélioration nécessaire aujourd'hui. Nous croyons que ce système sera sujet à de grands mécomptes.

Nous avons le droit de supposer que *Le National* et les *Débats* calculent sur ces mécomptes, et, en ne voulant admettre aucune amélioration radicale, ils jettent celle-là aux passions et aux souffrances populaires, certains que de déception en déception, de difficulté en difficulté, le peuple retombera dans l'ancienne ornière.

De la part des *Débats*, c'est un leurre, mais c'est une trahison de la part du *National*. Du reste, ce système ne touche nullement à la question de la mendicité, de l'éducation populaire et du manque de travail. Ce système ne résout rien de tout cela, c'est une bonne idée, mais qui pourrait tout au plus prendre place dans un système plus général et plus radical.

Après ce système, vient de droit celui de MM. Proudhon et Girardin, auteurs du projet de *banque d'échange*.

Nous sommes loin de repousser cette institution désirable, nous y voyons l'augmentation du signe représentatif et la généralisation du système d'entrepôt[1].

L'imagination trop vive de l'auteur de ce projet et les craintes des alarmistes, attribuent à ce système de plus larges résultats. Il ne s'agirait rien moins que de supprimer le numéraire métallique et tout intermédiaire entre le consommateur et le producteur.

M. Proudhon part d'une base violemment injuste; il considère la propriété comme un vol, il conteste le droit et la moralité du prélèvement d'un certain tribut (du revenu) exigé pour l'emploi offert à autrui de la propriété possédée ! capital ou propriété immobilière.

Il constate le droit du travail, il veut que celui-ci rapporte, et il a raison. Il a même la bonté de ne pas détruire tout d'un coup la propriété; mais il veut que tout le monde mange son capital; il défend tout revenu, il exige l'échange égalitaire.

Évidemment M. Proudhon ne veut pas protéger également la propriété et le travail; il est aussi partial dans son système que la société d'aujourd'hui, qui ne veut protéger que le droit de la propriété.

M. Proudhon croit aussi détruire la valeur de l'or et de l'argent en créant un papier hypothéqué sur les produits du travail déposé pour l'échange.

Mais quelle serait la base de ce nouveau signe représentatif ? Offre-t-il, pour terme de comparaison et d'échange, une nouvelle idée, une mesure de blé, une valeur fictive ? Pas du tout; c'est l'or et l'argent qui sont la base de ce nouveau papier émis. Quelle étrange manière de nier et tuer une valeur en la constatant !

Nous servons d'autant mieux l'idée de M. Proudhon que nous la dégageons de la portée que ses détracteurs et ses amis lui assignent.

C'est un projet utile, mais qui n'a pas le caractère d'utilité générale qu'on lui prête, pour l'amélioration des classes pauvres.

Nous avons jugé déjà, dans le numéro du 29 mai, l'idée de M. de Lamennais[1], qui pense apporter un soulagement radical aux souffrances du peuple par l'augmentation des exportations à l'étranger.

Nous avons démontré que ce système peut être employé progressivement et dépendre de l'accroissement de la fortune publique; nous avons dit : c'est plutôt une cause qu'un moyen.

En dernier lieu, l'esprit public s'est tourné du côté des améliorations agricoles. Il y a aujourd'hui toute une école qui croit fermement que là gît le nœud gordien de la question de l'organisation du travail.

Tel est l'exclusivisme des écoles. *Hors moi, rien de vrai, je résume tout.*

Ce système est pourtant, comme les trois autres, une idée juste et nécessaire.

L'agriculture ne peut jamais être trop encouragée et protégée; mais ce système n'a pas le caractère de généralité dont nous nous occupons aujourd'hui. En somme, ces quatre systèmes, saillants entre tous ceux que chaque jour produit, pourront utilement faire partie d'un système complet qui viendrait réaliser les améliorations que nous voudrions voir adoptées par l'Assemblée nationale.

Il y a plus de cent ans, la passion dominante de nos pères était l'*alchimie,* la recherche de l'absolu, de l'or, des diamants; de ces folles tentatives est née une science sérieuse, la *chimie,* et de nombreuses découvertes qui ont grandi le cercle de la puissance humaine, sans entamer pourtant la nature du monde et de la société.

La maladie épidémique qui nous dévore a sa source dans des sentiments plus élevés que ceux du siècle passé. Dieu veuille que nous ne devions pas la payer, comme nos pères, par la perte des fortunes isolées. Puisse la nation et l'humanité ne pas souffrir de nos recherches !

Ces tentatives auront le même résultat qu'autrefois; la nature des choses sera agrandie, mais non changée.

Le droit de propriété sortira régénéré, plus fort et plus stable que jamais, il sera agrandi et développé par le droit nouvellement constaté du travail.

La philosophie indiquera leur commune origine, et l'État leur offrira l'égalité de protection, en leur imposant les mêmes droits et les mêmes charges.

Espérons dans l'avenir, et ne doutons pas que l'esprit des trois révolutions ne triomphe de toutes les difficultés que rencontrerait encore la mise en pratique de théories où sont engagés les intérêts les plus immédiats de la civilisation et de l'humanité.

PHYSIONOMIE DE LA CHAMBRE

Après la lecture du procès-verbal, M. Clément Thomas a pris la parole pour expliquer quelques paroles imprudentes qui lui seraient échappées lorsqu'on a parlé de l'ordre de la Légion d'honneur[1]. « À Dieu ne plaise, s'est-il écrié, que j'aie voulu blesser d'honorables susceptibilités, en qualifiant, ainsi que l'empereur Napoléon l'avait fait, cet ordre de hochet. Je le déclare, plutôt que de prononcer une parole qui pût blesser ceux qui portent sur leur poitrine ce signe glorieux, j'aimerais mieux que ma langue se séchât dans ma bouche. »

Après l'amende honorable de M. Thomas, un grand nombre de membres sont venus à la suite les uns des autres déposer sur le bureau du président des carrés de papier qu'ils ont baptisés du nom de pétitions.

L'Assemblée se dispose à procéder à la nomination d'un président. M. Buchez se lève et prie la Chambre de ne point l'honorer de ses suffrages. La Chambre fait droit avec un louable empressement à la prière de M. Buchez, en appelant M. Sénard[1] à la présidence.

Pendant que l'on procédait au dépouillement du scrutin, un grave incident s'est produit. À la séance de samedi, lorsqu'il s'est agi de voter, sur les conclusions de la commission, la mise en accusation de M. Louis Blanc, la plupart des ministres, et particulièrement celui de la Justice, ont voté contre. Après la séance, le procureur général et celui de la République ont donné leur démission.

À la séance de ce jour, M. Payer[2] ayant demandé si, avant de former une demande en poursuites près de la Chambre, M. Crémieux avait été consulté, celui-ci a répondu : « Le procureur général a poursuivi parce qu'il a jugé à propos de le faire ; il l'a fait sans l'autorisation des ministres, dont au reste il n'avait pas besoin.

« La justice a eu son initiative libre. Lorsque, je le répète, le procureur général m'a parlé de son réquisitoire, je lui ai dit : Êtes-vous bien disposé à poursuivre ? — Oui, m'a dit le citoyen Portalis, et si l'autorisation m'est refusée, je donne ma démission. La commission exécutive n'a pas eu connaissance de la procédure, et le Conseil des ministres n'a pas dû intervenir dans les opérations de la justice régulière. » — Comment ! s'est écrié M. Portalis, que M. le ministre de la Justice ait changé d'avis entre deux épreuves, c'est possible ; mais qu'il ne vienne pas dire que le réquisitoire a été déposé à son insu ; car c'est lui qui le premier devant le gouvernement a proposé de déposer le réquisitoire, c'est lui qui l'a appuyé, c'est lui !

Oui, c'est M. le ministre, qui a développé devant les membres du gouvernement le but des poursuites, a expliqué le réquisitoire qui devait être déposé le jour même. — Oui, s'écrie M. Landrin, après avoir consulté la commission du pouvoir exécutif, M. Crémieux, qui avait eu les pièces entre ses mains, en nous annonçant au nom du pouvoir exécutif, que rien ne pouvait arrêter le cours de la justice, nous a dit : « Nous marcherons d'accord. » Et cependant, il a voté contre notre demande.

— À tous ces dires, M. Crémieux oppose aussitôt le démenti le plus formel et s'écrie : Ils affirment et moi je nie, je déclare que je n'ai point dit cela. Je n'ai pas demandé le réquisitoire ; j'ai dit, avant comme après le rapport, que la commission exécutive ne voulait pas intervenir, et bien ! moi non plus, je ne voulais pas intervenir. — M. Portalis répond aussitôt qu'il a dit la vérité. — M. Crémieux réplique qu'il n'est pas un menteur, qu'il est incapable, comme ministre de la Justice, de trahir la vérité[3].

Après le ministre, M. Favre est venu arrondir deux ou trois périodes contre le pouvoir, et a annoncé en trois phrases bien cadencées qu'il venait de donner sa démission parce qu'il se considérait comme désavoué par le pouvoir qui a voté contre ses conclusions. — Nouveau feu de file de démentis qui s'entrecroisent dans les airs, lancés tour à tour par MM. Favre, Portalis, Crémieux,

Flocon et Pagnerre. Ce déplorable incident qui a mis encore à jour une des faiblesses de ce pouvoir, qui n'a même pas le courage de son opinion, a été terminé par l'ordre du jour pur et simple. On annonce qu'après la séance M. Crémieux aurait donné sa démission.

La séance s'est terminée par la présentation d'un projet de loi sur les attroupements. C'est tout simplement un retour aux lois de septembre. Allons, courage ! dans la voie où nous sommes, on nous mènera loin.

En nommant M. Sénard à la présidence, MM. Portalis et Lacrosse au bureau de la Chambre, l'Assemblée nationale a voulu protester seulement contre la conduite inqualifiable tenue dans plusieurs occasions par les dignitaires du pouvoir constitué.

Mais le vote de la Chambre, aggravé par les incidents de la séance, a porté beaucoup plus loin et plus haut.

On peut dire que l'heure des doctrinaires de la République a sonné.

Nous connaissons les morts qui sont nombreux; mais qui dira quel drapeau s'élèvera sur le champ de la Victoire ?

C'est grave, très grave !...

LE REPRÉSENTANT DE L'INDRE

[20 octobre 1848.]

[. . . . .]

ACTUELLEMENT

Quand, le 24 février 1848, la République descendit de ses barricades pour s'installer à l'Hôtel de Ville de la cité mère; quand ce fantôme, adoré des uns et redouté des autres, réapparut de nouveau parmi nous, il se fit un grand silence. Il faut dire le vrai : ce fut une surprise.

Ce n'est point un reproche que nous voulons adresser aux fondateurs armés de cette nouvelle forme de gouvernement. Nous admettons parfaitement le droit des surprises, et nous n'avons rien à voir dans les moyens que Dieu emploie pour conduire la France et l'humanité vers la terre promise toujours fuyante. Après quelques minutes de silence, disons-nous, après que la devise républicaine fut inscrite au front des monuments, avec sa prodigieuse ampleur philosophique; après que le peuple, amoureux de sa dignité et de son honneur, eut le premier donné l'exemple de l'ordre, de la modération et de la religion, la France tout entière se jeta dans les bras de la République.

Il est certain — et cela restera acquis à l'Histoire — que, sauf une très petite quantité d'hésitations et de regrets obstinés, si minime que personne ne la vit, toutes les classes politiques et religieuses, ouvriers prolétaires, ouvriers propriétaires, anciens partisans même de l'opposition légitimiste, républicains traditionnels et de vieille date, se précipitèrent avec enthousiasme dans une fraternelle et mystique union[1], — union que l'on crut définitive. Nous nous faisons gloire d'avoir partagé cette sublime illusion. On crut le baiser de paix une affaire définitive et scellée à jamais.

Le suffrage universel venait d'apparaître dans l'unité de sa vérité rayonnante. Le droit politique absolu était né. La République fut acceptée, non seulement par la population parisienne, mais encore par la population, riche ou pauvre, instruite ou non instruite, des départements. Il importe bien de constater que, loin d'essuyer la moindre rébellion, la République ne reçut que des témoignages d'adhésion sincère. Elle reçut pour ainsi dire la carte de visite de toute la France. Les premières discussions et les premières dissensions, venues à propos des sous-commissaires, commissaires et commissaires extraordinaires, n'étaient point, comme on l'a cru ou comme on a feint de le croire, le résultat d'une malveillance primitive et systématique contre les décisions du peuple de Paris, mais bien la conséquence nécessaire d'une mauvaise hiérarchie et du manque d'unité dans le parti même qui prenait alors la responsabilité du gouvernement des départements.

Peut-être, un jour, raconterons-nous l'histoire détaillée des fautes commises par quelques-uns de ces mandataires, et comment, si réaction il y eut, eux seuls créaient alors la réaction à leur profit. Mais il importe avant tout de bien constater ce fait, c'est qu'une fois, une seule fois peut-être, dans l'histoire de l'humanité, un mouvement s'est produit, qui a rallié en un faisceau toutes les opinions primitivement existantes, et qu'une époque, une journée, une heure a existé, dans le temps, où les sentiments divers de tant d'individus ne furent plus qu'une immense espérance. Il y eut, disons-nous, de la part de la très grande majorité des citoyens français, aspiration à la vertu et à la concorde. Moment unique dans l'histoire, il faut bien le dire, le répéter et le réimprimer sans cesse.

Et pourtant la discorde est venue; conséquemment le désordre social, la stagnation des affaires, la misère du peuple, les récriminations réciproques, etc.

Or, de ces deux faits suffisamment constatés : 1º l'immense bonne volonté de la France; 2º le désordre qui a suivi, ou, si l'on veut, la réinstallation de la discorde, — sort tout naturellement cette réflexion : Combien sont coupables, ceux qui, ayant entre leurs mains le magnifique instrument de la bonne volonté publique, ont si maladroitement ébréché l'outil ! Combien sont criminels, ceux au-devant de qui la confiance est venue, et qui l'ont changée en défiance ! Ne fût-ce qu'inintelligence, il est un fait admis aujourd'hui en politique, c'est que l'incapacité vaut crime.

Que dit aujourd'hui le peuple parisien, dans sa cynique et instructive raillerie : Ils ont aboli la peine de mort, parce qu'ils ne savaient pas organiser le travail ! — Et il pourrait ajouter, ce peuple trompé : Jetez à bas les guillotines, mais ne dressez pas les chômages[1] !

Hélas ! toute la question est là ! Le peuple accuse ses libérateurs. Républicains incapables, place à d'autres !

Il en est de plus coupables encore.

On connaît aujourd'hui l'histoire lamentable de l'insurrection de Juin. Le citoyen Flocon, aveugle comme tous ces politiques de tradition, ces républicains que Proudhon appelle des *républicains classiques,* ou *républicains de tragédie,* le citoyen Flocon, pris entre son mandat de représentant et l'amour traditionnel qu'il doit avoir pour le peuple, a voulu, à la tribune, pendant que la fusillade sillonnait les rues, rejeter tout l'odieux de cette terrible affaire sur une réaction imaginaire, des prétendants imaginaires alors. Il a parlé de l'or de l'Étranger; et l'on sait le bel effet que cette parole, qui a traversé la Manche, a fait en Angleterre.

Non; il faut avoir le courage d'avouer les faits tels qu'ils sont. Proudhon l'a dit, le seul et le premier : *L'insurrection est socialiste.* Il ne ment pas, celui-là; il est brutal et clair. — L'or de l'Étranger ? Allons donc ! Ce n'est point l'or, mais les paroles dorées qui ont créé tant de crimes, tant de malheurs, et tant de larmes ! L'insurrection était gratuite; le crime était gratuit. Tant de promesses : tant de coups de fusil ! Vous avez décrété l'émancipation absolue et le bonheur immédiat : allons, vite, à l'œuvre, ou je vous tue ! L'insurrection était légitime, comme l'assassinat[1].

Il a bien fallu faire place à d'autres. — Que dit le peuple : Si vous ne savez pas gouverner, allez-vous-en ! Encore êtes-vous bien heureux d'en être quittes à si bon compte. Autrefois, l'on vous aurait jugés. Que m'importent la cocarde et l'écriteau républicain que vous portez à votre chapeau, que m'importent les pastiches traditionnels de jacobinisme, de sans-culottisme, si vous perdez la République ! Je ne vis pas de poésie historique, mais de pain.

Et le peuple a raison. Ce sont les meneurs vulgaires qui l'ont perdu. Et le pouvoir n'a pas été enlevé par le parti des hommes qu'on appelle *réactionnaires ;* il est tombé providentiellement dans leurs mains, faute de prétendants légitimes.

Vous êtes arrivés, les mains pleines de panacées universelles; panacées contre la misère ? assurément; — contre la non-instruction ? probablement, — et contre le vice ?... Il paraît que le peuple ne leur a pas adressé un nombre suffisant de questions. Ils étaient déjà en possession du pouvoir, objet de toutes leurs convoitises. Ils ont marché à l'abîme, et le peuple avec eux.

Aussi nous mettons dans certains cas les fautes du peuple sur la conscience des gouvernements, surtout des gouvernements qui se laissent mener par des agents occultes. En vérité, si l'on en croyait quelques démagogues, il faudrait accuser la partie sage et raisonnable du peuple français de tous les crimes et de tous les malheurs de Juin, et aussi — chose épouvantable à dire — des souffrances de quelques innocents qui ont été, à ce qu'on dit, englobés avec les coupables.

Puisse cette leçon terrible profiter à ceux qui croient que l'on décrète la vertu, le bonheur, la fraternité et le travail avec de petits carrés de papier[2], que l'on jette des fenêtres d'un hôtel de ville emporté d'assaut, ou par surprise !

Et voyez comme la violence, la turbulence, l'impatience et le crime font reculer les questions au lieu de les faire avancer. Pour rétablir le calme et l'ordre, sans lesquels on ne peut pas démocratiquement et pacifiquement résoudre les questions qui s'agitent, il a fallu, en pleine démocratie, sacrifier plusieurs libertés, organiser des tribunaux extraordinaires, et l'état de siège ! Ces sacrifices ont été accomplis avec tristesse et résignation, mais généreusement, et presque sans discussion. Il a fallu fortifier extraordinairement le pouvoir, au lieu que dans la vraie République, la République idéale de nos cœurs, la vertu universelle devrait tendre à diminuer le pouvoir.

Or, en vérité, on ne décrète pas la vertu, pas plus que la renonciation ; il faut que ces choses soient d'abord dans les mœurs. Ce qui n'est pas dans les mœurs n'est que chiffons de papier.

Aussi, il n'est pas si difficile de s'entendre, et nous disons aux républicains honorables et sincères, s'ils pouvaient encore garder quelque défiance contre nous, nous disons : Vive le suffrage universel ! parce que le suffrage universel est organisé ; parce qu'il est susceptible de perfectionnements, qui déjà se laissent entrevoir dans un avenir prochain ; parce que les idées de réforme électorale, dont il n'est que l'accomplissement final, étaient depuis longtemps déjà dans tous les esprits et dans toutes les consciences. Nous crions non seulement : Vive la France ! mais aussi : Vive la République ! parce que la République est dans nos mœurs, et que l'idée républicaine gagne même du terrain de jour en jour.

Ce qui n'est pas dans nos mœurs, c'est la violence décrétant des droits nouveaux et incompris. Toutes les choses humaines — idées, droits, institutions — ne se gênèrent que lentement et que par un progrès successif et analogue à toutes les floraisons, moissons et récoltes.

Un mot encore. Nous avons parlé des meneurs. Faut-il parler de l'idée qui mène les meneurs ? Autant vaudrait parler de l'idée des exploiteurs. Que le peuple surveille les gens à parole dorée ; qu'il scrute leur conscience à travers leurs actes passés, et il nous épargnera bien de la besogne !

En vérité, un pareil sujet est pour nous trop triste à développer.

Pour nous, les démagogues ne sont que d'infimes courtisans du peuple et la peste des républiques, comme les courtisans des rois la peste des monarchies. De même que la démocratie n'est qu'un déplacement de souveraineté, la démagogie n'est qu'une forme nouvelle de parasitisme.

L'idée des meneurs serait-elle donc de promettre la propriété à l'oisiveté — promesse irréalisable, puisqu'elle est contre les lois primordiales de l'ordre naturel — et de commettre un mensonge populaire dans le but très vulgaire de se hausser violemment à des fonctions et des appointements qu'ils n'ont point mérités par une instruction, un travail, ni même par un patriotisme suffisants ?

Que tous les honnêtes républicains se rallient avec confiance et fassent bonne garde autour du peuple, pour le défendre contre les Attilas de la démagogie !

NOTICES,
NOTES ET VARIANTES

Pour l'*Esprit des commentaires,* le lecteur se reportera au tome I, page 820, premier paragraphe.

On trouvera dans la Bibliographie, à la fin de ce tome (p. 1599 et suiv.), les titres développés des ouvrages le plus souvent cités dans les commentaires et des livres dont ne saurait se passer une bonne connaissance de Baudelaire. Ici, nous indiquons seulement ceux qui sont représentés par des sigles ou par des abréviations qui pourraient dérouter le lecteur.

Album Baudelaire : Album Baudelaire. Iconographie réunie et commentée par Claude Pichois, Bibl. de la Pléiade, Gallimard, [1974].

Baudelaire à Paris : Claude Pichois, *Baudelaire à Paris.* Photographies de Maurice Rué, Librairie Hachette, « Albums littéraires de la France », [1967].

Baudelaire et Asselineau : Baudelaire et Asselineau. Textes recueillis et commentés par J. Crépet et Cl. Pichois, Nizet, 1953.

Bdsc : Baudelaire devant ses contemporains. Témoignages rassemblés et présentés par W. T. Bandy et Cl. Pichois, U. G. E., coll. 10-18, [1967].

BET : Cl. Pichois, *Baudelaire. Études et témoignages.* Neuchâtel, La Baconnière, [1967].

Buba : Bulletin baudelairien publié par le Centre d'études baudelairiennes, Université Vanderbilt, Nashville, Tennessee, États-Unis. Directeurs : W. T. Bandy, James S. Patty, Raymond Poggenburg, — et Cl. Pichois depuis 1971.

CPl : Baudelaire, *Correspondance,* texte établi, présenté et annoté par Claude Pichois, avec la collaboration de Jean Ziegler, « Bibliothèque de la Pléiade », 2 vol., [1973].

EB : Études baudelairiennes, publiées sous la direction de Marc Eigeldinger, Robert Kopp et Claude Pichois, Neuchâtel, La Baconnière.

EJC : Baudelaire. Étude biographique d'Eugène Crépet revue et mise à jour par Jacques Crépet, Léon Vanier, A. Messein successeur, 1906; retirages.

ICO : Iconographie de Charles Baudelaire, recueillie et commentée par Cl. Pichois et Fr. Ruchon, Genève, Pierre Cailler, 1960.

LAB : *Lettres à Charles Baudelaire*, p. p. Cl. Pichois avec la collaboration de Vincenette Pichois, Neuchâtel, La Baconnière, [1973]. *Études baudelairiennes*, t. IV et V.

p. p. : publié par.

R.H.L.F. : *Revue d'Histoire littéraire de la France*.

R.L.C. : *Revue de littérature comparée*.

SC : CHARLES BAUDELAIRE, *Souvenirs — Correspondances, bibliographie*, René Pincebourde, 1872.

Les sigles et abréviations concernant la Critique d'art sont donnés p. 1262-1264.

⟨ ⟩ encadrent le complétement d'un mot qui n'a été qu'ébauché par Baudelaire.

   : indique le passage à une autre variante.

  / indique un alinéa.

  // indique un alinéa avec un blanc.

CRITIQUE LITTÉRAIRE

NOTICE

Certains penseront que la critique littéraire de Baudelaire ne présente pas, dans tels et tels éléments dont elle se constitue, l'intérêt de sa critique artistique. Si nous devions l'apprécier quantitativement, il faudrait constater que celle-là n'est à celle-ci que dans le rapport d'un à deux. Pauvre raisonnement, à se référer aux brèves pages, si denses, de l'essai sur Wagner.

Mais, qualitativement, en procédant à l'examen de chacune des études littéraires, nous trouvons sous la plume de Baudelaire des réticences aussi bien que des affirmations excessives. Lire, dans la grande étude sur Gautier de 1859 : « Nos voisins disent : Shakespeare et Gœthe ! nous pouvons leur répondre : Victor Hugo et Théophile Gautier ! », étonne nos amis anglais et allemands, ainsi que quelques Français. L'exclamation n'empêchait pas Baudelaire de confier à Hugo : « Relativement à l'écrivain qui fait le sujet de cet article, et dont le nom a servi de prétexte à mes considérations critiques, je puis vous avouer *confidentiellement* que je connais les lacunes de son étonnant esprit[1]. » On comprend que le jeune Villiers de l'Isle-Adam ait osé écrire à Baudelaire au printemps de 1861 : « Vous vous êtes affirmé davantage dans votre étude sur Wagner que dans celle de Gautier : Tant mieux[2] ! » Gêné, n'ayant pas choisi entre le sujet et le prétexte, Baudelaire dans cet essai hésite entre le journalisme — où il a connu d'étonnantes réussites *(Comment on paie ses dettes quand on a du génie, Conseils aux jeunes littérateurs)* — et la critique d'un accent personnel, révélatrice de préoccupations profondes (l'article sur *Madame Bovary).*

Dans la lettre de 1859 où il avouait à Hugo ses doutes sur Gautier Baudelaire ajoutait : « vis-à-vis de vous, il me semble absolument inutile de mentir ». Mais l'article qu'il publie sur *Les Misérables* dans *Le Boulevard* du 20 avril 1862 est élogieux. Or, à sa mère,

1. *CPl*, I, 597.
2. *LAB*, 389.

en août, il confie : « Ce livre est immonde et inepte. J'ai montré, à ce sujet, que je possédais l'art de mentir. Il [Hugo] m'a écrit, pour me remercier, une lettre absolument ridicule. Cela prouve qu'un grand homme peut être un sot[1]. » Voire...

Gautier, Hugo : Baudelaire est partagé entre l'exercice du magistère critique et la nécessité de tenir compte, sur l'échiquier de sa diplomatie littéraire, de l'importance et du poète exilé avec la Liberté et du poète lauréat de l'Empire.

Certes, on objectera à ces réserves, outre les pages les mieux venues du journaliste Baudelaire, des réflexions éclairantes ou même fulgurantes contenues dans tel article ou projet d'article. Et davantage dans les projets, où la violence catégorique trouve carrière, comme dans les notes des journaux intimes sur George Sand : à cette carrière la crainte de la publication met des bornes qui la limitent singulièrement.

À tout prendre, Baudelaire est moins libre dans la critique de la littérature qu'il ne l'est dans l'appréciation des arts et de la musique. Sa propre esthétique, c'est au contact de l'œuvre de Delacroix que Baudelaire l'a élaborée et au contact de l'œuvre de Wagner qu'il l'a précisée, imaginant son œuvre propre au travers des œuvres de ceux-ci. Nul n'est prophète en son pays. Et Baudelaire pour créer a besoin d'une distance.

Paralysé par les règles du jeu littéraire, si sordide à Paris, Baudelaire sent de plus planer sur lui l'ombre redoutable et stérilisante de Sainte-Beuve, dont il suit semaine après semaine les « Lundis ». Lorsqu'il projette un essai sur *Le Dandysme littéraire* ou *La Famille des dandies,* de Chateaubriand à Barbey, on devine comme l'influence de *Chateaubriand et son groupe littéraire sous l'Empire* (1860), à prolonger en un « Chateaubriand et sa postérité », avec une référence à ces familles d'esprits que voulait constituer Sainte-Beuve[2]. De là à prétendre que l'impossibilité ou l'incapacité d'écrire cet essai suppose une relation œdipienne ou hamlétique avec Sainte-Beuve...

De ces réserves on a déjà excepté l'article sur *Madame Bovary.* Lorsqu'il traite de l'hystérie qu'éprouve l'héroïne de Flaubert (p. 83), Baudelaire pense à lui-même : « Madame Bovary, c'est moi ! », ce mot mérite de lui être prêté. Et celui-ci serait encore plus vrai : « Edgar Poe, c'est moi ! » Qu'on se rappelle la lettre à Théophile Thoré où Baudelaire défend Manet d'avoir pastiché Goya et le Greco : « on m'accuse, moi, d'imiter Edgar Poe ! Savez-vous pourquoi j'ai si patiemment traduit Poe ? Parce qu'il me

---

1. *CPl*, II, 254.
2. Ce projet se suit dans la *Correspondance* (voir l'Index à *Dandysme littéraire*) depuis février 1860 jusqu'à la fin de la vie littéraire de Baudelaire. Le titre *La Famille des dandies* figure au deuxième plat verso de la couverture des *Paradis artificiels,* parmi les chapitres d'un volume de *Réflexions sur quelques-uns de mes contemporains. Chateaubriand, père des Dandies, et sa postérité,* dans une lettre de mai 1861 (*CPl*, II, 147).

ressemblait. La première fois que j'ai ouvert un livre de lui, j'ai vu, avec épouvante et ravissement, non seulement des sujets rêvés par moi, mais *des* PHRASES pensées par moi, et écrites par lui vingt ans auparavant[1]. »

Là où Baudelaire réussit le mieux, donc avec un rare bonheur, c'est dans la critique d'identification. Alors il ne côtoie pas comme Sainte-Beuve, il ne frôle pas les écrivains dont il parle : il se fait eux-mêmes, au risque — risque de toute critique d'identification — de se perdre en eux ou de les obliger de trop ressembler à lui. Peu importe : ce qui nous intéresse est la possibilité ainsi offerte à Baudelaire de s'exprimer lui-même.

Proche de cette critique d'identification, à l'écart de tout accident lié trop étroitement aux circonstances et à la politique littéraires, la critique de Baudelaire renferme un noyau autour duquel elle s'organise : les « admirables notices[2] » écrites pour l'anthologie d'Eugène Crépet, *Les Poètes français*.

Quand on consulte un appareil critique, qu'on les voit citées selon l'ordre de leur publication dans la *Revue fantaisiste* de Catulle Mendès, d'abord, ensuite dans *Les Poètes français* d'Eugène Crépet, on imagine mal comment elles ont été composées : on est tenté de croire que Baudelaire les a écrites en pensant au cadre d'une revue. Il n'en est rien. Baudelaire les a bien écrites pour l'anthologie d'Eugène Crépet, — ce qui en explique le ton, l'objectif et les limites.

Eugène Crépet, né à Dieppe en 1827 — il était donc de six ans le cadet de Baudelaire —, appartenait à une famille de magistrats, de négociants et de banquiers normands, qui était en relation avec celle de Flaubert. Celui-ci écrit à Louise Colet en 1853 : « Il m'a paru être un assez intelligent garçon, mais sans *âpreté,* sans cette suite dans les idées qui seule mène à un but et fait faire les œuvres. Il donne dans les théories, les symbolismes, Micheletteries, Quinetteries (j'y ai été aussi, je les connais), études comparées des langues, plans gigantesques et charabias un peu vides. Mais en somme on peut causer avec lui pendant quelques heures ; or la graine est rare de ceux-là[3]. »

Revenu de ses foucades de jeunesse, Eugène Crépet resta fidèle à ce qu'elles supposaient : des convictions républicaines, caractéristiques de la génération qui eut vingt ans en 1848, celle de Pierre Larousse et de ses collaborateurs. Républicain bourgeois — il vécut de ses rentes —, non socialiste, il ne voulut exercer aucune fonction sous le régime impérial. À la chute de l'Empire il sera, pour peu de temps, sous-préfet de Neufchâtel et se dévouera à ses compatriotes dans la Normandie occupée par les Allemands. Il épousa en pre-

---

1. *CPl*, II, 386.
2. Asselineau, dans son *Charles Baudelaire* de 1868 (*Baudelaire et Asselineau,* p. 51).
3. *Correspondance* de Flaubert, Conard, t. III, 1927, p. 101-102.

mières noces (1860) Mlle Garcia, nièce de la Malibran et de Pauline Viardot. En secondes noces (1871), Fanny Levrat de qui il eut trois enfants, dont Jacques Crépet, né en 1874. En mourant (1892) il laissait inachevé un roman à clés, *Sabine*, où apparaissent Flaubert et la Païva : son fils, Georges, le termina et le publia en 1922.

Pour comprendre Eugène Crépet et ses démêlés avec Baudelaire, il faudrait reconstituer le climat moral et intellectuel qui fut celui de la génération de 1848 et encore celui des radicaux de la troisième République : idéal de probité civique, adhésion à l'idée-force de progrès et certitude que le progrès matériel s'accompagnera de progrès moral, conviction qu'il faut éclairer les classes pauvres par l'instruction. En bref, l'héritage des Lumières et de l'Encyclopédie. Avec un soupçon de patriotisme et de nationalisme qui après 1870 deviendra une mission impérative : la publication et la diffusion des textes du patrimoine littéraire français, parce que ces textes ont une valeur formatrice universelle, à la fois intellectuelle et morale. La même idée a présidé à la création par Hachette de la collection « Les Grands Écrivains de la France ». C'est elle qui pousse Eugène Crépet à publier l'anthologie des *Poètes français*, puis, en 1865, *Le Trésor épistolaire de la France. Choix des lettres les plus remarquables au point de vue littéraire* (Hachette, 2 vol.). Eugène Crépet n'a pu accomplir sa tâche qu'en payant de sa personne, puisqu'il aurait englouti dans l'entreprise des *Poètes français* plus de 60 000 francs-or[1].

Mise en chantier en 1859, l'entreprise aboutit en 1861 : les trois premiers volumes parurent alors sous la marque de l'éditeur Casimir Gide, qui n'en était que le dépositaire, les frais de la publication ayant été assumés par Eugène Crépet lui-même. Au milieu de l'année 1862 parut, chez Hachette qui avait accepté le dépôt de la collection, le quatrième et dernier volume, entièrement consacré aux poètes contemporains depuis Lamartine. Ce fut le seul qui obtint du succès : il fut réimprimé l'année suivante; il le sera de nouveau en 1878. Des trois premiers volumes il restait en 1887 plusieurs centaines d'exemplaires; le tirage avait été de trois mille.

Le premier tome s'ouvre sur une « Introduction » de Sainte-Beuve : panorama de la poésie française, contemporains exceptés, qui n'offre rien de saillant. Il est important, toutefois, de noter que le maître de la critique d'alors a accordé son patronage à l'entreprise. Dans un « Avant-propos », Eugène Crépet remarque que les autres anthologies s'adressent avant tout aux écoliers. La sienne veut s'adresser « aux esprits formés par l'étude et par le goût », donc à un « public d'élite » : ici se reconnaît le républicain bourgeois. C'est lui qui a choisi les poètes dignes de figurer dans l'antho-

---

1. Voir l'article de Jean-François Delesalle : « Les Difficultés de publication des *Poètes français* », *Buba*, t. XI, n° 2, Hiver 1976. Sur Eugène Crépet, voir aussi la notice que nous avons écrite pour le *Dictionnaire de biographie française*.

logie : « Nous n'avons eu le plus souvent [...] qu'à enregistrer les décisions de l'élite de la critique contemporaine, véritable magistrature littéraire dont les arrêts ont force de loi. » Plus loin, Eugène Crépet précise qu'il n'a pas été le seul à procéder au choix, que celui-ci a été concerté avec les collaborateurs. Ce dont on a la preuve par la lettre que le 15 mai 1862 Baudelaire est obligé d'écrire à Arsène Houssaye pour se justifier de ne l'avoir pas fait figurer dans l'anthologie[1] : « quand Crépet, il y a trois ans, je crois, vous fit part de son projet, on fit une liste des noms ; Philoxène [Boyer[2]] et moi, et Asselineau (Banville était absent), nous fîmes une liste préparatoire pour le seizième, le dix-septième, le dix-huitième et le dix-neuvième siècle. Boyer n'omettait aucun nom. Vous connaissez son étonnante mémoire. Et ce fut la raison pour laquelle, quand il fut question des modernes, je proposai votre nom, disant que puisqu'on faisait tant de générosités à des poètes oubliés, il fallait être *très exact* et *très complet* pour l'ÉCOLE ROMANTIQUE. Philoxène fut tout à fait de mon avis. *Crépet ne voulut entendre à rien*, et ne lui en veuillez pas ; c'est un excellent garçon qui ne se connaît en rien, et qui, à cause même de *son indécision*, veut toujours *montrer du caractère*. » On comprendra que c'est plutôt Baudelaire qui avait écarté Houssaye de la liste. Cette défense embarrassée est fort intéressante en ce qu'elle prouve que la collaboration de l'auteur des *Fleurs du mal* ne s'est pas limitée au tome IV : elle s'est étendue aussi aux volumes précédents. Il y aurait donc lieu d'étudier *Les Poètes français* comme un reflet des préférences de Baudelaire en matière de poésie classique.

Président au choix, Eugène Crépet avait manifesté son indépendance en réformant « un grand nombre de jugements tout faits ». Ainsi, il déchut l'abbé Delille de la place d'honneur qui lui était traditionnellement réservée. En revanche, il accueillit Népomucène Lemercier, envers qui avait été injuste même son successeur à l'Académie, Victor Hugo, dont le discours de réception fut « une dédaigneuse oraison funèbre où les louanges obligées sont largement compensées par de sévères réserves ». Cette critique adressée à Victor Hugo montre bien l'écart qui sépare Eugène Crépet des républicains socialistes.

Dans son Avant-propos Eugène Crépet déclare encore qu'il s'est assuré le « concours de tous les éminents écrivains qui depuis trente ans ont fait, au point de vue du goût, l'éducation de ce public de lettrés et de gens du monde » auxquels s'adresse son anthologie et qu'il leur a laissé toute la liberté compatible avec les principes fondamentaux qui régissent l'anthologie.

Qui sont donc ces « éminents écrivains » et comment la liberté peut-elle s'accorder avec les principes ?

---

1. *CPl*, II, 244. Houssaye aura finalement droit à une notice, due à Pierre Malitourne.
2. D'une lettre de Baudelaire à Boyer (*CPl*, II, 46) on dégage que c'est celui-ci qui a fait entrer celui-là dans l'équipe d'Eugène Crépet.

Si l'on écarte les spécialistes à qui ont été confiés le Moyen Age et une partie du XVIᵉ siècle : Louis Moland, Charles d'Héricault, Anatole de Montaiglon, voici la liste des collaborateurs avec le nombre de notices qu'ils ont signées :

Alexandre (Charles)	2	Fournier (Édouard)	6
Asselineau (Charles)	28	Gautier (Th.)	3
Babou (Hippolyte)	44	Janin (Jules)	1
Banville (Théodore de)	6	Jeandet (Abel)	2
Barbet Massin	1	Juillerat (Paul)	2
Barbey d'Aurevilly	1	Levallois (Jules)	2
Boyer (Philoxène)	13	Malitourne (Pierre)	13
Chennevières (Ph. de)	1	Morel (Jean)	7
Crépet (Eugène)[1]	8	Noël (Eugène)	3
D. (L.)	1	Vernier (Valéry)	8
Derville (Henri)	1	Wailly (Léon de)	4

Cette brève statistique fait immédiatement apparaître certaines conclusions. L'expression : « concours de tous les éminents écrivains » est excessive. Hugo, Leconte de Lisle, Flaubert, Feydeau (célèbre depuis quelques années) sont absents, de même que Nisard et les représentants de la critique académique. Les éminences se comptent sur les doigts d'une main : Banville, Barbey, Baudelaire, Gautier, Janin. Loin d'être éminents, Barbet Massin, Henri Derville, Abel Jeandet, Paul Juillerat, Eugène Noël sont quasiment inconnus.

Baudelaire a la plus belle part : il a écrit sept notices, dont cinq sur les plus grands poètes du temps : Hugo, Gautier, Banville, Leconte de Lisle, Marceline. Sa propre notice est due à Théophile Gautier. Si Banville a écrit six notices, il n'a eu dans son lot que deux grands poètes : Ronsard et La Fontaine. Des vingt-deux collaborateurs — médiévistes et seiziémistes exceptés — la moitié appartient aux relations de Baudelaire; certains sont même ou ont été ses amis : Asselineau, Gautier, Babou, Boyer, Jean Morel (le directeur de la *Revue française*); sans compter les auteurs publiés chez Poulet-Malassis. Pour calculer autrement, sur cent cinquante-sept notices relatives à la littérature moderne et contemporaine, quatre-vingt cinq ont été rédigées par trois amis de Baudelaire : Asselineau, Babou, Boyer, et trente-huit par des sympathisants, à quoi s'ajoutent les sept notices écrites par lui. Cent trente notices sur cent cinquante-sept appartiennent au milieu baudelairien.

Il ne serait donc pas trop aventuré de caractériser cette anthologie comme une entreprise dirigée, depuis les coulisses, par le « fin manœuvrier » qu'est Baudelaire[2]. La lettre du 15 mai 1862 à Arsène Houssaye, déjà citée, prouve d'ailleurs qu'il a participé aux tracta-

1. Ses notices ne sont pas signées.
2. Expression de Jacques Crépet dans un titre d'article publié en collaboration avec Étienne Fatou, *La Nef*, juin 1948.

tions engagées entre le directeur, les collaborateurs et les poètes désireux de figurer dans l'anthologie. Cette prépondérance apparaît aussi au détour d'une phrase, dans une rature : le 30 novembre 1859[1], Baudelaire écrit à Hippolyte Valmore : « C'est moi qui [me suis *biffé*] ai été chargé de rendre justice à votre admirable mère, et je crois que je l'ai fait dans de bons termes. »

Ce qui s'est passé entre le directeur et l'un de ses principaux collaborateurs, qui s'est pris pour un directeur *in partibus,* apparaît assez clairement si l'on se reporte à la *Correspondance* et au volume des *Lettres à Charles Baudelaire,* si l'on se rappelle aussi que la situation littéraire de Baudelaire s'était affermie — pour quelques mois — après la publication de la deuxième édition des *Fleurs* au début de 1861[2], et si l'on cherche enfin à deviner quel pouvoir est assorti à la notion même d'anthologie. Figurer dans un tel recueil, n'est-ce pas avoir un avant-goût de l'existence posthume, sinon de l'éternité ? Mais il y a plus exaltant : faire figurer les autres dans une anthologie, c'est un vrai plaisir de dieu. Le compilateur d'une anthologie appelle les justes et rebute les méchants.

Ce plaisir, Baudelaire ne se l'est pas plaint. Notamment dans la notice sur Pétrus Borel. À part Asselineau — qui avait voué aux bousingots un vrai culte —, qui donc se préoccupait de Borel en 1860 ? Baudelaire en cherchant à l'imposer à Eugène Crépet faisait coup double : il redressait une injustice et, par là même, il faisait honte au directeur de la présence de médiocres poètes dans cette anthologie.

Après tout, Eugène Crépet n'avait pas, en matière de poésie contemporaine, les mêmes connaissances que Baudelaire. Ni Asselineau, ni Babou, ni Boyer n'avaient le prestige nécessaire, ne pouvaient exercer ce magistère poétique. Et Baudelaire était encouragé à affirmer sa personnalité de par la liberté que le directeur avait décidé de laisser à ses collaborateurs.

Mais il y avait les principes. C'est à leur propos que les difficultés se sont produites. Eugène Crépet s'est senti menacé moins dans son pouvoir — il est un vrai libéral — que dans ses convictions politiques (au nom desquelles il refusera la notice sur Auguste Barbier) et dans son goût de la décence. À cet égard la notice sur Gustave Le Vavasseur est bien révélatrice. Baudelaire en avait ainsi écrit la deuxième phrase : « Un matin, en pénétrant chez lui, je le surpris presque nu, se tenant dangereusement en équilibre sur un échafaudage de chaises. » Eugène Crépet est choqué de ce « presque nu ». Il fait des représentations à Baudelaire. Lequel, sans doute, excipe de sa vieille amitié pour Le Vavasseur : ils sont amis depuis 1840; le 15 décembre de cette année-là, ils ont assisté au retour des cendres de l'Empereur. Eugène Crépet envoie le manuscrit à l'impression. Il reçoit l'épreuve et, en juin 1861, la transmet à Baude-

---

1. *CPl,* I, 621.
2. Témoignage d'Asselineau dans *Baudelaire et Asselineau,* p. 129-130.

laire, avec cette remarque : « Je persiste plus que jamais dans l'observation que je vous ai faite sur le début de la notice de Le Vavasseur. Il y a évidemment de quoi le blesser. Vous êtes son ami; évitez cela. Changez les cinq premières lignes[1]. » Victorianisme; erreur psychologique. La réaction de Baudelaire est normale. En voulant défendre son « terrain », Eugène Crépet est entré, flanc découvert, dans celui de Baudelaire. Celui-ci aggrave le texte, que le directeur laisse passer. Texte définitif : « Je me souviens que, plus d'une fois, en pénétrant chez lui, le matin, je le surpris presque nu, se tenant dangereusement en équilibre sur un échafaudage de chaises. » Avant le renvoi de l'épreuve ou en accompagnant celle-ci, Baudelaire écrit à Eugène Crépet : « Je vous en supplie, ne me parlez plus de votre *presque nu*. J'ai consenti à supprimer dans toutes les notices tout ce qui était trop âpre et pouvait blesser les gens. Ici c'est une autre affaire. Je vous assure que je connais mon Le Vavasseur[2]. »

Mais, si Baudelaire a gagné sur ce point, ailleurs, il a perdu : sur la notice consacrée à Pétrus Borel — effroi des bourgeois —, sur la notice Auguste Barbier, sur la notice Hégésippe Moreau — deux poètes par lui condamnés pour avoir confessé la grande hérésie de l'engagement politique. Le bailleur de fonds, même s'il n'est pas le lettré qu'était Eugène Crépet, a toujours raison (et plus cruellement s'il se confond avec un pouvoir, avec *le* pouvoir).

Des dix notices qui auraient paru dans *Les Poètes français* et dont une, vraisemblablement, sur Le Vavasseur, en a remplacé une autre, proscrite par Eugène Crépet, sept seulement ont été insérées dans l'anthologie, après de violentes tempêtes, dont les échos parvinrent à Poulet-Malassis.

La correspondance entre Baudelaire et Eugène Crépet s'arrête en septembre 1862. Le tome IV des *Poètes français* avait paru en août. Baudelaire ne le reçut pas. Il le réclama à Hachette et le paya. Crépet lui expliqua qu'il ne lui aurait pas donné l'exemplaire avant d'être rentré en possession des volumes de poésie de Hugo qu'il lui avait prêtés[3]. Baudelaire inscrivit le nom de Crépet dans le *Carnet* sous la rubrique « Vilaines canailles[4]. » Leurs relations en sont-elles restées là ? Lorsque le tome IV fut réimprimé en 1863, la dernière strophe des *Petites Vieilles*, bien lisible en 1862, est remplacée par une ligne de points. Il est difficile de croire que cette suppression n'a pas été opérée à la demande de Baudelaire qui, à la remarque d'un tiers, aura pu craindre qu'on ne vît dans de tels vers une allusion à sa famille.

Eugène Crépet ne devait pas en vouloir à Baudelaire des difficultés qui s'étaient élevées entre eux. En 1887, vingt ans après la mort du poète, il publiait les *Œuvres posthumes et correspondances inédites,* précédées d'une étude biographique : l'ensemble, fruit

1. *LAB*, 104.
2. *CPl*, II, 173-174.
3. Voir *LAB*, 105-106, et *CPl*, II, 258-259.
4. Voir t. I, p. 742.

d'enquêtes nombreuses, patientes et précises, était d'un haut niveau scientifique et constituait le premier travail d'histoire littéraire consacré à Baudelaire.

Formant le noyau de sa critique littéraire, les *Réflexions sur quelques-uns de mes contemporains* — au sens restreint (voir p. xii-xiii) — ne sont pas des articles. Ce sont des notices destinées à une anthologie et qui, parfois, ne peuvent se bien comprendre qu'en fonction du choix de poèmes qui, dans *Les Poètes français,* suivait chaque notice, — Baudelaire ayant participé au choix avec le directeur et, à l'occasion, avec l'auteur en cause.

Il ne faut certes pas négliger l'aspect de politique littéraire qui appartient comme nécessairement à toute entreprise anthologique. L'expression sincère des opinions personnelles peut donc être moins prononcée dans ce cadre qu'elle ne le serait dans des articles. Dans la notice consacrée à Hugo, Baudelaire se crée un droit sur Hugo; il fait de Hugo son obligé; il veut même forcer Hugo à ressembler à l'image que lui, Baudelaire, a de Hugo et à laquelle il surimpose sa propre image du Poète. Ainsi, plein alors de la « mystique » des correspondances, Baudelaire tend à créditer le poète de *La Légende des siècles* d'une philosophie poétique que Hugo a sans doute dépassée.

Cette réserve formulée, l'ensemble des notices apparaît, avec l'article sur *Madame Bovary* et les études sur Edgar Poe, comme la meilleure contribution de Baudelaire à la critique littéraire. La notice sur Hugo ne souffre pas de l'insincérité des lettres ou de l'article sur *Les Misérables :* elle dit la grandeur du poète que Baudelaire a aimé et admiré dans sa jeunesse. La notice sur Marceline constitue à la fois une interprétation personnelle et un utile chaînon entre les articles de Sainte-Beuve et la stèle érigée par Verlaine. La notice sur Pierre Dupont sauve celui-ci de la poésie de circonstance. La notice sur Le Vavasseur rend visible l'une des fonctions de la critique : arracher à l'oubli les poètes, fussent-ils mineurs, parce qu'ils ont aimé la poésie (« Les morts, les pauvres morts ont de grandes douleurs »). La notice sur Banville pose, en reprenant une phrase de Sainte-Beuve (voir p. 164), le principe d'une critique thématique. Et tous ces poètes, grands ou petits, sont unis par la plume de Baudelaire en une couronne où chacun dit une ou plusieurs des vertus de la Poésie.

Dans ses *Réflexions sur quelques-uns de mes contemporains* Baudelaire concilie deux tendances contraires, la critique « subjective » et la critique « objective ». En présentant à Mario Uchard une appréciation de *Raymon,* un roman, Baudelaire lui écrivait : « Vous dites *je* trop souvent, et quand vous dites *je* (ailleurs que dans un livre qui a le *moi* pour objet), vous détournez le lecteur du plaisir de s'intéresser à votre ouvrage[1]. » Dans les notices des *Poètes français,*

1. *CPl*, II, 192, [novembre 1861].

le *moi* de Baudelaire est bien visible ; mais cet emploi du *je* n'empêche pas le lecteur de s'intéresser aux œuvres dont il l'entretient. Cet emploi du *je* tranche sur le ton impersonnel des notices dues aux autres collaborateurs. S'il traduit la volonté qu'a Baudelaire d'affirmer son rôle dans la préparation de l'anthologie, il exprime tout autant sa volonté d'un engagement en face des œuvres dont il traite. En cherchant à s'exprimer au travers d'autrui, Baudelaire conserve la ferme intention de présenter des poètes, connus ou inconnus, à un large public et de les lui faire aimer. Cette volonté d'information est l'aspect objectif des *Réflexions*.

Ainsi, Baudelaire est à la fois lui-même et autrui. Dans ces notices comme dans les meilleures pages de cette section, il est l'un des fondateurs de la critique littéraire moderne qui se veut ou qui devrait se vouloir incitation à la lecture d'un texte et recherche d'un équilibre entre la distance critique — le jugement — et l'effort d'identification avec l'œuvre par la sympathie.

Rappelons que nous présentons les textes selon l'ordre chronologique de composition présumée (lorsque Baudelaire les a laissés inédits) ou de publication.

NOTES ET VARIANTES

Page 3.

LES CONTES NORMANDS
ET HISTORIETTES BAGUENAUDIÈRES
par Jean de Falaise

Le Corsaire-Satan, 4 novembre 1845, anonyme.
Attribution à Baudelaire dans la bibliographie de La Fizelière et Decaux (p. 2).
Première reproduction : *Œuvres posthumes* de 1908.

Jean de Falaise est le pseudonyme de Philippe de Chennevières (1820-1899), ami intime de Le Vavasseur, Prarond, Buisson au temps de la pension Bailly et fondateur avec eux de l'École normande (voir *CPl,* II, 992-993).
Les *Contes normands, par Jean de Falaise, traduits librement* [en lithographies] *par l'ami Job* [Ernest Lafontan, beau-frère de l'auteur], *1838-1842,* avaient paru à Caen en 1842, c'est-à-dire au plein moment de l'École normande. Baudelaire les rattache aux *Histoires baguenaudières, par un Normand,* qui venaient de paraître en cette année 1845 (« chez tous les libraires de Normandie »).
Baudelaire annonce à Chennevières la publication de son article dès le 5 novembre : « j'espère que vous en serez content. » Il s'emploie à faire connaître le livre et propose à Chennevières

d'écrire dans *Le Corsaire-Satan* (*CPl*, I, 132). Autre contact littéraire avec Chennevières en octobre 1848 (*CPl*, I, 152).

Baudelaire citera de nouveau ces deux recueils dans son article
sur les *Contes* de Champfleury (p. 21). On verra dans *De l'essence du
rire* (p. 528) l'utilisation qu'il a faite du premier.

André Vial a étudié en Chennevières un précurseur de Mau-
passant (« Quand la Normandie nous était contée », *Faits et significations,* Nizet, 1973).

1. Labitte venait d'être l'éditeur du *Salon de 1845.* On croira
donc que ce fut à l'instigation de Baudelaire qu'il avait pris en
dépôt les recueils de Chennevières édités à Caen.

Page 4.

[PARODIE DE « SAPHO »]

Le Corsaire-Satan, 25 [et non 24] novembre 1845, sous le titre :
Fragments littéraires.

Attribution à Baudelaire et première reproduction dans la bibliographie de La Fizelière et Decaux (p. 2-4).

Cette mystification littéraire fut, selon La Fizelière et Decaux,
organisée par Auguste Vitu et composée en commun par Baudelaire, Banville, Pierre Dupont et Vitu. Sur celui-ci voir *CPl*, II, 1037
et l'Index. Les journaux avaient informé le public qu'Arsène
Houssaye préparait une *Sapho,* drame antique, qui sera de fait
publié dans *L'Artiste,* mais en octobre et novembre 1850. Déjà
directeur de *L'Artiste* en 1845, Houssaye, victime de sa facilité,
appartenait au premier rang des personnalités littéraires. Les
poètes — dont Baudelaire — devaient quémander ses faveurs pour
obtenir d'être publiés dans cette importante revue.

Le texte du *Corsaire* présente des fautes d'impression que nous
avons corrigées, deux exceptées.

On ne pensera pas que l'auteur des *Lesbiennes* est ici sérieusement
impliqué.

1. Cf. *tors,* v. 13 de *L'Idéal* (t. I, p. 22).
2. En reproduisant le texte, avec lequel ils ont pris quelques
libertés, La Fizelière et Decaux imprimaient *césure* en place de
réserve. En fait *réserve* est compréhensible, par figure d'ironie, mais
il est possible que Baudelaire ait tenu la plume et que son graphisme
de *césure* ait amené le typographe à lire *réserve.*
3. Sur la *Lucrèce* de Ponsard voir p. 999 sq. *Les Mystères galants.*

Page 5.

1. Voir *Le Jeune Enchanteur,* t. I, p. 528.

COMMENT ON PAIE SES DETTES

QUAND ON A DU GÉNIE

Le Corsaire-Satan, 24 novembre 1845, sous l'anonymat et moins le dernier alinéa. Au titre, une virgule après « dettes ».

L'Écho. Littérature, Beaux-Arts, Théâtres, Musique et Modes, 23 août 1846. Le même article est reproduit le 24, le 25 et même le 26 août. Texte complet, signé : Baudelaire Dufays.

Le premier texte a été signalé par W. T. Bandy (*Bulletin du bibliophile,* 1930, p. 93-94). Le second, par le vicomte Spoelberch de Lovenjoul, qui le reproduisit dans *Un dernier chapitre de l'Histoire des œuvres de H. de Balzac* (Dentu, 1880), puis dans *Bibliographie et Littérature (Trouvailles d'un bibliophile),* Daragon, 1903.

C'est le texte de 1846 qui est ici reproduit. *L'Écho* a pour directeur Vitu (voir le morceau précédent).

L'anecdote, très bien filée, n'était peut-être pas entièrement nouvelle. Elle se rattache en tout cas au légendaire balzacien et à l'animosité qu'avait provoquée ce qu'on pourrait appeler le puffisme de Balzac. Voici une autre anecdote, relative au même sujet, qui se rapporte à septembre 1839 et que conte le *Dimanche, Revue de la semaine* dans son numéro 23 (s. d.; on peut le dater d'août 1840).

LES RÉCLAMES-BALZAC

« La *Revue française* [*sic* pour la *Revue parisienne*], qui a paru cette semaine sous la direction de M. de Balzac, contient une intéressante histoire intitulée *Z. Marcas.* C'est le martyre obscur d'un grand homme qui s'éteint à l'écart. Cette étude psychologique est belle; mais, pour Dieu ! nous ne comprenons pas quelle profanation a pu pousser le journal *Le Voleur* à comparer ce morceau littéraire à *René,* ce chef-d'œuvre de Chateaubriand.

« Sans doute une réclame aussi monstrueuse ne peut être sortie que de la plume de M. de Balzac, lequel du reste est coutumier du fait; pour le prouver, nous citerons à l'appui l'anecdote suivante.

« Les Français si mal peints par eux-mêmes, de M. Recuremer, restaient dans la boutique de ce Labruyère de comptoir. L'industriel éprouva le besoin d'écouler ses *rossignols* et de donner un grand coup de grosse caisse pour remplir la sienne, qui, quoique petite, restait vide. Alors le père naturel des types alla trouver Balzac et lui paya cinq cents francs un article *mousseux* que ce dernier se chargeait d'insinuer dans *Le Siècle,* par la protection de son ami et commensal Dutacq.

« M. de Balzac prit les 500 francs et ne fit pas l'article car il le fit faire, moyennant cent francs, à un écrivain de sa suite. Seulement le plus fécond de nos romanciers donna quelques retouches et diſtribua les éloges aux auteurs nommés dans cet article. Vous pouvez bien penser que, d'après cet adage " charité bien ordonnée commence par soi-même", M. de Balzac ne s'était pas refusé la plus grande dose d'encens. Il s'arrogea la part du lion.

« Après cet exploit, M. de Balzac déjeunait chez Alph. Karr [l'un des collaborateurs du recueil de Curmer].

« " Karr, lui diſait le gros homme en se frictionnant les genoux, c'eſt moi qui ai diſtribué les éloges.

« — Je m'en suis bien aperçu, reprit Karr, à la manière dont vous y êtes traité ". »

Dans cette anecdote comme dans celle que conte Baudelaire c'eſt la même publication, maintenant fort recherchée, qui eſt en cause : *Les Français peints par eux-mêmes,* due à L. Curmer, qui fut l'un des éditeurs les plus importants de la monarchie de Juillet; il avait fait appel aux meilleurs écrivains et aux meilleurs illuſtrateurs pour cette série de huit volumes de format grand in-octavo, à laquelle s'ajoute un volume, *Le Prisme,* diſtribué en prime aux souscripteurs. Les volumes furent d'abord vendus par livraisons.

Georges Vicaire, dans son *Manuel de l'amateur de livres du XIXᵉ siècle* (t. III, p. 794), donne pour dates de publication de cette série : 1840-1842. Mais, au vu des articles que Balzac y fit consacrer (notes 2 et 6 de la page 8), comme de l'article du *Dimanche* cité *supra,* il faut que la collection ait commencé à paraître plus tôt. De fait, la *Bibliographie de la France* enregiſtre les premières livraisons à la date du 25 mai 1839 et le premier volume, le 28 décembre 1839 (l'enregiſtrement intervenant *après* la publication). L. Carteret (*Le Trésor du bibliophile romantique et moderne,* t. III, p. 248) précise que Curmer, voulant paraître au Jour de l'An, demanda à l'imprimeur de dater le tome I de l'année nouvelle.

a. L'anecdote suivante nous a été contée [...] que nous la raconterons à *1845.*

1. Visible et excellent paſtiche de Balzac.

Page 7.

a. était-il harcelé par *1845*
b. un commerçant en future faillite se délassait *1845*

1. Troisième partie d'*Illusions perdues.*
2. Il eſt fort remarquable que Baudelaire, qui ne croit pas encore au guignon, tienne à vingt-quatre ans des propos qui seront ceux de son âge mûr et de sa précoce vieillesse. Voir *L'Horloge* (t. I, p. 81) et, dans les *Journaux intimes,* la série *Hygiène* (t. I, p. 668 sq.).

3. On ne connaît pas d'écrit de Balzac qui porte ce titre. J. Crépet (*Œuvres posthumes,* t. I, Conard, 1939) conjecturait que Baudelaire faisait référence aux pages d'*Illusions perdues* (IIIᵉ partie : *Les Souffrances de l'inventeur ;* voir la note 1) où Balzac traite de la lettre de change.

4. Deux des six grands quotidiens de l'époque. L'article publié en « Variétés » a presque l'importance du feuilleton.

5. Édouard Ourliac (1813-1848) que Veuillot ramena au catholicisme. Baudelaire l'a nommé parmi ses premières relations littéraires (t. I, p. 784). C'est un charmant nouvelliste et essayiste que Maurice-Pierre Boyé a évoqué dans ses *Esquisses romantiques* (Debresse, 1937) et qui attend encore son historien. Il ne mérite pas l'attaque qu'ici lui décoche Baudelaire, lequel, à la même époque, le classe parmi les écrivains les plus distingués et consciencieux (p. 17).

Page 8.

a. eux-mêmes ; demain matin, entendez-vous, *1845*

b. On rectifie ici une coquille de 1846 : matière. *Le texte de 1845 porte bien :* manière.

c. de tresser trois 1845

1. C'est-à-dire : à Théophile Gautier, qui habitait rue de Navarin.

2. Spoelberch de Lovenjoul l'a retrouvé dans *Le Siècle* du 2 septembre 1839, ce qui nous ramène à la date de l'anecdote rapportée par le *Dimanche ;* il est signé : G. de N.

3. Spoelberch de Lovenjoul a proposé de reconnaître ici Gérard de Nerval, ce qui ne souffre aucun doute (voir la note précédente). Baudelaire ferait allusion aux amours de Nerval et de Jenny Colon.

4. Dans le milieu des *Mystères galants* (reproduits p. 983 sq.), Gautier semble avoir été détesté. Dairnvaell, dans ses *Indiscrétions de Lucifer...* (1842), l'attaque ainsi : « Pour avoir écrit les pages obscènes de *Mademoiselle de Maupin,* Théophile Gautier vient d'être attaché à une croix qui est certes bien la croix d'honneur, car l'honneur y est crucifié ». Fortuné Mesuré, dans ses *Recettes variées pour gagner la croix d'honneur* (1847), annoncé dès 1844 sur la couverture des *Mystères galants,* déclare que la poésie n'a pas été inventée, comme le vulgaire le croit, pour chanter les dieux, la nature, le vin et l'amour, mais pour conquérir la Légion d'honneur.

« Demandez plutôt à M. Théophile Gauthier [*sic*].

« Ce très grassouillet jeune homme vous dira comme quoi un beau jour désespéré de n'avoir pu gagner ses éperons dans l'ordre de la légion d'honneur par la préface de *Mademoiselle de Maupin,* quelques centaines de feuilletons trop décolletés, et la création des mots *chocnosophe* et *chicocandard,* il prit son luth et roucoula des strophes du plus dynastique acabit, à la gloire du premier-né du prince royal. »

De même, *La Silhouette,* où Baudelaire a un ami : Auguste Vitu, attaque Gautier, le 14 septembre 1845 et le 15 mars 1846 (Lois

Hamrick, *The Role of Gautier in the Art Criticism of Baudelaire,* thèse
Vanderbilt University, 1975, dactylographie, p. 46, 106-107).

5. Tribu d'Indiens citée dans le *Salon de 1846* (p. 456). Des
Osages étaient venus à Paris en 1827.

6. Spoelberch de Lovenjoul l'a retrouvé dans *La Presse* du
11 septembre 1839 (voir la note 2).

7. Ce paragraphe a donc été ajouté pour la publication dans
L'Écho. Il modifie la signification de l'article. L'addition résulte-
t-elle du fait que Baudelaire signe alors son article ? Ou le signe-t-il
parce qu'il ajoute ces lignes ? On peut aussi penser qu'un ami,
ayant lu l'article dans *Le Corsaire,* l'aura pris « pour une *blague* de
petit journal ». Baudelaire, choqué de voir méconnues ses intentions
réelles, lui répond en publiant de nouveau l'article. Il accentue
l'éloge et il signe pour faire disparaître toute équivoque. Cependant,
il y a lieu de remarquer que la publication dans *Le Corsaire* se situe
entre l'apparition du *Salon de 1845,* où Balzac n'est pas cité, et celle
du *Salon de 1846,* dans la conclusion duquel Balzac reçoit les plus
vifs éloges. Est-il possible qu'en novembre 1845 Baudelaire n'eût
pas encore découvert la grandeur de Balzac ?

Page 9.

PROMÉTHÉE DÉLIVRÉ

Le Corsaire-Satan, 3 février 1846, en feuilleton, signé : Baudelaire
Dufays, à la fin de l'entrefilet sur Bouniol qui suit immédiatement
l'article sur *Prométhée.* Les mots épicuréisme et athéisme sont
imprimés avec un tréma sur l'*i.*
Première reproduction : *Œuvres posthumes* de 1908.

L. de Senneville est le pseudonyme de Louis Ménard dont le
Prométhée délivré porte la date de 1844, mais a été enregistré à la
Bibliographie de la France dès le 16 décembre 1843. Il convient donc
de remarquer que c'est avec un grand retard que Baudelaire rend
compte de ce livre. Dans le cas des recueils de Chennevières (p. 3),
Baudelaire pouvait faire passer le plus ancien sous le couvert du
plus récent. Ce n'est pas le cas ici.

Louis Ménard eut tous les talents : chimiste, il inventa le collo-
dion; historien, il étudia le polythéisme grec; écrivain, il publia
les *Rêveries d'un païen mystique* que Barrès préfacera en 1909 (son
portrait dans *ICO,* n° 145; *Album Baudelaire,* p. 33). Il fut à Louis-
le-Grand ainsi que Baudelaire; toutefois de l'aveu même de Ménard
(*Tombeau de Charles Baudelaire,* 1896) : « Nous n'étions pas très liés,
car je n'étais pas de sa classe, mais je le respectais beaucoup, parce
qu'il était fort en vers latins. » Leur liaison amicale est postérieure
au baccalauréat. C'est chez Ménard que Baudelaire aurait pour la
première fois goûté au haschisch. Ménard fut le confident de

Baudelaire au moment de la tentative ou du simulacre de suicide (30 juin 1845 ; voir *CPl*, I, 124), dont il a raconté plus tard deux versions assez désobligeantes pour son ex-ami, l'une à Philippe Berthelot, l'autre à Rioux de Maillou (*Bdsc*, 73-80). Est-ce parce que Ménard n'avait pas pris son geste au sérieux que Baudelaire écrivit ce compte rendu dépourvu d'aménité ? Ménard se vengera en publiant sur *Les Fleurs du mal* un des comptes rendus les plus fielleux (*Revue philosophique et religieuse*, septembre 1857). D'autant que, selon Charles Cousin, condisciple de L. Ménard et qui resta l'ami de celui-ci, Ménard aurait retrouvé sur les quais son *Prométhée* « offert depuis peu à Baudelaire, et portant sur la première page son envoi d'auteur » (*SC*, 16). Ménard a recueilli son œuvre dans *Poèmes et Rêveries d'un Païen mistique* (Librairie de « L'Art indépendant », 1895) en lui imposant ses graphies phonétiques. Dans la préface du recueil il fait la critique de ce « drame liriqe » qu'il qualifie de « travail de rétoriqe ».

1. On les retrouvera dans les *Salons* ; voir l'Index.

2. Baudelaire est, à l'exception de sa période socialiste (voir *L'École païenne*, p. 49), resté fidèle à cette doctrine. On le verra dénoncer *L'Art philosophique* (p. 598).

Page 10.

1. Allusion — nous fait remarquer Morris Wachs — à une épigramme célèbre de Turgot destinée à légender un portrait de Franklin :

Eripuit cælo [ou *Jovi*] *fulmen sceptrumque tyrannis.*

(Il arracha au ciel [ou à Jupiter] sa foudre et le sceptre aux tyrans.) Cette épigramme, qui offre d'autres variantes, a été souvent citée et traduite, notamment dans la *Correspondance littéraire* (avril 1778 ; édition Delance, t. IX, 1810, p. 140; édition Salgues, t. IV, 1812, p. 197; édition Taschereau, t. X, 1830, p. 22), — par Condorcet, qui la place en épigraphe de son *Éloge de M. Franklin* (1791), — par Chamfort (*Œuvres complètes*, édition Auguis, Chaumerot, t. III, 1824, p. 324). L'historique en a été partiellement fait par A. O. Aldridge dans *Benjamin Franklin et ses contemporains français* (Marcel Didier, 1963), p. 125. C'est bien plutôt dans l'article que Philarète Charles a publié sur Franklin dans la *Revue des Deux Mondes* du 1er juin 1841 que Baudelaire put trouver ce vers (4e série, t. XXVI, p. 690), s'il lut cette livraison au retour de son voyage.

Page 11.

1. On rectifie une faute typographique du texte de 1846 qui montre : Manon. Il s'agit bien du législateur religieux de l'Inde à qui l'on attribue le recueil intitulé *Lois de Manou*.

2. Baudelaire a lui-même professé ce culte de la Nature ou de Cybèle, du moins poétiquement; voir « J'aime le souvenir de ces

époques nues... » (t. I, p. 11, v. 7-10), *Bohémiens en voyage* (t. I, p. 18, v. 11), « Tu mettrais l'univers entier dans ta ruelle... » (t. I, p. 28, v. 15) et *Une charogne* (t. I, p. 31, v. 11). Sur cet aspect de la jeunesse littéraire de Baudelaire et sur sa relation à Diderot et à d'Holbach voir F. Leakey, *Baudelaire and Nature,* p. 21-24.

3. Marc-Antoine-Madeleine Désaugiers (1772-1827), chansonnier fameux, au sens où on applique le substantif à Béranger.

4. Il semble bien que Baudelaire se fasse ici l'écho de Gérard de Nerval qui, dans son Introduction au *Faust de Goëthe* [sic], *suivi du Second Faust* (Gosselin, 1840), écrivait (p. VI-VII) : « Nous devons regretter que la seconde partie de Faust n'ait pas toute la valeur d'exécution de la première, et que l'auteur ait trop tardé à compléter une pensée qui fut le rêve de toute sa vie. En effet l'inspiration du second Faust, plus haute encore peut-être que celle du premier, n'a pas toujours rencontré une forme aussi arrêtée et aussi heureuse, et bien que cet ouvrage se recommande plus encore à l'examen philosophique, on peut penser que la popularité lui manquera toujours. »

5. Ces rimes-lanternes, Baudelaire les a utilisées et recherchées dans ses poésies des années 1843-1845, à l'imitation de Banville.

Page 12.

LE SIÈCLE

Voir l'article précédent.

L'épître de B. Bouniol avait sans doute été publiée hors commerce, comme le suggérait J. Crépet (*Œuvres posthumes,* Conard, t. I, 1939, p. 563). Graham Robb en a retrouvé une grande partie dans *La Gazette de France* du 15 février 1846 (*Bulletin baudelairien,* t. 24, n° 2, décembre 1989).

Bathild Bouniol est né à Paris (IVe arrondissement ancien), le 14 décembre 1815; il est mort à Paris (VIe arrondissement), le 11 février 1877 (Archives de Paris, où Jean Ziegler a retrouvé ces actes). Homme de lettres aussi obscur que fécond, les titres de ses œuvres occupent six colonnes du catalogue des imprimés de la Bibliothèque nationale. Firmin Maillard, fort bon connaisseur de ces méconnus, le jugera ainsi dans *La Cité des intellectuels* (Daragon, s. d., p. 112) : « ancien sténographe de l'*Union* et poète opportuniste, [il] présente quelques vers sur le Coup d'État à Louis-Napoléon qui, visiblement enthousiasmé, lui donne une liasse de sept billets de mille francs. » L'*Almanach historique, typographique et statistique de Seine-et-Marne et du diocèse de Meaux,* 18e année, 1878, annonce sa mort en ces termes communiqués par G. Gendreau : « Élevé à Melun et au séminaire d'Avon; il a été professeur, journaliste, ouvrier typographe, et a publié des poésies, des ouvrages pour la jeunesse, en même temps qu'il collaborait à plusieurs recueils catholiques. » En 1843, Bouniol avait publié *Gringalet au Salon, espèce de critique,* où il recueillait des articles insérés dans L'*Indi-*

cateur de Seine-et-Marne. Faudrait-il donc penser que Charles Baudelaire aurait rencontré Bouniol à Fontainebleau chez son demi-frère Alphonse ? C'est un mois plus tard que Charles adressera à Mme Alphonse Baudelaire son *Choix de maximes consolantes sur l'amour* (t. I, p. 546; *CPl*, I, 134). Au reste, cet entrefilet au ton protecteur ne suppose pas une connaissance personnelle. En 1847, à Paris chez Sagnier et Bray, à Melun chez A. C. Michelin, Bouniol publie un recueil d'*Épîtres et satires* : on n'y retrouve pas *Le Siècle*. Dans *Le Pays* du 20 juillet 1854 Barbey d'Aurevilly, rendant compte de *Ma croisade ou les mœurs contemporaines,* fait l'éloge de ce « poète satirique d'une rare vigueur de conviction » (article recueilli dans *Poésie et Poètes,* Alphonse Lemerre, 1906). Sous la date de 1856, chez Bray, Bouniol publie un petit livre qui put intéresser Baudelaire : *L'Art chrétien et l'école allemande avec une notice sur M. Overbeck.*

Page 13.

CONSEILS AUX JEUNES LITTÉRATEURS

L'Esprit public, 15 avril 1846, en feuilleton, signé : Baudelaire-Dufays.

L'Écho. Littérature, Beaux-Arts, Théâtres, Musique et Modes, 17 septembre 1846. Le même article est reproduit le 18 et le 19 septembre 1846. Signé : Baudelaire-Dufays. Voir, p. 1080, *Comment on paie ses dettes...*

Recueilli en 1868 dans *L'Art romantique,* où Asselineau et Banville ont pratiqué quelques suppressions et numéroté en chiffres romains les courts chapitres de 1 (« Du bonheur...») à IX (« Des maîtresses ») *(AR).*

Texte reproduit : celui de *L'Esprit public,* moins quelques fautes typographiques.

Il est probable que Baudelaire se souvient ici des *Conseils à un journaliste* de Voltaire qui parurent dans les éditions des œuvres de ce dernier à partir de 1845 (voir l'édition Moland, t. XXII, p. 241-266). Ce rôle de donneur de conseils, Baudelaire se l'était déjà adjugé dans le *Choix de maximes consolantes* (t. I, p. 546).

Page 14.

a. Eugène Süe,   *Esprit, ici et plus bas.*

1. Voir la note 2 sur le feuillet XLVII de *Mon cœur mis à nu* (t. I, p. 1511).
2. On sait que peu après Baudelaire écrira *Le Guignon* (t. I, p. 17).
3. Ces deux écrivains ne sont pas cités dans le texte de 1868. Ils sont associés par Baudelaire d'une manière infamante dans le projet du *Hibou philosophe* (p. 50). À qui la suppression est-elle due ? Sue mourut en 1857. Paul Féval lui survécut trente ans.

4. Le logographe est une énigme en vers. Au sens figuré le mot désigne un discours inintelligible.

5. Voir l'éloge du bourgeois dans le *Salon de 1846* (p. 415).

Page 15.

a. tard, — veulent   *AR. La présence du virgule-tiret séparant inutilement le sujet du verbe fait conclure à une simple omission.*

b. rejetés, viennent   *AR. La correction peut s'expliquer par le désir d'éviter la répétition du préfixe.*

1. Si l'indice 1973 est 376 l'indice 1840 est 72 (voir *CPl*, I, LXVI); encore convient-il d'être prudent.

Page 16.

a. Borgias   *Esprit*

1. Voir, dans un sens différent, *Le Tonneau de la Haine* (t. I, p. 71).

2. Littré cite *éreintement* au tome II de son *Dictionnaire* comme un néologisme et indique qu'il ne figure pas dans le *Dictionnaire* de l'Académie. Dans les Additions qui sont imprimées dans le volume de *Supplément* et qui sont postérieures à 1876 on trouve *éreintage*, signalé à la fois comme néologisme et comme synonyme, avec l'exemple de Baudelaire que constitue le dernier paragraphe de cette partie.

3. Jules Janin écrivait dans le *Journal des Débats*. La ligne courbe lui permit même de procéder à une sorte de chantage. Sur cet écrivain ventripotent et satisfait, qui exerçait par dépit un magistère de la critique, voir p. 24-25 et 231-240

4. Granier de Cassagnac, dont on a contesté la seconde partie du nom, Méridional du Gers, fut un franc bretteur qui, usant aussi bien de la plume que de l'épée, entretint pendant quelques années dans la presse française un certain climat d'honnêteté. Mais, défenseur des esclavagistes, il blessa en duel le baron Lacrosse (1842), qui prononcera au Sénat l'éloge funèbre d'Aupick. Les républicains prétendaient en 1846 que le ministère Guizot s'était attaché par des chaînes d'or, prises aux fonds secrets, le bouillant journaliste.

Page 17.

1. La formule est à remarquer : elle veut affirmer l'intimité de Baudelaire avec Delacroix et l'ancienneté de cette liaison. Cette formule devait être à l'époque familière au jeune Baudelaire-Dufays, destinée qu'elle était à le placer haut dans l'estime de ses contemporains. Ainsi, *La Silhouette* du 24 mai 1846 nous fait entrer dans la salle de rédaction du *Corsaire-Satan*. Baudelaire y dialogue avec Vitu : « Voyez-vous, Vitu, les créanciers sont comme les femmes... On ne saurait trop les aimer. Eugène Delacroix me disait hier... » (*Bdsc*, 83). Malheureusement, le rédacteur en chef l'interrompt. — On retrouve la substance du propos tenu par Delacroix à Baudelaire dans le *Salon de 1846* (p. 433).

2. Sur Ourliac et, plus loin, sur Balzac voir *Comment on paie ses dettes quand on a du génie* (p. 6-8).

Page 18.

a. Les mots souvent médiocres mis en relief par les virgules-tirets ont été omis dans AR. *Il y a lieu de penser que ce fut du fait d'Asselineau, grand admirateur de Gautier. Pour les sentiments de Baudelaire à l'égard de Gautier en ces années voir* « *Comment on paie ses dettes...* » *(p. 8, n. 4).*

1. Le travail journalier est précisément ce à quoi Baudelaire était le plus rebelle. On admirera l'optimisme avec lequel il résout alors ce problème. Sur l'inspiration voir *Fusées*, XI, 17 (t. I, p. 658) et *Hygiène* (t. I, p. 668).

Page 19.

a. Gœthe ait eu des AR

1. *Kean, ou Désordre et Génie,* drame d'Alexandre Dumas père, représenté et édité en 1836 — dont Jean-Paul Sartre a fait l'adaptation que l'on sait. Autre allusion à cette pièce dans *Les Drames et les romans honnêtes* (p. 39).

2. C'est la grande époque de l'admiration de Baudelaire pour Hoffmann; voir par l'Index les *Salons* de 1845 et de 1846 et, sur cette fin de la vie d'Hoffmann, p. 250, n. 1.

Page 20.

a. qu'il doive mettre AR

1. Cf. *Mon cœur mis à nu*, XX, 34 : « Pourquoi l'homme d'esprit aime les filles plus que les femmes du monde, malgré qu'elles soient également bêtes ? — À trouver » (t. I, p. 689).

Page 21.

LES CONTES DE CHAMPFLEURY

Le Corsaire, 18 janvier 1848, signé : Charles Baudelaire.
Première reproduction : *Œuvres posthumes* de 1908.

On remarquera qu'il n'y a pas d'article pour l'année 1847. Lorsque paraît celui-ci, nous sommes à un peu plus d'un mois seulement de la Révolution de 48.

Sur les relations, alors étroites, de Baudelaire et de Champfleury — ami de Courbet, défenseur et illustrateur du réalisme —, voir la *Correspondance* dans la même collection. Le 11 février 1887, Champfleury, évoquant pour Eugène Crépet ses souvenirs sur Baudelaire, lui écrit que leurs relations quotidiennes de 1848 à 1852 étaient de douze à quinze heures par jour (collection Louis Clayeux).

a. Le texte de 1848 montre où histoire

1. *Chien-Caillou* a été publié en un volume (Baudelaire dit : livraison, car ces petits volumes sont publiés de trimestre en trimestre) intitulé : *Chien-Caillou. Fantaisies d'hiver,* dédié à V. Hugo et publié en 1847 chez Martinon. Ce volume contient un morceau, *L'Automne,* dédié à Pierre de Fayis, l'un des pseudonymes de Baudelaire. Le deuxième plat verso de la couverture annonce, pour paraître, *Les Lesbiennes* et *Le Catéchisme de la femme aimée.*

2. Chien-Caillou est le surnom du graveur Rodolphe Bresdin (voir *CPl,* II, 722).

3. On est loin des propos ambigus de *Comment on paie ses dettes...* (p. 6).

4. Voir p. 3.

5. À l'égard de Dumas père les sentiments de Baudelaire ont varié (voir *BET,* 145-155). On trouvera son éloge dans le *Salon de 1859* (p. 622). — Sur Paul Féval, voir p. 14; « et consorts » doit désigner aussi Eugène Sue attaqué dans la même page.

6. *Pauvre Trompette. Fantaisies de printemps* paraît chez Sartorius et Martinon en 1847. Le deuxième plat verso de la couverture annonce *Les Lesbiennes* et *Le Catéchisme de la femme aimée.*

Page 22.

a. Le texte de 1848 porte : au mépris et à la haine publiques.

1. Voir *Quelques caricaturistes français* (p. 557).

2. Roman satirique publié en 1765 par l'abbé Henri-Joseph Dulaurens et qu'on a attribué à Voltaire.

3. *Feu Miette. Fantaisies d'été,* Martinon, 1847.

4. Formule qui prélude à celle du *Théophile Gautier* : « J'ai mainte fois été étonné que la grande gloire de Balzac fût de passer pour un observateur; il m'avait toujours semblé que son principal mérite était d'être visionnaire, et visionnaire passionné » (p. 120).

Page 23.

1. Voir *De l'essence du rire* (p. 536).

2. Le quatrième volume, *Fantaisies d'automne,* était annoncé au deuxième plat verso de la couverture de *Pauvre Trompette,* pour paraître au mois de septembre 1847. Il ne parut pas; on peut voir là une conséquence de la Révolution de 48. En 1854, chez Victor Lecou, Champfleury publiera des *Contes d'automne.*

Page 24.

JULES JANIN
ET « LE GÂTEAU DES ROIS »

Fragment d'article, contemporain du précédent, publié d'abord en traduction anglaise par Arthur Symons (*Baudelaire,* Londres, Elkin Mathews, 1920; autre édition à la même date : New York,

E. P. Dutton and Co.), puis d'après le texte original par J. Crépet dans le *Figaro* du 31 mars 1934.

Le texte a été revu sur une photographie du manuscrit.

Le livre de Janin, *Le Gâteau des Rois, symphonie fantastique,* avait paru, chez Amyot, en 1847. Il vient d'être réédité avec d'abondants commentaires par Joseph-Marc Bailbé (Minard, Lettres modernes, 1972), qui établit des rapprochements entre *Le Gâteau des Rois* et, notamment, *La Fanfarlo.* Voir aussi « Baudelaire rival de Jules Janin ? », par J.-Fr. Delesalle, *EB III,* 41-53.

a. au hazard [*sic*] [l'une sur l'⟨autre⟩ *biffé*] sur des rapports *ms.*

1. Il est probable que c'est là une suite à l'article sur Champfleury. On notera que le manuscrit faisait partie de la *Collection des autographes de Champfleury* (1891), n° 25.

2. Voir le deuxième projet de lettre à Jules Janin (p. 233).

Page 25.

a. d'une [vieille *biffé*] danseuse; *ms.*

b. Les idées de [l'homme célèbre en *biffé*] notre homme *ms.*

c. Le manuscrit est interrompu ici, à la fin du feuillet III.

1. Déchirure dans le manuscrit.

2. « Elles ont trop souvent levé la jambe. » Nous n'avons pas retrouvé l'origine de cette citation.

Page 26.

PIERRE DUPONT [1]

Cette notice a d'abord paru sous la forme d'une livraison, la vingtième des *Chants et Chansons* de Pierre Dupont; dans le recueil, publié chez Houssiaux (4 vol., 1851-1854), elle constitue, bien entendu, la préface du tome I; elle est accompagnée d'un portrait de Dupont dû à Gigoux et gravé par Ch. Colin. Comme la première livraison a été enregistrée à la *Bibliographie de la France* le 5 avril 1851 et la vingt-septième, le 25 octobre, la vingtième a donc dû paraître vers la fin d'août, ce que corroborent les extraits donnés par *La Sylphide* (voir *infra*) et la lettre que Baudelaire écrivit le 30 août à sa mère (*CPl,* I, 175). C'est sans doute cette notice qu'il achevait lorsqu'il lui écrivait le 9 juillet (*ibid.,* 173).

Houssiaux s'était associé avec d'autres libraires-éditeurs : Lécrivain et Toubon, Dutertre, Martinon (éditeur de Champfleury en 1847; un des textes de *Chien-Caillou* est d'ailleurs dédié à Dupont) dont les noms figurent sur la couverture sous cette forme : À Paris chez Gustave Havard [*ou* Dutertre *ou* Martinon *ou* Lécrivain et Toubon] [...] et chez l'éditeur, rue de l'École-de-Médecine, 58.

Cette dernière adresse est celle de Houssiaux, comme le prouve le cadastre de 1852. La couverture rose de la livraison qui contient la notice de Baudelaire est ornée d'une vignette de Tony Johannot, gravée par Pisan, qui représente, dans un médaillon, Pierre Dupont entouré des personnages les plus célèbres de son œuvre.

La Sylphide du 11 août 1851, sous le titre *Pierre Dupont,* publie des extraits de la notice. La rédaction de la revue déclare : « Nous empruntons les fragments qui suivent à une remarquable notice qui doit paraître prochainement dans l'édition illustrée des chansons de Pierre Dupont. » Suit le passage qu'on trouvera aux pages 28-31 de notre texte, depuis « L'enfance et la jeunesse de Pierre Dupont ressemblent... » jusqu'à « ... je n'ai plus rien à craindre, je suis en France ! ». Puis, après deux lignes de points, le texte reprend à « L'édition à laquelle cette notice est annexée... » (p. 35) et se prolonge jusqu'à la fin de la notice.

Baudelaire a plus tard consacré à Pierre Dupont un autre article, moins enthousiaste que celui-ci; on le trouvera dans les *Réflexions sur quelques-uns de mes contemporains* (p. 169). Mais, tout en ayant changé de convictions, il ne renia pas son amitié pour l'ami d'antan et manifesta aussi l'intention de recueillir le premier texte : ce que firent Asselineau et Banville qui l'insérèrent dans *L'Art romantique* dont nous suivons le texte.

Au tome IV de l'édition Houssiaux des *Chants et Chansons,* dans une préface de l'éditeur, il est indiqué que ce volume contiendra aussi « des chants dont Pierre Dupont n'a composé que la musique, et dont la poésie est d'autres auteurs, avec lesquels il s'est trouvé en relation de sentiments : Victor Hugo, Gustave Mathieu [sur lui, voir t. I, p. 1047, et *CPl,* I, 826-827], Charles Baudelaire, etc. » Comme il est impossible de découvrir du Baudelaire dans ce tome IV — au reste composé comme les autres de livraisons —, il faut conclure que la promesse n'a pu être tenue.

Sur Dupont voir l'article de D. Higgins, « Pierre Dupont. A chansonnier of the 1848 Revolution », *French Studies,* avril 1949, p. 122-136. Baudelaire et Dupont furent très liés depuis 1842 jusqu'à la deuxième République. Louis Ulbach les montre chez lui alors qu'il était jeune étudiant. On les voit au théâtre des Funambules en septembre 1846 (*Bdsc,* 90 et 133; voir aussi 136). Autre témoignage de leur intimité à cette époque : Deroy, le peintre de Baudelaire, fait — donc, avant le 10 mai 1846, date de sa mort — le portrait du chansonnier, que J. Crépet acquit en 1924 et qu'il légua au musée du Louvre (la toile est en dépôt au musée de château de Compiègne). Champfleury introduira Dupont dans *Les Aventures de Mademoiselle Mariette* (1853) sous le nom de Giraud : voir la clé du roman établie par Baudelaire (*CPl,* I, 209-210). Dupont a salué *Les Fleurs du mal* peu après leur apparition (*Le Polichinelle,* 10 janvier 1858). Dans *Le Nain jaune* du 22 septembre 1867 il publia un sonnet en hommage à la mémoire de son ami mort (*LAB,* 142-143).

Page 27.

1. On a salué au passage V. Hugo (*Les Orientales*) et Sainte-Beuve (*Vie, poésies et pensées de Joseph Delorme*). Curieusement, dans le paragraphe suivant, Baudelaire reprendra pourtant l'image de l' « écho sonore », chère à Hugo.

2. Auguste Barbier, dans les *Iambes* et dans *Lazare*; voir *Réflexions sur quelques-uns de mes contemporains* (p. 141).

3. Voir la conclusion de l'article sur *L'École païenne* (p. 49).

4. Prêtée à Guizot, elle résume bien la pensée de la bourgeoisie régnante.

Page 28.

a. par ce fait seul qu'elle   *1851*

1. Aucun des deux adjectifs n'est facile à expliquer; le second constitue d'ailleurs un néologisme. « Éclectique » se rapporte, assez lointainement, au système philosophique de Victor Cousin, c'est-à-dire à l'absence de système : on comprendra que le mot désigne ici le libéralisme économique de la monarchie de Juillet, le « laissez faire » qui enrichit les riches et appauvrit les pauvres. « Propriétariste » a évidemment une valeur péjorative. On penserait que ce mot fut employé par Proudhon. Mais on le chercherait vainement dans son œuvre publié avant cette étude sur P. Dupont.

2. Restaurant situé boulevard des Italiens, à l'angle de la rue Laffitte, dans une maison édifiée en 1839 dans un style pseudo-Renaissance et ornée d'une profusion de dorures. C'était, avec le café Anglais et le café Riche, l'un des lieux de rencontre favoris des élégants. On l'appelait plutôt la Maison Dorée.

Page 29.

1. À quelques jours près, il était donc le contemporain de Baudelaire.

2. Ici et plus bas, Baudelaire pense à lui-même.

3. Baudelaire pense-t-il à son père qui renonça au sacerdoce et qui fut du dernier bien avec la philosophie ?

4. Allusion certaine à Aupick.

5. Pierre Lebrun avait été le condisciple de J. Aupick au Prytanée militaire de Saint-Cyr. Ils se retrouveront au Sénat (Cl. Pichois, *Le Vrai Visage du général Aupick*, Mercure de France, 1955, p. 6-7).

6. *Les Deux Anges*, poème. *Poésies diverses*, Provins, T. Lebeau, 1844.

Page 30.

1. L'article de Sainte-Beuve sur Dupont et sur Hégésippe Moreau a paru dans *Le Constitutionnel* des 21-22 avril 1851 — ce qui confirme la date de composition de la notice — et sera recueilli en 1852 au tome IV des *Causeries du Lundi*.

2. Paroles de P. Dupont, musique « arrangée » par Victor Pari-

zot, illustrations par divers artistes; recueil publié chez Alexandre Brullé en 1846. À ne pas confondre avec *Le Chant des Paysans* (Paris, l'auteur, 1849).

Page 31.

   a. recomfort *1851* ; *graphie historique.*
   b. Marseillaise *[romain]* *1851 et AR*

   1. Les expressions soulignées sont empruntées au poème de Dupont, ainsi que les quatre vers cités dans le paragraphe suivant.
   2. Admirable passage, celui où Baudelaire montre le mieux sans doute sa charité profonde pour les déshérités et les exploités.

Page 32.

   a. toujours semblable. Cette *1851*

   1. *La Chanson des prés,* t. II des *Chants et Chansons.*
   2. J. Crépet l'avait identifiée (son édition de *L'Art romantique,* p. 506) grâce à Armand Godoy : *El mágico prodigioso* de Calderón; Baudelaire fait allusion à la scène VI de l'acte III. Ne connaissant pas l'espagnol, il a découvert cette scène dans les *Études sur l'Espagne [...]* de Philarète Chasles (Amyot, [1847], p. 65-67) : la jeune fille est tentée par le démon.
   3. *Les Journées de Juin. Chant funèbre,* daté de juillet 1848, au tome II des *Chants et Chansons.* Le texte de Dupont montre : *lis.*

Page 33.

   a. rayon de soleil ! *1851*

   1. *Le Chant des nations,* daté de 1847, au tome I des *Chants et Chansons.*

Page 34.

   1. Champfleury a publié en feuilleton dans *L'Événement* d'avril 1851 — autre confirmation de la date de composition — les *Sensations de voyage d'un essayiste.* Il y souligne, en effet, la joie qui émanait de la personne de Balzac et rapproche celui-ci de Rabelais et de Luther. Ces *Sensations* fournissent des notes à la plaquette que publie Armand Baschet chez Blosse en 1851 sur Honoré de Balzac (*H. de Balzac. Étude variée. Généralités de la « Comédie humaine ». Le génie de M. de Balzac. Par Armand Baschet. Avec notes historiques par Champfleury ;* pour le passage sur la joie, voir p. 23 de cette plaquette).
   2. Il est remarquable que Baudelaire, un moment, sous l'effet du socialisme, s'illusionne sur la vraie nature de son génie. Le mot *Irréparable* deviendra le titre d'une pièce des *Fleurs du mal* (t. I, p. 54).
   3. C'est très peu de temps après avoir écrit ces lignes que Baudelaire va renoncer à son optimisme. Dans *Le Reniement de saint Pierre*

(t. I, p. 122) qui figure dans le manuscrit dit des *Douze poèmes,* copié entre septembre 1851 et le début de 1852, et qui sera inséré dans la *Revue de Paris* en octobre 1852, Baudelaire déclare :

> *Certes, je sortirai, quant à moi, satisfait*
> *D'un monde où l'action n'est pas la sœur du rêve.*

4. L'*Avertissement aux propriétaires, ou lettre à M. Considerant, rédacteur de La Phalange, sur une Défense de la propriété* — parut à Paris et Besançon sous le millésime de 1841 (mais daté à la fin par P.-J. Proudhon du 1er janvier 1842). Baudelaire a pu le lire dans l'édition originale ou dans la deuxième édition, Garnier frères, 1848, qui présente de ce passage le même texte. Proudhon, à la fin de son pamphlet, s'adresse aux ouvriers : « C'est vous qui accomplirez cette synthèse ou composition sociale, qui sera le chef-d'œuvre de la création ; et vous seuls pouvez l'accomplir. Car tout ce qui sort du peuple est profondément synthétique ; les philosophes seuls ont le talent de la marqueterie. Déjà vous avez compris que le caractère le plus saillant de notre réforme devait être le travail et l'industrie ; et j'ai senti mon cœur frémir d'enthousiasme en écoutant la chanson faubourienne :

> *En avant ! courage !*
> *Marchons les premiers :*
> *Du cœur à l'ouvrage,*
> *Braves ouvriers !*

« Marchez, en chantant, à la conquête du nouveau monde, race prédestinée ; travaillez, instruisez-vous les uns les autres, braves ouvriers ! Votre refrain est plus beau que celui de Rouget de L'Isle. »

On remarquera que Baudelaire cite de mémoire.

Sur ses relations avec Proudhon voir les deux lettres d'août 1848 (*CPl,* I, 150-152).

Page 35.

1. Dans les *Chants et Chansons,* chaque œuvre forme un fascicule indépendant ; le texte est précédé d'un frontispice gravé et suivi de la musique.

Page 36.

1. Baudelaire souligne l'expression qui vient d'être créée : c'est le 23 mars 1850 que l'acteur Bignon — cité dans l'essai sur Wagner (p. 811) — l'aurait employée, à savoir lors de la création de *Charlotte Corday* de Ponsard (Cl. Pichois, « Quand l'acteur Bignon " entra dans la peau de son personnage " », *Le Français moderne,* juillet 1952, p. 173-174).

Page 37.

[PENSÉE D'ALBUM]

Première publication, en fac-similé, par Paul Fuchs dans le *Supplément littéraire* du *Figaro*, 7 février 1925.

Ce texte, qui est, par sa date et par son contenu, à peu près contemporain de la notice sur Pierre Dupont, a été inscrit dans un album que P. Fuchs tenait de son aïeule, Mme Francine Ledoux, et qu'ont aussi enrichi Banville, P. Dupont, G. Mathieu, Champfleury et Maurice Sand qui, à l'exception de ce dernier, sont tous des amis de Baudelaire à cette époque. Il est signé : « Charles Baudelaire ». On ne sait rien de Mme Ledoux.

a. Il est difficile de déterminer s'il faut lire pouvais-je *ou* pourrais-je

1. Baudelaire a déjà cité la formule de Stendhal dans le *Choix des maximes consolantes sur l'amour* (t. I, p. 548).
2. En fait, les « jeunes gens » (Baudelaire se grime un peu en vieillard : il n'a que trente ans) auraient dû apprendre partiellement cela, sinon en lisant Platon, du moins en lisant Victor Cousin.
3. Voir *Les Petites Vieilles* dans *Les Fleurs du mal* (t. I, p. 89).

Page 38.

LES DRAMES ET LES ROMANS HONNÊTES

Semaine théâtrale, 27 novembre 1851; signé : Charles Baudelaire. À partir de 1851 Baudelaire a renoncé aux pseudonymes.

L'Art romantique, dont nous adoptons le texte (il n'y a pratiquement qu'une différence de l'un à l'autre).

Pour comprendre le sens de cet article courageux, il faut se reporter à la date de la publication — qui suit de près celle de la composition. La monarchie de Juillet avait connu une forme à la fois morale et prosaïque de littérature de consommation destinée à la glorification de la moyenne bourgeoisie. Il est symptomatique que l'année 1843 qui voit la chute des *Burgraves* voie aussi le triomphe de *Lucrèce*. Si, en concevant son drame, Hugo a pu commettre une erreur, du moins son audace fut-elle grandiose. Le drame de Ponsard n'est qu'un retour aux confortables ornières de la tragédie la plus usée. En refusant l'inféodation de la littérature à l'idéal (?) de la classe dominante, Baudelaire est déjà fidèle à l'attitude qu'il adoptera dans les années suivantes et notamment lors du procès des *Fleurs du mal*. Si l'art est moral, c'est au niveau le plus élevé : il perd sa qualité d'art quand il ne cherche qu'à illustrer une morale.

Le présent article ne saurait être séparé du suivant[1], dans lequel Baudelaire dénonce l'art pour l'art. Ce qu'il conçoit, c'est un art humain. Ni l'art pour l'art, ni l'art pour la morale. Sans doute, durant ces dernières semaines de 1851, Baudelaire dit-il encore : l'art pour le progrès, mais en pensant au progrès moral et social, non au progrès matériel.

La deuxième République, lorsqu'elle entra dans la voie réactionnaire, voulut rendre une certaine littérature (notamment les romans d'Eugène Sue) responsable de quelques excès : sous l'influence de cette littérature les classes laborieuses seraient devenues des classes dangereuses. Il importait donc de légiférer dans le domaine littéraire. Baudelaire cite à la fin de son article le décret Faucher. Il aurait pu citer aussi l'amendement Riancey (16 juillet 1850) qui, dans la loi sur la presse, avait frappé tout roman-feuilleton publié dans un journal d'un timbre d'un centime par numéro. Nerval, dans *Angélique (Les Filles du feu)*, en a tiré de plaisantes variations.

À noter que, le 27 mars 1852, Baudelaire adresse à sa mère, alors à Madrid où Aupick est ambassadeur, *Les Drames et les romans honnêtes* (*CPl*, I, 191).

1. Lois Hamrick (*The Role of Gautier in the Art Criticism of Baudelaire,* thèse Vanderbilt University, 1975, dactylographie, p. 127) rapproche ce début, qui sera précisément repris dans l'essai sur Théophile Gautier (p. 114-115), du début de la préface de *Mademoiselle de Maupin* (édition Georges Matoré, Droz, 1946, p. 3) :

« Une des choses les plus burlesques de la glorieuse époque où nous avons le bonheur de vivre [...] est incontestablement la réhabilitation de la vertu [...].

« La vertu est assurément quelque chose de fort respectable, et nous n'avons pas envie de lui manquer; Dieu nous en préserve ! la bonne et digne femme ! »

2. Émile Augier a donné *La Ciguë* en 1844. Cette pièce en deux actes et en vers refusée par la Comédie-Française fut jouée à l'Odéon et rendit Augier célèbre. *Gabrielle,* comédie en cinq actes et en vers, fut jouée à la Comédie-Française en 1849. Taine, au chapitre XVII de *Vie et opinions de M. Frédéric-Thomas Graindorge,* résumera ainsi la pièce : « Mme Gabrielle Chabrière ayant un mari intelligent, spirituel, gai, laborieux, dévoué et très tendre, veut partir avec un amant, parce que son amant lui parle de passion et son mari d'affaires; mais, tout d'un coup, son mari ayant été plus éloquent que son amant, elle remarque que l'amant " n'est qu'un enfant " et que " le mari est un homme ". Sur quoi,

1. Dans un projet de sommaire (p. XI) pour bien marquer le lien qui unit les deux articles, il intitule celui-ci « L'École vertueuse ». Mais dans les deux plans qu'il établit en 1865 et 1866 (*CPl*, II, 444-445 et 591) il ne mentionne plus cet article ni le suivant.

elle reste au logis, et dit : " Ô père de famille, ô poète, je t'aime ! "
Avis aux avoués, notaires, banquiers, employés, magistrats, tous
gens d'affaires comme le mari; ils sont tenus d'être poètes deux
fois par mois pour garder leurs femmes. » L'Académie décerna
à Augier le prix Montyon.

Page 39.

1. *Gabrielle,* acte I, scène 1.

2. Ce drame de Dumas a déjà été cité p. 19.

3. On remarquera que Baudelaire pense à son triste destin. Son
conseil judiciaire, Me Ancelle, avait été notaire jusqu'au 28 avril
de cette même année. Il venait d'être nommé maire de Neuilly.

Page 40.

1. L'expression n'a pas été retrouvée, mais n'est pas indigne des
poètes de l'École païenne, sur laquelle voir p. 44 sq.

2. Voir au tome I le distique de la page 204.

3. Béranger a fait de Lisette le type de la grisette parisienne aux
amours faciles, à la vie insoucieuse du lendemain.

4. Baudelaire lui-même. Voir p. 98.

5. Le Poitevin Saint-Alme. Cette pittoresque figure du journalisme militant apparaît sous le nom de M. de Saint-Charmay dans
les Aventures de Mademoiselle Mariette, roman de Champfleury;
voir *Bdsc,* 85-87.

6. *Jérôme Paturot à la recherche d'une position sociale,* roman satirique de Louis Reybaud (1843). Ce livre est, pour ainsi dire, le
Bouvard et Pécuchet de la monarchie de Juillet. Une édition illustrée
par Grandville (sur qui voir p. 558) en parut en 1846. En 1848
Reybaud donna une suite à sa satire : *Jérôme Paturot à la recherche de
la meilleure des républiques.*

Page 41.

1. On comprend que ces trois personnalités ont été tournées en
ridicule par Reybaud, à qui est étrangère toute aspiration généreuse.

2. C'est au fond la meilleure plaidoirie que le défenseur de
Baudelaire eût pu prononcer lors du procès des *Fleurs du mal.*

3. Hippolyte Castille; voir t. I, p. 194.

Page 42.

a. Si vous êtes bien sage, vous   *1851. La suppression de* bien
*s'explique sans doute par le souci d'éviter une répétition ; cinq lignes plus
bas on lit :* bien vite

1. Auguste Dozon sans doute, selon J. Crépet : il fut l'ami de
Baudelaire à l'époque de la Pension Bailly et de l'École normande;
et l'un des trois collaborateurs de *Vers.* Mais il n'a guère plus
fait la morale à Baudelaire que Prarond et Le Vavasseur, les deux

autres collaborateurs. Avec Georges Gendreau (*R.H.L.F.*, 1957, p. 574-578) nous pensons plutôt à Charles Richomme, l'un des principaux rédacteurs du *Dimanche des enfants* (1840-1851) et cousin de Charles Baudelaire. Dans un billet que celui-ci adresse à Richomme (*CPI*, I, 132-133) il lui donne du « cher ami ». En 1865, Richomme publiera une notice sur Berquin en tête d'une nouvelle édition des *Contes et historiettes à l'usage des enfants* dudit Berquin.

Page 43.

1. Décret du 12 octobre 1851 (inséré dans le *Moniteur* du 27) destiné à encourager les auteurs de pièces à but moral et éducatif.

2. Baudelaire n'a pas réalisé ce projet, mais en 1851-1852 on le voit s'intéresser au théâtre de Balzac (*CPI*, I, 177-178, 185). Quand il suggérera à Hostein, directeur de la Gaîté, de faire représenter *Est-il bon ? Est-il méchant ?* il rapprochera de même Balzac et Diderot (*CPI*, I, 298).

Lorsque Baudelaire publia cet article, il était quelque peu en froid avec Champfleury, lequel était du dernier bien avec Mme de Balzac. Celle-ci avait chargé Champfleury d'écrire une préface aux *Pensées* de Balzac, dont elle projetait la publication, et de s'occuper des romans inachevés et des notes laissés par Balzac. C'est au théâtre que s'intéressait Baudelaire, au point d'essayer de s'insinuer dans les bonnes grâces de la veuve. Il s'attira, datée du 29 juillet 1851, cette lettre de Champfleury, adressée à « M. Baudelaire [*sic*] Dufays », 25, rue des Marais-du-Temple :

« Je ne comprends rien à votre conduite, car je devine tout :

« Comment, vous vous présentez deux fois à Beaujon en mon nom et vous demandez à être introduit par un mensonge dans lequel je suis mêlé !

« Je n'en dis pas plus, car je veux savoir encore que ce n'est pas vous.

« En tout cas, j'attends des explications, car j'espère vous voir dès demain matin mercredi, car je serai sorti de chez moi, à huit heures » (lettre citée par Paul Jarry, *Le Dernier Logis de Balzac [Rue Fortunée, l'Ancienne Chartreuse Beaujon]*, éd. du Sagittaire, [1924], p. 58).

Page 44.

L'ÉCOLE PAÏENNE

Semaine théâtrale, 22 janvier 1852 (*1852*).
Revue de poche, 25 décembre 1866, reproduction faite par les soins de Ch. Monselet (voir *Le Hibou philosophe*, p. 50) (*1866*).
L'Art romantique, dont le texte est ici adopté, reproduit le texte de 1852. Le texte de 1866 présente des variantes qui sont peut-être

partiellement du fait de Baudelaire lui-même. S'il était possible de le prouver, le texte de 1866 représenterait donc le second et dernier état voulu par Baudelaire.

Dans les deux plans d'œuvres complètes qu'il établit en 1865 et 1866 (*CPl*, II, 444-445 et 591) Baudelaire ne mentionne pas cet article, au contraire de ce qu'il avait fait en 1857 (p. XI).

Qui Baudelaire vise-t-il dans cet article ? Qui est ce païen moderne ? Différents noms se sont proposés à l'esprit de J. Crépet : d'abord et surtout Banville de qui le nom dans le projet du *Hibou philosophe* (p. 51) suit la mention *L'École païenne*. Ajoutons que, dans une lettre de 1853 à Max Buchon, le réaliste Champfleury écrivait : « Un poète grec, M. de Banville, m'attaquait assez vivement pour que je me crusse obligé de me battre avec lui » (*La Revue*, 1er novembre 1913). Cependant, Banville collabora à la *Semaine théâtrale*... Mais Leconte de Lisle avait déjà commencé à célébrer le culte de la Grèce. Gautier le célébrait depuis longtemps. Louis Ménard (voir p. 9) se dira le païen mystique. Victor de Laprade, bien que spiritualiste et chrétien, avait un sens panthéistique de la nature. Dans sa lettre à Fernand Desnoyers (fin 1853 ou début 1854; *CPl*, I, 248), Baudelaire en déclarant : « Je ne croirai jamais que *l'âme des Dieux habite dans les plantes* », attaquait précisément Laprade à qui appartient l'expression soulignée. J. Crépet retenait les noms de Banville et de Laprade comme représentatifs, à l'esprit de Baudelaire, de la renaissance de l'hellénisme mythologique. Nerval, toutefois, n'est pas à exclure, à qui fait penser le mariage d'Isis et d'Osiris. Au reste, c'est bien à un type de poète plutôt qu'à un poète que s'en prend Baudelaire, à un type qui a pu se constituer de traits composites. Et Baudelaire ne se sera pas oublié lui-même, qui avait dans quelques poèmes antérieurs (notamment « J'aime le souvenir de ces époques nues... », t. I, p. 11) adhéré à ce culte de l'antiquité païenne.

On saisira mieux l' « atmosphère » intellectuelle de cette année 1851 en lisant l'article d'Émile Montégut, « De la vie littéraire depuis la fin du XVIIIe siècle », dans la *Revue des Deux Mondes* du 1er avril. Montégut reproche aux hommes de lettres de son temps de n'avoir pas rempli leur devoir :

« Voici quelque soixante ans que le monde écoute avec plaisir les rêveries sentimentales des uns, les cris de désespoir, les sanglots, les soupirs, les blasphèmes et les cris de révolte des autres. Les uns passent au milieu de leurs auditeurs ébahis en leur disant, le doigt sur les lèvres : " Chut ! ne me détrompez pas, je suis un poète; vous, vous êtes des êtres de chair et de sang, trop grossiers pour me comprendre : laissez-moi mes illusions "; les seconds effraient ces mêmes auditeurs par des cris forcenés et vont criant leur douleur à tue-tête, de telle sorte que les uns ont l'air d'idiots pacifiques qui sourient éternellement, et que les autres ressemblent à des fous furieux à qui la camisole de force serait nécessaire. »

Le 27 mars 1852 (*CPl*, I, 191), Baudelaire écrit à sa mère qu'il lui joint *L'École païenne*.

a. par le Galiléen. 1866. Cette suppression doit être du fait de Monselet ou plutôt de la revue.

1. L'épisode est rapporté par Plutarque au chapitre XVII du *De defectu oraculorum*. Il le situe sous le règne de Tibère. Rabelais a repris l'épisode au chapitre XXVIII du *Quart Livre*. Sur ce thème de la mort de Pan, apparenté à celui de la mort de Dieu, voir mon article, « Absence de Dieu, mort de Dieu », dans *Revue d'Allemagne*, t. V, n° 3, juillet-septembre 1973, *Hommages à Robert Minder*, p. 638-648.

Page 45.

1. Héra, épouse de Zeus, aux yeux de bœuf, c'est-à-dire aux grands yeux, ce qui était un signe de beauté; épithète homérique.
2. Il n'y a sans doute aucune écuyère précise qui se cache derrière ce nom de théâtre; voir cependant, t. I, p. 1264, le commentaire du sonnet *Avril*. L'Hippodrome était un cirque qui, construit en 1845 près de l'Arc de triomphe, brûla en 1850 et fut reconstruit sur l'emplacement de l'actuelle place Victor-Hugo où il brûla en 1869.
3. Les *Reisebilder, Tableaux de voyage*, t. I, p. 299-300, dans les *Œuvres de Henri Heine*, Eugène Renduel, 1834. Voici, pour être comparé avec la citation faite par Baudelaire, le texte exact de cette traduction : « Je ne veux pas écrire contre cet homme, me dis-je à moi-même. Quand, revenu chez moi, en Allemagne [Heine est en Italie], assis dans mon fauteuil à bras *[sic !]*, près d'un poêle pétillant, chaudement et bien repu, face à face avec une appétissante tasse de thé, j'écrirai contre les cafards catholiques, je ne veux pas écrire contre cet homme. » On constate la gaucherie et la platitude de la traduction. Baudelaire redécouvre l'allure du texte allemand.

Page 46.

a. il aimait trop les hommes. 1866
b. Ce paragraphe ne figure pas dans le texte de 1866.

1. Plus tard Baudelaire marquera à Voltaire une haine inexpiable (t. I, p. 687). Il est curieux que Voltaire soit ici rédimé au titre d'homme d'action. Durant les mêmes semaines Baudelaire envoie à Gautier *Le Reniement de saint Pierre* qui sera imprimé dans la *Revue de Paris* en octobre 1852 : voir la dernière strophe de ce poème (t. I, p. 122). Mais il se peut que celui-ci soit d'une composition antérieure à 1848 : sous la deuxième République, Baudelaire a renoué avec l'action.
2. Pour ce paragraphe voir *Quelques caricaturistes français* (p. 555-556), article qui en a fourni la substance.

Page 47.

    a. se mouvoir vous resteront toujours cachés. *1866*

    1. Baudelaire, dans le projet du *Hibou philosophe* (p. 51), se proposera d'attaquer aussi *l'École lame de Tolède*.

Page 48.

    a. Allez convaincre ces rebelles ! *1866*

    1. On fera l'application de ce passage à Baudelaire lui-même. Et on rapprochera cette dernière exclamation du *Rebelle* (t. I, p. 139).

Page 49.

    a. les fureurs musulmanes et iconoclastiques contre *1866*
    b. à voler un pauvre *1866*
    c. drapé, les guenilles *1852 et 1866*

    1. À sa mère Baudelaire confiera le 6 mai 1861 (*CPl*, II, 153), sur sa jeunesse : « Je me suis épris uniquement du plaisir, d'une excitation perpétuelle ; les voyages, les beaux meubles, les tableaux, les filles, etc. J'en porte trop cruellement la peine aujourd'hui. »
    2. Dans ses *Confessions* (VI, 8), saint Augustin évoque une séance de cirque à laquelle il avait assisté avec des amis : « Quand ils arrivèrent au cirque, et se furent casés comme ils purent, les passions les plus sauvages étaient en plein déchaînement. Alypus tint close la porte de ses yeux, et défendit à son cœur de prendre part à ces vilenies. Plût à Dieu qu'il eût aussi condamné ses oreilles ! Un incident du combat souleva dans le public une immense clameur dont il ressentit le choc. Vaincu par la curiosité et se croyant assez en garde pour mépriser et vaincre ce qu'il allait voir, quoi que cela fût, il ouvrit les yeux et il fut frappé dans son âme d'une plus grave blessure que ne l'était dans son corps celui que ses regards avaient ardemment cherché » (traduction de Pierre de Labriolle, Les Belles Lettres, 1966, p. 130-131).
    3. La formule de conclusion est remarquable. Elle appartient à cette époque où Baudelaire croit ardemment à l'unité mystique du monde. Ce ne sont pas la morale et le progrès qui sont en cause.
    Henry Céard cite cette phrase dans *L'Express* du 24 mai 1882, puis dans son grand roman, *Terrains à vendre au bord de la mer* (Fasquelle, 1906, p. 54), où elle est rappelée par un des principaux personnages. Dans les deux cas elle sert à soutenir les ambitions scientifiques du naturalisme — ce dont Baudelaire aurait été fort surpris.

Page 50.

LE HIBOU PHILOSOPHE

Manuscrit de localisation inconnue ; il a fait partie de la collection Marcel Danon. Photographie dans la collection Armand Godoy (dossier 42).

Premières publications partielles par Octave Uzanne (*Le Figaro,* 30 août 1880 ; *Le Livre,* 10 septembre 1884 ; *Nos amis les livres,* Quantin, 1886, p. 154-157).

Première publication : *Œuvres posthumes,* éd. J. Crépet, t. I, Conard, 1939.

Ces notes ont été envoyées par porteur à Champfleury, sans doute en février 1852. Elles sont signées C. B. et accompagnées d'une suscription : « Monsieur Champfleury / Rue Poissonnière / C. B. » C'est Champfleury qui les communiqua à O. Uzanne. La *Semaine théâtrale,* dans laquelle Baudelaire a publié les deux articles précédents, ainsi que les deux *Crépuscules* en vers, ne vécut que neuf numéros, du 6 novembre 1851 au 1er février 1852 : elle était éditée et dirigée par Giraud et Dagneau et tirée à 250 ou 300 exemplaires, rapporte Monselet quand il republie *L'École païenne* dans la *Revue de poche* du 25 décembre 1866. Collaborateurs : Armand Baschet, Charles Monselet, Asselineau, Champfleury, Xavier Aubryet, Banville, Vitu, Fauchery, etc. Selon André Monselet (*op. cit., infra,* p. 286), Charles Monselet était le rédacteur en chef. Ce qui correspond à ce que Richard Lesclide note dans son journal, à la date du 11 décembre 1851 : Charles Monselet « est ambitieux et voudrait se mettre à la tête de cette jeune école des Banville, Thomas, Champfleury, Baudelaire. Murger et Feuillet sont en transition. Les maîtres modernes qu'ils reconnaissent sont Balzac , Nodier, Sand. Hugo et Lamartine sont casés dans des régions finies » (Journal de Lesclide, publié par Maurice-Pierre Boyé, *Quo vadis,* janvier-février-mars 1958). On ignore par quelle cause la *Semaine théâtrale* dut cesser sa publication : difficultés de l'éditeur, dissensions internes ? Cette dernière n'est pas à écarter, car le projet auquel Baudelaire donne le titre du *Hibou philosophe* n'aurait eu qu'un petit nombre de collaborateurs : Monselet, Champfleury, Baudelaire, Armand Baschet et André Thomas. Ce dernier, qui n'a pas laissé de nom dans les lettres, était des amis de Monselet, et comme lui Bordelais. On le trouvera cité dans le journal de Richard Lesclide (plus tard secrétaire de Victor Hugo), autre Bordelais.

Champfleury établit de son côté une longue note très détaillée que J. Crépet a publiée dans le *Mercure de France* du 15 septembre 1935 (p. 526-530). Elle est intitulée : *Essai de contrat et de règlement pour la rédaction du Hibou philosophe.* Au début, Champfleury y insiste sur le comité des cinq : le périodique sera « rédigé exclusivement par les cinq qui sont MM. Baschet, Baudelaire, Champfleury, Monselet et Thomas », lesquels se réuniront chaque lundi. Aspect typographique, relations avec les éditeurs et les théâtres, moyens de publicité à Paris et en province, tout est prévu.

Au verso d'une maquette, à trois colonnes, conservée dans la collection Armand Godoy (dossier 41) et dont J. Crépet n'avait pas eu connaissance, on lit, de l'écriture de Champfleury, une liste de titres d'articles, parmi lesquels il y a lieu de relever « De la Caricature » par Baudelaire, une étude sur Vigny par Baschet et « Souvenirs d'un musicien » par Champfleury.

Cependant, *Le Hibou philosophe* restera dans la nuit : le commanditaire qui devait permettre de le faire paraître se retira. Baschet perdit courage. Sur ces soucis financiers voir la lettre de Baudelaire à Baschet en date du 3 février 1852 (*CPl*, I, 185-186). Il est probable que le commanditaire était Amic aîné, gérant de la Société des travailleurs réunis, Manufacture d'horlogerie française à Paris. Voici ce que Baudelaire écrit à Poulet-Malassis le 20 mars [1852] (*CPl*, I, 190) :

« [...] j'avais fait un *beau rêve*. *Amic* m'avait déclaré que décidément il voulait fonder une GRANDE Revue, et que j'en serais directeur. — Je lui ai communiqué mes idées; mais il paraît que *nos* plans (je voulais que Champfleury m'aidât) étaient *trop* beaux. Il est très refroidi, et je crois que l'affaire est manquée. »

Baudelaire avait déjà pensé à ce titre pour la *Semaine théâtrale*. Voir André Monselet (fils de Charles) : *Charles Monselet, sa vie, son œuvre...*, Émile Testard, 1892, p. 115.

Pour bien comprendre la nécessité qui s'imposait à de jeunes écrivains de créer des organes où ils pussent s'exprimer, alors que les périodiques bourgeois les écartaient (Baudelaire n'accédera à la *Revue des Deux Mondes* qu'en juin 1855 et encore n'y sera-t-il considéré que comme une curiosité), on lira cette lettre d'Hippolyte Castille (sur lui voir t. I, p. 194) qui fait partie de la collection Georges Alphandéry (Montfavet, Vaucluse). Le destinataire en est inconnu; peut-être se confond-il avec le commanditaire du *Hibou philosophe*. La date est difficile à déterminer : de toute manière cette lettre est postérieure à octobre 1851, date de la fondation de la *Revue de Paris*, et antérieure à janvier 1858, qui vit la suppression de cette revue; vraisemblablement, elle fut écrite plus près de 1851 que de 1858.

« À vous vrai dire, cher Monsieur, je n'ai pas voulu décourager votre bienveillance, mais je n'avais pas l'intention réelle d'aller où vous savez.

« Je voulais prolonger avec vous la conversation, vous ramener à notre ancien projet.

« Nous sommes à Paris quatre ou cinq écrivains *déclassés*, qui depuis 15 ans nous connaissons, nous estimons sans pourtant nous fréquenter : Nos idées en art, en littérature, en appréciations générales ont un caractère particulier qui nous est commun.

« Nous pensons que réunis nous ferions un journal, non de blagueurs, comme vous dites, mais qui par d'autres moyens ferait parler de lui. Nous nous appelons Champfleury, Sylvestre [*sic*], Murger, Baudelaire, votre serviteur et deux ou trois jeunes gens encore obscurs nourris comme nous à des écoles qui ne sont pas celles de tout le monde.

« Pour moi, j'entre à la *Revue de Paris* et dans un grand journal, mais je n'en poursuis pas moins le projet de notre journal *des déclassés*.

« Si quelque curiosité vous pique de voir naître ce chardon nouveau dans le champ de la presse, écrivez-moi. Est-ce qu'un grand joueur comme vous n'oserait pas ponter de mille écus sur une carte où sont écrits quatre ou cinq noms qui ont déjà quelque cours sur la place ? Avez-vous peur que notre talent fasse faillite et enfonce le commanditaire ?

« Qu'un beau remords vous prenne, cher Monsieur, et vous me verrez prêt à donner le signal d'une note encore inconnue dans le concert que nous donne à cette heure la presse parisienne.

« Votre tout dévoué

« CASTILLE. »

Le titre même du *Hibou philosophe* put vouloir imiter celui du *Hibou spectateur* que Rétif avait d'abord choisi pour *Les Nuits de Paris*. On ne manquera pas de le rapprocher aussi du sonnet *Les Hiboux* (t. I, p. 67), de date à peu près contemporaine de ce projet ; ces *Hiboux* des *Fleurs* sont non moins philosophes.

a. Accolade depuis Articles à faire *jusqu'à* idiot *que Baudelaire écrit avec une initiale majuscule. ms.*

b. Dagnaux, *ms.*

1. Voir (p. 43) la conclusion de l'article sur *Les Drames et les romans honnêtes*.

2. De Gustave Planche, ce « paysan du Danube », Baudelaire regrettait, dans l'introduction au *Salon de 1845* (p. 351), que « l'éloquence impérative et savante » se fût tue « au grand regret des sains esprits ». Mais dans le *Salon* c'était au critique d'art que pensait Baudelaire. C'est au contempteur de la poésie romantique qu'il en a ici.

3. Voir p. 24 et l'Index, ainsi que plus bas dans la même page.

4. Voir p. 14 et 21.

5. Ce volume IV contenait, entre autres, l'article de Sainte-Beuve sur Hégésippe Moreau et Pierre Dupont ; voir la note 1 de la page 30.

6. Les *Poésies complètes* d'Arsène Houssaye ont paru en 1850 chez Charpentier. — De Brizeux c'est sans doute *Primel et Nola*, histoire rustique en vers (Garnier frères, 1852), que vise Baudelaire : le livre est enregistré à la *Bibliographie de la France* dès le 10 janvier 1852.

7. Titre exact : *Lettres et opuscules inédits* (Vaton, 1851, 2 vol.). Au frontispice Baudelaire pense quand il écrit son premier grand essai sur Poe (p. 267). La mention du *Hibou* est de peu postérieure à la découverte de Maistre par Baudelaire. Asselineau dans ses notes (*Baudelaire et Asselineau*, p. 173-174) rapporte à l'année 1850 ou 1851 une conversation agressive avec Nadar, qui avouait n'avoir pas lu Maistre, mais déclarait : « Dans le monde où je vis, on sait bien ce que c'est que de Maistre ! », à savoir un réactionnaire. À bout portant Baudelaire fusille Nadar de son regard furieux. Nadar n'était pas le seul à n'avoir pas lu Maistre. A. Rispal, présentant les *Lettres et opuscules inédits* dans *Le Messager de l'Assemblée* du 29 juin 1851, avoue que les œuvres de Maistre ne se trouvent que dans de rares bibliothèques et se promet de faire prochainement une étude sur « cet homme de génie, si mal connu même des gens qui prétendent *avoir des lettres*, que souvent nous l'avons entendu confondre avec son frère, Xavier de Maistre, l'auteur du charmant *Voyage autour de ma chambre* ».

8. Comédie en trois actes de George Sand dont la première représentation avait eu lieu le 26 novembre 1851.

9. Roman de Jules Janin publié en deux volumes chez Michel Lévy en 1850.

10. *Essais de philosophie américaine* traduits et préfacés par Émile Montégut, Charpentier, 1851. C'est le premier contact de Baudelaire avec Emerson. Sur Baudelaire et Emerson voir t. I, p. 673.

11. Furne et Houssiaux ont été les éditeurs de Balzac. Houssiaux a de plus été celui des *Chants et Chansons* de P. Dupont; voir p. 1090.

12. Avec Victor Lecou Baudelaire sera en tractation au mois d'octobre 1852 pour la publication de ses traductions de Poe (*CPl*, I, 203).

13. Giraud et Dagneau, qui avaient été les éditeurs de la *Semaine théâtrale*, auraient été, selon le projet de Champfleury, ceux du *Hibou*.

Page 51.

a. *La phrase qui commence par le premier* Examiner *a été ajoutée après que Baudelaire a eu écrit et biffé :* Dresser à nous cinq, *qu'il reprend plus bas.*

b. *permet de [*nous ingérer *biffé] discuter,* ms.

c. *Accolade depuis* Faire un article sur Florian *jusqu'à* Musset).

1. On remarquera le sens pratique de Baudelaire et son ton de commandement.

2. En 1862 Baudelaire s'intéressera de nouveau à Sébastien Mercier, mais plus précisément au peintre de mœurs (*CPl*, II, 245 et 254).

3. Dans sa lettre du 28 mars 1857 à Poulet-Malassis Baudelaire se gaussera de *Paul et Virginie* (*CPl*, I, 389), mais ici c'est sans doute à l'auteur des *Études de la nature* qu'il pense.

4. L'aspect fleuri de Florian était bien fait pour plaire à Monselet (cf. t. I, p. 178).

5. Le choix est en effet possible. Il y a le Sedaine des opéras-comiques (ainsi *Rose et Colas*), bon pour Monselet, et l'auteur des drames, notamment du *Philosophe sans le savoir*, dont Champfleury, grand admirateur de Diderot, aurait fort bien traité.

6. Ourliac (sur lui voir p. 7-8, 17 et 129) considéré comme romancier déjà réaliste et comme peintre des mœurs des humbles.

7. Baudelaire s'intéresse aux mots usés comme il s'intéresse aux clichés, aux lieux communs, mais à ceux-ci pour les revigorer.

8. On penserait à Th. Gautier s'il n'était pas mis en cause à propos de l'École plastique. Mais l'appartenance à l'une des Écoles en exclut-elle une autre ?

9. Voir l'article sur *L'École païenne* (p. 44 sq.).

10. Voir l'article sur *Les Drames et les romans honnêtes* (p. 40).

11. Cf. la lettre à Armand Fraisse du 18 février 1860 (*CPl*, I, 675).

12. En écrivant avec une désinvolture affectée à Buloz le 13 juin 1855, Baudelaire feint de constater que dans ses propres projets de romans et de nouvelles il n'a guère vu que la « préoccupation de causer l'étonnement ou l'épouvante ». Cependant, il dispose de trois ou quatre données acceptables. « Mais plutôt du fantastique que du roman de mœurs » (*CPl*, I, 314).

Page 53.

TITRES POUR UN RECUEIL MENSUEL

Liste publiée par J. Crépet, « Miettes baudelairiennes », *Mercure de France,* 15 février 1936. Elle avait figuré dans la collection Jules Le Petit.

Première reproduction en volume : *Œuvres posthumes,* t. I, Conard, 1939, par J. Crépet.

Il est possible 1) que cette liste se rapporte au projet précédent ; 2) ou qu'elle soit relative à la fondation, en 1861, de la *Revue fantaisiste* par Mendès (mais celui-ci n'était pas trop enclin à solliciter les conseils d'autrui) ; 3) ou qu'elle ait trait à un périodique que Baudelaire voulait créer pour en être le seul directeur ou même le seul rédacteur. On remarquera, d'une part, que *Le Hibou philosophe* n'y est pas mentionné ; d'autre part, que la plupart de ces titres disent la solitude et la supériorité, qualités du dandy auxquelles Baudelaire semble particulièrement attaché en 1859-1860 ; enfin, que plusieurs de ces titres s'accordent avec l'intérêt que, durant les mêmes années, il porte à la Révolution, à l'Empire et au début de la Restauration. Ce sont les conclusions auxquelles aboutit Jacqueline Wachs (*Buba*, X, 2 ; Hiver 1975). Nous empruntons quelques commentaires à son article et aux notes accompagnant la publication de J. Crépet dans le *Mercure de France*.

Les titres peuvent être groupés historiquement et littérairement.

Il y eut un *Journal des Incroyables* en l'an III; *Les Bien Informés* parurent de l'an V à l'an VIII; *Les Lunes parisiennes*, en 1822-1823.

La République des Lettres, dont, en 1875, Mendès fera le titre d'une revue, peut provenir des *Mémoires secrets pour servir à l'histoire de la République des lettres* de Bachaumont ou des *Nouvelles de la République des lettres* de Bayle, mais l'expression n'est pas nécessairement liée à de tels souvenirs.

Le Recueil de ces Messieurs est le titre d'un recueil de nouvelles, dialogues, récits, par Caylus, Duclos, etc., publié à Amsterdam en 1745. *La Chartreuse* fait penser à Gresset; *L'Oasis*, à Leconte de Lisle; *La Citerne du Désert* et *La Thébaïde*, à Théophile Gautier; *Les Ouvriers de la dernière heure*, à saint Matthieu, 20.

Page 54.

DE QUELQUES PRÉJUGÉS CONTEMPORAINS

Collection Armand Godoy (dossier 45).
Première publication : *Catalogue des autographes de Champfleury,* Étienne Charavay, 1891, n° 24.
Fac-similé : *Le Manuscrit autographe, numéro spécial consacré à Charles Baudelaire,* 1927, p. 76.

Ce feuillet témoigne de l'évolution de Baudelaire, de son éloignement des principes qui avaient nourri la Révolution de 48.

a. Au-dessus du titre, qui n'est pas souligné : De la Poes ⟨ie⟩ *biffé. Au-dessous du titre :* De M. de Béranger — poète — et patriote. *biffé*

b. Au-dessous : De M. Victor Hugo — Romantique et penseur. *biffé*

c. Au-dessous : De la République au dix-neuvième siècle et des Républicains. (G. Pagès — et de Cormenin jugés par Robespierre.) *biffé. Robespierre aurait jugé bien pâles et fort dignes de la guillotine Garnier-Pagès et Louis-Marie de Cormenin, républicains humanitaires.*

1. La réhabilitation des filles publiques, sous l'espèce des courtisanes, est l'un des thèmes du pseudo-romantisme, de *Marion de Lorme* aux ouvrages de l'abbé Constant et d'Alphonse Esquiros.

2. Première prise de position, aussi brutale qu'injuste, à l'égard de Rousseau. Par cette condamnation, dirait-on, Baudelaire liquide une partie de son passé socialiste. Mais les liens qu'il a avec Rousseau sont beaucoup plus forts qu'il ne le veut croire.

3. La majuscule doit-elle faire penser à Aurore Sand, fille spirituelle de Jean-Jacques ? N'est-il pas préférable de comprendre : On veut nous faire prendre pour des aurores de douteuses lueurs ?

Page 55.

« HISTOIRE DE NEUILLY »
DE L'ABBÉ BELLANGER

Première publication : *Mercure de France*, 15 novembre 1935, par J. Crépet, d'après le manuscrit à lui communiqué par Albert Ancelle, — fils de Narcisse Ancelle, conseil judiciaire de Baudelaire, maire de Neuilly de 1851 à 1868.

Première reproduction en volume : *Œuvres complètes de Charles Baudelaire*. Édition critique par F.-F. Gautier, continuée par Y.-G. Le Dantec. *Œuvres diverses*, éditions de la *Nouvelle Revue française*. 1937.

La provenance suffit à expliquer les circonstances de composition. J. Crépet ignorait — et nous sommes dans le même cas — si ce compte rendu fut publié. Il remarque qu'à l'époque Neuilly-sur-Seine ne possédait pas d'organe de presse.

Voici le titre exact de l'ouvrage : *Histoire de Neuilly | près Paris (Seine) | et de ses châteaux | Les Ternes, Madrid, Bagatelle, Saint-James | Neuilly, Villiers. | Par M. l'abbé Bellanger | Prix : 1 Fr. 50 cent. | Au profit des Pauvres de la Commune | Se vend à la mairie de Neuilly (Seine) | et chez les libraires de Neuilly et des Ternes | 1855.*

L'abbé Alexandre-Germain-Constant Bellanger (Paris, 1822-Neuilly, 1855) mourut avant la publication de son petit volume (devenu rare maintenant) : en enregistrant celui-ci le 16 juin 1855, la *Bibliographie de la France* précise que l'auteur est mort.

Dans son avant-propos (p. 11-12), l'abbé Bellanger écrit : « Nous enlèverions à notre travail sa plus précieuse recommandation, si nous ne disions que le Conseil Municipal de Neuilly a bien voulu nous soutenir de ses sympathies, favoriser nos recherches, et enfin nous exprimer par un vote spécial, dans sa séance du 18 novembre [1854], le vif intérêt qu'il prend à notre publication, en mettant à la charge de la commune les frais d'impression.

« Nous manquerions également à la reconnaissance si nous ne rappelions tout ce que nous devons au concours de l'honorable M. Ancelle, Maire de Neuilly. Renseignements verbaux, écrits, documents officiels, rien n'a coûté à son obligeance pour nous les procurer. Nous devons enfin des remerciements à plusieurs autres personnes dont la complaisance nous a été utile, et nous les prions d'en recevoir ici l'expression sincère. »

Narcisse Ancelle est la seule personne citée.

a. Baudelaire écrit Longchamps. *L'abbé, correctement :* Longchamp.

1. L'abbé ne dit rien de ce mouvement historique. Il est intéressant de remarquer que Baudelaire en est informé — lui qui dira, mais plus tard (*CPl*, II, 394, 8 août 1864), son horreur de l'histoire.

2. *Providence,* écrit l'abbé, bien sûr, et non pas *fatalité.* En 1795,

Murat, alors chef d'escadron, enlève de la plaine des Sablons les trente pièces d'artillerie sans lesquelles Bonaparte n'eût rien pu faire, sur les marches de Saint-Roch, le 13 vendémiaire. — En 1814 et 1815, le dernier coup de canon est tiré sur le pont de Neuilly. — En 1830, c'est à Neuilly que la couronne de roi des Français vient à Louis-Philippe. — En 1842, le duc Ferdinand d'Orléans trouve la mort alors qu'il se rendait au château pour prendre congé de son père et de sa mère.

3. Baudelaire exagère : l'abbé est fort réservé lorsqu'il évoque Mlle de Clermont, Mlle de Charolais et Pauline Borghèse.

Page 56.

1. La Librairie nouvelle, boulevard (Baudelaire écrit *boulevart*, forme ancienne) des Italiens, appartient à Bourdilliat avec qui l'on voit Baudelaire en relation. Cependant, la première fois que Baudelaire le cite, c'est le 13 novembre 1858 (*CPl*, I, 524). Faut-il croire que le compte rendu n'a pas été écrit lors de la publication même du livre, mais trois ans plus tard ?

Page 57.

PUISQUE RÉALISME IL Y A

Manuscrit autographe (deux feuillets formant quatre pages), vente [baronne Alexandrine de Rothschild], 2ᵉ partie, hôtel Drouot, 26 février 1969, Mᵉˢ Rheims et Laurin, Mme J. Vidal-Mégret, nº 7.

Première publication : *Mesures,* 15 juillet 1938, par J. Crépet, d'après une copie retrouvée dans les papiers d'Eugène Crépet.

Première reproduction en volume : *Œuvres posthumes,* éd. J. Crépet, Conard, t. I, 1939.

Notre texte est établi sur le manuscrit autographe, dont les notes, prises très rapidement, comme *ab irato,* montrent des mots raturés, plusieurs n'étant que l'esquisse du même mot récrit ensuite.

J. Crépet rapporte ce projet à l'année 1855, celle de l'Exposition universelle de Paris à laquelle Courbet vit refuser ses toiles, qu'il alla accrocher dans une grande baraque : ce fut son « exhibition » (sens anglais du mot qui signifie exposition). Parmi les toiles, bien visible, *L'Atelier, allégorie réelle,* où Courbet, reprenant le portrait qu'il avait peint en 1847, avait figuré Baudelaire, allégorie du Poète, auprès de qui était représentée l'inspiratrice de celui-ci : une femme de couleur (*ICO,* nᵒˢ 7, 9-12; *Album Baudelaire,* p. 76, 130-132, 134). Ainsi, Baudelaire se trouvait figé dans une attitude à laquelle il avait renoncé depuis longtemps — si l'on tient compte et de la brièveté de sa vie et de la rapidité de son évolution. De plus, il voyait sa vie intime livrée à la dérision des bourgeois. Il demanda et obtint que la femme de couleur rentrât dans les ténèbres; dans le repeint, toutefois, on la devine.

Le refus du jury, l' « exhibition » de Courbet prirent date en mai-juin 1855. Le 12 août, Baudelaire publiait dans *Le Présent* la partie (II) consacrée à Ingres de son étude sur les Beaux-arts à l'Exposition universelle : en raison d'un jugement généralement défavorable, elle avait été refusée par *Le Pays* qui avait inséré les deux autres parties (I et III) les 26 mai et 3 juin. Il y a lieu de penser que la deuxième partie était écrite avant le 26 mai et que c'est pour protester contre l'ostracisme dont fut victime Courbet que Baudelaire ajouta le paragraphe mitigé qu'on lira pages 585-586.

Le scandale s'émoussait. Dans *L'Artiste* du 2 septembre Champfleury le ranima, par un article intitulé « Sur M. Courbet. Lettre à Madame Sand », qu'il recueillera dans *Le Réalisme* en 1857. J. Crépet considère que le projet de Baudelaire suit la publication de cet article. Après avoir été très lié avec Champfleury autour de 1850, Baudelaire prenait ses distances, sous l'influence de Joseph de Maistre et d'Edgar Allan Poe. Le mot *réalisme* était ce drapeau tombé dans la boue que ramassaient ceux qui avaient été les amis de Baudelaire. Baudelaire le sentait comme un danger pour son œuvre, qui sera, en effet, condamnée au nom du *réalisme*, mot chargé d'une implication d'immoralité (voir p. 1123)

Pour les différents aspects du réalisme voir les livres de T. J. Clark et de L. Nochlin mentionnés p. 1262.

Titre. J. Crépet le découvre dans une lettre où Courbet avait décrit à Champfleury son *Atelier* alors en gestation : « Me voilà lancé dans un immense tableau..., peut-être plus grand que *L'Enterrement [à Ornans]*, ce qui fera voir que je ne suis pas encore mort et le réalisme non plus, puisque réalisme il y a. » Cette lettre n'a été publiée qu'au xxe siècle, mais à J. Crépet il paraît probable que Champfleury l'avait fait circuler parmi ses amis. De même que le mot *romantisme* n'a été accepté qu'à contrecœur par les tenants français du mouvement, de même, plus tard, le mot *réalisme*.

a. importance [excessive *biffé*] démesurée. Il *ms.*

b. [Applicant [*sic*] *biffé*] Imposant *ce ms.*

c. Dessous *n'est pas parfaitement lisible, mais aucune autre lecture meilleure que celle de ce familiarisme ne peut être proposée.*

1. La *confusion* que provoque le mot *réalisme*. Baudelaire reprendra cette idée dans l'article sur *Madame Bovary* (p. 80).

2. La création du mot est ancienne. *Réalisme* appartint d'abord au vocabulaire philosophique; il entra au début du xixe siècle dans le vocabulaire des beaux-arts, puis s'infiltra dans celui de la critique littéraire. Dans la *Revue des Deux Mondes* du 1er février 1851, Armand de Pontmartin écrivait : « On a si fort abusé depuis quelques années du mot *réalisme*, qu'il est devenu difficile de s'y reconnaître. »

3. J. Crépet a localisé l'allusion. Au tome VII de son *Histoire de France* (Chamerot, 1855), Michelet venait de s'écrier : « Non, César Borgia n'est nullement l'idéal légitime de Machiavel. »

4. Lorsque Littré enregistre ce verbe, il le marque du signe qui indique que le mot est absent du dictionnaire de l'Académie.

5. Champfleury collectionnait les assiettes et les gravures populaires de la Révolution.

6. Sur François Bonvin voir p. 657 et 736. Il figure dans *Les Aventures de Mademoiselle Mariette* de Champfleury (1853), sous le nom de Thomas, ainsi que l'indique Baudelaire dans la clé qu'il a établie de ce roman : « Excellent peintre — note-t-il —, esprit raisonnable et positif, sectaire de l'école *Réaliste*, aime surtout représenter la vie de famille et les ustensiles de ménage » (*CPl*, I, 210).

7. Johann Peter Hebel (1760-1826), né à Bâle, a composé en dialecte alémanique ses poésies qui expriment avec simplicité les petits événements de la vie quotidienne. Le Franc-Comtois Max Buchon, ami de Courbet, avait traduit quelques-unes de ces pièces pleines d'une naïveté difficile à goûter pour ceux qui ignorent le dialecte : il publia ces traductions dans ses *Poésies allemandes* (Salins, 1846).

8. J. Crépet précise que P. Dupont après avoir commencé par adhérer au réalisme s'en était écarté.

Page 58.

a. pour avoir [voulu *biffé*] supposé le *ms.*

b. Baudelaire écrit ici et trois lignes plus bas : ponsif. *Si ce n'était un « tic », on pourrait penser que l'analogie Ponsard-Poncif s'en trouve renforcée.*

c. de parti [est p⟨ar⟩ *biffé*] se trouve par nécessité naturelle *ms.*

1. Voir le Répertoire des artistes.

2. À George Sand Champfleury avait dédié sa lettre ouverte (voir *supra*). Sur Hippolyte Castille, voir t. I, p. 194. Celui-ci avait attaqué Balzac pour cause d'immoralité. Avait-il menacé d'attaquer aussi Champfleury ?

3. *Les Deux Cabarets d'Auteuil*, cités dans *CPl*, I, 209, appartiennent aux *Contes domestiques* (Victor Lecou, 1852). La *Lettre à Colombine* aux *Contes d'automne* (Victor Lecou, 1854); « le bouquet du pauvre » représente un des meilleurs passages de cette *Lettre*. Baudelaire est sensible à une poésie du réalisme, non pas à celle des paysans comtois de Buchon, mais à celle des humbles aimés avec un humour qui rapproche Dickens de Champfleury beaucoup plus que l'arriviste Alphonse Daudet. — Dickens (né en 1812) est connu en France depuis 1838.

4. Voir *Les Drames et les romans honnêtes* (p. 38 sq.).

5. J. Crépet voyait ici une allusion à la présence de Baudelaire dans *L'Atelier* de Courbet. Toutefois, comme Baudelaire sera accusé de réalisme en 1857 (t. I, p. 1182), il y aurait ici un faible

indice — et ce serait le seul — que ces notes pourraient être postérieures.

Page 59.

a. Baudelaire met des majuscules à l'initiale de Nature *et de* Talent, *mais non à celle de* morale. *Inutile d'épiloguer, vu la rapidité de l'écriture.*

1. Cf. *Mon cœur mis à nu,* VII, 11 (t. I, p. 680).

2. Admirable profession d'idéalisme presque absolu, qui aurait pu être celle de Novalis.

3. On lit dans le *Salon de 1846 :* « Pour E. Delacroix, la nature est un vaste dictionnaire » (p. 433), et, en 1861, dans la notice sur Banville (p. 165) : « La mythologie est un dictionnaire d'hiéroglyphes vivants ». Mais c'est la formule du *Salon de 1859* (p. 627) qui est la plus proche du contenu de la formule : « Tout l'univers visible n'est qu'un magasin d'images et de signes auxquels l'imagination donnera une place et une valeur relative; c'est une espèce de pâture que l'imagination doit digérer et transformer. » Reste que dans *Puisque réalisme il y a* le rôle de l'imagination n'est pas encore indiqué.

4. *Lapsus calami,* sans doute : Baudelaire aura voulu écrire Vaucanson, nom du créateur des célèbres automates.

5. Allusion à la suffisance de Courbet ? se demandait J. Crépet.

Page 60.

PHILIBERT ROUVIÈRE

Nouvelle Galerie des artistes dramatiques vivants, contenant [80] portraits en pied des principaux artistes dramatiques de Paris peints et gravés par Ch. Geoffroy, À la Librairie théâtrale, 2 vol. in-8° *(NG).*
L'Artiste, 1er décembre 1859, avec des suppressions qui édulcorent le texte *(A).*
L'Art romantique.

La notice due à Baudelaire est la soixante et unième de la *Nouvelle Galerie.* On peut assigner pour date de publication à ce fascicule soit la fin de décembre 1855, soit, plutôt, le début de janvier 1856. La gravure de Charles Geoffroy représente Rouvière dans le rôle de Hamlet, une épée à la main, sans doute au moment où il va tuer Polonius. Elle est reproduite dans *L'Artiste. L'Art romantique* reprend — à une exception significative près — le texte de la *Nouvelle Galerie.* C'est le texte de *L'Art romantique* que nous adoptons.

Philibert Rouvière (Nîmes, 1805[1]-Paris, 1865), dont Baudelaire détaille les rôles dans sa notice nécrologique (p. 241), a été un grand comédien et surtout pour les connaisseurs : pour Gautier qui l'a loué dans *La Presse ;* pour Champfleury à qui il a inspiré une

1. Baudelaire se trompe sur la date de naissance.

étude, *Le Comédien Trianon* (*Contes d'automne,* Victor Lecou, 1854);
pour Delacroix.

Le 26 septembre 1854, Baudelaire recommande Rouvière, qui
joue dans *Les Mousquetaires* de Dumas, à Paul de Saint-Victor
(*CPl,* I, 291). Celui-ci, après avoir répondu à Baudelaire (*LAB,*
351-352), fait dans *Le Pays* du 23 octobre l'éloge du comédien.
L'intérêt que Baudelaire porte alors à Rouvière ne s'explique pas
seulement par l'admiration. En effet, ayant appris que son drame
L'Ivrogne (t. I, p. 629) ne serait pas accueilli à la Porte-Saint-Martin
et que Marie Daubrun n'entrerait pas dans la troupe de ce théâtre,
Baudelaire se retourne vers la Gaîté, où joue Marie. Il choisit alors
pour principal interprète de son drame : Rouvière, qui joue lui-
même à la Gaîté, mais qui n'est engagé que pour deux mois.
Rouvière, en toute hypothèse, se prêterait à une combinaison en
faveur de Marie... et de Baudelaire (puisque Marie et lui sont de
bons camarades, ils ont joué ensemble au Théâtre-Historique).
Un compte rendu favorable de Saint-Victor aurait un effet salutaire
sur Hostein, le directeur de la Gaîté, auprès de qui on verra Baudelaire intervenir le 8 novembre suivant. Baudelaire n'eut pas plus
de chance avec *L'Ivrogne* qu'avec Marie Daubrun.

Le 7 août 1855 environ, Baudelaire (sa lettre est perdue) demande
à Rouvière d'intervenir en faveur de Marie Daubrun. Rouvière lui
répond le 8 (*LAB,* 319), ajoutant : « Je suis charmé que ce soit
vous qui soyez chargé de la notice biographique. » Celle-ci est liée
à la stratégie de Baudelaire, ce qui ne met pas en cause la sincère
admiration du poète pour le comédien, — admiration qui s'exprime
dans la lettre par laquelle Baudelaire le 4 avril 1861 (*CPl,* II, 145)
félicite Vacquerie de la représentation des *Funérailles de l'Honneur :*
« Quant à Rouvière, dites-lui bien, si vous le voyez, combien il m'a
rendu heureux. Vous avez dû être content de lui, de sa hauteur et
de son élégance dans l'héroïsme. »

Rouvière s'adonnait aussi à la peinture. Le 6 novembre 1861
(*CPl,* II, 190) Baudelaire lui écrit pour lui présenter Alphonse
Legros qui veut faire le portrait en pied de l'acteur : « Vous vous
entendrez parfaitement tous deux, *je le sais.* M. Legros sait que vous
êtes peintre. » La toile de Manet, *L'Acteur tragique,* représente
Rouvière dans un des rôles où il excellait : Hamlet.

Titre. Rouvière   *NG et A*

1. Voir *Théophile Gautier* (p. 105) et *Mon cœur mis à nu,* XVI, 26
(t. I, p. 686).

Page 61.

a. au Conservatoire. — Il nous est permis   *A*

b. qu'il eut peur. Torturé   *A*

c. Heureusement il entra à l'Odéon en 1839, sous la direction
de Lireux. Là,   *A*

1. Joanny (1775-1849), après une carrière mouvementée de peintre, de soldat, d'acteur errant, entra à l'Odéon en 1819. En 1805, il fut engagé à la Comédie-Française où en février 1830 il créa dans *Hernani* le rôle de Don Ruy Gomez.

2. Michelot (1786-1856) appartint à la Comédie-Française de 1805 à 1831, il y créa le rôle de Don Carlos dans *Hernani*. De 1835 à 1851 il fut professeur au Conservatoire.

3. Violet d'Épagny (1793-1868) fut un auteur dramatique fécond. Auguste Lireux (1810-1870) prit avec d'Épagny la direction de l'Odéon en 1841 — et non en 1839, comme l'écrit Baudelaire : il y fit représenter en 1843 la *Lucrèce* de Ponsard (voir, p. 1002, *Les Mystères galants*).

4. Adaptation de la pièce de Shakespeare par Sauvage et Duhomme (1844).

5. Adaptation par Hippolyte Lucas de la pièce de Calderón.

6. *Le Duc d'Albe à Bruxelles, ou la Belgique sous la domination de l'Espagne*, drame de Henri Samuel (1848).

7. *Le Vieux Consul,* tragédie d'Arthur Ponroy (auteur avec qui Baudelaire avait été en relation en 1848), représentée en 1844.

8. L'*Antigone* de Sophocle avait été adaptée en 1843 par Paul Meurice et Auguste Vacquerie, deux des séides de V. Hugo.

Page 62.

1. L'acteur Pierre Bocage (1797-1863) succéda à Lireux comme directeur de l'Odéon.

2. *Journal des Débats,* 21 septembre 1846. J. Crépet, en retrouvant cet article, remarquait que Janin félicitait surtout Rouvière d'avoir étudié le rôle de Hamlet dans les œuvres de Delacroix.

3. Fondé en 1847 et dirigé pendant peu de temps par Alexandre Dumas. Celui-ci est l'auteur de *La Reine Margot,* en collaboration avec Auguste Maquet (1845).

4. Autre pièce de Dumas (1849).

Page 63.

a. étude particulière. / Rouvière avait   *A*

1. Drame de Ferdinand Dugué (1851), un des grands fournisseurs des théâtres. Baudelaire rêva lui-même d'écrire un *Masaniello,* si l'on en croit Philippe Berthelot qui, dans son article sur Louis Ménard (*Revue de Paris,* 1er juin 1901), après avoir raconté comment Baudelaire avait éreinté *Prométhée délivré* (voir p. 9), écrit : « Ménard ne lui rendit pas la pareille quand Baudelaire vint lui lire son drame *Masaniello* qui n'a jamais paru. » C'est le seul vestige que l'on ait de cette pièce...

2. Dans *Les Mousquetaires* de Dumas (création en 1844). À Saint-Victor le 26 septembre 1854 (*CPl,* I, 291), Baudelaire écrivait avoir vu sept fois cette pièce.

3. *Maître Favilla,* drame de George Sand (1855).

Page 64.

   a. Ce paragraphe est supprimé dans « *L'Artiste* ».
   b. il la pourrait bien compromettre.   *NG. La suppression de* bien
peut s'expliquer par la répétition de cet adverbe six lignes plus bas.

   1. Dans son feuilleton du *Journal des Débats*, 24 septembre 1855,
ce qui constitue un repère pour la composition de la notice.

Page 65.

   1. Edgar Poe, *La Lettre volée*, dans les *Histoires extraordinaires*.

Page 66.

[NOTES SUR « LES LIAISONS DANGEREUSES »]

   Première publication à la suite de *De l'éducation des femmes*
par Choderlos de Laclos, édité par Édouard Champion, Librairie
Léon Vanier, Messein successeur, 1903.
   Le texte ici reproduit est celui du manuscrit qui apparut en
1983 — quatre-vingts ans après la publication, parfois infidèle,
d'Édouard Champion. Jusqu'en 1983, compte tenu de l'admiration
que Baudelaire a souvent exprimée pour Laclos, notamment en
1856-1857, — et bien qu'on sût que quelques-unes de ces notes
avaient été prises au verso d'un bulletin de souscription (début de
1866) du *Parnasse contemporain* —, on considérait que l'ensemble
datait de 1856-1857 et de 1864-1866. Grâce à Thierry Bodin, nous
avons pu étudier les quatre chemises dont est constitué ce dossier :
toutes les notes ont pour support des exemplaires du prospectus
qui contient le bulletin de souscription au *Parnasse contemporain*
(voir « La Date des Notes sur *Les Liaisons dangereuses* », *Buba*, août
1983, t. XVIII, n° 2). Ce document publicitaire est constitué d'une
feuille pliée en sa moitié, donc de quatre pages. La page 1 donne
des indications sur le *Parnasse;* la page 2 est blanche; la page 3
est le bulletin à renvoyer ; la page 4 ne contient que quatre mots
imprimés (« Monsieur / Monsieur / rue / à »), qui, complétés,
formeraient le libellé de l'adresse du souscripteur. Il y a ainsi
quasiment deux pages blanches, utilisées par Baudelaire entre
le 20 janvier et le 20 mars 1866. Avec la note sur *Les Travailleurs
de la mer* (p. 244), ce sont les dernières lignes que Baudelaire a
tracées. De quelle plume alerte et acérée ! À les lire, on s'étonne
que le destin lui ait été, quelques jours plus tard, si cruel[1].

   Ces notes étaient prises en vue d'une préface aux *Liaisons dan-*

---

   1. Si nous n'avons pu insérer ce texte à sa place chronologique
(l'avant-dernière de cette section), du moins l'avons-nous rendu fidèle au
manuscrit.

gereuses qu'aurait republiées Poulet-Malassis, lequel tout au long de sa carrière a donné des rééditions d'ouvrages du XVIIIᵉ siècle (voir la lettre du 28 mars 1857 sur un projet de collection, *CPl*, I, 389-391), en les orientant dans le sens libertin. Il est bon de ne pas oublier que Laclos n'était pas alors considéré comme un classique : les *Liaisons* étaient tombées dans l'enfer des bibliothèques ; elles avaient été condamnées par un jugement du tribunal correctionnel de la Seine le 8 novembre 1823, jugement confirmé par un arrêt de la Cour royale de Paris, le 22 janvier 1824, qui ordonnait la « destruction de cet écrit dangereux ». René Pomeau remarque : « Arsène Houssaye constate en 1840 que Laclos est inconnu des nouvelles générations. Sainte-Beuve garde le silence sur l'auteur des *Liaisons dangereuses*. Une seule exception : Stendhal » (*Laclos*, Hatier, « Connaissance des lettres », [1975], p. 6).

Le poète Albert Glatigny, qui avait à Bruxelles rencontré Baudelaire, écrivait à Banville, alors que Baudelaire était déjà paralysé (1866) : « J'ai mis la main, pour dix sous, sur un très bel exemplaire des *Liaisons dangereuses*, que je vais tâcher de réimprimer en y collant une notice sur Laclos. Le pauvre Baudelaire avait commencé ce travail ou plutôt avait envie de le commencer. Si je peux avoir l'autorisation, ce sera amusant. Si je ne l'ai pas, je m'en passerai. La Belgique n'a pas été inventée pour des prunes » (cité par Pierre Dufay, *Autour de Baudelaire...*, p. 121). Une édition paraîtra, de fait, à Bruxelles, en 1869, chez Rozez (sur lui voir *CPl*, II, 387 et 534). Fut-elle la conséquence du séjour de Glatigny ?

Le goût de Baudelaire pour Laclos est ancien. Laclos est par lui cité dans la présentation de *Révélation magnétique* (*La Liberté de penser*, 15 juillet 1848) au nombre des « romanciers forts »; voir p. 247.

Les présentes notes, qui sont à l'origine des thèmes repris par la critique ultérieure, ont, écrit R. Pomeau (*op. cit.*, p. 8), « une fulgurance qu'il eût peut-être été amortie dans un texte mis en forme ». Elles proposent une interprétation cohérente, orientée par le manichéisme de Baudelaire : « Laclos, devenant romancier du Mal, cesse d'être l'écrivain pornographe de la tradition, justiciable des tribunaux. Son sujet est situé désormais au niveau de la tragédie de l'homme en proie au Mal » (*ibid.*).

Le 28 mars 1857 (*CPl*, I, 390), Baudelaire écrivait à Poulet-Malassis : « J'ai acheté la bonne édition des *Liaisons dangereuses*. » On ne sait à quelle édition il fait allusion. Laclos tenait lui-même que « la moins mauvaise » était la « nouvelle édition » parue en 1787; mais Baudelaire ne put connaître ce jugement porté par l'intéressé : l'appréciation figure, en effet, dans une lettre de Laclos à Mme Riccoboni qui ne fut pas publiée du vivant de Baudelaire. La détermination de l'édition ou des éditions originales des *Liaisons* (1782) a donné lieu à plusieurs études qu'a recensées Alexandre Cioranescu dans sa *Bibliographie de la littérature française du XVIIIᵉ siècle* (t. II, 1969, p. 982) et auxquelles il convient d'ajouter l'article de Max Brun (*Le Livre et l'Estampe,* n° 33, Bruxelles, 1963, p. 1-64).

Faute de savoir dans quelle édition Baudelaire prit ses citations, nous indiquons, en suivant Jacqueline Wachs, des divergences qui, au reste, n'ont pas été nécessairement toutes provoquées par le choix de telle ou telle édition, mais qui peuvent aussi résulter d'erreurs de transcription dues à Baudelaire ou à Édouard Champion.

1. Cette *Biographie,* qui fait partie des usuels des bibliothèques, a été publiée sous la Restauration; elle est d'inspiration nettement monarchiste et catholique. On se doute que le conseiller du duc d'Orléans et l'auteur des *Liaisons* n'y est pas apprécié avec une excessive indulgence. Mais Beaulieu (la notice est seulement signée « B—u »; le nom de Beaulieu figure à la table des collaborateurs) rend hommage à l'art de Laclos.

Page 67.

1. C'est le prix auquel Laclos estimait le coût des fortifications édifiées par le célèbre ingénieur.

2. Répertoire bibliographique de la littérature française du XVIIIe siècle. Louandre et Bourquelot ont poursuivi l'œuvre de Quérard jusqu'au milieu du XIXe siècle. Dans sa lettre du 28 mars 1857 Baudelaire mande à Poulet-Malassis : « J'ai acheté la bonne édition des *Liaisons dangereuses.* Si jamais cette idée [d'une édition des *Liaisons* préfacée par Baudelaire] galope de nouveau dans votre tête, je verrai MM. Quérard et Louandre, Louandre m'ayant promis de me mettre en relations avec un descendant (petit-fils, ou petit-neveu) qui a des paquets de notes » (*CPl,* I, 390). Un petit-fils, sans doute; le fils de Charles de Laclos, lequel Charles naquit en 1795.

3. Eugène Hatin a publié chez Poulet-Malassis en huit volumes, de 1859 à 1861, une *Histoire politique et littéraire de la presse en France.* C'est bien là — et non, comme le croyait J. Crépet, dans la *Bibliographie historique et critique de la presse périodique en France* (elle n'est publiée qu'au milieu de 1866) — que Baudelaire a trouvé les renseignements qu'il consigne dans ses notes (t. VI, 1860, p. 432-436).

Page 68.

a. Billaut *ms.; c'était la graphie de Baudelaire.*

1. Le 5 juin 1863 (*CPl,* 304), Baudelaire remercie sa mère de lui avoir envoyé des lettres de son père : « ces vieux papiers ont quelque chose de magique. Tu ne pouvais pas choisir une manière plus sûre de me toucher ». Ces lettres n'ont pas été retrouvées.

2. Le chevalier Andréa de Nerciat, auteur de *Félicia ou mes fredaines.* À Bruxelles, sous le manteau, Poulet-Malassis a réédité en 1864 *Les Aphrodites* (2 vol., frontispice de Félicien Rops) et en

1865 *Le Diable au corps* (3 vol.). En 1867, il écrira une notice signée B.-X., pour une réédition des *Contes nouveaux*. On a attribué à Baudelaire des notes sur Nerciat publiées avec *Les Années de Bruxelles* et qui sont tout aussi apocryphes que ces *Années;* les pasticheurs s'y inspirent de la notice de Poulet-Malassis.

3. Voir plus bas (p. 70) la citation des *Considérations sur la France.*

4. Baudelaire avait dénoncé cette impiété dans *Les Drames et les romans honnêtes* (p. 40).

5. Cf. *Mon cœur mis à nu,* XVI et XVII (t. I, p. 686-687).

6. Billault était ministre de l'Intérieur en 1857 lors du procès des *Fleurs du mal.*

7. J. Crépet se demande s'il s'agit là d'une réflexion de Billault. Il croit plus justifié de mettre cette phrase en relation avec cette déclaration faite à Poulet-Malassis à la fin d'août 1860 : « toute littérature dérive du péché » (*CPl,* II, 85).

Page 69.

   a. Article oublié par Baudelaire.
   b. Baudelaire a écrit : Laufeia.

1. *Les Natchez,* lettre de René à Céluta. Voir *Œuvres romanesques et voyages,* Bibl. de la Pléiade, t. I, p. 502.

2. Ces allusions concernent l'un des passages les plus colorés de la satire VI de Juvénal sur les femmes, respectivement vers 327 (fœmina simplex) et 320 (Saufeia). Le satirique trace le tableau des orgies auxquelles donnent lieu les mystères de la bonne déesse où l'on voit la femelle dans sa vérité et une certaine Saufeia défier des « filles » et l'emporter sur elles.

3. Expressions des *Liaisons.* Dans la lettre CXIII (*Œuvres complètes,* Bibl. de la Pléiade, [1951], p. 267), la marquise de Merteuil qualifie le chevalier de Belleroche, son amant, de « manœuvre d'amour ». Dans la lettre CVI (*ibid.,* p. 251) elle déclare que les femmes faciles ne sont que des « machines à plaisir ».

Page 70.

1. L'admiration de Baudelaire pour Stendhal est ancienne; voir le *Choix de maximes consolantes sur l'amour* (1846; t. I, p. 550) et les emprunts du *Salon de 1846* (p. 419, 420, 457). Pour Sainte-Beuve, c'est à *Volupté* que pense Baudelaire (voir t. I, p. 207). On est un peu étonné de trouver Balzac cité sous cette rubrique de l'analyse racinienne.

2. Le titre a été tracé par Baudelaire. Mais le texte cité est de la plume Poulet-Malassis.

Page 71.

   a. Tout près [du péché   *biffé*] de l'ordure originelle.   *ms.*

1. Voir la lettre CXIII des *Liaisons* (Bibl. de la Pléiade, p. 269).
2. Cf. *Mon cœur mis à nu,* XXXIII, 60 (t. I, p. 698).

3. Baudelaire juge exécrable la femme naturelle (*Mon cœur mis à nu*, III; t. I, p. 677). S'il admire ici la Présidente, « femme naturelle », il faut comprendre « naturelle » au sens de « sincère ». Il l'oppose à la Merteuil, « Tartuffe femelle », et à Valmont, qui use de « la feinte de la dévotion ». Baudelaire est un vrai moraliste en quête d'authenticité.

4. On respecte la graphie de Baudelaire. Mais le chevalier Danceny n'a pas besoin de décomposer son nom pour, grâce à la particule, prouver qu'il est noble.

5. Fanfreluches de dentelle dont les dames ornaient leurs coiffures.

Page 72.

   a. Souligné par Baudelaire.

   b. Les crochets indiquent les additions d'Édouard Champion destinées à rendre les citations intelligibles, chaque fois qu'il est possible. Baudelaire interrompt les citations par des séries de cinq ou six points.

   c. Souligné par Baudelaire.

   1. Les éditions de 1782, du moins celle d'Amsterdam-Paris et celle de Genève (désignées plus bas simplement par : 1782), montrent : « qui m'amène naturellement à vos pieds. »

   2. Raphaël Molho nous avait aidé à identifier ce passage (voir aussi son article « L'Automne et le Printemps : Sainte-Beuve juge Musset », *Revue des sciences humaines*, octobre 1962, p. 639-640). Dans un article inséré au *Moniteur* du 11 mai 1857 (ce qui date ce passage des notes de Baudelaire) et recueilli au tome XIII des *Causeries du lundi* (p. 372), Sainte-Beuve écrivait : « Musset n'était que poète; il voulait sentir. Il était d'une génération dont le mot secret, le premier vœu inscrit au fond du cœur, avait été la *poésie en elle-même*, la *poésie avant tout*. " Dans tout le temps de ma belle jeunesse, a dit l'un des poètes de cette même époque, j'ai toujours été ne désirant, n'appelant rien tant de mes vœux, n'adorant que la passion sacrée ", la passion, c'est-à-dire la matière vive de la poésie. » Le poète que cite Sainte-Beuve n'est autre que lui-même : cette pensée figure dans son « Cahier brun », qui est encore inédit.

   3. 1782 : « on reste toujours deux. » Le soulignement est aussi dû à Baudelaire. Celui-ci retrouve ici ce qu'il appelle dans *Mon cœur mis à nu* (XXX, 54; t. I, p. 696) « l'incommunicabilité ».

Page 73.
   a. Souligné par Baudelaire, qui a inséré ensuite le nom de George Sand.
   b. Baudelaire a souligné trois fois le D *majuscule.*
   c. Souligné par Baudelaire.
   d. est [bon *biffé*] humain *ms.*
   e. Baudelaire a souligné trois fois le D *majuscule.*

1. La femme *profanée* par le mari à qui elle a été unie sans amour dans un mariage de convenance, c'est une idée constante chez George Sand, laquelle parle d'expérience. « Vous, Indiana, profanée à ce rustre dont la main de fer a courbé votre tête et flétri votre vie » (*Indiana,* « Classiques Garnier », p. 75). « Et là, sous les yeux de la société qui approuve et ratifie, la femme pudique et tremblante qui a su résister aux transports de son amant, tombe flétrie sous les baisers du maître exécré ! » (*Valentine,* édition originale, 1832, t. II, p. 36 ; *profaner* figure à la page 39). [Note due à Georges Lubin.]

Page 74.

   a. Italique de Laclos.
   b. Souligné par Baudelaire.

Page 75.

   a. Souligné par Baudelaire, une fois (je voulais) et trois fois (SAVOIR).

1. Édouard Champion a conjecturé que Baudelaire voulait écrire à Champfleury, bon connaisseur du XVIIIᵉ siècle, pour se renseigner sur la note finale des *Liaisons dangereuses* où l'auteur laisse entendre que, « quelque jour », il complétera peut-être son ouvrage (cette suite n'a pas paru). À moins, encore, qu'il n'eût voulu lui demander la « clef » du roman, puisque la note attirait son attention sur la réalité du récit.

Page 76.

MADAME BOVARY

L'Artiste, 18 octobre 1857, sous le titre : « M. Gustave Flaubert. *Madame Bovary. — La Tentation de saint Antoine* » *(A).*
   L'Art romantique.

Texte adopté : celui de *L'Art romantique.* Variantes peu importantes.

Baudelaire envoya à Flaubert *Les Fleurs du mal,* ce dont Flaubert le remercia le 13 juillet 1857 (*LAB,* 150-151). Le 14 août, Flaubert s'inquiète du procès et, le 23, lui suggère des moyens de défense (*LAB,* 152-153). Baudelaire lui fait part de la condamnation, le 25 août, en regrettant que « l'article sur *Madame Bovary* » ait été retardé par le procès (*CPI,* I, 424). Le 21 octobre, Flaubert en remercie Baudelaire : « Votre article m'a fait le plus *grand* plaisir. Vous êtes entré dans les arcanes de l'œuvre, comme si ma cervelle était la vôtre. Cela est compris et senti *à fond.*

« Si vous trouvez mon livre suggestif, ce que vous avez écrit dessus ne l'est pas moins, et nous causerons de tout cela dans six semaines, quand je vous reverrai » (*LAB*, 153).

Selon ce que Baudelaire confie à sa mère le 25 décembre 1857, il fut appelé au Parquet et faillit être poursuivi pour cet article (*CPl*, I, 436). Flaubert avait été poursuivi, puis acquitté en février 1857. Il était donc difficile à la justice de chercher querelle à Baudelaire pour l'article où il faisait l'éloge de *Madame Bovary*.

 a. Des articles nombreux, *A*

Page 77.

 a. Sollicité par un intérêt aveugle et trop véhément de la morale, *A*

 1. On appréciera l'élégance méprisante de l'ironie par laquelle Baudelaire se venge de ses propres juges.

 2. La *Revue de Paris* était attentivement surveillée par le gouvernement à cause de son libéralisme et sera supprimée après l'attentat d'Orsini. Maxime Du Camp et Laurent-Pichat demandèrent à Flaubert l'autorisation d'opérer des coupures dans le texte de *Madame Bovary*. L'auteur accepta pour ne pas nuire à la revue, mais, ne reconnaissant plus son œuvre, obtint que sa protestation fût imprimée dans la livraison du 15 décembre 1856, en tête de la dernière partie du roman.

Page 78.

 1. *Mercadet ou le Faiseur,* drame de Balzac, avait été créé le 23 août 1851 au théâtre du Gymnase, malheureusement dans une adaptation de d'Ennery. Baudelaire assista à la première représentation, ainsi qu'il le mande à sa mère le 30 août (*CPl*, I, 178). Il oppose ici le *vrai* à celui qu'avait fabriqué d'Ennery.

 2. Ce passage a dû être écrit avant la mort d'Astolphe de Custine, survenue le 25 septembre 1857. Baudelaire lui avait adressé *Les Fleurs du mal*, dont Custine le remercia le 16 août (*LAB*, 108-110). *Aloys ou le religieux du mont Saint-Bernard* avait paru en 1829, *Le Monde comme il est* et *Ethel* en 1835, *Romuald ou la vocation* en 1848.

 3. Baudelaire, le 20 décembre 1854 (*CPl*, I, 305), demande à Barbey de lui remettre ces deux romans, entre autres, qu'il voulait faire lire à une dame, peut-être Marie Daubrun. Le 17 novembre 1857, il écrit à Mme Sabatier : « Je vous envoie les livres que je désirais vous faire lire. *L'Ensorcelée* est d'une nature beaucoup plus élevée que *La Vieille Maîtresse* » (*CPl*, I, 433). Le 13 novembre 1858, il conseille à Poulet-Malassis de lire *L'Ensorcelée :* « Je viens de relire ce livre qui m'a paru encore plus chef-d'œuvre qu'à la première fois » (*CPl*, I, 524-525). *Une vieille maîtresse* avait paru en 1851 ; *L'Ensorcelée*, en 1854.

 4. Non pas celui qui disputa à Ulysse les armes d'Achille, mais l'autre Ajax, fils d'Oïlée, qui enleva Cassandre et qui lança aux

dieux des défis audacieux. Poséidon se vengea en le faisant engloutir par les flots (souvenir de l'*Iliade*).

5. Champfleury porte, en effet, un binocle dans le portrait à l'eau-forte qu'a fait de lui Aglaüs Bouvenne (*Album Baudelaire*, p. 82). Son écriture minuscule est celle d'un myope.

Page 79.

1. Le jugement de Baudelaire s'est modifié depuis 1848 (voir p. 21).

2. Charles Barbara (1822-1886) collabora au *Corsaire* et fit partie de la bohème des buveurs d'eau groupée autour de Murger, qui l'a introduit dans les *Scènes de la vie de bohème* sous le pseudonyme de Carolus Barbemuche. *L'Assassinat du Pont-Rouge* (1855), où il inséra le sonnet de Baudelaire : « Que diras-tu ce soir, pauvre âme solitaire... » (t. I, p. 43), sans citer l'auteur, et les *Histoires émouvantes* (1856), auxquelles appartient *Héloïse*, auraient dû lui valoir une solide réputation.

3. Baudelaire avait attaqué Paul Féval dans les *Conseils aux jeunes littérateurs* (p. 14) et dans son article sur les *Contes* de Champfleury (p. 21). Il le traite d' « idiot » dans le projet du *Hibou philosophe* (p. 50). Son jugement est ici plus nuancé. Le *Bossu*, roman de cape et d'épée, et *Les Mystères de Londres,* imités des *Mystères de Paris* d'Eugène Sue, avaient paru en feuilleton. La première édition en volume du *Bossu* est de 1857; elle suit immédiatement la publication en feuilleton dans *Le Siècle*. *Les Mystères de Londres* (1844) seront continués par Paul Féval fils, ce qui atteste la persistance de leur succès. — Frédéric Soulié (1800-1847) fut un romancier fécond. On peut encore lire ses *Mémoires du Diable* (1837-1838), tableau de la société dans ce qu'elle a de plus hideux : ce fut un grand succès de librairie. Voir une autre allusion à Soulié dans l'article sur Hégésippe Moreau (p. 160). — Eugène Sue était attaqué en même temps que Paul Féval dans les *Conseils aux jeunes littérateurs* et le projet du *Hibou philosophe*.

4. Sir Bulwer Lytton, célèbre et fécond romancier anglais (1803-1873), auteur, notamment, de *Pelham, Les Derniers Jours de Pompéi* et *Ernest Maltravers*.

5. Paul de Kock (1794-1871) a, depuis l'âge de quinze ans, écrit des romans de mœurs et d'aventures parisiennes et banlieusardes, où la grivoiserie et la morale font assez bon ménage. Ils sont intéressants à lire pour connaître la Restauration et la monarchie de Juillet. Son œuvre la plus célèbre fut *La Laitière de Montfermeil* (1827).

6. J. Crépet a trouvé la source de cette formule dans le cinquième des *Ïambes* d'Auguste Barbier :

> *La popularité ! — C'est la grande impudique*
> *Qui tient dans ses bras l'univers,*
> *Qui, le ventre au soleil, comme la nymphe antique,*
> *Livre à qui veut ses flancs ouverts !*

Page 80.

1. Voir *Puisque réalisme il y a* (p. 57). Sur la valeur injurieuse du mot *réalisme* en cette année 1857 voir *BET,* 132-140. Flaubert, sans .être condamné, avait été blâmé par le tribunal pour « le réalisme vulgaire et souvent choquant de la peinture des caractères » (attendu du jugement d'acquittement). Le 17 août 1857, devant les cinq Académies réunies en séance publique, Montalembert avait fulminé contre le réalisme, « mot moins barbare encore que la chose », mot désignant une « influence mortelle » qui « infecte déjà la littérature, l'art, et jusqu'à la philosophie ». Le 20 août, Baudelaire était condamné parce qu'il s'était rendu coupable d' « un réalisme grossier et offensant pour la pudeur » (attendu du jugement).

Page 82.

1. Cet éloge de l'imagination prélude aux grandes pages du *Salon de 1859* (p. 619 sq.). Contre le cœur et la femme, voir *Mon cœur mis à nu,* III, 5 et XVII, 27 (t. I, p. 677 et 687).

2. Baudelaire pense à lui-même. Voir aussi le distique sur les gaupes (t. I, p. 204).

Page 83.

1. On a signalé, p. 1070, le caractère autobiographique de ce paragraphe.

Page 84.

1. Pétrus Borel; sur son « abdication », voir le dernier paragraphe du chapitre qui lui est consacré dans *Réflexions sur quelques-uns de mes contemporains* (p. 156).

2. Baudelaire cite de mémoire la dernière phrase de la préface des *Rhapsodies* de Borel : « Heureusement que pour nous consoler de tout cela, il nous reste l'adultère ! le tabac de Maryland ! et du papel español por cigaritos. »

3. L'allusion au Minotaure est appelée par l'assimilation, au paragraphe précédent, de Mme Bovary à Pasiphaé.

Page 85.

1. Autre allusion autobiographique, certainement. Mais on ignore actuellement l'épisode auquel pense Baudelaire.

2. Des fragments de *La Tentation de saint Antoine* avaient paru dans *L'Artiste* (où Baudelaire publie son article sur Flaubert) les 21 et 28 décembre 1856, 11 janvier et 1er février 1857. Ils représentent à peu près les trois quarts de l'œuvre qui ne paraîtra en volume qu'en 1874. Sur ce que Baudelaire put devoir à la *Tentation* voir l'étude de Luigi de Nardis : « Baudelaire e le Tentazioni di Sant' Antonio », *Saggi e Ricerche di Letteratura francese,* publiés par l'Université de Pise, vol. XI (Rome, Bulzoni, 1971).

3. Ce verbe est un néologisme quelque peu difficile à comprendre.

Bescherelle aîné (*Dictionnaire national ou Dictionnaire universel de la langue française*, 1848) l'enregistre avec ce sens et ce commentaire : « Faire l'apologie. Mirabeau a employé ce verbe, mais personne ne s'en est servi après lui. » Toutefois, il ne semble pas que Baudelaire donne à *apologiser* ce sens ; plutôt celui de prendre la défense et d'illustrer, qui résulterait d'une contamination entre l'anglais *to apologize* et l'une des deux significations du substantif français *apologie*.

Page 86.

1. Baudelaire n'eut pas ce plaisir, mais, le 26 juin 1860, en remerciant Flaubert de lui avoir écrit sur *Les Paradis artificiels*, il ajoute en post-scriptum : « J'ai toujours rêvé de lire (en entier) la *Tentation* [...] » (*CPl*, II, 54). Flaubert lui répond le 3 juillet : comme il reviendra à la *Tentation* dans quelque temps, il faudra que Baudelaire attende (*LAB*, 157).

Page 87.

LA DOUBLE VIE
par Charles Asselineau

L'Artiste, 9 janvier 1859 *(A)*.
L'Art romantique.

Texte adopté : celui de *L'Art romantique*. Variantes peu importantes.

Ce recueil de nouvelles d'Asselineau venait d'être publié (1858) chez Poulet-Malassis et De Broise. Baudelaire, le 29 septembre 1858, écrit à Paul Mantz, associé à la direction de *L'Artiste*, qu'il tient « vivement à [se] charger du compte rendu » (*CPl*, I, 515). Baudelaire appréciera quelques jours plus tard une nouvelle d'Asselineau, *Lucien S.*, publiée dans la *Revue française* (*CPl*, I, 543). Sur l'ensemble de leurs relations voir *Baudelaire et Asselineau* par J. Crépet et Cl. Pichois.

La Double Vie contient une préface qu'Asselineau avait soumise en épreuves à Baudelaire. Celui-ci, en l'annotant, put y retrouver plusieurs de ses idées. Ce document, qui se trouve à la Bibliothèque littéraire Jacques Doucet, a été signalé par Y.-G. Le Dantec (*Cahiers Jacques Doucet, I*) en 1934, puis publié par J. Crépet (*Mercure de France*, 1er septembre 1936), sous le titre justifié d' « Un manifeste baudelairien ». Comme il est révélateur à la fois des idées de Baudelaire et de sa critique incisive, on le reproduit à la fin du compte rendu. Ainsi que l'avait fait J. Crépet, on a placé entre crochets les passages qu'il convenait de résumer et indiqué par des points de suspension les suppressions qu'autorisait l'absence de commentaires. Dans les notes relatives à cette préface, *Correction d'Asselineau* indique la leçon du texte finalement imprimé, les modifications apportées à l'épreuve par Asselineau intervenant en italique.

1. Ce chapitre fait partie du *Discours sur la nature des animaux* qui appartient lui-même aux *Mammifères*. En voici le premier paragraphe; on remarquera que Baudelaire substitue au contenu de Buffon son propre dualisme : « L'homme intérieur est double, il est composé de deux principes différents par leur nature, et contraires par leur action. L'âme, ce principe spirituel, ce principe de toute connaissance, est toujours en opposition avec cet autre principe animal et purement matériel : le premier est une lumière pure qu'accompagnent le calme et la sérénité, une source salutaire dont émanent la science, la raison, la sagesse; l'autre est une fausse lueur qui ne brille que par la tempête et dans l'obscurité, un torrent impétueux qui roule et entraîne à ses passions et les erreurs. »

Le titre de ce chapitre de Buffon était cité, dans un contexte analogue à celui de Baudelaire, par Balzac dans sa lettre à Charles Nodier (*Revue de Paris*, 21 octobre 1832; *Œuvres complètes,* édition Bouteron-Longnon, *Œuvres diverses,* t. II, p. 564). Bien que cet article n'ait pas été recueilli en volume du vivant de Baudelaire, il a pu tomber sous les yeux de celui-ci; quelques autres indices tendraient à le prouver. D'autres attestations d'*homo duplex* peuvent être trouvées chez Balzac comme chez Maistre. Il s'agit finalement d'un *topos* que Gœthe a lui-même brillamment utilisé dans *Faust*.

2. Expression empruntée à Th. De Quincey et qu'on a trouvée citée dans *Un mangeur d'opium* (t. I, p. 444).

3. On se rappellera aussi bien les deux derniers vers du *Reniement de saint Pierre* (t. I, p. 122) que le poème en prose, *La Chambre double* (t. I, p. 280).

Page 88.

1. Baudelaire a pratiqué Jean-Paul Richter en traduction. Il le cite dans la présentation de *Révélation magnétique* (p. 247) comme dans l'article sur Marceline Desbordes-Valmore (p. 148). Voir Cl. Pichois, *L'Image de Jean-Paul Richter dans les lettres françaises* (José Corti, 1963).

Page 89.

a. dans la pratique inévitable et quotidienne quelques *A*

1. Voir *De l'essence du rire* (p. 526 sq.).

2. Voir la lettre de Baudelaire à Asselineau en date du 13 mars 1856. « Mon cher ami, puisque les rêves vous amusent, en voilà un [...] » (*CPl,* I, 338).

Page 91.

1. Ovide, *Les Tristes,* V, x, 37 : Je suis ici (au bord du Pont-Euxin) un barbare, parce que je ne suis pas compris de ces gens-là

(les Sarmates). Voir le commentaire d'*Ovide chez les Scythes* dans le *Salon de 1859* (p. 635).

2. Même exclamation, en français, dans *Un mangeur d'opium*, IV, « Tortures de l'opium » (t. I, p. 478). C'est au fond la traduction d'*Ecce homo !* À remarquer que *Thou art the man !* est aussi le titre d'un conte de Poe que Baudelaire n'a pas traduit, mais qu'il a pu lire au tome II de l'édition Redfield (1850).

Page 92.

1. Asselineau a finalement signé *C. A.* et a daté sa dédicace d'*Août 1858*. Éd. Gardet fut l'exécuteur testamentaire d'Asselineau. Il fut aussi l'ami de Baudelaire.

Page 93.

1. Asselineau, ne reconnaissant pas tout le bien-fondé de la critique de Baudelaire, a seulement mis *« n'a pas eu »* en italique.
2. Correction d'Asselineau : est un composé *hybride* et dédalien. Sur le rédacteur en chef, cf. entre autres *Mon cœur mis à nu*, XV, 25 (t. I, p. 685).
3. Correction d'Asselineau : Vous voilà accueilli ; votre *manuscrit est imprimé*.
4. Correction d'Asselineau : qui *argumente contre* vous avec une compagnie...

Page 94.

1. J. Crépet a fait remarquer que ce dialogue avait dû être réellement tenu entre Alphonse de Calonne, directeur de la *Revue contemporaine*, et Baudelaire.
2. Rectification d'Asselineau : *aie*.
3. Correction d'Asselineau : Il faut qu'il *parle à son moment*, en son lieu, ou qu'il se *taise*.

Page 95.

1. Asselineau a protesté sur l'épreuve même : « haine *pour* est très français ».
2. Correction d'Asselineau : Ne croyez pas que j'*amplifie :* j'abrège *au contraire considérablement*.
3. Asselineau a conservé cette longue phrase gauche, mais il a remplacé « constaté » par *émancipé*.
4. Correction d'Asselineau : à ne plus *rien* faire que remplir...
5. Correction d'Asselineau : Il faut *en vérité* se croire *un second* Pic de la Mirandole.
6. Correction adoptée par Asselineau.
7. Correction adoptée par Asselineau.

Page 96.

1. Ceci vise Buloz et la *Revue des Deux Mondes*.
2. Cf. *Mon cœur mis à nu*, XXIII, 39 (t. I, p. 690).

Page 97.

   1. Correction d'Asselineau : qui se *plaignaient* (au lieu de *plaignirent*, proposé par Baudelaire), — mais la suite de la phrase est restée sans changement.
   2. Correction d'Asselineau : une poésie *flasque*, énervée,
   3. Correction d'Asselineau : Il faut que *les honnêtes gens perdent* cette

Page 98.

   1. Cf. *Les Drames et les romans honnêtes* (p. 40).
   2. Correction d'Asselineau : *que l'on traînait*, échevelée,

Page 99.

   1. Corrections d'Asselineau : Oh ! qu'*il est sage* ! Oh ! qu'*il est sage* ! On lui *chanta sur tous les modes* les joies du foyer et les douceurs de la propriété champêtre.
   2. Allusion à la *Gabrielle* d'Augier; voir *Les Drames et les romans honnêtes* (p. 38-39).
   3. Correction d'Asselineau : Sur le *coteau opposé*, celui vers lequel nous marchons, *qu'y* aura-t-il ?
   4. Asselineau a encadré « qui le sont ou qui le seront » de parenthèses.

Page 100.

   1. Correction d'Asselineau : a *du* moins cette *valeur* comme fait démonstratif
   2. Correction d'Asselineau : rien *ne pouvait la sauver,* elle est tombée.

Page 101.

   1. Correction d'Asselineau : les *cinquante* cartons de M. Chenavard.
   2. Cf. *L'Art philosophique* (p. 598).
   3. Allusion, pensait J. Crépet, à *L'Honnête Femme* et à *Corbin et d'Aubecourt,* romans édifiants de Veuillot.

Page 102.

   1. Correction d'Asselineau : *La* génération actuelle...
   2. Correction d'Asselineau : après « intérêt », un blanc. Le texte définitif reprend à : « Ce serait vraiment me faire injure... »

Page 103.

THÉOPHILE GAUTIER

En article dans *L'Artiste,* 13 mars 1859 *(A).*

En plaquette, chez Poulet-Malassis et De Broise, 1859 (enregistrement à la *Bibliographie de la France,* 26 novembre) : *Théophile Gautier par Charles Baudelaire. Notice littéraire précédée d'une lettre de Victor Hugo* (TG).

L'Art romantique, reprenant le texte de la plaquette.

Il existe de plus un recueil d'épreuves corrigées vu par J. Crépet et portant cette indication de Baudelaire : « bon à tirer, mais après corrections ». Il avait appartenu au comte de Mandre et avait fait l'objet, pour partie, des *Notules sur Baudelaire* par Henri Cordier, H. Leclerc, 1900. Ce recueil a disparu pendant la seconde guerre mondiale, volé ou détruit à Paris par les nazis *(Épreuve).*

Édition critique par Ph. Terrier, Neuchâtel, La Baconnière, 1985 (EB, XI).

Texte adopté : celui de *L'Art romantique.*

L'article fut écrit à partir de septembre 1858 *(CPl,* I, 513, 515) et achevé plus tard que prévu. Sa publication fut retardée par la direction de *L'Artiste* qui voulait soumettre cette étude à l'approbation de Gautier, alors en Russie *(CPl,* I, 558-560). Il parut accompagné d'un portrait de Gautier gravé par Bracquemond d'après une photographie de Nadar et fut payé à Baudelaire 100 francs le 12 mars 1859 *(CPl,* I, 563). Il aurait causé un vrai « tintamarre », car on l'aurait considéré comme une « monstruosité » (à Poulet-Malassis, 26 mars 1859; *CPl,* I, 564).

Dès le 16 février 1859, Baudelaire pensait à le faire reparaître sous la forme d'une plaquette (à Poulet-Malassis; *CPl,* I, 550). L'idée fut retenue et réalisée. Pour donner à la publication un intérêt supplémentaire, Baudelaire demanda une lettre-préface à Victor Hugo. Elle était attendue dès avant le 26 mars *(CPl,* I, 564) et se perdit. Baudelaire la redemanda à Hugo le [23 ?] septembre 1859 *(CPl,* I, 596). Hugo l'écrivit le 6 octobre. Baudelaire la reçut vers le 10 et l'expédia immédiatement à Poulet-Malassis avec un commentaire ironique à l'égard du préfacier *(CPl,* I, 608). La plaquette parut peu après. Voici la lettre-préface de V. Hugo, telle qu'elle est reproduite au début de la plaquette :

À M. CHARLES BAUDELAIRE

« Hauteville House, 6 octobre 1859.

Votre article sur Théophile Gautier, Monsieur, est une de ces pages qui provoquent puissamment la pensée. Rare mérite, faire penser; don des seuls élus. Vous ne vous trompez pas en prévoyant quelque dissidence entre vous et moi. Je comprends toute votre philosophie (car, comme tout poète, vous contenez un philosophe);

je fais plus que la comprendre, je l'admets; mais je garde la mienne. Je n'ai jamais dit : l'Art pour l'Art; j'ai toujours dit : l'Art pour le Progrès. Au fond, c'est la même chose, et votre esprit est trop pénétrant pour ne pas le sentir. En avant ! c'est le mot du Progrès; c'est aussi le cri de l'Art. Tout le verbe de la Poésie est là. *Ite.*

« Que faites-vous quand vous écrivez ces vers saisissants : *Les Sept Vieillards* et *Les Petites Vieilles* que vous me dédiez, et dont je vous remercie ? Que faites-vous ? Vous marchez. Vous allez en avant. Vous dotez le ciel de l'art d'on ne sait quel rayon macabre. Vous créez un frisson nouveau.

« L'Art n'est pas perfectible, je l'ai dit, je crois, un des premiers, donc je le sais; personne ne dépassera Eschyle, personne ne dépassera Phidias; mais on peut les égaler; et pour les égaler, il faut déplacer l'horizon de l'Art, monter plus haut, aller plus loin, marcher. Le poète ne peut aller seul, il faut que l'homme aussi se déplace. Les pas de l'Humanité sont donc les pas même de l'Art. — Donc, gloire au Progrès.

« C'est pour le Progrès que je souffre en ce moment et que je suis prêt à mourir.

« Théophile Gautier est un grand poète, et vous le louez comme son jeune frère, et vous l'êtes. Vous êtes, Monsieur, un noble esprit et un généreux cœur. Vous écrivez des choses profondes et souvent sereines. Vous aimez le Beau. Donnez-moi la main.

« VICTOR HUGO.

« Et quant aux persécutions, ce sont des grandeurs. — Courage ! »

Baudelaire, en sollicitant cette lettre, avait avoué confidentiellement à Hugo qu'il connaissait les « lacunes » de l' « étonnant esprit » de Gautier et s'était expliqué sur sa propre conception de la poésie, qu'il opposait au credo artistique de Hugo (*CPl*, I, 597).

Hugo avait peut-être quelque mérite à adresser cette lettre à Baudelaire. Le 6 juin de l'année précédente, un journaliste, Jean Rousseau, avait rapporté, dans le *Figaro,* que Baudelaire avait déclaré : « Hugo ! qui ça Hugo ? est-ce qu'on connaît ça... Hugo ? » Baudelaire dut se justifier par une lettre que le *Figaro* inséra le 13 juin 1858 et qui prouve que son admiration allait au poète romantique et — *a silentio* — non pas au prophète du Progrès, comme il était facile de le deviner d'après tant d'autres textes. On trouvera la lettre dans *CPl*, I, 500-501.

La plaquette publiée chez Poulet-Malassis et De Broise contenait un frontispice : le portrait de Gautier par Émile Thérond, imprimé par Auguste Delâtre, qui avait déjà été utilisé pour la troisième édition d'*Émaux et camées,* parue chez Poulet-Malassis en janvier 1859 (on le trouvera reproduit dans *ICO,* n° 165). Le second plat verso de la couverture verte annonce, sous presse : la deuxième édition des *Fleurs, Opium et Haschisch* (= *Les Paradis artificiels*),

Curiosités esthétiques (les études de critique d'art), et, en préparation :
Notices littéraires (les études de critique littéraire), *Machiavel et
Condorcet, dialogue philosophique* (projet qui ne fut jamais réalisé),
le tout chez Poulet-Malassis ; chez Michel Lévy frères : les trois
traductions déjà publiées d'Edgar Poe et, en préparation : *Eureka*
(qui ne paraîtra qu'en 1863).

La plaquette était vendue 1 franc. Baudelaire fut crédité de
30 francs de droits d'auteur (*LAB*, 305 ; *CPl*, I, 649).

Dès le 15 décembre 1859, Baudelaire prévoyait la réimpression
de cette étude dans ses œuvres critiques (*CPl*, I, 635). Vers le
6 décembre 1861 (*CPl*, II, 195), lors de sa campagne académique,
il envoya la plaquette à Vigny avec l'essai sur Wagner. Il fit lecture
du texte lors de l'une des cinq conférences que, peu après son arrivée
à Bruxelles, il donna le 11 mai 1864 au Cercle artistique et littéraire.
Camille Lemonnier nous a conservé le souvenir de cette conférence
(*La Vie belge*, Fasquelle, 1905, p. 68-73 ; passage cité dans *Bdsc*,
185-187).

1. Lorsque Poulet-Malassis commençait à imprimer la plaquette,
Baudelaire voulut ajouter une nouvelle épigraphe à laquelle il dut
renoncer en raison de l'état d'avancement du travail. Voici ce qu'il
écrit le 1er mai 1859 à Poulet-Malassis : « Les deux épigraphes se
font antithèse, et il est évident pour moi que le vertueux et pédant
Laprade avait lu *L'Artiste* » (*CPl*, I, 569). Victor de Laprade avait
été, le 17 mars, reçu à l'Académie française où il remplaçait Musset,
dont il fit l'éloge. Or l'étude sur Gautier avait paru dans *L'Artiste*
du 13 mars. Baudelaire, faisant, lui, l'éloge de Gautier, avait
dénoncé en Musset un « auteur d'effusions gracieuses » (p. 110,
var. *b*). Cette seconde épigraphe aurait donc visé Laprade.

Page 104.

a. aussi. Tous les deux accomplissent magnifiquement et humblement leur rôle   *A*

b. une histoire qui, depuis la Genèse, est   *A*

c. ne savent pas attraper les hommes de lettres prédestinés,
et   *A ; prédestinés formait répétition ; voir la fin du paragraphe
précédent.*

d. une foule de futurs niais, marqués par la fatalité. De ces
futilités, je   *A ; Baudelaire évite la quasi-homophonie* fatalité, futilités

e. Théophile Gautier n'en sait peut-être rien lui-même, et   *A*

f. Paris et les provinces du   *A*

g. que plus d'un lecteur,   *A*

1. « Puissance de l'idée fixe », a noté Baudelaire dans *Hygiène* [VI],
92 (t. I, p. 671) à propos des règles de vie qu'il compte adopter.

2. Peu avant sa mort il recueillera cependant ses articles de
souvenirs sous le titre d'*Histoire du romantisme*.

Page 105.

   a. ces publics variés, Théophile Gautier   *A*

   b. Je vous suppose installé *[romain]* dans   *A*

   c. demoiselles. Épouvantable argot auquel la plume ne peut pas plus se soustraire que l'écrivain   *A*

   d. coulant ! » — cette couronne-là est donnée indistinctement   *A*

   e. un grand étonnement se peindre sur les visages.   *A*

   f. bande. Hélas ! il s'agit

   g. Épreuve ; note à l'intention de Poulet-Malassis : Décidément j'appelle votre attention sur l'orthographe du mot *Espana, España* (vous n'avez peut-être pas le signe) ou *Espagna.* Votre choix sera le mien. Vous opinez sans doute pour l'imitation de la prononciation ? *Le titre du recueil de Gautier coiffe le* n *d'un tilde.*

   1. Gautier a tenu la chronique théâtrale de *La Presse* sous la monarchie de Juillet (souvent en collaboration ou en alternance avec Nerval). Sous l'Empire, c'est au *Moniteur* qu'il collabore.

   2. « Elle a le fameux *style coulant,* cher aux bourgeois », note Baudelaire à propos de George Sand (*Mon cœur mis à nu,* XVI ; t. I, p. 686).

   3. On remarquera que ce sont des œuvres de jeunesse de Gautier, celles qui justifient la dédicace des *Fleurs du mal.*

Page 106.

   a. comme les faiseurs de *Courriers.* Je   *A*

   b. où Théophile Gautier était devenu définitivement   *A*

   c. les œuvres des autres poètes   *A*

   d. de l'opposition, même   *A*

   1. L'*Ode à la colonne de la place Vendôme* et l'*Ode à l'Arc de triomphe de l'Étoile* appartiennent l'une et l'autre aux *Odes et ballades* (III, 7 et II, 8).

   2. *Il Pianto* (« La Plainte »), *Lazare,* recueil et série de poèmes d'Auguste Barbier consacrés respectivement à l'Italie et à l'Angleterre. Sur Barbier voir l'article de 1851 relatif à Pierre Dupont (p. 27) et la notice des *Réflexions sur quelques-uns de mes contemporains* (p. 141).

   3. Le 23 février 1860 Baudelaire écrira à Joséphin Soulary que celui-ci doit, comme lui-même, faire son deuil de la popularité. « Nous ne sommes, ni vous ni moi, assez *bêtes* pour mériter le suffrage universel. Il y a deux autres hommes, admirablement doués, qui sont dans ce cas : M. Théophile Gautier et M. Leconte de Lisle » (*CPl,* I, 680).

Page 107.

   a. Ce qui me frappa tout d'abord   *A*

   b. et bande ardemment son regard   *A*

   1. Gautier, du fait même qu'il était *persona grata* du régime, était suspect à une grande partie des « intellectuels ». C'est Théodore

Pelloquet qui a attaqué Gautier dans la *Gazette de Paris* des 16 et 23 janvier 1859, au cours d'une série d'articles intitulée *Les Réputations surfaites*. Le nom de Gautier était dans le titre assorti de ces précisions : « Officier de la Légion d'honneur. Poète, romancier et journaliste. »

2. Dans la notice qui ouvre l'édition des *Fleurs du mal* en 1868, Gautier écrit qu'il vit Baudelaire pour la première fois, « vers le milieu de 1849 », à l'hôtel Pimodan, où il habitait un appartement fantastique. Or, Armand Moss (*Baudelaire et Delacroix,* p. 229-231) établit que Gautier n'a pu loger à Pimodan qu'en 1845, et pense donc que la rencontre eut lieu en juin, peu avant la tentative de suicide (30 juin) et le départ de Gautier pour l'Algérie (3 juillet). C'est possible. Mais il est alors difficile de confondre le « petit volume de vers » avec le recueil *Vers* paru en 1843 : pourquoi Baudelaire l'eût-il, en 1845, apporté à Gautier ? il n'y avait pas collaboré, — et « de la part de deux amis absents » : *Vers* eut trois auteurs, Prarond, Le Vavasseur, Dozon (voir cependant la note 1 de la page 108) ? Et Gautier comme Baudelaire habitant la même demeure, la phrase du second ne semble guère s'appliquer à deux colocataires. On n'oubliera pas les attaques lancées contre Gautier en 1845 et 1846 (p. 8 et 18). La date de la première rencontre, sans lendemain immédiat, reste donc conjecturale. L'amitié entre Gautier et Baudelaire s'est nouée peu avant 1851 : le tutoiement du billet dont, à la fin de 1851, Baudelaire accompagne le second paquet du manuscrit dit des *Douze poèmes* (*CPI,* I, 180) ne prouve pas des relations anciennes, Gautier ayant conservé de ses années d'atelier cette familiarité dans la camaraderie.

3. On notera la rareté de l'adjectif.

Page 108.

a. j'avais eu très jeune la lexicomanie, *A*
b. depuis cette époque quelques-unes *A*
c. l'esprit et le rire, qui déforme la créature de Dieu. Il est permis au poète d'avoir [...] nécessaire. Ceux que *A*

1. J. Crépet a fait remarquer qu'on trouve dans *Vers* nombre de « sonnets *libertins* », mais est-ce une preuve suffisante ?
2. Voir la série *Hygiène* des *Journaux intimes* (t. I, p. 668).
3. Voir *De l'essence du rire* (p. 525 sq.).

Page 109.

a. pour se conformer à la vraie doctrine et *A*
b. Ce portrait se trouve naturellement complété par l'excellente gravure qui l'accompagne. D'ailleurs Théophile Gautier *A*

1. Ce roman de Gautier a paru en 1835.
2. Pour les portraits, voir, p. 1128-1129, les généralités sur cette étude.

Page 110.

    a. assez vigoureux *[masculin]*, et   *A*
    b. un auteur d'effusions gracieuses.   *A*

    1. Même opinion sur André Chénier dans l'un des projets de lettre à Jules Janin (p. 239).
    2. Contre Musset voir la lettre à Armand Fraisse du 18 février 1860 (*CPl*, I, 675).
    3. Baudelaire admire la vitalité d'Alexandre Dumas père; voir *BET*, 145 sq.
    4. Baudelaire cite de mémoire le poème XVI, *Passé*, des *Voix intérieures* :

ô splendeurs éclipsées !
Ô soleils descendus derrière l'horizon !

Sur cette nostalgie des belles années du « romantisme » cf., dans *Les Épaves, Le Coucher du soleil romantique* (t. I, p. 149).
    5. *Albertus* parut en 1833.

Page 111.

    a. et des religions. Avec   *A*
    b. comme de ceux qui plaisent plus par leur contenu, comme répondant à de puériles passions, que par la forme savante qui le distinguait. Il faut   *A*
    c. ce qu'elles touchent. Par   *A*
    d. un beau style,   *A*

    1. Cf. l'expression « Religions modernes ridicules » dans *Mon cœur mis à nu*, VIII, 14 (t. I, p. 681).
    2. C'est la doctrine de Victor Cousin, forme bourgeoise du platonisme.

Page 112.

    1. Baudelaire cite des extraits des *Notes nouvelles sur Edgar Poe*, préface des *Histoires extraordinaires* parues en 1857; cf. p. 333.

Page 113.

    a. *Épreuve ; note à l'intention de Poulet-Malassis :* Mon cher, je ne sais pas s'il faut dire *n'ennoblisse* ou *n'ennoblit.*
    b. plus particulièrement certains esprits   *A*

Page 114.

    1. En fait, ce passage est aussi emprunté aux *Notes nouvelles sur Edgar Poe* (cf. p. 328).
    2. Dans ce paragraphe Baudelaire reprend le début de son article de 1851 sur *Les Drames et les romans honnêtes* (cf. p. 38-39), article dont il n'a pas manifesté l'intention de le reprendre dans ses œuvres complètes. Il a transformé le notaire en avocat — sans doute pour ne pas choquer Mᵉ Ancelle, notaire à Neuilly jusqu'en 1851.

Page 115.

a. erreur, flatteuse pour *A*

1. Émile Augier, auteur de *Gabrielle*.
2. Michelet, qui venait de publier *L'Amour* (1858). Baudelaire envoya un exemplaire de ce livre à sa mère : « *immense succès* — lui mande-t-il —, succès de femmes ; je ne l'ai pas lu, et je crois pouvoir deviner que c'est un livre répugnant » (*CPl*, I, 532).
3. Contrairement à ce qu'il déclare à sa mère, Baudelaire a lu *L'Amour,* postérieurement peut-être à sa lettre. En effet, il cite de mémoire le texte de Michelet, qui avait écrit : « Pour un tailleur qui sent, modèle et rectifie la nature, je donnerais trois sculptures classiques », et le transforme, sans excessive charité, en un alexandrin à la Ponsard. La substance de l'anecdote relative à Lulle est conservée.

Page 116.

a. *expiation.* Quel châtiment nous permettra-t-on d'infliger au vieillard couronné de tant de gloire, mais fébrile et féminin, qui joue aujourd'hui à la poupée et tourne des madrigaux en l'honneur de la maladie, de la faiblesse, du péché, de l'impureté et du linge sale ? Pour moi, *A*
b. même les plus terribles : *Épreuve*
c. *Dans l'Épreuve Baudelaire note à propos du mot « ridicule » :* italiques indispensables.
d. *Quant à la question de l'honnêteté, la politesse, en ce monde, nous oblige à supposer que tous les hommes, même les poètes, sont honnêtes. Que A*

1. J. Crépet, dans l'article (*Les Nouvelles littéraires,* 14 février 1925) où il révélait les précédents emprunts de Baudelaire à Michelet, montre que celui-ci ne conseillait pas au mari-providence de fouetter sa femme ; il *admettait* seulement ce châtiment dans le cas où le désespoir d'un grand remords mettrait en péril la vie de la femme. Si Baudelaire s'en prend à Michelet, ce n'est pas qu'il ait le moindre égard pour les femmes : « De la nécessité de battre les femmes », lit-on dans *Mon cœur mis à nu,* XXXVIII, 68 (t. I, p. 701); avec J. de Maistre, il veut l'expiation librement consentie, et non pas un soulagement temporaire.
2. Les deux vers de cette chanson semblent être connus de tout le monde, mais personne n'est actuellement capable d'en indiquer la source. Baudelaire admirait la poésie mâle de la Révolution (voir *Baudelaire et Asselineau,* p. 86).

Page 117.

a. les forces énormes de la nature *A*
b. rajeuni (mettre, par exemple, *A*

1. Témoignage de la conception unitaire du monde, qu'on

retrouve au paragraphe suivant avec les correspondances et le symbolisme universel.

2. Gautier était en Russie quand Baudelaire attendait que *L'Artiste* publiât l'article qu'il lui avait consacré.

Page 118.

   a. que, fort jeune, quand   *A*

   1. L'expression est aussi employée dans *Fusées,* XI (t. I, p. 658), mais sans doute en un sens différent.

   2. Cf. la lettre à Toussenel du 21 janvier 1856 : « j'ai pensé bien souvent que les bêtes malfaisantes et dégoûtantes n'étaient peut-être que la vivification, corporification, éclosion à la vie matérielle, des *mauvaises pensées* de l'homme » (*CPl,* I, 337).

   3. Cf. p. 108.

Page 119.

   a. de jovialité concentrée, et   *A*

   b. qui veut toujours se plaire à soi-même.   *A*
      qui veut surtout se plaire à soi-même.   *TG*

   c. Épreuve : Baudelaire fait remarquer qu'il emploie l'italique pour éviter une méprise. Dans A « poétique » est aussi en italique.

   d. formes de romans et de nouvelles qui   *A, TG*

   e. la plus fréquente a été   *A*

   1. Idée que Baudelaire doit en partie à Poe et qu'il a trouvée au tome III, *The Literati,* des *Works of the late Edgar Allan Poe* (New York, Redfield, 1850, p. 197) : « The ordinary novel is objectionable, from its length, for reasons already stated in substance. As it cannot be read at one sitting, it deprives itself, of course, of the immense force derivable from *totality.* » Cette idée est chère à Baudelaire, qui écrit à Armand Fraisse en définissant « la beauté pythagorique » du sonnet : « Parce que la forme est contraignante, l'idée jaillit plus intense » (18 février 1860; *CPl,* I, 676). Même préférence chez Baudelaire et chez Poe, sans qu'on puisse vraiment savoir si Baudelaire est endetté envers Poe. L'un et l'autre mettent le poème court et la nouvelle au-dessus du poème long et du roman, par conformité à la même esthétique de la concentration.

Page 120.

   a. transforment les écorchures principales de la planche en ravines. De   *A*

   b. de Balzac; et, pour mieux parler, c'est justement ses qualités. Qui peut   *A*
      de Balzac, et, pour mieux parler, c'est justement ses qualités. Mais qui peut   *TG*

   1. Balzac visionnaire ou voyant, c'est Philarète Chasles qui a le premier crédité le romancier de ce titre dans l'article nécrologique qu'il publia au *Journal des Débats* du 24 août 1850 (voir Cl. Pichois,

Philarète Chasles et la vie littéraire au temps du romantisme, José Corti, 1965, t. I, p. 431-432). Cette formule de Chasles, qui oppose le *voyant* à l'observateur, n'a pas été ignorée de Baudelaire puisqu'elle était citée par un ami de celui-ci, Armand Baschet, dans une plaquette de 1851 sur Balzac (citée dans la note 1 de la page 34). Elle devait connaître ensuite une extraordinaire fortune : Gautier fera en 1868 de Baudelaire un *voyant* (notice en tête de l'édition posthume des *Fleurs du mal,* p. 31) ; puis Rimbaud sacrera Baudelaire roi des voyants. Voir de Marc Eigeldinger, *La Voyance avant Rimbaud,* dans son édition de Rimbaud, *Lettres du voyant* (Genève, Droz, 1975).

Page 121.

a. Elle aime ressusciter les villes défuntes, faire redire   *A*

b. perdre beaucoup en réalité, je veux dire en magie et vraisemblance.   *A*

c. créée par la magie de la Muse.   *A ; magie formait répétition ; voir la var. précédente.*

d. Épreuve : feuillète   *Observation de Baudelaire :* Il faudrait vérifier l'orthographe de ce mot. *Feuillette, feuillète, feuillet,* il faut décidément que l'orthographe représente ici la prononciation, *jeter, jet, je jette.*

1. Coquelet est un type créé par Daumier, qui le faisait célibataire ... Pipelet est le solennel portier des *Mystères de Paris* d'Eugène Sue.

2. Voir *Le Peintre de la vie moderne* (p. 719).

3. Rue très commerçante, dans le quartier des Halles.

4. *Le Roman de la momie* a paru en feuilleton dans *Le Moniteur universel* au printemps de 1857 ; en volume, l'année suivante, chez Hachette. Gautier avait fait demander par Baudelaire à Poulet-Malassis si celui-ci serait disposé à l'imprimer en volume (*CPl,* I, 395, 398 ; avril-mai 1857).

Page 122.

1. Voir p. 85.

2. Expressions empruntées au poème de Poe *To Helen.* La seconde citation est ainsi rendue par Mallarmé : « ... ah ! Psyché ! de ces régions issue qui sont terre sainte. »

Page 123.

a. de l'école anglaise,   *A*

b. Épreuve ; observation qui est sans doute la réponse à une question posée par Malassis ou par son prote : C'est le nom exact et ce n'est pas ma faute. *Cependant dans le « Salon de 1859 », Baudelaire emploie* préraphaélisme *(p. 609).*

c. dans les parcs, Claude et Watteau mêlés, — de Grant,   *A*

d. de Landseer, qui fait penser les bêtes, — de cet étrange   *A*

1. C'est-à-dire lors de l'Exposition universelle de 1855.

2. À partir de ce nom et jusqu'à la fin de l'énumération des

peintres anglais, ce passage est, au moins quant à la substance, repris au *Salon de 1859* (p. 609), où, cependant, Landseer n'était pas cité. De plus, si dans le *Salon* Baudelaire faisait allusion à la composition architecturale, il ne citait pas les noms de Kendall et de Cockerell. Pour les autres peintres, voir p. 609.

3. Sir E. Landseer, de la Royal Academy, avait exposé en 1855 des tableaux représentant des animaux. Deux appartenaient à la reine Victoria, un au prince Albert, c'est dire la popularité dont il jouissait. On remarque *Singes brésiliens, Animaux à la forge, Le Bélier à l'attache, Chiens au coin du feu.* Il est resté célèbre comme animalier jusqu'au début de ce siècle. Voir p. 609, n. 1, ce que Gautier écrit de lui.

4. Le professeur C. R. Cockerell, de la Royal Academy, avait exposé en 1855 : *Monument élevé à la gloire de Wren* et *Songe du professeur.* H. E. Kendall Jr., *Composition architecturale* et *Pavillon de chasse,* près Carlisle, construit pour M. Hodgson, M. P. C'est à la *Composition architecturale* que pense Baudelaire et dont il va s'inspirer dans *Rêve parisien* (t. I, p. 101).

Page 124.

a. Théophile Gautier leur a fait aimer la peinture, comme Victor Hugo leur avait conseillé l'amour de l'archéologie.   *A*

b. dire (je ne parle pas de Delacroix ni de quelques autres artistes ou écrivains), n'est   *A*

c. je vis dans le Salon   *A*

d. une horreur congénitale de   *A*

1. Allusion à *Notre-Dame de Paris.*

2. Baudelaire pense-t-il à l'*Intérieur de cuisine* de Martin Drolling auquel il fait allusion dans *Du vin et du hachisch* (t. I, p. 383) ? Il y aurait alors confusion entre les tableaux du musée du Louvre et les tableaux exposés au Louvre à l'occasion des Salons annuels.

3. Ce qui prouve que le général n'était pas prodigieusement intelligent. Faut-il dès lors croire que Baudelaire pensait au général Aupick ?

4. Cf. *Mon cœur mis à nu,* XVIII, 29 (t. I, p. 687) : « Je m'ennuie en France, surtout parce que tout le monde y ressemble à Voltaire », c'est-à-dire à l'anti-poète.

Page 125.

a. prosodie. Existe-t-il d'ailleurs dans notre langue [...] poésie ? Il en est   *A*

Page 126.

a. de la mer, leur infini,   *A*

1. Dans *España.* La poésie de Gautier est reproduite t. I, p. 991
2. Elle appartient à *La Comédie de la Mort.*

3. On remarquera que c'est la seule mention d'*Émaux et Camées* dans tout l'essai.

Page 127.

a. *Épreuve ; remarque de Baudelaire :* Il faut que religions reste au pluriel.

1. Faut-il rappeler qu'elle est de Térence et qu'elle appartient au début de la comédie *L'Héautontimorouménos ?*

Page 128.

1. Il est révélateur que la seule réserve faite ouvertement par Baudelaire ait trait au Progrès. Si dévot qu'il fût de l'Antiquité, Gautier a, en effet, dit son admiration non devant le Progrès, mais devant les spectacles que lui offrait le développement de la sidérurgie et des chemins de fer; sur leur différence d'attitudes voir Cl. Pichois, *Littérature et Progrès. Vitesse et vision du monde,* Neuchâtel, La Baconnière, [1973].

2. L'italique indique une citation. C'est lui-même qu'en substance cite Baudelaire. Dans *Le Poème du hachisch* il fait ainsi s'adresser le hachischin à lui-même : « Ne possèdes-tu pas ce mépris souverain qui rend l'âme si bonne ? » (t. I, p. 435). On aura remarqué le rythme : un hémistiche et un alexandrin, ou l'inverse, détruit dans l'essai sur Gautier.

Page 129.

RÉFLEXIONS SUR QUELQUES-UNS
DE MES CONTEMPORAINS

Voir l'introduction à la présente partie, p. 1071-1078. On rappelle ici que l'ordre de publication ne doit pas faire préjuger de l'intention de Baudelaire, qui a composé ces notices pour l'anthologie d'Eugène Crépet, *Les Poètes français,* et qui, par dépit comme par besoin d'argent, les a d'abord publiées, sauf une, dans la *Revue fantaisiste* dirigée par Catulle Mendès. Dans cette revue, les notices transformées en article portaient déjà le titre général sous lequel elles ont été recueillies en 1869 dans *L'Art romantique : Réflexions sur quelques-uns de mes contemporains.* — Soit dit une fois pour toutes, dans le titre et le texte des *Poëtes français* poëte est ainsi imprimé.

I. VICTOR HUGO

Revue fantaisiste, 15 juin 1861 *(RFA).*
Les Poètes français, t. IV, 1862; réimpression en 1863 *(PF).*
L'Art romantique (AR).

Aucun des trois textes n'est complètement satisfaisant. Nous reproduisons celui de *L'Art romantique* en rétablissant deux omissions.

Il existe de plus une livraison de la *Revue fantaisiste* dans laquelle Baudelaire a porté trois corrections (vente Drouot, 15 décembre 1959, Me Laurin, Michel Castaing expert, no 6); elle sera désignée ci-dessous par *RFAC*. Ces corrections seront utilisées dans la citation que Baudelaire fera du passage au début de son article sur *Les Misérables* (p. 217).

Dans *Les Poètes français,* la notice est suivie d'indications bibliographiques qui ont été très vraisemblablement préparées par Eugène Crépet :

« Voici, dans l'ordre de date des premières éditions, la série des divers recueils de poésies publiés en France par M. Victor Hugo.

« *Odes et poésies diverses,* 1 vol. in-18, Pélicier, 1822; *Nouvelles Odes,* Ladvocat, 1 vol. in-18, 1824; *Odes et ballades,* Gosselin et Bossange, 2 vol. in-8o, 1829; *Les Orientales,* 1 vol. in-8o, Gosselin et Bossange, 1829; *Les Feuilles d'automne,* 1 vol. in-8o, Renduel, 1832; *Les Chants du crépuscule,* 1 vol. in-8o, Renduel, 1835; *Les Voix intérieures,* 1 vol. in-8o, Renduel, 1837; *Les Rayons et les Ombres,* 1 vol. in-8o, Delloye, 1840; *Les Contemplations,* 2 vol. in-8o, Michel Lévy frères et Hetzel, 1857; *La Légende des siècles,* 2 vol. in-8o, Michel Lévy frères, Hetzel et comp., 1859. Ces divers recueils, à l'exception des deux derniers, ont été réimprimés dans la *Bibliothèque Charpentier,* années 1841 et suivantes.

« Voyez l'édition publiée postérieurement, dans le format in-18, par MM. Hetzel, Hachette et Cie.

« Les éditeurs actuels n'ont pu nous accorder l'autorisation de citer qu'un nombre de vers trop limité pour qu'il nous soit permis de caractériser par des spécimens importants chacune des diverses manières du poète. Nous avons seulement tenu à donner ici une grande pièce qui nous paraît occuper dans l'œuvre de M. Victor Hugo la même place que le *Lac* dans l'œuvre de M. de Lamartine, et nous nous sommes attaché à rassembler à la suite un choix de ces pièces courtes et d'une forme accomplie, qui sont par excellence du domaine des anthologies. »

La « grande pièce » qui fait pendant au *Lac* est, bien entendu, *Tristesse d'Olympio,* qui ouvre le choix. Suivent :

Soleils couchants (*Les Feuilles d'automne*), « *Puisque j'ai mis ma lèvre à ta coupe...* » (*Les Chants du crépuscule*), *Écrit sur la vitre d'une fenêtre flamande* (*Les Rayons et les Ombres*), *La Vache* (*Les Voix intérieures*), « *Oh ! n'insultez jamais une femme qui tombe !* » (*Les Chants du crépuscule*), « *Le grand homme vaincu peut perdre en un instant...* » (*Les Chants du crépuscule*), « *La tombe dit à la rose...* » (*Les Voix intérieures*).

Le choix a-t-il été fait en collaboration avec Eugène Crépet ? Baudelaire y a-t-il procédé seul ? Le 15 mai 1860 environ, celui-ci avait écrit à Hugo pour lui demander l'autorisation de reproduire certains de ses poèmes. La réponse de Hugo est du 19 juillet :

« Un mot d'abord, Monsieur, sur le recueil dont vous m'entretenez. Soyez assez bon pour m'aider à m'en faire une idée un peu précise. S'il ne s'agit que d'y insérer quelques pièces courtes et en petit nombre, je pourrais, je crois, sans me heurter à mes traités de librairie, en concéder l'autorisation. De même pour des fragments ou des citations. S'il s'agissait de réimprimer des pièces d'une certaine longueur et en certain nombre, nous rencontrerions des résistances dans mes cessionnaires et mes éditeurs. Quelques lignes de vous peuvent m'éclairer sur ce que je puis faire. Ce qui me charme en ceci, c'est que mon nom serait prononcé par vous et incrusté dans une de ces pages profondes et belles que vous savez écrire » (*LAB*, 192).

Cette lettre de Hugo avait été jointe à une lettre à son éditeur Hetzel. Il est probable que la suite des négociations eut lieu entre Hetzel et Eugène Crépet.

On remarquera que dans ce choix ne figure aucun poème postérieur à l'exil, absence qui s'explique moins sans doute par la prudence que par un refus de cession des droits de reproduction.

Sur les relations de Hugo et de Baudelaire voir la *Correspondance* et les *Lettres à Charles Baudelaire*. L'homme agaçait Baudelaire et lui cachait parfois le poète. Cette notice des *Poètes français* est le texte le plus équitable.

a. AR omet à la nature extérieure *mots nécessaires qui sont présents dans RFA et dans PF.*

1. Baudelaire désigne sans doute ainsi les boîtes des quais.
2. La première lettre de Baudelaire à Hugo, au sujet de *Marion de Lorme,* est du 25 février 1840 (*CPl*, I, 81). D'autre part, dans une de ses notes autobiographiques, Baudelaire indique, avant de mentionner le voyage au long cours : « Vie libre à Paris, premières liaisons : Ourliac, Gérard [de Nerval], Balzac, Le Vavasseur, Delatouche » (t. I, p. 784). Enfin, au mois de septembre 1859, Baudelaire écrit à Hugo, en lui demandant une lettre-préface pour le *Théophile Gautier :* « vous, que je n'ai vu que deux fois, et il y a de cela presque vingt ans » (*CPl*, I, 596). De son côté, Hugo confiera à Asselineau en mars 1869 : « J'ai rencontré plutôt que connu Baudelaire » (*LAB*, 185). Sur Ourliac voir aussi l'Index; sur Pétrus Borel, *infra*, p. 153.

Page 130.

   a. exprimés *[pluriel]* par   *RFA*
   b. mais encore apparaissait   *PF*
   c. fourmillant *[participe]*   *RFA*
   d. Démosthènes,   *RFA, AR*
   e. bouillonnants *[adjectif]*   *RFA*

1. Sans être offensante, la phrase n'est pas élogieuse.

2. J. Crépet pensait que Baudelaire désignait l'abbé Jean-Baptiste Marduel, curé de Saint-Roch de 1749 à 1787, « qui avait organisé tout particulièrement l'assistance charitable dans sa paroisse », ou bien son neveu, Claude-Marie Marduel, curé de la même paroisse de 1787 à 1833. Nos recherches ne nous ont pas permis de confirmer le fait. On pourrait aussi penser à Nicolas Théodore Olivier (1798-1854), curé de Saint-Roch avant de devenir en 1841 évêque d'Évreux. Delhomme, dans *L'Illustration* du 4 novembre 1854, le dit célèbre par sa charité. — La même anecdote est mentionnée dans l'article sur *Les Misérables* (p. 221).

3. Baudelaire aime à employer la forme anglaise, alors que le mot n'est pas encore complètement francisé.

4. Baudelaire écrit à Ancelle, le 12 février 1865 : « Il paraît que lui [Hugo] et l'Océan se sont brouillés. Ou il n'a pas eu la force de supporter l'Océan, ou l'Océan *lui-même* s'est ennuyé de lui » (*CPl*, II, 460).

Page 131.

a. comme d'autres dans l'ordre politique.   *AR. Il est difficile de croire qu'il y a eu ici suppression volontaire ; bien plutôt est-ce une omission de l'imprimeur causée par la répétition de d'autres dans*

b. main d'architectes   *RFA, PF*

1. Baudelaire pense-t-il à Napoléon III ? Cf. *Mon cœur mis à nu*, V (t. I, p. 679).

2. Allusion à *Notre-Dame de Paris.* Voir une semblable allusion dans *Théophile Gautier*, p. 124.

Page 132.

a. dans nos esprits : forme,   *PF*

1. Les poètes, par leur intuition, découvrent sous les apparences matérielles les réalités spirituelles. Il n'est pas nécessaire de recourir aux théoriciens de l'analogie universelle et des correspondances. Cette idée qu'il se fait du poète, Baudelaire l'exprime dès janvier 1856 à Alphonse Toussenel, disciple de Charles Fourier et auteur d'une *Ornithologie passionnelle* : « Il y a bien longtemps que je dis que le poète est *souverainement* intelligent, qu'il est *l'intelligence* par excellence, — et que *l'imagination* est la plus *scientifique* des facultés, parce que seule elle comprend *l'analogie universelle*, ou ce qu'une religion mystique appelle la *correspondance.* » Et, à propos de Fourier, dans la même lettre : « En somme, — qu'est-ce que vous devez à *Fourier* ? Rien, ou bien peu de chose. — Sans Fourier, vous eussiez été ce que vous êtes. *L'homme raisonnable* n'a pas attendu que Fourier vînt sur la terre pour comprendre que la Nature est un *verbe*, une allégorie, un moule, un *repoussé*, si vous voulez. Nous savons cela, et ce n'est pas par Fourier que nous le savons ; — nous le savons par nous-mêmes, et par les poètes » (*CPl*, I, 336-337).

Pour tout ce paragraphe de la notice sur Hugo voir *La Mystique de Baudelaire* de Jean Pommier et au tome I nos commentaires de *Correspondances* (p. 839 sq.).

Page 133.

1. *Du ciel et de ses merveilles, et de l'enfer, d'après ce qui a été entendu et vu par Emmanuel Swedenborg,* traduction Le Boys des Guays, Saint-Amand (Cher) et Paris, 1850, p. 56 et 59.

2. Pour illustrer cette phrase, G. T. Clapton, dans son étude sur « Lavater, Gall et Baudelaire » (*Revue de littérature comparée,* avril-juin 1933), cite deux passages de *L'Art de connaître les hommes par la physionomie* (Paris, Depélafol, t. I, 1820, p. 8 et 232). Dans le premier Lavater déclare qu'il ne saurait être en mesure de « donner en entier l'immense alphabet qui servirait à déchiffrer la langue originale de la nature, écrite sur le visage de l'homme et dans tout son extérieur », mais qu'il se flatte « d'avoir au moins tracé quelques-uns des caractères de cet alphabet divin, et d'une manière assez lisible pour qu'un œil sain puisse les reconnaître partout où il les retrouvera ».

3. Ézéchiel, II, 9, et III, 1-3.

4. La comparaison de Hugo avec Gœthe et Shakespeare est plus justifiée que celle de Gautier avec ces mêmes géants (p. 125); encore est-elle affaiblie ici par la présence de Byron. Mais de celui-ci Baudelaire avait une haute idée; de ses *Fleurs du mal,* juste après la publication, il écrit à sa mère : « je sais que ce volume [...] fera son chemin dans la mémoire du public lettré, à côté des meilleures poésies de V. Hugo, de Th. Gautier et même de Byron » (*CPl,* I, 411).

Page 134.

1. Cf. *Mon cœur mis à nu,* XVIII, 29 (t. I, p. 687).

2. Baudelaire a changé d'opinion sur Rubens : voir la strophe des *Phares* (t. I, p. 13) et ici p. 931 et 932.

Page 135.

1. Voir les deux textes sur Théophile Gautier, p. 108, 117, 118, 123 et 152.

2. Cf. *Fusées,* XV (t. I, p. 663).

Page 136.

a. *Baudelaire corrige* tire sa raison en dérive *et* origine en source *RFAC. Ces corrections n'ont été retenues ni dans PF, ni dans AR. Elles le seront dans l'article sur « Les Misérables » (p. 217).*

b. *Baudelaire corrige* la source en l'origine *RFAC. Cette correction est en relation avec la précédente. Elle n'a été retenue ni dans PF, ni dans AR. Elle le sera dans l'article sur « Les Misérables » (p. 217).*

c. *Le fort devine RFA* : Le fort, qui devine *PF*

d. *RFAC : après* fort *Baudelaire ajoute en marge :* mais *Cette*

*leçon n'a été retenue ni dans PF, ni dans AR. Elle le sera dans l'article
sur « Les Misérables » (p. 217).*

1. Voir le deuxième paragraphe des *Veuves* (t. I, p. 292).

Page 137.

1. Dans le *Salon de 1846* (p. 477), Baudelaire s'était moqué de
« la littérature *Marion de Lorme,* qui consiste à prêcher les vertus des
assassins et des filles publiques ». Dans son article sur *Les Misérables* (p. 219) il mentionne l'obsession chez Hugo de la réhabilitation des femmes tombées.

2. Pièce XXIX des *Feuilles d'automne.*

3. Cf. *Mon cœur mis à nu,* XX, 33 (t. I, p. 688) et, sur les nombres,
Fusées, I (t. I, p. 649).

Page 139.

1. Page étonnante qui fait évoquer l'*Eureka* d'un Edgar Poe qui
aurait érigé la concision en vertu. Baudelaire traduisait alors cette
œuvre.

2. Dans sa triste édition des « Classiques Garnier » *(Curiosités
esthétiques, L'Art romantique),* Henri Lemaitre apporte du moins ce
renseignement : cette formule est celle par laquelle Aristote définissait la poésie, par opposition à l'histoire (*Poétique,* IX).

3. La première série de *La Légende des siècles* est ainsi appréciée
par Baudelaire dans une lettre à Poulet-Malassis : « *La Légende des
siècles* a décidément un meilleur air de livre que *Les Contemplations,*
sauf encore quelques petites folies modernes. » Et dans deux
lettres à Mme Aupick : « un beau livre »; « jamais Hugo n'a été
si pittoresque ni si étonnant que dans le commencement de *Ratbert*
(Le concile d'Ancône), *Zim-Zizimi, Le Mariage de Roland, La Rose
de l'Infante ;* il y a là des facultés éblouissantes que lui seul possède »
(lettres d'octobre 1859; *CPl,* I, 605, 607, 609).

Page 140.

a. comme personnage   *RFA, PF*

1. Edgar Quinet, dans son épopée en vers, *Napoléon* (1836).
2. Voir la note 1 de la page 119.

Page 141.

1. Les autres séries de *La Légende des siècles.*

II. AUGUSTE BARBIER

Revue fantaisiste, 15 juillet 1861 *(RFA).*
L'Art romantique.

Texte adopté : celui de *L'Art romantique.*

En 1851, dans sa première notice sur Pierre Dupont, Baudelaire avait fait une allusion élogieuse à ce poète et avait conclu qu'à
dater de son apparition, « l'art fut désormais inséparable de la
morale et de l'utilité » (p. 27). Mais dans *Théophile Gautier* (1859),
il s'en prenait à ces vignettes politiques dont sont « *illuſtrées* (ou
souillées) » les œuvres de certains poètes et, s'il louait Gautier
d'avoir « souvent récité les *ïambes* », il lui faisait aussi compliment de n'avoir pas, « avec le poète, versé son *pianto* sur l'Italie
désolée » et de ne l'avoir pas « suivi dans son voyage chez le
Lazare du Nord » (p. 106). Ici l'attaque se précise : Baudelaire
continue de saluer en Barbier un vrai poète (voir, p. 175, la fin
de la deuxième notice sur Pierre Dupont), on peut à qui il doit
beaucoup, comme l'a montré Y.-G. Le Dantec (*La Bouteille à la
mer,* n° 76, 1er trimeſtre 1953), mais il lui reproche d'avoir donné
la primauté au social et à la morale. C'eſt à cause de ce reproche
qu'Eugène Crépet repouſſa de son anthologie la notice de Baudelaire et qu'il en demanda une autre à Léon de Wailly.

Page 142.

1. Juvénal, *Satires,* I, vers 79 : C'eſt l'indignation qui inspire
la poésie.

Page 143.

a. ils disent   *RFA*
b. sans danger prochain. Le   *RFA*
c. allures *[pluriel]*   *RFA*

1. Vers du Prologue des *Ïambes.*
2. Dans le poème *Melpomène* des *Ïambes* Barbier invoquait la
Muse :

> Ô fille d'Euripide, ô belle fille antique,
> Ô Muse, qu'as-tu fait de ta blanche tunique ?

Baudelaire a procédé à une contamination. Dans ce poème Barbier dénonçait l'immoralité du drame contemporain.

Page 144.

a. J'ai observé (je   *RFA*
b. la grammaire, sans plus de remords que les personnes passionnées. *RFA*
c. en ce cas,   *RFA*
d. grimace ? Ici d'ailleurs se présente un nouveau défaut, une
nouvelle affeſtation, qui vaut bien celle   *RFA*
e. tout *au masculin dans les deux textes ; cf. p. 312, var.* b, *et 318,
var.* b.

1. Cf. t. I, p. 549, lignes 7 sq. On rapprochera cette remarque
de celle que faisait Stendhal dans la *Vie de Rossini* avec un jeu
de mots sur la notion de grammaire appliquée ci-dessous à la

langue de la musique : Rossini, « opprimé qu'il était par le nombre et la vivacité des sentiments et des nuances de sentiment, qui se présentaient à la fois à son esprit, a fait quelques petites fautes de grammaire. Dans ses partitions originales il les a presque toujours notées avec une croix +, en écrivant à côté : *Per soddisfazione de' pedanti* [pour la satisfaction des pédants] » (édition du Divan, t. I, p. 176).

2. Baudelaire adresse un reproche analogue à Joséphin Soulary dans sa lettre du 23 février 1860. Soulary avait « esquivé » un *pour* : « Il est possible que ce ne soit pas une faute de français, rigoureusement parlant; mais c'est d'un français que M. Soulary, qui ne peut pas être gêné par la mesure, ne doit pas se permettre » (*CPl*, I, 679).

3. *Il Pianto* a paru en 1833; sur la trace de la lecture de ce recueil par Baudelaire voir p. 376, n. 3. *Lazare* a paru en 1837 avec les *Iambes* et *Il Pianto* dans le recueil intitulé *Satires et poèmes*. Les trois séries de poèmes sont rééditées en 1845 chez Masgana (cinquième édition revue et augmentée; un volume).

4. Sur Édouard Ourliac, voir t. I, p. 784 et ici p. 7-8 et 129.

5. Auguste Brizeux avait publié en 1843 *Les Ternaires* que Dozon avait cherché à faire aimer à Baudelaire, en vain : voir *LAB*, 137-139.

6. Antony Deschamps, frère d'Émile Deschamps avec qui Baudelaire a été lié en 1857 (voir *LAB*). A. Deschamps et Brizeux représentent une poésie sentimentale que Baudelaire devait avoir en horreur.

7. *Pot-de-vin* et *Érostrate* ont paru en 1837 dans *Satires et poèmes;* les *Chants civils et religieux* ont été publiés en 1841.

Page 145.

a. Dans RFA *ne sont en italique que les mots* malgré lui *et* il a essayé de gâter […] poétiques;

1. *Chansons et odelettes* ont paru en 1851; *Rimes héroïques,* en 1843.

2. Sans doute Mathieu Dairnvaell, qui collabora avec Baudelaire aux *Mystères galants :* il avait célébré les dents osanores du dentiste Fattet notamment dans sa *Physiologie des étudiants, des grisettes et des bals de Paris* (1849). Ce Fattet avait un sens très moderne de la publicité. Le *Portefeuille, revue diplomatique,* où Baudelaire avait des amis (voir t. I, p. 1567), insère, dans ses numéros des 26 juillet, 2 et 9 août 1846, des entrefilets : on y apprend que ce « professeur de prothèse dentaire » développe son établissement, 363, rue Saint-Honoré, où il fait installer « deux magnifiques salons et deux cabinets », et que son ancien établissement, 69, faubourg Saint-Honoré, est entièrement occupé par ses ateliers.

III. MARCELINE DESBORDES-VALMORE

Revue fantaisiste, 1ᵉʳ juillet 1861 *(RFA).*
Les Poètes français, t. IV, 1862 ; réimpression en 1863 *(PF).*
L'Art romantique.

Texte adopté : celui de *L'Art romantique.*

Dans *Les Poètes français* la notice est suivie d'indications bibliographiques, sans doute préparées par Eugène Crépet ; mais on n'oubliera pas que Baudelaire est, à la demande de Crépet, intervenu auprès d'Hippolyte Valmore pour obtenir qu'il adoucît l'éditeur Charpentier *(CPl,* I, 621).

« Voici la liste des principales éditions des poésies de Mme Desbordes-Valmore : *Élégies, Marie et Romances,* François-Louis, 1819, in-12, par Mme Marceline Desbordes ; *Poésies de Mme Desbordes-Valmore,* Grandin, 1822, 1 vol., in-18 ; *Élégies et poésies nouvelles,* par Mme Desbordes-Valmore, Ladvocat, 1825, 1 vol. in-16 ; *Poésies de Mme Desbordes-Valmore,* Boulland, 1830, 2 vol. in-8° ; *Fleurs,* 1834, Charpentier, 1 vol. in-8° ; *Pauvres Fleurs,* Dumont, in-8°, 1839 ; *Bouquet* [sic] *et Prières,* Dumont, 1843 ; *Poésies inédites,* publiées par M. Gustave Revilliod, Dentu, 1860. M. Charpentier a fait entrer dans la bibliothèque qui porte son nom, un choix emprunté par M. Sainte-Beuve à ces divers recueils, le dernier excepté. Nous sommes autorisé à citer les premières des pièces qui suivent. »

Ces pièces sont :
Souvenir, Malheur à moi, Romance, S'il l'avait su, Les Roses de Saadi, La Jeune Fille et le Ramier, Le Nid solitaire.

Sur cette notice, voir Éliane Jasenas, *Marceline Desbordes-Valmore devant la critique* (Genève, Droz ; Paris, Minard, 1962), qui établit des rapprochements, parfois incertains, entre des poésies de Baudelaire et de Marceline.

Page 146.

a. Marceline Desbordes-Valmore　RFA *; même différence aux autres passages où Baudelaire écrit simplement* Mme Valmore.

b. tout originel et　RFA

1. Il n'y a pas tel ou tel nom à mettre sous ces types qu'évoque Baudelaire, mais on pensera cependant à Flora Tristan qu'il avait pu rencontrer dans le milieu féministe où furent élaborés les *Mystères galants* (p. 983 sq.).

2. Baudelaire ne semble pas désigner ici Louise Ackermann, qui ne se fera connaître comme poétesse qu'à partir de 1863 *(Contes et poésies).*

Page 147.

1. Faut-il rappeler que Baudelaire désigne ainsi Gœthe et que l'expression fameuse figure dans le second *Faust ?*

2. On comparera cette phrase à la lettre que, le 6 mai 1861, Baudelaire écrit à sa mère : « Il y a eu dans mon enfance une époque d'amour passionné pour toi... » (*CPl*, II, 153), et au passage d'*Un mangeur d'opium* relatif au *mundus muliebris* (t. I, p. 499).

3. Jules Janin, qui a écrit, peu après la mort de Marceline, survenue le 23 juillet 1859, un article dans lequel il déclarait que la poétesse était déjà oubliée. Inséré dans le *Journal des Débats* du 1ᵉʳ août, cet article a été recueilli par Janin dans un volume publié la même année chez Hachette (« Collection Hetzel »), *Critique. Portraits et caractères contemporains.*

Page 148.

a. Ici RFA insère une note : Ce volume a paru. *Ce sont les* Poésies inédites *citées dans la note bibliographique.*

b. le pittoresque, vaste, théâtral   *RFA*

1. Baudelaire cite de mémoire. Marceline avait écrit : « on ne veut pas mourir ! » (*Bouquets et prières*, « À celles qui pleurent »).

2. *Tristesse.* Ce poème paraîtra dans les *Poésies inédites,* mais Baudelaire avait pu le lire en revue.

3. Ce vers se lit aussi dans « À celles qui pleurent », mais sous la forme suivante : « une âme est contenue ! »

4. Sainte-Beuve et Auguste Lacaussade (alors directeur de la *Revue européenne*).

5. C'est l'adaptation pratique, immanente, des correspondances à la poésie.

6. Exemple des grammaires latines, indique J. Crépet dans une note de son édition.

7. Allusion à un passage de *Titan,* roman de Jean-Paul Richter adapté par Philarète Chasles (Abel Ledoux, 1834-1835, 4 vol.). Mais Jean-Paul ne mentionne que la Vallée des Flûtes. Le Ténare (à la pointe extrême du Péloponnèse) ne semble pas se retrouver dans son œuvre. La confusion s'explique si l'on pense qu'au sommet du Ténare s'ouvrait un gouffre qui était regardé comme un soupirail des enfers, dont le Tartare formait une des deux parties, l'autre étant l'Élysée. Or certaines scènes capitales de *Titan* se passent dans deux endroits du parc de Lilar qui ont pour noms ces lieux mythologiques. La Vallée des Flûtes se trouve dans l'Élysée.

Page 149.

a. et lui commande de   *RFA, PF*

1. Cette comparaison, remarque trop brièvement É. Jasenas (p. 93), vient à Baudelaire de Sainte-Beuve. Voici le texte de Sainte-Beuve ; il appartient à son premier article sur Marceline publié dans la *Revue des Deux Mondes* du 1ᵉʳ août 1833 et recueilli dans les *Portraits contemporains* :

« Ses paysages, à elle, ont de l'étendue ; un certain goût anglais s'y fait sentir ; c'est quelquefois comme dans Westall, quand il nous peint sous l'orage l'idéale figure de son berger; ce sont ainsi des formes assez disproportionnées, des bergères, des femmes à longue taille comme dans les tableaux de la Malmaison, des tombeaux au fond, des statues mythologiques dans la verdure, des bois peuplés d'urnes et de tourterelles roucoulantes, et d'essaims de grosses abeilles et d'âmes de tout petits enfants sur les rameaux; un ton vaporeux, pas de couleur précise, pas de dessin; un nuage sentimental, souvent confus et insaisissable, mais par endroits sillonné de vives flammes et avec l'éclair de la passion. Des personnifications allégoriques, l'Espérance, le Malheur, la Mort, apparaissent au sein de ces bocages. Ainsi dans *Le Berceau d'Hélène* :

> *Mais au fond du tableau, cherchant des yeux sa proie,*
> *J'ai vu... je vois encor s'avancer le Malheur :*
> *Il errait comme une ombre, il attristait ma joie*
> *Sous les traits d'un vieil oiseleur.* »

2. Inutile de chercher à cette expression anglaise une source littéraire (Keats ou Thackeray). Cette expression est fréquente en anglais. Elle désigne les pleurs que versaient les femmes sans cause apparente. Le mot « hystérie » n'a ici aucun sens clinique.

IV. THÉOPHILE GAUTIER

Revue fantaisiste, 15 juillet 1861 *(RFA).*
Les Poètes français, t. IV, 1862; réimpression en 1863 *(PF).*
L'Art romantique.

Texte adopté : celui de *L'Art romantique,* qui reprend le texte de la *Revue fantaisiste.*

Dans *Les Poètes français* la notice est suivie d'indications bibliographiques, sans doute préparées par Eugène Crépet :

« Voy[ez] *Poésies,* Ch. Mary et Rignoux, 1 vol. in-18, 1830; *Albertus* ou *L'Âme et le Péché,* légende théologique, 1 vol. in-18, Paulin, 1833; *La Comédie de la Mort,* 1 vol. gr. in-8, Desessart, 1838. Ces trois recueils ont été réunis et augmentés de pièces nouvelles dans l'édition qui fait partie de la *Bibliothèque Charpentier.*

« *Émaux et camées,* 1re édition, 1 vol. in-18, Didier, 1853; 2e édition augmentée, Poulet-Malassis et De Broise, 1858. »

Les pièces reproduites sont : *Pantoum, La Chimère, Pastel, Chinoiserie, L'Horloge, À Zurbaran, Ténèbres, Inès de las Sierras* [sic].

Il y a lieu de penser que le choix a été fait par Baudelaire, peut-être en accord avec Gautier. On remarquera que *À Zurbaran, L'Horloge* et *Ténèbres,* cette « prodigieuse symphonie », sont cités dans la grande étude sur Gautier (p. 126). Quant à *Chinoiserie,* on sait par Prarond *(BET,* 18) que Baudelaire dans sa jeunesse aimait à réciter ces vers. Sauf *Inès de las Sierras,* aucun poème de ce choix n'appartient à *Émaux et Camées,* ce qui confirme notre note 3 de la page 126.

3. Formule fameuse prêtée à Tertullien : « [Je crois] parce que c'est absurde. »

Page 150.

1. « La Fuite », *Poésies nouvelles.* Voir, de Baudelaire, *La Chevelure,* v. 26 (t. I, p. 27).

2. « Don Juan », *La Comédie de la Mort.*

Page 151.

a. RFA, PF : *ce mot n'est pas en italique.*
b. la langue française ! PF

1. Cf. p. 104.
2. La pièce IV des *Voix intérieures, À l'Arc de triomphe.*
3. Allusion aux études de Sainte-Beuve, Philarète Chasles, Gérard de Nerval, etc.

Page 152.

a. Quelques-uns remarquent même PF
b. D'autres observent qu'il a PF
c. que sa naissance l'obligeait à parler. PF
d. PF : *minuscule à* beau *par deux fois.*
e. PF : *minuscule à* fatalité
f. Chateaubriand, Hugo, c'est-à-dire PF

1. Cf. p. 108.
2. Voir la variante *f.* Comme la publication dans la *Revue fantaisiste* est postérieure à la composition de la notice pour l'anthologie, on pensera que c'est un mouvement d'humeur qui a poussé Baudelaire à supprimer le nom de Hugo.

Page 153.

V. PÉTRUS BOREL

Revue fantaisiste, 15 juillet 1861 *(RFA).*
L'Art romantique.

Il existe de plus une épreuve des *Poètes français,* mise en pages et corrigée par Baudelaire, dont nous dûmes la communication à Maurice Chalvet; elle était encartée dans un exemplaire des *Mélanges tirés d'une petite bibliothèque romantique* (1866) par Asselineau, — l'exemplaire personnel de l'auteur. Sigles : *PFE* (avant correction); *PFEC* (corrections manuscrites).

Texte adopté : celui de *L'Art romantique.*

C'est une des notices qui ont provoqué la brouille entre Eugène Crépet et Baudelaire. Un peu avant le 3 juin 1861, celui-ci écrit à celui-là : « D'après ce que vous m'avez dit hier soir, il me paraît inutile de faire composer Pierre Dupont, Le Vavasseur et Pétrus Borel, puisque dans chacune de ces notices il y a des choses cho-

quantes pour vous » (*CPl*, II, 172). C'est moins l'antirépublicanisme de Baudelaire qui, ici, choquait Eugène Crépet que l'aspect
bousingot, excessif, de Borel. Cependant, Eugène Crépet avait déjà
fait imprimer la notice : l'épreuve (paginée 529-531) est datée par
l'imprimeur du 30 mai 1861. Il la transmit à Baudelaire le 3 juin
(*LAB*, 104). Celui-ci en la retournant demanda : « Une deuxième
épreuve. » Finalement, sans qu'on sache comment (*CPl* et *LAB*
sont muets sur ce point), la notice fut exclue. Pétrus Borel est
absent des *Poètes français.*

> *a.* Rapsodie   PFE *; Baudelaire ajoute un* h *et note en tête de l'épreuve:*
> Borel devait écrire Rhapsodie
> *b.* riait de lui volontiers; mais   *PFE*   : riait de lui sans se
> gêner; mais   *PFEC*
> *c.* les Lamas,   *PFE ; Baudelaire corrige la majuscule en minuscule.*
> *d.* un homme comme Pétrus Borel,   *PFE*   : un homme tel
> que Pétrus Borel,   *PFEC ;* comme *formait quasi-répétition avec*
> comment

1. *Revue anecdotique,* 2ᵉ quinzaine de décembre 1859, t. XI,
p. 265-266 (indication de W. T. Bandy).
2. Les *Rhapsodies* ont paru en 1832, *Champavert, contes immoraux,* en 1833, *Madame Putiphar* en 1839.
3. Corneille, *Médée,* I, 5, vers 321.
4. On a trouvé (p. 129) Ourliac et Borel associés. Baudelaire
fréquentait Ourliac vers 1840 avant son voyage au long cours
(t. I, p. 784). Contre Ourliac voir aussi *Comment on paie ses dettes
quand on a du génie* (p. 7-8).
5. C'est Pétrus Borel lui-même qui s'était affublé de ce surnom.
6. Ce « méchant esprit » agit à l'inverse de la bonne Fée du
poème en prose *Les Dons des fées* (t. I, p. 305).
7. Voir la pièce des *Fleurs du mal* qui porte ce titre (t. I, p. 17).

Page 154.

> *a.* violée et toujours   PFE   : violée, mais toujours   *PFEC*
> *b.* Vengeance, courageux adolescent, tombé   PFE   :
> Vengeance, le courageux adolescent, tombé   *PFEC*
> *c.* qui a produit le morceau qu'on va lire, d'une sonorité [...]
> intensité, avait pu   *PFE ; voir* n. 2.
> *d.* butter   RFA, AR
> *e.* mitraille. Il avait de plus le   *PFE*   :
> mitraille. De plus il avait le   *PFEC*
> *f.* et du sieur Erdan,   PFE   :
> et de M. Erdan,   *PFEC*

1. L'auteur de *Melmoth ;* voir l'Index de ces deux volumes et
celui de la *Correspondance.* Les mentions qu'on y trouvera prouvent l'intérêt que Baudelaire porte à ce représentant du romantisme flamboyant.

2. La variante *c* eſt révélatrice. Elle prouve que le prologue de *Madame Putiphar* était choisi par Baudelaire pour représenter l'œuvre de Pétrus Borel dans *Les Poètes français*. Baudelaire en cite un fragment dans la notice sur Pierre Dupont de la même anthologie (p. 172). Et c'eſt à l'inſtigation de Baudelaire que Léon Cladel reproduira ce Prologue dans *Les Martyrs ridicules* (voir p. 182).

3. André-Alexandre Jacob (1826-1878), qui prit pour pseudo-nyme Erdan, publia en 1854, chez Coulon-Pineau, *Les Révolution-naires de l'A B C*. En épigraphe de la première partie, « La Ré-forme de l'orthographe française », cette phrase de Voltaire : « L'écriture eſt la peinture de la voix : plus elle eſt ressemblante, meilleure elle eſt. » Trois pages plus loin, Erdan évoque « cette *orthographe des cuisinières* qui faisait rire aux larmes, en 1829, les rédacteurs de *La Quotidienne* [journal légitimiſte et clérical], et qui, de nos jours où l'on ne rit plus guère, n'obtient des hommes de littérature qu'une pitié méprisante ». Erdan prend parti pour cette orthographe des cuisinières, pour cette orthographe sim-plifiée. Il l'utilise, lorsqu'il fait imprimer en 1855, chez Coulon-Pineau, les deux volumes de *La France miſtique, tableau des excen-tricités de ce tems*. Cet ouvrage fut condamné et supprimé : « il sapait par la base la religion des Césars modernes », lit-on dans la réédition qu'en donna C. Potvin en 1858 à Amſterdam chez R. C. Meijer. Erdan fut exilé.

Voltaire ne se moque pas des cuisinières : Baudelaire a conta-miné l'épigraphe et le passage que nous avons cité des *Révolu-tionnaires*. La correction que montre la variante *f* eſt peut-être due au fait que l'anticléricalisme et l'anticésarisme d'Erdan rendaient celui-ci antipathique à Baudelaire et sympathique à Eugène Cré-pet. Avant que sa notice fût refusée, Baudelaire aurait acquiescé à une requête de Crépet.

Page 155.

a. PFE ; *queſtion dans la marge :* nous-mêmes ou nous-même ? C'eſt moi seul qui parle.

b. reſtriction *[singulier],*   RFA, PFE

c. développement nouveau, n'aurait   PFE : développement du *juſte-milieu*, n'aurait   PFEC

1. Baudelaire répond ici, par avance, à l'objection d'Eugène Crépet.

2. Le mot *bousingot* (et non *bousingo*) a désigné au lendemain des Trois Glorieuses et jusqu'en 1833 un type de jeune révolu-tionnaire militant, ce mot étant alors indépendant de toute voca-tion d'art ou de littérature. Une confusion s'eſt produite dans les esprits de la génération suivante qui a assimilé les bousingots et les Jeune-France; c'eſt-à-dire les extrémiſtes politiques et litté-raires, bien que dans les premières années trente ils fussent le

plus souvent distincts. Toutefois, le mot s'applique bien à Borel,
à la fois républicain et Jeune-France. Voir l'article de Paul Béni-
chou : « Jeune-France et Bousingots; essai de mise au point »,
R.H.L.F., mai-juin 1971, p. 439-462.

3. Sur Paul Delaroche voir le Répertoire des artistes. Sur Casimir Delavigne, la chanson satirique composée en collaboration
avec Le Vavasseur (t. I, p. 213).

Page 156.

a. PFEC : *ce paragraphe — différent en un point de la version définitive — a été substitué par la plume de Baudelaire à la phrase imprimée
qui suivait immédiatement le mot* potier *(sans alinéa) et qui se lit ainsi,
sous la rature, dans* PFE : *Pétrus Borel s'est retiré des affaires littéraires, découragé ou méprisant, je ne sais, avant d'avoir livré au
public un* Tabarin *annoncé depuis longtemps. Dans la version
définitive que le poète* a remplacé *qu'il*

1. On se rappellera que c'est avec les trente deniers de la
trahison que les prêtres achetèrent le champ du potier où Judas
alla se pendre.

2. Ce qui nous reporte à 1860. Mais Borel est mort en juillet 1859. Dans l'épreuve (voir la variante *a*), datée du 30 mai 1861,
on remarque que Baudelaire ignore encore le décès de Borel.

3. Pétrus Borel arriva en Algérie en janvier 1846 et s'y maria.
Il avait accepté un poste d'inspecteur de la colonisation et exerça
ses fonctions à Alger, Bône et Mostaganem. Il fut un moment
maire de Blad-Touaria. À la suite de contestations avec le sous-
préfet de Mostaganem il fut cassé (août 1855). Il se retira alors
dans sa concession, où il avait fait édifier une bizarre demeure, le
Castel de Haute Pensée. Il y mourut le 17 juillet 1859. La fin
de sa vie n'est pas sans évoquer celle de Rimbaud. — *Tabarin,* roman
en deux volumes, est annoncé dans le dernier chapitre de *Madame
Putiphar* (1839).

VI. HÉGÉSIPPE MOREAU

L'Art romantique.

Cette notice n'a été publiée ni dans la *Revue fantaisiste,* ni dans
Les Poètes français. Une épreuve des *Poètes français* mise en pages
(577-582) avec bon à tirer signé des initiales de Baudelaire et corrections de celui-ci a figuré à la vente de la bibliothèque de Jules
Le Petit (*Catalogue...,* Henri Leclerc, 1917, nᵒ 362). Jacques Crépet
en avait relevé les leçons avant corrections *(PFE)* ; c'est d'après
son relevé que sont aussi indiquées les corrections. Le refus d'Eugène Crépet s'explique clairement par l'antirépublicanisme du
texte de Baudelaire. Comme le directeur de l'anthologie tenait
à la présence de Moreau, ce fut Banville qui fut chargé d'écrire
la notice. Mort jeune, Hégésippe Moreau (1810-1838) s'y voit
rapprocher de Chatterton, de Gilbert et de Malfilâtre. La phrase

suivante donne le ton de la longue notice de Banville : « Malgré l'exagération des louanges qu'on lui a décernées, malgré l'injustice des attaques auxquelles il est en butte, et, chose plus grave, malgré lui-même, car la moitié du temps il se trompa de chemin et ne sut pas se trouver, Moreau restera un charmant poète au cœur tendre, à la voix pleine de grâce, un aimable et riant murmure, un chant de flûte en Arcadie au temps des myrtes et des roses. » Le Moreau qui s'est trompé, c'est « celui des satires politiques et des chansons libertines ».

Les *Œuvres* de Moreau venaient d'être rééditées avec une notice de Sainte-Beuve (Garnier frères, 1860); ce petit volume est cité à la suite de la notice de Banville. Baudelaire a certainement lu la notice de Sainte-Beuve : le ton seul diffère. Les réserves de Sainte-Beuve apparaissent bien dans cette phrase nuancée : « Si l'on considère aujourd'hui le talent et les poésies d'Hégésippe Moreau de sang-froid et sans autre préoccupation que celle de l'art et de la vérité, voici ce qu'on trouvera, ce me semble. Moreau est un poète; il l'est par le cœur, par l'imagination, par le style; mais chez lui rien de tout cela, lorsqu'il mourut, n'était tout à fait achevé et accompli. » Sainte-Beuve regrette que Moreau ait parfois cherché son inspiration dans la politique.

b. dans le misérable ni   PFE

Page 157.

a. pour un travail,   PFE

1. Les *Aventures d'Arthur Gordon Pym.* Sur le nombre des nouvelles de Poe, voir l'essai de 1852, p. 269 et 275, n. 2.

2. *Eureka.*

3. Allusion à la pièce de Dumas, *Kean ou Désordre et Génie ;* voir les *Conseils aux jeunes littérateurs* (p. 19) et *Les Drames et les romans honnêtes* (p. 39).

Page 158.

a. beaucoup trop, et pleura beaucoup trop sur lui-même.   PFE

1. Héros de *Marion de Lorme.*

2. C'est bien là le mot important, celui sur lequel repose tout le réquisitoire de Baudelaire. Il était normal que le démocrate Eugène Crépet n'acceptât pas cette attaque.

3. Vers extraits d'un poème que Moreau a publié dans son *Diogène* (voir *infra*) et qui est recueilli dans les *Œuvres* de 1860 (p. 45). Après « milliers », ce texte montre une virgule et ces deux vers par lesquels se termine la phrase :

> *Stupides icoglans, que chaque diocèse*
> *Nourrit pour les pachas de l'Église française.*

Les expressions en italique ont, bien entendu, été soulignées par Baudelaire. À Montrouge se trouvait le séminaire des jésuites.

Ils avaient fondé cette maison en 1668; ils en furent chassés en 1762 et s'y réinstallèrent en 1814.

Page 159.

   a. il enseigne le latin,   *PFE*
   b. résument très heureusement la   *PFE ; Baudelaire corrige* heureusement *en* clairement
   c. nature féconde et   *PFE ; Baudelaire corrige* féconde *en* profonde

   1. Faut-il rappeler que ce mauvais prêtre est l'un des personnages principaux de *Notre-Dame de Paris ?* Quant à Lamennais, qu'il ne semble pas avoir rencontré, Baudelaire fut idéologiquement proche de lui pendant les années qui ont immédiatement précédé la Révolution de 1848 (voir notre étude sur « Baudelaire en 1847 », *BET,* 95-121).
   2. Sur ou plutôt contre Auguste Barbier voir p. 141 sq. — Auguste-Marseille Barthélemy s'associa avec son compatriote Joseph Méry et à la fin de la Restauration lança des satires en vers contre le ministère Villèle, les jésuites, la censure, etc., qui eurent un grand succès. Rallié à la monarchie de Juillet, il se retourna bientôt contre elle et fonda avec Méry un pamphlet hebdomadaire en vers, *Némésis,* où il attaqua les actes successifs du nouveau gouvernement. En 1832, il cessa sa campagne et fut accusé de s'être laissé acheter. Moreau, à Provins, essaya de faire une *Némésis* à sa manière sous le titre de *Diogène :* ce fut un échec (ce renseignement figure dans la notice de Sainte-Beuve).
   3. Moreau a écrit une chanson intitulée *Béranger (Le Myosotis) :* s'étant essayé dans la chanson, non sans talent d'ailleurs, il se devait de rendre hommage au chansonnier libéral.
   4. Poésie de la section *Petits vers* du recueil de Moreau : *Le Myosotis,* paru en 1838, quelques jours avant la mort du poète.

Page 160.

   a. traité ici d'une manière pauvre et peu naturelle. Les   *PFE*
   b. d'un enfant et d'un gamin.   *PFE*

   1. C'est ce que note Sainte-Beuve dans sa notice, mais en des termes plus amènes : « Trois imitations chez lui sont visibles et se font sentir tour à tour : celle d'André Chénier dans les ïambes, celle surtout de Barthélemy dans la satire, et celle de Béranger dans la chanson. »
   2. Boileau, *Satire* x, contre les femmes, v. 141.
   3. Voir, dans l'article sur *Madame Bovary,* l'historique que fait Baudelaire du roman français au XIXᵉ siècle (p. 79).
   4. C'est de cette « aristocratique beauté » que Baudelaire a fait *Recueillement* (t. I, p. 140).

Page 161.

   a. nous trouvons pire que   *PFE*

b. dans les bonnes heures   *PFE ; Baudelaire corrige* les *en* une de ses

1. Baudelaire — nous fait remarquer Morris Wachs — se souvient ici d'une anecdote rapportée par Chamfort (« Caractères et Portraits », *Œuvres,* éditées par Arsène Houssaye, Victor Lecou, 1852, p. 89) :

« Duclos parlait un jour du paradis, que chacun se fait à sa manière. Mme de Rochefort lui dit : " Pour vous, Duclos, voici de quoi composer le vôtre : du pain, du vin, du fromage et la première venue ". »

2. *La Fermière* (titre exact), romance, et *La Voulzie,* élégie, appartiennent à la section *Petits vers* du recueil de Moreau : *Le Myosotis. La Voulzie* est la poésie la plus célèbre de Moreau ; elle est reproduite dans *Les Poètes français,* ainsi que *La Fermière,* à la suite de la notice due à Banville. Ces deux pièces sont citées par Sainte-Beuve dans sa notice.

3. C'est l'une des préoccupations majeures de Baudelaire : il ne suffit pas d'être visité par la grâce poétique, il faut encore pouvoir la rappeler à volonté (voir la série *Hygiène,* t. I, p. 668 sq.).

VII. THÉODORE DE BANVILLE

Revue fantaisiste, 1er août 1861 *(RFA).*
Les Poètes français, t. IV, 1862; réimpression en 1863.
Le Boulevard, 24 août 1862.
L'Art romantique.

Texte adopté : celui des *Poètes français.* Le texte de *L'Art romantique* est ici suspect.

Le texte du *Boulevard* n'est qu'une reproduction de la notice des *Poètes français,* faite au moment de la mise en vente de l'anthologie, ainsi que l'indique le « chapeau ».

D'après une lettre de Poulet-Malassis à Eugène Crépet (citée par Jacques Crépet dans son édition de *L'Art romantique,* p. 552), en date du 29 septembre 1861, cette notice n'aurait pas été primitivement écrite pour *Les Poètes français* : « Je sais qu'elle n'a pas été faite pour votre livre, et aux termes de mon traité avec M. Baudelaire j'en suis propriétaire. » Faut-il en croire absolument Malassis ? Le désir qu'avait Baudelaire de se venger des tracas que lui valait Eugène Crépet peut suffire à expliquer cette intervention.

Sur les longues relations de Baudelaire et de Banville, interrompues un temps par leur rivalité autour de Marie Daubrun, voir le Répertoire de la *Correspondance* (t. II, p. 985) et l'Index, les *Lettres à Charles Baudelaire* (p. 25) et, t. I, p. 208, le sonnet envoyé par Baudelaire à Banville, le 6 juillet 1845, quelques jours après la tentative ou le simulacre de suicide. Dans la lettre qu'il adresse

à Ancelle le jour même où il attente à ses jours (30 juin), Baudelaire lui précise : « Au moment où j'écris ces lignes, je suis tellement bien doué de lucidité, que je rédige *encore* quelques notes
pour M. *Théodore de Banville*, et que j'ai toute la force nécessaire
pour m'occuper de mes manuscrits » (*CPl*, I, 125). Ce rôle d'exécuteur testamentaire allait être, en effet, celui de Banville, mais
plus de vingt ans après.

C'est entre 1842 et 1846 que les relations de Baudelaire et de
Banville furent le plus étroites (voir *Bdsc*, Index). Ils ont un ami
commun en la personne de Pierre Dupont; un autre en la personne
du peintre Émile Deroy qui fit le portrait de Baudelaire et celui
du père de Banville.

Dans *Les Poètes français*, le titre de la notice est suivi de la mention : « né en 1820 », d'où il résulte que la notice sur Baudelaire
(par Gautier) suit immédiatement la notice sur Banville. D'où
vient cette erreur ? Banville est né en 1823 et mourra en 1891.
Après la notice figurent ces indications bibliographiques; on
remarquera que les trois recueils cités ont été édités chez Poulet-
Malassis (et De Broise) :

« *Poésies complètes*, 1 vol. in-18 avec eau-forte, Poulet-Malassis,
1858; *Odes funambulesques*, 1 vol. in-18, avec frontispice, Poulet-
Malassis, 1857; *Améthystes*, 1 vol. in-24, Poulet-Malassis, 1862. »

Les poèmes retenus sont : *Vénus couchée, À la Font-Georges,
À Théophile Gautier, Le Sang de la coupe*.

Banville ayant été l'un des membres de l'équipe qui prépara
l'anthologie, on pensera que le choix reflète les préférences de
Banville autant que celles de Baudelaire.

a. sur la manière de *AR*

1. *Les Cariatides* ont paru durant l'automne de 1842. Banville
envoie son recueil à A. Challamel, directeur de la *Revue hebdomadaire,* avec cette indication : « Quelques-uns de nos premiers écrivains, entre autres MM. Hugo, Sainte-Beuve et Janin, m'ont
adressé à propos de ce livre des éloges si flatteurs que je n'ose
pas les croire entièrement mérités » (vente Drouot, 12-13 mai 1970,
Mᵉ Rheims et Mᵉ Laurin, Mme J. Vidal-Mégret expert, nᵒ 10).

Page 163.

1. Ce sont les dates limites de la composition des poèmes. *Les
Stalactites* ont paru au printemps de 1846 chez Paulier (annonçant
au 2ᵉ plat verso de leur couverture « *Les Lesbiennes,* poésies par
Baudelaire Dufays »). C'est Pierre Dupont qui remit le volume
à Victor Hugo, comme l'atteste une lettre de Banville à celui-ci :
« Tout en me privant du plaisir de vous l'offrir moi-même, il a
rendu à mon petit livre un grand service en le soumettant plus
vite à votre jugement, qui seul m'est précieux » (*Bulletin* ronéo-
typé nᵒ XXX de la librairie Marc Loliée, juin 1959, nᵒ 2). Le

succès des *Stalactites* est prouvé par la deuxième édition qui en parut à la fin de la même année 1846, chez Michel Lévy (elle annonce aussi *Les Lesbiennes*).

2. Baudelaire cite de mémoire les titres de *Malédiction de Cypris* et de *Tristesse au jardin*.

3. Cf. *Fusées*, IX, 13 (t. I, p. 656).

Page 164.

1. Sainte-Beuve, article sur Senancour, *Portraits contemporains,* éd. en 3 vol., Didier, 1855, t. I, p. 116. Ainsi, après Sainte-Beuve, Baudelaire fonde la critique thématique.

Page 165.

a. des comparaisons à tous les meilleurs réflecteurs   *AR ; sans doute ne s'agit-il pas d'une suppression volontaire, mais d'une omission. « Le Boulevard » avait également omis ces mots.*

b. qu'elles sont des têtes d'enfant. C'est   *« Le Boulevard », AR*

1. Vitalité qui est celle de Baudelaire en 1859-1860 et qui s'exprime, précisément, dans les grands poèmes de cette époque, par des hyperboles et des apostrophes (voir la troisième strophe de *L'Albatros, La Chevelure, Le Cygne, Les Petites Vieilles ;* t. I, p. 10, 26, 85, 89).

Page 166.

1. Ces vers, où les italiques sont de Baudelaire, sont empruntés au poème sans titre qu'il a cité plus haut : « Vous en qui je salue une nouvelle aurore,... » (p. 163).

Page 167.

a. ici encore, sa bouffonnerie conservera encore quelque chose *RFA, « Le Boulevard » ; on remarquera la répétition malencontreuse.*

1. Cf. le troisième projet de préface aux *Fleurs du mal* (t. I, p. 183).

Page 168.

1. Pour tous ces noms voir l'Index de ces *Œuvres.*

Page 169.

VIII. PIERRE DUPONT

Revue fantaisiste, 15 août 1861 *(RFA).*
Les Poètes français, t. IV, 1862 ; réimpression, 1863.
L'Art romantique.

Il existe de plus une épreuve des *Poètes français* mise en pages et abondamment corrigée par Baudelaire ; elle est datée du 6 juin 1861 par le compositeur de l'imprimeur (collection Daniel Sickles). L'épreuve est paginée 201-206, tandis que la notice du recueil telle qu'elle a été publiée est paginée 609-615. En tête de l'épreuve Baudelaire réclame : « Une deuxième épreuve. » Au-dessous du titre, une date fantaisiste suivie d'un trait d'union : une plume qui ne semble pas être celle de Baudelaire a remplacé ces signes par : « né en 1821 ». Dupont est, en effet, le contemporain de Baudelaire. Sigles : *PFE* (avant correction); *PFEC* (corrections manuscrites).

Texte adopté : celui de *L'Art romantique.*

C'est une des notices qui ont sinon provoqué, du moins accentué la brouille avec Eugène Crépet; voir *supra* la notice sur Pétrus Borel. Il est difficile de faire l'historique précis, à quelques jours près, de cette notice (voir *CPl*, II, 172; *LAB*, 104). L'essentiel est de savoir que Baudelaire, même différent de ce qu'il avait été, restait fidèle à l'amitié qu'il avait vouée, vingt ans plus tôt, à Pierre Dupont et qu'il avait exprimée dans la préface de 1851 aux *Chants et Chansons*. Cette amitié l'a amené à édulcorer, à la demande d'Eugène Crépet, les passages qui choquaient celui-ci, ne fussent-ils pas dirigés contre le chansonnier.

Dans *Les Poètes français* la notice est suivie de cette indication bibliographique : « Voy[ez] l'édition des *Chansons* de Pierre Dupont, publiée par M. Plon, Paris, 1860. »

Les poèmes cités sont : *Le Chant des ouvriers, Les Bœufs, Le Repos du soir.*

Le premier avait été commenté par Baudelaire dans une page émue de la préface de 1851 (p. 31).

On se reportera pour les éclaircissements nécessaires à la préface des *Chants et Chansons* (p. 26 sq.).

a. Après 1848, Pierre Dupont   *PFE ; Baudelaire demande la suppression de la virgule, qui sera conservée dans PF*

b. En 1844, 45 et 46, une   *PFE, sans demande de correction. Le texte de PF est conforme à RFA et à AR*

c. Cette nuée vomit M. Francis *[sic]* Ponsard qui valait bien à lui seul plusieurs   *PFE ; la correction rend le texte conforme à celui des publications.*

d. de Victor Hugo, tellement las de   *PFE ; Baudelaire supprime* tellement las

e. tête. Plus tard je raconterai peut-être la conspiration du soliveau, et, bien que je désespère d'être cru, je trouverai sans doute le moyen de faire rire. D'autres soliveaux depuis lors sont tombés sur nous du haut du vide; mais aucun n'a été si superbement soliveau que le premier. Or, celui-ci, comme personne n'osait en approcher, inspirait encore du respect.

Donc, il régnait, inutile, et coupable sans le savoir. /

Cette nouvelle   *PFE ; PFEC rend le texte conforme à ceux de RFA, PF et AR.*

f. de temps à autre. Car il serait injuste de croire que tous les hommes, même en France, sont tous et toujours également vils,

bêtes et ignorants. Théodore de Banville avait produit *Les Cariatides ;* mais toutes   *PFE* :   de temps à autre. Car il serait injuste
de croire que tous les hommes, même en France, sont tous également bêtes et coupables. Théodore de Banville avait produit
les *Cariatides ;* mais toutes   *PFEC* :   de temps à autre. Théodore de Banville avait déjà, mais vainement, produit les *Cariatides ;*
toutes   *PF ; entre PFEC et PF il y a donc eu une seconde épreuve
corrigée. On remarquera la nature de la phrase supprimée.*

g. le public voulait absolument repousser, puisque c'était dans
ce but qu'il avait invoqué le gouvernement de la nullité. / Pierre
Dupont   *PFE ; PFEC rend le texte conforme à RFA, PF, AR.*

1. Voir la variante *c* et contre Ponsard *Les Mystères galants*
(p. 999 sq.) et *Les Drames et les romans honnêtes* (p. 38 sq.).
2. Allusion au surnom d'Aristide, que son intégrité n'empêcha
pas d'être exilé.
3. Allusion à la fable de La Fontaine, *Les Grenouilles qui demand-
dent un roi.* La variante *e* présentait la phrase : « Donc, il régnait,
inutile, et coupable sans le savoir. », comme un vers imprimé en
un caractère d'un corps plus petit que ce qui précède.

Page 170.

a. lettres et qui se sentaient   *PFE, sans correction.*
b. L'album *des Paysans*   *PFE* :
    L'album *les Paysans*   *PFEC* :
    L'album *les Paysans*   *RFA* :
    L'album, *les Paysans,*   *PF* :
    L'album *des Paysans*   *AR. La seule forme absolument correcte
serait celle de PF. L'album des Paysans est correct à condition d'imprimer* des *en romain.*
c. cette grâce *[pas de point]* Mais   *PFE* :   cette grâce rustique.
Mais   *PFEC ; l'adjectif avait sans doute été omis par l'imprimeur.*
d. l'esprit public   *PFE* :
    l'esprit du public   *PFEC*

1. J. Crépet voyait ici une allusion à Béranger exécré de Baudelaire : mort en 1857, Béranger avait été expéditionnaire dans
un ministère. Mais d'autres chansonniers du Caveau étaient des
poètes en demi-solde.
2. La chanson *Les Bœufs* suit la notice de Baudelaire dans *PF.*

Page 171.

a. d'après l'album des *paysans*   *PFE* :
    d'après l'album *les Paysans*   *PFEC ; texte conforme à celui
des autres publications.*
b. Nous vivons parmi les hiboux   *PFE, non corrigé ; c'est le
texte, fautif, de AR. RFA et PF ont :* Nous vivons avec les
hiboux

Page 172.

   a. la beauté; et   *AR ; faute corrigée dans notre texte.*

   1. Voir p. 154 et n. 2.

Page 173.

   a. de ses meilleurs chants. *RFA, PF*
   b. PF et AR font une citation inexacte : Du plus pur fil de

   1. Au début de l'article sur *La Double Vie* Baudelaire avait employé l'expression *touched with pensiveness* (p. 87).
   2. *La Brune,* chanson de 1846.

Page 174.

   a. PF et AR font une citation inexacte : Me semblent pleins de violettes;
   b. Astre plus *[un blanc]* encor *PFE* :
     Lettres plus nombreuses encor *PFEC*
Baudelaire cite sans doute de mémoire, ce qui explique les fautes des variantes précédentes.
   c. Que l'alphabet *PFE* :
     Que tout l'alphabet *PFEC*

   1. Cette chanson, *La Promenade sur l'eau,* présente quelques rapports avec *L'Invitation au voyage* et surtout avec *Le Jet d'eau* (t. I, p. 53 et 160).

Page 175.

   a. le développement naturellement lyrique devant *PFE ; la correction rend le texte conforme à celui des publications.*
   b. Cette singulière opinion (singulière pour moi) est *RFA, PF*
   c. Aussi bien, jouissons, à la condition [...] indispensables, de nos poètes, tels que Dieu *PFE ; les corrections rendent le texte conforme à celui des publications.*
   d. Je suis contraint d'abréger. D'ailleurs, Pierre Dupont est immensément connu, et les échantillons de ses poésies que nous citons ici sont de nature à confirmer et à compléter nos opinions. Pour achever *PFE ; Baudelaire dans PFEC corrige* échantillons en extraits *et la phrase subsiste dans PF.*
   e. mots, il appartient *PFE, PF*

   1. S'il est « contraint d'abréger », c'est que Baudelaire est pressé par le temps et agacé par les critiques d'Eugène Crépet. La formule paraît un peu désinvolte dans *Les Poètes français* où seul un quart de la dernière page est occupé par la présentation de Baudelaire.

IX. LECONTE DE LISLE

Revue fantaisiste, 15 août 1861 *(RFA).*
Les Poètes français, t. IV, 1862 ; réimpression en 1863 *(PF).*
L'Art romantique.

Texte adopté : celui de *L'Art romantique;* variantes peu importantes.

Dans *Les Poètes français,* la notice de Baudelaire est suivie de ces indications bibliographiques, dont il est difficile de penser que Baudelaire n'est pas en partie responsable :
« V[oir] *Poèmes antiques,* 1 vol. in-12, Marc Ducloux, 1852 ; *Poèmes et poésies,* Dentu, 1855 ; *Poésies complètes de Leconte de Lisle,* Poulet-Malassis et De Broise, 1858, 1 vol. in-12. Les citations qui suivent ne peuvent donner qu'une idée incomplète des richesses poétiques contenues dans ce premier recueil. M. Leconte de Lisle a publié, depuis, dans diverses Revues, particulièrement dans la *Revue contemporaine,* de grandes compositions qui paraîtront prochainement chez le même éditeur, réunies en volume sous le titre de : *Poèmes barbares.* »
Les poèmes cités sont : *Les Jungles, Midi, Le Manchy, Le Sommeil du condor.*
Leconte de Lisle publiera lui-même un compte rendu de la deuxième édition des *Fleurs* dans la *Revue européenne* du 1ᵉʳ décembre 1861. On connaît une lettre de lui à Baudelaire au sujet de la préparation de ce compte rendu *(LAB,* 208). Et un seul billet de Baudelaire à Leconte de Lisle *(CPl,* II, 354). Celui-là n'a exprimé sur celui-ci que de bons sentiments, citant à Ancelle le mot qui résume une partie de l'esthétique de Leconte de Lisle : « Tous les Élégiaques sont des canailles », et, dans la même lettre (18 février 1866 ; *CPl,* II, 611), l'exceptant, avec huit autres écrivains seulement, de « la racaille moderne ». Leconte de Lisle, en revanche, éprouvait à l'égard de Baudelaire des sentiments mêlés. Voir dans les *Lettres à Charles Baudelaire,* p. 207, un témoignage de Barrès. Jean Dornis (pseudonyme de Mme Guillaume Beer) a dans son *Leconte de Lisle intime* (Alphonse Lemerre, 1895, p. 19) cité cette note du chef des Parnassiens : « BAUDELAIRE : Très intelligent et original, mais d'une imagination restreinte, manquant de souffle. D'un art trop souvent maladroit. »

Page 176.

1. On pensera pour la fin du XVIIIᵉ siècle à Parny, à Léonard et à Bertin. Et, parmi les contemporains de Baudelaire, à Auguste Lacaussade.

Page 177.

a. ils aiment changer d'atmosphère et habiller   *RFA, PF*
b. non pas pour   *PF*

1. Sur l'impopularité voir p. 106, ainsi que la lettre à Soulary du 23 février 1860 (*CPl*, I, 680).

2. Sur ces deux peintres voir le Répertoire des artistes.

3. Sur Renan l'opinion de Baudelaire va changer quand aura paru la *Vie de Jésus* (1863); voir *Mon cœur mis à nu*, XXVIII, 50 (t. I. p. 694).

Page 178.

a. est pour moi un maître   *PF*

1. Baudelaire pense aux poèmes publiés par Leconte de Lisle dans *La Phalange* entre 1845 et 1847.

2. Les *Études latines* dans les *Poèmes antiques*.

3. Les *Poèmes barbares* allaient paraître peu après la notice : ils sont annoncés dans la note bibliographique qui suit la notice de Baudelaire.

Page 179.

a. ses accouplements de mots, toujours distingués, et cadrant nettement   *RFA, PF*

b. a l'accent doux   *PF*

c. Ses rimes, toujours exactes   *PF*

1. *Les Hurleurs* et *Les Éléphants* appartiennent aux *Poèmes et Poésies* de 1855; *Le Sommeil du condor* et *Le Manchy* aux *Poésies complètes* de 1858.

X. GUSTAVE LE VAVASSEUR

Revue fantaisiste, 1er août 1861 *(RFA)*.
Les Poètes français, t. IV, 1862; réimpression en 1863 *(PF)*.
L'Art romantique.

Il existe de plus une épreuve des *Poètes français,* mise en pages et corrigée par Baudelaire; elle était encartée comme celle de la notice sur Pétrus Borel dans l'exemplaire personnel de l'auteur des *Mélanges tirés d'une petite bibliothèque romantique* (1866) par Asselineau. Sigles : *PFE* (avant correction); *PFEC* (corrections manuscrites).

Texte adopté : celui de *L'Art romantique,* qui reproduit le texte de la *Revue fantaisiste.*

Dans *L'Art romantique* comme dans la *Revue fantaisiste* le nom de Le Vavasseur est imprimé en un seul mot. Nous avons adopté la graphie la plus courante, celle dont l'ami de Baudelaire a signé ses œuvres.

Cette notice a été reproduite en tête des *Œuvres choisies* de Le Vavasseur (Lemerre, 1897), avec l'indication : *Anthologie Crépet.*

Le Vavasseur (1819-1896) est un vrai Normand. Baudelaire l'a connu à la Pension Bailly en même temps qu'il y rencontrait

Ernest Prarond. Le 15 décembre 1840, il assiste avec lui au retour des cendres de l'Empereur. Le 1er février 1841, il publie avec lui dans *Le Corsaire,* sous l'anonymat, une chanson dirigée contre Delavigne et Ancelot (t. I, p. 213). Ils se retrouvent après le voyage, mais leurs relations vont s'espacer. Baudelaire, qui avait promis sa collaboration au recueil *Vers* (1843), se retira au dernier moment et fut remplacé par Auguste Dozon. Cependant, Le Vavasseur allait, le 1er juillet 1845, publier un compte rendu élogieux du *Salon de 1845* dans le *Journal d'Abbeville* où Prarond avait ses entrées (*CPl*, I, 127). Le 13 octobre 1854, Baudelaire entend parler de son ami et se recommande aux prières de celui-ci (*CPl*, I, 293), qu'il n'a pas vu depuis bien longtemps. Dans cette notice il lui marque sa fidélité.

Eugène Crépet, avec un sens assez victorien de la pudeur, craignait que Le Vavasseur ne fût blessé par la deuxième phrase de la notice, que Baudelaire maintint et même aggrava : sur cet épisode, voir pages 1075-1076.

La notice est suivie de ces indications bibliographiques :

« Voy[ez] *Poésies fugitives,* 1 vol. in-16, Dentu, 1846; *Dix mois de révolution, Sylves politiques,* en collaboration avec Ernest Prarond, 1 vol. in-24, Michel Lévy frères, 1849; *Farces et moralités,* 1 vol. in-16, Michel Lévy frères, 1850. »

Les poésies citées sont : *Vire et les Virois, À Nicolas Le Vavasseur, poète du XVIIe siècle, « Étais-tu de Paris, de Falaise ou de Rome... »,* *Épilogue* des *Poésies fugitives.*

Il est probable que ce choix a été fait par Baudelaire en collaboration avec Le Vavasseur.

Les *Œuvres complètes* de Le Vavasseur ont été publiées chez Alphonse Lemerre de 1888 à 1896 en cinq volumes.

d. se reporte toujours   *PF*

Page 180.

a. assidûment. Un matin, en pénétrant chez lui, je le surpris *PFE ; la correction rend le texte conforme à celui des autres publications.*

b. PF : pas d'italiques.

c. du tout le poète ridicule ou diminué, je   *PFE ; les corrections rendent le texte conforme à celui des autres publications.*

d. d'une nature distinguée, avaient   *PFE ; la correction rend le texte conforme à celui des autres publications.*

e. d'hommes, si franchement   *PFE ; les corrections rendent le texte conforme à celui des autres publications.*

f. qu'à tout autre, moins amateur   *PFE ; l'addition rend le texte conforme à celui des autres publications.*

g. à ce goût naturellement et candidement bizarre,   *PFE ; la suppression rend le texte conforme à celui des autres publications.*

h. distinction de sentiment et d'esprit   *PF*

i. depuis longtemps réfugié dans son pays, dont il est maire, apporte sans doute dans ses nouvelles fonctions le même zèle ardent, emphatique et minutieux *PFE* :

depuis longtemps réfugié dans son pays, apporte sans doute dans ses nouvelles et graves fonctions le même zèle ardent et minutieux *PFEC* :

depuis longtemps installé dans son pays, apporte sans aucun doute dans ses nouvelles et graves fonctions le même zèle ardent et minutieux *PF. Il y a donc eu une seconde épreuve corrigée entre PFEC et PF.*

j. n'excluant pas, comme on le voit, la rêverie *PF*

k. Car, je le répète, Levavasseur *PFE* :
   Car, il faut le répéter, Levavasseur *PFEC*

1. L'image est excellente; elle rend visible au lecteur l'acrobate de la rime qu'est Le Vavasseur, comparable à cet égard à Théodore de Banville.

2. Traducteur, au XVIIᵉ siècle, dans le style baroque, de *La Pharsale* de Lucain, l'un des poèmes latins préférés de Baudelaire.

3. Il est intéressant de remarquer que Baudelaire parti de *réfugié* est revenu à ce mot après avoir choisi *installé* (cf. la variante *i*). Le lecteur pourra voir dans cette hésitation le reflet des préoccupations mêmes de Baudelaire, alors que son dégoût de Paris et sa haine de la France (voir les variantes de la notice sur Pierre Dupont, p. 1158-1159) deviennent plus violents.

4. Ces triolets sont cités dans le choix qui suit la notice de Baudelaire.

Page 181.

a. et, je ne dois pas oublier cela, un *PFE* :
   et, n'oublions pas cela, un *PFEC* :
   et, gardons d'oublier ceci, un *PF*

b. que j'aie connus. Toute *PFE* :
   que nous avons connus dans un temps et un pays où la causerie peut être comparée aux arts disparus. Toute *PFEC ; dans la seconde épreuve Baudelaire aura ajouté une virgule et substitué* ayons *à* avons

c. n'en est *PF*

d. ce qui a l'air le plus *PFE ; l'addition de Baudelaire rend le texte conforme à celui des autres publications.*

1. Dans le *Salon de 1859* (p. 611), contemporain de cette notice, Baudelaire regrette la disparition des plaisirs de la conversation. Le 12 juillet 1860 il écrit à Poulet-Malassis : « Je désire bien vivement passer quelques heures avec vous. Le genre humain n'aime plus la conversation » (*CPl*, II, 64). Ce sera bien pis à Bruxelles d'où il écrira à Ancelle, le 13 octobre 1864 : « Quant à la conversation, ce grand, cet unique plaisir d'un être spirituel, vous pourriez parcourir la Belgique en tous sens sans trouver une âme qui *parle* » (*CPl*, II, 409).

Page 182.

LES MARTYRS RIDICULES
par Léon Cladel

Revue fantaisiste, 15 octobre 1861 *(RFA).*
Les Martyrs ridicules par Léon Cladel *avec une préface de* Charles Baudelaire, Poulet-Malassis, 1862 (imprimé à Alençon par E. De Broise).
L'Art romantique.

Texte adopté : celui de 1862 (moins une faute). C'est le dernier dont on ait la certitude que Baudelaire l'a corrigé et autorisé.

Léon Cladel (1835-1892) était arrivé de son Quercy natal à Paris en mars 1857. Il devait acquérir une certaine réputation non par ses récits parisiens — au sujet desquels il fut en relation avec Baudelaire —, mais par ses romans de mœurs paysannes. Durant l'été de 1861 Baudelaire prit connaissance du manuscrit d'une nouvelle : *Aux amours éternelles,* que Cladel avait déposé aux bureaux de la *Revue fantaisiste,* et il lui proposa de l'aider à en corriger peut-être le style, en tout cas les épreuves : ce que Cladel accepta d'enthousiasme *(CPl,* II, 184-185 ; *LAB,* 100-101). La nouvelle parut le 15 août dans la *Revue fantaisiste ;* elle y était dédiée à Baudelaire. Celui-ci, le 21 août, en recommanda la lecture à Auguste Lacaussade, directeur de la *Revue européenne (CPl,* II, 186).

À peu près au même moment, Poulet-Malassis reçut le manuscrit d'un roman de Cladel, *Les Martyrs ridicules.* Il demanda à Baudelaire ou celui-ci proposa à l'éditeur d'écrire une préface pour assurer le succès du livre. La collaboration alla plus loin, ainsi que l'indique un témoignage de Poulet-Malassis contenu dans une lettre du 24 mars 1868 à Albert de La Fizelière, qui venait de publier avec Georges Decaux la première bibliographie baudelairienne :
« Une note me semblerait utile à propos de la préface des *Martyrs ridicules* de Léon Cladel. Baudelaire, sur ma recommandation, avait pris à ce garçon un intérêt qu'il ne garda pas longtemps. Ce méridional, comme beaucoup de ses compatriotes, faisait *illusion.* Toujours est-il que *Les Martyrs ridicules* ont été *entièrement remaniés et refaits sur les indications de Baudelaire.* Je doute même que la collaboration n'ait pas été plus loin. L'impression de la préface en vers de *Madame Putiphar* en tête de la troisième partie du livre est bien du fait de Baudelaire, car le jeune Cladel n'avait jamais ouï parler de Borel à cette date de 1862. » (Lettre publiée dans le *Bulletin du bibliophile,* 1ᵉʳ avril 1923, p. 210.)
La dette de Cladel envers Baudelaire a été étudiée par W. F. Aggeler (« Baudelaire's Part in the Composition of Léon Cladel's

Les Martyrs ridicules », *Studies in Philology*, 1961, p. 627-639). En l'absence du manuscrit, d'épreuves et d'épreuves corrigées (on ne sait pas si les remaniements ont été faits sur manuscrit ou sur épreuves), elle est quasiment impossible à déterminer. En effet, on peut prendre pour des interventions de Baudelaire ce qui est trace seulement de l'admiration de Cladel pour Baudelaire et de l'influence exercée par celui-ci sur celui-là lors de la première composition de l'œuvre, qui peut remonter à 1857 (Judith Cladel, *La Vie de Léon Cladel*, Lemerre, 1905, p. 32) ou dater de 1861 même (Félicien Champsaur, *Léon Cladel, Les Hommes d'aujourd'hui*, [1878 ?]).

La lettre conservée de Cladel à Baudelaire (1er août 1861; *LAB*, 100-101) prouve que ce travail de correction prit place pendant l'été de 1861 et fut accompli parallèlement à la correction des épreuves d'*Aux amours éternelles* (voir aussi *CPl*, II, 187). *Les Martyrs ridicules* portent le millésime de 1862; mais ils avaient été enregistrés à la *Bibliographie de la France* le 21 décembre 1861. Le livre avait paru « en nombre 1861 » ou « dès la fin de 1861 », selon les témoignages de Judith Cladel et de Félicien Champsaur et surtout d'après les comptes rendus.

Comme l'indique Poulet-Malassis à La Fizelière, Baudelaire se fatigua rapidement de ce Méridional intempérant. Mais Cladel avait bien compris que sa grande chance, pour rallier la postérité, avait été cette rencontre. Il la monnaya dans un récit que publia le *Musée des Deux Mondes* du 1er septembre 1876 (texte reproduit dans *EJC*, 235-249), puis dans une nouvelle, *Dux* (dans *Bonshommes*, Charpentier, 1879).

Sur l'ensemble des relations de Baudelaire et de Cladel, voir le petit livre de la fille de celui-ci, Judith Cladel : *Maître et disciple. Charles Baudelaire et Léon Cladel*, Corrêa, [1951].

Baudelaire, dans sa préface, qualifie Alpinien Maurthal (Alpinien est le second prénom de Léon Cladel), le héros des *Martyrs ridicules,* de « rêveur hystérique » : c'est bien l'expression qui convient à ce jeune provincial monté, comme bien d'autres, à Paris pour y chercher la gloire.

Paresseux, sans argent, sans talent, il vit avec une jeune fille, Claire, jolie mais dépourvue de personnalité, à l'âme sèche et assez noire pour vouloir détruire Alpinien moralement. Autour de lui, des personnages sur lesquels il calque quelque temps sa façon de vivre : Malès, auprès de qui, lui si timide, il prend des attitudes dédaigneuses, lançant sarcasmes et blasphèmes; Bernard Sapy, nature vierge de toute exaltation du cœur : il a pour Dieu son bien-être. Quant à Fatier, surnommé Pipabs, c'est une épave, qui a dû quitter l'armée après avoir été « un officier plein d'honneur et d'esprit » (p. 185) et qui se trouve être la risée d'un groupe de jeunes gens devant lesquels il commet mille extravagances pour obtenir un verre d'absinthe. Enfin, Alpinien rencontre les Salvonole et va pouvoir jouer au despote avec eux. Lui est un homme assez terne; elle, une femme prétentieuse et bête. Tentée par la galanterie, lasse de vivre dans la misère, Claire l'abandonne. Alpinien devient sujet à des hallucinations, fait mille folies, boit, se débauche. Il a une aventure avec Mme Salvonole, dont le mari, après avoir appris son infortune, refuse de se battre avec lui. Il revoit Claire et sombre alors dans un furieux délire d'où sa mère va essayer de le tirer.

C'est donc un de ces romans de l'échec et de la désillusion, comme en écrit à la même époque Duranty, et dont Flaubert avec *L'Éducation sentimentale* va donner le chef-d'œuvre.

a. qui *aspire [...]* et qui a étudié   *RFA*

1. Poulet-Malassis; voir *supra*.

2. Cet éloignement, Baudelaire l'exprimera même, tout à la fin de sa vie lucide, à l'égard de la jeunesse littéraire et de ses successeurs. Faisant allusion à l'étude que Verlaine lui a consacrée dans *L'Art*, il confie à sa mère, le 5 mars 1866 : « Il y a du talent chez ces jeunes gens; mais que de folies ! quelles exagérations et quelle infatuation de jeunesse ! Depuis quelques années je surprenais, çà et là, des imitations et des tendances qui m'alarmaient » (*CPl*, II, 625).

3. Contre *Le Siècle,* voltairien, anticlérical, républicain, voir, entre autres, le dernier feuillet de *Fusées* (t. I, p. 666), *Mon cœur mis à nu*, XVIII, 29 (t. I, p. 687) et le canevas des *Lettres d'un atrabilaire* (t. I, p. 781).

Page 183.

a. La troisième catégorie eſt née   *RFA*

b. l'inspiration, en un mot, eſt la récompense   *RFA*

c. qui, peut-être, lui, n'a jamais   *RFA. La phrase suivante était rendue incompréhensible dans la préface de 1862 par la disparition du verbe* moule

1. Baudelaire admire Robespierre; voir t. I, p. 455 et 592.

2. Pour sa haine que Baudelaire porte à la France ou du moins à une certaine France, voir la notice sur Pierre Dupont (p. 169 et variante *f*).

3. Voir *Puisque réalisme il y a* (p. 57).

4. Baudelaire a rencontré Murger autour de 1850. Dans la clé qu'il établit pour *Les Aventures de Mademoiselle Mariette* de Champfleury (1853), il indique que Streich, personnage de ce roman, eſt Murger (*CPl*, I, 209).

5. Contre Musset voir l'Index de ces deux volumes et la lettre à Armand Fraisse du 18 février 1860 (*CPl*, I, 675).

6. Baudelaire emploie le mot *visionnaire* à propos de Balzac dans l'essai sur Théophile Gautier (p. 120).

7. Ferragus XXIII, chef de l'ordre des Dévorants, une société secrète, apparaît dans les trois romans de Balzac qui forment, à

l'intérieur de *La Comédie humaine,* le cycle de l'*Histoire des Treize.*
Il donne son titre au premier ; le deuxième est *La Duchesse de
Langeais ;* le troisième, *La Fille aux yeux d'or.*

Page 184.

    a. un empire, toutes   *RFA*
    b. prétentieuses, etc. ;   *RFA*
    c. un de ces livres satiriques, écrits sans rire, et dont   *RFA*
    d. la sublime ardeur   *RFA*

    1. Cf. *Fusées,* IV, 4 : « Raconter pompeusement des choses comiques » (t. I, p. 652).
    2. Sur l'image de la plaie, voir *La Fanfarlo* (t. I, p. 569).

Page 185.

    a. de ces insectes de l'Hypanis,   *RFA*
    b. gémir les passions   *AR*
    c. par un penchant à l'ivrognerie   *RFA*

    1. Voir le passage sur le Cupidon de Thomas Hood dans le
Salon de 1859 (p. 638). Baudelaire doit penser ici aux projets de
romans et de nouvelles dans lesquels il voulait introduire à la
fois le surnaturalisme et l'ironie (voir *Fusées,* XI, 17 ; t. I, p. 658).
    2. Voir Aristote, *Traité des animaux.* L'Hypanis était le nom
d'un fleuve de la Sarmatie d'Europe (selon la terminologie des
Anciens).

Page 186.

    a. de rapin *[singulier].*   *RFA*
    b. ne perd rien.   *RFA*

    1. Contre George Sand voir d'autres textes qui ne furent pas
publiés du vivant de Baudelaire : les notes sur *Les Liaisons dangereuses* (p. 68) et *Mon cœur mis à nu,* XVI et XVII (t. I, p. 686-687).
On remarquera que Baudelaire se borne ici à une allusion.

Page 187.

    a. son pauvre esprit, — où   *RFA*

    1. Le calendrier inventé par Auguste Comte. Le premier mois
a pour nom l'Humanité ; le cinquième, la Fraternité ; le septième,
le Fétichisme ; le dixième, la Femme ou la Providence morale ; le
treizième, le Prolétariat ou la Providence générale.
    2. Baudelaire pense à lui-même, à sa mère. Cette page et la
page finale de l'article sur Shakespeare (p. 229) sont, avec une
allusion du *Salon de 1859* (p. 669), les seules, publiées de son vivant,
où il témoigne à l'égard de l'Église des sentiments d'un croyant
ou plutôt de la nostalgie d'une croyance. L'attitude régressive,
prévisible dès le premier paragraphe de la préface, trouve ici sa
confirmation.

Page 188.

UNE RÉFORME À L'ACADÉMIE

Revue anecdotique, deuxième quinzaine de janvier 1862 ; anonyme.
Première reproduction en volume : *Œuvres posthumes,* 1908.

Le manuscrit *(ms.),* dont J. Crépet avait mentionné la trace
(*Œuvres posthumes,* Conard, t. I, 1939, p. 540), a été retrouvé par
nous. Nous en indiquons les particularités, mais, comme le texte
a pu être corrigé en épreuve par Baudelaire, nous lui préférons
la version imprimée de la revue.
La publication de ces pages est liée à la candidature académique
de Baudelaire. Dans cette étrange démarche on discerne à la fois
un désir de respectabilité et de réhabilitation (après le procès en
correctionnelle de 1857) et un geste de défi : l'Académie sous le
second Empire se recrute en accordant peu de considération aux
titres littéraires (Gautier et Flaubert n'en furent pas plus que
Baudelaire). Le 11 décembre 1861, Baudelaire posait sa candidature à l'un des deux fauteuils vacants : ceux de Scribe et de Lacordaire, puis il opta pour celui du catholique et romantique Lacordaire. Il n'avait aucune chance : outre sa condamnation, sa légende
(satanisme et perversité), ses dettes, le conseil judiciaire auquel il
était soumis (si ce fait était connu) l'en écartaient à coup sûr. Les
candidats étaient nombreux. Baudelaire en énumère un certain
nombre dans sa lettre de Noël 1861 à sa mère. C'est le prince
Albert de Broglie qui, le 20 février 1862, fut élu au fauteuil de
Lacordaire : il rejoignait à l'Académie, dans le parti des ducs,
son père le duc Victor de Broglie... Le 6 février, les académiciens
n'avaient pu élire un successeur à Scribe. Le 3 avril, c'est Octave
Feuillet, condisciple de Baudelaire à Louis-le-Grand, qui fut enfin
élu. Baudelaire s'était désisté le 10 février. On suit cette sombre
histoire dans la *Correspondance* (t. II, p. 181-230).
Le 20 janvier 1862, dans un article du quotidien *Le Constitutionnel,* « Des prochaines élections de l'Académie », Sainte-Beuve
avait donné son avis : il s'opposait aux choix dictés par la politique. Cet article, recueilli en 1863 dans les *Nouveaux Lundis* (t. I,
Michel Lévy frères, p. 387-410), contient un passage relatif à Baudelaire, que celui-ci reproduit dans l'article anonyme de la *Revue
anecdotique.* Peu après le 20 janvier, Baudelaire avait adressé à
Sainte-Beuve une lettre de remerciement (*CPl,* II, 219-221) : fut-il,
comme il l'écrit dans l'article, « plutôt chatouillé qu'égratigné » ?
On en peut douter. Sainte-Beuve en doutait qui, le 26 janvier,
accusait réception de la lettre : « Je suis charmé de votre remer-
cîment ; j'en étais même un peu inquiet, je vous l'avoue, car en
chatouillant, on n'est jamais sûr de ne pas trop gratter » (*LAB,*
340). Baudelaire n'a-t-il pas fait contre mauvaise fortune bon

visage ? Ce n'est que le 3 février qu'il sort de l'anonymat, confiant à Sainte-Beuve : « J'ai fait dans la *Revue anecdotique* (sans signer ; mais ma conduite est infâme, n'est-ce pas ?) une analyse, telle quelle, de votre excellent article » (*CPl*, II, 228). Ce même jour, Sainte-Beuve avait remercié Poulet-Malassis (voir la note 1).

a. Il eût été [curieux   *biffé*] fort intéressant pour un profane [d'être admis en diable boiteux   *biffé*], un nouveau Diable boiteux *[romain]* d'assister   *ms.*
b. rancunes du parti [politique   *biffé*] doctrinaire   *ms.*
c. lettres ». / [Il paraît que   *biffé*] M. Sainte-Beuve, qui, dans son courageux   *ms.*

1. La séance du jeudi qui suivit la publication de l'article de Sainte-Beuve ne vit rien de particulier. « Les choses se sont passées comme à l'ordinaire », confia le critique à Poulet-Malassis en le remerciant, le 3 février, de l'article et en le priant de remercier « le bienveillant anonyme » (*Correspondance générale,* édition Jean Bonnerot, t. XII, p. 278).
2. Alfred de Vigny, avec qui Baudelaire se lia à l'occasion de ses visites de candidature : ce fut le plus clair de son équipée. Baudelaire rapporte ici et ci-dessous des propos que lui a tenus Vigny.
3. Les Broglie, amis de Guizot. Ils avaient été les chefs du parti doctrinaire (attaché à la monarchie constitutionnelle) sous la Restauration et la monarchie de Juillet.
4. L'académicien André Dupin, dit Dupin aîné (1783-1865), jurisconsulte et homme politique.

Page 189.

a. manque, ni [les railleries méritées   *biffé*] l'appréciation   *ms.*

1. Jules Dufaure (1798-1881), avocat, ministre sous Louis-Philippe, hostile à Napoléon III, sera élu au fauteuil du chancelier Pasquier le 23 avril 1863.

Page 190.

a. des gens qui le [présentent   *biffé*] peignent sous   *ms.*

1. Le duc d'Aumale, dont Cuvillier-Fleury (1802-1887), collaborateur assidu du *Journal des Débats,* avait été le précepteur. Il sera élu le 12 avril 1866 à l'Académie. La famille des princes d'Orléans avait été proscrite de France par l'Empire.
2. Émile-Marc Hilaire (1796-1887) qui se fit connaître sous le nom de Marco (de) Saint-Hilaire. Sous la monarchie de Juillet il avait contribué à développer la légende napoléonienne. Rapprocher ses ouvrages médiocres de la grande *Histoire de la Révolution et de l'Empire* par Thiers était, en effet, une faute de goût.

3. Gozlan (1803-1866), auteur de romans de mœurs à la Balzac et d'un livre sur son maître : *Balzac en pantoufles*. Il ne sera pas de l'Académie.

4. Jules Favre avait été élu député de Paris en 1858, après avoir été l'avocat d'Orsini. Il fut le représentant le plus brillant du parti républicain, les Cinq, seuls opposants convaincus au régime impérial. À Nadar, le 16 mai 1859, Baudelaire avait exprimé son admiration pour un discours de J. Favre (*CPl*, I, 579).

5. Voici la fin de la phrase de Sainte-Beuve que Baudelaire remplace par des points de suspension et qui a pu le gêner : « et mystérieux, où on lit de l'Edgar Poë [*sic*], où l'on récite des sonnets exquis, où l'on s'enivre avec le haschich pour en raisonner après, où l'on prend de l'opium et mille drogues abominables dans des tasses d'une porcelaine achevée. Ce singulier kiosque [...]. »

6. Sainte-Beuve utilise la graphie : Kamtschatka, d'ailleurs utilisée par Baudelaire dans son manuscrit. Le mot provoque ce remerciement : « Quant à ce que vous appelez mon *Kamschatka*, si je recevais souvent des encouragements aussi vigoureux que celui-ci, je crois que j'aurais la force d'en faire une immense *Sibérie*, mais une chaude et peuplée » (*CPl*, II, 219).

7. Sainte-Beuve avait écrit : « Ce qui est certain, c'est que M. Baudelaire gagne à être vu; que là où l'on s'attendait à voir entrer un homme étrange, excentrique, on se trouve en présence d'un candidat poli, respectueux, exemplaire, d'un gentil garçon, fin de langage et tout à fait classique dans les formes. » Baudelaire remercia chaleureusement le critique de cette appréciation : « Quelques mots, mon cher ami, pour vous peindre le genre particulier de plaisir que vous m'avez procuré : — J'étais très blessé (mais je n'en disais rien) de m'entendre depuis plusieurs années traiter de loup-garou, d'homme impossible et rébarbatif. Une fois, dans un journal méchant, j'avais lu quelques lignes sur ma répulsive laideur, bien faite pour éloigner toute sympathie (c'était dur pour un homme qui a tant aimé le parfum de la femme). Un jour une femme me dit : " C'est singulier, vous êtes fort convenable; je croyais que vous étiez toujours ivre et que vous sentiez mauvais. " Elle parlait d'après la légende » (*CPl*, II, 219).

8. Louis de Carné (1804-1876), Breton de vieille souche, diplomate, puis historien qui se rattachait à l'école religieuse de Montalembert et à l'école politique de Guizot, sera élu à l'Académie le 23 avril 1863.

Page 191.

a. Ms. : *au-dessous un filet.*

b. Ms. : de Vigny, *a été ajouté au-dessus de la ligne.*

c. encourager [un pareil *biffé*] une résolution *ms.*

1. Vers de Georges de Scudéry, à propos de *La Veuve*, comédie de Corneille. Ce vers est cité dans l'article de Sainte-Beuve.

2. C'est le thème de la Belle Matineuse, fréquemment traité par les poètes de l'époque baroque. Peut-être — c'est une suggestion de J. Crépet — Baudelaire fait-il allusion à la poésie de Scudéry :

> *Clarice vient au jour ; votre lustre s'éteint ;*
> *Il faut céder la place à celui de son teint,...*

(Clarice est la Veuve de la pièce de Corneille; votre lustre : celui des étoiles.)

3. Voir les généralités sur cet article.

4. Autre allusion à Vaucanson, le génial fabricant d'automates, dans les notes contre Villemain (p. 199) et certainement aussi page 59 (Daubenton.)

5. L'article d'Auguste Nefftzer parut dans *Le Temps* du 26 janvier 1862; celui d'Edmond Texier, dans *Le Siècle* du 27. Nefftzer, cité par J. Crépet, avait écrit : « Mais surtout admirons " ce kiosque bizarre " édifié par M. Baudelaire " à l'extrémité d'une langue de terre réputée inhabitable à la pointe du Kamschatka romantique ". Ce kiosque est charmant et M. Sainte-Beuve en fait à ravir les honneurs. » Texier ne mentionnait pas Baudelaire, mais dans *Le Siècle* du 23 décembre 1861 il avait, à l'annonce de la candidature de Baudelaire, salué en celui-ci « un poète audacieux » qui, en pénétrant sous la Coupole, ferait éclater en mille pièces les vitres du Palais Mazarin, à moins que le dieu de la tradition classique ne fût déjà mort et enterré.

6. Exclamation de Kosciuszko après la défaite de Maciejowice (1794) qui mit fin au soulèvement des Polonais, dont le pays avait été démembré pour la deuxième fois en 1793. — Balzac cite cette exclamation dans *La Cousine Bette* (Bibl. de la Pléiade, t. VII).

Page 192.

L'ESPRIT ET LE STYLE DE M. VILLEMAIN

Première publication : *Mercure de France*, 1ᵉʳ mars 1907, par Jacques Crépet, qui avait trouvé ce texte en copie dans les papiers de son père. Eugène Crépet avait reçu communication du manuscrit par Maurice Tourneux, lequel le tenait de Poulet-Malassis. Le manuscrit n'a pas encore été retrouvé. Était-il même autographe ? On en peut douter. Un billet de Baudelaire à son copiste, Edmond Laumonier, mentionne « le *Villemain* » (*CPl*, II, 279; 1862-1863). Peut-être Laumonier avait-il été seulement chargé de copier les extraits des œuvres de Villemain.

Première reproduction en volume : *Œuvres posthumes*, 1908.

Texte adopté : celui des *Œuvres posthumes*, t. I, 1939, où J. Crépet a rétabli le texte de Villemain dans lequel Baudelaire ou son copiste avait introduit de légères erreurs qui ne sont signalées que lorsqu'elles sont significatives d'une intention de Baudelaire.

Ce projet est une conséquence de la campagne académique de Baudelaire (voir l'article précédent). C'est à Abel-François Villemain, secrétaire perpétuel de l'Académie, que Baudelaire avait adressé sa lettre de candidature (11 décembre 1861), puis sa lettre de désistement (10 février 1862). Entre temps, il lui avait fait la visite d'usage. Il la raconta à ses amis, à Poulet-Malassis en particulier qui, dans la *Revue anecdotique* de la première quinzaine de janvier 1862, rapporta :

« Deux attaques de M. Villemain avec les ripostes de M. Baudelaire donneront aux curieux le ton du dialogue de ces messieurs :

« M. VILLEMAIN : Vous vous présentez à l'Académie, monsieur ; combien avez-vous donc de voix ?

« M. BAUDELAIRE : M. le secrétaire perpétuel n'ignore pas plus que moi que le règlement interdit à MM. les académiciens de promettre leurs voix : je n'aurai donc aucune voix jusqu'au jour où, sans doute, on ne m'en donnera pas une.

« M. VILLEMAIN, *avec insistance* : Je n'ai jamais eu d'originalité moi, monsieur.

« M. BAUDELAIRE, *avec insinuation* : Monsieur, qu'en savez-vous ? » (cité dans *Bdsc,* 162).

Baudelaire se proposa de tirer vengeance de la hauteur dédaigneuse avec laquelle Villemain l'avait reçu : « Je n'ai de rancunes que contre M. Villemain, à qui je vais le faire *publiquement* savoir » (à Mme Aupick, 17 mars 1862 ; *CPl,* II, 235). D'où ces notes, qui ne furent pas développées et mises en forme. Cependant, le 29 mars 1862, Baudelaire escomptait déjà une somme coquette : 375 francs, des trois articles qu'à sa mère il disait « commandés, finis et livrés » (*CPl,* II, 237). Il les destinait à *La Presse.* Mais c'est au futur qu'il en entretient Arsène Houssaye, responsable de la partie littéraire de ce quotidien, le 15 mai 1862 (*CPl,* II, 245). Le 2 janvier 1863, il offre *L'Esprit et le style de M. Villemain* à Mario Uchard, chargé de la partie littéraire du quotidien *Le Nord* (*CPl,* II, 283) : la lettre prouve que les articles ne sont pas achevés. Quand Asselineau trouva ces notes dans les papiers de Baudelaire, il dut mander à Poulet-Malassis : « L'article sur Villemain dont il m'avait parlé plusieurs fois, et que je croyais achevé, n'est qu'un squelette. C'est dommage, car il y avait là de quoi intéresser. »

En fait, ces pages ne comptent pas parmi les meilleures. Déjà la haine s'y épuise elle-même. Du moins est-elle encore tempérée par la lucidité de l'ironie. Et l'admiration pour Chateaubriand sauve ces notes de ce qu'elles auraient pu avoir de grammaticalement vétilleux.

1. La première des épigraphes est empruntée au *Satiricon* attribué à Pétrone (chap. 11) : « Ce n'est que du vent et un monstrueux bavardage. » La deuxième, à *Hamlet* (II, 2). La troisième est un mot qui a été prêté à Janin comme à Villemain avec des formulations différentes.

2. Personnage de l'*Iliade* dont le nom s'applique à un homme à la fois lâche et insolent. J. Crépet a fait remarquer que Sainte-Beuve a lui-même ainsi qualifié Villemain dans ses *Cahiers* intimes : « Cette basse et maligne nature, armée d'un esprit brillant. C'est le Thersite des beaux esprits. » Il est peu probable que Baudelaire ait entendu Sainte-Beuve parler ainsi de Villemain, car le poète écrit, le 24 janvier 1862 (*CPl*, II, 220-221), au critique, après avoir caricaturé le secrétaire perpétuel de l'Académie : « Si, par hasard, M. Villemain vous est cher, je retire immédiatement tout ce que je viens de dire ; et, pour l'amour de vous, je m'appliquerai à le trouver aimable. » Sainte-Beuve juge Villemain aussi durement que le fait Baudelaire, mais il y a lieu de croire qu'il se méfiait de l'écho que celui-ci aurait pu donner de ses propos.

Page 193.

1. *La Tribune moderne, première partie, M. de Chateaubriand, sa vie, ses écrits, son influence littéraire et politique sur son temps,* Michel Lévy, 1858.

2. À rapprocher des notes de *Mon cœur mis à nu*, V, 8 (t. I, p. 679). Le « mot » de Sainte-Beuve n'a pas encore été repéré. Consulté, Raphaël Molho nous répondit qu'il y a force textes de Sainte-Beuve qui expriment scepticisme et ironie au sujet de 1848. Baudelaire pense-t-il à ce « mot » qui figure dans les *Cahiers* (éd. R. Molho, Gallimard, t. II, à paraître, nº 1850) : « Le *quiproquo* de Paris court l'Europe, la mystifie et devient une immense vérité en la bouleversant tout entière. — Ô historiens, qu'en dites-vous ? Et toutes ces grandes explications du passé où il n'entre pas le plus petit mot pour rire, qu'en pensez-vous maintenant ? Il y a longtemps, pour mon compte, que j'en pense ce qu'il faut : ironie et dérision universelle ! » ?

3. Villemain avait été ministre de l'Instruction publique de 1840 à 1844. Il n'avait pas témoigné une grande bienveillance à l'enseignement catholique.

Page 194.

1. Le duc de Broglie, père du prince de Broglie qui sera élu au fauteuil de Lacordaire, avait écrit sur les *Mémoires d'outre-tombe* une « étude morale et littéraire » assez sévère (*Revue des Deux Mondes,* 1ᵉʳ juillet 1850).

2. Titre exact : *Essai sur le génie de Pindare et sur la poésie lyrique dans ses rapports avec l'élévation morale et religieuse des peuples.* Ce livre de Villemain a paru chez Firmin Didot en 1859.

3. Longfellow a été professeur à Bowdoin College (Brunswick, Maine), puis à Harvard. Sur Byron, voir p. 133 et n. 4 ; sur Barbier, p. 141 sq. Sur Tennyson, t. I, p. 133 et n. 10.

4. Les *Souvenirs contemporains* de Villemain (Didier, 1854) sont consacrés dans leur première partie à Narbonne, dans leur seconde partie aux Cent-Jours. Le comte de Narbonne a joué un rôle

important sous la Révolution. Il a été le premier amour de Mme de Staël.

5. Discours qu'on peut lire dans les *Souvenirs contemporains*. Cf. p. 208, 209, 210.

6. On la trouvera p. 208 sq.

Page 195.

1. *Cours de littérature française... Tableau du dix-huitième siècle.* La seconde partie a paru en 1838, la première dès 1828. À Louis-le-Grand en 1838 Baudelaire reçut en prix ce *Cours* (*CPl*, I, 62). En 1854 Didier l'avait réédité.

2. On sait l'admiration de Baudelaire pour Joseph de Maistre; voir *Hygiène*, II (t. I, p. 669).

3. *Lascaris ou les Grecs du XVᵉ siècle,* Ladvocat, 1825; *Histoire de Cromwell,* Maradan, 2 vol., 1819.

4. *Choix d'études sur la littérature contemporaine,* Didier, 1857.

5. Voir p. 201.

6. En fait, *La Tribune moderne*. Même lapsus plus bas.

7. Voir p. 203.

Page 196.

1. Chateaubriand avait écrit à Fontanes après une visite à la tombe de Mme de Beaumont, imaginant un étranger se promenant à Rome parmi les tombeaux antiques et les tombes récentes : « Avec quel charme ne passera-t-il pas du tombeau de Cecilia Metella au cercueil d'une femme infortunée ! » Dans *La Tribune moderne* Villemain l'en reprend comme un cuistre ferait d'un élève : « Pardon, grand écrivain; pardon, brillant et noble génie ! il peut y avoir une sorte de diversion mélancolique dans cet amas de ruines et de bûchers funèbres éteints, dont Rome est comme le poétique musée. Mais pour nous, hommes vulgaires, chez qui l'imagination ne domine pas le cœur et la pensée, ni Métella, ni Cornélia, ni toutes les ombres romaines ne sauraient nous faire trouver, je ne dis pas un charme, mais une consolation sur la pierre sépulcrale de notre amie récemment pleurée. »

2. Voir p. 212.

3. Voir p. 212 (mort du duc de Berry) et 203 (Chateaubriand contre les cuistres).

4. P. 192, la troisième des épigraphes.

5. Baudelaire reprend le mot dans son article sur l'*Anniversaire de la naissance de Shakespeare* pour l'appliquer encore à Villemain : « cette mandragore sans âme » (p. 226). On sait que la mandragore est une racine utilisée en sorcellerie. Sa forme bifurquée rappelle le corps humain. Certains l'ont assimilée à une taupe qu'il fallait nourrir pour ne pas mourir.

Page 197.

a. aggrégation   *Textes publiés par J. Crépet.*

1. Non plus que J. Crépet nous n'avons retrouvé l'anecdote du numéro 30 et celle de l'arbre thibétain.

2. Voir p. 199.

Page 198.

a. Dans la publication de 1907 J. Crépet indiquait que la copie levée par son père montrait femme et non forme.

1. Ceci est emprunté au *Tableau du dix-huitième siècle*.

2. Voici les deux passages auxquels Baudelaire se réfère :
« Dans les jardins de l'Alhambra, une amitié trop tendre, semblable à celle qu'au douzième siècle on expiait par un voyage en Terre Sainte, était venue attendre le nouveau et le plus faible pénitent, au retour de sa mission. »
« Au départ de M. de Chateaubriand pour l'Égypte, l'ambassadeur lui remit force lettres de recommandation et *fetfa* protecteurs ; il y joignit un choix des plus saines et des plus délicates provisions de voyage que fournisse le climat de l'Orient, ou que sache préparer l'industrie de l'Europe. »

3. Voir p. 206.

4. Voir p. 206.

5. Ce chapitre n'a paru que dans la *première* édition du *Génie du christianisme* (1800). Chateaubriand en a repris des éléments dans l'édition de 1838. — L'emploi actif de *soucier* n'est pas incorrect. Voir p. 206.

6. Voir p. 203.

7. Cet alexandrin appartient à *La Tribune moderne*.

8. Voir p. 208 et 212.

9. Les exemples suivants sont également pris dans *Les Cent-Jours*.

10. Le Gymnase-Dramatique (boulevard Bonne-Nouvelle) fut inauguré en décembre 1820 avec un prologue de Scribe ; ce n'était alors qu'un théâtre d'élèves. Mais bientôt y furent représentés des pièces et des vaudevilles en deux ou trois actes. Patronné par la duchesse de Berry, ce théâtre prit en 1824 le nom de théâtre de Madame. Scribe en fut le principal auteur. Ses colonels sémillants furent célèbres. Après la révolution de 1830 le théâtre reprit l'appellation de Gymnase-Dramatique (note due à J. Hillairet, *Dictionnaire historique des rues de Paris*).

Page 199.

a. La copie levée par Eugène Crépet montrait légèreté et non naïveté. *J. Crépet observe que cette substitution (au reste, c'est une répétition ; voir deux lignes plus haut), qu'elle fût du fait de Baudelaire ou de son père, rendait impossible la contradiction que Baudelaire reproche à Villemain.*

1. Voir la fin de *Puisque réalisme il y a* (p. 59 et n. 4) et surtout *Une réforme à l'Académie* (p. 191) où le prince de Broglie est comparé à un automate de Vaucanson. J. Crépet a fait remarquer que Sainte-Beuve avait employé une image semblable à propos

de Villemain dans les notes publiées sous le titre de *Mes poisons* :
« Si on l'ouvrait, on trouverait au-dedans de lui un petit mécanisme ingénieux comme dans le canard de Vaucanson. »

2. *Cours de littérature française... Tableau de la littérature au Moyen
Âge,* Pichon et Didier, 1830.

3. J. Crépet lit « l'auteur de *Figaro* » dans le texte de Villemain. Ici, la raillerie de Baudelaire manque son but.

4. Dans les *Souvenirs contemporains.*

Page 200.

a. Saharah   *Textes publiés par J. Crépet. C'est sans aucun doute
la leçon du manuscrit.*

1. Allusion à l'assassinat de la duchesse de Choiseul-Praslin,
fille du général Sébastiani, par son époux.

2. *La Tribune moderne.*

3. *Histoire de Napoléon et de la Grande Armée pendant l'année de
1812,* par le général Philippe de Ségur. Cet ouvrage est élogieusement cité dans *Une réforme à l'Académie* (p. 191).

4. *La Tribune moderne.*

5. Peut-être Baudelaire cite-t-il de mémoire, note J. Crépet ;
voir à propos du duc de Noailles l'expression de Villemain, p. 207.

6. Voici cette phrase de *La Tribune moderne :*

« Ces paroles adressées au jeune homme qui travaillait à l'exposé
des *motifs* de l'interminable loi électorale, n'étaient ni une consultation ni une confidence. Le Ministre, dévoré d'inquiétudes,
harassé, malade, mais ferme dans ce qu'il jugeait son devoir d'honneur, s'en rendait compte à lui-même, devant un témoin dont,
avec raison, il tenait la foi pour assurée. »

7. Voir p. 204.

8. Cf. le vers 112 du *Voyage* (t. I, p. 133).

9. Cette *Biographie* a pour auteur Garay de Monglave. Elle
parut en 1826.

10. La copie levée par Eugène Crépet montrait ici le pluriel,
alors que le texte cité montre le singulier.

Page 201.

1. Société littéraire catholique, de tendance légèrement romantique.

2. Voir p. 158 et n. 3.

3. Journaliste ultra de la Restauration, Martainville (1776-1830)
avait fondé en 1818 un journal antilibéral, *Le Drapeau blanc.* On
l'avait accusé d'avoir, en 1814, facilité, au Pecq, le passage de la
Seine aux Prussiens de Blücher.

4. Ces citations sont extraites des *Études de littérature ancienne
et étrangère* (Didier, 1854). Baudelaire, grand admirateur de Lucain
et de *La Pharsale,* ne pouvait pardonner à Villemain de tels jugements sur l'auteur d'une œuvre « toujours étincelante, mélanco-

lique, déchirante, stoïcienne » (lettre à Sainte-Beuve, 15 janvier 1866; *CPl*, II, 583).

Page 202.

1. Voir p. 180 et n. 2.

2. Ils figurent dans le *Choix d'études sur la littérature contemporaine* (Didier, 1857).

3. Les concours organisés par l'Académie au XVIIIe siècle et pendant la première moitié du XIXe siècle étaient, pour ceux qui étaient distingués, comparables à nos prix littéraires actuels. Les concurrents composaient sous l'anonymat, chacun choisissant une devise.

4. Elme-Marie Caro (Poitiers, 1826-Paris, 1887), déjà moqué t. I, p. 182 (voir la note 6), fit ses études à l'École normale supérieure et entra dans la carrière universitaire. Après avoir été professeur de lycée, puis professeur dans une faculté de province, Gustave Rouland, ministre de l'Instruction publique, qui avait besoin de lui pour la *Revue européenne* que le gouvernement opposait à la *Revue contemporaine*, trop indépendante, le nomma maître de conférences à l'École normale (1858). Baudelaire put le rencontrer dans les bureaux de la *Revue européenne*. En 1861, Caro fut nommé inspecteur de l'Académie de Paris; en 1864, il devint professeur à la Sorbonne; en 1874, il fut élu à l'Académie française. Collaborateur assidu de la *Revue des Deux Mondes,* ce philosophe spiritualiste, plus éloquent que profond, a fourni à Édouard Pailleron les traits d'un personnage, Bellac, de la comédie *Le Monde où l'on s'ennuie* (1868).

Page 203.

a. *Il est probable que les mots en italique ont été soulignés par Baudelaire, ici et dans les passages suivants extraits des œuvres de Villemain, titres d'œuvres exceptés.*

1. Il s'agit de février 1848. Le maréchal est Bugeaud.

2. Voir p. 198.

3. Voir p. 196.

4. Cf. p. 195 *in fine.*

Page 204.

1. M. de Pommereul.

2. Cette construction vicieuse critique celle de la phrase précédente : préposé... avec...

3. Cf. p. 200.

Page 205.

1. Cf. p. 196.

2. C'est-à-dire *La Jeune Captive.*

Page 206.

1. Cf. p. 198.

2. J. Crépet fait remarquer qu'ici Baudelaire accable à tort Villemain : « le cardinal Fesch » n'est pas destiné à éclairer la périphrase ; c'est l'indication d'une source, *Le Cardinal Fesch...*, par l'abbé Lyonnet.

3. Cette citation est aussi extraite de *La Tribune moderne*.

4. Cf. p. 198.

5. Cf. p. 198.

Page 207.

1. Le duc Decazes.

2. Cette citation et les deux suivantes sont extraites également de *La Tribune moderne*.

3. La première expression placée en italique et entre crochets doit être une intervention de Baudelaire résultant de la note même de Villemain : « M. le duc de Noailles ». La seconde est certainement une intervention de Baudelaire. Cf. p. 200.

4. Contre lui voir l'*Anniversaire de la naissance de Shakespeare* (p. 227) et *Mon cœur mis à nu*, XXXI, 57 (t. I, p. 696-697).

5. José María de Heredia y Campuzano (1803-1839), grand poète cubain, sans doute apparenté au poète des *Trophées*.

Page 208.

1. Cf. p. 194 et 209-210.

2. Cf. p. 198 et 212.

3. Chateaubriand était ministre des Affaires étrangères du ministère Villèle. Cf. p. 194 et 212. L'anecdote est extraite de *La Tribune moderne*. Les italiques entre crochets désignent les interventions de Baudelaire qui a, de plus, souligné quelques expressions.

Page 209.

1. On a reconnu *Le Vallon* de Lamartine.

Page 210.

1. Allusion au supplice de Cymodocée dans *Les Martyrs*.

Page 211.

1. Critique littéraire au *Journal de l'Empire* (futur *Journal des Débats*) : c'était un classique intransigeant et vétilleux.

Page 212.

1. Elle est contée dans *La Tribune moderne*.

2. Cf. p. 207.

3. Cf. p. 198 et 208.

Page 213.

1. Cette phrase ne s'explique que si l'on se reporte au texte de Villemain :

« La vie, la poésie, l'âme du Camoëns, et dans un ordre de génie moins rare, les voyages, les combats et les vers d'Alonso d'Ercilla, ce sont là de précieux témoignages de ce que la nature agrandie pouvait offrir à la pensée de l'homme, et l'esprit de découverte ajouter à l'esprit d'inspiration. [...]

« Après cette brillante effusion, qu'au seizième siècle la réalité ouvre à la poésie, ne nous plaignons pas qu'il y ait eu comme une trêve de lassitude à l'action de la nature sur nos yeux éblouis, et que le génie ait été comme appelé par la perfection de l'art à se replier sur lui-même, à étudier l'homme et à le peindre, préférablement à tout. De là naquirent ces merveilles dans l'ordre moral, ces créations exquises de l'art moderne, ces œuvres sublimes du grand Corneille, ce théâtre de Racine. De là, sur un autre point plus élevé peut-être, l'œuvre extraordinaire de Milton, la grande épopée du monde futur, ce poème où le souvenir et l'invention laissent si peu de place aux images présentes de la réalité » (*La Tribune moderne*, p. 46-47).

« Le grand poète de l'esprit, Voltaire, tout naturel qu'il est pour un temps si raffiné, n'aura que, par instants, quelques courts éclairs de poésie descriptive, dans le ravissement de ses libres montagnes et de son lac, ou devant la pointe de l'herbe verte, qui rit sous les glaçons des champs. Mais le goût, la passion, l'art du siècle étaient ailleurs : et, quand ce siècle revint vers la nature, ce fut par théorie, bien plus que par attrait, par satiété du reste, bien plus que par préférence pour un sujet inépuisable » (*ibid.*, p. 49).

Page 215.

[PAUL DE MOLÈNES]

Revue anecdotique, deuxième quinzaine de mars 1862, article nécrologique, sans titre, sans signature. Texte adopté.
Première publication en volume : *Œuvres posthumes*, 1908.

Paul Gaschon de Molènes venait de mourir des suites d'une chute de cheval. C'est la critique interne qui permet d'attribuer, en toute certitude, à Baudelaire cette notice nécrologique. Baudelaire avait l'intention, réalisée partiellement, de tirer un drame des *Souffrances d'un houzard*, nouvelle parue dans le recueil de Molènes : *Caractères et récits du temps* (Michel Lévy, 1853), sous le titre : *Le Marquis du 1er houzards* ; on en trouvera le scénario au tome I, p. 635 sq. Baudelaire comptait aussi inclure un portrait de Molènes dans son essai sur le *Dandysme littéraire*. Sur les relations des deux écrivains, voir la *Correspondance* (Répertoire et

Index) dans la même collection et les *Lettres à Charles Baudelaire*, p. 273-276.

1. En février 1848, Molènes s'engagea dans la garde nationale mobile, fut élu officier, et reçut, pendant les journées de Juin, une blessure qui lui valut la croix d'honneur. Il prit part ensuite à la guerre de Crimée et fut, pendant la guerre d'Italie, officier d'ordonnance du maréchal Canrobert.

2. Baudelaire se souvient -nous dit Graham Robb- d'un passage de « La Garde mobile » (*Caractères et récits du temps*, Michel Lévy, 1853, p. 158): « Certains artistes ont pris pour devise l'art pour l'art; *les coups pour les coups* étaient [*sic*] la vraie devise de la garde mobile. »

3. C'est la pensée de Joseph de Maistre. « Le goût divin de la mort » : cette formule admirable caractérise le Baudelaire des dernières années.

4. *Les Raffinés et les dandies* est le titre que porta un moment, dans l'esprit de Baudelaire, son essai sur le *Dandysme littéraire* ; voir *CPl*, II, 335, 2 décembre 1863.

Page 216.

1. L'*Histoire de la garde mobile* appartient aux *Caractères et récits du temps* déjà cités. — L'*Étude sur le colonel Latour du Pin* ne semble pas avoir jamais existé. Le colonel de La Tour du Pin est plusieurs fois cité dans les *Commentaires d'un soldat* ; Molènes avait fait avec celui-ci la guerre de Crimée. — Les *Commentaires d'un soldat sur la guerre de Crimée et le siège de Sébastopol* ont paru dans la *Revue des Deux Mondes* les 15 janvier, 1er et 15 février 1860 ; un autre article, « La Guerre d'Italie en 1859 », paraîtra dans la même revue le 1er juin. L'ensemble est réuni en volume chez Michel Lévy, en 1860 ; deuxième édition en 1866.

2. La comtesse de Molènes, Ange-Bénigne en littérature, consigna, avec quelques naïvetés, ses souvenirs sur Baudelaire dans un article du *Gaulois*, en 1886 (voir *Bdsc*, 128-129 et 221-223).

3. Les *Mémoires du baron de Valpéri* ont paru chez W. Coquebert en 1845 ; ils reparaissent en 1858 chez Michel Lévy sous le titre *Mémoires d'un gentilhomme du siècle dernier*.

4. *La Folie de l'épée*, Michel Lévy, 1861.

5. *Histoires sentimentales et militaires*, Michel Lévy, 1855.

6. *Histoires intimes*, Michel Lévy, 1860.

7. *Chroniques contemporaines*, Michel Lévy, 1859.

8. *Aventures du temps passé*, Michel Lévy, 1853.

9. *L'Amant et l'enfant*, Michel Lévy, 1861.

Page 217.

LES MISÉRABLES
par Victor Hugo

Le Boulevard, 20 avril 1862.
L'Art romantique.

Texte adopté : celui de *L'Art romantique,* qui ne diffère du précédent que par des variantes insignifiantes.

Les dix volumes des *Misérables* parurent par livraisons de deux; la première fut mise en vente en mars ou au début d'avril 1862. Elle est enregistrée à la *Bibliographie de la France* le 19 avril 1862. L'article de Baudelaire fut annoncé dans *Le Boulevard* du 13 avril, en ces termes :

« Nous avons le plaisir d'annoncer à nos lecteurs que *Le Boulevard* publiera, dans son prochain numéro, un article critique des *Misérables,* par M. Charles Baudelaire. L'auteur des *Fleurs du mal* et des *Paradis artificiels* est, parmi les rares écrivains continuant le mouvement de la grande école romantique, un des mieux faits pour glorifier le maître. Celui qui a si bien expliqué Victor Hugo poète, expliquera Victor Hugo romancier. »

La dernière phrase fait allusion à la notice sur Hugo publiée dans la *Revue fantaisiste* du 15 juin 1861 et qui reparaîtra en août 1862 dans *Les Poètes français.* On verra que Baudelaire reproduit ici une partie de cette notice.

Hugo remercia Baudelaire dès le 24 avril (*LAB,* 194), l'appelant à continuer « ce beau travail », appel qui ne fut pas entendu... Le 10 août, écrivant à sa mère, Baudelaire se moquait et de la lettre et du livre (voir p. 1070). Asselineau dans ses *Baudelairiana* a rapporté les propos de son ami sur *Les Misérables :*

« Ah ! disait-il en colère, qu'est-ce que c'est que ces criminels sentimentals, qui ont des remords pour des pièces de quarante sous, qui discutent avec leur conscience pendant des heures, et fondent des prix de vertu ? Est-ce que ces gens-là raisonnent comme les autres hommes ? J'en ferai, moi, un roman où je mettrai en scène un scélérat, mais un vrai scélérat, assassin, voleur, incendiaire et corsaire, et qui finira par cette phrase : " Et sous ces ombrages que j'ai plantés, entouré d'une famille qui me vénère, d'enfants qui me chérissent et d'une femme qui m'adore, — je jouis en paix du fruit de tous mes crimes " » (*EJC,* 301).

a. Voir la var. a, *p. 136.*

b. Voir la var. b, *p. 136.*

c. Coquille du « Boulevard » et de « L'Art romantique » : fort, *pour* frère, *ici corrigée ; voir p. 136.*

d. Voir la var. d, *p. 136. À remarquer que dans le texte de la « Revue fantaisiste » comme dans celui des « Poètes français » les expressions ici en italique ne sont pas soulignées.*

1. Voir p. 136.

Page 218.

1. Bien entendu, c'est ici que Baudelaire se sépare de Victor Hugo. Celui-ci, en 1865, fera présent à Baudelaire des *Chansons des rues et des bois,* avec cet envoi : *Jungamus dextras.* Commen-

taire de Baudelaire dans une lettre à Manet du 28 octobre : « Cela, je crois, ne veut pas dire seulement : *donnons-nous une mutuelle poignée de main.* Je connais les sous-entendus du latin de V. Hugo. Cela veut dire aussi : *unissons nos mains,* POUR SAUVER LE GENRE HUMAIN. Mais je me fous du genre humain, et il ne s'en est pas aperçu » (*CPl*, II, 539).

Page 219.

1. « *Oh ! n'insultez jamais une femme qui tombe !* » et *Sur le bal de l'Hôtel de Ville,* dans *Les Chants du crépuscule.*

2. Tout cela était de nature à plaire à Victor Hugo qui, durant ces années, oubliant telles inspirations des *Odes et Ballades* et des *Orientales,* déclarait volontiers qu'il avait toujours confessé « l'art pour le progrès », jamais « l'art pour l'art ». Baudelaire s'exprime différemment dans son article sur Shakespeare (p. 225 sq.); mais il y bénéficie de l'anonymat.

Page 220.

1. C'est au poète de la Charité que Baudelaire avait dédié *Les Petites Vieilles* (t. I, p. 89).

Page 221.

1. Voir p. 130.

Page 223.

1. Cette citation, très souvent faite, et non moins souvent avec inexactitude, provient d'une lettre de Joseph de Maistre au chevalier de Saint-Réal : « Je ne sais ce qu'est la vie d'un coquin, je ne l'ai jamais été; mais celle d'un honnête homme est abominable » (*Lettres et opuscules inédits,* t. I, p. 407, ouvrage dont Baudelaire voulait que rendît compte *Le Hibou philosophe,* p. 50; voir aussi O. Guerlac, *Les Citations françaises,* Armand Colin, p. 137).

2. Baudelaire aime à citer Robespierre (voir l'Index de ces deux volumes). Il se souvient ici du discours du 11 germinal an II : « Je dis que quiconque tremble en ce moment est coupable, car jamais l'innocence ne redoute la surveillance publique. »

3. Malgré leur égal appétit, il semble difficile d'assimiler cet Ennemi et celui des *Fleurs du mal* (t. I, p. 16). Ils ne sont d'ailleurs pas du même âge.

Page 224.

1. Cette précision est nécessaire, car le substantif *misérable* est en train de changer de sens : après avoir eu le premier sens que donne Baudelaire, il va prendre celui d'« être méprisable ». Le glissement sémantique est sensible dans la genèse même des *Misérables.*

2. Cf. *Fusées,* XIV, et *Mon cœur mis à nu,* XXXII, 58 (t. I, p. 663 et 697). On voit ici Baudelaire à l'asymptote du catholicisme, par réaction.

Page 225.

ANNIVERSAIRE DE LA NAISSANCE
DE SHAKESPEARE

Figaro, 14 avril 1864, sous la forme d'une lettre ouverte, anonyme.
Première publication en volume : *Œuvres posthumes,* 1908.

Texte adopté : celui du *Figaro.*

C'est l'avant-dernier article que publie Baudelaire avant son
départ pour Bruxelles. Le jour de son départ, 24 avril, le
Figaro insère son article sur la collection d'Eugène Piot (voir
p. 771).

En Europe et aux États-Unis on se préparait à célébrer le troisième centenaire de la naissance de Shakespeare. François-Victor
Hugo publiait sa traduction de l'œuvre complète de Shakespeare
(1859-1866, 18 volumes), traduction à laquelle Victor Hugo allait
donner la plus somptueuse des préfaces avec son livre *William
Shakespeare,* dont la mise en vente était prévue pour le 15 avril.
Célébrer Shakespeare, c'était célébrer Hugo et, du même coup,
la démocratie. Un comité avait été constitué le 11 avril, avec des
amis et des admirateurs de Hugo, Meurice et Vacquerie en tête :
il avait demandé à Hugo d'accepter la présidence d'honneur (tout
idéale) d'un banquet shakespearien prévu pour le 23 avril. Le
vendredi 15, Baudelaire reçut une invitation, qu'il déclina, en
prétextant son départ pour Bruxelles (*CPl,* II, 355). Son article
avait paru le 14, dénonçant en ce banquet une opération du clan
Hugo, destinée à « préparer et chauffer le succès du livre de
V. Hugo » et à chanter les vertus et les beautés de la démocratie.
Faut-il établir un lien entre la publication de l'article de Baudelaire et l'interdiction du banquet, prononcée le 16 par le gouvernement, en se rappelant que, sept ans plus tôt, le même *Figaro*
avait appelé l'attention du Parquet sur *Les Fleurs du mal* ?

1. Ce n'est pas seulement au moment de la publication des
Fleurs du mal que Baudelaire eut à se plaindre du *Figaro.*

Page 226.

1. Guizot avait, à la fin de la Restauration, « rajeuni » la traduction de Letourneur publiée entre 1776 et 1783.
2. Dans son *Tableau du dix-huitième siècle ;* contre Villemain voir
p. 196, où il est aussi traité de mandragore.
3. Philarète Chasles a publié des pages remarquables sur Shakespeare qu'on trouvera recueillies dans les *Études sur W. Shakspeare, Marie Stuart et l'Arétin* (Amyot, [1852]). Il a publié aussi une
traduction de *Roméo et Juliette.* Hugo ne pouvait lui pardonner

d'avoir dénoncé dans *Hernani* et dans d'autres drames des placages shakespeariens sur des squelettes de tragédies classiques ; voir ma thèse, *Philarète Chasles et la vie littéraire au temps du romantisme* (José Corti, 1963), t. I, p. 322-326.

4. Baudelaire a fait plusieurs séjours à Versailles ; voir l'Index des noms de lieux dans la *Correspondance*. Mais ce séjour d'avril 1864, qui précède juste le départ pour la Belgique, n'est attesté que par ces lignes.

5. Émile Deschamps, né en 1791, ne mourra qu'en 1871. Il avait été en relations avec Baudelaire au moment de la publication des *Fleurs* (*LAB*, 123-134). À cette occasion, il lui avait écrit, le 27 août 1857 : « Permettez-moi de vous offrir ma *[sic] Macbeth* et mon *Roméo*, déjà bien anciennement imprimés. » Ces deux traductions avaient paru en un même volume (Comptoir des Imprimeurs réunis, 1844).

Page 227.

1. Périphrase pour désigner *Le Moniteur universel,* qui était, en effet, le *Journal officiel* de l'Empire. Gautier y avait, le 4 avril, consacré une partie de son feuilleton à l'anniversaire de la naissance de Shakespeare, annonçant la manifestation du 23 avril (voir p. 228, n. 2).

2. Sur Philoxène Boyer voir la *Correspondance* (Index) et les *Lettres à Charles Baudelaire* (p. 66-67), ainsi que *Baudelaire et Asselineau,* 186-187 et 191-215. En 1855, on voit Baudelaire l'interroger sur les théâtres étrangers. Boyer avait « parlé » un livre sur Shakespeare qu'à sa mort on retrouva informe.

3. Barbier, maltraité dans la notice préparée pour *Les Poètes français* (p. 141), est bon ici à opposer à Hugo.

4. Même procédé que dans l'article sur l'Académie : l'anonymat permet à Baudelaire de se mentionner lui-même.

5. Édouard Desnoyers de Biéville faisait la critique dramatique dans le journal le plus détesté de Baudelaire : *Le Siècle.*

6. Sur Legouvé voir *Mon cœur mis à nu*, XL, 73 (t. I, p. 703). Sur Saint-Marc Girardin, *ibid.,* XXXI, 57 (t. I, p. 696). Sur « l'autre Girardin », Émile de Girardin, voir également *Mon cœur mis à nu,* II, et *Fusées,* VII, 10 (t. I, p. 676-677 et 654). — Dans *La Presse* (25 et 26 octobre 1850), le journal de Girardin, le publiciste Jules Allix avait, d'un ton enthousiaste, commenté la découverte de deux hurluberlus selon qui les escargots communiquaient entre eux au moyen de boussoles sympathiques (voir les articles de Patrice Boussel et Cl. Pichois dans *Rolet* des 12 mars et 28 mai 1953). Une lithographie de Daumier porte pour titre : *Les Escargots non sympathiques* (série des *Actualités,* 1869). L'accueil fait à cette invention burlesque par Girardin avait été retenu à sa charge par Baudelaire, qui la cite également dans ses *Lettres d'un atrabilaire* (t. I, p. 782). Quant à « la souscription à un sou par tête pour l'abolition de la guerre », due elle aussi à Émile de Girardin, Baudelaire

s'en moquait déjà dans *Edgar Poe, sa vie et ses œuvres,* préface des *Histoires extraordinaires* (p. 300).

Page 228.

1. Sur Jules Favre et Dufaure (qui avait été élu en 1863 à l'Académie), voir *Une réforme à l'Académie* (p. 189-190).

2. Marc Fournier, directeur de la Porte-Saint-Martin, où le 23 avril devait être organisée une représentation solennelle : « Afin de le montrer [Shakespeare] sous ses trois aspects principaux — écrit Gautier dans *Le Moniteur* du 4 avril —, on jouera *Hamlet,* puis le *Falstaff,* découpé par MM. Paul Meurice et Vacquerie dans le *Henri V,* et des fragments d'*un Songe d'une nuit d'été,* c'est-à-dire le drame, la comédie et la féerie, — toute la vie et plus que la vie. » Le *Hamlet* était une adaptation de Meurice.

3. Voir p. 219, n. 2.

Page 229.

a. Danemarck *Figaro, ici et dans la phrase suivante ; graphie courante au XIXᵉ siècle.*

1. J. Crépet indique que Baudelaire se souvient ici de deux pages étincelantes d'Hippolyte Castille dans *Les Hommes et les mœurs sous le règne de Louis-Philippe* (Paul Henneton, 1853, p. 218-219).

2. Allusion à la guerre des Duchés. Le statut du Schleswig et du Holstein était depuis longtemps l'objet de litiges. En janvier 1864 Bismarck déclara la guerre au Danemark, troupes prussiennes et autrichiennes alliées contre les Danois qui se défendirent courageusement. En mars, ceux-ci se retranchèrent à Düppel. Le 18 avril, la place forte sera enlevée d'assaut. Baudelaire y voit moins clair que les amis de Hugo. À la suite d'autres contestations cette guerre va provoquer celle de la Prusse contre l'Autriche et la défaite des Autrichiens à Sadowa (1866). De Sadowa à Sedan...

3. Parce qu'il venait de publier (1863) la *Vie de Jésus.*

4. Le rédacteur en chef du *Siècle ;* voir les *Lettres d'un atrabilaire* (t. I, p. 780).

Page 230.

1. Harriett Smithson, qui épousa Berlioz après avoir joué en France des pièces de Shakespeare, et Miss Helena Saville, la Faucit, qui s'illustra à Covent Garden dans le même répertoire.

2. La formule est assez curieuse : il était impossible au *Figaro* de publier la signature de l'auteur, sous peine d'attirer à celui-ci les pires difficultés : sans doute Baudelaire était-il convenu avec Villemessant d'employer cette formule, le directeur du *Figaro* s'engageant à lui conserver l'anonymat. Mais, dans le petit cirque littéraire parisien, le secret fut bientôt percé, et, à Bruxelles, Bau-

delaire sera — dit-il — accusé d'appartenir à la police pour avoir publié cet article (*CPI*, II, 377 et 437). La calomnie aurait été lancée par le clan Hugo retranché à Bruxelles.

Page 231.

[LETTRE A JULES JANIN]

Deux séries de feuillets manuscrits.
[I] : Collection Louis Clayeux. Première publication : *Bulletin du bibliophile*, 15 décembre 1901, par Henri Cordier.
[II] : Bibliothèque littéraire Jacques Doucet. Première publication : *Œuvres posthumes*, 1887.

Dans *L'Indépendance belge* du 12 février 1865 (édition du soir pour l'étranger) et du 13 février (édition du matin pour Bruxelles), Jules Janin, sous le pseudonyme d'Éraste, avait publié un article intitulé « Henri Heine et la jeunesse des poètes », daté de Paris, 11 février. Célèbre par ses bonheurs, dont il avait détaillé ailleurs la succession à ses lecteurs, Janin s'en prenait à l'ironie amère de Heine et à toutes les mélancolies des poètes étrangers à qui il opposait Béranger et les poètes français qui prirent la joie pour muse et qui se firent les chantres de « la charmante ivresse des vingt ans ».
Ce feuilleton excita en Baudelaire une violente indignation, dont témoignent aussi une lettre du 15 février à Michel Lévy, éditeur des œuvres complètes de Heine : « Avez-vous lu l'infâme article d'*Éraste* contre Henri Heine et les poètes sataniques ? Je suis en train de faire une réponse » (*CPI*, II, 462), et une lettre à Sainte-Beuve du 30 mars : « Avez-vous lu l'abominable feuilleton de Janin contre les poètes mélancoliques et railleurs (à propos de Henri Heine) ? » (*CPI*, II, 492). Dès le 9 mars, Baudelaire avait mandé à Lévy : « Il y a longtemps que j'ai fini ma réponse à Janin, à propos de *Heine et de la jeunesse des poètes*. Puis, la chose faite, content de l'avoir faite, je l'ai gardée; je ne l'ai envoyée à aucun journal » (*CPI*, II, 471).
J. Crépet en publiant [I] et [II] dans les *Œuvres posthumes* (t. I, 1939) de la collection des *Œuvres complètes* intitulait [I] : [Premier projet], et [II] : [Deuxième projet]. Ce qui introduisait une succession chronologique, difficile, sinon impossible, à déterminer avec certitude. D'autre part, au lieu de deux projets, nous distinguons une rédaction [I], une amorce de rédaction [II] et des notes, groupées à la fin de [II].
[I] est constitué de deux feuillets doubles in-8° de papier à lettres au timbre sec du Grand Miroir (timbre raturé par Baudelaire), offrant quatre pages écrites. Il est signé d'un baudelaire, c'est-à-dire d'une sorte de cimeterre. Au début, à droite, une

autre main — sans doute celle de Poulet-Malassis — a écrit :
« Dans *L'Indépendance belge* », mention relative à la publication
de l'article de Jules Janin. [II] ne contient aucune signature.
Il est constitué d'une série de sept feuillets 21 × 27 et d'un feuillet 15 × 19. Les deux premiers sont numérotés 1 et 2 en chiffres
arabes par Baudelaire (jusqu'à « Mon truc. » — p. 235) : c'est
l'amorce de rédaction, mais les filets de séparation — remplacés
ici par des étoiles claires — peuvent laisser croire, à partir de :
« Vous n'aimez pas la discrépance », à une série de notes. Comme
l'indique l'appareil critique, les feuillets 3 et 4 ne sont pas numérotés par Baudelaire qui, en revanche, a numéroté en romains
deux feuillets. Les notes ont été prises sur un feuillet 21 × 27
utilisé dans le sens de la largeur. D'autres encore, sur un feuillet
15 × 19. Il y a donc hétérogénéité : 1-2; 3-4; I-II; feuillet utilisé
en largeur; feuillet 15 × 19.

[I] peut avoir été écrit en premier, puis abandonné au profit
d'un dessein plus ambitieux, lui-même enfin délaissé. En raison
de la signature-rébus que montre [I], faut-il voir dans ce manuscrit « la chose faite » mentionnée dans la lettre à Lévy du
9 mars 1865 ?

    a. entendre [parler d' *biffé*] l'ironie; *ms.*

    1. Heine; la phrase suivante est extraite de l'article de Janin.
    2. Cf. *Pauvre Belgique !*, f. 155 (p. 882). Baudelaire fait allusion
à un passage des *Études sur l'histoire romaine* de Mérimée (V. Magen,
1844, 2 vol., p. 179-180; Michel Lévy frères, 1853, un vol., p. 328) :
après la première *Catilinaire*, l'ennemi de Cicéron a quitté Rome
et pris la résolution désespérée de la rébellion. Il écrit à Catulus
pour se justifier et conclut ainsi : « Je te recommande Orestilla
et la confie à ta foi. Protège-la, je t'en supplie par la tête de tes
enfants. Adieu. » Mérimée, qui avait déjà cité Orestilla, commente
la lettre : « Deux fois il parle de sa femme, et toujours avec tendresse et respect. On aime à retrouver dans une âme si farouche
quelques sentiments humains. » *« Mérimée lui-même ! ! ! »* : en
raison de son affectation et de sa réputation d'ironique sécheresse.
    3. Baudelaire a cité ce roman de Janin dans le *Choix de maximes
consolantes sur l'amour* (t. I, p. 550).

Page 232.

    a. ces [infâmes *biffé*] discordantes lyres *ms.*
    b. que Béranger [fût *biffé*] soit un *ms.*
    c. que Delphine Gay [soit *biffé*] [fût *biffé*] soit un *ms.*
    d. vous [écri⟨vez⟩ *biffé*] orthographiez : *ms.*
    e. prouverais [qu'au contraire de votre *biffé*] que, contraire-
ment à votre *ms.*
    f. tout cela [donne trop de mal *biffé*] exige *ms.*
    g. loquacité [. En vérité *biffé*], — mais *ms.*

1. Voir t. I, p. 194-195, et *BET, 173*. Tous les autres noms mentionnés ci-dessous se retrouvent, Viennet excepté, dans cette section, et quatre font l'objet de notices par Baudelaire lui-même (voir l'Index).

2. Cf. *Mon cœur mis à nu*, XXXVII, 66 (t. I, p. 701).

3. Viennet (1777-1868), qui déclarait lui-même qu'il excellait dans la fable, reçut la visite de Baudelaire candidat à l'Académie. Par Asselineau on sait l'accueil grotesque qu'il lui réserva (*Bdsc*, 163-164).

4. Cf. le chapitre XVIII de *Pauvre Belgique !* (p. 894 sq.).

5. Voulant montrer la supériorité des Français, Janin écrivait : « Songez aussi à ces maîtres en poésie : Victor Hugo, Alfred de Vigny, Alfred de Musset, M. Sainte-Beuve et Mme de Girardin [Delphine Gay], Théodore de Banville et M. Viennet, Auguste Barbier, Hégésippe Moreau, Victor de Laprade, Lecomte Delille [*sic*] et Pierre Dupont. »

Page 233.

a. qui [excusent tout *biffé*] font tout pardonner, *ms.*
b. amis, [et de vos *biffé*] si *ms.*
c. Cette phrase a été ajoutée au-dessus de la ligne.
d. [Voyons *biffé*] Examinons *ms.*
e. *heureux.* [Si ma *biffé*] Je *ms.*

1. Sur les relations de Baudelaire avec Janin, qui furent contrastées, voir *CPl*, II, 749-750, et ici p. 24-25.

2. À moitié anonyme seulement, puisque ce projet est signé d'un baudelaire, assez parlant.

3. En particulier, la note de la rédaction, la note « paternelle », disait Baudelaire (*CPl*, I, 314), par laquelle la *Revue des Deux Mondes* se désolidarisait du poète, lorsqu'elle inséra ses dix-huit *Fleurs du mal*, le 1er juin 1855. Le même procédé — remarquait J. Crépet — avait été employé par la *Revue de Paris* lors de la publication de *La Curée* de Barbier (août 1830) et par *L'Indépendance belge* à la suite d'un article de Janin sur Marie-Antoinette (27 octobre 1864).

4. Voir le début du premier projet (p. 231).

5. On avait surnommé Jules Janin : Gigi.

6. « Quand Auguste buvait, la Pologne était ivre. » Voltaire cite ce vers dans l'*Épître à Catherine II*, en l'encadrant de guillemets. De fait, il l'emprunte à une épître de Frédéric II au frère de celui-ci.

Page 234.

a. et [cach⟨ez-vous⟩ *biffé*] souriez-vous pour cacher *ms.*
b. bien. [Pour moi, si *biffé*] Si *ms.*
c. dissonnance [*sic*] *ms.*
d. les charmes *semble bien surcharger* le der⟨rière⟩ *ms.*

e. Mad. Collet [*sic*] *ms.*

f. Béranger ? [Passons *biffé*] On *ms.*

1. Anglicisme *(discrepancy)*.

2. Cf. la strophe x du *Vin de l'assassin* et la description du premier Satan dans *Les Tentations* (t. I, p. 108 et 308).

3. Autre néologisme, qu'on a déjà trouvé dans le premier projet, mais en italique (p. 232).

4. Ce mot latin, qui signifie *bouillonnement, marée,* désigne ici le feu, le bouillonnement de l'inspiration.

5. Les funérailles de Béranger (entre la publication et le procès des *Fleurs du mal*) furent équivoques. Le chansonnier, de bonapartiste et libéral, était devenu républicain : le gouvernement impérial lui fit des obsèques nationales, empêchant ainsi que l'opposition s'empare de la dépouille du poète national. On ne sait rien, à cette occasion, de l'attitude de Louise Colet, poétesse plus célèbre par ses amants (Flaubert et beaucoup d'autres) que par ses vers, et de celle du philosophe socialiste Pierre Leroux.

6. Chansonnier au sens de recueil groupant les œuvres des membres du Caveau qui chantaient Bacchus et Vénus.

Page 235.

a. [Delph⟨ine Gay⟩ *biffé*] Sainte-Beuve. *ms.*

b. Héroïsme [dans l'ab⟨surde [?]⟩ *biffé*] à *ms.*

c. Ici commence le feuillet 3, non numéroté par Baudelaire.

1. Baudelaire reprend en partie le mot de Guizot après la lecture de *Vie, poésies et pensées de Joseph Delorme,* un des livres préférés du poète des *Fleurs du mal :* « Werther jacobin et carabin. »

2. Voir le dernier paragraphe de ces notes (p. 240).

3. Pour Gautier, voir p. 239, n. 3. « Truc » : Baudelaire voulait-il révéler ses procédés, ainsi qu'on l'en voit manifester l'intention dans ses projets de préface (t. I, p. 185) ?

4. Le parvenu du *Satiricon* de Pétrone, œuvre sur laquelle en octobre 1864 Baudelaire se proposait d'écrire une étude (*CPl,* II, 416), après s'être proposé de la traduire. « Le Banquet de Trimalcion, de Pétrone, traduit par M. Charles Baudelaire » est annoncé sur les couvertures de quatre livres édités par Poulet-Malassis en 1862 (*CPl,* II, 879).

5. Cf. *Fusées,* XI (t. I, p. 660).

Page 236.

a. Et [la lunette *biffé*] le baiser dans la lunette *ms.*

b. le diable [se fait *biffé*] devient vieux, *ms.*

c. [Ainsi *biffé*] À bas *ms.*

d. Ici commence le feuillet 4, non numéroté par Baudelaire.

e. avec ses [fureurs *biffé*] éclats de rire pleins de fureur. *ms.*

f. que [quand *biffé*] Juvénal *ms.*

1. Allusions à divers épisodes ou passages de *L'Âne mort et la*

femme guillotinée, qui sont en contradiction avec les prétentions épicuriennes de Janin en 1865.

2. Lucain. Baudelaire fait allusion à la consultation de la sorcière thessalienne Erictho par le fils de Pompée avant la bataille de Pharsale; voir les vers 7-8 du *Tonneau de la Haine* (t. I, p. 71). Et cf. *Le Désir de peindre* (t. I, p. 340).

Page 237.

a. pardonnons *surcharge* pardonnez *ms.*
b. Quoi ! — [Vous *biffé*] Si vous *ms.*
c. Ici commence le feuillet numéroté I *par Baudelaire.*
d. s'abrite *[sic] ms.*

1. Cf. *Any where out of the world* (t. I, p. 356) et *Le Rêve d'un curieux* (t. I, p. 129).
2. Voir p. 192 sq., en particulier p. 195.
3. Dans sa *Simple proposition pour empêcher les enfants des pauvres d'Irlande d'être à charge à leurs parents et à leur pays,* Swift suggérait ironiquement de parer aux famines qui désolaient l'Irlande en faisant des bouillies de bébés. Léon de Wailly avait traduit ce texte dans les *Opuscules humoristiques* de Swift publiés par Poulet-Malassis en 1859.

Page 238.

a. psyle *[sic] ms.*
b. feuilleton. [Ignorance *biffé*] Méconnaissance *ms.*
c. Ici commence le feuillet numéroté II *par Baudelaire.*
d. non [dérang⟨eantes⟩ *biffé*] troublantes.) *ms.*
e. Début d'un autre feuillet. Au lieu d'être utilisé dans le sens de la hauteur comme les précédents, il est utilisé comme une feuille double de papier à lettres dont seraient écrits les feuillets 1 r⁰ et 2 v⁰.
f. Baudelaire écrit : Léopardi, Espronocéda.
g. Depuis ce mot jusqu'à Charles X, *l'écriture de Baudelaire est différente. Sans doute a-t-il ajouté ces deux paragraphes.*

1. Cf. *Mon cœur mis à nu,* XIX, 32 (t. I, p. 688). Le psylle est un « charlatan qui apprivoise les serpents et joue avec eux » (Littré). Nerval, dans un appendice au *Voyage en Orient* (1851), « Les Jongleurs », publié d'abord dans *La Silhouette* des 30 septembre et 7 octobre 1849, écrit : « Il y a en Égypte une classe d'hommes qui possèdent, à ce qu'on suppose, comme les anciens psylles de Cyrénaïque, cet art mystérieux auquel il est fait allusion dans la Bible [*Psaumes,* LVIII, 5, 6], et qui rend invulnérable à la morsure des serpents. Beaucoup d'écrivains ont fait des récits surprenants sur ces psylles modernes, que les Égyptiens les plus éclairés regardent comme des imposteurs; mais personne n'a donné des détails satisfaisants sur leurs tours d'adresse les plus ordinaires ou les plus intéressants » (*Œuvres,* Bibl. de la Pléiade, t. II, 3ᵉ tirage,

p. 651). Et, suivant l'ouvrage de William Lane, *Modern Egyptians,*
Nerval explique les tours de ces jongleurs.

2. Voir la note qui accompagnait en 1857 le titre de la section
Révolte des *Fleurs* (t. I, p. 1075) et un projet de préface (t. I, p. 184).

3. Ce mot de Véron, propriétaire du *Constitutionnel,* où avait
paru *Le Juif errant,* avait été cité par Hippolyte Castille dans *Les
Hommes et les mœurs en France sous le règne de Louis-Philippe* (Henneton, 1853).

4. Cf. la définition du Beau dans *Fusées,* X (t. I, p. 657).

5. L'adjectif n'est pas fréquent. Comprendre, en relation avec
les mots précédents : un esprit de la nature de la salamandre qui,
selon la légende, peut traverser les flammes.

6. Les trois premiers ont déjà été cités dans ce projet. De
LERMONTOV on voit Baudelaire, le 15 décembre 1858, adresser
à Mme de Calonne (*CPl,* I, 533) *Un héros de notre temps* dans le
recueil de *Contes russes* constitué par Xavier Marmier (Michel Lévy,
1856). — LEOPARDI (1798-1837) dont l'œuvre poétique n'est pas
sans présenter des caractères communs avec *Les Fleurs du mal,*
Baudelaire a pu apprendre à le connaître par l'article que Sainte-
Beuve lui a consacré dans la *Revue des Deux Mondes* du 15 septembre 1844 et qui a été repris dans les *Portraits contemporains* :
cette étude résume la vie de Leopardi et analyse son œuvre en
offrant la traduction de cinq poèmes et en donnant des extraits
de plusieurs autres. Voir Alan S. Rosenthal et Claud DuVerlie,
« Baudelaire a-t-il lu Leopardi ? », *Buba,* t. XI, nᵒ 2, Hiver 1976.
— JOSÉ DE ESPRONCEDA (1808-1842) est le représentant flamboyant
du romantisme espagnol : par son existence de bohème hors la loi
qui brûle la vie, il est le cousin des Jeune-France.

Page 239.

   a. giraffes *[sic]   ms.*

   b. musique, [et à *biffé*] ni à *ms.*

   c. Châteaubriand *[sic]   ms.*

   d. Ici commence un autre feuillet de format 15 × 19.

1. « L'autre », c'est André Chénier, à qui dans l'essai sur Gautier (p. 110) Baudelaire reproche « sa molle antiquité à la
Louis XVI ». Dans *Le Musée classique du Bazar Bonne-Nouvelle*
(p. 408), plus jeune, il était plus indulgent et voyait en lui le frère
de Prud'hon. Asselineau relate (*Baudelaire et Asselineau,* p. 86) que
son ami aimait à déclamer des strophes redondantes de Marie-
Joseph Chénier, « les bras étendus, les yeux brillants de plaisir »,
et rapporte ce goût à ce que Baudelaire appelle dans *Fusées,* XII
(t. I, p. 661) « la note éternelle, le style éternel et cosmopolite ».

2. Voir le *Salon de 1859* (p. 638).

3. Si Leconte de Lisle est cité dans l'article de Janin, en revanche
Pharond (Pharamond) — peut-être Ernest Prarond —, Baudelaire
et Théophile Gautier ne le sont pas (c'est au fond ce qu'à Janin

reproche Baudelaire, du moins pour Gautier et pour lui). Baudelaire doit se souvenir d'autres articles dans lesquels Janin avait estropié ces noms : il était coutumier de ces étourderies, écrivant, par exemple, Flobert pour Flaubert.

4. Tout cela reste obscur.

Page 240.

1. Dans *L'Indépendance belge* du 8 mars 1865 Janin avait loué Cicéron (et Viennet), ayant ainsi l'air de faire sa cour de candidat au secrétaire perpétuel : Villemain était un grand admirateur de Cicéron. Autre académicien, Silvestre de Sacy, rédacteur en chef du *Journal des Débats*, avait, dans ce quotidien, rendu compte (14 et 20 mars) de l'*Histoire de Jules César* par Napoléon III, opposant au conquérant le législateur : « L'empire de César est tombé, celui de Cicéron ne tombera jamais ! » Voir la lettre du 30 mars 1865 à Sainte-Beuve (*CPI*, II, 492). — Ces notes finales ont donc été ajoutées à la fin du mois de mars 1865, le début du deuxième projet ayant été écrit *ab irato* (« le feuilleton d'hier soir », lit-on au deuxième paragraphe).

Page 241.

LE COMÉDIEN ROUVIÈRE

La Petite Revue, 28 octobre 1865 ; note nécrologique, signée : Ch. B. — Texte adopté.

Première reproduction en volume : *L'Art romantique*, édition J. Crépet, Conard, 1925. La note n'avait pas été recueillie dans *L'Art romantique* de 1868, sans doute parce qu'elle fait en partie double emploi avec la notice de la page 60. Son existence était signalée dès 1868 par La Fizelière et Decaux dans leur bibliographie baudelairienne.

Dans *La Petite Revue* le texte était ainsi présenté, sans doute par Poulet-Malassis, compagnon de Baudelaire à Bruxelles :

« La note suivante sur le comédien Rouvière, mort la semaine dernière, est d'un écrivain à qui parler des originaux du temps convient mieux qu'à personne. »

Rouvière était mort à Paris, célibataire, en son domicile, 11, rue Cadet, le 19 octobre 1865.

Sur les rôles de Rouvière déjà cités dans la notice de 1855-1856, voir p. 61.

1. Pièce d'Alexandre Dumas (1848).

2. Hippolyte Hostein (1814-1879) dirigea un moment le Théâtre-Historique fondé par Dumas, puis, de 1849 à 1858, le théâtre de la Gaîté. Pour ses relations avec Baudelaire voir t. I, p. 635, et la *Correspondance* dans la même collection (Index).

3. Dans *Les Années d'apprentissage de Wilhelm Meister* (V, 6).

4. Le trop fécond confectionneur de mélodrames; son adaptation de *Faust* est de 1856.

Page 242.

1. Drame créé au Théâtre-Historique en 1849.

2. C'est-à-dire *Le More de Venise* (1829).

3. Les Goncourt citent plusieurs fois Rouvière, mais sans mentionner l'acquisition d'une de ses toiles (voir p. 61 et 1113). Ils rapportent, d'après Banville, la fin misérable de Rouvière, phtisique, et font allusion à la vente de ses tableaux (*Journal*, édition R. Ricatte à la date du mercredi 22 mars 1865).

4. Critique d'art, en relation à la fois avec Delacroix et avec Baudelaire; voir la *Correspondance* dans la même collection (Index).

5. Sur Cadart, voir p. 736 et 739, les articles de Baudelaire relatifs à l'eau-forte. Luquet était l'associé de Cadart. Ils éditaient et vendaient des eaux-fortes. La vente des tableaux n'était pour eux qu'un commerce accessoire. Voir, dans l'ouvrage de Janine Bailly-Herzberg, *L'Eau-forte de peintre au dix-neuvième siècle : la Société des aquafortistes*, Léonce Laget, [1972], t. I, p. 20, l'eau-forte de Martial montrant la maison Cadart et Luquet au 79 de la rue de Richelieu.

Page 244.

[NOTE SUR]
« LES TRAVAILLEURS DE LA MER »

Manuscrit dans une collection particulière, non retrouvé.
Première publication, par J. Crépet : *Œuvres posthumes*, 1908.

Cette note figure au verso d'un bon de souscription au *Parnasse contemporain*. C'est la dernière que Baudelaire ait tracée de sa main.

Hugo avait envoyé à Baudelaire un exemplaire des *Chansons des rues et des bois* et n'avait pas reçu la moindre réponse. Le 8 mars 1866, il demande à sa femme s'il faut cependant envoyer *Les Travailleurs de la mer* à Baudelaire. 15 mars, Mme Hugo à Victor Hugo : « Je fais donner à Baudelaire un exemplaire des *travailleurs*. Il vient de déjeuner avec nous, il voudrait faire un article sur le livre. Sa difficulté est de trouver un journal mais il dit qu'il tentera la chose. » Hugo envoya un feuillet de papier bleu destiné à être intercalé dans l'exemplaire donné par Mme Victor Hugo : « À M. Ch. Baudelaire / son ami / Victor Hugo » (archives Ancelle). Le 22 mars, Mme Hugo mande encore à son mari que Baudelaire va faire un article. Le 20 mars, Baudelaire, qui s'est effondré quelques jours plus tôt sur les dalles de Saint-Loup à Namur, ajoutait dans une lettre à sa mère : « Si tu as envie de lire *Les Travailleurs de la mer* je te les enverrai dans peu de jours. » Et c'est l'ictus hémiplégique. Voir *CPl*, II, 628 et 973-975.

Ces notes, qui datent donc d'entre le 15 et le 20 mars, ont été commentées avec précision par Léon Cellier, *Baudelaire et Hugo* (José Corti, p. 260-263).

Nous utilisons la transcription de J. Crépet, mais en la modifiant selon les remarques de L. Cellier.

1. Évoquant le Roi des Aux Criniers, fantôme hideux et grotesque qui lui a inspiré un dessin fantastique, Hugo écrit : « Il se dresse debout au haut de ces vagues roulées qui jaillissent sous la pression des souffles et se tordent comme les copeaux sortant du rabot du menuisier. » L. Cellier conjecture que cette image a dû « ravir » Baudelaire et que, si celui-ci met en tête cette note, c'est qu' « il voulait montrer, à propos du titre du roman, comment dans ses comparaisons l'imagination de Hugo unit le travail manuel et la mer ».

2. À en croire la transcription de J. Crépet, Baudelaire a écrit : Gilliatt. La parenthèse qui suit montrerait, selon L. Cellier, Baudelaire recherchant l'origine du nom bizarre du héros, qu'il ferait naître du croisement de Juliette et de Galaad.

3. Tous les textes antérieurs : des Aux Aimées. L. Cellier propose avec raison de lire : des Aux Criniers.

4. Au moment où Hugo dévoile la duplicité de Clubin, il emploie le mot *météore* : « Le for intérieur a, comme la nature externe, sa tension électrique. Une idée est un météore. » À la suite de quoi Clubin va faire volontairement naufrage.

5. « Baudelaire semble faire allusion à la façon dont Hugo, dramaturge romantique impénitent, évoque la joie de Lethierry qui a retrouvé sa chère machine, en un monologue dramatique très scénique » (L. Cellier).

6. « La dernière ligne du texte est assez énigmatique. Doit-on comprendre que Baudelaire se proposait de terminer son article par une *critique flatteuse* bien que le dénouement du roman lui parût faible; ou bien, qu'à dire que ce dénouement faisait de la peine, on resterait encore en deçà de la vérité ? » (J. Crépet, dans *Œuvres posthumes,* Conard, t. I, p. 603). — « Baudelaire d'une part reconnaît que le suicide de Gilliatt l'a ému, d'autre part estime que c'est faire d'un roman une critique élogieuse que de reconnaître ce pouvoir d'émotion » (L. Cellier). Nous préférons la première hypothèse formulée par J. Crépet; L. Cellier sollicite quelque peu le texte en substituant « élogieuse » à *flatteuse.*

[MARGINALIA]

[SUR UN EXEMPLAIRE DE
« LA CAUSE DU BEAU GUILLAUME »]

1. Baudelaire a inscrit ces notes dans un exemplaire du roman de Duranty publié en 1862 chez Jung-Treuttel, « Collection Hetzel ». Voir le feuillet 39 du *Carnet* (t. I, p. 736) où il a pris des notes analogues sur ce roman et sur *Le Malheur d'Henriette Gérard* (1860). L'article n'a pas été écrit, que nous sachions. Sur Duranty et Baudelaire voir la *Correspondance,* dans la même collection, et les *Lettres à Charles Baudelaire.*

[SUR UN EXEMPLAIRE DE « DOMINIQUE »]

a. à prendre [sur *biffé*] dans le type *ms.*

2. Notule tracée au crayon dans l'exemplaire de *Dominique* (sur papier ordinaire, et non sur hollande, comme il fut écrit) que Fromentin avait offert « à mon ami Baudelaire ». Sur Fromentin voir le *Salon de 1859* (p. 649). Les relations du poète et du peintre-écrivain ont été cordiales, mais distantes. Ils avaient un ami commun en la personne d'Armand du Mesnil. Les réserves que fait celui-ci au sujet des *Fleurs du mal,* dans sa lettre à Baudelaire du 27 juin 1859 (*LAB,* 257-258), devaient être partagées par Fromentin.

3. Baudelaire pense à Olivier d'Orsel, l'ami de Dominique : son portrait figure au chapitre II du roman. Il est intéressant de le comparer avec celui du Dandy idéal tel que Baudelaire le décrit dans *Le Peintre de la vie moderne* (p. 709 sq.).

[SUR UN EXEMPLAIRE DE POÉSIES DE SAINTE-BEUVE]

4. Notes tracées au crayon sur le premier faux titre d'un exemplaire de *Consolations. Pensées d'Août. Notes et Sonnets. Un dernier rêve,* par C.-A. Sainte-Beuve, nouvelle édition revue et augmentée, Michel Lévy frères, 1863.

Publiées par Gérald Antoine et Cl. Pichois en appendice de leur article, « Sainte-Beuve juge de Stendhal et de Baudelaire », *Revue des sciences humaines,* janvier-mars 1957, p. 32, article auquel sont empruntés les éclaircissements suivants.

Le meilleur commentaire de ces notes figure dans la lettre où Baudelaire les développe et qu'il écrit à Sainte-Beuve le 15 janvier 1866 :

« Puisque vous avouez qu'il ne vous déplaît pas d'entendre parler de vos ouvrages, j'aurais bien la tentation de vous faire à ce sujet trente pages de confidences, mais je crois que je ferai mieux de les écrire d'abord en bon français pour moi-même, et puis de les communiquer à un journal, s'il existe encore un journal où l'on puisse causer poésie.

« Cependant voici quelques suggestions du livre qui me viennent au hasard :

« J'ai beaucoup mieux compris qu'autrefois *Les Consolations* et les *Pensées d'Août*.

« J'ai noté, comme plus éclatants, les morceaux suivants :

« *Sonnet à Mad[ame] G.*, page 225.

« (Vous avez donc connu Mme Grimblot, cette grande et élégante rousse, pour qui a été fait le mot : *désinvolture,* — et qui avait cette voix rauque ou plutôt profonde et sympathique, de quelques comédiennes parisiennes ? — J'ai souvent eu le plaisir d'entendre Mme de Mirbel lui faire la morale, et *c'était fort drôle.* — Après tout, je me trompe peut-être; c'est peut-être une autre Mme G. Ces recueils de poésie sont non seulement de la poésie et de la psychologie, mais aussi des annales.)

« *Tu te révoltes,* page 192.

« *Dans ce cabriolet,* page 193.

« *En revenant du convoi,* page 227.

« *La voilà,* page 199.

« Page 235, j'ai été un peu choqué de vous voir désirant l'approbation de MM. Thiers, Berryer, Thierry, Villemain. Est-ce que vraiment ces messieurs sentent *le foudroiement ou l'enchantement d'un objet d'art ?* Et puis vous aviez donc bien peur de n'être pas apprécié, pour avoir accumulé tant de documents justificatifs ? Ai-je besoin, pour vous admirer, de la permission de M. de Béranger ?

« Sacrebleu ! j'allais oublier *Le Joueur d'orgue,* page 242.

[. . . . .]

« Ce que j'appelle le Décor (paysage ou mobilier) est toujours parfait » (*CPl,* II, 584-585).

La maladie empêche Baudelaire de poster sa lettre aussitôt, en sorte qu'elle ne parvint à Sainte-Beuve qu'avec une lettre écrite le 15 février et où l'on trouve l'explication d'une autre mention.

« À propos d'amitié et d'ami renié, savez-vous que le magnifique vers :

est comme un enfant mort dans nos flancs avant l'heure
vers 12, page 195, 2e vol[ume]

se trouve traduit en prose, et très bien, ma foi ! dans une nouvelle de Paul de Molènes, *La Pâtissière,* je crois, histoire de l'amour *d'un parfait officier de cavalerie légère* (style *Molènes*) pour une pâtissière ? L'image est transférée de l'amitié à l'amour. Peut-être ignorait-il qu'il vous copiait » (*CPl,* II, 586).

On cherche ci-dessous à élucider les notes que Baudelaire n'a pas glosées pour son correspondant.

Page 246.

1. Cela peut s'entendre de l'ensemble du recueil, mais aussi, plus particulièrement, de la pièce sur laquelle s'ouvre la page 193 : *Dans un cabriolet...* Cette poésie, en effet, est conçue selon une démarche toute baudelairienne. Sainte-Beuve contemple le cocher du cabriolet, abruti de vice, de vin et de sommeil. Après quoi il retourne son regard sur lui-même :

> — *Mais Toi, qui vois si bien le mal à son dehors,*
> [. . . . .]
> *Comment tiens-tu ton âme au-dedans ?...*

Rappelons ce que Jean Prévost (*Baudelaire,* p. 149, 164, 168, etc.) écrivait du mouvement des *Fleurs du mal :* bien souvent une première partie décrit l'univers extérieur, puis la comparaison amène Baudelaire — qui est « presque toujours l'un des deux termes de ses comparaisons » — à s'examiner lui-même; et le « remords » ici comme là s'infiltre dans l'âme. — Jusqu'au tiret employé par Sainte-Beuve qui, dans *Les Fleurs du mal,* matérialise, pour ainsi dire, ce retour sur soi ! Quant aux termes « psychologie mystique, éparse », ils apportent un précieux renfort à l'observation faite naguère par R.-L. Wagner : « la *tonalité* du mot *mystique* dans les *Poésies de Joseph Delorme* et dans les *Consolations* annonce directement celle des *Fleurs du mal* » (Mélanges E. Lerch, *Studia Romanica,* 1955, p. 428).

2. Les pages 231, 232, 235, 236, 237 du volume jalonnent la longue pièce *À M. Villemain.* Les deux premières disent en vers ce que, plus tard, Sainte-Beuve redira en prose dans les « Petits Moyens de défense tels que je les conçois », suggestions faites à Baudelaire au moment du procès de 1857 (voir t. I, p. 790) et dont bien certainement celui-ci se souvient en 1866 :

La poésie en France allait dans la fadeur,
Dans la description sans vie et sans grandeur,
Comme un ruisseau chargé dont les ondes avares
Expirent en cristaux sous des grottes bizarres...
[Lamartine — « Lamartine ignorant, qui ne
*   sait que son âme » —, Hugo et Vigny se sont*
*   alors réparti l'empire de la poésie.]*
Venu bien tard, déjà quand chacun avait place,
Que faire ? où mettre pied ? en quel étroit espace ?
Les vétérans tenaient tout ce champ des esprits.
Avant qu'il fût à moi l'héritage était pris.

C'est, dans les deux cas, lumineusement offerte, une explication de l'originalité créatrice et de l'étrangeté poétique, inspirées par la nécessité.

L' « explication » est moins nette aux pages 235 et 236. Mais n'est-ce pas que Baudelaire put s'appliquer ces propos désabusés :

> *Des vers naissant trop tard, quand la science même,*
> *Unie au sentiment, leur ferait un baptême,*
> *Des vers à force d'art et de vouloir venus,*
> *Que le ciel découvert n'aura jamais connus ;*
> *Que n'ont pas colorés le soleil et les pluies ;*
> *Que ne traversent pas les foules réjouies ;*
> *[. . . . .]*
> *Des vers tout inquiets et de leur sort chagrins,*
> *Et qui n'auront pas eu de vrais contemporains ;*
> *Qu'est-ce que de tels vers ? j'en souffre et m'en irrite...*

Quant à la page 237, on voit mal quels sucs la Muse des *Fleurs du mal* aurait pu en exprimer. En revanche, Sainte-Beuve y quête avec une flagornerie gênante « le suffrage de Villemain » que Baudelaire relève à la suite en le ponctuant d'ironie.

Les chiffres « 22 et 23 », placés à même hauteur que « 237 », nous ramènent, eux, aux plus évidentes parentés d'inspiration. Les deux premiers vers de la page 22 préludent d'un même coup à l'éthique et à l'esthétique baudelairiennes :

> *C'est sans doute qu'en moi la coupable nature*
> *Aime en secret son mal, chérit sa pourriture...*

tandis que la page suivante contient une esquisse des bords de Seine vers l'île Saint-Louis, prétexte à l'évocation des dimanches d'autrefois, le tout composant un ensemble deux fois cher à l'auteur des « Tableaux parisiens » et du *Spleen de Paris*.

3. Les « métaphores très subtiles » ne pouvaient que séduire Baudelaire, inventeur en ce domaine de merveilleuses nuances. Et à qui les « habitudes de demi-jour et de l'à-peu-près » — de l'ambiguïté, pourrait-on dire, — furent-elles familières, sinon au poète des deux *Crépuscules* et des *Petites Vieilles* ?

Ces « métaphores », ces « habitudes », Baudelaire ne les relève ici que pour les louer. Or il n'a pas transcrit les éloges dans sa lettre. Même, il critiquera, en fait d'images, l'excès des luths, des lyres et des harpes ; et sans doute cette panoplie musicale et romantique est-elle accrochée au seul *Joseph Delorme,* alors que les notes ci-dessus ont trait aux *Consolations* et aux *Pensées d'Août* que Baudelaire déclare avoir « beaucoup mieux compris[es] qu'autrefois ». Mais l'aveu des reproches ne prouve-t-il pas d'autant mieux sa franchise, en le déchargeant de l'accusation de flatterie qu'on est parfois tenté de lui adresser, quand il prend trop au sérieux — et trop à cœur aussi — devant l'oncle Beuve son rôle de « cher enfant » ?

Page 247.

[ÉTUDES SUR POE]

À répartir ces textes selon leur date de publication dans la section Critique littéraire, on les eût privés de l'unité qu'ils constituent, sans, pour autant, donner plus d'homogénéité à cette section. Il était donc préférable de les grouper. Ils sont ici distribués dans l'ordre chronologique de publication.

Nous n'avons pas à retenir ici les traductions de Poe faites par Baudelaire — proses et poésies. Elles sont contenues dans un volume indépendant de la Bibliothèque de la Pléiade.

Nous tenons à remercier notre ami et collègue le Professeur W. T. Bandy — fondateur du Centre d'études baudelairiennes qui, à l'Université Vanderbilt, porte maintenant son nom — des conseils qu'il nous a donnés : il a vraiment été notre guide. Nous aurons l'occasion de faire maints emprunts à ses travaux et notamment au plus récent, son édition commentée de la première étude de Baudelaire sur *Edgar Allan Poe, sa vie et ses ouvrages* (University of Toronto Press, [1973]), parue en 1852 dans la *Revue de Paris* (sigle : *EAP*).

Quand Edgar Allan Poe mourut à Baltimore le 7 octobre 1849, âgé seulement de quarante ans, Baudelaire avait déjà pris contact avec son œuvre. En France même, selon les recherches de W. T. Bandy, la première adaptation avait été celle de *William Wilson* par Gustave Brunet dans *La Quotidienne* des 3 et 4 décembre 1844, la première traduction, celle du *Gold Bug* par Amédée Pichot, sous le pseudonyme d'Alphonse Borghers, dans la *Revue britannique* de novembre 1845. Le 27 janvier 1847, *La Démocratie pacifique* insérait une traduction du *Black Cat* ; quatre autres traductions allaient y paraître jusqu'à la fin de mai 1848. La traductrice était Isabelle Meunier, d'origine britannique; Victor Meunier son mari était fouriériste, et fouriériste *La Démocratie pacifique*. Voici comment *Le Chat noir* y était présenté par la rédaction :

« Nous donnons cette nouvelle pour montrer à quels singuliers arguments sont réduits les derniers partisans du dogme de la *perversité native*. Voici une fable destinée à soutenir ce dogme qui tombe, et dans laquelle l'auteur, bien que voguant en pleine fantaisie, n'ose faire intervenir cette prétendue perversité native qu'après avoir fait passer son personnage à travers plusieurs années d'ivrognerie. »

Edgar Poe était donc classé parmi les attardés et les réactionnaires. Ce n'était pas *alors* une raison pour que Baudelaire s'éprît de lui : en 1847, le futur lecteur et défenseur de Joseph de Maistre se cherche entre de multiples courants de pensée qui s'appellent Swedenborg et Fourier, Pierre Leroux et Lamennais. Il est plus proche de l'abbé Constant et d'Alphonse Esquiros, socialistes chrétiens, humanitaristes, que des Raffinés et des Dandies auxquels il avait appartenu jusqu'au début de 1846 et dont à partir de 1860 il rêvera de décrire la galerie.

En découvrant l'œuvre de Poe, Baudelaire ne lisait pas un réactionnaire; il apercevait un illuminé (voir p. 248 et 288); et il devinait un grand écrivain.

Dans une lettre à Armand Fraisse du 18 février 1860 (*CPI*, I, 676), se rappelant cette découverte, il mentionne la « commotion singulière » qu'elle lui valut. Pendant dix-huit ans il n'allait pas cesser de servir l'œuvre de Poe.

En 1847 il avait de la langue anglaise une connaissance déjà fort honorable, comme on peut le constater en confrontant *Le Jeune Enchanteur*, publié en février 1846, avec l'original dû à George Croly : les quelques erreurs, faux sens ou contresens, que W. T. Bandy a relevées dans la traduction n'infirment pas cette certitude[1]. Il lui fallut cependant perfectionner sa connaissance de l'anglais[2] et se faire aux américanismes : même si la langue de Poe est beaucoup plus proche de l'anglais du XIXᵉ siècle que de l'américain actuel, elle reflète nécessairement des réalités différentes des réalités anglaises. Et surtout il lui fallait réunir et articuler les *membra disjecta* de l'œuvre dont seuls quelques fragments lui étaient parvenus : « ses œuvres complètes n'ayant été rassemblées qu'après sa mort en une édition unique — confie-t-il encore à Fraisse —, j'eus la patience de me lier avec des Américains vivant à Paris pour leur emprunter des collections de journaux qui avaient été dirigés par Poe. Et alors je trouvai, croyez-moi, si vous voulez, des poèmes et des nouvelles dont j'avais eu la pensée, mais vague et confuse, mal ordonnée, et que Poe avait su combiner et mener à la perfection. Telle fut l'origine de mon enthousiasme et de ma longue patience ». Asselineau a consacré un chapitre de sa biographie de Baudelaire à cette découverte qui n'a d'équivalent dans la littérature française que celle des *Mille et Une Nuits* par Antoine Galland :

« À tout venant, où qu'il se trouvât, dans la rue, au café, dans une imprimerie, le matin, le soir, il allait demandant : — Connaissez-vous Edgar Poe ? Et selon la réponse, il épanchait son enthousiasme, ou pressait de questions son auditeur. [...] Quiconque, à tort ou à raison, était réputé informé de la littérature anglaise et américaine, était par lui mis littéralement à la *question*. Il accablait les libraires étrangers de commissions et d'informations sur les diverses éditions des œuvres de son auteur, dont quelques-uns n'avaient jamais entendu parler. J'ai été plus d'une fois témoin de ses colères, lorsque l'un d'eux lui avouait ne connaître ni l'auteur ni l'ouvrage, ou lui répétait une fausse indication. Comment pouvait-on vivre sans connaître par le menu Poe, sa vie et ses œuvres ?

1. Voir t. I, p. 1405-1406.
2. Voir t. I, p. 241-242 et les notes afférentes.

« Je l'accompagnai un jour à un hôtel du boulevard des Capucines, où on lui avait signalé l'arrivée d'un homme de lettres américain qui devait avoir connu Poe. Nous le trouvâmes en caleçon et en chemise, au milieu d'une flottille de chaussures de toutes sortes qu'il essayait avec l'assistance d'un cordonnier. Mais Baudelaire ne lui fit pas grâce : il fallut bon gré, mal gré, qu'il subît l'interrogatoire, entre une paire de bottines et une paire d'escarpins. L'opinion de notre hôte ne fut pas favorable à l'auteur du *Chat noir*. Je me rappelle notamment qu'il nous dit que M. Poe était un esprit bizarre et dont la conversation n'était pas du tout *conséquioutive*. Sur l'escalier, Baudelaire me dit en enfonçant son chapeau avec violence : " Ce n'est qu'un yankee[1] ! " »

Cet enthousiasme ne faiblit pas. Le goût de Baudelaire pour Poe resta aussi constant que celui de Stendhal pour Saint-Simon et les épinards. Et la seule partie de l'œuvre de Baudelaire à avoir été achevée est celle des traductions de Poe : cinq volumes publiés de 1856 à 1865, qui seront repris chez le même éditeur, Michel Lévy, dans les *Œuvres complètes* en trois volumes (1869-1870). C'est aussi la seule partie de son œuvre qui a valu à Baudelaire des droits d'auteur appréciables et qui aurait continué à lui en valoir si, dans un moment de panique, le 1er novembre 1863, il n'avait, pressé par une nécessité cruelle, accepté d'aliéner tous ses droits pour la somme forfaitaire de 2 000 francs[2]. C'est enfin la partie de l'œuvre de Baudelaire qui aurait le plus contribué à répandre son nom, s'il n'y avait eu le scandale des *Fleurs du mal*. Celles-ci étaient d'ailleurs publiées quand Émile Chevalet fit paraître ces lignes :

« J'ai lu de M. Charles Baudelaire, sur des feuilles volantes et dans quelques journaux, des vers qui dénotaient un poète original, et j'avais espéré qu'il ne tarderait pas à se faire une place distinguée dans le petit nombre de ceux qui méritent d'être cités. Il faut croire que Baudelaire a renoncé à la poésie, et qu'il aime mieux cultiver la prose. C'est à lui que nous devons la traduction des *Histoires extraordinaires de Poe,* livre extrêmement remarquable, et qui est aujourd'hui dans les mains de tout le monde[3]. »

Les *Histoires extraordinaires* ont connu de son vivant six tirages,

---

1. *Baudelaire et Asselineau*, 93, 94-95. Comme le remarque W. T. Bandy ces souvenirs se rapportent à 1850 ou aux années qui suivirent immédiatement. Voir aussi p. 270.
Dans ce texte, dans le suivant, fréquemment dans d'autres encore, Poe est écrit avec un tréma sur l'e. Il ne nous a pas été permis de conserver cette particularité, contre laquelle d'ailleurs Baudelaire s'élevait dans un message à Michel Lévy (*CPl*, II, 331).
2. Les contrats sont reproduits dans la *Correspondance* : I, 319, 358 ; II, 328 ; voir aussi les notes afférentes.
3. Anonyme [Émile Chevalet], *Les 365. Annuaire de la littérature et des auteurs contemporains par le dernier d'entre eux,* Havard, 1858, p. 66. Baudelaire était en relations avec Chevalet ; voir t. I, p. 209.

un septième paraissant en 1867[1]. Les *Nouvelles Histoires extra-ordinaires* ont été bien accueillies aussi. Puis, l'engouement du public décrut. La première fois que le nom de Baudelaire est cité en Allemagne c'est à propos de Poe, dès novembre 1856, dans une petite revue d'avant-garde, le *Frankfurter Museum*[2]. Et c'est par les traductions et les études de Baudelaire que, généralement, *The French Face of Edgar Poe*[3] est appelée à devenir *The European Face of Edgar Poe,* Mallarmé, traducteur des poèmes, ayant relayé Baudelaire dans cette mission.

On peut et l'on doit s'étonner de cette constance de Baudelaire, qui a ressenti les tentations de cent projets divers dans les genres les plus différents, comme de l'importance des traductions dans les œuvres complètes : trois volumes sur sept dans l'édition « définitive » de Michel Lévy, cinq sur treize dans la grande édition de Jacques Crépet qui a réservé trois tomes aux *Œuvres posthumes*. Certes, l'admiration de Baudelaire pour Edgar Poe est première dans toute recherche d'explication. Mais au détour d'une phrase écrite à Mme Paul Meurice : « J'ai perdu beaucoup de temps à traduire Edgar Poe, [...] », on voit, à l'emploi du verbe, comme percer un regret, à un moment où les jeux sont faits. « Moi qui vends ma pensée, et qui veux être auteur », lit-on dans une poésie de jeunesse (t. I, p. 203). Il était plus facile de vendre les contes de Poe que *Les Fleurs du mal*. Et la quête orphique, la descente aux enfers supposent dans la société à laquelle appartint Baudelaire, même s'il la détestait, une justification. Poe, anti-bourgeois par sa vie, fut en France la caution bourgeoise de son traducteur : celui-ci rassurait où l'auteur des *Fleurs* inquiétait. Et se rassurait lui-même sur ce que nous avons appelé sa « difficulté créatrice[5] ». Poe a été pour lui ce qu'ont été à d'autres moments les tableaux et les livres dont il écrivait : un tremplin offert à l'essor de sa création, un refuge contre le vertige du gouffre.

« J'ai perdu beaucoup de temps à traduire Edgar Poe, et le grand bénéfice que j'en ai tiré, c'est que quelques bonnes langues ont dit que j'avais emprunté à Poe *mes* poésies, lesquelles étaient faites dix ans avant que je connusse les œuvres de ce dernier », ainsi se lit la phrase de la lettre à Mme Meurice dont plus haut n'était cité que le début. Il faut de cette déclaration donner acte à Baudelaire : si quelques poésies, de celles, plutôt, qui entreront dans la deuxième édition des *Fleurs du mal,* révèlent une influence

---

1. Voir W. T. Bandy, « Éditions originales et éditions critiques des *Histoires extraordinaires* d'Edgar Poe », *Bulletin du bibliophile*, 1953, n° 4, p. 184-194.
2. Cl. Pichois, « De Poe à Dada », numéro spécial Baudelaire, *R.H.L.F.*, avril-juin 1967.
3. Pour reprendre le titre du livre de Patrick F. Quinn (Carbondale, Southern Illinois Press, 1957), qui est sans doute le meilleur ouvrage sur l'influence de Poe en France.
4. *CPl*, II, 466 ; 18 février 1865.
5. Voir t. I, p. 800-801.

certaine, l'essentiel de l'œuvre poétique ne doit rien à Poe. C'est plutôt au contact de Delacroix que Baudelaire a constitué son esthétique, mais Poe l'a aidé à confirmer ce que déjà il avait trouvé : l'aspect volontariste, la recherche consciente de l'effet, la valeur de la concision, la dimension surnaturaliste.

Au reste, pour apprécier comme il convient les textes de cette section, quel besoin d'exciper d'une influence ? Baudelaire a, le plus souvent, pratiqué ici une critique d'identification, qui avec l'article sur *Madame Bovary,* lui mérite le titre de maître de la critique moderne, titre qu'il ravit malgré lui à Sainte-Beuve. « Savez-vous pourquoi j'ai si patiemment traduit Poe ? Parce qu'il me ressemblait[1]. »

[PRÉSENTATION DE « RÉVÉLATION MAGNÉTIQUE »]

La Liberté de penser, 15 juillet 1848. Cette présentation, signée Charles Baudelaire, est suivie de la traduction du conte qui, après avoir été publié dans *Le Pays* du 30 juillet 1854, entrera en 1856 dans les *Histoires extraordinaires.* La traduction de 1848 montre, remarque J. Crépet dans son édition des *Histoires extraordinaires,* des contresens caractérisés, des faux sens, d'autres infidélités, corrigés pour la plupart dans le texte de 1854.

Première reproduction en volume : *Œuvres posthumes,* 1908.

Les épreuves de ce conte — avec, vraisemblablement, le texte de présentation — corrigées par Baudelaire firent partie de la vente de la *Bibliothèque de Champfleury* (Léon Sapin, 1890, n° 688) : non plus que J. Crépet nous ne les avons retrouvées.

On a vu que Baudelaire avait découvert Poe dans *La Démocratie pacifique* en 1847. *La Liberté de penser, revue philosophique et littéraire* (ensuite *revue démocratique*) avait été fondée en décembre 1847 et disparaîtra après le coup d'État. Aux sommaires on trouve les noms de Jules Simon, Ernest Renan, Gustave Vapereau, Émile Deschanel, etc., qui, après 1851, ne seront pas précisément des amis de Baudelaire[2].

Celui-ci est alors à la recherche d'un système unitaire qui lui permette de penser le monde. Il n'avait pas tort de découvrir cette préoccupation dans l'œuvre de Poe laquelle, par ce qu'elle doit à Coleridge, se rattache au romantisme allemand qui s'était fixé pour but de retrouver cette unité primitive. En passant de *La Démocratie pacifique* à *La Liberté de penser,* Poe ne change pas de sphère. Il fallait même que Baudelaire fût obsédé par ses préoccupations philosophiques et « mystiques » (à employer ce mot dans le sens du livre de Jean Pommier) ou illuministes pour traduire cette ennuyeuse *Mesmeric Revelation* où un spinozisme dilué dans de l'idéa-

1. Lettre à Théophile Thoré ; environ 20 juin 1864 ; *CPl*, II, 386.
2. Voir *BET*, 117.

lisme assimile Dieu, la pensée et la matière de façon à réconforter les âmes nostalgiques. On peut penser que dans son choix Mme Isabelle Meunier avait mieux rencontré. Le conte de Poe — si c'est là un conte — est d'intérêt bien moindre que la présentation de Baudelaire.

1. Après avoir étudié les premiers témoignages sur la fortune de Poe en France, W. T. Bandy, qui a le premier reproduit ce texte avec fidélité (*EAP*, xxi-xxii), juge exagérée cette affirmation.

2. Voir l'Index.

3. Baudelaire en 1845-1846 a beaucoup lu les *Salons* de Diderot. *Les Lesbiennes,* premier titre du recueil de poèmes qu'il prépare, se souviennent de *La Religieuse* (t. I, p. 1062). Dans *La Fanfarlo* Baudelaire cite une des *Pensées philosophiques* (t. I, p. 568).

4. Samuel Cramer s'intéressait à Sterne (*La Fanfarlo,* t. I, p. 554).

Page 249.

1. Ce paragraphe a dû être ajouté à la demande de la rédaction de la revue ou même par elle.

EDGAR ALLAN POE
SA VIE ET SES OUVRAGES

Revue de Paris, mars et avril 1852.
Première reproduction en volume : *Œuvres posthumes,* 1908.

Texte reproduit : celui de 1852.

La *Revue de Paris* était dirigée par un comité dans lequel Maxime Du Camp avait un rôle prépondérant. Baudelaire, entre septembre 1851 et janvier 1852, y avait envoyé une série de *Douze poèmes* par l'intermédiaire de Gautier (*CPl,* I, 180). Un seul de ces poèmes fut inséré, avec un autre qui n'appartenait pas à cette série (t. I, p. 807). La revue était progressiste; Baudelaire, qui venait de découvrir Joseph de Maistre, devait paraître quelque peu suspect à Du Camp, qui le traita avec hauteur (voir *LAB,* 140-141, où il convient d'intervertir le billet et la lettre). Un peu plus tard, Baudelaire soumit à la *Revue de Paris* la traduction de *The Pit and the Pendulum (Le Puits et le Pendule)* ; elle y fut insérée en octobre 1852. Rencontrant des difficultés dans sa traduction, il avait écrit à Du Camp le 16 septembre 1852 qu'il était dans la nécessité de trouver « un certain M. Mann » pour se faire aider. Grâce aux recherches de W. T. Bandy on sait que ce « certain M. Mann » joua dans la découverte de Poe par Baudelaire un rôle certain. William Wilberforce Mann, né dans la Nouvelle-Angleterre en 1809, donc la même année que Poe, vécut une partie de son enfance dans le Sud, en Georgie. Reçu avocat vers 1830, après quelque quinze années de barreau, il alla s'établir à Paris, d'où il envoyait des articles à des périodiques américains, en particulier au *Southern*

Literary Messenger (Richmond, Virginie), revue dont il avait à Paris une collection, et notamment toutes les livraisons qui avaient paru quand Poe en était le rédacteur en chef. Mann revint aux États-Unis en 1856. Il mourra en 1885 (voir *EAP*, xxv-xxvi).

La collection que Mann mettait à la disposition de Baudelaire contenait aussi deux articles dont celui-ci allait faire le plus grand usage : une notice nécrologique de John Reuben Thompson insérée dans la livraison de novembre 1849 et un long compte rendu, par John Moncure Daniel, des deux premiers volumes de l'édition des œuvres de Poe publiée chez Redfield à New York : il avait été inséré dans la livraison de mars 1850. Il revient à W. T. Bandy d'avoir identifié les emprunts faits par Baudelaire à ces deux articles[1]. Voici la conclusion à laquelle il aboutit : l'apport personnel de Baudelaire, en 1852, est pratiquement limité à l'analyse des huit contes de Poe. Le reste est emprunté à l'étude de Daniel et, parfois, à la notice nécrologique de Thompson. Baudelaire ne connaît alors qu'une faible partie de l'œuvre de Poe : quelques contes ; il ignore les poésies, *Arthur Gordon Pym*, *Eureka* et, il est important de le noter : *The Philosophy of Composition*. Mais dans le traitement de ses emprunts Baudelaire modifie ou même retourne l'interprétation des faits, chaque fois qu'elle est défavorable à Poe. Daniel, s'il estimait en Poe l'écrivain, n'aimait pas l'homme. De l'homme comme de l'écrivain, Baudelaire donne une image que les compatriotes de Poe auraient dite « fascinating », peut-être sans très bien comprendre et approuver cet engouement : d'une étude Baudelaire avait pris cinquante ans d'avance.

On est heureux de pouvoir citer parmi les lecteurs de cet étude un frère ou un cousin de Baudelaire (en se rappelant *Intimités* de Thibaudet). Amiel note dans son journal à la date du 20 avril 1852 : « Ce qui m'a le plus frappé, c'est l'étude de Baudelaire sur un critique, poète et romancier de génie, mort dans le ruisseau à trente-neuf ans, l'Américain *Edgar Allan Poe*... Cette physionomie m'a extrêmement frappé et j'ai trouvé dans cette nature puissante, bizarre et malheureuse bien des points d'attache avec moi-même. » W. T. Bandy, qui cite ce passage[2], indique de plus qu'une revue russe, *Le Panthéon*, reproduisit en traduction, dans sa livraison de septembre 1852, la plus grande partie de cette étude : c'était la première traduction d'un texte de Baudelaire.

Baudelaire reçut le 8 avril 1852 du libraire Lecou qui éditait la *Revue de Paris* la somme de 72,50 F (*CPl*, I, 196). Rémunérait-elle les deux parties de l'article ou une seule, la seconde ?

2. Baudelaire dément ici ce qu'il avait écrit, en 1846, dans les *Conseils aux jeunes littérateurs* (p. 13). Y.-G. Le Dantec (édition des

---

1. Ils sont reproduits dans les Appendices A et B de *EAP* et traduits dans le cahier de l'Herne, [1974], consacré à *Edgar Allan Poe* et dirigé par Claude Richard, p. 184-188 et 191-211.
2. *EAP*, XXIX.

Œuvres complètes de Baudelaire, t. XIII, *Traductions d'Edgar Poe*, Gallimard, 1931, p. 438-439) a signalé dans ce début un souvenir de Pétrus Borel, qui, dans *Madame Putiphar*, écrivait : « Je ne sais s'il y a un destin fatal, mais il y a certainement des destinées fatales; mais il est des hommes qui sont donnés au malheur; mais il est des hommes qui sont la proie des hommes, et qui leur sont jetés comme on jetait des esclaves aux tigres des arènes; pourquoi ?... Je ne sais. »

3. Cf. le chapitre XLVII de *Germinie Lacerteux* (1864). Du guignon qui accable la pauvre servante les Goncourt écrivent : « Cette grande force du monde qui fait souffrir, la puissance mauvaise qui porte le nom d'un dieu sur le marbre des tragédies antiques, et qui s'appelle *Pas-de-Chance* sur le front tatoué des bagnes, la Fatalité l'écrasait, et Germinie baissait la tête sous son pied. » Coïncidence ? Ou les Goncourt se rappellent-ils le texte de Baudelaire qui n'avait été publié qu'une seule fois, en 1852, mais dans la *Revue de Paris* ?

4. Voir *Le Rebelle* (t. I, p. 139).

Page 250.

1. Cf. p. 19. Ces précisions biographiques semblent empruntées à la *Vie* d'Hoffmann par son traducteur, Loève-Veimars, t. XX (1833) de l'édition publiée chez Eugène Renduel. Voir Jean Pommier, *Dans les chemins de Baudelaire*, p. 298-299.

2. Jean-Jacques Rousseau au séminaire de Turin.

3. Hoffmann.

4. Poème de Gautier; voir p. 126. C'est à ce poème que sont empruntés les vers qui suivent.

5. *Stello.*

Page 251.

1. Ceci, note W. T. Bandy, est emprunté à l'article de Daniel, mais Baudelaire a interverti les éléments du qualificatif. Il rétablira l'ordre dans le troisième tirage des *Histoires extraordinaires : a money making author* (p. 298).

2. C'est encore Daniel.

3. N. P. Willis, cité par Daniel; voir p. 265.

4. Ben Jonson, *Every Man in his Humour* (II, 3) :

> *Get money ; still get money, boy :*
> *No matter by what means.*

(Fais de l'argent; ne cesse pas de faire de l'argent, mon gars : peu importent les moyens.) C'est le conseil donné à un fils par son père, — à tous les fils par tous les pères.

5. *Soirées de Saint-Pétersbourg,* sixième Entretien.

Page 252.

1. Sur cette image que Baudelaire se fait de l'Amérique, utilitaire, positiviste, voir l'article de James S. Patty : « Baudelaire's

View of America », *Kentucky Foreign Language Quarterly*, t. II, 1955, p. 166-179. W. T. Bandy pense que cette image doit beaucoup au livre de Philarète Chasles dont les *Études sur la littérature et les mœurs des Anglo-Américains au XIXe siècle* venaient de paraître chez Amyot en 1851. On notera que cette image est aussi celle que se fait Stendhal.

2. Baudelaire lui-même le crut. Voir page 291 sa dédicace à Maria Clemm.

3. C'est à Daniel que Baudelaire doit ses informations sur la biographie de Poe.

4. Une sœur, non une fille de l'amiral McBride (graphie correcte).

Page 253.

1. En fait : Bransby — graphie que Baudelaire n'adoptera que dans le troisième tirage des *Histoires extraordinaires* (1857). Daniel : Brandsby.

2. Néologisme que Baudelaire avait déjà employé dans *La Fanfarlo* (t. I, p. 560).

3. Cf. *Correspondances* (t. I, p. 11).

Page 254.

1. C'est par l'article de Daniel que Baudelaire connaît l'extrait suivant.

Page 256.

1. Cf. la première strophe du *Voyage* (t. I, p. 129).

Page 257.

1. Voltaire, *Le Mondain*, v. 21. Le texte est : « le bon temps... ».

2. Baudelaire a éprouvé ces « tortures du jeune âge »; voir le début de l'épître qu'il adresse à Sainte-Beuve (t. I, p. 206) et l'une des notes autobiographiques (t. I, p. 784), ainsi que *Mon cœur mis à nu*, VII, 12, et XL, 72 (t. I, p. 680 et 703).

Page 258.

1. Il est impossible de ne pas penser ici à la Douleur que Baudelaire, sept ans plus tard, évoquera également dans un contexte romain à la fin du *Cygne* (t. I, p. 87).

2. Les deux expressions en italique de ce paragraphe reprennent deux expressions de Poe à l'avant-dernier paragraphe de la citation de *William Wilson* (p. 256-257).

3. À Charlottesville, dont le campus a été dessiné par le président Jefferson. On y montre encore la chambre qu'avait occupée Poe. Julien Green y sera aussi étudiant.

4. Ce voyage en Grèce et en Russie est aussi légendaire que celui que Baudelaire aurait fait en Inde.

Page 259.

1. Daniel.

2. C'était en fait le troisième volume que publiait Poe : *Tamerlane and Others Poems* avait paru en 1827, *Al Aaraaf, Tamerlane and Minor Poems,* en 1829. Peu après avoir quitté West Point, Poe publia *Poems, Second Edition.*

3. James Russell Lowell est représenté avec Willis dans l'édition des deux volumes d'œuvres publiées par Griswold chez Redfield et dont Daniel rendait compte dans le *Southern Literary Messenger.* Il avait lui-même publié un article sur Poe dans le *Graham's Magazine* en 1845, mais Baudelaire — W. T. Bandy l'établit clairement — ne l'avait pas encore lu. C'est d'après Daniel que Baudelaire cite Lowell et c'est par Daniel, non par Lowell, qu'est fait le rapprochement avec l'*Anthologie.*

Page 260.

1. Expression littéralement traduite de Daniel, qui la plaçait entre guillemets.

2. W. T. Bandy fait remarquer l'erreur de Baudelaire. Daniel avait écrit : « Mr. Kennedy read a page solely on that account », c'est-à-dire pour cette seule raison que l'écriture de Poe était belle.

3. Autre emploi du verbe *grimer* au premier paragraphe du *Choix de maximes consolantes sur l'amour* (t. I, p. 546) : « les jeunes se griment, — les vieux s'adonisent ».

Page 261.

1. Les deux expressions en italique appartiennent à Daniel.

2. Voir la lettre bibliographique sur Poe adressée à un correspondant inconnu autour de 1854 (*CPl,* I, 251).

Page 262.

1. Baudelaire fait allusion à la tante de Poe, Mrs. Maria Poe Clemm, dont celui-ci avait épousé la fille Virginia. Mme Aupick a dû ressentir une autre allusion. On la rapprochera de celle que contient, à peu près au même moment, la première notice sur Pierre Dupont (p. 29) et qui vise le général Aupick. — En fait, Mrs. Clemm, si elle a été dévouée à son gendre, ne fut pas cette sainte de la littérature que Baudelaire a imaginée d'après quelques articles américains. Après la mort du « pauvre Eddy » elle tendit non pas une main, mais deux aux confrères de celui-ci afin qu'ils vinssent à son secours à elle.

2. Ce paragraphe est essentiel pour comprendre l'évolution de Baudelaire. Dans l'article contre *L'École païenne* (*Semaine théâtrale,* 22 janvier 1852), Baudelaire avait pris ses distances par rapport aux poètes marmoréens, mais la conclusion laissait encore la poésie « marcher fraternellement » entre la science et la philosophie. Ici, la fraternité semble précaire.

3. *The Poetic Principle*. Baudelaire ne connaît pas encore ce texte. Il traduit le passage dans lequel Daniel résume les « lectures » que Poe a faites à Richmond et auxquelles le critique a assisté *(EAP)*.

Page 264.

1. Ce n'était pas le cas de Baudelaire qui, à en croire plusieurs témoignages, récitait admirablement ses poèmes et qui, dans la note de la section *Révolte* en 1857 (t. I, p. 1075-1076), s'est comparé au comédien, après avoir ressenti très jeune la tentation du théâtre (t. I, p. 702).

2. Mrs. Sarah Elmira Royster Shelton.

3. W. T. Bandy *(EPA, 48)* remarque qu'il n'est pas sûr que Daniel se réfère à ce poème, qu'en tout cas Baudelaire ne l'avait pas lu.

4. Daniel donne le nom : Mrs. St. Leon Loud.

5. Le 22 février 1852, alors que le manuscrit de la première partie de son étude était à l'impression, Baudelaire écrit d'urgence au correcteur de l'imprimerie Pillet *(CPl, I, 186)* :

« Ayez l'obligeance de chercher le passage où il est question de la mort de Poe, c'est à peu près trois ou quatre pages avant la fin, et après :

Et ce fut dans un de ces lits que mourut l'auteur du Chat noir *et d'*Eureka, ajoutez :

, le 7 octobre 1849 à l'âge de tente-sept ans. »

La date est exacte, mais non l'âge : Poe avait quarante ans, étant né le 19 janvier 1809 à Boston. Baudelaire n'est pas entièrement responsable. Comme Heine, Poe avait la coquetterie de se rajeunir. W. T. Bandy *(EAP, 48)* cite au sujet de cette précision chronologique un passage des *Portraits cosmopolites* de Charles Yriarte : Baudelaire « racontait avec indignation la réception du consul général [des États-Unis] auquel il était allé demandé de faire des démarches pour établir l'état civil d'Edgar Poe, mort peu de temps auparavant ».

Page 265.

1. Ce passage de Willis, dont l'article avait été inséré dans les œuvres de Poe publiées chez Redfield, est cité par Daniel dans son article. Cette « note » était annoncée par Baudelaire au début de son étude (p. 251), à propos du style de Poe qui, trop au-dessus du commun, le faisait payer moins que d'autres collaborateurs.

Page 266.

1. C'est ainsi qu'au milieu du XIXᵉ siècle encore, on développe fréquemment, en français, l'abréviation : Mrs.

Page 267.

1. Passage destiné, comme celui sur lequel nous attirions l'attention, p. 262, n. 1, à être lu par Mme Aupick, alors à Madrid,

où le général était ambassadeur de France. Voici en quels termes Baudelaire entretenait sa mère de cette étude :

« J'ai trouvé un auteur américain qui a excité en moi une incroyable sympathie, et j'ai écrit deux articles sur sa vie et ses ouvrages. C'est écrit avec ardeur ; mais tu y découvriras sans doute quelques lignes d'une très extraordinaire surexcitation. C'est la conséquence de la vie douloureuse et folle que je mène ; puis c'est écrit la nuit ; quelquefois en travaillant de *10 heures à 10 heures*. Je suis obligé de travailler la nuit afin d'avoir du calme et d'éviter les insupportables tracasseries de la femme [Jeanne] avec laquelle je vis. Quelquefois je me sauve de chez moi, afin de pouvoir écrire, et je vais à la bibliothèque, ou dans un cabinet de lecture, ou chez un marchand de vin, ou dans un café, comme aujourd'hui. Il en résulte en moi un état de colère perpétuel. Certes ce n'est pas ainsi qu'on peut faire de longues œuvres. — J'avais beaucoup oublié l'anglais, ce qui rendait la besogne encore plus difficile. Mais *maintenant, je le sais très bien*. Enfin je crois que j'ai mené la chose à bon port » (*CPl*, I, 191-192).

2. Cette lettre avait été adressée à John R. Thompson qui la citait dans son article nécrologique (*EAP*, 49).

3. Baudelaire ne savait pas qu'il aurait à traduire un long fragment de *Hiawatha* (voir t. I, p. 243 sq.).

4. Ici prend fin la première partie de l'étude (livraison de mars 1852).

5. Dans cette deuxième partie Baudelaire suit encore Daniel, mais plus librement.

6. Pour Érasme, Baudelaire pense au portrait peint par Hans Holbein et qu'il pouvait voir au Louvre. Pour Diderot et pour Mercier il est difficile de savoir à quelle œuvre — portrait peint, frontispice gravé, buste sculpté — Baudelaire a dans l'esprit. Pour Voltaire c'est sans doute au buste de Houdon qu'il pense. Pour J. de Maistre, sans aucun doute, c'est au portrait dessiné par Pierre Bouillon et gravé par Léon Mauduison pour les *Lettres et opuscules inédits* (Vaton, 1851), ouvrage de Maistre dont Baudelaire voulait rendre compte dans *Le Hibou philosophe* (p. 50) ; ce portrait est reproduit dans *ICO*, n° 168, et dans l'*Album Baudelaire*, p. 85. Quant à Balzac, Baudelaire l'a rencontré personnellement (*BET*, 34). Ces considérations sont inspirées par l'intérêt que Baudelaire a porté à Lavater, auteur d'un *Art de connaître les hommes par la physionomie* (voir Jean Pommier, *La Mystique de Baudelaire, op. cit.*, et *Michelet interprète de la figure humaine*, University of London, The Athlone Press, 1961).

Page 268.

1. Ce drame de Balzac a été créé au théâtre de l'Odéon le 19 mars 1842. Baudelaire venait de rentrer de son voyage au long cours. On voit par les *Mystères galants* qu'il hantait l'Odéon et les cafés voisins. L'acteur Bignon tenait le rôle principal de Fontanarès (voir p. 811).

Page 269.

1. Cette description du crâne de Poe en termes phrénologiques est due — remarque W. T. Bandy (*EAP*, 49) — et entièrement empruntée à Daniel.

2. W. T. Bandy l'a retrouvé : P. Pendleton Cooke (*EAP*, 50). Ces lignes sont citées dans l'article nécrologique de Thompson.

3. L'adjectif *regrettable*, souvent employé dans ce sens par Sainte-Beuve, a le sens de notre moderne « regretté », appliqué à un défunt. Cependant, remarque W. T. Bandy (*EAP*, 50), l'article de Cooke parut dans le *Southern Literary Messenger* en janvier 1848 : c'est donc dans l'article de Thompson que Baudelaire en a pris connaissance.

4. Voir p. 275.

Page 270.

1. Voir *supra*, p. 1202.

2. W. T. Bandy note que, si Kepler et Bacon sont cités par Daniel, la mention de Swedenborg est due à Baudelaire.

Page 271.

a. Saharah   Texte de 1852.

1. On en peut douter, si l'on pense à Baudelaire lui-même qui n'aura pas trop d'anathèmes pour Paris, mais qui, ici, est égaré par son anti-américanisme.

2. Cf. *Mon cœur mis à nu*, XXI, 36 : « Étude de la grande Maladie de l'horreur du Domicile » (t. I, p. 689). Baudelaire est lui aussi un nomade.

3. Voici le texte de Daniel : *« he would go at once to a bar and drink off glass after glass as fast as its tutelar genius could mix them[1] »*. Le « bon Ange » n'a rien à faire ici (*EAP*, 50).

4. *The American Whig Review.*

Page 272.

1. J. Crépet a retrouvé la source de cette anecdote : Saint-Mars, *Mémoires pour la vie de Chapelle* (éd. de 1826, p. XL-XLI). La demoiselle est Mlle Chouars.

2. Rue qui commençait place de l'Oratoire et finissait rue Saint-Honoré.

3. Jacqueline Wachs a retrouvé ce mot, auquel fait déjà allusion *La Fanfarlo* (t. I, p. 561), dans la notice MERCIER que Charles Weiss avait rédigée pour la *Biographie universelle* de Michaud (t. XXVIII, 1821), répertoire que Baudelaire consultera quelques années plus tard pour y prendre des notes sur Laclos (voir p. 66). La question posée dans la note fait allusion à *Marion de Lorme*, IV, 8. Au roi (Louis XIII) qui lui demande : « Pourquoi vis-tu ! »,

---

1. Il allait illico dans un bar et vidait verre sur verre, aussi rapidement que le génie tutélaire du lieu pouvait les lui préparer.

le bouffon L'Angely répond : « Je vis par curiosité. » En 1840 Baudelaire avait exprimé à Hugo son admiration pour ce drame (*CPl*, I, 81).

4. Baudelaire pense à lui-même (voir le passage de la lettre à Mme Aupick, cité n. 1, p. 267). Ce paragraphe lui appartient entièrement, ainsi que les suivants, jusqu'à la mention d'*Un grand homme de province à Paris* (p. 274).

5. Cf. dans *La Chambre double* « la fiole de laudanum; une vieille et terrible amie » (t. I, p. 281).

6. Dans cette troisième partie Baudelaire, tout en faisant des emprunts à Daniel (*Pym, Eureka*), est beaucoup plus original : utilisant sans doute l'édition Wiley and Putnam des *Tales* (voir p. 275, n. 2), il présente huit contes dont sept figurent dans cette édition. Quant à *Bérénice,* qu'il a découverte dans le *Southern Literary Messenger,* il en a la traduction sur sa table en même temps qu'il écrit cette étude (voir p. 288).

7. Cf. p. 247 la présentation de *Révélation magnétique.*

Page 273.

1. Les années 1835 et 1836, précise W. T. Bandy (*EAP,* 51), prêtées par W. W. Mann à Baudelaire, ainsi que les années 1849 et 1850 contenant les articles de Thompson et de Daniel.

2. Poe, indique W. T. Bandy (*ibid.*), a rendu compte des *Mémoires* de Lucien Bonaparte dans le fascicule d'octobre 1836. « Cette livraison, qui ne contient pas moins de quinze comptes rendus par Poe, semble avoir fait une profonde impression sur Baudelaire. »

Page 274.

1. Le vrai titre de la deuxième partie d'*Illusions perdues* est *Un grand homme de province à Paris.*

2. Musset aurait été attaqué dans *Le Hibou philosophe* (p. 51). Il le sera dans l'essai sur Théophile Gautier (p. 110). À l'endroit de Lamartine Baudelaire a été plus discret. Ce jugement lui appartient.

3. *The Bells,* indique W. T. Bandy, est cité dans l'article de Thompson.

4. Ni l'article de Daniel, ni la notice de Thompson ne prêtent à Longfellow et à Emerson un tel jugement.

5. Titre exact : *Dreamland* (sans article).

6. W. T. Bandy établit que Baudelaire a lu *Annabel Lee* dans l'article de Thompson, mais qu'il n'a pas lu *Ulalume* (*EAP,* 52).

Page 275.

1. On les trouvait cités tous les trois dans la présentation de *Révélation magnétique* (p. 247).

2. Cf. p. 157. Baudelaire possédait, semble-t-il, un exemplaire des *Tales* publiés chez Wiley and Putnam, à New York, en 1845. C'est l'édition qu'il qualifie, un peu plus bas, de « petite édition des

contes ». Mais il ne possédait pas les *Tales of the Grotesque and Arabesque* (Philadelphie, Lea and Blanchard, 1840), sinon il ne fût pas arrivé à un total de soixante-douze morceaux (*EAP*, 52).

3. Rappelons que la première traduction due à Baudelaire est celle qu'il a intitulée *Révélation magnétique*. D'où l'erreur par grossissement qu'il commet ici.

4. L'expression est empruntée au début de la *Conversation d'Eiros avec Charmion* (*Nouvelles Histoires extraordinaires*).

Page 277.

1. Baudelaire, dans ce dialogue, ne reproduit pas exactement les questions et les réponses du texte qu'il a traduit en 1848. Il contracte ce dialogue.

2. Dans la *Conversation d'Eiros avec Charmion*.

3. Paraphrase, remarque W. T. Bandy (*EAP*, 52). Il n'y a pas d'équivalent exact dans le texte de Poe.

Page 278.

1. L'observation la moins surprenante de W. T. Bandy n'est pas celle-ci : Baudelaire cite la traduction du *Black Cat* par Mme Meunier telle qu'elle parut dans *La Démocratie pacifique* du 27 janvier 1847. Les extraits des autres contes sont dus à Baudelaire lui-même.

2. Mme Meunier traduisait : « j'attachai une corde autour de son cou ».

Page 279.

1. Les expressions placées entre guillemets dans ce paragraphe sont des paraphrases, non des traductions.

2. Voir *infra*, p. 288.

Page 280.

1. Baudelaire aime parfois à employer des mots latins, comme si le français ne lui offrait pas le mot ou la nuance recherchée : voir dans les *Notes nouvelles sur Edgar Poe* (p. 332) et dans *Les Paradis artificiels* (t. I, p. 437) l'emploi de *pabulum*. Mais ici le mot *incitamentum,* désignant l'objet qui provoque la rêverie, est emprunté à Poe.

Page 281.

1. Ces expressions en italique sont empruntées à Poe. Celui-ci avait-il en mémoire la réflexion de Vauvenargues : « Les grandes pensées viennent du cœur », qu'il aurait inversée ? À Jules Troubat, le 5 mars 1866, Baudelaire écrira : « les affections me viennent beaucoup de l'esprit » (*CPl*, II, 627).

2. Célèbre danseuse de la première moitié du XVIIIe siècle.

Page 282.

1. « Mes compagnons me disaient que, si j'allais sur la tombe de

mon amie, mon chagrin en serait un tout petit peu apaisé. » Cette citation est attribuée par Poe au poète Ebn Zaiat.

Page 283.

1. Baudelaire, qui en 1846 rapprochait *Leone Leoni* de *Manon Lescaut* (*Choix de maximes consolantes sur l'amour* ; t. I, p. 550), n'a pas encore conçu à l'égard de George Sand une hostilité violente et systématique. C'est la démarche qu'il fera auprès d'elle en août 1855 et dont il interprétera mal l'insuccès qui déclenchera sa colère et donnera à son hostilité, latente depuis 1852, un motif.

2. Cette préface, dans l'édition de Kehl et les éditions qui ont procédé de celle-ci, était attribuée à l'abbé de Lamare. C'est dans l'édition Beuchot (qui commence à paraître en 1828) qui l'a rendue à Voltaire ou dans l'édition Furne (1835 sq.) que Baudelaire aura lu ce texte. Voltaire s'y flatte d'avoir écrit une pièce sans amour, sans galanterie. Baudelaire traduit : « tragédie sans femme ».

3. Balzac, à qui Baudelaire s'intéresse de très près quand il écrit cette étude, s'était passionné pour la grande querelle qui avait opposé Cuvier et Geoffroy Saint-Hilaire, dans la perspective même qui est celle de Baudelaire ici : l'unité des espèces. Sur cet aspect de Balzac voir la thèse de Madeleine Fargeaud, *Balzac et la Recherche de l'Absolu* (Hachette, [1968]).

4. Ce *Conchologist's First Book* (Philadelphie, Barrington and Haswell, 1839), dont le titre n'est mentionné ni par Daniel ni par Thompson (*EAP*, 53), est une compilation qui même valut à Poe d'être accusé de plagiat.

5. Il importe de souligner qu'à cette date Baudelaire, la tête toute bruissante de systèmes, voit en Poe un philosophe plus encore qu'un romancier.

Page 284.

1. Baudelaire calque (mal) le titre du roman : *The Narrative of Arthur Gordon Pym*, publié en 1838. Il traduira plus tard : *Aventures d'Arthur Gordon Pym*. Résumé et citation sont empruntés à Daniel (*EAP*, 53). Légèrement modifiée, la traduction suivante sera utilisée dans la traduction complète de 1857 (feuilleton) et 1858 (volume).

2. *Sic*. Baudelaire voulait-il écrire : extrêmement ? Daniel avait écrit : « The execution of the work is exceedingly plain and careless » (L'exécution de l'œuvre est excessivement dépourvue d'art et de soin). W. T. Bandy (*EAP*, XXXIII et 53) suggère que Baudelaire s'est mépris sur le sens de *plain* et a confondu *careless* avec *careful... Excessivement* traduit bien *exceedingly* et souligne le contresens.

Page 285.

a. suffoquantes [*sic*], Texte de 1852.

Page 286.

1. En 1857-1858 *régalait* est substitué à *festinait*.

2. En fait, cette prudente formule signifie que Baudelaire n'a pas lu *Eureka* dont il entretient ses lecteurs d'après Daniel.

Page 287.

a. juxta-position *Texte de 1852. À l'époque le mot est encore senti, généralement, comme composé.*

1. Cf. la pensée inscrite par Baudelaire dans l'album de Philoxène Boyer (t. I, p. 709).

2. Daniel terminait son compte rendu abruptement, par l'éloge d'*Eureka*. Cette dernière phrase appartient entièrement à Baudelaire.

3. Jean Wallon ou Marc Trapadoux ? se demandait J. Crépet. Plutôt Jean Wallon, si l'on en juge par le ton de ses lettres (*LAB*, 401-406).

4. Mystique, non pas au sens où le mot désigne saint Jean de la Croix ou sainte Thérèse d'Avila. Au sens où il s'applique à ceux qui voient l'univers comme une unité et qui le structurent de « correspondances ».

5. Cette loi fatale rappelle fort le péché original.

Page 288.

1. Baudelaire voulait, peut-être en ce printemps de 1852, consacrer une étude à « L'Illuminisme américain »; voir le reçu de 50 F qu'il signe à la *Revue de Paris* (*CPl*, I, 200 et 817-818). Les illuministes ou illuminés sont proches des mystiques, mais ils sont plus qu'eux intéressés au spiritisme, aux sciences occultes, à la communication avec les esprits, avec le surnaturel. Rappelons qu'en 1853 les tables tournantes vont devenir l'objet d'un engouement général. Le premier visage que Poe a présenté aux Français est celui d'un illuminé (voir le chapitre 1 du livre de Léon Lemonnier, *Edgar Poe et la critique française de 1845 à 1875*, P.U.F., 1928) : *Révélation magnétique,* la première traduction de Baudelaire, est un élément de cette image.

Les illuministes américains et Edgar Poe sont cependant loin de se confondre. Les premiers sont les Bostoniens que Poe avait en horreur. Baudelaire faisait-il la distinction en 1852 ? On peut en douter. Chasles ne la fait pas encore en 1856 quand, rendant compte des *Histoires extraordinaires* (*Journal des Débats,* 20 avril), il rattache à Poe « cette école du surnaturalisme américain qui a son siège à Boston » et qui vient de produire toute une bibliothèque « sur la vie des morts, sur les *rappings* [coups prétendument frappés par des esprits], sur les apparitions, sur les agents secrets qui dominent le monde et le pétrissent de leurs mains invisibles ». L'intérêt de Baudelaire pour ces mystiques et illuminés décroîtra, mais sans cesser jamais. En mars 1857, corrigeant le plan d'une collection que voudrait lancer Poulet-Malassis, il inclut ces rubriques : Illuminés, Maçonnerie, Sciences occultes (*CPl*, I, 390).

2. Voir *Hygiène*, VII (t. I, p. 673).

[PRÉSENTATION DE « BÉRÉNICE »]

L'Illustration, 17 avril 1852.
Première reproduction en volume : Léon Lemonnier, *Enquêtes sur Baudelaire,* Crès, 1929. L. Lemonnier fut le premier à attribuer ou plutôt à rendre ces lignes à Baudelaire.

Comme l'a montré W. T. Bandy (*EAP,* XXXVI), c'est dans la livraison de mars 1835 du *Southern Literary Messenger,* à lui prêtée par W. W. Mann, que Baudelaire a lu ce texte, dont il a, parallèlement, dans l'étude précédente, donné un résumé (p. 279-282). On retrouve ici les préoccupations mystiques dont témoigne l'essai publié dans la *Revue de Paris.* Baudelaire résume à grands traits la biographie et les caractéristiques qu'on y trouve.

3. C'est l'expression de Cooke que Baudelaire avait empruntée à Daniel (cf. p. 269).
4. Voir p. 264, n. 5.

Page 289.

1. Cf. p. 249-250.
2. Voir p. 266, n. 1.
3. Traductions publiées dans *La Démocratie pacifique* respectivement les 23, 25 et 27 mai 1848; le 27 janvier 1847; le 31 janvier 1847.
4. Sous le titre de *Révélation magnétique* (p. 247) : le titre anglais est *Mesmeric Revelation.*

Page 290.

a. Litterati [sic]   *Texte de 1852.*

1. *The Literati :* ce volume, qui recueille les articles de critique littéraire de Poe, a paru chez Redfield en 1850. Il s'ajoute aux deux volumes de *Works* déjà publiés par Redfield. On a rencontré les autres volumes dans les pages précédentes.

[PRÉSENTATION
DE « PHILOSOPHIE D'AMEUBLEMENT »]

Le Magasin des familles, octobre 1852.
Le Monde littéraire, 27 mars 1853 *(ML).*
Journal d'Alençon, 21 et 28 mai 1854 *(JA).*
Philosophie de l'ameublement. Idéal d'une chambre américaine. Traduit d'Edgar Allan Poe, par Ch. Beaudelaire [sic]. Alençon, Mme Vᵛᵉ Poulet-Malassis, 1854. In-8º de 16 pages. Il est indiqué que cette plaquette, tirée à vingt exemplaires, reprend le texte du *Monde littéraire (PL).*

À un exemplaire près (qui figura à la vente de la *Bibliothèque* de Poulet-Malassis, J. Baur, 1878, nº 398, puis appartint au Dʳ Marc Laffont, chez qui J. Crépet le vit), le tirage de cette plaquette a été détruit par Baudelaire, « mécontent — aux termes d'une note manuscrite de Poulet-Malassis portée sur son exemplaire — de voir son nom imprimé avec un *e* ». Peut-être Baudelaire était-il surtout mécontent de sa traduction.

J. Crépet, à qui nous empruntons ces renseignements, se demandait (*Histoires grotesques et sérieuses,* Conard, 1937, p. 302) si la plaquette avait suivi l'insertion dans le *Journal d'Alençon* (qu'imprimait Poulet-Malassis). Sans doute : remarquons que par deux fois le *Journal d'Alençon* signe Beaudelaire la traduction. On imaginera donc que c'est Poulet-Malassis qui prit l'initiative d'utiliser la composition du *Journal* pour la réimposer sous la forme d'une plaquette, afin de faire présent de celle-ci à son ami Baudelaire...

Dans *Le Magasin des familles,* dirigé par Léo Lespès, Baudelaire avait publié en juin 1850 *Châtiment de l'orgueil* et *L'Âme du vin. Le Monde littéraire* est une petite revue dirigée par Hippolyte Babou et qui n'eut que six livraisons : Baudelaire y publiera encore, le 17 avril, *Morale du joujou,* et se brouillera ensuite un temps avec Babou (*LAB,* 23-24).

On remarquera que le titre du texte de Poe a été modifié en traduction par Baudelaire; ce titre devient : *Philosophie de l'ameublement,* à partir de 1853.

Première reproduction en volume : *Œuvres complètes de Charles Baudelaire,* édition critique par F.-F. Gautier, continuée par Y.-G. Le Dantec, *Traductions d'Edgar Poe, Documents — Variantes, Bibliographie,* N.R.F., 1931.

Texte adopté : celui du *Magasin des familles.*

b. loisir *[singulier],   ML, JA, PL*
c. entassé des formes   *JA, PL*
d. États-Unis, auquel le *Journal d'Alençon* a consacré l'année dernière un article sur lequel il aura à revenir. Edgar Poe   *JA ; voir la note 3.*
e. Edgar Poe, on l'a vu, a vécu   *JA ; l'incise renvoie à l'article mentionné dans la variante précédente.*
f. ne parlent de lui qu'avec   *JA, PL*
g. matières les moins importantes   *ML, JA, PL*
*h. Les Yankees seuls vont à   ML   :
  Les Yankees vont seuls à   JA ; J. Crépet n'a pas relevé la leçon de PL.*
i. Au lieu de sur le « *Magasin* » montre par, *qui est une coquille.*

2. Cela fait penser à *L'Invitation au voyage* et à la chambre idéale dans *La Chambre double* (t. I, p. 53 et 280).

3. Voir la variante *d.* Le 9 janvier 1853, Poulet-Malassis avait publié dans le *Journal d'Alençon,* avec une traduction anonyme du *Corbeau,* un article sur Poe où, en signalant l'étude publiée par Baudelaire dans la *Revue de Paris* en mars et avril 1852, il assimilait

Poe à un psychopathe et blâmait la partie philosophique de l'essai. Baudelaire n'eut connaissance de cette critique que très tard et protesta dans une lettre du 16 décembre 1853 à Poulet-Malassis (*CPl*, I, 239-240).

4. Ces expressions figurent dans la traduction.

Page 291.

a. certainement difficiles à digérer pour une   *ML, JA, PL*

b. pour une nation parvenue.   *JA ; J. Crépet n'a pas relevé la leçon de PL.*

c. d'ameublements *[pluriel]*   *ML, JA, PL*

d. voudront. — Cependant nous ne pouvons nous empêcher de sourire en voyant que notre auteur, dominé par son imagination quasi orientale, tombe un peu dans le défaut qu'il reproche à ses concitoyens, et que cette chambre qu'il nous offre comme un idéal de simplicité, pourra paraître à beaucoup de gens un modèle de somptuosité.   *ML, JA, PL*

[DÉDICACE
DES « HISTOIRES EXTRAORDINAIRES »]

Le Pays, 25 juillet 1854.
Première reproduction en volume : *Œuvres posthumes,* 1908.

Dans *Le Pays* la dédicace est suivie du début des *Souvenirs de M. A. Bedloe* (qui paraissent alors sous le titre : *Une aventure dans les montagnes Rugueuses*). *Le Pays* avait une édition du soir destinée aux départements et une édition du matin pour Paris, le même numéro portant donc deux dates. Ce qui permet de comprendre le passage suivant de la lettre de Baudelaire à sa mère en date du 28 juillet 1854 (*CPl*, I, 286) où les « animaux » sont les directeurs du quotidien :

« Ces animaux-là se sont avisés de commencer la publication le 24 à 4 heures sans m'avertir. D'où il suit que l'édition des départements a été un vrai torche-cul, *un monstre*. Même dans l'édition de Paris, où on a atténué le mal dans la nuit, car le hasard m'avait conduit à l'imprimerie — il est resté des fautes graves, particulièrement dans la dédicace à Maria Clemm, à laquelle je tenais beaucoup ; ainsi : il embaumera, LUI, votre nom avec SA gloire. »

Baudelaire a corrigé une coupure (le texte avant correction en est conforme à celui que nous reproduisons) qui est conservée à la Bibliothèque littéraire Jacques Doucet ; elle est encartée au tome V des *Œuvres complètes* (édition Michel Lévy frères, 1869), exemplaire d'Asselineau, de Nadar et de Roger Marx. Cette coupure corrigée a été signalée et étudiée par Y.-G. Le Dantec dans les *Cahiers Jacques Doucet, I, Baudelaire* (Université de Paris, 1934, p. 56-57). On la représente ici par le sigle *CC*. Le texte reproduit est le texte du 25 juillet (édition de Paris), avant correction, tel qu'il apparut aux yeux des lecteurs de 1854.

Dans l'édition en volume des *Histoires extraordinaires* la dédicace se présente sous la forme suivante :

CETTE TRADUCTION EST DÉDIÉE

À

MARIA CLEMM,

À LA MÈRE ENTHOUSIASTE ET DÉVOUÉE,

À CELLE POUR QUI LE POËTE A ÉCRIT CES VERS :

[*suit la traduction du sonnet écrit par Poe pour sa belle-mère.*]

La coupure de la bibliothèque Doucet montre ces notes au crayon :

« CAPÉ

The Literati
Tales
Tales and Poems
Tales and Sketches
Marsile Ficin
Petits livres de Janet
Wallon et Hegel

***

TRIPPON

Swedenborg 5 vol.
Barbara
un livret de salon
un paquet de brochures.

Clairon »

« Clairon » a été ajouté : nous ignorons la signification de ce mot ou de ce nom. Capé est un relieur célèbre, qui a travaillé pour Baudelaire. Mais c'est Lortic qui a relié les œuvres de Poe dans l'édition Redfield. L. Tripon (avec un seul *p*) est un relieur, qui n'avait rien d'un maître. Baudelaire l'a fait travailler pour lui après s'être brouillé avec Lortic. Tripon a relié *Salammbô* et *La Bague d'Annibal* offerts sur grand papier, avec envois, par Flaubert et Barbey à Baudelaire. (Indication due à Maurice Chalvet.) Cette note-mémorandum est évidemment postérieure au 25 juillet 1854, date qui fournit un *terminus a quo*. Il ne semble pas que le *terminus ad quem* en soit très éloigné.

Voici les références des ouvrages mentionnés (on en a déjà rencontré certains) et quelques éclaircissements :

— *The Literati,* New York, Redfield, [septembre] 1850, t. III des *Works.*

— *Tales,* New York, Redfield, [janvier] 1850, t. I des *Works.*

— *Tales and Poems.* Sans doute *Poems and Tales,* New York, Redfield, [janvier 1850], t. II des *Works.*

— *Tales and Sketches,* Londres, Routledge and Co., 1852.

— *Marsile Ficin.* Le nom de ce représentant majeur du néo-platonisme florentin n'est nulle part cité par Baudelaire. Sa présence fait évoquer les lectures de Samuel Cramer : Plotin, Porphyre (*La Fanfarlo,* t. I, p. 554). Ses traductions en latin de Proclus, Porphyre, Hermès Trismégiste parurent au XVIe siècle réunies en un seul volume (une édition à Venise, deux à Lyon). Aucune édition de Ficin ne semble avoir été publiée en France dans la première moitié du XIXe siècle.

— « Petits livres de Janet *[sic]* » : depuis 1853 l'éditeur Pierre Jannet publie dans sa « Bibliothèque elzévirienne » des textes des XVe, XVIe et XVIIe siècles. Pour l'établissement des textes, les préfaces, les commentaires, il fait appel à des érudits : Asselineau, Ludovic Lalanne, etc. Il était des amis de Poulet-Malassis et fut en relations personnelles avec Baudelaire (voir *CPl,* II, 115, 116, 120 et *La Petite Revue* du 28 octobre 1865).

— *La Logique subjective de Hégel* [sic], *traduite par H. Sloman et J. Wallon, suivie de quelques remarques de H. S[loman],* Ladrange, 1854, in-8o de 139 p. Ouvrage enregistré à la *Bibliographie de la France* le 3 juin 1854. Sur Wallon voir *CPl,* Index et *LAB,* 401-406.

— *Swedenborg.* Les cinq volumes que possédait Baudelaire devaient être des traductions par Le Boys des Guays. Il avait presque certainement *Du ciel et de ses merveilles, et de l'enfer* (1 vol., 1850) et *La Vraie Religion chrétienne* (3 vol., 1852-1853). Pour le cinquième volume on a le choix entre plusieurs œuvres; peut-être faut-il penser à l'*Exposition sommaire de la doctrine de la Nouvelle Église* (1847).

— *Barbara.* Celui-ci publiera en 1855 le sonnet de Baudelaire : « Que diras-tu ce soir, pauvre âme solitaire... » dans son roman *L'Assassinat du Pont-Rouge* (Hetzel); voir t. I, p. 909-910. En 1856, chez Michel Lévy, paraîtront les *Histoires émouvantes.* Il n'a publié aucun volume avant 1855 : faut-il donc penser que Baudelaire voulait faire relier l'*Assassinat...* ? Mais il aurait aussi pu faire relier une nouvelle publiée en revue.

— Il est impossible de déterminer de quel Salon Baudelaire faisait relier le livret, et plus encore de deviner quelles étaient les brochures dont se composait le paquet.

On remarquera que Baudelaire, dans l'intitulé de la dédicace, donne l'adresse de Mrs. Clemm. Le document suivant a donc toute chance d'être antérieur à la rédaction de la dédicace (voir le paragraphe 3). Il doit être de 1852 ou de 1853, car, ainsi que nous l'apprend W. T. Bandy, en janvier 1851 Mrs. Clemm habitait à Lowell, Massachusetts. Le 15 décembre 1852, d'après une lettre à Longfellow, elle est à Milford. En 1853, on la trouve à Brooklyn (New York). Ce document, conservé lui aussi à la Bibliothèque littéraire Jacques Doucet (il est encarté comme le précédent au tome V des *Œuvres complètes*), est un témoignage de l'inlassable enquête que Baudelaire a menée pour obtenir des renseignements sur Poe. Il est de l'écriture de Baudelaire, qui a donc recopié des réponses d'un Américain. Celui-ci ne se confond pas avec W. W. Mann, qui était à Paris, tandis qu'il est évident, à lire la note, qu'elle a été écrite aux États-Unis, vraisemblablement à New York. Mais peut-être fut-elle adressée à Mann, à la prière de qui elle aurait été rédigée. On peut aussi penser qu'elle vint à Baudelaire par le canal du consul général des États-Unis à Paris. C'est sans doute chez l'un ou chez l'autre qu'il l'aura recopiée.

« Mr. Griswold is very ill and expected to die. Mr. Willis is out of town; so I have been unable to obtain from them the information you have required about Mr. Poe.

« Here are the answers to your queries.

« — 1º The only portrait I can hear of, is published in the edition of Poe's Works.

« — 2º He was not a great smoker but a great drinker.

« — 3º His mother in law's address is mistress Maria Clemm, Milford, Connecticut, U.S.

« — 4º It is not known whether he had any [connexion *biffé*] [connection *biffé*] connexion with the Swedenborgians.

« — 5º *Conchologist's first Book* has no literary value.

« — 6º Nothing known at present about the Copy Right treaty between France and the U.S. It may be brought up next Congress[1]. »

Griswold, auteur du *Memoir* qui figurait en 1850 en tête de *The Literati* et qui figurera en 1853 en tête des *Tales,* ne mourra que le 27 août 1857. Willis est, nous l'avons dit, l'auteur d'une notice publiée dans l'édition Redfield de 1850 et utilisée par Daniel dans son compte rendu du *Southern Literary Messenger*. Le portrait est l'aquatinte de J. Sartain, publiée d'après un portrait original, en frontispice de *The Works of the late Edgar Allan Poe* (Redfield,

---

1. M. Griswold est très malade ; on s'attend à sa mort. M. Willis n'est pas en ville ; aussi ai-je été incapable d'obtenir d'eux le renseignement que vous demandiez au sujet de M. Poe.
Voici les réponses à vos questions.
1º Le seul portrait dont j'ai entendu parler est publié dans l'édition des Œuvres de Poe.
2º Ce n'était pas un grand fumeur, mais c'était un grand buveur.
3º L'adresse de sa belle-mère est : Mrs. Maria Clemm, Milford, Connecticut, États-Unis.
4º On ne sait s'il a eu des relations avec les swédenborgiens.
5º *Le Conchyliologiste*, premier volume, n'a pas de valeur littéraire.
6º On ne sait rien actuellement du traité de copyright entre la France et les États-Unis. Il sera peut-être discuté à la prochaine session du Congrès.

1850). Le traité de copyright n'interviendra qu'en mars 1891, après que onze projets de loi eurent été refusés de 1843 à 1886.

Il y a lieu de remarquer que Baudelaire s'intéresse aux possibles relations de Poe, qui en 1852 était pour lui un illuminé, avec les swédenborgiens.

Le 4 août 1854, Champfleury écrit à Max Buchon (sur celui-ci voir p. 57, n. 7) :

« Cette préface de Poe, de Baudelaire, est en effet remarquable: mais à peine terminera-t-il cette édition de Contes cruels, algébriques et *cauchemardants* que vous ne connaissez pas, vous. Avec quelques romanciers comme Poe, on aurait une littérature terrible. Barbara, qui a du talent, semble un de ses élèves ; mais il est jeune et se corrigera sans doute lui-même. » (Lettre publiée dans *La Revue* du 15 novembre 1913.)

Cette préface de Poe est-elle la dédicace, publiée quelques jours plus tôt ? Ou Champfleury pense-t-il à l'étude de 1852 ?

1. On remarquera cette forte expression. Elle serait étrange si Baudelaire donnait à *poète* le sens français strict, car il ne connaît alors que quelques poèmes de Poe. Mais sans doute veut-il faire entendre que celui-ci est poète en prose.

2. Ils étaient déjà cités tous trois dans la présentation de *Révélation magnétique* (p. 247).

Page 292.

a. il l'embaumera, lui, votre nom avec sa gloire. *CC ; voir p. 1219 la lettre à Mme Aupick du 28 juillet 1854.*

b. la nature spéciale de son esprit. Si je me suis trompé, vous me corrigerez ; si la passion *CC*

c. libre les Sociétés marchandes et physiocratiques. *CC*

d. sur moi, et *CC*

e. conclure la missive *CC*

f. qu'une analogue aux *CC*

g. *Goodness, goddess. CC*

1. Baudelaire pense à l'étude de mars et avril 1852 qu'il comptait alors reprendre en préface à sa traduction.

2. Ces deux mots ont fait l'objet de byzantins débats. John E. Gale (*Buba,* t. X, n° 1, Été 1974) a projeté sur eux la lumière désirable. *Goodness* n'est pas un juron, ici déplacé, comme on l'a prétendu : Baudelaire prend ce mot à la lettre et lui donne le sens de « bonté » ; c'est ainsi que le mot est employé par Willis dans sa notice sur Poe. Quant à *goddess,* le mot serait un barbarisme, s'il ne résultait d'une faute d'impression que Baudelaire a corrigée (var. *g*) : il avait certainement écrit : *goddess* (déesse). Le jeu de mots n'est peut-être pas très heureux en anglais. Du moins résume-t-il bien ce que Baudelaire voulait faire entendre à ses lecteurs, en leur rappelant le « dévouement angélique » qu'il attribue à celle dont il aurait voulu être le fils.

[NOTE POSTLIMINAIRE
À L' « AVENTURE SANS PAREILLE
D'UN CERTAIN HANS PFAALL »]

Le Pays, 20 avril 1855.
Première reproduction en volume : *Œuvres posthumes*, 1908.

La Bibliothèque littéraire Jacques Doucet possède (dans le même exemplaire où est conservée la dédicace précédente) un texte imprimé de la publication par *Le Pays,* sur lequel Y.-G. Le Dantec fut aussi le premier à attirer l'attention. On en représente le texte par *CC*. C'est sans doute une épreuve vierge que Baudelaire a corrigée après la publication. On y trouve, en effet, des fautes qui sont corrigées dans *Le Pays* (*Poé*; *statué* à la fin de l'avant-dernier paragraphe corrigé en *satué*) et des corrections qui n'ont pas été faites (par deux fois Baudelaire corrige 23 en 24, mais le texte du *Pays* montre 23).

On ne retient ci-dessous que les corrections qui modifient significativement le texte publié par *Le Pays*. Le texte adopté est celui qu'a publié *Le Pays*.

b. alors 24 ans.   *CC*

3. Poe n'avait ni 23, ni 24 ans. Il avait 26 ans.

Page 293.

a. aux lecteurs français un des enfantillages   *CC*
b. qui aiment tant être dupés, —   *CC*
c. que ces inconvenants *Animaux*   *CC*
d. ans, à peu près, ont   *CC*
e. M. Locke publiât   *CC*
f. Dans CC Baudelaire supprime l'alinéa.
g. Herschell   *« Le Pays »*, ici et plus bas.
h. d'une manière triomphante, ces   *CC*

1. Sans doute l'édition Redfield de 1850; voir ce qu'en dit Baudelaire dans sa lettre bibliographique sur Poe (*CPl*, I, 252-253). *Hans Pfaall* avait paru dans le *Southern Literary Messenger* de juin 1835 : Baudelaire avait emprunté à W. W. Mann le volume qui contenait ce conte.

2. Le mot a déjà pris son sens moderne et figure ainsi dans la traduction par Baudelaire d'un conte de Poe, *Le Canard au ballon* (*Histoires extraordinaires*). Il avait précédemment désigné un écrit populaire illustré à sensation tel que celui que Julien Sorel aperçoit sur un prie-Dieu de l'église de Verrières. C'est le caractère sensationnel qui opéra la mutation sémantique.

3. Baudelaire se souvient de la fable de La Fontaine (VII, 18) : *Un animal dans la lune,* et de l'épisode suivant. En 1835, profitant de l'éloignement de John Herschel, qui faisait des observations en

Afrique du Sud, le *Sun* de New York, pour augmenter son tirage grâce à une nouvelle à sensation, publia une série d'articles tirés prétendument des observations de Herschel, selon lesquelles il y aurait sur la lune animaux et êtres humains. Cette facétie est à peu près certainement de Richard Adams Locke. On l'a aussi attribuée, sans vraisemblance, à Jean-Nicolas Nicollet. Celui-ci se trouvait, de fait, aux États-Unis, où il mourra. Attaché à l'Observatoire de Paris, il s'était ruiné en 1830 par des spéculations à la Bourse et s'exila. Si Nicollet n'est pas l'auteur du *hoax* américain, il en est sans doute le traducteur. En 1836 est publié à Paris chez l'éditeur Babeuf *Découvertes dans la lune, faites au cap de Bonne-Espérance,* « traduit de l'américain » et publié sous le nom de Herschel. La *Bibliographie de la France* enregistre la deuxième édition le 20 mars 1836, la troisième, le 10 avril 1836. Quérard, Brunet et Jannet (*Les Supercheries littéraires dévoilées,* t. II, Daffis, 1870, col. 281) enregistrent une autre édition parue la même année, mais à Strasbourg, chez Silbermann, et l'attribuent à Nicollet. Le *Magasin pittoresque* témoigne du bruit que fit cette affaire dans la presse française (t. IV, mars 1836, n° 11, p. 82-83). On dut en parler à Louis-le-Grand.

Page 294.

  a. Dans CC, après Wilkins. *Baudelaire pratique un alinéa.*
  b. En effet, tel serait le   *CC*

Page 295.

  a. la nature fantastique du sujet)   *CC*
  b. Les petitesses de la grandeur   *CC*
  c. à 24 ans,   *CC*

  1. On prétendait (ainsi Philarète Chasles dans *Caractères et Paysages,* 1833) que, comme Pascal, Jean-Paul enfilait ses pensées sur une ficelle (voir Cl. Pichois, *L'Image de Jean-Paul Richter dans les lettres françaises,* José Corti, 1963, p. 93-96).
  2. Les épreuves de Balzac, constellées de corrections, ressemblent, parfois, en effet, à des toiles d'araignée. Peu après la mort de Balzac, Baudelaire s'est intéressé aux manuscrits de celui-ci; voir la lettre à sa mère du 30 août 1851 (*CPl,* I, 177).

Page 296.

EDGAR POE, SA VIE ET SES OEUVRES

  Le Pays, 25 février 1856, un fragment, depuis le début jusqu'à « ... est comparable à l'Alcool ! » (p. 305)   *(P).*
  Histoires extraordinaires, Michel Lévy frères, [mise en vente : 10-12 mars] 1856   *(HE 1).*
  Histoires extraordinaires, Michel Lévy frères, [juin] 1856, [2e tirage]   *(HE 2).*

Histoires extraordinaires, Nouvelle édition, Michel Lévy frères, [mars] 1857, [3ᵉ tirage].

Histoires extraordinaires, Michel Lévy frères, Troisième édition, 1857, [4ᵉ tirage].

Histoires extraordinaires, Michel Lévy frères, Quatrième édition, 1862, [5ᵉ tirage].

Histoires extraordinaires, Michel Lévy frères, Cinquième édition, 1864, [6ᵉ tirage].

Histoires extraordinaires, Michel Lévy frères, Nouvelle édition, 1867, [7ᵉ tirage].

Œuvres complètes, Michel Lévy frères, t. V, 1869.

Texte retenu : celui du troisième tirage, le dernier à avoir été corrigé par Baudelaire, qui se déclare mécontent du premier en raison des fautes qu'il montre (*CPl*, I, 341, 342). Le deuxième tirage fut sans doute fait sans que Baudelaire en eût été averti. Il existe un exemplaire du premier tirage avec ex-dono à Émile Deschanel qui contient des corrections de Baudelaire au crayon (catalogue de la librairie Nicolas Rauch, nᵒ 5, printemps 1956, pièce 247). Les corrections sont indiquées par le sigle *HEC* : elles n'ont pas été toutes exécutées dans le troisième tirage.

Après quelques publications dans des périodiques en 1848, 1852 et 1853, les contes de Poe traduits par Baudelaire parurent en feuilleton dans *Le Pays,* du 25 juillet 1854 au 20 avril 1855. Les uns seront recueillis dans les *Histoires extraordinaires,* les autres, dans les *Nouvelles Histoires extraordinaires,* l'ordre de succession dans ces volumes étant fort différent de celui des insertions dans le quotidien.

Pour présenter Poe aux lecteurs du volume des *Histoires extraordinaires,* Baudelaire avait d'abord eu l'intention d'utiliser son étude parue en 1852 dans la *Revue de Paris.* Il y renonça après avoir pris connaissance de la deuxième édition parue chez Redfield, dont à une date inconnue, entre 1853 et juillet 1855, il acquit les trois volumes (deux de *Tales, The Literati*) auxquels il joindra le quatrième tome de l'édition de 1856 *(The Narrative of Arthur Gordon Pym),* quatre volumes qu'il fera relier par Lortic (archives Ancelle; catalogue de l'Exposition de 1968, nᵒ 239). De plus, il utilise l'édition des *Poetical Works* publiée chez Addey à Londres en 1853 avec une introduction de James Hannay.

Le 10 juillet 1855, alors qu'il compte traiter avec la maison Hachette, il écrit à Templier, gendre et associé de Hachette, qu'il trouve sa préface — l'étude de 1852 — « plus qu'insuffisante » : « D'abord il y a des erreurs matérielles, et d'ailleurs je sais maintenant beaucoup de documents nouveaux. Dans la nouvelle préface, il n'en restera que quelques bonnes pages » (*CPl*, I, 317-318). Cette nouvelle préface va l'occuper et le préoccuper durant les derniers mois de 1855 et les premières semaines de 1856. L'emploi du présent pour marquer l'anniversaire de la mort de Nerval (p. 306) prouve qu'elle n'est pas achevée le 26 janvier

1856. Peut-être l'est-elle quand *Le Pays* en publie le début (25 février). Mais on peut aussi penser que la publication du *début* indique que la fin n'est pas encore écrite. Le 15 mars 1856, Baudelaire, précisant que le livre a paru « il y a trois jours », recommande à sa mère : « Lisez la notice [= préface]; — ce n'est pas celle que vous connaissez. — Il n'est pas resté cinquante lignes de la première » (*CPl*, I, 341).

En fait, il en était resté beaucoup plus. Fondamentalement, les deux textes sont les mêmes, mais ils portent des accents différents. Baudelaire a procédé à des corrections et à des suppressions. Ainsi, il a supprimé le passage sur l'importance des premières années pour la formation du caractère (p. 253), le passage final sur les illuminés. Pensant aux emprunts faits en 1852 à Daniel et à Thompson, W. T. Bandy (*EAP*, xxviii) conclut que ces passages supprimés étaient justement ceux où alors Baudelaire s'était exprimé avec le plus d'originalité. La notice, d'article devenant préface, n'avait plus à contenir une longue citation de *William Wilson*, ni le résumé de plusieurs contes que le lecteur trouvait dans les *Histoires extraordinaires* ou qu'il trouverait dans les *Nouvelles Histoires extraordinaires*. Si les éléments passent du texte de 1852 à celui de 1856, il est cependant impossible de choisir un texte plutôt que l'autre, car les images que composent ces éléments sont différentes : en 1852 Poe est un illuminé; en 1856, il est un poète maudit qui ressemble fraternellement à Baudelaire dont *Les Fleurs du mal* vont paraître quinze mois plus tard.

On s'est donc borné à signaler les remplois : il va de soi que les notes n'ont pas à être répétées et que, dans le cas de remploi, il y a lieu de les chercher dans la section réservée à l'étude de 1852.

Les *Histoires extraordinaires* ont été bien accueillies à cause comme en dépit de leur étrangeté : Poe se substituait à Hoffmann. La préface en a donc été citée, commentée, critiquée dans plusieurs périodiques lors de la publication. Dans son historique du volume J. Crépet a recensé ces témoignages (*Histoires extraordinaires*, Conard, 1932, p. 374-385). On retiendra ce jugement de Barbey d'Aurevilly : « C'est pensé par la Rage, — mais la rage qui demain sera le mépris, le plus grand sentiment et le seul que valent réellement les hommes ! et c'est écrit par un écrivain qui ajoute à la profondeur de sa pensée une singulière noirceur d'expression » (*LAB*, 38).

---

a. malheureux auquel l'inexorable   *P, HE 1, HE 2*

1. La traduction de cette strophe, la onzième, de *The Raven* n'est ni celle de 1853-1854, ni celle de 1865.
2. Un des poèmes de Gautier que préfère Baudelaire; voir son essai de 1859, p. 126.

3. Tout ce début reprend, en le resserrant et en le modifiant stylistiquement, le début de l'essai de 1852; voir p. 249.

Page 297.

1. Citation de *Ténèbres*. Elle est différente dans l'essai de 1852 (p. 250).

2. Vigny, cité en 1852 (p. 250).

Page 298.

a. *a making money author*   P, HE 1, HE 2. *Correction faite en HEC.*

1. En 1852 Baudelaire ne connaissait pas encore le *Memoir* de Griswold, publié en 1850 en tête de *The Literati*, troisième volume de la première édition Redfield, puis en tête du premier volume de l'édition Redfield de 1853. Rufus Griswold avait parfois été en assez mauvaises relations avec Poe qui l'avait malmené littérairement; les deux hommes s'étaient trouvés rivaux auprès de Frances Sargent Locke (Mrs. Osgood). Cependant, Poe, quelques jours avant sa mort, avait désigné Griswold comme son exécuteur testamentaire et l'avait chargé de publier ses œuvres complètes. Immédiatement après la mort de Poe, le lendemain de l'enterrement, le 9 octobre 1849, Griswold publia dans le *Daily Tribune* de New York un article qu'il signa du pseudonyme de Ludwig (d'où le titre sous lequel il est connu : « Ludwig article »). Il reprit dans son *Memoir* de 1850 (republié en 1853) les éléments de cet article plein de médisances et de calomnies. N. P. Willis avait, le 13 octobre 1849, publié un article nécrologique dans le *Home Journal*. Dans le même périodique, le 20 octobre, il avait pris la défense de Poe contre « Ludwig » et révélé l'identité de celui-ci : c'est cet article qui fut reproduit en tête du tome I de l'édition Redfield. George Graham, dans une lettre ouverte à Willis qu'in-séra le *Graham's Magazine* de mars 1850, traita Griswold de menteur et lui reprocha son « immortelle infamie ». Baudelaire fut, lui aussi, de son vivant et après sa mort, la victime de semblables infamies.

Telle est du moins la version accréditée par Baudelaire, informé à quelques sources américaines, et par la plupart des baudelairiens de la stricte observance.

La vérité peut paraître autre, en tout cas plus nuancée, à qui prend la peine de lire la biographie écrite par Joy Bayless : *Rufus Wilmot Griswold, Poe's Literary Executor* (Nashville, Vanderbilt University Press, 1943), où le portrait de Griswold n'apparaît d'ailleurs pas comme flatté.

Au lendemain de la mort de Poe, Horace Greely (voir p. 324, n. 1) demanda à Griswold, littérateur en renom, d'écrire un article nécrologique. Griswold s'exécuta et exécuta Poe : il estimait l'auteur, il n'aimait pas l'homme. Il écrivit ce qu'il pensait et signa son article d'un pseudonyme, comme il en avait l'habitude lorsqu'il écrivait pour des périodiques. Il est vraisemblable que Mrs. Clemm avait déjà eu connaissance de l'article de « Ludwig » lorsqu'elle demanda à Griswold d'éditer les œuvres du gendre bien-aimé, à *son* profit. Elle déclara par écrit que le 29 juin 1849 Edgar avait par écrit désigné Griswold pour son exécuteur. Plus tard elle dit qu'il n'en était rien. Griswold lui-même n'était pas au courant de la volonté de Poe. À James Russell Lowell il confiait durant l'automne de 1849 :

« *Poe was not my friend — I was not his — and he had no right to devolve upon me this duty of editing his works. He did so, however, and under the circumstances I could not well refuse compliance with the wish of his friends here*. »

Sous la pression des amis de Poe Griswold aurait donc été amené à éditer des œuvres qu'il estimait, sans plus. Lui dénier le droit d'écrire ce qu'il pensait relèverait d'une conception religieuse ou même cléricale de la littérature. Mais les calomnies, si calomnies il y a, sont inexcusables.

L'article de « Ludwig » et le *Memoir* de Griswold, l'article de Willis du 20 octobre et la lettre ouverte de Graham ont été traduits et annotés dans le cahier de L'Herne consacré à *Edgar Allan Poe* par Claude Richard (respectivement, p. 161-167, 221-259, 168-172, 213-220). Cl. Richard continue à voir en Griswold un infâme traître, mais il semble ignorer l'ouvrage de Joy Bayless.

2. Baudelaire utilise ici une formule par laquelle Hannay (voir p. 1226 les généralités sur cette préface de 1856) reprochait à Griswold son infamie :

« *Have they not in America, as here, a rule at all cemeteries that " no dogs are admitted "*? » (cité par W. T. Bandy, *EAP*, xxxix).

La formule sera reprise dans *Un mangeur d'opium,* à propos de la mort de Th. De Quincey (t. I, p. 495).

Page 299.

a. une planète désorbitée, qu'il roulait   *Dans HEC* Baudelaire corrige qu'il *en* qui. *Cette correction n'apparaît pas ailleurs.*

Page 300.

1. Cf. *Mon cœur mis à nu,* XVI et XVII (t. I, p. 686).
2. Le « philosophe du chiffre » est Émile de Girardin; contre lui, voir *Fusées,* VII, 10 et *Mon cœur mis à nu,* II (t. I, p. 654 et 676), surtout l'article sur l'*Anniversaire de la naissance de Shakespeare* (p. 227) et le canevas des *Lettres d'un atrabilaire* (t. I, p. 782).
3. L'origine de cette expression n'a pas été retrouvée.

1. Poe n'était pas mon ami, je n'étais pas le sien, et il n'avait pas le droit de me confier le soin d'éditer ses œuvres. C'est cependant ce qu'il a fait. Étant donné les circonstances, je ne pouvais vraiment pas refuser de me conformer au vœu de ses amis.
2. N'ont-ils pas en Amérique, comme en Angleterre, un règlement affiché à l'entrée des cimetières : « Les chiens ne sont pas admis » ?

4. Les éléments biographiques qui composent cette section sont repris de l'étude de 1852; voir p. 252 sq.

5. Lapsus : le contexte fait comprendre que Baudelaire voulait désigner le grand-père paternel de Poe.

6. Poe est né à Boston et en 1809, répétons-le.

Page 301.

a. Voir p. 253, n. 1. Dans HEC Baudelaire supprime le d.

1. Ces pages de *William Wilson,* citées dans l'étude de 1852 (p. 254 sq.), n'avaient plus à l'être en 1856 : le conte de Poe sera recueilli en 1857 dans les *Nouvelles Histoires extraordinaires.*

Page 302.

1. Cela était plus développé en 1852; voir p. 259.

2. « *Le beau est toujours bizarre* », a écrit Baudelaire, l'année précédente, dans son article sur les Beaux-Arts à l'Exposition universelle de 1855 (p. 578); « le Beau est *toujours* étonnant », écrira-t-il dans le *Salon de 1859* (p. 616). Le texte de 1856 diffère beaucoup ici de celui de 1852.

Page 303.

a. Baudelaire francise le mot *magazine* tel qu'on peut d'ailleurs le trouver dans des titres de cette époque, comme *Le Magasin des familles.*

1. Voir p. 261 : en 1852, Baudelaire suivait et citait Daniel : W. T. Bandy (*EAP,* 46) fait remarquer qu'en 1856 Baudelaire a tort de rendre Griswold responsable des expressions en italique : elles appartiennent à Daniel.

Page 305.

a. Le lendemain au matin,   P

1. Poe mourut à quarante ans.

Page 306.

1. Pour devenir un thème de déclamation. Juvénal, *Satire* x, v. 167.

2. Fraternel hommage rendu à Gérard de Nerval. Voici comment un ami de Baudelaire, Charles Barbara, évoquera lui-même la mort de Nerval, dans une nouvelle, *Anne-Marie,* qui sera recueillie en 1868 dans le volume intitulé : *Un cas de conscience, Anne-Marie,* [etc.] (Paris, Lacroix et Verboeckhoven, p. 134-135) :

« Autour de l'Hôtel de Ville, notamment, la pioche et le levier n'en étaient qu'au début de leur œuvre; sur la place, si belle aujourd'hui, n'avaient été rasées qu'en partie ces labyrinthes de ruelles sans nom, dont l'élégant palais souffrait comme d'une lèpre. L'horrible rue de la Lanterne existait encore. Quelques jours auparavant, Élisabeth le savait, là, par une nuit pareille, un homme, fasciné peut-être par l'aspect misérable de ces bouges inhospitaliers et par cette solitude funèbre d'une poésie repoussante, un homme, et quel homme ! s'était pendu en face d'un égout. Soit hasard, soit instinct, soit parti pris, Élisabeth gagna cette rue, en descendit les marches, et s'arrêta à mi-chemin de l'escalier, vis-à-vis de cette fenêtre dont les barreaux avaient été le gibet volontaire d'un malheureux. Elle s'arrêta là longtemps à contempler le croisillon, gémissant et pleurant, le cœur brisé, et elle se prit à envier le courage et le sort de cet homme, sans se douter quel brave homme c'était, et quel homme de talent ! »

Sur les rapports des deux poètes voir notre article, « Nerval figure emblématique de l'univers baudelairien », *Buba,* t. X, nᵒ 2, Hiver 1975.

3. Louis Veuillot qui, dans *L'Univers* du 3 juin 1855, avait ironisé lourdement le rapport lu à la séance générale de la Société des gens de lettres le 6 mai précédent. Ce rapport mentionnait la mort de Nerval. Veuillot se déchaîna contre l'alcoolisme, cause à laquelle il attribuait ce suicide. Voir l'article de Cl. Pichois, *Buba,* VI, 6; 9 avril 1971. Asselineau rappellera le grossier calembour de Veuillot dans un article ému sur Nerval (*Revue fantaisiste,* 15 septembre 1861). — Il est difficile de croire qu'en écrivant ce passage Baudelaire ne pensait pas de plus aux oraisons funèbres que de prétendus amis de Nerval : Jules Janin et Alexandre Dumas, avaient prononcées sur la vie ou sur la raison de Gérard et auxquelles celui-ci répondit avec dignité dans les préfaces-dédicaces de *Lorely* (1852) et des *Filles du feu* (1854).

4. Cf. t. I, p. 709.

5. Alphonse Rabbe (voir t. I, p. 661, 662) écrivait au début de la *Philosophie du désespoir :* « Il m'a paru toujours révoltant que l'homme, non content de tyranniser de tant de manières son semblable, prétende encore lui disputer le droit de s'affranchir par le sacrifice absolu de son existence ! Une autre chose m'étonne, c'est que les hommes, en général, faisant tant de bassesses pour vivre, on ait intéressé la morale et la religion à la proscription d'un acte, qui peut être quelquefois, à la vérité, l'effet d'un aveugle désespoir, mais qui bien souvent aussi est l'explosion d'une âme généreuse indignée du monde, fière de sa céleste origine et amoureuse de son immortelle dignité » (*Album d'un pessimiste,* 1835; réédition par Jules Marsan, Les Presses françaises, « Bibliothèque romantique », nᵒ 2, [1924], p. 5).

Page 307.

1. Baudelaire pense à lui-même. Il a plusieurs fois éprouvé la tentation du suicide et plus fortement que lors de la tentative du 30 juin 1845.

2. La lettre est citée dans l'étude de 1852, p. 267.

3. P. Pendleton Cooke; voir p. 269 et n. 2.

4. Voir p. 265 où Baudelaire citait la page de Willis.
5. Cf. p. 265.

Page 308.

1. Baudelaire pense à lui-même, « nature toujours orageuse et vibrante », ainsi qu'il se qualifie dans l'article nécrologique sur Delacroix (p. 754).

2. Cf. p. 262. Ce passage est aussi destiné à Mme Aupick.

Page 309.

a. Il embaumera avec sa gloire le nom de la femme qui pansait ses blessures avec sa tendresse et   *HE 1, HE 2*

1. Baudelaire reprend ici une phrase de la dédicace à Mrs. Clemm, telle qu'elle parut dans *Le Pays* du 25 juillet 1854 ; cf. p. 292 et var. *a.*

2. Les éléments de cette partie sont aussi repris à l'étude de 1852, mais remodelés ; cf. p. 267 sq.

Page 310.

1. À New York où John Jacob Astor (1763-1848) créa le premier hôtel de ce nom ?

Page 311.

a. HEC : *Baudelaire ajoute une virgule entre* chambre *et* le tenant. *Cette correction n'apparaît pas ailleurs.*

Page 312.

a. irrémédiable *impriment les éditions Lévy ; voir t. I, p. 989.*

b. tout *au masculin, dans toutes les éditions ; voir la var.* b *de la p. 318.*

1. Baudelaire traduira ce morceau beaucoup plus tard. Il paraîtra inédit en 1865 dans les *Histoires grotesques et sérieuses.*

2. Voir la fin du premier paragraphe de cette page.

3. Il est impossible de ne pas rapprocher ces lignes de l'inspiration des poèmes d'amour des *Fleurs du mal,* qui en sont presque contemporains (voir t. I, p. 908-909).

Page 313.

1. On a dit, p. 269, n. 1, que cette description phrénologique était empruntée à Daniel.

2. Baudelaire pense peut-être à Machiavel (voir p. 763). Et peut-être, nous suggère Morris Wachs, à Diderot qui, selon Cousin d'Avalon (*Diderotiana,* Paris, 1810, p. 47-48) était enclin à prêter « son esprit, son imagination et ses connaissances à ceux avec lesquels il conversait ».

Page 314.

a. l'ivresse comme une tombe préparatoire. Mais quelque *HE 1, HE 2. HEC : Baudelaire ajoute dans* et une *virgule après* Mais. *La virgule n'apparaîtra pas.*

b. en lui quelque *chose* à   *HE 1, HE 2. HEC : Baudelaire souligne* quelque

1. Baudelaire traduit ainsi cette expression de *Morella* (morceau qui figure dans les *Histoires extraordinaires*) : « un ver qui ne voulait pas mourir ».

2. Baudelaire suit ici Griswold.

Page 315.

1. L'article de Daniel d'où est tirée la plus grande partie de l'étude parue en 1852 dans la *Revue de Paris* (voir p. 1206).

2. Cela s'applique exactement à Baudelaire (opium et alcool).

Page 316.

1. Voir p. 293 la Note postliminaire à l'*Aventure sans pareille d'un certain Hans Pfaall.*

2. Cf., p. 247, la présentation de *Révélation magnétique.*

Page 317.

1. Cf. *La Fontaine de sang* (t. I, p. 115).

Page 318.

a. HE 1 et HE 2 introduisent un blanc au-dessous de cette ligne.

b. l'œuvre générale de Poe. Cette œuvre   *HE 1, HE 2. Dans HEC Baudelaire supprime la marque du féminin. Le féminin était pourtant préférable. Cf. la var. e de la p. 144.*

c. (Le Récit d'Arthur Gordon Pym).   HE 1, HE 2.

1. Cf. *Le Poison* (t. I, p. 49).

2. Cf. *Rêve parisien* (t. I, p. 101).

3. Allusion au roman de Jean-Paul Richter : *Titan,* adapté par Philarète Chasles en 1834-1835.

Page 319.

NOTES NOUVELLES SUR EDGAR POE

Nouvelles Histoires extraordinaires, Michel Lévy frères, 1857.
Nouvelles Histoires extraordinaires, Michel Lévy frères, Deuxième édition, 1859.
Nouvelles Histoires extraordinaires, Michel Lévy frères, Troisième édition, 1862.
Nouvelles Histoires extraordinaires, Michel Lévy frères, Nouvelle édition, 1865.
Œuvres complètes, Michel Lévy frères, t. VII, 1870 *(1870).*

Texte retenu : celui de 1857.

Seul le texte de 1870 présente quelques variantes.

Il existe de plus une épreuve en pages de cette préface aux *Nouvelles Histoires extraordinaires,* datée au compositeur du 26 janvier 1857 (troisième vente [Collection de la baronne Alexandrine de Rothschild], Drouot, 15 décembre 1969, Mes Rheims et Laurin, Mme J. Vidal-Mégret, M. Chalvet experts, n° 12; ancienne collection Ancelle). Le texte avant correction est désigné dans les variantes par *NHEP*. En tête, ces notes tracées au crayon :

> «˙ Ancelle
> un agréé
> chercher le dossier
> Perrin [?]
> Michel »

Baudelaire est très monté contre Ancelle au début de février (voir *CPl*, I, 372-373), mais on ne voit pas dans sa correspondance apparaître d'agréé ni de dossier. Avec Perrin (si c'est bien ce nom que Baudelaire a écrit), qui est le Poulet-Malassis de Lyon, le poète ne sera en rapports, indirects, qu'en 1860 (*CPl*, II, 64 et 78). Michel désigne Lévy.

À Mme Aupick, Baudelaire écrit le 8 février 1857 : « j'ai fini, archi-fini les *Nouvelles Histoires extraordinaires*. Je ne sais pas pourquoi *Michel* ne met pas en vente tout de suite » (*CPl*, I, 370). La mise en vente aura lieu au début de la deuxième semaine de mars. Le 7, Baudelaire adresse un exemplaire à Poulet-Malassis (*CPl*, I, 378). Le même jour, il demande à Lévy d'envoyer des exemplaires à quelques critiques (*CPl*, I, 379). Les *Nouvelles Histoires extraordinaires* ne seront enregistrées à la *Bibliographie de la France* que le 6 juillet. À Buloz, le 11 février, Baudelaire avait communiqué un jeu de « bonnes feuilles », l'engageant à en reproduire quelques pages dans la *Revue des Deux Mondes*, qui s'abstint.

Baudelaire avait — on l'a vu — annoncé cette autre préface à la fin de celle qui ouvre les *Histoires extraordinaires*. Dès le 26 mars 1856, juste après la publication du premier volume de traductions, il avait écrit à Sainte-Beuve :

« La deuxième préface contiendra l'analyse des ouvrages que je ne traduirai pas, et surtout l'exposé des opinions *scientifiques* et *littéraires* de l'auteur. Il faut même que j'écrive à ce sujet à M. de Humboldt pour lui demander son opinion relativement à un petit livre qui lui est dédié; c'est *Eureka*.

« La première préface, que vous avez vue et dans laquelle j'ai essayé d'enfermer une vive protestation contre l'américanisme, est à peu près complète au point de vue biographique. — On fera semblant de ne vouloir considérer Poe que comme *jongleur,* mais je reviendrai à outrance sur le caractère surnaturel de sa poésie et de ses contes. Il n'est Américain qu'en tant que *Jongleur*. Quant au reste, c'est presque une pensée *anti-américaine*. D'ailleurs, il s'est moqué de ses compatriotes le plus qu'il a pu » (*CPl*, I, 344-345).

Eureka attendra encore assez longtemps les bons soins de Baudelaire. Celui-ci renonça à en faire l'analyse dans les *Notes nouvelles sur Edgar Poe*. Il se heurta à des difficultés, qu'il confie ainsi à sa mère :

« Ma seconde notice me donne un mal de tous les diables. Il faut parler *religion* et *science* ; tantôt c'est l'instruction suffisante qui me manque, tantôt l'argent, ou le calme, ce qui est presque la même chose » (*CPl*, I, 346-347).

Le 12 novembre 1856, à Godefroy, agent central de la Société des gens de lettres, il mande qu'il est en train d'écrire cette préface : « comme je n'accouche que douloureusement, cela pourrait bien durer quelque temps » (*CPl*, I, 361). Les *Notes nouvelles* ne furent sans doute achevées qu'en décembre.

Les *Nouvelles Histoires extraordinaires* n'eurent pas le même grand succès que le premier volume : l'effet de surprise était émoussé. Mais elles eurent plus de succès que les volumes suivants, ainsi que le prouvent les tirages recensés.

Les *Notes nouvelles,* provocantes, attirèrent à Baudelaire des attaques. Pontmartin, à qui il ripostait, lui répliqua vertement. Barbey d'Aurevilly, contre qui est peut-être dirigée une allusion (p. 321 et n. 1), mais qu'il citait élogieusement et dont il croyait n'avoir à attendre que des procédés amicaux, l'attaquera brutalement en 1858 (voir p. 339). Baudelaire dut être sensible aux compliments que vers le 20 mars 1857 lui adressa Jean Wallon, qui concluait ainsi sa longue lettre : « Mon ami, votre préface est réellement très belle, j'en suis encore et j'en reste tout ému. Quelle belle prose — savante, vibrante, harmonieuse ! — je la lis comme de la musique, la mélodie des idées » (*LAB*, 405-406).

a. NHEP : Baudelaire corrige le conditionnel en futur ; cette correction n'a pas été faite.

1. L'attaque est brutale. Est-ce une riposte ? On ne voit pas, à lire les comptes rendus des *Histoires extraordinaires,* que Poe et son traducteur aient été accusés d'appartenir à la littérature de la décadence. Si quelque critique est ici visé, c'est Désiré Nisard qui combattait pour les classicismes contre les décadences (latine, française), mais qui ne se souciait ni de Poe, ni de Baudelaire.

2. Cf. t. I, p. 209 et ici p. 715.

Page 320.

a. NHEP : Baudelaire demande la suppression de la virgule, qui est néanmoins conservée.

b. NHEP : Baudelaire demande l'addition d'un trait d'union, qui n'est pas ajouté. Entre que *et* dans *il demande la suppression de la virgule, qui est conservée.*

c. NHEP : Baudelaire demande la suppression de la virgule, qui est conservée.

d. parmi les vastes colonisations du *NHEP ; Baudelaire corrige.*

e. compter les poètes ? [...]. Les *bas-bleus ? NHEP ; Baudelaire corrige.*

1. Cf. p. 318.

2. Voir, t. I, p. 149, *Le Coucher du soleil romantique.*

3. Expression empruntée à Heine, voir p. 577.

Page 321.

a. NHEP : *Baudelaire demande l'addition d'une virgule après* poète *Après* éloge, un point et un tiret, le paragraphe continuait jusqu'à réalités ! », *le paragraphe suivant commençant à* Il fut *Baudelaire corrige.*

b. NHEP : *addition du tiret.*

1. Pour l'emploi de « *jongleur* » voir p. 1234. Cuvillier-Fleury avait utilisé le mot (*Journal des Débats,* 12 novembre 1856), mais sans le retourner contre Baudelaire. Jean Wallon avait-il donc raison d'écrire à celui-ci, le 20 mars 1857 environ : « Pourquoi n'avez-vous pas nommé hautement le nid de ces professeurs jurés — ces *Débats,* citadelle des cuîstres — ennemis de toute poésie ? » (*LAB* 403). Baudelaire attaquera Cuvillier-Fleury dans *Une réforme à l'Académie* (p. 189-190). Le « critique imprudent » est bien plutôt Barbey d'Aurevilly qui avait lui aussi relevé le mot *jongleur* dans son article sur les *Histoires extraordinaires* (*Le Pays,* 18 juin 1856), en l'interprétant contre Poe, reprochant à celui-ci d'avoir substitué l'artifice à l'Art.

2. Ce morceau appartient aux *Nouvelles Histoires extraordinaires.*

3. Toute cette première partie vise peut-être la citadelle des *Débats,* où le traducteur de Poe avait d'ailleurs été bien traité par Philarète Chasles (20 avril 1856) : il vise aussi, indirectement plutôt que directement, Armand de Pontmartin dont Baudelaire avait ainsi apprécié le compte rendu publié dans *L'Assemblée nationale* du 12 avril 1856 : « digne d'une vieille bête vertueuse et polie. [...] Comme l'oie porte un nom assez accrédité, peut-être aurai-je l'envie, dans la seconde notice, en tête du second volume, de répondre à ces erreurs, [...] » (*CPl,* I, 346). En fait, l'article n'était ni aussi mauvais, ni aussi bête que Baudelaire le donnait à penser. Pontmartin se reconnut parmi les « professeurs jurés » et répliqua brutalement dans *Le Spectateur* du 19 septembre 1857, en faisant une allusion blessante au procès des *Fleurs du mal.*

Page 322.

a. magnétique, comme ces   NHEP ; *sans correction.*

b. mystères; et voilà qu'ils le remercient [...] proclamer; car NHEP ; *Baudelaire corrige.*

c. connaissance *[singulier]*   NHEP, *sans correction ; 1870.*

d. NHEP : *après* philosophique *Baudelaire corrige la virgule en point-virgule. La correction n'est pas effectuée.*

e. orient, quand   NHEP ; *Baudelaire supprime la virgule.*

f. resteront   NHEP ; *Baudelaire corrige le futur en conditionnel ; la correction n'est pas effectuée.*

1. Pour l'utilisation du *Diable amoureux* par Baudelaire voir le

dernier vers du *Possédé* (t. I, p. 38) et *Fusées,* XI (t. I, p. 660).
Nerval, dans *Les Illuminés* (le volume a été publié en 1852 chez
Victor Lecou qui faillit être l'éditeur des contes de Poe traduits par
Baudelaire), rapporte la visite faite à Cazotte, peu après la publication du *Diable amoureux,* par un personnage mystérieux qui, persuadé
que l'auteur était un initié, et détrompé ensuite, le pria, quel que fût
le moyen employé pour pénétrer de tels secrets, de s'abstenir
désormais « de pareilles révélations ».

2. Poe a lui-même rapporté, dans le fragment CCIV des *Marginalia* (voir la note suivante), que les swédenborgiens l'avaient félicité d'avoir écrit *The Mesmeric Revelation.* À la raillerie de Baudelaire on mesure la distance qui sépare ce texte de la présentation de
Révélation magnétique (p. 248) où Poe apparaissait comme un illumi-
niste, apparenté aux swédenborgiens.

3. Baudelaire leur a déjà fait quatre emprunts dans ces pages :
— p. 320, à propos des bas-bleus (*Marginalia,* CXLIII);
— p. 321, au début de la section II, contre le peuple et la populace (*Marginalia,* CCXXIX et XXVII);
— deux phrases plus haut au sujet de Poe et des swédenborgiens.
Ici c'est au nº CLXXXI des *Marginalia* qu'il fait appel. En 1856,
dans la préface des *Histoires extraordinaires,* il n'utilisait pas les
Marginalia. Ceux-ci lui étaient pourtant déjà accessibles dans le
tome III de l'édition Redfield de 1850 *(The Literati).*

Page 323.

a. irrésistible est   *NHEP ; Baudelaire ajoute la virgule.*
b. raisonnable, suffisant [...] périlleuses, pourrait [...]   *NHEP ;
Baudelaire supprime les deux virgules.*
c. nés marqués pour   *NHEP ; Baudelaire corrige* marqués *en*
marquis

1. Voir l'avant-dernière strophe de *L'Héautontimorouménos* (t. I,
p. 79).
2. Certes, Baudelaire s'inspire ici du *Démon de la perversité,*
texte sur lequel s'ouvrent les *Nouvelles Histoires extraordinaires.*
Mais, plus que Poe, il pense au péché originel, sur lequel il insistera,
un peu plus tard, dans *Les Paradis artificiels,* au point de s'attirer
un reproche de Flaubert (*LAB,* 155), à qui il répond ainsi : « étant
descendu très sincèrement dans le souvenir de mes rêveries, je me
suis aperçu que de tout temps j'ai été obsédé par l'impossibilité de
me rendre compte de certaines actions ou pensées soudaines de
l'homme sans l'hypothèse de l'intervention d'une force méchante
extérieure à lui » (*CPI,* II, 53). En fait, ce n'est pas « de tout temps »
que Baudelaire a été obsédé par cette idée : le poète des années 1844-
1850 ne semble pas aussi pessimiste quant à la nature humaine.
3. Cette idée vient directement de Joseph de Maistre, dont le
nom est cité un peu plus bas.

4. *marquis,* et non *marqués* comme on lit dans quelques éditions : voir var. *c* ; *marquis* s'oppose à *égalitaires* et contient peut-être une allusion au « divin Marquis », l'un des princes du Mal.

5. Baudelaire contracte ici une phrase de la dédicace d'*Eureka* qu'il a citée sous une forme différente un peu plus haut (p. 321).

6. Il est probable que Baudelaire se souvient du vers célèbre de Lamartine, qu'il cite inexactement : « L'homme est un dieu tombé qui se souvient des cieux » (*Méditations,* « L'Homme »).

7. Citation du *Colloque de Monos et Una (Nouvelles Histoires extraordinaires).*

Page 324.

   a. NHEP : *Baudelaire demande la suppression de la virgule après* Talleyrand; *la virgule est conservée.*

   b. incessant *[singulier]   1870*

1. *Marginalia,* CCXLII. Horace Greeley (1811-1872), directeur à partir de 1841 du *New York Tribune,* est resté célèbre pour le conseil que, vers 1843, il avait donné aux hommes sans emploi : « *Go West, young men, go West ! »* Il fut fouriériste de 1842 à 1846.

2. Cette phrase mirifique n'a pas été repérée. Elle a toute chance d'appartenir au *Siècle,* quotidien qui préconise le progrès et que Baudelaire exècre.

3. L'héroïne ou plutôt le héros de *Petite discussion avec une momie (Nouvelles Histoires extraordinaires).*

Page 325.

   a. farce, n'est-ce pas   NHEP. *Baudelaire ajoute :*   , en un sujet qui contient autant de larmes que de rire,

   b. dire à leurs sages, à leurs sorciers :   NHEP, *sans correction.*

   c. en dormant ? Débarrassez-nous   NHEP ; *correction de Baudelaire.*

   d. l'épiderme du peuple va   NHEP ; *correction de Baudelaire.*

   e. pâture des animaux, aussi   NHEP ; *correction de Baudelaire.*

1. *Énéide,* V, 628-629 : l'Italie qui semble fuir devant eux.

2. Célèbre formule de Jean-Jacques pour désigner l'homme vivant en société; elle est reprise dans *Le Peintre de la vie moderne* (p. 693).

3. Même idée dans *Le Peintre de la vie moderne* (p. 715).

Page 326.

   a. Kouitzilipoutzli   NHEP ; *correction de Baudelaire ; il y a tout lieu de penser que ce n'était là qu'une faute typographique.*

1. J. Crépet pensait que Baudelaire avait pu emprunter cette image à Poe qui l'emploie dans *Al Aaraaf.* Mais Baudelaire avait-il lu ce poème ? On croira plutôt qu'il s'agit là d'un personnage de conte de fée auquel fait allusion Mme de Staël dans *De l'Allemagne,*

au chapitre des romans (II, XXVII), quand elle traite de l'œuvre de Jean-Paul : ce personnage était surnommé « *Fine Oreille,* parce qu'il entendait les plantes pousser ».

2. A. Bellegarigue a publié *Les Femmes d'Amérique* chez Blanchard en 1853. J. Crépet a fait remarquer que ce livre serait resté inaperçu si Barbey d'Aurevilly ne lui avait, dans *Le Pays* du 26 janvier 1855, consacré un vigoureux éreintement qu'il terminait ainsi : « Que si les Américains, malgré leur activité et leur énorme génie industriel, ne sont pourtant que les matérialistes immondes, les insolents et orgueilleux gagneurs d'argent de M. Bellegarigue, ils ne sont ni ne valent les Barbares, car les Barbares étaient, eux ! vraiment des peuples jeunes, chez lesquels ce qui sauve les peuples, en les régénérant, la spiritualité, débordait ! » Il est amusant de voir Baudelaire se moquer du *Moniteur de l'épicerie :* n'avait-il pas annoncé sa collaboration au *Moniteur de la cordonnerie* (voir J. Crépet, *Propos sur Baudelaire,* 33-42) ? On lit dans le *Journal* de Champfleury — dont le manuscrit est conservé à la Bibliothèque de Columbia University — sous la date du 29 juillet 1853 :

« Baudelaire est allé ennuyer Bellegarigue pour écrire dans le *Moniteur de l'épicerie.* Dans le temps il tracassait Veuillot pour écrire à *L'Univers.* Baudelaire aurait été fort enchanté de dire partout qu'il rédigeait le journal des épiciers, histoire de se singulariser et de se faire remarquer. C'est dans le même but qu'il se promène tantôt avec des livres de Swedenborg sous le bras, tantôt avec de gros livres d'algèbre; son prétendu livre *Conversations de Ch. Baudelaire avec les Anges* est encore un moyen de donner à causer aux farceurs. Mais il n'en écrit pas une ligne de plus et perd son temps à se *maniérer* de la sorte. » Champfleury montre ensuite le malheureux Bellegarigue travaillant « à deux sous la ligne, sans signer, pour le compte d'un épicier qui étudie longuement les articles de son rédacteur, tâche de saisir le sens de l'*Épicerie transcendantale,* se fait donner des explications quand il ne comprend pas, et se pose dans le monde officiel avec son journal dont il ne serait même pas capable d'écrire une ligne ». Voir la note de W. T. Bandy, *Buba,* t. X, n⁰ 2, Hiver 1975, p. 17-18. Remarquons que *Le Moniteur de l'épicerie,* créé en décembre 1850, se transforme en juin 1852 en *Journal du commerce,* le premier titre figurant alors en sous-titre. Le directeur et propriétaire-gérant en est Mignien.

3. *Marginalia,* CCXXXVI.

4. On lit dans le *Dictionnaire national* de Bescherelle (1848) à l'article « Vitslibochtli (et Vitzliputzli) » : « Dieu mexicain, présidait à la guerre et à la divination. Il rendait des oracles. On lui immolait des victimes humaines en grand nombre. On le représentait assis sur un trône soutenu par un globe d'azur, symbole du ciel, coiffé d'un casque de plumes, affreux de visage, la main droite sur une couleuvre, tenant quatre flèches et un bouclier de la gauche. » Si l'existence de ce dieu aztèque est bien attestée, il est plus difficile de savoir comment Baudelaire l'aura connu. Est-ce vraiment à

Alfred de Musset qu'il doit cette connaissance ? Interrogé par J. Crépet, Maurice Allem avait répondu que le dieu figure dans la dédicace manuscrite de *La Coupe et les lèvres* à Alfred Tattet (conservée à la bibliothèque Spoelberch de Lovenjoul), où en place de :

> *C'est un bon petit dieu que le dieu* Michapous.
> *Mais je hais les cagots, les robins et les cuistres,...*

on lit :

> *C'est un bon petit dieu que* Widzipudzili
> *Le dieu* [illisible] *jumbo, que pensez-vous de lui ?*
> *Il ne faut pas railler Mahomet le prophète.*
> *Ingen le japonais est un dieu fort honnête,*
> *Vesroch et Kichatan me plaisent fort aussi.*
> *Mais je hais les cagots, les robins et les cuistres,...*

(Cité par J. Crépet, *Nouvelles Histoires extraordinaires,* Conard, p. 324. Le mot illisible doit être, nous suggère W. T. Bandy, Mumbo, Mumbo Jumbo désignant en Afrique occidentale un dieu méchant, un croque-mitaine, qu'on invoque pour effrayer les enfants.)
    Mais il y a lieu de remarquer que la forme est différente chez Musset et chez Baudelaire. D'autre part, comment ce dernier a-t-il pu prendre connaissance d'une version manuscrite inédite ? Il faudrait imaginer qu'un ami commun aura communiqué ce renseignement à Baudelaire : on pensera à Guichardet qui lui avait révélé le nom du traducteur ou plutôt de l'adaptateur des *Confessions of an English Opium-eater* dont le travail avait paru en 1828 sous les initiales A. D. M. (voir *BET,* 141-144).
    Vitzliputzli est le titre d'une section du *Romancero* de Heine (*Poésies et légendes,* Michel Lévy frères, 1855 ; 2e éd., 1857). Mais la forme est différente, et diffèrent le contexte.
    Le plus vraisemblable est de croire à une confusion. Dans *Le Pied de momie,* Gautier, avant d'acheter le pied de la princesse Hermonthis, hésite entre « un dragon de porcelaine » et « un petit fétiche mexicain fort abominable, représentant au naturel le dieu Witzilputzili ». Certes, la forme est différente, mais le contexte est approprié, et l'accès à la source n'offrait aucune difficulté : cette nouvelle a paru dans *Le Musée des familles* en septembre 1840, dans *L'Artiste* du 4 octobre 1846 et dans *La Peau de tigre* en 1852.
    5. Le dieu principal des Gaulois, leur guide sur la terre et leur intercesseur auprès du Dieu Vérité. Il exigeait des sacrifices de victimes humaines.
    6. Baudelaire est ici fidèle, encore, à la pensée de Joseph de Maistre : pour que le sacrifice ait une valeur, il faut qu'il soit consenti.
    7. Cf. *Fusées,* XV (t. I, p. 664). Les formulations différentes prouvent que Baudelaire cite de mémoire. Il est probable qu'il se souvient de l'article de Barbey sur Bellegarigue (voir la note 2 de cette page).

Page 327.

a. le plus démocrate, entend   NHEP ; *correction de Baudelaire.*

b. par un État ne   NHEP ; *Baudelaire supprime* un *et souligne* État *; ces corrections ne sont pas exécutées. La virgule a été ajoutée après la correction des épreuves.*

c. NHEP : *Baudelaire demande la suppression de la virgule suivante, qui est conservée.*

d. mais cela !   NHEP ; *correction de Baudelaire.*

e. l'Océan, un État !   NHEP, *sans correction. L'article indéfini disparaît ensuite. Baudelaire le rétablit dans l'exemplaire qu'il donne à Sainte-Beuve.*

f. présidé *[masculin] 1870*

g. tempérée, ou   NHEP. *Baudelaire supprime la virgule.*

h. où chaque sergent de ville de l'opinion fait   *1870 ; la leçon des précédentes éditions semble vraiment préférable.*

i. dans le paradis   NHEP ; *Baudelaire corrige* le en les

j. Franklin, cet inventeur [...], ce héros   NHEP ; *corrections de Baudelaire.*

1. Contre Franklin voir *La Fin de Don Juan* (t. I, p. 627).

Page 328.

a. brutalités *[pluriel] 1870.*

b. nous permettrait bientôt de jouir   NHEP ; *corrections de Baudelaire.*

c. contre les erreurs   NHEP ; *correction de Baudelaire.*

d. à toutes un   NHEP, *toutes éditions parues du vivant de Baudelaire et 1870. Baudelaire, en citant cette phrase dans « Théophile Gautier » (p. 114), fait imprimer* tous. *Mais à la limite* toutes *pouvait renvoyer seulement* à facultés.

e. les moyens de perfection sur la conscience   NHEP ; *correction de Baudelaire. Sans doute était-ce une erreur de lecture du typographe.*

1. Non plus que J. Crépet nous n'avons pu retrouver l'origine de cette phrase.

2. Baudelaire s'inspire ici du *Poetic Principle*. Ce passage le montre en pleine possession et maîtrise de l'esthétique qu'il développera dans le *Salon de 1859*.

3. Titre d'un des chapitres du *Salon de 1859* (p. 619).

Page 329.

a. d'effets est   NHEP ; *Baudelaire supprime la marque du pluriel.*

b. conçu, délibérément,   NHEP ; *Baudelaire supprime la première virgule.*

c. le dessein préalable.   NHEP ; *correction de Baudelaire.*

d. supériorité, même   NHEP ; *Baudelaire demande la suppression de la virgule, qui est conservée.*

1. Cette idée sera reprise dans *Théophile Gautier* (p. 119). Baudelaire doit ce développement sur la Nouvelle qui se poursuit jusqu'à la fin de la troisième section (p. 330) à un article de Poe sur *Twice-Told Tales* de Hawthorne publié dans le *Graham's Magazine* d'avril-mai 1842 ; voir Melvin Zimmerman, « Baudelaire, Poe, and Hawthorne », *Revue de littérature comparée,* juillet-septembre 1965, p. 448-450.

Page 330.

   a. située   NHEP *; Baudelaire supprime la marque du féminin.*
   b. de tons, des nuances   NHEP *; correction de Baudelaire.*
   c. dissonnances,   *tous textes, sauf 1870. On a corrigé ; de même p. 334.*
   d. je ne serai pas   NHEP *; correction de Baudelaire.*
   e. ces tentations héroïques   NHEP *; Baudelaire corrige en* tentatives*, mais toutes les éditions montrent* tentations*. J. Crépet a corrigé. Il nous semble que* tentations *est justifiable.*

   1. « La race irritable des poètes » (Horace, *Épîtres,* II, II, v. 102).

Page 331.

   a. de la race.   NHEP, *sans correction.*
   b. poésie, l'induisait   NHEP *; Baudelaire supprime cette virgule de respiration.*
   c. opinions, relative à   NHEP *; Baudelaire laisse la virgule (qui sera supprimée) et ajoute un* s *à* relative
   d. application toute facile.   NHEP *; correction de Baudelaire.*
   e. toute chose *[singulier],*   *1870*
   f. sentiments, toujours   NHEP *; Baudelaire supprime la virgule.*

   1. Baudelaire traduit le fragment CXXXIX des *Marginalia.*
   2. Problème essentiel pour Baudelaire ; voir la série *Hygiène* (t. I, p. 668 sq.)

Page 332.

   a. Mais par nécessité psychologique, toutes   NHEP *; Baudelaire demande la suppression de la virgule. Au contraire, une autre est ajoutée.*

   1. Baudelaire traduit presque littéralement.
   2. Voir t. I, p. 437. *Pabulum* = pâture.

Page 333.

   a. si grand, ni si noble, ni si véritablement   NHEP *; Baudelaire supprime les deux* ni
   b. a d'intenses connexions   NHEP *; correction de Baudelaire.*
   c. différence, qu'Aristote   NHEP *; Baudelaire supprime la virgule.*

   1. Baudelaire reproduira cette page et la suivante (jusqu'à « qui habitent les régions surnaturelles de la poésie. ») dans *Théophile Gautier* (p. 112-114).

2. Ici, non moins que p. 322, on mesure la distance parcourue par Baudelaire en quelques années. On se rappellera comment, en 1852, il concluait son article sur *L'École païenne* (p. 49).

Page 334.

a. Voir la var. c de la page 330.

b. En transcrivant ce passage, repris dans « Théophile Gautier » (p. 114), *Gautier lui-même (notice en tête des « Fleurs du mal », Michel Lévy, 1868) fait ou laisse imprimer :* voile. *On doit se demander s'il n'a pas raison. (Suggestion de W. T. Bandy.)*

c. d'une réclamation des nerfs, d'une nature [...] voudrait immédiatement s'emparer, sur *NHEP ; corrections de Baudelaire.*

d. trop naturelle, pour *NHEP ; Baudelaire supprime la virgule.*

1. On remarquera les allégories, si nombreuses dans *Les Fleurs du mal* (voir, par exemple, *Recueillement,* t. I, p. 140-141).

Page 335.

a. NHEP : Baudelaire ajoute le tiret précédent, ainsi que le suivant.

b. formes, pour *NHEP ; Baudelaire ajoute* surtout

1. Baudelaire explicite un passage de *The Philosophy of Composition* (voir p. 343) en y joignant ses propres idées sur la pauvreté, dont Poe ne parle pas.

2. Cf. la première partie de la notice sur Hugo des *Réflexions sur quelques-uns de mes contemporains* (p. 130).

3. Cela est traduit de *The Philosophy of Composition,* mais la traduction de 1859 sera différente.

Page 336.

a. obstinés des phrases *NHEP ; correction de Baudelaire.*

b. du refrain modifié qui *NHEP ; correction de Baudelaire.*

c. redoublées, et triplées, *NHEP ; Baudelaire supprime la virgule.*

d. de miroitant, de mystérieux *NHEP ; Baudelaire ajoute :* comme le rêve

e. comme le rêve. Je *NHEP ; Baudelaire corrige* rêve *en* cristal

1. Cf. p. 302, n. 2.

2. Le *repetend* que Baudelaire a lui-même utilisé dans plusieurs poèmes des *Fleurs du mal.*

3. Ce « rêve », Baudelaire l'a caressé; voir *CPl,* I, 342 (à Du Camp, 18 mars 1856) et 345 (à Sainte-Beuve, 26 mars 1856). Il ne l'a réalisé que pour cinq poésies. C'est Mallarmé qui le réalisera vraiment.

4. W. T. Bandy (*Buba,* X, 2, Hiver 1975) a retrouvé ce dictionnaire. C'est la *Cyclopoedia of American Literature* d'Evert A. et George A. Duyckinck (New York, Scribner, 1856). Baudelaire ne savait pas qu'Evert Duyckinck, responsable de la publication des

Tales en 1845, avait été un ami de Poe, qui a laissé de lui un portrait sympathique dans ses *Literati*. Les critiques de la *Cyclopoedia* ne portent que sur les poésies de jeunesse de Poe. Le cahier de L'Herne consacré à Poe par Claude Richard reproduit (p. 189-190), en traduction, un article d'Evert Duyckinck sur les deux premiers volumes de l'édition Redfield des œuvres de Poe; ce compte rendu a paru dans *The Literary World* du 26 janvier 1850.

Page 337.

a. réquisitoires adressés par les critiques parisiens contre ceux *NHEP, sans correction.*

b. sont les plus   *NHEP ; Baudelaire corrige* les *en* le

c. perfection. Ils sont   *NHEP, sans correction.*

d. capitale, — l'enseignement *[romain]. NHEP ; Baudelaire souligne.*

1. On remarquera cette expression, destinée à faire une belle carrière, même si elle n'a pas en 1857 le sens qu'elle prendra à l'époque de Valéry.

2. Cette préface, vraie apologie d'Edgar Poe, eût constitué, quelques mois plus tard, la meilleure défense du poète des *Fleurs du mal*. Elle est nettement supérieure à la plaidoirie de Me Chaix d'Est-Ange. Mais les juges de Baudelaire ne l'auraient pas comprise.

Ces *Notes nouvelles sur Edgar Poe* constituent avec le *Salon de 1859* le sommet de la critique créatrice de Baudelaire.

Une troisième série de notes sur Poe : « Dernières notes sur Poe », mentionnée à Poulet-Malassis à la fin de 1859 (*CPl*, I, 635), n'a pas dépassé le stade du projet.

Page 338.

[MARGINALIA
Articles de Veuillot et de Barbey d'Aurevilly,
Le Réveil, 15 mai 1858]

On donne ces textes et notes, publiés par Joseph Bollery dans la *Revue des sciences humaines* de janvier-mars 1954, parce qu'ils témoignent à la fois de la passion que Baudelaire mit à défendre Poe et de l'incompréhension qu'il rencontra, en particulier auprès de Barbey, qui, pourtant, était l'un des rares Français à pouvoir comprendre la grandeur de l'Image poétique que Baudelaire offrait à la France.

Le Réveil, fondé et dirigé par Granier de Cassagnac et les frères Escudier, vécut du 2 janvier au 4 septembre 1858 : c'était un hebdomadaire qui avouait ses opinions « réactionnaires », que dit assez la présence au sommaire du même numéro des noms de Veuillot et de Barbey.

J. Bollery tenait cet exemplaire annoté de Georges Landry (ami de Léon Bloy) qui l'avait lui-même probablement reçu de Barbey, à qui Baudelaire l'aurait remis en témoignage de son indignation. J. Bollery avait bien voulu nous communiquer des photographies de ce document.

Le 14 mai, Barbey écrit à Baudelaire : « Homme de peu de foi, pourquoi vous troublez-vous ?

« Un titre !

Un songe... me devrais-je inquiéter d'un songe ?

« Et de quoi donc avez-vous peur, et *vous étonnez-vous,* mon ami ?... Vous savez mes opinions littéraires sur Edgar Poe. [...]

« Mon ami, calmez-vous. L'article du *Réveil* n'est pas d'ailleurs fait de manière à diminuer l'importance de *Poe* et de votre publication. Au contraire. Il ne vous lésera point dans vos intérêts de traducteur » (*LAB,* 53-54).

J. Bollery imagine que *Le Réveil* paraissait, comme il arrive à des hebdomadaires, avant la date qu'il portait. Les fragments de la lettre qui viennent d'être cités montrent que cette hypothèse n'est pas nécessaire : Barbey avait, avant le 15 mai, remis au *Réveil* son article. Prévenu — par quel ami ? —, Baudelaire, dans une lettre perdue, s'était inquiété du contenu, le 12 ou le 13 mai[1]. D'où la réponse de Barbey, le 14, antérieure à la publication.

La brouille ne fut pas de longue durée. À la fin de janvier ou au début de février 1859, de Honfleur, Baudelaire communiqua à Barbey *L'Albatros* et *Le Voyage,* encore inédits. Barbey lui répondit longuement le 4 février (*LAB,* 56-57). On s'explique ainsi que le numéro du *Réveil* ait été remis à Baudelaire. Bien après la mort de celui-ci, dans *Le Constitutionnel* du 19 mars 1883, Barbey convint qu'il était allé trop loin et accorda à Poe une autre royauté, celle « des hommes de génie malheureux ».

L'attaque lancée contre Baudelaire par Veuillot était tout aussi malencontreuse (sur leurs rapports, voir *BET,* 163-186), survenant moins d'un an après le procès des *Fleurs.* Quelle mouche avait alors piqué ces deux amis de Baudelaire ?

Les notes de Baudelaire sont tracées au crayon. Dans l'article de Barbey, des notes à l'encre, antérieures si l'on en juge par l'emplacement des notes au crayon, semblent être d'une autre écriture, peut-être celle de l'ami qui aura communiqué le numéro à Baudelaire. Des expressions dans ce même article de Barbey sont soulignées le plus souvent à l'encre, et ne l'ont donc pas été nécessairement par Baudelaire. On les a cependant, sous le bénéfice du doute, transcrites toutes en les imprimant en italique ou, si elles sont soulignées deux fois, en petites capitales. Pour éviter des

---

1. Dans *CPl,* I, 494, il y a lieu de modifier, non l'emplacement du « témoin » de la lettre perdue, mais son libellé, comme suit : « ... contre l'article de Barbey qui va être publié dans *Le Réveil* du 15 mai 1858 : ... ».

confusions, les titres d'œuvres ont été imprimés en romain et placés entre guillemets. Seuls des fragments de ces articles peuvent être présentés.

Veuillot
LA POÉSIE À L'HEURE QU'IL EST

1. Ce qui faisait du poète des *Fleurs du mal* un Béranger plus libertin. Quand on sait ce que Baudelaire pensait du chansonnier...; voir l'Index. L'étonnement de Baudelaire dut être d'autant plus vif et douloureux que Veuillot en juillet 1857 avait déclaré à son ami : « Dites, si vous êtes obligé de vous défendre, que lorsque tout un peuple va s'informer de la santé de ce misérable [Béranger], on n'a pas le droit de poursuivre l'auteur des *Fleurs du mal* ! » (*BET*, 173). Baudelaire eut l'intention de répondre à Veuillot dans une préface aux *Fleurs du mal* et finalement renonça à ce projet (voir t. I, p. 1167).

2. Pièce de Ponsard (contre qui voir p. 999).

Page 339.

1. Ces cinq pièces sont de Casimir Delavigne (contre qui voir t. I, p. 213).

2. Ces trois pièces sont de Ponsard.

LE ROI DES BOHÈMES
OU EDGAR POE

a. Cette phrase, à l'encre. L'écriture ne semble pas être celle de Baudelaire.

3. Comprendre : Où trouvez-vous, Barbey, l'immoralité ? — Le passage est souligné au crayon.

Page 340.

a. À l'encre. L'écriture ne semble pas être celle de Baudelaire.

b. « aventure » est en italique dans le texte.

c. Ces deux points d'exclamation, au crayon, sont entourés de cercles.

Page 341.

a. Ces points d'interrogation se rapportent à tout le paragraphe, désigné par une accolade.

b. Le mot pénitentiaire *est par deux fois souligné au crayon.*

c. Ce point d'interrogation est entouré d'un cercle.

d. À l'encre. L'écriture ne semble pas être celle de Baudelaire.

Page 342.

a. À l'encre. L'écriture ne semble pas être celle de Baudelaire.

b. À l'encre. Même remarque.

LA GENÈSE D'UN POÈME
[PRÉAMBULE]

Revue française, 20 avril 1859 *(RF).*
Histoires grotesques et sérieuses, Michel Lévy frères, 1865.
Œuvres complètes, Michel Lévy frères, t. VII, 1870.

Texte adopté : celui des *Histoires grotesques et sérieuses.*

La Genèse d'un poème se compose d'un préambule dû à Baudelaire, de la traduction de *The Raven,* d'une phrase de liaison due à Baudelaire et reproduite ici à la suite du préambule, enfin de la traduction de *Philosophy of Composition* sous le titre de *Méthode de composition.* On trouvera *La Genèse d'un poème, Le Corbeau* et *Méthode de composition* dans le volume de la « Bibliothèque de la Pléiade » consacré aux traductions de Poe par Baudelaire. *Le Corbeau* avait été publié par celui-ci dans *L'Artiste* du 1ᵉʳ mai 1853, puis dans le feuilleton du *Pays,* 29 juillet 1854, entre deux contes. Mais l'ensemble de ces textes ne paraît qu'en 1859.

a. cependant il ne faille pas oublier   *RF*
b. calcul *[singulier].   RF*

1. Baudelaire cite en substance *The Philosophy of Composition,* mais J. Crépet a rapproché de la phrase suivante une phrase des *Conseils aux jeunes littérateurs* (p. 17), qui datent de 1846.

Page 344.

a. l'Humanité a peut-être inventé le Ciel et même l'Enfer, pour échapper au désespoir contenu dans cette parole.   *RF ; la leçon de 1865 aggrave le pessimisme.*
b. manque : fièvre des idées, violence des couleurs, raisonnement maladif, terreur radoteuse, et même cette   *RF*
c. une idée approximative de Poe comme versificateur. Je dis comme versificateur, car il est superflu de parler de son invention comme poète. / Mais   *RF*
d. RF ne montre pas cette note.

1. L'un des poèmes préférés de Baudelaire; voir p. 126, 250 et 296.
2. Dans la scène du sonnet d'Oronte, *Le Misanthrope,* I, 2.
3. Le préambule est suivi du *Corbeau.*

Page 345.

[NOTE]

a. RF ne montre pas cette note.

1. Cette phrase est une transition : elle suit immédiatement
Le Corbeau et précède *Méthode de composition.* Les images employées
par Baudelaire sont à comparer avec l'un des projets de préface
(t. I, p. 185).

Page 346.

[EUREKA]
NOTE DU TRADUCTEUR

Eureka, Michel Lévy frères, 1864 (publié en novembre 1863).

1. Voici le deuxième paragraphe de la préface, ou plutôt de la
dédicace, d'*Eureka* auquel renvoie Baudelaire :
« *Ce que j'avance ici est vrai ;* — donc cela ne peut pas mourir;
ou, si par quelque accident cela se trouve, aujourd'hui, écrasé au
point d'en mourir, cela *ressuscitera dans la Vie Éternelle.* »
Dans son édition d'*Eureka* (Conard, 1936, p. 299-300), J. Crépet
a contesté l'interprétation de Baudelaire. La définition de celui-ci
correspondrait au sens qu'a l'expression « Vie éternelle » dans le
cours de l'essai de Poe, mais non dans la préface-dédicace où elle
a l'acception la plus générale.

Page 347.

AVIS DU TRADUCTEUR

Manuscrit dans la Bibliothèque littéraire Jacques Doucet.
Première publication : *Cahiers Jacques Doucet — I — Baudelaire,*
Université de Paris, 1934.

J. Crépet, qui a reproduit ce texte dans les commentaires de
son édition d'*Eureka, La Genèse d'un poème* [...] (Conard, 1936),
p. 233-234, le rapportait prudemment aux années 1860-1861, sans
exclure les années 1862-1863. La phrase : « *Eureka* leur a montré
l'ambitieux et subtil dialecticien », nous donnait à penser que cet
Avis était postérieur à la publication d'*Eureka* (novembre 1863),
quand une lettre est apparue, qui ne figure pas encore (1976) dans
la *Correspondance.* Baudelaire, le 30 novembre 1864, s'y plaint à
Michel Lévy des lenteurs de l'impression des *Histoires grotesques et
sérieuses.* Il ajoute :

« Lisez le fragment que je joins à cette lettre. Je vous soumets la question de savoir s'il serait bon ou superflu d'ajouter cela à la fin, avant la table des matières. Si vous repoussez cela, il est cependant inutile de le détruire. Vous me le renverriez avec la 10ᵉ feuille [des épreuves]. »

« Cela » ne peut être que l'*Avis du traducteur,* qui aurait pris place à la fin des cinq volumes de traductions de Poe. En le publiant, Michel Lévy se serait engagé à donner une édition conforme aux intentions de Baudelaire. Ce qu'il ne voulait, car il ne cessait et ses successeurs ne cesseront de réimprimer les anciennes éditions.

L'*Avis du traducteur* a donc une valeur testamentaire.

a. pour [montrer *biffé*] présenter Edgar Poe *ms. Le verbe* montrer *est employé plus bas.*

1. Baudelaire a traduit une quatrième poésie d'Edgar Poe : « To my Mother », traduction placée en tête des *Histoires extraordinaires,* immédiatement au-dessous de la brève dédicace à Mrs. Clemm qui suit la préface.
2. *The Literati.*
3. Allusion à la guerre de Sécession.

Page 348.

a. aux [franç⟨ais⟩ *biffé*] [amis *biffé*] français [inconnus *biffé*] amis inconnus d'Edgar Poe *ms.*

b. classées *ms.*

1. *Histoires extraordinaires, Nouvelles Histoires extraordinaires, Aventures d'Arthur Gordon Pym* avaient paru dans la « collection Michel Lévy » à 1 franc le volume; *Eureka,* dans la collection « Bibliothèque contemporaine » à 3 francs le volume. Les *Histoires grotesques et sérieuses* paraîtront aussi dans la « Bibliothèque contemporaine ».

Pour être complet en ce domaine il faut signaler la note-réclame adressée à Lévy en novembre 1863 au sujet d'*Eureka (CPI,* II, 331) et la lettre ouverte à Théophile Thoré pour prendre la défense de Manet *(CPI,* II, 386) : « Savez-vous pourquoi j'ai si patiemment traduit Poe ? Parce qu'il me ressemblait. »

CRITIQUE D'ART

NOTICE

Le *Salon,* illustré par Diderot, dont la critique d'art inédite fut révélée entre les dernières années du XVIIIe siècle et 1857[1], est devenu au XIXe siècle un genre littéraire bien attesté, qui occupe chaque printemps les colonnes ou les feuilletons des journaux et se présente sous la forme de brochures aux montres des libraires. Des critiques professionnels qui ont parfois été des praticiens (Delécluze, Gautier), des écrivains (Musset, Heine), à l'occasion un homme politique (M. Thiers ; voir p. 427) donnent leur avis sur les centaines de tableaux, les sculptures, les gravures qui sont chaque année exposés. Le plus souvent en une forme qui reflète la disposition, l'accrochage ou la situation des œuvres, selon l'itinéraire que suit le visiteur. L'exposition annuelle est, en effet, une manifestation sociale qui fonde, autour d'un art de la représentation, une communauté. Certes, les artistes n'ont que sarcasmes pour les bourgeois, les philistins, les épiciers qui rendent en mépris aux rapins leurs insolences. Mais les artistes peignent et les bourgeois achètent (l'État aussi). Les auteurs, les faiseurs de *Salons* ont pour tâche d'aider ceux-ci à se promener dans l'exposition, à éclairer leur goût. Même si Compte-Calix a plus de chalands que Delacroix, il n'est pas exclu nécessairement que Delacroix vende une partie de sa production de l'année. Le divorce n'est pas encore prononcé. Il ne le sera que dans les années soixante. Au reste, le jury fait assez bonne garde : il écarte impitoyablement les innovations dangereuses.

Le *Salon* est donc, souvent, un genre éminemment pratique. Il oriente la consommation. D'où sa composition en chapitres, par genres : portraits, paysages historiques, tableaux de genre, etc. Dans son premier *Salon* Baudelaire reste fidèle à cette formule. On peut douter que, s'il avait continué dans cette voie, sa critique, si passionnée qu'elle fût, eût obtenu la place d'honneur qui est maintenant la sienne. À partir de 1846, Baudelaire procède autrement : il dramatise ses *Salons,* autour de la notion de modernité en 1846, autour de l'idée d'imagination en 1859, ou, à l'occasion de

---

1. J. Pommier (*Dans les chemins de Baudelaire,* 250) indique qu'étaient publiés, au printemps de 1845, les *Salons* de 1759, 1761, 1765 et 1767 ; le *Salon* de 1769 avait été publié partiellement (les cinq dernières Lettres). Les *Salons* de 1763, 1769 (complet), 1771, 1775 et 1781 ne seront publiés qu'en 1857. Le *Salon de 1759* avait été inséré dans *L'Artiste* du 9 mars 1845, juste avant l'ouverture du Salon de cette année-là. Baudelaire fut impressionné par cette lecture.

l'Exposition universelle de 1855, en faisant s'affronter les deux géants du xixᵉ siècle en deux conceptions rivales de la peinture occidentale. Cette dramatisation constitue ces écrits en œuvres littéraires qui, à la rigueur, peuvent être lues avec le simple souvenir de quelques tableaux.

La critique d'art de Baudelaire reçut une promotion de la publication du livre de Jean Prévost, écrit par celui-ci lorsqu'il combattait dans les rangs de la Résistance : *Baudelaire. Essai sur l'inspiration et la création poétiques* (Mercure de France, 1953). Prévost y insistait sur les liens profonds qui unissent la poésie de Baudelaire et sa réflexion critique sur l'art; il montrait le poème sortant de la méditation devant le tableau, la sculpture, la gravure. Cette idée, déjà exprimée par K. R. Gallas, dans une revue néerlandaise, *Neophilologus*, en 1943, fut appliquée dans l'exposition qu'en 1957 la Bibliothèque nationale consacra au poète des *Fleurs du mal,* en qui elle chercha à ne pas négliger le critique d'art. De son côté, Jonathan Mayne, conservateur au Victoria and Albert Museum, dans ses traductions parues, sous une première forme, dans la « Phaidon Pocket Series » en 1955 : *The Mirror of Art,* illustrait les *Salons,* ce qui est la meilleure manière de les commenter. Mais il convient de souligner le caractère ardu de la recherche : à côté des œuvres qui ont trouvé place dans la partie visible des musées — le haut de l'iceberg —, combien sont enfouies dans les caves, à Paris et en province, combien ont été dispersées, sans compter celles qui ont été détruites pendant les deux guerres mondiales ! L'effort de Jonathan Mayne a été prolongé par ceux de Maurice Sérullaz, conservateur en chef du Cabinet des dessins au Louvre, et de l'équipe qu'il avait constituée pour préparer l'exposition qui, à l'instigation d'André Malraux, s'est tenue en 1968-1969 au Petit-Palais à l'occasion, un peu dépassée, du centenaire de la mort de Baudelaire. Des œuvres nombreuses furent retrouvées et présentées avec beaucoup de goût : on pouvait se croire dans un Salon du milieu du xixᵉ siècle. Ce fut pour les visiteurs une découverte qui ne profita pas seulement à Baudelaire, mais encore aux peintres dont il avait cité les noms, analysé les toiles, jugé les sculptures : qui, avant 1968, à l'exception des spécialistes, pouvait se flatter de connaître Haussoullier, Catlin (en France, du moins), Lassalle-Bordes, Papety, Penguilly-l'Haridon, bien d'autres ? On en oublia même un peu que Baudelaire était ou avait été avant tout le poète des *Fleurs du mal,* du *Spleen de Paris,* l'admirable traducteur de Poe et l'adaptateur si discret et si personnel de Thomas De Quincey. L'accent s'était déplacé. Baudelaire était devenu le grand prêtre de la critique d'art.

Malgré lui, il rejetait dans l'obscurité ceux-là mêmes pour qui il professait de l'estime : l'honnête Delécluze dont il ne partage « pas toujours les opinions » (p. 351), mais « qui a toujours su sauvegarder ses franchises, et qui sans fanfares ni emphase a eu souvent le mérite de dénicher les talents jeunes et inconnus », le

vigoureux Gustave Planche, « un paysan du Danube dont l'éloquence impérative et savante s'est tue au grand regret des sains
esprits » (p. 351), l'indépendant Thoré-Bürger, l' « inventeur »
de Vermeer, dont il lisait « très assidûment » les articles (*CPI*, II,
386), Théophile Silvestre, que Delacroix lui préférait, Champfleury,
le champion de Courbet et des frères Le Nain.

Le poète qui n'a pas dédaigné d'offrir le bouquet des *Fleurs du
mal* à Théophile Gautier se fâcherait certainement d'être pris pour
le seul soleil de la critique d'art.

Bien entendu, il était infaillible. Le fut-il vraiment, devait-il
l'être, lui qui a toujours eu le sens du risque, du pari et donc de
l'échec ? Delacroix, Courbet, Manet ont-ils été appréciés par lui à
leur juste, à leur exacte valeur, s'il est possible de déterminer une
telle valeur ?

Un père, peintre amateur, des visites, très jeune, aux ateliers des
amis de François Baudelaire, les Naigeon, Ramey et autres, un don
graphique qu'attestent la plupart des dessins qu'on a conservés, de
l'intérêt pour la peinture, très tôt visible, même s'il se trompe
partiellement en visitant les galeries installées à Versailles sur ordre
de Louis-Philippe (*CPI*, I, 58, juillet 1838), admirant déjà Delacroix,
mais aussi les Scheffer et Horace Vernet : l'art était pour Baudelaire
un destin. Et Delacroix, le peintre contemporain qu'il lui fallait
approcher. Comme, à la même époque, il essaie d'approcher
Hugo et Sainte-Beuve (*CPI*, I, 81-82 et 116-118), jeune encore il
force les portes de l'atelier de Delacroix : de leur gloire, de leur
réputation, même contestée, il attend pour lui quelques rayons.
Dans le *Salon de 1845*, il assène au peintre cet éloge : « M. Delacroix
est décidément le peintre le plus original des temps anciens et des
temps modernes » (p. 353). Semblables éloges à la fin du *Musée
classique du Bazar Bonne-Nouvelle* (p. 413-414). Ce sont bonnes cartes
de visite pour se faire bien venir. Armand Moss (*Baudelaire et
Delacroix*, 61) a certainement raison de placer la première visite
entre la publication de cet article et celle des *Conseils aux jeunes
littérateurs*, où on lit : « E. Delacroix me disait un jour... » (p. 17),
donc entre le 21 janvier et le 15 avril 1846.

Les motifs de la défense et illustration de Delacroix pourront,
de 1845 à 1863[1] ou plutôt à 1862 (article anonyme sur l'exposition
Martinet), être modifiés, relativement peu. Le ton des hommages
restera à la hauteur de 1845. Cela, malgré la réticence du dieu, bien
perceptible dans les lettres par lesquelles celui-ci remercie le critique.
Le grand peintre romantique est de goûts littéraires plutôt classiques, et il affecte des mœurs bourgeoises, jusqu'à recevoir ou à
rechercher des hochets — décorations, consécration par l'Académie
des Beaux-Arts. Cet acte d'allégeance envers la société ne l'empêche

1. Lu avec un peu de malveillance lucide, l'article nécrologique
de 1863 apparaît teinté d'amertume (A. Moss, *Baudelaire et Delacroix*, 205-211).

pas d'être l'homme le plus secret de son temps : il « se cloître avec une précaution jalouse et déteste les visiteurs », — ainsi le décrit Théophile Silvestre dans *Les Artistes français* (1861). Il « se fortifie par la solitude et le recueillement ; il est à son chevalet, mystérieux et incessant, comme l'alchimiste à ses fourneaux. Bien des gens n'ont trouvé que hauteur et misanthropie dans la retraite un peu farouche qu'il s'est imposée ; [...]. L'homme studieux — conclut Silvestre en des formules que Baudelaire pourrait lui envier — l'homme studieux qui connaît le monde ne s'ennuie jamais, l'isolement est un droit pour son égoïsme, un devoir pour son intelligence. [...]. Celui qui connaît le prix de son âme et des vérités éternelles appartient à la solitude ».

Peu satisfait du hourvari que provoque son œuvre, il n'aime point que les louanges lui viennent de la bohème ou de ce qu'il croit être la bohème ; il est encore moins disposé à estimer un poète qui traite des sujets scabreux et qui, pour cette raison, est traîné sur les bancs de la correctionnelle.

En 1857, Delacroix ne reçoit plus Baudelaire. Il l'a reçu plusieurs fois en 1846 et jusqu'au printemps de 1847[1], très rarement ensuite, malgré ce que Baudelaire a voulu donner à croire. Une froide courtoisie répond à la plus vive admiration, à la plus chaleureuse gratitude.

Gratitude, en effet : Baudelaire a fait de Delacroix son héros. Il a voulu être en poésie ce que Delacroix a été en peinture : celui qui présente de son temps l'expression adéquate. Sa théorie, mieux, son sentiment de la modernité, le poète croit les devoir au peintre. En fait, il les doit autant, sinon plus, à Balzac, qui a exercé sur sa jeunesse une influence profonde. C'est même un peu en disciple de Balzac qu'il va écrire sa nouvelle « contemporaine », *La Fanfarlo*. C'est en pensant à Balzac et à Delacroix qu'il conclut son *Salon de 1845* par ces lignes essentielles : « l'héroïsme *de la vie moderne* nous entoure et nous presse. — Nos sentiments vrais nous étouffent assez pour que nous les connaissions. — Ce ne sont ni les sujets ni les couleurs qui manquent aux épopées. Celui-là sera le *peintre,* le vrai peintre, qui saura arracher à la vie actuelle son côté épique, et nous faire voir et comprendre, avec de la couleur et du dessin, combien nous sommes grands et poétiques dans nos cravates et nos bottes vernies » (p. 407). Mais Baudelaire ajoute : « Puissent les vrais chercheurs nous donner l'année prochaine cette joie singulière de célébrer l'avènement du *neuf !* »

Il ne semble donc pas qu'en 1845, malgré l'éloge considérable qu'il fait de Delacroix, Baudelaire ait reconnu en lui le peintre de la vie moderne. L'interprétation doit se heurter à une difficulté qui n'a peut-être pas été suffisamment remarquée. Baudelaire, ici,

---

1. Nous nous rallions à l'hypothèse de Lloyd James Austin (*Actes du colloque Baudelaire de Nice*, 1967) et d'Armand Moss (*Baudelaire et Delacroix*, 30-32) : le Dufays du *Journal* de Delacroix est bien Baudelaire, non Gabriel-Alexandre Dufaï.

penserait-il trop à Balzac et se persuaderait-il que peindre la vie moderne, c'est représenter des personnages en costume contemporain, arborant des cravates et chaussés de bottes vernies ? Or Delacroix expose en 1845 *La Madeleine dans le désert, Dernières paroles de Marc-Aurèle, Une sibylle qui montre le rameau d'or* et *Le Sultan de Maroc entouré de sa garde et de ses officiers.* Le seul sujet moderne est exotique ; il ne répond donc pas au vœu de Baudelaire. Celui-ci se laisserait-il prendre à l'apparence ? serait-il victime d'un réalisme extérieur ? Décrivant ces toiles, il en loue la couleur, l'harmonie, même le dessin ; il ne dit mot des sentiments qu'exprime Delacroix, du rapport qui unit ces sentiments à la magie suggestive d'une couleur tumultueuse.

La récente étude de Jean Ziegler sur Deroy[1], avec qui Baudelaire fut intimement lié de 1842 au 10 mai 1846, date de la mort du peintre, peut expliquer cette apparente contradiction : Deroy, grand admirateur des coloristes, de Rubens, des Anglais et de Delacroix, oriente Baudelaire vers la couleur, tandis que celui-ci tient de Balzac la conviction que l'art doit être moderne. La synthèse s'opère difficilement, d'autant qu'une autre influence s'exerce sur le jeune critique, celle de Gautier.

L'année suivante, il prouve qu'il a compris la modernité de Delacroix, — la modernité, c'est-à-dire le romantisme, c'est-à-dire encore « l'expression la plus récente, la plus actuelle du beau ». « Le romantisme — peut-il écrire dans le *Salon de 1846* (p. 420) — n'est précisément ni dans le choix des sujets ni dans la vérité exacte, mais dans la manière de sentir. » Le vrai romantisme saura nous rendre « nos sentiments et nos rêves les plus chers » (fût-ce sous des apparences grecques ou romaines). Tel « le chef de l'école *moderne* » (p. 427). Aussi, louant à nouveau Delacroix, énumérant ses qualités, en vient-il à la dernière, à « la plus remarquable de toutes, et qui fait de lui le vrai peintre du XIXe siècle », à la « mélancolie singulière et opiniâtre qui s'exhale de toutes ses œuvres, et qui s'exprime et par le choix des sujets, et par l'expression des figures, et par le geste, et par le style de la couleur » (p. 440). Une explication stylistique ferait apparaître le caractère indissociable des termes de cette merveilleuse définition. Conjonction particulièrement visible en de certaines figures qui appartiennent aux grands tableaux : « Dans plusieurs on trouve, par je ne sais quel constant hasard, une figure plus désolée, plus affaissée que les autres, en qui se résument toutes les douleurs environnantes ; ainsi la femme agenouillée, à la chevelure pendante, sur le premier plan des *Croisés à Constantinople ;* la vieille, si morne et si ridée, dans *Le Massacre de Scio* » (p. 440). Mélancolie, douleur ; et majesté ; sadisme, enfin, non avoué par Baudelaire, mais *tacet cui prodest... ;* qualités qui seront louées dans le compte rendu de l'Exposition universelle de 1855 et qui permet-

---

1. « Émile Deroy (1820-1846) et l'esthétique de Baudelaire », *Gazette des Beaux-Arts,* mai-juin 1976. Voir p. 1266.

tront au critique-poète de déterminer la « beauté essentiellement shakespearienne » de l'œuvre de Delacroix : « Car nul, après Shakespeare, n'excelle comme Delacroix à fondre dans une unité mystérieuse le drame et la rêverie » (p. 592). Le drame : l'attitude et la couleur ; la rêverie : la mélancolie, la spiritualité, l'aspiration vers l'infini. Leur fusion : le romantisme.

On remarquera que la mélancolie baudelairienne définie devant les toiles de Delacroix n'est pas seulement passive. Elle contient aussi un élément actif. Double aspect de la *Sehnsucht,* qui souligne l'affinité de Baudelaire avec les vrais romantiques, allemands et anglais ; simple affinité, au reste, mais autrement révélatrice qu'une influence.

Cette mélancolie, cette *Sehnsucht* n'est pas même absente du « tableau le plus coquet et le plus fleuri » de Delacroix : *Femmes d'Alger.* « Ce petit poème d'intérieur, plein de repos et de silence, encombré de riches étoffes et de brimborions de toilette, exhale je ne sais quel haut parfum de mauvais lieu qui nous guide assez vite vers les limbes insondés de la tristesse » (p. 441). Limbes qui sont ceux où Baudelaire déjà voit pousser les fleurs du Mal. Et voici que, dans ce *Salon de 1846* encore, se prépare le célèbre quatrain des *Phares,* dont la composition est pourtant postérieure d'une dizaine d'années. « Cette haute et sérieuse mélancolie brille d'un éclat morne, même dans sa couleur, large, simple, abondante en masses harmoniques, comme celle de tous les grands coloristes, mais plaintive et profonde comme une mélodie de Weber » (p. 440). Rapproché du maître de la musique romantique, Delacroix est également rattaché à la grande tradition de la peinture. En lui, l'héritage classique continue à fructifier, sous l'effet de la sève romantique. « Héritier de la grande tradition, c'est-à-dire de l'ampleur, de la noblesse et de la pompe dans la composition, et digne successeur des vieux maîtres, il a plus qu'eux la maîtrise de la douleur, la passion, le geste ! » (p. 441). Comme Baudelaire lui-même, ce « Boileau hystérique[1] ».

Dès 1846, il cristallise donc son esthétique autour de celle de Delacroix ; ou, pour employer une image baudelairienne, les volutes de sa pensée forment avec l'art de Delacroix un thyrse dans lequel on ne distingue plus l'axe de ses pampres.

Que s'est-il donc passé entre les printemps, entre les Salons de 1845 et de 1846 ? En 1845, Baudelaire admirait Delacroix, mais il ne jugeait pas que celui-ci fût à part entière le peintre de la modernité ; il appelait de ses vœux ce peintre-là. En 1846, l'admiration ne s'accroît pas — ce serait impossible —, elle devient plus consciente. Le souhait exprimé l'année précédente semble accompli. Pourtant, comme en 1845, Delacroix n'expose que des toiles à sujets bibliques ou moyenâgeux ; le Salon de 1846 offre aux visiteurs : l'*Enlèvement de Rebecca* (épisode d'*Ivanhoe*), les *Adieux de Roméo et de Juliette, Marguerite à l'église,* un *Lion* (aquarelle). Nous voilà loin de l'habit

---

1. Voir t. I, p. XIX, n. 3 et p. 804.

noir. C'est que Baudelaire a pris conscience de son originalité romantique, proprement de son *surnaturalisme* — qualité dont l'œuvre de Delacroix lui offre la définition : « intimité, spiritualité, couleur, aspiration vers l'infini », et qu'il refuse à Victor Hugo, promis par sa dextérité aux fringales, seulement, des « lions verts de l'Institut » (p. 431). Le romantisme est moins dans l'objet que dans le sujet, moins dans le motif que dans la vision.

Toutefois, en 1846, Baudelaire n'a pas renoncé à son vœu : voir l'homme moderne peint dans son habit moderne, l'habit noir, caractéristique de « notre époque souffrante », « symbole d'un deuil perpétuel », — cet habit qui donne aux hommes du XIXe siècle l'allure de croque-morts, cet habit dont Balzac a osé revêtir les héros de nombreux romans : l'invocation finale du deuxième *Salon* prouve bien qu'aux yeux de Baudelaire, Balzac est le grand poète romantique.

Invocation à Balzac. Invitation déguisée à Delacroix de traiter ces motifs modernes, et non plus seulement des motifs anciens ou exotiques. Puisque Delacroix éprouve avec intensité le sentiment moderne, — qu'il aille donc jusqu'à l'achèvement de son modernisme.

Chose curieuse, Baudelaire ne semble pas connaître les portraits modernes peints par Delacroix (ceux de Villot, de Chopin, l'auto-portrait du Louvre). Il notera, entre parenthèses, dans le compte rendu de l'Exposition universelle de 1855 : « un portrait par M. Delacroix est une rareté » (p. 594). Autre preuve qu'il était moins reçu chez le maître qu'il ne le donnait à entendre. Et la possibilité d'embrasser l'ensemble de l'œuvre de quelques regards lui était refusée, alors que les musées et les albums de reproductions nous offrent chaque jour cette faveur.

Thoré-Bürger, qui a révélé aux Français beaucoup de maîtres et de petits-maîtres hollandais[1], a aimé chez ces peintres de la réalité familière et civique le propre reflet de la nature, un art pour l'homme, non plus un art pour les dieux ou pour les seigneurs, comme l'avaient pratiqué les Italiens, Rubens et les Français. Foin de ces « mythologiades » ! Thoré, créateur de cette dédaigneuse expression, recommande instamment à ses compatriotes de méditer l'exemple des Hollandais : « l'homme pour l'homme n'a presque jamais été traité dans sa proportion et selon son mérite, excepté par ce fils de meunier hollandais [Rembrandt], par les quelques *réalistes* que nous avons cités précédemment [Van Eyck, Memling] et par quelques excentriques de notre époque[2] ».

Au nombre de ces excentriques, Courbet, bien entendu, et au

---

1. Voir *Musées de la Hollande—Amsterdam et La Haye. Études sur l'école hollandaise*, Paris, Vve Jules Renouard, Bruxelles, Ferdinand Claassen, 1858.
2. *Salons de T. Thoré, 1844, 1845, 1846, 1847, 1848 avec une préface par W. Bürger*, Paris, Librairie internationale, Bruxelles, Leipzig et Livourne, Lacroix et Verboeckhoven, 1868, p. XXXV.

premier rang. Car cette citation est extraite d'un article rédigé après l'Exposition universelle de 1855. Courbet est d'ailleurs cité plus loin, avec Delacroix et Decamps : « Mettons qu'Eugène Delacroix et Decamps appartiennent jusqu'à un certain point et par certaines tendances irrésistibles, à cet art nouveau dont le romantisme fut le précurseur, et que Courbet, presque seul encore, exprime tant qu'il peut[1]. » Mais il ne faut pas s'y tromper : Thoré a soutenu Delacroix de toutes ses forces, alors que, la citation précédente exceptée, il n'a guère eu — de 1844 à 1848 — l'occasion de louer Courbet.

Baudelaire aurait trouvé cette occasion, lui qui avait à peine visité le Salon de 1859 et qui profita de cette liberté pour écrire un catéchisme de haute esthétique, où il ne se condamnait pas à recenser les toiles exposées. Or Courbet a représenté l'homme moderne — et Baudelaire lui-même. Pourtant, malgré leur amitié, malgré la possible influence exercée par le poète sur le peintre, celui-ci ne reçut pas l'hommage d'admiration qu'il était en droit d'attendre. Un paragraphe de l'étude de 1855 (p. 585-586), quelques lignes dans l'article de 1862 sur les *Peintres et aquafortistes* (p. 737), où l'admiration se fait jour, mais contrainte, rechignante, au reste balancée par le projet de *Puisque réalisme il y a* (p. 57) et par une note de *Pauvre Belgique !* (p. 933). C'est peu, très peu, en regard du portrait de Montpellier, de la place faite à Baudelaire dans *L'Atelier,* de la dédicace du *Bouquet* (Musée des Beaux-Arts de Bâle, 1859).

Il en ira presque de même pour le peintre du *Déjeuner sur l'herbe,* envers qui, cependant, Baudelaire se montrera plus généreux, complétant l'eau-forte *Lola de Valence* d'un quatrain, félicitant Manet en compagnie de Legros d'unir « à un goût décidé pour la réalité, la réalité moderne, — ce qui est déjà un bon symptôme, — cette imagination vive et ample, sensible, audacieuse, sans laquelle, il faut bien le dire, toutes les meilleures facultés ne sont que des serviteurs sans maître, des agents sans gouvernement » (p. 738), rappelant Thoré à une vue juste des choses en le priant de réduire l'influence des Espagnols sur la formation de l'artiste et lui déclarant : « Toutes les fois que vous chercherez à rendre service à Manet, je vous remercierai » (*CPl,* II, 387). Il n'empêche que l'auteur de *La Musique aux Tuileries,* qui a représenté Baudelaire en habit noir et en haut-de-forme, vraisemblablement à la suggestion de celui-ci, s'attira en 1865 cette cinglante apostrophe : « *vous n'êtes que le premier dans la décrépitude de votre art* » (*CPl,* II, 497).

Laudator temporis acti, Baudelaire ! Le poète qui déplore en 1862 *Le Coucher du soleil romantique,* le critique qui, cette même année, revoyant *La Mort de Sardanapale,* se souvient et s'écrie : « c'est la jeunesse retrouvée » (p. 734). Son romantisme s'étant fixé sur celui de Delacroix, il se méprend sur la place à accorder aux succes-

---

1. *Ibid.,* p. xxxvii.

seurs de son héros, bien que Courbet et Manet revêtent l'homme et la femme du costume moderne, parce que ces peintres ne satisfont pas aux impératifs de l'imagination romantique : peindre ce qu'on voit ne peut plus convenir à celui qui postule une autre réalité, transcendantale celle-là, d'origine divine ou infernale. Surtout, Baudelaire n'a pu découvrir Courbet et Manet pendant sa fervente jeunesse, alors que s'élaborait sa philosophie de l'art et de la poésie. Cette cause a le caractère nécessaire d'un *non possumus*. D'autres s'y sont ajoutées, d'une nature plus ou moins accidentelle : la divergence des opinions politiques de Courbet et de Baudelaire, quand le poète adhère au système providentialiste de Joseph de Maistre; la crainte de passer pour réaliste, quand ce mot sonne comme une injure et conduit au ban de la société par le banc de la correctionnelle : il est bien compromettant après 1856 d'afficher de l'admiration pour Courbet. Manet, lui, diffère trop, par sa technique naturaliste ou pré-impressionniste, de Delacroix, pour que le critique ne se sente pas ici en pays étranger. Mais les pays étrangers ne laissent pas d'exercer quelque attrait : Baudelaire confessait qu'il éprouvait le « charme » de l'œuvre de Manet, et Nadar, à la maison de santé de Chaillot, entendit son ami prononcer difficilement les deux syllabes du nom du peintre. Si la mort l'avait épargné, si la santé lui avait été rendue, Baudelaire eût-il donc salué le génie de Manet ? Il est loisible de poser une telle question, puisqu'elle n'attend pas de réponse[1]. Donnons cependant la réponse d'Apollinaire, qui saluait ainsi Manet dans *L'Intransigeant* du 15 juin 1910 : « celui qui, rompant avec le vieux préjugé du clair-obscur, est responsable de toutes les nouveautés de la peinture contemporaine ».

Entre le surnaturalisme de Delacroix et l'anti-surnaturalisme de Courbet et de Manet, Baudelaire avait trouvé le peintre de la vie moderne — et c'est une raison encore pour qu'il n'ait pu le reconnaître ni en Courbet ni en Manet. Le moindre étonnement n'est pas dicté par cette vive admiration pour Constantin Guys, le premier surpris de l'étude que le critique composa en 1859-1860 et qu'il publia dans le *Figaro* en novembre-décembre 1863. Certes, il ne convient pas de nier l'importance de l'œuvre de Guys, le génie avec lequel il tire parti de la « circonstance », de sous-estimer son rôle d'intercesseur dans l'évolution de l'art français : sans lui, probablement, nous n'aurions eu ni Degas, ni Toulouse-Lautrec. Mais Guys n'est-il pas surtout et seulement le peintre de la mode et de certaines classes de la société — la crème ou l'écume : dandies, fringants officiers, dames du monde, du demi-monde et du quart de monde ? Si Guys a comblé le vœu de Baudelaire, peut-être

---

1. Henri Lecaye a cependant répondu (*Preuves*, n° 209-210, août-septembre 1968, p. 138-142). De tous ses arguments un seul est à retenir : quand Baudelaire est près de sombrer dans la paralysie, Manet n'en est qu'au numéro 68 de son œuvre picturale, qui en comptera presque sept cents. Mais voir surtout la subtile mise au point de Pierre Georgel dans la *Revue de l'art*, n° 27, 1975, p. 68-69.

n'y a-t-il pas à regretter que Delacroix n'ait point répondu à son entière attente.

Inversement, un bon connaisseur d'Ingres, et son meilleur historien, reproche aussi à Baudelaire d'avoir des opinions partisanes :

« Il apparaît clairement que Baudelaire s'intéresse plus à l'expression, à l'âme de l'artiste, qu'aux qualités formelles de sa peinture. Sa critique reste assez littéraire. Si intuitive, si géniale qu'elle soit, elle n'est pas infaillible comme on a trop tendance à le croire.

« Il a d'étranges indulgences pour des peintres littéraires, des peintres à idées, qui ne sont nullement des hommes méprisables mais dont les intentions sont incomplètement réalisées et dont l'imagination n'est pas d'ordre plastique.

« Il condamne avec mépris le métier, confondant le vrai métier avec les pratiques du dix-neuvième siècle qui ne sont que l'ignorance du métier, et justifiant ainsi par avance toutes les facilités de notre époque.

« Il n'apprécie pas les " déformations " ni les recherches de stylisation d'Ingres et de ses élèves, qui nous attirent précisément aujourd'hui et dont les artistes contemporains se réclament volontiers.

« Il ne s'intéresse pas à l'archaïsme ni au primitivisme quand ils ne s'accompagnent pas de " naïveté ".

« D'une façon générale il ne prévoit nullement les développements intellectualistes ni les recherches formelles de l'art moderne, de Gauguin, du cubisme, ni la lointaine postérité de l'ingrisme. »

Daniel Ternois conclut ainsi son réquisitoire :

« Les *Curiosités esthétiques* nous aident à mieux comprendre Baudelaire; il n'est pas sûr qu'elles nous aident à mieux connaître la peinture française du dix-neuvième siècle[1]. »

Propos d'historien, dira-t-on. Mais André Masson, dans un colloque organisé en 1968 sur Baudelaire et la découverte du présent, reprochait à l'admirateur de Delacroix d'avoir injustement réduit l'importance d'Ingres, de joindre « ses sarcasmes à ceux de l'ineffable critique académique qui reprocha à Ingres d'avoir donné quatre vertèbres de trop à sa *Grande Odalisque*. Ce qui nous enchante — l'invention plastique, l'arabesque imaginative d'Ingres — sont pour lui des " déformations ". Déformations ? Non; pour nous, créations géniales comme celle de l'interminable *Thétis* du Musée d'Aix. Et lorsque, pour en finir, il le déclare par trop " bizarre ", nous tournons cette invective en compliment[2] »

C'était un compliment. « *Le beau est toujours bizarre* » (p. 578). Dans le même texte de 1855, Baudelaire est tout près de féliciter Ingres d'avoir pris pour idéal l'idéal antique et d'y avoir ajouté

1. « Baudelaire et l'ingrisme », *French 19th Century Painting and Literature*, edited by Ulrich Finke, Manchester University Press, [1972], p. 36-37.
2. *Preuves*, no 207, mai 1968, p. 23.

« les curiosités et les minuties de l'art moderne ». De cet accouplement naît le « charme bizarre » de ses œuvres (p. 586). On dirait qu'il admire Ingres malgré lui, qu'il se refuse le droit de l'admirer, comme si cette admiration eût été de nature à peiner Delacroix.

Baudelaire répondrait que la bizarrerie n'est un condiment de la beauté que si elle est associée à la naïveté (p. 578). Notion essentielle et permanente que celle de naïveté, notion qu'on suit dans son œuvre du *Salon de 1845* aux notes qu'il prend dans la collection Crabbe en 1864[1] et qui lui vient certainement de Diderot, lequel confesse avoir étendu le sens du mot *naïf*[2]. Notion fondamentale, qu'il s'applique à lui-même : après s'être intéressé aux systèmes, les avoir trouvés confortables, il est toujours « revenu chercher un asile dans l'impeccable naïveté », qui est pour lui la forme de l'originalité réelle, de l'authenticité gidienne ou de la bonne foi sartrienne. La naïveté naïve, car il y a une naïveté affectée comme peut l'être la bizarrerie. C'est la naïveté qui lui fait admirer en 1845 aussi bien *La Fontaine de Jouvence* d'Haussoullier (p. 360) que les œuvres de Corot (p. 389) et le *Yucca gloriosa* de Chazal (p. 397); en 1846, les toiles de Catlin (p. 446). En 1846 aussi, elle est associée à la définition du romantisme (p. 419) et elle permet d'expliquer le génie de Delacroix (p. 431). Sous la forme un peu inférieure et ambiguë de la bonhomie elle renforce en 1846 l'éloge d'une aquarelle de Delacroix (p. 440) et sauve une toile d'Arondel (p. 486). À peu près au même moment, elle autorise un classement : le dessin de Pigal « est plus riche et plus *bonhomme* que celui de Carle Vernet » (p. 546). En 1864 elle rend Baudelaire favorable à une toile de Rosa Bonheur (p. 963). Cette notion est applicable à la littérature : si Victor Hugo est inférieur à Delacroix, c'est qu'il manque de naïveté, qu'il est avant tout « un ouvrier beaucoup plus adroit qu'inventif » (p. 431). On ne s'étonnera pas que Balzac soit révéré pour son « adorable naïveté » (p. 579).

Cette préférence donnée à la naïveté se prolonge par un art de l'esquisse, de la suggestivité et de la magie, autre mot clé que Baudelaire doit à Diderot[3]. Elle nie l'académisme, la peinture bien léchée, la « peinture *crâne* » (p. 447) des virtuoses de l'art. La notion d'esquisse est liée dès 1845 à celle de naïveté, à propos de Corot (p. 390), à qui les braves gens reprochent de pécher par l'exécution : « il y a — leur rétorque Baudelaire — une grande différence entre

---

1. C'est à Yoshio Abé (*Revue de l'art*, n° 4, 1969, p. 85-89), puis à Wolfgang Drost (« Kriterien der Kunstkritik Baudelaires. Versuch einer Analyse, » dans *Beiträge zur Theorie der Künstler in 19. Jahrhundert*, Francfort-sur-le-Main, t. I, 1971) qu'il revient d'avoir mis en lumière cette notion. Un Japonais et un Allemand : faut-il croire que la critique française de la critique d'art de Baudelaire est encore trop imprégnée d'académisme ?
2. *Pensées détachées sur la peinture*, édition Brière, t. X, p. 228 ; cité par Gita May, *Diderot et Baudelaire*, 19. Voir aussi l'article de G. May, « Diderot devant la magie de Rembrandt », *PMLA*, septembre 1959, p. 395.
3. Voir le livre et l'article de G. May cités dans la note précédente.

un morceau *fait* et un morceau *fini* » ; « en général ce qui est *fait* n'est pas *fini* », « une chose très *finie* peut n'être pas *faite du tout* ». Conception d'un art ouvert opposée à celle d'un art clos sur lui-même.

Diderot demandait déjà au spectateur de collaborer avec l'imagination du peintre : « De grâce — dit-il à Boucher —, laissez quelque chose à suppléer par mon imagination » *(Salon de 1763).* Ce n'est pas un hasard si cette suggestivité du contenu est exigée par l'auteur du *Peintre de la vie moderne,* essai qui est aussi une esthétique de l'esquisse : « Ce qui fait la beauté particulière de ces images, c'est leur fécondité morale. Elles sont grosses de suggestions, [...] » (p. 722). Les suggestions tiennent au contenu, au sujet, parfois bien plus qu'au jeu des couleurs et des formes. On a voulu tirer parti d'une phrase de 1855 : « Il semble que cette couleur [...] pense par elle-même, indépendamment des objets qu'elle habille » (p. 595). Ce n'est qu'un semblant, où l'on aurait tort de voir préfigurée la peinture non figurative. Le *Salon de 1859* précise : « je ne puis jamais considérer le choix du sujet comme indifférent » (p. 668). De fait, Baudelaire, provoqué par cette suggestivité du motif, collabore ardemment, de toute sa puissante imagination, à l'œuvre du peintre, au point de la transformer parfois. Wolfgang Drost[1] remarque que dans *Le Supplice des crochets* Baudelaire voit des « oiseaux de proie » (p. 450) là où Decamps s'était contenté de cigognes. Les vieilles femmes de *L'Angelus* de Legros n'ont pas les sabots que leur prête Baudelaire (p. 629) ; du moins ne les voit-on pas sous leurs robes de dévotes agenouillées. Il arrive qu'il soit conscient du travail qu'accomplit son imagination : décrivant *Les Maux de la guerre* de Liès (p. 651), à côté du prisonnier et du reître il *voit* presque la gouge à laquelle *Danse macabre* (t. I, p. 98) accorde une place, — « la gouge qui, je crois, n'est pas la [dans le tableau], mais qui pouvait y être ».

Cette rêverie féconde qui prend essor devant les toiles que Baudelaire admire ou dont il se souvient est pour nous l'un des éléments essentiels dont il faut tenir compte pour apprécier cette section. Après tout, « le meilleur compte rendu d'un tableau pourra être un sonnet ou une élégie » (p. 418).

On retiendra aussi que cette critique d'art est, comme sa critique littéraire, une critique de tempérament. Refusant de s'enfermer dans un système, Baudelaire nous enjoint d'exercer notre libre jugement, fût-ce à son égard.

Enfin, pour apprécier à sa valeur historique cette critique, on ne la comparera pas à celle qu'autorisent actuellement voyages, expositions, reproductions de toute nature. Au début de *La Métamorphose des dieux,* Malraux est injuste de comparer Baudelaire à un quidam de notre société de consommation. Baudelaire ne pouvait pas avoir de l'art mondial la connaissance que nous en avons. Mais

---

1. Article cité *supra.*

il avait de l'art de la Renaissance et du Classicisme une connaissance profonde. Elle affleure en de discrètes et de multiples allusions : Raphaël, Michel-Ange, Signorelli, le Pérugin, Lesueur, pour qui il éprouve une prédilection, Philippe de Champaigne, bien d'autres sont souvent nommés au fil de ces pages. Si Baudelaire n'a jamais traité de la peinture antérieure à la fin du XVIIIᵉ siècle, c'est peut-être en raison d'une mésaventure de jeunesse[1]. À un lecteur attentif son sentiment vrai des grandes époques ne peut échapper. L'accueil qu'il réserve à ce « produit chinois, [...] étrange, bizarre, contourné dans sa forme, intense par sa couleur, et quelquefois délicat jusqu'à l'évanouissement », à cet « échantillon de la beauté universelle » (p. 576) prouve qu'André Malraux doit reconnaître en Charles Baudelaire un de ses authentiques précurseurs[2].

En plus des ouvrages généraux sur Baudelaire cités dans la Bibliographie, p. 1599, il convient d'indiquer les études suivantes :

I. GÉNÉRALITÉS SUR L'ART ET LA CRITIQUE D'ART AU XIXᵉ SIÈCLE

CASTEX (Pierre-Georges) : *La Critique d'art en France au XIXᵉ siècle,* Centre de Documentation universitaire, 2 fascicules polycopiés, 1958 (I : Baudelaire ; II : Taine, Fromentin, les Goncourt).

CLARK (Timothy J.) : *The Absolute Bourgeois. Artists and Politics in France 1848-1851,* Greenwich (Connecticut), New York Graphic Society, [1973].

CLARK (Timothy J.) : *Image of the People. Gustave Courbet and the Second French Republic 1848-1851,* Greenwich (Connecticut), New York Graphic Society, [1973].

French 19th Century Painting and Literature with Special Reference to the Relevance of Literary Subject-Matter to French Painting, edited by Ulrich Finke, Manchester University Press, [1972]. Voir en particulier les études de Daniel Ternois, « Baudelaire et l'ingrisme », et d'Alison Fairlie, « Aspects of Expression in Baudelaire's Art Criticism ».

HAUTECŒUR (Louis) : *Littérature et peinture en France du XVIIᵉ au XXᵉ siècle,* Armand Colin, 1963.

Le Musée du Luxembourg en 1874, exposition organisée au Grand Palais, mai-novembre 1974, catalogue rédigé par Geneviève Lacambre avec la collaboration de Jacqueline de Rohan-Chabot.

NOCHLIN (Linda) : *Realism,* Penguin Books, [1971]; coll. « Style and Civilization ».

---

1. Voir mon étude sur « Baudelaire jeune collectionneur », dans *Humanisme actif. Mélanges d'art et de littérature offerts à Julien Cain,* Hermann, 1968, t. I, p. 207-211.
2. Voir p. 576, n. 2.

Rosenthal (Léon) : *Du romantisme au réalisme. Essai sur l'évolution de la peinture en France de 1839 à 1848*, H. Laurens, 1914.

Sloane (J. C.) : *French Painting between the Past and the Present. Artists, Critics, and Traditions, from 1848 to 1870*, Princeton University Press, 1951.

Tabarant (A.) : *La Vie artistique au temps de Baudelaire*, Mercure de France, 1942, 2ᵉ éd., [1963].

ii. études consacrées à baudelaire et l'art

Adhémar (Jean) : « Baudelaire critique d'art », *Revue des sciences humaines,* janvier-mars 1958, p. 111-119.

Abé (Yoshio) : « *Un Enterrement à Ornans* et l'*habit noir* baude-lairien. Sur les rapports de Baudelaire et de Courbet », *Études de langue et littérature françaises, Bulletin de la Société japonaise de langue et littérature françaises*, nᵒ 1, 1962, p. 29-41.

Bernard (Émile) : *Charles Baudelaire critique d'art,* suivi de *Le Symbolisme pictural...*, Bruxelles, éditions de la Nouvelle Revue Belgique, collection « Les Essais » (I, 4), s.d. [pendant la Seconde Guerre mondiale]. Émile Bernard (1868-1941) fut l'ami de Cézanne et de Gauguin. Il avait dans le *Mercure de France* du 16 octobre 1919 consacré à la critique d'art de Baudelaire l'une des premières études, sinon la première.

Bonnefoy (Yves) : « Baudelaire et Rubens », *L'Éphémère,* nᵒ 9, printemps 1969, p. 72-112.

Bowie (Theodore) : *Baudelaire and the Graphic Arts,* Bloomington, Indiana University, 1957 (traductions de quelques textes de Baudelaire accompagnés d'illustrations).

Calvet-Sérullaz (Arlette) : « À propos de l'Exposition Baude-laire [de 1968] : l'Exposition du Bazar Bonne-Nouvelle de 1846 et le Salon de 1859 », *Bulletin de la Société de l'histoire de l'art français,* année 1969, F. de Nobele, 1971, p. 123-134. Sigle : *BSHAF, 1969.*

Castex (Pierre-Georges) : *Baudelaire critique d'art.* Étude et album. Ouvrage illustré de cinquante-deux photographies. Société d'enseignement supérieur, [1969]. Sigle : Castex.

Champfleury : *Le Réalisme.* Textes choisis et présentés par Geneviève et Jean Lacambre. Hermann, collection « Savoir », [1973]. Cette réunion de textes porte un titre fort malheureux : ces textes ne sont pas ceux que Champfleury a publiés sous le même titre en 1857 chez Michel Lévy.

Drost (Wolfgang) : « Baudelaire et le baroque belge », *Revue d'esthétique,* t. XII, juillet-décembre 1959, p. 33-60.

Drost (Wolfgang) : « Baudelaire et le néo-baroque », *Gazette des beaux-arts,* juillet-septembre 1959, p. 116-136.

Drost (Wolfgang) : « Kriterien der Kunstkritik Baudelaires. Versuch einer Analyse », *Beiträge zur Theorie der Künste in 19. Jahrhundert,* Francfort-sur-le-Main, Vittorio Klostermann, t. I, 1971,

FERRAN (André) : *Le Salon de 1845 de Charles Baudelaire*, Toulouse. Aux Éditions de l'Archer, 1933. Sigle : Ferran.

GEORGEL (Pierre) : « Le Romantisme des années 1860. Correspondance Victor Hugo-Philippe Burty », *Revue de l'art*, n° 20, 1973.

GHEERBRANT (Bernard) : *Baudelaire critique d'art. Curiosités esthétiques, poèmes, œuvres diverses, lettres*. Textes et documents présentés et rassemblés par —. Club des Libraires de France, [1956].

HORNER (Lucie) : *Baudelaire critique de Delacroix*, Genève, Droz 1956.

KELLEY (David J.) : édition du *Salon de 1846*, Oxford, At the Clarendon Press, 1975.

LACAMBRE (Geneviève et Jean) : « À propos de l'Exposition Baudelaire [de 1968] : les Salons de 1845 et 1846 », *Bulletin de la Société de l'histoire de l'art français*, année 1969, F. de Nobele, 1971, p. 107-121. Sigle : *BSHAF*, 1969.

LACAMBRE (G. et J.). Voir CHAMPFLEURY.

MAY (Gita) : *Diderot et Baudelaire critiques d'art*, Genève, Droz; Paris, Minard, 1957.

MAYNE (Jonathan) : *Art in Paris 1845-1862. Salons and Other Exhibitions Reviewed by Charles Baudelaire*. Translated and edited by —. Londres, Phaidon Press, [1965]. Cette traduction commentée et illustrée avait été publiée sous une première forme : *The Mirror of Art. Critical Studies by Charles Baudelaire*, « Phaidon Pocket Series », [1955].

MAYNE (Jonathan) : *The Painter of Modern Life and Other Essays by Charles Baudelaire*. Translated and edited by —. Londres, Phaidon Press, [1964].

Moss (Armand) : *Baudelaire et Delacroix*, Nizet, [1973].

Preuves, n° 207, mai 1968, « Baudelaire et la critique d'art ». Communications de Pierre Schneider, Octavio Paz, Jean Starobinski, Gaëtan Picon, André Fermigier, Kostas Papaioannou, Werner Hofmann, Barnett Newman, Marcel Raymond.

REBEYROL (Philippe) : « Baudelaire et Manet », *Les Temps modernes*, octobre 1949, p. 707-725. Ce réquisitoire excessivement brillant ne tenait pas compte de la totalité des documents maintenant connus, relatifs aux relations du peintre et du poète.

NOTES ET VARIANTES

Page 351.

SALON DE 1845

Baudelaire Dufaÿs, *Salon de 1845*, Jules Labitte, éditeur, 3, quai Voltaire, 1845 *(1845)*.
    Curiosités esthétiques, Michel Lévy frères, 1868 *(CE)*.

Texte retenu : celui de 1868. Celui de 1845 contient des fautes d'impression. On constate aussi quelques légères modifications.

Éditeurs des *Œuvres complètes,* Asselineau et Banville disposaient-ils d'un exemplaire non pas remanié (voir *infra*), mais montrant quelques corrections autres que typographiques ?

Édition commentée par André Ferran, *Le Salon de 1845 de Charles Baudelaire,* Toulouse, Aux Éditions de l'Archer, 1933. Elle offre, en particulier, de nombreuses comparaisons et confrontations avec les autres *Salons* publiés la même année et les situe dans l'évolution de la critique d'art. (Sigle : Ferran.)

Cette plaquette est le premier écrit de Baudelaire signé de son nom et publié sous la forme d'un livre. Le Salon annuel s'ouvrit au Louvre le 15 mars 1845. L'imprimeur Dondey-Dupré — dont la veuve imprimera en 1857 les *Articles justificatifs* et à qui est apparenté le Jeune-France Philothée O'Neddy (pseudonyme de Théophile Dondey) — déclare le volume le 9 mai 1845 ; tirage : 500 exemplaires (Archives nationales, F^{18*} II 32, n° 2939). La préface est datée du 8 mai. La *Bibliographie de la France* enregistrera la plaquette le 24 mai. Il y a lieu de croire que celle-ci a paru vers le 15 mai.

Le second plat de la couverture annonce : sous presse, *De la peinture moderne ;* pour paraître prochainement : *De la caricature* et *David, Guérin et Girodet.* Aucun de ces ouvrages ne devait paraître, mais on en retrouvera des éléments dans, respectivement, le *Salon de 1846,* l'essai sur le rire et les caricaturistes, le *Musée classique du Bazar Bonne-Nouvelle.*

Au moment de la publication Baudelaire écrit à Champfleury :

« Si vous voulez me faire un article de *blague,* faites-le, pourvu que cela ne me fasse pas trop de mal.

« Mais, *si vous voulez me faire plaisir,* faites quelques lignes sérieuses, et PARLEZ des *Salons de Diderot*[1].

« Il vaudrait *peut-être mieux* LES DEUX CHOSES à la fois. »

(CPl, I, 123.)

Baudelaire dut être heureux de lire sous la plume de Champfleury (qui ne signe pas), dans *Le Corsaire-Satan* du 27 mai : « M. Baudelaire-Dufaÿs est hardi comme Diderot, moins le paradoxe », et de se voir aussi rapprocher de Stendhal.

Malgré ce témoignage et une note anonyme favorable dans la *Revue de Paris* du 15 mai, Baudelaire ne s'estima pas satisfait de son *Salon.* Champfleury (*Souvenirs et portraits de jeunesse,* Dentu, 1872, p. 137) rapporte que, « sans doute par crainte de certains rapports d'idées avec Heine et Stendhal, [Baudelaire] détruisit tous les exemplaires » qui en subsistaient. J. Crépet fait état d'un témoi-

---

1. Le *Salon de 1759* venait tout juste d'être publié par *L'Artiste* (9 mars) quand s'ouvrit le Salon de 1845. Il semble que la lecture de l'œuvre de Diderot ait exercé une influence déterminante sur l'esprit de Baudelaire qui décide alors d'écrire son premier *Salon* (voir Gita May, *Diderot et Baudelaire critiques d'art,* p. 13-14).

gnage de Monselet (consigné par F. Drujon dans son *Essai bibliographique sur la destruction volontaire des livres*) qui va dans le même sens et qui, curieusement, s'étend aussi au *Salon de 1846*. Lloyd James Austin (Baudelaire, *Œuvres complètes,* Club du Meilleur Livre, 1955, t. I, p. 44) a cru voir dans l'échec de ce *Salon* une cause possible de la tentative (ou du simulacre ?) de suicide : l'hypothèse est peut-être aventurée.

Si Baudelaire mentionne le *Salon de 1845* dans quatre notes bio-bibliographiques (t. I, p. 783-785), s'il prévoit en avril 1857 qu'il ne pourra le recueillir dans les *Curiosités esthétiques* qu'après l'avoir remanié (*CPl*, I, 396-397) — intention qui ne sera pas suivie d'effet —, on constate que, finalement, il ne l'inscrit pas dans les tables des matières qui doivent constituer ses œuvres complètes — tables qu'il adresse à Julien Lemer, le 3 février 1865, et à Ancelle pour Hippolyte Garnier, le 6 février 1866 (p. XII-XIII et *CPl*, II, 444 et 591).

Certes, l'œuvre est encore une œuvre de jeunesse, et Baudelaire pouvait considérer comme des articles de complaisance amicale ce qu'il lisait sous les plumes de Champfleury *(supra)*, de Le Vavasseur (*Journal d'Abbeville et de l'arrondissement,* 1er juillet 1845, sous le pseudonyme de « Civilis »), d'Auguste Vitu (*La Silhouette,* 20 juillet 1845). Mais Asselineau avait raison de voir déjà dans cette brochure les qualités que Baudelaire « manifesta toute sa vie, pénétration et d'exposition; l'horreur des transactions et des ménagements, le ton autoritaire et dogmatique. Delacroix n'est pas discuté; il est affirmé. Nul appel au sentiment, nul appareil de phrases poétiques ni d'éloquence conciliante : une démonstration rigoureuse d'un style net et ferme, une logique allant droit à son but, sans souci des objections, ni des tempéraments » (*Baudelaire et Asselineau,* 73).

Asselineau pouvait juger sur pièce, puisqu'il avait lui-même publié dans le *Journal des théâtres* (19 mars, 9 et 23 avril, 14 mai, 14 juin 1845) un *Salon de 1845,* découvert par Jean Ziegler (voir p. 1254). On y trouve comme l'écho des conversations entre trois amis : Asselineau, Baudelaire, Deroy. Les *Salons* d'Asselineau et de Baudelaire expriment la même admiration pour Delacroix, Decamps, Corot, Théodore Rousseau, Haussoullier (si peu remarqué par la critique); la même défiance à l'égard d'Horace Vernet, de Schnetz et d'autres peintres académiques. Voici donc les deux jeunes écrivains parcourant les salles du Louvre, guidés par Deroy. Mais dès cette rencontre, dont Asselineau (*Baudelaire et Asselineau,* 69) consignera le souvenir dans sa biographie de Baudelaire, celui-ci subjugue celui-là, qui annonce modestement (9 avril) qu'on retrouvera ses idées sur Delacroix « plus librement et plus savamment développées dans la revue du salon qu'un de nos amis, M. Ch. Baudelaire, s'apprête à publier, ainsi que dans l'*Histoire de la peinture moderne* [voir p. 1265] qu'il achève en ce moment. » Il faut imaginer un garçon modeste et intelligent visitant le Salon des Indépendants ou quelque galerie d'avant-garde, un peu après 1920, sous le regard inquisiteur de Malraux. Asselineau est si impressionné par son Malraux que, n'osant trouver des défauts à Chassériau et osant découvrir quelques qualités à Horace Vernet, il se risque, le 14 mai, jusqu'à l'affirmation : « Il est enfin temps de le dire, M. Corot est le plus grand paysagiste des temps modernes. » N'est-ce pas pour avoir lu (ici, p. 353) : « M. Delacroix est décidément le peintre le plus original des temps anciens et des temps modernes » ?

I. QUELQUES MOTS D'INTRODUCTION

1. Faut-il penser à Fortuné Mesuré que Baudelaire avait rencontré dans le milieu des *Mystères galants ?* Dans son *Rivarol de 1842, Dictionnaire satirique des célébrités contemporaines,* publié sous le pseudonyme de Fortunatus, il se vantait d'une semblable hardiesse. Mais « bien connu » ? L'expression ne s'appliquerait à lui que par ironie.

2. Gustave Planche tenait le magistère de la critique d'art dans la *Revue des Deux Mondes,* de la manière que caractérise Baudelaire. Il traversa une crise et partit pour l'Italie, où il séjourna longtemps ; il s'y trouvait quand Baudelaire écrivait son *Salon.* Sur Planche voir les deux thèses de Maurice Regard, *L'Adversaire des romantiques, Gustave Planche, 1808-1857* et *Gustave Planche, Correspondance, bibliographie, iconographie* (Nouvelles Éditions latines, 1956).

3. Étienne-Jean Delécluze (1781-1863), qui avait été l'élève de David et l'ami de Stendhal, fit la critique d'art dans le *Journal des Débats* de 1823 à 1863. L'année précédente (15 mars), il s'y était lamenté sur la médiocrité des envois. En 1845, il attaque Delacroix au nom des principes de l'École davidienne, hors de laquelle il ne voit pas de salut. Robert Baschet a consacré sa thèse à *É.-J. Delécluze témoin de son temps* (Boivin, 1942). Il a édité le *Journal de Delécluze, 1824-1828,* Bernard Grasset, [1948].

4. Sur le bourgeois voir l'introduction du *Salon de 1846* (p. 415).

5. Voir t. I, p. 551 et n. 3.

Page 352.

   a. de toute opposition et criailleries systématiques   *1845*
   b. le musée de Versailles, et celui de Marine   *1845*

1. Ce sont là des accroissements du Louvre.

2. Le musée Espagnol était constitué des toiles qui étaient la propriété personnelle de Louis-Philippe. Lord Standish avait légué sa collection à Louis-Philippe. Ces deux collections, exposées au Louvre, étaient riches en toiles espagnoles, dont le Musée royal était pauvre. Elles seront rendues à la famille d'Orléans après 1848. Le jeune Baudelaire, qui aimait ces « peintures féroces », entrait volontiers au Louvre pour les admirer (témoignage de Prarond, dans *BET,* 21). Il ne se consolera pas de leur disparition et projettera d'écrire un article sur les « Musées disparus » et les « Musées à

créer » (*CPl*, I, 449), comptant le musée Espagnol parmi les pre-
miers. Il eut une légère consolation quand le Louvre acquit des
héritiers du maréchal Soult des toiles d'Herrera le Vieux, de
Zurbaran et de Murillo : il eut alors le projet d'écrire un article
sur les « emplettes espagnoles » (*CPl*, I, 530, 552, 619, 626). Sur
« Baudelaire, le musée Espagnol et Goya » voir l'article de Paul
Guinard, *R.H.L.F.*, numéro spécial *Baudelaire*, 1967. Sur le goût des
Français pour la peinture espagnole voir Ilse Hempel Lipschutz,
Spanish Painting and the French Romantics (Harvard University
Press, 1972), livre dans lequel est reproduite en appendice la
*Notice des tableaux de la Galerie espagnole exposés dans les salles du
Musée royal du Louvre* (Crapelet, 1838) — plus de quatre cents
numéros ! — et qui contient une bibliographie des articles relatifs
à cette Galerie.

3. On se rappellera qu'en juillet 1838 Baudelaire avait été invité,
avec les autres élèves de Louis-le-Grand, à visiter les galeries du
musée installé dans le palais de Versailles sur l'ordre de Louis-
Philippe (*CPl*, I, 58).

4. Le musée de la Marine avait été fondé en 1828, sous l'appellation de musée Dauphin, par Amédé Zédé (1791-1863), ingénieur
de la marine, qui fut membre du conseil de famille de Charles
Baudelaire (*CPl*, I, LXXXI-LXXXII).

Page 353.

II. TABLEAUX D'HISTOIRE

DELACROIX

a. signes *[pluriel]*   *1845*

1. Asselineau (voir *supra,* p. 1266) a fait remarquer le ton
péremptoire de cette affirmation.

2. Delacroix n'entrera à l'Académie des beaux-arts qu'en 1857,
après avoir essuyé plusieurs échecs.

Page 354.

1. Delacroix avait envoyé cinq tableaux : *L'Éducation de la Vierge*
fut refusé par le jury.

2. Les *Dernières paroles de l'empereur Marc-Aurèle* : ce tableau est
maintenant au musée de Lyon.

3. Ce « littérateur républicain » a été identifié par Lucie Horner
(*Baudelaire critique de Delacroix,* Genève, Droz, 1956, p. 58 et 66) :
c'est Théophile Thoré, le futur découvreur de Vermeer (voir *CPl,*
Index).

Page 355.

1. Pour ces considérations sur la couleur, voir le *Salon de 1846,*
p. 422 et n. 1.

2. Voici ce qu'avait écrit Gautier dans *La Presse* du 28 mars 1844 :

« Nous n'acceptons pas absolument cette division reçue des peintres en dessinateurs et en coloristes. Les dessinateurs ont très souvent des morceaux d'une couleur très fine, et les coloristes des morceaux d'un dessin excellent. L'erreur vient de ce que le public et même beaucoup d'artistes ont le préjugé de croire que le dessin consiste à cerner les formes d'un trait sans bavochure et proprement ébarbé. Rien n'est plus faux. L'on dessine par les milieux autant que par les bords, par le modelé autant que par les lignes. Ceux qu'on nomme coloristes ont une tendance à tirer des objets un relief, et les dessinateurs une silhouette. »

Page 356.

1. Rappelons que le second plat de la couverture de ce *Salon* annonce « pour paraître prochainement » : *De la caricature*. Et voir p. 549.

2. Le rapprochement Daumier-Ingres est d'une rare hardiesse.

3. On remarque le procédé, utilisé encore plus loin. Il souligne un peu trop visiblement la réticence ou l'admiration.

4. Baudelaire pense à la série des lithographies sur Hamlet plutôt qu'à des dessins.

Page 357.

a. LE SULTAN DE MAROC *1845*. *C'est aussi* DE *qu'on lit, conformément à l'usage de l'époque, dans le livret du Salon.*

1. Ce tableau fut acheté en 1845 pour le musée de Toulouse. Titre exact : *Muley-Abd-err-Rahmann, sultan de Maroc, sortant de son palais de Méquinez, entouré de sa garde et de ses principaux officiers.*

2. La fameuse *Prise de la smalah d'Abd-el-Kader à Taguin*, commandée pour le musée du palais de Versailles. L'événement avait eu lieu le 16 mai 1843.

Page 358.

a. aller toujours s'élargissant, car *1845*

1. Baudelaire a vu les toiles de ces peintres qui sont au Louvre.

2. Sur la signification de cet « éloge violent », voir p. 1260. *La Fontaine de Jouvence* fut exposée à la « Crystal Palace Picture Gallery » et donna lieu à un article signé A. A. P., intitulé « The French Pre-Raphaelites » et accompagné d'une reproduction, que publia l'*Illustrated London News* du 20 septembre 1856 (James K. Wallace, *Buba*, VIII, 2 ; 9 avril 1973). Puis, la toile disparaît pendant un siècle. Acquise peu avant la Seconde Guerre mondiale par Graham Reynolds (Londres), elle a été reproduite pour la première fois au XXe siècle, dans la traduction, par Jonathan Mayne, des critiques d'art de Baudelaire : *The Mirror of Art* (Londres, Phaidon Press, [1955]). Elle a été montrée pour la première fois à l'Exposition

Baudelaire de 1968 (n⁰ 146 ; reproduction en noir et blanc en regard
de la notice). Seul l'original ou une reproduction en couleur peut
donner une idée de cette toile qui justifie l'admiration de Baudelaire,
dont l'expression est confirmée au début du *Salon de 1846* (p. 419).
Baudelaire a-t-il contemplé d'autres toiles d'Haussoullier ? Celles
que nous avons vues chez les descendants du peintre nous donnent
à penser qu'indépendamment de tout système esthétique il avait
raison de voir en Haussoullier un vrai peintre.

Il n'était pas le seul à l'admirer. Banville publiera en 1846 dans
Les Stalactites un poème intitulé du titre même de la toile d'Haussoullier. Le rapprochement a été fait par Y.-G. Le Dantec. Voici les
vers de Banville ; on trouvera en italique les analogies entre ces
vers et la prose de Baudelaire :

> « *Une verse du vin dans le verre sculpté*
> *D'un jeune cavalier debout à son côté.*
>
> Plus loin, *deux rajeunis,* sur la mousse des plaines,
> Mêlent dans un baiser les fleurs de leurs haleines ;
> Une vierge au sein nu, digne de Phidias,
> Tord ses cheveux défaits qui pleurent sur ses bras.
>
> Dans l'humide *vapeur de sa métamorphose,*
> Blanche encore à demi comme une jeune rose,
> Une autre naît au monde, et ses beaux yeux voilés
> Argentent l'eau d'azur de rayons étoilés.
>
> [. . . . .]
>
> Et tous ces nouveau-nés de qui l'âme ravie
> *Connaît le prix* des biens qui font aimer la vie,
> Sans trouble et sans froideur cèdent à leurs désirs,
> Et vident lentement la coupe des plaisirs. »

Ces strophes sont datées par Banville de mai 1844. Banville, si la
date donnée est exacte, a donc vu la toile (qui est datée de 1843)
dans l'atelier d'Haussoullier.

J. Crépet publie dans *Le Figaro* du 15 novembre 1924 la reproduction d'un dessin en forme d'éventail — plume et aquarelle
représentant le même sujet que le tableau ; il a été exposé en 1968
(n⁰ 147). Est-ce une esquisse du tableau ? Plutôt l'utilisation
a posteriori de celui-ci à des fins décoratives.

3. *Le Martyre de saint Symphorien* d'Ingres, exposé au Salon
de 1834, fut « le sujet d'inépuisables controverses » (G. Planche,
Études sur l'École française, I, 234 ; cité par Ferran, 212).

4. Sur cette toile de Delacroix voir le *Salon de 1846* (p. 427).

Page 359.

   a. qui acquièrent   *1845*

   1. C'est-à-dire s'aiment sentimentalement. Sur cette expression
voir Cl. Pichois, *L'Image de Jean-Paul Richter dans les lettres françaises*
(José Corti, 1963), p. 232-234.

2. Adjectif que Baudelaire emprunte aux poètes de la Pléiade.

3. Allusion au théâtre de Séraphin; voir *Le Poème du hachisch* (t. I, p. 408).

Page 360.

1. Anglicisme pour « exposition », dans ce sens.

2. Baudelaire utilise la forme francisée du nom de Giovanni Bellini.

Page 361.

a. de dire que, pour [...] d'exagéré, que *1868 ; faute corrigée dans notre texte, conformément à la leçon de 1845.*

1. *La Défaite des Cimbres* et *Le Supplice des crochets.*

2. Voir p. 387.

Page 363.

a. On respecte la division en prénom et nom, mais Robert-Fleury les liait d'un trait d'union; voir p. 411.

1. La toile de Delacroix, *Le Doge Marino Faliero condamné à mort,* avait été exposée au Salon de 1827.

Page 364.

a. Voici un beau nom, voilà *1845*

Page 365.

1. Selon J. Crépet, il pourrait y avoir ici une pointe contre Gautier qui, dans *La Presse* du 28 mars 1844, avait accordé de grandes louanges à la *Naissance de Henri IV* pour mieux mettre en relief la médiocrité de la *Résurrection du Christ,* la plus récente œuvre d'Eugène Devéria. Le premier tableau avait été exposé au Salon de 1827, où il avait excité l'admiration de la jeune génération.

2. Jules David avait publié en 1837 *Vice et Vertu, album moral représentant en action les suites inévitables de la bonne et de la mauvaise conduite,* ensemble de douze lithographies qui avait obtenu le prix de 2 000 francs proposé par Benjamin Delessert, président de la Caisse d'Épargne de Paris. C'était là — remarque Ferran (p. 217) — de quoi justifier l'emploi d' « âneries » et de « niaiseries vertueuses » par un Baudelaire déjà hostile à toute ingérence de la morale dans l'art. Les aquarelles exposées en 1845 par J. David étaient de la même veine appauvrie : *Une sortie de l'Opéra (1750), L'Enfant malade, Chien et chat.* — Sur Vidal voir p. 400.

Page 366.

1. Louis Boulanger a été le peintre de Victor Hugo. Le poète a dédié à son peintre des poésies des *Odes et Ballades,* des *Voix intérieures,* des *Rayons et les Ombres,* des *Feuilles d'automne* et des *Chants du crépuscule.* Baudelaire qui est en 1845-1846 franchement

hostile à Hugo ne manque pas ici « *l'alter* Hugo », comme l'appelait le sculpteur Préault. *Le Supplice de Mazeppa* (musée de Rouen) avait été exposé au Salon de 1827 et avait alors attiré l'attention sur Boulanger.

2. Baudelaire a vu ce tableau — sur lequel on ne possède pas d'autre renseignement — dans l'appartement de Boissard : ils habitaient tous deux l'hôtel Pimodan.

Page 367.

a. La stricte syntaxe voudrait : que Schnetz *n'*en

1. Jean-Victor Schnetz (Versailles, 1787; Paris, 1870) avait été élu à l'Académie des beaux-arts en 1837 contre Delacroix : il fut par deux fois nommé directeur de l'Académie de France à Rome. En 1845 il envoie de Rome *Épisode du sac de la ville d'Aquilée par Attila* (musée d'Amiens); *Une messe* (acquis par Louis-Philippe, détruit en 1871 au château de Saint-Cloud); *Une jeune femme pleurant près de son mari mort ; Deux jeunes filles se rhabillant après le bain au bord du lac ; Paysan en repos écoutant un jeune pifferaro ; Don Barthélemy des Martyrs.* Élève de David (et aussi de Regnault, Gros et Gérard), Schnetz est, bien entendu, loué par Delécluze dans les *Débats* (9 avril, 12-13 mai 1845), au moment où le dénigre Baudelaire, qui ne le mentionnera plus jamais. Schnetz n'expose d'ailleurs pas en 1859. Voir *Le Musée du Luxembourg en 1874*, nos 213 et 214.

2. Reproduction dans Castex, p. 93. La toile est au musée du palais de Versailles.

3. Baudelaire fait allusion à *Othello, quinze esquisses à l'eau-forte dessinées et gravées* par Théodore Chassériau, publication du *Cabinet de l'amateur et de l'antiquaire*, août 1844. On peut penser que Baudelaire est ici égaré par son admiration pour Delacroix. Il est permis de préférer cette suite à celle de Delacroix sur *Hamlet*.

Page 368.

1. C'est le titre du tableau. L'expression en italique qui suit est extraite de la notice, fournie par le peintre, qui figure dans le livret du Salon. Gautier (*La Presse*, 19 mars 1845) déclara qu'à cet « immense tableau humanitaire et palingénésique » il préférait un *Singe faisant la cuisine* de Decamps ou un *Homme fumant sa pipe* de Meissonier.

2. Un de ces néologismes comme on en a déjà trouvé au début du *Salon : artistique, arriériste, étudieur* (p. 351, 353, 361), mais ceux-ci étaient en italique.

Page 369.

a. En 1845, par deux fois, Baudelaire laisse imprimer Glaise

1. Baudelaire était bien jeune pour voir *L'Apocalypse de saint Jean* au Salon de 1838 et *L'Envie* au Salon de 1839.

2. Voir le Répertoire des artistes.

Page 370.

1. Émile-Édouard Mouchy (Paris, 1802; Paris, vers 1870), élève de Guérin, expose depuis 1822 des sujets religieux et des animaux.

2. Encore un néologisme; entendre : un peintre qui donne la priorité à la facture du tableau.

3. Malgré de patientes enquêtes A. Ferran n'avait pu déterminer dans quelle église parisienne se trouve ce tableau.

4. Eugène Appert (Anvers, 1814; Cannes, 1867), élève d'Ingres, a obtenu en 1844 une médaille de 3e classe pour la *Vision de saint Orens*. Il expose jusqu'en 1865 des tableaux religieux et des scènes d'animaux (Ferran, 228). Baudelaire ne le mentionnera plus. *L'Assomption de la Vierge* est dans l'église Notre-Dame de Beaupréau, Maine-et-Loire (*BSHAF*, 1969, p. 109; reproduction, p. 111).

5. Le livret du Salon reproduit le récit de la mort de Néron traduit de Suétone par Baudouin (1688). Auguste Bigand, que Baudelaire ne citera plus, naquit à Champlan (Seine-et-Oise) en 1803, fut l'élève d'Hersent et exposa, de 1834 à 1868, des sujets historiques et religieux (Ferran, 228).

Page 371.

1. *Vision de sainte Thérèse brûlée d'une douleur spirituelle* : la toile, qui appartient à une collection particulière, a été reproduite par A. Ferran (en regard de la p. 163) et par J. Mayne (*Art in Paris*, pl. 6). Louis de Planet (Toulouse, 1814; Paris, 1875) eut pour maître Joseph Roques, de qui Ingres fut lui-même l'élève. Il se rendit à Paris en 1836 et s'inscrivit en 1838 à l'atelier qu'ouvrait Delacroix, collaborant de 1841 à 1844 aux travaux de celui-ci. Les *Souvenirs* de Planet ont été publiés par André Joubin (A. Colin, 1929).

2. La seule critique que cite A. Ferran (p. 230-231) est celle, anonyme, de *L'Artiste* du 30 mars 1845 : « La sainte Thérèse de M. de Planet a des airs trop galants, et Léda frémissant sous les baisers du cygne n'entrouvrirait pas autrement sa lèvre amoureuse. » Ce qui prouve que l'auteur de ces lignes ignorait tout de la mystique.

3. Ces lignes en italique sont empruntées à la *Vie de sainte Thérèse*, traduite par Arnaud d'Andilly, dont un passage était cité dans le livret du Salon.

Page 372.

1. Charles Dugasseau, élève d'Ingres, expose depuis 1835; le livret du Salon de cette année-là indique qu'il est né à Fresnaysur-Sarthe (Sarthe) et qu'il habite Le Mans.

2. Voir le Répertoire à LEHMANN (Henri).

3. *Le Soir (le poète assis sur la rive regarde s'éloigner la barque chargée de ses espérances)* avait été exposé au Salon de 1843; il est au Louvre où il est connu sous le titre : *Les Illusions perdues*. A. Ferran (p. 232) note qu'on « s'accordait à reconnaître dans cette

composition le sentiment de la mélancolie moderne »; voir la
notice de G. Lacambre, *Le Musée du Luxembourg en 1874* (Grand
Palais, 1974, n° 106). Charles Gleyre (Chevilly, canton de Vaud,
1806 ; Paris, 1874) fut élève de Bonnefond à Lyon, d'Hersent et
de Bonington à Paris. Il succéda à Delaroche comme professeur
à l'École des beaux-arts. Whistler, Renoir, Monet passèrent par
son atelier. Voir le catalogue de l'exposition *Charles Gleyre ou les
illusions perdues,* qui s'est tenue en Suisse en 1974-1975.

4. Titre : *Le Départ des apôtres allant prêcher l'Évangile.* Ce tableau
de Gleyre obtint une médaille de 1ʳᵉ classe ; il est maintenant à
l'église de Montargis (*BSHAF,* 1969, p. 112). Reproduction dans
Castex, p. 89.

5. Jacques Pilliard (Vienne (Isère), 1811 ; Rome, 1898), élève
d'Orsel et de Bonnefond, de l'École de Lyon, a longtemps résidé
à Rome. Il débuta au Salon de 1841 par l'*Éducation de la Vierge.*
1842 : *Mort de Rachel.* 1843 : *Évanouissement de la Vierge.* 1844 :
Jésus-Christ chez Marthe et Marie. 1845 : *Une peste* (musée de Grenoble ; reproduction dans *BSHAF,* 1969, p. 114). Il revient ensuite
aux sujets religieux. Baudelaire ne le mentionnera plus. Voir
J. Bouvier et abbé Cl. Bouvier, *Le Peintre Jacques Pilliard,* Vienne,
1898.

Page 373.

a. ponsifs   *1845 et 1868 ; c'était la graphie de Baudelaire. On la
rencontre assez souvent à l'époque sous la plume d'autres auteurs.*

1. Le livret explique : « La Vierge à la vue de son fils qui va
disparaître dans le sépulcre, vaincue par la douleur, tombe évanouie
dans les bras de Marie-Madeleine et de l'autre Marie. » La toile fut
acquise par Louis-Philippe. Elle fut exposée au Luxembourg, puis
à l'Élysée à partir d'avril 1875. Son emplacement actuel est inconnu
(*BSHAF,* 1969, p. 112). Auguste Hesse (Paris, 1795 ; Paris, 1869),
élève de Gros ; premier grand prix de Rome en 1818, il se spécialisa
dans la peinture historique et religieuse. Il exposera en 1859 une
Descente de croix et *Clytie* (Ovide, *Métamorphoses,* liv. IV) : Baudelaire
ne le mentionnera pas. Hesse sera à l'Académie des beaux-arts le
successeur de Delacroix.

2. Le peintre allemand Joseph Fay (Cologne, 1813 ; Düsseldorf,
1875) a séjourné à Paris en 1845-1846. Baudelaire ne le mentionnera
plus. Au deuxième paragraphe, il recopie le livret du Salon. Cette
frise a été détruite en 1868. Les cartons furent encore exposés en
1861 à Cologne, au musée Wallraf-Richartz ; ils ont disparu depuis
(*BSHAF,* 1969, p. 115).

Page 374.

a. Pierre Cornélius.   *1845 ; sic pour 1845 et 1868. Ce peintre
allemand a nom Peter Cornelius.*

1. Voir *L'Art philosophique* (p. 599).

2. Pierre-*Jules* Jollivet (Paris, 27 juin 1803; Paris, 7 septembre 1871), élève de Gros et de Dejuinne, expose en 1845, outre le *Massacre des Innocents* (musée de Rouen), *Bohémiennes espagnoles au bain.*

3. *Gabriel*-Joseph-Hippolyte Laviron, né à Besançon en 1806, tué à Rome en 1849 dans les troupes de Garibaldi, expose depuis 1834 des portraits, des paysages, des sujets religieux. Le tableau que Baudelaire est l'un des seuls à remarquer se trouvait dans l'église de Meyrueis (Lozère) où il a été détruit en 1938 (Ferran, 234; *BSHAF,* 1969, p. 113). Ainsi que l'ont signalé G. et J. Lacambre (*BSHAF,* 1969, p. 108, n. 9), le reproche adressé à Laviron, « trop penser » — qui fait déjà pressentir *Les Peintres qui pensent,* autre titre de *L'Art philosophique* —, s'explique parfaitement si l'on sait que Laviron était aussi un confrère de Baudelaire : il a collaboré à *L'Artiste,* publié deux études sur l'architecture, des *Salons* de 1833 (en collaboration avec B. Galbacio), de 1834 et de 1841.

Page 375.

a. faite, il en reste toujours   *1845*

1. En 1845 et 1868 « et » est en romain, ce qui donne à croire qu'il y a deux tableaux. En fait, il s'agit bien de *Daphnis et Naïs,* les deux autres « sujets antiques » exposés par Matout étant *Pan* et *Silène.*

2. *Fleur des champs* (musée de Lyon). Voir le Répertoire des artistes.

Page 376.

1. Baudelaire, qui n'a pu trouver le tableau, se contente de recopier la notice du livret. Le tableau est au musée d'Art et d'Industrie de Saint-Étienne. Il a été exposé en 1968 (n° 149).

2. Sur le sculpteur voir p. 404. Étex exposait une peinture allégorique, *La Délivrance,* qui est au musée des Beaux-Arts de Lyon (*BSHAF,* 1969, p. 112).

3. Baudelaire cite de mémoire un hémistiche du sonnet d'Auguste Barbier, *Michel-Ange :*

> *Que ton visage est triste et ton front amaigri !*
> *Sublime Michel-Ange, ô vieux tailleur de pierre,*
> *Nulle larme jamais n'a baigné ta paupière,*
> *Comme Dante, on dirait que tu n'as jamais ri.*

Ce sonnet appartient à *Il Pianto* (première édition en volume, 1833), recueil dans lequel Baudelaire déclarera (p. 144) avoir trouvé « des accents sublimes ».

III. PORTRAITS

a. 1845 et 1868 : ici et plus bas : Coignet

4. Le *Portrait de Mme L[utteroth].* Cogniet avait dirigé les classes de dessin de Louis-le-Grand (*CPl,* I, 713).

Page 377.

a. Chrysalde [*sic*] *1845 et CE*

1. Pour l'emploi de cet adjectif imprimé en italique voir t. I, p. 551, n. 3.

2. Mlle Gautier avait envoyé au Salon de 1844 le portrait d'une dame et celui d'une demoiselle (non dénommées). Elle exposait en 1845 le portrait d'une autre demoiselle.

3. Jean-Hilaire Belloc (1785-1866), élève de Regnault et de Gros, expose depuis 1810. Il a envoyé en 1845 le *Portrait équestre de feu le lieutenant général baron Hervert d'Avallon,* le *Portrait de M. André Koundouriotis* et le portrait de Michelet. Ce dernier est maintenant à la Bibliothèque historique de la Ville de Paris. Thoré juge qu'il est manqué : « M. Michelet a simplement l'air d'un honnête homme un peu blafard » (Ferran, 239).

4. L'incertitude contenue dans « à ce que nous croyons » est difficile à interpréter. Comme il est de fait qu'Eugénie Gautier avait été l'élève de Belloc, porte-t-elle sur l'adjectif « remarquable » ?

5. Voir, p. 408, l'article que Baudelaire publie en janvier 1846.

Page 378.

1. Ernest Dupont, né en 1825, élève de Delaroche, expose pour la première fois en 1845 : un *Portrait d'homme* et le *Portrait de Mlle Cécile S...* que Baudelaire a remarqué (Ferran, 240). Il ne sera plus mentionné.

2. Haffner n'a commencé à exposer qu'en 1844. Sur lui voir au tome I le Répertoire du *Carnet.*

Page 379.

1. Thoré est lui aussi très élogieux : « Un talent plein d'avenir c'est celui de M. Haffner qui a réussi dans deux genres bien différents, le paysage et le portrait. Qui croirait que le peintre de ces *Marais des Landes,* où les taureaux enfoncent jusqu'au poitrail, est l'auteur d'un excellent portrait de femme, en buste, à demi couchée sur un divan ? Elle a de beaux cheveux noirs, une tête énergique et une physionomie pleine de passions » (cité par Ferran, p. 240).

2. Pérignon était le portraitiste à la mode (*L'Illustration,* 31 mai 1845 ; cité par Ferran, p. 241). Les critiques le jugent en décadence.

3. Un musée de figures de cire, comparable au musée Grévin.

4. Ferran (p. 242) suggère que Baudelaire pense au *Portrait de Mme ...* exposé en 1841. Pour Jonathan Mayne il s'agirait du portrait de Mme Oudiné exposé au Salon de 1840 et reproduit, en face de la page 166, dans l'ouvrage de Louis Flandrin : *Hippolyte Flandrin, sa vie et son œuvre* (1902).

5. Louis-Adolphe Chaix d'Est-Ange (1800-1876), avocat célèbre sous la Restauration et la monarchie de Juillet; rallié à l'Empire malgré ses opinions libérales. En novembre 1857, il sera nommé

procureur général près la Cour de Paris. Au mois d'août précédent Baudelaire avait eu pour avocat le fils de celui-ci.

Page 380.

1. Le portrait de la princesse Belgiojoso par Henri Lehmann avait été exposé au Salon de 1844 où il fut fort remarqué. La princesse a joué un rôle dans l'émigration italienne à Paris. Elle fut la maîtresse d'Alfred de Musset à qui elle inspira les strophes vengeresses d'*À une morte*.

2. Charles-Jean Richardot a peu exposé. Il débuta au Salon de 1844 et exposa en 1845 un *Portrait en pied de Mlle ...* et un *Portrait en pied de Mme ...*. Ferran (p. 243) indique que la critique fit le silence sur ces envois.

3. Que Baudelaire pouvait voir au Louvre dans le musée Espagnol et dans la collection Standish (voir p. 352).

4. Dans le rôle de Rosine. Mlle Garrique avait appartenu à la Comédie-Française.

5. Baudelaire pense au parti que les caricaturistes ont tiré de cette tête (voir p. 549-550).

Page 381.

1. Augustine Brohan, sociétaire de la Comédie-Française; elle jouait avec brio les soubrettes de Molière.

2. Hippolyte Ravergie (né à Paris en 1815), élève d'Ingres et de Paul Delaroche, avait exposé en 1844 le *Portrait de Mme Guyon,* actrice qui s'illustra à la Comédie-Française et surtout à l'Ambigu et à la Porte-Saint-Martin. Il n'expose pas en 1845. Baudelaire ne le mentionne plus.

3. A. Ferran (p. 244) cite *L'Illustration* du 31 mai 1845 : ces portraits sont dans la carrière de Diaz une diversion à ses tableaux d'Orient, à ses « décamérons », à ses « allégories ». Thoré est fort élogieux : il les trouve « d'une distinction charmante ».

IV. TABLEAUX DE GENRE

a. du père Philippe, 1845

Page 382.

a. théâtre de boulevard 1845

1. Camille Roqueplan, à qui une autre allusion est faite p. 384.

2. Clément Boulanger (Paris, 1805; Magnésie, Asie Mineure, 1842), à ne pas confondre avec Louis Boulanger, le peintre de Victor Hugo.

3. Eugène Isabey (Paris, 1803; Paris, 1886) exposait aussi le *Départ de la reine d'Angleterre le 7 septembre 1843, huit heures du matin,* un grand tableau commandé par le roi Louis-Philippe; il a été exposé en 1968 (nᵒ 148). Le silence de Baudelaire est révélateur. Thoré écrit : « C'est l'*Alchimiste* de M. Isabey qui fera oublier, Dieu

merci, la marine intitulée : *Départ de la reine d'Angleterre.* » *Un intérieur d'alchimiste* fut acquis par Louis-Philippe et par lui donné au duc de Montpensier; on en ignore actuellement la localisation (*BSHAF*, 1969, p. 112-113).

4. Jacques-Joseph Lécurieux, né à Dijon en 1800, élève de Devosge et de Guillon Lethière, obtint en 1844 une médaille de troisième classe. Baudelaire ne le mentionne plus, bien que Lécurieux continue à exposer, notamment en 1859.

5. Salomon de Caus est le premier à avoir prévu l'utilisation de la vapeur. Le livret reproduit une lettre de Marion Delorme dans laquelle est rapporté l'emprisonnement du savant à l'asile des fous de Bicêtre.

Page 383.

1. Mme Pensotti, née Céleste Martin, élève de Decaisne, expose depuis 1837 et semble spécialisée dans le portrait depuis 1840. En 1845 elle expose, outre le tableau loué par Baudelaire, le *Portrait de Mme P. C...* (Ferran, 247). Sans la citer Baudelaire, dans le *Salon de 1846,* fait une allusion à un de ses tableaux dont le titre l'irrite (p. 476 et n. 3)

2. En 1844 Tassaert avait exposé *Le Doute et la Foi* et *L'Ange déchu.* Voir l'éloge que Baudelaire fait de ce peintre dans le *Salon de 1846* (p. 443).

Page 384.

a. LEPOITEVIN　　*1845 et CE*

b. MULLER　　*1845 et CE. Sans Umlaut non plus dans les répertoires biographiques et dans le livret du Salon. Mais l'Umlaut est bien visible dans le fac-similé de la signature que donne Bénézit.*

c. DUVAL LECAMUS　　*1845 et CE, ici et au-dessous.*

1. Henri Berthoud, élève de Henri Scheffer, Corot et Le Poittevin, exposait en 1845 une *Nature morte dans une cave.* Eugène Le Poittevin (1806-1870) avait présenté, cette année-là, des sujets tout aussi anecdotiques comme un *Déjeuner au mont d'Orléans dans la forêt d'Eu* (musée du palais de Versailles; reproduction, *BSHAF,* 1969, p. 114) et *Backhuysen se faisant raconter des faits de piraterie par les pêcheurs de Schweningen.*

2. Voici la légende qui provoque l'ironie de Baudelaire. Ces vers sont extraits d'un poème d'Augustin Challamel, *Le Dernier Blanc,* qui donne son titre à la peinture de Guillemin :

> *L'enfant ne pleurait pas, sa douleur était sourde :*
> *Seulement il baissait sa tête ardente et lourde*
> *　　Sans comprendre son sort.*
> *Assis auprès du corps du dernier blanc, son père,*
> *Il entendait deux voix, l'une disait : le père* [sic]
> *　　Et l'autre, il est bien mort.*

À l'avant-dernier vers, lire « espère » au lieu de « le père », coquille du livret.

3. Le livret accompagne les mentions du *Sylphe endormi* et du *Lutin Puck* de citations de Hugo et de Shakespeare.

4. Boileau, *Œuvres complètes,* Bibl. de la Pléiade, *Art poétique,* chant I, v. 75-76, p. 158-159.

5. Camille Roqueplan avait exposé en 1833 un *Épisode de la vie de Jean-Jacques Rousseau* et en 1836 *Jean-Jacques Rousseau cueillant des cerises et les jetant à Mlles Graffenried et Galley.* Le tableau de Duval-Lecamus fils avait pour titre : *Un des jours heureux de Jean-Jacques Rousseau.*

Page 385.

a. de l'an passé. *1845*

1. C'est le titre d'une des deux toiles qu'expose Gigoux. Reproduction d'une lithographie d'après ce tableau dans Ferran, entre les pages 178 et 179.

2. *Le Comte de Comminges reconnu par sa maîtresse* avait été exposé au Salon de 1833 et les *Derniers moments de Léonard de Vinci,* au Salon de 1835. Baudelaire a-t-il vu plus tard ces deux tableaux ? Gigoux avait illustré de vignettes le *Gil Blas* de Lesage publié chez Paulin en 1835.

3. Baudelaire contamine la forme allemande : Rudolf, et la forme française : Rodolphe.

4. Amable de La Foulhouze, de Clermont-Ferrand (selon le livret), expose en 1845 *Le Parc.* « La critique, note A. Ferran (p. 252), est muette à l'égard de cet artiste qu'ignore le *Dictionnaire des peintres* de Bellier de La Chavignerie et Louis Auvray. » L'indépendance de Baudelaire se montre bien ici.

Page 386.

a. PERESE *1845* : PERESSE *CE. Nous avons adopté la graphie des répertoires biographiques. Au livret du Salon, cependant :* PERÈSE

1. Thoré écrit de *La Châtelaine* que c'est « un tour de force » de représenter une femme « vêtue de blanc sur un cheval blanc, avec des lévriers blancs, le tout en pleine lumière » (cité par Ferran, p. 253).

2. C'est « une jeune Grecque d'Asie Mineure au temps de Périclès » (*L'Illustration,* 26 avril 1845 ; cité par Ferran, p. 253).

Page 387.

a. d'un aspect fort différent, *1845. La correction est inattendue : il y a* tout *deux lignes plus haut.*

1. Baudelaire fait allusion à *Rêve de bonheur* exposé au Salon de 1843 (actuellement au musée Vivenel de Compiègne).

2. *Memphis,* tableau appartenant alors au duc de Montpensier, est, selon Désiré Laverdant (cité par Exp. 1968, nº 150), une « originale et éclatante fantaisie » qui « respire la chaleur des amours païennes ». *Un assaut* (Versailles, Musée national ; exposé en 1968,

nᵒ 150 ; reproduction) a pour titre exact : *Guillaume de Clermont défendant Ptolémaïs.*

3. En 1844, Guignet avait exposé *Salvator Rosa chez les brigands* et *Une mêlée*, tableau que Gautier avait comparé à *La Défaite des Cimbres* de Decamps. Le tableau qu'il expose en 1845 est intitulé, non *Les Pharaons*, mais *Joseph expliquant les songes du Pharaon* (musée de Rouen ; Exp. 1968, nᵒ 145).

4. Voir *Du vin et du hachisch* (t. I, p. 383). À la note 1 de cette page 383 ajoutons le jugement porté par Champfleury sur l'*Intérieur de cuisine* de Drolling (*L'Artiste*, 1ᵉʳ décembre 1844) : « Essayez d'insinuer que c'est un bête trompe-l'œil, sans art, sans couleur, et tous vos raisonnements tomberont devant cette phrase : Ah ! monsieur, comme c'est bien *imité !* »

Page 388.

1. Jean-Alphonse Roehn (1799-1864), élève de Regnault (ami du père de Baudelaire) et de Gros ; peintre d'anecdotes. Il expose en 1845 : *La Prière ; La Sortie de l'église ; La Lecture interrompue ; Scènes familières, costumes hollandais du temps de Louis XIII ; Le Premier Rendez-vous.* Baudelaire ne le mentionnera plus.

2. Jean-Charles-Joseph Rémond (Paris, 1795 ; Paris, 1875), élève de Regnault (d'où le rapprochement avec Roehn) et de Bertin, obtint en 1821 le premier grand prix de peinture historique avec son *Enlèvement de Proserpine par Pluton.* En 1845 il expose un *Hippolyte* qui n'émeut pas la critique (Ferran, 256).

3. *Charlotte Corday protégée par les membres de la section contre la fureur du peuple,* tableau exposé en 1831 (musée de Grenoble).

4. Joseph Hornung (Genève, 1792 ; Genève, 1870) expose en 1845 un petit tableau de genre : *Le plus têtu des trois n'est pas celui qu'on pense,* qui représente un garçon monté sur un âne avec une fille en croupe (*Le Moniteur,* 21 avril 1845, cité par Ferran, p. 257). Baudelaire utilise le titre pour ironiser sur ses trois dernières victimes. Sur Hornung voir un article que *L'Union des arts,* dans sa livraison du 19 mars 1864, reproduit de *La Suisse.*

Page 389.

1. Edmond Geffroy (1804-1895) expose en 1845 *Ariane et Thésée.* Seul Gautier (*La Presse,* 15 avril 1845) semble avoir parlé de l'œuvre.

V. PAYSAGES

Page 390.

a. ce qui est bien *fait   1845*
b. charmes *[pluriel]   1845*

1. Corot a exposé au Salon de 1844 le *Paysage avec figures* qu'il devait reprendre et transformer douze ans plus tard, pour le Salon de 1857, en lui donnant pour titre *Le Concert.* En fait, la femme joue

du violoncelle. Mais c'est le violon qui fait rêver Baudelaire et qui trouve son écho dans *Mœsta et errabunda* (t. I, p. 64).

2. « Les contemporains se montrèrent sévères pour l'œuvre. Delécluze, Thoré l'accablèrent. On sent que seule l'amitié retint Théophile Gautier de se livrer à la même diatribe. Baudelaire, au contraire, trouva des mots qui devancent le jugement de notre temps » (catalogue de l'*Hommage à Corot,* Orangerie des Tuileries, 1975, n° 71).

3. C'est au *Bélisaire* de David (musée de Lille) que Baudelaire fait allusion. En réalité, indiquent les rédacteurs du catalogue de l'*Hommage à Corot* (voir la note précédente), c'est de l'*Orphée* de Poussin *(Orphée et Eurydice)* que Corot s'inspira.

Page 392.

   a. horizon à qui les *1845*
   b. WICKEMBERG *1845 et CE*

1. Chanson si célèbre qu'on a oublié qu'elle était de Frédéric Bérat.

2. Pierre Wickenberg, né à Malmö en 1812, expose en 1845 un *Effet d'hiver* que la critique n'a guère remarqué (Ferran, p. 262). Baudelaire ne le mentionnera plus : Wickenberg est mort à Pau le 19 décembre 1846.

Page 393.

   a. d'une belle et ferme exécution ! *1845*

1. Alexandre Calame (1810-1864) et François Diday (1802-1877), son maître, appartiennent à l'école genevoise. Ils peignent la haute montagne, les avalanches et les orages. Le premier exposait *Un orage* et le second *La Suite d'un orage dans les Alpes.* Baudelaire ne les mentionnera plus.

2. Adrien Dauzats (1804-1868) s'est fait connaître comme peintre de l'Orient. Avec Nodier, le baron Taylor et A. de Cailleux il a collaboré aux *Voyages romantiques et pittoresques de l'ancienne France,* un des plus beaux livres illustrés du début de la monarchie de Juillet. Dauzats avait accompagné le baron Taylor en Égypte en 1830. Il l'accompagnera en Espagne de novembre 1835 à avril 1837 avec mission de réunir une collection d'œuvres espagnoles. C'est cette collection qui sera installée dans le musée Espagnol. Sur cet aspect de l'activité du peintre voir l'ouvrage de Paul Guinard, *Dauzats et Blanchard, peintres de l'Espagne romantique,* Bordeaux, « Bibliothèque de l'École des Hautes Études hispaniques », t. XXX (Paris, P.U.F., 1967). En 1845, il exposait *Le Couvent de Sainte-Catherine au Mont-Sinaï* (musée du Louvre; montré en 1968, n° 129; reproduction), *Les Ruines de Djimiah (Algérie, province de Constantine), La Rue des degrés à Séville,* la *Cathédrale de Reims.* Baudelaire ne le mentionnera plus.

3. Théodore-Charles Frère (1814-1888), élève de Camille Roqueplan et de Léon Cogniet. En 1845, il expose *Un café de la rue de la Casbah à Alger, Marabout Sidi-Sadé à Alger* et *Vue prise aux environs d'Alger.* Baudelaire ne le mentionnera plus.

4. Émile Loubon (1809-1863), élève de Granet, peintre d'histoire, de genre, de paysages et aquafortiste. Il expose en 1845 : *Ruine d'un temple de Diane au Vernègues, Provence ; Berger des Landes ; Pâturage en Camargue ; Le Petit Musicien* et *Le Parc.*

Page 394.

1. Hippolyte Garnerey (1787-1858) a fait, sous la Restauration et la monarchie de Juillet, de nombreuses lithographies et gravures sur cuivre dont beaucoup étaient des illustrations de livres et d'albums. Il expose en 1845 *Vue de la cathédrale d'Évreux* et *Vue du beffroi de Comines.* A. Ferran (p. 265) note qu'il avait exposé en 1837 des vues de la *Cathédrale de Louviers* et en 1840 une *Baraque près de la cathédrale d'Angers.*

2. A. Ferran note (p. 188) que c'est depuis 1836 que Borget expose des vues indiennes ou chinoises.

3. Ces « galeries de Bois » étaient à l'intérieur du Palais-Royal, à l'emplacement de l'actuelle galerie d'Orléans. Édifiées pendant la Révolution, elles étaient constituées de hangars de planches formant trois rangées de boutiques et deux galeries couvertes : cette installation provisoire dura quarante ans — jusqu'en 1829 — et fut le quartier général de la prostitution. Quand écrit Baudelaire, le boulevard du Temple, lui, subsistait.

4. *De l'Allemagne,* Renduel, 1835, t. II, V^e partie.

Page 395.

1. Théophile-Clément Blanchard (1812-1849) — qu'il ne faut pas confondre avec Pharamond Blanchard (1805-1873), élève de Gros, qui accompagna Dauzats en Espagne (p. 393, n. 2) — avait obtenu en 1841 le second prix de Rome de paysage historique. En 1845 il expose : *Vue prise à Saint-Rambert dans le Bugey, effet du soir ; Souvenirs de Normandie* (deux toiles); *Vue prise sur les bords de la Seine ; Vue prise sur les bords de la Saône.* Baudelaire ne le mentionne pas en 1846.

2. Émile Lapierre (1818-1886) expose en 1845 deux *Paysages* ainsi que *Daphnis et Chloé.* Baudelaire ne le mentionnera plus.

3. Jacques-Raymond Brascassat (1804-1867), élève de Th. Richard et de Hersent, avait obtenu le second prix de Rome en 1825. Après avoir pratiqué le paysage historique, il se spécialisa dès le Salon de 1831 dans les représentations d'animaux. Il sera élu à l'Académie des beaux-arts en 1846. Il expose en 1845 *Vache attaquée par des loups et défendue par des taureaux,* trois toiles de *Paysages et animaux* dont une, qui appartient au musée du Louvre, a été exposée en 1968 (cat., n° 124) et *Vue des côtes de Naples.* La critique a été généralement favorable, à l'exception de Thoré et de Gautier.

Brascassat n'exposera de nouveau qu'en 1855. Baudelaire ne le mentionnera plus.

4. Lyon fut aussi le bagne scolaire de Baudelaire, de qui l'animosité peut ainsi s'expliquer.

Page 396.

    a. 1845 et CE oublient le second tréma.

    1. Charles Béranger (1816-1853) expose depuis 1837. Il envoie en 1845 *Un intérieur,* deux *Natures mortes* et *Portrait de M. le baron C...* Baudelaire ne le mentionnera plus.

Page 397.

    a. sans aucune préoccupation d'école *1845*

    1. Arondel, dont le livret donne l'adresse à l'hôtel Pimodan, n'était pas seulement le marchand de curiosités qui avait vendu de faux tableaux à Baudelaire, lequel s'endetta ainsi pour la vie : il doublait ses méfaits en commettant des peintures. Par cet éloge du *Gibier* qu'expose Arondel, éloge assez mitigé pour n'être pas ridicule et de pure complaisance, sans doute Baudelaire se proposait-il d'amadouer ce redoutable créancier (qu'il avait moqué en 1844 dans les *Mystères galants des théâtres de Paris*). Il procédera de même en 1846 (p. 486).

    2. Antoine Chazal (1793-1854) expose depuis 1822 des fleurs, des portraits, des animaux; il illustre des flores et des traités médicaux. Le parc de Neuilly est celui du château du roi. Ce tableau avait été commandé à Chazal par la Maison du roi. Il fut « détruit au château de Saint-Cloud pendant l'invasion de 1871 » (G. et J. Lacambre, *BSHAF,* 1969, p. 110). Baudelaire ne mentionnera plus Chazal.

    3. Le *Sic* est de Baudelaire.

Page 398.

VI. DESSINS — GRAVURES

    a. M. Lehmud *1845*   : M. de Lehmud *CE*

    1. Baudelaire, à l'hôtel Pimodan, dans un cabinet attenant à sa chambre, possédait « diverses lithographies encadrées en noir, entre autres le *Hoffmann* de Lemud » (notes d'Asselineau; *Baudelaire et Asselineau,* 170). Cette lithographie (d'après un portrait peint en 1839) que *L'Artiste* avait publiée en 1839 est ainsi décrite par Aglaüs Bouvenne qui a dressé le *Catalogue de l'Œuvre lithographié et gravé par A. de Lemud* (Baur, 1881, p. 26) :

« Hoffmann est vu de face, dans un grand fauteuil, le menton dans la main droite fermée, dont le coude est appuyé sur le genou; de la main gauche il tient sa pipe. Il paraît en proie à ses rêveries. À sa gauche, une table chargée de papiers est éclairée par la lumière d'une lampe qu'on ne voit pas. Derrière lui, sa femme (?), les deux mains appuyées sur le dossier de son fauteuil, regarde le papier témoin de ses veilles; derrière, une fenêtre grande ouverte fait penser que la scène se passe vers la fin d'une soirée d'été. »

A. Bouvenne apprécie comme suit cette lithographie : « c'est vraiment le meilleur portrait d'Hoffmann, le plus personnel, celui qui donne le mieux l'idée de cette étrange organisation » (p. 11-12). Champfleury, dans sa traduction des *Contes posthumes d'Hoffmann* (Michel Lévy, 1856, p. 84-85), ne la juge qu' « assez intéressante »; il est vrai que l'évocation a moins de prix pour lui que la ressemblance.

Page 399.

1. Louis-Henri de Rudder (1807-1876), élève de Gros et de Charlet, expose depuis 1834. En 1845, deux dessins à la sanguine : *Tête de Christ* et *Le Berger et l'Enfant* (le livret ajoute au titre ce vers d'André Chénier : « Toujours ce souvenir m'attendrit et me touche... »). Baudelaire ne le mentionnera plus. Voir *Le Musée du Luxembourg en 1874,* nº 211.

2. Laurent-Charles Maréchal, né à Metz en 1801, mort en 1887, élève de Regnault. En 1845 il expose *Hérodiade,* peinture sur verre, *Figurine d'une des verrières de l'église de Saint-Vincent-de-Paul,* dessin, et *La Grappe, scène calabraise,* pastel. Baudelaire ne le mentionnera plus.

3. L'École de Metz, formée des peintres (Lemud, Penguilly-l'Haridon, Eugène Tourneux) qui composaient la « Société des Amis des Arts » de cette ville, fondée en 1834, avait de grandes ambitions, mais excellait surtout dans le rendu et le soin apporté aux détails. L'attention avait été attirée sur ce groupe par un article d'Albert de La Fizelière dans *L'Artiste* du 27 novembre 1842. Voir A. Eiselé, *Metz et son école de peintres, 1825-1870* (Metz, 1959), qui montre qu'à l'époque de nombreuses personnalités, comme Sainte-Beuve et Charles Blanc, s'intéressèrent aux artistes groupés autour de Maréchal.

4. Eugène Tourneux (1809-1867), peintre et poète, élève de Maréchal, expose en 1845 quatre pastels : *Le Départ des rois mages, Les Harmonies de l'automne, Rosina, étude de femme,* et *Un bourgmestre.* Baudelaire ne le mentionnera plus.

5. Victor Pollet (1811-1882), élève, notamment, de Paul Delaroche, expose en 1845 quatre aquarelles : les *Portraits de M. R...* et *de M. G...,* une *Vénus d'après le Titien* et *L'Amour sacré et l'amour profane,* d'après Titien également. Baudelaire ne le mentionnera plus.

6. Pierre-Adrien Chabal-Dussurgey, né en 1815, appartient à l'École de Lyon. Il expose en 1845 deux gouaches : des *Fleurs* (c'est sa spécialité). Baudelaire ne le mentionnera plus.

Page 400.

1. Alphonse-Charles Masson (1814-1898), élève de Decamps et d'Ingres, expose en 1845 cinq portraits au pastel de personnes dont les noms sont réduits aux initiales. Baudelaire ne le mentionnera plus.

2. Antonin Moine, élève de Girodet et de Gros, est surtout connu comme sculpteur de l'époque romantique. Depuis le Salon de 1843 il expose aussi des pastels; en 1845 : *Fantaisie* et *Portrait de Mme A. M...* Né en 1796, il se donnera la mort en 1849. Baudelaire ne le mentionnera pas dans le *Salon de 1846*.

3. Il s'agit de l'élève de Paul Delaroche, Pierre-*Vincent* Vidal, né à Carcassonne en 1811, à qui les livrets des Salons de 1841 et de 1845 ont attribué le prénom de *Victor*, à la suite d'une erreur d'enregistrement, commise en 1841, lors du premier envoi d'une planche de deux pastels. A. Ferran et David Kelley (édition critique du *Salon de 1846*, p. 215) ont relevé cette confusion qu'avaient d'ailleurs signalée Thieme et Becker en 1940 (Archives du Louvre. Enregistrement des notices et des ouvrages). Baudelaire s'élèvera de nouveau contre « le préjugé Vidal » dans le *Salon de 1846* (p. 462). Gautier, dans *La Presse* du 16 avril 1845, loue les dessins de Vidal, de « vraies merveilles de suavité, de coquetterie et de finesse qui rappellent Watteau et Chardin ». Même éloge sous la plume de Thoré, qui lui aussi prend Watteau, avec Boucher et Fragonard, comme terme de référence. Le « critique » que blâme Baudelaire est-il donc Gautier ou Thoré ? Plutôt le premier si l'on se rapporte à la page 365, n. 1.

4. Cf. p. 390, lignes 9-11.

5. Sur Jules David, voir p. 365, n. 2.

Page 402.

VII. SCULPTURES

a. que nous avons approché la 1845. *En 1868 le pluriel du participe n'est guère justifiable.*

1. Lorenzo Bartolini, né à Vernio (Toscane) en 1777, mort à Florence en 1850, avait été l'élève de Canova. De *La Nymphe au scorpion* a été exposée en 1968 (n° 122 *bis*) une étude en plâtre pour le marbre, laquelle est au palais Pitti de Florence (reproduction dans Castex, p. 97). Baudelaire ne mentionnera plus Bartolini dans ses œuvres. Ingres a peint le portrait de Bartolini (voir *CPl*, II, 450).

2. Baudelaire est le seul critique — indique A. Ferran (p. 278) — à décerner à l'œuvre de Bartolini un éloge sans restriction. On peut se demander s'il ne se trompe pas.

3. Néologisme dépréciatif, emprunté à Diderot, comme l'a, le premier, signalé J. Crépet : « En sculpture, point de milieu, sublime ou plat; ou, comme disait au Salon un homme du peuple, tout ce qui n'est pas de la sculpture est de la *sculpterie* » (*Salon de 1767*).

4. Par cette formule où la modestie s'allie à l'orgueil et à la complicité, Baudelaire désigne certainement Delacroix, dont il a avec véhémence affirmé le génie au début de ce même *Salon*. Dans les bureaux du *Corsaire-Satan* Baudelaire aimait à se prévaloir de ses relations avec le peintre (voir *Bdsc*, 83).

Page 403.

1. *L'Enfant à la grappe* (musée du Louvre depuis 1896) a été reproduit par *L'Illustration* du 10 mai 1845 en une gravure sur bois (elle-même reproduite par A. Ferran, en face de la page 196) et a été exposé en 1968 (nº 130). Photographie dans J. Mayne, pl. 7. « Au cours d'une promenade, Robert, le jeune fils du sculpteur, voulut cueillir une grappe de raisin; tout occupé à son plaisir, l'enfant allait être piqué au talon par une vipère si le père, bouleversé, n'était pas intervenu. Aussitôt l'artiste se mit au travail, et sculpta cette statue, symbole, pour lui, de l'avenir menaçant que l'enfance ignore » (notice du catologue Exp. 1968). Elle inspira à Sainte-Beuve une poésie dont les mètres sont empruntés aux poètes de la Pléiade : *À David, statuaire. Sur une statue d'enfant,* et qui prendra place dans les *Pensées d'Août.*

2. François-Joseph, baron Bosio, membre de l'Institut depuis 1816, expose depuis 1810. Il exécuta les bas-reliefs de la colonne Vendôme et le quadrige en bronze de l'arc de triomphe du Carrousel. En 1845, il expose un marbre : *Jeune Indienne ajustant à l'une de ses jambes une bandelette ornée de coquillages,* qui est maintenant au musée Calvet d'Avignon. L'œuvre a été exposée en 1968 (nº 123; reproduction). Bosio, né en 1768, mourra le 28 juillet 1845. Baudelaire ne le mentionnera plus.

3. *Hyacinthe* ou plutôt *La Nymphe Salmacis,* qui eut un grand succès au Salon de 1837.

Page 404.

a. les draperies de sculpteurs   *1845*

1. Une *Phryné.* L'original a été brisé au cours d'un transport. On a exposé en 1968 (nº 151) un plâtre qui appartient au musée des Beaux-Arts de Troyes. Une réplique en marbre existe à Grenoble. De la statue exposée en 1845 *L'Illustration* du 10 mai a donné une gravure sur bois (reproduite dans Ferran en face de la page 197).

2. Feuchère expose en 1845 un marbre : *Jeanne d'Arc sur le bûcher* (Hôtel de Ville de Rouen; G. et J. Lacambre, *BSHAF,* 1969, p. 115). Baudelaire connaissait cet artiste à l'époque où il écrivait le *Salon de 1845.* Il avait à l'hôtel Pimodan sur une cheminée une terre cuite de Feuchère représentant un groupe de deux femmes nues : *La Nymphe Callisto dans les bras de Zeus qui a emprunté la figure d'Artémis,* sculpture dédiée à Baudelaire (Banville, « Mes amis, I, Charles Baudelaire », *La Renaissance,* 27 avril 1872) : elle n'a pas été retrouvée, mais on notera le caractère possiblement lesbien de ce groupe. Gautier, dans la notice qui sert de préface aux *Fleurs du mal* dans l'édition Michel Lévy (1868, p. 7-8), mentionne Feuchère parmi les personnes qu'il rencontrait à Pimodan chez Boissard (voir p. 366). On comprend ainsi que Baudelaire puisse faire allusion au plâtre de la *Jeanne d'Arc :* il l'avait vu dans

l'atelier du sculpteur. En 1846 (p. 488), il l'attaquera, lui reprochant d'avoir commercialisé son talent. Cela ne nuisit pas à leurs relations : voir le billet du 14 février 1851 à Champfleury (*CPl*, I, 169). Plus tard Baudelaire voudra utiliser une aventure survenue à Feuchère pour en faire le sujet soit d'un poème en prose, soit d'une nouvelle (t. I, p. 369, 589 et 590).

3. Louis-Joseph Daumas (1810-1867), élève de David d'Angers, expose en 1845 un *Génie de la navigation,* plâtre pour un hommage rendu « à la mémoire des grands marins »; « le bronze ne fut livré au ministère de l'Intérieur qu'en 1846 [...] et était destiné à la Place carrée du port de Toulon » (*BSHAF*, 1969, p. 115).

4. Antoine Étex (1808-1888), sculpteur et peintre (voir p. 376). Il avait été l'élève de Dupaty, de Pradier, d'Ingres et de Duban et avait obtenu en 1829 le second prix de Rome. Outre *Héro et Léandre* (groupe qui en 1957 se trouvait en Angleterre; G. et J. Lacambre, *BSHAF*, 1969, p. 115), il expose en 1845 les bustes du général Pajol (que connaissait Aupick) et du vicomte d'Ablancourt. La critique fut plutôt rigoureuse (Ferran, 282). Étex était des relations de Delacroix. Baudelaire ne le mentionnera plus.

Page 405.

a. d'Héro et de Léandre   *1845*
b. DEBAY   *1845 et CE, ici et plus bas.*

1. Joseph Garraud, élève de l'École de Dijon, où il est né en 1807, et de Rude, expose en 1845 *La Première Famille sur la terre* (Jardin du Luxembourg) que Thoré commente ainsi : « L'homme, la femme et l'enfant, Adam, Ève et Abel sont unis en faisceau, Abel reposant sur les genoux de sa mère qui enlace Adam de ses bras comme le lierre avec sa fleur accroché au chêne. Le jeune Caïn, un peu isolé du groupe, en complète la symétrie. Les types pourraient être plus élégamment choisis; mais il y a de bons morceaux d'exécution. M. Garraud est de force à tailler en marbre ou en pierre des compositions monumentales » (cité par Ferran, p. 283). C'est en 1841 que Garraud avait exposé *Bacchante faisant l'éducation d'un jeune satyre ;* Baudelaire avait-il pu voir ce groupe en plâtre avant de s'embarquer à destination de Calcutta ? Il ne mentionnera plus Garraud.

2. Auguste-Hyacinthe De Bay (Nantes, 1804; Paris, 1865), élève de son père et de Gros, avait obtenu en 1823 un second prix de Rome de peinture. Il se tourna ensuite vers la sculpture. *Le Berceau primitif* avait été exécuté en marbre pour le palais du prince Demidoff à Florence; il est maintenant conservé au musée des Beaux-Arts de Bruxelles. On a exposé en 1968 (n° 131; reproduction) un plâtre du musée d'Angers, modèle du marbre; reproduction dans Castex, p. 99. Baudelaire ne mentionnera plus De Bay.

3. Le livret accompagne le titre du plâtre d'extraits traduits de la troisième *Élégie* de Catulle *(Sur la mort du passereau de Lesbie).*

Page 406.

1. Pierre-Charles Simart (1806-1857), élève de Dupaty, de Pradier et d'Ingres, avait obtenu en 1833 le premier grand prix de sculpture. En 1852, il succédera à Pradier à l'Académie des beaux-arts. En 1845, il exposait une *Vierge,* groupe en marbre pour la cathédrale de Troyes (où il est conservé) et *La Poésie épique,* statue en marbre pour la bibliothèque de la Chambre des pairs (conservée dans la bibliothèque du Sénat). Baudelaire ne le mentionnera plus.

2. Gédéon-Adolphe-Casimir de Forceville-Duvette (Saint-Malvis (Somme), 1799; Amiens, 1886) envoie d'Amiens au Salon de 1845 le buste de l'astronome Delambre (actuellement à la bibliothèque municipale d'Amiens; exposé en 1968, n° 142) et une *Vénus céleste :* c'est cette statue que Baudelaire juge trop étroitement imitée de *Polymnie,* statue antique du Louvre.

3. Aimé Millet (1819-1891), élève de son père Frédéric Millet (portraitiste; sans relation de parenté évidente avec Jean-François Millet), de David d'Angers et de Viollet-le-Duc, expose une *Bacchante,* plâtre. A. Ferran (p. 285) explique le reproche adressé par Baudelaire à Millet en citant le groupe de Pradier, *Un satyre et une bacchante,* qui eut un grand succès au Salon de 1834.

4. Dantan jeune (Jean-Pierre); voir le Répertoire des artistes.

Page 407.

1. Hubert-Noël Camagni (1804-1849), élève de l'École de Dijon, sa ville natale. Voici la citation dont le livret accompagne le titre du buste en marbre : « Belle Cordelia, toi qui n'en es que plus riche parce que tu es devenue pauvre, plus précieuse parce qu'on t'a délaissée, plus aimée parce qu'on te méprise, je m'empare de toi et de tes vertus; que le droit ne m'en soit pas refusé, je prends ce qu'on rejette » (*Le Roi Lear,* traduction de Guizot). Baudelaire ne le mentionnera plus.

2. Cette page est étonnante. Baudelaire a vingt-quatre ans tout juste quand il l'écrit, et c'est son premier *Salon.* Il en reprendra et en développera le thème en 1846. Mais qu'il l'ait écrite alors et qu'elle n'ait pas été remarquée — voilà qui confirme ce que nous savons de la nouveauté vraie. Le premier écrit de Baudelaire se termine sur le mot qui ferme *Le Voyage :* du *neuf !* du *nouveau !*

Page 408.

LE MUSÉE CLASSIQUE
DU BAZAR BONNE-NOUVELLE

Le Corsaire-Satan, 21 janvier 1846, en feuilleton, signé : Baudelaire-Dufays *(1846).*
Curiosités esthétiques, Michel Lévy frères, 1868 *(CE).*

Texte retenu : celui de 1868, qui ne diffère qu'insensiblement de celui de 1846.

Dans le plan de ses œuvres complètes établi pour Julien Lemer au début de février 1865 (*CPl*, II, 444) Baudelaire manifeste le désir de recueillir cet article sous la forme suivante : « David au Bazar Bonne-Nouvelle ». La liste établie pour Hippolyte Garnier (*CPl*, II, 591) ne mentionne pas ces pages, mais elle est plus sommaire.

Le Bazar Bonne-Nouvelle était situé sur le boulevard du même nom, près de la porte Saint-Denis. Il accueillait — comme le font de nos jours les grands magasins — des expositions commerciales ou des expositions artistiques. Les artistes dont les œuvres avaient été refusées par le jury du Salon y exposaient, défendus par Albert de La Fizelière dans un *Bulletin de l'ami des arts,* publié par le libraire Techener, auquel Baudelaire voulut collaborer en 1843 (voir *CPl*, I, 102). Le 11 janvier 1846 s'ouvrit au Bazar une exposition organisée au profit de la Caisse de secours et pensions de la Société des artistes peintres, sculpteurs, graveurs, architectes et dessinateurs, fondée par le baron Taylor; elle resta ouverte jusqu'en avril. Soixante et onze tableaux furent exposés, dont onze peintures de David et treize de M. Ingres. Baudelaire — remarque Arlette Calvet-Sérullaz (*BSHAF*, 1969, p. 123) — n'en cite que dix-huit, mais chacun d'eux fait l'objet de remarques pertinentes où apparaît l'indépendance de son jugement.

Baudelaire utilise ici des éléments de l'étude annoncée au second plat de la couverture du *Salon de 1845* : *David, Guérin et Girodet.*

a. David et d'onze d'Ingres.   *1846*

1. Le jugement de Baudelaire sur André Chénier va changer; voir p. 239.

2. Mot ancien (mendiant à l'apparence malingre) repris par Victor Hugo dans *Notre-Dame de Paris* (I, 2) où il est probable que Baudelaire l'aura trouvé.

Page 409.

a. La ponctuation de 1846 paraît ici préférable : Miracles ! — Nous

1. Néologisme à l'époque.

2. Nom argotique donné autrefois à des mendiants qui contrefaisaient les épileptiques.

3. Voir la définition du romantisme donnée dans le *Salon de 1846* (p. 421).

4. *Marat* fait partie des collections des musées royaux des Beaux-Arts de Bruxelles (exposé en 1968, nº 157). *La Mort de Socrate* est au Metropolitan Museum de New York (exposé en 1968, nº 156). *Bonaparte au mont Saint-Bernard* appartient au musée de la Malmaison. Une réplique appartenant au musée de l'Armée, Paris, a été exposée en 1968 (nº 155). *Télémaque et Eucharis* est à Paris dans une collection particulière.

Page 410.

a. il y a de quoi   *1846*

b. pour pendant la Convention *[sic]* la Mort de Lepelletier-
Saint-Fargeau *[romains, ainsi que les autres titres de tableaux]*
1846 : pour pendant à la Convention, *la Mort de Lepelletier-
Saint-Fargeau* CE

1. Baudelaire est assez bien informé. Par qui ? J. Crépet, utilisant
l'ouvrage de J.-L. David, petit-fils du peintre : *Louis David, souvenirs et documents inédits* (Victor Havard, 1880), rapporte que ce
tableau rendu à son auteur en 1795 fut acheté 100 000 francs à la
succession de David par la fille de Le Peletier qui en fit enlever les
attributs, notamment l'épée dont la lame portait le nom de Pâris
(garde du corps qui assassina le conventionnel, la veille de l'exécution du roi) et qui traversait un papier où on lisait ces mots :
Je vote la mort du tyran. L'épée ne menaçait pas la tête; elle était
dirigée contre le flanc de la victime, ouvert par une blessure
(J. Mayne). La toile n'a pas été retrouvée. (A-t-elle été détruite ?)
Elle n'est connue que par un dessin d'Anatole Devosge (musée
de Dijon), fait d'après l'original, et par une estampe déchirée
(Bibliothèque nationale), elle-même exécutée en 1793 par Tardieu
d'après le dessin précédent. Les descendants de Le Peletier auraient
fait systématiquement anéantir toutes les reproductions en gravure.
   On remarquera que l'éloge, direct ou indirect, des deux révolutionnaires paraît le jour anniversaire de la mort de Louis XVI.
   2. Musée du Louvre.
   3. David, *Hélène et Pâris,* musée du Louvre.

Page 411.

   a. c'est une belle imagination.   *1846*

   1. La *Mort de Priam* est au musée Turpin de Crissé, à Angers;
elle a été exposée en 1968 (n° 165); reproduction dans *BSHAF,*
1969, en face de la page 124. *Phèdre accusant Hippolyte devant Thésée*
(1802) est au musée du Louvre.
   2. *Énéide,* II, v. 506 sq.
   3. La toile, peinte à Rome en 1792, se trouve encore à la Faculté
de médecine. Elle a été exposée en 1968 (n° 161); reproduction
dans Castex, p. 103. *Artaxerce* est la forme classique d'*Artaxerxès.*
   4. Robert-Fleury a été l'élève de Girodet.
   5. Le *Sommeil d'Endymion* (Salon de 1792) et *Les Funérailles
d'Atala* (1808) sont au Louvre. De la première toile on trouve un
écho dans *La Lune offensée* (t. I, p. 142). Girodet a traduit Anacréon
au sens propre et au sens figuré. En 1825 fut publié à Paris chez
Chaillou-Potrelle : *Anacréon. Recueil de compositions, dessinées par
Girodet et gravées par M. Chatillon, son élève, avec la traduction des odes
de ce poète faite également par Girodet.*
   6. On remarquera que Géricault est placé par Baudelaire au
second rang. Est-ce son admiration pour Delacroix qui l'empêche
de voir l'importance de l'œuvre de Géricault ?
   7. Elle n'a pas été retrouvée. De Gros figuraient également au

Bazar Bonne-Nouvelle le *Portrait de M. A. de La Rivalière* (Louvre), peint en 1816, et une esquisse (The Detroit Institute of Arts) de la *Bataille d'Aboukir*, tableau exposé au Salon de 1806 et conservé au musée du palais de Versailles : portrait et esquisse ont été exposés en 1968 (nᵒˢ 163 et 164); le catalogue observe qu'il est curieux que Baudelaire ne leur accorde aucune mention.

Page 412.

a. individus ! Seulement   *1846*

1. Paris, collection particulière (*BSHAF*, 1969, p. 124). D'après J. Mayne il s'agit d'une étude, le tableau se trouvant à Londres dans la Wallace Collection.

2. On peut comprendre l'allusion en se reportant au *Salon de 1845* (p. 381).

3. Une gravure sur bois publiée dans *L'Illustration* du 14 février 1846 montre la présentation des œuvres d'Ingres dans une salle particulière (gravure reproduite par J. Mayne, *Art in Paris*, pl. 11; photographie exposée en 1968, nᵒ 166). On reconnaît le portrait de Bertin l'aîné, *Œdipe et le Sphinx*, le portrait de Molé, la *Grande Odalisque*, *Le Dauphin entrant dans Paris* et le portrait de la comtesse d'Haussonville.

4. *Stratonice, ou la Maladie d'Antiochus*, est au musée Condé de Chantilly. La *Grande Odalisque*, au Louvre. La *Petite Odalisque*, c'est-à-dire l'*Odalisque à l'esclave*, au Fogg Art Museum de l'Université Harvard. Les deux *Odalisques* se retrouveront en 1855 à l'Exposition universelle. Un collaborateur de *L'Artiste* (1855, t. II, p. 57) déclarera en rejoignant l'opinion de Baudelaire que la *Grande* « était une Italienne déguisée » et la *Petite*, « une véritable Sultane » (cité par Jean Alazard, *L'Orient et la peinture française au XIXᵉ siècle, d'Eugène Delacroix à Auguste Renoir*, Plon, 1930, p. 90).

5. Respectivement au Louvre, dans une collection particulière de Paris et à la Frick Collection de New York.

6. Ingres exposait aussi *Francesca da Rimini et Paolo Malatesta* (1819), montré en 1968 (nᵒ 169) : le catalogue y voit la justification de cette protestation de Baudelaire.

Page 413.

1. *Judas et Thamar*, Londres, Wallace Collection. Reproduction dans l'article d'Arlette Calvet-Sérullaz, *BSHAF*, 1969, pl. 4.

2. Voir, dans *Les Fleurs du mal*, « *J'aime le souvenir de ces époques nues,...*» (t. I, p. 11) dont la composition est à peu près contemporaine de cette page.

3. Baudelaire parle d'expérience. On pensera à l'anatomie de Jeanne telle que la montrent les dessins faits par son amant. Mais il parle probablement ici de la *Grande Odalisque*, alors qu'à lire la mention de la page précédente, relative à la *Petite Odalisque*, on aurait pu penser que celle-ci était plutôt de nature à appeler la comparaison.

4. *Richelieu remontant le Rhône, traînant derrière sa barque Cinq-Mars et de Thou* et *Le Cardinal de Mazarin mourant* sont à la Wallace Collection; reproductions dans l'article d'Arlette Calvet-Sérullaz, *BSHAF*, 1969, pl. 1 et 2. L'*Assassinat du duc de Guise* est aussi à la Wallace Collection. On peut penser que Baudelaire est indulgent.

5. *Le Tintoret peignant sa fille morte*, Bordeaux, musée des Beaux-Arts. Reproduit dans J. Mayne, *Art in Paris*, pl. 13, et dans cat. Exp. 1968, p. 35 (n° 154).

Page 414.

    a. mainte [*singulier*] fois   *1846*
    b. de la sphère,   *1846*

    1. Cogniet et Delacroix avaient été élèves de Guérin. L'absence de Delacroix, imputée à Cogniet, est sans doute la raison qui explique la mention ironique du *Tintoret* (suggestion du catalogue de 1968, p. 34).

    2. Dubufe père, sans doute; voir p. 377.

    3. Optimisme qui s'exprimait déjà dans le *Salon de 1845* et qui s'exprimera encore mieux dans la dédicace aux bourgeois du *Salon de 1846.*

Page 415.

SALON DE 1846

Baudelaire Dufaÿs, *Salon de 1846,* Michel Lévy frères, libraires-éditeurs des œuvres d'Alexandre Dumas, format in-18 anglais, rue Vivienne, 1. 1846. Un cartouche reproduit les titres des chapitres *(1846).*

Curiosités esthétiques, Michel Lévy frères, 1868 *(CE).*

Texte retenu : celui de 1868, purgé de quelques coquilles.

La plaquette montre des erreurs plus graves que Baudelaire avait corrigées inégalement sur l'exemplaire de Champfleury, qui appartient au Centre d'études baudelairiennes de l'Université Vanderbilt *(WTB),* sur l'exemplaire de Servais (Bibliothèque de Rouen; voir *CPl,* II, 1034) *[S]* et sur l'exemplaire de Poulet Malassis *(PM),* lequel communiqua les quatre corrections à Ch. Asselineau lorsque celui-ci préparait l'édition de *Curiosités esthétiques* (voir la publication de Jules Marsan, « L'Éditeur des *Fleurs du mal* en Belgique. Lettres inédites d'Auguste Poulet-Malassis à Charles Asselineau », *L'Archer,* Toulouse, septembre-octobre 1936, p. 251-252). Cet exemplaire fait partie de la collection du Grolier Club de New York.

Édition critique et commentée par David Kelley, qui reproduit le texte de 1846 : BAUDELAIRE, *Salon de 1846,* Oxford, At the Clarendon Press, 1975. L'introduction est une remarquable étude sur la pensée de Baudelaire. Une étude de D. J. Kelley avait paru en octobre 1969 dans *Forum for Modern Language Studies* (t. V, nº 4), p. 331-346 : « Deux aspects du *Salon de 1846* de Baudelaire : la dédicace Aux Bourgeois et la Couleur. »

Le second plat de la couverture de la plaquette de 1846 annonce *Les Stalactites* et « *pour paraître prochainement* : *Les Lesbiennes,* poésies par Baudelaire Dufays » et « *Le Catéchisme de la femme aimée,* par le même »; voir t. I, p. 792 et 547.

La plaquette, enregistrée à la *Bibliographie de la France* le 23 mai 1846, parut au début du mois. Elle fut saluée de quelques comptes rendus, moins nombreux qu'on ne s'y attendrait. Le Salon s'était ouvert au Louvre le 16 mars 1846 : *La Silhouette* du 22 mars rapporte qu'on a vu Baudelaire lors de l'inauguration. Dès le 15 mars, dans *La Silhouette,* à la rédaction de laquelle il prend une part active, Auguste Vitu rappelle son compte rendu du *Salon de 1845* et annonce le *Salon de 1846* qui, selon lui, paraîtra dès la fin de la semaine suivante : la composition de l'œuvre prit plus de temps que prévu (voir *CPl,* I, 137). Le 7 mai, dans *La Démocratie pacifique,* Ch. Brunier reproche à Baudelaire la « crudité du style » : « Il est des expressions qu'on blâme même chez Diderot »; le reproche dut être doux. Le 30 mai, dans *Le Moniteur de la mode,* Henri Murger met l'œuvre de Baudelaire au niveau de la critique qui a été tuée par les journaux, « la critique qu'on ne retrouve que dans les œuvres de Diderot, d'Hoffmann, de Stendhall [*sic*], d'Henri Heine » : à croire que c'est Baudelaire même qui lui a soufflé ces noms. Marc Fournier, dans *L'Artiste* du 31 mai 1846, souligne le « sentiment original et altier dans lequel ce petit livre est conçu ». Mais *Le Tintamarre* n'est pas de cet avis; il délègue un pseudonyme, Léonidas Prudhomme, au soin d'éreinter Baudelaire : « L'auteur est probablement un rapin incompris » (numéro du 24 au 30 mai 1846). Du baume, en juin : le 9, P. H. V. dans le *Journal d'Abbeville* fait un compte rendu favorable, et, le 21, *Le Portefeuille,* dirigé par Loys L'Herminier, recommande à ses lecteurs le « charmant ouvrage de M. Baudelaire-Dufays qui, [...], résume les idées générales les plus neuves sur la peinture moderne. Ce livre n'est pas seulement une œuvre de circonstance ni un traité spécial, c'est encore une œuvre essentiellement élégante et littéraire. Quant aux opinions un peu excentriques de l'auteur, ce sera un agrément de plus pour cette classe de lecteurs qui osent tout aborder et sont à la piste de toutes les originalités ». Élégant, L'Herminier, qui n'affiche pas son amitié pour l'auteur (voir le Répertoire du *Carnet* au tome I, p. 1567).

L'Écho, Littérature, Beaux-Arts, Théâtres, Musique et Modes — rédacteur en chef : Auguste Vitu — qui en août reproduira *Comment on paie ses dettes quand on a du génie* et en septembre les *Conseils aux jeunes littérateurs,* reproduit dans ses numéros des 19, 20, 21 et 22 juillet le chapitre sur Delacroix du *Salon de 1846* (jusqu'à « ... niai-

series de rhétoricien. », p. 431, lignes 3-4), comme pour relancer
la plaquette. Le passage y est précédé de ces lignes :

« M. Baudelaire Dufays a publié sous le titre trop modeste de
Salon de 1846, un livre d'art très remarquable où les plus graves
questions d'esthétique sont soulevées avec la sagacité d'un critique
exercé, et résolues avec la hardiesse d'un poète. L'obligeance de
l'auteur nous autorise à reproduire les lignes suivantes qui sont
une biographie presque complète du plus grand des peintres
modernes. »

Les numéros des 22 et 23 novembre reproduiront une partie
du chapitre xv sur le paysage (depuis le début jusqu'à : « par
exemple une savane ou une forêt vierge. » — fin de la page 481). Cet
extrait est accompagné de lignes qu'on peut, comme celles du
« chapeau » paru en août, attribuer à Vitu :

« Ces lignes charmantes sont extraites du *Salon de 1846,* publié
chez Michel Lévy, par M. Baudelaire Dufays et qui a survécu
comme livre d'art à son actualité de critique. »

Ce rappel tend à prouver que la plaquette ne s'était pas trop
bien vendue.

Baudelaire, malgré le *Salon de 1845* et quelques articles, n'avait
pas alors de nom. Mais le rédacteur de *L'Écho* avait bien raison
de trouver « trop modeste » le titre de la plaquette, d'y voir un
livre d'esthétique, un « livre de haute esthétique », écrira Charles
Asselineau dans la biographie de son ami (*Baudelaire et Asselineau,* 76), en précisant que cette brochure établit la réputation de
Baudelaire dans un cercle d'amis (*ibid.,* 79). C'est en effet le *Salon
de 1846* qui va faire de Baudelaire, jusqu'en 1855, le mystérieux
auteur de deux *Salons* et de quelques poésies étranges qu'on récite
dans les cénacles de la bohème.

Baudelaire ne renia jamais cette œuvre. Il la comprend, au début
de février 1865, dans le plan de ses œuvres complètes qu'il adresse
à Julien Lemer (*CPl,* II, 444). Des éléments en apparaissent
aussi dans la note pour Hippolyte Garnier qu'il envoie à Ancelle
le 6 février 1866 (*CPl,* II, 591).

1. Cette dédicace a laissé sceptiques des lecteurs qui craignaient
d'être victimes d'une « charge » d'artiste. Il revient à David Kelley
d'en avoir explicité les intentions.

En fait, Baudelaire, sans se rattacher expressément à aucune
école socialiste, est animé par le vif désir de retrouver l'unité perdue,
éclatée en dualité : matière et esprit, liberté et fatalité, — de concilier
les contraires en une harmonie et de définir le dessein synthétique
de la Nature. Il en arrive à concevoir un univers dont la foi fondamentale serait celle des contrastes complémentaires — « la loi
des contrastes — écrit-il dans les *Conseils aux jeunes littérateurs*
(p. 19) — , qui gouverne l'ordre moral et l'ordre physique ».
L'unité n'est pas située dans une transcendance : elle résulte de la
variété inhérente à la vie faite de matière et d'esprit, de liberté et

de fatalité, d'individualité et de collectivité, de bourgeois et d'artistes, opposés les uns aux autres, nécessaires pourtant les uns aux autres.

Opposition, aussi, et toutefois accord requis de la ligne et de la couleur. Car c'est l' « analyse » qui « a dédoublé la nature en couleur et ligne » (p. 454). La nature, elle, ne connaît pas cette distinction : pour elle, « couleur et forme sont un ». Ce qui n'empêche d'ailleurs pas Baudelaire de privilégier la couleur. La ligne lui apparaît comme une abstraction qui veut « choisir, arranger, corriger, deviner, gourmander la nature »; celle-ci, en revanche, retrouve sa vie et son unité grâce au jeu de la lumière et de la couleur. Et c'est en des termes qui peuvent s'appliquer aux relations entre l'individu et la société que Baudelaire décrit un « bel espace de nature » : « À mesure que l'astre du jour se dérange, les tons changent de valeur, mais, respectant toujours leurs sympathies et leurs haines naturelles, continuent à vivre en harmonie par des concessions réciproques » (p. 423).

L'artiste dans la société bourgeoise, la ligne dans la couleur sont dans un rapport proportionnel. Préoccupations esthétiques et préoccupations sociales se retrouvent dans une conception de l'harmonie intégrale, placée comme un rêve à l'horizon de l'avenir.

2. Cf. les *Conseils aux jeunes littérateurs* (p. 19).

Page 416.

a. CE présente ici un texte fautif : comme les lois et les affaires. *On a adopté le texte de 1846.*

Page 417.

1. Voir p. 352 et n. 2.

1. À QUOI BON LA CRITIQUE ?

Page 418.

1. Sur lui voir p. 559. J. Crépet a repéré la lithographie : c'est le numéro 4 de la série *Leçons et conseils* (*Le Charivari,* 27 novembre 1839), et J. Mayne l'a reproduite (*Art in Paris,* pl. 2).

2. Même conception de la critique littéraire dans les *Conseils aux jeunes littérateurs* (p. 16), qui sont contemporains. Au reste, Baudelaire n'entendra jamais autrement la critique.

Page 419.

1. Voir p. 358.

2. Voir p. 490.

3. Dans l'*Histoire de la peinture en Italie,* chap. CLVI, en note : « Si je parlais à des géomètres, j'oserais dire ma pensée telle qu'elle se présente : la peinture n'est que de la morale construite. »

Page 420.

II. QU'EST-CE QUE LE ROMANTISME ?

1. Ceux qui ont suivi la chute des *Burgraves* et le triomphe de *Lucrèce* de Ponsard, deux événements de l'année 1843.

2. Archéologue, Raoul Rochette (1789-1854) a été souvent moqué, et sa science a été contestée.

3. Sans doute Baudelaire cite-t-il encore, de mémoire, l'*Histoire de la peinture en Italie*. On lit à la fin du cinquième livre, au chapitre cx, en note : « La beauté est l'expression d'une certaine manière habituelle de chercher le bonheur; les passions sont la manière accidentelle. » Mais *De l'amour,* chap. xvii, contient une semblable formule. Cf. le *Choix de maximes consolantes sur l'amour,* t. I, p. 548, et le fragment daté du 26 août 1851 (p. 37).

Page 421.

a. les situations de l'âme, que   *1846*

1. Au fond, tous les éléments de cette définition peuvent provenir d'une analyse de la peinture de Delacroix et aussi d'une conversation avec celui-ci.

2. La distinction entre le Nord (Allemagne, Angleterre) et le Midi (Italie et Espagne) est traditionnelle depuis qu'en 1800 Mme de Staël l'a proposée et imposée dans *De la littérature.* — Sur Baudelaire et le Midi (de la France), voir le *Choix de maximes consolantes sur l'amour* et *La Fanfarlo* (t. I, p. 547 et 573).

Page 422.

III. DE LA COULEUR

1. À ces considérations, ici plus poussées, Baudelaire avait préludé dans le *Salon de 1845* (p. 355). André Ferran (*L'Esthétique de Baudelaire,* p. 141-142) a indiqué que Baudelaire s'inspirait sans doute des recherches du grand chimiste Ernest Chevreul (1786-1889), qui avait publié en 1839 chez Pitois-Levrault *De la loi du contraste simultané des couleurs et de l'assortiment des objets colorés considérés d'après cette loi dans ses rapports avec la peinture, les tapisseries... L'Artiste* a rendu compte de ces recherches en 1842 sous la signature du Dr E. V. (3e série, t. I, p. 148 sq.). David Kelley (p. 28 de son *Introduction*) ajoute une référence : Clerget, *Lettres sur la théorie des couleurs,* dans le *Bulletin de l'ami des arts,* 1844; on sait que Baudelaire voulait collaborer à ce périodique; voir sa lettre à Mme Aupick du 16 novembre 1843 (*CPl,* I, 102). Ainsi, les découvertes de Chevreul avaient atteint le public cultivé.

2. « Terme de physique. Principe de la chaleur, c'est-à-dire propriété de la matière qui, consistant en une modification moléculaire particulière et indéterminée, est communicable par conti-

guïté et se fait sentir à distance » *(Littré).* « Lors de la réforme de
la nomenclature chimique vers la fin du XVIIIe siècle, le nom de
calorique fut donné à l'agent insaisissable qu'on supposait être
la cause des sensations de froid et de chaud » *(Grand Dictionnaire
universel du XIXe siècle* de Pierre Larousse).

Page 423.

 a. et presque vineuses, *1846*

Page 424.

 a. de ses tons ; *1846*

Page 425.

 1. Voir p. 446.

Page 426.

 1. Ce texte a été repéré par Jean Pommier (*Dans les chemins de
Baudelaire,* p. 304) ; il est extrait du tome XIX des *Contes et fantaisies*
de E. T. A. Hoffmann traduits par Loève-Veimars, Renduel, 1832,
p. 45-46 ; quelques différences de ponctuation. Ce passage est le
troisième de la série de fragments intitulée *Höchst zerstreute Gedanken.*

Page 427.

IV. EUGÈNE DELACROIX

 a. l'horrible teinte des *1846* ; *on lit aussi* teinte *dans* « *Le
Constitutionnel* » *et dans la plaquette de 1822 (voir n. 1).*
 b. condamnés à désirer éternellement la rive *Const. et T (voir
n. 1).*

 1. M. Thiers fait le Salon de 1822 dans *Le Constitutionnel* d'avril,
mai et juin (neuf articles). Ces articles ont été recueillis, avec des
modifications, en volume, la même année, chez Maradan. L'article
qui a trait à Delacroix parut le 11 mai ; il est partiellement reproduit
aux pages 56-57 de la brochure.
 On relève dans les variantes suivantes les divergences significatives entre le texte du *Constitutionnel (Const.),* celui de la brochure
de Thiers *(T)* et les textes de Baudelaire. En 1846, celui-ci reproduit
la graphie fautive (et fréquente à l'époque) du *Constitutionnel :* de
Lacroix pour Delacroix. Autres divergences significatives entre
Const. et *T :* voir les var. *a* et *f.* Surtout la var. *i.* C'est donc
bien le texte du *Constitutionnel* que recopie Baudelaire, et non pas
celui de la brochure, pourtant plus facilement accessible. Peut-être
a-t-il préféré recourir au journal pour avoir la conclusion, écartée
de la brochure. Il faut imaginer qu'un conseil lui aura été donné.
 Les notes de David Kelley sont à cet égard insuffisantes. Celui-ci
n'a pas eu connaissance du *Salon de mil huit cent vingt-deux, ou collection des articles insérés au Constitutionnel, sur l'exposition de cette année ;*

par M. A. Thiers. Nous utilisons l'exemplaire du W. T. Bandy Center for Baudelaire Studies (Université Vanderbilt).

Page 428.

a. Il y a là l'égoïsme et le désespoir de l'enfer.   T

b. Dans ce sujet   *Conft. et* T

c. L'*italique eft de Baudelaire.*

d. qu'on pourrait en quelque sorte appeler l'imagination   *Conft. et* T.

e. les groupe, les plie   *Conft. et* T

f. tableau. J'y retrouve   *Conft.* : tableau; j'y retrouve   T

g. Cette ligne de points indique une coupure ; voir la note 1.

h. CE présente ici une mauvaise leçon : qu'il avance cette assurance. *On a adopté la leçon de 1846, presque conforme au texte du « Conftitutionnel »,* *qui place un point-virgule après* assurance

i. Ce dernier paragraphe ne figure pas dans T.

1. Le passage supprimé et remplacé par une ligne de points correspond à une phrase dans laquelle Thiers rapproche Delacroix de Drolling, Dubufe et Cogniet, « nouvelle génération » qui soutient « l'honneur de notre école et marche avec le siècle vers le but que l'avenir lui présente ». La suppression a été dictée à Baudelaire par son animosité juftifiée contre ces trois peintres qu'on ne saurait, en effet, placer en la glorieuse compagnie de Delacroix.

2. Guérin, comme tendraient à le prouver les lignes suivantes ? Mais Théophile Silveftre (*Hiftoire des artiftes vivants,* 1856, p. 62), cité par J. Mayne (*Art in Paris,* p. 53), prétend que Thiers désignait ainsi le baron Gérard.

Page 429.

a. Il n'était pas   *1846*

1. Musée du Louvre. Salon de 1827.

2. Baudelaire avait déjà cité ce mot dans son article sur *Le Musée classique du Bazar Bonne-Nouvelle* (p. 411).

3. *La Grèce expirant sur les ruines de Missolonghi,* peint en 1827, eft au musée de Bordeaux. *La Mort de Sardanapale* (1827) et *La Liberté sur les barricades* (1830) sont au Louvre.

Page 430.

1. En 1824.

2. Sur l'emploi de ce nom de pays voir p. 357, var. *a.*

3. Voir « *J'aime le souvenir de ces époques nues...* » (t. I, p. 11).

4. *Femmes d'Alger* (Louvre) a été peint en 1834. Baudelaire avait à l'hôtel Pimodan une copie par Émile Deroy (*Baudelaire et Asselineau,* p. 68), « égarée ou perdue », selon le témoignage d'Asselineau.

5. Cf. p. 421.

Page 431.

1. Contre Hugo voir le *Salon de 1845* (p. 366).

Page 432.

1. Baudelaire cite un passage du *Salon de 1831,* texte inclus dans *De la France* (Renduel, 1833, p. 309). Quelques variantes d'italique et de ponctuation. Ce passage est relatif à Decamps.

2. Dans le texte français de Heine le mot est en italique. Sur l'importance de ce mot voir l'étude de Cl. Pichois : *Surnaturalisme français et romantisme allemand,* dans les *Mélanges offerts à la mémoire de Jean-Marie Carré,* Didier, 1964, p. 387.

Page 433.

1. Carl Friedrich von Rumohr (1785-1843). Ses *Italienische Forschungen* avaient été publiés en trois volumes de 1827 à 1831 (J. Mayne, *Art in Paris,* p. 58, n. 1).

2. Voir p. 358.

3. Image que Baudelaire tient de Delacroix et qu'il emploiera de nouveau, en la développant, dans le *Salon de 1859* (p. 624-625). Gautier, autre ami de Delacroix, avait écrit dans *La Presse,* le 26 mars 1844, que, pour le vrai peintre, « la nature n'est que le dictionnaire où il cherche les mots dont il n'est pas sûr ».

Page 435.

a. insignes de luxe   *CE ; on a corrigé conformément à 1846.*

1. La *Pietà* (peinte en 1843-1844) est à l'église Saint-Denis-du-Saint-Sacrement, non à l'église Saint-Paul-Saint-Louis où se trouve le *Christ aux oliviers* exposé en 1827 (voir *BET,* 27).

2. Une difficulté d'interprétation : « les figures les plus lamentables de l'*Hamlet* » ne peuvent guère se rapporter à un seul tableau, le *Hamlet* de 1839 (Louvre). Baudelaire fait-il allusion à la série des toiles que la pièce de Shakespeare a inspirée à Delacroix ? On n'oubliera pas qu'il avait à Pimodan la série des lithographies faites par Delacroix sur le même sujet.

Page 436.

1. Exposé au Salon de 1836; actuellement à l'église de Nantua.

2. Boissard (voir le Répertoire des artistes), qui sera cité p. 447 parmi les coloristes ?

3. Cf. *La Fanfarlo* (t. I, p. 575).

4. Peint de 1838 à 1841 par Paul Delaroche, qui a représenté les artistes les plus célèbres de tous les pays jusqu'à la fin du XVIIe siècle.

5. C'est-à-dire l'*Apothéose d'Homère* peinte par Ingres en 1827 pour l'une des galeries du Louvre. Présentée au palais des Beaux-Arts en 1855 lors de l'Exposition universelle. Maintenant exposée

au Louvre comme un tableau. Une copie a remplacé l'œuvre au plafond auquel elle était destinée.

Page 437.

1. Ces peintures allégoriques, commencées en 1838, ne seront achevées qu'en 1847. Elles se voient dans le Salon du roi et dans la bibliothèque.

2. L'actuel Sénat. Ces décorations étaient près d'être achevées.

Page 438.

a. Fiorentino, la seule bonne pour les poètes et les littérateurs qui ne savent pas l'italien. *1846 ; voir n. 1.*

1. Fiorentino collaborait ainsi que Baudelaire au *Corsaire-Satan* (*La Silhouette,* 24 mai 1846, citée dans *Bdsc,* 84). Ils assisteront tous deux en septembre 1846 à la première représentation de *Pierrot valet de la mort,* pantomime de Champfleury. Ils resteront en relation ; voir *CPl,* Index. — Si la fin de la note a été supprimée en 1868 (par Baudelaire ou par Asselineau et Banville ?), c'est que plusieurs traductions de *La Divine Comédie* avaient paru depuis celle de Fiorentino (1840), qui connut elle-même une sixième édition en 1858 : successivement, Auguste Brizeux, Arnoux, Lamennais, Louis Ratisbonne s'étaient mesurés avec Dante.

2. J. Mayne remarque que l'expression en italique est extraite du premier livre de *Télémaque :* elle appartient à la description fameuse de l'île de Calypso.

Page 439.

a. Bonnington   *1846 et CE*

Page 440.

1. Voir p. 429. Les autres tableaux ont été, eux aussi, déjà cités.

2. *Médée,* exposée au Salon de 1838, fut acquise par l'État pour le musée de Lille.

3. *Les Naufragés,* c'est-à-dire *Le Naufrage de Don Juan,* exposés au Salon de 1840, sont maintenant au Louvre. Voir *Don Juan aux Enfers* (t. I, p. 19).

4. Ici, c'est bien le *Hamlet* de 1839 que Baudelaire désigne : *Hamlet, Horatio et le fossoyeur ;* cf. p. 435.

5. Tableau commandé par Louis-Philippe pour le musée du palais de Versailles et exposé au Salon de 1841. Actuellement au Louvre.

6. C'est le poète des *Limbes* qui s'exprime dans cette phrase ; voir t. I, p. 795.

7. Cf. le quatrain des *Phares* dévolu à Delacroix (t. I, p. 14) et son commentaire dans le compte rendu des beaux-arts à l'Exposition universelle de 1855 (p. 595).

Page 441.

1. Sur Frédérick Lemaître, voir *De l'essence du rire* (p. 526, n. 1)
À William Charles Macready (1793-1873), le grand tragédien
anglais, Baudelaire fera allusion dans le *Salon de 1859* (p. 609).
Après une tournée aux États-Unis, Macready vint avec Hélène
Faucit jouer à Paris, salle Ventadour, en décembre 1844 et janvier 1845 (il avait déjà joué à Paris en 1828 avec Harriet Smithson) :
Othello, Hamlet, Macbeth, Werner de Byron, *Virginius* de Sheridan
Knowles sont à l'affiche. La troupe anglaise joue *Hamlet* devant
Louis-Philippe et la Cour. Des comptes rendus paraissent dans
plusieurs journaux : ceux de *La Presse* sont dus à Gautier, ceux
de *L'Artiste* et de *La France musicale* à Nerval. Macready pendant
son séjour rencontre Vigny, Hugo, Eugène Sue, Alexandre Dumas
et George Sand. Cette série de représentations prend date peu de
temps après la chute des *Burgraves* et le succès de la *Lucrèce* de
Ponsard. Ainsi s'explique peut-être la présence au répertoire de
la troupe anglaise d'une pièce néo-classique *(Virginius),* certainement l'accueil mêlé, mitigé, que reçurent Macready et ses camarades (qui, de plus, jouaient en anglais) de la part du public, alors
que les critiques furent en général favorables ou même enthousiastes (voir B. Juden et J. Richer, « [...], Macready et *Hamlet* à Paris
en 1844 [...] », *La Revue des lettres modernes,* nos 74-75, 1962-1963).

Page 442.

a. LASSALE-BORDES *1846 et CE*

1. Voir p. 371.
2. D. Kelley indique que les deux tableaux envoyés par Riesener
au Salon : *La Naissance de la Vierge* et *La Naissance de Jésus-Christ,*
avaient été refusés par le jury.
3. Léger Chérelle (quelquefois graphié Léger-Chérelle), né à
Versailles en 1816, élève, sans éclat, de Delacroix. Le livret indique
le sujet, tiré des *Vies des saints :* « Cette vierge ayant caché des
livres saints, contre les ordres de l'empereur Dioclétien, fut mise
en prison et percée d'une flèche. » Chérelle expose de plus en 1846 :
*Fruits et nature morte ; Groupe de fruits sur une table ; Fruits dans une
niche.* Baudelaire ne le mentionnera plus. Il est vrai qu'en 1859
Chérelle n'expose qu'un pastel : *Un coq heureux.*
4. Gustave Lassalle-Bordes (Auch, 1814 ; Auch, 1848) fut le
massier de l'atelier de Delacroix de 1838 à 1846 et assista son
maître dans la décoration de la Chambre des députés et du Palais
du Luxembourg. Puis, le disciple rompit avec le maître, le premier
déclarant qu'il était responsable de la plus grande partie de ces
œuvres. *La Mort de Cléopâtre* fut acquise par l'État et déposée au
musée Rolin d'Autun. Elle est reproduite par J. Mayne, *Art in
Paris* (pl. 16), par Castex (p. 121) et par D. Kelley (pl. 4). Elle a
été exposée en 1968 (no 195) et fut alors appréciée des connaisseurs.
Baudelaire ne mentionne pas ailleurs ce peintre.

Page 443.

V. DES SUJETS AMOUREUX ET DE M. TASSAERT

1. Voir une présentation analogue dans *De l'essence du rire* (p. 529). C'est alors Virginie qui est placée en face de ces estampes.

2. L'évocation de la sainte est-elle causée par le souvenir du *Salon de 1845* exprimé un peu plus haut (p. 442) ?

3. C'est-à-dire l'*Embarquement pour Cythère* de Watteau.

Page 444.

1. Voir *Un fantôme*, III, *Le Cadre* (t. I, p. 39-40).

2. Elles étaient citées dans l'article sur *Le Musée classique du Bazar Bonne-Nouvelle* (p. 412).

3. François-Louis-Joseph Watteau (Valenciennes, 1758-Lille, 1823), fils du peintre Louis-Joseph Watteau (Valenciennes 1737-Lille 1798), tous deux dits Watteau de Lille, et respectivement petit-neveu et neveu d'Antoine Watteau (1684-1721).

4. Elle est précisément de Tassaert. J. Crépet l'avait retrouvée. J. Mayne l'a reproduite (*Art in Paris*, pl. 17). Elle est intitulée *Ne fais donc pas la cruelle !* et fait partie de la série *Les Amants et les époux* (1832).

5. Le *Meursius*, ainsi qu'on l'appelle souvent, est un ouvrage de l'enfer des bibliothèques : *Aloisiæ Sigææ, Toletanæ, satyra sotadica de arcanis Amoris et Veneris*, dû à notre compatriote Nicolas Chorier (1612-1692), avocat au Parlement de Grenoble, et présenté par lui comme une version latine, faite par l'érudit hollandais Joannes Meursius (qui n'en peut mais !) d'un dialogue espagnol de Louise Sigea de Tolède. Voici la traduction que donne Alcide Bonneau du passage cité par Baudelaire, lequel, indique D. Kelley, est conforme à celui de l'édition d'Amsterdam publiée en 1678 :

« Sous l'écriteau et sous la lampe, dans les lupanars se tenaient assis des garçons et des filles, ceux-là ornés sous la stola d'ajustements féminins, celles-ci habillées en homme sous la tunique, et la chevelure arrangée à la mode des garçons. Sous l'apparence d'un sexe on trouvait l'autre. Toute chair avait corrompu sa voie » (*Les Dialogues de Luisa Sigea sur les arcanes de l'Amour et de Vénus ou satire sotadique de Nicolas Chorier prétendue écrite en espagnol par Luisa Sigea et traduite en latin par Jean Meursius. Texte latin revu sur les premières éditions et traduction littérale, la seule complète, par le traducteur des Dialogues de Pietro Aretino*, Paris, imprimé à cent exemplaires pour Liseux et ses amis, 1882). *Venibat = veniebat*. On a reconnu la dernière phrase, en italique : elle vient de saint Paul. Diderot, dans *La Promenade du sceptique*, décrivant la bibliothèque de « L'Allée des Fleurs » place sur ses rayons le buste de Meursius à côté des œuvres de Marivaux (*Mémoires, correspondance et ouvrages inédits de Diderot*, Paulin, t. IV, 1831, p. 345). Serait-ce lui, qui règne assez souverainement alors sur l'esprit de Baudelaire,

qui engagea celui-ci à lire cet étonnant pot-pourri des fastes de la
perversion ? Mais : « Le sieur Baudelaire a assez de génie pour
étudier le crime dans son propre cœur » (à Poulet-Malassis,
1er octobre 1865; *CPl*, II, 532). — Sur « Baudelaire et Aloïsia
Sigaea », voir l'article d'Otto Görner dans la *Zeitschrift für fran-
zösische Sprache und Literatur* (t. VI, 1932, p. 330-332).

Page 445.

1. D. Kelley a retrouvé (pl. 5) un *Bacchus et Érigone* sans être
sûr que ce soit la planche qui fut exposée, les deux tableaux que
mentionne Baudelaire représentant des sujets traités souvent par
Tassaert. Il cite Champfleury, qui écrit à propos des mêmes œuvres :
« Un presque inconnu d'un grand talent, M. Tassaert, s'est révélé
complètement. Son *Marché d'esclaves* est l'œuvre d'un vrai coloriste.
M. Tassaert aborde franchement la sensualité, un des côtés les
plus difficiles de la peinture, à cause qu'il faut prendre garde de
tomber dans l'ordurier, et qu'un grand talent peut seul servir
de voile aux nudités. L'*Érigone,* peinte dans ce sentiment, est
magnifique. »

2. Voir p. 383.

3. Cf., par oposition, p. 430.

Page 446.

VI. DE QUELQUES COLORISTES

1. La visite des Indiens de Catlin en 1845 fit sensation ainsi que
les peintures de leur cornac, peintures dont fut publié en français
le *Catalogue raisonné* (signalé par J. Richer, voir *infra*). Le 21 avril,
les Indiens furent présentés au roi et dansèrent devant lui dans la
galerie de la Paix, au palais des Tuileries (d'où une toile de Karl
Girardet, commandée par la Maison du roi et exposée au Salon
de 1846). Après quoi, ils allèrent s'installer à la salle Valentino
où ils reçurent beaucoup de visites (Alfred Delvau, *Les Lions du
jour,* Dentu, 1867, p. 155-161). Gautier consacre son feuilleton du
19 mai, dans *La Presse,* à Catlin et à sa troupe. Dans *La Presse*
encore, le 25 août, Nerval publie un article sur « Les Indiens
O-Jib-Be-Was » (mieux : Ojibbeways), recueilli par Jean Richer
dans les *Œuvres complémentaires, II, La Vie du théâtre* (Minard, 1961,
p. 665-668). Delacroix admire la peinture de Catlin. George Sand,
dans une lettre du 31 mai 1845 à Alexandre Vattemare, qui s'était
fait le « manager » des Indiens, demande par quel moyen elle
pourrait être utile à Catlin « dont l'œuvre [lui] paraît, du moins
au point de vue de l'art, beaucoup plus importante que le public
ne l'apprécie ». Elle écrira de fait deux articles qui paraîtront dans
Le Diable à Paris (t. II, p. 186-212; ce tome est sans doute publié
en juin 1845) : voir la *Correspondance,* éditée par Georges Lubin,
« Classiques Garnier », t. VI, p. 875-876. Voir aussi l'article de

Robert N. Beetem, « George Catlin in France : his Relationship to Delacroix and Baudelaire », dans *The Art Quarterly*, été 1961, p. 129-144, et l'intéressant catalogue de l'exposition *George Catlin 1796-1872* au Centre culturel américain de Paris, 8 novembre-18 décembre 1963, auquel a collaboré le même R. N. Beetem.

Catlin expose au Salon de 1846 : *Shon-ta-y-e-ga (petit loup), guerrier Ioway, peau rouge de l'Amérique du Nord,* et *Stumich-a-Sucks (la graisse du dos de buffle), chef suprême de la tribu des pieds noirs, peau rouge de l'Amérique du Nord,* tribu, précise le livret, qui se compose de cinquante mille individus. Ces deux toiles sont à la Smithsonian Institution de Washington. Elles ont été exposées à Paris en 1968 (nᵒˢ 177 et 178). La seconde est reproduite dans le catalogue (p. 41). La première par Castex, p. 119. Baudelaire ne reverra pas d'œuvres de Catlin, mais le souvenir de celles qu'il avait vues en 1846 fut durable, comme le prouvent les trois mentions du *Salon de 1859* (p. 650, 668, 671); Jean Giraud (*Mercure de France,* 16 février 1914) a même prétendu que l'influence de Catlin expliquerait la composition du *Calumet de paix* (t. I, p. 243), ce qui est oublier l'aspect « besogne » de cette traduction. En 1841, Catlin avait publié à Londres, en deux volumes, illustrés de nombreuses gravures d'après ses œuvres, des *Letters and Notes on the Manners, Customs, and Condition of the North American Indians,* écrites pendant ses huit voyages parmi les tribus indiennes de 1832 à 1839. En 1848 à Londres parurent les *Catlin's Notes of Eight Years' Travels and Residence in Europe, with the North American Indian Collection,* où l'artiste raconte ses séjours en Angleterre, en France et en Belgique.

Page 447.

1. Les frères Achille et Eugène Devéria. Voir le Répertoire des artistes.

2. Voir le *Salon caricatural* (p. 513).

3. Voir aussi le *Salon caricatural* (p. 512, n. 1, à la p. 1336). Reproduction par D. Kelley, pl. 10, d'une gravure du tableau publiée par *L'Illustration.*

4. Louis-Jean-Noël Duveau (1818-1867), élève de Cogniet, débuta au Salon de 1842. Le tableau, indique D. Kelley, était mal exposé; il n'a pas été retrouvé. Les critiques, en général, sont favorables. Reproduction d'une gravure, publiée par *L'Illustration,* dans D. Kelley, pl. 11.

Page 448.

1. Alexandre Laemlein (Hohenfeld [Allemagne], 1813; Pontle-voy [Loir-et-Cher], 1871), élève de J.-L. Regnault et de Picot, débuta au Salon de 1836 et subit l'influence de l'École de Düsseldorf. Son tableau se trouve à la Préfecture de la Dordogne; il est reproduit par A. Calvet-Sérullaz, *BSHAF,* 1969, p. 117, et par D. Kelley, pl. 12. Laemlein exposait aussi un *Portrait de M. Gay.*

Page 449.

1. Cf. *La Fanfarlo* (t. I, p. 575).
2. C'était, en fait, Abel de Pujol.

Page 450.

a. vive et allumée. Les *1846*

1. Voir le *Salon de 1845* (p. 361). D. Kelley n'a pas retrouvé le tableau au rat.
2. Voir *L'Atelier de Decamps* dans le *Salon caricatural* (p. 512).
3. Baudelaire fait allusion aux neuf dessins de l'*Histoire de Samson* (voir p. 361-362).
4. Baudelaire traitera plus loin de ces peintres, faisant d'eux des doublures de Decamps : voir p. 478 et 484.

Page 451.

1. *Retour du berger : effet de pluie* (*un effet de pluie* impriment *1846* et *CE*); reproduction dans D. Kelley, pl. 14. Les critiques, note D. Kelley, s'accordent généralement pour reprocher à Decamps, peintre du soleil, de ne pas savoir peindre la pluie. Ils pensent presque tous que celui-ci est en décadence.
2. *École de jeunes enfants ou salle d'asile (Asie Mineure)* ; ce tableau est au Stedelijk Museum d'Amsterdam. Exposé en 1968 (n° 187), il est reproduit p. 44 du catalogue et par D. Kelley, pl. 13.
3. C'est-à-dire *Punch,* qui avait pour sous-titre : *The London Charivari.*
4. On rapprochera ce passage de *De l'essence du rire,* dont la première version est contemporaine du *Salon de 1846* et de *La Fanfarlo* (t. I, p. 573). C'est l'époque où l'on voit Baudelaire au théâtre des Funambules.

Page 452.

a. Perèse   *1846 et CE, ici et plus bas ; voir la variante a de la page 386.*

1. Il est probable que c'est Goya qui est responsable de l'intérêt porté par Baudelaire à Ignazio Manzoni (1799-1888), qui, né à Milan, ira se fixer à Buenos Aires. Cependant, remarque D. Kelley, si les critiques sont assez sévères, Champfleury parle de Manzoni avec un enthousiasme analogue à celui de Baudelaire, comparant *L'Assassinat nocturne* aux « vignettes d'assassinat » publiées par Chassaignon, « le seul éditeur de *canards* autorisé par la police ».
2. Voir le *Salon caricatural* (p. 507 et n. 1).
3. Jenaro Pérez Villaamil (Le Ferrol, 1807; Madrid, 1854), peintre de paysages et de marines, est aussi le directeur artistique de *L'Espagne artistique et monumentale, vues et descriptions des sites et des monuments artistiques les plus notables de l'Espagne,* publiée à Paris de 1842 à 1845. Il expose *La Salle du trône, salon des embajadores, au palais royal de Madrid.* Ce titre correspond à

celui d'une planche de *L'Espagne artistique,* reproduite par D. Kelley (pl. 17).

4. Quel Roberts ? se demande D. Kelley. James Roberts (on ignore ses dates) qui avait débuté en 1824 avec une *Vue de Rouen avant l'incendie* et qui était représenté au Salon de 1846 (le dernier Salon auquel il expose) par une aquarelle : *Le Cabinet de S. A. R. Madame la Princesse Adélaïde à Neuilly,* ou David Roberts (1796-1864), qui n'exposait pas en 1846, mais qui avait publié à Londres en 1835-1836 un album de *Picturesque Sketches in Spain.* De celui-ci Baudelaire aurait pu voir les tableaux dans la collection Standish (p. 352 et n. 2). C'est sans doute à lui que pensent Baudelaire et le critique de *L'Artiste* (2ᵉ série, t. II, p. 18) qui écrit : « Pour la plupart ce sont [les œuvres de Villaamil] des vues de monuments et de sites les plus pittoresques de l'Espagne, dans le genre du peintre anglais Roberts. »

5. Ils étaient de même associés en 1845 (p. 386).

Page 453.

   a. Muller *1846 et CE ; voir la variante b de la page 384.*

1. En fait, Diaz est l'élève de Cabanel qui l'initia à la peinture dans sa fabrique de porcelaine. — Diaz est moqué dans le *Salon caricatural* (p. 514).

2. Voir p. 449 le passage sur les mets relevés.

3. La plupart des critiques sont séduits par le charme et la grâce du tableau de Nanteuil : *Dans les vignes.* Mais Champfleury : « Sa peinture ressemble trop aux jambes ivres de ses faunes : elle manque de solidité. » Et Delécluze regrette cette renaissance fâcheuse du goût du XVIIIᵉ siècle (D. Kelley, qui reproduit, pl. 20, l'œuvre).

4. Nanteuil a été l'élève de Ch. Langlois et de M. Ingres ; Verdier, de M. Ingres. Cependant, dans leur compte rendu du Salon, Houssaye et un autre critique indiquent tous deux une ressemblance entre la manière de Verdier et celle de Couture.

5. Müller a été le contemporain de Couture dans l'atelier de Gros. *Les Sylphes* avaient été exposés en 1845 (p. 384).

6. Le livret accompagne le titre du tableau de Müller de cette citation : « Printemps, jeunesse de l'année ; / Jeunesse, printemps de la vie » (traduction de Métastase). » Pour comprendre cette phrase, il faut savoir que *Décaméron* constitue une allusion, non directement à l'œuvre de Boccace, mais au titre d'une toile de Winterhalter exposée au Salon de 1837 et conservée au musée de Winterthur. D. Kelley — qui reproduit (pl. 21) une lithographie d'après le tableau — indique aussi que D. Laverdant a fait le même rapprochement.

7. Deforge, marchand de couleurs et curiosités, 8, boulevard Montmartre.

8. Alexandre-Victor Fontaine, né en 1815 à Paris, élève de Le Roux et de Guillemin, a exposé au Salon entre 1844 et 1855. Il

présente en 1846 *L'Orage,* inspiré par Béranger; *Jeunes filles dans un bois, Les Billets doux* et *Retour de noces.* Champfleury lui reproche de copier Diaz (D. Kelley).

Page 454.

1. En fait, comme on vient de le voir, il y a peu de rapports directs — Müller excepté — entre les peintres qui ont été cités sous l'étiquette de l'École Couture et Thomas Couture lui-même. Mais ils ont tous en commun l'académisme.

2. Pierre-Edmond-Alexandre Hédouin (Boulogne-sur-Mer, 1820; Paris, 1889), fut attiré vers la peinture par C. Nanteuil, entra dans l'atelier de P. Delaroche et débuta au Salon de 1842. La même année, il fit un voyage dans les Pyrénées avec Adolphe Leleux et fut rapidement associé à l'école « réaliste » de celui-ci (D. Kelley). En 1846 il exposait *Une halte (Basses-Pyrénées).* Baudelaire ne le mentionnera plus.

3. D. Kelley (p. 209) a, en effet, retrouvé ce reproche dans deux comptes rendus du Salon.

4. Félix Haffner a exposé un portrait de femme en 1845 (voir p. 378 et 391). Il va se consacrer de plus en plus aux sujets de genre tirés de la vie alsacienne (D. Kelley). Mais il est possible que Baudelaire n'en soit pas moins resté son ami (voir le Répertoire du *Carnet,* t. I, p. 1562).

Page 455.

VII. DE L'IDÉAL ET DU MODÈLE

1. Néologisme.

Page 456.

1. La contradiction est humaine; les contraires sont dans la nature, ainsi que le déclare Baudelaire dans un texte exactement contemporain, les *Conseils aux jeunes littérateurs* (p. 18), où est évoquée (p. 19) la « loi des contrastes »; voir p. 1294.
Daniel Vouga (*Baudelaire et Joseph de Maistre*, José Corti, 1957, p. 174) commente : « si la dualité était le contraire de l'unité, le Mal existerait éternellement face au Bien, Satan face à Dieu », « mais ce manichéisme trop simple est mensonger, puisque la dualité est seulement la contradiction de l'unité, ce qui s'y oppose, ce qui ne l'est pas, ce qui dit le contraire : la multiplicité des créatures. Baudelaire, il est vrai, parle de dualité, et non de multiplicité, et on a pu en conclure à une adhésion au manichéisme ». À tort, car ce qui précède met bien en cause la multiplicité : « je ne vois que des individus ». Le mot « dualité » est amené par l'impossibilité de trouver deux fruits identiques parmi des milliers.

2. J. Pommier (*La Mystique de Baudelaire*, 52) a repéré le passage auquel pense Baudelaire. Dans *L'Art de connaître les hommes par la*

physionomie (nouvelle édition, Depélafol, 1820, 10 vol., t. VIII, p. 69)
Lavater reproche aux plus grands peintres des fautes choquantes;
d'un portrait de Winckelmann il écrit : « Ce nez fortement prononcé
n'est point en harmonie avec la délicatesse et la mollesse de la
bouche et du menton [... Les] contours [...] offrent les disconve-
nances les plus choquantes. »

3. J. Crépet cite à ce propos l'*Essai sur la peinture* de Diderot :
« Un bossu est bossu de la tête aux pieds. »

Page 457.

a. révivifier   *CE*

b. à chacun de ses personnages la   *St. (voir la note 2).*

c. C'est Baudelaire qui souligne.

1. Baudelaire emprunte ces réflexions à l'*Histoire de la peinture
en Italie ;* on a vu qu'il avait déjà fait deux emprunts à cet ouvrage.
C'est J. Pommier qui a signalé celui-ci (*Dans les chemins de Baudelaire,* 290-291). On lit au chapitre CIX, à propos de la sculpture :
« L'artiste sublime doit fuir les détails; mais voilà l'art qui, pour
se perfectionner, revient à son enfance. Les premiers sculpteurs
aussi n'exprimaient pas les détails. Toute la différence, c'est qu'en
faisant *tout d'une venue* les bras et les jambes de leurs figures, ce
n'étaient pas eux qui fuyaient les détails, c'étaient les détails qui
les fuyaient. — Remarquez que pour choisir il faut posséder;
l'auteur d'*Antinoüs* a développé davantage les détails qu'il a gardés.
Il a surtout augmenté leur physionomie, et rendu leur expression
plus claire. »

On remarquera que l'*Antinoüs* est cité un peu plus haut dans
le même chapitre.

2. C'est le titre même du chapitre de Stendhal. Les variantes
relèvent les divergences significatives entre le texte de Stendhal
(St.) et la citation qu'en fait Baudelaire.

3. Personnage du *Vicaire de Wakefield* de Goldsmith. Ce digne
pasteur, dessiné avec humour, endure avec une résignation toute
chrétienne les malheurs que lui inflige un sort cruel.

Page 458.

VIII. DE QUELQUES DESSINATEURS

a. qui est à un certain point de vue de l'idéal l'inventeur chez
CE ; l'interversion est malheureuse. On a adopté la leçon de 1846.

Page 459.

1. Stendhal est encore ici mis à contribution. J. Pommier
(*Dans les chemins de Baudelaire,* 290-291) cite le chapitre CIX de
l'*Histoire de la peinture en Italie :* « Voyez, [dit Stendhal à un inconnu
qui se trouve en même temps que lui au Louvre devant la statue
d'Apollon], les grands artistes en faisant un dessin peu chargé

font presque de l'idéal. Ce dessin n'a pas quatre traits, mais chacun rend un contour essentiel. Voyez à côté les dessins de ces ouvriers en peinture. Ils rendent d'abord les minuties; c'est pour cela qu'ils enchantent le vulgaire, dont l'œil dans tous les genres ne s'ouvre que pour ce qui est petit. »

2. Toutes ces œuvres d'Ingres sont antérieures au Salon de 1846, quelques-unes de nombreuses années (Ingres n'expose plus depuis 1835). On les a trouvées, on les retrouvera en partie dans l'article sur *Le Musée classique du Bazar Bonne-Nouvelle* et dans le chapitre sur Ingres des Beaux-Arts à l'Exposition universelle de 1855 (p. 412 et 583 sq.). Le portrait de Molé (1832) est dans une collection particulière. *La Muse de Cherubini* (1842) est au Louvre. Sur *l'Apothéose d'Homère* voir *supra*, p. 436 et n. 5.

3. Voir *Quelques caricaturistes français* (p. 562).

Page 460.

1. *Roger et Angélique,* acquis par l'État au Salon de 1819, est au Louvre.

2. Voir p. 412 et 444, note **.

3. Le *Portrait de Mme d'Haussonville,* exécuté en 1845, venait d'être exposé au Bazar Bonne-Nouvelle (p. 412).

4. Pour Flandrin et Amaury-Duval, voir p. 465.

Page 461.

a. encore *Jephté pleurant sa virginité : 1846*

1. *La Fille de Jephté* avait été exposée au Salon de 1836.

2. Voir p. 380.

3. Baudelaire s'occupe ici de Henri Lehmann.

4. Ce sculpteur anglais (1755-1826), assez bien connu en France par des articles, apparaissait avec Thorvaldsen comme l'un des représentants majeurs du néo-classicisme. C'est plutôt à l'illustrateur d'Homère, Eschyle et Dante que Baudelaire pense ici.

5. Donnant à l'origine des spectacles forains (évolutions de funambules, combats au sabre et pantomimes), la troupe de Saix, dit Bobino, installée au théâtre du Luxembourg, rue Madame, représenta après 1830 des vaudevilles et des mélodrames. C'est à cette époque de l'histoire de Bobino que pense Baudelaire.

Page 462.

a. le souffle hoffmannique n'a *1846 ; cf. t. I, p. 546.*

1. Baudelaire a conservé de son séjour à Lyon un souvenir sinistre qui attriste son appréciation de l'École de Lyon.

2. Voir p. 399, n. 3.

3. Alfred de Curzon expose cinq dessins dont les sujets sont tirés de *Maître Martin.* Ces dessins, conservés au musée de Poitiers, ont été exposés en 1968 (nos 182-186); le catalogue reproduit le

nº 186 (p. 43) et transcrit les légendes imprimées dans le livret. D. Kelley (p. 214) transcrit, lui aussi, les légendes et reproduit les cinq dessins (pl. 33-37). Sur l'admiration de Baudelaire pour Hoffmann voir le *Salon de 1845*, p. 398, n. 1, à propos de Lemud. J. Pommier (*Dans les chemins de Baudelaire*, 303) indique que Baudelaire a trouvé le propos d'Hoffmann dans la *Vie* de celui-ci écrite par Loève-Veimars et insérée au tome XX (1833) de la traduction des œuvres d'Hoffmann parue chez Renduel. Loève-Veimars écrivait : « [Hoffmann n'attachait] aucune estime à celles de ses productions où les deux qualités distinctives de son esprit ne se reproduisent pas, comme, par exemple, *Maître Martin*. »

4. Semblable expression dans le *Salon de 1845* (p. 400).

5. *La Presse*, 7 avril 1846.

Page 463.

a. apointés   *1846 et CE*

1. J. Crépet, qui avait repéré l'article de Gautier, indiquait que celui-ci avait notamment tressé des couronnes à Ary Scheffer.

2. Gautier avait écrit : « M. Vidal a pour nous le mérite de poursuivre l'idéal de la beauté moderne ; il fait des femmes de notre temps, et ces femmes sont adorables. »

3. Vidal exposait trois dessins au pastel.

4. *Fatinitza* est un dessin qui avait été exposé au Salon de 1845 ; E. Desmaisons en a fait une lithographie. De Stella et de Vanessa, D. Kelley ne trouve aucune trace. *Saison des roses* est l'un des pastels exposés en 1846. *L'Amour de soi-même* est un dessin exposé en 1845 ; E. Desmaisons en a fait une lithographie.

5. Dans son compte rendu du Salon de 1847 (*La Démocratie pacifique*, 14 avril 1847), L. R. D'Arnem, qui est certainement L[ouis] Ménard, relèvera cet éreintement. Il avait lui-même à se plaindre de l'article défavorable que Baudelaire avait consacré le 3 février 1846 à son *Prométhée délivré* (p. 9). Voir *R. H. L. F.*, janvier-mars 1958, p. 93.

Page 464.

IX. DU PORTRAIT

a. ou l'effet   *1846*

b. exprimé sur le   *1846 ; coquille corrigée par Baudelaire en WTB et PM.*

1. Voir p. 408 sq.

2. *La Dame au chapeau de paille* est, suggérait J. Crépet, le *Portrait de la comtesse Spencer* par Reynolds. Mais J. Mayne (*Art in Paris*, p. 89, n. 1) indique que plusieurs autres portraits de Reynolds conviennent à la mention faite par Baudelaire, ainsi *Nelly O'Brien* de la Wallace Collection. *Master Lambton*, de Lawrence, fut exposé à Paris en 1827.

Page 465.

1. Amaury-Duval n'expose qu'un tableau : *Portrait de femme.* Celui-ci a été l'un des événements du Salon.

2. Personnage d'Hoffmann dans les *Fantaisies à la manière de Callot.* J. Pommier a repéré le passage (*Dans les chemins de Baudelaire,* 304) dans les *Contes fantastiques* d'Hoffmann, traduction par Henri Egmont, Béthune et Plon, 1836, p. 297-298. Baudelaire a pris quelques libertés avec ce texte qui vise Mme de Staël :

« BERGANZA : [...] Corinne ne t'a-t-elle jamais paru insupportable?

MOI : Comment supposer cela possible ! — Il est vrai qu'à l'idée de la voir s'approcher de moi animée d'une vie véritable, je me sentais comme oppressé par une sensation pénible et incapable de conserver auprès d'elle ma sérénité et ma liberté d'esprit.

BERGANZA : Ta sensation était tout à fait naturelle. Quelque beaux que puissent être son bras et sa main, jamais je n'aurais pu supporter ses caresses sans une certaine répugnance, un certain frémissement intérieur qui m'ôte ordinairement l'appétit. — Je ne parle ici qu'en ma qualité de chien ! » (*Dernières Pensées du chien Berganza.*)

Page 466.

a. O'Connel   *1846 et CE, ici et plus bas.*
b. et vitement; mais   *1846*

1. Franz Xavier Winterhalter, après avoir été le portraitiste de la cour de Louis-Philippe, deviendra celui de la cour de Napoléon III. Né dans le pays de Bade en 1805, il arriva à Paris en 1834 et mourra à Francfort en 1873. Il expose en 1846 : *Portrait du roi* (commandé par la Maison du roi); *Salon du château de Windsor. La Reine Victoria présente ses enfants au roi Louis-Philippe (8 octobre 1844) ; Réunion de famille au château d'Eu, le 8 septembre 1845.* Le premier tableau est au musée du palais de Versailles; il est reproduit par D. Kelley (pl. 41). Les deux autres toiles sont aussi à Versailles, selon D. Kelley; A. Calvet-Sérullaz indique que le dernier a été vendu chez Sotheby en 1947 (*BSHAF,* 1969, p. 119)... Voir, p. 453 et n. 6, une allusion au *Décaméron* qu'il avait exposé au Salon de 1837. Il expose en 1859 deux portraits et une étude; Baudelaire ne le mentionne pas.

2. Mme O'Connell est d'origine allemande. Et son mari était, semble-t-il, de nationalité belge; voir le Répertoire. Baudelaire ne la connaissait pas encore. Mme O'Connell, de plus, exposait, entre autres, le portrait de lord Hasley.

Page 467.

1. Exposée en 1845; voir p. 368.

2. Baudelaire avait pu rencontrer Granier de Cassagnac à *L'Époque* que celui-ci dirigea après avoir dirigé *Le Globe,* disparu en 1845. Voir les *Conseils aux jeunes littérateurs* (p. 16).

3. Voir le *Salon de 1845* (p. 366).

4. Ce portrait appartient au musée Granet d'Aix-en-Provence. Il a été exposé en 1968 (nº 180) et est reproduit par D. Kelley (pl. 42). Sur la couleur de Granet, voir aussi le *Salon caricatural* (p. 504).

Page 468.

X. DU CHIC ET DU PONCIF

1. C'est peut-être à un passage de *L'Interdiction* que pense Baudelaire. Voulant décrire l'étrange figure du chevalier d'Espard, Balzac définissait d'abord le talent de Decamps, pour conclure : « Eh ! bien, il faudrait transporter dans le style ce génie saisissant, ce *chique* du crayon pour peindre l'homme droit, maigre et grand, vêtu de noir, à longs cheveux noirs, qui resta debout sans mot dire » (*Œuvres complètes*, édition Bouteron-Longnon, Conard, t. VII, p. 152).

Page 469.

XI. DE M. HORACE VERNET

1. C'est-à-dire le *Journal officiel*, répertoire des fastes de la nation.
2. Il est difficile de ne pas penser ici au général Aupick.

Page 470.

a. qu'importe un voyageur   *1846 ; coquille corrigée par Baudelaire dans PM, S et WTB.*

b. qui préfèrent le beau   *1846 ; faute corrigée par Baudelaire dans WTB.*

1. Béranger qui est pour Baudelaire le Vernet de la poésie. La haine qu'il leur a vouée ne s'est pas démentie après 1845.
2. Le futur directeur de la Porte-Saint-Martin. Il avait collaboré au *Corsaire-Satan* où Baudelaire peut-être le rencontra.
3. J. Pommier (*Dans les chemins de Baudelaire*, 304) avait repéré cette citation. Elle appartient, comme celle de la page 465, aux *Dernières Pensées du chien Berganza*. Et comme celle-là elle résulte de la contamination par Baudelaire de deux répliques d'un dialogue. Le Chien s'exprime jusqu'à « nom propre ». C'est « Moi » qui reprend ainsi : « Ton maître avait raison... » (traduction Henri Egmont).

Page 471.

1. Baudelaire francise le nom du peintre allemand Peter Cornelius. C'est sans doute à Rome, où Horace Vernet dirigea l'Académie de France de 1829 à 1835, qu'eut lieu la rencontre des deux peintres.
2. Voir les *Conseils aux jeunes littérateurs* (p. 16).

3. J. Crépet attribue les vers de cette chanson au comte de Bonneval.

Page 472.

1. Voir le *Salon caricatural* (p. 515).

2. Un des quatre tableaux que Jean-Baptiste Jouvenet peignit pour l'église Saint-Martin-des-Champs. Il est maintenant au musée de Lyon; le Louvre en a une copie (J. Mayne, *Art in Paris,* p. 96, n. 3).

XII. DE L'ÉCLECTISME ET DU DOUTE

a. En *1846, dans ce titre, les lettres* t *et* e *sont interverties. Baudelaire corrige cette coquille dans* S *et* WTB.

b. Nul d'entre nous ne doute *1846. Baudelaire corrige* nous en eux *dans* PM, S *et* WTB.

c. de parades *[pluriel]* et *1846 ; on peut préférer cette leçon.*

Page 473.

1. Le mot qui a coiffé le système philosophique de Victor Cousin — lequel empruntait à Platon, aux Allemands du XVIIIe et du XIXe siècle (de Kant à Hegel) et aux Écossais du XVIIIe siècle — prend un sens péjoratif.

Page 474.

XIII. DE M. ARY SCHEFFER
ET DES SINGES DU SENTIMENT

a. Owerbeck *1846 et* CE.

1. Une des copies de ce tableau fameux a été exposée en 1968 (nᵒ 198); reproduction par J. Mayne (*Art in Paris,* pl. 25). L'œuvre est moquée dans le *Salon caricatural* (p. 515).

Page 475.

1. Baudelaire cite, en l'abrégeant, le passage des *Confessions* de saint Augustin (IX, x) qui est reproduit dans le livret du Salon. Il fausse ainsi quelque peu le motif qu'illustre Ary Scheffer. Voici la citation que celui-ci avait fait imprimer : « Nous étions seuls, conversant avec une ineffable douceur et dans l'oubli du passé, dévorant l'horizon de l'avenir, nous cherchions entre nous, en présence de la vérité que vous êtes, quelle sera pour les saints cette vie éternelle que l'œil n'a pas vue, que l'oreille n'a pas entendue, et où n'atteint pas le cœur de l'homme. »

2. J. Crépet suggère que cette phrase constitue une réponse à Gautier qui, dans son *Salon* publié par *La Presse,* avait écrit que Marguerite appartenait à Ary Scheffer presque autant qu'à Gœthe. Cependant, D. Kelley précise qu'au début des années trente on

avait déjà surnommé Scheffer « le peintre de Marguerite ». Celui-ci expose en 1846 deux tableaux illustrant des scènes du *Faust* de Gœthe.

3. *Girondin* est ici un synonyme d'*éclectique*.

4. Le mot esthétique est à cette époque un néologisme d'origine allemande et d'importation récente. Employé comme adjectif, il ne s'applique alors en français (c'est encore le cas dans le sens strict) qu'à des objets ou des idées. Son emploi par Baudelaire est donc insolite. On pense à un poème de l'*Intermezzo* de Heine *(Buch der Lieder)* : « Sie sassen und tranken am Teetisch, / Und sprachen von Liebe viel. / Die Herren die waren ästhetisch, / Die Damen von zartem Gefühl. » Malheureusement, ces vers paraîtront pour la première fois dans la traduction de Nerval (*Revue des Deux Mondes,* 15 septembre 1848) et sous cette forme : « Assis autour d'une table de thé, ils parlaient beaucoup de l'amour. Les hommes faisaient de l'esthétique, les dames faisaient du sentiment. » Il faut comprendre « femmes esthétiques » au sens de « femmes qui ont des idées sur l'art », la nuance de l'adjectif étant évidemment péjorative. L'Allemagne et l'Angleterre (Carlyle, *Sartor Resartus)* ont connu des « thés esthétiques », à l'occasion desquels on échangeait des idées sur l'art.

5. Baudelaire cite de mémoire. Ni J. Pommier (*Dans les chemins de Baudelaire,* 256), ni Gita May (*Diderot et Baudelaire critiques d'art,* 10) n'ont retrouvé une anecdote conclue par une formule aussi tranchante. Voici le texte que cite G. May : « Avez-vous vu quelquefois dans des auberges des copies des grands maîtres ? Eh bien, c'est cela. Mais gardez-m'en le secret. C'est un père de famille que ce Parrocel qui n'a que sa palette pour nourrir une femme et cinq ou six enfants. » Baudelaire avait pu lire ce texte dans l'édition Brière, t. VIII, *Salons,* 1, 1821, p. 242.

Page 476.

1. Baudelaire fera de semblables remarques dans le *Salon de 1859* (p. 637, 639, 675), qu'il n'aura visité qu'une seule fois et dont il écrira le compte rendu à Honfleur en utilisant le livret.

2. Ce tableau, ainsi que J. Crépet l'avait remarqué, est l'œuvre de Mme Céleste Pensotti dont Baudelaire a loué dans le *Salon de 1845* (p. 383) le tableau intitulé *Rêverie du soir.* À noter que le point d'exclamation après le titre a été ajouté par Baudelaire.

3. En fait : *Aujourd'hui* et *Demain,* car ce sont *deux* tableaux de Charles Landelle, ainsi que l'avait remarqué J. Crépet. Landelle (1821-1908) avait été l'élève de Delaroche et d'Ary Scheffer. Il était l'ami de Nerval et de Gautier (D. Kelley, d'après Casimir Stryiensky, *Une carrière d'artiste au XIXe siècle : Ch. Landelle,* Paris, 1911).

4. Tableau de Henri-Guillaume Schlésinger (1814-1893), d'origine allemande, déjà repéré par J. Crépet.

5. Ce tableau, qui connut un grand succès grâce à la gravure qu'on en fit et aux reproductions qu'on en tira industriellement

(D. Kelley), est l'œuvre d'Eugène Giraud (Paris, 1806 ; Paris, 1881), élève d'Hersent et de Richomme. Il avait été exposé au Salon de 1839. Eugène Giraud s'adonnera ensuite à la caricature : on lui doit une charge de Baudelaire, d'après une photographie par Carjat (*ICO*, n° 37 ; *Album Baudelaire*, p. 217).

6. Jean-Nicolas Bouilly (1763-1842) est un spécialiste de la littérature moralisante. On peut le comparer à Berquin, raillé dans *Les Drames et les romans honnêtes* (p. 42).

7. Ces deux titres ne se retrouvent pas exactement dans le livret du *Salon de 1846*. J. Crépet proposait d'y reconnaître *L'Amour au château* et *L'Amour à la chaumière*, deux tableaux de François-Claudius Compte-Calix (1813-1880). Il indique qu'était aussi exposée une gravure par Pierre Cottin, d'après Guillemin, intitulé *L'Amour à la ville*. Une confusion a pu se produire entre ces divers titres. Il est peu douteux qu'en tout cas Baudelaire pense à Compte-Calix : un « titre à la *Compte-Calix* », telle est l'expression qu'il emploie pour demander à Nadar en 1859 de lui donner le titre d'une statue qu'il vient de voir au Salon (*CPl*, I, 578). Compte-Calix était célèbre par ses titres-rébus plus que par la qualité de ses œuvres. Il est cité dans les notes annexes à *L'Art philosophique* (p. 607).

8. En cinq, et non en quatre compartiments, avait fait remarquer J. Crépet : *Le Rendez-vous. Le Bal. Le Luxe. La Misère. Saint-Lazare.* L'auteur est Charles Richard, sur qui les dictionnaires de peintres sont muets, note D. Kelley.

9. Œuvre difficile, sinon impossible à identifier. Voir J. Crépet, *Curiosités esthétiques,* p. 480, et D. Kelley, p. 226.

Page 477.

a. Marion Delorme, *1846 et* CE
b. pour croire l'erreur ! Livres, *1846*

1. Les Savoyards sont proverbialement pauvres. Ils attirent la compassion, notamment des poètes. Une poésie célèbre d'Alexandre Guiraud leur est consacrée, ainsi qu'une opérette de Dalayrac.

2. Pâtissier de la rue Vivienne.

3. Baudelaire, qui avait écrit à Victor Hugo une lettre pleine d'admiration au sujet de cette pièce (*CPl*, I, 81) et qui avait avant 1846 sympathisé avec les socialistes humanitaires rêvant de réhabiliter les femmes tombées, prend ici ses distances. Sans doute juget-il que cette littérature a pour effet plus de donner bonne conscience que de remédier efficacement aux ravages de la prostitution. Le théoricien de l'harmonie qu'il est dans ce *Salon* rêve à des moyens moins faciles.

XIV. DE QUELQUES DOUTEURS

4. Voir le *Salon de 1845* (p. 386).

Page 478.

1. Montpellier, musée Fabre. Exp. 1968, n° 193; reproduction, p. 47.

2. Baudelaire pense-t-il au Salon de 1845 (voir p. 375) ? se demande D. Kelley. Matout exposait depuis 1833.

3. Exposé au Salon de 1841, ce tableau est maintenant dans l'église Saint-Étienne d'Argenton-sur-Creuse (Indre).

4. Philippe Comairas (1803-1875) expose en 1846 un *Portrait d'homme* qui n'est pas mentionné par Baudelaire. Il sera l'assistant de Chenavard pour la *Palingénésie universelle,* série de grisailles qui devaient décorer l'intérieur du Panthéon.

5. Chenavard expose un seul tableau : *L'Enfer* (musée Fabre, Montpellier; Exp. 1968, n° 179), qui fut généralement assez mal accueilli par la presse et le public. Reproduction dans J. Mayne, *Art in Paris,* pl. 15.

6. Voir, dans le *Salon caricatural, La Note de Bilboquet,* v. 2 (p. 510).

7. D. Kelley (p. 229) fait remarquer que d'autres critiques ont en 1846 rapproché Guignet de Salvator Rosa, peintre de batailles. Le rapprochement Guignet-Decamps se trouve déjà dans le *Salon de 1845* (p. 361). C'est en 1845 qu'avaient été exposés *Les Pharaons.*

8. Comprendre : les peintres de la fin de la Renaissance.

Page 479.

1. D. Kelley (p. 230) n'est pas arrivé à percer l'allusion : aucun tableau connu ne répond à ce titre; Bard a été l'élève de Delaroche et d'Ingres, non de Vernet.

XV. DU PAYSAGE

Page 480.

a. fils, de les   *1846 et CE*

1. Autrement dit, les *Keepsakes.*

2. On se rappellera la poésie de Musset : *Une soirée perdue au Théâtre-Français,* publiée dans la *Revue des Deux Mondes* du 1er août 1840, recueillie en 1850 dans les *Poésies nouvelles.*

Page 481.

a. Desgoffes   *1846 et CE*

1. Alexandre Desgoffe (1805-1882), gendre de Paul Flandrin et comme lui élève d'Ingres. Il fut l'un des premiers paysagistes à travailler à Barbizon. En 1846 il exposait deux paysages : *Les Baigneuses* et *Campagne de Rome.* Trois autres paysages lui avaient été refusés par le jury (D. Kelley, 231). Baudelaire ne le mentionnera plus.

2. Paul Chevandier de Valdrome (1817-1877), élève de Marilhat et de Picon, exposait au Salon depuis 1836; il présente en 1846 un tableau : *Paysage, plaine de Rome*. Baudelaire ne le mentionnera plus.

3. Alphonse Teytaud, né vers 1815, a exposé au Salon entre 1839 et 1850. En 1846 il présente *L'Élégie* dont le sujet est tiré d'une poésie de Bion : Vénus pleure la mort d'Adonis. Acquis par l'État, le tableau fut envoyé au musée de Limoges, où il a disparu (D. Kelley, 232).

4. Le compliment est ironique; voir le paragraphe suivant.

5. Claude-Félix-Théodore Caruelle d'Aligny (1798-1871), élève de Regnault et de Watelet, avait débuté au Salon de 1831. Il expose en 1846 deux tableaux : *Villa italienne* et *Vue prise à la Serpentara (États-Romains)*, et huit eaux-fortes représentant Athènes et Corinthe, des paysages grecs, romains et napolitains. J. Mayne (*Art in Paris*, pl. 22) reproduit *L'Acropole* (Victoria and Albert Museum) : c'est la cinquième des *Vues des sites les plus célèbres de la Grèce antique*, album que d'Aligny a publié en 1845 à Paris; elle est exposée en 1846. Autres reproductions des eaux-fortes de cet album par D. Kelley, pl. 68-73.

Page 482.

1. *Vue prise dans la forêt de Fontainebleau*. Ce tableau qui appartient au Museum of Fine Arts de Boston a été exposé en 1968 (n° 181) ; il est reproduit par J. Mayne (pl. 18). Corot avait eu trois tableaux refusés par le jury : deux *Sites d'Italie* et une *Vue d'Ischia*.

Page 483.

a. Meissonnier [*sic*] *1846, ici et plus bas ; faute courante.*

1. Louis Coignard (vers 1810-1883), élève de Picot, a exposé au Salon de 1842 à 1863. Il présente en 1846 un seul tableau : *Troupeau de vaches sur la lisière d'une forêt*, toile de deux mètres sur trois qui sera jugée digne d'une médaille de troisième classe. Baudelaire ne le mentionnera plus.

2. Meissonier avait peint les personnages du paysage de Français. On a déjà trouvé une allusion à Meissonier p. 470. Ces railleries sont les deux seules références à Meissonier dans ce *Salon* (voir aussi le *Salon caricatural*, p. 517, et *Du vin et du hachisch*, p. 383, n. 1). Ce peintre n'expose pas en 1846.

3. C'est lui qui soufflera à Baudelaire le titre des *Fleurs du mal* (voir t. I, p. 797; ainsi que *CPl*, II, 985 et Index ; *LAB*, 24). Dans son excellente étude sur « Baudelaire et Hippolyte Babou » (*R.H.L.F.*, numéro spécial Baudelaire, avril-juin 1967, p. 261) James S. Patty écrit qu'il n'avait pu vérifier le texte cité par Baudelaire, la collection du *Courrier français* étant incomplète à la Bibliothèque nationale. D. Kelley a retrouvé ce numéro du 6 avril 1846. Babou écrivait dans *Le Courrier français :* « Voici, en

attendant, le petit tableau d'intérieur que M. Scribe, ce Meissonnier *[sic]* de la peinture dramatique, vient d'accrocher aux frises du Gymnase. »

4. Champfleury a le même sentiment : « Quelques journaux ont annoncé que les pastels de M. Flers, refusés par le jury [onze sur treize], se voyaient chez M. Durand Ruel. M. Flers a tort d'exposer ces pastels; il donne raison au jury... Mais ces pastels n'ont aucune ressemblance avec sa peinture; ils sont froids; d'une couleur qui n'en est pas — en somme médiocres » (cité par D. Kelley, p. 236).

5. Antoine-Désiré Héroult (1802-1853) expose en 1846 quatre tableaux : *Vue de l'embouchure de la Seine, prise de la jetée du nord au Havre ; Vue du mont Saint-Michel, prise des environs d'Avranches ; Vue prise de la grève de la Ninon, à Brest ; Vue sur l'Escaut, environs de Termonde ;* et trois aquarelles : *La Vallée d'Ossau (Pyrénées) ; Effet de soleil levant, marine ; La Vallée d'Arques (environs de Dieppe).* Ces œuvres, note D. Kelley, ne semblent pas avoir attiré l'attention de la critique. Baudelaire ne mentionnera plus Héroult.

Page 484.

1. Prosper Marilhat (1811-1847), élève de Camille Roqueplan, débuta au Salon de 1831 et exposa jusqu'en 1844. Après un séjour dans le Proche-Orient, il découvrit sa spécialité : paysages désertiques, caravanes, oasis, rues de villes d'Orient. Baudelaire ne le mentionne qu'ici. — Chacaton avait été l'élève d'Hersent, d'Ingres et de Marilhat.

2. Louis Lottier (1815-1892), élève du Gudin, expose en 1846 : *La Grande Mosquée et le port d'Alger ; Le Marché des Arabes à Alger ; La Grande Mosquée au temps du Ramadan.* Il attire peu l'attention de la critique (D. Kelley). Baudelaire ne le mentionnera plus.

3. « Après le refus, en 1836, de sa *Descente des vaches* et trois autres exclusions les années suivantes, [Rousseau] n'envoya rien au Salon jusqu'en 1849 » (D. Kelley, 238).

Page 485.

1. Théodore Gudin (1802-1880) expose, selon le livret, treize marines, dont des batailles et la *Nuit de Naples,* raillée dans un distique : *Peinture aquatique,* du *Salon caricatural* (p. 507). On a exposé en 1968 (n° 194) une de ces toiles : *Bataille de la Martinique (21 août 1674)* [reproduite par Castex, p. 129], partie d'une importante série commandée par Louis-Philippe pour illustrer au musée du palais de Versailles l'histoire de la marine française. Arlette Calvet-Sérullaz indique les toiles qui, exposées en 1846, sont maintenant à Versailles (*BSHAF,* 1969, p. 118). Gudin était considéré comme l'Horace Vernet de la marine. Baudelaire ne le mentionnera plus.

2. Jules Noël (1813 ou 1815-1881) débuta au Salon de 1840. En 1846, il expose trois marines : *Souvenir de Rhodes, Port de Brest* et *Effet du matin.* La deuxième est au musée de Quimper. La pre-

mière, à laquelle convient l'évocation de Baudelaire, est reproduite par D. Kelley (pl. 88) d'après une gravure. La critique n'est pas prolixe. Baudelaire ne mentionnera plus ce peintre.

3. *Un renard au piège, trouvé par des chiens de bergers.*

Page 486.

1. Voir p. 395.

2. Voir p. 397. Arondel, créancier qu'il faut amadouer et que Baudelaire, pour cette raison, fait passer à la postérité, expose un seul tableau : *Gibier sur un meuble ancien.* Le livret indique la même adresse qu'en 1845 : quai d'Anjou, hôtel Pimodan.

Page 487.

XVI. POURQUOI LA SCULPTURE EST ENNUYEUSE

a. elle est vague et insaisissable à la fois, parce qu'elle *1846*

1. Gita May (*Diderot et Baudelaire critiques d'art,* p. 81, n. 34) indique que Baudelaire a probablement trouvé dans le *Salon de 1767* cette formule, ainsi que la suggestion du mot *sculpter* (p. 488). Diderot avait écrit dans ce *Salon,* en reprenant le mot d'« un homme du peuple » : « tout ce qui n'est pas de la sculpture est de la sculpterie », et il avait affirmé que la sculpture telle qu'on la trouve « sur la côte du Malabar, ou sous la feuillée du Caraïbe », était plus apte à provoquer la vénération du peuple qu'un chef-d'œuvre de Pigalle ou de Falconet (édition Brière, t. X, 1821, p. 82, et t. IX, 1821, p. 63).

2. Préault, de qui Baudelaire appréciait les propos à l'emporte-pièce, avait été exclu par le jury depuis 1837. Ce n'est qu'en 1848, après la réforme du jury, qu'il put de nouveau exposer (D. Kelley, 240).

Page 488.

a. autrement dit des *1846*

1. Deux Gayrard, le père et le fils, exposent en 1846. Raymond Gayrard, Gayrard père (1777-1858), expose *La Sainte Vierge* (marbre; Besançon, église Notre-Dame), *La Sainte Vierge* (bois, église de Bagnères-de-Bigorre), *L'Hiver* (marbre) et *Pèlerine de Guatimala,* statuette en marbre (ancienne collection Thiers). Paul-Joseph-Raymond Gayrard (1807-1855) expose un groupe en marbre, celui des cinq filles du comte de M[ontalembert], et un plâtre : *Statuette de Mme **** (A. Calvet-Sérullaz, *BSHAF,* 1969, p. 119; D. Kelley, 241). Comme la statue en bois est raillée dans la *Salon caricatural* (p. 520), il est probable que c'est Gayrard père qui est ici visé.

2. David d'Angers, à l'égard de qui Baudelaire avait été assez sévère en 1845 (p. 403). Il n'exposait pas en 1846.

3. Statue en bronze qui représente un personnage (l'esclave noire de Mme de La Tour) de _Paul et Virginie,_ roman qui a fourni à Cumberworth plusieurs de ses motifs.

4. Susse est officiellement un papetier qui, vers 1837, a cédé à son fils la boutique du passage des Panoramas et qui s'est établi tout près, au coin de la rue Vivienne et de la place de la Bourse. Il est aussi bimbelotier, tabletier, bronzier, orfèvre; il vend des couleurs, des cadres et jusqu'à des tableaux et des dessins. Diaz, Decamps, Jules Dupré, Gavarni, Troyon, d'autres encore, se font éditer par lui, et, parmi les sculpteurs, Pradier, dont Susse vend la _Sapho,_ et Dantan, dont on peut admirer les figurines (voir p. 489) [Jacques Boulenger, _Sous Louis-Philippe, Le Boulevard,_ Calmann-Lévy, 1933, p. 204-205].

5. Provost, de la Comédie-Française (musée de la Comédie-Française); ce buste a été exposé en 1968 (n° 190). Sur Feuchère voir p. 404 et n. 2. Le buste qu'il avait exposé en 1845 était celui de l'acteur Mélingue (plâtre); Mélingue s'est illustré notamment dans les drames historiques de Dumas.

Page 489.

1. Jules Klagmann (1810-1867) n'avait rien d'un maître. Il avait été l'élève de Ramey et de Feuchère. En 1846, il expose deux plâtres : _Une petite fille effeuillant une rose,_ et le buste d'Émile de Girardin (sur qui voir l'Index de ces deux volumes). Gautier (_La Presse,_ 8 avril) est séduit par la « grâce et mignardise » de la statue (D. Kelley, 242).

2. Cette statue, par son érotisme, connut un grand succès. Elle est conservée au musée des Beaux-Arts de Nîmes. On la voit reproduite par J. Mayne (_Art in Paris,_ pl. 21), dans le catalogue de l'Exposition de 1968 (p. 48) et par D. Kelley (pl. 96). Elle est raillée dans le _Salon caricatural_ (p. 522).

3. Charles Blanc dans _La Réforme_ du 27 mai affirme qu'Anacréon (dans le groupe en bronze : _Anacréon et l'Amour_) est copié d'une tête de Platon conservée au musée de Naples. Dans la _Revue des Deux Mondes_ (1846, p. 672) Gustave Planche, qui était rentré d'un long séjour en Italie, remarque une ressemblance entre la Sagesse (dans le groupe en bronze : _La Sagesse repoussant les traits de l'Amour_) et une Minerve étrusque de la Villa Albano (D. Kelley, 242).

4. Il y a deux frères Dantan, tous deux sculpteurs qui ont tous deux exposé en 1846. Dantan aîné n'a exposé qu'un seul buste. Dantan jeune en a exposé cinq. Le pluriel désigne donc celui-ci, dont Baudelaire avait déjà loué les bustes en 1845 (p. 406), année où le premier n'avait rien envoyé au Salon.

5. Ce paragraphe est d'une interprétation délicate. En effet, Charles-Antoine-_Amand_ Lenglet (1791-1855; voir _CPl,_ II, 1015), modeleur, puis « orfèvre-fabricant », enfin statuaire à ses heures, qui appartenait à une famille amie de celle des Aupick, expose en 1846 deux bustes en marbre, ceux du général A... et de feu M. H. L...

Le premier est celui d'Aupick. Il a été légué par Mme Aupick à la
mairie de Gravelines où il est maintenant exposé; photographie
dans notre article de *La Quinzaine littéraire,* n° 134, du 1er au
15 février 1972, et dans l'*Album Baudelaire* (p. 72). Le « petit buste »
qu'admire Baudelaire est-il donc celui d'Aupick ou celui de H. L... ?
(Le buste du général n'est pas petit, mais on ignore où est l'autre,
qui était peut-être plus grand.) Dans le premier cas, Baudelaire
fait à l'adresse du général Aupick, son tourmenteur, un geste de
conciliation ou de réconciliation. Dans le second, s'il désigne le
buste de H. L..., il exprime simplement sa sympathie à la famille
Lenglet et, par son silence devant le buste d'Aupick, marque la
distance qui le sépare du général. A-t-il recherché l'équivoque ?
Ce n'est pas impossible.

Page 490.

XVII. DES ÉCOLES ET DES OUVRIERS

a. ponsifs CE

1. Proche des fouriéristes et des socialistes, Baudelaire n'est pas
nécessairement républicain, à prendre ces mots dans leur acception
de 1846. Mais c'est bien la logique interne du socialisme qui, en
1848, conduira l'ami des roses et des parfums, celui qui sait le langage des fleurs, sur les barricades, du côté du peuple et non des
forces de la réaction ; voir notre étude, « Baudelaire en 1847 », *BET*,
95-121.

On devine ici une réminiscence de Henri Heine qui écrivait
dans *De l'Allemagne* (éd. Renduel, 1835, t. I, p. 126), à propos du
critique Nicolaï : « Pour purger radicalement des vieilles ronces
la terre du présent, le pauvre homme pratique ne faisait peu scrupule d'en arracher en même temps les fleurs. Cette méprise souleva
contre lui le parti des fleurs et des rossignols, et tout ce qui appartient à ce parti, la beauté, la grâce, l'esprit et la bonne plaisanterie;
et le pauvre Nicolaï succomba. »

Page 492.

1. Il est bon que les noms de Delacroix et de M. Ingres reparaissent ici, après l'impression que laissent les énumérations précédentes, impression volontairement provoquée par Baudelaire qui,
dans son classement, fait apparaître l'anarchie de l'art contemporain.
Au-dessus de la mêlée des rapins et des plâtriers, le grand drame
se joue entre Ingres et Delacroix, entre deux conceptions de la
peinture, entre le passé et l'avenir. Ce qui va permettre à Baudelaire
de poser la question essentielle dans le dernier chapitre.

2. *Notre-Dame de Paris.* Baudelaire pense au chapitre II du
livre V, intitulé *Ceci tuera cela.*

3. Dans sa contribution aux *Mélanges offerts à Jean Fabre,
Approches des Lumières* (Klincksieck, 1974, p. 31-37) : « Énergie,

nostalgie et création artistique; à propos du *Salon de 1846* », Annie
Becq a donné une interprétation originale de ce passage, mis en
relation avec la conception fouriériste de l'art telle que l'expriment
les collaborateurs de *La Démocratie pacifique*. Le républicain crossé
est assimilé à l'artiste sans génie. Baudelaire veut-il donc constituer
une société élitaire, où le droit à l'expression serait réservé à des
privilégiés, aux génies ? A. Becq voit ici moins « un refus de l'éga-
litarisme républicain » qu' « une critique de la république en tant
qu'individualisme bourgeois ». « La révolution bourgeoise de
89 a proclamé la liberté et l'égalité et libéré l'individu, mais cette
libération est en fait une imposture : elle a renversé les cadres
anciens sans fournir à ceux qui seraient incapables de subsister
par leurs propres forces les moyens de se développer. » Cette
« liberté anarchique » (p. 492), cette libre concurrence favorise les
forts, dans l'ordre artistique comme dans l'ordre économique.
L' « œuvre révolutionnaire », écrivait Victor Considerant dans
le manifeste de *La Démocratie pacifique,* a brisé les cadres anciens,
mais elle ne les a pas remplacés par une organisation meilleure;
l' « œuvre démocratique » reste à accomplir. Le mode de consommation socio-économique des tableaux par la bourgeoisie qui en
encombre ses appartements requiert des artistes qu'ils se soumettent,
individuellement, aux goûts de celle-ci; les œuvres individuelles
médiocres correspondent au morcellement de la propriété. Baudelaire, qui sent bien qu'il appartient à une époque de transition,
regarde vers un passé qui avait su organiser le travail artistique;
il prévoit pour l'avenir, grâce à l'association, à la coopération de
tous, le « passage de la peinture individuelle à la peinture collective »
« où chaque travailleur, volontairement, fraternellement uni,
exécute dans une œuvre ou une série d'œuvres, la portion qui
correspond le mieux à son sentiment et à son habileté » (Eugène
Pelletan). Baudelaire serait ainsi pris, mais dialectiquement, entre la
nostalgie du passé et l'énergie, le dynamisme qui lui permettent
d'entrevoir et, déjà, d'organiser l'avenir.

Page 493.

XVIII. DE L'HÉROÏSME DE LA VIE MODERNE

  1. Voir p. 685, deuxième paragraphe.

Page 494.

  a. merveilleux de Rastignac. *1846 : lapsus de Baudelaire qui*
corrige Rastignac *en* Raphaël de Valentin *dans PM, S et WTB* :
merveilleux de Rafaël de Valentin.   CE

  1. La légende du suicide de Jean-Jacques a été répandue immédiatement après sa mort. Mme de Staël l'accepte encore dans un
de ses écrits de jeunesse.

2. Les Turcs, mamamouchis ou non, fumaient habituellement dans des chibouques. Ces pipes, comme certains fusils utilisés pour chasser les canards sauvages, *les canardières*, étaient munies d'un long tuyau.

3. Le héros du drame d'Alexandre Dumas (1831), drame qui se déroule à l'époque moderne. Dans la pièce même (IV, 6) la vicomtesse de Lancy défend la conception de la modernité : « N'est-ce pas qu'on s'intéresse bien plus à des personnages de notre époque, habillés comme nous, parlant la même langue ? », contre Eugène d'Hervilly qui craint que la ressemblance entre le héros et le public ne soit trop grande, au point qu'en cherchant à « montrer à nu le cœur de l'homme », le public risque de ne pas le reconnaître, dérouté par « notre frac gauche et écourté ». Dumas, dans *Mes Mémoires,* écrira en souvenir de la bataille d'*Antony* : « le jour où il arrive qu'un auteur moderne, plus hardi que les autres, va prendre les mœurs où elles sont, la passion où elle se trouve, le crime où il se cache, et, mœurs, passion, crime, force tout cela de se produire sur la scène en cravate blanche, en habit noir, en pantalon à sous-pieds et en bottes vernies, ouais ! chacun se reconnaît comme dans un miroir, et grimace alors au lieu de rire, attaque au lieu d'approuver, gronde au lieu d'applaudir » (édition Pierre Josserand, Gallimard, t. IV, [1967], p. 305-306). Baudelaire aura d'autres raisons d'aimer Dumas père (voir le *Salon de 1859,* p. 622). Mais celle-ci, en 1846, n'est pas à négliger.

4. Ce morceau de bravoure n'est pas sans précédents. Et l'on pourrait même avancer que la défense de l'habit noir fut l'un des « topoi » du romantisme, en tant que celui-ci s'assimilait à la modernité (voir la définition du romantisme par Baudelaire lui-même, p. 421).

Au Salon de 1850-1851 (30 décembre-31 mars) Courbet exposera notamment le *Tableau historique d'un enterrement à Ornans* et *Les Casseurs de pierres* que Champfleury avait vus à Dijon trois mois avant qu'ils ne fussent présentés à Paris. À leur propos, dans *L'Ordre* du 21 septembre 1850, Champfleury cite ce passage, ajoutant : « Le peintre ornanais a compris entièrement les idées d'un livre rare et curieux (*Le Salon de 1846,* par M. Baudelaire) où se trouvent encore ces lignes vraies : "Que le peuple des coloristes [suivre p. 495 jusqu'à la fin du paragraphe]". »

5. Gautier (« Salon de 1837 », *La Presse,* 8 avril 1837) qualifie les raouts parisiens de « véritables assemblées de croque-morts ». Pensant à la mort de sa mère, il dit avoir « boutonné [son] noir chagrin » sous sa « redingote noire » (*Le Glas intérieur,* dans les *Dernières Poésies, Poésies complètes,* édition R. Jasinski, t. III, 1970, p. 150). Balzac dans *La Mode,* en février 1830, exprimait la crainte que les doctrinaires et les anglomanes ne fissent perdre à la France sa forte et antique gaieté et il se demandait : « Serions-nous donc morts ? Je ne sais, mais nous sommes tous vêtus de noir comme des gens qui portent le deuil de quelque chose... » (*Complainte*

satirique sur les mœurs du temps présent, dans *Œuvres complètes*, éd. Bouteron-Longnon, Conard, *Œuvres diverses*, t. I, p. 345). Dans *Le Carrousel* de mars 1836, Gérard de Nerval (si c'est bien lui, car l'article n'est pas signé de son pseudonyme; voir l'étude de Gilbert Rouger, *Mercure de France*, 1er mai 1955) écrit : « Ce grave siècle, ce siècle si préoccupé d'intérêts importants, ce siècle en habit noir et qui semble au tiers de sa vie porter le deuil encore de celui qui l'a précédé. » Image qu'après la publication du *Salon de 1846*, on retrouve dans un chapitre du *Voyage en Orient* (*Revue des Deux Mondes*, 15 mai 1847; *Œuvres* de Nerval, Bibl. de la Pléiade, t. II, p. 308).

6. Pour Lami, cf. *Le Peintre de la vie moderne* (p. 687) et, pour Gavarni, *Quelques caricaturistes* (p. 559).

7. *Du dandysme et de G. Brummell* a paru à Caen, chez H. Mancel, en 1845. Le 20 décembre 1854, on voit Baudelaire demander à Barbey lui-même un exemplaire de ce livre rare, pour le faire lire à une dame (*CPl*, I, 305). Le 17 mars 1855, Baudelaire donne cet exemplaire (il porte des corrections autographes de Barbey) à Ancelle (Exp. 1968, n° 294).

Page 495.

a. une beauté et un héroïsme modernes ! *1846*

1. Comme Stendhal Baudelaire aimait à consulter ces annales de la crédulité, du vice et du crime; voir t. I, p. 590 et 631; t. II, p. 715.

2. Il revient à Dolf Oehler *(EB VIII)* d'avoir expliqué les allusions de cette fin du *Salon,* tout en tirant de ses explications des conclusions peut-être contestables. Personne, avant lui, n'avait pu préciser qui était le ministre, qui le médailleur, qui le « sublime B..... ». Au point qu'on pouvait croire que Baudelaire avait imaginé personnages et circonstances.

Le ministre est Guizot, chef du gouvernement, sinon en titre, du moins en fait. À la Chambre, le 26 janvier 1844, il fut l'objet d'une furieuse attaque lancée contre lui et par les légitimistes et par la gauche dynastique. On lui reprocha, une fois de plus, mais avec une véhémence accrue, de s'être rendu à Gand en 1815 pour y avoir avec Louis XVIII des pourparlers secrets. Guizot, non content de se justifier de la trahison qu'on lui reprochait (il déclarait n'être allé à Gand que pour déterminer le roi exilé à respecter les libertés inscrites dans la Charte), affecta à l'égard de ses ennemis superbe et mépris : « Et quant aux injures, aux calomnies, aux colères extérieures, on peut les multiplier, les entasser pour ce qu'on voudra, on ne les élèvera jamais au-dessus de mon dédain » (*Le Moniteur universel*, 27 janvier 1844). Les amis de Guizot firent frapper à cette occasion une médaille par Maurice-Valentin Borrel (1804-1882). À l'avers, le buste de Guizot à gauche. Au revers, l'indication : Chambre des députés, séance du 26 janvier 1844, et cette phrase : « On peut épuiser ma force / on n'épuisera pas mon courage », pour les besoins de la cause, un peu contractée, puisque *Le Moniteur* du

27 la transcrit ainsi : « Messieurs, on peut épuiser mes forces, mais j'ai l'honneur de vous assurer qu'on n'épuisera pas mon courage. »

Le « sublime B..... » désigne Pierre-Joseph Poulmann, qui avait assassiné un vieillard. Le procès de ce criminel eut lieu la semaine même de la séance orageuse à la Chambre : Poulmann fut condamné à mort le 27 janvier. Dans son numéro du 7 février la *Gazette des Tribunaux* relate que, ce matin-là, Poulmann, qui avait refusé de se pourvoir en cassation, apprit qu'il allait être exécuté. Il refusa les secours de l'abbé Montès (voir la note suivante) et fut conduit jusqu'au pied de l'échafaud. Là, il aperçut de nouveau l'aumônier et le somma de s'écarter, tout en lui tournant le dos. Sanson l'engagea à écouter les paroles de l'ecclésiastique : « Écoutez-le ne fût-ce qu'à cause de votre mère. » — « Malheureux ! reprit Poulmann, vous voulez donc abattre mon courage ! » Et il monta sur l'échafaud. La *Gazette* rapporte enfin que, juste avant de voir trancher le fil de sa vie, Poulmann, ébranlé, aurait dit : « Adieu, ma mère !... Mon Dieu, pardonnez-moi ! »

Dolf Oehler veut que Guizot et Poulmann s'opposent en une antithèse : le ministre corrompu remporte finalement une victoire; l'assassin, grande âme, mais né dans le « Lumpenproletariat », périt en victime de la société. Baudelaire prendrait parti contre le premier. Ce n'est pas notre interprétation. Il nous semble, au contraire, que Baudelaire admire et le ministre, qui fit face à ses adversaires, et le criminel, qui témoigna d'une même force d'âme. Guizot et Poulmann ont exprimé, chacun à sa manière, l'héroïsme de la vie moderne.

3. L'abbé Jean-François Montès, né à Grenade, diocèse de Toulouse, le 1er novembre 1765, mort le 13 janvier 1856 sur la paroisse de Saint-Louis-en-l'Ile (*La Semaine religieuse* du dimanche 20 au dimanche 27 janvier 1856). Aumônier de la Conciergerie, il « suivait les condamnés à mort lorsqu'ils étaient transférés à la Grande-Roquette. C'est lui qui accompagna Lacenaire, le 9 janvier 1836 » (Abbé Moreau, *Souvenirs de la Petite et de la Grande Roquette,* Paris, Jules Rouff, s. d., t. I, p. 76).

Page 496.

1. À remarquer qu'ici Baudelaire ne mentionne pas Delacroix. Celui-ci n'était-il donc pas entièrement, à ses yeux, le peintre de la vie moderne ?

2. Le malheureux héros — l'inventeur du bateau à vapeur qui, son invention lui ayant été volée, la détruit — des *Ressources de Quinola,* « comédie en cinq actes et précédée d'un prologue », créée avec un succès médiocre, le 19 mars 1842, à l'Odéon. Dans sa première grande étude sur Poe (p. 268), Baudelaire rapporte une anecdote relative aux répétitions de ce drame en prose, qui se déroule en 1588 sous le règne de Philippe II. Baudelaire reproche donc à Balzac de n'avoir pas présenté sur la scène ces souffrances d'un inventeur en prenant pour personnages des contemporains.

Ce qu'il osait dans le roman *(Illusions perdues)*, Balzac ne l'osait
au théâtre.

Page 497.

LE SALON CARICATURAL DE 1846

*1846 — Le Salon caricatural. Critique en vers et contre tous illustrée
de soixante caricatures dessinées sur bois. Première Année.* Paris, Charpentier, libraire, Palais-Royal, Galerie d'Orléans, 7 (voir p. 497).
In-8° de 32 pages.

Première reproduction : *Le Manuscrit autographe,* juillet-août 1930,
par Jules Mouquet; fac-similé.

Première reproduction en volume : CHARLES BAUDELAIRE,
*Œuvres en collaboration. Idéolus. Le Salon caricatural. Causeries du
Tintamarre.* Introduction et notes par Jules Mouquet, Mercure de
France, 1932. Fac-similé.

La découverte de cette œuvre écrite en collaboration par Baudelaire, Banville et Vitu résulte de la connaissance de deux documents
qui furent révélés dans l'ordre suivant :

— Une lettre d'Auguste Vitu à Eugène Crépet (8 mai 1887), qui
venait de publier les premières *Œuvres posthumes,* lettre déjà citée
à propos du *Sonnet burlesque* (t. I, p. 1245). Rappelons-en le second
paragraphe :

« Est-ce que vous avez recherché le [catalogue *biffé*] salon illustré de 184.., pour lequel Baudelaire et moi avions écrit des légendes
versifiées sur le bureau du dessinateur Raymne [*sic*] Pelez ? »

Cette indication était mentionnée dès 1906 dans *EJC,* 210.

— Une lettre de Poulet-Malassis à Philippe Burty révélée par
Pierre Dufay (« Poulet-Malassis à Bruxelles », *Mercure de France,*
15 novembre 1928). Mal datée et mal transcrite, cette lettre, qui
est du 15 août 1863, doit, pour le paragraphe qui nous intéresse,
se lire ainsi :

« Il y a un salon en vers, avec caricatures, dont la pièce initiale a
été faite par Baudelaire, et les légendes des caricatures, toujours en
vers, par Baudelaire, Banville et Vitu. Banville me dit qu'il y aurait
des drôleries à y prendre ? L'avez-vous ? » (Archives de l'Orne).

Il est probable que Poulet-Malassis voulait reproduire ces drôleries dans un *Parnasse satyrique* ou dans *La Petite Revue,* qui allait
naître. Une faute de transcription (l'omission du membre de
phrase : « Baudelaire, et... par ») fit conclure à J. Mouquet que le
prologue était de Baudelaire, Banville et Vitu.

On le voit, le prologue est de Baudelaire. Les légendes ont été
écrites en collaboration.

L'œuvre est mineure, croirait-on. Ce n'est pas l'avis de Marie-
Claude Chadefaux qui en a montré tout l'intérêt (« *Le Salon caricatural de 1846* et les autres Salons caricaturaux », *Gazette des Beaux-*

Arts, mars 1968) en faisant l'historique de ce genre. Après de premières tentatives en 1781-1783, on trouve, à partir de 1839, dans les périodiques, des planches isolées en pleine page. En 1843, du 29 mars au 29 mai, *Le Charivari* publie un Salon caricatural. 1846, outre le *Salon caricatural* auquel collaborent Baudelaire, Banville et Vitu, voit paraître un autre Salon caricatural, en un album dessiné par Bertall, qui en est à ses débuts et qui continuera à pratiquer ce genre jusqu'en 1872. Dès 1847, Cham exploite cette même veine, suivi de Nadar à partir de 1852. *Le Salon caricatural de 1846* (titre qui figure au-dessus des premières vignettes; p. 501) est ainsi presque à l'origine d'un genre qui va durer plus d'un demi-siècle et qui est fort sérieux sous ses apparences bouffonnes. Salon caricatural ou Salon pour rire (autre titre du genre) : la volonté de caricature est moins prononcée que le désir de parodie.

Baudelaire et Banville sont fort liés à l'époque (voir t. I, p. 208). Baudelaire et Vitu également (voir *supra*). Baudelaire, Banville et Vitu, en collaboration avec Pierre Dupont, ces quatre compères sont les responsables de la parodie de *Sapho* publiée dans *Le Corsaire-Satan* du 25 novembre 1845 (voir p. 4).

La vignette de la page de titre — cartouche au milieu duquel est imprimé : « Première Année » (il n'y eut pas de seconde année) — porte le nom de Fernand : celui-ci a dessiné des vignettes pour des journaux d'art entre 1840 et 1845. Les vignettes au-dessous desquelles se lisent les légendes dues à Baudelaire, Banville et Vitu sont de Raimon Pelez (né en 1814), qui exposa des peintures à la fin de sa vie aux Salons de 1870, 1873 et 1879. M.-Cl. Chadefaux trouve que le style des images n'est pas homogène et qu'il suppose probablement la collaboration de trois personnes. Le mélange de ces styles, ajoute-t-elle, exclut la monotonie et distingue ce *Salon caricatural* des autres publications similaires. Nous doutons d'une collaboration multiple. En effet, Raimon Pelez reprit ces caricatures l'année suivante (*Journal du dimanche,* 7 mars 1847, « Le Salon de 1847 avant l'ouverture. Vues prises... par le trou de la serrure »), ce qu'ignorait M.-Cl. Chadefaux : elles sont alors gravées par Diolot, avec de brèves légendes en prose n'excédant guère une ligne. Sous cette nouvelle forme, elles s'appliquent tant bien que mal au Salon de 1847...

Le Salon caricatural de 1846 a été enregistré à la *Bibliographie de la France* le 9 mai 1846. Il avait donc paru un peu avant le *Salon de 1846* de Baudelaire. Peut-être fut-il écrit à la hâte, un peu avant celui-ci. Si nous le plaçons après le *Salon de 1846,* c'est pour ne pas rompre le rythme qui conduit naturellement du *Salon de 1845* au *Musée classique du Bazar Bonne-Nouvelle* et de ce *Musée* au *Salon de 1846.* D'autre part, l'étude sur le rire et les caricaturistes prend la suite, non moins naturellement, du *Salon caricatural.*

L'identification des œuvres exposées et caricaturées, d'après le livret du Salon, est fort difficile lorsque les artistes ne sont pas nommés. Quant aux allusions, plusieurs restent mystérieuses, comme il arrive dans le cas d'œuvres qui empruntent beaucoup aux circonstances. Les abréviations peuvent relever de la fantaisie. Nous n'avons pas retrouvé dans le livret du Salon M. de C., le comte de M., la comtesse de L. et la baronne de K., non plus que Mlle S. de L. Quant à M. G. il en fut montré quatre portraits par Irma Martin, Eugène Maurin, Robert-Eugène Müller et Albert Roberti, — aucun de ces artistes n'ayant fait l'objet d'un commentaire par Baudelaire dans le *Salon de 1846*. M. de L. a été peint par Alphonse Falcoz, mais Baudelaire est tout aussi muet au sujet de celui-ci.

Page 499.

LE PROLOGUE

J. Mouquet l'a rapproché, pour le mouvement, des *Métamorphoses du vampire* (t. I, p. 159) et de *La Muse vénale* (t. I, p. 15) où Baudelaire compare sa muse à un pitre.

Page 500.

Ma moustache et mon œil sont ceux d'un ogre ! (v. 2)

Cette description rend bien l'allure de croquemitaine à l'épaisse chevelure et aux moustaches de bandit calabrais dont l'illustration figure en tête du Prologue, p. 499.

rancœur (v. 16)

Littré, note J. Mouquet, donne *rancœur* (au féminin) comme un terme vieilli avec cette signification : « Haine cachée ou invétérée qu'on garde dans le cœur. Même sens que rancune, mais d'un style plus élevé. » Littré signale que le mot est masculin dans le Berry (Baudelaire est sans attache avec cette province). Ce masculin doit bien plutôt provenir d'un emploi littéraire ancien. En effet, le dictionnaire de Huguet mentionne plusieurs emplois au masculin chez Tahureau, poète du XVIᵉ siècle que Baudelaire et ses amis purent bien pratiquer. « Rancune » et « fiel » sont associés par Baudelaire à la fois dans *De l'essence du rire* (p. 529) et, à propos de Daumier, dans *Quelques caricaturistes français* (p. 556), textes qui par leur composition sont contemporains de ce *Salon caricatural*.

Page 501.

L'ÉDITEUR REMERCIANT L'ACHETEUR

Ce monsieur décoré vient d'acheter mon livre !
C'est un homme estimable ou bien son crâne ment.
Je suis son serviteur ! pour le prix d'une livre
    Il va s'amuser crânement[1].

1. La richesse des rimes peut faire penser à Banville plutôt qu'à Baudelaire, mais celui-ci ne se serait-il pas amusé à faire du Banville ?

UN DESSOUS DE PORTE

Complice du jury, ce superbe dauphin
Gambadait autrefois chez le sieur Séraphin[1].
Un rapin chevelu, formé chez monsieur Suisse[2],
Dit qu'on l'a fait venir d'Amiens pour être suisse.

Page 502.

LA PRESSE

Sous l'aspect virginal de ce marmot d'un an,
La critique à grands cris demande du nanan.

LE PUBLIC DE TOUS LES JOURS

Ce jeune abonné de *L'Époque*
Trouve le salon fort baroque,
Ricane et souffle comme un phoque,
Et se fait ce petit colloque :
« Je crois qu'Arnoux bat la breloque[3] ! »

UN MEMBRE DU JURY

Ce juré n'est pas mort, comme on pourrait le croire.
Malgré son faux palais fait en or niellé,
Malgré son œil de verre et son orteil gelé,
Malgré son nez d'argent et sa fausse mâchoire,
Il juge encore en corps la peinture d'histoire,
Grâce au rouage à vis caché par Vaucanson[4]
Dans son gilet de laine et dans son caleçon.

---

1. Le dessin représente un polichinelle. Sur le théâtre de Séraphin voir le *Salon de 1845* (p. 359) et *Les Paradis artificiels* (t. I, p. 408).
2. « Suisse, célèbre modèle qui tenait une académie où passa toute la jeunesse de ce temps » (R. Escholier, *Daumier*, 1934, p. 82). C'est chez Suisse, 4, quai des Orfèvres, que se domicilie Tassaert (livret du Salon de 1846). Le vers suivant se souvient des *Plaideurs*, I, 1.
3. J.-J. Arnoux rendait compte des expositions dans *L'Époque*. Dans une lettre qu'on peut dater de la seconde quinzaine de mars 1846 (*CPl*, I, 135), Baudelaire écrit à sa mère qu'il a à faire deux feuilletons pour ce journal ; un peu plus tard (en décembre ? ; *CPl*, I, 140), il écrit à la Société des gens de lettres qu'un roman de lui, *L'Homme aux Ruysdaëls*, « doit paraître prochainement à *L'Époque* ». Baudelaire eut-il à se plaindre de ce périodique ? Son ami Champfleury, qui y avait placé un double feuilleton, était-il intervenu sans succès auprès du directeur Félix Solar ? Le « jeune abonné » a tout l'air d'un Thomas Diafoirus. Peut-être y a-t-il ici une allusion aux prétentions encyclopédiques de *L'Époque*.
4. Voir l'Index de ces *Œuvres*.

FOUCHTRA, PICTOR !

Granet fait au salon le beau temps et la pluie.
 Le jury donna son appui
 À ce tableau couleur de suie.
 Charbonnier est maître chez lui[1].

Page 503.

LES EXPOSANTS

Plaignez ceux qui vont voir ces tableaux déplaisants.
Ils s'exposent en outre à voir les exposants.

LES EXPOSÉS

Ces gens que vous voyez s'avancer en escadres,
Ce sont les exposés avec tous leurs plumets.
Ils viennent de quitter leur cadres.
Puissent-ils n'y rentrer jamais !

Page 504.

LE PUBLIC DES JOURS RÉSERVÉS

À Paris ces gens-là vivent gras et choyés;
Pour leur laideur à Sparte on les eût tous noyés.

AU CHAT BOTTÉ

Voulez-vous de Granet acquérir le talent ?
 Un peu de cirage et de blanc,
 Et vous ferez très ressemblant[2].

UNE ILLUSTRE ÉPÉE[3]

 Digne des époques anciennes,
 Ce héros criblé de douleurs
 A défendu les trois couleurs.
 Nous ne défendrons pas les siennes.

1. Voir la phrase du *Salon de 1846* (p. 467) sur « la couleur propre aux tableaux de M. Granet, — laquelle est généralement noire, comme chacun sait depuis longtemps ». Cf. p. 504.
2. L'image caricature la toile de Granet, *Célébration de la messe à l'autel de Notre-Dame de Bonsecours*, que Baudelaire ne cite pas dans le *Salon de 1846*, mais à la couleur de laquelle il fait allusion (voir n. 1, ci-dessus).
3. Caricature d'un officier général.

Page 505.

SÉPARATION DE CORPS[1]

Je ne puis m'attendrir aux pleurs de Roméo,
  Sur son amante qui se vautre;
Car ils ressemblent tant dans cet imbroglio
  À des singes de Bornéo,
Que chacun devrait être heureux de quitter l'autre.

PORTRAIT DE M. G.
(Ressemblance peu garantie.)

De monsieur Grassouillet naguère
On vantait les membres dodus;
Mais, hélas ! tout passe sur terre :
Aussi l'an prochain, je l'espère,
Mons Grassouillet ne sera plus.

PORTRAIT DE M. DE L.[2]

Ce serin qui va jusqu'à l'ut*,
Est-ce un ténor à son début,
Ou bien un jeune substitut ?
— C'est un membre de l'Institut
Qui donne le la sur son luth.

* Prononcez *utte, débutte, substitutte* et *luthe*.

PORTRAIT DE M. DE C.

Celui qui verra ce front en verrue,
Ces naseaux véreux et cet œil vairon,
Se dira : Pourquoi lâcher dans la rue
Ce vieux sanglier né dans l'Aveyron,
Qui va devant lui flairant la chair crue ?
Sans souffrir ainsi qu'il y badaudât,
On devrait manger sa chair incongrue
De verrat dodu chez Véro-Dodat[3].

---

1. Caricature des *Adieux de Roméo et Juliette !* Voir le *Salon de 1846* (p. 439). En 1855 (p. 593), Baudelaire s'opposera à ceux qui plaisantent « de la laideur des femmes de Delacroix ». Il est impossible de croire que cette légende est de Baudelaire.
2. Un personnage dont la tête imite celle d'un oiseau.
3. Ce huitain funambulesque est certainement de Banville. C'est

Page 506.

CORPS ROYAL D'ÉTAT-MAJOR[1]

(Musique des hirondelles.)

F. DAVID.

Ta niche qui me garde,
Auprès de mon bocal,
Le soir monte la garde
Bravement, comme un garde
    National. *(ter.)*

PORTRAIT D'UN PROFESSEUR[2]

Cet horrible baudet, dessiné non sans chic,
  Jouit du noble privilège
De brouter, après l'heure où finit son collège,
  Les chardons de *L'Esprit public.*

UN MONSEIGNEUR

Admirez ce pasteur au milieu de sa cour,
Et le flot de satin qui sur ses jambes court
Comme un paon orgueilleux qui court dans une cour.
Hélas ! ce grand prélat, — car tout bonheur est court,
— Mourut de désespoir d'être un homme de Court[3].

sous son nom qu'il sera réimprimé dans *Le Parnasse satyrique du dix-neuvième siècle* [Bruxelles, 2 vol., t. I, 1864] — où paraissent aussi les six pièces condamnées des *Fleurs du mal* — avec ce titre : *Le Docteur Véron, imitation de charcuterie.* Véron était un magnat de la presse. Véro-Dodat, un charcutier-traiteur.

1. La caricature représente, en buste, dans un costume d'officier, un chien coiffé d'un chapeau de papier. Les auteurs visent-ils le *Portrait de M. F...*, *lieutenant du corps royal d'état-major*, par Alexandre-Gabriel Lebaillif ? Baudelaire ne le mentionne pas dans le *Salon de 1846.* — Félicien David (1810-1876) est resté connu par son opéra *Le Désert.*

2. La caricature représente un âne vêtu en professeur. Dans *L'Esprit public* Baudelaire a publié en février 1846 la traduction du *Jeune Enchanteur* (t. I, p. 523) et, le 15 avril, les *Conseils aux jeunes littérateurs* (p. 13). Ce périodique avait-il renoncé à sa collaboration ? Baudelaire voulait-il se venger ? Mais est-il l'auteur de la légende ?

3. La robe du cardinal a une ampleur exagérée. Raimon Pelez caricature ici le portrait, peint en 1843, du cardinal prince de Croy, archevêque de Rouen, grand-aumônier de France, mort le 1er janvier 1844, par Court (sur qui voir une allusion dans le *Salon de 1846,* p. 379). Le jeu des rimes fait penser à Banville.

Page 507.

SYMPTÔMES DE VENGEANCE[1]

C'est d'un Italien la mine meurtrière.
Il voudrait se venger; tremblons et filons doux :
Il peut nous assommer d'un seul coup, vertuchoux !
    Avec ses pattes de derrière.

PEINTURE OFFICIELLE

Admirez le début d'une brosse en bas âge !
Il n'avait pas cinq ans qu'au sortir de sevrage
Le jeune Raimon fils, épris de l'art nouveau,
Fit ce chef-d'œuvre épique, imité de *Nousveau*[2].

PEINTURE AQUATIQUE[3]

Ils ont l'air chagriné, dans cette nuit de Naple,
Comme s'ils entendaient le baryton Canaple.

Page 508.

GUDIN

Les pingouins de Gudin étaient des galiotes;
Mais le petit Gudin en a fait des cocottes[4].

PORTRAIT DE M. LE COMTE DE M.

Cet homme décoré, dont la cervelle est plate,
N'est pas un singe vert : c'est un grand diplomate.

1. Allusion à *L'Assassinat nocturne* d'Ignazio Manzoni cité par
Baudelaire dans le *Salon de 1846*, p. 452.
2. « Le jeune Raimon fils » désigne le fils du caricaturiste, Jean-
Louis Raimon Pelez, né à Paris le 29 juin 1838. On le trouve
en 1891 demeurant à Aubervilliers avec la qualité d'artiste-peintre.
— Édouard-Auguste Nousveaux (1811-1867), privé ici de son *x* final
par une licence toute poétique, expose *La Place du Gouvernement,
à l'île de Gorée (Sénégal). Passage de S.A.R. Mgr le prince de Joinville se rendant au Brésil pour son mariage (décembre 1842).* Baudelaire
ne le mentionne pas dans le *Salon de 1846*.
3. Allusion à la *Nuit de Naples* du baron Gudin ; voir p. 485 et
n. 1. Canaple, après avoir obtenu des succès en province, fut engagé
à Bruxelles. Il rompit son engagement à la fin de l'été de 1842 pour
chanter à l'Opéra de Paris, où il ne semble pas avoir conquis les
dilettanti. La *Revue et Gazette musicale de Paris*, dans son numéro
du 26 avril 1846, indique qu'il venait de rompre à l'amiable son
engagement, « par raison de santé ».
4. Gudin, *Vue de mer*. Des cocottes en papier apparaissent, en
effet, dans la caricature.

ANNONCE-OMNIBUS

Mademoiselle Ida
12, — place Bréda[1]

MADAME LA COMTESSE DE L.

(Vieux appas, vieux galons !)

Ce vieux morceau de parchemin,
Qui n'a plus rien de la nature,
Est bien l'exacte portraiture
Du noble faubourg Saint-Germain.

Page 509.

PIÈCES DE TOILE

(Prise de la Smala.)

Pour produire par an mille pieds de chefs-d'œuvre,
Que faut-il ? de l'aplomb et cinquante manœuvres[2].

TRIOMPHE DE LA MAISON CAZAL[3]

(Prise de la Smala.)

À l'ombre d'un riflard que le sommeil est doux !
Tous les Français sont morts : la victoire est à nous !

Page 510.

UN PROPAGATEUR DU VACCIN

Ce gros monsieur grêlé pose comme Narcisse,
Et chacun de ses doigts a l'air d'une saucisse.

---

1. Une femme à tête de chat. On sait que le quartier Bréda était celui des lorettes.
2. La toile d'Horace Vernet avait figuré au Salon de 1845 ; voir p. 357. La caricature montre quatre étages de peintres en train de couvrir une toile, le maître d'œuvre, mollement allongé, donnant ses ordres.
3. Cazal, breveté de S.M. la reine, est un grand marchand de parapluies, 23, boulevard des Italiens, « inventeur du coulant Cazal et des parapluies de voyage dont la canne se démonte à volonté, ce qui permet de s'en servir séparément » (*Bottin* de 1846).

CHEVEUX ET FAVORIS

Ce n'est pas un brigand pervers*,
Ce n'est pas non plus monsieur Herz[1].

* Prononcez *pervertz*.

FORÊT VIERGE

En peignant ces bouleaux pareils à des asperges,
L'auteur pour le fouetter nous a donné des verges.

LA NOTE DE BILBOQUET[2]

L'amour et la science, autour de nous tout change;
Tout change, et Chenavard succède à Michel-Ange;
Et depuis quarante ans tout en France a changé,
Excepté le dessin de monsieur Bellangé[3].

Page 511.

PAUVRE FAMILLE !

La pauvre famille en prières
Pousse un triste miaulement.
À les voir, on ne sait vraiment
Si leurs devants sont des derrières !

UN PARFAIT GENTILHOMME

Ceci n'est pas un pantin;
C'est un gentilhomme en chambre,
Fort au pistolet, et membre
Du jockey-club de Pantin.

1. Henri Herz (1806-1888), le célèbre pianiste et compositeur, professeur au Conservatoire, auteur d'une *Méthode complète de piano*.
2. Bilboquet est l'un des héros des *Saltimbanques*, célèbre parade de Dumersan et Varin créée au théâtre des Variétés en 1831. Il est passé maître en tours de toutes sortes comme en jeux de mots et en lazzi.
3. Sur Chenavard rivalisant avec Michel-Ange voir le *Salon de 1846* (p. 478). Hippolyte Bellangé [1800-1866] (Rouen, et Paris, 17, quai des Augustins, selon le livret du Salon) exposait trois toiles militaires : *Veille de la bataille de la Moskowa, Une halte* et *Un bivouac*.

Page 512.

ENTREVUE D'HENRI VIII ET DE FRANÇOIS Ier[1].

Ces princes sont ventrus comme Lepeintre jeune[2];
On dirait, tant leur mine est exempte de jeûne,
Tant ils ont l'air repu des bourgeois d'Amsterdam,
Deux éléphants venus du pays de Siam.

L'ATELIER DE DECAMPS[3]

Des briques, des cailloux, du plâtre, une truelle,
　　Une hache, une demoiselle,
Un marteau, des pavés, une pince, des clous,
Pour peindre l'Orient tels furent les joujoux
　　De ce peintre à l'âme cruelle !

PROFIL PERDU[4]

En vain les chenavards s'acharnent sur Decamps;
　　Il aura toujours, quoi qu'on fasse,
Un mérite de plus que tous nos fabricants :
Ses tableaux se voient mieux de profil que de face.

RETOUR DU BERGER[5]

Dans ce pays sauvage et sous ce ciel à franges,
Sans doute les esprits le soir dansent en rond.
Tandis que Delacroix fait des femmes oranges[6],
Faut-il donc que ton pâtre, ô Decamps ! soit si tronc.

1. Toile de Debon, « un franc et vrai peintre », lit-on dans le *Salon de 1846* (p. 447) où il est loué pour un *Concert dans l'atelier*. La caricature représente les deux souverains sous la forme de deux éléphants.
2. Lepeintre jeune (1788-1847), acteur, frère d'un autre acteur, Lepeintre aîné. Lepeintre jeune était obèse et tirait de son obésité même des effets de gros comique : « Une boule de chair, avec deux mains sur les côtés et deux pieds qui sortaient par-dessous » (*Grand Dictionnaire universel du XIXe siècle* de P. Larousse). Il fit les beaux jours du Vaudeville et des Variétés.
3. La caricature représente un mortier et un sac de « plâtre fin ».
4. Pour ces trois légendes dirigées contre Decamps voir le *Salon de 1846* (p. 448-451), où l'on trouvera cité Delacroix. Il y a chance qu'elles soient de Baudelaire.
5. C'est le titre d'une des toiles que Decamps expose en 1846. La caricature représente un vieil arbre au tronc creux.
6. Pour un reproche analogue adressé à Delacroix par ses ennemis voir p. 592 et 632.

Page 513.

UNE FEMME FORTE

(Madame la baronne de K.)

Un peintre trop épris de la célèbre George[1]
Peignit ce chrysocale et cet effet de gorge.

BUREAU DES CANNES

(Mademoiselle S. de L.)

Un canard fit ici le portrait de sa cane.
Cela coûte cinq francs : c'est le prix d'une canne.

LE REPOS DE LA SAINTE FAMILLE[2]

Pour le pauvre Devéria,
Qu'un sort fatal avaria
Et que Gannal[3] pétrifia,
Alleluia !

(Au désert enflammé, tête bêche et pieds nus,
Ils dorment dans les feux des sables inconnus.
On n'y rencontre, hélas ! ni savon ni cuvettes;
Où laveront-ils leurs chaussettes !

SAADI, *Orientales*.)

PROJET D'UN MUSÉE

Ce palais et ces murs, d'ordonnance suspecte,
Ont, hélas ! beaucoup moins d'aplomb que l'architecte[4].

1. L'actrice.
2. Toile d'Achille Devéria ; voir le *Salon de 1846* (p. 447).
3. « Embaumement et momification, conservation des corps humains », 6, rue de Seine (*Bottin* de 1846). F[iorentino], dans *Le Corsaire* du 20 avril 1847, consacre une partie de son feuilleton à Gannal à qui il reproche d'importuner les chroniqueurs en leur envoyant des lettres comme celle-ci : « Monsieur, M. V... fils, embaumé par moi en 1844, devant être exhumé samedi prochain à 9 heures précises au cimetière du Père-Lachaise pour être déposé dans un monument définitif, je serais heureux de vous voir assister à cette opération, etc. J'ai l'honneur de vous saluer, GANNAL. »
4. Auguste Magne expose en 1846 un *Projet de Musée de l'Industrie à ériger sur l'emplacement de l'île Louviers (suite des études exposées au Salon de 1845)*.

Page 514.

LE MARDI-GRAS SUR LE BOULEVARD[1]

Pareil aux songes creux d'un phalanstérien,
Ce fouillis de chapeaux, de bonnets et de casques
     De titis[2] et de bergamasques,
Tout ce déguisement de mannequins fantasques[3]
Est si bien déguisé que nous n'y voyons rien.

FI ! DIAZ

Le grand Diaz de la Pégna[4]
Chez le soleil se renseigna ;
Puis il lui prit un grand rayon
Qui maintenant sert de crayon,
Au grand Diaz de la Pégna.

Page 515.

CHASSE À COURRE SOUS LOUIS XV[5]
BALLADE

Au fond du bois
Le ciel flamboie.
La meute aboie ;
Piqueurs, hautbois,
Cerf aux abois,
Tout est en bois !

Ces juments rose pâle, à peine dégrossies,
Sont d'Alfred (dit de Dreux), et non pas d'un rapin.
Pour la forme, ce sont des chiffons de vessies ;
Ce sont pour la couleur des joujoux de sapin !

Au fond du bois
Le ciel flamboie, etc.

            ÜCERT. *Odes et ballades*[6].)

1. La caricature représente, au fond, des maisons. Au premier plan, un arbre sans feuilles et comme une série de barbelés.
2. Déguisements de carnaval qui imitent les costumes des jeunes ouvriers des faubourgs eux-mêmes appelés « titis ».
3. *Bergamasques* et *fantasques* rimeront dans le *Clair de lune* des *Fêtes galantes*.
4. Sur Diaz de la Peña voir le *Salon de 1846* (p. 453).
5. La caricature du tableau d'Alfred Dedreux représente des figurines en bois. Sur ce peintre voir le *Salon de 1846* (p. 471-472).
6. L'impression a été défectueuse (la parenthèse est fermée après *ballades* ; elle s'ouvrait avant la majuscule en grande capitale qui a également disparu). Il est possible que les auteurs veuillent désigner

PINTURA MORESCA

Ce cadre est en cheveux. Celui qui les peigna,
Un coloriste adroit, Diaz de la Peña,
Est Espagnol, j'en crois son accent circonflexe ;
Mais quant à son tableau, j'en ignore le sexe.

SAINT AUGUSTIN ET SAINTE MONIQUE[1]

Ces saints, qui regardaient les cieux calmes et doux,
Ont laissé retomber leurs têtes engourdies.
Sans doute dans les airs quelque démon jaloux
    Leur récitait des tragédies.

Page 516.

LES SAINTES FEMMES
(Tableau-feuilleton.)

Ary Scheffer, cet artiste modeste,
N'expose ci-dessus que le quart d'un tableau.
Nous avons, achetant à grands frais tout le reste,
    Reconstruit son Christ au tombeau ;
    Mais, voyez la chance funeste !
    De ces pauvres estropiés
Nous n'avons jamais pu nous procurer les pieds[2].

UN TABLEAU MAL ÉCLAIRÉ

Sur cette toile en deuil, qu'on eut soin de vernir,
Ma chère Anne, ma sœur, ne vois-tu rien venir !

Page 517.

INVISIBLE À L'ŒIL NU

Nous avons entendu maint polisson nier
La présence au Salon du fin Meissonier[3].
Il suffit, pour percer l'ombre qui l'enveloppe,
    De recourir au microscope.

le poète allemand Rückert ; ils lui prêtent des vers à la fois dignes et
indignes des *Ballades* du jeune Victor Hugo.
  1. Le tableau célèbre d'Ary Scheffer vivement moqué dans le
Salon de 1846 (p. 474-475).
  2. Ce tableau d'Ary Scheffer était exposé bien qu'il fût inachevé.
  3. M.-Cl. Chadefaux fait remarquer que Meissonnier (le nom est
ainsi imprimé dans l'original) n'a pas exposé en 1846 — ce qui
n'empêche pas Baudelaire de le moquer dans le *Salon de 1846* (p. 483).
La richesse de la rime peut faire attribuer cette légende à Banville.

OSTÉOLOGIE

En voyant s'écorner ces tessons attristants,
Le public dit en chœur : Dans cet amphithéâtre
Quel bonheur qu'on ait fait ce grand bonhomme en plâtre !
Sans cette circonstance il eût duré longtemps !

LA GALERIE D'APOLLON UN JOUR DE FOULE

Cherchez dans ce désert un remède à vos maux;
　　　On y rencontre des chameaux.

Page 518.

UN PEINTRE TRÈS FORT

Ce peintre n'a pas pu convaincre de sa force
Certain critique sourd, hurlant avec les loups;
La tête la première, il l'entre dans un torse
Du barbouilleur voisin dont il était jaloux.
Et fait, par ce moyen, d'une pierre deux coups.

LA GARDE MEURT !

Cambronne à l'ennemi poussa de telles bottes,
Qu'il ne reste de lui qu'un tricorne et des bottes[1].

Page 519.

VIVE LA LITHOGRAPHIE[2] !

Aloïs, inventeur élégiaque et morne
De la lithographie et des boutons en corne.

TROIS COUPS POUR UN SOU !

C'est un petit bon Dieu de plâtre,
Dont la tête porte un emplâtre[3].

---

1. Allusion au *Cambronne* en plâtre de De Bay. Voir le *Salon de 1845* (p. 405).
2. Allusion à la statue d'Aloys Senefelder (1772-1834), inventeur de la lithographie (1796), par Hippolyte Maindron. Cette statue fut placée dans la célèbre imprimerie lithographique de Lemercier. G. Staal en a fait une gravure que publia *Le Magasin pittoresque* en septembre 1846 (t. XIV, p. 292).
3. Barre expose *Jésus-Christ venant de recevoir le supplice de la flagellation*.

Page 520.

MONSIEUR Q[1].

> (L'auteur consciencieux de cette bonne boule
> Tient citrouilles, panais, carottes et ciboule.)

BOIS DONT ON FAIT LES VIERGES[2]

> Pour nommer ceci bûche il suffit qu'on le voie;
> Cent comme celle-là font une demi-voie.

Page 521.

MONUMENT EXPIATOIRE

> À deux canards assassinés
> Ces marbres blancs sont destinés.
> Une nuit, aveuglé par les dieux implacables,
> Et par un billet de cinq cents,
> Un sacrificateur pour des perdreaux coupables
> Égorgea ces deux innocents.
> Un ancien bas-relief, trouvé dans une armoire,
> De ce forfait affreux nous garde la mémoire.

Page 522.

LA POÉSIE LÉGÈRE[3]

> Cette lyre en Ruolz et ce marteau de porte
> Pèsent de tout leur poids sur ce manteau léger;
> Je ne veux pas de mal à celle qui le porte,
> Mais je lui dirais zut s'il fallait m'en charger.

Page 523.

ÉPILOGUE

À l'an prochain, messieurs! (v. 1).

Nous l'avons dit, p. 1327, il n'y eut pas de seconde année.

Page 524.

Adieu donc! pardonnez les fautes de l'auteur (v. 5).

Jean Pommier (*Dans les chemins de Baudelaire*, p. 46) a fait remarquer que l'épilogue se clôt à la manière des pièces du *Théâtre de*

---

1. Allusion au buste de Cuvier par Huguenin.
2. Allusion à la statue en bois de la Vierge par Gayrard père (sur qui voir une allusion du *Salon de 1846*, p. 488).
3. Statue de Pradier; voir le *Salon de 1846* (p. 489).

Clara Gazul de Mérimée (1825). Et Jacques Crépet, que le chapitre contre Ponsard des *Mystères galants* (p. 1004) se termine d'une manière analogue par un trait emprunté à l'*Albertus* de Gautier. Serait-ce suffisant, en l'absence de tout témoignage externe, pour faire de Baudelaire l'auteur de cet épilogue ?

Page 525.

DE L'ESSENCE DU RIRE

Le Portefeuille, 8 juillet 1855 *(1855)*.
Le Présent, 1er septembre 1857 *(1857)*.
Curiosités esthétiques, Michel Lévy frères, 1868 *(CE)*.

Texte adopté : celui de 1868. Il reproduit, à de rares exceptions près, celui de 1857, qui diffère sensiblement de celui de 1855.

L'historique de cet essai et des deux études sur les caricaturistes, français et étrangers, qui ont dû former avec lui un ensemble, est long et délicat. À placer ces pages à la date de première publication, on risque d'en fausser le sens et d'en amoindrir l'originalité. L'examen que nous en avions fait (*BET*, 80-94) nous avait permis de conclure qu'elles datent, dans une première version, de 1846 au plus tard, qu'elles ont été remaniées vers 1851-1853 et enfin mises à jour au moment de la publication. Nous n'avons pas à modifier cette conclusion.

Au second plat, verso, du *Salon de 1845* est annoncé comme étant sous presse, entre autres, *De la caricature*. Le 4 décembre 1847, Baudelaire écrit à sa mère : « Il y a à peu près huit mois que j'ai été chargé de faire deux articles importants qui traînent toujours, l'un une *histoire de la caricature*, l'autre une *histoire de la sculpture* » (*CPl*, I, 145). Probablement durant l'été de 1851, il propose à Dutacq, administrateur du *Pays*, quelques « feuilletons intitulés : *Du comique dans les arts et des caricaturistes*. [...] il y a une partie philosophique qui est *courte*, le reste est une revue des caricaturistes »; nombre de signes typographiques : 120 000; un « livre », croit-il (*CPl*, I, 174-175). On reconnaît ici la division entre l'essai sur le rire et les deux études sur les caricaturistes. Au début de 1852, alors que Baudelaire et ses amis pensent à donner un successeur à la *Semaine théâtrale* sous la forme du *Hibou philosophe*, Champfleury, établissant le projet de présentation typographique de la revue, mentionne dans une liste de titres : *De la caricature*, par Baudelaire (collection Armand Godoy, dossier 41; voir p. 1102). Quelques semaines plus tard, dans une notice bio-bibliographique adressée à Watripon, Baudelaire déclare : « Vous pouvez ajouter à cela [qui a été publié] : *Physiologie du rire* qui paraîtra prochainement, à la *Revue de Paris*, sans doute, ainsi que *Salon des caricaturistes*, et *Les Limbes*, poésies, chez *Michel Lévy*. Ce ne sera pas un mensonge, puisque cela va paraître très prochainement, et sans doute avant le volume biographique » (t. I, p. 784).

Ce n'était pas « un mensonge ». En effet, Champfleury avait publié, dans *L'Événement* du 20 avril 1851[1], le passage sur le Pierrot anglais, ainsi présenté dans des « Sensations de voyage d'un essayiste » :

« Il y a bien peu de personnes à Paris qui comprennent ces sortes de mystères dramatiques [les pantomimes] et qui ont l'amour sincère de ces muets spectacles. En tête, je citerai Théophile Gautier et Gérard de Nerval, qui m'ont si puissamment aidé dans mes efforts; et, à côté d'eux, mon ami B...d...r, dont je veux citer un fragment inédit, tiré d'un livre sous presse : *De la caricature, et généralement du comique dans les arts.* Ce qu'il a dit du Pierrot anglais, nul ne saurait mieux le dire, et je n'ai pas essayé de lutter avec lui : [suit le passage qu'on lira p. 538[2].] »

En mars 1853 Baudelaire confie à sa mère que le manuscrit des *Caricaturistes* est resté en gage dans un hôtel (*CPl,* I, 212) : le livre eût été édité par Victor Lecou. Le 31 octobre, trois semaines sont encore nécessaires pour achever « *Caricatures* » (*CPl,* I, 233). C'est alors, ou en 1854, ou au début de 1855, que Baudelaire propose son essai à la *Revue des Deux Mondes,* adressant au secrétaire de cette revue les lignes suivantes :

« DE LA CARICATURE, ET GÉNÉRALEMENT
DU COMIQUE DANS LES ARTS, PAR CHARLES BAUDELAIRE

« *Voici la troisième fois* que je recopie et recommence d'un bout à l'autre cet article, enlevant, ajoutant, remaniant, et tâchant de me conformer aux instructions de M. V. de Mars.

« Le ton du début est changé; les néologismes, les taches voyantes sont enlevées *[sic].* La citation mystique de Chennevierres [*sic ;* voir p. 528] est transformée. L'ordre est modifié. Les divisions sont augmentées. Il y a des passages nouveaux sur *Léonard de Vinci, Romeÿn de Hooge, Jean Steen, Brueghel le drôle, Cruikshank le père, Thomas Hood, Callot, Watteau, Fragonard, Cazotte, Boilly, Debucourt, Langlois du Pont de l'Arche, Raffet, Kaulbach, Alfred Rethel, Toppfer, Bertall, Cham et Nadar*[3]. L'article qui concerne Charlet est très adouci. J'ai ajouté une conclusion philosophique conforme au début.

« C. B.

PROGRAMME DE L'ARTICLE »

1. Cette publication a été retrouvée par Malcolm E. McIntosh, *Modern Language Notes,* novembre 1957.
2. Ce passage sera encore cité par Champfleury en 1854 et 1859; voir p. 1349 sq. Le nom de Baudelaire est alors clairement donné. En 1854, dans la présentation, « sous presse » s'agrémente de la précision : « depuis dix ans seulement » — durée qui est portée à quinze ans en 1859. Ce qui nous renvoie à 1844.
3. On a respecté les graphies de Baudelaire.

Les noms de Thomas Hood et d'Alfred Rethel ont été ajoutés au bas de la note et reliés par un trait à la place qu'ils devaient occuper dans le texte.

Cette note est à rapprocher de l'insertion, le 1ᵉʳ juin 1855, de dix-huit *Fleurs du mal* dans la *Revue des Deux Mondes*. Elle est sans doute plus proche de l'époque de cette publication que de 1853. Peut-être est-elle même de peu postérieure à cette insertion. Buloz n'avait pas eu à se louer de la collaboration du jeune poète, que, malgré sa « note paternelle », quelques lecteurs lui avaient reprochée. De dépit Baudelaire aurait confié son essai — amputé, hélas ! de parties importantes — à cette obscure petite revue, *Le Porte-feuille,* où il parut le 8 juillet 1855. *Le Présent,* en 1857, ne sera guère mieux diffusé. Il faut donc noter que l'essai philosophique est resté confiné dans les revues de chapelles, alors que les études sur les caricaturistes publiées d'abord dans *Le Présent* en 1857 seront republiées en 1858 dans une grande revue : *L'Artiste.*

Cet historique appelle deux remarques.

Baudelaire est très prudent. Il laisse Champfleury publier le passage sur le Pierrot anglais, tel un ballon d'essai ; il a procédé de même pour ses poèmes. Mais il cesse bientôt de s'intéresser aux résultats de l'expérience. Sut-il jamais que c'était grâce à Champfleury que son essai, par un fragment, avait été lu ? Si Maurice Sand connaît ce fragment, il en doit la connaissance à Champfleury, non à Baudelaire (voir p. 1351).

L'ambition de Baudelaire est sans bornes. Son génie n'admet pas l'économie. Il englobe dans son projet une grande partie de l'art occidental. Sur les vingt et un noms qu'il cite à Victor de Mars, trois ou quatre seulement (quatre si l'on compte Vinci, voir p. 570) feront l'objet de commentaires dans les *Caricaturistes.* De son opinion sur quelques autres artistes nous sommes informés directement ou indirectement, en prose ou par la poésie. Mais que pensait-il de Romeyn de Hooghe, de Jan Steen, de Watteau (fils ?), de Tœpffer, de Cham et même de son ami Nadar ? Lorsqu'il publia *De l'essence du rire* dans *Le Portefeuille,* il en fit accompagner le texte de cet avertissement : « Cet article est tiré d'un livre intitulé *Peintres, Statuaires et Caricaturistes,* qui paraîtra prochainement à la librairie de Michel Lévy » ; on entend ici l'écho du dernier paragraphe de la première section. Une note des *Caricaturistes français* précise en 1857 : « Ce fragment est tiré d'un livre resté inachevé et commencé il y a quelques années. » Un livre, ce mot revient plusieurs fois sous la plume de Baudelaire. En fait, les 120 000 signes indiqués à Dutacq en 1851 correspondent à peu près aux 117 000 signes de l'essai sur le rire et des études sur les caricaturistes tels que nous les lisons. C'est plutôt d'un dossier que Baudelaire a extrait pour les publier les trois parties qu'ont recueillies les *Curiosités esthétiques.* On ne se consolerait pas de savoir ce dossier perdu : sur plusieurs artistes, et non des moindres, il nous révélerait des opinions inconnues de Baudelaire.

Le livre qu'il rêvait aurait été primitivement (voir *supra*) « une *histoire de la caricature* ». Il abandonna assez tôt cette perspective sans doute en accord avec Champfleury[1] qui publiera en 1865, chez Dentu, une *Histoire de la caricature antique* et une *Histoire de la caricature moderne,* en appelant Baudelaire à collaborer poétiquement à ce second volume (voir t. I, p. 167), tout en le citant d'abondance.

Pour rendre chronologiquement à l'essai de Baudelaire son importance en faisant comprendre le guignon qui l'a étouffé, il faut imaginer *Le Rire* de Bergson publié dans de petites revues de la bohème.

Baudelaire était conscient de la valeur de son œuvre. Il comprend *De l'essence du rire* et l'étude sur les caricaturistes *français* dans les plans qu'il adresse à Julien Lemer le 3 février 1865 et à Ancelle, pour Hippolyte Garnier, le 6 février 1866 (*CPl*, II, 444 et 591). Y a-t-il lieu de croire qu'était exclue l'étude sur les caricaturistes étrangers ? *Quelques caricaturistes français et étrangers* est un titre qu'on lit dans un projet de sommaire établi, en 1857, pour les *Curiosités esthétiques* (p. XI), et *Caricaturistes étrangers* figure seul, avec *De l'essence du rire,* dans une *Bibliographie Ch. Baudelaire* (t. I, p. 786). L'intention de Baudelaire était, n'en doutons pas, de réunir les trois parties d'un plus large ensemble.

Pour apprécier l'originalité de Baudelaire on se reportera au beau livre illustré écrit en allemand par Werner Hofmann, dont la traduction française, *La Caricature de Vinci à Picasso,* due à Anna-Élisabeth Leroy et Édouard Roditi, a paru chez Gründ (Paris, s. d.). Dans un article postérieur (« Baudelaire et la caricature », *Preuves,* nº 207, mai 1968), W. Hofmann, remarquant des coïncidences entre le comique absolu selon Baudelaire et la « totalité de l'humour » chez Jean-Paul Richter, se demande si le premier a lu la *Vorschule der Aesthetik* du second. Mais on traite ici ne sera traduit en français qu'en 1862. Il ne semble pas que des traductions partielles aient pu influencer Baudelaire. Celui-ci, en donnant droit de cité artistique à la caricature et en définissant le grotesque comme une catégorie esthétique, est donc en France un novateur.

a. C'est bien le texte de CE. En 1855 et en 1857 on lit : que des matériaux;

1. Cette division du travail a été faite, nous l'avons dit ci-dessus, entre Baudelaire et Champfleury.

Page 526.

a. Et chose au moins aussi mystérieuse, c'est que ce spectacle *1855*

1. Voir l'article de Yoshio Abé, « La Nouvelle Esthétique du rire : Baudelaire et Champfleury entre 1845 et 1855 », *Annales de la Faculté des lettres,* Université Chūō, Tokyo, t. XXXIV, mars 1964, p. 18-30.

1. Robert Macaire est l'antihéros de *L'Auberge des Adrets,*
mélodrame en trois actes de Benjamin Antier, Saint-Amand
[= Amand Lacoste] et Paulyanthe [= Chapponnier] (1823). « Frédérick Lemaître changea la nature de la pièce par la conception d'un
assassin sarcastique associé à une sorte de Sancho timoré [Bertrand];
et chaque jour amena une variante à ce canevas complaisant qui se
gonflait de railleries dont la bouffonnerie enlevait la réalité sanglante » (Champfleury, *Histoire de la caricature moderne,* p. 119). En
1834, Antier écrivit en collaboration pour Frédérick Lemaître un
Robert Macaire, pièce en quatre actes et dix tableaux, qui fut interdite.
Charles Philipon eut alors l'idée de donner la vie par le crayon à ce
type devenu fameux. Il la fit réaliser par Daumier, qui en 1836
donna dans *Le Charivari* la série des *Cent et un Robert Macaire* (voir
p. 555). Le bandit fanfaron fut « la figure symbolique de l'inventeur
sans inventions, du fondateur de compagnies sans compagnons, du
bailleur de fonds sans caisse, du médecin célèbre sans malades,
de l'illustre avocat sans causes, du négociateur de mariages sans
dots, etc. » (Champfleury, *op. cit.,* p. 122-123).

2. Sur le goût de Cramer-Baudelaire pour Rabelais voir *La Fanfarlo* (t. I, p. 554).

3. Cette formule est tombée des lèvres de Bossuet. Comme l'a
montré James S. Patty (« Baudelaire and Bossuet on Laughter »,
P.M.L.A., septembre 1965, p. 459-461), Baudelaire l'emprunte aux
Maximes et réflexions sur la comédie.

Page 527.

a. avant que de se permettre le rire, comme   *1855*

1. Dans le recueil *Vers* (1843), auquel Baudelaire faillit collaborer, on trouve ce vers de Le Vavasseur : « Dieux joyeux, je vous
hais; Jésus n'a jamais ri ! » Autre argument en faveur de l'ancienneté
de cet essai.

Page 528.

a. dans les yeux   *1855*

1. Tout ce passage est emprunté aux *Contes normands* (1842), par
Jean de Falaise (pseudonyme de Ph. de Chennevières), recueil tiré
à trois cents exemplaires seulement et non mis dans le commerce,
dont Baudelaire rendit compte dans *Le Corsaire-Satan* du
4 novembre 1845 (p. 3). Ce n'est pas la seule phrase terminée par
l'astérisque que Baudelaire doit à Chennevières : c'est bien tout le
passage, depuis « Dans le paradis terrestre... » jusqu'à la fin du paragraphe. On serait tenté de croire qu'il en a agi comme il en use à
l'égard de Stendhal dans le *Salon de 1846.* Mais, si l'on se reporte à la
note pour V. de Mars (p. 1343) : « La citation mystique de Chennevierres *[sic]* est transformée », on peut penser que Baudelaire avait,
dans une première version, cité le texte entre guillemets et que le

laminage auquel il procéda ensuite est cause de l'impression un peu gênée qu'on éprouve à lire ces lignes de Chennevières :

« Le Seigneur Dieu avait fait la joie dans le cœur de l'homme avant qu'il l'eût formé du limon, de même qu'il avait fait toutes les plantes des champs avant qu'elles fussent sorties de la terre. — Or, la joie n'était point dans le rire, mais il semblait à l'homme comme il avait semblé à Dieu, que toutes choses créées étaient bonnes, c'est pourquoi il vivait dans un contentement plein de délices, et aucune peine ne l'affligeant, son visage était simple et le rire, qui est maintenant parmi les hommes et par lequel nous témoignons notre joie[,] ne déformait point les traits de sa face. La volupté de la créature n'avait point de fin, et elle était toujours égale et sans fatigue, et avant que l'homme eût été livré à la terre pour n'avoir point gardé la parole du Seigneur, l'homme n'avait jamais connu la douleur qui sort de ses yeux par les larmes. Le rire ni les larmes n'ont jamais été vus dans le paradis de délices; ils sont ensemble les enfants de la peine, et ils sont venus, le corps de l'homme s'étant affaibli et manquant de force pour les contraindre.

« Quand quelque chose agréable s'offre à l'homme, le transport qui le saisit est si fort, le bonheur étant rare en terre, que tout son corps s'en agite avec des apparences terribles. Quand la douleur que le Seigneur envoie s'empare de l'homme avec violence, tout son corps est de nouveau ébranlé, son cœur est gonflé, sa poitrine est déchirée par les sanglots. Ainsi je dis que le rire de ses lèvres est signe d'aussi grande misère que les larmes de ses yeux. Dieu n'a point mis dans la bouche de l'homme les dents du lion, mais l'homme mord avec le rire, ni dans ses yeux toute la ruse du serpent, mais il séduit avec les larmes, et aussi avec les larmes l'homme lave les peines de l'homme, avec le rire il adoucit son cœur et l'attire. »

Rien là d'un conte normand, contrairement au titre du volume. Les *Contes normands* se ferment sur un « Épilogue » qui ne constitue pas la fin du livre. Un autre chapitre s'ouvre, « Le Livre fossile », qui nous montre l'auteur se promenant dans la région de Dieppe et y découvrant « un morceau de l'écriture originelle et antédiluvienne » que Dieu avait enseignée aux hommes. Cette écriture est celle de Manaël, fils de Tubal Caïn. Le passage cité appartient à cette révélation caïnite, qui ne pouvait être indifférente à l'auteur d'*Abel et Caïn*.

L'année où paraît le compte rendu de Baudelaire fournit un autre élément pour dater la première composition de l'essai.

2. Dans « *J'aime le souvenir de ces époques nues,...* » (t. I, p. 11), Baudelaire associe de même primitivisme et pureté.

Page 529.

a. favorite. La *1855*

1. Baudelaire l'aura visitée durant son séjour à l'île Maurice en 1841.

2. Les libraires y avaient leur quartier général.

3. Marie-Antoinette. *Paul et Virginie* a paru en 1787.

Page 531.

a. un certain orgueil pour ainsi dire inconscient. *1855*

b. entrailles. Il ne dort jamais, *1855*

c. providentiel. Ainsi le *1855*

1. Voir le *Hibou philosophe*, p. 51.

2. *Melmoth the Wanderer*, par le Révérend C. R. Maturin, parut à Édimbourg en 1820 et fut adapté deux fois en français dès l'année suivante. En 1859-1860 Baudelaire aura l'intention de traduire un drame de Maturin, *Bertram* (*CPl*, I, 613; II, 41). En 1865, celle de traduire *Melmoth*, après qu'il aura appris que Lacroix et Verboeck-hoven avaient commandé une traduction à Mlle Judith (*CPl*, II, 461 sq.). Melmoth, le rire, la glace sont associés dans les *Vers pour le portrait de M. Honoré Daumier* que Baudelaire adresse à Champfleury pour l'*Histoire de la caricature moderne* en mai 1865 (t. I, p. 166). Sur Baudelaire et Maturin voir l'introduction de Marcel Ruff à son édition de *Bertram* traduit par Nodier et Taylor (José Corti, 1956). Le roman noir et satanique de Maturin n'a pas perdu ses vertus : les surréalistes, André Breton en tête, lui avaient voué une vive admiration.

3. Jonathan Mayne (*The Painter of Modern Life and other Essays*, p. 153) rapproche de ce passage les lignes suivantes de *Melmoth* (2e éd., t. III, p. 302) : « A mirth which is not gaiety is often the mask which hides the convulsed and distorted features of agony — and laughter, which never yet was the expression of rapture, has often been the only intelligible language of madness and misery. Ecstasy only smiles — despair laughs... »

Page 532.

a. à quelque nation qu'ils *1855*

Page 533.

a. et aspirer sincèrement à la poésie pure, *1855*

b. un âne manger des figues, *1855*

c. et en phallus, je crois *1855 ; il se peut que ce soit là une suppression demandée en 1855 par « Le Portefeuille » et non une addition de 1857. En 1868 armée et non armés, ce qui est sans doute une faute.*

1. L'anecdote est rapportée par Valère Maxime (I, 10), par Lucien (*Macrobites*), par Érasme (*Adages,* I, 10, 71), mais c'est à Rabelais que Baudelaire en doit la connaissance. Au chapitre xx de *Gargantua* on entend Ponocratès et Eudémon s'esclaffer de rire au point, presque, d'en rendre l'âme, « ne plus ne moins que Crassus voyant un asne couillart qui mangeoit les figues qu'on avoit apresté, pour le disner, mourut de force de rire ».

Page 534.

1. Ce passage est, pour l'époque, étonnant. L'art érotique était tu, l'art oriental, ignoré. Il faut d'ailleurs penser au contexte profondément sérieux dans lequel Baudelaire insère ces réflexions pour expliquer le peu de chances qu'il avait de publier cet essai dans une grande revue.

Page 535.

a. dans le cas de grotesque,   *1855 et CE. La leçon du « Présent » s'impose.*

Page 536.

1. Il est possible que ce passage ne date pas de la rédaction primitive. En 1846 Baudelaire n'est pas, comme il l'est ici, obsédé par l'idée du péché originel, selon la juste remarque de Felix Leakey (*Baudelaire and Nature*, p. 150, n. 2). En revanche, le chapitre suivant appartient vraisemblablement aux années 1845 et suivantes. Poe va remplacer Hoffmann au premier rang des admirations de Baudelaire. Il est significatif que dans tout ce texte Poe n'intervienne jamais.

Page 538.

a. que j'ai vu jouer.   *1855*

b. Debureau   *Tous textes ; fautes fréquentes dont peuvent être responsables les typographes.*

1. J. Mayne a peut-être identifié et daté cette pantomime (*The Painter of Modern Life and other Essays*, p. 159-160) : « *Arlequin,* pantomime anglaise en trois actes et onze tableaux », représentée au théâtre des Variétés du 4 août au 13 septembre 1842. Gautier en a rendu compte dans *La Presse* du 14 août. J. Mayne constate plusieurs ressemblances entre le texte de Baudelaire et celui de Gautier. Lois Hamrick (*The Role of Gautier in the Art Criticism of Baudelaire,* thèse de Vanderbilt University, 1975) met en doute la découverte de J. Mayne : *Harlequin* a eu du succès ; dans la pantomime aucun caractère, d'après les journaux du temps, qui corresponde au personnage de Léandre. Mais Baudelaire a pu assister à une représentation où il y avait peu de spectateurs et contaminer des souvenirs de plusieurs pantomimes. En septembre 1846, il assiste à une pantomime de Champfleury, *Pierrot valet de la mort,* au théâtre des Funambules (*Bdsc,* 90). L. Hamrick, au reste, ne propose pas de substituer une autre hypothèse à celle de J. Mayne, qui nous semble donc encore valide.

2. Ce passage — nous l'avons annoncé, p. 1343 — était cité par Champfleury dès le 20 avril 1851 dans *L'Événement*. Voici le texte :

« Le Pierrot anglais n'est pas le personnage pâle comme la lune, mystérieux comme le silence, souple et muet comme le serpent,

droit et long comme la potence, auquel nous avait accoutumé
Deburau. Le Pierrot anglais arrive comme la tempête, tombe comme
un paquet, et quand il rit il fait trembler la salle. Ce rire ressemblait
à un joyeux tonnerre. C'était un homme court et gros, ayant augmenté sa prestance par un costume chargé de rubans superposés qui
faisaient autour de sa personne l'office des plumes et du duvet
autour des oiseaux ou de la fourrure autour des angoras. Par-dessus
la forme de son visage il avait collé crûment, sans gradation, sans
transition, deux énormes plaques de rouge pur. La bouche était
agrandie par une prolongation simulée des lèvres, au moyen de deux
bandes de carmin ; de sorte que, quand il riait, la bouche avait l'air
de s'ouvrir jusqu'aux oreilles. Quant au moral, le fond était le même
que celui que nous connaissons : insouciance égoïstique et neutralité. *Indè,* accomplissement de toutes les fantaisies gourmandes et
rapaces au détriment, tantôt de l'Arlequin, tantôt de Cassandre et de
Léandre. Seulement, là où Deburau eût trempé le bout du doigt
pour le lécher, il y plongeait les deux poings et les deux pieds, et
toutes choses s'exprimaient ainsi dans cette singulière pièce, avec
emportement : c'était là le vertige de l'hyperbole. Pierrot passe
auprès d'une femme qui lave le carreau de sa porte ; après lui avoir
dévalisé les poches, il veut faire passer dans les siennes l'éponge, le
balai, le baquet et l'eau elle-même.

« Pour je ne sais quel méfait, Pierrot devait être finalement guillotiné. Pourquoi la guillotine au lieu de la potence en pays anglais ?
Je l'ignore ; sans doute, pour amener ce que l'on va voir : l'instrument funèbre était donc amené sur les planches ; après avoir lutté
et hurlé comme un bœuf qui sent l'abattoir, Pierrot subissait enfin
son destin. La tête se détachait du cou, cette grosse tête blanche et
rouge, et roulait avec bruit devant le souffleur, montrant le disque
saignant du cou et la vertèbre scindée. Mais voilà que subitement,
ce torse raccourci, mû par la monomanie irrésistible du vol, se dressait, escamotait victorieusement sa propre tête, comme un jambon
ou une bouteille de vin, et se la mettait dans sa poche. Avec une
plume, tout cela est pâle et glacé ; que peut la plume contre une
pantomime ?

« La pantomime est l'épuration de la comédie. C'en est la quintessence, c'est l'élément comique pur, dégagé et concentré. Aussi,
avec le talent spécial des acteurs anglais pour l'hyperbole, toutes
ces monstrueuses farces prenaient une réalité étrangement saisissante. »

Le texte de 1851 — dont on a remarqué qu'il est plus bref que
celui du passage correspondant dans l'essai de 1855-1857 — a le
même titre que dans la note pour V. de Mars. Il offre sans doute le
premier état. Champfleury va reproduire ce passage dans ses *Contes
d'automne* (Victor Lecou, 1854), puis dans ses *Souvenirs des Funambules*
(Michel Lévy frères, 1859), ceux-ci ne différant de ceux-là que par la
suppression du *Comédien Trianon,* prose qui met en scène Philibert
Rouvière, lequel était aussi des amis de Baudelaire (voir p. 60 et

241). De 1851 à 1855 on constate quelques variantes minimes, dont la responsabilité incombe certainement à Champfleury. Et une modification importante; on lit, en effet, dans les *Contes :* « ... un fragment inédit, tiré d'un article sous presse depuis dix ans seulement... » Ce qui est aggravé en 1859 : « ... depuis quinze ans seulement... » Le livre (p. 1342) s'est transformé en article. L'adverbe souligne bien la procrastination baudelairienne. La constatation est devenue une plaisanterie. Passe encore pour les *Contes* qui paraissent avant que l'essai de Baudelaire ne soit publié. Mais en 1859 Champfleury ignorait donc la publication de l'*Essence du rire* en 1855 et en 1857 ! Il ne semble cependant pas qu'ils fussent brouillés à l'époque (voir une lettre de Baudelaire à Champfleury qu'on peut rapporter à la mi-décembre 1859; *CPl*, I, 630).

Le *Vert-vert* publie, le 30 novembre 1859, un article de Maurice Sand intitulé *Clown.* On y trouve ces lignes : « Pour définir le Pierrot anglais, M. Champfleury cite le passage suivant, emprunté à M. Baudelaire : " Le Pierrot anglais n'est pas le personnage pâle [...] le baquet et l'eau elle-même. " » Le *Vert-vert,* journal qui donne les programmes des théâtres, reproduit l'article de Maurice Sand et donc le passage de Baudelaire dans ses numéros du 1er, du 2, du 3, du 4 et du 5 décembre. Baudelaire est cité au travers de Champfleury.

Ainsi, du vivant de Baudelaire, le passage sur le Pierrot anglais aura été publié douze fois ! C'est le texte de Baudelaire qui a été le plus souvent reproduit.

3. Regrettable dans le sens ancien : digne d'être regretté; Deburau était mort en juin 1846.

Page 539.

a. qui sent l'abattoir, *1855*

1. Graphie anglaise d'Arlequin (et ancienne graphie française attestée jusqu'au XVIIIe siècle).

Page 540.

a. avec éclats de rire, pleins de gaîté et de contentement; *1855*

Page 541.

a. merveilleux. / Cependant Harlequin *1855*
b. d'Hoffmann. *[Pas d'alinéa.]* Dans *1855*
c. de retomber régulièrement sur la tête, qu'elle *1855*
d. toutes ses splendeurs. *CE ; on a corrigé.*

Page 542.

a. qu'on ne le croit *1855 et 1857*

Page 543.

a. dans l'homme l'existence *1855*

1. J. Crépet rapprochait cette conclusion de deux passages de *Fusées* : « Raconter pompeusement des choses comiques » (IV, 4 ; t. I, p. 652) et : « Le mélange du grotesque et du tragique est agréable à l'esprit comme les discordances aux oreilles blasées » (XII ; t. I, p. 661).

Est-ce là la « conclusion philosophique » que dans sa note pour V. de Mars (p. 1343) Baudelaire déclarait avoir ajoutée ?

Page 544.

QUELQUES CARICATURISTES FRANÇAIS

Le Présent, 1er octobre 1857 *(1857).*
L'Artiste, 24 et 31 octobre 1858 *(A).*
Curiosités esthétiques, Michel Lévy frères, 1868 *(CE).*

Texte retenu : celui de 1868, qui reproduit le texte de 1858 (voir la variante *b* de la page 554).

Dans *Le Présent* (petite revue qui venait de prendre la défense de Baudelaire lors du procès ; voir t. I, p. 1189-1191), le début du texte est séparé du titre par une ligne de points qui indique que ce morceau est détaché d'un ensemble.

Pour la date de composition voir *supra* les généralités sur *De l'essence du rire.*

a. raide   *1857 ; de même, deux phrases plus bas.*
b. qu'on ne le croit généralement. Telle   *1857*
c. et ses cheveux sur   *1857*

1. Carle Vernet (Bordeaux, 1758 ; Paris, 1836), fils de Joseph Vernet, l'auteur de marines, et père d'Horace Vernet.
2. Au sens que ce mot avait dans les beaux-arts : une figure dessinée d'après un modèle vivant et nu.

Page 545.

1. Baudelaire, en fait, pense à une caricature de Darcis gravée d'après Guérain ; voir les commentaires sur *Le Jeu* (t. I, p. 1028).
2. Edme-Jean Pigal (Paris, 1798 ; Sens, 1872). On a exposé en 1968 (n° 421) la planche 43 de la suite des *Scènes populaires,* — lithographie coloriée intitulée *J't'aime tant !* J. Mayne (*The Painter of Modern Life,* pl. 40) reproduit une lithographie conservée au Victoria and Albert Museum et intitulée : *The other foot, Sir, please.* C'est le n° 7 de la série *Miroir de Paris* publiée par *Le Charivari.* On y voit un cireur de chaussures et un gentleman très fier de lui. Albert de La Fizelière, ami de Baudelaire, a publié un article sur Pigal dans *L'Union des arts* du 5 février 1865.
3. Voir le Répertoire des artistes.

Page 546.

a. pas trop bien *1857*

b. que ces jeunes gens   *CE ; on a corrigé la faute.*

1. Pour l'emploi de ce mot voir aussi la première phrase du *Choix de maximes consolantes sur l'amour* (t. I, p. 546).

2. Voir, p. 1342, les généralités sur *De l'essence du rire*.

3. Béranger mourut le 16 juillet 1857. Sur les sentiments que lui portait Baudelaire voir aussi les projets de lettre à Jules Janin (p. 232 et 234) et *CPl,* I, 419, 942.

Page 547.

a. pat-à-qu'eſt-ce 1857

1. Allusion au roman de Balzac, *Les Paysans,* dont la première partie fut publiée dans *La Presse* en décembre 1844 et qui ne paraîtra en volume qu'après la mort de l'auteur.

Page 548.

a. espèce. L'idée eſt bonne, mais le dessin *1857*

1. Charlet a publié chez Gihaut en 1826 une suite de *Croquis lithographiques à l'usage des enfants,* dont quatre planches ont été exposées en 1968 (nᵒˢ 386-389).

2. Auguste Barbier. Baudelaire emprunte ces expressions aux *Ïambes,* X :

> *La race de Paris, c'est le pâle voyou*
> *Au corps chétif, au teint jaune comme un vieux sou.*

Les sentiments hoſtiles qu'il exprimera plus tard dans la notice des *Poètes français* (p. 141) tendent à prouver encore que la rédaction de cette page fut précoce, même si ce « Charlet » a été retouché. L'expression *enfants terribles* doit venir d'une série de Gavarni; voir p. 560.

3. Planche 4 de l'*Album lithographique* publié chez Gihaut en 1832 (Exp. 1968, nᵒ 392).

4. J. Crépet pensait que Baudelaire faisait allusion à l'*Épitaphe en forme de ballade* composée par Villon *pour lui et ses compagnons, s'attendant à être pendu avec eux.*

5. *Uniformes de la Garde impériale,* suite de lithographies parue chez Delpech en 1819-1820. Une autre suite fut publiée, poſthume, en 1845.

Page 549.

1. Horace Vernet et Béranger.

2. Nicolas-Toussaint Charlet, né en 1792, était mort en 1845. Il avait trouvé en la personne du colonel de La Combe (1790-1862) son héraut, qui avait publié en 1856, chez Paulin et Le Chevalier, un ouvrage intitulé *Charlet, sa vie, ses lettres, suivi d'une description rai-*

sonnée de son œuvre lithographique. On conçoit le déplaisir qu'il éprouva en lisant l'article de Baudelaire dans *Le Présent* du 1er octobre 1857. Dès le 12, de Tours, il protesta avec véhémence, dans une lettre qui a été conservée (*LAB,* 201-203). Il reprochait notamment à Baudelaire d'avoir classé Charlet parmi les caricaturistes : « Dans les pièces les plus gaies, il est vrai avant tout et ce n'est que dans de très rares occasions qu'il fait de la caricature. Dans une œuvre de plus de mille dessins, je saurais à peine trouver une demi-douzaine de caricatures, [...]. » Au cours de cette même protestation, La Combe citait le passage d'une lettre de Delacroix qu'il avait reçue quelques mois auparavant : « Je regarde Charlet — lui écrivait Delacroix — comme un des plus grands artistes de tous les temps et presque tous ses dessins sont des chefs-d'œuvre. » Delacroix écrira lui-même sur Charlet, dans la *Revue des Deux Mondes* du 1er janvier 1862. Lorsqu'il lut l'article de Baudelaire, dans *Le Présent* ou dans *L'Artiste,* il en éprouva lui aussi du mécontentement et il convoqua l'auteur pour le « *tancer* » (voir p. 764). Et pourtant, comme on le voit par la note à V. de Mars (p. 1343), Baudelaire avait « adouci » cette partie. Il est probable que la mention favorable de Charlet dans *Le Peintre de la vie moderne* (p. 709) résulta de ce mécontentement de Delacroix.

La *Revue anecdotique* de la première quinzaine d'avril 1862 annonça la mort du colonel de La Combe en des termes assez moqueurs. Il n'est pas impossible qu'ils aient été soufflés à Poulet-Malassis par Baudelaire.

3. La première mention de Daumier sous la plume de Baudelaire — un éloge qui dut alors paraître excessif — se trouve dans le *Salon de 1845* (p. 356).

4. *La Silhouette,* dont Auguste Vitu fut un temps l'un des principaux rédacteurs et où Baudelaire, sans doute, publia le 1er juin 1845 un *Sonnet burlesque* (t. I, p. 215) et, le 28 septembre 1845, *À une jeune saltimbanque* (t. I, p. 221).

5. Baudelaire l'a bien connu; voir t. I, p. 1000 et 1047; ici, p. 754.

6. On sait que le visage piriforme de Louis-Philippe se prêtait à cette métamorphose. D'où des procès pour lèse-majesté.

Page 550.

1. Charles Philipon, lui-même caricaturiste, fonda *La Caricature* en 1830. Ce périodique vécut jusqu'en août 1835; il dut alors cesser sa publication par suite de la suppression de la liberté de la presse.

2. Cela se serait passé lors d'un procès intenté au directeur du *Charivari* en 1834.

3. Allusion à la lithographie célèbre intitulée : *Rue Transnonain, le 15 avril 1834.* Baudelaire va y revenir.

4. Cette lithographie n'a pu être retrouvée. Baudelaire, qui écrit de mémoire, ne la confond-il pas avec l'œuvre d'un autre caricaturiste ? (Une confusion a été par lui faite au sujet de Carle Vernet, on l'a remarqué p. 545). Voir d'ailleurs la note 2 de la page 551.

Champfleury qui cite tout ce passage dans son *Histoire de la caricature moderne* (p. 227-228) attribue d'ailleurs à Grandville et à Traviès cette série de planches sur la Liberté opprimée.

Page 551.

1. Cette lithographie n'a pas été non plus retrouvée.
2. Cette lithographie n'a pas été retrouvée, si elle est de Daumier. J. Mayne (*The Painter of Modern Life*, p. 173) indique que *La Caricature* du 27 juin 1831 contient une lithographie de Decamps qui représente ce sujet.
3. Cette planche n'a pas été non plus retrouvée.
4. Ce Louis-Philippe-Gargantua dévorant des budgets (*La Caricature*, décembre 1831) valut à Daumier six mois de prison.
5. Sans doute La Fayette.

Page 552.

1. J. Crépet, sur des renseignements qu'il devait à Georges Dubosc, proposait d'identifier F. C. avec Franck-Carré, premier président à la Cour de Rouen lors de la répression qui suivit les émeutes d'avril 1848. Le procès des insurgés de Rouen eut lieu à Caen. — Le demi-frère de Charles Baudelaire, Alphonse, substitut à Fontainebleau, depuis 1837, attendait d'être nommé magistrat du siège dans cette ville grâce à l'influence de Franck-Carré, qui avait été juge dans cette ville. Le fils de Charles-Raynaud-Laure-Félix, duc de Choiseul-Praslin — lequel avait eu François Baudelaire pour précepteur et avait accepté d'entrer dans le conseil de famille de Charles en 1827 —, écrit le 4 février 1841 à Alphonse Baudelaire qu'il va entretenir son père et voir Franck-Carré au sujet de cette nomination : « M. le Procureur général m'a dit l'année dernière que votre nomination au Siège de Fontainebleau n'était pas une chose impossible, et j'espère qu'une année ajoutée à vos services n'aura pu que le confirmer dans ses bonnes dispositions » (collection Armand Godoy, dossier 47). Le 2 janvier 1846, Alphonse Baudelaire sera nommé juge d'instruction...
2. Cette planche est la dernière d'une série de vingt-quatre lithographies publiées dans *L'Association mensuelle* pour compenser les amendes infligées à *La Caricature*. Elle parut en juillet 1834.
3. En fait, note J. Mayne (*The Painter of Modern Life*, p. 175), les deux séries furent à peu près contemporaines. Les portraits en pied furent publiés dans *La Caricature* en 1833-1834, la plupart des portraits en buste, dans *Le Charivari* en 1833.

Page 553.

a. raide   *1857*

1. La lithographie est intitulée : *Ah ! tu veux te frotter à la presse ! !* Elle a été publiée dans *La Caricature* en octobre 1833 (Exp. 1968, n° 401).
2. Deuxième planche d'une suite de quatre lithographies inti-

tulée *Sentiments et passions,* publiée par *Le Charivari* en 1840-1841 (Exp. 1968, nᵒ 404). Elle parut le 7 juin 1840 et est devenue célèbre.

Page 554.

a. tête-à-tête　　CE *; plus bas :* remue-ménages

b. CE *introduit ensuite un* II, *qui vient de « L'Artiste » où le paragraphe terminé par* jambes *clôt l'article du 24 octobre. Le 31 octobre, le titre est répété suivi de* II

1. La lithographie a été retrouvée par J. Mayne. Elle est connue sous un double titre : *À la santé des pratiques* et *Association en commandite pour l'exploitation de l'Humanité.* Elle parut dans *Le Charivari* du 26 mai 1840. Exp. 1968, nᵒ 400.

2. Recueil de satires par François Fabre, publié en 1834-1835, dont le titre s'inspire de la *Némésis* de Barthélemy et Méry (voir p. 159). Daumier illustra la deuxième édition (1840) de trente vignettes, des gravures sur bois.

3. Cette lithographie, publiée le 19 octobre 1844, est la douzième d'une suite intitulée *Les Philanthropes du jour* qui parut dans *Le Charivari* de 1844 à 1846. La légende se lit ainsi : « Ainsi donc, mon ami, à vingt-deux ans vous aviez déjà tué trois hommes... Quelle puissante organisation, et combien la société est coupable de ne l'avoir pas mieux dirigée ! — Ah ! voui, monsieur !... la gendarmerie a eu bien des torts à mon égard... sans elle je ne serais pas ici !... » (Exp. 1968, nᵒ 396).

Page 555.

1. J. Crépet fait remarquer que le catalogue des lithographies par Loys Delteil compte trois mille huit cents numéros. Il faut y ajouter un millier de bois gravés.

2. Cette série de cent planches parut dans *Le Charivari* entre août 1836 et novembre 1838; vingt autres, entre octobre 1840 et septembre 1842. Sur Robert Macaire, voir p. 526.

3. Cette série de cinquante planches parut dans *Le Charivari* entre décembre 1841 et janvier 1843 (l'une est reproduite dans Exp. 1968, nᵒ 393). Baudelaire a d'abord utilisé ce paragraphe dans *L'École païenne* (voir p. 46). Le « vers célèbre » est de Berchoux. Baudelaire a substitué *nous* à *me.*

Page 556.

a. qui la suppose. Tel　*1857 et 1858 ;* supporte, *lectio difficilior,* est justifié par la première citation de la note 2.

1. Cf. p. 356; autre preuve en faveur de l'ancienneté d'une partie au moins de ces pages.

2. Lavater a été cité à la fin de la page 552. G. T. Clapton (« Lavater, Gall et Baudelaire », *Revue de littérature comparée,* avril-juin 1933) a relevé ces deux phrases de *L'Art de connaître les hommes par la physionomie* (Depélafol, 1820, t. II, p. 6, et t. III, p. 2) : « Telle forme

de nez ne supporte jamais un front de telle forme hétérogène, telle espèce de front s'associe toujours à tel nez d'une espèce analogue. » « Telle main ne convient qu'à tel corps, et non à un autre. »

3. Sur l'association des deux mots, voir p. 500.

Page 557.

1. Voir p. 535.

2. Il est possible que Baudelaire ait envoyé ces pages, sous une forme modifiée et amplifiée, à Louis Martinet pour *Le Courrier artistique* qui avait commencé à paraître en juin 1861. Voir la lettre de [juillet 1861] à Martinet (*CPl*, II, 176), qui aurait refusé ce « morceau de critique composé dans un système d'absolue admiration pour notre ami Daumier » par crainte de mécontenter le gouvernement impérial.

Page 558.

1. Champfleury, dans *La Vie parisienne* du 10 septembre 1864, puis dans l'*Histoire de la caricature moderne* (1865, p. 243-244), a montré Baudelaire en conversation avec Henri Monnier (1805-1877) dans les salons de l'hôtel Pimodan, c'est-à-dire entre 1843 et 1848, et le complimentant de ses « excellents dictionnaires ». Baudelaire explique ensuite son mot : « les *Scènes populaires* [publiées en 1830] n'étaient pas de l'art ; il manquait à la plupart de ces sténographies bourgeoises une composition, comme aussi le reflet de la personnalité du créateur. Tout était traité par menus détails, jamais par masses ; enfin l'idéalisation manquait à ces types qui restaient seulement à l'état de croquis d'après nature » (*Bdsc*, 69). Ce mot *dictionnaire*, Baudelaire en doit l'emploi à Delacroix ; voir le *Salon de 1846* : « Pour E. Delacroix, la nature est un vaste dictionnaire... » (p. 433), et le *Salon de 1859*, où l'idée est explicitée : La nature n'est qu'un dictionnaire ; mais personne n'a jamais considéré le dictionnaire comme une composition poétique ; on n'y trouve que des mots (p. 624).

2. Grandville (Nancy, 1803 ; Vanves, 1847) a publié *Les Métamorphoses du jour* en 1828.

3. Baudelaire pense sans doute à *Un autre monde* (1844).

Page 559.

a. et aussi n'a jamais su   *1857 et 1858*
b. Gavarni cependant commença par   *1857 et 1858*
c. et fait le monde son complice.   *1857 et 1858*

1. Baudelaire n'est pas le seul à faire le parallèle, et non plus à le conclure en faveur de Daumier, mais il est, sans doute, le premier. Voici une page vigoureuse d'Hippolyte Castille, qui était des relations de Baudelaire, dans un livre : *Les Hommes et les mœurs en France sous le règne de Louis-Philippe* (Paul Henneton, 1853, p. 312-313), que Baudelaire semble bien avoir lu : « M. Daumier est non seulement

un plus grand peintre que M. Ingres, mais encore le plus grand
peintre de ce temps. Le crayonneur des Robert Macaire est immortel
en son genre comme M. Honoré de Balzac dans le sien. Il a élevé la
caricature à la puissance d'une satire de Perse ; il a fait des bourgeois
terribles de laideur, d'ignominie, de trivialité, de bêtise et de coquinerie. Son crayon est entré comme une flèche barbelée et empoi-
sonnée dans la poitrine de cette classe qui n'en est pas une, car elle
se modifie et se recrute sans cesse. Combien se trompaient ceux qui
opposèrent M. Gavarni à M. Daumier ! Le premier, avec ses lorettes
si spirituelles et si jolies, a presque l'air d'un complice ; le second fut
toujours un juge implacable. »

Page 560.

1. La planche, indique J. Crépet, appartient à la série des *Baliver-
neries parisiennes*.

2. La création du mot, ou plutôt sa dérivation, peut être aussi
revendiquée par Nestor Roqueplan qui a sacré les lorettes dans le
numéro du 20 janvier 1841 des *Nouvelles à la main,* petite revue qu'il
dirigea anonymement et rédigea seul de 1840 à 1844 (elle est comparable aux *Guêpes* d'Alphonse Karr). La suite des *Lorettes* de Gavarni
— soixante-dix-neuf pièces — a paru dans *Le Charivari* de 1839 à
1846. Voir Exp. 1968, nos 410-412.

3. Voir l'Index de ces *Œuvres*.

4. Baudelaire fait allusion à l'édition Houssiaux de *La Comédie
humaine* qui commença à paraître en 1842.

Page 561.

1. Joseph-Louis Trimolet est mort à trente ans, en 1842.
Cf. p. 738.

2. Voir t. I, p. 1462. Les *Chants et chansons populaires de la France*
ont paru en 1843 (3 vol.).

3. L'éditeur Aubert s'est fait une réputation autour de 1840 en
publiant une série de *Physiologies,* illustrées par Gavarni, Daumier, etc. En 1968 a été exposé *Le Comic Almanach pour 1842,*
illustré par Trimolet. Un autre parut l'année suivante.

4. Voir *Quelques caricaturistes étrangers* (p. 566).

5. *La Prière,* suggère J. Crépet. Ce tableau avait été exposé au
Salon de 1841.

6. Voir p. 11 et n. 3.

7. Charles-Joseph Traviès de Villers (1804-1859). Baudelaire a pu
le rencontrer chez Boissard. Voici une lettre de Boissard à Traviès
(adresse de celui-ci : 3 bis, rue Coq-Héron) conservée dans la collection Armand Godoy (dossier 46) ; elle doit dater des années 1845-
1850 et avoir été écrite à l'hôtel Pimodan.

« Mon cher Traviès, vous devez me regarder comme un grand
indigne de n'avoir pas encore répondu à votre invitation et de ne
pas vous porter moi-même votre commission. Croyez bien néanmoins qu'il n'y a pas eu de ma part insouciance ni oubli, mais bien

impossibilité réelle et absolue. Comme vous le savez, je ne puis sortir que le soir, et mes soirées se sont trouvées prises et au delà tous ces jours passés.

« Je vous fais parvenir, avec mes excuses — ou plutôt l'expression de mes regrets, l'échantillon que vous me demandiez. Aussitôt que j'aurai un moment, je vous le consacrerai, et vous, quand vous pourrez montrer votre grouin [?] au public, souvenez-vous qu'il y a des réunions très musicales tous les mardis chez votre ami.

« F. BOISSARD.

« Amenez-moi des concertants. »

Page 562.

a. Les trois textes montrent bien pleuvaient
b. Depuis, on *1857 et 1858*

1. Les *Scènes bachiques,* suite de dix-neuf lithographies, parurent dans *Le Charivari* en 1839 et 1840. Deux planches en ont été exposées en 1968 (nos 425 et 426).

2. Il est possible qu'en écrivant *Le Vin des chiffonniers* (t. I, p. 106) Baudelaire ait pensé aux chiffonniers de Traviès. J. Mayne (*The Painter of Modern Life,* pl. 43) reproduit une lithographie de lui : *Liard, chiffonnier philosophe. L'Illustration* du 13 janvier 1844 publie « Les Petites Industries en plein vent », article non signé, illustré de bois de Traviès : l'un représente un chiffonnier avec sa hotte et son crochet ; un autre, une chiffonnière. Du texte on retiendra cette phrase, proche par le sentiment et l'expression des *Crépuscules* (*Les Fleurs du mal*) : « Enfin, les pauvres industriels du soir regagnent leur mansarde où plus d'un recherche dans le sommeil l'oubli du froid et de la faim. Ils s'endorment en espérant un lendemain meilleur. »

3. C'est un type d'homme laid et bossu à bonnes fortunes dont la vanité égale la vulgarité. Ce type a été utilisé par d'autres caricaturistes, notamment par Grandville. Quelque cent soixante lithographies, publiées dans *La Caricature* et chez Aubert, en particulier une série intitulée *Les Facéties de M. Mayeux,* ont Mayeux pour héros. Deux ont été exposées en 1968 (nos 423 et 424). Une est reproduite par Castex, p. 147.

4. Leclercq (et non Léclaire), qui se disait « Premier physiono-mane de France ». Jean Adhémar a exposé en 1957 à la Bibliothèque nationale (no 346) une gravure en couleurs (vers 1835) le représentant. Ce passage a été cité par Champfleury d'après la publication du *Présent,* dans son *Histoire de la caricature moderne* (p. 198-199).

5. La *Méthode* de Charles Lebrun *pour apprendre à dessiner les passions* est restée célèbre jusqu'au début du xixe siècle (J. Mayne).

Page 563.

a. Philippon *CE ; coquille.*

1. Personnage grotesque du *Roman comique* de Scarron.

2. Les *Militairiana* ont été publiés chez Aubert dans le *Musée Philipon* vers 1840. La série *Les Malades et les médecins* parut dans le *Charivari* de mars à novembre 1843 : trois des vingt-six lithographies qui la constituent ont été exposées en 1968 (nos 415-417).

3. Quant aux caricaturistes étudiés, l'article du *Présent* et de *L'Artiste* reste en deçà du projet exposé à V. de Mars (voir p. 1343). J. Crépet signale que dans le quotidien *La Patrie* du 20 octobre 1857 Henri d'Audigier, tout en faisant des compliments à Baudelaire, lui reproche d'avoir négligé Cham, Gustave Doré, Marcelin, Randon et Girin. C'est oublier le titre même de l'étude par lequel Baudelaire se laissait le choix. C'est, de plus, en citant Girin, vouloir à tout prix nommer un inconnu ou un méconnu : Raoul de la Girennerie, officier de hussards, né vers 1830, élève de Pils et d'Armand-Dumaresq, s'inspira de Gavarni et de Gustave Doré. Ce dernier, Baudelaire ne l'aimait pas (*CPl*, I, 576, 577; II, 83). — Le *Rabelais*, petit journal où Baudelaire avait des amis et qui avait reproduit en juin *Morale du joujou*, relève l'attaque d'Audigier :

« Pourquoi le jeune chroniqueur se déclare-t-il incompétent en matière de beaux-arts ? Nous tenons de source certaine qu'il possède un très joli talent de dessinateur et de caricaturiste. Quelques amis à peine ont pu voir d'excellentes charges, *Le Tabac, Le Vin,* par exemple, que M. Audigier garde dans ses cartons. C'est de l'humilité, tout simplement.

« Pas trop n'en faut. » (24 octobre.)

Page 564.

QUELQUES CARICATURISTES ÉTRANGERS

Le Présent, 15 octobre 1857 *(1857).*
L'Artiste, 26 septembre 1858 *(1858).*
Curiosités esthétiques, Michel Lévy frères, 1868 *(CE).*

Texte retenu : celui de 1868 qui reproduit celui de 1858, lequel diffère sensiblement du texte de 1857.

Dans *Le Présent,* le début du texte est séparé du titre par une ligne de points qui indique que ce morceau est détaché d'un ensemble.

Pour la date de composition, voir les généralités sur *De l'essence du rire* (p. 1342 sq.).

a. éloge; je vois dans cette formule impromptue un symptôme, un diagnostic   *1857*

1. William Hogarth (1697-1764) est non seulement un peintre et un graveur. Il est aussi l'auteur de *The Analysis of Beauty, written with a View of fixing the fluctuating Ideas of Taste* (London, 1753), traité qui sera traduit en français par Hendrik Jansen (Paris,

an XIII-1805, 2 vol.) et qui contient des vues analogues à celles de Baudelaire sur la bizarrerie du Beau, la ligne serpentine, etc. Voir *BET,* nouvelle édition, [1976], *in fine.*

2. Voir *Quelques caricaturistes français* (p. 558).

Page 565.

    a. se soûlait insouciamment du sang *1857*

    b. que l'impatience n'ébranle jamais. *1857*

1. Titres anglais : *Marriage à-la-mode, The Rake's Progress, Gin Lane, The Enrag'd Musician* et *The Distress'd Poet.* Les planches sont célèbres. Elles ont été maintes fois reproduites.

2. Cette planche, *The Reward of Cruelty,* appartient à la série *The Four Stages of Cruelty* (1750-1751). J. Crépet a fait remarquer que la description qu'en donne Baudelaire, de mémoire, n'est pas tout à fait exacte dans le détail. En effet, c'est la tête du cadavre qui est maintenue par la corde de la poulie. Le chien ne plonge pas son museau dans le seau ; il mange un viscère qui est à terre près du seau.

3. Le conseiller Fualdès avait été assassiné à Rodez en 1817. L'orgue de Barbarie était destiné à couvrir les cris de la victime. *La Complainte de Fualdès* contient cette strophe :

> *Voilà le sang qui s'épanche ;*
> *Mais la Bancal, aux aguets,*
> *Le reçoit dans un baquet,*
> *Disant : « En place d'eau blanche,*
> *Y mettant un peu de son,*
> *Ce sera pour mon cochon ! »*

4. Robert Seymour (1798-1836) fut aussi — fait remarquer J. Mayne — l'illustrateur des deux premières parties de *The Pickwick Papers.*

5. Par Henri Monnier.

Page 566.

    a. des poètes enragés. Le *1857*

    b. de ne pas dessiner *1857*

1. *The deep, deep Sea* fait partie des *Sketches by Seymour* (1867), recueil des *Humorous Sketches* qui avaient été publiés séparément entre 1834 et 1836. Cette planche est reproduite dans le catalogue de l'Exposition de 1968, p. 101. On aperçoit Londres à une petite distance. Le bateau a nom : *The Water Nymph.* Le gentleman, cigare à la main gauche, tourne le dos aux pieds de sa moitié qui sortent de l'eau. Les deux rameurs ont le nez en l'air. Au-dessous de la légende cette précision : « Mʳ Dobbs singing " — Hearts as warm as those above lie under the waters cold " » (Il gît sous l'onde froide des cœurs tout aussi chauds que ceux qui battent au-dessus).

Page 567.

  a. qui s'amusent aux croquis. *1857*

  b. impertinents jusqu'au vol des sujets et des canevas, mais même de la manière et du style ? La naïveté [...] d'une façon beaucoup plus insuffisante. *1857*

  c. volume de mélanges qui portait pour titre collectif *Zigzags*. Théophile Gautier *1857 ; voir la note 4.*

  1. George Cruikshank (1792-1878) — qu'il ne faut pas confondre avec son frère, Robert Isaac Cruikshank (1789-1856), et moins encore avec Isaac Cruikshank (vers 1756-vers 1810) que dans la note à V. de Mars (p. 1343) Baudelaire appelle Cruikshank le père — a dessiné notamment pour les magazines. Sa production a été considérable, ce qui peut expliquer le léger reproche que lui adresse Baudelaire. Le catalogue de l'Exposition de 1968 contient sept numéros (435-441) et une reproduction, *The Gin Shop* (p. 97) : on voit la Mort entrer dans le débit à la suite des consommateurs. J. Mayne (*The Painter of Modern Life*, pl. 46) a reproduit *A Skaiting Party,* désopilante.

  2. À l'exception de Henri Monnier (p. 565, n. 5), nous ignorons qui sont ces plagiaires français.

  3. Goya occupe dans cette étude la même place que Daumier dans *Quelques caricaturistes français.* Sur « Baudelaire, le musée Espagnol et Goya » voir l'article de Paul Guinard, *R.H.L.F.,* avril-juin 1967, numéro spécial Baudelaire, p. 321-328. Voir aussi *CPl,* Index. Delacroix fut un grand admirateur de Goya et connut autour de 1824 une période goyesque. Le livre de Laurent Matheron sur *Goya* (1858) lui est dédié (cat. Exp. 1957, nº 342).

  4. L'étude de Gautier a paru dans *Le Cabinet de l'amateur et de l'antiquaire* en septembre 1842. Elle a été recueillie, non dans *Caprices et zigzags* comme l'écrivait Baudelaire en 1857, mais dans le *Voyage en Espagne* (Charpentier, 1845), d'où la correction apportée au texte (var. *c*). Gautier, avant son voyage en Espagne (1840), avait déjà écrit un article sur « Les Caprices de Goya » dans *La Presse* du 5 juillet 1838 (feuilleton). Or, en ce mois de juillet 1838, Baudelaire, alors à Louis-le-Grand, lisait *La Presse,* il nous l'apprend lui-même (*CPl,* I, 58). Ce premier article (inconnu de P. Guinard) contient déjà des éléments qui se retrouveront dans le quatrain des *Phares* (t. I, p. 13) et ici même : « de belles filles au bas de soie bien tiré », « des *mères utiles* donnant à leurs filles trop obéissantes les conseils de la Macette de Régnier, les lavant et les graissant pour aller au Sabbat ». Il se termine sur le titre de la planche *El sueño de la razón produce monstruos.*

Page 568.

  a. ces rêves permanents ou chroniques *1857*

  b. ait aussi beaucoup rêvé *1857*

  c. et toutes ces blanches *1857*

1. Il est probable que cette parenthèse a été ajoutée au texte primitif. Au début de 1852, dans *L'École païenne* (p. 45-46), Baudelaire est encore favorable à Voltaire.

2. On retrouve ici les expressions de Gautier citées dans la note 4 de la page précédente.

Page 569.

a. tombeau. Plusieurs démons   *1857*

b. il a osé à cette époque faire de grandes lithographies   *1857*

c. les deux fesses dans lesquelles il va fouillant de son mufle menaçant; accident trivial apparemment, car l'assemblée ne s'en occupe guère.   *1857*

1. Cette planche 62 des *Caprices: Quien lo creyera!* (« Qui le croirait! ») est sans doute à l'origine de *Duellum* (voir t. I, p. 36).

2. *Y aún no se van!* (« Et poutant ils ne s'en vont pas! »), pl. 59 des *Caprices?* J. Mayne (*The Painter of Modern Life,* p. 192) cite Klingender (*Goya in the Democratic Tradition,* Londres, 1948, p. 221), lequel suggère que Baudelaire confond ici la planche 59 des *Caprices* et la description par Gautier de la planche *Nada* des *Désastres de la guerre.* J. Mayne conclut que la description de Baudelaire est inexacte si celui-ci pense vraiment à la planche 59 des *Caprices.*

3. Goya s'était réfugié à Bordeaux en 1824. Il y mourra en 1828. C'est là qu'il fit les quatre lithographies des *Toros de Burdeos.* La planche que Baudelaire décrit dans le paragraphe suivant est intitulée *Diversión de España* (« Le Divertissement d'Espagne »).

Page 570.

a. de l'absurde vraisemblable. Toutes   *1857*

b. ces grimaces diaboliques possèdent l'humanité. Même   *1857*

c. obscurs.   *1857, qui arrête la note sur ce point.*

d. Le soleil de l'Italie,   *1857*

1. P. Guinard (art. cité) a, d'après le catalogue du musée Espagnol (voir p. 352), indiqué quels tableaux de Goya Baudelaire pouvait voir jusqu'en 1848 : des scènes de mœurs, sombres *(Enterrement, Dernière veillée du condamné),* picaresques (épisode du *Lazarillo de Tormes),* voire d'un réalisme épique comme les magnifiques *Forgerons* qui sont maintenant à la Frick Collection de New York. « C'est sans doute à ces tableaux — ajoute P. Guinard — que Baudelaire pense lorsqu'au Salon de 1846 — à propos d'une *Rixe de mendiants* de l'Italien Manzoni [p. 451-452] — il célèbre " une férocité et une brutalité de manière assez bien approprié au sujet et qui rappellent les violentes ébauches de Goya ". Mais le groupe principal était aussi le plus aimable. C'étaient trois tableaux de grand format : le portrait de la duchesse d'Albe en mantille noire devant un paysage, une version des célèbres *Manolas au balcon,* enfin la *Jeune femme lisant une lettre,* tandis que sa suivante l'abrite du soleil. » Le portrait de la duchesse est au musée de la Hispanic Society of America

(New York). La *Jeune femme lisant une lettre* est au musée de Lille, ainsi qu'un autre tableau, également acheté en Espagne par le baron Taylor, qui représente la vieille coquette au miroir des *Caprices*, bafouée et battue par le Temps; mais ce dernier n'était pas exposé, peut-être en raison de son caractère insolemment caricatural.

2. Il est cité dans la note à V. de Mars (p. 1343). Ces phrases de l'article de 1857-1858 correspondent-elles au développement annoncé ?

3. J. Mayne (*The Painter of Modern Life*, p. 193) note qu'il y a au Kunsthistorisches Museum de Vienne un tableau de Leandro Bassano représentant le carnaval de Venise : Baudelaire aurait pu en voir une gravure. Mais, juge-t-il, l'apparition de Bassano dans ce contexte est étrange. Ajoutons que Baudelaire avait acquis d'Arondel un Bassan (mais il y a quatre Bassan qui se sont fait connaître dans l'histoire de la peinture); voir Cl. Pichois, « Baudelaire jeune collectionneur », *Humanisme actif, Mélanges d'art et de littérature offerts à Julien Cain,* Hermann 1968, t. I, p. 207-211. Autre allusion à Bassan dans le *Salon de 1859* (p. 615).

Page 571.

a. parlent savamment. Les   *1857*
b. la cuisine ou le   *1857*
c. caricaturiste, mais plutôt   *1857*
d. Dans toutes ses études, nous   *1857*
e. tout le charlatanisme de l'artiste : ses   *1857*
f. ses cadenettes qui ornaient ses joues comme des anglaises, le   *1857*

1. Sur le tempérament méridional voir le *Choix de maximes consolantes sur l'amour* (t. I, p. 547) et *La Fanfarlo* (t. I, p. 573-574).

2. Voir *De l'essence du rire* (p. 538).

3. Café situé via Condotti à Rome : c'était, à la fin du XVIIIe siècle, le lieu de réunion favori des artistes et des écrivains.

4. Callot est mentionné dans la note à V. de Mars (p. 1343). Mais peut-on croire que cette simple phrase de 1857-1858 corresponde au développement annoncé ?

5. Bartolomeo Pinelli (Rome, 1781 ; Rome, 1835). J. Mayne a reproduit une aquarelle du Victoria and Albert Museum représentant un carnaval romain (*The Painter of Modern Life,* pl. 47). On a exposé en 1968 (nº 458) une gravure de la suite *Nuova Raccolta di 50 costumi pittoreschi di Roma* publiée à Rome en 1816; la première *Raccolta* y avait été publiée en 1809. Delacroix témoignait de l'admiration pour Pinelli (*Journal,* 5 mai 1824; cité par cat. Exp. 1968). Mais d'où Baudelaire tenait-il ses informations biographiques ? Jean Adhémar nous a signalé une étude, non signée, intitulée simplement : « Bartolomeo Pinelli », publiée, avec une reproduction, par *Le Magasin pittoresque* en septembre et en octobre 1846 (t. XIV, p. 289-290 et 339-340). L'auteur y montre le grand chien noir de

l'artiste « original » (Baudelaire : « ses deux énormes chiens »). Il insiste sur la facilité avec laquelle Pinelli « composait et dessinait impromptu » : « Hommes, femmes, enfants, tout ce qui passait devant lui, il le *croquait,* il en reproduisait les lignes et le côté pittoresque. »

En avril, mai et juillet 1857 (t. XXV, p. 106-110, 163-167, 219-223), *Le Magasin pittoresque* revint à Pinelli en publiant, avec plusieurs reproductions, un poème comique que celui-ci avait illustré : *Il meo Patacca* de Giuseppe Berneri. L'anonyme présentateur décrit ainsi Pinelli : « Son costume étonnait les étrangers qui lui achetaient à haut prix ses dessins. Il portait un chapeau " tromblon ", une grosse redingote ; sa cravate était nouée fort négligemment, et le col de sa chemise allait de droite et de gauche un peu au hasard ; deux longues mèches de cheveux pendaient, le long de ses joues, beaucoup plus bas que son visage, et il tenait habituellement sous son bras une espèce de gros gourdin à tête d'aigle. Il avait de petites moustaches et une impériale. Ses traits étaient réguliers et même beaux, mais laissaient deviner son origine populaire. »

Revoyant son article pour la publication (15 octobre 1857), Baudelaire a pu aussi s'inspirer de ces lignes. Mais, par l'allusion qu'il fait à sa jeunesse, on croira qu'une partie de son information lui venait d'amis de son père.

6. Cf., p. 18, les *Conseils aux jeunes littérateurs* publiés en 1846.

Page 572.

a. pinceaux. On voit ainsi qu'il a plus d'un rapport avec le malheureux Léopold Robert *1857*

b. nature, des sujets tout faits qui, [...], n'auraient eu que la valeur de notes. *1857*

c. tout cela, selon moi, est signe *1857*

d. et la conduite, le truc qui s'introduit *1857*

e. développées. Rien, souvent, ne ressemble plus *1857*

1. Léopold Robert (1794-1835) s'était donné la mort. Élève de David, il était admiré de Delécluze. Il a peint beaucoup de scènes italiennes, dans un style très léché. Sa réputation a été grande.

2. Cela est encore à rapprocher des *Conseils aux jeunes littérateurs* (voir la note 6 de la page 571).

3. Le premier est Pierre Brueghel, dit l'Ancien ; le second, Pierre Brueghel, dit le Jeune.

Page 573.

a. souvent, il est impossible *1857*

b. contient, selon moi, une *1857*

c. par l'interprétation stupide de l'école voltairienne, *1857 ; on remarquera l'atténuation.*

d. le mot de folie, ou d'hallucination ; mais vous ne serez guères plus avancé. La *1857*

1. Rappelons que le mot n'a pas encore le sens qu'il prendra dans la critique d'art. C'est alors un superlatif de *bizarre*.

2. Voir p. 558.

3. Voir t. I, p. 429 et n. 1.

4. Brierre de Boismont a publié *Des hallucinations* chez Baillière dès 1845. Baudelaire cite dans *Fusées*, IX, 14 (t. I, p. 656) l'autre livre de Brierre de Boismont, *Du suicide et de la folie-suicide* qui paraît chez Baillière en 1856. Ce médecin ouvre à la psychiatrie une voie nouvelle. Baudelaire ne le confondra pas avec les Lélut et Baillarger qu'il raille dans *Assommons les pauvres !* (t. I, p. 358).

Page 574.

a. merveilles, résumer et crayonner tant   *1857*

1. Il est probable que cette fin est d'écriture tardive et que Baudelaire s'y souvient de Michelet qui, dans le tome VII de l'*Histoire de France*, consacré à la *Renaissance* (Chamerot, 1855), a insisté sur la sorcellerie, les sabbats, « les folies épidémiques du peuple, surtout des campagnes » (p. CVI et CLX), avant d'y revenir dans *La Sorcière*. On notera que le mot *épidémie* est employé par le docteur L. F. Calmeil, médecin de Charenton, dans le titre du livre qu'il publie en 1845 : *De la folie [...]. Description des grandes épidémies de délire simple ou compliqué qui ont atteint les populations d'autrefois et régné dans les monastères.* Sur la dimension vraiment historique de ce phénomène voir Robert Mandrou, *Magistrats et sorciers en France au XVIIe siècle* (Plon, [1968]).

Page 575.

EXPOSITION UNIVERSELLE
1855
BEAUX-ARTS

Les première et troisième parties de ce Salon ont respectivement paru dans *Le Pays* des 26 mai et 3 juin 1855. La deuxième, refusée par ce journal, ne put être publiée que dans *Le Portefeuille* du 12 août 1855. Elles furent recueillies dans *Curiosités esthétiques,* dont le texte a été adopté ici. Baudelaire avait prévu un ensemble plus important. Dans une lettre du 9 juin 1855 il alerte Auguste Vitu au sujet d'un « quatrième article » (*CPl*, I, 313). Celui-ci aurait-il été consacré à d'autres peintres français ou aux peintres anglais (voir le post-scriptum du premier article, p. 582, var. *a*, ou la fin de la première section) ? Découragé par le refus de l'article sur Ingres, Baudelaire aura abandonné ce quatrième article, dont on n'a aucune trace. *Le Pays,* déconcerté par l'originalité de Baudelaire et par la philosophie de l'art que celui-ci prétendait infuser aux lecteurs de ce quotidien, confia à Louis Énault le soin de décrire sans talent les différentes sections de l'Exposition.

Baudelaire a, bien entendu, manifesté le désir de recueillir ces pages dans ses volumes de critique d'art ; voir *CPl*, II, 387, 444 et 591.

La première Exposition universelle avait été organisée à Londres en 1851. Le second Empire, affermi, organisa la deuxième en 1855. En plus des temples qu'il élevait au Progrès, il voulut présenter une ample rétrospective d'un demi-siècle d'art pour montrer, dans ce domaine, la prééminence de la France. À cet effet fut édifié un palais des Beaux-Arts, de deux étages, dont l'entrée principale s'ouvrait avenue Montaigne et une entrée secondaire, rue Marbeuf. Sur cet axe se trouvaient trois salons carrés dont le plus grand était réservé à la France. Les deux autres étaient divisés entre la France et la Prusse, le troisième étant surtout consacré à l'œuvre de Delacroix. Dans des galeries étaient accrochées les toiles d'une trentaine d'autres nations. Au premier étage étaient montrés aquarelles, gravures, projets d'architecture. Un restaurant, une installation rudimentaire d'air conditionné, un système destiné à combattre le feu donnaient à ce Palais des Beaux-Arts, construit en métal et verre, un aspect moderne. Des photographies de l'époque permettent de reconstituer l'accrochage dans les salons carrés, compact selon le goût de l'époque. Voir l'article de Frank Anderson Trapp, « The Universal Exhibition of 1855 », *The Burlington Magazine,* juin 1965, p. 300-305 ; Exp. 1968, nº 260 ; J. Mayne, *Art in Paris,* pl. 28.

Inaugurée le 15 mai 1855, l'Exposition des beaux-arts fermera ses portes le 15 novembre.

I. MÉTHODE DE CRITIQUE

Le Pays, 26 mai 1855 *(1855).*
Curiosités esthétiques, Michel Lévy frères, 1868 *(CE).*

Texte adopté : celui de *Curiosités esthétiques.*

a. dans l'harmonie universelle. / Un   *1855. La correction va faire disparaître une répétition.*

1. C'était une telle comparaison que Baudelaire voulait établir au sujet des joujoux (voir la note finale de 1853 à *Morale du joujou,* t. I, p. 587, var. *c*).

2. Faut-il voir de *saintes* à *sacrés* en passant par *spirituelles* une gradation ? Non, sans doute. Chaque ordre a ses degrés. Cette considération, pour les animaux au moins, renvoie aux théories de la métempsycose telles qu'on les trouve chez le père Kircher et déjà dans le *De subtilitate* de Cardan (auteur cité dans *La Fanfarlo,* t. I, p. 554) qui distingue des degrés de perfection dans les animaux (voir H. Naïs, *Les Animaux dans la poésie française de la Renaissance,* Didier, 1961, p. 174). Le père Kircher, fort pratiqué par Nerval,

est cité par Baudelaire dans une note qui accompagne la traduction
de *Metzengerstein* (*Histoires extraordinaires*, éd. J. Crépet, Conard,
1932, p. 334), à propos d'une phrase de Poe difficile à entendre :
« Le sens, après tout — écrit Baudelaire —, me semble se rapprocher
de l'opinion attribuée au père Kircher, — que les animaux sont des
Esprits enfermés. »

3. *Analogie universelle* est une expression fouriériste; le mot *harmonie* appartient à plusieurs doctrines « mystiques ». Voir J. Pommier, *La Mystique de Baudelaire,* ouvrage cité à propos de *Correspondances* dont on retrouve ici le système (cf. t. I, p. 11). Swedenborg
n'est pas absent de ce paragraphe, en raison de l'accent religieux
que marquent les capitales de CELUI. Mais cet accent est lui aussi
indéfinissable. En 1855 Baudelaire a opéré une transmutation des
différents systèmes auxquels il avait pu accorder son adhésion : il les
a convertis en un système très souple, qui lui est personnel. De
toutes les symboliques il a constitué son symbolisme.

Page 576.

a. chinois ? Produit étrange. [...] évanouissement; cependant
c'est *1855*

1. Winckelmann (1717-1768), né à Stendal, petite ville proche de
Brunswick et dont Beyle a peut-être emprunté le nom, fut le créateur
du néo-classicisme, hors duquel, en esthétique, il ne fut pas de salut.
Contre lui et contre ses successeurs Baudelaire affirme les droits de
la beauté conçue relativement.

2. Yoshio Abé (*Le Monde,* 28 novembre 1968) a fait remarquer
que l'Exposition universelle de 1855 offrait aux visiteurs dans son
Palais des Beaux-Arts, avenue Montaigne, un Musée chinois, sous
la forme d'une collection d'objets d'art chinois rapportés par Mon-
tigni, ancien consul à Shanghaï et à Ning-Po. Avec Baudelaire, Gautier fut le seul des trente critiques d'art français qui rendirent compte
de cette Exposition universelle à consacrer un article au Musée chinois (voir *Les Beaux-Arts en Europe,* Michel Lévy frères, chap. XII).
Et Gautier, pourtant, cherchait à composer avec les vieux principes,
en s'ingéniant à distinguer le « beau idéal » grec et le « laid idéal »
chinois... Citons Yoshio Abé : « Quand on pense que Diderot
méprisait la " bizarrerie " chinoise parce qu'elle représentait un
écart par rapport aux sacro-saints principes de l' " imitation de la
nature "; que pour Balzac, " en Chine, le beau idéal des artistes est
la monstruosité " et qu'en 1867 encore il se trouvera en France un
" Winckelmann moderne " (en l'occurrence le secrétaire perpétuel
de l'Académie des beaux-arts) qui prétendra qu'il ne voit chez les
Chinois " rien qui mérite le nom d'art, au sens élevé du mot ", et
qu'il faut croire à l' " inégalité providentielle des races ", alors on
mesurera toute l'audace dont Baudelaire témoigne en décrétant
qu'un objet d'art chinois si bizarre soit-il est un " échantillon de la
beauté universelle ". »

3. On comparera cette expression à celle qui sert de titre à un dessin exécuté par Baudelaire : « échantillon de *Beauté antique,* dédié à Chenavard » (*ICO,* nº 178 ; *Album Baudelaire,* p. 173).

4. *Homme du monde* n'a pas le sens de *mondain ;* l'expression s'applique à un homme doué d'esprit cosmopolite (voir dans le paragraphe précédent l'emploi de *cosmopolitisme*).

Page 577.

a. qu'écrirait, — je le répète, en face   *CE ; on a restitué la ponctuation de 1855.*

b. beau *[minuscule]   1855*

c. plus que le sien propre *[singulier]* ; science barbare *[singulier]* que les barbares,   *1855. Le second singulier est préférable au pluriel. Il n'en reste pas moins qu'en raison soit de la ponctuation, soit d'une omission lors de la publication par « Le Pays », la phrase est étrange.*

1. Baudelaire parle d'expérience. C'est là qu'on voit le mieux ce qu'il a retiré du voyage de 1841-1842.

2. Baudelaire contamine ici deux formules de Heine qu'il trouve dans le *Salon de 1831* (*De la France,* Renduel, 1833, p. 304 et 309). Voici la première, relative à la critique que l'on a adressée à la *Patrouille turque* de Decamps, où le cheval du chef de la police « s'allonge avec une rapidité si comique qu'il semble à moitié courant sur le ventre, à moitié volant » : « La France a aussi en fait d'art ses juges inamovibles qui épluchent, d'après les vieilles règles convenues, toute œuvre nouvelle ; ses maîtres connaisseurs-jurés qui vont flairant dans les ateliers et débitant leur sourire approbateur là où l'on flatte leur marotte ; et ces gens n'ont pas manqué de juger le tableau de Decamps. » L'autre formule a déjà été citée dans le *Salon de 1846* (voir p. 432, dernière ligne).

Heine mourra en 1856. Baudelaire prendra sa défense en 1865 contre Janin (voir p. 231 sq)..

Page 578.

a. beau *[minuscule]   1855*

1. Cf. les vers 5-6 de *Correspondances* (t. I, p. 11).

2. *Ligeia,* dont la traduction paraît dans *Le Pays* des 3 et 4 février 1855, offre cette citation : « Il n'y a pas de beauté exquise, — dit lord Verulam [Bacon], parlant avec justesse de toutes les formes et de tous les genres de beauté, — sans une certaine *étrangeté* [strangeness] dans les porportions. »

Page 579.

1. Insistons sur ce fait : c'est la première fois que sont réunies à Paris et en France autant d'œuvres appartenant à des nations différentes.

Page 580.

   a. une erreur, — fort à la mode, — dans laquelle je veux me garder de tomber, comme dans l'enfer. *1855*

   b. Ce long passage depuis Ce fanal obscur *jusqu'à* son éternel désespoir ? *(p. 581) ne se lit pas dans le texte de 1855. On ne peut prétendre qu'il a été supprimé pour la publication dans « Le Pays ». Peut-être a-t-il été ajouté après 1855.*

   1. Cf. *Fusées,* XI : « De la langue et de l'écriture, prises comme opérations magiques, sorcellerie évocatoire » (t. I, p. 658).

   2. Ici commence le second thème de cette étude méthodologique. L'Exposition universelle de 1855 faisait le bilan des conquêtes techniques de l'humanité occidentale. Maxime Du Camp publie à cette occasion ses *Chants modernes* dont la préface, vrai manifeste, que l'auteur voudrait comparable à la préface de *Cromwell,* enjoint aux poètes de se détourner de la vieille mythologie, d'oublier Bacchus et Vénus, pour chanter la Vapeur, le Chloroforme, l'Électricité, le Gaz, la Photographie et la Locomotive; ses *Chants* joignaient, hélas ! les exemples au précepte. Sur cette problématique du milieu du XIXe siècle voir Cl. Pichois, *Littérature et progrès. Vitesse et vision du monde,* Neuchâtel, La Baconnière, [1973]. Baudelaire tourne délibérément le dos au progrès. Il est hanté par le péché originel. Dans ses préfaces aux traductions de Poe (1856 et 1857), dans son essai sur *Théophile Gautier* (1859) et dans le *Salon de 1859,* il va revenir inlassablement à l'attaque du Progrès. Sa pensée de moraliste intransigeant est exprimée dans *Mon cœur mis à nu,* XXXII, 58 : « Théorie de la vraie civilisation. / Elle n'est pas dans le gaz, ni dans la vapeur, ni dans les tables tournantes, elle est dans la diminution des traces du péché originel » (t. I, p. 697). Voir aussi *Le Voyage* (t. I, p. 129) qui est malicieusement dédié à Maxime Du Camp.

Page 581.

   a. Ici reprend le texte du « Pays ».
   b. Cette phrase ne figure pas en 1855 ; voir la n. 1.

   1. J. Crépet pense que Baudelaire fait allusion à *La Grève de Samarez* qui ne paraîtra qu'en 1863. Ce poème philosophique se présente comme un long dialogue platonicien entre Leroux et ses compagnons d'exil à Jersey. Au chapitre v, p. 196-199, se lit une violente attaque contre la cause de l'art pour l'art dont Leroux s'applique à détacher Hugo, en écrivant ironiquement :
   « L'artiste est une étoile, une clarté, une rose, un rossignol. Il brille par lui-même, il est odoriférant par lui-même, il chante sans muse qui l'inspire, il est la Muse, il n'y a pas d'autre muse que lui... Il est le Soleil... Le Beau, c'est moi... L'Art, c'est l'artiste. »
   Et, p. 200 :
   « Les Dieux, le genre humain, tout cela c'est du vulgaire. Le Poète seul existe, c'est le poète qui est le Dieu...

« Ainsi le dernier mot de la théorie n'est pas même ce que je disais tout à l'heure. À cette formule : *l'Art c'est l'artiste,* il faut ajouter : *l'Artiste, c'est Dieu.*

« — Hélas ! pauvre Narcisse, dit la voix dans l'ombre du rocher. Et la voix derrière moi répéta : Pauvre Narcisse. »

Si c'est bien le passage auquel pense Baudelaire, il faut convenir que celui-ci l'a retourné contre Leroux.

Page 582.

a. En 1855, la signature de Baudelaire figure au-dessous de ces mots. Les deux paragraphes suivants viennent en post-scriptum.

b. romanciers, le peuple de *1805*

1. Il est curieux de voir Baudelaire encore attaché à cette conception messianique de la France que Friedrich Sieburg critiquera dans *Dieu est-il français ?* Les sentiments de Baudelaire vont changer : cf. les notices écrites pour l'anthologie d'Eugène Crépet, notamment la notice sur Pierre Dupont (p. 169 sq.).

2. Cette idée de décadence rapproche Baudelaire de Gobineau dont l'*Essai sur l'inégalité des races humaines* paraît en 1853 et 1855 (4 vol.).

3. George Crabbe (1754-1832), auteur de *The Borough* (1783), qui contient le poème *Peter Grimes* traduit par Philarète Chasles dans la *Revue de Paris* en mai 1831, traduction recueillie dans *Caractères et paysages* en 1833. C'est sur ce poème, qui conte un drame de la mer, que Benjamin Britten a composé son premier opéra important (1945).

4. Sur Maturin, voir *De l'essence du rire* (p. 531). Sur Godwin, les projets de théâtre (t. I, p. 645, n. 5).

5. Baudelaire utilisera les notes qu'il avait pu prendre ou ses souvenirs ou encore les articles publiés par Gautier dans *Le Moniteur* dans deux passages sur les peintres anglais qui se lisent, en des termes analogues, dans le *Théophile Gautier* et dans le *Salon de 1859* (p. 123 et 609; voir les notes relatives à ces deux passages).

Page 583.

II. INGRES

Le Portefeuille, 12 août 1855 *(1855).*
Curiosités esthétiques, Michel Lévy frères, 1868, dont le texte est ici reproduit *(CE).*

Dans *Le Portefeuille* l'étude de Baudelaire était précédée de ces lignes, signées A. P., initiales d'Arthur Ponroy :

« ENCORE M. INGRES

« On nous reproche de paraître indifférents au compte rendu de l'Exposition des Beaux-Arts. Avouons naïvement qu'après les études générales sur les principaux maîtres de l'école moderne,

notre ardeur à louer ou à critiquer se trouve quelque peu calmée.
Toutefois nous ne saurions laisser rien d'obscur autour de la question de doctrines; et notre devoir est d'ouvrir nos colonnes aux
manifestations les plus élevées de l'intelligence et de la critique,
surtout dans ce qui regarde les maîtres de premier ordre. C'est à ce
titre que nous venons offrir à nos lecteurs une nouvelle étude sur
M. Ingres, signée d'un nom que le public d'élite aime toujours à
rencontrer. Ce que notre collaborateur G. Pierre a dit de M. Ingres
nous a paru juste et sensé. M. Ch. Baudelaire arrive au même résultat
critique, mais par d'autres aperçus. Ce très bel esprit s'exprime
d'ailleurs avec une telle finesse d'observation, une telle science de la
parole écrite, que nous nous trouverions coupables de ne pas donner
à nos lecteurs une appréciation si ingénieuse et si modérée des
œuvres de M. Ingres. »

L'article, qui avait donné à Baudelaire « un mal de chien » (à [Vitu],
9 juin 1855; *CPl*, I, 313), avait été refusé par la direction du *Pays*,
certainement comme trop critique à l'égard d'une gloire nationale.

Ingres, qui n'exposait plus au Salon annuel depuis 1834, avait,
en effet, reçu la place d'honneur. Quarante-trois de ses œuvres
étaient rassemblées; on avait transporté d'un plafond de l'Hôtel
de Ville au palais des Beaux-Arts son *Apothéose de Napoléon Ier*
(rendue au Salon de l'Empereur de l'Hôtel de Ville, elle y sera
brûlée en 1871 pendant la Commune).

   1. Baudelaire utilise ici des éléments de l'étude qu'avait annoncée
la couverture du *Salon de 1845* : *David, Guérin et Girodet ;* certains
avaient déjà été inclus dans l'article sur *Le Musée classique du Bazar
Bonne-Nouvelle.*

Page 584.

   a. Didon [italique] CE *; le texte de 1855 imprime ce nom en
romain, ce qui est correct, puisque c'est le personnage qui est ainsi désigné,
non le tableau.*

   1. *Didon et Énée,* de Guérin, fut exposé au Salon de 1817 et est
maintenant au Louvre.

   2. Les *Funérailles d'Atala* ont déjà été mentionnées dans *Le Musée
classique du Bazar Bonne-Nouvelle* (p. 411).

Page 585.

   a. qu'elles sont entrées 1855

   1. L'*Enlèvement des Sabines* (1799) est au Louvre. Sur *Marat,* voir
Le Musée classique du Bazar Bonne-Nouvelle (p. 409). *Le Déluge,* par
Girodet, est au Louvre. *Brutus,* de David (1789), porte selon les
catalogues des titres différents, notamment celui-ci : *Les Licteurs
rapportant à Brutus les corps de ses fils suppliciés ;* ce tableau est au
Louvre.

   2. Cf. p. 619 sq.

3. Les toiles de Courbet avaient été refusées par la commission chargée d'organiser l'Exposition. Courbet les exposa dans une baraque toute proche du palais de l'avenue Montaigne. Y figurait notamment *L'Atelier du peintre*, avec Baudelaire. Ce paragraphe est le seul que Baudelaire ait consacré à l'œuvre de Courbet, dont l'éloigne en 1855 l'« anti-surnaturalisme », autrement dit le réalisme. C'est à ce moment que Baudelaire projette un article dirigé contre le réalisme : *Puisque réalisme il y a* (p. 57). L'amitié des deux hommes, qui avaient été fort proches autour de 1848, survivra à leurs divergences philosophiques, esthétiques, politiques. En 1859 Courbet offrira « à mon ami Baudelaire » un *Bouquet d'asters* (Bâle, Kunstmuseum; Exp. 1968, n° 228; reproduction, p. 59; *Album Baudelaire*, p. 136).

Sur les relations de Baudelaire et de Courbet avant la rupture idéologique, il y a lieu de rappeler la lettre que, le 12 mai 1849, le premier écrivit pour le second au président de la commission chargée du choix des œuvres d'art pour une loterie (*CPl*, I, 787-788). De cette lettre est contemporaine une liste de tableaux de Courbet établie par Baudelaire pour le Salon de 1849 qui s'ouvrit le 15 aux Tuileries. Voici cette liste; elle a été publiée pour la première fois par Cl. Pichois dans *EB II*, 69-70.

« GUSTAVE COURBET

« 1° UNE APRÈS-DÎNER À ORNANS
C'était au mois de Novembre. Nous étions chez notre ami Cuenot. Marlet revenait de la chasse, et nous avions engagé Promayet[1] à jouer du violon devant mon père.

2° Mr Marc Trap...[2] examinant un livre d'estampes.

3° La Vendange à Ornans, sous la roche du Mont (Doubs).

4° La Roche du Miserere et la *[deux mots illisibles]* vallée de la Mularde (Doubs).

5° La vallée de la Loue, prise de la roche du Mont. Le village qu'on aperçoit au bord de la Loue est Mongesoye *[sic]* (Doubs).

6° Vue du château de Saint-Denis, le soir, prise du village de Scey-en-Varay (Doubs).

7° La vallée de la Tuilerie et le ruisseau du Bié de Leugniey avant le coucher du soleil (Doubs).

8° Rochers dans la vallée de l'Essart-Cendrin[3].

---

1. On rencontre ce musicien en compagnie de Baudelaire les 22 et 23 février 1848 (Ch. Toubin, dans *Bdsc*, 91 sq.). Dans *L'Atelier du peintre*, il représente la musique.

2. Marc Trapadoux, « ce mystérieux et farouche Trapadoux qui traverse l'histoire de la Bohème, noir et long comme un bâton de réglisse » (Monselet, dans *Bdsc*, 148), fut lui-même un ami de Baudelaire qui appréciait ses idées sur l'art et la philosophie.

3. Baudelaire avait d'abord écrit : L'Essart-Sandrin. Ce qui indique qu'il écrivait sous la dictée de Courbet.

9° Les communaux de Chassagne.

« Sur les grands rochers du vieux château à la haute
tourelle, quand le soleil couchant dorait ses beaux
cheveux flottant au vent, mes soupirs caressaient
son beau cou de satin ; Je disais à son cœur de
bien douces paroles ; les élans de mon âme au
chant, au chant du paysan,
au chant de l'oiseau dans les bois »

G. COURBET. *Chanson en vers blancs.* [Disposition respectée.]

10° Dessin. Le peintre.

11° Dessin. Étude d'après Mlle Zélie C. »

Les numéros 1-3, 5, 6, 9, 10 se retrouvent au livret officiel du
Salon de 1849. Le commentaire du n° 1 a disparu. Celui du n° 9 se
réduit à la simple mention : « soleil couchant », qui a éclipsé les vers
blancs, lesquels sont vraisemblablement de Courbet lui-même.
Celui-ci composait « des chansons rustiques, sans rimes, sans
mesure, sans métaphore, dans un français qui sentait son patois »
(E. Bouvier, *La Bataille réaliste,* Fontemoing, s.d., p. 232). Il est
probable que la liste a été établie avant que Courbet n'allât montrer ses tableaux au jury.

4. Une toile comme *Les Baigneuses* (1853) avait déjà causé quelque
scandale (remarque de J. Mayne).

Page 586.

1. Cathédrale d'Autun.

Page 587.

1. Souvenir de la lecture de *L'Art de connaître les hommes par la
physionomie ;* cf., entre autres, p. 552 et p. 556, n. 2.

2. Musée du Louvre ; porte la date de 1851. Exp. 1968, n° 261.

Page 588.

1. Musée du Louvre.

2. Musée Condé, Chantilly.

3. Les deux textes *(1855* et *CE)* montrent bien dans cette parenthèse *Vénus et Antiope.* Comme aucun tableau d'Ingres ne porte ce
titre, il faut conclure qu'il y a eu, du fait de Baudelaire ou de l'imprimeur du *Portefeuille,* un doublon et que *Vénus et Antiope* doit se
lire *Jupiter et Antiope.*

4. L'*Odalisque à l'esclave* citée dans le *Musée classique du bazar
Bonne-Nouvelle* (p. 412). Elle est simplement intitulée *Odalisque* dans
le livret officiel de l'Exposition (n° 3351) ; ce tableau peint à Rome
en 1839 appartient alors à M. Goupil.

Page 589.

1. Ce serait, en effet, une forme de l'héroïsme dans la vie
moderne. Voir la conclusion du *Salon de 1846* (p. 493).

2. *Jeanne d'Arc assistant au sacre du roi Charles VII dans la cathédrale de Reims.* Peint en 1854. Musée du Louvre. Exp. 1968, nᵒ 264.

3. Étienne-Jean Delécluze (cité élogieusement dans le *Salon de 1845*, p. 351) rendit compte de l'Exposition universelle dans le *Journal des Débats*. Robert Baschet (*E.-J. Delécluze témoin de son temps*, Boivin, 1942, p. 297, n. 7) n'a pas retrouvé cette « promesse »; « Baudelaire — conclut-il — fait sans doute allusion à quelque propos que Delécluze aura tenu devant lui ou qui lui aura été rapporté ». Faut-il rappeler que Baudelaire fait ensuite allusion au poème héroïco-comique de Voltaire, *La Pucelle* ?

Page 590.

1. Voir, p. 1366, les généralités. Ce n'est pas seulement un quatrième article que Baudelaire comptait écrire, mais plusieurs autres.

III. EUGÈNE DELACROIX

Le Pays, 3 juin 1855 *(1855)*.
Curiosités esthétiques, Michel Lévy frères, 1868, dont le texte est ici reproduit *(CE)*.

Delacroix remercia Baudelaire le 10 juin (*LAB*, 114-115), en termes aimables et distants. Il avait été l'un des membres de la commission chargée de préparer l'Exposition.

a. la faveur et les critiques du public. Depuis   *1855*
b. Ce paragraphe, les vers de Gautier et le bref paragraphe qui les suit ne se lisent pas en 1855. Ont-ils été supprimés par « Le Pays » comme faisant longueur ou ont-ils été ajoutés après la publication ?

Page 591.

a. Ici reprend le texte de 1855.
b. de quelques salons, les dissertations partiales de quelques académies d'estaminet ? La   *1855*
c. du domaine pictural. Il   *1855*

1. C'est le titre du poème de Gautier, joint à *La Comédie de la Mort*. Il y a quelques différences de ponctuation entre la citation faite par Baudelaire et le texte de Gautier; de plus, celui-ci au vers 12 de cette page 591, montre *destins* et non *dessins* (il faudrait d'ailleurs *desseins*).

2. Voir le portrait de la canaille littéraire dans *Mon cœur mis à nu*, XIX, 31 (t. I, p. 688).

3. Baudelaire penserait-il à l'*Odalisque au perroquet* du musée de Lyon, dont *Les Bijoux* sont comme un analogue en poésie ?

Page 592.

a. de M. Karr sur   *1855*
1. Musée de Rouen.
2. Au Louvre, comme *Dante et Virgile*.

3. Une autre allusion sera faite à ces plaisanteries dans le *Salon de 1859* ; voir p. 632.

4. Londres, Wallace Collection.

5. La toile, commandée en 1826 à Delacroix pour le Conseil d'État, exposée au Salon de 1827-1828, a été détruite par les incendies de la Commune. Voir Exp. 1968, n° 268.

6. Église Saint-Paul-Saint-Louis, Paris.

Page 593.

a. plaisanteries [*pluriel*] *1855*

1. *Guillaume de La Marck, surnommé le Sanglier des Ardennes, ou l'assassinat de l'évêque de Liège*, peint en 1829 pour le duc d'Orléans, exposé au Salon de 1831, conservé au Louvre. Le sujet en est emprunté au chapitre XXII, *L'Orgie*, de *Quentin Durward*. Exp. 1968, n° 269.

2. *Scènes des massacres de Scio*, Salon de 1824, musée du Louvre. — *Le Prisonnier de Chillon*, inspiré du poème de Byron, Louvre. — *Le Tasse en prison* : voir dans *Les Épaves* (t. I, p. 168) le poème que l'une des toiles peintes par Delacroix sur ce sujet a inspiré à Baudelaire. — *La Noce juive* est au Louvre. — Les *Convulsionnaires de Tanger* sont dans une collection particulière de New York.

3. Salon de 1839 ; musée du Louvre. Exp. 1968, n° 272.

4. Salon de 1846 ; voir p. 439.

5. Vers emprunté à Gautier, *Terza Rima,* poème joint à *La Comédie de la Mort.* Baudelaire a souligné les deux pronoms, qu'il a modifiés (le vers de Gautier porte : *les*).

6. Philibert Rouvière avait incarné Hamlet dans l'adaptation de Dumas et Meurice jouée au Théâtre-Historique en 1847. Sur Rouvière voir p. 60 et 241.

7. Salon de 1845 ; voir p. 354.

8. Sur le parallèle Hugo-Delacroix voir le *Salon de 1846* (p. 430-432).

9. Voir p. 733-734.

Page 594.

a. autres, des femmes quelquefois historiques *1855*

b. couleurs plus riches, plus intenses, *1855*

1. *Cléopâtre et le paysan* (1839) — dont une réplique fut peinte pour George Sand — est au Ackland Memorial Art Center (Chapel Hill, Caroline du Nord).

2. Cf. le dernier vers de *La Vie antérieure* (t. I, p. 18).

3. Jules Buisson, ami de jeunesse de Baudelaire, rapportera à Eugène Crépet, en 1886, que Delacroix se plaignait, dans l'intimité, « du critique qui trouvait à louer dans sa peinture je ne sais quoi de malade, le manque de santé, la mélancolie opiniâtre, le plombé de la fièvre, la nitescence anormale et bizarre de la maladie. — "Il m'ennuie à la fin", disait-il, [...] » (cité dans *LAB*, 112).

4. *Les Deux Foscari* sont au musée Condé, Chantilly. *Une*

famille arabe, dans une collection particulière de Paris. — La *Chasse au lion,* au musée de Bordeaux. — La *Tête de vieille femme,* dans une collection particulière en France.

Page 595.

a. CE introduit ici une note : Charles Baudelaire rappelle ici une des plus belles pièces des *Fleurs du mal,* la vie, *Les Phares.*

b. quasi musicale./ Du dessin   *1855 ; voir la n. 2.*

c. monstruosité; que la nature   *1855*

1. Baudelaire, bien entendu.

2. Sur la conséquence chronologique qu'on peut tirer de la possible addition du quatrain des *Phares* et de son commentaire, voir t. I, p. 854, et *BET,* 125-132.

Page 596.

a. la Postérité ?   *1855*

1. *Les Souvenirs de M. Auguste Bedloe* dans les *Histoires extraordinaires.*

Page 598.

L'ART PHILOSOPHIQUE

L'Art romantique, Michel Lévy frères, 1868 *(AR),* dont le texte a été adopté, moins les erreurs. Accompagné de cette note, due à Asselineau ou à Banville :

« Cet article, trouvé dans les papiers de l'auteur, n'était évidemment pas prêt pour l'impression. Toutefois, malgré ses lacunes, il nous a paru assez achevé dans les parties principales d'exposition et d'analyse, pour être placé ici. Il complète les études de Charles Baudelaire sur l'art contemporain, en nous livrant ses idées sur un sujet qui le préoccupa longtemps et qui revenait souvent dans ses conversations. »

Les étoiles remplacent des filets.

Asselineau et Banville avaient laissé inédits trois feuillets qu'on trouvera plus loin (p. 606-607).

Ce projet a occupé l'esprit de Baudelaire pendant près de dix ans, sous des titres divers qui recouvrent la même pensée : dénoncer l'hérésie de l'enseignement dans l'art, déjà dénoncée dans les *Notes nouvelles sur Edgar Poe* en 1857, puis dans l'étude sur Théophile Gautier en 1859 (p. 333-334 et 111-114).

Voici en regard des dates précises ou approchées, fournies par la correspondance, la liste des titres auxquels pensa Baudelaire avec les commentaires dont il les a parfois accompagnés.

27 avril 1857   *Peintres raisonneurs* (I, 397)
[Janvier-février 1858]   *Peintres philosophes* (I, 449)
(« c'est-à-dire les peintres qui subordonnent l'art au raisonnement, à la pensée. Ainsi Janmot, Chenavard, Alfred Rethel »)

10 novembre 1858	*Les Peintres qui pensent* (I, 522)
8 janvier 1859	*Les Peintres idéalistes* (I, 537)
29 avril 1859	— — (I, 566)
15 novembre 1859	*Allemands* (I, 619)
13 décembre 1859	*Allemands, Anglais et Espagnols* (I, 626)
4 février 1860	*L'Art enseignant* (I, 664)
[31 juillet ?] 1860	*L'Art philosophique* (II, 69)
[Fin août 1860]	*Les Peintres philosophes* (II, 86)
9 février 1861	*Les Peintres philosophes ou l'art enseignant* (II, 128)
[Début mai 1861]	*Les Peintres philosophes* (II, 147)
23 décembre 1861	« un gros travail qui s'appellera *Les Peintres philosophes, Les Peintres qui pensent,* ou quelque chose d'approchant » (II, 200)
2 décembre 1863	*La Peinture didactique* (II, 335)

C'est ce dernier titre qui est retenu quand Baudelaire établit à Bruxelles le plan de ses œuvres complètes pour Julien Lemer (II, 444) et qu'il cite dans une lettre à sa mère quelques jours plus tard (II, 472); à Lemer il précise le nom des peintres dont il traitera : Chenavard, Kaulbach, Janmot, Rethel. Même titre encore dans la lettre à Sainte-Beuve du 30 mars 1865, avec ces précisions : Cornélius, Kaulbach, Chenavard, Rethel. Dans la note pour Hippolyte Garnier, du 6 février 1866, le titre, qui apparaît pour la dernière fois, est un peu différent : *L'Art didactique, écoles allemande et lyonnaise.* On retrouve ici les *Allemands* de 1859 : ils sont en majorité dans les noms cités. *Anglais* et *Espagnols* avaient trait à d'autres projets (voir, d'une part, p. XI, 123, 582, 609, d'autre part, p. XI et 352).

L'article a surtout été destiné, de 1858 à 1860, à la *Revue contemporaine ;* un moment, Baudelaire pense à *La Presse.* C'est surtout de 1858 à 1860 que Baudelaire a cherché à réaliser ce projet. *Le Peintre de la vie moderne,* moins longtemps porté, a eu plus de chance. Il est souvent cité en compagnie de *L'Art philosophique* et d'un essai sur le Dandysme littéraire dont aucune note ne nous est parvenue.

1. Cette formule a été rapprochée par Marcel Ruff (préface à une partie des *Œuvres complètes* de Baudelaire, Le Club du Meilleur Livre, 1955, t. II, p. 10-11) de formules de Schelling qu'à propos de la connaissance et du Moi, Baudelaire pouvait lire dans l'Introduction au *Système de l'idéalisme transcendantal* traduit par Paul Grimblot (Ladrange, 1842).

2. Sur la décadence, voir le compte rendu des beaux-arts à l'Exposition universelle de 1855 (p. 580).

Page 599.

    a. Cornélius   *AR*

    b. Béthel [*sic*]   *AR ; ici et plus bas.*

1. Une gravure de cette grande composition est reproduite par J. Mayne (*The Painter of Modern Life*, pl. 53).

2. Le 14 mai 1859, cherchant un artiste qui composerait les frontispices de ses livres, Baudelaire écrit à Nadar : « Tu me rendrais parfaitement heureux si, parmi tes nombreuses relations, tu pouvais trouver des renseignements biographiques sur Alfred Rethel, l'auteur de la *Danse des morts en 1848*, et de *La Bonne Mort* faisant pendant à la *Première Invasion du choléra à l'Opéra* » (*CPl*, I, 575). Et dans une lettre écrite au même le surlendemain : « Tu ne connais donc pas ces gravures sur bois d'après RETHEL ? *La Danse des morts en 1848* se vend maintenant 1 franc (six planches). *La Bonne Mort* et *L'Invasion du choléra* se vendent, je crois, 7 francs. Tout cela chez un libraire allemand qui vend aussi des gravures allemandes, rue de Rivoli, près du Palais-Royal. Quelques personnes m'ont dit que Rethel avait décoré une église (à Cologne peut-être); d'autres m'ont dit qu'il était mort; d'autres, qu'il était enfermé dans une maison de fous. J'ai les œuvres citées ci-dessus, et je voudrais savoir, outre les renseignements biographiques, s'il y a d'autres œuvres gravées » (*CPl*, I, 576). *La Danse des morts* est une suite de six gravures sur bois accompagnées d'un texte en vers dû à R. Reinick; elle est inspirée par la révolution de 1848 en Allemagne et par la répression qui la suivit. Elle a paru en 1849 sous deux ou trois formes et titres, dont une édition populaire : *Auch ein Todtentanz ; Ein Todtentanz aus dem Jahre 1848*. Werner Hofmann, grand connaisseur de la caricature (voir p. 1345), nous indique que les différents états de l'œuvre n'ont pas encore été suffisamment étudiés. D'autre part, si sa signification est apparemment réactionnaire, l'interprétation de T. J. Clark (*The Absolute Bourgeois...*, p. 26-27; pl. 20) tend vers une certaine ambiguïté. Selon T. J. Clark le fragment de poème en prose qu'on lit au tome I, page 371, sous *B*, aurait été inspiré à Baudelaire par Rethel (voir aussi t. I, p. 374, *G*).

Cette suite de Rethel a été reproduite dans *L'Illustration* du 28 juillet 1849, ainsi que dans l'*Histoire de l'imagerie populaire* par Champfleury (Dentu, 1869). Champfleury consacra aussi un important article à Rethel : *La Danse des morts de l'année 1849*, dans *L'Artiste* du 15 septembre 1849. J. Crépet, à qui nous empruntons ces renseignements, fait remarquer qu'il est étonnant que, lié avec Champfleury, Baudelaire découvre si tard l'œuvre de Rethel. Celui-ci a renoué avec la grande tradition germanique de la xylographie. À la fin de sa vie, Baudelaire possédait deux gravures d'après Rethel (*CPl*, II, 431) : l'une appartient à cette suite et est encore dans les archives Ancelle (*Album Baudelaire*, p. 83).

3. Rethel, né à Aix-la-Chapelle en 1816, meurt, à Düsseldorf, le 1ᵉʳ décembre 1859, ce qui fournit, au moins à ce paragraphe, un *terminus a quo*.

4. Il s'agit en fait, remarque J. Crépet, de l'hôtel de ville d'Aix-la-Chapelle.

5. On ne les retrouve pas dans le catalogue de l'Exposition de 1855.

Page 600.

1. Caractère qui est évidemment de nature à attirer Baudelaire.

2. Ces deux planches, reproduites notamment par J. Mayne (*The Painter of Modern Life*, pl. 49 et 50), auraient pu inspirer à Baudelaire des poèmes en prose (voir t. I, p. 374).

3. Voir *Quelques caricaturistes étrangers* (p. 564).

4. Dans le volume de l'*Histoire de France* qui est consacré au XVIe siècle (Chamerot, 1855).

Page 601.

a. Noireau   *AR ; c'était peut-être ici la graphie de Baudelaire.*

b. enchiffrenés   *AR*

1. Même jugement dans l'essai sur Gautier (p. 124-125).

2. Baudelaire ne pense pas aux grands Lyonnais du XVIe siècle, mais à Laprade, Soulary et Pierre Dupont, qu'il cite dans le paragraphe suivant.

3. L'abbé Noirot a exercé au collège de Lyon, par son enseignement de philosophie spiritualiste, une influence assez considérable sur ses élèves. L'un d'eux a publié les *Leçons de philosophie* de son maître : Barbey d'Aurevilly en rend compte dans *Le Pays* du 16 décembre 1852 (texte recueilli dans le volume intitulé *Philosophes et écrivains religieux et politiques,* Lemerre, 1909).

4. Voir p. 26 et 169.

5. Rappelons que Baudelaire vécut, enfant, à Lyon. Mais il quitta le collège de cette ville bien avant d'avoir l'abbé Noirot pour maître.

6. Citation exacte : « Ils sont trop verts, dit-il, et bons pour des goujats » (La Fontaine, *Le Renard et les raisins,* III, 11).

Page 602.

1. J. Crépet donne les titres de ces œuvres : *Mirabeau apostrophant M. de Dreux-Brézé,* esquisse; *La Convention votant la mort de Louis XVI,* dessin.

2. Ministre de l'Intérieur dans le gouvernement provisoire de 1848. Il dut ensuite s'exiler.

Page 603.

1. Titre exact : *Calendrier d'une philosophie de l'Histoire.* Il est reproduit par J. Mayne (*The Painter of Modern Life,* p. 212).

2. Baudelaire fait ici écho à des propos qu'il a entendu tenir par Chenavard; sur les conversations de Chenavard voir le *Salon de 1859* (p. 611).

3. Les cartons destinés à la décoration intérieure du Panthéon. C'est Ledru-Rollin qui avait demandé à Chenavard d'exécuter cette décoration. Chenavard se proposait d'illustrer l'histoire universelle conçue selon une conception proche de celle d'Auguste Comte. Il en aurait peint « les différentes phases en camaïeu ou en grisaille,

l'or et les couleurs étant réservés à la partie ornementale de l'architecture et au tableau de la *Philosophie de l'histoire,* résumé des événements religieux, politiques et sociaux, placé au milieu de la croix grecque dessinée par le vaisseau du Panthéon sur une superficie de près de cinq cents mètres carrés » (Exp. 1968, nᵒ 504). Sous la pression des catholiques, les travaux furent arrêtés en 1851.

4. Titre exact : *Le Poème de l'Âme.* Note des éditeurs de 1868 : « Sujet d'une suite de tableaux de M. Janmot, exposés à Paris en 1851, et dont le Catalogue était accompagné d'un commentaire en vers de la composition de l'artiste lui-même. » Ce commentaire avait paru à Lyon en 1854. Voir Exp. 1968, nᵒ 508, et surtout É. Hardouin-Fugier, *Le Poème de l'Âme par Janmot,* étude iconologique, Presses universitaires de Lyon, 1977.

Page 604.

1. En 1854.

2. En 1855, Baudelaire ne mentionne pas ces œuvres, mais on se rappellera que son compte rendu resta inachevé.

3. J. Crépet a identifié ces « sujets » : *La Mauvaise Instruction* = *Le Sentier dangereux* ; promenade mystique = *Sur la montagne.*

Page 606.

[NOTES DIVERSES SUR « L'ART PHILOSOPHIQUE »]

Les manuscrits de [I] et [II] sont conservés à la Bibliothèque littéraire Jacques Doucet *(ms).* [I], 31 × 19,5 cm, est écrit au crayon; [II], 20 × 15, à l'encre. Le recto seulement est utilisé. Nous ignorons où se trouve actuellement le manuscrit de [III].

Ces notes n'ont pas été publiées par Asselineau et Banville, qui durent les juger trop cursives. La première et la troisième (ainsi que les trois premières lignes de la deuxième) ont été révélées par Jacques Crépet dans son édition de *L'Art romantique* (1925); la fin de la deuxième a été transcrite par Y.-G. Le Dantec dans les *Cahiers Jacques Doucet, I, Baudelaire,* Université de Paris, 1934.

1. C'est en 1860-1861 surtout que Baudelaire éprouve pour l'œuvre de Wagner enthousiasme et admiration. Il est donc probable que cette note est postérieure au *Salon de 1859.*

Page 607.

a. Réthorique   *ms, ici et au-dessous ; graphie fautive presque constante sous la plume de Baudelaire.*

b. Le vertige [des grandes   *biffé*] senti dans les grandes villes   *ms*

c. Bonnefonds   *ms*

d. Perrin   *ms*

1. Voir la caricature même que Baudelaire a faite pour Chenavard (*ICO*, n° 178 ; *Album Baudelaire*, p. 173).

2. La formule est employée par Baudelaire dans sa lettre à Calonne du 10 novembre 1858, mais elle revient aussi dans la lettre à Laprade du 23 décembre 1861. La suite de cette note ne concerne pas *L'Art philosophique*.

3. Ces notes ont sans doute été prises pour *Le Spleen de Paris* ; voir la dédicace à Houssaye (t. I, p. 275-276).

4. Ce sont trois sujets ou titres de nouvelles. Toutefois, *Le Paradoxe de l'aumône* est peut-être le premier titre d'*Assommons les pauvres !* ou de *La Fausse Monnaie* (*Le Spleen de Paris*).

5. Aide-mémoire relatif aux artistes et aux écrivains de l'École lyonnaise que Baudelaire voulait citer dans son essai sur *L'Art philosophique*. Sur Chenavard, Janmot, Laprade, Soulary, l'abbé Noirot, Pierre Dupont, voir les pages précédentes. Hippolyte Flandrin est mentionné dans le *Salon de 1846* (p. 379-380), Saint-Jean et Jacquand, dans le *Salon de 1845* (p. 395-396 et 388). P.-H. Révoil (1776-1842), élève de David, peintre d'histoire. Jean-Claude Bonnefond (1796-1860), élève de Révoil, s'illustra comme Alexandre Guiraud en popularisant les « Petits Savoyards ». Orsel (1795-1850), élève de Révoil, puis de Guérin, fut ensuite le disciple de Cornelius et d'Overbeck. Alphonse Perin, né en 1798, fut l'ami intime d'Orsel. Compte-Calix fut surtout célèbre par les titres qu'il donnait à ses tableaux (voir la note 2 de la page 615). Les Boissieu forment une dynastie : Baudelaire fait ici allusion soit à Jean-Jacques (1736-1810), peintre et graveur, soit à Arthur (1835-1873), journaliste, grand admirateur d'Orsel. — Ballanche, l'un des soupirants de Mme Récamier, auteur des *Essais de Palingénésie sociale*, d'un style fuligineux, en effet. Amédée Pommier, le poète des *Océanides* (1804-1877). Blanc Saint-Bonnet (1815-1880), « une des majestés intellectuelles de ce siècle », selon Léon Bloy. Gérando (1772-1842), administrateur et philosophe. Jean-Baptiste Say (1767-1832), l'économiste. La famille lyonnaise des Terrasson a produit deux jurisconsultes et deux prédicateurs, mais c'est plutôt l'abbé Jean Terrasson, auteur de *Séthos* (1731), roman philosophique sur l'Égypte antique, que Baudelaire vise dans cette note.

Page 608.

SALON DE 1859

Revue française, 10 juin, 20 juin, 1er juillet, 20 juillet 1859 (*RF*).
  Curiosités esthétiques, Michel Lévy frères, 1868, dont le texte est ici adopté (*CE*).

Titre dans la *Revue française* : *Lettre à M. le Directeur de la Revue française sur le Salon de 1859*.

Titre de *Curiosités esthétiques : Salon de 1859. Lettres à M. le Directeur de la Revue française.*

Dans la *Revue française* ce Salon n'était composé que de neuf
chapitres, le cinquième ayant été divisé en deux parties entre deux
livraisons : v et v (suite). Les éditeurs de *Curiosités esthétiques* ont
inutilement conservé cette division tout en transformant v (suite)
en vi. Il nous a paru préférable de revenir aux neuf chapitres primitifs et de supprimer la division factice entre les deux parties du
chapitre v.

À la fin de janvier 1859 Baudelaire s'était rendu à Honfleur, pour
y vivre près de sa mère, dans la Maison-Joujou dominant l'estuaire.
Il va là-bas, en deux séjours de quelques semaines, connaître la
dernière et la plus éclatante de ses périodes de création, composant
notamment les grands poèmes qui entreront dans la deuxième
édition des *Fleurs du mal* et ce *Salon de 1859*. Revenu à Paris au début
de mars, il y était encore lorsque, le 15 avril, le Salon s'ouvrit dans
le palais des Beaux-Arts de l'avenue Montaigne, qui avait été
édifié pour l'Exposition universelle de 1855 (voir p. 1367) : c'est la
dernière exposition qui y fut organisée. Baudelaire a visité le Salon
immédiatement après l'inauguration. De retour à Honfleur, quelques
jours plus tard, le 24 ou le 25 avril (voir p. 622, n. 1 et 2), il écrit,
le 29, à Malassis, qui attend depuis 1857 les « malheureuses *Curiosités
[esthétiques]* », que le *Salon de 1859* est « fini » et qu'il le livre le soir
même ou le lendemain (*CPl*, I, 566). Le 14 mai 1859, il confie à
Nadar : « j'écris maintenant un *Salon* sans l'avoir vu. *Mais j'ai un
livret.* Sauf la fatigue de deviner les tableaux, c'est une excellente
méthode, que je te recommande. On craint de trop louer et de trop
blâmer ; on arrive ainsi à l'impartialité » (*CPl*, I, 575). Deux jours
plus tard, il revient sur ses propos : « Quant au Salon, hélas ! je t'ai
un peu menti, mais si peu ! J'ai fait une visite, UNE SEULE, consacrée
à chercher les nouveautés, mais j'en ai trouvé bien peu ; et pour
tous les vieux noms, ou les noms simplement connus, je me confie
à ma vieille mémoire, excitée par le livret. Cette méthode, je le
répète, n'est pas mauvaise, à la condition qu'on possède bien *son
personnel* » (*CPl*, I, 578). Ce qui est caractéristique de la méthode
de Baudelaire, qui d'un creux obtient un relief, d'une difficulté un
adjuvant à la création.

Baudelaire comptait recueillir ce *Salon* dans les *Curiosités esthétiques* dès qu'il en aurait tiré quelque argent grâce à une publication
en revue. Il n'y a donc pas trop lieu de s'étonner qu'ayant publié le
Salon de 1846 sous la forme d'une brochure chez un jeune éditeur
plein d'avenir, Michel Lévy, il ait confié ces pages admirables à une
obscure petite revue. C'était, au reste, l'une des rares qui lui fussent
ouvertes ; il y avait des amis, en particulier le directeur, Jean Morel,
le M**** à qui est adressée la lettre. La forme d'un *Salon* épistolaire
s'explique bien si l'on pense que Baudelaire écrit ces pages à
Honfleur, d'où il les envoie à Morel. Il ne savait pas que la *Revue*

française était déjà dans une fort mauvaise situation et qu'elle allait disparaître avec le numéro du 20 juillet qui contenait la dernière partie du *Salon de 1859*.

Il semble que Baudelaire n'ait pas eu connaissance de la publication du numéro du 20 juillet; le 10 octobre suivant, il écrira à sa mère : « La fin du *Salon* que tu as reçue n'est qu'une épreuve, et n'a pas paru » (*CPl*, I, 607). En septembre, on le voit cherchant à arracher à Morel ou à l'imprimeur Simon Raçon (qui imprimera les *Fleurs du mal* de 1861) « l'épreuve des trente dernières pages » de son *Salon* (*CPl*, I, 594; voir aussi 603 et 606). Une épreuve de la fin a, en effet, été conservée dans les archives Ancelle. Les corrections (*RFC*) ont été utilisées dans *CE*.

Les *Curiosités esthétiques*, on le sait, ne parurent pas du vivant de Baudelaire. Celui-ci, par deux fois, mentionnera ce *Salon* comme un des éléments essentiels qui doivent entrer dans ses œuvres critiques (plans établis pour J. Lemer et H. Garnier en 1865 et 1866; *CPl*, II, 444 et 591).

En raison de son insertion dans la *Revue française* le *Salon de 1859* fut à peine lu. Si le mot *guignon* eut jamais un sens, appliqué à une œuvre...

Ce traité de haute esthétique était, à propos d'un Salon, le manifeste de ce que Pierre Georgel a appelé « Le Romantisme des années 1860 » (c'est le titre de sa grande étude publiée dans la *Revue de l'Art*, nº 20, 1973). Contre l'art officiel Baudelaire dressait son musée imaginaire, qui est aussi celui de Victor Hugo. Arlette Calvet-Sérullaz a apporté des « Précisions sur quelques peintures, dessins et sculptures du Salon de 1859 cités par Baudelaire » dans le *Bulletin de la Société de l'histoire de l'art français,* année 1969 (F. de Nobele, 1971), cité sous le sigle suivant : *BSHAF,* 1969.

I. L'ARTISTE MODERNE

a. (pour moi). Aucune explosion;   *RF*

1. Jean Morel, dont le nom est cité en toutes lettres dans *RF* chaque fois qu'on voit ici les quatre astérisques (au début), puis les trois astérisques. Sur ses relations avec Baudelaire, voir *CPl*, Index.

Page 609.

1. Celle de 1855, voir p. 582. Cette page du *Salon de 1859* avait déjà paru dans l'étude sur *Théophile Gautier* (p. 123), quelques semaines auparavant. L'article qu'il désirait écrire en 1855, auquel il pensait vers 1857 en établissant un projet de sommaire pour les *Curiosités esthétiques* (voir p. XI) et qu'il intitulait alors *L'Intime et le féerique*, n'a jamais été composé.

Quand il écrit cette page en 1859 Baudelaire utilise-t-il des notes prises en 1855 ? relit-il le livret de l'Exposition de 1855 ? ou se fie-t-il à sa mémoire ? Dans sa thèse (*The Role of Gautier in the Art Cri-*

ticism of Baudelaire, Université Vanderbilt, 1975, dactyl.) Lois Hamrick veut montrer que Baudelaire se souvient des articles publiés par Gautier en 1855 dans *Le Moniteur* et par lui recueillis la même année dans *Les Beaux-Arts en Europe* (Michel Lévy frères). Elle a partiellement raison, comme on le verra ci-dessous par les citations de Gautier, empruntées à ce volume. Mais il y a lieu de remarquer que Gautier ne mentionne ni J. Chalon ni l' « architecte songeur » qui bâtit des villes étranges. En revanche, de Landseer, cité seulement dans *Théophile Gautier* (p. 123), voici ce que Gautier écrivait (p. 73 des *Beaux-Arts en Europe*) : « Landseer donne à ses chers animaux l'âme, la pensée, la poésie, la passion. Il les fait vivre d'une vie intellectuelle presque semblable à la nôtre; s'il l'osait, il leur enlèverait l'instinct et leur accorderait le libre arbitre; [...]. »

Concluons : Baudelaire a rafraîchi ses impressions de 1855 en lisant le livre de Gautier.

2. Charles Robert Leslie (1794-1859), ami de Constable. De 1848 à 1852, il fut professeur de peinture à la Royal Academy. Il exposait en 1855 *S. M. la reine Victoria recevant le Saint Sacrement le jour de son couronnement ; Catherine et Petruchio ; L'Oncle Tobie et la veuve Wadman,* sujet tiré du *Tristram Shandy* de Sterne (le tableau est maintenant au Victoria and Albert Museum); une *Scène tirée du Vicaire de Wakefield* et *Sancho Pança et la Duchesse* (Londres, National Gallery). Gautier lui consacre les pages 64-66 de son livre. — Nous reprenons les titres français du livret officiel de 1855.

3. Le mot anglais a eu quelque mal à se franciser.

4. Il y avait quatre Hunt représentés à l'Exposition de 1855, deux Anglais et deux Américains. Le premier Hunt est, tel que le caractérise Baudelaire, William Morris Hunt (1824-1879), qui habitait 42, rue des Acacias, à Montmartre. Américain, élève de Couture et de Millet, il fut influencé par les peintres de l'école de Barbizon dont il contribua à introduire les œuvres aux États-Unis; il était le frère du grand architecte Richard Morris Hunt. Il exposait *Une bouquetière, Petite fille à la fontaine* et une *Tête d'étude*. Nous écartons William Henry Hunt (1790-1864) qui exposait en 1855 onze aquarelles, que Gautier admire et qu'il décrit longuement; les titres : *L'Attaque du pâté, Jeune fille avec une corbeille de fleurs, La Timidité, Le Chanteur de ballades,* etc., œuvres dont Gautier souligne « la représentation fidèle », les vertus d' « observation » et de « patience », mais qui ne l'autorisent pas à prononcer le mot naturalisme, applicable, en revanche, à W. M. Hunt.

Le second Hunt est l'Anglais William Holman Hunt (1827-1910), un des chefs de file du préraphaélitisme; il exposait en 1855 *La Lumière du monde, Moutons égarés* (Tate Gallery) et *Claudio et Isabella.*

5. Daniel Maclise (1806-1870), peintre d'histoire et de portraits; membre de la Royal Academy depuis 1840. En 1855 il exposait *Le Manoir du baron ; fête de Noël dans le vieux temps* et *L'Épreuve du toucher. Anciennes coutumes saxonnes.* Gautier lui consacre les pages 12-17 de son livre.

6. John Everett Millais (1829-1896) fonda en 1848 avec William Holman Hunt et Dante Gabriel Rossetti l'association qui fut ensuite connue sous l'appellation de « Pre-Raphaelite Brotherhood ». Il exposait en 1855 *L'Ordre d'élargissement, Le Retour de la colombe à l'arche* et *Ophélia*. Gautier lui consacre les pages 31-39 de son livre.

7. De John James Chalon (1778-14 novembre 1854) on avait exposé en 1855 trois toiles représentant trois aspects d'*Une journée d'été* : le matin, l'après-midi et le soir.

8. Sir Francis Grant (1803-1878) sera élu président de la Royal Academy en 1866. Il exposait en 1855 les portraits de Mme Beauclerk, de Lord John Russell et de Lady Rodney, ainsi qu'un *Rendez-vous de chasse ; équipage de S. M. pour la chasse au cerf*. Gautier lui consacre les pages 47-49 de son livre.

9. James Clarke Hook (1819-1907), peintre d'histoire, de marines et de genre, exposait en 1855 *Bayard recevant chevalier le fils du connétable de Bourbon* et *Venise comme on la rêve*. Gautier lui consacre les pages 54-55 de son livre.

10. Joseph Noel Paton (1821-1901), Écossais, peintre d'histoire, mais aussi sculpteur, archéologue et poète. En 1855, il exposait *La Dispute d'Obéron et de Titania* (National Gallery of Scotland).

11. Fuseli, nom anglicisé du peintre zurichois Johann Heinrich Füssli (1741-1825), dont le génie visionnaire est apparenté à celui de Blake. Gautier, qui consacre à Paton les pages 56-63 de son livre, le rapprochait de « Fuessli », tout en reconnaissant, comme le fait Baudelaire, son originalité : « s'il s'est inspiré de Fuessli, M. Paton ne l'a pas copié servilement, et sa part d'invention est assez grande ».

12. George Cattermole (1800-1868) exposait en 1855 onze aquarelles relatives surtout à des sujets d'histoire religieuse et une autre d'après *Macbeth*. Il est connu pour avoir illustré les *Waverley Novels*. Gautier consacre à Cattermole les pages 105-112 de son livre.

13. H. E. Kendall Junior. Voir, dans *Les Fleurs du mal, Rêve parisien* (t. I, p. 101). Baudelaire pense à la *Composition architecturale* que Kendall exposait en 1855.

14. Deux des plus grands acteurs du XIXᵉ siècle en Angleterre. Sur Macready voir le *Salon de 1846*, p. 441 et n. 1

Page 610.

1. Étaient exposées 3 894 œuvres, dont 3 045 peintures. Maxime Du Camp fut plus sévère. Il évoque sa tristesse devant « la quantité inconcevable de toiles médiocres » exposées en 1859 : parmi tous les tableaux, « il n'y en a certainement pas trois qui ont les qualités requises pour laisser d'eux un souvenir durable » (cité par Arlette Calvet-Sérullaz, *BSHAF*, 1969, p. 134).

Page 612.

a. un labeur et un danger quotidien *[singulier]*.   RF
b. l'entendit tout d'un coup parler latin;   RF

1. Voir *Fusées*, VII, 10, et le canevas des *Lettres d'un atrabilaire*
(t. I, p. 654 et 782). Émile de Girardin, que Baudelaire enterre
plaisamment, n'était pas mort : il avait seulement, en 1856, abandonné la direction de *La Presse*, qu'il reprendra en 1862.

Page 613.

a. au niveau de la sienne ?   *RF*

1. Jean-Victor Bertin (1775-1842), élève de P.-H. Valenciennes,
l'un et l'autre représentants attitrés du paysage historique. Bertin fut
le maître de Corot.

2. J. Crépet a rapproché ce passage d'une plaisante anecdote
qu'on voit dans l'*Essai sur la peinture* de Diderot. Voici le texte
selon l'édition Brière que put lire Baudelaire (t. VIII, 1821, p. 443) :
« Un jeune homme fut consulté par sa famille sur la manière dont
il voulait qu'on fît peindre son père. C'était un ouvrier en fer :
mettez-lui, dit-il, son habit de travail, son bonnet de forge, son
tablier; que je le voie à son établi avec une lancette ou autre
ouvrage [*sic*] à la main; qu'il éprouve ou qu'il repasse, et surtout
n'oubliez pas de lui faire mettre ses lunettes sur le nez. Ce projet
ne fut point suivi; on lui envoya un beau portrait de son père, en
pied, avec une belle perruque, un bel habit, des beaux bas, une belle
tabatière à la main; le jeune homme, qui avait du goût et de la
vérité dans le caractère, dit à sa famille en la remerciant : Vous
n'avez rien fait qui vaille, ni vous, ni le peintre; je vous avais
demandé mon père de tous les jours, et vous ne m'avez envoyé que
mon père des dimanches... »

Page 614.

II. LE PUBLIC MODERNE ET LA PHOTOGRAPHIE

a. a tant de foi dans   *RF*

1. *Brutus, lâche César !*, comédie mêlée de chant, en un acte, par
Joseph-Bernard Rosier, créée au Gymnase dramatique le 2 juin
1849 avec Rose Chéri. La scène se passe sous le Directoire. Brutus
est le nom d'un portier; César, celui d'un chien de garde. Lorsque
César est attaché, il aboie contre tous ceux qui veulent entrer;
lorsque Brutus le lâche, César court à la cuisine et laisse entrer ou
sortir qui veut. Pour apprécier le (gros) sel de ce vaudeville, on se
rappellera que Brutus fut la figure privilégiée de la Révolution,
figure qui allait faire place à celle de César. Baudelaire se moque de
ce titre « calembourique ou pointu » dans une lettre à Calonne
lorsqu'il cherche un titre pour son étude sur l'opium (*CPl*, I, 637).

2. Saint Matthieu, XVII, 17. Voici la traduction donnée par la
Bible de Lemaistre de Sacy (XVIIe siècle), souvent rééditée jusqu'au
XIXe siècle inclus et dont Baudelaire dut avoir le texte sous les yeux :
« Ô race incrédule et dépravée ! jusqu'à quand serai-je avec vous ?

jusqu'à quand vous souffrirai-je ? ». *Souffrir* au sens de *supporter* (verbe employé dans d'autres traductions) avec *vous* pour complément d'objet direct. L'absence de *vous* donne à la citation de Baudelaire un sens tout différent. Est-ce le résultat d'un lapsus ou d'une faute d'impression ?

3. *Amour et Gibelotte* est le titre d'une toile d'Ernest Seigneurgens, élève d'Eugène Isabey. Baudelaire cite ce titre dans sa lettre à Nadar du 16 mai 1859 (*CPl*, I, 578).

4. Drame de Kotzebue qui fut célèbre en France sous la Restauration et la monarchie de Juillet.

Page 615.

1. Tableau de Joseph Gouezou, élève de Léon Cogniet. Le titre en provient d'un discours prononcé par Napoléon III à Rennes le 20 août 1858. La légende se lit ainsi dans le livret :

« Sur son lit, où sont accrochés le vieux mousquet anglais donné par le marquis de Puysaie et l'humble bénitier de faïence où chaque jour il trempe ses doigts, un jeune gars du Morbihan cloue les portraits de Leurs Majestés l'Empereur et l'Impératrice qu'il vient d'acheter au marché voisin. »

2. Le 16 mai 1859, Baudelaire écrit à Nadar, en se reportant à l'unique visite qu'il a faite au Salon : « Dans la sculpture, j'ai trouvé [...] quelque chose qu'on pourrait appeler de la *sculpture-vignette-romantique,* et qui est fort joli : une jeune fille et un squelette s'enlèvent comme une Assomption ; le squelette embrasse la fille. Il est vrai que le squelette est esquivé en partie et comme enveloppé d'un suaire sous lequel il se fait sentir. — Croirais-tu que *trois fois déjà j'ai lu, ligne par ligne,* tout le catalogue de la sculpture, et qu'il m'est impossible de trouver quoi que ce soit qui ait rapport à cela ? Il faut vraiment que l'animal qui a fait ce joli morceau l'ait intitulé *Amour et gibelotte* ou tout autre titre à la *Compte-Calix,* pour qu'il me soit impossible de le trouver dans le livre. Tâche, je t'en prie, de savoir cela ; le sujet, et le nom de l'auteur » (*CPl*, I, 578). L'auteur de ce groupe en plâtre est Émile Hébert. Ce n'est pas Nadar, c'est Jean Morel qui a informé Baudelaire, en réponse à une question posée à la fin de mai (*CPl*, I, 584) en des termes analogues à ceux qui figurent dans la lettre à Nadar.

3. Tableau de F.-A. Biard, « un des gros succès du Salon de 1844 » (J. Crépet).

Page 616.

a. progrès la diminution progressive de l'âme et la domination de la matière   *RF ; il est possible que CE soit ici coupable d'une omission.*

1. Voir le deuxième paragraphe du morceau de *Fusées,* XV : « Le monde va finir... » (t. I, p. 666).

2. Citation empruntée à *Morella.* Baudelaire traduit ainsi dans les *Histoires extraordinaires* (édition J. Crépet, Conard, 1932, p. 301) : « Être étonné, c'est un bonheur ; — et rêver, n'est-ce pas un bonheur

aussi ? » En fait, Poe ayant écrit : « *It is a happiness to wonder ; — it is a happiness to dream* » (*Works*, édition Redfield, 1850, p. 469), Baudelaire a interprété le texte dans le sens de sa propre esthétique de l'étonnement : *to wonder* a le sens d'*être émerveillé*.

3. Cf., p. 578, la formule de l'Exposition de 1855 : « *Le beau est toujours bizarre.* »

Page 617.

a. le goût de   RF *; cette leçon peut être jugée préférable.*

1. J. Crépet rapprochait cette parenthèse de l'attaque portée dans *Mon cœur mis à nu* (XVII, 28 ; t. I, p. 687) contre George Sand accusée d'avoir « de bonnes raisons pour vouloir supprimer l'Enfer ».

2. J. Crépet avait repéré les sources des deux allusions. La première réplique est tirée de *La Tour de Nesle* (I, 5) : après une nuit d'orgie avec la reine (qui est restée masquée) et ses sœurs, le capitaine Buridan dit à Philippe d'Aulnay : « Ce sont de grandes dames, de très grandes dames, je vous le répète ! »

La seconde citation est tirée du chapitre sur Cazotte des *Illuminés* de Nerval (qui fut d'abord la préface d'une édition du *Diable amoureux ;* voir le commentaire du *Possédé,* t. I, p. 900). Selon une tradition ou une légende, Cazotte aurait, peu avant la Révolution, prédit à des aristocrates le sort qui les attendait. À une duchesse, l'échafaud. Celle-ci badine :

« Ah ! j'espère que, dans ce cas-là, j'aurai du moins un carrosse drapé de noir.

— Non, madame, de plus grandes dames que vous iront comme vous en charrette, et les mains liées comme vous.

— De plus grandes dames ! quoi ! *les princesses du sang ?*

— *De plus grandes dames encore...* »

Page 618.

1. Baudelaire pense ici à la philosophie au rabais proposée aux lecteurs par *Le Siècle*. Voir le canevas des *Lettres d'un atrabilaire* (t. I, p. 781).

2. Le premier album de ce genre qui parut illustré de photographies est celui que Maxime Du Camp rapporta du voyage qu'il avait fait au Proche-Orient avec Flaubert : *Égypte, Nubie, Palestine et Syrie, Dessins photographiques recueillis pendant les années 1849, 1850 et 1851,* Gide et Baudry, 1852.

3. Ces éléments positifs se trouvaient exprimés en 1839, mais sans aucune réserve, dans l'exposé des motifs de la loi soumise à l'approbation de la Chambre pour l'achat à Daguerre des droits de sa découverte : « Nous croyons — déclarait le rapporteur — aller au-devant des vœux de la Chambre en vous proposant d'acheter au nom de l'État la propriété d'une découverte aussi utile qu'inespérée et qu'il importe, dans l'intérêt des sciences et des arts, de pouvoir livrer à la publicité. [...]

« Nous n'avons pas besoin d'insister sur l'utilité d'une semblable invention. On comprend quelles ressources, quelles facilités toutes nouvelles, elle doit offrir pour l'étude des sciences et, quant aux arts, les services qu'elle peut leur rendre ne sauraient se calculer [...] » (cité par Louis Chéronnet, *Petit Musée de la curiosité photographique*, éd. Tel, s. d., p. 6).

Page 619.

1. Henri Delaborde a tenu des propos analogues dans un article : « La Photographie et la gravure », publié par la *Revue des Deux Mondes* du 1er avril 1856 (Deuxième période, t. II, p. 617-638). Il affirme que la photographie n'est pas un art, qu'elle ne saurait rivaliser avec la gravure pour la reproduction des œuvres d'art. « Comparée à l'art, la photographie [...] nous semble insuffisante, vicieuse même, puisqu'elle ne sait produire, au lieu d'une image du vrai, que l'effigie brute de la réalité. » Elle échoue devant la peinture, mais elle peut réussir à nous restituer les monuments de la sculpture, où l'expression, que seule peut rendre la gravure, se subordonne en général à la pureté de la forme palpable, et surtout ceux de l'architecture, où tout est nettement et définitivement accusé, dont toute beauté réside à la surface. La photographie offre ainsi de vastes ressources pour les études techniques, comme l'archéologie et l'histoire. Ainsi, les détails de la cathédrale de Chartres gardent le relief, l'apparence même de la réalité et les nobles sculptures des portails revivent sur le papier avec toute l'autorité, toute la fermeté du style que leur a données le ciseau (Laborde cite le recueil de *Photographies de la cathédrale de Chartres et du Louvre*, par Lesecq et Bisson, 1854). « La photographie, très insuffisante en face de la nature, des tableaux et des dessins, partout enfin où l'exactitude matérielle doit s'allier à l'expression d'un sentiment, — la photographie, on le voit, a une importance et une utilité incontestables dans les cas où le fait seul doit être surpris et consigné » (p. 630). H. Delaborde s'élève contre Jules Ziegler qui classait la photographie parmi les arts d'imitation (*Compte rendu de la Photographie à l'Exposition universelle,* Dijon, 1855). « Il y aura toujours entre l'art et la photographie la distance qui sépare la vérité choisie de l'effigie vulgaire, ou la différence qui existe entre une belle statue et un moule pris sur nature. » Mais la photographie peut jouer un utile rôle de repoussoir, en marquant clairement la différence qui sépare « les œuvres de l'industrie matérielle » des œuvres d'art.

On pensera qu'en condamnant la photographie, de par son refus du progrès matériel, Baudelaire est quelque peu injuste, du moins à l'égard de ceux — Nadar, bientôt Carjat, enfin Neyt — qui ont laissé de lui de si vivantes images.

Walter Benjamin, qui a commenté ce passage dans sa *Petite Histoire de la photographie* (1931), cite, avant, quelques propos fougueux tenus en 1855 par Antoine Wiertz, ce « peintre d'idées mal dégrossi » (W. Benjamin) que Baudelaire en Belgique jugera bien plus sévèrement qu'il ne fait la photographie :

« Voici quelques années — écrit Wiertz — est née la gloire de notre époque, une machine qui, jour après jour, surprend notre pensée et épouvante nos yeux. Dans un siècle cette machine sera le pinceau, la palette, les couleurs, l'habileté, l'expérience, la patience, l'agilité, la précision, le coloris, le vernis, l'ébauche, le fini, l'extrait de la peinture. [...] N'allons pas croire que le daguerréotype signifie la mort de l'art. [...] Lorsque cet enfant géant aura grandi, lorsque tout son art et sa puissance se seront développés, le génie brusquement lui mettra la main au collet et lui criera : " Ici ! À présent tu m'appartiens. Nous allons travailler ensemble " » (W. Benjamin, *Œuvres*, II, *Poésie et révolution*, essais traduits par Maurice de Gandillac, Les Lettres nouvelles, 1971, p. 33).

Dans un autre essai, *L'Œuvre d'art à l'ère de sa reproductibilité technique* (1936), W. Benjamin donne une conclusion à ce débat : « On s'était dépensé en vaines subtilités pour décider si la photographie était ou non un art, mais on ne s'était pas demandé d'abord si cette invention même ne transformait pas le caractère général de l'art » (*ibid.*, p. 186).

C'était la première fois que la photographie avait obtenu droit de cité, non dans l'Exposition des beaux-arts, à proprement parler, mais à l'intérieur des mêmes bâtiments. « C'est, en quelque sorte, une exposition particulière au milieu de la grande Exposition. La photographie a une entrée pour elle seule dans le pavillon sud-ouest. Son exhibition est une tentative intéressante qui lui vaudra peut-être, plus tard, l'honneur de marcher à la suite des beaux-arts » (*Notice sur les principaux tableaux de l'Exposition de 1859. Peintres français*, Henri Plon, 1859, Introduction; cette brochure ne se confond pas avec le livret officiel du Salon). Cette précision fait mieux comprendre l'attaque lancée contre Baudelaire.

III. LA REINE DES FACULTÉS

Page 620.

1. Dans les *Notes nouvelles sur Edgar Poe* (p. 328) Baudelaire avait écrit en 1857 : « Pour lui, l'Imagination est la reine des facultés », introduisant ensuite la distinction que l'on retrouvera au chapitre IV du *Salon* entre la fantaisie et l'imagination créatrice (au sens baudelairien : qui sait retrouver les lois de la Création). L'expression « reine des facultés » apparaît dès 1855 dans l'article sur Ingres (p. 585) : sur les conséquences voir p. 623, n. 3.

Page 621.

1. Contre le protestantisme voir *Fusées*, XII (t. I, p. 661).

Page 622.

1. Quand, peu après le 15 avril, Baudelaire regagne Honfleur (voir p. 1383).

2. Le premier article d'Alexandre Dumas sur le Salon de 1859

parut dans *L'Indépendance belge* du 23 avril 1859 (édition du soir). Les autres articles paraîtront les 4, 6, 9 et 19 mai. Ils seront recueillis en un volume la même année chez Bourdilliat, à l'enseigne de la Librairie nouvelle, sous le titre : *L'Art et les artistes contemporains au Salon de 1859.* On peut douter que Baudelaire ait réellement lu le numéro du 23 avril. En effet, si Dumas, après s'être plaint de la décadence de l'art, y évoque avec admiration « la grande phalange des artistes de 1830 », il ne mentionne ni les Devéria, ni Poterlet, ni Bonington et, loin de condamner Troyon, il le couvre d'éloges et l'égale à Delacroix. S'il avait vraiment lu Dumas, Baudelaire se serait au moins abstenu de faire allusion à Troyon... À la rigueur on pourrait penser que Baudelaire apprit à Honfleur, par un correspondant qui lui donnait des indications sommaires, que Dumas rendait compte du Salon dans *L'Indépendance belge.* Mais Baudelaire a vraisemblablement lu d'autres de ces articles ; voir p. 643 et n. 4.

3. C'est, avec le regret des rayonnantes années du « romantisme », la raison essentielle qui provoque l'admiration de Baudelaire et qui lui avait dicté cette dédicace d'un des rares exemplaires sur hollande des *Fleurs* de 1857 : « à Alexandre Dumas, / à l'immortel auteur d'*Antony,* témoignage d'admiration et de dévouement ». Sur Baudelaire et Dumas voir *BET,* 145-155.

4. Hippolyte Poterlet n'est nommé qu'une seule fois par Baudelaire, ce qui peut paraître étrange si l'on pense à l'estime où Delacroix tenait ce peintre. Né à Épernay en 1804, il fut l'élève d'Hersent. En 1825 il accompagna Delacroix à Londres. Victime de son tempérament nerveux, dans une crise de dépression, il prit une forte dose d'opium, léguant à Chenavard ses esquisses et ses gravures (décembre 1829); il ne succomba pas immédiatement à cette tentative de suicide et ne mourut qu'en 1835. Selon Théophile Silvestre (*Eugène Delacroix. Documents nouveaux,* Michel Lévy frères, 1864), il était, ainsi que Charlet et Bonington, des trois artistes que Delacroix préférait. « Sitôt que Delacroix avait esquissé un tableau important, *Sardanapale* ou *Le Christ au Jardin des Oliviers,* il courait avec un croquis de son œuvre et une toile blanche chez son ami, qui, en deux heures, lui avait donné son avis en lui faisant une esquisse à sa manière. Delacroix tenait infiniment à voir comment, à sa place, Poterlet eût peint le tableau » (p. 29). Dans un article de *La Presse* (17 février 1849), recueilli dans *Tableaux à la plume* (Charpentier, 1880, p. 57-58), Gautier écrit : « Poterlet fut un homme tout de caprice et de spontanéité. Bonington et Delacroix lui soumettaient les questions les plus ardues et les plus délicates d'harmonie et de coloris; il savait les résoudre de la manière la plus capricieuse et la plus imprévue. » Il n'a laissé que peu d'œuvres. La seule à être vraiment connue est la *Dispute de Trissotin et de Vadius* (Louvre).

Page 623.

1. On sait que Dumas avait des « nègres ».
2. Delacroix, vraisemblablement.

IV. LE GOUVERNEMENT DE L'IMAGINATION

3. Mrs. Crowe (née dans le Kent vers 1800, morte en 1876) écrivit des romans, puis publia en 1848 à Londres *The Night Side of Nature, or Ghosts and Ghost Seers*, ouvrage qui connut un réel succès puisqu'il fut réédité en 1852. En 1852, elle fit paraître, dans le même sens, *Light and Darkness* et, en 1859, *Spiritualism and the Age We Live In*. *The Night Side of Nature* emprunte son titre à un livre de Gotthilf Heinrich von Schubert : *Ansichten von der Nachtseite der Naturwissenschaft* (Dresde, 1808), dont Albert Béguin a montré l'intérêt (*L'Âme romantique et le rêve*, nouvelle édition en un volume, José Corti, 1939, p. 104-105) et auquel Mme de Staël avait fait allusion dans *De l'Allemagne* en souhaitant « une philosophie plus étendue, qui embrasserait l'univers dans son ensemble, et ne mépriserait pas *le côté nocturne de la nature* » (3ᵉ partie, chap. x; éd. par la comtesse de Pange, Hachette, « Les Grands Écrivains de la France », t. IV, 1959, p. 265). Dans ce livre Mrs. Crowe a réuni une centaine d'histoires surnaturelles et essaie de classifier les apparitions dont elle parle tout en donnant des explications de pneumatologie. Richard Beilharz (*Baudelaire. Actes du colloque de Nice*, 1967, *Annales de la Faculté des lettres et sciences humaines de Nice*, nᵒ 4, deuxième trimestre 1968) a clairement indiqué ce qu'elle devait à la pensée allemande, notamment à l'obscur Philipp Heinrich Werner (1791-1843), auteur du *Schutzgeister* (1839) et de la *Symbolik der Sprache* (1841), qui opère une différence nette entre *Phantasie* et *Einbildungskraft* : la première est assimilée à la langue de la nature, à la langue primitive, à la langue de Dieu. La seconde n'est que « le reflet, la copie, le singe de la *Phantasie* ». Mais en anglais la hiérarchie de ces termes platoniciens avait été inversée. Mrs. Crowe fut donc amenée à donner *Imagination* pour équivalent à *Phantasie* et *Fancy* à *Einbildungskraft*.

Quand Baudelaire a-t-il pris connaissance de l'ouvrage de Mrs. Crowe ? Certainement, dès le moment où il écrivait les *Notes nouvelles sur Edgar Poe* publiées en 1857 dans les *Nouvelles Histoires extraordinaires* ; peut-être même dès 1855, puisque le premier article du compte rendu de l'Exposition universelle emploie l'expression « reine des facultés » pour caractériser le rôle éminent de l'imagination, mais la distinction essentielle n'est pas alors faite (voir p. 620, n. 1). Il est fort possible qu'il ait été incité à lire Mrs. Crowe par Philarète Chasles qui dans le *Journal des Débats* du 16 avril 1853 signalait rapidement *Le Côté sombre de la vie humaine* (traduisant ainsi le titre anglais) et les œuvres de Poe traduites par Baudelaire dans des périodiques.

La dette de Baudelaire envers Mrs. Crowe a été étudiée par G. T. Clapton, « Baudelaire and Catherine Crowe », *Modern Language Review*, t. XXV, 1930, p. 286-305, et par Randolph Hughes, « Une étape de l'esthétique de Baudelaire : Catherine Crowe », *Revue de littérature comparée*, octobre-décembre 1937, p. 680-699.

Margaret Gilman (*Baudelaire the Critic*, p. 241) a raison de déclarer que ces deux études exagèrent l'influence que Mrs. Crowe aurait pu exercer sur Baudelaire. Celui-ci avait lu Balzac et pris connaissance de Swedenborg et d'autres « mystiques » avant de lire *The Night Side of Nature*, où il retrouvait des idées qui lui étaient déjà familières comme celle qu'exprime le passage cité dans le *Salon de 1859* et celle qu'on voit au chapitre IV du livre anglais : « The whole of nature is one large book of symbols, which, because we have lost the key to it, we cannot decipher[1]. » Au reste, la formule : « cette excellente Mme Crowe », qui se lit à la fin de ce paragraphe, témoigne de quelque condescendance.

Page 624.

1. Delacroix.

2. Expression d'Horace (*Odes*, III, 3, v. 8) : les ruines [du monde] le frapperont sans l'effrayer, — familière à Baudelaire, qui l'adaptera pour en faire l'épigraphe d'une photographie par Neyt offerte à Poulet-Malassis lors de leur commun séjour bruxellois (*ICO*, n° 57; *Album Baudelaire*, p. 249) : *Ridentem ferient ruinae* (Les ruines du monde peuvent le frapper; il rira).

3. Cf. *Mon cœur mis à nu*, XXXVIII, 68 (t. I, p. 701). En 1850, un prospectus du *Magasin des familles* annonçait pour paraître dans une des livraisons suivantes : *Influence des images sur les esprits*, par Baudelaire (*Œuvres posthumes*, éd. J. Crépet et Cl. Pichois, t. II, Conard, 1952, p. 300). Lois Hamrick (thèse citée n. 1 de la page 609) rapproche des propos de Baudelaire ceux-ci de Gautier (*L'Artiste*, 14 décembre 1856) : « Épris, tout enfant, de statuaire, de peinture et de plastique, nous avons poussé jusqu'au délire l'amour de l'art; [...] L'Écriture parle quelque part de la concupiscence des yeux, *concupiscentia oculorum*; — ce péché est notre péché, et nous espérons que Dieu nous le pardonnera. — Jamais œil ne fut plus avide que le nôtre. »

4. Cf. le *Salon de 1846*, p. 433.

Page 625.

a. qui s'accommodent à   RF

b. une atmosphère colorée qui   RF. *Il est possible que CE soit ici coupable d'une omission.*

c. par certains côtés   RF

1. Voir deux formules analogues, à propos de la poésie, dans un des projets de préface (t. I, p. 183).

Page 627.

a. ou telles qu'elles seraient,   RF

1. Toute la nature n'est qu'un grand livre de symboles que nous ne pouvons déchiffrer, parce que nous en avons perdu la clé.

1. Cela s'applique admirablement à la poésie de Baudelaire.

2. Sur la condamnation du réalisme en peinture comme en poésie, voir *Puisque réalisme il y a* (p. 57).

Page 628.

a. par impuissance   *RF*

V. RELIGION, HISTOIRE, FANTAISIE

Page 629.

1. Alphonse Legros n'exposait en 1859 qu'une seule toile : *L'Angélus,* qui appartient à une collection particulière; J. Mayne l'a reproduite dans *Art in Paris* (pl. 42). Amand Gautier (Lille, 1825; Paris, 1894) expose *Les Sœurs de charité.* Actuellement au Palais des Beaux-Arts de Lille, cette toile a été exposée en 1968 (nº 487) et reproduite dans le catalogue (p. 113); elle est mieux reproduite par J. Mayne dans *Art in Paris* (pl. 43). La notice du catalogue de 1968 fait remarquer qu'Amand Gautier appartient au groupe réaliste qui se réunit à la Brasserie Andler sous la présidence de Courbet.

2. Cf. le second tercet du *Guignon* (t. I, p. 17).

3. Aucun nom ne semble répondre à cette abréviation (« C. » en 1859). Faudrait-il penser à Charles Asselineau, qui a beaucoup collaboré à la *Revue française,* et notamment à la livraison du 10 juin qui contient le début du *Salon de 1859* ? Ou, comme le suggère W. T. Bandy (*Buba,* t. X, nº 1, Été 1974), à Henri Cantel, qui fut un des premiers disciples de Baudelaire et qui dans la *Revue française* du 1er février 1859 avait publié un poème dédié à celui-ci (voir *LAB,* 73-76; *CPl,* I, 558) ?

Page 630.

1. Sans doute Stendhal.

2. Cf. le deuxième paragraphe des *Bons Chiens* (t. I, p. 360).

Page 631.

1. Voir *L'Art philosophique* (p. 599).

Page 632.

1. Peinte en 1841.

2. Exposé au Salon de 1827. Prarond rapporte qu'avant le voyage de 1841 Baudelaire l'emmena un jour voir ce tableau à l'église Saint-Paul, demandant au passage Mlle Sara (*BET,* 27, n. 39).

3. Alphonse Karr dans *Les Guêpes* d'avril 1840 s'était moqué du cheval « lie-de-vin » de *La Justice de Trajan ;* voir p. 592. Il semble difficile qu'ici le « jeune *chroniqueur* » soit A. Karr, comme le pensait J. Crépet. Karr avait cinquante et un ans en 1859. Lucie Horner

(*Baudelaire critique de Delacroix,* p. 156, n. 307) propose d'identifier ce chroniqueur avec Victor Fournel qui rend compte du Salon de 1859 dans *Le Correspondant* du 25 mai 1859, faisant précéder son éreintement de Delacroix d'une phrase analogue à celle que Baudelaire cite un plus peu bas : « Je suis fort embarrassé pour parler de l'exposition de M. Delacroix, car je confesse humblement tout d'abord n'avoir pas le sens de cette peinture, et ne rien comprendre aux admirations qui l'accueillent. » Cependant, V. Fournel était l'un des plus fidèles collaborateurs de la *Revue française* où Baudelaire publiait son *Salon.* W. T. Bandy (*Buba,* t. X, n° 1, Été 1974) est tenté de croire que Baudelaire pourrait ici viser Jean Rousseau qui a attaqué Delacroix dans le *Figaro* du 10 mai 1859 où il faisait un *Salon* et qui, le 17 mai, rend compte d'un bal, décrivant les robes; mais ce bal n'eut pas lieu à l'Hôtel de Ville. Etc. On pensera donc que ce « jeune *chroniqueur* » est un portrait composite, à l'occasion duquel Baudelaire exprime son mépris de la jeunesse, comme il le fera dans sa préface aux *Martyrs ridicules* (p. 182).

Page 633.

1. Cette citation et la suivante sont extraites du *Salon de 1822* par Thiers. Ou plutôt, en 1859, de la citation que Baudelaire en a déjà faite dans le *Salon de 1846* (p. 427). Les expressions en italique ont été soulignées par Baudelaire.

Page 634.

a. qui glissent en   RF

Page 635.

1. *La Montée au calvaire ; le Christ succombant sous la croix :* cette toile avait été refusée, ainsi que *Le Christ descendu au tombeau* (intitulé plus haut par Baudelaire la *Mise au tombeau*), par le conseil de fabrique de Saint-Sulpice. Sur la proposition de Laurent-Charles Maréchal (voir le *Salon de 1845,* p. 399) elle fut achetée à Delacroix par la Ville de Metz en 1861. Elle a été exposée en 1968 (n° 477), de même que *Le Christ descendu au tombeau* (n° 478). La critique reprocha à Delacroix le caractère d'esquisse du tableau, bien que le peintre eût pris la précaution d'avertir le public par la phrase que Baudelaire place entre guillemets et qui est citée dans le livret officiel du Salon. Maxime Du Camp demandait si une mort anticipée avait paralysé la main de Delacroix, ôté à l'esprit de celui-ci « la notion du juste et du vrai » : « Quelles sont ces peintures de revenant qu'on expose sous son nom ? »

2. *Ovide en exil chez les Scythes.* Londres, National Gallery. Exp. 1968, n° 479; Castex, frontispice en couleurs. Baudelaire va citer un passage du livre VII des *Martyrs* (sans modification significative); voir, dans la même collection, *Œuvres romanesques et voyages,* édition Maurice Regard t. II, [1969], p. 225.

3. Dans ses Remarques Chateaubriand cite lui-même le vers qu'il

traduit : « Parve, nec invideo, sine me, liber, ibis in Urbem », indiquant que ce n'est pas là l'épitaphe qu'Ovide s'était composée.

4. « Barbarus hic ego sum, quia non intelligor illis » ; voir p. 91.

Page 636.

a. dans une sentence féconde   RF ; *cette leçon semble préférable.*

1. Ces expressions en italique sont empruntées à l'Épilogue d'*Atala*.

2. Le catalogue officiel du Salon (le livret).

3. Ce mot, imprimé en italique, n'a pas le triste sens moderne. Il vient à Baudelaire de Balzac qui l'emploie dans *Louis Lambert* et dans *Séraphita* — deux textes bien connus de Baudelaire — pour désigner la capacité de « voir les choses du monde matériel aussi bien que celles du monde spirituel », don qui est apparenté à l'intuition et à la voyance. Suzanne Bérard a fait l'histoire difficile de cette notion dans *L'Année balzacienne 1965,* p. 61-82.

4. La formule est frappante. Elle évoque Schelling : « Le beau est la manifestation du divin dans le terrestre, de l'infini dans le fini » (*Écrits philosophiques,* traduits par Charles Bénard, publiés chez Joubert et Ladrange, 1847, p. 381). « L'infini présenté comme fini, est la beauté » (*Système de l'idéalisme transcendantal,* traduit par Paul Grimblot, Ladrange, 1842, p. 358). Mais il n'est pas nécessaire — ainsi pourtant le voulait Marcel Ruff (préface à la septième partie des *Œuvres complètes* de Baudelaire, Le Club du Meilleur Livre, 1955, t. II, p. 8-9) — que Baudelaire ait lu Schelling. Parmi d'autres exemples d'intermédiaires que nous avons relevés entre la philosophie allemande et la littérature française («Des "impondérables" dans la création littéraire », *Mercure de France,* avril 1957, p. 731) on retiendra celui-ci : « Kant a écrit en maître sur le sentiment du beau et du sublime. Il a reconnu que le caractère du beau était l'apparition immédiate de l'infini dans le fini. Schiller a interprété en poète la philosophie de Kant » (Arsène Houssaye, *L'Artiste,* 10 août 1845). Mais faut-il recourir à la philosophie allemande ? Lamennais, qui est peut-être à l'origine de la distinction des deux éléments de la beauté, qu'on trouve faite dans le *Salon de 1846* (p. 493) et dans *Le Peintre de la vie moderne* (p. 685, deuxième paragraphe ; voir la note 1), écrivait en résumant la partie esthétique de son *Esquisse d'une philosophie* (t. III, 1840, p. 473) : « le Beau impliquant deux choses, le Vrai et la forme qui le manifeste, l'Art implique également deux choses, le modèle idéal et la forme extérieure dans laquelle il s'incarne, l'infini et le fini ». Certes, Baudelaire ne lie pas le Beau au Vrai, et ce lien lui apparaît même comme adultère. Mais en partant de la dualité de la beauté telle que l'exprimait Lamennais, il pouvait arriver seul à cette formule.

Page 637.

a. en tirerais-je   RF, *leçon qui peut paraître préférable.*

b. Ici se termine la partie du « Salon » insérée dans la livraison du

20 juin. RF *commence la partie suivante, livraison du 1er juillet, par le* sous-titre : V | RELIGION, HISTOIRE, FANTAISIE (SUITE). CE *modifie le numéro du chapitre :* VI *au lieu de* V, *en conservant le même sous-titre. Nous avons préféré introduire un blanc et ne pas répéter le sous-titre.*

c. Dézobry   RF *et* CE

1. Une formule analogue est employée par Baudelaire pour caractériser la poésie de Banville (p. 163).

2. Voir les vers 7-8 du *Tonneau de la Haine* (t. I, p. 71).

3. Delacroix remercia Baudelaire de ces pages par une lettre du 27 juin 1859 qu'il joignit à une lettre à Jean Morel chargé de faire suivre la première (*LAB*, 116-117) :

« Comment vous remercier dignement pour cette nouvelle preuve de votre amitié. Vous venez à mon secours au moment où je me vois houspillé et vilipendé par un assez bon nombre de critiques sérieux ou soi-disant tels. Ces messieurs ne veulent que du grand et j'ai tout bonnement envoyé ce que je venais d'achever sans prendre une toise pour vérifier si j'étais dans les longueurs prescrites pour arriver convenablement à la postérité, dont je ne doute pas que ces Messieurs ne m'eussent facilité l'accès. Ayant eu le bonheur de vous plaire, je me console de leurs réprimandes. Vous me traitez comme on ne traite que les *grands morts ;* vous me faites rougir tout en me plaisant beaucoup : nous sommes faits comme cela. »

Delacroix avait été si affecté par les critiques qu'on lui avait adressées qu'il voulut renoncer à exposer.

4. J. Crépet pensait que le terme était emprunté à Nadar qui désignait par *pointus* les auteurs pédants.

5. Dezobry est l'auteur de *Rome au siècle d'Auguste* (1835) qui est aux Latins ce que le *Voyage du jeune Anacharsis* (1788) de l'abbé Barthélemy est à l'antiquité grecque.

6. Titre d'une toile de Jean-Louis Hamon exposée au Salon de 1853, acquise par l'Empereur ; elle disparut dans l'incendie des Tuileries en 1871. En 1859 Hamon, élève de Delaroche et de Gleyre, expose *L'Amour en visite,* dans le même genre mignard.

7. Sans doute Baudelaire fait-il allusion à six « panneaux décoratifs d'un salon de bains » représentant les *Saisons,* l'*Europe* et l'*Afrique* exposés en 1859 par le sculpteur Tony-Antoine Étex (voir p. 376 et 404).

8. J. Crépet a recensé plusieurs de ces *Marchandes d'amour : Amours ! amours ! marchande d'amours !* par Denéchau ; *Jeune Fille pesant des amours,* statue par E.-L. Lequesne ; *La Marchande d'amours, d'après une peinture trouvée à Herculanum, grisaille, émail genre de Limoges,* exécuté par Mlle Philip.

Page 638.

1. Citons encore l'*Éducation de l'Amour* par Eugène Faure, *L'Amour vaincu* et *L'Amour triomphant* par Alexandre Colin, *L'Amour et Psyché* par Bonnegrace, *L'Amour puni* par Diaz de la

Peña. Ces œuvres sont caractéristiques du goût bourgeois de l'époque.

2. Margaret Gilman (« Baudelaire and Thomas Hood », *The Romanic Review*, t. XXVI, juillet-septembre 1935, p. 240-244) a repéré le texte que traduit Baudelaire et qui figure dans les *Whims and Oddities* de 1826 : un dessin représentant un Cupidon obèse, semblable à un cochon, avec la légende : *« Tell me, my heart, can this be Love ? »*, y accompagne le poème satirique de Hood. Le dessin est reproduit par J. Mayne, *Art in Paris*, p. 216. Remarquant que la version française qu'en donne Baudelaire est assez faible par endroits, du moins pour le traducteur très expérimenté qu'il était devenu en 1859, Margaret Gilman suggérait que ce texte avait été détaché de l'étude sur la Caricature et introduit dans le *Salon de 1859*, écrit à Honfleur, donc sans que l'auteur pût recourir au texte original. De fait, le nom de Hood apparaît dans le plan que Baudelaire traçait de son étude pour Victor de Mars et que nous avons reproduit au début des commentaires sur *De l'essence du rire* (p. 1343). Hood est mentionné au feuillet 1 du *Carnet* (t. I, p. 714) : Baudelaire se proposait donc de lui consacrer une étude. À moins qu'il ne voulût traduire *The Bridge of Sighs*, ce qu'il fera en Belgique (t. I, p. 269). On sait que le poème en prose *Any where out of the world* doit son titre à ce poème.

Page 639.

1. Un autre mot *fly* signifie *orgelet*.

2. Voir le portrait du premier Satan des *Tentations* (t. I, p. 307) : ce poème en prose ne sera publié qu'en 1863, mais Baudelaire en 1859 pense à traiter ce sujet en vers.

3. J. Crépet indique que Baudelaire fait allusion à une chanson du comte de Ségur : *L'Amour et le Temps*. Il avait vu chez Nadar, qui disait la tenir de Baudelaire, une gravure anonyme à deux compartiments, datée de 1813 et ornée d'une légende approchante, mais d'une cruauté adoucie : *L'Amour fait passer le Temps, le Temps fait passer les Saisons*.

4. *Le Vieux-Neuf. Histoire ancienne des inventions et découvertes modernes* (Dentu, 1859, 2 vol.). L'expression vieux-neuf est citée à la première phrase du paragraphe. Quant au sous-titre du livre de Fournel il se retrouve dans la phrase suivante : « les industries modernes ».

5. C'est la seule fois que Baudelaire cite Jean-Léon Gérome (1824-1904), l'un des principaux représentants de la peinture académique.

Page 640.

1. *Combat de coqs* a été exposé au Salon de 1847. Ce tableau est maintenant au Louvre. Reproduction dans J. Mayne, *Art in Paris*, pl. 58. Voir *Le Musée du Luxembourg en 1874*, nº 93. Il est difficile de trouver une toile plus conventionnellement hypocrite dans l'érotisme.

2. *Le Siècle d'Auguste* a été exposé en 1855 ; ce tableau appartient au musée de Picardie (Amiens). Reproduit dans *BSHAF*, 1969, p. 131.

3. Gérome expose *Ave, Cesar imperator, morituri te salutant,* c'est-à-dire le prélude à un combat de gladiateurs. Ce tableau, vendu chez Christie à Londres le 30 novembre 1928, n'a pas été retrouvé.

4. Ce César est celui du tableau précédent, bien qu'en 1859 Gérome expose aussi une *Mort de César* (non retrouvée) que Baudelaire examine deux paragraphes plus bas.

5. Il y a peut-être ici une attaque contre le docteur Véron, l'assez ventripotent directeur du *Constitutionnel* (qu'il venait de céder). Baudelaire n'avait pas eu à se louer de lui (voir *CPl*, I, 204-205). *Les Ventrus :* cette expression désigne sous la monarchie de Juillet les députés du juste-milieu, rassasiés de prébendes par le gouvernement.

Page 641.

1. Ce tableau est passé en vente à New York, Parke-Bernet Galleries, le 21 mars 1963.

2. Pierre-Antoine Baudouin (1723-1769), élève de Boucher dont il épousa la fille cadette. Grimm disait de lui : il « s'est fait un petit genre lascif et malhonnête qui plaît fort à notre jeunesse libertine ». Baudelaire le cite dans les notes sur le XVIIIe siècle (p. 725).

Page 642.

1. Isidore-Alexandre-Augustin Pils (Paris, 1813 ; Douarnenez, 1875), élève de Lethière et de Picot, avait été premier grand prix de Rome (Histoire) en 1838. En 1859, outre trois portraits, il exposait un tableau : *Défilé des zouaves dans la tranchée (siège de Sébastopol)*, et une aquarelle : *L'École de feu à Vincennes (artillerie à pied, 2e régiment)*, qui n'ont pas été retrouvés.

Page 643.

1. Sur Charlet voir *Quelques caricaturistes français* (p. 546). Baudelaire avait eu l'intention d'inclure Auguste Raffet (Paris, 1804 ; Gênes, 1860), peintre de batailles, dessinateur, graveur et lithographe, dans son étude sur les caricaturistes ; voir, p. 1343, la note à V. de Mars.

2. Ce tableau avait été exposé précédemment ; il est actuellement au musée des Beaux-Arts de Quimper ; reproduction dans *BSHAF*, 1969, p. 131.

3. La Fontaine, *Le Lion abattu par l'homme* (*Fables*, III, 10).

4. Voir, de Dumas, *L'Art et les artistes contemporains au Salon de 1859, op. cit.,* p. 58-60, où l'on ne retrouvera d'ailleurs que la substance des propos de Baudelaire sur la peinture militaire.

5. La victoire de Magenta remportée par les Franco-Piémontais sur les Autrichiens est du 4 juin 1859 et celle de Solferino, du 24.

6. En 1817, l'éditeur C. L. F. Panckoucke (sur qui voir t. I, p. 1430) avait lancé une série de trente volumes : *Victoires, conquêtes, désastres, revers et guerres civiles des Français de 1792 à 1815,* rédigée « par une société de Militaires et de Gens de lettres ». Une cinquième édition avait paru en 1854, attestant l'immense succès de cette publication, plusieurs fois imitée. Pour conserver son avantage Panckoucke avait dès 1819 décidé la publication d'un album de cent planches, intitulé *Monumens des victoires et conquêtes des Français,* à la même époque, — la vingt-cinquième et dernière livraison étant publiée en février 1822. Des descriptions en prose accompagnent les gravures au trait, celles-ci aussi ternes que celles-là. Baudelaire fait surtout allusion aux *Préliminaires de la paix de Léoben,* planche gravée d'après un tableau de Lethiers ; on trouvera la planche en cause dans l'article de J. Lethève et Cl. Pichois, « Baudelaire et les illustrateurs des fastes napoléoniens », *Bulletin du bibliophile,* 1956, nº 5.

« La variété des attitudes et la vraisemblance de ces différens portraits historiques remplacent pour le mérite du peintre les grands effets que la nature calme de son sujet lui défendait de rechercher. Mais on voit, au premier coup d'œil, par la noble assurance du chef français qu'il dicte sans morgue ses volontés. »

Et plus loin :

« Le marquis de Gallo s'est avancé avec tout l'air d'embarras que puisse laisser voir un homme de cour. L'artiste a voulu exprimer par la mollesse de ses formes un homme de cabinet, et opposer ce physique d'un courtisan, cet embonpoint sans muscles à la vigueur herculéenne de nos jeunes guerriers. »

Page 644.

1. François-Germain-Léopold Tabar (1818-1869), élève de Delaroche, expose en 1859 : *Guerre de Crimée ; attaque d'avant-poste* (le livret indique que c'est là une commande du ministère d'État) et *Guerre de Crimée ; fourrageurs.* Il expose aussi : *La Roche-Fauve (Dauphiné).*

2. Baudelaire veut faire entendre que les soldats de l'armée d'Afrique se muent en colons, à l'instar des soldats de Rome.

Page 645.

a. dont il illustrait   RF

1. Eugène Lami n'exposait pas en 1859.

2. Charles Chaplin (Les Andelys, 1825 ; Paris, 1891), fils d'un Anglais et d'une Française, avait été l'élève de Drolling. Il exposait en 1859 *L'Astronomie, La Poésie* et *Diane ;* aucune de ces trois œuvres n'a été retrouvée à ce jour. Baudelaire cite encore Chaplin, p. 658, comme portraitiste. Il ne le mentionne que dans ce Salon. Au début de sa carrière, Chaplin était portraitiste et paysagiste. Puis, il modifia sa manière pour adopter un genre gracieux qui fit

sa réputation et sans doute sa fortune. Baudelaire a raison de penser que Chaplin avait trahi sa vocation.

Page 646.

   a. troupe *[singulier]*   RF
   b. attitudes *[pluriel]*   RF

   1. Le tableau du sculpteur Clésinger, qui est alors à Rome (livret), n'a pas été retrouvé. À noter que Clésinger avait aussi peint à Rome, en 1857, une grande toile dédiée à Dumas fils et représentant la *Femme au serpent* (la Présidente); voir *ICO,* nº 133.
   2. Faut-il rappeler ici *La Géante* (t. I, p. 22) ?

Page 647.

   1. Antoine-Auguste-*Ernest* Hébert (La Tronche, 1817; Grenoble, 1908) avait été l'élève de David d'Angers, puis de Delaroche. Il obtint le premier grand prix de Rome de peinture en 1839 et débuta au Salon de cette année avec une peinture : *Le Tasse en prison* (musée de Grenoble).
   2. *L'Almée,* toile exposée en 1849. Au Salon de 1850-1851, Hébert exposa *La Mal'aria,* autre grand succès (La Tronche, musée Hébert; notice et reproduction dans *Le Musée du Luxembourg en 1874,* nº 116). En 1859, il expose *Les Cervarolles* (acquis par l'État; actuellement au Louvre; reproduction dans J. Mayne, *Art in Paris,* pl. 49; notice et reproduction dans *Le Musée du Luxembourg,* nº 118). Les Cervarolles étaient, dans les États romains, des jeunes filles qui se livraient aux plus rudes travaux. Hébert expose aussi en 1859 *Rosa Nera à la fontaine,* œuvre acquise par l'Impératrice, et un *Portrait de la marquise de L.* Hébert eut un temps son atelier avenue Frochot, non loin du domicile de la Présidente; il était, ainsi que Ricard et Meissonier, des familiers de Mme Sabatier (voir André Billy, *La Présidente et ses amis,* p. 165-167) : le jugement de Baudelaire n'en est pas affecté.
   3. Paul Baudry (La Roche-sur-Yon, 1828; Paris, 1886) expose en 1859 *La Madeleine pénitente* (Nantes, musée des Beaux-Arts; cat. Exp. 1968, nº 465, reproduction p. 103; reproduction dans J. Mayne, *Art in Paris,* pl. 59), *Guillemette, étude,* non retrouvée, *La Toilette de Vénus* (Bordeaux, musée des Beaux-Arts) et deux portraits.
   4. *La Vestale* avait été exposée en 1857; elle se trouve au musée de Lille.

Page 648.

   a. que les louables désirs RF
   b. au lendemain des études   RF

   1. Une partie de ces considérations peut être dictée à Baudelaire par une réflexion personnelle dont la série *Hygiène* (t. I, p. 668) et la *Correspondance* conservent des échos.

Page 649.

a. établies *[pluriel]* RF

1. Outre ces deux toiles, non retrouvées, Alexandre Bida (1823-1895), élève de Delacroix, expose *La Prière.* Baudelaire ne le cite que dans ce *Salon.*

2. Ary Scheffer est mort l'année précédente.

3. C'est le seul *Salon* dans lequel Fromentin (1820-1876) est cité par Baudelaire comme peintre. Élève de Cabat, Fromentin expose en 1859 *Bateleurs nègres dans les tribus ; Lisière d'oasis pendant le sirocco ; Souvenirs de l'Algérie ; Audience chez un khalifat (Sahara) ; Une rue à El Aghouat.* Seule, cette dernière toile, qui fut reproduite en 1859 par la *Gazette des beaux-arts,* est actuellement connue. Elle appartient au musée de Douai et a été présentée en 1968 (n° 486; reproduction p. 112; Castex, p. 163). Gautier lui a consacré un feuilleton enthousiaste dans *Le Moniteur* du 26 mai 1859.

Page 650.

1. Baudelaire exprime devant cette rue d'El Aghouat, jonchée, à l'ombre, de dormeurs, une aspiration qui lui est propre et qu'il a exprimée, entre autres, dans le second tercet de *De profundis clamavi* (t. I, p. 33).

2. Voir le *Salon de 1846,* p. 446.

3. *Un été dans le Sahara* (nom auquel Baudelaire ajoute un *h* qu'on pourrait dire oriental) a paru chez Michel Lévy en 1857; *Une année dans le Sahel* paraît chez le même éditeur en 1859.

Page 651.

1. *Robur :* force.

2. En 1855 Joseph Liès (1821-1865) avait exposé *La Promenade* et *Les Plaisirs de l'hiver,* deux tableaux qui appartenaient à un grand collectionneur belge, Couteaux, dont le nom sera cité dans *Pauvre Belgique !* (p. 958). En 1859 il expose *Les Maux de la guerre,* qui appartient aux Musées royaux des Beaux-Arts (Bruxelles) : ce tableau a figuré à l'exposition de 1968 (n° 497); il a été reproduit par J. Mayne (*Art in Paris,* pl. 44).

3. Henri Leys avait exposé en 1855 *Les Trentaines de Bertal de Haze* (une scène historique du XVIᵉ siècle) et *La Promenade hors des murs* (une scène de *Faust*). Baudelaire verra de ses œuvres en Belgique.

4. Voir le commentaire de *Danse macabre* (t. I, p. 1032).

5. Baudelaire pense à la suite d'eaux-fortes intitulée *Les Misères de la guerre.*

Page 653.

1. *Le Misanthrope,* I, 3. — Jean Pommier a fait remarquer (*Dans les chemins de Baudelaire,* p. 140, n. 51) que le texte exact est : « Le *méchant goût...* » — Est-il utile de préciser qu'il y a là un jeu

de mots, le journal visé étant *Le Siècle,* où Louis Jourdan avait reproché à Penguilly son « uniformité fatigante » ?

2. Cf. la lettre à Armand Fraisse du 18 février 1860 où Baudelaire fait l'éloge de la beauté du sonnet en employant cette image : « Avez-vous observé qu'un morceau de ciel, aperçu par un soupirail, ou entre deux cheminées, deux rochers, ou par une arcade, etc., donnait une idée plus profonde de l'infini que le grand panorama vu du haut d'une montagne ? » (*CPl,* I, 676.)

3. On lit bien *plaie* dans les deux textes; *avalanche* ferait plutôt attendre « pluie » (l'*u* de Baudelaire est parfois fermé et tend à ressembler à un *a*), si la gradation n'était annulée et si Baudelaire n'avait souligné *plaie,* indiquant ainsi le caractère insolite de l'emploi de ce mot. À l'exposition de 1968 cette toile est peut-être celle qui fut le plus remarquée. Critiques et visiteurs la rapprochaient des œuvres surréalistes, en particulier de l'œuvre d'Yves Tanguy. Elle avait été admirée dès 1859 (le chagrin Maxime Du Camp la jugeait « une des meilleures du Salon »), et l'État l'avait acquise sur les recettes du Salon pour l'attribuer au musée de Rennes où elle se trouve actuellement (Exp. 1968, nᵒ 501; reproduction, p. 117; Castex, p. 161).

4. La *Notice sur les principaux tableaux de l'exposition de 1859. Peintres français* (Henri Plon, 1859) indique dans l'Introduction qu'une salle a été « réservée aux artistes anglais qui n'ont pu faire leurs envois à temps, mais qui ont promis d'être en mesure vers la fin du mois de mai ».

5. Outre cette toile Frederick Leighton (1830-1896) expose une aquarelle : *Danse de nègres à Alger.* Il serait curieux que Baudelaire n'eût pas traité de Leighton au début de ce *Salon* s'il n'avait utilisé alors un passage du *Théophile Gautier.*

Page 654.

1. Jean-Marc Baud, de Genève, exposait trois émaux : *Vénus, d'après M. C. Gleyre* (conservé au musée de la manufacture de Sèvres), un *Portrait d'enfant* (non retrouvé) et *Agar, d'après le Dominiquin.* Ce dernier, conservé au Musée d'art et d'histoire de Genève, a été reproduit dans l'article d'Arlette Calvet-Sérullaz, *BSHAF,* 1969, p. 129. En 1860, Baud communiquera à Baudelaire le manuscrit d'une traduction faite par sa sœur; voir la réponse de Baudelaire en *CPl,* II, 68-69. Le 1ᵉʳ décembre 1865, dans la *Gazette des beaux-arts,* répliquant à une critique de ses œuvres, il citera l'éloge de Baudelaire.

2. Ici se termine la partie insérée dans la livraison du 1ᵉʳ juillet 1859 de la *Revue française.*

VI. LE PORTRAIT

3. Littéralement : tête morte. Au figuré : restes ou résultats sans valeur.

Page 655.

1. Baudelaire forge une expression qui, bien sûr, est sans rapport avec nos contemporaines lunettes d'écaille. Ce mot a le sens ancien de taie, de voile.

2. Un des écrivains classiques le plus admirés de Baudelaire. Voir *La Solitude* (t. I, p. 314).

Page 656.

1. Le maître n'expose pas en 1859. Pour le jugement que Baudelaire porte sur les disciples d'Ingres, voir l'étude de Daniel Ternois, *Baudelaire et l'ingrisme,* dans *French 19th Century Painting and Literature* edited by Ulrich Finke, Manchester University Press, [1972].

2. Henri Lehmann; voir le Répertoire.

3. Baudelaire est son ami. Ce qui ne l'empêche pas de critiquer Chenavard dans *L'Art philosophique* (p. 598).

Page 657.

1. Voir la première étude sur Poe (p. 267).

Page 658.

1. François-Joseph Heim (Belfort, 1787; Paris, 1865) exposait en 1859 soixante-quatre dessins, portraits des principaux membres de l'Institut, assis, revêtus de l'habit d'académicien. Le portrait de Nieuwerkerke a été présenté en 1968 (n° 490). En 1855, Heim avait exposé une première série de portraits qui étaient des études pour trois tableaux représentant des membres des différentes académies de l'Institut — projet qui ne fut pas réalisé.

2. Voir p. 645.

3. Faustin Besson expose les portraits de Mme Favart et de Mlle Devienne, de la Comédie-Française (localisation inconnue).

4. Le mot commence à prendre son sens figuré; c'est pourquoi Baudelaire le place en italique.

5. Baudelaire rencontre Ricard chez Mme Sabatier, dont le peintre a fait le portrait (*ICO,* n° 136; *Album Baudelaire,* p. 97).

Page 660.

VII. LE PAYSAGE

a. tel ou tel   *RF*

Page 661.

a. Je les préfère telles, avec leurs défauts, à   *RF*

1. Voir p. 608-613.

2. *Auguste*-Paul-Charles Anastasi (Paris, 1820; Paris, 1889), élève de Delacroix, Corot et Delaroche, expose en 1859 sept paysages : *Un lac en Tyrol ; Le Waal et la Meuse, près de Dordrecht ; Groupe de chênes en automne ;* quatre vues de Hollande. Aucun ne semble avoir été retrouvé. — Sur Charles Le Roux (dont Baudelaire

écrit le nom d'un seul tenant) et sur Jules Breton voir le Répertoire. — Léon Belly, né à Saint-Omer en 1827, élève de Troyon,
expose quatre paysages exécutés en Égypte et non retrouvés; il
ne se confond pas avec un autre Belly qui apparaît dans la *Correspondance* en février 1859 (*CPl*, I, 557 et 1014; voir *Buba*, IX, 2,
Hiver 1974). — Antoine Chintreuil (Pont-de-Vaux [Ain], 1816;
Septeuil [Seine-et-Oise], 1873), élève de Corot, expose trois paysages : *La Pluie, Soleil couché* et *La Mare aux biches,* qui se trouve au
musée de Mende.

3. Jean-François Millet n'expose en 1859 qu'une seule toile :
Femme faisant paître sa vache (musée de Bourg-en-Bresse; Exp. 1968,
n° 498; reproduction par J. Mayne dans *Art in Paris,* pl. 54; Castex,
p. 159). Baudelaire s'est fait rappeler à l'ordre pour n'avoir pas
admiré Millet. S'il s'est trompé, on avouera que beaucoup d'autres
se sont trompés avec et après lui, jusqu'à ce que se tienne au Grand
Palais, en 1975-1976, l'exposition consacrée à ce peintre, dont
fut ainsi révélée la grandeur.

4. Sur le mépris de Baudelaire pour ces affectations de sacerdoce,
voir t. I, p. 665.

Page 662.

   a. est souvent ici difficile   *RF*

   1. L'attaque contre Troyon était annoncée dans le passage sur
Dumas (p. 623).

Page 664.

   a. qui a tant produit;   *RF*
   b. en lui le plus louable et le plus remarquable,   *RF*

   1. Eugène Lavieille expose cinq paysages. Celui que Baudelaire
admire doit être *Le Hameau de Buchez ; route de La Ferté-Milon
à Longpont (Aisne).*

   2. Paul Huet est né en 1803. Il avait été l'élève de Guérin et de
Gros.

   3. Louis-Godefroy Jadin (1805-1882), né à Paris, élève d'Abel
de Pujol, de Paul Huet, de Bonington et de Decamps, expose
*Vue de Rome prise de l'arco di Parma ; La Vision de saint Hubert ;
Hallali d'un cerf à l'eau ; Têtes de deux limiers de la vénerie de l'Empereur ; Merveillau et Rocador, chiens d'attaque de la vénerie de l'Empereur ;
Druide (bull-terrier)* et *Pas commode !...* Il avait commencé par
peindre des sujets de chasse et des natures mortes, avant de se
tourner vers le paysage. Il fut l'ami intime d'Alexandre Dumas
qu'il accompagna dans plusieurs voyages.

Page 665.

   a. l'imagination fuit le paysage.   *RF ; voir la n. 1.*
   b. qui accommode parfaitement la paresse   *RF ; la correction
de RFC rend le texte conforme à CE.*
   c. Ces étonnantes études   *RF*

1. Voir la variante *a* : « fait » ou « fuit », l'enjeu paraît d'importance, et c'est ce qu'ont cru Claude Roger-Marx et Bernard Gheerbrant dans une petite polémique qui les a opposés en juillet 1956 (*Arts*, nᵒˢ 575 et 576). Il y a lieu de remarquer que les archives Ancelle conservent de la quatrième et dernière partie du *Salon de 1859* insérée dans la *Revue française* une épreuve corrigée par Baudelaire. Or, six lignes plus bas, Baudelaire procède à une correction, et il ne corrige pas *fuit*, leçon qu'on peut donc adopter. Mais *fait* s'adapte aussi bien au contexte et mieux que *fuit*, car le paragraphe commence par une affirmation, soulignée par *Oui* ; *fuit* s'accommoderait d'une particule de regret. De toute manière, puisque l'imagination *fait* généralement le paysage, il est regrettable qu'elle l'ait *fui* dans les œuvres que Baudelaire voit en 1859. Il est probable que le *fuit-elle* de la phrase suivante avait, en 1859, affecté le *fait* du début du paragraphe.

La leçon *fait* peut se trouver renforcée de l'emploi de ce verbe par Delacroix dans une lettre de remerciement qu'on a été tenté de croire adressée à Baudelaire (Exp. 1968, nᵒ 482). Delacroix écrit à un critique : « Vous dites admirablement au public ce que vous avez vu, mais y verra-t-il tout cela ? l'imagination du spectateur fait le tableau qu'il regarde. » Depuis « l'imagination » jusqu'à « regarde », le destinataire ou un collectionneur a souligné au crayon.

2. Eugène Boudin est né, en 1824, à Honfleur, où Baudelaire écrit son *Salon*. Dans le livret officiel du Salon il donne pour adresse : au Havre, rue de la Halle, 10 ; et à Paris, chez MM. Deforge et Carpentier (ce sont des marchands de tableaux), boulevard Montmartre, 8. Boudin travaillait parfois à la ferme Saint-Siméon, donc au-dessus de Honfleur, tout près de la Maison-Joujou. Il n'expose en 1859 qu'un seul tableau : *Le Pardon de Sainte-Anne-Palud au fond de la baie de Douarnenez* (on remarquera les capitales et les traits d'union : Baudelaire transforme le lieu en une sainte), qui appartient au Nouveau Musée des Beaux-Arts du Havre. Il a été exposé en 1968 (nᵒ 468 ; reproduction p. 105 ; autre reproduction, Castex, p. 153).

3. C'est aussi le problème de Baudelaire poète.

Page 666.

a. par votre mémoire RF ; *il est probable que cette leçon est préférable à celle de CE*

b. RF et CP1 (voir n. 3) : *pas d'alinéa.*

c. les clochers montrant le ciel, les obélisques RF : les clochers montrant du doigt le ciel [*romain*], les obélisques RFC : les clochers montrant le ciel comme des doigts [*romain*], les obélisques CP1

1. Baudelaire s'identifie presque à Boudin en écrivant comme un poème en prose. On pense d'ailleurs devant ces nuages merveilleusement décrits à *L'Étranger* (t. I, p. 277).

2. Voir t. I, p. 455.

3. Le passage suivant, depuis « Ce n'est pas... », a été transcrit

par Baudelaire pour Victor Hugo le 13 décembre 1859 (*CPl*, I, 627-629), lorsqu'il apprit que Meryon et son éditeur-imprimeur Auguste Delâtre allaient envoyer à Guernesey un exemplaire des *Eaux-fortes sur Paris*. On indique ci-dessous par *CPl* les variantes de la transcription.

4. Charles Meryon (1821-1868) fut, en effet, officier de marine, après être passé par l'École navale. Il prit part à plusieurs croisières, notamment dans le Pacifique. Voir le catalogue de l'exposition *Charles Meryon, officier de marine, peintre-graveur* (Paris, Musée de la Marine, 1968-1969). Le nom s'écrit tantôt sans accent (le père du graveur, médecin, était anglais), tantôt avec un accent, soit qu'on se souvienne que la famille Meryon était française d'origine huguenote, soit qu'on francise le patronyme. RF et *CE* impriment Méryon.

5. C'est le 20 février 1859 que le nom de Meryon apparaît pour la première fois dans la correspondance de Baudelaire : Asselineau est prié de « *carotter* » pour lui « TOUTES les images de Meryon (vues de Paris), bonnes épreuves sur chine » qu'il pourra dérober à Arsène Houssaye, directeur de la *Gazette des beaux-arts* (*CPl*, I, 551). Le 8 janvier 1860, Baudelaire décrira à Poulet-Malassis les manifestations du « délire mystérieux » de Meryon (*CPl,* I, 654-656). Cependant, en février, à la demande de Delâtre, il accepte d'écrire un texte pour l'album des vues de Paris (*CPl*, I, 670). Mais les interventions et les exigences du graveur compliquent, puis rendent impossible la réalisation de ce projet. Le 28 février, Baudelaire envoie à Mme Aupick la série des eaux-fortes et il les lui décrit le 4 mars (*CPl*, I, 683; II, 4-5). Avec Gautier et Paul Mantz Baudelaire fut l'un des rares défenseurs de Meryon. Après le vibrant hommage qu'il lui rend dans ce *Salon*, il le louera encore dans ses deux articles sur l'eau-forte en 1862 (p. 735 et 740). Sur la valeur profonde des rapports de Baudelaire et de Meryon voir l'essai de Pierre Jean Jouve, *Le Quartier de Meryon,* dans *Tombeau de Baudelaire* (Le Seuil, [1958]).

6. J. Crépet avait retrouvé la source de cette citation chez Gautier (*Fantaisies,* III) : « Je n'ai jamais rien lu de Wordsworth, le poète dont parle lord Byron d'un ton si plein de fiel, qu'un seul vers : — le voici, car je l'ai dans la tête : — Clochers silencieux montrant du doigt le ciel. » J. Mayne (*Art in Paris,* p. 200, n. 2) a, lui, repéré le vers de Wordsworth dans le poème *The Excursion* (livre VI, v. 19); il ajoute que dans la première édition du poème Wordsworth a indiqué qu'il avait emprunté l'image à Coleridge...

Page 667.

　　a. la profondeur des perspectives accrue par　*CPl*
　　b. le douloureux et glorieux paysage de　RF *et CPl*
　　c. de ce marin, devenu en　*CPl*
　　d. dans le bonheur et dans le désespoir,　RF　: dans le bonheur et le désespoir　*CPl*

e. dans les étangs mornes, les *CPl*

f. CPl saute le paragraphe suivant et la première phrase de l'autre paragraphe.

1. Hugo, vers extraits de l'ode *À l'Arc de Triomphe,* dans *Les Voix intérieures.*

2. Ici les éditeurs de *CE* introduisent une note : « Charles Meryon est mort en mars 1868. »

3. Il y a peut-être là une allusion non seulement à des peintures, mais aussi à des gravures de l'album intitulé *Voyages pittoresques et romantiques en France* : l'une de ces planches représente le lac d'Escoubous que Baudelaire avait vu pendant son voyage en 1838 dans les Pyrénées (*Album Baudelaire,* p. 29).

Page 668.

a. Ici reprend, après une série de points qui indique une coupure, la copie de CPl. Le passage sur Hildebrandt était évidemment sans intérêt pour Hugo.

b. Chine; car il est [...] notre Poète est le roi des paysagistes. *CPl. La transcription s'arrête sur ce mot. Elle est suivie de la référence :* CHARLES BAUDELAIRE — *Salon de 1859.* —

1. Eduard Hildebrandt (1818-1869), né à Berlin selon le livret officiel du Salon, à Dantzig, selon Bénézit comme selon Thieme et Becker, exposait deux peintures : *Rayon de soleil* et *Paysage allemand,* ainsi que trente-six aquarelles, représentant surtout le cap Nord, la Suède et la Norvège.

2. Allusion à *Séraphîta* de Balzac, œuvre dont le swédenborgisme avait séduit Baudelaire avant 1848.

3. Hildebrandt, qui n'est mentionné que dans ce *Salon,* exposait aussi une *Vue du Caire* et *Une rue de Funchal* (deux des trente-six aquarelles).

4. Voir le *Salon de 1846,* p. 446. Hugo savait-il qui était Catlin ? Il avait pu, en tout cas, voir les toiles de celui-ci en 1846.

5. En adressant à Hugo la copie autographe de ce passage, Baudelaire lui écrivait : « Vous êtes en exil; n'est-ce pas le moment le plus opportun pour vous faire ma cour ? » Hugo fut sensible à cet hommage et à la fois un peu agacé, car il dut penser que Baudelaire louait ses dessins aux dépens de sa poésie : voir la remarquable étude de Pierre Georgel, *Revue de l'Art,* n⁰ 20, 1973, citée dans les généralités sur ce *Salon.* Il ne répondit à Baudelaire que le 29 avril 1860 (*LAB,* 191) : « Vous m'avez envoyé, cher poète, une bien belle page; je suis tout heureux et très fier de ce que vous voulez bien penser des choses que j'appelle mes dessins à la plume. [...] Cela m'amuse entre deux strophes. » *Choses, amuse* remettent ces œuvres graphiques à leur place... Suivent quelques lignes pleines d'admiration pour Meryon. Enfin : « Vous avez en vous, cher penseur, toutes les notes de l'art; vous démontrez une fois de plus cette loi, que, dans un artiste, le critique est toujours égal au poète.

Vous expliquez comme vous peignez, *granditer*. » Baudelaire fut
surpris du ton aimable; il manda à Poulet-Malassis, le 11 (?) mai
(*CPl*, II, 41), que Hugo lui avait envoyé une lettre « très cordiale,
contre son ordinaire, et très spirituelle, ce qui est encore plus
singulier ». Il en transcrivit pour Meryon les termes qui concer-
naient le graveur (*CPl*, II, 43; cf. II, 215).

6. J. Crépet a rapproché ce passage des deux dernières strophes
de *L'Irréparable* (t. I, p. 55).

Page 669.

VIII. SCULPTURE

a. vous êtes confronté par   *RF*
b. qui vous sont chers encore, la   *RF*

1. Cette évocation si sensible est d'un ton très personnel. Baudelaire pense-t-il au monument funéraire de la mère de Charles Lebrun,
à Saint-Nicolas-du-Chardonnet, dont il se souviendra à Bruxelles
(p. 945) ?

2. Réminiscence de Bossuet (*Oraison funèbre de Henriette d'Angleterre*), qui, après Tertullien, dit du cadavre : « un je ne sais quoi
qui n'a plus de nom dans aucune langue; tant il est vrai que tout
meurt en lui, jusqu'à ces termes funèbres par lesquels on exprimait
ces malheureux restes ! »

Page 670.

a. rond, tournant, autour duquel   *RF ; tourner se lit dans la
même phrase.*

1. Cf. *Le Cygne*, v. 25-26 (t. I, p. 86).
2. « Les torches de la vie » : expression empruntée au *De natura
rerum* (II, v. 79) de Lucrèce (« comme des coureurs qui se relaient
en se passant le flambeau de la vie »).
3. Baudelaire a fait du chemin depuis qu'en 1846 il condamnait
la sculpture comme « ennuyeuse », « brutale et positive » (p. 487).
Il découvre qu'elle n'est pas l'antithèse de la spiritualité, si elle
s'accorde à l'imagination et refuse le réalisme. Elle correspond
aussi à son goût nettement déclaré dans ce *Salon de 1859* du grand
et même du monumental (p. 646). Elle s'accorde enfin avec son
goût de l'humaine armature : le squelette. Voir l'étude de Marcel
Raymond, *Baudelaire et la sculpture, Journées Baudelaire, Actes du
colloque* de Namur-Bruxelles, 10-13 octobre 1967, Bruxelles, Académie royale de langue et de littérature françaises, 1968, 66-74;
même texte dans *Preuves,* mai 1968.

Page 671.

a. déjà un pas fait vers le mensonge, c'est-à-dire vers un art   *RF*
b. de s'être laissé volé [*sic*] la   *RF ; la correction de RFC rend
le texte conforme à CE.*
c. prunelle ! Comme la poésie   *RF*

1. Catlin lui-même a rapporté un épisode de ce genre, mais sans l'aspect dramatique de la querelle, dans ses *Letters and Notes on the Manners, Customs, and Condition of the North American Indians* (Londres, 1841, 2 vol., t. I, p. 108-110). Il se peut que Baudelaire doive plutôt cette anecdote à l'un des Français qui ont relaté la visite à Paris, en 1845, de Catlin et de ses Indiens (voir p. 446 et n. 1).

2. Guillaume Coustou (1677-1746), l'auteur des *Chevaux de Marly.*

Page 672.

a. j'y verrais la raison d'un éloge plutôt que d'une critique; il   RF

1. Louis-Julien, dit Jules, Franceschi (Bar-sur-Aube, 1825; Paris, 1893), élève de Rude, expose une statue de pierre : *Andromède,* reproduite dans la *Gazette des beaux-arts* en 1859. Baudelaire ne le mentionne pas ailleurs.

Page 673.

a. décidée et parfaite.   RF
b. On dirait que, souvent dans   RF ; RFC *déplace la virgule, correction adoptée dans CE.*
c. Ribeira   RF *et* CE

1. En 1859 Clésinger expose, notamment, deux *Saphos : Jeunesse de Sapho* et *Sapho terminant son dernier chant,* deux marbres.
2. Just Becquet (Besançon, 1829; Paris, 1907) débuta au Salon de 1853 et se fit tout de suite remarquer.
3. Baudelaire en a admiré des exemples au musée Espagnol; voir l'article de P. Guinard, « Baudelaire, le musée Espagnol et Goya », *R.H.L.F.,* numéro spécial *Baudelaire,* avril-juin 1967, p. 319.
4. Statue en plâtre de Jean-Baptiste Baujault (1828-1899), élève de Jouffroy; non retrouvée.

Page 674.

1. Stéphano Butté, né à Turin — indique le livret officiel, qui le domicilie à Turin et à Paris —, en fait, Stefano Butti, expose *Épisode du Déluge universel,* groupe en marbre, et *Scène du massacre des Innocents,* autre groupe en marbre qui ne correspond pas au souvenir de Baudelaire.
2. Voir p. 352.

Page 675.

1. Créateur de deux musées de cire, comparables au musée Grévin.
2. Emmanuel Frémiet (Paris, 1824; Paris, 1910), élève de Rude, expose sept statuettes en bronze ou en plâtre, partie d'une « collection des différentes armes de l'armée française, commandée par

ordre de S. M. l'Empereur » (livret). Deux, qui appartiennent au
musée de Blois, ont été présentées en 1968 (nᵒˢ 484 et 485).

Page 676.

1. Le livret indique simplement : « *Cheval de saltimbanque ;*
plâtre. » Il n'explique pas la présence du hibou. Le sujet a dû intéresser l'auteur du *Vieux Saltimbanque* (t. I, p. 295).

2. Claude Francin (Strabourg, 1702 ; Paris, 1773), auteur d'un
buste de D'Alembert (musée de Versailles) et d'un *Christ attaché
à la colonne* (musée du Louvre).

Page 677.

a. une charmante sculpture, sculpture de chambre, dira-t-on
RF ; *on peut juger que CE est coupable d'une omission.*

1. Alexandre Oliva (Saillagouse [Pyrénées-Orientales], 1823 ;
Paris, 1890), élève de J.-B. Delestre. Le buste du général Bizot
(marbre) a été déposé par le musée de Versailles à l'École polytechnique ; celui de F. de Mercey, membre de l'Institut, chef de
la division des Beaux-Arts au ministère d'État (marbre), appartient
au musée Hyacinthe-Rigaud de Montauban : ils ont l'un et l'autre
été exposés en 1968 (nᵒˢ 499 et 500). Oliva expose de plus les bustes
de M. Baube (marbre) et du R. P. Zibermann, fondateur et
supérieur général du séminaire du Saint-Esprit (bronze).

2. Pierre-Bernard Prouha (Born [Haute-Garonne], 1822 ; Paris,
1888), élève de Ramey, Dumont et Toussaint, expose *La Muse
de l'inspiration,* marbre, commande du ministère d'État pour la
cour du Louvre (avait-elle été déplacée pour la circonstance ou
y a-t-il deux sculptures de Prouha dans la cour ?) ; *Diane au repos,*
groupe en marbre ; *Médée égorgeant ses enfants,* groupe en plâtre ;
deux bustes de dames.

3. Albert-Ernest Carrier de Belleuse, dit Carrier-Belleuse
(Anizy-le-Château [Aisne], 1824 ; Sèvres, 1887), élève de David
d'Angers, expose *Jupiter et Hébé,* groupe en bronze ; *La Mort du
général Desaix,* groupe en plâtre ; un buste en plâtre de Desaix ; un
buste de *Vestale,* terre cuite, et deux autres bustes, celui d'un sculpteur (Eugène P....) et celui d'un médecin (Verdi de l'Isle). Il semble
que Carrier-Belleuse n'ait vraiment connu la réputation qu'à partir
de 1861.

4. Titre exact de cette statue d'Émile Hébert : *Toujours et Jamais ;*
voir p. 615.

5. Curieuse appréciation du titre choisi par Stendhal.

6. Jean-Louis-Auguste Commerson (1802-1879), fondateur du
Tintamarre, où il l'écrivait sous le pseudonyme de Citrouillard
(voir p. 1018) ; il a fignolé le calembour et l'à-peu-près dans ses
Pensées d'un emballeur (1851) : il a publié en 1855 une galerie humoristique de *Binettes contemporaines.* — Sur P. de Kock voir t. I,
p. 781, et dans ce tome, p. 79.

Page 678.

　　a. se dressa à　*RF*

　　b. les membranes des palmipèdes, s'il　*RF*

　　1. C'est la statuette qui a inspiré à Baudelaire *Le Masque* et que Christophe — qui n'expose pas du tout en 1859 — reprendra sous la forme d'une grande statue en marbre; voir t. I, p. 875-876. À cette note du tome I il convient d'ajouter que le musée Lansyer de Loches contient une réduction de la sculpture des Tuileries (une autre réduction appartint à Lady Emilia Dilke) montrant le serpent ajouté au bras droit. Le visage réel de la femme fait penser à celui de Mme Sabatier, chez qui fréquentait Christophe. La statuette est dédiée : « À mon cousin et ami Emmanuel Lansyer », qui était peintre. Ernest Christophe, né à Loches le 15 janvier 1827, est mort à Paris le 14 janvier 1892.

Page 679.

　　1. Ce vers et les suivants appartiennent à *Danse macabre* (t. I, p. 96-97).

Page 680.

　　1. David d'Angers est mort en 1856.

　　2. Préault n'expose pas en 1859.

IX. ENVOI

Page 681.

　　1. La Bruyère avait écrit : « Entre toutes les différentes expressions qui peuvent rendre une seule de nos pensées, il n'y en a qu'une qui soit la bonne » (*Les Caractères,* chap. « Des ouvrages de l'esprit ».)

Page 682.

　　a. et ami, / CHARLES BAUDELAIRE.　*RF*

Page 683.

LE PEINTRE DE LA VIE MODERNE

Figaro, 26 et 29 novembre, 3 décembre 1863 *(F).*
L'Art romantique, Michel Lévy frères, 1868 *(AR).*

Texte adopté : celui de 1868.

Dans le *Figaro* du 26 novembre cet essai est annoncé par Gustave Bourdin (gendre du directeur, Villemessant), dont les initiales signent le texte suivant :

NOTRE FEUILLETON

« La collaboration du *Figaro* s'enrichit d'un écrivain très distingué, M. Charles Baudelaire; c'est un poète et un critique que nous avons, à diverses reprises, combattu sous ses deux espèces; — mais nous l'avons souvent dit, et nous ne nous lasserons pas de le répéter, nous ouvrons la porte à tous ceux qui ont du talent, sans engager nos opinions personnelles, ni enchaîner l'indépendance de nos rédacteurs anciens ou nouveaux.

« *Le Peintre de la vie moderne,* étude de haute critique, très curieuse, très fouillée et très originale, fera trois feuilletons; le rez-de-chaussée de notre journal est ordinairement consacré à des romans ou à des nouvelles, et si nous dérogeons pour cette fois à nos habitudes, c'est avec la persuasion que nos lecteurs ne s'en plaindront pas. »

Dans *L'Art romantique* une note, due à Asselineau ou à Banville, prévenait le lecteur en ces termes:

« Tout le monde sait qu'il s'agit ici de M. Constantin Guys, dont les merveilleuses aquarelles sont connues et recherchées des amateurs et des artistes. On verra dès les premières pages suivantes pour quels motifs de délicatesse et de déférence Charles Baudelaire s'est abstenu de désigner son ami autrement que par des initiales dans le cours de cette étude. Nous avons respecté dans le texte cette condescendance de Charles Baudelaire, sans revendiquer ailleurs que dans cette note les droits de l'histoire. »

On place ici cet essai, malgré sa date de publication, pour les raisons qui sont données plus bas.

Baudelaire ne dut pas connaître Guys (1805-1892) avant le mois d'avril 1859. Écrivant son *Salon* à Honfleur, après une seule visite au Palais des beaux-arts, il aurait eu toute liberté de faire l'éloge de Guys, comme il fit celui de Christophe, qui n'avait pas exposé. Or il ne le mentionne absolument pas, et aucune allusion à Guys ne saurait être justement décelée. Ce n'est qu'à la fin de l'automne de 1859 que Guys apparaît dans la correspondance.

Le 13 décembre 1859, Baudelaire confie à Malassis qu'il a « acheté et *commandé* de superbes dessins à Guys » pour lui et pour son éditeur. À peu près au même moment, il apprend que Champfleury a acheté des Guys, pour lui, Baudelaire (*CPl,* I, 627, 630), et il va montrer à Paul Meurice un carton de dessins qu'il lui reprendra quelques jours plus tard (*CPl,* I, 641, 643). L'année suivante, il possède une centaine de dessins (*CPl,* II, 102). En mars 1861, il invite un éventuel éditeur de son essai à venir feuilleter son album; il a de plus communiqué au ministère d'État un autre album, contenant « des multitudes de scènes de la guerre de Crimée dessinées sur les lieux et en face des événements » (*CPl,* II, 133). Il cherche, en effet, à obtenir pour Guys une indemnité (*CPl*, II, 114, 131, 177). Mais voilà qu'au début de mai 1861 « *Tout* GUYS (2 000 dessins) est saisi » chez lui (*CPl*, II, 148) : il n'eut sans doute pas trop de mal à prouver que cette collection ne lui appartenait pas, qu'elle lui avait été prêtée pour être montrée à de hautes personnalités, qu'elle devait même être présentée à l'Empereur (voir p. 703). Dans ce désir d'intéresser les services publics à un artiste mal connu en France, on retrouve la générosité que Baudelaire a, malgré ses propres difficultés, mise à la disposition des amis qu'il admirait. Un mécène s'intéresse-t-il aux traductions de Poe et projette-t-il d'en donner une édition de luxe, Baudelaire lui propose d'en demander l'illustration à Guys (*CPl*, II, 50; mai 1860 ?). Et il lui dédie *Rêve parisien* (t. I, p. 101; *CPl*, II, 11), en attendant de pouvoir lui offrir un exemplaire de la deuxième édition des *Fleurs du mal* avec cet envoi : « Témoignage d'amitié et d'admiration. » Ce n'est pas que l'homme soit de relations faciles — il ne l'est pas plus que Meryon, la manie de l'anonymat remplaçant le délire. « Ah ! Guys ! Guys ! si vous saviez quelles douleurs il me cause ! Ce maniaque est un ouragan de modestie. Il m'a cherché querelle quand il a su que je voulais parler de lui » (à Poulet-Malassis; 16 décembre 1859; *CPl*, I, 639). Toutefois, ils dînent ensemble quelques jours plus tard (*CPl*, I, 643). Ils se brouillent de nouveau, et les voici réconciliés (*CPl*, I, 656). Il faut convenir que Guys est « un personnage fantastique » : ne s'avise-t-il pas « de vouloir faire un travail sur la *Vénus de Milo* » et d'écrire à Baudelaire, de Londres, afin de recevoir « une notice de tous les travaux et hypothèses faits sur la statue » (*CPl*, I, 670, 672) ? Baudelaire l'a présenté à Champfleury et à Duranty : « ils ont déclaré que c'était un vieillard insupportable ». Baudelaire les en blâme : ces « *réalistes* ne sont pas des *observateurs* ; ils ne savent pas s'amuser. Ils n'ont pas la patience philosophique nécessaire » (*CPl*, I, 670; 16 février 1860). Guys et Baudelaire sont des observateurs : on les voit ensemble dans de mauvais lieux, comme le Casino de la rue Cadet (*Bdsc*, 155), et sans doute dans de plus mauvais lieux encore : ce ne sont pas ces croquis de Guys qui eussent été mis sous les yeux des ministres et de l'Empereur. Quand ils ne s'amusent pas de concert, Guys est vraiment « le moins maniable et le plus fantastique des hommes » (à Texier, 30 décembre 1861; *CPl*, II, 213). Cependant, jusqu'à son départ pour la Belgique, Baudelaire reste en contact avec lui. Le 4 février 1864, il mande à Gavarni : « Guys va très bien. Il demeure 11, rue Grange-Batelière. Les articles que j'ai faits à propos de son curieux talent l'ont tellement intimidé qu'il a refusé, pendant un mois, de les lire. Maintenant, il s'avise de donner des leçons d'anglais » (*CPl*, II, 346)[1].

Des œuvres de Guys qu'il possédait et dont il se souciait (*CPl*, II,

---

1. Deux billets de Guys à Baudelaire ont été conservés (*LAB*, 175-176).

428-430) encore en Belgique, seules quelques-unes ont été conservées et sont identifiées avec certitude : au Petit Palais, dans la collection Ancelle et dans la collection Cl. Pichois (voir Exp. 1968,
n⁰ˢ 549 sq.).

Sur Guys (1802-1892) voir l'essai de Gustave Geffroy, *Constantin
Guys, l'historien du second Empire*, G. Crès et Cie, 1920, et le volume
abondamment illustré de Pierre Duflo, *Constantin Guys*, Éditions
Arnaud Seydoux, 1988.

L'essai sur Guys est mentionné dans la *Correspondance* avant
même que ne le soit la personne de Guys, — dès le 15 novembre
1859 (*CPl*, I, 619). Le 4 février 1860, Baudelaire écrit à Poulet-
Malassis qu'il a livré à *La Presse Monsieur G., peintre de mœurs*
(*CPl*, I, 626). On en peut douter, car il s'agit avant tout de rassurer
un ami à qui est dû de l'argent. Mais que l'essai ait été remis au
Constitutionnel en août 1860 (*CPl*, II, 76), il est difficile d'en douter :
Baudelaire écrira, le 18 octobre, au directeur de ce quotidien qu'il
ira le trouver quelques jours plus tard « pour que nous vérifiions
ensemble la fin du *Guys* » (*CPl*, II, 101)[1]. Quelques semaines plus
tard, *Le Constitutionnel* ne manifestant aucun désir de publier
promptement cette étude, Baudelaire la propose à Arsène Houssaye
pour *La Presse* (*CPl*, II, 102). Lors de difficultés avec Calonne,
en février 1861, il expose à Armand du Mesnil un plan de règlement : pour rembourser ce qu'il doit au directeur de la *Revue
contemporaine*, il compte en partie sur son manuscrit, *M. Constantin G., — et généralement les peintres de mœurs ;* en regard, il note :
« PRÊT », mention qui n'accompagne pas les autres titres (*CPl*, II,
128-129). Il ne fait donc pas de doute que l'essai existait à cette
date, et déjà auparavant. Du moins, sous une première forme,
Baudelaire hésitant à le borner à l'œuvre de Guys et songeant
à l'élargir aux peintres de mœurs, en général[2]. Quand, ayant définitivement renoncé à une publication dans *Le Constitutionnel* ou dans
la *Revue contemporaine*, il l'offre à la *Revue européenne*, en mai 1861,
c'est en libellant ainsi le titre :

> « (Constantin Guys de Sainte Hélène)
> *peintres de mœurs.* »

Il le remanie de nouveau et, le 6 août 1861, il annonce au secrétaire de la *Revue européenne :* « Je vous reporterai moi-même dans
deux jours le *Constantin Guys,* relu et remanié pour la quatrième
fois. » Puis, il demandera quelques heures de répit et le renvoi à un
numéro ultérieur (*CPl*, II, 132, 147, 185, 186, 190). Mais la *Revue*

---

1. Il y a lieu de remarquer qu'une allusion possible et une allusion certaine se datent d'avant octobre 1860 : « L'Hiver devant
Sébastopol » de Molènes (p. 707, n. 1) a paru dans la *Revue des Deux
Mondes* du 1ᵉʳ février 1860 et le massacre des Maronites (p. 702,
n. 1) a eu lieu en juillet 1860.
2. Voir les mentions « Peintres » du *Carnet*, t. I, p. 714, 715, 717,
718.

européenne disparut en décembre 1861 sans avoir publié le *Guys*. Baudelaire se tourne donc vers *L'Illustration* (*CPl*, II, 212, 216). Le 29 mars 1862, il dit à sa mère son découragement : « depuis dix-sept semaines on me promet mes épreuves pour *lundi,* toujours pour lundi prochain ! » (*CPl*, II, 239). En avril, c'est au *Boulevard* qu'il pense ; en mai, de nouveau à *La Presse* : « Lisez mon *Guys, peintre de mœurs* — écrit-il à Houssaye. Et vous comprendrez pourquoi j'y attache tant d'importance » (*CPl*, II, 246). Mais en décembre 1862 l'article est encore dans les bureaux du *Pays* (*CPl*, II, 269)... Alors Baudelaire l'offre en janvier 1863 à Mario Uchard pour *Le Nord* (*CPl*, II, 283, 287), en août, à Léon Bérardi pour *L'Indépendance belge* (*CPl*, II, 313, 314). Sous la forme d'une copie manuscrite. En effet, *Le Pays* en a des « placards d'imprimerie collés sur du vélin bleu » : Baudelaire, le 3 novembre 1863 (*CPl*, II, 329), demande communication de ces placards, afin de les emporter en Belgique où il compte déjà aller faire des conférences (ils sont intitulés : *Peintres de mœurs. M. Constantin G.*). Ces placards — corrigés par Baudelaire depuis longtemps et qu'on n'a pas retrouvés — ne serviront pas à une lecture bruxelloise : le *Figaro* sollicite de Baudelaire « un manuscrit *ayant trait surtout aux mœurs parisiennes* ». (Mais n'est-ce pas plutôt Baudelaire qui a sollicité le *Figaro ?*) Voilà le texte qui convient. Le *Figaro* publie donc en novembre et décembre 1863 *Le Peintre de la vie moderne.* Le beau de l'affaire est que la direction du *Pays* trouve à redire à cette publication : Baudelaire lui réplique vertement le 2 décembre (*CPl*, II, 334-335).

Comment expliquer cette suite de refus, cette publication tardive ? Peut-être par le guignon qui accable Baudelaire et qui l'a fait prendre en défiance, sinon en mépris, par les honnêtes gens qui président aux destinées de la presse. Davantage, par la méconnaissance où l'on était alors en France de l'œuvre de Guys : était-il donc nécessaire que celui-ci recherchât si farouchement l'anonymat ? Cette œuvre déroutait pour peu qu'on voulût l'élever au-dessus de l'anecdote, de l'illustration pour hebdomadaire. Elle avait de plus, en partie, un caractère choquant. Du peu d'intérêt qu'elle provoque, Mme Aupick est témoin : Baudelaire lui envoie pour ses étrennes de 1860 la merveilleuse *Femme turque au parasol* (Exp. 1968, nᵒ 553) : « Ne te gêne pas pour me dire (si c'est ton opinion) que tu trouves ta dame turque très laide, je ne te crois pas très forte en beaux-arts, et cela ne diminue en rien ma tendresse et mon respect pour toi. » Mme Aupick trouva la *Femme turque* très laide (*CPl*, I, 644, 645, 683). Une Française parmi beaucoup de Français. Que pouvait Baudelaire contre ceux-ci, même si Guys comptait aussi au nombre de ses admirateurs Delacroix, Gautier, Barbey d'Aurevilly, Paul de Saint-Victor, Nadar, le journaliste Charles Bataille qui avait été le collaborateur de Guys, quand celui-ci « dirigeait la partie de l'*Illustrated London News,* et qui a plusieurs fois tracé de son ancien patron des portraits enthousiastes » (J. Crépet, édition de *L'Art romantique,* p. 454), notamment dans le *Diogène* du 16 novembre 1856 et dans *Le Boulevard* du 15 juillet 1862 ?

Cet essai, par sa date de composition, appartient à la dernière grande période créatrice de Baudelaire, celle des années 1858-1860 : il faut donc le placer à proximité du *Salon de 1859*. Mais ce n'est pas là œuvre de simple critique. Felix Leakey l'a rapproché du *Cygne* (t. I, p. 85 et 1006). Et Georges Blin y a vu « le plus grand des poèmes en prose de Baudelaire[1] ». Quelle qu'ait été l'admiration de celui-ci pour Guys, l'artiste a surtout été pour le critique-poète un prétexte, le germe au moyen duquel Baudelaire a cristallisé une nouvelle esthétique, celle de l'esquisse, de la fixation de l'impression instantanée grâce à la précision et à la rapidité de l'exécution. Cette beauté du « transitoire » avait déjà été affirmée dans le *Salon de 1846* (p. 493-494) : elle pouvait alors se recommander, quant à la forme qu'elle prenait, de l'exemple de Diderot, qui écrivait dans le *Salon de 1767* : « Pourquoi une belle esquisse nous plaît-elle mieux qu'un beau tableau ? c'est qu'il y a plus de vie et moins de formes ; [...] c'est que l'esquisse est l'ouvrage de la chaleur et du génie[2] ». Mais c'est en 1859-1860 que Baudelaire donne de cette beauté à la fois la théorie et l'expression : *À une passante* (t. I, p. 92), poème publié en octobre 1860 et certainement composé peu avant, est un Guys comme *Les Bijoux* sont un Delacroix.

Baudelaire ensuite piétine : quand il veut élargir son essai aux peintres de mœurs de la fin du XVIIIe siècle et du début du XIXe siècle (voir *supra* les titres donnés à du Mesnil et à Lacaussade en février et mai 1861), il ne peut y parvenir, et non plus en 1862, quand il prend connaissance du livre des Goncourt, *La Femme au dix-huitième siècle* (voir p. 725). Du projet de 1861 seules subsistent quelques lignes dans les deux premiers et dans le dernier chapitre du *Peintre de la vie moderne*.

Que Baudelaire ait expressément manifesté le désir de reproduire ces pages dans ses œuvres complètes, on n'en sera pas étonné. Mais c'eût été sous un autre titre, qui figure à la fois dans les notes pour J. Lemer et H. Garnier (*CPl*, II, 444 et 591) : « Le peintre de *la Modernité* (Constantin Guys de Sainte-Hélène) ». Ce mot, et tout ce qu'il contient et suggère, il a contribué à l'incorporer dans le lexique de la langue française.

Pierre Larthomas[3] fait remarquer que le premier emploi connu remonte à Balzac (*La Dernière Fée*, 1823). Il suffit sans doute,

---

1. *Annuaire du Collège de France*, 69e année (1969-1970), *Résumé des cours de 1968-1969*, p. 525.
2. Édition Brière, 1821, t. IX, p. 397-398 ; cf. *Salon de 1765*, même édition, t. VIII, p. 259-260. Il importe de rappeler que l'esquisse faisait partie de l'enseignement officiel des beaux-arts ; voir Albert Boime, *The Academy and French Painting in the Nineteenth Century*, Londres, Phaidon Press, 1971.
3. *Problèmes et méthodes de l'histoire littéraire*, Colloque (18 novembre 1972) de la Société d'histoire littéraire de la France, Armand Colin, 1974, p. 63.

avec Georges Blin[1], de faire remonter le premier emploi lu par
Baudelaire à la traduction française des *Reisebilder* de Heine (1843) :
on y découvre le sentiment d'une « modernité vague et incommode », le terme s'alliant aussi dans le texte original allemand (1826)
à une impression de reproche. G. Blin pense que le néologisme ne
devint favorable, dans son application à l'esthétique, que « vers
le Second Empire ». « Baudelaire avait été précédé, par Gautier »,
comme le prouvent les extraits suivants d'articles respectivement
publiés dans *La Presse* du 27 mai 1852 et dans *Le Moniteur universel*
des 19 et 25 mai 1855[2] : « On a tort, selon nous, d'affecter une
certaine répugnance ou du moins un certain dédain pour les types
purement intellectuels. Nous croyons, pour notre part, qu'il y a
des effets neufs, des aspects inattendus dans la représentation intelligente et fidèle de ce que nous nommerons la *modernité*. »

À propos des peintres anglais dont Baudelaire a lui-même entretenu ses lecteurs (p. 123 et 609) : « L'antiquité n'a rien à y voir.
Un tableau anglais est moderne comme un roman de Balzac; la
civilisation la plus avancée s'y lit jusque dans les moindres détails,
dans le brillant du vernis, dans la préparation du panneau et des
couleurs. »

À propos de l'Anglais Mulready : « Il serait difficile de rattacher
cet artiste à aucune école ancienne, car le caractère de la peinture
anglaise est, comme nous l'avons dit, la modernité. — Le substantif
existe-t-il ? le sentiment qu'il exprime est si récent que le mot pourrait bien ne pas se trouver dans les dictionnaires. »

L'histoire de l'idée de modernité passe ensuite, notamment, par
la Belgique. Dans *L'Écho du Parlement belge,* grand quotidien de
Bruxelles, Jean Rousseau, qui avait collaboré au *Figaro* de Paris,
en montrant de l'hostilité à Baudelaire (voir p. 1129), rendit compte
du Salon organisé à Gand, regrettant le dédain qui accablait « cette
pauvre peinture d'histoire » et le triomphe fait à la modernité.
« Mais qu'entend la *modernité* par les choses et les hommes de notre
temps ? Si nous comprenons bien tout ce que nous voyons, les
choses, ce sont les modes et les *bibelots* du jour, et les hommes,
ce sont... les femmes » (7 septembre 1868).

Coup bas, violent et bien dirigé. Arthur Stevens (voir p. 962 et
CPl, II, 1035) ne s'y trompa point. Ce coup visait son frère Alfred,
le peintre des élégances féminines (voir p. 964). Et il ne venait
pas d'un journaliste besogneux du *Figaro,* mais d'un homme en
place. Jean Rousseau (1829-1891) — sur qui l'on verra la notice
de H. Hymans dans la *Biographie nationale* belge (t. XX) — était

---

1. *Annuaire du Collège de France,* 69ᵉ année (1969-1970), *Résumé
des cours de 1968-1969,* p. 526.
2. Les articles de 1855 ont été recueillis dans le volume de Gautier,
Les Beaux-Arts en Europe, publié la même année. Ces passages ont
été relevés par Lois Hamrick (thèse citée p. 1384). Celui qui a trait
à Mulready avait déjà été cité par Georges Blin dans le *Résumé* que
mentionne la note précédente.

devenu en 1865 secrétaire de la Commission royale des monuments ;
il couronnera sa carrière en 1889 par l'accession à la direction générale des sciences, des lettres et des beaux-arts : un Malraux au petit
pied ou un Dujardin-Beaumetz.

Arthur Stevens répondit en une brochure intitulée : *De la modernité dans l'art. Lettre à M. Jean Rousseau* (Bruxelles, Office de
Publicité, et chez J. Rozez et fils, 1868). Il y écrivait que la modernité loin d'être « la peinture des modes », si on la limitait au monde
féminin, commençait aux paysannes de Millet et finissait aux
femmes d'Alfred Stevens, mais qu'on ne pouvait ainsi limiter cette
notion ; qu'il fallait, au contraire, admettre que « l'Art tout entier
est dans la représentation de la vie contemporaine, que les vrais
peintres d'histoire sont ceux qui peignent leur temps. Ceux-là, et
ceux-là seuls, sont et resteront intéressants, parce qu'ils expriment
une vision et une émotion directes, de première main, pour ainsi dire.

« Je vous le demande, en conscience, à vous écrivain, aucun des
nombreux romans historiques d'Alexandre Dumas père vous a-t-il
autant troublé et passionné qu'a pu le faire, par exemple, *Madame
Bovary,* de Gustave Flaubert, quel que soit le jugement à porter en
dernier ressort sur ce livre ? »

Arthur Stevens déclare ensuite avoir hâte d'opposer aux idées
« peu réfléchies » de Rousseau sur ce sujet « quelques pensées d'un
homme qui avait beaucoup médité sur les choses de l'Art, et qui
est l'inventeur, je crois, de ce mot *modernité :* déplaisant pour vous,
mais non de la chose, aussi ancienne que l'Art ; je dirais presque
qu'elle est l'Art lui-même ». Et de citer (p. 10-14) plusieurs passages
du « très remarquable article » de Baudelaire. Remarquable est
aussi cet emprunt fait à Baudelaire par Arthur Stevens car *L'Art
romantique,* où sera recueilli *Le Peintre de la vie moderne,* n'est pas
encore publié.

I. LE BEAU, LA MODE ET LE BONHEUR

1. Les titres ont été ajoutés juste avant la publication dans
le *Figaro,* ainsi que le montre la lettre à Gustave Bourdin du
12 novembre 1863 (*CPl,* II, 330).

2. Philibert-Louis Debucourt (1755-1832). Il était le contemporain du père de Baudelaire. Il est cité dans la note pour V. de
Mars (p. 1343). — Les deux frères Charles (1721-1786) et Gabriel
(1724-1780) de Saint-Aubin. On retrouvera ces noms au dernier
paragraphe de l'essai (p. 724).

Page 684.

   a. ou roidit son F ; *même forme à la fin de l'essai.*

1. Des gravures de Pierre La Mésangère (1761-1831), qui se fit
chroniqueur des mœurs et des modes dans plusieurs ouvrages
comme dans le *Journal des dames et des modes.* C'est Poulet-Malassis
qui a adressé ces gravures à Baudelaire, lequel l'en remercie le

16 février 1859 : « Vous ne sauriez croire de quelle utilité pourront m'être ces choses légères, non seulement par les *images*, mais aussi par le *texte* » (*CPl*, I, 550).

2. Graphie d'époque du mot *châle*.

3. Baudelaire pense au *Marquis du 1ᵉʳ housards* ; voir t. I, p. 635.

4. Cf. p. 494.

Page 685.

1. Cf. p. 493. Baudelaire dans tout ce passage se souvient de son *Salon de 1846*, où il pouvait se souvenir de l'*Esquisse d'une philosophie* (t. I, 1840, p. 313), Lamennais voyant dans le beau l'union constante de deux termes, « le vrai conçu en soi », « l'immuable, le nécessaire, l'absolu », et « le variable, le contingent, le relatif, excepté en Dieu, où la manifestation s'identifiant avec ce qui est manifesté, est comme lui absolue, nécessaire, immuable ; et c'est pourquoi Dieu est le type essentiel du beau ». Si on laïcise légèrement la transcendance où se situe Lamennais (Baudelaire conserve « éternel », « divin ») et surtout si l'on détache le Beau du Vrai, on trouve la distinction du *Salon de 1846* et celle du *Peintre de la vie moderne*. Cette distinction entre les deux éléments était d'ailleurs entraînée par la conception de la relativité du Beau, qui, dès l'époque de Mme de Staël, découlait de la théorie des climats.

Page 686.

1. Voir le début du compte rendu de *La Double Vie* d'Asselineau (p. 87).

2. Cette formule a été employée, sous une forme légèrement différente, dans le *Salon de 1846* (p. 420).

II. LE CROQUIS DE MŒURS

3. Voir le *Salon caricatural* (p. 519).

Page 687.

1. Cf. *Quelques caricaturistes français* (p. 560).

2. Achille Devéria. Voir, à la fin de ce tome, le Répertoire des artistes.

3. Pierre-Numa Bassaget, dit Numa (1802-1872), cité dans le *Carnet* (f. 10 et 2ᵉ plat). Parmi ses suites d'estampes, on retient *Les Baigneuses, Les Cinq Sens, La Jeunesse dorée, Le Calendrier des Grâces, Le Carnaval à Paris*.

4. Formule analogue dans le *Salon de 1846* (p. 494).

5. Voir *Quelques caricaturistes français* (p. 560 sq.).

III. L'ARTISTE, HOMME DU MONDE, HOMME DES FOULES ET ENFANT

Page 688.

1. Cet article ne semble pas avoir été retrouvé.

2. Baudelaire, le 12 novembre 1863 (*CPl*, II, 330), supplie G. Bourdin de conserver à Guys l'anonymat : « N'oubliez pas ceci : c'est que quand même vous pourriez croire qu'on peut jouer à M. Guys de Sainte-Hélène une farce innocente en révélant son nom, le moment serait très mal choisi pour violer sa manie ; M. Guys est tout accablé par un accident de famille. — Il ne manquera pas de révélateurs, croyez-le bien, et Guys m'attribuera l'indiscrétion. » On ignore quel fut cet « accident de famille ». La biographie de Guys est bien mal connue actuellement, et celui-ci n'a évidemment rien fait pour qu'elle le fût mieux.

3. Guys a quelque vingt ans de plus que Baudelaire.

Page 689.

a. avec une honte et une indignation des plus amusantes. *F ; le texte de AR résulte peut-être d'une omission.*

1. Cf. *Mon cœur mis à nu*, XLIII, 79 (t. I, p. 705.)
2. *The Illustrated London News* dont Guys fut un moment le directeur de la partie artistique. Il travaillait pour ce périodique dès 1843, note J. Mayne.
3. Conte de Poe recueilli dans les *Nouvelles Histoires extraordinaires*.

Page 691.

1. Cf. le chapitre d'*Un mangeur d'opium* intitulé *Le Génie enfant* (t. I, p. 496). Les deux textes sont à peu près contemporains.
2. Cf. *Fusées*, I (t. I, p. 649).

Page 692.

1. Au Salon de 1859, Baudelaire regrette l'absence du « paysage des grandes villes » (p. 666).

Page 693.

1. Voir de semblables impressions dans *Les Petites Vieilles* (v. 53-56 ; t. I, p. 91) et dans *Les Veuves* (t. I, p. 293).
2. Voir *Le Crépuscule du soir* (t. I, p. 94).
3. « J'ose presque dire que l'état de réflexion est un état contre nature et que l'homme qui médite est un animal dépravé » (Rousseau, *Discours sur... l'inégalité...*, II).
4. Voir *L'Examen de minuit* (t. I, p. 144).

Page 694.

IV. LA MODERNITÉ

1. Voir p. 1418-1420.

Page 695.

1. Si Venise s'accorde parfaitement avec Véronèse, Rubens s'accorde moins bien avec Catherine (de Médicis). Lapsus pour Marie (de Médicis) ?

Page 696.

a. un perfectionnement plus ou moins complet, c'est-à-dire plus ou moins despotique, emprunté *F ; il se pourrait qu'il y eût ici une omission de AR.*

b. En une pareille matière, *F*

1. Cf. p. 586-587 et 657.

Page 697.

1. Ici se termine la première partie de l'essai dans le *Figaro* du 26 novembre 1863.

V. L'ART MNÉMONIQUE

a. de dessins *F ; quelques peut résulter en 1868 d'une répétition malencontreuse et involontaire de AR.*

Page 699.

1. Bouffé (1800-1888) fut un des acteurs favoris du public dans le drame-vaudeville. À la fin de sa carrière il a surtout joué aux Variétés. Sa soirée de représentation de retraite organisée à l'Opéra, sera, le 17 novembre 1864, un véritable triomphe.

Page 701.

1. Voir l'Index.
2. Publié dans *The Illustrated London News,* 9 juin 1855 (J. Crépet). Baudelaire a sans doute vu l'original. On abrège ci-dessous le titre du périodique anglais en *I.L.N.* C'est J. Crépet qui y a retrouvé les reproductions, mais Baudelaire a sous les yeux les originaux.
3. *I.L.N.,* 4 mars 1854.
4. *I.L.N.,* 24 juin 1854.

Page 702.

a. Béchickta *F*

1. Le massacre des Maronites par les Druses et par les bachi-bouzouks d'Ahmed (Achmet) Pacha en juillet 1860.
2. Exp. 1968, n° 558. Ce lavis est au musée des Arts décoratifs (Paris).
3. *I.L.N.,* 18 et 25 novembre, 23 décembre 1854. Reproductions d'originaux dans J. Mayne, *The Painter of Modern Life,* pl. 2 et 5.
4. Allusion à la célèbre poésie *The Charge of the Light Brigade.* Tennyson, plusieurs fois cité par Baudelaire, était poète-lauréat.
5. *I.L.N.,* 7 avril 1855.

Page 703.

1. Musée des Arts décoratifs. Exp. 1968, nº 559, avec reproduction. Meilleure reproduction dans J. Mayne, *The Painter of Modern Life,* pl. 3.

Page 704.

VII. POMPES ET SOLENNITÉS

a. de la décadence, F

1. Fêtes qui marquent la fin du Ramadan. J. Mayne a retrouvé une gravure d'après les dessins de Guys dans *I.L.N.,* 29 juillet 1854 (*The Painter of Modern Life,* pl. 6). Il souligne que les études de Guys n'étaient que des esquisses qui étaient ensuite traduites (c'est le verbe qu'emploie Baudelaire au paragraphe précédent) sur bois par les graveurs du périodique.

2. *Ramadhan à la mosquée de Tophane, Constantinople,* plume, lavis, et aquarelle qui se trouve maintenant au British Museum. Exp. 1968, nº 562. Reproduction dans J. Mayne, *The Painter of Modern Life,* pl. 7.

3. Reproduction dans J. Mayne, *The Painter of Modern Life,* pl. 8.

4. L'expression « *troisième sexe* » — nous indique Pierre-Georges Castex — est employée par le directeur d'une maison centrale quand, faisant visiter à lord Durham sa prison, il arrive devant « le quartier des *tantes* » (Balzac, « La Dernière Incarnation de Vautrin », quatrième partie de *Splendeurs et Misères des courtisanes, La Comédie humaine,* éd. Bouteron-Longnon, Conard, t. XVI, p. 179).

Page 705.

1. Il est curieux que Baudelaire ne mentionne que les favorites et les courtisanes. La *Femme turque au parasol* (plume, lavis et aquarelle) qu'il a donnée à sa mère en décembre 1859 (voir *supra,* p. 1417) méritait d'être mentionnée. Barbey d'Aurevilly, dans un billet qu'on peut dater de la fin de cette année-là, exprime son admiration enthousiaste : « J'ai soif de revoir la Turque dont je suis affolé [*sic*] et les autres créatures du Tout-puissant Guys » (*LAB,* 58). Après la mort de son fils, Mme Aupick offrit La *Femme turque* à Barbey. Elle est maintenant au Petit Palais (Exp. 1968, nº 553). Reproduction dans J. Mayne, *The Painter of Modern Life,* pl. 9.

2. *I.L.N.,* 20 mai 1854.

Page 706.

a. gravés pour l'*Illustrated* F

1. J. Mayne, *The Painter of Modern Life,* pl. 20.

2. Musée national, Compiègne. Exp. 1968, nº 560; reproduction

p. 129. Sur l'importance du lustre dans l'imaginaire baudelairien, voir t. I, p. 682.

Page 707.

VIII. LE MILITAIRE

1. Sur Paul de Molènes, voir p. 215. Baudelaire — note J. Crépet — pense à un chapitre : « Voyages et Pensées militaires », des *Histoires sentimentales et militaires* ou à un chapitre : « L'Hiver devant Sébastopol » des *Commentaires d'un soldat.*
2. C'est-à-dire le caractère particulier.

Page 708.

1. Voir deux reproductions dans J. Mayne, *The Painter of Modern Life,* pl. 10-11.
2. Voir t. I, p. 367, nᵒ 43, le projet de poème en prose : *Fête dans une ville déserte,* et la note afférente (p. 1355).

Page 709.

1. Il est probable que cette mention de Charlet a été inspirée à Baudelaire par le désir de se concilier Delacroix, fort mécontent du passage de *Quelques caricaturistes français* (voir p. 546-549). Mais Delacroix était mort quand parut *Le Peintre de la vie moderne.*

IX. LE DANDY

a. F : pas d'alinéa.

2. Ce chapitre est en étroite relation avec un projet cité maintes fois, sous différents titres, dans la *Correspondance ;* voir l'Index de *CPl,* à *Dandysme littéraire.* La *Revue fantaisiste,* dans ses numéros des 1ᵉʳ et 15 septembre, 1ᵉʳ et 15 octobre 1861, 1ᵉʳ novembre 1861, annonce, « pour paraître dans les prochaines livraisons » : « Dandys, Dilettantes et Virtuoses », autre forme du même projet, qui eût sans doute inclus Liszt. Voir aussi sur le dandy *Don Juan aux Enfers* (t. I, p. 19-20) et *Mon cœur mis à nu,* IX, 16, XIII, 22 et XX, 33 (t. I, p. 682, 684 et 689).
3. Formule stendhalienne : « la chasse au bonheur ». Cf. p. 420, n. 3, et 686, n. 2.
4. Ce conspirateur-dandy intriguait fort Baudelaire, qui a fait figurer son ombre dans *La Fin de don Juan* (t. I, p. 628).
5. Voir *Atala* et *Les Natchez.* Baudelaire désirait inclure le portrait de Chateaubriand dans l'étude sur le dandysme littéraire à laquelle il pense au moment où il compose *Le Peintre de la vie moderne.* Le 29 avril 1859 il écrit de Honfleur à Poulet-Malassis qu'il vient de « relire », avec le *Discours sur l'histoire universelle* de Bossuet et l'ouvrage de Montesquieu sur les Romains, *Les Natchez :* « Je deviens tellement l'ennemi de mon siècle que *tout,* sans en

excepter une ligne, m'a paru sublime » (*CPl*, I, 568). Chateaubriand a pu retrouver le type du dandy chez les Indiens, car ceux-ci
ne sont pas des barbares, mais comme Baudelaire l'indique p. 711-
712, « les débris de grandes civilisations disparues ».

6. Voir l'article sur *Madame Bovary* (p. 78). Custine devait aussi
figurer dans l'étude sur le dandysme littéraire.

Page 710.

    a. par certains côtés,   *F*

Page 711.

    a. jusqu'aux tours de force les plus périlleux du sport,   *F ; on
peut, pour AR, hésiter entre l'omission et la correction suggérée par la
quasi-homophonie.*

    b. dandies   *F, ici et plus bas.*

    1. Voir t. I, p. 404.

    2. Ici se termine la deuxième partie de l'essai dans le *Figaro* du
29 novembre 1863.

    3. *« Les Raffinés et Les Dandies »* est l'un des titres de l'essai sur le
Dandysme littéraire (*CPl*, II, 335). On notera que *Raffinés* est le
titre d'une planche en couleurs de Gavarni (*Le Carrousel*, nº 22,
1837) représentant deux hommes, d'ailleurs vulgaires, l'un portant
une cravache et disant « Ventrebleu ! », l'autre fumant un cigare et
disant « Tudieu ! » Le mot avait été employé à la fin du XVIᵉ siècle
pour désigner des élégants très soucieux du point d'honneur.

    4. Allusion à Chateaubriand ; cf. p. 709.

Page 713.

X. LA FEMME

    a. Winckelman *[sic]*   *F, AR*

    1. Cf. *Mon cœur mis à nu*, XXX, 54 (t. I, p. 695-696).

    2. Baudelaire cite le plus souvent de mémoire et en infléchissant
dans son propre sens le souvenir de ses lectures. Il ne semble pas
que Maistre ait jamais rien écrit de semblable. Au contraire, dans
le *Traité sur les sacrifices* (II), il insiste sur la dignité que l'Évangile
a conférée aux femmes, les élevant au niveau de l'homme, pro-
clamant les « *droits de la femme* après les avoir fait naître », et il
énonce cette maxime : « *Avant d'effacer l'Évangile, il faut enfermer
les femmes*, ou les accabler par des lois épouvantables, telles que
celles de l'Inde. » Certes, la femme est inférieure à l'homme : elle
« est plus que l'homme redevable au christianisme — lit-on dans
Du pape, II, 2, en un passage que l'abbé Constant reproduit dans
le *Dictionnaire de littérature chrétienne* (Migne, 1851)—. C'est de lui
qu'elle tient toute sa dignité. La femme chrétienne est vraiment
un être *surnaturel* puisqu'elle est soulevée et maintenue par lui

jusqu'à un état qui ne lui est pas *naturel*. Mais par quels services immenses elle paye cette espèce d'ennoblissement ! » Et si à sa fille Constance — dans une lettre que Baudelaire a pu lire dans les *Lettres et opuscules inédits* (voir p. 50), t. I, p. 148 — Maistre déclare crûment : *«Les femmes n'ont fait aucun chef-d'œuvre dans aucun genre »*, c'est pour la mettre en garde contre le risque de devenir une femme savante. Le chef-d'œuvre de la femme est de mettre au monde des enfants et de les bien élever. On est loin du bel animal destiné à égayer le jeu sérieux de la politique.

Page 714.

1. Voir *Un mangeur d'opium* (t. I, p. 499).

2. À rapprocher de *Sed non satiata,* des *Bijoux,* etc. (t. I, p. 28, 158).

3. Mme Aupick avait cru voir dans ce chapitre l'éloge de la femme. Baudelaire la détrompe, vers le 5 décembre 1863 (*CPI*, II, 336) :

« Je suis désolé de t'arracher tes illusions sur le passage où tu as cru voir l'éloge de ce fameux sexe.

« Tu l'as compris tout de travers.

« Je crois qu'il n'a jamais été rien dit de si dur que ce que j'ai dit dans le *Delacroix* et dans l'article du *Figaro.* Mais cela ne concerne pas la *femme-mère.* »

Pour « le Delacroix » voir p. 766-767.

XI. ÉLOGE DU MAQUILLAGE

Page 715.

1. Voir t. I, p. 209.

2. Ainsi que l'avait déjà indiqué J. Crépet, on trouve ici l'écho de la pensée de Joseph de Maistre. Mais on peut douter que celui-ci aurait adopté la conséquence sur la parure et le maquillage qu'en tire Baudelaire.

3. Voir le *Salon de 1846,* p. 495.

Page 716.

1. Rappelons que l'apôtre Barthélemy a été écorché vif.

Page 717.

a. la pure nature   F

1. Cf. le vers 40 de *Bénédiction* (t. I, p. 8).

Page 718.

1. W. T. Bandy (*R.H.L.F.,* avril-juin 1953, p. 206) a signalé que ce chapitre XI du *Peintre de la vie moderne* avait été reproduit par *La Vie parisienne* du 23 avril 1864 (la veille du départ de Baudelaire pour Bruxelles), sous le titre, probablement factice, de *L'Éternelle Question du maquillage.*

XII. LES FEMMES ET LES FILLES

2. Reproductions dans J. Mayne, *The Painter of Modern Life,* pl. 12, 14, 15.

Page 719.

1. Reproduction dans J. Mayne, *ibid.,* pl. 13. Cf. *Morale du joujou,* t. I, p. 583.

2. Pour le cadre, voir *Les Yeux des pauvres* (t. I, p. 318).

3. Au catalogue de l'exposition des œuvres de Constantin Guys (mai 1904) figuraient plusieurs lavis ou aquarelles évoquant Valentino, le Casino Cadet, le Bal Mabille, la Valse à Bullier, chez Musard, etc. Baudelaire, qui oublie le Bal Mabille (Exp. 1968, n° 565, reproduction p. 131), cite les principaux établissements du second Empire, puis ceux de la Restauration et de la monarchie de Juillet. Les premiers étaient surtout des bals d'hiver, les seconds, des jardins publics et des bals d'été.

Les folies privées du XVIIIe siècle, souvent déclarées biens nationaux sous la Révolution, avaient été ouvertes au public sous le Directoire. Leurs bals et leurs attractions multiples connurent une grande vogue. Puis, vers 1810, certaines furent loties : rues et immeubles se construisirent à leur emplacement. Le public montrait d'ailleurs moins d'engouement pour les jardins publics dont le nombre dépassait la trentaine, à tel point que l'on chantait au Vaudeville sur l'air : *Il pleut, il pleut, bergère :*

> *À Paphos on s'ennuie,*
> *On déserte Mouceaux,*
> *Le jardin d'Idalie*
> *Voit s'enfuir ses oiseaux ;* [...]

Le *Bal Valentino,* salle située rue Saint-Honoré, numéro 355 ancien devenu le 251, devait son nom au musicien français Valentino (Lille, 1787 ; Versailles, 1865) qui y donna des concerts de musique classique de 1837 à avril 1841. L'établissement devint alors un bal public, succursale d'hiver du Bal Mabille.

Le *Casino Cadet,* fondé en 1859, 18, rue Cadet, à l'angle de la rue du Faubourg-Montmartre, fut inauguré par les exercices de Rigolboche, alors connue aux Concerts de Paris sous le pseudonyme de Marguerite la Huguenote. Le 12 février 1860, le *Figaro* y donna une grande fête au bénéfice des personnes enfermées pour dettes à la prison de Clichy. Le 31 décembre 1861, la salle fut en partie détruite par une explosion de gaz. Plusieurs fois fermé et rouvert, le bal fit place à une imprimerie en 1873. Selon Paul Mahalin (*Au bal masqué,* [1869]), « Baudelaire fut — longtemps — un habitué des bals masqués du Casino ».

Le *Prado* était situé place du Palais de Justice. En 1838 fut ouverte, avenue de l'Observatoire, une succursale, le *Prado d'été,* qui remplaça *La Chartreuse,* vaste jardin fréquenté par les étudiants et les grisettes. En 1843, Victor Bullier achetait le *Prado d'été,* le transformait et ouvrait en 1847 la *Closerie des Lilas* qui deviendra bientôt le *Jardin Bullier,* le *Bal Bullier,* puis le *Bullier* tout court.

Paris compta trois *Tivoli* et un *Nouveau Tivoli* :

— de 1796 à 1810, rue Saint-Lazare, 76-78, et rue de Clichy, 27 (l'ancienne Folie-Boutin);

— de 1810 à 1826, rue de Clichy, 16-38 (la Folie-Richelieu);

— de 1826 à 1841, rue de Clichy, 88 (la Folie-Bouexière);

— de 1844 à 1882, rue de Clignancourt, 42-54 (autrefois le Château-Rouge, situé à Clignancourt, annexe de la commune de Montmartre).

Tous ont offert à leurs visiteurs « promenades, fêtes, danses, courses en char, concerts, fantasmagories, tours de force, expériences physiques, ascensions aérostatiques, feux d'artifice, illuminations » (G. Chapon, *Les Trois Tivoli,* Paris, 1901). Baudelaire adolescent a pu connaître le troisième Tivoli. Le Tivoli qui figure sept fois dans le *Carnet* n'est pas celui-ci puisqu'il fut fermé en 1841, mais le *Nouveau Tivoli Château-Rouge* dont le propriétaire-directeur, M. Bobœuf, est nommé dans l'une des *Causeries* du *Tintamarre* (4-10 octobre 1846), non reproduite dans ce volume parce qu'elle n'a pas de chance d'être de Baudelaire.

Le *Jardin d'Idalie* (du nom d'une ville de l'île de Chypre dédiée, comme Paphos d'ailleurs, à Vénus) n'était autre que la Folie-Marbeuf confisquée pendant la Révolution à la comtesse de Marbeuf qui y avait semé de la luzerne et non du blé. La Convention ordonna peu après de convertir ce parc en un jardin public et en un lieu de plaisir. Au début de la Restauration, le bal fut transféré, sous le nom d'*Idalie,* dans le passage de l'Opéra (aujourd'hui, 12, passage des Italiens), au sous-sol.

Il exista deux *Paphos,* du nom de la ville de l'île de Chypre, où serait née Vénus de l'écume de la mer. L'un était situé à Clichy, près de la barrière de ce nom probablement. L'autre, la *Rotonde de Paphos,* à l'angle du boulevard du Temple et de la rue du Temple (aujourd'hui à un endroit que recouvre, depuis 1862, la place de la République), fut ouvert de 1795 à 1836. Ils comprenaient une salle de bal, une maison de plaisir et des jeux. (Note due à Jean Ziegler.)

4. Ce paragraphe est reproduit par Champfleury dans le chapitre « Bals et Concerts » qu'il donne au tome II du recueil *Paris Guide* publié à l'occasion de l'Exposition universelle (Paris, Librairie internationale, A. Lacroix, Verboeckhoven et Cⁱᵉ, 1867, p. 995). Champfleury reproduit ensuite le début de la page 720, en le remaniant un peu : « La beauté interlope a inventé une élégance provocante... » jusqu'à « son enveloppe d'apparat. » Passages qu'il commente ainsi : « Certes voilà qui est bien dit, et le croquis, par endroit, ne manque pas de réalité; mais c'est la sombre réalité particulière au poète des *Fleurs du mal.* » Champfleury adresse encore à Baudelaire ce reproche : « s'il rencontrait une Mimi Pinson dont le type existe toujours (mais il faut savoir le découvrir),

il la trouverait trop simple et trop naïve. Ce sont les gros vices
noirs et bestiaux qu'il recherche ». Et de citer un passage de la
page 721 (« Parmi celles-là, les unes, exemples [...] par l'entêtement. »), ainsi commenté : « N'est-ce pas pousser à l'extrême la
peinture des danseuses que le poète entrevoit plus particulièrement
dans les désolées compositions du vieux Guys ! » (P. 996.)

5. Cf. *Fusées*, II (t. I, p. 650).

Page 720.

a. provoquante [*sic*]   F, AR

1. Baudelaire dessinera de mémoire en 1865 un portrait de Jeanne
et l'annotera ainsi : *quaerens quem devoret,* « cherchant qui elle dévo-
rera » (*ICO*, n° 122 ; *Album Baudelaire*, p. 56).

2. Cf. *L'Amour du mensonge* (t. I, p. 98), publié en mai 1860, dont
c'est ici le germe ou le doublet en prose.

3. *Les Caractères*, chap. « Des femmes ».

4. Voir Exp. 1968, n°s 552, 555, 566, 567, 569. Reproductions
dans J. Mayne, *The Painter of Modern Life*, pl. 17-19.

Page 721.

1. Expression de Juvénal employée dans les notes sur *Les Liaisons dangereuses* (p. 69 et n. 2).

Page 722.

a. mal avisé   F

1. Le feuillet 12 du *Carnet* (t. I, p. 722) contient des notes relatives
à ce chapitre, en particulier cette expression.

XIII. LES VOITURES

2. Cf. p. 687.

Page 723.

1. Voir Exp. 1968, n° 554. Reproductions dans J. Mayne, *The
Painter of Modern Life*, pl. 21-24.

2. Néologisme, qui faisait écrire à J. Crépet : « Faut-il croire que
Baudelaire, s'il avait vécu quelque vingt ans de plus, aurait versé
dans le vocabulaire néo-latin du symbolisme ? »

Page 724.

1. Cf. *Fusées,* XV (t. I, p. 663).

2. Debucourt et les Saint-Aubin ont été cités p. 683. — Pour
Moreau, Baudelaire pense sans doute à Jean-Michel Moreau, dit
Moreau le Jeune (1741-1814), illustrateur de nombreux ouvrages et
chroniqueur de la société de son temps. — Sur Carle Vernet, voir
Quelques caricaturistes français (p. 544). — Lami a été cité deux fois
dans cet essai, p. 687 et 722. — Devéria et Gavarni le sont p. 687.

Page 725.

[NOTES SUR LE XVIIIe SIÈCLE]

Mercure de France, 15 septembre 1935, par Jacques Crépet, qui avait retrouvé ces notes, parfois difficilement lisibles, dans les papiers de son père, lequel en avait levé une copie d'après un autographe de Baudelaire qui n'a pas été retrouvé.

Première reproduction en volume : *Œuvres posthumes,* Conard, t. II, 1952.

Il revient à Georges Blin (*Annuaire du Collège de France,* 69e année [1969-1970], *Résumé des cours de 1968-1969,* p. 532) d'avoir découvert et signalé que ces pages n'étaient pour la plus grande partie que des notes de lecture prises par Baudelaire dans le livre d'Edmond et Jules de Goncourt, *La Femme au dix-huitième siècle,* Librairie de Firmin Didot frères, fils et Cie, 1862 (enregistrement à la *Bibliographie de la France,* 27 décembre 1862). Ces pages avaient été intitulées : [NOTES SUR LES PEINTRES DE MŒURS]. Il est bon de leur donner désormais un titre moins précis, même si elles sont en relation avec le projet d'élargissement de l'essai sur Guys aux peintres des mœurs du XVIIIe siècle (voir p. 1416), — en relation indirecte plutôt que directe.

Pour les premières notes on cite largement le texte des Goncourt. On se contente ensuite de références.

1. Goncourt, chap. II, *La Société. — Les Salons,* p. 40 : « Dans la pièce large et haute, entre ces murs où les tableaux montrent des baigneuses nues, sur les ramages des panneaux de soie, sur les lourds fauteuils aux bras, aux pieds tordus, près de cette cheminée où flambe un feu clair et d'où monte la glace sortant d'une dépouille de lion et couronnée de sirènes, il semble que l'œil s'arrête sur un Décaméron au repos. »

2. Note, p. 41, indiquant la source du paragraphe d'où est tiré le passage précédent. Baudelaire copie même la faute des Goncourt : J.-P. au lieu de J.-Ph. Lebas.

3. Goncourt, chap. III, *La Dissipation du monde,* p. 92. Au début de ce chapitre nous est décrite une journée de la femme du monde. Vers onze heures, celle-ci se lève et « s'abandonne aux bras de ses femmes qui la transportent sur une magnifique *délassante,* et la voilà devant sa toilette. Dans l'appartement de la femme, c'est le meuble de triomphe que cette table surmontée d'une glace, parée de dentelles comme un autel, enveloppée de mousseline comme un berceau, toute encombrée de philtres et de parures, fards, pâtes, mouches, odeurs, vermillon, rouge minéral, végétal, blanc chimique, bleu de veine, vinaigre de Maille contre les rides, et les rubans, et les tresses et les aigrettes, petit monde enchanté des coquetteries du

siècle d'où s'envole un air d'ambre dans un nuage de poudre ! » Une note de la même page, relative aux pommades, contient la référence au *Mercure de France* de 1722.

4. P. 94 : « Le colporteur entre avec les scandales du jour, tirant de sa balle des brochures dont une toilette ne peut se passer, et qu'on gardera trois jours, assure-t-il, sans être tenté d'en faire des papillotes. »

5. P. 93 : « Le cartel en forme de lyre accroché au panneau marque plus de midi; la porte, mal fermée derrière le paravent, s'est déjà ouverte pour un charmant homme qui, assis à côté du coffre aux robes, le coude appuyé à la toilette, un bras jeté derrière le fauteuil, regarde habiller la dame d'un air de confidence. » À la fin de ce paragraphe une note indique les sources, notamment : « *La Toilette* peinte par Baudouin gravée par Ponce, *Le Lever* gravé par Massard » (p. 95).

6. Chap. III, *La Dissipation du monde*, p. 96, texte et note (ici placée entre parenthèses par Baudelaire).

Page 726.

1. Chap. III, p. 108, avec la référence en note.

2. Chap. III, respectivement p. 118, 121, 117-118, 120. Mais on ne retrouve pas le mot « laizes » difficile à lire dans la copie levée par Eugène Crépet. Peut-être faut-il lire « gaze », mot deux fois employé p. 121.

3. Chap. VIII, *La Beauté et la mode*, p. 276 et note.

4. Ceci n'a pas de correspondance exacte dans le texte des Goncourt et n'est pas un titre : il faut y voir l'intitulé de ce qui suit.

5. Depuis *Fêtes* jusqu'ici, chap. VIII, p. 280-281.

6. *Ibid.*, p. 282 et 285.

Page 727.

1. *Ibid.*, p. 287.

2. *Ibid.*, p. 290-292.

3. *Ibid.*, p. 294-296.

4. *Ibid.*, p. 302, 303, 305.

5. *Ibid.*, p. 307.

Page 728.

1. À partir d'ici il ne semble pas que les notes de Baudelaire doivent grand-chose au livre des Goncourt.

2. Estampe gravée par Tardieu : Watteau s'y est représenté la palette à la main, près de son protecteur Jean de Julienne, qui joue de la basse.

3. Deux tableaux de Lancret, inspirés par des pièces de Destouches et gravés par N. Dupuis.

4. Planche gravée par Baron.

5. On ne connaît pas d'ouvrage du père Philippe Bonanni ou Buonanni portant exactement ce titre. Mais tous les éléments pris

en note par Baudelaire se retrouvent dans l'*Histoire des ordres militaires ou des chevaliers, des milices séculières et régulières de l'un ou de l'autre sexe, qui ont été établis jusques à présent [...]. Nouvelle Édition tirée de l'Abbé Giustiniani, du R. P. Bonanni, [etc.],* Amsterdam, Pierre Brunet, 1721, 4 vol., t. II, p. 233-234.

Page 729.

PEINTURES MURALES D'EUGÈNE DELACROIX
À SAINT-SULPICE

Revue fantaisiste, 15 septembre 1861 *(RFA).*
L'Art romantique, Michel Lévy frères, 1868 *(AR).*

Texte adopté : celui de 1861, en raison d'une faute au moins que présente *L'Art romantique.*

En 1868, cet article est placé à la suite de l'étude nécrologique sur Delacroix, qui lui est postérieure. De plus, le texte est écourté pour éviter une répétition avec celle-ci.

Dans le plan de ses œuvres qu'il établit en février 1865 pour Julien Lemer Baudelaire mentionne cet article en le faisant suivre de l'étude nécrologique (*CPl,* II, 444).

La chapelle des Saints-Anges fut inaugurée le 21 juillet 1861. L'article de Gautier dans *Le Moniteur* parut dès le 3 août. Mais une revue n'avait pas la possibilité de publier aussi rapidement le texte de Baudelaire.

Delacroix remercia Baudelaire de cet article le 8 octobre 1861 (*LAB,* 119-120); il lui écrivait notamment :

« Je vous remercie bien sincèrement et de vos éloges, et des réflexions qui les accompagnent et les confirment, sur ces effets mystérieux de la ligne et de la couleur, que ne sentent, hélas ! que peu d'adeptes. Cette partie musicale et arabesque n'est rien pour bien des gens qui regardent un tableau [...]. »

1. Cette citation est empruntée à la traduction de la *Bible* par Lemaistre de Sacy : une réédition en avait paru chez Furne en 1846. Baudelaire suit fidèlement ce texte.

Page 730.

    a. interprètent catégoriquement, et *AR*
    b. Jacob *[faute]* ; *AR*
    c. au nom de *Lucifer* *AR*

1. C'est la seule fois qu'on voit Baudelaire citer la Kabbale. Sans doute, poussé par son insatiable curiosité, connaissait-il l'ouvrage d'Adolphe Franck, *La Kabbale ou la Philosophie religieuse des Hébreux* (Hachette, 1843). P. 257, Franck insiste sur le fait que la Kabbale

interprète symboliquement tous les faits et toutes les paroles de l'Écriture.

2. C'est-à-dire les swédenborgiens.

Page 731.

1. Cette citation est également empruntée à la traduction de Lemaistre de Sacy.

2. Les éditeurs de *L'Art romantique* ont arrêté ici le texte dont la fin a été citée par Baudelaire lui-même dans *L'Œuvre et la vie d'Eugène Delacroix* (III). Le passage en cause, auquel le lecteur voudra bien se reporter, se situe p. 751-753, après cette phrase : « Et plus récemment encore, à propos de cette chapelle des Saints-Anges, à Saint-Sulpice (*Héliodore chassé du Temple* et *La Lutte de Jacob avec l'Ange*), son dernier grand travail, si niaisement critiqué, je disais : ». Il se termine à « ces inutiles vérités ? ».

Page 732.

[EXPOSITION MARTINET]

Revue anecdotique, 1re quinzaine de janvier 1862; composé en petits caractères, à la fin de la livraison, sans titre, et non annoncé au sommaire.

Première reproduction en volume : *Œuvres posthumes,* Conard, t. II, 1952.

Cet article n'est pas signé. C'est W. T. Bandy (*The Romanic Review,* février 1938) qui, s'appuyant sur l'éloge du *Sardanapale* et sur le fait que la *Revue anecdotique* était en 1862 dirigée par Poulet-Malassis, a proposé d'attribuer cet article à Baudelaire. Cette attribution n'a jamais rencontré aucune opposition. Elle se renforce maintenant d'une preuve, la mention explicite que fait Asselineau, le 1er avril 1862, dans *Le Courrier artistique,* du jugement qu'a porté Baudelaire sur *L'Inondation de Saint-Ouen :* Asselineau se plaît à citer ce qu' « un bon juge, Charles Baudelaire, a dit quelque part » de ce tableau, voilant et à la fois dévoilant par cette formule l'identité du collaborateur de la *Revue anecdotique ;* voir l'article de Georges Gendreau et Cl. Pichois, « Baudelaire, Lavieille et Asselineau », dans *Buba,* VIII, 2, 9 avril 1973.

Dans une note qui accompagnait son article de la *Romanic Review,* W. T. Bandy indiquait que six autres articulets anonymes parus pareillement dans la *Revue anecdotique* au cours du premier semestre de l'année 1862 lui semblaient aussi pouvoir être de Baudelaire; à savoir : « L'Anniversaire de la mort de Murger » (1re quinzaine de février); « Antoine Fauchery » (2e quinzaine de février); « Histoire de l'Opéra de la Reine de Saba » (1re quinzaine de mars); « Un bal où on ne danse pas » (2e quinzaine de mars); « Le Cotillon dans les Salons et au Vaudeville » (1re quinzaine d'avril); « Explication d'une estampe énigmatique » (1ʳᵉ quinzaine de mai). Voici l'opinion de J. Crépet sur cette proposition d'attributions : « Nous partagerions volontiers son sentiment pour le premier, mais pour celui-là seulement; encore avons-nous estimé qu'il serait bien aventureux de le recueillir ici » (*Œuvres posthumes*, Conard, t. II, p. 166). Collaborateur de J. Crépet pour ce tome des *Œuvres complètes*, nous nous étions rangé à son avis. Nous ne voyons rien à y modifier vingt ans après.

1. Louis Martinet (1814-1895), élève de Gros, devint peintre d'histoire. Mais c'est comme organisateur qu'il se fit connaître. Par une série d'expositions particulières qui se tenaient 26, boulevard des Italiens, dans l'hôtel du marquis de Hertford et qu'il renouvelait partiellement chaque mois, il donna leurs chances à Millet, à Dupré, à Théodore Rousseau. En 1862, il fonda avec Théophile Gautier la Société nationale des Beaux-Arts, qui fut à l'origine de la Société des artistes français. Voir *CPl*, II, 176 et 1019-1020.

2. *Le Courrier artistique*, dont le premier numéro porte la date du 15 juin 1861.

3. La comparaison est digne de remarque; elle est à ajouter aux images maritimes de Baudelaire.

Page 733.

1. Léon Joly de Saint-François (1822-1886), peintre de genre et paysagiste, n'est nulle part ailleurs mentionné par Baudelaire.

2. *L'Ex-voto*, peint en 1860, exposé au Salon de 1861. Ce tableau est maintenant au musée de Dijon; il a été présenté en 1968 (nᵒ 528).

3. *La Vocation de saint François*, peint en 1861. Ce tableau est maintenant au musée d'Alençon; il a été présenté en 1968 (nᵒ 529; reproduction, p. 125).

4. Depuis sa jeunesse, Baudelaire n'a cessé d'admirer ces compositions espagnoles en regrettant que depuis 1848 elles fussent si rares à Paris (voir p. XI et 352).

5. L'impassibilité de la nature est, à l'époque, un thème commun à beaucoup de poètes. Mais l'expression ironique est bien baudelairienne.

6. Encore plus baudelairienne, cette image.

Page 734.

1. Rendant compte de l'Exposition des beaux-arts en 1855, Baudelaire avait écrit : « Je suis fâché que le *Sardanapale* n'ait pas reparu cette année » (p. 593).

2. Dans le *Salon de 1859* Baudelaire évoquait « le temps heureux où, à côté de la nouvelle école littéraire, florissait la nouvelle école de peinture : Delacroix, les Devéria, Boulanger, Poterlet, Bonington, etc. » (p. 622). Voir aussi, pour la nostalgie, *Le Coucher du soleil romantique* (t. I, p. 149).

Page 735.

L'EAU-FORTE EST À LA MODE

[PREMIÈRE VERSION DE « PEINTRES ET AQUAFORTISTES »]

Revue anecdotique, 2ᵉ quinzaine d'avril 1862, sans titre et sans signature; titre au sommaire de la revue : *L'eau-forte est à la mode.*

Cet article est déjà signalé par La Fizelière et Decaux dans leur bibliographie baudelairienne (1868). Première reproduction en volume : *Œuvres posthumes*, 1908.

Tous les noms cités ici se retrouvent, sauf deux, dans la seconde version (p. 737) à laquelle le lecteur voudra bien se reporter.

Page 736.

a. Le texte montre : Yonkind, *ce qui correspond à la transcription phonétique du nom de l'artiste hollandais.*

b. se manque dans le texte.

1. André Jeanron, né et mort à Paris (1834-1873), est le fils et l'élève de Philippe-Auguste Jeanron (1808-1877); il travailla aussi avec Forster, peintre de genre et de paysages. Il exposa au Salon de 1865 à 1870. — Théodule Ribot (1823-1891) est plus connu. Baudelaire mentionne ce nom au feuillet 37 du *Carnet* (t. I, p. 735). Il ne semble pas avoir eu avec lui de relations étroites. Sur Ribot voir le *Répertoire des artistes.*

Page 737.

PEINTRES ET AQUAFORTISTES

Le Boulevard, 14 septembre 1862 *(1862).*

L'Art romantique, Michel Lévy frères, 1868, dont on adopte le texte qui ne diffère du précédent que par des variantes infimes.

Le meilleur commentaire de ces pages est constitué par l'important ouvrage, abondamment illustré, de Janine Bailly-Herzberg, *L'Eau-forte de peintre au XIXᵉ siècle : la Société des aquafortistes (1862-1867)*, Léonce Laget, [1972], 2 vol.

Cette Société des aquafortistes marque une étape décisive dans le renouveau de l'eau-forte au XIXᵉ siècle. L'eau-forte n'avait pas survécu au triomphe de David. Le burin l'avait supplantée. Au début du XIXᵉ siècle le développement de la lithographie n'était pas fait pour lui permettre de reprendre une place importante. Ce sont des peintres comme Chassériau et comme les paysagistes qui lui donnent une nouvelle impulsion; on comparera la série des eaux-fortes de Chassériau sur *Othello* avec la série des lithographies de

Delacroix sur *Hamlet* et l'on verra où est la modernité. Autre secours apporté à l'eau-forte : l'illustration des livres, et notamment les frontispices, remis en honneur par Poulet-Malassis : il est beau de voir se relayer, dans cette renaissance, le poète et son éditeur. Celui-ci a fait appel au talent de Bonvin, Bracquemond, Amand Gautier, Legros, Léopold Flameng. Ce type d'eau-forte va être appelé eau-forte de peintre par opposition à l'eau-forte de graveur, celle-ci étant plutôt aux mains des techniciens qui ont préparé un travail destiné à être terminé au burin.

Cette renaissance atteint son apogée lorsque est fondée, en 1862, la Société des aquafortistes, grâce aux efforts des artistes, mais aussi et surtout de deux hommes de cœur et de talent : Delâtre et Cadart. L'imprimeur Auguste Delâtre (1822-1907), avec qui l'on voit Baudelaire en relation en 1859 (*CPl,* I, 762), lorsqu'il s'intéresse de près à Meryon (dont Delâtre a gravé les *Eaux-fortes sur Paris*), avait, en 1858, tiré la *Suite française* de Whistler, ce qui lui ouvrit les portes de l'Angleterre. En 1859, il séjourna à Londres, puis il imprima la *Suite de la Tamise* de Whistler. Il est dès lors l'imprimeur incontesté de la jeune école des aquafortistes. Seymour Haden disait de lui : « Si Rembrandt vivait de nos jours, il lui donnerait ses planches à tirer. »

Alfred Cadart (1828-1875), éditeur et marchand d'estampes, tout en étant tenté par la photographie, publie en décembre 1859 la première livraison de *Paris qui s'en va, Paris qui vient,* avec des eaux-fortes dessinées et gravées par Léopold Flameng et des textes de Gautier, Champfleury, Monselet, La Fizelière, Delvau, etc. En 1861, il s'associe au photographe Félix Chevalier et publie à la fois un album de photographies : des fragments du Parthénon, et des suites d'eaux-fortes (Legros, Bonvin, Jeanron).

Les amateurs sont avertis de cette renaissance par la presse spécialisée aussi bien que par la presse d'information. En mai 1862 est fondée la Société dont Cadart est reconnu comme l'éditeur, F. Chevalier n'y ayant tenu qu'un rôle subalterne. Outre les livraisons de la Société, dont la première paraît sous la date du 1er septembre 1862, Cadart publie en 1862-1863 des recueils d'eaux-fortes originales, de Jongkind, Manet et Daubigny. En octobre 1863 F. Chevalier cède sa place à Jules Luquet. La maison passe du numéro 66 de la rue de Richelieu au numéro 79, à l'angle de cette rue et de la rue de Ménars. L'histoire ultérieure de Cadart et de la Société des aquafortistes n'intéresse plus Baudelaire, qui quitte Paris en avril 1864.

L'article que celui-ci publie d'abord sous une forme réduite dans la *Revue anecdotique* d'avril 1862 puis, sous une forme un peu plus développée, dans *Le Boulevard* du 14 septembre 1862 doit être considéré comme un appui donné aux artistes et à leur éditeur. Il s'inscrit, pour ainsi dire, dans le cadre d'une campagne menée en leur faveur. On remarquera que l'article du *Boulevard* appartient au mois qui voit paraître la première livraison de la Société. Le 4 août 1862, Baudelaire avait intéressé Gautier à cette œuvre : « Tu serais bien charmant — lui écrit-il (*CPl*, II, 253) —, si tu disais quelques mots agréables de l'entreprise des Aquafortistes. C'est, à coup sûr, une très bonne idée, et il y aura dans la collection des œuvres qui te charmeront. Il faut évidemment soutenir cette réaction en faveur d'un genre qui a contre lui tous les nigauds. » Gautier s'exécutera et, le 27 octobre, à la fin d'un article dont le début est une évocation des *Paradis artificiels* de Baudelaire il entretiendra ses lecteurs des productions de la Société. L'année suivante, Gautier écrira une préface, « Un mot sur l'eau-forte », pour les douze premières livraisons réunies en un volume. Cette même année 1863, Baudelaire composait son quatrain sur *Lola de Valence* (voir t. I, p. 168), quatrain qui sera gravé au-dessous de la planche de Manet.

Le 30 janvier 1864 paraît chez Cadart et Luquet le premier numéro d'un hebdomadaire, *L'Union des arts, Nouvelles des beaux-arts, des lettres et des théâtres,* dont le directeur est Albert de La Fizelière, une relation ancienne de Baudelaire. Les éditeurs annoncent qu'ils se sont assuré « la collaboration de plusieurs écrivains spéciaux et connus » : Philippe Burty, Champfleury, les Goncourt, Jules Janin et, entre autres, Baudelaire. Celui-ci avait donné son nom; il n'apporta pas sa collaboration.

Titre. La modification (ou l'addition) par rapport à l'article de la *Revue anecdotique* résulte du fait que d'avril à septembre Baudelaire a appris la fondation de la Société par un groupe de peintres. Et telle est aussi la raison pour laquelle, dans *Le Boulevard*, il a fait précéder son passage sur la gravure d'un paragraphe sur Legros et Manet peintres. Baudelaire écrit aqua-fortistes, en deux mots. C'est en deux mots qu'aquafortistes figurait au magasin de Cadart, 79, rue de Richelieu.

1. Le lecteur a compris qu'il s'agissait de Delacroix.
2. *L'Angélus* a été exposé au Salon de 1859; voir p. 629. À Rouvière (voir p. 241) Baudelaire écrit le 6 novembre 1861 : « M. Legros est un de mes amis. Il est l'auteur de l'*Angélus,* dont j'ai écrit moins de bien encore que j'en pense » (*CPl*, II, 190).
3. Albert de Balleroy (1828-1873), peintre, fut membre de la Société des aquafortistes dès la fondation. Ami de Manet, il loua avec lui un atelier durant l'hiver de 1858-1859. Fantin-Latour le fera figurer avec Baudelaire dans l'*Hommage à Delacroix* (*ICO,* n° 52; *Album Baudelaire,* p. 226). Balleroy était riche. Il possédait dans le Calvados le château dont il portait le nom. En 1871 il sera élu député du Calvados sur la liste des conservateurs.

Page 738.

a. dix sols   *1862*

1. Philippe Ricord (1800-1889), un des maîtres de la chirurgie et de la syphiligraphie. Le *Grand Dictionnaire universel du XIXᵉ siècle*

de Pierre Larousse décrit l'intérieur du bel hôtel qu'il possédait rue de Tournon : un musée.

2. Connu aussi sous les titres *Le Chanteur espagnol* ou *Le Guitarero* (New York, Metropolitan Museum). Manet l'a gravé à l'eau-forte en 1862 ; cette eau-forte fait partie de la série des huit gravures éditée par Cadart en 1868 (Exp. 1968, nos 579 et 580).

3. Voir *Quelques caricaturistes français* (p. 561).

Page 739.

a. Le texte ici, et plus bas, montre Yonkind, *comme dans l'article d'avril 1862 (p. 736, var.* a).

Page 740.

a. ne pouvait pas manquer *1862*
b. à peu de jours de distance, *1862*

1. L'Etching Club a été créé en 1838. Seymour Haden en était membre et a pu vanter à ses amis français les vertus de cette société britannique. Mais l'Etching Club était un cercle fermé, de seize membres, créé dans un but artistique, non commercial, tandis que la Société parisienne présente d'emblée un caractère international et se soucie de commercialiser ses aspirations artistiques.

2. Legros avait dédié ses *Esquisses à l'eau-forte* (Cadart et Chevalier, 1861) à Baudelaire (*Catalogue raisonné de l'œuvre gravé et litho-graphié de M. Alphonse Legros [...] par MM. A. P.-Malassis et A.-W. Thibaudeau [...]*, Baur, 1877, nº 160; Exp. 1968, nos 530-533) : la couverture-frontispice représente, sous une arcade, un homme à genoux, en prière, auprès d'un moine qui d'une main tient une croix et de l'autre s'appuie à une pierre plate sur laquelle se lit le titre ; au premier plan, un vase à eau bénite, une tête de mort, des fleurs d'héliante, et les mots : *Dédié à mon ami Baudelaire*. En 1861 également, Legros avait entrepris, à la demande de Poulet-Malassis, une série d'eaux-fortes pour illustrer les *Histoires extraordinaires* de Poe traduites par Baudelaire. Cette série concernait *Le Chat noir*, *Ombre*, *La Vérité sur le cas de M. Valdemar*, *Bérénice* (2 eaux-fortes), *Le Puits et le pendule* (2 eaux-fortes) et *Le Scarabée d'or*. Elle « n'a pas été continuée, et les pièces dont elle se compose n'ont pas été publiées » (*Catalogue, op. cit.*, p. 101). « La façon dont Legros comprenait et interprétait le romancier américain me fit renoncer à la publication », écrira Malassis à Tourneux. Mais dans son exemplaire personnel du *Catalogue*, Thibaudeau a ajouté : « Cadart a cependant fait un tirage de cinq numéros. » En fait, l'ensemble de ces planches, la plupart en unique état, se trouve à la Public Library de Boston. Il provient de la collection Frank E. Bliss. Voir Arthur V. Heintzelman, « Legros' Illustrations for Poe's Tales », *Boston Public Library Quarterly*, 1956, p. 43-48. La Bibliothèque nationale n'en possède que quelques épreuves.

On citera aussi, parce qu'elles prouvent l'amitié reconnaissante portée au poète par l'artiste, les eaux-fortes suivantes : un portrait de Baudelaire (_ICO_, nᵒ 158), _Le Savant endormi_ (_ICO_, nᵒ 159; _Album_, p. 229), _Le Mendiant_ et _La Veillée mortuaire_, deux eaux-fortes reprises au pinceau pour Baudelaire (selon une note de Poulet-Malassis) et conservées au cabinet des Estampes de la Bibliothèque nationale (DC. 310ᵈ, réserve).

3. C'est _griffonnage_ et non _gribouillage_ qu'emploie Diderot, ainsi que nous le fait remarquer Morris Wachs, qui nous signale l'article de Gita May, « Diderot devant la magie de Rembrandt » (_P.M.L.A._, septembre 1959, p. 390). Voici le passage du _Voyage en Hollande_, qui contribua à la formation de l'image des Pays-Bas en France et dont Baudelaire s'est peut-être souvenu dans _L'Invitation au voyage_ en prose : les Hollandais « aiment les tableaux, les gravures et les dessins; un griffonnage à l'eau-forte de la main de Rembrandt est d'une valeur exorbitante. Ils se jettent avec fureur sur toute la marchandise de l'Inde et de l'Asie. Les maisons regorgent de porcelaines, de bijoux en argent et en or, de diamants, de meubles et d'étoffes précieuses » (_Œuvres_ de Diderot, édition Assézat-Tourneux, t. XVII, p. 408; édition Brière, t. XXVI, 1821, p. 254). Gita May fait remarquer que _griffonnage_ n'a pas la nuance péjorative de _gribouillage_ et que Gersaint et Bartsch dans leur _Catalogue raisonné_ utilisent le terme technique _griffonnement_ pour désigner la catégorie d'études préparatoires et non terminées de Rembrandt.

4. Les _Eaux-fortes sur Paris_ de Meryon avaient été imprimées par Delâtre en 1852. Cadart n'a pas joué de rôle important dans la vie artistique de Meryon, lequel avait d'ailleurs biffé la plupart des cuivres de la série sur Paris.

Page 741.

1. Passage repris du _Salon de 1859_ ; voir p. 666-667.

2. Jules Niel, bibliothécaire au ministère de l'Intérieur, mort à Paris le 29 janvier 1872. Niel vendit plus tard le cuivre de la _Vue de San Francisco_ à Cadart.

Page 742.

L'ŒUVRE ET LA VIE D'EUGÈNE DELACROIX

L'Opinion nationale, 2 septembre, 14 novembre et 22 novembre 1863 _(1863)_.
L'Art romantique, Michel Lévy frères, 1868 _(AR)_.

Dans _L'Opinion nationale_, un quotidien, la première partie est en « Variétés », les deuxième et troisième en feuilleton. Les citations sont imprimées en caractères plus petits; nous les avons laissées en corps normal; en effet, à l'exemple des éditeurs de _L'Art romantique_, nous n'avons pas reproduit à sa place la fin de l'article sur *Les Peintures murales* qui mérite donc de recevoir ici sa pleine lisibilité. Titre : *Au Rédacteur. À propos d'Eugène Delacroix.* Ce rédacteur, en fait le directeur, est Adolphe Guéroult (1810-1872), saint-simonien d'obédience, puis de fidélité. Après avoir collaboré à différents journaux, notamment à *La Presse,* dont il fut un moment le rédacteur principal, il fonda *L'Opinion nationale* en septembre 1859. Il venait d'être élu au Corps législatif lorsque mourut Delacroix. Sainte-Beuve, dans *Le Constitutionnel* du 12 janvier 1863, avait rendu compte de ses *Études de politique et de philosophie religieuse* (article recueilli au tome IV des *Nouveaux Lundis*). Élu du parti démocratique, comme libéral et utilitariste, il n'en était pas moins favorable au gouvernement impérial.

Texte adopté : celui de 1863 (moins les fautes typographiques), en raison, notamment, d'une modification apportée par Baudelaire ou, plus vraisemblablement, par les éditeurs en 1868 (elle concerne Gautier ; voir p. 765). Mais il nous a paru impossible de renoncer au titre que cette étude porte dans *L'Art romantique,* dont elle ouvre le volume : *L'Œuvre et la vie d'Eugène Delacroix.* Baudelaire a manifesté par deux fois, à la fin de sa vie, son intention de recueillir cet essai, dans son plan dressé pour J. Lemer et dans sa note pour H. Garnier (*CPl,* II, 444 et 591), respectivement sous ces titres : « L'œuvre, la vie et les mœurs d'Eugène Delacroix », « La vie et les œuvres de Delacroix ». Ainsi peut s'expliquer le remaniement de la phrase sur ou plutôt contre Gautier (p. 765, var. *b* et n. 2).

Delacroix mourut le 13 août 1863. Les obsèques eurent lieu le lundi 17 : Baudelaire y assista (*CPl,* II, 313).

Sur la préparation de l'article et l'argent escompté voir le *Carnet,* feuillets 99, 102, 104-111.

Baudelaire écrit à Chenavard, le 25 novembre 1863, que ses articles « ont beaucoup fait *gueuler* », et à sa mère, le même jour : « Le *Delacroix* a soulevé beaucoup de colères et d'approbations » (*CPl,* II, 331, 333). En fait, il est difficile, sinon impossible, de prouver de telles assertions. Au reste, si le premier article parut quand le public pouvait être encore ému de la mort de Delacroix, l'intervalle qui sépare le deuxième du premier et le moment où parurent le deuxième et le troisième sont de nature à laisser entendre le contraire. Que plus de deux mois se soient écoulés entre les publications de deux parties qui forment un ensemble démontre surtout le peu d'empressement de *L'Opinion nationale,* et sans doute le manque d'intérêt prêté par la direction du quotidien au public.

On remarquera les réserves qu'à l'endroit de Delacroix contient cet essai (p. 744, milieu ; p. 760, fin ; etc.) et l'on se reportera au livre d'Armand Moss sur *Baudelaire et Delacroix.* De plus, on remarquera les répétitions que s'autorise Baudelaire de passages déjà publiés par lui, dans de petites revues il est vrai : c'est le dernier essai de quelque étendue.

1. 1846, plutôt (voir p. 1252). _La Silhouette_ du 24 mai 1846 fait ainsi parler Baudelaire dans les bureaux du _Corsaire-Satan_ : « Eugène Delacroix me disait hier... » (_Bdsc_, 83).

Page 743.

_a._ et plus appropriées que   _AR_

1. Ce plafond : _La Paix venant consoler les hommes_, a disparu dans l'incendie de la Commune, en même temps que des éléments de la décoration de ce Salon. Sur toutes ces œuvres voir l'ouvrage de Maurice Sérullaz, _Les Peintures murales d'Eugène Delacroix_ (Les Éditions du Temps, 1963).

2. L'_Histoire des artistes vivants_ de Th. Silvestre a connu plusieurs éditions à partir de 1856 (voir _BET_, 126), après avoir été publiée par livraisons. Baudelaire avait emprunté l'exemplaire de Poulet-Malassis, le sien étant sans doute à Honfleur (_CPl_, II, 321).

3. Baudelaire déclare avoir de même renoncé à dresser le catalogue de l'œuvre de Daumier (p. 555, note).

4. Néologisme. La correction de 1868 est-elle due à Baudelaire où à ses éditeurs ?

5. Sur ce mot voir le _Salon de 1859_ (p. 1397, n. 3 de la p. 636).

6. Cf. l'essai sur Gautier (p. 125) où se trouve un semblable palmarès.

Page 744.

_a._ d'une manière incomplète.   _AR_
_b._ C'est l'indivisible, c'est   _AR ; coquille, certainement._

1. On remarque la réserve et l'embarras avec lequel elle est exprimée.

Page 745.

_a._ les sympathies de tous les poètes; et   _AR_

1. Cf. p. 455 et 697 sq.

Page 746.

1. Voir _Le Musée classique du Bazar Bonne-Nouvelle_ (p. 408).

2. Voir p. 408 sq.

3. En fait, si l'on adopte les conclusions d'Armand Moss, qu'il est difficile de ne pas adopter, ces conversations sont anciennes et elles ont été peu nombreuses.

Page 747.

_a._ des choses de la chimie   _AR_

1. Ce paragraphe et le suivant sont extraits du _Salon de 1859_ (p. 624-625). On pourra remarquer quelques variantes entre les deux textes.

Page 748.

a. la propriété matérielle   *1863 et AR ; mais le « Salon de 1859 »
(p. 625) montre bien* propreté.

b. par de certains côtés   *AR ; le texte de 1863 est conforme à
celui du « Salon de 1859 » publié dans la « Revue française ».*

1. Jusqu'à la série de points qui termine la page 750, tout ce qui
suit est également repris du *Salon de 1859.* Après la série de points :
« L'imagination de Delacroix !... » (p. 751), et jusqu'à « ... font
toujours écho dans son esprit » (p. 751), c'est le cinquième chapitre
du *Salon de 1859* qui est mis à contribution. Voir p. 625-628 et
631-632. Quelques variantes.

Page 750.

a. universelle. Ainsi un *bon* peintre peut n'être pas un *grand*
peintre ; mais un   *AR*

Page 751.

a. même dans le *Triomphe de Trajan,*   *RFA*
b. admirateurs. Le *[pas d'alinéa]   RFA*

1. C'est le passage suivant (jusques à et y compris : « Mais, hélas !
à quoi bon, à quoi bon toujours répéter ces inutiles vérités ? »,
p. 753) que les éditeurs de 1868 ont supprimé à la fin de l'article
consacré aux *Peintures murales d'Eugène Delacroix,* pour éviter un
double emploi ; voir la note 2 sur la page 731 de ce texte. Pour ce
passage on dispose donc de trois textes : *Revue fantaisiste (RFA),
L'Opinion nationale, L'Art romantique.*
2. Voir *Exposition universelle de 1855* (p. 592). Le vrai titre est
La Justice de Trajan.

Page 752.

a. des contours d'une   *AR ; faute grave.*
b. origine. Un dessinateur-né *[pas d'alinéa]   RFA*

Page 753.

a. du tableau. Un *[pas d'alinéa]   RFA*
b. de toute pensée secrète.   *AR ; coquille sans doute.*
c. beaucoup moins cette rhétorique   *AR*

1. Cf. *Un fantôme,* 1, *Les Ténèbres,* v. 14 (t. I, p. 38).
2. Ici s'arrête la première partie de l'étude publiée, le 2 septembre
1863, dans *L'Opinion nationale.*

Page 754.

1. *Des variations du Beau* avait paru dans la *Revue des Deux Mondes*
du 15 juillet 1857 ; *Prud'hon, ibid.,* 1er novembre 1846 ; *Charlet, ibid.,*
1er juillet 1862. Poussin, dans *Le Moniteur universel* des 26, 29 et
30 juin 1853. J. Crépet, qui donnait ces indications, montrait que

Baudelaire avait servi d'intermédiaire entre Delacroix et Poulet-Malassis, l'éditeur (sans doute à ce incité par Baudelaire lui-même) désirant publier le recueil des articles du peintre. Delacroix déclina l'offre par une lettre du 17 février 1858 à Baudelaire (*LAB*, 115-116) : il devrait remanier ces articles ; d'autre part, il venait de refuser cette faveur à Théophile Silvestre.

2. Baudelaire lui-même, à n'en pas douter.

Page 755.

1. Sur Baudelaire et Emerson, voir t. I, p. 673.

2. Voir, p. 709, n. 5, une preuve de l'admiration de Baudelaire pour Montesquiou dans ces années.

3. Au Louvre. J. Crépet avait repéré l'article de Saint-Victor dans *La Presse* du 13 septembre 1863. On constate ainsi : 1) ou bien que la deuxième partie de cette étude n'était pas écrite quand, le 2 septembre, parut la première, ou bien que Baudelaire a ajouté cet élément de comparaison dans un manuscrit déjà déposé à *L'Opinion nationale,* pour renforcer sa démonstration ; en effet, cette comparaison n'a pas de nécessité structurale dans le tissu du texte, puisqu'on peut lier directement à la phrase : « Je puis vous fournir... féconde et poétique », celle-ci : « Je copie simplement... » 2) Que, de toute manière, entre la composition de cette phrase ou son insertion *a posteriori,* il s'est écoulé beaucoup plus de temps que prévu : « ces jours derniers », une telle expression s'applique mal, dans un article du 14 novembre 1863, à un article paru deux mois auparavant. Sur Paul de Saint-Victor voir *CPl,* II, 1032 et Index ; *LAB,* 351-352. Les relations qu'il entretint avec Baudelaire furent distantes et cordiales. Ici, Baudelaire lance une flèche, fleurie, mais acérée. En mai 1863, dernier témoignage conservé, Baudelaire avait recommandé une actrice, Mme Deschamps, à Saint-Victor (*CPl,* II, 298). Faut-il penser qu'il se venge du silence du critique ?

4. Baudelaire avait été invité, en octobre 1851, à contempler ce plafond ; voir à ce sujet une lettre de Delacroix (*LAB,* 113-114).

Page 756.

1. Le conventionnel Delacroix ; mais on sait que, par suite d'une malformation qui lui survint, il fut sans doute mis hors d'état de procréer et que Talleyrand l'aurait remplacé dans cette mission.

Page 757.

1. J. Crépet indique que le tableau de Delacroix : *Richelieu disant la messe* ou *Le Cardinal de Richelieu dans sa chapelle du Palais-Royal,* exposé au Salon de 1831, avait péri au cours de la mise à sac du Palais-Royal et qu'une autre toile : *Corps de garde marocain,* avait un peu souffert, à l'occasion des mêmes événements de 1848. Voir aussi Champfleury, *Le Réalisme,* éd. G. et J. Lacambre, p. 121.

2. Naturaliste, Victor Jacquemont (1801-1832) voyagea dans l'Inde et au Tibet. Ami de Stendhal (qui incorpora dans *De l'amour*

un texte de Jacquemont) et de Mérimée, il avait en commun avec celui-ci un esprit voltairien, irrespectueux des choses religieuses. La *Correspondance de Victor Jacquemont avec sa famille et plusieurs de ses amis pendant son voyage dans l'Inde (1828-1832)* a été publiée en 1833 chez H. Fournier et fut rééditée en 1835, 1841, 1846 et 1861.

3. Sur Baudelaire et Mérimée, voir *CPl*, Index, et J. Crépet, *Propos sur Baudelaire*, p. 43-55.

Page 758.

a. aimait à façonner   *AR*
b. opinions de M. Delacroix   *AR*

1. Cette « propension » est aussi celle de Baudelaire : voir les *Journaux intimes* et, en particulier, la série *Hygiène* (t. I, p. 668 sq.).
2. Voir p. 1441.
3. Giuseppe Ferrari (né à Milan en 1811 ; mort à Rome en 1876) se fixa à Paris en 1839 et rentra en Italie en 1859. Il avait publié l'*Histoire de la raison d'État* chez Michel Lévy frères en 1860. La correspondance de Baudelaire témoigne de l'intérêt que celui-ci porta à ce livre et à l'auteur. Il voulut faire figurer Ferrari dans sa galerie du dandysme littéraire en raison du caractère fataliste et apparemment désinvolte de la pensée qui s'exprimait dans le volume. Sur leurs relations voir *CPl*, Index.

Page 759.

a. une aisance de manières merveilleuses,   *AR ; coquille.*
b. Bonnington   *1863 et AR*

1. Voir, notamment, p. 580-581.
2. Ce sens de la nuance sociale est un trait commun à Delacroix et à Talleyrand : on se rappellera l'anecdote du rôti de bœuf au déjeuner offert par Talleyrand à des personnes de rang divers. Baudelaire fut lui-même victime de cette politesse condescendante de Delacroix : voir les lettres de celui-ci (*LAB*, 112-120).

Page 760.

a. Montézuma   *AR*
b. au delà et au-dessous   *AR*

1. Il est difficile d'affirmer que c'est là une faute d'impression. Le Larousse du XIXᵉ siècle indique à la notice sur Montezuma Iᵉʳ qu'en mexicain ce nom est Moctheuzoma. Baudelaire put disposer d'une source d'information que nous ignorons. Plutôt que Montezuma Iᵉʳ, qui fit cependant sacrifier un grand nombre de victimes humaines lors de son avènement, Baudelaire désigne Montezuma II qui multiplia ces sacrifices et que subjugua Cortez.
2. J. Crépet note qu'au début de sa carrière Delacroix avait fait quelques caricatures dans *Le Nain jaune* et *Le Miroir*, périodiques libéraux de la Restauration. — On remarquera la restriction que

suggère l'emploi de la préposition *au-delà de* : Baudelaire pense ici à Daumier.

3. Ici prend fin la deuxième partie de l'étude dans *L'Opinion nationale* du 14 novembre 1863.

Page 761.

1. « Je hais la foule et sa vulgarité » (Horace, *Odes*, III, 1, v. 1); *et arceo* : « et je les écarte ».

2. On sait que cette expression fut employée par Sainte-Beuve pour définir l'attitude d'Alfred de Vigny.

3. P. 755. Voir aussi t. I, p. 673.

4. Le livre de Liszt sur Chopin, écrit pour la plus grande partie par Mme d'Agoult, parut en 1852 (Paris, M. Escudier). Baudelaire connaissait-il le portrait de Chopin par Delacroix ?

5. Allusion aux visites faites par le jeune Charles, en compagnie de son père, dans les ateliers, avant 1827.

Page 762.

a. Delacroix se fait l'esclave *AR*

1. Elle aura lieu en février; voir l'exorde de la conférence prononcée à Bruxelles sur Delacroix (p. 774).

2. En fait — nous suggère Jacqueline Wachs —, si Baudelaire pense bien à ce passage du livre XII des *Confessions* (*Œuvres complètes*, Bibl. de la Pléiade, t. I, p. 643), il l'a interprété dans son propre sens. Rousseau : « Après le déjeuner, je me hâtois d'écrire en rechignant quelques malheureuses lettres, aspirant avec ardeur à l'heureux moment de n'en plus écrire du tout. Je tracassois quelques instans autour de mes livres et papiers, pour les déballer et arranger pluſtot que pour les lire; et cet arrangement qui devenoit pour moi l'œuvre de Penelope me donnoit le plaisir de muser quelques momens, après quoi je m'en ennuyois et le quittois pour passer les trois ou quatre heures qui me reſtoient de la matinée à l'étude de la botanique [...]. »

3. Voir t. I, p. 668 sq.

Page 763.

1. Voir *Le Crépuscule du soir* et *L'Examen de minuit* (t. I, p. 94 et 144).

2. Le second plat verso du *Théophile Gautier* (1859) annonce pour paraître : *Machiavel et Condorcet, dialogue philosophique,* dont Baudelaire écrit à sa mère, le 15 novembre 1859, qu'il « n'eſt même pas commencé » (*CPl*, I, 616-617; voir aussi 624). C'eſt Machiavel lui-même qui a raconté (*Œuvres complètes*, Bibl. de la Pléiade, [1952], p. 1434-1438) comment il avait composé *Le Prince*. Ce récit figure dans une lettre à Francesco Vettori (10 décembre 1513), imprimée pour la première fois par Ange Ridolfi en 1810. Le soir, après avoir chassé la grive, après avoir surveillé ses bûcherons et s'être rendu

dans une auberge où ses compagnons sont un boucher, un menuisier et deux chaufourniers, il se retire dans sa petite maison proche
de San Casciano, revêt des habits de cour et entre dans la société
des grands hommes de l'Antiquité; c'est en s'inspirant de leur
exemple qu'exilé, il écrivit *Le Prince*. Belle antithèse ! Cette lettre
avait été citée partiellement par Ginguené dans son *Histoire littéraire
d'Italie* (1819), complètement par Artaud de Montor dans la *Biographie* Michaud (1820). Balzac, dans *Illusions perdues,* évoque Machiavel écrivant *Le Prince,* le soir, « après avoir été confondu parmi les
ouvriers pendant la journée ». Voir Cl. Pichois, « Deux interpré-
tations romantiques de Machiavel, de Rousseau à Macaulay »,
Hommage au doyen Étienne Gros, Faculté des lettres et sciences
humaines d'Aix-en-Provence, Gap, Imprimerie Louis-Jean, 1959,
p. 211-218.

3. Sur elle, voir A. Moss, *Baudelaire et Delacroix,* p. 269-281.

4. Frédéric Villot est l'un des rares amis de Delacroix, qui le
mentionne fréquemment dans son journal.

Page 764.

1. Voir le Répertoire des artistes.

2. Voir *Quelques caricaturistes français,* p. 546-549.

Page 765.

a. une grande force de critique   *AR*

b. amère, *faite avec de l'encre et du cirage,* comme a dit autrefois
Théophile Gautier. / Mais   *AR ; voir n. 2.*

1. *La Barricade,* huile sur toile, a figuré au Salon de 1850-1851
et est maintenant au Louvre. Reproduction par J. Mayne, *The Painter of Modern Life,* pl. 32.

2. Voir la variante *b.* Mme Hamrick, dans sa thèse sur *The Role
of Gautier in the Art Criticism of Baudelaire* (Université Vanderbilt,
1975, dactyl.), a repéré un article de Gautier dans *L'Artiste* du
3 mai 1857, article repris dans *Portraits contemporains* (Charpentier,
1874, p. 299) : c'est un compte rendu de l' « Exposition des œuvres
de Paul Delaroche au Palais des Beaux-Arts ». On y lit : « Le *Straf-
ford* afflige l'œil par l'abus des noirs, qui ont un fâcheux ton de
cirage. » Mais, remarque-t-elle justement, le mot *cirage* ne figure pas
dans le texte de *L'Opinion nationale*. Il faut donc recourir à un article
plus ancien de Gautier pour retrouver les deux termes dépréciatifs
présents dans *L'Art romantique*. Dans *La Presse* du 10 mars 1837,
rendant compte du Salon de cette année-là, Gautier avait écrit de
la même œuvre de Delaroche : « cette toile semble peinte avec de
l'encre, de la teinte neutre et du cirage » (Gautier a sans doute
utilisé en 1857 son article de 1837).

On sait que le collégien Baudelaire lisait dans *La Presse,* en 1838,
les critiques d'art de Gautier (*CPl,* I, 58). Toutefois, les lisait-il
dès 1837 ? Et pouvait-il se rappeler cette lecture en 1863 ? Gautier,

dans une conversation, serait-il revenu à la formule de 1837 ?

Par qui cette formule précisée a-t-elle été consignée dans le texte de *L'Art romantique* (voir p. 1441) ? Cette question est liée à une autre. Qui a supprimé l'attaque contre Gautier — Baudelaire ou Asselineau et Banville ? De toute manière, cette attaque ne pouvait subsister dans un volume qui contenait aussi le texte du *Théophile Gautier,* vrai dithyrambe, et qui appartenait aux *Œuvres complètes* préfacées par Gautier lui-même.

L'hypothèse suivante n'est peut-être pas à écarter : après avoir supprimé l'attaque, Asselineau et Banville auraient demandé à Gautier de préciser l'allusion.

Quant à l'attaque (qui n'est pas la seule, si l'on en juge par les pages 8 et 18, mais qui est la seule à cette date) elle s'explique par un mouvement d'humeur, visible dans un billet de Baudelaire à Gautier en date du 21 août 1863 : le premier y reproche au second de n'avoir pas fait appel à lui pour écrire un article sur Delacroix (voir *CPl,* II, 314 et 820-821).

3. Lyon; voir *L'Art philosophique* (p. 601).

Page 766.

a. (rappelez-vous la   AR. *En 1863* manque le *de, pour cette raison placé entre crochets.*

1. Chenavard, ayant lu l'article, en remercia Baudelaire, qui lui répondit le 25 novembre 1863 (*CPl,* II, 331-332), promettant de lui faire place dans *L'Art philosophique.*

2. On ne retrouvera pas cette invocation telle quelle à la fin d'un sonnet de Michel-Ange. Baudelaire cite de mémoire et magnifie ce que le sculpteur avait écrit au second quatrain du sonnet XII où l'artiste se demande pourquoi une sculpture dure plus longtemps que l'homme dont elle fut l'ouvrage :

« L'effet ici l'emporte sur la cause, et l'art triomphe de la nature même. Je le sais, moi pour qui la sculpture ne cesse d'être une amie fidèle, tandis que le temps, chaque jour, trompe mes espérances » (*Poésies de Michel-Ange Buonarroti,* traduction A. Varcollier, Paris, Hesse, 1826, p. 27).

Texte original :

> *Io 'l so ch'amica ho sì l'alma scultura,*
> *E veggo il tempo omai rompermi fede.*

3. Cf. *Mon cœur mis à nu,* XXVII, 48 (t. I, p. 693).

4. Voir la lettre à Mme Aupick du 5 décembre 1863 (*CPl,* II, 336) environ, déjà citée à propos de l'essai sur Guys (p. 1427).

Page 767.

a. femme *certaine chose*   AR

1. Baudelaire éprouve devant l'enfance des sentiments contradictoires ou, plutôt, devant l'enfant et l'enfance. L'enfant n'est qu'un petit voyou. Mais l'enfance est un état de poésie : voir *Un mangeur*

d'opium (t. I, p. 498) et *Le Peintre de la vie moderne* (p. 690). Léon Cellier a consacré une étude à « Baudelaire et l'enfance » (*Baudelaire. Actes du colloque de Nice*, 25-27 mai 1967, *Annales de la Faculté des lettres de Nice*, deuxième trimestre 1968, p. 67-77).

Page 768.

a. s'il s'agissait de choses importantes.   *AR*

1. En fait, Baudelaire devait partager ce sentiment, dans son for intérieur.

Page 769.

1. Baudelaire cite de mémoire. Voici ce que Stendhal avait écrit dans *De l'amour* (Michel Lévy frères, 1853, p. 243, fragment 61) :

« Gœthe, ou tout autre homme de génie allemand, estime l'argent ce qu'il vaut. Il ne faut penser qu'à sa fortune tant qu'on n'a pas six mille francs de rente, et puis n'y plus penser. Le sot, de son côté, ne comprend pas l'avantage qu'il y a à sentir et penser comme Gœthe; toute sa vie il ne sent que par l'argent et ne pense qu'à l'argent. C'est par le mécanisme de ce double vote que dans le monde les prosaïques semblent l'emporter sur les cœurs nobles. »

Page 771.

VENTE DE LA COLLECTION
DE M. EUGÈNE PIOT

Figaro, 24 avril 1864 *(F)*.
L'Art romantique, Michel Lévy frères, 1868 *(AR)*.

Texte retenu : celui du *Figaro*.

Baudelaire n'a jamais manifesté le désir de recueillir cet article. Ce sont Asselineau et Banville qui ont décidé de l'insérer dans *L'Art romantique,* où le titre réduit le prénom de Piot à l'initiale.

Eugène Piot (né en 1812), à la fois grand voyageur et collectionneur avisé, avait accompagné en Espagne son ami Théophile Gautier, qui lui dédia *Tras los montes.* En septembre 1842, dans *Le Cabinet de l'amateur et de l'antiquaire,* il publia, à la suite d'un article de Gautier sur Goya, le « Catalogue raisonné » de l'œuvre de celui-ci. En 1864, souffrant, il éprouva le besoin de voyager et se crut obligé de vendre sa collection. On lit, dans la notice qu'Edmond Bonnaffé lui a consacrée (Étienne Charavay, 1890) : la vente « comprenait des bronzes, des marbres, des terres cuites, des faïences, des peintures, des antiquités et des médailles. *L'Harpocrate* de la collection Fould, la *Sainte Élisabeth* de Raphaël, la *Tête de Michel-Ange,* le *Tondo* de Donatello et la *Coupe de bronze* des Contarini figuraient à la vente et furent rachetés par le vendeur : l'*Harpocrate* 3 220 fr.;

la *Sainte Élisabeth,* 20 000; le *Michel-Ange,* 10 000 fr.; le *Donatello,* 2 500 fr.; et la *Coupe,* 3 050 fr. ». Piot se remit et entreprit de nombreux voyages après sa vente.

1. Le dimanche 24 avril 1864, Baudelaire était dans le train de Bruxelles. Cet article est le dernier qu'il a écrit à Paris.

Page 772.

a. Meissonnier   F
b. à l'activité de   AR

1. Rosalba Carriera, pastelliste italienne (1675-1757).
2. Charles Sauvageot (1781-1860), violoniste, réunit une très belle collection d'objets de la Renaissance et la légua au musée du Louvre. On peut le comparer au cousin Pons.

Page 773.

[EXORDE DE LA CONFÉRENCE
FAITE À BRUXELLES EN 1864]

SUR EUGÈNE DELACROIX

SON ŒUVRE, SES IDÉES, SES MŒURS

Manuscrit (4 p. in-4°) dans la collection Louis Clayeux. Le titre est au crayon; le texte, à l'encre *(ms).* Texte retenu.
Première publication, par Adolphe Piat, dans *L'Art,* juillet 1902.
Première publication en volume, par J. Crépet, *L'Art romantique,* Conard, 1925, p. 440-442.

C'est le 2 mai 1864 qu'au Cercle artistique et littéraire de Bruxelles, Baudelaire fit sa conférence sur Delacroix : voir les billets d'invitation que, le 30 avril, il adresse à Gustave Frédérix et à l'éditeur Albert Lacroix *(CPl,* II, 361). Sa conférence, ou plutôt sa lecture, car, après cet exorde — une *captatio benevolentiæ*—, il lut son article nécrologique, *L'Œuvre et la vie d'Eugène Delacroix* (p. 742) ; du moins, une partie de celui-ci. Dans son numéro du 29 mai 1864 *La Chronique des arts et de la curiosité,* dirigée par Édouard Houssaye, signale cette conférence, ajoutant que Baudelaire « a obtenu un véritable succès ». En fait, Baudelaire n'eut que peu d'auditeurs et fut mal rémunéré.
Voir un autre exorde de conférence, t. I, p. 519.

a. Je [veux parler de   *biffé*] fais allusion à   *ms.*
b. ce fut [une surprise générale   *biffé*] pour   *ms.*

1. Les sentiments de Baudelaire à l'égard de la Belgique et même de Rubens allaient bientôt changer. Voir *Pauvre Belgique !,* p. 932.

Page 774.

a. abriter [leurs   *biffé*] les dernières [heures   *biffé*] convulsions de leur vie.   *ms.*

b. et [quelques   *biffé*] deux heures   *ms.*

c. une [nouv⟨elle⟩   *biffé*] noblesse [nouvelle   *biffé*] personnelle *ms.*

d. sans [haine et sans   *biffé*] une explosion de haine   *ms.*

e. Ces cinq derniers mots, ajoutés.   *ms.*

f. ceux-là *a été ajouté.*   *ms.*

g. qu'ils [éprouvaient   *biffé*] craignaient   *ms.*

1. Voir « *La servante au grand cœur...* » (t. I, p. 100).

2. La vente des œuvres de l'atelier de Delacroix eut lieu du 15 février au 1er mars 1864. Le 6 mars, *La Chronique des arts et de la curiosité* cite, avec des « etc. », les noms de ceux qui ont assisté à la vente. Celui de Baudelaire n'est pas mentionné. Cette vente « rapporta trois cent soixante mille francs. Trois mois auparavant, Baudelaire avait vendu le droit aux traductions d'Edgar Poe pour deux mille francs. L'inégalité des deux destins continuait de se manifester » (A. Moss, *Baudelaire et Delacroix*, p. 203).

3. Alfred Stevens (1823-1906), peintre de genre et portraitiste — à qui François Boucher a consacré un livre (Rieder, « Maîtres de l'art moderne », 1930 — est le frère du marchand de tableaux Arthur Stevens, qui avait contribué à faire venir Baudelaire en Belgique. Voir p. 962.

Page 775.

a. dans [sa vanit⟨é⟩   *biffé*] *son orgueil   ms.*

b. furie de [moutons   *biffé*] *bourgeois   ms.*

c. mort *est ajouté au-dessus de la ligne   ms.*

d. de [s'entêter   *biffé*] *s'obstiner   ms.*

e. de la [race   *biffé*] *nature humaine.* | [Messieurs, je commence; *biffé*] Quelques jours   *ms.*

1. *Ceci* était composé avant la vente.

Page 777.

CRITIQUE MUSICALE

NOTICE

Cette section est la plus brève. Elle n'est pas la moins dense. L'essai sur Wagner appartient à la fin de la grande époque créatrice de Baudelaire, les années 1859-1860. On en comprend mieux la nécessité quand on lit la lettre que Baudelaire adresse à Wagner (ils sont tous deux à Paris) et qui est comme l'esquisse de l'essai.

« Vendredi 17 février 1860.

    « Monsieur,

    « Je me suis toujours figuré que si accoutumé à la gloire que fût un grand artiste, il n'était pas insensible à un compliment sincère, quand ce compliment était comme un cri de reconnaissance, et enfin que ce cri pouvait avoir une valeur d'un genre *singulier* quand il venait d'un Français, c'est-à-dire d'un homme peu fait pour l'enthousiasme et né dans un pays où l'on ne s'entend guère plus à la poésie et à la peinture qu'à la musique. Avant tout, je veux vous dire que je vous dois *la plus grande jouissance musicale que j'aie jamais éprouvée*. Je suis d'un âge où on ne s'amuse plus guère à écrire aux hommes célèbres, et j'aurais hésité longtemps encore à vous témoigner par lettre mon admiration, si tous les jours mes yeux ne tombaient sur des articles indignes, ridicules, où on fait tous les efforts possibles pour diffamer votre génie. Vous n'êtes pas le premier homme, Monsieur, à l'occasion duquel j'ai eu à souffrir et à rougir de mon pays. Enfin l'indignation m'a poussé à vous témoigner ma reconnaissance; je me suis dit : je veux être distingué de tous ces imbéciles.

    « La première fois que je suis allé aux Italiens pour entendre vos ouvrages, j'étais assez mal disposé, et même, je l'avouerai, plein de mauvais préjugés; mais je suis excusable; j'ai été si souvent dupe; j'ai entendu tant de musique de charlatans à grandes prétentions. Par vous j'ai été vaincu tout de suite. Ce que j'ai éprouvé est indescriptible, et si vous daignez ne pas rire, j'essaierai de vous le traduire. D'abord il m'a semblé que je connaissais cette musique, et plus tard en y réfléchissant, j'ai compris d'où venait ce mirage; il me semblait que cette musique était *la mienne*, et je la reconnaissais comme tout homme reconnaît les choses qu'il est destiné à aimer. Pour tout autre que pour un homme d'esprit, cette phrase serait immensément ridicule, surtout écrite par quelqu'un qui, comme moi, *ne sait pas la musique,* et dont toute l'éducation se borne à avoir entendu (avec grand plaisir, il est vrai) quelques beaux morceaux de Weber et de Beethoven.

    « Ensuite le caractère qui m'a principalement frappé, ça a été la grandeur. Cela représente le grand, et cela pousse au grand. J'ai retrouvé partout dans vos ouvrages la solennité des grands bruits, des grands aspects de la Nature, et la solennité des grandes passions de l'homme. On se sent tout de suite enlevé et subjugué. L'un des morceaux les plus étranges et qui m'ont apporté une sensation musicale nouvelle est celui qui est destiné à peindre une extase religieuse. L'effet produit par l'*introduction des invités* et par la *fête nuptiale* est immense. J'ai senti toute la majesté d'une vie plus large que la nôtre. Autre chose encore : j'ai éprouvé souvent un sentiment d'une nature assez bizarre, c'est l'orgueil et la jouissance de comprendre, de me laisser pénétrer, envahir, volupté vraiment sensuelle, et qui ressemble à celle de monter dans l'air ou de rouler sur la mer. Et la musique en même temps respirait quelquefois l'orgueil de la vie. Généralement ces profondes harmonies me paraissaient ressembler à ces excitants qui accélèrent le pouls de l'imagination. Enfin, j'ai éprouvé aussi, et je vous supplie de ne pas rire, des sensations qui dérivent probablement de la tournure de mon esprit et de mes préoccupations fréquentes. Il y a partout quelque chose d'enlevé et d'enlevant, quelque chose aspirant à monter plus haut, quelque chose d'excessif et de superlatif. Par exemple, pour me servir de comparaisons empruntées à la peinture, je suppose devant mes yeux une vaste étendue d'un rouge sombre. Si ce rouge représente la passion, je le vois arriver graduellement, par toutes les transitions de rouge et de rose, à l'incandescence de la fournaise. Il semblerait difficile, impossible même d'arriver à quelque chose de plus ardent; et cependant une dernière fusée vient tracer un sillon plus blanc sur le blanc qui lui sert de fond. Ce sera, si vous voulez, le cri suprême de l'âme montée à son paroxysme.

« J'avais commencé à écrire quelques méditations sur les morceaux de *Tannhäuser* et de *Lohengrin* que nous avons entendus; mais j'ai reconnu l'impossibilité de tout dire.

« Ainsi je pourrais continuer cette lettre interminablement. Si vous avez pu me lire, je vous en remercie. Il ne me reste plus à ajouter que quelques mots. Depuis le jour où j'ai entendu votre musique, je me dis sans cesse, surtout dans les mauvaises heures : *Si, au moins, je pouvais entendre ce soir un peu de Wagner !* Il y a sans doute d'autres hommes faits comme moi. En somme vous avez dû être satisfait du public dont l'instinct a été bien supérieur à la mauvaise science des journalistes. Pourquoi ne donneriez-vous pas quelques concerts encore en y ajoutant des morceaux nouveaux ? Vous nous avez fait connaître un avant-goût de jouissances nouvelles; avez-vous le droit de nous priver du reste ? — Une fois encore, Monsieur, je vous remercie; vous m'avez rappelé à moi-même et au grand, dans de mauvaises heures.

« CH. BAUDELAIRE.

« Je n'ajoute pas mon adresse, parce que vous croiriez peut-être que j'ai quelque chose à vous demander. »

Baudelaire le dit bien : son éducation se borne à avoir entendu quelques beaux morceaux de Weber et de Beethoven. Si la musique est souvent présente dans sa poésie, si sa poésie, avant celle des symbolistes, cherche parfois à reprendre son bien à la musique, il s'en faut que les musiciens soient aussi souvent présents dans son œuvre de création et de critique que les peintres, sculpteurs, graveurs. Weber est associé à Delacroix dans la strophe des *Phares* comme dans une page du *Salon de 1846* et dans le commentaire de la strophe que donne l'article sur l'Exposition de 1855. Par l'intermédiaire de la symphonie la poésie de Gautier sur l'horloge d'Urrugne est associée à Beethoven. La place faite à celui-ci est plus grande dans la notice sur Banville : « Beethoven a commencé à remuer les mondes de mélancolie et de désespoir incurable amassés comme des nuages dans le ciel intérieur de l'homme » : c'est le début d'une histoire en raccourci du romantisme. Son nom apparaît comme un titre dans une liste qui accompagne la série du manuscrit dit des _Douze poèmes_ (1851-1852) : recouvre-t-il alors le poème _La Musique ?_ Avec Haydn, Mozart et Weber son nom figure encore dans une liste d'artistes qui ont inspiré Delacroix et que Baudelaire adresse au peintre Henri Fantin-Latour pour son _Hommage à Delacroix_ ou pour un _Delacroix reçu aux champs Élysées._ C'est peu. C'est beaucoup, si l'on pense à l'importance de _La Musique_ dans _Les Fleurs du mal._

Ses amis Champfleury et Barbara le renforçaient dans ce goût pour la musique, en pratiquant la musique de chambre : Allemands et Autrichiens du XVIIIe siècle et du romantisme. La musique française était alors dans un marais, entre deux sommets, Berlioz et Debussy. Avant, après, Baudelaire aurait eu plus de chance. Ernest Reyer, qu'il rencontre chez Mme Sabatier, est un bon, un sage musicien : Baudelaire s'intéresse à lui, ou feint, à partir de 1861 ; il lui envoie ses livres jusqu'aux _Épaves_ comprises. C'est le plus digne. Sinon : Victor Robillard, à qui il remet le manuscrit du _Jet d'eau_ — Robillard, l'auteur de la musique de _L'Amant d'Amanda ;_ Jules Cressonois, qui dirigea les musiques des cuirassiers de la Garde impériale, des guides et de la gendarmerie, tout en mettant en musique _Harmonie du soir_ et _L'Invitation au voyage ;_ Chorner, un compositeur belge ; sans compter beaucoup de Fossey dont la musique est exécutée dans les fosses des orchestres pour mélodrames.

Robillard est sans doute le moins ridicule, aux yeux de Baudelaire, à un moment où celui-ci rêve d'une alliance entre la poésie et la musique. Nouvelle alliance dont Pierre Dupont a pu être par lui considéré comme le Jean-Baptiste. Les _Chants et Chansons_ de Pierre Dupont dont Baudelaire a écrit la préface annonçaient dans leur dernier volume (1854) que le chansonnier avait composé des mélodies sur des poésies d'autres auteurs — en particulier de Baudelaire, ce qui pour celui-ci n'a pas été réalisé. Entre 1851 et 1854 on le voit cherchant cette collaboration à un niveau où il est difficile qu'elle s'établisse : s'il est tenté par la forme de la chanson, dont _L'Invitation au voyage_ est avec _Le Jet d'eau_ un merveilleux exemple, c'est qu'il souhaite cette renaissance de la poésie vraiment _lyrique,_ dont de grands exemples avaient été donnés par Marot et par Ronsard. Plus tard, Villiers de l'Isle-Adam lui offrira sans doute de vraies satisfactions en composant les mélodies du _Vin de l'assassin_ (vers 1863), puis de _La Mort des amants_ (vers 1865) et de _Recueillement_[2]. Plus tard, trop tard. La nouvelle alliance des arts

---

1. Voir p. 1091. Pour les noms des compositeurs précédemment cités, voir les Index des présentes _Œuvres_ et de la _Correspondance._
2. Voir _LAB,_ 385-386.

à laquelle Baudelaire devait nécessairement aspirer dans sa conception unitaire du monde et donc de l'esthétique, il en avait découvert la plus grandiose expression dans les opéras de Wagner.

À celui-ci, il s'intéresse depuis 1849 : le 13 juillet, il adresse à un mystérieux destinataire une lettre de recommandation au sujet d'un non moins mystérieux « M. *Schoman* » qui a dû quitter Dresde à la suite des journées révolutionnaires et qui désire publier une étude sur *Tannhäuser :* « Notre commune admiration pour *Wagner* me fait pressentir l'accueil favorable que vous réserverez à M. *Schoman.* » Et d'ajouter : « En lui donnant satisfaction, vous servirez la cause de celui que l'avenir consacrera le plus illustre parmi les maîtres[1]. » La connaissance que Baudelaire pouvait alors avoir de l'œuvre de Wagner était faible; sans doute était-elle réduite à l'audition de quelques rares morceaux[2] et à la lecture de l'analyse de *Tannhäuser* publiée par Liszt dans le *Journal des Débats* du 18 mai 1849.

Wagner venait de faire à Paris un très bref séjour. Lui-même, chassé de la Saxe par la répression de la révolution de mai 1849, il avait gagné Zurich, de là Paris, où il tomba en pleine épidémie de choléra et d'où il repartit peu après son arrivée. C'était son deuxième séjour à Paris, aussi ambigu de signification que l'avait été le premier (septembre 1839-avril 1842). En cette année 1849, ils sont au moins trois à s'intéresser à Wagner : Baudelaire — qui utilise la formule la plus éclatante —, Théophile Gautier cité dans la lettre de Baudelaire et sans doute informé par Nerval —, et Nerval.

La mention à la fois glorieuse et furtive de Wagner apparue sous la plume de Baudelaire en 1849 est la seule qu'on rencontre jusqu'en février 1860. Cependant, il est difficile de croire que Baudelaire sera resté insensible tout ce temps à l'intérêt que les wagnériens français portent à leur idole. Liszt est hors de cause : c'est par Wagner que Baudelaire entre en relation avec lui au mois de mai 1861. Mais Nerval publie dans *La Presse* des 18 et 19 septembre 1850, dans la *Revue et Gazette musicale de Paris* (22 septembre) et dans *L'Artiste* (1er octobre) des articles sur les fêtes de Weimar organisées en l'honneur de Herder et de Gœthe et aussi de Liszt et de Wagner : on représente *Lohengrin* pour la première fois. Gérard ne les a pas vues; il les décrit d'autant mieux[3]; ces articles seront partiellement recueillis dans *Lorely* (1852). Liszt, dans le *Journal des Débats* du 22 octobre 1850, attire l'attention du grand public sur *Lohengrin* comme précédemment il l'avait fait pour *Tannhäuser.* La Société Sainte-Cécile, sous la direction du chef d'orchestre belge Seghers, exécute le 24 novembre 1850 l'ouver-

---

1. *CPl*, I, 157.

2. Rappelons que *Rienzi* date de 1838, *Le Vaisseau fantôme* de 1842, *Tannhäuser* de 1845 et *Lohengrin* de 1847. *Tristan* ne sera achevé qu'en 1859.

3. Voir Gérard de Nerval, *Lettres à Franz Liszt*, publiées par Jean Guillaume et Cl. Pichois, « Bibliothèque de la faculté de philosophie et lettres de Namur », fascicule 52, 1972.

ture de *Tannhäuser*. A cette occasion Léon Leroy s'enthousiasme
pour le compositeur.

Wagner est revenu à Paris en février 1850. Puis en octobre 1853.
Séjours brefs : la police a l'œil ouvert sur ce dangereux révolutionnaire; elle lui fait savoir qu'elle le surveille.

En 1857 *Tannhäuser* est représenté à Wiesbaden devant des journalistes français : Gautier exprime sa satisfaction dans *Le Moniteur*
du 29 septembre 1857; Ernest Reyer — qui fut le conseiller musical
de Gautier (peu doué à cet égard, il affectait de dire que la musique
est le plus cher des bruits) —, dans *Le Courrier de Paris* du 30 septembre. Croyant que la France est favorablement disposée envers
lui, Wagner gagne Paris en janvier 1858. Il discute avec Émile
Ollivier de l'application en France des clauses de ses contrats allemands. Émile Ollivier a épousé Blandine, fille de Liszt et de la
comtesse d'Agoult et sœur de Cosima (qui n'est pas encore entrée
dans la vie de Wagner). Si la réalisation ne paraît pas répondre
à l'espoir, du moins des jalons ont-ils été posés. En septembre 1859
Wagner revient à Paris. Ses amis français : Auguste de Gaspérini
et Léon Leroy, les Ollivier, Champfleury, l'accueillent avec joie
et admiration. Pour préparer son entrée à l'Opéra, il va donner
au Théâtre-Italien, les 25 janvier, 1er et 8 février 1860, trois concerts,
dirigeant l'orchestre et les chœurs : ouverture du *Vaisseau fantôme*;
de *Tannhäuser,* l'entrée solennelle des conviés au Wartburg, le pèlerinage du héros à Rome et le chœur des pèlerins, le Venusberg;
le prélude de *Tristan*; de *Lohengrin,* le prélude, la marche des fian-
çailles, la fête nuptiale et l'épithalame. Wagner a fait distribuer une
brochure imprimée à Paris, intitulée *Concert* [sic] *de Richard Wagner*
et portant à la page de titre cette indication : « Dans l'impossibilité
de faire entendre en entier ses opéras, l'auteur se permet d'offrir
au public quelques lignes d'explications, qui lui feront mieux comprendre le sens des morceaux détachés qu'il lui soumet aujour-
d'hui[1]. »

Baudelaire mande à Poulet-Malassis le 10 février environ : « Si
vous aviez été à Paris, ces jours derniers, vous auriez entendu les
ouvrages sublimes de Wagner; ç'a été un événement dans mon
cerveau[2]. » Et il se moque d'Asselineau qui n'est pas allé aux
concerts parce que les Italiens étaient trop loin de chez lui et parce
qu'on lui avait dit que Wagner était républicain. Le 16 février, au
même : « Je n'ose plus parler de Wagner; on s'est trop foutu de
moi. Ç'a été, cette musique, une des grandes jouissances de ma vie;
il y a bien quinze ans que je n'ai senti pareil enlèvement[3]. » Le
17 février, c'est la grande lettre à Wagner. La réponse vint par

---

1. Cette brochure est extrêmement rare. James K. Wallace, qui
en a découvert un exemplaire, a offert de celui-ci une photocopie
au W. T. Bandy Center for Baudelaire Studies de l'Université
Vanderbilt.
2. *CPl*, I, 667.
3. *CPl*, I, 671.

l'intermédiaire de Champfleury[1]. Celui-ci est tout aussi enthousiaste. Sous le coup de la forte impression qu'il a reçue, il écrit et publie rapidement chez Bourdilliat, à l'enseigne de la Librairie nouvelle, un *Richard Wagner* dédié à Charles Barbara : le compositeur y est rapproché de Mozart et de Beethoven, de Goya et de Courbet. Un an plus tard, chez Poulet-Malassis, il fera figurer Wagner avec Balzac, Nerval et Courbet, dans ses *Grandes figures d'hier et d'aujourd'hui*. Achille Bourdilliat est un autre fervent admirateur : c'est lui qui en décembre 1860, sous la date de 1861, publie les *Quatre poèmes d'opéra* de Wagner : *Le Vaisseau fantôme, Tannhäuser, Lohengrin, Tristan et Iseult*, traduits par Challemel-Lacour et précédés d'une *Lettre sur la musique*. Baudelaire pensera à lui confier son propre essai[2].

Il avait « commencé à écrire quelques méditations sur les morceaux » qu'il avait entendus lors des concerts[3], — des « morceaux de poésie en l'honneur de l'auteur du *Lohengrin* », précise la *Revue anecdotique* de la seconde quinzaine de février 1860, informée sans doute par Poulet-Malassis. Puis, confiait-il à Wagner, il avait renoncé à ce projet. Mais l'impression persistait, sans rien perdre de sa vivacité, renforcée par l'audition de morceaux, comme l'épithalame de *Lohengrin*, dans une salle aussi profane que le Casino de la rue Cadet, plutôt mauvais lieu que temple wagnérien[4]. À la fin d'avril 1860[5], Baudelaire décide d'écrire « un grand travail » sur Wagner; « chose rude », ajoute-il. De fait, mention du travail revient sous sa plume de juillet 1860 au 25 mars 1861 : « en finir avec le *Wagner* », écrit-il ce jour-là[6]. Le 1er avril 1861, il apprend à sa mère que l'article Wagner a été enfin terminé : « improvisé en trois jours dans une imprimerie », ce qui a toute chance d'être vrai[7]. Il se connaît : « sans l'obsession de l'imprimerie, je n'aurais jamais eu la force de le faire[8] ».

À cette nécessité s'est ajoutée l'indignation éprouvée à l'occasion de la première de *Tannhäuser* à l'Opéra de Paris, le 13 mars 1861 : *indignatio facit libellum !* Cette lamentable histoire a été racontée cent fois, et par Wagner lui-même. On se rappelle la princesse de Metternich, son éventail, les abonnés — petits et vieux crevés — et le corps de ballet. Ce qui n'avait été pour la plupart des autres qu'un incident ou un malentendu prit aux yeux de Baudelaire l'importance que devait revêtir un tel refus.

1. *CPl*, I, 681.
2. *CPl*, II, 129 ; environ 10 février 1861.
3. Lettre à Wagner, 17 février 1860, citée *supra*.
4. *CPl*, II, 13 ; mi-mars 1860 ? Musard lui-même (Musard fils, sans doute) a selon une note manuscrite de Léon Leroy dirigé du Wagner, d'après une indication donnée par Maxime Leroy dans « Les Premiers Amis français de Wagner », *Wagner et la France*, numéro spécial de la *Revue musicale*, 1er octobre 1923, p. 34.
5. *CPl*, II, 35.
6. *CPl*, II, 137.
7. Voir p. 779, n. 1.
8. *CPl*, II, 140.

Publié dans la *Revue européenne* du 1ᵉʳ avril, daté du 18 mars, l'essai sur Wagner était, le 3 avril, envoyé à Mme Aupick, priée de le renvoyer au plus tôt, car la livraison de la revue avait été corrigée par Baudelaire. « Il faut — précisait-il — qu'il reparaisse immédiatement en brochure, *avec un supplément* », qu'on lui réclamait d'urgence[1]. Ce sera le post-scriptum : *Encore quelques mots,* de la plaquette publiée chez Dentu à la fin d'avril. Le post-scriptum était destiné à venger Wagner, obligé, après la troisième représentation[2], de faire retirer *Tannhäuser* de l'affiche. L'éditeur profitait du hourvari causé par l'odieux déni de justice.

Wagner quitta Paris à la fin de mars pour Bruxelles, Karlsruhe et Vienne. Puisqu'on ne pouvait à Paris entendre ses opéras, Champfleury et Baudelaire firent le projet de gagner Vienne pour y voir *Tristan*. Le 18 septembre 1861 Wagner est obligé de les faire prévenir par Gaspérini : « Je ne sais pas si ils *[sic]* ont pris ce propos trop au sérieux ; du moins c'était de la bonne volonté, et je me sens obligé de leur faire parvenir le retard de mon opéra. Voudriez-vous bien, mon cher ami, vous charger de leur dire ou écrire les nouvelles que je vous donne à cet égard. Dites leur aussi mes meilleures salutations[3]. »

Quelques pages écrites après l'audition de concerts en janvier et février 1860, d'un opéra en mars 1861 : une œuvre de circonstance ? Baudelaire n'y contredit pas : « ma brochure sur Wagner, œuvre de *circonstance* très méditée[4] ». On sait que toute œuvre est

---

1. *CPl*, II, 143-144.
2. C'est à l'occasion de l'une de ces trois représentations que Baudelaire a écrit à Auguste Lacaussade le billet suivant qui ne figure pas dans la *Correspondance* de la même collection ; il est reproduit en fac-similé dans le catalogue de l'exposition Richard Wagner, musée Galliera, 24 juin-17 juillet 1966, nº 170 :

« à M. Lacaussade

« Mon cher Monsieur, je reçois cette lettre de M. Giacomelli, avec deux stalles pour moi.
« J'excuse volontiers Wagner, parce qu'il ne s'occupe de rien, mais je n'excuse pas M. Giacomelli.

« C. B. »

Sur Lacaussade, directeur de la *Revue européenne*, où parut d'abord l'essai sur Wagner, voir l'Index de la *Correspondance*. Adolphe Giacomelli (né à Paris le 13 janvier 1821) se fit l'homme de confiance et l'imprésario de Wagner pendant le séjour de celui-ci à Paris et à Bruxelles. Il dirigea *Le Luth français* (1856-1857) et *La Presse théâtrale et musicale* (1860-1870) où il reproduisit l'essai de Baudelaire (voir *infra*) ; l'interruption de la publication, à la ligne 4 de notre page 791, interruption qui dut contrarier l'auteur, s'explique sans doute, comme l'avait suggéré J. Crépet dans son édition de *L'Art romantique*, par la mise en vente chez Dentu de la plaquette, que *La Presse théâtrale et musicale* avait annoncée dès le 28 avril.
3. Lettre exposée en 1968-1969 au Petit-Palais. Nº 612 du catalogue.
4. *CPl*, II, 129 ; 10 février 1861, à Bourdilliat.

de circonstance. Mais Baudelaire a compris ce texte parmi ceux qu'il retenait pour ses volumes de critique dans les deux listes qu'il établit en Belgique[1].

Œuvre « très méditée », en effet ; un des essais les plus personnels que Baudelaire ait écrits. Ce qui lui tient à l'esprit et à l'imagination intervient ici avec une force révélatrice du pouvoir catalysant que Wagner exerce sur lui : le système des correspondances (p. 784), la relation entre la musique et l'espace, entre les visions dues à la musique et celles que déchaîne la drogue (p. 785), la symbiose du créateur et du critique (p. 793), le déchirement du cœur humain par les deux principes qui veulent s'en assurer l'empire (p. 794), la férocité attachée à l'amour (p. 795), — l'univers baudelairien est ici présent, reflété, pour la dernière fois, juste après l'avoir été dans la seconde édition des *Fleurs du mal*. À quoi il faut ajouter ce qui n'apparaît pas dans ce recueil : le mépris, sinon la haine, de la France, victime de ses accès de snobisme et d'antisnobisme, étrangère à toute vraie poésie. Baudelaire ne connaît pas d'autre pays. Un sursis lui eût-il été accordé après son séjour en Belgique, n'aurait-il pas réclamé qu'on donnât Wagner à l'Opéra en 1871 ? Il y a parfois du Gobineau chez Baudelaire. C'est à un Anglais qu'il n'a pas rencontré, c'est à Swinburne, qu'il confie en 1863 : « Un jour, M. R. Wagner m'a sauté au cou, pour me remercier d'une brochure que j'avais faite sur *Tannhäuser*, et m'a dit : " *Je n'aurais jamais cru qu'un littérateur français pût comprendre si facilement tant de choses.* " N'étant pas exclusivement patriote, j'ai pris de son compliment tout ce qu'il avait de gracieux[2]. »

Wagner se déclara « enivré » des « belles pages » de Baudelaire[3]. A-t-il vraiment compris qui était Baudelaire, quelle place serait la sienne dans la poésie française et européenne ? On en peut douter. Catulle Mendès, dans des « Notes de voyage » adressées au *National* en 1869, rapportera que Wagner comptait la mort de Baudelaire et celle de Gaspérini « parmi les plus grands chagrins de sa vie[4] ». Ce n'est pas le poète qui est ici en cause, mais l'admirateur, l'ami français, le frère d'armes. Après tout, sans faire de Wagner un prétexte, Baudelaire avait en premier lieu découvert dans l'œuvre de celui-ci son propre reflet. Chaque grand créateur est seul. Chaque phare n'échange avec les autres que de furtifs éclairs. Ces saluts n'en sont que plus émouvants. Et l'on aime à se représenter Baudelaire chez les Hugo, rue de l'Astronomie à Bruxelles, s'adressant à la jeune femme de Charles Hugo : « Allons, quelques nobles accords de Wagner », et lui demandant le chœur des pèlerins, la marche

---

1. *CPl*, II, 445 et 591.
2. *CPl*, II, 325.
3. *LAB* 400 ; 15 avril 1861. Voir aussi la lettre du 4 avril 1861 (Richard Wagner, *Lettres à Hans de Bülow*, traduction Georges Khnopff, Crès, 1928, p. 131).
4. Cité par Maxime Leroy, p. 31 de l'article dont référence est donnée p. 1457.

des chevaliers ou la prière d'Élisabeth[1]. Ces accords seront les
derniers qu'il entendra quelques mois plus tard, de la main de
Suzanne Manet ou de Mme Paul Meurice, dans la maison de santé
du docteur Duval.

> *Adieu donc, chants du cuivre et soupirs de la flûte !*
>
> « Le Goût du néant. »

NOTES ET VARIANTES

Page 779.

RICHARD WAGNER
ET « TANNHÄUSER » À PARIS

Revue européenne, 1er avril 1861 ; titre : « Richard Wagner » *(RE)*.
La Presse théâtrale et musicale, 14 et 21 avril, 5 mai 1861 ; titre :
« Richard Wagner. »
Richard Wagner et « Tannhäuser » à Paris par Charles Baudelaire,
Paris, E. Dentu, 1861 *(RW)*.
L'Art romantique, Michel Lévy frères, 1868.

Texte adopté : celui de *L'Art romantique*, où l'on a systématiquement corrigé *Tannhaüser* en *Tannhäuser* (même faute dans le texte
de 1861). On remarquera que si ce texte en un point (var. *a* de la
page 795) est sans doute moins bon que ceux de 1861, en d'autres
points (notamment, var. *a* de la page 784 et var. *a* de la page 785)
L'Art romantique améliore les textes antérieurs.

On ne tient pas compte dans les variantes du texte de *La Presse
théâtrale*, qui n'est qu'une reproduction.
La Presse théâtrale indique qu'elle reproduit le texte de la *Revue
européenne*.
La plaquette est enregistrée à la *Bibliographie de la France* le
4 mai 1861. Le second plat verso de la couverture mentionne la
deuxième édition des *Fleurs* (parue en février) et, en préparation :
Réflexions sur quelques-uns de mes contemporains (deux volumes), c'est-
à-dire la matière de *Curiosités esthétiques* et de *L'Art romantique*,
plus les traductions de Poe. Dentu était l'éditeur de la *Revue européenne* : mention est faite dans la plaquette que le texte en reproduit
celui de la revue. Cependant, la plaquette apporte inédit le texte
du post-scriptum : *Encore quelques mots*, écrit après la représentation
et la chute de *Tannhäuser* à l'Opéra. J. Crépet a remarqué que ce
ne fut pas un succès de vente : cinq ans après la publication, *La*

---

1. Témoignage de Gustave Frédérix, *L'Indépendance belge*, 20 juin
1887 (*CPl*, II, 943-944).

Petite Revue, dans sa livraison du 14 avril 1866, annonce qu'elle est soldée à cinquante centimes; à la publication elle était vendue un franc.

1. Baudelaire pense aux concerts de janvier-février 1860 (voir p. 1456), ce qui permet de dater la rédaction de ce début, de mars 1861, puisque, trois paragraphes plus loin, Baudelaire mentionne la représentation du 13 mars 1861. L'article a donc bien été écrit en trois (ou en cinq) jours comme Baudelaire le confie à sa mère (p. 1457). Voir p. 808, n. 1.

2. Allusion au premier séjour de Wagner à Paris, de septembre 1839 à avril 1842.

3. François-Joseph Fétis (1784-1871), musicographe belge, compilateur de la *Biographie universelle des musiciens et bibliographie générale de la musique* (Bruxelles, Leroux, 8 vol., 1835-1844; réédition chez Firmin-Didot avec supplément et complément par Arthur Pougin, 1878-1880). Il fut l'un des adversaires acharnés de Wagner. Son réquisitoire avait paru dans la *Revue et Gazette musicale* en juin, juillet et août 1852.

Page 780.

a. entendues. Hier encore durait cette situation *RF ; la correction s'explique par la représentation de « Tannhäuser » à l'Opéra.*

1. *Dilettante* signifie sous la Restauration : tenant de la musique italienne et, en particulier, de celle de Rossini. Sous le second Empire le mot commence à prendre son sens moderne. *Dilettantiste* conserve pleinement le sens premier, musical, de *dilettante.*

2. *Le Moniteur,* 29 septembre 1857.

3. Publié dans le *Journal des Débats,* ce feuilleton sera recueilli par Berlioz en 1862 dans son volume intitulé *À travers champs.*

4. Le 13 mars 1861.

Page 781.

1. Paul Scudo (Venise, 1806; Blois, 1864), autre adversaire acharné de Wagner. Il collaborait à la *Revue des Deux Mondes,* dans laquelle il l'attaqua. Baudelaire avait pu le connaître par l'éditeur Victor Lecou chez qui Scudo publia en 1852 la première série de *Critique et Littérature musicales* et chez qui, lui, Baudelaire, devait publier une édition de luxe des *Contes* de Poe (voir la *Correspondance*).

Page 782.

1. Sur ce programme, voir p. 1456. La reproduction est fidèle, moins les italiques, qui sont de Baudelaire.

2. *Lohengrin et Tannhäuser de Richard Wagner,* Leipzig, F. A. Brockhaus, 1851. C'est peu après avoir publié sa plaquette sur Wagner et à propos de cette plaquette, qu'il lui a envoyée, que Baudelaire entre en relations avec Liszt (voir *CPl,* II, 162). Il lui dédiera *Le Thyrse*

(t. I, p. 335) et le mentionnera dans les notes de *Mon cœur mis à nu*
(t. I, p. 701).

Page 783.

1. Dans cette longue citation de Liszt les italiques sont de Baudelaire, sauf le mot *adagio* dans la dernière phrase. Baudelaire a omis ici
une expression; Liszt avait écrit : « aux colonnes d'opale, aux
ogives d'onyx, aux parois de cymophane » (James K. Wallace
dans *Buba*, V, 2; 9 avril 1970).

Page 784.

a de raconter, de traduire avec des paroles la traduction forcée
que   *RE* : de raconter, de traduire avec des paroles la traduction
inévitable que   *RW*

1. Sur l'interprétation de ces deux quatrains de *Correspondances,*
voir t. I, p. 839 sq.

Page 785.

a. qui apporte un   RE, RW

1. L'ensemble de ces impressions est un caractère essentiel du
psychisme de Baudelaire; voir, entre autres, *Élévation, La Musique,
Le Vin des amants* (t. I, p. 10, 68 et 109). En assistant aux concerts
de janvier-février 1860, Baudelaire traduit ainsi pour Poulet-
Malassis la jouissance qu'il a ressentie : un « enlèvement » (*CPl*, I,
671).

2. Autre caractère essentiel de l'esthétique baudelairienne : le
goût du grand, visible dans *La Géante* (t. I, p. 22), exprimé dans le
Salon de 1859 (p. 646).

3. Cf. le vers 6 de *Ténèbres*, premier sonnet d'*Un fantôme,* et le
second tercet d'*Obsession* (t. I, p. 38 et 76).

4. Il est intéressant de remarquer qu'en défendant contre Calonne
le début d'*Un mangeur d'opium,* Baudelaire le voit ressembler, « par
sa solennité, aux premières mesures d'un orchestre » (*CPl*, I, 651;
5 janvier 1860, soit trois semaines avant le premier concert aux
Italiens).

5. Voir la lettre à Wagner du 17 février 1860 (p. 1452-1453).

Page 786.

1. Le Casino de la rue Cadet; voir p. 1428 et 1457.

2. Voir p. 779, n. 3.

3. *Oper und Drama* fut publié en trois tomes à Leipzig, en 1852.
James K. Wallace est parvenu à identifier (*Buba*, V, 2; 9 avril 1970)
cette traduction anglaise qui parut dans un périodique publié à
Londres, *The Musical World,* entre le 19 mai 1855 et le 26 avril 1856.
Cette traduction est due à John Bridgeman, dont le nom ne figure
pas dans la revue. J. K. Wallace ne trouve pas trace de la lecture
d'*Opera and Drama* dans l'essai de Baudelaire sur Wagner. Il est

vrai que les idées exprimées dans *Oper und Drama* sont résumées
dans la *Lettre sur la musique* qui précède les *Quatre poèmes d'opéra*
(voir p. 1457). D'autre part, la traduction est exécrable, difficile à lire,
car elle calque le texte allemand, souvent aux dépens de la clarté : le
Musical World, hostile à Wagner, n'était pas fâché de montrer
combien celui-ci était ridicule. Baudelaire n'écrit d'ailleurs pas qu'il
lut cette traduction ; il s'est contenté de se la procurer.

Page 787.

   a. l'ordre d'un empereur *[caractères romains]* pour   RE

   1. J. Crépet trouvait l'origine de cette citation dans l'ouvrage de
Wagner publié en 1852 : *Die Operndichtungen nebst Mitteilungen an
seine Freunde als Vorwort,* en signalant que Fétis avait fait état de
cette pensée dans l'article du 6 juin 1852 publié à la *Revue et Gazette
musicale de Paris.* Baudelaire ignorait l'allemand. C'est donc à Fétis
qu'il a eu recours. On a vu qu'il a lu « l'indigeste et abominable
pamphlet de celui-ci » (p. 786).
   2. Baudelaire se réfère à quelques années de la Restauration où le
pseudo-romantisme fut, en effet, légitimiste (Victor Hugo, des premières *Odes* à *Hernani,* avec des nuances qui importent peu ici),
tandis que les libéraux étaient voltairiens et « classiques ». — Il
prend ici ses distances par rapport aux partisans de Wagner, qui sont
pour la plupart des républicains : Auguste de Gaspérini, Léon
Leroy, Émile Ollivier. Il fallait que Baudelaire admirât fort Wagner
pour qu'il pût passer sur cette divergence d'opinions politiques et
donc d'options philosophiques.
   3. En fait, c'est dans la *Lettre sur la musique* (p. XVIII) qui précède
les *Quatre poèmes d'opéra* (voir p. 1457) que Baudelaire a trouvé ces
indications. Il avait usé d'un semblable subterfuge dans son étude
de 1852 sur Poe (p. 259), prétendant recourir à des « notes biographiques » alors qu'il suivait l'article de Daniel.

Page 788.

   1. Dans la *Lettre sur la musique* Wagner résume *Opéra et drame,*
écrit dans lequel il a exposé le résultat de ses recherches sur les
rapports que la poésie entretient avec la musique du point de vue
dramatique. Dans l'opéra, se demandait-il, l'idéal du drame lyrique
auquel il pensait avait-il été atteint ou du moins immédiatement
préparé ?
   « En Italie, mais surtout en France et en Allemagne, ce problème
a occupé les esprits les plus éminents de la littérature. Le débat des
gluckistes et des piccinistes à Paris n'était autre chose qu'une controverse, insoluble de sa nature, sur la question de savoir si c'est dans
l'opéra que peut être atteint l'idéal du drame. Ceux qui s'étaient crus
fondés à soutenir cette thèse se voyaient, malgré leur victoire apparente, mis en échec par leurs adversaires, dès que ceux-ci décrivaient
la prééminence de la musique dans l'opéra, prééminence telle que

c'était à la musique et non à la poésie que l'opéra devait son succès. Voltaire, qui inclinait en théorie à admettre la première façon de voir, était ramené par la réalité à cette proposition désespérante : " Ce qui eſt trop sot pour être dit, on le chante. " En Allemagne, le même problème, soulevé d'abord par Lessing, était discuté entre Schiller et Gœthe, et tous deux penchaient vers l'attente du développement le plus favorable de l'opéra; et cependant Gœthe, par une contradiction frappante avec son opinion théorique, confirmait malgré lui ce mot de Voltaire; car il a lui-même composé plusieurs textes d'opéra, et, pour se tenir au niveau du genre, il a trouvé bon de reſter, dans l'invention comme dans l'exécution, aussi trivial que possible : aussi ne peut-on voir sans regret ces pièces d'une platitude absolue admises au nombre de ses poésies » (*Quatre poèmes d'opéra*, Bourdilliat, 1861, p. XXII-XXIII).

2. « Les passages de Diderot qui s'imposaient au souvenir de Baudelaire, provenaient sans doute du *Neveu de Rameau*, bien que la *Lettre sur les sourds et muets*, et le *Troisième Entretien sur le Fils naturel* contiennent aussi la même théorie » (Jean Thomas, *Diderot et Baudelaire*, éd. Hippocrate, 1938, p. 5).

3. On sait que c'eſt l'expression que l'on attribuait à Wagner et par laquelle ses détracteurs se moquaient de son œuvre. Les folliculaires se gausseront aussi de Baudelaire en appliquant aux *Fleurs du mal* l'expression de « poésie de l'avenir ». Après tout, ils ne savaient pas si bien dire.

Page 789.

1. *Journal des Débats,* 22 février 1860.

Page 791.

1. On remarquera l'emploi du même verbe dans *Le Mauvais Moine* (v. 2) et *Le Léthé* (v. 11) : t. I, p. 15 et 156.

2. Ce passage eſt emprunté à la *Lettre sur la musique* (*Quatre poèmes d'opéra*, p. XXV-XXVI). Baudelaire, parce qu'il fait un extrait, eſt obligé de modifier un peu le texte de Wagner. Les points de suspension représentent ceci : « Le poète cherche, dans son langage, à subſtituer à la valeur abſtraite et conventionnelle des mots leur signification sensible et originelle; l'arrangement rythmique [...]. » Dans la parenthèse le texte de Wagner fait précéder *presque* par *déjà*.

Page 792.

1. Wagner : *trouvons.*

2. En fait, dans la même *Lettre sur la musique* (*Quatre poèmes d'opéra*, p. XLVIII-XLIX). Les points de suspension indiquent des coupures. Celles-ci ne nuisent en rien à la succession des idées.

3. Dans le texte de Wagner, « rêve » n'eſt pas souligné, alors que *clairvoyance* l'eſt.

Page 793.

a. un idéal du drame lyrique, *RE ; J. Crépet fait remarquer que cette variante ne conſtitue pas une coquille, mais correspond à une idée très différente.*

1. Comme on le sait par la *Lettre sur la musique* (*Quatre poèmes d'opéra,* p. XIII-XVI).

2. Passage célèbre. Sur la symbiose du poète et du critique, cf. cette phrase de Jean-Jacques Ampère : « Au don d'une imagination tour à tour fine et hardie, railleuse et mélancolique, Tieck unit un talent remarquable pour la critique littéraire, dont on peut dire qu'il tient à ce moment le sceptre en Allemagne » (cité par José Lambert dans sa thèse sur *Ludwig Tieck en France*).

3. Voir les notes prises en vue d'un projet de préface (t. I, p. 182 et 183).

4. Cette allusion à la conception phylogénétique eſt une preuve de l'intérêt porté par Baudelaire aux développements les plus récents de la philosophie; voir t. I, p. 433 et n. 2.

Page 794.

a. déjà dit et écrit *RE*

1. Cf., pour toute cette page, *Mon cœur mis à nu,* XI, 19 (t. I, p. 682-683).

2. Dans son livre sur *Lohengrin et Tannhäuser.*

Page 795.

a. les nerfs vibrent à l'unisson *RE, RW. Cette leçon eſt certainement préférable, mais celle de « L'Art romantique » ne saurait être absolument récusée.*

1. Expression familière à Baudelaire qui l'avait d'ailleurs empruntée à Heine (cf. p. 577).

Page 796.

a. Comme on le voit, la note ne figurait pas dans RE ; elle apparaît dans RW.

1. Pour le mot *satyresses,* voir *L'Avertisseur,* v. 6 (t. I, p. 140).

2. Perrin, dans la livraison du 15 mars 1861 de la *Revue européenne,* avait refusé de se prononcer. Baudelaire a-t-il écrit ce passage avant de prendre connaissance de cette livraison ? Ou lui a-t-on fait croire que Perrin se prononcerait dans un numéro suivant ? Celui-ci, qui allait devenir directeur de l'Opéra, ne voulait sans doute pas alors se compromettre. J. Crépet fait observer que dans la *Revue européenne* du 15 février 1860, donc après les concerts au Théâtre-Italien, Perrin s'était déclaré en faveur de Wagner.

Page 797.

a. rythme pompeux fièrement cadencé, *RE*

Page 798.

1. Ce dialogue est emprunté aux *Quatre poèmes d'opéra* traduits par Challemel-Lacour, p. 190-191.

Page 799.

1. *Quatre poèmes d'opéra*, p. 239-240, mais cette traduction montre : *envers son chevalier,* non *sur,* — et *comment je récompense,* non *comment il récompense.*

Page 800.

a. nous fournissent à ce sujet   *RE*
b. partout, le Rédempteur est partout; le mythe partout. Rien de plus cosmopolite que l'éternel.   *RE*
1. La pardonner à Baudelaire ! On lui rendra grâce d'avoir fondé dans cette « digression », bien avant C. G. Jung, une science poétique des mythes et des archétypes.
2. Cf. *Les Foules* (t. I, p. 291) : ce poème en prose paraîtra pour la première fois dans la *Revue fantaisiste* du 1er novembre 1861.

Page 801.

a. Nous avons remarqué que   *RE*
1. Baudelaire, comme l'a fait voir J. K. Wallace (*Buba*, V, 2; 9 avril 1970), a un peu modifié cette langue. Dans la citation suivante, les italiques sont de Baudelaire.
2. Liszt : « durant trois longs actes ». Baudelaire a-t-il jugé péjoratif l'adjectif *long* ?
3. Liszt : « Quels sont les épopées et les drames... » Baudelaire annule la possible cacophonie.

Page 802.

a. à ces charmes   *RE*
1. Liszt : « du grand pouvoir ».
2. Liszt : « Il a mélodiquement dessiné le caractère... » Cette transformation est nécessitée par la suppression qu'a opérée Baudelaire de quelques lignes sur *Les Huguenots* de Meyerbeer. Cette suppression est représentée par les trois points qui séparent « intellectuel » de « Il dessine ».

Page 803.

a. *capitaine, qui* [...] *ans, rencontre   RE, RW*
b. Depuis lors, le navire fatal s'était montré çà et là dans différents parages, courant   *RE ; cette dernière leçon peut sembler préférable.*
c. norwégien   *Tous textes; graphie normale à l'époque*
d. À quoi me sert d'amasser   *RE ; c'est le texte de « Quatre poèmes d'opéra » (p. 86).*

1. Baudelaire combine ici une phrase du Hollandais : « Le terme est passé, il s'est encore écoulé sept années. La mer me jette à terre avec dégoût... Ah ! orgueilleux Océan ! Dans peu de jours il te faudra me porter encore ! » (*Quatre poèmes d'opéra*, p. 81-82), avec un passage de la Ballade de Senta : « Un jour pourtant l'homme peut rencontrer la délivrance, s'il trouve sur terre une femme qui lui soit fidèle jusque dans la mort ! » (*Quatre poèmes d'opéra*, p. 94). Toutes les citations suivantes sont puisées par Baudelaire dans ce même ouvrage : il procède à des coupures qui resserrent et dramatisent encore plus le texte.

2. En fait, Baudelaire prête au Hollandais une phrase qu'il ne prononce pas dans le poème de Wagner et qui appartient à la Ballade de Senta : on en trouve la substance au paragraphe suivant.

3. Ici Baudelaire passe de la première à la troisième personne et interprète : « de lui [me] donner une nouvelle patrie », ne figure pas dans le texte de Wagner, mais c'est bien l'idée (*Quatre poèmes d'opéra*, p. 84-86).

Page 804.

1. Texte de Wagner : « À bord, sur le tillac, l'homme pâle [...] relâche. Hou-hi ! comme bruit le vent ! Iohohé ! Hou-hi ! quel sifflement dans les cordages ! Iohohé ! hou-hi ! Comme une flèche, il vole [...] » (*Quatre poèmes d'opéra*, Ballade de Senta, p. 94). La suppression s'explique aisément.

2. Texte de Wagner : « ... de l'éternité ! "Hou-hi ! Satan l'a entendu ! Iohohé ! hou-hi ! " Et [...] » (*ibid.*, p. 95).

3. Texte de Wagner : « À l'ancre, tous les sept ans, pour chercher une femme, il descend à terre. Il a courtisé tous les sept ans, et jamais encore il n'a trouvé une femme fidèle. Hou-hi ! " Les voiles au vent ! " Iohohé ! hou-hi ! " Levez l'ancre ! " Iohohé ! hou-hi ! " Faux amour, faux serments ! Alerte en mer, sans relâche, sans repos ! " » (*ibid.*, p. 95).

4. Texte de Wagner : « que tu obtiendras le salut » (*ibid.*, p. 96). Le travail discret effectué par Baudelaire sur le texte de Wagner traduit par Challemel-Lacour va dans le sens d'une amélioration. On assiste ici à un travail analogue à celui que Baudelaire a fait sur le texte de Poe et bien davantage sur celui de De Quincey.

5. Le héros du roman de Maturin. Voir l'Index.

Page 805.

a. *Niebelungen   Tous textes ; c'est la graphie affectionnée par les Français.*

1. Ces trois dernières citations appartiennent à la fin de l'acte III et dernier (*Quatre poèmes d'opéra*, p. 120-121).

2. La *Tétralogie* n'était pas encore achevée. Sa première représentation n'aura lieu qu'en 1876 au Festspielhaus de Bayreuth.

Page 808.

1. On est d'abord tenté de penser que la fin de l'essai a été écrite avant la première représentation de *Tannhäuser* à l'Opéra (13 mars). Mais la première ne décida rien. La deuxième (18 mars) non plus. Ce n'est qu'à la troisième (24 mars) que l'échec devint patent. Ainsi, tout l'article aurait bien été composé entre la première et la deuxième représentation, donc entre le 13 et le 18 mars.

Page 809.

a. à se garnir de   R W

Page 810.

1. L'Opéra dépendait alors directement de la liste civile et donc du ministère d'État, dont le titulaire était le comte Walewski, apparenté à l'Empereur. À celui-ci la princesse de Metternich, épouse de l'ambassadeur d'Autriche à Paris, se plaignait d'un opéra ennuyeux, disant que c'était de la mauvaise musique. Napoléon III lui objecta : « En connaissez-vous une meilleure ? Sire, répondit-elle, vous avez en ce moment à Paris le plus grand compositeur de l'Allemagne, Richard Wagner. » L'empereur donna l'ordre de faire jouer *Tannhäuser*. C'est l'une des versions de l'histoire de l'impérial oukase. Nous l'empruntons à l'article de Georges Servières, « Les Visées de Wagner sur Paris », paru dans le numéro spécial de la *Revue musicale* cité plus haut.

2. La presse avait été muselée au début de 1858 après l'attentat d'Orsini.

3. La princesse de Metternich qui ne fut pas reconnaissante à Baudelaire de l'hommage qu'il lui rendait ici. Dans *Mon cœur mis à nu*, XIV, 24 (t. I, p. 685), on lit : « Madame de Metternich, quoique princesse, a oublié de me répondre à propos de ce que j'ai dit d'elle et de Wagner. / Mœurs du 19ᵉ siècle. » Nadar raconta à J. Crépet que l'exemplaire qu'il avait prêté à la princesse lui fut rendu par celle-ci sans qu'elle l'eût coupé.

4. Eugène Cormon (1811-1903), collaborateur habituel de Dennery et consorts.

5. Louis-François Clairville (1811-1879), fécond auteur de vaudevilles.

6. L'orchestre était dirigé par Dietsch. Voici la distribution : Tannhäuser, Albert Niemann; Vénus, Mme Tedesco; Élisabeth, Mlle Sax; Wolfram, Morelli.

Page 811.

1. Frédérick Lemaître, le grand acteur de drame. Sur Rouvière voir p. 60 sq. et 241 sq.

2. Eugène Bignon (1817-1858), acteur de grand tempérament, qui tint le rôle de Fontanarès lors de la création des *Ressources de Quinola* à l'Odéon en 1842 (voir p. 268, n. 1, et 496, n. 2). Privat

d'Anglemont, ami de Baudelaire (voir t. I, p. 1259 sq.), a écrit sur lui dans la *Gazette de Paris* du 12 décembre 1859 un article nécrologique reproduit dans *Paris inconnu.*

3. Wagner, pour complaire aux abonnés, avait, en effet, dû intercaler une bacchanale dans le tableau du Venusberg.

4. Ce sentiment paternel, Baudelaire l'éprouve à l'égard de Jeanne, affaiblie par l'âge et la maladie. Il va l'éprouver moins purement à l'égard d'une petite théâtreuse, Berthe : voir, t. I, p. 1140, la dédicace des *Yeux de Berthe* écrite à Bruxelles.

Page 812.

1. Berlioz était devenu l'ennemi de Wagner.

Page 813.

1. *La Causerie,* directeur Victor Cochinat, qui est des amis de Wagner, reprocha à Baudelaire d'avoir jugé « bien légèrement la conduite de la presse », d'avoir oublié « la petite presse » : « Il devrait savoir qu'à l'exception du *Figaro,* cet éternel railleur des opprimés, tous les petits journaux ont protesté contre la cabale et contre le mauvais vouloir du public » (cité par J. Crépet dans son édition de *L'Art romantique,* p. 514). De leur côté, Champfleury, Louis Ulbach, d'autres encore avaient pris la défense de Wagner (voir Georges Servières, *Tannhäuser à l'Opéra en 1861,* Librairie Fischbacher, 1895).

2. *Les Funérailles de l'Honneur,* drame en sept actes d'Auguste Vacquerie, avait été créé à la Porte-Saint-Martin le 30 mars 1861, avec Rouvière dans le rôle du héros, don Jorge de Lara. Voir la lettre pleine d'admiration que Baudelaire adresse à Vacquerie le 4 avril (*CPl,* II, 144-145). Ce drame disparut de l'affiche après quelques jours. Le 7 mai (*LAB,* 378-379), Vacquerie remercia Baudelaire et de la lettre et de la mention dans la plaquette.

Page 814.

1. François Ponsard, une des bêtes noires de Baudelaire; il avait été reçu à l'Académie française le 4 décembre 1856.

2. Baudelaire fait imprimer « Shakspeare », graphie qui est aussi fréquente que l'autre à cette époque.

3. Cet article : « Shakespeare and Literature in France », a paru dans l'*Illustrated London News* du 13 décembre 1856. Il a été repéré par James K. Wallace (*Buba,* VIII, 2, p. 26; 9 avril 1973). On sait que Constantin Guys était l'un des collaborateurs de ce périodique anglais.

Page 815.

1. Le lendemain du jour où il appose cette date à la fin de son post-scriptum Baudelaire va avoir quarante ans.

SUR LA BELGIQUE

NOTICE

Diverses causes attirèrent Baudelaire en Belgique, les unes négatives, les autres positives. Baudelaire avait l'impression que la France se fermait à lui : bien que sa réputation se fût renforcée depuis la publication des secondes *Fleurs du mal* en 1861, il éprouvait de plus en plus de difficultés à se faire publier. Au reste, il avait aussi de plus en plus de mal à créer : sans doute imagina-t-il qu'un changement d'air, de cadre et d'habitudes lui rendrait la fécondité. En tout cas, en gagnant la Belgique il échapperait à des créanciers dont le *Carnet* en 1863, la *Correspondance* en 1864 attestent la présence menaçante.

Au début de 1864, la Belgique était comme la langue d'Ésope : on la moquait, on l'admirait. C'était un pays qui singeait la France : le pays de la contrefaçon. C'était un pays qui tenait tête à l'Empire, lequel voulait en faire un pion sur son échiquier. Un pays d'une densité industrielle bien plus forte que la France. Un pays où l'on écorchait la langue française. Le pays de la peinture flamande. La double liste des traits contradictoires serait bien longue à établir : nous nous y sommes employé ailleurs, et comme en marge de *Pauvre Belgique !*, en publiant *L'Image de la Belgique dans les lettres françaises de 1830 à 1870* (Nizet, 1957).

Pour Baudelaire, en 1863-1864, si la Hollande était le pays de *L'Invitation au voyage,* la Belgique était celui de l'invitation à la quiétude — à tous les sens de ce mot. Il n'avait certainement pas oublié ce qu'il avait lu dans la préface de 1849 à *Chateaubriand et son groupe littéraire sous l'Empire,* le cours que Sainte-Beuve avait professé à Liège en 1848-1849 :

« J'ai vu un pays sage et paisible, laborieux et libre, un peuple sensé qui apprécie ce qu'il possède, et qui n'attend pas qu'il l'ait perdu pour le sentir.

« J'ai vu une Université savante et non pédantesque, [...].

« J'ai vu un beau pays, une riche nature, et dans cette vallée de Liège où je pouvais me croire loin de la ville comme dans un verger, j'ai joui, pour la première fois peut-être, de la naissance d'avril et des premières fleurs du printemps. »

Au lendemain du coup d'État la Belgique avait donné asile aux républicains proscrits. Un mouvement intellectuel, plutôt français que belge, s'était dessiné, surtout à Bruxelles. Le 3 mars 1852 était inauguré, à l'imitation de ce qui se faisait en Amérique pour les écrivains anglais, une longue série de conférences : ces conférences furent données au Cercle artistique et littéraire de Bruxelles par

Émile Deschanel en présence de Victor Hugo et devant une assistance choisie qui n'était pas composée seulement de proscrits : Alexandre Dumas, Émile de Girardin, Alphonse Karr, Edgar Quinet. Ainsi naquit en Europe la conférence littéraire que, d'un anglicisme, on appela *lecture,* mot parfaitement adéquat, puisque, le plus souvent, ces conférences étaient des lectures au sens français. Baudelaire irait donc faire des lectures au Cercle artistique et littéraire, aidé dans les négociations par le marchand de tableaux Arthur Stevens avec qui il venait de se lier. Il y pense dès août 1863. Comme il pense visiter les collections particulières afin d'écrire un livre avec ses impressions. À cet effet, il demande des indemnités[1]. Puis, le projet de départ tombe en sommeil.

Baudelaire avait une autre raison de gagner la Belgique. Il cherchait à publier ses œuvres complètes. N'y aurait-il donc pas lieu de prendre contact avec Albert Lacroix et son associé Verboeckhoven, qui étaient à la tête d'une puissante maison d'édition, bien représentée à Paris : c'étaient, notamment pour *Les Misérables,* les éditeurs de Victor Hugo.

Après avoir plusieurs fois remis son départ, Baudelaire, le 24 avril 1864, prit enfin le train de Bruxelles. Il espérait être de retour « le 15 juin au plus tard[2] ».

Ce fut la déception : les conférences furent mal payées, à la suite d'un malentendu ; Lacroix et Verboeckhoven dédaignèrent cet obscur poète.

Mécontent des premiers résultats de son séjour en Belgique, irrité de ne retrouver dans ce pays ce qu'il fuyait de la France, Baudelaire voulut d'abord, au début de juin 1864, tirer de son expérience décevante une série de *Lettres belges* que publierait le *Figaro.* Mais les *Lettres* s'amplifiaient — ou du moins les notes prises pour leur rédaction —, les sujets se multipliaient (politique, religion, provinces, etc.), qu'il fallait étudier sérieusement, la haine s'avivait, qui, pour s'assouvir à loisir, voulait plus que des *Lettres :* un livre. *Pauvre Belgique!* était né, quelques jours après les *Lettres belges.* Le projet des *Lettres* ne fut pourtant jamais abandonné et, selon que l'impécuniosité se faisait plus rude ou que la peur l'emportait — la peur d'être maltraité, de subir le sort de Proudhon (voir p. 899 et n. 2, p. 975 et n. 1), si sa vengeance se donnait libre cours dans le pays même qui la provoquait —, Baudelaire décidait de publier une série d'articles, sous forme de lettres, détachés de son livre, ou ajournait cette publication à son retour en France. Telle fut l'origine d'un des plus violents pamphlets qu'écrivain ait jamais entrepris de lancer contre un peuple entier[3]. À ceux qui trouveraient Baude-

1. *CPl*, II, 310-311.
2. *CPl*, II, 357.
3. Ne sont comparables aux notes de Baudelaire que les pages d'Octave Mirbeau dans la *628-E8* (Fasquelle, bibliothèque Charpentier, [1907]) et, bien entendu, celles de Léon Bloy et de Céline contre les Français et les Danois.

laire injuste, répondons qu'il est manifeste — et de l'aveu même
des écrivains belges d'aujourd'hui — que la Belgique d'alors, tout
adonnée à l'organisation de sa vie politique, sociale, économique, à
l'affirmation de son autonomie et de sa neutralité, pouvait apparaître comme un pays voué au matérialisme et que nul n'était en
droit de prévoir l'éclosion, à la fin du siècle, d'un art et d'une
littérature exemplaires.

Très vivement poussé de juin à septembre 1864, plus lentement
durant le dernier trimestre de cette année, le travail est pratiquement
abandonné en février 1865, bien qu'il reste dans les intentions
arrêtées de Baudelaire de le terminer — quelques semaines devant
lui suffire, pense-t-il, pour mener cette tâche à bien. Il ne reprendra
cependant son manuscrit qu'en août 1865 pour se réjouir de l'apparition du choléra, en décembre, pour y ajouter un chapitre sur
Léopold Ier (mort le 10 de ce mois), à la fin de 1865 ou au début
de 1866, pour y joindre un chapitre sur l'Annexion (voir dans la
même page 919 la date du 23 septembre 1865 et, plus haut, la
mention : « il y a deux ans ») —, puis pour établir un *Argument*
(commencé en novembre 1865, interrompu en décembre, terminé
en janvier 1866), c'est-à-dire un extrait de ses notes destiné à aider
ses amis de Paris à placer l'ouvrage chez les éditeurs[1]. Mais ceux-ci
se dérobant, le découragement saisissait de nouveau Baudelaire
qui n'ajoute en janvier 1866 que quelques lignes sur l'Entrepôt
(quand il reçoit sa montre avec beaucoup de difficulté) et se décide
à laisser dormir son manuscrit jusqu'à ce qu'une proposition
ferme lui soit faite. Ce fut la mort qui vint.

Parti pour six semaines ou deux mois, le temps d'un dépaysement,
le temps de traiter quelques affaires, plus de deux ans après son
départ Baudelaire était encore à Bruxelles, mais à l'état d'épave,
hémiplégique, aphasique. L'ictus, après des prodromes qui se
suivent depuis le 23 janvier 1862, s'était déclenché le 30 ou le
31 mars 1866. Au début de juillet, le poète sera ramené à Paris et
placé à la maison de santé du docteur Duval d'où, à l'exception de
quelques promenades, il ne sortira que dans un cercueil.

La haine l'avait attaché à Bruxelles — et cette incapacité à
prendre la décision du retour qu'explique assez une santé brisée aux
racines de l'être.

En fait, après 1861, Baudelaire cesse en partie d'être lui-même.
La note de la série *Hygiène* doit être prise au pied de la lettre :
« aujourd'hui 23 janvier 1862, j'ai subi un singulier avertissement,
j'ai senti passer sur moi *le vent de l'aile de l'imbécillité*[2] ». Alors que
Baudelaire était mourant, Poulet-Malassis, son compagnon de
tristesse à Bruxelles, écrira à Charles Asselineau au sujet des poèmes
en prose : « Les derniers composés ne sont pas les meilleurs, il s'en

---

1. On trouve dans les archives Ancelle une note relative à la
lettre de Baudelaire du 18 février 1866 (*CPl*, II, 606) : l'*Argument*
« a été remis à Dentu qui ne l'a jamais rendu ».
2. T. I, p. 668.

faut. Je crois vous avoir déjà dit que l'affaiblissement mental de Baudelaire était sensible six mois avant son attaque de paralysie[1]. »

Il n'est donc pas interdit de ne point trouver tout admirable dans les notes de *Pauvre Belgique !* et dans les *Amœnitates Belgicæ*. Mais on pensera aussi, avec Samuel Silvestre de Sacy[2], que ce pamphlet n'appartenait pas à la nature profonde de Baudelaire et que, si échec il y eut — nous ne sommes en présence que de notes —, cet échec fut l'échec d'un échec et qu'il est à cet égard comparable aux échecs romanesques et dramatiques.

D'ailleurs, il y a de la verve mordante, un talent caricatural, un sens très vif de la satire. Il y a les notes sur Malines et sur Namur. Il y a les notes sur l'art, en particulier sur l'architecture et la sculpture où l'on découvre l'émerveillement de Baudelaire devant le baroque que son expérience parisienne ne lui permettait guère de bien connaître. Le génie reste le génie, même frappé à mort.

Pour disposer chronologiquement de toute la production de Baudelaire pendant son séjour en Belgique, il convient d'ajouter à cette section quelques pièces des *Épaves* (notamment *Le Monstre* et les *Bouffonneries*, t. I, p. 164 et 175), les derniers poèmes en prose (notamment *Les Bons Chiens*, t. I, p. 360), les projets de lettre à Jules Janin et la note sur *Les Travailleurs de la mer* (p. 231 sq. et 244).

Page 819.

[PAUVRE BELGIQUE !]

NOTICE

Les notes qui constituent *Pauvre Belgique !*, communiquées à Ch. Asselineau qui cita les titres de chapitres dans son *Charles Baudelaire* de 1868, appartinrent à Poulet-Malassis qui les foliota, puis à Eugène Crépet qui utilisa une partie des chapitres XXIV et XXV dans les *Œuvres posthumes* de 1887 et publia les dix-huit premiers chapitres de l'*Argument* dans la *Revue d'aujourd'hui* (15 mars 1890). Le manuscrit est actuellement conservé à la Bibliothèque Spoelberch de Lovenjoul, à Chantilly, où il se présente sous la forme d'un recueil de feuillets fixés sur des bristols. Les feuillets se répartissent en trente-trois chapitres, chacun précédé d'un Sommaire (qui a servi de chemise), rédigé au crayon, avec des corrections et des additions à l'encre, qui est comme le brouillon

---

1. Lettre publiée par J. Crépet, *Mercure de France*, 1ᵉʳ février 1940.
2. Préface à la section « En Belgique » des *Œuvres complètes de Baudelaire*, Le Club du Meilleur Livre, 1955, t. II.

ou la première version de l'*Argument*. Suivent une liste de « Feuillets non classés » (f. 323, p. 957), les « Feuillets non classés » eux-mêmes (f. 324-349, p. 958 sq.), une liste de « Documents non classés » (f. 350, p. 961) qui, à l'exception d'un seul, n'ont pas été retrouvés, et enfin l'*Argument* (f. 352-361, p. 819 sq.). Celui-ci étant le dernier texte revu par Baudelaire, le seul que, en l'état présent des choses, il avoua, au moins à des fins pratiques, a été imprimé en caractères italiques et réparti en tête des différents chapitres, bien qu'il soit d'un seul tenant. Les variantes que présentent les Sommaires, par rapport à l'*Argument,* sont données au début des commentaires sur chacun des chapitres. Quant aux notes « non classées », elles ont été distribuées, autant que faire se pouvait, aux places que leur assignait l'*Argument*, à l'exception d'un reliquat.

On a procédé de même pour un certain nombre de feuillets qui ont été détachés du manuscrit par Asselineau ou par Poulet-Malassis, — les uns sans doute pour être donnés, les autres à cause de leur violence ou des attaques personnelles qu'ils contenaient, — et que Mme Ronald Davis avait bien voulu communiquer à Cl. Pichois après 1952 : ils sont au nombre de sept, — de huit, si l'on ajoute le feuillet antérieurement connu, relatif à la catastrophe de Dour (chapitre xv, p. 875).

Si l'on excepte les brèves publications partielles auxquelles nous avons déjà fait allusion, et deux éditions complètes de l'*Argument*, en 1890 et 1903 (respectivement tirées à 10 et 3 exemplaires), c'est en 1952 seulement que parut l'édition originale de *Pauvre Belgique !*, dans la collection des *Œuvres complètes de Charles Baudelaire* (Conard, éditeur ; J. Lambert, successeur), au tome III des *Œuvres posthumes*, par les soins de J. Crépet et de Cl. Pichois.

Il n'était pas possible de reproduire ici toutes les particularités du manuscrit, où se voient, avec d'abondantes majuscules (notamment à l'adjectif belge), d'innombrables repentirs, peut-être l'un des symptômes de la paralysie générale qui devait terrasser Baudelaire. On trouvera les plus significatifs d'entre eux dans les commentaires. Nous avons assez considérablement émondé *Pauvre Belgique !* des coupures de journaux qui dépassent en proportion le texte même de Baudelaire : elles sont, en général, résumées, les analyses étant placées entre des crochets. Cependant, les plus importantes ont été conservées, afin que l'on sût où la haine de Baudelaire trouvait à s'alimenter. Ajoutons que ces articles montrent bien des phrases soulignées, au crayon rouge le plus souvent (elles sont transcrites en caractères italiques) ; d'autres sont encadrés et la plupart sévèrement annotés (toutes les annotations ont été fidèlement citées).

Le meilleur commentaire de *Pauvre Belgique !* est la *Correspondance*, très fournie d'avril 1864 à mars 1866. Il est difficile de lire et de comprendre les notes du pamphlet sans lire parallèlement la *Correspondance*. Nous ne pouvons donc que conseiller au lecteur de procéder à cette lecture parallèle. Il peut s'aider de l'Index de la

Correspondance. Ainsi que du chapitre, « Baudelaire et l'opinion belge de son temps », de Gustave Charlier dans *Passages* (Bruxelles, La Renaissance du Livre, [1947], p. 133-182).

NOTES ET VARIANTES

I

a. Variantes du sommaire :

1. DÉBUT [F. 2]

Choix de titres. *[Aucun n'est mentionné.]*
— Qu'il faut, quoique en dise Danton, emporter sa patrie à la semelle de ses souliers.
— La France a l'air bien barbare, vue de près; mais allez en Belgique, et vous serez moins sévère.
— Les remerciements que Joubert faisait à Dieu.
Grand mérite à faire un livre sur la Belgique.
Être amusant en parlant de l'ennui; instructif en parlant du rien; de bâtir sur la pointe d'une aiguille; de danser sur la corde lâche, de nager dans le lac asphaltite, ou sur une eau dormante. *[Les trois derniers de ont été ajoutés à l'encre dans ce texte tracé au crayon.]*

———————

— À faire un croquis de la Belgique, il y a, par surcroît, cet avantage, qu'on fait une caricature des sottises de la France.

———————

— Conspiration des flatteurs contre la Belgique. La Belgique a pris tous ces compliments au sérieux.

———————

— Il y a 20 ans, on chantait chez nous les louanges de l'Amérique.
— Pourquoi [on ne dit pas *biffé*] les Français ne disent pas la vérité sur la Belgique. [Parce qu'ils n'osent pas avouer qu'ils ont été dupes *biffé*] Parce que, en leur qualité de Français, ils ne peuvent avouer qu'ils ont été dupes.

———————

— Vers de Voltaire sur la Belgique.

1. *Pauvre Belgique !* apparaît pour la première fois dans la *Correspondance* (II, 404), à la date du 2 septembre 1864. Chaque fois que nous avons pu voir les autographes des lettres de Baudelaire pour cette époque bruxelloise, nous avons constaté que *Pauvre Belgique !* est — contrairement à ce que l'on voit dans les publications anté-

rieures de ce pamphlet — suivi d'un point d'exclamation. On s'en
est tenu à ce titre qui a été traditionnellement adopté et qui répond
parfaitement à l'intention de Baudelaire.

L'idée était « dans l'air » : Auguste Rogeard, farouche adversaire
de l'Empire, lance en 1865 un pamphlet intitulé *Pauvre France,* que
La Rive gauche, organe « gauchiste », annonce le 27 août 1865 pour
paraître le 10 septembre suivant et dont Gustave Millot, qu'on
trouve au chevet de Baudelaire en mars 1866 (*CPl,* II, 630), rend
compte le 17 septembre 1865.

2. On cherchera en vain dans les *Pensées* et la *Correspondance* de
Joubert ce remerciement à Dieu, qui est le fait de George Farcy, le
jeune et malheureux héros des journées de Juillet. En 1831 fut
publié chez Hachette un recueil de vers et opuscules de Farcy,
autant de *reliquiæ* destinées à lui élever une sorte de Tombeau.
Sainte-Beuve en cita des passages dans la *Revue des Deux Mondes,*
le 15 juin, et recueillit son article dans les *Portraits littéraires* où,
très vraisemblablement, Baudelaire a pu lire, dans une note de
Farcy, à propos de l'amour :

« Je rends grâce à Dieu.

« De ce qu'il m'a fait homme et non point femme;

« De ce qu'il m'a fait Français... »

(*Œuvres de Sainte-Beuve,* éd. Maxime Leroy, Bibl. de la Pléiade,
t. I, p. 855.)

Encore une preuve de l'attention avec laquelle Baudelaire a lu
les œuvres de Sainte-Beuve.

Page 820.

1. Quelques mots placés en interligne laissent la possibilité de
lire soit le texte que nous avons adopté, soit : « ... de Hugo. Tel est
mon *Lambert.* Livre fait à la Diable auteur belge. », ce qu'il faudrait
comprendre : comme les auteurs belges qui écrivent à la diable.
— *Lambert* est ce mari qu'on chercha vainement, sans doute sur un
quai de gare, et dont l'absence donna lieu, en 1864, à une « scie » :

« Ohé ! Lambert ! Avez-vous vu Lambert ? »

Ce « fameux cri national ou parisien » est mentionné dans le
« Courrier de Paris » de Pharès (Louis Ulbach), *L'Indépendance
belge,* du 27 août 1864.

2. Nous comprenons : faire un livre amusant sur un thème
ennuyeux est aussi difficile que, pour des cabotins, amuser un public
avec des plaisanteries éculées.

3. Voir *Sur les débuts d'Amina Boschetti* dans les *Bouffonneries* des
Épaves (t. I, p. 175).

4. Il y a ici une association d'idées dont il est assez difficile de
rendre compte : Gnerri, c'est-à-dire Elisa Neri, la Sisina, à qui
Baudelaire a dédié un sonnet des *Fleurs du mal* (t. I, p. 60 et 938).
Il est probable qu'Amina Boschetti et Sisina avaient toutes deux un
je ne sais quoi qui produisait dans son esprit ou sur ses sens un effet
comparable à celui du gin; d'autant qu'Auguste Barbier, dans une

poésie consacrée à cet alcool, avait écrit que le gin, c'était « le paradis emporté d'un seul coup », effet que produisait aussi bien le pied léger d'Amina.

5. *Lapsus calami* pour : « de ses » ?

Page 821.

a. satyrique *ms.*

1. En 1864, les trains entrant à Bruxelles étaient précédés d'un agent marchant devant le convoi pour prévenir les accidents.

2. *Napoléon, l'Empereur et son gouvernement. Études parisiennes par un non-diplomate* (Dresde, 1864), traduit de l'allemand et publié sous l'anonymat. Nous avons lu ces *Études* qui ne paraissent pas mériter le jugement assez favorable que Baudelaire porte à trois reprises dans sa *Correspondance* sur ce livre.

Page 822.

1. Fenimore Cooper ? Voir la Présentation de *Philosophie d'ameublement* d'Edgar Poe, où Baudelaire se réfère au romancier américain coupable de n'avoir pas chanté le los de ses compatriotes adorant le dieu dollar (p. 290).

2. C'est là une note-mémento. Louis-Joseph Defré (né en 1817) était depuis 1858 membre de la Chambre des représentants où il occupait une place importante. C'était un farouche adversaire du parti catholique et un dignitaire de la franc-maçonnerie. Il ne semble pas que le projet de stances ait été réalisé. — Baudelaire écrit tantôt Defré, tantôt de Fré.

3. Notamment pour les excursions que Baudelaire doit faire dans les provinces belges. Plusieurs guides étaient à sa disposition : ceux d'A[lexandre] F[errier], de A.-J. du Pays, de Félix Mornand, d'Eugène Auriac (avec celui-ci, Baudelaire est en contact en 1860; *CPl*, II, 89). On n'a pas encore déterminé quel était celui qu'il avait utilisé, à supposer qu'il n'en eût qu'un seul.

4. Ces vers sont cités, d'après la *Vie de Voltaire* de Condorcet, dans l'*Histoire de la ville de Bruxelles,* par Alexandre Henne et Alphonse Wauters, Bruxelles, Librairie encyclopédique de Périchon, 1845. Ils appartiennent à une lettre de Voltaire à Formont datée du 1er avril 1740, où on lit « Un vrai pays » et non « Un vieux pays ».

II

5. Sans doute un souvenir olfactif du voyage à Maurice et à La Réunion qui, lors du retour, permit à Baudelaire de visiter Le Cap. De même, on se rappelle que Baudelaire a été élève au collège royal de Lyon où il put sentir l'odeur du charbon.

Page 823.

a. Variantes du sommaire :

2. BRUXELLES　　　　　　[F. 22]

— Physionomie de la rue.
— Premières impressions.
— On dit que chaque ville, que chaque pays a son odeur. Paris, dit-on, sent le chou aigre. Le Cap sent le mouton. L'Orient sent le musc et la charogne.

Bruxelles sent le savon noir. Les chambres sentent le savon noir avec lequel elles ont été lavées. Les lits sentent le savon noir, ce qui engendre l'insomnie pendant les premiers jours. Les trottoirs sentent le savon noir.
— Fadeur universelle de la vie. Cigarres, légumes, fleurs, cuisine, cheveux, yeux. Tout semble fade, triste et endormi. La physionomie humaine, vague, sombre, endormie. Horrible peur de devenir bête. Les chiens seuls sont vivants. Nègres de la Belgique.
— Bruxelles, beaucoup plus bruyant que Paris, à cause du pavé, de la fragilité et de la sonorité des maisons, de l'étroitesse des rues, de l'accent du peuple, de la maladresse universelle, [et enfin　*biffé*] du sifflement national et des aboiements des chiens.
— Peu de trottoirs, ou trottoirs interrompus. Affreux pavé. Pas de vie dans la rue. — Beaucoup de balcons, personne aux balcons.
— Une ville sans fleuve. — Pas d'étalages devant les boutiques. — Flânerie, si chère aux peuples imaginatifs, impossible.
— Innombrables lorgnons. Le pourquoi. Abondance de bossus.
— Le visage belge, obscur, informe; bizarre construction des mâchoires; stupidité menaçante.
— La démarche belge, folle et lourde. Ils marchent en regardant derrière eux.
— Les *Espions,* signe d'ennui, de curiosité doublée de paresse, de défiance et d'inhospitalité.

Page 824.

a. cigarres　　*ms ; graphie historique constamment adoptée par Baudelaire.*

1. On le trouvera au chapitre IX, f. 104, p. 861.
2. Voir le début du feuillet, p. 927.

Page 825.

a. *Mot omis par Baudelaire.*

1. Voir *Les Bons Chiens* (t. I, p. 360).
2. Voir la fin du feuillet, p. 946.

Page 826.

a. *Baudelaire a écrit ensuite ces mots qu'il a biffés :* La voix rauque, traînante, l'accent belge.

1. Voir *Le Moyen de parvenir,* de Béroalde de Verville, chap. XXIX.

Page 828.

a. camelotte *[sic] ms.*

1. Sur le lorgnon belge voir aussi une note à la fin d'un projet de préface (t. I, p. 1171).

Page 829.

1. On les trouvera au chapitre XXXIII *(Épilogue),* f. 309 (p. 954) : « Un hyperboréen... »

Page 830.

a. Cette ligne et la précédente (p. 829) ont été ajoutées au crayon.

1. Baudelaire a extrait ce « mot de Maturin » de *Melmoth ou l'homme errant,* traduction de Jean Cohen (1821), t. V, p. 24. L'une des causes de la violente irritation que Baudelaire éprouva à l'égard des éditeurs Lacroix et Verboeckhoven fut relative à ce roman de Maturin, « le code du Romantisme, l'admiration de Balzac et de Victor Hugo », qu'à Verboeckhoven il avait donné l'idée de traduire. Il apprit ensuite par Mme Paul Meurice que ces éditeurs belges avaient chargé de la traduction l'actrice Judith. En fait, ce fut Maria de Fos qui traduisit en 1867 *Melmoth the Wanderer.* Sur cet épisode, voir *CPl,* II, 461, 463, 466-468, 471, et *LAB,* 265-276.

Page 831.

a. appelerait *[sic] ms.*

1. Baudelaire a déjà fait allusion à cette lettre de Cyrano de Bergerac *Contre un gros homme* dont il a pu lire des extraits dans *Les Grotesques* de Théophile Gautier : voir la lettre à Poulet-Malassis du 1er novembre 1859 *(CPl,* I, 613).
2. Cf. *Mon cœur mis à nu,* XXIV, 43 (t. I, p. 691).
3. Stéphane Mallarmé dans son poème en prose *Le Phénomène futur.* J. Crépet *(Propos sur Baudelaire,* p. 64 sq.) a salué comme il convient cette rencontre inattendue : si l'on savait que Mallarmé avait célébré Baudelaire dans la *Symphonie littéraire (L'Artiste,* 1er février 1865), on ignorait tout, jusqu'à la révélation de ce passage, d'une présence de Mallarmé dans la pensée de Baudelaire. Comme *Le Phénomène futur* n'a été publié, semble-t-il, que le 20 décembre 1875 dans *La République des lettres,* il faut qu'un ami commun en ait communiqué à Baudelaire le manuscrit. Une amie, en fait, puisque J. Crépet propose de voir le lien entre Baudelaire et Mallarmé en la personne de Mme Hippolyte Lejosne, cousine de Henri Cazalis (le poète Jean Lahor) : Baudelaire fréquentait chez le commandant Lejosne, et Mallarmé, le 8 février 1866, envoie des vers à la « commandante ».

Page 832.

a. Race [méchante *biffé*] défiante *ms.*

Page 833.

1. Voir p. 26 sq. et 169 sq.

III

a. Variantes du sommaire : [F. 43]

Tabac		
Cuisine	3. BRUXELLES. LA VIE	MŒURS
Vins		

— La question du Tabac.

Inconvénients de la liberté.

— La question de la Cuisine.

Pas de viandes rôties.

Tout est cuit à l'étuvée.

Tout est accomodé *[sic]* au beurre rance (par économie ou par goût).

Exécrables légumes (soit naturellement, soit par le beurre).

Jamais de ragoûts.

Les cuisiniers belges croient qu'une cuisine très assaisonnée est une cuisine pleine de sel.

— Pas de fruits. Ceux de Tournai sont exportés en Angleterre. Enfin, le pain exécrable, humide, mou, brûlé.

— A côté du fameux [préjugé *biffé*] mensonge de la liberté belge, du mensonge de la propreté belge, mettons le mensonge de la *vie à bon marché.*

— Tout est quatre fois plus cher qu'à Paris, où il n'y a de cher que le loyer.

— Ici, tout est cher excepté le loyer.

— Vous pouvez, il est vrai, vivre à la belge ; peinture du régime et de l'hygiène belge *[sing.].*

— La question des vins. — Le vin, objet de curiosité et de bric-à-brac. Merveilleuses caves, *toutes semblables ;* vins chers et capiteux. — Les Belges *montrent* leurs vins, mais ne les boivent pas par goût, mais par vanité.

— La Belgique, paradis des commis voyageurs en vins.

— Le faro et le genièvre.

Page 834.

1. Baudelaire rapporte dans *Mon cœur mis à nu* (t. I, p. 695) qu'au témoignage du frère de Nadar, ce dernier avait tous les viscères en double. Ainsi, il aurait pu manger de vastes omelettes. Il existait des galettes dites Nadar ; des omelettes portant son nom auraient-elles été confectionnées au point de devenir rapidement populaires lors du séjour que le célèbre aéronaute fit à Bruxelles, en 1864 ?

2. Voir le début du feuillet, p. 869.

Page 835.

1. Taverne, 8, rue Villa-Hermosa.

IV

Page 837.

a. Variantes du sommaire :

4. MŒURS [F. 51]

LES FEMMES ET L'AMOUR

— pas de *femmes,* pas d'*amour.*
— pourquoi ?
— pas de galanterie chez l'homme, pas de pudeur chez la femme.
La pudeur, objet prohibé, ou dont on ne sent pas le besoin.
Portrait général de la Flamande, ou du moins de la Brabançonne.
(La Wallonie, mise de côté, provisoirement.)
— Type général, analogue à celui du mouton et du bélier.
    Le sourire impossible, à cause de la récalcitrance des muscles
et de la structure des dents et des mâchoires.
    Le teint, les cheveux ; les jambes, les gorges, pleins de suif ; les
pieds, horreurs ! ! !
    En général, un gonflement marécageux. Précocité d'embonpoint.
    La puanteur des femmes (anecdotes)
— Obscénité des dames belges. — Anecdotes de latrines.
    En référer, quant à l'amour, aux ordures des anciens peintres
flamands. Amours de sexagénaires. Le peuple n'a pas changé.
    Des femelles, oui. — Des femmes, non.
    Prostitution belge.
    Extraits du règlement.

b. un front de [mouton *biffé*] bélier, *ms.*
c. ognon [*sic*]. *ms.*

1. Ces extraits ne nous sont pas parvenus.
2. Cette ressemblance entre les femmes de Rubens et les Bruxelloises que Baudelaire voyait dans la rue a dû compter dans le changement d'opinion de celui-ci à l'égard du peintre ; voir p. 932.

Page 840.

a. les deux mots ne sont pas soulignés dans le manuscrit.

1. Note-mémento : le 27 novembre 1864, *L'Indépendance belge*
(voir var. *a*) annonçait la publication d'un des volumes de la
Correspondance de Napoléon Ier ; Baudelaire se proposait peut-être
d'informer sa mère de cette publication, afin qu'elle réclamât l'exemplaire auquel elle avait droit, comme veuve d'un membre de la

commission chargée de l'édition de cette correspondance. Mais la note peut aussi avoir trait au 27 novembre 1865 : ce jour-là, *L'Indépendance* rapportait le scandale causé par un rédemptoriste ivre; voir, au chapitre XVIII, le feuillet 198, p. 900.

2. Victor Duruy est ministre de l'Instruction publique depuis juin 1863. Le 13 novembre 1864 — ce qui est en faveur de la première hypothèse énoncée dans la note précédente —, Baudelaire, écrivant à Ancelle, reproche au « sieur Duruy » de vouloir faire de la France une Belgique (de même dans *Pauvre Belgique !*, p. 873); il revient sur cette accusation le 18 novembre en indiquant qu'on n'enseigne pas le latin en Belgique; *a fortiori* le grec n'y serait donc pas enseigné (voir aussi p. 873). Ainsi, Sophocle et Virgile seraient en Belgique lettre morte.

V

b. Variantes du sommaire :

5. MŒURS   [F. 60]

Grossièreté belge (même *parmi les officiers*).
Aménités de confrères.
Ton de la critique et du journalisme belges.
Vanité belge blessée.
Vanité belge au Mexique.
Bassesse et domesticité.
Moralité belge. Monstruosité dans le crime.
Orphelins et vieillards en adjudication.

(Le parti flamand. Victor Joly. Accusations légitimes contre l'esprit de singerie.) (À placer ailleurs.)

3. Victor Joly (1807-1870), Bruxellois, se fit connaître par des brochures et des vaudevilles. Depuis 1852 il était rédacteur en chef d'une petite feuille, *Le Sancho.*

Page 844.

a. Ces mentions sont répétées sur la coupure elle-même, avec cette variante, pour la dernière : Esprit d'imitation en Belgique.
b. Au-dessous, raturé : Barbarie. Grossièreté. Sauvagerie.

VI

Page 845.

a. Variantes du sommaire :

6. MŒURS (suite)   [F. 73]

Le cerveau belge.
La conversation belge.

Il est difficile de définir le caractère belge, autant que de classer le Belge dans l'échelle des êtres.

Il est singe, *mais* il est mollusque.

Une étonnante lourdeur avec une prodigieuse [versatilité *biffé*] étourderie. Il est facile de l'opprimer, comme l'histoire le constate ; il est presque impossible de l'écraser.

Ne sortons pas, pour le juger, de certaines idées, singerie, contre-façon, conformité, impuissance haineuse, et nous pourrons classer tous les faits sous ces différents titres.

Leurs vices sont des contrefaçons.

Le gandin belge.

Le patriote belge.

Le massacreur belge.

Le libre penseur belge, dont la principale caractéristique est de *croire* que vous *ne croyez pas ce que vous dites,* puisqu'il ne le comprend pas.

Contrefaçon de l'impiété et de la gaudriole françaises.

Horreur de l'esprit. Histoire de Valbezène *[sic]* à Anvers. — Horreur du rire. — Éclat de rire sans motifs. — On raconte une histoire, touchante, le Belge éclate de rire, pour faire croire qu'il a compris. — Ce sont des ruminants, qui ne digèrent rien. — Et cependant, il y a une Béotie en Belgique, Poperinghe.

b. depuis [l'huître *biffé*] le mollusque jusqu'au *ms*

1. Eugène de Valbezen (Baudelaire écrit : Valbezène), qui publiait dans la *Revue des Deux Mondes* sous le pseudonyme de Major Fridolin, a été consul à Anvers de 1857 à 1862. Mais on ne sait rien de ses mésaventures.

2. Germe de l'une des *Amœnitates Belgicæ : Le Mot de Cuvier* (p. 973).

3. Voir les listes de projets publiées en annexe au *Spleen de Paris,* où l'on retrouvera les deux derniers titres (t. I, p. 368). Pour *Singulière conversation,* cf., p. 847, le feuillet 13, et, p. 857, le feuillet 97.

Page 846.

a. Ms. : *mot oublié*

1. Voir la fin du feuillet, p. 934.

2. Voir dans le chapitre précédent (p. 841) la coupure résumée du feuillet 63.

Page 847.

a. l'odeur [maternelle *biffé*] de la famille, *ms.*

b. [Nullité *biffé*] Impuissance de *ms.*

1. Allusion à la maladie vénérienne de Napoléon III.

Page 848.

a. inapperçu *[sic] ms.*

1. Faubourg de Bruxelles.

Page 849.

   a. refesant [*sic*]   ms.

Page 850.

   a. Valbezène   ms. *Baudelaire omet de plus de lui donner la particule.*

Page 851.

   a. ribotte [*sic*] ms.

   1. Nous avons placé ici ce feuillet, parce que le début du précédent l'annonce. Mais il appartient aussi par sa teneur au chapitre v (où se retrouve dans deux titres le mot *Patriotisme*) comme au chapitre xv (« La Langue française en Belgique »).

   2. Cette coupure est collée sur la lettre de faire-part d'un mariage de Mlle Laure Jamar, fille d'un membre de la Chambre des représentants, avec M. Eugène Bidart, avocat; le faire-part est daté du 15 juillet 1865.

   3. H. Babou (voir l'Index) avait publié trois articles sur la Belgique dans le *Figaro* (13 et 16 juillet, 10 août 1865). Il avait rencontré Baudelaire à Bruxelles et transcrit les notes que celui-ci avait censément prises pour un « Dictionnaire franco-belge » (James Patty, *RHLF*, avril-juin 1967). — Les mots en italique, autres que les titres, sont ceux que Baudelaire a soulignés dans la coupure.

Page 852.

   1. Poulet-Malassis habitait en effet à Ixelles. Voir p. 978 la *Suscription rimée*.

   2. S'il s'agit de la compagne de Poulet-Malassis, Fanny Daum (voir p. 977), elle était alsacienne.

Page 853.

   1. Voir, dans les *Amœnitates Belgicæ, Une Béotie belge* (p. 974), dont c'est ici le germe. Poperinghe se trouve entre Ypres et Cassel.

VII

   a. Variantes du sommaire :

7. MŒURS. *Bruxelles*   [F. 88]

(Suite.)
Esprit de petite ville.
Cancans.   Jalousies.
                    Calomnies.
                    Jouissance du malheur
                          d'autrui.
Résultats de l'oisiveté et de l'incapacité.

Page 854.

a. senti [diffammé *[sic]* et *biffé*] calomnier, j'ai *ms.*

Page 855.

1. Voir *Fusées,* IV (t. I, p. 652).
2. Arthur Stevens. On ignore l'anecdote.

Page 856.

a. mangé [, tout cru *biffé*], sans *ms.*

Page 857.

VIII

a. *Variantes du sommaire :*

8. *Bruxelles* [F. 96]

MŒURS (suite).

Esprit d'obéissance et de conformité
Esprit d'association
Innombrables sociétés
(restes des Corporations).

Paresse de penser chez l'individu.
En s'associant, les individus se dispensent de penser individuellement.
La société des Joyeux.
Un Belge ne se croirait pas heureux, s'il ne voyait pas d'autres gens heureux par les mêmes procédés. Il ne peut pas être heureux *par lui-même.*

b. débarasser *[sic]* *ms.*

1. Peut-être est-ce ici le thème de « Singulière conversation » (f. 17, p. 845) que Baudelaire se proposait de comprendre dans *Le Spleen de Paris.* Voir, en tout cas, dans les *Amœnitates Belgicæ, L'Esprit conforme,* I (p. 972).

Page 858.

1. Le président du pouvoir exécutif belge en 1790, célèbre par son despotisme.

Page 859.

1. Voir au chapitre sur Namur (p. 952).

Page 860.

IX

a. *Variantes du sommaire :*

9. *Bruxelles* [F. 102]

MŒURS (suite).

Les Espions.
Cordialité belge.
Incomplaisance.
Encore la grossièreté belge.
Le *sel gaulois* des Belges.
Pisseur et vomisseur, statues nationales que je trouve symboliques.
Plaisanteries excrémentielles.

Page 861.

1. Le peintre belge Louis Dubois.
2. Cf. *Mon cœur mis à nu,* XXXIV (t. I, p. 698).
3. Les statues bien connues du Mannekenpis et du Cracheur.

Page 862.

a. provoquant [*sic*] *ms.*

x

b. *Variantes du sommaire :*

10. *Bruxelles* [F. 107]

MŒURS. (Suite.)

Lenteur et paresse belges; dans l'homme du monde, dans les employés, dans les ouvriers.
— Torpeur et complication des administrations.
La Poste, le Télégraphe, l'Entrepôt.
Anecdotes administratives.

Page 863.

1. Baudelaire avait dû se faire refuser une dépêche où figurait *in fine* une formule comme : « Je t'embrasse », adressée à sa mère.
2. La colonne de gauche représente des recettes escomptées, notamment des directeurs de la *Revue nationale* et du *Figaro ;* celle de droite, des dettes à acquitter envers l'hôtel du Grand Miroir, à Bruxelles, envers le patron de l'hôtel de Dieppe, à Paris, ainsi qu'une somme à envoyer à Jeanne Duval, alors impotente.
3. Sans doute Hochsteyn, le directeur des Postes belges.
4. Une entreprise de messageries.

Page 864.

1. Voir la série *Hygiène* et, dans *Mon cœur mis à nu,* les feuillets XXIV et XXVIII (t. I, p. 668 sq., 691, 695).

XI

Page 865.

a. Variantes du sommaire :

11. MŒURS. *Bruxelles.* [F. 112]
(Suite)

Moralité belge. Les Marchands. Glorification du succès. L'argent.

Le peintre qui voudrait livrer J. Davis.

Défiance universelle et réciproque, signe d'immoralité générale.

À aucune action, même à une belle, un Belge ne suppose un bon motif.

Improbité commerciale (anecdotes).

Le Belge est toujours porté à se réjouir du malheur d'autrui. D'ailleurs cela fait un [objet *biffé*] sujet de conversation.

Passion générale de la Calomnie. J'en ai été victime plusieurs fois.

Avarice générale.

Grandes fortunes. Tout le monde est commerçant, même les riches.

[*Ajouté dans la marge :*] Pas de charité. — On dirait qu'il y a une conspiration pour maintenir le peuple dans la misère et l'abrutissement.

Haine de la Beauté, pour faire pendant à la haine de l'esprit.

———

N'être pas conforme, c'est le grand crime.

b. et puis je consentirais [ensuite *biffé*] peut-être *ms.*

1. Alfred Verwée (1838-1905), peintre belge de paysages et d'animaux. Élève d'Eugène Verboeckhoven. Ami de Courbet, il s'emploiera à faire exposer en octobre 1864, place du Trône, à Bruxelles, la toile peinte d'après *Delphine et Hippolyte* (voir p. 935, n. 3) et qui est blâmée p. 885. Sur Verwée voir aussi une appréciation de Baudelaire lorsqu'il visite la collection de Prosper Crabbe (p. 964). — On a déjà rencontré Hippolyte Babou (p. 851). — On retrouvera plus loin le peintre Henri Leys à qui est consacrée une notice du Répertoire des artistes.

2. Président des États confédérés pendant la guerre de Sécession. Lorsque Richmond tomba aux mains de l'Union (5 avril 1865), il s'enfuit vers la Floride, afin de s'embarquer pour La Havane, mais le 10 mai il fut rejoint et capturé. Il sera mis en liberté en 1867. Il est donc possible que ce feuillet date du printemps de 1865.

Page 866.

a. appuyée [*sic*] *ms.*

1. Au chapitre « Worship », dans *The Conduct of Life,* Emerson montre la hâte avec laquelle l'homme de la rue américain présume

de bas motifs : Cobden, en luttant contre les cornlaws, s'est, pense celui-ci, constitué une fortune, et Kossuth, en cherchant à gagner le nouveau monde à la cause de la liberté, a fait une jolie affaire. — Voir le nom d'Emerson à l'Index.

Page 867.

1. Cf. *Mon cœur mis à nu*, XXX, 54 (t. I, p. 695-696).

Page 868.

a. bestiale, [avec protestations d'amitié   *biffé*] semblable   *ms.*

1. Le gouvernement belge avait acheté l'esquisse du plafond de la Galerie d'Apollon, ainsi que le rapporte *La Petite Revue* du 21 octobre 1865. S'était-il montré, lors des négociations, un peu parcimonieux ?
2. Voir la fin du feuillet, p. 879.
3. Cf. p. 831 et au t. I, p. 691, *Mon cœur mis à nu*, XXIV, 43.

XII

Page 869.

a. Variantes du sommaire :

12. MŒURS	[F. 121]

Le préjugé de la propreté belge.
En quoi elle consiste.
Choses propres en Belgique.
Choses sales en Belgique.
Métiers fructueux. Blanchisseurs plafonneurs. Mauvais métiers [:] Maisons de bains.
Quartiers pauvres.
Mendicité.

1. Voir la fin du feuillet, p. 834.

Page 870.

a. est [indélébilement   *biffé*] originellement marquée   *ms.*
b. sur son visage [toutes les horreurs   *biffé*] toute la laideur   *ms.*

XIII

c. Variantes du sommaire :

13. DIVERTISSEMENTS BELGES	[F. 125]

Caractère sinistre et glacé. ×
Silence lugubre.
Esprit de conformité. × ×
On ne s'amuse qu'en *bande*.
Le Carnaval à Bruxelles.

Barbarie des jeux des enfants.

[Ajouté à droite :]

Chacun saute sur place et en silence. Personne n'offre à boire à sa danseuse.

× Le Vaux Hall.

Le Casino.

Le Théâtre Lyrique.

Le Théâtre de la Monnaie.

Les théâtres de Vaudeville Français.

Mozart au Théâtre du Cirque.

Les jeux de balle.

Le tir à l'arc.

Bals populaires.

La troupe de Julius Langenbach (aucun succès, parce qu'elle avait du talent).

× × Comment j'ai fait applaudir par une salle entière un danseur ridicule.

[Les × mettent sans doute en relation les mentions que Baudelaire veut rapprocher.]

Page 871.

a. raffraîchissements *[sic] ms.*

1. Journal de Bruxelles.

2. Vieille maison de la Grand-Place.

Page 872.

a. guères *ms.*

1. *La Reine Crinoline,* une « revue » féerique d'Hippolyte Cogniard, que, vers le même moment, Flaubert cherchait à lire pour sa propre féerie : *Le Château des cœurs.* — ... pour moi qui suis un *Épiménide* : c'est-à-dire pour un solitaire qui ignorait que la crinoline fût revenue à la mode, — la crinoline dont on avait annoncé quelque temps auparavant la disparition.

2. On a remarqué la synesthésie.

Page 873.

1. Cf. p. 952.

XIV

a. Variantes du sommaire :

14. ENSEIGNEMENT [F. 133]

Universités de l'État ou de la Commune.

Universités libres.

Athénées.

Pas de latin, pas de grec.
Pas de philosophies.
Pas de poésie.
Études professionnelles.
Éducation pour faire des ingénieurs ou des banquiers.
Le *positivisme* en Belgique (toujours la France !).
Hannon.
Altemeyer [*sic*], la vieille chouette !
Son portrait.
Son style.

Haine générale de la littérature.

b. Labruyère *ms.*

2. Hannon, professeur de sciences naturelles à l'Université libre de Bruxelles ; Altmeyer, professeur d'histoire ancienne à cette même Université ; l'un et l'autre furent doyens.
3. Voir p. 840 et note 2.
4. Voir, dans *Le Spleen de Paris, La Solitude* (t. I, p. 314).

Page 874.

XV

a. Variantes du sommaire :

15. LA LANGUE FRANÇAISE EN BELGIQUE   [F. 135]

— Style des rares livres qu'on écrit ici.
— Quelques échantillons du vocabulaire belge.
— Personne ne sait le français, mais il est de bon goût d'affecter de ne pas savoir le flamand. La preuve qu'ils le savent très bien, c'est qu'ils *engueulent* leurs domestiques en flamand.

Ça ne me goûte pas.
Je n'aime pas ça. — Moi bien.
Majorer.
Je ne sais pas dormir.
Viens-tu avec ?
Etc., etc.

b. Verhæghen *ms. Baudelaire reprend les Belges francophones et montre, comme presque tous ses contemporains et les nôtres, une parfaite ignorance des graphies allemandes et néerlardaises.*

1. Emploi dialectal et fautif du verbe *eslançonner ?*
2. Verhaegen, fondateur de l'Université libre de Bruxelles.
3. Œuvres de Kaulbach (voir p. 599), illustrant le *Werther* de Gœthe, dont le titre n'est pas souligné par Baudelaire.
4. Le compositeur Ernest Reyer que Baudelaire avait rencontré chez Mme Sabatier (voir l'Index de la *Correspondance*).
5. Voir p. 935.

Page 875.

a. cocaces. *[sic] ms.*

b. qu'il [y a identité entre la Charité *biffé*] est nécessaire de haïr le Pape pour être charitable et que le [même mot, dans la même phrase *biffé*] mot *un* est un substantif [suffisant *biffé*]. *ms.*

1. Une des rues de Bruxelles; voir, dans *Les Épaves,* le vers 4 de *Sur les débuts d'Amina Boschetti* (t. I, p. 175).

2. Baudelaire aurait pu poser la question non à Arthur Stevens mais à Félicien Rops qui écrit à une certaine Élise dont il est amoureux : « Il faut, Chère Élise, que tu me promettes une chose, c'est de lire tous les dimanches la correspondance du Journal de l'Office de Publicité (abonne-toi si tu n'es pas abonnée), nous pourrions avoir une foule de choses à nous dire, ne te fâche et laisse ce petit refuge à notre affection, [...]. Les Correspondances du Journal de l'Office sont habituellement parmi les Annonces — c'est le journal le plus facile pour les correspondances » (Jean-Pierre Babut du Marès, *Félicien Rops,* Ostende, Erel, s. d., [1971], p. 45).

3. La faute n'est pas évidente. Baudelaire refuse-t-il l'emploi de *refrigerium* (consolation), mot qui n'appartient pas à la latinité d'or —, mais il condamnerait par là même le latin de *Franciscæ meæ laudes.* À *suæ* aurait-il préféré *ejus ?*

4. Alphonse Wauters est l'auteur d'une *Histoire de la Ville de Bruxelles* (1843).

5. Les conventionnels Louis David (le peintre) et Cavaignac, dont les restes avaient reposé en Belgique.

6. À la suite d'une explosion de grisou (8 janvier 1865).

Page 876.

a. réthorique. *ms. Faute constante sous la plume de Baudelaire.*
b. Altemeyer *ms ; de même trois lignes plus bas.*

1. Mme de Staël avait demandé au philosophe Fichte de lui expliquer en un quart d'heure son système philosophique; à l'issue de cette explication, elle se permit une facétie. Il était sans doute dans l'esprit de Baudelaire de rapprocher les attitudes de ces deux présomptueuses, la fille d'Altmeyer et Mme de Staël, en face de deux grands penseurs.

2. Sans doute, parodie blasphématoire du *Sui eum non receperunt :* « les cochons ne l'ont pas reconnu » pour « les siens ne l'ont pas reçu ».

Page 877.

a. dans [votre éloquence *biffé*] vos réclames ! *ms.*

Page 879.

1. Voir le début de ce feuillet, p. 868.

XVI

a. compte   *ms.*

2. Notamment Félix Bovie, chansonnier.

3. Selon Gustave Charlier (*Passages,* p. 174) : Émile Leclercq.

Page 880.

     a. Variantes du sommaire :

     16. JOURNALISTES ET LITTÉRATEURS   [F. 151]

En général, le littérateur (?) exerce un autre métier. — Employé, — le plus souvent.

Du reste, pas de littérature. Deux ou trois chansonniers, singes flamands des polissonneries de Béranger.

Des savants, des annalistes, c'est-à-dire des gens qui achètent à vil prix un tas de papiers (comptes de frais pour bâtiments et autres choses, comptes rendus de séances des conseils communaux, copies d'archives, etc.) et puis revendent tout cela comme un livre d'histoire. — À proprement parler, tout le monde ici est *annaliste,* ou brocanteur de tableaux et de curiosités.

     [*Le reste du texte sans changement, mais distribué en colonne.*]

     1. Éditeur d'estampes libertines et anticléricales.

Page 882.

     1. Mérimée, commentant une lettre de Catilina au sénateur Catulus, s'étonne, en effet, qu'on puisse « retrouver dans une âme si farouche quelques sentiments humains » (*Études sur l'histoire romaine,* édition de 1853, p. 327-328). Cf. p. 231 et 233.

     2. Jeu de mots facile à comprendre si l'on pense que l'éditeur présumé coupable de ce sordide abus de confiance est vraisemblablement Lacroix.

     3. Le grand-duc Nicolas, fils aîné du tsar Alexandre II, né le 8 septembre 1843, mourut de tuberculose à Nice le 12 avril 1865.

Page 883.

     1. Voir p. 875.

     2. Baudelaire se proposait peut-être de refaire le début de *Pauvre Belgique !* en un « chapeau » où il utiliserait cette constatation que Bruxelles est un « trou ».

     3. Intervention de Baudelaire dans sa copie.

Page 884.

     1. C'est-à-dire où l'éloge de Joly précédait l'éloge de Victor Hugo par lui-même.

Page 885.

     1. Il est ici question de l'exposition de la place du Trône, à laquelle est consacré un autre feuillet (p. 935).

2. C'est-à-dire la toile camouflée sous le titre de *Vénus et Psyché*, inspirée à Courbet par l'un des poèmes intitulés *Femmes damnées* (voir t. I, p. 1127).

XVII

Page 886.

a. Variantes du sommaire :

17. IMPIÉTÉ BELGE [F. 165]

Insultes au pape.
Propagande d'impiété.
Mort de l'archevêque de Paris.
Représentation du *Jésuite*.
Le Jésuite-Marionnette.
Une procession.
Souscription royale pour les enterrements.
Contre une institutrice catholique.
À propos de la loi sur les Cimetières.
Enterrements civils.
Cadavres disputés ou volés.
Un enterrement de solidaire *[non souligné]*.
Enterrement civil d'une femme.
Analyse des règlements de la *Libre pensée*.
Formule testamentaire. *[Un blanc.]* Le pari de deux mangeurs d'hosties.

Page 888.

a. Belge, *avec majuscule, par trois fois dans* ms.

Page 889.

1. Baudelaire a ainsi annoté cette cascade de fautes ou de coquilles : « Style belge. »

Page 894.

1. On trouve dans les *Mémoires* de l'abbé Morellet le récit de la visite qu'il fit, pour obtenir un brevet de civisme, à un prêtre marié, flanqué de sa « prêtresse ».

XVIII

Page 895.

a. Variantes du sommaire :

18. PRÊTROPHOBIE [F. 187]

Irréligion.
Encore *la libre pensée*
Encore les *solidaires* et les *affranchis*
Encore une *formule testamentaire* pour dérober le cadavre à l'église.

Un article de M. Sauvestre sur la *libre pensée.*

Encore les cadavres *volés.*

Funérailles d'un abbé mort en *libre penseur.*

Jésuitophobie.

Ce que c'est que *Notre brave De Buck,* ancien forçat, persécuté par les Jésuites.

Une assemblée de la *Libre pensée,* à mon hôtel, au *Grand Miroir.* Propos philosophiques belges.

Encore un enterrement de *Solidaire,* sur l'air de : *Zut ! alors ! si ta sœur est malade !*

— Le parti clérical et le parti libéral.

— Je les soupçonne d'être également bêtes.

Le célèbre De Fré (Paul-Louis Courrier [*sic*] belge) a peur des revenants, déterre les cadavres des impies pour les remettre en terre sainte, croit qu'il mourra tragiquement comme Courier et se fait accompagner le soir pour n'être pas assassiné par les Jésuites. — Ma première entrevue avec cet imbécile. Il était ivre — a interrompu le piano pour faire un discours sur le progrès et contre Rubens en tant que peintre catholique.

— Abolisseurs de peine de mort, — sans doute très intéressés.

— L'impiété belge est une contrefaçon de l'impiété française élevée au cube.

Opinion d'un Compagnon de Dumouriez sur les partis en Belgique.

Bigoterie. — Chrétiens anthropophages dans l'Amérique du Sud. — Un programme de M. de Caston.

Laideur et crapule du clergé flamand.

Le coin des chiens ou des réprouvés. — *L'Enterrement* par Rops.

1. L'affaire De Buck souleva en Belgique une grande émotion : De Buck avait menacé de mort des jésuites, se plaignant que ceux-ci eussent capté l'héritage d'un de ses oncles. Procès ; finalement, il fut acquitté.

2. Scie chantée sur l'air de : « Ah ! zut ! alors ! si ta sœur est malade ! »; voir plus haut la variante du Sommaire.

3. Defré, à qui l'on a vu que Baudelaire voulait dédier des stances (p. 822), avait, en sa qualité de bourgmestre, fait déterrer un enfant non baptisé pour le faire inhumer en terre bénie. Joseph Boniface était l'un des pseudonymes qu'utilisait Defré dans ses écrits.

4. Cf. *Mon cœur mis à nu,* XIV, 23 (t. I, p. 684-685).

5. Cf., au chapitre XXXIII *(Épilogue),* le feuillet 19 (p. 955), où l'on trouvera une citation de Gadolle sur les Belges; mais il n'y a aucune raison de croire que ce Gadolle ait jamais été un compagnon de Dumouriez.

Page 896.

a. rogatons [du philosophisme français *biffé*] d'une philosophie *ms.*

b. comme [céleſtes *biffé*] sublimes friandises. *ms.*

1. Cf. *Mon cœur mis à nu*, XXXII, 58 (t. I, p. 697).

2. Voir, dans les *Hiſtoires extraordinaires*, *Petite discussion avec une momie.*

Page 897.

1. Baudelaire a envoyé le faire-part imprimé à Ancelle; voir *CPl*, II, 423-424; il l'annote ainsi : « À ajouter à la collection de vos curiosités. / J'ai assiſté à l'enterrement de ce misérable. »

2. C'était l'hôtel où logeait Baudelaire... Voir le feuillet suivant.

Page 899.

1. Catulle Mendès ayant écrit à Baudelaire, le 22 août 1865, qu'il allait fonder des « lectures poétiques » au cours desquelles, chaque semaine, cinq ou six poètes liraient des vers ou des études (*LAB*, 243), Baudelaire lui répond le 3 septembre : « *Cinq ou six poètes par soirée !* grand Dieu ! Dans les siècles *féconds*, il y en a dix, *peut-être*.

« Cela me fait penser à une queue d'article d'un journal belge, à propos de l'enterrement *(civil)* d'Armellini.

— « Description minutieuse du catafalque.

— « Et puis : "..... Derrière, suivait L'INNOMBRABLE MULTITUDE DES LIBRES PENSEURS. "

« Or, combien y en a-t-il eu depuis les temps hiſtoriques ? »

Armellini fut d'abord l'un des conseillers de Pie IX, puis devint triumvir, avec Mazzini et Saffi, de la république. Contraint à l'exil par l'entrée des troupes françaises dans Rome, lesquelles venaient rétablir l'ancien régime, il gagna Bruxelles où il s'inſtalla et où il mourut en 1862.

2. Defré fut indirectement à l'origine de la manifeſtation hoſtile dirigée contre Proudhon, après un article où ce dernier invitait ironiquement (mais Defré ne voulut pas comprendre l'ironie) Napoléon III à annexer la Belgique. À la suite de cet incident, Proudhon dut quitter Bruxelles. Voir aussi p. 975 et n. 1.

3. La campagne pour l'abolition de la peine de mort se développait dans toute l'Europe. En février 1865, un grand meeting abolitionniſte s'était tenu à Milan; Victor Hugo avait à cette occasion écrit et publié deux lettres pour renouveler son appui aux tenants de la cause. Courbet était certainement abolitionniſte. Mais on ne possède pas de témoignage sur la part qu'il aurait prise au débat. Faut-il comprendre, ainsi que nous le faisions avec J. Crépet dans l'édition de 1952 : Hugo domine dans l'humanitarisme comme Courbet dans le réalisme ?

Page 900.

a. rationaliſte [sic] ms. ; de même à la ligne suivante.

b. chippés *[sic] ms.*

1. Cf. *Mon cœur mis à nu*, XXXI, 57 (t. I, p. 696).

2. Eugène Pelletan, collaborateur du *Siècle* et de *La Presse*. Baudelaire fut en bref contact avec lui : voir sa lettre du 17 mars 1854 (*CPl*, I, 273-274). Pelletan était un ardent défenseur du progrès et de la libre pensée.

3. Ce scandale est rapporté par *L'Indépendance belge* du 27 novembre 1864 (voir la note 1 de la page 840).

Page 901.

a. Cimetierres [*sic*] *ms*.
b. antropophages [*sic*] *ms*.

1. Dans un article intitulé « Gavarni en Belgique » et consacré à Rops (surnommé le Gavarni belge) Fortuné Calmels écrit (*Revue nouvelle*, 1ᵉʳ janvier 1864) : « Il n'y a pas longtemps qu'on voyait à la vitrine de Cadart une lithographie dont la rubrique indiquait un *Enterrement au pays wallon*. » Et de décrire cette planche caricaturale qu'un prêtre avait pu voir à la vitrine. Sur l'éditeur Cadart, voir p. 1437.

Page 902.

1. Cf. *Fusées*, VII, 10 (t. I, p. 654).
2. Celle que Baudelaire attribuait tout à l'heure à un compagnon de Dumouriez (voir l'Argument du présent chapitre, p. 895).

Page 903.

a. De Kerkove [*sic*] *ms*.
b. Von [*sic*] Schaendel [*sic*] *ms*.

1. Le second Congrès de Malines eut lieu en août et septembre 1864; y prirent notamment la parole le père Hermann, Mgr Dupanloup, le père Félix, le vicomte de Kerchove. Les peintres Janmot (voir *L'Art philosophique*, p. 603) et Petrus van Schendel durent participer aux réunions de la section de Beaux-Arts.

XIX

c. *Variantes du sommaire :*

19. POLITIQUE   [F. 203]

Mœurs électorales.
Scandales électoraux.
Politesse parlementaire.
Grotesque discussion sur les précautions électorales.
Meeting républicain.
Contrefaçon du Jacobinisme.
La Belgique toujours en retard, à l'horloge des siècles.

Page 904.

1. L'éditeur Albert Lacroix auquel il est fait allusion, déjà, au chapitre XVI, feuillet 156 (p. 882), et qui se présentait aux élections (voir le feuillet 237 au chapitre XX, p. 918).

2. Membre de la Chambre des représentants, ainsi que M. Dechamps cité un peu plus loin. On retrouve M. Vleminckx au feuillet 208 (p. 905). Jean-François Vleminckx (1800-1876) avait été élu en 1864; il appartenait au parti libéral.

Page 906.

1. Autre représentant; son mot : peut-être celui qui est rapporté, quelques lignes plus bas, au feuillet 213.

Page 909.

1. Ouvrage violemment anticlérical, publié par livraisons.

2. Périodique estudiantin progressiste dont le groupe de rédacteurs a été bien étudié par Luc Badesco dans *La Génération poétique de 1860* (Nizet, 1971).

Page 911.

1. Paul Lafargue (1842-1911), disciple et gendre de Karl Marx. Voir p. 910.

Page 913.

1. Prestidigitateurs (ils étaient deux frères), qui voulaient se faire passer pour de vrais médiums.

Page 914.

XX

a. Variantes du sommaire :

20. POLITIQUE   [F. 224]

Il n'y a pas de peuple belge proprement dit. Il y a des races ennemies et des villes ennemies. Voyez Anvers. La Belgique Arlequin diplomatique.

— Histoire baroque de la Révolution brabançonne, faite contre un Roi philosophe, et se trouvant en face de la Révolution française, révolution philosophique.

— Un Roi constitutionnel est un automate en hôtel garni.

— La Belgique est la victime du cens électoral. Pourquoi personne ici ne veut du suffrage universel.

— La Constitution n'est que chiffon. Les Constitutions sont du papier. Les mœurs sont la réalité.

— La liberté belge est un mot. Elle est sur le papier, mais elle n'existe pas, parce que *personne n'en a besoin.*

— La liberté est un décret sans motif.

— Situation comique de la Chambre à un certain moment. Les deux partis égaux, *moins une voix*. *Magnifique spectacle* des élections, comme disent les journaux français.

— Peinture d'une assemblée électorale. — Parleries politiques. Éloquence politique. Emphase. Disproportion entre la parole et l'objet.

b. abbréviative *[sic]   ms.*

Page 917.

a. raccolé *[sic]   ms.*

1. Sans doute un slogan employé pour le recrutement du corps expéditionnaire belge qui participa à la guerre du Mexique.
On n'oubliera pas que Maximilien d'Autriche, empereur du Mexique, avait épousé Marie-Charlotte, fille de Léopold Ier.

2. Il en fut réellement ainsi; aussi la Chambre dut-elle être dissoute en juillet 1864.

3. Cf. *Mon cœur mis à nu* (t. I, p. 690-691), XXIII, 40 et 41 (ce dernier feuillet datant du séjour de Baudelaire à Bruxelles).

Page 918.

1. Voir p. 910.

2. Cf., au chapitre précédent, dans le feuillet 223 (p. 910), l'intervention du citoyen Sibrac : « C'est Ève qui a jeté le premier cri de révolte contre Dieu. » — On ne connaît pas de toast à Caïn.

Page 919.

XXI

a. Variantes du sommaire :

21. L'ANNEXION   [F. 240]

L'annexion est un thème de conversation belge. C'est le premier mot que j'aie entendu ici, il y a deux ans. À force d'en parler, ils ont contraint nos perroquets de la presse française à répéter le mot. —

— Une grande partie de la Belgique la désire. Il faudrait d'abord que la France y consentît. Un gueux ne peut sauter au cou d'un homme riche et lui dire : Adoptez-moi !

Je suis contre l'annexion. Il y a déjà bien assez de sots en France, sans compter tous nos anciens annexés. Faudra-t-il donc adopter l'univers ?

Mais *[suivre p. 919 jusqu'à]* difficiles.

La Belgique est un *bâton merdeux ;* c'est là surtout ce qui constitue son inviolabilité. *Ne touchons pas à la Belgique !* — (De la tyrannie des faibles, — des animaux, des enfants et des femmes. C'est ce qui crée la tyrannie de la Belgique dans l'opinion européenne.)

La Belgique est sauvegardée par un équilibre de rivalités. Mais si les rivaux s'entendaient entre eux ! Dans ce cas, qu'arriverait-il ?

(Le reste, à renvoyer à l'*Épilogue*, avec les conjectures sur l'avenir et les conseils aux Français.)

L' « Argument » et le « Sommaire » montrent que Baudelaire avait d'abord écrit au premier paragraphe : nos moutons *et s'en occuper,* les mots en romain ayant été biffés et remplacés par : perroquets *et répéter le mot.*

1. Pour bien comprendre ce chapitre, il convient de rappeler que la presse française, au moment où Baudelaire était en Belgique, fit en effet plusieurs fois allusion à l'annexion de la Belgique par l'Empire. De plus, la présence des réfugiés républicains français ne facilitait pas toujours les relations des deux pays.

Page 921.

1. Vers de Regnard (*Les Ménechmes*, III, 11), passé en proverbe :

> *Que feriez-vous, Monsieur, du nez du marguillier ?*

Page 922.

1. Le *Kladderadatsch* (que Baudelaire écrit avec *tsh* à la fin), périodique satirique, avait publié, le 12 mars 1865, des caricatures contre Napoléon III. Le passage que cherchait Baudelaire était celui-ci : « L'empereur commande ici en maître comme le démontre le fait que le *Kladderadatsch* a été saisi à Bruxelles. »

2. Voir, au chapitre XI (p. 865), le feuillet (qui n'appartient pas au manuscrit de Chantilly) où Baudelaire l'a mis en scène avec Babou et Leys.

3. Allusion à une œuvre de Wiertz, *Bruxelles capitale du monde, Paris province,* que Baudelaire citera au chapitre XXIV, f. 270 (p. 936).

4. Voir, p. 954, le feuillet 309 du chapitre XXXIII (*Épilogue*).

Page 923.

a. guères   *ms. ; ici et p. 924, f. 246.*

Page 924.

XXII

a. Variantes du sommaire :

22. L'ARMÉE   [F. 244]

Est plus grosse, comparativement, que les autres armées européennes, mais ne fait jamais la guerre, et n'est pas propre à la marche.

Air d'enfant sur les visages des soldats imberbes.

Dans cette armée, un officier ne peut donc guères espérer d'avancement que par la mort naturelle ou par le suicide de l'officier supérieur.

Grande tristesse chez beaucoup de jeunes officiers, qui ont d'ailleurs de l'instruction, et feraient d'excellents militaires.

Exercices de Réthorique *[sic ; de même p. 924]* à l'école militaire. Rapports de batailles imaginaires.

Triste consolation dans l'inaction.

Plus de politesse dans l'armée que dans le reste de la nation. À cela, rien de surprenant. L'épée anoblit et civilise.

1. Ce bataillon se battit bien, à Castelfidardo (1860), sous les ordres de Lamoricière, qui commandait les troupes pontificales et qui fut battu par l'armée de Victor-Emmanuel II.

XXIII

Page 925.

  a. Banderolles [sic] ms.

  b. Ms. : le mot est omis.

  c. Variantes du sommaire :

23. Le Roi Léopold Ier. Son portrait   [F. 247]
  Anecdotes, sa mort. Le deuil.

Léopold Ier, misérable petit principicule allemand, a su faire son petit bonhomme de chemin. Il n'est pas parti en fiacre pour l'exil. Venu en sabbots *[sic]*, il est mort, riche de [plusieurs *biffé*] cent millions, au milieu d'une apothéose européenne. Ces derniers jours, on l'a déclaré immortel.

Type de médiocrité, mais de persévérance et de ruse paysanesque *[sic]*, ce cadet des Saxe-Cobourg a joué tout le monde, a fait son magot, et a volé, à la fin, les louanges qu'on ne donne qu'aux héros.

Opinion de Napoléon Ier sur lui. (Ridicule panégyrique du Roi dans l'*Indépendance* par M. Considerant.)

Son avarice. Sa rapacité. Ses idées stupides de prince allemand sur l'étiquette. Ses rapports avec ses fils. Ses pensions. La pension qu'il recevait de Napoléon III.

Anecdote sur le jardinier.

Ses idées sur les parcs et les jardins, qui l'ont fait prendre pour un amant de la simple nature, mais qui dérivaient simplement de son avarice.

On falsifie les journaux pour que le Roi ne lise rien d'alarmant sur sa maladie.

Ce que dit derrière moi un matin le ministre de l'Intérieur. Ridicule répugnance du Roi à mourir. Il vole sa maîtresse.

Invasion de la duchesse de Brabant et de ses enfants. Elle lui fourre de force un crucifix sur la bouche.

Trait *[singulier]* de conformité entre la mort du Roi et toutes les morts belges. Ses trois chapelains se disputent son cadavre. — M. Becker l'emporte comme parlant mieux le français.

Commence la grande comédie du Deuil. Banderolles *[sic]* noires, panégyriques, apothéoses, boissonneries, pisseries, [chie... *biffé]* vomissements. Jamais Bruxelles, *en réalité,* n'avait vu pareille fête. — Le nouveau Roi fait son entrée sur l'air du *Roi barbu qui s'avance,* d'Offenbach. Voilà une belle riposte aux *[déchirure.]*

[En marge, autre version pour le dernier paragraphe, à partir de bois- sonneries. *Elle est identique à celle de l' « Argument », à de très légères variantes près :]*

Boissonneries [...] pareille fête. — La mort de son *premier Roi.* Le nouveau Roi [...] sur l'air du *Roi barbu qui s'avance.* Personne ne rit.

Des Belges chantent : *Soyons soldats,* belle riposte *aux fransquillons* annexeurs.

Page 926.

1. Nous ne jugeons pas utile de le reproduire : une bonne ency- clopédie ou, mieux, les livres que Carlo Bronne a consacrés à Léopold Ier rendant compte de tous les faits exposés dans cet article.

2. On a lu dans l'*Argument :* « Ses idées sur les parcs et les jardins qui l'ont fait prendre pour un amant de *la simple nature...*»

3. Nous ne savons rien d'une anecdote sur les relations de Léopold Ier avec un jardinier. Mais Baudelaire a bien pu commettre une confusion : on a souvent rapporté, en effet, que la princesse Charlotte d'Angleterre, qui fut la première femme du futur roi des Belges, avait fait don à un jardinier qui travaillait dans le parc du château d'une Bible de sa bibliothèque. Ce fait fut évoqué par les journaux français, en 1818, date de la mort de la princesse, comme un exemple de sa bonté et de sa simplicité d'âme.

4. Léopold (1835-1909), duc de Brabant, qui devient roi sous le nom de Léopold II, et Philippe, comte de Flandre (1835-1905), dont le fils Albert deviendra roi en 1909 sous le nom d'Albert Ier.

Page 927.

1. Voir la fin du feuillet, p. 824.

2. Ce qui s'explique par le fait que Léopold Ier avait épousé en secondes noces (1832) Louise d'Orléans, fille de Louis-Philippe. Celle-ci mourut en 1850.

3. Vapereau s'était consacré une assez longue notice dans son propre *Dictionnaire des contemporains,* dans la première édition (1858) duquel Baudelaire n'est pas même nommé. Baudelaire écrit : Considérant.

Page 928.

a. Magazins *[sic] ms.*
b. banderolles *[sic] ms.*

1. Voir l'annotation par Baudelaire du feuillet 184 (p. 893). Wiertz est l'auteur d'une toile colossale : *Les Grecs et les Troyens se disputant le cadavre de Patrocle.*

Page 929.

1. Voir le sixième paragraphe de l'*Argument* et le feuillet 249 (p. 925 et 926).

2. Mme Meyer fut la maîtresse de Léopold Ier qui lui avait fait épouser un mari de complaisance.

Page 930.

1. Air fameux de *La Belle Hélène* (voir le feuillet suivant).

2. Le Nadar de Bruxelles, qui a laissé une belle photographie de Baudelaire; voir *ICO*, n° 57; *Album Baudelaire*, p. 249.

Page 931.

XXIV

a. Variantes du sommaire :

24. BEAUX-ARTS   [F. 259]

En Belgique, pas d'art. Il s'est retiré du pays.

Pas d'artistes, — excepté Rops — et Leÿs.

La composition, chose inconnue. Ne peindre que ce qu'on voit *[pas de ponctuation]* philosophie à la Courbet. — Spécialistes. — Un peintre pour le soleil, un pour la neige, un pour les clairs de lune, un pour les meubles, un pour les étoffes, un pour les fleurs, — et subdivisions de spécialités, à l'infini.

La collaboration nécessaire comme dans l'industrie.

[Sujets ign⟨obles⟩ *biffé*] Goût national de l'ignoble. Les anciens peintres sont donc des historiens véridiques de l'esprit flamand. — Ici, l'emphase n'exclue *[sic]* pas la bêtise. Voyez Rubens, un goujat habillé de satin.

— Quelques peintres modernes. — Doublures. Les goûts des amateurs. Crabbe et Van Praet. Comment on fait une collection. — Les Belges mesurent la valeur des artistes aux prix de leurs tableaux.

Quelques pages sur cet infâme *puffiste* qu'on nomme Wiertz, passion des cokneys *[sic]* anglais.

Analyse du Musée de Bruxelles — Contrairement à l'opinion reçue, les Rubens bien inférieurs à ceux de Paris.

[Le texte du « Sommaire » se termine sur ces mots.]

1. Voir p. 963.

2. Voir, p. 934, le feuillet 329, et, dans les *Amœnitates Belgicœ, L'Amateur des Beaux-Arts en Belgique* (p. 967).

Page 932.

a. Ces pauvres gens [se sont peints eux-mêmes avec beaucoup de talent   *biffé*] ont mis beaucoup de talent à [copier   *biffé*] copier leur *[monstrueuse biffé]* difformité   *ms.*

b. n'exclue *[sic]   ms.*

c. Stévens   *ms.*

1. De ce feuillet, écrit au crayon, seule une analyse avait été donnée en 1952. Le texte intégral en a été publié pour la première fois par Cl. Pichois dans les *Œuvres* de cette collection (édition Le Dantec-Pichois, [1961], p. 1428). Ce feuillet avait été distrait pour que ne soit pas chagriné l'un des amis de Baudelaire.

Sur les peintres Alfred (1823-1906) et Joseph (1816-1892) comme sur leur frère Arthur (1825-1890), marchand de tableaux et impresario de ses frères, voir Jean Adhémar, « Baudelaire, les frères Stevens, la modernité », *Gazette des beaux-arts*, février 1958 ; *CPl*, Index ; *Album Baudelaire*, p. 248-253. Alfred Stevens était peintre de genre et portraitiste ; voir l'article d'Axelle de Gaigneron, « Alfred Stevens jugé un siècle après ses premiers succès », *Connaissance des arts*, n° 275, janvier 1975, avec reproduction en couleur de ses œuvres. C'est à Joseph, peintre animalier, que sont dédiés *Les Bons Chiens* (t. I, p. 360).

Page 933.

1. Eugène Verboeckhoven (1799-1881), père du Verboeckhoven associé de Lacroix. Il avait peint les portraits de Carle et d'Horace Vernet. Baudelaire, en écrivant le nom du père et du fils, oublie régulièrement le *c* et le *h* qui flanquent le *k*.

2. De Portaels, de Guillaume van der Hecht (écrit : Vanderecht) Baudelaire a pu voir des œuvres au Palais ducal (aujourd'hui palais des Académies), à l'exposition de la place du Trône et dans la collection Goethals d'Anvers mentionnée au feuillet 324 (p. 958).

3. Louis Dubois : au chapitre IX, f. 104 (p. 861), Baudelaire rapporte un de ses mots. À la place du Trône il exposait une nature morte réaliste : un hareng saur enveloppé dans un exemplaire du romantique *Journal des beaux-arts* d'Adolphe Siret (G. Charlier, *Passages*, p. 163).

4. Voir le chapitre sur Namur (p. 951, 952).

5. Baudelaire fut présenté aux Collart par Arthur Stevens. Il fréquenta leur maison de Bruxelles et leur maison de campagne à Stalle-sous-Uccle. Mme Léopold Collart, femme d'un industriel, s'intéressait aux arts et aux lettres (voir *CPl*, II, 366). Sa fille Marie, qui s'était initiée elle-même à la peinture, exposa pour la première fois au Cercle artistique et littéraire en 1864. Van Praet, ministre de la Maison du Roi, acquit une de ses études. Baudelaire ne dédaigna pas de vernir de sa main le portrait d'Élisa par sa sœur Marie. Peu après la mort du poète, Marie acheta une épreuve de la photographie de Baudelaire par Neyt (*ICO*, n° 58). Arthur Stevens lui écrivit

à ce propos : « Je vous félicite d'avoir acheté le portrait de ce pauvre Baudelaire qui avait pour votre talent une grande sympathie. » Un talent qui fait évoquer le génie de Courbet. On trouvera dans l'*Album Baudelaire,* p. 254, la reproduction d'une œuvre de Marie Collart.

6. Florent Willems (Baudelaire écrit : Vilhems), né à Liège en 1823, mort à Neuilly-sur-Seine en 1905. Il était représenté au musée d'Art moderne par *La Toilette de la mariée* et à l'exposition de la place du Trône par *Intérieur rustique : une mère instruisant sa fille.*

7. Sur Henri Leys voir le *Salon de 1859* (p. 651).

8. On ne sait où Baudelaire a vu des œuvres de Louis Gallait. Auguste de Keyser était représenté à l'exposition à la place du Trône par *Les Élections, grande nouvelle !*

Page 934.

a. [Recueilli *biffé*] Solennel ; puis *ms.*

1. Van Praet, ministre de la Maison du Roi. On trouve ici le germe de *L'Amateur des Beaux-Arts en Belgique (Amœnitates Belgicæ,* p. 967) dont la première version figure ci-dessous.

2. Voir le début du fragment, p. 845-846.

Page 935.

1. Cette « Exposition internationale des Beaux-Arts » avait été organisée en octobre 1864, par le Cercle artistique et littéraire, place du Trône, à Bruxelles. Elle ne rassemblait pas moins de cinq cents tableaux.

2. Sur Chenavard voir *L'Art philosophique* (p. 598 sq.).

3. Pour cette exposition le Cercle artistique avait obtenu, grâce à Verwée (voir p. 865, n. 1) que Courbet envoyât la toile qu'il avait peinte d'après *Delphine et Hippolyte,* l'une des pièces intitulées *Femmes damnées* (t. I, p. 152), et qui fut pudiquement baptisée *Vénus poursuivant Psyché de sa jalousie.* Voir p. 885, l'attaque dont elle fut l'objet.

4. Edward Steinle (1810-1886), directeur de l'Académie des beaux-arts de Francfort, avait envoyé à l'exposition des cartons de ses *Fresques de la cage d'escalier du musée de Cologne.* Son œuvre est marqué par l'influence des prédécesseurs de Raphaël et des anciens maîtres allemands.

5. Sur Louis Janmot voit notamment *L'Art philosophique* (p. 603). Il exposait une partie de son *Poème de l'Âme.*

6. Sur Wilhelm von Kaulbach (Baudelaire écrit : Koulbach) voir *L'Art philosophique* (p. 599). Il exposait une grande frise : *L'Épopée de la Réforme, sixième et dernière page de l'histoire universelle,* ainsi que des illustrations du *Werther* de Gœthe (voir p. 874).

7. Sans doute Baudelaire fait-il allusion à un carton de Theodor Dietz représentant le passage du Rhin par le général Blücher en 1814.

8. Sans doute Baudelaire fait-il allusion à un carton de Chenavard

représentant Molière lisant *Tartuffe* à ses amis, les principaux auteurs du classicisme, alors que passe le Roi-Soleil.

9. Voir la note 2 de la page 811.

10. Né à Dinant en 1806, Antoine Wiertz fit ses études à l'Académie des beaux-arts d'Anvers où ses maîtres lui inculquèrent l'idée d'être un nouveau Rubens. Après un séjour à Paris (1829-1832), il rentra à Anvers et y obtint en 1832 le prix de Rome. Il séjourna à Rome de 1834 à 1837 et il en rapporta l'immense toile intitulée *Les Grecs et les Troyens se disputant le cadavre de Patrocle*. L'œuvre fut exposée à Paris, au Salon de 1839. Mais elle était mal accrochée. Les critiques furent muets ou hostiles, d'où la rancœur de Wiertz à l'égard de la France. Rentré en Belgique, il peint, dans une église désaffectée de Liège, *La Révolte des Enfers*, puis, à Bruxelles, *Le Triomphe du Christ*. À côté de ces grandes machines, bien composées mais exécutées à la grosse brosse, morceaux de bravoure sans doute trop grandiloquents, il a peint des tableaux de chevalet ou de dimensions moyennes : *Esmeralda, Quasimodo, Baigneuses et Satyres, Christ au tombeau, Éducation de la Vierge, La Belle Rosine*, qui prouvent qu'il aurait pu être un peintre d'allégories réalistes. La *Carotte au Patientiotype* est peinte avec la minutie d'un miniaturiste. Wiertz excelle aussi dans le trompe-l'œil.

En 1850, il proposa à l'État belge, qui accepta, de lui faire don de tous ses tableaux de grandes dimensions, à la condition que lui soit construit un atelier dont les dimensions pourraient accueillir ses œuvres monumentales.

Ses recherches de « peinture mate », pour éviter le miroitement des grandes surfaces peintes à l'huile, aboutirent après sa mort à un désastre : la désintégration aussi bien du support que de la couche picturale.

Après 1850, il peignit des compositions visionnaires, dictées par des idées humanitaires, pacifistes, progressistes ou même chrétiennes : *Le Dernier Canon, La puissance humaine n'a pas de limite, Le Phare de Golgotha, Un Grand de la terre, Le Lion de Waterloo, La Civilisation du XIXᵉ siècle*; dans *L'Enfant brûlé* et *Faim, Folie et Crime*, il dénonce la misère du peuple; dans *L'Inhumation précipitée, Pensées et visions d'une tête coupée*, il réclame des réformes médicales et judiciaires; dans *La Liseuse de romans* et *Le Suicide*, il proteste contre l'effet des mauvaises lectures et du matérialisme athée.

Il y a chez Wiertz des outrances, des erreurs. Mais à lire les notes de Baudelaire on prend de l'œuvre du peintre une idée fausse. Il faut visiter le musée Wiertz (description de l'atelier dans *La Petite Revue* du 24 juin 1865) situé dans le quartier Léopold de Bruxelles. Il faut s'informer dans l'ouvrage de Hubert Colleye, *Antoine Wiertz* (Bruxelles, La Renaissance du Livre, [1957]), et dans l'album publié en 1974 : *Antoine Wiertz 1806-1865*, Paris et Bruxelles, Jacques Damase éditeur, textes de Francine-Claire Legrand, Philippe Roberts-Jones, André Moerman, avec cent trente-quatre illustrations.

Les toiles de Wiertz, par l'élongation des corps, font parfois penser aux compositions de William Blake. Et l'on pourrait découvrir des traits communs à Baudelaire et à Wiertz : même amour du romantisme, même opposition au réalisme, même hostilité contre Paris. L'opinion de Baudelaire, évidemment due au progressisme de Wiertz, a pu être renforcée par Arthur Stevens qui, dans sa *Lettre à M. Jean Rousseau* (citée p. 1420; J. Rousseau avait d'ailleurs consacré une étude à Wiertz dans *L'Univers illustré* des 4 et 8 février 1865), comparera Vélasquez à Wiertz, « le peintre humanitaire, qui prenait le grossissement pour la grandeur et mesurait la sublimité de ses conceptions à la dimension des personnages. L'un faisait voir son semblable, l'autre s'amusait à la fabrication de rébus et de banalités ! Au lieu de son Musée, que ne nous a-t-il laissé le portrait *réussi* de sa mère, ou celui de son ami, le poète Charles Potvin. Cela suffisait pour arriver à la postérité ».

Le procès de Wiertz, qui est au fond celui que Baudelaire avait fait à l'art philosophique, est susceptible de révision.

11. Baudelaire pense à *Ce que dit la Bouche d'Ombre*.

12. Titre d'une toile de Wiertz : *La puissance humaine n'a pas de limite*.

13. Allusion à la matité des peintures de Wiertz (voir la note 10), qui leur donnait une coloration cuivrée et dorée, maintenant « mastic ».

Page 936.

1. Paulin Gagne (1808-1876), auteur de *L'Unitéide*. C'est, comme l'on disait alors, un « excentrique », qui a défrayé les chroniques des journaux, grands et petits. Sous son excentricité, cependant, se cachait une des idées fondamentales du temps : la recherche de l'Unité primitive.

2. Titre exact de cette œuvre étrange : *Bruxelles capitale, Paris province*. Bruxelles englobe Paris par phagocytose, pourrait-on dire. Le texte de Wiertz, calligraphié, occupe quatre colonnes illustrées de dessins et de plans. Avant que le document ne fût mis sous verre, un visiteur a écrit (encre ancienne) :

> « *Et l'orgueil, ce trésor de toute gueuserie*
> *Qui nous rend triomphants et semblables aux dieux*
>
> Baudelaire (fleurs du mal).
> Fournel tom [*sic*] IV. liv. II. »

Ce sont les deux derniers vers du *Vin du solitaire* (t. I, p. 109). Ils tournent en dérision l'éloge de l'orgueil fait par Wiertz dans cette œuvre. La référence à Fournel, peut-être d'une autre écriture, est obscure. L'annotateur pensait-il à Victor Fournel, contemporain de Baudelaire (voir *Bdsc*, 168-169) ? Mais on ne connaît pas d'ouvrage de lui en quatre tomes. Notons que Fournel a collaboré au *Journal de Bruxelles* et à *L'Émancipation,* autre journal belge.

3. Un musée, nous l'avons dit.

4. Wiertz a beaucoup utilisé ce procédé.

5. *Le Soufflet d'une dame belge.*

6. *La Petite Revue* décrit ainsi ce tableau : les victimes des guerres napoléoniennes viennent reprocher à l'Empereur les membres qu'elles ont perdus, en les tenant à la main...

7. Ce tableau traduit aussi l'hostilité de Wiertz à la France. On comprend que les Anglais aient eu un faible pour Wiertz. Il n'est pas nécessaire de faire ici appel à la ressemblance entre Blake et Wiertz.

8. Nous utilisons le *Catalogue descriptif et historique du Musée royal de Belgique* (Bruxelles, 1864), par Édouard Fétis, celui avec lequel Baudelaire a peut-être visité le musée. Il arrive que des peintres et des œuvres soient cités deux fois.

9. *Une noce flamande,* dont l'ancien titre était : *Orgies pendant une kermesse de village.*

10. Pierre van den Plas (de Bruxelles) : *La Vierge et l'enfant Jésus.* — Pierre Meert : *Portraits des syndics de la corporation des poissonniers à Bruxelles.*

11. Baudelaire veut faire allusion aux *Noces de Cana* de Véronèse. Le tableau de Bruxelles fut ensuite attribué à Andrea de Michielli.

12. *Junon versant ses trésors sur la ville de Venise.* En se référant, dans la parenthèse suivante, au Véronèse du Grand Salon, Baudelaire pense sans doute à *Jupiter foudroyant les crimes* peint par Véronèse pour le plafond du salon du Conseil des Dix au palais des Doges à Venise. Légalement volé par les Français en 1798, il fut transporté à Versailles et entra au Louvre en 1858. Le tableau qui est à Bruxelles avait été également volé par les Français et envoyé dans cette ville, qui n'était alors qu'une préfecture de l'Empire.

13. Baudelaire a raison : ce tableau a été rendu à Guardi.

14. *Adam et Ève dans le Paradis terrestre au moment de la désobéissance.*

15. *Hécube aveuglant le roi de Thrace Polymnestor.*

16. *Le Martyre de saint Marc.*

17. Gabriel Metzu : *La Collation ;* Albert Cuyp : *Intérieur d'étable ;* Nicolas Maes : *La Lecture ;* Téniers le Vieux avait collaboré pour les figures aux tableaux de Jacques d'Arthois : *Le Retour de la kermesse* et *Paysage ;* David Téniers le Jeune : *Les Cinq Sens, Le Médecin de village, Paysage flamand ;* Antoine Palamedesz Stevers (1610-1673) : *Portrait d'homme.*

18. *Paysage, effet de nuit.*

19. *Chimiste dans son laboratoire.* C'est Champfleury qui avait rendu aux frères Le Nain leur place dans l'histoire de la peinture française au XVIIᵉ siècle.

20. Lequel méritait l'épithète ? *Saint Martin guérissant un possédé, Allégorie de la Fécondité, Le Satyre et le paysan, Le Triomphe du prince Frédéric-Henri de Nassau, Allégorie des vanités du monde, Tête d'apôtre ?*

Page 937.

1. Un *Portrait d'homme.*

2. Il y avait deux toiles de Jacob Ruysdael : *Paysage avec figures et animaux, Paysage à la tour en ruines.*

3. *Le Martyre de sainte Ursule et de ses compagnes ?*

4. *Vénus dans la forge de Vulcain.*

5. Deux peintures représentant l'*Intérieur de la cathédrale d'Anvers.*

6. De Backhuysen (que Baudelaire écrit sans *h*) deux peintures attribuées : *Tempête sur les côtes de Norvège* et *Marine.*

7. *Portrait de Saskia Uylenbourg, femme de Rembrandt.*

8. Selon le catalogue il y en avait trois : *Les Rhétoriciens, L'Opérateur* et *La Fête des Rois.*

9. Baudelaire pense-t-il à une toile de Philippe van Dyck, *Jeune femme à sa toilette ?*

10. *Silène ivre soutenu par un berger et une bacchante.*

11. Inscriptions placées au bas des portraits en buste de l'archiduc Albert et de l'infante Isabelle par Rubens : Isabelle-Claire-Eugénie, infante d'Espagne, princesse de Belgique et de Bourgogne ; Albert, archiduc d'Autriche, prince de Belgique et de Bourgogne.

12. « L'architecture du tableau est de Guillaume von Ehrenberg [que Baudelaire écrit : Ehermberg] communément appelé Hardenberg ou Herdenberg ; le paysage est peint par Emelraet » (Catalogue de 1864). Titre : *Guillaume Tell s'apprêtant à abattre la pomme placée sur la tête de son fils.*

13. Baudelaire désigne-t-il ainsi le portrait d'Hubert Goltzius par Antoine Mor ou une toile de Goltzius, *Portrait de femme ?* Ce Goltzius n'est pas à confondre avec Hendrick Goltzius qui inspira à Baudelaire *L'Amour et le crâne* (t. I, p. 119).

14. Deux toiles de Smeyers représentent un épisode de la vie et la mort de saint Norbert.

15. *Intérieur d'une cour de ferme.* Plus haut, c'était Ryckaert qui faisait penser Baudelaire aux Le Nain.

Page 938.

1. Peut-être Stuerbout, autrement dit Thierry Bouts, dont il y avait alors au musée de Bruxelles *La Sentence inique de l'empereur Othon* et *L'Empereur Othon réparant l'injustice qu'il a commise.*

2. C'est-à-dire Roger de la Pasture (van der Weyden).

3. *Portrait de Thomas Morus.*

4. *Adam* et *Ève*, fragments du retable de *L'Agneau mystique* de la cathédrale Saint-Bavon à Gand.

5. Baudelaire voulait demander à Arthur Stevens comment distinguer les Brueghel.

6. *Le Massacre des Innocents*, toile attribuée à Pierre Brueghel le Vieux.

7. Sans doute *Jésus-Christ chez Simon le pharisien.*

8. Deux toiles de Van Orley ont pu retenir l'attention de Baude-

laire : *Jésus-Christ mort pleuré par la Vierge et par les saints personnages et Portrait de Georges de Zelle, médecin du XVIᵉ siècle.*

9. *Adoration des Mages.*

XXV

a. Camelotte *[sic] ms, à la fois dans l' « Argument » et dans le « Sommaire », et plus bas.*

10. Ce chapitre et le précédent sont les plus intéressants sans doute de *Pauvre Belgique !* Ils expriment l'étonnement de Baudelaire devant un univers nouveau pour lui, le baroque. Partiellement nouveau, quant aux éléments de sa connaissance : il avait vu à Paris des Rubens et d'autres tableaux significatifs du baroque. Mais il ne les avait pas intégrés dans une conception d'ensemble. Cette conception, c'est en premier lieu l'architecture qui permet à Baudelaire de se la former, puis la décoration civile et religieuse, intérieure et extérieure des édifices qu'il voit en Belgique. Si architecture et sculpture baroques étaient parfois visibles à Paris, Baudelaire ne les avait pas pensées en termes baroques, mais en termes classiques. Une partie de la Belgique n'a appartenu à Louis XIV que par accident. Le séjour à Bruxelles, les visites à Malines et à Namur permettent à Baudelaire de secouer la tyrannie d'une perception qui était soumise aux règles d'une esthétique elle-même encore inféodée aux canons du classicisme.

S'il n'y a pas lieu de regretter que Baudelaire n'ait pu achever *Pauvre Belgique !* — qu'il ne pouvait pas achever —, on déplorera qu'un sursis ne lui ait pas été accordé pour exprimer sa « philosophie de l'histoire de l'architecture » (expression qui figure dans l'*Argument*).

C'est Wolfgang Drost qui a le premier indiqué la novation qui s'était opérée dans la conception baudelairienne de l'histoire de l'art (« Baudelaire et le baroque belge », *Revue d'esthétique*, t. XII, juillet-décembre 1959, p. 33-60). Il a, parallèlement, mis en relief le goût de Baudelaire pour le « néo-baroque », celui de Delacroix et de Préault (« Baudelaire et le néo-baroque », *Gazette des beaux-arts,* juillet-septembre 1959, p. 115-136).

Page 939.

a. Variantes du sommaire :

25. ARCHITECTURE. ÉGLISES. CULTE [F. 276]

[Au signe [...] se reporter p. 938-939.]

Architecture civile moderne. — Pas d'harmonie. — Incongruités architecturales. — Bons matériaux. — La pierre bleue. — Fragilité des maisons. — Camelotte. — Pastiches du passé. — Dans les monuments, contrefaçons de la France. — Pour les églises, contrefaçons du passé.

Le passé. [...] Style Rubens.

— Églises du _Béguinage_ à Bruxelles, de _St-Pierre_ à Malines, _des Jésuites_ à Anvers, de _Saint-Loup_ à Namur, etc., etc...

— (La Réaction [...] et finalement avec les modes de création dans la vie universelle. — [...] gothique.)

— Coebergher, Faijdherbe et Franquart. — Opinion de Joly sur Coebergher, dérivant toujours de Victor Hugo.

— Richesse générale des Églises. — Un peu boutique de curiosités, — un peu camelote.

Description de ce genre de richesse. — Quelques églises, soit gothiques, soit du XVIIᵉ siècle. Mon goût pour les placages, les mélanges. C'est de l'histoire.

— Statues coloriées. Confessionnaux très décorés. — Au Béguinage, à Malines, à Anvers, à Namur, etc... — [...] Sculpture joujou, bijou, sculpture de patience. — Du reste, cet art est mort comme les autres, même à Malines.

[...] cerveau belge.

— Le Clergé, lourd, grossier, cynique, lubrique, rapace. En un mot, belge. C'est lui qui a fait la Révolution de 1831, et il croit que toute la vie belge lui appartient.

— Revenons [...] de ce style. — Coquet et terrible. — Grandes ouvertures, grande lumière, [...] symboles. J'ai vu des pattes de tigre servant d'enroulements !

— Quelques exemples. En général, églises pauvres à l'extérieur, excepté sur la façade.

1. Le terme baroque n'existe pas à l'époque dans le vocabulaire de l'esthétique.

2. Sur Coebergher, voir le feuillet 282 (p. 941). Lucas Faijdherbe et Jacques Franquaert (Baudelaire écrit Coeberger, Faid'herbe, Franquart) sont des architectes et des sculpteurs, auteurs, notamment, de l'église du Béguinage de Malines.

3. Les pots sont assez nombreux sur les maisons de la Grand-Place. Le cavalier : la statue équestre de Charles de Lorraine, sur la maison des Brasseurs ; voir le feuillet 278 (p. 940).

Page 940.

_a._ galoppe _[sic]_ _ms._

1. Si c'est à Bruxelles que Baudelaire les situe, il faudra penser à l'église des Riches Claires.

2. Armoires à tiroirs destinées à conserver des objets précieux, notamment des bijoux. La partie frontale, à double étage, est d'ordinaire une véritable petite façade. Ces meubles sont de style baroque et datent de la seconde moitié du XVIᵉ siècle. On y reconnaît les éléments décoratifs de l'architecture baroque : colonnes à chapiteaux, entablements, frises, etc. (éléments empruntés à l'article de W. Drost dans la _Revue d'esthétique_ cité plus haut).

3. De ce bombardement (1695) la Grand-Place eut beaucoup à souffrir.

4. Sans doute encore le peintre Louis Dubois. Henne et Wauters sont les auteurs d'une *Histoire de Bruxelles* publiée en 1843 (3 vol.).

Page 941.

1. Trois églises de Bruxelles.

2. Cet article, non signé, sur Coebergher (1560-1622) a paru dans le *Magasin pittoresque* de janvier 1865. Il vantait aussi les qualités de peintre de Coebergher.

3. Baudelaire ne penserait-il pas ici à lui-même ?

4. C'est sans doute un mot dit par Delacroix à Baudelaire pendant une conversation ou un mot de Delacroix rapporté à Baudelaire : on ne le trouve pas, ni dans les œuvres, ni dans le journal, ni dans la correspondance du peintre.

Page 942.

a. Ex-votos *[sic] ms ; de même au feuillet 288 (p. 944, ligne 4).*

1. Ce qui justifie l'insertion du précédent feuillet, le 186 *bis,* qui relate une première procession.

2. Allusion au miracle de Louvain. Au XIVe siècle un jeune homme employé à l'église Sainte-Catherine s'empare d'hosties consacrées et les vend à un riche juif. Celui-ci les emporte à la synagogue. Ses coreligionnaires tirent leurs poignards et en percent les hosties : du sang en jaillit. Une juive qui avait assisté à la scène est touchée par la grâce : elle recueille les hosties et les apporte à l'évêque de Cologne, en lui demandant à être baptisée.

3. Compléter : « qu'il convient de donner de l'argent au sacristain ».

Page 943.

1. Baudelaire, dans *Mon cœur mis à nu* (VIII, 14; t. I, p. 681), a dénoncé les «Religions modernes ridicules». Il y a lieu de penser qu'il plaçait parmi elles l'engouement pour les tables tournantes et les autres manifestations de spiritisme qu'Allan Kardec essayait de doter de bases scientifiques.

2. Peut-être Josse Sacré, cité p. 917, imprimeur et libraire, auteur des *Mystères de la bande noire* (1866), dirigé contre les prêtres et les jésuites.

3. Le présent passage constitue la fin du feuillet dont la première partie est donnée à l'*Épilogue* (chap. XXXIII, p. 956) et où Baudelaire dit avoir aperçu, pour son plus grand plaisir, les premiers signes du choléra qui doit dévaster Bruxelles.

4. Où Baudelaire fut pensionnaire.

Page 944.

1. Le tombeau du poète Jean-Baptiste Rousseau, mort en exil, se trouve en l'église Notre-Dame-des-Victoires de Bruxelles.

2. À l'église du Sablon. Claudel, ambassadeur de France à

Bruxelles, aimait à venir prier près de la chaire de Vérité, tenant de la dextre une des cornes du bœuf.

3. Pour l'intérêt porté par Baudelaire au diacre Pâris, voir la lettre à Poulet-Malassis du 28 mars 1857 sur le XVIIIᵉ siècle, ainsi qu'une allusion dans une lettre au même du 13 décembre 1862 (*CPl*, I, 390; II, 272).

Page 945.

1. Statue espagnole du XVIIᵉ siècle : elle représente une Vierge de douleurs.

2. Voir dans *Les Paradis artificiels* le chapitre *Visions d'Oxford* d'*Un mangeur d'opium* (t. I, p. 507).

3. Dans le tombeau du chevalier Charles d'Hovyne : le squelette sort, à mi-corps, du tombeau vertical, une plaque appendue au mur.

4. Le tombeau de la mère du peintre Charles Lebrun. L'église parisienne dans laquelle il se trouve a été construite à la fin du XVIIᵉ siècle, en partie sur les dessins de Lebrun.

XXVI

a. Variantes du sommaire :

26. LE PAYSAGE   [F. 292]

— Gras, plantureux, humide, comme la femme.
  Sombre comme l'homme.
— Verdure très noire.
— Climat humide, froid, chaud et humide, les quatre saisons en un jour.
— La vie peu abondante dans les bois et dans les prairies. L'animal lui-même fuit ces contrées maudites.
— Pas d'insectes, pas d'oiseaux chanteurs.

b. Activité [horticole *biffé*] du laboureur. On *ms.*

Page 946.

1. Voir le début du fragment, p. 825.

XXVII

Page 947.

a. Variantes du sommaire :

27. Promenade à Malines.   [F. 295]
28. Promenade à Anvers.
29. Promenade à Namur.
[*Les sommaires de ces trois chapitres se font suite.*]

MALINES. Malines est une bonne petite béguine encapuchonnée. — Musique mécanique dans l'air. Tous les jours ressemblent à Dimanche. — Foule dans les Églises. — Herbe dans les rues. Vieux

relent espagnol. Le Béguinage *[ajouté à l'encre]*. Plusieurs Églises.
— Saint-Rombaud. Notre-Dame. Saint-Pierre. — Peintures de
deux frères Jésuites. Confessionnal continu. — Merveilleux symbole de la Chaire, unique sculpture sculpturale que j'aie vue. —
Odeur de cire et d'encens. — Rubens et Van Dyck. — Jardin
Botanique. — Bon vin de Moselle à l'hôtel de la Levrette. — La
société particulière. — La Marseillaise en carillon.

b. Elle [exprime *biffé*] représente la *ms.*

1. Une Société fondée sur n'importe quel prétexte, à n'importe
quelle occasion. Dans la prolifération de ces sociétés, Baudelaire
crut reconnaître l'esprit grégaire des Belges.
2. Saint-Rombaut dans l'*Argument*.
3. Les frères Quellyn ?

Page 948.

a. rapide et [clair *biffé*] vert. Mais Malines, [...] nymphe; c'est
une [benign *biffé*] béguine dont le regard [pudib⟨ond⟩ *biffé*]
contenu ose à peine se [glisser *biffé*] risquer hors *ms.*
b. afligée *[sic] ms.*
c. non [accoutumé aux *biffé*] familiarisé avec les *ms.*
d. marteaux, [il perdit un peu de *biffé*] [il ne parlait plus *biffé*]
[traditionnellement *biffé*] [selon la tradition *biffé*] ce n'était
plus *ms.*
e. que [le goût *biffé*] de l'encens. *ms.*

1. Son restaurant avait déjà disparu quand Léopold Godenne
publia *Malines jadis et aujourd'hui* (Malines, Godenne, 1908).

age 949.

XXVIII

a. Variantes du sommaire :

ANVERS [F. 295]

Aspect de l'archevêque de Malines. — Pays plat, verdure noire.
Nouvelles (!) et anciennes fortifications avec jardins à l'anglaise.
Enfin, voilà donc une ville qui a un grand air de capitale. — La
place de Meir. La maison de Rubens. La maison du Roi. — Renaissance flamande. L'Hôtel de Ville. — L'Église des Jésuites, chef-
d'œuvre. — Encore le style jésuitique (Salmigondis. Jeu d'échecs.
Chandeliers en or. — Gloires et transparents, anges et amours,
apothéoses et béatifications *[ajouté à l'encre]*. Deuil en marbre,
confessionnaux théâtraux, théâtre et boudoir. Boudoir mystique
et [sinistre *biffé*] terrible.) Ce que je pense des fameux Rubens,
des Églises fermées et des sacristains *[ces six derniers mots ajoutés*

à l'encre]. — Calvaires et madones. — Style moderne coquet de certaines maisons. — Majesté d'Anvers. Beauté d'un grand fleuve. Anvers vu du fleuve. Les bassins *[ces six derniers mots ajoutés à l'encre]*. — M. Leys. — La maison Plantin. — La proſtitution à Anvers. Long bordel de banlieue *[ajouté à l'encre]*. Comme partout, Églises fermées et rapacité des sacriſtains. — Mœurs grossières. — Politique anversoise. Air funèbre des garçons de reſtaurant *[ajouté à l'encre]*. *[Le sommaire, pour Anvers, se termine sur ces mots.]*

Page 950.

1. Ou plutôt le puits, au dôme en fer forgé figurant des feuillages, situé près du grand portail de la cathédrale d'Anvers et orné de cette inscription : « Connubialis amor de Mulcibre fecit Apellem » (D'un Vulcain l'amour conjugal a fait un Apelle), commémorant la métamorphose du forgeron Quentin Metzys en peintre, pour l'amour d'une jeune fille que son père ne voulait donner qu'à un artiſte célèbre.

2. On ne sache pas que Baudelaire ait pu voir des tableaux de James Tissot à Anvers. Cette notation n'en eſt pas moins intéressante, car le peintre présentait avec notre poète un certain nombre de ressemblances. L'*Embarquement à Calais* n'eſt entré au musée qu'en 1903.

3. Dans l'*Argument* : Rydeck. Les « riddeks » sont des salles de danse fréquentées surtout par les marins dont les bateaux relâchent à Anvers. (On devrait écrire : Rietdijk, « digue formée par des joncs ou portant des joncs », nom d'une ancienne rue d'Anvers.)

Voici comment Nerval dans *Lorely* (1852) caractérisait ce quartier mal famé : « Pourquoi ne pas dire que les salles de danse du port, vulgairement nommées *riddecks,* sont en ce moment ce qu'il y a de plus vivant à Anvers ? Pendant que la ville se couche une heure après qu'elle a couché les enfants, c'eſt-à-dire à dix heures, les orcheſtres très bruyants de ces bals maritimes résonnent le long des canaux comme au temps des Espagnols. On parle bien à Paris du bal Mabille et du Château-Rouge : je puis donc parler ici de ces réunions cosmopolites, qui ne sont qu'un peu plus décentes » (« Les Fêtes de mai en Hollande », *Revue des Deux Mondes,* 15 juin 1852).

XXIX

a. *Guides*-ânes *[sic] ms.*
b. Vandermeulen *ms. ; ici et plus bas.*
c. chefs-d'œuvres *[sic]   ms.*

Page 951.

a. *Variantes du sommaire :*

29. NAMUR [F. 295]

On y va peu *[ajouté à l'encre]*. Ville de Vauban, de Boileau, de Vandermeulen *[sic]*, de Bossuet, de Fénélon *[sic]*, de Jouvenet, de Restout, de Rigaud, etc., etc... [Impression *biffé*] Souvenirs du *Lutrin.* — Saint-Loup, le chef-d'œuvre des Jésuites. Les Récollets. Saint-Aubin, Saint de *[sic]* Pierre de Rome en briques et en pierre bleue. — Nicolaï, faux Rubens. — La Rue des pinsons aveugles. — La prostitution. — Populations wallonnes. Plus de politesse. Portrait de Rops, et de son beau-père, singulier homme, magistrat sévère et jovial, citateur *[ce mot, ajouté à l'encre]* grand chasseur, le seul homme de Belgique sachant le latin et ayant l'air d'un Français *[depuis le seul, ajouté à l'encre]*.

Le paysage, noir; la Meuse, escarpée et brumeuse. Le vin à Namur. *[Ce paragraphe, ajouté à l'encre.]*

b. Pays [fleuri et *biffé*] plantureux *ms.*

c. (De Brosse *[sic]*). *ms.*

d. Cette simple phrase a donné bien du mal à Baudelaire ; on sent ici les prodromes de l'ictus : Noter [le portail *biffé*] [f *biffé*] [et le fronton *biffé*] la convexité du [port⟨ail⟩ *biffé*] [pot *[sic]* biffé*] portail et du fronton. *ms.*

1. Rops commençait à être connu à Paris avant que Baudelaire n'arrivât en Belgique (voir, p. 901, le feuillet 199 relatif à *Un enterrement au pays wallon*). Mais il est probable que c'est en Belgique qu'ils se sont rencontrés, grâce à Poulet-Malassis dont Rops illustrait les livres. Rops dessinera et gravera le frontispice des *Épaves.* Sur lui, voir *CPI*, II, 1030-1031 et Index. Il existe plusieurs catalogues de l'œuvre de Rops. Le dernier ouvrage en date est *L'Œuvre gravé de Félicien Rops,* textes de Huysmans et de Mac Orlan, nombreuses reproductions, New York, Léon Amiel Publisher, Paris, Henri Veyrier, [1975].

2. Théodore Polet de Faveaux, vice-président du tribunal de Namur, mourra dans cette ville le 17 avril 1866. Son livre : *Suarsuksiorpok ou le chasseur à la bécasse,* publié sous le pseudonyme de Sylvain avec les vignettes de son gendre (Paris, Goin, 1862).

3. Baudelaire a dénié à la Belgique le droit d'être verte et fleurie, même dans le beau pays namurois.

4. En 1693 Louis XIV vint assiéger Namur en personne et prit la ville en six jours. Boileau, dans son *Ode sur la prise de Namur,* a célébré l'événement.

5. Ces trois églises sont, en effet, trois chefs-d'œuvre de l'art baroque, qu'on ne saurait confondre avec l'art jésuite, — Saint-Aubin n'ayant jamais appartenu à la Compagnie de Jésus. L'église Notre-Dame, dite des récollets (franciscains), fut reconstruite au milieu du XVIIIe siècle. — Saint-Aubin, cathédrale de Namur, fut construite sur les plans de l'architecte tessinois Gaetano Matteo Pisoni à partir de 1751. — Saint-Loup appartint aux jésuites avant

de devenir église paroissiale. Cette église, parfaitement baroque par sa voûte et par sa décoration, appartient toutefois à la fin du gothique par ses arcs-boutants et, dans les bas-côtés, par ses croisillons : Baudelaire avait raison. L'église a été construite aux premières années du XVIIᵉ siècle. C'est dans Saint-Loup qu'à la mi-mars 1866 s'effondre Baudelaire, qui est allé rendre visite à Rops; on le ramène en hâte à Bruxelles.

6. Le président de Brosses — dont Hippolyte Babou avait publié en 1858 chez Poulet-Malassis une édition des *Lettres familières* — s'intéressa pendant son voyage en Italie à l'architecture baroque. Mais on chercherait en vain dans ses lettres une explication de ce style — dont il ne cesse d'admirer les colonnes.

7. Il y a eu sans doute dans l'esprit de Baudelaire une confusion entre le frère Jacques Nicolaï, peintre dinantois, et Nicolas Nicolaï (Jean Pieterz). Ce dernier (1667-1729) fut un excellent copiste de Rubens. Il peignit quelquefois des gravures sur cuivre d'après Rubens et vendit ces feuilles comme de véritables esquisses du maître (W. Drost, dans l'article de la *Revue d'esthétique* cité *supra*). À Saint-Aubin Baudelaire put voir des tableaux du frère Nicolaï. La formule : « Continue à travailler », peut s'entendre ainsi : après son entrée dans la Compagnie de Jésus, le frère Nicolaï a continué à peindre.

Page 952.

1. Voir p. 938-939.

2. La « Société des pinsonniers » était vieille de plusieurs siècles. En 1850, elle fut menacée de dissolution. Voici ce que rapporte *La Revue de Namur* dans son numéro du 30 novembre :

« À l'audience d'hier de la justice de paix, il y avait une action en revendication du drapeau formée par une partie des sociétaires : après les plaidoiries des avocats sur l'esprit du règlement, le juge a proposé, par forme de transaction, de vendre l'objet litigieux entre les deux partis dissidents, ce qui fut immédiatement exécuté par le ministère du notaire B. qui se trouvait à la séance. Le Capitaine des Pinçonniers *[sic]*, détenteur du drapeau, fut ainsi obligé d'en faire la remise aux acquéreurs qui maintiendront la Société. Des applaudissements ont couronné l'œuvre, mais nous ne savons si les avocats ont pris les médailles en guise d'huître, laissant la hampe et l'étoffe aux plaideurs. »

Arthur Dinaux, qui cite ce texte (*Les Sociétés badines, bachiques, littéraires et charmantes, leur histoire et leurs travaux,* Bachelin-Deflorenne, t. II, 1867, p. 147), transforme la *Revue* en *Journal de Namur*. Les pinsonniers crevaient les yeux des pinsons pour les faire mieux chanter.

3. Il faut que Baudelaire soit à Namur pour qu'il trouve aux Belges quelque qualité. Il est vrai que la population namuroise est fort différente du peuple bruxellois.

XXX, XXXI et XXXII

Page 953.

a. Variantes du sommaire :

30. Promenade à Liège.   [F. 305]
31. Promenade à Gand.
32. Promenade à Bruges.

[Les sommaires de ces trois chapitres se font suite.]

LIÈGE. Le palais des princes-évêques. — Ivrognerie. — Caves.
— Grandes prétentions à l'esprit français.

GAND. Saint-Bavon. — Population sauvage. — Vieille ville de
révoltés, prend des airs de capitale. Fait bande à part.

BRUGES. Ville fantôme, ville momie, à peu près conservée. Cela
sent la mort, le moyen âge, Venise, les spectres routiniers[1], les
tombeaux. Une grande œuvre attribuée à Michel-Ange. — Grand
Béguinage. Carillons.

Cependant, Bruges s'en va, elle aussi.

1. Même impression, mais platement traduite, dans le guide,
contemporain, de A. J. du Pays. *Bruges-la-Morte* de Georges Roden-
bach paraîtra en 1892.

2. Dans l'église Notre-Dame; un groupe en marbre blanc, représentant la Vierge et l'Enfant-Jésus.

XXXIII

b. Variante du sommaire :

33. ÉPILOGUE. — L'AVENIR.   [F. 306]
CONSEILS AUX FRANÇAIS

La Belgique est ce que serait peut-être devenue la France, si le
cens électoral avait été maintenu.

— La Belgique dort.

— Coupé en tronçons, partagé, envahi, vaincu, rossé, pillé, le
Belge [vit *biffé*] végète encore, [miracle propre *biffé*] pure merveille de mollusque.

— Noli me tangere ! une belle devise pour elle.

— Qui donc voudrait y toucher ?

— La Belgique est un enfer. Qui voudrait l'adopter ?

— Cependant, elle a en elle plusieurs éléments de dissolution.
L'Arlequin diplomatique peut être disloqué d'un moment à l'autre.

— Une partie peut s'en aller à la Prusse, une autre partie à la
Hollande, et les provinces wallonnes à la France. — Grand malheur
[*suivre p. 953*] de Maturin). (Le compagnon de Dumouriez.)
Intérêts [*suivre ibidem*] m'occuper.

1. *Le mot* routiniers *est ajouté à l'encre et flotte au-dessus de* les
spectres, les tombeaux.

On peut conquérir ces gens-là ; les apprivoiser, jamais. Toujours la question de l'annexion. Anvers voudrait être *ville libre*.

Petites villes (Bruxelles, Genève), villes méchantes. Petits peuples (peuples méchants).

Petits conseils aux Français condamnés à vivre en Belgique, pour n'être ni trop volés, ni trop insultés, ni trop empoisonnés.

3. On a déjà trouvé cette expression au chapitre XXI (*Argument* et feuillet 317 ; p. 919 et 923) et on remarquera que Baudelaire hésitait s'il placerait ses notes sur l'Annexion dans le présent chapitre et Épilogue, ou au chapitre XXI, précisément consacré à ce sujet.

4. Cf. le feuillet 307, p. 830. Pour le *Compagnon de Dumouriez,* voir p. 955, le feuillet 19.

Page 954.

1. Voici le texte exact de ces alexandrins auxquels Baudelaire faisait allusion au feuillet 35 (p. 829) et qui appartiennent au Prologue de *Madame Putiphar*. Pétrus Borel (sur lui voir p. 153 sq.) décrit les cavaliers qui se heurtent « dans sa poitrine sombre ainsi qu'en un champ clos » :

> *Pour le tiers cavalier, c'est un homme de pierre,*
> *Semblant le Commandeur, horrible et ténébreux ;*
> *Un hyperboréen ; un gnome sans paupière,*
> *Sans prunelle et sans front, qui résonne le creux*
> *Comme un tombeau vidé lorsqu'une arme le frappe.*

2. Le père Kircher, S. J. (1601-1680), mathématicien et philosophe allemand, avait en effet imaginé un système punitif par réincarnation dégradante. — Traduisant une citation faite par Poe dans *Metzengerstein (Histoires extraordinaires)* et concernant la croyance des Hongrois en la métempsycose, Baudelaire ajoutait cette note (qui apparaît seulement à partir de l'édition en volume de 1856) :

« J'ignore quel est l'auteur de ce texte bizarre et obscur ; cependant je me suis permis de le rectifier légèrement, en l'adaptant au sens moral du récit. Poe cite quelquefois de mémoire et incorrectement. Le sens, après tout, me semble se rapprocher de l'opinion attribuée au père Kircher, que les animaux sont des Esprits enfermés. »

Page 955.

a. *Au-dessus :* [LE COMPAGNON DE DUMOURIEZ   *biffé*]   *ms.*
b. Gadole   *ms.*

1. La variante *a* semble bien prouver que Baudelaire confondait le *Compagnon de Dumouriez,* dont on ignore tout, avec la brochure de P. Gadolle sur *La Fortune publique assurée par l'amalgame de la Belgique avec la France,* publiée en effet chez Guffroy, en 1794. Cf. p. 895.

Page 956.

a. *Mot omis par Baudelaire.*
b. nankin *est écrit à l'encre au-dessous de* jaunes.

1. Collection Louis Clayeux. Il est facile de deviner la raison pour laquelle Asselineau ou Poulet-Malassis a écarté ce feuillet (écrit au crayon) du manuscrit de *Pauvre Belgique !* — Le fragment qui suit et qui appartient au même feuillet aurait pu être placé dans l'un des premiers chapitres. La troisième partie a été donnée dans le chapitre xxv (p. 943) : elle a trait à l'architecture des Jésuites.

Page 957.

1. Les feuillets mentionnés dans cette liste ont, pour la plupart, été classés dans les chapitres précédents, puisque, ainsi qu'il a été dit, on s'était proposé de se substituer à la volonté défaillante de Baudelaire qui n'avait pu achever son classement. Seuls les feuillets relatifs à Kertbeny, à l'Hospitalité belge, à Booth et Lincoln, etc., et aux Exilés et Émigrés ont été conservés dans cette sorte d'Appendice.
2. Karl Maria Benkert, dit Kertbeny (Kertbény écrit Baudelaire), traité également avec dureté au feuillet suivant, ne nous paraît pas aussi ridicule qu'il pouvait le paraître à Baudelaire. Ce Hongrois se fit, en effet, l'introducteur de Petœfi en Allemagne et un peu en France, où il connut Heine, Mickiewicz, Alexandre Weil, Béranger, Philarète Chasles, etc. Voir *CPl*, II, 368.

Page 958.

a. Litz   *ms.*
b. bierre *[sic]* *ms.*
c. *Au-dessous :* [Les Processions   *biffé*]   *ms.*
d. Aremberg   *ms.*

1. Célèbre empoisonneur dont *L'Indépendance belge* relate longuement le procès en 1864. On ignore quelle « invitation » Kertbeny put lui adresser.
2. M. de Noé, pair de France, était le père du caricaturiste Cham — ce que révélait *La Petite Revue* dans sa livraison du 25 mars 1865. C'est sans doute l'homophonie qui est en cause dans le rapprochement, — dû à un Belge ignorant ?
3. Voir le feuillet 262 (p. 933 et n. 7).
4. Voir, dans les *Bouffonneries* des *Épaves*, *Un cabaret folâtre* (t. I, p. 177).
5. Ce feuillet est constitué par la carte de visite de Kertbeny.
6. Voir *Mon cœur mis à nu*, XXXIV (t. I, p. 698) et le chapitre ix de *Pauvre Belgique !* (*Argument*, p. 860, et f. 106, p. 861).
7. Le duc d'Arenberg, Van Praet, Goethals et Coûteaux (Baudelaire omet l'accent circonflexe) sont cités en leur qualité de collectionneurs de qui Baudelaire désirait visiter les galeries. On sait que, de fait, il visita celle de Van Praet, puisqu'il en rapporta le mot

qu'on a lu sur la hausse des David et qu'on retrouvera dans les *Amœnitates Belgicœ* (p. 967). S'il visita la collection de Coûteaux, ce fut avant les 20 et 21 mars 1865, date à laquelle les tableaux (en particulier un grand nombre de toiles de Leys) furent dispersés. Rappelons que Baudelaire a aussi admiré la galerie de Prosper Crabbe. Voir p. 962 et 963.

Page 960.

a. [Bons à *biffé*] Propres à rien, *ms.*

b. *Au-dessous :* [On sent *biffé*] [On sen⟨t⟩ *biffé*] *ms.*

1. Voir les projets de *Lettre à Jules Janin* (p. 231 sq.).

2. Cette préface est due à Napoléon III ; Baudelaire s'était proposé de la réfuter ; voir la *Correspondance* (Index).

3. L'assassin du président Lincoln.

4. Le docteur Gendrin avait enquêté sur les causes du décès du duc de Bourbon, le dernier des Condé, mort mystérieusement dans son château de Saint-Leu, en 1830, et avait conclu, non au suicide, mais à l'assassinat. Baudelaire, qui avait sans doute entendu parler de Gendrin par Mme de Mirbel, une amie des Aupick, aurait rapproché sa conduite courageuse de celle du chirurgien qui avait soigné Booth.

5. Cette note n'appartient pas au recueil dans lequel ont été réunies les autres feuilles détachées du manuscrit qui a été ensuite acquis par le vicomte de Lovenjoul. Elle est constituée de deux feuillets. Le premier (qui se termine à : *« je fais le mal, le sachant. »*) fait actuellement partie de la collection Louis Clayeux. Le second, dans la collection Armand Godoy, était joint à un exemplaire des *Fleurs du mal* de 1857, reliure de Canape. Les dernières lignes du premier (depuis « quand on leur parle révolution... ») et tout le second feuillet ont été publiés en 1887 par Eugène Crépet dans son *Étude biographique* qui précède les *Œuvres posthumes* (p. LIII). L'ensemble de la note a été publié dans les *Œuvres posthumes* de 1908.

6. *Passim* et non *Passion,* comme il avait été lu d'abord. Cet adverbe s'explique par la phrase suivante.

7. Peut-être Auguste *Guyard,* auteur de livres utilitaires et d'une vulgarisation de la méthode d'enseignement conçue par Jacotot.

8. C'était la forme que Baudelaire comptait donner à sa réfutation de la préface de la *Vie de César.*

9. Sur le père Loriquet et le mot qu'on lui a prêté (Napoléon Buonaparte, lieutenant général de Louis XVIII), voir dans *La Petite Revue,* t. IV, numéro du 27 août 1864, p. 20, un articulet que Baudelaire put bien y lire, car il collaborait à cette publication avec Poulet-Malassis qui l'avait fondée.

10. C'est-à-dire les émigrés de la première révolution. Tout ce qui suit concerne les nouveaux émigrés, les républicains, exilés par le second Empire et qui professent une « philosophie de maîtres de pension ».

Page 961.

1. Elles ont pris place dans *Les Épaves* (t. I, p. 175 sq.).

2. Nous l'avons placé à la fin de l'Épilogue (p. 958). Les autres « Documents » n'ont pas été conservés. — Pour « le monument d'Ambiorix », voir *La Petite Revue* du 24 juin 1865, où est rapportée une controverse ridicule relative à son érection. — Boniface, pseudonyme de Defré.

3. La lettre-manifeste, envoyée par Veuillot au *Catholique* de Bruxelles, qui l'inséra dans son numéro du 28 octobre 1865, et qui servit en effet de programme à ce journal; bien entendu, on y trouvait le plus grand respect des directions romaines; ce recours à l'ultramontanisme explique, sans doute, la ligne suivante et dernière.

Page 962.

[COLLECTIONS]

Au nombre des motifs qui avaient poussé Baudelaire vers la Belgique, — le premier, par ordre chronologique, fut le désir de visiter diverses galeries particulières. Le poète avait même essayé, en 1863, de se faire confier une mission officielle à cet effet (voir la lettre à Victor Duruy du 7 août 1863; *CPl*, II, 310-311). Une note de *Pauvre Belgique !* (chap. XXXIII, f. 324; p. 958) mentionne d'ailleurs quatre noms de collectionneurs à qui Baudelaire rendit ou voulut rendre visite.

COLLECTIONS MODERNES

Ce manuscrit est de l'écriture d'Arthur Stevens, comme la traduction du *Bridge of Sighs* (t. I, p. 269). Comme lui il provient des papiers d'Arthur Stevens. Acquis de ses héritiers par un libraire bruxellois, il a été exposé à Bruxelles en octobre 1967 (catalogue *Baudelaire en Belgique*, rédigé par Jean Warmoes, n° 70) et enfin publié par Jean Warmoes (*Buba*, t. XI, n° 1, Été 1975), que nous remercions de son amicale obligeance. Arthur Stevens a inscrit en tête : *Notes de Baudelaire*. Le manuscrit autographe de Baudelaire n'a pas été retrouvé. Mais il n'y a absolument aucune raison que le moindre doute plane sur ces notes. Arthur Stevens a fait une retranscription de sa transcription, vraisemblablement à l'usage d'un de ses frères; jointe au manuscrit, elle est authentiquée par ces mots : « Tu sais que ce pauvre Baudelaire voulait écrire un livre sur la Belgique. Voici un extrait de ces notes pour ce livre, notes qui me concernent. Je suis flatté de ce portrait sommaire. » Il faut quelque bonne volonté pour s'estimer « flatté », surtout si ces notes sont lues à la lumière de la correspondance et de *Pauvre Belgique !*

Arthur Stevens ne manque pas de mérite comme critique d'art. Il a écrit un *Salon de 1863* publié dans le *Figaro* sous le pseudonyme de J. Graham et recueilli trois ans plus tard dans une plaquette : *Le Salon de 1863, suivi d'une étude sur Eugène Delacroix et d'une notice biographique sur le prince Gortschakow* (Paris, Librairie centrale, 1866). On n'oubliera pas qu'il prit contre Jean Rousseau la défense de Baudelaire et de la vraie modernité (voir p. 1420).

Ainsi que le *Catalogue de la collection de M. Crabbe*, les notes de Baudelaire dont il nous a conservé la copie pourraient être intégrées au chapitre XXIV de *Pauvre Belgique !* (voir p. 931).

Le copyright de ces notes est pris par Jean Warmoes et Claude Pichois.

1. Sur Henri Leys voir le Répertoire des artistes. — Jean-Baptiste Madou (1796-1877) a traité des sujets de genre. Dans le *Catalogue de la collection de M. Crabbe* (p. 963), Baudelaire fait de lui un « Charlet flamand ». Le rapprochement Madou-Charlet conduit à préférer Tony Johannot (1803-1852) à son frère Alfred (1800-1837), tous deux peintres et graveurs, illustrateurs de nombreux livres romantiques. Alfred s'était spécialisé dans la peinture d'histoire. Tony, tout en pratiquant ce genre, a aussi peint des sujets de genre. — Sur Florent Willems, voir p. 933 et n. 6. — Sur les frères d'Arthur Stevens, Alfred et Joseph, voir p. 932 et n. 1.

2. Pour les dates de naissance des trois frères voir la note 1 de la page 932. Arthur était devenu l'imprésario d'Alfred et de Joseph.

3. Sur les relations épisodiques de Baudelaire et d'Edmond About, voir *CPl*, II, 193.

Page 963.

1. Cette phrase est-elle à mettre en relation avec une phrase non moins énigmatique contenue dans une lettre de Baudelaire à Poulet-Malassis : « Je vais user du télégraphe, comme Arthur pour *ses petits anges...* » (*CPl*, II, 381; note, p. 863-864) ?

2. Variante dans la retranscription de ces notes par Arthur Stevens : « mon amour pour les femmes peintes. » Cf. l' « Éloge du maquillage » dans *Le Peintre de la vie moderne* (p. 714 sq.).

CATALOGUE DE LA COLLECTION
DE M. CRABBE

Manuscrit passé en vente à l'hôtel Drouot, 9-10 mai 1963, n° 153. Collection Claude Roger-Marx en 1968 (Exp. 1968, n° 731).

Publications partielles par Firmin Javel, *Gil Blas*, 14 juin 1890, *L'Art et les artistes*, n° 26, 1907, avec un fac-similé du paragraphe sur Delacroix.

Première publication intégrale et en volume : *Œuvres posthumes,* 1908.

Le texte est établi sur le manuscrit.

Prosper Crabbe, agent de change, organisa pour Baudelaire, le 11 juin 1864 (*CPl*, II, 380-381), une soirée où celui-ci devait rencontrer Lacroix et Verboeckhoven, les éditeurs chez qui il cherchait à placer ses œuvres complètes. La rencontre n'eut pas lieu, et la soirée se termina sinistrement. Au moins Baudelaire put-il revoir la collection de son hôte. Il est probable, en effet, qu'il avait été présenté à Prosper Crabbe par Arthur Stevens avant cette date.

La collection Crabbe fut vendue le 12 juin 1890, à la galerie Sedelmeyer (Paris), par Paul Chevalier, commissaire-priseur, assisté d'Arthur Stevens. J. Crépet en avait retrouvé le catalogue. Mais seules quelques-unes des toiles que Baudelaire avait vues en 1864 y sont mentionnées. En un quart de siècle, la collection avait été modifiée.

Pour les artistes sur lesquels on ne trouvera pas ci-dessous de notes, voir le Répertoire des artistes.

3. Diaz, *La Meute sous bois.*

4. Jules Dupré, *La Forêt.* C'est la seule fois que Baudelaire mentionne ce grand paysagiste français (1811-1889).

5. Leys, *Une ronde.* Voir p. 962, n. 1.

6. Rosa Bonheur (1822-1899) débuta au Salon de 1840 et s'illustra comme peintre d'animaux et de scènes rustiques. C'est la seule fois que Baudelaire la mentionne.

7. L' « enfantillage qui se fait voir si souvent à travers son génie », écrivait Baudelaire à Nadar au sujet de Gustave Doré en 1859 (*CPl*, I, 576). Contre Doré voir aussi p. 935, où est définie la nature de cet enfantillage.

8. Salvator Rosa; voir l'Index.

9. Madou, *Intérieur de cabaret.* Voir p. 962, n. 1.

Page 964.

a. De La Roche *ms.*

b. Meissonnier *ms. ; ici et plus bas.*

c. Verboeckoven *ms.*

d. De Marne *ms.*

e. Labruyère *ms.*

1. Trois Troyon en 1890, qui correspondent à peu près aux notes de Baudelaire : *Le Garde-chasse et ses chiens ; Départ pour le marché ; La Vache blanche.*

2. Sur Alfred et Joseph Stevens, voir p. 932 (n. 1) et 962.

3. C'est là le germe du dernier poème en prose composé par Baudelaire, *Les Bons Chiens ;* voir t. I, p. 360. En 1890, ce tableau de J. Stevens ne figurait plus dans la collection Crabbe.

4. Alfred de Knyff (Anvers, 1829; Paris, 1885), paysagiste, qui exposait au Salon de Paris. Il a peint *Le Jardin d'Alfred Stevens*.

5. Voir *Pauvre Belgique !* (p. 933 et n. 1).

6. Sur ce peintre anglais, voir p. 123 et n. 3.

7. Jean-Louis Demarne (Bruxelles, 1744; Paris, 1829) se mit à l'école des petits maîtres flamands et hollandais et pratiqua la peinture de genre.

8. Barend Cornelis Koekkoek, né à Middelbourg (Walcheren) en 1803, mort à Clèves en 1862, fils d'un peintre de marines, exposa à partir de 1840 à Paris. À l'Exposition universelle de 1855 ses paysages furent fort remarqués. Il avait fréquenté Corot, Français, Delacroix, Diaz, Daubigny.

9. Voir *Pauvre Belgique !* (p. 865 et n. 1).

10. *Le Matin ; Le Soir.*

11. *Une famille de paysans.* Sur Millet, voir le *Salon de 1859*, p. 661-662. Pour l'allusion à La Bruyère, *Les Caractères*, chap. « De l'homme ».

Page 965.

   a. Bonnington *ms.*

   b. Wilhems *ms.*

1. Voir l'Index.

2. En 1890, il n'y en avait plus qu'un : *Le Message*. Sur Willems voir p. 933 et 962.

3. Gustave De Jonghe (qui semble signer son nom avec un s final), peintre de genre (Courtrai, 1829; Anvers, 1893). Il exposa à Paris. C'est la seule fois que Baudelaire le mentionne.

4. Cette *Chasse au tigre* (1854) est maintenant au Louvre. Elle a été exposée en 1968 (nº 731 *bis*).

Page 966.

AMŒNITATES BELGICÆ

Contemporaines de *Pauvre Belgique !* où l'on en trouve les « germes », ces épigrammes ont été publiées partiellement en 1866, 1872 et 1881, — totalement, et par deux fois, en 1925. Cette double publication donna lieu à un procès retentissant et qui émut le monde des lettres. Il suit des conclusions prononcées par la Cour d'appel en 1930 que l'édition originale des *Amœnitates* est celle qu'a publiée François Montel (Paris, Éditions Excelsior). Les exemplaires de l'autre édition (due à Pierre Dufay, J. Fort éditeur) ont été ordonnés de confiscation par le jugement. Mᵉ Maurice Garçon, défenseur de J. Fort et de P. Dufay, a publié sa plaidoirie dans *La Justice au Parnasse* (Arthème Fayard, 1935, p. 81-111); les erreurs de fait ne manquent pas dans son plaidoyer. — Le texte présent a été revu sur le manuscrit qui fait partie d'une collection privée.

Amœnitates, « aménités », « gentillesses » est, bien entendu, employé dans un sens ironique. Ce n'était pas le cas quand les auteurs du XVIIᵉ siècle l'utilisaient pour titre d'un recueil (ainsi, Ménage).

VENUS BELGA

Première publication : *Nouveau Parnasse satyrique du dix-neuvième siècle,* Eleutheropolis [= Bruxelles], 1866. Ce recueil a dû paraître aux premiers jours de 1867 ; Poulet-Malassis n'est pas innocent de sa publication.

La pièce a été ensuite publiée dans le *SC* de 1872 (voir p. 1068), auquel Poulet-Malassis avait dû la communiquer. Elle fut reprise dans le *Nouveau Parnasse satyrique* de 1881.

Voir l'*Argument* du chapitre IV de *Pauvre Belgique !* et le feuillet 52 de ce chapitre (p. 836 et 837).

Titre. Venus [Belgica *biffé*] Belga *ms.*

LA PROPRETÉ DES DEMOISELLES BELGES

Première publication : *Nouveau Parnasse satyrique,* 1881.
Voir l'*Argument* du chapitre IV (p. 836).

a. comme une [chair *biffé*] fleur moisie. *ms.*

Page 967.

1. On appréciera le jeu de mots.

LA PROPRETÉ BELGE

2. Baudelaire a dû être choqué par cette vulgarité de la plèbe bruxelloise. On comprend mieux son attitude à comparer ces vers avec le passage sur Namur (p. 951 et 952).

L'AMATEUR DES BEAUX-ARTS EN BELGIQUE

« Germe » et premier jet aux feuillets 329 et 17 de *Pauvre Belgique !* (p. 934).

1. Jules Van Praet, ministre de la Maison du Roi.

Page 968.

a. Dans le manuscrit, Baudelaire a indiqué cette Variante *pour les deux derniers vers :*

— vrai propos d'un marchand de la Beauce :
— « Dites-moi, savez-vous si David est en hausse ? »

et aussi cette Variante pour les six derniers vers

> Il m'écouta fort bien, muet, automatique,
> Solennel; puis soudain, d'un air diplomatique,
> Sortant d'un de ces longs sommeils si surprenants,
> Que tout Belge partage avec les ruminants,
> Avec le clignement d'un marchand de la Beauce,
> Me dit : « Je crois, *d'ailleurs,* que David est en hausse ! »

UNE EAU SALUTAIRE

Première publication des deux premières strophes : *Nouveau Parnasse satyrique,* 1881.

b. guères　*ms.*

1. Voir *Le Creux de la Vallée* dans *Vie, Poésies et Pensées de Joseph Delorme.*

2. Voir au chapitre xii le feuillet 122 (p. 869).

LES BELGES ET LA LUNE

Première publication : *SC.*
Recueilli dans le *Nouveau Parnasse satyrique* en 1881.
Voir, notamment, les feuillets 39 et 40 du chapitre ii (p. 831-832) et l'*Argument* du chapitre vi (p. 844-845).

Page 969.

a. Parfois [à　*biffé*] sous la clarté [du calme　*biffé*] calme du firmament,　*ms.*

ÉPIGRAPHE

Première publication : *Nouveau Parnasse satyrique,* 1881.

« Épigraphe » au sens d'inscription; voir t. I, p. 167. Il y avait, en effet, à Ixelles un menuisier-charpentier qui portait le même nom que l'artiste. Sans doute exposait-il des cercueils, comme le faisaient naguère encore ses confrères.

LA NYMPHE DE LA SENNE

Parodie. On se rappellera que *La Nymphe de la Seine* est le titre d'une poésie de Racine où sont aussi employés l'alexandrin et l'octosyllabe.

1. Poulet-Malassis; si ce n'est lui, c'est l'éditeur Hetzel que Baudelaire a rencontré à Bruxelles (voir la pièce suivante). Mais *souvent* désigne plutôt Malassis.

Page 970.

OPINION DE M. HETZEL SUR LE FARO

Première publication de la première strophe : *SC*.
Première publication des deux premières strophes : *Nouveau Parnasse satyrique*, 1881.

Voir au chapitre III le feuillet 50 (p. 836).

UN NOM DE BON AUGURE

Première publication : *Nouveau Parnasse satyrique*, 1881.

a. Van Swiéten   *ms. Même graphie fautive dans le manuscrit de « Sisina », t. I, p. 938.*

1. La liqueur inventée par van Swieten est prophylactique et antisyphilitique.

Page 971.

LE RÊVE BELGE

Cf. le feuillet 308 (p. 953).

a. Le manuscrit montre deux versions primitives, biffées :
Elle rêve. Passant, ne

C'est qu'elle dort. Passant, ne

L'INVIOLABILITÉ DE LA BELGIQUE

Cf. au chapitre XXI le feuillet 317 (p. 923) et l'*Argument* de l'*Épilogue* (p. 953).

b. hazardeux.   *ms. C'est la graphie habituelle de Baudelaire.*

ÉPITAPHE POUR LÉOPOLD Ier

Cf. l'*Argument* du chapitre XX (p. 914).

c. ([Autrement dit   *biffé*] Ce qui veut dire : Automate   *ms.*

Page 972.

L'ESPRIT CONFORME [1]

1. Cf. dans *Les Épaves* la poésie *À M. Eugène Fromentin,* strophe VIII : « Ce bavard, venu de Tournai,... » (t. I, p. 177).

L'ESPRIT CONFORME [II]

Première publication : *Nouveau Parnasse satyrique*, 1881.
Cf. au chapitre VI le feuillet 17 (p. 846).

Page 973.

LES PANÉGYRIQUES DU ROI

Voir le chapitre XXIII (p. 924).

LE MOT DE CUVIER

Cf. au chapitre VI les feuillets 74 et 75 (p. 845).

a. Baudelaire a lui-même indiqué ces Variantes *pour les deux derniers vers :*

> L'espace n'est pas grand,
> Nous avons peu de choix

AU CONCERT, À BRUXELLES

Cf. au chapitre XIII les feuillets 128 et 129 (p. 871-872).

Page 974.

UNE BÉOTIE BELGE

Cf. à la fin du chapitre VI le feuillet 87 (p. 853).

LA CIVILISATION BELGE

Première publication : *Nouveau Parnasse satyrique*, 1881.
Cf. au chapitre VI les feuillets 76 et 17 (p. 845-846).

Page 975.
a. ribottes ; *ms*

LA MORT DE LÉOPOLD Ier

Les germes de cette épigramme et de la suivante se trouvent au chapitre XXIII (p. 925 et 928).

b. Réthorique *[sic]. ms.*

1. Au pamphlet que lui avait décoché Defré (voir p. 899 et n. 2) Proudhon répondit par *La Fédération et l'Unité en Italie* (Dentu,

1862). Il s'y explique sur ses intentions, qui avaient été méconnues, et traduit en clair les figures de rhétorique qu'il avait employées. Voici les passages (p. 125-126) auxquels pense Baudelaire :

« Ce qui est sûr, c'est que le génie flamand se prête difficilement à ces évolutions oratoires, où la vérité se mêle à l'ironie, et où toutes les figures se réunissent dans la bouche de l'orateur ou sous la plume de l'écrivain, pour produire un effet plus grand. » « Le flamand, arrêté dans son développement littéraire, semble être resté simpliste et naïf comme le grec d'Homère. » Certes, poursuit Proudhon, il y a des Flamands instruits et qui ont l'esprit raffiné. « Malgré cela, et pour obvier à tout malentendu, m'est avis que MM. Madier-Montjau et Bancel feraient bien de donner à leurs auditeurs flamands, qui les écoutent avec tant de bon vouloir, quelques conférences sur les tropes de Dumarsais. » (Madier de Montjau et Bancel sont deux hommes politiques qui durent s'exiler après le coup d'État.)

Page 977.

[POÉSIES DE CIRCONSTANCE]

[VERS LAISSÉS CHEZ UN AMI ABSENT]

Les deux premiers quatrains de cette pièce ont été publiés par Poulet-Malassis dans *La Petite Revue* du 29 avril 1865, précédés de quelques lignes humoristiques sur « M. Baudelaire, poète de circonstance », — et la totalité dans *Le Tombeau de Charles Baudelaire* (1896).

1. Café de Bruxelles.
2. « Mam'selle Fanny » : la compagne de Poulet-Malassis comme « Mam'selle Jeanne » était celle du libraire Alphonse Lécrivain, lui aussi réfugié à Bruxelles.

Page 978.

SONNET POUR S'EXCUSER
DE NE PAS ACCOMPAGNER UN AMI À NAMUR

Cette pièce a été publiée dans *La Petite Revue* du 29 avril 1865 en même temps que la précédente. Le vers 8 renvoyait à une note ainsi conçue : « Pseudonyme transparent de M. Poulet-Malassis. » C'est celui-ci, bien entendu, qui a procédé à la publication de ce sonnet.

1. Voir le chapitre sur Namur (p. 951 et n. 4).

[SUSCRIPTION RIMÉE]

2. Sur une enveloppe timbrée à la date du 14 février 1866. Cet échantillon d'un genre que Mallarmé devait pousser à sa perfection a été publié pour la première fois dans *Le Tombeau de Charles Baudelaire* (1896); voir *CPl*, II, 598.

Pour que la collection des poésies écrites par Baudelaire en Belgique soit complète, il faut, rappelons-le, ajouter à celles qui sont reproduites dans cette section les Bouffonneries *qu'on a lues à la fin des* Épaves *(t. I, p. 175-178).*

Page 979.

[FRAGMENTS DIVERS]

Outre ces fragments, rappelons l'existence d'une fantaisie priapique, *Clergeon aux Enfers,* envoyée à Nadar, peut-être en 1859 (*CPl*, I, 580-581).

[PENSÉE DE PROUDHON]

Manuscrit (15 × 12,5 cm) communiqué par M. Pierre Berès, qui nous a dit l'avoir acquis de la collection Champion-Loubet. Cette copie autographe de Baudelaire est signalée dans le *Catalogue des autographes composant la collection Champfleury* (Étienne Charavay, 1891, nº 25; voir le commentaire d'*Une gravure fantastique, t. I, p. 968). Elle a été exposée au Petit Palais en 1968 (nº 218 *bis*) et reproduite en fac-similé dans le recueil de textes présenté par Julien Cain : *Curiosités esthétiques et autres écrits sur l'art* (Hermann, [1968], frontispice).

Le passage copié par Baudelaire se lit dans l'ouvrage de Proudhon intitulé *Système des contradictions économiques ou Philosophie de la misère* publié par l'éditeur Guillaumin à la mi-octobre 1846 et dont la deuxième édition parut en 1850. Il appartient à la Dixième (et dernière) Époque de ce copieux ouvrage et ne présente pas avec le texte de Proudhon de variante significative à l'exception de celles-ci : Proudhon souligne *Esthétique* et *Morale* (voir *Œuvres complètes de P.-J. Proudhon,* publiées chez Marcel Rivière sous la direction de C. Bouglé et H. Moysset, *Système...,* édité par Roger Picard, t. II, p. 375).

Le papier sur lequel Baudelaire a copié ce passage porte une rose en timbre sec. Une rose en relief se voit aussi sur les papiers qu'il utilise pour écrire à Champfleury, le 15 mars 1853, et à Mme Aupick, le 13 avril 1854 (*CPl*, I, 824 et 855).

La copie a donc été faite entre l'automne de 1846 et le début du second Empire. On peut être tenté de la rapporter à l'année 1848. En avril, lors d'une réunion électorale, Charles Toubin nous montre Baudelaire posant à Alphonse Esquiros des questions embarrassantes sur l'économie politique (J. Mouquet et W. T. Bandy, *Baudelaire en 1848...,* Émile-Paul, 1946, p. 21). En août, Baudelaire prend contact avec Proudhon, dont il se dit l' « ami passionné et inconnu » (*CPl*, I, 150). Mais on est aussi en droit de penser à l'année 1852 : dans la conclusion de *L'École païenne* (22 janvier), Baudelaire somme la littérature de « marcher fraternellement entre la science et la philosophie » (p. 49), compagnonnage qu'il refusera ensuite.

Sur Baudelaire et Proudhon voir l'étude d'Ivanna Bugliani, « Baudelaire tra Fourier e Proudhon » (*Critica Storica,* anno X, Nuova serie, n° 4, Dicembre 1973), et l'article, d'ailleurs médiocre, de Lois Boe Hyslop, « Baudelaire, Proudhon, and *Le Reniement de saint Pierre* » (*French Studies,* juillet 1976).

a. enfans, *ms. Graphie plutôt rare après 1850.*
b. Estétique *[sic] ms., ici et plus loin.*

[« IL APERÇOIT ENTRE LA LUNE ET LUI... »]

Manuscrit (localisation actuelle inconnue) reproduit en fac-similé, sans explication, dans le fascicule « Charles Baudelaire » de la *Galerie contemporaine littéraire et artistique* (Ludovic Baschet éd.), n° 105 de la section « Littérateurs, Musiciens, etc. », t. V, 3e année, 1er semestre, 1878; texte de Banville; photographie de Baudelaire par Carjat.

Première reproduction typographique : *Correspondance générale,* édition J. Crépet, Conard, t. I, 1947, p. 127, n. 1.

Ces lignes doivent être mises en relation avec le passage d'une lettre adressée par Baudelaire au philosophe Jean Wallon le 29 juillet 1850 : « Je suis fâché de ne vous envoyer qu'une si triste plaisanterie et qui vous coûtera un gros port, en échange de votre chat et de votre saumon qui m'ont martelé la tête toute une journée, et même encore après. Il est vrai que j'ai fait partager ma curiosité à Th. Gautier. Mais il n'a pas plus que moi deviné d'où cela était tiré » (*CPl*, I, 166).

Peut-être Wallon avait-il pris pour point de départ une métamorphose de la LIe des *Mille et Une Nuits* où l'on voit un chat qui, poursuivi par un loup, se change en un ver qui se cache dans un pépin de grenade, lequel se transforme en un petit poisson qu'un gros poursuit, etc.

1. Il n'est pas sûr que la signature appartienne au texte. Elle a peut-être été rapportée au bas des lignes qu'on vient de lire, lors de l'établissement du fac-similé.

ŒUVRES EN COLLABORATION
JOURNALISME LITTÉRAIRE ET POLITIQUE

Cette section est entièrement composée de *textes attribués à Baudelaire* et distribués, entre 1844 et 1848, dans l'ordre chronologique de publication. On a déjà trouvé au tome I, p. 216 sq. et 1245 sq., des poésies attribuées à Baudelaire.

Les articles suivants sont, il ne faut pas l'oublier, de circonstance. Leur auteur, dans la mesure où il mérite ce titre, n'a jamais pensé à les recueillir. Mais à sa physionomie littéraire et surtout politique manqueraient des traits si ces textes étaient omis. Pris entre le désir de présenter au lecteur une édition vraiment complète et celui de ne pas l'accabler sous une longue kyrielle d'hypothèses, nous nous sommes résolu à reproduire les textes qui ont le plus de chances d'avoir été écrits par Baudelaire. En cas d'incertitude nous avons préféré être accusé d'être trop accueillant. Seule cette édition offre autant de textes de cette nature.

LES MYSTÈRES GALANTS
DES THÉÂTRES DE PARIS

NOTICE

C'est Jacques Crépet qui a découvert ce petit livre et montré que Baudelaire y avait collaboré. En 1934, il fut intrigué par une lettre de Baudelaire au baron Jérôme Pichon, en date du 4 mars 1844 (*CPl*, I, 106) :

> « Monsieur,
>
> « J'ai appris, hier, que plusieurs personnes m'attribuaient sur l'affirmation du libraire Legallois quelques lignes d'un article inséré dans un livre publié par ce dernier, et dans lesquelles votre nom ou un nom homonyme du vôtre, se trouve imprimé.
>
> « J'affirme que ces allégations jointes à ce nom sont, à ma connaissance, complètement fausses.
>
> « Je croirais inutile, Monsieur, dans toute autre conjoncture de protester contre ces ridicules imputations, dont vos habitudes, votre caractère, et le respect public vous défendent assez.
>
> « Agréez, Monsieur, l'assurance de ma respectueuse considération.
>
>   C. BAUDELAIRE. »

À cette lettre était joint un billet d'Arondel adressé à une personne non dénommée, en qui il faut reconnaître Pichon. Par ce billet Arondel se faisait fort d'obtenir à Pichon les excuses de Baudelaire, au besoin avec sa canne ou ses poings. J. Crépet concluait donc que le passage qu'on lira p. 985 contre la ladrerie de MM. Hiéronyme Pichon et Lord Arundell ne pouvait être que de l'auteur des *Conseils aux jeunes littérateurs* (1846), qui, s'il préférait l'éreintage par la ligne droite, savait aussi, on le voit, pratiquer l'éreintage par la ligne courbe (p. 16).

Pichon avait acheté l'hôtel Pimodan le 26 août 1842. Baudelaire s'y était installé durant l'été de 1843 : selon l'histoire ou la légende, ses rapports avec le propriétaire ne furent pas particulièrement cordiaux (*Bdsc*, 222-223). Quant à Arondel — loué avec ambiguïté dans les *Salons* de 1845 et de 1846 (p. 397 et 486) —, il tenait échoppe de curiosités au rez-de-chaussée de l'hôtel, vendant à son colocataire des toiles douteuses et lui faisant signer force billets.

J. Crépet a raconté sa découverte avec beaucoup de verve et de bonheur dans la *Nouvelle Revue Française* du 1er janvier 1935. En 1938 il réédita chez Gallimard les *Mystères galans des théâtres de Paris* sous les noms de Baudelaire et ***. Cette réédition est épuisée depuis longtemps.

Les *Mystères galans*[1] n'avaient pas paru chez Auguste Le Gallois (plutôt que Legallois), mais chez Cazel, Galerie de l'Odéon, et 135, rue Saint-Jacques, sans doute aux derniers jours de février 1844; ils seront enregistrés par la *Bibliographie de la France* le 2 mars. Cazel n'était dans cette affaire qu'un prête-nom. En effet, Le Gallois (11, rue des Prêtres-Saint-Germain-l'Auxerrois), après avoir fait annoncer, en octobre 1843, *Les Actrices galantes de Paris*, à paraître par livraisons, se vit intenter un procès par Rachel. Il essaya de se défendre; finalement, il s'inclina, adressant ses excuses à l'actrice et en fut quitte pour un blâme. Cependant, il ne renonça pas à son projet. J. Crépet constatait que les *Mystères galants* recueillent plusieurs des articles qui, selon les annonces, devaient prendre place dans *Les Actrices galantes*. Et le faux titre indique clairement : *(Actrices galantes)*, au-dessous de : *Les Mystères galants des théâtres de Paris*. Sous un titre comme sous l'autre, qui utilisent le récent succès des *Mystères de Paris*, c'était la contrepartie scandaleuse des *Actrices célèbres contemporaines* qui furent publiées en livraisons en 1843 et au début de 1844, avec la collaboration d'honorables écrivains (Gozlan, Gautier, Houssaye, etc.). Les *Mystères galants* auraient dû avoir quatre séries ou volumes[2], qui

---

1. Ce pluriel en -*ns* est normal à l'époque. Mais on remarquera la différence des graphies et même des titres (absence ou présence de l'article défini) entre, d'une part, la couverture et la page de titre, d'autre part, le faux titre : *Mystères galans des théâtres de Paris* ; *Les Mystères galants des théâtres de Paris*.

2. D'après des annonces qui figurent au deuxième plat verso des couvertures de deux ouvrages publiés en 1844, donc la même année

auraient été distribués aux acquéreurs des *Actrices célèbres contemporaines*. Le Gallois ne manquait pas d'humour ou de cynisme.

La couverture et la page de titre montrent aussi ce lien d'un recueil à l'autre. Reproduisant un dessin de Nadar (signé « N »), elles montrent le visage d'un ogre cornu. Entre les cornes, une femme à genoux (une actrice), suppliant un Pierrot qui tient des affichettes sur lesquelles on lit : « Action » (l'action intentée par Rachel), « Actrices galantes » et, par vengeance, « Actrices très galantes ». Les dents de l'ogre portent ces lettres : NOUS VÉRON. Ainsi, l'ogre est le fameux et ventripotent docteur Véron, qui dirigeait *Le Constitutionnel* et avait été le protecteur de Rachel. Il est d'ailleurs brocardé dans les *Mystères galants* (p. 993 sq.). comme il le sera par Banville dans le *Salon caricatural* (p. 505), Baudelaire cherchera en 1852 à lui soutirer de l'argent (*CPl*, I, 204-205).

Baudelaire ne fut, sans doute sous la direction de Le Gallois, qu'un des collaborateurs de ce petit livre. Privat d'Anglemont (sur qui voir t. I, p. 1259) a été mêlé à l'affaire, puisque Arondel, dans le billet auquel, plus haut, nous avons fait allusion, écrivait à Pichon : « Quant à Privat, il sera bien plus difficile à joindre, car il n'a pas de domicile, c'est le plus mauvais sujet que je connaisse, tout son esprit et son talent le porte à médire et à calomnier les amis de ses amis. » Mais on ignore quelles furent l'importance et la nature de sa collaboration.

Sur un autre collaborateur, Georges MATHIEU qui avait pris le pseudonyme de Dairnvaell[1], on est mieux renseigné. Celui-ci, né en 1818, va s'allier en juin 1846 à la famille des Albert, donc à un des amis et factotum de Baudelaire. Les Albert-Dairnvaell sont à la fois éditeurs, libraires, écrivains. Polémiste qui à l'occasion fait connaissance avec les tribunaux, Dairnvaell a publié en 1842 *Les Indiscrétions de Lucifer, écrites sous sa dictée par son secrétaire intime*. Il publiera en 1847 *Le Diable dans les boudoirs de Paris*. Des articles des *Mystères galants* se trouvaient ou se retrouveront dans l'un et l'autre pamphlet.

Participe aussi à l'entreprise Fortuné Mesuré qui en 1842 a publié, sous le pseudonyme de Fortunatus, au bureau du *Feuilleton mensuel*, *Le Rivarol de 1842* (dont Baudelaire s'est peut-être souvenu en 1845 ; voir p. 351, n. 1) et qui publiera chez Albert frères en 1847 des *Recettes variées pour gagner la croix d'honneur*. Légitimiste, semble-t-il, il n'a eu en commun avec Dairnvaell, qui est démocrate, que le

---

que les *Mystères galants* : 1) *Physiologie de la polka*, par Auguste Vitu et Paul Farnèse (Le Gallois) ; 2) *Dictionnaire de l'argot moderne. Ouvrage indispensable pour l'intelligence des « Mystères de Paris » de M. Eugène Sue* (anonyme ; Cazel [et Le Gallois]).

1. Sur Dairnvaell et les Albert voir notre étude, *EB II*, p. 160-180. Ajoutons que Georges Mathieu est né de parents inconnus. Il se peut que son pseudonyme, qu'il écrit d'ailleurs de plusieurs manières, fasse apparaître un nom composé avec Lévi. (Ce qui ne l'empêchait pas d'être antisémite.)

goût du pamphlet. Au second plat, verso, des *Mystères galants* est annoncé : *L'Art d'obtenir la croix ; aux décorés et à ceux qui ne le sont pas,* à paraître chez Le Gallois; auteur : E. B. Le titre se rapproche singulièrement de celui des *Recettes variées...* E. B. a donc chance de se confondre avec Mesuré et peut-être avec le signataire de la lettre reproduite dans les *Mystères galants* (p. 984)[1].

L'abbé Constant[2] collabore également à ce pot-pourri, à la fois malgré lui et comme victime. En 1844, il publie *La Mère de Dieu ;* en 1845, *Les Trois Harmonies,* qui contient le poème *Les Correspondances* (voir t. I, p. 840).

Il est possible qu'avec Constant, Baudelaire ait été mis en relation par Alphonse Esquiros, très proche du premier. Esquiros, qui est édité par Le Gallois, est cité parmi les « secondes liaisons littéraires » de Baudelaire dans une note autobiographique (t. I, p. 785). D'autre part, Privat connaissait tout le monde et n'avait aucune peine à introduire Baudelaire dans ce milieu, où était bien accueilli quiconque apportait une anecdote croustillante. Les *Mystères galants,* au reste, n'ont rien d'un livre ; c'est un recueil, comparable aux petits journaux comme *Le Corsaire-Satan.*

Ces pages montrent bien ce à quoi Baudelaire a échappé, à supposer qu'il ait pris au sérieux sa collaboration. Rien de plus saisissant que le contraste entre cette basse littérature, cette littérature de coulisses, pour ne pas dire moins, et les grandes œuvres de Baudelaire. Mais Samuel Cramer ne dédaignait pas le chantage (voir t. I, p. 571), entre quelques pages de Porphyre et quelques autres de Swedenborg. Son *alter ego* confiait à Mme Aupick, à la fin de 1843 (?), qu'un de ses articles avait été refusé par *La Démocratie pacifique,* « pour cause d'*immoralité* », ce qui, au fond, le flattait (*CPl,* I, 103). J. Crépet a mis cette lettre en relation avec les deux messages suivants publiés par *Le Tintamarre,* dans ses numéros des 17-24 septembre et 3-9 décembre 1843, en réponse à des manuscrits qui avaient été déposés à ses bureaux :

« *À M. Charles B***.* Son article sur Mme L... Co... ne sera point inséré. Il renferme des détails qui se rattachent à la vie privée et ne rentre pas dans notre domaine. »

« *À M. Charles B*** :* Il y a au bout de son article 500 francs

---

1. Il convient de signaler que les initiales E. B. pourraient être celles d'Eugène Briffault qui collabore à *La Chronique* (voir p. 996, n. 2) et qui signe souvent ainsi. Mais Briffault est attaqué à la fin des *Mystères galants* dans un articulet (le titre en est cité à la n. 1 de la page 1011). L'étrange pot-pourri des *Mystères* ne permet pas d'exclure absolument l'hypothèse Briffault.

2. Sur Constant, qui, après s'être tourné vers l'occultisme, prendra le nom d'Éliphas Lévi, voir Paul Chacornac, *Éliphas Lévi (1810-1875),* Chacornac frères, 1926 ; Frank Paul Bowman, *Éliphas Lévi, visionnaire romantique,* préface et choix de textes, Presses universitaires de France, 1969 ; Alain Mercier, *Éliphas Lévi et la pensée magique au XIXᵉ siècle,* Seghers, collection La Table d'Émeraude, [1974].

d'amende et trois mois de prison. Nous aimerions beaucoup payer notre rédaction un peu moins cher. »

J. Crépet proposait de reconnaître Baudelaire dans ce Charles B*** qui attaquait Louise Colet, la muse de Victor Cousin, moquée, durant ce même automne 1843, par les auteurs d'*Idéolus* (t. I, p. 605 et var. *b*).

Jacques Crépet a multiplié les arguments en faveur de l'attribution partielle à Baudelaire des *Mystères galants*. Tous n'ont pas la même valeur, mais l'ensemble est convaincant et même impressionnant. On se reportera aussi au très intéressant compte rendu de Jean Pommier (*R.H.L.F.*, 1939, p. 136-140; *Dans les chemins de Baudelaire*, p. 41-45).

La difficulté est de déterminer avec précision la part de Baudelaire, — difficulté qui touche le plus souvent à l'impossibilité, car un même morceau a pu avoir plusieurs auteurs. Vu cette impossibilité, on n'a écarté des *Mystères galants* que les articles qui se lisent dans les pamphlets de Dairnvaell et qui doivent être restitués à celui-ci, quasiment en toute certitude.

Une autre difficulté résulte, pour l'annotateur cette fois, des allusions, aisément compréhensibles en 1844, aujourd'hui impénétrables parfois. On s'est borné à l'essentiel pour ne pas accabler sous une avalanche de conjectures le lecteur, prié de bien se rappeler que les *Mystères galants* sont un recueil d'écrits de circonstance et surtout de petites circonstances.

On a corrigé les fautes d'impression; elles sont nombreuses et prouvent avec quelle hâte ces textes ont été imprimés.

NOTES ET VARIANTES

Page 983.

a. *Nous avons pris le parti de composer la page de faux titre. La page de titre donne seulement :* Mystères galans des théâtres de Paris (voir p. 1533, n. 1).

1. Arthur « s'emploie comme nom commun pour désigner un homme à bonnes fortunes, et particulièrement l'amant d'une lorette » (*Grand Dictionnaire universel* de Pierre Larousse).

2. Rachel; voir la notice p. 1533.

3. Cf. les premières lignes du *Salon de 1845* (p. 351). On pourrait, du reste, multiplier ici les rapprochements avec d'autres œuvres de Baudelaire.

Page 984.

1. Rachel encore.

2. Voir la lettre à M. R^{ard} dans laquelle Baudelaire utilise semblablement des définitions du dictionnaire (*CPl*, I, 155-157). Mais E. B. pourrait bien être Fortuné Mesuré; voir p. 1534.

Page 985.

1. *Flamberge au vent* est une expression employée dans le *Sonnet cavalier* (t. I, p. 223), sans doute composé par Baudelaire, mais publié sous la signature de Privat. Pour cette raison, J. Crépet tenait ce morceau comme écrit en commun par Baudelaire et Privat sur les indications de Le Gallois. Mais peut-être est-ce plutôt avec Fortuné Mesuré que Baudelaire l'a écrit.

2. Expression bien baudelairienne, ainsi que, à la fin de la même phrase, *débauche presque sainte*. Cf. t. I, p. 200.

3. Mlle Joséphine Mézeray (1774-1823), et non Mézerai, après avoir été adulée, finit sa vie dans la gêne, s'adonnant à l'alcool. Elle mourut dans un accès d'aliénation mentale.

4. Le directeur de la *Revue des Deux Mondes.*

5. Mlle Sylvanie est Mlle Jeanne-Sylvanie Plessy (1819-1897), de nouveau attaquée dans *Célimène II* (p. 988). L' « esprit judaïque » vise Rachel.

6. Voir p. 1532-1533.

7. À la fin des *Conseils aux jeunes littérateurs* Baudelaire demande à ses confrères de choisir entre l' « amour » et le « pot-au-feu » (p. 20).

Page 986.

1. Gautier, avant même de se rendre en Algérie (été 1845), portait des vêtements flottants qui pouvaient lui donner l'air d'un « *sauvage* ». Dans *La Presse* du 18 mars 1837 il se targue de s'être promené en costume égyptien. Cette allusion ironique est bien dans la manière du jeune Baudelaire (cf. p. 18 et 462-463). Encore faut-il ajouter que la petite presse était, en général, hostile à Gautier, accusé de pontifier.

2. Florence Pierre et Esther de Bongars, toutes deux actrices du théâtre des Variétés. La première prétendait avoir remis 500 F à un membre du Parlement d'Angleterre à charge pour lui de remettre cette somme à Esther qui aurait refusé de donner un reçu, prétextant qu'elle n'avait pas fait de prêt. Mlle Florence fut condamnée par le tribunal à rembourser Mlle Esther. Cette sordide affaire est relatée en mai 1843 dans la *Gazette des tribunaux*. — Esther de Bongars (1816-1861) fut la créatrice du rôle de Zéphirine dans *Les Saltimbanques,* parade célèbre de Dumersan et Varin (1838); elle fut aussi une enragée danseuse de cancan et de cachucha; un chapitre des *Mystères galants,* qui n'a aucune chance d'être de Baudelaire, lui est consacré sous le titre : « Estelle de Kankan, actrice choknosophe ». Le 1er août 1843, Esther fit ses adieux aux Variétés et partit ensuite pour la Russie, où elle resta jusqu'en 1849, ou 1850, jouant au Théâtre français de Saint-Pétersbourg où s'illustrèrent aussi Mme Allan et Mme Plessy-Arnould. De retour à Paris, elle figura encore dans quelques pièces et, enfin, se maria. Sur elle voir les débuts de l'étude de Jean Senelier (le reste tient

du roman) : *Un amour inconnu de Gérard de Nerval* (Minard, Nouvelle Bibliothèque nervalienne, *Études et documents,* n° 3, 1966).

3. Le prince de Joinville, fils de Louis-Philippe; sa liaison avec Rachel avait pris fin le 23 octobre 1842.

Page 987.

1. Mlle Clairon, Sophie Arnould, Adrienne Lecouvreur sont bien connues. Rosalie Duthé (1752-1820), danseuse de l'Opéra, fut plus connue encore comme courtisane. Les Saint-Val (plutôt que Sainval), des sœurs, jouèrent toutes deux à la Comédie-Française et au théâtre Montansier. Mlle de Saint-Val cadette (1752-1836), protégée par Voltaire, fut la plus célèbre; elle tint les rôles de jeunes princesses (Monime, Iphigénie, Zaïre) et fut la comtesse Almaviva à la création du *Mariage de Figaro.*

2. Notamment la *Lucrèce* de Ponsard, dont le succès, en 1843, avait consacré le triomphe du goût bourgeois. Baudelaire entend par « nouvelle école » celle que, par raillerie, il allait appeler : l'école du bon sens. Voir p. 40 et 98.

3. « Qu'il me soit profitable d'avoir parlé de vous, ô jeunes filles ! » — Pour J. Crépet ce morceau était sans aucun doute de Baudelaire, avec la collaboration de Privat ou, peut-être, de Dairnvaell pour les historiettes. L'allusion au sonnet (dernière ligne de la page 986; cf. t. I, p. 219), les références au xviiie siècle font penser à Privat.

4. Pour la lorette, voir p. 560.

Page 988.

a. Nous ne reproduisons pas une quinzaine de pages environ, contenant des anecdotes plus ou moins croustilleuses, après un petit chapitre consacré à « Esther de Kankan » et signé « G., vicomte de Waell » (= Dairnvaell).

1. J. Crépet voyait ici une allusion légitimiste. Et attribuait donc ce chapitre à F. Mesuré.

2. Araminte (Aramenthe dans le texte original) est un personnage des *Fausses Confidences.* Pour Marton voir p. 995 et n. 4.

3. Mlle Plessy. À la fin de la même phrase, allusion à Mlle Mars, interprète des grands drames romantiques, qui allait mourir en 1846. Mlle Mars avait, le 15 avril 1841, joué pour la dernière fois le rôle de Célimène, que Mlle Plessy avait repris. De celle-ci H. Lyonnet écrit dans son *Dictionnaire des comédiens :* « Aucune comédienne, depuis Mlle Mars, dont elle avait les traditions, ne joua jamais les rôles d'amoureuse et de grande coquette avec un art si achevé. » Mlle Plessy épousera à Londres en 1845 Auguste Arnould, homme de lettres, et portera le nom de Mme Arnould-Plessy.

4. Néologisme qui pourrait être de Baudelaire. Voir « psychologiser » dans *La Fanfarlo* (t. I, p. 560).

5. J. Crépet a noté que ce dialogue est inspiré d'une biographie que Fortuné Mesuré avait donnée de Mlle Plessy, quelques mois auparavant, dans la collection des *Actrices célèbres contemporaines* (VIe livraison).

Page 989.

a. On rectifie une coquille de l'édition originale, qui montre : se donnerait volontiers

1. C'est le ton des *Conseils aux jeunes littérateurs* et de *La Fanfarlo.*
2. Unité monétaire de l'Algérie : elle valait un peu moins de 2 francs.
3. Napoléon III est ici le comte Walewski ; quant à Monte civet, J. Crépet croyait que l'on pouvait voir en lui Montalivet, ministre de Louis-Philippe, à qui Mesuré — légitimiste bon teint, on l'a dit — avait voué une solide haine. Il l'exprimait ainsi dans son *Rivarol de 1842 :*

« Montalivet (Bachasson de)

« Ancien conspirateur farouche des soupers du Rocher de Cancale. — Depuis 1830, chasseur galonné derrière le carrosse royal, et courtisan inamovible. »

4. Baudelaire fait l'éloge de Daumier dès le *Salon de 1845* (p. 356).

Page 990.

a. J. Crépet voulait qu'on lût brodeuse, *mais le « Grand Dictionnaire universel » de Pierre Larousse enregistre* bordeur, bordeuse, *comme ancienne forme du mot* brodeur *et en indiquant que le féminin se dit surtout de l'ouvrière qui borde des chaussures.*

b. Voici le texte tel qu'on le lit dans l'édition originale : mais le marivaudage de ces coins de terres, mais cette voile étouffée par la marchande de corsets, mais ce corps coupé en dents, mais ce front étroit, mais ces yeux à fleur de tête, mais ces grands bras battants, mais

c. Sic *pour* bull dog, bouledogue. *À la fin de la même phrase :* Kings-Charles.

1. Mlle Duchesnois, célèbre tragédienne, née en 1777, était morte en 1835. La « vieille Célimène » est Mlle Mars. Mlle Maxime fut constamment opposée à Rachel, ce qui nuisit à sa réputation. Elle joua d'abord à l'Odéon. Après être entrée à la Comédie-Française et s'y être vu confier le rôle de Guanhumara dans *Les Burgraves,* elle se le vit retirer (1842-1843) et revint à l'Odéon, où elle reprit le rôle de Lucrèce dans la tragédie de Ponsard à la quarantième représentation. Elle épousera Charles Fauvety, adepte du spiritisme. C'était une femme de cœur et de talent (H. Lyonnet, *Dictionnaire des comédiens*).

2. Mouvement analogue d'interrogations pressantes dans le compte rendu du *Prométhée délivré* de Ménard (p. 9).

3. Rachel; voir p. 991. Pour Napoléon III (Walewski), voir p. 989.

4. L'héroïne du roman de Théophile Gautier qui, non plus que celles de Crébillon fils, n'a rien de prude.

5. Dans *La Fanfarlo*, on voit Samuel Cramer, pour mettre aux abois la danseuse, l'éreinter « au bas d'une feuille importante ». Cramer l'accuse notamment d'aimer « trop les petits chiens et la fille de sa portière », mettant au jour les « linges sales de la vie privée, qui sont la pâture et la friandise journalière de certains petits journaux » (t. I, p. 570-571).

Page 991.

*a. con*ſternées *eſt bien la leçon de l'édition originale. On peut se demander si con*ſtellées *(de taches) ne serait pas mieux approprié.*

1. L'anecdote eſt racontée dans le *Satan* du 26 octobre 1843. Mlle Plessy, apprenant la publication prochaine des *Actrices galantes*, aurait refusé de jouer l'*Ève* de Léon Gozlan tant que l'auteur n'aurait pas obtenu de l'éditeur, Le Gallois, qu'il renonçât à publier ce livre.

2. Voir p. 1533-1534.

3. J. Crépet concluait que ce morceau était de Baudelaire pour la plus grande partie et peut-être de Mesuré pour quelques passages. Nous croyons qu'il eſt entièrement de Baudelaire et que celui-ci s'eſt borné à prendre son bien dans un texte de Mesuré.

4. C'eſt-à-dire Hermione, l'un des rôles où Rachel excellait.

5. *Guitare,* pièce XXII des *Rayons et les ombres.* — En raison tant de la pitié profonde qui s'exprime dans cette page que de l'emploi de l'épithète « clairvoyant », chère à l'auteur de *La Fanfarlo*, J. Crépet tenait ce début pour du Baudelaire.

Page 992.

a. Édition originale : quand elle venait guetter un souper

1. Cf. les vers 45-48 d'*À une mendiante rousse* (t. I, p. 85).

2. L'auteur caricature l'hiſtoire de la famille Félix.

3. Voir l'Index.

Page 993.

1. Principal rôle féminin de *Tancrède,* tragédie de Voltaire.

2. Peut-être Deleſtre-Poirson, fondateur et directeur du Gymnase (voir J. Janin, *Rachel et la tragédie,* Amyot, 1859, p. 291 et *passim*).

3. Jules Janin, critique dramatique du *Journal des Débats*. C'eſt lui, en effet, qui par son article du 10 septembre 1838 « lança » Rachel. L'homme d'esprit peut être Vedel, directeur du Théâtre-Français.

4. Le docteur Véron, qui avait dirigé l'Opéra et qui fut le protecteur de Rachel de 1838 à 1841.

Page 994.

a. Ce démonstratif manque dans l'édition originale.

1. C'est sa cuisinière qui rendit Véron célèbre dans le Tout-Paris.

2. Le vicomte d'Arlincourt, dit-on, célèbre sous la Restauration par des romans où le style troubadour s'allie aux thèmes du roman noir.

3. Cette lettre avait paru dans la *Revue de Paris* en juillet 1841; les articles de Janin, dans les *Débats.*

4. De la devise : *Victoria reine à Mlle Rachel,* certains petits journaux avaient fait *Victoria à Rachel* (note de J. Crépet).

5. Fanny Elssler.

Page 995.

a. Édition originale : de ce qui s'est passé... Sans un fameux souper

1. J. Crépet voyait ici une allusion à ces vers de *Marion de Lorme* (III, 7) :

> *Donc vous me succédez ? — Un peu, sur ma parole*
> *Comme le roi Louis succède à Pharamond.*

2. Le prince de Joinville; cf. p. 986 et n. 3. Le prince venait d'épouser la princesse Francisca de Bragance.

3. Le comte Walewski.

4. Anaïs Aubert (1802-1871) qui avait joué le rôle de Marton, en 1841, dans la pièce d'Alexandre Dumas père : *Un mariage sous Louis XV.* Elle fut aussi Agnès dans *L'École des femmes,* ce qui explique l'allusion de la page suivante, où l'on verra que Rachel avait joué le rôle d'Ériphile dans *Iphigénie.* Mlle Anaïs avait été la maîtresse de Walewski dans les bonnes grâces de qui Rachel lui succéda. Mais au début de 1843 Anaïs reprit ses avantages. Un duel faillit avoir lieu entre les deux actrices. Lorsque Anaïs n'était plus que « la maîtresse désaffectée de Walewski » (Ph. Poirson, *Walewski, fils de Napoléon,* éd. Balzac, 1943, p. 121), elle affectait d'être l'amie intime de Rachel pour mieux intriguer contre celle-ci.

Page 996.

a. Édition originale : Belgiozioso
b. Édition originale : Éryphile

1. Ce morceau respire l'antisémitisme et le chantage. Pour ces deux raisons, J. Crépet pensait que la part de Baudelaire s'était bornée à la confection des premières lignes et qu'elle n'avait pas, pour le reste, dépassé la mise en ordre de notes fournies par Dairnvaell agissant de concert avec Le Gallois, qui avait à se venger de Rachel. L'antisémitisme ne nous semble pas être de nature à

retirer ces pages à Baudelaire, non plus que le chantage. Mais, si l'on applique l'adage du droit : *Fecit cui prodest*, ce sont Dairnvaell et Le Gallois qui avaient intérêt à se venger de Rachel.

2. Almire Gandonnière (son prénom est ici imprimé Almyre et le nom, Gondonnière), par qui les auteurs des *Mystères galants* font signer cette histoire, a réellement existé, bien qu'il n'habitât pas rue Richelieu, où l'on trouve cependant un Gandonnière confiseur... Almire, le vrai, dirigeait un périodique, *La Chronique* (avril 1842-mars 1845), où il refusa peut-être d'insérer quelque article dû à l'un des amis de Le Gallois. Toujours est-il que, dans son intention parodique, cette histoire faisait coup double : en plus de Rachel et de Walewski, elle éclaboussait le vénérable Almire dont la prose solennelle et empesée est pastichée d'une manière plaisante. Cette guitare n'était pas neuve ; elle continuera de figurer dans la panoplie des petits journaux ; on la retrouve encore dans un opuscule publié sous l'anonymat par Banville chez Albert (beau-frère de Dairnvaell), en 1863 : *La Comédie-Française racontée par un témoin de ses fautes* (p. 51), et dans *Rachel* par Eugène de Mirecourt, Librairie des Contemporains, 1869, p. 50-52. Rappelons, à la décharge d'Almire, qu'il travailla, en tant que collaborateur de Berlioz, à une partie du livret de *La Damnation de Faust*.

Page 997.

a. Édition originale : Mazaniello

1. Refrain de la chanson du comte Lupus (*Les Burgraves,* Ire partie, scène v).

2. De Masaniello Baudelaire voulait faire le héros d'un drame, qu'il serait même aller lire à Louis Ménard (Philippe Berthelot, « Louis Ménard », *Revue de Paris,* 1er juin 1901).

3. Cf. ces deux vers d'*Une charogne* (t. I, p. 31) : *Et ce monde rendait une étrange musique, | Comme l'eau courante et le vent,*

4. Baudelaire citera des vers du songe d'Athalie en épigraphe à *L'Amour du mensonge* (t. I, p. 1035). Mais, pour attribuer le morceau à Baudelaire, cet argument semble bien faible.

5. *L'École du monde ou la Coquette sans le savoir,* comédie que le comte Walewski avait fait représenter à la Comédie-Française en 1840 et dans laquelle jouait Mlle Anaïs.

Page 999.

1. Il est possible que ce morceau soit partiellement de Baudelaire. Mais il est non moins possible qu'il soit de Dairnvaell. Leur collaboration n'est pas à exclure.

2. Entre l'*Histoire d'une guitare* et ce *Ponsard* les *Mystères galants* offrent une série d'anecdotes scandaleuses intitulées *Kans-Kans ; Monsieur Viennet ; Le Marchand de contremarques ; Les Femmes troquées ;* elles sont suivies par une chanson, *Je suis si laid.* Ces anecdotes sont certainement de Dairnvaell ; d'autres sont d'attribu-

tion douteuse, mais ne présentent aucune trace baudelairienne réellement décelable. La chanson est signée « vicomte de WOELL », un des pseudonymes de Dairnvaell.

Pour comprendre ce morceau sur ou plutôt contre Ponsard — le seul que J. Crépet ait recueilli au tome I des *Œuvres posthumes* (Conard, 1939), il convient de se reporter à l'article sur *Les Drames et les romans honnêtes* (p. 38 sq.). Ponsard avait en 1843 emporté d'un coup une gloire éphémère avec sa *Lucrèce* représentée à l'Odéon.

Page 1000.

a. Édition originale : Phitius

1. J. Crépet fait valoir l'admiration portée par Baudelaire à Corneille (voir *Théophile Gautier,* p. 110).

2. Cf. le *Salon de 1846 :* « les autres labourent avec patience et creusent péniblement le sillon profond du dessin » (p. 472).

3. Le 22 avril 1843.

4. Sur Achille Ricourt, qui avait fondé *L'Artiste,* voir t. I, p. 1000 et 1047.

5. Pierre Rapenouille, dit Lafon (1773-1846), acteur de la Comédie-Française et professeur au Conservatoire, que les auteurs ou l'imprimeur confondent avec Pierre Lafont (1797-1873), acteur du Vaudeville et des Variétés qui épousa Jenny Colon. — Nicolas Baptiste (1761-1835), acteur de la Comédie-Française et professeur au Conservatoire, qui excella dans les rôles de pères nobles, ou son frère, Anselme (1765-1839), autre grand comédien ? — Abraham-Joseph Bénard, dit Fleury (1750-1822), acteur de la Comédie-Française qui s'illustra particulièrement dans les comédies de Marivaux.

6. *Arbogaste* est une tragédie de Viennet. Dans la *Revue de Vienne,* Ponsard avait écrit un article défavorable sur cette tragédie. Charles Magnin exhuma l'article dans la *Revue des Deux Mondes* du 1er juin 1843. Ponsard essaya de se justifier, dans *Le Constitutionnel* du 3 juin. L'histoire est racontée plus au long p. 1002-1003.

Page 1001.

a. Édition originale : M. de Passy

1. Jules Janin, qui était grand ami de Ricourt.

2. Expression de certains milieux « parisiens » qui a presque le même sens que *catéchiser* dans la même phrase.

3. Deux des représentants du classicisme intransigeant. On retrouvera Jouy dans les *Causeries* du *Tintamarre,* p. 1012.

4. Cf. le second article sur Pierre Dupont (p. 169).

Page 1002.

1. Ce café, dans lequel on vit Baudelaire, était situé dans la maison qu'habitait Janin, au coin de la rue Regnard et de la rue de Vaugirard, donc tout à côté de l'Odéon.

2. La traduction du *Manfred* de Byron par Ponsard parut en 1837.

3. Auguste Lireux dirigeait l'Odéon. C'est lui qui allait être le parrain de Baudelaire à la Société des gens de lettres (voir *CPl*, I, 137, n. 1).

Page 1003.

1. Jacques Crépet l'a retrouvé dans les *Œuvres complètes* de Ponsard (Calmann-Lévy, 1876). À noter que ce sonnet, daté du 16 mai 1843, est écrit en français...

2. Mlle Nathalie avait joué une parodie de *Lucrèce : Lucrèce à Poitiers*. J. Crépet a retrouvé le texte du billet de Ponsard à cette actrice dans *L'Entracte* du 7 juin 1843.

3. Baudelaire admirait Pétrus Borel (dont le prénom, dans l'édition originale, est écrit Peters); voir p. 153 sq.

Page 1004.

1. Épithète dérivée du nom d'un personnage des *Burgraves* : *Guanhumara.*

2. Autre représentant de la littérature classique attardée.

3. Il sera le dédicataire du *Spleen de Paris* (t. I, p. 275).

4. Ce billet, écrit dans le patois de Nucingen, est une plaisanterie dirigée contre un ancien condisciple de Baudelaire au Collège royal de Lyon, puis à Louis-le-Grand : Nestor-Lucius Songeon, futur successeur de Victor Hugo au Sénat de la troisième République. Bien plus tard, Baudelaire enverra à Nadar une autre charge contre cet ancien camarade : *Clergeon aux Enfers* (*CPl*, I, 580-581).

5. Ce qui suit n'a rien à voir avec l'article contre Ponsard et, comme le pense J. Crépet, a dû être ajouté pour remplir la page.

Les sentiments que l'auteur de ce morceau éprouve pour Ponsard sont bien ceux de Baudelaire pour qui l'homme de *Lucrèce* n'était qu'un « déplorable académicien » et un « pédant sans orthographe » (p. 814). Ce ne serait pas suffisant pour attribuer à Baudelaire les lignes précédentes, si elles ne faisaient pas la preuve d'une maîtrise que l'on ne trouve pas chez les autres collaborateurs des *Mystères galants* et si, surtout, l'abondance des rapprochements ne s'imposait à l'esprit. Il faut conclure, avec J. Crépet, que ce « Ponsard » est de Baudelaire, pour la plus grande partie au moins.

Ajoutons qu'Émile Bergerat, gendre de Théophile Gautier, cite, dans les *Souvenirs d'un enfant de Paris* (Charpentier, 1912, t. III, p. 329), un distique ponsardesque de Baudelaire gravé sur un couteau à papier appartenant à Banville :

> *Jasmin, tu passeras passage Vivienne,*
> *Pour dire à mon bottier que je voudrais qu'il vienne.*
>
> > Pour *L'Honneur et l'argent.*

L'Honneur et l'Argent est une comédie de Ponsard en cinq actes et en vers (Comédie-Française, 11 mars 1853).

Page 1005.

  a. Nous ne reproduisons pas le passage intitulé Un mot de Lepeintre
  b. Édition originale : HALLEMBACH, *ici, mais non plus bas.*

  1. Il est à peu près certain que Baudelaire n'est pour rien dans ces pages, mais, si nous les reproduisons, c'est qu'elles prouvent la possible rencontre de Baudelaire et de l'abbé Constant.

  Dans *L'Assomption de la Femme ou le Livre de l'Amour* (Le Gallois, 1841), l'abbé Constant a raconté comment il s'éprit de la jeune Adèle en la préparant à la première communion, comment il confia son émoi à son directeur de conscience et comment il fut séparé de la jeune personne.

  Dans *Le Surréalisme, même* (n° 3, automne 1957), André Breton a publié sept lettres que Flora Tristan, socialiste et féministe, adressa au caricaturiste Traviès (voir *Quelques caricaturistes français,* p. 561-563) et à l'abbé Constant. Le 1er ou le 2 mars 1844, elle était allée chez Le Gallois pour y chercher des exemplaires d'un des ouvrages de Constant. Le 3, elle écrit à Constant : « Vous savez sans doute que Leg[allois] vient de publier les *Mystères galants* (drogues) où vous êtes couché tout au long du texte, cela fait une bonne *réclame* mais c'est d'un scandale affreux ! Il faut réellement que ces braves gens... aient bien de la patience pour souffrir tout ce que vous leur faites endurer !... Il faut pourtant agir *prudemment,* car, à la fin, ils pourraient bien finir par se mettre en colère... »

  2. Le théâtre du Panthéon fut fondé en 1832. Nadar a évoqué cette petite scène dans ses souvenirs (voir *BET,* 59-61). Le théâtre Comte fut fondé en 1825 par Comte, célèbre prestidigitateur et ventriloque ; il était situé passage Choiseul et rue Monsigny. Les acteurs comme les spectateurs en étaient des adolescents. En 1855, les Bouffes-Parisiens s'installèrent dans ce local pour y donner des spectacles moins moralisateurs. Les Folies-Dramatiques, fondées en 1831, étaient situées boulevard du Temple, puis rue de Bondy. Y fut représenté *Robert Macaire* avec Frédérick Lemaître.

  3. Ce recueil, publié « par des hommes de lettres et des hommes du monde », parut en 1839. Le texte en est généralement d'Esquiros et les portraits, de Constant, qui avait des aptitudes pour le dessin. Ils s'étaient trouvés l'un et l'autre condisciples au Petit Séminaire de Paris.

  4. Épopée religieuse et humanitaire de Constant publiée chez Charles Gosselin cette année 1844.

  5. L'actrice Ida Ferrier que Dumas avait épousée en 1842 et qu'on retrouvera dans les *Causeries du Tintamarre.*

Page 1007.

  1. Ce volume, qui fut condamné, avait été édité par Le Gallois en 1841.

Page 1008.

  a. Édition originale : la mère de Dieu *[romain].*

Page 1009.

1. Cheneau fut le « fondateur d'une religion nouvelle comme il y en eut plusieurs à l'époque. On trouvera sur lui un article curieux dans *La Silhouette* du 10 août 1845 » (note de J. Crépet dans son édition des *Mystères galants*).

Page 1010.

1. On se demandera s'il n'y a pas ci-dessous une lacune. Après les deux points, on attend une citation.

Page 1011.

1. Les *Mystères galants,* après ce texte, se terminent sur une série d'anecdotes qui semblent être toutes, moins une, de Dairnvaell; certaines sont signées de lui. En voici les titres : *Encore un..... Cocardeau ; Les Billets de la fin du mois ; Opinions de Lucifer sur la femme* (vers signés Georges Dairnvaell; *Un mot de M. E. Briffault ; Boutade sur les femmes. Pour servir de réponse à Lucifer* (vers signés Georges Dairnvaell et datés du 9 février 1843); *Histoire merveilleuse et fantastique de l'A. B. C.* (signé G. vicomte de Woell = Dairnvaell); [une anecdote sans titre sur une actrice qui se prétend vertueuse]; *Les Lucrèces de l'Odéon* (à propos du *Vieux Consul* de Ponroy); *Quelques mots sur Talma* (signé Edmond Haincque); *Une mère d'actrice ou Recette pour meubler un hôtel garni ; Malheureuse Roxelane ! ! !;* [enfin six brèves anecdotes sans titres].

Page 1012.

« LE TINTAMARRE »

CAUSERIES

NOTICE

En 1868, dans leurs *Essais de bibliographie contemporaine,* dont seul parut le premier fascicule, consacré à Baudelaire, Albert de La Fizelière et Georges Decaux reproduisaient cette note, communiquée par Auguste Vitu, qui avait été en 1846 l'ami intime de Baudelaire :

« *Causeries du Tintamarre,* du 1ᵉʳ septembre 1846 au mois de mars 1847.

« Ces *Causeries* signées *Francis Lambert, Marc-Aurèle, Joseph d'Estienne* sont dues à la collaboration de MM. Vitu, Baudelaire et Banville. »

En 1920, André Malraux, faisant ses débuts dans l'édition, publiait chez Simon Kra : CHARLES BAUDELAIRE, *Causeries,* avec des illustrations de Constantin Guys et une préface de Féli Gautier. Cette plaquette tirée à moins d'un millier d'exemplaires contenait quatorze *Causeries* de la fin de 1846.

En 1932, prenant acte, lui aussi, de la note de Vitu, Jules Mouquet, dans CHARLES BAUDELAIRE, *Œuvres en collaboration* (Mercure de France), reproduisit les *Causeries,* au nombre de vingt-sept, telles qu'elles avaient été publiées dans *Le Tintamarre* depuis le numéro des 13-19 septembre 1846 jusqu'au numéro des 28 mars-3 avril 1847.

Jacques Crépet les reproduisit à son tour en 1939 au tome I des *Juvenilia, Œuvres posthumes, Reliquiae* (Conard). Il en donnait un texte fidèle et cherchait à déterminer quelle part Baudelaire pouvait avoir eue à leur rédaction.

En effet, la note de Vitu est équivoque : signifie-t-elle que chacun des pseudonymes correspond à un auteur et à un seul ou que les trois mousquetaires usaient indifféremment de ces trois pseudonymes ? Si l'on établit une équivalence d'une série à l'autre, selon l'ordre progressif, on obtient : Francis Lambert = Vitu, Marc-Aurèle = Baudelaire, Joseph d'Estienne = Banville. Mais *Les Supercheries littéraires dévoilées* de Quérard (1847) indiquent que Joseph d'Estienne est le pseudonyme de Vitu.

Des vingt-sept *Causeries,* la première (13-19 septembre 1846) est signée Francis Lambert ; la deuxième (20-26 septembre) est anonyme ; les troisième et quatrième (4-10, 11-17 octobre) sont signées Marc-Aurèle ; toutes les autres sont signées Joseph d'Estienne. Or, les tentatives d'attribution de J. Crépet ont eu pour résultat de porter au crédit de Baudelaire la causerie anonyme et huit de celles au bas desquelles apparaît Joseph d'Estienne. Dans ces conditions, il est difficile de croire que ce dernier masque n'était pas collectif et qu'il n'a, tour à tour, prêté ses traits à Baudelaire, à Vitu et à Banville.

Au dossier qu'avaient ouvert J. Mouquet et J. Crépet nous avions ajouté en 1955 (*Œuvres complètes de Baudelaire,* Le Club du Meilleur Livre, t. I, p. 1164) une nouvelle de Vitu publiée dans le feuilleton du *Journal du Loiret* du 1er juin 1848 et intitulée *Arnold* (sans doute y était-elle reproduite d'un périodique parisien). Le héros qui donne son nom à ce récit est un jeune peintre destiné à un suicide précoce. Ce trait excepté, il ressemble fort à Deroy, mort jeune lui aussi, qui fit de son ami Baudelaire, en 1844, le portrait qui se trouve maintenant au musée de Versailles (*ICO,* n° 3 ; *Album Baudelaire,* p. 48). Arnold fournit des idées à un de ses compagnons qui écrit des *Salons,* comme Deroy aurait pu en user avec Baudelaire. Avant de mourir, il connaît une période de travail intense, faisant de « belles copies de Rubens et du Titien » et de « charmantes esquisses » qu'il distribue sans compter « à Émile de Nanteuil [Banville ?], à Calixte de Lingulis [Baudelaire ?], à Pinchamp [Champfleury ?], à Joseph d'Estienne [Vitu ?] et à quelques autres », comme Deroy avait donné à Baudelaire une copie des *Femmes d'Alger* de Delacroix.

Assurément, on ne saurait conclure de ce passage que Joseph d'Estienne soit Baudelaire, mais on ne voit pas non plus que Vitu,

qui signe cette nouvelle de son propre nom, se soit mis lui-même
en scène... Dans l'état actuel de la documentation baudelairienne,
seule la critique interne peut donc arriver à soulever le masque.

Nous ne retenons des *Causeries* du *Tintamarre* que celles qu'après
un attentif examen J. Crépet pensait pouvoir être de Baudelaire.

Nous avons renoncé aux graphies d'époque et corrigé quelques
coquilles ou fautes d'orthographe.

NOTES

[I]
[Du 20 au 26 septembre 1846]

1. Baudelaire admirait beaucoup Sterne; il le cite dans *La
Fanfarlo* (t. I, p. 554).

2. « L'autre » Lucas était Charles, économiste et membre de
l'Institut.

3. Où se trouvait *Le Constitutionnel*.

4. Sur Fiorentino, voir le *Salon de 1846*, p. 438.

5. Danseuses de cancans et autres chorégraphies échevelées.
La plus célèbre est Céleste Vénard, dite Céleste Mogador, qui fut
la reine du bal du Prado; elle fut ensuite actrice aux Variétés,
écuyère à l'Hippodrome (voir t. I, p. 1264), courtisane, avant
d'épouser le comte Lionel de Chabrillan, au début du second
Empire. Elle publia des romans et ses Mémoires (*Adieux au monde*,
1854, suivi d'*Un deuil au bout du monde*, 1877). Frisette est citée par
Banville dans le *Commentaire* des *Odes funambulesques* (Charpentier,
1883).

6. Chicard, danseur assidu des bals Mabille et autres, venait de
mourir. Brididi avait été son rival.

7. Initiales de Jules Janin.

Page 1013.

1. Pape fut l'inventeur du piano à queue. Les bureaux du *Constitutionnel* étaient « rue de Valois, Palais-Royal, Maison de M. Pape ».

[II]
[Du 18 au 24 octobre 1846]

2. C'est l'un des thèmes des *Mystères galants*.

3. Alphonse Esquiros, qui avait publié en 1840 chez Le Gallois
un pamphlet en faveur des prostituées : *Les Vierges folles*. Sur
Le Gallois, voir p. 1532.

4. Le 3 mars, Arsène Houssaye y avait publié un portrait
d'Esquiros.

5. Hennequin était fouriériste, comme il convient à un collaborateur de *La Démocratie pacifique*.

6. Dans *La Semaine* du 4 octobre 1846, Hippolyte Castille avait

attaqué Balzac. Baudelaire rappellera cet incident dans son article sur *Les Drames et les romans honnêtes* (p. 41-42).

7. La réponse de Balzac parut dans *La Semaine* du 11 octobre 1846.

Page 1014.

1. D'Ennery en tirera une pièce en 1854. Marie Daubrun y tiendra le rôle de la duchesse de Guérande.

[III]

[Du 25 au 31 octobre 1846]

2. Voir *Le Peintre de la vie moderne*, p. 719.

3. *L'Époque* était un journal ministériel fondé en 1845 par Granier de Cassagnac, sous le patronage de Guizot, afin de faire concurrence à *La Presse*, qui s'était tournée contre le ministère. Malgré ses attaques violentes contre les autres journaux, malgré la publicité massive qui accompagna son lancement, ce périodique ne vécut que quinze mois. Voir aussi p. 502 et la note relative à la caricature intitulée *Le Public de tous les jours*.

Page 1015.

1. Cf. le *Salon de 1846*, p. 494.

2. Roman de Charles de Bernard, disciple de Balzac.

3. *Les Drames inconnus* sont de Frédéric Soulié et *La Quittance de minuit* de Paul Féval.

4. Amédée Achard (1814-1875), fécond auteur de romans-feuilletons. On a la trace d'une lettre que Baudelaire lui a écrite le 17 février 1862 (*CPl*, II, 232).

5. Maquet, le « nègre » le plus connu de Dumas père; les deux collaborateurs se brouillèrent.

6. Celui-ci avait publié en 1843, au *Musée des familles*, *La Tauro-machie*. *La Presse* venait d'annoncer la prochaine publication d'une de ses nouvelles, *Militona*, qui se passe dans les arènes.

7. Charles Duveyrier, qui avait été saint-simonien, avait fondé la Société générale de publicité qui affermit la publicité des grands quotidiens de Paris, le *Journal des Débats*, *Le Constitutionnel*, *La Presse* et *Le Siècle*. Par voie de conséquence cette Société contrôlait jusqu'à la littérature publiée par lesdits journaux.

8. Cette station thermale (déjà citée p. 1012) eut, en effet, une des salles de jeux les plus fréquentées de l'Europe.

Page 1016.

[IV]

[Du 1er au 6 novembre 1846]

1. Ce poète, qui s'était vu refuser *L'École des familles* par la Comédie-Française, avait demandé leur avis à des personnalités comme Hugo, Dumas, Amédée Achard, Méry, qui se réunirent et

déclarèrent que « le Comité du Théâtre-Français avait manqué au but de son institution en refusant la pièce de M. Adolphe Dumas ». Celui-ci deviendra plus célèbre pour s'être fait le cornac de Mistral.

2. Il y avait deux Gavet : l'un (Daniel) publia des traductions de l'espagnol ; l'autre (André) fut le compositeur de *Pulcinella* ; sans doute est-il fait allusion au premier.

3. Voir la note 6 de la page 1016.

4. *L'Époque* publiait les *Lettres espagnoles* d'Amédée Achard.

5. Contre Amédée Pommier, voir *CPl*, II, 57 et 61.

Page 1017.

1. Célèbre acteur qui dirigeait alors l'Odéon.

2. Marc Fournier, auteur de drames et directeur du théâtre de la Porte-Saint-Martin où, quelques mois plus tard, allait être créée *La Belle aux cheveux d'or,* féerie des frères Cogniard, dans laquelle Marie Daubrun tiendra le rôle principal.

3. Le vicomte de Launay n'est autre que Mme Émile de Girardin, la femme du fondateur et directeur de *La Presse.* C'est sous ce pseudonyme masculin qu'elle faisait le « Courrier de Paris ».

4. Il n'y eut pas dans *La Presse* d'*Historiettes et Mémoires,* mais, à partir du 8 novembre, une *Histoire de la semaine* signée de trois astérisques et qui serait donc de Marc Fournier.

5. Rose Pompon est une des reines des *Mascarades* que Banville cite avec Frisette dans son *Commentaire* des *Odes funambulesques* ; voir la note 5 de la page 1012.

Page 1018.

1. Étienne-Augustin, dit Alcide, Tousez, acteur du théâtre du Palais-Royal. Né à Paris, il mourra dans cette ville, âgé de quarante-quatre ans, le 23 octobre 1850.

[v]

[Du 22 au 28 novembre 1846]

2. Sur Ponsard, voir les *Mystères galants,* p. 999 sq.

3. *Sic. Agnès de Méranie* est une tragédie de Ponsard en cinq actes et en vers, créée à la Comédie-Française le 22 décembre 1846.

4. L'actrice Louise Bettoni Araldi, dont les démêlés avec Ponsard et Bocage allaient défrayer la chronique parisienne. Ce fut Marie Dorval qui obtint le rôle.

5. Jeune enfant, précoce et insolent, qui a pour père *Le Tintamarre.* C'est le pseudonyme de Commerson, fondateur de ce périodique.

6. Pas de danse de Rigolboche.

Page 1019.

1. *L'Époque* avait des prétentions encyclopédiques. Monselet est bien connu ; il sera des amis de Baudelaire à partir de 1851

(voir l'Index de ces *Œuvres* et celui de la *Correspondance*). Henri Baudrillart (1821-1892), qui deviendra un économiste connu, n'avait encore publié qu'un *Discours sur Voltaire* (1844). E. Dumolay-Bacon (ou Du Molay, mais non Dumolet) n'a signé dans *L'Époque* que de rares articles. Émile Marguerin (et non Margueries) se fit encore plus rare ; il donnera ensuite des livres d'histoire et des morceaux choisis. Eugène Forqueray, auteur en 1843 d'une brochure sur l'*Agrippine* du marquis de La Rochefoucauld-Liancourt, insère quelques brèves comédies. C'est Achard qui domine littérairement *L'Époque*.

2. Gardes nationaux qui ne portaient pas l'uniforme.

3. Dumas avait alors installé son théâtre à Saint-Germain.

Page 1020.

[VI]

[Du 3 au 9 janvier 1847]

1. Instruments de musique à vent, ainsi appelés du nom de Sax, facteur belge. Littré cite le saxhorn, le saxotromba, le saxtuba ; ajoutons-y le saxophone.

2. L'annexion de Cracovie par l'Autriche avait indigné les Français.

3. Jean Journet figurera dans la galerie des *Excentriques* de Champfleury (Michel Lévy frères, 1852) ; Mélanie Waldor appartient au troupeau des poétesses du romantisme.

4. En fait, le Théâtre-Historique d'Alexandre Dumas.

Page 1021.

1. Marco Saint-Hilaire venait de publier son *Histoire de la Grande Armée*. Contre lui, voir *Une réforme à l'Académie*, p. 190 et n. 2.

2. Le peintre Charles Séchan, qui décorait le Théâtre-Historique.

3. Il y avait sur le terre-plein du Gymnase un pâtissier dont la galette était renommée.

4. *La Reine Margot* a été créée au Théâtre-Historique pour son ouverture. L'ouvrage est de Dumas et Maquet.

5. Privat d'Anglemont ?

6. La redowa est une « espèce de valse ou danse à trois temps qui a beaucoup d'analogie avec la mazurka » (Littré).

7. Louis Duflost, dit Hyacinthe (1814-1887), au « physique burlesque », au « nez devenu proverbial » (H. Lyonnet, *Dictionnaire des comédiens*), jouait alors aux Variétés. En mai 1847 il passera au Palais-Royal où il restera pendant près de quarante ans.

8. Julien Deschamps, poète et vaudevilliste, portait le même nom qu'un des acteurs du Gymnase. *Le Tintamarre* en avait fait sa tête de Turc.

Page 1022.

1. Il s'agit en réalité de Martin Guerre, qui vivait au XVIᵉ siècle. Un imposteur qui lui ressemblait de façon frappante prit sa place.

2. Un des plus célèbres auteurs de mélodrames (1773-1844).

3. *Martin, l'enfant trouvé*, roman d'Eugène Sue, dont les douze volumes sont publiés chez Pétion en 1846-1847; il venait de paraître dans *Le Constitutionnel*.

4. Le célèbre tableau *Les Romains de la décadence* sera exposé au Salon de 1847 et vaudra une médaille à son auteur.

Page 1023.

1. Ceci est très baudelairien.

2. *Le Constitutionnel* commença la publication d'*Agnès* dans son numéro du 9 mars 1847. Il est vrai également que Ponsard reçut en don une concession perpétuelle. Mais l'achat d'un fonds de mercerie est de pure invention.

Page 1024.

1. Cf. *Brumes et pluies* (t. I, p. 100, v. 1)

2. Rodolphe de Gérolstein est un des personnages des *Mystères de Paris* d'Eugène Sue (1842-1843).

3. Joseph de Lagrené, dont Baudelaire adorne le nom d'un *e* final, rentrait d'une mission en Chine.

4. Contre Ancelot, voir t. I, p. 213, la chanson *Un soutien du valet de trèfle.*

5. *La Sirène*, opéra-comique de Scribe et Auber.

6. On se rappellera que le grand-père de Dumas était le marquis Davy de La Pailleterie. Le feuilleton que Dumas publie dans *La Presse* est *Espagne et Afrique.*

Page 1025.

1. Adolphe Desbarolles avait accompagné Dumas en Afrique du Nord. Il était à la fois peintre, écrivain et chiromancien.

2. Sur Duveyrier, voir p. 1015 et n. 7; « blago » ne fait pas ici allusion à Marco Saint-Hilaire (p. 1021), mais au *puff* des annonces.

3. Restaurant du boulevard du Temple.

4. Berthoud collaborait au journal *La Patrie.*

5. L'ami et le peintre de Victor Hugo. Voir l'Index.

Page 1026.

1. Ida Ferrier, actrice du théâtre de la Porte-Saint-Martin, était la femme de Dumas depuis 1842. Elle est citée p. 1005.

2. Baudelaire avait lu de ses œuvres. Voir *CPl*, I, 14 et 24.

Page 1027.

1. Il est douteux que ce paragraphe soit de Baudelaire; voir le jugement porté sur Meissonier dans le *Salon de 1845* (p. 387).

Page 1028.

BAUDELAIRE EN 1848

NOTICE

Il est malaisé de caractériser avec précision l'attitude ou plutôt les attitudes de Baudelaire pendant les mois qui suivent l'explosion de février 1848. L'interprétation politique même du *Salon de 1846* prête à discussion, d'autant qu'il nous est très difficile, maintenant, de définir le contenu qu'avaient les mots république et républicain, socialisme et socialiste, démocratie et démocrate. Républicain, l'auteur de l'invocation au municipal, républicaine, la joie qu'il dit éprouver à voir « crosser un républicain » ? Certainement pas[1]. Champfleury, venant de lire les *Œuvres posthumes* de 1887, écrit à Eugène Crépet qui avait signalé la blouse bleue que Baudelaire affectait de porter avant 1848 :

« Sur la blouse bleue, indice de socialisme, de 1845 à 1847 environ, il faut prendre garde d'errer. C'était une forme nouvelle du " dandysme " de Baudelaire. Notez que sous la blouse passait un pantalon noir à pieds (mode des écrivains à cette époque : Balzac, etc.) et que les pieds de ce pantalon de chambre étaient insérés dans d'élégants souliers à la Molière que Baudelaire tenait à voir très reluisants toujours.

« Pas de socialisme alors, du tout, du tout. Haine vigoureuse pour la démocratie, chez Baudelaire particulièrement.

« Caractéristique de Baudelaire à cette époque : cheveux rasés au rasoir, foulards de couleurs voyantes passé les ponts (voir *Aventures de Mlle Mariette* par votre serviteur), vin rouge et pipes neuves de terre dans les cafés du boulevard ou du Palais-Royal; toilette du matin dans le faubourg Saint-Germain, blouse. Discussions littéraires, jamais socialistes[2]. »

Champfleury a tort et raison tout à la fois. Baudelaire déteste la démocratie appliquée, la république. Mais socialiste il l'est, d'un

---

1. Contrairement à nous, Dolf Oehler *(EB VIII)* voit dans ce passage du *Salon de 1846* (p. 490) un élément de la politique du pire, obligeant le prolétariat à prendre conscience de lui, à se révolter enfin.
2. Lettre inédite, 7 août 1887 ; collection Louis Clayeux.

socialisme utopique, « mystique ». Tout le système du _Salon de 1846_ le prouve, ainsi que l'a bien montré David Kelley (p. 1291), et cette adhésion, nous avons essayé de le montrer (_BET_, 95-121), reste profonde en 1847. En 1887, le mot socialisme a changé de sens : il ne représente plus que la dégradation d'une mystique.

D'autre part, quand au Bazar Bonne-Nouvelle Baudelaire admire le _Marat_ de David, lorsqu'il montre du révolutionnaire « la poitrine percée de la blessure _sacrilège_ », lorsque, au paragraphe suivant, il regrette l'absence, la destruction peut-être, de _La Mort de Le Peletier de Saint-Fargeau_, lorsque, dans le _Salon de 1846_, il traite Ary et Henry Scheffer de Girondins de l'art (p. 409, 410 et 475), on sent bien qu'il frémit d'admiration pour les grandes figures de la Révolution. Mais adhère-t-il à leur idéal ? Asselineau, qui deviendra l'intime ami de Baudelaire en 1850, écrira que « Baudelaire aimait la Révolution ; plutôt il est vrai, d'un amour d'artiste que d'un amour de citoyen » (_Baudelaire et Asselineau_, 85). La notation semble juste. Baudelaire a aimé la Révolution, la vraie, la grande, parce qu'elle a permis d'exprimer l'héroïsme de la vie moderne et qu'une autre révolution peut offrir de semblables occasions. Est-il excessif de suggérer que c'est le Romantisme que Baudelaire a aimé et admiré dans la Révolution ? Et, à la fin de sa vie, la Mort (voir p. 961) ?

Les socialismes utopiques une fois qu'ils trouvèrent en 1848 leur point d'application dans la _praxis_ perdirent leur vertu. Baudelaire, de par sa « mystique » de 1846-1847, était inéluctablement poussé à monter sur les barricades, et non moins inéluctablement à ne voir, après coup, dans cette exaltation généreuse qu'une ivresse où se mêlaient des souvenirs littéraires, le goût de la vengeance et le « plaisir _naturel_ de la démolition ».

On reproduit ci-dessous les textes des trois périodiques auxquels Baudelaire a collaboré, certainement (_Le Salut public, La Tribune nationale_) ou probablement (_Le Représentant de l'Indre_). Il y a lieu d'ajouter que, selon Jules Brisson et Félix Ribeyre (_Les Grands Journaux de France,_ Dumineray, 1863, p. 312), il aurait aussi collaboré au _Pamphlet,_ quotidien qui parut du 24 mai au 9 novembre 1848 et dont Auguste Vitu, son ami, était le rédacteur en chef. Si cette indication est exacte, il ne semble pas possible de déceler sa part de collaboration (voir _Le Cramérien,_ 1re série, no 4, 1er avril 1970).

« LE SALUT PUBLIC »

NOTICE

Ce petit journal, comme il en est tant éclos aux premiers jours de la Révolution, n'eut que deux numéros, le troisième n'ayant pu paraître faute d'argent. Pour n'avoir eu qu'une si brève carrière, il n'en témoigne pas moins de la belle flambée socialiste de Baudelaire.

Celui-ci avait fondé *Le Salut public* en compagnie de deux de ses contemporains : Champfleury, dont il était alors plus proche que jamais, et Charles Toubin, un Franc-Comtois qui était venu faire ses études à Paris. Ils nous ont, l'un et l'autre, laissé des souvenirs sur la fondation du périodique et sa disparition. On lira dans *Baudelaire devant ses contemporains* (p. 97-100) le récit de Charles Toubin et le témoignage de Champfleury, qui montrent les auteurs vendant leur infortuné journal dans les cafés.

L'existence du *Salut public* était signalée dans *La Presse* du 28 mai 1848 par Champfleury qui donnait les titres des journaux « à un sou qui se sont vendus ou non, depuis le 26 février, dans les rues de Paris ». Combien de ces feuilles sont encore bien portantes ? « Combien n'ont pas payé leurs imprimeurs, leurs rédacteurs ? Combien n'ont même pas trouvé de porteurs. (J'en sais un qui a été vendu dans les cafés par ses rédacteurs.) » En 1848 et 1849 parurent trois ou quatre brochures qui s'efforçaient de recenser ces publications éphémères. Mais il fallut attendre la *Revue critique des journaux publiés à Paris depuis la Révolution de février jusqu'à la fin de décembre* par Jean Wallon (Pillet, 1849) pour que l'existence du *Salut public* fût de nouveau signalée. Le 15 février 1849, Champfleury en remercie Wallon dans le feuilleton du *Messager des théâtres et des arts*. Il s'explique que les prédécesseurs de Wallon aient omis de répertorier ce « petit carré de papier » : « Les deux seuls numéros ne furent pas déposés à la direction de l'imprimerie ; il n'y eut pas de dates sur les deux uniques exemplaires. Et un jour qu'il faisait froid, nous avons brûlé la collection. Il n'en reste peut-être pas quinze exemplaires. »

Le Salut public est, en effet, très rare. Une reproduction en fac-similé en a paru en 1925 par les soins d'Édouard Champion. Une autre, en [janvier 1971], par les soins de Jean Ducourneau, aux éditions des Bibliophiles de l'originale. La première reproduction typographique en volume date de 1908 (*Œuvres posthumes*).

Le numéro 1 a paru le 27 février. Le numéro 2, sans doute le 1ᵉʳ mars (voir p. 1037, n. 2 et 3). Ce second numéro est orné en manchette d'une gravure sur bois signée de Courbet. Elle représente un homme en blouse, coiffé d'un chapeau haut de forme, debout au sommet d'une barricade, tenant d'une main un fusil, de l'autre un drapeau tricolore sur lequel on lit : *Voix du peuple, voix de Dieu*. Le dessin de Courbet fut peut-être gravé par Rodolphe Bresdin (Toubin, *Bdsc*, 98). C'est la confection de la vignette qui a retardé la confection du second numéro (voir p. 1034).

Le titre a été choisi par Baudelaire (Toubin, *Bdsc*, 97-98).

Dans *Le Salut public* de Champfleury, Baudelaire et Toubin, faut-il accorder une signification à l'ordre des noms ? Champfleury fut-il de cette feuille le principal rédacteur ? Les critères internes, dans l'effervescence de ces journées, semblent bien incertains. On remarquera que ces pages ne montrent jamais la syntaxe de Champfleury, parfois embarrassée jusqu'au solécisme.

En reproduisant le texte, on a corrigé quelques fautes d'impression.

NOTES

Page 1028.

Ier NUMÉRO
[27 février 1848]

1. Marcel Ruff (« La Pensée politique et sociale de Baudelaire », dans *Littérature et Société, recueil d'études en l'honneur de Bernard Guyon,* 1973, p. 65-66) a élucidé le sens de ce conseil. La première proclamation du gouvernement provisoire ne parlait pas de République. Dans une deuxième proclamation, ce gouvernement déclare qu'il « veut la *République,* sauf ratification par le peuple qui sera immédiatement consulté ». Cette réticence ne satisfait pas les chefs républicains. Raspail se rend à l'Hôtel de Ville et apostrophe les membres du gouvernement : s'ils n'ont pas proclamé la République dans deux heures il reviendra avec deux cent mille hommes. Ultimatum qui emporte la décision.

2. Article attribué à Baudelaire par La Fizelière et Decaux lorsque, en 1868, ils signalent *Le Salut public* dans leur bibliographie baudelairienne.

Page 1029.

1. Odilon Barrot, chef de l'opposition dynastique, adversaire acharné de Guizot, héros de la campagne des banquets, nommé par Louis-Philippe chef du gouvernement avec Thiers, autre adversaire de Guizot, le 24 février. Ce ministère fut emporté par la Révolution. O. Barrot essaya ensuite de proposer la régence de la duchesse d'Orléans.

2. J. Crépet a trouvé la confirmation de ce fait dans l'*Histoire... de Paris* de Dulaure (Furne, t. VIII, 1838, p. 34).

Page 1030.

1. *L'Atelier* se définit lui-même comme l' « organe des intérêts moraux et matériels des ouvriers ».

2. J. Crépet attribuait à Baudelaire cet entrefilet parce qu'on trouve dans les *Mystères galants* « plusieurs crudités du même ordre ». Le motif nous semble insuffisant. Champfleury n'était pas homme à rechigner devant les crudités.

Page 1032.

1. Baudelaire détestera Voltaire. Il ne le déteste pas en 1848 (voir p. 45-46).

Page 1033.

1. Ce passage semble être de Baudelaire.

2. Ce passage, rapproché de la conclusion du *Salon de 1846* (p. 493 sq.) et de *L'École païenne* (janvier 1852; p. 44 sq.), a de grandes chances d'avoir été écrit par Baudelaire.

3. Il n'y a pas lieu, à notre avis, d'établir un rapport entre cette simple nouvelle et le séjour que Baudelaire fera à Dijon en décembre 1849 et janvier 1850 (sur ce séjour, voir *CPl*, I, 156-164 et 788-789).

Page 1034.

1. Ces trois derniers paragraphes sont caractéristiques de l'esprit messianique, humanitaire et chrétien tout à la fois, qui a marqué le début de la révolution de 1848. J. Crépet observe que l'anecdote des Tuileries était contée dans *La Presse* du 26 février. Frank Paul Bowman (*Le Christ romantique*, Genève, Droz, 1973) indique qu'elle fut plusieurs fois rapportée et qu'elle inspira des poèmes et maintes gravures. Toubin (*Bdsc*, 99) révèle que « Baudelaire, dans la tête de qui rien n'était inconciliable, fit pieusement hommage d'un exemplaire à l'archevêque » de Paris et en apporta un autre à Raspail.

2ᵉ NUMÉRO

[1ᵉʳ mars 1848 ?]

2. Il y eut, en effet, un autre *Salut public,* portant pour sous-titre : *journal des principes sociaux et des intérêts de tous ;* adresse : Place de la Bourse, 12; gérant : Loudun. Il n'eut qu'un numéro. Il est signalé dans la *Physionomie de la presse ou Catalogue complet des nouveaux journaux qui ont paru depuis le 24 février jusqu'au 20 août* avec le nom des principaux rédacteurs, par un chiffonnier [Besson], et par Wallon dans sa *Revue critique des journaux (op. cit.),* sous le nᵒ 5 et à la date du 27 février. C'était, écrit Wallon, un « journal modéré ».

3. Cet article, dont le style est emprunté aux *Paroles d'un croyant* de Lamennais, est attribué à Baudelaire par La Fizelière et Decaux dans leur bibliographie de 1868. J. Crépet mentionne de plus un billet d'Asselineau à Jean Wallon commençant par ces mots : « Cher ami, avez-vous gardé le journal... qui contient *Les Châtiments* de Charles Baudelaire ? » Mais J. Crépet remarque que, citant ces *Châtiments* dans sa *Revue critique des journaux,* Wallon ne les attribue pas à Baudelaire.

Page 1035.

1. Encore un bel exemple de l'optimisme aveugle de ces jours d'exaltation.

Page 1036.

1. Baudelaire « professait tendresse et admiration sans bornes » pour Raspail, « depuis qu'il avait lu *L'Ami du Peuple* » (Toubin, *Bdsc*, 99; voir aussi p. 1034, n. 1). Comme cet article « marque

plus de déférence que d'enthousiasme à l'endroit de Raspail » et qu'il « est d'une allure bien raisonnable », J. Crépet se refusait donc à l'attribuer à Baudelaire.

Page 1037.

1. *La Presse.* Toubin (*Bdsc,* 92) conte que, le 22 février, ayant été avec ses amis témoin d'un acte d'« épouvantable férocité » perpétré par un municipal contre un émeutier, Courbet et Baudelaire étaient allés à *La Presse* pour y dénoncer ce crime à Émile de Girardin. (Cette nouvelle ne se retrouve pas dans *La Presse.*) On est loin de l'invitation adressée au municipal dans le *Salon de 1846* de crosser le républicain (mais voir p. 1553, n. 1). On est loin aussi des sarcasmes que Baudelaire décochera à Girardin (voir l'Index).

2. C'est dans *La Presse* du 29 février que parut la devise contenue dans le programme de Girardin. Le second numéro du *Salut public* est donc sans doute ou sans aucun doute du 1ᵉʳ mars. — Dans les *Lettres d'un atrabilaire* (t. I, p. 782) Baudelaire voudra se moquer de cette prétention de Girardin d'avoir une idée par jour.

3. Le lundi est le 28 février; autre raison de dater le second numéro du 1ᵉʳ mars. Girardin avait tué en duel le républicain Armand Carrel, directeur du *National* (1836).

4. Le titre est emprunté à un poème célèbre des *Ïambes* d'Auguste Barbier (sur qui voir p. 141). Ce morceau peut viser le général Aupick, mais indirectement. Celui-ci, qui commandait alors l'École polytechnique, n'eut d'ailleurs pas à souffrir de la deuxième République : elle l'enverra représenter la France à Constantinople.

Page 1038.

1. J. Crépet attribuait cet article à Baudelaire en raison du spiritualisme qui s'y exprime.

2. Allusion au prince Albert et à Léopold Iᵉʳ de Belgique.

3. Le droit de timbre que devaient acquitter les journaux. Il fut supprimé par le gouvernement provisoire. Sans cette mesure *Le Salut public* n'aurait pu paraître.

4. Les nantis de la monarchie de Juillet dont ils formaient, moyennant prébendes, le fidèle soutien. Le mot était employé par Baudelaire dans *Un soutien du valet de trèfle* (t. I, p. 214).

Page 1039.

1. *Le Chevalier de Maison-Rouge,* représenté en 1848 au Théâtre-Historique.

2. L'abbé Châtel (1795-1857) avait constitué une secte gallicane. Baudelaire se moquera de lui dans une lettre à Mme Paul Meurice (*CPi,* II, 500).

3. Orfila était doyen de la Faculté de médecine. Lui et sa femme, qui avait un salon de musique, sont mentionnés dans une lettre

de jeunesse (*CPl*, I, 13; voir aussi 410 et II, 489). Les Orfila étaient des amis du ménage Aupick. Toubin, qui faisait des études de médecine, est peut-être responsable de l'insertion de cette nouvelle.

4. La nouvelle était fausse.

5. Sur ces deux pièces dans lesquelles avait joué Frédérick Lemaître voir *Quelques caricaturistes français*, p. 555, n. 2.

6. Sur l'admiration de Baudelaire pour le théâtre de Balzac voir *Les Drames et les romans honnêtes* (p. 43). *Vautrin* avait été représenté en 1840.

7. Comédie historique en cinq actes de Népomucène Lemercier créée à la Comédie-Française en 1800, reprise à la Porte-Saint-Martin en 1834. « On y criait *À bas Philippe !* parce que l'action comportait une conspiration ourdie à l'effet d'arracher le Portugal à Philippe II d'Espagne » (J. Crépet).

8. La dame Hermance Lesguillon est un bas-bleu. On a déjà rencontré Barthélemy dans la notice contre Hégésippe Moreau (p. 159) et Jean Journet dans les *Causeries* du *Tintamarre* (p. 1020).

9. J. Crépet attribuait cet entrefilet à Baudelaire : il est, en effet, bien dans sa manière.

Page 1040.

« LA TRIBUNE NATIONALE »

NOTICE

La collaboration de Baudelaire à ce journal a été révélée par J. Mouquet et W. T. Bandy dans leur ouvrage *Baudelaire en 1848 — La Tribune nationale* (Émile-Paul, 1946). Le premier numéro, « numéro spécimen », parut le 26 février 1848 : il contenait un manifeste signé, en particulier, de Lamennais, avec un extrait des *Paroles d'un croyant*. Dans le second numéro — c'était encore un spécimen —, paru le 12 mars, étaient publiés, outre le même extrait, quelques articles, dont l'un d'Alphonse Esquiros. C'est à partir du troisième numéro (environ 10 avril 1848) — qualifié une nouvelle fois de « numéro spécimen » — qu'apparaît le nom de Baudelaire, accolé de la mention « secrétaire de la rédaction ». Il figurera ensuite avec cette mention dans les numéros qui seront publiés quotidiennement du 26 mai au 6 juin 1848. Ces numéros sont reproduits, presque en totalité, dans le volume de J. Mouquet et W. T. Bandy. Nous ne donnons ici que les textes qui, selon l'avis et les remarques de ces éditeurs, ont quelque chance d'être de la plume de Baudelaire (et encore l'article du 6 juin 1848 : « Des moyens proposés pour l'amélioration du sort des travailleurs », ne nous semble-t-il pas pouvoir être de lui, entièrement du moins). Ils sont précédés de la date, entre crochets, portée sur la manchette du numéro où ils ont paru. — Les coquilles ont

été rectifiées pour l'intelligence du texte (ainsi p. 1058, [Jules]
Favre orthographié *Fabre* dans le journal).

La brève histoire de ce journal est complexe. J. Mouquet et
W. T. Bandy pensaient que *La Tribune nationale* avait viré de bord,
que de socialiste, dans ses deux premiers numéros spécimens, elle
était devenue conservatrice en avril. Il était difficile d'accorder
cette orientation conservatrice avec ce que l'on sait des opinions
de Baudelaire en février et en juin : comment le même Baudelaire,
secrétaire de la rédaction d'une feuille conservatrice jusqu'au 6 juin,
se serait-il rangé, le 23, à côté des insurgés[1], beaucoup plus radicaux
que ne l'avaient été les révolutionnaires de Février ?

Par des voies différentes, Marcel Ruff (étude citée dans la note 1
de la page 1028) et Armand Moss (*Baudelaire et Delacroix*, p. 165,
n. 1) sont arrivés à la même conclusion : le journal est resté ce qu'il
déclarait être dans son premier numéro : « républicain ardent,
démocratique et socialiste ». S'il combat avec acharnement le projet
de rachat des chemins de fer par l'État, c'est sans doute, suggère
Marcel Ruff, que le bailleur de fonds a des intérêts dans ce domaine
et qu'il ne veut pas les perdre.

NOTES

1. Expression assez baudelairienne.

Page 1041.

1. Il peut en être de même de celle-ci.

Page 1043.

1. La « Revue des journaux » est normalement dans les attributions d'un secrétaire de rédaction. Le « chapeau » que nous
citons, et dont on aura remarqué la formule finale, est suivi de
divers extraits reliés par des récitatifs.

Page 1044.

1. À partir du 26 mai, M. Cajani a remplacé M. Turlin comme
directeur de *La Tribune nationale*. *Le Bien public* était le journal de
Lamartine. Cette attaque contre le poète devenu tribun — tribun
nuageux — correspond bien aux sentiments que, deux ans plus
tard, Baudelaire exprimera à son sujet (voir *CPl*, I, 166).

2. « Nombret » : J. Mouquet et W. T. Bandy ont fait remarquer
que c'était là un verbe d'un emploi poétique.

Page 1046.

1. Les élections générales avaient eu lieu le dimanche de Pâques,
27 avril, et l'Assemblée nationale constituante se réunit pour la

<hr>

1. C'est Gustave Le Vavasseur (voir p. 179) qui a rencontré en
juin Baudelaire exalté, l'odeur de la poudre aux mains. Son témoignage est consigné dans *EJC*, p. 82.

première fois le 4 mai. Le 4 juin, elle nommera une commission exécutive : Arago, Garnier-Pagès, Marie, Lamartine, Ledru-Rollin. Cette commission désignera les ministres. Alors que Lamartine avait été brillamment élu le 27 avril, il ne sortira que quatrième du scrutin du 4 juin. Il abandonnera le pouvoir au début de l'insurrection de juin. Lors du 15 mai, ce sont les membres du gouvernement provisoire formé en février qui sont en fonction.

2. Ce périodique fondé en 1830 par Thiers, Mignet, etc., contribua au renversement du gouvernement de la Restauration. En 1841, Marrast en devint le rédacteur en chef. En 1848, *Le National* est républicain conservateur.

3. Duclerc était ministre des Finances. Ce fut en partie sur son initiative que l'Assemblée put résister au mouvement du 15 mai, déclenché par la gauche à l'occasion d'une manifestation organisée en faveur de la Pologne. — Clément Thomas s'opposa lui aussi au mouvement et fut nommé commandant en chef de la Garde nationale de la Seine. — De même, Recurt, adjoint au maire de Paris, et Armand Marrast, maire de Paris et vice-président de l'Assemblée constituante, s'opposèrent à l'insurrection.

Page 1047.

1. Président de l'Assemblée; socialiste de la tendance chrétienne.

2. Dupont de l'Eure, républicain modéré, président du gouvernement provisoire en février 1848.

Page 1049.

1. Louis Blanc, théoricien de l'organisation du travail, président de la Commission pour les travailleurs, était accusé d'avoir été l'un des instigateurs de la manifestation du 15 mai, bien qu'il se fût efforcé d'empêcher les manifestants d'envahir l'Assemblée.

2. Mathieu de la Drôme et Laurent de l'Ardèche appartiennent à la gauche.

3. Barbès s'était emparé de l'Hôtel de Ville où il fut arrêté. Louis Blanc avait été entraîné par des groupes d'émeutiers vers l'esplanade des Invalides.

4. Jules Favre, le grand avocat et homme politique, avait été nommé rapporteur de la commission chargée d'examiner la demande en autorisation de poursuites contre Louis Blanc.

Page 1050.

1. Langlais, entré en 1840 dans la rédaction de *La Presse,* avait été choisi par Émile de Girardin pour être l'avocat ordinaire de ce journal qu'il défendit contre *La Démocratie pacifique.* On l'a défini comme un monarchiste de la veille qui s'était réveillé républicain.

Denjoy, qui s'était battu sur les barricades en 1830, était sous-préfet de Lesparre en 1847. Élu aux assemblées de 1848 et de 1849, l'Empire venu, il entra au Conseil d'État.

2. Marc Caussidière avait été en février 1848 désigné avec Sobrier pour diriger la préfecture de police, puis il demeura seul préfet. Le 15 mai, il resta dans l'expectative, mais il n'en fut pas moins violemment attaqué par des membres de l'Assemblée. Il se retira de la préfecture et donna sa démission de représentant.

3. Blanqui et Sobrier prirent une part importante à l'organisation de la manifestation du 15 mai. Ils furent arrêtés, enfermés à Vincennes et, plus tard, traduits devant la Haute Cour siégeant à Bourges.

Page 1051.

1. Ministre de l'Intérieur dans le gouvernement provisoire.

2. Ferdinand Flocon était ministre de l'Agriculture. Il quitta le ministère après les journées de Juin. L'éditeur Pagnerre, maire du Xe arrondissement, mis à la tête du Comptoir national d'escompte, apprenant, le 15 mai, que l'Assemblée était envahie par les émeutiers, fit battre le rappel pour appeler les gardes nationaux.

Page 1053.

1. Pour Marrast et Duclerc, voir p. 1046, n. 3; pour Flocon et Pagnerre, p. 1051, n. 2; pour *Le National,* p. 1046, n. 2. *La Réforme,* fondée en 1843, inspirée par Ledru-Rollin et rédigée par Flocon, représentait l'extrême gauche démocratique.

Page 1054.

1. Saint-simonien; économiste, champion du libre-échange, hostile aux socialistes et surtout à Louis Blanc.

2. Économiste, disciple de Saint-Simon, de qui, sous la deuxième République, il chercha à appliquer les principes, s'intéressant particulièrement aux caisses d'épargne et aux sociétés de secours mutuel.

Page 1055

1. Pour les rapports de Baudelaire et de Proudhon, voir les deux lettres que le premier adressera en août 1848 au second (*CPl,* I, 150-152); voir, de plus, p. 979, le fragment sur l'art et l'économie copié par Baudelaire. On ne s'étonnera pas de voir attribuées à celui-ci des pages qui traitent d'économie politique. Toubin (cité par J. Mouquet et W. T. Bandy, *Baudelaire en 1848,* p. 21) rapporte que, en avril 1848, à la veille des élections à l'Assemblée constituante, Baudelaire, dans une réunion électorale, profita d'une pause de l'orateur, Alphonse Esquiros, pour lui demander « *si les intérêts du petit commerce ne lui apparaissaient pas aussi sacrés que ceux de la classe ouvrière* ». Esquiros ayant répondu tant bien que mal et se préparant à revenir sur son thème favori, la triste condition des travailleurs, Baudelaire l'en empêche et lui demande : « *Puisque nous sommes à parler commerce, [...], quelle est votre opinion sur le libre-échange, cette question si importante qui peut être regardée*

comme la clef de voûte de l'édifice social ? » Cette fois, Esquiros « se trouble, rougit, balbutie », promet d'étudier la question s'il est élu... et descend de la tribune. Esquiros ayant été (l'était-il encore ?) des amis de Baudelaire, on peut croire à une mauvaise plaisanterie. Il n'en reste pas moins que Baudelaire se flattait d'avoir assez de connaissances dans ce domaine pour avoir le droit de poser des questions.

Page 1056.

1. Lamennais avait fondé un périodique, *Le Peuple constituant*. Il avait été élu à la Constituante par le département de la Seine.

Page 1057.

1. Clément Thomas (voir p. 1046, n. 3) s'était, en effet, prononcé contre l'institution de la Légion d'honneur dont il traita les décorations de « hochets de la vanité ».

Page 1058.

1. Le futur défenseur de Flaubert, lors du procès intenté à celui-ci pour la publication de *Madame Bovary*.
2. Jean-Baptiste Payer, botaniste, pharmacien, médecin, fut en 1848 chef de cabinet au ministère des Affaires étrangères.
3. Adolphe Crémieux, qui s'illustra en 1870. — Le baron Auguste Portalis, procureur général à la Cour d'appel de Paris. — Armand-Pierre-Émile Landrin, procureur près le Tribunal de la Seine. — Lors de l'affaire du 15 mai, Crémieux avait refusé de voter la demande en autorisation de poursuites contre Louis Blanc. Portalis et Landrin considérèrent son vote comme un désaveu de leur conduite et des ordres qu'ils avaient reçus, et ils se démirent de leurs fonctions, suivis par Crémieux.

Page 1059.

1. Lacrosse, représentant du Finistère, était président de la section de la marine et des finances au Conseil d'État provisoire. En janvier 1852, il deviendra sénateur. C'est lui qui prononcera en 1857 l'éloge funèbre de son collègue le général Aupick.

Page 1060.

« LE REPRÉSENTANT DE L'INDRE »

NOTICE

Maxime Rude (*Confidences d'un journaliste*, Sagnier, 1876, p. 175-176), puis Firmin Boissin, sous le pseudonyme de Simon Brugal, dans *Le Figaro* du 19 janvier 1887, ont révélé, sous une forme assez imagée et un peu romanesque, que Baudelaire avait été appelé à prendre le poste de rédacteur en chef d'un journal réactionnaire de Châteauroux, — situation qu'il avait acceptée, mais que son intransigeance et son désir d'étonner lui auraient fait presque immédiatement abandonner, après un éloge de Marat et de Robespierre. Prudemment, René Johannet (*Les Lettres,* janvier 1927) identifia ce journal avec *Le Représentant de l'Indre,* dont le premier numéro, en date du 20 octobre 1848, contenait un article qui lui semblait être de Baudelaire : *Actuellement.* J. Mouquet et W. T. Bandy ont adopté ses conclusions et ont cherché à les confirmer. Ils reproduisirent l'article en cause, avec des commentaires, dans *Baudelaire en 1848* (p. 48 sq.). Ils attribuèrent aussi à Baudelaire deux autres articles, mais pour des motifs qui nous paraissent moins convaincants.

Firmin Boissin indique que ce journal aurait été fondé par le père d'Arthur Ponroy, avoué dans l'Indre, avec des amis. Ponroy était des relations de Baudelaire. On le retrouve au *Conciliateur de l'Indre,* organe légitimiste, en 1852.

NOTES

1. Cf. dans *Je te donne ces vers...* (t. I, p. 40) :

> *Et par un fraternel et mystique chaînon*

Ce rapprochement peut sembler très fort.

Page 1061.

1. C'est ici que pouvait se placer la phrase incriminée par les fondateurs du journal et dont les braves abonnés auraient pu, en effet, s'effaroucher. Pour Maxime Rude, cette phrase aurait été prononcée par Baudelaire lors du banquet que lui offrirent les actionnaires du journal, en ces termes :

« Messieurs, dans cette Révolution dont on vient de parler, il y a un grand homme, — le plus grand de cette époque, — un des plus grands hommes de tous les temps : cet homme, c'est Robespierre. »

Selon Firmin Boissin, c'était le premier article de Baudelaire qui commençait ainsi :

« Lorsque Marat, cet homme doux, et Robespierre, cet homme propre, demandaient, celui-là trois cent mille têtes, celui-ci la permanence de la guillotine, ils obéissaient à l'inéluctable logique de leur système. »

Baudelaire se rappelait-il cette phrase ironique de Jules Janin dans *Le Gâteau des Rois,* livre dont il voulut rendre compte (voir p. 24) :

« Robespierre lui-même, ce bon M. de Robespierre, et Marat, le grand Marat, et les montagnards les plus alertes à grimper au sommet de cette montagne de cadavres sans tête, que surmontait dame Guillotine... »

Page *1062*.

1. Cf. *Mon cœur mis à nu*, V (t. I, p. 679).

2. Cf., dans *La Tribune nationale* du 6 juin (p. 1057), l'expression analogue que montre l'article intitulé *Physionomie de la Chambre*.

REPERTOIRE DES ARTISTES

On s'est efforcé de donner sur les artistes, généralement cités plus d'une foie par Baudelaire, un certain nombre d'informations, en particulier la liste des œuvres exposées en 1845, 1846 et 1859, d'après les livrets des Salons. (On ne mentionne qu'exceptionnellement l'Exposition universelle de 1855 dont Baudelaire n'a pas eu le loisir de traiter sous la forme d'un Salon.) Ce Répertoire doit évidemment beaucoup aux éditions commentées du Salon de 1845 par André Ferran et du Salon de 1846 par David Kelley (sigles : F et K), aux traductions commentées de Jonathan Mayne, à l'ouvrage de Pierre-Georges Castex (Baudelaire critique d'art; abréviation : Castex; la page indique l'illustration), aux articles d'Arlette Calvet-Sérullaz et de Geneviève et Jean Lacambre dans le Bulletin de la Société de l'histoire de l'art français (BSHAF), *au catalogue de l'exposition* Le Musée du Luxembourg en 1874 — *tous instruments de travail enregistrés dans la Bibliographie de la section Critique d'art (p. 1262) — comme aux répertoires usuels (Bellier de La Chavignerie et Auvray, Bénézit, Thieme et Becker, etc.), ainsi qu'aux deux volumes de Janine Bailly-Herzberg,* L'Eau-forte de peintre au dix-neuvième siècle. La Société des Aquafortistes (1862-1867), Léonce Laget, 1972 *(abréviation : J. Bailly-Herzberg). À propos des renseignements extraits de cette thèse, il convient de faire remarquer que la mention « Membre de la Société des aquafortistes en 1862 et 1865 » ne signifie pas que l'artiste ne s'est intéressé à cette Société et à l'eau-forte que ces années-là : simplement, on ne possède de listes des aquafortistes que pour ces deux années.*

L'Index, à la fin du même volume, enregistre, pour chaque artiste, toutes les références contenues dans les deux tomes de ces Œuvres complètes.

Jean Ziegler nous a apporté nombre de précisions : qu'il en soit affectueusement remercié.

AMAURY-DUVAL (Eugène-Emmanuel Pinieu-Duval, dit) [Montrouge, 1808 - Paris, 1885]. « Élève d'Ingres, il avait, comme Flandrin, un penchant pour le préraphaélitisme spiritualiste de l'école d'Overbeck. Connu surtout pour ses portraits, mais également pour ses décorations dans de nombreuses églises parisiennes (par exemple Saint-Merry et Saint-Germain-l'Auxerrois) » (K). N'expose pas en 1845. 1846 : *Portrait de femme* [en bleu]. 1859 : cinq portraits, dont celui d'Alphonse Karr; localisation inconnue. Voir Amaury-Duval, *L'Atelier d'Ingres,* souvenirs, Charpentier, 1878.

BARD (Jean-Auguste) [1812-1862]. 1845 : *La Vierge et l'Enfant-Jésus ; Les Pifferari ; Femmes grecques après le bain.* 1846 : *Souvenir d'Albano ; Souvenir de Rome ; Vue de la place Masaniello, à Naples ; Médora* (Lord Byron) ; *Portrait de Mme de B...* Élève d'Ingres et de Delaroche, expose portraits, tableaux de genre et d'histoire de 1831 à 1861. Gautier, 1845 : « né avec d'heureuses dispositions, exemple des aberrations où peut faire tomber l'amour des vieilleries, soit étrusques, soit gothiques » (F). D. Kelley n'est pas arrivé à percer l'allusion à *La Barque de Caron* et à Vernet, dont Bard n'avait pas été l'élève.

BARON (*Henri*-Charles-Antoine) [Besançon, 1816 - Genève, 1885]. Élève de Jean Gigoux, il débute au Salon de 1840. Long voyage en Italie avec Gigoux. 1845 : *Les Oies du père Philippe Balduci* (*Conte* de Boccace. — 4ᵉ journée du *Décaméron*). N'expose pas en 1846. 1859 : *Entrée d'un cabaret vénitien où les maîtres peintres allaient fêter leur patron saint Luc ; Arlequin et Pierrot,* aquarelle, médaillon d'un éventail peint en collaboration avec Hamon, Français, Lami et Vidal. Voir A. Estignard, *H. Baron, sa vie, ses œuvres, ses collections,* Besançon, 1896.

BESSON (Faustin) [Dole, 1821 - Paris, 1882]. N'expose pas en 1845. 1846 : *La Madeleine* (« Et de retour chez elle, affaissée sous le poids de la parole divine, déplora ses fautes ») ; *Le Jardinier du couvent ; Un jour d'été ; Fleurs ; Portraits de Mme S. G... et de Mme P...* 1859 : quatre portraits, dont ceux de Mme Favart et de Mlle Devienne, de la Comédie-Française. Élève d'Adolphe Brune, de Decamps et de Jean Gigoux. En 1846, les critiques sont surtout attirés par *La Madeleine ;* ils associent Besson aux peintres de l'école Couture. Réaction en général favorable. Cependant, avec Baudelaire, Murger et Champfleury condamnent vivement le tableau (K).

BIARD (François) [Lyon, 1798 - Les Plâtreries, près Fontainebleau, 1882]. Élève de Révoil à Lyon. Voyagea en Méditerranée et jusqu'au Spitzberg. Expose au Salon depuis 1824. N'expose pas en 1845. 1846 : *La Jeunesse de Linné* (citation de Boitard, *Manuel de botanique*) ; cette toile a été détruite pendant la dernière guerre : elle est reproduite dans *BSHAF,* 1969, p. 117, et par Kelley, pl. 64 ; *Tourville et Andronique* (« Le jeune Tourville prend un vaisseau turc à l'abordage et y trouve la belle Andronique, sa maîtresse, qui était conduite en captivité », Eug. Sue, *Histoire de la marine*) ; *Le Droit de visite* (K, pl. 65) ; *Naufragés attaqués par un requin ; L'Aveugle, le chien et le perroquet* (K, pl. 66) ; *Le Peintre classique* (K, pl. 67) ; *Le Repos après le bain ; Un dessert chez le curé.* 1855 : *Jane Shore* (Salon de 1842) ; *Duquesne délivre les captifs d'Alger* (Salon de 1837) ; *Du Couédic recevant les adieux de son équipage* [après le combat de *La Surveillante* contre la frégate anglaise *Québec*] (Salon de 1841) ; *Gulliver dans l'île des Géants* (Salon de 1853) ; *Halte dans le désert ; L'Aurore boréale ; La Pêche aux morses* (Salon de 1841) ; *Voyageurs français dans une posada espagnole ; Portrait de Mme ... ; Le Salon de M. le comte de Nieuwerkerke, directeur général des musées impériaux, intendant des Beaux-Arts de la Maison de l'Empereur, membre de l'Institut.* N'expose pas en 1859. « Artiste médiocre, qui représente un certain aspect du goût du juste milieu (voir L. Rosenthal, *Du romantisme au réalisme,* p. 224) » (K). Gautier s'est enthousiasmé pour le décor du *Linné :* « c'est l'exactitude poussée jusqu'à la botanique. Chaque plante pour-

rait être reconnue et classée » (K). Cette peinture anecdotique
valut à Biard un grand succès : il n'est plus actuellement célèbre
que pour avoir été le mari de sa femme, laquelle fut surprise en
flagrant délit d'adultère avec Hugo.

BOISSARD (Joseph-*Fernand,* et non Ferdinand) [Châteauroux, 1813 -
Paris, 1866]. Élève de Gros et de Devéria. Il est connu aussi sous
le nom de Boissard de Boisdenier depuis 1855, du nom d'une
propriété que sa famille possédait à Tours. Boissard — c'est
sous ce seul nom que, jusqu'en 1855, sont présentées les notices
accompagnant ses envois au Salon — débute, en 1835, par une
peinture, *Épisode de la retraite de Moscou* (musée de Rouen),
« d'un réalisme admirable et effrayant », notait J. Crépet. Les
sujets religieux qui furent exposés en 1836, 1839, 1843, 1845,
1846, 1847 ne connurent pas un grand succès, pas plus d'ailleurs
que les portraits et les autres sujets reçus en 1841, 1842, 1844,
1848, 1849, 1850-1851, 1852, 1855 et 1857 (il n'expose plus
ensuite). Dans son *Salon de 1845,* Baudelaire reconnaît que le
Christ en croix (seule toile exposée; actuellement dans l'église
Saint-Martin de Valençay, *BSHAF,* 1969, p. 110) « est d'une pâte
solide et d'une bonne couleur » et regrette que le jury ait refusé
« *La Poésie, la Peinture et la Musique* » — titre exact de ce tableau
allégorique (archives du Louvre). En 1846, il présente *Sainte
Madeleine au désert* (seule toile exposée) comme « une peinture
d'une bonne et saine couleur, sauf les tons des chairs un peu
tristes ». Il semble que Baudelaire, peu enthousiasmé, décerne
des éloges modérés, de convenance, pourrait-on dire, à son
voisin. Boissard a, en effet, longtemps habité l'île Saint-Louis,
d'abord, de 1841 à 1845, 3, quai d'Anjou; puis, de 1845 à 1849,
à l'hôtel Pimodan, 17, quai d'Anjou, tandis que Baudelaire
habite d'avril 1842 à l'été de 1845 quai de Béthune et, après un
court séjour rue Vaneau, 15 et 17, quai d'Anjou. Ils ont donc
été, en 1845, colocataires de Pimodan, où Boissard s'installa au
printemps de 1845. Boissard s'était lié avec Gautier quand le
poète était rapin. Il fut aussi l'ami de Daumier. En 1843, dans
la fiche qu'il remplit avant le Salon (archives du Louvre), il note
qu'il est l'élève de Delacroix; même mention (avec Gros) dans
le livret de l'Exposition universelle de 1855. Delacroix (voir
son *Journal*) se rendait aux soirées de musique qu'organisait
Boissard, chez qui eurent lieu les « fantasias » de hachisch. Voir
Geneviève et Jean Lacambre, « Tableaux religieux de Boissard
de Boisdenier », *Revue de l'art,* n° 27, 1975, p. 52-57. Jean Ziegler
a reproduit un article de Boissard sur Meryon (*Le Siècle,* 6 octobre
1858) dans *Buba,* t. XI, n° 1, Été 1975.

BONVIN (François) [Vaugirard (Seine), 1817 - Saint-Germain-en-
Laye, 1887]. S'est formé lui-même, encouragé par François-
Marius Granet. Expose pour la première fois en 1848. Médaille
de 3e classe (genre) en 1849. Médaille de 2e classe en 1850. 1855 :
Religieuses tricotant ; La Basse Messe (appartient à l'État); *La
Cuisinière ;* deux *Portraits.* 1859 : *La Lettre de recommandation*
(acquis par le ministère d'État; Besançon, musée des Beaux-Arts;
Exp. 1968, n° 467, reprod., p. 104); *La Ravaudeuse ; La Liseus ;
Portrait de M. Octave Feuillet ; Portrait de M. D...* En 1855, habite
32, rue de Vaugirard; en 1859, 189, rue Saint-Jacques. Baudelaire l'a rencontré dans le milieu réaliste, mais n'a cessé de lui
témoigner de la sympathie. Il figure sous le nom de Thomas

dans *Les Aventures de Mlle Mariette* dont en 1853 Baudelaire établit la clef (*CPl*, I, 210). Champfleury évoque Bonvin dans ses *Souvenirs et portraits de jeunesse* (Dentu, 1872, p. 147-152), dont un passage est reproduit par G. et J. Lacambre dans leur recueil de textes de Champfleury, *Le Réalisme*, p. 92-93, où ils citent, de plus, p. 119, un extrait du *Salon de 1849* du même. Voir aussi Étienne Moreau-Nélaton, *Bonvin raconté par lui-même*, Henri Laurens, 1927.

BORGET (Auguste) [Issoudun, 1809 - Châteauroux, 1877]. « Élève de Bouchard aîné à Bourges, il déménagea ensuite avec sa famille à Paris (1829), où il fut présenté à Balzac par la famille Carraud. À partir de 1832 élève de Gudin, dont on remarque l'influence dans ses marines. Il fit un long voyage à New York, en Amérique du Sud et en Orient, et rapporta des dessins dont il allait s'inspirer pendant quinze ans » (K). 1845 : *Vue de Rio-de-Janeiro, prise de San Domingo* (acquis par Louis-Philippe; détruit à Toulon pendant la dernière guerre; *BSHAF*, p. 110); *Pont chinois près d'Amoy, le jour de la fête des lanternes ; Le Matin à Benarès ;* ces trois toiles avaient été peintes d'après nature. 1846 : *Vue de Notre-Dame-de-Gloire, à Rio-de-Janeiro* (acquis par Louis-Philippe; disparu dans un incendie; *BSHAF*, 1969, p. 116); *Désert entre Cordora* [sic] *et Mondoga (République argentine) ; Rue de Vallodolid* [sic]*, à Lima (Pérou) ; Promenade d'une grande dame chinoise* (K, pl. 84, d'après *L'Illustration*); *Bords de l'Hoogly (Bengale) ; Habitation d'un fakir sur les bords du Gange ; Mosquée dans les faubourgs de Calcutta ; Temple birman dans l'île de Poulo-Senang (détroit de Malacca) ; Fougère ; Arbre sur les versants du Corvocado (Brésil)*, dessin à la mine de plomb. N'expose pas en 1859. S'est surtout fait connaître comme illustrateur de livres de voyage.

BOULANGER (Louis) [Verceil (Italie), 1806 - Dijon, 1867]. Élève de Guillon Lethière et d'Achille Devéria. Révélé dès 1827 par le *Supplice de Mazeppa* (musée de Rouen). 1845 : *Sainte Famille ; Les Bergers de Virgile* (musée de Dijon; reprod., *BSHAF*, 1969, p. 111); *Baigneuses ;* un portrait. 1846 : *Portrait de M. A[uguste] Maquet*, le collaborateur de Dumas père. 1859 : expose quatorze toiles, dont cinq portraits (Dumas fils, R. de Billing, Granier de Cassagnac, M. et G. Richard); quatre sujets sont empruntés à Shakespeare, un à *Don Quichotte*, un à *Guy Mannering*, un à *Gil Blas ;* un tableau religieux : *Apparition du Christ aux Saintes Femmes ;* et *Le Message*. Ami et peintre de V. Hugo; illustrateur des œuvres de celui-ci, il est bien représenté à la Maison de Victor Hugo. Voir Ernest Chesneau, *Peintres et statuaires romantiques*, Charavay, 1880; Aristide Marie, *Le Peintre poète Louis Boulanger*, Floury, 1925.

BRACQUEMOND (Félix) [Paris, 1833 - Paris, 1914]. Élève du peintre Joseph Guichard et de la misère. Poulet-Malassis le rencontre et s'engoue de lui en 1858 : il illustrera les livres de l'éditeur de Baudelaire, mais manquera le frontispice des *Fleurs du mal* de 1861 (*CPl*, Index). Joua un rôle de premier plan dans la Société des aquafortistes dès le début (1862). En 1859, il expose un *Portrait de Th. Gautier* (eau-forte). Voir J. Bailly-Herzberg, notamment t. II, p. 20-28; *BET*, 187-200.

BRETON (Jules) [Courrières (Pas-de-Calais), 1827 - Paris, 1906]. Élève, notamment, de Drolling. Débute au Salon de 1849. 1859 : *Le Rappel des glaneuses (Artois)* [musée d'Arras; *Le Musée du*

Luxembourg en 1874, n° 34]; *Plantation d'un calvaire ; Le Lundi ; Une couturière.* Les deux tableaux que Baudelaire a vus à Bruxelles dans la collection Crabbe n'ont pu être identifiés.

BRILLOUIN (Louis-Georges) [Saint-Jean-d'Angély, 1817 - Melle (Deux-Sèvres), 1893]. Élève de Drolling et de Cabat, il débute en 1843. 1845 : cinq dessins : *Un récit terrible, scène du XVIe siècle ; Une partie décisive, scène du XVIe siècle ; Le Tintoret donnant une leçon de dessin à sa fille ; Les Deux Zuccoti sous les plombs de Venise* (George Sand, *Les Maîtres mosaïstes*) ; *Marino Faliero et Angiolina* (tragédie de Lord Byron). 1846 : cinq dessins : quatre d'après *À quoi rêvent les jeunes filles ; Le Titien et sa maîtresse.* Gautier, cette année-là, fait un rapprochement entre Brillouin, Curzon et Lehmud. En 1859, Brillouin expose quatre toiles, mais Baudelaire ne le mentionne pas.

BROWN (John Lewis) [Bordeaux, 1829 - Paris, 1890]. D'origine irlandaise, peintre, élève de Roqueplan et de Belloc, il se fit une spécialité des études de chevaux et de chiens, des scènes sportives et militaires. Il n'est pas cité dans l'ouvrage de J. Bailly-Herzberg sur les aquafortistes. Dans le *Carnet* (f. 28) Baudelaire se propose de donner de ses livres à Brown : au feuillet 70, il se recommande de lui écrire. Voir t. I, p. 1550.

BRUNE (Adolphe) [Paris, 1802 - Paris, 1880]. Élève de Gros, il expose depuis 1833, surtout des sujets religieux. Voir la note 1 de la page 369. N'expose pas de 1840 à 1844. 1845 : *Le Christ descendu de la croix* [ce tableau se trouvait avant 1878 dans l'église Notre-Dame-des-Blancs-Manteaux, d'où il a disparu). 1846 : *Caïn tuant son frère Abel* (musée de Troyes ; K, pl. 63 ; *BSHAF,* 1969, p. 117, reprod.) ; *Portrait de Mme la vicomtesse de P...* 1859 : trois portraits ; Baudelaire ne le mentionne pas. D. Kelley (p. 229) fait remarquer que Brune « avait été considéré comme le fondateur d'une nouvelle école néo-espagnole » et que « son apogée avait coïncidé avec l'ouverture de la galerie espagnole à Paris » (sur laquelle voir p. 352 et n. 2). « En 1846 sa renommée et son talent étaient en baisse. » L'« École franco-espagnole », comme on l'appela aussi, eut un autre chef, Jules Ziegler (ou Ziégler) ; voir Léon Rosenthal, *Du romantisme au réalisme, essai sur l'évolution de la peinture en France de 1830 à 1848,* H. Laurens, 1914, p. 244-248.

CABAT (Louis) [Paris, 1812 - Paris, 1893]. Élève de Flers et ami de Jules Dupré, il débuta au Salon de 1833 et se fit « une place importante dans l'école du paysage romantique de 1830 », obtenant « un succès populaire avec son *Étang de Ville-d'Avray* au Salon de 1834 » (K). 1846 : *Le Repos, vue prise sur les bords d'un fleuve* (Louvain, musée des Beaux-Arts ; Exp. 1968, n° 176 ; reprod. K, pl. 75 ; Castex, p. 125) ; *Un ruisseau à la Judie (Haute-Vienne)* [K, pl. 76, d'après *L'Illustration*]. Ces deux toiles montraient — note D. Kelley d'après les critiques — l'évolution du style de Cabat vers la sévérité du paysage de style, évolution qui n'empêcha pas Cabat de continuer à peindre selon sa première manière (il semble malheureusement impossible à D. Kelley de déterminer lequel des deux tableaux appartient à la nouvelle manière). Cette sévérité du style, qui fut trop facilement qualifiée d'académisme, résultait de la conversion de Cabat, sous l'influence de Lacordaire. On ne sait quelle toile Baudelaire vit à Bruxelles dans la collection Crabbe. Élu membre de l'Institut en 1867, Cabat fut directeur de l'Académie de France à Rome de 1878 à 1884. Dans les lettres à son frère, Vincent Van Gogh dit son admiration pour les deux toiles de Cabat qui se trouvaient au musée du Luxembourg.

CALAMATTA (Joséphine) [Paris, 1817 - ?, 1893], fille de l'helléniste Raoul Rochette, élève de Flandrin et femme du graveur Luigi Calamatta. 1845 : *Femme à sa toilette,* représentant dans une petite chambre « une jeune Grecque d'Asie Mineure au temps de Périclès » (Ferran citant *L'Illustration* du 26 avril); *Portrait du docteur M...* 1846 : *Sainte Cécile ; L'Homme entre la Religion et la Volupté ; Portrait d'homme.* D. Kelley note qu'« elle était connue pour la sévérité de son style et ses tendances préraphaélites ».

CATLIN (George) [Wilkes-Barre, Pennsylvanie, 1796 - Jersey City, New Jersey, 1872]. Voir page 1303 la note 1 de la page 446.

CHACATON (Jean-Nicolas-Henri de) [Chézy (Allier), 1813 - ?, après 1860]. Élève de Marilhat, Hersent et Ingres, il expose entre 1835 et 1857 surtout des paysages italiens et orientaux. 1845 : *Paysage ; Vue prise dans le Bourbonnais.* 1846 : *Départ d'une caravane, souvenir de Syrie ; Une ville de Syrie ; Le Platane d'Hippocrate dans l'île de Stanchio (ancienne Cès).*

CHENAVARD (Paul-Marc-Joseph) [Lyon, 1807 - Paris, 1895]. Entre à l'École des beaux-arts en 1825 et étudie dans les ateliers d'Ingres, d'Hersent et de Delacroix. N'expose pas en 1845. 1846 : *L'Enfer* (voir p. 478, n. 5). N'expose pas en 1859. Chenavard, influencé par la philosophie et la peinture allemandes, assigne à l'art une mission humanitaire et civilisatrice, ce qui lui vaudra d'être dénoncé par Baudelaire comme l'un des tenants de l'art philosophique ou lyonnais et de l'hérésie de l'enseignement dans l'art. Sous la deuxième République, il proposa de décorer le Panthéon d'une série de tableaux en grisaille représentant *La Palingénésie universelle,* c'est-à-dire l'histoire philosophique de l'Humanité. Ce projet fut suivi d'un commencement d'exécution, mais dut être abandonné lorsque, après le coup d'État de 1851, un décret rendit l'édifice au culte catholique. Il y a un autre Chenavard à la présence de qui Baudelaire était sensible, autant que l'était Delacroix : le causeur, prodigieux jouteur d'idées que l'on rencontrait au Divan Le Peletier (dès 1846), puis à la Brasserie Andler. Voir *CPl,* Index, et Joseph C. Sloane, *Paul-Marc-Joseph Chenavard Artist of 1848,* Chapel Hill, The University of North Carolina Press, [1962].

CHIFFLART (François-Nicolas) [Saint-Omer, 1825 - Paris, 1901]. Élève préféré de Léon Cogniet, il obtint le premier prix de Rome pour la peinture historique en 1851. 1859 : *Faust au sabbat* et *Faust au combat,* deux dessins dont le premier, dépôt du Petit Palais, est dans la salle du Conseil de l'hygiène de la Préfecture de police. J. Mayne, *Art in Paris,* pl. 45, reproduit une lithographie par A. Bahuet d'après ce dessin. En 1859, Chifflart expose aussi deux tableaux : *Le Passage des moutons dans les environs de Tivoli (États du pape)* et *Portrait de Mme C...* Membre de la Société des aquafortistes en 1862 et 1865 : l'éditeur, Cadart, était son beau-frère. Voir Pierre Georgel, « Le Romantisme des années 60 », *Revue de l'Art,* n° 20, 1973, et, avec la collaboration du même, le catalogue de l'exposition Chifflart au musée de l'hôtel Sandelin, Saint-Omer, 16 septembre-6 novembre 1972.

CLÉSINGER (Jean-Baptiste-Auguste) [Besançon, 1814 - Paris, 1883], dont le nom parfois ne porte pas d'accent. Sculpteur et peintre, élève de son père. 1845 : trois bustes, ceux du duc de Nemours (Besançon, musée des Beaux-Arts; Exp. 1968, n° 126) et de Charles Weiss, bibliothécaire de Besançon et ancien ami de Nodier, ainsi que celui de Mme Marie de M... En 1847, il expose *Femme piquée par un serpent* et *Buste de Mme ****, un moulage et une sculpture qui représentent l'un et l'autre Mme Sabatier (ICO, n°ˢ 132-135; *Album Baudelaire*, p. 94-95). 1859, trois peintures : *Ève dans le Paradis terrestre est tentée pendant son sommeil ; Isola Farnèse, campagne de Rome ; Castel Fusana, campagne de Rome ;* et huit sculptures : *Zingara ; Sapho terminant son dernier chant ; Jeunesse de Sapho* (statuette); *Tête de Christ ;* buste de *Charlotte Corday,* buste d'une *Transtévérine ;* buste d'une *Napolitaine des montagnes ; Taureau romain.* — Voir A. Estignard, *Clésinger, sa vie, ses œuvres,* H. Floury, 1900.

COGNIET (Léon) [Paris, 1794 - Paris, 1880]. Élève de Guérin, il expose depuis 1817 et obtient un grand succès au Salon de 1824 avec *Marius sur les ruines de Carthage.* 1843 : *Le Tintoret peignant sa fille morte* (Bordeaux, musée des Beaux-Arts; Exp. 1968, n° 154; Castex, p. 103). 1845 : *Portrait de Mme L[utteroth],* le « très beau portrait de femme » mentionné par Baudelaire, et *Portrait de M. G...* 1846 : *Portrait de M. Granet* (Aix-en-Provence, musée Granet; Exp. 1968, n° 180; K, pl. 42).

CORNELIUS (Peter) [Düsseldorf, 1783 - Berlin, 1867]. Il est fort proche d'Overbeck et des Nazaréens avec qui il a travaillé à Rome. Ses fresques s'ordonnent en compositions monumentales. À l'Exposition universelle de 1855, où Baudelaire put les voir, il envoya un « choix de cartons pour les fresques des portiques du cimetière royal (Campo Santo) en construction à côté du Dôme, à Berlin ».

COROT (Jean-Baptiste-Camille) [Paris, 1796 - Ville-d'Avray, 1875]. Élève de Michallon et de Victor Bertin, il expose depuis 1827. 1845 : *Homère et les bergers, paysage,* d'après André Chénier, *L'Aveugle* (musée de Saint-Lô; Exp. 1968, n° 127; reprod. Castex, p. 91); *Daphnis et Chloé, paysage* et *Un paysage.* 1846 : *Vue prise dans la forêt de Fontainebleau* (Boston, Museum of Fine Arts; Exp. 1968, n° 181; reprod. dans J. Mayne, *Art in Paris,* pl. 18); trois toiles avaient été refusées par le jury : deux *Sites d'Italie* et une *Vue d'Ischia.* 1859 : sept peintures dont trois ont été repérées : *Dante et Virgile* (Boston, Museum of Fine Arts; Exp. 1968, n° 472, reprod. p. 107); *Idylle* (musée de Lille; Exp. 1968, n° 473); *Paysage avec figures ou la Toilette* (Paris, collection de Mme D. David-Weill; Exp. 1968, n° 474); *Macbeth, paysage ; Souvenir du Limousin ; Tyrol italien ; Étude à Ville-d'Avray.* À Bruxelles, dans la collection Crabbe, Baudelaire a vu deux toiles de Corot : *Le Matin* et *Le Soir.* — Voir F. W. Leakey « Baudelaire et Asselineau en 1851 : Asselineau critique de Corot », ainsi que G. Gendreau et Cl. Pichois, « Baudelaire, Lavieille, Asselineau », ces deux articles dans *Buba,* VIII, 2, 9 avril 1973, et le catalogue de l'*Hommage à Corot* (Orangerie des Tuileries, 1975).

COURBET (Gustave) [Ornans, 1819 - La Tour-de-Peilz (Suisse), 1877]. Courbet n'expose pas ou ne peut pas exposer aux Salons dont traite Baudelaire, à une exception près. 1843 : *Autoportrait*

au chien. 1844 : *Portrait de l'auteur.* 1845 : *Guitarero, jeune homme
dans un paysage.* 1846, 1847, 1848 : n'expose pas. 1849 : *L'Après-
dînée à Ornans.* Le portrait de Baudelaire (Montpellier, musée
Fabre) dut être peint en 1847. En 1855 Courbet organise sa
propre exposition. Son nom figure en 1862 et 1865 parmi ceux
des membres de la Société des aquafortistes. Cependant, la mention du *Carnet* concerne, non pas l'auteur d'eaux-fortes originales,
mais le peintre d'après qui ont été faites les eaux-fortes *(Le
Retour de la foire ; Les Casseurs de pierres, La Curée)* ; voir J. Bailly-
Herzberg (Index). Pour ses relations avec Baudelaire, voir *ICO*,
nᵒˢ 6-12 ; *Album Baudelaire, passim,* et ici p. 1373-1374.

COURT *(Joseph-*Désiré) [Rouen, 1797 - Paris, 1865]. Élève de Gros,
prix de Rome en 1821. 1845 : trois portraits de femmes. 1846 :
*Portrait de S. A. E. Mgr le cardinal prince de Croy, archevêque de
Rouen, grand aumônier de France, etc., mort à Rouen le 1ᵉʳ janvier 1844 :
peint d'après nature en 1843.*

COUTURE (Thomas) [Senlis, 1815 - Villiers-le-Bel, 1879]. Élève
de Gros et de Delaroche, second prix de Rome en 1837, expose
au Salon depuis 1840. 1845 : n'expose pas, n'ayant pas terminé
à temps, « malgré toute sa verve et toute son audace », une *Orgie
romaine* (A. Houssaye, *L'Artiste,* 16 mars, cité par Ferran, 31).
1846 : n'expose pas. 1847 : expose enfin *Les Romains de la décadence*
(musée du Louvre ; *Le Musée du Luxembourg en 1874,* nᵒ 57) ; cette
toile, mentionnée dans les Causeries du *Tintamarre* du 7 mars
1847 (p. 1022), vaut à Couture une médaille de 1ʳᵉ classe et le rend
plus célèbre encore. Il l'était déjà par son enseignement. 1859 :
n'expose pas. Ce que « Baudelaire appelle assez injustement
peut-être l' " école Couture " [p. 453] » recherche « l'alliance
d'une couleur décorative plutôt qu'expressive ou " réaliste "
à une composition audacieuse et à un dessin clair et net » (K, 5).

CUMBERWORTH (Charles) [Verdun, 1811 - Paris, 1852]. Élève de
Pradier, expose depuis 1833. 1845 : *Lesbie de Catulle pleurant
sur le moineau,* statue en plâtre (le livret offre une traduction
d'extraits de l'élégie *Sur la mort du passereau de Lesbie).* 1846 :
Marie, statuette en bronze, dont le sujet est pris à *Paul et Virginie.*

CURZON (Alfred de) [Le Moulinet, près Poitiers, 1820 - Paris, 1895].
Élève de Drolling, dans l'atelier de qui il se lie avec Brillouin,
puis de Cabat ; second prix de Rome en 1849, il expose depuis
1843. Il s'est rattaché à l'École de Metz. 1845 : *Les Houblons,*
paysage (reprod. d'un fusain préparatoire, musée de Poitiers,
dans *BSHAF,* 1969, p. 111), et un dessin, *Sérénade dans un bateau.*
1846 : *Vue des bords du Clain, près de Poitiers* (K, pl. 32) ; *Souvenir
d'Auvergne ; Souvenir des rives de la Loire ; Paysage composé, effet
du matin ; Le Brunelleschi enseignant la perspective au Masaccio,*
dessin ; *Paolo Uccello,* dessin ; et cinq dessins tirés de *Maître Martin*
d'Hoffmann (voir p. 462, n. 3). 1859 : *Psyché ; Le Tasse à Sorrente ;*
deux toiles représentant des femmes du royaume de Naples et
quatre paysages italiens. Baudelaire ne mentionne même pas
Curzon. — Voir la biographie écrite par son fils, Henri de
Curzon, *Alfred de Curzon, peintre (1820-1895), sa vie et son
œuvre...,* H. Laurens, [1916].

DANTAN aîné (Antoine-Laurent) [Saint-Cloud, 1798 - Paris, 1878].
Élève de Bosio et de Brion. 1845 : n'expose pas. 1846 : *Saint*

Christophe, statue en pierre destinée à la façade de l'église Saint-Jacques-Saint-Christophe de La Villette; *Louis-Joseph de Bourbon, prince de Condé,* statue en plâtre; *Buste du baron Mounier, pair de France,* marbre, commandé pour le palais du Luxembourg. 1859 : *Le Général Perrin Jonquière,* buste en marbre, commandé pour le musée du palais de Versailles; *Picard,* auteur dramatique, buste en marbre, pour la Comédie-Française. Baudelaire ne le mentionne jamais.

DANTAN jeune (Jean-Pierre) [Paris, 1800 - Bade, 1869]. Élève de Bosio, expose depuis 1827. 1845 : *Buste de Soufflot* (commandé pour le musée du palais de Versailles; actuellement à l'École des beaux-arts de Strasbourg selon Exp. 1968, nº 128; au musée de Besançon, selon *BSHAF,* 1969, p. 115); *Mme Fanny K...,* buste en marbre; *Le Docteur Jules Cloquet,* buste en plâtre; *Le Docteur Jobert de Lamballe,* buste en plâtre; *M. Onslow,* buste en plâtre; *M. G...,* buste en plâtre. 1846 : cinq bustes en marbre (un seul est accompagné, dans le livret, d'un nom complet : celui de Thomas Henry). 1859 : cinq bustes en marbre dont celui de Rossini et celui du docteur Velpeau. Baudelaire ne le mentionne pas en 1859. Parallèlement à son œuvre « noble », Dantan jeune continue depuis 1826 la série de charges modelées d'après ses contemporains : c'est cette série qui l'a rendu célèbre en France et en Angleterre.

DAUBIGNY (Charles-François) [Paris, 1817 - Paris, 1878]. Reçut de son père les premiers éléments, voyagea en Italie à dix-sept ans, fut engagé par Granet à l'atelier de restauration du Louvre, entra en 1838 dans l'atelier de Delaroche et débuta au Salon cette année-là. N'expose ni en 1845, ni en 1846. 1859 : *Les Graves au bord de la mer à Villerville (Calvados)* [Marseille, musée Cantini; Exp. 1968, nº 475]; *Les Bords de l'Oise* (Bordeaux, musée des Beaux-Arts; reprod. par J. Mayne, *Art in Paris,* pl. 50; Castex, p. 155; le livret indique que le tableau appartient à Nadar); *Soleil couchant ; Lever de lune ; Les Champs au printemps.* Fait de l'eau-forte très tôt, à partir de 1841; membre de la Société des aquafortistes en 1862 et 1865 : c'est à ce titre qu'il est cité au feuillet 37 du *Carnet* (t. I, p. 735). Peintre, il soutiendra le mouvement impressionniste sans y prendre part.

DAUMIER (Honoré) [Marseille, 1808 - Valmondois, 1879]. Voir les notes sur *Quelques caricaturistes français,* p. 1354 sq. Baudelaire l'a connu très tôt : une note de Poulet-Malassis rapporte que Baudelaire l'a mené chez Daumier, quai d'Anjou, le 14 janvier 1852 (Jean Adhémar, *Honoré Daumier,* Pierre Tisné, [1954], p. 44-45). Mais leurs relations personnelles sont mal connues.

DAVID (Jacques-Louis-*Jules*) [Paris, 1829 - Ormoy-la-Rivière (Seine-et-Oise), 1886]. Voir p. 365, n. 2. Petit-fils du grand David. En 1859, il expose un dessin au fusain : *Portrait de Mlle J. D. ;* Baudelaire ne le mentionne pas.

DAVID D'ANGERS (Pierre-Jean) [Angers, 1788 - Paris, 1856]. Reçu les premiers éléments de son père, sculpteur sur bois, puis fut l'élève de Rolland à Paris. Deuxième prix de Rome en 1810, premier prix en 1811. Débute au Salon en 1817. Lié avec les poètes dits romantiques, il représente parmi eux le sculpteur romantique, comme Louis Boulanger était le peintre romantique. 1845 : *Étude d'enfant,* statue en marbre dite *L'Enfant à la grappe* (voir p. 403, n. 1). 1846 : n'expose pas. David d'Angers est l'auteur du fronton du Panthéon, *La Patrie distribuant des couronnes aux génies.*

DEBON (Hippolyte) [Paris, 1807 - Paris, 1872]. Élève de Gros et d'Abel de Pujol, il expose depuis 1835. 1845 : *Bataille d'Hastings,* tableau acquis par l'État et envoyé au musée de Caen où il fut détruit par un incendie en 1905 ; la veuve de l'artiste fit don, pour le remplacer, de l'esquisse du tableau, montrée à l'exposition de 1968 (nᵒ 132). 1846 : *Henri VIII et François Iᵉʳ. Épisode du Camp du drap d'or,* d'où caricature dans le *Salon caricatural* (p. 512) ; *Le Concert dans l'atelier* (K, pl. 10, d'après une gravure de *L'Illustration*). 1859 : *Sainte Geneviève, patronne de Paris ;* Baudelaire ne mentionne pas alors Debon.

DECAMPS (Alexandre-Gabriel) [Paris, 1803 - Fontainebleau, 1860]. Élève d'Abel de Pujol, il débute au Salon de 1827. 1834 : *La Défaite des Cimbres* (Louvre). 1839 : *Le Supplice des crochets* (Londres, Wallace Collection). 1845 : *Histoire de Samson,* neuf dessins (Exp. 1968, nᵒˢ 133-137; reprod. du nᵒ 137). 1846 : *École de jeunes enfants ou salle d'asile (Asie Mineure)* [Amsterdam, Stedelijk Museum; Exp. 1968, nᵒ 187 et reprod.; Castex, p. 131]; *Retour du berger, effet de pluie* (Amsterdam, Stedelijk Museum; Exp. 1968, nᵒ 188; Castex, p. 133); *Souvenir de la Turquie d'Asie* (Chantilly, musée Condé; J. Mayne, *Art in Paris,* pl. 24; K, pl. 15); *Souvenir de la Turquie d'Asie, paysage* (Amsterdam, musée Fodor; J. Mayne, *Art in Paris,* pl. 23; K, pl. 16). 1859 : n'expose pas. On ne sait quelle(s) toile(s) Baudelaire vit à Bruxelles dans la collection Crabbe.

DEDREUX (Alfred), parfois De Dreux ou de Dreux [Paris, 1810 - Paris, 1860]. Fils d'un architecte et neveu du peintre Dedreux-Dorcy, élève de L. Cogniet, il expose à partir de 1831 surtout des scènes de chasse et des études de chevaux. 1845 : *Une châte-laine ; Le Déjeuner trop chaud ; Riche et pauvre ; Chien et chat.* En 1846, il revient à sa spécialité : *Chasse au vol sous Charles VII* (K, pl. 46); *Chasse à courre sous Louis XV,* moquée dans le *Salon caricatural* (p. 515); ces deux toiles ont été exécutées pour l'hôtel de la comtesse Le Hon aux Champs-Élysées; *Chasse anglaise ; La Douleur partagée ; Chiens courants,* deux études. 1859 : *Le Retour ; La Mort ;* Baudelaire ne le mentionne pas.

DELACROIX (Eugène) [Saint-Maurice, près Paris, 1799 - Paris, 1863]. Il est impossible de retracer ici sa biographie et de mentionner les reproductions très nombreuses de ses œuvres. Sur les rapports qu'il entretient avec le poète et critique, voir Armand Moss, *Baudelaire et Delacroix,* Nizet, 1973. 1845 : *La Madeleine dans le désert, Dernières paroles de l'empereur Marc Aurèle ; La Sibylle ; Muley-Abd-err-Rahmann, sultan de Maroc, sortant de son palais de Méquinez, entouré de sa garde et de ses principaux officiers ;* le jury avait refusé *L'Éducation de la Vierge.* 1846 : *Rébecca enlevée par les ordres du templier Boisguilbert, au milieu du sac du château de Front-de-Bœuf* (d'après *Ivanhoe*); *Les Adieux de Roméo et Juliette ; Marguerite à l'église ; Un lion,* aquarelle (l'identification ayant prêté à erreur, renvoyons à D. Kelley, p. 198 et pl. 3). 1859 : *La Montée au Calvaire, le Christ succombant sous la croix ; Le Christ descendu au tombeau ; Saint Sébastien ; Ovide en exil chez les Scythes ; Herminie et les bergers ; Rébecca enlevée par le templier, pendant le sac du château de Front-de-Bœuf* (reprise, très différente, du sujet traité en 1846); *Hamlet ; Les Bords du fleuve Sébou (royaume de Maroc)*[1]. Quelques dates : salon du roi à la Chambre des députés (1835 et 1847); Chambre des pairs (1846); plafond de la galerie d'Apollon au Louvre (1851); salon de la Paix à l'Hôtel de Ville (1854); première rétrospective des œuvres à l'Exposition universelle de 1855.

DELAROCHE (Paul) [Paris, 1797 - Paris, 1856]. Élève de Watelet, puis de Gros, il expose à partir de 1822. Le Salon de 1827 *(La Mort d'Élisabeth)* consacre sa réputation. Au Salon de 1831 il expose *Les Enfants d'Édouard*. Comme l'indique Baudelaire, Delaroche est le Casimir Delavigne de la peinture : poète et peintre ont fourni à la bourgeoisie, au juste-milieu les images rassurantes dont ils avaient besoin. Delaroche est aussi rapproché par Baudelaire d'Horace Vernet et de Meissonier, qui ne sont pas plus que lui inquiétants. On remarquera qu'à une seule exception près, Baudelaire, à Paris, ne cite pas les œuvres de Delaroche pour les commenter. Le nom de l'artiste n'intervient qu'à titre de symbole. À Bruxelles, dans la collection Crabbe, Baudelaire est indulgent, mais ne l'est-il pas pour tous les artistes représentés ? On ne sait d'ailleurs quels tableaux il a vus. Beaucoup d'artistes se sont formés ou déformés dans l'atelier de Delaroche, que fréquenta le grand ami de Baudelaire, Émile Deroy, lequel n'y laissa pas son talent.

DEVERIA (Achille) ou DEVÉRIA [Paris, 1800 - Paris, 1857]. Élève de Girodet, à la fois peintre, dessinateur, graveur et lithographe, il fut l'illustrateur des écrivains dits romantiques et la providence des éditeurs. 1845 : *Sainte Anne instruisant la Vierge* (cathédrale d'Alès). 1846 : *Repos de la Sainte Famille en Égypte ;* caricature dans le *Salon caricatural* (p. 513). C'est comme auteur de lithographies qu'il figure au *Carnet ;* voir le Répertoire du *Carnet.*

Consulter Maximilien Gauthier, *Achille et Eugène Devéria,* H. Floury, 1925. On y trouve, parmi de nombreuses autres reproductions, celles de sujets galants, lithographies auxquelles Baudelaire fait allusion dans *Le Peintre de la vie moderne* (p. 687).

DEVERIA (Eugène) ou DEVÉRIA [Paris, 1805 - Pau, 1865]. Frère du précédent, élève de Girodet, il connut, jeune, la gloire en exposant au Salon de 1827 la *Naissance de Henri IV.* Ce succès fut de brève durée. En 1844, la *Résurrection du Christ* provoqua une comparaison par Gautier (*La Presse,* 28 mars) qui mesurait la décadence du héros de la peinture romantique. 1845 : n'expose pas. 1846 : *Inauguration de la statue de Henri IV sur la place royale de Pau, présidée par S. A. R. Mgr le duc de Montpensier (25 août 1843)* [musée du palais de Versailles; K, pl. 9]. 1859 : *Mort du fils de la Sunamite; Une scène de la mort de l'« Henry VIII », de Shakespeare* (III, 1); *Halte de marchands espagnols dans une auberge à Pau.*

---

1. Le catalogue de l'exposition Baudelaire de 1968 et les ouvrages de Maurice Sérullaz sur Delacroix donnent toutes les informations nécessaires sur la localisation de ces tableaux célèbres. On consultera aussi *Tout l'œuvre peint de Delacroix,* introduction par Pierre Georgel, documentation par Luigina Rosso Bortolatto, Flammarion, [1975]. Il faut ajouter que la *Madeleine,* tableau peint en 1843, a été présentée en juin-juillet 1974 à la galerie Daber (Paris), lors de l'exposition *La Joie de vivre,* sous le titre *Tête de Madeleine. La Sibylle* appartient aussi à une collection particulière.

DIAZ DE LA PEÑA (Narcisse-Virgile) [Bordeaux, 1808 - Menton, 1876]. Comme bien d'autres artistes de cette époque, Diaz fit ses débuts dans une fabrique de porcelaine; il exposa à partir de 1831. Ses spécialités sont les sujets orientaux, les « décamérons », les allégories et les paysages. Cependant, en 1845, il expose trois portraits. 1846 : *Les Délaissées* ; *Jardin des amours* (appartient au duc de Montpensier); *Intérieur de forêt* (K, pl. 18); *Une magicienne* ; *Léda* ; *Orientale* (K, pl. 19); *L'Abandon* ; *La Sagesse.* 1859 : *Galathée* ; *L'Éducation de l'Amour* ; *Vénus et Adonis* ; *L'Amour puni* ; *N'entrez pas* ; *La Fée aux joujoux* ; *La Mare aux vipères,* paysage; deux portraits. Dans la collection Crabbe, Diaz était représenté par *La Meute sous bois*. « Sa réputation, énorme dans les années quarante, est quelque peu tombée aujourd'hui, et le jugement de la postérité correspond plutôt à celui de Baudelaire qu'à celui de ses contemporains — bien qu'on le considère parfois comme ayant eu une influence importante sur des peintres tels que Monticelli, Renoir et Fantin-Latour » (K, p. 206).

DUBUFE père (Claude-Marie) [Paris, 1790 - La Celle-Saint-Cloud, 1864]. Élève de David, il débuta au Salon de 1810 et devint le portraitiste attitré de l'aristocratie et de la grande bourgeoisie. 1845 : portraits d'une comtesse, d'une marquise, d'un duc et de Miss J... Baudelaire est plus indulgent que d'autres critiques. 1846 : deux portraits. 1859 : *La Naissance de Vénus* ; *Jeune femme grecque sortant du bain* ; trois autres œuvres dont une étude montrant une jeune Granvillaise à la pêche. Baudelaire ne le mentionne pas à cette date.

DUBUFE fils (Édouard) [Paris, 1820 - Paris ou Versailles, 1883]. Élève de son père, puis de Delaroche. Débuta au Salon de 1839. 1845 : *Sermon de Jésus-Christ sur la montagne* ; *Entrée de Jésus-Christ dans Jésusalem* ; *Jésus-Christ au mont des Oliviers* ; *Portrait de M. Gayrard,* le sculpteur (voir p. 488). Baudelaire ne le mentionnera plus, bien que Dubufe fils ait continué imperturbablement sa carrière, abandonnant la peinture religieuse pour le portrait, genre dans lequel sa réputation ne tarda pas à balancer celle de son père. En 1846, à côté d'une *Multiplication des pains,* il expose le portrait de son père, celui de Mme Jules Janin et celui de Mme Gayrard.

DUVAL-LE CAMUS (Jules) [Paris, 1814 - Paris, 1878], fils du suivant. Élève de Delaroche et de Drolling, second prix de Rome en 1838, il expose à partir de 1844. 1845 : outre le tableau dont l'imitation est dénoncée par Baudelaire, il présente *L'Improvisateur*. Il expose de 1846 à 1867, atteignant sa pleine réputation au Salon de 1859 avec *Jésus au mont des Oliviers,* un portrait et surtout *Poste avancé de routiers,* qui lui vaut la Légion d'honneur : Baudelaire est muet. Duval-Le Camus fils fabrique la peinture de consommation demandée par ses contemporains : voir *Le Musée du Luxembourg en 1874,* nº 74. Le nom est écrit de différentes manières : Duval-Lecamus, Duval Lecamus, Duval Le Camus, Duval-Le-Camus, Duval-Le Camus. La première graphie est celle de l'acte de naissance de Jules (5 août 1814) : celui-ci est le fils de Pierre Duval et de son épouse Aglaé-Virginie Lecamus. Pierre Duval avait donc joint le nom de son épouse au sien pour n'être pas confondu avec les innombrables Duval. Il signe ses toiles : Duval L. C.

DUVAL-LE CAMUS père (Pierre) [Lisieux, 1790 - Saint-Cloud, 1854], père du précédent. Élève de David, il expose depuis 1819 des portraits, des paysages et des scènes de genre. 1845 : *La Correction maternelle ; Un pifferari* [sic] *donnant une leçon à son fils* (acquis par Louis-Philippe ; déposé par le Louvre à la Chambre des députés ; *BSHAF*, 1969, p. 112) ; *L'Heureuse Mère ; Jeune femme à la fontaine* et deux portraits. Baudelaire ne le mentionnera plus, bien que Duval-Le Camus continue à exposer, notamment en 1846.

FEUCHÈRE (Jean-Jacques), [Paris, 1807 - Paris, 1852]. Élève de Cortot et de Ramey (sculpteur qui était des amis de François Baudelaire), il exposa de 1831 à 1852. 1845 : *Jeanne d'Arc sur le bûcher,* reproduction en marbre de la statue en plâtre exposée en 1835 ; *Buste de M. Mélingue.* 1846 : *Buste de M. Provost, de la Comédie-Française* (musée de la Comédie-Française ; Exp. 1968, n° 190 ; K, pl. 93). Sur les relations de Feuchère avec Baudelaire, voir p. 404, n. 2.

La collection personnelle de Feuchère a été vendue à Paris les 8-10 mars 1853. Le catalogue est préfacé par Jules Janin qui évoque avec émotion les autres artistes morts prématurément. Feuchère possédait, entre autres, une étude de Boissard, un tableau et une étude de Bonvin, une peinture de Daumier, plusieurs figures de femmes par Tassaert sur une toile, — tous artistes que Baudelaire a fréquentés.

FLANDRIN (Jean-*Hippolyte*) [Lyon, 1809 - Rome, 1864]. Élève de maîtres lyonnais (Révoil), puis d'Ingres, premier prix de Rome en 1832, il débute au Salon de 1836. Il décora des églises, en particulier Saint-Germain-des-Prés (1846-1848 et 1856-1861). 1845 : *Mater dolorosa* et trois portraits, en particulier celui de Chaix d'Est-Ange, futur procureur général. 1846 : quatre portraits de femmes ou plutôt de dames ; l'un a été exposé en 1968 (n° 191 ; Castex, p. 117 ; voir aussi *BSHAF*, 1969, p. 116). Membre de l'Institut en 1853. 1859 : trois portraits.

FLANDRIN (Jean-*Paul*) [Lyon, 1811 - Paris, 1902]. Frère et clair de lune du précédent, élève de maîtres lyonnais, puis élève d'Ingres, expose à partir de 1839. 1845 : *Campagne de Rome, bords du Tibre ; Les Rochers ; deux Paysages* et le portrait d'un lieutenant d'artillerie. 1846 : *Paysage, un ruisseau ; Bords du Rhône, environs d'Avignon ; Portrait d'homme.* 1859 : deux paysages marseillais ; un paysage du Tréport ; d'autres paysages ; *Le Héron* (La Fontaine) ; *Le Ruisseau ;* huit portraits, dont cinq dessins. Baudelaire ne le mentionne pas à cette date.

FLERS (Camille) [Paris, 1802 - Annet-sur-Marne (Seine-et-Marne), 1868]. Élève de Pâris, il joua un rôle important dans l'évolution du paysage vers le réalisme. Il débuta au Salon de 1831 avec une *Cascade de Pissevache.* 1845 : *Environs de Dole* et *Environs de Beauvais ;* plus quatre pastels. 1846 : *Vue prise à Garches* et *Vue prise à Trouville,* deux des treize pastels qu'il avait envoyés, les onze autres ayant été refusés par le jury. 1859 : *Vue prise à Saint-Denis ; Saules sur la Beuvronne (Seine-et-Marne) ; Prairie à Aumale (Normandie) ; Moulin de Coillour (Aumale) ; Moisson à Fresnes (Seine-et-Marne).* Baudelaire ne le mentionne pas à cette date.

FRANÇAIS (François-Louis) [Plombières, 1814 - Paris, 1897]. Commis de librairie, puis dessinateur de vignettes pour éditions de luxe, il entre en 1834 dans l'atelier de Gigoux et reçoit aussi les conseils de Corot. Expose à partir de 1837. 1845 : *Vue prise à Bougival* (musée du Mans); *Le Soir.* 1846 : *Les Nymphes* (« Heureux étrangers, dit-elle, qui avez pu parvenir en ce séjour si beau et si délicieux... »; *Jérusalem délivrée*) [K, pl. 80]; *Soleil couchant*, peint à Rome en 1845 (Montpellier, musée Fabre; Exp. 1968, n° 192; K, pl. 81; Castex, p. 127); *Saint-Cloud, étude* (voir *BSHAF*, 1969, p. 117-118). 1859 : *Les Hêtres de la côte de Grâce, près d'Honfleur, effet d'automne ; Soleil couchant, près d'Honfleur* (Bordeaux, musée des Beaux-Arts; *Les Bords du Gapeau, près d'Hyères ;* un médaillon d'un éventail peint en collaboration (voir BARON). « Son œuvre est presque exclusivement composée de paysages lumineux d'une grande fraîcheur » (G. Lacambre, *Le Musée du Luxembourg en 1874*). Voir [Aimé Gros], *François-Louis Français. Causerie et souvenirs par un de ses élèves* Paris, Librairies-Imprimeries réunies, 1902.

GAUTIER (Marie-Louise-*Eugénie*) [Paris, 1813 ; décédée après 1875]. Élève de Belloc, elle expose de 1834 à 1869. 1844 : deux portraits, d'une dame et d'une demoiselle. 1845 : portrait d'une demoiselle. 1846 : deux portraits, d'un monsieur et d'une demoiselle. N'expose pas en 1859. L'intérêt porté par Baudelaire à cette artiste est quelque peu insolite : A. Ferran et D. Kelley remarquent que les critiques sont presque tous muets à son sujet.

GAVARNI (Guillaume-Sulpice Chevalier, dit) [Paris, 1804 - Paris, 1866]. Voir les notes relatives aux pages 559-560.

GIGOUX (Jean-François) [Besançon, 1806 - Besançon, 1894]. Étudie dans sa ville natale, puis aux Beaux-Arts; expose depuis 1831. 1833 : *Le Comte de Comminges reconnu par sa maîtresse.* 1835 : *Les Derniers Moments de Léonard de Vinci* (musée de Besançon). 1845 : *Mort du duc d'Alençon à la bataille d'Azincourt ; Mort de Manon Lescaut.* 1846 : *Le Mariage de la Sainte Vierge.* 1859 : *Une arrestation sous la Terreur.* Baudelaire ne le mentionne pas à cette date. Gigoux est un des meilleurs représentants de la peinture de consommation de son époque.

GLAIZE (Auguste-Barthélemy) [Montpellier, 1807 - Paris, 1893]. Élève d'Eugène et d'Achille Devéria, ce qui le marque du signe romantique, il expose à partir de 1836. 1845 : *La Conversion de la Madeleine ; Acis et Galathée ; Consuelo et Anzoleto.* 1846 : *L'Étoile de Bethléem* (Matthieu, 11, 9); *Le Sang de Vénus* (citation de Dumoustier, *Lettres sur la mythologie*, XXXIV : « les roses blanches se colorent du sang de la déesse »; Montpellier, musée Fabre; Exp. 1968, n° 193, reprod. p. 47; Castex, p. 123). 1859 : *Allocution de S. M. l'Empereur à la distribution des aigles, le 10 mai 1852* (commandé pour le musée du palais de Versailles); *Portrait de M. Louis Figuier.* Baudelaire ne le mentionne pas à cette date.

GRANET (François-Marius) [Aix-en-Provence, 1775 - Aix-en-Provence, 1849]. Élève de J.-A. Constantin à Aix, puis de David, il expose depuis 1799 des sujets historiques, particulièrement médiévaux. 1845 : *Chapitre de l'ordre du Temple tenu à Paris sous le magistère de Robert de Bourguignon en 1147* (musée du Palais de Versailles; reprod. par Castex, p. 95), loué par les critiques conservateurs et le davidien Delécluze. 1846 : *Interrogatoire de Girolamo Savonarola* (Lyon, musée des Beaux-Arts, reprod. par J. Mayne, *Art in Paris,* pl. 27; par D. Kelley, pl. 44); *Célébration de la messe à l'autel de Notre-Dame de Bon-Secours* (Nice, musée Chéret; reprod., K, pl. 45; cf. le *Salon caricatural, p.* 504 et 1330); *Saint François renonçant aux pompes du monde; La Confession; Une religieuse instruisant des jeunes filles ; Saint Luc peignant la Vierge ; Un moine peignant ; Un religieux livré à l'étude.* Aix-en-Provence a un musée Granet. Voir Émile Ripert, *François-Marius Granet (1775-1849), peintre d'Aix et d'Assise,* Plon, 1937.

GUIGNET (Jean-Baptiste), [Autun, 1810 - Viriville (Isère) 1857]. Élève de Regnault, il expose depuis 1831. À partir de 1837 se spécialise dans le portrait. 1845 : *Jésus-Christ laissant venir à lui les petits enfants ; Une jeune mère.* 1846 : onze portraits, dont celui de M. Mater, premier président de la Cour royale de Bourges, celui de M. Billault, député (qui sera ministre de l'Intérieur au moment de la publication des *Fleurs*), celui de M. Cumberworth (le sculpteur; voir à ce nom), celui de M. Garnier, membre de l'Institut. Au Salon de 1859 est présentée une petite rétrospective de ses œuvres : cinq portraits, dont ceux du sculpteur Pradier, de Soulé, fils de l'ambassadeur des États-Unis, et celui de l'auteur, et une esquisse au fusain, *L'Opinion publique.* Baudelaire ne le mentionne pas à cette date.

GUIGNET (Jean-*Adrien*) [Annecy, 1816 - Paris, 1854]. Élève de son frère Jean-Baptiste et de Blondel, il expose de 1840 à 1848 tableaux d'histoire et paysages. 1845 : *Joseph expliquant les songes du pharaon* (musée de Rouen; Exp. 1968, nº 145; Castex, p. 87). 1846 : *Xerxès* (pleurant sur son armée); *Condottières après le pillage* (K, pl. 62); le premier tableau est dans la manière de Decamps, le second dans la manière de Salvator Rosa. Bibliographie dans D. Kelley, p. 229.

GUILLEMIN (Alexandre-Marie) [Paris, 1817 - Bois-le-Roi (Seine-et-Marne), 1880]. Élève de Gros, peintre de scènes de genre et d'anecdotes, expose depuis 1840. 1845 : *La Sainte Famille ; Après l'émigration ; Le Marchand d'images ; L'Amour à la ville ; Le Dernier Blanc.* 1846 : *Le Convoi ; La Lecture ; La Mauvaise Nouvelle ; L'Art au régiment ; Les Amateurs ;* un portrait. *L'Art au régiment* est ainsi décrit dans le catalogue de la vente Delessert, 1869 : « Un jeune soldat de ligne, installé dans une chambre de caserne, fait le portrait d'un sapeur qui se détire et bâille au mieux; un autre soldat, assis sur le lit, regarde peindre son camarade. » *Les Amateurs* (même vente) : « Deux amateurs regardent attentivement un tableau placé sur une table où sont des livres et des objets d'art » (K, 210). 1859 : *Le Galant Béarnais ; Les Bleus passent !... La Bretagne en 1793.* Baudelaire ne le mentionne pas à cette date.

HADEN (Sir Francis Seymour) [Londres, 1818 - Aylesford (Hampshire), 1910]. Chirurgien, beau-frère de Whistler, il se mit à graver à l'âge de quarante ans. Membre de la Société des aquafortistes en 1862 et 1865. — Voir J. Bailly-Herzberg, Index.

HAFFNER (Félix) [Strasbourg, 1818 - Mesnil-Amelot (Seine-et-Marne), 1875]. Selon D. Kelley, il a commencé ses études en Allemagne; il se déclare en 1859 élève de M. Sandmann. En 1844 débute par un portrait de femme. 1845 : *Marais près de Dax ; Brauerey (brasserie) aux environs de Munich ; Portrait de Mme de V...,* dont Thoré fait l'éloge. 1846 : *Intérieur de ville (Fontarabie)* (K, pl. 27); *Chaudronniers catalans ; Intérieur de ferme (Landes).*

1859 : *Le Coup double ; Pluie et bon temps ; La Pêche, panneau décoratif.* Baudelaire ne le mentionne pas à cette date. Voir le *Carnet,* t. I, p. 716 et 1562. Consulter la notice d'Édouard Sitzmann, dans le *Dictionnaire des biographies des hommes célèbres de l'Alsace,* Rixheim, Sutter, 1909-1910, t. I, p. 685-686.

HAUSSOULLIER (Guillaume, dit William) [Paris, 1818 - Paris, 1891]. Élève de Paul Delaroche, mais plus influencé par Ingres, il débute au Salon de 1838. 1845 : *La Fontaine de Jouvence* (voir p. 358, n. 2). C'est la seule œuvre d'Haussoullier dont traite Baudelaire bien que l'artiste, qui n'expose pas en 1846, expose en 1859, outre trois dessins (portraits), deux peintures qui auraient pu retenir l'attention du poète : *Vallée du Mont-Saint-Jean, près d'Honfleur ; Chemin dans la forêt de Toucques près de* [sic] *Honfleur.* C'est à Honfleur que fut écrit le *Salon de 1859,* après, il est vrai, une visite très rapide au Salon, mais au vu du livret. Faudrait-il donc croire que Baudelaire se repentait d'avoir loué Haussoullier en 1845 et d'avoir rappelé son éloge en 1846 ? Si peu connu que soit Haussoullier, à l'exception du tableau auquel la gloire de Baudelaire fit un sort mérité, il convient de remarquer que ce préraphaélite français avait la confiance de Barbey d'Aurevilly et des amis de celui-ci. Barbey était en relation avec les parents d'Haussoullier, comme il appert d'une lettre écrite de Passy et adressée au Mont-Saint-Jean, par Honfleur, le 17 juillet 1844. De son côté, Eugénie de Guérin écrivait dans son journal à la date du 3 septembre 1841, pensant à un tableau (sujet : les teintes de la vie) que pourrait peindre « M. William, l'artiste idéal », qu'elle lui croit « beaucoup de rêverie dans l'âme, et l'amour passionné du beau, une nature tendre, ardente, élevée, qui présage l'homme de marque ». Elle regrette que « M. William » n'ait pas connu Maurice de Guérin et qu'il n'ait pas fait le portrait de celui-ci : « Nous y perdons trop. Quelle ressemblance ! comme ce beau talent eût saisi cette belle tête ! » (*Reliquiæ,* 1855; repris dans Eugénie de Guérin, *Journal et lettres publiés avec l'assentiment de sa famille* par G. S. Trebutien, Didier, 1862, p. 441). C'est en faisant écho aux *Reliquiæ* de 1855 que Barbey écrit à Trebutien le 2 avril 1855 : « Il [William] aimait Chénier. Il adora Guérin. C'était un esprit élevé, mais sans étendue. Il avait le sentiment de la poésie. C'était une belle lyre, mais qui n'avait qu'une corde. Guérin tapa sur cette corde-là, qui était fort raide, comme on frappe sur sept ! En tant que peintre Haussoulier [*sic*] était de dessin, de ligne, de précision, de fierté correcte et pure, un artiste digne de son maître, mais il n'avait pas le grand don, le coloris, le génie du peintre. Il faisait aboyer, piauler et hurler la couleur. Certainement, s'il l'avait vu seulement une fois, Haussoulier nous aurait donné de Guérin quelque beau portrait à la manière noire, et quelle bonne aubaine pour mettre à la tête de ses Œuvres ! » (*Lettres à Trebutien,* Typographie François Bernouard, [1927], t. III, p. 231-232). Haussoullier avait fait un portrait de Barbey au fusain, apprend-on par la même lettre. En 1855, Barbey se hâte un peu trop d'enterrer Haussoullier, il est facile de le constater. Mais, de fait, l'artiste peint de moins en moins et grave de plus en plus.

HUET (Paul) [Paris, 1804 - Paris, 1869]. Élève de Guérin et de Gros, il fut le plus illustre représentant du paysage romantique. Il expose à partir de 1827. En 1845 deux de ses trois envois ont été refusés. Il n'expose que *Vieux château sur des rochers*. N'expose pas en 1846. 1859 : quinze paysages dont huit compositions destinées au salon de M. Lenormand à Vire (collection Perret-Carnot, Neuilly-sur-Seine). Voir Ernest Chesneau, *Peintres et statuaires romantiques*, Charavay, 1880; René-Paul Huet, *Paul Huet*, Laurens, 1911; Maurice-Pierre Boyé, *La Mêlée romantique*, Julliard, [1946].

INGRES (Jean-Auguste-Dominique) [Montauban, 1780 - Paris, 1867]. Il est impossible de retracer ici sa biographie et de mentionner les reproductions très nombreuses de ses œuvres. Aucun rapport personnel à signaler avec Baudelaire. Le peintre n'exposait plus au Salon depuis 1835. Baudelaire a vu des œuvres d'Ingres réunies au Musée classique du Bazar Bonne-Nouvelle, en 1846, et à l'Exposition universelle de 1855. Les notes de la section Critique d'art identifient les toiles mentionnées par Baudelaire. Sur l'attitude de celui-ci à propos de l'école d'Ingres, voir l'étude de Daniel Ternois citée p. 1259.

JACQUAND (Claudius) [Lyon, 1805 - Paris, 1878]. Élève de Fleury Richard et de l'École de Lyon, ainsi qu'il le fait indiquer dans les livrets des Salons. Expose à partir de 1824, et se spécialise dans la peinture historique à partir de 1831. 1845 : *Charles Ier au château de Holdenby ; Charles II quitte l'Angleterre en 1651 ; Conseil des ministres aux Tuileries le 15 août 1842* (musée du Palais de Versailles); *Le Droit de haute et basse justice au XVe siècle*. Thoré lui reproche aussi d'imiter servilement Delaroche, « tel Campistron, Racine » (Ferran, 256). Expose quatre tableaux en 1846 et deux en 1859 (*Pérugin peignant chez des moines, à Pérouse; Guillaume Ier dit le « Taciturne », stathouder des Pays-Bas, vendant ses bijoux*). Mais Baudelaire ne le mentionne plus que dans une note de *L'Art philosophique* (p. 607).

JACQUE (*Charles*-Émile) [Paris, 1813 - Paris, 1894]. Expose à partir de 1845. Graveur, il fut aussi peintre de scènes agrestes et familières et travailla à Barbizon. 1845 : *Portrait et sujet*, eau-forte. N'expose pas en 1859. Il est probable que le paragraphe final de *Quelques caricaturistes français* à lui consacré fut ajouté lors de la publication de cet article. On ne sait quel tableau Baudelaire admira dans la collection Crabbe à Bruxelles. Dans *L'Union des arts* du 21 janvier 1865, Albert de La Fizelière insère un article sur les eaux-fortes de Ch. Jacque, qui va publier chez Cadart et Luquet des cahiers d'essais et d'esquisses à l'eau-forte. Le musée du Petit Palais conserve un portrait de Ch. Jacque par Philippe-Auguste Jeanron (1808-1877).

JACQUEMART (Jules-*Ferdinand*) [Paris, 1837 - Nice, 1880]. Fils d'un historien de la porcelaine, il fit des eaux-fortes d'après des tableaux de Rembrandt, Franz Hals, Meissonier et grava des planches pour les ouvrages de son père. Membre de la Société des aquafortistes en 1862 et 1865. Ph. Burty loue son « adresse sans rivale dans l'art de la morsure » : Jacquemart a ainsi « donné à des objets inanimés une vie latente en les baignant de lumière » (*Gazette des beaux-arts*, juillet 1865). — Voir J. Bailly-Herzberg, II, 119-120.

JANMOT (Louis) [Lyon, 1814 - Lyon, 1892]. Élève d'Orsel et de Bonnefond à Lyon, d'Ingres à Paris, il expose à partir de 1840.

Baudelaire le considère comme un des représentants majeurs de l'Art philosophique. On est maintenant tenté de voir en lui l'expression française de l'école nazaréenne allemande et de l'école préraphaélite anglaise. 1845 : *Assomption de la Vierge*. Partie supérieure : la Sainte Vierge est entourée d'anges, dont les deux principaux représentent la Chasteté et l'Harmonie. Partie inférieure : Réhabilitation de la femme; un ange brise ses chaînes. Ce tableau appartient au musée d'Art et d'Industrie de Saint-Étienne. En 1845, Janmot expose aussi *Fleur des champs* (Lyon, musée des Beaux-Arts; reprod. par J. Mayne, *Art in Paris*, pl. 1) et deux portraits. 1846 : *Le Christ portant sa croix* ; *La Sainte Vierge, l'Étoile du matin* ; *Portrait de M. Janmot*. 1859 : *Les Saintes Femmes au tombeau* ; *« Ecce ancilla Domini »* ; un portrait de dame; *La Cène*, dessin; *La Vierge et l'Enfant-Jésus*, dessin. *Le Poème de l'Âme* est une composition ambitieuse, digne pendant de l'*Histoire de l'Humanité* de Chenavard. Janmot la commença en 1846 ou 1847, éclairant plus tard d'un texte en vers le symbolisme des différentes images de cette histoire de l'Âme qui devait être réalisée en trente-quatre tableaux. Dix-huit seulement furent achevés et exposés à Lyon, puis à Paris en 1854 et 1855. Une suite photographique sera publiée en 1881 avec quatre mille vers; nouvelle édition par René Jullian en 1950. En 1956, les héritiers de Janmot donnèrent *Le Poème de l'Âme* à la Ville de Lyon (Exp. 1968, nº 508; K, p. 213-214).

Jongkind (Johan Barthold) [Latrop, Pays-Bas, 1819 - La Côte-Saint-André, 1891]. Élève d'Eugène Isabey, il expose depuis le milieu du siècle (en 1859, un *Paysage hollandais*, effet de soleil couchant). C'est au graveur que s'intéresse Baudelaire : Jongkind est membre de la Société des aquafortistes en 1862 et 1865. Sur les vingt eaux-fortes cataloguées par Delteil, Cadart fut l'éditeur ou le dépositaire de dix-sept. Leur collaboration commence avec le *Cahier des six eaux-fortes* précédé d'un titre : *Vues de Hollande*. La collection Claude Roger-Marx en contient un exemplaire avec dédicace manuscrite à Baudelaire (Exp. 1968, nº 526). En 1864-1865, Baudelaire possédait un Jongkind (*CPl*, II, 430). Il avait rendu visite au graveur, qui habitait 9, rue de Chevreuse à Montparnasse, le 14 novembre 1862 (*LAB*, 198). Voir J. Bailly-Herzberg, t. II, p. 121-123.

Joyant (Jules-Romain) [Paris, 1803 - Paris, 1854]. Élève de Bidault, de Guillon Lethière et de l'architecte Huyot, il expose depuis 1835. Paysagiste, peintre de sites vénitiens, il avait été surnommé le Canaletto français. 1845 : *Vue de l'ancien palais des Papes à Avignon* (Toulouse, musée des Augustins); *Scuola di San Marco*. 1846 : *Le Pont Saint-Bénézet à Avignon* (K, pl. 82); *L'Église Saint-Gervais et Saint-Protais à Venise* ; *L'Hôpital des mendiants à Venise* ; *L'Église de l'ange Raphaël sur le canal à la Giudecca à Venise*. Voir J.-R. Joyant, *Lettres et tableaux d'Italie*, publiés par Édouard Joyant, petit-neveu du peintre, H. Laurens, 1936.

Kaulbach (Wilhelm von) [Arolsen (Hesse), 1805 - Munich, 1874]. Élève et ami de Peter Cornelius, il affectionne comme lui les grandes compositions symboliques. Avant 1855, Baudelaire a surtout dû voir à Paris des gravures faites d'après ces compositions. À l'Exposition universelle de 1855, Kaulbach, directeur

de l'Académie de Munich, expose : *La Tour de Babel ; La Légende ;
L'Histoire ; Moïse ; Solon,* et quatre éléments décoratifs peints
en grisaille; avec cette indication : « Cartons d'une partie des
peintures à fresque exécutées par lui dans le nouveau musée de
Berlin. » À Bruxelles, lors de l'exposition organisée place
du Trône, Kaulbach avait envoyé une grande frise sur la Réforme.

KIORBOË (Carl Fredrik), ou KIÖRBÖE, ou KIORBOÉ [Kristiansfeld
(Schleswig), 1799 - Dijon, 1876]. Son nom connaît plusieurs
graphies : il est imprimé Kiorboe dans le *Salon de 1846* de Baudelaire, Kiorboé dans le livret du Salon de 1859. Élève de Henning
en Suède, il s'établit en France et exposa entre 1841 et 1874.
1845 : *Hallali au loup ; Chasse au daim ; Chasse au chevreuil.* 1846 :
*Un renard au piège trouvé par des chiens de bergers ; Hallali au cerf ;
Taureau et autres animaux, paysage.* 1859 : *Portrait de chiens ;
Griffons des Pyrénées.* Baudelaire ne le mentionne pas à cette date.

LAMI (Eugène) [Paris, 1800 - Paris, 1890]. Élève d'Horace Vernet,
puis de Gros, il expose depuis 1824. Il peignit une série de
tableaux pour le musée du palais de Versailles et fut le peintre
officiel d'un nombre considérable d'événements importants.
Mais c'est à ses aquarelles, qui représentent des aspects moins
officiels de la vie sous la monarchie de Juillet, que Lami doit
sa réputation, (K, 244) et c'est à ce titre que Baudelaire l'aurait
compris dans ses *Peintres de mœurs.* 1845 : n'expose pas. 1846 :
*La Reine Victoria dans le salon de famille, au château d'Eu, le 3 sep-
tembre 1843* (un des cinq tableaux commandés à Lami pour
commémorer la visite de la reine Victoria ; celui-ci est à Versailles;
K, pl. 100); *Le Grand Bal masqué de l'Opéra,* aquarelle. 1859 :
vingt aquarelles destinées à illustrer les œuvres de Musset; *Un
bal d'Opéra,* aquarelle; collaboration, un médaillon, à un éventail
(voir BARON). Voir Paul-André Lemoisne, *Eugène Lami, 1800-
1890,* Manzi, Joyant et Cie, 1912. P.-A. Lemoisne a également
dressé le catalogue de l'œuvre de Lami (Champion, 1914).

LAVIEILLE (Eugène) [Paris, 1820 - Paris, 1889]. Élève de Corot,
il travailla souvent dans la région de Barbizon. Il était l'ami
intime d'Asselineau, qu'il tutoyait, et par lui connut Baudelaire,
qui, durant les années 1859-1861, le recommande à des directeurs
de revue (*CPl,* I, 648). 1845 : *Vue prise à Radepont dans la vallée
de l'Andelle (Eure).* N'expose pas en 1846. 1859 : *Un soir aux
étangs de Bourcq (Aisne) ; L'Étang et la ferme de Bourcq, lisière de
la forêt de Villers-Cotterêts (Aisne) ; Le Hameau de Buchez, route
de La Ferté-Milon à Longpont (Aisne)* — qui est sans doute le
tableau loué par Baudelaire; *Les Ruines du château de La Ferté-
Milon (Aisne) ; À Précy-à-Mont (Oise).* Galerie Martinet, fin
1861-début 1862 : *L'Inondation de Saint-Ouen en 1861.* Voir
G. Gendreau et Cl. Pichois, « Baudelaire, Lavieille, Asselineau »,
Buba, VIII, 2; 9 avril 1973. — Eugène Lavieille avait un frère,
Adrien, né en 1818, graveur sur bois, mort en 1862.

LEGROS (Alphonse) [Dijon, 1837 - Watford, près Londres, 1911].
Élève de Lecoq de Boisbaudran, il débute au Salon de 1857.
En 1859, il n'expose qu'une toile : *L'Angélus (CPl,* I, 578). En
1860, il peint *L'Ex-voto* (exposé au Salon de 1861; Dijon, musée
des Beaux-Arts; Exp. 1968, n° 528); en 1861, *La Vocation de
saint François* (musée d'Alençon, donné par l'artiste; Exp. 1968,
n° 529) : ces deux toiles figurèrent en 1862 à la Galerie Martinet.

En 1862, Legros peignit une réplique du portrait du poète par Courbet. La même année il appartenait déjà à la Société des aquafortistes. Sur cet aspect important de son activité, voir p. 740, n. 2. Et sur les relations de l'artiste et du poète, voir *CPl*, II, 270 (à propos d'un portrait de V. Hugo) et *CPl*, II, 430 (liste d'œuvres appartenant à Baudelaire). Legros partit pour l'Angleterre au début de 1863 : il répondait ainsi à l'incompréhension de la France. Cette année-là il figura au Salon des Refusés. Il n'obtiendra de médailles qu'en 1867 et 1868.

LEHMANN (Charles-Ernest-Rodolphe-*Henri*-Salem) [Kiel, 1814 - Paris, 1882]. Frère aîné de Rodolphe, il fut élève de son père, peintre en miniatures, puis d'Ingres. Il expose à partir de 1835. Membre de l'Institut en 1864. 1844 : *Portrait de Mme la princesse de B...* [Belgiojoso] ; sur la localisation voir *BSHAF*, 1969, p. 113. 1845 : n'expose pas. L'allusion de la page 372 du tome II renvoie certainement à Henri Lehmann. 1846 : *Hamlet* (K, pl. 28) *Ophélia* (K, pl. 29) ; *Océanides* (sujet emprunté à Eschyle, *Prométhée enchaîné*, repris dans une autre toile exposée au Salon de 1850-1851) ; portraits du comte Émilien de Nieuwerkerke (musée du Louvre, en dépôt au musée de Compiègne ; K, pl. 31) et de deux dames. 1859 : *Sainte Agnès, souvenir de feu Mlle ****, *L'Éducation de Tobie* ; *Le Pêcheur*, d'après la ballade de Gœthe ; *Bacchantes*, fragment de la frise de la galerie des Fêtes à l'Hôtel de Ville de Paris ; *La France, sous le règne des Mérovingiens et des Carolingiens, renaît à la foi et à l'indépendance* ; *La France, sous les Capétiens, les Valois et les Bourbons, combat pour sa religion et son unité, crée ses lois, fonde sa monarchie. Délivrée de ses ennemis extérieurs et des guerres civiles, elle s'élève au premier rang dans les arts et les lettres* : ces deux grisailles sur l'histoire de France ont été exécutées dans les deux hémicycles de la salle du Trône au palais du Luxembourg. En 1859, H. Lehmann expose de plus le portrait de l'abbé Deguerry, curé de la Madeleine, quatre portraits de femmes et un portrait d'homme.

LEHMANN (Auguste-Guillaume-*Rodolphe*-Salem ; le prénom est parfois mal francisé : Rudolphe, graphie du *Salon de 1845*) [Ottensen, près Hambourg, 1819 - Bournemede (Hertshire), 1905]. Élève de son père et de son frère Henri, il fut surtout le peintre des scènes de la vie italienne. 1843 : *Grazia, vendangeuse de Capri* (tableau auquel Baudelaire fait allusion t. II, p. 385, en se trompant d'une année). 1845 : *Mater amabilis* ; *Vanneuse des marais Pontins* ; *Pèlerine dans la campagne de Rome*. 1846 : n'expose pas. 1859 : *Les Marais Pontins* ; *Balcon au carnaval dans le Corso à Rome, costumes de Procida, Albano et Nettuno* ; *Mendiantes des Abbruzzes attendant la distribution de la soupe à la porte d'un couvent à Rome*.

LELEUX (*Adolphe*-Pierre) [Paris, 1812 - Paris, 1891]. D'abord graveur ; puis peintre des mœurs populaires, surtout bretonnes. Il expose depuis 1835 et obtient un grand succès en 1842 avec une *Danse bretonne* qu'achète le duc d'Orléans. On voyait en lui le chef d'une nouvelle école réaliste (K, 209). 1845 : *Pâtres basbretons* ; *Départ pour le marché* (*Basses-Pyrénées*). 1846 : *Contrebandiers espagnols* (*Aragon*) [K, pl. 26] ; *Faneuses* (*Basse-Bretagne*). 1859 : *Un marché de bestiaux* (*Basse-Bretagne*) ; *Moissonneurs* (*Bas-Bretons*) ; *Bûcherons à l'heure du repas* (*Bourgogne*). Baudelaire ne le mentionne pas à cette date.

LELEUX (Hubert-Simon-*Armand*) [Paris, 1818 - Paris, 1885]. Élève d'Ingres; auteur, comme son frère, de scènes rustiques. 1845 : *Zingari ; Baigneuses (Montagnardes de la Forêt-Noire) ; Forgeron (Intérieur)*. 1846 : *Danse suisse (environs de la Forêt-Noire)* [K, pl. 24]; *Intérieur d'atelier ; Le Matin, intérieur ; Villageoise des Alpes ; Chasseur des Alpes*. 1859 : *Le Dessin, intérieur ;* quatre *intérieurs suisses : Jeune fille endormie ; Le Message ; La Leçon de couture* et *Faits divers ; Le Passeur (Savoie)*. Baudelaire ne le mentionne pas à cette date. Au même Salon expose Mme Armand Leleux, née à Genève.

Sur les frères Leleux, voir *Le Musée du Luxembourg en 1874*, n⁰ˢ 157-159.

LÉPAULLE (François-Gabriel-Guillaume) [Versailles, 1804 - Ay (Marne), 1886]. Élève de Regnault, il expose à partir de 1824. 1845 : *Martyre de saint Sébastien* (exposé de nouveau en 1855); *Chacun chez soi (intérieur de cuisine flamande) ; Vase de fleurs ; Les Fleurs ;* portraits de Castil-Blaze, de A. Latour et d'un homme avec ses deux enfants. La « femme tenant un vase de fleurs dans ses bras » peut être soit *Chacun chez soi,* soit, plutôt, *Vase de fleurs.* 1846 : *Intérieur d'un harem ; Odalisques au bain ; Portrait de M. le duc d'Osuna et de l'Infantade ;* plus quatre portraits de personnes non dénommées. 1859 : trois tableaux de chasse et cinq portraits. Baudelaire ne le mentionne pas à cette date.

LEROUX ou LE ROUX (Marie-Guillaume-*Charles*) [Nantes, 1814 - Nantes, 1895]. Il signe Charles Le Roux. Élève de Corot, il expose pour la première fois en 1833, puis à partir de 1842. 1846 : *Une lande ; Paysage, souvenir du haut Poitou.* 1859 : *Prairies et marais de Corsept au mois d'août à l'embouchure de la Loire* (musée du Louvre; reprod. par J. Mayne, *Art in Paris,* pl. 51; Exp. 1968, n⁰ 496); *Marais de la Charlière au mois de juin (Chapelle-sur-Erdre) ; Marais de Kramazeul ; Village et dunes de Saint-Brevin près de Saint-Nazaire ; Îles de la basse Loire à la pleine mer ; Pêche au saumon sur la Loire près de Nantes ; Bords de l'Erdre, effet de soleil levant.*

À distinguer d'Eugène Leroux (1833-1905) et d'Hector Leroux (1829-1900), sur qui voir *Le Musée du Luxembourg en 1874,* n⁰ˢ 162 et 163.

LEYS (Henri) [Anvers, 1815 - Anvers, 1869]. Illustrateur des fastes de l'histoire de Belgique, auteur des fresques de l'hôtel de ville d'Anvers, Leys appartient à ce grand mouvement européen de la peinture monumentale qui associe les noms les plus divers, d'Horace Vernet à Kaulbach, de Wiertz à Hodler. Baudelaire a vu des œuvres de Leys à l'Exposition universelle de 1855; il regrette en 1859 l'absence du peintre (p. 651 et n. 3). Il voit d'autres œuvres de Leys en Belgique, notamment *Une ronde* dans la collection Crabbe.

MATOUT (Louis) [Renwez (Ardennes), 1811 - Paris, 1888]. Élève de Huvé, il expose de 1833 à 1838 surtout des paysages, puis il aborde la peinture religieuse. En 1845, il présente des toiles à sujets antiques : *Pan et les nymphes* (musée de Carcassonne; reprod. dans *BSHAF,* 1969, p. 114), qui est des tableaux exposés par Matout le plus grand; *Silène ; Daphnis et Naïs,* ainsi que *Jeune fille romaine (Moretta).* 1846 : *Le Printemps* (citation d'Anacréon). 1859 : *Dessin d'après une peinture* [de lui] *exécutée à la chapelle de l'hôpital Lariboisière*. Baudelaire ne le mentionne pas à cette date. Voir *Le Musée du Luxembourg en 1874*, n⁰ 172.

MAURIN. Dans *Le Spleen de Paris*, Baudelaire évoque les *Célébrités contemporaines* [...] *ou portraits des personnes de notre époque lithographiés par MM. Maurin et Belliard*, collection publiée par Mme Delpech, éditeur, quai Voltaire, 3, en 1842 (cabinet des Estampes, Ne. 57); on y relève les noms des médecins ou chirurgiens suivants : Broussais, Dupuytren, Larrey et Roux. Ce Maurin était *Nicolas*-Eustache (Perpignan, 1799 - Paris, 1850); c'est lui que, dans *Le Peintre de la vie moderne*, Baudelaire désigne comme l'un des « historiens des grâces interlopes de la Restauration ». Antoine Maurin (Perpignan, 1793 - Paris, 1860), frère de Nicolas, a gravé quelques planches du recueil de Mme Delpech. Le Maurin du f. 10 du *Carnet* est encore Nicolas, dont Delarue a édité plusieurs lithographies. De même, t. I, p. 780.

Au contraire, le Maurin que Baudelaire, dans le *Salon de 1845*, place au-dessous de Boulanger et de Vidal serait Antoine Maurin, né à Marseille, élève d'Ary Scheffer. Il n'expose pas en 1845. Il a exposé, en 1843, une *Religieuse*, tête d'étude. Il exposera en 1859 *Joanica, célèbre improvisatrice de Catane*.

MEISSONIER (Ernest) [Lyon, 1815 - Paris, 1891]. Élève de L. Cogniet, expose à partir de 1834. 1845 : *Corps de garde ; Jeune homme regardant des dessins ; Partie de piquet*. 1846 et 1859 : n'expose pas. Élu à l'Institut en 1861. Une gloire nationale, avec Horace Vernet. Voir *Le Musée du Luxembourg en 1874*, n⁰ˢ 173 et 174.

MERYON (Charles) [Paris, 1821 - Charenton, 1868]. Voir p. 666, n. 4 et 5; catalogue de l'exposition *Charles Meryon, officier de marine, peintre-graveur*, musée de la Marine, octobre 1968-janvier 1969; J. Bailly-Herzberg, t. II, p. 151-153. Meryon fut membre de la Société des aquafortistes en 1865.

MIRBEL (Lizinka-Aimée-Zoë de -, née Rue) [Cherbourg, 1796 - Paris, 1849]. Miniaturiste, élève d'Augustin, elle débute au Salon de 1819 (portrait de Louis XVIII); épouse en 1824 le botaniste Brisseau de Mirbel, membre de l'Institut (1776-1854). Mme de Mirbel reçut le titre de « peintre en miniature de la chambre de Sa Majesté » et conserva ce patronage royal sous les règnes de Charles X et de Louis-Philippe (K, 221). 1845 : portraits (miniatures) de la duchesse de Trévise, de Mme Prévoteau, de M. Prévoteau, de Mme Rodier de La Bruyère. 1846 : sept portraits dont ceux de la vicomtesse de Raymond, de la baronne de Castelnau et du garde des Sceaux. Elle est généralement louée: Gautier l'appelle « la reine de la miniature » (*La Presse*, 17 avril 1845, cité par A. Ferran, p. 276). Mais le républicain Thoré lui reproche de donner, pour plaire aux gens du monde, « un air pâle et distingué aux figures les plus communes » (*Salon de 1846*, p. 215, cité par D. Kelley, p. 221).

Mme de Mirbel était amie des Aupick (voir *CPl*, Index); peut-être ces relations étaient-elles plus anciennes : sous l'Empire Mirbel, directeur des jardins de la Malmaison, puis professeur de botanique, put rencontrer François Baudelaire, chef, à la même époque, des bureaux de la préture du Sénat. Mme de Mirbel était en mesure d'aider le jeune Baudelaire critique d'art. Domicile : 72, rue Saint-Dominique.

MÜLLER (Charles-Louis) [Paris, 1815 - Paris, 1892]. Élève de Gros et de L. Cogniet, expose de 1834 à sa mort. 1845 : *Fanny ; Le*

Sylphe endormi (Hugo, *Odes et Ballades*); *Le Lutin Puck* (Shakespeare, *Le Songe d'une nuit d'été*); *Fatinitza* (A. Dumas, *Aventures de John Davy*). 1846 :' *Primavera* (voir p. 453, n. 6); *Portraits des enfants de M. le comte de Laroche*. Müller fut nommé directeur de la manufacture des Gobelins en 1850. Sa réputation date du Salon de 1850-1851 : il y présentait l'*Appel des dernières victimes de la Terreur* (actuellement au musée du palais de Versailles; voir *Le Musée du Luxembourg en 1874*, nᵒ 183). 1859 : *Proscription des jeunes Irlandaises catholiques, en 1655* (d'après *L'Irlande*, par Gustave de Beaumont); *Portrait de Mme la supérieure des filles de la Compassion*. Baudelaire ne le mentionne pas à cette date. Müller sera à l'Académie des beaux-arts en 1864.

NANTEUIL-LEBŒUF (Célestin-François, dit Célestin Nanteuil) [Rome, 1813 - Marlotte, 1873]. Élève de Ch. Langlois et d'Ingres, il expose à partir de 1833, mais il était déjà connu pour ses vignettes et ses eaux-fortes; il illustrait les œuvres de Hugo, Dumas, Nerval, Gautier, etc. Il était le graveur du Cénacle, comme Louis Boulanger en était le peintre. 1844 et 1855 : n'expose pas. 1846 : *Dans les vignes* (reprod. d'après une gravure, K, pl. 20). 1859 : *Séduction* ; *Perdition* (ces deux toiles sont au musée des Beaux-Arts de Dijon); *Ivresse*. Baudelaire avait pensé à demander un frontispice à Nanteuil (*CPl*, I, 520, 577). — Voir Aristide Marie, *Un imagier romantique, Célestin Nanteuil, peintre, aquafortiste et lithographe. Suivi d'une étude bibliographique et d'un catalogue*, L. Carteret, 1910, et *Célestin Nanteuil, peintre, aquafortiste et lithographe*, H. Floury, 1924.

O'CONNELL ou O'CONNEL (Mme Frédérique-Auguste -, née Miethe) [Berlin, 1823 - ?, 1885]. Elle passa sa jeunesse à Berlin, puis gagna la Belgique en 1844 et épousa un Belge. 1846 : *Portrait de lord Hasley* ; *Tête d'étude de jeune homme* ; *Portrait de femme*, aquarelle; quatre portraits à l'aquarelle enregistrés sous le même numéro. Elle se fixe à Paris au début du second Empire et deviendra assez célèbre comme portraitiste de personnalités parisiennes : Gautier, Arsène Houssaye, Rachel en costume de ville et dans le rôle qu'elle tenait dans *Diane* d'Émile Augier, Morny, Mgr Sibour, etc. Son saisissant portrait de *Rachel morte* (1858) fut donné par Émile de Girardin à la Comédie-Française. 1859 : *Portrait de M. Charles-Edmond L...* ; *Portrait de M. Edmond Texier*. Bas-bleu, elle avait des prétentions à la philosophie et mourut folle. Baudelaire eut en 1863 une algarade avec Champfleury, qui voulait absolument que son ami l'allât visiter (*LAB*, 80-82; *CPl*, II, 292-294). Voir ce que Champfleury écrit d'elle dans son *Salon de 1846* (G. et J. Lacambre, Champfleury, *Le Réalisme*, p. 111-112).

OVERBECK (Friedrich) [Lübeck, 1789 - Rome, 1869]. Fonda à Rome en 1810 le groupe des Nazaréens et mena avec eux une vie claustrale. En 1813, Overbeck se convertit au catholicisme. De Raphaël, avec ses compagnons, il était remonté aux primitifs, avant les préraphaélites. Cette peinture estimable, souvent à fresque, doit évidemment plus à l'imitation qu'à l'inspiration, plus à l'idée qu'à la naïveté. Overbeck n'a rien envoyé à l'Exposition universelle de 1855. Baudelaire connaît l'œuvre de celui-ci par des reproductions plutôt que par un contact direct. Mais il ne s'est pas trompé.

PAPETY (Dominique) [Marseille, 1815 - Marseille, 1849]. Élève de L. Cogniet; premier grand prix de Rome en 1836, il obtient un succès en 1843 avec *Rêve de bonheur* (Compiègne, musée Vivenel), tableau composé après son retour d'Italie, conçu sous l'influence du fouriérisme et auquel Baudelaire fait allusion dans son compte rendu du *Prométhée délivré* de L. Ménard. 1845 : *Guillaume de Clermont défend Ptolémaïs (1291)*, que Baudelaire intitule *Un assaut* (commande de la Liste civile; actuellement au musée du palais de Versailles; Exp. 1968, n⁰ 150; reprod.); *Memphis* (appartenait au duc de Montpensier). 1846 : « *Consolatrix afflictorum* » (Marseille, musée des Beaux-Arts; Exp. 1968, n⁰ 196; D. Kelley, p. 227, pense que le tableau de Marseille est une deuxième version, commandée par la reine Marie-Amélie en 1848 et qui ne put être livrée à cause de la Révolution; reprod., K, pl. 58); Champfleury ironise : le tableau « nous afflige sans nous consoler » (cité Exp. 1968, n⁰ 196); *Solon dictant ses lois*, commandé par le ministère de l'Intérieur pour la décoration de la salle du Comité de contentieux du Conseil d'État au palais d'Orsay, détruit dans l'incendie de 1871 (*BSHAF*, 1969, p. 118); *Portrait de M. Vivenel* (Compiègne, musée Vivenel). — Voir F. Tamisier, *Dominique Papety, sa vie et ses œuvres*, Marseille, Typographie et Lithographie Arnaud et Cie, 1857; Ferdinand Servian, *Papety d'après sa correspondance, ses œuvres et les mœurs de son temps*, avec un portrait par Gustave Ricard, Marseille, Librairie P. Ruat, 1912 (bibliothèque de Marseille). Servian, apologiste du classicisme, ennemi du fouriérisme, indique que la *Revue des Deux Mondes* du 1ᵉʳ juin 1847 a publié le récit du séjour de Papety au mont Athos, et *La Démocratie pacifique*, organe fouriériste, des fragments du grand ouvrage que le peintre préparait sur l'art chrétien.

PENGUILLY L'HARIDON (Octave) [Paris, 1811 - Paris, 1870]. Élève de l'École polytechnique, il servit dans l'artillerie jusqu'en 1866 tout en menant une carrière parallèle qu'il commença sous la direction de Charlet, le peintre des fastes militaires de l'Empire; voir p. 546-549. Son passage à l'école d'artillerie de Metz explique-t-il son affiliation à l'École (artistique) de Metz ? Il expose des dessins au Salon de 1835, des peintures à partir de 1842. 1846 : *Parade, Pierrot présente à l'assemblée ses compagnons, Arlequin et Polichinelle*; *La Sentinelle*; *Le Ravin*. 1847 : *Le Tripot* (musée du Louvre; voir *Le Musée du Luxembourg en 1874*, n⁰ 191). 1857 : *Le Combat des Trente* (Quimper, musée des Beaux-Arts; reprod., *BSHAF*, 1969, p. 131). 1859 : *Train d'artillerie du temps de Louis XIII, en marche vers la fin du jour*; *Le Coup de l'étrier*; *Une ronde d'officiers du temps de Charles Quint*; *Petite Danse macabre : la mort, dans une ronde symbolique, entraîne les quatre âges de la vie humaine*; *La Plage, souvenir des environs de Saint-Malo*; *Les Approches des montagnes, souvenir des Pyrénées, versant espagnol, coucher du soleil*; *La Plaine de Carnac et ses menhirs (Morbihan)*; *Les Petites Mouettes* (voir p. 653, n. 3). À la recherche de frontispices pour ses œuvres, en particulier pour les *Fleurs*, en 1858-1860, Baudelaire pense à Penguilly qu'obligé de subir Bracquemond il regrette de n'avoir pas choisi.

PÉRÈSE (Léon), pseudonyme de Félix Muguet [Besançon, 1800 - ?,

1869]. Ami de Baron et de Gigoux. Surtout graveur sur bois et aquafortiste. Peintre, il expose entre 1841 et 1846. 1845 : *La Saison des roses*. 1846 : *La Fête dans l'île ; Promenade au parc*.

PÉRIGNON (Alexis-Joseph) [Paris, 15 mars 1808 - Paris, 1882]. Élève de son père, Alexis-Nicolas Pérignon, peintre d'histoire et de portraits, et de Gros, il débute au Salon de 1834 avec un portrait du roi des Belges et devient le portraitiste à la mode. 1845 : neuf portraits. 1846 : onze portraits. Aucun n'est au livret accompagné d'un nom complet. L'un d'eux est reproduit par D. Kelley, pl. 10, d'après une gravure de *L'Illustration*. Pérignon — écrit Murger dans un compte rendu du Salon de 1846, en se référant au succès obtenu par le portraitiste en 1842 et 1843 — « fut accepté avec enthousiasme par l'aristocratie bourgeoise. Les dames surtout se précipitèrent frénétiquement chez le peintre qui savait faire sourire si gracieusement un portrait » (K, 218). N'expose pas en 1859.

PRADIER (Jean-Jacques, dit James) [Genève, 1792 - Bougival, 1852]. Vint à Paris en 1809 et entra dans l'atelier de Lemot. Premier grand prix de Rome de sculpture en 1810. Imitateur des sculpteurs du XVIIIe siècle plutôt que des Anciens, servi par une facilité qui en était près de prendre pour du génie, il a multiplié de Salon en Salon les statues. 1845 : *Phryné* (voir p. 404, n. 1). 1846 : statue du duc d'Orléans, marbre; *La Poésie légère*, marbre (voir p. 489, n. 2); *Statue de M. Jouffroy, membre de l'Institut*, marbre pour la ville de Besançon (K, pl. 97); *Anacréon et l'Amour*, groupe en bronze; *La Sagesse repoussant les traits de l'Amour*, groupe en bronze (ces deux groupes sont au musée d'Art et d'Histoire de Genève; K, pl. 98 et 99); *Buste de M. Paillet*, marbre. On se rappelle que Pradier eut Juliette Drouet pour modèle et maîtresse, avant qu'elle ne devînt l'amante de Hugo.

PRÉAULT (Antoine-Augustin) [Paris, 1810 - Paris, 1879]. Il n'expose ni en 1845, ni en 1846, ni en 1859, exclu qu'il avait été par le jury, du moins jusqu'en 1848. Il est à l'opposé de Pradier. Par-delà ses maîtres, David d'Angers et Antonin Moine, il renoue avec Michel-Ange et les grands sculpteurs du baroque. Baudelaire l'aimait, appréciait sa conversation et ses boutades, lui donna un exemplaire des *Fleurs* de 1857 et s'est peut-être inspiré du *Christ en croix* de l'église Saint-Gervais (Exp. 1968, nº 359) dans la cinquième strophe du *Reniement de saint Pierre*. G. et J. Lacambre (Champfleury, *Le Réalisme*, p. 124-128) ont réuni les textes de Champfleury sur Préault.

RIBOT (Théodule) [Saint-Nicolas-d'Attez (Eure), 1823 - Colombes (Seine), 1891]. Peintre et aquafortiste, il reçut les conseils de Glaize; il fut remarqué au Salon de 1861 avec des scènes de cuisine. Membre de la Société des aquafortistes en 1862 et 1865. À la même époque, il exécute un portrait de Baudelaire, à la plume, avec un rehaut de gouache, d'après une photographie prise par Carjat (*ICO*, nº 51). — Voir J. Bailly-Herzberg, t. II, 163-164; Exp. 1968, nº 545; *Le Musée du Luxembourg en 1874*, nos 199 et 200.

RICARD (Gustave) [Marseille, 1823 - Paris, 1873]. Élève de l'École des beaux-arts de Marseille, puis de Paris, il expose au Salon de 1850-1851, avec sept autres portraits et *Une jeune Bohémienne*, le *Portrait de Mme A. S...*, c'est-à-dire de Mme Sabatier, dont il est le commensal et dont il restera le fidèle ami (voir A. Billy, *La Présidente et ses amis,* p. 152-157 et *passim*). Gautier l'a loué dans *La Presse* du 8 avril 1851. Voir *ICO,* nº 136, où l'on trouvera aussi le témoignage d'Edmond About, et *Album Baudelaire,* p. 97. Dans la collection Crabbe figurait une toile : *Buste de jeune femme.* — Consulter Stanislas Giraud, *Gustave Ricard, sa vie et son œuvre (1823-1873),* Occitania, E. H. Guitard, 1932.

RIESENER (Louis-Antoine-*Léon*) [Paris, 1808 - Paris, 1878]. Petit-fils de l'ébéniste Jean-Henri Riesener (avec qui s'était remariée la grand-mère de Delacroix), il fut l'élève de son père Henri-François Riesener, portraitiste, et de Gros; il exposa à partir de 1830. 1845 : *Portrait du docteur H. de St-A...,* huile sur toile, et plusieurs portraits au pastel. En 1846, il est refusé par le jury : Delacroix était puni en la personne d'un de ses disciples. 1859 : n'est pas présent au Salon. Delacroix, qui nomme souvent Léon dans son *Journal,* avait été initié à la peinture par Henri-François. — Voir Geneviève Viallefond, *Le Peintre Léon Riesener...,* A. Morancé, 1955.

ROBERT (Victor) [1813-1888]. Élève d'Ingres, il est peu connu. 1845 : *La Religion, la Philosophie, les Sciences et les Arts éclairant l'Europe,* grande composition allégorique. 1846 : *La Courtisane Phryné devant l'aréopage ; Père et Mère ; Portrait de M. Granier de Cassagnac.* N'expose pas en 1859.

ROBERT-FLEURY (Joseph-Nicolas-Robert Fleury, dit) [Cologne, 1797 - Paris, 1890]. Élève de Girodet, de Gros et d'Horace Vernet, il expose à partir de 1824 des peintures historiques. 1845 : *Marino Faliero ; Un auto-da-fé ; L'Atelier de Rembrandt ; Une jeune femme.* Élu à l'Académie des beaux-arts en 1850. On ne sait quelle toile Baudelaire vit à Bruxelles dans la collection Crabbe. — Voir *Le Musée du Luxembourg en 1874,* nᵒˢ 203-205.

ROUSSEAU (Théodore) [Paris, 1812 - Barbizon, 1867]. Il travailla seul et débuta au Salon de 1834. Mais il fut exclu en 1836 par le jury et, après trois autres exclusions, il n'envoya plus rien au Salon jusqu'en 1849. D. Kelley (p. 238) montre que la réputation de Rousseau a été faite par Thoré qui a fini par l'imposer au public et dont l'enthousiasme s'est peut-être communiqué à l'auteur des *Salons* de 1845 et 1846. 1859 : *Gorges d'Aspremont (forêt de Fontainebleau)* [reprod. par J. Mayne, *Art in Paris,* pl. 52; pour la localisation, voir J. Mayne et Exp. 1968, nº 502]; *Ferme dans les Landes ; Bords de la Sèvre (Vendée) ; Bornage de Barbizon (forêt de Fontainebleau) ; Lisière de bois, plaine de Barbizon, près de Fontainebleau.* Quel est le tableau de Rousseau que Baudelaire admire dans la collection Crabbe en 1864 ? En 1890, la collection en contenait trois : *Les Chênes ; La Plaine, près Barbizon ; Paysage, soleil couchant.*

ROUSSEAU (Philippe) [Paris, 1816 - Acquigny (Eure), 1887]. Élève de Gros et de Victor Bertin, il expose à partir de 1834 des paysages, puis des natures mortes et des sujets anecdotiques où figurent des animaux. 1845 : *Le Rat des villes et le Rat des champs ; Un chien ; Nature morte.* 1846 : *Le Chat et le vieux Rat* (d'après La Fontaine) [K, pl. 89, d'après *L'Illustration*]; *Nature morte.* 1859 : *Un jour de gala ; Un déjeuner.* Baudelaire ne le mentionne pas à cette date : n'était-ce la brièveté de sa visite au Salon, on pourrait croire qu'il se reprochait un jugement excessivement favorable. Voir *Le Musée du Luxembourg en 1874,* nᵒˢ 208-210.

SAINT-JEAN (Simon) [Lyon, 1803 - Écully, près Lyon, 1860].
Comme l'indiquent la dernière référence et la boutade de 1846,
ce peintre de fleurs appartient à l'École de Lyon. 1845 : *Fruits
et fleurs* (Dijon, musée des Beaux-Arts). 1846 : *Ceps de vigne
entourant un tronc d'arbre ; Fleurs dans un vase*. Gautier fait remarquer en 1846 que la réputation du peintre décline (*La Presse*,
4 avril; cité par D. Kelley, p. 240). 1859 : *La Vierge à la chaise*,
médaillon en bois sculpté, entouré de fleurs.

SAINT-MARCEL (Charles-*Edme* Saint-Marcel-Cabin, dit) [Paris,
1819 - Fontainebleau, 1890]. Peintre de paysages et d'animaux,
membre de la Société des aquafortistes en 1865, il avait été
l'élève de Delacroix et d'Aligny.

SCHEFFER (Ary) [Dordrecht, 1795 - Argenteuil, 1858]. Élève de
Guérin, il débute au Salon de 1812. N'expose pas de 1839 à 1845.
1846 : *Le Christ et les Saintes Femmes* (K, pl. 47); *Le Christ
portant sa croix* (K, pl. 48); *Saint Augustin et sainte Monique*
(Londres, National Gallery; Exp. 1968, n° 198; innombrables
reproductions); *Faust et Margarethe au jardin* (Gœthe); *Faust,
au sabbat, aperçoit le fantôme de Margarethe* (K, pl. 50 et 51);
L'Enfant charitable, d'après *Goetz de Berlichingen* (Nantes, musée
des Beaux-Arts; Exp. 1968, n° 198 *bis*; K, pl. 52); *Portrait de
M. de L...* (Lamennais) [musée du Louvre; K, p. 53]. La première
et la troisième œuvre sont caricaturées dans le *Salon caricatural*.
Une rétrospective eut lieu en 1859 au boulevard des Italiens. —
Voir Marthe Kolb, *Ary Scheffer et son temps*, thèse, Boivin, 1937.

SCHEFFER (Henry) [La Haye, 1798 - Paris, 1862]. Frère d'Ary et
élève de Guérin, il expose à partir de 1824. Alors que son frère
n'expose pas, il présente en 1845 : *Mme Roland et M. de Lamarche
allant au supplice ; Portrait du roi ; Portrait d'enfant ; Portrait de
M. Daru, architecte ; Portrait de M. B...* 1846 : *Tête de Christ*
(saint Luc, XXIII, 5); *Le Christ portant sa croix (La Fleur des
saints)* [Paris, église Saint-Roch]; *Portrait de M. Alfred de Pontalba ; Portrait de M. Gustave de Pontalba ; Tête de femme, étude*.
1859 : *La Vierge, saint Jean et la Madeleine au pied de la croix ;
cinq portraits* (Ary Scheffer, docteur F. Churchill et M. Riaux,
deux femmes). Baudelaire ne le mentionne pas à cette date.

SEYMOUR-HADEN. Voir HADEN.

TASSAERT (Nicolas-François-*Octave*) [Paris, 1807 - Paris, 1874].
Élève de A. - Fr. Girard et de Guillon Lethière, il expose
à partir de 1827 des tableaux historiques, allégoriques et religieux.
1844 : *Le Doute et la Foi ; L'Ange déchu*. 1845 : *La Sainte Vierge
allaitant l'Enfant-Jésus*. 1846 : *Érigone ; Le Marchand d'esclaves ;
La Pauvre Enfant ! ; Les Enfants heureux ; Les Enfants malheureux ;
Le Juif*. En fait, Tassaert, contrairement à ce que laisse entendre
Baudelaire, pour le besoin de sa cause, dans le *Salon de 1846*,
n'était pas encore un peintre libertin. Mais, déçu par la grande
peinture, il commençait à s'orienter vers l'érotisme, tout en
exploitant la veine sentimentale. En 1859 il n'expose pas et en
1862 il abandonne la peinture; il se donnera la mort en 1874.
Il fait figure d'artiste maudit. — Voir Bernard Prost, *Octave
Tassaert, notice sur sa vie et catalogue de son œuvre*, préface
d'Alexandre Dumas fils, L. Baschet, 1886; *Le Musée du Luxembourg en 1874*, n° 223.

TISSIER (Ange) [Paris, 1814 - Nice, 1876]. Élève d'Ary Scheffer et de Delaroche, il expose entre 1838 et 1875 des portraits et des scènes religieuses. 1845 : *Mater dolorosa* et deux portraits. 1846 : *Le Christ portant sa croix*, trois portraits de femmes, deux portraits d'enfants et un portrait d'homme. 1859 : *L'Annonciation* (commandé par le ministère d'État), un portrait d'homme et cinq portraits de femmes.

TRAVIÈS (Charles-Joseph - de Villers) [Wülflingen, 1804 - Paris, 1859]. Voir p. 561-563 (*Quelques caricaturistes français*), et les notes correspondantes.

TRIMOLET (Joseph-Louis) [Paris, 1812 - Paris, 1843]. Voir p. 561 (*Quelques caricaturistes français*), et les notes correspondantes.

TROYON (Constant) [Sèvres, 1810 - Paris, 1865]. Fut employé tout jeune à la manufacture de Sèvres; expose à partir de 1833. En 1847, voyage en Hollande. 1845 : *Vue prise de Caudebec ; Vue prise à Fontainebleau*. 1846 : *Vallée de Chevreuse* (K, pl. 77); *Coupe de bois* (musée de Lille; K, pl. 78); *Le Braconnier, paysage* (musée de Mulhouse; K, pl. 79); *Dessous de bois, Fontainebleau*. 1859 : *Le Retour à la ferme* (musée du Louvre; reprod. par J. Mayne, *Art in Paris*, pl. 64); *Vue prise des hauteurs de Suresnes* (musée du Louvre; Castex, p. 157); *Le Départ pour le marché ; La Vache qui se gratte ; Vaches allant aux champs ; Étude de chien*. En 1890, lors de la dispersion de la collection Crabbe, il y avait trois toiles de Troyon : *Le Garde-chasse et ses chiens ; Départ pour le marché* (voir *supra*); *La Vache blanche ;* sont-ce les œuvres qui s'y trouvaient lorsque Baudelaire visita la collection en 1864 ? — Voir Arthur Hustin, *Constant Troyon*, G. Pierson, [1893].

VERDIER (*Marcel*-Antoine), [Paris, 1817 - Paris, 1856]. Élève d'Ingres, il expose à partir de 1835, d'abord des portraits et des peintures d'histoire, à partir de 1846 des tableaux de genre. 1845 : *Portrait de Mlle Garrique, ex-artiste du Théâtre-Français, rôle de Rosine dans « Le Barbier de Séville » ; Jeune Savoyarde*. 1846 : *Le Jardinier Mazet (conte de Boccace) ; La Laitière et le Pot au lait ;* trois portraits de femmes et un portrait d'enfant.

VERNET (Carle), [Bordeaux, 1758 - Paris, 1835]. Voir p. 544-545 (*Quelques caricaturistes français*), et t. I, p. 95-96, *Le Jeu*.

VERNET (Horace), [Paris, 1789 - Paris, 1863]. Fils de Carle et petit-fils de Joseph Vernet; petit-fils de Jean-Michel Moreau (Moreau le Jeune); beau-père de Paul Delaroche. Il expose à partir de 1810. Élu à l'Académie des beaux-arts en 1826; directeur de l'Académie de France à Rome de 1829 à 1835. Il est quasiment le peintre officiel de la monarchie de Juillet : le peintre du juste-milieu, comme Béranger en est le poète. 1845 : *Prise de la smalah d'Abd-el-Kader à Taguin (16 mai 1843)* [musée du palais de Versailles]; *Portrait de M. le comte Molé en costume de grand juge, ministre de la Justice (1813) ; Portrait en pied du frère Philippe, supérieur général de l'Institut des Écoles chrétiennes*. 1846 : *Bataille d'Isly (14 août 1844). Prise du camp du fils de l'empereur de Maroc. Le colonel Yusuf présente au maréchal Bugeaud les étendards et le parasol de commandement, enlevés par les spahis et les chasseurs à la prise du camp*. Outre cette immense toile (un peu plus petite seulement que la *Prise de la smalah*), commandée par la Liste civile pour les galeries historiques du palais de Versailles (K, pl. 43), H. Vernet expose un portrait d'enfant. 1859 : n'expose pas.

VIDAL (Pierre-*Vincent*) [Carcassonne, 1811 - Paris, 1887]. Voir p. 400, n. 3. Élève de Paul Delaroche. En 1859, il expose *L'Angélus en Bretagne (Finistère), Muse de la candeur ; La Prière ; Portrait de Mme la comtesse de N..., fantaisie ; Portrait de Mme G. O... ; Portrait de l'enfant de M. J. N. ; Portrait des enfants de M. Ch. V... :* toutes œuvres qui, à l'exception de la première, sont des dessins au pastel; et il a collaboré, par un médaillon, à un éventail (voir BARON). Baudelaire ne mentionne pas de Vidal à cette date.

WATTIER (Charles-Émile) [Paris, 1800 - Paris, 1869]. Élève de Lafond et de Gros, mais s'inspirant surtout, jusqu'au pastiche, de Watteau et de Boucher (il a gravé l'œuvre entier de ce dernier), il expose à partir de 1831. Il est absent du Salon de 1845. 1846 : *La Fin d'une journée d'été.* 1859 : six dessins dont les sujets sont tirés de l'histoire de Psyché (esquisses des décorations du salon du comte de Crisenoy).

WHISTLER (James Abbott McNeill) [Lowell, États-Unis, 1834 - Londres, 1903]. Arriva à Paris en 1854 et travailla dans l'atelier de Gleyre. Membre de la Société des aquafortistes en 1865 : c'est à ce titre que Baudelaire l'a connu, non comme peintre. — Voir *CPl*, II, 275 et 326 (lettre de Baudelaire à Whistler, 10 octobre 1863); J. Bailly-Herzberg, *Index*.

BIBLIOGRAPHIE SOMMAIRE

Cette bibliographie sommaire doit être complétée par la liste des titres le plus fréquemment cités dans les commentaires des Fleurs du mal *(t. I, p. 821-822) et par la liste des ouvrages relatifs à la critique d'art (p. 1262). Les références suivantes ont trait à la généralité des aspects de la vie et de l'œuvre de Baudelaire. Paris, lieu d'édition, est omis, ici comme ailleurs.*

I. ŒUVRES COMPLÈTES[1]

1. « *Édition définitive* précédée d'une notice [préface] par Théophile Gautier », procurée par Asselineau et Banville (dont les noms n'apparaissent pas) dans la collection de la « Bibliothèque contemporaine » des éditions Michel Lévy frères. Quatre volumes, plus trois de traductions d'Edgar Poe. Pour le contenu, voir la Chronologie, t. I, p. LV-LVI.

2. Édition critique par F.-F. Gautier, continuée [à partir de 1933] par Y.-G. Le Dantec. Paris éditions de la « Nouvelle Revue française ». Douze volumes, dont cinq de traductions de Poe.

Les Fleurs du mal, 1918.
Les Fleurs du mal. Documents, variantes, bibliographie, 1934.
Petits poèmes en prose. Les Paradis artificiels, 1921.
L'Art romantique, 1923.
Curiosités esthétiques, 1925.
Correspondance. I. 1841-1863, 1933.
Œuvres diverses, 1937.
Cette édition n'a pas été terminée.

3. Édition procurée par Jacques Crépet, avec des notes et éclaircissements, chez Louis Conard. Dix-neuf volumes — dont cinq de traductions de Poe — imprimés (sauf le premier tome des *Œuvres posthumes*) sur les presses de l'Imprimerie nationale.

Les Fleurs du mal (texte de l'*Édition définitive*). *Les Épaves*, 1922 : réimpression en 1930.
Quelques-uns de mes contemporains. Curiosités esthétiques, 1923.
Quelques-uns de mes contemporains. L'Art romantique, 1925.
Petits poèmes en prose (Le Spleen de Paris). Le Jeune Enchanteur, 1926.
Les Paradis artificiels. La Fanfarlo, 1928.
Juvenilia. Œuvres posthumes. Reliquiæ, 3 vol., 1939-1952. Index au tome III.
Correspondance générale, 6 vol., 1947-1953.

Les tomes II et III des *Œuvres posthumes* portent les noms de Jacques Crépet et de Claude Pichois, ainsi que le tome VI (Compléments et Index) de la *Correspondance générale*.

Cette édition offrait un texte généralement sûr, en procurant de très nombreux et très utiles éclaircissements. Elle a constitué et reste en partie la vulgate de l'œuvre.

---

1. Les éditions critiques sont citées dans chacune des sections auxquelles elles se rapportent.

4. « Édition présentée dans l'ordre chronologique et établie sur les textes authentiques avec des variantes inédites et une annotation originale. » Le Club du Meilleur Livre, collection Le Nombre d'Or, Domaine français, dirigé par S. de Sacy. Deux volumes (Iconographie à la fin du deuxième), 1955. L'établissement du texte et l'annotation étaient dus à Cl. Pichois, dont le nom n'avait pu être mentionné.

II. ŒUVRES POSTHUMES

1. *Charles Baudelaire, Œuvres posthumes et correspondances inédites, précédées d'une étude biographique par* Eugène Crépet, Quantin, 1887.
2. *Charles Baudelaire. Œuvres posthumes,* Société du Mercure de France, 1908. (Édition préparée par Féli Gautier et Jacques Crépet, achevée par ce dernier.)
3. *Cahiers Jacques Doucet, I, Baudelaire. Textes inédits commentés* par Yves-Gérard Le Dantec, Université de Paris, 1934.

III. DOCUMENTS
INSTRUMENTS DE TRAVAIL

Le Manuscrit autographe. Numéro spécial consacré à Charles Baudelaire, Auguste Blaizot, 1927 (sigle : *Ms Aut*).
BIBLIOTHÈQUE NATIONALE, *Charles Baudelaire.* Catalogue de l'exposition organisée en 1957 pour le centenaire des *Fleurs du mal* (sigle : *Exp. 1957*).
Baudelaire en Belgique, avril 1864-juillet 1866. Catalogue rédigé par Jean Warmoes. Bruxelles, Bibliothèque royale, 1967.
Baudelaire. Petit Palais. 23 novembre 1968-17 mars 1969. Ministère d'État, Affaires culturelles. Réunion des Musées nationaux. Ville de Paris. Catalogue de l'exposition organisée pour le centenaire de la mort de Baudelaire (sigle : *Exp. 1968*).

BANDY (W. T.) : *Baudelaire Judged by his Contemporaries,* New York, Columbia University, Publications of the Institute of French Studies, [1933].
CARTER (A. E.) : *Baudelaire et la critique française, 1868-1917,* Columbia, University of South Carolina Press, 1963.
CARGO (Robert T.) : *Baudelaire Criticism 1950-1967. A Bibliography with Critical Commentary,* University (Alabama), University of Alabama Press, [1968].

CENTRE D'ÉTUDE DU VOCABULAIRE FRANÇAIS, avec la collaboration de K. MENEMENCIOGLU : *Baudelaire, Les Fleurs du mal. Concordances, index et relevés statistiques,* Larousse, [1965]. Texte de base : l'édition Crépet-Blin, José Corti, 1942.
CARGO (Robert T.) : *A Concordance to Baudelaire's Les Fleurs du Mal,* Chapel Hill, The University of North Carolina Press, [1965]. Même texte de base.
CARGO (Robert T.) : *Concordance to Baudelaire's Petits Poèmes en Prose, with Complete Text of the Poems,* The University of Alabama Press, [1971]. Texte de base : *Œuvres complètes,* Bibl. de la Pléiade, [1961].

IV. PRINCIPALES ÉTUDES SUR BAUDELAIRE
(livres)

AUSTIN (Lloyd James) : *L'Univers poétique de Baudelaire. Symbolisme et symbolique.* Mercure de France, 1956.

BLIN (Georges) : *Baudelaire.* Préface de Jacques Crépet. Gallimard, [1939].

BLIN (Georges) : *Le Sadisme de Baudelaire,* José Corti, [1948].

BUTOR (Michel) : *Histoire extraordinaire. Essai sur un rêve de Baudelaire,* Gallimard, [1961].

CASSAGNE (Albert) : *Versification et métrique de Ch. Baudelaire,* Hachette, 1906.

CRÉPET (Jacques) : *Propos sur Baudelaire* rassemblés et annotés par Cl. Pichois. Préface de Jean Pommier. Mercure de France, 1957.

EIGELDINGER (Marc) : *Le Platonisme de Baudelaire,* Neuchâtel, La Baconnière, [1951].

EIGELDINGER (Marc), *Poésie et métamorphoses,* Neuchâtel, La Baconnière, [1973].

EMMANUEL (Pierre) : *Baudelaire,* Desclée de Brouwer, [1967]; collection « Les Écrivains devant Dieu ».

FAIRLIE (Alison) : *Baudelaire : Les Fleurs du Mal,* Londres, Edward Arnold, [1960]; collection « Studies in French Literature », nº 6.

FERRAN (André), *L'Esthétique de Baudelaire,* Hachette, 1933. Réimpression : Nizet, [1968].

FONDANE (Benjamin) : *Baudelaire et l'expérience du gouffre.* Préface de Jean Cassou. Pierre Seghers, 1947.

GILMAN (Margaret) : *Baudelaire the Critic,* New York, Columbia University Press, 1943. Réimpression : New York, Octagon Press, 1971.

JOUVE (Pierre Jean) : *Tombeau de Baudelaire,* Le Seuil, [1958].

LEAKEY (Felix W.) : *Baudelaire and Nature,* Manchester University Press, [1969].

LLOYD (Rosemary) : *Baudelaire's Literary Criticism,* Cambridge University Press, 1980.

MACCHIA (Giovanni) : *Baudelaire critico,* Florence, Sansoni, 1939.

MAURON (Charles) : *Le Dernier Baudelaire,* José Corti, 1966.

MILNER (Max) : *Baudelaire, enfer ou ciel, qu'importe !* Plon, [1967]; collection « La Recherche de l'absolu ».

NØJGAARD (Morten) : *Élévation et expansion. Les deux dimensions de Baudelaire. Trois essais sur la technique poétique des Fleurs du mal,* Odense University Press, 1973 ; « Études romanes de l'Université d'Odense », vol. IV.

PEYRE (Henri) : *Connaissance de Baudelaire,* José Corti, 1951.

PIA (Pascal) : *Baudelaire par lui-même,* Éditions du Seuil, [1952]; collection « Écrivains de toujours ». Réimpression : [1975].

POMMIER (Jean) : *La Mystique de Baudelaire,* Les Belles Lettres, 1932. Réimpression : Genève, Slatkine Reprints, 1967.

POMMIER (Jean) : *Dans les chemins de Baudelaire,* José Corti, [1945].

PRÉVOST (Jean) : *Baudelaire. Essai sur l'inspiration et la création poétiques,* Mercure de France, 1953.

RUFF (Marcel) : *Baudelaire, l'homme et l'œuvre,* Hatier-Boivin, 1955 ; collection « Connaissance des lettres ». Nouvelle édition, mise à jour, Hatier, 1966.

RUFF (Marcel A.) : *L'Esprit du mal et l'esthétique baudelairienne*, Armand Colin, 1955. Réimpression : Genève, Slatkine Reprints, 1972.

SARTRE (Jean-Paul) : *Baudelaire*. Précédé d'une note de Michel Leiris. Gallimard, Les Essais, XXIV. Première édition du texte de Sartre : 1947.

STAROBINSKI (Jean) : *La Mélancolie au miroir. Trois lectures de Baudelaire*. Julliard, 1989.

VIVIER (Robert) : *L'Originalité de Baudelaire. Nouveau tirage revu par l'auteur de la réimpression en 1952, avec une note, de l'édition de 1927* [*sic* pour 1926]. Bruxelles, Palais des Académies, 1965.

ZILBERBERG (Claude) : *Une lecture des Fleurs du mal*, Tours, Mame, [1972] ; collection « Univers sémiotiques ».

Numéro spécial *Baudelaire* de la *Revue d'histoire littéraire de la France*, avril-juin 1967 (67ᵉ année, nᵒ 2) ; réimprimé, avec une autre pagination, sous la forme d'un fascicule, dans la série des Publications de la Société d'histoire littéraire de la France.

Baudelaire. Actes du colloque de Nice (25-27 mai 1967), *Annales de la Faculté des lettres et sciences humaines de Nice*, nᵒ 4, deuxième trimestre 1968, Paris, Minard.

Journées Baudelaire. Actes du colloque de Namur-Bruxelles, 10-13 octobre 1967, Bruxelles, Académie royale de langue et littérature françaises, 1968[1].

*

Le lecteur ne s'étonnera pas de ne point voir reproduites dans cette édition les *Années de Bruxelles* dont la première publication, due à Georges Garonne, remonte à 1927 (Paris, Éditions de la Grenade). C'est un habile pastiche forgé par deux de nos illustres contemporains.

1. Nous sommes redevable de plusieurs précisions à Mme Jacqueline Wachs dont la thèse de troisième cycle, *Recherches préparatoires à une étude sur Baudelaire et le XVIIIᵉ siècle : inventaire des textes*, a été soutenue à la Faculté des lettres d'Aix-en-Provence en 1979.

INDEX

Index établis par Vincenette Claude Pichois.

En général, lorsqu'un nom de personne n'est pas suivi d'une qualité (par exemple : peintre), ce nom est celui d'un littérateur. Les références implicites sont enregistrées au nom de l'auteur ou au titre de l'œuvre. Lorsqu'une œuvre est citée, elle est aussi enregistrée sous le nom de l'auteur. Les noms contenus dans la traduction de Hiawatha (t. I, p. 243-268) ne sont pas répertoriés. La mention Carnet signifie qu'il est bon, avant tout, de se reporter au Répertoire établi par Jean Ziegler (t. I, p. 1541 sq.). Les noms belges commençant par Van ne sont pas tous enregistrés systématiquement dans les encyclopédies françaises à la lettre V : on les cherchera ici soit à Van, soit au nom qui suit. Les théâtres, monuments, hôtels, cafés, rues, etc., sont classés sous la rubrique de la ville à laquelle ils appartiennent ; les institutions, sous la rubrique de la ville ou du pays. L'index des œuvres enregistre les œuvres de Baudelaire lorsqu'elles sont citées par lui-même. Il a semblé utile de classer dans une section particulière les nombreuses allégories traditionnelles qu'emploie Baudelaire ainsi que celles qu'il crée en mettant une capitale à l'initiale d'un mot. Les personnages de la mythologie appartiennent, eux, à l'Index des noms.

Quand une mention court d'une page à l'autre les indications de pages sont réunies par un trait d'union.

Il arrive qu'en quelques points l'Index complète les notes.

SIGLES

Œuvres de Baudelaire

FM	*Les Fleurs du mal.*
PF	*Les Poètes français*, anthologie publiée par Eugène Crépet.
ppp	Poèmes en prose en projet.
R et N	Romans et nouvelles.
RM	Titres pour un recueil mensuel.
SP	*Le Spleen de Paris.*

Œuvres d'Edgar Poe

HE	*Histoires extraordinaires.*
NHE	*Nouvelles Histoires extraordinaires.*
HGS	*Histoires grotesques et sérieuses.*

INDEX DES NOMS
DE PERSONNES ET DE PERSONNAGES

INDEX DES NOMS DE LIEUX

INDEX DES ŒUVRES
ET DES PÉRIODIQUES

INDEX DES ALLÉGORIES
ET DES PERSONNIFICATIONS

TABLES

TABLE DES TITRES ET DES INCIPIT

Voir t. I, p. 1581. On ne trouvera ici que les titres (caractères romains) et les incipit (caractères italiques) des poésies contenues dans ce tome II.

TABLE DES MATIÈRES

CRITIQUE LITTÉRAIRE

CRITIQUE D'ART

ŒUVRES EN COLLABORATION.
JOURNALISME LITTÉRAIRE ET POLITIQUE

NOTICES, NOTES ET VARIANTES

CRITIQUE LITTÉRAIRE

Ce volume, faisant partie d'une nouvelle édition
des « Œuvres complètes » de Baudelaire, et portant le numéro sept
de la « Bibliothèque de la Pléiade »
publiée aux Éditions Gallimard,
a été achevé d'imprimer
sur bible des Papeteries Schoeller et Hoesch
le 23 décembre 1990
sur les presses
de l'Imprimerie Sainte-Catherine
à Bruges,
et relié,
en pleine peau dorée
à l'or fin 23 carats,
par Babouot à Lagny.

ISBN : 2.07.010853-8.

Nº d'édition : 50115. Dépôt légal : décembre 1990.
Premier dépôt légal : 1976.

Imprimé en Belgique.